문공부 선정도서

서문당판

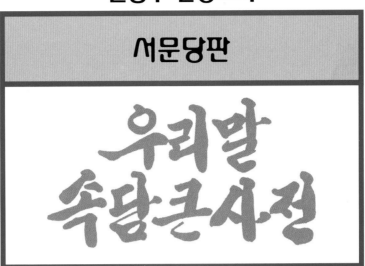

우리말 속담큰사전

송재선 엮음

서문당

속담은 민족공감의 생활용어

우리는 대화 중에 자연스럽게 속담을 인용하여, 말하고자 하는 내용을 강조하거나 타당성을 설명하고 있다.

속담은 대화에서 삽용(揷用)하기 때문에 형식이 짧고 간결해야 한다. 길고 장만하면 기억하기도 어렵고 속담으로서의 의미도 상실한다. 그래서 속담은 짧고 간결해서 문제의 핵심을 포착해야 한다.

개값

동네 북

배운 지랄

꿩 대신 닭

새 다리 피

이러한 말은 우리가 대화 중에 흔히 사용하는 데 이야기의 전후에 알맞게 사용하면 성현(聖賢)의 말씀보다 절실해서 가슴에 와 닿는다. 그래서 속담은 교훈성이 있고 서민들의 생활철학의 반영이며 만인의 공감으로 누구에게나 공감을 준다.

속담은 서민생활 속에서 수시로 자연스럽게 표출되니 민족공감의 생활용어이며 대화 중에 수시로 삽용된다. 어떠한 상황을 은유(隱喩)하거나 풍자(諷刺)할 때에도 자주 인용되어 상황을 부상(浮上)시키고 비판하는 일이 많아 자성(自省)을 촉구하는 의미를 가지는 일도 많다.

속담은 계층의 상하를 막론하고 활용하기 때문에 그 민족의 도덕관 생활의식과 정서를 알 수 있다. 짧은 말이지만 의미신장하고 교훈성이 있어 그 민족의 생활과 문화를 이해하는데 소중한 자료이다.

그 동안 우리나라에서도 많은 속담집이 있었다. 허만종(許萬宗)의 순오지(旬五志), 이익(李瀷)의 백언해(百言解), 정다산(丁茶山)의 이담속찬(耳談續纂)등이 있었고 근대에 와서 김사엽(金思燁) 방종현(方鐘鉉)의 속담대사전. 이기문(李基文)의 속담사전 등이 있고 나도 속담사전을 편술한 바 있으나 모두 자료의 수에 있어 송재선편의 "우리말 속담 큰사전"에 미치지 못한다.

"우리말 속담 큰사전"은 25,557의 자료를 1,070쪽에 집대성하였으며 한자(漢字)속담과 한글속담을 구분해서 찾아보기를 작성하였으니 독자의 편의를 도모한 국내 최대의 속담사전이다. 편자 송재선 선생은 필생의 사업으로 속담을 모았으니 일생을 속담의 수집에 바친 선각자이시다. 세상에서 별로 관심을 두지 않았을 때에 민족전래의 문화유산으로서의 속담연구에 관심을 두고 일생을 바친 선각자로서의 노력에 경의를 표하며 많은 사람들이 "우리말 속담 큰사전"을 읽고 속담 속에 잠겨있는 민족문화에 접하여 자성하고 향상하기를 기대한다.

2006년 4월 5일 청명일(淸明日)에

임 동 권

〈중앙대학교 명예교수〉

속담 모르고서는 민중을 알 수 없다

송재선 선생의 우리말로 된 속담 큰사전의 간행을 축하드린다. 그간 이와 유사한 사전의 편찬이 없었던 바 아니지만, 2만 5천여에 이르는 방대한 항목으로 집대성되었다는 것은 여간 반가운 일이 아니다. 이제 우리도 속담에 관한한 어느 누구에도 뒤지지 않을 사전을 갖게 되었다.

잘 아는 바와 같이 속담 속에는 우리 선인들의 슬기와 지혜가 담겨 있다. 속담은 그만큼 한 민족의 얼을 담고 있는 토양이며, 그 얼을 후세에 전하는 든든한 고리쇠라 할 수 있다. 민중이 일상 사용하는 속담을 통해 그 나라의 역사와 문화의 편린을 헤아릴 수 있는 것도 바로 이런 연유에서이다.

속담의 발생은 다분히 교육적인 데에 근거되지만, 그렇다고 교훈적인 구실만을 갖지는 않는다. 속담은 한 걸음 더 나아가 '유모어, 해학 및 풍자의 의미'까지 갖고 있다. 속담이 오랜 세월을 두고 구전되어 온 것도 속담이 지니고 있는 이런 두 가지의 기능 때문이다. 그러므로 속담은 서민들의 마음이요 얼굴이다.

영국 사람들은 "벽에도 귀가 있다"는 속담을 즐겨 쓴다. 한치 혀를 함부로 놀리지 말라는 경구이겠는데. 말조심을 하라는 어떤 장광설보다 더 설득력이 있음을 보게 된다. 이와 대응하는 것으로 우리 조상들도 "낮말은 새가 듣고 밤말은 쥐가 듣는다"는 속담을 남겨 주었다. 극도로 압축된 낱말 속에 감추어진 날카로운 교훈과 만나게 됨은 물론, '낮새'와 '밤쥐'를 대비시킨 빛나는 해학과도 만나게 된다. 우리 조상의 뛰어난 슬기가 배어 있는 훌륭하고 자랑스러운 속담이다.

그간 우리는 개화기와 근대화 과정을 거치면서 걷잡을 수 없을 만큼 밀려오는 서구의 문화를 맞았다. 미처 우리의 것으로 소화시키거나 여과하기도 전에 그 서구의 문화는 사나운 진주군처럼 우리의 생활과 의식을 잠식해 버렸다.

이른바 서구의 '새로운 물결'은 우리를 이롭게 한 것도 많았지만, 냉철하게 성찰을 가해볼 때 해를 끼친 것이 더 많았다.

그 첫째가 '우리 것'에 대한 경시 풍조이다. 우리 것을 가볍게 보려는 망국병 중에서 가장 치명적인 것이라면 두말할 나위도 없이 우리말의 경시일 것이다.

전파 매체나 활자 매체에는 국적 없는 말들이 자주 튀어나온다. 제법 배웠다는 사람들의 입을 통해서 맥락이 닿지도 않는 외래어가 튀어나오기도 한다. 청소년들의 일상 대화 속에서도 이런 예는 얼마든지 발견하게 된다. "윗물이 맑아야 아랫물도 맑다"는 속담을 들춰낼 것 도 없이, 어느 계층을 가릴 것 없이 국어 순화가 안 되어있다.

언어의 순화가 되어 있지 못한 상황에서 제반 행위의 순화를 기대하기란 어려운 일이다.

프랑스가 위대한 나라, 위대한 국민이라면, 그것은 그들이 가지고 있는 모국애에 대한 자부심 때문일 것이다.

국어 방어'는 프랑스 문화 정책의 근간을 이루고 있다. 친절하고 명랑한 프랑스 사람들이지만, 관광객들이 제 3 국어로 말을 걸면, 설령 알아듣는다 하더라도 짐짓 모른 체 한다고 한다. 프랑스 사람들은 프랑스어에 있어서만은 지독한 국수주의자들이다.

다행히 우리나라도 70년대에 접어들면서 우리 것을 되찾자는 운동이 활발히 전개되었고, 더욱이 그 운동이 젊은이들 사이에서 비롯되었는 바 무척 고무적이었다.

이번 송재선 선생의 우리말 속담 큰사전 편찬도 우리 것을 찾는다는 맥락에서 볼 때 고마운 일이라 하지 않을 수 없다. 더욱이 이 지면을 통해 밝혀두고자 하는 것은 선생의 생애에서 가장 절박하고 어려운 때에 이 작업을 시작한 점이다. 우리 것을 갈고 닦아 그 소중한 보물을 후대에 남겨주겠다는 신념 없이는 불가능했을 것이다. 온갖 역경을 이겨낸 끝없는 천착의 결과로 오늘 이렇게 훌륭한 결실을 맺게 되었다. 필자는 선생의 편저가 우리 조상의 얼을 되찾는 일에, 우리말을 갈고 닦는 일에 커다란 보탬이 되기를 간절히 바란다. 그런 뜻에서, 이번에 간행된 송 재선 선생의 역작을 모든 서민 대중들에게 주는 사랑의 선물'로 받아들이려는 것이다.

거듭 선생의 노고를 치하하며 아울러 어려운 가운데서도 본 사전을 간행한 서문당 최석로 사장께도 심심한 사의를 표하고자 한다.

1983년 6월

宋 志 英
〈한국문화예술진흥원 원장〉

머 리 말

우리 나라는 반만년의 유구한 역사와 찬란한 문화를 계승하고 있기 때문에 정겹고 보배로운 값진 전통 문화(傳統文化)의 유산을 많이 간직하고 있다. 속담 분야(俗談分野)에 있어서도 예외(例外)일 수는 없다.

옛날 옛적부터 우리 조상들의 입과 입을 통해서 전해져 온 주옥(珠玉) 같은 속담이 4만에 가깝다는 단적 사실만으로도 이를 설명할 수 있다. 그러므로 우리 나라는 중국, 스페인, 영국과 함께 세계에서 가장 많은 속담을 보유하고 있는 나라 중의 하나라는 점에서 자랑스러울 뿐만 아니라 긍지감(矜持感)도 가지게 된다.

불행하게도 우리 나라가 한때 일제 식민지(日帝植民地)로 전락(轉落)된 데로부터 일제의 야수적(野獸的) 식민지 정책에 의하여 우리의 민족 문화는 말살(抹殺)당하게 되었으며 심지어는 언어(言語)와 성명(姓名)까지도 박탈(剝奪)되어 반 세기 동안은 우리의 말도 글도 문화도 침체 상태(沈滯狀態)에서 헤어나지 못하였다.

8·15 해방과 함께 일제에 대한 증오심의 폭발(爆發)과 함께 민족 의식의 격양(激揚)에 힘 입어 슬기로운 민족 문화를 되찾아 그 속에서 마냥 살고 싶은 향수감(鄕愁感)에서 민족 문화의 발굴도 싹트게 되었고 편자가 평소 애용하던 속담을 수집(蒐集)하는 것도 우리 전통 문화 유산을 발굴하는 사업의 일환(一環)이라는 긍지와 취미를 가지고 이를 수집하게 된 것이다.

수집에 있어서는 민중 속에 숨어 있는 속담을 찾아 내는 데 역점(力點)을 두고 수집한 것이 6·25 당시까지 약 3천 여구에 이르렀던 것으로 짐작된다. 그러나 6·25동란으로 인하여 가산(家産)과 함께 수집 중이던 속담 원고도 함께 소실(燒失)되고 말았다.

속담 수집에 대한 미련(未練)은 그대로 간직하고 있었기 때문에 수집을 계속하고 싶은 마음 간절하였지만 편자의 얽히고 설킨 여러 가지 사정으로 인하여 바로 착수하지 못하고 9년이 지나 다시 수집하게 되었다. 수집에 있어서는 과거의 경험을 살려 주로 노인층과의 대화(對話)에서 많이 얻게 되었고 이로 인하여 농촌에서 사용되고 있는 농언(農諺)을 많이 모으게 된 것에 만족한다.

책에서는 실학자(實學者)들에 의하여 한역(漢譯)된 속담 문헌의 것은 거의 수록하였고 고전 소설 중에서도 추려서 넣기로 하였다. 또한 중국 고전 문헌 중에서도 많이 추려서 수록하기로 하였다. 여기서는 이방 속담(異邦俗談)의 감도 없지는 않으나 한자 문화는 이미 겨레의 피와 살로 된 지가 오래일 뿐만 아니라 우리 나라 속담에는 순수한 국어계의 속담인 상말과 한문계의 속담인 문자(文字)로 구성되었는데 후자는 주로 중국 고문헌에서 인용된 것이기 때문에 여기에도 넣는 것이 지당하다고 생각된다.

최근 국어판 속담책 중에서는 아래의 책에서 많은 도움이 되었기로 편자 제씨에게 감사를 드리는 바이다.

  (1) 金思燁·方鍾鉉編　俗談大辭典　朝光社　1940年

  (2) 高 橋亨譯　朝鮮俚諺集　日韓書房　1914年

  (3) 李基文編　俗談辭典　民衆書舘　1962年

  (4) 최학근편　속담사전　경학사　1972年

  (5) 李一善編　韓國俗談集　瑞文堂　1973年

이외에도 신문, 잡지, 방송, 담화 등에서 보고 들은 것은 어느 하나도 놓치지 않고 다 수집하였다. 속담 수집 사업은 비단 편자에 국한된 것이 아니고 가족들까지도, 직장에서 거리에서 보고 듣고 한 것은 모두 모아 주었다. 이렇게 25년간의 각고(刻苦) 속에서 모은 것이 약 28,000여 구에 달하였는데 수집에 있어서는 무분별한 실적주의로 인하여 질은 무시하고 양에만 치중한 데로부터 아래와 같은 속담들이 적지 않게 발견되었다.

(1) 지나치게 비윤리적(非倫理的)인 속담
(2) 지나치게 비현실적(非現實的)인 속담
(3) 지나치게 음란(淫亂)한 속담
(4) 지나치게 미신적(迷信的)인 속담
(5) 지나치게 긴 해설을 요하는 고사 성어(故事成語)로 된 속담
(6) 지나치게 상욕(常辱)으로 된 속담

이상과 같은 속담은 빼야 한다는 것으로 마음을 굳혔으나 막상 빼는 데 있어서는 자신의 인색함을 느끼게 되었다. 그러므로 2차에 걸쳐 대담하게 취사 선택(取捨選擇)한 결과 약 10%를 제거하고 여기에 25,557구를 수록하게 된 것이다. 이 중에는 국어계 속담이 18,000여 구이고 한문계 속담이 7,000여 구이다.

돌이켜보건대 오랜 세월을 두고 온 정성과 심혈을 기울여 수집하고 다듬은 것이기는 하나 천학미력(淺學微力)한 편자로서는 과분한 일이었기 때문에 여러 면에서 미비(未備)하고 미흡(未洽)한 점이 적지 않다는 것을 자인한다. 특히 고전 문헌의 번역과 해설에서 그럴 줄로 믿는다.

이 책이 속담사전으로서 제 구실을 하자면 독자 여러분의 아낌없는 교시(教示)와 기탄(忌憚) 없는 지적(指摘)을 받은 다음 이를 바탕으로 하여 다시 다듬고 손질하지 않고서는 소기의 목적을 달성할 수 없다는 것도 알고 있다. 그러므로 바라건대 독자 여러분의 교정(教正)을 얻어 수정 보완(修正補完)될 훗날을 기약(期約)하고픈 생각이 간절하다.

해방후, 조수(潮水)와 같이 밀려든 서구 문화(西歐文化)의 영향을 받은 젊은이들 의식 속에서는 우리만이 가질 수 있는 민족 문화가 점점 소멸되어 가고 있는 안타까운 실정에 있다. 그러나, 최근에 일부 젊은이들은 민족 문화에 대한 새로운 인식을 가지고 참여하고 있는 경향은 매우 반가운 현상이라고 하겠다. 이런 시점에서, 본 사전이 속담에 유의(有意)하신 분의 벗이 되어지기를 바라며 특히 젊은이들의 속담에 대한 흥미를 북돋우어 주는 데 이바지되기를 염원하는 바이다.

끝으로 이 책을 출판함에 있어 격려를 해 주신 송 지영(宋志英) 선생님, 출판업계가 불황임에도 불구하고 본 사전 출판을 기꺼이 맡아 주신 서문당(瑞文堂) 최 석로(崔錫老) 사장님과 출판할 수 있도록 도와 주신 서 인태(徐寅泰) 선생님, 그리고 양으로 음으로 도와 주신 여러분께 심심한 감사를 드리는 바이다.

1983년 6월 10일

편   자

2

속담의 정의(定義)

속담을 정의하기는 매우 어려운 일이다. 광의적(廣義的)으로는 어떤 말이라도 일정한 형을 가지고 항간(巷間)에 떠돌아다니는 것은 모두 속담의 범주(範疇)에 속한다. 그러므로 비록 하나의 형용사(形容詞)라 할지라도 일정한 형을 구비(具備)하게 되면 언제나 어떤 종류의 사물(事物)을 형용하게 되기 때문에 민중들이 이것을 애용하게 되면 이것을 속담이라고 하게 된다.

협의적(狹義的)으로는 어떤 종류의 교훈(教訓), 기지(機知), 상상(想像), 경계(警戒), 비유(比喩), 풍자(諷刺), 또는 모든 관찰 경험(觀察經驗)에 도움이 되는 지식을 표현하는 말로서, 즉 인간 생활에 관한 진리(眞理)를 말할 목적으로 쓰이는 말을 의미한다.

속담의 구성 요소(構成要素)에는 세 가지를 들 수 있다.

(1) 속담은 간결(簡潔)한 것이 요구된다.

속담이란 오랜 경험에서 짜낸 말이기 때문에 짧은 것이 특징이다. 세상에서 널리 사용되는 짧은 문장(文章), 또는 짧은 말은 거의가 속담이다. 또한 세상에서 흔히 사용되고 있는 특수형(特殊形)으로 된 짧은 문구(文句)도 속담에 속한다. 그러면, 얼마나 짧은 것을 속담이라고 하는가 우리 나라 속담에서 찾아 보기로 한다. 여기에 수록된 25,557구의 속담을 자수별(字數別)로 분석한 결과 6～10자로 된 것이 42.15%, 11～15자로 된 것이 35.25%, 16～20자로 된 것이 13.05%, 5자 미만인 것이 5.33%, 21～30자로 된 것이 4.02%, 31자 이상의 것이 0.20%로 구성되었다. 즉 20자 미만으로 된 속담이 95.78%라는 것을 알 수 있다.

속담은 반드시 짧아야만 한다는 것이 아니고 되도록이면 짧은 것이 요구될 뿐이다. 그러므로 속담 중에는 예외적(例外的)으로 긴 것도 없는 것은 아니다.

(2) 속담은 통속적(通俗的)인 것이 요구된다.

속담은 군중의 입에서 귀로, 귀에서 입으로 떠돌아 다니는 통속적인 관용어(慣用語)이다. 그러므로 마치 그리스 신화(神話)에서 대지(大地)의 신 가이아(Gaia)가 대지를 떠나서는 존재할 수 없었던 것처럼 속담도 군중을 떠나서는 존재할 수 없다. 그러므로 속담은 통속성을 상실(喪失)하게 되면 아무리 의미 심장(意味深長)한 금언 명구(金言名句)라 할지라도 군중들은 애용하지 않게 되므로 이것은 속담으로서 존재할 수 없다. 속담은 어느 한 사람의 소신(所信)을 말한다기보다는 이미 군중들에 의하여 검열되고 공명(共鳴)된 소신을 전해 주는 것이기도 하다. 또한 속담이 말하기가 부드럽고 서로 주고받기가 쉬운 것도 통속적인 민중의 말이기 때문이라고 하겠다.

(3) 속담은 감명력(感銘力)이 있는 것이 요구된다.

속담은 일상 담화에서와 같이 한번 한 말이 바로 소멸되거나 아무런 영향도 주지 않는 무미건조한 말이 되어서는 안 된다. 그렇다고 어떤 특수한 의의(意義)를 지녀서도 안 된다. 그러므로 속담은 사람의 마음을 자극시켜 오래 간직할 수 있는 감명력이 있는 것이 요구된다. 속담은 사람의 지력(智力)에만 호소할 것이 아니라 감정(感情)과 상상(想像)에도 호소하여 감동시킬 수 있는 것이 요구된다. 그러므로 속담에는 직설적(直說的)인 것이 적고 비유적(比喩的)인 것과 풍자적(諷刺的)인 것이 많은 것도 사람의 뇌리(腦裏)에 깊이 심어 주는 감명력을 부여하기 위한 수단이기도 하다.

속담에 대한 어의(語義)를 몇 개의 국어 사전(國語辭典)에서 찾아 보면 다음과 같다.

(1) 세상에 흔히 돌아다니는 알기 쉬운 말.

(2) 옛날부터 내려오는 민간의 격언(格言).

(3) 사리(事理)에 맞아 교훈이 될 수 있는 간단한 말.

(4) 옛날부터 민간에 내려오는 알기 쉬운 짧은 말.

또한 영어 사전(英語辭典)에서는 다음과 같이 해설하였다.

(1) 항간에 널리 쓰이는 간결(簡潔)하고 함축성(含蓄性) 있는 격언.

A short pithy saying in common use. 〈Oxford〉

(2) 간결하고 민간에 보급되어 있는 경구(警句)나 격언.

A brief popular epigram or maxim. 〈Webster's Dictionary〉

앞에서 언급한 속담의 구성 요소와 속담에 대한 사전들의 해설을 종합하여 고찰(考察)할 때 「속담이란 민중들의 경험과 지혜와 교훈에서 우러난 진리(眞理)를 지닌 간결하고 평범하고 은유적(隱喩的)인 관용어(慣用語)」라고 말할 수 있다.

우리 나라 속담은 우리 조상들로부터 이어받은 교훈적 유산이며 지식적 유산이며 도덕적 유산이다. 그러므로 이 유산은 우리 민족 역사와 함께 길이길이 발전되면서 후세에 전해질 것이다.

속담은 군중 속에서 태어나서 군중 속에서 자랐고 군중 속에서 도야(陶冶)되었기 때문에 군중의 경험이요, 군중의 지식이요, 군중의 문화재이다. 속담은 군중에 밀착(密着)된 채 군중과 함께 영원 불멸(永遠不滅)의 별로서 빛난다.

속담은 생활의 말이요, 생활의 귀요, 생활의 눈이요, 생활의 입이요, 생활의 문학이요, 생활의 진실이요, 생활의 진리요, 생활의 철학이다. 여기에 속담의 생명이 있는 것이다.

속담은 과거를 되새겨 보는 백과 사전(百科辭典)이요, 현재를 반성(反省)하는 거울이요, 미래를 비춰 주는 등대(燈臺)이기도 하다.

속담명칭의 분류

우리 나라 속담의 명칭에는 이음동의어(異音同義語)가 많기 때문에 이것을 분류하는 것이 속담에 대한 어의(語義)를 쉽게, 그리고 보다 정확히 이해하는 데 도움이 될 것이다.

속담을 국어로는 상네 말씀(상스러운 말), 상말(상네 말씀의 준말), 좀말(좀스러운 말), 옛말(옛날 말)이라고 한다. 상네 말씀이나 상말이라는 어원(語源)은 이조 봉건 사회(李朝封建社會)에서 천대(賤待)받던 상민(常民)들이 쓰는 속담을 얕잡아서 한 말이었다. 이와는 달리 당시 양반 귀족(兩班貴族)들이 사용하는 속담은 문자(文字)라고 하였는데 이것은 유식한 속담이라는 뜻이기도 하다. 예로서는 「공자(孔子)님 앞에서 문자 쓴다」는 속담에서도 엿볼 수 있다.

이조 봉건 사회서는 서민(庶民)들이 사용하던 국어계 속담(상말)과 양반 귀족들이 사용하던 한문계(漢文系) 속담(文字)의 2계의 속담으로 이루어졌다.

국어계 속담은 민중들에 의하여 창조되었고 민중들의 입에서 입으로 전해지는 과정에서 다듬어지고 애용되어 온 속담이다. 양적으로도 지배적(支配的)일 뿐 아니라 비유적이고 풍자적이고 흥미진진한 속담은 거의가 이에 속해 있기 때문에 우리 나라 속담을 대표한다.

한문계 문자는 주로 중국 고전 문헌 중에서 금언 명구를 인용한 것이기 때문에 엄밀히 말한다면 속담 아닌 속담이기도 하다. 이 한문계 문자는 충효 사상(忠孝思想)을 바탕으로 한 속담으로서 유교적(儒敎的) 윤리 도덕을 고취(鼓吹)시키는 데 큰 몫을 담당하기도 하였다. 그러므로 이 속담은 양반 귀족들이 주로 서민들에게 교훈용(敎訓用)으로 많이 사용되었다. 한문계 문자를 쓸 때에는 반드시 한문 원어(漢文原語)를 말한 다음 이에 대한 해설을 하여 주는 것이 상

표 1 속담명칭의 분류

머릿자＼아랫자	속(俗)(1)	이(俚)(2)	이(里)(3)	격(格)(4)
언(諺)	속언(俗諺)	이언(俚諺)	이언(里諺)	격언(格諺)
담(談)	속담(俗談)	이담(俚談)	이담(里談)	격담(格談)
어(語)	속어(俗語)	이어(俚語)	이어(里語)	격어(格語)
언(言)	속언(俗言)	이언(俚言)	이언(里言)	격언(格言)
설(說)	속설(俗說)	—	—	—

參考文獻

俗諺：魏志(且俗諺云 耕則問田奴 織則問織婢)
俗談：於于野談, 薌庭金鑛 浮穆漢傳
俗語：芝峰類說(俗語曰 強鐵去處 雖秋如春)
俗言：松南雜識(俗言 東觀內 古有宮女名……)
俗說：漢書(因俗說而論之……)

俚諺：漢書(俚諺曰 欲投鼠而忌器)
俚語：五代史(彦章武人不知書 常爲俚語)
俚言：唐書(數爲俚言以悅太子)

里諺：燕岩 穢德先生傳
里語：盎簪錄(里語曰 見他短一寸 不知己短一尺)

표 2 속담명칭의 분류

머릿자＼아랫자	상(常)(1)	항(巷)(2)	가(街)(3)	비(鄙)(4)	고(古)(5)	명(名)(6)
언(諺)	상언(常諺)	항언(巷諺)	가언(街諺)	비언(鄙諺)	고언(古諺)	명언(名諺)
담(談)	상담(常談)	항담(巷談)	가담(街談)	비담(鄙談)	고담(古談)	명담(名談)
어(語)	상어(常語)	항어(巷語)	가어(街語)	비어(鄙語)	고어(古語)	명어(名語)
언(言)	상언(常言)	항언(巷言)	가언(街言)	비언(鄙言)	고언(古言)	명언(名言)
설(說)	—	항설(巷說)	가설(街說)	비설(鄙說)	—	—

參考文獻

街談：漢書(街談巷說)
鄙諺：史記(寧爲雞口 無爲牛後)
鄙語：白居易(鄙語不可……)
鄙言：南史(鮑照爲文章 多鄙言累句)
古諺：說苑(古諺曰 將飛者翼伏 將筮者爪縮)
古語：旬五志(古語云 敎子自孩 敎婦初來)

례(常例)이다. 단 양반들간에는 한문 원어만을 사용하여도 서로 이해하기 때문에 해설은 하지 않는다.

이조 봉건 사회가 붕괴(崩壞)되고 일제 식민 통치를 벗어나 민주주의 사회로 지향하고 있는 현시점(現時點)에서는 상말이라고 해도 얕잡아 하는 말이 아니며 문자라고 해도 존대(尊待) 해서 하는 말이 아니고 어느 것이나 계급성을 띠지 않은 평범한 말로 되었다. 즉 사회 발전에 따라 계급성을 띠었던 말도 어의가 변하여 일반 상용어로 된 것이다.

우리 나라는 세계에서 속담이 가장 많은 나라 중의 하나이기도 하지만 속담에 대한 명칭도 또한 세계 어느 나라보다 많은 것으로 짐작된다. 이와 같이 속담에 대한 명칭이 많다는 사실은 우리 나라 속담이 그만큼 발전되었다는 일면을 말하여 주는 것이라고도 하겠다.

속담은 한문으로 「언(諺)」이라고도 하지만 거의가 두 자(二字)로 구성되었다. 이 두 자계(二字系)의 동의어(同義語)는 표 1에서 보듯이 머릿자(頭字)의 변화에 따라 어의가 변하지 않는 것이 있는가 하면 표 2에서 보듯이 머릿자의 변화에 따라 어의도 변하는 것이 있다.

표 1의 머릿자인 속(俗), 이(俚), 이(里), 격(格) 등은 머릿자가 변화되어도 어의는 변하지 않는다. 그러나 표 2에서는 머릿자에 상(常)자가 붙게 되면 상스러운 속담이라는 뜻으로 되며 항(巷)자가 붙게 되면 항간에 떠도는 속담이라는 뜻이며 가(街)자가 붙게 되면 거리에 떠도는 속담이라는 뜻이며 비(鄙)자가 붙게 되면 촌스러운 속담, 또는 비근한 속담이라는 뜻이며 고(古)자가 붙게 되면 옛 속담이라는 뜻이며 명(名)자가 붙게 되면 잘 된 속담이라는 뜻으로 된다.

속담에 대한 명칭은 이외에도 표 3에서 보듯이 여러 가지로 부른다.

또한 속담의 명칭은 그 용도에 따라서도 표4에서와 같이 여러 가지로 분류할 수 있다.

속담의 명칭에는 국명(國名)을 붙여서 말하기도 한다. 예로서 중국 주(周) 나라 속담을 「주언(周諺)」이라고 춘추좌씨전(春秋左氏傳 : 周諺有之 匹夫無罪 懷璧有罪)에서는 하였으며 오(吳) 나라 농언(農諺)을 「오농언(吳農諺)」이라고 범석호 시집(范石湖詩集 : 朝霞不出市 暮霞行千里 我豈知天道 吳農諺云爾)에서는 하였으며 당(唐) 나라 속담을 「당언(唐諺)」이라고 송남잡식(松南雜識 : 唐諺 有一人願有錢十萬……)에서는 하였다. 최근에 와서도 영국속담을 「영언(英諺)」이라고 하며 독일 속담을 독언(獨諺)」이라고 하며 서양 속담을 「서언(西諺)」이라고 한다. 그러므로 우리 나라 속담도 신라의 속담을 「나언(羅諺)」, 고려의 속담을 「여언(麗諺)」, 이조의 속담을 「조언(朝諺)」, 한국의 속담을 「한언(韓諺)」이라고 말할 수 있다.

표 3 속담명칭의 분류

머릿자＼아랫자	언(諺) (1)	야(野) (2)	세(世) (3)
어(語)	언어(諺語)	야어(野語)	세어(世語)
언(言)	언언(諺言)	야언(野言)	세언(世言)
언(諺)	—	야언(野諺)	세언(世諺)
이(俚)	언리(諺俚)	야리(野俚)	—
설(說)	—	—	세설(世說)

參考文獻

諺語：稗官雜記：(本國諺語……)
諺言：後漢書：(諺言 貴易交富易妻人情乎)
野語：陸龜蒙詩：(漁童驚狂歌 艇子喜野語)
野言：鮑溶：(野言得眞風……)

野諺：史記：(野諺曰 前事之不忘 後事之師也)
世諺：溫古要略：(世諺云 夜螢入室明客來)
世說：松南雜記：(世說曰 登樓去梯)

표 4 용도별 속담명칭의 분류

No.	용도별 명칭	No.	용도별 명칭	No.	용도별 명칭
1	농언 : 농업용 (農諺 : 農業用)	6	의언 : 의술용 (醫諺 : 醫術用)	11	상언 : 관상용 (相諺 : 觀相用)
2	엽언 : 수렵용 (獵諺 : 狩獵用)	7	병언 : 병사용 (兵諺 : 兵事用)	12	점언 : 점술용 (占諺 : 占術用)
3	어언 : 어로용 (漁諺 : 漁撈用)	8	법언 : 법률용 (法諺 : 法律用)	13	몽언 : 해몽용 (夢諺 : 解夢用)
4	상언 : 상업용 (商諺 : 商業用)	9	교언 : 교육용 (教諺 : 教育用)	14	기언 : 기전용 (棋諺 : 棋戰用)
5	장언 : 공업용 (匠諺 : 工業用)	10	불언 : 불교용 (佛諺 : 佛教用)		

속담의 기원과 그 발달

속담의 기원은 「옛날 옛적 호랑이가 담배 먹던 시절」보다도 더 아득한 옛날인 석기 시대(石器時代)부터 사용된 것으로 짐작된다. 이와 같은 사실은 들소 허리에 창(槍)이 꽂힌 유럽 동굴 벽화(洞窟壁畵)에서 찾아볼 수 있다. 이 그림은 사실적(寫實的)이라는 점에서도 놀랍지만 이보다도 들소를 사냥질할 때는 들소의 급소(急所)인 허리를 찔러야 한다는 점을 알려 주기 위해 그린 그림이라고 하겠다. 만일, 이 그림을 그린 화가에게 이 그림의 설명을 해달라고 한다면 그는 서슴지 않고 「들소는 허리를 찔러야 잡는다」는 것을 묘사(描寫)한 그림이라고 말할 것이다. 이렇게 말한다면 이 말은 얼마나 훌륭한 엽언(獵諺)인가를 알 수 있다. 편자의 이 말에 대하여 「언어가 발달되지 못했던 석기인(石器人)들이 어떻게 속담을 사용할 수 있겠느냐?」고 반문을 할 수도 있을 것이다. 물론 그 당시에는 언어가 발달되지 못했기 때문에 현재와 같이 고도로 발달된 속담은 있을 수 없지만 초보적이고 원시적인 속담은 있을 수도 있는 것이다.

인간의 언어가 하나의 생활 수단이라면 군중의 경험이 응결(凝結)되어 이루어진 속담은 하나의 생활 철학(生活哲學)이라고 하겠다. 그러므로 수렵인(狩獵人)에게는 엽언(獵諺)이 있게 마련이고 어로인(漁撈人)에게는 어언(漁諺)이 있게 마련이며 농경인(農耕人)에게는 농언(農諺)이 있게 마련이며 상인(商人)에게는 상언(商諺)이 있게 마련이며 장인(匠人)에게는 장언(匠諺)이 있게 마련이며 양반(兩班)에게는 반언(班諺)이 있게 마련이며 상인(常人)에게는 상언(常諺)이 있게 마련이다.

속담은 민요(民謠)처럼 작자를 알 수 없는 것이 사실이지만 작자를 모른다고 해서 이것이 문제가 되는 것은 아니다. 씨를 뿌리면 싹이 나듯이 속담도 작자가 없이 저절로 생길 수는 없는

것이다. 그러므로 반드시 처음에 속담을 만든 사람은 있었을 것이고 만들어진 속담은 그 당시 주변 사람들의 사상(思想)과 감정(感情)을 포착(捕捉)하여 군중들의 마음을 감동시키고 공명(共鳴)되었기 때문에 속언화(俗諺化)된 것이라고 하겠다. 이러고 보면 이것은 우연히 어느 한 사람의 입을 빌어 군중의 지혜(智慧)를 대변(代辯)한 것에 불과한 것이라고 하겠다. 그러므로 속언화된다는 것은 어느 작가 한 사람만으로는 이루어지는 것이 아니고 민중의 무언(無言)의 심사(審査)를 받아야만 속언화되는 것이다. 여기에 속담의 권위(權威)가 있고 위신(威信)이 있는 것이다.

역사가 바뀌고 사회가 발전됨에 따라 인간 생활에도 변화가 발생하게 되기 때문에 속담도 이에 적응(適應)되면서 낡은 것은 소멸(消滅)되게 마련이고 새로운 것은 신생(新生)되게 마련이다. 이렇게 속담이 변화, 발전된다고 해서 속담의 본질(本質)까지 변화되는 것은 아니다. 그렇기 때문에 속담은 예부터 현재를 거쳐 미래에 이르기까지 영원히 그 생명을 영속(永續)할 것이다.

또한 속담은 이질 문화(異質文化)와의 문화 교류(文化交流)에 의하여 더욱 발달된다. 우리 나라 속담에 있어서도 오랫동안 한문화권(漢文化圈) 안에 있었기 때문에 중국 고전 문헌(中國古典文獻)을 통하여 중국 속담이 우리 나라에 많이 소개된 데로부터 우리 나라 속담은 더욱 풍요(豊饒)하게 발전되었다. 여기서 말하고 넘어갈 것은 중국 속담을 우리 나라 속담에서 제거(除去)시켜야 한다는 의견도 있을 수 있다. 그러나 중국 속담이라 할지라도 일단 우리 나라에 들어와서 호흡을 같이하고, 생활과 감정에 부합되어 이미 국언화(國諺化)된 것을 이제 와서 새삼스럽게 이것을 제거할 필요는 없는 것이다. 만일 이것을 고집한다면 그것은 마치 나일강의

발원지(發源地)가 수단이라 해서 수단의 나일강이지 이집트의 나일강이 아니라는 논리(論理)로 될 것이다. 그러므로 한문(漢文)에서 온 속담이라 해서 모두가 우리의 것이 아니라 중국의 것이라고 말할 수 없다. 현재 우리 국어의 단어에는 과반수(過半數)가 한문 단어(漢文單語)로 되었다는 사실로도 이해(理解)할 수 있을 것이다.

우리 나라 고언(古諺)이 고전 문헌(古典文獻)에 소개된 것은 이조 이전(李朝以前) 문헌에서는 매우 드물다. 가장 오래 된 것으로는 「삼국유사(三國遺事)」일 것이다. 여기에 보면「한 손뼉으로 쳐서는 소리가 안 나도 두 손뼉으로 치면 소리가 난다」(一手拍之無聲 二手拍則有聲·三國遺事 卷2)라는 말은 최근에도 흔히 쓰는「외손뼉이 울랴」(獨掌不鳴·旬五志, 孤掌難鳴·東言解)와 비슷한 속담이기도 하다.

우리 나라 고전 문헌에서는 이조에 와서야 속담이 소개된 서적이 몇 권 있는데 그 대표적인 문헌으로서는 다음과 같은 것이 있다.

成 俔(1439~1504)　　　　傭齋叢話

魚叔權(16세기)　　　　稗官雜記
尹 昕(1564~1638)　　　溪陰慢筆
洪萬宗(17세기)　　　　旬五志
李 瀷(1681~1763)　　　百諺解
李德懋(1741~1793)　　　洌上方言
丁若鏞(1762~1836)　　　耳談續纂
趙在三(18~19세기)　　　松南雜識
著者未詳　　　　　　　　東言解

이 중에서도 순오지(旬五志), 열상방언(洌上方言), 이담속찬(耳談續纂), 송남잡식(松南雜識), 동언해(東言解)는 우리 나라 속담을 수집하여 한역(漢譯)한 것들이다. 또한 이조 후기 허생전(許生傳), 양반전(兩班傳), 호질(虎叱), 예덕선생전(穢德先生傳), 춘향전(春香傳), 흥부전(興夫傳), 심청전(沈淸傳) 등의 소설에는 속담들이 많이 인용된 것을 볼 수 있다.

이상과 같이 이조 후기에 우리 나라 속담이 문헌에 많이 소개되고 널리 보급되게 된 것은 실학파 학자(實學派 學者)들의 공로(功勞)가 컸음을 엿볼 수 있다.

속담의 역할(役割)

속담은 유구한 역사 속에서 꾸준히 생산(生産)에 참여하기도 하였다. 즉 속담 중에는 사냥에 관한 엽언(獵諺), 어로에 관한 어언(漁諺), 농업에 관한 농언(農諺), 상업에 관한 상언(商諺), 공업에 관한 공언(工諺) 등이 있다는 사실로 보아 이런 속담들은 각 생산 분야(各 生産分野)에서 생산자적 역할(生産者的 役割)을 하였다는 것을 실증(實證)하여 준다.

속담은 언제나 도덕적(道德的), 교양적(教養的) 역할을 충실히 하였다. 즉 속담은 사회 질서(社會秩序)를 유지하기 위하여 군중들에게 올바른 국가관(國家觀)과 윤리관(倫理觀)을 심어 주었으며 선악(善惡)을 분별할 수 있도록 하였으며 이부(理否)를 깨우쳐 주었으며 근면(勤勉)하고 절제(節制)할 줄 아는 생활 양식(生活樣式)을 알려 주었으며 용기(勇氣)를 부여하고 인내(忍耐)의 덕(德)을 가르쳐 주었으며 선량(善良)한 벗을 선택하도록 하였으며 젊어서 열심히 공부를 하도록 격려하였으며 주색(酒色)에 빠지지 말고 도박(賭博)을 삼가할 것을 경계(警戒)시켰으며 영욕 고락(榮辱苦樂)을 참고 견디도록 일깨워 주었으며 분에 넘치는 짓을 하지 않도록 충고하여 주었으며 항상 자신(自身)을 반성(反省)하도록 타일러 주었다. 이와 같이 속담은 항상 교양자적 역할을 게을리하지 않았다.

이런 데로부터 군중들은 옛날부터 속담을 믿고 일상(日常) 행할 진퇴 동지(進退動止)의 판정(判定)을 이에 의뢰(依賴)하였던 것이다. 또한 자신의 생각보다도 속담에 의존하는 것이 안전하다고 믿어 왔던 것이다. 이와 같이 조상들은 속담을 생활의 지침(指針)으로 여겨 왔고 신봉어(信奉語)로서 사용되어 왔으며 일상적으로 친근한 지우(智友)로서 사귀어 왔던 것이다.

속담은 그 민족과 민속학(民俗學)을 연구하는 데 좋은 자료이기도 하다. 즉 속담에는 역사(歷史), 사상(思想), 종교(宗敎), 문학(文學), 미신(迷信), 풍속(風俗), 제도(制度) 등이 담겨 있기 때문에 이를 연구하는 데 산 증언(證言)으로 될 것이다.

속담에는 재치있는 말솜씨와 교묘한 비유(比喩), 그리고 오묘한 진리(眞理)가 담겨 있기 때문에 씹으면 씹을수록 새로운 맛이 나고 감미(甘味)로운 맛이 풍긴다.

한 마디의 속담은 어느 한 사람의 천만 마디보다도, 어떤 웅변가(雄辯家)의 긴 열변(熱辯)보다도 더 큰 효력이 있는 값진 말들이다.

일상 생활에서 속담의 효과를 얻을 수 있는 경우를 열거(列擧)하여 본다면 대략 다음과 같다.

　(1) 인상(印象) 깊게 말할 때.
　(2) 단도 직입적(單刀直入的)으로 말할 때.
　(3) 풍자적(諷刺的)으로 말할 때.
　(4) 비근(卑近)한 예를 들어 말할 때.
　(5) 익살맞게 말할 때.
　(6) 비꼬아 말할 때.
　(7) 우회적(迂廻的)으로 말할 때.
　(8) 따끔하게 충고(忠告)를 할 때.
　(9) 신랄(辛辣)하게 비평(批評)을 할 때.
　(10) 백일하(白日下)에 폭로(暴露)할 때.
　(11) 강연(講演) 또는 연설(演說)을 할 때.
　(12) 작품(作品)을 쓸 때.

일상 생활에서 속담을 가까이한다는 것은 승리(勝利)의 키(key)를 마련하는 것이며 항상 명랑하고 낙천적(樂天的)인 생활을 하는 데 도움이 된다. 그러므로 속담을 많이 듣고 보고 기억하여 최대한으로 이용하기를 바라는 바이다.

속담은 빈부 귀천(貧富貴賤)의 차별(差別)도 없고 남녀 노소(男女老少)도 가리지 않고 누구에게나 친할 수 있는 다정(多情)한 벗이다.

편　자

9

일러두기

(1) 여기에 수록된 25,557구의 속담은 그 이해를 돕기 위해서 되도록 간단 명료하게 해설을 붙였다. 두 가지 이상의 뜻을 지니고 있는 것은 (1), (2), (3)의 기호를 붙여 해설하였다.

(2) 속담의 배열은 그 첫머리 낱말의 차례에 따라 하였으며 자음의 된소리인 ㄲ·ㄸ·ㅃ·ㅉ 은 그 항목 맨 끝에 따로 다루지 않고 그 항목 속에 같이 다루어 찾기에 간편하도록 하였다.

(3) 속담을 쉽게 찾도록 하기 위하여 원문은 큰 자로 하여 눈에 띄게 하였으며 해설은 작은 자로 하였다.

(4) 속담은 색인부(索引部)에서 쉽게 찾도록 하기 위하여 속담 원문 머리에서 아라비아 숫자로 번호를 붙였다.

(5) 속담 중에 이음 동의어(異音同義語)로 된 것은 아래의 예와 같이 각각 수록하였다.

예 1 ┤ 법도 제 자식은 잡아먹지 않는다.
　　　└ 호랑이도 제 자식은 잡아먹지 않는다.

예 2 ┤ 젊어 고생은 돈 주고도 못 산다.
　　　└ 젊어 고생은 은(銀) 주고도 못 산다.

(6) 속담은 표준어로 고쳐 쓰는 것을 원칙으로 하였으나 간혹 부득이한 것은 사투리 그대로 쓰기도 하였다.

(7) 이 책 끝에는 색인을 붙여 모르는 속담일지라도 색인부에서 용처(用處)만 찾으면 필요한 속담을 바로 찾을 수도 있고 고를 수도 있도록 하였다.

(8) 이 책에 사용한 부호는 아래와 같다.

( ) : 어려운 한자숙어(漢字熟語), 또는 고전 원문(古典原文)을 담았다.

〈 〉 : 인용된 고전 문헌(古典文獻)의 책명, 또는 저자명을 담았다.

「 」 : 인용한 말을 표시하였다.

※ : 속담 원문 중에서 어려운 단어에 대한 해설이다.

↔ : 반대 속담에 대한 표시이다.

→ : 대구 속담(對句俗談)을 표시한 것이다.

ㄱ

1. 가까운 것을 버리고 먼 것을 취한다. (捨近取遠)
   욕심 많은 사람은 먼 데 것만 탐내다가 가까운 데 있는 것도 차지 못한다는 말.

2. 가까운 길 버리고 먼 길로 간다.
   자신에게 유리한 짓은 그만두고 해로운 짓을 가려서 한다는 뜻.

3. 가까운 남이 먼 일가보다 낫다.
   먼 데 있는 친척보다 이웃사람들이 이해 관계가 더 크기 때문에 이웃에 사는 남이 낫다는 뜻.

4. 가까운 데 눈보다 먼 데 눈이 더 무섭다.
   흔히 가까운 데 있는 사람은 경계하지만 먼 데 사람은 경계하지 않는다는 말.

5. 가까운 데를 가도 점심밥을 싸가지고 가랬다.
   조그마한 일을 할지라도 만반의 준비를 해야 한다는 말.

6. 가까운 무당보다 먼 데 무당이 더 영험(靈驗)하다고 한다.
   늘 보는 것은 좋아 보이지 않으나 처음 보는 것은 좋아 보인다는 뜻.

7. 가까운 제 눈썹 못 본다.
   먼 데 것은 잘 보면서도 눈앞에 있는 것은 잘 못 본다는 말.

8. 가까운 제 집은 깎이고 먼 데 절은 비친다.
   늘 보는 가까운 것은 좋아 보이지 않으나 자주 보지 못하는 먼 데 것은 훌륭하게 보인다는 말.

9. 가깝던 사람이 원수 된다. (近猶讎之)
   〈春秋左傳〉
   친하지 않은 사람이 섭섭한 짓을 하는 것은 당연하게 생각되지만 친한 사람이 섭섭하게 하면 분하여 원수가 되기 쉽다는 뜻.

10. 가갸 뒷다리도 모른다.
    「가, 갸」의 온자는 그만두고 그 뒤에 있는 「ㅏ, ㅑ」도 모르는 무식한 사람이라는 말.

11. 가게 기둥에 입춘 붙인다. (假家柱立春)
    〈東言解〉
    격에 맞지 않는 일을 엉뚱하게 한다는 말.

12. 가게 기둥에 주련(柱聯)이다.
    무슨 일을 격에 맞지 않게 한다는 말.

13. 가꿀 나무는 밑둥을 높이 자른다.
    무슨 일이나 장래를 생각해서 미리 준비를 해두어야 한다는 뜻.

14. 까기 전 병아리는 세지 말랬다.
    무슨 일이든지 성사되기 전에 미리 이해 관계를 따지지 말고 성사한 뒤에 확실한 것을 셈하라는 뜻.

15. 가난과 도둑은 사촌이다.
    가난하여 어쩔 도리가 없으면 도둑질을 하게 된다는 뜻.

16. 가난 구제는 나라도 못 한다. (貧家之賙 天下其憂)
    〈耳談續纂〉
    가난을 구제하는 것은 국가적으로도 못 하는데 하물며 개인으로서는 어쩔 도리가 없다는 뜻.

17. 가난 구제는 지옥 늪이다.
    가난을 구제하다가는 결국 자신도 고생을 하게 된다는 말.

18. 가난도 스승이다.
    가난하면 이를 극복하려는 의지와 노력이 생기므로 가난이 불행한 것만은 아니라는 뜻.

19. 가난뱅이 구들장에 물 난리다.
    가난한 집은 지붕이 새기 때문에 비만 오면 방 안에서 물 소동이 난다는 뜻.

20. 가난뱅이 귀신이 웃는다. (爲鬼所笑)〈南史〉

11

아무리 해도 가난을 모면할 도리가 없다는 말.

21. 가난뱅이 조상 안 둔 부자 없고 부자 조상 안 둔 가난뱅이 없다.
가난하다고 대대손손 가난한 것이 아니고 부자라고 천추만대 부자로 있는 것이 아니기 때문에 가난한 사람도 부자 될 때가 있고 부자도 가난해질 때가 있다는 뜻.

22. 가난에도 비단 가난이다.
비록 가난하지만 고상(高尙)한 의지를 가지고 산다는 말.

23. 가난은 죄가 아니다.
죄를 받아서 가난한 것이 아니라 한때의 운이라는 뜻.

24. 가난은 팔자다.
가난은 타고 난 운명이기 때문에 참고 견딜 수밖에 없다는 말.

25. 가난을 낙으로 삼는다. (貧而樂)
가난을 참는 데는 낙으로 알고 참아야 극복할 수 있다는 말.

26. 가난을 벗는다. (拔貧)
가난에서 해방되어 부유하게 되었다는 뜻.

27. 가난이 도둑이다.
가난하기 때문에 도둑질도 하게 된다는 뜻.

28. 가난이 무식이다.
가난한 탓으로 배우지 못하여 무식하다는 뜻.

29. 가난이 뼈 속까지 스며든다. (貧寒到骨 : 貧到骨 : 貧徹骨)
가난이 뼈 속까지 침투될 정도로 몹시 가난하다는 말.

30. 가난이 병보다 무섭다.
가난은 대대(代代)로 가난할 수 있지만 병은 불치병이라도 당대에 끝나기 때문에 가난이 더 무섭다는 뜻.

31. 가난이 싸움이다.
가난하면 싸우지 않을 싸움도 하게 된다는 뜻.

32. 가난이 원수다.
불행한 일이 일어나게 된 동기가 모두 돈이 없어서 생긴 것이라는 뜻.

33. 가난이 장사다.
먹고 살기 위하여 있는 힘을 다하여 일을 하기 때문에 남 보기에는 장사로 보인다는 뜻.

34. 가난이 죄다.
가난하기 때문에 여러 가지 죄를 저지르게 된다는 뜻.

35. 가난이 질기다.
가난하여 곧 굶어죽을 것 같으나 그래도 잘 견디어 나간다는 말.

36. 가난 좋아하는 사람 없다.
누구나 가난을 좋아할 사람은 없다는 뜻.

37. 가난하고 늙은 부모가 계시면 하찮은 직업이라도 가져야 한다. (家貧親老 不擇祿而仕)
가난하고 부모가 계시면 하찮은 직업이라도 가져야 부모를 봉양할 수 있다는 말.

38. 가난하고 천대를 받게 되면 일가 친척도 멀어진다. (貧賤親戚離)
가난하고 천대를 받게 되면 친척들까지도 자연히 왕래가 적어지게 되므로 사이가 멀어지게 된다는 뜻.

39. 가난하고 천대받을 때 사귄 친구는 잊지 못한다. (貧賤之交不可忘) 〈後漢書〉
젊어서 함께 고생을 하면서 서로 돕고 의지하던 친구는 죽을 때까지 잊을 수가 없다는 뜻.

40. 가난하고 천하면 부지런해진다. (貧賤生勤儉) 〈旬五志〉
가난하고 천대를 받는 사람은 이것을 탈피하기 위하여 부지런히 일을 하게 된다는 뜻.

41. 가난하기 때문에 벼슬하는 것이 아니다. (仕非爲貧)
국가 공무원은 월급을 받기 위해서만 다니는 것이 아니라 국민들을 위한 봉사도 해야 한다는 말.

42. 가난하여 거지 티가 난다.
몹시 가난하면 거지 티가 외면에 나타난다는 뜻.

43. 가난하면 돈을 아껴 쓰게 된다. (貧可以節用)
가난하면 쓸 데는 많지만 쓸 돈이 적거나 없기 때문에 자연히 아껴 쓰게 된다는 뜻.

44. 가난하면 등신 된다. (貧者小人)
똑똑한 사람도 가난하면 별수없이 못난 사람이 된다는 말.

45. 가난하면 뜻이 구차하고 부유하면 교만하다. (貧斯約 富斯驕) 〈禮記〉
가난한 사람은 비굴감을 가지고 있기 때문에 그 뜻도 원대하지 못하고 제약을 받게 되며 부자는 재력의 힘이 있기 때문에 교만하게 된다는 뜻.

46. 가난하면 마음에 도둑이 든다.
몹시 가난하면 도둑질을 하고 싶은 생각이 든다는 뜻.

47. 가난하면 만사(萬事)가 안 된다.

무슨 일이나 경제적 뒷받침이 따라야 이루어진다는 말.

48. 가난하면 무식을 못 면한다.
　　가난하면 공부를 할 수 없으므로 무식하게 된다는 뜻.

49. 가난하면 번화한 장 바닥 속에 살아도 아는 사람이 없다. (貧居鬧市無相識)〈王參政〉
　　가난한 사람은 친구도 없기 때문에 번화한 곳에 살아도 아는 사람이 없을 정도로 외롭다는 말.

50. 가난하면 부자가 되고 싶어한다. (貧願富)
　　　　　　　　　　　　　　　　　　　　　〈荀子〉
　　고생하면서 가난하게 살고 싶은 사람은 없기 때문에 누구나 잘 먹고 잘 입고 잘 살고 싶어한다는 말.

51. 가난하면서도 남을 원망하지 않는다. (貧而無怨)
　　가난 때문에 남에게서 천대를 받지만 남을 원망하지는 않는다는 말.

52. 가난하면 아내를 가려서 얻지 못한다. (貧不擇妻)
　　가난한 사람은 아내를 골라서 얻을 수가 없다는 뜻.

53. 가난하면 아무것도 주지 못하게 된다. (貧之不能供)〈後漢書〉
　　가난하면 마음으로는 주고 싶은 사람도 많고 주고 싶은 것도 많지만 가진 것이 없기 때문에 줄래야 줄 수 없게 된다는 뜻.

54. 가난하면 아부하게 된다.
　　가난한 사람은 남에게 의지하여 살기 때문에 아부하는 일이 많게 된다는 뜻.

55. 가난하면 일가도 없다.
　　가난하면 일가간에도 왕래가 없게 된다는 뜻.

56. 가난하면 일이 많다. (貧者多事 : 貧則多事)
　　가난하면 먹고 살기 위하여 남보다 더 많이 일을 하게 된다는 말.

57. 가난하면 일하고 싶은 생각이 절로 난다.
　　가난하면 먹고 살기 위하여 일을 하지 않던 사람도 자연히 일하고 싶은 생각이 나게 마련이라는 뜻.

58. 가난하면 죽을 날도 없다.
　　가난한 사람은 눈코 뜰 사이 없이 돈벌이를 해야 하기 때문에 여가가 없다는 말.

59. 가난하면 집안 싸움이 잦다.
　　가난하면 불만과 불평도 많게 되기 때문에 집안 싸움도 자연히 많게 된다는 말.

60. 가난하면 찾아오는 벗도 없다.
　　가난한 사람은 친구도 가난하기 때문에 서로 찾아다닐 여가가 없다는 뜻.

61. 가난하면 찾아오는 친척도 없다.
　　가난하게 살면 친척이 있어도 찾아오는 사람이 별로 없다는 뜻.

62. 가난하면 천대를 받게 되고 돈이 있으면 귀해진다. (貧賤富貴)
　　돈이 없으면 사람 구실을 못 하기 때문에 천대를 받게 되며 돈이 있으면 금력(金力)에 의하여 저절로 신분이 높아지게 된다는 말.

63. 가난하면 친구도 찾아오지 않는다.
　　몹시 가난하면 찾아오는 친구도 없다는 뜻.

64. 가난하면 친척도 멀어진다.
　　친척간에도 경제적으로 차이가 있으면 사이가 멀어지게 된다는 말.

65. 가난하면 친한 사람도 적다.
　　없는 사람은 친구도 적다는 말.

66. 가난하면 형제간에도 만나지 못한다. (家貧則兄弟離)〈愼子〉
　　가난한 형제가 멀리 떨어져 살면 만나고 싶어도 만나기가 어렵다는 뜻.

67. 가난하여 의지할 데가 없다. (赤貧無依 : 至貧無依)
　　가난한 사람은 일가나 친구도 돌봐 주는 사람이 없다는 뜻.

68. 가난한 놈은 성도 없다.
　　없는 사람이 멸시(蔑視)를 당할 때 하는 말.

69. 가난한 놈은 앓을 틈도 없다.
　　가난한 사람은 부지런히 일을 하기 때문에 사소한 여가도 없다는 뜻.

70. 가난한 놈은 일가도 없다.
　　가난하게 살면 친척들이 찾아오지도 않고 돌봐 주지도 않는다는 뜻.

71. 가난한 놈은 제 성도 못 가진다.
　　없는 사람은 제 것을 가지고 있어도 남이 의심한다는 말.

72. 가난한 놈이 기와집만 짓는다.
　　가난한 사람일수록 공상(空想)을 많이 하게 된다는 뜻.

73. 가난한 놈이 남의 것을 먹자면 말이 많다.
　　가난한 사람이 남의 밑에서 일을 하자면 잔소리를 많

이 듣게 된다는 뜻.

74. 가난한 놈일수록 밤새도록 기와집만 짓는다.
가난한 사람은 밤이 되면 가난을 탈피(脫皮)하기 위한 궁리(窮理)를 많이 하게 된다는 말.

75. 가난한 사람끼리는 서로 단결된다. (兩窮相合)
가난한 사람끼리는 같은 처지에 있기 때문에 서로 단결이 잘 될 수 있다는 뜻.

76. 가난한 사람은 덕이 있다. (貧者有德)
가난한 사람은 고생을 많이 해봤기 때문에 남의 사정을 잘 봐준다는 뜻.

77. 가난한 사람은 바라는 것이 많다. (貧者 多所望)　〈馬駉傳〉
가난한 사람은 없는 것뿐이기 때문에 가지고 싶은 것, 하고 싶은 것이 많다는 뜻.

78. 가난한 사람은 송곳 꽂을 땅도 없다. (貧無立錐之地)　〈星湖雜著〉
가난한 농민에게는 송곳을 꽂을 정도의 땅도 없다는 뜻.

79. 가난한 사람은 시장에 살아도 아는 사람이 없고 부자는 깊은 산중에 살아도 친한 사람이 많다. (貧居鬧無人識 富在深山有遠親)〈明心寶鑑〉
가난한 사람은 경제력(經濟力)이 없어 사교 범위(社交範圍)가 좁지만 부자는 경제력이 크기 때문에 사교 범위가 넓어 친한 사람이 많다는 뜻.

80. 가난한 사람은 시장에 살아도 아는 사람이 없다. (貧居鬧無人識)　〈明心寶鑑〉
경제력이 없는 가난한 사람은 대인 관계(對人關係)가 적기 때문에 아는 사람도 매우 적다는 뜻.

81. 가난한 사람은 자는 것이 낙이다.
가난한 사람에게는 오락 시설도 없을 뿐 아니라 피로한 몸을 풀기 위해서 잠을 많이 자게 된다는 말.

82. 가난한 살림에는 빚보다 더 해로운 것은 없다. (貧之害如債貸)　〈星湖雜著〉
가난한 살림에 빚을 얻어 쓰면 그 이자 때문에 더욱 못살게 되므로 빚을 지지 말고 이를 극복해야 한다는 뜻.

83. 가난한 상주(喪主) 방갓 대가리 같다.
(1) 사람의 모양이 엉성하고 우스꽝스럽다는 뜻.
(2) 어떤 물건이 허술하고 값없이 보인다는 뜻.

84. 가난한 양반 씨나락 주무르듯 한다.

일을 우물쭈물하며 결말을 못 짓고 있는 사람을 보고 하는 말.

85. 가난한 양반 향청(鄕廳)에 들어가듯 한다.
(1) 쩔쩔매면서 주저주저하는 모양을 보고 하는 말.
(2) 하기 싫은 일을 맥없이 하는 꼴을 가리키는 말.
※ 향청 : 옛날 향임(鄕任)이 집무하던 관청.

86. 가난한 일가 자랑하는 사람 없다.
잘사는 일가의 자랑은 해도 못사는 일가의 자랑은 하지 않는다는 뜻.

87. 가난한 집 밥 굶듯 한다.
가난한 집에서는 밥 굶는 일이 자주 있듯이 괴로운 일이 자주 돌아온다는 뜻.

88. 가난한 집 신주(神主) 굶듯 한다.
가난한 집에서는 산 사람도 굶는 처지에 있기 때문에 죽은 사람에게도 제물(祭物)을 차려 놓지 못하므로 신주도 굶는다는 말. ※ 신주 : 죽은 사람의 위패(位牌).

89. 가난한 집안에 싸움 떠날 날 없다.
가난하면 집안에 싸움이 잦게 된다는 뜻.

90. 가난한 집에는 형제가 많아도 우애가 좋다.
(世間貧家 兄弟多相愛)　〈北史〉
부유한 집 형제는 흔히 재산 관계로 우애가 좋지 못한 경우가 많지만 가난한 집 형제들은 돕고 있기 때문에 대체로 우애가 좋다는 뜻.

91. 가난한 집에 부부 싸움만 잦다.
집안이 가난하면 불만 불평이 많기 때문에 부부간에도 싸움이 잦게 된다는 뜻.

92. 가난한 집에서 효자 난다. (家貧顯孝子)
　〈寶鑑〉
가난한 집에서 효자는 더 많이 난다는 뜻.

93. 가난한 집에 자식은 많다.
일반적으로 부자보다 가난한 집이 자식은 더 많다는 말.

94. 가난한 집 제사 돌아오듯 한다.
괴로운 일이 계속적으로 자주 닥쳐온다는 뜻.

95. 가난한 집 족보(族譜) 자랑하기다.
가난뱅이 양반은 자랑할 것이 없어서 자기 조상 자랑만 한다는 말.

96. 가난한 친정에 가는 것보다 가을 산에 가는 것이 낫다.
가을이 되면 산에 먹을 수 있는 과일이 많다는 말.

97. 가난한 탓이다. (貧寒所致)

고생스러운 것도, 천대받는 것도, 어리석은 것도, 용기가 없는 것도 모두가 가난한 탓이라는 뜻.

98. 가난한 활수(滑手)가 돈 있는 부자보다 낫다.
비록 가난하지만 돈 잘 쓰는 활수가 돈을 두고도 쓰지 않는 구두쇠의 부자보다 낫다는 말.

99. 가난할수록 더 가난해진다. (貧益貧)
가난해질수록 있던 것은 팔아 먹게 되고 빚은 늘어만 가기 때문에 점점 가난해진다는 뜻.

100. 가난할수록 밤마다 기와집만 짓는다.
(1) 가난할수록 밤이면 헛공상만 하게 된다는 말.
(2) 가난할수록 남에게 잘사는 것같이 겉치장을 하려는 생각을 하게 된다는 뜻.

101. 가난할수록 서울로 가랬다.
가난한 사람은 부자가 많은 서울로 가는 것이 살기가 낫다는 뜻.

102. 가난해도 빚만 없으면 산다.
가난하더라도 빚만 없으면 마음은 편하다는 뜻.

103. 가난해도 절개는 지켜야 한다. (貧守廉介)
〈鄕約章程〉
가난하면 절개도 팔기 쉬우나 악착같이 고수해야 한다는 뜻.

104. 가난해져야 아내의 어짐을 알게 된다. (家貧思良妻)
잘사는 집보다도 가난한 집 아내의 역할이 더 크게 되기 때문에 아내의 고마움을 알게 된다는 뜻.

105. 가난해졌다 부유해졌다 한다. (一貧一富)
가난한 사람이 부자가 되기도 하고 부자도 패가하여 가난해지기도 한다는 뜻.

106. 가난했을 때 사귄 친구다. (貧賤之交)
〈後漢書〉
가난했을 때 서로 도와 주고 아껴 준 친구가 진정한 친구라는 뜻.

107. 까 놓고 말한다.
있는 사실을 숨김없이 다 털어 놓고 말한다는 뜻.

108. 가는 곳마다 낭패만 당한다. (則處狼狽)
어디를 가나 실패만 하게 된다는 뜻.

109. 가는 곳마다 내 땅이요 자는 집마다 내 집이다.
떠돌아다니는 거지가 한탄하다가 자위(自慰)하는 말.

110. 가는 곳마다 뼈 묻을 산은 있다. (到處靑山骨可埋) 〈顧英〉
어디를 가나 죽어 묻힐 곳이 있듯이 가는 곳마다 사람의 인정은 있다는 뜻.

111. 가는 곳마다 선화당이다. (到處宣化堂)
옛날 감사(監事)가 자기 관내에 가면 가는 곳마다 선화당이 된다는 말. ※ 선화당 : 옛날 감사가 집무하던 대청.

112. 가는 곳마다 영광이 있다. (到處有榮)
어디를 가나 영광으로 가득 찬 환경에 처해 있다는 뜻.

113. 가는 곳마다 패배(敗北)만 당한다. (觸處逢敗)
어디서 무슨 일을 하나 실패만 한다는 뜻.

114. 가는 길목을 여우가 지나가면 재수 없다.
여우는 방정맞은 짐승이기 때문에 길목을 지나가면 그날 재수가 없다는 말.

115. 가는 나그네는 뒷모습이 보기 좋고 밥 먹는 자식은 얼굴 모습이 보기 좋다.
반가운 나그네도 여러 날 있으면 가기를 바란다는 뜻.

116. 가는 년이 물 길어다 놓고 갈까 ?
살기 싫어서 그 집을 나가는 사람이 뒷일까지 보살펴 주고 갈 까닭이 없다는 뜻.

117. 가는 년이 보리방아 찧어 놓고 갈까 ?
그 집을 마다고 나가는 처지에 뒷일을 위하여 힘든 보리방아까지 찧어 놓고 갈 이치가 없다는 뜻.

118. 가는 눈으로 멀리 봐야 한다.
현실의 고난을 참아 가며 앞날을 보고 살아야 한다는 말.

119. 가는 떡이 커야 오는 떡도 크다.
내가 남에게 후하게 하면 남도 나에게 후하게 대하여 준다는 뜻.

120. 가는 떡이 하나면 오는 떡도 하나다.
남에게 대우를 잘 받고 못 받는 것은 자기 자신에게 달렸다는 말.

121. 가는 말에도 채질하랬다.
빨리 가는 말도 더 빨리 가도록 채질을 하듯이 잘 되는 일이라 할지라도 더욱 잘 되게 하기 위하여서는 계속 노력을 해야 한다는 말.

122. 가는 말에 채찍질하기다. (走馬加鞭)
부지런히 하는 일에 자꾸 독촉질한다고 일이 더 잘 되지는 않는다는 뜻.

123. 가는 말이 거칠면 오는 말도 거칠다.

남에게서 대접을 잘 받고 못 받는 것은 다 자신에게 달렸다는 말.

124. **가는 말이 고와야 오는 말도 곱다.**〈去言美 來言美〉,〈來言不美 去語何美〉
〈東言解〉,〈旬五志 , 松南雜識〉
내가 남에게 먼저 고운 말을 해야 남도 나에게 고운 말을 하게 된다는 말.

125. **가는 밥 먹고 가는 똥 누랬다.**
(1) 수입이 적으면 지출도 줄여서 수지 균형을 맞추도록 하라는 뜻.
(2) 수입을 늘이려고만 애쓰지 말고 지출을 줄이라는 뜻.

126. **가는 밥 먹고 속 편하게 살랬다.**
많이 벌려고 애쓰지 말고 쓰는 것을 줄여서 쓰는 것이 편안하게 생활하는 방법이라는 뜻.

127. **가는 방망이에 오는 홍두깨다.**
방망이로 때리고 홍두깨로 맞듯이 남을 해치려다가는 도리어 해를 많이 받게 된다는 말.

128. **가는 배가 순풍(順風)이면 오는 배는 역풍(逆風)이다.**
무슨 일이나 한 가지가 좋으면 한 가지는 나쁜 데가 있다는 뜻.

129. **가는 베 놓겠다.**
가늘고 고운 베를 짜겠다는 뜻으로서 없으면서 말로는 잘하는 척하는 사람에게 야유하는 말.

130. **가는 봉송이 말로 가면 오는 봉송도 말로 온다.**
자기가 남을 후하게 해줘야 남도 자기를 후하게 해준다는 말.

131. **가는 사람 쫓지 말고 오는 사람 막지 말라.**
(往者不追 來者不拒) 〈孟子〉
가는 사람은 붙들지 말고 오는 사람은 거절하지 말고 받아들이라는 뜻.

132. **가는 사람이 있으면 오는 사람도 있다.**
나를 좋아하는 사람도 있고 싫어하는 사람도 있다는 뜻.

133. **가는 세월에 오는 백발이다.**
세월이 가면 사람은 저절로 백발이 된다는 뜻.

134. **가는 손님 뒤꼭지는 예쁘다.**
가난하여 손님 대접하기가 곤란하던 차에 손님이 가게 되니 그 손님의 꼭뒤가 예쁘게 보인다는 말.

135. **가는 임은 밉상이요 오는 임은 곱상이다.**

말려도 뿌리치고 가는 임은 미워도 기다리던 끝에 오는 임은 반갑다는 말.

136. **가는 임은 잡지 말고 오는 임은 막지 말랬다.**
내가 싫어서 가는 임은 잡아야 소용이 없기 때문에 잡지 말아야 하고 오는 임은 내가 좋아서 오는 것이기 때문에 막아서는 안 된다는 말.

137. **가는 정이 있어야 오는 정도 있다.**
내가 먼저 상대방에게 정을 줌으로써 상대방도 나에게 정을 주게 된다는 뜻.

138. **가는 토끼 잡으려다가 잡은 토끼 놓친다.**
너무 욕심을 부려 한꺼번에 여러 가지 일을 하려다가는 도리어 손해를 보게 된다는 말.

139. **가늘게 흐르는 개울물도 바다로 간다.**(細流歸海)
개울물도 먼 바다까지 가듯이 사람도 희망을 가지고 꾸준히 노력하면 성공할 수 있음을 뜻함.

140. **가능한 것도 불가능하게 된다.** (方可方不可) 〈莊子〉
가능한 것이라고 하여 영구 불변(永久不變)한 것이 아니라 환경이 변하면 불가능하게 되는 것이기 때문에 기회를 놓쳐서는 안 된다는 뜻.

141. **까다롭기는 옹생원(雍生員) 똥구멍 같다.**
사람 성격이 몹시 까다롭다는 뜻. ※ 옹생원 : 성질이 편협한 사람의 별명.

142. **가다 말면 안 가는 것만 못하다.**
무슨 일을 하다가 중도에서 그만두려면 차라리 처음부터 않는 것이 낫다는 뜻.

143. **까닭 없는 책망이다.**(無情之責)
아무 이유도 없는 애매한 책망이라는 뜻.

144. **까닭 없이 남의 비방을 받는다.**(無事得謗)
아무 이유도 없이 애매하게 남에게서 비방을 받는다는 말.

145. **가던 날이 대샀날이다.**
(1) 뜻밖에 잘 얻어 먹었을 때 하는 말. (2) 일이 공교롭게 잘 이루어졌다는 말.

146. **가던 날이 잔칫날이다.**
뜻밖에 잘 얻어 먹었을 때 하는 말.

147. **가던 날이 장날이다.**
뜻하지 아니한 일이 공교롭게 잘 이루어지게 되었다는 뜻.

148. 가득 차기도 하고 텅 비기도 한다.
　(盈虛 : 盈缺)
　그릇에 가득히 차기도 하다가 때로는 텅 비기도 하듯
　이 성공하기도 하고 실패하기도 한다는 뜻.

149. 가득 차면 넘치고 겸손하면 는다. (虧盈益
　謙 : 滿招損 謙受益)
　그릇에 가득 채우면 넘쳐흐르게 되고 사람은 겸손하
　면 따르는 사람이 늘게 된다는 뜻.

150. 가득 차면 넘친다. (滿則溢)
　무슨 일이든지 한도가 있기 때문에 그 한도를 넘게 되
　면 하강(下降)하게 된다는 말.

151. 가라고 가랑비 오고 있으라고 이슬비 온다.
　옛날 손님을 보내기 위하여 주인이 「가라고 가랑비가
　온다」라고 말하자 손님은 「있으라고 이슬비가 온다」
　라고 말하면서 가지 않았다는 이야기에서 나온 말.

152. 가락 바로 잡는 집에 갔다 세워 놓았다가
　만 가져와도 낫다.
　환자는 병원에만 갔다 와도 병이 나아진 기분이 들게
　된다는 뜻. ※ 가락 : 물레에서 실을 감아 주는 긴 젓
　가락 꼴의 쇠.

153. 가랑니가 더 문다.
　체격이 작은 사람이 더 사납다는 뜻.

154. 가랑비에 옷 젖는 줄 모른다.
　(1) 사소한 일에는 관심을 가지지 않는 데 경고한 말.
　(2) 돈도 조금씩 쓰는 줄 모르게 쓴 것이 나중에는 거
　액으로 되었다는 뜻.

155. 가랑이가 찢어지게 가난하다.
　먹지 못해 몹시 말라서 궁둥이에 살이 없어 가랑이가
　찢어질 것 같다는 말로서 몹시 가난하다는 뜻.

156. 가랑이에 두 다리를 넣는다.
　몹시 급하여 바지 가랑이 하나에 두 다리를 넣었다는
　말로서 성급히 서두르는 일은 성사되지 못한다는 뜻.

157. 가랑이에서 불이 난다.
　몹시 분주하게 돌아다닌다는 말.

158. 가랑이에서 비파(琵琶)소리가 난다.
　가랑이가 스쳐 비파소리가 날 정도로 분주하게 뛰어
　다닌다는 말. ※ 비파 : 현악기의 한 가지.

159. 가랑잎에 꿩 새끼 숨듯 한다.
　매우 약삭스러운 짓을 한다는 뜻.

160. 가랑잎에 불붙듯 한다.
　가랑잎이 불에 확 타듯이 성미가 몹시 급하다는 뜻.

161. 가랑잎으로 눈 가리고 아웅한다.
　가랑잎으로 눈을 가리면 남들이 저를 못 보는 줄 알
　고 남을 속이려는 어리석은 짓을 비유한 말로서 얕은
　꾀로 남을 속이면 바로 드러나게 된다는 말.

162. 가랑잎으로 눈 가리기다.
　일부분만 감추고서도 전체를 감춘줄 아는 어리석은 짓
　을 비유한 말.

163. 가랑잎으로 똥 싸먹게 되었다.
　잘 살던 사람이 몹시 가난하게 되어 똥이라도 먹게 되
　었다는 말.

164. 가랑잎으로 아랫도리를 가리겠다.
　(1) 애를 써도 헛수고만 한다는 뜻. (2) 몹시 가난하
　여 옷이 없다는 뜻.

165. 가랑잎이 바스락하니까 솔잎도 바스락한다.
　(1) 남의 흉내를 잘 낸다는 말. (2) 자기의 분수에 맞지
　않는 짓을 한다는 뜻.

166. 가랑잎이 솔잎더러 바스락거린다고 한다.
　제 허물이 큰 줄은 모르고 남의 작은 허물만 들추어
　낸다는 뜻.

167. 가래 장치 뒤는 나라님도 몰라본다.
　가래질하는 뒤는 위험하기 때문에 가지 말라는 뜻.

168. 가래침도 구슬이 된다. (咳唾成珠)
　권력자가 뱉은 가래침은 구슬이라고 하여도 믿어 주
　듯이 권력자의 말은 위력(威力)이 있다는 뜻.

169. 가래 터 종놈 같다.
　가래질하는 종놈같이 무뚝뚝하다는 뜻.
　※ 가래 : 흙을 파헤치는 농구.

170. 가려야 의복(衣服)이다.
　몸을 가릴 수 있어야 비로소 옷이라고 할 수 있듯이
　자기가 맡은 일은 자기가 해야 남에게서 대우를 받는
　다는 말.

171. 가려운 것이 아픈 것보다 참기 어렵다.
　오래 두고 가려운 것이 잠깐 아프다 마는 것보다 참
　기가 더 어렵다는 뜻.

172. 가려운 데를 긁는다. (爬癢) 〈穢德先生傳〉
　(1) 남의 비위를 잘 맞춘다는 뜻. (2) 남의 사정을 잘
　알아준다는 뜻.

173. 가려운 데를 긁어줄 줄 알아야 한다.
　남의 어려운 사정을 알아서 동정할 줄도 알아야 한다
　는 뜻.

174. 가로 지나 세로 지나 마찬가지다.

이렇게 하나 저렇게 하나 결과적으로는 일반이라는
뜻.

175. 가루 가지고 떡 못 만들까 ?
떡가루만 있으면 떡을 만들 수 있듯이 모든 조건만 갖
추어지면 누구나 할 수 있다는 뜻.

176. 가루는 칠수록 고와지고 말은 할수록 거칠
어진다.
가루는 체로 칠수록 고와지지만 말은 여러 말을 할수
록 해로우니 말을 삼가라는 뜻.

177. 가루를 팔러 가면 바람이 불고 소금을 팔러
가면 비가 온다. (賣屑逢風 賣鹽逢雨)
〈松南雜識〉
세상 일에는 뜻대로 되지 않고 엇나가는 경우가 많기
때문에 객관적 조건을 잘 고려해서 일을 해야 한다
는 뜻.

178. 가루 팔러 가면 바람이 분다. (賣屑逢風)
〈松南雜識〉
일하는 데 방해물이 생겨 일이 안 된다는 뜻.

179. 가르치기를 게을리 하지 않는다. (誨人不倦)
〈論語〉
선생이 학생들을 부지런히 가르친다는 뜻.

180. 가르친 사위다. (所敎之壻)　〈東言解〉
장가 가는 신랑은 결혼에 대하여 다 알고 오는 것인
데 신랑이 원체 못나서 장가 와서 가르쳐서 결혼식을
하였다는 데서 유래된 말로서 아무것도 할 줄 모르
는 사람을 비웃는 말.

181. 가르침은 배움의 반이다. (敎學半) 〈禮記〉
가르치고 배우는 데서는 배우는 사람만 공부가 되는
것이 아니라 가르치는 사람도 배우는 사람의 반 정도
는 공부가 된다는 뜻.

182. 가리산인지 지리산인지를 모른다.
서로 비슷하기 때문에 분별하기가 어렵다는 뜻.

183. 가릴 데를 가려야 옷이다.
옷은 몸을 가려야 할 데를 가려야 옷이라고 하듯이 모
든 일은 기본적인 목적을 달성해야 한다는 뜻.

184. 가마가 검기로 밥도 검을까 ?
(1) 외모는 추하지만 마음은 아름답다는 뜻.
(2) 사람은 겉만 보고 평가를 해서는 안 된다는
뜻.

185. 가마가 많으면 살림이 가난하다.
남자가 첩을 얻어 여러 살림을 하게 되면 패가하기 쉽
다는 뜻.

186. 가마가 많으면 양식이 헤프다.
살림을 여러 군데에 벌이면 돈이 헤프다는 뜻.

187. 까마귀가 까치 집 뺏듯 한다.
서로 비슷하게 생긴 것을 미끼로 하여 남의 것을 빼
앗는다는 말.

188. 까마귀가 검다고 마음까지 검을까 ?
겉으로 보기와 속 마음과는 아주 다르다는 뜻.
↔ 겉 검은 놈은 속도 검다.

189. 까마귀가 검다고 살까지 검을까 ?
사람을 평할 때 겉 모양만 보고서 평해서는 안 된다
는 뜻. ↔ 겉 검은 놈은 속도 검다.

190. 까마귀가 검어도 살은 희다.
겉으로 보기보다는 마음씨가 대단히 착하다는 뜻.
↔ 겉 검은 놈은 속도 검다.

191. 까마귀가 검어도 알은 희다.
아비는 악한 사람이라도 아들은 착하다는 뜻.
↔ 겉 검은 놈은 속도 검다.

192. 까마귀가 겉이 검지 속도 검다더냐 ?
겉모양은 허술하게 보이지만 속은 똑똑하고 아름답다
는 뜻. ↔ 겉 검은 놈은 속도 검다.

193. 까마귀가 고욤을 마다할까 ?
본래부터 좋아하는 것을 싫다고 할 리가 없다는 뜻.

194. 까마귀가 똥 그적거리듯 한다.
(1) 무슨 일을 흐지부지하게 한다는 뜻. (2) 글씨를 그
적거리어 쓴다는 말.

195. 까마귀가 똥 헤치듯 한다.
까마귀가 먹지 못하는 똥을 헤쳐 가며 먹이를 찾듯이
무슨 일을 거추장스럽게 하는 것을 보고 하는 말.

196. 까마귀가 먹칠해서 검어졌다더냐 ?
후천적(後天的)으로 된 것이 아니라 선천적(先天的)
으로 되었다는 뜻.

197. 까마귀가 메밀을 마다할까 ?
언제나 좋아하던 것을 싫어할 리가 없다는 뜻.

198. 까마귀가 병아리 채가듯 한다. (烏攫去)
〈成進士傳〉
슬쩍 힘 안 들이고 해치운다는 뜻.

199. 까마귀가 보리를 마다겠다.
평소에 좋아하는 것을 마다고 할 리가 없다는 뜻.

200. 까마귀가 사촌 하자고 하겠다.
몹시 피부 색이 검은 사람을 두고 하는 말.

201. 까마귀가 속도 검을까.
  (1) 외양 보고는 속을 모른다는 뜻. (2) 생김새보다는 마음이 착하다는 뜻. ↔ 겉 검은 놈은 속도 검다.

202. 까마귀가 알 물어다 감추듯 한다.
  까마귀는 정신이 없어서 알을 감추고서도 나중에는 모르듯이 잘 잊어 버리는 사람을 보고 비유하는 말.

203. 까마귀가 오디를 마다할까 ?
  언제나 좋아하는 것을 싫다고 할 리가 없다는 말.

204. 까마귀가 희어질 때만 기다려라.
  아무런 희망도 없는 일을 무작정 기다린다는 뜻.

205. 까마귀 게 발 던지듯 한다.
  까마귀가 딱딱하여 먹지 못하는 게 발을 던져 버리듯이 미련은 있지만 어쩔 수 없어 버린다는 뜻.

206. 까마귀 고기를 먹었나 ?
  까마귀는 정신이 없는 새라는 뜻에서 나온 말로서 잘 잊어 버리는 사람을 조롱하는 말.

207. 까마귀 골수막 파듯 한다.
  까마귀가 골을 맛있게 파먹듯이 사람도 무슨 음식을 정신없이 먹는 것을 가리켜 하는 말.

208. 까마귀 날자 배 떨어진다. (烏飛梨落)〈旬五志〉
  아무런 연관성도 없는 일이 공교롭게 다른 일과 동시에 발생되어 어떤 관계라도 있는 듯한 의심을 받게 되었다는 뜻.

209. 까마귀는 미역을 감아도 희어지지 않는다.
  본 천성(天性)이 악한 사람은 가르쳐도 착하게 되지 않는다는 뜻.

210. 까마귀는 벌써 날아갔다.
  (1) 일은 다 틀렸다는 뜻. (2) 때는 이미 지나갔다는 뜻.

211. 까마귀는 자라서 어미를 먹인다.
  까마귀도 어미에게 효도하는데 항차 사람이 까마귀만 못해서야 되겠느냐는 뜻.

212. 까마귀 대가리가 희고 말 대가리에 뿔이 났다. (烏頭白 馬生角)　　〈史記〉
  도저히 있을 수도 없는 일이라는 뜻.

213. 까마귀 대가리가 희다고 한다. (烏頭白)
　　　　　　　　　　　　　　〈史記〉
  아무도 곧이 안 들을 말을 할 때 쓰는 말.

214. 까마귀 떡 감추듯 한다.
  정신없는 까마귀가 떡을 물어다가 감추고도 잊어 버리듯이 잘 잊어 버리는 사람을 조롱하는 데 쓰는 말.

215. 까마귀 떼 다니듯 한다.

불길한 까마귀가 떼를 지어 날으듯이 인상이 좋지 못한 사람들이 떼 지어 다니는 것을 보고 하는 말.

216. 까마귀도 고향 까마귀는 반갑다.
  고향 것은 무엇이나 다 반가와진다는 뜻.

217. 까마귀도 날아야 먹을 것이 생긴다.
  사람도 활동을 해야 돈이 생긴다는 말.

218. 까마귀도 내 땅 까마귀라면 반갑다.
  객지(客地)에서 고향 사람을 만나면 매우 반갑다는 말.

219. 까마귀도 제 소리는 아름답다고 한다.
  자기가 하는 일은 다 잘하는 것으로 생각한다는 뜻.

220. 까마귀도 제 소리는 좋다고 한다.
  누구나 자기의 것은 다 좋다고 한다는 뜻.

221. 까마귀도 제 자식은 예쁘다고 한다.
  아무리 못난 자식이라도 부모는 자식을 예쁘다고 한다는 뜻.

222. 까마귀도 흰 알을 낳는다.
  아무리 나쁜 사람이라도 아들은 잘 둘 수 있다는 뜻.

223. 까마귀 똥도 약이라니까 물에 깔긴다.
  까마귀 똥도 약에 쓰려면 귀하듯이 흔한 물건도 막상 필요할 때는 구하기가 어렵다는 뜻.

224. 까마귀 똥도 열 닷 냥 하면 물에다 눈다.
  (1) 쓸데없는 물건도 값이 나간다면 귀해진다는 뜻. (2) 흔한 물건도 필요할 때 구하려면 귀하다는 뜻.

225. 까마귀 똥도 오백 냥 하면 물에다 싼다.
  쓸 데 없어서 버리던 물건도 값이 비싸지면 귀해진다는 뜻.

226. 까마귀 모르는 제사다.
  자손(子孫)이 없는 집 제사를 두고 하는 말.

227. 까마귀 뭐 뜯어먹듯 한다.
  남이 모르게 살금살금 먹는 것을 두고 하는 말.

228. 까마귀 밥이 된다.
  죽어도 송장을 치워 줄 사람이 없다는 뜻.

229. 까마귀 아래턱이 떨어질 소리다.
  상대방에게서 너무나 어처구니 없는 말을 들었을 때 하는 말.

230. 까마귀 안 받아 먹듯 한다.
  까마귀는 효성스러운 새라는 데서 늙은 부모가 아들의 효양을 받는다는 뜻.

231. 까마귀 암수를 누가 안다더냐. (誰知烏之雌

雄)　　　　　　　　　　　　　　　〈詩經〉
까마귀의 암컷과 수컷을 구별하기 어렵듯이 외모가 똑
같아 보이는 것은 분별하기가 어렵다는 뜻.

232. 까마귀 어물전(魚物廛) 보고 날듯 한다.
까마귀가 사람이 지키고 있는 어물전 위를 날으고 있
듯이 되지 않을 일을 노리고 있다는 뜻.

233. 까마귀 열 두 소리에 하나도 좋을 것 없다.
(烏聲十二 無一妖媚)　　　　　　〈耳談續纂〉
미운 사람이 하는 짓은 어느 하나도 귀여워 보이는 것
이 없다는 말.

234. 까마귀 정신이다.
기억력이 없어서 잘 잊어 버리는 사람을 보고 하는 말.

235. 까마귀 짖는다고 범 죽으랴.
약한 힘으로는 강자가 하는 일을 방해할 수 없다는 뜻.

236. 까마귀 학이 되랴.
본질적으로 다른 것은 고칠 수 없다는 뜻.

237. 까마귀 학이 되며 기생이 열녀(烈女) 되랴.
검은 까마귀가 흰 학이 될 수 없듯이 뭇사나이와 접
촉한 기생은 열녀가 될 수 없다는 뜻.

238. 가만히 먹는 음식은 체하기 일쑤다.
남 모르게 숨어서 먹는 음식은 급하게 먹게 되므로 체
하기가 쉽다는 뜻.

239. 가마 뚜껑에 엿을 놓고 왔나.
오자 마자 가려고 서두르는 사람을 보고 하는 말.

240. 가마 속 색시는 보지 말랬다.
시집가는 색시의 어색한 모습을 보는 것은 예의가 아
니라는 뜻.

241. 가마솥 밑이 노구솥 밑을 검다고 비웃는다.
(釜底笑鼎底)　　　　　　　〈旬五志, 松南雜識〉
자기에게는 큰 흉이 있어도 모르고 남의 작은 흉을
보는 사람을 두고 하는 말.
※노구솥 : 구리로 만든 작은 솥.

242. 가마솥 밑이 노구솥 밑을 탓한다. (釜底咎鼎
底)　　　　　　　　　　　　　　　〈東言解〉
제 흉은 모르고 남의 흉만 보는 사람을 비유한 말.

243. 가마솥에 든 고기다. (釜中之魚)
(1) 헤어날 수 없는 절망에 빠져 있다는 뜻.
(2) 곧 죽을 때가 되었다는 뜻.

244. 가마솥에 삶겨 죽더라도 할 말은 다 한다.
(據鼎鑊而盡言)　　　　　　　　　〈抱朴子〉
죽을 때 죽더라도 할 말은 해야 한다는 뜻.

245. 가마솥에 삶은 고기 맛은 한 점만 보아도
전체의 맛을 알 수 있다. (嘗一臠知 一鑊之味)
가마솥에 삶은 고기 맛은 부분만 보아도 전체를 알 수
있듯이 사람도 한두 가지 행실만 보아도 그 사람의
전체를 알 수 있다는 말.

246. 가마솥에서 노는 고기다. (魚遊釜中)
누구나 자기 눈앞에 다가올 재액(災厄)은 모른다는
말.

247. 가마솥은 부엌에 두고 절구는 헛간에 두랬
다.
(1) 자신의 처지를 올바르게 지키라는 뜻.
(2) 물건은 두고 쓰는 곳에 두어야 한다는 뜻.

248. 가마솥이 검다고 밥도 검으랴.
(1) 외양과 마음은 다르다는 뜻.
(2) 외양보다는 마음이 얌전하다는 뜻.

249. 가마솥 콩도 삶아야 먹는다.
가마솥에 있는 콩도 삶지 않으면 먹을 수 없듯이 모
든 일도 끝 마무리를 잘하지 않으면 소기의 성과를
거둘 수 없다는 뜻.

250. 가마 타고 시집 가기는 다 틀렸다.
제 격식대로 일을 하기는 다 틀렸다는 말.

251. 가마 타고 시집 가기는 콧집이 앵글어졌다.
시집갈 때 으레 타고 가야 할 가마를 못 타고 가듯이
제 격식대로 하지 못하게 되었다는 말.

252. 가마 탄 사람이 채찍질한다. (軺軒馬鞭)
분담(分擔) 맡은 일이 잘못되었다는 뜻.

253. 가마 탄 색시가 오래랴?
가마 타고 오는 신부가 멀지 않아 오듯이 너무 기다
리지 말라는 뜻.

254. 까막 까치도 저녁이면 제 집에 돌아간다.
밤이 되어도 잘 집이 없는 외로운 사람이 까막 까치
에 비유하면서 한탄하는 말.

255. 까막 까치도 제 집은 있다.
까마귀와 까치도 제 집은 있는데 하물며 인간으로서
제 집이 없다는 뜻.

256. 까막잡기하는 셈이다.
서로 찾으며 돌아다니는 것을 두고 하는 말.

257. 까만 것은 글자요 흰 것은 종이다.
글자라고는 한 자도 모르는 무식한 사람이라는 뜻.

258. 가만 바람이 고목(古木)을 꺾는다.
하찮게 보이는 사람도 큰 일을 한다는 뜻.

259. 가만 바람이 큰 나무를 꺾는다.
    대단찮게 여겼던 사람이 뜻밖에 큰 일을 하였다는 뜻.

260. 가만히 기다리고만 있다. (静而俟之)
    기회만 기다리면서 조용히 있다는 말.

261. 가만히 먹으라니까 뜨겁다고 소리친다.
    (1) 눈치가 몹시 없다는 뜻. (2) 비밀을 지키지 못한다는 뜻.

262. 가만히 먹으라니까 뜨겁다고 한다.
    (1) 눈치가 매우 없다는 뜻. (2) 남의 약점을 알고 더욱 입장을 괴롭힌다는 뜻.

263. 가만히 먹으라니까 얌냠하면서 먹는다.
    (1) 눈치 없이 행동한다는 뜻. (2) 비밀을 지키지 못한다는 뜻.

264. 가만히 먹으라니까 큰 기침까지 한다.
    (1) 눈치가 몹시 없다는 뜻. (2) 비밀을 지키지 못한다는 뜻.

265. 가만히 앉아서 놀고 먹기만 한다. (坐食)
    아무 일도 않고 주는 밥만 먹는다는 뜻.

266. 가만히 앉아서 보기만 한다. (坐視)
    자신도 참가해야 할 의무가 있음에도 불구하고 남의 일같이 보고 앉아 있다는 뜻.

267. 가만히 있으면 무식이나 면한다.
    모르는 것을 아는 척하다가는 무식이 탄로나게 되기 때문에 모르는 것은 말하지 말라는 뜻.

268. 가만히 있으면 중간이나 간다.
    잠자코 있으면 남들이 아는지 모르는지 모르게 되기 때문에 중간은 되지만 모르는 것을 아는 척하다가는 무식이 탄로난다는 말.

269. 가맛전에 엿을 붙여 놓고 왔나?
    왔던 손님이 바로 가려고 할 때 쓰는 말.

270. 까먹는 새는 쫓는다.
    단 한 알이라도 까먹어 손해를 끼치는 새는 두고 볼 수 없다는 뜻.

271. 가면 갈수록 첩첩 산중이다.
    살아갈수록 점점 고생스럽기만 하다는 뜻.

272. 가문 논에 물 들어가는 것 기쁘고 제 입에 밥 들어가는 것 기쁘다.
    농민으로서 가장 기쁜 것은 가문 논에 물 대는 것과 양식 안 떨어지고 밥 먹고 사는 것이라는 뜻.

273. 가문(家門) 덕에 대접받는다.
    (1) 본인은 못났지만 조상 덕으로 대접을 받게 되었다는 뜻. (2) 환경이 좋으면 못난 사람도 후대를 받는다는 뜻.

274. 가문이 좋아야 벼슬도 한다.
    출세하는 사람은 배경이 좋아야 한다는 뜻.

275. 가물 때 개구리가 울면 비가 온다.
    가물 때 개구리의 울음으로 비 올 것을 알 수 있다는 말.

276. 가물 때 개미가 거동을 하면 비가 온다.
    가물 때 개미의 거동을 보고 비 올 것을 미리 알 수 있다는 말.

277. 가물 때는 배를 사두고 장마 때는 수레를 사둬야 한다. (旱則資舟 水則資車)
    가물 때는 배 값이 싸고 장마 때는 수레 값이 싸기 때문에 물건은 이렇게 쌀 때 사둬야 돈이 많이 남게 된다는 말.

278. 가물 끝에 오는 비 같다.
    (1) 가뭄에 기다리던 비같이 반가운 비라는 뜻. (2) 흉년에서 풍년으로 되듯이 획기적인 계기가 되었다는 뜻.

279. 가물 끝은 있어도 장마 끝은 없다.
    큰 가물이라도 다소의 곡식은 거둘 수 있지만 큰 수해에는 농작물뿐 아니라 농토까지 유실(流失)되기 때문에 피해가 더 크다는 뜻.

280. 가물 때 개구리가 자주 울면 비가 온다.
    옛날부터 농촌에서 개구리 소리로 비 올 징조를 알 수 있다는 말.

281. 가물 때 개미가 떼 지어 이동(移動)하면 비가 온다.
    옛날부터 농촌에서 개미의 이동을 보고 비 올 것을 알 수 있다는 말.

282. 가물 때 달무리가 있으면 비가 온다.
    옛날부터 농촌에서 달무리를 보고 비 올 것을 안다는 말.

283. 가물 때 달 부근에 별이 있으면 삼 일 후에 비가 온다.
    옛날부터 농촌에서 달과 별을 보고 비 올 것을 안다는 말.

284. 가물 때 햇무리가 있으면 비가 온다.
    옛날부터 농촌에서 햇무리를 보고 비 올 것을 안다는 말.

285. 가뭄에 돌 친다.
    가물었을 때 도랑을 치면 일하기가 쉽듯이 모든 일은

좋은 기회를 이용하면 성과가 크다는 뜻.

286. 가뭄에 비 바라듯 한다. (若枯旱之望雨)
　가뭄에 농민들이 비를 기다리듯이 몹시 바란다는 뜻.

287. 가뭄에 빗방울 안 떨어지는 날 없다.
　가뭄에는 비가 올 듯 올 듯하면서도 안 온다는 뜻.

288. 가뭄에 콩 나듯 한다. (旱時太出) 〈東言解〉
　가물 때 나는 콩은 여기저기 드문드문 나듯이 무슨 일
　을 계속 하지 않고 띄엄띄엄 띄워 가며 한다는 뜻.

289. 가뭄에 탄 곡식이 단비를 만난 격이다.
　(旱苗逢雨)
　(1) 죽게 되었던 것이 되살아나게 되었다는 뜻.
　(2) 흉년을 면하게 된 농민들의 기쁨이라는 뜻.

290. 가벼운 것도 많이 실으면 차축(車軸)이 부
　러진다. (從輕折軸 : 群輕折軸 : 叢輕折軸) 〈史記〉
　아무리 가벼운 것이라도 많이 싣게 되면 차축이 부러
　지는 것을 볼 수 있듯이 가볍거나 작은 것이라 하여
　깔봐서는 안 된다는 말.

291. 가벼운 백지장(白紙張)도 맞들면 낫다.
　아무리 사소한 일이라도 서로 협력하면 하기가 더 수
　월하다는 뜻.

292. 가벼운 새깃도 많이 실으면 배가 가라앉는
　다. (積羽沈舟) 〈史記〉
　작은 것도 쌓이면 양에서 질로 변하기 때문에 작은 것
　도 경시(輕視)하지 말라는 뜻.

293. 가벼운 중이 떠나야지 무거운 절이 떠나지
　못한다.
　절이 싫으면 중이 떠나야 하듯이 서로 사이가 나쁘면
　떠나기 쉬운 사람이 떠나야 한다는 뜻.

294. 가볍게 나가고 쉽게 물러선다. (輕進易退)
　〈後漢書〉
　전진하는 것도 쉽게 하고 후퇴하는 것도 쉽게 하듯이
　주도권(主導權)을 가지고 일을 한다는 뜻.

295. 가볍게 승낙하는 것은 믿음성이 적다.
　(輕諾寡信) 〈老子〉
　승낙을 쉽게 하는 사람은 집행을 다 못 하기 때문에
　신용이 없다는 뜻.

296. 가볍고 무거운 것은 저울로 달아 봐야 안
　다. (權然後 知輕重) 〈孟子〉
　(1) 중량(重量)을 정확하게 알고자 할 때는 저울로 달
　아 봐야 안다는 뜻. (2) 사람의 인격은 접촉해 봐야 안
　다는 뜻.

297. 가부를 자세히 논의한다. (詳論可否)

　〈賈公彦〉

되고 안 되는 것을 구체적으로 논의하여 결정한다는
뜻.

298. 까불기는 굴뚝새 같다.
　굴뚝새처럼 까불대는 사람보고 하는 말.

299. 까불기는 방울새 같다.
　방울새마냥 까불까불하는 사람보고 하는 말.

300. 까불기는 촉새 같다.
　촉새마냥 촐랑거리며 까부는 사람을 보고 하는 말.

301. 가사(家事)에는 규모(規模)가 제일이다.
　집안 살림을 잘하려면 무엇보다도 생활에 규모가 가장
　중요하다는 말.

302. 가슴 속에 글이 없다. (胸中無書)
　〈吳氏林下偶譯〉
　속에 든 학식이라고는 아무것도 없다는 뜻.

303. 가슴 속에 아무것도 간직한 것이 없다.
　(胸中無宿物)
　마음 속에 아무것도 생각하고 있는 것이 없다는 뜻.

304. 가슴에 못을 박는다.
　큰 타격을 받아 가꿀 수가 없게 되었다는 뜻.

305. 가슴에 손을 대봐라.
　가슴에 손을 대고 조용히 자신을 반성해 보라는 말.

306. 가슴에서 불이 난다.
　속이 타서 견딜 수가 없다는 뜻.

307. 가슴에 안개가 낀다.
　근심 걱정이 가득하여 속이 답답하다는 뜻.

308. 가슴을 치고 피를 토한다. (叩心嘔血)
　〈茶山論叢〉
　몹시 분하고 너무 원통하여 참을 수가 없다는 뜻.

309. 가슴이 답답하다.
　(1) 근심과 걱정이 많아서 속이 괴롭다는 말.
　(2) 병으로 인하여 괴롭다는 말.

310. 가슴이 철렁한다.
　갑자기 놀라서 마음이 불안하게 되었다는 말.

311. 가슴이 터질 것만 같다.
　속상하는 일이 하도 많아서 가슴이 찢어질 것만 같다
　는 뜻.

312. 가시가 돋친 말이다.
　말 속에 해로움이 담겨 있는 말이라는 뜻.

313. 가시나무에 가시 난다.

원인이 있어야 그에 대한 결과도 있다는 뜻.

314. 가시 덤불 속에 들어간 것 같다. (據于蒺藜)
온몸을 꼼짝달싹할 수 없는 처지에 놓여 있다는 뜻.

315. 가시를 등에 진 것 같다. (芒刺在背) 〈漢書〉
(1) 마음이 조마조마하여 편안하지 못하다는 뜻.
(2) 아픔을 참고 견딘다는 뜻.

316. 가시 방석에 앉은 것 같다.
자신이 처해 있는 헌위치가 몹시 불안하다는 뜻.

317. 가시어머니 장 떨어지자 사위 국 마다고 한다.
어떤 일이 공교롭게 잘 들어맞았을 때 이르는 말.
※ 가시어머니 : 장모.

318. 가시어미 눈 멀 사위다.
사위가 오면 장모는 음식을 준비하느라고 큰 욕을 본다는 뜻.

319. 가어사(假御使)가 어사(御使)보다 더 무섭다.
책임자보다 책임자 아닌 사람이 더 무섭게 사람을 대한다는 뜻.

320. 가위는 쓸 탓이다.
가위로 크게 자르려면 크게 자르고 작게 자르려면 작게 자를 수 있듯이 일을 하기에 달렸다는 뜻.

321. 가을 곡식을 아껴야 봄 양식이 된다.
절약은 많이 있을 때부터 시작해야 저축할 것이 있다는 뜻.

322. 가을날 더운 것과 노인 근력 좋은 것은 못 믿는다. (秋熱老健)
가을날이 더워도 언제 추워질지 모르고 노인 건강이 좋다고 해도 언제 죽을지 모른다는 말.

323. 가을 날씨와 사내 마음은 모른다.
남자와 여자와의 관계는 믿기 어렵다는 말.

324. 가을 날씨와 사람의 마음은 모른다.
사람의 마음은 환경에 따라 변하기 쉽다는 뜻.

325. 가을 날씨 좋은 것과 늙은이 근력 좋은 것은 못 믿는다.
가을 날씨와 늙은이 건강은 변하기 쉽다는 뜻으로서 아무리 근력이 좋은 늙은이라도 언제 죽을지 모른다는 말.

326. 가을 달은 밝아야 좋지만 도둑은 밝은 것을 싫어한다. (秋月揚輝盜者憎其照鑑) 〈許敬宗〉

아무리 좋은 것이라도 세상 사람이 다 좋아하는 것은 없다는 뜻.

327. 가을 닭떠는 잘산다.
생일이 가을인 닭떠는 먹을 것이 많은 때라 잘산다는 말.

328. 가을 들판이 어설픈 친정보다 낫다.
가을 들판에는 오곡이 익어 있기 때문에 가난한 친정에 가는 것보다 먹을 것이 많다는 뜻.

329. 가을 마당에 빗자루 몽댕이를 들고 춤을 추어도 농사 밑이 어둑하다.
가을 추수를 다 하고 갚을 빚을 다 갚고 빈손에 빗자루만 남아 있어도 어딘가 먹을 것이 있다는 말.

330. 가을 메에는 부지깽이도 덤빈다.
곡식이 많은 가을철에는 절구가 쉴 새 없이 번잡하기 때문에 부지깽이도 메 노릇을 하려고 덤빈다는 말로서 가을 절구가 번잡함을 비유한 말. ※ 메 : 절구공이.

331. 가을 무우 껍질이 두꺼우면 겨울이 춥다.
가을 무우가 추위를 막기 위하여 껍질이 두꺼워졌다는 데서 전해지고 있는 말.

332. 가을 무우 꽁지가 길면 겨울이 춥다.
가을 무우로 다가오는 겨울의 추위를 점치는 말.

333. 가을 물은 소 발자국에 고인 물도 먹는다.
가을 물은 맑고 깨끗하기 때문에 웬만하면 먹을 수 있다는 말.

334. 가을 바람에 낙엽이 지듯 한다. (秋風落葉)
일이 대단히 수월하게 이루어진다는 뜻.

335. 가을 바람에 새털 날듯 한다.
가을 바람에 새털이 잘 날듯이 사람의 무게가 몹시 가볍다는 뜻.

336. 가을 바람이 귓전을 스쳐가듯 한다. (秋風過耳)
가을 바람이 귓전을 지나가듯 남의 말을 들은 둥 만 둥 하는 것을 보고 하는 말.

337. 가을 밭에 가는 것은 가난한 친정에 가는 것보다 낫다.
가을 밭에는 곡식이 가득하기 때문에 가난한 친정에 가는 것보다 먹을 것이 많다는 뜻.

338. 가을 밭은 안 갈아엎는다.
가을 논은 갈아엎지만 가을 밭은 그대로 둔다는 말.

339. 가을 볕에는 딸을 쬐이고 봄 볕에는 며느리를 쬐인다.

23

가을 볕에는 살결이 거칠어지지 않으나 봄 볕에는 살
결이 거칠어진다는 데서 나온 말로서 며느리보다 딸
을 더 소중히 여긴다는 뜻.

340. 가을 부채는 시세가 없다. (秋扇無勢)
시기를 잃은 상품은 제 값을 못 받는다는 뜻.

341. 가을 부채다. (秋扇)
철 지나서 쓸모없는 물건이라는 뜻.

342. 가을비는 떡 비다.
곡식이 많은 가을에 비가 오면 집에서 잘 먹고 쉰다
는 뜻.

343. 가을비는 떡 비요 겨울비는 술 비다.
농촌에서 가을비 오는 날은 떡을 해먹으며 쉬고 겨울
비 오는 날은 술이나 먹고 쉰다는 뜻.

344. 가을비는 많이 오지 않는다.
많은 경우에 가을비는 많이 오지 않는다는 말.

345. 가을비는 빗자루도 피한다.
가을비는 빗자루로도 가려 막을 수 있을 정도로 조금
온다는 뜻.

346. 가을비는 영감 나룻밑에서도 피한다.
가을비는 많이 오지 않고 바로 그친다는 뜻.

347. 가을비는 오래 오지 않는다. (秋無苦雨)
〈春秋左傳〉
가을에는 지루하게 장마 비로 오지 않는다는 말.

348. 가을비는 장인 나룻밑에서도 피한다.
가을비는 잠시 오고 말기 때문에 아무 데서나 피할 수
있다는 말.

349. 가을비 한 번에 열흘 추수가 늦어진다.
가을에 비가 오면 곡식을 다시 말려야 하기 때문에 여
러 날이 늦어진다는 뜻.

350. 가을 상치는 문 걸어 잠그고 먹는다.
가을 상치쌈 맛이 봄 상치쌈 맛보다 더 좋다는 말.

351. 가을 식은밥은 봄 양식이다.
곡식이 흔한 가을에 곡식을 절약해야 이것이 밀려서
봄 양식으로 된다는 뜻.

352. 가을 아욱국은 계집 내쫓고 먹는다.
가을 아욱국은 사랑하는 아내도 주지 않고 먹을 정도
로 맛이 좋다는 뜻.

353. 가을 아욱국은 문 닫고 먹는다.
가을 아욱국은 봄, 여름 아욱국보다 맛이 좋다는 뜻.

354. 가을에는 부지깽이도 덤빈다.

가을 추수 때에는 대단히 바쁘고 일손이 모자란다는
뜻.

355. 가을에는 손톱 발톱도 다 먹는다.
가을에는 입맛이 좋을 때라 손톱과 발톱 몫까지 더 먹
게 된다는 뜻.

356. 가을에 못 지낸 제사를 봄에 가서 지낼까 ?
곡식이 흔한 가을에도 성의가 없어서 지내지 않은 제
사를 더구나 식량이 떨어진 봄에 가서 지낸다는 것은
멀쩡한 거짓이라는 뜻.

357. 가을에 못 한 동냥 봄에 할까 ?
무슨 일이나 좋은 기회를 놓치면 성사할 수 없다는 말.

358. 가을에 천둥 번개가 잦으면 양반이 많이 죽
는다.
가을에 천둥 번개가 심하면 국가적으로 변이 생겨 양
반 귀족들이 많이 죽게 된다는 말.

359. 가을에 친아비 제사도 못 지냈는데 봄에 의
붓아비 제사를 지낼까 ?
사정이 좋을 때 긴요한 일도 아니하였는데 더구나 어
려운 환경에서 긴요하지도 않은 일은 할 리가 없다는
말.

360. 가을에 핀 연꽃이다. (蓮花開秋)
여름에 피는 연꽃이 가을에 피듯이 시기를 모르고 일
을 한다는 뜻.

361. 가을이 와도 가을 같지 않다. (秋來不似秋)
흉년이 들어 가을이 와도 추수할 것이 없어 가을답지
않다는 말.

362. 가을 일은 미련한 놈이 잘한다.
추수기에는 할 일이 많기 때문에 미련을 부리고 무리
하게 일하는 사람이 추수를 빨리 한다는 뜻.

363. 가을 장마에 이삭 싹 난다. (穀頭生再)
가을에 장마가 지면 곡식에 큰 피해를 준다는 말.

364. 가을 죽은 봄 양식이다.
양식은 가을에 아껴야 봄에 곤란을 받지 않게 된다는
뜻.

365. 가을 중 싸대듯 한다.
가을에는 중들이 동냥을 얻으려 분주히 다닌다는 뜻.

366. 가을 중 시주(施主) 바가지 같다.
가을에는 곡식이 흔하기 때문에 중이 들고 다니는 바
가지에 곡식이 수북이 담겨 있듯이 어떤 물건이 가득
히 담겨 있는 것을 보고 하는 말.

367. 가을철에는 죽은 송장도 꿈지럭거린다.

추수기에는 일손이 모자라서 매우 바쁜 시기라는 것
을 비유한 말.

368. 가을 판에는 대부인 마님까지 나선다.
가을 추수기에는 일손도 모자라고 바쁘기도 하기 때
문에 늙은 마님까지도 동원된다는 뜻.

369. 가을 판에는 대부인 마님도 나막신짝을 든
채 나선다.
가을 추수기에는 일손도 모자라고 몹시 바쁜 때이기 때
문에 평소에 놀고 먹던 늙은 마님까지도 신발 신을 새
도 없이 일을 한다는 말.

370. 가을 한 밤은 일 년같이 지루하다. (秋夜
如歲)
가을 밤은 길기 때문에 일 년같이 시루하게 느껴진다
는 말.

371. 가짜가 병이다.
진짜라면 문제가 안 될 것이 가짜이기 때문에 문제가
된다는 뜻.

372. 가짜가 진짜를 뺨친다.
가짜로 만든 것이 진짜보다 질이 더 좋다는 뜻.

373. 가짜가 진짜보다 낫다.
일이 뒤바뀌어졌다는 뜻.

374. 가짜 금에는 도금(鍍金)을 하지만 진짜 금
에는 도금을 하지 못한다. (假金用鍍 眞金不鍍)
〈李紳〉
실력이 높은 사람은 실력이 낮은 사람을 가르칠 수
있으나 실력이 낮은 사람은 실력이 높은 사람을 가르
칠 수 없다는 말.

375. 「가」자도 모른다.
글자 한 자도 모르는 무식한 사람이라는 뜻.

376. 「가」자 뒷다리도 모른다.
「가」자 온자는 그만두고라도 「가」자의 뒷다리인 「ㅏ」
도 모르는 무식한 사람이라는 말.

377. 가자미가 되도록 맞았다.
몹시 맞아서 가자미같이 납작하게 되었다는 뜻.

378. 가장 큰 간악한 짓은 국민들을 속여서 재
물을 착취하는 것이다. (大奸大惡 騙害鄕民)
〈福惠全書〉
가장 간사하고 악독한 짓은 권력을 악용하여 국민들
재산을 착취하는 짓이라는 뜻.

379. 가재가 작아도 돌을 진다.
(1) 비록 체신은 작아도 저 할 일은 다한다는 뜻.

(2) 대단한 존재는 아니나 배경이 튼튼하다는 뜻.

380. 가재 걸음이다.
가재가 앞으로 갔다가 뒤로 갔다가 하듯이 어떤 일을
자기 편한 대로 이랬다 저랬다 한다는 뜻.

381. 가재는 게 편이다.
서로 가까운 것끼리는 한편이 된다는 뜻.

382. 가재는 게 편이요 초록(草綠)은 한색이다.
생김새가 비슷한 것끼리는 한편이고 색깔도 비슷한 색
은 한색으로 친다는 말.

383. 가재 뒷걸음이나 게 옆걸음이나.
가재가 뒤로 가는 것이나 게가 옆으로 가는 것이나 앞
으로 바로 가지 않는 것은 일반이라는 뜻.

384. 가재 뒷걸음 치듯 한다.
가재가 뒷걸음 치듯이 뒤로 슬슬 꽁무니만 뺀다는 뜻.

385. 가재 물 짐작하듯 한다.
가재가 물 짐작을 잘하듯이 무슨 일에 짐작을 잘한다
는 뜻.

386. 가재와 여자는 가는 방향을 모른다.
가재는 걸음을 앞뒤로 다니기 때문에 가는 방향을 예
견하기 어렵듯이 여자도 변하기 쉽기 때문에 어떤 짓
을 할지 모른다는 말.

387. 가정을 꾸려나가는 데 중요한 것은 근면하고
검소한 것이다. (治家之要 曰勤曰儉) 〈茶山論叢〉
집안 살림을 꾸려나가는 데 가장 중요한 것은 부지런
히 일하고 돈이나 물자를 절약하여 검소한 생활을 하
는 데 있다는 뜻.

388. 가정을 이룩하는 데 중요한 방도는 근면과
검약이다. (成家之道 勤與儉) 〈陸梭山〉
집안 살림을 잘하는 방도는 부지런히 일하고 검소한
생활을 하는 것이라는 뜻.

389. 가정호(家丁胡) 맞듯 한다.
매를 많이 맞는다는 뜻으로 옛날 청(淸)나라 사신이
올 때 따라오는 가정호의 행패를 막기 위해 가정호가
오자마자 말에 태워서 계속 채찍질하여 남별궁(南別
宮)으로 안내하였는데 이때 말이 매를 많이 맞은 데
서 나온 말이다.

390. 가져다 줘도 미운 놈 있고 가져가도 고운
놈 있다.
나에게 손해를 끼쳐도 귀여운 사람이 있고 이익을 주
어도 미운 사람이 있다는 뜻.

391. 가족도 없고 집도 없다. (靡室靡家)

가족도 없는 몸에다가 집마저 없는 가련한 신세라는
뜻.

392. 가죽과 뼈가 맞붙었다. (皮骨相接)
(1) 너무 말라서 살이 전혀 없이 가죽과 뼈가 맞붙었
다는 뜻. (2) 마른 사람이나 중병으로 앓은 환자를 보
고 하는 말.

393. 가죽과 뼈만 남았다.
너무 말라서 살은 전혀 없고 다만 가죽과 뼈만 앙상
한 사람을 가리키는 말.

394. 가죽밖에 안 남았다. (皮之不存) 〈春秋左傳〉
살은 조금도 없고 뼈에 가죽만 남아 있을 정도로 말
랐다는 뜻.

**395. 가죽신 안 맞는 건 일 년 걱정이지만 성깔
나쁜 아내는 평생 걱정이다.**
남자는 아내를 잘못 얻으면 죽을 때까지 걱정만 하다
가 죽는다는 뜻.

**396. 가죽신 안 맞는 건 일 년 원수요 여편네 잘
못 얻은 건 평생 원수다.**
아내를 잘못 얻으면 한 평생을 두고 고생한다는 뜻.

397. 가죽 없는 털은 없다.
가죽이 있어야 털이 나듯이 세상 만사는 모두 근원이
있다는 뜻.

398. 가죽이 안 상하게 범을 잡기는 어렵다.
(膚不毁虎難制) 〈洌上方言〉
가죽을 쓰기 위하여 범을 잡는 것인데 범 가죽에는 흠
이 있게 마련이듯이 좋은 일에도 약간의 궂은 일은 있
다는 뜻.

399. 가죽이 있어야 털도 난다.
무엇이나 그 근본이 있어야 생겨난다는 뜻.

400. 가지가 많으면 잎도 많다. (千枝萬葉)
〈淮南子〉
(1) 일이 여러 갈피로 나누어져 어수선하다는 뜻.
(2) 자손이 대단히 번성하다는 뜻.

401. 가지가 뻗으면 뿌리도 뻗는다.
같은 환경에서는 다 같이 번영된다는 뜻.

402. 가지가 줄기보다 더 클 수는 없다.
부분이 근본보다 더 클 수는 없다는 뜻.

**403. 가지가 줄기보다 크면 반드시 찢어지게 마
련이다. (枝大本必披)**
무슨 일이든지 기본 문제보다 지엽 문제가 더 커지면
기본 문제는 엉망이 된다는 뜻.

404. 가지가 흔들리면 고요하지 않다. (枝動不静)
나뭇가지는 고요하고 싶으나 바람때문에 흔들리게 되
어 불안하다는 뜻.

405. 가지 각색이다. (形形色色)
여러 가지가 있지만 어느 하나도 같은 것이 없이 다
다르다는 뜻.

406. 가지고 있는 것이라고는 그림자밖에 없다.
재산이라고는 아무것도 없고 그림자밖에 없다는 뜻.

**407. 가지고 있는 것이라고는 불알 두 쪽밖에 없
다.**
돈 한푼 없는 알몸뚱이라는 뜻.

408. 가지나무에 목을 맨다. (茄枝樹結項)〈東言解〉
목 매 죽는 사람은 나무가 크고 작은 것을 가리지 않
듯이 무슨 일을 이것저것 가리지 않고 한다는 뜻.

409. 가지 높은 나무가 바람도 더 탄다.
자식이 많은 사람은 수고를 더하게 된다는 뜻.

410. 가지 따먹고 외수(外數)한다.
남의 눈을 피하여 나쁜 짓을 하고 시치미를 떼고 딴
전만 보고 있다는 뜻. ※ 외수 : 남을 속이는 꾀.

411. 가지도 않고 오지도 않는다. (莫往莫來)
서로 오고 가는 일이 없다는 뜻.

412. 가지도 오지도 못한다. (進退兩難)
앞으로 가지도 못하고 뒤로 돌아가지도 못하는 궁지
에 빠져 있다는 뜻.

413. 가지 많은 나무가 바람 잘 날 없다.
자식이 많은 사람은 편할 날이 없다는 뜻.

414. 가지 많은 나무가 잠잘 날 없다.
자식이 많은 사람은 편히 쉴 날이 없다는 뜻.

415. 가지 붕탱이 같다.
키가 작고 뚱뚱하여 두리뭉실하게 생긴 사람을 비웃
는 말.

416. 가지 붙은 사령(使令)이다.
관청에서 심부름하는 사령이 상놈들을 제 종처럼 부
린다는 말. ※ 사령 : 옛날 관청에서 심부름하는 사람.

417. 가진 것이라고는 불알 두 쪽밖에 없다.
재산이라고는 아무것도 없고 몸 하나밖에 없다는 뜻.

418. 가진 것이라고는 알몸뿐이다.
지극히 가난하여 소유물이라고는 자신의 몸 하나밖
에 없다는 뜻.

419. 가진 놈이 더 가지려고 한다.

부자가 될수록 욕심은 더 많아진다는 뜻.

420. 가진 놈이 더 무섭다.
　돈이 많은 사람이 돈에는 더 인색하다는 말.

421. 가진 돈이 없으면 망건 꼴도 나쁘다.
　가지고 있는 돈이 없으면 풀이 죽어서 겉모양까지도
허술해 보인다는 뜻.

422. 가진 물건이라고는 하나도 없다. (無一物)
　몹시 가난하여 재산이라고는 아무것도 없다는 뜻.

423. 까치가 맨발로 다니니까 오뉴월로 안다.
　겨울에 추위를 모르는 사람보고 하는 말.

424. 까치가 발 벗고 다니니까 가지 따먹는 시
절인 줄 안다.
　새들이 맨발로 다니니까 겨울인 줄을 모른다는 뜻.

425. 까치가 요란하게 지저귀면 귀한 손님이 온
다. (乾鵲噪而行人至)　　　〈西京雜記〉
　까치는 상서로운 새이기 때문에 까치가 요란하게 울
면 반가운 손님이 온다고 전해지고 있는 말.

426. 까치 뱃바닥 같다.
　너무 허황한 흰소리만 한다는 뜻.

427. 까치 뱃바닥 같은 소리만 한다.
　허무맹랑(虛無孟浪)한 흰소리만 하는 사람을 뱃바닥
이 흰 까치에 비유한 말.

428. 까투리가 콩밭 생각하듯 한다.
　항상 먹을 생각밖에 않는다는 말.

429. 까투리 북한(北漢) 다녀온 셈이다.
　다녀오면서 보기는 보았으나 무엇을 본지 전혀 모르고
있는 사람을 두고 있는 말.

430. 까투리 새끼는 콩밭에만 마음이 있다.
　먹을 것에만 정신을 기울이고 애를 쓴다는 말.

431. 가풀막을 만났다.
　(1) 몰락 과정(没落過程)에 있다는 뜻. (2) 역경(逆境)
에 빠져 있다는 뜻.

432. 가혹한 정치는 범보다도 사납다. (苛政猛於
虎)　　　　　　　　　　　　　〈禮記〉
　국민들은 가혹한 정치를 가장 무서워한다는 뜻.

433. 각관(閣舘) 기생이 열녀 되랴.
　요리집 기생이 열녀 될 수 없듯이 아무리 애를 써도
질적으로 나쁜 것은 고칠 수 없다는 뜻.

434. 각성바지다. (各人各姓)

어떤 모임이나 또는 거주지에 여러 사람들이 있으나
모두 성들이 다른 사람들로써 구성되었다는 뜻.

435. 각인 각색이다. (各人各色)
　사람마다 다 각각 다른 점이 있다는 말.

436. 각자가 저만 먹고 살 궁리만 한다.
　(各自圖生)
　저마다 가난하기 때문에 저 혼자만 먹고 살려고 애를
쓴다는 뜻.

437. 각전시정(各廛市井) 통비단 감듯 한다.
　장사하는 상인이 통비단을 감듯이 무슨 일을 능숙하
게 한다는 말. ※ 각전 : 이조 때에 있던 여러 상점.

438. 각전(各廛)이 난전(亂廛) 몰듯 한다.
　이조 때 허가맡은 각전이 허가 없이 파는 난전을 쫓
아 내듯이 정신을 차리지 못할 정도로 몰아 낸다는 뜻.
　※ 난전 : 허가 없이 상품을 몰래 파는 가게.

439. 깍짓동 같다.
　깍짓동같이 매우 뚱뚱한 사람을 보고 하는 말.
　※ 깍짓동 : 농촌에서 콩깍지를 넣기 위하여 수숫대로
엮어 만든 것.

440. 깎은 밤 같다.
　제상에나 잔치 상에 괴이는 데 쓰는 깎은 밤같이 사
람 모양이 얌전하다는 뜻.

441. 깎은 샛서방 같다.
　말쑥하고 풍신이 좋은 사람이라는 뜻.

442. 깎은 서방님이다.
　옷차림을 말쑥하게 차린 얌전한 젊은 청년을 가리키
는 말.

443. 깐깐 오월이다.
　오월은 해가 길어서 지루하다는 뜻.

444. 간다 간다 하고 자식 삼 남매 낳고 간다.
　무슨 일을 한다고 말만 하고 일을 질질 끌기만 한다
는 뜻.

445. 간다 간다 하며 삼 년 된다.
　무슨 일을 계속 미루기만 하고 질질 끌고 있다는 뜻.

446. 간다 간다 하면서 아이 셋 낳고 간다.
　말로만 한다 한다 하면서 질질 끌기만 한다는 뜻.

447. 간다는 말도 없이 가 버렸다. (不告而走)
　종적을 알리지 않으려고 간다는 인사도 없이 갔다는
말.

448. 간담을 서로 터놓고 지낸다. (肝膽相照)

〈候鯖錄〉

서로 거리낌이 없이 속을 다 털어놓고 지낸다는 뜻.

449. 간담이 서늘하다.

(1) 무시무시한 생각이 든다는 뜻. (2) 마음이 선뜩하다는 뜻.

450. 간도 쓸개도 없다.

(1) 의지가 매우 약하다는 뜻. (2) 염치가 없다는 뜻.

451. 간(肝)만 커진다.

세상 무서운 줄을 모르고 함부로 덤빈다는 뜻.

452. 간밤에 꿈자리가 사납더라니….

기분이 나쁠 때는 기분이 나쁜 일만 생긴다는 뜻.

453. 간사하고 교활한 관리는 여우와 쥐 같은 존재다. (有姦胥猾吏 是狐鼠也)   〈茶山論叢〉

여우나 쥐 같은 교활한 관리는 양민들을 속이고 착취하기 때문에 민폐(民弊)가 많다는 뜻.

454. 간사하면 속이게 된다. (詐生騙) 〈李泓傳〉

간사한 사람은 언제나 남을 속인다는 뜻.

455. 간사한 놈치고 거짓말 않는 놈 없다.

간사한 놈은 거짓말도 잘하기 때문에 도저히 믿을 수 없다는 말.

456. 간사한 놈치고 아첨 않는 놈 없다.

간사한 사람은 으레 아첨까지 하게 되므로 도저히 믿음성이 없다는 뜻.

457. 간사한 사람을 가까이하면 화근이 싹트게 된다. (妄者稔禍)   〈諸葛亮心書〉

간사한 사람을 가까이하면 장차 화를 입게 된다는 뜻.

458. 간사한 사람의 음식은 먹지 말아야 한다. (不食姦)   〈春秋左傳〉

간사한 사람과 음식을 같이 먹게 되면 점점 친해지게 될 수 있다는 말.

459. 간사한 아내는 온 가족의 화목을 깨뜨린다. (佞婦破六親)   〈姜太公〉

여자가 진중하지 못하고 간사스러우면 집안이 화목하지 못하게 된다는 뜻.

460. 간사한 자는 낳지 말아야 한다.(姦乃不生), (姦廼不生)   〈漢書〉,〈史記〉

간사한 사람은 남에게 피해만 주기 때문에 아예 낳지도 말아야 한다는 뜻.

461. 간섭 않는 것이 없다. (無不干涉)

무슨 일에나 참견하지 않는 것이 없다는 말.

462. 간수(看守) 십 년에 징역(懲役)이 오 년이다.

간수 노릇 십 년을 하게 되면 그 중 오 년은 감옥에서 지내게 된다는 말. ※ 간수: 감옥에서 죄인을 감시하는 관리.

463. 간신(姦臣)이 겉으로는 충신(忠臣)인 체한다. (大姦似忠)

간사한 놈일수록 자신의 본체를 숨기기 위하여 겉으로는 더욱 진실한 척한다는 뜻. ※ 간신: 간사한 신하. 충신: 충성스러운 신하.

464. 간악한 것이 정의를 침범하지 못한다. (邪不犯正)

간악한 짓으로써는 정의(正義)를 이길 수 없다는 뜻.

465. 간악한 도둑을 도와 주면 양민들이 피해를 받는다. (惠奸究者 賊良民)   〈潛夫論〉

도둑을 도와 주게 되면 애매한 양민들의 피해만 커지게 된다는 뜻.

466. 간에 가 붙었다 쓸개에 가 붙었다 한다. (附肝附膽)

이로운 일이라면 체면과 지조도 돌보지 않고 아무에게나 아부한다는 뜻.

467. 간에 가 붙었다 염통에 가 붙었다 한다. (附肝附念通)   〈東言解〉

자기에게 이익만 된다면 체면도 염치도 없이 아무에게나 아부한다는 뜻.

468. 간에 기별(奇別)도 않는다.

음식을 먹었으나 양이 차지 않았을 때 하는 말. ※ 기별: 알리는 것.

469. 간에도 안 찬다.

(1) 음식을 조금 먹어 양이 차지 않는다는 뜻. (2) 바라던 일이 마음에 차지 않는다는 말.

470. 간에 바람이 들었다.

행동이 비정상적인 사람을 보고 하는 말.

471. 간에 불이 붙었다.

(1) 간에 불이 붙을 정도로 속이 탄다는 뜻. (2) 일이 다급하다는 뜻.

472. 간을 가르고 마음을 드러내 보인다. (剖心析肝)

자기의 양심을 보이기 위하여 마음 속을 속속들이 드러내 보인다는 뜻.

473. 간을 씹는 것 같다.

매우 고통스러워 견디기가 어렵다는 뜻.

474. 간이 떨어지겠다.

돌연히 등을 때렸을 때 하는 말.

475. 간이 부었다.
제 정신을 못 차리고 함부로 덤빈다는 뜻.

476. 간이 부풀었다.
무서운 줄도 모르고 함부로 행동한다는 뜻.

477. 간이 콩알만하다.
겁이 나서 몹시 두렵다는 뜻.

478. 간이 콩쪽만해진다.
겁이 나서 몹시 두렵다는 말.

479. 간장국에 마른다.
오랫동안 찌들어서 마르고 단단해졌다는 뜻.

480. 간장 맛이 변하면 집안이 안 된다.
불길(不吉)한 징조가 있으면 집안이 망한다는 뜻.

481. 간장이 조금 쉬고 소금이 썩을 일이다.
간장과 소금은 절대로 쉬거나 썩는 일이 없듯이 절대로 있을 수 없는 일이라는 뜻.

482. 간장이 쉴 노릇이다.
도저히 있을 수 없는 일이라는 뜻.

483. 간장이 시고 소금에 곰팡이가 나겠다.
절대로 있을 수 없는 거짓말이라는 뜻.

484. 갇혔던 봇물 터지듯 한다.
봇물이 터지듯이 감당할 수도 없는 일을 별안간에 당한다는 뜻.

485. 갇힌 새가 옛날 놀던 숲을 그리워한다.
(羈鳥戀舊林)　　　　　〈陶潛〉
자유를 박탈당한 사람이 과거 자유롭게 지내던 시절을 그리워한다는 뜻.

486. 갇힌 새가 하늘을 그리워하듯 한다.
(籠鳥戀雲)
갇힌 새가 하늘을 훨훨 날고 싶어하듯이 구속된 사람이 자유를 그리워한다는 뜻.

487. 갈까 말까 망설인다. (蹰躇)
무슨 일에 결정을 못 짓고 망설이고 있다는 뜻.

488. 갈 곳을 모른다. (不知所向)
자신이 무엇을 할 것인가 모르고 있다는 뜻.

489. 갈구리 맞은 고기다.
갈구리로 맞은 고기와 같이 타격을 받고 어찌할 바를 모르고 있다는 뜻.

490. 갈 길이 비록 가깝다 할지라도 가지 않으
면 도달하지 못한다. (道雖邇不行不至)〈荀子〉
아무리 하기 쉬운 일이라도 하지 않으면 저절로 되는 것은 없다는 말.

491. 갈 때는 활량이요 올 때는 거지다.
여행을 떠날 때에는 돈을 함부로 쓰고 돌아올때는 돈이 없어서 고생을 한다는 뜻.

492. 갈래야 태산(泰山)이요 돌아갈래야　승산
(升山)이다.
앞으로 갈 수도 없고, 뒤로 갈 수도 없는 난처한 사정이라는 뜻. ※ 태산: 높은 산. 승산: 험한 산.

493. 갈림길이 많은 길을 가는 사람은 목적지를 가지 못한다. (行衢道者不至)　　　〈荀子〉
무슨 일을 이랬다 저랬다 하는 사람은 성공하지 못한다는 뜻.

494. 갈매기도 제 집이 있다.
(1) 새도 집이 있는데 하물며 사람으로서 집이 없겠느냐는 뜻. (2) 집이 없는 사람이 한탄하는 말.

495. 갈모 형제다. (笠帽兄弟)　　　〈東言解〉
갈모의 생김새가 위는 좁고 밑은 넓듯이 형이 아우만 못하다는 뜻. ※ 갈모: 갓에 비가 안 맞도록 씌우는 우장. ↔형만한 아우 없다.

496. 갈보 따르듯 한다.
싫다고 해도 자꾸 따라붙는 사람을 보고 하는 말.

497. 갈보에게도 절개가 있다.
뭇남성을 상대로 하는 갈보도 한 남자만 사랑하면 절개를 지킬 수 있듯이 과거의 과오가 많은 사람도 새 사람이 될 수 있다는 뜻.

498. 갈보 집에서 예의를 따진다. (娼家責禮)
장소와 환경을 가리지 않고 시비를 해서는 안 된다는 뜻.

499. 갈빗대가 휜다.
갈빗대가 휠 정도로 힘겹다는 뜻.

500. 갈수록 더 착해진다. (去去益善)
시일이 갈수록 점점 행동이 착해진다는 뜻.

501. 갈수록 수미산이다. (去愈須彌山)〈東言解〉
갈수록 점점 곤란한 일만 생긴다는 말.
※ 수미산: 불교에서 말하는 가상적인 산.

502. 갈수록 심산이다. (去愈深山)
갈수록 더 큰 산만 나오듯이 점점 사태가 나빠진다는 뜻.

503. 갈수록 심해진다. (去去益甚: 去益甚焉:

愈往愈甚)
날이 갈수록 사태가 더욱 악화되기만 한다는 뜻.

504. 갈수록 태산이다. (去愈泰山 : 去去高山)
갈수록 큰 산만 있듯이 점점 일이 악화되기만 한다는 뜻.

505. 갈지 말지 한다.
가게 될는지 못 가게 될는지 확실히 모른다는 뜻.

506. 갈지 않은 옥이다. (璞玉)　　　　　〈晉書〉
(1) 아주 순박한 사람이라는 뜻.
(2) 바탕은 좋은데 배우지 못하였다는 뜻.

507. 갈짓(之) 자 걸음에 길이 좁다.
(1) 술 취한 사람이 길을 쓸고 간다는 뜻.
(2) 권력자가 으시대고 다닌다는 뜻.

508. 갈치가 갈치 꼬리를 문다.
같은 동류(同類)끼리 해치는 행동을 한다는 뜻.

509. 갈치가 뛰니까 망둥이도 뛴다.
남이 하는 일을 영문도 모르고 따라한다는 뜻.

510. 갈퀴질에 큰 돈은 걸린다.
큰 돈을 버는 것은 한 푼, 두 푼 모아서 되는 것이 아니고 갈퀴질을 하듯이 돈을 긁어 모아야 한다는 말.

511. 갈팡질팡한다.
갈피를 못 잡고 이랬다 저랬다 한다는 뜻.

512. 갈포옷으로 겨울을 지낸다. (衣葛過冬)
(1) 철에 맞는 옷이 없다는 뜻. (2) 겨울을 몹시 춥게 지낸다는 뜻.

513. 갈포옷을 입으면 모시옷을 부러워하게 된다. (衣葛羨衣紵)　　　　〈穢德先生傳〉
사람의 욕심은 만족시킬 수 없다는 뜻.

514. 깜깜 무소식이다.
영영 아무 소식(消息)이 없다는 뜻.

515. 깜깜 밤중이다.
아무 것도 모르고 있다는 뜻.

516. 감 고장 인심이다.
인심이 매우 좋은 고장을 두고 하는 말.

517. 감기 고뿔도 남 안 줄 놈이다.
몹시 인색하고 다랍게 재물을 아낀다는 뜻.

518. 감기 고뿔도 남 준다면 섭섭하다.
몹시 재물을 다랍게 여기고 인색하다.

519. 감기는 먹어야 낫는다.
어지간한 병은 음식을 잘 먹고 기운을 차리면 낫는다는 뜻.

520. 감기는 밥상 머리에 내려 앉는다.
(1) 감기는 먹어야 빨리 낫는다는 말. (2) 감기 앓는 사람이 밥상을 받고 환자답지 않게 잘 먹는다는 뜻.

521. 감기도 남이 달라면 주기 싫다.
(1) 자기의 것은 나쁜 것이라도 버리기 싫은 소유욕이 있다는 뜻. (2) 자기가 자진해서 주는 것은 아깝지 않아도 남이 달래서 주는 것은 아까와진다는 말.

522. 감나무 밑에 누워도 삿갓 미사리를 대야 한다.
아무리 좋은 환경이라도 저절로 잘 될 것을 기다리지 말고 유리하게 조건을 만들어야 한다는 말.

523. 감나무 밑에 누워서 감 떨어지기를 바란다. (臥柿樹下望柿落)　　　　〈東言解〉
좋은 환경이라 할지라도 막연히 요행만 바래서는 안 된다는 뜻.

524. 감나무 밑에서도 감 먹을 궁리(窮理)를 해야 먹는다.
아무리 좋은 환경이라도 대책을 세우고 노력을 해야 성사할 수 있다는 뜻.

525. 감나무 밑에서 목젖만 빠진다.
되지도 않을 일을 욕심 부리다가는 낭패만 당한다는 뜻.

526. 감나무 밑에서 입만 벌리고 있다.
입을 벌리고 감이 떨어져 들어오기를 기다리듯이 어처구니없이 요행만 기다리고 있다는 뜻.

527. 감나무 밑에서 홍시 떨어지기만 바란다.
일이 잘 되도록 노력은 않고 막연히 기다리기만 한다는 뜻.

528. 감나무에 올라가야 홍시도 따먹는다.
무슨 일이나 목적을 위하여 노력을 해야 이루어진다는 뜻.

529. 감 내고 배 낸다.
무슨 일이나 순종을 잘한다는 뜻.

530. 감 내라면 감 내고 배 내라면 배 낸다.
하라는 대로 순종을 잘한다는 뜻.

531. 감당할 수 없다. (不堪當)
도저히 자기 힘으로는 당해 낼 수가 없다는 뜻.

532. 감때 사납다.
우악스럽고 남의 말을 도무지 안 듣는 사람을 두고 하

는 말.

533. 감사(監司) 덕분에 비장(裨將)이 호사한다.
(1) 남의 덕분에 호강을 한다는 뜻. (2) 배경이 좋은 사람은 그 덕을 보게 된다는 뜻. ※ 감사 : 도에서 최고 행정책임자. 비장 : 감사, 유수, 병사, 수사 들을 따라 다니는 관리의 하나.

534. 감사면 다 평안감사(平安監司)고 현감(縣監)이면 다 과천현감(果川縣監)이라더냐.
(1) 좋은 자리라고 다 좋은 자리는 아니라는 뜻. (2) 옛날 감사 중에는 평안감사가 좋았고 현감 중에는 과천현감이 좋았다는 뜻. ※ 과천 : 경기도에 있는 지명.

535. 감사면 다 평안감사라더냐.
좋은 자리라고 다 좋은 자리는 아니라는 뜻.

536. 감씨에서 고욤나무 난다.
잘난 아버지의 아들에도 못난 아들이 있다는 뜻.

537. 감옥살이에서도 웃을 날이 있다.
(1) 고생스러운 중에서도 웃을 일이 있다는 뜻.
(2) 언젠가는 출옥할 날이 있다는 뜻.

538. 감옥에는 불평이 많다. (獄犴不平) 〈漢書〉
감옥이란 자유를 박탈당한 곳이기 때문에 불평이 많다는 뜻.

539. 감옥에서 죽는 것은 제 명에 죽는 것이 아니다. (桎梏死者 非正命) 〈孟子〉
감옥에서 옥사(獄死)하는 것은 타고 난 제 명대로 다 살고 죽는 것이 아니라는 뜻.

540. 감옥은 현세의 지옥이다. (獄者陽界之鬼府也) 〈牧民心書〉
감옥은 사람 살 곳이 못 되는 고생스러운 지옥이라는 뜻.

541. 감옥이란 이웃 없는 집이다. (獄者無鄰之家也) 〈牧民心書〉
감옥에서는 서로 도와줄 수 없는 곳이라는 뜻.

542. 감은 접 붙여서 씨도둑을 하지만 사람은 씨도둑질을 못 한다.
식물은 씨도둑을 해도 모르지만 사람은 불의(不義)로 씨도둑을 하면 탄로가 난다는 말.

543. 감이 재산이다.
감이 좋아야 좋은 제품을 만들 수 있다는 뜻.
※ 감 : 재료.

544. 감이 좋아야 재간도 부린다.
재료가 좋아야 솜씨도 부릴 수 있다는 뜻.

545. 감자 밭에서 바늘 찾기다.
감자가 우거진 밭에 빠뜨린 바늘을 찾기 어렵듯이 어떤 일에 가망이 없다는 뜻.

546. 감장수 켜켜대로 놓는다.
무엇을 질서 정연하게 정리한다는 말.

547. 감지 덕지한다. (感之德之)
분에 넘치는 듯이 고맙게 여긴다는 말.

548. 깜진 여편네 첫아이 낳기만이나 하다.
꼼지락거리기만 하고 일처리를 제대로 못 한다는 뜻.

549. 감추고 숨기지 말라. (勿藏機陰隱) 〈慕齋集〉
남을 속이지 말고 정직해야 한다는 뜻.

550. 감출수록 드러난다. (欲盖弥彰)
(1) 숨기려는 일은 도리어 드러난다는 뜻. (2) 한번 꼬리가 잡힌 것은 감추어도 소용이 없다는 뜻.

551. 감출 줄은 모르고 훔칠 줄만 안다.
돈을 벌어들이기만 할 줄 알고 돈을 관리할 줄을 모른다는 뜻.

552. 감투가 커도 귀는 짐작한다. (大帽子斟酌耳) 〈洌上方言〉
모자가 커도 귀에 걸리기 때문에 귀는 알 수 있듯이 늘 취급하는 일은 짐작으로도 알 수 있다는 뜻.

553. 감투가 크면 어깨를 누른다.
실력이 없이 과분한 지위에서 일을 하게 되면 감당할 수 없게 된다는 뜻.

554. 감투 덕이다.
벼슬한 덕을 단단히 본다는 뜻.

555. 감투를 벗으면 별수없다.
현재는 벼슬한 덕으로 권력이 당당하지만 벼슬을 그만두게 되면 그도 별 수 없는 사람이라는 뜻.

556. 감투 마다는 놈 없다.
누구나 다 벼슬은 하고 싶다는 뜻.

557. 감하고 또 감한다. (減之又減)
셈을 하는 데 빼고 또 빼고 하니까 남는 것이 줄어들기만 한다는 뜻.

558. 감히 머리도 못 든다. (不敢出頭)
상대방이 하도 무서워서 머리도 못 든다는 말.

559. 감히 목소리도 내지 못한다. (不敢出聲)
상대방이 무서워서 무슨 말을 하려고 해도 도저히 말이 나오지 않는다는 뜻.

560. 감히 무서워서 입을 못 연다. (不敢開口 :

莫敢開口)

상대방이 무서워서 하고 싶은 말이 있어도 말을 하지
못한다는 뜻.

561. 감히 쳐다보지도 못한다. (不敢仰視)

상대가 너무 무서워서 감히 바라보지도 못한다는 뜻.

562. 갑갑한 놈이 송사(訟事)한다.

무슨 일이나 답답한 쪽이 먼저 하게 된다는 뜻.

563. 갑술병정(甲戌丙丁) 흉년인가 ?

갑술년(甲戌年), 병자년(丙子年), 정축년(丁丑年) 난
리 때 큰 흉년이 들었다는 데서 유래된 말로서 큰 흉
년이 들었다는 뜻.

564. 갑에게서 난 화를 을에게다 화풀이한다.
(怒甲移乙)

화를 내게 한 사람이 만만치 않으면 흔히 만만한 딴
사람에게 화풀이를 한다는 뜻.

565. 갑인년(甲寅年) 흉년에도 먹다 남은 것은
물이다.

(1)물도 얻어 먹기가 어려운 경우에 쓰는 말. (2)아무
리 흉년이라도 먹을 물은 있다는 뜻.

566. 갑자기 나는 우릿소리는 귀 막을 여가가 없
다. (疾雷不及掩耳)　　〈六韜〉

돌발적(突発的)으로 일어나는 큰 사고는 막을 수 없
다는 뜻.

567. 갑자기 성을 낸다. (勃然大怒)

(1) 돌연히 성을 낸다는 뜻. (2) 성미가 급해서 성을 안
낼 것을 낸다는 뜻.

568. 갑자기 안색이 변하면서 성을 낸다. (勃然變
色)

돌연히 얼굴 색이 변해지면서 화를 낸다는 뜻.

569. 갑자생이 무엇이 적은가. (甲子生年 豈小)
　　〈東言解〉

노성(老成)하였다고 말하나 오히려 우매(愚昧)한 것
을 핀잔 주는 말.

570. 갑자일에 가을비가 오면 벼 이삭에 싹이 난
다. (秋雨甲子 禾頭生茸)　　〈朝野僉載〉

가을철 갑자일(일진)에 비가 오면 가을 장마가 진다
는 뜻.

571. 갑자일에 겨울비가 오면 소와 양이 얼어죽
는다. (冬雨甲子 牛羊凍死)　　〈朝野僉載〉

겨울철 갑자일(일진)에 비가 오는 해는 몹시 춥다는
뜻.

572. 갑자일에 봄비가 오면 천릿들이 마른다.

(春雨甲子 赤地千里)　　〈朝野僉載〉

봄철 갑자일(일진)에 비가 오면 그 해 큰 가뭄이 있
다는 말.

573. 갑자일에 여름비가 오면 배 타고 시장에 들
어간다. (夏雨甲子 乘船入市)　　〈朝野僉載〉

여름철 갑자일(일진)에 비가 오면 큰 장마로 인해 피
해가 많게 된다는 말.

574. 갑작 사랑이 영 이별이다. (急歡離別端)
　　〈洌上方言〉

갑작스럽게 맺어진 사랑은 오래 가지 못하고 헤어지기
쉽다는 말.

575. 값도 모르고 비싸다고 한다.

내용도 전연 모르면서 이러니 저러니 간섭한다는 뜻.
↔값도 모르고 싸다고 한다.

576. 값도 모르고 싸다고 한다.

아무 내용도 모르고 이러니 저러니 말 참견을 한다는
말. ↔값도 모르고 비싸다고 한다.

577. 값도 모르고 쌀 자루 내민다.

아무 내용도 모르고 무턱대고 덤빈다는 말.

578. 값도 모르고 흥정 붙인다.

내용도 모르면서 남의 일에 간섭한다는 뜻.

579. 값 싼 갈치 자반이 맛은 좋다.

값 싼 물건 중에도 좋은 물건이 있다는 뜻.↔값 싼 것
이 비지떡이다. 값 싼 것이 보리술이다.

580. 값 싼 것이 갈치 자반이다.

값이 싼 것 중에서 좋은 것이 있다는 말.

581. 값 싼 것이 보리술이다.

무슨 물건이나 값이 싼 것은 물건이 나쁘다는 뜻.
↔ 값 싼 갈치 자반이 맛은 좋다.

582. 값 싼 것이 비지떡이다.

값 싼 물건치고 좋은 것은 없다는 뜻.↔값 싼 갈치 자
반이 맛은 좋다.

583. 값은 두 번 말하지 말라. (言無二価)

파는 사람이나 사는 사람이나 물건 값은 에누리를 하
지 말라는 말.　↔흥정은 깎는 자미로 한다. 원님과
흥정을 해도 에누리는 있다.

584. 값진 진주도 진흙 조개에서 나온다. (泥蚌出
珠)

가난하고 천대받는 집안에서도 훌륭한 인물이 나온
다는 뜻.

585. 갓과 신은 귀하게 여기며 머리와 발은 업

신 여긴다. (貴冠履忘頭足)

갓과 신은 머리와 발을 위하여 있는 것인데 전자를 후자보다 더 귀중하게 취급한다는 것은 일이 거꾸로 되었다는 말.

586. 갓나서는 온 동네에서 귀여움을 받고 일곱 살에는 열 동네에서 미움을 받는다.

갓나서는 귀엽던 아이도 일곱 살 되면 미운 짓만 한다는 뜻.

587. 갓난 때 울음소리는 같아도 크면서 하는 짓은 달라진다. (同聲異俗)

사람은 교육에 따라 인격 형성이 달라진다는 뜻.
↔ 세 살 버릇 여든까지 간다.

588. 갓난 아이도 억지로 걷게 하지는 못한다.

아무리 약한 사람이라도 그 마음은 강제로 빼앗을 수 없다는 뜻.

589. 갔다왔다 한다. (一往一來 : 一去一來)

가기도 하고 오기도 한다는 뜻.

590. 갓마흔에 첫버선이다. (四十初襪)

결혼하여 마흔 되던 해에 처음으로 얻어 신는 버선이라는 말로서. 즉 오래 기다렸던 일이 마침내 이루어졌다는 말.

591. 갓마흔에 첫보살(菩薩)이다.

오랫동안 기다렸던 일이 이루어졌을 때 쓰는 말.

592. 갓모 형제다.

갓모처럼 먼저 난 형이 나중에 난 아우만큼 출세를 하지 못했다는 뜻. ↔ 형만한 아우 없다.

593. 갓방 인두 달듯 한다.

갓을 만드는 데서는 언제나 인두가 뜨겁게 달아 있어야 하듯이 저 혼자 애만 달고 있다는 뜻.

594. 갓 사러 갔다가 망건 산다.

(1) 당초의 목적을 변경하였다는 뜻.(2) 사러 갔던 것이 없어서 대신 샀다는 뜻.

595. 갓 사러 갔다가 방갓 산다.

(1) 기쁜 일을 하려다가 궂은 일을 한다는 뜻.(2) 목적을 변경하였다는 뜻. ※ 방갓 : 상제가 쓰는 큰 갓.

596. 갓 쓰고 구두 신은 것 같다.

격에 맞지 않는 짓을 하면 어울리지 않는다는 뜻.

597. 갓 쓰고 나가자 파장된다.

(1) 몹시 행동이 굼뜨다는 뜻. (2) 게으르면 무슨 일이나 성공할 수 없다는 뜻.

598. 갓 쓰고 망신한다.

점잖은 사람도 망신당할 때가 있다는 뜻.

599. 갓 쓰고 박치기를 해도 제멋이다.

갓 쓰고 박치기를 하면 갓이 못 쓰게 되지만 제가 하고 싶어 하는 것이니까 내버려두라는 뜻.

600. 갓 쓰고 자전거 탄 격이다.

갓이라는 낡은 것과 자전거라는 새 것과는 조화되지 않듯이 어떤 것이 서로 어울려 보이지 않는 것을 보고 하는 말.

601. 갓 쓴 송사리가 온 바닷물을 흐린다.

하급관리가 세상을 소란스럽게 한다는 뜻.

602. 갓은 해져도 발에 신지 않고 반드시 머리에 쓰게 된다. (冠雖弊必加於首)

물건은 반드시 용도가 정해져 있기 때문에 아무 데나 함부로 쓸 수가 없다는 뜻.

603. 갓을 발에 신고 신을 머리에 쓴다. (冠履倒易)　　　　　　　　　　〈後漢書〉

상하도 모르고 일을 뒤바꾸어 그릇되게 한다는 뜻.

604. 갓장이 헌 갓 쓰게 마련이다.

(1) 제가 제 일은 잘하지 못한다는 뜻. (2) 물건을 많이 다루는 사람일수록 그 물건을 아낀다는 뜻.

605. 갓장이 헌 갓 쓰고 신장이 굽 없는 신 신는다.

(1) 자기가 자기 일은 잘하지 못한다는 뜻. (2) 흔하게 취급하는 사람일수록 아껴 쓴다는 뜻.

606. 강가 전답(田畓)은 사지도 말랬다.

제방이 없는 강가의 전답은 수해의 위험성이 있다는 뜻.

607. 강 건너간 범이다.

무서울 것이 하나도 없다는 뜻.

608. 강 건너 불 구경이다.

(1) 자신에게는 아무 손해될 일이 없다는 뜻. (2) 걱정할 일이 아니라는 뜻.

609. 강 건너 불 보듯 한다.

강 건너 불은 걱정할 것 없듯이 나와는 관계가 없기 때문에 걱정할 것이 없다는 뜻.

610. 강 건너 호랑이다.

비록 무서운 것이라 할지라도 나와는 상관이 없다는 뜻.

611. 강 건너 화재다.

(1) 자기와는 아무 관계가 없다는 뜻. (2) 걱정할 일이 아니라는 뜻.

612. 강경(江景) 사람 벼락바위 쳐다보듯 한다.
강경지방은 들판이라 높은 바위를 보면 그 바위가 떨어질까봐 자꾸 쳐다보듯이 낯선 것을 보고 자꾸 쳐다보는 사람을 두고 하는 말.

613. 강경장(江景場)에 조기 배가 들어왔나?
강경장에 조기배가 한창 들어왔을 때 소란하듯이 몹시 시끄럽다는 말. ※ 강경장 : 충청남도 금강 하구에 있는 항구.

614. 강계(江界)는 평안도(平安道) 땅이 아니라더냐?
아무리 하찮은 것이라도 다같은 범위안에 든다는 뜻.

615. 강계도 평안도 땅이다.
강계가 멀리 외떨어져 있어도 평안도 땅이듯이 사물이 다른 것 같지만 사실은 동일하다는 말.

616. 강남 갔던 제비도 돌아오면 반가와한다.
제비도 주인을 반기는데 하물며 인간이 인정이 없어서야 되겠느냐는 뜻.

617. 강남 장사다. (江南商)　　　　〈東言解〉
(1) 이득(利得)이 많은 장사라는 말. (2) 제 이익만 탐내는 사람을 가리키는 말.

618. 강도(強盜) 집에 절도(竊盜) 든다.
(1) 약한 사람이 센 사람에게 철 모르고 덤빈다는 뜻.
(2) 동류(同類)끼리 의리가 없다는 뜻.

619. 강똥 누는 놈 집에는 가지도 말라.
된똥을 누는 것은 물을 아껴서 먹지 않았기 때문에 일어나는 현상이라는 데서 몹시 인색한 집을 두고 하는 말. ※ 강똥 : 된똥.

620. 강목만 친다.
이익이 있을 줄 알고 한 일이 헛되게 되었다는 뜻.
※ 강목 : 채금(採金) 작업에서 금은 안 나오고 쓸데없는 것만 나오는 일.

621. 강물도 쓰면 준다.
아무리 많은 것이라도 계속 쓰게 되면 그 양이 줄어든다는 뜻.

622. 강물도 아껴 쓰면 용왕(龍王)이 기뻐한다.
무슨 물건이든지 절약하고 아껴야 한다는 뜻.

623. 강물도 푸면 준다.
아무리 많은 것이라도 쓰면 준다는 뜻.

624. 강물에 가랑비 오기다.
아무런 흔적도 찾아볼 수 없다는 뜻.

625. 강물에 고기 봐준다.
죽게 된 사람을 구제하여 주었다는 뜻.

626. 강물은 건너가 봐야 안다.
강물의 깊이는 건너가 보아야 알 수 있듯이 사람의 마음도 접촉해 본 뒤에야 알 수 있다는 뜻.

627. 강물은 많아도 배 채울 물은 없다.
세상에는 돈이나 물건이 많지만 자기의 소유물은 하나도 없다고 탄식하는 말.

628. 강물은 쉬지 않고 흐른다.
강물은 쉬지 않고 흐르기 때문에 바다에 이르게 되듯이 사람도 부지런히 일하는 사람만이 성공할 수 있다는 뜻.

629. 강물은 위로 흐르지 않는다.
물을 거꾸로 흐르게 할 수 없듯이 일의 순서는 거꾸로 바꿀 수 없다는 뜻.

630. 강물을 손바닥으로 막겠다는 격이다.
도저히 되지도 않을 짓을 한다는 말.

631. 강물이 돌은 굴리지 못한다. (江流石不轉)
강물 힘이 아무리 세더라도 바닥에 박힌 돌은 굴리지 못하듯이 아무리 못난 사람이라도 그를 움직이게 하기는 힘든다는 뜻.

632. 강변에 맨 소 불 보고 날뛰듯 한다.
강변에 불이 붙었을 때 여기에 맨 소가 날뛰듯이 악을 쓰고 이리 뛰고 저리 뛰고 하는 꼴을 보고 하는 말.

633. 강변에서 고기만 부러워하지 말고 집에 가서 그물을 만드는 것이 낫다.(臨河羨魚 不如結網)　　　　〈淮南子〉
부러운 일이 있거든 보고만 있을 것이 아니라 곧 실천에 옮기는 것이 현명한 일이라는 뜻.

634. 강아지가 갉아먹던 송곳 자루 같다.
강아지가 뼈다귀로 알고 물어뜯던 송곳 자루마냥 보기가 몹시 흉하다는 뜻.

635. 강아지가 쇠뼈다귀 물고 다니듯 한다.
먹지도 못하는 것을 가지고 애만 쓴다는 뜻.

636. 강아지는 방에서 키워도 개가 된다.
본성이 나쁜 사람은 아무리 잘 가르쳐도 나쁜 사람으로밖에 안 된다는 뜻. ↔ 자식은 나면 서울로 보내고 망아지는 나면 제주로 보내랬다.

637. 강아지 똥은 똥이 아닌가?
아무리 양적으로는 적더라도 질적으로는 동일하다는 뜻.

638. 강아지를 얻어도 공것은 없다.

남에게 사소한 것이라도 신세를 졌으면 갚아야 한다
는 말.

639. 강아지 메주 먹듯 한다.
강아지가 좋아하는 메주를 먹듯이 매우 맛있게 먹는
다는 말.

640. 강아지에게 메주 멍석 맡긴 셈이다. (莫以狗
子 監此麴豉), (犬守燋造網席)
〈耳談續纂〉, 〈東言解〉
강아지 좋아하는 메주를 강아지에게 맡기면 안 남기
듯이 못 믿을 사람에게 일을 맡겼다는 뜻.

641. 강아지에게 발목 물린다.
하찮게 여긴 사람에게 봉변(逢變)을 당했다는 뜻.

642. 강아지풀을 가꾸면 곡식을 해친다. (養稂莠
者 傷禾稼)
〈潛夫論〉
강아지풀을 그대로 두면 곡식을 해치듯이 악한 사람
을 그대로 두면 일반 국민들이 피해를 당하게 되므로
이를 제거해야 된다는 뜻.

**643. 강아지풀을 미워하는 것은 그것이 곡식을
해치기 때문이다.** (惡莠恐其亂苗) 〈孔子〉
곡식 밭에 나는 강아지풀은 곡식을 해치기 때문에 미
움을 받듯이 인간사회에서도 악한 자가 미움을 받게
되는 것은 사회에 해독을 끼치기 때문이라는 뜻.

644. 강약을 겸한 나라는 더욱 밝아진다. (能弱能
強 其國彌彰) 〈三略〉
국력이 강하면서도 외교적으로 부드러운 나라는 더욱
강대하게 될 수 있다는 뜻.

645. 강에 뚜껑 할 걱정을 한다.
쓸데없는 걱정으로 속을 썩이고 있다는 뜻.

646. 강원도 간 포수(砲手)다.
강원도에는 호랑이가 많아 강원도로 사냥 간 포수는
가기만 하면 돌아오지 못하듯이 한번 가면 다시 못 만
난다는 뜻.

647. 강원도 삼척(三陟)이다.
강원도 삼척지방 집마냥 방이 몹시 춥다는 뜻.
※ 삼척 : 삼청(三廳) 냉돌에서 와전(訛傳)된 말.

648. 강원도 안 가도 삼척이다.
강원도 삼척지방 주택마냥 방이 몹시 춥다는 뜻.

649. 강원도 참사(參事)다.
관공직(官公職)에 있던 사람이 좌천(左遷)되었다는
말.

650. 강유(剛柔)를 겸해야 한다. (剛柔兼全)

사람은 겉으로는 유하고 속으로는 강해야 하기 때문
에 강유가 겸해야 한다는 뜻.

**651. 강이 아니면 건너지 말고 산이 아니면 넘
지를 말랬다.**
상대를 옳게 파악한 다음에 상대하라는 뜻.

**652. 강자(強者)는 무서워하고 약자는 업신여긴
다.** (吐剛茹柔)
비굴하고 간사한 사람을 두고 하는 말.

653. 강자는 약자를 업신여긴다. (以強陵弱)
강한 사람은 약한 사람을 깔보고 업신여기게 된다는
뜻.

654. 강자는 약자를 잡아먹는다. (弱肉強食)
강한 사람은 약한 사람을 착취한다는 뜻.

655. 강진(康津) 원님 대합 자랑하듯 한다.
옛날부터 전라남도 강진 대합은 유명하였다는 뜻.
※ 강진 : 전라남도 남해안에 있는 지명.

656. 강철 같은 마음에 돌 같은 창자다. (鐵心石腸)
결심이 쇠나 돌같이 굳기 때문에 어떤 고난을 당해도
변하지 않는다는 뜻.

657. 강철(鋼鉄)은 달굴수록 뜨겁다.
쇠는 불에 달굴수록 뜨거워지듯이 사랑은 사랑할수록
뜨거워진다는 뜻.

658. 강철(強鉄)이 간 데는 가을도 봄이다. (強鉄
去處 雖秋如春) 〈芝峰類説〉
운이 나쁘면 잘 되던 일도 뜻밖에 방해자가 나타나서
실패하게 된다는 뜻. ※ 강철 : 초목을 말려 죽인다는
가상적 동물인 독룡(毒龍).

659. 강철이 지나간 가을이다. (強鐵之秋)
초목을 말려 죽이는 독룡(毒龍)인 강철이 지나간 것
같은 큰 흉년이 들었다는 뜻.

660. 강철이 지나갔다.
(1) 흉년이 든다는 뜻. (2) 일이 안 된다는 뜻.

661. 강태공(姜太公)이 곧은 낚시질하듯 한다.
옛날 중국 주(周)나라 때 강태공이 때를 기다리느
라고 낚시질로 오랜 시일을 보냈다는 데서 나온 말로
서 무슨 일을 지루하게 끌어 가면서 한다는 뜻.

662. 강태공이 세월 낚듯 한다.
강태공이 때를 기다리느라고 어부로 가장(假裝)하
고 세월을 보냈다는 데서 유래된 말로서 무슨 일에 때
만 기다리고 있다는 뜻.

663. 깡통 신세다.

깡통을 들고 다니며 얻어먹는 거지 신세라는 뜻.

664. 강폭한 사람은 온당한 죽음을 못 한다. (強
梁者 不得其死)   〈老子〉
포악한 사람은 군중의 미움을 받기 때문에 제 명대로
죽지 못한다는 말.

665. 강 하나가 천 리다.
장해물이 있으면 이웃들도 천 리와 같이 멀어진다는
뜻.

666. 강하면 달아나고 약하면 능멸하는 것은 용
기가 아니다. (違彊陵弱非勇也)   〈春秋左傳〉
강한 자에게는 달아나고 약한 자는 업신여기는 짓은
용감한 것이 아니므로 강한 자에게는 대항할 수 있는
태세를 마련하고 약한 자도 대우해 주는 것이 용감한
자로서 할 짓이라는 뜻.

667. 강하면 승리한다. (彊則勝物)   〈荀子〉
강자는 싸우면 반드시 약자를 이긴다는 뜻.

668. 강한 나무가 부러진다. (強木則折)
사람도 강하기만 하고 유한 데가 없으면 실패한다는
뜻.

669. 강한 말은 매놓은 기둥에 상한다.
강한 사람이 하찮은 것에 실수를 한다는 뜻.

670. 강한 바람이 불어야 굳센 풀을 알아본다.
(疾風知勁草)   〈後漢書〉
강한 바람에 견디는 것이 굳센 풀이라는 것을 알아보
듯이 사람도 큰 고난을 당해 봐야 그의 용감성을 알
아 볼 수 있다는 뜻.

671. 강한 사람은 남의 공격을 받게 된다. (強者
人之所攻)   〈三略〉
강한 사람은 싸우기를 좋아하기 때문에 적이 많다는
뜻.

672. 강한 사람은 도적이다. (剛者賊也)   〈三略〉
강한 사람은 약한 사람을 억압하고 약탈한다는 뜻.

673. 강한 자는 약한 자를 위협하고 억압한다.
(脅強制弱)   〈馬融傳〉
강한 사람은 위협을 상투 수단(常套手段)으로 하여 약
한 사람을 억압한다는 뜻.

674. 강한 자는 약한 자를 위협한다. (強者脅弱)
                                      〈禮記〉
강자는 항상 힘으로 약자를 위협한다는 뜻.

675. 강한 자는 약한 자를 해치고 뺏는다. (強者
害弱而奪之)   〈荀子〉

강자는 언제나 약자의 것을 강탈한다는 뜻.

676. 강한 자는 억제하고 약한 자는 도와 주어야
한다. (抑強扶弱)   〈漢書〉
강한 사람을 억제하면서 약한 사람을 도와 주어야 안
정된 사회로 될 수 있다는 뜻.

677. 강한 자는 이기고 약한 자는 패한다. (優勝
劣敗)
강한 자는 약한 자를 이기고 약한 자는 강한 자에게
패한다는 뜻.

678. 강화도령(江華道令)마냥 우두커니 앉아 있
다.
이조(李朝) 때 철종(哲宗)이 임금 되기 전 강화에서 아
무것도 하는 일 없이 지내듯이 하루 종일 하는 일 없
이 지내는 사람을 두고 하는 말. ※ 강화도령 : 철종.

679. 갖가지로 생각해 본다. (百爾思之)
여러 가지로 신중히 생각해 본다는 뜻.

680. 갖바치 겉치레하듯 한다. (皮匠花草)〈東言解〉
가죽신 만드는 사람이 겉만 곱게 치장하듯이 외면만
치장하는 것을 두고 하는 말.

681. 갖바치 내일 모레하듯 한다. (皮匠再日)
                                     〈東言解〉

옛날 가죽신 짓는 공장이(皮匠)가 약속한 날짜를
자꾸 미루듯이 무슨 일을 약속하고도 기일을 자꾸 연
기한다는 뜻,
※ 갖바치 : 가죽신 만드는 사람.

682. 갖바치 풀무다.
필요한 사람에게는 매우 소중한 것이지만 자기에게는
아무 소용이 없다는 뜻.

683. 갖에서 좀 난다.
가죽에 좀이 나면 가죽도 없어지고 좀도 죽듯이 한 집
안에 한 사람이라도 피해를 끼치면 온 집안이 망하게
된다는 뜻.

684. 갖은 황아다.
황아 장수가 여러 가지 상품을 갖추어 가지고 다니듯
이 여러 가지 물건을 고루 가지고 있다는 뜻.

685. 같은 값이면 검정 소를 잡아먹는다.
같은 조건이면 자기 자신에게 알맞는 것을 선택하라
는 말.

686. 같은 값이면 과부 집 돼지를 사랬다.
모든 조건이 같을 때는 유리한 편을 선택한다는 뜻.

687. 같은 값이면 과부 집 머슴살이를 하랬다.
동일한 조건이라면 자기 자신에게 이로운 쪽을 택하

라는 뜻.

688. 같은 값이면 다홍치마다.(同価紅裳)〈松南雜識〉
같은 것이 여러 가지 있더라도 자기가 좋아하는 것을
고르도록 하라는 뜻.

689. 같은 값이면 바람 부는 날 다홍치마다.
값이 같다고 하여 상품 가치도 같지는 않기 때문에 좋
은 것으로 선택하라는 뜻.

690. 같은 값이면 분홍치마다.(同価粉紅裳)
〈東言解〉

값이 같은 것 중에서도 어딘가 좋은 점이 있는 것을
고른다는 뜻.

691. 같은 값이면 은가락지 낀 손에 맞는 것이
낫다.
동일한 조건이라면 돈 있는 사람과 상대하는 것이 유
리하다는 말.

692. 같은 값이면 은가락지 낀 손에 뺨도 맞으
랬다.
동일한 조건이면 한때 손해가 갈망정 장래를 위해서
는 돈 있는 사람을 상대로 하는 것이 유리하다는 뜻.

693. 같은 값이면 처녀 장가다.
같은 값이면 새 것을 선택한다는 뜻.

694. 같은 값이면 홀어머니 집 머슴살이 한다.
동일한 조건이라면 자기에게 유리한 쪽을 선택한다는
말.

695. 같은 것 중에도 다른 것이 있다.(同中有異)
같은 종류의 것 중에서도 색다른 것이 있다는 뜻.

696. 같은 공장이(匠人)이라도 솜씨는 다르다.
(同工異曲)
사람의 솜씨는 저마다 다르다는 뜻.

697. 같은 과부면 돈 있는 과부랬다.
같은 조건에서는 그중에서 가장 유리한 것을 고르게
된다는 뜻.

698. 같은 과부면 어린 아이 없는 과부 얻는다.
동일한 조건이면 불리하지 않은 것을 택한다는 뜻.

699. 같은 과부면 젊은 과부 얻는다.
같은 조건이라면 더 좋은 것을 고른다는 말.

700. 같은 근심을 가진 사람은 서로 구원한다.
(同憂相救)
이해관계가 동일한 사람들끼리는 서로 도와 준다는 뜻.

701. 같은 길을 가는 사람끼리는 사랑하게 된다.

(同道相愛) 〈素書〉
이해 관계(利害關係)가 같은 사람들끼리는 친하게 된
다는 뜻.

702. 같은 깃 새는 같이 모인다.
뜻이 맞는 사람들끼리는 서로 결합되기 쉽다는 뜻.

703. 같은 떡도 남의 것이 커 보인다.
같은 물건이라도 남이 가진 것이 돋보인다는 뜻.

704. 같은 떡도 맏며느리가 주는 것이 더 크다.
같은 떡을 나누어 주는 데도 집안에서 중요한 위치에
있는 맏며느리의 것이 커 보이듯이 같은 물건을 가져
도 돈이 있고 권력이 있는 사람이 가지게 되면 돋보
인다는 뜻.

705. 같은 마음으로 서로 돕는다.(同心協力)
한마음 한뜻으로 협력한다는 뜻.

706. 같은 말은 서로 통한다.(同聲相應)〈易經〉
같은 환경에 있는 사람끼리는 서로 친해질 수 있다는
뜻.

707. 같은 말이라도 「아」 다르고 「어」 다르다.
같은 말이라도 듣기 좋은 말이 있고 듣기 싫은 말이
있으니 조심하라는 뜻.

708. 같은 바람이 천리를 분다.(千里同風)
같은 풍속이 널리널리 퍼진다는 뜻.

709. 같은 배에 탄 사람끼리는 서로 돕는다.
(同舟相救) 〈孫子〉
서로 생사(生死)를 같이하는 사람들끼리는 서로 돕
게 된다는 뜻.

710. 같은 병을 앓는 사람끼리는 서로 불쌍히 여
긴다.(同病相憐) 〈吳越春秋〉
서로 어려운 환경에 있는 사람들끼리는 서로 동정하
게 된다는 뜻.

711. 같은 새경이면 과부 집 머슴살이 한다.
같은 조건이라면 자기에게 더 유리한 것을 택한다는
말.

712. 같은 새경이면 부잣집 머슴살이를 하랬다.
같은 조건이면 부자와 손 잡고 일하는 것이 유리하다
는 뜻.

713. 같은 업자끼리는 원수가 된다.(同業相仇)
〈素書〉
많은 경우에 같은 물건을 취급하는 상인끼리는 사이
가 나쁘다는 말.

714. 같은 열 닷 냥(十五兩)이면 과부집 머슴살

이 한다.
같은 조건이면 그 중에서 유리한 것을 택한다는 뜻.

715. 같은 외상이면 검정 소 잡아먹는다.
같은 외상으로 사는 것이면 맛이 좋은 검정 쇠고기를 먹는 것이 낫듯이 같은 조건이면 그 중에서 좋은 것을 골라야 한다는 뜻.

716. 같은 잠자리에서 꿈은 다르다. (同床異夢)
(1) 한집에 살아도 서로 뜻이 다르다는 뜻; (2) 한나라에 살아도 사상이 다르다는 뜻.

717. 같은 환자끼리는 서로 도와 준다. (同病相救) 〈六韜〉
이해 관계가 서로 같은 사람들끼리는 곤란하게 되면 서로 돕게 된다는 뜻.

718. 같이 다니는 거지는 동냥 못 한다.
거지가 떼를 지어 다니면 동냥 주는 사람이 줄 것도 안 주듯이 혼자 해야 할 일을 여러 사람이 하게 되면 일이 성사되지 않는다는 뜻.

719. 같이 우물 파고 혼자 먹는다.
일은 같이 하고 이권(利權)은 독점했다는 뜻.

720. 같잖은 서방질에 쫓겨난다.
서방질도 제대로 못하고 쫓겨나듯이 하찮은 일로 일자리를 쫓겨났다는 뜻.

721. 같잖은 투전에 돈만 잃는다.
대수롭지 않게 한 노름에 돈만 잃어 버리듯이 하찮은 일로 큰 손해만 보았다는 말.

722. 개가 개를 낳는다.
부모가 못된 사람이면 자식도 못되게 된다는 말.↔개천에서 용난다.

723. 개가 겨를 먹다가 나중에는 쌀도 먹는다.
도둑질도 처음에는 작은 것을 하다가 점점 큰 도둑질을 하게 된다는 뜻.

724. 개가 꼬리를 사람 보고 흔드나 먹이 보고 흔들지.
친절하게 대하는 사람에게는 딴 야심이 있다는 뜻.

725. 개가 꼬리치며 알찐거린다. (搖尾乞憐)
개가 주인에게 알찐거리듯이 간사한 사람이 갖은 아부를 다 한다는 뜻.

726. 개가 그림 떡 쳐다보듯 한다.
개가 그림 떡을 바라보고 있는 것도 아무 소용이 없듯이 행여나 하는 기대를 가져서는 아무 소용이 없다는 뜻.

727. 개가 높은 곳에 오르면 큰비가 온다.
옛날부터 농촌에 전해 오는 말.

728. 개가 떡그릇 쳐다보듯 한다.
개가 떡을 보고 먹고 싶어 바라보듯이 무엇을 자꾸 쳐다보기만 한다는 뜻.

729. 개가 똥을 가리겠다.
굶주린 사람은 아무 음식이나 가리지 않고 먹는다는 뜻.

730. 개가 똥을 마다겠다.
평소에 좋아하는 것을 싫다고 할 리가 없다는 뜻.

731. 개가 똥을 참겠다.
자기가 가장 즐기는 것은 참기가 어렵다는 뜻.

732. 개가 돼도 부잣집 개가 되랬다.
같은 조건이면 부자와 결탁하여 일하는 것이 유리하다는 뜻.

733. 개가 메스껍다고 하겠다.
개가 다 메스껍다고 할 정도로 몹시 메스껍다는 말.

734. 개가 물똥이라고 마다할까?
가난한 사람은 음식을 가려서 먹지 않는다는 말.

735. 개가 미치면 사람을 가리지 않고 문다. (狗之瘈 無不噬也) 〈禮記〉
개가 미치면 아무나 함부로 물듯이 사람도 함부로 덤비는 것은 미친 사람과 같다는 뜻.

736. 깨가 쏟아진다.
어떤 일에서 재미가 몹시 난다는 뜻.

737. 개가 신주(神主) 물어간 것도 모르고 제사 지낸다.
신주 없는 헛제사 지내듯이 알맹이는 빼 놓고 헛일만 한다는 뜻.

738. 개가 앞으로 가면 꼬리는 뒤로 가게 마련이다.
(1) 당연한 일이라는 뜻. (2) 명백한 일이라는 뜻.

739. 개가 약과 먹듯 한다. (狗食藥果) 〈東言解〉
(1) 맛도 모르고 먹는다는 뜻. (2) 내용도 모르고 책을 읽는다는 뜻.

740. 개가 웃겠다.
너무나 어이가 없는 일이라는 뜻.

741. 개가 웃을 노릇이다.
사람 구실을 하지 못할 부끄러운 짓을 하였다는 뜻.

742. 개가 장승 무서운 줄을 알면 오줌 눌까?

미리 알았다면 잘못을 저지를 리가 없다는 말.

743. 개가 제 방귀에 놀란다.

대단찮은 일에 잘 놀라는 경솔한 사람을 두고 하는 말.

744. 개가 쥐를 잡고 먹기는 고양이가 훔쳐 먹는다.

수고한 사람이 따로 있고 이에 대한 보수를 받는 사람이 따로 있다는 뜻.

745. 개가 짖는다고 다 도둑은 아니다.

나쁜 소문이 있다 하여 다 나쁜 사람은 아니라는 뜻.

746. 개가 짖을 적마다 도둑이 오는 것은 아니다.

남의 말을 다 믿어서는 안 된다는 뜻.

747. 개가 콩엿 사먹고 버드나무에 올라가겠다.

도저히 될 수 없는 일을 하는 어리석은 사람을 두고 하는 말.

748. 개가 풀을 뜯어먹으면 가뭄이 든다.

개의 행동을 보고 가뭄을 미리 알 수 있다는 말.

749. 개가 핥은 것 같다.

집 안에 아무것도 남아 있는 것이라고는 없다는 뜻.

750. 개가 핥은 듯이 가난하다.

하도 가난하여 집 안에 아무것도 없다는 말.

751. 개가 핥은 죽사발 같다.

집안이 몹시 가난하여 살림이 하나도 없다는 뜻.

752. 개같이 벌어서 정승처럼 살랬다.

돈을 벌 때는 천하게 벌더라도 쓸 때 잘 쓰면 훌륭한 사람이 된다는 뜻.

753. 개같이 벌어서 정승같이 쓰랬다.

천대받고 고생해 가면서 번 돈을, 쓸 때는 보람있게 써야 한다는 뜻.

754. 개 겨 먹다가 필경은 쌀 먹는다.

처음에는 조그만 잘못을 저지르다가 나중에는 큰 잘못을 저지르게 된다는 뜻.

755. 개 겨 좋아하듯 한다.

겨우 좋아한다는 것이 하찮은 것을 좋아한다는 뜻.

756. 개고기는 언제나 제 맛이다.

(1) 본질은 언제나 변하지 않는다는 뜻. (2) 개고기는 언제 먹어도 제 맛을 지니고 있다는 뜻.

757. 개 꼬라지 미워서 낙지 산다.

미운 놈이 있으면 하고 싶은 것이 있어도 하지 않는다는 말.

758. 개 꼬리는 먹이를 탐내서 흔든다.

반가운 척하는 이면(裏面)에는 많은 경우에 야심이 있다는 뜻.

759. 개 꼬리다.

개 꼬리마냥 아무 데도 쓸모가 없다는 뜻.

760. 개 꼬리 삼 년 두어도 황모 되지 않는다. (三年狗尾 不爲黃毛:狗尾三蕫 不成豹皮) 〈耳談續纂〉

본시 바탕이 나쁜 것은 아무리 오래 두어도 좋아지지 않는다는 뜻.

761. 개 꼬리에 담비 꼬리를 이은 것 같다. (狗尾續貂) 〈晉書〉

나쁜 것에다 좋은 것을 섞으면 다같이 나쁜 것이 되고 만다는 뜻.

762. 개골창을 베게 되었다.

외로운 신세로서 객사(客死)를 하게 되었다는 뜻.

763. 개 꽁지에 검불 붙듯 한다.

지저분한 것에는 항상 지저분한 것이 잘 붙게 된다는 뜻.

764. 개구리가 올챙이 적 생각을 못한다.

(1) 과거 빈천(貧賤)했던 사람이 지난 날의 생각은 못하고 잘난 체한다는 뜻. (2) 기술을 배우고 나서는 서툴렀던 생각도 않고 큰소리만 친다는 뜻.

765. 개구리가 울면 비가 온다.

개구리 울음을 듣고 비 올 것을 알 수 있다는 말.

766. 개구리가 주저앉는 것은 멀리 뛸 작정이다.

사람도 큰 일을 하려면 이를 위한 준비 작업이 필요하다는 말.

767. 개구리가 처마 밑으로 들어오면 장마진다.

농가에서 개구리가 처마 안으로 들어오는 것을 보고 장마를 미리 안다는 말.

768. 개구리는 울다가 뱀에게 잡힌다.

무슨 일에 너무 골몰하게 되면 큰 화를 입게 된다는 뜻.

769. 개구리도 움쳐야 뛴다. (蛙惟跼矣 乃能躍矣) 〈耳談續纂〉

개구리도 움쳐야 뛰듯이 무슨 일이나 준비를 한 다음에 시작해야 된다는 뜻.

770. 개구리 동면하듯 한다. (蟄居冬眠)

개구리가 겨울 나듯이 먹지도 못하고 가만히 누워 지낸다는 뜻. ※동면:벌레가 수면 상태로 흙 속에서 겨울을 지내는 것.

771. 개구리 새끼는 개구리다.
크고 작은 것이 다를 뿐이지 본질적으로는 동일하다
는 뜻.

772. 개구리에게 헤엄 가르칠 걱정한다.
노파심(老婆心)에서 필요 없는 남의 걱정을 한다는 뜻.

773. 개구리에 물 꺼얹기다.
아무런 성과도 없는 일을 한다는 뜻.

774. 개구리 정신이다.
정신이 몹시 없는 사람을 두고 하는 말.

775. 개구리 중에도 수채 개구리다.
여러 사람 중에서 가장 못난 사람이라는 뜻.

776. 개구멍 서방이다.
정식으로 결혼한 처지가 아니고 남 모르게 맺어진 남
편이라는 뜻.

777. 개구멍에 망건(網巾) 친다.
개가 개구멍으로 못 들어오게 하기 위하여 망건을 쳤다
가 망건만 못쓰게 되듯이 한 가지 손해를 막으려다가
두 가지 손해를 보게 되었다는 말. ※망건 : 갓 밑에
쓰는 관의 한 가지.

778. 개구멍으로 통량갓을 굴려 낼 놈이다.
교묘한 수단으로 남을 잘 속인다는 뜻.

779. 개 꿈도 꿈인가.
꿈도 꿈답지 않은 것은 꿈이라고 할 수 없듯이 물건
도 물건답지 않은 것은 물건이라고 할 수·없다는 뜻.

780. 개 꿈이다.
해몽(解夢)할 가치가 없는 꿈이라는 뜻.

781. 개 귀에 방울소리다.
개가 방울소리에 아무 감각이 없듯이 어떤 일에 대하
여 아무런 반응이 없다는 뜻.

782. 개 귀의 비리를 털어 먹어라.
개 귀의 비리를 털어 먹을 정도로 치사하고 더러운 짓
을 한다는 뜻. ※비리 : 짐승에게 생기는 피부병.

783. 개 기르다 발뒤꿈치 물린다. (蓄狗噬踵)
〈旬五志〉
나쁜 사람을 가까이하게 되면 언젠가는 손해를 보게
된다는 말.

784. 개 기름 먹듯 한다.
개가 기름 먹듯이 하나도 남기지 않고 다 먹었다는
말.

785. 개냐란 쪽박에 밥은 많이 담긴다.

겉모양은 주굴주굴한 바가지가 많이 담기듯이 몸이
약해 보이는 사람이 오히려 많이 먹는다는 말.

786. 개 눈에는 똥만 보인다.
사람은 어떤 것을 좋아하게 되면 그것만 생각하게 된
다는 말.

787. 개 눈에는 사람이 만만해 보인다.(狗眼看人
低)
못된 놈 눈에는 어른도 어른답게 보이지 않는다는 뜻.

788. 개 눌자리 보듯 한다.
일은 않고 잠 잘 궁리만 한다는 뜻.

789. 개는 개를 잡아먹지 않는다.
개도 개를 잡아먹지 않듯이 사람도 서로 싸우고 죽여
서는 안 된다는 뜻.

790. 개는 눈을 기뻐하고 말은 바람을 기뻐한다.
(犬喜雪 馬喜風)
개는 눈 위에 뛰어다니기를 좋아하고 말은 바람 불
때 갈기를 날리며 뛰어다니기를 좋아한다는 뜻.

791. 개는 믿고 살아도 상전 양반은 못 믿고 산
다.
짐승은 거짓이 없지만 사람은 거짓이 있어서 믿을 수
없다는 뜻.

792. 개는 사람보다 몽둥이를·더 무서워한다.
사물(事物)의 내용은 모르고 겉만 안다는 뜻.

793. 개는 안주인을 따르고 소는 바깥주인을 따
른다.
동물이나 아이들은 사랑하는 사람에게 따른다는 말.

794. 개는 안주인을 닮는다.
가까이 접촉하는 사람을 본받게 된다는 뜻.

795. 개는 오 년 먹이지 않고 닭은 삼 년 먹이
지 않는다.
개나 닭을 너무 오래 기르지 말라는 말.

796. 개는 입이 따뜻해야 하고 사람은 발이 따
뜻해야 한다.
개는 입이 따뜻해야 잠을 잘 자고 사람은 발이 따뜻해
야 잠을 잘 자게 된다는 말.

797. 개는 잘 짖는다고 좋은 개가 아니다.(狗不
以善吠爲良),(犬不以善吠 爲良)〈莊子〉,〈寶鑑〉
말만 잘한다고 훌륭한 사람이 아니라 행동을 잘해야
훌륭한 사람이라는 말.

798. 개는 흰둥이를 기르고 소는 껌정이를 기르
랬다.

개는 흰개가 더 귀여워 보이고 소는 검정 쇠고기가 더 맛이 있다는 데서 나온 말.

799. 개 다리 상주(喪主)다.
예절에 벗어난 행동을 하는 상주를 두고 하는 말.

800. 개 다리 참봉(參奉)의 행패다.
되지 못한 참봉의 행패가 심하듯이 되지 못한 관리가 권력만 믿고 행패만 부린다는 뜻. ※참봉 : 옛날 종구품의 벼슬.

801. 개 대가리 똥칠하듯 한다.
개 대가리에 똥칠하듯이 망신만 당했다는 뜻.

802. 개 대가리에 감투다.
아무리 좋은 것이라도 쓸 데 안 쓰면 아무 가치가 없다는 뜻.

803. 개 대가리에 관이다.
개 대가리에 모자를 씌운 것같이 격에 맞지 않는다는 뜻.

804. 개 대가리에 똥 묻기다.
응당 있을 수 있는 일이라는 뜻.

805. 개떡 같다.
맛없는 개떡같이 질이 가장 나쁘다는 뜻.

806. 개떡도 끼 에워 먹는다.
남들은 하찮게 여기지만 당사자에게는 대단히 소중한 것이라는 뜻.

807. 개떡도 떡은 떡이다.
아무리 못난 사람이라도 사람은 사람이라는 뜻.

808. 개떡 먹기다.
일하기가 매우 수월하다는 말.

809. 개떡에도 고물 든다.
하찮은 일을 하더라도 밑천이 있어야 한다는 뜻.

810. 개떡에 입 천장 덴다.
변변치 않은 것에 큰 손해를 보았다는 뜻.

811. 개도 개 뼈다귀는 먹지 않는다.
집안 간에 재물을 가지고 싸워서는 안 된다는 말.

812. 개도 꼬리를 친 다음에 먹는다. (先掉尾後知味)
개도 밥을 먹을 때는 주인에게 고마움을 표시하고 먹듯이 남의 은혜를 받았을 때는 고맙다는 인사를 해야 한다는 뜻.

813. 개도 꼬리를 흔들며 제 잘못을 안다.
사람이 자기의 잘못을 뉘우칠 줄 모르면 개만도 못하다는 뜻.

814. 개도 기르면 은혜를 안다.
남의 은혜를 모르는 사람은 개만도 못하다는 뜻.

815. 개도 나갈 구멍을 보고 쫓으랬다.
개도 나갈 데를 두고 쫓지 않으면 달려들어 물게 되듯이 사람도 살아갈 수 있는 여유를 주지 않고 몰아대면 도리어 피해를 입게 된다는 뜻.

816. 개도 닷새만 되면 주인을 안다.
개도 제 은인은 바로 알아 보는데 하물며 사람이 자기의 은인을 몰라봐서는 안 된다는 뜻.

817. 개도 돈만 있으면 멍첨지라고 한다.
아무리 못난 사람이라도 돈만 있으면 대우를 받게 된다는 말.

818. 개도 뒤 본 자리는 덮는다.
자기가 버린 것은 자신이 처리해야 한다는 말.

819. 개도 먹는 개는 때리지 않는다.
식사 중에는 기분을 해치는 짓을 해서는 안 된다는 뜻.

820. 개도 먹으라는 똥은 안 먹는다.
남이 하라는 일은 잘하지 않는다는 뜻.

821. 개도 먹을 때는 안 때린다.
음식 먹는 사람을 때려서는 안 된다는 뜻.

822. 개도 무는 개를 돌본다. (諸狗趁後必顧瘋狗)
〈耳談續纂〉
개도 사나우면 물릴까봐 조심하듯이 사람도 사나우면 두려워서 더 대접을 잘한다는 뜻.

823. 개도 미치면 주인을 문다.
변절(變節)한 사람은 은인도 해친다는 말.

824. 개도 벼룩을 물어 잡을 때가 있다.
무슨 일을 하다 보면 요행으로 되는 수도 있다는 말.

825. 개도 부지런해야 더운 똥을 얻어 먹는다.
개도 부지런한 놈이 잘 얻어 먹듯이 사람도 부지런해야 잘 먹고 살 수 있다는 뜻.

826. 개도 사흘 굶으면 몽둥이도 무서워하지 않는다.
굶주린 사람은 악밖에 없다는 뜻.

827. 개도 사흘만 기르면 주인을 잊지 않는다.
사소한 은혜라도 남에게서 받은 것은 잊지 말고 갚으라는 뜻.

828. 개도 세 번만 보면 꼬리를 친다.
안면이 있는 사이에 인사를 않는 사람에게 하는 말.

829. 개도 손 들 날이 있다.
　아무리 가난하게 살아도 손님 안 오는 일은 없다는 말.

830. 개도 얻어맞은 골목에는 가지 않는다.
　한번 실패한 것은 다시 그 전철(前轍)을 밟지 않도록 해야 한다는 뜻.

831. 개도 올가미가 있어야 잡는다.
　(1) 연장이 있어야 상품도 만들어 낸다는 뜻. (2) 밑천이 있어야 장사도 한다는 뜻.

832. 개도 은혜는 잊지 않는다.
　개도 은혜를 아는데 항차 사람이 남의 은혜를 잊어서야 되겠느냐는 뜻.

833. 개도 제 주인은 물지 않는다.
　주인의 잘못이 있다 하더라도 해쳐서는 안 된다는 뜻.

834. 개도 제 주인은 안다.
　개도 주인의 은혜를 아는데 항차 사람으로서 남의 은혜를 몰라서는 안 된다는 뜻.

835. 개도 제 주인을 보면 반가와한다.
　은덕(恩德)을 입은 사람에게는 감사할 줄 알아야 한다는 뜻.

836. 개도 제 털은 아낀다.
　넉넉한 사람이라도 재물은 아껴 써야 한다는 뜻.

837. 개도 좋고 도도 좋다.
　윷놀이에서 마침 개도 쓸모가 있고 도도 쓸모가 있듯이 이래도 좋고 저래도 좋다는 뜻.

838. 개도 주인은 안 문다.
　은인에게 은덕을 갚지는 못하더라도 은인을 해쳐서는 안 된다는 뜻.

839. 개도 주인을 보면 꼬리를 친다.
　아는 사람을 만나면 반갑게 대하라는 뜻.

840. 개도 키워 준 은혜는 안다.
　남에게 받은 은혜는 반드시 갚아야 한다는 뜻.

841. 개도 텃세를 한다.
　아무리 못난 사람이라 할지라도 나름대로의 기반은 있다는 말.

842. 개똥도 약에 쓰인다.
　하찮은 물건도 긴요하게 쓰일 때가 있다는 말.

843. 개똥도 약에 쓸라면 귀하다.
　대단치도 않게 흔하던 물건도 정작 쓸려고 하면 귀하다는 말.

844. 개똥 밭에 굴러도 이승이 좋다.
　아무리 천대 받으며 고생하고 살아도 죽는 것보다는 사는 것이 낫다는 말.

845. 개똥 밭에도 이슬 내릴 때가 있다.
　천대받고 가난한 사람에게도 좋은 행운이 있을 때가 있다는 뜻.

846. 개똥 밭에서 인물(人物) 난다.
　천대받고 가난한 집안에서도 훌륭한 사람이 나올 수 있다는 말.

847. 개똥벌레가 밤에 방으로 들어오면 이튿날 손님이 온다. (夜螢入室明客來)
　개똥벌레가 방에 들어오는 것을 보고 손님 올 것을 안다는 옛 말.

848. 개똥에 굴러도 이승이 좋다.
　아무리 고생스럽게 살아도 죽는 것보다는 사는 것이 낫다는 뜻.

849. 개똥이다.
　(1) 가장 나쁜 것이라는 뜻. (2) 쓸모없는 것이라는 뜻.

850. 개똥이 무서워 피하나 더러워 피하지.
　행실이 더러운 사람과는 다투는 것보다는 피하는 것이 낫다는 말.

851. 개똥참외 덩굴에 선 참외 달리듯 했다.
　가난한 집에 어린 자식들이 많다는 말.

852. 개똥참외도 맡은 놈이 있다.
　무슨 물건이든지 다 소유자가 있다는 뜻.

853. 개똥참외도 먼저 맡은 놈이 임자다.
　임자 없는 물건은 먼저 맡은 사람이 임자라는 뜻.

854. 개를 가까이하면 벼룩이 옮는다.
　나쁜 사람을 가까이하면 이로운 것이 하나도 없다는 뜻.

855. 개를 길러 놓으니까 미친개가 되어 주인을 문다.
　은덕을 베풀어 준 사람 중에도 배은망덕(背恩忘德)하는 사람이 있다는 뜻.

856. 개를 따라가면 뒷간으로 가게 된다. (較狗如厠)　　　〈東言解〉
　나쁜 사람들을 가까이하면 나쁜 짓을 하게 된다는 뜻.

857. 개를 뼈다귀로 때리면 먹으라고 주는 줄 알지 때리는 줄은 모른다.
　남을 해치려고 한 것이 도리어 유리하게 되었을 때는 원망을 듣지 않게 된다는 뜻.

858. 개를 친하면 똥칠만 한다.

친구를 잘못 사귀면 망신만 하게 된다는 뜻.

859. 개를 친하면 옷에 흙칠만 한다.
나쁜 사람을 친하면 손해만 본다는 뜻.

860. 개를 호랑이가 물어간 것만큼 시원하다.
미친개를 호랑이가 물어간 것같이 어떤 방해자가 없어져서 속이 시원하게 되었다는 말.

861. 개 마른 뼈 핥듯 한다. (犬齧枯骨)
(1) 먹어도 아무 맛이 없다는 뜻. (2) 일을 해도 아무런 재미가 없다는 뜻.

862. 개 머루 먹듯 한다.
개가 머루를 핥아먹듯이 아무 맛도 모르고 먹는다는 뜻.

863. 개 목에 방울이다.
개 목에는 방울이 필요없듯이 격에 맞지 않는다는 뜻.

864. 개 못된 것은 들에 가서 짖는다.
자기가 책임진 일이 무엇인지도 모르고 딴 일만 하면서도 잘난 체하는 사람을 두고 하는 말.

865. 개미가 개미집 구멍을 막으면 비가 온다.
농가에서 개미의 거동(擧動)을 보고 비 오는 것을 미리 안다는 말.

866. 개미가 객사(客舍) 기둥 건드리기다.
(1) 되지도 않을 짓을 한다는 뜻. (2) 자신의 실력도 모르고 함부로 덤빈다는 뜻.

867. 개미가 거동하면 비가 온다.
개미들이 많이 나돌아다니면 비가 온다는 말.

868. 개미가 맷돌을 돌리는 것 같다. (如蟻旋磨)
〈天文志〉
제 힘에 당치도 못한 짓을 하려고 하는 사람을 두고 하는 말.

869. 개미가 작아도 탑을 쌓는다.
개미가 작아도 큰 탑을 쌓듯이 작은 것도 부지런히 모으면 큰 것을 이룰 수 있다는 뜻.

870. 개미가 절구통을 물고 간다.
개미들도 힘을 합쳐서 절구통을 운반하듯이 사람들도 협동하여 일을 하면 못 하는 일이 없다는 뜻.

871. 개미가 정자나무를 건드린다.
자신의 실력도 모르고 자신보다 센 사람에게 덤빈다는 뜻.

872. 개미가 제 집 구멍을 막으면 비가 온다.
개미의 동향을 보고 비 올 것을 알 수 있다는 말.

873. 개미 구멍 물이 둑을 넘어뜨린다.
큰 일도 그 원인은 조그마한 데서 시작된다는 뜻.

874. 개미 구멍으로 공든 탑이 무너진다.
큰 일이 실패되는 것도 사소한 결함으로 인하여 생긴다는 말.

875. 개미 구멍으로 새는 물에 방죽이 무너진다.
(堤潰蟻穴)
조그마한 것이라고 업신여기다가 큰 피해를 당한다는 뜻.

876. 개미 금탑(金塔) 모으듯 한다. (如蟻輸垤)
〈旬五志〉
비록 작은 것이라도 부지런히 모으면 큰 것이 된다는 뜻.

877. 개미 나는 곳에 범 난다.
처음에는 개미만큼 작고 대수롭지 않던 것이 점점 커져서 나중에는 범같이 크고 무서운 것으로 되었다는 말.

878. 개미 떼가 용도 잡는다.
약한 사람들도 단결되면 강한 사람을 이길 수 있다는 뜻.

879. 개미 떼가 이사를 가면 비가 온다.
옛날부터 농촌에서 개미의 이동을 보고 비 올 것을 알 수 있다는 말.

880. 개미 떼처럼 모여든다. (蟻集 : 蟻聚 : 蟻合)
많은 사람들이 개미 떼처럼 모여든다는 말.

881. 개미 떼 퍼지듯 한다.
개미 떼가 퍼지듯이 많은 사람들이 사방으로 퍼진다는 말.

882. 개미도 간 자국은 있다.
(1) 아무리 사소한 일이라도 그 흔적은 있다는 뜻. (2) 아무리 못난 사람이라도 그가 세상에 남긴 일은 있다는 뜻.

883. 개미 둑 쌓듯 한다. (如蟻偸垤) 〈松南雜識〉
비록 작은 것이라 할지라도 성의껏 모으면 큰 것이 된다는 뜻.

884. 개미 메 나르듯 한다.
개미가 먹을 것을 물어 나르듯이 여러 사람들이 부지런히 일을 한다는 뜻.

885. 개미 역사(役事)하듯 한다.
개미가 일을 하듯이 전원(全員)이 모두 부지런히 일한다는 뜻.

886. 개미 역사하면 비 온다.
　　개미가 총동원하면 비가 올 징조라는 말.

887. 개 미워 낙지 산다.
　　개가 밉기 때문에 개가 싫어하는 낙지를 사듯이 하고 싶기는 하나 보기 싫은 사람이 있어서 하지 않는다는 뜻.

888. 개미 장 서면 비 온다.
　　개미가 떼를 지어 다니면 비가 올 징조라는 뜻.

889. 개미 짐 받듯 한다.
　　서로 주고받는 일이 매우 능숙하다는 말.

890. 개미 쳇바퀴 돌듯 한다. (蟻環篩輪)〈松南雜識〉
　　(1) 동일한 일만 매일 한다는 뜻. (2) 같은 코스만 돌고 있다는 뜻.

891. 개미 한 잔등이만큼 걸린다.
　　개미의 잔등이만큼 걸린다는 뜻으로서 지극히 적게 걸린다는 말.

892. 개미 허리다.
　　여자 허리가 개미 허리처럼 가늘다는 말.

893. 개 바위 지나가듯 한다.
　　무슨 일을 의식없이 그저 기계적으로 한다는 말.

894. 개 발에 놋대갈이다.
　　말 발에 필요한 대갈을 개 발에 대듯이 전혀 격에 맞지 않는 짓을 한다는 뜻.

895. 개 발에 대갈이다.
　　대갈은 말굽에 편자를 대는 데 필요한 것이지 개 발에는 필요없듯이 격에 맞지 않는다는 뜻.

896. 개 발에 주석 편자다. (唯彼狗足 蹄鐵奚錫)
　　　　　　　　　　　　　　　　〈耳談續纂〉
　　개 발에 편자가 당치도 않듯이 격에 너무 맞지 않도록 의복이 사치한 사람을 두고 하는 말. ※ 편자 : 말굽에 붙이는 쇳조각.

897. 개 발에 진드기 끼듯 하다.
　　더러운 것들이 들어붙는다는 뜻.

898. 개 발에 진드기 떼어 내치듯 한다.
　　늘 따라다니며 귀찮게 하던 사람을 사정없이 떼어 버렸다는 말.

899. 개 발에 편자다.
　　말 발굽에 대는 편자를 개 발굽에 대듯이 전혀 격에 맞지 않는다는 뜻.

900. 개 밥 도둑이다.

툭하게 생긴 보기 흉한 코를 가리키는 말.

901. 개 밥에 도토리다. (狗飯橡實)　　〈東言解〉
　　(1) 불필요한 것은 천대를 받는다는 뜻. (2) 혼자서 외롭게 떠돌아다닌다는 뜻.

902. 개 밥에 도토리 삐지듯 한다.
　　(1) 쓸모없는 물건이 눈에는 더 잘 뜨인다는 뜻. (2) 남의 일에 방해되는 존재라는 뜻.

903. 개 밥통에 구슬이다.
　　(1) 불필요한 존재라는 뜻. (2) 아무리 좋은 물건이라도 수요자(需要者)가 없는 곳에서는 값이 없다는 뜻.

904. 개 밥통에 토란(土卵) 굴러다니듯 한다.
　　아무리 좋은 것이라도 임자를 잘못 만나면 천대를 받게 된다는 뜻.

905. 개 방귀로 안다.
　　남의 말을 전혀 무시한다는 뜻.

906. 개 방귀만치도 못 여긴다.
　　사람 대접을 개 방귀만큼도 안 한다는 뜻.

907. 개 뼈다귀다.
　　개 뼈다귀마냥 아무 데도 쓸모가 없다는 뜻.

908. 개 뼈다귀에 은(銀) 올린다.
　　아무 데도 쓸모 없는 것에다 많은 돈을 소비한다는 뜻.

909. 개 벼룩 씹듯 한다.
　　수다스럽게 한 말을 자꾸 되씹고 있다는 말.

910. 개 보기 싫어 낙지 산다.
　　하고 싶은 일이 있으나 보기 싫은 놈 때문에 못한다는 뜻.

911. 개 보름 쇠듯 한다.
　　음력 정월 보름날에는 개를 굶기듯이 아무것도 먹지 못했다는 말.

912. 개 싸움에는 모래가 제일이다.
　　말려도 듣지 않고 싸우는 사람들에게는 모래를 뿌리는 것이 제일이라는 뜻.

913. 개 싸움에 물 끼얹듯 한다.
　　개가 싸우는 데는 물을 뿌리면 못 싸우게 되어 조용해지듯이 떠들고 싸우던 것이 조용해졌다는 뜻.

914. 개살구가 먼저 익는다.
　　개살구가 참살구보다 먼저 익듯이 악이 선보다 더 빠르게 발전된다는 뜻.

915. 개살구가 옆으로 터진다.
　　(1) 못난 것일수록 못난 짓만 한다는 뜻. (2) 익숙하지

못한 솜씨에 어색한 멋만 부린다는 뜻.

916. 개살구가 인물은 좋다.
행동이 얌전하지 못한 사람이 인물은 잘생겼다는 뜻.

917. 개살구도 맛들일 탓이다.
나쁜 짓이 몸에 배게 되면 나쁜 줄을 모르게 된다는 뜻.

918. 개살구 지레 터진다.
개살구가 참살구보다 먼저 익듯이 사람도 좋은 일보다 나쁜 일을 먼저 배우게 된다는 뜻.

919. 개 새끼도 주인을 보면 꼬리를 친다.
남에게 은혜를 입었으면 감사할 줄을 알아야 한다는 뜻.

920. 개성(開城) 구두쇠다.
옛날 개성에는 상인이 많았고 그 중에는 구두쇠도 많았다는 데서 나온 말.

921. 개성 사람은 벗겨 놓아도 하루 아침에 사십리 간다.
개성 사람들은 생활력이 매우 강하다는 데서 나온 말.

922. 개성 사람은 오줌도 맛 보고 산다.
개성 사람들이 인색하다는 것을 야유하는 말.

923. 깨소금 맛이다.
(1) 맛이 대단히 좋다는 말. (2) 매우 통쾌하다는 말.

924. 개 송사(訟事)를 누가 안다더냐.
하찮은 일로 시비하는 것은 관여할 것이 못 된다는 뜻.

925. 개 쇠의 발괄 누가 안다더냐.(犬牛白活 有誰存察) 〈耳談續纂〉
두서없이 지껄이는 말은 아무도 알아 듣지 못한다는 뜻. ※발괄(白活) : 옛날 억울함을 관에 고하는 것.

926. 개암과 은행을 구별 못한다.
서로 유사한 사물은 분별하기가 어렵다는 뜻.

927. 개 앞에 고양이다.
개 앞에 고양이마냥 무서워서 어쩔 줄을 모르고 있다는 뜻.

928. 개에게 남바위다.
개에게 남바위는 당치도 않듯이 도저히 격에 맞지 않는다는 뜻. ※남바위 : 머리에 쓰는 방한구의 한 가지.

929. 개에게 된장 덩어리를 지키라는 격이다.
번연히 손해를 줄 사람에게 무엇을 맡긴다는 뜻.

930. 개에게 불고기를 맡겨 놓는 격이다.
맡겨서는 안 될 사람에게 맡겼다는 뜻.

931. 개에게 호패(號牌) 채운다.
도저히 격에 맞지 않는 짓을 한다는 뜻. ※호패 : 옛날 16세 이상 남자의 신분을 증명하는 패.

932. 개에 물린 꿩이다. (爲犬咋之雉矣)〈沈生傳〉
개에 물린 꿩마냥 꼼짝달싹 못하고 죽게 된 신세라는 뜻.

933. 개였다 흐렸다 한다. (一晴一曇)
(1) 날씨가 개였다 흐렸다 한다는 뜻. (2) 기분이 유쾌하였다 불쾌하였다 한다는 뜻.

934. 개 오줌만 맞는 장승 신세다.
(1) 사람 대접을 제대로 못 받는다는 뜻. (2) 가난하여 먹는 것을 제대로 먹지 못한다는 뜻.

935. 개와 아이는 사랑하는 대로 따른다.
어린 아이는 귀여워하면 저절로 따른다는 뜻.

936. 개와 여자는 맞아야 길이 든다.
옛날 악부(惡婦) 교양을 두고 한 말.

937. 개와 원숭이 사이다. (犬猿之間)
개와 원숭이 사이같이 사이가 몹시 나쁘다는 말.

938. 깨우칠 바를 알지 못한다. (悟所不知)
어떻게 해서 각성할 것인지를 모른다는 말.

939. 개울물에는 큰 고기가 없다.
(1) 밑천이 적으면 큰 이득을 얻을 수가 없다는 뜻. (2) 바탕이 작으면 큰 일을 못한다는 뜻.

940. 개울이나 못은 더러운 물도 받아들인다. (川澤納汚) 〈春秋左傳〉
지도자가 되려면 나쁜 사람도 대담히 포섭해야 한다는 뜻.

941. 개울 치고 가재 잡고 한다.
한 가지 일을 하고서 두 가지 이익을 얻는다는 뜻.

942. 개 이가 상아(象牙) 될까 ?
본질은 뜯어 고칠 수가 없다는 뜻.

943. 개 입에 벼룩 씹듯 한다.
똑같은 잔소리를 두고두고 되씹어 가면서 한다는 뜻.

944. 개 입에서 개 말 나오고 쇠입에서 쇠말 나온다.
못된 놈 입에서 좋은 말이 나올 리가 없다는 뜻.

945. 개 입에서 개 말 나온다.
입버릇이 나쁜 사람 입에서는 고운 말이 나올 리가 없다는 뜻.

946. 개 입에서 상아 날까 ?

개 이빨이 상아가 될 수 없듯이 바래야 되지 못할 일
은 바래지도 말아야 한다는 뜻.

947. 개 입은 벌리면 똥내만 난다.
악한 사람 입에서는 악한 말만 나온다는 뜻.

948. 개 잡듯 한다.
개를 두드려 잡듯이 사람을 무수히 때린다는 뜻.

949. 개 잡아먹고 동네 인심 잃고 닭 잡아먹고
이웃 인심 잃는다.
음식이 많거나 적거나 간에 나누어 줄 사람에게는 고
루 나누어 주어야 인심을 안 잃게 된다는 뜻.

950. 개 잡아먹고 동네 인심 잃는다.
음식은 고루 나누어 먹지 않으면 인심을 잃게 된다는
뜻.

951. 개장국에 초 친 맛이다.
음식 맛이 시고 매워서 도저히 먹을 수가 없다는 뜻.

952. 개 장수도 올가미가 있어야 한다.
(1) 장사를 하는 데도 밑천이 있어야 한다는 뜻.
(2) 출세를 하려면 배운 것이 있어야 한다는 뜻.

953. 개 제 밑 핥듯 한다.
저 혼자서 무슨 일을 열심히 하고 있다는 뜻.

954. 개 주자니 아깝고 저 먹자니 싫다.
물질에 대하여 매우 인색한 사람을 두고 하는 말.

955. 개 죽음이다.
값 없는 죽음을 한다는 뜻.

956. 깨진 거울은 다시 비쳐 주지 않는다.(破鏡不
復照)   〈洞山語錄〉
(1) 한번 저지른 잘못은 바로 잡을 수 없다는 뜻.
(2) 한번 파혼(破婚)되면 그만이라는 뜻.

957. 깨진 거울이다. (破鏡)
(1) 아무리 좋은 물건이라도 한번 못 쓰게 되면 소용
이 없다는 뜻. (2) 부부간에 이혼을 하게 되었다는 뜻.

958. 깨진 그릇 맞추기다. (破器相接:破器相從
:破器相準)
되지도 않을 일을 쓸데없이 한다는 뜻.

959. 깨진 그릇이다. (破器)
아무 데도 쓸모가 없다는 뜻.

960. 깨진 기와다.
깨진 기와는 쓸모가 없듯이 아무 데도 쓸 데가 없다는
말.

961. 깨진 기와쪽 맞추기다. (瓦合)

아무리 수고를 해도 소용이 없다는 뜻.

962. 깨진 냄비에 꿰맨 뚜껑이다.
피차 간에 한 가지씩 허물이 있기 때문에 서로 흉볼
처지가 못 된다는 뜻.

963. 깨진 똥장군 위해 주듯 한다.
상대방이 더러워도 어쩔 수 없이 겉으로 좋게 대해준
다는 뜻.

964. 깨진 뚝박이다.
깨진 그릇마냥 한번 큰 잘못을 저지르면 다시 갱생될
수 없다는 뜻.

965. 깨진 방아 공이에 보리알 끼듯 했다.
무엇이 한군데 많이 모여 있는 것을 두고 하는 말.

966. 깨진 북소리다.
(1) 말소리가 무뚝뚝하다는 뜻. (2) 소리가 나쁘게
변하였다는 뜻.

967. 깨진 시루다. (破甑)
아무 데도 쓸모가 없는 물건이라는 뜻.

968. 깨진 요강 단지 다루듯 한다.
매우 위험하기 때문에 조심해야 한다는 뜻.

969. 깨진 종굴박 부려 먹듯 한다.
쓰기가 편리한 종굴박마냥 두고 두고 긴요하게 부려
먹는다는 뜻.

970. 개 창자 같다.
가는 것이 매우 길다는 뜻.

971. 개 창자에 보위시킨다.
되지 못한 것에 돈을 많이 들여 치장하는 것을 두고
하는 말.

972. 개처럼 벌어서 정승(政丞)같이 살랬다.
천대받고 고생하면서 번 돈으로 값있게 쓴다는 뜻.

973. 개천가에 나온 용은 개미도 뜯어먹는다.
권력있는 사람이라도 자기 세력권을 벗어나면 대접을
받지 못하게 된다는 뜻.

974. 개천아 네 그르냐 눈 먼 봉사 내 그르냐?
자기가 잘못한 것은 자기 잘못이지 남을 원망하거나
탓하여서는 안 된다는 뜻.

975. 개천에 나도 저 날 탓이다.
비록 천대받고 가난한 집에서 출생하였더라도 출세
하고 못하는 것은 본인에게 달려 있다는 뜻.

976. 개천에 내다 버릴 종 없다. (豈有溝瀆 可棄
奴僕)
〈耳談續纂〉

아무리 못생긴 사람이라도 어딘가는 다 쓸모가 있다
는 말.

977. 개천에 든 소다.
개천에 든 소는 양쪽 언덕 풀을 뜯어먹듯이 먹을 복
이 많은 사람을 두고 하는 말.

978. 개천에서 용 나고 미꾸라지가 용 된다.
변변치 못한 집안에서 훌륭한 사람이 나오고 변변치
못한 사람이 출세를 하였다는 뜻.

979. 개천에서 용 난다. (開川龍出乎)〈東言解〉
변변하지도 못한 집안에서 훌륭한 인물 나온다는 말.

980. 개 털에 벼룩 끼듯 한다.
개 털 사이에 벼룩이 몰려 있듯이 보이지 않는 곳에
많이 몰려 있다는 뜻.

981. 개 털에 벼룩 싸대듯 한다.
개 털 사이사이에 벼룩이 싸대고 다니듯이 숨어서 요
리조리 잘 돌아다닌다는 뜻.

982. 개 털이다.
아무 데도 쓸모가 없는 존재라는 뜻.

983. 개판이다.
일이 무질서하고 엉망으로 되었다는 뜻.

984. 개 팔아 두 냥 반이다.
개를 팔아도 두 냥 반은 받는데 당신은 겨우 양 반(한
냥 반)밖에 안 되니 개만도 못한 사람이라고 양반을
조롱하는 말.

985. 개 팔자가 상팔자다.
(1) 하도 팔자가 기박하여 개 팔자만도 못하다는 뜻.
(2) 일이 고생스럽고 바빠서 놀고 먹는 개가 부럽다는
뜻.

986. 개 팔자다.
(1) 팔자가 몹시 나쁘다는 뜻. (2) 일없이 놀고 먹는
팔자라는 뜻.

987. 개하고 똥 다툰다.
상대도 못 할 못된 놈과 시비를 가리거나 이해를 따질
수는 없다는 뜻.

988. 개 한 마리가 헛짖으면 뭇개는 따라 짖는
다. (一犬吠虛 萬犬傳實)〈潛夫論〉
(1) 말만 듣고 떠드는 군중을 두고 하는 말. (2) 한 사
람의 잘못은 여러 사람에게 피해를 준다는 뜻.

989. 개한테 돈 주기다.
(1) 귀한 것을 무의미하게 쓴다는 뜻. (2) 남에게 주
는 물건은 상대방을 봐서 주지 않으면 효과가 없다는

뜻.

990. 객사(客死)한 놈 묻듯 한다.
소중히 취급해야 할 것을 함부로 취급한다는 뜻.

991. 객주(客主)가 망할라니까 망아지가 모여든
다.
장사가 안 되려면 손해되는 일만 생긴다는 뜻.

992. 객주가 망할라면 짚단만 들어온다.
일이 안 되려면 손해되는 일만 생긴다는 뜻.

993. 객주집이 망하려면 비루 먹은 망아지만 모
여든다.
(1) 집안이 안 되려면 병든 자식만 생긴다는 뜻. (2) 일
이 안 되려면 손해 주는 사람만 생긴다는 뜻.

994. 객주집 칼 도마 같다.
움푹 파인 칼 도마처럼 이마와 턱이 나오고 눈 코가
들어간 얼굴을 두고 하는 말.

995. 객지(客地) 밥을 먹어봐야 제 집 좋은 줄을
안다.
객지에서 고생을 안 해본 사람은 자기 집이 좋은 줄을
모른다는 뜻.

996. 객지 벗도 사귈 탓이다.
객지에서 오래 사귀지 않은 친구라도 친하기에 따라
형제처럼 사귈 수도 있다는 뜻.

997. 객지 벗은 십 년 맏도 한다.
객지에서는 열 살 더 먹은 사람까지 벗으로 삼을 수
있다는 뜻.

998. 객지 생활 삼 년에 골이 빈다.
객지 생활을 하게 되면 고생스럽기 때문에 허울만 남
는다는 뜻.

999. 갯묵과 백성(百姓)은 짤수록 나온다.
순박한 국민들은 국가에서 내라는 세금이 적든 많든
간에 잘 낸다는 뜻.

1000. 갯묵에도 씨가 있다.
없을 것 같은데도 혹 있을 수 있다는 뜻.

1001. 갯묵에 맛들인다.
맛없는 갯묵도 늘 먹어 버릇하면 맛이 생기듯이 하
기 싫은 일도 참고 해나가면 취미가 나게 된다는 뜻.

1002. 갯벌에 빠진 호랑이 으르렁대듯 한다. (咆虎
陷浦)〈旬五志〉
권력을 잃은 사람의 호통은 사람들이 무서워하지 않
는다는 뜻.

1003. 갯벌에서 게 잡다가 광주리만 잃었다.

어떤 일을 하다가 도리어 손해만 보았다는 말.

1004. 거꾸로 매달려도 이승이 낫다.
아무리 고생스러워도 죽는 것보다 사는 것이 낫다는
뜻.

1005. 거꾸로 매달려 살아도 이보다는 낫겠다.
참고 견디기가 어려울 정도로 몹시 고생스럽다는 뜻.

1006. 거꾸로 매달렸다가 풀려진 것 같다. (猶解倒 懸) 〈孟子〉
견딜 수 없었던 괴로움에서 벗어났을 때같이 기쁘다
는 말.

1007. 거꾸로 매달려도 살아 봐야 한다.
아무리 고생스럽더라도 참고 견디면서 살아나가야 한
다는 뜻.

1008. 거꾸로 매달아도 살겠다.
오랜 고생도 얼마 남지 않아서 견딜 수 있다는 뜻.

1009. 꺼끄렁 보리 서 말만 있어도 처가살이는 않는다.
처가살이는 어쩔 수 없는 사람이나 할 짓이라는 뜻.

1010. 거둥 길 닦아 놓으니까 깍정이가 먼저 지나간다.
임금 행차가 있다고 하여 길을 닦았더니 깍정이가 마
수하듯이 염치없는 짓을 한다는 뜻.

1011. 거둥에 망아지 새끼 따라 다니듯 한다.
무슨 행사에 필요없는 사람이 귀찮게 따라다닌다는 말.

1012. 거듭 풍년 들기는 어렵다.
풍년이 거듭 드는 일은 드물다는 말.

1013. 거듭 화를 내지 말라. (無復怒) 〈春秋左傳〉
참아야 할 화를 한번도 아닌 여러 번을 내서는 안 된
다는 뜻.

1014. 거래(去來)가 끊어지면 인연(因緣)도 끊어진다.
거래하던 사이는 거래가 끊어지면 인연도 절로 떨어
진다는 뜻.

1015. 거래가 밑천이다.
없는 사람이 외상 거래를 하는 것은 하나의 밑천이 된
다는 뜻.

1016. 거렁뱅이도 밤이면 꿈에 부마(駙馬) 노릇도 한다.
속으로는 무슨 생각이라도 거침없이 할 수 있다는 뜻.

1017. 거렁이 밥자루 같다.

거지 밥자루마냥 보기가 매우 흉하다는 뜻.

1018. 거렁이 밥자루 찢기다.
거지가 얻은 밥을 서로 더 먹으려고 다투듯이 사이가
좋아야 할 사람들이 사소한 것을 가지고 다툰다는 뜻.

1019. 거렁이 밥주머니 같다.
거지 밥주머니에는 먹을 것이면 무엇이나 얻어 담듯
이 아무것이나 되는 대로 한군데 담아 둔다는 뜻.

1020. 거름보다도 괭이질이다.
농작물은 거름도 중요하지만 이보다도 자주 손질을 해
주는 것이 더 중요하다는 뜻.

1021. 거름보다 호미에 큰다.
곡식에는 거름도 중요하지만 손질을 자주 해주어야
잘 자란다는 뜻.

1022. 거만하고 무례하다. (傲慢無禮)
권력이나 돈이 있는 사람은 거만하거나 예의가 없는
사람이 많다는 뜻.

1023. 거만하고 잘난 체하는 것은 재앙을 부르는 것이다. (憍泄者 人之殃也) 〈荀子〉
거만하고 잘난 체하면 군중들에게 미움을 받게 되기
때문에 재앙을 받을 수 있다는 말.

1024. 거만한 마음을 자라게 해서는 안 된다. (傲不可長) 〈禮記〉
거만하게 되면 인심을 잃게 되므로 거만한 마음이 싹
트지 않도록 수양을 하라는 뜻.

1025. 거만한 말이나 간사한 말로 남을 속이지 말라. (勿慢語詭譎)
거만한 말을 하거나 간사한 말로 남을 속이게 되면 신
망이 없게 되므로 삼가라는 뜻.

1026. 거머리가 아니라 속도 못 뒤집어 보인다.
남이 자기를 오해하고 있을 때 자기 속을 보여줄 수
는 없고 답답해서 하는 말.

1027. 거머리라면 속이라도 뒤집어 보이지.
아무리 변명을 해도 믿어 주지 않을 때 답답해서 하
는 말.

1028. 꺼먹 소도 흰 송아지를 낳는다. (黑牛生白犢)
(1) 사람의 처지도 바꾸어질 수 있다는 뜻. (2) 못난
부모에게도 잘난 자식이 있을 수 있다는 뜻.

1029. 거문고 인 놈이 춤추니까 칼 쓴 놈도 춤을 춘다. (荷琵琶者抃 荷桎梏者亦抃) 〈旬五志〉
남들이 한다고 자기 처지도 돌보지 않고 덩달아 흉내
를 낸다는 뜻. ※칼 : 옛날 죄인 목에 씌우던 형구(刑
具).

1030. 검은 구름에 백로(白鷺) 지나가듯 한다.
(1) 순식간에 일어나는 일을 두고 하는 말. (2) 분명하게 나타났다는 말.

1031. 거미가 모여들면 모든일이 잘 된다. (蜘蛛集而百事嘉) 〈西京雜記〉
전해 오는 말에 거미들이 모여들면 기쁜 일이 생긴다는 말.

1032. 거미는 작아도 줄만 친다.
작은 사람도 남이 하는 것은 다 할 수 있다는 뜻.

1033. 거미도 줄을 쳐야 벌레를 잡는다.
(1) 농사를 지어야 먹고 살 수가 있다는 말. (2) 직장이 있어야 돈 벌이를 한다는 말.

1034. 거미 새끼 풍기듯 한다.
군중들이 한꺼번에 해산되는 현장을 두고 하는 말.

1035. 거미 알 까듯 한다.
자식을 많이 낳는 사람을 두고 하는 말.

1036. 거미 알 슬듯 한다.
(1) 잘디잔 것이 많다는 뜻. (2) 어수선하게 흩어져 있다는 뜻.

1037. 거미줄도 줄은 줄이다.
아무리 양적(量的)으로는 작아도 질적(質的)으로는 동일하다는 뜻.

1038. 거미줄로 목을 매겠다.
되지도 않을 일을 가지고 소란을 떤다는 뜻.

1039. 거미줄로 목을 매 죽을 일이다.
절망에 빠졌을 때에는 안 될 일이라는 것을 알면서도 한다는 뜻.

1040. 거미줄로 방귀를 동이겠다.
도저히 되지도 않을 짓을 한다는 말.

1041. 거미 줄 타듯 한다. (隨糸蜘蛛) 〈旬五志〉
(1) 밀접한 관계가 있어서 서로 떨어지지 않는다는 말.
(2) 재주가 좋다는 뜻.

1042. 거북 등에서 털을 깎는다. (龜背刮毛) 〈旬五志〉
털도 없는 거북 등에서 털을 깎으려고 하듯이 어처구니 없는 일을 한다는 뜻.

1043. 거북 등에 풀쐐기 쏘기다. (靈龜之背 草蝟載螯) 〈耳談續纂〉
무능한 사람은 강한 사람을 해칠 수 없다는 말.

1044. 거북의 털이요 토끼의 뿔이다. (龜毛兎角) 〈楞嚴經〉
근거도 없는 허무하고 맹랑한 거짓이라는 뜻.

1045. 거북하기는 사돈네 안방이다.
행동하기가 매우 부자유스러운 때 하는 말.

1046. 거역하는 자는 힘으로 없애야 한다. (逆者絶之以力) 〈六韜〉
반역자는 무력으로 처단하여야 한다는 뜻.

1047. 거울도 뒤는 못 비춘다.
학자라 할지라도 모르는 것은 있다는 말.

1048. 거울도 앞뒤가 있다.
모든 일에는 질서가 정연히 있다는 뜻.

1049. 거울삼을 것은 멀지 않은 곳에 있다. (段鑑不遠) 〈詩經〉
교훈으로 삼을 일은 바로 가까운 곳에 있다는 말.

1050. 거울 속의 미인이다.
겉만 좋고 아무 실속이 없다는 뜻.

1051. 거울은 사람 얼굴의 흠을 비춰 주어도 사람은 이를 벌 주지 않는다. (鑑無見疵之辜) 〈韓非子〉
남이 충고하여 주는 말에 감정을 내서는 안 된다는 말.

1052. 거울을 보듯이 앞 일을 환하게 알고 있다. (前鑑照然)
식견(識見)이 높아서 미래의 일까지 잘 알고 있다는 뜻.

1053. 거위는 풀을 먹지 않는다. (鵝不食草)
사람의 식성(食性)도 다 각각 다르다는 말.

1054. 거위 염낭 같다.
거위에다 염낭을 채운 것같이 격에 맞지 않는다는 뜻.
※염낭 : 아가리에 잔 주름을 잡고 끈 두 개를 꿰어서 만든 주머니.

1055. 거의 죽게 되었다가 겨우 살아났다. (幾死僅生)
다 죽어가게 되었다가 요행으로 살아났다는 말.

1056. 거저 먹기다.
힘 하나 들이지 않고 거저 먹을 수 있다는 말.

1057. 거적도 공석(供席)이라면 좋아한다.
남을 존대(尊待)해 주면 기뻐하지 않는 사람이 없다는 뜻.

1058. 거적문에 돗장식이다. (薦門鐵樞) 〈旬五志〉
격에 맞지 않는 짓을 한다는 뜻.

1059. 거적문에 돌쩌귀다. (薦門鐵樞)〈稗官雜記〉
새끼로 얽어매는 문에 돌쩌귀를 달듯이 격에 맞지 않
는 일이라는 뜻.

1060. 거적문에 드나들던 버릇이냐?
문을 닫지 않는 사람을 보고 하는 말.

1061. 거적문에서만 살았나?
문을 닫지 않는 사람을 보고 하는 말.

1062. 거적 쓴 놈이 내려온다.
졸려서 눈두덩이 내려온다는 뜻.

1063. 꺼져 가는 등불에는 불꽃이 없다. (寒燈無
焰)　　　　　　　　　　　　　〈菜根譚〉
사람도 늙어서 죽을 때가 되면 재능을 발휘할 수 없
게 된다는 말.

1064. 거지가 거지를 꺼린다.
경쟁자끼리는 서로 꺼리게 된다는 말.

1065. 거지가 논두렁 밑에 있어도 웃음은 있다.
아무리 고생하는 사람이라도 웃을 때가 있다는 말.

1066. 거지가 도승지를 불쌍하다고 한다.
(乞人憐都承旨)　　　　　　　　〈松南雜識〉
불쌍한 사람이 도리어 돈 있고 권력 있는 사람을 불
쌍하다고 동정한다는 말.

1067. 거지가 말까지 얻겠다고 한다.
제 분수에 넘치는 짓을 하는 것을 비웃는 말.

1068. 거지가 밥술이나 먹게 되면 거지 밥 한 술
안 준다.
고생해 본 사람이 잘살게 되면 인색하게 된다는 말.

1069. 거지가 방앗간을 다룬다.
서로 같은 처지에 있는 사람들이 서로 동정하지 않고
다툰다는 뜻.

1070. 거지가 뱃속에 들어 있나?
굶주린 사람마냥 음식을 많이 먹는다는 말.

1071. 거지가 부자되면 아예 문을 닫고 산다.
고생하던 사람이 잘살게 되면 더 영악하게 된다는 뜻.

1072. 거지가 부자보고 불쌍하다고 한다.
불쌍한 사람이 행복한 사람을 보고 불쌍하다고 동정
한다는 말.

1073. 거지가 비단옷 얻은 것 같다. (乞兒得錦)
〈東言解〉
거지가 비단옷을 입으면 얻어먹을 수가 없게 되므로
이러지도 저러지도 못한다는 뜻.

1074. 거지가 은식기(銀食器)에 밥 먹는다.
(1) 자기 신분에 맞지 않는 행동을 한다는 뜻. (2) 과
분한 사치를 하는 사람보고 하는 말.

1075. 거지가 이 밥 조 밥 가린다.
얻어 먹는 사람이 아무것이나 먹지 않고 좋으니 나
쁘니 타박한다는 뜻.

1076. 거지가 잘살게 되면 거지 동냥을 안 준다.
고생하던 사람이 잘살게 되면 남의 사정을 더 몰라준
다는 뜻.

1077. 거지가 좋고 나쁜 것을 가리랴?
군색한 사람은 좋고 나쁜 것을 탓하지 않는다는 뜻.

1078. 거지가 하늘보고 불쌍하다고 한다.
(乞人憐天)　　　　　　　　　　〈旬五志〉
자기 자신이 불쌍한 처지에 있으면서도 도리어 행복
한 사람보고 불쌍하다고 동정한다는 뜻.

1079. 거지가 흰 말을 탄 격이다.
자기 위치에 맞지 않는 행동을 한다는 뜻.

1080. 거지 꿀 얻기다.
거지가 꿀 얻어먹을 정도로 매우 어렵고 드문 일이
라는 뜻.

1081. 거지끼리 동냥 바가지 깬다.
서로 동정하고 도와 주어야 할 처지에 있는 동료끼리
사소한 이해 관계로 싸운다는 뜻.

1082. 거지끼리 동냥 자루 찢는다.
동료들끼리 사소한 이해 관계로 싸운다는 말.

1083. 거지끼리 자루 찢는다.
서로 동정하고 도와야 할 동료들끼리 싸운다는 뜻.

1084. 거지 낮잠 자듯 한다.
일 없이 낮잠만 자는 사람을 보고 하는 말.

1085. 거지 노릇도 고향에서 하랬다.
무슨 일이나 아는 사람이 많은 고향에서 하는 것이 성
과가 있다는 말. ↔ 거지 노릇을 해도 모르는 곳에서
하랬다.

1086. 거지 노릇도 사흘 하면 못 버린다.
무슨 일이나 한번 버릇이 들면 버리기가 어렵다는 뜻.

1087. 거지 노릇만 하라는 팔자는 없다.
어느 누구나 고생만 하다가 죽으라는 팔자는 없기 때
문에 노력하면 잘살 수 있다는 뜻.

1088. 거지 노릇은 해도 남에게 아첨은 말랬다.
먹고 살기 위한 수단으로 아첨하는 경우가 있는데 이
떤 고난을 당할지라도 아첨 행위는 말아야 한다는 뜻.

1089. 거지 노릇을 해도 모르는 곳에서 하랬다.
패가했을 때에는 수치를 받아 가며 고향에서 살지 말고 타향에 가서 살라는 말. ↔ 거지 노릇도 고향에서 하랬다.

1090. 거지 눈엔 밥만 보인다.
누구나 자기에게 가장 긴요한 것에 관심을 많이 가지게 된다는 뜻.

1091. 거지는 같이 다니지 않는다. (乞不並行)
귀한 물건을 얻으려고 갈 때는 여러 사람이 가면 줄 것도 안 준다는 말.

1092. 거지는 거지 노릇을 안 해도 거지 거지한다.
한번 별명을 얻게 되면 그 별명은 좀처럼 없어지지 않는다는 뜻.

1093. 거지는 거지 친구를 좋아한다.
같은 처지에 있는 사람끼리는 친해지기가 쉽다는 말.

1094. 거지는 고마운 줄을 모른다.
항상 남에게 신세만 끼치는 사람은 고마운 줄을 모르게 된다는 뜻.

1095. 거지는 모닥불에 살찐다.
아무리 고생하는 사람에게도 무엇인가 즐거운 것이 있다는 말.

1096. 거지는 밥그릇 소리에 깬다.
누구나 관심을 가지고 있는 일에 신경을 쓰게 된다는 뜻.

1097. 거지는 부엌부터 들여다본다.
자기와 이해 관계가 있는 곳에 신경을 쓰게 된다는 뜻.

1098. 거지도 꿈에는 임금 노릇 한다.
속으로는 무슨 생각을 하더라도 벌을 받지 않는다는 뜻.

1099. 거지도 떼지어 다니면 얻어먹지 못한다.
한 사람이 얻어도 얻기 어려운 것을 한꺼번에 여러 사람이 얻으려고 하면 하나도 못 얻게 된다는 말.

1100. 거지도 바가지 장단 멋으로 산다.
아무리 고생스러울지라도 즐거운 일은 있다는 뜻.

1101. 거지도 바쁘다.
놀고 얻어먹는 거지도 바쁘듯이 이 세상에는 모두가 다 바쁜 생활을 한다는 뜻.

1102. 거지도 배·채울 날이 있다.
(1) 못사는 사람도 잘살 날이 있다는 말.
(2) 괴로운 사람도 즐거울 때가 온다는 말.

1103. 거지도 부지런해야 더운 밥을 얻어먹는다.
부지런하게 일하면 잘살 수 있다는 말.

1104. 거지도 부지런해야 배부르게 얻어먹는다.
사람은 부지런해야 잘살 수 있다는 뜻.

1105. 거지도 부지런해야 얻어먹는다.
무슨 일이나 부지런해야 성과를 거둘 수 있다는 뜻.

1106. 거지도 사흘만 하면 못 끊는다.
한번 버릇이 든 것은 끊기가 매우 어렵다는 뜻.

1107. 거지도 쌀밥 먹을 날이 있다.
고생하는 사람도 잘살게 될 때가 있다는 뜻.

1108. 거지도 손 볼 날이 있다.
아무리 가난한 집에도 손님 올 때가 있다는 뜻.

1109. 거지도 술 얻어먹을 날이 있다.
아무리 가난해도 어쩌다 잘 먹어 볼 때가 있듯이 없는 사람에게도 재수좋은 때가 있다는 말.

1110. 거지도 흉년 들까 두려워한다.
이해 관계가 직접적으로 없고 간접적으로 있더라도 동조(同調)하게 된다는 뜻.

1111. 거지 동냥바가지 자랑하듯 한다.
누구나 자기 나름대로 자랑할 것은 있다는 뜻.

1112. 거지 동냥질해서라도 보태줄 처지다.
아무리 자신이 곤란하더라도 동정해야 할 처지라는 말.

1113. 거지반 같고 조금만 다르다. (大同小異)
대체적으로는 같고 부분적으로 약간 다른 점이 있다는 뜻.

1114. 거지 발싸개다.
보기가 대단히 더럽고 흉하다는 뜻.

1115. 거지 밥주머니 같다.
(1) 이것저것 여러 가지를 한 군데에다 지저분하게 넣었다는 뜻. (2) 깨끗해야 할 것이 더럽다는 뜻.

1116. 거지 밥주머니에 붙은 밥풀을 떼어먹는다.
몹시 다랍고 인색한 짓만 한다는 뜻.

1117. 거지 베두루마기 해 입힌 폭 친다.
손해본 것을 거지 옷 해준 폭 치고 생각 않겠다는 말.

1118. 거지보고 요기시키란다.
상대방의 실력도 모르고 무슨 일을 부탁한다는 뜻.

1119. 거지 볼에 붙은 밥풀을 떼어 먹는다.
몹시 다랍고 인색한 짓을 한다는 뜻.

1120. 거지 씨가 따로 없다.
거지 자손도 부자가 될 수 있고 부자 자손도 거지가 될 수 있다는 뜻.

1121. 거지 오라는 데는 없어도 갈 데는 많다.
대수롭지 않은 일이지만 다닐 곳은 많다는 뜻.

1122. 거지 옷 해 입힌 셈 친다.
손해 본 것을 거지에게 자선한 폭 대고 체념한다는 뜻.

1123. 거지 자루 찢는다.
서로 도와 주어야 할 처지인데도 불구하고 서로 더 차지하려고 싸운다는 말.

1124. 거지 자루 크다고 자루대로 동냥 줄까 ?
(1) 은혜는 베푸는 사람의 뜻대로 되는 것이지 받을 사람 마음대로 되지 않는다는 말. (2) 생산 도구만 좋다고 능률이 오르는 것이 아니라는 뜻.

1125. 거지 자식은 거지 된다.
자식은 그 부모의 본을 따서 행동한다는 말.

1126. 거지 제 자루 뜯기다.
자기 자신이 손해 되는 짓을 한다는 뜻.

1127. 거지 첩도 제멋에 산다.
남들이 조소(嘲笑)하는 일이라도 제가 하고 싶으면 한다는 뜻.

1128. 거지 턱을 처먹어라.
남의 것만 얻어 먹으려고 하는 인색한 사람을 두고 하는 말.

1129. 거지 티가 난다.
외양에 가난한 티가 역력히 나타난다는 뜻.

1130. 꺼진 불에서도 다시 불이 붙고 마른 나무에서도 새 싹이 난다. (寒灰更煖 枯樹復榮) 〈鮑照〉
몰락된 사람도 다시 부활할 수 있으므로 업신여겨서는 안 된다는 말.

1131. 꺼진 불에서도 다시 불이 붙는다. (寒灰更煖), (死灰復然) 〈鮑照〉, 〈史記〉
꺼진 불에서도 불이 되살아 날 수가 있기 때문에 불조심을 해야 한다는 뜻. (2) 적이 약해졌다고 방심해서는 안 된다는 뜻.

1132. 거짓과 참이 분명하지 못하다. (虛實相蒙)
거짓인지 참인지 흐리멍덩하다는 뜻.

1133. 거짓과 폭력이 앞서고 인의가 뒤선다. (先詐力而後仁義) 〈史記〉
거짓이나 주먹으로 해결하려는 생각이 먼저 나고 정의롭게 해결하려는 생각이 나중에 난다는 뜻.

1134. 거짓말도 잘하면 논 닷 마지기보다 낫다.
거짓말도 잘하게 되면 손해볼 것도 손해보지 않게 된다는 뜻.

1135. 거짓말도 해 버릇하면 는다.
나쁜 일도 자꾸하면 점점 잘하게 된다는 말.

1136. 거짓말로 남을 헐뜯는다. (潛詐)
거짓말도 나쁜 데다가 남을 헐뜯기까지 하는 것은 더욱 나쁘다는 뜻.

1137. 거짓말로 인심을 동요시킨다. (胥動浮言)
유언비어를 퍼뜨려서 인심을 소란시킨다는 말.

1138. 거짓말로 허풍을 떨거나 황당한 말을 하지 말라. (勿講張妄誑言語) 〈慕齋集〉
말은 정직하고 침착하게 해야 한다는 뜻.

1139. 거짓말 사흘 안 간다.
거짓말은 오래 가지 못하고 바로 발로(發露)된다는 뜻.

1140. 거짓말은 감쪽같이 해야 한다.
거짓말에 모순(矛盾)이 있으면 속지 않는다는 뜻.

1141. 거짓말은 도둑의 시초다.
거짓말로 남을 속이는 사람은 필경 사기 행위도 하게 된다는 뜻.

1142. 거짓말은 반드시 탄로가 난다.
거짓말은 잠시는 속일 수 있으나 곧 탄로되고 만다는 뜻.

1143. 거짓말은 사흘 가고 창피는 석 달 간다.
거짓말이나 창피는 세월이 지나가면 다 없어진다는 뜻.

1144. 거짓말은 새끼를 치면서 퍼진다. (以訛傳訛)
거짓말은 점점 확대되면서 퍼진다는 뜻.

1145. 거짓말은 새끼를 친다.
(1) 거짓말을 하게 되면 점점 는다는 뜻. (2) 한번 한 거짓말은 점점 확대되면서 퍼진다는 뜻.

1146. 거짓말은 십 리를 못 간다.
거짓말은 일시적으로는 속일 수 있지만 오래 가지는 못한다는 뜻.

1147. 거짓말은 오래 가지 못한다.
거짓말은 일시적으로는 속일 수 있지만 오래 되면 탄로된다는 뜻.

1148. 거짓말은 잘하면 약이고 못하면 매다.
거짓말을 잘하면 임시 곤경은 면할 수 있으나 잘못하

면 봉변을 당하게 된다는 뜻.

1149. 거짓말은 참말보다 더 잘해야 한다.
치밀하게 짜낸 거짓말이 아니면 듣는 사람이 믿지 않게 된다는 뜻.

1150. 거짓말은 할수록 늘고 참말은 할수록 준다.
거짓말을 해 버릇하면 점점 늘게 되고 참말을 많이 해버릇하면 말 수가 적어진다는 뜻.

1151. 거짓말은 할 탓이다.
무슨 일이나 하기에 따라 그 결과는 크게 달라진다는 뜻.

1152. 거짓말은 할 탓이요 물은 먹을 탓이다.
거짓말도 하기에 따라 남을 유리하게도 할 수 있고 해롭게도 할 수 있듯이 무슨 일이나 하기에 따라 결과가 다르게 된다는 말.

1153. 거짓말을 밥 먹듯 한다.
거침없이 거짓말을 잘한다는 뜻.

1154. 거짓말을 식은 죽 먹듯 한다.
거짓말을 힘 하나 들이지 않고 잘한다는 말.

1155. 거짓말을 하면 오려송편으로 목을 따겠다.
자기가 한 말은 절대 거짓말이 아니라는 뜻.

1156. 거짓말이 외삼촌보다 낫다.
곤경에 빠졌을 때 헤어나는 수단으로서 거짓말은 어설픈 외삼촌보다도 낫다는 말.

1157. 거짓말이 참말보다 더 어렵다.
거짓말을 하려면 잘 꾸며서 말을 해야 믿게 된다는 뜻.

1158. 거짓말 잘하는 놈은 참말을 해도 거짓말로 안다.
거짓말을 잘하는 사람의 말은 사람들이 믿지 않는다는 뜻.

1159. 거짓말 잘하는 사람 말은 믿지 않는다.
거짓말을 늘하는 사람의 말은 남이 믿지 않는다는 뜻.

1160. 거짓말쟁이는 거짓말과 참말이 따로 없다.
거짓말 잘하는 사람은 거짓말 할 때와 참말할 때를 가리지 않고 한다는 뜻.

1161. 거짓말쟁이는 참말을 해도 믿지 않는다.
거짓말을 해서 한번 신용을 잃게 되면 참말을 해도 믿지 않게 된다는 말.

1162. 거짓말하고 뺨 맞는 것보다는 낫다.
무슨 일을 하기는 하였으나 크게 자랑할 정도의 것이

못 된다는 뜻.

1163. 거짓 없는 진실이다. (眞實無妄)
조금도 거짓이 없는 진실이라는 뜻.

1164. 거짓으로 괴롭히지 말라. (譁而勿虐)
터무니없는 일로 남을 괴롭히지 말라는 뜻.

1165. 거짓으로 취한 체한다. (佯醉)
(1) 술을 더 안 먹기 위하여 취한 체한다는 뜻.
(2) 생시에 못 할 말을 하기 위하여 취한 체한다는 뜻.

1166. 거처는 반드시 조용해야 한다. (居家必静定) 〈張思叔〉
거처하는 집은 편히 쉬고 사색(思索)할 수 있는 곳이라야 하기 때문에 조용해야 한다는 말.

1167. 거처도 불안하고 먹는 것도 제대로 먹지 못한다. (居不安 食不飽) 〈春秋左傳〉
잠도 제대로 못 자고 먹지도 제대로 못 하는 불안한 생활을 한다는 뜻.

1168. 거추장스러운 나뭇가지는 잘라야 한다.
인간 사회에서도 사회 발전을 방해하는 자는 제거해야 한다는 말.

1169. 거친 옷에 맛없는 음식이다. (惡衣惡食)
가난하여 입는 것도 제대로 못 입고 먹는 것도 겨우 먹는다는 뜻.

1170. 거풀 송낙(松蘿)이다.
거풀로 만든 가짜 송낙이라는 말로서 중을 업신여겨 놀리는 말.
※ 송낙 : 소나무 겨우살이로 만든 승모(僧帽).

1171. 꺽꺽 푸드덕 장끼 갈 제 아로롱 까토리도 따라간다.
장끼와 까토리가 서로 붙어 다니듯이 서로 떨어지지 않고 붙어 다닌다는 말.

1172. 꺽저기 탕에 애매한 개구리만 죽는다.
꺽저기 잡을 때 애매하게 개구리도 잡혀 죽듯이 남의 일에 억울하게 희생된다는 말.

1173. 걱정 끝에 백발 된다.
근심 걱정을 많이하게 되면 머리가 백발로 된다는 말.

1174. 걱정도 팔자다.
필요없는 걱정을 하는 사람은 타고 난 팔자라는 뜻.

1175. 걱정 마라 부엉 내일 모레가 장이다.
남의 일에 참견하지 말라는 뜻.

1176. 걱정스럽고 슬프면 근심이 된다. (悄愴成憂) 〈江淹〉

걱정스럽거나 슬픈 일이 있으면 근심이 된다는 말.

1177. 걱정 없는 사람 없다.
크고 작은 차이만 있을 뿐이지 누구나 다 걱정은 있
다는 뜻.

1178. 걱정은 소홀한 데서 난다. (患生於所忽)
〈捕虎妻傳〉
일을 소홀히 하게 되면 반드시 걱정거리가 생기게 되
므로 일을 할 때는 정성들여서 해야 한다는 뜻.

**1179. 걱정은 욕심 많은 데서 생긴다. (患生於多
慾)**
〈句五志〉
걱정이 생기는 원인은 많겠지만 주로 욕심 많은 데서
생기기 때문에 걱정을 없애려면 욕심부터 없애야 한
다는 말.

1180. 걱정이 많으면 병도 많게 된다. (多愁多病)
걱정이 쌓이면 병이 되기 때문에 걱정이 많으면 병도
많아진다는 뜻.

1181. 걱정이 반찬이면 상 발이 부러지겠다.
걱정이 너무 많아서 상 위에 쌓아 놓으면 상 발이 부
러질 정도라는 뜻.

1182. 걱정이 없어야 밥 맛도 난다.
걱정이 있으면 입맛도 떨어진다는 말.

1183. 걱정이 없어야 팔자도 좋다.
물질적으로 넉넉해도 정신적으로 고통을 받으면 불행
하다는 뜻.

1184. 걱정이 태산이다.
걱정거리가 산더미같이 있어서 편한 날이 없다는 뜻.

1185. 걱정이 팔자다.
아무 상관도 없는 남의 일에 참견하는 사람을 비웃는
말.

1186. 건강은 돈보다 낫다.
몸만 건강하면 돈도 벌 수 있기 때문에 건강이 돈보
다 낫다는 뜻.

1187. 건강의 고마움은 앓아 봐야 안다.
환자가 돼봐야 평소 건강의 고마움을 알듯이 경험이
있어야 알게 된다는 말.

**1188. 건강할 적엔 보약(補藥)을 먹고 앓을 적
엔 사약(死藥)을 먹으랬다.**
건강할 때 보약을 먹어 더욱 건강하게 하고 오래 앓
을 때는 차라리 사약 먹고 죽는 것이 낫다는 뜻.

1189. 건너다보니 절터다.
(1) 겉으로 슬쩍만 보아도 틀림없을 정도로 안다는 뜻.

(2) 아무리 욕심을 내어도 남의 것이라 소용이 없다는
뜻.

1190. 건너다보니 절터요 쩍하니 입맛이다.
내용을 다 보지 않고 겉만 보아도 넉넉히 짐작할 수
있다는 뜻.

1191. 건너짚다 팔 부러진다.
대중만 치고 일하다가는 실패한다는 말.

1192. 건넛산 꾸짖기다.
남을 꾸짖을 때 본인 없는 데서 꾸짖는다는 말.

1193. 건넛산 돌 쳐다보듯 한다.
자기와는 아무 관계가 없는 듯이 바라보고만 있다는
말.

1194. 건넛산 바위 쳐다보듯 한다.
제 일을 남의 일 보듯이 보고만 있다는 뜻.

1195. 건넛산 쳐다보듯 한다.
자기와는 아무 관계가 없다는 듯이 멍하니 쳐다보고
만 있다는 말.

1196. 건넛 술집 꾸짖기다.
보지 않는 데서 남을 꾸짖는다는 말.

1197. 건대(巾臺) 놈 풋농사 짓기다.
(1) 처음에는 농사가 남보다 잘되다가 나중에는 못 되
게 되었다는 뜻. (2) 힘들여 한 일이 보람없이 되었
다는 뜻. ※ 건대 : 경남 합천군에 있는 지명.

1198. 건더기가 있어야 개장수도 한다.
다만 조금이라도 밑천이 있어야 무슨 장사라도 할 수
있다는 뜻.

**1199. 건더기 먹는 놈 따로 있고 국물 먹는 놈 따
로 있다.**
(1) 같은 음식이라도 먹는 사람 성미에 따라 먹는 것
이 다르다는 말. (2) 세상에는 권력 있는 사람과 없는
사람이 있다는 말.

1200. 건더기 먹는 놈이나 국물 먹는 놈이나.
(1) 잘 먹는 사람이나 못 먹는 사람이나 매일반이라는
뜻. (2) 잘사는 사람이나 못사는 사람이나 결국은 마
찬가지라는 뜻.

1201. 건드리지 않은 벌이 쏠까.
남에게 해를 끼치지 않으면 남도 나를 해롭게 하지 않
는다는 뜻.

1202. 건들 팔월이다.
팔월달은 추석 때문에 분주하게 가는지 모르게 건뜻
지나간다는 말.

1203. 건방지기는 봉사 앞 정강이다.
　　봉사 앞 정강이마냥 함부로 건방을 피운다는 뜻.

1204. 건방진 것도 하루 이틀이다.
　　건방진 행동을 하는 것도 한두 번은 용서받지만 그
　　이상으로 하면 용서받을 수 없다는 뜻.

1205. 건 밭에 부룻대 같다.
　　비옥한 밭에서 자란 부룻대마냥 키만 크고 후리후리
　　하다는 뜻. ※ 부룻대 : 상치 줄기.

1206. 건시(乾柿)나 감이나.
　　대동 소이(大同小異)한 물건이라는 뜻.

1207. 건시나 곶감이나.
　　이름만 다를 뿐이지 동일한 물건이라는 뜻.

1208. 건재 약국(乾材藥局)에 감초다.
　　무슨 일에나 빠지지 않고 참견하는 사람을 가리키는
　　말.

1209. 건재 약국(乾材藥局)에 백복령(白茯苓)이다.
　　건재 약국에는 반드시 백복령이 있듯이 언제 어디서나
　　반드시 빠지지 않고 있다는 뜻.

1210. 걷고 가다가도 날만 보면 타고 가자고 한
　　다. (視彼徒者 見我騎馬)　　〈耳談續纂〉
　　(1) 없으면 없는 대로 지내지 않고 분수에 넘치는 짓
　　을 한다는 뜻. (2) 걷다가도 타고 가자고 할 정도로 사
　　람을 업신여긴다는 뜻.

1211. 걷기도 전에 날기부터 배운다.
　　일 순서도 모르고 덤빈다는 뜻.

1212. 걷기도 전에 뛰기부터 배운다.
　　쉬운 일도 못하는 주제에 어려운 일부터 배운다는 뜻.

1213. 걷기도 전에 뛰려고 한다.
　　쉬운 것도 못하는 주제에 어려운 것부터 하려고 덤빈
　　다는 뜻.

1214. 걷는 것이 나는 것 같다. (步屧如飛)
　　걸어가는 것이 마치 날아가듯 빨리 간다는 말.

1215. 걷어 들이면서도 탐하지는 않는다. (取而不
　　貪)　　〈春秋左傳〉
　　재물을 많이 취급하면서도 이를 탐내지 않고 청백하
　　다는 뜻.

1216. 껄껄 웃으면서 기뻐한다. (軒渠笑悅)〈史記〉
　　쾌활하게 웃으면서 매우 기뻐한다는 뜻.

1217. 껄껄 웃으면서 만만히 여긴다. (軒渠笑自
　　若)　　〈後漢書〉
　　사람을 비웃으면서 업신여긴다는 뜻.

1218. 걸레를 썹어먹었나.
　　잔소리를 많이 하는 사람을 보고 비웃는 말.

1219. 걸레 썹는 맛이다.
　　(1) 음식이 맛이 없다는 뜻. (2) 생각할수록 기분이 나
　　쁘다는 뜻.

1220. 걸레 참봉(參奉)이다.
　　행동이 얌전하지 못한 사람을 가리키는 말.

1221. 걸신(乞神)이 들렸나.
　　거지 귀신이 뱃속에 들어 있는지 먹기를 많이 먹는
　　다는 말.

1222. 걸어다니는 송장이다. (行屍)
　　목숨만 겨우 남은 산 송장이라는 뜻.

1223. 걸어다니는 송장이요 뛰어다니는 고기 덩
　　이다. (行屍走肉)
　　목숨만 겨우 남은 산 송장이 되었다는 말.

1224. 걸음걸이는 조용해야 한다. (行步安詳)
　　걸음걸이가 요란해서는 안 된다는 뜻.

1225. 걸음만 급하고 길은 찾지 못한다. (利足而
　　迷)　　〈荀子〉
　　일머리도 모르고 일만 급하게 하는 것은 이루어질 수
　　없다는 뜻.

1226. 걸음아 날 살려라 한다.
　　도망가는 것보다 더 좋은 수가 없기 때문에 죽어라 하
　　고 도망친다는 말.

1227. 걸음을 쉬지 않으면 절름발이 자라도　천
　　리 간다. (蹞步而不休跛鼈千里)　　〈荀子〉
　　절름발이 자라일지라도 쉬지 않고 꾸준히 가기만 하
　　면 천리라도 갈 수 있듯이 일을 하는 데는 끈기가 중
　　요하다는 말.

1228. 걸핏하면 가고 걸핏하면 온다. (忽往忽來)
　　건뜻하면 갔다가 건뜻하면 오듯이 거침없이 가고 온
　　다는 뜻.

1229. 검거든 얽지나 말거나 얽었거든 검지나
　　말아야지.
　　이리 보나 저리 보나 어디 한 가지도 쓸모가 없다는
　　뜻.

1230. 검고 흰 것을 분별하지 못한다. (皂白)
　　잘하고 잘못한 것을 모른다는 뜻.

1231. 검기는 왜장 청정(倭將淸正) 같다.
　　임진왜란 때 적장 가등청정(加藤淸正)의 옷이　검은
　　데로부터 나온 말로서 즉 검은 사람을 보고 하는 말.

1232. **검다 희다 말이 많다.**
잘했다 못했다 잔소리가 많다는 뜻. ↔ 검다 희다 말이 없다.

1233. **검다 희다 말이 없다.**
도무지 잘잘못을 말하지 않는다는 뜻. ↔ 검다 희다 말이 많다.

1234. **검둥개 멱 감긴 격이다.** (烏狗之浴 不變其黑) 〈耳談續纂〉
검정개 멱 감긴다고 회어질 리 없듯이 본바탕이 나쁜 것은 고칠 수가 없다는 뜻.

1235. **검둥이가 낫니 흰둥이가 낫니 한다.**
비슷비슷한 것을 가지고 이것이 낫니 저것이 낫니 시비를 한다는 뜻.

1236. **검둥이에게 물려도 누렁이를 무서워한다.**
한번 혼난 것한테는 그와 유사한 것만 봐도 무서워진다는 뜻.

1237. **검둥이 흰둥이 다 모였다.**
어중이 떠중이 골고루 다 모였다는 말.

1238. **검불 밭에 수은(水銀) 찾기다.**
검불 밭에 쏟은 수은은 찾지 못하듯이 도저히 찾을 도리가 없다는 말.

1239. **검불 속에서 바늘 찾기다.**
검불 속에서 바늘을 찾듯이 아무리 수고를 해도 성과는 없다는 뜻.

1240. **검소하다가 사치하기는 쉬워도 사치하다가 검소하기는 어렵다.**
사치하는 버릇이 든 사람은 그 버릇을 고치기가 매우 어렵다는 뜻.

1241. **검소하면 널리 베풀어 줄 수 있다.**(儉能廣)
검소하면 부유하게 되고 부유하면 널리 베풀 수 있다는 말.

1242. **검소하면 사귀기 쉽다.** (儉易容) 〈禮記〉
검소한 사람과는 사귀기도 쉽다는 말.

1243. **검소하면 재산을 지킬 수 있다.** (儉能守財)
검소한 사람은 수입보다 지출이 적도록 절약해서 쓰기 때문에 재산을 유지할 수 있다는 뜻.

1244. **검소하면 집안을 지킬 수 있다.** (儉能守家)
가난한 사람도 검소한 생활을 하면 가정을 유지할 수 있다는 뜻.

1245. **검소한 사람은 가난해도 여유가 있다.**
(儉者貧有餘) 〈譚子化書〉
비록 가난할지라도 검소한 생활을 하면 여유가 생기게 된다는 뜻.

1246. **검소한 사람은 남의 것을 뺏지 않는다.**
(儉者不奪人) 〈孟子〉
검소한 사람은 남의 것을 착취하지 않기 때문에 청렴하다는 말.

1247. **검소한 사람의 마음은 항상 넉넉하다.**
(儉者心嘗富)
검소한 생활을 하는 사람은 물욕이 없기 때문에 돈 걱정을 하지 않아 마음에 여유가 있다는 뜻.

1248. **검약은 공경하는 덕이다.** (儉德之恭也)
〈春秋左傳〉
검소한 행동은 공경을 받을 수 있는 덕이라는 말.

1249. **검약은 미덕이지만 지나치면 인색하게 된다.** (儉美德也 過則爲慳吝) 〈菜根譚〉
검약을 알맞게 하면 미덕이지만 지나치게 하면 인색하게 되므로 항상 치우치지 않도록 해야 한다는 말.

1250. **검약하다가 사치하기는 쉬워도 사치하다가 검약하기는 어렵다.** (儉入奢易 奢入儉難)
〈張知白〉
검소한 생활을 하다가 사치하기는 쉬워도 사치하다가는 검소한 생활을 못하게 되므로 검소한 생활을 하라는 말.

1251. **검약하면 넉넉하다.** (儉則用足)
검소한 생활을 하면 부족을 느끼지 않게 된다는 뜻.

1252. **검은 것은 글씨요 흰 것은 종이다.**
글자 한 자도 모르는 맹 무식이라는 뜻.

1253. **검은 것이 글씨라는 것밖에 모른다.**
글자는 한 자도 모르는 문맹자(文盲者)라는 뜻.

1254. **검은 고기가 맛은 좋다.**
검은 피부를 가진 사람을 놀리는 말.

1255. **검은 고양이 눈 감듯 한다.**
검은 고양이 눈을 뜨나 감으나 잘 알아보지 못하듯이 분별하기가 매우 어렵다는 뜻.

1256. **검은 구름은 끼어도 비는 오지 않는다.**
(陰雲不雨) 〈宋書〉
(1) 가뭄에 비가 올 듯하면서도 오지 않는다는 말.
(2) 일이 성사될 듯하면서도 되지 않는다는 말.

1257. **검은 닭도 흰 알을 낳는다.**
악한 사람의 자식도 선한 사람이 될 수 있다는 뜻.

1258. **검은 머리가 모시 광주리가 되었다.**

검은 머리가 백발이 되도록 늙었다는 말.

1259. 검은 머리 가진 짐승은 구제를 말랬다.
남에게서 은혜를 입고도 갚지 않는다고 나무라는 말.

1260. 검은 머리 파 뿌리 되도록 산다.
검은 머리가 백발이 되도록 장수한다는 말.

1261. 검은 머리 파 뿌리 되도록 함께 산다.
젊어서 만난 부부가 백발이 되도록 함께 산다는 말.

1262. 검은색에는 물감이 들지 않는다. (涅而不
緇)　　　　　　　　　　　　　〈論語〉
본성이 나쁘면 가르쳐도 소용이 없다는 말.

1263. 검은 소가 맛은 있다.
검은 소의 고기가 맛이 있듯이 겉으로 보기 흉한 것
이 맛은 좋다는 뜻.

1264. 검은 쇠고기가 맛은 좋다.
검은 소가 보기는 흉해도 고기 맛은 좋다는 말.

1265. 검은 용 턱에서 여의주(如意珠) 찾듯 한
다. (探驪龍珠)
용이 물고 있는 여의주를 뺏으려는 것같이 매우 위
험한 행동을 한다는 뜻. ※여의주 : 뜻대로 이루어지
게 하는 구슬.

1266. 검은 털 난 쥐새끼다.
쥐새끼마냥 약은 사람을 두고 하는 말.

1267. 검정 강아지로 돼지 만들겠다.
본 바탕이 다르면 고칠 수 없다는 뜻.

1268. 검정개는 돼지편이다. (黑狗逐彘)〈旬五志〉
이해관계(利害關係)가 공통되면 한편이 된다는 말.

1269. 검정 소도 흰 송아지를 낳는다. (黑牛生白
犢)　　　　　　　　　　　　　〈淮南子〉
악한 사람 자손에서도 선한 사람이 난다는 뜻.

1270. 겁내면서 무서워한다. (怯怖)
겁이 나서 어쩔 줄 모르고 무서워하고 있다는 말.

1271. 겁 많은 개가 큰 소리로 짖는다.
겁 많은 사람이 큰 소리로 말한다는 뜻.

1272. 겁 많은 개가 제 집에서는 짖는다.
비겁한 사람도 믿는 데가 있으면 용기를 낸다는 뜻.

1273. 겁 많은 고양이는 쥐도 못 잡는다.
겁이 많은 사람은 무슨 일을 하지 못한다는 뜻.

1274. 겁 많은 놈이 큰소리친다.
겁이 많은 사람은 침착하고 조용하게 말을 못한다는
뜻.

1275. 겁 먼저 먹는다.
무슨 일을 하기 전에 겁부터 먹으면 일을 못한다는
뜻.

1276. 겁에 질려 말을 못한다. (囁嚅)
너무나 무서워서 말을 못한다는 말.

1277. 겁이 많은 사람은 생사(生死)를 운명에 맡
겨야 한다. (怯懦者達生委命)　　　〈顧之推〉
죽을까봐 겁을 내는 사람은 생사를 운명에 맡기면 마
음이 안정될 수 있다는 뜻.

1278. 겉 가난 속 부자다. (外貧內富)
겉으로는 가난한 척하면서 속으로는 부자라는 말.
↔ 겉 부자 속 가난이다.

1279. 겉 가마가 먼저 끓는다.
일의 선후(先後)가 바뀌어졌다는 뜻.

1280. 겉 가마도 안 끓는데 속 가마부터 끓는다.
제 순번도 기다리지 않고 덤벙대는 것을 두고 하는 말.

1281. 겉 검은 놈은 속도 검다.
외모가 못된 사람은 마음씨도 나쁘다는 말.
↔ 까마귀가 검다고 마음까지 검을까. 까마귀가 검다
고 살까지 검을까. 까마귀가 검어도 살은 희다. 까마
귀가 검어도 알은 희다. 까마귀가 겉이 검지 속도 검
다더냐. 검은 닭도 흰 알을 낳는다. 검정 소도 흰 송
아지를 낳는다.

1282. 겉과 속이 서로 통한다. (表裏相應)〈劉元城〉
겉과 속이 서로 다르지 않고 서로 잘 조화가 된다는
뜻. ↔ 겉 다르고 속 다르다.

1283. 겉 다르고 속 다르다. (表裏不同)
행동과 속이 다른 사람보고 하는 말. ↔ 겉과 속이 서
로 통한다.

1284. 겉만 아물다.
내부는 썩은 채 겉만 슬쩍 아물어 화근(禍根)은 그냥
남아 있다는 뜻.

1285. 겉모양은 얌전한데 행동은 경박하다.
(佻巧)　　　　　　　　　　　　　〈楚辭〉
겉으로 보기에는 침착한 것 같은데 행동은 경솔하다
는 말.

1286. 겉모양이나 속 마음이나 다 같이 깨끗해
야 한다. (表裏交淸)
몸가짐이나 마음가짐에 있어서 다같이 깨끗해야 한다
는 말.

1287. 겉벽만 쳐도 안벽이 울린다.

겉만 해쳐도 그 영향은 전체에 미친다는 뜻.

1288. 겉벽 치고 안벽 친다.
　　겉으로도 해치고 속으로도 해친다는 뜻.

1289. 겉 보고는 속 모른다.
　　겉만 보고는 그 사람 속은 알 수 없다는 뜻.

1290. 겉보리 돈 사기가 수양딸로 며느리 삼기보
　　다 쉽다.
　　일하기가 대단히 쉽다는 말.

1291. 겉보리 돈 삼기다.
　　일하기가 대단히 쉽다는 뜻.

1292. 겉보리를 껍질채 먹은들 시앗이야 한 집에
　　살랴.
　　처첩(妻妾)이 한 집에 사는 것은 죽지 못해서 산다는
　　말.

1293. 겉보리 서 말만 있어도 처가살이 할 놈 없
　　다.
　　처가살이는 죽지 못해서 어쩔 수 없이 한다는 말.

1294. 겉보릿단 거꾸로 묶어 세운 것 같다.
　　물건 모양이 제대로 돼있지 않아 보기가 언짢다는 뜻.

1295. 겉보릿단을 거꾸로 매단 것 같다.
　　겉으로 보기에 매우 볼품이 없다는 말.

1296. 겉 본 속이다.
　　(1) 겉 행동으로도 그 사람의 마음을 엿볼 수 있다는
　　뜻. (2) 겉만 보고 그 속을 짐작하다가는 실수를 할 수
　　있다는 뜻.

1297. 겉 본 안이라.
　　(1) 외면만 봐도 그 사람의 속 마음까지 알 수 있다는
　　뜻. (2) 겉만 보고 남의 마음을 짐작하다가는 실수를
　　할 수 있다는 뜻.

1298. 겉 부자 속 가난이다. (外富内貧)
　　겉으로는 부자 같으면서도 속으로는 가난하다는 말.

1299. 겉으로는 가까운 체하고 속으로는 멀리한
　　다. (外親内疎)
　　외면으로는 친한 체하고 속으로는 멀리하듯이 표리가
　　다르다는 말.

1300. 겉으로는 거세고 속으로는 부드럽다. (外剛
　　内柔)
　　대인 관계(對人關係)도 나쁘고 주관(主觀)이 없는 사
　　람을 두고 하는 말. ↔ 겉으로는 부드럽고 속으로는
　　꿋꿋하다.

1301. 겉으로는 그럴듯하나 속은 아주 다르다.
　　(似是而非)
　　겉으로 보기에는 비슷하나 실제로는 아주 다르다는 뜻.

1302. 겉으로는 남고 속으로는 밑진다.
　　남이 보기에는 돈을 버는 것 같으나 실제로는 손해만
　　본다는 뜻.

1303. 겉으로는 부드럽고 속으로는 꿋꿋하다.
　　(外柔内剛)
　　겉으로는 부드럽게 대하면서도 마음은 굳게 가지는
　　것이 가장 좋은 처세술(處世術)이라는 뜻. ↔ 겉으로
　　는 거세고 속으로는 부드럽다.

1304. 겉으로는 빈 것 같지만 속은 알차다.(外虛内
　　實)
　　겉으로는 가난한 것 같으면서도 속으로는 알차 있다는
　　뜻. ↔ 겉 부자 속 가난이다.

1305. 겉으로는 사나우나 속은 부드럽다.(色厲内
　　荏)　　　　　　　　　　　　　　　　　〈論語〉
　　겉으로는 위엄이 있으나 속은 비겁하다는 뜻.↔ 겉으
　　로는 부드럽고 속으로는 꿋꿋하다.

1306. 겉으로는 순종하면서도 뒤로는 비난한다.
　　(面從後言)
　　배신할 수 있는 이중 성격자로서 경계해야 할 사람이
　　라는 뜻.

1307. 겉으로는 알랑대고 속으로는 멀리한다.
　　(外諂内疎)
　　외면으로는 아첨하면서도 속으로는 해치려는 야심을
　　가진 이중 성격자라는 말.

1308. 겉으로는 웃으면서 똥구멍으로는 호박씨
　　깐다.
　　겉으로는 안 하는 척하면서도 속으로는 딴 짓을 하
　　는 음흉한 사람을 두고 하는 말.

1309. 겉으로는 친한 척하면서도 속으로는 멀리
　　한다. (外親内疎)
　　겉으로는 친한 척하지만 속으로는 싫어하듯이 표리
　　(表裏)가 다르다는 뜻.

1310. 겉으로는 흥흥하고 속으로는 꿍꿍댄다.
　　(面從腹背)
　　외면으로는 좋은 척하면서도 속으로는 야심을 가지고
　　있다는 말.

1311. 겉으로 유별나게 나타난다. (表而出之)
　　표면(表面)으로 보아도 짐작할 수 있을 정도로 나타
　　났다는 말.

1312. 겉으로 재앙이 나타났다고 놀라서는 안 된다. (不駭外禍) 〈列子〉
재앙이 나타났다고 두려워하지 말고 침착하게 이를 대처해 나가도록 하라는 뜻.

1313. 겉은 부처고 속은 마귀다.
겉으로는 착한 척하면서도 속은 악하다는 뜻.

1314. 겉은 부처요 속은 짐승이다. (佛面獸心)
겉으로 보기에는 점잖으면서도 마음씨가 악한 사람을 보고 하는 말.

1315. 겉장 보고 책은 모른다.
겉만 보고는 그 내용을 다 알 수 없다는 뜻.

1316. 겉치레만 한다.
속은 썩었는데 겉만 멀쩡하게 눈가림으로 치장한다는 뜻.

1317. 게걸 들린 놈 밥 먹듯 한다.
굶주린 사람이 밥 먹듯이 음식을 몹시 빨리 먹는다는 뜻.

1318. 게 걸음은 바로 잡지 못한다.
한번 든 버릇은 고치기가 매우 어렵다는 말.

1319. 게 걸음 친다.
(1) 뒷걸음질을 한다는 뜻. (2) 전진을 하지 못하고 후퇴만 한다는 뜻.

1320. 게 꽁지만하다.
몹시 작은 것을 두고 하는 말.

1321. 게 눈 감추듯 한다.
(1) 음식을 몹시 빨리 먹는다는 뜻. (2) 동작이 빠르다는 뜻.

1322. 게는 똑바로 기어가게 하지 못한다.
천성은 뜯어고치기가 대단히 어렵다는 뜻.

1323. 게는 새끼 적부터 집는다.
못된 놈은 어려서부터 못된 짓만 한다는 뜻.

1324. 게는 옆으로 가도 갈 데는 다 간다.
무슨 수단으로나 목적만 달성하면 된다는 뜻.

1325. 게는 제 몸 크기대로 굴을 판다.
무슨 일이나 자기 신분에 알맞는 짓을 해야 한다는 뜻.

1326. 게도 구럭도 다 잃는다. (蟹筐俱失)
〈旬五志, 松南雜識〉
돈벌이를 하려다가 하지도 못하고 가지고 있던 것마저 다 잃어 버렸다는 말.

1327. 게도 구멍이 크면 죽는다.
분수에 지나친 짓을 하면 화를 당하게 된다는 뜻.

1328. 게도 놓치고 그물도 잃었다. (蟹網俱失)
〈青莊舘全書〉
이득을 보려고 한 일이 이득은 고사(姑捨)하고 본전까지 손해를 보게 되었다는 말.

1329. 게도 저 숨을 구멍은 있고 가재도 저 숨을 바위는 있다.
(1) 하찮은 미물도 집이 있다는 뜻. (2) 의지할 데가 있어야 한다는 뜻.

1330. 게도 저 숨을 구멍은 있다.
미물(微物)들도 집이 있는데 하물며 사람이 집이 없어서야 되겠느냐는 뜻.

1331. 게도 제 몸에 맞게 굴을 판다.
무슨 일이나 자기 분수에 맞도록 일을 해야 한다는 뜻.

1332. 게도 제 몸 크기에 맞도록 구멍을 판다.
매사는 자기 분수에 맞는 행동을 해야 한다는 뜻.

1333. 게도 제 새끼보고는 바로 걸으라고 한다.
나쁜 짓을 하는 부모도 자식에게는 나쁜 짓을 못하게 한다는 말.

1334. 게도 제 집은 있다.
게도 집이 있는데 하물며 사람이 집이 없어서야 되겠느냐는 말.

1335. 게 발 물어 던지듯 한다.
까마귀가 게 발을 물어 던지듯이 함부로 버린다는 뜻.

1336. 게 새끼는 나면서 잡힌다.
게 새끼는 어린 것도 사람들이 잡게 되듯이 일찍 죽는 것은 하나의 운명이라는 뜻.

1337. 게 새끼는 나면서 집는다. (蟹子雖纖 螯已知箝) 〈耳談續纂〉
나쁜 짓은 하나의 선천적인 천성(天性)이라는 뜻.

1338. 게 새끼는 집고 고양이 새끼는 할퀸다.
질적으로 나쁜 놈은 천성이라는 뜻.

1339. 게으르고 편안하려고만 하면 반드시 위험하게된다. (苟怠隋儒之爲安 苦者必危)〈荀子〉
생산은 하지 않고 소비만 하려는 생활은 반드시 패망하게 된다는 말.

1340. 게으른 년 섣달 그믐날 빨래한다.
게으른 사람은 일을 미루기만 하다가 마지막에 가서야 어쩔 수 없이 하게 된다는 말.

1341. 게으른 년은 삼가래만 세고 게으른   놈은

밭 고랑만 센다.

게으른 사람은 일을 해서 치우려고 하지 않고 남은 일 계산만 한다는 뜻.

1342. 게으른 년이 뒤늦게 부지런 떤다.

게으른 사람은 평소에는 놀기만 하다가 종말에 가서는 어쩔 수 없이 일을 하게 된다는 뜻.

1343. 게으른 년이 섣달 그믐에 부지런 떤다.

게으른 사람은 일을 미루어 두었다가 종말에 가서야 부지런을 떨게 된다는 뜻.

1344. 게으른 년이 아이 핑계하고 낮잠만 잔다.

게으른 사람은 핑계를 잘 대고 논다는 뜻.

1345. 게으른 놈과 거지는 사촌이다.

게으른 사람은 거지가 되기 쉽다는 말.

1346. 게으른 놈 낫질하듯 한 없다.

일하기 싫은 놈이 느릿느릿 낫질하듯이 동작이 무척 느리다는 말.

1347. 게으른 놈 낮잠자듯 한다.

게으른 놈이 일하기 싫어 낮에도 잠을 자듯이 낮잠을 잘 자는 사람을 두고 하는 말.

1348. 게으른 놈은 저녁 때가 바쁘다.

게으른 사람은 놀고만 있다가 일이 끝날 무렵에 가서야 서두른다는 말.

1349. 게으른 놈이 김은 안 매고 이랑만 센다.

일하기 싫어하는 사람은 일을 하지 않고 계산만 한다는 뜻.

1350. 게으른 놈 이랑 세듯 한다.

게으른 사람은 일은 하지 않고 놀 생각만 한다는 뜻.

1351. 게으른 놈이 먹는 것은 빠르다.

일을 하지 않으면서 먹을 상만 밝힌다는 뜻.

1352. 게으른 놈이 먹는 데는 귀신이다.

놀면서 일도 않는 놈이 먹는 데는 밝힌다는 뜻.

1353. 게으른 놈이 일에는 등신이고 먹는 데는 귀신이다.

일하기 싫어하는 놈이 일은 않고 먹는 데만 밝힌다는 뜻.

1354. 게으른 놈이 짐 많이 진다.

게으른 사람은 여러 번에 하기가 싫기 때문에 한번에 많이 하려고 한다는 말.

1355. 게으른 놈이 짐 탐한다.

일은 하지 않는 주제에 일에는 욕심을 낸다는 말.

1356. 게으른 놈치고 일 못한다는 놈 없다.

게으른 사람이 일 잘한다고 제 자랑만 한다는 뜻.

1357. 게으른 도령 책장만 세고 게으른 종년 삼가래만 센다.

일하기 싫은 사람은 일은 않고 계산만 하고 있다는 뜻.

1358. 게으른 동냥아치 열흘 동냥한 폭은 된다.

어떤 물건이 제법 많다는 뜻.

1359. 게으른 마음은 일생을 간다. (懈意一生)
〈近思錄〉

게으른 마음은 고치기가 매우 어렵기 때문에 죽을 때까지 지니게 된다는 말.

1360. 게으른 말이 짐 탐한다.

일을 하지 않는 게으른 사람일수록 일에 욕심은 많다는 뜻.

1361. 게으른 머슴 밭고랑 세듯 한다.

일은 하지 않고 계산만 대고 있다는 뜻.

1362. 게으른 머슴은 저녁 나절이 바쁘고 게으른 년은 섣달이 바쁘다.

게으른 사람은 처음에는 놀기만 하다가 끝마무리에 가서야 바쁘게 서둔다는 뜻.

1363. 게으른 머슴 이랑만 세고 게으른 종년 삼가래만 센다.

게으른 사람은 일은 않고 놀 궁리만 한다는 뜻.

1364. 게으른 사람은 저녁 나절 돼야 바쁘다.

게으른 사람은 일을 미루고 있다가 저녁 때가 돼서야 밀린 일로 바쁘게 된다는 뜻.

1365. 게으른 선비 책상만 탓한다.

일하기 싫은 사람은 핑계를 잘 댄다는 말.

1366. 게으른 선비 책장 넘기듯 한다. (如懶儒翻冊丈)
〈東言解〉

게으른 사람은 하라는 일은 않고 딴 짓만 한다는 뜻.

1367. 게으른 양반 걸음이다.

걸음걸이가 매우 느린 사람보고 하는 말.

1368. 게으른 여편네 아이 핑계 대듯 한다.

일하기 싫은 사람은 핑계를 잘 댄다는 말.

1369. 게으른 일군 밭고랑 세듯 한다.

게으른 사람은 일은 않고 일 계산만 한다는 뜻.

1370. 게으른 자식은 낳지도 말랬다.

게으른 사람은 이 세상에서 쓸모가 없다는 뜻.

1371. 게으름뱅이가 언덕 진다.
(1) 게으른 놈이 언덕에 눕기를 좋아한다는 뜻.
(2) 게으른 놈일수록 장담은 잘한다는 뜻.

1372. 게으름은 온갖 악행의 으뜸이다. (怠百惡之長)
온갖 나쁜 행동 중에서 게으른 것이 가장 나쁘다는 말.

1373. 게으름이 뚝뚝 듣는다. (惰氣滿滿)
얼굴이나 그 행동에서 무척 게을러 보인다는 뜻.

1374. 게 잡아먹은 흔적은 있어도 소 잡아먹은 흔적은 없다.
소는 잡아도 버리는 것이 없어서 흔적이 별로 없지만 게는 먹고 난 뒤에 게 껍질이 많아서 흔적이 남게 된다는 뜻.

1375. 게 잡아 물에 넣기다. (捉蟹放水)
〈旬五志, 松南雜識〉
애쓴 보람이 없어지게 되었다는 뜻.

1376. 겨 닷 말만 있어도 처가살이는 않는다.
처가살이는 죽지 못하여 한다는 말.

1377. 겨드랑을 봐도 젖통을 봤다고 한다.
남의 말은 자꾸 보태서 하게 된다는 뜻.

1378. 겨 먹던 개가 쌀 못 먹을까 ?
한번 나쁜 짓을 하게 되면 두 번, 세 번도 하게 된다는 말.

1379. 겨 먹던 개 나중에는 쌀도 먹는다. (舐糠及米)
나쁜 짓은 하면 할수록 점점 나쁘게만 된다는 말.

1380. 겨 먹던 개 쌀까지 먹는다.
나쁜 짓을 해 버릇하면 점점 나쁘게만 된다는 말.

1381. 겨 먹던 개 필경에는 쌀도 먹는다.
사소한 잘못이라도 있으면 제때에 시정해야 만일 그대로 두면 점점 큰 잘못도 저지르게 된다는 말.

1382. 겨 먹은 개는 들켜도 쌀 먹은 개는 안 들킨다.
세상에는 흔히 작은 잘못을 저지른 사람은 들켜도 큰 잘못을 저지른 사람은 안 들킨다는 뜻.

1383. 겨 묻은 개가 똥 묻은 개를 나무란다.
저의 잘못은 감추고 남의 잘못만 가지고 나무란다는 말.

1384. 겨 묻은 개가 똥 묻은 개를 흉본다.
자기의 잘못은 모르고 남의 잘못만 보면 떠들면서 흉을 본다는 말.

1385. 겨 묻은 돼지가 똥 묻은 돼지를 나무란다.
저도 결함이 있으면서 남의 잘못만 가지고 나무란다는 말.

1386. 겨 묻은 돼지가 똥 묻은 돼지를 흉 본다.
자기도 잘못이 있는 주제에 남이 좀더 잘못했다고 흉을 본다는 말.

1387. 겨 속에도 싸라기가 있다.
하찮은 것 속에 귀중한 것이 섞여 있다는 말.

1388. 겨 속에서 쌀 찾기다.
(2) 매우 귀하다는 뜻. (2) 찾기가 힘들다는 뜻.

1389. 겨우 목숨만 보존한다. (苟命徒生)
겨우 죽지 않을 정도로 비참한 생활을 한다는 뜻.

1390. 겨우 보존되는 나라는 귀족층만 부유하다. (僅存之國富大夫)　〈荀子〉
안정되지 못한 나라에서는 권력층들이 부를 독점하고 있다는 말.

1391. 겨우 여우를 피했더니 다시 범을 만난다. (僅避狐 更逢虎)
하나의 재난을 겨우 피했더니 이번에는 더 큰 재난을 당하게 되었다는 뜻.

1392. 겨울 가죽옷이다. (冬日麑裘)　〈韓非子〉
시기적으로 필요한 물건을 입수(入手)하였다는 뜻.

1393. 겨울 날씨는 추워야 여름에 질병이 없다.
이상 기후(異狀氣候)가 되지 말아야 질병도 적다는 뜻.

1394. 겨울 날씨와 늙은이근력 좋은 것은 모른다.
겨울 날씨와 늙은이의 건강은 변하기 쉽기 때문에 믿을 수 없다는 말.

1395. 겨울 날씨와 여자의 마음은 믿을 수 없다.
여자의 마음씨는 변하기가 쉽다는 뜻.

1396. 겨울 바람이 봄 바람보다 춥다고 한다.
못된 사람이 저보다 나은 사람을 도리어 트집 잡고 나무란다는 뜻.

1397. 겨울 부채다. (冬扇)　〈論衡〉
시기를 놓치면 쓸모없는 것으로 된다는 말.

1398. 겨울 부채요 여름 화로다. (冬扇夏炉)
〈論衡〉
(1) 시기를 잘못 맞았다는 말. (2) 철을 놓친 상품이라는 말.

1399. 겨울비는 많이 오지 않는다.
겨울에는 비오는 일도 별로 없지만 있어도 많이 오지

않는다는 말.

1400. 겨울에 꽃이 피면 풍년이 든다.
겨울이 따뜻하면 보리 풍년이 든다는 말.

1401. 겨울에 눈이 많이 와야 풍년이 든다.
눈이 많이 와야 보리 풍년이 들게 된다는 뜻.

1402. 겨울이 돼서야 솜옷을 장만한다. (入冬裁衣)
무슨 일을 예견성 있게 하지 못하고 눈앞에 닥쳐서야 준비한다는 말.

1403. 겨울이 돼야 송백의 절개를 알게 된다. (歲寒知松柏)
사람의 사상성은 어려운 시기를 극복하는 과정에서 평가된다는 말. ※ 절개(節槪) : 뜻을 지키고 변하지 아니하는 것.

1404. 겨울이 와야 솔이 푸른 줄을 안다.
(1) 사람은 겪어 봐야 그 마음을 알 수 있다는 말.
(2) 사람은 간고한 시기를 당해 봐야 그 인격을 알게 된다는 말.

1405. 겨울이 지나지 않고 봄이 오랴?
일에는 순서를 어길 수 없다는 말.

1406. 겨울 털옷이요 여름 갈포옷이다. (冬裘夏葛)
(1) 때를 잘 맞았다는 뜻. (2) 시기에 알맞는 물건이라는 뜻.

1407. 겨울 화롯불은 어머니보다 낫다.
겨울 추울 때는 불이 제일 좋다는 말.

1408. 겨 주고 겨 바꾼다.
똑같은 것을 가지고 헛수고만 하고 아무 소득이 없다는 말.

1409. 격강(隔江)이 천리다.
강 하나 사이지만 좀처럼 만나지 못한다는 말.

1410. 견문이 적고 학식이 얕다. (寡聞淺識)
보고 들은 것도 적고 배운 것도 변변치 못하다는 말.

1411. 견줄 짝이 없다. (無双)
자기와 싸울 만한 대상이 없다는 뜻.

1412. 결국은 서로가 다 같게 된다. (終歸一轍)
이렇게 하나 저렇게 하나 결과적으로는 다 같게 된다는 말.

1413. 결박하고 치는 데는 장사 없다.
꼭꼭 묶어 놓고 매질하는 데는 당할 사람이 없다는 뜻.

1414. 결박 흥정이다.
에누리가 없는 정가(定價)로 매매된다는 뜻.

1415. 결사적으로 싸운다. (決死戰)
죽기를 무릅쓰고 악착같이 싸운다는 말.

1416. 결점 없는 사람은 있어도 폐단 없는 정치는 없다. (有無瑕之人 無無弊之政)〈星湖雜著〉
개인에게는 결점이 없는 사람도 있을 수 있지만 정치에는 언제든지 결함이 있게 마련이라는 말.

1417. 결점을 버리고 장점을 취한다.(捨短取長)
나쁜 점을 버리고 좋은 점을 발전시킴으로써 훌륭한 사람이 된다는 말.

1418. 결창을 낸다.
(1) 배를 가른다는 말. (2) 싸움에서 끝장을 낸다는 말.
※ 결창 : 내장.

1419. 결창이 터진다.
화가 몹시 나서 못 견디겠다는 말.

1420. 결판(決判)이 난다.
누가 옳고 그른 것이 판단된다는 뜻.

1421. 결혼은 만대의 시초이다. (婚禮萬世之始也)〈禮記〉
결혼을 하게 되면 그 자손들이 번성하게 되므로 중시조(中始祖)로 된다는 말.

1422. 결혼은 연분이 있어야 한다.
혼인은 연분이 있어야지 억지로는 이루어지지 않는다는 뜻.

1423. 겸손도 지나치면 믿지 못한다. (廉淸不信)
겸손한 것도 정도가 지나치면 위선으로 변하게 된다는 뜻.

1424. 겸손은 미덕이다. (謙德)
대인 관계(對人關係)에서 겸손한 것은 아름다운 덕이라는 뜻.

1425. 겸손하면 복을 받는다. (謙福)
겸손한 사람에게는 사람들이 붙따르게 되기 때문에 복받을 기회가 많게 된다는 뜻.

1426. 겹겹으로 잠긴 문이 열리듯 한다.(洞開重門)
갇혔던 사람이 해방되듯이 구속에서 벗어났다는 뜻.

1427. 겹겹이 쌓인 근심이다. (疊疊愁心)
온갖 수심이 마음 속에 가득하다는 말.

1428. 겻섬 털듯 한다.

것섬을 털듯이 무슨 일을 함부로 마구한다는 말.

1429. 경계하는 데 전심하면 잘못은 적어진다.
(戒專則寡過) 〈許穆〉
나쁜 일에 대한 경계심을 항상 가지고 있으면 잘못하는 것이 적어지게 된다는 말.

1430. 경계할 수 있으면 또 경계하라. (得戒且戒)
〈景行錄〉
경계는 많이 할수록 유리하다는 말.

1431. 경계해야 할 것은 여색이다. (戒之在色)
〈孔子〉
남자가 경계해야 할 것은 여색을 탐해서는 안 된다는 말.

1432. 경기도(京畿道) 까투리다.
경기도 사람들은 대개 약다는 뜻.

1433. 경(經) 다 읽고 떼어 버려야겠다.
이번 일이나 마치고 앞으로는 아주 인연을 끊어야 하겠다는 말.

1434. 경사스러운 일이 있으면 그 기쁨을 함께 하라. (慶同其喜) 〈旅軒文集〉
경사스러운 일은 혼자서 즐거할 것이 아니라 최대한으로 여러 사람과 나누어 즐기도록 해야 한다는 말.

1435. 경사스러운 일이 집안에 가득하다. (慶事盈門)
경사가 집안에 가득하여 행복한 가정이라는 뜻.

1436. 경상도(慶尙道) 고집이다.
경상도 사람 중에는 고집 센 사람이 많다는 뜻.

1437. 경상도서 죽 쑤는 놈은 전라도를 가도 죽 쑨다.
가난한 사람은 어디를 가도 마찬가지라는 뜻.

1438. 경솔하게 말한다. (率口而發)
앞뒤를 생각지 않고 경솔하게 말한다는 말.

1439. 경솔하게 승낙하는 것은 믿음성이 적다.
(輕諾寡信)
승낙을 쉽게 하는 사람은 약속을 지키지 못하게 되는 일이 많다는 뜻.

1440. 경솔하게 행동하면 친한 사람도 잃는다.
(輕則失親) 〈春秋左傳〉
경솔한 사람과 상대하면 손해만 보게 마련이기 때문에 친한 사람도 떨어져 나간다는 말.

1441. 경솔하고 망령스러운 행동이다. (輕擧妄動)
경솔하고 망령스러운 행동은 남들로부터 고립을 당하

게 되므로 고쳐야 한다는 말.

1442. 경솔하면 꾀가 적다. (輕則寡謀)〈春秋左傳〉
경솔한 사람에게는 깊은 꾀가 없다는 말.

1443. 경솔하면 근본마저 잃는다. (輕則失本)
〈老子〉
경솔한 짓으로 전체를 욕되게 만들 수 있다는 말.

1444. 경솔한 생각과 얕은 꾀다.(輕慮淺謀)〈老子〉
경솔한 생각과 얕은 꾀는 하나도 쓸모가 없다는 말.

1445. 경신년 글강 외듯 한다. (庚申年書講)
〈東言解〉
(1) 안 해도 될 말을 자꾸 되풀이한다는 말.(2) 누누이 신신당부한다는 말.

1446. 경영하는 바가 뜻대로 이루어진다. (所營如意)
일이 순조롭게 되어 하는 일이 모두 잘 펴 나가진다는 말.

1447. 경우(境遇)가 무경우(無境遇)다.
무슨 일을 순리(順理)로 하지 않고 우격다짐으로 한다는 뜻.

1448. 경우가 삼칠장(三七丈)이다.
잘잘못과 좋고 나쁜 것을 가리지 않고 경우 없는 짓만 한다는 뜻.

1449. 경을 쳐 봐야 알겠다.
다구지게 매를 맞아 봐야 정신을 차리겠다는 뜻.

1450. 경자년(庚子年) 가을 보리 되듯 했다.
경자년에 가을 보리가 제대로 익지 못하여 보리가 제 모양을 발휘하지 못하듯이 사람도 모양이 제대로 되지 못하였다는 말.

1451. 경점(更點) 치고 문지른다.
밤 시간을 알리기 위하여 경점을 치는 사람이 시간이 안된 데 치고는 손으로 북이나 꽹과리를 문질러서 소리를 없애듯이 어떤 일을 저지르고 얼버무려 치우려고 한다는 뜻. ※ 경점 : 옛날 밤 시간을 알리기 위하여 정해진 시각에 북이나 꽹과리를 치는 일.

1452. 경주(慶州) 돌이라니까 다 옥돌인 줄 안다.
좋은 물건이라고 하니까 다 좋은 것인 줄 안다는 뜻.
※ 경주 : 경상북도에 있는 지명.

1453. 경주 돌이면 다 옥돌인가?
경주에서 옥돌이 난다고 아무 돌이나 옥돌일 수 없듯이 하나를 가지고 전체를 평가할 수는 없다는 말.

1454. 경주인(京主人) 집에 똥 누러 갔다가 잡

혀 간다.

경주인이 진상할 것을 못하면 차사(差使)가 와서 그
집의 누구를 막론하고 잡아 갔다는 데서 나온 말로서
애매한 일로 봉변을 당했다는 말. ※ 경주인 : 옛날 서
울에서 지방 관아의 사무를 취급하던 사람.

1455. 경찰은 때려 조지고 검사는 물어 조지고
판사는 미뤄 조지고 간수는 세어 조지고 죄수
는 먹어 조지고 집에서는 팔아 조진다.

범죄자는 경찰에서 고문을 받고 검찰에서 낱낱이 심
문을 받고 지루한 재판을 받게 되면 간수의 심한 감
시를 받으며 감옥살이를 하게 되는데 본인은 제걸이
들어 먹기만 하고 집에서는 옥바라지하다가 망하게
된다는 뜻.

1456. 경첩은 녹이 슬지 않는다.

항상 운동하는 사람은 무병하고 건강하다는 뜻.
※ 경첩 : 문짝을 다는 데 쓰는 장식.

1457. 경쳐 포도청(捕盜廳)이다.

포도청에 잡혀가서 심한 고문을 당하듯이 호되게 곤
욕을 당한다는 뜻. ※ 포도청 : 옛날 도둑, 또는 일반
범죄자를 취급하던 관청.

1458. 경치고 포도청 간다.

죽을 고문을 당하고서도 또 고문을 당하려고 포도청
을 가듯이 혹독한 형벌을 거듭 당한다는 뜻.

1459. 경치도 좋거니와 계절도 좋다. (美景良辰)

경치 좋은 곳을 좋은 때 구경하여 더욱 아름답고 유
쾌하듯이 어떤 일을 할 때 제제도 좋거니와 일도 순
조롭게 이루어진다는 뜻.

1460. 경텃절(淨土寺) 몽구리 아들 같다.

중의 아들같다는 말로서 머리를 빡빡 깎았다는 뜻.
※ 몽구리 : 중의 별명.

1461. 경쾌한 수레를 타고 익숙한 길을 달리듯
한다. (輕車熟路)   〈韓愈〉

조건도 좋고 숙달도 되어 일이 대단히 능률적으로 진
행된다는 뜻.

1462. 경풍(驚風)에 아이 날리듯 세부 측량(稅
附測量)에 땅 날리듯 한다.

폐렴에 어린 아이 죽듯, 세부 측량 때 토지 잃듯이 어
느 여가에 어떻게 없어진지도 모른다는 뜻.
※ 세부 측량 : 일제가 강점하면서 토지를 약탈하기 위
한 토지 측량.

1463. 경풍에 아이 날리듯 한다.

어린 아이 잘 죽는 경풍에 어린 아이 죽듯이 언제 어
떻게 없어진지도 모르게 없어졌다는 뜻.

1464. 곁눈질만 서로 한다. (側目相見)

자유로운 분위기가 아니라 눈짓으로 신호만 한다는 뜻.

1465. 곁방 년 코고는 소리다.

셋방에 사는 사람의 코고는 소리에 집주인까지도 잠
못 자듯이 자기의 처신도 모르고 버릇 없이군다는 말.

1466. 곁방망이질을 한다.

남의 말에 함께 곁따라 나서서 말을 한다는 뜻.

1467. 곁방살이가 주인행세 한다.

(1) 순서가 서로 바꿔졌다는 뜻. (2) 아랫사람이 웃사
람 노릇을 한다는 뜻.

1468. 곁방살이 코 곤다.

셋방살이하는 사람이 코를 긁어 주인을 잠 못 자게
하듯이 제 분수를 모르고 버릇없이 논다는 말.

1469. 곁방에서 불 낸다.

재수가 없는 사람은 남들도 손해를 끼친다는 말.

1470. 곁방이 주인 탓한다.

셋방 든 사람이 도리어 주인을 탓하듯이 문제가 거꾸
로 되었다는 뜻.

1471. 곁 사람 다리를 긁은 셈이다.

자기 일을 한다는 것이 남의 일만 하였다는 뜻.

1472. 곁에 사람도 보이지 않는 모양이다. (傍若
無人)

저 혼자 잘난 체하면서 곁에 사람이 있어도 무시하고
제 마음대로 행동하는 사람을 보고 하는 말.

1473. 곁에서 엿듣지 말라. (毋側聽)   〈禮記〉

남이 말하는 것을 엿들어서는 안 된다는 말.

1474. 계란 겉 핥기다.

무슨 일에나 내부까지 보지 않고 겉만 봐서는 모르게
된다는 뜻.

1475. 계란 노른자다.

계란에서는 노른자가 중요하듯이 어떤 일에서 가장 중
요한 부분이라는 뜻.

1476. 계란도 굴러가다 서는 모가 있다.

고생하면서 떠돌아다니는 사람도 의지하여 살 곳이
있다는 뜻.

1477. 계란 쌓아 올린 것 같다. (累卵之危 : 危於
累卵)

계란을 쌓은 것같이 대단히 위험하다는 말.

1478. 계란 섬 다루듯 한다.

계란 담은 섬을 취급하듯이 매우 조심하여 취급한다

는 뜻.

1479. 계란 섬 모시듯 한다.
계란 담은 섬을 다루듯이 대단히 조심스럽게 취급한다는 말.

1480. 계란 앞에서 닭 울기를 바란다. (昆卵求時夜) 〈莊子〉
계란을 보고 닭이 울기를 기다리듯이 성급(性急)한 사람을 가리키는 말.

1481. 계란에도 뼈가 있다. (鷄卵有骨)〈松南雜識〉
(1) 운수가 나쁜 사람은 뜻하지 않은 방해물이 있게 된다는 말. (2) 일이 안 되는 사람은 모처럼 좋은 기회가 있어도 될듯 하다가도 안 된다는 말.

1482. 계란으로 돌 치기다. (以卵投石 : 以卵擊石) 〈墨子〉
약한 사람이 강한 사람에게 대적하면 자멸한다는 뜻.

1483. 계란으로 백운대(白雲臺) 친다.
계란으로 바위를 쳐서 자멸(自滅)하듯이 자신의 역량도 헤아리지 않고 모험한다는 뜻.

1484. 계란을 부수었다 맞추었다 한다.
공연히 쓸데없는 짓만 한다는 뜻.

1485. 계란이나 달걀이나.
이름만 다르지 본질적으로는 같다는 말.

1486. 계란 지고 성(城) 밑에는 못 가겠다.
몹시 의심이 많은 사람을 가리키는 말.

1487. 계수나무는 먹을 수 있기 때문에 베이게 된다. (桂可食 故伐之) 〈荀子〉
적에게 유리한 것이 있으면 적은 이것을 노리게 된다는 뜻.

1488. 계수번(界首番)을 다녔나 말도 잘 만든다.
말만 번지르하게 잘 꾸며서 하는 사람을 두고 하는 말.
※ 계수번 : 옛날 서울에 있으면서 각도 감영의 사무를 담당한 관리.

1489. 계집과 숯불은 쑤석거리면 탈 난다.
여자는 남자의 유인에 잘 넘어간다는 뜻.

1490. 계집과 집은 가꿀 탓이다.
여자가 남편에게 잘하고 못하는 것은 남편에게 달렸다는 뜻.

1491. 계집과 화롯불은 건드리면 안 된다.
여자는 남자가 자꾸 유인하게 되면 넘어가기 쉽다는 뜻.

1492. 계집년 고집 센 것은 도리깨 작대기로 고쳐야 한다.
고집 센 여자의 버릇은 말로서는 고칠 수 없기 때문에 때려서 고쳐야 한다는 말로서 즉 여자 고집은 고치기 어렵다는 말.

1493. 계집 때린 날 장모 온다.
아내를 때렸을 때 장모가 오듯이 무슨 일이 공교롭게도 잘 안 되어 낭패만 된다는 뜻.

1494. 계집도 팔아먹겠다.
몹시 가난한 사람이 가산(家産)을 다 팔아먹고 남은 것이라고는 아내밖에 없다는 말.

1495. 계집 둘 가진 놈 창자는 호랑이도 먹지 않는다.
두 아내를 데리고 사는 사람의 속은 호랑이도 안 먹을 정도로 썩었다는 말.

1496. 계집 말을 잘 들으면 남을 도둑 만들고 계집 말을 안 들으면 집안 망신한다.
아내의 말은 너무 잘 들어도 안 되고 너무 안 들어도 안 된다는 말.

1497. 계집 바뀐 건 모르고 젓가락 짝 바뀐 건 안다.
큰 일이 생긴 것은 모르고 작은 일이 생긴 것만 가지고 떠든다는 말.

1498. 계집 싫어하는 사나이 없고 돈 마다는 사람 없다.
인간이라면 이성을 싫어하는 사람 없고 돈도 싫어하는 사람은 없다는 말.

1499. 계집 아이는 외양간 치기도 가르쳐 시집을 보내랬다.
여자는 살림에 필요한 일은 다 배우고 시집을 가야 한다는 뜻.

1500. 계집 아이 나면 두 번 운다.
계집 아이는 해산했을 때 섭섭해서 울고 키워서는 시집 보낼 때 섭섭해서 울게 된다는 말.

1501. 계집애가 오라바 하니 사내도 오라바 한다.
남이 하는 것을 보고 덩달아 하는 것을 보고 하는 말.

1502. 계집애는 욕 밑천이다.
계집애를 잘못 키워 시집을 보내면 두고 두고 욕을 먹게 된다는 뜻.

1503. 계집애 낳는다고 슬퍼 말고 사내를 낳는다고 좋아하지 말라. (生女勿悲酸 生男勿喜歡)
〈陳鴻〉

딸이나 아들이나 출생했을 때는 차별없이 다같이 기뻐해야 한다는 뜻.

1504. 계집 얼굴은 눈의 안경이다.
여자의 얼굴이 예쁘고 미운 것은 본인이 반하기에 달렸다는 뜻.

1505. 계집에 미친 중놈 같다.
무슨 일을 하는 데 정신이 없는 사람을 보고 하는 말.

1506. 계집 여럿 데리고 사는 사람은 들어가는 방마다 말이 다르다.
아내가 많은 사람은 아내마다 거짓말을 한다는 뜻.

1507. 계집 여럿 데리고 사는 사람이 늙으면 하나도 못 데리고 산다.
젊어서 돈 있을 때 여러 처첩을 거느리고 살다가 늙어 돈이 떨어지면 모두 박대를 한다는 뜻.

1508. 계집은 늙으면 여우가 된다.
여자 중에는 늙으면 요사스러워지는 사람이 있다는 뜻.

1509. 계집은 늙으면 호랑이가 된다.
젊어서 남자에게 복종하던 여자도 늙으면 내주장이 되어 남자에게 호랑이 노릇을 한다는 말.

1510. 계집은 돌면 못 쓰게 되고 그릇은 내돌리면 깨지게 된다.
여자가 바람이 나게 되면 버리게 된다는 뜻.

1511. 계집은 문지방을 넘으며 열 두 가지 생각을 한다.
여자는 주관이 확고하지 못하고 마음이 항상 흔들리기가 쉽다는 뜻.

1512. 계집은 사흘만 안 맞으면 여우가 된다.
요사스러운 여자는 말로는 버릇을 못 고친다는 뜻.

1513. 계집은 상을 들고 문지방을 넘으면서 열 두 가지 생각을 한다.
여자의 마음은 항상 변하기 쉽기 때문에 믿을 수 없다는 뜻.

1514. 계집은 젊어서는 여우가 되고 늙어서는 호랑이가 된다.
여자가 젊어서는 남자의 비위를 잘 맞추어 주지만 늙으면 내주장이 되어 남자에게 호랑이노릇을 한다는 말.

1515. 계집은 질투를 빼 놓으면 두 근도 안 된다.
여성 중에는 질투가 심한 사람이 많다는 뜻.

1516. 계집의 말은 오뉴월에도 서리가 온다.
(1)여자가 악독한 말을 해서는 안 된다는 말.(2) 남자는 여자에게 악독한 말을 들을 짓은 하지 말아야 한

다는 뜻.

1517. 계집의 매도 많이 맞으면 아프다. (妻毆雖弄 恒則痛) 〈耳談續纂〉
여자의 약한 손으로 때리는 매도 많이 맞으면 아프듯이 매사는 양에서 질로 변한다는 말.

1518. 계집의 악담은 오뉴월에도 서리가 온다.
(1) 여자는 남자에게 악담을 해서는 안 된다는 뜻.
(2) 남자는 여자애게 악담 들을 짓은 하지 말아야 한다는 뜻.

1519. 계집의 얼굴은 눈의 안경이다.
여자의 얼굴이 예쁘고 안 예쁜 것은 보는 남자의 눈에 달려 있다는 뜻.

1520. 계집의 원한은 오뉴월에도 서리친다. (匹婦含寃 五月飛霜) 〈松南雜識〉
(1) 여자의 앙심은 집안을 망하게 한다는 뜻. (2) 여자는 앙심을 가져서는 안 된다는 뜻. (3) 남자는 여자의 앙심이 생길 짓은 하지 말아야 한다는 뜻.

1521. 계집이 있나 자식이 있나 죽어 묘가 있나.
중이 늙어서 신세를 한탄하는 말.

1522. 계집 입 싸기다.
여자의 입이 싼 것은 화를 일으킬 장본인이라는 뜻.

1523. 계집 자랑은 삼불출(三不出)의 하나다.
자기 아내를 자랑하는 것은 세 가지 못난 짓 중의 하나이기 때문에 아내 자랑은 해서는 안 된다는 말.

1524. 계집 자랑은 삼불출에 하나요 자식 자랑은 팔불출에 하나다.
계집을 자랑하는 것은 세 가지 못난 짓 중의 하나이고 자식을 자랑하는 것은 여덟 가지 못난 짓 중의 하나이기 때문에 계집과 자식 자랑은 하지 말라는 뜻.

1525. 계집 잘못 만나면 평생 고생이다.
아내를 잘 만나야 평생 팔자가 좋다는 뜻.

1526. 계책에 빈틈이 없다. (算無遺策) 〈晉書〉
주도세밀하게 수립된 계책이라는 뜻.

1527. 계책이 조금도 나오지 않는다. (計無小出)
곤경에 빠졌을 때는 좋은 계책이 전혀 나오지 못한다는 뜻.

1528. 계(契) 타고 집 판다.
처음에는 이득을 보았으나 나중에는 도리어 손해를 보게 된다는 뜻.

1529. 곗돈 타고 집안 망한다.
조그마한 이익에 재미를 붙였다가는 나중에 가서 집

안까지 망치게 된다는 뜻.

1530. 곗술로 낯 낸다. (契酒生面) 〈東言解〉
곗(契) 돈으로 사온 술로 제 생색을 내듯이 남의 물건을 가지고 생색은 제가 낸다는 뜻.

1531. 곗술로 생색 낸다.
계(契)하는 데서 곗술을 가지고 제 생색을 내듯이 남의 것을 이용하여 제 생색을 낸다는 말.

1532. 고간에 든 재물은 썩어도 몸 속에 든 재물은 썩지 않는다.
창고에 둔 재물은 썩을 수 있지만 머리 속에 든 지식은 썩지 않는다는 말.

1533. 고간(庫間)에서 인심 난다.
돈이 있어야 남을 도와 주어 인심 얻기가 쉽다는 뜻.

1534. 고간(庫間)의 곡식은 썩어도 몸에 가진 재주는 썩지 않는다.
창고에 둔 곡식은 썩을 수도 있지만 머리 속에 간직하고 있는 지식은 썩지 않는다는 뜻.

1535. 고깔 뒤의 군 헝겊이다.
고깔 뒤에 군 헝겊같이 불필요한 것이 붙어다니며 귀찮게 한다는 뜻.

1536. 고개를 넘지 못한다.
마지막 고비를 못 넘기고 도중하차를 하였다는 뜻.

1537. 고개를 영남(嶺南)으로 두어라.
입이 험하고 욕설을 잘하는 사람에게 하는 말.

1538. 고개 중에서 보리 고개가 제일 크다.
아무리 높은 고개라도 오르내릴 수 있지만 보리 고개는 굶어가며 오르는 고개라 넘기 어려운 고개라는 말.

1539. 고 경립의 바지 같다. (高景立之袴) 〈東言解〉
옛날 고 경립이가 입고 다니던 바지와 같이 더럽고 지저분하고 천하다는 뜻.

1540. 고관(高官)이 되면 부자가 된다. (外官發財)
높은 관직에 있으면 그 권한(權限)이 크기 때문에 이로 인한 음성 수입이 많아서 큰 부자가 된다는 말.

1541. 고기가 물을 얻은 격이다. (魚水相得)
굶어 죽게 된 사람이 곡식을 얻어 살아나게 되었다는 뜻. ↔ 고기가 물을 잃은 격이다.

1542. 고기가 물을 잃은 격이다. (游魚失水)
고기가 물을 잃고 죽게 되듯이 생활토대를 잃고 죽게 되었다는 뜻. ↔ 고기가 물을 얻은 격이다.

1543. 고기 값도 못한다.
다 죽게 된 목숨을 비굴하게 아끼기만 하고 제 체신 값도 못한다는 말.

1544. 고기 값이나 하고 죽어야 한다.
이왕 죽을 바에야 자신의 값을 하고 죽어야 한다는 뜻.

1545. 고기 값이나 해라.
죽게 된 목숨을 비굴하게 굴지 말고 자기 몸뚱이의 고기 값만큼이라도 부끄럽지 않게 하라는 말.

1546. 고기 국물에 청파리 꼬이듯 한다. (如靑蠅之赴肉汁) 〈班固〉
고기 국물에 청파리 꼬이듯이 이권문제(利權問題)를 둘러 싸고 모리배(謀利輩)들이 잔뜩 모여든다는 말.

1547. 고기 그물에 기러기가 걸린다. (魚網之設鴻則離之) 〈詩經〉
기러기가 고기 그물에 걸리듯이 경각성이 무디게 되면 실수할 수 있다는 말.

1548. 고기나 되었으면 남이나 먹지.
쓸모 없는 사람은 세상에 피해만 끼치기 때문에 차라리 먹을 수 있는 고기나 되었더라면 나을 뻔했다는 말.

1549. 고기 눈알과 구슬을 분별하지 못한다. (魚目混珠)
고기 눈알과 진주는 비슷하기 때문에 분별을 못하듯이 무슨 일을 정확히 분별하지 못한다는 뜻.

1550. 고기가 그물은 무서워하지 않고 사다새를 무서워한다. (魚不畏網 而畏鵜鶘) 〈莊子〉
눈에 보이지 않는 큰 적은 무서워 하지 않고 오히려 눈에 보이는 작은 적은 무서워한다는 말.

1551. 고기는 대가리쪽이 맛있고 짐승은 꼬리쪽이 맛있다. (魚頭肉尾 : 魚頭鳳尾)
물고기는 대가리쪽이 맛이 있고 길짐승은 꼬리쪽 고기가 맛이 있다는 말.

1552. 고기는 말라야 좀이 난다. (魚枯生蠹) 〈荀子〉
사람은 본심이 변해야 나쁜 짓을 하게 된다는 뜻.

1553. 고기는 먹어 본 사람이 더 먹고 밥은 굶은 사람이 더 먹는다.
고기는 늘 먹어 본 사람이라야 많이 먹게 되고 밥은 굶주린 사람이 많이 먹는다는 말.

1554. 고기는 먹어 본 사람이 더 먹는다.
육식(肉食)은 늘 먹어 본 사람이 더 많이 먹는다는 뜻.

1555. 고기는 물을 떠나서는 안 된다. (魚不可脫於淵) 〈虞裳傳〉

고기가 얕은 물에 있으면 잡힐 위험성이 있듯이 사람도 자신의 안전한 곳을 떠나서는 안 된다는 뜻.

1556. 고기는 물을 얻어야 헤엄친다. (魚得水遊)
고기는 물이 있어야 헤엄치고 놀 수 있듯이 사람도 활동할 수 있는 환경이 이루어져야 출세할 수 있다는 뜻.

1557. 고기는 물의 고마움을 모른다. (魚不知江湖之樂)
고기가 물의 고마움을 모르듯이 사람도 늘 먹고 마시고 하는 밥, 물, 공기 등에 대해서 고마움을 모르는 경우가 많다는 말.

1558. 고기는 썩어야 구더기가 생긴다. (肉腐出虫)
〈荀子〉
고기도 썩으면 구더기가 생기듯이 사람의 마음도 녹슬게 되면 나쁜 짓을 하게 된다는 말.

1559. 고기는 씹는 맛으로 먹는다.
무슨 일이든지 실제로 여러 번 해봐야 정확히 알 수도 있고 재미도 난다는 말.

1560. 고기는 씹어야 맛이고 말은 해야 맛이다.
마음 속으로만 꿍꿍거리며 애태울 것이 아니라 할 말은 속 시원하게 다 하라는 뜻.

1561. 고기는 씹어야 맛이 나고 말은 해야 시원하다.
속으로만 애태울 것이 아니라 하고 싶은 말은 다 해야 속이 시원하다는 말.

1562. 고기는 씹어야 맛이 난다.
무슨 일이나 자꾸 해봐야 재미도 나고 정확히 알게도 된다는 뜻.

1563. 고기는 씹어야 제 맛을 안다.
무슨 일이든지 겉으로만 보지 말고 실제로 여러 번 해봐야 정확히 알 수 있다는 말.

1564. 고기는 안 잡히고 송사리만 잡힌다.
목적했던 일은 허사로 되고 쓸데없는 일만 생긴다는 말.

1565. 고기는 타지 않고 꽂이만 타는 격이다.
정작 필요한 일은 되지 않고 불필요한 일만 이루어졌다는 뜻.

1566. 고기 떼같이 헤어지고 새 떼처럼 흩어진다. (魚潰鳥散)
사람들의 모임이 조직적이고 규칙적이 못 되고 무질서하게 해산된다는 말.

1567. 고기도 먹어 본 놈이 많이 먹는다.
평소에 훈련을 많이 한 사람이라야 성과를 많이 올릴 수 있다는 말.

1568. 고기도 먹어 본 사람이라야 제 맛을 안다.
풍부한 경험이 있는 사람이라야 잘 식별할 수 있다는 말.

1569. 고기도 묵으면 어룡(魚龍)이 된다.
고기도 오래되면 용이 되듯이 무슨 일을 꾸준하게 하면 마침내 성공한다는 말.

1570. 고기도 사흘만 먹으면 고기의 좋은 맛도 모르게 된다.
아무리 맛있는 음식일지라도 계속해서 먹으면 맛좋은 줄을 모르게 되기 때문에 맛없는 음식과 섞어 먹어야 한다는 말.

1571. 고기도 용이 된다. (魚變成龍)
고기가 용이 되듯이 천한 사람도 꾸준히 노력하면 훌륭한 사람이 될 수 있다는 말.

1572. 고기도 저 놀던 물이 좋다.
고기도 놀던 물이 좋듯이 사람도 정든 곳이 좋다는 말.

1573. 고기라면 씹어먹겠다.
하도 미워서 상대방이 먹을 수 있는 고기라면 잡아서 씹어먹고 싶도록 밉고 원망스럽다는 말.

1574. 고기로 개미를 쫓는다. (以肉去蟻) 〈韓非子〉
고기로 개미를 쫓으면 도망가지 않고 도리어 모이듯이 작전계획을 거꾸로 세워서 역효과를 내었다는 말.

1575. 고기를 굶주린 범에게 맡긴다. (以肉委餓虎)
〈史記〉
믿음성이 없는 사람에게 맡긴다는 뜻.

1576. 고기를 사면 뼈도 사게 마련이다.
좋든 싫든 간에 서로 연관성이 있는 일은 함께 하지 않을 수 없다는 뜻.

1577. 고기를 잡고 나니 바구니 생각이 난다.
고기를 잡고 난 뒤에야 비로소 바구니를 가지고 가지 않은 것이 생각나듯이 일을 할 때 아무 준비도 없이 하였다는 말.

1578. 고기를 잡고 나면 바리를 잊게 된다. (得魚忘筌) 〈莊子〉
필요할 때 긴요하게 쓴 물건도 쓰고 난 다음에는 소홀히 취급하게 된다는 뜻.

1579. 고기를 잡으려면 물로 가야 한다.
일을 하는 데는 그 대상이 있어야 한다는 뜻.

1580. 고기를 호랑이에게 먹인 셈이다. (以肉餧虎)
〈漢書〉
먹으려고 장만한 고기를 호랑이에게 주듯이 애써서 마련한 것을 남 좋은 일만 시켰다는 뜻.

1581. 고기 만진 손 씻어 국 끓이겠다.
고기를 만졌던 손 씻은 물로 고기국을 끓이듯이 몹시 인색한 짓을 한다는 말.

1582. 고기 맛 본 중은 구유를 핥는다.
무엇에 한번 맛을 들이면 참기가 매우 어렵다는 뜻.
※ 구유 : 마소의 먹이를 담는 통.

1583. 고기 맛은 먹어 본 사람이 안다.
무슨 일이나 직접 경험이 있는 사람이 잘 안다는 말.

1584. 고기 새끼 하나 보고 가마솥 부신다.
사소한 이익을 보고 전력을 기울인다는 뜻.

1585. 고기와 자라는 물 깊은 것을 싫어하지 않는다. (魚鼈不厭深)
〈莊子〉
물고기가 물 많은 것을 좋아하듯이 사람도 재산이 많은 것을 좋아한다는 말.

1586. 고기의 맛을 알지 못한다. (不知肉味)〈論語〉
고기의 참맛을 모르듯이 겉만 알고 진리는 모른다는 말.

1587. 고기 잡아 물에 넣기다.
애써서 한 일을 헛되게 하였다는 뜻.

1588. 고기 잡으러 가면서 바구니 두고 간다.
일을 하러 가는 사람이 연장을 가지고 가지 않았다는 말.

1589. 고기 주다 범에게 물린다.
범에게 고기를 주다가 물리듯이 남을 도와 주다가 그에게서 화를 입었다는 말.

1590. 고기 푸대요 밥 주머니다. (肉俗飯囊)
놀고 먹는 부유한 생활을 하는 사람이라는 뜻.

1591. 고기 한 마리가 물을 흐리게 한다. (一魚濁水)
한 사람이 온 세상을 소란스럽게 한다는 뜻.

1592. 고기 한 마리가 온 냇물을 흐린다. (一箇魚渾全川)
〈旬五志〉
(1) 한 사람의 잘못이 전체에 좋지 못한 영향을 끼친다는 뜻. (2)어떤 부분적인 결함이 전체에 해를 끼친다는 뜻.

1593. 고기 한 점이 귀신 천을 쫓는다.
힘으로 대결하는 것보다 평화적으로 성의 있는 대화로 해결하는 것이 성과가 크다는 뜻.

1594. 고니는 귀하게 여기고 닭은 천하게 여긴다. (貴鵠賤鷄)
먼 데 있는 것은 귀하게 여기고 가까이 있는 것은 천하게 여기듯이 남의 것은 귀하게 여기면서 제 것은 천하게 여긴다는 말.

1595. 고니는 멱을 감지 않아도 희다. (鵠不浴而白)
본질적으로 착한 사람은 착하다고 말하지 않아도 착한 줄을 알게 된다는 뜻.

1596. 고니를 조각하다가 안 되면 그와 비슷한 따오기라도 된다. (刻鵠不成尙類鶩)
〈後漢書〉
성인(聖人)의 도(道)를 배우면 비록 성인은 못 돼도 착한 사람은 된다는 뜻.

1597. 고니의 날개는 물에 젖지 않는다. (鵠不濡翼)
월등하게 착한 사람은 나쁜 것에 감염되지 않는다는 말.

1598. 고단하면 편히 쉬고 싶어진다. (勞而慾息)
〈荀子〉
피로하였을 때는 이것을 회복하기 위하여 편히 쉬어야 한다는 말.

1599. 고달픈 새는 우거진 숲으로 돌아간다. (倦鳥歸茂樹)
〈白居易〉
고달픈 새는 피로를 회복하기 위하여 깊숙한 숲을 찾듯이 사람도 지쳤을 때는 안식처를 구해야 한다는 말.

1600. 고독한 홀몸이다. (孤獨單身)
세상에서 도움을 받을 수 없는 고독한 신세라는 뜻.

1601. 고두리에 놀란 새다.
고두리 살에 맞아 놀란 새와 같이 어찌 할 줄 모르고 두려워하고만 있다는 말. ※고두리 : 작은 새를 잡는 데 쓰는 화살.

1602. 고드름에 초장 친 맛이다.
얼음에 초장칠을 한 맛과 같이 몹시 싱겁다는 말.

1603. 고랑에 든 소다.
고랑에 든 소는 양 쪽에 있는 풀을 뜯어 먹을 수 있듯이 유리한 환경에 처해 있다는 말.

1604. 고래 그물에 새우가 걸린다.
잡으려던 고래는 안 잡히고 애매한 새우만 잡히듯이 목적한 큰 것은 놓치고 쓸 데도 없는 것만 잡혔다는 말.

1605. 고래 물 마시듯 한다. (鯨飮) 〈杜甫〉
고래가 물을 마시듯이 술을 많이 마신다는 말.

1606. 고래 싸움에 새우가 끼어든다.
강한 사람 싸움에 약한 사람이 겁도 없이 끼어든다는 말.

1607. 고래 싸움에 새우 등 터진다. (鯨鬪蝦死)
〈耳談續纂〉
(1) 강자(强者)들 싸움에 끼어서 애매한 약자(弱者)가 피해를 당한다는 뜻. (2) 남들 싸움으로 인하여 아무 관계도 없는 사람들이 피해를 입는다는 말.

1608. 고래 싸움에 새우만 죽는다. (鯨戰蝦死)
〈旬五志, 東言解〉
강자들 싸움에 끼어서 애매한 약자만 희생(犧牲)된다는 뜻.

1609. 고래 싸움에 새우 치이듯 한다.
강자들이 싸우는 틈에서 약자만 애매한 피해를 입는다는 말.

1610. 고래 심줄이다.
고기가 고래 심줄마냥 매우 질기다는 뜻.

1611. 고량진미(高粱珍味) 맛좋은 음식도 나물 국부터 먹기 시작해야 한다.
맛좋은 음식의 참 맛을 알려면 맛없는 나물국을 먼저 먹어 봐야 알듯이 진정한 행복을 아는 사람은 고생을 해본 사람만이 맛볼 수 있다는 말.

1612. 고려 때 공사는 사흘마다 바뀐다. (高麗公事三日)
〈旬五志〉
정치와 법령이 사흘도 못 가서 자주 바뀐다는 말.

1613. 고려장(高麗葬) 감이다.
늙어서 죽을 때가 되었다는 뜻. ※ 고려장 : 고려시대 노인을 산 채로 매장하는 것.

1614. 고려 적 잠꼬대를 한다.
얼토당토 않은 잠꼬대같은 헛소리만 한다는 뜻.

1615. 고롱 칠십이다.
다 죽을 것 같으면서도 칠십을 산다는 뜻.

1616. 고롱 팔십이다.
고롱고롱하면서도 팔십을 산다는 뜻.

1617. 고르고 고르다가 끝판에는 곰보 마누라 얻는다.
무슨 일이나 과분한 짓을 하다가는 실패하기 쉽다는 뜻.

1618. 고르다가 곤달걀 고른다.
무엇을 너무 고르다가는 오히려 나쁜 것을 고르게 된다는 뜻.

1619. 고르다가 시집 못 보낸다.
신랑감을 너무 고르다가는 혼기(婚期)를 놓치게 된다는 뜻.

1620. 고르다 미끄러진다.
일을 너무 잘하려다가 도리어 실패를 한다는 뜻.

1621. 고름은 두어도 살 되지 않는다.
이롭지 못한 것은 아무리 오래 두어도 이롭게 되지 않는다는 말.

1622. 고름이 살 될까 ?
이익이 되지 않을 것은 아끼지 말고 버리라는 뜻.

1623. 꼬리가 길면 밟힌다.
나쁜 일을 오래 두고 하면 나중에는 발각된다는 말.

1624. 꼬리가 너무 크면 흔들지를 못한다.(尾大不悼)
〈春秋左傳〉
(1) 일 끝이 크게 벌어지면 그 일을 처리하기가 어렵게 된다는 뜻. (2) 부하의 세력이 너무 커지면 부리기가 어렵게 된다는 뜻.

1625. 꼬리도 있어야 흔든다.
(1) 밑천이 있어야 장사도 한다는 말. (2) 배운 것이 있어야 출세도 한다는 말.

1626. 꼬리를 물고 일어난다.
무슨 일이 끝이 없이 계속적으로 연발(連發)된다는 뜻.

1627. 꼬리를 잡으려면 대가리에서 훑어야 한다.
약삭빠른 사람을 상대할 때는 만반의 준비를 하고 대해야 한다는 뜻.

1628. 꼬리를 잡혔다.
도망쳐 다니다가 기어코 꼬리를 잡히듯이 나쁜 짓을 하다가 잡혔다는 말.

1629. 꼬리만 봐도 불기를 봤다고 한다.
말은 대개 과장(誇張)해서 한다는 뜻.

1630. 꼬리 먼저 친 개가 밥은 나중에 먹는다. (先悼尾 後知味)
〈洌上方言〉
무슨 일이나 남보다 먼저 서두는 사람이 흔히 남보다 뒤떨어진다는 말.

1631. 꼬리 아홉 달린 여우다. (九尾狐)
요사스럽기로 유명한 꼬리 아홉 달린 여우와 같이 '대단히 요사한 사람이라는 뜻.

1632. 꼬리 없는 소가 남의 소 등에 파리를 쫓겠다고 한다.
제 일도 못하는 주제에 남의 일을 도와주겠다는 어처

구니 없는 사람을 두고 하는 말.

1633. 고리장이에게는 내일 모레가 약이다.
옛날 고리를 만드는 백정은 늘 약속한 기일을 지키지
않고 자꾸 내일, 모레로 미루기만 하듯이 약속을 자
꾸 어긴다는 뜻.

1634. 꼬리 치는 개는 때리지 못한다.
설령 잘못이 있어도 웃고 덤비는 사람은 때리지 못한
다는 뜻.

1635. 꼬리표를 붙여라.
꼬리표를 붙여서 멀리 보내 버리라는 뜻.

1636. 꼬리 흔드는 개는 맞지 않는다.
붙임성이 있는 사람은 남에게 맞는 일이 없다는 뜻.

1637. 고린 장이 더디 없어진다.
무슨 물건이나 좋은 것은 먼저 없어지고 나쁜 것은 오
래되도록 남게 된다는 뜻.

1638. 고린 장이 오래간다.
좋은 것은 빨리 없어지고 나쁜 것은 오래간다는 뜻.

1639. 고마니 귀신이 붙었다.
무슨 일이 어느 한도에 이르면 그 이상 발전되지 않
고 그대로만 있다는 뜻.

1640. 고마니 밭에 빠졌다.
무슨 일이 어느 정도에 가서는 더 이상 발전되지 않
고 그대로 있다는 뜻.

1641. 고목은 휘어지지 않는다.
사람도 늙어갈수록 고집이 세어진다는 말.

1642. 고목을 베어 낙엽을 턴다. (折槁振落)
(1) 목돈을 헐어서 푼돈으로 쓴다는 말. (2) 값진 물건
을 손질하여 시시한 물건으로 만들었다는 뜻.

**1643. 고무래를 놓고도 고무래 정(丁)자를 모른
다. (目不識丁)** 〈唐書〉
고무래를 보고도 고무래같이 생긴 글자를 모를 정도
로 아주 무식하다는 뜻.

1644. 고무줄인가 늘었다 줄었다 한다.
어떤 물건의 수량이 많아졌다 적어졌다 한다는 말.

1645. 고무줄 통계(統計)다.
고무줄이 늘었다 줄었다 하듯이 어떤 통계의 숫자가
많아졌다 적어졌다 한다는 뜻.

1646. 고물도 묻힐 줄 알아야 한다.
아무리 쉬운 일이라도 해보지 않은 일은 못 한다는
뜻.

1647. 고부간(姑婦間) 나쁘고 잘 되는 집 없다.
고부간이 화목하지 않으면 집안이 번영하지 못한다는
뜻.

1648. 고부간에 화목하지 않으면 집안이 망한다.
시어머니와 며느리가 화목하지 못하면 집안이 잘 되지
않는다는 뜻.

1649. 꼬부랑 자지 제 발등에 오줌 눈다.
자신이 나쁜 행동을 하면 결국 자신을 망치게 된다는
뜻.

1650. 꼬불꼬불하기는 염소 창자다. (九折羊腸)
염소 창자가 꼬불꼬불하듯이 산길이 꼬불꼬불하다는
뜻.

1651. 고삐가 길면 밟힌다. (轡長則踏), (轡長必踐)
〈東言解〉, 〈旬五志〉
나쁜 짓을 오래 계속하게 되면 결국 발각될 때가 있
다는 뜻.

1652. 고삐 놓은 말이다.
고삐로 구속을 당하던 말이 자유롭게 되듯이 구속되
었던 몸이 해방되었다는 뜻.

1653. 고삐 뜯어먹는 말이다. (嚙鞭之馬) 〈旬五志〉
자기 집안을 헐뜯는 것은 자기에게 해가 된다는 것을
모른다는 뜻.

1654. 고삐를 늦춘다.
억압하였던 것을 조금 풀어준다는 뜻.

1655. 고비를 못 넘긴다.
가장 중요한 마지막 시기를 못 참고 넘겨 기대하던 일
이 허사로 되었다는 뜻.

1656. 고삐 없는 말이다.
고삐 없는 말과 같이 아무런 구속도 받지 않는 자유
로운 몸이라는 뜻.

1657. 고비에 인삼(人蔘)이다. 〈古春香傳〉
일마다 공교롭게도 방해하는 사람이 끼어들어 있다
는 말.

1658. 고삐 풀린 말이다.
억압당했던 생활에서 해방이 되었다는 뜻.

1659. 고사리도 꺾을 때 꺾어야 한다.
고사리도 적당한 시기에 꺾어야 하듯이 무슨 일이든
지 적기(適期)가 있기 때문에 이 시기를 놓치면 안 된
다는 말.

1660. 고사리도 제철에 꺾어야 한다.
무슨 일이나 알맞는 시기가 있기 때문에 이 시기를 놓

쳐서는 안 된다는 말.

1661. 고사리도 한철이다.
고사리도 제철이 지나면 못 먹게 되듯이 무슨 일이나 시기를 놓쳐서는 안 된다는 뜻.

1662. 고산(高山) 강아지 감 꼬챙이 물고 나서듯 한다.
고기가 귀한 산 중 강아지는 뼈다귀와 비슷한 곶감 꼬챙이만 봐도 뜯어 먹으려고 하듯이 없는 사람은 늘 먹고 싶던 것과 비슷한 것만 보아도 좋아한다는 뜻.

1663. 고산(高山) 놈 숫돌로 제 아비 치듯 한다.
고산 사람이 숫돌을 캘 때 돌이 굴러서 아래에 있던 아버지를 죽이듯이 과실로 잘못을 저질러도 남들은 고의로 인정한다는 뜻.

1664. 고생 끝에 낙이 온다. (苦盡甘來)
아무리 고생스러워도 참고 견디면 나중에는 반드시 즐거움이 온다는 말.

1665. 고생도 고생으로 여기지 않는다. (靡室勞矣)
〈詩經〉
고생해 본 사람은 어지간한 고생은 고생으로 여기지 않고 참고 견딘다는 뜻.

1666. 고생도 끝이 있다.
고생도 끝이 있기 때문에 참고 싸워 이겨야 한다는 말.

1667. 고생도 한 때다.
고생이란 일생을 두고 계속되는 것이 아니기 때문에 참고 이겨 나가야 한다는 뜻.

1668. 고생 문이 열렸다.
고생이 닥쳐오기 시작하였다는 말.

1669. 고생 문이 환하다.
앞으로 고생을 많이 하게 되었다는 뜻.

1670. 고생스러운 일은 남보다 앞서 해야 한다. (勞苦之事則争先)
〈荀子〉
힘들고 어려운 일은 솔선수범(率先垂範)할 줄 아는 지도자라야 군중들의 존경을 받을 수 있게 된다는 말.

1671. 고생스러운 중에서도 즐거움을 만든다. (苦中作樂)
고생과 싸워서 이기기 위하여서는 고생하면서도 어떤 즐거움을 만들어 나가야 한다는 말.

1672. 고생은 고생대로 했어도 공은 없다. (勞苦頓萃 而愈無功)
〈荀子〉
잘 안 되는 일은 고생스럽기만 하고 아무 성과가 없다는 말.

1673. 고생은 덕이 된다.
고생한 사람은 남을 도와줄 줄도 알고 동정할 줄도 알기 때문에 덕을 베풀게 된다는 뜻.

1674. 고생은 백 가지 꾀를 내게 한다.
실패를 하면 그 경험 속에서 좋은 꾀가 나게 된다는 말.

1675. 고생은 성공의 밑천이다.
실패를 해서 고생을 겪은 뒤에 성공을 하게 된다는 뜻.

1676. 고생은 잘살 밑천이다.
고생을 한 후에 성공을 하게 된다는 뜻.

1677. 고생을 모르는 사람은 낙도 모른다.
고생을 해본 사람은 즐거움을 뼈저리게 느끼지만 늘 즐겁게 지내는 사람은 즐거움의 참 맛을 모른다는 뜻.

1678. 고생을 해봐야 낙도 안다.
고생을 해본 사람이라야 즐거움에 대한 참맛도 알게 된다는 뜻.

1679. 고생하면서도 근면하게 일한다. (刻苦勉勵)
가난을 극복하기 위하여 부지런히 일한다는 말.

1680. 고생하지 않고서는 윗사람 노릇하기가 어렵다. (不受苦中苦 難爲人上人)
자신이 고생을 해보지 않은 사람은 고생하는 대중들의 실정을 잘 모르게 되기 때문에 대중들의 지지를 받는 지도자로 될 수 없다는 말.

1681. 고생한 사람은 두려운 것을 모른다.
고생에서 단련된 사람은 어떤 일이나 무서워하는 일이 없다는 뜻.

1682. 고생한 사람이라야 고생하는 사람의 사정을 안다.
고생을 해본 사람이 아니면 고생하는 사람의 사정을 모른다는 뜻.

1683. 고생한 사람이라야 눈물도 있다.
고생해 본 사람이 아니면 남의 사정도 모르고 도와줄 줄도 모른다는 말.

1684. 고생해 보지 않은 사람은 낙을 모른다.
늘 즐거운 생활만 한 사람은 별로 즐거움을 느끼지 못한다는 말.

1685. 고생해 보지 않은 사람은 남의 사정 모른다.
고생을 직접 체험해 보지 않은 사람은 없는 사람이 어떻게 고생을 하는가 알지를 못한다는 뜻.

1686. 고생해 본 사람이라야 없는 놈 사정도 안
다.
고생해 보지 않은 사람은 없는 사람의 사정을 모른다
는 말.

1687. 고수관(高守寬)의 딴전이다.
고수관이가 노래할 때 음조(音調)를 슬쩍 바꾸듯이 앞
서 하던 말은 시치미를 딱 떼고 슬쩍 딴 말을 한다는
뜻.
※고수관 : 이조 말기의 명창.

1688. 고수관의 변조(變調)다.
고수관이가 음조(音調)를 바꾸듯이 지금까지 하던 말
을 시치미 떼고 천연스럽게 바꾸어 딴 소리를 한다는
말.

1689. 고수머리와 옥니박이하고는 말도 하지 말
랬다.
고수머리와 옥니를 가진 사람은 성미가 사납다는 데
서 나온 말.

1690. 고슴도치도 살동무가 있다.
고슴도치 같은 못난 짐승에게도 살 동무가 있는데 하물
며 사람에게 친구가 없을 리가 있느냐는 뜻.

1691. 고슴도치도 제 새끼는 함함하다고 한다.
(蝟愛子 謂毛美)   〈洌上方言〉
(1) 누구나 제 자식의 흠은 모르고 자랑한다는 뜻.
(2) 부모의 눈에는 다 제 자식은 잘나 보인다는 뜻.

1692. 고슴도치 외 걸머지듯 한다. (如蝟負瓜)
                                  〈東言解〉
고슴도치가 외 걸머지듯 남의 빚을 많이 걸머졌다는
뜻.

1693. 고슴도치 외 따지듯 한다.
(1) 남의 빚만 잔뜩 졌다는 뜻. (2) 무거운 짐을 잔뜩 졌
다는 뜻.

1694. 고슴도치 움츠리듯 한다. (蝟縮)〈皮日休〉
고슴도치는 적을 만나게 되면 발과 대가리를 감추고
움츠려서 적이 물지 못하도록 하듯이 움츠려서 대적
(對敵)하려는 꼴을 두고 하는 말.

1695. 고슴도치 잡아 놓고 범 하품하듯 한다.
범이 고슴도치를 잡아 놓고 먹지를 못하고 있듯이 무
슨 일을 착수는 하였어도 일이 잘되지 않아 안타까와
하고 있다는 뜻.

1696. 고슴도치 털 자랑하듯 한다.
고슴도치도 제 털을 자랑하듯이 누구나 자기의 것은 좋
다고 자랑한다는 말.

1697. 고슴도치 털처럼 가로 세로 모여든다.
(蝟集而縱橫)   〈兪安期〉
성난 고슴도치 털이 모이듯이 날카로운 군중들의 눈
초리가 집중되고 있다는 말.

1698. 고약(膏藥) 붙듯 한다.
대인 관계에서 붙임성이 매우 좋다는 뜻.

1699. 고양(高陽) 밥 먹고 양주(楊州) 일 한다.
제가 할 일은 하지 않고 남이 할 일을 한다는 말.
※ 고양과 양주는 경기도에 있는 군명.

1700. 고양이가 게껍질 버리듯 한다.
반갑지 않은 것을 주었을 때 버리는 것을 보고 하는
말.

1701. 고양이가 고기 마다할까?
평소에 좋아하던 것을 싫다고 할 이유가 없다는 말.

1702. 고양이가 도장에 든 격이다.
고양이가 먹을 것이 많은 도장에 들어 있듯이 먹을
것이 풍부하다는 뜻.

1703. 고양이가 소 할까?
고양이가 고기는 먹지 않고 소채만 먹는다는 말로서
사람도 좋아하던 것을 끊을 수 있느냐는 말.
※ 소: 고기를 먹지 않고 소채만 먹는다.

1704. 고양이가 알을 낳을 노릇이다.
포유동물(哺乳動物)인 고양이가 알을 낳는 것은 있을
수 없는 일이듯이 새빨간 거짓말이라는 뜻.

1705. 고양이가 얼굴을 씻으면 비가 온다.
농촌에서 고양이의 동작을 보고 비 올 것을 알 수 있
다는 말.

1706. 고양이가 원님 반찬을 안다더냐.
고양이가 원님 반찬인 줄 모르고 먹듯이 무식한 사람
은 모르기 때문에 아무 일이나 겁없이 한다는 말.

1707. 고양이가 이마가 있어야 망건도 쓰지.
무슨 일을 하려면 조건이 다 구비되어야 한다는 뜻.

1708. 고양이가 쥐 걱정해 주듯 한다.
쥐가 걱정되는 일을 고양이가 걱정을 해줄 리가 없듯
이 걱정을 해줄 처지가 못 된다는 뜻.

1709. 고양이가 쥐 놀리듯 한다.
인격을 무시하고 사람을 놀린다는 뜻.

1710. 고양이가 쥐 마다할까?
평소에 좋아하던 것을 싫어할 리가 없다는 말.

1711. 고양이가 쥐 사정 봐주듯 한다.
고양이가 쥐 사정 봐줄 처지가 아니듯이 사정을 봐줄

처지가 못 된다는 뜻.

1712. 고양이가 쥐 생각해 주듯 한다.
서로 사이가 나빠서 사정을 봐줄 처지가 못 된다는 뜻.

1713. 고양이 개 보듯 한다.
서로 약점만 노리고 있다는 뜻.

1714. 고양이 고막 조개 보듯 한다.
좋기는 하지만 어쩔 도리가 없어 보고만 있다는 말.

1715. 고양이 기름 종지 노리듯 한다.
고양이가 기름을 먹으려고 노려보듯이 무엇을 잔뜩 노려보고 있다는 말.

1716. 고양이 낙태(落胎)한 상이다.
보기 싫도록 상을 찌푸린 얼굴을 가리키며 하는 말.

1717. 고양이는 발톱을 감춘다.
자기의 무기는 적에게 보여서는 안 된다는 뜻.

1718. 고양이는 소리 없이 쥐를 잡는다.
무슨 일을 할 때는 비밀히 해야 한다는 뜻.

1719. 고양이 달걀 굴리듯 한다.
무슨 일을 재치 있게 한다는 말.

1720. 고양이 덕과 며느리 덕은 모른다. (猫德婦德不知) 〈東言解〉
평소에 숨은 덕은 많으나 두드러진 덕이 없을 때는 흔히 알아주지 않는다는 뜻.

1721. 고양이 덕 모르고 아비 덕 모른다.
집 안의 쥐를 잡아 곡식 피해가 적은 줄 모르고 자식은 출세하면 아비 덕은 모르고 제 힘으로 된 줄만 안다는 뜻.

1722. 고양이 덕은 알아도 며느리 덕은 모른다.
고양이가 쥐를 잡아 주는 고마움은 알아도 며느리가 시어머니께 잘해 주는 것은 모른다는 말.

1723. 고양이도 낯짝이 있어야 방귀를 뀐다.
체면이 있거든 염치없는 짓을 해서는 안 된다는 뜻.

1724. 고양이도 먹이만 있으면 쥐와 같이 산다. (猫鼠同眠)
(1) 먹을 것이 풍족하면 잔인한 짓을 않는다는 뜻.
(2) 상하가 결탁하여 부정을 한다는 뜻.

1725. 고양이도 있고 범도 있다. (有猫有虎)
〈詩經〉
모양은 비슷하지만 그 중에는 고양이도 있고 범도 있듯이 세상에는 순한 사람도 있고 사나운 사람도 있다는 뜻.

1726. 고양이도 제 똥은 덮는다.
자기가 저지른 잘못은 자신이 처리하지 않으면 안 된다는 뜻.

1727. 고양이도 쥐 잡을 때는 울지 않는다.
무슨 일이든지 일을 할 때는 침묵을 지키고 정성껏 해야 한다는 말.

1728. 고양이 똥도 약에 쓰려면 없다.
흔하던 것도 필요할 때 쓰려고 하면 구하기가 어렵다는 말.

1729. 고양이 똥마냥 독하게도 구리다.
똥이 유달리 구린 사람보고 하는 말.

1730. 고양이를 쫓지 말고 반찬을 치우랬다.
도둑을 맞을까봐 걱정을 하지 말고 도둑이 들어와도 훔쳐갈 것이 없도록 하면 도둑이 들어오지를 않는다는 뜻.

1731. 고양이 만난 쥐다.
(1) 위엄(威嚴)에 눌려서 꼼짝도 못한다는 뜻.(2) 무서워서 벌벌 떨고 있다는 뜻.

1732. 고양이 목에 방울을 단다는 격이다. (猫項懸鈴) 〈旬五志〉
도저히 불가능(不可能)한 일을 계획한다는 뜻.

1733. 고양이 발에 덕석이다. (猫足藁席) 〈東言解〉
서로 친하여 잘 떨어지지 않는다는 말.

1734. 고양이 보고 반찬 가게를 지키라는 격이다.
손해 줄 사람에게 무엇을 부탁하면 손해를 보는 것은 뻔한 일이라는 말.

1735. 고양이 보고 범을 그린다. (照猫畵虎)
유사품(類似品)을 보고 모방하면 유사품만 될 뿐이지 그 진품(眞品)은 될 수 없다는 뜻.

1736. 고양아 뿔이다.
고양이에 뿔이 없듯이 새빨간 거짓말이라는 뜻.

1737. 고양이 세수하듯 한다.
세수나 목욕을 하는 둥 마는 둥 한다는 말.

1738. 고양이 수파(繡帕) 쓴 것 같다. 〈東言解〉
못생긴 주제에 어울리지도 않는 몸치장을 하여 오히려 모양이 우스꽝스럽게 되었다는 말. ※ 수파 : 수를 놓아 만든 이마에 두르고 목에 거는 장신구.

1379. 고양이 앞에 고기다.
남들이 욕심내는 물건을 그대로 방치하여 두면 남아나지 않는다는 말.

1740. 고양이 앞에 쥐 걸음이다.

무서운 사람 앞에서는 위축이 되어 행동을 제대로 못한다는 뜻.

1741. 고양이 앞에 쥐다.
무서운 사람 앞에서는 꼼짝을 못한다는 말.

1742. 고양이에게 반찬을 달란다. (猫前乞蘇魚)
〈松南雜識〉
남이 좋아하는 것은 달라고 사정을 해도 아무 소용이 없다는 말.

1743. 고양이에게 쫓기는 쥐다.
궁지에 몰려서 빠져나갈 길이 없다는 뜻.

1744. 고양이와 개 사이다. (犬猫之間)
두 사람 사이가 대단히 나쁘다는 뜻.

1745. 고양이와 고양이를 바꾸면 그 중에는 도둑고양이가 있다.
비슷한 물건이지만 서로 바꾸게 되면 그 중에 어느 하나는 손해를 보게 된다는 말.

1746. 고양이 이마빼기만 하다.
고양이 이마가 좁듯이 매우 좁다는 말.

1747. 고양이 죽은 데 쥐 눈물 흘리듯 한다.
서러워할 일인 데도 조금도 눈물이 안 난다는 말.

1748. 고양이 죽은 데 쥐 서러워하듯 한다.
서러워할 처지가 못 된다는 말.

1749. 고양이 쥐 놀리듯 한다.
사람을 얕보고 제 마음대로 놀린다는 뜻.

1750. 고양이 털 낸다.
아무리 모양을 내더라도 그 본색은 감출 수 없다는 뜻.

1751. 고양이한테 반찬 단지 맡긴 격이다.
믿을 수 없는 사람에게 재물을 맡기면 손해만 당하게 된다는 뜻.

1752. 고와도 내 님이요 미워도 내 님이다.
〈春香傳〉
한번 약속한 것은 좋거나 나쁘거나 약속한 대로 집행해야 한다는 말.

1753. 고요한 가운데 재미가 있다. (静中滋味)
고요한 분위기에서 마냥 사색(思索)할 수 있는 즐거움이 있다는 뜻.

1754. 고요한 생각에 잠긴다. (幽思：幽懷)
고요한 분위기 속에서 생각을 깊이 한다는 말.

1755. 고욤 맛 알아 감 먹는다.
비슷한 일에 대한 경험으로 알게 되었다는 뜻.

1756. 고욤이 감보다 달다.
고욤이 작아도 감보다 달듯이 작은 것이 큰 것보다 질도 좋고 실속도 있다는 말.

1757. 고욤이 작아도 감보다 달다.
작은 것이 큰 것보다 질적(質的)으로 낫다는 말.

1758. 고욤 일흔이 감 하나만 못하다.
작은 것은 아무리 많아도 큰 것 하나만 못하다는 말.

1759. 고운 것이 있으면 추한 것도 있다. (有妍有醜)
아름다운 사람이 있으면 추한 사람도 있게 마련이라는 뜻.

1760. 고운 꽃은 산중에 있다.
아름다운 처녀는 시골에 많이 있다는 뜻.

1761. 고운 꽃은 열매가 열지 않는다.
(1) 화려한 생활을 좋아하는 사람은 실속이 없다는 뜻.
(2) 미인은 자녀가 귀하다는 뜻.

1762. 고운 꽃은 향기가 없다.
아름다운 여자는 흔히 부덕(婦德)이 없다는 뜻.

1763. 고운 꽃이 쉬 꺾인다.
(1) 아름다운 여자가 일찍이 결혼하게 된다는 말.
(2) 미인이 지조가 약하다는 뜻.

1764. 고운 사람 미운 데 없고 미운 사람 고운 데 없다. (愛人無可憎 憎人無可愛) 〈旬五志〉
한번 좋게 본 사람은 모든 것이 좋게만 보이고 한번 나쁘게 본 사람은 모든 것이 나쁘게만 보인다는 말.

1765. 고운 사람은 뒤를 봐도 곱다.
고운 사람은 어느 하나 미운 데가 없다는 뜻.

1766. 고운 사람은 맑은 거울을 좋아하고 못난 사람은 흐린 거울을 좋아한다.
무엇을 좋아하고 싫어하는 것은 자기 이해에 따라 결정된다는 뜻.

1767. 고운 사람은 멱을 씌워도 곱다.
본색(本色)은 아무리 숨기려고 해도 숨기지 못한다는 뜻. ※ 멱 : 짚으로 엮어 만든 곡식 담는 섬.

1768. 고운 사람은 울어도 곱고 미운 사람은 웃어도 밉다.
사랑하는 사람은 무슨 짓을 하나 다 곱게만 보이지만 미운 사람은 무슨 짓을 하나 다 밉게만 보인다는 뜻.

1769. 고운 외며느리 없다.
많은 경우에 외며느리와 시어머니 사이가 좋지 못하다는 뜻.

1770. 고운 일 하면 고운 밥 먹는다.
좋은 일을 하면 좋은 결과가 오게 된다는 말.

1771. 고운 자식 매 하나 더 때리랬다.
자식은 귀엽게만 기르지 말고 엄하게도 다루어야 한다는 말.

1772. 고운 정 미운 정 다 들었다.
서로 오랫동안 정든 가까운 사이라는 뜻.

1773. 고을에 원님 든 폭이나 된다.
옛날 고을에 원님이 행차하여 벅적거리듯이 사람들이 모여서 혼잡하다는 뜻.

1774. 고을이 크면 혜적혜적하다.
별로 잘나지도 못한 사람이 잘난 체하고 나설 때 하는 말.

1775. 고인 물은 썩는다.
사람도 활동을 하지 않으면 병이 생긴다는 뜻.

1776. 고자대감 세 쓰듯 한다.
옛날 고자대감은 내시부(内侍府)를 담당하고 있기 때문에 불알 없는 병신이기는 하나 세력이 당당하듯이 못난 주제에 세력은 크다는 뜻.

1777. 고자리 쑤시듯 한다.
구더기가 썩은 물건에 마구 구멍을 뚫듯이 무엇을 함부로 쑤신다는 뜻. ※고자리 : 구더기.

1778. 고자쟁이가 먼저 죽는다.
남의 잘못을 고자질하는 고자쟁이가 남보다 먼저 벌을 받듯이 남을 해치려는 사람이 먼저 해를 입게 된다는 말.

1779. 고자쟁이 맞아죽지 않으면 다행이다.
고자질하는 사람은 맞아죽지 않으면 다행으로 알아야 한다는 뜻.

1780. 고자질도 아는 놈이 한다.
남의 허물을 몰래 이르는 것도 그 내용을 잘 아는 사람이라야 한다는 뜻.

1781. 고자 처갓집 다니듯 한다.
(1) 아무 실속도 없는 짓을 한다는 뜻. (2) 어디를 자주 다니는 사람을 보고 하는 말.

1782. 고자 힘줄 같은 소리다.
빳빳이 힘을 들여 목을 누르며 내는 소리를 형용하는 말.

1783. 고장마다 풍습은 다르다.
지방마다 풍속이 다르기 때문에 그 지방에 가서는 그 지방 풍속을 따라야 한다는 뜻.

1784. 고쟁이는 열 두 벌을 입어도 보일 것은 다 보인다.
여자의 고쟁이는 여러 벌을 입어도 완전히 가릴 것을 못 가리듯이 수만 많아서는 안 된다는 뜻.

1785. 고주알 미주알 묻는다.
사소한 것까지 속속들이 캐묻는다는 말.

1786. 고주알 미주알 안다.
이러니 저러니 지지한 잔소리만 한다는 뜻.

1787. 고지기 주는 것은 휘에 치면 되지.
옛날 고지기는 곡식을 줄 때는 꽉 긁어서 주고받을 때는 눌러 받으므로 적지 않은 양을 착취한다는 데서 나온 말로서 어떤 사람에게 별로로 주지 않아도 된다는 뜻. ※고지기 : 관청 창고 지키는 사람. 휘 : 곡식을 되는 데 쓰는 큰 그릇.

1788. 고지박 넘어지듯 한다.
썩은 고지박이 힘없이 넘어지듯이 사람이 힘없이 쓰러지든가, 또는 재산가가 돌연히 망한다는 말.

1789. 고질병이다. (痼疾)
고칠 수 없는 병으로 되듯이 버릇도 한번 잘못 들면 고칠 수 없게 된다는 뜻.

1790. 고집도 부리기 나름이다.
고집도 부릴 데는 부려야 한다는 뜻.

1791. 고집만 남았다.
남의 말은 전혀 듣지 않고 제 고집만 부리는 사람을 보고 하는 말.

1792. 고집이 불통이다. (固執不通)
고집이 너무 세어 서로 통하지 않는다는 말.

1793. 고집이 세고 사나우면 어질지 못하다. (剛愎不仁) 〈春秋左傳〉
고집이 지나치게 세고 사나우면 포악한 짓을 하기 때문에 어질 수가 없다는 말.

1794. 고집이 어지간해야 생원님하고 벗하지.
고집이 센 생원님하고는 벗을 할 수 없듯이 고집이 센 사람하고는 아무 일도 같이 못 한다는 말.

1795. 고집쟁이하고 말하느니 담하고 말하랬다.
고집이 센 사람하고는 통하는 일이 없으니 아예 말을 하지 말라는 뜻.

1796. 고창(高敞) 사람치고 소리 한 마디 못 하고 장단 못 맞추는 사람 없다.
전라북도 고창 지방 사람들은 노래를 잘 부르고 춤을

잘 춘다는 말.

1797. 꼬챙이는 타고 고기는 설었다.
구워져야 할 고기는 설고 필요없는 꼬챙이만 타듯이 꼭 돼야 할 것은 안 되고 안 돼도 될 것은 되었다는 말.

1798. 고추가 커야만 맵다더냐 ?
작은 고추가 맵듯이 무엇이나 반드시 커야만 제 구실을 한다고는 말할 수 없다는 뜻.

1799. 고추같이 매워야 돈도 모은다.
돈을 모으는 사람은 남들이 인정도 사정도 모르는 매운 사람이라는 말을 들을 정도로 돼야 모은다는 말.

1800. 고추 나무에 그네를 뛰고 잣 껍질로 배 만들어 타겠다.
사람으로서는 할 수 없는 괴상 망측한 짓을 한다는 말.

1801. 고추 나무에 목을 맬 일이다.
사정이 너무나 답답하여 어쩔 줄을 모르고 어이없는 짓까지 한다는 뜻.

1802. 고추는 마른 고추가 더 맵다.
뚱뚱한 사람보다 마른 사람이 더 독하다는 뜻.

1803. 고추는 작은 것이 맵다.
(1) 몸은 작아도 힘이 세다는 뜻.
(2) 작은 사람이 큰 사람보다 모질다는 뜻.

1804. 고추 당초 맵다 해도 시집살이만치 맵지 않다.
옛날 시집살이하기가 몹시 힘들었다는 뜻.

1805. 고추 당초 맵다 해도 애욱살이같이 매우랴 ?
고추나 당초가 아무리 매워도 가난한 집 살림살이같이는 맵지 않다는 말.
※ 애욱살이 : 몹시 가난한 살림.

1806. 고추 밭에 말 달리기다.
고추 밭에 말을 달리면 고추가 다 떨어져 고추 농사를 버리듯이 심술 많은 사람이 심술궂은 짓을 한다는 뜻.

1807. 고추 벌레는 고추 매운 줄을 모른다.
(1) 환경이 변하면 성격도 변한다는 뜻.
(2) 고생한 사람은 고생을 모른다는 뜻.

1808. 고추보다 더 매운 호추가 있다.
체격이 큰 것보다는 오히려 작은 것이 더 단단하고 야무지다는 뜻.

1809. 고추장 단지가 열 둘이라도 서방님 비위를 못 맞추겠다.
정성을 다하여 남편의 비위를 맞추려고 하여도 원체 성미가 까다로와서 맞추기 어렵다는 말.

1810. 고추장이 밥보다 많다.
적어야 할 고추장이 밥보다 많듯이 무슨 일이 뒤바뀌어졌다는 뜻.

1811. 고치기 어려운 버릇이다. (痼癖)
어떤 버릇이든지 한번 들면 고치기가 어렵기 때문에 나쁜 버릇이 들지 않도록 노력해야 한다는 뜻.

1812. 고치기 어려운 병이다. (痼疾病)
고질병은 고치기 어렵듯이 버릇도 한번 들면 고치기 어렵게 된다는 말.

1813. 고치를 짓는 것이 누에다.
누에가 고치를 짓듯이 실지로 제 구실을 해야 명실 (名實)이 서로 부합(符合)된다는 말.

1814. 고향 까마귀만 보아도 반갑다.
타향살이를 하는 사람은 고향이 항상 그립기 때문에 까마귀만 보아도 반갑다는 말.

1815. 고향 길은 밤에 가도 돌에 채이지 않는다.
(1) 어려서부터 배워 능숙하게 된 사람은 그 일에 실패하는 일이 없다는 뜻. (2) 즐거운 기분으로 하는 일은 능률이 난다는 뜻.

1816. 고향은 꿈에 가도 반갑다.
타향살이 하는 사람은 생시나 꿈에나 항상 고향을 그리워한다는 뜻.

1817. 고향을 떠나면 서럽다.
타향살이를 하게 되면 고향이 그리워지는 동시에 서러워지게 된다는 말.

1818. 고향을 떠나면 천대받는다.
고향에서는 모두 정든 친구들이 서로 도와 주지만 고향을 떠나 타향살이를 하면 낯선 사람들에게 천대를 받게 된다는 말.

1819. 고향을 크게 칭찬한다. (郷里驚歎)〈漢書〉
남의 고향을 칭찬한다는 것은 상대방을 기쁘게 해준다는 뜻.

1820. 고향이 따로 있나 정들면 고향이지.
고향이란 출생지에 국한된 것이 아니라 타향이라도 정만 든다면 고향으로 될 수 있다는 말.

1821. 고향 자랑은 아무리 해도 욕하지 않는다.
돈 자랑, 아내 자랑, 아들 자랑 등은 남에게 욕을 얻어 먹지만 고향 자랑만은 아무리 해도 욕하지 않기 때문에 되도록 많이 하라는 뜻.

1822. 고향 자랑은 해도 아내 자랑은 하지 말랬
다.

　고향 자랑은 해도 욕하는 사람이 없지만 아내 자랑을
하면 남이 욕을 한다는 뜻.

1823. 고향 자랑은 해도 자식 자랑은 말랬다.

　고향 자랑은 누구나 하는 것이지만 자식 자랑을 하면
남이 욕한다는 뜻.

1824. 고혈(膏血)을 짠다.

　남을 경제적으로 착취(搾取)한다는 말.

1825. 곡간 쥐는 쌀 고마운 줄을 모른다.

　항상 혜택을 받는 것은 그에 대한 고마움을 모르게 된
다는 뜻.

1826. 곡간 쥐는 쌀만 먹고 뒷간 쥐는 똥만 먹
는다.

　쥐도 환경에 따라 먹이가 다르게 되듯이 사람도 환경
에 따라 생활 양식이 다르게 된다는 뜻.

1827. 꼭두 새벽에 까마귀소리다.

　이른 식전(食前)부터 기분 나쁜 소리를 한다는 뜻.

1828. 꼭둑각시 노릇 한다.

　(1) 남이 시키는 대로만 한다는 말.
　(2) 남의 앞잡이 노릇을 한다는 말.

1829. 꼭뒤에 부은 물은 발꿈치로 흐른다.
(灌頭之木 流下足底), (灌頭之流 下水足底)
〈旬五志〉, 〈松南雜識〉

　(1) 웃사람의 잘못은 아랫 사람까지 영향을 끼친다는
말. (2) 선조들이 남긴 풍습은 후손까지 물려받게 된
다는 뜻.

1830. 곡비(哭婢)가 상주(喪主)보다 더 서럽게
운다.

　상주보다도 곡비가 더 서러워 울듯이, 일이 거꾸로 되
었다는 말. ※ 곡비 : 옛날 초상 났을 때 상주와 함께
따라 우는 여자 종.

1831. 곡비가 서러우면 얼마나 서러울까 ?

　초상난 데 상주 대신 우는 사람이 아무리 서러워도
상주만큼 서러울 수 없듯이 제삼자의 감정이 당사자
의 감정 만할 수 없다는 뜻.

1832. 곡식도 잘 된 놈을 더 만져 보고 싶다.

　자식도 잘난 놈이 더 귀엽다는 뜻.

1833. 곡식 될 것은 떡잎부터 알아본다.

　장래성 있는 아이는 어려서부터 다른 데가 있다는 말.

1834. 곡식 싹이 빨리 자라지 않는다고 싹을 뽑

아 올린다. (苗之不長而揠之)　　　　〈孟子〉

　옛날 중국 송(宮)나라 때 어떤 농부가 남의 곡식은
잘 자라는데 자기 곡식만 잘 자라지 않기 때문에 그
이삭을 뽑아 키웠다는 이야기에서 나온 말로 일을 억
지로 빨리 하려고 하다가는 실패한다는 뜻.

1835. 곡식에 쭉정이가 있는 것 같다. (若粟之
有秕)　　　　〈書經〉

　곡식에 쭉정이가 섞여 있듯이 사람들 중에는 나쁜 사
람이 섞여 있다는 뜻.

1836. 곡식은 가꾼 대로 거둔다.

　곡식은 잘 가꾸면 많이 나고 잘못 가꾸면 적게 난다
는 말.

1837. 곡식은 걸구는 대로 거둔다.

　곡식은 거름을 많이 하여 잘 걸구면 많은 수확을 하
게 된다는 말.

1838. 곡식은 농부의 땀 먹고 자란다.

　농사는 땀을 많이 흘리면 수확이 많고 적게 흘리면
수확도 적어진다는 말.

1839. 곡식은 될 적마다 준다.

　곡식은 되로 될 적마다 줄듯이 이사도 자주 다니면 세
간살이가 자꾸 줄어든다는 말.

1840. 곡식은 뿌리고 가꾼 대로 거둔다.

　곡식은 뿌린 뒤에 잘 가꾸면 소출이 많게 되고 잘 가
꾸지 않으면 소출이 적게 된다는 말.

1841. 곡식은 사람의 목숨을 맡고 있다.
(穀者人之可命)　　　　〈杜佑〉

　사람은 먹어야 살기 때문에 사람이 먹는 곡식에 대한
고마움과 이것을 농사진 농민에게 감사해야 한다는 뜻.

1842. 곡식은 씨도둑 해도 사람은 씨도둑 못 한
다.

　곡식 씨는 씨도둑 해도 모르지만 사람 씨는 모르게
씨도둑을 해도 알게 된다는 뜻.

1843. 곡식은 주인 발자국소리에 큰다.

　곡식 밭에는 주인이 자주 다녀야 곡식이 잘 된다는 말.

1844. 곡식 이삭은 익을수록 숙인다.

　곡식 이삭은 익을수록 고개를 숙이듯이 사람은 배울
수록 더 겸손해진다는 말.

1845. 곡식 이삭은 잘 될수록 고개를 숙인다.

　곡식 이삭은 잘 될수록 고개를 더 숙이듯이 사람은 배
울수록 겸손해진다는 말.

1846. 곡식이 아무리 많아도 먹지 않으면 굶주

림을 면하지 못한다. (有粟不食 無益於餓)
〈鹽鐵論〉

아무리 곡식이 많아도 보고만 있어서는 배가 부르지 않듯이 밥을 지어 먹도록 노력을 해야 한다는 뜻.

1847. 곡식이 창고에 가득하다. (稔多盈倉)

(1) 풍년이 들어서 수확이 많았다는 뜻.

(2) 부유한 생활을 한다는 뜻.

1848. 곡식 한 알 한 알에는 농민의 피땀이 스며 있다. (粒粒辛苦)

곡식 낟알에는 농민들의 피땀이 스며 있기 때문에 농민들에게 고마움을 알고서 먹어야 한다는 뜻.

1849. 곡우(穀雨)에 가물면 땅이 석 자나 마른다.

곡우 때는 비가 잘 오는 시기인데 만일 이 무렵에 가뭄이 들면 그 해에 흉년이 든다는 말.

※ 곡우 : 24 절기의 다섯째 절기. 4월 20일경.

1850. 곤궁하면 자식을 나도 거두지 못한다. (旣困窮生子不擧)
〈牧民心書〉

몹시 가난하면 자식을 낳아도 키우고 교육시킬 수가 없다는 뜻.

1851. 곤궁한 것이 가장 걱정스러운 일이다. (窮者患也)
〈荀子〉

의식주(衣食住)는 인간의 기본 문제인데 이것이 해결되지 못하는 것보다 더 큰 걱정은 없다는 말.

1852. 곤궁한 사람은 항상 지배를 받게 된다. (窮者常制於人)
〈荀子〉

가난한 사람은 경제적으로 예속(隷屬)되기 때문에 남의 지배만 받게 된다는 뜻.

1853. 곤궁할수록 지조는 굳어진다. (窮當益堅)
〈後漢書〉

가난하고 고생스러울수록 의지는 더욱 굳어진다는 말.

1854. 곤 달걀 놓고 병아리 기다리듯 한다.

아무 가망(可望)도 없는 일을 고대하고 있다는 말.

1855. 곤 달걀도 밑알로 쓰인다.

곤 달걀도 밑알로 쓰이듯이 세상에는 버릴 것이 없다는 뜻.

1856. 곤 달걀이 「꼬끼요」 하겠다.

곤 달걀은 병아리가 될 수 없듯이 도저히 가망이 없는 일이라는 뜻.

1857. 곤 달걀 지고 성 밑에는 못 가겠다.

깨져도 아깝지 않은 곤 달걀을 지고 성 밑을 갈 때 성이 무너져 달걀이 깨질까 두려워하듯이 의심이 많고 공포심이 많은 사람을 두고 하는 말.

1858. 곤두선 머리털이 갓을 치켜올린다. (怒髮衝冠)

화가 머리털 끝까지 솟아 갓을 치켜들 정도로 화가 났다는 말.

1859. 곤득이 장원이다.

놀음판에서 쓰는 말로서 승부가 없다는 뜻.

1860. 곤쇠 아비 동갑(同甲)이라.

나이는 비록 많아도 어디하나 쓸 데가 없는 사람이라는 말.

1861. 곤자소니에 발 기름이 끼었다.

내장(內腸)에 발(簾) 같은 기름이 꺼듯이 잘 먹고 뽐내며 사는 사람을 두고 하는 말. ※ 곤자소니 : 소 똥구멍 속에 있는 창자.

1862. 곤장(棍杖)에 대갈 바가지다.

옛날 곤장으로 볼기를 많이 맞듯이 매를 많이 맞았다는 뜻. ※ 곤장 : 옛날 죄인의 볼기를 치는 데 쓰는 매.

1863. 곤장을 메고 매맞으러 간다.

가만히 있으면 아무 일도 없을 것을 제가 사서 화를 당한다는 말.

1864. 곤장 지고 관가(官家) 찾아간다.

가만히 있었으면 무사할 것을 공연히 자신이 화를 저지르게 되었다는 뜻.

1865. 곤쟁이로 잉어 낚는다.

곤쟁이를 미끼로 하여 잉어를 낚듯이 작은 밑천으로 큰 이득을 얻게 되었다는 말.

1866. 곤충도 사는 굴은 있다. (昆虫尚有竄穴)

비록 곤충도 사는 집이 있는데 하물며 사람이 집이 없어서야 되겠느냐는 뜻.

1867. 곧기는 먹줄 같다.

(1) 먹줄을 친 듯이 무슨 물체가 곧다는 말. (2) 어떤 일 처리를 바르게 하였다는 말.

1868. 곧은 길은 잃어 버리지 않는다.

기억하기 쉬운 것은 잃어 버리지 않는다는 뜻.

1869. 곧은 나무가 먼저 찍힌다. (直木先伐), (直木必伐)
〈莊子〉, 〈晏子春秋〉

곧은 나무는 재목으로 쓰이기 때문에 먼저 베듯이 사람도 잘난 사람이 먼저 죽는다는 말.

1870. 곧은 나무가 쉬 꺾인다.

곧은 나무는 재목으로 쓸 용도가 많기 때문에 쉬 베이게 되듯이 사람도 잘난 사람은 일찌기 죽는다는 말.

1871. 곧은 나무나 굽은 나무나 뿌리는 다 굽었

다.

다 같은 아들이라도 배우고 못 배움에 따라 잘 되고 못
된다는 뜻.

1872. 곧은 나무는 가운데 선다.

여러 나무 속에서 자란 나무가 곧듯이 사람도 여러
사람들 중에서 단련된 사람이 성공할 수 있다는 뜻.

1873. 곧은 나무는 기둥으로 쓰고 굽은 나무는
길마 가지로 쓰인다.

사람은 그 재질에 따라 적재 적소(適材適所)에 배치하
면 다 긴요하게 쓰인다는 뜻.

1874. 곧은 나무는 산지기 차지요 굽은 나무는
산주 차지다.

좋은 것은 일선에 있는 아랫 사람들이 차지하게 되고
나쁜 것은 이선에 있는 웃사람이 차지하게 된다는 말.

1875. 곧은 나무는 재목 되고 굽은 나무는 길마
가지 된다.

나무도 생긴 대로 쓸모가 있듯이 사람들도 그 재능에
따라 적재 적소(適材適所)에 다 쓰인다는 말.

1876. 곧은 나무는 재목 된다.

곧은 나무가 재목 되듯이 사람도 배운 사람은 중요한
자리에 등용된다는 말.

1877. 곧은 나무는 재목으로 쓰이고 굽은 나무는
화목으로 쓰인다.

곧은 나무나 굽은 나무나 다 쓰이듯이 사람도 적재 적
소(適材適所)에 쓰면 다 쓸 수 있다는 말.

1878. 곧은 나무도 뿌리는 구부러졌다.

겉으로 얌전한 척하는 사람도 속에는 야심이 있을 수
있다는 말.

1879. 곧은 나무를 세워 놓고 굽은 그림자가 될
까봐 두려워한다. (猶立直木 而恐其景之枉也)
〈荀子〉

곧은 것을 세우면 그 그림자도 곧은 것이 뻔한 사실
인데 쓸데없는 걱정을 하고 있다는 말.

1880. 곧은 나무에도 굽은 가지가 있다.

(1) 아무리 착한 사람이라도 약간의 결함이 있다는 뜻.
(2) 착한 부모에게도 악한 자식이 있을 수 있다는 뜻.

1881. 곧은 불림이다.

거짓이 없이 사실 그대로 말한다는 뜻.

1882. 곧은 사람을 미워한다. (惡直醜正)〈鄭書〉

세상에는 선한 사람보다 나쁜 사람이 더 많기 때문에
곧은 짓을 하는 사람이 미움을 받는 경우가 있다는
말.

1883. 곧은 창자다.

(1) 거짓이 없는 정직한 사람을 가리키는 말.
(2) 음식을 먹고 바로 뒷간에 가는 사람을 조롱하는 말.

1884. 곧이 곧대로 나간다. (直往邁進)

조금도 부정과는 타협하지 않고 바른 일만 해 나간다
는 말.

1885. 곧이 곧대로 한다. (徑情直行)

조금도 타협하는 일이 없이 있는 사실 그대로 한다는
말.

1886. 꼴 값도 못 한다.

생김새는 그럴 듯한데 하는 행동은 못되게 한다는 뜻.

1887. 꼴 값이나 해라.

생김새는 그렇지 않은데 못난 짓을 하는 사람에게 하
는 말.

1888. 꼴 값한다.

못난 놈은 못난 짓만 한다는 뜻.

1889. 골나서 좋은 사람 없다.

화를 내면 좋을 것이 없기 때문에 화를 내지 않도록
조심해야 한다는 뜻.

1890. 골난 김에 서방질한다.

화를 내게 되면 엉뚱한 짓을 하게 된다는 뜻.

1891. 골난 날의 의붓아비 온다.

본시 의붓아비는 푸대접하는 판인데 더구나 성난 때
는 더욱 푸대접하게 되듯이 대접받지 못하게 될 때
는 점점 대접을 못 받게 된다는 말.

1892. 골난 년 보리 방아 찧듯 한다.

말없이 일만 후딱후딱 하는 사람을 보고 하는 말.

1893. 골난 사람은 올바로 보지 못한다.

화를 내면 감정에 치우쳐서 사물을 옳게 파악할 수 없
게 된다는 뜻.

1894. 골 내지 않아도 위엄은 있다. (不怒而威)

골을 내서 위엄을 내는 것보다는 골을 내지 않고 위
엄이 있어야 한다는 뜻.

1895. 꼴뚜기가 장마다 날까?

귀한 물건은 언제든지 있는 것이 아니라는 말.

1896. 꼴뚜기 놓고 어물전(魚物廛) 본다.

물정도 모르고 실력도 없으면서 함부로 무슨 일을 한
다는 뜻.

1897. 골라 잡을 것이 하나도 없다. (無一可取)

여러 가지가 있으나 그 중에서 쓸모 있는 것이 하나도

없다는 말.

1898. 골몰하면 딴 생각이 안 난다. (念不及他)
어떤 일에 열중하면 딴 생각은 전혀 나지 않는다는
말.

1899. 골몰하여 조금도 틈이 없다. (汨没無暇 : 汨
没無暇)
어떤 일에 몰두(没頭)하여 조금도 여가가 없다는 말.

1900. 골무는 시어미 죽은 넋이다.
바느질하다 빼 놓은 골무를 찾으려면 바느질하던 옷을
털어야 나오는데 이것은 시어미가 애를 먹이듯 한다
는 말.

1901. 골방 신세를 못 면한다.
아무리 애를 써도 셋집살이 신세를 못 면한다는 말.

1902. 꼴 보고 이름 짓고 체신(體身)에 맞춰 옷
마른다. (衣視其體 名視其貌)   〈耳談續纂〉
무슨 일이나 제 격(格)에 맞도록 해야 하고 크기에 알
맞도록 해야 한다는 뜻.

1903. 꼴 보고 이름 짓는다. (名視其貌)〈耳談續纂〉
무슨 일이나 제 격에 어울리도록 일을 해야 한다는 뜻.

1904. 꼴불견이다.
모양이 사나와서 차마 볼 수가 없다는 뜻.

1905. 골생원이다. (骨生員)
사람됨이 대단히 옹졸하고 고루한 사람을 가리키는 말.

1906. 골수(骨髓)에 든 병이다.
정신적으로 고민하여 뼈 속까지 사무친 불치(不治)의
병이라는 뜻.

1907. 골수에 맺혔다.
정신적으로 충격을 받아 도저히 잊을 수 없게 되었다
는 말.

1908. 꼴에 수캐라고 다리 들고 오줌 눈다.
(1) 되지도 못한 놈이 난 체하고 거드럭거리며 수작을
한다는 뜻. (2) 못난 주제에 남 하는 수작은 다 하려고
한다는 뜻.

1909. 꼴이 꼴답지 않다. (貌不似)
하고 다니는 짓이 사람 같지 않다는 말.

1910. 골이 깊어야 범도 있고 숲이 깊어야 도깨
비도 있다.
자신에게 덕망(德望)이 있어야 사람들이 따르게 된다
는 뜻.

1911. 골이 깊어야 범도 있다.

제게 덕망이 있어야 사람들이 따르게 된다는 뜻.

1912. 골이 나면 보리 방아는 더 잘 찧는다.
골이 나면 분풀이를 일에다 하기 때문에 일을 더 잘
하게 된다는 말.

1913. 꼴이 말이 아니다.
(1) 겉모양이 매우 쇠약하게 되었다는 말. (2) 생활이
매우 곤란하게 되었다는 말.

1914. 골이 머리 끝까지 치밀었다.
머리 끝까지 성이 치솟도록 몹시 화가 났다는 말.

1915. 골이 상투 끝까지 났다.
성이 몹시 나서 상투 끝까지 솟아오르도록 났다는 말.

1916. 꼴이 아니다. (不成模樣)
제 모양을 갖출 수 없게 된 난처한 처지에 있다는 말.

1917. 골짜기는 채우기 쉬워도 사람 마음은 채우
기 어렵다. (谿壑易満 人心難満) 〈菜根譚〉
사람의 욕망을 만족시키기는 무엇보다도 어렵다는 말.

1918. 골 잘 내는 놈이 속은 없다.
골 잘 내는 사람이 먹은 마음은 없다는 뜻.

1919. 골치를 앓는다. (疾首)
(1) 속이 상해서 골치가 아프다는 뜻. (2) 일이 마음대
로 되지 않아서 골치가 아프다는 뜻.

1920. 골통만 크고 재주는 메주다.
골통이 큼직하여 재주가 있을 것 같으면서도 재주가
없다는 뜻.

1921. 골풀이는 만만한 개한테 한다.
복받친 화를 풀 데가 없어서 만만한 사람에게 애매하
게 한다는 뜻.

1922. 곪기 전에 도려 내랬다.
잘못을 저질렀을 때는 그것이 확대되기 전에 시정해
야 한다는 뜻.

1923. 곪아 빠져도 마음은 조방(助幫)에 있다.
자신의 처지는 생각지도 않고 무리하게 힘겨운 짓을
하려고 한다는 뜻. ※ 조방 : 옛날 오입판에서 남녀의
교합을 중매하는 일.

1924. 곪아 터졌다.
오래 두고 저지른 잘못이 이제 와서 한꺼번에 발로(発
露)되었다는 뜻.

1925. 곯아도 젓국이 좋고 늙어도 영감이 좋다.
아무리 늙었어도 부부간이 가장 좋다는 말.

1926. 곯은 달걀이 병아리 될까?

곯은 달걀이 병아리가 될 수 없듯이 어떤 일이 안 되는 것이 뻔한 일이라는 뜻.

1927. 곯은 흙담은 맥질을 못 한다. (糞土之牆 不可朽) 〈論語〉
바탕이 곯은 담에는 맥질을 할 수 없듯이 본바탕이 나쁜 사람은 가르쳐도 소용이 없다는 말.

1928. 곰도 궁굴 재주는 한다.
곰도 궁굴 재주는 있는데 하물며 사람으로서 아무 재주도 없다는 말.

1929. 곰도 잡기 전에 웅담(熊膽) 선돈 쓴다.
무슨 일을 시작도 안 하고 소문부터 낸다는 뜻.

1930. 곰도 재주는 넘는다.
아무리 못난 사람이라도 한 가지 재주는 다 가지고 있다는 뜻.

1931. 곰배팔이 담배 목판 끼듯 한다.
곰배팔이가 담배 목판을 꼭 끼듯이 무슨 물건을 옆에 꼭 끼고 있다는 말. ※곰배팔이 : 팔을 펴지 못하는 병신.

1932. 곰보다는 여우가 낫다.
미련한 것보다는 차라리 요사스러운 것이 낫다는 뜻.

1933. 곰보다 더 미련하다.
몹시 미련한 사람을 가리키는 말.

1934. 곰보도 보조개로 보인다.
곰보도 정만 들면 얽은 자국이 보조개로 보여 예뻐진다는 뜻.

1935. 곰보치고 마음 나쁜 사람 없다.
곰보의 겉모양은 보기가 다소 흉하지만 그 마음은 대체로 좋다는 뜻.

1936. 곰은 곰이다.
매우 미련한 사람을 두고 하는 말.

1937. 곰은 발바닥이나 핥아먹지.
사람은 안 먹고 살 수는 없다는 뜻.

1938. 곰은 쓸개 때문에 죽고 사람은 혀 때문에 망한다.
곰은 웅담(熊膽) 때문에 죽고 사람은 말 잘못한 것이 화근(禍根)이 되어 망하는 경우가 많다는 뜻.

1939. 곰은 쓸개 때문에 죽는다.
재물을 많이 가진 사람은 그 재물 때문에 죽는 경우가 있다는 말.

1940. 곰을 잡아도 쓸개 없는 곰만 잡는다.

재수가 없는 사람은 무슨 일을 해도 돈이 생기지 않는다는 뜻.

1941. 곰이 가재 잡듯 한다.
동작(動作)이 굼뜬 곰이 가재 잡듯이 게으른 사람이 느리게 행동하는 것을 보고 하는 말.

1942. 곰이라면 발바닥이나 핥지.
곰이라면 제 발바닥이나마 핥고 살지만 사람인지라 그럴 수도 없고 먹을 것이라고는 아무것도 없다는 뜻.

1943. 곰이 재주를 넘는다.
생긴 것은 곰같이 미련해도 한 가지 재주는 있다는 뜻.

1944. 꼼짝달싹 못한다. (動彈不得)
꼼짝도 못하도록 자유를 구속당하였다는 말.

1945. 곰 제 발 핥아먹듯 한다. (食熊蹯)
곰이 제 발바닥을 핥아먹고 살듯이 겨우 제가 농사지은 것으로 근근이 먹고 산다는 말.

1946. 곰 창날 받듯 한다.
미련한 곰이 저 죽을지 모르고 창날을 받듯이 우둔하고 미련한 사람이 자기 자신을 해치는 행동을 한다는 뜻.

1947. 곰하고는 못 살아도 여우하고는 산다.
미련한 사람보다는 차라리 간사스러운 사람이 낫다는 뜻. ↔ 여우보다는 소가 낫다.

1948. 곱게 늙어라.
늙은 사람의 행실이 좋지 못하였을 때 타이르는 말.

1949. 곱기가 비 끝에 피는 꽃 같다.(生色雨後花)
비 끝에 핀 꽃과 같이 대단히 아름답다는 말.

1950. 곱기만 한 꽃에는 벌 나비가 오지 않는다.
곱기만 하고 향기가 없는 꽃에는 벌 나비가 오지 않듯이 여자도 얼굴만 예쁘고 마음이 곱지 않으면 남자가 따르지 않는다는 뜻.

1951. 곱사등이 짐 지나 마나다.
곱사등이가 짐을 져도 별 도움이 되지 않듯이 일을 해도 하지 않은 것이나 다름없다는 말.

1952. 곱슬머리 옥니박이하고는 말도 말랬다.
곱슬머리와 옥니박이인 사람은 성격이 독살스럽기 때문에 다투지 말라는 뜻.

1953. 곳간이 차야 예절을 안다. (倉廩實則知禮節) 〈管子〉
곳간에 곡식이 가득한 사람은 예절을 지킬 수 있지만 굶주린 사람은 예절을 지키고 싶어도 지킬 수가 없게 된다는 말.

1954. 곳간이 차야 예절을 알고 의식이 족해야 영
욕을 알게 된다. (倉廩實則知禮節 衣食足則知
榮辱) 〈管子〉
생활이 넉넉해야 예절도 차릴 수 있고 영예와 치욕도
알게 되는 것이지 생활이 곤궁하고서는 이런 것을 지
킬 도리가 없다는 말.

1955. 꼿꼿하기는 대나무 작대기다.
(1) 어떤 물체가 꼿꼿하다는 뜻. (2) 무슨 일 처리를 바
르게 한다는 뜻.

1956. 꼿꼿하기는 먹줄 같다.
(1) 무슨 일 처리를 바르게 하였다는 말. (2) 어떤 긴
물체가 꼿꼿하다는 말.

1957. 꼿꼿하기는 촛대 같다.
(1) 어떤 물체가 꼿꼿하다는 뜻. (2) 마음이 꼿꼿하다
는 뜻.

1958. 공 간 날이 장날 같으냐?
무턱대고 간 날이 장날 같으면 좋듯이 당치도 않은 것
에 희망을 걸고 바란다는 말.

1959. 공것 바라기는 무당 서방 같다.
무당이 경 읽은 다음에 얻어 가는 음식이나 물품을 자
기 남편에게 주어 버릇해서 무당 남편은 공것을 잘
바라듯이 공것을 잘 바라는 사람을 두고 하는 말.

1960. 공것 바라는 것 보니까 대머리 벗어지겠다.
공것 바라느라고 머리를 쓰다가는 머리털이 빠지게
되니 아예 공것은 바라지 말라는 뜻.

1961. 공것 바라다가 이마 벗어진다.
공것을 너무 바라게 되면 머리가 아프게 되고 머리
가 아프면 머리털이 빠져서 대머리가 되기 때문에 공
것을 바라서는 안 된다는 뜻.

1962. 공것은 써도 달다.
공것이 생겼을 때는 너무나 좋아서 쓴 것도 단맛이
난다는 뜻.

1963. 공것은 잃어 버려도 덜 섭섭하다.
힘들여서 얻은 것이 아니기 때문에 공것은 잃어 버
려도 섭섭한 마음이 대단하지는 않다는 뜻.

1964. 공것이라면 날 콩도 비리다고 않는다.
누구나 공것이라면 좋고 나쁜 것을 가리지 않고 탐
낸다는 뜻.

1965. 공것이라면 눈도 벌렁 코도 벌렁한다.
공것이라면 어쩌나 좋아하는지 눈도 벌렁하고 코도
벌렁하면서 좋아한다는 말.

1966. 공것이라면 눈을 까고 덤빈다.
공으로 생길 수 있는 것을 보면 죽을 줄 모르고 덤빈
다는 말.

1967. 공것이라면 봇다리 싸 지고 다닌다.
공것이라면 보따리 싸 지고 다니면서 구하듯이 공것
을 몹시 좋아한다는 말.

1968. 공것이라면 비상도 먹는다.
돈 안 주고 공으로 생기는 것이라면 아무것이나 가
리지 않고 먹는다는 말.

1969. 공것이라면 사지를 못 쓴다.
욕심이 많아서 공것을 매우 밝힌다는 뜻.

1970. 공것이라면 소금도 짜다고 않는다.
공것이라면 좋으나 나쁘나 상관없이 덤빈다는 뜻.

1971. 공것이라면 송장도 꿈틀거린다.
공것은 세상 사람이 누구나 다 좋아한다는 뜻.

1972. 공것이라면 양잿물도 마신다.
공것이라면 먹고 죽을 것이라도 서슴지 않고 먹는다
는 말.

1973. 공것이라면 입을 벌름 코를 벌름한다.
공것이라면 너무도 좋아서 어쩔 줄을 모른다는 말.

1974. 공것이라면 자던 놈도 일어난다.
공것이라면 자던 사람까지 일어나서 덤빌 정도로 좋
아한다는 말.

1975. 공것이라면 초를 술이라고 해도 먹는다.
공것이라면 좋고 나쁜 것을 가리지 않고 욕심을 낸
다는 말.

1976. 공것이 맛은 더 있다.
공으로 얻어 먹는 음식은 제 돈 주고 사 먹는 것보다
맛이 더 좋다는 뜻.

1977. 공것이 비싸게 치인다.
애를 써서 얻은 공것을 계산해 보면 오히려 더 비싸
게 치었다는 뜻.

1978. 공것 좋아하기는 무당 서방 같다.
남의 것을 공으로 얻기 좋아하는 사람을 가리키는 말.

1979. 공것 좋아하다가는 물린다.
남의 것을 공으로 뺏으려다가는 오히려 손해를 보게
된다는 뜻.

1980. 공격은 재빠르게 해야 한다. (攻敵欲疾)
〈三略〉

공격은 적의 헛점을 치는 것이기 때문에 적이 헛점을 보강할 수 있는 틈을 주지 않기 위하여 급습하지 않으면 점령할 수 없게 된다는 말.

1981. 공격은 힘의 여유가 있어야 한다. (攻則有餘)　〈孫子〉

먼저 수비하고 남는 여력(餘力)이 있지 않고서는 공격전을 할 수 없다는 뜻.

1982. 공경스럽지 못한 말이다. (不敬之說：不恭之說)

말이 공손하지 못하고 불공스러운 말이라는 뜻.

1983. 공경하는 것은 덕을 쌓는 것이다. (敬 德之聚也)　〈春秋左傳〉

남을 공경한다는 것은 다른 한편으로는 남에게서 존경을 받는 덕 있는 사람으로 된다는 말.

1984. 공경하는 것은 몸을 세우는 기본이다. (敬身之基也)　〈春秋左傳〉

남을 공경할 줄 알아야 출세할 수 있게 된다는 말.

1985. 공경하는 마음은 예의다. (恭敬之心 禮也)　〈孟子〉

남을 공경하는 마음이 곧 예의라는 뜻.

1986. 공경하며 대한다. (臨之以敬)　〈春秋左傳〉
대인 관계에 있어서는 누구나 다 공경하는 태도로 대해야 한다는 뜻.

1987. 공경하면 남들이 사랑하게 된다. (敬則人愛之)　〈孔子家語〉

남을 공경하게 되면 그 댓가(代價)로 남들의 사랑을 받게 된다는 말.

1988. 공경하면서도 진실성이 없다. (恭敬而無實)　〈孟子〉

남을 공경하기는 하지만 진실성이 없기 때문에 남들이 가까이 하지 않는다는 뜻.

1989. 공경하면 재앙이 없다. (能敬無災)　〈春秋左傳〉

남을 공경하는 사람은 남들과 친하게 지내게 되기 때문에 남들이 재해를 끼치는 일이 없다는 말.

1990. 공경하지 않으면 예의는 행해지지 않는다. (不敬 則禮不行)　〈春秋左傳〉

공경할 줄 모르고서는 예의를 집행할 수 없다는 말.

1991. 공교롭게 불행한 때를 만난다. (逢時不幸)
공교롭게도 불행한 시기를 만나서 수난(受難)을 받고 있다는 말.

1992. 공교롭기는 마디에 옹이 박히듯 했다.
(1) 나무 마디에 옹이가 박히듯이 무슨 일이 공교롭게 되었다는 말. (2) 일마다 공교롭게 장애물이 있다는 말.

1993. 공궐(空闕) 지킨 내관(內官) 상이다.
궁녀(宮女)가 있을 때는 세도(勢道)가 당당하던 내관이 빈 궁궐로 된 후에는 세도가 몰락되어 처량한 모습을 하고 있듯이 근심이 가득하고 처량한 모습을 하고 있는 사람을 두고 하는 말.

1994. 공깃돌 놀리듯 한다.
아이들이 공깃돌을 놀리듯이 무슨 물건을 자기 마음대로 놀린다는 뜻. ※ 공깃돌 : 공기놀이를 하는 다섯 개의 알사탕 크기의 돌.

1995. 공돈은 공돈으로 쓰인다.
공으로 생긴 돈은 마구 쓰게 된다는 뜻.

1996. 공돈은 나가는 줄 모르고 나간다.
공으로 생긴 돈은 헤프게 쓰여진다는 뜻.

1997. 공동 변소다.
여러 남자와 음란한 관계를 하는 여자를 보고 하는 말.

1998. 공든탑이 무너치랴. (積功之塔不墮)
　〈旬五志, 松南雜識〉
공을 들여 쌓은 탑은 무너지지 않듯이 정성을 다하여 한 일은 헛되지 않고 반드시 좋은 결과를 얻을 수 있다는 뜻.

1999. 공로만 믿고 기회를 잃지 말라. (勿恃功能勿失)　〈諸葛亮心書〉
자기가 한번 세운 공로에 도취(陶醉)하면 또 공을 세울 수 있는 기회를 놓칠 수 있으므로 이에 조심하라는 뜻.

2000. 공로와 허물이 반반이다. (功過相反)
공로와 과오가 절반이기 때문에 상도 줄 수 없고 벌도 줄 수 없는 처지라는 뜻.

2001. 공명과 부귀는 세상을 따라 바뀐다.
(功名富貴逐世轉移)
공명과 부귀는 그 사회 구조에 따라서 변화된다는 말.

2002. 꽁무니를 뺀다.
무슨 일에 대한 책임에서 빠져나가려고 한다는 뜻.

2003. 공복(空腹)에 인경을 침도 안 바르고 그저 삼키겠다.
빈 속에 인경같이 큰 것도 그저 삼키듯이 욕심이 많아 가리지 않고 아무것이나 탐낸다는 뜻.
※ 인경 : 큰 쇠북.

2004. 공부는 항상 뜻대로 미치지 못하는 것같이

생각하고 하라. (學如不及) 〈論語〉
아무리 많이 배웠더라도 만족감을 가지지 말고 계속 더 배우는 데 노력하라는 뜻.

2005. 공부를 시작하는 사람은 먼저 꼭 뜻을 세워야 한다. (初學 先須立志) 〈栗谷全集〉
공부를 하는 사람은 먼저 자기의 목표를 세우고 그를 위하여 공부를 해야 한다는 말.

2006. 공부를 잘 하면 막힌 것도 통해진다. (工夫到 滯塞通) 〈李子潛〉
배우게 되면 모르는 것이 없이 잘 알게 된다는 뜻.

2007. 공부를 잘한 사람으로서 성공하지 못한 것은 보지 못하였다. (不見學者無成) 〈朱憙〉
공부를 성의껏 잘한 사람들은 모두 남보다 뛰어나게 성공하게 된다는 말.

2008. 공부를 하는 것은 자신의 자본이다. (學者乃身之資也) 〈朱憙〉
배운다는 것은 자신이 출세할 수 있는 자본으로 된다는 말.

2009. 공부를 해야 돈도 번다.
공부를 해야 크게 돈을 벌 수 있다는 말.

2010. 공부하는 마음으로 남의 말을 들으라. (以學心聽) 〈荀子〉
남의 말에는 배울 것이 있기 때문에 배우는 마음가짐으로 대하라는 뜻.

2011. 공부하랬더니 개잡이만 배웠다.
공부를 하랬더니 하라는 공부는 않고 딴 짓만 하였다는 말.

2012. 공부하지 않으면 착하게 되기를 바라기는 어렵다. (非學問 難希令善) 〈懷梅丁公〉
공부를 하지 않으면 착한 사람으로 되기는 어렵다는 말.

2013. 공부할 때 배우지 않으면 쓸 때 뉘우치게 된다. (潛時不學 用時悔) 〈修身要訣〉
공부할 때 배우지 않고 시기를 놓치면 훗날 뉘우치게 될 때가 있게 된다는 뜻.

2014. 공부할 여가가 없다는 사람은 여가가 있어도 역시 공부를 하지 않는다. (謂學不暇者 雖暇亦不能學矣)
공부를 하는 사람은 어떤 환경에서도 여가를 짜내서 공부를 하기 때문에 여가가 없어서 공부를 못 한다는 말을 하지 않는데, 공부를 하지 않는 사람은 여가가 없어서 공부를 못 한다고 핑계한다는 말.

2015. 공사는 기일 내에 맞추어야 한다. (欲公事之及期焉) 〈茶山論叢〉
공적(公的) 일은 무슨 일이든지 기일을 엄수해야 공신력(公信力)이 있게 된다는 말.

2016. 공사를 먼저 하고 사사로운 일은 나중에 해야 한다. (先公後私)
아무리 급한 사사로운 일이라 할지라도 반드시 공무를 집행한 다음에 해야 한다는 뜻.

2017. 공사를 빙자하고 사욕(私慾)만 채운다. (憑公營私)
부정 공무원이 공사를 빙자하여 사복(私腹)만 채운다는 뜻.

2018. 공사를 속이면 날마다 근심스럽게 된다. (欺公日日憂) 〈松隱遺稿〉
공정하게 하여야 할 공사를 속이면 항상 근심스럽게 된다는 뜻.

2019. 공사에는 사사로운 말을 하지 않는다. (公事不私議) 〈禮記〉
공사를 집행하는 과정에는 개별적인 일에 대한 말을 해서는 안 된다는 뜻 ↔공사에도 사정이 있다.

2020. 공사에도 사정이 있다. (公中有私)
공무를 집행함에 있어서도 개인 사정을 참작(參酌)할 수 있는 범위 안에서는 해주어야 한다는 말. ↔ 공사에는 사정을 치중해서는 안 된다.

2021. 공사에 사정을 치중해서는 안 된다. (公不勝私)
공무를 집행할 때 개인 사정을 치중하게 되면 공무를 버리게 되므로 그래서는 안 된다는 뜻.
↔ 공사에도 사정이 있다.

2022. 공손하면 모욕을 당하지 않는다. (恭則不侮) 〈論語〉
공손한 사람은 남을 공경하기 때문에 남들로부터 모욕을 당하는 일이 없다는 뜻.

2023. 공손하면 재화를 면하게 된다. (恭則遠於患) 〈孔子家訓〉
공손하면 남에게서 원망을 받는 일이 없기 때문에 재화를 당하는 일이 없다는 뜻.

2024. 공손하면 허물이 적어진다. (恭寡過) 〈禮記〉

공손하게 행동하는 사람은 잘못하는 일이 적어진다는 뜻.

2025. 공손한 사람은 남을 경멸하지 않는다.
(恭者不侮人) 〈孟子〉
공손한 사람은 남을 공경하기 때문에 남을 경멸하는
일이 없다는 말.

2026. 공손히 예의를 지키면 남들에게 치욕을 받
지 않는다. (恭近於遠恥辱) 〈論語〉
예의를 잘 지키는 사람은 남에게서 존경을 받을 수 있
지만 치욕을 당하는 일이 없다는 뜻.

2027. 공술에 술 배운다.
공술이라고 마시다가 술을 배운 다음에는 주머니 돈
을 쓰게 되듯이, 공것을 좋아하다가는 손해를 보게 된
다는 말.

2028. 공술이라면 사지를 못 쓴다.
공것이라면 사지를 못 쓰도록 탐낸다는 말.

2029. 공술이라면 삼십 리도 멀지 않다고 한다.
공것을 매우 좋아하는 사람을 보고 하는 말.

2030. 공술이라면 한 잔 더 먹는다.
공것이라면 안 먹을 것도 더 먹는다는 말.

2031. 공술이 맛은 더 있다.
공것을 좋아하는 사람은 공것으로 생기는 것이 더
좋다는 뜻.

2032. 공술 한 잔 보고 십 리 간다.
공것을 좋아하는 사람은 공것을 찾다가 손해만 본
다는 뜻.

2033. 공연한 제사를 지내고 어물 값에 졸린다.
지내지 않아도 될 제사를 지내고 어물 값에 졸리듯이
하지 않아도 될 일을 하고서 고생을 한다는 뜻.

2034. 공연히 무례한 행동을 하여 원수를 만든다.
(實無禮而速寇) 〈春秋左傳〉
쓸데없이 무례한 행동을 하게 되면 남들과 원수를 맺
게 된다는 뜻.

2035. 공연히 아이만 울린다.
(1) 쓸데없는 짓을 한다는 뜻. (2) 이유 없이 남을 해
친다는 뜻.

2036. 공연히 헛소리만 지껄인다. (徒費脣舌)
수다스러운 사람은 공연히 쓸데없는 소리만 지껄인다
는 말.

2037. 공염불하듯 한다.
소용없는 염불만 하듯이 쓸데없는 헛일만 하고 있다
는 말.

2038. 공으로 생긴 재물은 공으로 나간다.

거저 생긴 공돈은 언젠가 공으로 나가게 된다는 말.

2039. 공(公)은 공이고 사(私)는 사다.
공무(公務)를 집행함에 있어서는 공과 사를 엄격히
구별해야 한다는 말.

2040. 공(功)은 일한 사람에게 돌아가고 죄(罪)
는 진 사람에게 돌아간다.
착한 일을 한 사람은 복을 받게 되고, 악한 일을 한 사
람은 벌을 받게 된다는 뜻.

2041. 공을 먼저 하고 사를 나중에 한다. (先公後
私)
공무(公務)를 먼저 한 다음 사사 일을 해야 한다는
뜻.

2042. 공을 상 줄 때는 시기를 넘기지 말아야 한
다. (賞功不踰時) 〈三略〉
공로자에게 상을 줄 때는 반드시 시기를 놓치지 말고
주어야 성과를 거둘 수 있다는 말.

2043. 공을 세우고도 이름은 드러내려고 하지 않
는다. (功成不名有) 〈老子〉
겸손한 사람은 자기가 공을 세우고도 자기의 이름을
노출시키려고 하지 않는다는 뜻.

2044. 공을 세우면 몸을 보전해야 한다. (全功保
身) 〈三略〉
공을 세운 뒤에는 신분의 안전을 기해야 한다는 뜻.

2045. 공을 세운 이름은 나란히 세울 수 없다.
(功名不竝立) 〈晉書〉
공을 세운 업적은 크고 작은 것을 정확히 구별함으로
써 두 사람 이상이 동일하게 평가되는 일이 없도록 해
야 한다는 말.

2046. 공을 세웠으면 물러나야 한다. (成功者
退), (功遂身退) 〈老子〉, 〈史記〉
국가에 큰 공로를 세웠을 때는 그 자리를 물러나야 한
다는 말.

2047. 공을 함께 세우면 서로 시기하게 된다.
(同功則相忌)
어떤 일을 혼자서 하지 않고 함께 해서 공을 세웠을
경우에는 서로 시기를 하게 된다는 뜻.

2048. 공이 많은 사람은 후한 상을 주어야 한다.
(功多有厚賞) 〈書經〉
공로가 많은 사람에게 주는 상은 후하게 주지 않으면
효과가 적다는 말.

2049. 공이 세상을 덮더라도 몸가짐은 겸양해야
한다. (功被天下 守之以讓) 〈孔子〉

아무리 국가에 공을 세워 높은 지위에 있어도 행동은 겸양해야 한다는 뜻.

2050. 공이 없는 사람에게는 상을 주어서는 안 된다. (賞於無功者) 〈諸葛亮心書〉
공이 없는 사람에게 상을 주게 되면 상의 가치를 잃게 되기 때문에 이런 일이 있어서는 안 된다는 말.

2051. 공이 있는 사람은 반드시 상을 주어야 하고 허물이 있는 사람은 반드시 벌을 주어야 한다. (信賞必罰)
사회 질서를 유지하기 위하여서는 잘하는 사람은 상을 주어야 하고 나쁜 짓을 하는 사람은 벌을 주어야 한다는 말.

2052. 공짜다.
밑천이 든 것이 아니고 공으로 생긴 것이라는 뜻.

2053. 공자(孔子)도 범부에게 묻는다. (孔子問於凡夫)
아랫 사람에게 묻는 것은 수치가 아니라는 말.

2054. 공짜라면 노래기 회도 먹겠다.
공것이라면 좋고 나쁜 것을 가리지 않고 욕심을 낸다는 말.

2055. 공짜라면 당나귀도 잡아먹겠다.
당나귀 고기는 먹지 않는 것이지만 공것이라면 먹듯이 공것은 아무것이나 먹으려고 한다는 뜻.

2056. 공자(孔子) 앞에서 논어(論語) 이야기를 한다.
섣불리 아는 사람이 잘 아는 사람 앞에서 아는 척을 한다는 뜻.

2057. 공자 앞에서 문자 쓴다.
공자와 같이 위대한 성인 앞에서 감히 아는 척하고 문자를 쓰듯이 아무것도 모르면서 아는 척하고 아무 앞에서나 주책을 떤다는 뜻.

2058. 공자 왈(孔子曰) 맹자 왈(孟子曰) 한다.
아무것도 모르는 주제에 공자 말씀이 어떠니 맹자 말씀이 어떠니 하면서 지껄인다는 말.

2059. 공작도 날거미만 먹고 산다.
공작같이 아름답고 큰 날짐승도 하찮은 날거미만 먹고 사는데 하물며 없는 주제에 잘 먹으려고 해서는 안 된다는 말.

2060. 공작은 깃을 아끼고 범은 발톱을 아낀다. (孔雀愛羽 虎豹愛爪) 〈說苑〉
짐승들도 저에게 소중한 것은 아끼듯이 인간은 명예를 아껴야 한다는 뜻.

2061. 공작은 날거미만 먹고 살고 수달은 발바닥만 핥고 산다.
공작은 조그마한 날거미만 먹고 수달은 제 발바닥만 핥아먹고 사는데 가난한 처지에 있으면서 잘 먹고 지내려고 해서는 안 된다는 뜻.

2062. 공장(工匠)이 일을 잘하려면 먼저 그 연장이 좋아야 한다. (工欲善其事 必先利其器) 〈論語〉
노동하는 사람은 그 도구가 좋아야 일을 질적으로나 양적으로나 잘할 수 있다는 말.

2063. 공장이 직업을 자주 바꾸면 성공하지 못한다. (工人數變業 失其功) 〈韓非子〉
기술자가 기술을 자주 바꾸면 남보다 뛰어난 기술자로 될 수 없다는 뜻.

2064. 공정하면 사사로운 일에 치우치는 일이 없다. (公則偏慾遠) 〈松齋公〉
공정하게 일을 처리하게 되면 저절로 사사로운 일에 치우치는 일은 없어진다는 말.

2065. 공중에 뜬 누각이다. (空中樓閣) 〈夢溪筆談〉
(1) 허황한 일을 가리키는 말. (2) 행동이 허황한 사람을 가리키는 말.

2066. 공중에서 낚시질 한다.
대상도 모르고 하는 일은 이루어질 수 없다는 뜻.

2067. 공중을 쏘아도 따오기만 잡는다. (射空中鵠)
활 잘 쏘는 사냥군은 공중에 쏘는 것 같지만 따오기만 맞추듯이 능숙한 사람이 하는 것은 어설퍼 보여도 성과는 크다는 뜻.

2068. 공중을 쏘아도 알과녁만 맞춘다. (仰射空貫革中)
활을 잘 쏘는 사람은 공중에다 아무렇게 쏘는 것 같아도 과녁을 잘 맞춘다는 말.

2069. 꽁지 빠진 꿩이다. (拔尾之雉)
꽁지 빠진 꿩과 같이 보기가 초라하고 흉하다는 말.

2070. 꽁지 빠진 닭이다. (拔尾鷄)
꽁지 빠진 닭과 같이 보기가 초라하고 흉한 모습이라는 말.

2071. 꽁지 빠진 새다. (摘毛雀) 〈東言解〉
꽁지 빠진 새와 같이 보기가 싫고 초라한 모습이라는 뜻.

2072. 꽁지 빠진 장닭 같다.
보기가 추하고 초라한 모습을 보고 하는 말.

2073. 꽁지 벌레 심사(心思)다.

남의 일을 심술 사납게 방해한다는 뜻.

※ 공지 벌레 : 왕파리의 유충.

2074. 공진회(共進會) 보따리 같다.

무엇을 싼 보따리가 크고 불룩한 것을 보고 하는 말.

※ 공진회 : 생산된 제품을 진열하여 놓고 그것을 평가하는 모임.

2075. 공진회 보따리는 내일 아침이다.

공진회 보따리가 크다고 하지만 여기에 비하면 아무 것도 아니라는 뜻.

2076. 공치사(空致辭)는 않는 것만 못하다.

빈 치사는 하는 것보다 차라리 않는 것이 낫다는 말.

2077. 공치사는 하나마나다.

빈 말로 치사하는 것은 하나 마나 하기 때문에 오히려 않는 것이 낫다는 말.

2078. 공평하고 올바른 이론에는 반대하지 못한다. (公平正論 不可犯手)　〈菜根譚〉

공평하고 정당한 이론을 반대한다는 것은 불공평하고 부당한 이론으로 되기 때문에 반대해서는 안 된다는 말.

2079. 공평한 마음으로 변론하라. (以公心辯)
〈荀子〉

변론에 있어서는 치우치는 일이 없이 공평하게 해야 한다는 말.

2080. 곶감 꼬치에서 곶감 빼 먹듯 한다.

돈을 더 보태지는 못하면서 한 푼 두 푼 써 없애기만 한다는 말.

2081. 곶감마냥 달기만 하다.

우선 먹기는 곶감이 달아서 좋다는 뜻.

2082. 곶감 빼 먹듯 한다.

있는 돈을 더 벌어들이지는 못하고 한 푼 두 푼 써 없애기만 한다는 뜻.

2083. 곶감은 단맛에 배탈 나는 줄도 모른다.

당장 재미 있는 것에 반하면 장래 해로운 것도 모르게 된다는 말.

2084. 곶감이니 준시니 한다.

명칭만 다르고 본질적으로는 동일한 것을 가지고 다툰다는 뜻.

2085. 곶감 죽을 먹고 엿 목판에 엎으러지겠다.

(1) 좋은 일이 연달아 나타난다는 말.

(2) 먹을 복이 계속 생긴다는 말.

2086. 곶감 죽을 쑤어 먹었나.

곶감 죽을 먹고 좋아하듯이 좋아하면서 웃는 사람 보고 핀잔하는 말.

2087. 꽂이만 타고 고기는 날고기다.

꼬챙이에 꽂은 고기는 익지 않고 꽂이만 타듯이 무슨 일이 반대로 되었다는 말.

2088. 꽃 구경도 밥 먹고 나서 한다.

꽃 구경이 아무리 좋아도 굶어 가면서 하지는 않듯이 구경보다도 먹는 것이 더 중요하다는 말.

2089. 꽃다운 이름은 오래도록 말로 전해진다.
(如言流芳百世)

은덕(恩德)을 베푼 사람의 이름은 군중들의 입에서 입으로 오랫동안 전해진다는 말.

2090. 꽃도 부끄러워하고 달도 숨는다. (羞花閉月)

꽃도 부끄러워하고 달도 숨을 정도로 아름다운 미인이라는 뜻.

2091. 꽃도 시들면 오던 나비도 아니 온다.

(1) 사람도 늙으면 찾아오던 사람도 아니 오게 된다는 말. (2) 권세(權勢)가 좋던 집도 몰락되면 찾아오던 사람들이 없어진다는 말.

2092. 꽃도 십일홍(十日紅)이면 오던 벌 나비도 아니 온다.

(1) 사람도 늙어지면 전에 따르던 사람도 찾아오지 않는다는 뜻. (2) 세도(勢道)가 좋을 때는 많이 찾아오던 사람도 세도가 몰락되면 찾아오지 않는다는 뜻.

2093. 꽃도 잎이 있어야 더 곱다.

사람도 옷을 잘 입어야 더 아름답게 보인다는 말.

2094. 꽃이 좋아야 나비도 모인다.

여자가 얌전해야 남자가 따르게 된다는 뜻.

2095. 꽃도 지고 봄도 갔다. (花落無春)

(1) 화려한 시절은 지나갔다는 말.

(2) 봄이 가고 여름이 닥쳐온다는 말.

2096. 꽃도 피면 진다.

사람도 젊은 시절이 지나면 늙는다는 뜻.

2097. 꽃도 한철이다.

아름다움을 자랑하는 젊은 시절도 한때에 불과하다는 뜻.

2098. 꽃만 피고 열매는 맺지 않는다. (華而不實)
〈春秋左傳〉

(1) 공부는 했어도 성공하지 못했다는 말. (2) 결혼은 하였어도 자식을 두지 못하였다는 말.

2099. 꽃 밑보다도 코 밑이다.

구경보다도 당장 먹고 살기가 바쁘다는 뜻.

2100. 꽃방석에 앉힌다.

　정성을 다하여 대우를 하겠다는 뜻.

2101. 꽃밭에 나귀 맨다.

　남의 잘 되는 일에 심술을 부린다는 뜻.

2102. 꽃밭에 불 지른다. (花田衝火)
　　　　　　　　　　　　　〈旬五志, 東言解〉
　(1) 젊은 신세를 망친다는 말. (2) 인정 사정도 없는
처사를 한다는 말.

2103. 꽃 본 나비가 그저 가랴.

　꽃 본 나비가 그저 가지 않듯이 아름다운 여성을 보
고 그저 갈 수는 없다는 말.

2104. 꽃 본 나비가 담 넘어가랴.

　꽃 본 나비가 꽃을 그대로 두고 가지 않듯이 사랑하
는 애인을 만나지 않고 그저 갈 수는 없다는 뜻.

2105. 꽃 본 나비다.

　꽃을 본 나비와 같이 사랑하는 애인을 만나 즐거워한
다는 뜻.

2106. 꽃 본 나비 불을 헤아리랴.

　꽃 본 나비가 불이 있다고 안 갈 리 없듯이 사랑하는
애인을 만나는데 어떤 위험이 있더라도 만나지 않을
수는 없다는 뜻.

2107. 꽃 본 나비요 물 본 기러기다.

　나비가 꽃을 좋아하듯이, 기러기가 물을 좋아하듯
이 자기가 가장 좋아하는 애인을 만났다는 말.

2108. 꽃샘 잎샘에 반 늙은이 얼어죽는다.

　꽃이 피고 새싹이 틀 때는 날씨가 쌀쌀하여 반 늙은
이가 얼어 죽는다고 할 정도로 춥다는 말. ※ 꽃샘:
봄에 꽃 필 때의 추위. 잎샘: 봄에 잎 필 때의 추위.

2109. 꽃샘 추위는 꾸어다 해도 한다.

　언제나 꽃 필 무렵에는 추위가 있다는 뜻.

2110. 꽃샘 추위에 설 늙은이 얼어죽는다.

　봄 꽃 필 무렵에는 날씨가 쌀쌀하여 반 늙은이가 얼
어죽는다고 할 정도로 추운 날이 있다는 말.

2111. 꽃 싫어 하는 사람 없다.

　남자치고 여자를 싫어하는 사람은 없다는 말.

2112. 꽃 없는 나비다.

　꽃 없는 데 사는 나비처럼 애인이 없는 외로운 젊은
사나이라는 뜻.

2113. 꽃은 꽃이라도 호박꽃이다.

꽃 중에서 가장 아름답지 못한 호박꽃과 같이 아주 못
생긴 여자라는 뜻.

2111. 꽃은 반만 핀 것이 좋고 복은 반 복이 좋
다.

　복이 온 복이 되면 쇠퇴(衰退)하게 되기 때문에 반 복
시기(半福時期)가 가장 좋다는 뜻.

2115. 꽃은 반만 핀 것이 좋고 술은 조금 취하도
록 마시는 것이 좋다. (花看半開 酒飮微醺)
　　　　　　　　　　　　　　　　　　〈菜根譚〉
　꽃은 활짝 핀 것보다 반쯤 핀 것이 아름답고 술은 잔
뜩 취한 것보다 반쯤 취한 것이 알맞다는 말.

2116. 꽃은 반쯤 피었을 때 봐야 한다. (花看半開)
　　　　　　　　　　　　　　　　　　〈菜根譚〉
　꽃은 반쯤 피었을 때가 가장 아름답다는 말.

2117. 꽃은 지면 다시 피고 피었다가는 또 진다.
　(花落花開開又落)　　　　　　　　〈梓潼帝君〉
　세상 만사는 다 흥망(興亡)이 연속된다는 뜻.

2118. 꽃은 펴도 열매는 열지 않는다.

　무슨 일이 처음에는 잘 되었지만 결과가 없게 되었다
는 말.

2119. 꽃을 탐내는 나비가 거미줄에 죽는다.

　너무 여자를 밝히는 사나이는 화를 당하게 된다는 말.

2120. 꽃이 가지에 가득히 피었다. (開花滿枝)

　(1) 꽃이 만발(滿發)하는 봄이라는 뜻. (2) 번영과 행
복이 가득한 가정이라는 뜻.

2121. 꽃이 고와야 벌 나비도 찾아온다.

　(1) 내 물건이 좋아야 찾아오는 손님도 많다는 뜻. (2)
내가 잘나야 좋은 배필(配匹)도 구할 수 있다는 말.

2122. 꽃이 부끄러워하고 달이 숨겠다.

　꽃보다도 달보다도 아름다운 미인이라는 뜻.

2123. 꽃이 좋아야 나비도 모인다.

　(1) 신부감이 얌전해야 좋은 신랑감을 구할 수 있다는
말. (2) 물건이 좋아야 잘 팔린다는 말.

2124. 꽃이 지고 열매가 맺힌다. (花落結實)

　꽃이 지고 열매가 맺히듯이 젊어서 공부를 한 사람이 성
공한다는 뜻.

2125. 꽃이 지니 봄이 저물어 간다. (花落暮春)

　봄에 피는 꽃이 질 무렵은 봄이 저무는 시기라는 뜻.

2126. 꽃이 지면 오던 나비도 되돌아간다.

　젊은 시절이 지나가면 따라다니는 사람도 없게 된다
는 말.

2127. 꽃이 펴야 열매도 열린다. (先花後果)
　꽃이 폈다 진 다음에 열매가 열듯이 모든 일에는 순서가 있다는 말.

2128. 꽃이 향기로와야 벌 나비도 쉬어 간다.
　꽃은 향기로와야 벌 나비도 쉬어 가듯이 사람도 마음이 고와야 정도 든다는 말.

2129. 꽃 피자 임 오신다.
　계제(階梯)가 좋은 때 반가운 사람이 찾아온다는 뜻.

2130. 꽃 필 무렵에는 비바람이 잦다. (花開多風雨)
　봄에 꽃이 필 때가 되면 비바람이 잦다는 말.

2131. 과객(過客)에게 옷 부치기다.
　도무지 믿을 수 없는 사람에게 중한 임무를 맡겼다는 말.

2132. 과거를 살펴서 미래를 짐작한다. (觀往知來)
　과거의 일을 잘 분석함으로써 앞으로 다가오는 일을 예견할 수 있다는 뜻.

2133. 과거(科擧)를 안 볼 바에야 시관(試官)이 개떡 같다.
　자기와 아무 관계가 없는 사람은 조금도 두려울 것이 없다는 뜻.

2134. 과거만 그리워하지 말고 미래에 급급하지 말라. (不慕往 不閔來)　〈荀子〉
　지나간 일에 대하여 너무 미련(未練)을 가지지 말고 장래 일에 너무 조급성을 가지지 말고 현실에 착실하라는 말.

2135. 과거에 급제는 못 해도 풍악(風樂)은 갖춘다.
　정작 해야 할 일은 못 하면서도 겉치장은 하려고 한다는 뜻.

2136. 과거에도 없었거니와 앞으로도 없을 것이다. (前無後無)
　과거에도 없었고 앞으로도 없을 것을 확신할 수 있는 일이라는 말.

2137. 과거 전에 창부(倡夫) 짓만 한다.
　옛날 과거를 보려면 미리 공부를 해야 하는데 공부는 않고 광대 노릇만 하듯이 어떤 일을 할 때 할 준비는 않고 딴 일만 하고 있다는 말. ※창부：남자 광대.

2138. 과녁 없이 쏘는 활이다.
　무슨 일을 계획도 목적도 없이 한다는 뜻.

2139. 과로 끝에 병 난다. (積勞成疾)
　무리한 육체적 과로로 인하여 병이 생겼다는 뜻.

2140. 과물전(果物廛) 망신은 모과가 시킨다.
　과실을 파는 상점 망신은 모과가 시키듯이 못난 자식 하나가 집안 망신을 시킨다는 말. ※ 과물전 : 과실 파는 상점.

2141. 과부가 마음이 좋으면 동네 시아비가 열 둘이다.
　과부로 절개를 지키려면 굳은 결심과 각오와 인내가 필요하다는 뜻.

2142. 과부가 아이를 나도 핑계는 있다.
　아무리 잘못한 사람이라도 다 핑계거리가 있다는 뜻.

2143. 과부가 아이를 나도 할 말은 있다.
　아무리 잘못한 일이 있더라도 잘못하게 된 사연이 있다는 뜻.

2144. 과부가 아이를 배도 할 말은 있다.
　비록 잘못은 저질렀지만 잘못하게 된 사정이 있었다는 뜻.

2145. 과부가 홀아비를 끌어들여도 핑계는 있다.
　무슨 일이나 잘못을 핑계댈 이유는 있다는 뜻.

2146. 과부는 퇴침에 은이 서 말이다.
　과부는 근검 절약하여 저축한 돈이 있다는 뜻.

2147. 과부는 개를 키워도 수캐를 키운다.
　같은 값이면 자기에게 유리한 것을 한다는 뜻.

2148. 과부는 밤에 통곡하지 않는다. (寡婦不夜哭)　〈禮記〉
　과부가 밤에 처량하게 통곡하는 것은 여러 사람에게 피해가 되기 때문에 삼가라는 뜻.

2149. 과부는 은(銀)이 서 말이다.
　과부의 살림살이는 넉넉하다는 말.

2150. 과부는 찬밥에 곯는다.
　과부가 혼자 살림을 하게 되면 대개 아침에 밥을 해서 세 끼를 먹게 되기 때문에 찬밥을 많이 먹어서 곯는다는 말.

2151. 과부 딸은 얻지 말랬다.
　아버지와 어머니에게서 받아야 할 가정 교육을 어머니에게서만 받았기 때문에 편모 밑에서 자란 처녀는 가정 교육이 부족할 수 있다는 뜻.

2152. 과부도 과부라면 싫어한다.
　바른 말도 해서 좋을 데가 있고 나쁠 데가 있다는 뜻.

2153. 과부 사정은 과부가 안다.
　서로 고생해 본 사람끼리는 서로 사정을 잘 알게 된

다는 말.

2154. 과부 사정은 과부가 알고 홀아비 사정은
홀아비가 안다.
처지가 같은 사람끼리는 서로의 사정을 잘 알게 된
다는 말.

2155. 과부 사정은 홀아비가 안다.
과부와 홀아비는 처지가 같기 때문에 서로 사정을 잘
알듯이 서로 처지가 같은 사이라야 사정을 잘 알게
된다는 말.

2156. 과부살이 십 년에 독사 안 되는 년 없다.
남들에게 하시(下視)를 당하면서 오랫동안 과부살이
를 하게 되면 저절로 성격도 독해진다는 뜻.

2157. 과부 삼 년에 은이 서 말이고 홀아비 삼 년
에 이가 서 말이다.
과부로 오래 사는 사람은 돈을 벌고 홀아비로 오래
사는 사람은 점점 가난해진다는 말.

2158. 과부 삼 년에 은이 서 말이다.
과부로 오래 살면 생활은 넉넉하게 된다는 말.

2159. 과부 설움은 동무 과부가 안다.
똑같은 처지에 있는 사람끼리는 서로 사정을 잘 안다
는 말.

2160. 과부 시집 가듯이 부잣집 업 나가듯 한다.
아무도 모르게 슬그머니 없어졌다는 말.

2161. 과부 시집 가듯 한다.
소문도 없이 슬그머니 없어지고 만다는 뜻.

2162. 과부 시집은 소문도 없이 간다.
부끄러운 일을 할 때는 남 모르게 살짝하게 된다는 뜻.

2163. 과부 아이 낳고 진 자리서 꿍져지듯 한다.
남이 볼까 무서워 아무렇게나 되는 대로 서둘러 치워
버린다는 말.

2164. 과부 은 팔아먹듯 한다. (寡婦宅 賣銀食)
〈東言解〉
과부가 모아 둔 은을 팔아 쓰듯이 돈을 벌지는 못하
고 전에 벌어 둔 것으로만 가지고 쓴다는 말.

2165. 과부의 대돈 오 푼 빚을 낸다.
돈에 몹시 쪼들려서 과부집 비싼 이자라도 주고 빚을
얻어야겠다는 말. ※ 대돈 오푼 : 월 일 할 오 부 변.

2166. 과부의 푼돈은 쌓인다.
과부는 검소한 생활을 하면서 푼푼이 모아 저축을 한
다는 뜻.

2167. 과부 자식 응석부리듯 한다.
어리광을 부리며 버릇이 없는 아이를 보고 하는 말.

2168. 과부 자식이다.
아비 없이 자란 과부집 자식같이 버릇이 없다는 뜻.

2169. 과부 자식이 잘 된다.
과부가 고생해 가며 정성껏 교육을 시켰기 때문에 그
아들은 거의가 잘 된다는 말.

2170. 과부 홀아비 만나듯 한다.
연분이 좋은 사람끼리 잘 만났다는 뜻.

2171. 과부댁 종놈은 왕방울로 행세한다.
조용한 과부집 종놈은 큰 소리로 떠드는 것으로 한몫
보듯이 실속없이 떠드는 것을 일삼는다는 말.

2172. 과부집 뚱넉가래 내세우듯 한다.
무슨 일을 융통성 있게 하지 못하고 그저 기세만 부린
다는 말. ※ 뚱넉가래 : 바닥에 눈 똥을 치우는 기구.

2173. 과부집 머슴은 왕방울로 행세한다.
조용한 과부집에서 실속없이 머슴이 큰 소리로 떠들
듯이 실속없이 떠들면서 남의 일에 간섭한다는 뜻.

2174. 과부집 빚을 내서라도 갚겠다.
돈이 하도 급하기 때문에 이자가 비싼 과부집 빚을
내서라도 갚겠다는 말.

2175. 과부집 수캐마냥 일만 저지른다.
과부집 수캐는 귀여워하기만 하고 길을 들이지 않았
기 때문에 일을 잘 저지르듯이 집안 일을 도와 주지는
못하면서 일만 저지르는 아이를 두고 하는 말.

2176. 과부집 수코양이 같다. (寡婦宅 雄猫)
〈東言解〉
과부집 수코양이가 발작(發作)을 일으키면 이웃 사람
들이 과부의 생활을 수상하게 여기듯이 근거 없는 일
로 남에게서 의심을 받는다는 말.

2177. 과부집에 가서 바깥 양반 찾는다.
바깥 양반 없는 과부집에 가서 바깥 양반을 찾듯이 주
책없는 짓을 한다는 뜻.

2178. 과부집에는 함부로 들어 가지 않는다. (不入
寡婦之門)
〈禮記〉
과부집에 함부로 출입하게 되면 좋지 못한 소문이 날
수 있기 때문에 출입을 삼가하라는 뜻.

2179. 과연 그 말이 맞는다. (果然其言)
지내고 보니 그 사람의 말이 맞았다는 뜻.

2180. 과일 망신은 모과가 시킨다.
맛이 나쁜 모과가 실과 망신을 시키듯이 못된 놈 하

나가 여러 사람의 망신을 시킨다는 말.

2181. 과일은 씨가 있어도 도둑은 씨가 없다.
　부모가 나쁜 짓을 한다고 그 자식들도 반드시 나쁜 짓을 하는 것은 아니라는 뜻.

2182. 과일전 망신은 모과가 시킨다.
　착한 사람 여럿 중에 단 한 사람만 악한 사람이 있으면 여러 사람에게 다 좋지 못한 영향을 주게 된다는 뜻.

2183. 과천에서 뺨 맞고 남대문에서 눈 흘긴다.
　권력이 있는 사람 앞에서는 침묵을 지키지만 뒤로는 반항심을 가지고 있다는 뜻. ※ 과천 : 경기도에 있는 지명.

2184. 과하다면서 석 잔 먹고 그만한다면서 다섯 잔 먹는다.
　술군은 과하다고 하면서도 자꾸 마신다는 뜻.

2185. 곽란(霍亂)에 약 지으러 보내면 좋겠다.
　곽란과 같이 급한 병에 약 지으러 간 놈이 늦게 와서 죽듯이 행동이 몹시 느린 놈을 비유하는 말.
　※ 곽란 : 음식에 체하여 별안간 토하고 설사하는 병.

2186. 곽란에 죽는 말 상판대기 같다.
　곽란병으로 죽는 말 상판같이 험상궂다는 말.

2187. 관가(官家) 돼지 배 앓듯 한다. (官猪腹痛)
〈旬五志〉
　관청 돼지 앓거나 말거나 돌보아 줄 사람 없듯이 저 혼자서 몸부림친다는 뜻.

2188. 관계 없는 일이다. (不關之事)
　아무 관계도 없는 일이라는 뜻.

2189. 관기(官妓) 보자 하니 에누리 수작이다.
　하는 수작을 보니 신통치 않은 짓을 하겠다는 말.
　※ 관기 : 옛날 관청에 소속된 기생.

2190. 관대하면 많은 사람들의 지지를 받는다.
(寬則得衆)
〈論語〉
　포용력(包容力)이 풍부한 사람은 군중들의 지지를 받게 된다는 말.

2191. 관덕정(觀德亭) 설탕국도 먹어 본 놈이 먹는다.
　무슨 일이든지 해본 사람이라야 할 수 있다는 말.
　※ 관덕정 : 제주시에 있는 정자.

2192. 관 뚜껑 덮기 전에는 입찬 소리 말랬다.
　사람의 팔자는 언제 어떻게 될지 모르기 때문에 죽기 전에는 장담을 해서는 안 된다는 뜻.

2193. 관 뚜껑을 덮고 난 뒤라야 그 사람을 옳게 평가하게 된다. (蓋棺事定)
〈杜甫〉
　사람은 죽은 뒤에 평가해야 옳게 할 수 있다는 뜻.

2194. 관 뚜껑을 덮고서야 팔자를 안다.
　팔자가 좋고 나쁜 것은 죽은 뒤에야 올바른 평가를 하게 된다는 뜻.

2195. 관리가 참으면 그 지위가 높아진다. (官吏 忍之 進其位)
〈夫子〉
　관리는 인내성 있게 일을 하면 그 지위는 저절로 승진된다는 뜻.

2196. 관리 노릇이 익숙하지 못하거든 이미 이루어진 전례를 보고 하라. (不習爲吏 視已成事)
〈漢書〉
　처음 관리가 되어 자기의 직무에 능숙하지 못하였을 때는 이미 남들이 한 전례를 보고 하라는 말.

2197. 관리는 거칠고 성 내는 것을 반드시 경계해야 한다. (當官者 必以 暴怒爲戒)
〈童家訓〉
　관리가 민간인에게 언행이 거칠거나 사소한 일에 화를 내는 일이 없도록 조심하라는 뜻.

2198. 관리는 공무에 공평해야 한다. (治官莫若平)
　관리는 공무를 항상 공평하게 하면 국민들은 불평이 없게 된다는 뜻.

2199. 관리는 높아질수록 무서워지고 나무는 커질수록 바람과 잘 지낸다. (官大有險 樹大招風)
　관리는 높아질수록 무서워져서 국민들과 멀어지는데 나무는 클수록 바람과 잘 지내게 되므로 사람도 나무에게서 배우라는 뜻.

2200. 관리는 높아질수록 무서워진다. (官大有險)
　관리는 높아질수록 위엄을 내느라고 무섭게 군다는 뜻.

2201. 관리는 돈을 사랑하지 말아야 한다. (文臣不愛錢)
〈宋史〉
　청백한 관리 노릇을 하려면 돈을 사랑하지 말아야 한다는 말.

2202. 관리는 돈을 탐내지 말아야 한다. (官不貪錢)
　관리는 돈을 탐내지 않는 청백리(淸白吏)가 되어야 한다는 말.

2203. 관리는 많고 국민은 적다. (吏多民寡)〈三略〉
　관리가 적고 국민이 많아야 할 것이 이와 반대 현상으로 되었다는 것은 관리들의 횡포(橫暴)와 가렴주구(苛斂誅求)로 국민들은 견딜 수 없게 되고 나라는 망하게 된다는 뜻.

2204. 관리는 승급될수록 태만해지고 잘못만 저지르게 된다. (官怠於宦成)　　〈説苑〉
　　관리 생활을 오래하여 능숙하게 되면 태만해지고 잘못도 저지르게 된다는 뜻.

2205. 관리들은 민중들을 밭으로 삼는다. (吏以民爲田)　　〈牧民心書〉
　　탐관오리(貪官汚吏)가 민간인들의 재물을 약탈한다는 뜻.

2206. 관리들은 법을 제멋대로 집행한다. (刑放於寵)　　〈春秋左傳〉
　　관리들이 법을 제멋대로 남용하게 되면 국민들의 권리는 박탈되고 비참한 생활을 하게 된다는 뜻.

2207. 관리를 오래 다니면 저절로 부자가 된다. (官久致富 : 官久自富)
　　관료 정치(官僚政治)에서는 관리를 오래 다니면 양민들을 착취하여 부자가 될 수 있다는 뜻.

2208. 관복 입은 도둑이다. (冠盜)
　　관리가 자기 직분을 남용하여 양민들의 재산을 착취한다는 뜻.

2209. 관상장이가 제 관상 못 보고 점장이가 제 점 못친다.
　　누구든지 자기 일은 자신이 못 한다는 뜻.

2210. 관상장이가 제 관상 못 본다.
　　남의 일은 잘해 주면서도 자기 일은 자신이 못 한다는 뜻.

2211. 관(棺) 속에 들어가도 막말은 말랬다.
　　살아서는 말할 것도 없고 죽은 뒤에도 말은 함부로 해서는 안 된다는 말.

2212. 관솔불은 밝을수록 오래 가지 못한다.
　　돈도 쓰고 싶은 대로 쓰면 헤프다는 말.
　　※ 관솔불 : 송진이 많은 소나무 가지에 붙인 불.

2213. 관(冠) 쓴 거지다.
　　거만한 거지는 얻어먹지 못한다는 뜻.

2214. 관 쓴 도둑놈이다.
　　공금이나 국민들의 재산을 도둑질하는 관리라는 뜻.

2215. 관 쓴 원숭이다.
　　원숭이같이 경솔한 관리라는 뜻.

2216. 관에 들어가는 소 걸음이다.
　　도살장에 들어가는 소와 같이 몹시 겁을 낸다는 말.

2217. 관에 들어가는 소다.
　　도살장에 들어가는 소와 같이 죽을 신세라는 뜻.

2218. 관 옆에서 싸움한다.
　　부모가 죽은 관 옆에서 싸우듯이 함부로 무엄(無嚴)한 짓을 한다는 말.

2219. 관은 준비되었는데 사람이 죽지 않는다. (辦到棺材人不死)
　　관을 준비해 놓고 사람 죽기를 기다리듯이 성미가 너무 급해서 지나치게 일을 서두른다는 말.

2220. 관(冠)을 발에 신는 사람 없다.
　　모자를 신 신듯이 발에다 신는 사람은 없다는 말.

2221. 관 짜 놓고 죽기를 기다린다.
　　관을 짜 놓고 사람 죽기를 기다리듯이 지나치게 일을 서두른다는 말.

2222. 관 짜는 놈은 초상(初喪) 나기만 기다린다.
　　자기의 이해를 위해서는 남의 불행도 생각하지 않는다는 뜻.

2223. 관재처(管財處)에 들락날락하고 적산가옥(敵産家屋) 못 얻은 놈은 병신이다.
　　8·15 해방 직후 미군정 시대 관재처에 드나들던 사람은 다 적산가옥 한 채석은 얻었다는 말.
　　※ 관재처 : 미군정 시대 적산을 관리한 관청.

2224. 관찰사(觀察使) 닿는 곳에 선화당(宣化堂)이다.
　　옛날 관찰사는 가는 곳마다 극진한 대접을 받듯이 가는 곳마다 대접을 잘 받는다는 말. ※ 관찰사 : 옛날 도기관(道機關)에서 최고 행정 책임자. 선화당 : 관찰사의 사무실.

2225. 관청 뜰에서 발악을 한다. (官廷發惡)
　　죄인이 관청 뜰에서 발악을 하면 점점 매만 맞듯이 관청을 상대로 하여 시비하는 것은 불리하다는 뜻.

2226. 관청 뜰에 좁쌀 펴놓고 군수가 새를 쫓는다.
　　(1) 관청에서 할 일이 없다는 뜻. (2) 기관 책임자가 자기 직책을 모른다는 말.

2227. 관청에서는 벼슬 등급으로 대접하고 민간에서는 나이 차례로 대접한다.
　　사람을 접대하는 예법에 관리들은 직위 차례로 하고 서민들은 나이 차례로 한다는 말.

2228. 관청에서 원 자랑하기다. (衙中譽倅)　　〈旬五志〉
　　자기가 자기의 자랑을 한다는 뜻.

2229. 관청에 잡혀 간 촌닭 같다.
　　몹시 겁이 나서 어쩔 줄을 모르는 사람을 가리키는 말.

2230. 관청이 많이 설치되면 백성들은 고난을 더 받게 된다. (有司設則百姓困) 〈抱朴子〉
민주 정치가 아니고 관료 정치에 있어서는 관청이 많아 질수록 국민들의 부담이 많아지게 된다는 뜻.

2231. 관청 일을 제 집 일처럼 하라. (處官事如家) 〈童家訓〉
공무를 자기 집 일과 같이 성실하게 해야 한다는 뜻.

2232. 괄기는 관솔 같다.
성격이 몹시 괄괄하여 관솔 같다는 말.
※ 관솔 : 송진이 많은 소나무 마디.

2233. 괄기는 인왕산(仁王山) 솔가지 같다.
성격이 괄괄하여 인왕산 솔가지같이 괄다는 말.

2234. 광대 끈 떨어졌다.
(1) 의지할 데가 없게 되어 꼼짝 못 하게 되었다는 말.
(2) 제 구실을 못하게 되어 쓸 데가 없다는 뜻.

2235. 광대뼈가 나오면 팔자가 세다.
여자가 광대뼈가 나오면 관상학적(觀相學的)으로 좋지 않다는 뜻.

2236. 광대 줄 타듯 한다.
광대가 줄을 잘 타듯이 무슨 일을 기묘하게 잘한다는 말.

2237. 광릉(光陵)을 부라린다.
사람을 고이 보지 않고 눈을 부라리며 본다는 말.

2238. 광목 여덟 자만 걸어다닌다.
광목 여덟 자로 만든 옷만 걸어다니듯이 정신 빠진 사람이라는 뜻.

2239. 광무 2년(光武二年)이기에 다행이다.
1898년 광무 2년에 화폐 개혁을 하여 오전(五錢)짜리 백동전이 많이 나와 경제적으로 변화가 생겨서 다행이듯이 사정이 달라진 것이 오히려 다행하게 되었다는 말.

2240. 광 속이 풍성하면 감옥이 빈다. (倉廩實而圄圉空)
세상 사람들이 모두 잘살게 되면 도둑질 하는 사람이 없어서 감옥이 비게 된다는 말.

2241. 광에 든 고양이다.
먹는 것은 걱정 없으나 자유가 없는 신세라는 뜻.

2242. 광에 든 쥐다.
곡식이 가득한 광에 든 쥐와 같이 매우 부유하다는 뜻.

2243. 광에서 인심난다.

곳간에 쌀도 많아야 남을 도와주어 인심을 얻듯이 돈이 있어야 인심도 얻는다는 말.

2241. 광음(光陰)은 물과 같다.
세월은 흐르는 물과 같이 쉬지도 않고 빠르게 지나간다는 뜻.

2245. 광음은 사람을 기다리지 않는다.
세월은 사람의 사정을 봐주지 않고 무정하게 지나가기 때문에 세월을 아껴야 한다는 말.

2246. 광음은 화살과 같다.
세월은 화살과 같이 빠르게 지나간다는 말.

2247. 광음은 흐르는 물과 같다.
세월은 흐르는 물과 같이 쉬지도 않고 빠르게 지나간다는 뜻.

2248. 광이 든 거지는 없어도 책 든 거지는 있다.
공부를 하고 직장이 없는 사람은 가난하지만 농사 일을 하는 사람은 큰 고생은 않는다는 말.

2249. 광이 차야 인심도 난다.
경제적으로 부유해야 남을 도와 줄 수 있다는 뜻.

2250. 광주리에 담은 밥도 엎어질 수 있다.
틀림 없다고 믿던 것도 잘못되면 실수할 수 있다는 말.

2251. 광주(廣州) 생원님 첫 서울 간 것 같다. (廣州生員 初入京) 〈東言解〉
촌 영감이 서울 가서 어리둥절하듯이 어리둥절하니 정신을 못 차리고 있는 사람을 보고 하는 말.
※ 광주 : 경기도에 있는 지명.

2252. 광풍(狂風)도 버들 가지는 꺾지 못한다.
사납고 강한 사람이 부드러운 사람을 당하지 못한다는 뜻.

2253. 깨가 귀하다고 해도 기름을 짜고 나면 버린다.
학식이나 재능을 가진 사람을 처음에는 우대하지만 그것을 다 이용한 다음에는 박대하게 된다는·뜻.

2254. 꽹과리 치고 나선다.
무슨 일에 앞장 서서 나선다는 뜻. ※ 꽹과리 : 놋쇠로 만든 농악기.

2255. 꾀가 있는 사람은 말이 많다. (巧者言) 〈濂溪〉
꾀가 많으면 그 꾀를 써 먹기 위하여 말을 많이 하게 된다는 뜻.

2256. 꾀가 있으면 간사함이 생긴다. (巧生詐) 〈李泓傳〉

교묘한 짓을 잘하게 되면 간사한 짓도 잘하게 된다는 말.

2257. 꾀가 힘보다 낫다.
힘으로 해결하는 것보다는 꾀로 해결하는 것이 낫다는 뜻.

2258. 꾀골 놈의 소금 자루같이 절었다.
소금을 아껴 먹는 틈에 사람이 소금을 오래 담아 두어 자루가 절듯이 입은 옷이 때에 절어서 더럽다는 뜻.

2259. 꾀가 나올 데가 없다. (計無所出)
아무 대책도 세울 수가 없어 곤경에 처해 있다는 뜻.

2260. 꾀 다리에 기름 바르듯 한다.
발자국 소리를 내지 않는 고양이 발바닥에다 기름을 바르면 더구나 소리가 안 나듯이 남이 보지 않는 동안에 일을 슬슬 해치운다는 말.

2261. 꾀 딸 아비다.
고양이의 촌수를 모르듯이 남의 내력(來歷)을 도무지 모른다는 말.

2262. 꾀도 막히고 힘도 파했다. (計窮力盡)
대책을 세울래야 세울 것이 없고 있는 힘도 다 써봤으나 별 도리가 없다는 뜻.

2263. 꾀도 없고 손도 묶였다. (束手無策)
아무런 대책도 없고 힘마저 없으니 죽을 수밖에 없다는 뜻.

2264. 꾀 똥 감추듯 한다.
고양이가 제 똥을 감추듯이 자기가 저지른 일은 자기가 처리해야 한다는 뜻.

2265. 꾀 똥같이 싼다.
고양이 똥 누듯이 무엇을 조금씩 한다는 말.

2266. 괴로움 속에서도 낙이 있다. (苦中作樂)
〈大寶積經〉
희망을 가진 사람은 괴로움 속에서도 즐거워 한다는 뜻.

2267. 괴로와도 한평생이요 즐거워도 한평생이다.
사람의 짧은 일생은 잘살거나 못살거나 잠깐이기 때문에 못산다고 한탄하지 말고 참고 살라는 뜻.

2268. 괴로와서 눈물이 비오듯 한다. (辛則雨涕)
〈譚子〉
몹시 괴로운 일이 있어서 서럽게 울었다는 뜻.

2269. 괴롭히는 나무는 자라지 못한다. (困木難長)
나무도 자꾸 괴롭히면 자라지 못하듯이 일도 방해를 하면 이루어질 수 없다는 말.

2270. 꾀를 빼면 넘어지겠다.
꾀가 하도 많아서 몸뚱이에서 그 꾀를 빼면 몸이 넘어질 정도로 꾀만 많다는 뜻.

2271. 꾀 많은 늙은 새는 먹이로 잡지 못한다.
경험이 많은 늙은이는 남의 속임수에 안 넘어간다는 말.

2272. 꾀 발 개 발 그린다.
글씨 쓰는 솜씨가 몹시 서투르다는 말.

2273. 꾀 밥 먹듯 한다.
고양이 밥 먹듯이 음식을 먹기 싫은 것을 먹듯 한다는 말.

2274. 꾀 벗고 돈 한 닢 찬다.
분에 넘치는 옷치장을 하여 어울리지 않는다는 뜻.

2275. 꾀병도 하루 이틀이다.
꾀병도 하루, 이틀만 하듯이 거짓말도 한두 번 이상을 해서는 안 된다는 뜻.

2276. 꾀병에 말라죽는다.
아프지도 않은 것을 앓는 체하고 꾀병을 하는 것은 몹시 고통스럽듯이 거짓말 하는 사람도 매우 괴롭다는 뜻.

2277. 꾀병이 사촌보다 낫다.
꾀병으로 옹색(壅塞)을 모면하였을 때 하는 말.

2278. 꾀 불알 앓는 소리를 한다.
고양이가 앓는 소리를 하듯이 앓는 소리를 듣기 싫게 하고 있다는 말.

2279. 꾀 쓰는 것이 힘 쓰는 것보다 낫다.
무슨 일을 힘으로 하는 것보다는 꾀로 하는 것이 수월하다는 뜻.

2280. 괴이쩍은 것이 있으면 뭇개가 짖는다. (群犬吠所怪)
괴이한 일이 있으면 동네 개가 다 짖듯이 한 사람이 나쁜 짓을 하면 뭇사람들이 욕을 하게 된다는 말.

2281. 꾀 있는 사람과는 가까이해야 한다. (謀者近之)
〈三略〉
계략(計略)이 능숙한 사람은 포섭하여 그 꾀를 활용해야 하기 때문에 가까이해야 한다는 말.

2282. 꾀 있는 사람은 남을 해치고 어리석은 사람은 덕을 베푼다. (巧者賊 拙者德)
〈濂溪〉
꾀가 많은 사람은 그 꾀를 악용하여 남을 해치지만 어리석은 사람은 남을 이롭게 한다는 뜻.

2283. 꾀 있는 사람은 남을 해친다. (巧者賊)
〈濂溪〉

꾀가 많은 사람은 그 꾀를 악용하여 남을 해친다는 뜻.

2284. 꾀 있는 사람은 늘 수고롭다. (巧者勞)
〈濂溪〉

꾀가 많은 사람은 일이 많기 때문에 수고로움이 많다는 뜻.

2285. 꾀 있는 사람은 말이 많고 어리석은 사람은 말이 적다. (巧者言 拙者黙) 〈濂溪〉

꾀가 많은 사람은 그 꾀를 써 먹기 위하여 말을 많이 하게 되지만 어리석은 사람은 할 말도 제대로 못 하기 때문에 말이 적다는 뜻.

2286. 꾀 있는 사람은 불행하게 된다. (巧者凶)
〈濂溪〉

꾀가 많은 사람은 그 꾀를 악용하게 되므로 불행하게 된다는 뜻.

2287. 괴 죽 쑤어 줄 것 없고 새앙쥐 불가심할 것 없다. (無饘猫鼻 無界鼠腮) 〈耳談續纂〉

고양이 먹일 것도 없고 쥐가 맛볼 것도 없을 정도로 몹시 가난하여 먹을 것이라고는 아무것도 없다는 뜻.

2288. 꾀하는 일이 이루어지지 않는다. (謀事不成)

계획했던 일이 제대로 이루어지지 않고 실패하게 되었다는 뜻.

2289. 교도소(矯導所) 규칙 사흘 못 간다.

교도소의 소칙(所則)이 자주 바뀐 데서 나온 말.

2290. 교룡이 비 구름을 얻어 하늘로 오른다. (蛟龍得雲雨) 〈三國志〉

영웅은 하루 아침에 세력을 얻어 집권하게 된다는 말.

2291. 교룡이 비 구름을 얻으면 못 속에서 떠난다. (蛟龍得雲雨 終非池中物) 〈通俗編〉

때를 못 만나 고생하고 있던 사람도 때를 만나면 출세를 하게 된다는 뜻.

2292. 교룡이 비 구름을 얻을까봐 두려워하지만 언제까지나 못 속에만 있는 것은 아니다. (恐蛟龍得雲雨 終非池中物) 〈吳志〉

비 구름을 못 얻어 하늘에 오르지 못하는 교룡이 언젠가는 비 구름을 얻을 날이 있듯이 때를 못 만난 영웅은 비록 고생은 하고 있지만 언젠가는 기회를 만날 때가 있다는 뜻.

2293. 교룡이 용 된다. (蛟龍爲龍)

때를 못 만나서 용이 못 되고 있던 교룡이 비 구름을 얻어 용이 되듯이 때를 못 만난 영웅이 좋은 기회를 얻었다는 뜻.

2294. 교만하고서 망하지 않은 사람은 아직까지

없다. (驕而不亡者 未之有也) 〈春秋左傳〉

교만한 사람은 군중들로부터 버림을 받게 되므로 옛날부터 현재에 이르기까지 망하지 않은 사람이 없다는 말.

2295. 교만하고 오만한 마음은 버려야 한다. (去驕傲之心) 〈漢書〉

교만하고 오만하게 되면 망할 장본이기 때문에 이런 것은 버려야 한다는 말.

2296. 교만하고 게을러진다. (驕則緩怠) 〈管子〉

교만에는 게으름이 따라다닌다는 뜻.

2297. 교만하면 망한다. (驕其亡乎) 〈春秋左傳〉

교만한 사람은 군중들로부터 고립되기 때문에 필연적으로 망하게 된다는 말.

2298. 교만하면 손해만 보고 겸손해야 이익만 본다. (慢招損 謙受益)

교만하면 남들이 상대를 하지 않기 때문에 손해만 보게 되지만 겸손한 사람은 남들과 친밀하게 되기 때문에 서로 도와 가며 잘살게 된다는 말.

2299. 교만한 마음은 키워서 안 된다. (敖不可長)

교만은 자멸을 초래하게 되기 때문에 교만한 마음이 싹트는 즉시로 제거해야 한다는 뜻.

2300. 교만한 사람은 삼 년 못 간다. (驕不三年)

부귀를 누리는 사람이 교만하면 그 부귀가 오래 가지 못한다는 말.

2301. 교만한 사람은 음란하게 된다. (驕者生淫亂) 〈寶鑑〉

교만한 사람은 음란하게 되기 쉽다는 뜻.

2302. 교묘한 꾀를 마음대로 부린다. (奇計縱橫)

지략(智略)이 뛰어나서 교묘한 계략을 자유 자재(自由自在)로 수립한다는 말.

2303. 교묘한 말로 자기의 결함을 발라맞춘다. (言足以飾非) 〈史記〉

교묘한 말로 자기의 허물을 변명하면서 합리화시키려고 한다는 뜻.

2304. 교묘한 말은 진실하지 않다. (巧言不實)

말을 교묘하게 하자면 거짓말이 가미되기 때문에 진실하지 않다는 말.

2305. 교묘한 사기가 졸렬한 성의만 못하다. (巧詐不如拙誠) 〈魏志〉

사기 잘하는 똑똑한 사람보다는 못났어도 성실한 사람이 낫다는 뜻.

2306. 교묘한 속임수를 되풀이한다. (巧詐反覆)

교묘한 속임수를 한 번도 아니고 상습적으로 쓰는 위험 인물이라는 뜻.

2307. 교묘한 재주를 가진 사람은 서투른 사람의 종이다. (巧者拙之奴) 〈王參政〉

교묘한 재주가 있는 사람은 서투른 사람을 위하여 일을 해야 하기 때문에 종이라는 말.

2308. 교양 없는 사람은 한가하면 좋지 못한 일만 하게 된다. (小人閑居爲不善)

교양이 없고 의지가 약한 사람으로서 일정한 직장이 없이 한가로운 생활을 하게 되면 범죄를 하게 된다는 뜻.

2309. 교육에는 차별이 없어야 한다. (有敎無類) 〈論語〉

교육에 있어서는 신분의 차별을 해서는 안 된다는 말.

2310. 교천(敎川) 부자가 눈 아래로 보인다.

가난하던 사람이 갑자기 부자가 되면 거만하게 된다는 뜻. ※ 교천: 경주(慶州) 부근에 있는 지명.

2311. 교활한 토끼는 굴이 셋이다. (狡兎三窟) 〈戰國齊策〉

(1) 의탁할 곳이 여러 곳이라도 겨우 생명을 유지하게 되었다는 말. (2) 교활한 사람의 행동은 믿을 수 없다는 말.

2312. 교활한 토끼를 잡고 나면 사냥개도 잡아 먹는다. (狡兎死 走狗烹) 〈史記〉

사냥할 때는 사냥개를 이용했지만 사냥할 것이 없게 되면 사냥개도 잡아먹듯이 세상에는 흔히 아쉬울 때는 이용했다가 이용하고 나서는 배신한다는 뜻.

2313. 구걸도 같이 다녀서는 안 된다. (乞不並行)

남에게 무엇을 부탁할 때는 혼자 가서 조용히 부탁을 해야 한다는 말.

2314. 구경군이 담과 같이 둘러섰다. (觀者如堵)

구경하는 사람들이 둘러서 있는 것이 마치 사람으로 담을 이룬 것 같다는 말.

2315. 구관(舊官)이 명관(名官)이다.

현직(現職) 관리보다 전직(前職) 관리가 일을 더 잘했다는 말로서 사람은 언제나 지나간 것을 더 좋아하고 아까와한다는 말.

2316. 구 년 농사에 삼 년 먹을 것은 남아야 한다. (九年耕必有三年之食之) 〈星湖雜著〉

농사는 삼 년에 한 번 흉년 들 것을 예견해서 삼 년 농사에 일 년 양식이 남아 돌아가도록 되어야 한다는 말.

2317. 구 년 장마에 볕 안 나는 날 없고 칠 년 대한에 비 안 오는 날 없었다.

아무리 오랫동안 고생이 계속된다 하더라도 그 중간중간에는 즐거운 일도 있게 마련이라는 뜻.

2318. 구 년 장마에 볕 안 나는 날 없었다.

지루한 고생이 있기는 하지만 간간이 순간적인 즐거움은 있었다는 말.

2319. 구 년 장마에 해 돋는다.

지루한 장마 끝에 해가 돋듯이 오랫동안 고생하던 끝에 즐거움을 당하게 되었다는 말.

2320. 구 년 장마에 해 바라듯 한다.

장마에 지친 사람들이 햇볕 나기를 기다리듯이 오랜 세월을 두고 간절히 기다렸다는 말.

2321. 구 년 홍수(洪水)에 볕 기다리듯 한다.

구 년간 장마에 볕나기를 기다리듯이 오랫동안 몹시 기다렸다는 말.

2322. 구 대(九代)를 두고 내려오는 원수이다. (九世之讎)

대대손손(代代孫孫) 내려오는 큰 원수라는 말.

2323. 구더기 날까봐 장 못 담글까 ?

큰 일을 하자면 사소한 방해물은 두려워해서는 안 된다는 말.

2324. 구더기 될 놈이다.

아무 데도 쓸모 없는 인간밖에 안 되겠다는 말.

2325. 구더기 무서워 장 못 담글까 ?

(1) 사소한 방해물이 있다고 할 일을 안 해서는 안 된다는 말. (2) 큰 일을 하는 데는 사소한 비방이 있더라도 두려워해서는 안 된다는 말.

2326. 구덩이를 피하다가 우물에 빠진다. (避坑落井).

조그마한 손해를 안 보려고 애를 쓰다가 오히려 큰 손해를 보게 되었다는 말.

2327. 구두쇠다.

무엇이든지 한번 자기 손에 들어온 것은 남을 주지 않는 사람이라는 뜻.

2328. 구두쇠 아비에 방탕한 자식 생긴다.

구두쇠 노릇을 하여 아비가 번 재산을 아들이 방탕하여 패가하게 된다는 뜻.

2329. 구들장 신세만 진다.

(1) 병으로 늘 누워 있다는 뜻. (2) 한가한 사람이 늘 누워서 세월을 보낸다는 뜻.

2330. 구들장에 물 난리다.
　몹시 가난하여 지붕이 새서 방안에 물 난리가 났다는
　말.

2331. 꾸러미 속에 든 고기는 그대로 먹지 못한
　다.
　꾸러미 속에 든 고기도 요리를 해야 먹듯이 수고를 하
　지 않고 저절로 되는 일은 없다는 뜻.

2332. 꾸러미에 단 장 들었다. (苞苴甘醬入)
　　　　　　　　　　　　　　　　　　　　〈旬五志〉
　모양은 흉한 꾸러미 속에 맛이 좋은 장이 들어 있듯
　이 외모는 흉하나 속은 훌륭하다는 말.

2333. 구럭의 게도 놓아 주겠다.
　구럭에 잡아 넣은 게도 놓아 줄 수 있는 인정이 있듯
　이 이미 자기의 것으로 된 것까지도 남에게 양보할 수
　있는 아량이 있다는 말.

2334. 구렁이가 제 몸 추어 봤자지.
　구렁이가 제 몸을 아무리 추어봐도 별수없듯이 못
　난 주제에 잘난 체해 봐야 그 모양, 그 꼴이지 별수
　없다는 말.

2335. 구렁이 담 넘어가듯 한다.
　구렁이가 담을 슬그머니 넘어가듯이 무슨 일을 어름
　어름하면서 슬쩍 해치운다는 뜻.

2336. 구렁이도 제 몸을 추어주면 좋아한다.
　아무리 못난 사람이라도 자기를 추어주어 싫다는 사
　람은 없다는 말.

2337. 구렁이 두꺼비 삼키듯 한다.
　구렁이가 두꺼비를 순식간(瞬息間)에 삼키듯이 무슨
　일을 선뜻 해치운다는 말.

2338. 구렁이 밭 이랑 넘어가듯 한다.
　무슨 일을 어물어물하다가 슬쩍 해치운다는 뜻.

2339. 구렁이 아래 턱 같다.
　옛날 사용한 주화(鑄貨)인 상평통보(常平通寶)를 가
　리키는 말.

2340. 구렁이 제 몸 추듯 한다.
　구렁이가 잘나지도 못한 제 몸을 추듯이, 잘나지도 못
　한 사람이 제 자랑만 한다는 말.

2341. 구레나룻 난 사람은 모두 제 할아버진 줄
　안다.
　비슷한 것만 보면 모두 제 것인 줄 안다는 뜻.

2342. 구레나룻도 뺨 맞는 데는 한 부조다.
　쓸데없는 '것같이 생각했던 것도 쓰일 때가 있다는
　뜻.

2343. 구룡소(九龍沼) 늙은 용이 여의주(如意珠)
　를 어루듯 한다.
　깊은 물 속에서 여의주를 만지면서 하늘에 오를 준비
　를 하듯이 큰 뜻을 품은 영웅이 작전 계획을 수립하고
　있다는 뜻.

2344. 구르는 돌에는 이끼가 끼지 않는다.
　돌에 이끼가 끼는 것은 박힌 돌에 끼듯이 사람도 활
　동을 하지 않으면 병이 생기지만 활동하는 사람은 건
　강하다는 말.

2345. 구를 자리 보고 씨름한다.
　미리 질 것을 각오하고 싸움을 한다는 뜻.

2346. 구름 가듯 물 흐르듯 한다. (行雲流水)
　일이 수월하게 척척 잘 되어 나간다는 말.

2347. 구름 갈 제 비도 간다.
　비와 구름과 같이 서로 떨어질 수 없는 밀접한 관계
　가 있다는 뜻.

2348. 구름과 땅과의 차이다. (雲泥之差)
　구름과 땅과의 차이가 있듯이 도저히 비교할 수 없을
　정도로 차이가 있다는 뜻.

2349. 구름과 안개가 변하듯 한다. (雲霧變態)
　구름과 안개가 수시로 변하듯이 몹시 변하기를 잘한
　다는 뜻.

2350. 구름 따라 비도 내린다.
　구름과 비는 서로 따라다니듯이 서로 떨어지지 않고
　붙어 다닌다는 뜻.

2351. 구름 따라 용도 가고 바람 따라 범도 간다.
　(雲從龍 風從虎)　　　　　　　　　　〈易經〉
　마음이 맞는 사람끼리는 서로 가까이 되어 어울린다
　는 뜻.

2352. 구름 떠다니듯 한다.
　구름 떠다니듯이 정처없이 떠돌아다니는 신세라는
　뜻.

2353. 구름만 잔뜩 끼고 비는 아니 온다. (密雲不
　雨)
　(1) 가뭄에 비를 기다리는 농민의 애만 달군다는 뜻.
　(2) 무슨 일이 될 듯하면서도 되지 않는다는 뜻.

2354. 구름은 바람 따라 모이고 바람 따라 흩어진
　다.
　구름은 바람에 따라 움직이듯이 가족들은 가장(家長)
　의 지시에 따라 행동해야 한다는 뜻.

2355. 구름은 오고 안개는 흩어진다. (雲來霧去)

구름과 안개가 오가듯이 슬그머니 오간다는 뜻.

2356. 구름을 잡으려는 격이다.
　구름을 잡으려고 하듯이 되지도 않을 짓을 한다는 뜻.

2357. 구름이 가는 곳에 비도 내린다. (雲行雨施)
　　　　　　　　　　　　　　　　　　　　〈易經〉
　구름 가는 데 비가 따라가듯이 서로 떨어질 수 없는 밀접한 관계가 있다는 뜻.

2358. 구름이 끼어야 비도 온다. (雲集降雨)
　구름이 끼어야 비도 오듯이 무슨 일이든지 조건이 조성되어야 성사된다는 말.

2359. 구름이 사라지듯 안개가 흩어지듯 한다. (雲消霧散)
　구름이나 안개가 사라지듯이 슬그머니 사라진다는 말.

2360. 구름이 지나가면 해가 난다. (雲開見日)
　구름이 지나가면 해가 나듯이 고생이 지나가면 즐거움이 온다는 말.

2361. 구름 잡기다.
　매우 허황(虛荒)한 짓을 한다는 뜻.

2362. 구름장에 치부(置簿)한 격이다.
　구름장에다 돈 문서를 하듯이 아무 쓸모 없는 헛수고만 한다는 말.

2363. 구름 지나간 자리다. (過雲無影)
　구름이 지나간 자리마냥 아무 흔적도 없다는 말.

2364. 구름처럼 모이고 안개처럼 흩어진다. (雲集霧散)
　많은 사람들이 모였다가 흩어진다는 말.

2365. 구름처럼 합치고 안개처럼 모인다. (雲合霧集)
　수월하게 합쳐지고 수월하게 모인다는 말. ↔ 구름처럼 흩어지고 안개처럼 사라진다.

2366. 구름처럼 흩어지고 새처럼 자취를 감춘다. (雲散鳥没)
　언제 어떻게 없어진지도 모르게 슬그머니 없어졌다는 말.

2367. 구름처럼 흩어지고 안개처럼 사라진다. (雲散霧消)
　구름이나 안개가 사라지듯이 언제 어떻게 없어진지도 모르게 슬그머니 없어졌다는 말. ↔ 구름처럼 합치고 안개처럼 모인다.

2368. 구리지 않은 뒷간 없다.
　자기 본색(本色)은 감출 수 없다는 뜻.

2369. 구만 리 장천(長天)이 지척(咫尺)이다.
　구만 리가 넘는 높은 하늘도 지척이 되듯이 마음이 지척이면 아무리 멀어도 지척같이 된다는 뜻.

2370. 구멍만 있으면 숨고 싶다.
　너무 부끄러워 숨고 싶어도 숨을 곳이 없어서 숨지를 못한다는 뜻.

2371. 구멍만 찾는다.
　(1) 여자를 좋아한다는 뜻. (2) 남의 잘못만 찾는다는 뜻.

2372. 구멍 봐서 쐐기도 깎는다.
　무슨 일이든지 실정에 알맞게 해야 한다는 말.

2373. 구멍에 든 뱀 길이는 모른다. (孔蛇無尺)
　(1) 남의 속은 모른다는 뜻. (2) 직접 보지 않은 것은 모른다는 뜻.

2374. 구멍에 든 뱀이 몇 자인 줄 안다더냐?
　(1) 말 없는 사람의 속은 모른다는 뜻. (2) 직접 보지 않은 일은 모른다는 뜻.

2375. 구멍에서 나와 구멍으로 들어간다.
　사람은 세상에 났다가 죽을 때는 묘 속으로 들어가게 된다는 뜻.

2376. 구멍은 깎을수록 커진다.
　잘못된 일을 그대로 수습하려고 하면 점점 악화된다는 뜻.

2377. 구멍은 뚫을수록 커지기만 한다.
　잘못된 일을 고치려고 하지 않고 그대로 수습하려고 하면 점점 큰 잘못으로 된다는 뜻.

2378. 구멍을 보아 말뚝 깎는다.
　무슨 일이든지 분위기에 알맞게 조화시켜서 해야 한다는 뜻.

2379. 구멍을 파는 데는 칼이 끌만 못하고 쥐를 잡는 데는 천리마가 고양이만 못하다.
　아무리 훌륭한 인재라도 적당한 자리에 쓰지 않으면 그 재능(才能)을 발휘할 수가 없다는 뜻.

2380. 구멍을 파는 데는 칼이 끌만 못하다.
　사람은 적재 적소(適材適所)에 배치해야 능률을 낼 수 있다는 뜻.

2381. 구멍이 작았을 때 막지 않으면 커진 뒤에는 헛수고만 한다. (小孔不補 大孔叫苦)
　결함은 적었을 때 바로 시정해야지 이것을 그대로 두어 확대된 다음에는 고칠 수 없다는 말.

2382. 구멍투성이에 부스럼투성이다. (百孔千瘡)

온몸에 종기가 나서 고칠 수가 없게 되듯이 어떤 일이 결함투성이가 되어 바로 잡을 수가 없게 되었다는 말.

2383. 구멍 파는 데는 끝 당할 칼이 없다.
공구(工具)는 그 용도에 따라 특성이 있듯이 사람도 저마다 뛰어난 특기(特技)를 소유하고 있다는 말.

2384. 구멍 하나로 보기다. (一孔之見)
전체를 보지 못하고 어느 한 부분만 보았다는 말.

2385. 구미(口味)가 당긴다.
(1) 몹시 먹고 싶다는 뜻. (2) 어떤 일이 몹시 하고 싶다는 뜻.

2386. 구박이 더욱 심하다. (驅迫滋甚)
학대가 갈수록 더 심해진다는 말.

2387. 구복(口腹)이 원수다.
먹어서 배를 채워줄 것이 없어서 원수라는 말로서 즉 먹을 것이 없어서 큰 걱정이라는 말.

2388. 꾸부러진 나무는 그림자도 꾸부러진다.
마음이 바르지 못하면 행동도 바르지 못하게 된다는 뜻.

2389. 꾸부러진 송곳이다.
송곳이 꾸부러지면 쓸모가 없듯이 본분을 상실하게 되면 쓸모가 없게 되었다는 말.

2390. 꾸부렁 나무가 선산(先山) 지킨다.
재목으로 쓰지 못하는 굽은 나무가 선산을 오래 모시듯이 병신 자식이 부모에게 효도한다는 말.

2391. 꾸부렁 자지는 제 발등에 오줌 눈다.
자신이 저지른 죄과(罪過)는 자신에게로 돌아온다는 말.

2392. 꾸부리고 땅을 보아도 부끄럽지 않다. (俯不愧於地)
구부리고 온 세상을 내려다보아도 어느 누구 앞에서나 부끄럽지 않다는 말.

2393. 꾸부릴 때는 꾸부리고 펼 때는 펴야 한다. (時詘則詘 時伸則伸也) 〈荀子〉
무슨 일이든지 실정에 맞추어 신축성 있게 해야 한다는 뜻.

2394. 구색(具色)이 맞지 않는다.
(1) 무슨 일이 균형(均衡)이 잡히지 않는다는 뜻.
(2) 관련성(關聯性) 있는 물건이 구비되지 않았다는 뜻.

2395. 구슬 가진 것이 죄가 된다. (抱璧有罪 : 懷玉有罪) 〈春秋左傳〉

구슬을 가지고 있다가 변을 당하듯이 세상에는 흔히 보물을 가지고 있다가 화를 당한다는 뜻.

2396. 구슬 같은 눈물이 비오듯 한다.
몹시 서러워서 눈물이 그칠 줄 모르고 흐른다는 말.

2397. 구슬 같은 눈물이 연달아 떨어진다. (落淚連珠子) 〈古詩〉
몹시 서러워서 눈물이 비오듯 한다는 말.

2398. 구슬도 깎고 다듬어야 구슬 노릇을 한다. (切磋琢磨)
아무리 수재라 하더라도 배우지 않으면 훌륭한 사람으로 될 수 없다는 말.

2399. 구슬도 갈아야 광이 난다.
아무리 재주가 있는 사람이라도 공부를 해야 그 재능을 발휘할 수 있다는 뜻.

2400. 구슬도 꿰야 보배다.
아무리 좋은 재료라도 정성을 들여 쓸모 있도록 만들어 놓아야 가치가 있다는 뜻.

2401. 구슬로 새 잡는 격이다. (以珠彈雀), (明珠彈雀) 〈莊子〉, 〈太玄〉
(1) 손해가는 짓을 한다는 말. (2) 사물의 경중(輕重)도 모른다는 말.

2402. 구슬 없는 용이다.
용은 여의주(如意珠)가 있어야 비 구름을 마음대로 취급할 수 있는데 이 구슬이 없으면 용의 구실을 못하듯이 허세만 있고 아무 권력도 없다는 뜻.

2403. 구슬은 주고 빈 갑만 받는다. (得匣還珠)
값진 것은 남을 주고 값없는 것만 차지하듯이 가장 중요한 것은 남을 주고 쓸모 없는 것만 차지한다는 말.

2404. 구슬이 닷말이라도 꿰야 보배다.
아무리 좋은 재료라도 쓸모 있게 잘 만들어 놓아야 가치가 나간다는 뜻.

2405. 구슬이 서 말이라도 꿰야 보배다.
아무리 좋은 바탕을 지닌 재료라도 이것을 잘 만들지 않으면 좋은 상품으로 될 수 없다는 말.

2406. 구슬 이즈러진 것은 갈면 되지만 말 이즈러진 것은 바로 잡을 수 없다. (白圭之玷 尚可磨 斯言之玷 不可爲)
구슬에 흠이 있는 것은 갈면 없어지지만 한번 잘못한 말은 바로 잡을 수가 없기 때문에 말을 조심하라는 뜻.

2407. 구 시월 닭이다.

가을 닭은 곡식을 많이 먹어 살이 찌듯이 살이 많이 찐 사람을 보고 하는 말.

2408. 꾸어다 놓은 보리쌀 자루다.
여러 사람이 모여서 흥겹게 노는 좌석에서 혼자만 가만히 앉아서 어울리지 않고 있는 사람을 두고 하는 말.

2409. 꾸어 온 빗자루다.
한자리에 있으면서 어울리지 않게 멍하니 앉아 있는 사람을 놀리는 말.

2410. 꾸어 온 조상은 자기네 자손부터 돕는다.
잘되기 위하여 남의 훌륭한 조상을 꾸어와도 자기 자손만 도와 주듯이 아무리 형식을 잘 갖추더라도 이해 관계가 큰 쪽으로 기울어진다는 말.

2411. 구역질이 난다.
너무나 눈꼴이 틀리고 아니꼬와 구역질이 난다는 뜻.

2412. 구운 게도 다리를 떼고 먹으랬다. (炙蟹去足食) 〈東言解〉
위험한 일을 할 때는 안전 대책을 세워서 완전히 위험성을 제거한 다음에 집행하라는 말.

2413. 구운 게도 매어 먹어라.
구워서 죽은 게일지라도 혹 집힐지 모르니 매어서 먹듯이 무슨 일이나 경각성을 가지고 조심성 있게 하라는 말.

2414. 구운 게도 발 떼고 먹으랬다.
구워서 죽은 게라도 집는 발은 떼고 먹듯이 다소나마 위험성이 있는 일을 할 때에는 그 위험성에 대한 만반의 대책을 세우고 하라는 말.

2415. 구월 단풍이 모란꽃보다 낫다. (九月丹楓 勝於牧丹)
모란꽃은 비록 고와도 뜰을 치장할 뿐이지만 단풍은 온 산을 전체 아름답게 치장하기 때문에 낫다는 뜻.

2416. 구유 전을 뜯는다.
소나 말의 먹이를 담는 구유의 가장자리 전을 뜯듯이 세도(勢道) 있는 사람의 도움을 받는다는 뜻.
※ 구유: 소나 말 먹이를 담아 먹이는 통.

2417. 구정물 동이에 호박씨 뜨듯 한다.
관계 없는 일에 방해되는 짓만 한다는 뜻.

2418. 구정물 먹고 주정한다.
술 주정군은 구정물을 먹어도 주정을 하듯이 한번 버릇이 되면 자신도 모르게 행동화된다는 뜻.

2419. 구제할 것은 없어도 도둑 맞을 것은 있다.
남을 줄 것은 없어도 도둑 맞을 것은 무언가 있다는 말.

2420. 궂은 일에는 친척이요 먹는 데는 친구다.
친구도 좋지만 친척은 친구보다 더 좋다는 말.

2421. 구즐게 밴 아이는 날 때도 구즐게 낳는다.
시작이 언짢은 일은 결과도 언짢게 된다는 뜻.

2422. 꾸짖으며 주는 것은 길 가는 나그네도 받지 않는다. (嘑爾而與之 行道之人 弗受)〈孟子〉
좋은 물건이라도 꾸짖으면서 주면 받는 사람이 없듯이 남에게 무엇을 줄 때는 상대방의 기분을 좋게 하여 주어야 고맙게 여긴다는 말.

2423. 구차스럽게 숫자로만 채운다. (苟充其数)
실속은 없이 숫자 놀음만 한다는 말.

2424. 구차하게 겨우 목숨만을 보전할 뿐이다. (苟全生命: 苟全性命: 苟全徒生)
차마 죽지를 못하여 겨우 목숨만 연명하고 있다는 말.

2425. 구하고자 하나 구하기가 어렵다. (欲求難求)
구하려고는 노력해 봤으나 여러 가지 애로가 있어서 구하기가 어렵다는 말.

2426. 구하는 사람이 많으면 얻기가 어렵다. (乞多難得)
수요(需要)가 많고 공급(供給)이 적을 때는 수요를 충족시키지 못한다는 말.

2427. 구하려고 애를 써도 얻지 못한다. (求不得苦)
구하려고 온갖 애를 다 써 보았으나 끝내 구하지 못하게 되었다는 말.

2428. 구하려고 해도 얻지 못한다. (求之不得)
구하려고 애는 써 보았으나 얻지 못하였다는 말.

2429. 구하면 반드시 응하는 것이 있다. (有求必應)
노력하여 구하게 되면 반드시 반응이 있게 된다는 말.

2430. 구하면 얻게 되고 버리면 잃게 된다. (求則得之 舍則失之)〈孟子〉
노력을 하면 없는 것도 얻게 되고 노력하지 않으면 있던 것도 잃게 된다는 뜻.

2431. 구하면 얻고 구하지 않으면 잃는다. (求之則得 不求則失)〈晦齋全集〉
애써 구하면 얻을 수 있지만 버려두면 잃게 된다는 말.

2432. 구하면 얻을 수 있다. (求而得之)〈六韜〉
애써 구하면 못 구할 것이 없다는 말. ↔ 구해도 얻지 못한다.

2433. 구해도 얻지 못한다. (求之不得) 〈詩經〉
애써 구해 봐도 구하지 못하였다는 말. ↔ 구하면 얻을 수 있다.

2434. 국가가 어지러우면 충신도 있게 마련이다. (國家昏亂 有忠臣) 〈老子〉
국가가 어지럽게 되면 반드시 애국자가 출현된다는 말.

2435. 국가가 혼란할 때는 애국자가 나타난다. (國家昏亂 有忠臣), (國家亂 有忠臣) 〈史記〉, 〈老子〉
국가가 혼란한 시기에는 언제나 애국자가 나타나게 된다는 말.

2436. 국가란 큰 정치를 하게 되면 커지고 작은 정치를 하게 되면 작아진다. (國者 巨用之則大 小用之則小) 〈荀子〉
정치적 활동 무대가 크면 국가의 발전도 크며 활동 무대가 작으면 국가의 발전도 작게 된다는 말.

2437. 국도 국 같잖은 것이 뜨겁기만 하다.
이득도 별로 없는 것이 일 거리만 많다는 뜻.

2438. 국도 국 같잖은 것이 맵기만 하다.
변변치도 못한 것이 일 거리만 많다는 뜻.

2439. 국문 풍월(國文風月)에 염(簾)이 있으랴?
염은 한문시(漢文詩)에나 있는 것이지 국문시에는 없듯이 종류가 다르면 식도 다르게 된다는 말.
※ 풍월 : 시. 염 : 한시에서 자음의 고저를 맞추는 형식의 하나.

2440. 국물도 없는 자리다.
아무 잡수입도 없는 직책이라는 말.

2441. 국물도 없다.
아무것도 생기는 것이 없다는 뜻.

2442. 국민들을 어린 아이와 같이 보호하라. (若保赤子) 〈孟子〉
위정자는 민중들을 어린 아이와 같이 사랑하고 보호해야 한다는 뜻.

2443. 국민들은 국가의 근본이다. (庶民者 國之本) 〈三略〉
국민은 그 나라의 기본(基本)이라는 뜻.

2444. 국민은 국가의 기초이다. (民者國之基) 〈文子〉
국가의 기반은 국민이라는 말.

2445. 국민은 국가의 울타리다. (介人維藩) 〈詩經〉
국민은 국가를 울타리마냥 수호한다는 뜻.

2446. 국민을 사랑하는 것은 곧 나라를 다스리는 근본이다. (愛民即爲國之本) 〈御製祖訓〉
위정자가 국민을 사랑하는 것은 정치의 기본이라는 뜻.

2447. 국민을 사랑하면 편안하게 된다. (愛民而安) 〈荀子〉
위정자가 국민을 사랑하면 국가가 안정된다는 뜻.

2448. 국민을 손발과 같이 써야 한다. (使民如四肢) 〈三略〉
위정자는 국민을 자기 손발과 같이 움직일 수 있도록 돼야 한다는 말.

2449. 국민을 아들과 같이 여겨야 한다. (視民如子) 〈新書〉
위정자는 국민을 자기 아들같이 소중히 여겨야 한다는 말.

2450. 국민을 자식과 같이 길러야 한다. (養民如子) 〈春秋左傳〉
위정자는 국민을 자식과 같이 보살펴 주어야 한다는 뜻.

2451. 국민을 하늘같이 여겨야 한다. (蓋之如天) 〈春秋左傳〉
위정자는 국민을 가장 존대해야 한다는 뜻.

2452. 국사(國事)에도 사정이 있다.
나라일하는 공무에도 사정을 참작할 것은 한다는 말.

2453. 국상(國喪)에 죽산마(竹散馬) 지키듯 한다.
국상 때 죽산마 지키듯이 내용도 모르고 시키는 대로 명하니 보고만 있다는 뜻. ※ 국상 : 왕·왕후 등의 장사. 죽산마 : 국상 때 쓰는 대로 만든 말.

2454. 국 쏟고 뚝배기 깬다.
한 가지 일이 잘못되면 다른 일도 따라서 잘못되게 된다는 뜻.

2455. 국 쏟고 발등 덴다.
한 가지 손해를 보게 되면 그와 연관된 것까지도 손해를 보게 된다는 뜻.

2456. 국 쏟고 허벅지 덴다.
한 가지 손해를 보게 되면 연관된 것까지 손해를 보게 된다는 뜻.

2457. 국수당에 가 말하듯 하다.
서낭당에 가서 빌 때 말하듯이 옆에 있는 사람도 잘 알아듣지 못하는 말로 중얼거리고 있다는 뜻.
※ 국수당 : 서낭당.

2458. 국수 먹은 배다.

국수 먹은 배는 바로 꺼지듯이 허울만 좋고 실속은 없다는 말.

2459. 국수 못하는 년이 안반만 나무란다.
일 못하는 사람일수록 변명하고 핑계를 대는 버릇이 있다는 말.

2460. 국수 못하는 년이 안반만 탓한다.
일을 못하는 사람은 저 못한다는 말은 않고 타박만 한다는 말.

2461. 국수 못하는 년이 피나무 안반만 나무란다.
일을 못하는 사람일수록 핑계가 많다는 뜻.

2462. 국수 잘하는 년이 수제비 못한다더냐.
어려운 일도 잘하는 솜씨에 쉬운 일을 못할 리가 있느냐는 뜻.

2463. 국수 잘하는 솜씨에 수제비 못할까?
만들기 어려운 물건도 잘 만드는 기술을 가진 사람이 만들면 쉬운 물건을 못 만들 까닭이 없다는 뜻.

2464. 국수 홍두깨로 불을 분다. (擀麺杖吹火)
되지도 않을 일을 미련스럽게 한다는 말.

2465. 국 엎질고 발등 덴다.
(1) 한 가지 일이 잘못되면 다른 일까지 잘못되게 된다는 뜻. (2) 하는 일마다 손해만 보게 된다는 뜻.

2466. 국에 넣은 소금이 어디 가랴.
옳게 한 일은 그 결과가 잘못될 리가 없다는 말.

2467. 국에 덴 놈은 간장도 불어 먹는다. (懲羹吹醬)
국에 덴 사람이 간장도 뜨거운 줄 알고 불어 먹듯이 한번 속은 사람은 항상 조심을 미리 한다는 말.

2468. 국에 덴 놈은 물도 불고 마신다.
한 번 어떤 것에 놀란 사람은 그와 비슷한 것만 보아도 미리 주의하게 되기 때문에 두 번 놀라게 되지 않는다는 말.

2469. 국에 덴 놈은 찬물도 불어 먹는다. (懲湯吹冷水) 〈旬五志〉
어떤 일에 몹시 놀란 사람은 그와 유사한 것만 보아도 미리 겁을 먹고 주의를 한다는 말.

2470. 국에 덴 사람은 푸성귀찬도 불어 먹는다. (懲羹吹齏) 〈旬五志〉
어떤 일에 한번 놀라 본 사람은 그와 비슷한 것만 보아도 미리 조심한다는 말.

2471. 국에 덴 사람은 회(膾)도 불어 먹는다.

무엇에 한번 혼난 사람은 그와 비슷한 것만 봐도 조심하게 된다는 뜻.

2472. 국이 끓는지 밥이 끓는지 다 안다.
집안 형편을 들여다보는 것같이 다 알고 있다는 말.

2473. 국이 끓는지 장이 끓는지 다 안다.
집안 내용을 속속들이 다 알고 있다는 말.

2474. 국제 얌치다.
염치(廉恥)가 없기로 유명한 챔피언급이라는 말.

2475. 꾹 참고 견딘다. (堪忍)
어려운 일이 있거나 성낼 일이 있어도 참고 견딘다는 말.

2476. 꾼 값은 말 닷 되다.
한 말 꾸어간 값은 한 말 닷 되를 갚아야 하듯이 꾸어 쓰는 것에도 공것은 없다는 말.

2477. 군고기에 덴 놈은 회(膾)도 불어 먹는다.
어떤 일에 한번 놀라면 그후부터는 그와 비슷한 것만 보아도 겁을 먹게 된다는 뜻.

2478. 군대는 게으르면 패하게 된다. (以怠爲敗) 〈六韜〉
군대의 동작이 민활하지 못하면 승리할 수 없다는 말.

2479. 군대는 교만하면 멸망한다. (兵驕者滅) 〈漢書〉
군대가 교만하면 민중들의 지지를 받을 수 없기 때문에 멸망한다는 뜻.

2480. 군대는 천하의 영웅이다. (兵爲天下雄) 〈三略〉
군대는 용사들의 집단이기 때문에 세상에서 가장 위대한 영웅이라는 뜻.

2481. 군밤 둥우리 같다.
옷 입은 맵시가 밤 둥우리마냥 두리벙벙하게 입은 사람을 조롱하는 말.

2482. 군밤 맛하고 샛서방 맛은 못 잊는다.
여자가 한번 바람이 나면 가정이 파탄된다는 말.

2483. 군밤에서 싹이 나겠다.
군밤에서 싹이 날 수 없듯이 아무리 오래 기다려도 가망이 없는 일이라는 뜻.

2484. 군불에 밥 짓기다. (過火之餘 我食可餾) 〈耳談續纂〉
(1) 남의 일을 해주는 김에 자기 일도 한다. (2) 밑천도 들이지 않고 쉽게 한다는 뜻.

2485. 군불 장대같이 키만 크다.

군불 장대와 같이 가늘고 키만 크다는 말.

2486. 군불 장대마냥 길기만 하다.
　　긴 군불 장대와 같이 몸집이 가늘고 키만 크다는 말.

2487. 군색한 감장수는 유월부터 판다.
　　군색한 감장수가 하도 답답해서 유월 감을 따서 팔듯이 사람이 궁지에 빠지면 조급성이 생긴다는 뜻.

2488. 군색한 쥐도 단번에 잡지 말랬다.
　　아무리 상대가 약해도 만만히 보고 일을 해서는 안 된다는 뜻.

2489. 군인은 목숨을 아끼지 않는다. (武臣不惜死)　　　　　　　〈宋史〉
　　군인은 입대할 때 이미 국가에 목숨을 바치기로 했기 때문에 새삼스럽게 목숨을 아끼는 일이 없다는 말.

2490. 군자는 사람을 거울로 삼는다.
　　학식과 덕망(德望)이 높은 사람은 군중을 바탕으로 하여 행동한다는 말.

2491. 군자는 입을 아끼고 범은 가죽을 아낀다. (君子愛口 虎豹愛皮)
　　학문과 덕망이 높은 사람은 말을 삼가하고 무식한 사람은 재물을 아낀다는 말.

2492. 군자는 입을 아끼고 범은 발톱을 아낀다.
　　학식과 덕망이 높은 사람은 항상 말을 조심해서 한다는 뜻.

2493. 군자는 재물을 낭비하지 않는다. (惠而不費)　　　　　　　〈論語〉
　　군자는 사치를 하지 않고 검소한 생활을 한다는 뜻.

2494. 군자는 좋지 못한 곳에 가더라도 그 마음이 더러워지지 않는다. (君子行於濁地 不能亂其心)　　　　　　　〈益智書〉
　　교양 있는 사람은 나쁜 환경에 처하여 있어도 동화되지 않고 본심을 지니고 있다는 말.

2495. 군자는 태평해도 교만하지 않다. (泰而不驕)　　　　　　　〈論語〉
　　군자는 태평한 생활을 하더라도 결코 교만한 행동은 하지 않는다는 뜻.

2496. 군자 말년에 배추씨 장수 한다.
　　학문과 덕망이 높은 군자도 늙어서 가난하면 배추씨 장수를 하듯이 가난하면 체면도 가리지 않고 아무 짓이나 한다는 뜻.

2497. 군정청(軍政廳)에 들락날락하고 감투 못 쓴 건 병신이다.

미군정청(1945~1948)에 드나든 사람들은 다 관직을 얻었다는 말.

2498. 군정청 통역하고 큰 감투 못 쓴 사람 없다.
　　미군정청(1945~1948) 통역 노릇한 사람은 다 높은 관직을 얻었다는 말.

2499. 군중들과 바라는 것이 같으면 그 일은 성사된다. (與衆同欲 是以濟事)　　〈春秋左傳〉
　　군중들과 이해 관계가 같은 일은 성공하게 된다는 뜻.

2500. 군중들과 함께 미워하면 기울어지지 않는 것이 없다. (與衆同惡靡不傾)　　〈三略〉
　　민중들과 굳게 결합하여 싸우면 이기지 못할 것이 없다는 말. ↔ 군중들과 함께 좋아하면 이루어지지 않는 것이 없다.

2501. 군중들과 함께 좋아하면 이루어지지 않는 것이 없다. (與衆同好靡不成)　　〈三略〉
　　군중들과 단결하여 하는 일은 성공하지 못하는 것이 없다는 말. ↔ 군중들과 함께 미워하면 기울어지지 않는 것이 없다.

2502. 군중들에게 덕의에 어긋나는 행동을 하면 폭동을 일으키게 된다. (民反德爲亂)〈春秋左傳〉
　　위정자가 반민적(反民的)인 행동을 하게 되면 민중들은 폭동을 일으키게 된다는 뜻.

2503. 군중들은 모두 재물을 탐내고 먹기를 즐긴다. (衆皆貪婪)　　　　〈楚辭〉
　　군중들은 명예와 예의보다도 재물과 먹는 것을 욕구한다는 말.

2504. 군중들을 잃으면 나라도 잃는다. (失衆則失國)　　　　　　　〈大學〉
　　위정자가 인민들에게 고립되면 정권도 쓰러진다는 말.

2505. 군중들의 노여움은 뼈 속까지 스며든다. (衆怒入骨)　　　　　〈虎叱〉
　　군중들이 한번 분노하면 풀어지지 않는다는 말.

2506. 군중들의 노여움이 쌓이면 반란하게 된다. (蘊蓄民)　　　　　〈春秋左傳〉
　　군중들의 분노가 쌓이게 되면 폭발되어 반란을 일으키게 된다는 말.

2507. 군중들의 마음은 막기 어렵다. (衆難塞胸)　　　　　　　〈後出師表〉
　　위정자가 탄압을 하여도 군중의 마음은 꺾기 어렵다는 말.

2508. 군중들의 분노는 거슬릴 수 없다. (衆怒難犯)　　　　　　　〈春秋左傳〉

민중들의 분노는 탄압만으로써는 해결할 수 없다는 말.

2509. 군중들의 분노는 누르기 어렵다. (衆怒不可蓄也) 〈春秋左傳〉
군중들의 파도 같은 분노는 강압적으로는 해결하기 어렵다는 말.

2510. 군중들의 분노는 막기 어렵다. (衆怒難防)
군중들이 분노하게 되면 이것은 어떤 강권을 발동시켜도 막기가 대단히 어렵기 때문에 이런 일이 없도록 조심하라는 뜻.

2511. 군중들의 여론으로 결정한다. (対衆發落)
군중들의 여론에 의하여 민주주의적으로 결정한다는 뜻.

2512. 군중들의 여론은 받아들여야 한다. (聽衆議) 〈漢書〉
군중들의 여론을 들어서 민주주의적으로 집행하라는 뜻.

2513. 군중들의 원한은 쌓이기 어렵다. (衆怨難積) 〈魏志〉
군중들의 원한은 조성되면 즉시 폭발하게 되기 때문에 쌓이는 일이 드물다는 말.

2514. 군중들의 의견을 널리 채택해야 한다. (博採衆議)
군중들의 의견을 널리 받아들여 민주주의적으로 채택한다는 말.

2515. 군중들의 입으로 세워진 비다. (萬口成碑)
군중들의 여론에 의하여 이루어진 성과(成果)라는 말.

2516. 군중들의 입은 막기 어렵다. (衆口難防)
위정자의 권력으로도 군중들의 여론은 막을 수 없다는 뜻.

2517. 군중들의 입은 빼앗지 못한다. (不奪衆多之口) 〈漢書〉
군중들의 여론은 막을 수가 없다는 말.

2518. 군중들의 입을 막기는 냇물을 막기보다 어렵다. (防民之口 甚於防川) 〈十八史略〉
냇물은 막을 수 있으나 군중들의 여론은 도저히 막을 수 없다는 말.

2519. 군중들의 지혜는 받아들여야 한다. (以納衆智) 〈星湖雜著〉
위정자는 항상 군중들의 좋은 의견을 받아들일 줄 알아야 한다는 뜻.

2520. 군중들이 다 알고 있는 바이다. (衆人共知 : 衆所共知)
군중들을 기만할 수 없는 다 아는 일이라는 말.

2521. 군중들이 다 의심을 품고 있다. (群疑満腹) 〈後出師表〉
민중들이 한결같이 정부에 대한 의심을 가지고 있다는 뜻.

2522. 군중들이 의심하게 되면 국민들을·다스리지 못한다. (衆疑無治民) 〈三略〉
군중들이 정부를 의심하게 되면 정치를 하기 어렵게 된다는 뜻.

2523. 군중들이 의심하게 되면 나라가 안정될 수 없다. (衆疑無定國) 〈三略〉
국민들이 정부를 불신하게 되면 국가는 안정될 수 없다는 뜻.

2524. 군중들이 지켜본다. (衆人所視 : 衆人環視)
군중들이 지켜보기 때문에 조금도 나쁜 짓은 못한다는 말.

2525. 군중들이 하는 일은 이길 수 없다. (衆之所為 不可奸也) 〈春秋左傳〉
군중들이 요구하는 것은 다 받아들여야 한다는 말.

2526. 군중들이 합세하면 산도 움직일 수 있다. (衆煦漂山) 〈漢書〉
군중들이 동원(動員)된다면 못하는 일이 없다는 뜻.

2527. 군중은 흩어지게 되면 약하게 된다. (衆散為弱) 〈春秋左傳〉
단결되지 않은 군중은 강한 조직력을 발휘할 수 없다는 말.

2528. 군중을 사랑하는 데는 겸손과 화목이 제일이다. (愛衆以謙和為首)
대중과의 연계에 있어서는 겸손하고 친근하게 대하는 것이 제일 좋은 방법이라는 말.

2529. 군중을 이길 수는 없다. (不勝衆) 〈春秋左傳〉
군중은 어떤 힘으로도 당할 수 없다는 뜻.

2530. 군중의 감정은 극도에 달하면 폭발된다. (衆情鬱怫)
군중들의 분노가 극도에 달하면 폭발하여 반란을 일으키게 된다는 말.

2531. 군중의 꾀는 군중의 힘을 굴복시킨다. (群策屈群力) 〈揚子法言〉
군중의 힘보다는 군중의 지혜인 꾀가 낫다는 말.

2532. 군중의 노여움을 사는 사람은 항상 재화

와 실패를 당하게 된다.(犯衆怒者 常及於禍敗)
〈世宗大王〉
군중들의 분노를 사는 정치는 항상 재난을 받거나 실패를 당하게 된다는 말.

2533. 군중의 도움이 없으면 반드시 패하게 된다. (無衆必敗)　　　　　　　〈春秋左傳〉
정치인은 군중의 지지를 받지 못하게 되면 몰락된다는 말.

2534. 군중들의 마음을 얻는 사람은 하늘도 감동한다. (得衆動天)　　　　　　　〈荀子〉
민중들의 지지를 받는 사람은 모든 일이 잘 이루어진다는 뜻.

2535. 군중의 마음을 얻는 사람은 항상 자신의 안전을 보전하게 된다. (得衆心者 常保於安全)
〈世宗大王〉
민중의 지지를 받는 위정자의 신변(身邊)은 항상 안전하다는 말.

2536. 군중의 마음이 합치면 성을 이룬다. (衆心成城)
군중들의 단결된 마음은 하나의 성곽(城廓)을 이룬다는 말.

2537. 군중의 소망은 이루어진다. (衆望所歸)
군중들이 한결같이 소망하는 것은 반드시 이루어진다는 말.

2538. 군중의 신망을 얻는 사람은 반드시 승리한다. (衆望者必勝)
대중의 신망을 얻은 정치인은 승리할 수 있다는 말.

2539. 군중의 여론은 쇠도 녹이고 흉이 많으면 뼈를 녹인다. (衆口鑠金 毀積鎖骨)　〈鄒陽〉
군중들의 여론과 비난에는 견디지 못한다는 뜻.

2540. 군중의 입은 쇠도 녹인다. (衆口鑠金)
〈鄒陽〉
군중의 여론은 쇠라도 녹일 수 있을 정도로 위력이 세다는 말.

2541. 군중의 힘으로 도움을 받는다. (衆力扶身)
군중의 힘으로 도움을 받기 때문에 안전하다는 뜻.

2542. 군중의 힘은 하늘도 이긴다. (人衆者勝天)
〈史記〉
군중의 단결된 힘은 세상에서 가장 위대한 하늘도 이긴다는 말.

2543. 군중이 뭉쳐서 일하면 못할 일 없다. (與衆同好靡不成)
단결된 군중들의 힘으로는 무슨 일이든지 할 수 있다는 뜻.

2544. 군침만 흘린다.
되지도 않는 일을 설마설마하고 기다린다는 뜻.

2545. 굳고 꼿꼿하면 부러진다. (太剛則折)
곧은 나무를 꺾으려고 할 때 구부러지는 성질이 없는 굳은 나무는 부러지듯이 지나치게 강하기만 하고 부드러운 성격이 없으면 실패한다는 뜻.

2546. 굳세게 참으면서 오래 견딘다. (堅忍持久)
〈漢書〉
어려운 고난을 극복하려면 굳세게 참고 견디어야 한다는 뜻.

2547. 굳세게 행동하는 사람은 뜻이 있는 사람이다. (強行者有志)　　　　　　　〈老子〉
굳세게 행동하는 사람은 목적이 있는 사람이라는 뜻.

2548. 굳세고 용감해도 남을 해쳐서는 안 된다. (剛毅勇敢 不以傷人)　　　　　　〈荀子〉
굳세고 용감할지라도 정의를 벗어나 군중을 해치는 것은 사나운 짓이기 때문에 이런 일은 없도록 해야 한다는 뜻.

2549. 굳센 물고기가 부드러운 못물을 벗어나지 못한다. (魚不可脫於淵)　　　　　〈老子〉
굳세기만 한 것은 오히려 부드러운 것을 당하지 못하기 때문에 참으로 굳세게 되려면 강유(剛柔)가 겸해야 이루어진다는 뜻.

2550. 굳은 땅에 물이 고인다. (行潦之聚 亦于硬土)　　　　　　　　　　　　〈耳談續纂〉
땅이 굳어야 물도 고이듯이 사람도 단단해야 돈도 모은다는 말.

2551. 굳은 이가 먼저 빠지고 부드러운 혀가 나중까지 남는다. (齒亡舌存 : 齒敝舌存)〈説苑〉
굳은 이가 부드러운 혀를 당하지 못하듯이 지나치게 강하기만 한 것은 오히려 부드러운 것을 당하지 못하기 때문에 강한 것에는 반드시 부드러움이 겸해야 참으로 강하게 된다는 뜻.

2552. 굳은 이는 빠져도 부드러운 입술은 남는다.
지나치게 강한 것이 부드러운 것을 못 당하듯이 사람도 너무 꼿꼿하지 말고 강유를 겸해야 한다는 뜻.

2553. 꿀 같은 말 속에 칼이 숨어 있다. (口蜜腹劍)
듣기 좋게 하는 말에는 항상 야심이 담겨 있다는 뜻.

2554. 꿀과 같이 단 말이다. (甜言如蜜)
　　남을 유혹하기 위하여 하는 달콤한 말이라는 뜻.

2555. 꿀 단지 겉핥기다.
　　(1) 내용도 모르면서 나쁘다고 비방한다는 뜻.
　　(2) 참뜻도 모르면서 아는 체한다는 뜻.

2556. 꿀떡꿀떡 참는다.
　　속에서 화가 치솟아오르나 참고 견딘다는 말.

2557. 꿀도 사흘만 먹으면 단 줄 모른다.
　　맛있는 음식도 늘 먹게 되면 그 아름다운 맛을 모르게 된다는 말.

2558. 꿀도 약이라면 쓰다.
　　자기에게 이롭도록 충고하는 말을 싫어한다는 말.

2559. 굴뚝 막은 덕석 같다.
　　굴뚝 막은 덕석같이 몹시 더러운 옷을 입었다는 말.
　　※ 덕석 : 소 등을 덮어 주는 멍석.

2560. 굴뚝새 촐랑거리듯 한다.
　　굴뚝새 촐랑거리듯이 촐랑거리며 까분다는 말.

2561. 굴뚝에 바람 들었다.
　　(1) 굴뚝에 바람이 들어 연기가 빠지지 않고 아궁으로 나오게 되어 눈물이 나오게 되므로 왜 우느냐는 뜻.
　　(2) 일하는 데 방해가 들었다는 뜻.

2562. 굴뚝에서 빼낸 족제비 같다.
　　굴뚝에서 그을음이 잔뜩 묻어 나온 쪽제비처럼 전신에 때가 묻어 흉측한 꼴을 하고 있다는 말.

2563. 굴뚝에서 불을 때야 하겠다.
　　방에 불이 안 들어갈 때 하는 말.

2564. 굴뚝으로 불을 때도 이보다는 낫겠다.
　　방에 불이 안 드는 찬 방을 두고 하는 말.

2565. 굴뚝 족제비 같다.
　　주제가 매우 더럽다는 뜻.

2566. 굴러들어온 돈은 굴러 나간다.
　　공으로 생긴 돈은 결국 공으로 쓰여지게 된다는 말.

2567. 굴러들어온 복이다.
　　자신이 노력한 것이 아니고 저절로 얻게 된 복이라는 뜻.

2568. 굴러온 돌이 박힌 돌 보고 성낸다.
　　다른 지방에서 들어온 사람이 본바탕 사람을 시기한다는 말.

2569. 굴러온 돌이 박힌 돌을 뺀다.
　　타곳에서 떠돌던 사람이 본 고장 사람을 도리어 쫓아낸다는 말.

2570. 굴러온 돌이 주춧돌을 밀어낸다.
　　타향에서 떠돌던 사람이 본바탕 사람을 쫓아 낸다는 뜻.

2571. 굴러온 호박이다.
　　어디서 호박이 굴러오듯이 뜻밖에 횡재(橫財)가 생겼다는 말.

2572. 굴레 벗은 말이다. (若馭樸馬) 〈荀子〉
　　굴레 벗은 말은 다루기가 곤란하듯이 방종된 사람은 길들이기가 어렵다는 말. ↔ 굴레 씌운 말이다.

2573. 굴레 씌운 말이다. (羈馬) 〈三國魏志〉
　　굴레를 씌운 말같이 자유로운 몸이 못 된다는 뜻.
　　↔ 굴레 벗은 말이다.

2574. 굴레 씌운 몸이다. (羈身)
　　굴레 씌운 말같이 자유가 구속된 몸이라는 뜻.

2575. 굴레 없는 말 몰듯 한다.
　　지금까지 방종(放縱)된 생활만 하였기 때문에 다루기가 곤란하다는 뜻.

2576. 굴레 없는 말이다.
　　굴레 없는 말과 같이 방종(放縱)된 생활을 한다는 뜻.

2577. 꿀 먹은 강아지 나무라듯 한다.
　　약에 쓸 꿀을 먹은 강아지를 나무라듯이 몹시 나무란다는 말.

2578. 꿀 먹은 개 욱대기듯 한다.
　　꿀 먹은 개를 욱대기듯이 어떤 잘못이 있을 때 으르대며 몹시 나무란다는 말.

2579. 꿀 먹은 벙어리다. (食蜜啞) 〈東言解〉
　　벙어리가 꿀 맛은 알고 있으면서 말을 못하듯이 알고 있으면서도 아무 말을 하지 않고 있는 사람을 두고 하는 말.

2580. 꿀 먹은 벙어리요 침 먹은 지네다.
　　(1) 자기가 한 짓을 모르는 체하고 시치미를 떼고 있다는 뜻. (2) 속에 있는 말을 하고 싶어도 하지 못하고 있다는 뜻.

2581. 꿀보다 더 단 건 진고개 사탕이다.
　　일제 통치시대 진고개에서 판 사탕이 매우 달았다는 말. ※ 진고개 : 일본인 상점가였던 현 충무로.

2582. 꿀보다 약과가 달다.
　　꿀로 만든 약과가 꿀보다 더 달다는 것은 사리에 맞지 않는다는 말.

2583. 굴 속에서 하늘 보기다. (穴中窺天)
부분만을 보고서는 전체를 모른다는 뜻.

2584. 굴 속의 새끼 쥐를 모르거든 밖에 있는 어미 쥐를 보랬다.
그 집 아들을 모르거든 그 집 부모를 보면 아들들도 짐작할 수 있다는 말.

2585. 굴 안에 든 뱀이 몇 자인 줄 아나 ?
보지 않은 일은 알 수가 없다는 뜻.

2586. 굴에 든 뱀 길이다.
굴에 든 뱀 길이는 아무도 모르듯이 보지 않고서는 모른다는 뜻.

2587. 굴 왕신 같다.
낡고 쩌들어서 더럽고 흉하다는 뜻.

2588. 굴욕을 더는 참을 수 없다. (不忍其詢)
　　　　　　　　　　　　　　　　　〈春秋左傳〉
지금까지 참아온 굴욕을 더는 참을 수 없다는 뜻.

2589. 굴 우물에 돌 넣기다.
아무리 일을 해도 표가 나지 않는다는 말.

2590. 굴 우물에 말똥 쓸어넣듯 한다.
깊은 굴 우물에 말똥 쓸어넣듯이 음식을 되는 대로 마구 많이 먹는다는 말.

2591. 꿀은 달아도 벌은 쏜다.
좋은 것을 얻으려면 수고를 많이 해야 한다는 말.

2592. 꿀은 적어도 약과만 달면 된다.
밑천이야 적게 들더라도 결과적으로 제품만 좋으면 그만이라는 말.

2593. 꿀 있는 꽃이라야 벌도 찾아간다.
허울이 아무리 좋아도 실속이 없으면 가까이하지 않는다는 말.

2594. 꿀 항아리에 개미 덤비듯 한다.
먹을 것만 보면 악착같이 덤빈다는 뜻.

2595. 굵은 베옷도 없는 것보다는 낫다.
아무리 나쁜 물건이라도 없는 것보다는 있는 것이 낫다는 말.

2596. 굶기를 밥 먹듯 한다.
굶는 것이 정상인 것같이 되었다는 말.

2597. 굶어도 양반 멋에 산다.
실속은 없어도 뻐기고 사는 멋에 산다는 뜻.

2598. 굶어도 이승이 낫다.
아무리 고생이 되더라도 죽는 것보다는 사는 것이 낫

다는 뜻.

2599. 굶어도 정만 있으면 산다.
비록 가난할지라도 부부간에 정만 있으면 참고 이겨 나갈 수 있다는 뜻.

2600. 굶어 봐야 세상 인심도 안다.
고생해 본 사람이라야 세상의 구석구석까지도 알게 된다는 말.

2601. 굶어 봐야 없는 놈 사정도 안다.
고생해 본 사람이라야 없는 사람들 사정도 알게 된다는 말.

2602. 굶어죽기가 정승 하기보다 어렵다.
정승 하기가 어렵기는 하지만 굶어죽는 것보다는 어렵지 않다는 말.

2603. 굶어죽어도 씨 오장이는 베고 죽으랬다.
농부는 씨앗을 소중히 간수한다는 뜻.

2604. 굶어죽어도 종의 문안(問安)은 하지 말랬다.
아무리 군색해도 체면(體面)은 지켜야 한다는 뜻.

2605. 굶어죽으나 맞아죽으나 제 명에 못 죽기는 일반이다.
이래 죽으나 저래 죽으나 제 명대로 못 죽을 바에야 하고 싶은 일이나 하고 죽겠다는 뜻.

2606. 굶어죽으나 배 터져 죽으나 죽기는 마찬가지다.
이래 죽으나 저래 죽으나 죽기는 일반이라는 뜻.

2607. 굶어죽은 귀신은 있어도 서러워 죽은 귀신은 없다.
아무리 서러운 일이 있어도 서러움은 참을 수 있다는 말.

2608. 굶어죽을 지경이다. (餓死之境)
굶주림을 참아 왔지만 더이상 참을 수 없을 정도로 되었다는 말.

2609. 굶으면 아낄 것도 없이 통 비단도 한 끼다. (飢無可慳 疋錦一餐)　　　〈耳談續纂〉
굶주린 사람에게는 비단보다도 우선 먹는 것이 더 소중하다는 뜻.

2610. 굶주려서 문밖 출입조차 못한다. (飢餓不能出門戶)　　　　　　　　　　〈孟子〉
너무 굶주려서 기동(起動)도 할 수 없게 되었다는 말.

2611. 굶주려서 양식을 구한다. (饑而求黍稷)
　　　　　　　　　　　　　　　　　　〈説苑〉

무슨 일을 미리 예견성(豫見性) 있게 하지 못하고 임박해서 한다는 뜻.

2612. 굶주렸을 때 착한 마음은 난다. (飢寒発善心), (飢寒発道心)　　　　〈事林広記〉,〈景行錄〉
굶주렸을 때는 자기가 부유해지면 가난한 사람을 구제해 주겠다는 착한 마음이 생기게 된다는 말.

2613. 굶주리게 되면 먹고 싶어진다. (飢而欲食)　　　　〈荀子〉
굶주리게 되면 허기를 면하기 위하여 먹고 싶은 생각밖에 없다는 뜻.

2614. 굶주리면 배 채울 것만 찾는다. (用飢求飽)　　　　〈荀子〉
굶주린 사람은 먹을 것만 찾는다는 말.

2615. 굶주리면 복종하고 배부르면 배반한다. (餓則爲用 飽則颺去)
굶주렸을 때는 우선 아쉽기 때문에 잘 복종하지만 일단 기반이 잡혀서 잘살게 되면 지금까지 도와 준 은인도 배반하게 된다는 말.

2616. 굶주린 개는 뒷간만 봐도 좋아한다.
허기진 사람은 먹을 것만 봐도 희망을 가지고 기뻐한다는 뜻.

2617. 굶주린 끝에 먹는 고기 맛이다. (晩食當肉)
음식 맛이 매우 좋다는 말.

2618. 굶주린 나귀가 매를 무서워할까.
생활이 안정되지 못한 사람은 악만 남았기 때문에 무서워하는 것이 없다는 뜻.

2619. 굶주린 놈보고 도시락 부탁한다.
사정도 모르고 되지도 않을 일을 부탁한다는 뜻.

2620. 굶주린 놈에게 화초(花草)다.
굶주린 사람에게는 아무리 좋은 구경도 소용이 없다는 뜻.

2621. 굶주린 놈은 날벼도 먹는다.
기갈을 만난 사람은 먹을 수 있는 것은 아무것이나 먹는다는 말.

2622. 굶주린 놈이 찬밥 더운 밥 가릴까?
허기진 사람은 음식을 가리지 않고 먹는다는 뜻.

2623. 굶주린 말이 채질을 두려워할까.
굶주린 사람은 악만 남아서 무서워하는 것이 없다는 뜻.

2624. 굶주린 매가 꿩을 만난 격이다. (飢鷹遇雉)　　　　〈茶山論叢〉

굶주렸던 차에 포식할 수 있는 음식이 생겼다는 뜻.

2625. 굶주린 매가 사납게 덮친다.
굶주리게 되면 성미도 사나와진다는 뜻.

2626. 굶주린 범에게 고기를 맡기는 격이다.
믿음성이 없는 사람에게 돈을 맡기는 것은 손해볼 장본이라는 뜻.

2627. 굶주린 범에게 돼지막을 지키게 한다. (飢虎牧牢豚)　　　　〈後漢書〉
번연히 손해를 줄 사람에게 재물을 맡긴다는 말.

2628. 굶주린 범은 가재도 먹는다.
굶주린 사람은 먹을 것만 보이면 많고 적고 맛있고 없는 것을 가리지 않고 먹는다는 말.

2629. 굶주린 범이다. (餓虎)
굶주린 범은 닥치는 대로 잡아먹듯이 몹시 사납다는 뜻.

2630. 굶주린 범이 멧돼지를 얻은 격이다. (如餓虎得豕)　　　　〈茶山論叢〉
굶주린 끝에 가장 좋은 먹이를 얻게 되었다는 말.

2631. 굶주린 범이 사납다.
평소에 사나운 범이 굶주리게 되면 더욱 사나와지듯이 굶주리게 되면 사나와진다는 뜻.

2632. 굶주린 범 지나가듯 한다. (餓虎之蹊)
굶주린 범은 먹이라고 눈에 뜨이는 것은 모조리 잡아먹듯이 먹을 것이 눈에 뜨이는 대로 다 먹는다는 말.

2633. 굶주린 사람들에게는 먹을 것을 주어야 한다. (飢者食之)　　　　〈春秋左傳〉
굶주린 사람들에게는 국가적으로 대책을 세워 해결해 주어야 한다는 말.

2634. 굶주린 사람들이 풍년을 만난다. (飢者逢豊)
굶주린 사람들이 풍년을 만나듯이 큰 경사(慶事)를 만나 모두가 즐거워한다는 뜻.

2635. 굶주린 사람은 맛없는 것이 없다.
배고픈 사람은 아무 음식이나 다 맛있게 잘 먹는다는 말.

2636. 굶주린 사람은 먹을 것을 가리지 않는다. (飢不擇食)
굶주린 사람은 맛이 있고 없는 것을 가려서 먹지 않고 닥치는 대로 먹는다는 말.

2637. 굶주린 사람은 밥 짓는 것을 보면 다 익도록 기다리지 못한다. (饑吻待熱)　　〈范成大〉
굶주린 사람은 먹을 것을 보기만 하면 참지를 못한다

는 뜻.

2638. 굶주린 사람은 아무 음식이나 맛있게 먹
는다. (飢者甘食)
굶주린 사람은 우선 배부터 채워야 하기 때문에 아무
음식이나 잘 먹는다는 말.

2639. 굶주린 사람은 음식을 가리지 않는다.
(飢者易爲食)　　　　　　　　　　　　〈孟子〉
굶주린 사람은 아무 음식이나 다 잘 먹는다는 말.

2640. 굶주린 사람은 임금도 생각하지 않는다.
굶주린 사람들은 당장 자신의 식생활 때문에 국가를
생각할 여지가 없다는 뜻.

2641. 굶주린 사람은 찌게미와 겨도 감식한다.
(饑者甘糟糠)
굶주린 사람은 맛없는 것도 잘 먹는다는 뜻.

2642. 굶주린 사람은 털도 먹는다. (飢者毛食)
　　　　　　　　　　　　　　　　　〈後漢書〉
굶주려서 죽게 되었을 때는 먹지 못할 것도 먹게 된
다는 뜻.

2643. 굶주린 새벽 호랑이 싸대듯 한다. (晨虎之
勢)
굶주린 호랑이가 새벽에 먹이를 찾으려고 싸다니듯이
성이 나서 왔다갔다 돌아다니는 사람을 두고 하는 말.

2644. 굶주린 양반 겨떡 하나 더 먹으려고 한다.
평소에 점잔을 피우던 양반도 굶주리면 염치도 모르
게 되듯이 굶주리게 되면 체면이나 점잖도 없어진
다는 말.

2645. 굶주린 이리 같다. (餓狼)
몹시 굶주려서 먹을 것만 찾는다는 말.

2646. 굶주린 이리보고 푸줏간을 지키라는 격이
다. (餓狼守庖厨)　　　　　　　　　〈仲長統〉
번연히 손해당할 것을 알면서 맡긴다는 것은 어리석
은 짓이라는 뜻.

2647. 굶주린 이리 아가리 같다. (餓狼之口)
굶주린 이리가 입을 벌리고 악을 쓰듯이 악을 쓰며
험상궂은 꼴을 하고 있다는 말.

2648. 굶주린 이리에게 부엌을 지키게 한다.
(使餓狼守庖厨)　　　　　　　　　　〈後漢書〉
믿음성이 전혀 없는 사람에게 재물을 맡겨 놓는 것은
매우 위험한 짓이라는 뜻.

2649. 굶주린 호랑이가 고자라고 마다할까 ?
(虎飢困不擇宦)　　　　　　　　　〈靑莊舘全書〉
굶주린 사람은 음식을 가려서 먹지 않는다는 말.

2650. 굶주린 호랑이가 원님을 안다더냐 ?
굶주린 사람은 체면도 차리지 않는다는 말.

2651. 굶주린 호랑이 날고기 먹듯 한다. (餓虎捕食)
굶주린 참에 맛있는 음식을 정신없이 먹듯 한다는 말.

2652. 굶주린 호랑이보고 돼지우리를 지키라고
한다. (飢虎牧牢豚)　　　　　　　　〈仲長統〉
맡겨서 손해본다는 것을 알면서 맡긴다는 것은 어리
석은 짓이라는 뜻.

2653. 굶주림을 고치는 것은 밥이다. (療饑爲食)
　　　　　　　　　　　　　　　　　〈閔翁傳〉
허기진 사람에게는 밥을 주어 굶주림을 없애도록 해
야 한다는 뜻.

2654. 굶주림을 참으며 추위에 잘 견딘다. (忍飢
耐寒)　　　　　　　　　　　　　　〈兩班傳〉
고생을 많이 한 사람은 굶주림과 추위도 잘 참고 견
딘다는 말.

2655. 꿈 같기도 하고 생시 같기도 하다. (非夢
似夢)
꿈인지 생시인지 의식이 불분명하다는 뜻.

2656. 꿈 같은 세상이다.
세상살이가 꿈을 꾼 한 장면과 같이 너무나도 허무하
다는 뜻.

2657. 꿈꾼 셈이다.
지금까지 한 일이 모두 허사로 돌아갔다는 말.

2658. 꿈땜했다.
실패를 하거나 손해를 봤을 때 자위(自慰)하는 말.

2659. 꿈도 꾸기 전에 해몽(解夢) 먼저 한다.
(夢前解夢)
(1) 지나치게 약삭빠른 짓을 한다는 뜻. (2) 일의 선후
(先後)가 바뀌면 이루지 못한다는 뜻.

2660. 굼드렁 타령만 한다.
항상 부부가 떨어지지 않고 같이 짝지어 다닌다는 뜻.
※ 굼드렁 타령 : 거지가 구걸하면서 부르는 노래.

2661. 꿈밖의 일이다. (夢外之事)
꿈에도 생각하지 못하였던 일이라는 말.

2662. 굼벵이가 지붕에서 떨어지는 것은 매미 될
셈이 있어 떨어진다.
미련하고 어리석은 사람이 하는 일에도 반드시 어떤
목적이 있다는 말.

2663. 굼벵이도 꾸부리는 재주는 한다.
아무리 못난 사람이라도 한 가지 재주는 있다는 말.

2664. 굼벵이도 꿈틀하는 재주는 있다.
아무리 못난 사람에게도 한 가지의 재주는 있다는 뜻.

2665. 굼벵이도 궁글 재주는 있다.
아무리 재간이 없는 사람이라도 한 가지 특기(特技)
는 있다는 말.

2666. 굼벵이도 다치면 꾸푼한다.
아무리 못난 사람이라도 모욕을 당하게 되면 반항한
다는 말.

2667. 굼벵이도 떨어지는 재주는 있다.
아무리 못난 사람이라도 한 가지 재주는 다 있다는 말.

2668. 굼벵이도 디디면 꿈틀한다.
아무리 못난 사람이라도 멸시를 당하게 되면 대항한
다는 뜻.

2669. 굼벵이도 밟으면 꿈틀한다.
(1) 아무리 못난 사람이라도 너무 멸시를 당하게 되면
대항한다는 뜻. (2) 아무리 못난 사람이라도 한 가지
특성은 있다는 말.

2670. 굼벵이도 제 몸은 숨긴다.
아무리 못난 사람이라도 제 실속은 차린다는 뜻.

2671. 굼벵이도 제 일을 하려면 한 길을 판다.
재간이 없는 사람도 제 일이라면 어떤 짓을 하든지 다
해낸다는 말.

2672. 굼벵이도 제 일하는 날은 열 번 재주를 한
다.
미련한 사람도 제 일이 급하게 되었을 때는 무슨 짓
을 하든지 다 해치운다는 뜻.

2673. 굼벵이도 지붕에서 떨어질 때는 생각이 있
어 떨어진다.
아무리 못나고 어리석은 사람이라도 그가 하는 일에
는 제 나름대로 무슨 생각이 있다는 말.

2674. 굼벵이 무숙이 딱정이 거저리 오사리 다 모
였다.
못난 것들만 어정이 떠정이 다 모였다는 말.

2675. 굼벵이 장사(葬事)하듯 한다.
무슨 일을 우물쭈물하면서 시간만 질질 끌고 있는 것
을 비유한 말.

2676. 꿈보다 해몽이 좋다.
일에 대한 성과보다도 치하가 더 컸다는 말.

2677. 꿈 속에서 꿈 해몽한다. (夢中占夢)
〈莊子, 王績〉
허망한 일 중에서 또 허망한 짓을 한다는 뜻.

2678. 꿈 속에서 또 꿈을 꾸는 것 같다. (夢之中
又夢也) 〈茶山論叢〉
꿈 속에서 또 꿈을 꾸듯이 허무한 중에 더욱 허무하
다는 말.

2679. 꿈 속에서 서로 찾는다. (夢中相尋)
꿈 속에서 서로 찾듯이 허무한 짓을 한다는 말.

2680. 꿈 속의 꿈이다. (夢中夢)
꿈 속에서 꿈을 꾼 것같이 허무하기가 짝이 없다는 뜻.

2681. 꿈에 갚은 빚이다.
꿈에 빚을 갚았다고 채무가 청산되는 것이 아니듯이
한때 기분만 좋았지 아무 소용이 없었다는 말.

2682. 꿈에 떡 맛보기다.
(1) 음식을 먹은 둥 만 둥하게 먹었다는 뜻. (2) 마음에
흡족하지 못하다는 뜻.

2683. 꿈에도 생각할 수 없다. (夢想不到)
생시는 더 말할 것도 없고 꿈에서도 생각할 수 없는
일이라는 뜻.

2684. 꿈에 본 돈이다.
좋기는 하였지만 실속이 없는 허무한 일이라는 말.

2685. 꿈에 본 천 냥이다.
좋기만 하였지 아무 실속도 없다는 말.

2686. 꿈에 볼까 무섭다.
몹시 흉측하여 꿈에나마 볼까 무섭다는 뜻.

2687. 꿈에 부자 되기다.
쓸데없는 허황한 짓만 한다는 뜻.

2688. 꿈에 사위 보듯 한다.
꿈에 사위 본 것같이 보나 마나 하다는 뜻.

2689. 꿈에서 꿈 이야기한다. (夢中説夢)
허황(虛荒)한 데다가 더욱 허황한 일이라는 뜻.

2690. 꿈에서 먹은 떡이다.
꿈에서 먹은 떡같이 아무 도움도 되지 않는다는 뜻.

2691. 꿈에 서방 맞은 격이다.
무엇이 자기 욕심에 차지 아니한 것을 표시할 때 하
는 말.

2692. 꿈에 술 먹은 것 같다.
꿈에 술을 먹은 것같이 허황하다는 말.

2693. 꿈에 얻은 돈이다.
꿈에 얻은 돈같이 좋기는 하나 아무 소용이 없었다는 말.

2694. 꿈에 영감 만난 것 같다.

일시적으로 좋기는 하였으나 아무 소용이 없이 허망하기만 하다는 뜻.

2695. 꿈에 준 돈도 받아 먹을 판이다.
(1) 떼를 잘 쓴다는 뜻. (2) 돈에 매우 곤란을 받는다는 뜻.

2696. 꿈에 준 빚 내란다.
꿈에 준 빚도 내라듯이 구실만 있으면 떼를 써서 뺏아간다는 말.

2697. 꿈에 현몽(現夢)한 돈도 찾아 먹는다.
구실만 있으면 약탈하여 간다는 뜻.

2698. 꿈은 나빠도 해몽이 좋아야 한다. (凶夢善解)
일이 잘못되었다 할지라도 그 일의 해명은 자기에게 유리하게 해야 한다는 말.

2699. 꿈은 아무렇게나 꾸어도 해몽을 잘해야 한다.
일은 설령 잘못되었더라도 그것을 자기에게 유리하게 분석하게 되면 위안이 된다는 뜻.

2700. 꿈은 잘못 꾸어도 해몽만 잘하면 된다.
일이야 어떻게 되었든 그것을 자기에게 유리하게 해석하면 기분이 좋게 된다는 뜻.

2701. 꿈은 흉한 것이 길하다.
꿈은 좋은 꿈보다 나쁜 꿈이 길하다는 뜻.

2702. 꿈을 꾸어야 임도 본다.
꿈을 꾸어야 만나고 싶은 사람을 만나 볼 수 있듯이 조건이 조성되어야 일도 이루어진다는 말.

2703. 꿈인지 생시(生時)인지 모르겠다.
정신을 잃어 꿈인지 생시인지를 구별 못 한다는 뜻.

2704. 꿈자리가 사납더라니.
꿈자리가 사납더니 그날 불길한 일이 생겼다는 말.

2705. 꿈쩍하기만 하면 비방을 받는다. (動輒得謗)
조그마한 일에까지 비방을 받는다는 말.

2706. 꿈쩍하면 돈이다.
살아나가자면 돈 드는 데가 많다는 뜻.

2707. 굽도 젓도 할 수 없다.
(1) 나갈 수도 없고 물러날 수도 없다는 뜻.
(2) 곤경에서 벗어날 수가 없다는 뜻.

2708. 굽어 보나 우러러보나 부끄럽지 않다. (俯仰不愧) 〈孟子〉
세상에 대해서나 하늘에 대해서나 부끄러워할 일이 하나도 없다는 뜻.

2709. 굽은 것을 바로 잡다가 지나치게 바로 잡는다. (矯枉過正), (矯枉過直) 〈漢書〉, 〈越絶書〉
무슨 일이든지 알맞게 해야지 지나치게 하면 못 쓰게 된다는 뜻.

2710. 굽은 나무가 선산 지킨다.
굽은 나무는 쓸모가 적어 베지 않기 때문에 오래 선산을 지키듯이 병신 아들이 집에 있으면서 효도한다는 말.

2711. 굽은 나무는 그림자도 굽는다.
웃사람이 나쁘면 아랫 사람도 나쁘게 된다는 말.

2712. 굽은 나무는 길마 가지로 쓰이고 곧은 나무는 기둥으로 쓰인다.
사람은 그 재질(才質)에 따라 적재 적소(適材適所)에 배치하면 다 소중하게 쓰인다는 말.

2713. 굽은 나무는 길마 가지에 쓰인다.
세상에는 버릴 것이 하나도 없이 다 쓸 데가 있다는 말.

2714. 굽은 나무는 넘어뜨려야 한다.
세상에서 나쁜 사람은 가려내야 한다는 뜻.

2715. 굽은 나무는 바로 잡아도 굽은 마음은 바로 잡지 못한다.
한번 비뚤어진 사람의 마음을 바로 잡기는 매우 어렵다는 말.

2716. 굽은 나무는 반드시 불에 쬐어서 바로 잡아야 곧아진다. (枸木必將待隱栝烝矯然後直)
굽은 나무는 불에 쬐어서 바로 잡듯이 나쁜 짓을 한 사람은 반드시 뉘우치도록 만들어서 고쳐야 한다는 뜻.

2717. 굽은 나무는 화목으로 쓰인다.
적재 적소(適材適所)에만 쓰면 못 쓸 것은 하나도 없다는 뜻.

2718. 굽은 나무도 쓸 데가 있다.
인간 사회에서는 잘난 사람만 필요한 것이 아니라 못난 사람도 필요하다는 뜻.

2719. 굽은 나무를 세워 놓고 곧은 그림자를 찾는 격이다. (猶立枉木 而求其影之直也) 〈荀子〉
벌받을 짓을 하고도 상 주기를 바라는 어리석은 짓을 한다는 말.

2720. 굽은 못은 때려서 잡아야 한다.
나쁜 사람은 벌을 주어 나쁜 버릇을 고치도록 해야 한다는 뜻.

2721. 굽은 지팡이는 그림자도 굽어 비친다.
본질이 나쁜 것은 아무리 하더라도 숨길 도리가 없다는 뜻.

2722. 굽히는 것이 꺾이는 것보다 낫다.
(1) 병신 되는 것이 죽는 것보다는 낫다는 뜻. (2) 굴복하는 것이 순사(殉死)하는 것보다는 낫다는 뜻.

2723. 굽히면 곧아진다. (枉則直)　　　　〈老子〉
자벌레는 굽힘으로써 곧게 뻗을 수 있듯이 사람도 굽힐 줄 알아야 성공할 수 있다는 말.

2724. 굿 구경을 하려면 계면떡(契面餅)이 나오도록 하랬다.
굿 구경을 하려면 굿이 끝난 뒤에 무당이 주는 계면떡을 먹고 나오듯이 무슨 일을 하려면 끝까지 참아야 이익도 생긴다는 말.

2725. 굿 뒤에 날장구 친다. (神祀後鳴缶), (神祀後浪鳴缶)　　　　〈旬五志〉,〈洌上方言〉
굿이 끝난 뒤에 치는 장구는 아무 소용이 없듯이 어떤 일이 다 지나간 다음에 쓸데없는 짓을 한다는 말.

2726. 굿 뒤에 쌍장구 친다. (神祀後鳴缶), (神祀後浪鳴缶)　　　　〈旬五志〉,〈洌上方言〉
굿이 끝난 뒤에 아무리 장구를 쳐도 소용이 없듯이 일이 일단 끝난 뒤에 쓸데없는 짓을 한다는 말.

2727. 굿 들은 무당이다.
평소에 소원하던 일이 당도하여 몹시 즐거워하는 사람을 두고 하는 말.

2728. 굿 들은 무당이요 재(齋) 들은 중이다.
자기가 평소에 몹시 기다리고 있던 일을 당하여 신이 난 사람을 가리키는 말.

2729. 굿 마친 뒷장구다.
굿이 끝난 뒤에는 아무리 장구를 쳐도 소용이 없듯이 일이 끝난 뒤에 쓸데없는 짓을 한다는 말.

2730. 굿 본 거위 죽는다.
굿 보던 거위가 애매하게 죽듯이 남의 일에 공연히 끼어들었다가 봉변을 당한다는 말.

2731. 굿에 간 어미 기다리듯 한다.
굿하러 간 어머니가 먹을 것을 많이 가져오기 때문에 기다리듯이 큰 기대를 가지고 몹시 기다린다는 말.

2732. 굿이나 보고 떡이나 먹어라.
남이 하는 일에 쓸데없이 참견하지 말고 주는 것이나 받고 가만히 있으라는 말.

2733. 굿 재미도 없고 먹을 떡도 없다.

하는 일도 재미가 없을 뿐만 아니라 아무 수입도 없다는 말.

2734. 굿 하고 싶어도 맏며느리 장구 들고 나오는 꼴 보기 싫어 못 한다.
무슨 일을 하고 싶어도 미운 사람이 따라나서서 기뻐하는 꼴이 보기 싫어서 하지 않는다는 말.

2735. 굿 하고 싶어도 맏며느리 춤추는 꼴 보기 싫어 못 한다.
하고 싶은 일이 있기는 하나 자기가 미워하는 사람이 따라나서는 꼴 보기 싫어서 하기를 꺼린다는 말.

2736. 굿 한다고 마음 놓을까?
굿을 해서 귀신을 쫓았다고 안심할 수 없듯이 무슨 일이든지 정성만 들였다고 안심할 수는 없다는 말.

2737. 굿 해먹고 난 집 같다.
한참 굿 때문에 법석이다가 굿이 끝나자 고요해지듯이 시끄럽던 끝에 조용해졌을 때를 말함.

2738. 굿 했다고 방심(放心) 말랬다.
무슨 일이나 끝날 때까지 방심하지 말고 최선을 다해야 한다는 뜻.

2739. 궁(宮)가 박(朴)가요.
서로 같은 무리가 되어 잘 어울리는 사이라는 뜻.

2740. 꿍꿍이 셈이다.
남에게 알리지 않고 속으로 우물쭈물하는 계산이라는 말.

2741. 꿍꿍이 속이다.
혼자서 비밀리(秘密裡)에 하는 짓이라 도무지 그 내용을 알 수 없다는 뜻.

2742. 궁(宮) 도련님이다.
왕실(王室)에 태어난 도련님과 같이 고생도 모르고 세상 물정(物情)도 모르는 사람이라는 뜻.

2743. 궁둥이가 무겁다.
한번 앉으면 일어설 줄을 모르고 앉아 있는 사람을 보고 하는 말. ↔ 궁둥이에 불이 붙었다. 궁둥이에서 비파 소리가 난다. 궁둥이에서 소리가 난다.

2744. 궁둥이에 불이 붙었다.
(1) 잠시도 앉아 있지 못하고 싸다닌다는 뜻. (2) 매우 바쁘게 돌아다닌다는 뜻. ↔ 궁둥이가 무겁다.

2745. 궁둥이에서 비파(琵琶)소리가 난다.
궁둥이에서 비파소리가 날 정도로 분주하게 돌아다녔다는 말. ※ 비파 : 현악기(絃樂器)의 일종.
↔ 궁둥이가 무겁다.

2746. 궁둥이에서 소리가 난다.
몹시 바쁘게 돌아다닌다는 뜻. ↔ 궁둥이가 무겁다.

2747. 궁박한 끝에 짜낸 하나의 계책이다. (窮餘一策)
궁지에 몰렸을 때 마지막으로 짜낸 하나의 계책이라는 뜻.

2748. 궁상이 뚝뚝 듣는다.
매우 궁상스러운 짓을 한다는 뜻.

2749. 궁상이 줄줄 흐른다.
궁상맞은 짓을 하는 사람을 가리키는 말.

2750. 궁생원(窮生員)이다.
몹시 군색한 모습을 한 사람을 가리키는 말.

2751. 궁지에 몰리면 도망친다. (窮則逃亡)
궁지에 몰린 사람으로서 유일한 피난처가 도망하는 것뿐이라는 뜻.

2752. 궁지에 몰린 새는 나뭇가지도 가리지 않는다. (窮鳥不擇枝)
(1) 다급하게 되면 침착하게 일을 처리하지 못하게 된다는 뜻. (2) 가난한 사람은 직업을 가리지 않는다는 뜻.

2753. 궁지에 몰린 새는 사람 품안으로 들어온다. (窮鳥入懷)　〈顔氏家訓〉
(1) 궁지에 빠진 사람이 와서 사정하는 것은 도와 주어야 한다는 뜻. (2) 급하면 죽고 사는 것도 분별하지 못한다는 뜻.

2754. 궁지에 몰린 원숭이는 나무를 가릴 틈이 없다. (窮猿奔林 豈暇擇木)　〈晉書〉
(1) 가난한 사람은 좋은 직장을 가릴 여가가 없다는 말. (2) 다급하면 일에 두서를 가리지 못한다는 뜻.

2755. 궁지에 몰린 적은 죽기로 싸운다. (窮寇死戰)　〈六韜〉
궁지에 몰린 적은 출로를 뚫기 위하여 결사적(決死的)으로 싸운다는 말.

2756. 궁지에 몰린 적은 함부로 추격하지 말라. (窮寇莫迫)　〈孫子〉
궁지에 몰린 적은 결사적으로 덤비기 때문에 출로(出路)를 주고 추격해야 한다는 말.

2757. 궁지에 몰린 쥐는 고양이를 문다. (窮鼠齧猫)　〈鹽鐵論〉
궁지에 몰린 쥐는 고양이에게 덤비듯이 적군도 궁지에 빠지면 결사적으로 덤비게 되기 때문에 도망갈 출로를 주고 추격해야 한다는 뜻.

2758. 궁지에 몰린 짐승은 사람에게도 덤빈다. (困獸猶鬪)　〈春秋左伝〉
짐승도 궁지에 빠지면 두려움을 모르듯이 사람도 궁지에 몰리면 두려워하는 것이 없다는 말.

2759. 궁지에 빠져도 살 길은 있다. (絶處逢生)
궁지에 빠졌을 때에는 용기를 내서 좋은 꾀를 짜내면 탈피할 수 있는 길을 발견할 수 있다는 말.

2760. 궁지에 빠진 사람의 모사(謀事)는 달걀에 뼈 있듯 하다.
궁지에 빠진 사람이 하는 일에는 장애가 많다는 말.

2761. 궁하게 살면 취미도 없다. (窮居無聊)
궁색하게 사는 사람은 먹을 걱정 때문에 취미 생활을 할 엄두도 내지 못한다는 뜻.

2762. 궁하면 꾀도 난다.
궁지에 빠지면 이것을 모면하기 위하여 온갖 지혜를 다 동원시키게 되기 때문에 좋은 꾀도 나게 된다는 뜻.

2763. 궁하면 마음도 변한다. (窮則思變)
곤궁하게 되면 환경이 변화되었기 때문에 마음도 변할 수 있다는 말.

2764. 궁하면 못할 짓 없다. (窮思濫爲)
궁지에 빠졌을 때는 이것을 벗어나기 위하여 못할 짓이 없다는 뜻.

2765. 궁하면 변하고 변하면 통한다. (窮則變 變則通)
궁지에 빠지게 되면 이것을 벗어나기 위하여 투쟁하게 되기 때문에 변화가 일어나게 되며 유리하게 변화되면 목적한 바와 통하게 된다는 뜻.

2766. 궁하면 통한다. (窮則通)
사람은 궁지에 몰리게 되면 이것을 탈피하기 위하여 온갖 지혜와 노력을 짜내기 때문에 모면하게 될 수 있다는 말.

2767. 궁한 사람의 모사다. (窮人謀事)
매우 졸렬(拙劣)한 모사라는 뜻.

2768. 궁해져 봐야 그 사람의 행세를 안다.
넉넉했을 때는 예의와 도덕을 준수할 수 있지만 궁하게 되면 이를 준수하기가 어렵기 때문에 이 때의 행동으로 그의 인격을 옳게 판단할 수 있게 된다는 말.

2769. 권력 쓸 때 인심 사랬다.
권력을 쓸 때 남에게 욕을 먹지 말고 인심을 얻도록 하라는 말.

2770. 권력에 의지하여 지낸다. (趨附依賴)

권력 있는 사람에게 아부하여 산다는 뜻.

2771. 권력으로 억누르고 자기 나름대로만 한다.
(權制獨斷)　〈商君傳〉
권력에 의지하여 갖은 폭정을 다한다는 말.

2772. 권력은 십 년 못 간다. (權不十年)
권력이란 오래 가지 못한다는 말.

2773. 권력이 변하면 이권(利權)도 변한다. (權變利變)
권력층이 몰락하면 이를 비호(庇護)하던 부유층에도 변화가 일어나게 된다는 뜻.

2774. 권력이 한군데서 나오는 사람은 강하다.
(權出一者彊)　〈荀子〉
집중된 하나의 권력체에서 나오는 권력은 강하다는 뜻.

2775. 권력있는 놈은 죄를 짓고도 도리어 큰소리친다.
권력 있는 놈은 제 권력을 악용하여 죄를 짓고도 뻔뻔하게 큰소리만 친다는 말.

2776. 권력층이 정치를 쥐고 흔들면 국민들은 고생이 심하게 된다. (權臣專橫 民衆辛苦)
권력층이 폭정을 하게 되면 국민들은 고통을 당하게 된다는 말.

2777. 권세가 다 되면 원한을 품은 사람과 서로 만나게 된다. (勢盡冤相逢)　〈擊壤詩〉
권세를 가진 사람에 대한 원한은 권세가 있을 때는 말을 못하고 있다가 그 권세가 몰락하면 덤벼들게 된다는 뜻.

2778. 권세는 권세에 의지한다. (倚勢仗勢)
권세 있는 사람은 권세있는 사람들끼리 의지한다는 말.

2779. 권세는 사람을 굴복시키기 쉬운 것이다.
(勢誠易以服人)　〈韓非子〉
권력을 잡은 사람은 그 권력으로 사람들을 탄압하여 굴복시키기 쉽다는 말.

2780. 권세는 이 대 못 간다.
권력이나 세력을 가진 사람이 대대손손이 가는 것이 아니라 대개 아들 대까지 가기 전에 몰락한다는 말.

2781. 권세를 가진 자에게는 빼앗길 뿐이다.
(勢家所奪)
권세를 가진 사람과 접촉하게 되면 얻는 것은 없고 빼앗기는 것뿐이라는 말.

2782. 권세를 이용하여 사람을 속인다. (倚勢欺

권세를 악용하여 약한 사람들을 속여먹는다는 말.

2783. 권세를 잡았으면 항상 자신이 공손해야 한다. (勢分常自恭)　〈擊壤詩〉
권세를 잡을수록 처신을 공손하게 해야 한다는 뜻.

2784. 권세에 의지하면 화가 따르게 된다. (依勢禍相隨)　〈紫虛元君〉
권세있는 사람에게 아부했던 사람은 몰락하였을 때는 함께 화를 입게 된다는 말.

2785. 권세와 모략을 위주로 하면 망한다. (權謀立而亡)　〈荀子〉
권세와 모략을 위주로 하면 민중으로부터 고님을 당하게 되기 때문에 망한다는 뜻.

2786. 권세와 영예를 탐낸다. (貪權榮勢)
사람들은 거의가 권세와 영예를 가지고 싶어한다는 뜻.

2787. 권세와 이권으로 맺어진 교분이다. (勢利之交)　〈漢書〉
의리로 맺어진 교분이 아니라 권세와 이권 관계로 맺어진 교분이기 때문에 참된 교분이 아니라는 뜻.

2788. 권세 있을 때 인심 사랬다.
남을 도와 줄 수 있는 여유가 있을 때 인심을 얻어야 한다는 말.

2789. 권(勸力)에 못 이겨 방립(方笠) 산다.
친구의 권고로 상주도 아닌데 방립을 사듯이 하고 싶지 않은 일을 남의 권고로 마지못하여 했다는 말.

2790. 권에 비지떡 산다.
친구가 권하는 바람에 먹고 싶지도 않은 비지떡을 사듯이 마음에 없는 일을 남의 권에 못 이겨 했다는 뜻.

2791. 권커니 잣거니 한다.
술을 서로 권하면서 잔을 주고받는다는 말.

2792. 궐련(卷煙) 마는 당지(唐紙)로 인경을 싸겠다고 한다.
담배 마는 엷은 종이로 쇠종을 싼다고 하듯이 도저히 가망없는 짓을 한다는 말.

2793. 꿩과 매다.
(1)도저히 상대가 안 된다는 뜻. (2) 서로 사이가 나쁜 처지라는 뜻.

2794. 꿩 구워먹은 소식이다.
꿩 구워먹은 소식이 없듯이 아무 소식도 없다는 뜻.

2795. 꿩 구워먹은 자리다.
남이 보지 않은 산에서 꿩을 구워먹어도 흔적이　남

듯이 남이 모르는 줄 알아도 흔적이 남아있다는 뜻.

2796. 꿩 구워먹은 자리에는 재만 남았다.
무슨 일을 하고도 아무런 흔적도 남겨 놓지 않았다는
말.

2797. 꿩 놓친 매다.
한번 잡았던 것을 놓치면 몹시 분하다는 뜻.

2798. 꿩대신 까투리다.
자기에게 필요한 것이 없으면 그와 비슷한 것으로 대
신 쓴다는 뜻.

2799. 꿩대신 닭이다. (雉之未捕 鷄可備数)
〈耳談續纂〉
필요한 물건이 없을 때는 그와 비슷한 것으로 대용할
수 있다는 말.

2800. 꿩 떨어진 매다.
꿩이 다 없어져서 매가 사냥할 것이 없듯이 아무것도
할 일이 없다는 뜻.

2801. 꿩도 놓치고 닭도 놓쳤다.
하는 일마다 다 손해만 보았다는 뜻.

2802. 꿩도 닭도 놓쳤다.
하는 일마다 다 손해를 보게 되었다는 뜻.

2803. 꿩도 으슥한 데 알을 낳는다.
남이 잘 모르는 장소가 더 좋다는 뜻.

2804. 꿩도 잃고 매도 잃는다.
하는 일마다 모두 손해 보는 짓만 한다는 뜻.

2805. 꿩 먹고 알 먹고 둥지는 헐어다 불 땐다.
한꺼번에 모든 이익을 있는 대로 독점한다는 말.

2806. 꿩 먹고 알 먹는다. (食雉卵之)〈松南雜識〉
꿩도 잡고 알도 굽듯이 한꺼번에 이익을 몽땅 얻었다
는 말.

2807. 꿩 숨듯 한다.
무슨 일을 안전하게 하지 못하고 발각되기 쉽도록 하
였다는 말.

2808. 꿩은 콩밭에 마음이 있다.
일하는 데는 마음이 없고 딴 곳에 가서 마음이 있다
는 말.

2809. 꿩의 꾀다.
깊숙한 꾀가 아니라 바로 탄로될 수 있는 약은 꾀
라는 뜻.

2810. 꿩의 병아리 가랑잎 물고 숨듯 한다.
꿩의 병아리는 가랑잎 하나만 있어도 물고 숨듯이 숨

을 곳도 별로 없는데 찾을 수 없이 숨었다는 뜻.

2811. 꿩의 병아리 같다.
꿩의 병아리마냥 몹시 약고 날쌔다는 뜻.

2812. 꿩의 병아리 길들이기다.
꿩의 병아리 길들이기가 어렵듯이 길들이기가 몹시
어렵다는 뜻.

2813. 꿩의 병아리 대가리만 감춘 격이다.
제 몸을 완전히 숨기지 못하고도 숨긴 줄만 알고 안
심하고 있다는 뜻.

2814. 꿩의 병아리 빠져나가듯 한다.
틈만 있으면 도망을 치려고 한다는 뜻.

2815. 꿩의 병아리 숨듯 한다.
꿩의 병아리가 숨듯이 숨기를 몹시 잘한다는 말.

2816. 꿩의 새끼 고집이다.
고집이 매우 센 사람을 보고 하는 말.

2817. 꿩의 새끼 숨듯 한다.
꿩의 병아리가 가랑잎 속으로 숨듯이 숨기를 잘한다
는 뜻.

2818. 꿩이 가랑잎으로 머리만 감추듯 한다.
꿩이 몸은 내놓은 채 가랑잎으로 머리만 감추듯이 혼
자서 숨었다고 안심하고 있다가 발각되어 낭패를 본
다는 말.

2819. 꿩이 기듯이 날면 매에게 잡히지 않는다.
장점만 있는 것이 아니라 약점도 있기 때문에 실패하
는 일이 있다는 말.

2820. 꿩이 콩밭 생각하듯 한다.
일에는 마음이 없고 먹을 것만 생각하고 있다는 말.

2821. 꿩이 풀에 대가리 감추듯 한다.
꿩이 대가리만 풀에 감추듯 온몸은 내놓고 있듯이
숨었다고 안심하고 있다가 발각된다는 뜻.

2822. 꿩 잃고 매 잃는다.
꿩 잃고 매 잃듯이 이것도 손해보고 저것도 손해보
았다는 말.

2823. 꿩 잡는 것이 매다.
말로만 떠드는 것보다 실제로 집행하는 것이 일꾼이
라는 말.

2824. 꿩 잡는 포수는 꿩만 잡고 범 잡는 포수는
범만 잡는다.
사람은 한번 배운 직업은 바꾸기가 대단히 어렵다는
말.

2825. 꿩 장사 후리듯 한다.

꿩 장사가 매로 꿩을 후려잡듯이 사람을 잘 꾀어서 제 이익만 채운다는 말.

2826. 꿩처럼 굴레를 벗고 쓴다.

잔 꾀가 비상하고 지나치게 약삭빠른 짓을 한다는 뜻.

2827. 궤 속에서 녹슨 돈은 똥도 못 산다.

돈을 두고 쓸 때 쓰지 않는 것은 아무 소용이 없다는 뜻.

2828. 궤 주고 궤 바꾼다.

수고는 하였으나 얻은 것도 없고 잃은 것도 없다는 말.

2829. 귀가 깨달은 뒤에야 바람이 인다. (覺耳後生風) 〈南史〉

좋은 말을 듣고 깨닫게 되면 적극적으로 행동하게 된다는 뜻.

2830. 귀가 따갑도록 떠든다. (聒耳)

귀가 따갑도록 몹시 시끄럽게 떠든다는 말.

2831. 귀가 도자전(刀子廛) 마루 구멍이다.

배운 것은 없으나 도자전 마루 구멍이 상품 파는 이야기를 많이 듣듯이 귀로 많이 들어서 안다는 말.

※ 도자전 : 옛날 작은 칼과 옥으로 만든 장식품을 팔던 상점.

2832. 귀가 보배다.

배운 것은 없으나 들어서 아는 것이 많게 되었으니 귀가 보배롭다는 말.

2833. 귀가 산호(珊瑚) 가지다.

배운 것은 없어도 귀로 듣고 아는 것이 많기 때문에 귀가 산호 같은 보배라는 뜻.

2834. 귀가 여리다.

자기의 주관이 없이 남의 말을 잘 듣는다는 말.

2835. 귀가 작으면 앙큼하고 담대(膽大)하다.

귀가 작으면 성격이 앙큼스럽고 대담하다는 관상가의 말.

2836. 귀가 잘생겨야 늦팔자가 좋다.

관상학적(觀相學的)으로 귀가 잘생겨야 늦운이 좋다는 말.

2837. 귀는 길어야 하고 혀는 짧아야 한다.

듣는 것은 많이 들어야 하고 말은 적게 해야 한다는 말.

2838. 귀는 둘이고 입은 하나라는 것을 알아야 한다.

듣는 것은 되도록 많이 들어도 말은 함부로 하지 말라는 뜻.

2839. 귀는 아름다운 소리를 좋아한다. (耳之於聲) 〈孟子〉

귀는 아름다운 소리를 좋아하기 때문에 나쁜 소리를 들려서는 안 된다는 말.

2840. 귀는 아름다운 소리만 듣고 싶어한다. (耳欲綦聲), (耳欲聽聲) 〈荀子〉, 〈莊子〉

귀는 아름다운 것만 듣고 싶어 하기 때문에 나쁜 소리는 들려 주지 말아야 한다는 말.

2841. 귀는 커야 하고 입은 작아야 한다.

남의 말은 많이 들어야 하고 하는 말은 적어야 한다는 뜻.

2842. 귀는 크게 열고 입은 작게 열랬다.

남의 말은 많이 들어 옳게 판단해야 하며 말은 삼가해야 한다는 말.

2843. 귀때기가 떨어졌으면 이 다음에 와 찾겠다.

귀가 떨어졌어도 다음에 와서 찾아갈 정도로 몹시 급하여 잠시나마 여가가 없다는 말.

2844. 귀때기가 새파랗다.

아직 나이가 매우 젊다는 말.

2845. 귀동냥 말고 눈동냥하랬다.

남의 말만 듣는 것보다는 직접 눈으로 보는 것이 낫다는 뜻.

2846. 귀동냥으로 얻어들은 것이다. (耳剽) 〈劉禹錫〉

배운 것이 아니고 얻어들어서 알게 된 것이라는 말.

2847. 귀동냥은 귀동냥으로 돌리랬다.

남에게서 들은 말은 들은 것으로 그치고 남에게 옮기지 말라는 뜻.

2848. 귀동냥을 해도 그보다는 낫겠다.

애써 공부하였다는 것이 귀로 동냥해서 들은 것만도 못하다는 말.

2849. 귀뚜라미 풍류(風流)한다.

논밭에 김을 매지 않아 풀이 우거져 귀뚜라미가 노래하는 장소로 되었다는 말로서 농사일에 게으르다는 뜻.

2850. 귀띔한다.

알아들을 수 있도록 중요한 점을 슬쩍 알려 준다는 말.

2851. 귀로 나쁜 소리를 들어서는 안 된다. (耳不

聽悪聲) 〈孟子〉

예의에 어긋나는 말은 아예 듣지도 말라는 뜻. ↔ 귀
는 아름다운 소리를 좋아한다. 귀는 아름다운 소리
만 듣고 싶어한다.

2852. 귀로 남의 잘못을 듣지 않아야 한다.
(耳不聞人之非) 〈景行錄〉

남의 잘못은 듣지 말도록 노력하라는 뜻.

2853. 귀로는 들을지언정 입으로는 말해서 안 된
다. (耳可得聞 口不可言) 〈姜宗説〉

귀로는 나쁜 소리를 듣더라도 입으로는 나쁜 말을 해
서는 안 된다는 뜻.

2854. 귀로 듣고 눈으로 본다. (耳而目之) 〈呂氏春秋〉

들은 것을 직접 보았기 때문에 틀림이 없다는 뜻.

2855. 귀로 듣는 것이 눈으로 보는 것만 못하다.
(耳聞不如目見) 〈魏書, 説苑〉

남의 말만 듣는 것보다 자기가 직접 보는 것이 정확
하다는 말.

2856. 귀로 듣더라도 입으로는 말하지 말라.
(耳可得聞 口不可得言也) 〈馬援〉

들은 말은 일단 자기가 정리한 다음에 말을 하도록 하
라는 뜻.

2857. 귀로 들으면 바로 입으로 새 나오는 배움
이다. (口耳之學) 〈荀子〉

귀로 들어온 것은 자신이 소화하여 지녀야 자기의 것
으로 되는데 이것을 바로 입으로 뱉아 버리면 자기의
배움으로 되지 않는다는 뜻.

2858. 귀로 들을 수 있고 눈으로 볼 수 있다.
(耳有聞 目有見) 〈孟子〉

들은 것이 있고 본 것이 있으면 사물을 판단할 수 있
다는 말.

2859. 귀로 먹는다. (耳食) 〈史記〉

남의 말을 들으면 그대로만 집행한다는 말.

2860. 귀로 본다. (耳視) 〈司馬温公〉

듣는 것만으로는 옳게 알지 못하기 때문에 직접 눈으
로 보아야 안다는 말.

2861. 귀로 속된 말을 듣는 일이 없도록 하라.
(耳無塗聽) 〈班昭〉

귀로 쓸데없는 소리를 듣지 말도록 하라는 뜻.

2862. 귀로 예의가 아닌 소리는 듣지 말라.
(耳不聽非禮之聲) 〈康節邵〉

예의에 벗어나는 소리는 일체 듣지 말라는 뜻.

2863. 귀로 음란한 소리를 듣지 않도록 하라.
(耳不聽淫聲) 〈荀子〉

음탕한 소리는 듣게 되면 감염(感染)될 수 있기 때문
에 애당초 듣지도 말아야 한다는 말.

2864. 귀로 자기에 대한 말은 들을 수 없다.
(耳不自聞) 〈荀子〉

자기에 대한 남들의 말은 들을 수가 없다는 말.

2865. 귀로 잘 듣고 눈으로 잘 본다. (聽耳明目)

귀로는 정확히 듣고 눈으로는 똑똑히 본다는 말.

2866. 귀를 깨끗이 씻는다. (洗耳)

옛날 중국 설화에 허유(許由)가 요임금(堯帝)으로부
터 황제를 물려 주겠다는 말을 듣고 더러운 말을 들
었다고 귀를 씻었다는 데서 유래된 말로서 나쁜 말은
듣지 않는다는 말.

2867. 귀를 기울여도 들을 수가 없다. (聽之不足
聞) 〈老子〉

아무리 들으려고 해도 들을 수가 없다는 뜻.

2868. 귀를 담에 대고 엿듣는다. (耳屬于垣)

담 안의 말을 엿듣기 위하여 귀를 담에 대고 듣는다
는 말.

2869. 귀를 두고 못듣는 것도 귀머거리다.

배우지 못하여 못 알아듣는 것은 귀머거리와 마찬가
지라는 뜻.

2870. 귀를 막고 뒷걸음질 친다. (掩耳郤走)
〈馬駟傳〉

나쁜 소리를 안 듣고만 있는 것이 아니라 그 자리까
지 피한다는 말. ↔ 귀를 후비고 듣는다.

2871. 귀를 막고 듣지도 않는다. (蒙耳)

(1) 남의 말이라면 의식적으로 받아 들이지 않는다는
뜻. (2) 예의에 어긋나는 것은 듣지 않는다는 뜻.
↔ 귀를 후비고 듣는다.

2872. 귀를 믿고 눈을 의심한다.

(1) 자기의 주관이 약해서 남의 말만 잘 듣는다는 뜻.
(2) 일을 반대로 한다는 뜻.

2873. 귀를 잡아당기면 뺨도 움직인다.

귀를 잡아당기면 뺨도 따라오듯이 서로 연관성(聯關
性)이 있다는 말.

2874. 귀를 후비고 듣는다.

남의 말을 성의 있게 듣는다는 뜻. ↔ 귀를 막고 뒷걸
음 친다. 귀를 막고 듣지도 않는다. 귀 막고 귀머거리
행세를 한다.

2875. 귀 막고 귀머거리 행세를 한다.
일부러 귀를 막고 병신 구실을 한다는 말. ↔ 귀를 후
비고 듣는다.

2876. 귀 막고 눈 가린다. (掩目塞耳)
세상에 보기 싫고 듣기 싫은 것이 많아서 이것들과 상
관 않겠다는 말.

2877. 귀 막고 방울 도둑질한다. (掩耳盜鈴), (掩
耳偸鈴) 〈呂氏春秋〉, 〈旬五志〉
(1) 얕은 수작으로 남을 속이려고 해도 속지 않는다는
말. (2) 자기의 허물을 듣지 않으려고 귀를 막아도 소
용이 없다는 뜻.

2878. 귀 막고 종 훔친다. (掩耳盜鍾)
제 귀만 막고 종을 훔치듯이 얕은 꾀로 남을 속이려
고 하면 남들이 속지 않는다는 말.

2879. 귀머거리가 맑고 흐린 소리를 분별하겠다
는 격이다. (猶聾之於淸濁也) 〈荀子〉
실력도 없는 사람이 일거리만 맡으려고 한다는 뜻.

2880. 귀머거리같이 남을 탓하지 않는다. (反聽
若聾) 〈越絶書〉
귀머거리가 남을 탓하지 않듯이 결함은 자신에게서 찾
아야 한다는 뜻.

2881. 귀머거리 귀 있으나 마나다.
귀머거리의 귀는 있으나 마나 하듯이 공부를 하였어
도 모르면 배우나 마나 하다는 뜻.

2882. 귀머거리 남편이 되고 장님 아내가 돼야
한다.
시집살이가 심한 집에서 남편은 귀머거리 노릇을 해
야 하고 아내는 장님 노릇을 해야 화목하게 된다는
뜻.

2883. 귀머거리는 뇌성소리도 들리지 않는다.
(聾昏不聞 雷霆之震) 〈馬融〉
귀 먹은 사람은 천둥소리도 알아듣지 못하듯이 본
질적으로 나쁜 사람은 어떤 수단과 방법으로도 고칠
수 없다는 뜻.

2884. 귀머거리는 아무 데나 보고 대답한다.
무식한 사람은 갈피를 못 잡고 무슨 일을 한다는
뜻.

2885. 귀머거리는 종소리와 북소리도 듣지 못한
다. (聾者無以與乎鍾鼓之聲) 〈莊子〉
귀머거리는 큰 소리도 듣지 못하듯이 무식한 사람은
유식한 말은 들어도 모른다는 뜻.

2886. 귀머거리 도둑이 개 짖는 소리도 모르고
도둑질한다.
나쁜 짓을 하더라도 영리하게 해야 한다는 뜻.

2887. 귀머거리 들으나 마나.
귀머거리는 들으나 마나 하듯이 정도에 지나치게 어
렵게 가르치면 배우나 마나 하다는 말.

2888. 귀머거리로 삼 년 난다.
옛날 시집가서 삼 년 동안은 모든 것을 듣고도 못 들
은 척하라는 말.

2889. 귀머거리 북소리 듣기다.
(1) 무슨 일을 하나 마나 마찬가지라는 뜻. (2) 말을 해
도 듣지 않는 사람을 두고 하는 말.

2890. 귀머거리 삼 년 장님 삼 년 벙어리 삼 년 노
릇을 해야 한다.
옛날 시집살이를 구 년 동안 바보 노릇을 하면서 해야
한다는 말.

2891. 귀머거리에게 귓속말을 한다.
상대를 이해하지 못하고 일을 하면 실패한다는 뜻.

2892. 귀머거리에게 욕질하는 격이다.
알아듣지 못하는 사람에게는 욕질을 하여도 아무 소
용이 없다는 말.

2893. 귀머거리에 벙어리다.
어느 한 가지만 나쁜 것이 아니라 다른 것까지도 나
쁘다는 뜻.

2894. 귀머거리 욕 들으나 마나.
귀머거리는 알아듣지를 못하기 때문에 들으나 마나
하듯이 무식한 사람에게는 유식한 말을 하면 들으나
마나 하게 된다는 말.

2895. 귀 먹은 욕이다.
욕을 아무리 하여도 들어야 할 장본인이 귀머거리라
못 듣듯이 아무리 충고를 해도 상대자가 듣지 않는다
는 말.

2896. 귀 먹은 중놈 목탁 치듯 한다.
귀머거리 중은 목탁소리를 듣지 못하기 때문에 함부
로 크게만 치듯이 무슨 일을 격식에 맞추지 않고 함
부로 한다는 말.

2897. 귀 먹은 중 마 캐듯 한다.
남이야 무슨 말을 하거나 말거나 못 들은 척하고 자
기 하는 일만 한다는 말.

2898. 귀 먹은 푸념이다.
아무리 불평을 해도 대상자가 귀머거리라 듣지 못한

다는 뜻.

2899. 귀밑머리 마주 푼 부부다.
처녀 총각이 결혼식을 하고 맺어진 부부라는 뜻.

2900. 귀밑머리 마주 풀고 청실 홍실 늘이고 암
탉 수탉 마주 놓고 백년가약 맺은 부부다.
처녀 총각이 결혼식을 하고 부부가 되었다는 말.
※백년가약(百年佳約) : 결혼하여 평생을 함께 살 언약.

2901. 귀 밑이 허옇다.
귀밑 머리에 흰 털이 많이 생겼다는 뜻.

2902. 귀 소문 말고 눈 소문 하랬다.
남의 말만 듣지 말고 직접 보아야 정확하게 알 수 있
다는 말.

2903. 귀신 같다.
(1) 무슨 일을 뛰어나게 잘한다는 말. (2) 외양이 험상
궂다는 말.

2904. 귀신같이 먹고 장승같이 간다.
먹는 것은 귀신같이 잘 먹고 걸어가는 것은 장승같이
잘 걷는다는 말.

2905. 귀신같이 안다. (知幾其神乎)
귀신이 잘 알듯이 뛰어나게 잘 안다는 말.

2906. 귀신 대접해서 그른 데 없다.
귀신도 잘 대접하여 그른 데 없듯이 사람도 대접을 잘
해서 나쁜 데 없다는 말.

2907. 귀신도 곡할 일이다.
귀신도 감탄하여 곡할 정도로 일이 기묘하고 신통하
다는 말.

2908. 귀신도 공경하면 멀리 간다. (敬鬼神而遠
之)   〈論語〉
공경하면 안 되는 일이 없을 정도로 귀중하다는 뜻.

2909. 귀신도 귀신 같잖은 것이 사람만 잡아간
다.
사람 구실도 못하는 주제에 남에게 피해만 준다는 뜻.

2910. 귀신도 남의 제사는 먹지 않는다.
귀신이 남의 제사의 것은 먹지 않듯이 남의 물건은 탐
내서 안 된다는 말.

2911. 귀신도 떡 하나로 쫓는다.
아무리 사나운 사람이라도 성의껏 친절하게 대하면 해
치지 않는다는 말.

2912. 귀신도 모르는 제사를 지낸다.

무슨 일을 주인공(主人公)도 모르게 한다는 뜻.

2913. 귀신도 모르는 죽음을 하겠다.
남들이 알지 못하는 죽음을 하게 된다는 뜻.

2914. 귀신도 모를 일이다.
귀신도 모를 정도의 비밀이라 도저히 알아낼 수가 없
다는 말.

2915. 귀신도 부릴 수 있을 만한 재산이다.
귀신이라도 부릴 수 있을 정도로 재산이 많다는 말.

2916. 귀신도 불러야 온다.
남의 도움을 받으려면 내 자신이 먼저 도움을 받을 수
있는 조건을 만들어 놓아야 한다는 말.

2917. 귀신도 빌면 듣는다.
귀신도 빌면 용서하여 주는데 하물며 사람에게 잘못
을 비는 데 용서 안 해줄 수가 없다는 말.

2918. 귀신도 사귀면 친해진다.
아무리 악한 사람이라도 서로 사귀게 되면 친해진다
는 뜻.

2919. 귀신도 사귈 탓이다.
무서운 귀신도 잘 사귀면 친하게 될 수 있듯이 사람
도 사귀기에 달렸다는 뜻.

2920. 귀신도 사람이 모셔야 존대(尊待)를 받는
다.
윗사람이 존대를 받는 것은 아랫 사람들이 먼저 존
대해 주어야 남들도 존대하게 된다는 뜻.

2921. 귀신도 속이겠다.
귀신도 속일 수 있을 정도로 거짓말을 잘한다는 말.

2922. 귀신도 운 있는 사람을 돕는다.
일을 잘하는 사람을 도와 주지 일을 않는 사람은 남이
도와 주지 않는다는 말.

2923. 귀신도 제 제사가 아니면 먹지 않는다.
(神不歆非類)
귀신도 남의 제사는 먹지 않듯이 제 것이 아닌 것은
손 대지 말아야 한다는 뜻.

2924. 귀신 듣는 데 떡 말 한다.
그러지 않아도 좋아하는 것을 더군다나 알려 주어 매
우 좋아하게 되었다는 뜻.

2925. 귀신 듣는 데 떡 소리 말랬다.
귀신이 좋아하는 떡 이야기를 그 앞에서 하면 그 떡
을 그저 두지 않듯이 남이 좋아하는 것을 그 앞에서 하
게 되면 그에게 빼앗기게 된다는 말.

2926. 귀신보다 사람이 더 무섭다.

　　귀신이 사람을 잡아간다고 하지만 그보다 사람이 하는 증오, 음모, 탄압 등의 행위가 더 무섭다는 말.

2927. 귀신 속이기가 사람 속이기보다 쉽다.

　　(1) 똑똑한 사람이 더 잘 속는다는 뜻. (2) 서로 잘 아는 사이는 속이기가 어렵다는 뜻.

2928. 귀신 씨나락 까먹는 소리를 한다.

　　보이지 않는 곳에서 무어라고 소곤거린다는 말.

2929. 귀신이 아니면 도깨비다.

　　둘 중의 어느 하나라는 말.

2930. 귀신에게는 복숭나무 방망이 뜸질이래야 한다.

　　귀신은 그가 무서워하는 복숭나무 방망이로 때려야 꼼짝 못하듯이 사람을 굴복시키려면 그가 가장 무서워하는 것을 이용해서 꼼짝도 못하게 해야 한다는 말.

2931. 귀신은 경문(經文)에 막히고 사람은 경우에 막힌다.

　　사람은 양심이 있기 때문에 잘못하였을 때는 큰소리를 못하게 된다는 뜻.

2932. 귀신은 경문에 막히고 사람은 인정에 막힌다.

　　귀신은 하고 싶은 짓이 있어도 경문 때문에 못 하고 사람은 하고 싶은 짓이 있어도 인정에 가리어 못 한다는 말.

2933. 귀신은 경문에 매여 산다.

　　귀신은 경문에 의하여 행동하듯이 사람은 인정에 매여서 일한다는 뜻.

2934. 귀신은 경문에 빠지면 못살고 사람은 경우에 빠지면 못산다.

　　사람은 경우에 빠지는 행동을 해서는 안 된다는 뜻.

2935. 귀신은 속여도 팔자는 못 속인다.

　　타고 난 팔자는 뜯어고칠 수가 없다는 뜻.

2936. 귀신은 속여도 핏줄은 못 속인다.

　　혈통(血統)은 속이지 못한다는 뜻.

2937. 귀신을 노엽게 하고 국민들을 괴롭힌다. (神怒民痛)　　〈春秋左傳〉

　　폭정(暴政)으로 인하여 국민들이 불안하다는 뜻.

2938. 귀신을 피하니까 범을 만난다.

　　작은 화를 피하려다가 큰 화를 입게 되었다는 뜻.

2939. 귀신이 곡할 노릇이다.

　　귀신도 탄복(歎服)하여 울 정도로 일이 기묘하고 신통하다는 말.

2940. 귀신이나 사람이 다같이 분하게 여긴다. (神人共憤)

　　사람들은 물론이거니와 귀신까지도 분노한다는 말.

2941. 귀신이나 사람이 다같이 화가 난다. (神人共怒)

　　사람은 물론 귀신까지도 분노할 일이라는 뜻.

2942. 귀신이 돌다리를 알까 ?

　　귀신이 나무다리보다 튼튼한 돌다리가 다니기에 낫다고 할 리가 없듯이 필요 이상의 것으로 하지 않아도 된다는 말.

2943. 귀신이 무엇 먹고 사는지 ?

　　이 세상에서 없어져야 할 인간이 없어지지 않고 살아 있다는 뜻.

2944. 귀신이 씌웠다.

　　귀신이 시켜서 한 일이지 자기 본 정신으로는 한 것이 아니라는 뜻.

2945. 귀신 이야기를 하면 귀신이 온다.

　　(1) 마침 이야기하던 주인공이 나타났을 때 하는 말.

　　(2) 남이 없다고 흉을 봐서는 안 된다는 말.

2946. 귀신 쫓는 데는 복숭아 몽둥이가 제일이다.

　　나쁜 버릇은 매질을 해서 고쳐야 한다는 뜻.

2947. 귀신 피하려다가 호랑이 만난다.

　　한 가지 재난을 피하려다가 더 큰 재난을 당하게 되었다는 뜻.

2948. 귀양도 가려다가 못 가면 섭섭하다.

　　무슨 일이나 하려다가 못하게 되면 섭섭하게 된다는 뜻.

2949. 귀양이 홋벽에 가렸다.

　　귀양살이 할 일이 홋벽으로 사이를 두고 막혀 있듯이 재화(災禍)는 항상 자기 주변에 있다는 말.

2950. 귀 없는 고기도 듣는다. (魚無耳而聽)　　〈淮南子〉

　　(1) 사람이 없다고 말을 함부로 해서는 안 된다는 뜻.

　　(2) 말은 항상 조심해야 한다는 뜻.

2951. 귀에 거슬리는 말이다. (逆耳之言)

　　받아들여야 할 충고의 말이라는 뜻.

2952. 귀에 걸면 귀걸이요 코에 걸면 코걸이다. (耳懸鈴 鼻懸鈴)　　〈松南雜識〉

　　(1) 이렇게 말하면 이럴 듯하고 저렇게 말하면 저럴 듯

하다는 말. (2) 자기의 일정한 주관이 없이 이랬다 저랬다 하는 사람을 두고 하는 말.

2953. 귀에 딱정이가 앉도록 말한다.
하도 여러 번 말을 하여 귀에 못이 박히게 되었다는 뜻.

2954. 귀에 딱지가 앉겠다.
같은 말을 듣기 싫도록 되풀이해서 들었기 때문에 싫증이 난다는 뜻.

2955. 귀에 말뚝을 박았나.
남의 말을 도무지 알아듣지 못하는 사람을 보고 하는 말. ↔ 귓구멍이 나팔통 같다. 귓문이 넓다. 귓문이 대문짝만하다.

2956. 귀에 못이 박혔다.
같은 말을 또 하고 또 하고 하여 싫증이 난다는 뜻. ↔ 귓구멍이 나팔통 같다. 귓문이 넓다. 귓문이 대문짝만 하다.

2957. 귀에 싹이 난다.
한 말을 또 하고 또 하여 듣기 싫도록 들었다는 말.

2958. 귀여운 아이에겐 매 채를 주고 미운 아이에겐 엿을 주랬다.
귀여운 아이는 얌전하게 기르기 위하여 엄하게 해야 하며 미운 아이에게는 정을 붙이기 위하여 먹을 것을 주어야 한다는 말.

2959. 귀여운 자식에게는 뜸질을 주고 미운 자식에게는 엿을 주랬다.
자식이 잘못할 때는 따끔하게 타일러 주어야 하고 미웠을 때는 관대하게 대해 주어야 한다는 말.

2960. 귀여운 자식에게는 매 한 대 더 때리랬다.
귀여운 자식일수록 엄하게 선도(善導)해야 한다는 말.

2961. 귀여운 자식은 매로 키우랬다.
자식은 속으로 사랑하고 겉으로는 엄하게 키워야 한다는 뜻.

2962. 귀여운 자식은 매 많이 때리랬다. (怡兒多與棒) 〈明心寶鑑〉
귀여운 자식을 잘 교육시키려면 엄하게 가르쳐야 한다는 뜻.

2963. 귀여운 자식은 의붓자식 키우듯 하랬다.
귀여운 자식일수록 엄하게 키워야 한다는 뜻.

2964. 귀여워하는 할미보다 미워하는 어미가 더 낫다.
어머니가 미워하는 것은 일시적인 것이고 자애로운 사랑은 변함이 없는 사랑이라는 뜻.

2965. 귀엽게 기른 자식이 어미 꾸짖는다.
자식은 귀엽게만 기르면 버릇이 없어지게 된다는 뜻.

2966. 귀엽게만 기른 어머니 밑에서는 버릇없는 자식만 생긴다.
자식은 귀엽게만 기르면 반드시 버릇없는 자식이 되기 때문에 엄하게도 해야 한다는 말.

2967. 귀엽게 키운 자식에 효자 없다.
자식을 너무 귀엽게 키우게 되면 버릇없는 자식이 되기 쉽다는 뜻.

2968. 귀와 눈은 둘인데 입만 하나라는 것을 알아야 한다.
듣고 보는 것은 많이 해도 말은 적게 한다는 뜻.

2969. 귀와 눈을 조심하여 듣고 봐야 한다. (愼耳目之觀聽) 〈列子〉
듣고 볼 때는 항상 예의에 어긋나는 것은 아닌가 조심하면서 듣고 보라는 뜻.

2970. 귀응 전 뜯다.
남의 세력을 믿고 잘난 체하여 자랑하는 사람을 가리키는 말.

2971. 귀 장사 하지 말고 눈 장사 하랬다.
남의 말만 듣는 것보다는 자신이 직접 눈으로 보는 것이 정확하다는 말.

2972. 귀족층이 많으면 나라가 가난해진다. (士大夫衆則國貧) 〈荀子〉
귀족층이 많아서 비대해질수록 국가의 부가 그들에게만 치중되고 민중들은 굶주리게 되기 때문에 국가적으로는 빈곤하게 된다는 말.

2973. 귀중한 보물을 가진 사람은 밤에 다니지 않는다. (懷重寶者 不以夜行) 〈戰國策〉
값진 보물을 가진 사람은 도둑당할 위험성이 있는 밤에는 가지고 다니지 않듯이 귀중한 것을 가진 사람은 경각성을 가져야 한다는 말.

2974. 귀천을 가리지 않고 사귄다. (杵臼之交)
신분을 가리지 않고 친구를 사귄다는 뜻.

2975. 귀 풍년에 입 가난이다.
들은 것은 많아도 실속은 하나도 없다는 뜻.

2976. 귀하게 되고 교만하지 않는 것은 의로운 것이다. (貴之而不驕者 義也) 〈六韜〉
높은 지위에 있는 사람이 교만하지 않은 것은 의로운 짓이라는 말.

2977. 귀한 것은 상량문(上樑文)이다. (所乏者惟

上樑文) 〈松南雜識〉

목수가 집을 다 세웠는데 상량문을 쓰지 못하여 상량을 못 하고 있듯이 모든 것은 다 구비되었는데 단 한 가지만 준비되지 못하였다는 말. ※ 상량문 : 상량을 축하하는 글.

2978. 귀한 것은 천한 것을 근본으로 한다. (貴以賤爲本) 〈老子〉

천한 것이 많은 중에서 귀한 것은 드물게 나온다는 뜻.

2979. 귀한 구슬은 깊은 물 속에 있다. (千金之珠必在九淵)

진주(眞珠)는 깊은 물 속에 있는 조개에서 얻듯이 귀한 것은 깊이 있기 때문에 구하기가 어렵다는 뜻.

2980. 귀한 그릇이 쉬 깨진다.

귀한 그릇이 쉬 깨지듯이 사람은 잘난 사람이 쉬 죽는다는 말.

2981. 귀한 손님도 사흘이다.

반가운 손님도 오래 있으면 반가운 줄을 모르게 된다는 뜻.

2982. 귀한 자리는 누구나 바라는 바이다. (貴人之所欲) 〈孟子〉

사람들은 누구나 높은 지위에서 일하고 싶어한다는 말.

2983. 귀한 자리에 있어도 가난에 견딜 줄 알아야 한다. (貴而能貧) 〈春秋左傳〉

높은 지위에 있는 사람도 검소한 생활을 하도록 하라는 뜻.

2984. 귀한 자식 매 한 대 더 때리고 미운 자식 떡 한 개 더 주랬다.

귀여운 자식은 버릇이 없어지는 것을 막기 위하여 매가 필요하고 미운 자식은 정을 붙이기 위하여 떡을 주라는 말.

2985. 귀한 자식 매 한 대 더 때리랬다.

자식은 귀엽게만 기르면 버릇이 없어지기 때문에 매로 때려가며 길러야 한다는 뜻.

2986. 귀한 자식에게는 매를 아끼지 말랬다.

자식은 속으로 귀여워하고 엄하게 키워야 한다는 말.

2987. 귀한 자식은 매로 키우랬다.

자식은 귀여워하지만 말고 매도 때려 가며 길러야 한다는 말.

2988. 귓구멍에 마늘쪽을 박았나.

마늘쪽으로 귀를 막은 듯이 남의 말을 못 알아 듣는다는 말. ↔ 귓구멍이 나팔통 같다. 귓문이 넓다. 귓문이 대문짝만하다.

2989. 귓구멍에 말뚝을 박았나?

남의 말을 도무지 알아듣지를 못한다는 뜻. ↔ 귓구멍이 나팔통 같다. 귓문이 넓다. 귓문이 대문짝만 하다.

2990. 귓구멍을 뚫어야 하겠다.

남의 말을 도무지 알아듣지 못하는 답답한 사람보고 하는 말. ↔ 귓구멍이 나팔통 같다. 귓문이 넓다. 귓문이 대문짝만하다.

2991. 귓구멍을 막았나?

귓구멍을 막은 것같이 남의 말을 듣지 못한다는 말. ↔ 귓구멍이 나팔통 같다. 귓문이 넓다. 귓문이 대문짝만하다.

2992. 귓구멍이 꼭 막혔다.

남의 말을 도무지 알아듣지 못하는 답답한 사람이라는 뜻. ↔ 귓구멍이 나팔통 같다. 귓문이 넓다. 귓문이 대문짝만하다.

2993. 귓구멍이 나팔통 같다.

귓구멍이 나팔통같이 크기 때문에 남의 말을 너무 잘 듣는다는 말. 귓구멍에 마늘쪽을 박았나. 귓구멍을 뚫어야 하겠다. 귓구멍을 막았나. 귓구멍이 꼭 막혔다. ↔ 귓구멍에 말뚝을 박았나.

2994. 귓문이 넓다.

귓문이 넓기 때문에 남의 말을 잘 듣는다는 말. ↔ 귓구멍에 마늘쪽을 박았나. 귓구멍에 말뚝을 박았나 귓구멍을 뚫어야 하겠다. 귓구멍을 막았나. 귓구멍이 꼭 막혔다.

2995. 귓문이 넓으면 남의 말을 잘 듣는다.

귓문이 넓은 사람은 남의 말을 너무 잘 듣는다는 말.

2996. 귓문이 넓으면 복이 샌다.

귓문이 넓은 사람은 재복이 비교적 적다는 뜻.

2997. 귓문이 대문짝만하다.

귓문이 커서 남의 말을 잘 듣는다는 말. ↔ 귓구멍에 마늘쪽을 박았나. 귓구멍에 말뚝을 박았나. 귓구멍을 뚫어야 하겠다. 귓구멍을 막았나. 귓구멍이 꼭 막혔다.

2998. 귓밥이 두툼해야 재복이 있다.

귓밥이 엷은 사람은 재복이 없거나 적다는 말.

2999. 귓밥이 엷으면 가난하다.

귓밥이 두툼해야 부자가 된다는 말.

3000. 귓불만 만진다.

그 이상 할 말이 없을 때 처분만 기다린다는 뜻.

3001. 귓속말로 소곤거린다. (呫呫)
남들이 무슨 소리인지 모르게 소곤거린다는 말.

3002. 귓속말을 건너 마을에서 듣는다.
(1) 비밀히 한다고 한 것이 남이 먼저 알고 있다는 뜻.
(2) 말을 조심하라는 뜻.

3003. 귓속말이 백 리 간다.
(1) 비밀히 하는 일도 새기가 쉽다는 뜻. (2) 말을 조심
하라는 뜻.

3004. 귓속말이 천 리 간다. (附耳之言 聞於千里)
〈耳談續纂〉
(1) 비밀히 하는 일도 새기가 쉽다는 말. (2) 말을 삼
가하라는 말.

3005. 귓전에 바람 지나가듯 한다. (如風過耳)
남의 말을 귀담아 듣지 않고 흘려 버린다는 뜻.

3006. 귓전에 어느 바람이 지나가나 한다.
남이 신중하게 말을 해도 들은 척조차 하지 않는다는
말.

3007. 규수(閨秀)는 귀로 고르랬다.
규수는 평이 좋은 처녀를 선택하는 것이 좋다는 뜻.

3008. 그 꼴에 수캐라고 다리 들고 오줌 눈다.
못난 주제에 제 구실을 한다고 쓸데없는 일에 나선
다는 뜻.

3009. 그 꼴을 보느니 신첨지 신꼴을 보겠다.
눈꼴이 시어 눈 뜨고는 차마 볼 수 없다는 뜻.

3010. 그나 내나. (彼人予人)
그나 내나 다 같은 사람이라는 뜻.

3011. 그 나물에 그 밥이다.
(1) 두 사람이 끼리끼리 만났다는 뜻. (2) 그것이나 그
것이나 다 같다는 말.

3012. 그 날의 액(厄)은 독 안에 있어도 오고야
만다.
아무리 숨어 있어도 그 날의 나쁜 운수는 기어이 찾
아오고야 만다는 말.

3013. 그 남편에 그 아내다.
남편이 변변치 못하면 그 아내도 변변치 못하게 된다
는 뜻.

3014. 그 놈이 그 놈이다.
(1) 갑이라는 놈이나 을이라는 놈이나 다 똑같은 놈
이라는 말. (2) 이 일을 한 놈이나 저 일을 한 놈이나
다 같은 놈이라는 말.

3015. 그늘에 눈 사람은 가지를 꺾지 않는다.
누구나 자기에게 해로운 짓은 하지 않는다는 말.

3016. 그늘에도 별 들 날이 있다.
고생하던 사람도 잘살게 될 때가 있다는 뜻.

3017. 그늘에서 자랐나 ?
(1) 세상 물정을 모르는 사람이라는 뜻. (2) 모자라는
사람을 가리키는 말.

3018. 그늘에 핀 꽃이다.
(1) 남에게 인정(認定)을 받지 못한다는 뜻.(2) 외롭게
홀로 사는 젊은 여자를 보고 하는 말.

3019. 그늘은 두꺼워야 시원하다.
그늘은 두꺼워야 시원하듯이 덕망이 높은 사람 밑에
있어야 그 덕을 많이 볼 수 있다는 말.

3020. 그늘이 됐다 양지가 됐다 한다.
(1) 고락(苦樂)은 고정된 것이 아니라는 뜻.
(2) 고생도 하고 행복하게도 살았다는 뜻.

3021. 그다지 관계되지 않는다. (不甚相關)
과히 관계되지 않았다는 말.

3022. 그다지 멀지 않다. (不甚相遠)
서로 거리가 그다지 멀지 않다는 말.

3023. 그다지 틀리지 않는다. (不甚相違)
어떤 일의 평가에서 대단치 않은 차이밖에 나지 않았
다는 뜻.

3024. 그대가 장부면 나도 장부다. (彼丈夫 我丈
夫) 〈成覵〉
그가 훌륭하지만 다 같은 사람이기 때문에 노력만 하
면 나도 그렇게 될 수 있다는 뜻.

3025. 그러니 저러니 한다. (曰可曰否)
옳으니 그르니 서로 가부를 의논한다는 말.

3026. 그럴 리가 전혀 없다. (萬無是理)
도저히 믿어지지 않는다는 뜻.

3027. 그렇게 하다가는 뒷간에도 옻칠하겠다.
변소에다 옻칠을 할 정도로 호화스럽고 사치스러운 생
활을 한다는 뜻.

3028. 그루를 베고 뿌리를 뽑는다. (削株掘根)
〈戰國策〉
화근(禍根)을 완전히 제거한다는 말.

3029. 그른 것은 귀로 들으려고도 하지 말라.
(使耳非是無欲聞也) 〈荀子〉
나쁜 것에 대한 이야기는 아예 귀로 듣지도 말라는 뜻.

3030. 그른 것은 눈으로 보려고 하지 말라.
(使目非是無欲見也)　　　　　〈荀子〉
나쁜 것은 아예 눈으로 보지도 말라는 뜻.

3031. 그른 것은 마음에 생각하지도 말라. (使心
非是無欲慮也)　　　　　　　〈荀子〉
나쁜 것은 애당초 마음에서 생각하지도 말라는 뜻.

3032. 그른 것은 입으로 말하지도 말라. (使口非
是無欲言也)　　　　　　　　〈荀子〉
나쁜 것에 대한 말은 아예 입에서 말도 하지 말라는
뜻.

3033. 그른 꾀와 그른 법은 쓰지 말라. (勿用非
謀非彝)　　　　　　　　　　〈書經〉
사람은 아무리 곤궁한 환경에 있더라도 불의(不義)와
는 융화하지 말아야 한다는 뜻.

3034. 그릇 깨겠다.
그릇을 깰 위험성이 있듯이 일을 저지를 위험성이 있
다는 뜻.

3035. 그릇과 사람은 있는 대로 쓰인다.
적재 적소(適材適所)에 쓰면 다 쓸 수 있다는 말.

3036. 그릇과 여자는 깨지기가 쉽다.
여자는 행동을 삼가하지 않으면 일생을 망쳐 버리게
된다는 뜻.

3037. 그릇도 차면 넘친다.
그릇도 어느 한도가 차면 넘치듯이 무슨 일이든지 한
도가 있어서 이를 초과하면 허강하게 된다는 뜻.

3038. 그릇은 돌면 깨지고 여자는 돌면 바람 든
다.
여자가 나들이를 심하게 하면 타락하게 된다는 뜻.

3039. 그릇은 빌려 주면 깨지고 계집은 돌면 버
린다.
여자는 바람이 나서 돌아다니게 되면 버리게 된다는
뜻.

3040. 그릇이 둥글면 거기에 담긴 물도 둥글다.
(盂円水円)　　　　　　　　　〈韓非子〉
물은 담는 그릇 형에 따라 변하듯이 아랫 사람들은 웃
사람 하는 대로 따라 변한다는 말.

3041. 그릇이 모가 지면 거기에 담긴 물도 모가
진다. (盂方水方)　　　　　　〈韓非子〉
물은 그릇 형에 따라 변하듯이 아랫 사람은 웃사람
이 하는 대로 따라 변한다는 뜻.

3042. 그릇이 얕은 것은 넘치기 쉽다. (器淺者易

溢)　　　　　　　　　　　　〈虞裳傳〉
그릇도 얕으면 넘치기가 쉽듯이 사람도 속이 깊지 못
하고 얕으면 쓸모가 적다는 뜻.

3043. 그릇이 작으면 많은 양을 담지 못한다.
(器小不可以盛大)　　　　　　〈淮南子〉
역량(力量)이 적은 사람에게는 큰 책임을 맡길 수 없
다는 뜻.

3044. 그림 같은 미인이다.
화가가 마냥 어여쁘게 그린 그림과 같은 절세 미인
(絶世美人)이라는 뜻.

3045. 그림 떡으로 굶주린 배를 채우려고 한다.
(画餅充飢)
그림의 떡으로 배를 채우려듯이 너무나 허망(虛妄)한
짓을 한다는 뜻.

3046. 그림 떡으로는 배를 채울 수 없다. (画餅
不可充腹)　　　　　　　　　〈三國志〉
그림 떡으로는 배를 채울 수 없듯이 허망(虛妄)한 짓
은 헛수고만 하고 아무 실속이 없게 된다는 말.

3047. 그림 말에서 천리마를 찾는다. (按圖索駿)
그림으로 그린 말에서 천리마를 고르듯이 현실을 옳
게 파악하지 못하고 헛수고만 한다는 뜻.

3048. 그림으로도 못 그린다.
아름다움을 형용(形容)할 수 없다는 뜻.

3049. 그림의 떡이다. (画中之餅), (画餅)
　　　　　　　〈魏志〉, 〈旬五志, 松南雜識〉
겉으로만 그럴듯하지 아무 실속도 없다는 뜻.

3050. 그림의 호랑이다. (画中之虎)
겉으로만 무섭지 실제로는 아무 힘도 없다는 뜻.

3051. 그림자는 형체를 닮는다. (形影相同)
그림자는 물체를 닮듯이 아랫 사람들은 웃사람하는
대로 닮게 된다는 말.

3052. 그림자는 형체의 변화에 따라 변한다.
(形影應變)
물체가 움직이면 그림자도 움직이듯이 하부(下部) 사
람들은 상부(上部) 사람 하는 대로 따라한다는 뜻.

3053. 그림자 따라다니듯 한다.
잠시도 떨어지지 않는다는 말.

3054. 그림자를 잡겠다.
그림자를 잡을 수 있을 정도로 날쌔다는 뜻.

3055. 그림자 쉰 데와 숨 쉰 흔적은 없다.
그림자가 쉰 흔적 없듯이 행동한 흔적을 남기지 않았

으며 숨 쉰 흔적이 없듯이 말한 흔적을 전혀 남겨 놓지
않았다는 말.

3056. 그림자 쉰 흔적 없다.
그림자는 쉬었던 흔적을 남기지 않듯이 행동한 흔적
을 전혀 남겨 놓지 않았다는 말.

3057. 그림자와 짝이 된다. (形單影隻)
그림자밖에 벗이 없는 외로운 신세라는 말.

3058. 그림자조차 없다.
아무 흔적조차 남겨 놓은 것이 없다는 뜻.

3059. 그림자처럼 따라다닌다. (影從)
그림자처럼 떨어지지 않고 꼭 따라다닌다는 말.

3060. 그림자처럼 떨어지지 않는다. (形影不離)
그림자처럼 항상 붙어다닌다는 말.

3061. 그만두고 싶어도 되지 않는다. (欲罷不能)
지금까지 해오던 일은 쉽게 그만두지 못하게 된다
는 뜻.

3062. 그만하기가 다행이다.
적지 않은 피해를 입기는 하였으나 더 큰 피해를 당
하지 않은 것이 다행이라는 뜻.

3063. 그만하면 알아볼 조다.
한 가지 일을 하는 것만 봐도 인격이나 실력이 변변
치 않음을 알 수 있다는 뜻.

3064. 그만한 고생은 약과다.
대단치 않은 고생도 못 참는 사람보고 하는 말.

3065. 그물도 안 쳐 보고 고기만 없다고 한다.
일을 해보지도 않고 안 된다고만 한다는 말.

3066. 그물도 없이 고기만 탐낸다.
(1) 노동 도구가 없으면서 작업을 하려고 한다는 말.
(2) 일은 하지 않고 좋은 성과만 바란다는 말.

3067. 그물로 훑듯이 이익을 독점한다. (網利)
이익을 있는 대로 다 독점한다는 뜻.

3068. 그물에 걸린 고기 신세다.
그물에 잡힌 고기가 죽게 되듯이 곧 죽게 될 운명이
라는 뜻.

3069. 그물에 걸린다고 다 고기는 아니다.
법망(法網)에 걸린다고 다 범죄자가 아니고 그중에는
간혹 억울한 사람도 있다는 뜻.

3070. 그물에도 빠져나갈 구멍이 있다.
(1) 법망(法網)도 피할 수 있는 맹점(盲點)이 있다는
뜻. (2) 죽게 된 사람도 살아날 구멍이 있다는 뜻.

3071. 그물에 든 고기다.
그물에 잡힌 고기 신세와 같이 곧 죽을 운명이라는 뜻.

3072. 그물에 든 고기요 쏴 죽인 범이다.
그물에 든 고기와 같이 곧 죽을 운명이거나 이미 화
살에 맞아 죽은 범과 같이 죽어야 할 운명이라는 뜻.

3073. 그물에 든 고기요 함정에 빠진 범이다.
꼼짝도 못하고 앉아서 죽게 되었다는 뜻.

3074. 그물에 든 새다.
그물에 잡힌 새마냥 곧 죽을 운명에 처해 있다는 말.

**3075. 그물에서 벗어난 새요 함정에서 뛰어난
범이다.**
(1) 억압에서 해방이 되었다는 뜻. (2) 죽게 되었다가
살아났다는 뜻.

3076. 그물을 벗어난 새다.
그물에 갇혔던 새가 벗어나듯이 갇혔던 몸이 자유를
얻었다는 뜻.

**3077. 그물을 벗어난 토끼 도망치듯 한다. (脫兎
之勢)**
한번 그물에 놀란 토끼가 도망치듯이 몹시 놀라서 죽
을 줄 모르고 도망치는 사람을 두고 하는 말.

3078. 그물을 쓰고 고기를 잡는다. (蒙網捉魚)
〈旬五志〉
그물로 고기를 잡지 않고 자기가 쓰고 고기를 잡으려
하듯이 일의 두서(頭緖)도 모르고 하기 때문에 헛수
고만 한다는 뜻.

3079. 그물이 열 자라도 벼리가 으뜸이다.
그물이 아무리 크더라도 그물은 벼리에 의하여 움직
이듯이 여러 사람이 하는 일이라도 책임자의 의견이
가장 중요하다는 뜻. ※ 벼리 : 그물의 밧줄.

3080. 그물이 천 코면 걸릴 날이 있다.
그물 코가 많으면 언젠가는 고기가 걸릴 때가 있듯이
무슨 일이나 준비를 잘하고 기다리고 있으면 성공할
날이 있다는 뜻.

**3081. 그물이 커야 큰 고기도 잡힌다. (大網撈大
魚)**
그물이 커야 큰 고기를 잡듯이 사람도 희망이 크고 포
부(抱負)가 커야만 큰 일을 할 수 있고 따라서 크게
성공할 수 있다는 말.

3082. 그물 코가 삼천이라도 걸려야 그물이다.
양(量)이 문제로 되는 것이 아니라 질(質)이 문제로
된다는 말.↔ 그물 코가 삼천이면 걸릴 날이 있다.

3083. 그물 코가 삼천이라도 벼리가 으뜸이다.
아무리 숫자적으로 많다 하더라도 그것을 주장하는 것이 없으면 소용이 없다는 말.

3084. 그물 코가 삼천이면 걸릴 날이 있다.
무슨 일이든지 준비를 넉넉히 해 두고 기다리면 이루어지는 날이 반드시 있게 된다는 말. ↔그물 코가 삼천이라도 걸려야 그물이다.

3085. 그물 코가 성기면 안 된다. (網目不疎)   〈世說〉
법이 너무 허술하면 치안이 잘 안 되게 된다는 뜻.

3086. 그물 코가 성기면 짐승을 놓치게 된다. (網疎則獸失)   〈鹽鐵論〉
법이 너무 허술하면 범죄자를 다 놓치게 된다는 뜻. ↔그물 코가 촘촘하면 고기들이 놀란다.

3087. 그물 코가 촘촘하면 고기들이 놀란다. (魚驚網密)   〈薛道衡〉
국민들은 법이 너무 세밀하면 불안하게 된다는 뜻. ↔그물 코가 성기면 짐승을 놓치게 된다.

3088. 그믐 밤에 홍두깨 내미는 격이다.
어두운 밤에 갑자기 홍두깨를 내밀듯이 꿈에도 생각하지 않던 일을 돌연히 당하게 되었다는 뜻.

3089. 그 밥에 그 나물이다.
(1) 서로 격이 맞는다는 말. (2) 하나를 보면 다른 것도 짐작할 수 있다는 말.

3090. 그 뿔에 우연히 받힌다. (姤其角)
공교롭게 우연히 당하는 불행이라는 뜻.

3091. 그 사람을 알고 싶거든 먼저 그 친구를 보라. (欲識其人 先視其友)   〈王良〉
그 사람을 알려면 그 친구만 봐도 그 사람이 어떤 사람이라는 것을 알게 된다는 뜻.

3092. 그 사람이 사랑스러우면 그 집 지붕 까마귀까지도 귀엽다. (愛及屋烏)
아내가 사랑스러우면 처갓집 까마귀까지 귀엽게 보인다는 말.

3093. 그 술에 그 안주다.
(1) 두 가지가 다 비슷하다는 뜻. (2) 두 사람이 끼리끼리 만났다는 뜻.

3094. 그슬린 돼지가 달아맨 돼지 타령을 한다.
이미 불에 그슬린 돼지가 아직 그슬리지 않고 매어 있는 돼지를 비웃듯이 제 큰 흉은 모르고 남의 작은 흉을 본다는 뜻.

3095. 그 식이 장식이다.
늘 한가지 방법으로 변함이 없이 그대로만 한다는 뜻.

3096. 그 십 리가 그 십 리다.
그것이나 그것이나 별 차이가 없다는 말.

3097. 그 아버지를 알고 싶거든 먼저 그 아들을 보라. (欲知其父 先視其子)   〈王良〉
부자간에는 모습이나 행동이 닮은 데가 많기 때문에 아들만 봐도 그 아버지를 짐작할 수 있다는 뜻.

3098. 그 아비에 그 자식이다.
아비가 못되었으면 자식도 따라 못되게 된다는 말.

3099. 그 어머니에 그 딸이다.
어머니와 딸이나 다 변변치 못하다는 뜻.

3100. 그 장단에 춤추기 어렵다.
(1) 지시 명령이 불분명하거나 또는 변동이 많아서 어떻게 해야 좋을지 모르겠다는 말. (2) 간섭하는 사람이 많아서 누구의 말을 들어야 할지 모르겠다는 말.

3101. 그저 먹는다.
힘 하나 들이지 않고 쉽게 얻게 되었다는 뜻.

3102. 그 전 공이 아깝다. (前功可惜)
현재의 잘못으로 인하여 과거에 세운 공로까지 헛되이 되어 그 공이 아깝게 되었다는 말.

3103. 그 제자에 그 선생이다. (乃弟乃師)
그 제자를 보면 그 선생의 실력과 인품도 알 수 있기 때문에 제자들에 의하여 선생은 평가를 받게 된다는 말.

3104. 그 집 딸 선을 보려면 먼저 그 어머니를 보랬다.
딸은 그 어머니를 많이 닮기 때문에 그 어머니만 봐도 딸의 행동을 알 수 있다는 뜻.

3105. 그 친구를 보면 그 사람을 알 수 있다.
누구나 그 사람의 친구를 보면 그 사람의 인품(人品)을 알 수 있다는 말.

3106. 그 항아리에 그 뚜껑이다.
서로 비슷한 사람끼리 잘 만났다는 말.

3107. 극락 길 버리고 지옥 길로 간다.
행복하게 살 수도 있는 사람이 스스로 불행의 수렁으로 빠진다는 말.

3108. 극락 길은 곁에 있다.
인간의 행복은 먼 데 있는 것 같으나 알고 보면 곁에 있기 때문에 현실에 충실해야 한다는 뜻.

3109. 극성(極盛) 끝은 없다.
남들에게 극성을 많이 부린 사람은 망하게 된다는 말.

3110. 극성 부리면 망한다.
남에게 극성을 너무 떠는 사람은 망하게 된다는 뜻.

3111. 근거 없는 말이다. (無根之説)
아무 근거도 없는 잘못된 말이라는 뜻.

3112. 근거 없는 소문 없다.
소문은 확대되어 퍼지기는 하지만 전혀 근거 없는 소문은 없다는 말.

3113. 근근히 세월만 보낸다. (苟延歲月)
아무것도 하는 일 없이 고생을 참아 가면서 세월만 보내고 있다는 뜻.

3114. 근근히 유지해 나간다. (僅僅扶持)
참고 참아 가면서 근근히 지탱해 나간다는 뜻.

3115. 끈 떨어진 두레박 신세다.
끈이 떨어진 두레박은 쓸모가 없듯이 이 세상에서 버림을 당한 신세라는 말.

3116. 끈 떨어진 둥우리다.
둥우리는 끈이 없이는 매달지 못하듯이 물건이 쓸모 없게 되었다는 말.

3117. 끈 떨어진 뒤웅박이다.
뒤웅박은 끈이 없으면 매달 수 없게 되듯이 물건이 아주 못 쓰게 되었다는 말.

3118. 끈 떨어진 망석중이다. (絶繮優面)
〈松南雜識, 旬五志〉
망석중이가 끈 떨어지면 꼼짝도 못하듯이 물건이 아주 못 쓰게 되었다는 말.

3119. 근면을 이기는 가난 없다.
부지런한 사람에게는 가난이 찾아들지 못한다는 뜻.

3120. 근본은 잃지 않는다. (不失基本)
사람은 언제 어디서나 근본을 잃어서는 안 된다는 말.

3121. 근본을 상하게 하면 지엽은 따라서 망하게 된다. (傷其本 枝從而亡)
줄기를 베면 잎도 마르듯이 나라가 망하면 국민들도 못살게 된다는 뜻.

3122. 근본이 어지럽고서는 말단을 잘 다스릴 수 없다. (其本亂而末治者否矣) 〈大學〉
정치를 잘하려면 중앙 기관부터 잘해야 말단 기관도 잘할 수 있게 된다는 뜻.

3123. 근심거리는 도리어 이롭도록 만들어야 한다. (以患爲利) 〈孫子〉
불리한 일이 발생되거든 이것을 유리하게 바꾸도록 백방으로 노력하라는 뜻.

3124. 근심거리는 미리 막아야 한다. (思患而豫防之) 〈易經〉
근심되는 일은 발생하기 전에 미리 막아야 한다는 뜻.

3125. 근심 걱정 속에서 산다. (生於憂患) 〈孟子〉
인간 생활에서는 항상 근심 걱정이 떠나지 않는다는 뜻.

3126. 근심 걱정이 많아서 음식 맛도 없다. (食不甘味)
걱정되는 일은 많으나 해결을 못 하고 정신적으로 고민하고 있기 때문에 입맛도 없어졌다는 뜻.

3127. 근심과 재난이 있을 때는 서로 구제해야 한다. (患難相恤) 〈慕齋集〉
불행한 일이 있을 때는 서로 도와 주어야 한다는 뜻.

3128. 근심스러운 일이나 즐거운 일이나 함께 겪는다. (憂楽焉與共) 〈蓉洲文集〉
걱정되는 일이나 즐거운 일이나 군중들과 함께 나누어 가져야 한다는 뜻.

3129. 근심 없애는 약 없다.
인간 생활에서 도저히 근심은 없앨 수 없다는 말.

3130. 근심에 잠겨 잠을 자지 못한다. (耿耿不寢) 〈詩經〉
몹시 근심되는 일이 있어서 잠을 제대로 못 잔다는 말.

3131. 근심으로 늙는다.
근심이 많은 사람은 쉬 늙기 때문에 항상 명랑하게 살아야 한다는 뜻.

3132. 근심은 수명을 감한다. (思慮損壽)
근심이 많은 사람은 수(壽)를 감하기 때문에 항상 명랑하게 살아야 한다는 뜻.

3133. 근심은 욕심이 많은 데서 생긴다. (憂生於多慾), (患生於多慾) 〈誡論心文〉, 〈淮南子〉
근심이 발생하는 원인은 욕심이 지나치게 많기 때문이니 욕심 부리는 일을 삼가라는 뜻.

3134. 근심이 많으면 침식도 편안치 않다. (寢食不安)
근심이 많으면 입맛도 없어지고 잠도 잘 못 잔다는 말.

3135. 근심이 태산 같다.
걱정이 너무 많아서 헤어날 수가 없다는 말.

3136. 근심이 풀리지 않는다. (愁心不解)

근심되는 일을 해결 못하고 있다는 뜻.

3137. 근심하면서도 괴로와하지 않는다. (憂而不困) 〈春秋左傳〉

근심 거리가 있지만은, 꾹 참고 괴로와하지 않는다는 말.

3138. 근심하지도 않고 두려워하지도 않는다. (不憂不懼) 〈論語〉

걱정도 하지 않고 무서워하지도 않고 침착한 태도로 대하고 있다는 뜻.

3139. 근심하지 않을 것을 근심하고 근심해야 할 것을 즐거워한다. (弗及而憂 與可憂而樂) 〈春秋左傳〉

문제를 옳게 파악하지 못하고 반대로 착각하고 있다는 말.

3140. 근원(根源) 베는 칼 없고 근심 없애는 약 없다.

부부간의 금실은 끊을 수 없고 인간 생활에서 근심은 없앨 수 없다는 말.

3141. 근원이 깨끗해야만 흐르는 물도 맑다. (源潔流斯清) 〈牧隱集〉

수원(水源)이 깨끗하면 여기서 흐르는 물도 깨끗하듯이 윗사람이 청백해야 아랫 사람도 청백하게 된다는 뜻.

3142. 근원이 맑아야 맑은 물이 흐른다.

윗사람이 청백해야 아랫 사람들도 청백하게 된다는 말.

3143. 근원이 맑으면 흐르는 물도 맑다. (源清則流清) 〈荀子〉

수원(水源)이 맑으면 여기서 흐르는 물도 맑듯이 윗사람이 청백하면 아랫 사람들도 저절로 청백하게 된다는 뜻.

3144. 근원이 흐리면 흐르는 물도 흐리게 된다. (源濁則流濁) 〈荀子〉

수원이 흐리면 여기서 흐르는 물도 흐리듯이 윗사람이 부정한 짓을 하면 아랫 사람들도 따라서 부정하게 된다는 뜻.

3145. 근원이 흐리면 흐린 물이 흐른다.

윗사람이 청백하지 못하면 아랫 사람들도 청백하지 못하게 된다는 말.

3146. 근잠 먹은 끝은 있어도 멸구 먹은 끝은 없다.

근잠 먹은 벼는 수확할 것이 있지만 멸구 먹은 벼는 수확할 것이 없다는 뜻.

3147. 근잠 먹은 데는 도끼 들고 나서고 멸구 먹은 데는 갈퀴 들고 나선다.

근잠 먹은 벼는 수확할 것이 있어도 멸구 먹은 벼는 수확할 것이 없다는 뜻.

3148. 근창(饉倉) 가는 배도 둘러 먹는다.

굶주린 사람은 먹기 위하여 수단과 방법을 가리지 않는다는 말. ※ 근창 : 흉년을 대비하여 곡식을 저장하는 창고.

3149. 끈하고 명은 길수록 좋다.

누구나 건강하게 장수(長壽)하는 것을 바란다는 뜻.

3150. 끊어도 끊을 수 없는 처지다.

두 사람 관계가 매우 친밀하다는 말.

3151. 끊어야 접(接)도 붙인다.

일단 파괴한 후에야 건설을 하게 된다는 뜻.

3152. 끊어진 연분은 다시 못 잇는다.

남녀간의 연분은 한번 끊어지면 재합(再合)하지는 못한다는 뜻. ↔ 끊어진 연분은 자식이 이어 준다.

3153. 끊어진 연분은 자식이 이어 준다.

자식을 두고 이혼한 부부는 자식으로 인하여 다시 재합하는 경우가 있다는 말. ↔ 끊어진 연분은 다시 못 잇는다.

3154. 끌 구멍을 파고 대패질을 익히고 쌓으면 목수가 된다. (積斲削而爲工匠) 〈荀子〉

기본 조작(基本操作)만 능숙하게 되면 기능공으로 될 수 있다는 뜻.

3155. 글귀는 몰라도 말귀조차 모를까 ?

비록 무식해도 말하는 것을 보고 다 알 수 있다는 뜻.

3156. 글로는 말을 다하지 못한다. (書不盡言) 〈易經〉

글을 아무리 잘하는 사람이라도 하고 싶은 말을 글로 다 쓸 수 없다는 말.

3157. 글로만 쓴 헛문서이다. (紙上空文)

실천될 수 없는 것을 내용으로 한 문서라는 뜻.

3158. 글 모르는 귀신 없다.

죽어서 귀신이 되면 글을 다 알게 되는데 하물며 살아 있는 동안에 글을 몰라서는 안 되기 때문에 부지런히 공부하라는 말.

3159. 글 못 한 놈 붓 고르듯 한다.

기술이 부족한 사람일수록 도구는 좋은 것만 쓰려고 한다는 말.

3160. 글발이 다섯 아니면 일곱이니 계집 팔아먹
　겠다.
　　노름 글발이 갑오는 아니 나오고 다섯 아니면 일곱
　　밖에 안 나오기 때문에 돈을 잃게 되었다는 뜻.

3161. 글 배우는 데 부지런하라. (勤於學文)
　　　　　　　　　　　　　　　〈訥齋集〉
　　공부하는 것도 시기가 있기 때문에 시기를 놓치지 말
　　고 부지런히 하라는 뜻.

3162. 글 속에 글 있고 말 속에 말 있다.
　　(1) 글이나 말이 지니고 있는 뜻이 무궁무진하다는 뜻.
　　(2) 글이나 말은 무진장하게 많으나 그 중에는 못 쓸
　　　것과 좋은 것이 있다는 뜻.

3163. 글씨는 마음의 그림이다. (書心畵也)
　　　　　　　　　　　　　　　〈揚子法言〉
　　글씨 쓴 것을 보면 그 사람의 마음을 다 알 수 있다
　　는 말.

3164. 글씨는 반드시 또박또박 바르게 써야 한다.
　　(字劃必楷正)　　　　　　　　〈座右銘〉
　　글씨는 남이 잘 알 수 있게 또박또박 쓰라는 뜻.

3165. 글씨 못 쓰는 놈이 붓만 탓한다.
　　일을 못하는 사람은 자기 실력이 모자란다는 말은 않
　　고 연장 핑계만 댄다는 뜻. ↔ 글씨 잘 쓰는 사람은
　　붓을 탓하지 않는다. 글씨 잘 쓰는 사람은 붓을 가
　　리지 않는다. 글씨 잘 쓰는 사람은 붓과 먹을 가리지
　　않는다.

3166. 글씨 못 쓰는 놈이 붓 치장만 한다.
　　일을 못하는 사람일수록 연장은 좋은 것을 쓰려고 한
　　다는 뜻. ↔ 글씨 잘 쓰는 사람은 붓을 가리지 않는
　　다. 글씨 잘 쓰는 사람은 붓과 먹을 가리지 않는다.
　　글씨 잘 쓰는 사람은 붓을 탓하지 않는다.

3167. 글씨 잘 쓰는 사람은 반드시 붓을 가린다.
　　(能書必擇筆)
　　기술이 능숙한 사람은 반드시 좋은 도구만으로 일을
　　하려고 하지 않는다는 뜻. ↔ 글씨 잘 쓰는 사람은 붓을
　　가리지 않는다. 글씨 잘 쓰는 사람은 붓과 먹을 가리
　　지 않는다. 글씨 잘 쓰는 사람은 종이와 붓을 가리
　　지 않는다. 글씨 잘 쓰는 사람은 붓을 탓하지 않는다.

3168. 글씨 잘 쓰는 사람은 붓과 먹을 가리지 않
　　는다. (能書不擇筆墨)　　　　　〈唐書〉
　　기술이 좋은 사람은 구태여 좋은 도구로만 일을 하려
　　고 하지 않는다는 말. ↔ 글씨 못 쓰는 놈이 붓을 더
　　고른다. 글씨 잘 쓰는 사람은 반드시 붓을 가린
　　다.

3169. 글씨 잘 쓰는 사람은 붓을 가리지 않는다.
　　(能書不擇筆)　　　　　　　　〈唐書〉
　　일을 잘하는 재능이 있는 사람은 아무 연장으로나 일
　　을 잘한다는 뜻.

3170. 글씨 잘 쓰는 사람은 붓을 탓하지 않는다.
　　일을 잘하는 사람은 연장을 탓하지 않는다는 말.
　　↔ 글씨를 잘 쓰는 사람은 반드시 붓을 가린다. 글씨
　　못 쓰는 놈이 붓을 더 고른다.

3171. 글씨 잘 쓰는 사람은 아는 사람의 종이다.
　　(筆者識者之奴)
　　일을 잘하는 사람은 일을 잘 못하는 사람을 도와 주
　　게 되기 때문에 종 노릇을 하게 된다는 뜻.

3172. 글씨 잘 쓰는 사람은 종이와 붓을 가리지
　　않는다. (善書不擇紙筆)　　　　〈唐書〉
　　기술이 월등한 사람은 좋은 도구가 아니라도 좋은 제
　　품을 만든다는 뜻. ↔ 글씨 잘 쓰는 사람은 반드시
　　붓을 가린다.

3173. 글에 미친 송생원(宋生員)이다.
　　집안 일은 전혀 돌보지 않고 오직 글 공부만 하는 사
　　람을 가리키는 말.

3174. 글을 가르치지 않으면 자손이 어리석어진
　　다. (詩書無敎子孫愚)　　　　　〈景行錄〉
　　자손들의 번영을 위해 교육에 힘 쓰라는 뜻.

3175. 글을 백 번만 읽으면 그 뜻을 절로 알게 된
　　다. (讀書百偏而義自見)
　　가르쳐 주는 사람이 없어도 읽어 가면서 생각하고 생
　　각하면서 읽기를 여러 번 하면 저절로 깨달아진다는 뜻.

3176. 글을 아는 것이 도리어 근심거리가 된다.
　　(識字憂患)
　　침묵을 지키지 못하고 아는 체하다가 불행한 일을 당
　　하게 된다는 말.

3177. 글을 읽기만 하고 그 뜻은 모른다. (佔畢)
　　뜻도 모르고 글을 읽듯이 아무 실속도 없이 헛수고만
　　한다는 뜻.

3178. 글자는 반만 쓰다 말면 글자가 되지 않는
　　다. (半字不成)
　　무슨 일이나 하다가 중간에서 중지하면 일이 이루어
　　지지 않는다는 뜻.

3179. 글자 한 자가 천금 가치가 있다. (一字千金)
　　　　　　　　　　　　　　　〈呂不韋〉
　　글자 한 자로 죽고 사는 경우가 있기 때문에 천금 가
　　치가 있다는 뜻.

3180. 글자 한 자도 모른다. (一字無識 : 一文不知)
　글자 한 자도 모르는 무식이라는 뜻.

3181. 글 잘하는 사람 중에는 경솔한 사람이 많
다. (文人多佻薄)　　　　　　　　〈唐書〉
　재주 있는 사람 중에는 경솔한 사람이 많다는 데서 나
온 말.

3182. 글 짧은 것과 양반 짧은 것은 어디 가서 내
놓지 말랬다.
　(1) 설불리 아는 것을 가지고는 아는 척을 하지 말라
는 뜻. (2) 명문집이 아니거든 집안 자랑도 하지 말라
는 뜻.

3183. 끌 찾으면 망치까지 주어야 한다.
　서로 연관성(聯關性)이 있는 일은 시키지 않아도 같
이 해야 일이 성사가 된다는 말.

3184. 긁어 부스럼 만든다. (剮肉作瘡)
　그저 있으면 아무 탈이 없을 것을 공연히 필요 없는
짓을 하여 스스로 화를 당하게 되었다는 말.

3185. 긁을수록 부스럼은 커진다.
　악한 일을 숨기고 우물우물하기만 하면 점점 더 악화
된다는 뜻.

3186. 끓는 국에 국자 휘젓듯 한다.
　남이 한참 화가 났을 때 더욱 화를 부채질한다는 뜻.

3187. 끓는 국에 맛 모른다. (羹之方沸　罔知厥味)
　　　　　　　　　　　　　　〈耳談續纂〉
　(1) 급한 일을 당하게 되면 정확한 판단을 하기 어렵
다는 말. (2) 아무 영문도 모르고 함부로 행동한다는 말.

3188. 끓는 국을 국자로 누른다.
　끓는 국자로 누르면 더 끓어오르듯이 화난 사람을
더 화나게 한다는 뜻.

3189. 끓는 물로 끓는 물을 식힌다. (以湯止湯)
　일을 수습할 대신에 점점 악화시킨다는 말. ↔ 끓는
물로 눈 녹이기다.

3190. 끓는 물로 눈 녹이기다. (以湯消雪 : 以湯澆
雪)　　　　　　　　　　　　　〈晉書〉
　끓는 물로 눈을 녹이듯이 일을 쉽게 할 수 있다는 뜻.
↔ 끓는 물로 불 끄기다. 끓는 물로 끓는 물을 식
힌다.

3191. 끓는 물로 불 끄기다. (救火揚沸)　〈史記〉
　일을 잘한다는 것이 결과적으로 악화(惡化)시켰다는
뜻. ↔ 끓는 물로 눈 녹이기다.

3192. 끓는 물에 냉수를 부은 것 같다.

끓는 물에 갑자기 냉수를 부으면 끓는 소리가 없어지
면서 조용해지듯이 소란하다가 갑자기 조용해지는 것
을 이르는 말.

3193. 끓는 물에 덴 사람은 찬물도 불어 마신다.
(懲湯吹冷水)　　　　　　　　〈旬五志〉
　한 번 호되게 놀란 다음에는 그와 비슷한 것만 보아
도 조심하게 된다는 말.

3194. 끓는 물과 타는 불도 가리지 않는다.
(赴湯蹈火)
　자기가 하기로 결심한 일에 대해서는 물불을 가리지
않고 과감히 해나간다는 뜻.

3195. 끓는 솥 아궁에서 타는 불을 꺼낸다.
(抽薪止沸)
　한창 일이 잘 되는 고비에 중단하여 버린다는 말.

3196. 끓인 죽이 밥 될까?
　한번 잘못된 일은 바로 잡을 수가 없다는 뜻.

3197. 금강산 구경도 밥을 먹어야 한다. (食後金
剛山)
　배고픈 사람에게는 아무리 좋은 구경거리가 있어도
소용이 없다는 말.

3198. 금강산 구경도 배가 불러야 하고 도중 군
자(都中君子) 노릇도 배가 불러야 한다.
　아무리 좋은 구경이나 높은 지위라 할지라도 배가 고
파서는 하고 싶은 생각이 없다는 뜻.

3199. 금강산 그늘이 관동(關東) 팔 십리를 간다.
　금강산 때문에 관동 일대가 아름답듯이 덕망이 있고
훌륭한 사람 밑에 있으면 그 덕을 받게 된다는 말.

3200. 금강산 녹용 포수(鹿茸砲手) 죽듯 한다.
　금강산을 가서 사슴을 잡아 녹용을 얻은 포수는 다른
포수가 그 녹용을 빼앗기 위하여 죽이듯이 보물을 가
졌기 때문에 안 죽을 것도 죽게 되었다는 말.

3201. 금강산도 제 가기 싫으면 그만이다.
　아무리 좋은 일이라도 본인이 싫다면 억지로는 시킬
수 없다는 말.

3202. 금강산 상상봉에 물 밀어 배띄우기를 기다
려라.
　도저히 가망성이 없는 것을 이르는 말.

3203. 금과 옥이 집안에 가득하다. (金玉滿堂)
　　　　　　　　　　　　　　　　〈老子〉
　(1) 금은주옥(金銀珠玉)과 같은 보물이 많은 거부(巨
富)라는 말.
　(2) 집안에 금관자(金貫子), 옥관자(玉貫子)를 단 고

위급 관원이 많다는 말.

3204. 금과 은이 보배가 아니라 어진 신하가 보배다.（金銀非寶 良臣寶）　　〈旬五志〉
돈보다도 자신을 도와 주는 훌륭한 아랫사람들이더 보배롭다는 말.

3205. 금관자（金貫子） 서슬에 큰 기침한다.
나쁜 짓은 다 하면서도 권세와 돈이 있는 유세로 도리어 큰소리 친다는 뜻.
※ 금관자 : 옛날 정, 종 이품의 관원이 붙이던 황금 제 관자.

3206. 금년 새다리가 명년 쇠다리보다 낫다.
앞일이 어떻게 될지 모르기 때문에 앞일을 기대하느니보다 비록 그만 못하더라도 우선 눈앞에서 얻을 수 있는 것이 유리하다는 말.

3207. 금년에 배우지 않고 내년이 있다고 말하지 말라.（勿謂今年不學 而有來年）　　〈朱子〉
공부하는 것도 시기가 있기 때문에 미루다가 시기를 놓치는 일이 없도록 하라는 뜻.

3208. 금덩이 지고 거지 노릇 한다.
돈을 두고도 궁상（窮狀）을 떤다는 뜻.

3209. 금도 모르고 싸다고 한다.
물건 값도 모르고 싸다고 하듯이 내용도 모르면서 경솔하게 평가한다는 말.

3210. 금두（金頭） 물고기가 용에게 덤벼든다.
작은 고기가 큰 용에게 덤비듯이 상대의 힘도 모르고 함부로 덤비다가는 화를 입는다는 말.

3211. 금방망이 우려먹듯 한다.
무엇을 오래 두고두고 이용한다는 말.

3212. 금방 먹을 떡에도 살 박아 먹는다.
(1) 아무리 급하더라도 순서에 따라 할 일은 다 해야 한다는 뜻 (2) 잠시 후에 버릴지라도 가지고 있는 동안에는 귀중하게 취급해야 한다는 말.

3213. 금방석에 앉힌다.
정중하게 모신다는 말.

3214. 금 보기를 돌과 같이 하라.（見金如石）
　　〈海東續小學〉
물욕（物慾）을 너무 내지 말라는 뜻.

3215. 금사망（金絲網）을 썼나.
쇠 망을 쓴 것같이 그물을 벗어나지 못한다는 말.

3216. 금산（錦山） 체 장수는 말꼬리 먼저 본다.

체 장수는 말꼬리로 체를 만들기 때문에 말꼬리에 관심을 가지듯이 사람은 누구나 자기와 이해 관계가 있는 일에 관심이 있다는 말.

3217. 금산 체 장수 말 죽기만 바라듯 한다.
이해 관계가 있는 일은 몹시 기다리게 된다는 뜻.

3218. 금산 체 장수 죽은 말 지키듯 한다.
(1) 무엇을 잔뜩 지키고 있는 사람보고 하는 말.
(2) 이득이 있는 일은 끝까지 노력을 한다는 뜻.

3219. 금석같이 굳은 언약이다.（金石相約）
서로 굳게 약속한 것이 쇠나 돌과 같이 변하지 않는다는 뜻.

3220. 금승 말 갈기가 외로 질지 바로 질지는 모른다.
어린 말의 갈기가 장차 어느 쪽으로 넘어질지 모르듯이 겨우 시작한 일이 앞으로 어떻게 될지 모른다는 말. ※ 금승 말 : 한 살 된 말.

3221. 금실（琴瑟）이 좋다.
부부간의 애정（愛情）이 매우 좋다는 말.

3222. 금 없는 곳에서는 구리가 보배 노릇을 한다.
잘난 사람이 없는 곳에서는 못난 사람이 잘난 체한다는 뜻.

3223. 금으로 만든 사발에는 흠이 없다.（金甌無缺）　　〈南史〉
금은 전연성（展延性）이 풍부하기 때문에 이것으로 그릇을 만들면 흠이 없듯이 덕이 있는 사람은 흠이 없게 된다는 뜻.

3224. 금은 광석에서 나온다.（金自鑛出）〈菜根譚〉
금과 같이 귀중한 금속도 돌 속에서 산출되듯이 비천한 가정에서도 위대한 인물이 날 수 있다는 뜻.

3225. 금은（金銀）이 보배가 아니라 좋은 말과 행동이 보배다.
금이나 옥보다도 사람의 말과 그 행동이 더 귀중하다는 말.

3226. 금이야 옥이야 한다.
(1) 어린 아이를 매우 애지중지한다는 뜻. (2) 물건을 소중히 다룬다는 말.

3227. 금일은 충청도요 명일은 경상도다.
일정한 주소도 없이 정처없이 떠다닌다는 말.

3228. 금 잘 치는 서순동（徐順同）이다.
물건 값을 잘 매기는 사람을 두고 하는 말.

3229. 금장(金匠)이 금 불리듯 한다.
금은 전연성(展延性)이 풍부하기 때문에 금을 세공(細工)하는 사람이 마음대로 불려 만들듯이 무슨 일을 제 마음대로 조종한다는 뜻.

3230. 금정(金井) 놓아 두니 여우가 지나간다.
뫼를 쓰려고 하니까 여우가 먼저 지나가듯이 일도 시작하기 전부터 장해물이 생겨 일이 낭패가 되었다는 말. ※ 금정 : 무덤을 팔 때 그 장광을 정하는 데 쓰는 나무를.

3231. 금주(禁酒)에 누룩 장사 벌린다.
정세(情勢)를 역행(逆行)하면 실패한다는 뜻.
※ 금주 : 금주령(禁酒令)이 내려 술을 만들지도 못하고 먹지도 못하게 된 것.

3232. 금주에 누룩 팔러 간다.
금주령(禁酒令)이 내려서 술을 못 만들게 되었을 때 누룩을 팔러 가듯이 법을 어기면서 이득을 탐낸다는 뜻.

3233. 금주에 누룩 흥정한다.
술을 못 만들게 되었을 때 누룩을 흥정하듯이 쓸데없이 손해볼 일만 한다는 뜻.

3234. 금천(衿川) 원이 서울 올라다니듯 한다.
(衿川倅上京行)   〈東言解〉
일을 급히 서두르면 도리어 일이 더 더디게 되기 때문에 설쳐서는 안 된다는 뜻.

3235. 금 탄환으로 참새를 잡는다.(金丸彈雀)
                              〈西京雜記〉
큰 손해만 보는 일을 한다는 뜻.

3236. 금하지 않아도 스스로 하지 않는다.(不禁而自禁)
하지 말라고 하지 않아도 자발적으로 자진해서 하지 않는다는 뜻.

3237. 급격히 쳐서 때를 놓치지 말아야 한다.
(急擊勿失)
공격전에 있어서는 좋은 기회를 포착하거든 놓치지 말고서 급습을 해야 한다는 뜻.

3238. 급병(急病)엔 약이 없다.
지나치게 서두는 일은 반드시 실패하게 된다는 뜻.

3239. 급하게 서둘러 손해 안 보는 일 없다.
무슨 일이나 침착하게 하지 않고 급히 서둘러 하면 실패하게 된다는 뜻.

3240. 급하기는 싸전에 가 숭늉 찾겠다.
성미가 몹시 급한 사람을 두고 하는 말.
※ 싸전 : 쌀 가게.

3241. 급하기는 우물에 가 숭늉 달라겠다.
성미가 몹시 급한 사람을 두고 하는 말.

3242. 급하기는 콩밭에 가 두부 찾겠다.
성미가 몹시 급하다는 말.

3243. 급하기로 콩밭에 간수칠까.
(1) 일의 순서도 모르고 날뛴다는 뜻. (2) 성미가 몹시 급하다는 뜻.

3244. 급하다고 갓 쓰고 똥 누겠다.
아무리 급하더라도 예의는 지켜야 한다는 뜻.

3245. 급하다고 밑 씻고 똥 누겠다.
아무리 급하더라도 일의 순서를 거꾸로 바꿀 수는 없다는 말.

3246. 급하다고 바늘 허리에 실 매어 쓸까?
(雖忙針腰繫用乎)   〈東言解〉
아무리 급하더라도 일의 순서를 어겨서는 일이 이루어지지 않는다는 말.

3247. 급하다고 우물가에서 숭늉 찾는다.
아무리 급해도 일은 순서대로 해야 한다는 뜻.

3248. 급하다고 콩 마당에 간수 치겠다.
아무리 일이 급할지라도 일에는 때와 순서가 있기 때문에 억지로는 할 수 없다는 말.

3249. 급하면 관세음보살(觀世音菩薩) 한다.
(臨急誦觀世音)   〈松南雜識〉
평소에는 남의 도움을 받으려고 하지 않던 사람도 궁지에 빠지게 되면 남의 도움을 받으려고 한다는 말.

3250. 급하면 꾀도 난다.(人急計生)
궁지에 빠지게 되면 이것을 벗어나기 위한 꾀가 나게 된다는 말.

3251. 급하면 담도 뛰어넘는다.
궁지(窮地)에 빠진 사람은 비상한 용기가 나게 된다는 말.

3252. 급하면 도망친다.(急則逃亡)   〈史記〉
궁지에 몰려서 위급할 때 해결할 방안이 없으면 도망가는 것이 상책이라는 말.

3253. 급하면 돌아 가랬다.
한없이 기다리는 것보다는 고되더라도 돌아 가는 것이 급한 때는 낫다는 뜻.

3254. 급하면 부처 다리를 안는다.(急來抱佛脚)
                              〈松南雜識〉

평소에는 불교를 믿지 않던 사람도 궁지에 빠지게 되면 부처의 도움을 받으려듯이 누구나 궁지에 빠지게 되면 아무에게나 도움을 받으려고 한다는 말.

3255. 급하면 없는 꾀도 절로 난다.
　사람이 궁지에 처하게 되면 이를 벗어나기 위해 비상한 꾀가 생각난다는 말.

3256. 급하면 임금 망건(網巾) 값도 쓴다.
　경제적으로 곤란하게 되면 아무 돈이라도 있기만 하면 쓰게 된다는 말.

3257. 급하면 쥐도 제 구멍을 못 찾는다.
　당황(唐慌)하면 일을 망치게 된다는 뜻.

3258. 급한 걸음에 맵시 있는 걸음 없다. (急行無善步) 〈論衡〉
　(1) 빨리 만드는 물건은 질이 좋을 수 없다는 말.
　(2) 급히 하는 일에는 결함이 있게 된다는 말.

3259. 급할 때는 거짓말이 사촌보다 낫다.
　곤란한 환경에 처해 있을 때 정상적인 방법으로 벗어나지 못하게 되면 부득이 거짓말로밖에 벗어나지 못하게 되므로 거짓말도 필요할 때가 있다는 말.

3260. 급히 걷는 걸음이 넘어진다.
　무슨 일을 급히 하다가는 실패하기 쉽다는 뜻.

3261. 급히 걷는 걸음이 제 발꿈치 친다.
　무슨 일이나 급히 하는 일은 실패하기가 쉽다는 뜻.

3262. 급히 더운 방이 바로 식는다.
　쉬 더운 방이 쉬 식듯이 쉽게 사귄 사이는 쉽게 벌어질 수 있다는 말.

3263. 급히 먹는 밥에 목 메인다. (忙食噎喉),(急噉飯 寒喉管) 〈旬五志〉,〈洌上方言〉
　빨리 먹는 밥에 목이 메이듯이 준비 없이 급히 서두는 일은 성사할 수 없다는 말.

3264. 급히 먹는 밥에 체한다.
　빨리 먹는 음식에 체하듯이 아무 계획도 준비도 없이 급히 하는 일은 반드시 실패한다는 뜻.

3265. 급히 병에 넣다가는 절반밖에 못 넣는다. (總總入半瓶)
　병 목은 가늘기 때문에 병에 들어갈 수 있는 범위에서 서서히 넣지 않고 급히 넣게 되면 밖으로 쏟아져 절반밖에 못 넣듯이 무슨 일이든지 작업 조건을 무시하고 서두르기만 하면 성과가 적다는 말.

3266. 급히 이루어진 것은 급히 결단난다. (速成速敗)

급히 한 일은 결함이 내포된 채로 있기 때문에 오래가지 못하고 결단난다는 뜻.

3267. 급히 하려고 하면 달성하지 못한다. (欲速則不達) 〈論語〉
　무슨 일이든지 때와 장소와 순서가 있는 것인데 이것을 무시하고 덮어놓고 빨리 하려고 해도 되지 않는다는 뜻.

3268. 끗발을 날린다.
　(1) 무슨 일이 잘 된다는 뜻. (2) 이름을 날린다는 뜻.

3269. 끗발이 세다.
　(1) 권력(權力)이 세다는 뜻. (2) 발언권(發言權)이 크다는 뜻.

3270. 끝끝내 아무 소식도 없다. (終無消息)
　아무리 기다려도 아무 소식이 없다는 뜻.

3271. 끝난 일은 충고하지 않는다. (遂事不諫) 〈論語〉
　이미 지나간 일은 충고를 해도 바로잡을 수 없기 때문에 소용없는 충고로 된다는 뜻.

3272. 끝내 이기지 못한다. (終亦弗克) 〈春秋左傳〉
　오랫동안 다투어 왔으나 끝내 승리하지 못한다는 말.

3273. 끝도 갓도 없다.
　일이 어떻게 되었는지 알 수 없이 흐리멍덩하게 되었다는 뜻.

3274. 끝도 밑도 없다.
　일의 시작과 끝이 없이 흐리멍덩하다는 뜻.

3275. 끝 부러진 송곳이다.
　끝 부러진 송곳은 쓸모가 없듯이 인간도 그 본성(本性)을 잃게 되면 쓸모없는 인간으로 된다는 말.

3276. 끝에서 첫째다.
　맨 꼴찌라는 말을 미화(美化)한 말.

3277. 끝을 잘 마무리해야 한다. (鮮克有終) 〈詩經〉
　무슨 일이든지 끝을 잘 맺고 못 맺는 데서 성패(成敗)가 결정되기 때문에 끝을 잘 맺어 성사하도록 하라는 뜻.

3278. 끝이 좋으면 다 좋게 된다.
　무슨 일이나 결과가 좋아야 한나는 뜻.

3279. 끝이 큰 나무는 반드시 부러진다. (末大必折) 〈春秋左傳〉
　국민들의 힘이 커지면 위정자(爲政者)가 몰락하게 된다는 뜻.

3280. 기가 막힌 데는 숨 쉬는 것이 약이다.
기가 막혀 답답할 때는 숨을 쉬면 낫듯이 근심 걱정이 있을 때는 마음을 안정시키라는 뜻.

3281. 기가 막힐 일이다.
기가 막혀 답답하게 된 일이라는 뜻.

3282. 기가 차고 코가 차다.
숨이 막히고 코도 막히도록 답답하다는 말.

3283. 기가 차고 코가 찰 일이다.
숨이 막히고 코도 막히도록 답답한 일이라는 말.

3284. 기가 하도 막혀서 막힌 둥 만 둥하다.
몹시 큰 충격을 받았을 때는 어안이 벙벙하기만 하고 아무렇지도 않은 듯이 된다는 말.

3285. 기간은 짧아도 효과는 길다. (短而長)
〈荀子〉
비록 짧은 기간이기는 하지만 많은 성과를 거두었다는 말.

3286. 기갈 든 놈에게서 염치 찾는다.
굶주린 사람은 염치나 체면을 차리지 않는다는 뜻.

3287. 기갈 든 놈은 돌 담장도 부신다.
(1) 몹시 굶주리게 되면 자포자기(自暴自棄)하여 난폭한 짓도 할 수 있다는 뜻. (2) 몹시 하고 싶어하는 일이 있을 때는 별 짓을 다한다는 뜻.

3288. 기갈이 감식이다. (飢者甘食)
굶주렸을 때 먹으면 무슨 음식이나 다 맛이 있다는 말.

3289. 기갈이 반찬이다.
굶주렸을 때는 반찬이 좋지 않아도 밥을 맛있게 먹는다는 말.

3290. 기괴하기 짝이 없다. (奇怪千萬)
괴상스럽기가 말할 수 없다는 뜻.

3291. 기괴한 짓으로 남의 이목을 놀라게 한다.
(駭人耳目)
기이(奇異)하고 괴상(怪常)한 행동을 하여 군중들의 이목을 놀라게 한다는 말.

3292. 기교가 지나치면 졸렬해진다. (弄巧成拙)
〈傳燈錄〉
무슨 일을 너무 잘하려다가 도리어 역효과(逆效果)를 내게 된다는 뜻.

3293. 기기도 전에 날기부터 배운다.
자신의 실력도 모르고 터무니없는 짓을 한다는 뜻.

3294. 기는 놈 위에 나는 놈 있다.
(1) 재주 있다고 해도 그보다 더 재주가 있는 사람이 있다는 뜻. (2) 잘난 사람 위에 더 잘난 사람이 있다는 뜻.

3295. 기는 놈 위에 뛰는 놈 있고 뛰는 놈 위에 나는 놈 있다.
아무리 재주가 있는 사람이라도 그보다 더 재주 있는 사람이 있다는 뜻.

3296. 끼니는 굶어도 담배는 못 굶는다.
밥 한 끼는 굶어도 담배는 못 굶을 정도로 담배는 끊기가 어렵다는 뜻.

3297. 끼니도 못 잇는다.
식사를 제대로 못 먹고 굶을 때가 많다는 뜻.

3298. 끼니도 없는 놈에게 요기를 시키란다.
남의 사정도 모르고 무리한 요구를 한다는 뜻.

3299. 끼니 없는 놈에게 점심 의논한다.
(1) 돈 한 푼 없는 사람에게 도와 달라고 사정한다는 말. (2) 큰 걱정이 있는 사람에게 작은 걱정을 가지고 가서 도와 달란다는 말.

3300. 기다리다 보면 비 오는 날도 있다.
무슨 일을 오래 하다 보면 성공하게 된다는 뜻.

3301. 기다리면 만나는 날이 있다.
무슨 일이나 끈질기게 하다 보면 성공을 하게 된다는 말.

3302. 기대가 크면 실망도 크다.
크게 기대했던 것이 실패하게 되면 실망도 크다는 뜻.

3303. 기도 못하는 주제에 뛰려고 한다.
(1) 일의 순서도 모르고 함부로 한다는 뜻. (2) 자신의 실력도 모르고 함부로 되지도 않을 짓을 한다는 뜻.

3304. 기도 못하면서 날으려고 한다.
(1) 일의 순서를 뒤바꾸어 한다는 말. (2) 제 실력도 모르고 되지도 않을 짓을 한다는 뜻.

3305. 기둥보다 서까래가 더 굵다.
기둥이 굵고 서까래가 가늘어야 할 것이 그 반대로 되듯이 일이 뒤바뀌어졌다는 말.

3306. 기둥 뿌리가 빠진다.
집안이 망하게 되었다는 뜻.

3307. 기둥 뿌리가 썩는다.
집안이 망해간다는 뜻.

3308. 기둥 뿌리가 흔들린다.
집안이 망하려고 흔들리기 시작한다는 뜻.

3309. 기둥 뿌리 파먹다가 집 무너뜨린다.
우선 편하게 지내려고 있는 돈만 쓰고 벌지는 않았다
가 집안이 망한다는 뜻.

3310. 기둥을 치면 대들보가 울린다.
장본인에게 직접 말하지 않고 중간인에게 말해도 장
본인에게 전달될 수 있다는 뜻.

3311. 기둥을 치면 봇장이 울린다.
직접 말하지 않고 간접으로 하여도 능히 영향을 미칠
수 있다는 말.

3312. 기둥이야 되든 말든 목침 먼저 자른다.
(1) 국가야 어떻게 되든 사리사욕(私利私慾)부터 차린
다는 뜻. (2) 목적한 일이야 어떻게 되든 제 욕심부
터 낸다는 뜻.

3313. 기둥이 튼튼해야 집도 오래 간다.
그 집 자손들이 똑똑해야 그 집안이 번영할 수 있다
는 말.

3314. 기둥이 튼튼해야 집도 튼튼하다.
기둥이 튼튼해야 집도 튼튼하듯이 자손들이 잘 돼야 집
안이 발전된다는 말.

3315. 기(旗) 들고 북 쳤다.
기를 들고 항복(降服)의 북을 치듯이 이미 일은 실패
하였다는 뜻.

3316. 기러기가 가면 제비가 온다.
(1) 가는 사람이 있으면 오는 사람도 있다는 말.
(2) 서로 오가기 때문에 만나지 못한다는 말.

3317. 기러기가 날으니까 똥파리도 날은다.
자기의 처지도 모르고 분에 넘치는 남의 행동을 흉내
내다가 망신만 한다는 뜻.

3318. 기러기 날아가듯 한다. (雁次) 〈星湖雜著〉
기러기가 한 줄로 날으듯이 질서가 정연하다는 뜻.

3319. 기러기는 날개가 커서 천 리라도 날은다.
기러기는 날개가 커서 멀리 날으듯이 생산 도구가 좋
아야 생산도 많이 낼 수 있다는 말.

3320. 기러기는 백년 수를 한다.
결혼은 백년 해로(偕老)를 한다는 뜻.

3321. 기러기떼 날으듯 한다.
기러기가 질서 정연하게 날으듯이 질서가 잘 확립되
었다는 말.

3322. 기러기도 날을 때는 줄 지어 날은다.
기러기도 질서를 정연히 지키는데 하물며 사람이야 사
회질서를 잘 지키지 않으면 안 된다는 뜻.

3323. 기러기도 형제는 안다.
기러기도 형제간에는 우애가 좋은데 더군다나 사람으
로서 형제간에 우애가 없어서야 되겠느냐는 뜻.

3324. 기러기 불렀다.
「기러기 펄펄 날아갔다」는 노래를 부르듯이 이미 멀
리 간 사람을 부르고 있다는 뜻.

3325. 기러기 털은 물에 젖지 않는다.
기러기 털이 물에 젖지 않듯이 교양 있는 사람은 옳지
않은 것을 접촉해도 이에 감염되지 않는다는 뜻.

3326. 기러기 털이 화롯불에 타듯 한다. (以鴻毛
燎於爐炭上)   〈史記〉
기러기 털이 숯불에서 순간적으로 타듯이 무엇이 잘
탄다는 말.

3327. 기력이 다 파했다. (氣盡力盡 : 氣盡脈盡)
힘이 있는 대로 다 파했다는 뜻.

3328. 기른 개도 무는 개가 있다.
세상에는 배은망덕(背恩忘德)을 하는 사람도 있다는
뜻.

3329. 기른 개에게 발 뒤꿈치를 물린다. (蓄狗噬
踵 : 蓄狗嚙踵)   〈旬五志〉
내가 도와준 사람에게 피해를 입었다는 말.

3330. 기른 개에게 손목 물린다.
남을 도와 주고도 그 사람에게 피해를 입었다는 뜻.

3331. 기른 범에게 잡아먹힌다. (養虎食人)
은덕을 베풀어 준 사람에게 큰 화를 당하였다는 뜻.

3332. 기른 범에게 화를 당한다. (養虎逢患)
은덕(恩德)을 베풀어 준 사람에게 화를 당했다는 뜻.

3333. 기른 범이 걱정거리다. (養虎憂患)
기른 범을 버리자니 아깝고 계속 기르자니 만일의 위
험성이 있듯이 미련(未練)도 있지만 현상 유지를 하
려면 몹시 불안하다는 뜻.

3334. 기름 닳은 것은 개가 핥은 폭 한다.
노름하느라고 밤새도록 등불을 켜서 기름이 닳은 것
은 개가 핥아먹어서 없어진 것으로 여기고 아까와할
필요가 없다는 뜻.

3335. 기름 떡 먹기다.
기름 먹은 맛도 좋거니와 먹기도 좋듯이 일하기가 즐
겁고도 하기가 수월하다는 뜻.

3336. 기름 먹어 본 개다.
한번 기름 먹어 본 개는 기름만 보면 먹으려듯이 사
람도 한번 재미를 본 것은 자꾸하게 된다는 말.

3337. 기름 먹인 가죽은 부드럽다.
가죽에 기름을 먹이면 부드럽듯이 뇌물(賂物)을 먹이면 부드럽게 일이 잘 된다는 뜻.

3338. 기름 먹인 종이에 치부(置簿)해 두라.
남에게 빚이나 외상 값을 오래 있다가 갚는다는 말.

3339. 기름 쏟고 깨 줍는다.
큰 손해를 본 다음에 사소한 이익이나마 얻으려고 애를 쓴다는 뜻.

3340. 기름 쏟고 종지 깬다.
한 가지 일이 잘못되면 연쇄 반응(連鎖反應)을 일으켜 다른 일까지 망치게 된다는 뜻.

3341. 기름에 그림 그리기요 얼음에 새김질 하기다. (畵脂縷氷)　〈鹽鐵論〉
바탕이 부실(不實)해서는 무슨 일을 해도 성공할 수 없게 된다는 말.

3342. 기름에 그림 그리기다. (畵脂)　〈鹽鐵論〉
바탕이 부실한 것에 일을 하는 것은 헛수고만 한다는 뜻.

3343. 기름에 물 탄 것 같다.
얼른 보기에는 같아 보이지만 서로 화합이 되지 않는다는 말.

3344. 기름에 물 탄 듯 물에 기름 탄 듯하다.
얼핏 보기에는 잘 구분할 수 없다는 뜻.

3345. 기름으로 불 끄기다.
일을 도와 준다는 것이 도리어 악화시켰다는 말.

3346. 기름을 버리고 깨를 줍는다.
정작 소중한 것은 버리고 하찮은 것을 소중하게 다룬다는 말.

3347. 기름을 엎지르고 깨를 줍는다.
귀중하고 값 비싼 것은 버리면서 하찮은 것을 소중히 여긴다는 뜻.

3348. 기름이 다 닳으면 등불은 꺼진다. (油盡燈滅)　〈旬五志〉
기름이 다 닳으면 등불이 저절로 꺼지듯이 사람도 나이를 많이 먹게 되면 죽게 된다는 말.

3349. 기름 짜듯 한다.
장소가 너무 좁아서 몸을 움직이지 못하게 되었다는 뜻.

3350. 기름쟁이마냥 반드럽다.
사람됨이 어수룩한 맛이 없고 몹시 약다는 뜻.

　※ 기름쟁이 : 미꾸라지 비슷한 단물 고기.

3351. 끼리끼리 논다.
호흡이 맞는 동류(同類)끼리 따로따로 논다는 말.

3352. 끼리끼리는 서로 사귄다. (類類相從)
동류(同類)끼리는 서로 호흡이 잘 맞기 때문에 가까와진다는 뜻.

3353. 기린(騏驎)도 늙으면 노마(駑馬)만 못하다.(騏驎之衰也駑馬先之)
천리마도 늙으면 느린 말만도 못하게 되듯이 힘 센 사람도 늙으면 어린 아이같이 약해진다는 말.
　※ 기린 : 천리마. 노마 : 느린 말.

3354. 기린은 잠자고 스라소니는 춤춘다.
훌륭한 사람들은 활동하지 않고 있는데 간악하고 무능한 사람들만 날뛰고 있다는 말.

3355. 기막히고 엄청나다.
일이 처음에 생각했던 것보다 훨씬 달라져서 어이가 없어서 하는 말.

3356. 기뻐서 어쩔 줄을 모른다. (喜不自勝)
너무나 기뻐서 갈피를 잡지 못하고 있다는 말.

3357. 기뻐서 잊혀지지 않는다. (喜而不忘)
　〈孟子〉
너무나 기뻐서 죽을 때까지 잊을 수 없다는 뜻.

3358. 기뻐하기를 참새가 뛰놀듯 한다. (欣喜雀躍)
참새들이 즐기며 뛰놀듯이 몹시 기뻐한다는 뜻.

3359. 기분이 좋으면 아저씨 하고 기분이 나쁘면 개새끼 한다.
(1) 변덕이 많다는 뜻. (2) 무슨 일을 감정적으로 한다는 뜻.

3360. 기쁘거나 화가 나거나 얼굴에 나타나지를 않는다. (喜怒不形色)
좋고 나쁜 일이 있어도 일체 얼굴에 나타내지 않고 무표정하다는 뜻.

3361. 기쁘게는 하되 노엽게는 하지 말라. (喜而勿怒)　〈六韜〉
화나는 일이 있어도 참고 항상 기쁘게 생활을 하라는 뜻.

3362. 기쁘고 즐겁기가 한이 없다. (喜樂無彊)
마냥 기쁘고 마냥 즐길 수 있다는 뜻.

3363. 기쁘기가 봄 볕과 같고 두렵기가 가을 서

리와 같다. (喜如春陽 怒如秋霜) 〈中鑒〉
기쁘기가 새싹을 따뜻하게 도와 주는 봄 볕과 같고 무
섭기가 초목을 시들게 하는 서리와 같다는 말.

3364. 기쁘기가 봄 볕과 같다. (喜如春陽) 〈中鑒〉
추위가 지나간 끝에 따뜻한 봄 볕이 좋듯이 고생하던
끝에 당하는 기쁨은 더욱 기쁘다는 뜻.

3365. 기쁘기가 전과 다름 없다. (歡如不昔)
변함없이 항상 기쁘기만 하다는 뜻.

3366. 기쁘기도 하고 근심스럽기도 하다. (一喜一憂)
기쁜 일도 생기고 근심스러운 일도 생긴다는 말.

3367. 기쁘기도 하고 슬프기도 하다. (一喜一悲)
기쁜 일도 있고 슬픈 일도 있다는 뜻.

3368. 기쁘면 경박하게 된다. (喜則輕而翾)
〈荀子〉
기쁨에 도취(陶醉)하면 경솔한 행동을 하게 된다는
뜻.

3369. 기쁜 빛이 얼굴에 가득하다. (喜色滿面)
몹시 기뻐서 얼굴에 기쁨이 가득하다는 뜻.

3370. 기쁜 일을 당해도 경솔하게 행동하지 말
라. (逢喜毋輕動)
기쁜 일을 당하여 좋아하다가 경솔하게 처리하기 쉬
우므로 조심하라는 뜻.

3371. 기쁜 일이 뜻밖에 생긴다. (喜出望外)
예상하지도 않았던 기쁜 일이 생겼다는 말.

3372. 기쁜 일이 있으면 얼굴에 나타난다.
그 사람의 표정을 보면 좋아하고 나빠하는가를 알
수 있다는 말.

3373. 기쁜 일이 집안에 가득하다. (喜事滿庭)
집안에 경사스러운 일만 계속 생긴다는 말.

3374. 기쁠 때는 상을 주고 화 날때는 벌을 준
다. (喜賞怒刑)
상벌을 시행함에 있어서 정당하게 하지 않고 감정적
으로 시행한다는 말.

3375. 기쁨에 들떠 가볍게 허락해서는 안 된다.
(不可乘喜而輕諾) 〈菜根譚〉
기쁜 일을 당하게 되면 좋아 날뛰다가 경솔하게 허락
하는 경우가 많으니 조심하라는 뜻.

3376. 기쁨은 나눌수록 커지고 고통은 나눌수록
준다.

기쁨이나 고통은 되도록 친척이나 친구에게 알려야
한다는 뜻.

3377. 기쁨은 나눌수록 커지고 슬픔은 나눌수록
준다.
기쁨은 나눌수록 축하해 주기 때문에 커지고 슬픔은
나눌수록 위로를 받기 때문에 준다는 뜻.

3378. 기쁨은 나눌수록 커진다.
기쁨은 나눌수록 축하해 주는 사람 때문에 커진다는
뜻.

3379. 기쁨이 얼굴에 가득하다. (喜色滿面)
얼굴에 기쁜 표정이 가득하다는 말.

3380. 기생 오라비 같다.
일도 하지 않고 번지르르한 게 모양만 내고 놀고 다니
는 사람을 조롱하는 말.

3381. 기생의 자리 저고리 같다.
기생 자리 옷은 기름 때가 묻고 분 냄새로 더럽듯이
외모나 행동이 단정하지 못한 사람을 놀리는 말.

3382. 기생이 열녀전(烈女傳) 끼고 다닌다.
(1) 격에 맞지 않는 행동을 한다는 뜻. (2) 신분을 속
이고 다닌다는 뜻.

3383. 기생 죽은 넋이다.
(1) 낡아 못 쓰게 되었어도 아직 겉 모양은 아름답다
는 뜻. (2) 일은 않고 놀면서 모양만 내는 사람을 놀
리는 말.

3384. 기생집에서 예절을 따진다. (娼家責禮 : 娼
妓責禮) 〈旬五志〉
예절도 상대를 봐서 따져야 하듯이 무슨 일이든지 상
대를 옳게 보고서 하라는 뜻.

3385. 기생 환갑(還甲)은 서른이다.
화류계의 여자는 서른이 지나면 인기가 떨어진다는 뜻.

3386. 기세가 대나무 쪼개지듯 한다. (勢如破竹)
대나무가 쪼개지듯한 기세라는 뜻.

3387. 기술은 부자간(父子間)에도 털털하며 죽
는다.
기술은 부자간에도 비밀을 지키다가 죽을 때가 돼야
아들에게 말한다는 뜻.

3388. 기술을 배우자 눈이 어두워진다. (技成眼
昏) 〈旬五志〉
인생이란 한참 일하게 되자 늙어진다는 말.

3389. 기암절벽(奇巖絶壁)이 눈비에 썩겠다.
도저히 실현될 가망이 없는 일이라는 뜻.

3390. 기약하지도 않고 우연히 만난다. (不期而會)
서로 약속하지도 않았건만 우연히 만나게 되었다는 말.

3391. 기업은 망해도 기업주는 살찐다.
자기 자본에 의하여 운영되지 않고 사채(社債)에 의하여 운영되는 일부 부실기업주의 소행을 이름.

3392. 기역자(ㄱ) 왼 다리도 못 그린다.
글자 한 자는 고사하고 제일 쉬운 기역자도 못 쓸 정도로 무식하다는 뜻.

3393. 기연가 미연가 하다. (其然未然)
꼭 그런지 아닌지 모른다는 말.

3394. 기와에 옷칠한다.
기왓장에다 비싼 옷칠을 하듯이 지나친 사치로 인하여 많은 낭비(浪費)를 한다는 뜻.

3395. 기와집이면 다 사창(社倉)인가?
기와집이라도 사창이 아닌 기와집도 있듯이 외모는 같아도 내용이 다른 것이 있다는 말. ※ 사창 : 옛날 환곡(還穀)을 저장하던 창고.

3396. 기와 한 장 아끼다가 대들보 썩힌다. (惜一瓦屋樑挫), (由惜一瓦 梁撓大廈)
〈洌上方言〉, 〈耳談續纂〉
(1) 작은 것을 아끼다가 나중에는 큰 손해를 보게 된다는 뜻. (2) 사소한 일이라도 예견성있게 방비하지 않으면 큰 손해를 본다는 뜻.

3397. 기왕 시작한 춤이다. (旣張之舞)
이왕 시작한 춤은 다 추어야 하듯이 시작한 일은 끝까지 해야 한다는 말.

3398. 기왕에 저지른 죄악이 드러난다. (舊惡發露)
지나간 날 저지른 범행(犯行)이 이제 와서 드러났다는 말.

3399. 기왕이면 검정소를 잡아먹으랬다.
같은 값이면 유리한 것을 가지게 된다는 뜻.

3400. 기왕이면 과붓집 머슴살이를 하랬다.
같은 조건이면 자신에게 유리한 것을 가지게 된다는 뜻.

3401. 기왕이면 다홍 치마다.
같은 값이면 색이 좋은 것이 낫다는 말.

3402. 기왕이면 처녀 장가를 가랬다.
같은 조건이면 유리한 쪽을 택하게 된다는 뜻.

3403. 기우젯 날(祈雨祭日) 돼지 신세다.
기우제 지내는 날 잡는 돼지 신세와 같이 꼭 죽게 된 신세라는 뜻. ※ 기우제 : 가물 때 비오기를 비는 제사.

3404. 기운 센 놈 치고 꾀 있는 놈 없다.
기운이 센 사람은 꾀를 쓰려 하지 않고 힘을 쓴다는 뜻.

3405. 기운이 세다고 장수 노릇 할까?
지휘관은 힘만 세다고 되는 것은 아니라는 뜻.

3406. 기운이 세다고 황소가 왕 노릇 할까?
힘만 가지고 세상을 주름잡을 수는 없다는 말.

3407. 기운이 약하면 병이 잇따라 일어난다. (氣弱病相因)
〈係眞人〉
신체가 약하면 앓게 되므로 건강 관리를 잘 하라는 뜻.

3408. 기절초풍하겠다.
너무 놀라서 정신을 잃을 지경이라는 뜻.

3409. 기지도 못하는 주제에 뛰기부터 배운다.
무슨 일을 순서도 모르고 거꾸로 한다는 뜻.

3410. 기지도 못하면서 날 공부한다.
자신의 실력도 모르고 턱도 없는 일을 할 계획을 한다는 뜻.

3411. 기지도 못하면서 뛰려고 한다.
자신의 실력도 모르고 되지도 않을 일을 하려고 한다는 뜻.

3412. 기차 바퀴가 박달나무라고 한다.
사리(事理)에 맞지도 않는 것을 고집 부린다는 뜻.

3413. 기척이 없으면 개도 짖지 않는다.
내 잘못이 없으면 남들이 나를 나쁘다고 할 리가 없다는 말.

3414. 기척이 있어야 개도 짖는다.
무엇인가 잘못이 있기 때문에 남들이 의심하게 된다는 뜻.

3415. 기초가 있으면 무너지지 않는다. (有基無壞)
〈春秋左傳〉
기초가 튼튼한 집은 무너지지 아니하듯이 국민들의 지지를 받는 정권은 무너지지 않는다는 뜻.

3416. 기초가 튼튼해야 집도 튼튼하다.
기침할 때 재채기까지 하듯이 일이 안 되려면 장애물이 연속된다는 뜻.

3417. 기침에 재채기까지 한다.

기침할 때 재채기까지 하듯이 일이 안 되려면 장애물이 연속된다는 뜻.

3418. 기탄할 바가 없다. (無所忌彈 : 無所顧忌)

아무것도 거리낄 것이 없다는 뜻.

3419. 기회를 봐서 일을 해야 한다. (見機作事)

무슨 일이든지 때가 있기 때문에 좋은 기회를 파악하여 일을 해야 성공한다는 말.

3420. 긴 것을 끊어 짧은 것에 잇는다. (斷長補短 : 截長補短 : 絶長續短 : 絶長補短)

잘사는 사람이 없는 사람을 도와 주도록 하여 고루 잘살도록 한다는 뜻.

3421. 긴급하지 않은 일이다. (不緊之事)

대단히 긴요(緊要)하지도 않은 일이라는 말.

3422. 긴긴 밤에 날 새기를 기다리듯 한다. (長夜待晨)

밤 새기를 고대(苦待)하듯이 무엇을 지루하게 기다린다는 뜻.

3423. 긴 병에 효자 없다. (長病無孝子)

오래 앓는 부모에게는 간병(看病)에 지치게 되기 때문에 효자 노릇하기가 어렵다는 말.

3424. 긴 소매는 춤추기가 좋다. (長袖善舞) 〈韓非子〉

소매가 길면 멋지게 춤을 출 수 있듯이 무슨 일이든지 조건이 좋아야 일하기가 좋다는 말.

3425. 긴 안목으로 봐야 한다.

눈앞의 일만 보고 하지 달고 먼 앞날을 내다보고 일을 하라는 뜻.

3426. 긴 줄로 해를 잡아 매겠다고 한다. (長繩繫日)

되지도 않을 어리석은 짓을 한다는 뜻.

3427. 긴 창은 뒤에 있다. (鈠戈在後) 〈史記〉

짧은 창을 든 앞 사람만 상대를 하지 말고 긴 창을 든 뒷사람을 더 경계해야 하듯이 일을 근시안적(近視眼的)으로 하지 말고 긴 안목을 가지고 하라는 뜻.

3428. 길 가다 돌을 차도 연분이다.

대단치 않은 일이라도 연분이 있어야 이루어진다는 뜻.

3429. 길가 버들과 담 밑 꽃은 누구나 꺾을 수 있다. (路柳墻花 人皆可折)

길가 버들과 담 밑의 꽃은 누구나 꺾을 수 있듯이 화류계의 여자는 누구나 다 상대할 수 있다는 뜻.

3430. 길가 버들이다.

길가에 심은 버들은 누구라도 꺾을 수 있듯이 누구라도 상대할 수 있는 화류계의 여자라는 뜻.

3431. 길가에서 고생하는 오얏꽃이다. (道傍苦李) 〈世説〉

좋은 환경에서 자라난 여자가 화류계(花柳界)에서 고생한다는 뜻.

3432. 길가에서 하소연한다. (路上白活)

하소연하여 받아 줄 사람이 없기 때문에 지나가는 행인들에게라도 하소연을 한다는 말.

3433. 길갓집 삼 년 가도 못 다 짓는다. (作舍道傍 三年不成) 〈後漢書〉

길가에 집을 짓게 되면 행인들이 다 간섭을 하게 되기 때문에 빨리 지을 수 없듯이 간섭하는 사람이 많으면 일이 빨리 안 된다는 말.

3434. 길갓집 짓기다. (作舍道傍) 〈後漢書〉

길가에 집을 지으면 오가는 사람들이 간섭을 하기 때문에 짓기가 어렵듯이 무슨 일이든지 간섭하는 사람이 많으면 일이 잘 안 된다는 말.

3435. 길갓집 큰 애기는 내다보다가 다 늙는다.

길가에 사는 처녀는 길에 오가는 총각만 내다보다가 시집을 못 가고 늙듯이 처녀가 총각을 너무 많이 접촉하게 되면 시집을 못 가게 된다는 말.

3436. 길고 긴 가을 밤이다. (長長秋夜)

동지(冬至)를 전후로 한 늦가을에서 겨울에 이르는 밤이 길다는 말.

3437. 길고 긴 여름 낮이다. (長長夏日)

하지(夏至)를 전후한 여름 낮이 길다는 뜻.

3438. 길고 짧은 것은 대보아야 안다.

길고 짧은 것은 말로만 떠들 것이 아니라 실제 비교해 보아야 정확히 알게 된다는 말.

3439. 길고 짧은 것은 자로 재봐야 안다. (度然後 知長短 : 長短相較) 〈孟子〉

길이는 자로 재봐야 알듯이 무슨 일이나 실제로 해봐야 알게 된다는 뜻.

3440. 길고 짧은 것을 재는 사람은 조금도 잃지 않는다. (度長短者 不失毫釐) 〈韓書〉

세심하게 일을 하는 사람은 사소한 것도 손해 보는 일이 없다는 뜻.

3441. 길기는 원앙침(鴛鴦枕)이다.

신혼 부부가 같이 베도록 만든 긴 원앙침과 같이 무

슨 물건이 길다는 말. ※ 원앙침 : 신혼 부부가 베는 원앙을 수 놓아 만든 긴 베개.

3442. 길 닦아 놓으니까 거지가 먼저 지나간다.
애써서 일을 해놓자 마자 쓸 사람이 쓰지 않고 엉뚱한 사람이 쓴다는 말.

3443. 길 닦아 놓으니까 문둥이가 먼저 지나간다.
정성을 다하여 일을 하였더니 애쓴 보람도 없이 딴 사람이 차지한다는 말.

3444. 길 닦아 놓으니까 미친년이 먼저 지나간다.
정성을 들여 일을 하였더니 그 보람도 없이 엉뚱한 사람이 쓴다는 뜻.

3445. 길 닦아 놓으니까 소금 장수가 먼저 지나간다.
애써서 일을 해놓았더니 쓰기는 엉뚱한 사람이 먼저 쓴다는 뜻.

3446. 길 닦아 놓으니까 용천배기가 지랄한다.
정성껏 일을 다 해놓으니까 엉뚱한 사람이 먼저 쓴다는 말.

3447. 길동무는 친해진다.
처지가 같은 사람들끼리는 친해지기가 쉽다는 뜻.

3448. 길러 낸 사위다.
제일 치다꺼리도 못하는 모자라는 사람을 놀리는 말.

3449. 길러 준 주인을 문다. (反噬)
개가 주인을 물듯이 은인(恩人)을 배반한다는 말.

3450. 길로 가라니까 메로 간다.
(1) 일부러 고생을 사서 한다는 뜻. (2) 남의 말을 듣지 않는 고집장이라는 뜻.

3451. 길마다 개울은 있다.
무슨 일이나 어려움과 애로(隘路)는 따르게 된다는 것.

3452. 길마 무서워 소가 드러누울까 ?
(1) 힘 드는 일을 할 때 장담하는 말. (2) 일을 할 때 힘이 부족할까 걱정하지 말고 조금씩이라도 하라는 뜻.

3453. 길면 감긴다.
무슨 일이나 너무 오래 끌다가는 실패하게 된다는 뜻.

3454. 길바닥 돌도 연분이 있어야 찬다.
대단치 않은 일이라도 연분(緣分)이 있어야 이루어진다는 뜻.

3455. 길쌈 잘하는 첩이다.
(1) 길쌈 잘하는 첩이 있을 수 없듯이 그럴 리가 없다

는 뜻. (2) 길쌈 잘하는 첩이란 없는 것인데 이례적(異例的)으로 있듯이 믿기 어려운 사실이 있다는 뜻.

3456. 길쌈질은 계집 종에게 물어서 하랬다.
(織當問婢)
(1) 모르는 것은 손아랫사람에게도 물어서 하라는 뜻.
(2) 서투른 일은 잘하는 사람에게 배워서 하라는 뜻.

3457. 길 아는 사람이 앞서가야 한다.
(1) 아는 사람이 시범(示範)을 보여야 한다는 뜻.
(2) 자신성 있는 사람은 서슴지 말고 하라는 뜻.

3458. 길 아래 돌 부처다.
길 아래 돌 부처가 보고만 있듯이 무심하게 보고만 있다는 뜻.

3459. 길 아래 돌부처도 돌아 앉는다.
시앗 관계는 돌부처도 못 보는데 하물며 사람이 어떻게 보고 지낼 수 있겠느냐는 뜻.

3460. 길에 떨어진 홍합은 먹는 놈 살로 된다.
주인 없는 물건은 가지는 사람의 소유로 된다는 말.

3461. 길에 떨어진 홍합은 줍는 사람이 임자다.
길에 버리고 간 물건은 줍는 사람이 차지하게 된다는 뜻.

3462. 길에서 듣고 길에서 말한다.
남의 말을 듣기가 무섭게 남에게 말을 퍼뜨린다는 뜻.

3463. 길에서 들은 말은 길에 버려야 한다.
남의 말은 듣고 남에게 전하지 말고 묵살하라는 말.

3464. 길에서 만나 알게 되었다. (路上顏面)
길가다가 우연히 만나서 알게 된 사이라는 뜻.

3465. 길에 흘린 물건은 줍지 않는다. (路不拾遺),(道不拾遺:塗不拾遺)〈韓非子〉,〈孔子家語〉
길에 흘린 물건은 주인이 찾아가도록 줍지 말고 그대로 두라는 뜻.

3466. 길은 갈 탓이요 말은 할 탓이다.
(1) 언행(言行)은 상대방에게 큰영향을 준다는 뜻.
(2) 일은 하는 요령(要領)에 달려있다는 뜻.

3467. 길은 거짓말로 가르쳐 주지 않는다.
어느 누구나 길을 가르쳐 줄 때는 자기 아는 대로 잘 가르쳐 준다는 뜻.

3468. 길은 낼 탓이다.
길은 내는 데 달려 있듯이 사람의 말과 행동도 하기에 달려 있다는 뜻.

3469. 길은 낼 탓이요 길은 걸을 탓이다.

같은 말이나 같은 행동이라도 하기에 따라 상대방에게 주는 영향은 다르다는 뜻.

3470. 길은 낼 탓이요 일은 할 탓이다.
무슨 일이나 일은 하기에 따라 달라진다는 말.

3471. 길은 다르나 돌아오는 길은 같다. (異路同歸: 異路同所: 殊塗同歸) 〈淮南子〉
종국적(終局的) 목적은 같으나 이를 수행하는 방법이 다르다는 뜻.

3472. 길은 서쪽에 있는데 동쪽을 가리킨다. (指東道西)
서쪽에 있는 길을 동쪽을 가리켜 주듯이 알지도 못하면서 엉뚱한 짓을 한다는 뜻.

3473. 길은 아는 사람이 앞서 가랬다.
무슨 일이나 아는 사람이 지휘를 해야 한다는 뜻.

3474. 길을 가는 사람은 목적지까지 가게 된다. (行者常至) 〈晏子春秋〉
무슨 일이나 목적을 세우고 일을 해야 이루어진다는 뜻.

3475. 길을 가려거든 눈썹도 빼 놓고 가랬다.
여행하는 데는 조그마한 짐이라도 거추장스럽기 때문에 되도록 짐을 덜고 나서라는 말.

3476. 길을 두고 메로 간다.
(1) 편하게 할 수 있는 일을 힘들게 한다는 말.
(2) 쉽게 할 수 있는 일을 복잡하게 한다는 뜻.

3477. 길을 무서워하면 범을 만난다.
무서운 생각을 자꾸하면 점점 더 무서워진다는 말.

3478. 길이 길이 잊지 않는다. (永世不忘)
영원히 잊을 수 없는 일이라는 뜻.

3479. 길이 길이 잘 입고 잘 먹고 산다. (長享衣食之饒) 〈許生〉
재산이 넉넉하여 자손 대에 이르도록 잘살 수 있다는 뜻.

3480. 길이 멀어야 말의 힘을 알게 된다. (路遙知馬力) 〈孔子〉
말의 실력을 알려면 먼 길을 가 봐야 알듯이 사람의 실력도 오래 두고 봐야 안다는 뜻.

3481. 길이 사면 팔방으로 통한다. (四通八達)
교통 중심지로서 어디든지 갈 수 있는 교통망이 있다는 뜻.

3482. 길이 아니거든 가지를 말고 말이 아니거든 듣지를 말랬다.

상대할 대상이 못 되거든 아예 상대를 하지 말라는 뜻.

3483. 길이 아니면 가지를 말고 말이 아니면 탓하지 말랬다.
사리(事理)에 어긋나는 행동이나 말에는 상관하지 말라는 뜻.

3484. 길이 아니면 가지를 말고 말이 아니면 상대를 말랬다.
사람은 말이나 행동을 바르게 해야 한다는 뜻.

3485. 길이 아니면 가지를 말랬다.
사리(事理)에 어긋나는 행동은 하지 말라는 뜻.

3486. 길이 아무리 가까와도 가지 않으면 이르지 못한다. (道雖邇 不行不至) 〈荀子〉
아무리 사소한 일이라도 저절로 되는 것은 없기 때문에 하고자 하는 일은 실천해야 한다는 말.

3487. 길이 없으니 한길을 걷고 물이 없으니 한물을 먹는다.
좋든 싫든 간에 달리할 도리가 없을 때는 하는 수 없이 일을 같이 해야 한다는 뜻.

3488. 길잡이가 앞서 가랬다.
길을 아는 사람이 앞에 가야 하듯이 아는 사람이 솔선해서 시범(示範)을 보여야 한다는 뜻.

3489. 길한 일에는 훼방이 따르게 마련이다. (成吉毁隨)
좋은 일에는 항상 장애되는 일이 많다는 뜻.

3490. 김가(金哥)가 아니면 장이 안 선다.
성(姓) 중에는 김씨가 가장 많다는 뜻.

3491. 김 덕성(金德成)의 중의 밑이다. (金德成 中衣底) 〈松南雜識〉
누덕누덕 기위입은 옷이라는 뜻.

3492. 김도 아니고 다시마도 아니다.
이것도 아니고 저것도 아니라는 뜻.

3493. 김 매고 밭 가는 것을 자꾸하게 되면 농부가 된다. (積耨耕而爲農夫) 〈荀子〉
기초적인 작업이 능숙하게 되면 그 분야에서 일할 수 있게 된다는 뜻.

3494. 김 매는 데 주인이 아흔 아홉 몫을 맨다.
남을 부려먹으려면 주인이 더 일을 많이 해야 한다는 뜻.

3495. 김 빠진 맥주다.
가장 중요한 것을 잃어서 쓸모없이 되었다는 말.

3496. 김 삼월(金三月)이다.

경상 감사 김 안국(慶尙監司 金安國)이가 악리(惡吏)들을 친히 태형(笞刑)을 한 데로부터 나온 말로서 악리가 양리(良吏)를 미워한다는 뜻.

3497. 김 샌다.

김이 새면 맛이 없어지듯이 점점 못 쓰게 된다는 뜻.

3498. 김 서방 분풀이를 이 서방에게 한다.

(1) 감정 끝에 하는 일은 잘못하기가 쉽다는 뜻.
(2) 이 사람에게 할 일을 저 사람에게 하였다는 뜻.

3499. 김 서방의 갓을 이 서방이 쓴다. (金冠李戴)

(1) 제 일 한다는 것이 남의 일만 하였다는 뜻.
(2) 남의 것인지 제 것인지도 모른다는 뜻.

3500. 김 서방이 먹고 이 서방이 취한다.

무슨 일을 한 뒤에 결과가 나쁜 것은 남에게 책임을 지운다는 말.

3501. 김 서방이 아픈데 이서방을 침준다.

공연히 남의 일로 피해를 받게 되었을 때 이르는 말.

3502. 김 서방인지 이 서방인지? (金之李之)

(1) 내가 상관할 바가 아니라는 뜻. (2) 누가 누구인지 알 수 없다는 뜻.

3503. 김 선달(金先達)이 대동강(大同江) 팔아 먹듯 한다.

허무 맹랑(虛無孟浪)한 짓으로 남을 속인다는 뜻.

3504. 김씨가 먹고 이씨가 주정을 한다.

(1) 남의 일로 공연히 고생을 한다는 뜻. (2) 엉뚱한 짓을 한다는 뜻.

3505. 김씨하고 같이 물 아니 먹는 샘 없다.

김씨가 가장 큰 대성(大姓)이기 때문에 어디를 가나 김씨 없는 곳이 없다는 말.

3506. 김씨 한몫 끼지 않는 우물 없다.

김씨가 우리 나라에 가장 많기 때문에 김씨 없는 곳이 없다는 뜻.

3507. 김 안나는 숭늉에 덴다.

김이 나는 숭늉은 주의를 하지만 김이 안나는 숭늉은 주의를 않다가 데듯이 사람도 떠드는 사람보다는 침묵을 지키는 사람을 더 경계해야 한다는 말.

3508. 김 안 나는 숭늉이 더 뜨겁다.

김 안 나는 숭늉이 김 나는 숭늉보다 더 뜨겁듯이 떠드는 사람보다 말을 않는 사람이 더 무섭다는 뜻.

3509. 김 안태(金安台)를 행랑(行廊)에 두겠다.

옛날 부자인 김 안태를 행랑으로 둘 정도로 부유하다

는 뜻.

3510. 김장은 겨울철 반 양식이다.

없는 사람은 겨울에 김치 죽, 김치 밥 등으로도 많이 소비하기 때문에 반 양식이라고 한다.

3511. 김장은 반 양식이다.

없는 사람은 겨울에 김치를 많이 먹게 된다는 말.

3512. 김장이 풍년이면 늦게 담그고 흉년이면 일찍 담궈야 한다.

무우, 배추가 풍년 든 해의 김장은 늦게 해야 헐하고 흉년일 때는 김장을 일쩍 해야 헐하다는 뜻.

3513. 김 첨지(金僉知) 감투다.

김첨지의 감투가 없어지듯이 무엇이 잘 없어진다는 뜻.

3514. 김칫국 먹고 수염만 쓰다듬는다.

아무 실속도 없으면서 허세(虛勢)를 부린다는 말.

3515. 김칫국 먹고 수염 쓰다듬고 냉수 마시고 갈비 트럼한다.

남들 앞에서 실속없는 허세(虛勢)만 부린다는 말.

3516. 김칫국 먼저 마신다.

남의 속도 모르고 제 나름대로 그렇게 되리라고만 믿고 행동한다는 뜻.

3517. 김칫국부터 미리 마신다.

상대방의 속도 모르고 제 나름대로 잘 되리라고만 믿고 행동한다는 뜻.

3518. 김칫국을 먹든지 식혜를 먹든지 임자 마음이다.

무슨 일을 하든지 하고 싶은 사람의 자유라는 뜻.

3519. 김칫국 채어 먹은 거지 떨듯 한다.

겨울에 묻어 놓은 김칫독에서 시장한 끝에 김칫국을 많이 먹고 떠는 거지처럼 남들은 아니 떠는데 혼자서 떠는 사람을 두고 하는 말.

3520. 김 한 장 부신다.

돈을 한번 크게 써 본다는 말.

3521. 김해 김씨(金海 金氏)는 사마귀 보고 안다.

김해 김씨는 남자 음부(陰部)에 사마귀가 있다는 뜻.

3522. 깃도 많이 실으면 배가 가라앉는다. (積羽沈舟)

아무리 가벼운 것이라도 많으면 무시할 수 없을 정도로 무거워진다는 뜻.

3523. 깃 없는 어린 새는 제 몸을 제가 보전 못한다.

어린 새는 제 몸을 제가 보전 못 하듯이 사람도 어린 시절에는 부모의 양육을 받아야 한다는 뜻.

3524. 깊고 얕은 것은 물을 건너 봐야 안다.
물은 건너 봐야 깊고 얕은 것을 알듯이 사람도 사귀어 보아야 그 사람의 마음을 알게 된다는 말.

3525. 깊고 얕음을 모른다. (未測深淺) 〈吳質〉
(1) 내용을 전연 모른다는 뜻. (2) 사람의 마음은 모른다는 뜻.

3526. 깊던 물이라도 얕아지면 오던 고기도 아니 온다.
(1) 나이가 많아지면 오던 사람도 오지 않는다는 말.
(2) 세도가 있던 사람이 몰락되면 오던 사람도 오지 않는다는 말.

3527. 깊숙이 한 가지만 알게 되면 숨어 있는 것까지도 다 알게 된다. (深智一物 衆隱皆變)
〈韓非子〉
공부는 넓고 얕게 하는 것보다 좁고 깊게 하는 것이 낫다는 말.

3528. 깊은 골짜기는 채우기 쉬워도 사람의 마음은 채우기 어렵다. (谿壑易滿 人心難滿)
〈菜根譚〉
사람의 욕구(欲求)는 너무나 크기 때문에 만족시킬 수 없다는 뜻.

3529. 깊은 골짜기를 내려다보지 못하면 땅이 얼마나 두꺼운지를 모른다. (不臨深谿 不知地之厚也)
〈荀子〉
땅의 두께를 대략이라도 알려면 실지로 골짜기에 가 보아야 짐작할 수 있듯이 말로만 듣는 것보다 직접 눈으로 보아야 얼마나 크다는 것을 알 수 있다는 뜻.

3530. 깊은 골짜기에 들어가 보지 않고서는 땅의 두꺼움을 알지 못한다. (不臨深谿 不知地之厚也)
〈菜根譚〉
땅의 두께가 얼마나 두꺼운가를 쉽게 알려면 깊은 골짜기를 보면 짐작할 수 있듯이 실제로 보지 않고서는 얼마나 큰지를 모른다는 뜻.

3531. 깊은 물보다 얕은 잔에 더 빠져죽는다.
물에 빠져죽는 사람보다는 술로 망하는 사람이 많다는 뜻.

3532. 깊은 물 속은 알아도 사람의 속은 모른다. (水深雖知 人心難知)
깊은 물 속은 재보면 알 수 있지만 사람 속은 들여다보는 것이 없기 때문에 알 수 없다는 말.

3533. 깊은 물에는 안 빠져도 얕은 술에는 빠진다.
술을 과음(過飮)하는 사람은 패가망신(敗家亡身)하게 된다는 뜻.

3534. 깊은 물에 있는 고기도 먹이 탐내다가 죽는다. (深泉之魚 死於芳餌) 〈吳越春秋〉
재물을 너무 탐내다가는 목숨까지 잃게 된다는 말.

3535. 깊은 물은 가뭄을 타지 않는다. (深水不旱)
깊은 물은 가뭄을 타지 않듯이 밑천이 넉넉하면 불경기가 있어도 견디어 나간다는 뜻.

3536. 깊은 물은 소리가 없고 얕은 물은 소리를 낸다.
많이 아는 사람은 아는 체하지 않으나 조금 아는 사람은 많이 아는 체한다는 뜻.

3537. 깊은 물이 고요하다.
많이 배운 사람일수록 아는 척하지 않는다는 뜻.

3538. 깊은 물이라야 큰 고기는 논다. (魚游深水)
깊은 물에 큰 고기가 놀듯이 포부(抱負)가 큰 사람이라야 큰 일도 하게 된다는 뜻.

3539. 깊은 산골에서는 발자국 소리만 들어도 반갑다. (深谷足音)
산 짐승을 무서워하든 차에 사람을 만나면 반갑듯이 궁지에 빠져 있을 때는 조그마한 도움도 대단히 고마워진다는 뜻.

3540. 깊은 산에 범이 있다. (深山有虎)
산이 깊어야 범도 있듯이 마음도 깊어야 큰 일도 할 수 있다는 말.

3541. 깊은 우물은 가뭄을 타지 않는다. (深井不渴)
깊은 우물은 가뭄의 영향을 받지 않듯이 밑천이 넉넉하면 불리한 조건이 있더라도 극복할 수 있다는 뜻.

3542. 깊이 감추어 둔다. (深之藏之)
귀중한 것이기 때문에 소중히 감추어 둔다는 말.

ㄴ

3543. **나가는 것이 있어야 들어오는 것도 있다.**
내가 남을 도와 주어야 남도 나를 도와 주게 된다는
뜻. ↔ 오는 정이 있어야 가는 정도 있다.

3544. **나가는 년이 물 길어 놓고 갈까?**
그 집이 싫어서 나가는 여자가 뒷일을 생각해서 물을
길어 놓고 갈 리가 없듯이 인연을 끊게 되면 막 보게
된다는 뜻.

3545. **나가는 년이 방아 찧어 놓고 갈까?**
그 집을 나가는 여자가 힘들여 방아를 찧어 놓고 갈
리가 없듯이 서로 인연을 끊게 되면 돌봐 주지 않게
된다는 뜻.

3546. **나가는 년이 세간 사랴?**
나가는 여자가 돈 들여 가며 세간을 사 놓고 갈 리가
없듯이 인연을 끊게 되면 막 보게 된다는 말.

3547. **나 가는 데 강철 간다.**
내가 가는 데는 강철도 가기 때문에 풀이나 나무가 다
말라죽듯이 수(數)가 사나운 사람이 가는 데는 재해
만 있게 된다는 뜻. ※ 강철(强鐵): 가상 동물인 독룡
(毒龍)인데 이 용이 지나가는 곳은 산천 초목이 다 마
른다고 함.

3548. **나가는 이삿짐은 밀어 내고 들어오는 이삿
짐은 받아들인다.**
이사오는 이웃 사람은 친절하게 맞아 주어야 한다는 뜻.

3549. **나가던 범도 돌아선다.**
나가던 범도 돌아서는 수가 있듯이 위험한 일을 모면
했다고 방심(放心)하지 말고 경각성을 높여야 한다는
말.

3550. **나가던 범이 덤벼든다.**
가버렸다고 안심하였던 범이 되돌아와서 덤비듯이 위
험한 일이 지나갔다고 방심하다가는 변을 당하게 된
다는 말.

3551. **나간 놈 몫은 있어도 자는 놈 몫은 없다.**
나간 사람은 일하러 갔기 때문에 몫을 남겨 두어야 하
지만 자는 사람은 논 사람이기 때문에 몫을 안 두듯
이 일하지 않는 사람에게는 아무 보수가 없다는 말.

3552. **나간 놈 요(料)는 있어도 자는 놈 요는 없
다.**
일하러 나간 사람의 식사는 남겨 놓아도 일하지 않고
자는 사람의 식사는 안 남겨 둔다는 말.

3553. **나간 놈의 집구석 같다.**
살다가 그대로 두고 나간 집같이 집안이 어수선하고
무질서하다는 뜻.

3554. **나간 머슴이 일은 잘했다.**
지나간 일에는 미련(未練)을 가지게 되지만 현재의 일
에는 욕구불만(欲求不滿)을 가지는 경우가 많은 데로
부터 나온 말로서 현재보다 과거의 것이 낫다는 말.

3555. **나간 며느리가 효부였다.**
함께 있을 때는 효부인 줄 몰랐는데 나간 뒤에야 효
부였다는 것을 알게 되듯이 무슨 일이든지 지내 놓고
보아야 정확히 알 수 있다는 말.

3556. **나갔던 며느리가 효도한다.**
대단치 않게 여겼던 사람이 뜻밖에 잘한다는 뜻.

3557. **나갔던 상주 들어오듯 한다.**
매우 황급하게 덤벼드는 사람보고 하는 말.

3558. **나갔던 상주 제청에 달려들듯 한다.**
(出還喪制 趨入祭廳) 〈東言解〉
출타(出他)하여 종신(終身)을 못한 상주가 돌아와서
당황하듯이 무슨 일을 어쩔 줄 모르고 허둥지둥한다는
말.

3559. **나갔던 상주 젯상 엎지른다.**
출타하였던 상주가 부고(訃告)를 받고 집에 들어오다
가 제사 상을 엎지르듯 일을 거들어 주지는 못하고 일
만 저지른다는 뜻.

3560. **나갔던 파리가 「왱왱」 한다.**

밖에서 들어온 파리가 방에서 더 왱왱거리듯이 아무런 공로도 없는 사람이 남의 일에 더 참견을 한다는 뜻.

3561. **나귀가 나귀더러 귀가 크다고 한다.**
제 허물은 모르고 남의 허물만 탓한다는 뜻.

3562. **나귀가 샌님 쳐다보듯 한다.**
나귀가 만만한 샌님만 쳐다보듯이 한번 만만히 본 사람은 이유도 없이 업신여긴다는 말. ↔ 나귀는 샌님만 섬긴다.

3563. **나귀는 나귀보고 예쁘다고 한다.**
(1) 예쁜 사람은 나름대로 다 있다는 말.
(2) 예쁘고 미운 것은 다 자신이 보기에 달려 있다는 뜻.

3564. **나귀는 도련님한테 마침이다.**
나귀는 작아서 도련님에게 잘 어울리듯이 서로 잘 조화(調和)가 된다는 말.

3565. **나귀는 샌님만 섬긴다.**
나귀는 저를 사랑해 주는 샌님만 잘 섬기듯이 누구나 자기를 사랑해 주는 사람에게는 잘 섬긴다는 말. ↔ 나귀가 샌님 쳐다보듯 한다. 나귀는 샌님만 업신여긴다.

3566. **나귀는 샌님만 업신여긴다.**
나귀가 늙은 샌님이라고 업신여기듯이 한번 만만히 보이는 사람은 늘 업신여기게 된다는 말. ↔ 나귀는 샌님만 섬긴다.

3567. **나귀는 제 귀 큰 줄은 모르고 다른 나귀더러 귀 크다고 한다.**
자기 자신의 결함은 모르고 남의 결함만 찾아 낸다는 뜻.

3568. **나귀는 제 귀 큰 줄을 모른다.**
누구나 남의 결함은 잘 알아도 자기의 결함은 모른다는 뜻.

3569. **나귀도 차는 재주는 있다.**
나귀도 차는 재주는 있듯이 누구나 한두 가지 재주는 있다는 뜻.

3570. **나귀 등에 짐지고 타나 싣고 타나 마찬가지다.**
나귀 등에 짐을 지고 타나 짐 위에 타나 일반이듯이 무슨 일을 이렇게 하나 저렇게 하나 결과적으로는 똑같다는 뜻.

3571. **나귀를 구하면 샌님이 없고 샌님을 구하면 나귀가 없다.**

(1) 무슨 일이 조건이 잘 맞지 않아 힘이 든다는 뜻.
(2) 무슨 일이 준비가 제대로 되지 않아 빗나가기만 한다는 뜻.

3572. **나귀 타고 나귀 찾는다.** (騎驢覓驢)
〈大藏一覽〉
(1) 정신이 몹시 없다는 뜻. (2) 자기가 하고 있는 일을 자신이 모르고 있다는 뜻.

3573. **나그네가 와서 주인을 곤욕질한다.** (客來而困主人也)
〈茶山論叢〉
(1) 일이 거꾸로 되었다는 뜻. (2) 자기의 권리를 남에게 빼앗겼다는 뜻.

3574. **나그네가 주인 노릇한다.** (客反爲主:回賓作主)
(1) 일의 순서가 뒤바뀌어졌다는 말. (2) 권리를 남에게 빼앗겼다는 말.

3575. **나그네 국 마다자 주인 장 떨어진다.**
일이 서로 공교롭게 잘 풀려 나간다는 뜻.

3576. **나그네 귀는 간짓대 귀다.**
나그네는 떠돌아다니기 때문에 들은 것이 많다는 뜻.
※ 간짓대 : 긴 대로 만든 장대.

3577. **나그네 귀는 대자(五尺)다.**
(1) 나그네는 주인 말을 세밀히 듣는다는 뜻. (2) 나그네는 떠돌아다니며 들은 것이 많다는 뜻.

3578. **나그네 귀는 석 자라.**
(1) 나그네는 주인 말에 신경을 쓰고 다 듣는다는 뜻. (2) 나그네는 떠돌아다니며 들은 것이 많다는 뜻.

3579. **나그네는 가는 것이 좋고 비는 오는 것이 좋다.**
가난한 집 손님은 바로 가는 것이 좋고 가물 때 비는 오는 것이 좋다는 말.

3580. **나그네는 가는 것이 좋고 임은 오는 임이 좋다.**
손님 접대는 힘겹기 때문에 가는 것이 좋고 보고 싶던 임은 오는 것이 좋다는 뜻.

3581. **나그네는 갈수록 좋고 비는 올수록 좋다.**
손은 오래 있지 말아야 좋고 농사 때 비는 와야 좋다는 말.

3582. **나그네 떠돌아다니듯 한다.** (旅進旅退)
나그네 떠돌아다니듯이 의지할 데가 없어 정처없이 다닌다는 뜻.

3583. **나그네 많은 집 밥 굶는다.**

사람이 많으면 얻어 먹을 것도 못 얻어 먹게 된다는
뜻.

3584. 나그네 많은 집 저녁 굶는다.
수요(需要)가 많으면 공급(供給)은 달리게 된다는 말.

**3585. 나그네 먹던 김칫국 먹자니 더럽고 남 주
자니 아깝다.**
자기는 별로 가지고 싶지 않은 물건이지만 그렇다고
남을 주기는 아깝다는 말.

**3586. 나그네 모양 보아 바가지에 밥 담고 주인
모양 보아 손으로 밥 먹는다. (見客容以瓢饋
飯 見主容以手喫飯)** 〈旬五志〉
무슨 일이나 실정에 알맞도록 일을 해야 성과가 크다
는 뜻.

3587. 나그네 보내고 점심한다.
(1) 몹시 인색한 짓을 한다는 뜻. (2) 일을 제때에 못
하고 시기를 놓쳤다는 뜻.

3588. 나그네 살림이다.
나그네의 살림은 단봇짐 하나밖에 없듯이 살림살이가
아무것도 없다는 말.

3589. 나그네 세상이다.
세상이 몹시 불안정(不安定)하다는 뜻.

3590. 나그네 신세다.
어느 누구에게도 의지할 데가 없이 떠돌아다니는 신
세라는 뜻.

3591. 나그네에게는 담배 권하는 것이 첫인사다.
손님에게는 다른 음식을 대접하기 전에 담배를 먼저
내놓는다는 말.

**3592. 나그네의 수심이 창자를 끊는 것 같다.
(羇魂愁似絶)** 〈載叔倫〉
정처없이 떠돌아다니는 나그네는 근심 걱정이 많아
서 창자가 끊어지는 것같이 괴롭다는 말.

3593. 나나리벌이 나 닮으라고 하듯 한다.
나나리벌은 다른 벌 새끼를 잡아다 제 집에 넣고 「날
닮아라 날 닮아라」 노래를 부르면서 키우기 때문에 나
나리벌이 된다는 옛말이 있듯이 좋은 일이나 나쁜 일
이나 자기 하라는 대로 따라하라고 강요한다는 뜻.

3594. 나날이 배부르게 먹는다. (日用飮食)
〈詩經〉
먹고 살기가 부유(富裕)하다는 말.

**3595. 나는 까마귀 색은 모두 같은 색이다.
(烏飛一色)**

공중에 날아가는 까마귀는 모두 검은색으로 보이듯
이 같은 무리들의 행동은 다 같다는 뜻.

**3596. 나는 놈 위에 타는 놈 있다. (飛者上有跨
者)** 〈旬五志, 松南雜識〉
(1) 잘난 놈 위에 더 잘난 놈이 있다는 뜻. (2) 어려운
일이라고 하지만 그보다 더 어려운 일이 있다는 뜻.
↔ 나는 놈이 있으면 기는 놈도 있다.

3597. 나는 놈이 있으면 기는 놈도 있다.
(1) 잘난 사람이 있으면 못난 사람도 있다는 말.
(2) 잘하는 사람이 있으면 못하는 사람도 있다는 뜻.
↔ 나는 놈 위에 타는 놈 있다.

**3598. 나는 닭보고 따라가는 개 같다. (雞飛走
狗)**
날아가는 닭을 보고 개가 따라가도 소용이 없듯이 가
망성이 없는 일을 가지고 헛수고만 한다는 뜻.

3599. 나는 바담 뿡 해도 너는 바람 풍(風) 해라.
(1) 못난 부모라도 자식은 잘 가르치려고 한다는 말.
(2) 저는 못된 짓을 하면서 아랫 사람에게는 잘하라고
호통을 친다는 말.

3600. 나는 범 같다. (飛虎)
날아가는 범같이 몹시 빠르다는 뜻.

3601. 나는 새도 깃을 쳐야 날아간다.
나는 새도 깃을 계속 쳐야 날을 수 있듯이 무슨 일이
나 노력을 해야 이루어진다는 뜻.

3602. 나는 새도 들어 가지 못한다. (飛鳥不入)
성(城)이나 진지(陣地)의 방비가 사람은 말할 것도 없
고 새도 날아 못 들어올 정도로 잘 되어 있다는 말.

3603. 나는 새도 생각이 있어 난다.
무슨 일을 할 때에는 목적이 있어서 한다는 뜻.

**3604. 나는 새도 옛 집을 그리워한다. (飛鳥翊故
巢)** 〈鹽鐵論〉
누구나 자기의 옛 고향을 그리워한다는 뜻.

3605. 나는 새도 움직여야 난다.
새도 날개를 계속 움직여야 날을 수 있듯이 무슨 일
이나 꾸준히 노력하지 않으면 안 된다는 뜻.

**3606. 나는 새보고 여기 앉아라 저기 앉아라는
못 한다.**
무슨 일이나 주관적(主觀的)으로 저 혼자서만 하려고
해서는 안 된다는 말.

3607. 나도 그 일에 상관하지 않는다. (吾不關焉)

어떤 일에 자신은 전혀 관계하지 않고 있다는 뜻.

3608. 나도 너를 속이지 않을 것이니 너도 나를
속이지 말라. (我無爾詐 爾無我虞)〈春秋左傳〉
쌍방이 서로 속이지 말고 진실하게 상대하자는 말.

3609. 나도 사또 너도 사또면 아전(衙前)할 놈
이 없다.
하부 사람이 없고 상부 사람만 있어서는 일이 안 된
다는 뜻.

3610. 나도 역시 알지 못한다. (吾亦不知)
너도 모르지만 나 역시 모르고 있다는 말.

3611. 나라가 비록 강대해도 전쟁을 좋아하면 반
드시 멸망하게 된다. (國雖大好戰必亡)
〈司馬法仁本篇〉
아무리 강국이라도 전쟁을 좋아하면 국제적으로 미움
을 받아 멸망하게 된다는 뜻.

3612. 나라가 시끄러우면 망한다. (國躁者 可亡
也)〈韓非子〉
나라가 안정되지 못하고 어지럽게 되면 망하게 된다
는 말.

3613. 나라가 약해지면 도적 떼가 많아진다.
(國虛則寇實矣)〈諸葛亮心書〉
나라의 치안력(治安力)이 약하게 되면 문란(紊亂)한
틈을 타서 집단적인 약탈 행위(掠奪行爲)가 많게 되
는 말.

3614. 나라가 없어서 진상(進上)하나?
(1) 임금에게 진상하는 것은 없어서 주는 것이 아니듯
이 어쩔 수 없어서 준다는 뜻. (2) 남에게 무엇을 주
어서 사양할 때 하는 말.

3615. 나라가 위급할 때는 목숨을 바친다. (見危
致命)
국민들은 국가가 위기에 처해 있을 때는 목숨을 바쳐
가면서 국가를 수호해야 한다는 뜻.

3616. 나라가 위태해서 즐거운 임금 없고 나라가
편안해서 근심하는 국민 없다. (國危則無樂君
國安則無憂民)〈荀子〉
나라가 위태롭게 되면 위정자가 가장 걱정하게 되며
살기 좋은 나라가 되면 국민들이 모두 즐거워한다는
말.

3617. 나라가 잘 다스려지는 것은 형벌이 엄중하
기 때문이다. (治則刑重)〈荀子〉
국가의 질서를 확립하기 위하여서는 형벌이 엄중하게
시행이 되어야 한다는 뜻. → 나라가 혼란되는 것은

형벌이 가볍기 때문이다.

3618. 나라가 잘 다스려지면 편안하다. (治則國
安)〈荀子〉
정치를 잘하여 국가가 안정하게 되면 모두들 행복하
게 살게 된다는 말.

3619. 나라가 장차 망하려면 근본이 먼저 쓰러진
뒤에 지엽이 떨어지게 된다. (國將亡 本先顚
而後枝從之)〈春秋左傳〉
국가가 망하려면 중앙 정권이 쓰러진 뒤에 지방 기관이
붕괴된다는 뜻.

3620. 나라가 장차 망하려면 반드시 법률만 많아
진다. (國將亡 必多制)〈春秋左傳〉
나라가 망하려면 혼란하게 되므로 이 혼란을 수습하
기 위하여 법률만 많아지게 된다는 뜻.

3621. 나라가 조그맣다고 얕봐서는 안 된다.
(國無小 不可易也)〈春秋左傳〉
국력은 국토의 크기에서 반드시 결정되는 것이 아니
라 국민들의 단결력도 작용되기 때문에 작은 나라라
고 경멸해서는 안 된다는 뜻.

3622. 나라가 커야 인재도 많다. (大國多良才)
〈曹植〉
나라가 크면 사람도 많기 때문에 많은 사람들 중에서
좋은 인재를 많이 선발할 수 있다는 뜻.

3623. 나라가 태평하고 곡식이 풍년 들었다.
(時和年豊 : 時和歲豊)
나라가 안정되고 풍년까지 들어서 살기 좋게 되었다
는 말.

3624. 나라가 태평하고 국민들도 편안하다.
(國泰民安)
나라가 부강하게 되었고 국민들의 생활은 안정되어 평
화로운 나라라는 말.

3625. 나라가 텅 비면 국민들은 가난하게 된다.
(國虛則民貧)〈三略〉
국가가 경제적으로 빈약(貧弱)하면 따라서 국민들의
생활도 가난하게 된다는 뜻. ↔ 나라가 풍요해지면 국
민들은 교만하고 사치하게 된다.

3626. 나라가 풍요해지면 국민들은 교만하고 사
치하게 된다. (國饒則民驕佚)〈春秋左傳〉
나라가 부강하게 되었을 때 국민들을 잘 교양시키지
않으면 그들은 교만하고 사치하게 되어 나라가 쇠망
하게 될 수 있다는 뜻. ↔ 나라가 텅 비면 국민들은 가
난하게 된다.

3627. 나라가 혼란되는 것은 형벌이 가볍기 때문이다. (亂則刑輕)　〈荀子〉

국가의 질서를 확립하려면 엄중한 형벌이 시행되어야 한다는 말. → 나라가 잘 다스려지는 것은 형벌이 엄중하기 때문이다.

3628. 나라가 혼란하게 되면 위태롭게 된다. (亂則國危)　〈荀子〉

나라가 어지럽게 되면 필연적으로 망하게 되기 때문에 위태롭다는 뜻.

3629. 나라 고금(雇金)도 잘라 먹는다.

(1) 욕심이 많고 염치가 없이 남의 것을 탐낸다는 뜻.
(2) 몹시 가난하면 아무 돈이나 있으면 쓰게 된다는 뜻.
※ 고금 : 삯돈.

3630. 나라님 만든 관지(款識) 판 돈도 자른다.

사기성이 있고 뻔뻔하고 염치없는 짓을 한다는 뜻.

※관지 : 옛날 그릇이나 종 같은 데에 새긴 표나 글자.

3631. 나라님이 약 없어 죽을까 ?

(1) 죽을 사람은 약으로도 못 살린다는 말. (2) 가난한 상주가 약도 변변히 못 썼다고 서러워할 때 위로하는 말.

3632. 나라를 다스리고자 하는 사람은 먼저 자기 집안을 단속해야 한다. (欲治其國 先齊其家)　〈大學〉

정치가가 되려고 하는 사람은 먼저 자기 집을 잘 다스릴 줄 알아야 한다는 뜻.

3633. 나라를 다스리는 길은 현명한 사람과 국민에 의지해야 한다. (爲國之道 恃賢與民)　〈三略〉

나라를 잘 다스리는 요령은 현명한 정치가와 국민들에게 의지하면 이루어진다는 뜻.

3634. 나라를 다스리는 데 중요한 것은 공명정대하고 청렴 결백해야 한다. (爲政之要 公與清)　〈陸梭山〉

나라를 다스리는 데 가장 중요한 것은 바르고 떳떳하게 처사(處事)하는 동시에 재물을 탐하지 말고 청백하게 해야 한다는 뜻.

3635. 나라를 다스리는 요령은 민중의 마음을 살펴서 모든 일을 시행해야 한다. (軍國之要 察衆心施百務)　〈三略〉

정치를 잘하는 요령은 민심을 잘 파악하여 이를 해결해 주는 데 있다는 말.

3636. 나라를 망치고 국민을 전멸시킨다. (敗國殄民)　〈春秋左傳〉

나라를 망치고 국민들을 못살게 만든 반국가적 행동을 범하였다는 뜻. ↔ 나라를 보호하고 국민들을 편안하게 한다.

3637. 나라를 망치고 몸을 죽인다. (滅國殺身)　〈韓非子〉

나라를 망치는 동시에 자신도 죽음을 당하게 되었다는 말.

3638. 나라를 뺏으면 임금 되고 칼을 뺏으면 도둑 된다.

정권을 뺏게 되면 통치자(統治者)가 되며 나쁜 사람이 칼을 가지게 되면 도둑질을 하게 된다는 뜻.

3639. 나라를 보호하고 국민들을 편안하게 한다. (保國安民)　〈全琫準〉

나라가 위태로울 때는 나라를 보호하고 국민들이 안정하게 생활할 수 있도록 해야 한다는 말. ↔ 나라를 망치고 국민을 전멸시킨다.

3640. 나라를 잃게 되는 것은 그 국민들을 잃었기 때문이다. (失天下 失其民)　〈孟子〉

위정자가 나라를 잃게 되는 것은 국민들의 지지를 못 받은 데 있다는 말.

3641. 나라를 좀먹고 국민들을 병들게 한다. (蠹國病民)

국가를 망하게 하고 국민들을 못살게 하는 반국가적 행위를 한다는 말.

3642. 나라를 좀먹는 정치이다. (蠹政)

나라를 망하게 하는 반역적인 정치를 한다는 뜻.

3643. 나라를 팔아 먹은 역적이다. (賣國賊 : 賣國奴)

조국을 팔아 먹은 민족 반역자라는 말.

3644. 나라 망울 장본이다. (亡國之本)

나라가 망하게 되는 근본이라는 뜻.

3645. 나라 상감님도 늙은이는 대접한다.

임금도 늙은이는 우대한다는 말.

3646. 나라 상감님 망건 값도 쓴다.

몹시 곤궁하면 아무 돈이나 거침없이 쓰게 된다는 말.

3647. 나라에 금지하는 일이 많으면 국민들은 더욱 가난하게 된다. (天下多忌諱 而民彌貧)　〈老子〉

정치 경제적으로 억압하여 국민들의 자유를 박탈하게 되면 국민들의 생활은 점점 빈궁하게 된다는 말.

3648. 나라에는 도둑이 있고 집안에는 쥐가 있다.

인간 사회에는 어디를 가나 도둑은 있다는 말.

3649. 나라에 법령이 많아질수록 범죄자는 늘어
만 간다. (法令滋彰 盜賊多有)   〈老子〉
법령이 많으면 많을수록 위반자가 생기게 되기 때문
에 범죄자는 늘게 마련이라는 말.

3650. 나라에 손해를 끼치고 국민들의 재물을 약
탈한다. (損上剝下)
나라를 좀먹고 국민들을 착취하는 반국가적 악질관
리라는 뜻.

3651. 나라 위해서는 부모도 돌보지 않는다.
(大義滅親)
대를 위해서는 소를 희생시킨다는 견지에서 국가를 위
하여 가정을 희생시켜야 한다는 뜻.

3652. 나라 일로 죽음을 잊는다. (圖國忘死)
〈春秋左傳〉
국가를 위해서는 목숨도 아끼지 않고 일을 한다는 뜻.

3653. 나라 잃은 국민이다. (亡國之民)
나라를 잃고 갖은 수난을 받는 국민이라는 뜻.

3654. 나라 잃은 원한이다. (亡國之恨)
나라를 잃은 민족들이 품은 원한이라는 뜻.

3655. 나라치고 좋은 법 없는 나라 없고 나라치
고 나쁜 법 없는 나라 없다. (無國而不有治
法 無國而不有亂法)   〈荀子〉
어느 나라에나 좋은 법이 있는 반면 나쁜 법도 있다
는 말.

3656. 나라치고 착한 사람 없는 나라 없고 나라
치고 흉악한 사람 없는 나라 없다. (無國而不
有愿民 無國而不有悍民)   〈荀子〉
어느 나라에나 착한 사람도 있고 나쁜 사람도 있게 마
련이라는 뜻.

3657. 나라치고 현명한 정치가 없는 나라 없고
나라치고 무능한 정치가 없는 나라 없다.
(無國而不有賢士 無國而不有悍民)   〈荀子〉
어느 나라에나 많고 적은 차이는 있지만 현명한 정치
가와 무능한 정치가는 항상 존재한다는 말.

3658. 나라 하나에 임금이 셋이다. (一國三公)
한집안에 어른이 여럿이면 일이 안 되고 혼란하다는
뜻.

3659. 나락 이삭 끝을 보고는 죽어도 보리 이삭
끝을 보고는 죽지 않는다.
벼는 이삭이 난 후 사십 일이 돼야 먹지만 보리는 이
삭이 난 뒤 이십 일만 돼도 보리죽, 쩐보리밥을 해 먹

을 수 있기 때문에 보리가 이삭만 나오면 굶어죽지
는 않게 된다는 뜻.

3660. 나라님 망건 사러 가는 돈이라도 쓸 판
이다.
돈에 군색(窘塞)하면 아무 돈이나 보기만 하면 쓰게
된다는 뜻.

3661. 나루 건너가 배 탄다. (越津乘船)
〈旬五志, 東言解, 松南雜識〉
나루를 건넌 다음에는 배를 탈 필요가 없듯이 무슨 일
에나 순서를 바꾸면 아무 성과도 못 얻게 된다는 말.

3662. 나룻이 석 자라도 먹어야 샌님이다. (髯三
尺 食令監), (三尺髯 食令監)〈東言解〉,〈洌上方言〉
아무리 잘난 사람이라도 먹지 않으면 아무 일도 못한
다는 말.

3663. 나를 도리어 원수로 여긴다. (反以我爲讎)
〈詩經〉
내가 자기를 도와 준 은인인데도 불구하고 도리어 원
수로 여기는 배은자(背恩者)라는 뜻.

3664. 나를 바르게 하고 남을 교화시키는 사람은
순리이다. (正己而化人者順)   〈三略〉
남을 가르치는 사람은 먼저 자신이 바른 행동을 하는
사람이라야 순리에 맞는다는 뜻.

3665. 나를 버리고 남을 가르치는 사람은 거스른
짓이다. (舍己而敎人者逆)   〈三略〉
나 자신이 바른 행동을 하지 못하면서 남을 가르친다
는 것은 순리에 어긋나는 짓이라는 뜻.

3666. 나를 알아주는 벗이다. (知己之友)
나를 가장 이해해 주는 다정한 친구라는 뜻.

3667. 나를 알아주는 사람이 없는 것을 근심하
지 말고 알려지도록 하라. (不患莫己知 求爲
可知)   〈論語〉
남들이 나를 알아주기를 기다리면서 근심할 것이 아
니라 나 자신이 먼저 남들이 알 수 있도록 노력을 하
라는 말.

3668. 나를 알아줄 사람은 하늘밖에 없다.
(知我者 其天乎)   〈論語〉
나를 알아주는 것은 하늘이나 알아줄까 사람들로서
는 알아줄 사람이 없는 환경에 있다는 말.

3669. 나를 얻고 남을 얻는 것은 덕의 길이다.
(得己得人 德之道也)   〈三略〉
나를 얻고 남을 얻음으로써 다 얻었으니 이것은 덕
의 바른 길이라는 말.

3670. 나를 용서하는 마음으로 남을 다스리라.
(恕己而治人)　　　　　　　　〈三略〉
나 자신을 용서하는 마음으로 남들도 너그럽게 대하라는 뜻.

3671. 나막신 신고 대동선(大同船)을 쫓아간다.
굽 높은 나막신을 신고 뒤뚱거리면서 가는 배를 잡으려고 하듯이 어림도 없는 짓을 한다는 말.
※ 대동선: 옛날 대동미(大同米)를 운반하던 배.

3672. 나막신 신고 얼음판에 가는 것 같다.
나막신을 신고 얼음판에 가는 것은 위험하듯이 매우 위태로운 짓을 한다는 뜻.

3673. 나만 못한 사람과는 벗하지 말라. (無友不如己者)　　　　　　　　〈論語〉
나만 못한 사람과는 배울 것이 없기 때문에 벗하지 말라는 뜻.

3674. 나만 살찌고 내 집만 윤택하다. (肥己潤家)　　　　　　　　〈全琫準〉
나라야 망하거나 말거나 남들이야 굶어죽거나 말거나 관여할 것 없이 저 혼자만 잘 먹고 잘살려는 수전노(守錢奴)라는 뜻.

3675. 나 많은 아저씨가 져라.
어린 아이와 싸울 때는 나이 많은 사람이 져야 한다는 뜻.

3676. 나 먹자니 싫고 개 주자니 아깝다. (吾食厭 給犬惜), (我厭其餐 予狗則慳)
　　　　　　　　〈東言解〉, 〈耳談續纂〉
저에게 소용이 없는 것도 아까와서 남은 안 주는 인색한 사람의 소행을 두고 하는 말.

3677. 나 먹자니 싫고 남 주자니 아깝다.
몹시 인색한 사람을 가리키는 말.

3678. 나 모르고 남 탓한다.
자기 자신의 잘못은 모르고 남을 탓한다는 말.

3679. 나 모르는 기생은 가 기생이다.
자기가 모르는 기생은 다 가짜 기생이라듯이 세상에서 가장 안면(顏面)이 넓고 잘 아는 체하는 사람을 두고 하는 말.

3680. 나 못 먹을 밥이라고 재 뿌린다.
(1) 대단히 심술 사나운 짓을 한다는 뜻. (2) 제가 못 가질 바에는 남도 못 가지게 한다는 뜻.

3681. 나무가 고목 되면 오던 새도 아니 온다.
나이를 먹어 늙어지게 되면 젊은 사람들로부터 소외

(疎外)를 당하게 된다는 뜻.

3682. 나무가 다 같이 있어도 불은 마른 나무쪽으로 타들어 간다. (施薪若一 火就燥也)〈荀子〉
젖은 나무와 마른 나무가 함께 있어도 불은 마른 나무쪽으로 타들어 가듯이 사람도 자기와 연분(緣分)이 있는 쪽으로 모이게 된다는 뜻.

3683. 나무가 다 타면 불도 꺼진다. (薪盡火滅)
　　　　　　　　〈法華經〉
세상의 만물은 스스로 자멸(自滅)하게 된다는 뜻.

3684. 나무가 많은 곳에는 장작이 팔리지 않는다.
(林中不賣薪)　　　　　　　　〈淮南子〉
상품 생산지에는 상품이 흔하기 때문에 잘 안 팔린다는 뜻.

3685. 나무가 부러지는 것은 반드시 좀이 먹은 곳에서 시작된다. (木之折也 必通蠹)〈韓非子〉
나무가 부러지는 것도 좀먹은 데가 부러지듯이 나라도 부패(腐敗)하게 되면 이로 인하여 망하게 된다는 뜻.

3686. 나무가 비록 좀은 먹었어도 강한 바람이 없으면 부러지지 않는다. (木雖蠹 無疾風不折)　　　　　　　　〈韓非子〉
비록 좀먹은 나무라도 바람이 불어야 부러지듯이 비록 부패한 나라일지라도 반란이 일어나지 않으면 망하지 않는다는 뜻.

3687. 나무가 커야 그늘도 크다.
(1) 토지가 커야 수확도 많다는 뜻. (2) 물건이 많아야 좋은 물건도 많다는 뜻.

3688. 나무 같은 사람에 돌 같은 마음이다.
(木人石心)
인정도 눈물도 없는 차디찬 사람이라는 뜻.

3689. 나무 거울이다. (木鏡)　　　　〈東言解〉
동경(銅鏡)을 모방한 목경은 겉모양은 비슷하나 실지로는 쓸모가 없다는 말.

3690. 나무 껍질 씹는 맛이다.
(1) 고기로 만든 요리가 맛이 없을 때 하는 말.
(2) 입맛이 없을 때 하는 말.

3691. 나무 꽹이 등 맞춘 것 같다.
서로 맞지 않는 것을 대본다는 말.

3692. 나무 끝가지가 너무 크면 부러지게 되고 꼬리가 너무 길면 흔들지를 못한다. (末大必折 尾大不悼)　　　　　　　　〈春秋左傳〉
근본이 쇠약하고 말단(末端)이 지나치게 커지면 망하

게 된다는 말.

3693. 나무 끝가지가 너무 크면 부러지게 된다. (末大必折) 〈春秋左傳〉

균형(均衡)을 잃은 발전은 멀지않아 몰락한다는 뜻.

3694. 나무는 가만히 있고 싶어도 바람이 그치지 않는다. (樹欲静而風不止) 〈韓詩外傳〉

(1) 본심으로는 하고 싶지 않았으나 남의 권에 못이기어 하였다는 뜻. (2) 아들이 부모에게 봉양을 하고 싶으나 부모가 이미 세상을 떠났다는 뜻.

3695. 나무는 먹줄을 따라 다듬어야 바르게 된다. (從繩則正) 〈書經〉

나무를 다듬을 때 먹줄을 놓고 그대로 다듬어야 바로 다듬어지듯이 무슨 일이든지 계획을 세우고 그대로 해야 계획대로 된다는 뜻.

3696. 나무는 먹줄을 받아야 곧아지고 사람은 충고를 받아야 거룩하게 된다. (木受繩則直 人受諫則聖) 〈孔子〉

재목은 먹줄을 치고 다듬어야 곧아지듯이 사람은 남의 충고를 받아들여야 착한 사람으로 된다는 뜻.

3697. 나무는 무성하게 크면 도끼질을 하게 된다. (林木茂而斧斤至焉) 〈荀子〉

나무도 무성하게 크면 베듯이 지위도 너무 높아지게 되면 쫓겨나게 된다는 뜻.

3698. 나무는 바람 때문에 못 잔다.

나무가 바람 때문에 못 자듯이 사람은 자식들 때문에 편한 날이 없다는 말.

3699. 나무는 숲을 떠나 홀로 있으면 바람을 더 탄다.

나무도 숲속에 있는 나무보다 홀로 있는 나무가 바람을 더 타듯이 고독한 사람이 고난을 더 받게 된다는 말.

3700. 나무는 큰 나무 덕을 못 봐도 사람은 큰 사람 덕을 본다.

잘난 사람이 있으면 직접적으로나 간접적으로나 그의 덕을 보게 된다는 말.

3701. 나무때기 시집 보낸 것 같다.

사람이 미련하고 모자라서 무슨 일을 시켜도 제대로 못한다는 말.

3702. 나무도 고목이 되면 오던 새도 아니 온다.

사람도 늙으면 젊은 사람들이 가까이하지 않는다는 뜻.

3703. 나무 도둑과 숟가락 도둑은 간 곳마다 있다.

산 없는 사람이 남의 산에 가서 나무 도둑질하는 것이나 잔칫집에서 일해 주고 숟가락 도둑질하는 것은 으레 있듯이 도둑질에도 정상을 참작해야 한다는 뜻.

3704. 나무도 쓸만한 건 먼저 베인다.

나무도 쓸 나무가 먼저 베이듯이 사람도 잘난 사람이 먼저 죽는다는 말.

3705. 나무도 옮겨 심으면 삼 년은 뿌리를 앓는다.

(1) 이사를 자주 하면 살림이 안 된다는 뜻. (2) 직업을 자꾸 바꾸면 성공이 늦어진다는 뜻.

3706. 나무도 자라서 층암 절벽(層岩絶壁)에 선다.

나무도 층암 절벽에 의지하여 서듯이 사람도 서로 의지해야 산다는 뜻.

3707. 나무도 자주 옮겨 심으면 자라지 못한다.

나무도 자주 옮기면 자라지 못하듯이 사람도 직장을 자주 바꾸게 되면 성공하지 못한다는 말.

3708. 나무도 잘 가꾸면 뿌리가 튼튼해지고 가지와 잎도 무성해져서 좋은 대들보감이 된다. (木有所養 則根木固 而枝葉茂 棟樑之材成) 〈景行錄〉

인재(人材)를 잘 양성하면 국가 발전에 유능한 간부로 된다는 말.

3709. 나무도 층암 절벽에서 자라는 것도 있다.

비옥한 땅에서 자라는 것도 있지만 메마른 층암 절벽에서 자라는 것도 있듯이 사람도 불행한 집에 태어나서 사는 사람도 있다는 뜻.

3710. 나무도 크면 바람을 더 탄다.

지위(地位)가 높아질수록 유지하기가 어려워진다는 말.

3711. 나무 뚝배기가 쇠양푼 될까?

본질이 나쁜 것은 좋게 뜯어고칠 수 없다는 말.

3712. 나무를 아껴 때면 산신령(山神靈)이 복을 준다.

흔한 물건이라도 아끼는 사람이라야 복을 받게 된다는 말.

3713. 나무를 안고 불을 끈다. (抱薪救火)

불을 끄는 사람이 나무를 가지고 가면 오히려 더 잘
타듯이 남의 일을 돌봐 준다는 것이 오히려 역효과(逆
效果)를 냈다는 말.

3714. 나무를 지고 불로 뛰어든다.
　　나무를 지고 불로 뛰어들어 안 죽을 사람이 죽듯이
　　자살 행위(自殺行爲)를 한다는 뜻.

3715. 나무만 보고 숲을 못 본다.
　　나무만 보고 숲을 보지 못한 것같이 부분만 보고 전
　　체는 보지 못하였다는 말.

3716. 나무에 앉은 새 마음이다.
　　마음이 안정되지 못하고 불안하다는 뜻.

3717. 나무에 오르라고 해놓고 흔든다. (乘木搖
　　之：勤上搖木)　　　　　　　　〈松南雜識〉
　　처음에는 사람을 꾀어 가면서 시켜 놓고 나중에는 불행
　　하게 만든다는 뜻.

3718. 나무에 잘 오르는 놈은 나무에서 떨어져
　　죽는다.
　　능숙한 사람이라도 한번 실수는 있다는 뜻.

3719. 나무에 잘 오르는 놈은 떨어져 죽고 헤엄
　　잘 치는 놈은 빠져죽는다. (善攀者落　善泅
　　者溺)　　　　　　　　　　　　〈耳談續纂〉
　　(1) 재주있는 사람은 제 재주만 믿다가 실수를 한다는
　　뜻. (2) 잘한다고 우쭐대는 사람보다 차라리 미련한 듯
　　한 사람을 시키는 것이 믿음성이 있다는 뜻.

3720. 나무에 잘 오르는 원숭이도 가르치면 더
　　잘 오른다. (敎猿升木)　　　　　　〈詩經〉
　　잘하는 사람도 배우면 더 잘할 수 있다는 뜻.

3721. 나무 잎이 푸르다고 해도 시어머니처럼 푸
　　르랴 ?
　　시집살이 시키는 시어머니는 몹시 차다는 뜻.

3722. 나무 잎 하나 떨어지는 것으로써 가을을
　　안다. (一葉之秋)　　　　　　　　〈淮南子〉
　　나무 잎 하나 지는 것으로 가을을 알 수 있듯이 부분
　　적인 현상을 보고 전체를 짐작할 수 있다는 말.

3723. 나무 잘 타는 놈은 나무에서 떨어져 죽게
　　마련이다.
　　능숙한 사람도 실수를 할 때가 있다는 뜻.

3724. 나무 접시가 놋 접시 될까 ?
　　본질적으로 나쁜 것은 질을 좋게 할 수 없다는 말.

3725. 나무 중에서 오직 소나무와 잣나무만이 사
　　철 푸르다. (唯松栢獨也在 多夏靑靑)〈莊子〉

다른 나무들은 모두 서리와 추위에 굴복하여 낙엽이
지는데 소나무와 잣나무만은 굴지 않고 푸른색을
지니듯이 절개(節槪)를 지키는 사람은 고난에 굴하지
않고 자기의 본색을 드러내고 있다는 뜻.

3726. 나무 칼로 귀를 베어도 모르겠다.
　　베어지지 않는 나무 칼로 귀를 베어도 모를 정도로 무
　　엇에 몹시 골몰하여 정신을 잃고 있다는 뜻.

3727. 나무 탄 재는 나무를 걸군다.
　　같은 무리(同類)의 효(效)가 크다는 것을 비유하는 말.

3728. 나무 하나로는 받치지 못한다. (一木難支)
　　받침목 하나로는 받칠 수 없듯이 곤란한 사람을 도와
　　주는 데는 여러 사람이 도와 주어야 한다는 말.

3729. 나무하러 갔다가 범을 만난다. (採薪逢虎)
　　무슨 일을 하려면 곤란하고 어려운 일을 당하게 된다
　　는 말.

3730. 나물 밭에 똥 눈 개 쫓듯 한다.
　　찾아간 사람을 인정사정없이 쫓아낸다는 뜻.

3731. 나물 밭에 한번 똥 눈 개는 장 저 개 저
　　개한다. (萵苣田遺矢之犬 擬其每遺)〈旬五志〉
　　사람도 한번 실수를 하게 되면 그 다음부터는 남의
　　의심을 받게 된다는 말.

3732. 나방이가 불 속에 뛰어들듯 한다. (如蛾赴
　　火)　　　　　　　　　　　　　〈事文類聚〉
　　나방이가 저 죽을지도 모르고 불에 뛰어들듯이 어리석
　　은 사람은 저 죽을지 모르고 재물을 탐낸다는 말.

3733. 나 보고 남 본다.
　　남의 일을 자기 본위(自己本位)로 생각한다는 뜻.

3734. 나 부를 노래를 네가 부른다. (我歌君唱)
　　　　　　　　　　　　　　　　　〈旬五志〉
　　(1) 내가 할 말을 남이 먼저 한다는 말. (2) 자기가 남
　　을 나무라려고 하였더니 오히려 그가 먼저 자기를 나
　　무란다는 말.

3735. 나 부를 노래를 사돈이 부른다. (我歌査唱)
　　　　　　　　　　　　　　　　　〈東言解〉
　　(1) 내가 하려고 하는 말을 남이 먼저 한다는 말.
　　(2) 자기가 남을 나무라려고 했더니 그가 먼저 자기를
　　허물한다는 말.

3736. 나쁜 것도 제 것은 좋다고 한다.
　　자기가 쓰던 물건은 좋고 나쁘고 간에 정이 든 물건
　　이기 때문에 다 좋다고 한다는 뜻.

3737. 나쁜 것은 나쁜 냄새를 싫어하듯 하라.

(如惡惡臭)　　　　　　　　　　　〈大學〉
나쁜 것을 보거나 듣거든 마치 나쁜 냄새를 싫어하듯
이 멀리하라는 뜻.

3738. 나쁜 것이 자신에게 있거든 궂은 것 다루
듯이 스스로 미워하라. (不善在身　蕾然必以
自惡也)　　　　　　　　　　　　〈荀子〉
자신이 반성하여 나쁜 것이 있거든 더러운 것 취급하
듯이 증오하면서 고치라는 말.

3739. 나쁜 그늘 밑에서 잠시나마 쉬지 말랬다.
(惡木之陰　不可暫息)　　　　　　〈周書〉
(1) 분위기가 나쁜 곳에는 가지도 말라는 뜻.
(2) 깨끗하게 지조(志操)를 지켜야 한다는 뜻.

3740. 나쁜 그릇은 깨지지도 않는다.
미운 사람은 없어지지도 않고 가로 걸친다는 뜻.

3741. 나쁜 길에 빠지지 않도록 하라. (弗納於邪)
　　　　　　　　　　　　　　　　〈春秋左傳〉
한번 나쁜 길에 빠지면 헤어나기 어렵기 때문에 아예
빠지지 않도록 경계하라는 말.

3742. 나쁜 냄새는 만 년 간다. (遺臭萬年)〈晉書〉
한번 저지른 잘못은 영원히 없어지지 않는다는 말.

3743. 나쁜 때가 있으면 좋은 때도 있다.
대인 관계에서는 이로운 때도 있고 불리한 때도 있다
는 뜻.

3744. 나쁜 말로 꾸짖는다. (惡言而罵)
좋게 타이르지 않고 욕질을 하면서 꾸짖는다는 말.

3745. 나쁜 말로 서로 싸운다. (惡言相對 : 惡言
相加)
좋은 말로 하지 않고 욕질을 해가면서 싸운다는 말.

3746. 나쁜 말은 칼과 같다. (惡語如刀)　〈寶鑑〉
악담(惡談)은 칼과 같이 남을 해칠 수 있다는 말.

3747. 나쁜 사람과 같이 있으면 어물전에서　비
린내 배듯 몸에 배게 된다. (與不善人居　如
入鮑魚之肆)
나쁜 환경에서 살면 자신도 모르게 나빠지게 된다는
말.

3748. 나쁜　사람끼리는 서로 돕는다. (同惡相
助)
이해(利害)가 같은 사람들은 서로 돕게 된다는 말.

3749. 나쁜 사람도 나이가 들면 좋아진다.
나이가 많아질수록 보고 듣고 경험한 것이 많아지기
때문에 스스로 반성하여 나쁜 짓을 고치게 된다는 뜻.

3750. 나쁜 사람은 삼가하라. (以謹無良)〈詩經〉
나쁜 사람은 언제 어떤 나쁜 짓을 할지 모르기 때문
에 항상 조심하라는 말.

3751. 나쁜 사람을 가까이하면 착한 사람과는 멀
어진다. (惡親賢疎)
나쁜 사람과 가까이한다는 것은 자신도 나빠지게 되
었다는 것을 실증하는 것이기 때문에 착한 사람과는
멀어질 수 밖에 없다는 말.

3752. 나쁜 소도 좋은 송아지를 낳는다.
천한 사람 자손에서도 훌륭한 사람이 난다는 뜻. ↔ 범
이 범의 새끼를 낳는다. 범이 범을 낳고 용이 용
을 낳는다.

3753. 나쁜 소문에는 날개가 달렸다.
좋은 소문은 안 나도 나쁜 소문은 빨리 난다는 뜻.

3754. 나쁜 소문은 날아가고 좋은 소문은　기어
간다.
나쁜 소문은 빨리 퍼져도 좋은 소문은 잘 퍼지지 않
는다는 뜻.

3755. 나쁜 소문은 말보다 빠르다.
나쁜 소문이 퍼지는 것은 천리마보다도 빠르게 퍼진
다는 말.

3756. 나쁜 소문은 빨리 퍼지고 좋은 소문은 더
디 퍼진다.
나쁜 소문은 잘 나도 좋은 소문은 잘 안 난다는 말.

3757. 나쁜 소문은 빨리 퍼진다.
좋은 소문보다도 나쁜 소문이 더 빨리 퍼지게 된다는
말.

3758. 나쁜 소문은 천 리를 간다. (惡事千里)
　　　　　　　　　　　　　　　　〈傳燈錄〉
나쁜 소문은 그 부근에서 멈추는 것이 아니고 천 리
밖까지 널리 퍼진다는 말.

3759. 나쁜 소문은 저절로 난다.
나쁜 소문은 누가 고의적(故意的)으로 퍼뜨리지 않아
도 저절로 알게 되고 퍼지게 된다는 말.

3760. 나쁜 아비도 나쁜 자식은 원하지 않는다.
자기 자신은 비록 나쁠지라도 자식이 나빠지기를 바
라는 사람은 없다는 뜻.

3761. 나쁜 옷을 입고 나쁜 음식을 먹는다.
(惡衣惡食)　　　　　　　　　　　〈擊蒙要訣〉
가난하여 입고 먹는 것이 곤란하다는 뜻. ↔ 잘 입고
잘 먹는다.

3762. 나쁜 음식은 먹어도 살찌지 않는다. (粃食則不肥) 〈管子〉
영양 가치(營養價値)가 없는 음식은 먹어도 배만 부르지 몸에는 도움이 되지 않는다는 말.

3763. 나쁜 일은 감추지 말고 좋은 일은 널리 알려야 한다. (隱惡而揚善) 〈中庸〉
나쁜 일은 숨기지 말고 고치도록 해야 하며 좋은 일은 널리 알려서 여러 사람들이 본받도록 해야 한다는 말.

3764. 나쁜 일이 번지는 것은 마치 들판에 불이 타는 것과 같다. (惡之易也 如火之燎于原) 〈春秋左傳〉
나쁜 소문이 퍼지는 것은 들판에 불이 타듯이 빠른 속도로 널리 퍼진다는 뜻.

3765. 나쁜 점을 감싸고 잘못된 점을 숨긴다. (護短匿過) 〈栗谷全集〉
나쁜 점이 있으면 충고하여 고치도록 하지 않고 감싸주고 숨겨 줌으로써 오히려 조장(助長)시키게 된다는 말.

3766. 나쁜 짓은 못하게 해야 한다. (無俾作慝) 〈詩經〉
누구든지 나쁜 짓을 하는 것은 못하게 해야 한다는 말.

3767. 나쁜 짓은 버리고 바른 길로 돌아가라. (背暗投明)
나쁜 것은 고치고 착한 일만 하여 올바르게 살라는 말.

3768. 나쁜 짓은 본뜨기 쉽다.
좋은 일은 본뜨기가 어려워도 나쁜 일은 본뜨기가 쉽다는 뜻.

3769. 나쁜 짓을 남보다 앞서 주장하는 것을 아첨이라고 한다. (以不善先人者 謂之諂) 〈荀子〉
웃사람이 잘못하는 일이 있으면 충고하지 않고 옳다고 주장하는 짓은 아첨행위라는 말.

3770. 나쁜 짓을 많이 한 집은 반드시 뒷날에 재앙이 있다. (積不善之家 必有餘殃) 〈易經〉
남에게 나쁜 짓을 많이 한 집은 뒷날에 재앙을 받아 망하게 된다는 말.

3771. 나쁜 짓을 배우는 사람은 마침내 패망하게 된다. (習於惡者 終於敗亡) 〈茶山論叢〉
나쁜 짓을 배우게 되면 나쁜 짓을 하게 되므로 나중에는 망하게 된다는 말.

3772. 나쁜 짓을 하면서 남이 칭찬해 주기를 바

란다. (致不肖而欲人之賢己也) 〈荀子〉
나쁜 짓을 하고서도 뉘우치지 않고 오히려 남들이 칭찬해 주기를 바라는 어처구니없는 짓을 한다는 말.

3773. 나쁜 풀이 빨리 자란다.
나쁜 짓이 좋은 짓보다 빨리 배우게 된다는 말.

3774. 나쁜 행동을 하면서 남이 나를 친해 주기를 바란다. (疾爲詐而欲人之親己矣) 〈荀子〉
자신이 나쁜 짓을 하여 남들이 싫어하는 것도 모르고 친해 주기를 바란다는 말.

3775. 나쁜 행실은 고치고 좋은 행실은 널리 알리라. (過惡揚善) 〈趙穆〉
좋지 못한 행동은 고치도록 하고 좋은 일은 널리 알리도록 하라는 말.

3776. 나사가 빠졌다.
정신 상태가 해이(解弛)되었다는 뜻.

3777. 나사 조이듯 한다.
나사를 조이듯이 갈수록 점점 억압(抑壓)을 한다는 말.

3778. 나서기는 주막 강아지 같다.
길가의 주막 집 강아지가 지나가는 행인만 보면 짖고 나서듯이 무슨 일에나 나서서 일일이 참견한다는 말.

3779. 나 싫은 것은 남도 싫어한다.
자기가 싫어하는 것은 남도 싫어하기 때문에 남을 주어서는 안 된다는 뜻.

3780. 나아가고 물러서는 행동에는 반드시 사리에 합당해야 한다. (進退周旋 必於理合) 〈晦齋全書〉
일을 하고 않을 때는 그 이유가 정당해야 한다는 뜻.

3781. 나아가지도 못하고 물러가지도 못한다. (進退兩難:進退維谷)
무슨 일을 이렇게 할 수도 없고 저렇게 할 수도 없는 난처(難處)한 처지에 있다는 말.

3782. 나에게 믿음성이 부족하면 남도 나를 불신하게 된다. (信不足焉 有不信焉) 〈老子〉
평소에 내가 남에게 신용을 얻지 못하면 남들이 나를 믿어 주지 않는다는 말.

3783. 나에게 악하게 하는 사람에게도 나는 역시 착하게 해야 한다. (於我惡者 我亦善之) 〈莊子〉
나에게 악하게 하는 사람에게 나는 선으로 대하여 그를 선한 사람으로 인도해야 한다는 뜻.

3784. 나에게 알랑거리는 사람은 나의 적이다.
(諂諛我者 吾賊也)　　　　〈荀子〉
나에게 충고할 말이 있어도 하지 않고 오히려 칭찬하
면서 아첨하는 사람은 나를 나쁜 데로 유도(誘導)하
는 결과가 되기 때문에 나의 적이 된다는 말. → 나의
잘못을 말해 주는 사람은 나의 스승이다.

3785. 나에게 착하게 하는 사람에게는 나도　역
시 착하게 해야 한다. (於我善者 我亦善之)
　　　　〈莊子〉
나에게 잘해 주는 사람에게는 나도 잘해 주어 그 고
마움을 갚아야 한다는 뜻. → 돌 든 자는 돌로 쳐야 한
다. 칼 든 자는 칼로 쳐야 한다.

3786. 나올 적에 봤으면 짚신짝으로 틀어나 막았
지.
남에게 피해만 끼치는 못된 놈은 차라리 어머니로
부터 출생을 못하게 하는 것이 낫다는 말.

3787. 나와 너와 함께 죽어야겠다. (予及女偕亡)
　　　　〈湯誓〉
나하고 너하고 생사(生死)를 같이 하자는 뜻.

3788. 나의 교만을 버리고 남의 말을 따르라.
(舍我之矜 從爾之稱)　　　　〈姜宗說〉
교만한 사람은 남의 충고를 받아들여 고쳐야 한다는
말.

3789. 나의 잘못을 말해 주는 사람은 나의 스승이
다. (道吾過者 是吾師)　　　　〈金誠一〉
나 자신이 모르고 잘못을 저지른 것을 충고하여 깨달
게 해 준 사람은 스승이 된다는 말. → 나에게 알랑거
리는 사람은 나의 적이다. 나의 좋은 점만 말해 주
는 사람은 나의 적이다.

3790. 나의 잘못을 버리고 남의 좋은 점을 따른
다. (舍己從人)　　　　〈書經, 孟子〉
자기의 잘못이 있는 것은 고치고 남의 좋은 점은 본
받아야 한다는 말.

3791. 나의 잘못을 알고 남의 잘못을 미워할 줄
알아야 한다.
자신의 잘못은 고칠 줄 알아야 하고 남의 잘못은 증
오하는 것이 정의(正義)라는 말.

3792. 나의 장점으로 남의 단점을 친다. (以長擊
短)
잘한 사람이 잘못한 사람을 공격한다는 말.

3793. 나의 좋은 점만 말해 주는 사람은 나의 적

이다. (道吾美者 是吾賊)　　　　〈金誠一〉
나의 결함은 충고하지 않고 장점만 칭찬해 주는 사람
은 나의 결함을 그대로 두게 하고 나를 교만하게 하
는 결과로 되기 때문에 적으로 된다는 뜻. ↔나의 잘
못을 말해 주는 사람은 나의 스승이다.

3794. 나이가 많은 사람을 먼저 하고 나이가 적
은 사람을 나중에 하는 것이 일의 순서이다.
(先大後小 順也)　　　　〈春秋左傳〉
접대(接待)하는 순서는 나이 많은 사람부터 시작하여
점점 나이 적은 순으로 해야 한다는 뜻.

3795. 나이가 배가 되면 아버지처럼 섬겨야 한
다. (年長以倍 則父事之)　　　　〈擊蒙要訣〉
대인 관계(對人關係)에서 나이가 자기의 배가 되는 존
장(尊丈)은 부모같이 섬겨야 한다는 말.

3796. 나이가 십 년 맏이면 형처럼 공경해야 한
다. (十年以長 則兄事之)　　　　〈擊蒙要訣〉
자기보다 나이가 십 년 이상이 많으면 형님과 같이 대
접해야 한다는 말.

3797. 나이가 약이다.
나이를 먹게 되면 철도 나고 행동도 얌전하게 된다는
뜻.

3798. 나이가 오 년 맏이면 벗을 삼는다. (五年以
長 則肩事之)　　　　〈擊蒙要訣〉
자기보다 나이가 오 년이 많은 사람과는 벗을 삼을 수
있다는 말.

3799. 나이가 원수다.
나이를 먹어 쓸모없는 인간이 되었다는 뜻. ↔나이보
다 더 좋은 약 없다.

3800. 나이가 젊어 성질이 날카롭다. (年少氣銳)
나이가 젊어서 패기(霸氣)가 가득하다는 말.

3801. 나이 값이나 하랬다.
나이가 많거든 행동을 잘하여 나이 값을 하라는 말.

3802. 나 이길 장사 없다.
이 세상에는 자기를 이길 사람이 없다고 자만(自慢)
하는 말.

3803. 나이는 못 당한다.
(1) 젊은이는 늙은이의 지혜를 당할 수 없다는 뜻.
(2) 나이를 먹으면 노쇠현상은 막을 수가 없다는 뜻.

3804. 나이는 못 속인다.
늙을수록 정신적으로나 육체적으로나　쇠약해진다는
뜻.

156

3805. 나이 덕이나 보자.
　　나이가 많은 사람은 대접을 잘해 달라는 말.

3806. 나이 많은 말이 콩 마다할까 ?
　　늙은 말이라고 콩을 싫어할 리가 없듯이 늙었어도 젊어서 좋아하던 것은 다 좋아한다는 뜻.

3807. 나이 많은 아내가 남편 귀여워한다.
　　나이가 더 많은 아내가 남편에게는 더 잘한다는 뜻.

3808. 나이보다 더 좋은 약 없다.
　　잘못을 범한 사람도 나이를 먹게 되면 자기의 잘못을 뉘우치고 착하게 된다는 말. ↔나이가 원수다.

3809. 나이 적은 딸이 먼저 시집 간다.
　　일하는 순서가 뒤바뀌어졌다는 말.

3810. 나이 적은 할아버지는 있어도 나이 적은 형은 없다.
　　촌수(寸數)로 나이는 젊어도 항렬(行列)이 높아서 할아버지 뻘 되는 사람도 있지만 형제는 나이 순으로 결정하기 때문에 나이가 적은 형은 없다는 뜻.

3811. 나이 젊은 딸이 시집은 먼저 간다.
　　(1) 시집 가는 데는 나이가 적은 것이 유리하다는 뜻.
　　(2) 나이가 젊은 사람이 사회에 잘 쓰인다는 말.

3812. 나이 차 미운 계집 없다.
　　여자들은 한창 필 때는 다 예쁘게 보인다는 말.

3813. 나중에 꿀 한 그릇이 우선 엿 한 가락만 못하다.
　　궁한 사람은 나중에 많은 것보다 당장 적은 것이 더 필요하다는 뜻.

3814. 나중 꿀 한 식기보다 당장 엿 한 가락이 낫다.
　　나중에 어떻게 될지도 모르는 것을 믿는 것보다는 비록 적기는 하지만 당장 가질 수 있는 것이 낫다는 말.

3815. 나중에 꿀 한 식기 먹겠다고 당장 엿 한 가락 안 먹을까 ?
　　훗날 어떻게 될지도 모르는 것을 믿고 기다리는 것보다는 당장 적은 것이지만 가지는 것이 오히려 낫다는 말.

3816. 나중에 난 뿔이 우뚝하다. (後生角高何特)
　　　　　　　　　　　　　　〈洌上方言〉
　　제자가 선생보다 더 훌륭한 학자가 되었다는 말.

3817. 나중에 난 풀이 우뚝하다.
　　후배(後輩)가 선배(先輩)보다 낫게 되었다는 말.

3818. 나중에는 삼수 갑산(三水甲山)을 갈지라도.
　　앞으로 어떤 불리한 일이 있을지라도 현재 자기가 하고 싶은 일은 하고야 말겠다는 말. ※ 삼수 갑산 : 함경북도에 있는 지명.

3819. 나중에 드러눕고 먼저 일어난다.
　　일을 나중에 시작하고도 남 먼저 끝을 맺는다는 말.

3820. 나중에 보자는 놈치고 무서운 놈 없다.
　　(1) 제때에 화풀이를 하지 않고 두고 보자는 사람은 무서워할 것이 없다는 말. (2) 나중에 어떻게 하겠다고 큰소리치는 것은 아무 소용이 없다는 말.

3821. 나중에 보자는 양반 무섭지 않다.
　　싸운 끝에 화풀이를 하지 않고 나중에 보자고 공갈 치는 사람은 뒤끝이 없어서 무섭지 않다는 말.

3822. 나중에 봐 준다는 놈은 다 못 믿는다.
　　일을 미루기만 하는 사람은 믿을 수가 없다는 뜻.

3823. 나중에 심은 나무가 우뚝하다.
　　뒤에 배운 사람이 먼저 배운 사람보다 더 잘한다는 뜻.

3824. 나중에 탄 놈이 먼저 내린다.
　　일을 서두는 사람보다 서두르지 않는 사람이 성공한다는 뜻.

3825. 나중을 생각하지 않으면 마침내 곤궁하게 된다. (不惟厥終 終以困窮) 〈書經〉
　　무슨 일이든지 뒷일을 생각하지 않고 했다가는 나중 일이 곤란하게 된다는 말.

3826. 나타났다 숨었다 하는 것이 귀신 같다. (神出鬼没) 〈黃石公〉
　　책략(策略)의 변화가 무궁 무진(無窮無盡)하다는 뜻.

3827. 나팔이 암만 좋아도 불기를 잘 불어야 한다.
　　도구가 아무리 좋아도 이것을 쓰는 사람이 제대로 잘 쓰지 못하면 제 성능을 내지 못한다는 말.

3828. 나팔이 좋다고 저절로 소리가 나지는 않는다.
　　아무리 좋은 기구라도 사람이 조작하지 않으면 소용이 없다는 뜻.

3829. 나 하는 일은 입쌀 한 말 들여 속곳 하나에 풀해도 풀이 안 선다.
　　몹시 손 재주가 없어서 아무 일을 해도 성과가 없다는 뜻.

3830. 나한(羅漢)에도 모래 먹는 나한이 있다.
　　높은 지위에 있는 사람이라고 다 잘사는 것이 아니

라 그 중에는 고생하는 사람도 있다는 말.

※ 나한 : 부처의 제자.

3831. 나 할 말 네가 하니 대답하기가 수월하다.

자기가 할 말을 남이 먼저 하므로 서로 이해(理解)하기는 쉽다는 말.

3832. 나 할 말을 사돈이 한다.

자기가 할 말을 남이 먼저 한다는 말.

3833. 낙락 장송(落落長松)도 근본은 솔 씨다.

(1) 큰 재산도 적은 자본으로 잘하면 이루어질 수 있다는 말. (2) 훌륭한 인물도 근본은 별다른 사람이 아닌데 노력하여 출세했다는 뜻. (3) 큰 일도 시초는 아주 보잘 것 없는 것에서 발생되었다는 말.

3834. 낙동강(洛東江)에 오리알 떨어지듯 한다.

낙동강에 오리알 하나 떨어져도 흔적이 없듯이 일을 하였으나 별 흔적이 없다는 뜻.

3835. 낙동강 오리알 신세다.

돌보아 줄 사람도 없는 외로운 신세라는 뜻.

3836. 낙동강 잉어가 뛰니 안방 빗자루도 뛴다.

처지는 남만 못하면서도 남이 하는 짓은 다 따라 하려고 하는 사람을 두고 하는 말.

3837. 낙수(落水) 물은 떨어지는 데만 떨어진다.

낙수 물도 떨어지는 데만 떨어지듯이 사람도 한번 버릇이 들면 늘 그대로 하게 된다는 뜻.

3838. 낙수 물이 댓돌을 뚫는다.

처마에서 떨어지는 처마 물에도 댓돌이 뚫리듯이 비록 약한 힘이라도 끈질기게 오랫동안 노력하면 무슨 일이든지 다 할 수 있다는 뜻.

3839. 낙수 물이 돌을 뚫는다.

떨어지는 물에 돌이 뚫리듯이 실력이 약한 사람이라도 꾸준히 계속하면 나중에는 성공할 수 있다는 뜻.

3840. 낚시 밥만 떼였다.

어떤 일을 시작하였다가 손해만 보고 말았다는 뜻.

3841. 낚시 밥은 작아도 큰 고기만 잡는다.

밑천을 적게 들여서 많은 이득을 얻게 되었다는 뜻.

3842. 낚시에 걸린 고기다.

낚시에 걸린 고기는 죽을 수밖에 없듯이 모든 일은 실패로 끝났다는 말.

3843. 낚시에 용이 걸렸다. (竿頭掛龍)

(1) 적은 밑천으로 큰 이득을 보았다는 뜻. (2) 작은 것을 함부로 탐내다가는 큰 실수를 하게 된다는 뜻.

3844. 낚시 줄이 길어야 큰 고기도 잡힌다. (放長線 釣大魚)

낚시 줄이 길어야 깊은 물 속에 있는 큰 고기를 잡듯이 사람도 포부(抱負)가 커야 큰 일을 할 수 있다는 말.

3845. 낚시질은 고기 잡으려는 것이 아니고 세상 근심을 잊자는 속셈이다. (取適非取魚)

낚시질 목적이 고기 잡는 데 있는 것이 아니고 근심을 잊자는 데 있듯이 자기 임무를 수행하기 위하여 자기 행동을 위장(偽裝)한다는 뜻.

3846. 낚시질을 작은 개울에서 하면 큰 고기는 잡기 어렵다. (揭竿累 趣灌瀆 守鯢鮒 其於得大魚難矣) 〈莊子〉

일을 시작할 때 계획을 작게 세워서는 큰 성과를 얻기 어렵다는 말.

3847. 낙식(落食)은 공식(空食)이다.

먹다가 흘린 밥은 누가 주워 먹어도 상관없듯이 남이 버린 것은 아무가 써도 상관없다는 뜻.

3848. 낙엽(落葉)도 가을이 한철이다.

낙엽도 늦가을이 한철이듯이 모든 일에는 시기가 있다는 말.

3849. 낙은 고생의 씨요 고생은 낙의 씨다.

즐거운 끝에는 고생이 오게 마련이고 고생한 끝에는 즐거움이 오게 된다는 말.

3850. 낙은 고생의 장본이요 고생은 낙의 장본이다.

호강 끝에는 고생이 오고 고생 끝에는 낙이 온다는 뜻.

3851. 낙은 하루요 고생은 일 년이다.

세상을 살아가자면 즐거운 일은 적고 고생스러운 일은 많다는 뜻.

3852. 낙지 판다.

낙지 장수 낙지 팔듯이 남들이 알아듣지 못하게 중얼거린다는 말.

3853. 낙태(落胎)한 고양이 상이다.

낙태를 한 고양이가 상마냥 몹시 아파서 찌푸리고 있는 상을 두고 하는 말.

3854. 낙화 유수(落花流水)의 정이다.

화류계(花柳界)에서 사귄 남녀간의 정이라는 뜻.

3855. 낙화(落花)하니 오던 나비도 되돌아간다.
젊은 시절이 지나가면 여자에게 남자가 따르지 않는다는 뜻.

3856. 난 거지다. (外貧)
실속은 부자인데 겉으로는 가난해 보인다는 말.

3857. 난 거지 든 부자다.
겉으로는 몹시 가난한 것 같지만 실속은 오붓한 부자라는 말. ↔ 겉 부자 속 가난이다. 난 부자 든 가난이다. 난 부자 든 거지다.

3858. 난다 긴다 한다.
행동이 몹시 민첩(敏捷)하다는 말.

3859. 난동을 일으키는 사람은 잡아야 한다.
(亂者取之)   〈春秋左傳〉
폭동을 일으켜 국가를 혼란시키는 사람은 잡아서 혼란을 수습해야 한다는 뜻.

3860. 난디꽃이 피면 장마가 간다.
난디나무 꽃은 7월 장마가 간 뒤에 늦게 핀다는 말.

3861. 난리(亂離)가 나도 도망도 못 가겠다.
몸이 몹시 뚱뚱하여 걷지를 잘 못하기 때문에 전쟁이 났을 때 피난도 못 가겠다는 말.

3862. 난리가 나도 얻어 먹고 살겠다.
난리가 나서 피난을 다니면서 얻어 먹고라도 살 수 있을 정도로 억지와 수단이 좋다는 뜻.

3863. 난리가 나 봐야 세상 인심을 알게 된다.
어려운 환경 속에서라야 사람들의 참모습을 알게 된다는 뜻.

3864. 난리 난 해 과거(科擧)한다.
국가가 혼란 상태에 있을 때는 과거에 급제하여도 임관(任官)을 할 수 없게 되듯이 때를 잘못 만나서 헛수고만 하였다는 뜻.

3865. 난리에도 체면이 있다.
아무리 무질서한 데서도 지켜야 할 예의는 지켜야 한다는 뜻. ↔ 날 새운 호랑이가 원님 알아볼까?

3866. 난리에 쌀은 안 가져가도 소금은 가져가랬다.
전쟁으로 인한 피난 때는 식량보다도 소금이 더 긴요하다는 뜻.

3867. 난봉 자식 낳으려면 낳지를 말랬다.
말썽만 부리는 자식은 없는 것이 낫다는 말.

3868. 난봉 자식 마음 잡아야 사흘이다.

지어 먹은 마음은 오래 가지 못한다는 뜻.

3869. 난 부자다. (外富)
속은 가난하지만 겉으로는 부자로 보인다는 말.

3870. 난 부자 든 가난이다. (外富內貧)
겉으로는 부자같이 보이나 실상은 몹시 가난하다는 말.

3871. 난 부자 든 거지다.
겉으로는 부자같이 보이지만 실상은 대단히 가난하다는 뜻.

3872. 난생 처음이다.
세상 밖에 나온 후에 처음으로 당하는 일이라는 뜻.

3873. 난세에 충신 난다. (世亂識忠臣)   〈寶鑑〉
나라가 혼란한 시기에 애국자가 난다는 말.

3874. 난 은혜보다 키운 은혜가 더 크다.
낳기만 하고 키우지 않은 부모보다는 어려서부터 키워 준 양부모의 은덕이 더 크다는 뜻.

3875. 난장 박살(亂杖撲殺) 탕국에 어혈(瘀血) 밥 말아 먹겠다.
함부로 맞아 온몸에 성한 데가 없이 멍이 들어 죽게 되었다는 말.

3876. 난장이가 씨름 구경하듯 한다. (矮子看戲)
키가 작은 난장이가 키 큰 사람들 뒤에서 씨름을 구경하듯이 자기의 실력도 돌보지 않고 헛수고만 한다는 뜻.

3877. 난장이 교자군에 참여하듯 한다. (矮人參轎子軍), (侏儒參轎子擔) 〈東言解〉, 〈洌上方言〉
키가 작은 난장이가 키 큰 교자군에 한몫 끼이려고 하듯이 자기 실력과 처지도 생각지 않고 분수에 넘치는 일을 하려고 한다는 뜻. ※ 교자군 : 옛날 가마를 메는 사람.

3878. 난장이 월천군(越川軍)에 나서듯 한다.
키 작은 난장이가 강물 건너 주는 일을 하려고 하듯이 자기 실력도 모르고 분수에 지나치는 일을 한다는 뜻. ※ 월천군 : 옛날 배 없는 강에서 삯을 받고 사람을 업어서 건너 주는 사람.

3879. 난장이 장 구경하기다. (矮人觀場 : 矮人看場)   〈朱子語錄〉
키가 작은 난장이가 많이 모인 구경군 틈에 끼어서 구경을 하듯이 일이 잘 안 되는 일을 하려고 헛 애만 쓴다는 뜻.

3880. 난장판에는 어디나 말썽군 한둘은 있다.
어디를 가나 말썽을 부리는 사람은 있다는 뜻.

159

3881. 난장판이다.
(1) 몹시 떠들어 댄다는 말. (2) 질서가 없이 혼란하다는 말.

3882. 난전(亂廛) 몰리듯 한다.
옛날 허가 없는 장삿군을 때려 가며 몰아 내듯이 무슨 일을 정신 못 차리게 시킨다는 뜻.

3883. 난전 치듯 한다.
옛날 허가 없이 장사하는 사람을 마구 치고 상품을 부수면서 쫓아 내듯이 무슨 일을 정신 못 차리게 시킨다는 뜻.

3884. 낟알 세어 밥한다.
낟알을 세어서 밥을 할 정도로 매우 인색하다는 말.

3885. 낟알 하나에 땀이 열 방울이다.
곡식은 농민의 땀으로 생산된 것이기 때문에 농민에게 감사할줄 알아야 한다는 뜻.

3886. 날강도다.
강도와 행동이 다를 것이 없다는 뜻.

3887. 날개가 돋친 듯이 팔린다.
물건이 날아 없어지듯이 매우 잘 팔린다는 말.

3888. 날개도 없이 날겠다고 한다. (無翼而飛)
날개도 없는 어린 새가 날으려고 하듯이 자기의 실력도 모르고 터무니없는 짓을 한다는 말.

3889. 날개 돋친 범 같은 관리이다. (虎翼吏)
민중들을 탄압하고 재물을 약탈하는 사나운 관리라는 말.

3890. 날개로 덮어 주고 입김을 불어 따뜻하게 한다. (翼覆嘔煦)
날짐승도 제 새끼는 온갖 짓을 다하여 사랑하고 기른다는 말.

3891. 날개미가 날으면 비가 온다.
날개미가 공중에 낮게 날으는 것을 보고 비 올 것을 알 수 있다는 말.

3892. 날개 부러진 매다.
권세를 쓰던 사람이 그 권세를 잃게 되었다는 말.

3893. 날개 부러진 새 신세다.
날개 부러진 새와 같이 활동할 수 없는 안타까운 신세가 되었다는 말.

3894. 날개 없는 봉황(鳳凰)이다.
허울만 좋지 아무 힘도 없는 사람이라는 뜻.

3895. 날개 없는 소문이 천리 간다.
소문은 빠른 속도로 널리 퍼지게 된다는 말.

3896. 날개 있는 것이 난다는 말은 들었어도 날개 없는 것이 난다는 말은 듣지 못하였다. (聞以有翼飛者矣 未聞以無翼飛者也)   〈莊子〉
무슨 일이든지 조건이 구비된 것은 이루어질 수 있지만 조건이 구비되지 않은 것은 이루어질 수 없다는 말.

3897. 날개 털이 풍족하지 못한 새는 높이 날지 못한다. (毛羽不豊滿者 不可以高飛)
〈戰國策〉
날개가 발달되어야 높이 날 수 있듯이 조건이 좋지 않고서는 크게 성공할 수 없다는 말.

3898. 날고기 보고 침 안 뱉는 이 없고 익은 고기 보고 침 안 삼키는 이 없다.
(1) 누구나 나쁜 것은 싫어하고 좋은 것은 하고 싶어 한다는 뜻. (2) 싫어하던 나쁜 것도 좋게 만들어 놓으면 서로 가지고 싶게 된다는 뜻.

3899. 날고 긴다.
나는 재주도 있고 기는 재주가 있어서 못하는 짓이 없듯이 세상을 주름잡는다는 말.

3900. 날 궂은 날 개 사귄 격이다.
비오는 날 개를 가까이하면 옷만 버리듯이 가까이해야 손해만 보게 된다는 뜻.

3901. 날다람쥐 재주다. (鼯鼠之技)
날다람쥐는 다섯 가지 재주 중에 하나도 능한 것이 없듯이 사람도 여러 가지를 배우려다가는 한 가지도 능하게 되지 못한다는 뜻.

3902. 날 때 궂은 아이는 죽을 때도 궂게 죽는다.
무슨 일이든지 시작이 나쁘면 끝도 나쁘게 된다는 말.

3903. 날 때 은숟가락 물고 나온 사람 없다.
재산은 뱃속에서 가지고 나온 것이 아니라 이 세상에 나와서 버는 것이라는 뜻.

3904. 날떡국에 입 천장만 덴다.
음식도 변변치 못한 날 떡국에 데기만 하듯이 하찮은 일을 하다가 손해만 봤다는 말.

3905. 날뛰고 다녀야 추위는 이기고 가만히 있어야 더위는 이긴다. (躁勝寒 静勝熱) 〈老子〉
추위를 이기려면 뛰어다녀야 하고 더위를 이기려면 가만히 있어야 하듯이 성공하는 비결은 실정에 따라서 다 다르다는 말.

3906. 날뛰는 소는 새끼로 묶어서는 안 된다.
포악한 사람은 엄벌을 주지 않으면 아무 효과가 없다

3907. 날랜 장수 목 베는 칼은 있어도 윤기(倫紀) 베는 칼은 없다.
아무리 잘 드는 칼이라도 인간의 윤리(倫理)는 끊을 수 없다는 말.

3908. 날랜 토끼를 잡고 나면 그 사냥개도 잡아 먹는다. (狡兎死 良狗烹) 〈史記〉
사람을 쓰는 데이용 가치(利用價値)가 있을 때는 쓰고 이용 가치가 없을 때는 쓰지 않는다는 말.

3909. 날려는 새는 날개를 움츠리며 할퀴려는 짐 승은 발톱을 감춘다. (將飛者翼伏 將噬者爪縮)
적과 싸우려고 할 때는 군사 기밀(軍事機密)을 잘 지켜야 한다는 뜻.

3910. 날려는 새는 날개를 움츠린다. (將飛者翼伏)
(1) 적과 싸우려면 적에게 눈치를 보여서는 안 된다는 뜻. (2) 일을 시작할 때는 준비가 있어야 한다는 뜻.

3911. 날로 달로 발전한다. (日就月將)
날이 갈수록, 달이 갈수록 계속 발전한다는 말.

3912. 날로 붇고 달로 늘어만 간다. (日增月加 : 日加月增)
날이 갈수록 달이 갈수록 번영한다는 뜻.

3913. 날마다 똑같은 일만 되풀이한다. (日以爲常)
무슨 일을 날마다 변함이 없이 똑같은 일만 되풀이하고 있다는 말.

3914. 날마다 새로와진다. (日日新)
하루하루 달라지도록 새로와진다는 말.

3915. 날마다 서로 만나 사귄다. (逐日相逢)
매일 만나서 사귀는 다정한 사이라는 뜻.

3916. 날마다 세 번씩 자신을 반성하라. (三省吾身) 〈論語〉
자신이 한 일을 매일 세 번씩 반성하여 잘못이 없도록 수양하라는 말.

3917. 날면 기는 것이 능하지 못하다.
사람의 재능(才能)은 여러 가지에 다 능하게 되기는 어렵다는 뜻.

3918. 날 받아 놓고 죽는 사람 없다.
사람이 죽는 것은 미리 알 수 없다는 말.

3919. 날벌레가 불에 뛰어들듯 한다.
여름밤에 벌레가 불에 뛰어들듯이 자기에게 화가 된다는 것도 모르고 날뛴다는 뜻.

3920. 날벼락을 맞는다.
애매하게 큰 화를 당하게 되었다는 말.

3921. 날 새운 호랑이가 원님을 알아볼까?
밤새도록 굶은 호랑이가 사정 보아 가며 먹이를 잡아 먹을 리 없듯이 굶주린 사람은 먹는 데 체면을 지키지 않는다는 말. ↔ 난리에도 체면이 있다.

3922. 날 새운 호랑이는 중이나 개를 가리지 않는다. (曉虎不擇僧狗)
밤새도록 굶주린 호랑이는 먹이를 가려 가며 잡아 먹지 않듯이 굶주린 사람은 먹을 것을 보면 체면을 차리지 않게 된다는 말.

3923. 날 샌 올빼미 신세다.
날이 새면 올빼미는 꼼짝도 못하고 숨어 살듯이 권세 있던 사람이 권세를 잃고 나서 초라하게 되었다 말.

3924. 날 샌 은혜 없다.
남에게 받은 은혜는 오래 가지 못하고 잊어 버리게 된다는 말.

3925. 날 속한(俗漢)이 이마 씻은 물 같다.
(1) 음식이 아무 맛도 없다는 말. (2) 사람이 몹시 싱겁다는 말. ※ 속한 : 성품과 인격이 낮은 사람.

3926. 날쌘 사람이 먼저 얻는다. (疾足者先得)
무슨 일이든지 남보다 날쌔게 동작하는 사람이 성공한다는 말.

3927. 날씨가 고르지 못하다. (日氣不順 : 日氣不調)
정상적인 날씨가 아니고 좋지 못한 날씨라는 뜻.
↔날씨가 따뜻하고 바람이 화창하다.

3928. 날씨가 따뜻하고 바람이 화창하다. (日煖風和)
햇볕도 따뜻하고 바람도 화창한 좋은 봄 날씨라는 뜻.
↔ 날씨가 고르지 못하다.

3929. 날씨 좋아 잔치 잘 치르겠다.
잔칫날은 날씨가 좋아야 행사하는 데도 좋고 손님들을 접대하는 데도 좋다는 뜻.

3930. 날씨 좋은 것도 대사(大事)에는 큰 부조다.
결혼식날 일기가 좋은 것도 하늘에서 큰 부조를 받은 것이라는 말.

3931. 날씨 좋은 것도 잔치에는 한 부조다.

잔칫날은 비가 오지 말고 날씨가 좋아야 한다는 뜻.

3932. 날아다니는 까막 까치도 제 밥은 있다.
하찮은 날짐승들도 먹는 걱정은 않는데 소위 인간이 먹지를 못하고 있다는 말.

3933. 날아다니는 까막 까치도 제 집은 있다.
미물(微物)의 짐승도 제 집은 있는데 하물며 사람으로서 집이 없다는 말.

3934. 날아다니는 꿩보다 잡은 새가 낫다.
허황한 꿈에 사는 것보다는 다소 고생스러워도 착실하게 살아야 한다는 뜻.

3935. 날으는 새도 다 잡고 나면 활도 소용이 없게 된다. (飛鳥盡 良弓藏) 〈史記〉
할 일을 다 하게 되면 일할 때 쓰던 도구도 필요가 없게 되듯이 어떤 일이 끝나게 되면 그 공로도 무시하고 그 지위에서 해임해 버린다는 말.

3936. 날으는 새도 떨어뜨린다.
(1) 권세를 몹시 부리기 때문에 날아가는 새도 그 위엄(威嚴)에 무서워 떨어질 정도라는 뜻.(2) 활이나 총질을 잘하기 때문에 날아가는 새도 잡을 수 있다는 말.

3937. 날으려는 새는 날개를 움츠린다. (將飛者翼伏) 〈通俗編〉
무슨 일이나 거사(擧事)를 하기 전에 만반의 준비가 있어야 한다는 뜻.

3938. 날은 샜다.
일을 할 시기를 놓쳐 버렸다는 뜻.

3939. 날은 저물었다.
(1) 늙어 쇠약하게 되었다는 뜻. (2) 때는 이미 늦었다는 뜻.

3940. 날은 저물고 갈 길은 멀다.
(1) 나이는 늙고 할 일은 많다는 뜻. (2) 시간은 없고 할 일은 많이 남아 있다는 뜻.

3941. 날은 좋아 잘 웃는다마는 동남풍에 잇속이 그슬린다.
함부로 웃는 사람은 잇속에 바람이 많이 들어와 그슬리게 되듯이 웃음은 푸실푸실 함부로 웃어서는 안 된다는 말.

3942. 날을 것만 같다.
기분(氣分)이 매우 좋을 때 하는 말.

3943. 날이 갈수록 달이 갈수록 발전한다.(日進月步:日就月將)
날이 갈수록 달이 갈수록 발전 일로(發展一路)에 있다

는 말.

3944. 날이 못 되어 이루었다.
무슨 일이 예상한 것보다 빨리 이루어졌다는 뜻.

3945. 날이 새면 해는 뜨게 마련이다.
무슨 일이나 반드시 그 결과는 있다는 뜻.

3946. 날 일에는 장승이고 도급(都給) 일에는 귀신이다.
날품 일을 시키면 일은 않고 장승같이 서서 있기만 하고 도급 일로 시키면 빨리 끝낸다는 말.

3947. 날짜 가는 줄도 모른다.
(1) 몹시 바빠서 날짜 가는 것도 모르고 있다는 뜻.
(2) 무식하여 날짜가 가는 것도 모른다는 뜻.

3948. 날짜가 모자란다. (惟日不足)
무슨 일을 하려고 해도 날짜가 모자라서 끝을 마치기 어렵다는 뜻.

3949. 날 잡아 잡수 한다.
무슨 말을 하든지 못들은 것처럼 아무 대답도 없이 무언(無言)으로 반항(反抗)하고 있다는 말.

3950. 날 잡은 놈이 자루 잡은 놈을 당하랴 ?
칼날을 쥔 놈이 칼자루 잡은 놈을 당할 수 없듯이 권력 없는 놈은 권력 있는 놈을 당할 수 없다는 말.

3951. 날 저문 나그네 길 가듯 한다.
초조한 마음으로 무슨 일을 바쁘게 한다는 뜻.

3952. 날 적에 봤더라면 도로 집어넣겠다.
너같이 못된 놈은 아예 너의 어머니가 해산할 때 해산을 못하게 해야 할 것이 잘못되었다는 말.

3953. 날 좋은 날 그림자 따라다니듯 한다.
그림자가 따라다니듯이 잠시도 안 떨어지고 따라다닌다는 뜻.

3954. 날 좋은 날에는 신으로 신고 비 오는 날에는 나막신으로 신는다. (履屐俱當)
(1) 한 가지 물건을 홋두루로 쓴다는 말. (2) 온갖 재주를 다 가지고 있어서 못하는 일이 없다는 말.

3955. 날짐승과 길짐승은 함께 떼 지어 살 수 없다. (鳥獸不可與同群) 〈論語〉
이질적(異質的)인 동물끼리는 융화(融和)될 수 없듯이 서로 처지가 다르고 성미가 다르면 친하게 될 수가 어렵다는 뜻.

3956. 날짐승도 한번 혼난 골짜기는 가지 않는다.
미물의 날짐승도 한번 죽을 뻔한 곳은 다시 가지 않

듯이 한번 실수한 것은 다시 해서는 안 된다는 뜻.

3957. 날카로운 입은 나라와 집안을 뒤집어 엎는다. (利口之覆邦家)　〈論語〉
입을 함부로 놀리면 나라와 집안을 망치게 되기 때문에 말을 삼가하라는 말.

3958. 날콩 먹는 것이 낫겠다.
날콩 먹는 것보다도 더 비위가 틀려 참기 어렵다는 뜻.

3959. 날탕패에 건달 부랑자다.
돈 한 푼 없는 백수건달 놈팡이라는 말. ※날탕패: 오륙 명이 소고를 치고 춤추고 소리를 하는 사람들.

3960. 날파람동이다.
주착없이 날리고 다닌다는 사람이라는 말.

3961. 낡았어도 비단옷이다.
현재는 몰락되어 보잘 것이 없지만 과거에는 화려하였던 시절도 있었다는 뜻.

3962. 낡으면 새것으로 만든다. (敝而新成)　〈老子〉
낡은 것은 버리고 새것으로 발전시킨다는 말.

3963. 낡은 것은 버리고 새것을 취해야 한다. (去故就新)　〈楚辭〉
세상 만사는 낡으면 소멸하게 되므로 새것을 취하여 발전시켜야 한다는 뜻.

3964. 낡은 것을 고치고 새것을 따른다. (改舊從新)
낡은 것을 버리고 새로운 것을 받아들인다는 말.

3965. 낡은 섬이 곡식은 많이 든다.
낡은 섬은 늘어났기 때문에 곡식이 많이 들듯이 늙은 이가 식사는 많이 한다는 말.

3966. 낡은 습관은 깨끗이 씻어 버려야 한다. (必須洗滌舊習)　〈栗谷全集〉
사회가 발전되면 습관도 새로와져야 하기 때문에 낡은 습관은 응당 버려야 한다는 뜻.

3967. 낡은 존위(尊位)댁네 보리밥은 잘 짓는다.
가난한 집이라 보리밥만 먹고 지냈기 때문에 보리밥은 잘 짓듯이 한 가지 일을 오래하게 되면 그 일에는 능숙하게 된다는 말.

3968. 남과 사귀는 데는 무조건 사귀어서는 안 된다. (和而不同)
사람을 사귀는 데는 사전(事前)에 가려서 사귀도록 하라는 뜻.

3969. 남과 싸우지 않으면 마음은 항상 안정하다. (與人不競心常靜)
남과 다투려는 마음만 없다면 항상 마음은 편안하다는 뜻.

3970. 남과 약속한 일은 반드시 지켜야 한다. (然諾必重應)　〈張思叔〉
약속이라는 것은 집행하기 위해서 하는 것이기 때문에 꼭 지켜야 한다는 말.

3971. 남과 원한이나 원수를 맺지 말라. (讎怨莫結: 冤仇莫結)　〈刻骨難忘記〉
남들과 너그럽게 대하여 원한이나 원수 지는 일이 없도록 하라는 뜻.

3972. 남과 함께 고락을 하는 것은 인자한 것이다. (與人共之者仁也)　〈六韜〉
군중들과 고생스러운 일이나 즐거운 일을 같이 하는 것은 인자한 것이라는 말.

3973. 남과 함께 착한 일을 행한다. (與人爲善)　〈孟子〉
남들과 함께 착한 일을 도와 가면서 한다는 뜻.

3974. 남녀간에는 예절이 있어야 한다. (男女有禮)　〈鄕約章程〉
대인 관계(對人關係), 특히 남녀간에는 예절을 지켜야 한다는 뜻.

3975. 남는 것으로써 모자라는 것을 보충한다. (以羨補不足)　〈孟子〉
많은 것에서 떼어 모자라는 데다 보태서 고르게 한다는 말.

3976. 남는 것은 덜고 모자라는 것은 보태야 한다. (裒多益寡)　〈易經〉
남는 것은 덜고 모자라는 것은 보태서 많고 적은 것이 없도록 조절한다는 말.

3977. 남대문 구멍 같다.
무슨 구멍이 남대문 구멍같이 크다는 말.

3978. 남대문 구멍이 바늘 구멍만하다.
정신이 아득하여 서울 남대문 구멍이 바늘 구멍같이 작게 보인다는 말.

3979. 남대문 문턱이 대추나무라고 한다.
서울 남대문에는 문턱도 없는데 그 문턱이 대추나무라고 하듯이 터무니없는 말로 우김질을 한다는 말.

3980. 남대문 본 놈과 안 본 놈이 다투면 안 본 놈이 이긴다.

우김질에는 시비(是非)를 가리는 것이 아니라 고집 센 사람이 이긴다는 뜻.

3981. 남대문에서 할 말을 동대문에 가 한다.
말을 해야 할 데서는 하지 못하고 엉뚱한 곳에서 말을 한다는 뜻.

3982. 남대문 입납(入納)이다.
편지를 서울 남대문 안으로 보냈으니 그 편지가 잘 간지 못 간지 모르듯이 간 곳이 애매하여 행방을 도무지 알 수 없다는 뜻.

3983. 남대문 정거장 지겟군도 순서가 있다.
무슨 일에나 질서가 있어야 한다는 말.

3984. 남들과 원수를 맺지 말라. (休與人仇讎)
〈菜根譚〉
남들과 원수 질 일이 있을지라도 원수를 맺어서는 안 된다는 뜻.

3985. 남들은 다 구슬을 보배로 사랑하더라도 나는 자손들의 현명한 것을 사랑한다. (人皆愛珠玉 我愛子孫賢)
〈姜太公〉
남들은 재물을 보배로 삼더라도 자신은 교육을 시킨 아들을 보배로 삼는다는 뜻.

3986. 남들은 열 아들을 낳아도 말이 없는데 나는 아이 하나만 낳아도 말이 많다.
말이 많은 집안에서 며느리가 시집살이를 하고 있다는 뜻.

3987. 남들이 따를 수 없는 뛰어난 힘이다. (絶人之力)
여러 사람들 중에서 가장 센 힘이라는 말.

3988. 남들이 배우지 않는 것을 배운다. (學不學)
〈老子〉
남들이 배우지 않아 모르는 것을 혼자만 배운다는 말.

3989. 남들이 보고 있는 바이다. (他人所視 : 眼目所視)
군중들이 보고 있기 때문에 꼼짝도 못한다는 뜻.

3990. 남들이 싫어하는 것을 좋아한다. (好人之所惡)
〈大學〉
남들이 싫어하는 것을 같이 싫어하지 않고 좋아한다는 말.

3991. 남들이 좋다니 나도 따라서 좋다는 격이다.
남들이 하는 대로 맹목적(盲目的)으로 따라한다는 뜻.

3992. 남들이 좋아하는 것을 싫어한다. (惡人之所好)
〈大學〉

남들이 좋아하는 것을 따라서 같이 좋아하지 않고 싫어한다는 말로서, 즉 군중들과 호흡이 맞지 않는다는 뜻.

3993. 남 모르게 베푼 덕도 알려져 보답을 받게 된다. (陰德陽報)
남들이 모르게 한 은덕(恩德)이라도 반드시 나중에는 알게 되어 보답을 받게 된다는 말.

3994. 남 모르는 것을 해야 성공한다. (開物成務)
무슨 일이든지 남이 알기 전에 해야 성공한다는 말.

3995. 남 모르도록 착한 일을 널리 베풀라. (陰德廣施)
〈刻骨難忘記〉
착한 일은 남들이 알도록 하는 것보다 모르도록 하는 것이 낫다는 말.

3996. 남 못 하게 하고 잘 되는 놈 못 봤다.
남에게 악한 짓을 한 사람은 그 죄값으로 잘되지 못한다는 뜻.

3997. 남보다 늦으면 남에게 제압을 당하게 된다. (後則爲人所制)
〈史記〉
남보다 늦게 하면 먼저 한 사람에게 제압을 당하게 된다는 뜻.

3998. 남보다 당사자가 사리에 어둡다. (當局者迷)
어떤 사건이 발생되었을 때 남들보다도 오히려 본인이 잘 모르고 있다는 말.

3999. 남보다 먼저 하면 남을 제압하게 된다. (先則制人), (先發制人)
〈史記〉, 〈漢書〉
남보다 먼저 알고 먼저 하는 사람이 남을 제압하게 된다는 뜻.

4000. 남보다 사이가 유달리 가깝다. (與他自別)
남보다 특별히 친한 사이라는 뜻.

4001. 남보다 앞서려면 사람의 마음을 빼앗아야 한다. (先人有奪人之心)
〈春秋左傳〉
남보다 뛰어나려면 먼저 사람에게 좋은 평을 받도록 해야 한다는 말.

4002. 남 볼 낯이 없다. (無顔)
잘못한 일이 있어서 남이 볼까 부끄럽다는 뜻.

4003. 남북 병사(南北兵士) 활동개 차듯 한다.
몸에다가 무엇을 주렁주렁 늘어지게 차고 있다는 뜻.

4004. 남산골 딸깍발이다.
옛날 서울 남산골에 살던 가난한 양반들은 날이 좋아

도 비올 때 신는 나막신을 신고 딸깍거리고 다니듯이 몹시 가난한 몸차림을 하고 다닌다는 말.

4005. 남산골 샌님 살림은 망했어도 걸음걸이는 남아 있다.

옛날 서울 남산골 샌님들은 몰락한 양반이라 가난하기는 하지만 걸음걸이만은 변하지 않듯이 사람의 버릇은 없어지지 않는다는 뜻.

4006. 남산골 샌님 역적(逆賊) 나기만 기다린다.

옛날 남산골에 사는 몰락된 양반들은 역적이 나서 세상이 바뀌면 다시 출세의 길이 있을 것을 기대하듯이 몰락된 정치가는 세상이 바뀌어지기만 기다린다는 말.

4007. 남산골 샌님은 뒤지하고 담뱃대만 들면 나막신을 신고도 동대문까지 간다.

옛날 남산골 샌님은 몰락한 가난한 양반이라 의관(衣冠)을 하지 않고도 외출한다는 말.

4008. 남산골 샌님이다.

옛날 서울 남산골에 살던 몰락한 양반 샌님과 같이 심술이 많고 남의 일을 잘 방해한다는 뜻.

4009. 남산골 샌님이 선혜청(宣惠廳) 고직(庫直)이 시킬 재주는 없어도 뗄 재주는 있다.

옛날 서울 남산골에는 몰락한 양반들이 살고 있었는데 이들은 아무 세력도 없어서 고직이 하나 낼 힘도 없지만 이것을 방해하여 못하게는 할 수 있듯이 남을 도와 주기는 어려워도 남을 방해하기는 쉽다는 뜻.

4010. 남산골 샌님이 원을 낼 수는 없어도 뗄 수는 있다.

옛날 서울 남산골에 살던 몰락한 양반들은 세력이 없어서 관리를 낼 수는 없어도 방해하여 못하게 할 수는 있듯이 남을 도와 주기는 어려워도 방해하기는 쉽다는 말.

4011. 남산골 재앙동(災殃童)이 샌님이다.

옛날 서울 남산골에 사는 몰락한 양반들은 못된 짓만 한다는 말.

4012. 남산골 허 생원(許生員)이다.

옛날 남산골에 살던 허 생원처럼 매우 청빈(淸貧)한 생활을 한다는 뜻.

4013. 남산 봉화(峰火) 들 제 인경 치고 사대문 열 제 순라군(巡邏軍)이 제 격이다.

두 가지 일이 서로 잘 어울려 격이 잘 맞는다는 말.

※ 봉화 : 옛날 국가에 사변이 있을 때 산 위에서 하는 햇불 신호.

4014. 남산 소나무를 다 주어도 서캐조롱 장사를

하겠다.

남산에 많은 소나무를 다 주어도 겨우 서캐조롱 장사밖에 못할 만큼 소견이 옹졸하고 좁다는 말. ※ 서캐조롱 : 계집아이들이 차는 장식품으로서 세 개를 한데 엮고 끝에 돈을 단 목조품.

4015. 남산에서 돌을 굴리면 김씨집 아니면 이씨집에 들어간다.

우리 나라 특히 서울에는 김씨와 이씨가 가장 많이 산다는 말.

4016. 남산은 옮길 수 있어도 한번 판결된 형량은 변경시킬 수 없다. (南山可移 判不可移) 〈唐書〉

재판에서 한번 판결된 것은 어떤 이유가 있어도 다시는 고칠 수 없다는 뜻.

4017. 남산 호랑이가 뭘 먹고 사나.

못된 사람은 호랑이라도 물어 갔으면 좋겠다는 뜻.

4018. 남색은 쪽풀에서 짜냈지만 쪽보다 푸르다. (靑取之於藍 而靑於藍) 〈荀子〉

남색 물감의 원료가 쪽풀인데도 남색 물감이 쪽풀보다 더 푸르듯이 선생에게 배운 제자가 더 잘 알게 될 수 있다는 말.

4019. 남생이 등 맞추듯 한다.

남생이 등이 서로 맞지 않듯이 둘을 서로 맞추어도 꼭 맞지 않는다는 말.

4020. 남생이 등에 풀쐐기 쏘기다. (南邏背 草螫虫) 〈東言解〉

남생이 등에 풀쐐기가 쏘아도 아무렇지 않듯이 작은 것이 큰 것을 건드려도 아무런 해를 끼칠 수 없다는 말.

4021. 남 안 되는 것을 저 잘 되는 것보다 좋아한다.

질투심이 강하고 심술이 많은 사람을 가리키는 말.

4022. 남양(南陽) 원님 굴 회(膾) 마시듯 한다.

(1) 음식을 몹시 빨리 먹는다는 말. (2) 무슨 일을 단숨에 해치운다는 말.

4023. 남에게 각박하게 하여 모은 살림은 인간의 도리로서 오래 지닐 수 없다. (刻薄成家 理無久享) 〈松隱遺稿〉

남의 인심을 잃어 가면서 모은 재물은 오래 지니지 못하고 망하게 된다는 말.

4024. 남에게 맡기지 않고 몸소 맡아 한다. (身親當之)

남을 시키지 않고 자신이 모두 맡아한다는 말.

4025. 남에게 빌린 물건은 파손시키거나 돌려 주지 않아서는 안 된다. (借人物 不可損壞不還)
〈范益謙〉

남에게서 귀중한 물건을 빌렸으면 귀중하게 취급하여 파손이나 더럽히는 일이 없도록 하는 동시에 약속된 기일을 엄수해야 한다는 뜻.

4026. 남에게 빚을 주지 않는 것은 원수로 되지 않는다. (債不我與不成爲仇)
〈星湖雜著〉

남에게 빚을 주었다가는 흔히 좋던 사이도 원수가 될 수 있기 때문에 친한 사이에는 금전 거래를 하지 말라는 말.

4027. 남에게서 배우기를 싫어하지 않는다. (學不厭)
〈孔子〉

남에게 모르는 것을 물어 가면서 열심히 배운다는 뜻.

4028. 남에게서 본받아 착한 짓을 행한다. (取於人爲善)
〈孟子〉

남의 착한 점을 받아들여 자기도 그와 같은 착한 행동을 한다는 말.

4029. 남에게서 은혜를 받았으면 잊어 버리지 말라. (受恩莫忘)
〈松隱遺稿〉

남에게서 받은 은혜는 크고 작은 것을 막론하고 잊어 버리지 말고 갚아야 한다는 말.

4030. 남에게 손해되는 짓을 하지 말라. (不爲不利)
〈禮記〉

남에게 이로운 짓을 해야지 손해되는 일은 해서 안 된다는 뜻.

4031. 남에게 손해를 주면 마침내 자신도 손해를 보게 된다. (損人終自失)
〈紫虛元君〉

남을 해치는 사람은 자신도 피해를 당하게 된다는 뜻.

4032. 남에게 시집을 가면 온순한 부인이 되고 정숙한 아내가 되어야 한다. (嫁人爲順婦淑妻)
〈李德懋〉

여자는 시집을 가면 온순한 부인이라는 말을 들어야 하고 가정적으로는 정숙한 아내라는 말을 듣도록 돼야 한다는 말.

4033. 남에게 악담(惡談)을 하면 제게도 악담이 돌아 온다.

남을 욕하면 남도 자기를 욕하게 되기 때문에 남을 악담해서는 안 된다는 뜻.

4034. 남에게 여러 가지로 애걸한다. (萬端哀乞)

남에게 여러 가지로 자기 사정을 말하면서 애걸한다

는 뜻.

4035. 남에게 요구는 엄중히 하고 자신의 임무는 가볍게 여긴다. (所求於人者重 而所以自任者輕)
〈孟子〉

남에게 강한 요구를 하면서도 자신의 임무는 소홀히 여긴다는 말.

4036. 남에게 원한을 맺어 놓는 것은 곧 재앙의 씨로 된다. (結怨於人 謂之種禍)
〈景行錄〉

남에게서 원한을 받게 되면 이것이 곧 재앙으로 싹트게 된다는 뜻.

4037. 남에게 은혜를 베풀었거든 갚아줄 것을 바라지 말라. (施恩勿求報)
〈素書〉

남에게 은혜를 베풀었을 때 이것을 뒷날 갚아 주기를 바라지 말라는 뜻.

4038. 남에게 은혜를 베풀었으면 이를 생각하지 말라. (施恩勿念)
〈松隱遺稿〉

남에게 베풀어 준 은혜에 대해서는 갚아 주기를 바라지 말라는 뜻.

4039. 남에게 입은 은혜는 잊지 말아야 한다. (恩惠莫忘)

남에게 입은 은혜는 잊지 말고 있다가 꼭 갚아야 한다는 뜻.

4040. 남에게 자신의 만족만을 요구해서는 안 된다. (求逞於人不可)
〈春秋左傳〉

남에게 제 욕망만 만족시키려고 요구해서는 어느 누구도 이에 응해 주지 않게 된다는 뜻.

4041. 남에게 준 것은 뒤에 뉘우치지 말라. (與人勿追悔)
〈素書〉

남에게 한번 준 것에 대해서는 뉘우치는 일이 없도록 하라는 말.

4042. 남에게 줄 것을 주지 않고 인색한 짓을 하는 것은 관료 근성이라고 한다. (猶之與人也 出納之吝 謂之有司)
〈論語〉

남에게 줄 것을 주지 않고 착취하는 현상은 전형적인 관료 근성이라는 말.

4043. 남에게 착한 말을 주는 것은 비단옷감보다도 따뜻하다. (與人善言 煖於布帛)
〈荀子〉

남에게 착한 말을 하여 그가 받아들이게 되면 그는 비단옷을 입은 것보다도 더 따뜻하게 여길 것이라는 말.

4044. 남에는 남자요 북에는 여자다. (南男北女)

남에는 비교적 남자들이 잘난 사람이 많고 북에는 여

자들이 잘난 사람이 많다는 말.

4045. 남에는 논이 많고 북에는 밭이 많다.
(南畓北田)
우리 나라에는 남쪽은 큰 강이 많기 때문에 논농사를 많이 하고 북쪽은 산이 많아서 밭농사를 많이 한다는 말.

4046. 남으나 모자라나 틀리기는 마찬가지다.
계산에 있어서는 남는 것이나 모자라는 것이나 다같이 계산이 틀리기는 일반이라는 말.

4047. 남으로 인해 일이 이루어진다. (因人成事)
많은 경우에 일은 남의 도움을 받아 이루어진다는 말.

4048. 남은 갯떡을 먹어도 끼에워 먹는다.
남이 가지고 있는 것은 변변치 않은 것 같지만 본인으로서는 대단히 귀중한 것이라는 말.

4049. 남은 높여 주고 나는 낮춰야 한다. (貴人而賤己) 〈禮記〉
남을 높여 주고 자신을 낮추는 것이 예의라는 뜻.

4050. 남은 다 믿을 수 없다. (人實不實) 〈詩經〉
사람은 다 믿을 수 없으나 믿을 수 있는 사람은 믿어야 한다는 뜻.

4051. 남은 버릇은 버리지 못한다. (不能捨餘習)
〈歷代名畵記〉
버릇은 한번 들면 고치기 어렵다는 말.

4052. 남은 비지를 먹어도 끼에워 먹는다.
남이 가지고 있는 것은 하찮은 것 같지만 본인으로서는 없어서는 안 될 귀중한 것이라는 말.

4053. 남은 속일 수 있어도 저는 속이지 못한다.
자신은 속일 수 없기 때문에 양심에 가책을 받는 일을 해서는 안 된다는 말.

4054. 남은 식칼과 도마가 되는데 나는 고기가 된다. (人爲刀俎 我爲魚肉)
자기는 남의 희생물(犧牲物)로 되고 있다는 말.

4055. 남은 용서해도 저는 용서해선 안 된다.
남의 잘못은 용서하여 줌으로써 적을 만들지 말고 자신의 잘못은 그저 용서하지 말고 반성하여 고치도록 하라는 뜻.

4056. 남은 혼인 말하는데 장사 말한다.
남이 하는 말과는 아무 상관이 없는 딴 소리를 한다는 말.

4057. 남을 가르쳐 주기를 게을리하지 않는다.
(誨人不倦) 〈論語〉

남을 부지런히, 성의껏 가르쳐 준다는 뜻.

4058. 남을 골탕 먹인다.
남에게 피해를 많이 준다는 뜻.

4059. 남을 꾸짖는 마음으로 자기를 꾸짖으면 허물은 적어진다. (以責人之心責己則寡過)
〈景行錄〉
남의 잘못을 보고 꾸짖듯이 자신의 잘못을 꾸짖게 되면 자신의 잘못은 점점 없어지게 된다는 말.

4060. 남을 권하여 화를 당하게 한다. (勸人爲禍)
〈春秋左傳〉
남을 공연히 권해서 화를 당하게 만든다는 말.

4061. 남을 내 욕심대로 따르게 하기는 드문 일이다. (以人從欲 鮮濟) 〈春秋左傳〉
내가 남을 따르기는 쉬워도 남이 나를 따르게 하기는 어렵다는 말.

4062. 남을 너무 이기기 좋아하는 마음을 갖지 말라. (勿出好勝心) 〈貞簡公家訓〉
남을 너무 이기기 좋아하면 적이 많게 되기 때문에 삼가하라는 뜻.

4063. 남을 능멸(凌蔑)하는 것은 상서롭지 못하다. (凌人不祥) 〈春秋左傳〉
남을 존경하지 않고 업신여기는 것은 좋은 현상이 아니라는 뜻.

4064. 남을 대할 때는 항상 공경하라. (對人久敬) 〈松堂集〉
남을 대할 때는 얕보지 말고 공경하는 마음으로 대하라는 뜻.

4065. 남을 도와 주었다고 은인인 체하지 말라. (施人愼勿念)
남에게 은덕(恩德)을 베풀었을 때는 자기가 은인이라는 것을 생각하지 말라는 말.

4066. 남을 도와 주지는 못하나마 훼방만 놓는다.
남의 고난을 도와 주지는 못하면서 남의 일을 심술만 부린다는 뜻.

4067. 남을 만나서 이야기는 웬만큼 해야 한다. (逢人且説三分話) 〈君平〉
대화는 되도록 간단하게 해야 한다는 뜻.

4068. 남을 말로 억누르면 남의 미움을 받게 된다. (禦人以口給 屢憎於人) 〈論語〉
남을 말로 잘 이해(理解)시키지 않고 억압하게 되면

남의 미움을 받게 된다는 뜻.

4069. 남을 망우고 잘 되는 놈 못 봤다.
남을 해롭게 하는 사람은 잘살지 못하게 된다는 뜻.

4070. 남을 먼저 하게 하고 나는 나중에 한다.
(先人而後己)　　　　　　　　　〈禮記〉
남이 먼저 하도록 양보하고 자기는 나중에 하도록 하라는 뜻.

4071. 남을 못살게 하고 그 생명을 해치는 사람을 도적이라고 한다. (殘生而害物者 謂之賊)
　　　　　　　　　　　　　　　　〈虎叱〉
남의 재물을 약탈하여 못살게 하고 그 생명을 빼앗는 짓을 하는 사람을 도적이라고 말한다는 말.

4072. 남을 무고하는 사람의 말은 맞지 않는다.
(誣善之人 其辭游)
아무리 그럴 듯한 말로 무고하더라도 그 말에는 사리가 맞지 않는다는 뜻.

4073. 남을 문 놈은 저도 물린다.
남을 해친 사람은 자신도 해를 입게 된다는 뜻.

4074. 남을 물에 넣으려면 저 먼저 물에 들어가야 한다.
남을 해치려다가는 자기가 먼저 해를 당하게 된다는 말.

4075. 남을 믿으면 남에게 지배를 당한다. (信人則 制於人)　　　　　　　〈韓非子〉
남을 너무 믿게 되면 그 사람의 말을 잘 듣게 되기 때문에 지배를 당하게 된다는 말.

4076. 남을 배반하면 업신여기게 된다. (偕則謾之)　　　　　　　　　　〈荀子〉
의리(義理)를 지키지 않고 배반하는 행동을 하게 되면 직접 관계가 없는 사람들도 업신여기게 된다는 말.

4077. 남을 불쌍히 여기는 마음은 어진 시초이다.
(惻隱之心 仁之端也)　　　　　〈孟子〉
불쌍한 사람들을 보고 불쌍한 마음이 생기는 것은 인자한 시초라는 말.

4078. 남을 손해되게 하면 마침내 자신도 잃어버리게 된다. (損人終自失)　〈紫虛元君〉
남을 손해되게 하는 사람은 남에게 인심을 잃게 된다는 말.

4079. 남을 아는 사람은 지혜로운 사람이다.
(知人者智)　　　　　　　　　　〈老子〉
남을 알게 된다는 것은 지혜로와야 한다는 말.

4080. 남을 아는 사람은 지혜로운 사람이며 자신을 아는 사람은 더욱 명철한 사람이다. (知人者智 自知者明)　　　　〈老子〉
남을 이해하는 지혜보다도 자신을 이해하는 지혜가 더욱 필요하다는 뜻.

4081. 남을 알고 나를 안다. (知彼知己)　〈孫子〉
남을 알고 나를 아는 사람은 남과 싸워도 이길 수 있다는 말.

4082. 남을 용서할 때는 저를 용서하듯 하랬다.
남의 잘못을 용서할 때는 자신이 자신을 용서하듯이 백지화하라는 말.

4083. 남을 위태롭게 하고서도 자신은 안락하게 지낸다. (危人而自安)　　　　〈荀子〉
남을 해치면서 자신을 안락하게 하는 것은 오래 가지 못한다는 뜻.

4084. 남을 위하여 정성껏 꾀한다. (爲人謀忠)
남의 일이 성사(成事)가 되도록 성의를 다하여 돌보아 준다는 말.

4085. 남을 위하여 좋은 일을 도모하도록 하라.
(能爲人謀事)　　　　　　　　〈鄕約章程〉
남을 위하여 도움이 될 수 있는 일을 하도록 노력하라는 뜻.

4086. 남을 위하여 혼수(婚需) 마련한다. (爲人作嫁)
죽도록 애써서 일한 것이 남의 좋은 일만 하였다는 뜻.

4087. 남을 이기기 좋아하는 사람은 반드시 적을 만나게 된다. (好勝者 必遇敵)　〈景行錄〉
남과 시비하여 이기기만 좋아하는 사람은 남들에게 미움을 받기 때문에 적이 많게 된다는 뜻.

4088. 남을 이기는 사람은 힘이 센 사람이다.
(勝人者有力)　　　　　　　　　〈老子〉
남과 싸워서 이기려면 남보다 힘이 세야 한다는 말.

4089. 남을 이기는 사람은 힘이 센 사람이며 자신을 이기는 사람은 더욱 힘이 강한 사람이다.
(勝人者有力 自勝者强)　　　　〈老子〉
남과 싸워서 이기기보다도 자신과 싸워서 이기기가 더욱 어렵다는 말.

4090. 남을 이기는 세력은 남을 이기는 도덕만 못하다. (得勝人之勢者 其不如勝人之道)〈荀子〉
세력으로 남을 이기는 것보다는 도덕적으로 이기는 것이 낫다는 뜻.

4091. 남을 이기려는 사람은 반드시 자신을 먼저

이겨야 한다. (欲勝人者 必先自勝)〈呂氏春秋〉
남과 싸워서 이기려거든 먼저 자신과 싸워서 이긴 다음에 남과 싸워야 이기게 된다는 말.

4092. 남을 이롭게 하는 것은 자신을 이롭게 하는 밑천으로 된다. (利人實利己的根基) 〈菜根譯〉
내가 남을 이롭게 해주면 그들도 나를 이롭게 해주기 때문에 하나의 밑천으로 된다는 말. ↔ 남을 해치는 말은 도리어 자신을 해치게 된다. 남을 해치면 저도 해를 당한다.

4093. 남을 이롭게 하는 말은 솜과 같이 따뜻하다. (利人之言 暖如綿絮) 〈寶鑑〉
남을 유리하게 하는 말은 듣는 사람이 고맙게 받아들인다는 뜻.

4094. 남을 잘 아는 사람은 지혜로운 사람이다. (知人者智) 〈老子〉
사람을 잘 요해(了解)하는 사람은 지혜가 있는 사람이라는 말.

4095. 남을 잡으려다가 제가 잡힌다. (捉他捉我) 〈東言解〉
남에게 해를 끼치려다가는 자기가 해를 당하게 된다는 뜻.

4096. 남을 제 몸같이 사랑하라. (愛人如己)
남을 자기 몸과 같이 사랑함으로써 군중과의 연계를 강화하라는 뜻.

4097. 남을 주는 것은 많이 주고 내가 가지는 것은 적게 가지라. (與宜多 取宜少) 〈李子潛〉
물건을 나누어 가질 때는 남을 많이 주고 자기는 적게 가지도록 하라는 말.

4098. 남을 죽이려다가 제가 죽는다. (反殺) 〈周禮〉
남을 해치려다가 자기가 남에게 해를 당하게 된다는 말.

4099. 남을 착한 데로 잘 지도해야 한다. (能導人爲善) 〈鄕約章程〉
남을 착한 일을 할 수 있도록 가르쳐 주고 도와 주라는 뜻.

4100. 남을 책망하는 마음으로 자기를 책망한다면 과오는 적어진다. (以責人之心 責己則寡過) 〈尹和靖〉
남을 책망하듯이 자기 자신을 책망하게 되면 자신의 결함은 점점 감소된다는 말.

4101. 남을 책망하지 않는다. (不責於人)〈老子〉
남의 잘못이 있어도 너그럽게 용서하고 책망하지 않는다는 말.

4102. 남을 해롭게 하고 자기를 이롭게 하면 끝끝내 후손이 번영하지 못한다. (損人利己 終無顯達雲仍)
남을 해쳐 가며 자신을 이롭게 한 사람의 후손은 번영하지 못하고 몰락한다는 말.

4103. 남을 해롭게 하는 말은 날카롭기가 마치 가시와 같다. (傷人之語 利如荊棘) 〈君平〉
남을 해치는 말은 날카로운 가시보다도 예리하기 때문에 피해가 크다는 뜻.

4104. 남을 해롭혀서 자기를 이롭게 하지 말라. (勿損人而利己) 〈朱子家訓〉
남을 해롭게 해가면서 자기를 이롭게 하는 야심적인 행동은 삼가해야 한다는 뜻.

4105. 남을 해쳐 가면서 자신의 이익을 보려고 한다. (害人而自利) 〈荀子〉
남을 해쳐 가면서 이익을 얻으려는 것은 이롭지 않은 짓이라는 뜻.

4106. 남을 해쳐 원망이 집중되면 몸을 안전하게 지킬 수 없다. (犯而聚怨 不可以定身) 〈春秋左傳〉
남을 해치게 되면 군중들의 원망을 사게 되기 때문에 자신의 신변이 불안하게 된다는 말.

4107. 남을 해치는 말은 도리어 자신을 해치게 된다. (傷人之語 還是自傷) 〈姜太公〉
남을 해치는 말을 하게 되면 그도 나를 해치는 말을 하여 피해를 받게 된다는 뜻. ↔ 남을 이롭게 하는 것은 자신을 이롭게 하는 밑천으로 된다.

4108. 남을 해치는 말은 창과 칼보다도 더한 것이다. (傷人之言 深於矛戟) 〈荀子〉
남을 해치는 데는 창이나 칼보다도 말로 하는 것이 더 위력이 있다는 말.

4109. 남을 해치면 저도 해를 당한다.
남을 해롭게 하면 피해자도 반드시 나를 해치게 되므로 남을 해쳐서는 안 된다는 뜻. ↔ 남을 이롭게 하는 것은 자신을 이롭게 하는 밑천으로 된다.

4110. 남을 헐뜯기만 한다. (譖短)
남을 정당하게 평가하지 않고 헐뜯기만 한다는 말.

4111. 남을 헐뜯는 말을 하지 말라. (勿言毁人之語) 〈慕齋集〉

남의 말을 정당하게 하지 않고 비방해서는 안 된다는
뜻.

4112. 남을 헐뜯으며 이간질한다. (讒間)

남을 헐뜯고 다니면서 사람들을 이간질하여 싸움을 하
게 만든다는 말.

**4113. 남을 희롱하는 사람은 자신의 덕을 잃는다.
(玩人喪德)**

남을 희롱하는 사람은 남도 자기를 존경해 주지 않게
되므로 자기의 덕을 잃게 된다는 말.

4114. 남의 가려운 데를 긁어 줄줄 알아야 한다.

남의 어려운 사정을 동정해 줄 수 있는 아량(雅量)이
있어야 한다는 뜻.

4115. 남의 거짓말이 내 거짓말로 된다.

남의 말을 함부로 옮기다가는 자신도 과오(過誤)를 범
하게 된다는 뜻.

4116. 남의 걱정하다가 머리 희겠다.

쓸데없는 남의 걱정은 하지 말라는 뜻.

4117. 남의 것 먹자면 말이 많다.

남의 것을 부당하게 먹으면 말이 많게 된다는 말.

**4118. 남의 것은 조금도 범하지 않는다. (秋毫不
犯)**

남의 것을 조금도 침범하지 않고 바르게 행한다는 말.
↔ 남의 것을 마 베어 먹듯 한다. 남의 것이라면
무우 베어 먹듯 한다.

4119. 남의 것을 마 베어 먹듯 한다.

남의 것을 함부로 훔쳐낸다는 말. ※ 마: 산과 들에
나는 다년생초로서 그 뿌리는 식용함. ↔ 남의 것은
조금도 범하지 않는다.

**4120. 남의 것을 빼앗고도 부끄러워하지 않는다.
(拏攫而不恥)　〈虎叱〉**

남의 재물을 약탈하면서도 부끄러운 줄도 모르고 뻔
뻔하다는 뜻.

**4121. 남의 것을 얻으려고 하는 것보다 더 큰 허
물은 없다. (咎莫大於欲得)　〈老子〉**

남을 줄 줄은 모르고 얻으려고만 하는 것은 하나의 큰
허물이라는 말.

4122. 남의 것을 탐내는 놈이 제 것은 더 아낀다.

남의 것을 욕심내는 사람일수록 제 것은 소중하게 여
기고 아낀다는 말.

**4123. 남의 것을 탐내는 사람은 쇠퇴하게 된다.
(貪人之有者殘)　〈三略〉**

남의 재물을 탐내서 부정으로 모은 재물은 오래 지탱
하지 못한다는 뜻.

4124. 남의 것이라면 거저 먹으려고 한다.

남의 것이라면 거저 차지하려고 하듯이 공것을 대단
히 좋아한다는 말.

4125. 남의 것이라면 무우 베어 먹듯 한다.

공것이라면 죽을 줄도 모르고 덤빈다는 말.
↔ 남의 것은 조금도 범하지 않는다.

**4126. 남의 결점만을 말하는 사람은 미움을 받는
다. (惡稱人之惡者)　〈論語〉**

남의 잘못만을 꼬집어 이야기하는 사람은 여러 사람
들의 미움을 받게 된다는 말.

**4127. 남의 고기 한 점 먹고 내 고기 열 점 준다.
(他肉一點飯食 己肉十點下)　〈東言解〉**

남의 것으로 적은 이익을 얻고서 나중에 큰 손해를
본다는 말.

**4128. 남의 고기 한 점이 내 고기 열 점보다 낫
다.**

욕심 많은 사람은 남의 것이 좋아 보인다는 말.

**4129. 남의 꽃을 빌려 부처에게 바친다. (借花獻
佛)**

남의 꽃을 빌려서 부처에 바치듯이 남의 것을 가지고
제가 생색을 낸다는 말.

**4130. 남의 과오를 염탐한다. (探刺人過誤)
　〈茶山論叢〉**

남의 잘못을 탐지하여 들추어낸다는 말.

4131. 남의 굿 보듯 한다.

무슨 일을 무책임하게 한다는 뜻.

**4132. 남의 근심을 구원하여 주는 것은 덕이다.
(救人之患 德也)　〈六韜〉**

남의 근심스러운 일을 해결해 주는 것도 하나의 덕이
라는 뜻.

**4133. 남의 급한 것을 구제하는 것은 덕이다.
(濟人之急者 德也)　〈六韜〉**

남의 급한 일을 도와 주는 것도 하나의 덕이라는 말.

**4134. 남의 급함은 구제해 주어야 한다. (濟人之
急)　〈景行錄, 六韜〉**

남의 급한 일은 구제하여 주어 갱생할 수 있도록 도
와 줘야 한다는 말.

4135. 남의 기쁜 경사에 투기하는 마음을 일으켜

서는 안 된다. (人有喜慶 不可生妬忌之心)
〈松隱遺稿〉

남에게 기쁜 경사가 있으면 같이 기뻐하고 축하해야
할 것이지 질투해서는 안 된다는 말.

4136. 남의 나라에 가서는 그 나라의 풍속을 따
라야 한다. (入其國者 從其俗) 〈淮南子〉

남의 나라에 가서는 그 나라의 풍속을 따르듯이 사람
은 항상 환경에 적응(適應)해야 한다는 말.

4137. 남의 나막신 신은 격이다.

남의 것은 자기에게 잘 맞지 않는다는 뜻.

4138. 남의 나쁜 점을 보거든 자신도 반성하라.
(見人惡 卽內省) 〈李子潛〉

남의 나쁜 점을 보거든 자신에게도 그런 나쁜 점이 없
는가 반성하라는 말.

4139. 남의 낚시로 고기 잡는다.

남의 낚시로 고기를 잡듯이 남의 힘을 빌려서 일을
한다는 말.

4140. 남의 노여움을 크게 해서는 안 된다.
(無重怒) 〈春秋左傳〉

남에게는 사소한 노여움도 주어서는 안 되는데 하물
며 큰 노여움을 주어서는 안 된다는 말.

4141. 남의 눈물 짜서 모은 재산 오래 못 간다.

남에게 악한 짓을 하여 모은 재산은 오래 못 가서 망
하게 된다는 뜻.

4142. 남의 눈 속의 티만 보지 말고 자기 눈 속
의 대들보를 보렸다.

남의 조그마한 허물만 보지 말고 자기의 큰 허물을
찾아서 고치라는 말.

4143. 남의 눈앞에서 그를 칭찬하는 사람은 반
드시 돌아서서는 욕을 한다. (面譽者 必背非)
〈尹和靖〉

눈앞에서 알랑거리는 사람은 돌아서서는 욕을 하는
표리(表裏)가 다른 사람이라는 뜻.

4144. 남의 눈에 눈물을 내면 내 눈에서는 피가
난다.

남에게 해를 끼치면 자신은 보다 더 큰 해를 받게 된
다는 말.

4145. 남의 눈에서 피를 내면 제 눈에서는 고름
이 난다.

남을 해롭게 하면 자기에게는 더 큰 해를 받게 된
는 말.

4146. 남의 눈을 어지럽게 한다. (眩人眼目)

일을 어수선하게 하여 남의 눈을 혼란시킨다는 말.

4147. 남의 눈치도 보지 않고 떠드는 것을 장님
이라고 한다. (不觀顔色而言 謂之瞽) 〈荀子〉

대인 관계(對人關係)에 있어 상대방의 눈치도 모르고
말하는 것은 소경과 다를 바가 없다는 말.

4148. 남의 다리를 긁는다.

(1) 엉뚱한 짓을 한다는 말. (2) 공연히 헛수고를 한
다는 말.

4149. 남의 다리에 행전 친다.

애써서 남의 일만 하고 헛수고를 하였다는 말.

4150. 남의 단점을 말하지 말라. (勿說人短處)
〈貞簡公家訓〉

남의 잘못은 본인에게 충고를 할지언정 제3자에게 말
해서는 안 된다는 말.

4151. 남의 단점을 절대로 드러내지 말라. (人有
短 切莫揭) 〈李子潛〉

남의 결함이 있으면 충고하는 것은 좋으나 폭로해서
는 안 된다는 말.

4152. 남의 닭은 봉(鳳)으로 보인다.

남이 소지하고 있는 것은 모두 좋게 보인다는 뜻.

4153. 남의 떡에 설 쇤다. (他人之餠 聊樂歲始)
〈耳談續纂〉

남의 은덕(恩德)으로 일을 이루게 되었다는 말.

4154. 남의 떡으로 제사 지낸다.

(1) 남의 덕을 입어 일을 하게 되었다는 말. (2) 제 것
은 아끼면서 남의 것은 공으로 탐낸다는 뜻.

4155. 남의 떡은 더 커 보인다.

자기의 것보다 남의 물건이 더 좋아 보인다는 뜻.

4156. 남의 떡은 뺏아도 남의 복은 못 뺏는다.

복은 각자가 타고 난 것이기 때문에 신성 불가침(神聖
不可侵)한 것이라는 뜻.

4157. 남의 덕을 높이고 남의 아름다움을 칭찬
하는 것은 아첨이 아니다. (崇人之德 揚人之
美 非諂諛也) 〈荀子〉

남을 정당히 평가하여 그가 덕이 있으면 존경하고 착
한 점이 있으면 칭찬하는 것은 아첨이 아니고 정당한
일이라는 말.

4158. 남의 덕을 잊는 것은 좋은 일이 아니다.
(棄德不祥) 〈春秋左傳〉

남에게서 받은 은덕을 잊어 버리는 것은 좋은 결과를
얻지 못하게 된다는 뜻.

4159. 남의 떡 함지에 넘어진다.
일부러 남의 떡 함지에 넘어져서 떡을 집어 먹듯이 비윗장이 몹시 좋다는 말.

4160. 남의 돈 떼어 먹는 놈 잘 되는 것 못 봤다.
남에게 피해를 많이 준 사람으로서 잘 되는 사람은 없다는 뜻.

4161. 남의 돈으로 병 고친다.
자기의 것은 아끼면서 공것은 매우 좋아한다는 뜻.

4162. 남의 돈을 떼어 먹어도 핑계는 있다.
나쁜 일을 하는 사람도 무슨 핑계는 다 있다는 말.

4163. 남의 돈을 떼어 먹었나?
남의 돈을 떼어 먹은 사람마냥 뻣뻣하다는 말.

4164. 남의 돈 천 냥이 내 돈 한 푼만 못하다.
남의 재산은 아무리 많아도 자기의 적은 재산만 못하다는 말.

4165. 남의 뛰어난 재주를 함부로 헐뜯지 말라. (人有能 勿輕訾) 〈李子潛〉
남의 뛰어난 재주는 찬양해야지 헐뜯어서는 안 된다는 말.

4166. 남의 등불로 길 가기다.
제가 제 일을 못 하고 남의 신세만 진다는 뜻.

4167. 남의 등은 봐도 제 등은 못 본다.
남의 잘못은 보면서도 자신의 잘못은 모르게 된다는 말.

4168. 남의 등 쳐 먹는다.
남의 재산을 약탈(掠奪)하여 먹고 산다는 말.

4169. 남의 마음 속을 들여다보는 것 같다. (如見心肺：如見心肝)
남의 마음 속을 들여다 본 것같이 잘 알고 있다는 말.

4170. 남의 말 다 들어 주다가는 갈보 된다.
남의 사정을 다 들어 주다가는 자기 신세를 망치게 된다는 말.

4171. 남의 말 다 들으면 목에 칼 벗을 날 없다.
남의 말을 액면(額面) 그대로 믿고 그대로 하려다가는 낭패 보는 일이 계속되게 된다는 말. ※칼：판자 두 쪽에 목이 들어가도록 만든 형구(刑具)의 한 가지.

4172. 남의 말대로만 한다. (言聽計用)
남의 말만 무조건 믿고 그대로 집행한다는 말.↔남의 말은 개 방귀로 안다. 남의 말은 개 방귀만치도 안 여긴다.

4173. 남의 말만 믿지 말라. (無信人之言) 〈詩經〉
남의 말을 들을 때는 항상 분석하여 믿을 수 없는 말은 믿어서는 안 된다는 말.

남의 말 석 달 안 간다.
남의 말 가지고 떠드는 것은 오래 가지 못한다는 뜻.

4175. 남의 말에 안장 지인다.
제 일 한다는 것이 남의 일만 하였다는 말.

4176. 남의 말은 개 방귀로 안다.
남의 말을 사람 말로 취급하지를 않고 무시한다는 뜻. ↔ 남의 말대로만 한다.

4177. 남의 말은 개 방귀만치도 안 여긴다.
남의 말을 너무 무시한다는 말. ↔ 남의 말대로만 한다.

4178. 남의 말은 식은 죽 먹듯 한다.
남은 애써서 말을 하건만 남의 말을 묵살해 버린다는 뜻.

4179. 남의 말을 내가 하면 남도 내 말을 한다.
내가 남의 흉을 보게 되면 남도 역시 나의 흉을 본다는 말.

4180. 남의 말을 이해하지 못한다. (不得於言)
남의 말을 도무지 알아 듣지 못한다는 뜻.

4181. 남의 말이라면 쌍지팡이를 짚고 나선다.
남의 말이라면 아무 상관도 없으면서 열심히 참견한다는 말.

4182. 남의 말이 아니면 할 말이 없다.
대개 화제(話題)는 남의 문제를 가지고 말하게 된다는 뜻.

4183. 남의 말하기야 식은 죽 먹기다. (言他事食冷粥), (談人事如喫冷粥), (他人事如食冷粥) 〈旬五志〉, 〈東言解〉, 〈松南雜識〉
⑴ 남의 잘잘못을 말하기는 식은 죽 먹듯이 매우 쉽다는 말. ⑵ 남의 흠을 찾아내기는 쉽다는 말.

4184. 남의 말하듯 한다.
자기 일에 대하여 신중하게 말할 것을 남의 말하듯이 아무렇게나 말한다는 뜻.

4185. 남의 머리는 깎아도 제 머리는 못 깎는다.
남의 일은 도와 줄 수 있지만 자기가 자신의 일은 못하는 것이 있다는 뜻.

4186. 남의 모범이 되는 사람은 남의 손 아래에 있지 않는다. (能爲人則者 不爲人下矣)

〈春秋左傳〉

군중의 모범이 되는 사람은 군중을 지도할 수 있는 위치에서 일하게 된다는 뜻.

4187. 남의 물건을 빌렸거든 약속한 때에 돌려주어야 한다. (借人物 及時還)   〈李子潛〉

남에게서 차용(借用)한 물건은 반드시 약속된 기일내에 반환해야 한다는 말.

4188. 남의 물건을 탐내지 말라. (不貪他物)
〈鄕約章程〉

남의 물건은 아무리 좋은 것이라도 탐내지 말라는 뜻.

4189. 남의 물건을 훔쳐서 부자가 못 된다는 것은 다 알고 있다. (皆知夫盜竊之人 不可以爲富也)   〈荀子〉

남의 물건을 훔쳐서는 부자가 못 된다는 것은 누구나 다 알고 있는 사실이기 때문에 훔쳐서 부자가 되려고 해서는 안 된다는 말.

4190. 남의 바지 입고 새 벤다.

남의 것을 소비하여 이익은 자기가 본다는 말.

4191. 남의 바지 입고 춤춘다.

남의 것을 이용하여 자기의 일을 이룬다는 뜻.

4192. 남의 발에 감발 친다.

자기 일 한다는 것이 남의 일만 해주었다는 말.

4193. 남의 발에 버선 신긴다.

공연히 헛수고만 하였다는 말.

4194. 남의 발에 신들미한다.

제 일을 한다는 것이 남의 일로 되었다는 뜻. ※신들미 : 짚신이 벗어지지 않도록 끈으로 잡아매는 것.

4195. 남의 발에 신발한다.

제 일한다는 것이 남 좋은 일만 하였다는 뜻.

4196. 남의 밥 보고 상 차린다.

(1) 아무 상관도 없는 남의 것을 기대한다는 말.
(2) 남의 것을 쓸데없이 좋아한다는 말.

4197. 남의 밥 보고 시래깃국 끓인다.

아무 상관도 없는 남의 일에 기대를 걸고 있다는 말.

4198. 남의 밥 보고 장 떠 먹는다.

(1) 줄 사람은 생각도 않는데 헛바라고 있다는 말.
(2) 남의 일에 상관도 없으면서 좋아한다는 말.

4199. 남의 밥 쌀이 더 좋아 보인다.

물욕(物慾)이 있는 사람은 남의 물건이 좋아 보인다는 말.

4200. 남의 밥은 맵고도 짜다.

남의 집에 가서 일해 주고 먹고 산다는 것은 매우 고생스럽다는 말.

4201. 남의 밥을 먹어 봐야 부모 은덕을 안다.

객지에 가서 고생을 해봐야 부모의 고마움을 알게 된다는 뜻.

4202. 남의 밥이 더 맛있다.

(1) 남의 집에서 먹는 음식이 더 맛이 있다는 말.
(2) 남의 물건이 더 좋아 보인다는 말.

4203. 남의 밥이 더 희다.

남의 물건이 제 것보다 좋아 보인다는 뜻.

4204. 남의 밥 콩은 더 커 보인다.

(1) 자기의 것보다 남의 것이 더 좋아 보인다는 뜻.
(2) 욕심 있는 사람은 남의 것이 더 좋아 보인다는 뜻.

4205. 남의 밭의 고추를 따도 할 말은 있다.

잘못을 저지른 사람에게도 어떤 이유는 있다는 말.

4206. 남의 밭의 콩을 따도 할 말은 있다.

과오를 범한 사람이라 할지라도 어떤 이유가 있다는 말.

4207. 남의 복은 끌로도 못 판다.

남의 복은 아무리 시기하여도 그 복을 없애 버리지는 못한다는 말.

4208. 남의 부귀를 보고 부러워하거나 헐뜯어서는 안 된다. (見人富貴 不可嘆羨詆毀)〈范益謙〉

남이 잘 되는 것을 보고 너무 부러워하거나 또는 시기하여 헐뜯어서는 안 된다는 말.

4209. 남의 부모를 제 부모같이 여기랬다.

노인들을 경로심(敬老心)을 가지고 모시도록 하라는 뜻.

4210. 남의 불에 가재 잡는다.

자신은 노력하지 않고 남의 덕만 보려고 한다는 뜻.

4211. 남의 불에 게 잡는다.

(1) 남의 덕을 본다는 말. (2) 물건은 남의 것을 소비하고 이익은 제가 본다는 뜻.

4212. 남의 불에 몸 녹인다.

남의 덕을 단단히 보았다는 말.

4213. 남의 불에 밥 짓는다.

남의 물건을 써서 이익을 보게 된다는 말.

4214. 남의 비밀을 엿듣고 아는 체하는 사람은 미움을 받는다. (惡徼以爲知者)   〈論語〉

남의 비밀을 엿듣고 말을 내는 사람은 남들에게 미움을 받게 된다는 말.

4215. 남의 비방도 생각하지 않는다. (不思誹謗)
〈春秋左傳〉
낯가죽이 두꺼워서 남들이 어떤 비방을 하더라도 개의(介意)치 않는다는 말.

4216. 남의 비방을 듣지 않으려면 먼저 자신을 수양해야 한다. (止謗莫如自修) 〈王㫤〉
남에게서 비방을 듣지 않으려면 먼저 자기 행동을 잘 해야 한다는 뜻.

4217. 남의 비평을 잘 하는 사람은 자신의 잘못은 항상 소홀하게 살핀다. (工於論人者 察己常疎) 〈漢陰集〉
남의 비평을 잘 하는 사람일수록 자신의 잘못은 살피지 않는 경향이 많다는 말.

4218. 남의 빚 보증 서는 자식은 낳지도 말랬다.
남의 빚을 얻는 데 보증을 서서는 안 된다는 뜻.

4219. 남의 사돈이야 가거나 말거나.
자기와 상관 없는 일에 참견한다는 말.

4220. 남의 사사로운 글을 엿봐서는 안 된다. (不可窺人私書) 〈范益謙〉
개인의 비밀이 담겨 있는 글은 무엇이든지 봐서는 안 된다는 말.

4221. 남의 사사로운 비밀을 발설해서는 안 된다. (不發人陰私) 〈修身要訣〉
남의 비밀은 알더라도 보장해 주어야 한다는 말.

4222. 남의 싸움에 칼 뺀다.
아무 상관도 없는 일에 간섭한다는 말.

4223. 남의 사위 나가거나 말거나.
자기와 아무 상관 없는 일에 참견한다는 말.

4224. 남의 사위 오거나 말거나.
자기하고 관계가 없는 남의 일은 관여할 필요가 없다는 뜻.

4225. 남의 사정 다 보다가는 집안에 시아버지가 열 둘이 모인다.
여자의 마음씨가 단단하지 못하면 집안 일이 안 된다는 뜻.

4226. 남의 사정 보다가 갈보 된다.
여러 남자들의 사정을 들어 주다 보니 갈보가 되듯이 마음이 너무 약하면 아무 일도 못한다는 뜻.

4227. 남의 사정 보다가는 동네 시아버지가 아홉

된다.
자기 처지를 무시하고 남을 동정하는 것은 자신을 망치게 된다는 뜻.

4228. 남의 사정은 조금도 모르는 벽창호(壁窓戶)다.
남의 사정이라고는 조금도 모르는 몰인정(没人情)한 사람이라는 말. ※벽창호: 담벼락.

4229. 남의 사정이 내 사정 될 때가 있다.
남의 어려운 일을 도와 주지 않고 있다가 자기도 어려운 일에 처하게 되었다는 뜻.

4230. 남의 산 돌 보고 맷돌 값 내쓴다.
(1) 어떻게 될지도 모르는 일에서 나는 이익을 미리 당겨 쓴다는 뜻. (2) 일을 몹시 서두른다는 뜻.

4231. 남의 살을 물다가 제 코만 깨진다. (噬膚滅鼻)
남을 해치려고 하다가는 도리어 제가 해를 당하게 된다는 말.

4232. 남의 상에 감 놓아라 배 놓아라 한다.
상관 없는 남의 일에 공연히 참견한다는 뜻.

4233. 남의 상에 술 놓아라 안주 놓아라 한다.
아무 상관도 없는 남의 일에 간섭한다는 말.

4234. 남의 서방 얻어 가는 년은 송장만 치른다.
나이 먹은 홀아비에게 시집을 가면 송장만 치르게 된다는 말.

4235. 남의 서방은 데리고 살아도 남의 자식을 데리고는 못 산다.
전실(前室) 자식을 키우기는 매우 어려운 일이라는 뜻.

4236. 남의 성패는 앉아서도 볼 수 있다. (坐觀成敗)
남이 성공하느냐 실패하느냐 하는 것은 제삼자 입장에서 보면 잘 알 수 있다는 말.

4237. 남의 세력에 의지하여 기세를 부린다. (賣勢)
남의 세력을 악용하여 자기도 세력을 부린다는 뜻.

4238. 남의 소가 들구 뛰는 건 구경거리다.
자기와 이해 관계가 없는 것은 그것이 불행한 일이라도 재미있는 구경거리가 된다는 뜻.

4239. 남의 소를 세는 소몰이다.
삯을 받고 소를 몰아다 주는 사람이 자기가 몰고 가는 소를 센다는 것이 남의 소를 세듯이 정신을 차리고 일을 하지 않으면 헛수고만 한다는 뜻.

4240. 남의 소문 석 달 못 간다.
남의 소문은 날 때 뿐이지 오래 가지 않는다는 말.

4241. 남의 소에 길마 얹는다.
(1) 애써서 일한 것이 헛수고만 하였다는 뜻. (2) 남에게 이로운 짓만 하였다는 뜻.

4242. 남의 속에 있는 글도 배운다.
눈에 보이지 않는 남의 속에 있는 글도 배울 수 있듯이 남이 하는 것은 보기만 하면 다할 수 있다는 말.

4243. 남의 속은 동네 존위(尊位)도 모른다.
남의 속은 동네 어른들도 모르듯이 사람의 마음은 아무도 모른다는 말.

4244. 남의 손에 코 푼다.
자기 자신은 노력하지 않고 남의 신세만 진다는 뜻.

4245. 남의 술로 생색 낸다.
남의 것을 가지고 생색은 제가 낸다는 말.

4246. 남의 술로 제사 지낸다.
(1) 제 것은 몹시 아끼면서도 남의 것은 공으로 탐낸다는 뜻. (2) 남의 덕으로 일을 하게 되었다는 뜻.

4247. 남의 술로 친구 대접한다.
(1) 제 것은 아끼면서도 남의 것은 공으로 제 것 쓰듯 한다는 뜻. (2) 남의 도움으로 일을 성사하게 되었다는 뜻.

4248. 남의 술에 삼십 리 간다.
남의 술을 얻어 먹었기 때문에 가고 싶지 않은 곳을 가듯이 남의 것을 얻어 먹으면 남의 권유를 거절 못 하게 된다는 말.

4249. 남의 신세도 있어야 갚는다.
남에게 받은 은덕도 돈이 없으면 마음으로만 감사할 뿐이지 물질적으로는 보답하지 못한다는 뜻.

4250. 남의 아들 생일도 우기겠다.
남의 집 아들 생일도 제가 알고 있는 것이 옳다고 우기듯 잘 알지도 못하면서 우김질을 한다는 말.

4251. 남의 아이 한 번 때리나 열 번 때리나 때렸단 말 듣기는 마찬가지다.
한번 실수(失手)하게 되면 그 허물은 벗기가 어렵다는 말.

4252. 남의 악담이 내 악담 된다.
남의 악담을 많이 하는 사람은 자기 신상도 좋지 않다는 뜻.

4253. 남의 악담이 많으면 뼈도 녹는다. (積毁銷骨)

남에게서 악담을 많이 듣는 사람은 뼈도 녹게 된다는 말.

4254. 남의 악하다는 것을 듣거든 어울리지 말아야 한다. (聞人之惡 未嘗和)   〈康節邵〉
악한 사람과는 서로 가까이 지내서는 안 된다는 말.

4255. 남의 악한 일은 타일러서 못 하게 하라. (不成人之惡)   〈論語〉
남이 나쁜 짓을 할 때는 조용히 충고하여 못 하도록 하라는 말.

4256. 남의 악한 일을 듣거든 마치 가시를 등에 짊어진 듯이 여겨라. (聞人之惡如負荊)   〈康節邵〉

남의 나쁜 말을 듣거든 마치 가시를 진 것같이 아예 멀리하라는 말.

4257. 남의 악한 일을 보거든 마치 자기 몸에 병이 있는 듯이 여겨라. (見惡如己病)   〈張思叔〉
남의 악한 것만 보아도 자기 병으로 된다는 마음가짐을 한다면 어떤 악이라도 침범하지 못한다는 뜻.

4258. 남의 악한 점을 보거든 자신의 악한 점도 찾아 보라. (見人之惡 而尋己之惡)   〈性理書〉
남의 악한 점을 보거든 자신에게도 그와 같은 결함이 없는가 반성하도록 하라는 뜻.

4259. 남의 악한 점이 있으면 덮어 주고 남의 착한 점이 있으면 찬양해 주도록 하라. (人有惡則掩之 人有善則揚之)   〈朱子家訓〉
남이 잘못하는 일이 있으면 충고하면서 가려 주도록 하고 남이 잘하는 것이 있으면 잘 살펴서 찬양해 주도록 하라는 말.

4260. 남의 어려움을 해결하여 주는 것은 덕이다. (解人之難 德也)   〈六韜〉
남의 어려운 일을 도와 주는 것도 하나의 덕이라는 말.

4261. 남의 염병이 내 고뿔만 못하다.
(1) 남의 큰 재난(災難)보다는 자기의 작은 걱정이 더 절박감을 느끼게 된다는 말. (2) 남의 사정은 모르고 자기 본위로 행동한다는 말.

4262. 남의 염불(念佛)로 극락 간다.
자기가 노력해서 이루어진 것이 아니고 남의 덕으로 성공하게 되었다는 뜻.

4263. 남의 옷 얻어 입으면 걸레 감만 남고 남의 서방 얻어 가면 송장 치레만 한다.
헌옷은 오래 못 입고 걸레가 되듯이 헌 서방도 오래 살

지 못하고 송장만 치르게 되기 때문에 늙은 서방은 얻
지 말아야 한다는 뜻.

4264. 남의 옷은 따뜻하지 않다.
　아무 관계가 없는 사람에게서는 덕을 볼 수가 없다는
말.

4265. 남의 욕을 내 앞에서 하는 사람은 내 욕
　도 남에게 한다.
　남의 말을 잘 하는 사람은 항상 경각성(警覺性)을 가
지고 대해야 한다는 뜻.

4266. 남의 울타리 밑에서 산다. (寄人籬下)
　남의 세력에 의지하여 산다는 말.

4267. 남의 위세를 끌어들여 제 것으로 삼는다.
　(引威自與)　　　　　　　　　　　　〈三略〉
　남의 위세를 잘 이용하여 자기에게 유리하도록 한다
는 말.

4268. 남의 위태로움은 구해 주어야 한다. (救人
　之危)　　　　　　　　　　　　　〈景行錄〉
　남이 위태로운 지경에 처해 있으면 구제하여 살려 줘
야 한다는 말.

4269. 남의 은밀한 것은 엿보지 않는다. (不窺密)
　　　　　　　　　　　　　　　　　　〈禮記〉
　남의 비밀을 엿보아서는 안 된다는 말.

4270. 남의 은혜를 받았으면 반드시 갚아 주어
　야 한다. (受恩必欲償)
　남의 사소한 은혜라도 받았을 때는 반드시 갚아야 한
다는 말.

4271. 남의 은혜를 배반하고 공덕을 잊는다.
　(背恩忘德)
　남에게서 받은 은덕(恩德)을 배반하거나 잊어 버린다
는 말.

4272. 남의 은혜를 배반하는 사람은 남의 책망을
　사게 된다. (背人之恩者 買人之責)
　　　　　　　　　　　　　　〈刻骨難忘記〉
　남의 은혜를 갚지는 못할망정 그를 배반하는 사람은
남들이 책망을 하게 된다는 말.

4273. 남의 이목을 꺼린다. (礙人耳目)
　다른 사람들의 이목을 피하려고 한다는 말.

4274. 남의 이밥보다 제 집 개떡이 낫다.
　아무리 좋은 물건이라도 내 손에 들어오지 않는 남의
것은 아예 바라지도 말고 나쁜 것이라도 내 것을 소
중히 여기라는 뜻.

4275. 남의 일에 간섭하지 않는 것이 없다.

(無不干涉)
　남의 일에 간섭할 것이나 간섭 아니 할 것이나 빼놓
지 않고 다 간섭한다는 말.

4276. 남의 일은 오뉴월에도 손이 시리다.
　남의 일은 오뉴월에도 손이 시릴 정도로 하기가 싫다
는 뜻.
　　　　↔ 남의 일이라면 발 벗고 나선다.

4277. 남의 일은 잘 알아도 제 일은 모른다.
　누구든지 남의 일은 잘 알면서도 자기의 일은 모르는
경향이 있다는 뜻.

4278. 남의 일을 봐주려면 삼 년 내내 봐주랬
　다.
　남의 일을 보아 주려면 그 일이 끝날 때까지 보아 주
라는 말.

4279. 남의 일을 봐주려면 삼 년상까지 봐주랬
　다.
　상가(喪家)의 일을 보아 주려면 삼 년상을 날 때까지
보아 주듯이 남의 일을 보아 주려면 끝까지 보아 주
라는 말.

4280. 남의 일이 잘 되는 것을 보고 질투한다.
　(見他人有如意事 則忌妬之)　　〈修身要訣〉
　남이 잘 되는 일을 보고 질투한다는 뜻.

4281. 남의 일이라면 발 벗고 나선다.
　남의 일을 자기 일과 마찬가지로 잘 보살펴 준다는 뜻.
　↔ 남의 일은 오뉴월에도 손이 시리다.

4282. 남의 일이라면 쌍지팡이를 짚고 나선다.
　남의 일에 아무 상관도 없으면서 적극적으로 간섭한
다는 말.

4283. 남의 입에 오른다.
　공연히 남들의 입에 화제거리로 오르내리게 된다는
말.

4284. 남의 입은 막을 수 없다.
　남의 자유를 구속할 수 없기 때문에 남의 입을 막을
수 없다는 뜻.

4285. 남의 자식 흉보면 제 자식도 그 아이 닮
　는다.
　남의 자식 흉을 보면 상대방에서도 자기 자식 흉을 보
게 된다는 뜻.

4286. 남의 자식 흉보지 말고 내 자식 가르치랬
　다.
　남에게 흉이 있거든 그것을 거울삼아 자기의 흉을 먼
저 고치라는 말.

4287. 남의 작은 잘못을 책하지 말라. (不責人小過) 〈菜根譚〉

(1) 남의 조그마한 흉이나 잘못은 들추어 내어 꼬집지 말라는 뜻.

(2) 내가 남의 흉을 보게 되면 남도 역시 나의 흉을 본다는 말.

4288. 남의 잔치에 감 놓아라 배 놓아라 한다. (他人之宴 曰柿曰梨), (他人宴 排柿排梨) 〈耳談續纂〉, 〈東言解〉

자기와는 아무 상관도 없는 일에 공연히 참견한다는 말.

4289. 남의 잘못된 것을 듣더라도 결코 폭로하지 말라. (聞人之過失 決不當暴揚) 〈貞簡公家訓〉

남의 잘못을 듣거든 충고하는 것은 좋으나 폭로해서는 안 된다는 말.

4290. 남의 잘못은 마땅히 용서해 주어야 한다. (人之過誤宜恕) 〈菜根譚〉

사람은 누구나 잘못을 저지를 수 있기때문에 설령 잘못이 있더라도 용서해 주어야 한다는 뜻.

4291. 남의 잘못은 바로 잡아 주어야 한다. (能 規人過失) 〈鄕約章程〉

남에게 잘못이 있을 때는 잘 충고하여 시정하도록 해야 한다는 말.

4292. 남의 잘못은 잘 다루어 주어야 한다. (人之短處 要曲爲彌縫) 〈菜根譚〉

남이 잘못하는 것이 있으면 이것을 원만히 해결하도록 하라는 뜻.

4293. 남의 잘못은 잘 알면서도 자신의 잘못은 알지 못한다. (適足以知人知過 而不知其所以過) 〈莊子〉

사람은 누구나 다른 사람의 잘못은 잘 알면서도 자신의 잘못은 모르고 있기 때문에 자기 반성을 부단히 하라는 말.

4294. 남의 잘못을 보면 그의 착한 것을 알 수 있다. (觀過斯知仁矣)

남이 잘못하는 것을 보면 그가 얼마나 착한 사람인가 알게 된다는 말.

4295. 남의 잘못을 엿보지 말라. (勿窺人過) 〈松隱遺稿〉

남의 잘못을 못 본 체하지 않고 찾아 내려고 해서는 안 된다는 뜻.

4296. 남의 잘못을 옮기지 말라. (人過毋傳說) 〈陸棱山〉

남의 잘못이 있더라도 자기 자신만 알고 남에게는 옮기지 말라는 뜻.

4297. 남의 잘못을 옳게 지적하는 것은 헐뜯는 것이 아니다. (正義直指 擧人之過 非毀疵也) 〈荀子〉

남의 잘못을 정당하게 평가하여 그의 잘못을 지적하는 것은 헐뜯는 것이 아니고 마땅한 일이라는 뜻.

4298. 남의 잘못을 잘 꾸짖는 사람은 남과 원만하게 사귀지 못한다. (責人者 不全交) 〈景行錄〉

남의 결점을 꼬집어 내는 사람은 대인 관계가 원만할 수가 없다는 뜻.

4299. 남의 잘못을 책망하는 마음으로 자기 자신도 책망하라. (以責人之心責己) 〈范純仁〉

남의 잘못을 책망하는 그 마음으로 자기 자신의 잘못도 책망하게 되면 시정된다는 말.

4300. 남의 잘못이나 비밀을 들추어 내지 말라. (勿談人過惡及隱蔽之事) 〈海東續小學〉

남의 잘못이 있으면 조용히 충고를 할지언정 폭로를 해서는 안 되며 남의 비밀은 보장해 주어야 한다는 말.

4301. 남의 잘못이 있으면 너그러운 마음으로 참으라. (人有所過 含容而忍之) 〈朱子家訓〉

남이 잘못하는 일이 있어도 너그러운 마음으로 참고 용서해 주라는 말.

4302. 남의 잘잘못을 말한다. (論人長短)

남의 잘잘못에 대하여 말을 한다는 뜻.

4303. 남의 장단에 춤춘다.

(1) 자기의 주견(主見)으로 일을 하지 못하고 남의 의사(意思)에 따라 일을 한다는 뜻. (2) 계제 좋은 김에 한몫 끼인다는 뜻.

4304. 남의 장점을 보거든 내 단점을 고쳐야 한다. (以長補短) 〈説苑〉

남의 장점을 보거든 이것을 본받아 자신의 결함을 시정하도록 하라는 뜻.

4305. 남의 재난을 다행으로 여기는 것은 인자하지 못한 것이다. (幸災不仁) 〈春秋左傳〉

남이 불행하게 되었을 때 이것을 동정하지 않고 오히려 다행스럽게 여기는 것은 무자비한 소행이라는 말.

4306. 남의 재능과 덕망을 공경하고 사모하라. (敬慕才德) 〈慕齋集〉

남의 뛰어난 재능과 덕망에 대해서는 공경하는 동시에 그를 본받도록 하라는 뜻.

4307. 남의 재물을 빼앗는 것을 도둑이라고 한다. (竊人之財 猶謂之盜)　　〈春秋左傳〉
어떤 방법으로든지 남의 재산을 빼앗는 것은 도둑이라는 말.

4308. 남의 재화를 보고 좋아한다. (幸災樂禍)　　〈顔氏家訓〉
남이 재난을 당하거든 같이 걱정하고 위로해 주는 대신에 좋아한다는 뜻.

4309. 남의 정상을 잘 캐는 사람에게는 사람들이 잘 붙따르지 않는다. (善得情狀者 人不附)　　〈虞裳傳〉
남의 정상을 살피는 사람은 경계해야 할 사람이기 때문에 사람들이 가까이하지 않는다는 말.

4310. 남의 제사날도 우기겠다.
제대로 알지도 못하면서 아는 척하고 우김질만 한다는 뜻.

4311. 남의 제사에 감 놓아라 곶감 놓아라 한다.
남의 일에 너무 간섭이 심하다는 뜻.

4312. 남의 제사에 감 놓아라 배 놓아라 한다.
남의 일에 쓸데없는 참견을 한다는 말.

4313. 남의 제사에 곶감 놓아라 대추 놓아라 궁글어 간다 깎아 놓아라 한다.
남의 일에 지나치게 간섭해서는 안 된다는 말.

4314. 남의 제사에 제주(祭主) 노릇 한다.
남의 일에 건방지게 참견한다는 뜻.

4315. 남의 죽음이 내 고뿔만 못하다.
자기 것만 소중히 여기고 남의 것은 하찮게 여긴다는 말.

4316. 남의 지나간 잘못은 말하지 않는다. (不道舊故)　　〈禮記〉
비록 잘못한 것이 있더라도 그것이 지나간 것이면 말하지 말라는 말.

4317. 남의 지나간 잘못을 생각하지 말라. (不念人萬惡 : 不念人舊惡)
남이 잘못한 과거의 일은 잊어 버리도록 하라는 말.

4318. 남의 직위를 침범하는 것은 탐욕이다. (侵官冒也)　　〈春秋左傳〉
남의 직위를 침범하는 행동은 탐욕의 일종이라는 말.

4319. 남의 짐은 가벼워 보인다.
남이 당하는 고통은 비록 크더라도 자기가 당하는 고통보다는 가벼워 보인다는 말.

4320. 남의 집 과부 시집 가거나 말거나.
남의 일에 공연히 쓸데없이 참견한다는 것.

4321. 남의 집 과부 아이 밴 데 미역 걱정한다.
공연히 남의 집 일에 참견한다는 말.

4322. 남의 집 금송아지가 내 집 송아지만 못하다.
남의 집 것이 아무리 좋아도 제 집의 나쁜 것만 못하다는 말.

4323. 남의 집 금송아지보다 제 집 돼지새끼가 낫다.
남의 것은 아무리 좋아도 임의롭게 사용할 수 없지만 자기의 것은 비록 나쁜 것일지라도 임의롭게 사용할 수 있으므로 자기의 것을 소중히 여기라는 말.

4324. 남의 집 낭군은 자동차만 타는데 우리 집 낭군은 밭 고랑만 탄다.
남의 집 남편은 출세를 하였는데 자기 남편은 농사일만 하고 있다는 뜻.

4325. 남의 집 마누라 개짐 걱정한다.
쓸데없는 남의 걱정을 한다는 뜻. ※ 개짐 : 여자 월경대.

4326. 남의 집 마당 터진 데 솔 뿌리 걱정한다.
쓸데없이 남의 걱정을 한다는 말. ※솔 뿌리 : 옛날에는 솔뿌리를 끈으로 사용한 데서 나온 말.

4327. 남의 집 머슴살이와 벼슬살이는 끓던 밥도 두고 간다.
머슴과 관리는 항상 상부의 명령에 의하여 행동한다는 뜻.

4328. 남의 집 불 구경 않는 사람 없다.
불 구경은 아무리 점잖은 사람이라도 한다는 말.

4329. 남의 집 소경은 쓸어나 보는데 우리 집 소경은 쓸어도 못 본다.
남들은 제 집 사정을 애써서 알려고 하는데 자기 집 사람은 알려고 하지도 않는다는 말.

4330. 남의 집에서 잔치한다.
제 일을 제 힘으로 하지 않고 남의 덕으로 일을 한다는 뜻.

4331. 남의 집에 오래 머물러 있으면 남이 천히 여긴다. (久住令人賤)　　〈康節邵〉
남의 집에 오래 묵어 있으면 대접을 받을 수 없다는 말.

4332. 남의 집 이밥보다 제 집 보리밥이 낫다.

자기의 것이 비록 나쁠지라도 소중히 여기도록 하라는 뜻.

4333. 남의 집 이밥보다 제 집 죽이 낫다.
남의 것은 실속이 없지만 제 것은 실속이 있다는 뜻.

4334. 남의 집 잔치에 감 놓아라 곶감 놓아라 한다.
남의 일에 공연히 쓸데없는 참견을 한다는 말.

4335. 남의 집 장님은 살펴본다. (他瞽能視)
〈東言解〉
남의 집 장님은 눈으로는 보지 못해도 살펴서 안다는 말.

4336. 남의 집 제사날 가지고 다툰다.
잘 알지도 못하는 주제에 아는 척하고 다투기를 좋아한다는 뜻.

4337. 남의 집 제사에 절한다.
자기와 아무 상관도 없는 남의 집 제사에 절을 하듯이 멋도 모르고 남의 일에 참견한다는 뜻.

4338. 남의 집 찬장에 둔 밥 보고 점심 굶는다.
남은 줄 생각도 않는데 남의 것을 몹시 바란다는 말.

4339. 남의 집 친환에 단지(斷指)한다.
(1) 남의 부모 병에 손가락 끊듯이 남의 일에 공연히 걱정한다는 말. (2) 남의 일에 쓸데없이 참견한다는 말.
※ 단지 : 옛날 죽어 가는 부모를 회생(回生)케 하기 위하여 손가락을 끊어 피를 먹여드리는 일.

4340. 남의 착한 것을 말하는 것은 곧 착한 행동이다. (道人善 卽是善)
〈李子潛〉
남의 착한 것을 찬양하는 것도 하나의 착한 행동이라는 말.

4341. 남의 착한 일은 즐겁게 해주어야 한다. (樂人之善)
〈景行錄〉
남이 착한 일을 하였을 때는 즐겁게 축하해 주어야 한다는 뜻.

4342. 남의 착한 일을 들으면 기뻐하고 항상 이야기하라. (聞人善則喜而常談之)
〈海東續小學〉
남의 착한 일은 자기의 일같이 기뻐하면서 오래 두고 이야기하여 널리 알려야 한다는 뜻.

4343. 남의 착한 일을 들으면 질투한다. (聞人之善 嫉之)
〈柳玭〉
남의 착한 일을 들으면 칭찬하지 않고 질투를 한다는 말.

4344. 남의 착한 점을 보거든 자신도 본따도록 하라. (見人善 卽思齊)
〈李子潛〉
남의 착한 점을 보거든 자신도 그와 같은 착한 점을 본따서 자신의 소유물로 만들도록 하라는 말.

4345. 남의 착한 점을 보거든 자신의 착한 점도 찾아 보라. (見人之善 而尋己之善)
〈性理書〉
남의 착한 점을 발견하거든 자신에게도 그와 같은 착한 점이 없는가 반성하여 보라는 뜻.

4346. 남의 착한 점이 있거든 찬양해 주도록 하라. (人有善則揚之)
〈朱子家訓〉
남이 잘하는 일이 있으면 잘 살펴서 찬양해 주도록 하라는 말.

4347. 남의 착한 행실은 찬양해 주고 남의 악한 짓은 가리워 주라. (揚人善 掩人惡)
〈權重顯〉
남의 착한 일은 되도록 널리 알려 주도록 하고 남의 악한 일은 남들에게 알려서는 안 된다는 말.

4348. 남의 참견 말고 제 발등에 불이나 끄랬다.
쓸데없이 남의 일에 참견하지 말고 제 일이나 꾸려 나가라는 뜻.

4349. 남의 천 냥이 내 돈 한 푼만 못하다.
남의 재산은 아무리 많아도 나에게는 소용이 없기 때문에 적어도 내 것이 낫다는 말.

4350. 남의 천 눈보다 아비의 두 눈이 낫다.
자기 자식은 남들이 보는 것보다 아비가 보는 것이 정확하다는 말.

4351. 남의 초상에 복 입는다.
남의 일에 공연히 참견한다는 말.

4352. 남의 총애를 믿고 뽐내는 것은 용감한 것이 아니다. (介人之寵 非勇也)
〈春秋左傳〉
남의 세력을 이용하여 뽐내는 것은 용감한 짓이 아니라는 말.

4353. 남의 충고를 따르는 것은 마치 구슬을 굴리는 것 같다. (從諫若轉圜)
남의 충고를 받아들이는 것은 구슬을 굴리는 것같이 아름다운 짓이라는 말.

4354. 남의 충고를 따르는 것은 흐르는 물과 같다. (從諫如流)
남의 충고를 듣는 것은 물이 아래로 흐르듯이 당연한 일이라는 뜻.

4355. 남의 친기(親忌)도 우기겠다.
남의 부모 제사날을 제가 옳게 알고 있다고 우기듯이 알지도 못하면서 우기기는 잘 한다는 뜻.

179

4356. 남의 친환(親患)에 손가락 끊을 걱정한다.
　(1) 남의 일에 쓸데없는 걱정을 한다는 말. (2) 남의 일에 공연히 참견한다는 뜻.

4357. 남의 칼 빌려 살인한다. (借刀殺人)
　남을 이용하여 사람을 해치게 한다는 뜻.

4358. 남의 큰 잘못이 있으면 올바른 사리로써 책망하라. (人有大過 以理責之)　〈朱子家訓〉
　남이 큰 과오를 범하였을 때는 정당한 이유로써 책망해야 한다는 말.

4359. 남의 팔매에 밤 줍는다.
　(1) 남에게 도움을 받고 산다는 뜻. (2) 남의 재물을 착취한다는 뜻.

4360. 남의 허물은 보기 쉬워도 제 허물은 보기 어렵다.
　남이 잘못한 것은 발견하기 쉬워도 자기의 잘못은 발견하기 어렵다는 말.

4361. 남의 혼란을 틈타서 이익을 꾀해서는 안 된다. (無怙亂)　〈春秋左傳〉
　남들의 혼란한 약점을 이용하여 이익을 꾀하는 것은 의롭지 못하다는 뜻.

4362. 남의 횃불에 가재 잡는다.
　남의 덕분으로 자기의 소망을 쉽게 달성하였다는 뜻.

4363. 남의 횃불에 조개 잡는다.
　남의 힘을 빌려서 일을 한다는 말.

4364. 남의 후리매에 밤 주워 담는다.
　(1) 남의 덕에 산다는 말. (2) 남의 재물을 착취한다는 말.

4365. 남의 흉 보고 내 흉 먼저 고치랬다.
　남의 흉이 있거든 내 자신에게도 그런 흉이 없는가 반성하여 고치라는 말.

4366. 남의 흉 보고 제 흉 고치랬다.
　남의 잘못을 봤거든 자기 잘못을 고칠 줄 알아야 한다는 뜻.

4367. 남의 흉 보는 놈이 제 흉은 열 둘이다.
　남의 흉을 잘 보는 사람일수록 자기의 흉은 많다는 말.

4368. 남의 흉 석 달 안 간다.
　남의 흉을 보는 것은 오래 가지 못한다는 말.

4369. 남의 흉은 홍두깨로 보이고 제 흉은 바늘로 보인다.
　남의 잘못은 크게 보이고 자기의 잘못은 작게 보이는

것이 사람의 상사(常事)라는 뜻.

4370. 남의 흉을 보면 제 흉이 된다.
　남의 흉을 보는 사람이 제 흉은 못 고친다는 뜻.

4371. 남의 흉이 제 흉이다.
　남의 잘못을 발견하거든 자신의 잘못도 고칠 줄 알아야 한다는 뜻.

4372. 남의 흉 하나 보는 놈이 제 흉 열은 모른다.
　흔히 제 흉 많은 사람이 남의 흉 보기를 좋아한다는 뜻.

4373. 남의 흉 하나 보지 말고 내 흉 열 가지를 찾아라.
　남의 흉을 보려고 하지 말고 먼저 내가 가진 흉을 고치도록 하라는 뜻.

4374. 남의 흉 한 가지면 내 흉은 열 가지다.
　내가 남보다 흉이 더 많으니 남의 흉을 보지 말고 내 흉을 고치도록 하라는 말.

4375. 남의 흉한 일은 민망하게 여겨야 한다. (悶人之凶)　〈景行錄〉
　남이 흉한 일을 당하거든 민망하게 생각해야 한다는 말.

4376. 남의 흉 한 치는 봐도 제 흉 한 자는 모른다.
　남의 잘못은 사소한 것도 볼 수 있지만 자신의 잘못은 큰 것도 모른다는 말.

4377. 남이 걸어가면 나도 걷고 남이 뛰면 나도 뛰어야 한다. (步亦步 趨亦趨)　〈莊子〉
　(1) 군중들이 하는 대로 따라서 행동해야 한다는 뜻. (2) 제자는 선생이 하는 대로 본을 뜬다는 뜻.

4378. 남이 나에게 하는 것이 좋지 못한 일은 나도 남에게 시키지 말아야 한다. (不欲人之加諸我 吾亦欲無加諸人)　〈論語〉
　내가 싫어하는 일은 남에게 시키지 말아야 한다는 뜻.

4379. 남이 남의 잘못을 말하더라도 이에 화합하지 말라. (聞人言人之惡 則未嘗和)　〈康節邵〉
　남이 남의 잘못을 말하는 일이 있더라도 나는 이에 참견해서는 안 된다는 말.

4380. 남이 내 상전 무서워할까? (他不畏之吾上典)　〈東言解〉
　제 상전은 저나 무서워하지 남은 무서워하지 않듯이 권세도 자기 세력권 내에서나 무서워한다는 말.

4381. 남이 내 얼굴에 뱉은 침은 저절로 마르게 두렸다. (唾面自乾)

남이 모욕(侮辱)하는 일이 있더라도 참고 있으면 저절로 해명이 된다는 뜻.

4382. 남이 눈 똥에 주저앉고 애매한 두꺼비 떡돌에 치인다.

남이 저지른 잘못으로 인하여 애매하게 화(禍)를 당한다는 말.

4383. 남이 눈 똥에 주저앉는다.

남의 잘못으로 자기가 애매하게 해를 받게 된다는 말.

4384. 남이 당하는 불행을 기뻐한다. (幸人之不幸)

남이 잘못되는 것을 제가 잘된 것 같이 기뻐하는 심술 많은 사람이라는 뜻.

4385. 남이 떡 먹는데 팥고물 떨어지는 걱정한다.

남의 일에 쓸데없는 걱정을 한다는 말.

4386. 남이 두려워하는 것이면 나도 두려워하지 않을 수 없다. (人之所畏 不可不畏) 〈老子〉

남이 두려워하는 것은 다 같이 두려워하게 된다는 뜻.

4387. 남이 둔 것은 독도 못 찾는다.

남이 취급했던 물품은 찾기가 어렵다는 말.

4388. 남이 둔 것은 소도 못 찾는다.

남이 둔 물건은 소와 같이 큰 것도 못 찾듯이 남이 둔 물건은 찾기가 몹시 어렵다는 말.

4389. 남이 듣지 않게 하려면 말을 하지 말라. (欲人無聞 莫如勿言) 〈尹和靖〉

남이 들어서 안 될 말이라면 아예 말을 하지 말라는 뜻.

4390. 남이 듣지 않으려고 하거든 말하지 않는 것만 못하다. (欲人勿聞 莫若勿言) 〈修身要訣〉

남이 듣고 싶어하지 않는 일은 말하지 않는 것이 낫다는 말.

4391. 남이 맞는 매는 아파 보이지 않는다.

남이 당하는 고통은 아무리 커도 자기가 당하고 있는 고통만 못하다는 뜻.

4392. 남이 먹는 팥떡에 고물 떨어지는 걱정 하는 격이다.

남의 일에 쓸데없는 걱정을 공연히 한다는 뜻.

4393. 남이 모르는 복은 기뻐해서는 안 된다. (不喜內福) 〈列子〉

정당한 복이 아니거든 기뻐하지 말라는 말.

4394. 남이 버리면 나는 줍는다. (人棄我取)

남들이 버리는 것을 주워 모아 두면 언젠가는 쓰인다는 말.

4395. 남이 보기에 온당하지 못하다. (望之不似)

군중들이 온당하게 보지 않고 있다는 말.

4396. 남이 보지 않는 데서도 삼가해야 한다. (戒愼乎 其所不視) 〈中庸〉

남들이 보지 않는 곳이라고 함부로 행동하고 남들이 보는 곳이라고 잘 할 것이 아니라 언제든지 어디서나 항상 삼가해야 한다는 뜻.

4397. 남이 부치는 편지는 중간에서 뜯어 보거나 지체해서는 안 된다. (人附書信 不可開析沈滯) 〈范益謙〉

남이 전해 달라는 편지는 중간에서 뜯어 보거나 또는 지체하지 말고 속히 전해 주라는 말.

4398. 남이 비방하는 말을 듣더라도 노여워하지 말라. (聞人之謗 未嘗怒) 〈康節邵〉

남이 나를 비방하는 일이 있더라도 너그럽게 참아야 한다는 말.

4399. 남이 싫어하는 것은 나도 또한 싫어하게 된다. (人之所惡者 吾亦惡之) 〈荀子〉

남이 싫어하는 것은 나도 싫어하게 되기 때문에 내가 싫어하는 것은 남에게 피해를 주게 되므로 삼가해야 한다는 뜻.

4400. 남이 싫어하는 것을 좋아한다. (好人之所惡) 〈大學〉

남이 싫어하는 것을 같이 싫어하지 않고 반대로 좋아한다는 말.

4401. 남이 알려고 하지 않으면 알려 주지 않는 것만 못하다. (欲人勿知 莫若勿爲) 〈修身要訣〉

남이 알고 싶어하지 않는 일은 알려 주지 않는 것이 좋다는 말.

4402. 남이 알지 못하게 하는 일은 하지 않는 것만 못하다. (欲人勿知 莫如勿爲) 〈茶山論叢〉

남이 비밀에 붙이는 일은 하지 않는 것이 좋다는 말.

4403. 남이야 똥 뒷간에서 낚시질을 하건 말건 간섭 말랬다.

남이야 무슨 짓을 하거나 일체 간섭하지 말라는 말.

4404. 남이야 전봇대로 이를 쑤시건 말건 참견 말랬다.

남이야 무슨 일을 하거나 아무 참견도 하지 말라는 뜻.

4405. 남이야 지게를 지고 제사를 지내건 말건.
남이야 무슨 짓을 하든지 상관하지 말라는 뜻.

4406. 남이 열 가지에 능하거든 나는 천 가지에 능하라. (人十能人 己千能之)　〈中庸〉
무슨 일이든지 남보다 더 잘하도록 노력을 하라는 뜻.

4407. 남이 은장도(銀粧刀) 찬다고 식칼 차고 나선다.
남이 장식용 은장도를 차니까 식칼을 차듯이 남이 무엇을 한다니까 아무것도 모르면서 흉내만 낸다는 뜻.

4408. 남이 의심하는 사람이라고 다 속이는 사람은 아니다. (疑人者 人未必皆詐)　〈菜根譚〉
남에게 의심을 받는 사람이라고 무슨 일이든지 속이지는 않는다는 뜻.

4409. 남이 장에 가니까 무릎에 망건 씌우고 나선다.
남이 무엇을 한다니까 내용도 모르고 저도 그것을 따라 하려고 급히 서둔다는 뜻.

4410. 남이 장에 가니 거름 지고 장에 간다.
남의 행동을 비판도 하지 않고 맹목적으로 모방하려고 하는 사람을 가리키는 말.

4411. 남이 장에 가니 나도 장에 간다는 격이다.
아무 목적도 없이 남이 하는 대로 따라 한다는 뜻.

4412. 남이 장에 간다고 거름 지고 나선다.
남이 무엇을 한다니까 멋도 모르고 따라서 행동한다는 말.

4413. 남이 장에 간다니까 씨오장이 떠서 지고 간다.
남이 장에 간다니까 멋도 모르고 따라가듯이 자기의 주견(主見)도 없이 맹목적(盲目的)으로 따라서 행동한다는 뜻.

4414. 남이 좋아하는 것을 싫어한다. (惡人之所好)　〈大學〉
남이 좋아하는 것은 같이 좋아하지 않고 싫어한다는 말.

4415. 남이 착하다고 하거든 나아가 어울리도록 하라. (聞人之善 就而和之)　〈康節邵〉
착한 사람이라는 소문이 난 사람과는 친하게 교제하라는 말.

4416. 남이 치는 장단에 엉덩이 춤춘다.
(1) 자기의 주관(主觀)이 없이 남이 하는 대로 따라한다는 뜻. (2) 자기와는 관계가 없는 일에 잘난 체하고 참견한다는 뜻.

4417. 남이 칭찬하는 말을 듣더라도 기뻐하지 말라. (聞人之譽 未嘗喜)　〈康節邵〉
남이 나를 칭찬하는 일이 있더라도 기뻐하지 말고 냉정해야 한다는 뜻.

4418. 남이 하나를 하면 나는 백을 하라. (人一己百)　〈中庸〉
무슨 일이나 남보다 많이 하도록 노력하라는 뜻.

4419. 남이 하는 대로 따라서 비평한다. (雷同批評)
남을 비평함에 있어서 자기 주관이 없이 남이 하는 대로 한다는 뜻.

4420. 남이 하는 일은 나도 한다.
그나 나나 다 같은 사람이기 때문에 노력만 한다면 나도 다 할 수 있다는 뜻.

4421. 남이 하면 한 손가락으로 하고 내가 하면 다섯 손가락으로 하랬다.
제 일은 잘 해도 남의 일은 도와 주지 않는다는 뜻.

4422. 남 일 잘 하는 놈이 제 일은 않는다.
남의 집 일은 잘 해주면서도 제 집 일은 조금도 않는다는 뜻.

4423. 남 임 보고 내 임 보면 안 나던 생각도 절로 난다.
남의 남편을 보고 자기 남편을 보면 생각하지 않고 있던 불평 불만이 저절로 생긴다는 말.

4424. 남자가 나이를 먹어 자라거든 술을 즐기는 버릇을 못하게 하라. (男年長大 莫習樂酒)　〈姜太公〉
어른이라 할지라도 술을 과음(過飮)하는 버릇이 있어서는 안 된다는 뜻.

4425. 남자가 버는 것은 황소 걸음이요 여자가 버는 것은 가랑이 걸음이다.
돈은 남자 수입이 크고 여자 수입은 하찮다는 말.

4426. 남자가 부뚜막 살림을 간섭하면 계집을 못 거느린다.
남자가 여자의 살림까지 간섭하면 가정이 화목하게 되지 않는다는 말.

4427. 남자가 앓으면 집안이 망하고 여자가 앓으면 살림이 안 된다.
가장(家長)인 남자가 앓으면 경제적으로 타격을 받게 되고 주부인 여자가 앓으면 살림을 못 하게 되므로 다 건강해야 집안이 잘 된다는 뜻.

4428. 남자가 여자에게 눌리면 집안이 안 된다.
여자의 내주장이 지나치면 그 가정은 잘 되지 않는다는 뜻.

4429. 남자는 거짓말과 갈모는 가지고 다녀야 한다.
남자는 다급할 때 거짓말을 해서라도 모면할 수 있는 수단이 있어야 한다는 뜻.

4430. 남자는 거짓말 세 자루는 가지고 다녀야 한다.
급할 때는 거짓말도 필요하기 때문에 남자들은 비상용으로 소유해야 한다는 뜻.

4431. 남자는 거짓말 세 자루와 우비는 가지고 다녀야 한다.
남자가 어려운 일을 하려면 거짓말도 필요하다는 뜻.

4432. 남자는 남 모르게 두 번 웃는다.
상처(喪妻)한 젊은 남자는 상처했을 때 또 한번 결혼하게 된다는 데서 속으로 한번 웃게 되고 재혼해서는 좋아서 또 웃게 된다는 뜻.

4433. 남자는 남의 자식을 못 데리고 살아도 여자는 남의 자식을 데리고 산다.
남자가 의붓 자식을 데리고 살기란 매우 어려운 일이라는 뜻.

4434. 남자는 들깨 한 말만 들어도 아이는 낳는다.
(1) 남자는 들깨 한 말 들 정도만 되어도 장가갈 수 있다는 뜻. (2) 늙은이는 들깨 한 말 들 정도의 근력만 있어도 자식은 둘 수 있다는 말.

4435. 남자는 마음이 늙고 여자는 얼굴이 늙는다.
남자는 마음이 먼저 늙고 여자는 얼굴이 먼저 늙게 된다는 말.

4436. 남자는 많은 지식이 있어야만 훌륭한 인재로 될 수 있다. (男子博識 便是才)
〈刻骨難忘記〉
남자는 지식이 풍부해야 크게 출세할 수 있게 된다는 뜻.

4437. 남자는 배짱으로 산다.
남자는 일하는 데 배짱이 있어야 한다는 말.

4438. 남자는 배짱이요 여자는 절개다.
남자는 무슨 일을 하든지 배짱이 있어야 하며 여자는 절개를 목숨과 같이 간직해야 한다는 말.

4439. 남자는 비위 치레를 해야 한다.
비위가 약한 남자는 어려운 일을 감당하지 못한다는 뜻.

4440. 남자는 스물 다섯까지는 큰다.
늦게 크는 사람은 스물 다섯이 될 때까지 키가 큰다는 말.

4441. 남자는 아무리 가난해도 계집과 탕반기(湯飯器)는 있다.
남자는 아무리 가난해도 마누라와 가마솥은 가지고 있다는 말.

4442. 남자는 안에서 하는 일을 말하지 않으며 여자는 밖에서 하는 일을 말하지 않는다. (男不言內 女不言外)
〈禮記〉
남자는 집안 살림에 대해서는 간섭하지 말고 여자는 남편이 하는 일에 대해서는 간섭하지 말라는 뜻.

4443. 남자는 양기가 원기이다.
남자는 양기가 좋아야 건강하지 양기가 좋지 못하면 건강도 쇠약하게 된다는 뜻.

4444. 남자는 의리(義理)가 생명이다.
남자는 의리를 생명과 같이 여기고 무슨 일이든지 의롭지 않은 것은 하지 말아야 한다는 뜻.

4445. 남자는 의리에 산다.
의리가 없으면 사내 구실을 못한다는 뜻.

4446. 남자는 하늘이고 여자는 땅이다.
남자의 위치도 중요하고 여자의 위치도 중요하다는 뜻.

4447. 남자 닮은 여자는 없어도 여자 닮은 남자는 있다.
온순한 남자는 있을 수 있지만 사내마냥 성격이 거친 여자는 없다는 뜻.

4448. 남자의 근심거리는 다 음식과 색욕에서 생기는 것이다. (男子之病 皆出於食色)
〈永嘉家訓〉
많은 경우에 남자들의 근심거리는 술과 여자 때문에 생긴다는 뜻.

4449. 남자의 말은 천 년이 가도 변하지 않는다. (丈夫一言 千年不改)
남자가 한번 한 말은 아무리 오래 가도 변해서는 안 된다는 말.

4450. 남자의 말 한 마디는 천금보다 무겁다.

(丈夫一言 重千金)
남자가 한번 한 말은 천금보다 무겁기 때문에 그대로
지켜야 한다는 말.

4451. 남자의 원수는 술과 계집이다.
남자로서 가장 경계해야 할 것은 술과 계집을 가까이
하지 말라는 뜻.

4452. 남자 팔자는 여자에게 달렸다.
남자가 행복하게 살고 못사는 것은 아내에게 달렸다
는 뜻.

4453. 남 잡이가 제 잡이다.
남을 해친다는 것이 도리어 자신이 해를 보게 되었다
는 말.

4454. 남쪽을 가리키기도 하고 북쪽을 가리키기
도 한다. (指南指北)
남쪽을 가리켰다 북쪽을 가리켰다 하듯이 어찌할 줄
을 모른다는 말.

4455. 남 주기 아까와하면서도 남에게서 바라기
는 많이 한다. (薄施厚望)   〈尹和靖〉
인색(吝嗇)한 짓을 하는 사람일수록 남의 것을 탐낸
다는 말.

4456. 남촌 양반치고 반역하고 싶지않은 양반 없
다.
옛날 서울 남촌에는 몰락한 양반들만 살고 있었기 때
문에 그들은 늘 불평 불만을 품고 반역의 뜻을 품고 있
었다는 말.

4457. 남촌의 몰락은 양반 동티다.
옛날 서울 남촌이 몰락되어 지저분한 것은 가난한 양
반들이 몰려 살고 있기 때문이라는 뜻.

4458. 남촌의 술이요 북촌(北村)의 떡이다.
(南酒北餠)
옛날 서울 남촌에서 파는 술 맛이 좋았고 북촌에서 파
는 떡 맛이 좋았다는 말.

4459. 남태령(南泰嶺) 등짐 장수 봇짐 들어 올리
듯 한다.
무거운 짐을 힘들게 들어 올리는 꼴을 보고 하는 말.
※ 남태령 : 과천에서 서울 오는 데 있는 관악산 기슭.

4460. 남편 밥은 누워 먹고 아들 밥은 앉아 먹
고 딸의 밥은 서서 먹는다.
여자가 의지하는 데는 딸보다 아들이 낫고 아들보다
는 남편이 낫다는 뜻.

4461. 남편 복이 없으면 자식 복도 없다.
남편을 잘못 만나면 가정적으로 불행하게 되기 때문
에 아들도 잘 교육시키지 못하게 되므로 아들 덕도 못
보게 된다는 말.

4462. 남편에게 번민이 없는 것은 아내가 어질
기 때문이다. (夫無煩惱是妻賢)   〈景行錄〉
남편에게 괴로움이 없는 것은 어진 아내가 치산(治産)
을 잘한 덕이라는 말.

4463. 남편은 귀머거리가 돼야 하고 아내는 장
님이 돼야 부부가 잘 산다.
시집살이가 심한 집에서는 남편은 귀머거리가 돼야 하
고 아내는 장님 노릇을 해야 잘살 수 있다는 뜻.

4464. 남편은 너그럽고 의롭게 대해야 하며 아내
는 유순하고 바르게 대해야 한다. (夫和而義
妻柔而正)   〈春秋左傳〉
가정에서 남편은 관대하고 의로와야 하며 아내는 유
순하고 정직해야 집안이 화목하다는 말.

4465. 남편은 두레박이요 아내는 항아리다.
두레박으로 물을 길어 항아리에 채우듯이 남편은 돈
을 벌어 오면 아내는 잘 모아서 치부(致富)한다는 말.

4466. 남편을 잘못 만나면 당대의 원수요 아내를
잘못 만나면 이 대 원수다.
남편을 잘못 만나는 것은 죽을 때까지 원수이고 아내
를 잘못 만나면 아들대까지 원수가 된다는 말.

4467. 남편을 잘못 얻으면 평생 원수다.
여자는 남편을 한번 잘못 얻으면 큰 고질이라는 뜻.

4468. 남편의 귀한 것은 화목이다. (夫之所貴者
和也)   〈朱子家訓〉
남편으로서 가장 귀한 것은 가정을 화목하게 하는 데
있다는 뜻.

4469. 남편이 하자면 아내는 따른다. (夫者倡 婦
者隨 : 夫唱婦隨)   〈關尹子〉
옛날 봉건 사회에서아내는 무조건 남편을 따르라는 말.

4470. 남편 잘못 만나도 평생 원수고 아내 잘못
만나도 평생 원수다.
부부간에 짝이 기울면 평생을 두고 원수같이 살아야
한다는 뜻.

4471. 납으로는 칼을 만들지 못한다. (鉛不可以
爲刀)   〈淮南子〉
납과 같이 무른 재질로써는 칼을 만들어도 쓸모가 없
듯이 사람도 용감하지 못한 사람은 군인으로 될 수 없
다는 뜻.

4472. 납으로 만든 칼이다. (鉛刀)   〈左思〉

납으로 만든 칼은 쓸 수가 없듯이 쓸모가 없다는 말.

4473. 납일(臘日) 전에 눈이 세 번 오면 풍년이
든다. (臘前三白)

동지(冬至) 지난 세째 술일(戌日)인 납일 전에 눈이
여러 번 오면 보리 풍년이 든다는 말.

4474. 납천장(臘川場)을 만든다.

1812년 평안북도 정주(定州) 남천장에서 홍 경래(洪景
來)가 참패(慘敗)했다는 데서 유래된 말. (1)몹시 매
를 맞았다는 뜻.(2)형세가 불리하여 꼼짝 못한다는 뜻.

4475. 납청장(納淸場)이 되었다.

(1) 치명적(致命的)인 타격을 받았다는 말. (2) 무슨 물
건이 눌려서 납작하게 되었다는 말.

4476. 낫 놓고 기역자도 모른다.

대단히 무식하다는 말.

4477. 낫다는 놈이 이기고 못하다는 놈이 진다.
(優勝劣敗)

우수하면 이기고 열세하면 지게 마련이라는 뜻.

4478. 낫으로 눈 가리는 격이다. (以鎌遮眼)
〈旬五志, 松南雜識〉

넓이가 좁고 가는 낫으로 눈을 가리고 제 몸이 다 숨
은 줄 안다함이니, (1) 숨기려되 숨기지 못한다는 뜻.
(2) 미련하여 경우에 맞는 처신(處身)을 못한다는 말.

4479. 낫으로 삼밭 치듯 한다.

낫으로 삼밭을 칠 때 삼대가 쓰러지듯이 함부로 쓰러
지는 꼴을 보고 하는 말.

4480. 낫을 댈 곡식이 전혀 없다. (全不掛鎌)

흉년이 몹시 들어 낫으로 벨 곡식이 하나도 없다는 말.

4481. 낭떠러지기 직전에서 말을 세우는 모험이
다. (懸崖勒馬)

낭떠러지에 떨어지기 직전에 아슬아슬하게 말을 세우
듯이 겨우 위험을 모면하였다는 말.

4482. 낫 도깨비 같다.

도깨비는 밤에나 나오는 것인데도 불구하고 낮에 나
오듯이 하는 짓이 뻔뻔스럽고 해괴한 짓만 한다는 말.

4483. 낫 도깨비에게 홀렸다.

아무리 생각하여도 이해가 되지 않는다는 뜻.

4484. 낮 말은 새가 듣고 밤 말은 쥐가 듣는다.
(晝言雀聽 夜言鼠聽) 〈東言解, 耳談續纂〉

낮에나 밤에나 항상 어디서나 듣고 있기 때문에 비밀
이란 존재할 수 없으니 말을 조심하라는 뜻.

4485. 낮에 나서 밤에 자란 놈 같다.

밝은 낮에 나서 어둔 데서 자랐는지 아무것도 모르
는 멍청이 같다는 말.

4486. 낮에 나서 밤에 컸나?

밝은 낮에 나서 어둔 밤에만 컸는지 답답하고 모자라
는 짓만 한다는 뜻.

4487. 낮에 난 도깨비다. (晝出魍魎 : 白日出鬼 :
晝魍魎) 〈東言解〉

(1) 밤에라야 나오는 도깨비가 낮에 나오듯이 몹시 뻔
뻔스럽다는 뜻. (2) 해괴 망측한 짓을 한다는 뜻.

4488. 낮에 난 박쥐다.

밤에라야 나오는 박쥐가 낮에 나오듯이 매우 뻔뻔스
러운 짓을 한다는 뜻.

4489. 낮에 낳은 자식은 아비를 닮고 밤에 낳는
자식은 어미를 닮는다. (晝生者類父 夜生者似
母) 〈家語〉

옛날 음양설(陰陽說)에서 남자는 양이고 여자는 음이
기 때문에 낮(양)에는 남자(양)가, 밤(음)에는 여자
(음)가 낳게 된다는 데서 나온 말.

4490. 낮에는 눈이 있고 밤에는 귀가 있다.

(1) 말은 언제나 조심해야 한다는 뜻. (2) 비밀이란 있
을 수 없다는 뜻.

4491. 낮에는 보는 사람이 있고 밤에는 듣는 사
람이 있다.

세상에는 비밀이 있을 수 없다는 뜻.

4492. 낮에는 일군이지만 밤이면 임금 되는 꿈꾼
다. (役夫之夢)

비록 일하는 일군이기는 하지만 포부(抱負)는 크다는
말.

4493. 낮에는 큰 소리치고 밤에는 굽신거린다.

줏대가 없는 남자가 남들 보는 데서는 큰소리를 치
지만 밤이 되면 아내에게 꼼짝도 못하게 된다는 뜻.

4494. 낮에는 풀 베고 밤에는 새끼 꼰다. (晝爾
于茅 宵爾索綯) 〈詩經〉

낮에나 밤에나 별로 쉬지도 않고 부지런히 일한다는
말.

4495. 낮에 든 도둑이다. (白日之盜)

밤에 하는 도둑질을 뻔뻔스럽게 낮에 하듯이 염치도
없이 남의 것을 탐낸다는 말.

4496. 낮에 생각한 것이 밤에 꿈꾸인다. (晝思夜
夢)

무엇을 늘 생각하게 되면 꿈이 꾸이게 된다는 뜻.

4497. 낮에 옛이야기를 좋아하면 가난하게 산다.
　대낮에 일도 않고 이야기만 하고 노는 사람은 가난할
　수 밖에 없다는 뜻.

4498. 낮은 땅에 물도 고인다.
　겸손한 사람이라야 남들이 가까이하고 도와도 준다는
　뜻.

4499. 낮은 데 물도 고인다.
　자신을 낮추는 겸손한 사람이라야 호평을 받는다는 뜻.

4500. 낮은 사람의 재물을 탐하여 부를 이룬다.
　(貪鄙者富)　　　　　　　　　　　　　　〈三略〉
　국민들의 재산을 착취하여 관리가 부를 이루었다는 말.

4501. 낮은 짧고 밤이 길다. (晝短夜長)
　동지(冬至)를 중심으로 낮이 짧고 밤이 긴 계절을 말
　함.

4502. 낮이 길고 밤이 짧다. (晝長夜短)
　하지(夏至)를 중심으로 낮이 길고 밤이 짧은 계절을
　말함.

4503. 낮일 할 때 찬 담배 쌈지 같다.
　일하는 데 찬 담배 쌈지가 거추장스럽듯이 어떤 조그
　마한 것이 성가시게 한다는 말.

4504. 낮잠에 꿈꾼다. (午夢)
　낮잠에 꾸는 꿈은 대수로운 꿈이 아니듯이 대수롭지
　않은 일이라는 뜻.

4505. 낯가죽을 벗긴다. (剝面皮)
　한번 따끔하게 나무라서 부끄러운 줄도 알게 만든다
　는 말.

4506. 낯가죽이 두꺼워 부끄러운 줄을 모른다.
　(厚顔無恥)
　낯가죽이 두꺼워서 도무지 부끄러움도 모르고 염치
　도 없다는 말.

4507. 낯가죽이 두껍기도 하다. (面厚皮)
　낯가죽이 두꺼워서 도무지 부끄러움도 모른다는 말.

4508. 낯가죽이 쇠가죽같이 두껍다. (面張牛皮)
　낯가죽이 몹시 두꺼워서 도무지 부끄러운 것을 모른
　다는 말.

4509. 낯 간지러워 혼났다.
　미안하고 부끄러워 매우 입장이 곤란하였다는 뜻.

4510. 낯바닥이 땅 두께 같다.
　잘못이 있어도 부끄러워할 줄 모르는 행동을 욕하는
　말.

4511. 낯바닥이 홍당무 같다.
　부끄럽거나 무안하여 얼굴이 붉어짐을 이르는 말.

4512. 낯빛은 반드시 온화하게 가져야 한다.
　(色必以和)　　　　　　　　　　　　　〈申師任堂〉
　얼굴은 항상 온화한 표정을 가져야 한다는 말.

4513. 낯은 알아도 속은 모른다.
　얼굴만 보아서는 그 사람의 속은 모른다는 말.

4514. 낯이 화끈하다.
　너무도 무안하여 얼굴에 불을 대는 것같이 화끈하게
　된다는 뜻.

4515. 낯짝 값도 못한다.
　낯짝은 못되게 생기지 않았는데 행동은 못된 짓만 하
　기 때문에 얼굴 값도 못한다는 말.

4516. 낯짝도 못 내놓겠다.
　너무나 염치없는 짓을 하여 대할 면목이 없다는 말.

4517. 낯짝 뜯어먹고는 못 산다.
　외부만 화려하고 내부가 알차지 못하면 잘살지 못하
　게 된다는 말.

4518. 낯짝에 똥 칠만 한다.
　얼굴을 들 수 없는 큰 망신을 당하게 되었다는 뜻.

4519. 낯짝에 밥풀 하나 안 붙었다.
　얼굴 상이 매우 궁하게 생긴 사람을 보고 하는 말.

4520. 낯짝은 사람인데 마음은 짐승이다. (人面
　獸心)
　얼굴만 사람이고 마음씨는 짐승과 같은 못된 사람이
　라는 말.

4521. 낯짝이 뻔뻔스럽다.
　잘못하고도 조금도 양심의 가책(苛責)을 받지 않고 있
　다는 말.

4522. 낯짝이 뻔히 보인다.
　잘못하고도 부끄러운 줄을 모르기 때문에 그 얼굴이
　쳐다보인다는 말.

4523. 낯짝이 화끈하다.
　하도 부끄러워 얼굴에 불을 끼얹은 것같이 화끈해진
　다는 말.

4524. 낱낱이 알려진 여론이다. (爛商公論)
　어느 것이나 다 알고 있는 여론이라는 말.

4525. 낱낱이 폭로하면서 토론한다. (爛商討論)
　하나하나를 다 폭로해 가면서 토론을 한다는 말.

4526. 낳는 날부터 재우는 것이 아기다.

어린 아이는 재우는 것이 일이라는 말.

4527. 낳는 놈마다 장군만 낳는다.
(1) 자식을 낳는 놈마다 다 튼튼한 아이만 낳는다는 뜻.
(2) 자식들이 모두 못된 짓만 한다는 말.

4528. 낳은 공보다 기른 공이 더 크다.
자식은 낳기보다도 기르는 공이 매우 크다는 뜻.

4529. 낳은 자식보다 기른 자식이 낫다.
자식을 낳기만 하고 기르지 않은 자식보다는 남의 자식이라도 길러서 정이 든 자식이 낫다는 뜻.

4530. 낳은 정 기른 정 다 들었다.
어머니가 아들을 낳아 다 키워 놓았다는 말.

4531. 내가 가면 아주 가며 아주 간들 잊을소냐.
정들고 이별하는 사람이 어찌 이별한다고 옛정을 잊을 수가 있겠느냐는 뜻.

4532. 내가 공손하면 남의 노여운 기분도 편안하게 할 수 있다. (我恭則可以平人之怒氣) 〈修身要訣〉
남이 노여워할 때라도 내가 공손하게 대하여 주면 그의 노여움도 풀리게 된다는 말.

4533. 내가 기른 개가 내 발뒤축을 문다. (予所畜犬 酒噬我踹), (我畜猥 嚙吾踝) 〈耳談續纂〉, 〈洌上方言〉
자기가 은혜를 베풀어 준 사람에게서 도리어 해를 입게 되었다는 말.

4534. 내가 기른 개가 내 장딴지 문다. (予所畜犬 酒噬我腨) 〈耳談續纂〉
자기의 도움을 받은 사람이 도리어 자기를 해롭게 한다는 말.

4535. 내가 남만 못하다고 한탄하지 말라. (莫恨我不如人) 〈刻骨難忘記〉
내가 남만 못하다고 한탄을 하지 말고 나도 노력하면 남과 같이 될 수 있다는 의욕을 가지고 일을 하라는 뜻.

4536. 내가 남보다 낫다고 자랑하지 마라. (休誇我能勝人) 〈刻骨難忘記〉
내가 남보다 낫다고 자만하는 사람은 더 발전할 수 없기 때문에 삼가하라는 말.

4537. 내가 남에게 베푼 공이 있거든 마음에 새겨두지 말라. (我有功於人不可念) 〈菜根譚〉
내가 남에게 은공을 베푼 일은 새겨 두지 말고 잊어

버리라는 뜻.

4538. 내가 남에게 악하게 한 일이 없으면 남도 나에게 악하게 하는 일이 없다. (我旣於人無惡 人能於我無惡哉) 〈莊子〉
내 자신이 남에게 악한 짓을 하지 않는 이상 남도 나에게 악한 일을 하지는 않는다는 뜻.

4539. 내가 남을 손해 보이면 이는 화가 된다. (我虧人是禍) 〈康節邵〉
남을 해롭게 하면 그도 앙갚음을 하게 되기 때문에 재화를 당하게 된다는 말.

4540. 내가 남을 존대해야 남도 나를 존대한다.
내가 먼저 남에게 잘해 주어야 남도 나를 잘해 주게 된다는 뜻.

4541. 내가 남을 해치지 않으면 남도 나를 해치지 않는다. (我不害人 人不害我) 〈修身要訣〉
내가 남을 해롭게 안하면 남도 나를 해롭게 않기 때문에 내가 피해를 당했을 때는 자신을 반성하라는 뜻.

4542. 내가 부를 노래를 네가 부른다. (我歌君唱) 〈旬五志〉
(1) 내가 할 말을 남이 먼저 한다는 말. (2) 내가 탓하려고 하였더니 오히려 그가 나를 탓한다는 말.

4543. 내가 부를 노래를 사돈이 부른다. (我歌查唱) 〈東言解〉
(1) 자기가 하려고 했던 말을 남이 먼저 하였다는 말.
(2) 자기가 남을 탓하여 꾸짖으려고 하였더니 오히려 그가 먼저 자기를 나무란다는 말.

4544. 내가 뿌린 씨는 내가 거두게 마련이다.
자기가 한 일은 자기가 책임을 지게 된다는 뜻.

4545. 내가 싫은 것은 남에게도 시키지 말아야 한다. (己所不欲 勿施於人)
자기가 싫은 것은 남도 싫어하게 되기 때문에 시켜서는 안 된다는 뜻.

4546. 내가 오래 살고 싶거든 오로지 정신을 수양하도록 하라. (我要多壽 全在養精神) 〈刻骨難忘記〉
장수를 하는 비결은 신체를 단련하는 것도 중요하지만 아울러 정신적 수양도 중요하다는 뜻.

4547. 내가 옳다고 찾아 주는 사람은 나의 친구이다. (是我而當者 吾友也) 〈荀子〉
내가 옳다고 찾아 주는 사람은 의지(意志)가 서로 통하기 때문에 친구가 될 수 있다는 말.

4548. 내가 잘못한다고 찾아 주는 사람은 나의
　스승이다. (非我而當者 吾師也)　　〈荀子〉
　나의 잘못을 충고하여 줄 수 있는 사람은 나보다 수
　준이 높고 아는 것도 많기 때문에 스승이 될 수 있다
　는 말.

4549. 내가 좋아하면 남도 좋아한다.
　내가 좋아하는 것은 남도 좋아하기 때문에 남을 위하
　여 양보하도록 하라는 뜻.

4550. 내가 중이 되니 고기가 흔해진다. (我爲僧
　魚肉賤)　　　　　　　　　　　　〈東言解〉
　자기가 필요로 하여 구할 때에는 귀하던 것이 막상
　자기가 필요 없게 되니까 흔해진다는 말.

4551. 내가 탐을 내면 반드시 남과 싸울 수 있는
　원인으로 된다. (我貪必至啓人之爭端)
　　　　　　　　　　　　　　　　〈修身要訣〉
　내가 남의 것을 탐내게 되면 상대방은 피해를 안 당하
　려고 나에게 대항하게 된다는 말.

4552. 내가 하고 싶은 대로 한다. (從吾所好)
　　　　　　　　　　　　　　　　〈論語〉
　자기의 마음대로 일을 한다는 말.

4553. 내가 한 일은 남에게 물어 보랬다.
　주관적(主觀的)으로 보는 것보다는 객관적(客觀的)으
　로 보는 것이 더 정확하다는 뜻.

4554. 내가 할 말 네가 하고 네가 할 말 내가 한
　다.
　할 일을 서로 바꾸어 했기 때문에 혼란을 일으키게 되
　었다는 말.

4555. 내가 할 말 네가 하니 대답하기가 수월하
　다.
　내가 할 말을 네가 할 정도로 서로 잘·통한다는 말.

4556. 내 감히 말하지 못한다. (我勿敢言)　〈書經〉
　자기가 감히 말할 수 있는 처지가 못 된다는 뜻.

4557. 내 건너가고 난 지팡이다.
　긴요하게 쓴 물건도 쓴 다음에는 소중하게 취급하지
　않는다는 말.

4558. 내 건너가서 배 탄다. (越津乘船)　〈旬五志〉
　무슨 일이나 순서를 뒤바꾸게 되면 헛수고만 하게 된
　다는 말.

4559. 내 건너간 놈 지팡이 팽개치듯 한다.

일할 때 필요했던 도구를 일이 끝나면 잘 간수하지 않
고 버리듯이 사람도 필요할 때만 가까이했다가 필요
하지 않을 때는 모르는 척한다는 뜻.

4560. 내 건너간 지팡이요 추수(秋收) 끝난 자
　루다.
　필요했던 도구도 그 일이 끝난 뒤에는 필요하지 않을
　뿐 아니라 도리어 귀찮게 된다는 뜻.

4561. 내 건너고 나서 배 탄다.
　순서를 밟지 않고 되는 대로 일을 한다는 뜻.

4562. 내 것도 내 것이고 네 것도 내 것이다.
　제 것은 물론이거니와 남의 것까지도 제 것 쓰듯 한
　다는 말.

4563. 내 것 없이 남의 것 먹자니 말도 많다.
　가난하면 자연히 남에게 구차한 소리도 하게 되고 빚
　도 제때에 못 갚게 되므로 말썽이 많이 생기게 된다
　는 말.

4564. 내 것이 내 것이다.
　내 것과 남의 것은 엄연히 다르다는 말.

4565. 내 것이 아니면 남의 밭머리 개똥도 안 줍
　는다.
　남의 것을 조금도 탐내지 않는 결백한 사람이라는 말.

4566. 내 것 잃고 내 함박 깨뜨린다.
　일이 안 될 때는 계속 손해되는 일만 발생한다는 말.

4567. 내 것 잃고 뺨 맞는다.
　제 물건을 잃고 애매한 사람을 의심하다가 뺨을 맞는
　다는 말.

4568. 내 것 잃고 죄 짓는다.
　제 물건을 잃게 되면 으레 애매한 사람까지 의심하게
　된다는 말.

4569. 내 것 주고 매 맞는다.
　제 것을 주고도 매를 맞듯이 못난 짓을 하여 이중으
　로 손해를 본다는 뜻.

4570. 내 것 주고 뺨 맞는다.
　남에게 잘해 주고도 도리어 해를 당한다는 말.

4571. 내게서 나간 것은 내게로 돌아온다.
　자기가 저지른 잘못에 대한 죄 값은 자기가 받게 된
　다는 뜻.

4572. 내 고기야 날 잡아먹어라.
　어떤 큰 일을 잘못하고 스스로 나무라며 하는 말.

4573. 내 고장 까마귀는 검어도 귀엽다.

(1) 제 자식은 못났어도 귀엽다는 뜻. (2) 제 고향은 보잘 것이 없어도 좋다는 뜻.

4574. 내관(內官)의 새끼냐 꼬집기도 잘한다.
고자들은 그 성격이 여자를 닮아서 꼬집기를 잘 하듯이 편성(偏性)진 성격을 비웃는 말.
※ 내관 : 고자(鼓子).

4575. 내관 처가집 다니듯 한다.
아무 실속도 없는 짓만 하고 다닌다는 뜻.

4576. 내 남 없다.
자기나 남이나 다 마찬가지라는 말.

4577. 내 남 없이 다 같다. (自他一如)
사람은 누구나 다 같다는 말.

**4578. 내 남 없이 모두가 다 인정하는 바이다.
(自他共認)**
너나할것없이 누구나 다 똑같이 인정한다는 말.

4579. 내년 얘기를 하면 귀신도 웃는다.
내일 일도 모르는데 더구나 내년 일이 어떻게 될지 모른다는 뜻.

4580. 내 노랑 병아리만 내라고 한다.
자기 욕심만 채우려고 억지를 부린다는 뜻.

4581. 내 님 보고 남 님 보면 심화(心火)만 난다.
남의 남편은 출세를 하였는데 자기 남편은 출세를 못하였기 때문에 속이 상한다는 뜻.

4582. 내닫기는 주막 강아지 같다.
무슨 일에나 툭 튀어나와서 참견한다는 뜻.

**4583. 내 딸이 고와야 사위도 고른다. (我有美女
酒擇佳婿), (吾女美後 方擇婚)**
〈耳談續纂〉, 〈東言解〉
(1) 결혼에는 딸을 잘 두어야 훌륭한 사위를 고를 수 있고 아들을 잘 두어야 좋은 며느리도 얻을 수 있다는 말. (2) 저는 못났으면서 좋은 상대만 고르는 것을 비웃는 말.

4584. 내 땅 까마귀는 검어도 귀엽다.
(1) 제 자식은 아무리 못났어도 귀엽다는 뜻.
(2) 자기가 정든 집이나 고향은 다 좋다는 뜻.

4585. 내 떡 나 먹었거니 한다.
자신에게 잘못이 없으니 상관이 없다는 뜻.

4586. 내 떡 언제 먹었느냐 한다.
남의 은덕을 입고도 잊고 만다는 뜻.

4587. 내 떡이 두 개면 남의 떡도 두 개다.
내가 남에게 떡을 준 대로 남도 나에게 떡을 주듯이 대인 관계(對人關係)에 있어서는 내 태도에 따라 상대방의 태도가 결정된다는 말.

4588. 내 떡이 크면 남의 떡도 커진다.
내가 남을 후하게 대접하면 남도 나를 후하게 대접한다는 말.

4589. 내 돈 서 푼만 알지 남의 돈 칠 푼은 모른다.
제 것만 소중히 여기고 남의 것은 하찮게 여기는 자기 본위의 행동을 한다는 뜻.

4590. 내 돈 서 푼이 임의 돈 사백 냥보다 낫다.
남의 것은 아무리 좋고 많더라도 자기에게는 아무 소용이 없기 때문에 나쁘고 적더라도 자기의 것이라야 실속이 있다는 뜻.

4591. 내 돈이 있어야 세상 인심도 좋다.
내가 넉넉해야 남들도 나에게 잘 대해 준다는 뜻.

4592. 내 돈 한 푼만 알고 남의 돈 칠 푼은 모른다.
제 것만 소중히 여기고 남의 것은 조금도 소중히 여기지 않는다는 말.

4593. 내 동갑에 원 나아간다. (我同庚太守成)
〈青莊舘全書〉
내 자신이 남만 못하다는 것을 한탄하는 말.

4594. 내뛰기는 주막집 강아지 같다.
무슨 일을 경솔하게 날뛰고 다니며 하는 사람을 두고 하는 말.

4595. 내를 건너고 나면 지팡이를 버린다.
필요할 때 쓰던 물건도 쓰고 나서는 버리듯이 사람도 필요할 때는 이용하고 이용을 다한 다음에는 차 버린다는 말.

**4596. 내리 까풀막을 만났다. (走坂之勢 : 下山之
勢)**
계속적으로 불행한 일만 생긴다는 말.

**4597. 내리 사랑은 있어도 치 사랑은 없다.
(不下愛有 上愛無)** 〈東言解〉
(1) 웃사람이 아랫 사람을 사랑하는 수는 있어도 아랫 사람이 웃사람을 사랑하기는 어렵다는 뜻.
(2) 웃사람이 아랫 사람의 허물은 잘 보아 준다는 뜻.

4598. 내 마신 고양이 상이다. (飮煙猫) 〈東言解〉
연기를 마신 고양이 상과 같이 상을 찌푸리고 어쩔 줄 모르고 당황하는 상을 하고 있다는 말.

4599. 내 마음이 돌이 아니어서 굴릴 수도 없다.
(我心匪石 不可轉也)　　　　　　〈詩經〉
마음을 돌 굴리듯이 둥글둥글 가지지 못하고 그대로 지니고 있다는 말.

4600. 내 말을 남이 하고 남 말은 내가 한다.
일을 서로 뒤바꾸어 했기 때문에 혼란이 있었다는 말.

4601. 내 말이 좋으니 네 말이 좋으니 해도 타봐야 안다.
무슨 일이나 말로만 떠들 것이 아니라 실지로 봐야 명백하게 알 수 있다는 뜻.

4602. 내 몸으로 남의 몸을 본다. (以身觀身)
　　　　　　　　　　　　　　　　〈老子〉
내 본위(本位)로 해서 남들도 본다는 말.

4603. 내 몸을 바르게 하고 아랫 사람을 통솔해야 한다. (整身卒屬)
아랫 사람들을 통솔하려면 먼저 자신이 올바른 행동을 해야 아랫 사람들도 본을 따게 된다는 말.

4604. 내 몸이 귀하다 하여 남을 천시해서는 안 된다. (勿以身貴而賤人)　　　　〈六韜〉
자기 신분이 높더라도 남의 인격은 존경해 주어야 한다는 말.

4605. 내 몸이 높아지면 아래를 살펴야 한다.
윗사람으로서 일을 하려면 언제나 하부 사람들의 동향(動向)을 잘 파악하지 않으면 안 된다는 말.

4606. 내 몸이 중이면 중 노릇을 해야 한다.
사람은 누구나 자기의 신분을 잘 지켜야 한다는 뜻.

4607. 내 몸이 중이면 중 행세를 하랬다.
사람은 누구나 자기 신분에 알맞는 행동을 해야 한다는 말.

4608. 내 물건 나쁘다는 사람 없다.
누구나 자기의 물건은 다 좋다고 한다는 뜻.

4609. 내 물건이 좋아야 제 값을 받는다. (我有良貨 乃求善價)　　　　　　　〈耳談續纂〉
제 물건이 좋아야 값도 자기가 바라는 값을 받을 수 있다는 말.

4610. 내 물건이 좋아야 팔린다. (吾貨好善販)
　　　　　　　　　　　　　　　　〈東言解〉
물건이 좋아야 팔리기도 잘 한다는 뜻.

4611. 내 물건이 좋아야 한다.
물건이 좋아야 팔리기도 잘 하고 값도 많이 받을 수 있다는 말.

4612. 내 미워 기른 아이 남이 귀여워한다.
자기는 귀찮아 미워하면서 기른 자식을 도리어 남들은 사랑한다는 말.

4613. 내민 손이 무안하다.
무엇을 달라고 손을 내밀었다가 얻지 못하였을 때 하는 말.

4614. 내밀었던 손이 부끄럽다.
무엇을 달라고 손을 내밀었다가 못 받게 되었을 때 하는 말.

4615. 내 밑 들어 남 보인다.
자기의 잘못으로 자기의 결함을 드러낸다는 말.

4616. 내 발등의 불을 꺼야 아비 발등의 불도 끈다. (我上之火 父上之火)
되게 급한 일을 당하게 되면 평소에 먼저 대우하던 부모보다도 제 일을 먼저 하게 된다는 말.

4617. 내 발등의 불을 꺼야 자식 발등의 불도 끈다. (我上之火 兒上之火); (膚爛之救 吾先兒後)
　　　　　　　　　〈旬五志〉, 〈耳談續纂〉
급한 일을 당하게 되면 귀여운 자식보다도 제 일을 먼저 하게 된다는 말.

4618. 내 발이 자식보다 낫다.
자식에게 의존하는 것보다 자신이 활동하여 번 돈을 쓰는 것이 낫다는 말.

4619. 내 밥 먹은 개가 내 발뒤꿈치 문다.
내 덕을 본 사람이 배은 망덕(背恩忘德)을 한다는 뜻.

4620. 내 밥 먹은 놈이 내 흉 더 본다.
내 사정을 잘 아는 가까운 사람이 내 흉을 더 보게 된다는 말.

4621. 내 밥 먹은 놈이 더 무섭다.
친한 사람을 적으로 만드는 것은 대단히 위험하다는 뜻.

4622. 내 밥 먹은 놈이 도둑질한다.
내용을 잘 아는 사람이 도둑질도 한다는 뜻.

4623. 내 밥 준 개가 내 발등 문다.
자기가 사랑하면서 도와 주어 키운 사람이 도리어 자기를 해친다는 말.

4624. 내 배 다치랴?
누구든지 내 배를 다칠 사람이 없듯이 세상에서 자기를 해칠 사람이 없다고 장담하는 말.

4625. 내 배 부르니 부원군(府院君) 부럽지 않다.

굶주리던 끝에 배부르게 먹고 나니 부러운 사람이 없
듯이 사람은 먹는 것이 제일이라는 말.
　※부원군 : 왕비(王妃)의 친정 아버지.

4626. 내 배 부르니 평안 감사(平安監事)가 조카
　같다.
굶주리던 사람이 배부르게 먹고 나니 감사도 손아
랫 사람같이 여겨질 정도로 배부르게 먹는 것이 제
일 기쁘다는 말.

4627. 내 배 부르면 남의 배 고픈 줄 모른다.
고생해 보지 않은 사람은 남의 어려운 사정을 모른
다는 뜻.

4628. 내 배 부르면 종의 밥 짓지 말라 한다.
　(我腹旣飽 下察奴飢)　　〈耳談續纂〉
(1) 부귀를 누리는 사람은 남의 괴로운 사정을 모른다
는 말. (2) 남을 조금도 동정할 줄 모른다는 말.

4629. 내 배 부르면 종의 배 고픈 줄 모른다.
배 부른 사람은 배 고픈 사람의 사정을 몰라 준다는 말.

4630. 내버려 두고 문제로 삼지도 않는다. (置之
　度外 : 度外視)
내버려 두고 대수롭지 않게 여긴다는 말.

4631. 내 복에 난리다.
일이 잘 되어 가다가 의외의 방해물이 생기게 되었다
는 말.

4632. 내 살을 찝어 봐야 남의 아픔도 안다.
자신이 고생을 해본 사람이 아니고서는 남의 고생을
몰라 준다는 말.

4633. 내 속 짚어 남의 말한다.
제 마음이 그러니까 남의 마음도 그런 줄 알고 남의
말을 한다는 뜻.

4634. 내 손 끝에 뜸을 떠라.
(1) 자기의 말을 믿어 주지 않는 사람에게 절대로 그렇
지 않다는 것을 부정하는 말. (2) 불가능한 일을 가지
고 장담하는 사람에게 절대로 불가능하다고 단정하는
말.

4635. 내 손바닥에 장을 지져라. (掌上煎醬)〈東言解〉
내 손바닥에 장을 지지는 일이 있더라도 절대로 그렇
지 않다는 말.

4636. 내 손은 공일인 줄 아나 ?
네가 주먹으로 대들면 나도 그대로는 있지 않겠다는
뜻.

4637. 내 손이 내 딸이다.

자기 자식을 시키는 것보다 오히려 내 손으로 하는 것
이 낫다는 뜻.

4638. 내 손톱에 장을 지져라.
내 손톱에 장을 지지는 일이 있더라도 무엇으로 증명
은 할 수 없으나 절대로 그렇지는 않다는 말.

4639. 내시(內侍)이 앓는 소리를 한다.
위로해 줄 아내가 없는 고자가 이 앓는 소리를 하듯
이 지루하게 흥얼거림을 두고 하는 말. ※내시 : 고자.

4640. 내 신세가 가엾고 불쌍하다. (躬自悼矣)〈詩經〉
자기의 신세를 돌이켜 볼 때 가엾고도 불쌍하다는 뜻.

4641. 내 앞도 못 닦는 것이 남의 걱정한다.
제 일도 제대로 못 하는 주제에 남의 일을 간섭한다는
뜻.

4642. 내 약장 속에 든 약이다. (自家藥籠中物)
자기 약장 속에 든 약은 아프기만 하면 언제든지 먹
을 수 있듯이 자기 마음대로 할 수 있다는 말.

4643. 내 얼굴에 침 뱉는 격이다.
자기가 한 짓이 결국 자기를 모욕하였다는 뜻.

4644. 내외간 싸움은 개 싸움이다.
부부간의 싸움은 개가 싸우고 바로 친해지듯이 곧 화
목해진다는 뜻.

4645. 내외간 싸움은 칼로 물 베기다. (夫婦戰 刀
　割水)
칼로 물을 베어도 아무 흔적이 없듯이 부부간의 싸움
은 바로 풀려서 화합된다는 말.

4646. 내 욕심을 줄여서 남의 의견을 따른다.
　(以欲從人)　　　　　〈春秋左傳〉
내가 하고 싶은 것을 줄여서 다른 사람들의 의견을 따
르도록 하라는 말.

4647. 내용도 모르고 겉만 전한다.
내용을 알고 가지 않았기 때문에 겉만 전하듯이 중요
한 것은 빼놓고 하찮은 것만 한다는 말.

4648. 내 울음이 정 울음이냐 ? (吾哭正哭乎)
　　　　　　　　　　　　〈東言解〉
(1) 진심(眞心)에서 우러나서 하는 일이 아니고 겉으로
하는 척한다는 말.
(2) 정신을 똑바로 차려서 일을 하지 않는 경우를 두
고 하는 말.

4649. 내일 꿩보다 당장 참새가 낫다.
없는 사람은 우선 당장 급하기 때문에 내일 일을 생
각할 겨를이 없다는 뜻.

4650. 내일 닭보다 오늘 달걀이 낫다.
당장에 급하고 아쉬운 사람에게는 장래의 많은 돈보다는 적은 돈이라도 지금 당장 쓸 수 있는 것이 더 낫다는 말.

4651. 내일 백 냥보다 당장 쉰 냥이 낫다.
없는 사람에게는 나중에 많고 풍부한 것보다 지금 당장 쓸 수 있다면, 조금 부족한 것이라도 괜찮다는 말.

4652. 내일 백 냥보다 오늘 쉰 냥이 낫다.
사정이 어려운 사람은 내일 백 냥을 주겠다는 것보다 오늘 당장 쉰 냥을 주는 것이 더 요긴하게 쓸 수 있다는 뜻.

4653. 내일 백 냥보다 지금 오 푼이 더 낫다.
없는 사람은 장래 많은 돈보다도 당장 적은 돈이 낫다는 말.

4654. 내일 소 다리보다 오늘 개 다리가 낫다.
궁한 사람은 장래 좋은 것보다는 당장 나쁜 것이 낫다는 뜻.

4655. 내일에는 늦다.
오늘 할 일을 내일로 미루는 것은 늦다는 말.

4656. 내일은 내일이고 오늘은 오늘이다.
내일 할 일은 내일 하고 오늘 할 일은 오늘 해야 한다는 뜻.

4657. 내일은 삼수 갑산(三水甲山)을 가더라도.
앞으로 어떤 불행이 닥쳐오더라도 당장 이것만은 해야 하겠다는 뜻으로 하는 말.

4658. 내일은 서쪽에서 해가 뜨겠다.
(1) 말썽만 부리던 사람이 돌변하여 착하게 되었을 때 하는 말. (2) 너무나도 뜻밖의 일을 보았을 때 하는 말.

4659. 내일의 닭은 모르고 오늘의 달걀만 안다.
(不知明日之雞 但知今日之卵)
(1) 장래는 생각하지 않고 근시안적으로 눈앞의 일에만 급급하다는 말.
(2) 막연한 장래의 일보다도 당장 작은 것이나마 실속 차리는 것이 낫다는 뜻.

4660. 내일의 임금보다 오늘의 재상(宰相)이 낫다.
막연한 장래의 좋은 것보다는 우선 변변치 못한 것이라도 가지는 것이 낫다는 뜻.
※ 재상 : 왕을 보필하고 백료를 지휘, 감독하는 지위에 있는 이품 이상 벼슬의 통칭.

4661. 내 일이 바빠 큰댁 방아 찧는다.
내 일이 바쁘기 때문에 그 일을 하기 위하여 부득이 다른 사람 일부터 먼저 해주어야 한다는 말.

4662. 내일 정승(政丞)보다 당장 원이 낫다.
막연하게 장래 큰 것을 바라는 것보다는 작아도 눈앞에 있는 것이 이롭다는 뜻.
※ 정승 : 장관. 원 : 군수.

4663. 내일 천자(天子)보다 오늘 재상(宰相)이 낫다.
장래 큰 것을 바라는 것보다 작은 것이라도 당장 손 안에 들어오는 것이 낫다는 뜻.

4664. 내 장 한번 더 떠먹은 놈이 내 흉 한 마디 더 본다.
흉은 그 사람의 내용을 잘 아는 사람이 하게 된다는 말.

4665. 내전 밥 떠놨다.
밥상을 받고도 먹지 않을 때 일깨워 주는 말. ※ 내전 밥 : 무꾸리에 쓰는 밥. 즉 머리 아플 때 접시밥을 머리맡에 두었다가 자고 나서 버리면 아픈 머리가 낫는다는 밥.

4666. 내전 보살(菩薩)이다.
(1) 보살 상(像)은 석가 여래 앞에서는 움직이지 않고 있듯이 한번 앉으면 일어날 줄 모르고 앉아 있다는 말.
(2) 알고도 모르는 체하고 앉아 있다는 말.

4667. 내 절 부처는 내가 위해야 한다.
자기가 모셔야 할 사람은 자기가 모셔야 한다는 말.

4668. 내주장이 밥은 안 굶는다.
집안이 내주장이면 경제적으로 곤란하게 되지는 않는다는 말.

4669. 내 집 쌀밥보다 이웃 보리밥이 맛있다.
자기의 것보다 남의 것이 더 좋아 보인다는 말.

4670. 내 집이 극락이다.
세상에서 자기 가정보다 더 좋은 곳은 없다는 뜻.

4671. 내 집이 서울이다.
세상에서 자기 가정이 제일 좋다는 뜻.

4672. 내찬 걸음이다.
이왕 시작한 일은 그대로 끝까지 해야 한다는 말.

4673. 내친 걸음이요 열어 놓은 뚜껑이다.
이왕 시작한 일은 계속하여 끝을 맺어야 한다는 뜻.

4674. 내 칼도 남의 칼집에 들어가면 찾기 어렵다. (吾刀入他鞘難拔), (我刀入他鞘亦難), (我

刀他鞘 旣揷難掉)

〈旬五志〉, 〈東言解〉, 〈耳談續纂〉
자기의 물건도 한번 남의 손에 들어가면 자기 마음대
로 되지 않는다는 말.

4675. 내 코가 기니 네 코가 기니 한다.
서로 비슷한 것을 가지고 크니 작니 하며 다툰다는 뜻.

4676. 내 코가 석 자나 빠졌다. (吾鼻垂三尺)

〈旬五志〉
자신이 궁지에 빠졌기 때문에 남을 도와 줄 여유가 없
다는 말.

4677. 내 코가 석 자다. (吾鼻三尺)
내 사정이 급하기 때문에 남을 돌볼 여유가 없다는 뜻.

4678. 내 팔이 길거나 네 팔이 길거나. (我手長
汝手長)
내 힘도 모자라고 네 힘도 모자라서 일이 이루어지지
못하는 것을 한탄하는 말.

4679. 내 팔이 짧거든 네 팔이라도 길어야지.
내 실력이 모자라면 너라도 실력이 있어서 나를 도와
주어야겠다는 아쉬움에서 하는 말.

4680. 내 할 말을 네가 한다.
자기가 할 일을 남이 먼저 하여 자기는 할 일이 없게
되었다는 말.

4681. 내 할 말을 사돈이 한다.
자기가 할 일을 남이 하여 자기는 할 일이 없게 되었
다는 뜻.

4682. 내 행세는 개차반에 경계판(警戒板)을 짊
어진다.
제 행실은 못되게 하는 것이 남의 시비(是非)만 가려
서 따진다는 말.

4683. 냄비가 약탕관보고 검다고 한다.
악한 사람이 착한 사람보고 도리어 악하다고 나무란
다는 뜻.

4684. 냅기는 과부집 굴뚝이다.
과부집에는 나무를 해서 말려 주는 사람이 없어서 생
나무를 때서 냅듯이 남들은 쉽게 하는 일을 못 하고
있다는 뜻.

4685. 냇가 돌 닳듯 한다.
냇가 돌이 닳아서 점점 작아지듯이 세상에 시달려서
쇠약해진다는 뜻.

4686. 냇가에 우물 파기다.
(1) 매우 일하기가 쉽다는 뜻. (2) 하지 않아도 될 일

을 한다는 뜻.

4687. 냇물가에 둔 아이 같다.
어린 아이를 냇물가에 둔 것같이 대단히 불안하다
는 말.

4688. 냇물도 쓰면 준다.
아무리 많은 것도 쓰면 준다는 뜻.

4689. 냇물 속에 박힌 돌은 구르지 않는다.
(江流石不轉)
계속 흐르는 물 속에서 박힌 돌은 구르지 않듯이 역
경(逆境)에서 단련된 사람은 굴할 줄을 모른다는 뜻.

4690. 냇물은 방해물을 비끼면서 흘러간다.
냇물은 방해물과 싸우지 않고 피해서 목적지까지 가
듯이 사람도 싸울 일이 있더라도 피해 가면서 일을 하
는 것이 유리하다는 뜻.

4691. 냇물은 아직 보이지도 않는데 신발부터 벗
는다.
냇물가에 가지도 않고 미리 신발을 벗듯이 일을 할
때 지나치게 서두른다는 말.

4692. 냉갈령 부린다.
몹시 인정이 없고 쌀쌀하다는 말.

4693. 냉수도 불어 먹겠다.
뜨거운 물에 한번 속아 본 사람은 냉수도 불어 먹듯이
지나치게 조심성이 있다는 말.

4694. 냉수 먹고 갈비 트림한다.
냉수를 먹고서 남들 앞에서 갈비 먹은 척하듯이 실
속은 없이 허세(虛勢)만 부린다는 말.

4695. 냉수 먹고 된똥 눈다.
(1) 신통치 않은 재료로 좋은 물건을 만드는 재주가 있
다는 뜻. (2) 아무 밑천도 없이 실속 있는 결과를 얻는
다는 뜻.

4696. 냉수 먹고 속 차려라.
냉수를 먹고 속을 식혀서 정신을 똑바로 차리라는 뜻.

4697. 냉수 먹고 이 쑤신다.
(1) 냉수 먹고도 고기 먹은 것처럼 이를 쑤시듯이 실
속 없이 허세(虛勢)만 부린다는 뜻. (2) 필요없는 짓
을 공연히 한다는 뜻.

4698. 냉수 먹고 주정한다.
(1) 술도 먹지 않고 공연히 취한 체하고 주정을 한다
는 뜻. (2) 거짓말을 한다는 뜻.

4699. 냉수 먹다가 이 부러진다.
복이 없는 사람은 하는 일마다 손해되는 일만 생긴

다는 뜻.

4700. 냉수에 뼈 뜯이다.
(1) 냉수에다 뼈에서 긁어 낸 고기를 넣어 먹듯이 음식의 맛이 몹시 없다는 말. (2) 몹시 싱거운 사람이라는 뜻.

4701. 냉수에 이 부러진다.
(1) 도무지 사리에 맞지 않는 말이라는 뜻. (2) 운수가 나쁜 사람은 아무 짓을 해야 손해만 본다는 말.

4702. 냉이에 씀바귀 섞이듯 했다.
맛있는 냉이국에 씀바귀를 넣어 맛을 버리듯이 좋은 분위기를 나쁜 사람 때문에 흐려 놓았다는 말.

4703. 냉정한 귀로 남의 말을 들으라. (冷耳聽語)
〈菜根譚〉
남의 말을 들을 때는 냉정하게 비판적으로 분석하여 들으라는 말.

4704. 냉정한 눈으로 사람을 보라. (冷眼觀人)
〈菜根譚〉
사람을 볼 때는 감정적으로 보지 말고 냉정한 입장에서 보라는 뜻.

4705. 냉정한 마음으로 사리를 생각하라. (冷心思理)
〈菜根譚〉
무엇을 생각할 때는 냉정하게 사리를 분별하라는 뜻.

4706. 냉정한 말로 가슴을 찌른다. (冷語侵入)
냉정한 말로 남의 가슴을 칼로 찌르듯이 아프게 한다는 뜻.

4707. 너구리 굴 보고 피물(皮物) 돈 내쓴다.
너구리 굴만 보고서 너구리 가죽 값을 미리 받아 쓰듯이 일을 착수도 않고 선돈 먼저 쓴다는 뜻.

4708. 너구리 굴에서 여우 잡는다.
겉보기보다는 실속이 더 크다는 뜻.

4709. 너구리도 들 굴 날 굴이 있다.
너구리도 굴을 팔 때 들어가는 굴과 나가는 굴을 파는데 항차 사람이 하는 일에는 언제나 빠져 나갈 수 있는 준비가 없어서는 안 된다는 말.

4710. 너그러우면 군중을 얻게 된다. (寬則得衆)
〈論語〉
포용력(包容力)이 많은 사람이라야 군중을 포섭할 수 있다는 뜻.

4711. 너그러워도 게으르지 않다. (寬而不慢)
〈荀子〉
마음이 너그러운 사람이 흔히 게으른 경향(傾向)이

있는데 그렇지 않고 부지런하다는 말.

4712. 너나할 것 없다.
네가 나니 내가 너니 할 처지가 못 되고 다 마찬가지라는 뜻.

4713. 너는 너고 나는 나다.
서로 간섭하지 말자는 뜻.

4714. 너는 용빼는 재주라도 있나?
저도 별 수단이 없으면서 남 보고 못 한다고 말하는 사람에게 하는 말.

4715. 너도 좋고 나도 좋다.
다 같은 처지에서 다 같이 유리하게 되었다는 말.

4716. 너무 강하면 부러진다. (太剛則折)
부드러운 성질이 없이 강하기만 하면 부러지는 것과 마찬가지로 사람의 성격도 무조건 강하다고만 좋은 것은 아니라는 뜻.

4717. 너무 고르다가 눈 먼 사위 얻는다.
무엇을 자꾸 고르다 보면 오히려 나쁜 것을 고르게 된다는 말.

4718. 너무 고르다가는 곰보 총각 고른다.
너무 욕심 많게 고르다가는 오히려 낭패를 보게 된다는 뜻.

4719. 너무 고르다가는 못 고른다.
(1) 결혼 상대자를 너무 고르다가는 못 고른다는 말. (2) 물건을 너무 고르다가는 좋은 것을 못 고른다는 말.

4720. 너무 굳으면 부러진다.
(1) 정도가 지나치면 역효과를 낸다는 뜻. (2) 강유(剛柔)가 겸해야 한다는 뜻.

4721. 너무 나약하여 남에게만 맡긴다. (懦而喜任人)
〈六韜〉
성미가 너무 나약하여 모든 일을 자기 자신이 하려고 하지 않고 남에게만 맡긴다는 뜻.

4722. 너무 두려워 몸 둘 곳을 모른다. (惶恐無地)
세상이 모두 두렵기 때문에 어디에다 몸을 두어야 좋을지 알 수가 없다는 말.

4723. 너무 뻗은 팔은 어깨로 찢긴다.
지나치게 선손을 써서 남을 해치려다가 도리어 실패되었다는 뜻.

4724. 너무 성급하게 서두른다. (急而心速)

〈六韜〉
성미가 몹시 급하여 일을 할 때 서두른다는 말.

4725. 너무 성하면 망한다. (極盛則敗)
극도로 번성하게 되면 하강(下降)하게 된다는 뜻.

4726. 너무 솜씨를 부리다가 도리어 서투르게 된다. (弄巧成拙)
너무 멋지게 만들려다가는 오히려 잘못되게 만든다는 말.

4727. 너무 아끼다가 똥 된다.
물건은 필요할 때는 써야지 무조건 아끼기만 하다가는 나중에는 쓰지도 못하고 버리게 된다는 뜻.

4728. 너무 아는 것이 많아도 잡스럽게 된다. (多知爲雜) 〈揚子法言〉
알기만 많이 알고 체계를 세우지 못하면 잡 된 상식에 지나지 않는다는 말.

4729. 너무 연하면 늘어진다.
지나치게 연하기만 한 물건은 본시의 모습을 유지하지 못하고 늘어져 버리듯이 나약하면 게을러져 아무 일도 못하게 된다는 뜻.

4730. 너무 오래 살면 욕 되는 일이 많다. (壽則多辱) 〈莊子〉
지나치게 오래 살면 자신의 건강도 문제로 될 뿐 아니라 집안에 안 볼일까지도 보게 되기 때문에 욕됨이 많다는 뜻.

4731. 너무 용감하면 목숨을 가볍게 여긴다. (勇而輕死) 〈六韜〉
흔히 용감한 사람이 목숨도 가볍게 여기는 경향이 있는데 용감할수록 자중해야 한다는 말.

4732. 너무 청렴하고 결백하면 남을 사랑하지 않는다. (廉潔而不愛人) 〈六韜〉
너무 성미가 청렴하고 결백한 사람의 결함은 남을 사랑할 줄 모른다는 뜻.

4733. 너무 탐욕을 내어 이익만 좋아한다. (貪而好利) 〈六韜〉
너무 탐욕이 많은 사람은 이익 되는 일에만 몰두(沒頭)하게 된다는 말.

4734. 너에게서 나온 잘못은 너에게로 되돌아간다. (出乎爾 反乎爾) 〈孟子〉
자기가 저지른 과오의 대가(代價)는 자신에게로 돌아온다는 말.

4735. 너울 쓴 거지다.
비록 너울을 썼을망정 배가 몹시 고프면 거지 노릇을 해야 한다는 말. ※ 너울: 검은 비단으로 만든 여자용 출입 의장.

4736. 너의 집에 금송아지가 있으면 무엇하나?
당장 쓸 수 있는 것이 아니면 아무리 좋은 것이라도 소용이 없다는 말.

4737. 너의 집은 굴뚝으로 불을 때겠다.
불을 아궁이로 때는 것을 굴뚝으로 때듯이 집안 일이 무엇이나 거꾸로만 되어 간다는 뜻.

4738. 너 죽고 나 죽자는 격이다.
다같이 못 살아도 좋다는 식으로 일 처리를 한다는 뜻.

4739. 너하고 나하고의 원수는 중매장이다.
잘못 만난 부부가 중매를 한 중매장이를 원망하는 말.

4740. 너하고 말을 하느니 개하고 하겠다.
말을 하여도 전혀 통하지 않는 너하고 말하는 것보다는 차라리 개하고 말하는 것이 낫다는 뜻.

4741. 너하고 말하느니 개하고 하는 것이 낫겠다.
남의 말을 알아듣지 못하는 답답한 사람에게 하는 말.

4742. 너하고 말하느니 벽하고 말하는 것이 낫겠다.
도무지 말이 통하지 않아 매우 답답하다는 뜻.

4743. 넉가래 내세우듯 한다.
일을 융통성 있게 하지도 못하면서 쓸데없는 호기(豪氣)를 내며 고집한다는 뜻.

4744. 넉넉하지 못한 것을 한탄한다. (不足之嘆)
생활이 가난한 것을 한탄한다는 뜻.

4745. 넉넉하지 못한 탓이다.
자신이 사람 구실을 못 하는 것이 없는 탓이라는 말.

4746. 넉넉한 것을 아는 사람이 복인(福人)이다.
현실에 만족하는 사람은 행복하다는 뜻.

4747. 넉넉해야 인심도 쓴다.
경제적으로 여유가 있어야 남을 도와 줄 수 있다는 뜻.

4748. 넉 달 가뭄에도 하루만 더 개었으면 한다.
(1) 남이야 어찌 되든 제 욕심만 채우려고 한다는 뜻.
(2) 날씨는 사람 저 나름대로 바란다는 말.

4749. 넉동 다 났다.
윷놀이에서 넉동이 다 나가듯이 어떤 일이 다 끝났다는 말.

4750. 넉살 좋기는 강화(江華) 년이다.
강화 여자가 부끄러운 줄을 모른다는 데서 나온 말로서 염치와 체면을 돌보지 않는 사람이라는 뜻.

4751. 넉장거리한다.
뒤로 벌떡 넘어졌다는 말.

4752. 넉 장 뽑은 놈 같다.
노름할 때 석 장 뽑는 것을 넉 장을 뽑고서 어쩔 줄을 모르고 있듯이 무슨 일을 어물어물하고만 있다는 뜻.

4753. 넋두리만 한다.
쓸데없는 불평만 한다는 뜻.

4754. 넋이 빠지고 창자가 끊어지는 것 같다.
(消魂斷腸)
넋을 잃고 창자가 끊어져 죽은 사람 같이 되었다는 뜻.

4755. 넋이야 신이야 한다.
잔뜩하고 싶던 말을 신나게 다 털어 놓는다는 뜻.

4756. 넋이야 있든 없든 무관하다.
죽은 뒤에야 넋이 있거나 말거나 상관 없다는 뜻.

4757. 넌덜머리가 난다.
넌더리가 날 정도로 싫증이 난다는 말.

4758. 널감을 장만한다.
(1) 한 군데서 죽을 작정을 한다는 뜻. (2) 걸핏하면 떼를 쓴다는 말.

4759. 널감이 다 되었다.
(1) 나무가 아름드리가 되었다는 말. (2) 늙어 죽게 되어 널을 짤 때가 되었다는 말.

4760. 널 도깨비가 복은 못 주어도 화는 준다.
못된 사람은 어디를 가나 남에게 해만 끼치지 이롭게 하는 일은 없다는 뜻.

4761. 널 두께 같다.
얇아야 할 것이 너무 두껍다는 말.

4762. 널 뛰듯 한다.
널 뛰듯이 행동하는 것이 몹시 경솔하다는 뜻.

4763. 널리 듣고 고루 본다. (博聞廣見)〈諸葛亮〉
군중들에게 널리 듣고 고루 봐서 일을 해야 한다는 뜻.

4764. 널리 배워서 뜻을 착실히 하라. (博學而篤志)〈孔子〉
많이 배워서 의지를 굳건히 가져야 한다는 말.

4765. 널리 보고 들어 배우고 익힌다. (習熟見聞)
〈孫權〉
널리 보고 들어 가면서 충분히 배웠기 때문에 잘 안다는 뜻.

4766. 널리 알고 자세히 설명한다. (博學詳說)
〈孟子〉
아는 것이 많고 설명을 구체적으로 한다는 말.

4767. 널리 알면 정밀하지 못하다. (博而不精)
좁고 깊게 알아야지 정밀하게 알 수 있지 넓고 얕게 알면 정밀하지 못하다는 말.

4768. 널 멘 사람은 앞밖에 못 본다. (擔板漢)
넓은 널판을 등에 멘 사람은 뒤를 볼 수 없기 때문에 앞밖에 못 보듯이 지나간 일은 생각지 않고 다가오는 일만 생각한다는 말.

4769. 널 짜는 목수는 사람 죽기만 바란다.
(匠人成棺 則欲人夭死也)〈韓非子〉
관(棺)을 짜는 목공은 언제든지 사람 죽기만 바라듯이 자기의 이익을 위해서는 남의 불행도 돌보지 않게 된다는 뜻.

4770. 널판 한 장 밑이 저승이다.
죽고 살고 하는 차이가 널판 한 장 차이밖에 안 된다는 뜻.

4771. 넓은 세상을 좁게 산다.
억압 속에서 참아 가며 산다는 말.

4772. 넓은 천하를 한집같이 만든다. (四海之内若一家)〈荀子〉
온 천하를 한집같이 평화롭게 한다는 말.

4773. 넓은 하늘 보지 말고 한 뼘 얼굴 보랬다.
상대방의 체면을 존중해야 한다는 뜻.

4774. 넘겨짚기 좋아하다가는 눈물 날 때가 있다.
무슨 일을 짐작으로만 하다가는 큰 실수를 할 때가 있다는 뜻.

4775. 넘겨짚다 팔 부러진다.
함부로 넘겨짚다가는 위험한 것을 짚어 팔이 부러지듯이 무슨 일을 어림대고 하다가는 큰 실수를 한다는 말.

4776. 넘어져도 그냥 일어나는 법이 없다.
싸워서 넘어져도 기어이 해치려고 한다는 뜻.

4777. 넘어져도 떡 광주리에만 넘어진다.
복이 있는 사람은 아무 일을 해도 좋은 일만 생기게

된다는 뜻.

4778. 넘어지고 옥 줍기다.
화(禍)와 복(福)이 함께 겹쳐 있다는 말.

4779. 넘어지는 놈 걷어찬다.
불행하게 되는 사람을 더욱 불행하게 만든다는 뜻.

4780. 넘어지는 놈 덜미 친다.
궁지에 몰린 사람을 더욱 곤란하게 만든다는 뜻.

4781. 넘어지는 말은 수레를 부순다. (蹶馬破車)
수레를 끌지 않으려고 넘어지는 말은 수레를 부수듯이 못된 짓을 하는 사람은 집안을 망친다는 말.

4782. 넘어진 김에 똥이나 눈다.
불행한 기회를 오히려 유리하게 이용한다는 뜻.

4783. 넘어진 김에 쉬어 간다.
불리한 환경을 도리어 유리하게 이용한다는 뜻.

4784. 넘어진 나무에서도 움이 돋는다. (若顚木有由蘖) 〈古商書〉
넘어진 나무에서도 새싹이 돋듯이 몰락한 사람도 재기(再起)할 수 있다는 뜻.

4785. 넘어진 놈 발로 차기다.
불행한 사람을 도와 주지 않고 도리어 해친다는 뜻.

4786. 넘어진 놈 뺨 친다.
불행한 사람을 동정은 않고 오히려 더욱 불행하게 한다는 뜻.

4787. 넘어진 뒤에 지팡이 찾는다.
미리 준비하지 못하고 일을 저지른 뒤에 마련한다는 말.

4788. 넘어진 말은 수레를 부수고 악한 아내는 집안을 망친다. (蹶馬破車 惡婦破家)
못된 말이 수레를 부수듯이 악한 여자는 집안을 망친다는 말.

4789. 넘어진 소경이 지팡이 탓만 한다.
소경이 지팡이가 나빠서 넘어졌다고 하듯이 잘못을 자신에게서 찾지 않고 남에게서 찾는다는 뜻.

4790. 넘어진 장님이 개천 탓만 한다.
장님이 보지를 못하여 넘어진 생각은 않고 개천만 탓하듯이 과오에 대한 원인을 자신에게서 찾지 않고 남에게서 찾는다는 말.

4791. 넙치가 눈은 작아도 저 먹을 것은 다 본다.
아무리 무식해도 자기에게 이롭고 해로운 것은 안다는 뜻.

4792. 넙치가 되도록 맞았다.
넙치와 같이 납작해지도록 몹시 맞았다는 뜻.

4793. 넙치 눈이 작아도 먹을 것은 잘 본다.
(1) 눈이 작은 사람이 먹을 것을 찾아 먹을 때 놀리는 말. (2) 생김새는 못생겼어도 제 구실만 잘 하면 된다는 말.

4794. 네가 잘나 일색인가 내 눈이 반해서 일색이지.
네가 아름답다는 것은 네 자신이 아름답기도 해야 하지만 보는 내 눈도 반해야 한다는 뜻.

4795. 네 갈래로 갈라지고 다섯 갈래로 찢어진다. (四分五裂) 〈史記〉
(1) 여러 쪽으로 나누어진다는 뜻. (2) 이리저리 다 찢어진다는 뜻.

4796. 네거리 길을 다 가려는 사람은 목적지에 가지 못한다. (行衢道者不至) 〈荀子〉
여러 가지 일을 한꺼번에 하려고 하면 한 가지도 성공 못 한다는 말.

4797. 네 것이 내 것이고 내 것이 내 것이다.
남의 것은 제 것으로 만들면서 제 것은 남을 하나도 주지 않는 욕심꾸러기라는 뜻.

4798. 네 귀 빼앗긴 바둑은 두지 말랬다.
바둑은 네 귀를 빼앗기면 지게 된다는 말.

4799. 네 다리 빼라 내 다리 박자 하는 격이다.
사소한 일을 가지고 서로 양보하지 않고 욕심을 낸다는 뜻.

4800. 네 담이·아니면 내 쇠뿔이 부러지랴.
(汝墻折角)
(1) 자기의 허물은 모르고 남의 허물만 탓한다는 뜻.
(2) 자기 잘못을 남에게 전가(轉嫁)한다는 뜻.

4801. 네 떡 내 먹었더냐 한다. (汝餅吾食乎)
〈東言解〉
(1) 가만히 하고 앉아 있기만 한다는 뜻. (2) 제가 일을 저지르고도 시치미를 떼고 있다는 말.

4802. 네 떡이 크면 내 떡도 크다.
네가 후하게 하면 나도 후하게 한다는 말.

4803. 네 떡이 한 개면 내 떡도 한 개다.
네가 하는 대로 나도 너를 대우한다는 뜻.

4804. 네 말이 좋으니 내 말이 좋으니 해도 타 봐야 안다.

좋고 나쁜 것은 말로만 따져서는 모르기 때문에 직접 봐야 한다는 말.

4805. 네 맛 내 맛 다 없다.
이것이고 저것이고 다 좋지 못하다는 뜻.

4806. 네모진 뚜껑으로 둥근 그릇을 덮는다.
(方蓄而圓器) 〈顔氏家訓〉
네모진 뚜껑으로 둥근 그릇을 덮으면 서로 맞지 않듯이 서로 상합(相合)되지 않는다는 말.

4807. 네 발 짐승도 넘어질 때가 있다.
세상에는 안전한 일이라고는 있을 수 없다는 말.

4808. 네 밥 콩이 더 크니 내 밥 콩이 더 크니 한다.
서로 비슷한 것을 가지고 쓸데없이 우김질을 한다는 뜻.

4809. 네 뱃병이 아니면 무슨 병이냐? (匪伊腹疾 娘婦何病) 〈耳談續纂〉
작은 잘못이라도 그것이 크게 작용되면 그것을 작은 일로 간주(看做)할 수 없다는 뜻.

4810. 네 병이야 낫든 말든 내 약값이나 내랬다.
(爾病瘳否 藥債宜報) 〈耳談續纂〉
내가 한 일이 잘 되었거나 말거나 그것은 따질 것이 없고 다만 나의 보수만 내놓으라는 말.

4811. 네 설움 그만하고 내 설움도 들으랬다.
제 말만 하지 말고 남의 말도 들어야 한다는 뜻.

4812. 네 설움 제쳐 놓고 내 설움 들어 보라는 격이다.
내 설움이 더 크기 때문에 네 설움은 들어 볼 것도 없다고 하듯이 남의 것은 무시하고 자기의 것만 주장한다는 뜻.

4813. 네 쇠뿔이 아니면 내 쇠뿔이 부러지랴?
자기의 허물은 생각지 않고 남의 허물만 가지고 따진다는 뜻.

4814. 네 쇠뿔이 아니면 어찌 내 담이 무너지랴.
(非汝牛角 豈毀吾墻)
〈東言解, 旬五志, 松南雜識〉
다른 사람으로 인해서 피해를 당했을 때 항의(抗議)하는 말.

4815. 네 일 내 일 따진다.
같이 일하면서 지나치게 이해를 따진다는 말.

4816. 네 입이 광주리만해도 말을 못한다.
아무리 할 말이 많아도 염치가 없어서 할 말도 못 한

다는 뜻.

4817. 네 코가 크니 내 코가 크니 한다.
시비(是非)할 일도 아닌 일로 시비를 한다는 뜻.

4818. 네 콩이 더 크니 내 콩이 더 크니 한다.
(爾太大 吾太大) 〈東言解〉
서로 비슷한 것을 가지고 크니 작으니 하면서 서로 우김질을 한다는 뜻.

4819. 노고지리가 높이 날으면 날씨가 좋다.
종달새가 높이 날으며 노래하게 되면 날씨가 좋다는 말.

4820. 노고지리 개 속이듯 한다.
개가 노고지리를 쫓으면 멀리 날아가지 않고 가까이 가서 앉으면 개는 자꾸 따라가듯이 사람을 자꾸 속인다는 말.

4821. 노곤하여 날 새는지를 모르고 누워 있다.
(慵起不知晨)
몹시 피곤하여 날이 새는 줄도 모르고 잤으나 일어나기가 싫다는 뜻.

4822. 노구솥전에 엿을 붙였나?
뜨거운 노구솥전에 엿을 붙이면 곧 녹아 흘러 버리기 때문에 바삐 돌아가야 하듯이, 왔다가 바로 가는 사람에게 하는 말.

4823. 노는 놈 밥 아니 준다.
일하지 않고 노는 사람에게는 밥을 주지 말라는 뜻.

4824. 노는 입에 염불하기다.
말도 않고 가만히 있는 입이라면 염불이라도 하는 것이 낫듯이 일 없이 노는 것보다는 무슨 일이나 하는 것이 낫다는 뜻.

4825. 노닥노닥 기웠지만 마누라 장옷이다.
지금은 떨어져 보잘 것이 없으나 본 바탕은 좋은 것이었다는 뜻.

4826. 노닥노닥해도 비단이다. (襤褸襤褸 猶然錫褸) 〈耳談續纂〉
아무리 낡고 헐어서 볼품은 없으나 본 바탕은 좋은 것이라는 뜻.

4827. 노랑 동전(銅錢) 한 푼에 큰 아기가 열 둘이다.
황해도(黃海道)는 인심이 좋고 살기가 좋은 곳이라는 뜻.

4828. 노랑 병아리는 다 제 것이라고 한다.
욕심이 많고 억지를 잘 쓴다는 뜻.

4829. 노랑이다.

인색(吝嗇)한 사람이라는 말.

4830. 노랑이 중에 상 노랑이다.

인색(吝嗇)한 사람 중에서도 가장 인색한 사람이라는 뜻.

4831. 노래기 국을 끓여 먹겠다.

비위가 매우 좋은 사람을 두고 하는 말.

4832. 노래기 족통도 없다.

발이 몹시 작아서 잘 보이지 않는 노래기 족통과 같이 집안이 몹시 가난하다는 말.

4833. 노래기 푸념한 데 가 시룻번이나 얻어먹어라.

악취(惡臭)를 내는 노래기가 푸다거리를 하고 푸념한 데 가서 떡 찐 시룻번을 얻어 먹을 정도로 몹시 비위(脾胃)가 좋아 염치와 체면도 없이 다랍게 논다는 말.

4834. 노래기 회도 먹겠다.

고약한 냄새를 피우는 노래기를 회로 먹을 수 있을 정도로 비위(脾胃)가 좋아 염치와 체면도 없이 치사스럽게 논다는 말.

4835. 노래하는 사람은 노래하고 춤추는 사람은 춤춘다.

노는 자리에서 자기의 특기(特技)에 따라 노래를 하든가 춤을 추든가 하듯이 자기가 하고 싶은 일을 한다는 뜻.

4836. 노래 한 곡조로 긴 밤 새운다. (一歌達永夜) 〈旬五志〉

대단치 않은 일을 가지고 시간만 오래 소비한다는 뜻.

4837. 노력을 꾸준히 하면 공적은 이에 따르게 마련이다. (能勤有繼 其從之也) 〈春秋左傳〉

무슨 일이든지 끈기 있게 부지런히 하면 성과는 반드시 따르게 된다는 말.

4838. 노루 꼬리가 길면 얼마나 길까? (獐尾曰長 幾許其長) 〈耳談續纂〉

짧은 노루 꼬리마냥 보잘 것 없는 재주를 너무 믿고 있는 사람에게 핀잔하는 말.

4839. 노루 꼬리만하다.

노루 꼬리와 같이 몹시 짧다는 뜻.

4840. 노루 때려잡은 막대기다. (打獐杖) 〈東言解〉

노루를 때려잡은 막대기에 묻은 노루고기와 같이 미미한 존재라는 뜻.

4841. 노루 때려잡은 막대기 삼 년을 두고 우려 먹는다.

노루 잡은 막대기에 묻은 고기를 삼 년이나 두고 우려 먹듯이 한번 한 일을 두고 두고 한다는 뜻.

4842. 노루 때리던 막대기 세 번이나 국 끓여 먹는다.

노루 잡은 막대기에 묻은 고기로 국을 세 번이나 끓이듯이 한번 한 일을 두고 두고 한다는 뜻.

4843. 노루도 잡기 전에 골뭇감 마련한다.

노루도 잡기 전에 노루 가죽으로 골무 만들 걱정을 하듯이 무슨 일을 몹시 서둔다는 말.

4844. 노루도 죽을 때는 그늘을 가리지 않는다. (鹿死不擇陰)

죽는 마당에는 아무것도 가리지 않는다는 말.

4845. 노루를 쫓는 사람은 산 험한 것을 가리지 않는다. (逐鹿者 不見山) 〈虛堂錄〉

목적을 달성하기 위하여서는 어떤 장해물(障害物)이라도 가리지 않는다는 뜻.

4846. 노루를 쫓다가 토끼만 잡는다. (走獐落兎)

(1) 큰 것을 얻으려다가 작은 것을 얻게 되었다는 뜻.
(2) 가외로 부산물(副産物)을 얻게 되었다는 뜻.

4847. 노루를 피하다가 범을 만난다. (避獐逢虎) 〈東言解〉

(1) 일이 점점 악화(惡化)된다는 뜻. (2) 작은 해를 피하려다가 도리어 더 큰 해를 당하게 된다는 뜻.

4848. 노루마냥 먼 데부터 본다.

노루는 가까운 데서 보기 시작하여 먼 데로 봐 나가지 않고 먼 데부터 보고 가까운 것을 보다가 죽듯이 일을 가까운 데서 시작하지 않고 먼 데서 시작한다는 말.

4849. 노루 뼈 우리듯 한다.

노루 뼈를 두고 두고 우리듯이 한번 보거나 들은 말을 두고두고 한다는 뜻.

4850. 노루 보고 쫓다가 잡은 토끼 놓친다. (奔獐顧 放獲兎)

큰 것을 욕심내다가 이미 얻은 것을 손해 보았다는 뜻.

4851. 노루 본 놈이 그물 짊어진다.

노루를 본 사람이라야 노루를 잡으려고 그물을 짊어지듯이 무슨 일이나 직접 당한 사람이라야 일을 하게 된다는 뜻.

4852. 노루 뿔만하다.

노루 뿔과 같이 조그마하다는 뜻.

4853. 노루 삼신(三神)이 들렸나 먼 데 것만 본다.

노루가 먼 데 것만 보듯이 무슨 일을 가까운 데 것에서 시작하지 않고 먼 데 것만 하려고 한다는 뜻.

4854. 노루 잠에 개 꿈이다. (獐睡犬夢)〈東言解〉

(1) 아니꼬운 꿈 이야기를 할 때 하는 말. (2) 격에 맞지 않는 말을 할 때 하는 말.

4855. 노루 잠자듯 한다.

(1) 잠을 깊이 자지 않고 자주 깬다는 말. (2) 잠을 조금밖에 못 잤다는 말.

4856. 노루 잡는 사람에게 토끼가 보이나?

큰 일을 하는 사람에게는 하찮은 작은 일은 보이지 않는다는 뜻.

4857. 노루 제 방귀에 놀란다.

노루는 제 방귀에도 놀라듯이 몹시 경솔하다는 뜻.

4858. 노루 친 몽둥이 삼 년 우려 먹는다.

노루 잡은 몽둥이에 묻은 고기 맛을 우리기 위하여 삼 년을 두고 우려 먹듯이 무슨 일을 두고 두고 되풀이한다는 뜻.

4859. 노류 장화(路柳墻花)는 사람마다 꺾는다.

창녀(娼女)는 아무나 건드릴 수 있다는 말.

※ 노류 장화 : 길가의 버들과 담 밑의 꽃은 아무나 꺾을 수 있다는 데서 나온 말로서 창녀를 말함.

4860. 노류 장화는 사람마다 꺾으려니와 산닭 길들이기는 사람마다 어렵다.

창녀(娼女)는 누구나 건드릴 수 있는 일이나 제 멋대로 큰 사람은 길들이기가 몹시 어렵다는 말.

4861. 노른자위다.

가장 중요한 부분에 해당된다는 뜻.

4862. 노름 끝에 도둑 나고 씨름 끝에 싸움 난다.

노름하고 돈 잃게 되면 도둑질하고, 씨름하다가 승부 때문에 싸움을 하게 되므로 조심하라는 말.

4863. 노름 뒤는 대도 먹는 뒤는 안 댄다.

노름은 돈을 잃을 때도 있고 오래 하다 보면 돈을 딸 때도 있지만, 먹는 일은 손해만 보듯이 가난한 사람을 먹여 살리는 일은 할 수 없는 노릇이라는 말.

4864. 노름에 돈은 잃어도 개평 뜯는 재미야.

노름 판에서 돈은 잃어도 개평을 뜯어서 또 노름하는 재미로 노름을 한다는 뜻.

4865. 노름에 돈은 잃어도 해장하는 재미다.

노름군은 밤을 새워가면서 노름을 해서 돈을 잃어도 식전에 해장하는 맛으로 노름을 한다는 뜻.

4866. 노름에 미치면 씨오장이도 팔아 먹는다.

노름에 미친 사람은 노름 돈을 마련하기 위해서는 수단과 방법을 가리지 않고 나쁜 짓까지 하게 된다는 뜻.

4867. 노름에 미치면 신주도 팔아 먹는다.

노름에 미친 사람은 노름돈이 떨어지면 체면도 없이 마구 행동한다는 말.

4868. 노름에 미치면 아내도 팔아 먹는다.

노름에 미친 사람은 무슨 짓을 해서라도 노름돈을 구하려고 한다는 뜻.

4869. 노름에 미친 놈은 죽어야 고친다.

노름에 한번 미친 사람은 고칠 도리가 없다는 뜻.

4870. 노름에 천 냥을 잃어도 개평 뜯어 해장하는 맛이다.

노름군은 돈을 잃더라도 개평 뜯어서 아침에 해장하는 맛으로 노름을 한다는 뜻.

4871. 노름은 따도 하고 잃어도 한다.

노름은 딸 때는 따는 재미로 하고 잃을 때는 본전을 찾기 위해서 하게 된다는 뜻.

4872. 노름은 도깨비 살림이다.

노름은 잘되면 돈을 쉽게 벌 수 있고 실패할 때는 쉽게 잃게 되기 때문에 마치 도깨비 살림과 같다는 뜻.

4873. 노름은 본전에 망한다.

노름에서 돈을 잃게 되는 것은 본전을 찾으려다가 잃게 된다는 뜻.

4874. 노름 친구는 삼 년이다.

노름 친구는 오래 사귈 친구가 못 된다는 뜻.

4875. 노 뭉치로 개 때리듯 한다.

노끈을 감은 뭉치로 개를 때리면 별로 아프지 않듯이 상대방의 비위를 맞춰 가면서 슬슬 놀리는 말.

4876. 노병(老病)엔 약도 없다.

늙어서 생기는 병에는 약도 없기 때문에 고생하다가 죽게 된다는 뜻.

4877. 노새도 아니고 말도 아니다. (非驪非馬)

노새도 아니고 말도 아니듯이 이것도 아니고 저것도 아니라는 뜻.

4878. 노성 윤씨(魯城尹氏) 식도락(食道樂)하고 연산 김씨(連山金氏) 묘 치장하고 회덕 송씨(懷德宋氏) 집 치장한다.

옛날 노성 윤씨는 음식 잘 해먹기로 유명했고, 연산 김씨는 산소를 치장 잘하기로 유명했고, 회덕 송씨들은 집을 잘 짓고 살았다는 말.

4879. 노약자는 죽이지 않는다. (不殺老弱)

〈荀子〉

늙고 쇠약한 사람은 비록 죽을 죄를 범했더라도 죽이지 않는다는 말.

4880. 노여운 마음을 경계하라. (誡嗔怒)

〈貞簡公〉

노여운 일을 당하더라도 노여워하지 않도록 조심하라는 뜻.

4881. 노여움은 사랑에서 나고 정은 꾸지람에서 난다. (怒生於愛 情出於譴) 〈馬駟傳〉

사랑하던 끝에 노여워지기 쉽고 꾸지람 끝에 정이 들게 된다는 말.

4882. 노여움은 사랑에서 난다. (怒生於愛)

〈馬駟傳〉

사랑하던 끝에는 노여워지기 쉽다는 말.

4883. 노여움은 감추어 두지 않고 원망은 묵혀 두지 않는다. (不藏怒 不宿怨) 〈孟子〉

설혹 노여움이 있더라도 속에 감추어 두지 말 것이며 원망스럽더라도 너그럽게 풀어버리라는 뜻.

4884. 노여워할 데 노여워하지 않으면 간신이 일어나게 된다. (可怒而不怒 姦臣乃作)

〈六韜〉

응당 노여워할 데는 노여워해야지 그렇지 않으면 업신여겨서 간사한 짓을 하는 사람이 생기게 된다는 말.

4885. 노염이 호구 별성(戶口別星)인가?

화를 잘 내는 사람을 두고 하는 말. ※ 호구 별성: 집집마다 찾아다니며 천연두(天然痘)를 앓게 한다는 귀신.

4886. 노인 말 그른 데 없고 어린 아이 말 거짓 없다.

경험이 많은 노인의 말은 옳은 말이 많고 순진한 어린 아이들의 말은 솔직하다는 뜻.

4887. 노인 말 그른 데 없다.

늙은이들은 많은 경험 교훈이 있기 때문에 그른 말을 하지 않는다는 뜻.

4888. 노인 말을 들으면 자다가도 떡이 생긴다.

노인들은 오랜 경험과 교훈이 있기 때문에 그의 말을 들으면 유리하다는 뜻.

4889. 노인 뼈마디가 쑤시면 비가 온다.

신경통을 앓는 노인은 기압 변동으로 비 올 것을 안다는 뜻.

4890. 노적가리 불 붙는 줄 모르고 쌀독 뒤의 쌀 알만 줍는다.

큰 손해 보는 줄은 모르고 조그마한 것에만 신경을 쓴다는 뜻.

4891. 노적가리에 불 지르고 싸라기 주워 먹는다.

곡식 더미에 불을 지르고 거기서 싸라기를 주워 먹듯이 큰 것을 잃고 작은 것을 아낀다는 말.

※ 노적가리: 밖에 쌓은 곡식 더미.

4892. 노적가리에 불 지르고 튀각 주워 먹는다.

큰 것을 잃고 작은 것을 아낀다는 뜻.

4893. 노적가리에서 굶어죽는다.

돈을 두고도 못 써보고 죽는다는 뜻.

4894. 노적가리 위에서 배 고프다고 한다.

돈을 많이 두고도 고생한다는 뜻.

4895. 노적 섬에 불 붙여 놓고 박산(薄饊) 주워 먹는다.

큰 것을 잃으면서 작은 것을 아낀다는 뜻.

4896. 노처녀가 시집을 가려니까 등창이 난다.

오래간만에 시집을 가려고 하였더니 등창이 나서 못 가게 되듯이 오랫동안 벼르던 일을 하려니까 방해물이 생긴다는 뜻.

4897. 노처녀더러 시집가라고 한다.

물어보나 마나 좋아할 것을 알면서 묻는다는 뜻.

4898. 노파리가 나서 좋아한다.

삼으로 만든 신이 집안에 나서 좋아 한다는 말로서 즉 신(神)이 나서 좋아한다는 말. ※ 노파리: 삼으로 만든 메투리.

4899. 녹수(綠水) 갈 제 원앙(鴛鴦) 간다.

푸른 물이 흐르는 데 원앙이 헤엄쳐 가듯이 둘이 떨어지지 않고 같이 있다는 말.

4900. 녹은 쇠에서 생겨서 쇠를 먹는다.

쇠에서 생긴 녹은 마침내 쇠를 먹듯이 같은 친족끼리 서로 다투어 양편이 다 해롭게 된다는 말.

4901. 녹(祿)을 후하게 주면 의로운 사람은 목숨을 아끼지 않는다. (祿重則 義士輕死) 〈三略〉

보수(報酬)를 후하게 주면 의로운 사람은 국가를 위하여 목숨을 아끼지 않는다는 말.

4902. 녹초가 되었다.

몹시 지쳐 피곤(疲困)하다는 뜻.

4903. 녹피(鹿皮)에 가로 왈(曰) 자다.

부드러운 노루 가죽에 쓴 가로 왈(曰)자는 아래 위로 당기면 날 일(日)자도 되고 당기지 않으면 다시 가로 왈 자가 되듯이 일정한 주견이 없이 이랬다 저랬다 한 다는 뜻.

4904. 논 끝은 없어도 일한 끝은 있다.

일하지 않으면 아무 성과가 없지만 일을 한 끝은 반 드시 그 성과가 있다는 뜻.

4905. 논두렁에 구멍 뚫는다.

논에 물이 빠지도록 주인 모르게 논두렁에 구멍을 뚫 어 심술을 부린다는 말.

4906. 논둑 족제비 까치 잡듯 한다.

족제비가 몸에 진흙칠을 하고 논둑에 꼿꼿이 서 있으 면 까치가 말뚝인 줄 알고 앉으면 잡아 먹듯이 남을 속여서 해친다는 뜻.

4907. 논밭 없는 농민이다. (無田之民)

농토가 없는 품팔이하는 가난한 농촌 사람이라는 뜻.

4908. 논밭은 다 팔아 먹어도 향로(香爐)와 촛 대는 지닌다.

집안이 패가(敗家)해도 조상 제사에 필요한 향로와 촛 대는 남겨 두어야 한다는 말.

4909. 논밭이 천 년이면 팔백 번이나 주인이 바 뀐다. (千年田土 八百主人)

논밭을 가지고 세력을 쓰던 사람들도 오래 되면 그 주 인이 연속적(連續的)으로 바뀌게 된다는 말.

4910. 논을 사려면 두렁을 보라.

논을 살 때는 반드시 논과 논 사이에 있는 두렁과 물 길 등을 보고 사야 한다는 말.

4911. 논 이기듯 신 이기듯 한다.

한 말을 되해 가면서 상대방이 잘 알아들을 수 있도 록 구체적으로 말한다는 뜻.

4912. 논 자취는 없어도 공부한 자취는 남는다.

놀아서 시간을 보낸 자취는 없어도 공부한 성과는 남 게 된다는 뜻.

4913. 논 팔아 굿하니 맏며느리 춤춘다.

논을 팔아 굿을 하니 가슴 아픈 사정을 잘 알아야 할 맏며느리가 도리어 기뻐하듯이 일을 반대 방향으로 하는 얄미운 사람을 두고 하는 말.

4914. 논 표는 없어도 일한 표는 있다.

일을 하지 않고 논 흔적은 없어도 일한 흔적은 남아 있다는 말.

4915. 논 흔적은 없어도 공부한 흔적은 있다.

아무 일도 않고 놀기만 한 사람은 아무 표도 없지만 공부를 한 사람은 공부를 한 만큼 표가 난다는 뜻.

4916. 논 흔적은 없어도 일한 흔적은 남는다.

일을 하지 않으면 아무 흔적도 없지만 일을 하게 되 면 반드시 흔적이 남게 된다는 말.

4917. 놀고 먹는 것은 좀이다.

일하지 않고 놀고 먹는 것은 사회를 좀먹는 좀이라는 말.

4918. 놀고 먹는 것은 짐새의 독과 같다. (宴安 酖毒) 〈春秋左傳〉

놀고 먹는 죄악은 사람이 먹으면 죽는 짐새의 독주 (毒酒)와 같다고 경고하는 말. ※ 짐새 : 독이 있다는 전설의 새.

4919. 놀고 먹는 놈은 제 복이다.

사람이 편히 살고 못 사는 것도 다 제 복에 달렸다는 뜻.

4920. 놀고 먹는 밥벌레다. (食虫)

아무 일도 하지 않고 먹기만 하는 것은 밥벌레에 지 나지 않는다는 말.

4921. 놀고 먹으면 노적가리가 산이라도 못 당한 다. (坐食山崩 : 坐食山空)

벌지 않고 쓰기만 하면 산같이 많은 재산이라도 당해 내지 못한다는 뜻.

4922. 놀기는 산지기가 놀고 추렴은 중이 낸다.

즐겁게 논 사람은 따로 있는데 돈은 애매한 사람이 낸 다는 뜻.

4923. 놀기 좋아 넉동 치기다.

할 일이 없으면 윷놀이라도 하듯이 그냥 노는 것보다 는 아무 것이라도 하는 편이 낫다는 말.

4924. 놀던 계집이 결딴 나도 엉덩이 짓은 남는 다.

(1) 오래 된 습관은 좀처럼 없어지지 않는다는 뜻.

(2) 어떤 것이 망해도 다 없어지는 것이 아니고 그 중에 는 남는 것이 있다는 뜻.

4925. 놀라고 두려워서 어쩔 줄을 모른다. (驚惶 罔措)

몹시 놀라서 어쩔 줄을 모르고 떨고만 있다는 뜻.

4926. 놀라기도 하고 기뻐하기도 한다. (又驚又 喜)

한편으로는 놀라기도 하고 다른 한편으로는 기쁘기

도 하다는 뜻.

4927. 놀라기도 하고 부끄럽기도 하다. (且驚且
羞)　　　　　　　　　　　　〈沈生傳〉
한편으로는 놀라기도 하였고 다른 한편으로는 부끄럽
기도 하다는 뜻.

4928. 놀란 토끼 눈 같다.
놀란 토끼의 눈마냥 불안한 눈 모습을 하고 있다는 뜻.

4929. 놀란 토끼 벼락 바위 쳐다보듯 한다.
놀란 토끼처럼 말도 못하고 눈만 멀뚱멀뚱하고 쳐다
만 본다는 말.

4930. 놀부 심사다.
놀부와 같이 몹시 마음씨가 나쁘다는 말.

4931. 놀부 심술은 내일 아침이다.
놀부 심술보다도 더 많은 심술을 가졌다는 말.

4932. 놀부 제비 다리 동이듯 한다.
놀부가 일부러 제비 다리를 분지른 다음 노끈으로 휘
휘 감아 동이듯이 무엇을 끈으로 단단히 감아 동인다
는 말.

4933. 놀부 제사 지내듯 한다.
놀부가 제사를 지낼 때 제물(祭物)을 사지 않고 제물대
신 돈으로 놓고 제사를 지내듯이 몹시 인색하고 고약
한 짓을 한다는 뜻.

4934. 놀부한테 선심 쓰다가 자루까지 빼앗긴다.
탐욕 많은 사람에게 선심 쓰다가 손해만 보았다는 말.

4935. 놋동이 잃고 질동이 얻는다.
좋은 것을 주고 나쁜 것을 얻어 손해가 크다는 말.

4936. 농군은 두더지다.
농사 일하는 사람은 두더지마냥 땅을 일궈 먹고 산다
는 뜻.

4937. 농 끝에 싸운다.
농이 심하게 되면 싸울 수 있기 때문에 조심하라는
뜻.

4938. 농 끝에 진담 나온다.
농을 하는 과정에 진담이 나오게 된다는 뜻.

4939. 농담 끝에 살인 난다.
지나치게 농담하다가는 큰 싸움을 하게 된다는 뜻.

4940. 농담 끝에 초상 난다.
농담하다가 싸움까지 하고 싸움 끝에 살인까지 하게 된
다는 말.

4941. 농담 끝에 친구 잃는다.

농담이 심하게 되면 흔히 싸워 사이가 나쁘게 된다는
뜻.

4942. 농담 속에 진담 들었다.
농담에도 은연중에 진담을 하게 된다는 말.

4943. 농담에도 정도가 있다.
친구간에도 농담이 지나치면 우정(友情)에 금이 갈
수 있으니 조심하라는 뜻.

4944. 농담이 길면 초상(初喪) 난다.
지나치게 농담을 하다가 큰 싸움을 하게 된다는 뜻.

4945. 농담이 쌈담된다.
지나치게 농담하다가는 싸움을 하게 된다는 뜻.

4946. 농담이 울린다.
농담으로 한 말을 진담으로 오해하고 슬퍼할 수 있으
니 농담에도 조심을 하라는 뜻.

4947. 농담이 지나치면 싸움된다.
농담이 너무 심하게 되면 싸움을 하게 될 수 있으므
로 삼가라는 뜻.

4948. 농담이 진담된다. (弄假成眞)
농담에도 평소 생각한 것이 될 수 있기 때문에 진담
으로 될 수 있다는 말.

4949. 농민들에게는 낮이 부족하다. (穀人不足於
晝)　　　　　　　　　　　　〈揚子法言〉
농사철에는 낮이 부족하여 새벽에서 어두워질 때까지
바쁘게 일한다는 뜻.

4950. 농민들은 땅을 밭으로 삼고 관리는 농민을
밭으로 삼는다. (民以土爲田 吏以民爲田)
　　　　　　　　　　　　　　〈牧民心書〉
농민들은 땅에서 곡식을 수확하고 관리들은 농민의 재
물을 약탈한다는 뜻.

4951. 농민들의 선물에는 미나리도 한몫 낀다.
(野人獻芹)
(1) 미나리는 하찮은 것 같으나 농민들의 선물로 좋다
는 뜻. (2) 농민들의 선물은 소박하다는 뜻.

4952. 농민들이 가난하면 토지도 황폐하게 된다.
(民貧則田瘠以穢)　　　　　　　　〈荀子〉
농민들이 부유하지 못하면 토지도 메마르게 된다는 말.

4953. 농민만이 농토를 가져야 하고 농사를 짓지
않는 사람은 농토를 가져서는 안 된다. (農者
得田 不爲農者不得之)　　　　　〈牧民心書〉
농사를 짓는 농민에게만 농토를 주어 농사를 하도록
해야 한다는 뜻.

4954. 농민은 밭을 분별하여 경작해야 한다.
(農分田而耕) 〈荀子〉
　　농사를 하려면 토질(土質)을 잘 알아서 그 토질에 알
　　맞는 곡물을 재배하도록 해야 한다는 뜻.

4955. 농부는 두더지다.
　　농부는 두더지마냥 논밭을 일구어 먹고 산다는 뜻.

4956. 농부는 하루 쉬면 백 날 먹을 양식을 잃는
다. (一日不作 百日不食) 〈史記〉
　　농사는 하루라도 시기를 놓치면 수확(收穫)이 많이 감
　　소된다는 말.

4957. 농사가 수고로운 것은 농기구가 편리하지
못한 데 있다. (農所以勞 器不利也)
〈茶山論叢〉
　　농업이 발달되지 못한 것은 농기계가 발달되지 못한
　　데 그 원인이 있다는 뜻.

4958. 농사군은 굶어죽어도 씨오쟁이는 베고 죽
는다. (農夫餓死 枕厥種子) 〈耳談續纂〉
　　농부는 아무리 식량에 곤궁하더라도 종자(種子)만은
　　보관하고 있어야 한다는 뜻.

4959. 농사는 곡식을 생산하는 것이다. (農者
穀之所出) 〈杜佑〉
　　농업은 곡식을 생산하는 업(業)이라는 뜻.

4960. 농사는 내가 짓고 수확은 남이 한다.
　　옛날 소작인(小作人)이 애써 농사 지어 지주에게 다
　　빼앗기듯이 자기가 애써서 일하고도 자기 소득은 없
　　고 남만 이롭게 하였다는 뜻.

4961. 농사는 농민들의 생활을 후하게 하고 국
가의 재정을 넉넉히 한다. (農也者 所以厚民生
而裕國用者也) 〈茶山論叢〉
　　옛날에는 농업이 대본(大本)이기 때문에 국민들을 부
　　유하게 하고 국가 재정을 축적하는 근본으로 된다는
　　말.

4962. 농사는 농민의 이득이다. (農者民之利也)
〈牧民心書〉
　　농민들의 수입은 농사를 진 수확이라는 뜻.

4963. 농사는 명년이나 명년이나 하면서 짓는다.
　　농사 짓는 사람은 설마 내년이야 잘되겠지 하는 막연
　　한 희망을 가지고 농사를 짓는다는 뜻.

4964. 농사는 밭일에 힘써야만 가을 수확이 많
아지게 된다. (若農服田力穡 乃亦有秋) 〈書經〉
　　농사 일을 부지런히 해야 가을에 가서 수확을 많이 할
　　수 있다는 뜻.

4965. 농사는 봄에 씨 뿌리고 여름에 가꾸고 가
을에 거두고 겨울에 저장하는 일을 제때에 해
야 한다. (春耕夏耘秋收冬藏 四時不失時)
〈荀子〉
　　농사 일은 봄에 씨를 뿌려서 여름에는 풀을 뽑고 거
　　름을 주어 가꾸고 가을에는 거두고 겨울에는 저장해
　　두고 먹는다는 말.

4966. 농사는 천하의 대본이다. (農者 天下之大本
也)
　　봉건 사회에서는 농업이 가장 중요한 기본 산업(基本産
　　業)이라는 뜻.

4967. 농사도 아니하고 장사도 아니한다.
(不農不商)
　　과거 양반들은 농사도 아니하고 장사도 하지 않고 놀
　　고 먹기만 하였다는 뜻.

4968. 농사도 짓지 않고 놀고 먹는다. (不耕而食)
〈孟子, 莊子〉
　　농촌에서 농사도 않고 놀고 먹는 사람이라는 뜻.

4969. 농사를 게을리 하고 생활을 사치하면 하늘
도 부자로 되게 할 수 없다. (本荒而用侈則天
不能使之富) 〈荀子〉
　　농민이 농사를 게을리 하여 수입은 적은데 사치를 하
　　게 되면 아무도 이를 부자로 만들 수는 없다는 말.
　　→ 농사를 부지런히 하고 살림을 알뜰히 하면 하늘도
　　가난하게 할 수 없다.

4970. 농사를 부지런히 하고 살림을 알뜰히 하면
하늘도 가난하게 할 수 없다. (彊本而節用則
天不能貧) 〈荀子〉
　　농사를 부지런히 하고 집안 살림을 잘하게 되면 누구
　　라도 가난하게 만들지 못한다는 말. → 농사를 게을리
　　하고 생활을 사치하면 하늘도 부자로 되게 할 수 없
　　다.

4971. 농사를 지어도 양식이 모자란다. (耕植不
足以自給) 〈陶潛〉
　　농사를 지어도 식량이 모자라는 빈농(貧農)이라는 뜻.

4972. 농사 물정(物情) 안다니까 나락 이삭만 뽑
는다.
　　남들이 잘한다고 추어 주면 그것이 추어주는 것인 줄
　　도 모르고 잘하는 체하다가 망신만 당하게 된다는 말.

4973. 농사 일은 늦춰서 안 된다. (民事不可緩)
〈孟子〉
　　농사 일은 시기를 놓쳐서 늦게 하면 수확(收穫)이 감
　　소된다는 뜻.

4974. 농사 일은 머슴에게 물어 하고 길쌈질은 계집 종에게 물어서 하라.(耕當問奴 織當問婢)
〈魏志〉

무슨 일이든지 시작하려면 그 일에 능한 사람과 상의 (相議)를 해서 하는 것이 안전하다는 말.

4975. 농사 일은 머슴에게 물어서 하라.(耕當問奴)
〈魏書〉

무슨 일이든지 능하지 못하거든 그 부문의 전문가에게 배워가며 하라는 말.

4976. 농사 짓는 기술이 정교하면 땅은 적어도 곡식 소출은 많다.(農之技精 則其占地少而得穀多)
〈茶山論叢〉

영농기술(營農技術)을 높여서 단위당 면적(單位當面積)에서 곡물의 생산량을 높이라는 말.

4977. 농사 짓는 사람은 곡식을 얻고 농사를 짓지 않는 사람은 얻지 못한다.(農者得穀 不爲農者不得之)
〈茶山論叢〉

농사를 짓는 사람은 가을에 추수를 할 수 있지만 농사를 짓지 않는 사람은 추수할 것이 없게 되므로 농촌 사람들은 모두 농사 일을 하라는 말.

4978. 농사 철에 땅 뗀다.(臨農 奪耕)

농사철이 되어 농사할 준비를 다하고 있는 봄에 땅을 떼여 궁지에 빠지게 되었다는 뜻.

4979. 농사철은 어겨서는 안 된다.(不違農時)
〈孟子〉

농사는 시기(時期)를 놓치지 말라는 뜻.

4980. 농(籠) 속에 갇힌 새다.

새장에 갇힌 새마냥 자유가 구속된 몸이라는 말.

4981. 농우 팔아 세금 주고 집 헐어 불 땐다.
(賣牛納稅 折屋炊)
〈蘇軾〉

농촌이 극도로 피폐(疲弊)되어 소를 팔아서 세금을 주고 집을 헐어서 불을 때게 되었다는 말.

4982. 농으로 한 말에 초상(初喪) 난다.

농으로 한 말이 상대방에게 치명적인 자극을 주었다는 뜻.

4983. 농이 지나치면 싸움이 된다.(弄過成瞋)

친한 사이에 농담을 지나치게 하다가는 싸울 수 있기 때문에 조심하라는 뜻.

4984. 농작물은 주인 발자국 소리에 큰다.

농작물은 자주 손질을 해주어야 잘 큰다는 뜻.

4985. 농토(農土) 사려고 애쓰지 말고 입을 덜랬다.

살림의 비결(秘訣)은 수입을 늘리려고만 하지 말고 지출을 줄이는 데 있다는 뜻.

4986. 높은 가지가 바람은 더 탄다.

높은 지위에 있으면 적이 많게 된다는 뜻.

4987. 높은 가지가 부러지기 쉽다.

높은 나무가 바람을 더 타기 때문에 부러지기가 쉽듯이 높은 지위에 있으면 몰락되기가 쉽다는 뜻.

4988. 높은 곳에 바람 잘 날 없다.

지위가 높을수록 비난을 많이 받게 된다는 뜻.

4989. 높은 나무가 바람 더 탄다.

남보다 뛰어나게 일을 하려면 남보다 더 많은 수난 (受難)을 받게 된다는 말.

4990. 높은 나무는 바람이 싫어한다.

높은 지위(地位)에 있는 사람은 남이 질투한다는 뜻.

4991. 높은 덕은 골짜기처럼 가득하다.(上德若谷)
〈老子〉

덕이 높으면 세상에 가득하게 퍼진다는 말.

4992. 높은 데 송아지 간 발자국만 있고 온 발자국은 없다.

무엇이 언제 어떻게 없어진지도 모르게 없어졌다는 말.

4993. 높은 데 있으면 멀리 바라볼 수 있다.
(高居而遠望)
〈六韜〉

고차적(高次的)인 면에서 문제를 보면 전체를 파악할 수 있다는 뜻.

4994. 높은 베개를 베고 마음대로 한다.(高枕肆志)

돈 많은 사람이 한가하고 편안하게 산다는 뜻.

4995. 높은 사람도 없고 낮은 사람도 없다.
(無高無下)

높은 사람도 없고 낮은 사람도 없이 평등(平等)하다는 말.

4996. 높은 사람은 존경하고 어른은 어른 대접을 해야 한다.(尊尊也 長長也)
〈禮記〉

사람 접대(接待)는 상대방의 신분에 알맞게 해야 한다는 뜻.

4997. 높은 사람을 셋 사귀는 것보다 내 한 몸을 삼가하는 것이 낫다.(毋交三貴人 惟謹一吾身)
〈成進士傳〉

자기를 돌보아 줄 사람을 셋 사귀는 것보다는 차라리 자신의 잘못이 없도록 삼가는 것이 낫다는 말.

4998. 높은 사람의 권세에 아첨하지 않는다.
(不貽貴者之權勢)　〈荀子〉
아무리 높은 지위에 있는 권력자에게도 아부하지 않
고 바른 행동만 한다는 뜻.

4999. 높은 사람이나 낮은 사람이나 서로 같다.
(尊卑相若)　〈三略〉
사회적인 지위야 높든 낮든 간에 인간적 본성은 같다
는 뜻.

5000. 높은 자리에 있을 때 인심 얻으랬다.
높은 지위에서 남을 도와줄 수 있을 때 많이 도와 주
어 인심을 얻으라는 뜻.

5001. 높은 지위에 있을수록 교만하지 말아야 한
다. (貴而不驕)
일반적으로 지위가 높아지면 교만하게 되기 때문에 이
렇게 해서는 안 된다는 뜻.

5002. 높이 날으는 새도 먹이 때문에 죽게 된다.
(高飛之鳥 死於美食)　〈呉越春秋〉
탐욕이 많은 사람은 재물 때문에 죽게 된다는 뜻.

5003. 높이 뛰어가는 사람은 넘어진다. (高步者
疾顚)　〈菜根譚〉
높이 뛰다가는 넘어지기 쉽듯이 자기 분수에 넘치는
짓을 하게 되면 실패하게 된다는 말.

5004. 높이 올라간 용은 후회하게 된다.
(亢龍有悔)　〈春秋左傳〉
하늘에 지나치게 높이 오른 용은 후회하게 되듯이 자
기 실력도 돌보지 않고 높은 지위를 탐내다가는 후회
하게 된다는 뜻.

5005. 높이 올라갈수록 아래를 살펴야 한다.
지위가 높아 갈수록 하부의 실정을 잘 파악해야 한다
는 뜻.

5006. 높이 올라갈수록 위험하다.
지위는 높이 올라가면 더 올라갈 수가 없기 때문에 떨
어지게 된다는 말.

5007. 놓아 먹인다.
제 마음대로 하게 내버려 둔다는 뜻.

5008. 놓아 먹인 돼지다. (放豚)
집에는 잠시도 있지 않고 제멋대로 뛰어다닌다는 말.

5009. 놓아 먹인 말이다. (放馬)
길을 들이지 않은 말과 같이 제 멋대로 행동한다는 말.

5010. 놓아 먹인 망아지 같다.
가정 교육이 없어서 제멋대로 행동한다는 뜻.

5011. 놓아 먹인 소다. (放牛)
길을 들이지 않은 소마냥 제멋대로 행동한다는 말.

5012. 놓친 고기가 더 커 보인다.
누구나 현재 가지고 있는 것보다는 잃어 버린 것을
더 애석하게 여긴다는 뜻.

5013. 뇌물은 누구든지 비밀히 주지만 한밤중에
주고 받아도 아침이면 벌써 드러나게 된다.
(貨賂之行 誰不秘中夜所行朝己昌矣)
〈牧民心書〉
뇌물은 아무리 비밀히 주고 받지만 바로 탄로(綻露)
나게 된다는 말.

5014. 뇌물을 좋아하는 관리는 국민들을 불안하
게 한다. (貪吏安不爲)　〈史記〉
부패한 관리들이 뇌물을 좋아하게 되면 사회가 문란
하게 되기 때문에 국민들은 불안하게 된다는 뜻.

5015. 뇌성벽력(雷聲霹靂)은 귀머거리도 듣는다.
우뢰 소리와 벼락 치는 소리는 귀머거리라도 들을 수
있듯이 명백한 사실은 누구나 다 알 수 있다는 뜻.

5016. 누가 망하든지 내 알 바 아니다.
어느 누가 망하든지 말든지 자기가 관계할 일이 못 된
다는 뜻.

5017. 누가 옳고 그른지를 모른다. (孰是孰非)
어느 쪽이 옳고 그른지 두드러지게 나타나지 않기 때
문에 모른다는 뜻.

5018. 누가 홍 길동(洪吉童)인지 모르겠다.
똑같은 홍 길동이가 여럿 있었기 때문에 누가 진짜 홍
길동인지 모르듯이 잘난 체하는 사람이 너무 많기 때
문에 누가 진짜로 잘난 사람인지 모른다는 뜻.

5019. 누걸놈 방앗간 다투듯 한다.
거지가 방앗간에서 서로 자려고 다투듯이 서로 도와
가며 지내야 할 처지인데도 불구하고 서로 다툰다는
뜻.

5020. 누구나 먹을 복과 묻힐 땅은 타고 난다.
아무리 가난해도 살아서 먹을 것은 있고 죽어서 묻힐
묘지(墓地)는 있다는 말.

5021. 누구나 벗겨 놓고 보면 다 마찬가지다.
외면으로는 잘나고 못난 차가 많지만 인간적인 면은
다 동일하다는 뜻.

5022. 누구나 저 먹을 복은 타고 난다.
아무리 가난하고 식구가 많아도 굶어죽는 일은 없다
는 뜻.

5023. 누구나 저 잘난 멋에 산다.
사람은 다 저마다 긍지감(矜持感)을 가지고 산다는 뜻.

5024. 누구나 저 좋아하는 건 있다.
사람마다 제각각 좋아하는 것이 있다는 뜻.

5025. 누구나 제 논 물 먼저 대려고 한다.
이권(利權)이 있을 때는 누구나 자기에게 유리하게
하려는 것은 당연하다는 뜻.

5026. 누구나 제 욕심 먼저 채운다.
사람은 누구나 자기와 이해 관계가 있는 일을 먼저 하
게 된다는 뜻.

5027. 누구나 제 자식 못났다는 사람 없다.
누구든지 자기 자식은 잘나 보인다는 말.

5028. 누구는 날 때부터 안다더냐?
누구나 선천적으로 아는 사람은 없으므로 부지런히
배워야 한다는 뜻.

5029. 누구는 후하게 하고 누구는 박하게 한다.
(何厚何薄)
사람 대우(待遇)를 차별(差別)한다는 뜻.

5030. 누구든지 뜨거운 물건을 잡았을 때는 찬물
에 손 안 넣는 사람 없다. (誰能執熱 逝不以濯)
〈春秋左傳〉
누구든지 다급한 처지에 있게 되면 도움을 받으려고
한다는 뜻.

5031. 누구든지 제 물건 나쁘다는 사람 없다.
누구든지 자기의 물건은 좋았기 때문에 소유하고 있
으므로 나쁜 것은 없다는 말.

5032. 누구를 원망하고 누구를 탓하랴. (誰怨誰
咎：誰怨誰尤)
다른 사람을 원망하거나 탓할 것이 아니라 자기 자신
에서 결함을 찾아야 한다는 뜻.

5033. 누구 앞에서 「아프다」 소리도 못한다.
누구 앞에서 억울한 사정을 말하고 싶어도 말할 도리
가 없다는 뜻.

5034. 누더기는 꿰매지도 못한다. (彌縫漫漶)
누더기 옷은 더 꿰매서 입을 수 없듯이 여러 번 잘못
을 거듭하는 사람은 고칠 수 없다는 뜻.

5035. 누더기 속에서 영웅 난다.
누더기 옷을 입고 자란 사람이 영웅 되듯이 빈천(貧
賤)한 신분을 가진 사람도 크게 출세할 수 있다는 뜻.

5036. 누더기 속에 옥 들었다.

겉모양은 하찮은데 내용물(內容物)은 대단히 훌륭하
다는 뜻.

5037. 누더기 옷도 없는 것보다는 낫다.
아무리 나쁜 것이라도 없는 것보다는 낫다는 말.

5038. 누런 입술에 젖내도 아직 가시지 않았다.
(黃口乳臭)
아직 젖내가 날 정도로 어리다는 뜻.

5039. 누렁이나 검둥이나 그놈이 그놈이다.
겉보기만 다를 뿐이지 본질적으로는 다 동일하다는
말.

5040. 누렁이도 돈만 있으면 황 첨지라고 한다.
돈만 많으면 아무리 못난 사람도 사회적으로 우대를
받게 된다는 말.

5041. 누렁이에게 물려도 검둥이를 무서워한다.
한번 호되게 놀란 것이 있으면 그와 유사한 것만 봐
도 무섭게 된다는 말.

5042. 누린내가 나도록 때린다.
코에서 누린내가 나도록 몹시 때린다는 뜻.

5043. 누명을 벗는다. (雪寃)
억울하게 더러운 누명(陋名)을 깨끗하게 벗게 되었다
는 말.

5044. 누워서 떡 먹기다. (餅臥喫) 〈洌上方言〉
누워서 떡을 먹듯이 일이 매우 쉽다는 뜻.

5045. 누워서 떡 먹으면 눈에 고물 들어간다.
(餅臥喫 豆屑落) 〈洌上方言〉
제 몸만 편할 도리를 하다가는 도리어 제게 해롭게 될
수 있다는 뜻.

5046. 누워서 저절로 입에 들어오는 떡은 없다.
무슨 일이나 노력하지 않고 저절로 이루어지는 일은
없다는 뜻.

5047. 누워서 침 뱉기다.
누워서 침을 뱉으면 그 침이 도로 자기의 얼굴에 떨
어지듯이 남을 해친다는 것이 도리어 자기가 해를 당
하게 되었다는 뜻.

5048. 누워서 침 뱉으면 제 낯짝에 떨어진다.
자기가 자신의 손해 나는 행동만 한다는 뜻.

5049. 누워서 팥떡 먹기다.
누워서 떡을 먹듯이 일이 몹시 쉽게 이루어진다는 뜻.

5050. 누워서 하늘을 핥으려고 한다. (猶伏而咶
天) 〈荀子〉

무슨 일을 하려고 하면서도 할 차비(差備)는 않고 있다는 뜻.

5051. 누워 잠자기다.
(1) 매우 편안하다는 뜻. (2) 일하기가 매우 수월하다는 뜻.

5052. 누에가 뽕잎 갉아 먹듯 한다.(蠶食)
누에가 뽕잎을 차츰차츰 다 갉아 먹듯이 남의 것을 슬금슬금 다 차지한다는 뜻.

5053. 누에가 실을 토하여 제 몸을 묶듯 한다.
(如蠶吐糸自縛) 〈傳燈錄〉
누에가 제 입으로 실을 토하면서 고치를 만들어 꼼짝도 못하게 하듯이 제가 저를 용납(容納)도 못하게 만든다는 말.

5054. 누운 나무에 열매 안 연다.
죽어 넘어진 나무에 열매가 열리지 않듯이 사람도 죽은 듯이 가만히 있으면 아무 일도 되지 않는다는 뜻.

5055. 누운 돼지가 앉은 돼지를 흉본다.
흉 많은 사람이 흉 적은 사람의 흉을 본다는 뜻.

5056. 누운 소 똥 누기다.
소가 누워 똥을 싸듯이 일을 매우 쉽게 한다는 뜻.

5057. 누울 자리 보고 발 뻗는다.(先視爾褥乃展
厥足),(量衾伸足) 〈耳談續纂〉,〈旬五志〉
무슨 일이든지 앞을 내다봐 가면서 일을 착수해야 한다는 뜻.

5058. 누울 자리 보고 씨름한다.
무슨 일을 할 때는 만일의 경우도 예견(豫見)해야 한다는 뜻.

5059. 누이네 집에 어석술 차고 간다.
시집 간 누이 집에 가면 밥을 많이 담아 주기 때문에 어석 숟갈로 먹어야 하듯이 시집 간 누이는 친정 동생 대접을 잘해 준다는 뜻. ※ 어석술 : 한쪽이 닳아진 숟가락.

5060. 누이 믿고 장가 안 간다.
남은 생각도 않는데 저 혼자서만 엉뚱하게 기대를 걸고 있다는 말.

5061. 누이 바꿈한다.
자기 누이를 처남과 결혼을 시킨다는 말.

5062. 누이 좋고 매부 좋다.
(1) 서로가 다 좋다는 뜻. (2) 좋은 것이 더욱 좋다는 뜻.

5063. 누지 못하는 똥 으드덕 누라 한다.

뻔히 되지도 않을 것을 억지로 하라는 뜻.

5064. 눅은 것이 비싼 것이다.
값이 싼 물건은 품질이 나쁘기 때문에 결과적으로는 비싸다는 말.

5065. 눅은 데 패가(敗家) 한다.
값이 싸다고 많이 샀기 때문에 패가를 하게 되었다는 말로서 필요하지 않은 물건을 싸다고 많이 사는 것은 큰 손해를 보게 된다는 뜻.

5066. 눈 가리고 귀 막는다.(掩目塞耳)
눈을 가리고 귀를 막고 보기 싫은 것을 보지 않고 듣기 싫은 것을 안 듣는다는 말.

5067. 눈 가리고 도둑질한다.
얕은 수단으로 남을 속인다는 뜻.

5068. 눈 가리고 아웅한다.
속아 넘어가지 않을 짓으로 남을 속이려고 한다는 뜻.

5069. 눈깔 값은 한다.
애꾸눈을 한 사람은 대개 성격이 사납다는 뜻.

5070. 눈깔을 까고 봐도 없다.
아무리 찾아 보아도 도무지 보이지 않는다는 뜻.

5071. 눈 감고 새 잡기다. (掩目捕雀)
무슨 일을 주관적(主觀的)으로 한다는 뜻.

5072. 눈 감고 아웅한다.
얕은 수단(手段)으로 남을 속이려고 한다는 뜻.

5073. 눈 감고 보라는 격이다.
한편으로는 훼방을 하면서도 한편으로는 도와 주는 척한다는 뜻.

5074. 눈 감으면 코 베어 가겠다.
눈 감으면 코 베어 갈 정도로 세상 인심이 악화되었다는 말.

5075. 눈 감으면 코 베어 먹을 세상이다. (瞬目
不暇 或喪厥鼻) 〈耳談續纂〉
세상 인심이 몹시 험악하고 무섭다는 말.

5076. 눈 감으면 코 베어 먹을 인심이다.
세상 인심이 몹시 험하고 믿을 수 없다는 뜻.

5077. 눈 값 않는 애꾸 없다.
애꾸눈을 가진 사람은 많은 경우에 그 눈 값을 한다는 말.

5078. 눈 것이나 엎인 것이나 마찬가지다.
누웠거나 엎쳤거나 별 차이가 없듯이 겉으로는 다르

나 본질적으로는 동일하다는 뜻.

5079. 눈꼴이 사납다.
　모양이 사나와 못 보겠다는 말.

5080. 눈꼴이 틀린다.
　몹시 불쾌하여 보기가 싫다는 말.

5081. 눈꼽만하다.
　눈꼽만한 크기의 아주 작은 것이라는 뜻.

5082. 눈과 귀는 둘인데 입만 하나라는 것을 알
　아야 한다.
　보고 듣기는 많이 하지만 말은 조금만 하라는 뜻.

5083. 눈 구경해야지 귀 구경해서는 소용없다.
　귀로 여러 번 듣는 것보다 눈으로 한번 보는 것이 더
　미덥다는 말.

5084. 눈 구석에 쌍 가래톳이 선다.
　하도 분한 일을 당하여 기가 막혀 어이가 없다는 뜻.

5085. 눈 끝이 아래로 까부라지면 색골이다.
　남녀간에 눈 끝이 아래로 까부라진 사람은 대개 색을
　좋아한다는 말.

5086. 눈 닦고 볼래도 못 보겠다.
　이 세상에서 찾아 볼래야 찾아 볼 수 없다는 뜻.

5087. 눈 대중으로도 근소한 차이는 알 수 있다.
　(目機銖鋸)
　항상 눈으로 보는 것은 눈 대중으로도 거의 정확하게
　알 수 있다는 뜻.

5088. 눈도 깜짝 않는다.
　도무지 무서운 기색이없이 눈 한번 깜짝하는 일이 없
　다는 뜻.

5089. 눈도 풍년이요 입도 풍년이다.
　물자도 풍부하고 돈도 많아서 풍족한 생활을 한다는
　뜻.

5090. 눈독을 들인다.
　눈여겨 보면서 욕심을 낸다는 말.

5091. 눈동자를 굴릴 사이에 남의 부모가 된다.
　(轉眼須爲人父母)　　　　　　〈刻骨難忘記〉
　사람이란 젊은 시절이 번쩍하는 사이에 지나가고 늙
　어진다는 말.

5092. 눈 두고 못 보는 것도 장님이다.
　무식해서 보아도 모르는 것은 장님과 다를 것이 없다
　는 뜻.

5093. 눈두덩 붓고 심술 없는 사람 없다.
　눈두덩이 분 사람이 대개 심술이 있어 보인다는 뜻.

5094. 눈 뜨고 남의 눈 빼먹겠다.
　그 사람이 보는 데서 그 사람의 눈을 빼먹을 정도로
　인심이 험악하다는 뜻.

5095. 눈 뜨고 남의 눈 빼먹는 세상이다.
　남들이 보는 데서 서슴지 않고 남의 눈을 뺄 정도로
　세상 인심이 고약하다는 뜻.

5096. 눈 뜨고 도둑 맞는다.
　자신이 무식하여 남에게 빼앗긴다는 뜻.

5097. 눈 뜨고 못 보겠다.
　눈을 뜨고는 차마 그 꼴을 볼 수 없다는 뜻.

5098. 눈 뜨고 병신 된다.
　눈을 뻔히 뜨고서도 사람 구실을 못한다는 뜻.

5099. 눈 뜨고 살아 있는 목숨이다. (視息)
　눈을 뜨고 있기 때문에 죽은 것이 아니지 눈만 감으
　면 송장이 될 몸이라는 뜻.

5100. 눈 뜨고 죽는다.
　눈을 뻔히 뜨고도 어쩔 수 없이 죽음을 당하게 된다
　는 뜻.

5101. 눈 뜨고 코 베인다.
　(1) 무식하여 해를 당한다는 뜻. (2) 인심이 몹시 사납
　다는 뜻.

5102. 눈 뜨고 헛소리한다.
　멀쩡한 사람이 쓸데 없는 소리만 한다는 뜻.

5103. 눈 뜬 놈 코 베어 가겠다.
　세상 인심이 매우 살벌하다는 뜻.

5104. 눈 뜬 소경이다.
　무식(無識)하여 봐도 모른다는 뜻.

5105. 눈만 감으면 송장이다.
　눈을 떴기 때문에 죽지 않은 사람이라고 할 정도로 몹
　시 쇠약(衰弱)하다는 말.

5106. 눈만 감으면 염하러 달려들겠다.
　눈만 감으면 죽은 사람과 다를 것이 없을 정도로 건
　강이 악화되었다는 뜻.

5107. 눈만 높고 손 재주는 없다. (眼高手卑)
　(1) 마음만 크고 재주는 없다는 뜻. (2) 본 것은 많아
　도 만들 줄은 모른다는 뜻.

5108. 눈 많이 오는 해는 보리 풍년 든다.

겨울에 눈이 많이 오면 보리 풍년이 든다는 말.

5109. 눈 많이 오는 해 풍년 들고 비 많이 오는 해 흉년 든다.

눈 많이 오는 해는 보리 풍년이 들지만 장마가 심한 해는 흉년이 든다는 말.

5110. 눈 먹는 토끼 따로 있고 얼음 먹는 토끼 따로 있다.

같은 사람이지만 생활 양식은 다 각각 다르다는 뜻.

5111. 눈 먹은 토끼 다르고 얼음 먹은 토끼 다르다.

토끼도 환경에 따라 먹이도 다르듯이 사람도 그 환경에 따라서 그 사상이나 재능도 다르게 된다는 뜻.

5112. 눈 먼 강아지 젖 탐내듯 한다.

눈 먼 강아지가 젖 탐만 하듯이 제 능력 이상의 짓을 한다는 뜻.

5113. 눈 먼 개 씨암탉만 물어 죽인다.

눈 먼 개가 도둑도 못 지키는 주제에 소중히 기르는 씨암탉까지 잡아 죽이듯이 저 할 일도 못하면서 일한다는 것이 해만 끼친다는 말.

5114. 눈 먼 개 젖 탐내듯 한다.

무슨 일을 자기 능력 이상의 짓을 한다는 말.

5115. 눈 먼 거북 뜬 나무 만난 격이다. (盲龜遇木), (盲龜浮木)　　〈法華經〉, 〈阿含經〉

바다에서 눈 먼 거북이 공교롭게 나무를 만나듯이 궁지에 빠져 있을 때 우연히 도움을 받게 되었다는 뜻.

5116. 눈 먼 고양이 갈밭 헤매듯 한다.

눈 먼 고양이가 갈밭 속을 헤매듯이 아무 목표도 없이 떠돌아다닌다는 뜻.

5117. 눈 먼 고양이다.

눈 먼 고양이는 쥐를 잡지 못하듯이 제가 맡은 일도 못하면서 일만 저지른다는 뜻.

5118. 눈 먼 고양이 달걀 어루듯 한다.

자기에게 소중한 것을 알고 조심스럽게 다룬다는 말.

5119. 눈 먼 고양이 잡으라는 쥐는 안 잡고 씨암탉만 잡아 죽인다.

눈 먼 고양이 쥐는 안 잡고 씨암탉만 잡아 죽이듯이 못난 놈은 제 할 일은 하지 않고 손해되는 짓만 한다는 뜻.

5120. 눈 먼 구렁이 달걀 굴리듯 한다.

자기에게 소중하다는 것을 알고 조심스럽게 취급한다

는 뜻.

5121. 눈 먼 나그네다.

목적지를 찾지 못하고 헤매고 있다는 뜻.

5122. 눈 먼 놈이 등불 들고 나선다.

못난 놈이 남을 안내(案內)하려고 한다는 뜻.

5123. 눈 먼 놈이 앞장 선다.

못난 놈이 남보다 먼저 하려고 한다는 뜻.

5124. 눈 먼 닭도 모이를 주워 먹을 때가 있다.

어리석은 사람도 요행히 성공하는 때가 있다는 뜻.

5125. 눈 먼 말 워낭소리 듣고 따라간다. (瞽馬聞鈴)

눈 먼 말은 앞에 가는 말의 방울소리만 듣고 따라가듯이 무식하면 남이 하는 대로만 기계적으로 따라 한다는 뜻.

5126. 눈 먼 말 타고 벼랑 가기다.

매우 위험한 짓만 가려가면서 한다는 뜻.

5127. 눈 먼 사랑이다.

자기의 처지와 환경을 무시한 맹목적인 사랑이라는 뜻.

5128. 눈 먼 새 숲 찾기다.

알지도 못하는 일을 맹목적(盲目的)으로 하는 것은 성공하는 일이 거의 없다는 뜻.

5129. 눈 먼 소경더러 눈 멀었다면 성낸다. (瞽非不瞽 謂瞽則怒)　　〈耳談續纂〉

사람은 누구나 자기의 결점을 남이 말하는 것을 싫어한다는 말.

5130. 눈 먼 소에 멍에가 아홉이다.

눈 먼 소라고 업신여겼던 것이 부리기 좋듯이 업신여겼던 사람이 도리어 일을 잘한다는 말.

5131. 눈 먼 자라 집 지키듯 한다.

눈 먼 자라가 집을 지키는 것은 별로 성과가 없다는 뜻.

5132. 눈 먼 자식이 효자 노릇한다. (盲子孝道)　　〈東言解〉

바라지도 않았던 눈 먼 자식이 효자 노릇을 하듯이 업신여기고 바라지도 않던 사람에게서 도움을 받게 된다는 말.

5133. 눈 먼 장닭 같다.

눈 먼 장닭같이 일만 저지르고 다닌다는 뜻.

5134. 눈 먼 장닭마냥 일만 저지른다.

눈 먼 장닭마냥 못난 놈은 일은 도와 주지않고 일만

저지른다는 뜻.

5135. 눈 먼 장닭이 마루에 똥 싼다.
눈 먼 장닭이 마루에 똥을 싸듯이 못난 놈이 일만 저지르고 다닌다는 뜻.

5136. 눈 먼 중 갈밭에 든 것 같다.
장님 중이 갈밭에서 방향을 모르고 갈팡질팡하듯이 무슨 일을 가지고 어쩔 줄을 모르고 있다는 뜻.

5137. 눈 먼 탓은 않고 개천 탓만 한다.
일이 잘못되었을 때 흔히 결함을 자신에게서 찾지 않고, 남에게서 찾는다는 말.

5138. 눈 먼 탓이나 하지 개천 나무래 무엇하나?
결함은 자기에게 있으므로 남을 원망해서는 안 된다는 말.

5139. 눈 먼 토끼 뛰듯 한다.
무슨 일을 함부로 하다가는 낭패를 당하게 된다는 뜻.

5140. 눈물 없는 세상이다.
불쌍한 사람들을 도와 줄 줄 모르는 메마른 세상이라는 말.

5141. 눈물이 강을 이룬다.
매우 서러워서 눈물이 많이 흐른다는 말.

5142. 눈물이 골짝 난다.
너무나 야속하여 눈물이 많이 난다는 말.

5143. 눈 밖에 났다.
신임을 잃어서 보지도 않으려고 한다는 뜻.

5144. 눈 벌리고 아웅한다.
얕은 꾀로 남을 속이려고 한다는 뜻.

5145. 눈 벌리고 에비야 한다.
얕은 수작으로 남을 위협하려고 한다는 뜻.

5146. 눈보다 동자가 크다.
동자가 작아야 할 것이 크듯이 일이 반대로 되었다는 말.

5147. 눈비 내리는 밤에 글을 읽으면 사람의 정신이 맑아진다. (讀書於雨雪之夜)　〈菜根譚〉
눈이나 비가 내리는 고요한 밤에 책을 읽으면 정신이 맑아서 기억에 잘 남는다는 뜻.

5148. 눈빛에서 글 읽는다. (映雪讀書)
중국 진(晉) 나라 손강(孫康)이 몹시 가난하여 눈빛에서 공부하였다는 데서 나온 말로서 가난 속에서 공부한다는 말.

5149. 눈빛이 종이를 뚫는다. (眼光徹紙背)
눈에 광채(光彩)가 있어서 종이라도 뚫을 것 같다는 뜻.

5150. 눈사람과 갈보는 구를수록 살찐다.
눈으로 만든 사람은 구를수록 커지고 갈보는 구를수록 돈이 생긴다는 뜻.

5151. 눈살만 찌푸린다.
기분이 몹시 나빠서 양미간을 찡그리며 못마땅하게 여긴다는 뜻.

5152. 눈살을 찡그린다.
무슨 일이 매우 못마땅하여 눈살을 찡그린다는 뜻.

5153. 눈썹만 뽑아도 가볍겠다.
먼 길을 갈 때에는 눈썹 하나만 뽑아 버려도 가벼울 것 같다는 말로서 먼 길 가는 데는 되도록 짐이 없어야 한다는 뜻.

5154. 눈썹만 뽑아도 똥 나온다고 한다.
사소한 괴로움도 참지 못하고 어찌할 줄을 모른다는 뜻.

5155. 눈썹 싸움만 한다.
졸음이 오는 것을 억지로 참고 있다는 뜻.

5156. 눈썹 새에 내 천(川) 자가 누빈다.
눈살을 찌푸리며 몹시 싫어한다는 뜻.

5157. 눈썹에 떨어진 위험이다. (落眉之危)　〈東言解〉
뜻밖에 갑자기 생긴 걱정거리라는 뜻.

5158. 눈썹에 불이 붙어야 안다.
급한 일이 눈앞에 다가와야만 비로소 알게 된다는 뜻.

5159. 눈썹에 불이 붙었다. (焦眉之急 : 燒眉之急 : 燃眉之急)
뜻밖에 갑자기 큰 걱정거리가 생겨서 위급하다는 말.

5160. 눈썹은 눈앞에 있어도 길어 보이지 않는다. (睫在眼前長不見)　〈杜牧之〉
가까이 있는 것은 좋은 것이 있어도 좋은 줄을 모른다는 뜻.

5161. 눈썹을 찌푸린다.
무슨 일이 매우 못마땅하여 눈썹을 찌푸리고 대한다는 뜻.

5162. 눈썹이 길면 장수한다.
관상학에서 장수하는 사람은 ·눈썹이 길다는 데서 나온 말.

5163. 눈썹이 붉으면 가난하다.
관상학에서 눈썹이 붉은 것은 검은 것만 못하다는 뜻.

5164. 눈썹털이 짧으면 명도 짧다.
장수를 하고 못하는 것은 눈썹의 길이만 보아도 안다는 뜻.

5165. 눈썹 하나 까딱 않는다.
도무지 무서워하는 기색이 없이 가만히 있다는 뜻.

5166. 눈 소 타기다.
(1) 힘들이지 않고 수월하게 할 수 있다는 뜻.
(2) 조건이 매우 유리하다는 뜻.

5167. 눈시울이 뜨겁다.
눈시울이 뜨거울 정도로 측은(惻隱)하다는 뜻.

5168. 눈시울이 화끈하다.
몹시 놀라서 눈껍질의 언저리가 화끈하다는 뜻.

5169. 눈 씻고 볼래야 볼 수 없다.
아무리 애를 쓰고 보아도 볼 수가 없다는 뜻.

5170. 눈 아래 사람이 없는 줄 안다. (眼下無人)
(1) 자기 밖에는 세상에 다른 사람이 없는 것으로 본다는 말. (2) 몹시 교만하여 남을 멸시(蔑視)한다는 뜻.

5171. 눈 아래 사마귀는 자식으로 눈물 흘린다.
관상학적으로 눈 아래 사마귀는 자식에게 해롭다는 말.

5172. 눈 안의 가시 같은 놈이다.
눈 안에 든 가시같이 자기를 해치는 존재라는 뜻.

5173. 눈 안에 든 가시다. (眼中之釘) 〈五代史補〉
눈에 든 가시와 같이 몹시 해로운 존재라는 뜻.

5174. 눈 안에 사람이 보이지 않는 모양이다.
(1) 세상에 자기 밖에는 없는 줄 안다는 뜻.
(2) 교만하여 남을 무시한다는 뜻.

5175. 눈앞의 것을 못 보는 쥐다. (不見前之鼠)
〈旬五志〉
성격이 찬찬하지 못하여 실수를 잘 하는 사람을 두고 하는 말.

5176. 눈앞에서는 복종하고 돌아서면 뒷말한다.
(面從後言)
눈앞에서는 순종하는 척하면서도 안 보이는 데서는 헐뜯는 이중 성격(二重性格)을 가지고 행동한다는 말.

5177. 눈앞에서는 순종하는 척하면서도 속으로는 배반한다. (面從腹背)
눈앞에서는 어쩔 수 없이 순종하는 것같이 하면서도 속으로는 배반하는, 이중 성격(二重性格)을 가지고 있다는 말.

5178. 눈앞에서는 칭찬하면서도 뒤에서는 증오한다. (噂沓背憎) 〈詩經〉
눈앞에서는 아첨하면서도 돌아서서는 증오하듯이 겉과 속이 다른 행동을 한다는 뜻.

5179. 눈앞에서 칭찬하는 것은 진실이 아니다.
(面譽不忠) 〈大戴禮〉
눈앞에서 칭찬하는 것은 하나의 아첨이기 때문에 진실이 아니라는 뜻.

5180. 눈 어둡다더니 다홍 고추만 잘 딴다.
(1) 제 일은 잘하면서도 남의 일은 핑계만 대고 조금도 도와 주지 않는다는 뜻. (2) 마음이 음흉한 사람을 두고 하는 말.

5181. 눈 어둡다더니 바늘 귀만 잘 꿴다.
(1) 속 마음이 대단히 음흉한 사람을 두고 하는 말.
(2) 제 일만 알고 남의 일은 조금도 안 도와 준다는 뜻.

5182. 눈 언저리가 푸르면 색골이다.
여자의 눈 언저리가 푸르면 유달리 색을 좋아한다는 말.

5183. 눈 없으면 코 베어 가겠다.
세상 인심이 몹시 사납다는 말.

5184. 눈에 가시다.
눈에 가시마냥 자기를 해칠 위험성이 있는 사람이라는 뜻.

5185. 눈에 넣어도 아프지 않겠다.
너무나 양이 적어서 눈에 넣어도 아프지도 않을 정도라는 뜻.

5186. 눈에 넣어도 차지 않겠다.
분량(分量)이 매우 적다는 말.

5187. 눈에는 귀신이 붙었다.
눈은 우묵한 데 있을 뿐 아니라 동작이 빨라서 별로 다치지 않는 데서 나온 말.

5188. 눈에는 눈 귀에는 귀다.
눈 뺀 놈에게는 눈을 빼고 귀를 끊는 놈에게는 귀를 끊어서 보복해야 한다는 뜻.

5189. 눈에는 눈으로 이에는 이로 대하랬다.
눈을 빼면 다 같이 눈을 빼고 이를 빼거든 다 같이 이를 빼서 보복(報復)한다는 뜻.

5190. 눈에는 지킴이 있다.
눈은 동작이 빠르기 때문에 다치는 일이 별로 없다는

뜻.

하는 말.

5191. 눈에다 쌍심지를 켠다.
몹시 흥분이 되어 기를 쓰고 있다는 뜻.

5192. 눈에도 물 들고 귀에도 물 든다. (目擩耳染)
눈으로는 늘 봐서 익고 귀로는 항상 들어서 뻴 정도로 잘 알고 있다는 말.

5193. 눈에도 안 찬다.
(1) 보이는 것이 마음에 들지 않는다는 뜻. (2) 양(量)이 적어서 눈에 넣어도 차지 않는다는 뜻.

5194. 눈에 든 가시다. (眼中釘)　〈松南雜識〉
(1) 몹시 미워하는 사람을 두고 하는 말. (2) 자기를 해치는 존재라는 뜻.

5195. 눈에 든 가시를 뺀 것 같다. (眼中拔釘)
〈宋史, 松南雜識〉
눈에 든 가시를 빼낸 것같이 몹시 기쁘다는 뜻.

5196. 눈에 띄는 것마다 모두 비참하다. (滿目愁慘)
눈에 보이는 것은 모두가 비참한 것 뿐이라는 뜻.

5197. 눈에 띄는 것마다 모두 쓸쓸하다. (滿目蕭然)
눈에 보이는 것 중에 어느 하나도 즐거운 것이 없이 쓸쓸한 것 뿐이라는 뜻.

5198. 눈에 띄는 것마다 모두 처량하다. (滿目荒凉)
눈에 보이는 것이 모두 처량한 것 뿐이라는 뜻.

5199. 눈에 띄어서 마음이 아프다. (觸目傷心)
안 보면 모르고 있을 것을 보았기 때문에 속이 몹시 아프다는 말.

5200. 눈에 명태 껍질을 발랐나?
눈을 명태 껍질로 발라서 보지를 못하느냐는 뜻.

5201. 눈에 보이는 사람이 없는 모양이다.
웃 어른도 모르고 함부로 못된 짓을 하는 사람 보고 하는 말.

5202. 눈에 불을 켠다.
(1) 몹시 기를 쓴다는 뜻. (2) 매우 흥분하고 있다는 뜻.

5203. 눈에 불이 난다.
몹시 화가 나서 눈에서 불이 난다는 말.

5204. 눈에 사람이 보이지 않나?
몹시 교만하여 사람을 사람같이 보지 않는 사람에게

5205. 눈에 삼삼하다.
(1) 눈에 든다는 뜻. (2) 그립고 보고 싶다는 뜻.

5206. 눈에 쌍심지가 오른다.
몹시 화가 나서 눈에서 불이 난다는 뜻.

5207. 눈에 쌍심지를 킨다.
두 눈에 불을 킨 듯이 몹시 노여워한다는 뜻.

5208. 눈에서 딱정벌레가 왔다갔다 한다.
현기증(眩氣症)이 나서 눈이 아찔아찔하다는 말.

5209. 눈에서 번갯불이 번쩍한다.
느닷없이 뺨을 맞았을 때 눈에서 불이 번쩍할 적에 하는 말.

5210. 눈에서 별이 뚝뚝 듣는다.
몹시 화가 나서 두 눈에서 별과 같은 불이 듣는다는 말.

5211. 눈에서 불이 번쩍 난다.
뺨을 몹시 아프게 맞아서 눈에서 불이 번쩍 난다는 말.

5212. 눈에서 술지게미가 나오도록 먹었다.
술을 지나치게 먹어 정신을 잃은 사람을 보고 하는 말.

5213. 눈에 선하다.
눈앞에 환상(幻像)으로 나타나 보인다는 뜻.

5214. 눈에 약을 할래도 없다.
눈에 약을 할 정도로 조그마한 양도 없다는 뜻.

5215. 눈에 익고 귀에 밴다.
늘 눈으로 보고 귀로 듣던 일이라 잘 안다는 뜻.

5216. 눈에 차지도 않는다.
보기만 해도 마음에 들지를 않는다는 뜻. ↔ 눈에 찬다.

5217. 눈에 찬다.
눈으로 보아서 만족할 수 있다는 뜻. ↔ 눈에 차지도 않는다.

5218. 눈에 칼을 세웠다.
눈에다 독을 내면서 노려본다는 뜻.

5219. 눈에 헛거미가 보인다.
(1) 굶주려서 기운이 없을 때 눈이 아물거린다는 말.
(2) 욕심에 눈이 어두워 사물을 보지 못한다는 말.

5220. 눈여겨 보아도 볼 수 없다. (視之不足見)
〈老子〉
주의 깊게 살펴보아도 볼 수가 없다는 뜻.

213

5221. 눈 온 뒷날은 거지가 빨래한다.
눈 온 뒷날은 거지가 입고 있던 옷을 벗어 빨아 입을
정도로 날씨가 따뜻하다는 말.

5222. 눈 온 산 양달 토끼는 굶어죽어도 응달
토끼는 산다.
겨울에 눈이 오면 양달 토끼는 건너편 응달밖에 안 보
이기 때문에 꼼짝도 않고 있지만 응달 토끼는 건너편
양달만 보이기 때문에 눈만 녹으면 먹이를 찾아 먹게
되듯이, 사람도 환경이 좋은 사람보다 환경이 나쁜 데
있는 사람이 더 활동적이라는 뜻.

5223. 눈 온 이튿날 거지 빨래한다.
겨울에 눈 온 이튿날은 날씨가 매우 따뜻하다는 뜻.

5224. 눈 온 이튿날 샛서방 빨래한다.
눈 온 다음날은 날씨가 따뜻하여 빨래하기가 좋다는
뜻.

5225. 눈 요기(療飢)만 한다.
눈으로 보기만 하고 실제로는 아무 소득이 없다는 뜻.

5226. 눈 위 사마귀는 출세한다.
관상학에서 눈 위에 있는 사마귀는 길하다는 말.

5227. 눈 위에 서리 친다. (雪上加霜)
〈傳燈錄, 旬五志, 東言解〉
어려운 일을 당한 데다가 또 괴로움까지 겹치게 되었
다는 뜻.

5228. 눈으로 간사한 것을 보지 말라. (目無邪視)
〈班昭〉
간사한 행동을 하는 것은 아예 눈으로 보려고도 하지
말라는 뜻.

5229. 눈으로 남의 그릇된 것은 보지 말라.
(莫看他非)
남의 결함만 찾으려고 하는 짓은 말아야 한다는 뜻.

5230. 눈으로 보고 귀로 듣는 과정에 욕심은 이
속에서 생긴다. (目見耳聞 慾從此中生)
〈刻骨難忘記〉
사람의 욕심은 보고 듣는 과정에서 생긴다는 말.

5231. 눈으로 안 보는 것이 약이다.
세상에는 눈꼴 틀리는 일이 너무도 많기 때문에 아예
보지를 않는 것이 속이 편하다는 뜻.

5232. 눈으로 안 봐야 정하다.
음식은 요리를 하는 것을 보지 말아야 음식 맛이 있
다는 뜻.

5233. 눈으로 예의가 아닌 것은 보지 말라.

(目不觀非禮) 〈康節邵〉
예의가 아닌 것은 아예 보려고 하지도 말라는 뜻.

5234. 눈으로 오색의 아름다움을 구별하지 못하
는 것은 소경이다. (目不別五色之章爲昧)
〈春秋左傳〉
눈으로 봐서 여러 가지 색을 구별하지 못하는 것이 소
경이듯이 눈으로 보고도 잘잘못을 분별하지 못하는 것
은 어리석은 사람이라는 뜻.

5235. 눈으로 요기하고 귀로 본다. (目食耳視)
〈司馬溫公〉
헛 먹고 헛 본다는 말로서 음식 맛이야 있건 말건 보
기 좋게만 차리고 옷도 몸에 맞건 말건 아름다운 것
만 택하는 실속 없는 짓을 비유하는 말.

5236. 눈으로 우물 메우기. (挑雪塡井)
눈으로 우물을 메우면 눈이 녹아서 허사(虛事)가 되
듯이 애써서 헛 일만 한다는 뜻.

5237. 눈으로 차마 볼 수 없도록 황폐하다.
(滿目荒景)
몹시 황폐하여 눈으로 그 꼴을 볼 수가 없다는 말.

5238. 눈으로 털 끝은 볼 수 있으나 제 눈썹은
볼 수 없다. (目見毫末 不見其睫)
남의 허물은 잘볼 수 있으나 자기가 자기의 허물은 보
기가 어렵다는 뜻.

5239. 눈은 관청에 가 있고 몸은 개천에 가 있
다.
실력은 없는 사람이 눈만 높아 바라기는 많이 바란다
는 뜻.

5240. 눈은 나쁜 빛깔을 보지 않는다. (目不視惡
色) 〈孟子〉
눈은 아름다운 빛을 좋아하기 때문에 아름답지 못한
것은 보지 않는다는 뜻.

5241. 눈은 되도록 아름다운 빛을 보고 싶어한
다. (目欲綦色) 〈荀子〉
눈은 더러운 것을 싫어하고 아름다운 것만 보고 싶어
한다는 뜻.

5242. 눈은 두 가지를 동시에 보지 말아야 분명
하게 볼 수 있다. (目不能兩視而明) 〈荀子〉
한꺼번에 두 가지를 봐서는 정확하게 볼 수 없듯이 무
슨 일을 한번에 여러 가지를 하게 되면 성공하기 어
렵다는 뜻.

5243. 눈은 뜨고 입은 다물어야 한다.
보는 것은 똑똑히 보고 말은 삼가해야 한다는 뜻.

5244. 눈은 보라는 눈이고 귀는 들으라는 귀다.
사물을 볼 때에는 똑똑히 봐야 하고 들을 때는 분명하게 들어야 한다는 뜻.

5245. 눈은 보라는 눈이다.
사물을 볼 때에는 흐지부지 보지 말고 분명하게 봐야 한다는 뜻.

5246. 눈은 아름다운 빛을 좋아한다. (目之於色)
〈孟子〉
눈은 아름다운 것을 좋아하고 더러운 것을 싫어한다는 뜻.

5247. 눈은 있어도 눈 망울이 없다.
없어서는 안 될 가장 중요한 것이 없다는 말.

5248. 눈은 있어도 동자가 없다.
(1) 가장 중요한 것이 없어서 있으나 마나 하다는 뜻.
(2) 사물을 정확한 안목(眼目)과 식견(識見)으로 분별하지 못한다는 뜻.

5249. 눈은 풍년이나 입은 흉년이다.
눈에 보이는 것은 많아도 제 입에 들어오는 것은 없다는 뜻.

5250. 눈을 까고 본다.
정신을 차려서 눈으로 주의 깊게 본다는 뜻.

5251. 눈을 까고 봐도 안 보인다.
아무리 찾아 봐도 보이지를 않는다는 뜻.

5252. 눈을 끔적거리며 얻어 먹는다. (瞷得酒食)
〈西京雜記〉
제대로 음식 대접을 받지 못하고 눈짓하여 얻어 먹는다는 뜻.

5253. 눈을 닦고 봐도 안 보인다.
아무리 애를 쓰고 보려고 해도 보이지를 않는다는 뜻.

5254. 눈을 떠야 별도 본다.
무슨 일을 하려면 실제로 행동하지 않으면 성공할 수 없다는 뜻.

5255. 눈을 두고 안 볼 수는 없는 일이다.
안 볼려고 애를 써도 눈이 있기 때문에 안 볼 수가 없다는 뜻.

5256. 눈을 들고 보아도 친한 사람이 하나도 없다. (擧目無親)
눈을 들고 사방을 보아도 친한 사람이라고는 하나도 없는 고독한 처지에 있다는 뜻.

5257. 눈을 뺀 놈은 눈을 빼야 한다. (以眼還眼)
말로 하는 사람에게는 말로 하고 힘으로 하는 사람에게는 힘으로 해야 한다는 뜻.

5258. 눈을 부릅뜨고 꾸짖는다. (瞋目叱之)
〈史記〉
눈을 부릅뜨고 무섭게 꾸짖는다는 뜻.

5259. 눈을 부릅뜨고 기운을 다 낸다. (瞋眸奮發)
〈北史〉
눈을 부릅뜨면서 있는 힘을 다 낸다는 말.

5260. 눈을 부릅뜨고 성을 낸다. (瞋怒)
몹시 성이 나서 눈을 부릅뜨고 화를 낸다는 뜻.

5261. 눈을 비비고 다시 본다. (刮目相待)〈吳志〉
아무리 보아도 잘 보이지 않기 때문에 눈을 비비고 다시 본다는 말.

5262. 눈을 지그시 감고 참는다.
속이 상해서 못 견디지만 눈을 감고 냉정하게 마음을 먹고 참는다는 뜻.

5263. 눈을 찔러도 피하지 않는다. (不目避)
〈孟子〉
눈을 찔러도 피하려고 하지 않을 정도로 대담(大膽)하다는 말.

5264. 눈을 휘둥그렇게 뜨고 본다. (瞠視)
몹시 당황하여 눈을 휘둥그렇게 뜨고 둘레둘레 본다는 말.

5265. 눈이라고 양반 티눈만도 못하다.
사물을 침착하게 보지 않고 본 둥 만 둥하게 보아, 보고도 모르는 사람에게 하는 말.

5266. 눈이 눈썹을 못 본다.
정작 가까운 데 있는 것을 흔히 모르게 된다는 뜻.

5267. 눈이 눈을 못 본다.
자기 눈으로 자기 눈을 못 보듯이 자기 결함은 자기가 발견하기 어렵다는 뜻.

5268. 눈이 뒤집혔다.
잘못 보고 일을 그르쳤다는 말.

5269. 눈이 많이 오는 것은 보리 풍년 들 징조이다. (雪豊年之兆)
겨울에 눈이 많이 오면 보리를 포근하게 덮어 주는 동시에 수분을 공급하여 주기 때문에 보리가 풍년이 든다는 뜻.

5270. 눈이면 다 제석(除夕) 눈이냐?
눈이 온다고 다 섣달 그믐날 밤에 오는 눈은 아니듯이 겉모양이 같다고 질이 다 같을 수는 없다는 뜻.

5271. 눈이 빠져도 그만하기가 다행이다.
더 큰 해를 당할 수도 있는 것을 조그마한 해만 보고
만 것을 다행스럽게 여겨야 한다는 말.

5272. 눈이 빠지도록 기다렸다.
(1) 사람을 몹시 기다렸다는 뜻. (2) 무슨 일을 몹시 기
다리고 있었다는 뜻.

5273. 눈이 빠지도록 나무랬다.
상대방을 매우 심하게 꾸지람을 하였다는 뜻.

5274. 눈이 뱅뱅 돈다.
조금도 틈이 없이 매우 분망하다는 뜻.

5275. 눈이 번쩍 뜨인다.
어려운 환경에서 구원의 길이 생겼을 때 하는 말.

5276. 눈이 보배다.
눈으로 잘 보기만 하면 큰 이득도 볼 수 있기 때문에
보배라는 뜻.

5277. 눈이 아무리 밝아도 제 눈썹은 못 본다.
(1) 정작 잘 알아야 할 것을 모른다는 뜻. (2) 자기 일
을 자신이 모른다는 뜻.

5278. 눈이 아무리 밝아도 제 코는 못 보고 힘이
아무리 세도 제 몸은 못 움직인다.
자기가 자기 결함은 알기 어렵고 자기 잘못을 고치기
는 매우 어렵다는 뜻.

5279. 눈이 아무리 밝아도 제 코는 못 본다.
코가 눈 밑에 있어도 잘 보지 못하듯이 가까운 데 있
는 일을 잘 모른다는 말.

5280. 눈이 얼굴보다 크다.
얼굴보다 작아야 할 눈이 더 크듯이 일이 반대로 되
었다는 말.

5281. 눈이 여럿이면 잘 보고 귀가 여럿이면 잘
듣는다. (目加明 耳加聰)
여러 사람들이 보고 듣는 것은 정확하다는 뜻.

5282. 눈이 작으면 겁이 없다.
눈이 작은 사람들이 대체적으로 겁이 없다는 데서 나
온 말.

5283. 눈이 잘 봐도 제 코는 못 보고 힘이 세도
제 몸은 못 움직인다.
남의 결함은 알기 쉽지만 자기의 결함은 발견하기도
어려울 뿐 아니라 발견해도 고치기가 매우 어렵다는
말.

5284. 눈이 저울이다.
눈으로 늘 보는 것은 눈 대중으로도 저울질한 것 같

이 거의 정확하게 측정할 수 있다는 뜻.

5285. 눈이 커서 밤 눈은 잘 보겠다.
눈 큰 사람을 보고 조롱하는 말.

5286. 눈이 크면 무서움을 잘 탄다.
눈 큰 사람이 대개 겁이 많다는 말.

5287. 눈이 하가마가 되었다.
눈이 하가마와 같이 움푹 패어 들어갔다는 뜻.
※하가마 : 기생 머리에 쓰는 것.

5288. 눈 익고 손 설다.
늘 보아서 눈에는 익었으나 실제 손으로 만들어 보지
는 않았기 때문에 만드는 데 설다는 뜻.

5289. 눈 작고 암상 없는 사람 없다.
눈 작은 사람이 대개 암상스럽다는 말.

5290. 눈 작은 메기도 저 먹을 것은 본다.
무식한 사람도 저 먹을 것은 잘 안다는 뜻.

5291. 눈잔등이가 시끈한다.
몹시 불쌍하거나 서러운 꼴을 당했을 때 하는 말.

5292. 눈 찌를 막대기는 누구 앞에나 있다.
화를 입을 일은 누구에게나 있기 때문에 항상 조심을
하라는 뜻.

5293. 눈 찌를 막대다. (衝目之杖 : 衝目之木)
(1) 아무리 약한 사람이라도 싸울 수 있는 수단은 있
다는 뜻. (2) 자기를 해칠 위험한 존재라는 뜻.

5294. 눈짓으로 말을 한다. (眼語)
차마 말을 할 수 없는 사정이기 때문에 눈짓으로 의
사(意思)를 통한다는 뜻.

5295. 눈초리도 재빠르고 말도 빠르다. (視速而
言疾)   〈春秋左傳〉
눈치도 빠르고 말도 잘하여 똑똑하다는 말.

5296. 눈총을 맞는다.
남에게 미움을 받는다는 말.

5297. 눈치가 둔치다.
눈치가 도무지 없는 사람을 보고 하는 말.

5298. 눈치가 빠르기는 도가집 강아지 같다.
단련된 도가집 강아지처럼 눈치가 몹시 빠르다는 말.

5299. 눈치가 빠르면 절에 가도 젓국을 얻어 먹
는다.
(1) 눈치가 빠르면 군색(窘塞)한 생활은 하지 않는다
는 말. (2) 눈치가 빠르면 안 될 일도 비공식(非公式)
으로 해결할 수 있다는 말.

5300. 눈치가 빠르면 절에서도 새우젓을 얻어 먹는다.

(1) 눈치 빠른 사람은 어떠한 환경에서도 곤란을 받지 않고 살 수 있다는 뜻. (2) 눈치가 빠른 사람은 안 될 일도 뒤로 공작하여 목적을 달성한다는 뜻.

5301. 눈치가 없이 씨암탉 잡아먹는다.

남의 씨암탉 한 마리 있는 것을 잡아먹는 눈치 없는 짓을 한다는 뜻.

5302. 눈치가 있어야 떡도 얻어 먹는다.

(1) 여러 사람이 있을 때는 눈치가 있어야 얻어 먹을 것도 생긴다는 뜻. (2) 미련한 사람을 보고 하는 말.

5303. 눈치는 형사다.

눈치가 형사와 같이 몹시 빠르다는 뜻.

5304. 눈치만 남았다.

외모에 비하여 눈치가 매우 빠른 사람을 보고하는 말.

5305. 눈치만 빠르면 절에 가서도 젓국을 얻어 먹는다.

눈치가 싸면 남이 못하는 것도 할 수가 있다는 뜻.

5306. 눈치만 보인다. (微示其意)

눈치만 슬쩍 보일 정도로 암시(暗示)한다는 뜻.

5307. 눈치만 있으면 담 너머 떡도 얻어 먹는다.

눈치가 빨라야 남의 것도 얻을 수 있다는 말.

5308. 눈치만 있으면 절에 가서 고기도 얻어 먹는다.

눈치가 빨라야 무슨 짓을 하든지 잇속을 차릴 수 있다는 말.

5309. 눈치밥에 살 안 찐다.

남의 집에서 얻어먹은 밥에는 살이 안 찐다는 말.

5310. 눈치밥으로 자랐다.

남의 집에서 고생해 가면서 자랐다는 말.

5311. 눈치밥을 먹는다.

싫어하는 줄은 알지만 어쩔 수 없이 의지하고 있다는 뜻.

5312. 눈치 작전이다.

상대방의 동정(動靜)만 살펴 가며 싸운다는 말.

5313. 눈치 코치 다 안다.

눈치로 남의 사정을 다 알고 있다는 말. ↔ 눈치 코치도 모른다.

5314. 눈치 코치도 모른다.

남이 어떻게 하는지 전혀 눈치를 채지 못한다는 말.

↔ 눈치 코치 다 안다.

5315. 눈치 코치만 남았다.

눈치 코치만 남아 있기 때문에 사리 판단은 잘할 수 있다는 뜻.

5316. 눈치 코치만 살았다.

눈치와 코치로만 살았기 때문에 사리 판단은 잘한다는 뜻.

5317. 눈치 코치 모르는 벽창호란다.

남의 사정을 조금도 몰라주는 답답한 사람이라는 뜻. ※ 벽창호 : 담벼락.

5318. 눈 코 뜰 새가 없다. (眼鼻莫開)

몹시 바빠서 조금도 여가(餘暇)가 없다는 말.

5319. 눈 크고 겁 없는 사람 없다.

눈이 큰 사람들은 일반적으로 겁이 많다는 데서 나온 말.

5320. 눈 큰 황소요 발 큰 도둑놈이다.

황소는 눈이 크고 도둑놈은 발이 크다는 말이 있듯이 눈 큰 사람과 발 큰 사람을 놀리는 말.

5321. 눈 풍년 귀 풍년이다.

보는 것도 많고 듣는 것도 많다는 뜻.

5322. 눈 풍년만 진다.

눈에 보이는 것만 많아지고 실속은 없다는 뜻.

5323. 눈 풍년 입 흉년이다.

물자는 풍부하고 눈으로 보기는 하지만 돈이 없어서 사지는 못한다는 말.

5324. 눈 하나 깜짝 않는다.

겁 하나 없이 눈도 깜짝 않고 보고만 있다는 뜻.

5325. 눈 하나는 발등에 달고 다녀야겠다.

걸음을 조심스럽게 걷지 않고 잘 넘어지는 사람을 보고 하는 말.

5326. 눈 흘김을 받는 원한이다. (報睚眦怨)

〈後漢書〉

남에게 욕을 얻어 먹을 원한이라는 뜻.

5327. 눌 자리는 여덟 자다. (臥席八尺)

한 사람이 편히 누워 자는 자리는 불과 여덟 자밖에 안 되지만 그만한 땅도 없다는 뜻.

5328. 눌 자리 보고 발 뻗는다.

가능성이 있는 것을 보고 일을 시작한다는 뜻.

5329. 눌 자리 보고 씨름한다.

217

미리 피해를 막을 수 있는 준비를 하고 일을 한다는 뜻.

5330. 뉘 덕으로 잔 뼈가 굵었다더냐?
은덕(恩德)을 입고도 그것을 모르기 때문에 귀띔하는 말.

5331. 뉘 말이든 옳은 말은 버리지 말아야 한다.(不人以廢言)
비록 아랫 사람의 말일지라도 정당한 말은 버리지 말고 간직해 두어야 한다는 뜻.

5332. 뉘 아기 이름인 줄 아나?
(1) 어른 이름을 함부로 부른다는 뜻. (2) 무슨 일을 함부로 승낙한다는 뜻.

5333. 뉘우치고도 고칠 줄 모르면 사람 구실을 못하는 사람이다.(悔而不知改下等人也) 〈陳瑾〉
자기의 잘못을 뉘우치고 고치지 못한다면 사람 노릇을 할 수 없는 사람이라는 뜻.

5334. 뉘 절반에 쌀 절반이다.(半租半米)
쌀이라고 찧은 것이 뉘가 절반이고 쌀이 절반이듯이 쓸 것과 못 쓸 것이 절반 절반이라는 말.

5335. 뉘 집 뒷간이나 구리기는 일반이다.
세상 인심은 어디를 가나 일반이라는 뜻.

5336. 뉘 집 부엌인들 불 때면 연기 안 날까?(誰家竈裡火無烟) 〈菜根譚〉
어느 집 부엌이나 불을 때면 다 연기가 나듯이 누구에게나 다 들춰보면 허물이 있다는 말.

5337. 뉘 집 삽살이 이름 부르듯 한다.
(1) 남의 이름을 함부로 부른다는 뜻. (2) 무슨 일을 생각도 않고 함부로 승낙을 한다는 뜻.

5338. 뉘 집 숟가락이 몇 개인지도 다 안다.
이웃 집의 사정을 무엇이나 다 알고 있다는 말.

5339. 뉘 집에 밥이 끓는지 죽이 끓는지도 다 안다.
이웃 사람들의 실정을 구체적으로 다 안다는 말.

5340. 느리고 어리석어서 아무것도 모른다.(蠢蠢無識)
어리석은 데다가 행동마저 느린 무식한 사람이라는 뜻.

5341. 느린 걸음이 잰 걸음이다.
느리게 꾸준히 가는 걸음이 결과적으로 빠르듯이 무슨 일이나 천천히, 정확하게 끈기있게 해야 성과가 크다는 뜻.

5342. 느린 말이요 납칼이다.(駑馬鉛刀)

느린 말이나 납으로 만든 칼과 같이 아무 데도 쓸모가 없다는 말.

5343. 느린 소도 성낼 적이 있다.(緩牛怒) 〈東言解〉
느린 소도 성을 내듯이 너그러운 사람도 화를 낼 수 있다는 말.

5344. 느릿느릿 걸어도 황소 걸음이다.
자주 빨리 걷는 것보다는 느릿느릿 황소 걸음으로 걷는 것이 낫다는 뜻.

5345. 느티나무를 가리키면서 버드나무를 꾸짖는다.(指槐罵柳)
(1) 남의 일에 애매하게 화를 낭한다는 뜻. (2) 엉뚱하게 일을 처리한다는 뜻.

5346. 늑대다.
동작(動作)이 매우 느린 사람 보고 하는 말.

5347. 늘고 줄고 한다.
같은 것도 늘일 수도 있고 줄일 수도 있듯이 일에는 융통성이 있다는 말.

5348. 늘 대면하는 사이라도 마음이 서로 통하지 않으면 모르는 사이와 같다.(對面不相識) 〈傳燈錄〉
아무리 자주 접촉하는 사이라도 서로 의지가 통하지 않으면 친해지지 않는다는 뜻.

5349. 늘 먹는 밥맛을 모른다.(食不知其味)
한번 습관이 되면 좋고 나쁜 것을 모르게 된다는 뜻.

5350. 늘 미래의 잘못을 염려해야 한다.(每念未來之咎)
항상 미래에도 잘못을 저지르지 않도록 조심해야 한다는 뜻.

5351. 늘 밑지는 장사만 한다.
언제든지 손해가는 짓만 한다는 뜻.

5352. 늘어지기는 능수버들이다.
말이나 동작이 수양버들 늘어지듯이 늘어진다는 뜻.

5353. 늘어지도록 몹시 때린다.
몸이 축 늘어지도록 몹시 때렸다는 뜻.

5354. 늘었다 줄었다 한다.(一伸一縮)
고무줄마냥 늘었다 줄었다 한다는 뜻.

5355. 늘 주의 깊게 본다.(常目在之)
항상 눈여겨서 보고 있다는 뜻.

5356. 늙고 병든 몸이다.

아무 데도 쓸모가 없는 죽어야 할 몸이라는 뜻.

5357. 늙고 병 들면 갈 데는 한 곳밖에 없다.
늙고 병 들면 별수없이 죽게 된다는 뜻.

5358. 늙고 병 들면 귀신밖에 찾아오지 않는다.
늙고 병 들면 반드시 죽게 된다는 말.

5359. 늙기는 했으나 생각하는 마음은 깊다.
(髮短心長)
비록 늙었어도 오래 두고 침착하게 생각한다는 뜻.
↔ 늙으면 오래 생각하지 않는다.

5360. 늙바탕에 능 참봉(陵參奉)을 얻었더니 거동이 한 달에 스물 아홉 번이다.
정조(正祖)가 수원 융릉(隆陵)에 자주 거동한 데서 나온 말로서 모처럼 무슨 일을 했더니 수고스러운 일이 많다는 말.

5361. 늙바탕에 바쁘게 지낸다.(白首風避)
늙어서 바쁜 세월을 보내고 있다는 뜻.

5362. 늙어가는 줄도 모른다.(不知老之) 〈論語〉
진리를 탐구(探究)하는 데 열중하여 늙는 줄도 모른다는 말.

5363. 늙어 가풀막을 만났다.
젊어서는 잘살다가 늙어지면서 고생을 하게 되었다는 말.

5364. 늙어도 곱게 늙으랬다.
늙어 가면서 행동을 얌전히 하지 못하는 사람에게 하는 말.

5365. 늙어도 소승(小僧)이요 젊어도 소승이다.
중은 늙거나 젊거나 자기를 말할 때 소승이라고 하듯이 늙으나 젊으나 변화가 없다는 뜻.

5366. 늙어도 영감이 좋고 곯아도 젓국이 좋다.
아무리 늙어도 부부간이 가장 좋다는 뜻.

5367. 늙어도 죽지를 않는다.(老而不死)
늙어서 죽을 때가 되었어도 죽지를 않는다는 뜻.

5368. 늙어 된 서방 만난다.
늙어 가면서 팔자가 점점 고되게 된다는 뜻.

5369. 늙어 된 짐 진다.
젊어서는 편히 지내다가 늙어서 고생한다는 뜻.

5370. 늙어 문장(文章) 난다.
늙어서 열심히 공부하는 사람을 보고 하는 말.

5371. 늙어 봐야 늙은이의 심정을 안다.
자기가 직접 당해 보지 않고서는 내용을 잘 모른다는 뜻.

5372. 늙어서 갈 데는 한 곳밖에 없다.
늙으면 죽음의 길밖에 없다는 뜻.

5373. 늙어서 이는 빠져도 혀는 남는다.(齒敝舌存)
늙어서 단단한 이는 빠져도 부드러운 혀는 남듯이 부드러운 것이 강한 것을 이긴다는 말.

5374. 늙어서 죽어도 구들 동티에 죽었다고 한다.
무슨 일이나 무언가 핑계를 붙인다는 말.

5375. 늙어 홀아비가 돼봐야 아내의 공을 알게 된다.
평소 동거하고 있을 때는 아내의 공을 잘 모르게 된다는 말.

5376. 늙었어도 아직 눈은 밝다.(老眼猶明)
비록 늙기는 하였으나 눈은 밝아 다행스럽다는 뜻.

5377. 늙으면 꾀로 산다.
늙으면 힘으로 일을 하지 않고 꾀로 한다는 말.

5378. 늙으면 꾀만 남는다.
나이가 많으면 경험이 많으므로 꾀로 일을 한다는 뜻.

5379. 늙으면 괴팍만 는다.
늙으면 성미가 까다롭게 되어 대인 관계가 좋지 못하게 된다는 말.

5380. 늙으면 다시 어려진다.
늙으면 어린 아이와 같은 마음으로 변한다는 말.

5381. 늙으면 도로 아이 성미 된다.
늙게 되면 흔히 어린 아이마냥 소견이 옹졸(壅拙)해진다는 말.

5382. 늙으면 돈보다도 자식이다.
늙으면 자식에게 의존하는 것이 가장 편안하다는 뜻.
↔ 늙으면 자식 촌수보다 돈 촌수가 더 가깝다.

5383. 늙으면 망령 난다.
늙으면 정신적으로도 건전(健全)하지 못하다는 뜻.

5384. 늙으면 머리로 산다.
늙으면 힘으로 일을 하지 않고 꾀로 한다는 말.

5385. 늙으면 밥심으로 산다.
늙으면 밥의 힘으로 살기 때문에 먹기를 잘해야 한다는 뜻.

5386. 늙으면 생각나는 것이 많다.
늙은 사람은 많은 추억이 있기 때문에 생각나는 것이

많다는 말.

5387. 늙으면 아이 된다.
늙으면 그 행동이 어린 아이와 같이 된다는 뜻.

5388. 늙으면 아이 탈 쓴다.
점잖아야 할 늙은이가 어린 아이같이 된다는 뜻.

5389. 늙으면 오래 생각하지 않는다. (老不長慮)
〈管子〉
늙은 사람은 경험과 교훈이 많기 때문에 결론을 빨리
내린다는 뜻.
↔ 늙기는 했으나 생각하는 마음은 깊다.

5390. 늙으면 요 밑에 돈이 있어야 한다.
늙어서 돈이 없으면 고생이 막심하다는 말.

5391. 늙으면 자식 촌수보다 돈 촌수가 가깝다.
젊어서는 저축한 돈이 없어도 일해서 돈을 벌 수 있
지만 늙어서는 돈을 벌 수가 없기 때문에 저축한 돈
이 더욱 필요하게 된다는 뜻.↔ 늙으면 돈보다도 자
식이다.

5392. 늙으면 잔소리만 는다.
늙으면 누구나 잔소리를 많이 하게 된다는 뜻.

5393. 늙으면 죽어야 한다.
늙어서 적당하게 살거든 죽어야 한다는 뜻.

5394. 늙으면 책을 믿는다. (老信書)　〈陸宣公〉
늙은이는 많은 경험과 교훈에 의한 판단력이 있기 때
문에 그 판단에 의하여 책을 믿게 된다는 뜻.

5395. 늙은 개가 문 지키기 괴롭다.
늙은이는 쉬지 않고 일하기가 몹시 힘든다는 뜻.

5396. 늙은 개는 공연히 짖지 않는다.
늙은 개는 경험이 많기 때문에 헛 짖는 일이 없듯이
늙은이 말에는 빈 말이 없다는 뜻.

5397. 늙은 개는 집 지키기를 싫어한다.
늙으면 일하기가 싫어지고 한가하게 지내고 싶다는
말.

5398. 늙은 개는 함부로 짖지 않는다.
오랜 세월을 두고 풍부한 경험을 가진 노인은 경솔한
짓을 하지 않는다는 말.

5399. 늙은 개는 헛 짖지 않는다.
경험이 많은 늙은 개는 쓸데없이 짖는 일이 없듯이 늙
은이의 말에는 쓸데없는 빈 말이 없다는 말.

5400. 늙은 나귀 집 잊어 버리지 않는다.
기억력이 약해진 늙은이가 하던 일은 잊어 버리지 않

는다는 뜻.

5401. 늙은 나귀 타려면 잘 끓여 줘야 한다.
늙은 나귀를 부리려면 잘 먹이듯이 늙은이를 건강하
게 하려면 잘 먹여야 한다는 말.

5402. 늙은 나무에서 꽃이 핀다.
늙어서 늦팔자가 매우 좋다는 말.

5403. 늙은 당나귀가 콩은 더 좋아한다.
늙으면 먹는 것에 더 관심을 가지게 된다는 뜻.

5404. 늙은 당나귀 꾀만 남는다.
늙은 당나귀는 꾀가 많듯이 사람도 늙어지면 꾀가 많
아진다는 뜻.

5405. 늙은 당나귀 주막 알아보듯 한다.
늙은 당나귀가 길을 가다가 주막만 보면 찾아들듯이
늙으면 꾀가 많아진다는 뜻.

5406. 늙은 당나귀 주막 찾아들듯 한다.
늙은 당나귀가 용하게 주막을 알아보고 찾듯이 늙으
면 꾀만 는다는 뜻.

5407. 늙은 당나귀 집 찾아오듯 한다.
잊어 버리지 않고 잘 찾아온다는 말.

5408. 늙은 당나귀 콩 마다할까?
늙은이라고 해서 맛있는 음식을 싫어할 리는 없다는
뜻.

5409. 늙은 말은 길을 잃지 않는다.
늙은이는 경험이 풍부하므로 잘못을 저지르는 일이 없
다는 말.

5410. 늙은 말은 짐작으로도 길을 안다. (老馬之
知)
(1) 늙은 사람은 경험과 교훈이 많기 때문에 아는 것
이 많다는 뜻. (2) 하찮은 사람이라도 그 나름대로의
특기를 가지고 있다는 뜻.

5411. 늙은 말의 지혜다. (老馬之智)　〈韓非子〉
늙은 말은 경험이 풍부하기 때문에 지혜가 많다는 말.

5412. 늙은 말이 콩 더 달란다. (老馬在廐猶不辭
豆)　〈耳談續纂〉
늙어갈수록 사람의 욕심은 커진다는 말.

5413. 늙은 말이 콩 더 먹는다.
늙을수록 먹기를 잘 해야 한다는 뜻.

5414. 늙은 말이 콩 마다할까? (老馬厭太乎)
〈東言解〉
본능적(本能的)인 욕망은 늙어도 없어지지 않는다는

뜻.

5415. 늙은 새는 낟알로는 잡지 못한다.

늙으면 지혜가 많아지기 때문에 잔꾀로는 속일 수 없다는 말.

5416. 늙은 새는 먹이로 못 잡는다.

늙은이는 경험, 교훈이 많아서 남에게 잘 속지 않는다는 뜻.

5417. 늙은 서방 얻다가는 송장 두번 치른다.

과부가 늙은이에게 재가(再嫁)하다가는 얼마 살지도 못하고 또 과부가 되기 쉽다는 뜻.

5418. 늙은 소가 송아지 핥듯 한다.(老牛舐犢愛)

늙은 어미 소가 송아지를 핥아 주듯이 사랑한다는 말.

5419. 늙은 소나무 밑 같다.

늙은 소나무 밑이 그늘져서 우중충하듯이 마음이 음울(陰鬱)하고 우중충하다는 뜻.

5420. 늙은 소를 잡을 때는 자기가 잡지 말라.
(殺老牛 莫之敢尺)　　　　　　〈春秋左傳〉

오랫동안 부리던 소를 자기가 잡는다는 것은 가엾듯이 오랫동안 자기가 쓰던 사람은 잘못이 있어도 죽여서는 안 된다는 뜻.

5421. 늙은 소 콩밭으로 간다.

(1) 늙으면 더 먹고 싶어한다는 뜻. (2) 늙으면 꾀가 많아진다는 뜻.

5422. 늙은 소 흥정하듯 한다.

몹시 말이나 행동이 느리다는 뜻.

5423. 늙은 아이 어미 석 자 가시도 목구멍에 안 걸린다.

늙도록 아이를 많이 낳은 어머니는 큰 가시를 먹어도 목에 안 걸릴 정도로 속이 비어 있다는 뜻.

5424. 늙은 여우는 덫에 안 걸린다.

늙은이는 지혜가 많기 때문에 남의 꾀에 빠지지 않는다는 뜻.

5425. 늙은 여우다.

늙은 사람이 점잖치 못하고 요사(妖邪)스럽다는 뜻.

5426. 늙은 여자 뱃가죽 같다.

할머니 뱃가죽처럼 쭈글쭈글 쭈그러졌다는 말.

5427. 늙은 영감 덜미 친다.

늙은이도 몰라보고 버릇없는 짓을 한다는 말.

5428. 늙은 용은 소리가 없다.(老龍無聲)

늙으면 말이 없이 조용히 지낸다는 뜻.

5429. 늙은 용이 구름을 얻었다.(老龍得雲)

늙어서 겨우 성공을 하게 되었다는 뜻.

5430. 늙은 유세하고 사람 치며 병 유세하고 개 잡아 먹는다.

(1) 어떤 구실을 이용하여 자기에게 유리하게 한다는 말. (2) 늙은이나 병든 사람은 잘못이 있어도 용서를 받게 된다는 말.

5431. 늙은 유세하고 사람 친다.

늙은 것을 하나의 유세로 삼고 사람을 함부로 친다는 뜻.

5432. 늙은이 가죽 두껍다.

(1) 늙은이는 염치없는 짓을 잘 한다는 뜻. (2) 늙은이는 어려운 일도 잘 처리한다는 뜻.

5433. 늙은이 고집 세우듯 한다.

(1) 늙은이 고집마냥 제 의견만 내세운다는 뜻.
(2) 우김질 잘 하는 사람 보고 하는 말.

5434. 늙은이 괄시는 해도 아이들 괄시는 않는다.

세상 물정(物情)을 잘 아는 늙은이보다 아무 것도 모르는 아이들에게는 잘 해야 한다는 말.

5435. 늙은이 괄시는 해도 젊은이 괄시는 않는다.

전도(前途)가 양양한 젊은 사람을 잘 대해 주라는 뜻.

5436. 늙은이 근력은 못 믿는다.

늙은이의 건강은 장담할 수 없다는 말.

5437. 늙은이 근력 좋은 건 장담 못한다.

늙은이가 아무리 근력이 좋아도 장수할 수 있다고 장담은 못한다는 말.

5438. 늙은이 근력 좋은 것과 겨울 날씨 좋은 것은 못 믿는다.

늙은이는 근력이 아무리 좋아도 갑작스럽게 죽을 수 있기 때문에 믿을 수가 없고 겨울 날씨는 좋다가도 돌연히 눈이 오거나 바람이 불기 쉽다는 뜻.

5439. 늙은이는 뱃심으로 산다.

늙은이는 먹기를 잘해야 기력(氣力)을 쓴다는 뜻.

5440. 늙은이는 편안해야 한다.(老者安之)
　　　　　　　　　　　　　　　　〈論語〉

늙은이는 편안하게 죽을 때까지 모셔야 한다는 뜻.

5441. 늙은이는 힘드는 예는 하지 않는다.
(老者 不以筋力禮)　　　　　　〈禮記〉

늙은이는 그의 힘에 겨운 예의는 하지 않아도 된다는 뜻.

5442. 늙은이도 늙었다면 싫어한다.

바른 말을 하면 누구나 싫어한다는 뜻.

5443. 늙은이도 밥값은 한다.
늙어서 비록 일은 못하지만 말로라도 밥값은 한다는 뜻.

5444. 늙은이도 세 살 먹은 아이 말을 귀담아 들으랬다.
어른들도 어린아이 말 중에서 정당한 말은 들어 주어야 한다는 뜻.

5445. 늙은이도 세 살 먹은 아이에게 배우랬다.
아무리 잘 아는 사람도 어린 아이에게 배울 것은 배워야 한다는 뜻.

5446. 늙은이도 손자 말 귀담아 들으랬다.
어린 사람의 말이라도 쓸 말은 버리지 말고 쓰도록 하라는 뜻.

5447. 늙은이를 보면 공경하고 어린이를 보면 사랑하라.(見老者敬之 見幼者愛之) 〈朱子家訓〉
늙은이는 자기 부모와 같이 공경하고 어린이는 자기 자식과 같이 사랑하라는 뜻.

5448. 늙은이를 업신여기지 말라.(無侮老成人) 〈書經〉
늙은이는 업신여기지 말고 공경해야 한다는 뜻.

5449. 늙은이 말 그른 데 없다.
노인들이 말하는 말은 경험담이기 때문에 옳은 말이 많다는 뜻.

5450. 늙은이 말 들어 손해 가는 일 없다.
경험이 풍부한 늙은이의 말을 잘 들어서 하면 유리하다는 말.

5451. 늙은이 맞돈보다 젊은이 외상이 낫다.
고객(顧客)으로서는 늙은이보다 젊은 사람이 장래성이 더 있다는 뜻.

5452. 늙은이 망령은 고기로 달래고 아전 망령은 돈으로 달랜다.
늙은이가 노망(老妄) 부리는 것은 잘 먹이면 고쳐지고 아전이 못살게 구는 것은 뇌물을 주어야 한다는 말.

5453. 늙은이 망령은 곰국으로 고치고 젊은이 망령은 몽둥이로 고친다.
늙은이의 노망은 잘 먹여서 고쳐야 하고 젊은이의 잘못은 매로 때려서 고쳐야 한다는 뜻.

5454. 늙은이 망령은 곰국으로 고친다.
늙은이의 노망은 잘 먹여야 고쳐진다는 뜻.

5455. 늙은이 망령은 떡으로 고치고 젊은이 망령은 몽둥이로 고친다.
늙은이의 노망은 잘 먹여야 낫고 젊은 사람의 망령은 교양을 시켜야 낫는다는 말.

5456. 늙은이 무르팍 세우듯 한다.
늙은이가 무르팍을 잘 세우듯이 몹시 우긴다는 말.

5457. 늙은이 뱃가죽 같다.
늙은이 뱃가죽 같이 쭈굴쭈굴하다는 뜻.

5458. 늙은이 부랑(浮浪) 부린다.(老人潑皮) 〈裨官雜記〉
늙은이가 부랑해지는 것은 못 쓴다는 말.

5459. 늙은이 빈말 없다.
늙은이는 젊은이에게 거짓말을 하지 않는다는 뜻.

5460. 늙은이 숨쉬는 건 장담 못한다.
늙은이의 근력 좋은 것은 장담할 수 없다는 뜻.

5461. 늙은이 옛 이야기하듯 한다.
늙어지면 젊은 시절의 자기 자랑을 신나게 하듯이 이야기를 한다는 뜻.

5462. 늙은이와 병든 사람은 돌봐 주어야 한다.(養老疾) 〈春秋左傳〉
늙은이와 병든 환자는 동정하여 주어야 한다는 말.

5463. 늙은이와 환자는 여자가 돌봐 줘야 한다.
노인이나 환자는 여자가 친절하게 보살펴 주는 것이 좋다는 말.

5464. 늙은이 욕심이다.(老慾)
욕심이 매우 많은 사람 보고 하는 말.

5465. 늙은이 유세하고 사람 친다.
늙은 것을 하나의 구실(口實)로 하여 나쁜 짓을 한다는 뜻.

5466. 늙은이 이 앓는 소리를 한다.
매우 듣기 싫은 소리를 내 가며 앓는다는 말.

5467. 늙은이 잘못하면 노망으로 친다.
늙은이가 잘못하는 것은 노망이라고 이해(理解)하듯이 핑계가 좋다는 뜻.

5468. 늙은이 잘못하면 노망으로 치고 젊은이 잘못하면 철없는 것으로 친다.
잘못에 대한 원인을 개별적으로 구명하지 않고 일반적으로 구명한다는 뜻.

5469. 늙은이치고 젊어서 호랑이 안 잡은 사람 없다.

늙어서는 누구나 젊은 시절의 자랑을 하게 된다는 뜻.

5470. 늙은이 호박 나물에 용쓴다.
힘이 없는 늙은이가 호박 나물을 먹고 힘을 쓰듯이 하찮은 것이 큰 도움이 된다는 말.

5471. 늙은이 호박죽에 힘쓴다.
힘이 없는 늙은이가 호박죽을 먹고 나서 힘을 쓰듯이 대수롭지 않은 것도 큰 도움이 된다는 뜻.

5472. 늙은 장수는 쓸모가 없다. (老將無用)
늙으면 힘이 쇠약하게 되기 때문에 지휘관으로서 복무할 수 없게 된다는 뜻.

5473. 늙은 조개에서 진주가 난다. (老蚌生珠)
못난 어버이가 잘난 자식을 둔다는 뜻.

5474. 늙은 중 먹 갈듯 한다.
일 없이 한가하게 앉아 있다는 뜻.

5475. 늙은 쥐는 독을 뚫는다.
늙으면 경험과 교훈이 많기 때문에 좋은 꾀도 많다는 뜻.

5476. 늙은 쥐는 쇠뿔도 뚫는다. (老鼠穿牛角)
〈韓子蒼〉
늙은이는 경험 교훈(經驗教訓)이 많기 때문에 좋은 지혜가 있다는 말.

5477. 늙은 처녀 뒷박 내던진다.
시집 못 간 노처녀가 뒷박에 분풀이를 하듯이 공연히 아무에게나 화풀이를 한다는 뜻.

5478. 늙은 처녀 시집가기 싫어서 안 가나?
늙은 처녀는 시집을 안 가는 것이 아니라 못 가는 것이라는 뜻.

5479. 늙은 천리마가 잠만 잔다. (老驥伏櫪)
〈魏武帝〉
젊어서 한때는 용감하였지만 늙어지니 별 도리가 없어 편히 쉬기만 한다는 말.

5480. 늙은 홀아비와 과부를 업신여기지 말라.
(不敢侮鰥寡)
〈春秋左傳〉
늙은 홀아비와 과부는 외롭게 사는 불쌍한 사람이기 때문에 업신여기지 말고 동정해 주어야 한다는 뜻.

5481. 늙을수록 마음은 젊어진다.
몸은 늙어도 마음은 늙지 않고 젊은 채 있다는 뜻.

5482. 늙을수록 무덤 길은 가까와진다.
늙어 갈수록 죽을 날이 가깝게 된다는 뜻.

5483. 늙을수록 욕심은 는다.
늙게 되면 물욕이 커진다는 말.

5484. 늙을수록 욕심은 젊어진다.
사람은 늙을수록 물욕(物慾)이 많아진다는 뜻.

5485. 늙을수록 욕심은 커진다.
욕심은 젊었을 때보다 늙어 갈수록 더 커진다는 말.

5486. 늙을수록 젊어진다. (老當益壯)
늙을수록 마음은 도리어 젊어진다는 말.

5487. 늙음 앞에는 장사 없다.
아무리 장사라도 늙으면 무력(無力)해진다는 말.

5488. 능구렁이가 되었다.
모든 것을 잘 알면서도 모르는 체하면서 실속 있는 짓만 한다는 말.

5489. 능글능글한 능구렁이다.
성격이 솔직하지 못하고 음흉한 사람을 가리키는 말.

5490. 능다리 승앗대 같다.
응달에서 자란 승앗대처럼 힘이 없이 멀쑥하다는 뜻.
※ 능다리 : 응달.

5491. 능라도(綾羅島) 수박 같다.
대동강(大同江) 안에 있는 능라도 수박은 흔히 장마로 인하여 맛이 없다는 데서 유래된 말로서 제 맛이 없다는 말.

5492. 능력도 없으면서 큰일만 하려고 한다.
(能小而事大)
〈荀子〉
실력도 없는 사람이 큰일만 탐낸다는 뜻.

5493. 능력이 없는 탓이다. (無力所致)
일이 잘 안 되는 것은 능력이 부족한 탓이라는 말.

5494. 능변은 자기의 허물을 숨기고 겉치레를 할 수 있다. (辯足以飾非)
말을 잘하는 사람은 자기의 허물을 감추고 제가 잘한 척 할 수 있다는 뜻.

5495. 능숙한 사람은 당할 수가 없다. (熟習難當)
일에 능숙한 사람은 이겨 낼 수가 없다는 말.

5496. 능참봉(陵參奉)을 하니까 한 달에 거동이 스물 아홉 번 한다.
모처럼 능참봉을 하니까 수고롭기만 하고 아무 실속은 없다는 뜻. ※ 능참봉 : 능을 지키는 참봉.

5497. 능하지 못하면 실패한다. (不能者敗)
〈春秋左傳〉
무슨 일이나 능숙하지 못하면 실패한다는 뜻.

5498. 능하지 않은 것이 없다. (無所不能)
무슨 일이나 모두 능숙하다는 말.

5499. 늦감 맛이 더 달다.
오래 두고 사귄 사람이 더 정답다는 뜻.

5500. 늦게까지 산 보람이 있다. (晚時生光)
늙어서 부귀(富貴)를 누리게 되어 산 보람을 느끼게
된다는 뜻.

5501. 늦게 난 뿔이 우뚝하다. (後生角 高何特)
〈冽上方言〉
후배(後輩)가 선배(先輩)보다 출세하였다는 뜻.

5502. 늦게 된 서방 만났다.
늙어서 고된 살림을 하게 되었다는 말.

5503. 늦게 된 시어머니 만났다.
늙어서 고된 생활을 하게 되었다는 말.

5504. 늦게 배운 도둑이 날 새는 줄 모른다.
늙어가면서 배운 일은 젊어서 배운 일보다 더 열심히
한다는 말.

5505. 늦게 술자리에 오면 석 잔이다. (後來三杯)
술자리에 늦게 오면 연거푸 석 잔을 들어야 한다는 뜻.

5506. 늦게 시작한 도둑이 새벽 다 가는 줄 모른
다.
늙어 가면서 시작하는 일은 그 일에 몰두(沒頭)하게 된
다는 말.

5507. 늦게 심은 벼는 자랄 시기가 없다.
(穉稼不得育時)　　　　〈淮南子〉
벼를 너무 늦게 심으면 자라지 못하고 말듯이 무슨 일
이든지 때를 놓치면 이루어질 수 없다는 뜻.

5508. 늦게 잡고 되게 친다.
늑장을 부리다가는 나중에 가서 서두르게 되기 때문
에 더 큰 고생을 하게 된다는 뜻.

5509. 늦모 내기에는 죽은 중도 꿈적거린다.
늦모 낼 무렵에는 몹시 바쁘기 때문에 노는 사람이 하
나도 없다는 말.

5510. 늦모 심기는 밤송이 겨드랑에 넣어 가며 심
는다.
겨드랑에 밤송이를 넣어도 따갑지 않을 때까지 심은
늦모는 수확을 할 수 있다는 말.

5511. 늦모 심기에는 대추를 코에넣어 가며 심는
다.
대추가 코 속에 들어 갈때까지 심은 늦모는 수확할
수 있다는 말.

5512. 늦바람에 문전옥답(門前沃畓) 다 날린다.
늙어서 방탕하게 되면 패가하기 쉽다는 말.

5513. 늦바람에 터럭 세는 줄도 모른다.
나이가 들어서 바람이 나면 자식들 보기가 부끄러운
줄도 모르게 된다는 말.

5514. 늦바람이 곱새를 벗긴다.
늦게 피우는 바람은 집을 망치게 된다는 뜻.
※ 곱새 : 초가집 지붕 마루에 덮는 것.

5515. 늦바람이 더 무섭다.
젊어서 피우는 바람은 집안이 망하지 않으나 늙어서
바람을 피우게 되면 집안이 망한다는 뜻.

5516. 늦바람이 용마름 벗긴다.
늙어서 피우는 바람은 집안을 망친다는 말.
※ 용마름 : 초가집 지붕 마루를 덮는 용고새.

5517. 늦복이 복이다.
사람은 늦팔자가 좋아야 한다는 말.

5518. 늦은 것은 두렵지 않으나 중지되는 것이
두렵다. (不怕慢 只怕站)
일을 늦게 하는 것은 별 걱정이 되지 않으나 일을 중
지하는 것은 걱정거리가 된다는 뜻.

5519. 늦은 밥 먹고 파장(罷場)간다.
좋은 때를 다 놓치고 늦게야 일을 시작한다는 뜻.

5520. 늦잠 많고 게으르지 않은 사람 없다.
게으른 사람은 으례 늦잠을 많이 잔다는 뜻.

5521. 늦잠 자는 놈치고 잘사는 놈 못 봤다.
늦잠 자는 사람은 대개 게으르고 게으른 사람은 잘 살
수 없다는 뜻.

5522. 늦 크는 사람은 스물 다섯까지 큰다.
발육이 늦은 사람은 스물 다섯 살까지도 키가 큰다는
말.

5523. 다 가서 문지방을 못 넘어간다.
애써서 일은 하였으나 끝을 맺지 못하여 헛수고만 하였다는 말.

5524. 다가오는 하루가 지난 일 년보다 길다.
지난 세월은 빠른 것 같고 다가오는 세월은 지루하다는 말.

5525. 다 같은 평지라도 물은 습기 찬 데로 스며든다. (平地若一 水就濕也) 〈荀子〉
다 같은 조건이라도 연분(緣分) 있는 사람과 더 친하게 된다는 뜻.

5526. 다 같이 당하는 환난이다. (大同之患)
혼자서만 당하는 환난(患難)이 아니라 모두가 당하는, 피할 수 없는 근심 걱정이라는 뜻.

5527. 다 곯아 빠져도 젓국이 달다.
아무리 오래 되어도 본질은 변하지 않는다는 뜻.

5528. 다급하면 아첨하게 된다. (急而面諛)〈虎叱〉
사람이 다급한 환경에 빠지면 비굴한 것을 알면서도 아첨하게 된다는 뜻.

5529. 다급하면 엄나무도 잡는다.
(1) 평소에는 귀신을 부정하던 사람도 위급하면 귀신의 도움을 받으려고 한다는 뜻. (2) 다급하게 되면 몸을 가리지 않는다는 뜻.

5530. 다급해야 관세음보살 한다. (臨急誦觀世音)
일을 예견성(豫見性) 있게 하지 못하고 다급해져야 일을 착수한다는 뜻.

5531. 따 놓은 당상(堂上)이다.
(1) 내버려 두어도 자기의 것이라는 뜻. (2) 으례 되게 마련된 일이라는 뜻. ※ 당상 : 정삼품(正三品) 이상의 벼슬.

5532. 다니던 길은 믿는다.
무슨 일이나 경험이 있는 것은 자신성(自信性)이 있다는 뜻.

5533. 다달이 하는 것이 그날 그날 하는 것만 못하다. (月不勝日) 〈荀子〉
그날 할 일을 모아서 월말에 가서 하는 것은 매일 하는 것만 못하다는 뜻.

5534. 다 닳은 대갈 마치다.
마음이 단단하여 조금도 어수룩한 데가 없는 사람을 두고 하는 말.

5535. 다동(茶洞) 잠이다.
옛날 부자가 많이 살던 다동에서는 늦잠을 잤다는 데서 나온 말로서 늦잠을 자는 사람보고 하는 말.

5536. 다 된 농사에 낫 들고 덤빈다.
일할 때는 참견 않고 있다가 일이 끝난 뒤에야 참견하여 시비를 건다는 말.

5537. 다 된 떡시루 깬다.
다 이루어진 일을 파탄(破綻)시킨다는 뜻.

5538. 다 된 밥에 재 뿌린다.
다 이루어진 일을 방해한다는 뜻.

5539. 다 된 일은 말하지 말라. (成事不説)
〈論語〉
이미 이루어진 일은 말을 하여도 소용이 없기 때문에 아예 말을 하지 말라는 뜻.

5540. 다 된 죽에 코 떨어뜨린다. (盡煎粥鼻泗墜)
〈東言解〉
제대로 잘 된 일을 그르쳐 놓았다는 말.

5541. 다 된 죽에 코 푼다.
잘 되어 가는 일을 심술궂게 망쳐 버린다는 말.

5542. 다듬잇돌을 베고 누우면 입이 비뚤어진다.
다듬잇돌은 옷을 다듬기 때문에 정하게 간직하기 위하여 베고 눕지 못하도록 하는 말.

5543. 다듬지 않은 옥이다. (璞玉)
재질은 좋으나 배우지를 못한 사람이라는 말.

5544. 따뜻하게 입고 배부르게 먹는다. (暖衣飽食) 〈孟子〉
잘 입고 잘 먹을 수 있는 부유한 생활을 한다는 뜻.
↔ 춥고 배고프다.

5545. 따뜻하고 공손한 사람은 이것이 덕의 터전이다. (溫溫恭人 維德之基) 〈詩經〉
대인 관계에서 따뜻하고 공손하게 접대하는 것이 바로 덕의 기초라는 뜻.

5546. 따뜻하면 모여들고 추우면 버리게 된다.
(煖則趨 寒則棄) 〈菜根譚〉
따뜻하면 가까이하고 추우면 멀리하듯이 좋으면 가지고 나쁘면 버린다는 뜻.

5547. 따뜻한 얼굴로 겸손하게 말한다. (溫顔遜辭) 〈漢書〉
사람 접대를 따뜻하게 하고 겸손한 말을 쓴다는 말.

5548. 따뜻한 정과 뜻은 서로 잘 통한다.
(情意相通 : 情意相合)
서로 사랑하는 사람끼리는 의지(意志)도 잘 통한다는 뜻.

5549. 다라운 부자가 가난한 활수(滑手)보다 낫다.
인색하고 다라운 부자가 그래도 가난한 활수보다는 돈이 있기 때문에 낫다는 뜻. ※ 활수 : 돈을 아끼지 않고 잘 쓰는 사람. ↔ 다라운 부자는 가난한 활수만 못하다. 인색한 부자는 인정 있는 가난뱅이만 못하다.

5550. 다라운 부자는 가난한 활수만 못하다.
인색한 부자는 차라리 가난한 활수만도 못하다는 말.
↔ 다라운 부자가 가난한 활수보다 낫다.

5551. 따라지 목숨이다.
생활에 자유가 없이 남에게 매여 사는 신세라는 뜻.

5552. 따라지 신세다.
노름판에서는 패잡이 무대(0)에게 따라지(1)가 죽듯이 이 세상에서 가장 못난 신세라는 뜻.

5553. 다락 같다.
물건 값이 폭등(暴騰)되었다는 말.

5554. 다람쥐 계집 얻듯 한다.
다람쥐마냥 한 사나이가 여러 아내를 데리고 산다는 뜻.

5555. 다람쥐 눈 먼 계집 얻듯 한다.
다람쥐는 이기적(利己的)이고 욕심이 많아서 눈 먼 계집을 데리고 가을에 밤을 많이 저장하여 감추어 두고 저 혼자 먹듯이 먹을 때는 아내에게 몰인정한 남자를 두고 하는 말.

5556. 다람쥐 밤 물어다 감추듯 한다.
다람쥐가 겨울 먹을 양식으로 밤을 많이 저장하듯이 무슨 물건을 욕심 사납게 많이 탐낸다는 뜻.

5557. 다람쥐 쳇바퀴 돌듯 한다.
(1) 매일 똑같은 일만 한다는 뜻. (2) 뱅뱅 같은 장소를 돌기만 한다는 뜻.

5558. 다른 것 중에서도 같은 것이 있다. (異中有同) 〈黃庭堅〉
서로 다른 것이 많다 보면 그 중에는 서로 닮은 것이 있게 된다는 말.

5559. 다른 사람보다 먼저 걱정하고 다른 사람보다 나중에 즐겨야 한다. (先憂後樂)
정치가는 국민들보다 걱정되는 일은 먼저 걱정하고 즐거운 일은 나중에 즐겨야 한다는 뜻.

5560. 다른 사람을 이기는 사람은 힘이 있는 사람이다. (勝人者有力) 〈老子〉
다른 사람과 싸워서 이기는 사람은 그 힘이 다른 사람보다 세기 때문에 이긴다는 뜻.

5561. 다른 사람의 이목을 꺼린다. (礙人耳目)
다른 사람들이 보고 듣는 것을 꺼려한다는 뜻.

5562. 다른 사람의 일보다 제 일을 먼저 한다.
(先己後人)
특별한 경우를 제외하고는 보통 자기 일을 먼저 한 다음에 남의 일을 한다는 뜻.

5563. 다른 사람이 저지른 잘못을 똑같이 범하는 것은 화를 부르는 것이다. (效尤禍也)
〈春秋左傳〉
다른 사람의 잘못을 보면 이것을 거울로 삼아 자신도 고쳐야지 만일 고치지 않고 그대로 잘못을 범하게 되면 화를 당하게 된다는 뜻.

5564. 다른 사람 짐은 가벼워 보인다.
남이 가진 짐은 무거워도 가벼워 보이고 자기의 짐은 가벼워도 무거워 보인다는 뜻.

5565. 다른 산의 돌을 보고 거울로 삼는다.
(他山之石 可以借鏡) 〈詩經〉
다른 산의 돌로 자기의 구슬을 갈 수 있듯이 남의 하찮은 언행을 거울삼아 자기의 품성을 높이는 데 교훈으로 삼는다는 뜻.

5566. 다른 산의 돌이다. (他山之石) 〈詩經〉

남의 산의 돌로 내 구슬을 갈듯이 남의 하찮은 언행을 거울삼아 자기를 반성하라는 뜻.

5567. 다른 생각을 할 겨를이 없다. (念不及也)
몹시 분망하여 자기가 맡은 일 이외의 것은 생각할 여가(餘暇)가 없다는 뜻.

5568. 다른 일을 빙자하여 핑계를 댄다. (藉稱)
다른 일을 말 막음으로 하여 핑계를 댄다는 뜻.

5569. 다른 지방에 가면 그 지방 풍속을 따라야 한다. (入鄕循俗)
타향(他鄕)에 갔을 때는 그 지방의 풍속을 따라야 한다는 뜻.

5570. 다리가 없는 내는 못 건넌다.
목적을 달성하려면 수단이 필요하게 된다는 뜻.

5571. 다리가 위에 붙었다. (足反居上)
다리가 몸체의 아래에 붙어야 할 것이 위에 가 붙어서 쓸모 없듯이 일이 반대로 되어 아무 데도 소용이 없다는 뜻.

5572. 다리는 잃어도 목숨은 살자는 게 짝이다.
비록 병신이 될지라도 목숨은 살아야 한다는 말.

5573. 다리도 뻗을 자리를 보고 뻗는다.
무슨 일을 할 때에는 결과가 어떻게 될 것인가 미리 생각해 본 다음에 시작하라는 뜻.

5574. 다리를 건너갈 때는 말에서 내려서 가랬다. (過橋須下馬)
무슨 일이든지 안전하게 하기 위해서는 조금이라도 위험성이 있는 짓은 하지 말라는 뜻.

5575. 다리를 놓는다.
두 사람 사이의 중매 역할을 한다는 뜻.

5576. 다리를 뻗고 밥 먹으면 가난하다.
식사할 때 자세(姿勢)를 바르게 교훈시키기 위한 말.

5577. 다리를 뻗고 잔다.
아무 근심 걱정이 없이 편안한 생활을 한다는 뜻.

5578. 다리를 벌리면 걷지 못한다. (跨者不行)
〈老子〉
다리를 벌렸다 당겼다 해야 걸음을 걷듯이 무슨 일이나 신축성이 있어야 한다는 뜻.

5579. 다리를 저는 말과 부서진 수레로는 먼 데를 갈 수 없다. (不能以辟馬毀輿致遠)〈荀子〉
큰 일을 시작할 때에는 준비를 완전히 갖추지 않으면 성공하기 어렵다는 뜻.

5580. 다리 밑 까마귀가 「한압씨 한압씨」하겠다.
몸이 더러워 까맣게 되었기 때문에 까마귀가 제 할아비인 줄 알겠다는 뜻이니 몸이 몹시 더러운 사람을 두고 하는 말.

5581. 다리 뻗고 밥 먹으면 가난하다.
음식을 먹을 때 다리를 뻗고 먹지 말라는 뜻.

5582. 다리 뼈가 맏아들이다.
다리로 걸어다니면서 맛있는 것도 먹고 좋은 구경도 할 수 있기 때문에 맏아들만큼 소중하다는 말.

5583. 다리 부러진 장수는 성(城)안에서만 호령한다.
부상당한 지휘관은 일선에는 가지 못하고 성안에 있으면서 호령하듯이 정작 큰소리 할 데 가서는 못 하는 주제에 안 해도 될 데서는 큰소리만 한다는 뜻.

5584. 다리 아래에서 원을 꾸짖는다. (橋下咤倅)
〈旬五志〉
원님 듣는 데서는 무서워서 말을 하지도 못하면서 아무도 없는 다리 아래에서는 큰소리를 친다는 말.

5585. 다리야 날 살려라 한다.
몹시 다급하게 도망친다는 뜻.

5586. 다만 한 아들이라도 효성스러우면 그만이다. (但存一子孝)
〈景行錄〉
여러 아들이 있어도 효성스럽지 못한 것보다는 단 하나라도 효성스러운 것이 낫다는 말.

5587. 다 먹고 나니까 고춧가루를 가져온다.
무슨 일을 제때에 못하고 시기를 놓친 뒤에 헛수고만 한다는 말.

5588. 다 먹은 김칫독에 빠졌다.
다른 사람들이 이익을 다 보고 난 뒤에 덤벼들었다가 큰 손해만 보았다는 말.

5589. 다 먹은 죽에 코 빠졌다고 한다.
(1) 맛있게 먹고 난 사람을 기분 나쁘게 한다는 뜻.
(2) 잘 먹고 나서 그 음식에 대한 불평을 한다는 뜻.

5590. 다박머리 댕기 치례하듯 한다.
(1) 부족되는 것을 다른 것으로 보충을 한다는 뜻.
(2) 격에 어울리지 않는다는 뜻. ※ 댕기 : 옛날 땋은 머리 끝에 드리우던 끈.

5591. 다박솔은 재목에 못 써도 그늘은 짙다.
세상 만물에는 쓸모없는 것이 하나도 없다는 뜻.

5592. 다 밝게 범두와 소리라.
옛날 순라군(巡邏軍)이 밤에 지르는 소리를 밤에는 하

지 않고 날이 밝은 새벽에 하듯이 때가 지나간 헛일을 한다는 뜻.

5593. 다방 출입 십 년에 남의 얼굴 볼 줄은 안다.

오랫동안 많은 사람들과 접촉하여 눈치만 늘었다는 말.

5594. 따분한 일이다.

(1) 이러지도 못하고 저러지도 못하는 난처한 일이라는 뜻. (2) 고된 일이라는 뜻.

5595. 다 삭은 바지 틈에 노랑 개 주둥이 같다.

아무 관계도 없는 일에 주제넘게 말 참견을 할 때 이르는 말.

5596. 다 살게 마련이다.

누구나 자기 나름대로 다 생활할 수 있다는 말.

5597. 다섯 가지 재주를 가진 날다람쥐는 궁하다. (鼯鼠技窮)

날다람쥐는 여러 가지 재주가 있으나 그 중에서 한 가지도 능숙한 것이 없어서 궁하듯이 사람도 여러 가지 재주가 있어도 능숙한 기술이 없으면 가난하다는 말.

5598. 다섯 번 쏘아 다섯 번을 명중시킨다. (五矢五中)

여러 번을 쏘아도 한번도 실수가 없이 다 맞추는 명사수(名射手)라는 뜻.

5599. 다섯 홉(合)에도 참여(參與)하고 서 홉에도 참여한다.

큰 일이나 작은 일이나 참견하지 않는 일이없다는 말.

5600. 다스리는 사람은 있어도 다스리는 법은 따로 없다. (有治人 無治法) 〈荀子〉

아무리 좋은 법이라도 법이 저절로 다스려지는 것이 아니라 사람이 다스려야 한다는 뜻.

5601. 다 쓸어 버렸다. (掃地無餘)

모두 깨끗하게 청소해 버렸다는 말.

5602. 다시 긷지 않겠다고 우물에 똥 눌까? (謂不再繘 汙此舊井) 〈耳談續纂〉

(1) 뒷일을 생각지 않고 함부로 처리해서는 안 된다는 뜻. (2) 자기가 출세했다고 고향이나 옛친구를 잊어서는 안 된다는 뜻.

5603. 다시는 더 바랄 것이 없다. (無復餘望)

앞으로는 더 바랄 것이 하나도 없다는 말.

5604. 다시는 안 먹겠다고 오줌 눈 우물 또 먹는다.

(1) 어떤 사람을 다시는 안 볼 것처럼 업신여기다가

아쉽게 되면 그 사람에게 부탁을 한다는 뜻. (2) 자기가 출세했다고 그 전에 친한 사람을 잊어서는 안 된다는 뜻.

5605. 다시는 어쩔 도리가 없다. (更無道理)

두번 다시 손을 댈 도리가 없다는 뜻.

5606. 다시는 일어나기 어렵다. (更起不能)

심한 타격을 받아 두번 다시 일어나기가 어렵다는 뜻.

5607. 다시 더할 수 없는 다행이다. (幸莫幸矣)

이보다 더 행복스러울 수 없는 행복이라는 뜻.

5608. 다시 더할 여지가 없다. (無復餘地)

그 이상은 더할 여유가 없다는 뜻.

5609. 다시 두말할 필요가 없다. (不必再言)

다 아는 사실이기 때문에 다시 말할 필요가 없다는 뜻.

5610. 다시 만난 부부가 더 정답다.

어떤 사정으로 한때 떨어졌다가 만난 부부가 더 정답게 된다는 말.

5611. 다시 먹지 않겠다고 침 뱉은 우물 또 먹는다.

(1) 다시는 상대하지 않을 것같이 업신여기던 사람에게 아쉽게 되니까 다시 부탁한다는 뜻. (2) 뒷일을 생각하여 함부로 처리해서는 안 된다는 뜻.

5612. 다시 보고 다시 듣는다.

무슨 일을 매우 신중(愼重)하게 취급한다는 말.

5613. 다시 보니 수원 나그네.

모른 체하고 있다가 손님 편에서 아는 체하니 그제서야 인사한다는 말.

5614. 다시 보니 수원 손님이다. (更見乃水原客) 〈東言解〉

가까이 가서 다시 보니 과연 그 사람이라는 뜻.

5615. 다시 봄을 만난다. (再逢春)

추운 겨울이 지나고 만물이 소생하는 봄이 다시 왔다는 뜻.

5616. 다시 없는 큰 복이다. (無上大福)

이보다 더 큰 복은 없을 정도의 큰 복이라는 뜻.

5617. 다식(茶食) 판에 박은 것 같다.

다식 판으로 다식을 박아 내듯이 모양이나 크기가 모두 똑같다는 뜻.

5618. 따오기는 귀하게 여기고 닭은 천하게 여긴다. (貴鵠賤雞)

먼 데 있는 것은 귀하게 여기면서 가까운 데 있는 것은 천하게 여긴다는 뜻.

5619. 따오기는 멱을 감지 않아도 희다. (鵠不浴而白)
선천적(先天的)으로 착한 사람은 교양을 하지 않아도 그 행동은 착하다는 말.

5620. 따오기를 그린다는 것이 오리를 그렸다. (畵鵠類鶩) 〈後漢書〉
(1) 훌륭한 사람의 글을 보면 그것을 그대로 배우지는 못할지라도 착한 사람이 된다는 뜻. (2) 잘하려던 일이 비록 그대로는 되지 않았으나 제법 성과는 있었다는 뜻.

5621. 따오기의 날개는 물에 젖지 않는다. (鵠不濡翼)
따오기 날개에는 물이 묻지 않듯이 훌륭한 사람은 나쁜 행동에 물들지 않는다는 뜻.

5622. 다 와서 문턱 못 넘어간다.
무슨 일을 99%를 하고 1%를 못해도 이것은 완성된 것이 아니므로 일은 끝마무리를 잘해야 한다는 뜻.

5623. 다음에 보자는 놈치고 무서운 놈 없다.
일을 미루는 사람은 일을 마무리하지 못한다는 말.

5624. 다정한 친구는 마땅히 사랑하고 가까이해야 한다. (蔥竹之故友 所當愛之親之也)
친한 친구는 진정으로 사랑하면서 가까이해야 한다는 뜻.

5625. 다정한 친구 보기를 제 형제 보듯 하라. (視蔥竹之故友 若視我兄弟)
친한 친구의 대접은 형제와 같이 대해야 한다는 뜻.

5626. 다 죽어가다가 겨우 살아났다. (幾死僅生)
꼭 죽을 줄만 알았던 것이 겨우 살아났다는 뜻.

5627. 따지려고 하는 사람과는 변론을 하지 말라. (有爭氣者 勿與辯也) 〈荀子〉
일을 원만히 하려는 데 목적이 있는 것이 아니라 시비를 따지려고 하는 사람과는 말할 필요가 없다는 뜻.

5628. 다투고 싸우는 것은 반드시 제가 옳고 남이 그르다고 생각하기 때문이다. (鬪者 必自以爲是) 〈荀子〉
서로 다투고 싸우게 되는 것은 문제를 객관적으로 보지 않고 주관적으로 보고 자기 본위로 행동하려는 데서 발생된다는 뜻.

5629. 다 팔아도 내 땅이다.

(1) 어떻게 하더라도 나중에 가서는 내 이익으로 된다는 뜻. (2) 손해볼 염려는 하나도 없다는 뜻.

5630. 다 퍼 먹은 김칫독에 빠진다.
남들이 이익을 다 보고 난 뒤에 덤벼들었다가 큰 손해만 보았다는 말.

5631. 다 퍼 먹은 김칫독이다.
(1) 남들이 이익 볼 것은 다 보고 빈 것만 남았다는 뜻. (2) 신체가 쇠약하여 두 눈이 쑥 들어갔다는 뜻.

5632. 다행히 귀한 사람을 만난다. (幸逢貴人)
요행하게도 귀한 사람을 만나서 도움을 받게 되었다는 뜻.

5633. 딱다구리는 나무에 살면서 나무를 죽인다.
자신이 입은 은덕(恩德)을 원수로 갚는다는 말.

5634. 딱다구리 부작(符作)이다.
무슨 일을 실속있고 완전하게 하지 않고 명색만 근근히 갖추었다는 뜻. ※ 부작 : 불가(佛家), 도가(道家)들이 기도할 때 쓰는 이상한 글씨를 쓴 종이.

5635. 딱딱하기는 딱다구리 뺨 치겠다.
매우 성격이 딱딱한 사람을 보고 하는 말.

5636. 딱딱하기는 삼 년 묵은 물박달나무다.
고집이 몹시 세어 남의 말을 도무지 듣지 않는 사람을 가리키는 말.

5637. 딱딱한 것은 뱉고 부드러운 것은 삼킨다. (吐剛呑柔)
강한 사람은 무서워하고 약한 사람은 만만히 본다는 뜻.

5638. 딱딱한 나무가 부러진다.
사람도 강하기만 하고 부드러운 데가 없으면 실패하게 된다는 뜻.

5639. 딱지도 덜 떨어졌다.
아직 머리에 쇠때의 딱지도 다 떨어지지 않은 어린 아이라는 뜻.

5640. 닥쳐오는 운명은 독에 숨어도 못 피한다.
사람의 운명은 어쩔 도리가 없다는 뜻.

5641. 닦은 거울이다.
(1) 깨끗하게 손질을 하였다는 뜻. (2) 어여쁘게 화장을 하였다는 뜻. (3) 마음씨가 깨끗하다는 뜻.

5642. 닦은 방울 같다.
어린 아이가 영리하고 똑똑하다는 말.

5643. 닦은 콩 먹기다.

(1) 대단히 일하기가 쉽다는 뜻. (2) 그만둔다고 하면서도 끊지 못하고 끝장을 본다는 뜻.

5644. 닭은 콩 볶듯 한다.

몹시 성급하게 볶아 댄다는 뜻.

5645. 닭은 콩은 먹다 남기지는 못한다.

맛좋은 음식은 제때에 다 먹고 남기지 않는다는 뜻.

5646. 단간 방에서 새 두고 말한다.

서로 친한 사이에 비밀을 두고 말한다는 뜻.

5647. 단결된 군중의 마음은 성벽과 같다. (衆心成城) 〈周語〉

단결된 군중의 마음은 성벽과 같이 굳기 때문에 당할 수가 없다는 말.

5648. 단골레 머슴 같다.

무당이 춤추고 날뛸 때 그 집 머슴도 심부름하기에 바쁘듯이 대단히 분주스럽다는 뜻.

5649. 단단하다고 벽에 물이 고일까 ?

단단하다고 아무 데나 물이 고이지 않듯이 돈은 아끼고 안 쓴다고 부자가 되는 것이 아니라 벌기도 해야 한다는 뜻. ↔ 단단한 땅에 물이 고인다.

5650. 단단하면 빠지지 않는다. (確乎不拔)

의지가 단단하면 어떤 방법으로도 그를 유혹할 수 없다는 뜻.

5651. 단단하여 움직일 수가 없다. (確固不動)

의지(意志)가 단단하여 어떤 방법으로도 그를 움직일 수 없다는 뜻.

5652. 단단한 땅에 물이 고인다. (行潦之聚亦于硬土) 〈耳談續纂〉

돈을 아끼고 쓰지 않는 단단한 사람에게는 재물이 모여진다는 뜻. ↔ 단단하다고 벽에 물이 고일까 ?

5653. 단단히 서로 약속한다. (斷斷相約)

어떤 일을 서로 단단히 약속한다는 뜻.

5654. 단말은 꿀과 같이 달고 나쁜 말은 칼로 찌르듯이 아프다. (甛言如蜜 惡言如刀) 〈寶鑑〉

말은 기쁘게도 할 수 있고 슬프게도 할 수 있다는 뜻.

5655. 단말은 병이 되고 쓴 말은 약이 된다.

듣기 좋은 말에는 아부하거나 거짓말로 비위를 맞춰 주는 말이 많으므로 주의를 해야 하고 듣기 싫은 말에는 충고하는 말이 많으므로 받아들일 말이 많다는 뜻.

5656. 단 맛 쓴 맛 다 보았다.

이 세상에서 온갖 즐거움과 괴로움을 다 겪어 보았다는 말.

5657. 단 맛 쓴 맛 볼 것은 다 보았다.

호강도 해보고 고생도 해보아서 세상 물정을 다 안다는 뜻.

5658. 단물만 쪽 빨아먹었다.

(1) 남의 돈을 다 속여 먹었다는 뜻. (2) 여자를 농락하고 차 버렸다는 뜻.

5659. 단발에 맞힌다. (一發必中)

단번에 쏘아서 맞히는 명사수(名射手)라는 뜻.

5660. 단벌 신사다.

겉보기에는 부유한 것 같지만 사실은 옷이 단벌밖에 없는 신사라는 말.

5661. 단 불에 나비 죽듯 한다.

(1) 단 불에 덤벼들어 나비가 죽듯이 자살 행동을 한다는 뜻. (2) 힘없이 쓰러지면서 죽는다는 뜻.

5662. 단사는 갈아서 가루로 만들 수 있지만 그 붉은 빛깔은 빼앗을 수 없다. (丹可磨而不可奪其赤) 〈呂氏春秋〉

사람은 죽일 수 있지만 그 사상은 뺏을 수 없다는 뜻.
※ 단사(丹砂) : 천연으로 산출되는 황화수은(黃化水銀).

5663. 단삼(單衫) 벗고 은가락지 낀다.

격식(格式)에 맞지 않는 짓을 한다는 뜻.
※ 단삼 : 적삼.

5664. 딴 생각 없이 한 가지 일에만 마음을 쓴다. (專心致志)

한 가지 일에만 마음을 쓰면 무슨 일이나 성공하게 된다는 뜻.

5665. 딴 생각할 겨를이 없다. (念不及他)

매우 골몰(汨没)하여 다른 생각을 할 틈이 없다는 말.

5666. 단 솥에 물 붓기다.

뻘겋게 단 솥에 물을 조금씩 부어도 아무 소용이 없듯이 일이 기울어져서 아무리 도와 주어도 소용이 없다는 뜻.

5667. 단술 먹은 여드레 만에 취한다.

취하지 않는 단술을 먹은 지 여드레 만에 취한다고 하듯이 도저히 믿을 수 없는 허무맹랑한 말을 한다는 뜻.

5668. 단오(端午)의 부채요 동지(冬至)의 책력이다.

하찮은 것이지만 대단히 긴요하게 쓰이는 선물이라는

뜻.

5669. 단 우물이 먼저 마른다. (甘井先渴), (甘泉必渴) 〈莊子〉,〈晏子春秋〉

(1) 재능 있는 사람이 먼저 쇠퇴한다는 말. (2) 좋은 물건이 먼저 팔린다는 말.

5670. 딴 자리에서 잠은 자도 꿈은 같다. (異床同夢)

잠자리가 서로 다르지만 같은 꿈을 꾸듯이 있는 장소는 서로 다르지만 뜻은 같다는 뜻.

5671. 딴전만 본다.

남은 성의껏 말하는데 딴 곳만 보고 상대를 않는다는 뜻.

5672. 단점을 버리고 장점을 취한다. (捨短取長) 〈漢書〉

잘못은 버리고 좋은 것만 취하여 착하게 된다는 말.

5673. 딴 주머니를 찬다.

남의 재물을 모르게 빼낸다는 말.

5674. 단칼에 두 동강이를 낸다. (一刀兩斷) 〈朱子語錄〉

무슨 일을 단번에 처리해 치운다는 뜻.

5675. 단판 씨름이다.

한번에 지고 이기는 것이 결정되는 중요한 싸움이라는 뜻.

5676. 단풍도 가을이 한철이다.

단풍이 아름답게 되는 것도 가을 한철이듯이 모든 일에는 때가 있다는 뜻.

5677. 단풍도 떨어질 때 떨어진다.

단풍도 서리가 온 뒤에 떨어지듯이 모든 일에는 시기 (時期)가 있다는 뜻.

5678. 단 하나만 있고 둘도 없다. (唯一無二)

이 세상에서 단 하나밖에 없는 귀중한 존재라는 뜻.

5679. 단 화로에 눈 한 줌 넣는 격이다. (紅爐點雪)

빨갛게 단 화로에 눈을 조금 넣는 것은 아무 소용이 없듯이 소극적(消極的)으로 하는 일은 아무 성과가 없다는 뜻.

5680. 닫고 보나 열고 보나 일반이다.

수단과 방법은 다를지라도 본질적으로는 동일하다는 말.

5681. 닫는 놈의 주먹만도 못하다.

달리는 사람은 주먹을 불끈 쥐기 때문에 작듯이 무슨 물건이 대단히 작다는 뜻.

5682. 닫는 데 발 내민다. (走前出足) 〈東言解〉

달아나는 사람 앞에 발을 내밀어 넘어지게 하듯이 남이 열심히 일하는 것을 공연히 방해한다는 뜻.

5683. 닫는 말도 채를 치랬다.

(1) 부지런히 하는 일도 더 잘할 수 있도록 노력해야 한다는 말. (2) 조건이 좋으면 좋을수록 일이 더 잘되도록 노력해야 한다는 뜻. ↔ 닫는 말 채질한다고 경상도를 하루에 갈까?

5684. 닫는 말에 채질한다. (走馬加鞭) 〈旬五志,東言解〉

(1) 힘껏 일하고 있는데 와서 재촉을 한다는 말.
(2) 빨리 되어 가는 일을 북돋워 준다는 말.

5685. 닫는 말 채질한다고 경상도를 하루에 갈까?

달리는 말을 채질하더라도 서울에서 경상도는 하루에 갈 수 없듯이 부지런히 일하는 것은 아무리 재촉을 하여도 아무런 성과가 없다는 뜻. ↔ 닫는 말도 채를 치랬다.

5686. 닫는 사슴 보다가 얻은 토끼 잃는다.

달아나는 사슴을 욕심내다가 잡았던 토끼를 놓치듯이 욕심을 지나치게 내다가는 도리어 손해를 보게 된다는 뜻.

5687. 닫았다 열었다 한다. (一闔一闢)

문을 닫았다 열었다 하듯이 일을 잘 되게 하였다 방해하였다 한다는 뜻.

5688. 달걀 겉핥기다.

달걀은 속을 먹는 것인데 겉만 핥으면 아무 맛도 없듯이 어떤 사물의 속은 전혀 모르고 겉만 보고 아는 척한다는 뜻.

5689. 달걀과 여자는 구르면 깨진다.

여자는 가정이나 직장 이외의 나들이가 심하게 되면 바람이 날 수가 있다는 말.

5690. 달걀 노른자다.

달걀에서는 노른자가 중요한 부분이듯이 어떤 사물에서 가장 중요한 부분이라는 뜻.

5691. 달걀 때 못 가린 자식이다.

어려서 길을 잘못 들였기 때문에 커서 못된 자식이 되었다는 뜻.

5692. 달걀도 굴러가다가 서는 모가 있다.

(1) 아무리 오래 걸리는 일이라도 끝장날 때는 있다는

말. (2) 마음씨가 좋은 사람도 때로는 성을 내는 때가 있다는 말.

5693. 달걀로 돌 치기다. (以卵投石：以卵擊石)
달걀로 돌을 치면 달걀만 깨지듯이 약한 사람이 강한 사람과 싸우면 자멸(自滅)한다는 말.

5694. 달걀로 바위 치기다.
달걀로 굳은 바위를 치듯이 약한 사람이 도저히 상대할 수 없는 강한 사람에게 무모(無謀)하게 덤빈다는 뜻.

5695. 달걀로 백운대(白雲臺) 치기다.
깨지기 쉬운 달걀로 바위를 치듯이 약한 사람이 상대할 수 없는 강한 사람에게 대항하여 자멸(自滅)한다는 말. ※ 백운대 : 서울 북한산의 바위로 된 산 봉우리.

5696. 달걀로 성(城) 치기다.
달걀로 성을 치면 달걀만 깨지고 말듯이 약한 사람이 강한 사람과 싸우게 되면 자기만 망하게 된다는 말.

5697. 달걀 쌓아 놓은 것같이 위험하다.
(累卵之危：危於累卵) 〈史記〉
무너지기 쉬운 달걀 더미같이 매우 위험하다는 말.

5698. 달걀 쌓아 올린 것 같다. (累卵)
깨지기 쉬운 달걀을 쌓아 올린 것같이 매우 위험하다는 뜻.

5699. 달걀 섬 다루듯 한다.
달걀을 담은 섬을 깨지지 않게 다루듯이 매우 조심하여 다룬다는 말.

5700. 달걀 섬 모시듯 한다.
깨지기 쉬운 달걀 섬을 다루듯이 몹시 조심하여서 다룬다는 말.

5701. 달걀에도 뼈가 있다. (卵中有骨)
부드러운 달걀 속에도 뼈가 있을 수 있듯이 안심했던 일에서 실수하기 쉬우니 항상 조심하라는 말.

5702. 달걀에 제 똥 묻는 줄 모른다.
자신이 하는 일에서는 허물을 모르게 된다는 말.

5703. 달걀에 제 똥 묻은 격이다.
(1) 흔히 있을 수 있는 일이라는 뜻. (2) 이해할 수 있는 허물이라는 뜻.

5704. 달걀에 털이 나겠다.
(1) 있을 수 없는 일이라는 뜻. (2) 아무리 기다려도 헛수고만 한다는 뜻.

5705. 달걀을 보고 닭 울기를 기다린다. (見卵求時夜) 〈莊子〉
달걀 앞에서 닭 울기를 바라듯이 성미가 몹시 급하다는 말.

5706. 달걀 지고 성(城) 밑에는 못 가겠다.
성이 무너져서 달걀을 깰까봐 성 밑에 못 가듯이 의심이 지나치게 많아서 필요 이상의 걱정을 한다는 말.

5707. 달고 치는 데 배겨 나는 장수 없다.
아무리 힘이 센 사람이라도 묶어 놓고 사정없이 매질하는 데는 당할 도리가 없다는 뜻.

5708. 달고 치는 데 아니 맞는 장수 없다.
여러 사람들이 집중 폭행하게 되면 아무리 센 사람이라도 당할 도리가 없다는 말.

5709. 달고 치는 데 아니 부는 놈 없다.
범죄자가 수사 기관에 체포되어 고문을 당하면 범죄 사실을 말하지 않을 수 없다는 말.

5710. 달곰한 사탕은 몸을 해쳐도 쓴 약은 병을 고친다. (美疢不如藥石)
달곰한 말을 들으면 손해를 보지만 쓴 말을 들으면 이익이 된다는 뜻.

5711. 달곰한 사탕이 우선 먹기는 좋다.
긴 안목(眼目)으로 일을 하지 않고 근시안적(近視眼的)으로 한다는 말.

5712. 달군 쇠와 아이는 때려야 한다.
경우에 따라 어린 아이에게는 매를 때려야 한다는 뜻.

5713. 달기는 엿집 할미 손가락이다.
음식 잘하는 사람이 만든 음식은 맛이 없는 것도 맛이 있는 것같이 선입감(先入感)을 가지게 된다는 뜻.

5714. 달기는 진고개 사탕이다.
일정 시대, 진고개 일본인의 상점에서 팔던 사탕처럼 몹시 달다는 말. ※ 진고개 : 현 충무로.

5715. 딸 낳으면 오동나무 먼저 심으랬다.
무슨 일이나 예견성(豫見性) 있게 미리 준비를 해야 한다는 뜻.

5716. 딸네 사돈은 꽃 방석에 앉히고 며느리 사돈은 가시 방석에 앉힌다.
자기 딸은 시집살이를 시킬까봐 딸네 사돈에게는 대접을 잘해야 하지만 시집살이시키는 며느리는 밉기 때문에 며느리 사돈까지 미워지게 된다는 뜻.

5717. 딸네 집에서 가져온 고추장이다.
대단히 소중하게 아껴 쓰는 것이라는 뜻.

5718. 딸 다섯 둔 집은 도둑도 안 들어간다.
(盗不過五女之門)　　　　　　〈後漢書〉
딸은 출가(出嫁)시킬 때 돈이 많이 든다는 뜻.

5719. 딸 다섯 둔 집은 문 열어 놓고 잔다.
딸이 많은 사람은 출가시키느라고 패가를 하여 도둑
맞을 물건이 없기 때문에 문을 열어 놓고 자도 된다
는 뜻.

5720. 딸 덕에 부원군(府院君) 된다.
딸 덕으로 출세를 하듯이 자기 실력으로 출세한 것이
아니고 남의 덕으로 출세를 하였다는 뜻.

5721. 달도 차면 기운다.(月滿則弓 : 月滿則虧 :
月盈則食)
(1) 세상의 온갖 것은 한번 성하면 다시 줄어든다는 말.
(2) 행운과 번영도 오래 계속되지 않는다는 뜻.

5722. 달도 하나 임도 하나다.
달이 하나밖에 없듯이 사랑하는 임도 하나라는 말.

5723. 달도 하나 해도 하나 임도 하나다.
달과 해가 하나밖에 없듯이 임도 하나만 모셔야 한다
는 말.

5724. 달라 들자 떡 사 먹는다.
무슨 일을 다짜고짜로 해치운다는 뜻.

5725. 달리는 고깃덩이다.(走肉)
몸만 움직이고 속은 죽은 반 송장이라는 말.

5726. 달리는 놈 발 건다.
달음박질하는 사람은 넘어질 수 있는 데다가 발을 걸
어 넘어지게 하듯이 남이 열심히 하는 일을 방해하여
실패하게 한다는 말.

5727. 달리는 말 위에서 꽃 구경하기다.(走馬看
花)　　　　　　　　　　　　〈孟郊〉
말을 달리면서 꽃 구경을 한 것처럼 너무 급하게 하
였기 때문에 무엇이 무엇인지 모른다는 말.

5728. 달리는 말 위에서 산 구경하기다.(走馬看
山)
말을 달리면서 산 구경을 하듯이 일을 급하게 하였기
때문에 그 내용을 모른다는 말.

5729. 달리는 말에 채질하기다.(走馬加鞭)
부지런히 하는 일에 독촉을 한다고 더 빨리 할 수는 없
다는 뜻.

5730. 달리는 말을 틈으로 보는 격이다.(白駒過
隙)　　　　　　　　　　　　〈莊子〉
문틈으로, 달리는 흰 말이 지나가는 것을 보는 것같

이 짧은 순간이라는 뜻.

5731. 달리는 말 채찍질한다고 경상도를 하루에
갈까.
아무리 강요(强要)해도 상대방의 역량(力量) 이상으
로는 못한다는 뜻.

5732. 달리는 송장이요 다니는 고깃덩이다.
(走尸行肉)
정신적으로는 죽었는데 다만 몸만 움직이는 반 송장
이라는 말.

5733. 달리다 딸기 따 먹듯 한다.
달음박질하면서 시장하여 딸기를 따 먹듯이 음식을 먹
었으나 양이 차지 않아서 일하면서 먹을 것만 생각한
다는 말.

5734. 달린 값한다.
사내답지도 못하면서 사내 된 유세만 부린다는 뜻.

5735. 딸 많은 집은 장 맛이 변한다.
여자가 많으면 말도 많게 되므로 장 맛까지 변하게 된
다는 뜻.

5736. 달면 삼키고 쓰면 뱉는다.(甘呑苦吐)
먹기 좋은 것은 먹고 먹기 나쁜 것은 뱉듯이 이로운
것은 하고 손해 가는 짓은 하지 않는다는 말.

5737. 달무리가 있으면 바람이 분다.(月暈而風)
　　　　　　　　　　　　　　〈蘇洵〉
달무리가 있으면 비가 오게 되기 때문에 바람도 분다
는 말.

5738. 달무리가 있으면 비가 온다.
수증기의 결정에 의한 반사, 굴절에 의하여 일어나는
달무리가 있으면 비가 온다는 말.

5739. 달무리와 햇무리가 있으면 비가 온다.
오랜 경험에 의하여 달무리와 햇무리가 있으면 비가
온다는 말.

5740. 달 밝은 밤이 흐린 낮만 못하다.
달밤이 아무리 밝아도 흐린 낮만 못하듯이 어린 사람
이 아무리 세더라도 약한 어른을 당하지 못한다는 말.

5741. 달밤에 물 긷는다.
농촌 여성들은 농번기가 되면 달밤에도 일을 한다는
말.

5742. 달밤에 삿갓 쓰고 나온다.
미운 년은 미운 짓만 골라 가면서 한다는 뜻.

5743. 달밤의 구슬이다.(明月之珠)
달빛에 영롱(玲瓏)하게 빛나는 구슬같이 아름답다는

말.

5744. 달빛에서 자랐나?
밤에만 자란 사람마냥 어리숙한 사람을 보고 하는 말.

5745. 딸 삼형제 시집 보내면 고무 도둑도 안 든다.
딸을 많이 둔 사람은 시집을 다 보내고 나면 패가(敗家)하게 되기 때문에 고무 도둑도 훔쳐갈 것이 없어서 안 들어온다는 말.

5746. 딸 셋 둔 사람은 문 열어 놓고 잔다.
딸 셋을 시집 보내면 가난뱅이가 된다는 뜻.

5747. 딸 셋 둔 집 기둥 뿌리가 빠진다.
딸이 많으면 출가시킬 때 돈이 많이 들기 때문에 경제적으로 큰 타격을 받게 된다는 뜻.

5748. 딸 셋 시집 보내면 기둥 뿌리가 흔들린다.
딸이 많으면 혼수하고 잔치하는 데 돈이 많이 들기 때문에 흔히 빚을 지게 되고 이 빚으로 인하여 곤란을 받게 된다는 뜻.

5749. 딸 셋을 여의면 기둥 뿌리가 패인다.
딸 셋을 시집 보내게 되면 집안이 망하게 된다는 말.

5750. 딸 셋 치우면 기둥 뿌리 남는 것이 없다.
딸을 여럿 출가시키려면 경제적으로 치명상(致命傷)을 입는다는 뜻.

5751. 딸 셋 치우면 기둥 뿌리가 빠진다.
딸이 많으면 혼수와 결혼 잔치에 돈이 많이 들어 경제적으로 타격이 크다는 뜻.

5752. 딸 속고쟁이는 못 입혀도 영감 두루마기는 입혀야 한다.
(1) 딸보다 영감을 더 소중히 여긴다는 말. (2) 두루마기를 입어야 외출하여 돈도 얻어 오기 때문에 두루마기가 속고쟁이보다 중요하다는 말.

5753. 딸 손자는 가을 볕에 놀리고 아들 손자는 봄 볕에 놀린다.
외손자를 친손자보다 더 귀엽게 여긴다는 말.

5754. 딸 시집 보내면 도둑 맞은 폭이나 된다.
딸을 출가시킬 때는 혼수와 잔치에 많은 돈이 든다는 뜻.

5755. 달아나는 것이 상책이다. (走行上策 : 走爲上策)
궁지에 빠져서 헤어날 수가 없을 때는 도망치는 것이 가장 좋은 방법이라는 뜻.

5756. 달아나는 노루 보다가 잡았던 토끼 놓친다.
(見奔獐 放獲兔), (走獐落兔)
〈旬五志〉, 〈東言解〉
먼 데 있는 것을 욕심내다가 도리어 손 안에 있던 것까지 잃었다는 말.

5757. 달아나면 이밥 준다. (走與稻飯)
〈旬五志, 松南雜識〉
일이 궁지에 빠졌을 때는 도망가는 것이 상책이듯이 이밥이 가장 좋은 밥이기 때문에 달아나는 것이 이밥과 같이 좋다는 말.

5758. 딸 없는 외아들이다. (無妹獨子)
집안에서 귀여움을 독차지하는 외아들이라는 뜻.

5759. 딸 없는 사위다.
(1) 다정하였던 인연이 끊어졌다는 말. (2) 무슨 물건이 쓸데없게 되었다는 말.

5760. 딸 없는 사위요 불 없는 화로다.
말뿐이지 아무 실속이 없다는 뜻.

5761. 딸 없는 사위 집이다.
인연(因緣)이 끊어진 처지에 있다는 뜻.

5762. 달 없는 첫날밤이다. (無月夜)
결혼한 부부의 첫날밤에는 달이 없이 어두워야 좋다는 말.

5763. 딸은 귀여운 도둑이다.
딸은 출가할 때나 출가한 뒤에나 친정 것을 가져간다는 말.

5764. 딸은 딸 많이 둔 집으로 시집을 보내랬다.
딸 많은 집으로 시집을 보내야 시집살이를 안 시킨다는 뜻.

5765. 딸은 도둑이다.
딸은 시집갈 때 많은 돈이 든다는 데서 나온 말.

5766. 딸은 두 번 서운하다.
딸은 처음에 해산했을 때 서운하고 다음에는 시집 갈 때 서운하게 된다는 말.

5767. 달은 발이 없어도 다니고 바람은 손이 없어도 나뭇잎을 쥔다.
무슨 일을 힘만 가지고 일을 하려고 하지 말고 꾀도 써야 한다는 뜻.

5768. 딸은 부자집으로 보내고 며느리는 가난한 집에서 데려와야 한다.
딸은 자기보다 부자집으로 시집을 보내야 잘살게 되며 며느리는 자기보다 가난한 집에서 데려와야 살림을 잘하게 된다는 말.

5769. 딸은 산적(散炙) 도둑이다.
딸은 출가한 뒤에도 친정에 오면 이것저것 가져간다는 데서 나온 말.

5770. 딸은 시집 가면 남이 된다. (出嫁外人)
딸은 시집 가면 시가(媤家) 식구가 되기 때문에 남이 된다는 말.

5771. 딸은 시집 보내면 더 걱정된다.
딸은 시집 보내기 전보다 시집을 보낸 뒤가 더 걱정이 된다는 말.

5772. 딸은 시집을 가면 온 남이 되고 아들은 장가를 가면 반 남이 된다.
자식들도 장성하면 부모들이 만만하지 못하다는 뜻.

5773. 딸은 어머니를 닮고 아들은 아버지를 닮는다.
자식들은 부모를 닮기 때문에 부모는 언행을 잘해야 한다는 말.

5774. 딸은 어미를 닮는다. (母傳女傳)
딸은 어머니의 언행(言行)을 닮게 된다는 말.

5775. 딸은 예쁜 도둑이다.
딸은 출가할 때나 출가한 뒤에나 친정 것을 가져간다는 뜻.

5776. 딸은 하나도 많고 아들은 셋도 모자란다.
가난한 집에서는 딸은 없고 아들이 많아야 한다는 뜻.

5777. 딸은 하나도 많다.
없는 집에서는 딸이 하나도 많다는 말.

5778. 딸을 낳거든 웅천(熊川)으로 보내랬다.
경상남도 창원군 웅천은 옛날 여성들의 덕행(德行)이 있기로 이름난 지방이라는 데서 나온 말.

5779. 딸을 보지 말고 어미를 먼저 보랬다.
그 집안에 가정 교육이 있고 없는 것은 그 어머니의 품행을 보면 쉽게 알 수 있다는 뜻.

5780. 딸을 알려면 그 어머니를 보라.
딸은 그 어머니의 언행(言行)을 본받게 되므로 그 어머니만 보아도 딸의 됨됨이를 짐작할 수 있다는 말.

5781. 딸을 잘 두면 한 집이 잘 되고 잘못 두면 두 집이 망한다.
아들보다도 딸에 대한 가정 교육을 잘해서 출가시켜야 한다는 뜻.

5782. 딸을 잘못 두면 두 집이 망하고 아들을 잘못 두면 한 집이 망한다.
아들보다도 딸 교육을 더 잘 가르쳐야 한다는 뜻.

5783. 달음박질도 한참이다.
빨리 달음질치는 것도 정도가 있듯이 모든 일에는 한도(限度)가 있다는 뜻.

5784. 딸의 굿에 가도 자루 아홉은 가지고 가야 한다.
남을 위하여 하는 일에도 자기의 이익을 탐내게 된다는 말.

5785. 딸의 굿에 가도 전대(纏帶) 셋은 차고 가야 한다.
자기 딸을 위하여 하는 굿에도 무엇을 담아 올 전대를 가져가야 하듯이 무슨 일에서나 자기의 이익을 꾀하게 된다는 말.

5786. 딸의 밥은 서서 먹고 아들 밥은 앉아 먹고 남편 밥은 누워 먹는다.
여자는 딸에 의지하여 사는 것보다는 아들한테 의지하여 사는 것이 낫고 아들보다는 남편에게 의지하여 사는 것이 가장 좋다는 말.

5787. 딸의 시앗은 바늘 방석에 앉히고 며느리 시앗은 꽃 방석에 앉힌다.
딸의 시앗은 쫓아 보내기 위하여 갖은 수단을 다하고 며느리 시앗은 귀엽기 때문에 대접을 잘해 준다는 말.

5788. 딸의 집에서 가져온 고추장 아끼듯 한다.
딸이 보내 준 맛있는 고추장을 아껴 먹듯이 몹시 아낀다는 말.

5789. 딸의 채반은 재 넘어가고 며느리 채반은 농 위에 둔다.
딸은 친정에 먹을 것이 있으면 이것을 가지고 재를 넘어 제 집으로 가고 며느리는 먹을 것이 있으면 제 방 농 위에 얹어 둔다는 말인데 딸이나 며느리나 다 부모보다도 제 남편을 더 소중히 여긴다는 뜻.

5790. 달이 몹시 붉으면 가문다.
농가에서 달빛이 붉은 것을 보고 가무는 것을 아는 법.

5791. 달이 밝으면 별의 수가 줄어 보인다.
(月明星稀)　　　　　　　　　　　〈魏武帝〉
훌륭한 사람 곁에서는 어설피 잘난 사람은 그 존재가 잘 나타나지 않는다는 뜻.

5792. 딸이 셋이면 도둑도 들어오지 않는다.
딸이 많은 집은 출가시킬 때 돈이 많이 들기 때문에 도둑도 이런 집은 동정하는 마음에서 들어가지 않는다는 뜻.

5793. 딸이 셋이면 문 열어 놓고 잔다.
딸을 여럿 둔 사람은 출가시키고 나면 가산(家産)이 다 없어져서 도둑맞을 것이 없어서 문을 열어 놓고 자도 된다는 말.

5794. 딸이 셋이면 오던 도둑도 되돌아간다.
딸이 많으면 출가시킬 적마다 빚을 지게 되어 도둑도 훔쳐갈 것이 없도록 된다는 뜻.

5795. 딸자식 둔 사람은 화냥년 보고도 흉보지 말랬다.
(1) 자식 교육은 마음먹은 대로 되지 않는다는 뜻.
(2) 남의 자식 흉을 보지 말라는 뜻.

5796. 딸자식은 도둑년이다.
딸은 출가시킬 때 돈이 많이 들 뿐 아니라 시집 간 뒤에도 친정 것을 자꾸 가져간다는 뜻.

5797. 딸자식은 애물(愛物)이다.
딸이 아들보다도 더 귀엽다는 말.

5798. 딸자식을 두면 경상도 도토리도 굴러온다.
딸 있는 집에는 중매를 하려고 사방에서 찾아온다는 뜻.

5799. 딸자식을 둔 사람은 열 두 화냥년 흉보지 말랬다.
딸 있는 사람은 남의 딸 잘못 두었다고 흉보지 말라는 말.

5800. 딸자식 잘난 것은 신마찌로 가고 논밭 쓸 만한 것은 신작로로 다 들어간다.
일제 강점 시기(日帝強占時期)에 농촌 처녀는 일본인에게 매음녀(賣淫女)로 팔려가고 좋은 논밭은 신작로로 들어가서 농촌이 몰락되어 간다는 뜻.
※신마찌(新町) : 일제 강점 시기 공창(公娼)이 밀집되어 있던 현 서울 묵정동.

5801. 딸 죽은 사위집이다.
다정하였던 인연이 끊어져서 오가지 못하는 처지라는 뜻.

5802. 달질이 장변 내서 해장한다.
해장에 맛을 들이면 빚을 내서라도 먹어야 한다는 뜻.

5803. 달질이 장변을 내서라도 갚겠다.
고리 대금(高利貸金)을 얻어서라도 꼭 갚겠다는 말.

5804. 달콤한 말에는 진실이 없다.
잘하는 말에는 진실성이 없다는 말.

5805. 달팽이가 바다 건너듯 한다.
도저히 불가능한 것을 문제로 삼는다는 뜻.

5806. 달팽이 껍질만한 집이다.(蝸牛廬)
오막살이 집이 하도 작아서 달팽이 껍질 같다는 뜻.

5807. 달팽이 눈이 되었다.
달팽이가 놀라서 눈을 쑥 들여넣듯이 겁이 나서 기운을 펴지 못한다는 뜻.

5808. 달팽이 뚜껑 덮는다.
달팽이가 뚜껑을 덮듯이 입을 꼭 다물고 말을 하지 않는다는 말.

5809. 달팽이 뿔도 뿔은 뿔이다.
달팽이 뿔이 비록 작기는 하지만 뿔은 뿔이듯이 아무리 작은 것이라도 그 존재는 인정해야 한다는 뜻.

5810. 달팽이 뿔만한 뜬 이름이다.(蝸角浮名)〈蘇軾〉
달팽이 뿔만한 하찮은 이름이라는 말.

5811. 달팽이 뿔에서 싸운다.(蝸角之爭) 〈莊子〉
(1) 좁은 세상에서 사소한 일로 싸운다는 말.
(2) 사소한 싸움이라는 말.

5812. 달팽이 소갈머리다.
소갈머리가 달팽이마냥 매우 얕다는 뜻.

5813. 딸 하나는 많고 반은 못 쓴다.
딸은, 하나도 오히려 많다는 말.

5814. 딸 하나는 많고 반은 병신이다.
가난한 집에서는 딸이 하나도 많다는 뜻.

5815. 딸 하나는 많고 반은 쓰지를 못한다.
가난한 집에서는 시집 밑천이 없기 때문에 딸이 하나도 많다는 뜻.

5816. 딸 하나는 많고 반은 적다.
가난한 집에서는 딸을 두고는 싶지만 시집 보낼 때는 큰 걱정이 된다는 뜻.

5817. 닭 갈비는 버리기도 아깝다.
무슨 일이 어중간(於中間)하여 이러지도 못하고 저러지도 못하게 되었다는 뜻.

5818. 닭 갈비다.(雞肋) 〈後漢書〉
닭 갈비는 먹을 수도 없고 버리기는 아깝듯이 어떤 물건을 가지자니 아무 실속이 없고 남을 주자니 아깝다는 말.

5819. 닭 도둑이 소 도둑 된다.
도둑질도 해 버릇하면 점점 큰 도둑으로 변한다는 뜻.

5820. 닭도 제 앞 모이는 긁어먹는다.
닭도 제 앞 모이는 긁어먹는데 하물며 사람이 제 앞 일을 제가 못해서야 되느냐는 뜻.

5821. 닭도 텃세를 한다.

닭도 제 집에서는 세력을 쓰듯이 사람도 자기 고향에서 타향 사람과 싸울 때는 유리하다는 말.

5822. 닭 똥을 고음으로 먹는다.

사리 판단을 잘못하여 목적을 달성하지 못한다는 뜻.

5823. 닭 물 먹듯 한다.

무슨 일을 내용도 모르고 건성으로 한다는 뜻.

5824. 닭 발 그리듯 한다.

글씨를 쓰는 솜씨가 몹시 서투르다는 말.

5825. 닭보다 꿩을 좋아한다.

늘 보던 것보다 새로운 것을 좋아하는 것이 인정(人情)이라는 뜻.

5826. 닭 싸우듯 한다.

하나가 치고 나면 또 다른 하나가 치면서 툭탁툭탁 싸운다는 뜻.

5827. 닭 싸움에도 텃세한다.

힘 센 닭도 남의 집에 가서 싸우면 텃세를 타서 지듯이 사람도 타향에 가서는 그 지방 사람을 당하지 못한다는 말.

5828. 닭소리 개소리도 들리지 않는다.

닭소리나 개소리가 들리지 않는 심심 산중(深深山中)이라는 뜻.

5829. 닭소리 다른 데 없고 개소리 다른 데 없다.

같은 무리끼리는 본질적으로 다를 바가 없다는 뜻.

5830. 닭 소 보듯 소 닭 보듯 한다.

(1) 서로 보고도 모르는 척한다는 말. (2) 서로 못 마땅하여 노려보기만 한다는 뜻.

5831. 닭은 구슬을 보리알만큼도 안 여긴다.

아무리 좋은 물건이라도 자기에게 필요하지 않은 물건은 차라리 값싸고 필요한 물건만 못하다는 뜻.

5832. 닭은 싫어하고 꿩은 사랑한다. (厭家雞 愛野雉 : 家雞野雉)　　　　〈蘇軾〉

(1) 자기 아내를 버리고 외부 여자를 사랑한다는 뜻.
(2) 국산품은 쓰지 않고 외국 제품만 쓴다는 뜻.

5833. 닭을 가리키면서 개를 꾸짖는다. (指雞罵狗)

닭을 꾸짖는다는 것이 개를 꾸짖듯이 무슨 일을 엉뚱하게 한다는 뜻.

5834. 닭의 고집이다.

고집이 매우 센 사람을 가리키는 말.

5835. 닭의 똥 같은 눈물이 흐른다.

몹시 서러워서 닭똥 같은 눈물이 뚝뚝 떨어진다는 뜻.

5836. 닭의 머리는 될지언정 쇠꼬리는 되지 말라. (雞頭牛尾)

작은 단체의 책임자는 되더라도 큰 단체의 말직(末職)에서 일을 하지 말라는 뜻.

5837. 닭의 무리 속에 학이 홀로 있다. (雞群孤鶴)

군중들 속에서 한 사람이 뛰어나게 훌륭하다는 뜻.

5838. 닭의 발은 셋이다. (雞三足)　　〈莊子〉

닭의 발은 걸어다니고 차고 하는 외에 헤비는 짓을 하나 더 한다는 뜻.

5839. 닭의 살 가죽이 되고 학의 흰 머리가 되었다. (雞皮鶴髮)

늙어서 살가죽이 닭의 가죽같이 되고 머리가 학과 같이 희게 되었다는 말.

5840. 닭의 새끼가 맨발로 다니니까 오뉴월로 안다.

겨울에 닭이 맨발로 다닌다고 여름으로 알아서는 안 되듯이 무슨 일을 할 때 경솔하게 하다가 착각(錯覺)하여서는 안 된다는 뜻.

5841. 닭의 새끼가 봉이 될까?

닭이 아무리 커도 봉이 될 수 없듯이 본질은 변하지 않는다는 뜻.

5842. 닭이 맨발로 다니니까 오뉴월로 안다.

날씨가 추운데도 추운 줄을 모르는 사람을 두고 하는 말.

5843. 닭이 소 보듯 한다.

(1) 서로 보고도 모르는 척한다는 뜻. (2) 아무 말 없이 노려본다는 뜻.

5844. 닭이 아무리 잘 싸워도 개와는 상대가 되지 않는다. (好鷄不狗鬪)

서로 싸우게 되는 것은 상대가 비슷해야 싸우게 된다는 뜻.

5845. 닭이 여러 마리면 그 중에 봉이 있다. (群雞一鳳)

사람이 많으면 그 중에는 훌륭한 사람이 있게 된다는 뜻.

5846. 닭이 여러 마리면 그 중에 학도 있게 마련이다. (群雞一鶴)

사람이 많으면 그 중에는 훌륭한 사람도 있다는 뜻.

5847. 닭이 우니 새해의 복이 오고 개가 짖으니 지난 해의 재앙이 사라진다. (雞鳴新歲福 犬吠舊年災)
구년(舊年)을 보내고 새해를 맞이하면서 지난해의 불행은 다 사라지고 새해에는 행복만 가득하라는 뜻.

5848. 닭이 우니 새해의 복이 온다. (雞鳴新歲福)
새해를 맞이하면서 새해의 행복을 끼원하는 말.

5849. 닭이 천 마리면 봉도 한 마리 있다.
사람이 많게 되면 그 중에는 뛰어나게 훌륭한 사람도 있다는 뜻.

5850. 닭이 천 마리면 학도 한 마리 끼인다.
사람이 많으면 그 중에는 훌륭한 사람도 있다는 말.

5851. 닭 잡는 데 소 백정 불러 오는 격이다.
간단히 할 수 있는 일을 크게 벌인다는 뜻.

5852. 닭 잡는 데 소 잡는 칼을 쓴다. (割雞焉用牛刀 : 割雞牛刀) 〈論語〉
닭 잡는 데 소 잡는 큰 칼을 쓰듯이 어떤 일에 알맞은 대책을 수립하지 못한다는 말.

5853. 닭 잡아 겪을 나그네를 소 잡아 겪는다.
(1) 일의 두서(頭緖)를 모르고 되는 대로 한다는 말.
(2) 여자가 살림살이를 할 줄 모른다는 뜻.

5854. 닭 잡아 대접할 손님을 소 잡아 대접한다.
(1) 일 머리를 모르고 일을 두서(頭緖)없이 한다는 말.
(2) 경제적으로 낭비가 심하여 살림을 못한다는 말.

5855. 닭 잡아 대접할 손님 있고 소 잡아 대접할 손님 있다.
손님 대접은 그 손님의 신분과 친분에 알맞게 대접해야 한다는 말.

5856. 닭 잡아먹고 오리 발 내놓는다.
제가 저지른 잘못을 감추기 위하여 엉뚱한 수단을 써서 남을 속이려고 한다는 뜻.

5857. 닭 잡아먹고 이웃 인심 잃는다.
(1) 음식은 이웃하고 나누어 먹어야 한다는 뜻.
(2) 제 것 가지고 잘못하면 남에게 인심을 잃는다는 뜻.

5858. 닭 잡을 것을 손님에게 묻는다. (殺雞問客)
손님을 대접할 닭을 손님에게 묻듯이 주책없는 짓을 한다는 말.

5859. 닭장에 족제비를 몰아넣는다.
닭장에 족제비를 몰아넣어 닭을 다 죽이듯이 남에게 못할 일을 무자비하게 한다는 뜻.

5860. 닭 쫓던 개 상이다.

5861. 닭 쫓던 개 울 쳐다보기다. (逐雞犬瞻籬) 〈東言解〉
애를 써서 한참 일을 하다가 헛일을 하고 나서 남 보기가 민망하다는 뜻.

5862. 닭 쫓던 개 지붕 쳐다보듯 한다. (狗逐雞屋只睇), (赶雞之犬 徒仰屋隤) 〈洌上方言〉, 〈耳談續纂〉
한참 동안 애를 쓰다가 실패를 하고 나서 남 보기가 민망하다는 뜻.

5863. 닭 주둥이는 되어도 쇠 꼬리는 되지 말라. (寧爲雞口 無爲牛後 : 雞口牛後) 〈史記〉
작은 기관의 책임자가 되는 것이 큰 기관의 말석이 되는 것보다 낫다는 말.

5864. 담과 대면한 격이다. (牆面) 〈書經〉
무식한 사람과 대면하는 것은 담과 대면하는 것같이 답답하다는 뜻.

5865. 담과 말하는 것이 낫겠다.
상대방이 너무나 답답하여 말이 통하지 않는다는 뜻.

5866. 담 구멍을 뚫는다.
(1) 남의 집에 도둑질을 한다는 말. (2) 남의 집에 계집질을 하러 간다는 말.

5867. 담긴 통 소리는 작고 빈 통 소리는 크다.
물건이 가득히 든 통 소리는 작지만 빈 통 소리는 크듯이 사람도 많이 아는 사람은 말이 적은데 모르는 사람일수록 말이 많다는 뜻.

5868. 담 너머 감이 더 맛있게 보인다.
남의 물건이 제 것보다 더 좋아 보인다는 말.

5869. 담 너머 꼴 비는 총각도 눈치가 있으면 호박 적(炙) 얻어먹는다.
담 밖에서 풀 베는 총각도 눈치만 있으면 담 안에 있는 처녀에게서 음식을 얻어먹을 수 있듯이 사람은 눈치가 있어야 산다는 말.

5870. 담 너머서 쿵하면 호박 떨어지는 줄도 안다.
가만히 앉아 있어도 주위에서 무슨 일이 일어나고 있는지 다 알고 있다는 말.

5871. 담 너머 총각도 눈치가 있어야 떡 얻어 먹는다.
눈치가 빠르면 담 밖에 있는 총각이 담 안의 처녀에

게서 떡도 얻어 먹을 수 있듯이 세상에는 눈치가 빨라야 잘살 수 있다는 말.

5872. 담도 틈이 생겨야 무너진다.
작은 일을 소홀히 하다가는 큰 손해를 보게 된다는 뜻.

5873. 담력은 커야 하고 마음은 세심해야 한다. (膽大心小) 〈唐書〉
사람은 대담하면서도 마음은 치밀해야 한다는 뜻.

5874. 담력을 크게 가지려 해도 마음이 작아지려고 한다. (膽欲大而心欲小) 〈孫思邈〉
대담해지려고 해도 마음은 반대로 위축(萎縮)된다는 뜻.

5875. 담 밑에 핀 꽃이다. (墻花)
담 밑에 핀 꽃은 누구든지 꺾을 수 있듯이 누구나 가까이 할 수 있는 화류계(花柳界)의 여자라는 말.

5876. 담 밖의 것은 눈에 보이지 않는다. (墻之外 目不見也) 〈荀子〉
담 밖의 것이 담에 가려서 보이지 않듯이 사람도 악한 마음이 있으면 사물(事物)을 옳게 볼 수 없다는 뜻.

5877. 담배 끊기가 술 끊기보다 더 어렵다.
담배 끊기가 술 끊기보다 쉬울 것 같지만 담배 끊기가 더 어렵다는 뜻.

5878. 담배를 용골대(龍骨大)로 피운다.
옛날 담배를 몹시 좋아하던 용골대(일명은 용구뚜리 또는 용골돌이)와 같이 좋아한다는 말.

5879. 담배 씨로 뒤웅박을 파겠다. (莨種眇乎彫匏庶劇) 〈耳談續纂〉
사람이 너무도 잘고 잔소리가 몹시 많다는 말.

5880. 담배 잘 피우기는 용구뚜리다.
옛날 용구뚜리라는 사람같이 담배를 잘 피우는 사람이라는 뜻.

5881. 담뱃대로 가슴을 찌를 노릇이다.
너무도 기가 막히고 답답하여 담배를 피우던 담뱃대로 가슴을 찔러도 시원치 않다는 말.

5882. 담뱃불에 언 쥐를 구워먹겠다.
사람이 답답하고도 소견이 너무 없다는 뜻.

5883. 담뱃불에 콩 구워먹겠다.
사람이 몹시 잘고도 너무 약삭빠르다는 뜻.

5884. 담벼락과 말하는 셈이다.
소견이 아주 없어 담벼락과 말하는 것같이 답답하다는 말.

5885. 담벼락하고 말을 해도 이보다는 낫겠다.
도무지 말이 통하지 않는 답답한 사람을 보고 하는 말.

5886. 담벼락에도 귀가 있고 숨은 도둑이 바로 옆에 있다. (牆有耳 伏寇有側) 〈古詩源〉
사람이 없는 방 안에서 한 말이 밖으로 새며 믿는 사람이라고 말한 것이 숨은 도둑으로 된다는 말.

5887. 담비가 작아도 범을 잡아먹는다.
작은 것이라고 해서 만만히 보아서는 안 된다는 뜻.

5888. 담양(潭陽) 갈 놈이다.
담양으로 귀양을 보내야 할 대상자라는 뜻.
※ 담양 : 전라남도에 있는 지명.

5889. 담양 아홉 바위를 가야겠다.
담양 아홉 바위로 귀양을 보내야 할 사람이라는 말.

5890. 담에도 귀가 있다. (牆有耳), (耳屬于垣) 〈管子〉, 〈詩經〉
듣는 사람이 없다고 함부로 말을 하다가는 탄로가 난다는 뜻.

5891. 담에도 눈이 있고 벽에도 귀가 있다.
세상에는 비밀이란 있을 수 없다는 뜻.

5892. 담에 비록 틈이 있어도 큰비가 없으면 무너지지 않는다. (牆雖隙 無大雨不壞) 〈韓非子〉
담에 틈이 생겨도 여기에 비가 많이 들어가지 않으면 무너지지 않듯이 사람에게도 누구나 흠은 있지만 이것을 고치려고 하지 않으면 이것이 점점 자라서 악한 사람으로 된다는 말.

5893. 담에 틈이 크면 무너진다. (隙大牆壞)
담에 생긴 틈도 점점 커지게 되면 담이 무너지듯이 사람에게도 조그마한 결함이 점차 커지면 몸을 망치게 된다는 말.

5894. 담은 게으른 놈이 쌓아야 하고 방아는 미친 년이 찧어야 한다.
게으른 사람이나 미친 사람도 그에게 알맞은 일을 시키면 성과를 낼 수 있듯이 일을 시킬 때는 그 일에 알맞은 사람을 배치해야 한다는 뜻.

5895. 담은 게으른 놈이 잘 쌓는다.
(1) 돌과 흙으로 쌓는 담은 빨리 쌓으면 무너지기 때문에 천천히 쌓아야 한다는 뜻. (2) 게으른 사람도 쓸 데가 있다는 뜻.

5896. 땀은 벼의 거름이 된다. (汗滴禾下土)

〈古文眞寶〉

농민이 땀을 많이 흘리면 흘릴수록 곡식이 잘된다는 말.

5897. 땀은 한번 나면 도로 들어가지 않는다.
(汗出而不反) 〈晉書〉
한번 흘러나온 땀은 도로 피부로 들어가지 않듯이 한번 내린 명령은 도로 취소하거나 변경할 수 없다는 말.

5898. 담을 고치지 않으면 도둑 맞은 뒤에 뉘우치게 된다. (不治垣墻盜後悔) 〈朱子十悔〉
도둑을 방지하기 위하여서는 무너진 담을 고치지 않았다가 도둑을 맞고 나서야 후회하게 된다는 말.

5899. 담을 맞바라보면 아무것도 보이지 않는다. (墻面) 〈論語〉
담을 맞바라보면 담에 가리어 아무것도 볼 수 없듯이 악한 사람과 사귀게 되면 착한 것을 모르게 된다는 말.

5900. 담을 쌓고 벽을 친다.
지금까지 친하게 지내던 사이를 끊고 서로 싸운다는 뜻.

5901. 담을 쌓는다.
서로 사이좋게 지내다가 절교(絶交)한다는 뜻.

5902. 땀이 김매는 벼에 방울진다. (汗滴鋤禾) 〈茶山論叢〉
곡식은 농민의 땀의 결정(結晶)이라는 뜻.

5903. 담이 무너지는 것은 반드시 벌어진 틈에서 시작된다. (牆壞也 必通隙) 〈韓非子〉
무슨 일이나 실패하게 되는 것은 결함이 점차 확대되어 실패하게 된다는 뜻.

5904. 땀이 비오듯 한다.
일이나 운동을 하였을 때 땀이 많이 나온다는 말.

5905. 담장이 덩굴은 소나무를 감고 따라 올라간다. (碧蘿附于靑松)
담쟁이 덩굴은 나무를 감고 올라가듯이 남의 세력에 의지하여 발전한다는 뜻.

5906. 담장이 덩굴이 모이듯이 모여서 일을 꾀한다. (會薛計事) 〈史記〉
담쟁이 덩굴이 얽히고 설키듯이 여러 사람이 머리를 맞대고 일을 꾀한다는 말.

5907. 담 치레만 했다. (一身都是膽)
쓸개 치레만 해서 도무지 겁이 없다는 말.

5908. 담하고 말하는 것이 낫겠다.
남의 말을 도무지 이해하지 못하는 사람을 두고 하는 말.

5909. 담 하나가 천 리다.
(1) 이웃에 있으면서 왕래가 없다는 뜻. (2) 이웃간에도 감정이 있으면 사이가·멀어진다는 뜻.

5910. 담 하나 사이의 이웃이다. (隔牆之隣)
이웃에서 친하게 지내는 사이라는 뜻.

5911. 답답하기는 메인 담배통이다.
꼭 메인 담뱃대마냥 몹시 답답하다는 말.

5912. 답답한 놈이 송사(訟事)도 한다.
송사는 언제나 답답하고 아쉬운 사람이 먼저 하게 된다는 뜻.

5913. 답답한 놈이 우물 판다.
곤란을 받는 사람이 먼저 서둘러서 일을 하게 된다는 뜻.

5914. 답답한 송사(訟事)다.
해결되지 않을 송사와 같이 어떤 일이 몹시 답답하다는 뜻. ※ 송사 : 재판을 거는 일.

5915. 답답한 심정을 누구에게 호소해야 좋을지 모르겠다. (腷臆誰訴)
답답한 심정을 어느 누구에게 호소한들 시원할 것 같지 않다는 뜻.·

5916. 닷곱(五合)에도 참견하고 서흡(三合)에도 참견한다.
큰 일이나 작은 일이나 모두 참견한다는 말.

5917. 닷곱 장님이다.
한 되의 반인 닷곱(다섯 홉)의 장님이란 반 장님이라는 말로서 시력이 매우 약하다는 말.

5918. 닷 돈 출렴(出斂)에 두 돈 오 푼만 낸다.
(1) 제 의무를 다하지 못하여 남에게 업신여김을 받는다는 말. (2) 몹시 인색한 짓을 한다는 말.

5919. 닷새 굶어 도둑질 않는 놈 없다.
사람이 극도로 굶주리게 되면 어쩔 수 없이 도둑질도 하게 된다는 뜻.

5920. 닷새를 굶어도 양반이라 막일은 못한다.
옛날 양반은 굶어죽더라도 막노동을 해서는 안 된다는 말.

5921. 닷새를 굶어도 풍잠(風簪) 멋으로 굶는다.
체면을 지키기 위하여 온갖 곤란을 다 참고 견딘다는

말. ※ 풍잠 : 망건 앞 이마에 대는 장식품.

사람 못된 것은 늙은이도 몰라본다는 말.

5922. 닷새를 굶으니까 쌀 자루 든 놈이 온다.
사람은 어떤 곤경(困境)이라도 참으면 환경이 호전(好轉)되어 이겨 내게 된다는 뜻.

5935. 당나귀 새끼마냥 술 때는 잘 안다.
술 좋아하는 사람이 술 먹을 때 오는 것을 보고 놀리는 말.

5923. 당겼다 늦췄다 한다. (一張一弛)   〈禮記〉
강경(强梗)한 조처를 하기도 하고 관대한 조처도 한다는 말.

5936. 당나귀 우는 것 보고 하품한다고 한다.
귀머거리가 당나귀 우는 소리를 듣지 못하고 입을 벌린 것만 보고 하품한다고 할 정도의 귀머거리라는 말.

5924. 당금(唐錦) 같다.
옛날 중국산 비단과 같이 대단히 귀중한 물건이라는 뜻.

5937. 당나귀 주막 지나듯 한다.
당나귀는 주막을 지나게 되면 먹이를 얻어먹으려고 꾀를 부리듯이 먹을 것을 매우 밝힌다는 뜻.

5925. 당기 끝에 진주다.
댕기 끝에 매단 진주와 같이 대단히 소중하게 여기는 것이라는 뜻.

5938. 당나귀 찬물 건너듯 한다.
당나귀는 찬물도 거침없이 잘 건너가듯이 글을 줄줄 잘 읽는다는 말.

5926. 당기는 불에 검불 집어넣는다.
불이 한창 타는 데 검불을 넣으면 바로 타 없어지듯이 무엇을 아무리 주어도 지탱(支撑)하지 못하는 것을 두고 하는 말.

5939. 당나귀 하품한다고 한다.
당나귀가 소리를 내며 우는 것을 보고 귀가 먹어 소리를 듣지 못하고 입을 벌린 것만 보고 하품한다는 말로서 귀머거리라는 말.

5927. 땅낌도 못 한다.
(1) 조금도 들어올리지 못한다는 뜻. (2) 조금도 알아내지 못한다는 뜻.

5940. 땅 내가 고소하다.
멀지 않아서 땅 속에 묻힐 신세라는 뜻.

5928. 당나귀가 늙으면 꾀만 남는다.
사람도 늙어 갈수록 경험이 많으므로 꾀로만 일을 하려고 한다는 뜻.

5941. 땅 넓은 줄만 알고 하늘 높은 줄은 모른다.
몸만 뚱뚱하고 키가 작은 사람을 조롱하는 말.
↔ 하늘 높은 줄만 알고 땅 넓은 줄은 모른다.

5929. 당나귀가 하품한다고 하겠다.
당나귀의 요란스러운 울음소리를 못 들을 정도로 귀머거리라는 말.

5942. 땅 넓은 줄은 모르고 하늘 높은 줄만 안다.
키만 크고 몸집이 후리후리하기만 하다는 말.

5930. 당나귀 귀 떼고 뭐 떼고 하면 먹잘 것 없다.
여기저기서 큰 것을 다 가지고 가면 자기가 차지할 것은 없다는 뜻.

5943. 당년 치기다.
오래 가질 수 없는 것이라는 뜻.

5931. 당나귀 귀 치레하듯 한다.
당나귀는 체격에 비하여 귀가 너무 크듯이 신체의 어느 한 부분이 지나치게 발달된 것을 보고 놀리는 말.

5944. 당닭 문열이같이 작기만 하다.
키가 작고 몸이 뚱뚱한 사람을 조롱하는 말.
※ 당닭 : 몸이 작고 다리가 짧은 닭.

5932. 당나귀는 제 귀 큰 줄을 모른다.
누구나 자신의 결함은 잘 모르고 있다는 뜻.

5945. 땅도 무섭지 않다. (不畏地)
세상 사람들을 대해도 잘못이 없기 때문에 무섭지 않다는 말.

5933. 당나귀도 제 울음은 듣기 좋다고 한다.
누구나 자기가 하는 짓은 다 잘하는 것으로 생각한다는 뜻.

5946. 땅도 우묵한 곳이 있어야 물이 고인다.
(窪則盈)   〈老子〉
우묵한 땅에 물이 고이듯이 재물을 모으려면 모을 수 있는 기반이 있어야 한다는 뜻.

5934. 당나귀 못된 것은 생원님(生員任)만 업신여긴다.

5947. 당돌(唐突)하다.
(1) 어려워하는 기색이 조금도 없다는 뜻. (2) 올차고

똑똑하다는 뜻. (3) 대단히 다부지다는 뜻.

5948. 땅벌집 보고 꿀 돈 내어 쓴다.
(1) 핑계만 있으면 남을 속이려고 한다는 뜻.
(2) 허망(虛妄)한 짓을 한다는 뜻.

5949. 땅 사려고 애쓰지 말고 입을 덜랬다.
수입만 늘리려고 애를 쓰지 말고 지출을 줄이는 것이 수월하다는 뜻.

5950. 당사자가 남보다 사리 판단이 어둡다.
(當局者迷)
장본인(張本人)의 사리 판단이 제삼자보다 어둡다는 말.

5951. 땅에 뛰어나온 고기는 옛 물을 생각하게 된다. (地魚思故淵) 〈陶潛〉
타향에 간 사람은 항상 고향을 생각하게 된다는 말.

5952. 땅에 발이 닿을 사이가 없다. (足不履地)
빨리 뛰기 때문에 발바닥이 땅에 닿을 사이가 없이 된다는 뜻.

5953. 땅에서 넘어진 사람은 땅을 짚어야 일어난다.
땅에서 넘어진 사람은 땅을 짚어야 일어날 수 있듯이 어떤 사업에서 실패를 한 사람은 계속 그 사업을 해야 성공할 수 있다는 말.

5954. 땅에서 솟았나 하늘에서 떨어졌나?
꿈에도 생각지 못한 일이 생겼다는 말.

5955. 땅에서 티끌 줍기다. (拾地芥)
흔하고 하찮은 짓만 한다는 뜻.

5956. 땅에 엎지른 물은 다시 주워담을 수 없다.
무슨 일이나 한번 잘못하면 이를 바로 잡을 수는 없다는 뜻.

5957. 당연히 돌아올 일이다. (當來之事)
일의 결과가 당연히 돌아오게 되어 있다는 뜻.

5958. 땅 열 길을 파도 돈 한 닢 안 나온다.
땅을 아무리 파도 돈 한 푼 안 나오기 때문에 한 푼의 돈이라도 귀중히 여겨야 한다는 뜻.

5959. 땅 위에 나온 고기는 물을 생각한다.
(地魚思故淵) 〈陶潛〉
타향에 가면 고향이 그리워진다는 뜻.

5960. 땅 위에 나타난 용이다. (見龍)
하늘에 날아다니던 용이 땅에 떨어져 있듯이 세력을 쓰던 사람이 몰락되었다는 뜻.

5961. 땅은 넓고 크지만 사람이 걷는 데는 발 디딜 곳만 필요한 것이다. (地非不廣且大也 人之所用容足耳) 〈莊子〉
땅이 넓더라도 자기 생활에 필요한 이상의 것은 탐내지 말라는 뜻.

5962. 땅은 더러워야 초목이 많이 자란다.
(地之穢者多生物) 〈菜根譚〉
땅은 더러워야 초목이 잘 자라듯이 사람은 고생을 해야 성공할 수 있다는 뜻.

5963. 땅은 비 온 끝에 굳어진다.
비 온 끝에 땅이 굳어지듯이 사람도 고생을 해보아야 의지(意志)가 굳어진다는 뜻.

5964. 땅은 사람이 다니기가 멀다고 하여 거리를 좁혀 주지 않는다. (地不爲人之惡遼遠也而輟廣) 〈荀子〉
환경이 사람을 위하여 조화(調和)되는 것이 아니기 때문에 사람이 환경에 적응해야 한다는 뜻.

5965. 땅을 넓히는 데 힘 쓰는 사람은 거칠고 덕을 넓히는 데 힘 쓰는 사람은 강하다.
(務廣地者荒 務廣德者強) 〈三略〉
무력으로 영토를 넓히기만 하는 사람은 횡포(橫暴)해지며 덕을 널리 베푸는 사람은 국민들의 지지를 받게 되므로 강하게 된다는 말.

5966. 땅을 넓히는 데 힘 쓰는 사람은 거칠다.
(務廣地者荒) 〈三略〉
무력으로 영토만 넓히는 사람은 횡포하게 되므로 오래 가지 못하고 몰락된다는 뜻.

5967. 땅을 열 길 파도 돈 한 푼 안 생긴다.
돈을 번다는 것은 매우 힘든다는 뜻.

5968. 땅을 치며 통곡할 일이다.
몹시 슬퍼서 땅을 쳐 가며 울어도 시원치 못할 일이라는 뜻.

5969. 땅을 파고 금을 얻는다. (掘地得金)
노력을 하면 반드시 재물을 얻을 수 있다는 뜻.

5970. 땅을 후비는 닭은 얻어먹는다.
아무 일이나 부지런히 노력하는 사람은 생활할 수 있다는 뜻.

5971. 땅이 꺼져도 솟아날 구멍은 있다.
아무리 어려운 환경에서도 빠져 나오는 길은 있다는 뜻.

5972. 땅이 꺼져도 솟아날 구멍이 있고 하늘이

무너져도 솟아날 구멍은 있다.
아무리 큰 역경(逆境)에서도 빠져 나오는 구멍이 있
으니 실망하지 말라는 뜻.

5973. 땅이 꺼지도록 한숨을 쉰다.
몹시 괴로와 한숨을 크게 쉬었다는 말.

5974. 땅이 꺼질까봐 발 끝으로 다닌다. (蹐地)
신경과민적(神經過敏的)으로 의심과 걱정이 많다는 뜻.

5975. 당이 있으면 반드시 적이 있게 된다.
(有黨必有讎)　　　　　〈春秋左傳〉
어떤 정당이 있으면 반드시 반대 정당이 있게 된다는
뜻.

5976. 땅이 토박한 곳에는 나무가 크게 자라지
못한다. (地薄者 大木不産)　〈黃石公〉
국민들이 부유하지 않고서는 국가가 부강(富强)할 수
없다는 뜻.

5977. 당장 먹기는 곶감이 달다.
나중에야 어떻게 되든 간에 우선 먹기는 곶감이 좋
다는 뜻.

5978. 당장 먹기는 사탕이 달다.
일이 많이 쌓였을 때는 우선 하기 쉽고 급한 것부터
한다는 뜻.

5979. 당장 먹을 떡에도 살 박아 먹으랬다.
무슨 일이든지 생략(省略)하지 말고 격식(格式)은 다
갖추어서 해야 한다는 말.

5980. 당제사 지낸 뒤에 북 친다. (神祀後鳴缶)
당제사 지낼 때 쳐야 할 북을 제사가 다 끝난 뒤에
치듯이 행사가 끝난 뒤에 헛수고만 한다는 뜻.

5981. 땅 짚고 헤엄치는 격이다. (據地習泅)
　　　　　　　　　　　〈耳談續纂〉
(1) 일하기가 매우 쉽다는 말. (2) 의심할 여지가 없이
믿을 수 있다는 말.

5982. 당찮은 재물이나 지위는 뜬 구름과 같다.
(不義而富且貴 如浮雲)　　　〈論語〉
자기 분수에 넘치는 재물이나 지위는 오래 가지 못한
다는 말.

5983. 당채련 바지 저고리다.
기름 때가 반들반들하게 된 헌옷이라는 말.
※ 당채련 : 검고 윤기가 있는 중국 가죽옷.

5984. 땅 파다가 은(銀) 얻는다.
무슨 일을 하다가 잡수입(雜收入)이 생겼다는 뜻.

5985. 땅 파 먹고 산다.
땅을 파서 농사를 지어 먹고 사는 농민이라는 뜻.

5986. 당황하여 어쩔 줄을 모른다. (遑遑罔措)
몹시 당황하여 갈피를 못잡고 허둥지둥하기만 한다는
뜻.

5987. 때가 끼면 대롱도 메인다.
조금씩 끼는 때도 자꾸 끼게 되면 대롱 구멍을 완전
히 막게 되듯이 사소한 것도 모여지면 큰 힘을 발휘
하게 된다는 말.

5988. 때가 되어도 행하지 않으면 도리어 그 화
를 받게 된다. (時至不行 反受其殃) 〈史記〉
좋은 시기를 놓치게 되면 이것이 도리어 화를 미치게
한다는 뜻.

5989. 대가리가 땅에 닿도록 굽신거린다.
머리가 땅에 닿도록 절을 하면서 아첨한다는 말.

5990. 대가리가 돈 놈이다.
본정신을 가진 사람이 아니라는 말.

5991. 대가리가 동쪽으로 가면 꼬리는 서쪽으로
가야 한다.
아랫 사람들은 웃사람이 지시하는 대로 잘 따라야 한
다는 뜻.

5992. 대가리가 두 조각이 나도록 싸워라.
서로 죽을 때까지 싸우라고 격려하는 말.

5993. 대가리가 움직이면 꼬리도 움직인다.
상부에 있는 사람이 시범(示範)을 보이면 하부 사람
들도 따라하게 된다는 뜻.

5994. 대가리가 터지도록 싸운다.
서로 때리고 치면서 몹시 싸운다는 말.

5995. 대가리 떼고 꼬리 끊고 나니 먹을 것이 없
다.
이것 뜯기고 저것 뜯기고 나면 차지하는 것이 얼마 되
지 않는다는 말.

5996. 대가리 떼고 꼬리를 자른다. (去頭切尾)
(1) 원인과 결과는 빼고 요점(要點)만 말한다는 뜻.
(2) 나쁜 것은 버리고 좋은 것만 남긴다는 뜻.

5997. 대가리도 감추고 꼬리도 감춘다. (藏頭隱
尾)
사실을 다 감추고 말을 분명히 하지 못한다는 뜻.

5998. 대가리도 두렵고 꼬리도 두렵다. (畏首畏
尾)
못된 행동을 하고 나서 남이 알게 될까 봐 대가리도 두
려워하고 꼬리도 두려워한다는 말.

5999. 대가리도 못 들고 꼬리도 못 핀다.
(1) 상대방이 너무 무서워서 위축이 된다는 뜻.
(2) 자기의 잘못으로 인하여 기를 못 편다는 뜻.

6000. 대가리도 없고 꼬리도 없다. (無頭無尾 : 没頭没尾)
무슨 일이 밑도 끝도 없이 흐리멍덩하게 되었다는 뜻.

6001. 대가리를 도끼삼아 쓴다.
인체에서 가장 소중한 머리를 도끼삼아 쓴다 함은 목숨을 아끼지 않고 함부로 살아간다는 뜻.

6002. 대가리를 삶으면 귀도 익는다. (烹頭耳熟)
〈旬五志〉
큰 일을 처리하면 잔 일은 저절로 이루어진다는 말.

6003. 대가리를 잡으려다가 겨우 꼬리밖에 못잡았다. (捉頭僅捉尾)
〈旬五志〉
큰 것을 바라다가 겨우 조그마한 것만 얻었다는 뜻.

6004. 대가리를 흔들며 방정을 떤다.
대가리를 흔들어 가면서 경솔한 행동을 한다는 뜻.

6005. 대가리만 감추고 꼬리는 내놓았다.
(1) 일을 완전하게 마무리하지 못하였다는 뜻.
(2) 발각될 수 있는 요소를 남겨 놓았다는 뜻.

6006. 대가리만 감추고 쥐새끼처럼 숨는다.
(抱頭鼠竄)
쥐새끼가 대가리만 감추고 숨듯이 얕은 수단으로 남을 속이려고 한다는 말.

6007. 대가리만 움직이고 꼬리는 움직이지 않는다.
상부와 하부가 일치단결되지 못하고 상부의 지시가 하부에서 실천되지 않는다는 뜻.

6008. 대가리 보고 놀란 놈은 꼬리만 봐도 놀란다.
무엇에 한번 혼난 사람은 그와 비슷한 것만 봐도 놀란다는 말.

6009. 대가리 없는 뱀은 가지 못한다. (蛇無頭不行)
활동(活動)을 하게 되는 것은 육체만 가지고는 안 되므로 두뇌(頭腦)와 합동해야 된다는 말.

6010. 대가리에 금이 갔다.
정신에 이상(異常)이 생겼다는 말.

6011. 대가리에 쉬 슨 놈이다.
머리 속에다가 파리가 쉬를 슬어서 정신이 제대로 되지 않았다는 뜻.

6012. 대가리에서부터 더듬어도 겨우 꼬리밖에 못 잡는다.
처음에는 큰 것을 노렸지만 나중에는 겨우 조그마한 것밖에 못 얻게 되었다는 말.

6013. 대가리와 꼬리를 분간 못한다. (頭尾不辨)
사물(事物)의 두서(頭緖)를 분간하지 못한다는 말.

6014. 대가리의 딱지도 안 떨어졌다.
해산 때 머리에 생긴 쇠딱지가 아직 떨어지지 않았다는 말이니 아직 어리다는 뜻.

6015. 대가리의 물도 안 말랐다.
대가리의 배냇물이 아직 다 마르지 않은 갓난 아이와 같이 어리다는 말.

6016. 대가리의 피도 마르지 않았다.
해산 때 묻은 피도 아직 마르지 않을 정도로 어리다는 뜻.

6017. 때가 바뀌면 사물도 변한다. (時移事往)
세월이 바뀌면 사물도 다 변하게 된다는 말.

6018. 때가 오면 때에 알맞게 움직여야 한다.
(當時則動)
〈荀子〉
항상 그 시기에 알맞는 행동을 해야 성공할 수 있다는 뜻.

6019. 때까치 지저귀듯 한다.
때까치가 시끄럽게 지저귀듯이 떠든다는 말.

6020. 대갈 마치 같다.
대갈 마치와 같이 온갖 어려움을 참고 견디는 사람이라는 뜻. ※대갈 마치 : 말굽에 징을 박는 마치.

6021. 대감(大監) 당나귀 죽은 데는 가도 대감 죽은 데는 안 간다.
세상 인심은 정분(情分)보다도 이해 관계에서 결정된다는 뜻.

6022. 대감 말이 죽은 데는 먹던 밥도 밀쳐 놓고 가지만 대감 죽은 데는 짓는 밥도 기다려서 먹고 간다.
세상 인심은 정분(情分)보다도 이해 관계에서 움직인다는 뜻.

6023. 대감 사정은 영감(令監)만 안다.
있는 사람 사정은 있는 사람이 알고 없는 사람 사정은 없는 사람이 안다는 뜻.

6024. 대감 죽은 데는 안 가고 대감 딸 죽은 데는 간다.
대감이 살아서는 그 덕을 보기 위하여 인사를 가야 하

지만 대감이 죽은 뒤에는 그 덕을 보지 못하게 되었으니 인사를 안 가도 된다는 말이니 예의도 이해 관계에서 좌우된다는 말.

6025. 대감 죽은 데는 안 가도 대감 마누라 죽은 데는 간다.
대감이 살아 있을 때는 그 덕을 보려고 인사를 가지만 대감이 죽으면 그 덕을 볼 수 없으므로 인사를 갈 필요가 없다는 말이니 예의도 이해 관계에서 결정된다는 말.

6026. 대감 죽은 데는 안 가도 대감 말 죽은 데는 간다.
대감이 죽은 뒤에는 그 덕을 못 보게 되었기 때문에 가지 않아도 되지만 대감 말 죽은 데는 아직 덕을 보고 있는 처지이기 때문에 가야 한다는 말로서 예의도 이해 관계에서 결정된다는 뜻.

6027. 대경 주인(代京主人) 노릇을 한다.
옛날 경 주인의 잘못이 있을 때는 감독 관청에 경 주인 대리를 보내서 매를 대신 맞게 한 데서 나온 말로서 남의 고초(苦楚)를 대신 받는다는 말.
※ 대경 주인 : 경 주인의 대리인.

6028. 대꼬챙이로 째는 소리를 한다.
목소리가 마치 대꼬챙이로 목을 딸 때 지르는 소리같이 듣기 싫은 소리를 한다는 말.

6029. 대궐(大闕) 역사(役事)는 한이 없다.
대궐을 짓기 시작하면 언제 끝날 줄 모르는데 이 기간에는 이 공사로 인하여 민중들이 고생을 하게 된다는 말.

6030. 대나무는 더러운 땅에서 자란다.(汚竹)
절개 있는 대나무가 더러운 땅에서 잘 자라듯이 지조(志操)를 지키는 사람은 고난을 겪은 사람이라야 한다는 뜻.

6031. 대나무 쪼개지듯 한다.
(1) 성미가 매우 곧다는 뜻. (2) 무슨 일이 빠르게 잘 된다는 뜻.

6032. 대낮에 도깨비한테 홀렸다.
밝은 대낮에 도깨비에게 홀린 것같이 도무지 이해(理解)할 수가 없다는 말.

6033. 대낮에 도둑 든다.
사람들이 보는 대낮에 뻔뻔스럽게 도둑질을 한다는 말.

6034. 대낮의 꿈이다.(白日夢)
너무 허황한 공상(空想)을 한다는 뜻.

6035. 때는 한번 가면 두번 다시 오지 않는다.

(時不再來)
세월은 한번 가면 되돌아오지 않기 때문에 헛되이 보내서는 안 된다는 뜻.

6036. 대단히 다행한 일이다.(萬分多幸)
매우 다행스러운 일이라는 말.

6037. 대답 쉬운 놈이 엉덩이는 무겁다.
말로 일 잘하는 사람은 실천력이 없다는 말.

6038. 대답 쉽게 하는 놈치고 일 제때에 하는 놈 못 봤다.
될 일 안 될 일 함부로 대답하는 사람은 약속한 날 일을 못다하게 된다는 말.

6039. 대답 없는 말 없고 보답 없는 덕 없다.
(無言不讎 無德不報) 〈詩經〉
말을 하게 되면 상대방은 반드시 대답을 하게 되고 남에게 은덕(恩德)을 베풀면 반드시 보답이 있게 마련이라는 뜻.

6040. 대답은 막동이마냥 잘한다.
집행하지는 못하면서도 대답은 언제나 잘한다는 말.

6041. 대답할 말이 없으면 날 잡아잡수 한다.
입장(立場)이 거북하여 할 말이 없게 되면 나를 잡아먹으라고 발악을 쓴다는 말.

6042. 대대로 내려오는 부자다.(萬世之富)
자손 대대로 내려오는 오래 된 부자라는 말.

6043. 대대로 두고 변하지 않는다.(萬世不變:萬世不易)
자손 대대로 내려가더라도 변하지 않는다는 말.

6044. 대대로 두고 영화롭다.(萬代榮華)
자손 대대를 이어 가면서 누리는 영화라는 말.

6045. 대대로 두고 전해진다.(萬代流傳)
자손 대대를 두고 전해오는 귀중한 것이라는 뜻.

6046. 대대로 아비가 아들에게 전한다.(父傳子傳:父傳子承)
대대로 아버지가 아들에게 물려 주는 유산이라는 뜻.

6047. 때도 모르고 북소리만 나면 일어나 춤춘다.
때와 장소도 모르고 함부로 분수 없는 짓만 한다는 뜻.

6048. 때도 지나고 일도 갔다.(時移事往)
세월도 지나가고 하던 일도 다 결말이 나고 말았다는 뜻.

6049. 대돈변을 내서라도 갚겠다.

월 1할의 고리(高利)를 내서라도 그 일을 해결하겠다는 뜻. ※대돈변: 한 냥에 대하여 월 한 돈씩 주는 고리.

6050. 대돈 출렴(出斂)에 돈 반 낸다.
(1) 자기의 의무는 집행하지 않고 권리만 차지하려고 한다는 뜻. (2) 몹시 인색한 짓을 한다는 뜻.

6051. 대들보가 부러지면 사람이 다친다.
집안 가장(家長)이 죽게 되면 집안이 망하게 된다는 말.

6052. 대들보가 부러지면 서까래도 부러진다.
(棟折榱崩)
집안에 가장(家長)이 죽으면 가족들도 곤란을 받게 된다는 뜻.

6053. 대들보가 부러지면 집안이 망한다.
가장이 죽으면 집안이 망한다는 말.

6054. 대들보 썩는 줄은 모르고 기왓장만 아낀다.
앞으로 큰 손해를 당할 것은 모르고 우선 돈이 좀 든다고 그것을 아끼는 어리석은 짓을 한다는 말.

6055. 대들보에 상량문이 빠졌다. (所乏者上樑文)
대들보에 상량문을 빠뜨리듯이 어떤 일에서 가장 중요한 부분을 빠뜨렸다는 말.

6056. 때란 얻기는 어려워도 잃기는 쉬운 것이다.
(時者 難得而易失)   〈刻骨難忘記〉
좋은 기회를 얻기는 어려워도 이것을 잃기는 쉽다는 말.

6057. 때려도 어루만져도 부모의 은덕이다.
부모가 자식을 꾸짖거나 칭찬하는 것은 자식을 잘되게 하기 위한 은덕이라는 뜻.

6058. 대로(大路) 한길 노래로여라.
넓은 길을 노래 부르며 가면 기분이 좋아지듯이 속이 상하는 일이 있더라도 속을 썩이지 말고 낙관하면서 살라는 말.

6059. 대롱 구멍으로 범 보기다. (管中窺豹)
                              〈三國魏志〉
(1) 무슨 일을 전체적으로 보지 못하고 부분적으로 본다는 뜻. (2) 소견이 매우 좁다는 뜻.

6060. 대롱으로 하늘 보기다. (管中窺天), (以管觀天)   〈莊子〉, 〈史記〉
좁은 대롱 구멍으로 넓은 하늘을 보듯이 소견(所見)이 몹시 좁다는 말.

6061. 대롱으로 하늘 보듯 소라 껍질로 바닷물 되듯 한다. (以管窺天 以蠡測海:管天蠡海)
                              〈東方朔〉
대롱으로 하늘을 보듯이 소견이 좁고 소라 껍질로 바닷물을 되듯이 어리석다는 말.

6062. 때를 놓쳐서는 안 된다. (時不可失)
무슨 일이든지 때를 놓치면 성사할 수 없다는 말.

6063. 대를 살리고 소를 죽인다.
큰 일을 성사(成事)시키기 위해서는 작은 일은 희생시켜야 한다는 말.

6064. 때를 씻어 가면서 흠을 찾는다. (洗垢索瘢)
                              〈後漢書〉
남의 결함을 속속들이 다 찾아 낸다는 말.

6065. 때를 잃으면 풍냉이(茯苓)도 말라죽는다.
(失時苓落)   〈漢書〉
풍냉이같이 생활력이 강한 식물도 철이 지나면 죽게 되듯이 사람도 늙어지면 죽게 된다는 뜻.

6066. 때를 잘 만나면 범이 되고 잘못 만나면 쥐가 된다.
출세를 하고 못 하는 것은 때를 잘 만나고 못 만나는 데 달렸다는 말.

6067. 때를 잘못 만난 불행이다. (逢時不幸)
자기가 한 일은 정당하였지만 때를 잘못 만나서 불행스럽게 되었다는 뜻.

6068. 때리고 어루만진다.
한편으로는 해치고 다른 한편으로는 잘해 주는 척한다는 뜻.

6069. 때리나 쓰다듬으나 부모의 은혜다.
부모에게는 꾸지람을 들으나 칭찬을 들으나 다 은덕이라는 뜻.

6070. 때리는 놈보다 말리는 놈이 더 밉다.
겉으로는 위해 주는 척하면서도 속으로 해치는 놈은 직접 때리는 놈보다 더 밉다는 말.

6071. 때리는 시늉을 하거든 우는 시늉도 하랬다.
서로 호흡(呼吸)이 잘 맞아야 일도 잘 할 수 있다는 말.

6072. 때리는 시어머니보다 말리는 시누이가 더 밉다.
겉으로는 도와 주는 척하면서도 속으로 해치려는 야심을 가진 사람이 가장 밉다는 뜻.

6073. 때리는 척하거든 우는 척도 해야 한다.

함께 하는 일에는 손발이 서로 맞아야 한다는 뜻.

6074. 때리는 흉내를 내면 우는 흉내도 낼 줄 알아야 한다.

두 사람 이상이 하는 일에는 서로 손발이 맞아야 성사(成事)가 된다는 뜻.

6075. 때리잖은 북에서 소리 날까?

원인이 없는 결과는 있을 수 없다는 뜻.

6076. 때린 놈은 길 가로 가고 맞은 놈은 길 가운데로 간다.

남을 해롭게 한 사람은 항상 뒷일이 걱정되어 불안하지만 해를 입은 사람의 마음은 편안하다는 말.

6077. 때린 놈은 다리를 못 뻗고 자도 맞은 놈은 다리를 뻗고 잔다.

가해자(加害者)의 마음은 불안하지만 피해자(被害者)의 마음만은 편안하다는 뜻.

6078. 때린 놈은 발을 오그리고 자도 맞은 놈은 발을 펴고 잔다.

가해자(加害者)의 마음은 항상 불안하지만 피해자(被害者)의 마음은 편하다는 말.

6079. 때린 놈은 발을 오그리고 잔다.

때린 사람은 상대방의 복수가 있을까봐 항상 불안하게 지낸다는 뜻.

6080. 때릴 줄 모르는 놈이 남의 코피만 낸다.

일할 줄 모르는 사람은 실속있는 일은 못하고 겉치장만 한다는 말.

6081. 때릴 줄 모르는 놈이 상처만 낸다.

일이 서투른 사람은 실속 없는 짓만 한다는 뜻.

6082. 때 맞추어 오는 비는 곡식을 잘 자라게 한다.(時雨滋苗)

농사 시기를 잘 맞추어 비가 오게 되면 풍년이 든다는 말.

6083. 때 맞추어 오는 비에 곡식 자라듯 한다.(時雨之禾)

비가 자주 때 맞추어 와서 곡식이 잘 되어 풍년이 들게 되었다는 말.

6084. 대매에 때려 죽일 놈이다.

여러 번 때려서 죽일 것이 아니라 단번에 때려서 죽여야 할 못된 놈이라는 말.

6085. 대머리 보니까 공것은 좋아하겠다.

남의 것을 너무 바라다가 대머리가 벗어졌기 때문에 공것을 좋아하겠다는 말.

6086. 대머리 보니까 속이 시원하겠다.

대머리가 쑥 벗어진 모습을 보니까 그 마음씨도 쾌활하게 보인다는 말.

6087. 대명전(大明殿) 대들보의 명매기 걸음이다.

맵시를 부려가면서 아장아장 걷는 걸음이라는 뜻.

6088. 대명천지(大明天地)에 얼굴 들고 사립 나서기가 두렵다.

너무 큰 죄를 지어 얼굴을 들고 세상에 다닐 수가 없다는 뜻.

6089. 대모관자(玳瑁貫子) 같으면 되겠다.

쓸모가 많아서 사방에서 자꾸 찾는 사람들이 많았으면 좋겠다는 뜻. ※ 대모관자 : 거북 껍질로 만든 관자.

6090. 대모관자 같으면 뛰겠다.

대모관자를 찾듯이 여러 사람들이 자꾸 찾으면 도망가겠다는 뜻.

6091. 대못 박듯 한다.

대나무로 만든 못을 나무에 박듯이 되지 않을 짓을 어리석게 한다는 뜻.

6092. 대문 밖에만 나서면 고생이다.

집안에 있는 것이 가장 편하다는 뜻.

6093. 대문 밖이 저승이다.

죽고 사는 것이 대문 하나로 경계를 이루고 있듯이 사람은 언제 죽을지 모른다는 말.

6094. 대문은 넓어야 하고 귓문은 좁아야 한다.

남의 말은 잘 분석하여 들을 것은 듣고 안 들을 것은 듣지 말아야 한다는 뜻.

6095. 대문이 가문(家門)이다.

대문만 보아도 그 집의 빈부(貧富)와 귀천(貴賤)을 알 수 있듯이 사람은 외모(外貌)가 훌륭해야 남의 눈에 위압을 주게 된다는 뜻.

6096. 대문짝만 하다.

당치도 않게 몹시 크다는 말.

6097. 대문 턱 높은 집에 정강이 높은 며느리 들어온다.

우연하게도 서로 잘 어울리게 되었다는 말.

6098. 때 묻은 양심이다.

양심이 바르지 못한 사람을 가리키는 말.

6099. 때 묻은 왕사발 부시듯 한다.

헌 사기그릇을 내붙여서 부수듯이 아끼지 않고 함부로 부순다는 뜻.

6100. 대부동에 겯 낫질하듯 한다. (大不動 點
鎌掛) 〈東言解〉
큰 아름드리 나무에 겯 낫질을 하듯이 큰 권력자에게
제 힘도 생각지 않고 부질없이 덤빈다는 말. ※ 대부
동 : 큰 아름드리 나무.

6101. 대비(對備)가 있으면 걱정이 없다.
(有備無患) 〈書經〉
걱정되는 일이라도 대비를 하면 걱정거리가 없어진다
는 말.

6102. 대사(大事)는 끝났는데 병풍 지고 온다.
결혼식에 쓸 병풍을 제 시간에 가져오지 않아 못 쓰
게 된 다음 결혼식이 끝난 뒤에 병풍을 가져오듯이
시기를 놓쳐 헛일만 한다는 말.

6103. 대사 뒤에 병풍 지고 간다.
결혼식에 쓸 병풍을 식이 끝난 뒤에 가져가듯이 시
기를 놓쳐 헛일만 한다는 말.

6104. 대사에는 날씨 좋은 것도 큰 부조(扶助)
다.
잔칫날에는 비가 오지 말고 날씨가 좋아야 한다는 뜻.

6105. 대식은 단명(短命)이다.
음식을 너무 많이 먹는 것은 건강을 해친다는 뜻.

6106. 대신 댁 송아지는 백정 무서운 줄을 모른
다.
대신 댁 송아지는 주인 세력을 믿고 백정도 무서워하
지 않듯이 권력자에게 붙어 사는 사람은 거만하게 되
어 사람들을 업신여긴다는 뜻.

6107. 대신 댁 송아지는 범 무서운 줄도 모른다.
대신 댁 송아지는 주인 세력만 믿고 범도 무서워하지
않듯이 세력 있는 사람에게 의지한 사람은 거만하게 되
어 사람들을 업신여긴다는 말.

6108. 때 씻은 물로 못자리 거름을 하겠다.
때가 많은 사람을 보고 하는 말.

6109. 때와 형편에 따라 일해야 한다. (隨時變通)
시기와 환경에 알맞게 일을 해야 한다는 말.

6110. 대장부는 자기가 한 말에 책임을 진다.
(好漢做 好漢當)
사나이는 자기가 한 말은 그대로 실천한다는 말.

6111. 대장부의 말은 한 마디면 그만이고 좋은
말은 한번 채찍질하면 그만이다. (好漢一言 快
馬一鞭)
사나이의 말은 한 마디만 하면 그만이지 여러 말을 할

필요가 없으며 좋은 말은 한번만 채찍질하면 그만이
지 여러 번 채찍질할 필요가 없다는 말.

6112. 대장부의 말 한 마디는 천 냥보다 무겁다.
(丈夫一言重千金)
사나이가 한번 말한 그 한 마디는 천 냥보다도 더 값
진 것이기 때문에 반드시 집행되어야 한다는 말.

6113. 대장부의 의지는 곤궁해도 더욱 굳세야 하
며 늙어도 더욱 기력을 내야 한다. (丈夫爲志
窮當益堅 老當益壯) 〈後漢書〉
사나이의 의지는 아무리 곤궁해도 이에 굴하지 말아
야 하고 늙어도 더욱 용기를 내야 한다는 뜻.

6114. 대장장이 아들은 갖옷 만드는 일을 배운
다. (良冶之子 必學爲裘) 〈禮記〉
직업은 많은 경우에 아버지의 직업을 계승하게 된다
는 뜻.

6115. 대장장이 아들은 갖옷 짓는 일을 배우며
활장이 아들은 키 만드는 일을 배운다.
(良冶之子 必學爲裘 良弓之子 必學爲箕)
〈禮記〉
많은 경우에 그 부모 직업의 영향을 그 아들이 받게
된다는 말.

6116. 대장장이 잘사는 사람은 있어도 목수 잘
사는 사람은 없다.
대장장이는 쇠를 붙이고 만들지만 목수는 끊고 깎아
버린다는 데서 나온 말.

6117. 대장장이 집에 식칼이 없다. (冶家無食刀)
(鐵冶家世食刀乏些) 〈東言解〉,〈耳談續纂〉
대장장이 집에 흔해야 할 식칼이 없듯이 마땅히 있어
야 할 것이 오히려 없는 경우가 많다는 뜻.

6118. 대전통편(大典通編)에도 없다.
어느 법조문(法條文)에도 없다는 뜻. ※ 대전통편 : 정
조(正祖) 때 종전의 법전(法典)들을 정리하여 한데 엮
은 법전.

6119. 대중들과 바라는 것이 같으면 그 일은 성
사된다. (與衆同欲是以濟) 〈春秋左傳〉
민중들이 하고 싶어하는 것을 같이 하면 성사하게 된
다는 뜻.

6120. 대중들은 깨우쳐서 동원시켜야 한다.
(警動衆人) 〈禮記〉
군중을 동원시키는 데는 억압적으로 하지 말고 계몽
시켜서 동원해야 한다는 뜻.

6121. 대중들은 모두 재물을 탐내고 먹기를 즐긴

다.（衆皆貪婪）　〈楚辭〉

군중들은 빈곤(貧困)하기 때문에 재물을 탐내고 먹기를 좋아한다는 말.

6122. 대중들은 향기롭고 아름다운 것을 보면 기뻐한다.（衆目悅芳艷）　〈白居易〉

군중들은 언제나 향기롭고 아름다운 것을 기뻐하기 때문에 이에 알맞는 정치를 해야 한다는 뜻.

6123. 대중들의 분노가 쌓이게 되면 모반하게 된다.（蘊蓄民）　〈春秋左傳〉

민중들의 분노가 커지면 폭동을 일으키게 된다는 뜻.

6124. 대중들의 분노는 막기 어렵다.（衆怒難防）　〈春秋左傳〉

군중들이 분노하여 봉기(蜂起)하였을 때는 막기가 어렵다는 뜻.

6125. 대중들의 분노는 쌓이지 않는다.（衆怒不可蓄也）　〈春秋左傳〉

군중들의 분노는 쌓이기 전에 폭발된다는 뜻.

6126. 대중들의 분노는 어쩔 수 없다.（衆怒難犯）　〈春秋左傳〉

군중들의 분노는 한번 터지면 막을 수가 없다는 말.

6127. 대중들의 분노는 침범할 수 없다.（衆怒不可犯也）　〈春秋左傳〉

민중들이 분노하여 봉기(蜂起)한 것은 탄압으로 진정시키지는 못한다는 말.

6128. 대중들의 여론에서 의심하는 것은 이해시켜야 한다.（解衆論之疑）　〈後漢書〉

민중들이 의심하는 일이 있으면 위정자는 이를 잘 해명해 주어야 한다는 말.

6129. 대중들의 여론은 받아들여야 한다.（聽衆議）　〈漢書〉

민중들의 여론은 받아들여 이를 해결해 주어야 한다는 뜻.

6130. 대중들의 여론은 쇠도 녹인다.（衆口鑠金）　〈鄒陽〉

민중들의 여론은 못 하는 것이 없다는 뜻.

6131. 대중들의 원망은 쌓여지기 어렵다.（衆怨難積）　〈魏志〉

군중들의 분노는 쌓이기 전에 폭발될 수 있다는 뜻.

6132. 대중들의 의견으로 결정한다.（對衆發落）

민중들의 요구를 받아들여 결정한다는 뜻.

6133. 대중들의 의견을 널리 들어 채택한다.（博採衆議）

군중들의 의견을 널리 듣고 이것을 채택하는 민주정치를 한다는 말.

6134. 대중들의 입으로 세워진 비다.（萬口成碑）

군중들의 입에서 입으로 전해지면서 길이 빛난다는 뜻.

6135. 대중들의 입은 막기 어렵다.（衆口難防）

군중들의 여론은 한번 퍼지면 막기가 어렵다는 뜻.

6136. 대중들의 입은 빼앗지 못한다.（不奪衆多之口）　〈漢書〉

군중들의 입이 하나나 둘이 아니기 때문에 일일이 다 막을 수는 없다는 뜻.

6137. 대중들의 입을 막기는 냇물을 막기보다 어렵다.（防民之口　甚於防川）　〈十八史略〉

군중들의 여론은 냇물을 막는 것보다도 더 어렵다는 말.

6138. 대중들이 다 아는 바이다.（衆所共和 : 衆人共知）

군중들이 다 알게 되었기 때문에 숨길 수는 없게 되었다는 말.

6139. 대중들이 싫어하는 바이다.（衆人之所惡）　〈老子〉

군중들이 싫어하는 것은 삼가해야 한다는 뜻.

6140. 대중들이 의심하게 되면 국민들을 다스릴 수 없게 된다.（衆疑無治民）　〈三略〉

군중들이 정부를 의심하게 되면 군중들은 이에 순종하지 않는다는 말.

6141. 대중들이 의심하게 되면 나라가 안정될 수 없다.（衆疑無定國）　〈三略〉

민중들이 정부를 불신하게 되면 국가는 안정될 수 없다는 뜻.

6142. 대중들이 하는 일은 어길 수 없다.（衆之所爲　不可奸也）　〈春秋左傳〉

군중들이 하는 일은 어기지 말고 받아들여야 한다는 뜻.

6143. 대중들이 합심하면 산도 옮길 수 있다.（衆煦漂山）　〈漢書〉

군중들이 단결하면 못하는 일이 없다는 말.

6144. 대중에게 덕에 어긋나는 짓을 하면 폭동을 일으킨다.（民反爲亂）　〈春秋左傳〉

위정자가 민중들에게 바르지 못한 짓을 하게 되면 민중들은 봉기한다는 말.

6145. 대중은 억누를 수 없다. (不勝衆)
〈春秋左傳〉

군중들을 억압(抑壓)해서는 안 된다는 뜻.

6146. 대중을 얻는 사람은 하늘도 감동한다.
(得衆動天) 〈荀子〉

군중들의 지지를 받는 사람은 하늘도 감동하여 도와
준다는 말.

6147. 대중을 얻으면 나라도 얻는다. (得衆則得
國)

군중들의 절대 지지를 받게 되면 그 나라의 주권자
(主權者)로 될 수 있다는 말.

6148. 대중을 위하여 좋은 일을 많이 하라.
(能爲衆集事) 〈鄕約章程〉

민중들에게 이익과 도움이 될 수 있는 일을 많이 하
라는 뜻.

6149. 대중을 잃으면 나라도 잃는다. (失衆則失
國) 〈大學〉

위정자가 군중들의 지지를 받지 못하게 되면 국가도
망치게 된다는 말.

6150. 대중의 감정이 극도에 달하면 폭발한다.
(衆情爵怫)

군중들의 분노가 극도에 이르면 폭동을 일으키게 된
다는 말.

6151. 대중의 노여움은 뼈 속까지 스며든다.
(衆怒入骨) 〈虎叱〉

군중들의 분노는 깊이 침투되었기 때문에 쉽게 해소
되지 않는다는 말.

6152. 대중의 신망이 있는 사람은 승리한다.
(衆望者必勝)

군중들의 지지를 받는 사람은 무슨 일에나 군중들의
협조를 얻을 수가 있기 때문에 항상 승리할 수 있다
는 말.

6153. 대중의 촉망이 한 사람에게로 쏠린다.
(衆望所歸)

군중들의 신망이 가장 믿을 수 있는 한 사람에게로 집
중된다는 말.

6154. 대중의 힘으로 도움을 받는다. (衆力扶身)
군중들의 도움을 받고 산다는 말.

6155. 대중의 힘은 하늘도 이긴다. (人衆勝天)
단결된 군중의 힘은 하늘도 정복할 수 있을 정도로 강
하다는 말.

6156. 대중이 단결되면 못 할 일이 없다. (與衆同
好靡不成)

군중들이 굳게 단결되면 못 하는 일이 없이 다 할 수
있다는 말.

6157. 대중이 합세하면 산도 움직이고 모기도 많
이 모이면 우뢰소리를 낸다. (衆煦漂山 聚蚊
成雷) 〈漢書〉

군중들이 단결되면 산이라도 움직일 수 있을 정도로
강해지고 모기도 많이 모이게 되면 그 소리가 우뢰소
리같이 커지게 된다는 말.

6158. 대천(大川) 가의 논은 사지 말라.
옛날 제방 공사(堤坊工事)가 잘 되지 못한 큰 냇가에
논을 사는 것은 수해의 위험성이 있기 때문에 사지 말
라는 말.

6159. 대천 바다가 육지(陸地) 될 때까지 기다려
라.

도저히 이루어질 수 없는 일을 무턱대고 기다리라는
뜻.

6160. 대천 바다도 건너 봐야 안다.
(1) 무슨 일이나 실제로 겪어 봐야 그 내용을 알게 된
다는 말. (2) 사람의 마음을 잘 알려면 직접 교제해 보
아야 안다는 말.

6161. 대청 빌린 놈이 안방까지 빌리란다.
(借廳借閨) 〈旬五志〉

남의 호의(好意)를 이용하여 차츰차츰 그의 권리를 침
해한다는 말.

6162. 대추가 콧구멍에 들어가거든 딸네 집에 가
지 말라.

대추가 콧구멍에 들어갈 때까지는 늦모 심기와 보리
추수로 농번기일 뿐 아니라 보리 고개라 식량에 곤란
을 받는 때이기 때문에 딸네 집에 가지 말라는 뜻.

6163. 대추나무 방망이다.
대추나무 방망이같이 단단하여 어렵고 힘든 일이라
도 잘 참고 견딜 수 있다는 뜻.

6164. 대추나무 방망이에 좀이 나겠다.
대추나무는 단단하여 좀이 나는 일이 없는데 이 대추
나무 방망이에 좀이 날 정도로 드문 일이라는 뜻.

6165. 대추나무에 연 걸리듯 하였다.
대추나무에 가시가 많아서 연이 많이 걸리듯이 여러
사람에게서 빚을 많이 졌다는 말.

6166. 대추나무 한 그루 떨어 딸 시집 보낸다.
대추 고장인 충청북도 보은(報恩)과 청산(靑山)에서
는 대추 판 돈으로 딸 시집 보내는 밑천이 넉넉히 된

다는 뜻.

6167. 대추나 별초나.
대추나 별초나 똑같듯이 이것이나 그것이나 다 같다는 말.
※별초 : 대추의 별명.

6168. 대추를 콧구멍에 넣어 보면서 늦모는 심는다.
대추가 콧구멍에 들어갈 때까지 모를 심은 것은 다소나마 추수할 수 있다는 뜻.

6169. 대추를 통째로 삼킨다.(囫圇吞棗)
대추를 통째로 삼키면 대추의 단 맛을 모르듯이 무슨 일을 내용도 모르고 기계적으로 한다는 뜻.

6170. 대추 세 개로 양반은 점심 요기한다.
(1) 대추가 작아도 영양가가 많다는 뜻. (2) 옛날 가난한 양반은 반 굶으며 살았다는 뜻.

6171. 대추씨 같다.
대추씨 같이 뾰족하다는 말.

6172. 대통 맞은 병아리 같다.
뜻밖에 화를 당하여 정신을 못 차린다는 뜻.
※ 대통 : 담뱃대의 담배를 담는 부분.

6173. 대포(大砲)를 놓는다.
거짓말을 몹시 심하게 한다는 말.

6174. 대학을 가르칠랴.
너무나 어리석은 말을 하는 사람에게 하는 말.

6175. 대한이 닥쳐서야 털옷을 찾는다.(大寒索裘)
큰 추위가 닥쳐 온 뒤에야 털옷을 찾듯이 준비성이 전혀 없이 일을 한다는 말.

6176. 대한(大寒)이 소한(小寒) 집에 왔다가 얼어죽는다.
대한 추위보다 소한 추위가 더 춥다는 말.

6177. 대한치고 안 따슨 대한 없고 소한치고 안 추운 소한 없다.
이름으로 봐서는 소한보다 대한이 더 추울 것 같지만 실상은 대한보다 소한이 더 춥다는 말.

6178. 대한(大旱) 칠 년에 비 바라듯 한다.
칠 년 가뭄에 비를 바라듯이 몹시 바란다는 말.

6179. 대해(大海)에 한 방울의 물이다.
(1) 있으나 마나 한 존재라는 뜻. (2) 도무지 상대가 안 된다는 뜻.

6180. 땔나무가 다 타면 불도 꺼진다.(薪盡火滅)
불 붙은 나무가 다 타면 불도 저절로 꺼지듯이 기본 문제만 해결하면 지엽적인 문제는 자동적으로 해결된다는 말.

6181. 땔나무는 계수나무와 같이 비싸고 쌀은 구슬과 같이 비싸다.(薪桂米珠)
물가(物價)가 폭등하여 땔나무 값과 쌀 값이 몹시 비싸다는 뜻.

6182. 땔나무대신 초를 쓴다.(以蠟代薪)〈晉書〉
일을 실속있게 하지 않고 겉치레로 한다는 말.

6183. 땔나무도 저울질해서 때겠다.(秤薪而爨)
땔나무를 저울질해서 땔 정도로 인색하다는 뜻.

6184. 땔나무 지고 불 끄러 간다.(抱薪救火：救火投薪)
일을 도와 준다는 것이 오히려 일을 악화(惡化)시켰다는 말.

6185. 땔나무 지고 불 찾아간다.
땔나무를 지고 불을 찾아가듯이 자살 행위(自殺行爲)를 한다는 뜻.

6186. 댑싸리 밑에 개 팔자다.
오뉴월 더울 때 댑싸리 그늘에서 잠을 자는 개 팔자마냥 편한 생활을 한다는 뜻.

6187. 댓구멍으로 하늘 보기다.(竹孔觀天)
대나무 대롱으로 넓은 하늘을 보려고 하듯이 몹시 소견이 없다는 뜻.

6188. 댓진 같은 소리는 하지도 말아라.
듣기 싫은 소리는 아예 하지도 말라는 뜻.

6189. 댓진 같은 소리만 한다.
듣기가 매우 싫은 소리만 한다는 뜻.
※ 댓진 : 담뱃대에 낀 진.

6190. 댓진 먹은 뱀 상이다.
죽게 되어 발악(發惡)을 하는 모습이라는 뜻.

6191. 댓진 묻은 뱀 대가리다.
치명적인 타격(打擊)을 받아 당황하고 있다는 뜻.

6192. 댓진 묻은 뱀 대가리요 불붙은 개 대가리다.
치명적(致命的)인 화를 당하였다는 뜻.

6193. 땡감도 떨어지고 익은 감도 떨어진다.
죽는 것은 늙은 사람만이 죽는 것이 아니라 젊은 사람도 죽을 수 있기 때문에 죽는 것은 각자가 타고 난 운명이라는 말.

6194. 땡감도 맛들일 탓이다.
맛이 떫은 땡감도 늘 먹어서 맛을 들이면 떫은 맛을 모르게 되듯이 나쁜 짓도 처음에는 양심에 가책을 받게 되지만 여러 번을 하게 되면 태연해진다는 말.

6195. 땡감도 먹기 나름이다.
떫은 땡감도 먹기에 따라 맛이 다르게 된다는 말.

6196. 땡감 먹은 상이다.
찡그리고 있는 상이 매우 보기가 흉하다는 뜻.

6197. 땡감을 먹어도 이승이 낫다.
고생을 하여도 죽는 것보다는 사는 것이 낫다는 뜻.

6198. 땡땡이 중놈 안방 너머 보듯 한다.
동냥 다니는 중이 동냥에는 마음이 없고 음탕한 생각만 하듯이 하는 일에는 마음이 없고 엉뚱한 짓만 한다는 뜻.

6199. 땡땡이 중놈은 주는 동냥은 안 받고 안방만 쳐다본다.
동냥 다니는 중이 주는 동냥은 안 받고 음탕한 생각만 하듯이 행동과는 달리 엉큼한 짓을 꾀한다는 말.

6200. 땡땡이 중놈이다.
동냥을 얻고 다니는 중이라는 뜻인데 여기서는 탈선된 행동을 하는 중이라는 뜻.

6201. 땡땡이 친다.
(1) 종을 쳐서 일이 끝났다는 뜻. (2) 남의 돈을 떼 먹고 도망간다는 뜻.

6202. 땡땡이 판이다.
(1) 마지막 판이라는 뜻. (2) 무질서한 곳이라는 뜻.

6203. 땅심이 좋아야 곡식도 잘 된다.
토지가 비옥(肥沃)해야 곡식이 잘 된다는 말.

6204. 땡 잡았다.
뜻밖에 좋은 수가 생겼다는 뜻.

6205. 땡 쳤다.
종을 땡 쳐서 마감이 끝났다는 말.

6206. 떠다니는 새는 옛숲을 그리워한다. (羇鳥戀舊林) 〈陶潛〉
타향살이를 하는 사람은 고향을 항상 그리워한다는 뜻.

6207. 떠다미는 사람은 많고 붙잡아 주는 사람은 적다. (堆之者衆 持之者寡也) 〈荀子〉
세상에는 해치려는 사람은 많아도 도와 주려고 하는 사람은 적다는 말.

6208. 떠도는 말을 듣고 함부로 말한다. (道聽塗説) 〈論語〉
항간(巷間)에 떠도는 말을 믿고 함부로 말을 한다는 말.

6209. 더도 덜도 말고 팔월 한가위만 같아라.
팔월 추석 때는 오곡 백과(五穀百果)가 익는 계절이므로 음식을 많이 차려 놓고 밤낮을 즐겁게 놀듯이 한평생을 이와 같이 잘 먹고 입고 놀고 싶다는 말.

6210. 더도 덜도 할 수 없다. (加不得 減不得)
이 이상 더할 수도 없고 덜할 수도 없는 처지에 있다는 뜻.

6211. 더도 말고 덜도 말고 늘 한가위 날만 같아라.
팔월 추석 때처럼 음식을 많이 차려 놓고 밤낮을 즐겁게 놀듯이 한평생을 이와 같이 지내고 싶다는 뜻.

6212. 더도 말고 덜도 말고 아들 삼형제다.
아들은 삼형제가 가장 알맞다는 뜻.

6213. 떠돌아다니며 얻어먹는다. (流離乞食 : 流離丐乞)
의지할 데가 없어서 정처없이 돌아다니며 얻어먹는다는 뜻.

6214. 떠들기는 천안(天安) 삼거리 같다.
옛날 충청도 천안 삼거리는 번화하여 몹시 시끄러웠다는 데서 나온 말로서 몹시 소란하다는 뜻.

6215. 떠들며 헛되이 날을 보낸다. (打話度日) 〈擊蒙要訣〉
아무 실속도 없이 떠들어 가면서 세월을 헛되이 보낸다는 말.

6216. 떠들썩하게 남의 흉을 본다. (嘲嘈)
떠들어 가면서 함부로 남의 흉을 본다는 뜻.

6217. 더듬어 보아도 안다.
봉사가 더듬어 보아도 알 정도로 명백한 일이라는 뜻.

6218. 더러운 곳에 있더라도 항상 깨끗이 하라. (處染常浄)
나쁜 환경에 있을지라도 항상 양심은 지켜야 한다는 말.

6219. 더러운 냄새는 오래 간다. (遣臭萬年)
더러운 이름은 영원히 없어지지 않는다는 말.

6220. 더러운 데 섞이지 않으면 이것은 청백한 것이다. (不合汚便是清) 〈菜根譚〉
더러운 환경에 있으면서 그 환경에 물들지 않는 것은

청백하다는 말.

6221. 더러운 마음씨다. (穢心)
마음씨가 깨끗하지 못하고 더럽다는 뜻.

6222. 더러운 송장은 개 돼지도 뜯어먹지 않는다. (狗猪不食其餘) 〈漢書〉
옳지 못하고 더러운 사람을 가리키는 말.

6223. 더러운 욕심이다. (穢慾)
욕심을 낼 것이나 안 낼 것이나 함부로 낸다는 뜻.

6224. 더러운 처나 악한 첩도 빈 방보다는 낫다.
아내가 아무리 나쁘더라도 없는 것보다는 있는 것이 낫다는 뜻.

6225. 더러운 행동이다. (穢行)
도덕적으로 볼 때 추한 행동을 한다는 뜻.

6226. 더러워진 것은 먹지 않는다. (不食漑餘) 〈禮記〉
(1) 더러워진 음식은 먹어서는 안 된다는 말. (2) 부정한 행동은 해서는 안 된다는 말.

6227. 더러워 황간읍(黃澗邑)에 가 볼기 맞겠다.
옛날 충청도 황간읍의 인심이 나빠서 볼기를 혹독하게 때렸다는 데서 나온 말. ※ 황간 : 충청북도 영동에 있는 지명.

6228. 더럽고 흐린 데 물들지 않도록 하라. (不染汚濁) 〈松齋公家訓〉
나쁜 환경에서도 그 나쁜 것에 물들지 말고 착한 사람이 되라는 뜻.

6229. 더럽다는 사람에게도 더럽지 않은 것이 있다. (穢者有不穢) 〈穢德先生傳〉
나쁜 사람이라고 하여 다 나쁜 것이 아니고 더러는 잘하는 일도 있다는 뜻.

6230. 더벅 머리 댕기 치레 하듯 한다.
본바탕이 좋지 않은 데다가 겉치레만 잘하는 것은 도리어 보기 흉하다는 뜻.

6231. 더벅 머리 총각도 장가 갈 날이 있다.
아무리 못난 남자라도 장가 갈 때가 있다는 뜻.

6232. 떠벌리며 변명한다. (呶呶辨明)
이러니 저러니 이유를 대면서 변명을 한다는 뜻.

6233. 더부살이가 주인 마누라 속곳 베 걱정한다.
남의 집 더부살이 하는 주제에 주인 마누라 옷 걱정하듯이 주제넘게 남의 일에 간섭한다는 말.

6234. 더부살이가 주인 마님 단 속곳 걱정한다.
주제넘게 남의 일에 쓸데없는 걱정을 한다는 말.

6235. 더부살이가 주인 아가씨 혼수 걱정한다.
남의 일에 아무 상관도 없는 자가 주제넘게 걱정한다는 뜻.

6236. 더부살이가 환자(還子) 걱정한다.
더부살이 하는 사람이 주인집 환자 갚을 걱정을 하듯이 자기와 아무 관계도 없는 남의 일을 걱정한다는 뜻.
※ 환자 : 옛날 국가에서 저장한 곡식을 봄에 대부하였다가 가을에 받아들이는 곡식.

6237. 더부살이 총각이 주인 아가씨 혼사(婚事) 걱정한다.
자기와는 하등의 관계도 없는 일에 쓸데없이 관여한다는 뜻.

6238. 떠오르는 달이다.
떠오르는 달과 같이 아름다운 미인이라는 뜻.

6239. 더우면 들어붙고 식으면 떨어진다. (附炎棄寒) 〈宋清傳〉
유리할 때는 가까이하고 불리할 때는 멀리한다는 뜻.

6240. 더운 국이 쉬 식는다.
열성(熱誠)을 부리던 사람이 쉬 식는다는 뜻.

6241. 더운 날에 찬 서리친다. (烈日秋霜) 〈菜根譚〉
치명적(致命的)인 타격(打擊)을 받았다는 말.

6242. 더운 밥 먹고 식은 말 한다.
하루 세 끼 더운밥을 먹고 하는 말은 쓸데없는 헛소리만 한다는 뜻.

6243. 더운 술을 불고 마시면 코 끝이 붉어진다.
술을 마실 때는 불고 마시지 말라는 데서 나온 말.

6244. 더운 죽에 파리 꾀이듯 한다.
영문도 모르고 덤벼들다가 욕을 보게 된다는 뜻.

6245. 더운 죽에 혀 덴다. (熱粥接舌) 〈東言解〉
더운 죽을 한 숟갈 입에 넣었을 때 삼키지도 못하고 뱉을 수도 없이 혀를 댔다 뗐다 하듯이 대단치 않은 일로 잠시나마 어찌할 바를 모른다는 말.

6246. 더워도 나쁜 나무 그늘에서는 쉬지 않는다. (熱不息惡木陰) 〈陸機〉
아무리 곤란할지라도 불명예스러운 짓은 하지 않는다는 말.

6247. 더워졌다 식어졌다 하는 변덕 많은 세상이다. (炎涼世態)
조금만 좋으면 가까이하고 조금만 나쁘면 싫어하는

변덕 많은 세상이라는 말.

6248. 더위가 가면 그늘 덕도 잊는다.
남의 은덕(恩德)은 바로 잊어 버리게 된다는 말.

6249. 더위도 큰 나무 그늘에서 피하랬다.
높은 지위에 있는 사람이나 돈이 많은 사람에게 의지해야 덕을 볼 수 있다는 뜻.

6250. 더위 먹은 사람은 겨울에도 찬 바람을 쐬인다. (暍者反冬乎冷風) 〈莊子〉
한번 놀란 일이 있으면 그 다음부터는 항상 경각성을 가지게 된다는 말.

6251. 더위 먹은 소는 달만 보아도 헐떡인다.
뜨거운 여름 해에 더위를 먹은 소는 달만 보아도 해인 줄 알고 헐떡이듯이 무슨 일에 한번 크게 혼난 사람은 그와 비슷한 것만 보아도 의심하며 겁을 낸다는 말.

6252. 더하지도 못 하고 덜하지도 못 한다. (加減不得)
현재의 실정으로서는 더하지도 못 하고 줄일 수도 없으므로 현상을 유지해야 한다는 뜻.

6253. 더할 나위 없는 큰 일이다. (莫重大事)
이보다 더 큰 일은 있을 수 없다는 뜻.

6254. 더할 나위 없이 곤란하고 구차하다. (至窮且窮)
이보다 더 곤란하거나 구차할 수는 없다는 뜻.

6255. 더할 나위 없이 좋은 사람이다. (無等好人)
어디 하나 탓할 데가 없는 좋은 사람이라는 뜻.

6256. 더할 수 없이 강한 군대이다. (莫强之兵 : 莫莫强兵)
이 세상에서 가장 강한 군대라는 말.

6257. 더할 수 없이 박하다. (薄之又薄)
인색(吝嗇)하다 해도 이 이상 더 인색할 수 없다는 말.

6258. 떡가루 두고 떡 못할까?
떡가루만 있으면 여자로서 으레 떡은 할 수 있는 것을 자랑할 필요가 없다는 뜻.

6259. 떡갈나무에 회초리 나고 바늘 간 데 실 따라간다.
떡갈나무가 있으면 회초리도 나게 되고 바늘이 있으면 실도 있듯이 기본 문제가 해결되면 지엽적인 문제도 따라 해결된다는 말.

6260. 떡고리에 손 들어간다.

오랫동안 두고 탐내던 것을 가질 수 있게 되었다는 말.

6261. 덕과 법은 국민들을 억제하는 기구이다. (德法者 御民之具) 〈孔子家語〉
도덕과 법은 사회의 질서를 확립하고 국민들의 안녕(安寧)을 위하여 국민들을 억제하는 수단이라는 뜻.

6262. 덕과 예의를 굳게 지키고 바꾸지 않으면 따르지 않는 사람이 없다. (德禮不易 無人不懷) 〈春秋左傳〉
도덕과 예의를 그대로 잘 지키고 있으면 모든 사람들이 저절로 따르게 된다는 뜻.

6263. 떡과 의견은 붙을수록 좋다.
여러 사람의 의견은 합칠수록 좋은 안이 생긴다는 뜻.

6264. 떡국 값이나 해라.
떡국 한 사발에 나이도 한 살씩이니까 지금까지 먹은 떡국 값, 즉 나이 값이나 하라는 뜻.

6265. 떡국 먹는 데만 찾아다녔나?
보통 사람은 일 년에 떡국 한 사발 먹고 나이도 한 살 먹는데 너는 일 년에 떡국을 두 사발 먹고 두 살을 먹었나, 보기보다 나이가 많다는 뜻.

6266. 떡국 사발을 쌓아도 더 크겠다.
한 살 더 먹을 때마다 설에 떡국도 한 사발 먹게 되므로 지금까지 먹은 떡국 사발을 쌓아 놓아도 키보다 크겠다는 말이니 키가 나이에 비해서 작다는 뜻.

6267. 떡국이 농간(弄奸)을 부린다.
설만 되면 떡국을 먹고 나이도 한 살 더 들게 되어 일하는 솜씨도 능숙하게 된다는 뜻.

6268. 덕금 어미마냥 잠도 잘 잔다. (德今母睡) 〈東言解〉
옛날 덕금 어미라는 종이 일에 시달려 잠을 잘 잤다는 데서 나온 말로서 잠 잘 자는 사람을 두고 하는 말.

6269. 떡나무를 심은 격이다.
먹고 사는 걱정이 해결되었다는 말.

6270. 떡 다 건지는 며느리 없다.
옛날 시집살이 하는 며느리는 떡도 제대로 못 먹게 되기 때문에 떡을 건질 때 감추어 두듯이 남의 눈을 속여 가며 실속을 차린다는 뜻.

6271. 덕 닦을 데 대한 생각을 게을리 하지 않는다. (念德不怠) 〈春秋左傳〉
덕을 닦아 수양하는 데 게으르게 하지 않는다는 뜻.

6272. 덕담(德談) 끝은 있어도 악담(惡談) 끝은 없다.

남에게 덕담을 듣는 사람은 장래성(將來性)이 있지만 악담을 듣는 사람은 장래성이 없다는 말.

6273. 떡 떼어먹듯 한다.

(1) 남의 돈을 서슴지 않고 떼어먹는다는 뜻.

(2) 무슨 일을 딱 잘라 한다는 뜻.

6274. 떡도 나오기 전에 김칫국부터 마신다.

줄 사람은 생각도 않는데 미리부터 바란다는 말.

6275. 떡도 떡같이 못 해 먹고 찹쌀 한 섬만 다 없어졌다.

많은 물자와 노력만 낭비하고 아무 성과는 얻지 못하였다는 말.

6276. 떡도 떡답게 못 해먹고 생떡국으로 망한다.

무슨 일을 제대로 해보지도 못하고 실패하였다는 말.

6277. 떡도 떡이려니와 합이 더 좋다. (餠固餠矣 盒兮尤美) 〈耳談續纂〉

내용보다도 겉치장이 더 훌륭하다는 말.

6278. 떡도 떡이지만 합도 좋아야 한다.

내용도 좋아야 하지만 겉도 좋아야 한다는 말.

6279. 떡도 먹어 본 사람이 많이 먹는다.

무슨 일이나 많이 해본 사람이라야 능숙하게 한다는 뜻.

6280. 떡도 못 얻어먹는 제사에 무르팍이 벗어지게 절만 한다.

아무 소득도 없는 일에 죽도록 고생만 한다는 뜻.

6281. 덕도 없고 능력도 없다. (無德無能)〈詩經〉

덕도 없고 능력도 없는 쓸모없는 사람이라는 뜻.

6282. 떡도 없는 성황제(城隍祭)에 허리 아프게 절만 한다.

아무 이해도 없는 일에 죽도록 수고만 하였다는 뜻.

6283. 떡두꺼비 같다.

어린 아이가 살이 똥똥하게 찌고 튼튼하게 생긴 모습을 가리키는 말.

6284. 떡두꺼비 같은 아들이다.

살이 보기 좋게 찌고 복스럽게 생긴 아이를 보고 하는 말.

6285. 덕만 있고 재주가 없으면 그 덕은 빈그릇이 된다. (有德而無才 則德爲虛器) 〈虞裳傳〉

덕만 있고 재주가 없으면 그 덕을 활용(活用)할 수 없게 된다는 뜻.

6286. 덕망은 군중을 감화시키기에 충분해야 한다. (德音足以化之) 〈荀子〉

덕망은 군중들을 감화시킬 수 있을 정도의 수준이 되어야 한다는 뜻.

6287. 덕망은 자기를 낮추고 겸손한 데서 생긴다. (德生於卑退) 〈紫虛元君〉

덕망의 시발(始發)은 대인 관계(對人關係)에서 자신을 낮추고 겸손할 줄 알아야 한다는 뜻.

6288. 덕망이 있는 사람이면 비록 나이가 나보다 아래라도 반드시 존대해야 한다. (有德者 年雖下於我 我必尊之) 〈朱子家訓〉

덕망이 높은 사람은 연령(年齡)에 관계 없이 그를 존경해야 한다는 말.

6289. 떡 먹은 놈이 증인 선다. (餠賊看證) 〈旬五志〉

떡을 함께 도둑질 해먹은 놈이 증인을 서듯이 증인을 서지 못할 놈이 증인을 선다는 말.

6290. 떡 먹은 입 쓸어치듯 한다.

무슨 일을 하고도 시치미를 뚝 떼고 있다는 뜻.

6291. 떡방아를 찧어도 옳은 방아를 찧어라.

기쁘고 신나는 일을 하여도 침착하게 잘해야 한다는 말.

6292. 떡방아소리만 듣고도 김칫국 찾는다.

상대방의 의향도 모르고 제 짐작으로만 믿고 있다는 뜻.

6293. 떡보다 편이 낫다.

떡이나 편이나 동의어(同義語)이나 편이라고 하면 제사 때나 어른에게 드리는 떡을 말하는 것이기 때문에 낫다고 하듯이 같은 것 중에서도 좋은 것이 있다는 말.

6294. 떡 본 김에 제사 지낸다.

무슨 일을 하려고 하던 차에 조건이 좋은 계제(階梯)에 해 치우겠다는 말.

6295. 떡 삶은 물로 옷에 풀 하기다.

버리는 물건을 유효하게 이용한다는 말.

6296. 떡 삶은 물에 중의 데친다. (烹餠之水 烹袴尤美) 〈耳談續纂〉

(1) 페물(廢物)을 잘 이용한다는 뜻. (2) 한 가지 일을 하면서 다른 일을 겸해서 한다는 말.

6297. 덕석이 멍석 노릇 한다.

덕석이 멍석과 비슷한 것을 빙자하여 멍석 행세를 하듯이 가짜가 진짜 노릇을 한다는 뜻. ※ 덕석: 소 등을 덮는 거적. 멍석: 곡식 널어 말리는 큰 짚자리.

6298. 떡 속의 가시다.

좋은 일에도 마(魔)가 있을 수 있다는 뜻.

6299. 덕 없는 손 재주는 재난만 일으킨다.

재주보다도 덕(德)이 더 낫다는 뜻.

6300. 떡 없는 제사에 절만 한다.

아무 이해 관계가 없는 일에 헛수고만 하였다는 뜻.

6301. 떡에는 떡으로 치고 돌에는 돌로 치렀다.

나를 이롭게 해주는 사람에게는 나도 후하게 대하고 나를 해치는 사람에게는 나도 보복을 해야 한다는 뜻.

6302. 떡에는 별 떡이 있지만 사람은 별 사람 없다.

떡에는 여러 가지 종류가 있지만 사람은 큰 차가 없다는 뜻.

6303. 덕에는 힘을 쓰지 않는다. (德則不競)
〈春秋左傳〉

덕에 힘을 쓰지 않게 되면 군중들에게 고립을 당하게 된다는 뜻.

6304. 떡에 웃기떡이다.

떡을 담은 위에 웃기떡처럼 쓸데없는 것이란 뜻.

※웃기떡 : 떡을 그릇에 담은 위에 보기 좋게 하기 위하여 얹는 떡.

6305. 덕으로 나라를 다스리면 나라가 편안하다.
(懷德惟寧)
〈詩經〉

위정자가 덕으로써 정치를 하게 되면 국가는 평화롭게 된다는 뜻.

6306. 덕으로는 갚아지지 않는 것이 없다. (無德不報)
〈詩經〉

덕으로 갚아서 안 되는 일은 하나도 없다는 뜻.

6307. 덕으로써 국민들을 다스려야 한다. (以德治民)
〈春秋左傳〉

위정자는 국민들을 덕으로 너그럽게 다스려야 한다는 뜻.

6308. 덕으로써 국민들을 어루만져야 한다.
(以德撫民)
〈春秋左傳〉

위정자는 덕으로써 국민들을 너그럽게 대해 주어야 한다는 뜻.

6309. 덕으로써 국민들을 편안하도록 힘써야 한다. (務德而安民)
〈春秋左傳〉

위정자는 덕으로 다스려서 국민들을 편안히 살 수 있도록 해야 한다는 뜻.

6310. 덕으로써 국민들을 화목하게 한다.

(以德和民)
〈春秋左傳〉

위정자는 덕으로써 국민들을 화목하게 다스려야 한다는 말.

6311. 덕으로써 덕을 갚는다. (以德報德)

남에게서 받은 은덕은 은덕으로 갚아야 한다는 말.

6312. 덕으로써 사람을 복종시키면 속으로 기뻐서 진정을 다하여 복종한다. (以德服人者 中心悅而誠服)
〈孟子〉

덕으로 사람을 복종시키면 그 사람은 진정을 다하여 기꺼이 복종하게 된다는 뜻.

6313. 덕으로써 원한을 갚는다. (以德報怨)〈老子〉

원한을 덕으로 갚게 되면 원한 관계도 사라지게 된다는 뜻.

6314. 덕으로써 은혜를 베풀라. (德以施惠)
〈春秋左傳〉

덕과 은혜는 함께 베풀어야 성과가 크다는 뜻.

6315. 덕으로써 일을 처리하라. (德以處事)
〈春秋左傳〉

무슨 일이든지 덕으로써 처리하는 것이 가장 좋다는 뜻.

6316. 덕으로 이기는 사람은 흥하고 힘으로 이기는 사람은 망한다.

남을 억압하는 사람은 잘 되지 못하고 덕으로 대하는 사람은 흥하게 되므로 남에게 덕을 베풀라는 뜻.

6317. 덕으로 이웃을 친해야 한다. (與德爲隣)

이웃과는 덕으로써 친해야 한다는 말.

6318. 덕으로 하지 않으려면 노력으로 해야 한다.
(非德莫如勤)
〈春秋左傳〉

덕으로 일을 하지 않을 때는 덕으로 하는 것만은 못하지만 성의껏 노력으로 하라는 말.

6319. 덕은 겸손하고 사양하는 데서 생긴다.
(德生於卑退)
〈誠論心文〉

덕은 거만하지 않고 겸손하고 남을 위하여 사양하는 데서 발생된다는 말.

6320. 덕은 국민들을 잃게 하지 않는다. (德不失民)
〈春秋左傳〉

덕이 있는 위정자는 국민들의 지지를 받게 된다는 뜻.

6321. 덕은 국민들을 잘살게 할 수 있다.
(德足以長民)
〈鄭華山文集〉

위정자가 덕으로 다스리게 되면 국민들은 편안히 살게 된다는 뜻.

6322. 덕은 닦은 데로 가고 죄는 지은 데로 간다.

은덕은 베푼 사람에게로 갚음이 가게 되고 죄는 지은 사람이 벌을 받게 된다는 뜻.

6323. 떡은 덜고 말은 보탠다.

떡은 옮겨질 적마다 먹게 되기 때문에 줄어지지만 말은 전해질 적마다 보태지기 때문에 커진다는 말.

6324. 덕은 득(得)이다.

덕을 베풀게 되면 곧 얻음이 있게 된다는 뜻.

6325. 덕은 없고 탐욕스럽기만 하다. (無德而貪)
〈春秋左傳〉

덕을 베풀 줄은 모르고 탐욕만 낸다는 말.

6326. 덕은 외롭지 않고 반드시 이웃이 있다.
(德不孤 必有隣)　　　〈論語〉

덕을 베푼 사람은 궁지에 빠지더라도 이웃 사람들이 도와주게 되기 때문에 외롭지 않다는 뜻.

6327. 덕은 이름에 흔들린다. (德蕩乎名) 〈莊子〉

덕은 명예를 위하여 흔들리게 된다는 말.

6328. 덕은 이웃이 있다. (德有隣) 〈菜根譚〉

덕이 있는 사람은 주위에서 도움을 받게 된다는 뜻.

6329. 덕은 털같이 가볍다. (德輶如毛) 〈詩經〉

덕은 겸손한 데서 발생되기 때문에 털같이 가볍다는 뜻.

6330. 덕은 하늘도 움직이므로 먼 데까지 이르지 않는 데가 없다. (惟德動天 無遠弗屆) 〈書經〉

덕의 힘은 하늘도 움직일 수 있도록 위대하기 때문에 지상에는 어디든지 다 퍼져 갈 수 있다는 말.

6331. 덕을 넓히는 데 힘 쓰는 사람은 강하게 된다. (務廣德者強)　　　〈三略〉

덕을 넓힐수록 군중들이 따르게 되기 때문에 강해지게 된다는 뜻.

5332. 떡을 누워서 먹으면 팥 고물이 떨어진다.
(餅臥喫 豆屑落)

무슨 일을 편안하게 하려다가는 오히려 손해를 보게 된다는 뜻.

6333. 덕을 밝히고 벌을 신중히 다루도록 하라.
(明德愼罰)　　　〈周書〉

덕은 세우는 데 노력해야 하며 벌은 신중하게 처리해야 한다는 뜻.

6334. 덕을 밝히고 죄를 삼가한다. (克明德愼罪)
〈書經〉

덕은 발휘해야 하고 죄는 범하지 않도록 삼가해야 한다는 말.

6335. 덕을 버리고 간악을 숭배하는 것은 가장 큰 화로 될 것이다. (棄德崇姦 禍之大者也)
〈春秋左傳〉

덕을 버리고 간악한 짓을 좋아하게 되면 반드시 큰 화를 입게 된다는 뜻.

6336. 덕을 베풀면 화목하게 된다. (德則睦)
〈春秋左傳〉

덕으로 사귀게 되면 항상 화목하게 지낼 수 있다는 뜻.

6337. 덕을 세우는 것이 최상이고 공을 세우는 것은 그 다음이며 말을 남겨 놓는 것은 그 다음이다. (大上有立德 其次有功者 其次有立言)
〈春秋左傳〉

사람으로서 할 일은 덕을 세우는 것이 가장 좋고 공을 세우는 것은 두 번째로 좋으며 저서(著書)를 하여 말을 남기는 것은 세 번째로 좋은 일이라는 뜻.

6338. 덕을 존중하고 정의를 즐긴다. (尊德樂義)
〈孟子〉

덕을 존중히 여기고 정의를 즐겨야 한다는 뜻.

6339. 덕을 지으면 마음이 편하다. (作德心逸)
〈書經〉

덕을 베푸는 사람의 마음은 항상 편안하다는 뜻.

6340. 덕을 행하는 사람은 그 덕에 동화된다.
(德者 同於德)　　　〈老子〉

덕을 집행하게 되면 그 덕에 저절로 동화된다는 뜻.

6341. 덕을 헤아려서 처리한다. (度德而處之)
〈春秋左傳〉

덕을 함부로 베풀 것이 아니라 적당하게 베풀어야 한다는 말.

6342. 덕이 많고 어진 사람의 외모는 어리석어 보인다. (君子盛德 容貌若愚) 〈史記〉

덕망이 높고 어진 사람은 겸손하기 때문에 외모로 얼핏 보면 어리석어 보이기도 한다는 뜻.

6343. 덕이 많은 사람은 복도 있다. (厚德載福)

덕을 많이 베푼 사람은 저절로 복을 받게 된다는 말.

6344. 덕이 먼 데까지 퍼져야 흥하게 된다.
(德遠而後興)　　　〈春秋左傳〉

덕을 쌓아 먼 지방에까지 퍼지게 되면 저절로 흥하게 된다는 뜻.

6345. 덕이 아니면 국민들을 화목하게 하지 못한다. (非德民不和)　　　〈春秋左傳〉
위정자는 덕이 있어야 국민들을 화목하게 통치할 수 있다는 뜻.

6346. 덕이 아니면 도모하지 말라. (無謀非德)　　　〈春秋左傳〉
무슨 일이나 비도덕적(非道德的)인 짓은 하려고 하지 말라는 뜻.

6347. 덕이 없는 위정자는 자신을 즐기는 것으로써 즐거워한다. (無德之君 以樂樂身)　　　〈三略〉
덕이 없는 위정자는 국민들을 즐겁게 하려고 하지 않고 자신만을 즐겁게 한다는 뜻.

6348. 덕이 없으면 탐욕하게 된다. (不德而貪)　　　〈春秋左傳〉
덕이 없는 사람은 남이야 어떻게 되거나 제 욕심만 자린다는 뜻.

6349. 덕이 있는 사람과는 대적할 수 없다. (有德不可敵)　　　〈春秋左傳〉
덕이 없는 사람은 덕이 있는 사람과 도저히 상대가 되지 않는다는 뜻.

6350. 덕이 있는 사람에게는 사방에서 따르게 된다. (有德覺德行 四國順之)　　　〈詩經〉
덕망이 있는 사람은 군중들의 지지를 받기 때문에 군중들이 그 주위에 뭉치게 된다는 뜻.

6351. 덕이 있는 사람에게는 저절로 사람들이 찾아 들게 된다. (德者 人所歸也)　　　〈許生傳〉
덕이 있는 사람은 군중을 너그럽게 대하기 때문에 군중들이 따르게 된다는 뜻.

6352. 덕이 있는 사람은 겉만 보아도 안다. (德潤身)　　　〈大學〉
덕망이 있는 사람은 외모만 보아도 바로 알 수 있다는 뜻.

6353. 덕이 있는 사람은 반드시 착한 말이 있다. (有德者 必有言)　　　〈論語〉
덕이 있는 사람은 남들이 본을 받을 수 있는 좋은 말이 있다는 뜻.

6354. 덕이 있는 사람은 외롭지 않다. (有德不孤)　　　〈論語〉
덕이 있는 사람은 군중들의 지지를 받고 있기 때문에 외롭지 않다는 뜻.

6355. 덕이 있으면 즐겁고 즐거우면 오래가게 된

다. (有德則樂 樂則能久)　　　〈春秋左傳〉
덕이 있는 곳에는 즐겁고 덕으로 즐거운 것은 오랫동안 즐겁게 된다는 뜻.

6356. 덕 있는 사람을 가까이하라. (以近有德)　　　〈詩經〉
덕이 있는 사람과는 친하게 교제하라는 말.

6357. 덕 있는 사람의 말은 자연히 너그럽고 후하다. (有德之言 其出自厚)　　　〈篔答集〉
덕망이 있는 사람의 말은 포용성(包容性)이 있고 후하게 한다는 뜻.

6358. 덕 있는 사람치고 귀하게 되지 않는 사람이 없다. (有德不貴)　　　〈荀子〉
덕이 있는 사람은 반드시 귀하게 된다는 말.

6359. 덕 있는 위정자는 사람들을 즐겁게 하는 것으로써 즐거워한다. (有德之君 以樂樂人)　　　〈三略〉
덕이 있는 위정자는 인민들을 즐겁게 하는 일을 즐거워한다는 말.

6360. 떡잎 적에 따 버리지 않으면 나중에는 도끼로 베야 한다. (兩葉不去 將用斧柯)　〈六韜〉
나쁜 일은 발생 초기에 제거해야 쉽게 제거할 수 있지 이것이 커진 뒤에는 제거하기가 어렵다는 뜻.

6361. 떡 장수 아들은 떡을 안 먹는다.
맛있는 음식도 항상 먹게 되면 맛이 좋은지를 모르게 된다는 뜻.

6362. 떡 주무르듯 한다.
먹고 싶은 떡을 마음대로 주무르듯이 자기가 하고 싶은 대로 주무른다는 뜻.

6363. 떡 줄 놈은 꿈도 안 꾸는데 군침만 삼키고 있다.
해 줄 사람은 생각도 않는데 저 혼자 바라고 있다는 뜻.

6364. 떡 줄 놈은 생각도 않는데 김칫국 먼저 마신다.
해 줄 사람은 아무 생각도 않는데 저 혼자서 다 된 것처럼 알고 미리부터 기대하고 있다는 말.

6365. 떡 줄 사람에게는 묻지도 않고 김칫국부터 마신다.
일을 해 줄 사람과는 아무 상의도 없고 저 혼자서 일이 다 된 것처럼 여기고 미리부터 기다리고 있다는 뜻.

6366. 떡 줄 사람은 꿈도 안 꾸는데 김칫국부터

마신다.

일을 해줄 사람은 생각지도 않고 있는데 저 혼자서 다 된 것처럼 미리부터 행동한다는 말.

6367. 떡집에 가서 술 찾기다.

무슨 일을 잘 알아서 하지 않고 엉뚱한 짓을 한다는 뜻.

6368. 떡친 데 엎드러진다.

무슨 일에 몰두(沒頭)하여 떠날 줄을 모른다는 뜻.

6369. 떡판에 엎드러진다.

어떤 일에 골몰하여 떠날 줄을 모르고 있다는 뜻.

6370. 떡 해먹어야겠다.

두 사람 사이가 나쁘기 때문에 떡 해먹고 친해져야 하겠다는 말.

6371. 떡 해 먹을 집안이다.

집안 식구들이 서로 화목하지 못한 집이라는 말.

6372. 던져도 가시만 돋친 마름쇠다. (投亦蒺藜鐵)　〈旬五志〉

마름쇠는 아무 데로 던져도 가시가 위에 있듯이 일에 익숙한 사람은 실패하는 일이 없다는 뜻.

※ 마름쇠 : 옛날 적군의 공격을 방어하는 데 사용하는 가시가 각 면에 붙은 쇠.

6373. 떨거덩 방아다.

떨거덩하는 빈 방아를 찧듯이 무슨 일을 헛 하였다는 말.

6374. 덜렁거리면서도 음탕하지는 않다. (蕩而不淫)　〈春秋左傳〉

하는 짓이 덜렁거려 음탕할 것 같지만 실상은 음탕하지 않다는 말.

6375. 덜미를 잡혔다.

약점을 잡혀서 꼼짝도 못하게 되었다는 뜻.

6376. 덜미에 사자(使者) 밥을 짊어졌다.

뒷덜미에 사자 밥을 졌다는 말이니 목숨을 걸고 위험한 짓을 한다는 말.

6377. 떨어져도 범 아가리에 떨어진다.

운수가 나쁘면 안 되는 일만 생긴다는 뜻.

6378. 떨어지는 곳을 알지 못한다. (不知下落)

간 곳을 분명하게 알 수 없다는 뜻.

6379. 떨어지는 물방울이 돌을 뚫는다. (水滴石穿)

조그마한 물방울도 오랫동안 떨어지면 돌에 구멍을 뚫

듯이 약한 힘도 축적(蓄積)되면 큰 위력을 발휘할 수 있다는 뜻.

6380. 떨어지는 물은 묻힌 돌도 드러낸다. (水落石出)

조그마한 물방울이 계속 떨어지면 땅에 묻힌 돌도 드러내게 되듯이 약한 힘도 쌓이게 되면 위력을 발휘하게 된다는 뜻.

6381. 떨어지면 낭패(狼狽)다.

전설의 동물인 낭패는 수컷 낭과 암컷 패가 발이 각각 두 개씩밖에 없기 때문에 낭과 패가 한데 붙어야 네 발로 다니지 떨어지면 다니지 못하는 짐승이기 때문에 떨어지면 다닐 수가 없으므로 낭패가 된다는 말.

6382. 떨어진 꽃은 다시 나무 가지에서 피지 못한다. (落花難上枝)

청춘은 한번 지나가면 되돌아오지 않는다는 말.

6383. 떨어진 주머니에 어패(御牌) 들었다.

겉보기에는 보잘것없이 허술하나 실속은 대단히 소중하다는 뜻.

6384. 떫기로 고욤 하나 못 먹으랴.

고욤이 아무리 떫어도 그것 하나는 먹을 수 있듯이 아무리 힘들다고 해도 그만한 일이야 못하겠느냐는 뜻.

6385. 떫은 배도 씹어 볼 만하다.

처음하는 일이 싫더라도 계속하면 능률이 나고 재미도 나게 된다는 뜻.

6386. 덤벼들어도 놀라지 않는다. (犯之而不驚)　〈海東續小學〉

덤벼들어도 무서워 놀라지 않을 정도로 대담하다는 뜻.

6387. 덤불도 자라면 도깨비가 난다.

덤불도 무성하게 되면 도깨비가 모이듯이 무슨 일이나 조건이 조성(造成)되어야 이루어진다는 뜻.

6388. 덤불이 우거져야 도깨비도 모여든다.

모든 조건이 구비돼야 일이 이루어진다는 뜻.

6389. 덤비는 사람이 제 발꿈치 찬다.

침착하지 못하고 함부로 행동하면 자신을 해치게 된다는 뜻.

6390. 떳떳하게 이기려는 사람은 다투지 않는다. (欲常勝者不爭)　〈修身要訣〉

떳떳하게 이기려는 사람은 싸우지 않더라도 저절로 승리하게 된다는 뜻.

6391. 떳떳하게 즐기려는 사람은 저절로 만족하

게 된다. (欲常樂者自足)　　　　〈修身要訣〉

떳떳하게 즐기는 사람은 스스로 만족을 느낄 수 있다
는 뜻.

6392. 떳떳한 도덕은 반드시 굳게 지켜야 한다.
(常德必固持)　　　　　　　　　〈張思叔〉

떳떳한 도덕은 누구나 꼭 지키도록 해야 한다는 말.

6393. 덩굴에도 열매가 연다.

천하고 가난한 집안에서도 훌륭한 아들이 난다는 뜻.

6394. 덩굴은 나무에 감긴다.

덩굴은 나무에 의지하여 자라듯이 약한 사람이 권력
자에게 의지한다는 뜻.

6395. 덩굴은 나무에 의지하여 자란다. (依草附
木)

덩굴은 나무에 의지하여 자라듯이 약한 사람이 권력
자에 의지하여 권력을 부린다는 뜻.

6396. 덩더꿍이 소출이다.

무당이 생기면 생긴 대로 다 쓰고 없을 때는 쩔쩔매
고 있다는 뜻.

6397. 덩덕새 대가리 같다.

덩덕새 대가리마냥 머리털이 헝클어졌다는 말.

6398. 덩덩하니 문 너머 굿인 줄 안다.

무슨 좋은 수라도 생긴 듯이 날뛰며 좋아하는 사람
을 두고 하는 말.

6399. 덩덩하면 굿인 줄 안다. (鼕鼕認神事)
　　　　　　　　　　　　　　　〈東言解〉

덩덩하는 소리만 들으면 굿하는 줄 알고 좋아하듯이
얼씬만 하면 수라도 난 것처럼 좋아서 날뛴다는 말.

6400. 덩치가 큰 놈은 그림자도 크다.

체격이 크면 마음도 크다는 뜻.

6401. 덩치 값도 못한다.

체격은 크면서도 행동은 어린 아이 같은 짓만 하는 사
람을 타이르는 말.

6402. 덫에 걸렸다.

(1) 남의 모략(謀略)에 빠졌다는 뜻. (2) 남에게 속았
다는 뜻.

6403. 덫에 걸린 호랑이다.

덫에 걸린 호랑이처럼 곧 죽을 신세가 되었다는 뜻.

6404. 덫에 치인 범이요 그물에 걸린 고기다.

곧 죽게 될 불쌍한 신세라는 뜻.

6405. 덮어놓고 열 엿 냥 금이다.

좋고 나쁜 것도 모르고 똑같이 다룬다는 뜻.

6406. 덮치려는 범은 그 이를 보이지 않는다.
(虎豹不外其牙)　　　　　　　　〈新論〉

공격은 상대방이 모르도록 해야 한다는 뜻.

6407. 떼가 사촌보다 낫다.

떼를 써 가며 일하는 것이 사촌이 도와 주는 것보다
낫다는 말.

6408. 떼 꿩에 매 날린다.

떼 꿩을 상대로 하여 매를 날리면 한 마리의 꿩도 못
잡게 되듯이 여러 가지 일을 함께 하려다가는 한 가
지 일도 성공하지 못한다는 말.

6409. 떼 꿩에 매 잃는다.

떼 꿩이 있는 데 매를 날리면 매가 이 꿩도 잡으려다
가 저 꿩도 잡으려다가 나중에는 멀리 가게 되므로 매
를 잃게 되듯이 무슨 일이나 계획이 없이 이것 저것
하다가는 손해만 보게 된다는 뜻.

6410. 데려온 자식 덮어 주듯 한다.

의붓 아비한테 데려온 자식의 잘못을 덮어 주듯이
잘못을 자꾸 덮어 주려고 한다는 말.

6411. 데릴 사윗감이다.

(1) 행실이 매우 얌전한 젊은이를 가리키는 말.
(2) 열통적고 조심성이 없는 사람을 조롱하는 말.

6412. 데면데면하기는 봉사 앞정강이다.

조심성이 조금도 없는 사람을 두고 하는 말.

6413. 데면데면하거든 게으르지나 말아야지.

무슨 일을 찬찬하게 하지 못하거든 게으르지나 말아
야 하겠는데 찬찬하지도 못하고 게을러서 쓸모가 없
다는 뜻.

6414. 떼어 놓은 당상(堂上)이다.

으례 자기가 꼭 차지하게 될 것이 틀림없다는 뜻.
※ 당상 : 옛날 정삼품(正三品) 벼슬.

6415. 떼어 둔 옥관자가 좀 먹으랴. (摘置玉貫
蠹蝕或憚)　　　　　　　　　　〈耳談續纂〉

옛날 삼품(三品) 벼슬을 하여 옥관자를 달게 되었으
니 그 옥관자는 떼어 둔들 좀 먹지 않듯이 조금도 틀
림 없는 일이라는 뜻. ※ 옥관자 : 삼품관(三品官) 이
상이 망건에 달던 관자.

6416. 덴 때는 못 벗어도 도둑 때는 벗는다.

한번 도둑질한 전과자는 뉘우치고 고치면 사회적으로
용서받을 수 있다는 뜻.

6417. 덴 데 털 안 난다.
불에 덴 상처에는 털이 안 나듯이 한번 크게 실패하면 일어나지 못하게 된다는 뜻.

6418. 덴 소 날치듯 한다.
불에 덴 소가 날치듯이 몹시 날친다는 말.

6419. 덴 자식 보채듯 한다.
불에 덴 자식이 보채듯이 몹시 귀찮게 사람을 보챈다는 뜻.

6420. 뎄던 사람은 회(膾)도 불어 먹는다.
한번 뜨거운 고기에 덴 경험이 있는 사람은 회도 불어서 먹듯이 한번 욕을 보면 그와 비슷한 일에는 조심하게 된다는 뜻.

6421. 뗏말에 망아지다.
뗏말에 망아지 따라 다니듯이 여러 사람 틈에 끼어 다닌다는 뜻.

6422. 뗏목 타고 바다를 건넌다. (乘槎渡海)
뗏목을 타고 넓은 바다를 건넌다는 것은 위험하듯이 무슨 일을 무모(無謀)하게 한다는 뜻.

6423. 도가적간(導駕摘奸) 지나간 듯하다.
무슨 일을 시원시원스럽게 한다는 뜻. ※ 도가적간 : 옛날 임금 거동 때에 관원이 먼저 가면서 길을 청소시키던 것.

6424. 도감포수(都監砲手) 마누라 오줌 짐작하듯 한다.
옛날 도감포수가 출근하는 시간을 그 마누라 오줌 누는 시간으로 정하고 다니듯이 일을 정확하게 하지 않고 짐작으로 하다가는 낭패하기 쉽다는 뜻.

6425. 도감포수 오줌 짐작하듯 한다.
옛날 도감포수가 매일 새벽에 출근할 때 그 시간을 오줌 누는 시간으로 대중을 하듯이 정확하지 못하다는 뜻. ※ 도감포수 : 훈련도감(訓鍊都監)의 포수.

6426. 도갓집 강아지 같다.
많은 사람들에게 단련을 받은 도갓집 강아지마냥 눈치가 대단히 빠르다는 뜻.

6427. 도깨비 기왓장 뒤듯 한다.
도깨비가 지붕에 올라가서 쓸데없이 기왓장만 뒤듯이 쓸데없고 손해 되는 일만 하고 있다는 말.

6428. 도깨비는 밤에 싸다닌다. (百鬼夜行)
세상이 혼란하면 괴이한 짓을 하는 자들이 나다닌다는 뜻.

6429. 도깨비는 방망이로 떼고 귀신은 경(經)으로 뗀다.
귀찮은 존재를 떼는 데는 그들에게 적용되는 방법이 있다는 뜻.

6430. 도깨비 땅 마련하듯 한다.
도깨비가 땅을 마련해도 아무 소용이 없듯이 아무 실속도 없는 헛일만 한다는 뜻.

6431. 도깨비 대동강(大同江) 건너가는 소리를 한다.
진행되는 일이 눈에 보이지는 않으나 그것이 빨리 되어 가는 것은 알 수 있다는 뜻.

6432. 도깨비도 수풀이 있어야 모인다.
무슨 일이나 의지할 곳이 있어야 일이 이루어진다는 뜻.

6433. 도깨비 물 건너가는 소리를 한다.
어디서 무엇을 하는 줄은 모르나 매우 소란스럽다는 뜻.

6434. 도깨비 방망이다.
도깨비 방망이는 금 나오라고 하면 금 나오고 돈 나오라면 돈이 나오는 부자 되는 방망이라는 뜻.

6435. 도깨비 사귀어 벼락부자 되듯 한다.
도깨비가 돈을 가져다가 주어서 갑자기 부자가 된 것처럼 돌연히 부자가 되었다는 말.

6436. 도깨비 사귄 것 같다. (如交魍魎)〈東言解〉
귀찮은 자가 늘 따라다니는 것을 떼버리지 못하는 존재라는 뜻.

6437. 도깨비 살림이다.
도깨비 살림마냥 갑자기 부자도 되었다가 가난해지기도 하였다가 하여 변화가 많은 살림살이라는 뜻.

6438. 도깨비 수키왓장 뒤듯 한다.
도깨비가 아무 목적도 없이 지붕에 올라가 기왓장을 뒤듯이 목적도 없이 쓸데없는 짓만 한다는 뜻.

6439. 도깨비 쓸개다.
보잘것도 없고 지저분하게 생긴 것을 이르는 말.

6440. 도깨비에게 세금을 맨다. (魍魎量稅)
〈旬五志〉
받지도 못할 도깨비에게 세금을 부가(附加)하듯이 될 수 없는 헛짓만 한다는 뜻.

6441. 도깨비에게 혹 뗀 폭이나 된다.
거치적거리는 것이 없어져서 시원하게 되었다는 말.

6442. 도깨비 여울 건너가는 소리를 한다.

무슨 소리인지 알지도 못하는 소리로 두런거린다는
뜻.

6443. 도깨비 장난 같다.
정체(正体)도 분명하지 못하고 갈피를 잡을 수 없는
짓만 한다는 뜻.

6444. 도깨비한테 흘린 것 같다.
본인 자신도 모르고 행동하였다는 뜻.

6445. 도구통 같다.
키가 작고 몸집이 몹시 뚱뚱하여 절구통같이 생겼다
는 말. ※ 도구통 : 절구통의 방언.

**6446. 도구통 굴리는 데 애매한 개구리만 죽는
다.**
무슨 큰 일을 하게 되면 만만한 놈만 희생된다는 뜻.

6447. 도끼가 없이는 장작을 팰 수가 없다.
(匪斧不克) 〈詩經〉
노동을 하는 데는 도구가 있어야 한다는 뜻.

**6448. 도끼가 제 자루 못 깎고 중이 제 머리 못
깎는다.**
(1) 제가 제 일을 못 하는 것이 있다는 뜻. (2) 자기의
잘못을 자신이 알면서도 고치기 어렵다는 말.

6449. 도끼가 제 자루 못 깎는다.
(1) 제 일을 제가 못하는 것이 있다는 뜻. (2) 제 허물
을 알면서도 못 고친다는 뜻.

6450. 도끼가 제 자루 못 찍는다.
(1) 제가 제 일을 못 하는 것이 있다는 뜻. (2) 제 잘못
은 알면서도 고치기 어렵다는 뜻.

6451. 도끼 가진 놈이 바늘 가진 놈을 못 당한다.
도끼 가진 놈은 죽을까봐 도끼로 찍을 수 없지만 바
늘 가진 놈은 함부로 찌를 수 있기 때문에 이기게 된
다는 뜻.

**6452. 도끼는 날을 달아 써도 사람은 죽으면 그
만이다.**
도끼는 무디게 되면 다시 날을 달면 쓸 수 있지만 사
람의 목숨은 한번 죽으면 이을 수 없다는 뜻.

**6453. 도끼는 닳으면 날을 달아 쓰지만 사람은
한번 죽으면 그만이다.**
사람은 한번 죽으면 재생(再生)할 수 없다는 말.

**6454. 도끼는 무디면 갈기나 하지 사람은 죽으면
다시 못 산다.**
도끼는 닳아서 못 쓰게 되면 다시 갈아서 쓸 수 있지
만 사람은 한번 죽으면 다시 살아나지 못한다는 말.

6455. 도끼 든 놈이 바늘 든 놈을 못 당한다.
약한 사람이 센 사람을 이길 수도 있다는 뜻.

6456. 도끼 들고 헤엄친다.
도끼를 들고 헤엄을 치면 가라앉듯이 방해물을 지닌
채로 일을 한다는 뜻.

6457. 도끼 등에 칼날을 붙인다.
도끼 등에 칼날을 붙이면 다 못 쓰게 되듯이 서로 맞
지 않는 것은 합쳐서 안 된다는 뜻.

6458. 도끼라 날 달아 쓸까 ?
도끼는 다 닳아서 못 쓰게 되면 다시 날을 달아서 쓸
수 있지만 사람의 목숨은 이어서 다시 살릴 수 없다
는 말.

6459. 도끼로 제 발등 찍는다.
남을 친다고 한 것이 결과적으로는 자기가 저를 친
결과가 되었다는 뜻.

6460. 도끼를 갈아 바늘을 만든다. (磨斧爲針)
도끼를 숫돌에 갈아서 바늘을 만들 듯이 인내성(忍耐
性)이 강하다는 뜻.

6461. 도끼를 들고 물 속으로 들어간다. (揭斧
入淵)
산에서 소용 되는 도끼를 물 속에 들어갈 때 가져가
듯이 일의 두서를 모르고 하는 것은 위험하다는 뜻.

6462. 도끼를 베고 잔다.
도끼를 베고 잘 정도로 불안하여 잠을 자지 못 한다
는 뜻.

6463. 도끼를 어깨에 멘 채 날 달아 달란다.
무슨 일을 잘하지 않고 허술하게 한다는 뜻.

6464. 도끼를 잡으면 반드시 쳐 버려야 한다.
(執斧必伐) 〈六韜〉
무기를 잡았을 때는 적을 쳐 없애야 한다는 뜻.

6465. 도끼 삶은 물 같다.
도끼를 삶은 물은 아무 맛도 없듯이 아무 맛도 없다
는 뜻.

6466. 도끼의 심정 망대기 피운다.
노여움을 다른 데로 옮긴다는 말.

6467. 도끼 자루 썩는 줄 모른다.
옛날 나뭇군이 신선 바둑 두는 것을 보고 있다가 도
끼 자루가 썩는 것도 몰랐다는 이야기에서 나온 말로
서 시간 가는 줄을 모르고 있다는 뜻.

6468. 도끼질도 결 보고 하랬다.

무슨 일이나 순리(順理)로 해야 한다는 뜻.

6469. 도덕과 의리를 저버린다. (銷刻德義)
〈柳玭〉

도덕과 의리를 모르는 인간답지 않은 사람으로 되었다는 뜻.

6470. 도덕은 변해도 양심(良心)은 변하지 않는다.

사회가 발전됨에 따라 도덕은 변할 수 있지만 인간의 양심은 영원히 변할 수 없다는 뜻.

6471. 도덕을 모른다. (德之不知)　〈春秋左傳〉

도덕을 모르는 사람 구실을 못 하는 사람이라는 뜻.

6472. 도덕이 확립돼야 행형이 잘 집행된다. (德立刑行)　〈春秋左傳〉

도덕이 확립돼야 행형도 잘 시행되어 명랑한 사회를 이루게 된다는 뜻.

6473. 도둑개가 겻섬에 오른다. (賊狗上糠石)
〈東言解〉

제가 하고 싶은 것은 대단히 민첩하게 행동한다는 뜻.

6474. 도둑개 못 믿듯 한다.

믿음성이 도무지 없는 사람이라는 뜻.

6475. 도둑개 믿듯 한다.

믿어서는 안 될 사람을 믿어 손해를 보았다는 뜻.

6476. 도둑개 범 물어간 것 같다.

몹시 귀찮던 존재가 없어져서 시원하게 되었다는 뜻.

6477. 도둑개 살 안 찐다.

도둑질 해서는 돈을 모을 수 없다는 뜻.

6478. 도둑개 호랑이가 물어간 폭이나 된다.

귀찮던 놈이 없어져 매우 시원하게 되었다는 뜻.

6479. 도둑개 호랑이 물어간 폭이나 시원하다.

보기 싫은 놈이 없어져서 기분이 매우 좋다는 뜻.

6480. 도둑 고양이가 살찔까 ?

도둑질을 해서는 부자가 될 수 없다는 말.

6481. 도둑 고양이가 젯상에 오른다.

못된 놈은 못된 짓만 가려 가면서 한다는 뜻.

6482. 도둑 고양이 코 세듯 한다.

못된 짓을 하는 주제에 기세까지 부린다는 뜻.

6483. 도둑 고양이한테 재물 지켜 달란다.

귀중한 물건을 파렴치(破廉恥)한 사람에게 맡긴다는 말.

6484. 도둑놈 개에게 물린 셈이다.

잘못한 놈은 봉변을 당해도 아무 말도 못 한다는 뜻.

6485. 도둑놈 근성이다.

남의 것을 항상 침해하려는 근성이 있다는 뜻.

6486. 도둑놈 낮잠자듯 한다.

대낮에 잠만 자고 있는 사람보고 하는 말.

6487. 도둑놈 딱장 받듯 한다.

도둑놈을 때려 가며 취조받듯이 몹시 남을 욱댄다는 뜻.

6488. 도둑놈 달아나는 것 보고 몽둥이 장만한다.

(1) 일을 그르친 뒤에 대비한다는 뜻. (2) 일이 잘못된 뒤에는 후회하여도 소용이 없다는 뜻.

6489. 도둑놈더러 인사불성(人事不省)이라고 한다.

근본적으로 나쁜 도둑놈에게 인사 잘못한다고 꾸짖는 것은 아무 소용도 없는 짓이라는 말.

6490. 도둑놈도 의리가 있고 갈보도 절개가 있다.

아무리 나쁜 짓을 할지라도 인간으로서 전부가 다 나쁜 것이 아니기 때문에 의리도 있을 수 있고 절개도 지킬 수 있다는 뜻.

6491. 도둑놈도 의리가 있고 개똥 참외도 꼭지가 있다.

도둑놈에게도 의리가 있을 수 있고 인간이 아닌 참외에도 아래 위가 있다는 뜻.

6492. 도둑놈도 의리가 있다. (賊有賊義)

도둑놈 중에도 의리 있는 사람이 있기 때문에 때로는 의적(義賊)도 있듯이 나쁜 사람에게도 의리가 있을 수 있다는 뜻.

6493. 도둑놈도 인정이 있다.

비록 도둑질을 할망정 그도 인간이기 때문에 눈물이 있다는 뜻.

6494. 도둑놈도 제 자식은 착하게 되라고 한다.

악한 사람도 자기 자식은 착한 사람으로 만들려고 노력한다는 뜻.

6495. 도둑놈도 제 집 문단속은 한다.

나쁜 짓을 하는 사람도 자신에 대한 조심은 하게 된다는 뜻.

6496. 도둑놈도 핑계는 있다.

나쁜 짓을 하는 사람도 하게 된 사연이 있다는 뜻.

6497. 도둑놈보다 잃은 놈의 죄가 더 크다.

도둑질한 사람도 나쁘지만 문 단속을 않아 도둑을 맞게 된 사람에게도 책임이 크다는 뜻.

6498. 도둑놈 소 몰듯 한다.

소 도둑놈이 훔친 소를 몰고 가듯이 무슨 일을 당황하여 서두른다는 뜻.

6499. 도둑놈 심보다.

심보가 매우 나쁜 사람보고 하는 말.

6500. 도둑놈에게 가게를 맡긴다.

나쁜 놈에게 나쁜 짓을 할 수 있는 조건을 조성해 준다는 뜻.

6501. 도둑놈에게 문 열어 준 셈이다. (開門納盜)

나쁜 짓을 하는 놈에게 나쁜 짓을 할 수 있도록 마련해 주고 필경에는 손해를 당하게 되었다는 말.

6502. 도둑놈에게 열쇠를 맡긴 셈이다.

나쁜 놈에게 나쁜 짓을 하도록 마련해 주고 손해를 당했다는 뜻.

6503. 도둑놈 예쁜 데 없고 정든 사람 미운 데 없다.

나를 해치는 사람은 설령 잘해 준다 해도 정이 들지 않으며 친한 사람은 다소 잘못이 있어도 이해할 수 있으므로 미워지지 않는다는 뜻.

6504. 도둑놈은 엿을 먹지 않고 문 여는 데 쓴다. (得給以開閉)

범죄자의 친절에는 야심(野心)이 있다는 말.

6505. 도둑놈은 잠꼬대에 망한다.

나쁜 짓을 한 사람은 스스로 그 비행을 노출시킨다는 뜻.

6506. 도둑놈은 죄가 하나요 잃은 놈은 죄가 열이다.

도둑놈보다 도둑을 맞은 사람이 죄가 더 많다는 뜻.

6507. 도둑놈의 여편네 먹듯 한다.

도둑의 아내는 도둑질해 온 것으로 아끼지 않고 먹듯이 먹는 것을 일삼는 사람을 두고 하는 말.

6508. 도둑놈이 개 꾸짖듯 한다.

(1) 큰 소리를 내지 못하고 입속말로 우물우물한다는 말. (2) 제가 잘못하고도 큰 소리를 한다는 뜻.

6509. 도둑놈이 개에게 물린 셈이다.

도둑놈이 개에게 물리고도 개를 욕질하게 되면 잡힐 수 있기 때문에 아무 말도 못하듯이 나쁜 짓을 한 사람은 욕을 당해도 말을 못 한다는 뜻.

6510. 도둑놈이라는 더러운 이름은 없다. (無盜
賤之名）　　　　　　　　　　　　　〈許生〉

도둑질을 하여 돈을 벌었더라도 그 돈을 깨끗이 쓰고 행동을 바르게 하면 도둑이라는 이름은 없어지게 된다는 뜻.

6511. 도둑놈이 몽둥이 들고 포도청(捕盜廳) 담에 오른다.

나쁜 짓을 한 놈이 도리어 기세(氣勢)를 부리면서 큰 소리를 친다는 뜻.

6512. 도둑놈이 씨 오쟁이를 알까 ?

도둑놈은 남의 사정을 보아 주지 않는다는 말.

6513. 도둑놈이 왔다가도 남의 집에서 훔친 것을 주고 가겠다.

도둑놈이 왔다가도 도리어 보태 주고 갈 정도로 집안이 매우 가난하다는 뜻.

6514. 도둑놈이 제 말에 잡힌다.

나쁜 짓을 하고 자기 죄를 감추려고 하지만 자신도 모르게 그 죄상이 발로(發露)되어 잡히게 된다는 뜻.

6515. 도둑놈이 제 바람에 놀란다.

나쁜 짓을 하게 되면 양심의 가책을 받아 공포심이 생기게 된다는 뜻.

6516. 도둑놈이 제 발자국 소리에 놀란다.

나쁜 짓을 하면 양심의 가책을 받게 된다는 뜻.

6517. 도둑놈이 주인을 미워한다.

증오(憎惡)를 받을 사람이 도리어 남을 증오한다는 말.

6518. 도둑놈이 포도청(捕盜廳) 문고리를 뺀다.

도둑놈은 붙잡힌 뒤에도 제 버릇을 고치지 못하고 장소와 대상도 가리지 않고 도둑질을 한다는 뜻.

6519. 도둑놈 재워 주면 새벽에 쌀섬 지고 간다.

나쁜 사람은 동정해 줘도 아무 소용이 없다는 말.

6520. 도둑놈 재워 주었더니 제삿밥 먹고 소까지 몰고 간다.

나쁜 놈을 동정해 주다가는 오히려 손해만 본다는 말.

6521. 도둑놈 튀기듯 한다.

도둑놈을 튀겨서 욕을 보이듯이 혼을 내게 한다는 뜻.

6522. 도둑놈 허겁대듯 한다.

도둑놈이 체포되어 취조받을 때, 이말 저말 꾸며 대듯이 잘못하고서 그것을 감추려고 애를 쓴다는 뜻.

6523. 도둑 때는 벗어도 덴 때는 못 벗는다.

한번 도둑질한 전과는 잘못을 고치고 착한 행동을 하게 되면 허물을 벗을 수 있게 된다는 말.

6524. 도둑도 도망갈 구멍을 두고 잡으랬다.
  도둑도 도망갈 곳을 두지 않고 잡으려고 하면 발악을
  하면서 덤비게 되므로 위험하다는 뜻.

6525. 도둑도 제 집 문 단속한다.
  경각성은 누구에게나 꼭 필요하다는 말.

6526. 도둑맞고 문 고친다.
  (1) 이미 일을 그르친 뒤에야 이에 대한 대비를 한다
  는 뜻. (2) 일이 잘못된 뒤에는 뉘우쳐도 아무 소용이
  없다는 뜻.

6527. 도둑맞고 문 잠근다.
  (1) 일이 이미 잘못된 뒤에는 뉘우쳐도 소용이 없다
  는 뜻. (2) 평소에는 대비가 없다가 실패한 뒤에 대비
  한다는 뜻.

6528. 도둑맞고 빈지 고친다.
  (1) 일을 당한 뒤에야 깨닫고 방비하려고 한다는 뜻.
  (2) 이미 일을 저지른 뒤에 뉘우치는 것은 아무 소용
  도 없다는 뜻.

6529. 도둑맞고 사립 고친다.
  (1) 일을 당하고 난 뒤에 이에 대한 대비를 한다는 말.
  (2) 이미 잘못된 일은 뉘우쳐도 아무 소용이 없다는
  뜻.

6530. 도둑맞고 죄 된다.
  도둑을 맞게 되면 무고한 사람들까지도 의심하게 되
  기 때문에 도둑놈보다도 죄가 더 크다는 뜻.

6531. 도둑맞으면 아내 치마 속도 더듬어 본다.
  도둑을 맞게 되면 모든 사람이 다 의심나게 된다는 말.

6532. 도둑맞으면 어미 품도 들춰 본다.
  도둑을 맞은 사람은 자기 부모까지 의심하게 될 정도
  로 남들을 의심한다는 말.

6533. 도둑맞은 사람의 죄가 더 크다.
  도난 사건(盜難事件)의 책임은 도둑놈에게만 있는 것
  이 아니라 피해자의 책임이 오히려 크다는 뜻.

6534. 도둑 못 지키는 개다.
  도둑을 지키기 위하여 기르는 개가 도둑을 지키지 못
  하듯이 자기의 책임을 수행하지 못하는 쓸모없는 존
  재라는 뜻.

6535. 도둑 묘에 잔 부어 놓는다.
  악한 사람도 죽으면 용서를 받게 된다는 뜻.

6536. 도둑보고 곳간 지키라는 격이다.
  소중한 물건을 믿을 수 없는 사람에게 맡긴다는 말.

6537. 도둑 보고 새끼 꼰다.
  무슨 일을 미리 준비해 두지 못하고 일을 당하고 난
  후 시작하여 소용이 없게 되었다는 말.

6538. 도둑보다 도둑 맞은 사람의 죄가 더 크다.
  도둑질을 한 사람의 죄보다 도둑을 맞은 사람의 죄가
  더 크다는 뜻.

6539. 도둑씨는 못 없앤다.
  도둑을 근절(根絶)시킬 수는 없다는 뜻.

6540. 도둑 없는 나라 없다.
  사람이 사는 곳에는 어떤 곳이나 다 도둑이 있다는 뜻.

6541. 도둑에게 도둑을 지키라고 한다.
  못 믿을 사람에게 맡겨 놓으면 도리어 손해를 보게 된
  다는 말.

6542. 도둑에게도 의리가 있고 땅군에게도 꼭지
  가 있다.
  나쁜 짓을 하는 사람에게도 의리가 있고 천한 짓을 하
  는 사람에게도 예의가 있다는 말.

6543. 도둑에게도 지켜야 할 도리가 있다. (盜亦
  有道)   〈莊子〉
  아무리 도둑질을 할지언정 도둑으로서도 지켜야 할
  도리는 지켜야 한다는 뜻.

6544. 도둑에게 먹을 것을 준 격이다. (齎盜食)
  동정할 필요가 없는 사람에게 동정을 하였다는 뜻.

6545. 도둑에게 열쇠를 빌려 준 셈이다. (借盜鑰)
  범죄자에게 범죄할 수 있도록 방조(幇助)하여 주었다
  가 자신이 해를 입게 되었다는 뜻.

6546. 도둑에게 열쇠를 주었다.
  나쁜 짓을 하는 놈에게 나쁜 짓을 할 수 있도록 마련
  해 주고 필경에는 해를 당하게 되었다는 뜻.

6547. 도둑에게 특혜를 주는 사람은 양민에게 피
  해를 주는 것이다. (惠盜賊者 傷良民)
                                  〈韓非子〉
  도둑에게 관대한 정치를 하게 되면 도둑이 성하게 되
  기 때문에 양민들의 피해는 커진다는 말.

6548. 도둑에도 상 도둑이다.
  나쁜 놈 중에서도 가장 나쁜 놈이라는 뜻.

6549. 도둑은 달을 싫어한다.
  나쁜 짓을 하는 사람은 사람들이 보이지 않는 곳을 좋
  아한다는 뜻.

6550. 도둑도 담이 약해진다. (賊人膽虛)

도둑놈은 사람다운 짓을 못하기 때문에 대담하지 못하고 항상 겁을 지니고 있다는 뜻.

6551. 도둑은 도둑을 시켜 잡아야 한다.
　도둑을 잡는 데는 아는 사람이라야 쉽게 잡을 수 있다는 뜻.

6552. 도둑은 뒤로 잡으랬다.
　도둑을 앞으로 잡으려다가는 해를 당할 수 있기 때문에 뒤로 잡아야 한다는 뜻. ↔ 도둑은 앞으로 잡지 뒤로 잡지 못한다.

6553. 도둑은 뒤로 잡지 앞으로 잡지 않는다.
（盜以後捉 不以前捉）　　〈耳談續纂〉
　도둑은 확실한 증거에 의하여 잡아야 하지 의심나는 사람이라고 해서 때려서 잡아서는 안 된다는 말.
　↔도둑은 앞으로 잡지 뒤로 잡지 못한다.

6554. 도둑은 씨가 없다.
　도둑은 씨가 있어서 도둑이 되는 것이 아니라 굶어죽게 되면 도둑질을 하게 된다는 뜻.

6555. 도둑은 앞으로 잡지 뒤로 잡지 못한다.
　도둑을 잡는 데는 증거가 없이는 잡지 못한다는 뜻.
　↔ 도둑은 뒤로 잡으랬다. 도둑은 뒤로 잡지 앞으로 잡지 않는다.

6556. 도둑은 주인을 미워한다. （盜憎主人）
　　　　　　　　　　　　　　〈春秋左傳〉
　사정이야 어떻든 간에 사람들은 자기를 해치려는 사람을 싫어한다는 뜻.

6557. 도둑은 한 죄이고 도둑 맞은 사람은 열 죄이다.
　도둑질을 한 놈의 죄보다 도둑을 맞은 사람의 죄가 더 크다는 뜻.

6558. 도둑을 맞으려면 개도 안 짖는다.
　일이 안 될 때는 모든 것이 다 제대로 되지 않는다는 뜻.

6559. 도둑을 보고도 짖지 않는 개다.
　(1) 쓸모없는 존재라는 뜻. (2) 배신(背信)을 한다는 뜻.

6560. 도둑을 피하니까 강도를 만난다.
　절도를 피하다가 강도를 만나듯이 작은 화를 모면하려다가 큰 화를 당하게 되었다는 뜻.

6561. 도둑의 때는 벗어도 불에 덴 때는 못 벗는다.
　도둑의 누명은 사실이 없으면 벗을 수 있지만 불에 덴 흉은 없어지지 않는다는 말.

6562. 도둑의 때는 벗어도 자식의 때는 못 벗는다.
　도둑의 누명을 쓴 것은 벗을 수도 있지만 자식이 잘못한 것은 꼼짝 못하고 부모가 책임지게 된다는 뜻.

6563. 도둑의 때는 벗어도 화냥의 때는 못 벗는다. （盜冤竟雪 淫誣難減）　　〈耳談續纂〉
　도둑의 누명을 썼던 것은 확실한 증거만 있으면 벗을 수도 있지만 여자가 서방질했다는 누명은 벗을 도리가 없다는 뜻.

6564. 도둑의 말은 달다. （盜言孔甘）　〈詩經〉
　나쁜 짓을 하는 사람일수록 그 말이 달콤하다는 뜻.

6565. 도둑의 묘에 잔 부어 놓는다.
　대접을 못 받을 사람을 대접하여 준다는 말.

6566. 도둑의 씨는 따로 없다.
　도둑놈은 씨가 있어서 도둑놈이 되는 것이 아니라 굶어죽게 되면 누구든지 도둑놈이 될 수 있다는 뜻.

6567. 도둑이 달아나지 않고 우뚝 선다.
　도망가야 할 도둑이 달아나지 않고 도리어 덤비려고 하듯이 잘못한 놈이 도리어 큰 소리친다는 뜻.

6568. 도둑이 도둑을 잡는다.
　범죄자를 잡는 데도 그 내용을 잘 아는 같은 범죄자를 통하여 잡는 것이 쉽다는 뜻.

6569. 도둑이 도둑을 잡으라고 고함을 친다.
（賊喊捉賊）
　범죄자는 자기의 죄상(罪狀)을 숨기려고 하지만 숨겨지지 않는다는 뜻.

6570. 도둑이 도둑이야 한다.
　도둑질한 놈이 제 죄상(罪狀)을 감추기 위하여 도둑이 났다고 떠들지만 제 죄는 감출 수 없다는 뜻.

6571. 도둑이 도리어 매를 든다. （賊反荷杖）
　　　　　　　　　　　　　　〈旬五志, 東言解〉
　잘못한 사람이 스스로 뉘우칠 줄을 모르고 도리어 남을 치죄(治罪)하려고 든다는 뜻.

6572. 도둑이라야 도둑을 안다.
　같은 처지에 있는 사람이라야 그 내용을 잘 알 수 있다는 말.

6573. 도둑이 매 든다.
　나쁜 짓을 하고서도 뻔뻔스럽게 큰 소리를 친다는 뜻.

6574. 도둑이 몽둥이 들고 길 위로 오른다.
　나쁜 짓을 한 사람이 뻔뻔스럽게도 도리어 기세를 부리며 큰소리친다는 뜻.

6575. 도둑이 부자 된 사람 없다.
부정 행위(不正行爲)를 해서는 돈을 모아도 오래 지니지 못하게 된다는 뜻.

6576. 도둑이 없으면 법도 쓸데없다.
법은 나쁜 짓을 막기 위하여 생긴 것이기 때문에 범죄가 없으면 법도 필요없게 된다는 뜻.

6577. 도둑이 제 그림자에 놀란다.
악한 짓을 하는 사람은 마음이 항상 불안하게 된다는 뜻.

6578. 도둑이 제 발이 저린다. (盜之就拿厥足自麻) 〈耳談續纂〉
죄를 지은 사람은 그 양심의 자극을 받아 두려워지기 때문에 그 죄상을 감출 수 없게 된다는 뜻.

6579. 도둑이 주인을 미워한다.
도둑이 저 잘못한 생각은 않고 도리어 주인을 미워하듯이 자기 잘못은 모르고 남만 원망한다는 뜻.

6580. 도둑이 큰소리친다.
잘못한 놈이 도리어 기세를 부린다는 말.

6581. 도둑이 포도청(捕盜廳) 간다.
자신의 죄를 은폐(隱蔽)하기 위하여 수사 기관(搜査機關)을 속이려고 해도 안 된다는 뜻.

6582. 도둑 중에서도 코 밑 도둑이 제일 크다.
도둑질도 먹고 살기 위하여 한다는 뜻.

6583. 도둑질도 때가 있다.
도둑질도 아무 때나 하는 것이 아니라 기회가 좋을 때 해야 하듯이 무슨 일이나 때가 있다는 뜻.

6584. 도둑질도 손이 맞아야 한다.
여러 사람들이 일을 할 때는 행동의 통일성을 기해야 한다는 뜻.

6585. 도둑질도 주인이 당장 먹을 것은 남기고 하랬다.
도둑질을 할지라도 남의 사정은 봐주고 해야 한다는 말.

6586. 도둑질도 해본 놈이 한다.
무슨 일이나 해본 사람이 하게 된다는 뜻.

6587. 도둑질도 혼자 해야 한다.
무슨 일이나 혼자 해야 소득도 많고 실수하는 일도 적다는 뜻.

6588. 도둑질도 홀딱 벗고는 못한다.
사람에게는 옷이 매우 중요하다는 뜻.

6589. 도둑질 않겠다고 세 번 손가락 끊는다.
배운 도둑질은 고치기가 매우 어렵다는 말.

6590. 도둑질은 거짓말에서 시작된다.
남을 속여서 사기(詐欺)치는 사람은 결국에는 도둑질도 하게 된다는 뜻.

6591. 도둑질은 네가 하고 오라는 나보고 져라 한다.
(1) 나쁜 짓으로 이익은 네가 보고 그에 대한 벌은 나보고 지라는 뜻. (2) 자기가 져야 할 책임을 남에게 전가한다는 뜻.

6592. 도둑질을 하다 들켜도 변명을 한다.
아무리 잘못을 저질렀다 하더라도 그 나름대로의 변명할 수 있는 사정은 있다는 뜻.

6593. 도둑질을 한 사람은 오그리고 자고 도둑 맞은 사람은 펴고 잔다.
남에게 해를 끼친 사람의 마음은 항상 불안하여 괴롭다는 뜻.

6594. 도둑질을 해도 사모(紗帽) 바람에 거드럭거린다.
관리는 나쁜 짓을 하면서도 도리어 유세를 부리며 뽐낸다는 뜻.

6595. 도둑질한 물건을 도둑 맞는다. (買贓逢賊)
파렴치(破廉恥)한 짓을 하는 사람은 동료간의 의리도 없다는 뜻.

6596. 도둑질한 쌀이 더 헤프다.
악한 짓을 해서 번 돈은 헤프게 쓰인다는 뜻.

6597. 도둑질해서 번 돈은 오래 가지 못한다.
악한 짓을 해서 번 돈은 결코 오래 유지하지 못한다는 말.

6598. 도둑질해서 부자 된 놈 없다.
세상에는 악한 짓을 해서 잘 되는 사람이 없다는 뜻.

6599. 도둑 집 개는 짖지 않는다.
윗사람이 나쁜 짓을 하면 아랫사람도 자기 할 일을 태만하게 한다는 뜻.

6600. 도둑 집에도 되는 있다.
비록 도둑놈일지라도 때로는 경우 바른 짓을 한다는 뜻.

6601. 도둑 집에 도둑이 든다.
도둑놈은 서로 의리(義理)도 없다는 뜻.

6602. 도라지꽃 피면 장마진다.

도라지꽃이 피기 시작하면 우리 나라는 장마철로 들어간다는 뜻.

6603. 도라지 못된 것이 양 바위 틈에서 난다.
여자의 잘못으로 삼각 관계(三角關係)가 이루어진다는 뜻.

6604. 도랑 건너면 지팡이를 버린다.
긴요(緊要)하게 썼던 물건도 쓰고 난 다음에는 마구 버린다는 말.

6605. 도랑에 든 소다.
(1) 도랑에 든 소는 양쪽 둑의 풀을 먹을 수 있듯이 양쪽에서 이득을 본다는 뜻. (2) 먹을 복이 많다는 뜻.

6606. 도랑치고 가재 잡는다.
도랑을 쳐서 물을 논에 대니 좋고 가재를 잡아먹으니 좋듯이 한 가지 일에 두 가지 이익을 얻게 되었다는 뜻.

6607. 도래떡이 안팎이 없다. (餛飩之餅 安有表裏) 〈耳談續纂〉
도래떡이 안팎이 없이 같듯이 서로 비슷하여 무어라고 판단할 수가 없다는 뜻.

6608. 도량은 일을 실패하게 하지 않는다. (度不失事) 〈春秋左傳〉
도량이 있는 사람은 무슨 일이나 실패하는 일이 없다는 뜻.

6609. 도련님에게는 당나귀가 마춤이다.
어린 도련님은 말을 타는 것보다 작은 당나귀를 타는 것이 알맞듯이 작은 것은 작은 것과 짝이 잘 맞는다는 뜻.

6610. 도련님은 당나귀가 제격이다.
어린 도련님은 말보다 작은 당나귀를 타는 것이 어울리듯이 작은 것에는 작은 것이 어울린다는 뜻.

6611. 도련님 풍월(風月)에 염(簾)을 볼까?
어린 도련님의 서투른 일에 대해서는 혹평(酷評)을 하지 말고 너그럽게 봐주어야 한다는 뜻.
※ 풍월 : 한문시. 염 : 한문시의 글자 음(音)의 높낮이를 맞추는 방법.

6612. 도령상에 방상이 아홉이다. (都令喪 九方相)
대단치 않은 일에 너무 거창하게 벌인다는 뜻.
※ 도령상 : 도승지(都承旨) 죽은 초상. 방상 : 무덤의 악귀(惡鬼)를 쫓는 데 쓰는 것.

6613. 도루 아미타불이다. (還阿彌陀佛) 〈東言解〉
지금까지 애써서 한 일이 모두 허사로 되었다는 뜻.

※ 아미타불 : 부처의 이름.

6614. 도리는 마음이 안정된 데서 생긴다. (道生於安靜) 〈誠論心文〉
마음이 안정되어야 도리도 찾게 된다는 뜻.

6615. 도리는 언제나 변하지 않는 보물이다. (道者萬世之寶) 〈新書〉
진리는 영원히 변하지 않는 고귀한 보물이라는 뜻.

6616. 도리를 못 차리는 사람은 피하라. (非其道則避之) 〈荀子〉
도덕을 모르는 사람과는 상대를 하지 말라는 뜻.

6617. 도리를 알고 오는 사람만 접촉하라. (由其道至 然後接之) 〈荀子〉
도덕을 모르는 사람과는 상대를 하지 말고 도덕을 아는 사람과 상대를 하라는 말.

6618. 도리를 행하면 복을 받는다. (行道有福) 〈春秋左傳〉
도덕을 잘 지키는 사람은 행복하게 살 수 있다는 말.

6619. 도리에 벗어난 짓을 하면 도리에 어그러진 갚음을 받는다. (悖出悖入) 〈大學〉
나쁜 짓을 하게 되면 반드시 벌을 받게 된다는 말.

6620. 도리에 어긋나게 번 돈은 어긋나게 쓰게 된다.
돈을 부당(不當)하게 번 사람은 그 돈을 쓰는 데도 온당하게 쓰지 못하게 된다는 뜻.

6621. 도리에 어긋나는 것으로써는 속이기 어렵다. (難罔以非其道)
도리에 어긋나는 짓으로써는 남을 속일 수 없다는 뜻.

6622. 도리에 어긋나는 재물은 멀리하라. (遠非道之財)
정당한 재물이 아니거든 가까이 하지 말라는 뜻.

6623. 도리에 어긋나지 않게 하면 하늘도 재앙을 줄 수 없다. (脩道而不貳 則天不能禍) 〈荀子〉
도리를 알고 바르게 행동하는 사람에게는 하늘도 재앙을 주지 못하기 때문에 번영할 수 있다는 말.

6624. 도마에 오른 고기 신세다.
도마에 오른 고기마냥 죽음만을 기다리고 있는' 신세라는 뜻.

6625. 도마와 칼이 아깝다.
고기가 너무나도 먹잘 것이 못 되어 도마와 칼을 대는

것이 아깝듯이 하도 나쁜 놈이라 죽이는 데 칼이 아
까와서 칼로 못 죽이겠다는 말.

6626. 도마 위에 오른 고기가 칼을 무서워할까 ?
(俎上肉 不畏刀), (俎上魚 畏刀乎), (肉登俎刀
不怖)　　　　〈旬五志〉, 〈東言解〉, 〈洌上方言〉
이미 죽게 된 처지에서는 아무 것도 무서울 것이 없
다는 말.

6627. 도마 위에 오른 고기다. (俎上肉 : 几上之
肉)　　　　〈晋書〉
어찌할 도리가 없이 죽기만 기다리는 신세라는 뜻.

6628. 도망가는 도적은 쫓지 않는다. (窮寇莫追)
궁지에 몰려 도망가는 도적을 추격하게 되면 발악적
으로 덤비게 되므로 피해를 받게 된다는 뜻.

6629. 도망가는 사람은 생포하지 않는다.
(犇命者不獲)　　　　〈荀子〉
전쟁에서 패전(敗戰)하여 도망가는 적은 생포할 필요
가 없다는 뜻.

6630. 도망가도 숨을 곳이 없다. (無所逃避)
　　　　〈詩經〉
도망을 쳐도 어디 가서 숨을 만한 곳이 없다는 뜻.

6631. 도망간 중은 절에나 있지.
도망간 중은 절에 가면 찾을 수 있지만 중이 아닌 사
람은 어디로 간지 모르기 때문에 찾기가 어렵다는 뜻.

6632. 도망군의 봇짐 같다.
어수선한 물건을 크게 맵시도 없이 꾸린 짐이라는 말.

6633. 도망군의 봇짐 싸듯 한다.
어수선한 짐을 되는 대로 함부로 싼다는 뜻.

6634. 도망도 못 치고 숨지도 못한다.
이러지도 못하고 저러지도 못하고 가만히 앉아서 화
를 당한다는 뜻.

6635. 도망쳐도 숨을 수가 없다. (逃遁不得)
도망을 쳐도 어디로 갈 데가 없다는 말.

6636. 도망치는 것이 상책이다. (走爲上策)
아무런 계책(計策)이 없을 때는 도망치는 것이 제일
좋은 방법이라는 뜻.

6637. 도망치는 것이 죽는 것보다 낫다. (亡僉於
死)　　　　〈春秋左傳〉
아무리 곤궁하더라도 죽는 것보다는 낫다는 말.

6638. 도망치는 노루 보다가 잡았던 토끼 놓친다.
큰 것을 탐내다가 도리어 손에 있던 작은 것마저 잃

었다는 뜻.

6639. 도매금(都賣金)에 넘어간다.
물건을 하나 하나 팔지 않고 도매로 함께 팔기 때문
에 개별적으로는 손해보는 것도 있다는 뜻.

6640. 도모지(塗貌紙) 알 수 없다.
죽어도 모르겠다는 뜻. ※ 도모지 : 물에 적신 창호지
(窓戸紙)를 얼굴에 발라서 숨을 못쉬게 하는 고문.

6641. 도무지 탐탁하게 여기는 마음이 없다.
(頓斷無心 : 頓淡無心)
아무리 하여도 마음에 들지 않고 믿어지지 않는다는
뜻.

6642. 도사(道士)다.
어떤 일에 통달(通達)하였다는 말.

6643. 도살장에 끌려가는 양이다. (屠所之羊)
푸줏간에 죽으려고 끌려가는 양과 같이 측은(惻隱)하
다는 뜻.

6644. 도살장에 들어가는 쇠상이다.
도살장에 죽으러 가는 소의 상과 같이 죽을 상이 되
었다는 말.

6645. 도살장에서 불쌍한 소를 잡지 말라고 한
다. (屠門戒殺)　　　　〈旬五志〉
무슨 일을 근본적으로 시정 대책(是正對策)을 세우지
않고 말로만 호소하는 것은 아무 성과도 없다는 뜻.

6646. 도시락 밥에 표주박 물이다. (簞食瓢飮)
도시락 밥을 먹고 표주박에 담은 물을 마시듯이 간소
한 식사라는 뜻.

6647. 또아리로 살을 가린다.
구멍이 뚫린 또아리로 살을 가려도 가려지지 않듯이
무슨 일을 하나마나하다는 뜻.

6648. 또아리로 아래를 감춘다.
구멍이 뚫린 또아리로 감춰야 할 아래를 감추는 것은
아무 소용이 없듯이 되지도 않을 짓은 하나마나 하다
는 뜻.

6649. 도와 주고 붙잡아 준다. (輔之翼之) 〈孟子〉
힘이 부족한 사람을 도와 주고 인도하여 준다는 말.

6650. 도의가 없는 사람은 자기의 잘못을 밝히면
이를 원망한다. (道無明過之怨)　　　　〈韓非子〉
도의를 모르는 사람은 자기의 잘못을 말하면 이를 고
치려고 하지 않고 원망만 한다는 뜻.

6651. 도장에 든 고양이다.

먹을 것을 많이 둔 뒷방에 들어간 고양이마냥 먹을 복이 많다는 뜻.

6652. 도적 간 뒤에 활쏘기다. (賊過後張弓)
　　이미 실패한 뒤에야 깨닫고 대비하는 것은 아무 소용이 없다는 뜻.

6653. 도적을 잡으려면 먼저 그 두목을 잡아야 한다. (擒賊先擒王)　　〈杜甫〉
　　조직적인 범죄 단체를 없애려면 하부 사람을 잡지 말고 그 두목을 잡아야 조직이 해산된다는 뜻.

6654. 도적이 벌 떼같이 일어난다. (盜賊蜂起)
　　　　　　　　　　　　　　　　〈茶山論叢〉
　　사회적으로 불안정하여 도처에서 도둑이 일어난다는 뜻.

6655. 도적 중에도 의적이 있다. (賊中義賊)
　　나쁜 짓을 하는 사람 중에도 의리가 있는 사람이 있다는 뜻.

6656. 도처에 선화당(宣化堂)이다.
　　어디를 가나 극진한 대접을 받는다는 뜻.
　　※선화당 : 옛날 관찰사(觀察使)의 사무실.

6657. 도탄에 빠졌다. (塗炭之苦)　　〈書經〉
　　매우 곤궁하게 되었다는 말.

6658. 도토리 키 대보기다.
　　서로 별 차이가 없는 처지인데도 불구하고 서로 잘난 체한다는 뜻.

6659. 도토마리로 넉가래 만들기다.
　　도토마리의 한 쪽만 떼내면 넉가래가 되듯이 대단히 쉬운 일이라는 뜻. ※도토마리 : 베 짜는 날을 감은 베틀의 부속품.

6660. 도포(道袍)를 입고 논을 갈아도 제멋이다.
　　도포를 입고 일을 해도 제가 좋아서 하듯이 격(格)에 맞지 않은 짓이라도 제가 하고 싶으면 한다는 뜻.
　　※도포 : 옛날 예복.

6661. 도포 입고 논을 써린다.
　　예복을 입고 논을 써리듯이 격(格)에 맞지 않는 짓을 한다는 뜻.

6662. 도회 소식은 시골 가야 듣는다.
　　가까운 곳 일은 오히려 먼 데서 더 잘 알고 있다는 뜻.

6663. 똑같은 잘못은 두 번 다시 않는다. (不二過)　　〈論語〉
　　한번 잘못한 쓰라린 경험이 있으면 두 번 잘못을 범하지 않게 된다는 뜻.

6664. 독 깨고 장 쏟는다.
　　한 가지 실수를 하면 여러 가지의 손해를 보게 된다는 뜻.

6665. 독 깬 독장수 기와집 무너지듯 한다.
　　옛날 독장수가 독지게를 세워 놓고 부자 되는 공상을 하다가 너무 좋아 일어서다가 독지게를 넘어뜨려 독을 깨고 나니 공상했던 기와집도 무너졌다는 것처럼 허황한 공상의 꿈을 깼다는 뜻.

6666. 독 깰까 봐 쥐 못 때린다. (欲投鼠而忌器)
　　미운 놈을 때려 주고 싶어도 곁에 사람 체면 보아서 못 때린다는 뜻.

6667. 독농가(篤農家)는 장마가 지거나 가물거나 농사일을 그만두지 않는다. (良農 不以水旱輟畎作)　　〈孔子〉
　　독농가는 어떤 악조건에도 굴하지 않고 농사 일을 계속하듯이 전문가는 자기 사업을 버리지 않는다는 뜻.

6668. 독단적인 편견으로 군중의 의견을 반대하지 말라. (勿以獨見而違衆)　　〈六韜〉
　　독단적인 주관(主觀)으로 대중의 의견을 반대해서는 안 된다는 뜻.

6669. 독도 흠이 나면 샌다.
　　독도 흠이 나면 물이 새서 못 쓰게 되듯이 사람도 결함이 있으면 쓸모가 없어지게 된다는 뜻.

6670. 똑똑한 사람은 머리를 쓰고 무식한 사람은 힘을 쓴다. (君子勞心 小人勞力)〈春秋左傳〉
　　영리한 사람은 꾀를 써서 일을 쉽게 하고 무식한 사람은 힘으로 일을 하기 때문에 힘들게 한다는 말.

6671. 똑똑한 사람이 천 번 생각한 것에도 하나의 실수는 반드시 있다. (智者千慮 必有一失)
　　　　　　　　　　　　　　　　〈史記〉
　　아무리 똑똑한 사람이 여러 번 생각한 일이라도 그 중에는 잘못된 것도 있게 마련이라는 뜻.

6672. 똑똑한 여자가 못난 남자보다 낫다.
　　여자도 남자보다 똑똑한 사람이 많다는 말.

6673. 똑똑히 볼 수 있는 거리다. (明視距離)
　　잘 보이는 가까운 거리라는 뜻.

6674. 독불장군(獨不將軍) 없다.
　　아무리 잘난 사람이라도 자기 혼자로서는 지휘관으로 될 수는 없다는 말.

6675. 독불장군이다.
　　혼자서 아무리 날뛰어도 아무 소용이 없다는 말.

6676. 독사 같은 검사요 구렁이 같은 판사다.
　범죄자의 죄상(罪狀)을 검사는 자꾸 캐내기 때문에 독사와 같이 무섭고 판사는 범죄 사실을 구렁이같이 유도한다는 뜻.

6677. 독사는 작아도 독이 있다.
　작다고 하여 너무 멸시(蔑視)하다가는 큰 화를 당하게 된다는 말.

6678. 독사 아가리를 벗어났다.
　죽을 고비를 가까스로 벗어나게 되었다는 뜻.

6679. 독사 아감지에 손가락을 넣겠다.
　대단히 위험한 짓을 스스로 하려고 한다는 뜻.

6680. 독서당(讀書堂)의 개가 공자왈 맹자왈 한다.
　독서당의 개도 글 읽는 소리를 늘 들어서 흥을 내듯이 늘 보고 듣는 일은 누구나 할 수 있다는 뜻.

6681. 독서를 하면 옛사람과도 벗이 된다. (讀書尚友)　　　〈孟子〉
　독서를 하면 그 저자(著者)인 옛사람과도 친근하게 된다는 말.

6682. 독서를 할 때에는 눈 입 마음을 하나로 합쳐야 한다. (讀書三到)　　　〈朱子〉
　책을 읽을 때에는 눈과 입과 마음을 하나로 통일시켜야 한다는 뜻.

6683. 독서의 폐다. (讀書之弊)
　책을 읽는다고 다 유익한 것이 아니라 책에 따라서는 해를 주는 것도 있으므로 선택해서 봐야 한다는 뜻.

6684. 독 속에 든 자라 잡듯 한다. (甕中捉鱉)　　　〈元曲〉
　독 안에 든 자라는 쉽게 잡을 수 있듯이 일하기가 대단히 쉽다는 뜻.

6685. 독 속의 초파리다. (甕裏醯雞)
　소견이 매우 좁은 사람을 가리키는 말.

6686. 독수리는 파리를 못 잡는다.
　힘이 세고 사나운 독수리가 제비와 같이 약한 새가 잡는 파리를 잡지 못하듯이 각자의 능력에 맞는 일이 따로 있다는 뜻.

6687. 독 안에 든 자라다. (甕中之鱉)
　독 안에 갇혀서 꼼짝도 못하고 있는 자라와 같이 장차 죽게 될 신세라는 뜻.

6688. 독 안에 든 쥐다. (甕中之鼠)
　도저히 도망칠 도리가 없어서 꼼짝도 못하는 신세라는 뜻.

6689. 독 안에서 푸념한다.
　(1) 소견이 좁아서 하는 짓이 답답하다는 말.
　(2) 마음이 옹졸하여 무슨 짓을 할지 모른다는 뜻.

6690. 독 안에서 하늘 보기다. (甕中觀天)
　넓은 하늘을 독 안에서 보듯이 소견이 몹시 좁다는 말.

6691. 독은 독으로 제지시켜야 한다. (以毒制毒)
　악(惡)은 악으로 갚아야 한다는 뜻.

6692. 독은 독으로써 쳐야 한다. (以毒攻毒)
　무기를 가지고 덤비는 사람은 무기로 쳐야 한다는 뜻.

6693. 독을 보아 쥐를 못 잡는다.
　독 사이에 숨은 쥐를 독 깰까봐 못 잡듯이 감정나는 일이 있어도 곁에 있는 사람 체면을 봐 참는다는 뜻.

6694. 독장사 경륜(經綸)이다.
　허황한 공상(空想)을 좋아하다가는 도리어 손해를 당하게 된다는 뜻.

6695. 독장사 구구다. (甕算)　　　〈松南雜識〉
　옛날 독장수가 양계(養雞)를 하면 몇해 안에 부자가 된다는 계산을 대듯이 허황한 계산을 한다는 말.

6696. 독장사 구구 대다 독만 깨뜨린다.
　옛날 독장수가 독을 팔아 달걀을 사서 양계를 하면 불과 몇년 안에 부자가 될 것 같아서 좋아서 날뛰다가 독을 깨서 화려한 공상이 깨졌다는 말.

6697. 독장사 궁리에 독장사 셈이다.
　허황한 계획에 허황한 계산이라는 뜻.

6698. 독장사 셈이다. (甕算)
　실현성도 없는 허황한 계산이라는 뜻.

6699. 독장사의 궁리(窮理)다.
　옛날 독장수가 양계를 하면 곧 부자가 될 수 있다는 궁리를 하듯이 허황한 궁리라는 뜻.

6700. 독장사의 셈이요 그림의 떡이다. (甕算畵餠)
　허황한 계획에다가 아무 실속도 없는 일이라는 뜻.

6701. 독장사 지게 작대기 차듯 한다.
　독 지게의 작대기를 차면 독 지게가 넘어지면서 독이 깨지듯이 일을 저질러 큰 손해를 보게 하였다는 뜻.

6702. 독충도 건드려야 독을 내며 쏜다. (螫虫之觸負其毒也)　　　〈諸葛亮心書〉
　악한 사람도 자신을 해롭게 하기 때문에 덤벼서 해친다는 뜻.

271

6703. 독침 빠진 지네다.

　　독침을 잃은 지네와 같이 무장을 해제당한 군인이라는 뜻.

6704. 독 틈에 낀 탕관(湯罐)이다.

　　작은 약탕관이 큰 독 틈에 끼어서 꼼짝도 못하듯이 약자가 강자 틈에 끼어서 고통을 받는다는 말.

6705. 독 틈에 든 용소(龍沼)다.

　　독 틈에도 물 웅덩이가 있다는 말로서 무슨 일이든지 얕보지 말고 조심성있게 하라는 뜻.

6706. 독 틈에 탕건이다.

　　탕건이 독 틈에 끼어 망그러지게 되듯이 약한 사람이 강한 사람들 틈에 끼어서 곤란을 당한다는 뜻.

6707. 독하기는 고양이 똥이다.

　　고양이 똥마냥 몹시 냄새가 독하다는 말.

6708. 독한 술은 빨리 취한다.

　　과단성(果斷性)이 있는 사람은 일을 신속히 처리한다는 뜻.

6709. 독한 약은 쓰지만 병을 나꾼다. (毒藥口苦利於病)

　　먹기가 힘든 약이 병을 고치듯이 듣기 싫은 말이 유리(有利)하다는 뜻.

6710. 돈 가지고 안 되는 일 없다.

　　돈만 많으면 세상에서 안 되는 일이 없다는 뜻.

6711. 돈 거래는 분명해야 한다. (財上分明)

　　아무리 친한 사이라도 돈 거래는 분명하게 하지 않으면 친분(親分)까지 상하게 된다는 뜻.

6712. 돈 꾸러미가 썩어서 돈을 세지 못한다. (貫朽而不可校)　　　　　　　　　〈漢書〉

　　구두쇠 부자가 돈을 쓸 줄은 모르고 쌓아 두기만 하여 썩어지도록 되었다는 말.

6713. 돈 나는 모퉁이가 죽는 모퉁이다.

　　생명을 걸고 이권을 다투는 것은 위험하다는 뜻.

6714. 돈 남아 주체 못 한다는 사람 없다.

　　아무리 큰 부자라도 돈이 모자라서 걱정하지 남아서 걱정하는 사람은 없다는 뜻.

6715. 돈 내고 돈 먹기다.

　　돈을 내면 돈을 낸 것만큼 돈을 먹을 수 있다는 뜻.

6716. 돈 너무 많다는 사람 없다.

　　돈은 아무리 많아도 많아서 싫다는 사람은 없다는 뜻.

6717. 돈놀이는 시비거리다.

　　돈을 줄 때는 웃으며 주지만 받을 때는 시비를 해서 받는 경우가 많다는 뜻.

6718. 돈 놓고 돈 먹기다.

　　돈을 떼일 염려가 없이 안심하고 돈벌이를 할 수 있다는 뜻.

6719. 돈 닷돈 벌라고 보리 밭에 갔다가 안동포(安東布) 단속곳에 물갯똥 칠만 한다.

　　조그마한 이득을 얻으려다가 큰 망신만 당한다는 뜻.

6720. 돈댄 사람이 주인이다.

　　무슨 일이나 자본을 댄 사람이 주인이 된다는 뜻.

6721. 돈 떨어지면 정도 떨어진다.

　　돈 있던 사람이 돈 떨어지면 정든 사람과도 사이가 멀어지게 된다는 뜻.

6722. 돈 떨어지면 친구도 떨어진다.

　　부자가 패가(敗家)를 하게 되면 옛 친구들과 멀어지게 된다는 뜻.

6723. 돈 떨어지자 신발 떨어진다.

　　돈이 있을 때는 쓸 데가 없다가도 돈이 떨어지면 살 것이 많게 된다는 뜻.

6724. 돈 떨어지자 임 떨어진다.

　　돈이 떨어지면 사랑하는 사람과도 정이 멀어진다는 뜻.

6725. 돈 떨어지자 입맛 난다.

　　돈을 다 쓰고 나면 먹고 싶은 것이 더 많아진다는 뜻.

6726. 돈 도둑질은 안해도 물 도둑질은 한다.

　　농민이 돈은 도둑질을 하지 않아도 가물 때 물 도둑질은 한다는 뜻.

6727. 돈 독(毒)이 올랐다.

　　돈밖에 모르는 수전노(守錢奴)라는 뜻.

6728. 「돈 돈」하다 죽는다.

　　사람은 누구나 죽을 때까지 돈을 벌기 위하여 고생만 하다가 죽는다는 뜻.

6729. 돈 두고도 빚 안 갚는 난봉이다. (有實難捧)

　　돈이 있어도 남에게서 쓴 빚을 안 갚는 사람이라는 뜻.

6730. 돈 마다는 놈 못 보았다.

　　사람이라면 누구나 다 돈을 좋아한다는 말.

6731. 돈 마다는 사람 없고 예쁜 여자 싫다는 사람 없다.

　　사람은 누구나 돈이 필요하고 남자는 미인을 좋아한

다는 말.

6732. 돈만 아는 구두쇠다.
돈밖에 모르는 수전노(守錢奴)라는 말.

6733. 돈만 있으면 가는 곳마다 상전 노릇한다.
돈만 있으면 어디를 가나 대우를 받을 수 있다는 말.

6734. 돈만 있으면 개도 멍첨지가 된다.
개도 돈이 있으면 천대를 받지 않고 존대를 받게 된다는 뜻.

6735. 돈만 있으면 걱정이 없다.
돈만 있으면 이 세상에서 거의 걱정 없이 살 수 있다는 뜻.

6736. 돈만 있으면 과거(科擧)에도 급제(及第)한다.
돈만 있으면 과거에 급제하여 출세할 수 있다는 뜻.

6737. 돈만 있으면 귀신도 부린다. (有錢使鬼神)
〈松南雜識〉
돈만 있으면 귀신도 부릴 수 있을 정도의 권력을 가질 수 있다는 뜻.

6738. 돈만 있으면 귀신도 사귈 수 있다.
돈만 있으면 아무리 지위가 높은 사람과도 사귈 수 있다는 뜻.

6739. 돈만 있으면 도깨비도 부린다.
돈만 많으면 무슨 짓이나 다 할 수 있다는 말.

6740. 돈만 있으면 등신도 똑똑이가 된다.
돈만 많으면 똑똑하지 못한 사람도 저절로 똑똑하게 된다는 말.

6741. 돈만 있으면 못난 놈도 없다.
못난 사람이라도 돈만 있으면 하고 싶은 일을 다 할 수 있기 때문에 못났다는 말을 듣지 않게 된다는 뜻.

6742. 돈만 있으면 염라대왕(閻羅大王) 문서도 고친다.
돈만 있으면 죽음도 면할 수 있다는 뜻.
※ 염라대왕 : 저승의 임금.

6743. 돈만 있으면 종도 상전 된다.
돈만 있으면 신분이 천해도 높은 지위에 오를 수 있다는 말.

6744. 돈만 있으면 지옥문도 여닫는다.
돈만 있으면 잘못한 것도 용서받을 수 있다는 말.

6745. 돈만 있으면 처녀 불알도 산다.
돈만 있으면 무슨 일이나 다 할 수 있고 사고 싶은 것도 다 살 수 있다는 말.

6746. 돈만 있으면 천도(天桃) 복숭아도 먹는다.
돈만 많으면 세상에서 못 구하는 것이 없다는 뜻.

6747. 돈만 있으면 천치도 똑똑해진다.
돈만 있으면 못나고 무식한 사람도 똑똑하게 되다는말.

6748. 돈만 있으면 힘도 절로 난다.
돈이 많으면 일을 하고 싶은 의식도 왕성(旺盛)하게 되므로 용기도 절로 난다는 뜻.

6749. 돈 모아 줄 생각 말고 자식 글 가르쳐 주랬다.
자식에게는 돈을 모아 주는 것보다 공부를 시키는 것이 낫다는 뜻.

6750. 돈반상(錢半床) 먹고 열 네 잎으로 사정한다.
응당 줄 것을 덜 주려고 인색한 짓을 한다는 뜻.

6751. 돈방석에 앉았다.
돈벌이가 매우 좋은 자리에 있다는 뜻.

6752. 돈 뺏은 사람은 죽고 나라 뺏은 사람은 임금된다.
재물을 뺏는 사람은 사형을 받게 되지만 정권을 뺏는 사람은 통치자(統治者)가 된다는 말.

6753. 돈 버는 사람이 따로 있고 돈 쓰는 사람이 따로 있다.
한 집안에는 돈 버는 사람과 돈 쓰는 사람이 각각 있다는 말.

6754. 돈 번 자랑 말고 쓴 자랑 하랬다.
남에게 돈 번 자랑보다도 돈을 어떻게 잘 썼다는 자랑을 하라는 말.

6755. 돈 벌기가 앓기보다도 어렵다.
돈 벌기가 병으로 앓는 것보다도 더 고생스럽다는 뜻.

6756. 돈 벌기가 앓기보다 힘든다.
자본이 넉넉한 사람은 돈 벌기가 쉬울 수도 있지만 자본이 없는 사람은 돈 벌기가 매우 고달프고 힘든다는 뜻.

6757. 돈벌이를 배운 사람은 돈 버는 짓을 잘한다. (習於利者 效於貨)
〈茶山論叢〉
젊어서부터 상공업(商工業)에 종사한 사람은 돈벌이를 잘한다는 뜻.

6758. 돈 벼락을 맞는다.
돈을 갑자기 많이 번 사람을 두고 하는 말.

6759. 돈보다 더 큰 보배 없다.
사람이 살아가는 데는 돈보다 더 소중한 것이 없다는
뜻.

6760. 돈 보증은 서도 사람 보증은 서지 말랬다.
돈 보증은 금액에 대한 책임만 있지만 신분 보증은 인
적(人的) 보증까지 서기 때문에 책임이 매우 크다는
뜻.

6761. 돈 빌려 주고 친구 잃는다.
돈을 잘못 빌려 주다가는 돈도 잃고 친구도 잃게 된다
는 뜻.

6762. 돈 빌리는 데 보증 서지 말라. (勿保貸)
친한 사이라도 보증을 서다가는 친분(親分)을 상하게
될 수 있기 때문에 보증을 서지 말라는 뜻.

6763. 돈 앞에는 귀신도 울고 간다.
아무리 잘난 사람이라도 돈 앞에는 굴복한다는 뜻.

6764. 돈 앞에는 눈물도 없다.
돈만 아는 사람은 남의 사정을 조금도 봐 주지 않는
다는 뜻.

6765. 돈 앞에는 눈이 어두워진다.
돈을 보게 되면 마음이 변하면서 양심을 잃게 된다는
뜻.

6766. 돈 앞에는 웃음이 한 말이요 돈 뒤에는 눈
물이 한 섬이다.
돈이 넉넉한 곳에는 즐거움이 따르게 마련이고 돈이
없는 곳에는 걱정이 따르게 된다는 말.

6767. 돈 앞에는 인정 사정도 없다.
돈만 아는 사람은 남의 사정을 봐 준다거나 인정을 베
푸는 일이 없다는 뜻.

6768. 돈 앞에서는 부모도 모른다.
돈에 눈이 어두우면 부모도 모르게 된다는 뜻.

6769. 돈 앞에 장사 없다.
돈이 없는 사람은 돈 많은 사람 앞에 굴복하게 된다
는 뜻.

6770. 돈 없는 나그네 주막 지나듯 한다.
먹고 싶은 것을 못 먹어 매우 섭섭하다는 뜻.

6771. 돈 없는 놈 서러워 못살겠다.
돈이 없으면 천대도 받고 억울한 일도 당하게 되므로
매우 서럽다는 뜻.

6772. 돈 없는 놈은 입도 없다.
돈이 없는 사람은 할 말은 있지만 참고 말을 못하게

된다는 뜻.

6773. 돈 없는 놈은 주먹도 못 쓴다.
돈이 없으면 정의로운 용기조차 내지 못한다는 뜻.

6774. 돈 없는 놈이 큰 떡 먼저 든다.
자격이 없는 사람이 도리어 먼저 나선다는 뜻.

6775. 돈 없는 죄다.
돈이 없어서 저지르게 된 죄라는 뜻.

6776. 돈 없는 탓이다.
돈이 없어서 일을 저지르게 되었다는 말.

6777. 돈 없다는 사람은 있어도 돈 남는다는 사
람은 없다.
돈은 많으면 많이 쓰게 되므로 아무리 큰 부자라도 돈
이 남아서 걱정되는 일은 없다는 뜻.

6778. 돈 없어 사지는 못하지만 망건은 나쁘다.
나와는 관계가 없어도 바른 말을 할 것은 해야 한다
는 뜻.

6779. 돈 없으면 끈 떨어진 망석중이다.
돈 없는 사람은 사람 구실을 못 하게 된다는 뜻.

6780. 돈 없으면 못난 놈 된다.
인격적으로 잘났더라도 돈이 없으면 활동력이 없게
되므로 못난 사람이 된다는 뜻.

6781. 돈 없으면 잘난 놈도 못난 놈 되고 돈 있
으면 못난 놈도 잘난 놈 된다.
사람의 평가는 그 바탕도 중요하지만 사회 활동에서는
경제력(經濟力)으로 결정된다는 뜻.

6782. 돈 없으면 잘난 놈도 못난 놈 된다.
아무리 잘난 사람이라도 돈이 없으면 하고 싶은 일을
못하게 되므로 결국은 못난 놈이 된다는 뜻.

6783. 돈 없으면 잘난 놈도 용빼는 재주 없다.
아무리 잘난 사람이라도 돈이 없으면 하고 싶은 일을
하지 못한다는 뜻.

6784. 돈 없으면 호걸(豪傑)도 없다.
돈이 없으면 아무리 잘난 사람도 잘난 값을 못 하게
된다는 뜻.

6785. 돈에 눈이 어두운 사람은 사람도 보이지
않는다. (攫金者 不見人)   〈虛堂錄〉
수전노(守錢奴)가 되면 친척이나 친구도 몰라보게 된
다는 뜻.

6786. 돈에는 부자간에도 속인다.
금전 관계에 있어서는 부자간에도 서로 속이게 된다

는 말.

6787. 돈에는 부자(父子)도 남이다.
　부자간에도 재산 문제 때문에 흔히 불화(不和)하게 된
다는 뜻.

6788. 돈에는 부자(父子)도 없다.
　재산 문제로 부자간에 의를 상하는 경우가 있다는 뜻.

6789. 돈에 눈이 어두우면 부모 형제도 보이지 않는다.
　돈에 눈이 어둡게 되면 부모나 형제도 돌보지 않게
된다는 말.

6790. 돈에 눈이 어두우면 처자도 돌보지 않는다.
　수전노(守錢奴)가 되면 아내도 자식도 돌보지 않게 된
다는 뜻.

6791. 돈에는 부모도 속인다.
　돈 관계에서는 정직하기가 어렵다는 뜻.

6792. 돈에 맛들이면 의리도 저버린다. (見利忌
義)
　돈에 눈이 어둡게 되면 의리도 생각하지 않게 된다는
뜻.

6793. 돈에 반하지 사람엔 반하지 않는다.
　허영에 뜬 여자가 사람보다도 돈에 반한다는 뜻.

6794. 돈에서 곰팡이가 난다.
　수전노(守錢奴)와 같이 돈을 두고도 쓰지 않는다는 말.

6795. 돈에 울고 돈에 죽는다.
　세상에는 돈 때문에 우는 사람도 많고 죽는 사람도
있다는 뜻.

6796. 돈에 유혹되어서는 안 된다. (不爲利誘)
　　　　　　　　　　　　　　　　　〈牧民心書〉
　관리가 돈에 눈이 어두워지면 정당하게 공무를 집행
하지 못하게 된다는 말.

6797. 돈에 환장하면 돈밖에 보이지 않는다.
　돈에 환장을 하게 되면 도덕과 예의도 모르고 돈만
알게 된다는 뜻.

6798. 돈에 환장하면 사람도 보이지 않는다.
　(攫金者 不見人)　　　　　　　　〈虛堂錄〉
　돈에 환장한 사람은 눈에 돈밖에 보이지 않는다는 말.

6799. 돈으로 맺은 연분은 돈 떨어지면 그만이다.
　재산만 보고 하는 결혼은 경제적으로 충족을 못하게
되면 불행하게 될 수 있다는 뜻.

6800. 돈으로 안 되는 일 없다.

돈이면 모든 일이 다 될 수 있다는 말.

6801. 돈으로 출세한다. (以財發身)
　돈을 써서 출세하게 되었다는 말.

6802. 돈은 개같이 벌렸다.
　돈벌이를 할 때는 무슨 짓을 해서라도 벌어야 한다는
뜻.

6803. 돈은 개같이 벌어 정승(政丞)같이 쓰렸다.
　돈을 벌 때에는 악착같이 벌어서 쓸 때에는 인심을 얻
도록 해야 한다는 뜻.

6804. 돈은 거머쥐지 않으면 도망친다.
　돈이 손 안에 들어오면 거머쥐고 쓰지를 말아야 자
기의 것이 된다는 뜻.

6805. 돈은 꾸어 주어도 외상(外上)은 못 준다.
　장사하는 사람은 돈은 꾸어 줄지언정 외상을 주어서
는 안 된다는 뜻.

6806. 돈은 나누어 줘도 복은 나누어 주지 못한
다.
　돈은 서로 나누어 쓸 수 있어도 복은 당사자(當事者)
밖에 못 가지게 된다는 말.

6807. 돈은 날개가 없어도 날아다닌다. (無翼而
飛)
　돈은 날개는 없지만 날아다니듯이 널리 잘 돌아다닌
다는 뜻.

6808. 돈은 눈이 멀었다.
　돈은 눈이 멀었기 때문에 불쌍한 사람도 모른다는 뜻.

6809. 돈은 눈이 없다.
　돈에 만일 눈이 있다면 가난하고 불쌍한 사람에게도
가겠지만 눈이 없기 때문에 돈이 많은 사람에게로만
모인다는 뜻.

6810. 돈은 더럽게 벌어도 깨끗이 쓰면 된다.
　천한 일을 하여 번 돈이라도 그것을 보람있게 쓴다면
남에게 존경을 받게 된다는 뜻.

6811. 돈은 돈다고 돈이다.
　돈은 사람 손에서 손으로 돈다고 그 이름도 돈이라고
하였다는 말.

6812. 돈은 돌고 돈다.
　돈은 돌고 돌기 때문에 누구든지 노력하면 얻을 수 있
다는 뜻.

6813. 돈은 마음을 검게 하고 술은 얼굴을 붉게
한다.
　돈을 모으게 되면 양심에 가책을 받는 짓도 하게 된

다는 뜻.

6814. 돈은 많아도 걱정이요 적어도 걱정이다.
　돈은 많아도 화를 당하는 경우가 있고 돈이 없어서 화를 당하는 경우도 있다는 말.

6815. 돈은 많아도 교만하지 않다. (富而無驕)
　　　　　　　　　　　　　　　　　　　〈論語〉
　많은 경우에 돈이 있으면 교만해지는데 예외로 교만하지 않은 착한 사람이 있다는 뜻.

6816. 돈은 많아야 하고 병은 없어야 한다.
　돈이 많고 건강해야 행복하다는 뜻.

6817. 돈은 많을수록 더 갖고 싶어진다.
　돈은 벌면 벌수록 더 많이 벌고 싶어진다는 뜻.

6818. 돈은 모으기보다 쓰기가 더 어렵다.
　돈을 잘못 쓰면 큰 재화를 입을 수 있기 때문에 쓰기가 더 어렵다는 뜻.

6819. 돈은 발이 없어도 잘 돌아다닌다.
　돈은 잘 돌아다니는 것이기 때문에 잘 지켜야 한다는 뜻.

6820. 돈은 뱅뱅 돌면서 가는 사람에게만 간다.
　돈은 아무나 버는 것이 아니라 재복(財福)이 있어야 번다는 말.

6821. 돈은 버는 사람과 쓰는 사람이 따로 있다.
　한 집안에서 돈 번 사람은 그 돈을 아까와서 못 쓰지만 그 돈을 물려받은 사람은 함부로 쓰게 된다는 뜻.

6822. 돈은 벌기보다도 쓰기가 더 어렵다.
　돈은 벌기도 힘이 들지만 그보다도 쓰기가 더 어렵다는 뜻.

6823. 돈은 법(法)도 이긴다.
　돈이 있으면 법망(法網)도 뚫을 수 있다는 말.

6824. 돈은 부정(不淨)한 데서 모인다.
　돈을 벌려면 의리도, 인정도, 체면도 없이 행동해야 한다는 뜻.

6825. 돈은 빌려 주면 돈도 잃고 사람도 잃는다.
　돈은 빌려 주면 흔히 돈도 떼이게 되고 친구도 잃게 된다는 말.

6826. 돈은 빌려 주면 돈도 잃고 친구도 잃는다.
　돈을 남에게 빌려 주면 돈만 못 받게 되는 것이 아니라 그 친구까지 잃게 된다는 말.

6827. 돈은 사람의 마음을 검게 한다. (黃金黑人心)
　　　　　　　　　　　　　　　　　　　〈春秋左傳〉
돈에 환장을 하게 되면 이성(理性)을 잃게 된다는 뜻.

6828. 돈은 상 귀에 뿔이 나기 전에 벌어야 한다.
　돈은 밥 먹는 식구가 늘기 전에 벌어야 한다는 뜻.

6829. 돈은 상 머리에 뿔이 나기 전에 모아야 한다.
　돈을 모으는 것은 자녀를 낳기 전에 모아야 한다는 뜻.

6830. 돈은 아껴서 뜻밖의 쓸 일에 대비해야 한다. (裁省冗費 以備不虞)　　　〈擊蒙要訣〉
　일상 생활에서 절약하여 저축을 해서 뜻밖의 돈 쓸 일에 준비를 해두어야 한다는 뜻.

6831. 돈은 앉아 주고 따라다니며 받는다.
　돈은 한번 남을 주면 받기가 매우 어렵다는 뜻.

6832. 돈은 앉아 주고 서서 받는다.
　돈을 주기는 쉬워도 받아들이기는 힘들다는 뜻.

6833. 돈은 억지로 못 번다.
　돈은 벌 수 있는 여건이 있어야지 무리하게는 벌 수 없다는 뜻.

6834. 돈은 욕먹고 벌어도 쓰기만 잘하면 된다.
　돈을 벌 때에는 다소 욕을 먹더라도 나중에 쓰기만 잘하면 그 욕은 다 없어진다는 뜻.

6835. 돈은 일생의 보물이다.
　돈이 없이는 잠시라도 살아나갈 수 없다는 뜻.

6836. 돈은 임자가 따로 없다.
　돈은 임자가 없는 것이기 때문에 부지런히 노력하는 사람은 얻을 수 있다는 뜻.

6837. 돈은 있어도 걱정이요 없어도 걱정이다.
　돈은 많아도 화를 당하는 경우가 있고 없어도 화를 입는 경우가 있다는 말.

6838. 돈은 있어도 공은 없다. (有財無功)
　돈은 많이 있어도 공로를 세운 일은 없다는 뜻.

6839. 돈은 제 발로 들어와야 한다.
　부자가 되는 것은 재복이 있어야 되지 억지로는 될 수 없다는 뜻.

6840. 돈은 주인이 없다.
　돈은 사람 손에서 손으로 돌아다니는 물건이라는 뜻.

6841. 돈을 갈퀴질한다.
　돈을 힘 들여 버는 것이 아니라 갈퀴로 긁어 담듯 한다는 말.

6842. 돈을 물 쓰듯 한다. (用錢如水), (使錢如

水)　　　　　　　〈梅堯臣〉, 〈雞林玉露〉
돈을 아껴 쓰지 않고 함부로 쓴다는 뜻.

6843. 돈을 벌면 도량도 커진다. (富大量大)
돈을 벌게 되면 생각하는 것도 깊어지고 마음도 너그러워진다는 뜻.

6844. 돈을 벌면 배짱도 커진다.
돈이 없던 사람도 돈을 벌게 되면 겁이 없고 대담해진다는 뜻.

6845. 돈을 벌면 사치하게 되고 지위가 높아지면 교만해진다. (富貴生驕奢)
돈이 없던 사람도 돈을 벌면 사치를 하게 되고 지위가 낮던 사람도 지위가 높아지면 교만하게 된다는 뜻.

6846. 돈을 벌면 없던 일가도 생긴다.
가난하던 사람이 돈을 벌면 찾아오지 않던 일가들이 찾아오게 된다는 뜻.

6847. 돈을 벌면 친구를 갈고 벼슬을 하면 아내를 간다.
가난하였던 사람이 부자가 되면 옛날 친구를 버리게 되고 천했던 사람이 높은 벼슬을 하게 되면 아내와 이혼하고 새로 결혼을 한다는 말.

6848. 돈을 빌릴 때는 고맙다고 하고 갚을 때는 박정(薄情)하다고 한다.
빚을 얻을 때는 감사한 마음을 가지게 되지만 빚을 독촉받고 이자까지 갚게 될 때는 야박한 생각이 든다는 뜻.

6849. 돈을 자손들에게 많이 물려 준다고 하여 그 자손이 반드시 이것을 지킨다고는 할 수 없다. (積金以遺子孫 子孫未必能守) 〈孔子〉
돈을 자손에게 아무리 많이 주더라도 그 돈을 대대손손이 지켜나가지는 못한다는 뜻.

6850. 돈을 준다면 뱃속에 든 아이도 나온다.
뱃속에 든 아이도 돈을 준다면 나올 정도로 어린 아이도 돈을 좋아한다는 뜻.

6851. 돈을 형이라고 부른다. (呼錢爲兄) 〈虎叱〉
구두쇠가 돈을 형과 같이 존대한다는 뜻.

6852. 돈을 훔친 사람은 사형을 받아도 나라를 훔친 사람은 임금이 된다. (竊釣者誅 竊國者候)
돈을 훔친 사람은 극형(極刑)을 받을 수 있지만 나라를 훔친 사람은 정권을 잡아 임금이 된다는 말.

6853. 돈의 노예다. (守錢奴)
사람이 돈의 노예 노릇을 한다는 말.

6854. 돈의 힘으로 되지 않는 일이 없다. (金權萬能 : 黃金萬能)
돈만 있으면 모든 일이 다 될 수 있다는 뜻.

6855. 돈이나 없었더라면 자식이나 버리지 않았지.
부잣집 자식은 돈 때문에 방탕하게 되기가 쉽다는 뜻.

6856. 돈이 떨어져 봐야 사람의 마음을 알 수 있다.
돈이 있을 때 친하던 사람이 돈이 떨어졌을 때도 친하게 대해 주는가 아닌가로서 그 마음을 알 수 있다는 뜻.

6857. 돈이 떨어져 봐야 세상 인심도 안다.
세상 인심은 돈이 있을 때의 대우와 돈이 없을 때의 대우가 다르다는 말.

6858. 돈이 돈을 낳는다.
밑천이 있어야 돈을 벌게 된다는 뜻.

6859. 돈이 돈을 모은다.
밑천이 있어야 돈을 벌지 맨손으로는 돈을 벌 수 없다는 뜻.

6860. 돈이 돈을 번다.
돈을 버는 데는 자본이 많아야 큰 돈을 벌게 된다는 뜻.

6861. 돈이 돈을 새끼 친다.
밑천이 없이는 돈을 늘릴 수가 없다는 말.

6862. 돈이라면 뱃속의 아이도 나온다.
돈을 준다면 뱃속에 있는 아이도 좋아서 나온다고 할 정도로 아이들까지도 돈을 좋아한다는 뜻.

6863. 돈이라면 사지(四肢)를 못 쓴다.
돈 생기는 일이라면 죽을지 모르고 덤빈다는 뜻.

6864. 돈이라면 신주도 팔아먹겠다.
돈만 생기는 일이라면 수치(羞恥)스러운 줄도 모른다는 뜻.

6865. 돈이라면 오금을 못 쓴다.
돈 한푼 쓰는 데도 벌벌 떠는 구두쇠라는 뜻.

6866. 돈이라면 처녀도 아이를 낳는다.
돈만 있으면 무슨 짓이나 다 할 수 있다는 뜻.

6867. 돈이 많아야 장사도 잘 된다. (多錢善賈) 〈韓非子〉
자본이 넉넉해야 장사도 잘할 수 있다는 말.

6868. 돈이 많아야 큰 장사도 한다. (富商大賈)

밑천이 많아야 장사도 크게 할 수 있다는 말.

6869. 돈이 많으면 도둑이 엿보게 된다. (錐積而盜窺) 〈菜根譚〉

돈이 많으면 도둑이 노리게 되므로 간직을 잘해야 한다는 뜻.

6870. 돈이 많으면 두역신(痘疫神)도 부린다.

돈만 많으면 무서운 마마 귀신도 부릴 수 있을 정도로 모든 일을 마음대로 할 수 있다는 뜻.

6871. 돈이 많으면 원망도 많다.

돈을 벌자면 남에게서 원망을 많이 듣게 된다는 뜻.

6872. 돈이 많으면 일도 많다. (富則多事)〈莊子〉

돈이 많으면 그것을 관리하는 일 때문에 일이 많아지게 된다는 뜻.

6873. 돈이 많으면 장사 잘하고 소매가 길면 춤추기 좋다. (多錢善賈 長袖善舞) 〈韓非子〉

자본금이 많으면 장사도 크게 잘할 수 있고 소매가 긴 옷을 입은 사람은 멋있는 춤을 출 수 있다는 뜻.

6874. 돈이 많지 않으면 친분도 깊어지지 않는다. (黃金不多交不澤)

돈이 없으면 친구간에도 인사와 체면을 차리지 못하게 되기 때문에 친분도 깊어질 수 없게 된다는 말.

6875. 돈이 말한다.

돈이 많으면 용기도 나고 발언권도 크게 된다는 말.

6876. 돈이면 다 된다. (黃金萬能)

돈만 있으면 무슨 일이든지 다 이루어진다는 뜻.

6877. 돈이면 만사 형통(萬事亨通)이다.

돈만 있으면 모든 일이 다 잘 된다는 뜻.

6878. 돈이면 산 호랑이 눈썹도 뽑아 온다.

돈이라면 생명도 아끼지 않고 덤빈다는 뜻.

6879. 돈이면 죽을지 모른다.

돈을 벌기 위해서는 목숨도 아끼지 않게 된다는 뜻.

6880. 돈이 보배다.

돈으로 으시대는 사람을 두고 하는 말. ↔ 돈이 원수다.

6881. 돈이 사람을 따라야지 사람이 돈을 따라서는 안 된다.

부자가 되려면 재운이 있어야지 억지로 돈을 벌려고 해도 안 된다는 뜻.

6882. 돈이 사람을 따라야 한다.

재운이 있어야지 돈은 억지로 못 번다는 말.

6883. 돈이 사람을 속인다.

돈이 생길 듯 생길 듯 하면서도 생기지 않는다는 뜻.

6884. 돈이 사람 죽인다.

돈 때문에 죽는 경우가 많다는 뜻.

6885. 돈이 새끼 친다.

돈을 굴리면 이자가 늘게 된다는 뜻.

6886. 돈이 양반이다.

돈만 있으면 명예와 권력도 따르게 된다는 뜻.

6887. 돈이 없으면 궁기(窮氣)가 낀다.

돈이 있다가 돈이 떨어지면 구차스러운 짓을 하게 된다는 뜻.

6888. 돈이 없으면 금수 강산(錦繡江山)도 적막 강산(寂寞江山) 된다.

돈이 없으면 아무리 경치 좋은 곳이라도 가지를 못하게 된다는 뜻.

6889. 돈이 없으면 못난 놈 된다. (貧者小人)

돈이 없으면 남의 밑에서 일을 해야 하기 때문에 못난 사람이 된다는 뜻.

6890. 돈이 없으면 무서운 것도 없다.

돈이 없는 사람은 악만 남았기 때문에 무서운 것이 없다는 뜻.

6891. 돈이 없으면 사람이 잘 나거나 사람이 못났거든 돈이라도 많아야지.

돈도 없고 사람도 못나서 천대만 받는 존재라는 뜻.

6892. 돈이 없으면 아무 일도 이루어지지 않는다. (無錢不成 : 無物不成)

무슨 일이든지 돈이 없으면 일을 할 수 없게 된다는 말.

6893. 돈이 없으면 적막 강산(寂寞江山)이요 돈이 있으면 금수 강산(錦繡江山)이다.

돈이 없으면 산천을 보아도 쓸쓸하기만 한데 돈이 있으면 산천을 보아도 경치가 좋아 보인다는 뜻.

6894. 돈이 없으면 할 말도 못 한다.

돈 많은 사람 앞에서 돈 없는 사람은 발언권도 없다는 뜻.

6895. 돈이 원수다.

(1) 돈으로 인해서 화를 입었을 때 하는 말. (2) 돈이 없어서 고난을 받을 때 하는 말. ↔ 돈이 보배다.

6896. 돈이 있게 되면 교만해진다. (有餘則驕)

〈管子〉

가난했던 사람도 돈이 있게 되면 교만해지게 된다는 뜻.

6897. 돈이 있는 사람은 살고 돈이 없는 사람은 죽는다. (有錢者生 無錢者死) 〈漢書〉
돈이 있으면 죽을 것도 사는 수가 있고 돈이 없으면 살 것도 죽을 수가 있다는 말.

6898. 돈이 있는 집은 집만 보아도 안다. (富潤屋) 〈大學〉
돈이 있는 사람은 그가 살고 있는 집만 보아도 바로 알 수 있다는 뜻.

6899. 돈이 있는 집은 집만 보아도 알고 덕이 있는 사람은 겉만 보아도 안다. (富潤屋 德潤身) 〈大學〉
돈이 있는 사람은 그가 살고 있는 집만 봐도 알 수 있고 덕이 있는 사람은 그의 외모와 언행만 보아도 안다는 뜻.

6900. 돈이 있어도 사치는 하지 않는다. (富而不侈)
돈이 있으면 으례 사치를 하게 되는데 사치를 하지 않고 건실하게 생활한다는 뜻.

6901. 돈이 있으면 극락도 간다.
돈이 있으면 남에게 적선(積善)도 많이 할 수 있다는 뜻.

6902. 돈이 있어야 금수 강산도 있다.
돈이 있어야 금수 강산도 구경하고 즐길 수 있다는 뜻.

6903. 돈이 있어야 서울이다.
돈이 넉넉해야 문화 생활도 할 수 있다는 뜻.

6904. 돈이 있어야 양반 노릇도 한다.
돈이 없으면 잘난 사람도 제 구실을 못한다는 뜻.

6905. 돈이 있어야 인사 체면도 차린다.
돈이 없으면 사람으로서 인사나 체면도 차릴 수 없게 된다는 말.

6906. 돈이 있어야 저승가는 길도 편히 간다.
돈이 넉넉해야 죽을 때도 편안하게 죽을 수 있다는 말.

6907. 돈이 있어야 친구도 많다.
돈이 있어야 교제할 수 있는 기회가 많아서 친구도 많아진다는 뜻.

6908. 돈이 있으면 겁이 나고 돈이 없으면 근심이 생긴다.
돈이 있어도 걱정이 되고 없어도 걱정이 된다는 말.

6909. 돈이 있으면 담도 커진다. (財能壯膽)
돈이 많으면 배짱도 커지게 된다는 말.

6910. 돈이 있으면 무서운 것이 없다.
돈이 있으면 권력도 생기게 되기 때문에 무서운 것이 없게 된다는 뜻.

6911. 돈이 있으면 무서워진다.
돈을 가지고 있는 사람은 항상 도둑을 맞을까봐 걱정을 하게 된다는 말.

6912. 돈이 있으면서도 인색하지 않은 것은 의로운 것이다. (富而不吝 義也) 〈兩班傳〉
많은 경우에 부자는 인색한데 만일 인색하지 않은 사람이 있다면 그는 의로운 사람이라는 말.

6913. 돈이 있으면 있는 죄도 없어지고 돈이 없으면 없는 죄도 있게 마련이다. (有錢有罪無罪 無錢無罪有罪)
돈이 있으면 있던 죄도 없앨 수 있고 돈이 없으면 없는 죄도 있게 될 수 있다는 뜻.

6914. 돈이 있으면 적막 강산(寂寞江山)도 금수 강산(錦繡江山) 되고 돈이 없으면 금수 강산도 적막 강산 된다.
돈만 있으면 아무 곳에 살아도 즐겁지만 돈이 없으면 아무리 좋은 곳이라도 즐겁지 않다는 뜻.

6915. 돈이 있으면 적막 강산도 금수 강산 된다.
돈이 있으면 아무 곳에서 살아도 즐겁게 된다는 뜻.

6916. 돈이 있으면 죽을 사람도 살린다.
(1) 죽게 된 사람도 돈만 있으면 살릴 수가 있다는 뜻.
(2) 살 사람도 돈이 없으면 죽게 되는 수가 있다는 뜻.

6917. 돈이 있으면 힘도 난다.
돈이 생기면 용기도 생긴다는 뜻.

6918. 돈이 자가사리 끓듯 한다.
돈이 한곳으로 몰려든다는 뜻.

6919. 돈이 장사(壯士)다.
돈만 있으면 힘이 나서 장사와 같이 된다는 뜻.

6920. 돈이 제갈량(諸葛亮)이다.
돈만 있으면 못난 사람도 제갈량과 같이 훌륭한 사람이 될 수 있다는 뜻.

6921. 돈이 제갈량보다 낫다.
돈만 있으면 안 될 일도 성사시킬 수 있다는 뜻.

6922. 돈이 힘이다.
돈이 없으면 있던 힘도 없어지고 돈이 있으면 없던 힘

도 난다는 뜻.

6923. 돈 잃고 병신 된다.
　제 것을 주고도 칭찬을 받지 못하고 오히려 병신 대
접을 받게 된다는 말.

6924. 돈 잃고 사람 잃는다.
　남에게 돈을 빌려 주면 흔히 돈도 못 받게 되고 그 사
람도 못 만나게 된다는 말.

6925. 돈 잃고 친구 잃는다.
　돈을 잘못 빌려 주면 돈도 잃고 친구도 잃게 된다는
말.

6926. 돈 잃은 것은 도둑맞은 폭 친다.
　돈을 잃고 속을 썩이지 말고 돈 잃은 것을 도둑맞은
폭을 대고 자위(自慰)해야 한다는 뜻.

6927. 돈 있는 난봉이다. (有實難捧)
　돈을 두고도 남의 돈을 갚지 않는 신용없는 사람이라
는 뜻.

6928. 돈 있는 놈이 궁상은 더 떤다.
　돈 있는 사람이 돈은 더 아껴 쓴다는 뜻.

6929. 돈 있는 놈이 죽는 소리는 더 한다.
　돈 걱정은 없는 사람만 하는 것이 아니라 있는 사람
도 한다는 말.

6930. 돈 있는 문둥이는 안방에 모신다.
　싫어하던 사람도 돈만 있으면 후대하게 된다는 뜻.

6931. 돈 있는 사람은 주머니를 꿰맨다.
　돈이 많은 사람일수록 돈을 아껴 쓴다는 말.

6932. 돈 있는 사람이 더 무섭다.
　돈이 많은 사람일수록 돈에 대해서는 더 인색하다는
뜻.

6933. 돈 있는 사람이 돈 걱정은 더한다.
　없는 사람은 적은 돈을 걱정하지만 부자는 큰 돈을
걱정하게 된다는 뜻.

6934. 돈 있는 집 도련님은 다 똑똑하다고 한다.
　부잣집 자녀들보고는 아부하는 사람들이 과찬(過讚)
한다는 뜻.

6935. 돈 장사하는 격이다.
　돈으로 돈을 바꾸듯이 이득이 없다는 뜻.

6936. 돈 주고 못 사는 것이 지개(志槪)다.
　돈으로 모든 물건은 살 수 있으나 사람의 의지(意志)
와 기개(氣槪)는 살 수 없다는 뜻.

6937. 돈 주머니를 채우면 인색 주머니가 된다.
　돈을 모으게 되면 흔히 인색해진다는 뜻.

6938. 돈 지고 저승 가는 사람 없다.
　돈은 죽은 뒤에는 못 쓰는 것이므로 살아 있는 동안
에 구두쇠 노릇만 하지 말고 쓸 데는 쓰라는 말.

6939. 돈 타작(打作)을 한다.
　돈이 무더기로 생긴다는 뜻.

6940. 돈피(獤皮) 옷에 잣죽만 먹고 자랐나 ?
　매우 호화스러운 생활을 하려고 하는 사람에게 이르
는 말.

6941. 돈하고 자식은 마음대로 되지 않는다.
　일반 물건은 마음대로 만들 수 있지만 돈하고 자식은
아무리 애를 써도 마음먹은 대로 되지 않는다는 뜻.

6942. 돈 한 푼과 목숨을 바꾼다.
　사소한 돈을 벌다가 귀중한 목숨을 잃게 된다는 뜻.

6943. 돈 한 푼 없는 놈이 떡집은 자주 간다.
　돈 없는 사람이 돈은 더 아껴쓸 줄을 모른다는 뜻.

6944. 돈 한 푼 없는 놈이 자 두 치 떡을 즐긴다.
　(無錢一分 嗜尺二寸餠)
　(1) 돈이 없을수록 더 먹고 싶다는 뜻. (2) 자격이 없
는 사람이 먼저 나선다는 뜻.

6945. 돈 한 푼 없다. (手無分錢)
　돈을 다 쓰고 한 푼도 가진 것이 없다는 말.

6946. 돈 한 푼 쥐고 벌벌 떤다.
　돈 한 푼 쓰는 것도 벌벌 떠는 구두쇠라는 뜻.

6947. 돈 한 푼 쥐면 손에서 땀이 난다.
　돈을 한 푼이라도 손에 쥐게 되면 벌벌 떨고 쓰지 않
는 구두쇠라는 뜻.

6948. 돈 힘이 사람 힘보다 세다.
　(1) 아무리 잘난 사람이라도 돈이 없으면 무능하게 된
다는 뜻. (2) 돈만 있으면 권세(權勢)가 생긴다는 뜻.

6949. 돈우고 뛰어야 복사뼈다.
　아무리 도망쳐가도 별 수가 없다는 뜻.

6950. 돌다가 보아도 물방아다.
　(1) 물방아 바퀴마냥 같은 장소를 돌기만 한다는 뜻.
　(2) 아무리 애를 써 봐도 발전이 없다는 뜻.

6951. 돌다리도 두들겨 보고 건너랬다.
　(1) 무슨 일이나 조심성 있게 해야 한다는 뜻. (2) 지나
치게 세심하다는 뜻.

6952. 돌다리도 두들겨 본 뒤에 건너간다.

(1) 무슨 일이나 조심성 있게 하라는 뜻. (2) 지나치게 세심(細心)하다는 뜻.

6953. 돌담 구멍에 독사 주둥이 내밀듯 했다.
여기저기서 함부로 주먹을 내밀고 있다는 뜻.

6954. 돌담 구멍에 족제비 눈깔 같다.
족제비 눈깔마냥 눈매가 사납고 날카롭다는 뜻.

6955. 돌담 배 내밀듯 했다. (石墻飽腹) 〈旬五志〉
돌담이 배를 내밀어 무너지게 되듯이 장차 손해를 끼칠 존재라는 뜻.

6956. 돌대가리다. (石頭)
돌로 다듬어 만든 머리마냥 몹시 둔하다는 말.

6957. 돌도 쓸 것은 버리지 않는다.
아무리 혼한 것도 용도가 있는 것은 소중히 다룬다는 뜻.

6958. 돌도 쓸 것은 울 너머로 버리지 않는다.
집 안에 있는 돌도 쓸모있는 것은 담 밖으로 버리지 않듯이 사람도 쓸모있는 사람은 버림을 당하지 않는다는 뜻.

6959. 돌도 십년을 보고 있으면 구멍이 뚫린다.
무슨 일이나 끈기 있게 정성을 들여 하면 안 되는 것이 없다는 뜻.

6960. 돌 든 놈은 돌로 쳐야 한다.
상대방이 돌로 때리려고 하거든 같이 돌로 때려야 하듯이 상대방의 태도에 따라 행동해야 한다는 뜻.

6961. 돌로 치거든 돌로 치고 떡으로 치거든 떡으로 쳐야 한다. (石擲則石擲 餅擲則餅擲)
〈旬五志〉
(1) 원수는 원수로 갚고 은혜는 은혜로 갚으라는 뜻.
(2) 힘에는 힘으로 싸우고 말에는 말로 싸우라는 뜻.

6962. 돌로 치나 매로 치나 치기는 일반이다.
수단이나 방법은 다를지라도 본질적으로는 동일하다는 말.

6963. 돌림병에 까마귀 울음이다.
염병에 걸려 불안할 때 까마귀가 울듯이 불길한 징조가 있다는 뜻.

6964. 돌 물에 넣기다. (以石投水)
돌을 깊은 물 속에 넣으면 아무 흔적도 없듯이 아무 흔적이 없게 되었다는 뜻.

6965. 돌밭 얻은 것 같다. (猶獲石田) 〈春秋左傳〉
별로 쓸모가 없는 것을 얻으면 고맙다기보다 거북하

게 된다는 뜻.

6966. 돌배 썩은 건 딸 주고 단배 썩은 건 며느리 준다.
단배 썩은 건 못 먹어도 돌배 썩은 건 먹을 수 있다는 뜻.

6967. 돌봐 줄 힘은 없어도 훼방 놀 힘은 있다.
사람을 돌봐주기는 어려워도 훼방 놓기는 쉽다는 뜻.

6968. 돌부리를 차면 발부리만 아프다.
화가 난다고 해서 아무 데나 화풀이를 하게 되면 도리어 자기만 손해를 본다는 뜻.

6969. 돌부처도 돌아앉는다.
시앗을 보면 마음이 아무리 너그러운 부인도 화를 내게 된다는 뜻.

6970. 돌사람이다. (石人)
인정도 눈물도 없는 차디찬 사람이라는 뜻.

6971. 돌산 보이고 맷돌 선돈 받는다. (指山賣磨)
엉터리없는 짓으로 남을 속여먹는다는 뜻.

6972. 돌 삶은 물이다.
(1) 음식 맛이 몹시 없다는 뜻. (2) 사람이 몹시 싱겁다는 뜻.

6973. 돌아 보지도 않고 도망간다. (不顧行遯)
〈書經〉
도망가기가 급하여 뒤를 돌아 보지도 않고 계속 도망친다는 뜻.

6974. 돌아 본 마을이요 뀌어 본 방귀다.
마을도 다니던 사람이 잘 돌아다니고 방귀도 뀌는 사람이 잘 뀌듯이 무슨 일이나 재미를 붙인 사람이 잘 하게 된다는 뜻. ※ 마을 : 시골에서 이웃집에 놀러 다니는 것.

6975. 돌아오는 사람은 불러들여야 한다.
(歸者招之) 〈三略〉
자기를 찾아오는 사람은 불러들여 반갑게 접대하라는 뜻.

6976. 돌았다.
정신에 이상이 있는 사람이라는 뜻.

6977. 돌에도 오래 앉으면 따스해진다.
아무리 냉정한 사람이라도 오래 접촉하면 친해진다는 뜻.

6978. 돌에서 꽃이 피겠다.
(1) 도무지 있을 수 없다는 뜻. (2) 절대 안 된다는 것을 맹세할 때 쓰는 말.

6979. 돌 위에는 곡식이 안 된다. (石上不生五穀)
〈淮南子〉
돌 위에는 곡물이 나지 않듯이 무슨 일이든지 반드시 원인이 있어야 결과도 있다는 말.

6980. 돌 위에 연꽃을 심는다. (石上裁蓮)
물 속에 심어야 할 연을 돌 위에 심듯이 번연히 실패할 짓을 한다는 뜻.

6981. 돌은 갈아도 옥이 되지 않는다.
(1) 악한 사람은 선한 사람으로 되기가 어렵다는 말.
(2) 본질은 고칠 수가 없다는 말.

6982. 돌을 깰 수는 있어도 그 굳은 성질은 뺏을 수 없다. (石可破而不可奪其堅) 〈呂氏春秋〉
사람을 죽일 수는 있어도 그의 의지(意志)는 뺏을 수 없다는 뜻.

6983. 돌을 다듬다가 옥을 얻는다. (琢石得玉)
돌을 다듬다가 돌 속에 있는 옥을 얻듯이 일을 하다가 횡재(橫財)를 하였다는 뜻.

6984. 돌을 먹어도 삭이겠다.
젊은 사람들은 아무 음식이나 먹어도 소화를 잘 시킬 수 있다는 말.

6985. 돌을 베개로 삼는다.
집이 없어서 한데서 돌을 베고 잔다는 뜻.

6986. 돌을 삶아 먹고 사는 줄 아나 ?
남의 사정을 전혀 몰라 준다는 뜻.

6987. 돌을 지고 물에 빠진다. (負石而墜)〈荀子〉
돌을 지고 물에 빠지면 더 빨리 죽듯이 무슨 일을 더욱 악화(惡化)시켰다는 뜻.

6988. 돌을 차면 제 발만 아프다. (岩怒蹴傷吾足)
〈冽上方言〉
성이 난다고 아무 데나 대고 분풀이를 하면 자기만 손해가 간다는 뜻.

6989. 돌쩌귀에는 녹이 슬지 않는다.
(1) 무슨 물건이나 항상 쓰는 것은 썩지 않는다는 뜻.
(2) 사람도 항상 운동을 하면 탈이 생기지 않는다는 뜻.

6990. 돌쩌귀에 불이 난다.
돌쩌귀에서 불이 날 정도로 문을 자주 여닫는다는 말.

6991. 돌 절구도 밑 빠질 날이 있다.
(1) 아무리 튼튼한 것도 파괴될 때가 있다는 뜻.
(2) 권력자도 언젠가는 몰락될 때가 있다는 뜻.

6992. 돌 지고 물로 들어간다.

(1) 자살 행위를 한다는 뜻. (2) 미련한 짓을 한다는 뜻.

6993. 돌진 가재다.
큰 세력을 믿고 분수없이 버틴다는 뜻.

6994. 돌진 가재요 산진 거북이다.
큰 세력을 배경으로 하여 버틴다는 뜻.

6995. 돌 창자다. (石腸)
위장(胃腸)이 좋아서 아무 음식을 먹어도 소화가 잘 된다는 뜻.

6996. 돌팔이 의사가 사람 잡는다.
서투른 짓을 하면 화를 당하게 된다는 뜻.

6997. 돌 하나로 새 두 마리를 잡는다. (一石二鳥)
한 가지 일로 두 가지 이득(利得)을 얻는다는 뜻.

6998. 돐집 하인 뒷간 가듯 한다.
돐잔치하는 집 하인이 음식을 너무 먹고 배탈이 나서 뒷간에 자주 다니듯이 어디를 몹시 자주 간다는 말.

6999. 똥값이다.
무슨 물건 값이 매우 싸다는 말.

7000. 똥강아지 혀 안 대보는 데 없다.
보기 싫은 놈이 보기 싫은 짓은 다 한다는 말.

7001. 동곳을 뺐다.
동곳을 빼고 상대방에게 굴복하였다는 말.
※ 동곳 : 옛날 상투 끝에 꽂는 것.

7002. 똥과 부자는 건드릴수록 구리다.
없는 사람이 부자와 다투게 되면 손해만 본다는 말.

7003. 동과 서도 아직 분간 못한다. (未辨東西)
〈白居易〉
동쪽과 서쪽도 분간하지 못하는 바보라는 뜻.

7004. 똥과 지주는 건드릴수록 구리기만 하다.
옛날 지주에게 소작인이 억울한 사정을 해야 욕밖에 얻어 먹을 것이 없다는 말.

7005. 동관에 삼월 같다. (東觀三月) 〈松南雜識〉
옷차림이 누추한 사람을 두고 하는 말.

7006. 똥구멍으로 수박씨 깐다.
겉으로는 어리석어 보이지만 속은 엉큼하여 의뭉스럽게 딴 짓을 한다는 뜻.

7007. 똥구멍으로 호박씨 깐다.
겉으로는 어리석어 보여도 속은 멀쩡하고 의뭉스러워

딴 짓을 한다는 말.

7008. 똥구멍이 찢어지게 가난하다.
굶주려서 궁둥이 살이 없어서 똥구멍이 찢어질 정도로 가난하다는 뜻.

7009. 똥구멍 찔린 소 같다.
어쩔 줄을 모르고 날뛰는 모양을 보고 하는 말.

7010. 똥 뀐 놈이 성낸다.
잘못하고도 도리어 성을 낸다는 뜻.

7011. 똥 끝이 탄다.
똥이 탈 정도로 몹시 속을 태웠다는 뜻.

7012. 동기간은 한몸이다. (同氣一身)
형제는 한부모에서 났기 때문에 한몸과 같이 지내야 한다는 뜻.

7013. 동기간 인심도 쌀독에서 난다.
형제 간에도 주고 받는 것이 있어야 우애가 좋아진다는 말.

7014. 동냥 글로 배웠다.
공부를 체계적으로 배운 것이 아니라 독학으로 배웠다는 말.

7015. 동냥도 가을이 한철이다.
동냥도 곡식이 흔한 가을이 한철이듯이 무슨 일이나 시기가 있다는 뜻.

7016. 동냥도 각각이요 염주(念珠)도 몫몫이다.
아무리 친한 사이라도 그 몫은 서로 분명하게 해야 한다는 뜻.

7017. 동냥도 사흘만 하면 못 잊는다.
아무리 천한 일이라도 해버릇하면 재미가 난다는 뜻.

7018. 동냥도 아니 주며 쪽박만 깬다.
남의 요구 조건은 들어 주지 않고 도리어 손해만 준다는 뜻.

7019. 동냥아치가 동냥아치를 꺼린다.
같은 동류(同類)끼리 친하게 지내야 할 처지에 서로 꺼린다는 뜻.

7020. 동냥아치도 떼지어 다니면 얻지 못한다.
얻을 사람이 많으면 줄 사람은 주지 않게 된다는 말.

7021. 동냥아치 쪽박 깨진 셈 친다.
노동 도구(勞動道具)가 못 쓰게 된 것은 동냥아치 쪽박 깬 폭 치고 자위(自慰)한다는 뜻.

7022. 동냥아치 쪽박만 깬다.

요구하는 것은 아니 주고 도리어 손해만 끼친다는 말.

7023. 동냥아치 첩도 제멋에 산다.
남들이야 흉을 보건 말건 저만 좋으면 된다는 뜻.

7024. 동냥은 못 주나마 쪽박은 깨지 말랬다.
남의 요구는 들어 주지 않고 도리어 손해를 끼쳐서는 안 된다는 뜻.

7025. 동냥은 안 주고 자루만 찢는다.
요구하는 것은 아니 주고 도리어 방해만 놓는다는 말.

7026. 동냥은 혼자 다녀야 한다.
남에게 얻으러 다니는 것은 혼자 다녀야 한다는 말.

7027. 동냥자루가 커야 동냥도 많이 한다.
노동도구(勞動道具)가 좋아야 노동능률(勞動能率)도 제고시킬 수 있다는 뜻.

7028. 동냥자루가 크다고 자루 채워 줄까?
동냥을 많이 주고 적게 주는 것은 동냥아치의 요망에서 결정되는 것이 아니라 주는 사람의 의사에 달렸다는 뜻.

7029. 동냥자루도 마주 벌려야 들어간다.
무슨 일이나 다 서로 협조하면 일이 잘 이루어진다는 뜻.

7030. 동냥자루도 제멋에 찬다.
남들이 천시(賤視)하는 짓도 제가 하고 싶으면 한다는 뜻.

7031. 동냥자루를 찬다.
어찌할 도리가 없어서 하는 수 없이 동냥을 하게 되었다는 말.

7032. 동냥자루를 찼느냐?
음식을 먹고도 또 먹으려고 하는 사람을 두고 하는 말.

7033. 동냥자루만 크다고 동냥 많이 주나?
겉치레만 잘한다고 일이 잘 되는 것이 아니라 행동을 잘해야 한다는 뜻.

7034. 동냥자루 찢듯 한다.
같은 동냥아치끼리 사소한 이해 관계로 동냥자루를 찢듯이 변변치 않은 것을 가지고 다툰다는 뜻.

7035. 동냥 주니 안방 빌리란다.
사정을 보아 주면 점점 염치없는 짓만 한다는 뜻.

7036. 동냥하려다가 추수(秋收) 못한다.
조그마한 것을 탐내다가 큰 것을 잃게 되었다는 뜻.

7037. 동네가 망할라면 첫정월에 암탉이 운다.

일이 안 되려면 불길한 징조(徵兆)가 나타난다는 뜻.

7038. 동네 가운데 개울 칠 때는 누가 아이 빠져 죽을 줄 알았나?
무슨 일이나 처음 할 때는 잘 될 것만 생각하지 나쁘게 될 것은 생각하지 않고 한다는 뜻.

7039. 동네 개가 싸워도 편들어 준다.
개도 남의 동네 개와 자기 동네 개가 싸우면 자기 동네 개를 편들게 되는데 하물며 사람은 친한 사람의 편을 안 들 수 없다는 뜻.

7040. 동네 개가 짖는 소리만도 못 여긴다.
남의 말을 듣고도 개소리만도 못하게 여기며 무시한다는 뜻.

7041. 동네 늙은이야 죽든 말든 팥죽 얻어 먹는 자미다.
남의 사정이야 어떻게 되든 간에 자기만 이로우면 좋다는 뜻.

7042. 동네마다 고얀 놈은 한둘 있다.
어디나 사람이 많으면 그 중에는 한두 놈의 나쁜 놈은 으례 있다는 말.

7043. 동네마다 도둑놈은 있다.
사람 사는 곳에는 어디나 도둑놈이 있다는 말.

7044. 동네마다 후레아들은 하나씩 있다.
(百家之里 必有悖子) 〈耳談續纂〉
사람이 모여 사는 곳에는 어디나 나쁜 사람이 있다는 뜻.

7045. 동네 무당보다 건너 마을 무당이 더 영(靈)하다.
속 내용을 다 아는 사람은 훌륭해 보이지 않는다는 말.

7046. 동네 북이냐?
동네 북은 누구나 칠 수 있듯이 아무한테나 얻어 맞기만 한다는 뜻.

7047. 동네 사나이 사정 보다 갈보 된다.
주견(主見)이 없이 남의 사정을 보게 되면 자신만 손해를 보게 된다는 뜻.

7048. 동네 색시 믿고 장가 못 간다.
막연하게 남을 믿고 있다가 필경에는 낭패를 당하게 된다는 말.

7049. 동네 송아지는 커도 송아지라고 한다.
늘 보는 것은 커도 크는 줄 모르게 된다는 뜻.

7050. 동녘이 훤하면 제 세상인 줄 안다.
(東方開認世上) 〈東言解〉
동녘이 훤해지면 날이 다 샌 줄 아는 답답하고 미련한 사람이라는 뜻.

7051. 똥 누고 밑 안 씻는 사람 없다.
누구나 나쁜 짓은 싫어한다는 뜻.

7052. 똥 누고 밑 아니 씻은 것 같다.
무슨 일의 마무리를 못하여 마음이 꺼림칙하다는 뜻.

7053. 똥 누고 보자는 놈치고 무서운 놈 없다.
무슨 일이나 제때에 하지 않고 미루는 사람은 집행을 하지 않는다는 뜻.

7054. 똥 누는 소리는 커도 개 먹을 것은 없다.
어떤 일이 들은 소문보다는 실속이 너무 없다는 뜻.

7055. 똥 누러 가서 밥 달라고 한다.
처음에 목적했던 일은 하지 않고 전혀 다른 짓만 한다는 뜻.

7056. 똥 누러 갈 때가 바쁘지 똥 누고 나면 바쁘지 않다.
사람의 마음은 급한 일이 있으면 바쁘게 되고 급하지 않은 일에는 바빠하지 않는다는 뜻.

7057. 똥 누러 갈 적 마음 다르고 똥 누고 올 적 마음 다르다.(上圊歸心異去時), (放矢者去時心來時心判異) 〈耳談續纂〉, 〈東言解〉
사람의 마음은 급할 때 다르고 급하지 않을 때 다르게 된다는 뜻.

7058. 똥 누어 분칠해 말려 두겠다.
못된 짓으로 남을 속여먹는 사람을 두고 하는 말.

7059. 똥 눈 우물 다시 먹는다.
장래를 생각지 않고 경솔한 행동을 한다는 뜻.

7060. 똥 눌 때 힘 안 쓰는 사람 없다.
궂은 일을 할 때에도 힘을 써야 한다는 뜻.

7061. 똥 때문에 살인 난다.
보잘것없는 일을 가지고 큰 사고가 나도록 다투었다는 뜻.

7062. 동대문에서 맞고 종로 와서 화풀이한다.
(1) 화풀이를 엉뚱한 데 가서 한다는 뜻. (2) 약한 사람은 억울한 일을 당해도 그 자리에서 대항하지 못한다는 뜻.

7063. 동떨어지게 잘 안다.
남보다 뛰어나게 무엇을 잘 안다는 말.

7064. 똥덩이 굴리듯 한다.

똥덩이 다루듯이 아무렇게나 함부로 다룬다는 뜻.

7065. 똥덩이도 먼저 나온 것이 낫다.
형이 동생보다는 낫다는 말.

7066. 똥도 구리지 않다.
똥도 구린지 모를 정도로 사랑한다는 말.

7067. 동동 팔월이다.
팔월달은 몹시 분주한 중에 번쩍 지나갔다는 뜻.

7068. 동료를 배반하지 말라. (無違同)〈春秋左傳〉
무슨 일이 있든지 친구를 배반해서는 안 된다는 뜻.

7069. 동료와 함께 지내기를 집안 사람같이 하라. (與同僚如家人)〈童蒙訓〉
친구들을 집안 식구와 같이 가까이 지내야 한다는 뜻.

7070. 똥 마다는 개 없고 돈 마다는 사람 없다.
개는 똥을 좋아하듯이 사람은 돈을 좋아한다는 말.

7071. 똥 마다는 개 없다.
사람은 누구나 돈을 좋아한다는 말.

7072. 똥 마려운 년 국거리 썰듯 한다.
몹시 급하여 일을 아무렇게나 해치운다는 말.

7073. 똥 마려운 년 국거리 썻듯 한다.
제 일이 급하여 일을 함부로 해치운다는 뜻.

7074. 똥 마려운 년 국 건더기 씹듯 한다.
똥 마려운 사람이 국 건더기를 대충 씹어먹고 말듯이 무슨 일을 급히 이력저력 해치운다는 말.

7075. 똥 마려울 때가 급하지 똥 눈 뒤에도 급할까?
제가 급할 때라야 애를 쓰지 급한 일이 끝나게 되면 모르는 체한다는 뜻.

7076. 똥 맛도 보겠다. (嘗糞)
똥 맛을 보면서까지 아첨한다는 뜻.

7077. 똥 먹은 강아지는 안 들키고 겨먹은 강아지가 들킨다.
큰 죄를 저지른 사람은 안 들키고 그보다 작은 죄를 진 사람이 들키게 되었다는 말.

7078. 똥 먹은 개가 겨 먹은 개를 나무란다.
저는 더 큰 흉이 있으면서 도리어 남의 작은 흉을 본다는 뜻.

7079. 똥 먹은 개는 들키고 겨 먹은 개는 안 들킨다.
작은 죄를 지은 사람은 벌을 받고 큰 죄를 지은 사람은 벌을 받지 않는다는 뜻.

7080. 똥 먹은 곰 상이다.
구린 것을 싫어하는 곰이 똥을 먹었을 때와 같은 보기 흉한 상을 하고 있다는 뜻.

7081. 동무 따라 강남 간다. (追友江南往), (隨友適江南)〈東言解〉,〈旬五志〉
자기는 하고 싶지 않은 일을 친구의 권유(勸誘)로 하게 되었다는 말.

7082. 동무 덕에 뺨 맞는다.
친구를 잘못 둔 덕에 뺨을 맞았다는 말.

7083. 동무 몰래 양식 낸다. (諱伴出粮)〈旬五志, 耳談續纂, 松南雜識〉
여러 친구들이 밥 할 쌀을 낼 때 친구 모르게 쌀을 냈으나 아무런 생색(生色)도 없다는 뜻.

7084. 동무 사나와 뺨 맞는다.
좋지 못한 친구와 같이 가다가 그 친구 때문에 봉변(逢變)을 당했다는 말.

7085. 똥 묻은 개가 겨 묻은 개를 나무란다.
자기 자신에게는 큰 결함이 있으면서도 남의 작은 결함을 나무란다는 뜻.

7086. 똥 묻은 개가 겨 묻은 개를 흉본다.
저는 큰 잘못이 있으면서도 남의 조그마한 잘못을 보고 흉을 본다는 뜻.

7087. 똥 묻은 개 쫓듯 한다.
똥 묻은 더러운 개를 쫓듯이 사정도 없이 내쫓는다는 뜻.

7088. 똥 묻은 돼지가 겨 묻은 돼지를 나무란다.
저는 큰 잘못이 있으면서도 남의 조그마한 잘못을 보고 나무란다는 뜻.

7089. 똥 묻은 돼지가 겨 묻은 돼지를 흉본다.
자기 자신에는 큰 흉이 있으면서도 남의 작은 흉을 본다는 뜻.

7090. 똥 묻은 속곳이라도 팔아 갚겠다.
집안에 있는 살림은 물론이고 심지어 똥 묻은 속곳까지도 팔아서 빚을 갚겠다는 뜻.

7091. 똥물에 튀한 놈이다.
똥보다도 더 더럽고 못난 사람이라는 뜻.

7092. 똥물에 튀해 죽이고 싶어도 똥이 아까와 못 죽이겠다.
똥보다도 더 더럽고 못난 사람을 두고 하는 말.

7093. 동방(東方) 누룩 뜨듯 한다.
　얼굴 빛이 누렇고 기운이 없어 보인다는 말.

7094. 동방삭(東方朔)은 백지장도 높댔다.
　옛날 장수하였다는 동방삭은 베개 대신에 백지 한 장을 베도 높다고 할 정도로 베개를 낮게 베서 장수하게 되었다고 함.

7095. 동방삭이 밤 깎아 먹듯 한다.
　옛날 장수(長壽)하였다는 동방삭도 급할 때는 밤을 반만 깎고 먹었다고 하듯이 급할 때는 일을 대강대강한다는 뜻.

7096. 동방삭이 인절미 먹듯 한다.
　옛날 동방삭이가 인절미를 천천히 오래 씹어 먹었듯이 음식을 차근히 먹는다는 뜻.

7097. 동방 화촉(洞房華燭)에 신랑 신부 즐기듯 한다.
　첫날밤에 신랑 신부 즐기듯이 매우 즐긴다는 말.

7098. 똥배만 채운다.
　영양가(營養價)가 없는 음식으로 배만 채운다는 뜻.

7099. 똥벌레는 제 몸 더러운 줄을 모른다.
　자기 자신이 더러운 것은 모르게 된다는 뜻.

7100. 똥 보고 밟는 사람 없다.
　똥을 보면 피하듯이 상대할 사람이 못 되거든 아예 상대를 하지 말라는 뜻.

7101. 똥 싸 놓고 제 자리에서 뭉갠다.
　못난 놈은 못난 짓만 한다는 말.

7102. 똥 싼 년이 핑계 없을까 ?
　무슨 일이든지 핑계는 댈 수 있다는 뜻.

7103. 똥 싼 놈은 달아나고 방귀 뀐 놈이 잡혔다.
　크게 잘못한 사람은 잡히지 않고 약간 잘못한 사람이 잡혀서 욕을 본다는 말.

7104. 똥 싼 놈이 성낸다.
　제가 잘못하고도 큰소리를 친다는 뜻.

7105. 똥 싼 누덕 바지 치키듯 한다.
　별로 잘하지도 못하는 것을 남들이 추어 준다는 뜻.

7106. 똥 싼 데 개 불러대듯 한다.
　궂은 일만 당하면 빼놓지 않고 부탁한다는 뜻.

7107. 똥 싼 주제에 권주가(勸酒歌)한다.
　잘못하고도 부끄러운 줄 모르고 비위 좋게 논다는 뜻.

7108. 똥 싼 주제에 매화 타령한다.
　잘못하고서도 부끄러운 줄 모르고 비위 좋은 짓만 한다는 말.

7109. 동상전(東床廛)에 들어갔나 ?
　옛날 서울 종로의 잡화점인 동상전에 여자들이 와서 「갖춫」이라는 장난감을 말로 달라지는 못하고 웃기만 하면 장삿군이 그것을 주듯이 말을 해야 할 데 말을 못하고 웃고만 있다는 뜻.

7110. 동생이 형보다 낫다면 싫어해도 아들이 아비보다 낫다면 좋아한다.
　자기 동생이 더 잘났다고 하면 듣기 싫어해도 자식이 더 잘났다고 하면 듣기 좋아한다는 말.

7111. 동생 죽음은 거름이다.
　남의 불행이 자기에게는 다행스럽게 된다는 뜻.

7112. 동생 줄 것은 없어도 도둑 줄 것은 있다. (無贈弟物 有贈盜物)　〈耳談續纂〉
　가난하여 제 손으로 남에게 줄 물건은 없어도 도둑이 가져갈 것은 있다는 말.

7113. 동서간에 정이 있어야 형제간에도 우애가 좋다.
　결혼하여 분가한 형제간의 우애가 좋고 나쁜 것은 그 아내들인 동서간의 정이 있고 없는 데 달려 있다는 말.

7114. 동서남북 어디를 가도 발 붙일 곳이 없다.
　이 세상에서 어디를 가나 의지할 데가 없다는 뜻.

7115. 동서 모임은 독사(毒蛇) 모임이다.
　형제 되는 아내들이 모이게 되면 서로 흠만 찾으려고 하기 때문에 독사의 모임과 같다는 뜻.

7116. 동서 싸움이 형제 싸움 된다.
　안 동서의 사이가 나쁘면 형제간에도 사이가 나빠지게 된다는 뜻.

7117. 동서 시집살이가 더 무섭다.
　나쁜 큰 동서는 시어머니보다 오히려 시집살이를 더 시킨다는 뜻.

7118. 동서 시집살이가 시어머니 시집살이보다도 더 맵다.
　동서와 한집에 살게 되면 큰 동서를 잘 만나야 한다는 뜻.

7119. 동서 시집살이는 오뉴월에 서릿발이 친다.
　시어머니 시집살이보다도 동서의 시집살이가 더 무섭다는 뜻.

7120. 동성(同姓) 아주머니 술도 싸야 사 먹는

다.

아무리 친분이 있더라도 자기에게 이득이 없는 일은 하지 않는다는 뜻.

7121. 동성은 아무리 멀어도 친척이다. (同姓百代之親)

같은 성끼리는 촌수가 아무리 멀어도 친척이기 때문에 가까이 지내야 한다는 뜻.

7122. 동서도 춤이나 추지.

자기가 춤추고 싶다는 말을 차마 못하고 동서에게 권하듯이 무슨 일을 직접 말하지 못하고 간접적으로 한다는 뜻.

7123. 동아 속 썩는 것은 밭 임자도 모른다.

남의 속 썩는 줄은 가까이 지내는 사람도 알지 못한다는 말. ※ 동아 : 조롱박.

7124. 동업자끼리는 서로 원수같이 지낸다. (同業相仇)

같은 장사를 하는 사람들은 서로 망하기를 바라면서 속으로 원수같이 지낸다는 말.

7125. 동에 갔다 서에 갔다 한다. (東奔西走)

앉아 있을 사이없이 분주하게 다닌다는 뜻.

7126. 똥에도 고양이 똥이 더 구리다.

같은 무리 중에서도 가장 못된 것이라는 뜻.

7127. 동에 번쩍 서에 번쩍 한다. (東閃西忽)

몹시 분주(奔走)하여 앉아 있을 사이 없이 돌아다닌다는 뜻.

7128. 똥에 섞인 외씨라도 까먹겠다.

먹을 것을 몹시 밝히는 사람을 두고 하는 말.

7129. 동여맨 돼지가 갇힌 돼지를 걱정한다.

자기가 곤경에 있으면서 자기보다 덜한 사람을 불쌍하다고 한다는 뜻.

7130. 동원에 다시 봄이 돌아온다. (東園回春)

동쪽 정원(庭園)에 겨울이 가고 봄이 와서 초목이 되살아났다는 말.

7131. 똥은 건드릴수록 구린내만 난다.

나쁜 일은 버리지 않고 있을수록 더 나빠진다는 말.

7132. 똥은 덮어도 냄새가 난다.

못된 짓은 감추어도 탄로가 나게 된다는 말.

7133. 똥은 말라도 구리다.

본질이 나쁜 것은 고쳐도 소용이 없다는 뜻.

7134. 똥은 칠수록 튀어오른다.

더러운 일은 바로 손을 떼야지 가지고 있으면 있을수록 손해만 간다는 뜻.

7135. 똥을 주물렀나 손 속도 좋다.

옛말에 똥을 주무르면 재수가 있다는 말에서 노름군이 손 덕이 좋은 사람에게 하는 말.

7136. 똥이 두 자루다.

이렇게 할 수도 없고 저렇게 할 수도 없다는 뜻.

7137. 동이를 인 사람은 해를 못 본다. (覆盆)

정오 경에 동이를 머리에 이고 해를 보면 볼 수 없듯이 소견없는 행동을 한다는 뜻.

7138. 똥이 무서워서 피하나 더러워서 피하지.

나쁜 놈을 상대하지 않는 것은 무서워서가 아니라 다같이 나빠질까봐 피한다는 말.

7139. 똥이 무서워 치우나.

상대해서 손해 볼 것은 아예 상대를 말고 피하는 것이 낫다는 뜻.

7140. 똥이 무서워 피한다더냐.

사람 같지 않은 놈은 무서워서 상대하지 않는 것이 아니라 다같이 나빠질까봐 피한다는 뜻.

7141. 동이 이고 하늘 보기다. (戴盆望天)
⟨司馬遷⟩

동이를 이면 하늘이 안 보이고 하늘을 보려면 동이를 이지 말아야 하듯이 한꺼번에 두 가지 일은 못한다는 뜻.

7142. 똥인지 된장인지도 모른다.

무엇이 무엇인 줄도 모르는 어리석은 사람이라는 뜻.

7143. 똥인지 호박국인지 모르겠다.

서로 비슷하여 분간하기가 어렵다는 뜻.

7144. 똥 접시가 재 접시를 흉본다.

저는 더 큰 결함이 있으면서 남의 작은 결함을 흉본다는 뜻.

7145. 동정도 못 다는 며느리가 맹물 발라 머리 빗는다.

일은 하나도 할 줄 모르면서 모양 내기는 좋아한다는 뜻.

7146. 동정 칠백 리(洞庭 七百里)에 훤화(喧嘩) 사설한다.

아무 상관도 없는 일에 참견하여 시비(是非)를 하는 사람을 두고 하는 말.

7147. 동정하면서 서로 이루어지도록 돕는다. (同情相成)
⟨六韜⟩

287

진심으로 동정하면서 서로 일이 잘 되도록 돕는다는 뜻.

7148. 동쪽 담을 허물고 서쪽 담을 고친다.
(折東墻 補西墻)
일을 할 데서 하지 않고 엉뚱한 데서 헛일을 하고 있
다는 뜻.

7149. 동쪽도 아니고 서쪽도 아니다.
이것도 아니고 저것도 아닌 아무 것도 아니라는 뜻.

7150. 동쪽도 의심스럽고 서쪽도 의심스럽다.
(疑東疑西)
온 세상이 다 의심스러워 어느 하나 믿을 것이 없다
는 뜻.

7151. 동쪽도 좋고 서쪽도 좋다.(可東可西 : 可
以東 可以西)
(1) 무엇이든지 다 좋다는 뜻. (2) 아무 데나 다 좋다
는 뜻.

7152. 동쪽에 무지개가 서면 날이 개인다.
비 온 끝에 동쪽에 무지개가 서면 날이 개인다는 말.

7153. 동쪽에 솟았다가 서쪽에 가라앉는다.
(東湧西没)
여기 저기서 솟았다 가라앉았다 하며 변화가 많다는
뜻.

7154. 동쪽을 가리켰다 서쪽을 가리켰다 한다.
(指東指西)
동쪽이 어디냐고 물었더니 동쪽을 가리켰다 서쪽을 가
리켰다 하듯이 애매하다는 뜻.

7155. 동쪽을 가리키면서 서쪽이라고 한다.
(指東説西)
행동(行動)과 말이 서로 다르다는 뜻.

7156. 동쪽을 묻는 데 서쪽을 대답한다.(東問西
答)
동쪽이 어디냐고 묻는데 서쪽을 대답하듯이 어떤 질
문에 모순되는 답변을 한다는 말.

7157. 동쪽을 치는 척하면서 실지는 서쪽을 친다.
(聲東擊西)
상대를 방심(放心)시켜 놓고 그 헛점을 친다는 말.

7158. 동쪽이 가까우면 서쪽은 멀어진다.
한쪽이 유리하면 한쪽은 불리하게 된다는 뜻.

7159. 동쪽이 환하니까 제 세상인 줄 안다.
자기에게 조금만 유리하게 돼도 날뛴다는 뜻.

7160. 동쪽인지 서쪽인지 구별하지 못한다.
(不分東西)

동쪽인지 서쪽인지도 모르는 어리석은 사람이라는 뜻.

7161. 동쪽 일을 서쪽에 와서 한다.
일 머리를 모르고 엉뚱한 짓을 한다는 말.

7162. 동쪽 집에서 먹고 서쪽 집에서 잔다.
(東家食 西家宿)
이집 저집에서 얻어 먹고 다니는 나그네 신세라는 뜻.

7163. 동쪽 하면 서쪽인 줄도 알아야 한다.
남이 하는 말에는 표리(表裏)가 있다는 것도 알아야
한다는 뜻.

7164. 똥줄이 빠졌다.
똥줄이 빠질 정도로 혼이 났다는 뜻.

7165. 똥줄이 빠지도록 달아난다.
혼이 나도록 있는 힘을 다하여 도망을 친다는 뜻.

7166. 똥줄이 빠지도록 도망친다.
몹시 놀라서 도망쳐 달아난다는 말.

7167. 동지(冬至) 날 눈이 많이 오면 보리 풍년
든다.
겨울에 눈이 많이 와야 보리가 얼지 않고 월동하였다
가 봄에 잘 자라 풍년이 든다는 말.

7168. 동지 섣달 꽃 본 듯이 날 좀 보소.
겨울에 핀 꽃과 같이 자기를 사랑해 달라는 뜻.

7169. 동지 섣달에 눈이 많이 오면 오뉴월에 비
도 많이 온다.
흔히 겨울에 눈이 많이 오면 여름에도 비가 많이 온
다는 뜻.

7170. 동지 섣달에 베 잠방이를 입을망정 다듬이
소리는 듣기 싫다.
혹한에 다듬이질을 않고 입는 베옷을 입을망정 잠을
못자게 하는 다듬이소리는 듣기 싫다는 뜻.

7171. 동지 섣달에 베적삼이다.
(1) 격에 맞지 않는다는 말. (2) 쓸모가 없는 것이라는
뜻.

7172. 동지에 개딸기 찾는다.
혹한기(酷寒期)에 있을 리 없는 것을 찾듯이 시기도
모르고 될 수 없는 것을 바란다는 뜻.

7173. 동지에 팥죽 쉬겠다.
추워야 할 동짓날이 따뜻하여 풍년이 들 징조라는 뜻.

7174. 동지에 팥죽이 쉬면 풍년이 든다.
추워야 할 동짓날이 따뜻하면 풍년이 든다는 말.

7175. 동짓날 눈이 오면 보리 풍년 든다.
겨울에 눈이 많이 오면 보리 풍년이 든다는 말.

7176. 동짓달에 눈이 많이 오면 풍년 든다.
겨울에 눈이 많이 오면 보리 풍년이 든다는 뜻.

7177. 똥친 막대기다. (打糞杖)
아무 데도 쓸 데가 없게 되었다는 뜻.

7178. 똥 탐내는 개 대가리에 똥칠 떨어질 날 없다.
나쁜 짓을 하는 사람은 남의 비난(非難)을 항상 받게 된다는 뜻.

7179. 동태가 북어 흉본다.
자신에게는 더 큰 흉이 있으면서 남의 작은 흉을 본다는 뜻.

7180. 동태(冬太)나 북어(北魚)나.
이름만 다를 뿐이지 본질적으로는 동일하다는 말.

7181. 동태니 북어니 하면서 다툰다.
서로 같은 것을 가지고 시비를 한다는 뜻.

7182. 동풍(東風) 닷 냥이다.
난봉이 나서 돈을 다 날려 보냈다는 뜻.

7183. 동풍 맞은 익모초(益母草)다.
샛바람인 동풍은 곡식잎이나 풀잎을 말라 비틀어지게 한다는 뜻.

7184. 동풍 안개 속에 수수잎 꼬이듯 한다.
샛바람과 안개는 곡식에 대단히 해롭다는 뜻.

7185. 동풍에는 곡식이 병난다.
샛바람인 동풍은 곡식에 피해가 크다는 뜻.

7186. 동풍에 원두한이 탄식한다.
샛바람(동풍)이 불면 참외 덩굴도 말라 죽게 된다는 뜻.

7187. 동풍에 참외 장수 한숨쉬듯 한다.
동풍이 불면 참외 농사는 망하게 된다는 말.

7188. 똥 항아리다.
(1) 지위만 높고 아무 능력이 없는 사람의 별명.
(2) 먹기만 하고 아무 일도 않는 사람의 별명.

7189. 동헌(東軒) 뜰에 곡식 널고 원님이 새 본다.
일의 두서(頭緖)를 가리지 못하고 일을 한다는 뜻.

7190. 동헌에서 원님 칭찬한다. (衙中譽倅)
〈旬五志〉
(1) 칭찬해서 안 될 장소에서 칭찬한다는 뜻. (2) 아첨

한다는 뜻. ※ 동헌 : 옛날 수령(守令)이 일보던 청사.

7191. 돛 달고 노젓기다.
한 가지 일을 여러 사람이 협조하여 일하기가 매우 수월하다는 뜻.

7192. 돝 잠에 개 꿈이다.
(1) 지저분한 잠에다가 지저분한 꿈을 꾸었다는 뜻.
(2) 격(格)에 맞지 않는 짓이라는 뜻.

7193. 돝 팔아 한 냥에 개 팔아 닷 돈해서 양반이다.
옛날 상사람들이 양반을 욕하던 말.

7194. 뙈기밭 곡식이 광주리에 가득하다.
(甌窶滿簋) 〈史記〉
산기슭 나쁜 밭에 심은 곡식도 수확이 많을 정도로 큰 풍년이 들었다는 뜻.

7195. 돼지가 깃 물어들이면 비가 온다.
(1) 옛말에 돼지가 깃 물어 들이면 장마진다는 말이 있음. (2) 미련한 돼지도 일기를 알듯이 미련한 사람도 알아 맞히는 것이 있다는 뜻.

7196. 돼지 같은 욕심이다. (實有豕心)〈春秋左傳〉
탐욕(貪慾)이 몹시 많은 사람을 가리키는 말.

7197. 돼지 값은 칠푼인데 나무 값은 서돈이다.
돼지 값보다 돼지를 삶는 나무 값이 몇 배나 더 많듯이 기본 문제(基本問題)보다 지엽 문제(枝葉問題)에 대한 비중이 크다는 말.

7198. 돼지같이 먹고 소같이 일한다.
많이 먹고 일도 많이 한다는 뜻.

7199. 돼지같이 앞으로만 돌진한다. (猪突稀勇)
돼지마냥 전진(前進)만 해서는 백전 백승(百戰百勝)을 못 하기 때문에 후퇴(後退)할 줄도 알아야 한다는 뜻.

7200. 돼지 꿈을 꾸어도 해몽(解夢)을 잘해야 한다.
꿈은 나빠도 해몽을 잘해야 하듯이 일은 잘못했어도 평가(評價)를 잘해 주어야 한다는 뜻.

7201. 돼지는 겨 먹으며 우리 속에 사는 것만 못하다. (不如食以糠糟 而錯之牢筴之中)〈莊子〉
돼지는 우리에서 해방되는 것보다 오히려 우리 속에서 사는 것이 낫듯이 섣부른 자유보다는 예속(隸屬)되더라도 편하게 사는 것이 낫다는 뜻.

7202. 돼지는 구정물에 살찐다.
하찮은 것이라도 소중하게 쓰인다는 말.

7203. 돼지는 구정물을 좋아한다.

돼지는 맑은 물보다 더러운 구정물을 좋아하듯이 더
러운 것을 좋아한다는 뜻.

7204. 돼지는 돼지다.
미련한 사람은 미련한 짓밖에 못한다는 말.

7205. 돼지는 목청 때문에 백정 신명을 돋군다.
백정은 돼지 잡을 때 돼지의 죽는 소리에 신명이 나
듯이 남이 불쌍하게 된 것을 보고 즐긴다는 뜻.

7206. 돼지는 살찌는 것을 두려워한다. (猪怕壯)
돼지는 살이 찌면 죽게 되듯이 분수에 넘치는 부귀는
삼가해야 한다는 뜻.

7207. 돼지는 우리 더러운 줄을 모른다.
더러운 곳에서 살게 되면 더러운 줄을 모르게 된다는
뜻.

7208. 돼지는 저 죽을 참이면 물 끓인다.
무능한 사람은 억울한 일을 당하게 된다는 뜻.

7209. 돼지 다리 맛을 봐야겠다.
권총으로 맞아죽고 싶으냐는 뜻. ※ 돼지 다리 : 권
총의 은어(隱語).

7210. 돼지 떡 같다.
돼지 먹이마냥 범벅으로 된 것이 지저분하다는 뜻.

7211. 돼지띠가 식복은 있다.
대개 돼지 해(亥年)에 난 사람이 잘산다는 말.

7212. 돼지띠는 잘산다.
돼지띠는 재복이 있어서 잘산다고 전해지는 말.

7213. 돼지를 그려 붙일라.
음식을 나누어 먹지 않고 혼자만 먹을 때 농으로 하
는 말.

7214. 돼지 멱따는 소리를 한다.
돼지 멱딸 때 악을 쓰는 소리와 같은 악쓰는 고함
을 친다는 뜻.

7215. 돼지 목에 진주 목걸이다.
제 격(格)에 맞지 않는 짓을 한다는 뜻.

**7216. 돼지 밥을 잇는 것이 네 옷을 대기보다 낫
다.**
장난꾸러기의 옷은 계속 갈아입혀야 한다는 뜻.

7217. 돼지 불 까는 소리를 한다.
돼지 불 깔 때 소리와 같이 발악(發惡)쓰는 소리를 한
다는 뜻.

7218. 돼지 색깔 보고 잡아먹나 ?
겉치레를 하지 말고 실속을 차려야 한다는 뜻.

7219. 돼지 얼굴 보고 잡아 먹나 ?
겉치레를 하지 말고 실속을 차려야 한다는 뜻.

7220. 돼지에게 구슬 주기다. (投珠與豚)
(1) 격에 맞지 않는 짓을 한다는 뜻. (2) 쓸데없는 낭
비(浪費)를 한다는 뜻.

7221. 돼지 오줌통 몰아 놓은 이 같다.
얼굴 생김새가 돼지 오줌통 모양으로 못생겼다는 뜻.

7222. 돼지 왼 발톱이다.
정상적(正常的)인 행동에서 벗어난 짓을 한다는 뜻.

7223. 돼지 용 쓰듯 한다. (猪勇)
돼지가 용을 써봤자 별 것이 아니듯이 갖은 짓을 하
더라도 대단한 존재가 아니라는 뜻.

7224. 돼지우리에 주석 자물쇠 단다.
제 격에 맞지 않는 과분(過分)한 치장을 한다는 뜻.

7225. 돼지우리에 주석 장식한다.
제 격에 맞지 않을 정도로 지나치게 치장한다는 말.

**7226. 돼지처럼 대접하고 짐승처럼 먹인다.
(豕交獸畜)**
사람 대접(待接)을 개, 돼지처럼 상대한다는 말.

**7227. 돼지 팔아 한 냥 개 팔아 닷 돈해서 양반이
다.**
옛날 상사람들이 양반을 개, 돼지에 비유해서 욕한 말.

7228. 되고 안 되는 것은 돈에 달렸다.
돈이 없으면 될 일도 안 되는 경우가 있고 돈이 있으
면 안 될 일도 되는 경우가 있다는 뜻.

7229. 되놈이 김 풍헌(金風憲)을 안다더냐 ?
김 풍헌은 그 지방 사람이나 겨우 알 일이지 먼 중국
사람은 알 수 없듯이 알 만한 사람도 몰라볼 수 있다
는 뜻. ※ 풍헌 : 옛날 면(面) 또는 리(里)의 소임.

7230. 되는 것도 없고 안 되는 것도 없다.
이득(利得)도 없고 손해도 없이 겨우 현상이 유지된
다는 뜻.

7231. 되는 놈은 나무하다가도 산삼을 캔다.
운수가 좋은 사람은 무슨 일을 하나 재복(財福)이 있
다는 뜻.

**7232. 되는 대로 지껄인다. (信口開合 : 信口開
河)**
신중히 생각해서 말을 하지 않고 함부로 한다는 뜻.

7233. 되는 집에는 가지나무에서도 수박이 열린

다.

집안이 잘 되는 집은 일마다 유리한 일만 생긴다는 뜻.

7234. 되는 집에는 개를 낳아도 청삽살이다.

운이 좋아 잘 되는 집은 무슨 일이나 다 잘 된다는 뜻.

7235. 되는 집에는 닭도 봉을 낳는다.

가운(家運)이 좋아서 번영하는 집은 무슨 일이나 척 척 잘된다는 뜻.

7236. 되는 집에는 말을 낳아도 용마(龍馬)를 낳 는다.

재운(財運)이 있는 집은 말이 새끼를 낳아도 용마를 낳듯이 잘 되는 집은 모든 일이 다 잘된다는 뜻.

7237. 되는 집에는 소를 낳아도 대우(大牛)만 낳 는다.

집안이 잘 되는 집에는 소를 낳아도 큰 소가 될 송아 지만 낳듯이 잘 되는 집은 무슨 일이든지 다 잘 된다 는 뜻.

7238. 되는 집에는 수탉이 알을 낳는다.

집안이 잘 되려면 이로운 일만 생긴다는 뜻.

7239. 되는 집에는 아들을 낳으면 효자요 딸을 낳 으면 열녀로다.

집안이 잘 되는 집안에는 자식들도 다 훌륭하게 된다 는 말.

7240. 되는 집에는 암소가 셋이요 안 되는 집에 는 계집이 셋이다.

계집을 여럿 얻으면 집안이 망하게 된다는 뜻.

7241. 되는 집은 황소가 새끼를 낳는다.

부자가 되는 집에는 돈 생기는 일만 생긴다는 뜻.

7242. 되로 주고 말로 받는다. (始用升授 酒以 斗受) 〈耳談續纂〉

(1) 조금 주고도 받기는 많이 받는다는 뜻. (2) 조금 때 리고 맞기는 호되게 맞는다는 뜻.

7243. 되면 더 되고 싶다.

되면 될수록 더 잘 되고 싶어지는 것이 사람의 욕망이 라는 뜻.

7244. 되모시가 처녀냐 숫처녀가 처녀지.

가짜는 진짜가 될 수 없다는 뜻. ※ 되모시 : 한번 결 혼하였다가 이혼하고 처녀로 가장한 여자.

7245. 되순라(巡邏) 잡다.

범인이 도리어 순라를 잡듯이 잘못한 놈이 도리어 잘 한 사람에게 큰 소리한다는 뜻. ※ 순라 : 옛날 도둑과 화재를 방지하기 위하여 야간 통행을 금하던 군졸.

7246. 되잡아 훙이다.

잘못한 놈이 도리어 잘한 체한다는 뜻.

7247. 되지 못한 국이 뜨겁기만 하다.

못난 사람은 못난 짓만 가려 가면서 한다는 뜻.

7248. 되지 못한 음식이 뜨겁기만 하다.

못난 주제에 못난 짓만 가려 가면서 한다는 뜻.

7249. 되지 못한 풍잠(風簪)이 갓 밖에 어른거린 다.

별로 좋지도 못한 것이 나타나서 번쩍인다는 뜻.

7250. 되질은 될 탓이요 말은 할 탓이다.

같은 내용의 말도 하기에 따라 다르게 말할 수 있다 는 뜻.

7251. 되풀이를 해도 싫증이 나지 않는다. (復而不厭) 〈春秋左傳〉

똑같은 일을 계속해도 싫증이 나지 않고 흥미가 있다 는 뜻.

7252. 된 밥 좋아하는 사람이 오래 산다.

위장이 튼튼한 사람이라야 장수한다는 뜻.

7253. 된 서리를 맞았다.

심한 피해를 입어 복구하기가 어렵다는 뜻.

7254. 된 서방을 만났다.

몹시 어렵고 까다로운 일을 당했다는 뜻.

7255. 된장 맛이 좋아야 집안이 잘된다.

주부의 솜씨가 좋아야 집안도 번영한다는 뜻.

7256. 된장 신 것은 일년 원수요 아내 못된 건 평생 원수다.

된장 맛 변한 것은 일년만 참으면 되지만 아내를 잘 못 얻으면 일평생을 두고 속을 썩인다는 뜻.

7257. 된장 아껴 잡은 개도 먹지 않는다.

작은 것을 아끼다 큰 것을 손해 본다는 말.

7258. 된장에 풋고추 박히듯 했다.

어떤 장소에 사람들이 꼭 들어박혀 있는 것을 말함.

7259. 된장이 아까와 못 잡아 먹는다.

(1) 잡아먹고 싶어도 된장이 아까와 못 잡아먹을 정 도로 못났다는 뜻. (2) 복날 개를 된장이 아까와 못 잡아먹듯이 인색한 짓을 하는 것은 오히려 손해가 된 다는 뜻.

7260. 될 대로 되어라.

하던 일을 포기(抛棄)하고 돼가는 대로 내버려 둔다 는 뜻.

7261. 「될 뻔 댁」이다.

옛날 평안도와 함경도에 사는 사람은 벼슬하기가 어려웠기 때문에 관리가 될 뻔하다가 못 된 사람을 「될 뻔 댁」이라고 부르듯이 무슨 일이 될 뻔하다가 안 된 사람을 조롱하는 말.

7262. 될 성부른 나무는 삼월부터 알아본다.

장래성이 있는 사람은 어려서부터 알아볼 수가 있다는 뜻.

7263. 될 성부른 나무는 떡잎부터 안다. (蔬之將善 兩葉可辨)　　〈耳談續纂〉

잘 자랄 나무는 어린 잎 때부터 알아볼 수 있듯이 사람도 장래 잘 될 사람은 어려서부터 알아볼 수 있다는 말.

7264. 뒷 글을 말 글로 써먹는다.

배운 것은 많지 않아도 그것을 잘 활용(活用)한다는 말.

7265. 뒷박 재주를 말 재주로 팔랜다.

배운 재주는 별로 없더라도 이것을 최대한으로 활용해야 한다는 뜻.

7266. 두 가난한 사람끼리는 단합된다. (兩窮相合)

같은 처지에 있는 사람끼리는 이해가 동일하기 때문에 단합이 잘된다는 뜻.

7267. 두 가지가 다 좋을 수는 없다.

무슨 일을 두 사람에게 다 좋게 해주기는 매우 어렵다는 뜻.

7268. 두 가지 말을 하면 혀 끝이 궁색하다. (兩說窮舌端)

상반(相反)되는 두 가지 말을 하게 되면 말문이 막히게 된다는 뜻.

7269. 두 갈래 길에서 헤매는 사람은 아무 데도 가지 못한다. (行衢道者 不至)　　〈荀子〉

여러 가지 일을 한꺼번에 하려다가는 어느 한 가지 일도 성공하지 못하게 된다는 뜻.

7270. 두꺼비가 나오면 장마진다.

두꺼비가 나다니면 비가 많이 온다는 옛말에서 나온 말.

7271. 두꺼비 꽁지만하다.

너무 작아서 있는지 없는지 모를 정도의 것이라는 뜻.

7272. 두꺼비 돌에 치었다.

두꺼비가 굴러가던 돌에 치이듯이 아무 까닭도 없이 재앙을 받게 되었다는 뜻.

7273. 두꺼비 씨름 승부(勝負)를 누가 아나?

서로 실력이 비슷하여 그 승부의 결말을 짐작할 수 없다는 뜻.

7274. 두꺼비 씨름에 어느 것이 지고 이길지 아나? (蟾三角觝疇勝疇底)　　〈耳談續纂〉

서로 실력이 비슷한 처지에 싸우므로 그 승부의 결말이 나지 않는다는 뜻.

7275. 두꺼비 씨름하듯 한다.

(1) 서로 힘이 비슷하여 아무리 싸우나 승부가 나지 않는다는 뜻. (2) 서로 다투나 누가 옳고 그름이 없이 피차 일반이라는 뜻.

7276. 두꺼비 파리 잡아 먹듯 한다.

보기에는 둔한 것 같지만 행동이 매우 민첩하다는 뜻.

7277. 두겁 조상(祖上)이다.

조상 중에서 가장 벼슬도 높았고 덕망(德望)이 높은 사람이었다는 뜻.

7278. 뚜껑도 맞는 짝이 있다.

(1) 짝이 맞아야 한다는 뜻. (2) 의견이 맞는 사람이 따로 있다는 뜻.

7279. 뚜껑을 열어 봐도 별 것은 아니다.

소문만 크지 실제로 보면 아무것도 아니라는 뜻.

7280. 뚜껑을 열어 봐야 안다.

(1) 그 사람의 평가는 죽은 뒤에 관(棺) 뚜껑을 열고 보아야 안다는 뜻. (2) 무슨 일이나 최종 결과를 보아야 안다는 뜻.

7281. 두견(杜鵑)이 목에 피 내어 먹듯 한다.

(1) 두견새가 목에 피가 날 때까지 울어서 그 피를 먹듯이 남의 피를 빨아먹는다는 뜻. (2) 남에게 억울한 일을 하면서 이득을 본다는 뜻.

7282. 두견이 알을 꾀꼬리에게 깨이듯 한다.

제 일을 자신이 않고 남에게 의존하여서 한다는 말.

7283. 두고도 못 쓰는 돈이다.

두고도 못 쓰는 돈은 있으나 마나 하다는 뜻.

7284. 두고 두고 그 허물을 벗을 수 없는 반역자다. (萬古逆賊)

아무리 세월이 가더라도 그 허물을 씻을 수 없는 반역자라는 뜻.

7285. 두 길마 보기다.

두 가지 마음을 품고 형세(形勢)가 유리한 편으로 붙는 기회주의적(機會主義的) 행동을 한다는 뜻.

7286. 두 눈에 쌍심지를 켰다.

눈에서 불이 나도록 기를 쓴다는 뜻.

7287. 두 눈을 딱 감는 것이 편하다.

(1) 보기 싫은 일은 차라리 안 보는 것이 낫다는 뜻.

(2) 죽는 것이 오히려 편하다는 뜻.

7288. 두 눈의 부처가 발등걸이 했다.

눈동자에 비친 사람의 형상이 발등걸이를 했다는 뜻이니 즉 눈이 뒤집혔다는 뜻. ※ 눈 부처 : 눈동자.

7289. 두 다리가 세 다리로 되었다.

늙어 지팡이를 짚게 되었다는 말.

7290. 두 다리를 쭉 뻗었다.

(1) 아무 걱정이 없이 편히 지낸다는 뜻. (2) 다리를 쭉 뻗고 죽었다는 뜻.

7291. 두더지는 나비가 못 되라는 법 있나?

사리에 어긋나는 일도 있을 수 있다는 뜻으로 하는 말.

7292. 두더지 혼인이다. (鼴鼠婚)　　〈旬五志〉

옛날 우화(寓話)에 두더지가 이 세상에서 가장 높은 상대자와 결혼을 하려고 애를 쓰다가 필경에는 두더지끼리 결혼하듯이 처음에는 가장 높은 일을 구하다가 필경에는 하찮은 일을 하게 된다는 것을 비유해서 하는 말.

7293. 두 동서(同婿) 사이에 산 쇠다리다.

흔히 동서간에 사이가 좋지 않다는 말.

7294. 두 둑에 누운 소다.

먹을 복이 많은 사람을 가리키는 말.

7295. 두렁에 누운 소다.

아무 할 일이 없이 편한, 팔자 좋은 사람이라는 뜻.

7296. 두렁에 든 소다.

양둑 사이에 든 소와 같이 먹을 복이 많다는 말.

7297. 두레박 물은 쏟아져도 우물 안에 떨어진다.

자기가 하는 일은 그 활동 범위를 벗어나지 못한다는 말.

7298. 두레박 없는 우물이다.

(1) 있으나 마나하다는 뜻. (2) 도리어 있는 것이 애만 타게 한다는 뜻.

7299. 두레박은 우물 안에서 깨진다.

(1) 정든 고장을 떠나기 어렵다는 뜻. (2) 한번 몸에 밴 직업은 죽을 때까지 종사하게 된다는 뜻.

7300. 두레박 줄이 짧으면 깊은 우물물은 뜨지 못한다. (綆短不可汲深)　　〈莊子〉

작업 조건이 갖추어지지 않으면 일이 이루어지지 못한다는 말.

7301. 두려워서 감히 머리를 들지 못한다. (不敢出頭)

상대가 너무 무서워서 머리를 들고 대할 수 없다는 뜻.

7302. 두려워서 감히 소리를 못 낸다. (不敢出聲)

너무 두려워서 하고 싶은 말도 못한다는 뜻.

7303. 두려워서 감히 쳐다보지도 못한다. (不敢仰視)

상대가 너무나 무서워서 얼굴을 들고 보지도 못한다는 뜻.

7304. 두려워서 꺼린다. (畏忌)

상대가 너무도 무서워서 가까이하기를 싫어한다는 뜻.

7305. 두려워서 몸 둘 곳이 없다. (懼恐無地)

온 세상이 모두 무서워서 살 곳이 없다는 말.

7306. 두려워서 훌쩍 피해 도망친다. (避怕躱閃)　　〈元典章〉

두려워서 겁이 날 때 슬쩍 피해서 도망간다는 뜻.

7307. 두려워하기는 쉬워도 위협하기는 어렵다. (易懼而難脅)　　〈荀子〉

자신이 두려워하기는 쉬워도 남을 위협하기는 어렵다는 말.

7308. 두려워하면서도 사랑한다. (畏而愛之)　　〈禮記〉

두려워하면서도 끊지 못하고 그를 사랑한다는 뜻.

7309. 두려워할 바가 아니다. (猶恐不及)

두려워할 것이 하나도 없다는 뜻.

7310. 두렵기가 가을 서릿발 같다. (恐如秋霜)　　〈中鑒〉

가을 서릿발에 초목이 시들듯이 몹시 무섭다는 뜻.

7311. 두루 간섭하지 않는 것이 없다. (無不干涉)

아무 일에나 빠지지 않고 다 간섭한다는 뜻.

7312. 두루막 속에서 엿 먹기다.

잔꾀로 남을 속이려고 한다는 뜻.

7313. 두루 뭉수리 같다.

(1) 함부로 뭉쳐서 만든 것 같은 못난 사람이라는 뜻.

(2) 일정한 주견이 없는 사람을 조롱하는 말.

7314. 두루미 꽁지 같다.

수염이 두루미 꽁지마냥 짧고 더부룩하다는 뜻.

7315. 두루 보아도 친한 사람은 없다. (四顧無親)

아무리 돌아 보아도 도와 줄 사람이 하나도 없다는 뜻.

7316. 두루 춘풍이다. (四面春風)　　　　〈東言解〉
모든 곳에 다 봄 바람이 불듯이 누구에게나 다 좋게
대해 준다는 뜻.

7317. 두 마리의 토끼를 쫓다가는 한 마리도 못
잡는다. (逐二兎者 不得一兎)
무슨 일이든지 여러 가지를 한꺼번에 하다가는 하나
도 성공하지 못하게 된다는 말.

7318. 두 마리의 호랑이가 서로 싸우면 다 못 살
게 된다. (兩虎相鬪 其勢不俱生)　　　〈史記〉
강한 자가 서로 싸우면 승부가 없이 다같이 망하게 된
다는 뜻.

7319. 두 마리의 호랑이가 서로 싸운다. (兩虎相
鬪)　　　　　　　　　　　　　　〈史記〉
강한 자들이 서로 무섭게 싸운다는 뜻.

7320. 두 말이 없다. (無二言)
한 번 말하면 그만이지 두 번 다시 말하지 않는다는 뜻.

7321. 두메로 장작 팔러 가고 바다로 고기 팔러
간다.
물건이 안 팔릴 데로 장사를 가듯이 손해볼 짓만 한
다는 뜻.

7322. 두메로 장작 팔러 간다.
장작이 많은 두메로 장작을 팔러 가듯이 손해 볼 짓만
한다는 뜻.

7323. 두메서는 감자가 으뜸이다.
두메 산골에서는 감자가 주식이기 때문에 가장 좋다
는 뜻.

7324. 두메 있는 이방(吏房)이 조정(朝廷) 일은
더 잘 안다.
출입이 없는 사람이 오히려 외부 소식은 더 잘 안다
는 뜻.

7325. 두멧놈 감자 먹듯 한다.
맛없는 음식도 잘 먹는다는 뜻.

7326. 두멧놈 도끼질하듯 한다.
두메 산골 사람들은 도끼질을 잘하듯이 무슨 일을 잘
한다는 뜻.

7327. 두멧놈 장작 패듯 한다.
(1) 산골 사람이 장작 다루듯이 함부로 한다는 뜻.
(2) 산골 사람이 장작 패듯이 일을 잘한다는 뜻.

7328. 두 번 다시 말할 필요가 없다. (不必再言)
한 번 말하면 그만이지 두 말을 할 필요가 없다는 뜻.

7329. 두 번 듣고 한 번 말하랬다.
남의 말을 신중히 듣고 나서 간단 명료하게 말을 하
라는 뜻.

7330. 두 번 말하면 잔소리다.
한 번 말하면 그만이지 두 번 다시 말할 것이 없다는 뜻.

7331. 두 번 하면 세 번 한다.
처음하기가 어렵지 두 번부터는 일하기가 쉽다는 뜻.

7332. 두부 끊기다.
힘 하나 들이지 않고 할 수 있는 일이라는 뜻.

7333. 두부 끊기보다 쉽다.
힘 하나 들이지 않고 수월하게 일할 수 있다는 뜻.

7334. 두부 딱딱한 것과 여자 딱딱한 건 쓸모가
없다.
여자는 상냥하고 부드러워야 하지 무뚝뚝해서는 안 된
다는 뜻.

7335. 두부 먹다 이 빠지고 수박 먹다 이 빠진다.
(1) 무슨 일이든지 방심(放心)한 데서 실수하게 된다
는 뜻. (2) 믿고 있던 일에서 뜻밖의 실수를 하게 된
다는 뜻.

7336. 두부 먹다 이 빠진다. (豆腐喫齒或落)
　　　　　　　　　　　　　　　〈洌上方言〉
(1) 만만히 여긴 일에서 실수하게 된다는 뜻.

7337. 두부 모같이 반듯하다.
두부 모와 같이 반듯한 6면체라는 뜻.

7338. 두부 모 끊듯 한다.
몹시 수월하게 잘 끊는다는 말.

7339. 두부 모 자르듯 한다.
단단한 재료를 두부를 자르듯이 수월하게 자른다는 뜻.

7340. 두부살에 바늘 뼈다.
살은 두부같이 무르고 뼈는 바늘같이 가늘어 아픈 것
을 조금도 참지 못하고 엄살을 몹시 떠는 사람을 가
리키는 말.

7341. 두부살이다.
두부 같은 무른 살이 뚱뚱하게 쪘다는 뜻.

7342. 두부에도 뼈가 있다.
업신여긴 일에서 실수하게 된다는 뜻.

7343. 두부에 못 박듯 한다.
일하는 데 힘 하나 들이지 않고 할 수 있다는 뜻.

7344. 두부하고 장삿군은 딱딱하면 안 팔린다.
장삿군은 친절하고 부드러워야 손님들이 따른다는 말.

7345. 두부 한모에 칠푼을 주고 사 먹어도 내 돈 준 것이다.
남은 물건을 비싸게 샀거나 말거나 관여하지 말라는 말.

7346. 두불 자손이 더 귀엽다.
아들보다도 손자가 더 귀엽다는 뜻.

7347. 두 사람이 떡 해먹어야겠다.
두 사람 사이가 몹시 나쁘기 때문에 서로 화해(和解)해야 되겠다는 뜻.

7348. 두 사람이 합심하면 쇠도 끊을 수 있다. (二人同心 其利斷金) 〈易經〉
(1) 힘을 합하면 약한 힘도 비상히 강해진다는 뜻.
(2) 우정(友情)이 대단히 굳다는 뜻.

7349. 두 세력은 함께 존재할 수 없다. (勢不兩立) 〈史記〉
똑같이 강한 세력은 서로 다투게 되기 때문에 공존(共存)할 수 없다는 뜻.

7350. 두 소경이 한 막대 짚고 걷듯 한다.
다같이 어리석은 두 사람이 같은 잘못을 저지른다는 뜻.

7351. 두 손 들었다.
두 손 들고 굴복(屈服)하였다는 말.

7352. 두 손뼉이 마주쳐야 소리도 난다.
(1) 서로 똑같기 때문에 싸우게 된다는 뜻. (2) 서로 손이 맞아야 일을 함께 할 수 있다는 뜻.

7353. 두 손뼉이 울어야 소리가 난다.
(1) 서로 같아야 일을 할 수 있다는 뜻. (2) 서로 같기 때문에 싸움을 하게 된다는 뜻.

7354. 두 손에 든 떡이다. (兩手執餠)
〈旬五志, 東言解〉
가지고 있기도 어렵고 버리기도 아쉬운 것을 가리키는 말.

7355. 두 손 탁탁 털어 봐야 안다.
무슨 일이나 결말을 본 뒤에야 평가하게 된다는 말.

7356. 두 손 털고 나선다.
가지고 있던 것을 다 잃고 아무것도 남은 것이 없게 되었다는 뜻.

7357. 두 시앗은 싸워도 세 시앗은 싸우지 않는다.
두 시앗일 때는 서로 질투하고 싸우지만 세 시앗이 되면 서로 하나를 자기 편으로 삼으려고 하기 때문에 싸우지 않는다는 뜻.

7358. 두 영웅은 한곳에 같이 못 있는다. (兩雄不俱處) 〈晉書〉
영웅은 서로 싸우기를 좋아하기 때문에 두 영웅이 한곳에 같이 있을 수는 없다는 뜻.

7359. 뚜장이 보고 기저귀감 장만한다.
무슨 일을 지나치게 서둔다는 말.

7360. 두 절에서 기르는 개다. (兩寺狗) 〈東言解〉
돌보아 줄 사람이 많아도 서로 미루게 되므로 어느 누구에게도 도움을 못 받게 된다는 말.

7361. 두 콩쪽같이 닮았다.
두 개가 매우 닮았다는 말.

7362. 뚝뚝하기는 경상도 사람이다.
첫인상이 상냥하지 못하고 매우 무뚝뚝하다는 말.

7363. 뚝배기 깨고 장 쏟는다.
두 가지 손해를 동시에 보았다는 뜻.

7364. 뚝배기 깨고 허벅지 덴다.
재물도 손해를 보게 되고 몸도 다치게 되었다는 뜻.

7365. 뚝배기 깨지는 소리를 한다.
목소리가 걸걸하니 아름답지 못하다는 뜻.

7366. 뚝배기보다 장맛은 달다.
겉으로 보가보다는 그 내용이 더 좋다는 말.

7367. 뚝배기보다 장맛은 좋다.
겉으로 보기보다는 그 내용은 훌륭하다는 뜻.

7368. 뚝비 맞은 개새끼 같다.
무엇이 물에 흠씬 젖어 보기 흉하게 되었다는 뜻.

7369. 둑이 무너져야 풍년이 든다.
논둑이 무너지도록 비가 와야 풍년이 든다는 말.

7370. 둑이 터져 흘러닥치듯 한다. (缺河之勢)
둑이 터져 물이 흘러닥치듯이 막아낼 도리가 없다는 뜻.

7371. 둔한 말도 열흘 가면 천리를 간다.
(駑馬十駕 則亦及之), (駑馬十舍 旬亦至之)
〈荀子〉, 〈淮南子〉
재주 없는 사람도 꾸준히 노력만 하면 재주 있는 사람을 따라간다는 뜻.

7372. 둔한 사람은 아는 이에게 배워야 하며 무딘 칼은 숫돌에 갈아야 한다. (人鈍人上磨 刀鈍石上磨)

둔한 사람일수록 많이 배워야 하고 무딘 칼은 잘 갈아야 쓸 수 있게 된다는 뜻.

7373. 둘러대기는 나방이 똥구멍 둘러대듯 한다.
말을 요리조리 잘 둘러댄다는 뜻.

7374. 둘러대기는 뱃사공 뱃머리 둘러대듯 한다.
무슨 핑계를 대든지 요리조리 말을 잘 둘러댄다는 뜻.

7375. 둘러치나 메치나 때리기는 마찬가지다.
이러나 저러나 결과적으로는 마찬가지라는 말.

7376. 둘러치나 메치나 일반이다.
어떤 방법으로 하든지 결과적으로는 마찬가지라는 말.

7377. 둘레 번득거리기만 한다.
무슨 일을 침착하게 하지 못하고 당황하기만 한다는 뜻.

7378. 둘을 하나와 바꾸면 얻는 것은 없고 잃는 것만 있다고 한다. (以兩易一人曰無得而有喪也) 〈荀子〉
둘을 하나와 바꾸게 되면 하나를 손해보게 된다는 뜻.

7379. 둘이 떡해 먹어야 하겠다.
두 사람 사이가 나쁘기 때문에 화해(和解)를 해야 하겠다는 뜻.

7380. 둘이 먹다가 마누라가 죽는 것도 모른다.
음식을 아내와 같이 먹다가 아내가 죽어도 모를 정도로 맛이 있다는 말.

7381. 둘이 먹다가 하나가 죽어도 모르겠다.
두 사람이 같이 먹다가 한 사람이 죽어도 모를 정도로 음식 맛이 좋다는 말.

7382. 둘째 가라면 서러워하겠다.
(1) 남보다 월등하게 잘한다는 뜻. (2) 남보다 돈이 많다는 뜻.

7383. 둘째 며느리를 얻어 보아야 맏며느리 착한 줄을 안다.
여러 사람을 상대해 봐야 사람을 옳게 평가할 수 있게 된다는 뜻.

7384. 둠벙 망신은 미꾸라지가 한다.
집안 망신은 못난 자식이 시킨다는 말.

7385. 둠벙 망신은 송사리가 한다.
집안 망신은 못난 자식이 시킨다는 뜻.

7386. 둠벙을 파야 개구리도 모여든다.
환경이 조성(造成)되어야 일이 이루어진다는 말.

7387. 둥근 구멍에는 모진 것이 들어가지 않는다.

(柄鑿之鉏鋙) 〈史記〉
서로 뜻이 맞지 않으면 일이 이루어지지 않는다는 뜻.

7388. 둥근 구멍에 모진 자루를 맞추듯 한다.
(方柄圓鑿), (圓鑿方柄) 〈史記〉, 〈楚辭〉
서로 의견이 다른 사람이 함께 일을 한다는 뜻.

7389. 둥근 달걀도 끊어 놓기에 달렸다.
말이나 일은 하기에 따라서 전혀 다르게 하는 수도 있다는 뜻.

7390. 둥근 돌은 구르고 모 난 돌은 박힌다.
성미가 둥글둥글한 사람은 재물을 지키지 못하지만 성미가 있는 사람은 재물을 지킨다는 뜻.

7391. 둥근 못은 둥근 구멍에 박아야 한다.
서로 조화(調和)가 잘 되어야 일이 잘 이루어진다는 뜻.

7392. 둥근 자루를 모진 구멍에 맞추듯 한다.
(圓柄方鑿) 〈史記〉
서로 상반(相反)되는 의견을 가지고 일을 같이 한다는 뜻.

7393. 둥글 자리 보고 씨름한다.
아예 질 것을 각오(覺悟)하고 싸웠다는 뜻.

7394. 뚱딴지 같다.
너무나 엉뚱한 일이라는 말.

7395. 둥둥하면 굿인 줄 아나 ?
(1) 북소리만 나면 곧 굿하는 소리로 알듯이 잘못 속단한다는 뜻. (2) 걸핏하면 어떤 좋은 수라도 생긴 줄 안다는 뜻.

7396. 둥우리의 찰밥이 쏟아지겠다.
(1) 먹으라고 주는 것까지도 놓치고 못 먹는다는 말.
(2) 행동이 경솔하다는 뜻.

7397. 뛰기는 벼룩 같다.
벼룩이 뛰듯이 뜀질을 잘한다는 말.

7398. 뛰기 잘 하는 염소는 울타리에 부딪친다.
(羝羊觸藩) 〈易經〉
뛰기를 좋아하는 염소는 울타리에 부딪쳐 꼼짝 못하듯이 함부로 날뛰다가는 난처한 경우를 당하게 된다는 뜻.

7399. 뛰는 노루 잡으려다가 잡았던 토끼마저 놓친다.
분수(分數) 밖의 욕심을 내다가는 이미 소유하였던 것마저 잃게 된다는 뜻.

7400. 뛰는 놈 위에 나는 놈 있고 나는 놈 밑에 쏘는 놈 있다.
잘난 사람 위에는 더 잘난 사람이 있고 더 잘난 사람 아래에는 그를 죽일 수 있는 더 무서운 사람이 있다는 뜻.

7401. 뛰는 놈 위에 나는 놈 있다.
잘난 사람 위에는 또 더 잘난 사람이 있다는 뜻.

7402. 뛰는 놈이 낙상(落傷)도 한다.
의욕적(意慾的)으로 사업하는 사람이 실패도 할 수 있다는 뜻.

7403. 뛰는 놈이 있으면 나는 놈도 있다.
잘난 사람이 있으면 그보다 더 잘난 사람이 또 있다는 뜻.

7404. 뒤늦게 난 풀이 우뚝하다.
후배가 선배보다 더 잘되었을 때 하는 말.

7405. 뒤늦게 탄식한다. (晩時之歎)
늦게서야 뉘우치면서 탄식한다는 말.

7406. 뒤도 안 돌아보고 간다. (不顧而去)
떠나가면서 뒤도 보지 않고 그대로 간다는 뜻.

7407. 뒤로 넘어져도 코가 깨진다.
운수가 나쁠 때는 안 되는 일만 생긴다는 뜻.

7408. 뒤로 오는 호랑이는 속여도 앞으로 오는 팔자는 못 속인다.
앞으로 오는 호랑이는 말할 것도 없고 뒤로 오는 호랑이까지도 속여서 위험을 면할 수 있으나 운명은 모면할 수가 없다는 말.

7409. 뒤를 고이나 앞을 고이나 고이기는 마찬가지다.
뒤뚱거리는 물체는 뒤를 고이나 앞을 고여도 되듯이 이렇게 하나 저렇게 하나 결과는 일반이라는 뜻.

7410. 뒤 마려운 년 국거리 썰듯 한다.
제 일이 급하면 하는 일도 함부로 하게 된다는 말.

7411. 뛰면 벼룩이요 날으면 모기다.
뛰는 벼룩이나 날으는 모기처럼 귀찮게 한다는 뜻.

7412. 뛰면 벼룩이요 날으면 파리다.
뛰는 벼룩이나 날으는 파리와 같이 귀찮고 미운 존재라는 말.

7413. 뒤 뿔만 친다.
독립할 수 있는 힘이 없어서 남의 밑에서 고생만 한다는 뜻.

7414. 뒤섞여서 분별할 수가 없다. (涇淸無別) 〈漢書〉
서로 뒤섞여져서 분별하기가 어렵게 되었다는 말.

7415. 뛰어가는 것이 아니라 굴러간다.
뚱뚱한 사람이 뛰어가는 꼴을 보고 하는 말.

7416. 뛰어나게 아름다우면 어리석지 않다. (美妙不昧疎) 〈人物志〉
얼굴이 잘난 사람은 어리석지 않다는 말.

7417. 뛰어나게 잘난 사람도 가난하면 알아주지 않는다. (相士失之貧) 〈史記〉
아무리 잘난 사람이라도 너무 가난하면 세상에서 알아 주지를 않아 활동할 수가 없게 된다는 말.

7418. 뛰어난 기술은 그 사람의 마음과 손에 달려 있다. (妙在心手)
훌륭한 기술은 그 사람의 정성된 마음과 손 재주에 의하여 이루어진다는 뜻.

7419. 뛰어난 미인이다. (絶世美人 : 絶代佳人)
세상에서 보기 드문 미인이라는 말.

7420. 뛰어난 사람은 비방이나 박해를 받기 쉽다. (嶢嶢者易缺)
뛰어나게 잘난 사람은 비방도 받게 되고 혹은 박해도 받게 된다는 뜻.

7421. 뛰어난 안목으로 멀리 내다본다. (達見明遠) 〈晉書〉
차원(次元)이 높은 안목으로 일을 처리한다는 뜻.

7422. 뛰어다니면 추위도 이긴다. (躁勝寒)〈老子〉
추울 때라도 뛰어 다니면 추위를 극복할 수 있다는 뜻.

7423. 뒤에 난 뿔이 우뚝하다. (後生角高何特), (後生之角還聳) 〈洌上方言〉, 〈旬五志〉
젊은 사람이 나이 많은 사람보다 더 훌륭하게 되었다는 뜻.

7424. 뒤에 볼 나무는 그루를 북돋우어 준다.
장래를 위해서는 미리부터 준비해야 한다는 뜻.

7425. 뒤에 볼 나무는 밑둥을 높이 자른다. (後見之木 高斫其根), (後見之木 間斫其根) 〈松南雜識〉, 〈旬五志〉
무슨 일이나 장래성을 고려하여 처리해야 한다는 뜻.

7426. 뒤에 심은 나무가 우뚝하다.
(1) 자식이 아비보다 잘났다는 뜻. (2) 후배(後輩)가 선배(先輩)보다 더 났다는 뜻.

7427. 뒤에 오는 친구는 속여도 앞에 가는 팔자

는 못 속인다.

사람은 속여서 위험을 면할 수 있지만 사람의 운명을 속일 수 없다는 말.

7428. 뒤에 탄 놈이 먼저 내린다.

일하는 데 서둘지 않고 침착하게 하는 사람이 성공한다는 뜻.

7429. 뒤웅박을 신은 것 같다.

뒤웅박을 신은 것이 불안하듯이 일이 위태롭다는 뜻.

7430. 뒤웅박 차고 바람 잡는다. (佩圓瓠捕風),
〈東言解〉

뒤웅박으로 바람을 잡듯이 허무 맹랑한 짓을 한다는 뜻.

7431. 뒤주 밑이 바닥나면 밥맛은 더 난다.

식량이 떨어지게 되면 밥맛이 더 나듯이 무엇이나 없어지게 되면 더 생각이 나게 된다는 뜻.

7432. 뒤주에 쌀이 떨어지면 밥맛이 더 난다.

무엇이나 점점 없어지게 되면 더 생각이 난다는 말.

7433. 뒤죽박죽이다.

(1) 질서가 전혀 없다는 뜻. (2) 무슨 물건이 서로 함부로 섞여졌다는 뜻.

7434. 뒤집고 핥는다.

무슨 일을 속속들이 다 조사한다는 뜻.

7435. 뒤집어 엎은 둥우리 밑에는 온전한 알이 없다. (覆巢無完卵)
〈世説新語〉

집안이 망하게 되면 아이들이 잘 자랄 수가 없다는 뜻.

7436. 뒤축 없는 신도 짝은 있다. (躧履相迎)
〈漢書〉

아무리 닳아빠진 신도 짝은 있듯이 사람도 아무리 늙어도 짝은 있어야 한다는 말.

7437. 뒤축 없는 신은 신지 못한다. (履不著跟)
〈漢書〉

한 가지라도 부족되는 점이 있으면 쓸모가 없게 된다는 말.

7438. 뒤통수가 부끄럽다.

거절당하고 그저 돌아오기가 부끄럽다는 뜻.

7439. 뒤통수를 맞았다.

한번 실수를 했다가 큰 봉변을 당하게 되었다는 뜻.

7440. 뒤통수에 눈이 박혔나.

안 보이는 곳에서 하는 일도 잘 알아 내는 사람보고 하는 말.

7441. 뒤통수에 눈 있는 놈 없다.

안 보는 데서 하는 일은 알지 못한다는 뜻.

7442. 뛴다 뛴다 하니 천장에 닿도록 뛴다.

잘한다 잘한다 하니까 마냥 잘한다는 뜻.

7443. 뒷간 갈 때가 바쁘지 올 때가 바쁠까?

급하게 되면 서두르게 되고 급하지 않으면 서두르지 않게 된다는 말.

7444. 뒷간 갈 적 마음 다르고 올 적 마음 다르다. (如厠二心)

(1) 사람의 마음은 환경에 따라 수시(隨時)로 변한다는 뜻. (2) 급할 때는 서두르지만 급하지 않으면 서두르지 않게 된다는 뜻.

7445. 뒷간 개구리에게 봉기 물렸다.

창피스러운 일을 당하고서도 남에게 말도 못한다는 뜻.

7446. 뒷간과 사돈집은 멀어야 한다.

뒷간은 가까우면 냄새가 나고 사돈집이 가까우면 좋지 못한 말이 오가기 때문에 뒷간과 사돈집은 멀어야 한다는 뜻.

7447. 뒷간과 저승은 대신 못 간다.

똥 누는 것과 죽는 것은 대신 못 해준다는 뜻.

7448. 뒷간 기둥이 물방앗간 기둥을 더럽다고 한다.

(1) 자기의 더러운 것은 모르고 남의 깨끗한 것을 도리어 더럽다고 헐뜯는다는 말. (2) 더 큰 흉을 가진 사람이 남의 작은 흉을 본다는 말.

7449. 뒷간 다른 데 없고 부자 다른 데 없다.

부자치고 돈에 욕심없는 사람이 없다는 말.

7450. 뒷간 다른 데 없고 시어머니 다른 데 없다.

아무리 착한 시어머니라도 시어머니 티는 있다는 말.

7451. 뒷간 다른 데 없고 지주 다른 데 없다.

어느 지주나 조조(賭租) 받는 데는 다 인색하다는 말.

7452. 뒷간 문은 열수록 구린내만 난다.

악한 것은 보면 볼수록 의분심(義憤心)이 커진다는 뜻.

7453. 뒷간 안 구린 데 없다.

본질적으로 나쁜 것은 변하지 않는다는 말.

7454. 뒷간에 가서 이밥 찾는다.

일을 분별(分別)없이 함부로 한다는 뜻.

7455. 뒷간에 갈 적이 바쁘지 올 적도 바쁠까?

무슨 일이나 처음에는 서둘지만 나중에는 서둘지 않는다는 뜻.

7456. 뒷간에 기와 올리고 살겠다.

사치하지 않을 곳에 사치를 한다는 뜻.

7457. 뒷간에서 나올 적에 서두르는 사람 없다.
급하지 않을 때는 서두르는 사람이 없다는 말.

7458. 뒷간에서 밥 찾는다.
너무나 어처구니 없는 분수(分數)를 떤다는 뜻.

7459. 뒷간에 앉아서 개 부른다.
유리한 환경에서 일을 한다는 뜻.

7460. 뒷간에 옻칠 하겠다.
사치할 데나 아니할 데나 사치를 한다는 뜻.

7461. 뒷간은 지나가도 구리다.
악한 사람에게선 악한 티가 난다는 뜻.

7462. 뒷간이 깨끗하면 들어왔던 도둑도 그냥 나간다.
살림살이를 알뜰하게 하는 사람은 도둑에 대한 단속도 잘하기 때문에 들어왔던 도둑도 그저 나간다는 뜻.

7463. 뒷간 쥐가 쌀 먹을 줄 모를까?
뒷간에 있는 쥐라고 쌀 못 먹는 쥐 없듯이 비록 빈천(貧賤)한 처지에 있더라도 남이 하는 짓은 다할 수 있다는 뜻.

7464. 뒷간 쥐는 구린 줄을 모른다.
항상 나쁜 분위기 속에서 사는 사람은 나쁘다는 것을 모르게 된다는 뜻.

7465. 뒷간 쥐에게 하문 물렸다.
창피한 일을 당하고도 차마 남에게 말을 하지 못한다는 뜻.

7466. 뒷걸음에 쥐 잡는 격이다.
뒷걸음치다가 쥐를 밟아 잡듯이 요행으로 되는 일도 있다는 말.

7467. 뒷걸음질만 친다.
발전하지 못하고 퇴보만 한다는 뜻.

7468. 뒷구멍으로 수박씨 깐다.
겉으로는 어리숙해도 속으로는 딴 짓을 한다는 뜻.

7469. 뒷구멍으로 호박씨 깐다.
겉으로는 어리석은 체하면서도 속으로는 엉큼한 짓을 한다는 뜻.

7470. 뒷덜미를 잡혔다.
약점을 잡혀서 꼼짝도 못한다는 뜻.

7471. 뒷북만 친다.
때 늦은 뒤에 쓸데없는 짓을 한다는 뜻.

7472. 뒷산 호랑이가 요사이 뭘 먹고 산다더냐?
죽이고 싶도록 미운 사람을 두고 하는 말.

7473. 뒷손 벌린다.
겉으로는 사양하는 체하면서도 뒤로는 슬그머니 손을 내민다는 뜻.

7474. 뒷장구만 친다.
일이 다 끝난 다음에 쓸데없는 짓을 한다는 뜻.

7475. 뒷집 마당 터진 데 솔 뿌리 걱정한다.
쓸데없는 남의 걱정을 한다는 뜻.

7476. 뒷집 아이 난 데 옆집 아저씨가 좋아하는 격이다.
남의 일에 좋아하는 것은 반드시 무슨 이유가 있다는 말.

7477. 뒷집 짓고 앞집을 뜯어 내란다.
(1) 자기에게 약간의 손해가 된다고 하여 자기보다 먼저한 사람에게 일을 못하게 한다는 뜻. (2) 경우도 없이 제 욕심만 차린다는 뜻.

7478. 뜨거운 것도 목구멍에만 넘어가면 모른다.
뜨거운 음식도 목구멍에만 넘어가면 뜨거운 줄을 모르듯이 고생스러운 일도 그 고비를 넘게 되면 모르게 된다는 말.

7479. 뜨거운 국 맛 모른다.
(1) 영문도 모르고 함부로 날뛴다는 말. (2) 급한 경우를 당하면 정확한 판단을 하기 어렵다는 말.

7480. 뜨거운 국에 덴 개는 물만 봐도 무서워한다.
한번 놀라면 그와 비슷한 것만 봐도 무서워하게 된다는 뜻.

7481. 뜨거운 국에 덴 사람은 찬 양념도 불어 먹는다.(懲沸羹者吹冷虀) 〈唐書〉
한번 놀란 사람은 그와 비슷한 것만 보아도 조심하게 된다는 뜻.

7482. 뜨거운 국에 맛 모른다.
한번 혼나 보지 않은 사람은 무서운 줄을 모르고 덤빈다는 말.

7483. 뜨거운 사랑이 쉬 식는다.
쉽게 뜨거워진 정은 쉽게 식는다는 말.

7484. 뜨거운 정이 쉬 식는다.
안 식을 것 같은 뜨거운 사랑이 식으려면 쉬 식는다는 말.

7485. 뜨고도 못 보는 당달봉사다.
무식하여 눈으로 보아도 모른다는 말.

7486. 뜨고도 못 보는 맹가니다.
무식하여 글을 보아도 모른다는 말.

7487. 드나드는 개가 닭도 문다.
집안 내용을 잘 아는 사람이 손해를 끼친다는 뜻.

7488. 드는 돌에 낯 붉힌다. (擧石紅顔)〈東言解〉
무거운 돌을 들게 되면 얼굴이 붉어지듯이 무슨 일이
나 결과가 있으면 그 원인이 있다는 뜻.

7489. 드는 돌이 있어야 낯도 붉어진다.
무거운 돌을 들어야 얼굴도 붉어지듯이 무슨 일이나
결과가 있으면 반드시 원인도 있다는 뜻.

7490. 뜨는 소가 부리기 좋고 성깔 있는 머슴이
일 잘한다.
소나 사람이나 성깔이 흐리멍덩한 것보다는 성깔이 있
는 것이 일은 잘 한다는 말.

7491. 뜨는 소가 부리기 좋다.
성깔이 있는 사람이 일은 잘한다는 뜻.

7492. 뜨는 소도 부리기에 달렸다.
(1) 나쁜 아이도 교육에 따라 착하게 바로잡을 수 있
다는 뜻. (2) 나쁜 사람도 대할 탓이라는 뜻.

7493. 드는 정은 몰라도 나는 정은 안다.
대인 관계(對人關係)에서 정이 들 때는 드는 줄을 모
르게 들어도 정이 없어져 싫어질 때는 바로 알 수 있
다는 뜻.

7494. 드는 줄은 몰라도 나는 줄은 안다.
늘어나는 것은 몰라도 줄어드는 것은 바로 알게 된다
는 말.

7495. 뜨뜨물레하다.
뜨겁지도 않고 차지도 않듯이 분명하지가 않다는 뜻.

7496. 드러난 도둑놈이다.
세상에서 다 아는 도둑놈이라는 말.

7497. 드러난 상놈이 울 막고 살까?
세상 사람들이 다 아는 것을 구태여 숨길 필요는 없
다는 뜻.

7498. 드럼통 같다.
드럼통같이 키가 작고 뚱뚱하다는 말.

7499. 드럼통에 옷 입혀 놓은 것 같다.
키가 작고 몸집이 뚱뚱한 사람을 보고 조롱하는 말.

7500. 드문드문 걸어도 황소 걸음이다. (緩驅緩
驅 牡牛之步)〈耳談續纂〉
(1) 속도가 느리더라도 믿음직스럽다는 뜻. (2) 큰 사
람이 하는 일은 더디어도 내용이 충실하다는 뜻.

7501. 뜨물 먹고 주정한다.
거짓으로 횡설수설하는 사람을 조롱하는 말.

7502. 뜨물 먹은 당나귀 청이다.
컬컬하게 쉰 목소리라는 뜻.

7503. 드물면 귀하고 많으면 천하다. (稀貴多賤)
무슨 물건이나 적으면 귀하고 많으면 천하게 된다는
말.

7504. 드물어도 아이만 낳으면 된다.
아이를 많이 낳지 못하더라도 아이만 낳으면 된다는
뜻.

7505. 뜨물에 물 탄 것 같다.
무슨 일을 분명하게 하지 못하고 흐리멍덩하게 하였
다는 말.

7506. 뜨물에 빠진 바퀴 눈 같다.
얼빠진 사람같이 흐리멍덩하다는 뜻. ※ 바퀴 : 향랑
자(香娘子)라는 벌레.

7507. 뜨물에 튀한 놈이다.
흐리멍덩한 사람을 보고 하는 말.

7508. 드물지 않고 흔히 있다. (比比有之)
이 세상에 귀하지 않고 많이 있다는 뜻.

7509. 든 거지 난 부자다.
실속은 거지 꼴이면서 겉으로는 부자 같다는 뜻.
↔든 부자 난 거지다.

7510. 든 거지다.
실속은 거지 꼴인데 겉으로는 부자같이 보인다는 뜻.
↔든 부자다.

7511. 뜬 것 물리듯 한다.
뜬 귀신을 무당이 내쫓듯이 재빨리 내쫓는다는 말.

7512. 뜬 말을 듣고서는 믿지 못한다. (聞流言不
信)〈禮記〉
뜬 소문은 그대로 믿을 수 없다는 뜻.

7513. 든 버릇이 난 버릇된다.
후천적(後天的)인 습성도 선천적(先天的)인 성격처럼
된다는 뜻.

7514. 든 부자 난 거지다. (內富外貧)
실속은 부자이면서 겉으로는 가난해 보인다는 뜻.
↔든 거지 난 부자다.

7515. 든 부자다. (内富)
속으로는 부자이면서 겉으로는 가난해 보인다는 뜻.
↔든 거지다.

7516. 뜬 소 울 넘는다.
동작이 느린 소도 울타리를 넘듯이 평소에 동작이 느린 사람도 때로는 장한 일을 하게 된다는 뜻.

7517. 뜬 솥도 달면 힘든다.
마음이 좋은 사람도 한번 성이 나면 무섭게 된다는 뜻.

7518. 뜬 쇠도 달면 어렵다. (懶錢爛則難)
〈東言解〉
평소에 성질이 온순한 사람도 한번 성내면 무섭게 된다는 뜻.

7519. 뜬잎은 떼주어야 속잎이 자란다.
발전을 방해하는 요소는 제거해야 발전이 빠르게 된다는 뜻.

7520. 듣고 놀라고 보고 놀란다.
듣던 소문보다는 딴판 다르고 생각했던 것보다 실물이 아주 다르다는 말.

7521. 듣고도 못 들은 체한다. (聽若不聞)
번연히 듣고도 겉으로는 못 들은 척 한다는 뜻.

7522. 듣고 보고 해야 욕심도 난다. (耳目之慾)
알아야 욕심도 생기지 모르면 욕심도 생기지 않는다는 뜻.

7523. 듣기도 많이 듣고 알기도 많이 안다.
(多聞博識)
많이 듣고 모르는 것 없이 널리 안다는 뜻.

7524. 듣기를 귀로 하지 말고 마음으로 듣도록 하라. (無聽之以耳 而聽之以心) 〈孔子〉
남의 말을 듣고 그대로만 믿지 말고 마음으로 새겨서 듣도록 하라는 뜻.

7525. 듣기만 하고 보지를 못하면 아무리 많이 들어도 반드시 틀리는 것이 있다. (聞之而不見 雖博必謬) 〈荀子〉
아무리 많이 들어도 이것을 실제로 목격하지 않은 것에는 틀릴 수 있다는 말.

7526. 듣기 싫은 말은 약이고 듣기 좋은 말은 병이다. (苦言藥 甘言疾) 〈戰國策〉
남의 말은 듣기 싫은 것이 이로운 말이고 듣기 좋은 말이 불리하다는 뜻.

7527. 듣기 싫은 말은 약이다. (苦言藥) 〈戰國策〉
듣기 싫은 말을 남들이 해주는 것은 내 자신에게 이로운 말이기 때문에 귀담아 들으라는 뜻. →듣기 좋은 말은 병이다.

7528. 듣기 싫은 말이 부드러운 말이다. (苦語頓言) 〈劉孝綽〉
들을 때 듣기 싫은 말이 도와 주는 말이라는 뜻. →듣기 좋은 말은 병이다.

7529. 듣기 싫은 말이 약이 된다.
듣기 거북한 말이 자신에게 도움이 된다는 뜻.

7530. 듣기와 보기는 틀린다.
소문은 푸짐하지만 실물은 보잘것이 없다는 뜻.

7531. 듣기 좋은 꽃노래도 한두 번이다.
아무리 듣기 좋은 말도 여러 번 하면 듣기 싫게 된다는 뜻.

7532. 듣기 좋은 노래도 늘 들으면 듣기 싫다.
(艶歌每唱厭) 〈東言解〉
아무리 좋은 짓이라도 여러 번 거듭되면 싫증이 생긴다는 뜻.

7533. 듣기 좋은 노래도 세 번 들으면 싫어진다.
같은 말을 여러 번 하면 듣기가 싫어진다는 뜻.

7534. 듣기 좋은 노래도 한두 번이다.
아무리 좋은 말이라도 여러 번 해서는 안 된다는 말.

7535. 듣기 좋은 말도 여러 번 들으면 싫어진다.
아무리 좋은 것도 늘 하면 지루하게 된다는 뜻.

7536. 듣기 좋은 말도 제 입에서 나오고 듣기 싫은 말도 제 입에서 나온다. (好言自口 莠言自口) 〈詩經〉
좋은 말이나 나쁜 말이나 모두 자기 입에서 나오기 때문에 말을 조심하라는 뜻.

7537. 듣기 좋은 말은 병이다. (甘言疾) 〈戰國策〉
듣기 좋은 말은 이롭지 않다는 뜻. →듣기 싫은 말이 부드러운 말이다. 듣기 싫은 말은 약이다.

7538. 듣기 좋은 육자배기도 한두 번이다.
아무리 좋은 일이라도 늘 하게 되면 싫증이 나게 된다는 뜻.

7539. 듣기 좋은 이야기도 늘 들으면 싫어진다.
아무리 좋은 것이라도 늘 되풀이하게 되면 싫어진다는 뜻.

7540. 듣는 것과 보는 것은 다르다.
같은 말도 듣기에 따라 해석을 달리할 수 있고 같은 것을 봐도 보기에 따라 다를 수도 있다는 말.

7541. 듣는 것은 귀에서 끝내야 한다. (聽止於耳)
〈孔子〉
남에게서 들은 것은 그것으로 끝내고 남에게 옮기지 말라는 뜻.

7542. 듣는 것은 귀하게 여기고 보는 것은 하찮게 여긴다. (貴耳賤目) 〈顏子家訓〉
가까운 것은 나쁘게 여기고 먼 데 것은 좋게 여긴다는 뜻.

7543. 듣는 것이 보는 것만 못하다. (耳聞不如目見 : 聞之不若見之)
남의 말을 들은 것이 자기가 직접 본 것만 못하다는 뜻.

7544. 듣는 사람이 없으면 말하는 사람도 없다.
말을 한 사람도 나쁘지만 들은 사람도 나쁘다는 말.

7545. 듣던 말과는 다르다.
남들이 말하는 소문보다 실물은 보잘것이 없다는 뜻.

7546. 듣보기 장사 애 말라 죽는다.
요행수를 바라는 짓은 몹시 애가 쓰인다는 뜻. ※ 듣보기 장사 : 각지 시세를 듣보면서 요행수를 바라고 하는 장사.

7547. 듣자는 귀요 보자는 눈이다.
듣는 것은 정확히 들어야 하고 보는 것은 정확히 봐야 한다는 뜻.

7548. 듣지도 보지도 않았다.
들은 일도 없고 본 일도 없는 모르는 일이라는 말.

7549. 듣지를 않으면 말할 것도 없다.
남의 말을 아예 듣지를 않으면 참견도 하지 않게 된다는 뜻.

7550. 듣지 못한 것은 들은 것만 못하다. (不聞不若聞之) 〈荀子〉
전연 듣지도 못하고 모르고 있는 것은 듣고 아는 것만 못하다는 말.

7551. 듣지 못할 것을 들으려고 한다. (聽乎不可聞) 〈荀子〉
아무리 들으려고 해도 들을 수가 없다는 뜻.

7552. 들고 나니 초롱군이다.
초롱을 들게 되면 천한 초롱군이 되듯이 사람은 누구나 어떤 천한 짓이나 다 할 수 있다는 뜻.

7553. 들고 자시고 할 것이 없다.
아무 것도 먹을 것이 없다는 뜻.

7554. 들녘 소경 머루 먹듯 한다.
소경이 익은 머루인지 설 익은 머루인지도 모르고 먹듯이 멋도 모르고 덤벙댄다는 뜻.

7555. 들돌 잡으려다가 집돌 잃는다.
먼 데 것을 욕심내다가 가까운 것을 잃게 된다는 말.

7556. 들보가 부러지면 서까래도 무너진다. (棟折榱崩) 〈春秋左傳〉
집안 어른이 죽으면 집안이 망하게 된다는 뜻.

7557. 들보 감이다. (棟樑之材)
그 단체에서 우두머리가 될 자격이 있는 사람이라는 뜻.

7558. 들보보다 서까래가 굵다.
들보가 굵어야 할텐데 서까래가 굵듯이 일이 바뀌어 되었다는 말.

7559. 들소가 푸줏간에 먼저 간다.
성미가 급한 사람이 먼저 손해를 보게 된다는 뜻.

7560. 들숨 날숨 없다.
꼼짝달싹을 못하게 되었다는 말.

7561. 들어가는 것은 봐도 나오는 것은 못 본다.
돈을 벌기만 하고 도무지 쓰지를 않는 구두쇠라는 뜻.

7562. 들어도 들리지 않는다. (聽而不聞) 〈大學〉
마음에 없는 것은 들어도 겉듣기 때문에 들리지 않는다는 뜻.

7563. 들어서 죽 쑨 놈은 나가도 죽 쑨다.
집에서 하던 버릇은 집을 나서도 버리지 못하고 하게 된다는 뜻.

7564. 들어오는 것은 있어도 나가는 것은 없다. (有入無出)
한번 들어온 재물을 쓰지 않고 모아 두기만 한다는 뜻.

7565. 들어오는 것이 있어야 나가는 것도 있다.
돈도 벌어 들여야 쓸 수도 있다는 말.

7566. 들어오는 떡을 찍어 먹어도 조청은 고아 두어야 한다.
무엇이나 필요한 것은 미리 준비해 두어야 필요한 때 긴요하게 쓸 수 있게 된다는 뜻.

7567. 들어오는 돈은 몰라도 나가는 돈은 안다.
돈은 모여지는 것은 잘 몰라도 쓰는 것은 표가 완연히 난다는 뜻.

7568. 들어오는 복도 놓친다.
경솔하고 방정맞으면 될 일도 안 된다는 뜻.

7569. 들어오는 복도 문 닫는다.

방정맞은 짓을 하여 오는 복을 내쫓는다는 뜻.

7570. 들어온 놈이 동네 팔아먹는다.
중간에 끼어든 사람이 원래부터 있던 사람들에게 폐를 끼친다는 뜻.

7571. 들여디딘 발이다.
이미 착수한 일이라 어쩔 수 없다는 뜻.

7572. 들으나 마나다.
듣지 않아도 다 아는 말이기 때문에 들을 필요가 없다는 뜻.

7573. 들으려고 해도 들리지 않는다. 〈聽之不聞〉
〈老子〉
들어도 그 말이 들리지 않는다는 뜻.

7574. 들으면 귓독(耳毒)이요 말하면 입독(口毒)이다.
남의 말은 듣지도 말고 하지도 말라는 뜻.

7575. 들으면 극락(極樂)이요 보면 지옥(地獄)이다.
듣던 것과 보는 것은 큰 차이가 있다는 뜻.

7576. 들으면 병이고 안 들으면 약이다.
(聞則病 不聞則藥), (聞則是病 不聞是藥),
(聞則疾 不聞藥)
〈青莊舘全書〉,〈耳談續纂〉,〈冽上方言〉
들어서 걱정될 말은 차라리 안 듣는 것만 못하다는 말.

7577. 들으면 천냥보다 무겁고 보면 한냥보다 가볍다.
소문만 크게 났지 사실은 별 것이 아니라는 말.

7578. 들은 것도 많고 아는 것도 많다. (多聞博識)
견문(見聞)이 많아 널리 안다는 뜻.

7579. 들은 것은 말하지 말랬다.
남이 말한 비밀은 잘 지켜 주어야 한다는 뜻.

7580. 들은 경치가 본 경치만 못하다. (聽景不如見景)
남의 말로 들은 경치가 자기가 직접 본 경치만 못하다는 뜻.

7581. 들은 말은 들어 없애야 한다.
남의 말은 액면대로 받아들이지 말고 냉철(冷徹)하게 분석하여 들어야 한다는 말.

7582. 들은 말 들은 데 버리고 본 말 본 데 버리랬다.

남의 말과 남의 잘못을 보거든 그 자리에서 버리고 남에게 옮기지 말라는 뜻.

7583. 들은 말은 백 년 가고 한 말은 삼 년 간다.
남에게 한 말은 얼마 가지 못하나 들은 말은 오래 가도록 잊혀지지 않는다는 뜻.

7584. 들은 말은 삭이기를 잘해야 한다.
남의 말을 들으면 그것을 잘 소화시켜야 한다는 뜻.

7585. 들은 말은 삼 년 가고 한 말은 사흘 간다.
남의 말 들은 것은 오래 가도 자기가 한 말은 쉬 잊어버린다는 뜻.

7586. 들은 이 짐작이다.
아무리 여러 말을 해도 듣는 사람의 짐작대로 한다는 뜻.

7587. 들은 천 냥이요 본 백 냥이다.
소문은 크게 났지만 실물은 소문보다 작다는 말.

7588. 들은 풍월(風月)도 한 몫 낀다.
들어서 알게 된 글도 쓰일 때가 있다는 뜻.
※ 풍월 : 시(詩).

7589. 들은 풍월 얻은 문자다.
공부해서 배운 것이 아니고 보고 들어서 알게 된 글이라는 뜻.

7590. 들자니 무겁고 놓자니 깨질 것 같다.
무슨 일을 이럴 수도 없고 저럴 수도 없다는 뜻.

7591. 들 적 며느리 날 적 송아지다.
며느리는 시집 오면 일만 하게 되고 소는 들에 나가면 일을 하게 된다는 뜻.

7592. 들 중은 소금 먹고 산골 중은 물 마신다.
(野僧食鹽 山僧飲水) 〈旬五志〉
(1) 자기와는 아무 관계 없는 일에 간섭한다는 말.
(2) 남의 액운(厄運)을 대신한다는 말.

7593. 들쥐 밥 맛보기다.
들쥐가 밥을 얻어 먹기가 어렵듯이 매우 어려운 일이라는 뜻.

7594. 들지 않는 솜틀이 소리만 요란하다.
되지도 않는 일이 소문만 크게 난다는 뜻.

7595. 들 짐승을 다 잡고 나면 사냥개도 잡아먹는다. (野禽殫走狗烹) 〈漢書〉
이용 가치(利用價値)가 있을 때는 이용하고 이용 가치가 없으면 푸대접을 하는 것이 세상 인심이라는 뜻.

7596. 뜸단지를 붙였나.

어느 한자리에 늘어붙어서 꿈쩍도 아니하고 가만히 있
다는 말.

7597. 뜸 들이다.

일을 하다가 쉬기 위해서나 또는 그 일을 단단히 하
기 위하여 잠시 그 일을 중단하고 가만히 있음.

7598. 뜸이 들었다.

시기적(時期的)으로 성숙기(成熟期)에 들어섰다는 뜻.

7599. 뜻과 같이 되면 입맛도 변한다.

바라던 부귀를 누리게 되면 행동도 변하게 된다는 뜻.

7600. 뜻대로 되어 만족한다. (志滿意得) 〈禮記〉

생각한 대로 일이 잘 되어 만족한다는 뜻.

7601. 뜻대로 만족시키지 못한다. (志不可滿)
〈禮記〉

생각한 것처럼 만족할 수 없다는 뜻.

7602. 뜻밖에 변이 생긴다. (變出不意)

도무지 생각지도 않은 변이 일어났다는 뜻.

**7603. 뜻밖에 복을 받은 사람은 뜻밖에 화도 당
하게 된다. (有奇福者 必有奇禍)** 〈升庵集〉

노력하지 않고 얻은 행복은 결국 불행하게 된다는 뜻.

7604. 뜻밖에 원수를 만난다. (遇見讎家)
〈李商隱〉

도무지 생각지도 않은 원수를 우연히 만났다는 말.

7605. 뜻밖에 일어난 근심이다. (不慮之患)

꿈에도 생각지 않은 근심이 생겼다는 말.

**7606. 뜻밖에 일어난 일이다. (不意之事：意外之
事)**

꿈에도 생각지 않았던 일이라는 뜻.

**7607. 뜻밖의 일이라 어쩔 도리가 없다. (猝難變
通)**

졸지(猝地)에 일어난 일이라 어찌할 도리가 없었다는
말.

**7608. 뜻밖에 일어난 변이다. (不意之變：不慮之
變)**

도무지 생각지도 않은 변이 일어났다는 말.

7609. 뜻밖의 복이다. (毋望之福)

생각지도 않은 복을 받게 되었다는 뜻.

7610. 뜻은 씨앗이고 행동은 열매다.

뜻은 씨앗과 같이 자라게 되는데 여기에는 무수한 노
력이 있어야 열매도 열게 된다는 뜻.

7611. 뜻은 크나 재주가 모자란다. (志大短才)

뜻만 크고 그 실력이 부족하여 성사될 가망성(可望性)
이 희박하다는 뜻.

7612. 뜻을 군중과 통해야 한다. (通志於衆)
〈三略〉

군중들과 호흡(呼吸)을 같이해야 한다는 뜻.

7613. 뜻을 성 지키듯 하라. (防意如城) 〈朱文公〉

자기의 의지(意志)는 고수(固守)해야 한다는 뜻.

**7614. 뜻을 세우는 데는 굳세고 건전해야 한다.
(立志剛健)** 〈松堂集〉

뜻을 세우는 데 있어서는 굳세고도 건전해야 이루어
질 수 있다는 뜻.

**7615. 뜻이 같은 사람끼리는 서로 찾는다.
(同氣相求)**

뜻이 서로 맞는 친한 친구끼리는 서로 찾아 다닌다는
뜻.

**7616. 뜻이 같은 친구는 먼 곳에서도 찾아온다.
(有朋自遠方來)** 〈論語〉

뜻이 서로 같은 친한 친구는 아무리 먼 데 살아도 찾
아 다닌다는 뜻.

**7617. 뜻이 깨끗하면 마음은 맑아진다. (意淨則心
淸)** 〈菜根譚〉

뜻이 깨끗한 사람은 그 마음도 맑다는 뜻.

**7618. 뜻이 서로 맞는다. (志氣相合：意志相合：
意氣投合)**

두 사람이 서로 뜻이 맞는다는 뜻. ↔ 뜻이 서로 맞
지 않는다.

7619. 뜻이 서로 맞지 않는다. (不相中)

두 사람의 의견이 서로 맞지 않는다는 뜻. ↔ 뜻이 서
로 맞는다.

**7620. 뜻이 있는 사람이라야 일도 성취한다.
(有志者 事竟成)** 〈後漢書〉

뜻을 세우지 않고 일을 하면 목적이 없이 일을 하
게 되므로 성사할 수 없다는 뜻.

**7621. 뜻이 있어야 말로도 표현할 수 있다.
(志以發言)** 〈春秋左傳〉

자기의 뜻이 있어야 자기의 의견도 말할 수 있다는
뜻.

7622. 뜻이 있으면 길도 있다. (有志有道)

할 의지(意志)만 있으면 방법도 생긴다는 뜻.

7623. 뜻이 천리에 있다. (志在千里)

원대(遠大)한 포부(抱負)를 가지고 있다는 뜻.

7624. 뜻 있는 사람은 고심도 많다. (志士多苦心)
큰 뜻을 가지고 있는 사람은 그를 성사(成事) 시키기 위한 걱정 근심이 많다는 뜻.

7625. 등겨 먹던 개가 쌀은 못 먹을까 ?
나쁜 짓을 처음에는 조금씩 하다가는 나중에는 크게 하게 된다는 뜻.

7626. 등겨 먹던 개 나중에는 쌀도 먹는다.
(乱糖及米)　　　　　　　　　　〈史記〉
나쁜 짓에 맛들이게 되면 나중에는 크게 나쁜 일까지 하게 된다는 뜻.

7627. 등겨 먹은 개는 들키고 쌀 먹은 개는 안 들킨다.
조금 잘못한 사람은 들키고 크게 잘못한 사람은 들키지 않는다는 뜻.

7628. 등겨 묻은 개가 똥 묻은 개를 나무란다.
조금 잘못한 사람이 크게 잘못한 사람을 나무란다는 뜻.

7629. 등겻섬에 새앙쥐 엉기듯 한다.
재물을 탐내서 여러 사람들이 모여들고 있다는 뜻.

7630. 등골이 빠졌다.
등골이 빠지도록 몹시 과로(過勞)하였다는 말.

7631. 등 드숩고 배부르다. (暖衣飽食)　〈孟子〉
잘 입고 잘 먹고 산다는 말.

7632. 등 드숩고 배부르면 방탕해지기 쉽다.
(飽暖生淫欲)　　　　　　　　　〈事林廣記〉
편안하게 잘 살게 되면 방탕하게 되기 쉽다는 뜻.

7633. 등불은 뒤가 밝다.
판단은 당사자보다도 제삼자가 더 정확히 한다는 말.

7634. 등불은 뒤에서 들지 않는다.
(1) 등불은 앞보다도 뒤가 밝기 때문에 앞에서 들어야 한다는 말. (2) 시범(示範)을 해 보인다는 말.

7635. 등살이 꼿꼿하다.
일이 몹시 거북하여 꼼짝달싹할 수 없다는 뜻.

7636. 등 시린 절은 받기 싫다. (受背害拜)
〈東言解〉
자기가 싫어하는 사람에게는 대접을 잘 받아도 기분이 좋지 않다는 뜻.

7637. 등신도 한 가지 재주는 있다.
아무리 못난 사람이라도 한 가지 재주는 다 가지고 있다는 뜻.

7638. 등신이 밥은 많이 먹는다.
일은 못하는 주제에 밥은 많이 먹는다는 뜻.

7639. 등에는 눈이 없다.
보지 않는 곳에서 하는 일은 모른다는 말.

7640. 등에 사잣밥을 지고 다닌다.
목숨을 걸고 다니며 일을 한다는 말.

7641. 등에서 진땀이 흐른다. (汗出沽背)〈史記〉
몹시 부끄러워서 등에서 진땀이 난다는 말.

7642. 등에 찬물을 끼얹는 것 같다.
갑자기 충격을 받아 몹시 무서워진다는 뜻.

7643. 등에 풀 바른 것 같다. (背塗糊君)
〈東言解〉
등이 빳빳하여 등을 펴지도 못하고 구부리지도 못한다는 뜻.

7644. 등으로 먹고 배로 먹고 한다.
이렇게 먹고 저렇게 먹고 다 먹는다는 뜻.

7645. 등을 댄다.
남의 세력을 믿고 의지한다는 말.

7646. 등이 근질근질하냐.
남에게 매맞을 짓만 하고 있다는 뜻.

7647. 등이 따스면 배도 부르다.
옷을 잘 입을 정도의 수준이면 먹는 것도 잘 먹을 수 있다는 뜻.

7648. 등이 단다.
일이 몹시 다급하여 애가 탄다는 뜻.

7649. 등이 더우랴 배가 부르랴 ?
등도 시리고 배도 고프다는 뜻.

7650. 등잔 뒤가 밝다.
무슨 일이나 가까이 보는 것보다는 약간 떨어진 곳에서 보는 것이 더 잘 보인다는 뜻. → 등잔 밑이 어둡다.

7651. 등잔 밑이 어둡다. (燈下不明)　〈東言解〉
(1) 너무 가까운 일이 오히려 먼 데 일보다 알지 못한다는 뜻. (2) 남의 일은 잘 알 수 있으나 자기 일은 제가 잘 모른다는 뜻. → 등잔 뒤가 밝다.

7652. 등잔 불에 콩 볶아먹겠다.
옹졸하고 답답한 짓만 한다는 뜻.

7653. 등줄기에서 노린내가 나도록 두들긴다.
거의 죽을 정도로 때린다는 뜻.

7654. 등창도 빨아 주고 치질도 핥아 준다.
(吮癰舐痔) 〈論語〉
등에 난 종기(腫氣)나 치질을 빨아 주고 핥아 줄 정도
로 웃사람에게 아첨한다는 뜻.

7655. 등 쳐먹고 산다.
남의 재물을 부당하게 약탈해서 먹고 산다는 뜻.

7656. 등 쳐서 먼지 안 나는 사람 없다.
누구나 캐 보면 잘못은 다 있다는 뜻.

7657. 등 치고 간 내먹겠다.
겉으로는 잘해 주는 척하면서 속으로는 해를 끼친다
는 뜻.

7658. 등 치고 간 낸다.
겉으로는 잘해 주는 척하면서도 속으로는 해를 끼친
다는 뜻.

7659. 등 치고 배 문질러 준다.
한편으로는 위협하면서 슬며시 달랜다는 뜻.

7660. 떠가 성하면 길도 막는다. (茅塞)
비록 조그마한 것이라도 많고 번성하면 당하기 어렵
다는 뜻.

7661. 디딜방아질 삼 년에 엉덩이 춤만 배웠다.
디딜방아질을 오래 하게 되면 엉덩이 춤도 추게 된다
는 뜻.

7662. 떠풀을 뽑으면 다른 풀도 뽑힌다. (拔茅連
茹)
나쁜 놈을 잡다 보면 선한 사람에게도 피해를 줄 수
있다는 뜻.

7663. 띄엄띄엄 걸어도 황소 걸음이다.
느리기는 하지만 틀림없고 확실하다는 뜻.

7664. 마계(馬契) 말이다.
늙은 여인이 교태(嬌態)를 부린다는 뜻.

7665. 마고 할머니가 가려운 데 긁어 주듯 한다.
(麻姑搔痒)
늙은 신선(神仙) 할머니인 마고 할머니가 가려운 데
를 말하지 않아도 잘 알아서 긁어 주듯이 남의 사정
을 잘 알아 준다는 뜻.

7666. 마구 뚫은 창구멍이다.
마구 뚫어진 창구멍마냥 옷이 떨어져 뚫어졌다는 뜻.

7667. 마귀가 가사(袈裟)를 입었다.
흉악한 사람이 겉으로는 착한 것처럼 위장을 하였다
는 말.

7668. 마누라가 귀여우면 처가집 쇠말뚝 보고도
절한다. (婦家情篤 拜厥馬杖)　　〈耳談續纂〉
(1) 아내가 귀여우면 처가집의 것은 무엇이나 다 귀여
워진다는 뜻. (2) 무엇에 반하게 되면 바른 판단력을
잃게 된다는 뜻.

7669. 마누라 그른 건 평생 원수요 장 맛 그른
건 일년 원수다.
아내를 잘못 얻으면 일생을 두고 불행하기 때문에 잘
얻어야 한다는 뜻.

7670. 마누라 때린 날 장모 온다.
일이 안 될 때에는 불길한 일만 생긴다는 뜻.

7671. 마누라 여럿 둔 사나이가 늙으면 홀아비 된
다.
욕심을 부려 여러 가지를 하다가는 어느 하나도 성공
하지 못한다는 말.

7672. 마누라와 집은 가꿀 탓이다.
여자와 집은 치장하기에 따라 좌우(左右)된다는 말.

7673. 마누라 자랑은 말아도 병 자랑은 하랬다.
아내를 자랑하는 것은 나쁘지만 병은 자랑해야 고칠

수 있다는 뜻.

7674. 마누라 자랑은 팔불출(八不出)의 하나다.
자기 아내를 자랑하는 것은 여덟 가지 못난 짓의 하
나라는 말.

7675. 마당 빌려 뜰 빌리라더니 안방마저 빌리란
다.
(1) 염치없는 짓만 한다는 뜻. (2) 욕심을 한없이 부
린다는 뜻.

7676. 마당 빌린 놈이 뜰까지 빌리란다.
(1) 염치가 몹시 없는 짓만 한다는 뜻. (2) 욕심은 한
이 없다는 뜻.

7677. 마당 빌린 놈이 안방까지 빌리란다.
(1) 염치없는 짓만 한다는 뜻. (2) 욕심을 몹시 부린
다는 뜻.

7678. 마당 삼을 캔다.
무슨 일을 힘도 안 들이고 쉽게 한다는 뜻.

7679. 마당이 환하면 비가 오고 계집 뒤가 반지
르르하면 애가 든다.
쇠약했던 아이 어머니의 건강이 회복되어 몸매가 반
지르르하게 되면 또 아이를 가지게 된다는 뜻.

7680. 마당 출입도 겨우 한다. (戶庭出入)
겨우 방에서 마당에 드나들 수 있을 정도의 활동밖에
못한다는 뜻.

7681. 마당 터진 데 솔 뿌리 걱정한다.
그 일에 당치도 않은 걱정만 한다는 뜻.

7682. 마뜩잖은 놈이 노비(路費) 달란다.
건방지고 마음에 들지 않는 사람이 무엇을 요구한다
는 뜻.

7683. 마당에 옹이다.
(1) 어려운 일이 겹쳐 있다는 뜻. (2) 일이 공교롭게도
안 되는 것만 있다는 뜻.

7684. 마루가 높으면 천장이 낮아진다.
(1) 높은 것이 있으면 낮은 것도 있다는 뜻. (2) 하나가 좋으면 하나는 나쁘다는 뜻.

7685. 마루 구멍에도 별들 날이 있다.
고생하던 사람도 좋은 시기를 만날 수 있다는 뜻.

7686. 마루 끝에 걸터앉지 않는다. (坐不垂堂)
마루 끝에 걸터앉는 것은 위험하다는 뜻.

7687. 마루 넘은 수레 내려닥치듯 한다.
고개 마루턱을 넘어서 내려닥치는 수레와 같이 걷잡을 수 없는 기세라는 뜻.

7688. 마루 디딘 놈이 안방 못 들어갈까?
거의 다 된 일을 끝까지 못할 리가 있느냐는 뜻.

7689. 마루를 빌리더니 안방까지 빌리란다.
(借廳借閨 : 借廳入室)
(1) 염치가 몹시 없다는 뜻. (2) 욕심이 한없이 많다는 뜻.

7690. 마루 밑에 강아지도 웃을 노릇이다.
강아지도 비웃을 정도의 몹시 부끄러운 일이라는 뜻.

7691. 마루 밑에도 별들 날 있다.
고생만 하던 사람도 잘 살 날이 있다는 뜻.

7692. 마루 밑에 마루 놓기다. (牀下安牀)
하지 않아도 될 일을 헛수고한다는 뜻.

7693. 마루 위에 마루 놓기다. (牀上施牀)
쓸데없는 일을 한다는 뜻.

7694. 마룻대가 휜다. (棟橈)
가장 중요한 부분이 탈이 생겼다는 뜻.

7695. 마른 나무가 봄을 만난다. (枯木逢春)
고생한 끝에 영화를 누리게 되었다는 뜻.

7696. 마른 나무 꺾듯 썩은 나무 뽑듯 한다.
(摧枯拉朽) 〈後漢書〉
일하기가 매우 쉽다는 말.

7697. 마른 나무 꺾듯 한다.
일하기가 매우 수월하다는 말.

7698. 마른 나무 꺾어 잎 털듯 한다. (折槁振落)
〈淮南子〉
고목(枯木)을 베어 낙엽을 털듯이 일이 매우 쉽다는 뜻.

7699. 마른 나무를 태우면 생나무도 탄다.
생나무도 마른 나무를 태운 끝에 태우면 타듯이 안 될

일이라도 미리 준비를 잘하면 될 수 있다는 뜻.

7700. 마른 나무에 기름이다.
일이 잘못되는 데다가 방해를 놓아 점점 악화된다는 뜻.

7701. 마른 나무에 다시 새싹이 돋는다. (枯樹復榮)
〈遊仙窟〉
봄이 와서 마른 나무에 새싹이 나듯이 고생 끝에 영화를 누리게 되었다는 뜻.

7702. 마른 나무에 물이 난다. (枯木生水)
봄이 되어 죽었던 나무가 되살아나듯이 죽게 되었던 사람이 되살아나게 되었다는 뜻.

7703. 마른 나무에 물이 날까 죽은 어미에 젖이 날까?
도저히 가망(可望)이 없는 일이라는 뜻.

7704. 마른 나무에 좀먹듯 한다.
(1) 몸이 시들시들 쇠약해진다는 뜻. (2) 재산이 주는지 모르게 없어져 간다는 뜻.

7705. 마른 날 벼락 맞는다.
뜻밖에 큰 재앙을 당한다는 말.

7706. 마른 논에 물 대기다.
마른 논에는 물이 많이 필요하듯이 밑천이 많이 든다는 말.

7707. 마른 논에 물 들어가는 것과 자식 입에 밥 들어가는 것보다 더 보기 좋은 것은 없다.
농민은 가물 때 논에 물 들어가는 것과 보리 고개 때 굶지 않고 자식들을 먹이는 것이 가장 즐겁다는 뜻.

7708. 마른 놈 따라 굶는다.
남이 하는 대로만 따라하는 어리석은 사람을 두고 하는 말.

7709. 마른 땅 진 땅 다 다녀 봤다.
갖은 고락(苦樂)을 다 체험하여 봤기 때문에 세상 물정을 다 알고 있다는 뜻.

7710. 마른 말에 짐 많이 싣는다. (瘦馬重馱)
실력이 없는 사람에게 무리하게 일을 혹사(酷使) 시킨다는 뜻.

7711. 마른 말이 꼬리가 길다.
마른 말의 꼬리가 더 길어 보이듯이 마르고 여위면 같은 것이라도 더 길어 보인다는 뜻.

7712. 마른 말이 짐 탐한다.
실력은 없으면서 일만 탐낸다는 뜻.

7713. 마른 버드나무에 싹이 튼다. (枯楊生柔)

　(1) 죽게 된 사람이 되살아난다는 뜻. (2) 패가했던 사람이 다시 부유하게 되었다는 뜻.

7714. 마른 수건도 짜기에 달렸다.

　일은 무슨 일이나 하기에 따라 큰 차이가 있다는 뜻.

7715. 마른 이 죽이듯 한다.

　무슨 일을 곰상스럽게 한다는 뜻.

7716. 마른 하늘에 날벼락 치겠다.

　뜻밖에 큰 재앙을 당하겠다는 뜻.

7717. 마른 하늘에 벼락친다. (青天霹靂)

　꿈에도 생각하지 않은 큰 재앙을 당하게 되었다는 뜻.

7718. 마른 행주도 짤 탓이다.

　무슨 일이나 하기에 따라 그 성과는 달라지게 된다는 뜻.

7719. 마름쇠도 삼키겠다.

　남의 것이라면 아무것이나 탐낸다는 뜻.

　※ 마름쇠 : 적군을 막기 위하여 진지(陣地) 앞에 흩어 놓는 가시같이 된 쇠.

7720. 마마 그릇 되듯 한다.

　일이 순조롭게 되지 않고 말썽이 많이 생겨 시끄럽게 되었다는 뜻.

7721. 마마 손님 배송(拜送)하듯 한다.

　천연두(天然痘)를 앓은 지 13일 만에 천연두 귀신을 전송하듯이 행여나 가지 않을까 염려되어 애써 가면서 보낸다는 뜻.

7722. 마무리가 아름다와야 한다. (有終之美)

　모든 일은 마무리를 잘해야 한다는 뜻.

7723. 마무리를 시작할 때와 같이 신중히 하라.
　(愼終如始)　　　　　　　　　　　　〈老子〉

　무슨 일이나 마무리를 할 때는 처음 시작할 때와 같이 정성스럽게 잘 마무리를 해야 한다는 뜻.

7724. 마바릿집이 안 되려면 당나귀 새끼만 모여든다.

　일이 안 되려면 쓸데없는 사람들만 모여든다는 뜻.

　※마바릿집 : 마굿간이 있는 주막.

7725. 마빡이 벗어지도록 뜨겁다.

　이마가 햇볕에 벗어질 정도로 뜨거운 날씨라는 뜻.

7726. 마방(馬房)이 망하려면 당나귀만 들어온다.

　사업이 안 되려면 쓸데없는 것만 모여들어 망하게 된다는 뜻. ※ 마방 : 마굿간.

7727. 마방집이 안 되려니까 당나귀 새끼만 모여든다.

　사업이 안 되려면 아무 관계도 없는 것만 모여든다는 뜻. ※ 마방집 : 마굿간의 설비가 있는 여관집.

7728. 마병장수 넉마 팔듯 한다.

　물건을 헐값으로 판다는 뜻. ※ 마병장수 : 옛날 행상인(行商人).

7729. 마소 새끼는 시골로 보내고 사람 새끼는 서울로 보낸다. (馬雛下鄕 人雛上京)〈東言解〉

　말이나 소새끼는 시골로 보내서 일을 가르쳐야 하고 사람 새끼는 서울로 보내서 공부를 시켜야 한다는 뜻.

7730. 마수거리다.

　장사하는 사람이 그날 처음으로 파는 물건이라는 뜻으로서 무슨 일을 개시(開始)하였다는 말.

7731. 마수를 잘해야 한다.

　장사하는 사람은 그날 첫개시를 잘해야 그날 재수가 좋다는 말.

7732. 마을마다 도둑은 있다.

　어디를 가나 도둑은 있다는 말.

7733. 마을마다 후레자식은 있다.

　어느 마을이나 버릇없는 놈은 있다는 뜻.

7734. 마을에서는 나이 많은 것이 제일이다.
　(鄕党莫如齒)　　　　　　　　　　　〈曾子〉

　관리들의 서열(序列)은 직위에 따라 결정되지만 마을에서는 나이가 많은 사람이 높다는 뜻.

7735. 마음 가짐을 너그럽고 후하게 하라.
　(持心寬厚)　　　　　　　　　　　　〈權重顯〉

　남을 너그럽게 대하고 후하게 대하는 마음을 가지라는 말.

7736. 마음 가짐이 거짓되고 일에 성실치 못하면 안 된다. (詐曲用意 不可臨事不誠)
　　　　　　　　　　　　　　　　　〈襄簡公家訓〉

　마음은 정직하고 일에는 성실해야 한다는 뜻.

7737. 마음과 뜻이 서로 통한다. (氣脈相通)

　마음과 뜻이 서로 잘 맞는다는 뜻.

7738. 마음과 몸이 불안하다. (心身不安)

　심신이 다 불안하여 괴롭다는 뜻.

7739. 마음과 몸이 수고롭다. (勞心勞力)

　마음도 지치고 몸도 지쳤다는 뜻.

7740. 마음과 취미가 서로 어울린다. (氣味相適)

　마음과 취미가 서로 잘 맞는다는 뜻.

7741. 마음과 힘을 다하면 바위도 뚫는다.
(念力通岩)
온 정성을 다 기울여서 한다면 무슨 일이나 안 되는
것이 없다는 뜻.

7742. 마음과 힘을 다 썼으나 아무런 보람이 없
다. (徒費心力)
전심전력(全心全力)을 다 하였으나 아무 성과가 없
었다는 뜻.

7743. 마음과 힘을 다한다. (盡心盡力 : 盡心竭力)
전심 전력(全心全力)을 다하여 일을 한다는 뜻.

7744. 마음과 힘을 자꾸 쓴다. (積費心力)
무슨 일을 위하여 계속적으로 마음과 힘을 다한다는
뜻.

7745. 마음과 힘을 합친다. (同心合力)
생각한 것과 행동을 일치하게 한다는 뜻.

7746. 마음대로 생각대로 한다. (自由自在)
자기 마음대로 생각대로 행동한다는 뜻.

7747. 마음도 하나요 가는 길도 하나다.
한마음으로 한 가지에 정성껏 노력한다는 뜻.

7748. 마음만 맞으면 삶은 도토리 한 알을 가지
고도 시장을 면한다.
집안이 화목하면 가난도 잘 극복할 수 있다는 말.

7749. 마음 속에 깊이 새겨서 잊지 않겠다.
(銘心不忘 : 銘心不肝)
마음 속에 깊이 새겨 두고 영원히 잊지 않겠다는 말.

7750. 마음 속에서 사라지기 어려운 근심이다.
(心腹之患)
잊어 버리려고 해도 잊혀지지 않는 근심거리라는 말.

7751. 마음 속에 숨긴 것도 겉으로 나타나게 된
다. (誠中形外)　　　　　　　　〈大學〉
마음 속에 있는 것도 겉으로 나타나기 때문에 알게
된다는 말.

7752. 마음 속에 스승이 있어야 한다.
마음 속에 마음을 바로 잡는 스승이 있어야 착하게 된
다는 말.

7753. 마음 속으로 뉘우친다. (悔于厥心)
　　　　　　　　　　　　　　　〈春秋左傳〉
자기의 잘못을 마음 속으로 깊이 뉘우친다는 뜻.

7754. 마음 속으로 맹세한다. (矢心)
마음 속으로 단단히 맹세한다는 말.

7755. 마음 속으로 반성해 보아도 부끄러울 것이
없다. (內省不疚)
조용히 속으로 반성해 보아도 잘못된 것이 하나도 없
다는 말.

7756. 마음 속으로 비난한다. (匈詈腹詛)
겉으로 비난하지 않고 속으로 비난한다는 말.

7757. 마음 속으로 슬퍼한다. (悱悱)
마음 속으로 남 모르게 슬퍼한다는 뜻.

7758. 마음 속이 성실하면 외면으로도 나타난다.
(誠於其中 達於其外)　　　　　　〈茶山論叢〉
마음이 성실한 사람은 겉으로도 표가 난다는 뜻.

7759. 마음씨가 고우면 옷 앞섶이 아문다.
마음씨가 아름다운 사람은 겉으로도 나타난다는 말.

7760. 마음씨가 얼음 항아리 같다. (氷壺之心)
마음씨가 얼음과 같이 깨끗하다는 뜻.

7761. 마음에 간직하고 뼈에 새긴다. (銘心鏤骨)
　　　　　　　　　　　　　　　〈書言故事〉
죽어서도 잊지 않도록 잘 간직하고 있다는 말.

7762. 마음에 간직하지 않을 수 없는 생각이다.
(不可不念)
마음 속에 꼭 간직해야 할 일이라는 말.

7763. 마음에 굳은 주관이 없다. (心無所主)
마음에 굳은 주관이 없기 때문에 동요(動搖)될 수 있
다는 뜻.

7764. 마음에 기갈(飢渴)이 든다.
마음이 허탈하여 일하고 싶은 의욕이 나지 않는다는
뜻.

7765. 마음에 늘 간직하여 잊지 않도록 한다.
(拳拳服膺)　　　　　　　　　　〈中庸, 禮記〉
마음 속에 항상 간직해 두고 길이길이 잊지 않도록 한
다는 뜻.

7766. 마음에 드는 물건은 드물다.
자기 마음에 꼭 드는 물건은 매우 드물다는 뜻.

7767. 마음에 부끄러운 것이 없다. (無愧於心)
　　　　　　　　　　　　　　　〈皇極經世〉
마음이 착하여 부끄러울 것이 하나도 없다는 말.

7768. 마음에 새기고 뼈에 새긴다. (彫心鏤骨)
마음에 새겨 두고 영원히 잊지 않는다는 말.

7769. 마음에서 지혜가 생긴다. (心以啓智)
　　　　　　　　　　　　　　　〈六韜〉

마음을 쓸수록 지혜가 생긴다는 말.

7770. 마음에 수심이 가득하다.(心中滿愁)

마음 속에 근심이 가득하여 괴롭다는 뜻.

7771. 마음에 수심이 있어서 즐겁지 않다.
(罔兮不樂)　　　　　　　　　〈楚辭〉

마음에 근심이 있으면 즐거워지지 않는다는 말.

7772. 마음에 없는 염불(念佛)이다.

마음에 없는 짓을 형식적으로 한다는 뜻.

7773. 마음에 없으면 보아도 보이지 않는다.
(心不在焉 視而不見)　　　　　〈大學〉

마음에 없이 건성으로 보면 보아도 보지를 못한다는
말.

7774. 마음에 있어야 꿈에도 있다.

마음에 생각하는 것이라야 꿈에도 꾸인다는 말.

7775. 마음에 있어야 찬물 한 그릇도 준다.

마음에 없으면 흔한 찬물 한 그릇도 주지 않는다는 말.

7776. 마음에 조금도 거슬리는 것이 없다.
(莫逆之心)

마음에 조금도 거역되는 것이 없이 서로 맞는다는 말.

7777. 마음에 차지 않는다.(不滿底意)

마음에 만족하지를 못한다는 뜻.

7778. 마음에 하고 싶은 대로 한다.(從心所欲)

마음대로 하고 싶은 대로 한다는 말.

7779. 마음으로 삼년상을 난다.(心喪三年)

겉으로는 삼년상을 나지 못하였어도 속으로는 삼년상
을 지냈다는 뜻.

7780. 마음은 간절하나 뜻대로 되지 않는다.
(有意莫遂 : 有意未遂)

마음으로는 간절하지만 그것이 생각한 대로 되지 않
는다는 뜻.

7781. 마음은 깨끗한데 행동은 더럽다. (内淸外
濁)　　　　　　　　　　　　　〈太玄經〉

마음은 어질지만 그 행동은 옳지 못하다는 말.

7782. 마음은 걸걸해도 왕굴자리에 똥 싼다.

말로는 큰 소리를 하지만 실제로는 못난 짓만 한다는
뜻.

7783. 마음은 굴뚝 같다.

마음 속으로 몹시 하고 싶다는 뜻.

7784. 마음은 늙지 않는다.(心不老)

몸은 늙어도 마음은 젊은 대로 있다는 말.

7785. 마음은 둘이지만 몸은 하나다.

이것저것 다 하고 싶지만 몸이 하나라 못한다는 뜻.

7786. 마음은 먹기에 달렸다.

마음은 단단하게 먹으면 단단하고 약하게 먹으면 약
해진다는 뜻.

7787. 마음은 뱀이요 말은 부처다.(蛇心佛口)

속은 음흉(陰凶)하면서도 겉으로는 착한 척한다는 뜻.

7788. 마음은 생각하는 것이 깊어야 한다.
(心善淵)　　　　　　　　　　　〈老子〉

무슨 일을 깊이 생각해야 한다는 뜻.

7789. 마음은 얼굴과 같다.

얼굴을 보면 그 사람의 마음도 짐작할 수 있다는 말.

7790. 마음은 원숭이같이 급하고 성질은 말 뛰
듯 한다.(心猿意馬)　　　　　　〈參同契〉

마음이 원숭이같이 변덕이 많고 생각이 말같이 먼 곳
에 흩어져 있듯이 경솔하고 침착하지 못하다는 뜻.

7791. 마음은 작고 뜻은 커야 한다.

뜻은 커야 하고 뜻을 집행하기 위한 계획은 치밀해야
한다는 뜻.

7792. 마음은 좋은데 이웃집 불 보고 춤춘다.

(1) 마음이 진정으로 착하지 못하다는 뜻. (2) 사물에
대한 분별을 못 한다는 뜻.

7793. 마음은 지혜로우나 수완은 없다. (心智而
無術)　　　　　　　　　　　〈韓非子〉

마음 속에 지혜는 가득하나 이 지혜를 실제 일하는 데
응용을 못한다는 말.

7794. 마음은 편안하게 가지고 몸은 수고로와야
한다.(心可逸 形不可不勞)　　〈景行錄〉

마음은 편안하게 가지고 몸은 부지런히 일을 해야 한
다는 말.

7795. 마음은 항상 다리를 건널 때처럼 생각하라.
(心常思過橋時)　　　　　　〈松隱遺稿〉

항상 마음에는 경각성(警覺性)을 지니고 있어야 한다
는 뜻.

7796. 마음은 호랑이와 같고 행동은 짐승과 같다.
(心如虎狼 行如禽獸)　　　　　〈荀子〉

마음씨나 그 행동이 짐승과 같기 때문에 사람답지 못
하다는 뜻.

7797. 마음을 고치면 얼굴도 달라진다. (改頭換

面)

마음도 겉으로 나타나기 때문에 마음을 고치게 되면
외모로 나타나므로 얼굴 표정도 달라진다는 말.

7798. 마음을 기쁘게 가지면 오래 살게 된다.
(美意延年) 〈荀子〉

마음이 편안해야 오래 살 수 있게 된다는 뜻.

**7799. 마음을 기울여 열중하면 안 되는 일이 없
다.** (精神一到 何事不成) 〈朱熹〉

온 정성을 한 가지 일에 쏟으면 무슨 일이든지 안 되
는 일이 없다는 뜻.

**7800. 마음을 상쾌하게 하는 일이라도 지나치면
반드시 재앙으로 된다.** (快心事過必爲殃)
〈康節邵〉

아무리 좋은 일이라도 지나치게 되면 도리어 재앙으
로 되기 때문에 알맞게 해야 한다는 뜻.

7801. 마음을 서로 툭 털어 놓는다. (肝膽相照)
〈韓愈〉

마음 속에 간직하고 있던 비밀까지도 서로 상의한다
는 말.

7802. 마음을 속여서는 안 된다. (心不可欺)
〈紫虛元君〉

자기 자신의 양심을 속여서는 안 된다는 뜻.

7803. 마음을 쓸 데가 없다. (無所用心) 〈論語〉
마음을 쓸 데가 없어서 편안하다는 뜻.

7804. 마음을 씻고 잘못을 고친다. (洗心改過)
〈蘇轍〉

깊이 반성하고 잘못을 두 번 다시 범하지 않도록 한
다는 뜻.

**7805. 마음을 안정시키는 일은 말을 적게 하는
데서 시작된다.** (定心自寡言始) 〈栗谷全集〉

마음을 안정시키려면 먼저 말을 적게 하는 것에서 시
작하라는 뜻.

**7806. 마음을 잘 가져야 죽어도 옳은 귀신이 된
다.**

살아서 올바른 짓을 해야 죽은 뒤에 옳은 귀신이 된
다는 말.

7807. 마음을 죄여 가며 근심한다. (焦心考慮)
속을 태워 가며 근심을 하고 있다는 말.

7808. 마음을 한 가지 일에만 기울인다. (專心致
志) 〈孟子〉

마음을 한 가지 일에만 집중시키면 무슨 일이든지 할
수 있다는 뜻.

7809. 마음이 가벼우면 병도 가볍다.
마음으로 병을 이겨야 병을 고칠 수 있다는 뜻.

7810. 마음이 가볍고 행동이 경솔하다. (輕佻浮
薄)

마음과 행동이 경박(輕薄)하여 미덥지 못하다는 뜻.

7811. 마음이 갈라지면 알지 못하게 된다.
(心枝則無知) 〈荀子〉

마음이 흩어지면 알던 것도 모르게 된다는 말.

7812. 마음이 깨끗하고 욕심이 적다. (淸心寡慾)
마음이 양심적이라 욕심이 적다는 말.

7813. 마음이 같으면 서로 친해진다. (同心相親)
〈候鯖錄〉

뜻이 맞으면 서로 친해질 수 있다는 뜻.

**7814. 마음이 곧고 굳으면 일을 틀림없이 잘하게
된다.** (貞固足以幹事) 〈春秋左傳〉

마음이 바르고 굳세면 무슨 일이든지 성의 있게 잘
할 수 있다는 말.

**7815. 마음이 꽉 차 있으면 물욕이 들어오지 못
한다.** (實則物慾不入) 〈菜根譚〉

마음이 만족하게 되면 물질에 대한 욕심이 생기지 않
는다는 말.

7816. 마음이 굴왕신 같다.
마음 속으로 몹시 하고 싶어서 속이 탄다는 말.

7817. 마음이 끓으며 답답하다. (心怫欝)〈後漢書〉
속이 부글부글 끓어서 답답하다는 뜻.

**7818. 마음이 긴장될 때는 곧 풀 줄을 알아야 한
다.** (念頭喫緊時 要知放下) 〈菜根譚〉

마음이 긴장하게 될 때는 바로 풀어서 안정시켜야 한
다는 뜻.

**7819. 마음이 낫기면「아저씨」하고 마음이 상하
면 「개새끼」한다.**

기분이 좋을 때는 아첨하고 기분이 나쁠 때는 대항하
고 덤빈다는 뜻.

7820. 마음이 너그러우면 몸도 편안하다.
(心廣體胖)

마음을 너그럽게 쓰면 근심 걱정이 없기 때문에 몸도
편안하다는 뜻.

7821. 마음이 너무 분하여 말이 안 나온다.
(心憤憤 口悱悱) 〈論語〉

격분(激憤)하였을 때는 말문이 막혀서 말이 안 나온
다는 뜻.

7822. 마음이 동요되지 않고 심상하게 본다.
(視若尋常)
어떠한 것을 보나 마음이 흔들리지 않고 범상하게 본다는 뜻.

7823. 마음이 뒤집히면 생각하는 것도 틀려지게 된다. (心覆則圖反) 〈春秋左傳〉
마음에 혼란을 일으키면 생각하는 것도 바르게 하지 못한다는 말.

7824. 마음이란 한 몸의 주인이다. (心者 一身之主也) 〈顧庵家訓〉
마음은 그 몸의 주인 격이라는 뜻.

7825. 마음이 만족하고 기쁘다. (滿心歡喜)
마음이 흡족(洽足)하여 기쁘다는 말.

7826. 마음이 맑으면 꿈자리도 편안하다.
(心淸夢寐安) 〈景行錄〉
마음이 안정된 사람은 잠도 편하게 잘 수 있다는 말.

7827. 마음이 목석이 아니다. (心非木石)
사람의 마음이 나무나 돌이 아니기 때문에 눈물도 있고 피도 있다는 말.

7828. 마음이 바르고 성의가 있다. (正心誠意)
마음도 바르고 성의가 있게 일을 한다는 뜻.

7829. 마음이 바르면 일도 바르다. (心正則事正)
마음이 착해야 하는 일도 올바르게 한다는 말.

7830. 마음이 바르면 죽어도 옳은 귀신 된다.
아무리 어려운 환경에 처하여 있더라도 바른 행동을 해야 한다는 뜻.

7831. 마음이 변하면 죽는다.
사람이 살다가 죽을 때가 되면 마음이 변하게 된다는 뜻.

7832. 마음이 부끄러워 주저주저해진다.
(羞澁疑阻)
부끄러워서 어쩔 줄을 모르고 있다는 말.

7833. 마음이 부드럽고 약하면 아첨하게 된다.
(內心荏弱爲佞) 〈禮記〉
마음이 연약한 사람은 독립심이 약하기 때문에 남에게 의존하려고 아첨하게 된다는 뜻.

7834. 마음이 불안하면 이성을 잃는다. (險躁則不能理性) 〈諸葛亮〉
마음이 안정되지 않으면 이성을 잃어 옳게 판단할 수 없게 된다는 뜻.

7835. 마음이 상할 때는 온화하게 가라앉힐 것을 생각하라. (傷念時 思沈重) 〈弘道遺稿〉
마음이 상할 때는 안정시키도록 하라는 말.

7836. 마음이 서로 맞는다. (氣味相合 : 意氣相合
: 意氣相投)
마음이 서로 맞아서 가까이 지낸다는 말.

7837. 마음이 안정된 사람은 말이 적다. (心定者言寡) 〈栗谷全集〉
마음에 아무 걱정이 없이 안정된 사람은 말이 많지 않다는 말.

7838. 마음이 얼음같이 깨끗하다. (氷心)
마음이 얼음과 같이 맑고 깨끗하다는 말.

7839. 마음이 얼음같이 차다.
마음이 차서 대인 관계(對人關係)에서 냉정하다는 뜻.

7840. 마음이 즐거우면 걸음걸이도 가볍다.
기분이 좋으면 걸음걸이가 훨씬 가볍게 된다는 말.

7841. 마음이 즐거우면 발도 가볍다.
기분이 좋으면 걸어가는 발도 가볍게 된다는 뜻.

7842. 마음이 지척(咫尺)이면 천리도 지척이다.
마음먹기에 따라 먼 곳도 이웃같이 가까와진다는 뜻.

7843. 마음이 지척이면 천리도 지척이요 마음이 천리면 지척도 천리다.
마음 먹기에 따라 지척도 멀어질 수 있고 먼 곳도 지척같이 될 수 있다는 뜻.

7844. 마음이 팔자다.
마음을 잘 먹으면 팔자도 좋아지고 마음을 잘못 먹으면 팔자도 나쁘게 된다는 뜻.

7845. 마음이 편안하면 초가집에 살아도 평온하다. (心安茅屋穩) 〈益智書〉
마음이 편안하면 비록 경제적으로 곤궁할지라도 편안하게 살 수 있다는 말.

7846. 마음이 편안해야 몸도 편안하다. (心安體安) 〈臣軌〉
마음과 몸이 다 편안해야 편안하다는 말.

7847. 마음이 편안해야 즐거워지기도 한다.
(心億則樂) 〈春秋左傳〉
마음에 근심이 있으면 즐거워질 수가 없다는 말.

7848. 마음이 편해야 오래도 산다.
장수(長壽)를 하려면 건강도 좋아야 하지만 마음도 편해야 한다는 말.

7849. 마음이 평온한 사람에게는 백 가지 복이 절로 모여든다. (心和氣平者 百福自集)
〈菜根譚〉

마음이 안정되어야 모든 일이 잘 이루어지기 때문에 복이 저절로 온다는 뜻.

7850. 마음이 풀어지면 하는 일도 가볍다.

근심 걱정이 다 풀어지면 무슨 일을 하여도 힘들지 않고 쉽게 한다는 말.

7851. 마음이 항상 괴롭고 슬프다. (心中常苦悲)

마음이 한 번도 기쁠 때가 없이 괴롭고 슬프다는 뜻.

7852. 마음이 화락해질 때가 없다. (心無時而得和矣)
〈茶山論叢〉

마음이 편안할 때가 없이 항상 근심스럽다는 말.

7853. 마음이 화합하면 부처도 곤다.

여러 사람들의 마음이 화합하게 되면 무슨 일이든지 할 수 있다는 뜻.

7854. 마음이 혼들 비쭉한다.

주관(主觀)이 없는 사람은 변덕(變德)이 많다는 말.

7855. 마음이 흡족하다. (心滿意足)

더 바랄 것이 없도록 마음이 흡족하다는 말.

7856. 마음 잡아야 개 장사다.

방탕하게 놀던 사람이 마음을 잡아 올바르게 산다고 하지만 오래 가지 못한다는 뜻.

7857. 마음처럼 간사한 건 없다.

사람의 마음은 이해 관계에 따라 수시로 간사스럽게 변한다는 말.

7858. 마음 한번 잘 먹으면 북두칠성 (北斗七星)이 굽어본다.

마음이 착한 사람은 천지신명(天地神明)도 다 도와 준다는 뜻.

7859. 마장쟁이 놀듯 한다.

항상 빨래만 하고 산다는 말.

7860. 마지막으로 쓰는 발악이다. (最後發惡)

최종적으로 쓰는 발악이라는 말.

7861. 마지막으로 쓰는 수단이다. (最後手段)

최종적으로 쓰는 유일한 수단이라는 말.

7862. 마지막으로 큰 공을 세운다. (終成大功)

최종적으로 큰 공을 세운다는 말.

7863. 마지 못한 인사는 반갑지도 않다.

하기 싫은 인사를 억지로 하는 것은 조금도 반가울 것이 없다는 뜻.

7864. 마지 못한 친절은 고맙지도 않다.

마음에서 우러나서 베푸는 친절이 아니면 고맙지 않다는 뜻.

7865. 마차가 빨라도 소문만치 빠르지 못하다. (駟不及舌)
〈論語〉

말 네 마리가 끄는 빠른 마차보다도 소문이 더 빠르게 퍼진다는 말.

7866. 마치가 가벼우면 못이 솟는다. (椎輕釘聳)
〈旬五志〉

윗사람이 엄하지 못하면 아랫 사람이 복종하지 않고 도리어 반항을 한다는 말.

7867. 마침 불행한 때를 만났다. (逢時不幸)

시기적으로 불행한 때를 만나 고생스럽다는 뜻.

7868. 마침 좋지 못한 때에 태어났다. (生丁不辰)

시기적으로 좋지 못한 때에 출생하였다는 뜻.

7869. 마파람에 게 눈 감추듯 한다.

(1) 음식을 몹시 빨리 먹어 버린다는 말. (2) 무슨 일을 어느 결에 해치운다는 말. ※ 마파람 : 남풍.

7870. 마파람에 곡식이 혀를 빼물고 자란다.

남풍이 부는 늦여름에는 곡식이 놀랄 정도로 빨리 자란다는 말.

7871. 마파람에 돼지 불알 놀듯 한다.

아무 필요도 없는 것이 흔들거린다는 말.

7872. 마파람에 호박 꼭지 떨어진다.

세게 부는 남풍에 호박 꼭지 떨어지듯 일하는 데 지장을 받아 그릇된다는 뜻.

7873. 마판이 안 되려니까 당나귀 새끼만 모여든다.

일이 잘 안 되려면 이롭지 않은 사람들만 찾아온다는 뜻.

7874. 막간 어미 애 핑계하듯 한다.

행랑 어미가 아이 핑계만 하고 주인 말을 듣지 않듯이 남의 부탁을 하찮은 구실로 거절한다는 말.

7875. 막걸리 거른다며 지게미도 못 건진다.

큰 이익을 목적으로 하였다가 도리어 손해만 당하게 되었다는 말.

7876. 막내딸 시집 보내느니 대신 가는 것이 낫겠다.

귀엽게만 키운 막내딸을 시집 보내는 어머니의 애석한 심정을 말함.

7877. 막내딸 시집 보낸 것 같다.

귀엽게만 키우고 아무 일도 가르치지 않고 시집 보낸 막내딸마냥 항상 미덥지 못하여 불안하다는 말.

7878. 막내동이 응석 받듯 한다.

무슨 짓을 하거나 상관하지 않고 하는 대로 내버려 둔다는 말.

7879. 막내아들이 첫아들이다.

(1) 단 하나밖에 없다는 말. (2) 여러 개 중에서 제일 나중 것이 가장 좋다는 말.

7880. 막내자식을 낳고 큰소리치랬다.

무슨 일이나 마무리를 끝낸 다음에 큰소리를 하라는 뜻.

7881. 막내자식이 귀엽다.

자식은 어린 자식이 더 귀엽다는 말.

7882. 막다른 골목에 몰린 쥐는 고양이에게도 덤빈다.

쥐도 도망갈 곳이 없게 되면 고양이에게도 덤벼들듯이 쫓아도 도망갈 곳을 두고 쫓지 않으면 피해를 당하게 된다는 말.

7883. 막다른 골목이다.

오고 가지도 못하고 꼼짝 못하게 되었다는 말.

7884. 막다른 골목이 되면 돌아선다.

궁극적인 지경에 이르게 되면 꾀가 난다는 뜻.

7885. 막대로 하늘 찌르기다.

막대로 하늘을 찌르나 마나 하듯이 아무 흔적도 없다는 말.

7886. 막대 잃은 장님이다.

장님이 의지하고 다니는 지팡이를 잃은 것같이 의지할 곳을 잃고 꼼짝도 못 하게 되었다는 말.

7887. 막동이 대답하듯 한다.

집행은 하지도 못하면서 아무 것이나 대답은 잘한다는 말.

7888. 막동이도 늘 보면 정든다.

보기 싫은 사람도 늘 보면 정이 들게 된다는 말.

7889. 막동이 소 팔러 보낸 것 같다.

중책(重責)을 맡긴 사람이 미덥지 못하여 매우 불안하다는 뜻.

7890. 막동이 속곳 가랑이 깁듯 한다.

바느질 솜씨가 매우 서투르다는 말.

7891. 막동이 씨름하듯 한다. (莫童角抵戲)

〈東言解〉

힘이 서로 비슷하여 승부가 있을 가망성이 없다는 말.

7892. 막동이 심부름 보낸 것 같다.

믿음성이 없는 사람을 심부름 보낸 것같이 불안하다는 뜻.

7893. 막동이 장가 보내느니 대신 가는 것이 낫겠다.

하도 미덥지 못하기 때문에 시키는 것보다 자신이 하는 것이 낫다는 말.

7894. 막동이 장가 보낸 것 같다.

도무지 믿음성이 없어서 불안하다는 말.

7895. 막된 대답에는 묻지도 말라. (告楛者 勿問也)

〈荀子〉

무책임한 대답을 하는 사람에게는 아예 묻지도 말라는 뜻.

7896. 막된 송충이다.

체면도 돌보지 않고 마구 행동한다는 뜻.

7897. 막된 이야기는 듣지도 말라. (說楛者 勿聽也)

〈荀子〉

말 같지 않은 말은 아예 듣지를 말라는 뜻.

7898. 막된 질문에는 대답하지 말라. (問楛者 勿告也)

〈荀子〉

함부로 하는 질문에는 대답할 필요가 없다는 말.

7899. 막았던 군중의 입이 터지면 방죽 터진 것보다 더 무섭다. (防民之口 甚於防水)

〈史記〉

민중을 탄압하여 그 입을 막으면 민원(民怨)이 터져 방죽 터진 것보다 무서우므로 아예 민중의 여론을 탄압하지 말라는 뜻.

7900. 막역한 사이다. (莫逆之間)

서로 마음이 맞는 친한 사이라는 뜻.

7901. 막역한 친구이다. (莫逆之友)

서로 허물이 없이 친한 친구라는 뜻.

7902. 막연히 소식을 알 수 없다. (漠然不知)

소식을 전혀 알 수 없다는 뜻.

7903. 막 털고 나선 판이다.

실패하여 살 수 없게 되었기 때문에 가진 것은 다 정리하고 빈손으로 나섰다는 말.

7904. 만 가지가 서로 같은 것이 없다. (萬類不同)

여러 가지 중에서 어느 하나도 서로 같은 것이 없다

는 말.

7905. 만 가지를 봐도 하나 볼 것이 없다.
(一無萬觀)
어느 하나를 보아도 옳은 것이 하나도 없다는 말.

7906. 만 가지에 하나도 실수가 없다. (萬不一失)
일을 치밀하게 하여 무슨 일에나 한번도 실수하는 일
이 없다는 뜻.

7907. 만경 타령이다.
중요한 일을 등한(等閑)히 한다는 뜻.

7908. 만고 역적(逆賊)이다.
영원히 역적 소리를 면하지 못할 사람이라는 뜻.

7909. 만고의 영웅이다. (萬古英雄)
천추만대(千秋萬代)를 두고 이름이 남을 영웅이라는
뜻.

7910. 만고풍상(萬古風霜) 다 겪었다.
오랫동안 살아가면서 갖은 고생 다 겪었다는 말.

7911. 만 귀가 잠잠하다.
아무 소리도 없이 매우 조용하다는 뜻.

7912. 만나는 것을 기약할 수 없다. (會以不期約)
언제 다시 만나자고 약속할 수가 없다는 말.

7913. 만나는 사람마다 붙들고 지껄이며 소문을
퍼뜨린다. (逢人輒說)
분수가 없고 수다하여 소문을 잘 퍼뜨린다는 뜻.

7914. 만나면 이별하게 된다. (會者定離：會必有
離)
사람은 한번 만나면 반드시 헤어지게 된다는 말.

7915. 만나자 이별이다. (乍逢乍別：雷逢電別)
잠깐동안 만났다가 바로 작별하였다는 말.

7916. 만나지 않은 것만 못하다. (不逢不若)
〈春秋左傳〉
만난 것이 차라리 만나지 않은 것만 못하다는 뜻.

7917. 만날 땡그렁이다.
살림살이가 넉넉하여 아무 짓을 하나 근심 걱정이 없
다는 뜻.

7918. 만났다 헤어졌다 한다. (一合一離)
한번 만났다가 도로 헤어졌다는 말.

7919. 만냥이면 무엇하나.
노름하는 사람은 아무리 돈이 많아도 손해만 본다는
뜻.

7920. 만년 뒤뿔치기다.
일생을 두고 자립하지 못하고 남의 밑에서 고생만 한
다는 말.

7921. 만년을 싸워도 패하지 않는다. (萬年不敗)
매우 안전한 싸움이라는 말.

7922. 만대를 가도 썩어지지 않는다. (萬代不朽
：萬世不朽)
영원히 없어지지 아니한다는 말.

7923. 만대를 가도 헐리지 않는다. (萬世不毀)
〈漢書〉
아무리 오랜 세월이 가도 헐리지 않는다는 말.

7924. 만대를 두고 누리는 영화이다. (萬代榮華)
자손 만대를 두고 변하지 않고 누리는 영화라는 말.

7925. 만대를 두고 말이 있겠다. (萬世有辭)
〈書經〉
영원히 말로 전해질 수 있다는 말.

7926. 만대를 두고 변하지 않는다. (萬代不變：
萬世不變)
아무리 오래 되어도 변하지 않는다는 뜻.

7927. 만대를 두고 오래도록 믿는다. (萬世永賴)
〈書經〉
자손 만대에 걸쳐 변함없이 믿는다는 뜻.

7928. 만대를 두고 잊지 않는다. (萬代不忘：萬
世不忘)
영원히 그 은덕을 잊지 않겠다는 뜻.

7929. 만대를 두고 전해진다. (萬代流傳)
대대손손(代代孫孫)이 전해진다는 말.

7930. 만득(晩得)이 북 짊어지듯 한다.
일하기 싫은 사람이 진 짐과 같이 보기가 대단히 거
북하다는 뜻.

7931. 만리 길도 한 걸음에서 시작된다.
만리 길도 한 걸음, 한 걸음이 이어져서 이루어지듯
이 작은 것이라고 소홀히 여기지 말라는 말.

7932. 만리는 떨어진 먼 곳도 이웃과 같다.
(萬里比隣)   〈曺植〉
교통이 편리하여 먼 곳도 이웃과 같다는 뜻.

7933. 만리 밖의 일도 환하게 내다 본다.
(明見萬里)   〈後漢書〉
국내외(國內外) 정세를 잘 알고 있기 때문에 먼 데 사
정까지 잘 알고 있다는 뜻.

7934. 만리성(萬里城)을 쌓는다.
아주 안전한 대책을 수립하였다는 말.

7935. 만 마리의 소도 못 당할 고집이다.
(萬牛難回)
소 만 마리의 힘으로도 돌이킬 수 없을 정도로 고집이 세다는 말.

7936. 만만찮기는 사돈집 안방이다.
남자가 사돈집 안방에 앉아 있는 것 같이 거북하고 부자유하다는 뜻.

7937. 만만한 것이 김서방이다.
흔하게 되면 천대(賤待)를 받게 된다는 뜻.

7938. 만만한 년은 서방도 없다.
권리를 박탈(剝奪)당한 사람은 제 것도 소유할 수 없다는 뜻.

7939. 만만한 년은 제 서방 굿도 못 본다.
천대를 받는 사람은 자기의 권리까지도 남에게 빼앗긴다는 뜻.

7940. 만만한 년은 제 서방도 못 데리고 잔다.
업신여김을 받는 년은 자기 남편과 자는 것도 서방질한다고 하듯이 만만한 사람은 제 것도 가지기가 어렵다는 말.

7941. 만만한 년은 제 서방 빨래도 못한다.
사람이 못나면 자기가 응당 할 일도 못 차지하게 된다는 뜻.

7942. 만만한 년은 제 서방하고 자지도 못한다.
남에게 업신여김을 받는 여자는 자기 남편과도 자지 못하듯이 자기 권리를 박탈당한다는 말.

7943. 만만한 놈만 볼기 맞는다.
여러 사람이 일을 저질렀을 때는 그 중에서 만만한 놈만 잡혀가서 매를 맞게 된다는 말.

7944. 만만한 놈만 잡아다 볼기 친다.
천대 받는 사람은 남의 노리개 감이 된다는 말.

7945. 만만한 놈은 말도 못 한다.
천대 받는 사람은 할 말이 있어도 말을 못 하게 된다는 뜻.

7946. 만만한 놈은 성(姓)도 없다.
남에게 업신여김을 당하는 사람은 성을 가질 권리마저 없다는 말.

7947. 만만한 놈은 제 닭도 못 잡아먹는다.
남에게 만만히 보이는 사람은 제 것을 먹어도 시비를 걸고 덤빈다는 뜻.

7948. 만만한 땅에 말뚝도 박는다.
업신여김을 당하는 사람의 땅에는 아무나 제 것이라고 말뚝을 박듯이 만만한 사람은 제 것을 가질 권리마저 없다는 말.

7949. 만명으로도 못 당한다. (萬夫不當)
여러 사람으로도 당하지 못할 정도로 힘이 세다는 뜻.

7950. 만물은 성하면 곧 쇠퇴하게 된다. (物盛則衰) 〈老子〉
무엇이나 한번 전성(全盛)하면 쇠퇴하게 된다는 말.

7951. 만물이 서리를 맞는다. (萬物逢霜)
온 세상 사람들이 다 큰 화를 당한다는 말.

7952. 만번 다행한 일이다. (萬萬多幸)
진정으로 다행스러운 일이라는 뜻.

7953. 만번 부당한 일이다. (萬萬不當 : 萬萬不可)
아주 옳지 아니하다는 말.

7954. 만번 싸워도 반드시 이긴다. (萬戰必勝)
〈六韜〉
언제 어디서 싸우나 싸울 적마다 반드시 이기게 된다는 뜻.

7955. 만번 죽기를 무릅쓰고 덤빈다. (冒萬死)
죽기를 각오하고 악착같이 덤빈다는 뜻.

7956. 만번 죽는다 해도 한번이라도 살고 싶지 않다. (萬死不願一生) 〈史記〉
만번을 죽어도 살고 싶은 마음이 없기 때문에 꼭 죽어야 하겠다는 뜻.

7957. 만번 죽어도 아깝지 않다. (萬死無惜)
만번 죽어도 그 죄과(罪過)가 크기 때문에 아까울 것이 없다는 말.

7958. 만번 죽여도 오히려 죄가 남는다. (萬戮猶餘)
죄가 너무 커서 만번 죽여도 죄가 남는다는 말.

7959. 만 병졸을 얻기는 쉬워도 한 장수 얻기는 어렵다. (萬卒得易 一將得難)
사람들이 많기 때문에 아랫 사람은 구하기가 쉽지만 훌륭한 지도자는 구하기가 매우 어렵다는 뜻.

7960. 만복장자(萬福長者)다.
여러 가지 복을 다 가지고 있을 뿐 아니라 돈도 많은 행복한 사람이라는 뜻.

7961. 만사가 모두 꿈 같다. (萬事皆如夢) 〈昔公詩〉
　모든 세상 일이 다 꿈과 같이 허무하다는 말.

7962. 만사는 불여(不如) 튼튼이다.
　무슨 일이나 안전하게 하는 것이 가장 좋다는 말.

7963. 만사는 시작이 어렵다. (萬事起頭難)
　무슨 일이나 그 일을 시작하는 것이 어렵다는 말.

7964. 만사는 시작이 절반이다.
　무슨 일이든지 시작하는 것이 절반이라는 말.

7965. 만사람의 마음은 다 다르다. (萬人異心)
　여러 사람의 마음은 제 각각 다르다는 말.

7966. 만사람의 말들이 다 같다. (萬口一談)
　군중들의 여론이 한결같다는 뜻.

7967. 만사람의 입으로 세운 비다. (萬口成碑)
　대중들이 모두 입을 모아 칭송(稱頌)한다는 뜻.

7968. 만사람이 우러러보는 존재이다. (萬夫之望) 〈易經〉
　군중들이 존경하고 우러러보는 존재라는 뜻.

7969. 만사에는 다 이유가 있다. (萬事有理)
　모든 일에는 다 이유가 있다는 말.

7970. 만석(曼釋) 중 놀리듯 한다.
　황진이(黃眞伊)가 당시의 명승(名僧)인 만석 중을 하룻밤에 파도(破道)시켰다는 말로서 남을 지나치게 희롱(戲弄)한다는 뜻.

7971. 만수산(萬壽山)에 구름 모이듯 한다.
　무엇이 힘 안 들이고 많이 모인다는 뜻.

7972. 만에 하나가 있을까 말까 하다.
　만 가지 중에 하나가 있을까 말까 할 정도로 매우 귀하다는 말.

7973. 만에 하나도 그럴 리가 없다. (萬無是理)
　만 가지 중에서 어느 하나도 그럴 리가 절대로 없다는 뜻.

7974. 만에 하나도 있기 어려운 요행이다. (僥倖萬一)
　만 가지 중에서 겨우 하나가 있을 정도의 요행이라는 말.

7975. 만에 하나도 틀림이 없다.
　만 가지 중에서 하나도 틀림이 없을 정도로 정확하다는 뜻.

7976. 만에 한 번도 실수가 없다. (萬不失一)
　〈史記〉
　모든 일에 실수하는 일이 없다는 뜻.

7977. 만연된 후에는 수습하기가 어렵다. (滋蔓難圖)
　무슨 일이든지 커지면 수습하기가 어렵다는 말.

7978. 만인이 우러러본다. (萬人仰視)
　모든 사람들에게서 존경을 받는 존재라는 뜻.

7979. 만장판에는 어디나 후레자식은 있다.
　사람이 많은 곳에는 어디나 못된 사람이 있게 마련이라는 뜻.

7980. 만전(萬廛) 중의 외 장수다.
　많은 상인(商人) 중에서 외장수 하나가 끼이듯이 매우 귀한 존재라는 뜻.

7981. 만족하는 사람은 넉넉하다. (知足者富)
　〈老子〉
　현실에 만족하는 사람은 언제나 넉넉하게 여기고 산다는 말.

7982. 만족할 때는 부족할 때를 생각하라. (滿則慮嗛)
　〈荀子〉
　만족하게 되었을 때는 부족하여 고생하던 생각을 하고 자제(自制)하라는 말.

7983. 만족할 줄 모르는 것보다 더 큰 화는 없다. (禍莫大於不知足)
　〈老子〉
　자기 처지에 만족할 줄 모르고 탐욕을 내다가는 큰 화를 당하게 된다는 말.

7984. 만족할 줄 모르는 사람은 재산이 많고 지위가 높아도 역시 근심하게 된다. (不知足者富貴亦憂)
　〈景行錄〉
　현실에 만족할 줄 모르고 욕심만 내는 사람은 돈이 많고 지위가 높아도 근심 속에서 살게 된다는 뜻.

7985. 만족할 줄 아는 사람은 항상 넉넉하다. (知足者 常足)
　〈老子〉
　현실에 만족하는 사람은 언제나 마음의 여유가 있다는 말.

7986. 만족할 줄 알면 위태롭지 않다. (知止不殆)
　〈老子〉
　현실에 만족할 줄 알면 모든 고난을 참고 견딜 수 있기 때문에 위태로운 일이 없다는 말.

7987. 만족할 줄 알면 즐거워진다. (知足可樂)
　〈景行錄〉
　현실에 만족하는 사람은 즐겁게 살 수 있다는 뜻.

7988. 만족할 줄 알면 치욕을 당하지 않는다.
(知足不辱)　　　　　　　　〈老子,漢書〉
분수를 알고 만족할 줄 아는 사람은 남에게 욕을 먹
지 않는다는 말.

7989. 만족함을 아는 사람은 가난하고 천할지라
도 즐겁게 산다. (知足者 貧賤亦樂)〈景行錄〉
만족할 줄 아는 사람은 비록 빈천할지라도 참아 가며
즐겁게 산다는 말. → 만족함을 알지 못하는 사람은
부유하고 귀할지라도 근심스럽게 산다.

7990. 만족함을 알지 못하는 사람은 부유하고 귀
할지라도 근심스럽게 산다. (不知足者 富貴
亦憂)　　　　　　　　　　〈松隱遺稿〉
만족할 줄 모르고 불만을 하는 사람은 부귀를 누리게
되어도 근심을 벗어나지 못하게 된다는 뜻. → 만족
함을 아는 사람은 가난하고 천할지라도 즐겁게 산다.

7991. 만지 장서(萬紙長書)를 써 보냈다.
편지를 여러 장에다 긴 사연을 써서 보냈다는 말.

7992. 많고 적은 것을 가리지 않는다. (多少不計)
많고 적은 것을 탓하지 않는다는 말.

7993. 많기도 하고 적기도 하여 알맞지 않다.
(多寡不適)　　　　　　　　〈馬駰傳〉
많은 것은 너무 많고 적은 것은 너무 적어서 알맞은
것이 없다는 말.

7994. 많아도 탓이요 적어도 병이다.
많아서 남아도 안 되고 적어서 모자라도 안 된다는 뜻.

7995. 많으면 많을수록 더욱 좋다. (多多益善),
(多多益益)　　　　　　　〈史記〉,〈漢書〉
이로운 것이 많으면 많을수록 좋아지기만 한다는 뜻.

7996. 많으면 어지러워진다. (多則惑)　　〈老子〉
지식이 많기만 해도 갈피를 잡지 못한다는 뜻.

7997. 많은 뇌물을 받으면 반드시 많이 잃게 된
다. (甚臟必甚亡)　　　　　〈景行錄〉
뇌물을 받게 되면 반드시 그 값을 하게 되기 때문에
잃는 것이 있게 된다는 뜻.

7998. 많은 돈도 아끼지 않는다. (不惜千金)
돈을 아끼지 않고 물 쓰듯 한다는 뜻.

7999. 많은 밥에 침 뱉기다.
많은 밥에 침을 뱉어 못 먹게 하듯이 심술이 몹시 많
다는 말.

8000. 많은 어려움이 가슴 속에 가득하다.
(群難塞胸)　　　　　　　　〈諸葛亮〉
여러 가지 어렵고 곤란한 문제가 가슴 속에 꽉 차 있
다는 말.

8001. 많은 의심이 마음 속에 가득하다. (群疑滿
腹)　　　　　　　　　　　〈諸葛亮〉
여러 가지 의심을 마음 속에 가득히 품고 있다는 뜻.

8002. 많은 재산을 자손들에게 전하여 주지 말라.
(千金勿傳)　　　　　　　　〈梅山公遺稿〉
자손에게는 많은 재산을 물려 주면 이 재산으로 인하
여 방탕하게 될 수도 있다는 뜻.

8003. 많은 한을 풀지 못한다. (千恨不解：千恨
未伸)
많은 원한을 품고 있으면서도 풀지 못하고 있다는 말.

8004. 많을수록 더욱 많아진다. (多益多)
새끼가 새끼를 낳고 이자가 이자를 낳게 되므로 많으
면 많을수록 더욱 많아지게 된다는 말.

8005. 많을수록 더욱 좋다. (多多益善), (多多益
辨)　　　　　　　　　　　〈史記〉,〈漢書〉
많으면 많을수록 유리하다는 뜻.

8006. 많이 듣고 널리 안다. (多聞博識)
남에게서 들은 것도 많고 아는 것도 많이 안다는 뜻.

8007. 많이 듣고 보는 것이 아는 것이다.
(多聞見而識)　　　　　　　〈揚雄〉
많이 듣고 많이 보면 저절로 알게 된다는 뜻.

8008. 많이 먹는 사람은 명이 짧다. (大食短命)
일반적으로 폭음 폭식을 하는 사람은 소화 기관에 무리
를 주기 때문에 장수를 할 수 없다는 뜻.

8009. 많이 먹으면 망주(妄酒)요 적게 먹으면
약주(藥酒)다.
술을 많이 먹으면 망신을 하게 되고 조금만 먹으면 몸
에도 좋다는 뜻.

8010. 많이 보는 것이 아는 것이다. (多見而識之)
　　　　　　　　　　　　　〈論語〉
많이 보면 저절로 알게 된다는 뜻.

8011. 많이 보았어도 만드는 것은 서툴다.
(眼高手低)
(1) 눈만 높고 실력은 낮다는 말. (2) 과거에 잘 살던
사람이 눈만 높고 돈은 전처럼 못 쓴다는 말.

8012. 많이 아는 사람도 조금 아는 사람에게 물
어야 한다. (以多問於寡)　　　〈論語〉
많이 아는 사람이라도 모르는 것이 있으면 조금 아는
사람에게 물어서 알도록 하라는 뜻.

8013. 많이 아는 사람은 말이 적다.

많이 아는 사람은 아는 척하지 않으므로 말이 적다는 뜻.

8014. 많이 아는 사람은 아는 척하지 않는다.

많이 아는 사람은 꼭 필요할 때만 말하고 평소에는 잠자코 있다는 뜻.

8015. 많이 알고 널리 듣는다. (博學多聞)

아는 것도 많고 들은 것도 많아서 배울 것도 많다는 뜻.

8016. 많이 알면 여유가 있고 조금 알면 소심해진다. (大知閑閑 小知間間) 〈莊子〉

아는 것이 많으면 여유 만만하게 행동하지만 아는 것이 적으면 답답하여 소심하게 행동한다는 말.

8017. 많이 열린 감나무 가지는 늘어진다.

자식을 많이 둔 부모는 고생스럽다는 말.

8018. 맏딸은 세간 밑천이다.

맏딸은 시집 가기 전까지는 집안 살림을 도와 주기 때문에 밑천이 된다는 뜻.

8019. 맏며느리가 없으면 둘째 며느리가 큰 며느리 노릇을 한다.

책임진 사람이 없으면 그를 대신할 사람이 있게 마련이라는 뜻.

8020. 맏며느리가 외출이 잦으면 집안이 망한다.

옛날에는 맏며느리가 살림을 책임지고 했기 때문에 외출이 잦으면 집안 살림이 잘 안 된다는 말.

8021. 맏며느리감이다.

살림을 맡기면 잘 할 수 있는, 얌전한 며느리감이라는 말.

8022. 맏며느리 손 큰 건 쓸모없다.

살림살이를 맡은 맏며느리가 손이 크면 집안이 망하게 되기 때문에 쓸모가 없다는 뜻.

8023. 맏며느리 오줌 대중에 제삿날 닭 울렸다.

조심성이 없이 대중만 믿고 일을 하다가는 실패하게 된다는 뜻.

8024. 맏자식 농짝 지워 보낸다.

맏자식을 학대(虐待)한다는 뜻.

8025. 맏형은 부모와 같다. (長兄父母)

맏형은 서열로서 부모 다음의 어른이므로 대하기를 부모에 준하라는 뜻.

8026. 말 가는 데는 소도 간다. (馬往處 牛亦往) (馬往牛亦往), (馬行處 牛亦去)

〈旬五志〉, 〈東言解〉, 〈洌上方言〉

소는 말보다 느리기는 하지만 꾸준히 가기 때문에 갈 수 있듯이 재주가 부족해도 노력만 하면 된다는 뜻.

8027. 말 갈기가 외로 질지 바로 질지는 봐야 안다.

이렇게 되기도 쉽고 저렇게 되기도 쉬운 일은 미리 짐작할 수가 없다는 뜻.

8028. 말 갈 데 소 간다.

가서는 안 될 데를 간다는 뜻.

8029. 말 갈 데 소 갈 데 다 다녔다.

안 가본 데 없이 다 다니면서 갖은 고생 다 하였다는 뜻.

8030. 말 값을 알려면 먼저 개 값을 물어 보라. (欲知馬價 則先問狗) 〈漢書〉

큰 것을 알려면 먼저 작은 것부터 아는 것이 순서라는 뜻.

8031. 말 같지 않은 말은 듣지 않는 것이 약이다.

옳은 말이 아니거든 아예 듣지 않는 것이 좋다는 뜻.

8032. 말고기를 다 먹고 무슨 냄새가 난다고 한다. (馬肉盡食 何生臭) 〈東言解〉

(1) 배 고플 때 잘 먹던 것도 배가 부르게 되면 타박한다는 말. (2) 아쉬울 때는 좋아하던 것을 제 욕망이 차게 되면 흉을 본다는 말.

8033. 말고기 자반이다.

말고기 자반이 붉듯이 술 취한 사람의 얼굴이 붉다는 것을 가리키는 말.

8034. 말고기 좌판(坐板)이다.

말고기를 놓는 판자에 피가 묻어 붉듯이 술 먹은 얼굴이 몹시 붉다는 말. ※ 좌판 : 사람이 앉거나 물건을 놓는 판자.

8035. 말꼬리에 붙은 파리가 천리를 간다.

남의 세력에 붙어서 출세를 한다는 뜻.

8036. 말과 말이 만나면 발로 서로 찬다. (馬與馬遇則趺蹜) 〈金樓子〉

사나이와 사나이가 만나면 서로 싸우기가 쉽다는 말.

8037. 말과 사슴을 분별하지 못한다. (不辨馬鹿 : 不能分馬鹿) 〈史記〉

옛날 중국 진(秦) 나라 때 조고(趙高)가 황제에게 말을 사슴이라고 하고 사슴을 말이라고 가르쳐서 황제가 말과 사슴을 분별하지 못하였다는 데서 나온 말로서 바보를 가리키는 말.

320

8038. 말과 태도가 다 엄하다. (聲色俱厲)
　　말하는 것이나 행동이 모두 엄하다는 뜻.

8039. 말과 행동에는 예법이 있어야 한다.
　(言動有法)　　　　　　　〈晦齋全書〉
　　말이나 행동에는 예의가 따라야 한다는 뜻.

8040. 말과 행동은 일치해야 한다. (言行一致)
　　말한 것은 꼭꼭 집행한다는 뜻.

8041. 말과 행동이 다 모범이 된다. (言動皆有繩
　矩)　　　　　　　　　　　〈唐書〉
　　말이나 행동이 다 다른 사람의 모범이 된다는 뜻.

8042. 말과 행실이 서로 다르다. (言行相反)
　　말로는 잘한다고 하면서 행동으로는 않는다는 뜻.

8043. 말괄량이 설겆이하듯 한다.
　　미치광이 같은 여자가 설겆이하듯이 시끄럽다는 뜻.

8044. 말괄량이 솥 가시듯 한다.
　　미치광이 같은 여자가 솥을 가시듯이 소란스럽다는
　　뜻.

8045. 말굽이 닳도록 자리굽이 헤지도록 찾아다
　닌다. (穿馬蹄 弊薦席)　　　〈馬駴傳〉
　　행방을 몰라 말을 타고 다니며 찾아도 보았고 자리가
　　헤지도록 그 집을 찾아갔어도 못 찾았다는 뜻.

8046. 말 귀에 염불이다. (馬耳念佛)
　　일에 아무 관심도 없고 듣지도 않는다는 뜻.

8047. 말 귓전에 동풍이 스치듯 한다. (東風吹馬
　耳: 馬耳東風)　　　　　　　〈李白〉
　　일에 아무 관심도 없이 듣지도 않는다는 말.

8048. 말 글을 됫 글로 쓴다.
　　공부는 많이 했으나 써 먹기는 조금밖에 못 써 먹는다
　　는 뜻.

8049. 말 끝마다 요순이다. (言必稱堯舜)
　　⑴ 말은 언제나 번드르르하게 한다는 뜻. ⑵ 말할 때
　　마다 언제나 똑같은 말만 한다는 뜻.

8050. 말 길이 막힌다.
　　말문이 막혀서 말을 못 한다는 뜻.

8051. 말 다리가 드러났다. (露出馬脚)　〈元曲〉
　　숨기려던 큰 흠이 슬그머니 나타나게 되었다는 뜻.

8052. 말 다하고 죽은 귀신 없다.
　　이왕 말을 못 다하고 죽을 바에야 말을 많이 하지 말라
　　는 뜻.

8053. 말 다하고 죽은 무덤 없다.

누구나 하고 싶은 말을 죽을 때까지 다하고 죽은 사
람은 없기 때문에 말을 참는 것은 당연하다는 뜻.

8054. 말 단 집의 장 단 법 없다.
　　말로만 좋다고 하는 것은 실속 좋은 것이 없다는 뜻.

8055. 말 단 집의 장맛은 쓰다. (言甘家 醬不
　甘), (甘言之家 豉味不嘉)
　　　　　　〈旬五志, 松南雜識, 東言解〉, 〈耳談續纂〉
　　⑴ 말로만 좋다는 것은 실속이 나쁘다는 뜻. ⑵ 말이
　　많은 집은 일이 잘 안 된다는 뜻.

8056. 말 달리면서 꽃 구경하기다. (走馬看花)
　　　　　　　　　　　　　　〈孟郊〉
　　말을 달리면서 꽃 구경하듯이 바쁘게 구경을 하면 무엇
　　인지 잘 모르게 되기 때문에 하나 마나 하다는 뜻.

8057. 말 달리면서 산 구경하기다. (走馬看山)
　　말을 달리면서 산 구경을 하듯이 급히 지나가면서 본
　　것은 무엇인지 잘 모르게 된다는 뜻.

8058. 말 대가리가 둘이면 가지를 못한다.
　　한집에 어른이 둘이면 일이 안 된다는 뜻.

8059. 말 대가리 설삶아 놓은 것 같다.
　　딱딱한 말대가리를 설삶아 놓은 것은 도저히 먹을 수
　　없듯이 사람이 부드러운 데가 없이 딱딱하기만 하여
　　안전성이 전혀 없다는 뜻.

8060. 말 대가리에 쇠뿔이다.
　　격에 맞지 않은 짓을 한다는 뜻.

8061. 말도 갈아 타면 낫다. (馬好替乘)〈東言解〉
　　말도 한 마리로 계속 타고 가는 것보다 중간에서 갈
　　아 타고 가는 것이 낫듯이 사람도 한 사람만 오래 쓰
　　는 것보다 갈아 쓰는 것이 낫다는 뜻.

8062. 말도 바꿔 타면 낫고 백지장도 맞들면 낫
　다.
　　무슨 일이나 서로 나누어 하고 서로 협동하면 일하기
　　가 수월하다는 뜻.

8063. 말도 부끄러우면 땀을 흘린다. (內愧面汗
　駴)　　　　　　　　　　　　〈孫覿〉
　　동물도 부끄러운 줄을 아는데 하물며 사람이 부끄러
　　운 줄을 몰라서야 되겠느냐는 뜻.

8064. 말도 사람과 같이 다루어야 한다.
　　말의 병은 사람 병과 같이 약을 써야 한다는 말.

8065. 말도 사촌까지는 상피(相避)를 본다.
　　말도 근친(近親) 사이에는 성 관계를 하지 않는데 더
　　구나 사람들이 그런 짓을 해서야 되겠느냐는 뜻.

8066. 말도 사촌까지는 알아본다.
　동물도 가까운 친척은 알아보는데 하물며 사람이 가까운 친척 간의 남녀가 불의(不義)의 관계가 있어서야 되겠느냐는 말.

8067. 말도 상피를 본다.
　동물도 가까운 친족간의 성 관계는 하지 않는데 사람으로서 그런 일은 용납(容納)되지 않는다는 말.

8068. 말도 아니고 노새도 아니다. (非馬非驢)
　이것도 아니고 저것도 아닌 쓸모없는 것이라는 뜻.

8069. 말도 아닌 말이다. (言語道斷)
　말이 되지 않는 말이라는 뜻.

8070. 말도 용마(龍馬)라면 좋아한다.
　같은 말이라도 경어(敬語)를 써주면 좋아한다는 뜻.

8071. 말똥도 모르고 마의(馬醫) 노릇을 한다.
　아무것도 모르면서 무슨 일을 하려고 한다는 뜻.

8072. 말똥에 굴러 살아도 이승이 좋다. (雖臥馬糞 此生可願)　〈耳談續纂〉
　아무리 고생스럽게 살지라도 죽는 것보다는 낫다는 말.

8073. 말똥을 놓아도 손 맛에 달렸다.
　음식은 요리하는 솜씨에 달렸다는 뜻.

8074. 말똥이 밤알같이 보인다.
　(1) 먹지 못할 것도 먹을 것같이 보인다는 뜻. (2) 가망성이 없는 것을 바란다는 뜻.

8075. 말뚝도 무른 땅에 박힌다.
　말뚝도 무른 땅이라야 박히듯이 사람도 부드러운 사람과 상대를 해야 이롭다는 뜻.

8076. 말뚝을 제 옷자락에 박고 밤새도록 「이놈아! 이놈아!」 한다.
　자기가 일을 잘못하고 큰 고생을 한다는 뜻.

8077. 말띠에 난 여자는 팔자가 세다.
　말해(午年)에 출생한 여자는 팔자가 좋지 못하다는 옛말이 있으나 이것은 아무 근거도 없는 말임.

8078. 말로 꽃을 피운다.
　사실보다 확대하여 말로 잘 선전한다는 뜻.

8079. 말로는 땅을 못 산다.
　말로 지껄이기만 하고 집행을 하지 않으면 아무 일도 못한다는 뜻.

8080. 말로는 뜻을 다 말하지 못한다. (言不盡意)　〈易經〉
　말로써는 속에 생각하고 있는 것을 다 말할 수 없다는 뜻.

8081. 말로는 배를 채우지 못한다.
　아무리 맛있는 음식 이야기를 하더라도 배가 부르지 않듯이 실제 행동을 해야 한다는 뜻.

8082. 말로는 백만이라고 한다. (呼曰百萬)
　실제는 백만이 못 되지만 뜬 소문으로는 백만이라고 한다는 뜻.

8083. 말로는 쉽고 행동은 어렵다.
　말로 지껄이기는 쉽지만 이것을 집행하기는 매우 어렵다는 말.

8084. 말로는 옳다고 하면서도 속은 딴판이다. (口是心非)
　말로는 옳다고 하면서도 속으로는 반대하는 이중 성격자(二重性格者)라는 뜻.

8085. 말로는 잘 발라 맞춘다. (巧發奇中)
　말로는 잘 꾸며 댄다는 뜻.

8086. 말로 떡을 하면 동네 사람이 다 먹고도 남는다.
　말로 음식을 하면 온 동네 사람이 먹고도 남을 정도로 누구나 할 수 있다는 뜻.

8087. 말로 떡을 하면 입에 들어가는 것이 없다.
　집행하지도 못할 말은 아무리 해도 아무 소용이 없다는 뜻.

8088. 말로만 인의를 찾지 말고 빈천한 사람을 도와 주지 못하는 것을 부끄러워하라. (貧賤語仁義亦足恥)　〈史記〉
　말로만 인의를 부르짖지 말고 가난한 사람을 도와 주지 못하는 것을 수치스럽게 생각하라는 말.

8089. 말로 사람의 속을 떠 본다. (以言窺知人之心情)
　사람의 마음을 말로 테스트한다는 뜻.

8090. 말로써는 그 사람의 전부를 다 볼 수 없다. (不以辭盡人)　〈禮記〉
　말만 듣고서는 그 사람을 다 이해(理解)할 수 없다는 말.

8091. 말로써는 모르는 것이 없다.
　모르는 것이 많으면서도 말로는 다 아는 척한다는 뜻.

8092. 말로써는 의사를 다 말하지 못한다. (言不盡意)　〈易經〉

말을 잘하는 사람이라도 자기 의사를 충분히 말로 표현할 수 없다는 말.

8093. 말로써만 아는 척한다.
실제로는 모르면서 말로서는 아는 척한다는 뜻.

8094. 말로 온 공(功)을 갚는다.
(1) 말을 잘하면 은공도 갚을 수 있다는 뜻.
(2) 말을 잘하는 것은 처세하는 데 유리하다는 뜻.

8095. 말로 온 동네를 다 겪는다.
말로 음식을 하면 온 동네 사람도 다 대접할 수 있다는 뜻.

8096. 말로 잔치를 하면 온 동네 사람이 다 먹고도 남는다.
말로는 세상에서 못할 것이 없이 다 할 수 있다는 뜻.

8097. 말로 전하는 것은 듣는 사람들이 똑같이 듣지 않는다. (口傳不同耳)
말은 듣는 사람에 따라 해석을 달리할 수 있다는 말.

8098. 말로 주고 되로 받는다.
많이 주고 적게 받아 손해만 보았다는 말. ↔ 남의 고기 한 점 먹고 내 고기 열 점 준다. 되로 주고 말로 받는다.

8099. 말로 즐겁게 해주면 국민들은 안정된다. (辭之繹矣 民之莫矣)   〈春秋左傳〉
말로 국민들을 즐겁게 해주면 국민들은 안정한 생활을 하게 된다는 말.

8100. 말로 천냥(千兩) 빚을 갚는다.
어려운 문제도 말을 잘하면 해결될 수 있다는 뜻.

8101. 말로 하는 것은 진실에 미치지 못한다. (言辯而不及)   〈莊子〉
아무리 잘하는 말이라도 진실만은 못하다는 뜻.

8102. 말로 하면 성 안에 불도 놓겠다. (赤舌燒城)
말로 하면 세상에서 못 하는 일이 하나도 없다는 뜻.

8103. 말로 형용할 수가 없다. (不可形言)
말로는 도저히 다 형용할 도리가 없다는 뜻.

8104. 말 마디나 하는 사람은 감옥으로 다 간다.
일제통치기기 일제를 반대하는 항일 투쟁에서 민중의 신뢰를 받던 많은 애국자들이 감옥으로 끌려갔다는 뜻.

8105. 말만 귀양 보낸다.
말을 해봐야 헛수고만 한다는 뜻.

8106. 말만 내세우고 실천은 없다. (言過無實)
말만 앞세우고 실천은 전혀 않는다는 뜻.

8107. 말만 듣고도 그 마음을 알 수 있다. (聲入心通)
말하는 것만 들어 보아도 그 사람의 속을 알 수 있게 된다는 뜻.

8108. 말만 많고 아무 능력도 없다. (多辯無能)
말로는 잘 지껄여도 실천은 전혀 못한다는 뜻.

8109. 말만 먹고 배 부르다는 사람 없다.
말만 푸짐해서는 아무 소용이 없다는 뜻.

8110. 말만 번드르르하고 행동은 보잘것이 없다. (華而不實)
말은 아름답게 하면서도 행동은 성실하지 못하다는 뜻.

8111. 말만 잘하면 그저도 준다.
말을 잘하는 사람에게는 무엇을 주어도 아깝지 않다는 뜻.

8112. 말만 잘하면 천 냥 빚도 가린다.
말을 잘 할 줄 알아야 처세도 잘하게 된다는 뜻.

8113. 말만 잘하면 해장 술도 얻어 먹는다.
말을 잘하면 남들이 도와 주게 된다는 뜻.

8114. 말만 푸짐하고 실속은 없다. (言過無實)
말로만 자랑하고 실제는 아무 것도 없다는 뜻.

8115. 말 많기는 과부집이다.
아무 쓸데없이, 남에 대하여 말하기를 좋아한다는 뜻.

8116. 말 많기는 과부집 종년이다.
과부집 계집종은 바깥 소문까지 전하게 되기 때문에 말이 많다는 뜻.

8117. 말 많은 놈 쓸모 없다.
수다스럽게 말이 많은 사람은 아무 데도 쓸모가 없다는 말.

8118. 말 많은 사람은 무능하다. (多辯無能)
말이 많은 사람은 집행력(執行力)이 없기 때문에 무능하다는 뜻.

8119. 말 많은 사람은 믿음성이 적다. (揚言者寡信 : 多語寡信)   〈逸周書〉
말이 많은 사람은 집행력이 없기 때문에 신용이 없다는 뜻.

8120. 말 많은 사람은 인품이 적다. (語多品少)
말이 많게 되면 그 사람의 인품은 없게 된다는 뜻.

8121. 말 많은 잔치가 먹잘 것 없다.
입으로만 그럴 듯하게 말하고 실상은 좋지 못하다는
뜻.

8122. 말 많은 집은 장맛도 변한다.
말 많은 집은 잘 되는 일이 없다는 뜻.

8123. 말 많은 집 장맛은 쓰다.
말로 하면 못하는 것이 없는 집 장맛이 쓰듯이 말로
잘한다는 사람은 실행을 못한다는 뜻.

8124. 말 말 끝에 단 장 달란다. (言言端 乞甘醬)
〈東言解〉
여러 말 끝에 장을 달라고 하듯이 상대방에게 호감을
준 다음에 필요한 것을 요구한다는 뜻.

8125. 말 머리에 태기(胎氣)가 있다고 한다.
혼인 때 타고 간 말 머리에 태기가 있다는 말로서 신
혼 초에 태기가 있다는 뜻.

8126. 말 못 하고 죽은 귀신 없다.
누구나 자기 할 말은 다 한다는 뜻.

8127. 말 못하고 죽은 무덤 없다.
아무리 말 재주가 없는 사람이라도 자기가 할 말은 다
한다는 뜻.

8128. 말 문이 막힌다.
말을 할 수가 없게 되었다는 말.

8129. 말 발이 젖어야 잘산다.
결혼날에는 약간 비가 와야 길하다는 뜻.

8130. 말 뼈 사 놓고 쓸 때를 기다린다. (買死馬
骨)
아무 쓸모도 없는 것을 가지고 헛수고만 한다는 말.

8131. 말보다는 딴판이다.
소문으로 듣기에는 대단하였는데 실제로 보니까 변변
치 못하다는 뜻.

8132. 말보다 일이 앞서는 사람 없다.
말하기 전에 일을 먼저 하는 사람은 별로 없다는 뜻.

8133. 말보다 행동을 믿는다.
말로 여러 번 하는 것보다는 행동으로 한번 하는 것을
더 믿는다는 말.

8134. 말 살에 쇠살이다.
당치도 않은 말로 지껄인다는 뜻.

8135. 말 상이다.
여자의 생김새가 말 상으로 생겨서 침착하지 못하다
는 뜻.

8136. 말썽꾸러기다.
말썽을 몹시 부리는 사람이라는 말.

8137. 말썽 끝에 여자와 중이 끼지 않는 적이 없
다.
옛날 무슨 말썽이 생기게 되면 거기에는 여자와 중이
반드시 낀다는 뜻.

8138. 말썽이 있는 것은 없는 것만 못하다.
(有事不如無事)
무슨 일이나 말썽이 없도록 해야 한다는 말.

8139. 말 소리가 대들보의 먼지를 날린다.
(發聲動梁上塵)   〈文選〉
대들보의 먼지를 날릴 정도로 말소리가 몹시 크다는
뜻.

8140. 말 속에 가시가 있다.
말 속에 해롭게 할 의도(意圖)가 있다는 뜻.

8141. 말 속에 말 있다. (言中有言)
말 속에 깊은 뜻이 담겨 있다는 뜻.

8142. 말 속에 뼈가 있다. (言中有骨)
말 속에 야심(野心)이 있다는 말.

8143. 말 솜씨가 놀랍다. (辯巧)
말 재주가 대단히 좋다는 뜻.

8144. 말 수 많은 집치고 조용한 집 없다.
말이 많은 집은 싸움이 잦아 조용하지 못하다는 뜻.

8145. 말 술도 사양하지 않는다. (斗酒不辭)
술을 한 말(斗)이라도 먹을 수 있는 주량(酒量)이라
는 뜻.

8146. 말 신을 소에 신긴다.
(1) 일을 바꾸어 한다는 뜻. (2) 일 내용도 모르고 엉
뚱한 짓을 한다는 뜻.

8147. 말 않는 것이 득이다.
말을 많이 하는 것보다는 오히려 말을 않는 것이 결
과적으로 유리하다는 말.

8148. 말 않는 것이 약이다.
말을 툭 털어 놓고 하는 것보다 차라리 침묵을 지키
는 것이 오히려 유리하다는 뜻.

8149. 말 않으면 모른다.
사정 이야기를 않고 있으면 남이 모르고 오해할 수 있
다는 뜻.

8150. 말 않으면 손해다.
말을 할 데 하지 않으면 손해만 당한다는 말.

8151. 말 약 먹이듯 한다.
　　안 먹으려고 하는 것을 억지로 먹인다는 뜻.

8152. 말 없는 양반은 소를 탄다.
　　할 말도 하고 점잔만 빼는 사람은 남이 대접을 해주지 않는다는 말.

8153. 말 없이 대답하지 않는다. (無言不答:黙黙不答)
　　말도 하지 않고 대답도 없다는 말.

8154. 말 없이 덕으로 감화시킨다. (不言之化)
　　말은 하지 않고 인격으로 상대방을 감화시킨다는 뜻.

8155. 말 없이 물끄러미 바라보고만 있다.
　　(熟視不言)
　　말 없이 상대방을 쳐다보고만 있다는 뜻.

8156. 말 없이 속으로 미워한다. (嚛害)
　　말은 하지 않아도 속으로는 미워한다는 뜻.

8157. 말 없이 실행한다. (不言而躬行)　　〈漢書〉
　　말을 하지 않고서도 자기가 할 일을 모두 다 한다는 말.

8158. 말에 가시가 있다.
　　듣기 좋게 하는 말 같지만 그 말 속에는 해치려는 흉계가 있다는 뜻.

8159. 말에 값 있다더냐?
　　밑천이 들지 않는 말이기 때문에 조금만 노력하여 친절하게 하라는 뜻.

8160. 말에 깊은 뜻이 담겨 있다. (有味其言之)
　　　　　　　　　　　　　　　　　　　〈史記〉
　　말 속에 깊은 의미가 간직된 중요한 말이라는 뜻.

8161. 말에는 가르침이 있고 행동에는 법도가 있어야 한다. (言有教 動有法)　〈栗谷全集〉
　　말은 교양이 있는 말을 해야 하고 행동은 예법이 있는 행동을 해야 한다는 뜻.

8162. 말에는 반드시 믿음이 앞서야 한다.
　　(言必先信)　　　　　　　　　　　　〈禮記〉
　　말에는 믿음성을 전제 조건(前提條件)으로 해야 한다는 뜻.

8163. 말에는 옳고 그른 것이 있다. (言有是非)
　　　　　　　　　　　　　　　　　　　〈班昭〉
　　말에는 반드시 옳은 것과 그른 말이 있다는 뜻.

8164. 말에 맛대가리가 없다. (語不無味)
　　듣기 좋게 말할 수 있는 말도 상대방의 기분을 나쁘게 한다는 뜻.

8165. 말에 모가 있다.
　　듣기 좋게 하는 말 같지만 말 속에 걸리는 말이 있다는 뜻.

8166. 말에 밑천 들지 않는다.
　　말에는 돈이 드는 것이 아니기 때문에 친절하게 해야 한다는 뜻.

8167. 말에 뿔이 났다. (馬上角)
　　세상에 있을 수 없는 일이라는 뜻.

8168. 말에 쓸 말이 없다. (辯而無用)　　〈荀子〉
　　말은 많이 했으나 쓸 말은 하나도 없다는 뜻.

8169. 말에 실었던 짐을 벼룩 등에 싣는다.
　　(駄馬所載 難任蚤背)　　　　　　〈耳談續纂〉
　　말에 실었던 무거운 짐을 벼룩 등에 싣듯이 약한 사람에게 너무 무거운 짐을 맡긴다는 뜻.

8170. 말에 안정감을 주면 국민들은 편안하게 된다. (安定辭 安民哉)　　　　　　〈禮記〉
　　위정자는 국민들에게 안정감을 주는 말을 하여 편안하게 생업(生業)에 종사하도록 해야 한다는 뜻.

8171. 말에 재갈이다.
　　말을 못하게 함구령(緘口令)이 내렸다는 뜻.

8172. 말에 짐을 무겁게 실으면 걷지를 못한다.
　　(馬鷙不能行)　　　　　　　　　　〈史記〉
　　무슨 일이든지 그 사람의 실력에 알맞게 시켜야 한다는 뜻.

8173. 말 우는 데 말 가고 소 우는 데 소 간다.
　　(馬鳴馬應 牛鳴牛應)
　　같은 처지에 있는 사람들은 호소(呼訴)하면 호응(呼應)하여 단결하게 된다는 뜻.

8174. 말 우는 데 말 간다. (馬鳴馬應)
　　동류(同類)끼리는 호소(呼訴)하면 호응(呼應)하게 된다는 뜻.

8175. 말 위에 말 얹는다. (斛上斛)　　〈東言解〉
　　곡식을 되어 놓은 말 위에 또 곡식을 된 말을 얹듯이 욕심이 많다는 뜻.

8176. 말은 꼭 바르고 마땅하게 해야 한다.
　　(言語須要諦當)　　　　　　　　〈牛溪書室儀〉
　　말은 반드시 정당한 말만 해야 된다는 뜻.

8177. 말은 꾸밀 탓이다.
　　말은 좋게도 꾸밀 수 있고 나쁘게도 꾸밀 수 있다는

325

뜻.

8178. 말은 꾸밀 탓이요 일은 할 탓이다.
말과 행동은 잘하고 못하는 데 따라 그 결과는 크게 달라진다는 뜻.

8179. 말은 꿀 같고 심보는 칼 같다. (口蜜腹劍)
〈通鑑綱目〉
겉으로 친절한 척 말을 하지만 속으로는 음흉(陰凶)한 야심을 품고 있다는 뜻.

8180. 말은 꿀 같다. (口有蜜)
말은 꿀같이 달게 하면서도 속에는 야심이 있다는 말.

8181. 말은 기회가 맞지 않으면 한 마디도 많다.
(話不投機 一句多) 〈君平〉
말은 적절한 시기에 해야 효과가 있는 것이지 시기에 맞지 않는 말은 아무 소용이 없다는 뜻.

8182. 말은 나면 제주(濟州)로 보내고 사람은 나면 서울로 보내라.
망아지는 제주 말 목장에서 길러야 하고 사람은 어릴 때부터 서울로 보내서 공부를 시켜야 한다는 뜻.

8183. 말은 낳거든 시골로 보내고 아이는 낳거든 서당(書堂)으로 보내라.
말은 시골로 보내서 일을 가르쳐야 하고 사람은 낳거든 공부를 시켜야 한다는 뜻.

8184. 말은 노상 뛸 생각만 한다.
본성(本性)은 언제든지 발로된다는 말.

8185. 말은 느려도 동작은 빨라유우….
충청도 사람은 말은 느리게 해도 행동은 빠르게 한다는 말.

8186. 말은 느려도 행동은 민첩하다. (訥言敏行)
〈論語〉
군자(君子)는 말이 느려도 행동은 빠르다는 뜻.

8187. 말을 다 했으나 하고 싶은 말이 남아 있다. (辭盡意不盡)
말을 다 하였으나 의사(意思) 표시를 못 다하여 안타깝다는 뜻.

8188. 말은 달기가 꿀과 같다. (甜言如蜜)
말은 꿀같이 달콤하게 하면서 행동은 전혀 다르다는 뜻.

8189. 말은 달려 봐야 알고 사람은 친해 봐야 안다.
무슨 일이나 직접 체험(體驗)해 봐야 내용을 잘 알게 된다는 뜻.

8190. 말이 마르면 털은 길어진다.
말은 마를수록 털이 길어 보인다는 말.

8191. 말은 마방으로 가야 한다.
자기에게 알맞는 친구들과 교제를 해야 한다는 뜻.

8192. 말은 마음의 소리다. (言心聲也) 〈揚子法言〉
말은 마음 속에 간직한 것을 외부로 전하는 소리라는 뜻.

8193. 말은 많아도 쓸 말이 없다.
말은 많이 했어도 그 중에서 쓸 말은 하나도 없다는 뜻.

8194. 말은 많이 하지 말아야 하며 성은 불쑥 내지 말아야 한다. (毋多言 毋暴怒) 〈牧民心書〉
대인 관계에서 말은 적게 하고 성 나는 일이 있더라도 참아야 한다는 뜻.

8195. 말은 말을 낳는다.
말은 하면 할수록 많이 하게 된다는 뜻.

8196. 말은 망령되게 하지 말아야 한다. (言不妄發) 〈師任堂〉
말을 조심하여 망령된 말을 하지 말도록 하라는 뜻.

8197. 말은 몸을 치장하는 무늬다. (言身之文也)
말은 자기를 자랑할 수 있는 수단이라는 뜻.

8198. 말은 못 믿어도 행동은 믿는다.
말이 거짓인가 진실인가는 믿을 수 없지만 행동은 믿을 수 있다는 뜻.

8199. 말은 못하고 생각은 나지 않는다. (箝口枯腸)
말도 못할 뿐 아니라 생각조차 나지 않는다는 뜻.

8200. 말은 믿음성이 있어야 좋다. (言美信)
〈老子〉
말은 거짓이 없고 믿음성이 있어야 한다는 뜻.

8201. 말은 바람을 좋아하고 돼지는 비를 좋아한다. (馬喜風 豕喜雨)
말은 바람 불 때 뛰기를 좋아하고 돼지는 질퍽질퍽한 것을 좋아한다는 뜻.

8202. 말은 바른 대로 하고 큰 고기는 제 앞에 놓아라.
말은 바른 말만 해야 하고 행동은 공명 정대하게 해야 한다는 뜻.

8203. 말은 반드시 따뜻하게 하라. (言必以溫)
〈師任堂〉

말은 누구에게나 부드럽고 따뜻하게 해야 한다는 뜻.

8204. 말은 반드시 두 번 생각한 다음에 말해야 한다. (言必再思)　〈白居易〉
말을 할 때는 미리 생각해 본 뒤에 말을 해서 실수가 없도록 하라는 뜻.

8205. 말은 반드시 믿음성이 있어야 하며 행동은 반드시 끝이 있어야 한다. (言必信 行必果)　〈論語〉
말은 믿음성이 있는 말만 해야 하고 행동은 결말이 있어야 한다는 뜻.

8206. 말은 반드시 믿음성이 있어야 한다. (言必信)　〈論語〉
말에는 진실성이 있어야지 거짓이 있어서는 안 된다는 뜻.

8207. 말은 반드시 사리에 맞아야 하고 일은 반드시 실무에 맞아야 한다. (言必當理 事必當務)　〈荀子〉
말은 이치에 맞는 말이라야 하며 일은 현실에 맞는 것이라야 한다는 뜻.

8208. 말은 반드시 사리에 맞아야 한다. (言必當理)　〈荀子〉
말은 반드시 이치에 맞는 말을 하여 모순(矛盾)이 없도록 해야 한다는 뜻.

8209. 말은 반드시 이치에 맞는 말이라야 한다. (言必有中)　〈論語〉
말은 무슨 말이나 다 이치에 맞는 말만 해야 한다는 뜻.

8210. 말은 반드시 진실하고 미더워야 한다. (言必忠信)　〈鄕約章程〉
말은 언제나 진실성과 믿음성이 있는 말만 해야 된다는 뜻.

8211. 말은 반만 하고 배는 팔부만 채우랬다.
말은 되도록 적게 해야 하고 음식은 과식을 하지 말라는 뜻.

8212. 말은 보태고 떡은 떼랬다.
말은 전해질수록 보태지고 떡은 전해질수록 적어진다는 말.

8213. 말은 보태고 봉송(封送)은 던다.
말은 퍼질수록 점점 보태지지만 싸서 보내는 선물은 갈수록 줄어든다는 말.

8214. 말은 부처 같고 마음은 뱀 같다. (佛口蛇心)

말은 착한 말을 하지만 속은 독사와 같이 흉악한 이중·성격(二重性格)을 가진 사람이라는 뜻.

8215. 말은 부처고 마음은 독사(毒蛇)다.
말은 부처님같이 착한 말을 하지만 속은 독사와 같이 악독하다는 말.

8216. 말은 비단인데 행동은 개차반이다.
말은 아름답게 하면서 행동은 못되게 한다는 말.

8217. 말(馬)은 빌려도 꼴값은 말 빌린 사람이 낸다.
말을 빌려 타면 그날 말 먹이는 빌린 사람이 부담하듯이 남의 물건을 빌려 쓰게 되면 쓰는 동안의 경비는 빌린 사람이 부담해야 한다는 말.

8218. 말은 사람을 해치는 도끼로도 된다. (口是傷人斧)　〈寶鑑〉
말을 잘못하면 남에게 큰 피해를 줄 수도 있기 때문에 조심해야 한다는 뜻.

8219. 말은 삼가해야 하며 음식은 절제해야 한다. (愼言語 節飮食)　〈易經〉
말은 조심해 가며 해야 하고 음식은 알맞게 조절해서 먹어야 한다는 뜻.

8220. 말은 삼가해야 한다. (言語愼重)　〈栗谷全集〉
말은 항상 조심해서 해야 한다는 말.

8221. 말은 세워 기르고 소는 뉘여 기른다.
말은 서기를 좋아하고 소는 눕기를 좋아한다는 뜻.

8222. 말은 쉬워도 하기는 어렵다.
누구든지 말로는 쉬워도 실천하기는 어렵다는 뜻.

8223. 말은 신용을 보여야 한다. (言以出信)　〈春秋左傳〉
말은 남이 믿을 수 있는 말을 해야 한다는 뜻.

8224. 말은 아름답고 행동은 얌전해야 한다. (嘉言善行)
말과 행동이 다 얌전하다는 말.

8225. 말은 않고 눈치만 본다. (微示其意)
아무 말 없이 상대방의 눈치만 본다는 뜻.

8226. 말은 앞서고 일은 뒤선다.
말을 먼저 한 다음에 일을 하게 된다는 뜻.

8227. 말은 앵무새 같다.
(1) 말만 번지르르하게 한다는 뜻. (2) 남의 말을 잘 옮긴다는 뜻.

8228. 말은 얻고 안장은 잃는다.

한 가지는 얻고 다른 한 가지는 잃어서 일이 잘 이루
어지지 않는다는 뜻.

8229. 말은 왕거미 똥구멍에 거미줄 나오듯 한다.
말이 막히지 않고 입담 좋게 잘하는 사람을 보고 하
는 말.

8230. 말은 입을 따라서 퍼진다. (因口傳播)
말은 사람들의 입에서 입으로 전해지면서 널리 퍼지
게 된다는 뜻.

8231. 말은 잘해도 듣기는 서투르다.
구변은 좋아서 말은 잘하지만 남의 말을 듣고 이해는
잘 못한다는 뜻.

8232. 말은 장황하게 할 필요가 없다. (不必張皇)
말을 너무 길게 할 필요가 없이 간단하고 명료(明瞭)
하게 하라는 뜻.

8233. 말은 적게 하고 실행을 해야 한다.
(寡言而行)　　　　　　　　　〈禮記〉
말을 적게 하고 말한 것은 반드시 실행하도록 하라는
뜻.

8234. 말은 적어야 하고 돈은 많아야 한다.
돈은 많은 것이 좋지만 말은 많아서는 안 된다는 뜻.

8235. 말은 적으나 뜻은 깊다. (言少意深)
말은 얼마 하지 않았으나 그 뜻은 깊다는 말.

8236. 말은 적으나 뜻은 많다. (言少意多)
말은 얼마 하지 않았어도 그 내용은 풍부하다는 뜻.

8237. 말은 적을수록 좋다.
말이 많으면 실언(失言)하게 되기 때문에 말은 필요
한 말만 해야 한다는 뜻.

8238. 말은 좋은 말을 타야 하고 하인은 못난 놈
을 써야 한다.
말은 좋은 말을 타야 빨리 갈 수 있고 하인은 너무 영
리하면 주인을 멸시하게 된다는 뜻.

8239. 말은 죽을 때까지 조심하랬다.
말은 죽는 날까지 삼가해야 한다는 뜻.

8240. 말은 진실하고 미더워야 한다. (言忠信)
말은 진실성과 믿음성이 있어야 한다는 뜻.

8241. 말은 천리를 퍼진다. (言飛千里)
말은 천리나 되는 먼곳까지 퍼진다는 뜻.

8242. 말은 청산유수(靑山流水)다.
말은 산골짜기에서 흐르는 물마냥 그칠 줄 모르고 잘
한다는 뜻.

8243. 말은 콩을 그리워한다. (駑馬戀短豆)
　　　　　　　　　　　　　　〈三國魏志〉
좋아하는 것이 있으면 항상 잊을 수 없게 된다는 말.

8244. 말은 타 봐야 알고 사람은 사귀어 봐야 안
다.
말은 타 봐야 좋고 나쁜 것을 알게 되고 사람은 접촉
을 많이 해봐야 그 인간성을 알게 된다는 뜻.

8245. 말은 하지 않고 속으로만 비방한다.
(腹非)　　　　　　　　　　　〈漢書〉
불평을 말하지 않고 속으로만 비방한다는 뜻.

8246. 말은 할수록 늘고 되질은 될수록 준다.
말은 입에서 입으로 전해질수록 늘고 곡식은 되질을
할수록 준다는 뜻.

8247. 말은 할 적마다 늘고 곡식은 될 적마다 준
다.
말은 여러 번 옮겨지면 과장되며 물건은 옮겨질수록
줄어든다는 뜻.

8248. 말은 할 탓이요 고기는 썹을 탓이다.
말은 하기에 달렸고 고기는 썹기에 달렸다는 뜻.

8249. 말은 할 탓이요 길은 갈 탓이다.
같은 내용의 말도 하기에 따라 좋게 할 수도 있고 나
쁘게 이야기할 수 있으며 같은 길도 질러 갈 수도 있
고 돌아서 갈 수가 있듯이 무슨 일이나 하기에 따라
서 차이가 많다는 뜻.

8250. 말은 할 탓이요 되질은 될 탓이다.
같은 내용의 말도 여러 가지로 말 할 수 있다는 뜻.

8251. 말은 할 탓이요 밥은 담을 탓이다.
말이나 일은 하기에 따라 잘할 수도 있고 나쁘게 할
수도 있다는 뜻.

8252. 말은 해야 맛이고 고기는 썹어야 맛이다.
(1) 할 말은 해야 한다는 뜻. (2) 참맛을 알려면 실제
로 해봐야 알게 된다는 뜻.

8253. 말은 행동할 것을 생각하면서 하고 행동은
말을 생각하면서 해야 한다. (言顧行 行顧言)
　　　　　　　　　　　　　　〈中庸〉
말을 할 때는 실천성(實踐性) 여부를 생각하면서 해
야 하고 실천할 때는 말을 생각하면서 하라는 말.

8254. 말은 혀를 베는 칼이다. (言是割舌刀)
　　　　　　　　　　　　　　〈君平〉
말 한 마디로 큰 화를 입게 되기 때문에 조심하라는 뜻.

8255. 말을 가릴 것이 없다. (口無擇言)

버릴 말이라고는 하나도 없다는 뜻.

8256. 말을 감히 하지 못한다. (不敢言)
〈春秋左傳〉

위축(萎縮)되어 두려워서 감히 말을 못 한다는 뜻.

8257. 말을 거침없이 잘한다. (喋喋利口),
말 재주가 있어서 술술 말을 잘한다는 뜻.

8258. 말을 경솔히 하면 훗날의 우환으로 된다.
(言輕則招憂)

말을 함부로 하게 되면 반드시 뒷날 화를 당하게 된다는 뜻.

8259. 말을 꾸며 대면서 얌전한 체한다.
(巧言令色)
〈論語〉

말을 잘 꾸며 말하면서 겉으로는 얌전한 척한다는 말.

8260. 말을 기르는 사람은 닭 돼지를 돌보지 않는다. (畜馬乘不察雞豚)
〈大學〉

큰 일을 하는 사람은 작은 일은 돌보지 않는다는 말.

8261. 말을 못 알아들으면 사람을 못 알아본다.
(不知言無以知人)
〈論語〉

남의 말을 듣고 이해하지 못하면 상대방도 이해하지 못하게 된다는 뜻.

8262. 말을 못 하고 어름어름하기만 한다.
(口吃不能道説)
〈史記〉

말을 제대로 하지 못하고 어물어물하기만 한다는 뜻.

8263. 말을 미리 준비하여 두면 어긋나는 일이 없다. (言前定則不跲)
〈中庸〉

말을 미리 준비했다가 하면 실수하는 일이 없게 된다는 뜻.

8264. 말을 믿어 주지 않는다. (有言不信)
아무리 말을 해도 믿어 주지를 않는다는 뜻.

8265. 말을 바꾸는 것을 거짓말이라고 한다.
(易言曰誕)
〈荀子〉

말을 그대로 하지 않고 바꾸어 말하는 것은 거짓말이라는 뜻.

8266. 말을 빨리 못 하고 어물거리기만 한다.
(口吃不能劇談)
〈漢書〉

말을 제대로 못 하고 주저주저하기만 한다는 뜻.

8267. 말을 부끄러워하지 않으면 실천하기 어렵다. (言之不怍則爲之難)
〈論語〉

부끄러운 줄 모르는 사람은 자기가 한 말도 실천하지 않게 된다는 말.

8268. 말을 사슴이라고 한다. (指馬爲鹿) 〈史記〉

중국 진(秦) 나라 때 조고(趙高)가 2세 황제에게 말을 사슴이라고 가르쳐 말과 사슴을 구별하지 못하듯이 사물(事物)을 분별하지 못한다는 뜻.

8269. 말을 살 때는 어미 말을 먼저 보라.
(買馬看母)

자식을 확실히 알려면 그 부모도 보아야 한다는 뜻.

8270. 말을 삼가하지 않고 함부로 한다. (語不擇發)

말에 조심성이 없이 함부로 지껄인다는 뜻.

8271. 말을 서로 주고받는다. (言語酬酌)

말을 서로 하기도 하고 듣기도 하면서 이야기한다는 뜻.

8272. 말을 세탁해야겠다.

말이 더럽기 때문에 세탁을 하여 깨끗한 말만 하라는 뜻.

8273. 말을 안 해야 할 것을 하는 것은 조급한 짓이다. (言未及之而言 謂之躁)
〈論語〉

말을 해서는 안 될 것을 하는 것은 조급한 행동이라는 뜻.

8274. 말을 않으면 귀신도 모른다.

말을 않고 있으면 귀신도 모르도록 비밀이 보장된다는 뜻.

8275. 말(馬)을 억제하는 데는 재갈이 있다.
(御馬者之銜勒)
〈孔子家語〉

제 마음대로 행동하는 사람은 억제해야 한다는 뜻.

8276. 말을 온화하게 하면 국민들은 협력한다.
(辭之輯矣 民之協矣)
〈春秋左傳〉

위정자가 국민들에게 말을 따뜻하게 하면 국민들은 협력하게 된다는 말.

8277. 말을 잘하고 행동이 민첩하다. (資辯捷疾)
〈史記〉

말도 잘할 뿐 아니라 행동도 빠르다는 뜻.

8278. 말을 잘하는 사람은 믿음성이 적다.
(揚言者寡信)
〈逸周書〉

말이 많은 사람은 집행력이 약하다는 말.

8279. 말을 적게 하고 삼가하라. (寡黙謹愼)
〈慕齋遺稿〉

남과 대화할 때는 말을 적게 하도록 조심하라는 뜻.

8280. 말을 좀 실언했다. (語言薄過)
말을 하다가 실수되는 말을 하였다는 뜻.

8281. 말을 주고받으며 옥신각신한다.

（說往說來）
서로 내 말이 옳다 네 말이 옳다 하면서 옥신각신한다는 뜻.

8282. 말을 참으면 분한 것도 저절로 없어지게 된다. (言語忍 忿自泯)　　　　〈李子潛〉
분할 때는 말을 자꾸하면 더 분하게 되고 말을 참으면 분한 것도 저절로 사라지게 된다는 말.

8283. 말을 크게 하고 급하게 하지 마라. (出言毋高急)
남과 대화할 때는 언성을 크게 하거나 급하게 하지 말고 부드러운 말로 온화하게 해야 한다는 뜻.

8284. 말을 타고 먼 길을 가 봐야 말 힘을 알게 된다. (路遙知馬力)
사람도 오래 사귀어 봐야 그 사람의 실력을 알게 된다는 뜻.

8285. 말을 하거나 의논을 할 때는 실없는 농지거리를 하지 마라. (談論毋戲謔)　　〈金正國〉
말을 하거나 무슨 일을 의논할 때는 쓸데없는 농담은 하지 말라는 말.

8286. 말을 하지 않아도 남들이 믿어 준다. (不言而信)　　　　〈荀子〉
말을 해서 알려 주지 않아도 남들이 다 믿어 준다는 뜻.

8287. 말을 하지 않을 데 말을 하면 말을 잃는다. (不可與言而與之言 失言)　　〈論語〉
말을 해서는 안 될 데 말을 하게 되면 그 말을 잃게 된다는 뜻.

8288. 말을 한 다음에 실력을 보여야 한다. (先聲後實)
말을 한 다음에는 반드시 행동으로 보여야 한다는 뜻.

8289. 말을 할 때는 반드시 실천할 수 있는가 보고서 말을 해야 한다. (出言必顧行)　〈小學〉
말을 할 때는 반드시 실천성의 유무(有無)를 고려한 다음에 말을 해야 한다는 뜻.

8290. 말을 할 도리가 없다. (口不可道)
말을 어떻게 할 수가 없다는 뜻.

8291. 말을 할 듯 하면서도 말하지 않는다. (欲吐未吐)
말을 할 듯 할 듯 하면서도 차마 못하고 있다는 뜻.

8292. 말을 함부로 하면 감출 수가 없다. (漏泄而無藏)　　　　〈韓非子〉
말을 함부로 하다가는 수습을 못 하게 되기 때문에 삼가해야 한다는 뜻.

8293. 말을 해도 서로 들리지 않는다. (言不相聞)　　　　〈孫子〉
거리가 멀어서 서로 말이 들리지 않는다는 말.

8294. 말을 해도 유익할 것이 없다. (言之無益)
말을 해서 하나도 이로울 것이 없다는 뜻.

8295. 말을 해야 할 것을 않는 것은 감추는 짓이다. (言及之而不言 謂之隱)　　〈論語〉
말을 꼭 해야 할 것을 하지 않는 것은 숨기는 짓이라는 뜻.

8296. 말을 해야 할 때 하는 것은 사람들이 그 말을 싫어하지 않는다. (時然後言 人不可其言)　　　　〈論語〉
말을 꼭 해야 할 때 말을 하면 사람들은 그 말을 싫어하지 않고 잘 듣는다는 뜻.

8297. 말이 거슬러 나간 것은 다시 거슬러 들어온다. (言悖而者 亦悖而入)　　〈大學〉
남에게 노여운 말을 하면 반드시 노여운 말이 자신에게로 돌아오게 된다는 뜻.

8298. 말이 고마우면 비지 사러 갔다가도 두부 사온다.
상대방이 말을 고맙게 하면 예정했던 것보다 더 후하게 대접을 하게 된다는 뜻.

8299. 말이 고마우면 안 줄 것도 준다.
말하는 것이 고마우면 주고 싶지 않았던 것도 주게 된다는 뜻.

8300. 말이 고상하면 그 뜻도 심원하다. (言高則旨遠)　　　　〈春秋左傳〉
고상한 말 속에는 깊은 뜻이 담겨 있다는 뜻.

8301. 말이 굴레 벗고 달아나듯 한다. (溜韁)
제멋대로 행동한다는 뜻.

8302. 말이 꿀려서 대답을 못한다. (語屈：語窮)
말이 꿀리게 되어 아무 대답도 못한다는 말.

8303. 말이 급하고 얼굴 색이 좋지 않다. (疾言遽色)
말하는 것이나 얼굴 표정이 다 거칠다는 뜻.

8304. 말이나 낯빛은 반드시 부드럽고 온순한 것을 으뜸으로 한다. (言語辭色 必和而以順爲主)　　　　〈永嘉家訓〉
남과 대화(對話)를 할 때는 말이나 그 얼굴 표정이 부드럽고 온순하게 하는 것이 가장 좋다는 뜻.

8305. 말이나 얼굴 빛이 변하지 않는다. (辭色不變)

말의 음성(音聲)도 변하지 않고 얼굴 빛도 변하지 않고 태연한 자세라는 뜻.

8306. 말이나 없으면 꼴이나 안 벤다.

말을 기르지 않으면 꼴을 베는 일이 없듯이 귀찮은 존재가 있다는 뜻.

8307. 말이 다 착하면 고를 것이 없다. (口無擇言) 〈孝經〉

어느 말이나 다 착하면 가려서 버릴 말이 없다는 뜻.

8308. 말이 달콤하면 진실이 적다.

말을 그럴싸하게 하는 사람은 흔히 믿음성이 없다는 뜻.

8309. 말이 되지 않는 말이다. (語不成說)

이유(理由)가 서지 않는 말이라는 뜻.

8310. 말이 뛰면 움직이지 않는 털이 없다. (一馬之奔 無一毛而不動) 〈孔叢子〉

전체가 동요되면 부분도 움직이게 되듯이 나라가 어지러우면 국민들도 고난을 겪게 된다는 뜻.

8311. 말이 많고 말을 실수하게 되는 것은 다 술 때문이다. (言多語失 皆因酒) 〈景行錄〉

말을 많이 하거나 말을 실수하게 되는 것은 대개 술 취했을 때 생기는 일이기 때문에 술을 조심하라는 뜻.

8312. 말이 많다 보면 어쩌다 맞기도 한다. (是亦多言矣 豈不或信) 〈春秋左傳〉

말을 많이 하다 보면 요행히 맞는 말도 있다는 뜻.

8313. 말이 많으면 과부 된다.

여자가 너무 수다스러우면 좋지 않다는 말.

8314. 말이 많으면 궁지에 빠진다. (尙口乃窮)

말을 많이 하게 되면 말에 몰릴 때가 있다는 뜻.

8315. 말이 많으면 그른 말도 있다. (多辭繆說) 〈莊子〉

말을 함부로 많이 하다 보면 그른 말도 있게 되므로 말을 조심하라는 뜻.

8316. 말이 많으면 말수가 막히게 된다. (多言數窮)

말을 함부로 하게 되면 말에 모순이 생기게 되어 말문이 막히게 된다는 뜻.

8317. 말이 많으면 미움을 받는다. (憎玆多口) 〈孟子〉

말이 많으면 실언(失言)도 많게 되기 때문에 사람들의 미움을 받게 된다는 뜻.

8318. 말이 많으면 반드시 실수하게 된다. (多言則必失) 〈朱子〉

말을 많이 하는 사람은 비밀이 보장되지 못하기 때문에 일이 이루어지지 못한다는 뜻.

8319. 말이 많으면 쓸 말이 적다.

말이 많으면 그 중에 쓸 말은 별로 없다는 뜻.

8320. 말이 많으면 실언(失言)도 많다.

말이 많으면 모순되는 말도 많이 하게 된다는 뜻.

8321. 말이 많으면 실패도 많다. (多言多敗) 〈家語〉

말이 많으면 실언도 많기 때문에 일도 잘 안된다는 뜻.

8322. 말이 많으면 혀가 피로하고 귀가 먹는다. (舌敝耳聾) 〈戰國策〉

말을 많이 한다고 효과가 있는 것이 아니라 도리어 말하는 사람은 혀만 피로하고 듣는 사람은 귀가 먹을 뿐이라는 뜻.

8323. 말이 많은 것은 적은 것만 못하다. (說話多 不如少) 〈李子潛〉

말은 많이 하는 것보다 적게 하는 것이 낫다는 말.

8324. 말이 많은 사람은 잘 모르는 사람이다. (言者不知) 〈老子〉

많이 아는 사람은 말이 적은데 잘 모르는 사람일수록 아는 척하느라고 말을 많이 한다는 뜻.

8325. 말이 많은 사람은 착하지 않다. (辯者不善)

말이 많은 사람은 실천성(實踐性)이 없기 때문에 착하지 못하다는 뜻.

8326. 말이 말을 만든다.

말은 옮겨지는 과정에 점점 보태지게 된다는 뜻.

8327. 말이 먹다 남은 콩을 못 잊듯 한다. (棧豆之戀)

말이 먹다 남긴 콩을 그리워하듯이 어떤 일에 미련(未練)을 가지고 있다는 뜻.

8328. 말이면 다 말인가?

말은 지껄인다고 다 말이 아니고 쓸 말을 해야 말이라는 뜻.

8329. 말이 미우면 줄 것도 안 준다.

무엇을 주려고 하다가도 말하는 것이 미우면 주지 않게 된다는 뜻.

8330. 말이 바르고 이치에 맞는다. (言正理順)

말이 모두 정당하고 사리에 맞는다는 뜻.

8331. 말이 보증수표(保證手票)다.
한번 말한 것은 보증수표마냥 신용이 있다는 말.

8332. 말이 불순하면 일이 이루어지지 않는다.
(言不順則事不成)　　　　　　　　　　〈論語〉
말을 불순하게 하면 될 일도 안 되게 된다는 뜻.

8333. 말이 삼은 쇠 짚신이다. (馬織牛屨)
　　　　　　　　　　　　　　　　　　〈東言解〉
신을 삼을 줄 모르는 말이 소 짚신을 삼듯이 하지도
못하면서 하더니 일을 못 쓰게 버렸다는 뜻.

8334. 말이 새게 되면 실패하게 된다. (語以泄敗)
　　　　　　　　　　　　　　　　　　〈韓非子〉
일이 성사(成事)되기 전에 그 비밀이 새면 실패하게
된다는 뜻.

8335. 말이 서로 오간다. (言去言來 : 言往説來)
말을 서로 주고받아가면서 이야기한다는 뜻.

8336. 말이 서로 통하지 않는다. (言語不通)
(1) 서로 이해하지 못하는 데서 말이 통하지 않는다는
뜻. (2) 언어가 달라서 말이 서로 통하지 않는다는 뜻.

8337. 말이 쉬운 사람은 책임성이 없다. (易其言
無責)　　　　　　　　　　　　　　　　〈孟子〉
말을 쉽게 하는 사람은 실천하지 않는다는 말.

8338. 말이 씨가 된다.
항상 말하던 것이 밑천이 되어 일을 성사하게 되었다
는 뜻.

8339. 말이 아니면 가래지를 말라.
말이 말답지 않거든 아예 상대를 하지 말라는 뜻.

8340. 말이 아니면 대답을 말고 길이 아니면 가
지를 말랬다.
말답지 않은 말을 하는 사람과 상대를 하다가는 망신
을 하게 되므로 아예 말 상대도 하지 말라는 뜻.

8341. 말이 아니면 대답을 말랬다.
말답지 않은 말을 하는 사람과는 아예 말 상대를 하
지 말라는 뜻.

8342. 말이 아니면 듣지를 말고 길이 아니면 가
지를 말랬다.
말이 정당하지 않거든 아예 듣지를 말라는 뜻.

8343. 말이 아니면 듣지를 말고 물이 아니면 건
너지를 말랬다.
말이 바른 말이 아니거든 처음부터 아예 듣지를 말라
는 뜻.

8344. 말이 아니면 듣지를 말랬다.
이롭지 않은 말은 아예 듣지도 말라는 뜻.

8345. 말이 안 나온다. (口外不出)
부끄럽거나 무서워서 말이 입에서 안 나온다는 뜻.

8346. 말이 앞서지 일이 앞서는 사람 없다.
말은 하기 쉽기 때문에 먼저하게 되고 일은 어렵기
때문에 나중에 하게 된다는 뜻.

8347. 말이야 비단결이다.
실행은 하지 않는 주제에 말은 비단결같이 아름답게
지껄인다는 말.

8348. 말이야 옳다. (言則是也)
비록 집행은 못할지라도 말만은 정당하다는 뜻.

8349. 말이 어질지 않으면 그 말은 침묵만 못하
다. (言而非仁之中也　則其言不若其黙也)〈荀子〉
건설적인 말이 아니면 차라리 말을 않는 것만 못하다
는 뜻.

8350. 말이 없으면 원수도 되지 않는다. (無言不
讎)　　　　　　　　　　　　　　　　　〈詩經〉
말을 잘못하기 때문에 원수도 되는 것이지 말만 않는
다면 원수가 되지 않는다는 말.

8351. 말이 울면 다른 말도 따라 운다. (馬啼而
馬應之)　　　　　　　　　　　　　　　〈荀子〉
호소(呼訴)하는 사람이 있으면 호응(呼應)하는　사람
도 있다는 말.

8352. 말이 이치에 맞지 않는다. (語不近理)
말이 이치에 맞지 않아서 쓸모가 없다는 뜻.

8353. 말이 이치에 맞지 않으면 말하지 않는 것
만 못하다. (言不中理　不如不言)　　　〈劉會〉
사리에 맞지 않는 말은 아예 하지 않는 것이　낫다는
뜻.

8354. 말이 적으면 뉘우치는 일이 없게 된다.
(寡言可以無悔)　　　　　　　　　　　〈修身要訣〉
말이 적으면 실언하는 일이 없기 때문에 뉘우치는 일
이 없게 된다는 뜻.

8355. 말이 진실하지 못하고 미덥지 않으면 사람
구실을 못한다. (言不忠信 下等人也)　〈陳瓘〉
진실하고 미덥게 말하지 않는 사람은 남에게 존경을
받지 못한다는 말.

8356. 말이 통하지 않는다. (語言不通)
(1) 서로 이해를 못하여 말이 통하지 않는다는 뜻.
(2) 언어가 달라서 말이 통하지 않는다는 뜻.

8357. 말이 행동보다 앞서는 것은 부끄러운 일이다.(恥其言而過其行) 〈論語〉
말보다 행동이 앞서야지 행동보다 말이 앞서는 것은 수치가 된다는 뜻.

8358. 말이 헤프면 실행이 없다.
말을 쉽게 하는 사람은 집행력이 약하다는 뜻.

8359. 말 잃고 마구간 고친다.(失馬治廐), (旣喪其馬·乃葺厥廐) 〈旬五志〉, 〈耳談續纂〉
(1) 평소에 아무 대비가 없어 실패하게 되자 그제야 깨달아 대비한다는 뜻. (2) 일을 그르친 뒤에는 뉘우쳐도 아무 소용이 없다는 뜻.

8360. 말 잃고 마구간 문 잠근다.
(1) 실패한 뒤에야 대비한다는 뜻. (2) 일이 잘못된 뒤에는 뉘우쳐도 소용이 없다는 뜻.

8361. 말 잘 타는 놈 떨어져 죽고 헤엄 잘 치는 놈 빠져죽는다.
무슨 일이나 잘 하게 되면 방심(放心)하다가 흔히 큰 실수를 하게 된다는 뜻.

8362. 말 잘 타는 놈 떨어져 죽는다.(善騎者墮) 〈淮南子〉
무슨 일이나 잘하게 되면 방심(放心)하기 쉬우므로 실패하게 된다는 뜻.

8363. 말 잘 하고 귀양가는 사람 없다.
말을 잘 하면 밉게 보여도 귀양가게 되는 일이 없다는 뜻.

8364. 말 잘 하고 뺨 맞는 일 없다.
말을 친절히 하고 남에게서 욕을 당하는 일이 없다는 말.

8365. 말 잘 하고 뺨 맞을까?
말을 공손하게 하면 남에게서 맞을 까닭이 없다는 뜻.

8366. 말 잘 하고 욕 먹는 일 없다.
말을 공손하게 하면 남이 욕할 리가 없다는 뜻.

8367. 말 잘 하고 욕 먹을까?
말을 친절히 하면 남에게서 욕 먹지 않는다는 말.

8368. 말 잘 하는 것은 피리와 같다.(巧舌如簧) 〈劉兼〉
말을 잘 하는 것은 피리소리와 같이 들을 때만 좋다는 뜻.

8369. 말 잘 하는 사람은 거짓말도 잘 한다.
거짓말을 보태지 않고서는 말을 많이 하지 못한다는 뜻.

8370. 말 잘 하는 사람은 말에 흠이 없다.(善言無瑕謫) 〈老子〉
말 솜씨가 좋은 사람은 말에 흠이 없게 한다는 뜻.

8371. 말 잘 하는 사람은 미움을 받는다.(惡夫佞者) 〈論語〉
말 잘 하는 사람은 실천력이 없기 때문에 사람들에게 미움을 받게 된다는 뜻.

8372. 말 잘 하는 사람치고 거짓말 못 하는 사람 없다.
말을 잘 하자면 거짓말도 보태서 하게 되기 때문에 말 잘 하는 사람은 거짓말도 하게 된다는 뜻.

8373. 말 잘 하는 사람치고 제 잘못 있다는 사람 없다.
말 잘 하는 사람은 자기의 잘못도 교묘하게 합리화시킨다는 뜻.

8374. 말 잘 하는 아들 낳지 말고 일 잘 하는 아들을 나랬다.
말만 많이 하는 자식은 집안을 망칠 자식이기 때문에 낳지 말아야 하고 일 잘하는 자식은 성가(成家)할 자식이기 때문에 낳아야 한다는 뜻.

8375. 말 잘 하는 앵무새다.(能言鸚鵡)
앵무새 마냥 말로만 잘하지 집행은 하지 않는다는 뜻.

8376. 말 잘 해야 변호사인가 사바사바를 잘 해야 변호사이지.
변호사는 변론만 잘해서는 성과를 거두지 못하기 때문에 판사와 교섭을 잘 해야지 성과를 거두게 된다는 뜻.

8377. 말 잡은 집에 소금이 해자라.
자기 집에서 말을 잡게 되면 소금이 많이 없어지게 되듯이 무엇을 아무 생각 없이 주게 된다는 말.

8378. 말 제 고삐 뜯어먹는 격이다.(嚙鞭之馬)
자기 집안끼리 헐뜯고 싸우는 것은 결국 제 망신이 된다는 뜻.

8379. 말 죽는 데 체 장수 지켜보듯 한다.
이권(利權)을 놓고 모리배(謀利輩)들이 노리고 있다는 뜻.

8380. 말 죽는 데 금산(錦山) 체 장수 모이듯 한다.
말이 죽으면 금산 체 장수들이 말총을 뽑으려고 모이듯이 어떤 이권(利權)을 보고 모여든다는 뜻.

8381. 말 죽는 데 금산 체장수 지켜보듯 한다.
어떤 이권(利權)을 차지하려고 노리고 있다는 뜻.

8382. 말 죽은 데 체 장수 모이듯 한다.
말이 죽어 속이 상하는 데 체 장수들은 말총을 뽑기
위하여 모이듯이 남의 사정은 돌보지 않고 제 욕심만
채우려고 모여든다는 뜻.

8383. 말 죽은 밭에 까마귀 날으듯 한다.
말 죽은 시체를 파 먹으려고 모이는 까마귀처럼 많이
모여 든다는 뜻.

8384. 말 죽은 집에 소금 삭는다.
말을 잡아먹자면 소금이 많이 소비되듯이 생색없이
무엇이 손해간다는 말.

8385. 말채가 길어도 말 배에는 닿지 않는다.
(雖鞭長不及馬腹)
말채가 아무리 길어도 말 배에는 못 닿듯이 무슨 일에
나 한도가 있다는 뜻.

8386. 말 타고 말 찾는 격이다.
자신이 가지고 있는 물건을 정신없이 찾는 사람을 보
고 하는 말.

8387. 말 타고 천하를 얻는다. (馬上得天下)〈漢書〉
전쟁을 해서 세상을 얻었다는 말.

8388. 말 타기 좋아하는 사람은 떨어져 죽는다.
(好騎者墮)　　　　　　　　〈越絶書〉
무슨 일이나 너무 좋아하다가는 그 일로 인하여 재해
를 입게 된다는 뜻.

8389. 말 타면 경마 잡히고 싶다. (騎馬欲率奴),
(旣乘其馬 又思牽者)
〈旬五志, 東言解〉,〈耳談續纂〉
사람의 욕심은 채우고 채워도 한이 없다는 뜻.

8390. 말 타면 종 두고 싶다. (馬纔騎欲奴隨)
〈洌上方言〉
사람의 욕심은 하나를 채우면 또 다른 것을 채우고 싶
게 되어 한이 없다는 뜻.

8391. 말 탄 거지다.
하는 행동이 도저히 격에 맞지 않는다는 뜻.

8392. 말 탄 궁인도 주정뱅이는 피한다. (騎馬宮
人避醉漢)　　　　　　　　〈旬五志〉
옛날 세력이 컸던 궁인도 주정뱅이는 가래지 않았다
는 말.

8393. 말 탄 놈이 말 찾는다.
눈앞에 있는 것도 모르고 찾는다는 말.

8394. 말 탄 사람을 쏘려면 먼저 탄 말을 쏘아야
한다. (射人先射馬)　　〈十八史略, 杜甫〉

말 탄 사람을 쏘려면 먼저 쏘기 쉬운 말을 쏜 다음에
사람을 쏘는 것이 순서이듯이 무슨 일이나 순서를 가
려서 해야 한다는 뜻.

8395. 말 탄 서방이 멀랴?
말 타고 오는 서방은 멀지 않아 곧 온다는 뜻.

8396. 말 탄 서방이 오래랴?
말 타고 장가 오는 서방은 오래 기다릴 것이 없다는
뜻.

8397. 말 태우고 점심 한다.
무슨 일을 미리 하지 않고 임박해서야 한다는 뜻.

8398. 말 태워 놓고 밥 짓는다.
무슨 일을 미리 준비하지 않고 임박해서야 시작한다
는 말.

8399. 말 태워 놓고 버선 깁는다.
무슨 일을 예견성(豫見性) 있게 하지 못하고 임박해
서야 시작한다는 뜻.

8400. 말투가 공손스럽지 못하다. (言辭不恭)
말하는 것이 대단히 불순(不順)하다는 말.

8401. 말 풍년이 지지 말고 입 풍년이 져야 한다.
말로만 먹는 이야기를 아무리 해도 소용이 없으니 실
제 입에 들어가도록 해야 한다는 뜻.

8402. 말하기는 쉬워도 하기는 어렵다.
무슨 일이나 말로 하기는 쉬워도 집행하기는 어렵다
는 뜻.

8403. 말하기 어려운 처지다. (難言之地)
말을 하기가 대단히 어려운 처지라는 뜻.

8404. 말하나 마나다.
말을 해봐야 안 될 것이 뻔하다는 뜻.

8405. 말하는 것을 개 방귀로 안다.
남의 말을 말같지 않게 여긴다는 뜻.

8406. 말하는 것이 사리에 맞는다. (言則是也)
말이 모두 사리에 맞는 옳은 말이라는 뜻.

8407. 말하는 꽃이다. (解語花)　　〈開元天寶遺事〉
아름다운 여자가 말을 한다는 뜻.

8408. 말하는 남생이다.
(1) 말을 하지만 못 알아들을 소리만 한다는 뜻.
(2) 남의 말을 믿지 않는다는 뜻.

8409. 말하는 매실(梅實)이다.
보고 듣기만 해서는 아무 실속도 없다는 뜻.

334

8410. 말하지 않고 가르친다. (固有不言之敎)
〈莊子〉

　말은 하지 않아도 은연중에 교훈을 준다는 뜻.

8411. 말하지 않고 실행한다. (不言實行)

　말 없이 실천을 잘 한다는 뜻.

8412. 말하지 않아도 믿게 된다.

　말 없이 일을 잘 하기 때문에 믿을 수가 있다는 뜻.

8413. 말하지 않아도 죄다 안다. (不言可知)

　말을 않고 있어도 모두 짐작하여 알 수 있다는 뜻.

8414. 말하지 않아도 죄다 짐작한다. (不言可想)

　말을 하지 않아도 모두 다 짐작할 수 있다는 말.

8415. 말한 것은 반드시 실행해야 한다. (言之必
可行)
〈論語〉

　자기가 한 말은 반드시 실행해야 한다는 뜻.

8416. 말한다고 반드시 믿는 것은 아니다.
(言不必信)
〈孟子〉

　말을 한다고 액면(額面) 그대로 믿지 않는다는 말.

8417. 말 한 마디가 천금보다 무겁다. (一言半句
重値千金)
〈寶鑑〉

　말 한 마디가 천금같이 무겁기 때문에 말을 삼가야
한다는 뜻.

8418. 말 한 마디로 일을 망가뜨린다. (一言僨
事)
〈大學〉

　한 마디의 말로 될 수 있었던 일을 그르쳤다는 뜻.

8419. 말 한 마디로 잘라 말한다. (一言之下)

　한 마디 말로 딱 잘라 말한다는 뜻.

8420. 말 한 마디로 재앙을 불러들이기도 한다.
(言有召禍也)
〈荀子〉

　말 한 마디로 큰 화를 당하는 일이 허다하기 때문에
말을 조심하라는 뜻.

8421. 말 한 마디로 천냥 빚을 갚는다.

　말 한 마디로 처세의 잘잘못이 판가름 나게 된다는
뜻.

8422. 말 한 마디에 천냥이 오르내린다.

　말 한 마디가 대단히 중요하다는 뜻.

8423. 말 한 마디 했다가 본전도 못 찾는다.

　말을 한 마디 하였다가 공격을 받아 차라리 않은 것만
못하다는 뜻.

8424. 말 한 마리 다 먹고 나더니 말 내음 난다
고 한다.

아쉬울 때는 말 않고 있다가 제 욕심을 다 채운 다음
에는 흉 본다는 말.

8425. 말 한 마리를 통채로 먹고 말 냄새 난다고
한다.

　(1) 배 고플 때에는 잘 먹다가도 배부른 뒤에는 흉 본
다는 말. (2) 아쉬울 때는 좋아 하던 것도 제 욕망이
찬 뒤에는 흉을 본다는 말.

8426. 말 한번 했다가 본전도 못 찾는다.

　부탁을 하였다가 들어 주지 않았을 때 하는 말.

8427. 말한 사람의 입에서 나온 말이 듣는 사람
귀에만 들어간다. (出口入耳)
〈春秋左傳〉

　남의 말을 듣고 비밀을 잘 지킨다는 말.

8428. 말할 길이 막혔다. (杜絶言路)
〈後漢書〉

　말할 수가 없게 되었다는 말.

8429. 말할 때마다 요순(堯舜) 이야기만 한다.

　행동은 개 차반이면서도 말은 언제나 요순과 같은 훌
륭한 이야기만 한다는 뜻.

8430. 말할 만한 것이 못된다. (非行可論)

　말할 만한 문젯거리가 못된다는 뜻.

8431. 말할 사람과 말하지 않으면 새침하다고 한
다. (可與言而不言 謂之隱)
〈荀子〉

　말해야 할 사람과는 말을 해야지 만일 않게 되면 새침
하다는 말을 듣게 된다는 뜻.

8432. 말할 수 없는 사람과 하는 말은 실없는 말
이라고 한다. (未可與言而言 謂之傲也)
〈荀子〉

　말이 통하지 않는 사람과 말하는 것은 자신만 실없게
된다는 뜻.

8433. 말할 수 없이 괴상하고 망측하다. (怪惡罔
測)

　말로 형용할 수 없도록 괴상스럽고 망측하다는 뜻.

8434. 말해서는 안 될 사람에게 말을 하면 말만
잃는다. (不可與言 而與之言 失言) 〈論語〉

　말할 상대가 아닌 사람에게 말을 하면 그 말만 새서
손실을 당하게 된다는 말.

8435. 말해서 이로울 것이 없다. (言之無益)

　말을 아무리 해야 이로울 것이 없다는 말.

8436. 말했다가 밑천도 못 찾겠다.

　애써서 말을 했으나 말한 본전도 못 찾았다는 뜻.

8437. 말했다가 본전도 못 찾았다.

힘들여서 말을 해보았으나 말한 값을 못 찾았다는

말.

8438. 말했자 입만 아프다.
　　말을 듣지 않는 사람에게는 아무리 말을 해도 소용이
　　없다는 뜻.

8439. 말 헤픈 년이 서방질 한다.
　　함부로 승낙을 잘 하다가는 큰 낭패를 당하게 된다는
　　뜻.

8440. 말 헤픈 사람치고 일 잘하는 사람 못 봤다.
　　말을 쉽게 하는 사람은 그 말과 같이 집행하는 일이
　　없다는 뜻.

8441. 맑은 거울은 먼지와 때를 감추지 못한다.
　　(鑑明者 塵垢弗埋)　　　　　　　　　〈論語〉
　　사람의 마음이 맑으면 조그마한 잘못도 하지 않는다
　　는 말.

8442. 맑은 데서 맑은 물 흐른다.
　　웃사람이 잘해야 아랫 사람도 잘 하게 된다는 뜻.

8443. 맑은 물에는 고기가 안 논다.
　　물도 너무 맑으면 먹이가 없어서 고기가 모이지 않듯
　　이 ‘사람도 너무 청렴하면 재물이 따르지 않는다는 뜻.

8444. 맑은 물이든 흐린 물이든 스스로가 취한다.
　　(滄浪自取)
　　잘 되고 못 되는 것이 다 자기에게 달렸다는 뜻.

8445. 맑은 바람과 맑은 달은 돈 주고 사지 않는
　　다.
　　자연은 인간에게 대가(代價)도 받지 않고 제공하여 준
　　다는 뜻.

8446. 맑은 샘에서 맑은 물도 난다.
　　근본이 좋아야 자손들도 잘 된다는 뜻.

8447. 맑은 쇠를 띄었다.
　　무슨 일이 잘 될 수 있는 기미를 지니게 되었다는 뜻.
　　※ 맑은 쇠 : 총 가늠쇠.

8448. 맑은 하늘에 날벼락 친다. (青天霹靂)
　　청명한 날에 벼락이 치듯이 뜻밖에 큰 변을 당하게 되
　　었다는 뜻.

8449. 맑은 향기가 집안에 가득하다. (清香滿堂)
　　집안에 화기(和氣)가 가득하다는 말.

8450. 맛도 들기 전에 군둥내부터 난다.
　　어린 아이가 다 자라기도 전에 못되게 되었다는 뜻.

8451. 맛없는 국이 뜨겁기만 하다.
　　사람답지도 못하면서 까다롭게만 논다는 말.

8452. 맛없는 음식은 여러 사람이 먹어야 한다.
　　음식은 여러 사람이 먹으면 맛이 더 난다는 말.

8453. 맛없는 음식이 뜨겁기만 하다.
　　사람답지 못한 주제에 거만하기만 하다는 뜻.

8454. 맛없는 음식이 맵기만 하다.
　　못난 사람일수록 까다롭게 군다는 뜻.

8455. 맛은 소금이 낸다.
　　보기에는 대단치 않은 존재이지만 가장 핵심적인 역
　　할을 하고 있다는 말.

8456. 맛이 같지 않으면 입에 맞는 것이 있다.
　　(不同味而調於口)　　　　　　　　　〈淮南子〉
　　음식 맛이 여러 가지가 있으면 입에 맞는 음식도 있
　　듯이 사람도 여러 사람이 있으면 서로 뜻이 맞는 사
　　람이 있다는 뜻.

8457. 맛이 없는 것도 맛있게 먹는다. (味無味)
　　　　　　　　　　　　　　　　　　　〈老子〉
　　맛이 없는 음식도 먹음직스럽게 먹는다는 말.

8458. 맛있는 떡 먹다가 맛없는 떡 못 먹는다.
　　맛있는 음식만 먹던 사람은 맛없는 음식은 못 먹는
　　다는 뜻.

8459. 맛있는 샘물은 반드시 마르게 된다.
　　(甘泉必竭)
　　맛있는 샘물은 먹는 사람이 많기 때문에 먼저 없어
　　지듯이 재능이 있는 사람은 먼저 죽게 된다는 뜻.

8460. 맛있는 우물이 먼저 마른다. (甘井先竭)
　　　　　　　　　　　　　　　　　　　〈莊子〉
　　맛좋은 우물은 퍼 가는 사람이 많아서 먼저 없어지
　　듯이 재능이 있는 사람은 과로(過勞)하게 되므로 먼
　　저 죽게 된다는 뜻.

8461. 맛있는 음식도 늘 먹으면 물린다.
　　아무리 좋은 일이라도 늘 하게 되면 싫증이 나게 된
　　다는 뜻.

8462. 맛있는 음식도 식기 전에 먹어야 한다.
　　무슨 일이나 좋은 기회를 놓쳐서는 안 된다는 뜻.

8463. 맛있는 음식에 체한다.
　　(1) 맛있는 음식은 과식하기 쉬우므로 주의하라는 뜻.
　　(2) 좋은 일에는 방해가 끼게 된다는 뜻.

8464. 맛있는 음식이 뱃속에 남는다.
　　맛있는 음식은 그 영양가가 건강을 돕듯이 좋은 책을
　　보면 지식이 풍부하게 된다는 뜻.

8465. 맛 좋고 값 싼 갈치 자반이다.
맛도 좋고 값도 싸듯이 무슨 일이 두 가지 다 좋다는 뜻.

8466. 맛 좋은 실과는 겉모양도 곱다. (喻實味者 外貌亦美)
맛 좋은 실과는 겉모양도 곱듯이 사람도 마음이 착한 사람은 겉모양도 단정하게 가진다는 뜻. ↔ 맛 좋은 준치가 가시는 많다.

8467. 맛 좋은 음식도 늘 먹으면 좋은 줄 모른다.
아무리 좋은 것도 항상 접촉하면 좋은 줄을 모르고 싫어진다는 뜻.

8468. 맛 좋은 음식에는 독이 있다. (厚味寔腊毒)
좋은 일에는 방해가 끼게 된다는 말.

8469. 맛 좋은 음식은 좀 덜어서 남에게 맛보게 하라. (滋味濃的 減汾讓人嗜) 〈菜根譚〉
좋은 음식을 남에게 나누어 주도록 하라는 뜻.

8470. 맛 좋은 준치는 가시가 많다. (鰣魚多骨)
(1) 좋은 일에는 방해가 많다는 뜻. (2) 무슨 일이나 다 좋은 것은 없다는 뜻. ↔ 맛 좋은 실과는 겉모양도 곱다. 보기 좋은 떡이 먹기도 좋다.

8471. 망건 끝에 앉았다.
무슨 일에 얽매여서 꼼짝도 못한다는 뜻.

8472. 망건 당줄이 굵어야 하나 ?
망건을 상투에 매는 줄은 가늘어도 되듯이 작은 것도 쓰일 때가 있다는 뜻.

8473. 망건 쓰고 귀 안 빼는 사람 없다.
망건을 쓸 때 귀가 들어가면 아프기 때문에 누구나 귀를 빼듯이 편한 일이면 누구나 싫어하는 사람이 없다는 말.

8474. 망건 쓰고 세수한다. (先網巾 後洗水) 〈旬五志〉
일의 순서를 뒤바꾸어 한다는 말.

8475. 망건 쓰자 파장(罷場)된다.
장에 가려고 망건을 쓰니까 벌써 파장이 되듯이 준비를 하다가 때를 놓치고 말았다는 뜻.

8476. 망건 편자를 줍는다.
까닭없이 남에게 맞고 땅에 떨어진 망건 편자만 줍듯이 이유없이 남에게 욕을 당하고도 어쩔 수 없다는 뜻.

8477. 망나니보다는 바보가 낫다.
못된 사람이 되는 것보다는 차라리 바보가 되는 것이 집안이 편안하다는 말.

8478. 망나니 짓을 하여도 금관자(金貫子) 서슬에 큰 기침한다.
나쁜 짓을 하여도 벼슬아치라는 배경으로 뽐낸다는 뜻.

8479. 망둥이가 뛰니까 꼴뚜기도 뛴다.
실속도 모르고 남이 하는 대로 따라한다는 뜻.

8480. 망둥이가 뛰니까 전라도 빗자루도 따라서 뛴다.
남들이 한다고 아무 상관도 없으면서 따라한다는 뜻.

8481. 망둥이는 제 동무도 잡아먹는다.
망둥이는 제 동무도 잡아 먹듯이 못된 놈은 친구도 몰라본다는 말.

8482. 망신살이 무지갯살 뻗치듯 한다.
망신을 꼭 당하게 되어 모면(謀免)할 도리가 없다는 뜻.

8483. 망신살이 뻗쳤다.
망신을 당할 운수가 있다는 뜻.

8484. 망신을 하려니까 새 사돈집 안방에서 지랄을 한다.
사람이 망신을 하려면 생각지도 않았던 일로 우연히 큰 망신을 하게 된다는 뜻. ※ 지랄 : 가끔 별안간에 경련이 일어나고 입에서 개거품을 흘리는 병.

8485. 망신을 하려니까 신부가 혼인날 똥 싼다.
망신을 당하려면 대단치 않은 일로 큰 망신을 당하게 된다는 뜻.

8486. 망신을 하려면 사돈집 안방 마루에서 떨어진다.
망신을 하려면 우연히 큰 망신을 하게 된다는 뜻.

8487. 망신을 하려면 아버지 이름 자도 생각 안 난다.
망신을 하려면 평소에 잘 알던 것도 모르게 된다는 뜻.

8488. 망아지는 나면 시골로 보내고 자식은 나면 서당으로 보내랬다.
자식은 공부를 시켜야 출세를 할 수 있다는 말.

8489. 망아지는 시골로 보내고 아이는 서당으로 보내랬다.
자식을 낳거든 공부를 시켜야 한다는 뜻.

8490. 망아지는 제주(濟州)로 보내고 양반 자식은 한양(漢陽)으로 보내랬다.
자식은 공부를 시킬 수 있는 곳으로 보내서 공부를 시켜야 한다는 말.

8491. 망아지 뿔나기만 기다린다.
　　가망성(可望性)이 없는 일을 헛기다리고 있다는 말.

8492. 망조(亡兆)가 들었다.
　　망할 징조가 있다는 말.

8493. 망종(芒種) 전 모심기다.
　　모심기는 망종인 6월 5일 경 이내에 심어야 이르게 심
　　는 것이라는 뜻.

8494. 망치가 가벼우면 못이 솟는다. (椎輕釘聳)
　　　　　　　　　　　　　　　　　　　　〈旬五志〉
　　일을 시키는 사람이 약하면 일하는 사람이 제멋대로
　　한다는 뜻.

8495. 망치 깎자 도둑은 뛴다.
　　무슨 일을 미리 준비하여 두지 않고 일을 당했을 때
　　하면 성공하지 못한다는 뜻.

8496. 망치로 얻어맞고 홍두깨로 친다.
　　보복(報復)은 언제나 자기가 받은 것보다 더 크게 한
　　다는 뜻. ↔ 홍두깨로 맞고 방망이로 친다.

8497. 망하고 흥하고 간에 난리는 일어나지 않아
　　야 한다. (廢興無以亂)　　　〈春秋左傳〉
　　국가가 망하거나 흥하거나 보다도 국가는 평화스러운
　　것이 가장 바람직스러운 일이라는 뜻.

8498. 망하는 나라는 위정자의 보물 상자와 창고
　　만 가득하게 된다. (亡國富筐篋 實府庫)
　　　　　　　　　　　　　　　　　　　　〈荀子〉
　　망하는 나라의 위정자는 사리 사욕(私利私慾)만 채운
　　다는 말.

8499. 망하는 놈이 있으면 흥하는 놈도 있다.
　　세상에는 망하는 사람과 흥하는 사람이 연속(連續)되
　　고 있다는 뜻.

8500. 망하는 집 머슴은 배불러도 부자 되는 집
　　머슴은 배 고프다.
　　살림을 헤프게 하는 집은 망하게 되고 살림을 아껴서
　　하는 집은 부자가 된다는 뜻.

8501. 망한 나라 정승 같다. (亡國大夫)
　　이름만 좋지 아무 실속이 없다는 뜻.

8502. 망한 뒤에야 망한 줄을 안다. (至亡而後知
　　亡)　　　　　　　　　　　　　　〈荀子〉
　　일을 사전(事前)에 알지 못하고 사후(事後)에 알게
　　되는 것은 아무 소용이 없다는 뜻.

8503. 망한 사람은 남들이 업신여기게 된다.
　　(亡者侮之)　　　　　　　　　　〈春秋左傳〉

실패하게 되면 남들이 업신여기게 된다는 말.

8504. 망할 놈 나면 흥할 놈도 난다.
　　한 사람이 망하게 되면 다른 한 사람은 흥하게 된다
　　는 말.

8505. 망할 징조이다. (亡徵敗兆)
　　일이 실패할 징조가 있다는 말.

8506. 맞기 싫은 매는 맞아도 먹기 싫은 음식은
　　못 먹는다.
　　먹기 싫은 음식은 도저히 먹을 수가 없다는 뜻.

8507. 맞는 놈이 여기 때려라 저기 때려라 한다.
　　권력이 없는 사람이 권력을 가진 사람보고 이래라 저
　　래라 한다는 것은 있을 수 없다는 뜻.

8508. 맞대 놓고 꾸짖는다. (面叱)
　　눈앞에서 꾸짖는다는 말.

8509. 맞서 싸우는 자는 용서하지 않는다.
　　(格者不赦)　　　　　　　　　　　〈荀子〉
　　서로 맞싸우는 적은 용서하지 않는다는 말.

8510. 맞서서는 당하지 못한다. (不可當)
　　힘으로 대항해서는 도저히 당할 수가 없다는 뜻.

8511. 맞아죽으나 굶어죽으나 제 명에 못 죽기
　　는 마찬가지다.
　　이렇게 하나 저렇게 하나 일이 안 되기는 일반이라는
　　뜻.

8512. 맞아죽을라면 무슨 짓은 못 할까?
　　죽을 작정을 하면 아무 짓이라도 할 수 있다는 말.

8513. 맞아죽을 벽채가 없나 베고 죽을 논둑이
　　없나?
　　옛날 금점군(金店軍)이 맞아 죽을 도구도 있고 베고
　　죽을 논둑이 있어서 무서울 것이 하나도 없다는 뜻.

8514. 맞아죽을 짓만 가려 가면서 한다.
　　남에게 증오(憎惡)를 살 짓만 한다는 뜻.

8515. 맞은 놈은 발을 뻗고 자고 때린 놈은 발을
　　오그리고 잔다.
　　지는 것이 이기는 것이고 이기는 것이 지는 것이라는
　　뜻.

8516. 맞은 놈은 펴고 자고 때린 놈은 오그리고
　　잔다.
　　가해자(加害者)는 뒷 일이 겁이 나서 불안하지만 피
　　해자(被害者)는 맞기는 했으나 마음은 편안하다는 뜻.

8517. 맞은 사람은 발 뻗고 자고 때린 사람은 움

츠리고 잔다.
남을 때리면 맞은 사람의 보복이 무서워 항상 불안한
생활을 하게 되기 때문에 아예 남을 해치지 말라는 뜻.

8518. 맞장구 치는 놈이 더 밉다.
장본인(張本人)보다도 그를 비호(庇護)하여 주는 놈
이 더 밉다는 말.

8519. 맡은 물건은 반 임자다.
남의 물건이라도 보관하게 되면 그에 대한 책임이 크
다는 말.

8520. 맡은 사람도 반 임자다.
물건을 보관하고 있는 사람도 반 주인이 된다는 뜻.

8521. 맡은 일은 부지런히 해야 한다. (勤職)
자기가 맡은 일에는 근면해야 한다는 뜻.

8522. 매가 꿩을 잡아 주고 싶어서 잡아 주나?
매가 꿩을 잡는 것은 주인을 위해서 잡는 것이 아니
라 제가 먹으려고 잡듯이 무슨 일이나 자기를 위하여
한다는 뜻.

8523. 매가 많은 곳에는 새들이 못 견딘다.
(鷹多則鳥亂)   〈抱朴子〉
포악한 관리가 많으면 국민들이 살기 어렵다는 말.

8524. 매가 새를 쫓듯 한다. (鷹鸇之逐鳥雀也)
                                    〈春秋左傳〉
매가 새를 쫓듯이 강한 자가 약한 자를 몰아친다는
뜻.

8525. 매는 굶겨야 사냥질을 하지 배부르게 먹
이면 날아간다. (養鷹饑則爲用 飽則颺去)
                                       〈魏志〉
사람도 가난해야 일을 부지런히 하게 되지 배가 부르
면 놀러 다니기만 한다는 뜻.

8526. 매골(埋骨) 방자를 하였나?
죽은 사람이나 짐승의 뼈를 묻고 남을 저주(咀呪)한
다는 뜻.

8527. 매 꿩 차듯 한다.
매가 꿩을 차듯이 행동이 몹시 사납다는 뜻.

8528. 매 끝에 정 든다.
매를 맞은 뒤에 도리어 정이 든다는 말.

8529. 매는 굶겨야 사냥한다.
매는 배가 부르면 사냥을 않듯이 사람도 배가 부르면
게으르게 된다는 말.

8530. 매는 굶어죽어도 곡식은 먹지 않는다.

어진 사람은 아무리 고생스러워도 부정한 짓은 하지
않는다는 말.

8531. 매는 배부르게 먹이면 사냥을 않는다.
(1) 부하(部下)의 역량이 커지면 배반하게 된다는 뜻.
(2) 배가 부르면 태만하게 된다는 뜻.

8532. 매는 싫은 매도 맞지만 음식은 싫은 것은
못 먹는다.
먹기 싫은 음식은 억지로 먹을 수 없다는 뜻.

8533. 매는 아프라고 때리지 살찌라고 때리는
것은 아니다.
매를 때리는 목적은 아프라고 때린다는 뜻.

8534. 매는 아프라고 때린다.
매를 때리는 목적은 아프라고 때린다는 뜻.

8535. 매달린 개가 누워 있는 개를 비웃는다.
남보다 못한 놈이 저보다 나은 사람을 비웃는다는 뜻.

8536. 매도 같이 맞으면 낫다.
괴로운 일도 함께 당하면 참고 견디기가 낫다는 말.

8537. 매도 같이 맞으면 덜 아프다.
괴로운 일도 함께 당하면 서로 위로를 받을 수 있기
때문에 견디기가 낫다는 말.

8538. 매도 꿩을 못 볼 때가 있다.
매 눈이 밝아도 못 볼 때가 있듯이 아무리 능숙한 사
람도 실수할 때가 있다는 뜻.

8539. 매도 맞아 본 놈이 잘 맞는다.
무슨 일이나 경험있는 사람이 더 잘 하게 된다는 뜻.

8540. 매도 맞으려다 안 맞으면 서운하다.
좋은 일이나 나쁜 일이나 하려던 것을 못 하면 섭섭하
게 된다는 뜻.

8541. 매도 먼저 맞는 놈이 낫다.
이왕 해야 할 일은 남보다 먼저 하는 것이 낫다는 뜻.

8542. 매도 먼저 맞는 편이 낫다.
무슨 일이나 남 먼저 하는 것이 늦게 하는 것보다 낫
다는 말.

8543. 매도 배가 부르면 꿩을 잡지 않는다.
사람도 배가 부르면 게으르게 된다는 뜻.

8544. 매 두지 않은 배다. (不繫之舟)   〈莊子〉
정처없이 방랑(放浪)한다는 뜻.

8545. 매 든 놈은 매로 치고 돌 든 놈은 돌로 친
다.
남이 나를 해치는 대로 나도 보복(報復)한다는 뜻.

339

8546. 매를 꿩으로 보았다.
　사나운 사람을 순한 사람으로 잘못 보았다는 말.

8547. 매를 맞아도 영문이나 알고 맞아야 한다.
　벌을 받아도 그 내용은 알고 받아야 한다는 뜻.

8548. 매를 맞아도 은가락지 낀 손에 맞으랬다.
　무슨 일이나 돈 있는 사람과 하는 것이 유리하다는 뜻.

8549. 매를 소리개로 보았다.
　잘난 사람을 못난 사람으로 잘못 보았다는 뜻.

8550. 매를 아끼는 사람은 자식 버릇을 못 고친다.
　자식은 엄하게 다루지 않으면 버릇이 없게 된다는 뜻.

8551. 매를 청한다.
　매 맞을 짓만 하는 사람에게 하는 말.

8552. 매 만난 꿩이다.
　약자가 강자 앞에서 무서워 꼼짝도 못한다는 뜻.

8553. 매미가 눈(雪) 얘기하는 격이다.
　도무지 알지도 못하는 것을 아는 척한다는 뜻.

8554. 매미 날개 같다.
　매미 날개같이 시원해 보인다는 뜻.

8555. 매미 날개 같은 옷이다.
　보기만 해도 시원한 옷이라는 뜻.

8556. 매미는 버마재비가 노리는 줄을 모르고 버마재비는 새가 노리는 줄을 모른다. (蟷螂窺蟬 蟷螂在後黃雀) 〈史記, 説苑〉
　물욕에 눈이 어두우면 남이 자기를 노리는 것도 모르게 된다는 말.

8557. 매미는 봄 가을을 알지 못한다. (蟪蛄不知春秋) 〈莊子〉
　매미는 여름에만 살아 봤기 때문에 봄과 가을을 모르듯이 실제로 보고 듣지 않으면 모른다는 말.

8558. 매미는 우는 데 골몰하여 버마재비가 노리고 있는 것을 모른다. (蟷螂窺蟬) 〈史記, 説苑〉
　노는 데 정신이 빠져서 화를 당하게 되는 것도 모른다는 말.

8559. 매미 팔자다.
　매미마냥 시원한 나무 그늘에서 노래만 부르듯이 술집에서 노래만 부르고 논다는 말.

8560. 매 밥도 못하겠다.
　매 줄 밥도 모자랄 정도의 적은 분량이라는 뜻.

8561. 매 본 꿩이다.
　너무나 무서워 꼼짝도 못하고 있다는 말.

8562. 매부(妹夫) 국에 든 닭 다리가 더 크다.
　(1) 남의 것이 더 많아 보인다는 뜻. (2) 남의 것은 선입감(先入感)으로 관찰(觀察)한다는 뜻.

8563. 매부 밥그릇이 클사해 보인다.
　처가집에서는 사위를 아들보다 대접을 더 잘한다는 뜻.

8564. 매부 좋고 누이 좋다.
　두 사람 사이에 이해 관계가 일치한다는 뜻.

8565. 매사는 간주인(看主人)이다.
　무슨 일이나 주인이 맡아서 해야 한다는 뜻.

8566. 매사를 감당할 만하다. (每事可堪)
　무슨 일이나 다 감당할 수 있다는 말.

8567. 매 새끼는 어미 매를 잡아먹는다.
　부모에게 불효(不孝)가 막심하다는 말.

8568. 매 앞에 굴복 않는 놈 없다. (杖刑之下 無不屈伏)
　매로 때리는 데는 굴복하지 않을 수 없다는 뜻.

8569. 매 앞에 꿩이다.
　매 앞에 꿩마냥 꼼짝도 못 하고 벌벌 떨고만 있다는 뜻.

8570. 매 앞에선 상피(相避)라도 붙었다고 한다.
　상피를 붙지 않았느냐면서 매로 때리게 되면 아무라도 대답하지 않을 수가 없다는 뜻.

8571. 매 앞에 뜬 꿩이다.
　매 앞에 뜬 꿩과 같이 죽게 된 신세라는 뜻.

8572. 매 앞에 비둘기다.
　매 앞에 비둘기마냥 꼼짝도 못한다는 말.

8573. 매 앞에 장사 없다.
　아무리 힘센 사람이라도 때리는 데는 어쩔 도리가 없이 굴복하게 된다는 뜻.

8574. 매에는 독불 장군(獨不將軍) 없다.
　매로 때리는 데는 견디는 사람이 없다는 뜻.

8575. 매에도 공 매는 없다.
　남에게 매를 맞는 것도 맞을 이유가 있어서 맞는다는 뜻.

8576. 매에 장사 없다. (惟杖無將) 〈耳談續纂〉
　매로 때리는 데는 굴복하지 않는 사람이 없다는 뜻.

8577. 매에 항우(項羽) 없다.
　아무리 힘이 센 사람이라도 매로 때리는 데는 견딜 수

가 없다는 뜻.

8578. 매우 기쁘고 즐겁다. (喜喜樂樂)
기쁘고 즐겁기가 한이 없다는 뜻.

8579. 매우 넉넉하여 여유가 있다. (足足有餘)
무엇이 풍족하기 때문에 여유가 있다는 뜻.

8580. 매우 다행스럽다. (萬分多幸)
몹시 다행한 일이라는 뜻.

8581. 매우 더러운 굼벵이도 변하여 매미가 된다.
(糞虫至穢度爲蟬) 〈菜根譚〉
사람도 빈천(貧賤)한 가정에서 태어났어도 출세할 수
있다는 뜻.

8582. 매우 적절하고 정당한 말이다. (昌言正論)
한 말이 적절하고도 바른 말이었다는 뜻.

8583. 매우 크고 매우 강하다. (至大至剛)〈孟子〉
대단히 크고도 강하다는 말.

8584. 매인 말은 항상 뛰고 싶은 생각만 한다.
(馬繫常念馳) 〈蘇軾〉
뛰기를 좋아하는 말은 매여 있어도 늘 뛸 생각만 하
듯이 자기가 좋아하는 것은 늘 생각하게 된다는 뜻.

8585. 매 잃고 꿩 잃는다.
이것도 잃고 저것도 잃고 다 잃었다는 뜻.

8586. 매 팔자다.
제 마음대로 쏘다닌다는 뜻.

8587. 매 하나 안 맞고 화확 다 분다.
겁이 몹시 많아서 매를 때리기 전에 다 말한다는 뜻.

8588. 매화는 백화(百花)의 형이다.
꽃 중에서 매화꽃이 가장 일찍 핀다는 말.

8589. 매화는 봄바람을 기다리지 않는다.
(1) 매화는 봄이 되기 전에 핀다는 뜻. (2) 무슨 일에
나 예외(例外)가 있다는 뜻.

8590. 매화도 한철이고 국화(菊花)도 한철이다.
모든 것은 한창 때가 있어서 그때가 지나가면 쇠퇴
하게 된다는 뜻.

8591. 매화도 한철이다.
모든 것은 한창 때가 있어서 그 때가 지나면 쇠퇴하
게 된다는 말.

8592. 맥(脈)도 모르고 침통 흔든다.
아무것도 모르면서 덤빈다는 말.

8593. 맥도 모르는 놈이 침 놓는다고 한다.

아무것도 모르면서 덤빈다는 뜻.

8594. 맥도 모르는 놈이 침대 들고 으쓱댄다.
아무것도 모르면서 아는 척하고 덤빈다는 뜻.

8595. 맥맥이 코구멍 같다.
소견이 없어 답답한 사람을 보고 하는 말.

8596. 맥이 빠졌다. (脈盡)
힘이 다 빠져서 기운이 하나도 없다는 뜻.

8597. 맥이 풀렸다.
맥이 탁 풀어져서 힘이 하나도 없다는 뜻.

8598. 맹꽁무니로 다닌다.
아무 밑천도 없이 무슨 일을 하려고 한다는 말.

8599. 맨발로 도망친다.
너무나 급해서 신을 신을 사이가 없이 도망을 쳤다는
말.

8600. 맨손과 빈 주먹뿐이다.
가진 것이라고는 아무 것도 없다는 뜻.

8601. 맨손으로 고기 잡듯 한다.
무슨 일을 요행을 바라고 한다는 뜻.

8602. 맨손으로 범을 잡는다. (暴虎)
〈詩經, 論語〉
맨손으로 범을 잡으려고 하듯이 대단히 무모(無謀)
한 짓을 한다는 뜻.

8603. 맨손으로 살림을 일으켰다. (赤手成家)
빈 손으로서 시작하여 성공하였다는 말.

8604. 맨입에 앞 교군(轎軍) 서라 한다.
아무 것도 먹이지 않고 가장 힘드는 일을 시키듯이 힘
드는 일에는 많이 먹이고 시켜야 한다는 뜻.

8605. 맨입으로 될까?
밑천을 들이지 않으면 되는 일이 없다는 뜻.

8606. 맨주먹으로 강물을 막는다. (以赤手障江河)
〈庾信〉
도저히 되지도 않을 어리석은 짓을 한다는 뜻.

8607. 맨주먹으로 날뛴다.
밑천 한푼 없이 빈 손으로 돌아 다니기만 한다는 말.

8608. 맹견처럼 돌아다닌다.
사나운 개를 매두면 돌아다니고만 있듯이 하는 일
도 없이 돌아 다니기만 한다는 뜻.

8609. 맹꽁이가 처마 밑으로 들어오면 장마진다.
농촌에서 맹꽁이가 처마 안으로 들어오면 비가 온다

는 말.

8610. 맹꽁이 결박한 것 같다.
몸이 뚱뚱하고 키가 작은 사람이 옷을 잔뜩 입은 꼴을 말함.

8611. 맹꽁이 대사날 물리듯 한다.
무슨 일을 자꾸 연기하는 것을 비유하는 말.

8612. 맹꽁이 제사 물리듯 한다.
무슨 일을 제때에 하지 않고 자꾸 미루기만 한다는 뜻.

8613. 맹꽁이 통에 돌 들이친다.
요란스럽게 떠들다가 갑자기 조용해진다는 뜻.

8614. 맹물 건달이다.
맹물같이 매우 싱거운 사람이라는 말.

8615. 맹물 냇국이다.
맹물로 만든 냇국마냥 매우 싱거운 사람이라는 뜻.

8616. 맹물 먹고 속 차려라.
찬 물을 먹고 속을 식혀서 바른 마음으로 되돌아오라는 뜻.

8617. 맹물 먹고 주정한다.
찬 물 먹고 주정하듯이 터무니없는 행동을 한다는 뜻.

8618. 맹물에 조개 끓인 맛이다.
아무 맛도 없이 싱겁기만 하다는 뜻.

8619. 맹물에 조약돌 삶은 맛이다.
음식이 아무 맛도 없다는 뜻.

8620. 맹물에 조약돌을 삶아먹어도 제 멋에 산다.
남이야 무엇이라고 하든 간에 제가 좋아하는 것은 한다는 뜻.

8621. 맹물에 차돌 삶은 맛이다.
(1) 아무 맛이 없다는 뜻. (2) 매우 싱겁다는 뜻.

8622. 맹세할 때 입에 묻은 피가 아직도 마르지 않았다.(口血未乾)
맹세한 지 얼마 되지 않아서 맹세한 것을 지키지 않는다는 말.

8623. 맹수(猛獸)는 함부로 발톱을 보이지 않는다.
사나운 짐승도 꼭 필요할 때만 발톱을 보이듯이 사람도 함부로 자기 실력을 보여서는 안 된다는 뜻.

8624. 맹수도 짐승을 잡을 때는 귀를 기울이고 잠복한다.(猛獸將擊 弭耳帖伏)
사나운 짐승도 작은 짐승을 잡을 때는 귀를 기울여서 동정(動靜)을 살피면서 숨어 있다가 잡는다는 뜻.

8625. 맹탕이다.
아무 생각도 없이 속이 빈 사람이라는 뜻.

8626. 맺고 끊는 데가 없다.(優柔不斷)
무슨 일을 과단성(果斷性) 있게 하지 못한다는 말.

8627. 맺고 끊는 맛이 없다.
무슨 일을 흐리멍덩하게 한다는 뜻.

8628. 맺고 끊은 듯 하다.
무슨 일을 과단성(果斷性) 있게 한다는 뜻.

8629. 맺은 놈이 풀어야 한다.(結者解之)
〈旬五志〉
무슨 일이나 시작한 사람이 끝을 마무려야 한다는 뜻.

8630. 머루 먹은 속이다.
머루 먹은 것같이 속이 시큰하다는 뜻.

8631. 머리가 땅에 닿도록 굽신거린다.
지나치게 비굴한 저자세로 대한다는 말.

8632. 머리가 모시 광주리 같다.
머리가 모시 실같이 희게 되었다는 말.

8633. 머리가 쑥 대강이같이 흩어졌다.(頭如蓬葆)
〈漢書〉
머리를 손질하지 않아 머리카락이 흩어져 있다는 뜻.

8634. 머리가 크면 장군이요 발이 크면 도둑이다.(頭大曰將軍 足大曰賊)
옛날 장군은 투구를 쓰기 때문에 머리가 크다고 하였고 도둑놈은 도망다니기 때문에 발이 크다고 한 말.

8635. 머리가 파뿌리가 되었다.
검은 머리가 파뿌리마냥 희게 되었다는 뜻.

8636. 머리 깎고 중이 된다.(削髮爲僧)
속세(俗世)를 떠나 절에 가서 중이 된다는 말.

8637. 머리 간 데 끝 간 데 없다.
(1) 무질서하여 일의 갈피를 잡을 수 없다는 뜻.
(2) 한이 없다는 뜻.

8638. 머리 검은 고양이 귀치 말라.
사람에게는 아무리 잘해 주어도 나중에는 해를 끼치는 수가 많기 때문에 사람은 귀해하지 말라는 뜻.

8639. 머리 검은 짐승은 구제를 말랬다.
사람들 중에는 짐승보다도 남의 공을 모르는 사람이 있으므로 아예 구제도 해주지 말라는 뜻.

8640. 머리 검은 짐승은 남의 공도 모른다.
사람이 오히려 짐승보다도 더 남의 공을 모른다는 말.

8641. 머리 꼭지에도 눈이 있다. (頂上有眼)
위에서도 내려다보고 있다는 말.

8642. 머리 끊고 꼬리 자르니 먹잘 것이 없다.
조그만 물고기의 대가리를 끊고 꼬리를 자르고 나니
먹을 것이 없듯이 적은 수입에서 이것 저것을 떼고 보
니 남는 것이 없다는 말.

8643. 머리는 깎아도 마음은 깎기 어렵다.
교인이 되기는 쉬워도 마음을 착하게 가지기는 어렵
다는 뜻.

8644. 머리는 끝에서 가르고 말은 밑부터 한다.
말은 처음부터 시작하지 않으면 무슨 소린지 모른다
는 말.

8645. 머리는 차게 하고 발은 덥게 한다.
(頭寒足溫)
머리는 항상 차게 하고 발은 덥게 하는 것이 좋다는
말.

8646. 머리도 감추고 꼬리도 숨긴다. (藏頭隱尾)
(1) 숨기를 잘한다는 뜻. (2) 찾아낼 수가 없다는 뜻.

8647. 머리도 두렵고 꼬리도 두렵다. (畏首畏尾)
(1) 처음에서 끝까지 두렵다는 뜻. (2) 어디나 다 두렵
다는 뜻.

8648. 머리도 없고 꼬리도 없다. (無頭無尾)
시작도 없고 끝도 없다는 뜻. ↔ 머리도 있고 꼬리도
있다.

8649. 머리도 있고 꼬리도 있다. (有頭有尾)
(1) 처음과 끝이 분명하다는 뜻. (2) 아래 위가 분명하
다는 뜻. ↔ 머리도 없고 꼬리도 없다.

8650. 머리를 감은 사람은 반드시 갓도 털어 쓴
다. (頭沐者 必彈冠)   〈楚辭〉
한 가지를 깨끗이 하는 사람은 다른 것도 깨끗이 한
다는 뜻.

8651. 머리를 고치고 얼굴만 바꾼다. (改頭換面)
                              〈選迴客語〉
속 마음은 그대로 있고 겉만 바꾼다는 뜻.

8652. 머리를 고치면 얼굴도 달라진다.
환경이 변화되면 그 영향을 받게 된다는 뜻.

8653. 머리를 끄덕이며 귀를 늘어뜨린다.
(搖首帖耳)
충고를 받아들여서 순종한다는 말.

8654. 머리를 끊고 꼬리를 자른다. (去頭切尾)
(1) 지저분한 것은 버리고 중요한 것만 남겨 놓았다는
말. (2) 원인과 결과는 생략하고 내용만 말한다는 말.

8655. 머리를 긁으면서 거닐기만 한다. (搔首踟
躕)   〈詩經〉
아무리 생각해도 좋은 방법이 나지 않기 때문에 거닐
기만 한다는 뜻.

8656. 머리를 때리면 팔이 와서 막듯 한다.
(若手臂之扞頭目)   〈荀子〉
이해 관계(利害關係)가 같으면 같이 행동하게 된다는
뜻.

8657. 머리를 두드리며 사죄한다. (叩頭謝罪)
자신의 잘못을 진심으로 사죄한다는 뜻.

8658. 머리를 들고 얼굴을 대한다. (擧頭對面)
서로 맞바라보면서 만나고 있다는 뜻.

8659. 머리를 맞대고 회의를 한다. (鳩首會議:
鳩首凝議)
서로 가까이 모여서 의논한다는 뜻.

8660. 머리를 삶으면 귀도 익는다. (烹頭耳熟)
                          〈旬五志, 東言解〉
기본 문제(基本問題)를 해결하면 지엽적 문제(枝葉的
問題)는 저절로 해결된다는 뜻.

8661. 머리를 숙여 가며 굽신거린다.
저자세(低姿勢)로 대한다는 뜻.

8662. 머리를 쓰는 사람은 지배를 하게 되고 힘
을 쓰는 사람은 지배를 받게 된다. (勞心者治
人 勞力者治於人)   〈孟子〉
정신 노동(精神勞動)을 하는 사람이 육체 노동(肉體勞
動)을 하는 사람을 지배하게 된다는 말.

8663. 머리를 어디로 추켜들지를 모른다.
(擧頭何處)
머리를 추켜들고 나설 곳이 없다는 뜻.

8664. 머리만 보고 꼬리는 못 보았다. (顧頭不顧
尾)
전체를 다 봐야 할 것을 다 못 보고 중요한 데만 보
았다는 뜻.

8665. 머리 없는 놈 당기 치례하듯 한다.
(1) 본바탕이 좋지 않은 것을 치장만 지나치게 하여
오히려 흉하게 되었다는 뜻. (2) 실속이 없는 사람일수
록 겉치장만 한다는 뜻.

8666. 머리에 가마가 두 개면 두 번 장가간다.

옛날에는 장가 갈 때 가마를 타고 가는 것이 관례(慣例)였기 때문에 머리에 가마가 두 개이면 가마를 두 번 탈 징조라는 데서 나온 말.

8667. 머리에 딱지도 떨어지지 않았다.
배냇물이 말라 붙은 딱지도 아직 떨어지지 않은 어린 아이라는 뜻.

8668. 머리에 동이를 이고 하늘을 보는 격이다. (戴盆望天)
하늘을 보는 사람이 동이를 이고 보면 동이에 가리어 잘 볼 수 없듯이 방해물을 두고서 본다는 말.

8669. 머리에 분 물은 발꿈치까지 내려간다.
윗사람이 잘못한 일은 그 피해가 아랫 사람에게까지 미친다는 뜻.

8670. 머리에 쉬 슨 놈이다.
머리 쓰는 것이 몹시 우둔하다는 뜻.

8671. 머리에 피도 마르지 않았다.
머리에 해산했을 때 묻은 피도 아직 마르지 않은 어린 아이라는 말.

8672. 머리와 꼬리가 서로 어울린다. (首尾相應)
서로 서로 도와 가며 지낸다는 뜻.

8673. 머리와 꼬리가 서로 이어져 있다. (首尾相接)
서로 이어져서 끊이지 아니하였다는 뜻.

8674. 머리와 꼬리를 분별 못한다. (頭尾不辨)
(1) 아래위를 분별하지 못한다는 뜻. (2) 시작과 끝을 분별하지 못한다는 뜻.

8675. 머리와 발이 서로 딴 곳에 있다. (首足異處), (頭足異處) 〈史記〉,〈淮陰候傳〉
허리가 잘려서 두 동강이가 되었다는 뜻.

8676. 머리 위에 무쇠 두멍이 내릴 때가 멀지 않았다.
무쇠 두멍을 쓰고는 살 수 없듯이 죽을 때가 멀지 않다는 뜻. ※ 두멍 : 큰 가마솥.

8677. 머리카락 뒤에서 숨바꼭질을 하겠다.
(1) 도저히 되지도 않을 짓을 한다는 뜻. (2) 얕은 꾀로 남을 속이려고 한다는 뜻.

8678. 머리카락에 천근을 매단다. (一髮千釣)
도저히 되지 않을 무리한 짓을 한다는 뜻.

8679. 머리카락에 홈을 파겠다.
사람이 옹졸하여 하는 짓도 매우 인색하다는 뜻.

8680. 머리카락은 희어도 마음은 아직도 젊다. (髮知而心甚長) 〈春秋左傳〉
늙어서 백발이 되었어도 마음은 늙지 않고 있다는 뜻.

8681. 머리 큰 양반이요 발 큰 도둑놈이다.
옛날 양반들의 머리가 크다고 한 것은 관을 썼기 때문에 머리가 커 보인 것이며 도둑의 발이 크다는 것은 달음질을 잘한 데서 나온 말.

8682. 머리털같이 겨우 끊어지지 않고 있다. (不絶如髮)
서로 연계(連繫)가 거의 다 끊어져 가고 있다는 뜻.

8683. 머리털만큼도 움직이지 않는다. (毫髮不動)
조금도 움직이지 않고 그대로 있다는 뜻.

8684. 머리털은 빠져 짧으나 마음은 깊다. (髮短心長)
비록 늙기는 하였으나 생각하는 것은 신중히 한다는 뜻.

8685. 머리털을 베어 신발 삼는다.
어떤 수단을 써서라도 받은 은혜는 보답하겠다는 말.

8686. 머리털이 곤두서서 갓을 추켜든다. (髮衝冠), (髮盡上指冠) 〈駱賓王〉,〈史記〉
화가 몹시 나서 머리털이 갓을 추커들 정도로 되었다는 뜻.

8687. 머리털이 곤두선다. (豎毛)
몹시 흥분하였거나 몹시 무섭다는 뜻.

8688. 머리털이 누렇고 이가 든든하면 장수한다. (黃髮齯齒壽也) 〈爾雅釋詁〉
머리털 색이 누렇고 이가 든든한 사람은 오래 산다는 뜻.

8689. 머리털이 오싹한다.
몹시 무서워졌을 때 머리털이 오싹해진다는 말.

8690. 머뭇머뭇하면서 결정을 못한다. (遲疑)
무슨 일을 과단성있게 단행하지 못하고 우물우물하고만 있다는 뜻.

8691. 머슴보고 주인 속곳 묻는다.
자기가 알고 있어야 할 일을 엉뚱한 남에게 묻는다는 뜻.

8692. 머슴살이 삼 년에 주인 성도 모른다.
응당 알고 있어야 할 것도 모르고 지낸다는 말.

8693. 머슴살이 삼 년 하고 주인 성 묻는다.
응당 알아야 할 것을 무관심(無關心)하게도 모르고 있다는 뜻.

8694. 머슴은 삼 년을 묵혀 두지 말랬다.

부리는 사람을 오래 두고 부리게 되면 주인 성미도 잘 알게 되므로 꾀로만 일을 하려고 하고 일을 잘 안 하게 된다는 뜻.

8695. 머슴은 호미 쥐고 울고 아낙네는 부엌문 짚고 운다.

음 2월이 되어 농번기가 시작되면 머슴이나 아낙네들이 일할 것을 생각하고 운다는 뜻.

8696. 머슴을 살아도 부자집이 낫다.

같은 머슴을 살아도 부자집 머슴을 살면 먹고 입는 것이 낫다는 뜻.

8697. 머슴을 살아도 큰 집에서 살아야 한다.

같은 머슴을 살아도 부자집 머슴을 살면 대우가 다소라도 낫다는 뜻.

8698. 머슴이 강짜한다.

남의 집 머슴이 주인 마누라를 강짜하듯이 자기 분수 외의 짓을 한다는 뜻.

8699. 먹고 나니 또 친구다.

무슨 일을 하고 난 다음에 또 일이 생긴다는 뜻.

8700. 먹고 나니 친구가 또 있다.

무슨 일을 다하고 나서 보니까 빠진 것이 있다는 말.

8701. 먹고 나서야 금강산 구경도 한다. (食後金剛山)

금강산이 아무리 경치가 좋아도 굶주린 때에는 보고 싶지 않듯이 무슨 일이나 배가 부른 뒤에야 하고 싶은 의욕(意慾)이 생긴다는 말.

8702. 먹고도 굶어 죽는다.

(1) 안 되는 놈은 먹어도 굶어 죽는다는 뜻. (2)욕심을 많이 낸다고 일이 되는 것은 아니라는 뜻.

8703. 먹고도 맛을 모른다.

자기가 일을 하고도 내용을 모르고 있다는 뜻.

8704. 먹고 마시는 것을 밝히는 사람은 남들이 천하게 여긴다. (飮食之人 則人賤之矣)

먹을 것을 너무 밝히면 남들이 업신여긴다는 뜻.

8705. 먹고만 산다면 개도 산다.

먹고 사는 것만이 인간이 아니라 인간다운 짓을 해야 인간이라는 뜻.

8706. 먹고 사는 데만 급급한 사람은 천하게 여긴다. (飮食之人 則人賤之) 〈孟子〉

먹고 사는 데만 매여 사는 사람은 사람 구실을 못하게 되기 때문에 천대를 받게 된다는 뜻.

8707. 먹고 살기 위하여 벼슬하는 것은 아니다. (仕非爲貧)

벼슬을 하는 것은 자신의 의식주(衣食住)만을 해결하는 데 있는 것이 아니라 국가와 국민들을 위하여 봉사(奉仕)하는 데 있다는 말.

8708. 먹고 입는 것이 넉넉해야 영욕도 안다. (衣食足而知榮辱) 〈管子〉

먹고 입는 것에 걱정이 없어야 영화(榮華)와 치욕(恥辱)도 가리게 된다는 말.

8709. 먹고 자고 먹고 자는 식충(食虫)이도 제 복에 산다.

놀고 먹는 사람도 다 타고 난 제 복으로 산다는 말.

8710. 먹고 자는 것도 잊었다. (忘寢與食) 〈春秋左傳〉

몹시 골몰하여 먹고 자는 것까지도 잊고 있었다는 뜻.

8711. 먹고 자시고 할 것도 없다.

분량(分量)이 너무 적어서 어쩔할 도리가 없다는 뜻.

8712. 먹고 죽기.

기를 쓰고 열심히 먹는다는 뜻.

8713. 먹고 죽으나 굶어죽으나 죽기는 일반이다.

잘 살던 사람이나 못살던 사람이나 죽을 때는 다 마찬가지라는 뜻.

8714. 먹고 죽은 놈이 굶어죽은 놈보다 낫다.

고생하다 죽는 사람보다 편히 지내다 죽는 사람이 낫다는 뜻.

8715. 먹기는 김 서방이 먹고 주정은 이 서방이 한다.

이익을 본 사람은 가만히 있는데 구경한 사람어 좋아한다는 뜻.

8716. 먹기는 발장(撥長)이 먹고 뛰기는 말더러 뛰란다. (撥長食之 爾馬奚馳) 〈耳談續纂〉

실제 애쓴 사람은 아무런 보수를 받지 못하고 애도 쓰지 않은 사람이 이익을 차지한다는 뜻.

8717. 먹기는 배디(背的)가 먹고 뛰기는 파발(把撥) 말이 뛴다.

애는 남이 쓰고 거기서 나온 이익은 제가 차지한다는 뜻. ※ 배디 : 옛날 서신을 전하던 사람.

8718. 먹기는 아귀(餓鬼)같이 먹고 일은 장승같이 한다.

먹기는 많이 먹으면서도 일은 도무지 않는다는 뜻. ※아귀 : 굶주린 귀신.

8719. 먹기는 파발(把撥)이 먹고 뛰기는 역마(驛馬)가 된다.
수고한 사람은 아무런 보수도 받지 못하고 수고하지 않은 사람이 이익을 독차지하게 되었다는 뜻.

8720. 먹기는 홍중군(洪中軍)이 먹고 뛰기는 파발(把撥) 말이 된다.
수고하는 사람은 늘 수고만 하고 이익을 보는 사람은 따로 있다는 뜻. ※파발 말 : 옛날 공용으로 급행하는 사람이 타던 말.

8721. 먹기 싫어도 약과(藥菓) 먹게 생겼다.
죽기가 싫어도 죽게 되었다는 뜻.

8722. 먹기 싫은 나이만 먹는다.
아무 것도 한 것이 없이 나이만 점점 먹어 간다는 뜻.

8723. 먹기 싫은 밥에 재 뿌린다.
제가 먹기 싫다고 남도 못 먹게 심술을 부린다는 뜻.

8724. 먹기 싫은 음식은 개나 주지만 사람 싫은 것은 백년 원수다.
음식 먹기 싫은 것은 안 먹으면 되지만 보기 싫은 사람은 죽을 때까지 원수라는 뜻.

8725. 먹기 싫은 음식은 먹어도 보기 싫은 사람은 못 본다.
보기 싫은 사람과는 두번 다시 친해질 수 없다는 말.

8726. 먹는 개도 때리지 않는다.
아무리 잘못한 일이 있더라도 음식을 먹을 때에는 꾸짖거나 때리거나 해서는 안 된다는 뜻.

8727. 먹는 것과 여색에 염치가 없다. (營營食色無廉無恥) 〈晦齋全書〉
먹는 것과 여자를 몹시 밝힌다는 뜻.

8728. 먹는 것보다 더 큰 것은 없다. (食以爲大)
사람은 먹어야 살기 때문에 먹는 것이 가장 중요하다는 말.

8729. 먹는 것은 개같이 먹어도 잠자리는 가려 자랬다.
먹는 것보다 자는 것이 더 중요하다는 뜻.

8730. 먹는 것은 민중들의 근본이다. (食者民之本) 〈文子〉
민중들은 배 부르게 먹는 것을 으뜸으로 삼는다는 말.

8731. 먹는 것을 조절할 줄 모르면 수를 감수하게 된다. (飮食不知止 損壽) 〈旬五志〉
폭음하고 폭식하는 것은 건강에 가장 해롭기 때문에 음식을 잘 조절해야 건강하고 장수도 한다는 뜻.

8732. 먹는 것이 가장 소중하다. (以食爲天)
먹어야 살 수 있기 때문에 먹는 것이 가장 소중하다는 뜻.

8733. 먹는 데는 귀신이요 일하는 데는 등신이다.
먹을 상만 밝히고 일은 도무지 않는 사람을 보고 하는 말.

8734. 먹는 데는 귀신이요 일하는 데는 장승이다.
먹을 상만 밝히고 일은 전혀 하지 않는다는 말.

8735. 먹는 데는 남이요 궂은 일에는 일가다.
먹는 것이 생기면 남처럼 모르는 척하다가도 궂은 일이 생기면 일가들을 찾아가서 간청을 한다는 뜻.

8736. 먹는 데는 빠지지 않는다.
얻어 먹을 데만 있으면 빼놓지 않고 찾아다니며 얻어 먹는다는 말.

8737. 먹는 데는 앞장 서고 일하는 데는 뒷장 선다.
먹는 데는 남보다 더 밝히면서도 일하는 데는 이 핑계, 저 핑계 대면서 빠진다는 뜻.

8738. 먹는 데는 친구요 궂은 일에는 친척이다.
식도락(食道樂)하는 데는 친구가 좋고 궂은 일을 당했을 때는 친척이 좋다는 말.

8739. 먹는 데 빠져 본 일 없고 일하는 데 참견해 본 일 없다.
먹는 데는 찾아다니며 꼭 얻어 먹어도 일하는 데는 한 번도 참가하지 않고 먹고 놀기만 한다는 뜻.

8740. 먹는 속은 꽹과리 속이다.
먹을 것을 몹시 밝혀 먹기를 일삼는다는 뜻.

8741. 먹는 장사는 풍흉(豐凶)이 없다.
음식점은 풍년이나 흉년이나 항상 잘 팔린다는 말.

8742. 먹는 장사는 흉년을 타지 않는다.
음식점은 풍년이나 흉년이나 불황(不況)이 없다는 말.

8743. 먹다가 굶어죽겠다.
아무리 먹어도 배가 불러지는 음식이 아니라는 말.

8744. 먹다가 보니 개떡 수제비다.
아무것도 모르고 좋아하다가 정신차려 보니까 변변치 않은 것이라는 말.

8745. 먹다가 볼 일도 못 본다.
먹는 일에 골몰하여 할 일도 못 보게 되었다는 말.

8746. 먹다 남은 밥이다.
있으나 마나 한 존재라는 뜻.

8747. 먹다 남은 술에 식은 안주다.
(1) 잔치가 이미 끝나듯이 기회를 잃었다는 뜻.
(2) 푸대접을 받았다는 뜻.

8748. 먹다 남은 죽은 오래 못 간다.
탐탁하지 않은 것은 있어도 쓸모가 없다는 뜻.

8749. 먹다 죽은 대장부나 밭갈이하다 죽은 소나 죽기는 일반이다.
잘 먹고 살던 사람이나 고생만 하던 사람이나 죽기는 매일반이라는 뜻.

8750. 먹다 판난다.
식도락(食道樂)만 하다가 패가(敗家)한다는 뜻.

8751. 먹던 술도 떨어진다.
늘 하는 숟가락질도 하다가 떨어뜨릴 때가 있듯이 능숙한 일도 하다가 실수할 수 있으니 조심하라는 뜻.

8752. 먹돌도 뚫으면 구멍 난다.
아무리 굳은 돌이라도 뚫으면 구멍이 나듯이 꾸준히 노력하면 성공할 수 있다는 뜻.

8753. 먹성 좋은 소가 부리기도 좋다.
소나 사람이나 먹성이 좋아야 건강하기 때문에 일도 잘할 수 있다는 뜻.

8754. 먹어도 마르기만 한다.
마른 사람은 잘 먹어도 살이 쪄지지 않는다는 말.

8755. 먹어도 맛을 모른다. (食而不知其味) 〈大學〉
마음이 불안정할 때는 음식 맛도 모르게 된다는 말.

8756. 먹어도 살로 안 간다.
걱정이 너무 많아서 먹어도 마르기만 한다는 뜻.

8757. 먹어 보지도 않고 맛없다고 한다.
내용도 모르고 경험도 없는 사람이 우겨 대기만 한다는 뜻.

8758. 먹어야 산다.
먹고 살 수 있는 직장이 있어야 한다는 뜻.

8759. 먹어야 양반 노릇도 한다.
배가 고프면 그 좋은 양반 노릇도 못하게 되기 때문에 배를 곯지 말아야 사람 구실도 할 수 있다는 뜻.

8760. 먹어야 체면도 지킨다.
굶주리게 되면 체면도 지키지 못하게 된다는 말.

8761. 먹으라면 개도 똥을 안 먹는다.
평소에 하던 짓도 남이 시키면 아니한다는 말.

8762. 먹으려고 해도 먹을 수가 없다. (食之不可食) 〈荀子〉
먹고는 싶어도 먹을 수 없는 사정이라는 뜻.

8763. 먹으면서도 맛을 모른다. (食而不知其味) 〈大學〉
(1) 내용도 모르고 행동만 기계적으로 한다는 뜻.
(2) 정신을 차리고 행동을 해야 내용을 알게 된다는 뜻.

8764. 먹은 개는 짖지 않는다.
뇌물(賂物)을 먹으면 말을 못 하게 된다는 뜻.

8765. 먹은 것도 삭이기를 잘해야 한다.
뇌물(賂物)은 받아도 이것을 잘 소화시키지 못하면 탈이 난다는 뜻.

8766. 먹은 놈이 똥도 싼다.
(1) 빚도 진 사람이 갚아야 한다는 뜻. (2) 죄도 지은 사람이 벌을 받게 된다는 뜻.

8767. 먹은 소가 똥도 싼다.
(1) 잘못한 사람이 그에 대한 벌도 받게 된다는 뜻.
(2) 빚을 진 사람이 그 빚도 갚게 된다는 뜻.

8768. 먹은 죄는 꿀종지도 하겠다.
먹은 죄는 없다는 말.

8769. 먹은 죄는 없다.
굶주린 사람이 설령 남의 것을 먹었다 할지라도 이것은 죄로 벌 주지 않는다는 뜻.

8770. 먹은 죄는 종지도 하겠다.
먹은 죄는 없다는 뜻.

8771. 먹을 가까이하면 검어진다. (近墨者黑), (附墨者黑) 〈松南雜識〉, 〈負令者傳〉
나쁜 사람과 친하게 되면 다같이 나쁜 사람이 된다는 말.

8772. 먹을 것만 보면 사지(四肢)를 못 쓴다.
먹는 것에만 눈이 어두워져 다른 생각은 조금도 않고 먹을 것만 생각한다는 뜻.

8773. 먹을 것만 보면 세 치 앞도 못 본다.
먹을 것에 환장(換腸)을 하여 다른 생각은 조금도 못한다는 뜻.

8774. 먹을 것 없는 제사에 절만 한다.
아무런 소득(所得)도 없는 일에 수고만 많이 했다는 뜻.

8775. 먹을 것을 탐내고 재물을 탐낸다. (貪食貪財 : 貪食昌財) 〈春秋左傳〉
먹을 것과 재물을 다 탐 낸다는 뜻.

347

8776. 먹을 것이 없어서 귀까지 먹었나 ?
　　귀 먹은 사람을 조롱(嘲弄)하는 말.

8777. 먹을 때는 귀신이요 일할 때는 굼벵이다.
　　먹는 것만 밝히고 일은 게으르게 한다는 뜻.

8778. 먹을 때는 적어야 하고 일할 때는 많아야
　　한다.
　　먹는 것은 약간 적게 먹는 것이 좋고 일은 많이 하는
　　것이 좋다는 말.

8779. 먹을 때는 친구도 잊는다.
　　굶주렸을 때는 먹는 데 정신이 없다는 말.

8780. 먹을 떡에도 살 박아 먹으랬다.
　　곧 먹어 없앨 떡에도 떡살을 찍어 보기 좋게 해서 먹
　　듯이 무슨 일이나 이왕 할 바에야 보기 좋게 하라는
　　뜻.

8781. 먹을 상 밝히면 얕보인다.
　　먹는 데 너무 밝히면 인격적으로 무시를 당한다는 말.

8782. 먹을수록 냠냠이요 줄수록 양양이다.
　　점점 대우를 잘해 줄수록 교만해진다는 말.

8783. 먹을 콩으로 안다.
　　아무나 만만히 보고 함부로 덤빈다는 뜻.

8784. 먹을 콩으로 알고 덤빈다.
　　(1) 만만히 여기고 함부로 덤빈다는 말. (2) 먹지도 못
　　할 것을 먹어 보겠다고 대든다는 말.

8785. 먹이를 탐내는 고기는 잡힌다.
　　사람도 뇌물을 탐내다가는 신세를 망친다는 말.

8786. 먹이면서 사랑하지 않는 것은 돼지로 대접
　　하는 것이다. (食而弗愛豕交之)　　〈孟子〉
　　자기 부하를 사랑하지 않는 것은 돼지로 대접하는 것
　　과 다름이 없다는 뜻.

8787. 먹이 좋아하는 고기가 잡힌다.
　　뇌물(賂物)을 좋아하다가는 신세를 망치게 된다는 뜻.

8788. 먹인 개에게 물린다.
　　남의 은혜를 받고도 보은(報恩)은 고사하고 도리어 해
　　친다는 말.

8789. 먹자는 놈 못 당한다.
　　먹는 것을 보고 달라는 사람은 안 줄 수 없다는 뜻.

8790. 먹자는 놈하고 하자는 놈은 못 당한다.
　　있는 것을 보고 떼쓰는 사람은 안 줄 수가 없다는
　　뜻.

8791. 먹잘 것 없는 닭갈비다.

보기에는 그럴 듯하면서도 실속이 없다는 뜻.

8792. 먹잘 것 없는 음식이 뜨겁기만 하다.
　　쓸모가 한 가지도 없다는 말.

8793. 먹잘 것 없는 음식이 맵기만 하다.
　　한 가지만 나쁜 것이 아니라 모두가 나쁘다는 뜻.

8794. 먹잘 것 없는 잔치가 소문만 났다.
　　아무 실속도 없는 일이 소문만 크게 났다는 뜻.

8795. 먹잘 것 없는 잔치에 말만 많다.
　　아무 소득도 없는 일에 말썽만 많다는 뜻.

8796. 먹잘 것 없는 제사에 밤잠만 못 잔다.
　　아무 소득(所得)도 없는 일에 헛수고만 한다는 뜻.

8797. 먹잘 것 없는 제사에 절만 한다.
　　아무 실속없는 일에 수고만 한다는 뜻.

8798. 먹잘 것 없이 일만 바쁘다. (食少事煩)
　　　　　　　　　　　　　　　　　　〈三國志〉
　　실속없는 일이 바쁘기만 하다는 뜻.

8799. 먹장 갈아 부은 듯하다.
　　어떤 빛깔이 몹시 검은색으로 이루어졌다는 뜻.

8800. 먹줄로 굽고 곧은 것을 밝히듯 한다.
　　(繩墨之於曲直)　　　　　　　　　〈荀子〉
　　법이나 도덕으로 옳고 그른 것을 밝힌다는 뜻.

8801. 먹줄로 그으면 굽고 곧은 것을 속이지 못
　　한다. (繩墨誠陳矣 則不可欺以曲直)
　　　　　　　　　　　　　　　　　〈禮記, 荀子〉
　　법으로 다스리면 옳고 그른 것이 밝혀진다는 뜻.

8802. 먹줄질을 하는 것은 꼿꼿하지 못하기 때문
　　이다. (繩墨之起 爲不直也)　　　〈荀子〉
　　무슨 일이나 일을 한다는 것은 잘 안 되는 일을 잘 되
　　게 하기 위하여 한다는 뜻.

8803. 먹줄처럼 곧다. (繩直)
　　먹줄을 친 것같이 쭉 곧다는 뜻.

8804. 먹줄 친 것 같다.
　　무슨 물건이 곧 바르게 되었다는 뜻.

8805. 먹줄 친 듯 두부모 자른 듯하다.
　　무슨 물건이 곧고 똑 바르다는 뜻.

8806. 먹지도 못하는 버섯이 봄부터 난다.
　　되지 못한 것이 일찍부터 싸다닌다는 말.

8807. 먹지도 못하는 버섯이 탐스럽기는 하다.
　　되지 못한 것이 겉모양은 아름답게 치장한다는 뜻.

8808. 먹지도 못하는 열매가 많이 열린다.
(不食木 多着實) 〈靑莊舘全書〉
착한 사람보다 악한 사람이 더 번성된다는 뜻.

8809. 먹지도 못하는 제사에 절만 죽도록 한다.
아무런 소득도 없는 일에 수고만 한다는 뜻.

8810. 먹지 못하는 감 찔러나 본다.
자신이 못 가질 바에야 심술이나 부린다는 말.

8811. 먹지 못하는 밥에 재나 뿌린다.
기대에 어긋났을 때는 심술이나 부린다는 말.

8812. 먹지 못하는 풀이 오월에 겨우 난다.
되지도 못한 것이 게다가 동작까지 느리다는 뜻.

8813. 먹지 않겠다고 침 뱉은 우물 다시 먹는다.
두 번 다시 보지 않을 것처럼 하고도 뒷날 또 가서 사정한다는 뜻.

8814. 먹지 않는 씨아가 소리는 크다.
(1) 못난 사람일수록 잘난 체하고 큰 소리를 한다는 뜻.
(2) 아무것도 모르면서 아는 척하고 떠든다는 뜻.

8815. 먹지 않는 종이요 질투하지 않는 아내다.
(不食奴 不妬妻) 〈東言解〉
(1) 종은 많이 먹는 것이고 아내는 질투하는 것인데 실제와 반대된다는 뜻. (2) 이상적(理想的)인 대상이라는 뜻.

8816. 먹지 않으면 맛도 모른다.
무슨 일이나 직접 해봐야 그 내용도 잘 알게 된다는 말.

8817. 먹지 않은 약이 효력 있을까?
무슨 일이나 원인이 있어야 결과도 있다는 말.

8818. 먼 것을 듣고 볼 수 있는 귀와 눈이다.
(飛耳長目)
여론을 널리 듣고 긴 안목(眼目)을 가지고 있다는 말.

8819. 먼 계획을 가지고 깊이 생각한다. (遠謀深慮)
원대한 계획을 수립하고 신중히 일을 한다는 뜻.

8820. 먼 곳에 사는 친척이 가까운 이웃만 못하다. (遠親不如近隣) 〈益智書〉
친척이라도 먼 데 살고 있으면 이해관계가 많은 이웃 사람만 못하게 된다는 뜻.

8821. 먼 곳에 있는 물은 가까운 곳의 불을 끄지 못하고 먼 데 사는 친척은 가까운 이웃만 못하다. (遠水不救近火 遠親不如近隣)〈益智書〉
아무리 좋은 것이라도 먼 데 있는 것은 소용이 없다

는 뜻.

8822. 먼 곳에 있는 물은 가까운 곳의 불을 끄지 못한다. (遠水不救近火) 〈益智書〉
아무리 좋은 것이라도 가까운 곳에 없으면 필요할 때 못 쓰게 된다는 뜻.

8823. 먼 길 가는 데는 눈썹 하나도 무겁다.
먼 길 가는 데는 짐은 가지고 다니지 말라는 뜻.

8824. 먼 길 가는 사람은 눈썹 하나만 빼고 가도 낫다.
먼 길을 가는 나그네는 길 짐이 가벼워야 한다는 뜻.

8825. 먼 길을 가려면 반드시 가까운 곳에서 시작한다. (行遠必自邇) 〈中庸〉
먼 길을 가려면 가장 가까운 곳에서 출발하듯이 일은 가까운 곳에서 시작해야 한다는 뜻.

8826. 먼 길을 가자니 더욱 멀어진다. (連行殊遠)
〈史記〉
먼 길을 가게 되면 지쳐서 점점 더 멀어지게 된다는 뜻.

8827. 먼 길을 떠나는 사람은 여비가 있어야 한다. (行者必而贐) 〈孟子〉
먼 여행(旅行)을 하는 사람은 여비가 넉넉하지 않으면 목적을 달성하기가 어렵다는 뜻.

8828. 먼 따오기는 귀하게 여기고 가까운 닭은 천하게 여긴다. (貴鵠賤雞)
세상 사람들의 심정은 먼 데서 생산되는 것은 귀하게 여기고 가까운 곳에서 생산되는 것은 천하게 여긴다는 말.

8829. 먼 데 것은 잘 알아도 가까운 것은 잘 모른다. (知遠而不知近)
가까운 데 것을 잘 알고 먼 데 것을 잘 모르는 것이 순서인데 순서가 바뀌었다는 뜻.

8830. 먼 데 것을 얻으려고 가까운 것을 버린다. (捨近取遠)
가까운 것을 버리고 먼 데 것을 얻으려듯이 일의 차례나 순서를 뒤바꾼다는 뜻.

8831. 먼 데 단 냉이보다 가까운 데 쓴 냉이가 더 낫다.
말로만 좋다고 하는 먼 데 있는 것보다는 그만 못하더라도 가까이 있는 것이 손에 넣을 수 있기 때문에 낫다는 뜻.

8832. 먼 데 삼촌보다 이웃 사촌이 낫다.
이웃 사람이 먼 데 사는 친척보다 유대 관계가 더 크

다는 말.

8833. 먼 데서 흘러오는 냇물은 가뭄을 타지 않는다.(源遠之水 旱而不渴)
수원(水源)이 많은 물은 가뭄을 타지 않듯이 밑천이 풍부하면 곤란을 받지 않는다는 뜻.

8834. 먼 데 의원이 더 용하다고 한다.
가까운 소문보다 먼 데 소문을 더 믿게 된다는 뜻.

8835. 먼 데 있는 무당이 용하다고 한다.
가까운 소문보다 먼 데 소문이 더 미더워진다는 뜻.

8836. 먼 데 있는 물로는 가까운 곳 해갈을 못 시킨다.(遠水不解近渴)
아무리 좋은 것이라도 먼 데 있는 것은 소용이 없다는 뜻.

8837. 먼 데 있는 사람은 모여들고 가까이 사는 사람은 편안하게 산다.(遠至邇安)〈春秋左傳〉
정치적으로 안정되고 경제적으로 부유하기 때문에 이민 오는 사람도 많고 국민들은 모두 편안하게 생활한다는 뜻.

8838. 먼 데 있는 사람은 생각하지 말라.(無思遠人)〈詩經〉
먼 데 있는 사람과는 서로 접촉할 도리가 없기 때문에 차라리 단념하는 것이 낫다는 뜻.

8839. 먼 데 점장이가 더 영(靈)하다.
늘 보던 것보다는 새롭고 신기(新奇)한 것을 더 좋아한다는 뜻.

8840. 먼 사촌보다 가까운 이웃이 낫다.
먼 데 사는 사촌보다는 가까운 이웃이 이해 관계가 더 많기 때문에 낫다는 말.

8841. 먼 산만 보고 말 채찍질을 하면 말 죽는지도 모른다.(望山跑死馬)
하는 일에 정신을 쓰지 않고 딴 생각을 하다가는 실패하게 된다는 말.

8842. 먼 염려가 없으면 반드시 가까운 근심이 있다.(人無遠慮 必有近憂)〈論語〉
무슨 일을 예견성(豫見性) 있게 마련하지 않는 사람은 그 일이 잘 될 리 없기 때문에 걱정을 하게 된다는 뜻.

8843. 먼 일가보다 가까운 이웃이 낫다.(遠族近隣)〈旬五志〉
먼 곳에 있어서 서로 왕래도 못하는 친척보다는 이해 관계가 많은 이웃이 낫다는 말.

8844. 먼저 거칠게 성을 내면 자신만 해치게 된다.(先暴怒 能自害)〈童蒙訓〉
성을 잘 내는 사람은 항상 자신만 손해 보게 된다는 뜻.

8845. 먼저 건너가는 사람에게는 상이 있어야 한다.(先濟者有賞)〈春秋左傳〉
낯선 곳에 행군할 때 강을 먼저 건너가는 사람에게는 상을 주어 사기를 돋워 주어야 한다는 뜻.

8846. 먼저 것은 잊고 후의 것은 잃었다.(先忘後失)
정신이 없어서 무슨 일이나 잘 잊어 버린다는 말.

8847. 먼저 꼬리 친 개가 나중에 먹는다.(先掉尾後知味)〈洌上方言〉
무슨 일이나 먼저 서두르는 사람이 뒤떨어지게 된다는 말.

8848. 먼저 공사(公事)를 하고 난 다음에 사사(私事)를 해야 한다.(先公後私)
공사를 먼저 수행하고 난 다음에 사사를 집행해야 한다는 말.

8849. 먼저 난 머리보다 나중에 난 뿔이 무섭다.
젊은 사람이 나이 많은 사람보다 우수하다는 뜻.

8850. 먼저 따 먹는 놈이 임자다.
임자 없는 물건은 먼저 차지하는 사람의 것으로 된다는 뜻.

8851. 먼저 들은 말이 아직도 귀에 남아 있다.(言猶在耳)
말을 들은 지가 얼마 되지 않아 잘 기억하고 있다는 뜻.

8852. 먼저 말한 다음에 실행한다.(先聲後實)〈史記〉
어떻게 일을 하겠다고 말한 다음에 그대로 실행한다는 뜻.

8853. 먼저 먹는 것이 장땡이다.
먹을 것이 있으면 먼저 먹는 것이 유리하다는 뜻.

8854. 먼저 먹은 후 답답이다.
(1) 남보다 먼저 먹고 나면 남이 먹을 때 먹고 싶다는 뜻. (2) 욕심을 내어 남보다 먼저 하려다가는 도리어 실패한다는 뜻.

8855. 먼저 발등의 불을 끄고 봐야 한다.
당장 급한 일부터 먼저 해야 한다는 뜻.

8856. 먼저 배 탄 놈이 나중에 내린다.

(1) 한 번 좋으면 한 번 나쁜 때가 있다는 뜻.

(2) 일을 서두르는 사람이 도리어 떨어진다는 뜻.

8857. 먼저 세운 공이 아깝다. (前功可惜 : 先功可惜)

조금 되어 가던 일이 실패로 돌아가게 되었다는 말.

8858. 먼저 소문을 퍼뜨려 남의 기를 꺾는다. (先聲奪人)

선전술(宣傳術)로 남을 먼저 꺾는다는 뜻.

8859. 먼저 안 다음에 실행한다. (先知後行) 〈中庸〉

무슨 일이든지 먼저 분명히 안 다음에 집행해야 이루어진다는 뜻.

8860. 먼저 장부에 기장한 다음에 내주어야 한다. (先置簿 後出給)

재물을 취급할 때는 반드시 장부에 기록한 다음에 주어야 한다는 말.

8861. 먼저 폐스러움을 말하고 그 폐스러움을 바로 잡아야 한다. (說弊救弊)

폐스러운 것이 있을 때는 이것을 충고하여 시정하도록 해야 한다는 뜻.

8862. 먼지가 쌓이고 때가 끼듯 썩은 정치다. (塵垢粃糠) 〈莊子〉

바로 잡을 수 없도록 부패(腐敗)된 정치라는 뜻.

8863. 먼지는 쓸어도 쌓인다.

원체 많은 것은 없애도 자꾸 생기게 된다는 뜻.

8864. 먼지도 쌓이면 산이 된다. (積塵成山 : 塵合泰山)

작은 것도 많아지면 질이 변하여 큰 것으로 된다는 뜻.

8865. 먼지와 욕심은 쌓일수록 더럽다.

욕심이 많은 사람은 행동이 얌전하지 못하다는 말.

8866. 먼지 털어 안 나는 사람 없다.

누구든지 등을 쳐서 먼지 안 나는 사람이 없듯이 누구에게나 잘못은 다 있다는 뜻.

8867. 먼지 털음 한다.

(1) 오랜 만에 갓과 옷의 먼지를 털어 입고 외출을 한다는 말. (2) 온 집안 대청소를 한다는 말.

8868. 멀리 나갈수록 아는 것이 더 적어진다. (其出彌遠 其知彌少) 〈老子〉

가까울수록 알기가 쉽고 멀수록 알기가 어려워진다는 뜻.

8869. 멀리 떨어져 있어도 이웃에 있는 것 같다. (天涯如比隣)

비록 멀리 떨어져 있을지라도 이웃에 있는 것같이 지낸다는 뜻.

8870. 멀리 돌아 가게 된 길은 지름길로 가야 한다. (以迂爲直) 〈孫子〉

멀리 돌아 가는 길을 질러 가지 않으면 시간과 노력을 낭비하여 불리하게 된다는 뜻.

8871. 멀리 사는 이웃보다 가까이 사는 이웃이 낫다.

형제간에도 원체 멀리 살면 오가지 못하기 때문에 이해관계가 이웃이 더 크다는 뜻.

8872. 멀리 살면 정도 멀어진다.

서로 멀리 살면서 접촉이 없게 되면 있던 정도 멀어지게 된다는 뜻.

8873. 멀리 사는 사람은 덕으로 감싸야 한다. (懷遠以德) 〈春秋左傳〉

이웃 나라와 대적(對敵)되고 있을 경우에는 먼 나라와는 덕으로 포섭해야 한다는 뜻.

8874. 멀쩡한 귀머거리다. (青聾)

들을 수 있으면서 귀머거리 행세를 한다는 뜻.

8875. 멀쩡한 미치광이다. (青狂)

미치지 않은 사람이 미친 사람 행세를 한다는 뜻.

8876. 멀쩡한 불한당(不汗黨)이다. (裏面可汗黨)

멀쩡하게 남의 재물을 강탈하는 짓이라는 뜻.

8877. 멀쩡한 장님이다. (青盲)

겉으로 봐서는 장님같지 않은 장님이듯이 겉으로는 멀쩡하면서도 실제로는 병신이라는 뜻.

8878. 멋 모르고 덤비다가 큰 코 다친다.

무슨 일을 내용도 모르고 서두르다가는 큰 낭패를 보게 된다는 뜻.

8879. 멋 모르고 한 번 속지 두 번 속을까?

남에게 속는 것도 한 번 속지 그 다음부터는 속지 않는다는 뜻.

8880. 멋 모르는 국 뜨거운 줄 모른다.

내용을 모르는 일에 함부로 참견하다가는 큰 실수를 하게 된다는 뜻.

8881. 멋 모르는 국에 덴다.

내용도 모르고 함부로 덤비다가는 큰 실패를 하게 된다는 뜻.

8882. 멋 모르고 뛰어든다.

무서운 줄 모르고 함부로 아무 일에나 뛰어든다는 뜻.

8883. 멍에 치어 중(僧) 서방질 한다.

너무 멋을 부리다가 나중에는 몸까지 망치게 되었다는 뜻.

8884. 멍군하면 장군한다.

양편 실력이 비등하여 승부가 나지 않는다는 뜻.

8885. 멍석 구멍에 새앙쥐 눈 뜨듯 한다.

몹시 겁이 나서 어쩔 줄 모르고 살금살금 눈치만 본다는 뜻.

8886. 멍에를 벗었다.

일에 매여서 꼼짝도 못하다가 벗어나서 자유롭게 되었다는 뜻. ↔ 멍에를 씌웠다.

8887. 멍에를 씌웠다.

자유를 박탈하고 활동을 제어(制御)한다는 뜻. ↔ 멍에를 벗었다.

8888. 멍이 들었다.

(1) 상처를 입게 되었다는 뜻. (2) 일이 속으로 탈이 생겼다는 뜻.

8889. 멍이야 장이야 한다.

장기의 승부도 없고 옳고 그름도 분간할 수 없는 처지에 있다는 뜻.

8890. 멍청이 일하는 것은 똑똑한 놈 군잠만도 못하다.

멍청하게 하는 일은 차라리 않는 것만 못하다는 뜻.

8891. 멍하니 제 정신을 잃고 있다. (茫然自失 : 呆然自失)

정신을 잃고 멍하니 허수아비마냥 가만히 있다는 뜻.

8892. 메고 나가면 가마요 들고 나가면 등불이다.

(1) 가마는 메는 것이고 등불은 들고 다니는 것이라는 뜻. (2) 사람은 환경에 따라 무슨 일이나 하게 된다는 뜻.

8893. 메고 나면 상둣군이요 들고 나면 초롱군이다.

사람은 환경에 따라 무슨 일이라도 할 수 있다는 뜻. ※ 상둣군 : 상여를 메는 사람. 초롱군 : 장가 가는 데 초롱 들고 가는 사람.

8894. 메고 난 상둣군이다.

사람은 환경에 따라 천한 일도 할 수 있다는 뜻.

8895. 메기가 눈은 작아도 저 먹을 것은 안다.

아무리 미련한 사람이라도 저에게 유리한 것은 잘 알아본다는 말.

8896. 메기 나래에 비늘이 있겠다.

메기 몸에는 본시 비늘이 없고 다시 생겨날 리가 없듯이 도저히 안 될 일이라는 뜻.

8897. 메기 잔등에 뱀장어 넘어가듯 한다.

미끄러운 메기 잔등이에 미끄러운 뱀장어가 넘어가듯이 쉽게 슬쩍한다는 뜻.

8898. 메뚜기도 오뉴월이 한철이다.

(1) 누구에게나 전성기(全盛期)는 있다는 뜻. (2) 누구나 다 전성기가 너무 짧다는 뜻.

8899. 메로 새알 치기다.

간단히 해결할 수 있는 일을 크게 벌인다는 뜻.

8900. 메밀 떡 굿에 쌍장구 친다. (大麥餠兩缶)
〈旬五志〉

(1) 분수(分數)에 넘치는 짓을 한다는 뜻. (2) 격에 맞지 않는다는 뜻.

8901. 메밀도 굴러가다가 서는 모가 있다.

(1) 오래 두고 끌던 일도 마무리 될 때가 있다는 뜻. (2) 순한 사람도 화낼 때가 있다는 뜻.

8902. 메밀도 흉년에는 한몫이다.

흉년에는 하찮은 메밀도 귀중한 식량 구실을 하게 된다는 뜻.

8903. 메밀 섬에 새앙쥐 엉기듯 한다.

이권 문제로 사람들이 많이 모여든다는 뜻.

8904. 메밀 섬에 쥐 모이듯 한다.

이권(利權)을 보고 모리배(謀利輩)들이 많이 모여든다는 뜻.

8905. 메밀을 뿌렸으면 좋겠다.

다시는 못 오게 했으면 좋겠다는 뜻. ※ 악귀를 못 오게 하기 위하여 메밀을 뿌리던 풍속에서 나온 말.

8906. 메밀이 세 모라도 한 모는 쓰인다.

변변치 않은 사람도 어느 때는 쓰일 때가 있다는 뜻.

8907. 메주로 뭉쳐도 그보다는 낫겠다.

얼굴이 몹시 못생겨서 메주로 주물러 만든 것만도 못하다는 뜻.

8908. 메주로 뭉쳐 만든 것 같다.

메주로 뭉쳐서 만든 것같이 얼굴이 못생겼다는 말.

8909. 메추라기는 일정한 잠자리가 없다. (鶉居而鷇處) 〈莊子〉

메추라기가 잠자리를 걱정하지 않듯이 잘난 사람은 의식주(衣食住)에 무관심하다는 뜻.

8910. 메추라기 한 마리로 열 두 상에 놓는다.
(1) 살림을 알뜰하게 한다는 뜻. (2) 일을 요령있게 한다는 뜻.

8911. 메추리가 붕(鵬)을 비웃는다.
못난 놈이 잘난 사람을 비웃는다는 뜻.
※ 붕: 한번에 구만 리를 날으는 상상상(想像上)의 새.

8912. 메치나 둘러치나 매 한가지다.
무슨 일을 이렇게 하나 저렇게 하나 결과는 같다는 뜻.

8913. 멧돝 잡으러 갔다가 집돝 범에게 물려 보낸다.
먼 데 것을 욕심내다가 가까운 데 것을 잃어 손해를 보게 되었다는 말.

8914. 멧돝 잡으려다가 집돝 잃는다. (捉山猪 失家猪) 〈松南雜識〉,〈旬五志〉
분수 밖의 욕심을 내다가는 도리어 손해만 보게 된다는 뜻.

8915. 멧돼지도 뒷간에 빠져 죽는다. (野彘卒入厠) 〈史記〉
멧돼지처럼 함부로 뛰어다니다가는 하찮은 일로 큰 실패를 하게 된다는 뜻.

8916. 멧돼지처럼 함부로 덤빈다. (猪突稀勇) 〈漢書〉
멧돼지마냥 저 죽을지도 모르고 아무 데나 함부로 덤빈다는 뜻.

8917. 며느리가 늙어서 시어머니 된다. (婦老爲姑) 〈東言解〉
나이가 어리다고 업신여겨서는 안 된다는 뜻.

8918. 며느리가 늙어 시어미 되니 시어미 티 더 한다. (婦老爲姑 靡不効尤) 〈耳談續纂〉
남에게 학대받던 사람이 좀 높은 지위에 오르게 되면 아랫 사람을 더 학대하게 된다는 말.

8919. 며느리가 미우면 걸어가는 발 뒤축이 달걀 같다고 한다. (婦無可短 踵如雞卵) 〈耳談續纂〉
보기 싫은 사람은 공연히 트집을 잡아 억지로 흉을 만든다는 뜻.

8920. 며느리가 미우면 손자도 밉다.
하나가 미우면 따라서 미워진다는 뜻.

8921. 며느리가 미우면 웃는 것도 밉다.
미운 사람은 그가 잘해 주는 것까지도 미워진다는 뜻.

8922. 며느리가 시어머니 되면 시어머니 노릇을 더 한다.
고생해 본 사람이 잘 되면 남의 어려운 사정을 더 몰라준다는 뜻.

8923. 며느리가 시어머니 된다.
지위는 낮은 데서부터 차차 높아지게 된다는 말.

8924. 며느리 간선을 하려면 먼저 그 어머니 선을 보라.
딸은 그 어머니를 닮게 된다는 말.

8925. 며느리감을 보려면 그 어머니를 먼저 보랬다.
처녀 어머니의 행동을 보면 그 딸의 행동도 짐작할 수 있다는 말.

8926. 며느리 구박은 아이 엉덩이 보고 안다.
시어머니에게 구박을 받는 며느리는 그 분풀이를 아이에게 하기 때문에 아이 엉덩이만 봐도 안다는 말.

8927. 며느리 구박하는 시어머니 잘 되는 것 못 보았다.
며느리를 구박한 시어머니는 늙어서 그 며느리에게 대접을 잘 받지 못하게 된다는 뜻.

8928. 며느리는 감자 밭 매이고 딸은 무우밭 매인다.
시어머니가 며느리는 학대하고 딸은 우대한다는 뜻.

8929. 며느리는 눈으로 고르지 말고 귀로 고르랬다.
며느리는 겉만 보고 고르지 말고 떠도는 소문을 듣고 고르는 것이 낫다는 말.

8930. 며느리는 데리고 살아도 딸은 데리고 못 산다.
한번 출가했던 딸은 한집에서 같이 살기가 어렵다는 뜻.

8931. 며느리는 미워도 손자는 귀엽다.
시어머니가 며느리는 미워해도 그가 난 손자는 귀여워한다는 말.

8932. 며느리는 부엌에서 얻어야 한다.
며느리는 음식 솜씨가 좋아야 한다는 말.

8933. 며느리는 시어머니를 봉양하는 사람이다. (婦養姑者也) 〈春秋左傳〉
며느리는 시어머니를 잘 모셔야 할 책임이 있다는 뜻.

8934. 며느리는 종신 식구다.
며느리는 죽을 때까지 함께 살 식구이기 때문에 잘 데리고 살아야 한다는 뜻.

353

8935. 며느리는 처음 데려와서 가르쳐야 한다.
（教婦初來）　　　　　　　　　〈陸宣公〉
며느리는 데려와서 바로 자기 집 가풍(家風)에 맞도
록 가르쳐야 한다는 뜻.

8936. 며느리도 늙으면 시어미 된다.
며느리는 시어머니 사정을 잘 알아서 모시도록 하라
는 뜻.

8937. 며느리들 싸움이 형제 싸움 된다.
동서간의 사이가 나쁘면 형제간에도 우애가 나빠지게
된다는 말.

8938. 며느리 베 짜는 데는 찰밥 주고 딸이 베
짜는 데는 콩 볶아 준다.
며느리는 겉으로만 잘해 주는 척하고 딸은 실속있게
해 준다는 뜻.

8939. 며느리 발톱을 잘라 낸 닭 같다. （如距之
斯脫）
가장 중요한 부분을 다쳐서 병신이 되었다는 뜻.

8940. 며느리 사랑은 시아버지 사랑이요 사위 사
랑은 장모님 사랑이다.
며느리를 가장 사랑하는 것은 시아버지고 사위를 가
장 사랑하는 것은 장모님이라는 말.

8941. 며느리 상청(喪廳)에서도 떡웃지짐이 제일
이다.
먹는 데만 정신이 있어서 어떤 환경에서나 맛있는 음
식만 골라 먹는다는 뜻.　※떡웃지짐 : 제삿떡 위에
얹은 지짐떡.

8942. 며느리 새움에 발꿈치 희어진다.
참을성이 없고 투기심이 많은 여자를 두고 하는 말.

8943. 며느리 시앗은 열도 귀엽고 자기 시앗은
하나도 밉다.
아들이 첩을 얻는 것은 좋아하면서도 자기 남편이 첩
을 얻는 것은 싫어한다는 말.

8944. 며느리 안 귀여워하는 시아버지 없고 며느
리 귀여워하는 시어머니 없다.
시아버지는 며느리를 귀여워하는데 시어머니는 며느
리를 미워한다는 말.

8945. 며느리 안 귀여워하는 시아버지 없고 며느
리 안 미워하는 시어머니 없다.
시아버지는 누구나 며느리를 귀여워하는데 시어머니
는 며느리를 미워한다는 뜻.

8946. 며느리 안 이뻐하는 시아버지 없고 며느리
이뻐하는 시어머니 없다.
대개 다 시아버지는 며느리를 이뻐하는데 시어머니는
며느리를 미워한다는 말.

8947. 며느리 안 이뻐하는 시아버지 없다.
시아버지는 누구나 며느리를 귀여워한다는 뜻.

8948. 며느리에겐 콩죽 주고 딸에겐 팥죽 준다.
시집살이시키는 시어머니가 며느리와 딸을 차별한다
는 뜻.

8949. 며느리 이뻐하는 시어머니 없다.
많은 경우에 시어머니는 며느리를 미워한다는 말.

8950. 며느리한테 바보나 귀머거리가 되지 않으
면 어진 시어머니가 못 된다. （不痴不聾 不成
姑公）　　　　　　　　　　　〈宋書〉
어진 시어머니가 되려면 며느리의 잘못이 있어도 모
르는 척해야 한다는 말.

8951. 며느리 흉이 없으면 다리가 무우같이 희다
고 한다.
남의 흉이 없으면 억지로 꾸며 만든다는 말.

8952. 며느리 흉이 없으면 다리가 희다고 한다.
탈 잡을 것이 없으면 공연한 것을 가지고 트집 잡는
다는 말.

8953. 며느리 흠 잡을 것이 없으면 발 뒤축이 달
걀 같다고 한다.
탈을 잡을 것이 없으면 공연한 트집을 잡는다는 말.

8954. 멱도 모르고 장기 둔다.
알지도 못하는 일을 한다고 덤빈다는 뜻.

8955. 멱부리 암탉이다.
턱 밑에 털이 많이 나서 아래를 못 보듯이 바로 눈앞
에 있는 일도 모른다는 뜻.

8956. 멱살 잡으며 말로 하잔다.
한편으로는 폭행을 하면서도 한편으로는 친하게 지내
자고 한다는 뜻.

8957. 멱 진 놈도 가고 섬 진 놈도 간다.
세상에는 이런 사람도 있고 저런 사람도 있다는 뜻.

8958. 멱 진 놈 섬 진 놈 다 모인다.
별별 잡놈이 다 모여든다는 뜻.

8959. 면목이 없다. （無面目 : 無顔）
일을 잘못하여 상대할 면목이 없다는 뜻.

8960. 면장(面長) 구장(區長) 다 한다.
여러 사람이 할 일을 혼자서 맡아한다는 뜻.

8961. 면전에서 그 결함을 충고한다. （面爭其短）

본인 앞에서 그의 결함을 충고하여 고치도록 한다는 뜻.

8962. 멸시하며 욕질한다. (冷嘲熱罵)

남을 업신여기면서 함부로 꾸짖는다는 뜻.

8963. 멸치 한 마리는 어줍잖아도 개 버릇이 사납다.

멸치 한 마리가 아까와서가 아니라 개 버릇을 고쳐야 하듯이 물건이 아까와서가 아니라 그의 버릇을 고쳐 주기 위한 짓이라는 뜻.

8964. 명가(名家)도 삼대 못간다.

부귀와 영화는 오래 한 집안에 머무르는 것이 아니라는 뜻.

8965. 명년(明年) 얘기를 하면 귀신이 웃는다.

앞으로 닥쳐오는 일은 알 도리가 없다는 뜻.

8966. 명대로 못 살겠다.

행동하는 것을 보니까 제 명대로 못 죽고 남에게 맞아죽겠다는 뜻.

8967. 명득(命得) 어미마냥 욕도 잘한다.

욕설을 잘하는 사람을 두고 하는 말.

8968. 명령에 복종하되 상부의 이익을 위한 것이 아니면 아첨이라고 한다. (從命而不利君謂之諂) 〈荀子〉

상부에 불리한 명령을 그대로 복종하는 것은 아첨하는 짓이라는 뜻. → 명령을 거역하되 그것이 상부의 이익을 위한 것이라면 충성이라고 한다.

8969. 명령에 위신이 없다. (出令不信)〈春秋左傳〉

함부로 내리는 명령은 위신이 없기 때문에 집행이 될 수 없다는 뜻.

8970. 명령은 땀과 같다. (號令如汗)

땀은 한번 나면 다시 되들어 갈 수 없듯이 명령도 땀과 마찬가지로 한번 내리면 취소할 수가 없다는 말.

8971. 명령은 분명해야 하며 부하는 사랑하고 보살펴야 한다. (號令明白 愛撫士卒) 〈宋史〉

하부에게 내리는 명령은 명백하게 내려야 하며 지휘관은 부하를 사랑하고 보살펴야 한다는 뜻.

8972. 명령은 분명해야 한다. (號令明白) 〈宋史〉

명령은 명백하지 않으면 집행이 잘 안 되게 된다는 뜻.

8973. 명령은 집행하기 위한 것이다. (令出惟行) 〈書經〉

어떤 명령이든지 그것은 집행하기 위한 것이기 때문에 반드시 집행되어야 한다는 뜻.

8974. 명령을 거역하되 그것이 상부의 이익을 위한 것이라면 충성이라고 한다. (逆命而利君謂之忠) 〈荀子〉

상부의 명령이라도 그것이 상부에 불리한 것이라면 집행하지 않는 것이 충성스러운 짓이라는 뜻. → 명령에 복종하되 상부의 이익을 위한 것이 아니면 아첨이라고 한다.

8975. 명령을 내리는 것은 삼가해야 한다. (愼乃出令) 〈書經〉

한번 명령 내린 것은 취소할 수 없기 때문에 명령은 신중을 기해야 한다는 뜻.

8976. 명령을 내리면 국민들은 꼼짝 못한다. (令出而民衙) 〈管子〉

한번 국가에서 내린 명령은 국민들이 무조건 집행해야 한다는 뜻.

8977. 명령이 번거로우면 민중들이 속이게 된다. (令煩則民詐) 〈鄧析子〉

법령이 번거로와 집행할 수 없게 되면 국민들은 관을 속이게 된다는 말.

8978. 명령이 잦으면 실행이 되지 않는다. (驟令不行) 〈管子〉

명령을 함부로 내리면 존엄성이 없기 때문에 집행이 잘 안 된다는 뜻.

8979. 명령이 집행되지 않는 것은 웃사람이 이것을 어기기 때문이다. (令而不行 自上犯之)

명령이 잘 집행되지 않는 중요한 원인은 웃사람이 이것을 어기기 때문에 아랫 사람들도 지키지 않게 된다는 뜻.

8980. 명문(明文) 집어 먹고 휴지(休紙) 똥 눌 놈이다.

법을 예사로 어기는 사람을 두고 하는 말.

8981. 명성이 높아 널리 퍼진다. (名聲藉甚) 〈漢書〉

명성이 세상에 자자하게 퍼졌다는 뜻.

8982. 명성이 높은 사람은 그만한 실력이 있다. (名下無處士)

실력이 없이는 명성이 높아질 수 없다는 뜻.

8983. 명성이 세상에 널리 알려져 있다. (掀動一世)

온 세상에 명성이 널리 알려져 있다는 뜻.

8984. 명심하고 잊지 않는다. (銘心不忘)

마음 속에 깊이 간직하고 잊지 않는다는 뜻.

8985. 명심하면 명심 덕이 있다.
　무슨 일이나 조심하면 조심한 값이 있다는 뜻.

8986. 명언이 있는 사람은 반드시 덕이 있다.
　(有言者 必有德)　　　　　　　　〈論語〉
　좋은 말을 많이 하는 사람은 덕행(德行)도 있다는 뜻.

8987. 명언(名言) 중에 명언이다.
　잘 한 말 중에서도 썩 잘 한 말이라는 뜻.

8988. 명예는 덕을 태운 수레이다. (令名德輿也)
　　　　　　　　　　　　　　　〈春秋左傳〉
　덕을 베푼 명예가 아니고서는 값진 것이 못 된다는 뜻.

8989. 명예는 정의를 제어한다.(名以制 義)
　　　　　　　　　　　　　　　〈春秋左傳〉
　명예를 위하여 정의를 제어하는 경우가 있다는 뜻.

8990. 명예는 헛되이 퍼지지 않는다. (名不虛傳)
　명예로운 이름은 함부로 전해지는 것이 아니라 그만
　한 공로가 있었기 때문에 퍼지게 된 것이라는 뜻.

8991. 명예로운 이름이 후세에까지 길이 남는다.
　(流芳百世)
　명예로운 이름은 사라지지 않고 영원히 남는다는 뜻.

8992. 명예를 버릴 수 없다. (名不可廢)〈春秋左傳〉
　공을 들여 얻은 명예를 버려서는 안 된다는 뜻.

8993. 명예를 위하여 목숨을 버린다. (以身殉名)
　　　　　　　　　　　　　　　　　〈莊子〉
　명예를 생명보다도 귀중하게 여긴다는 말.

8994. 명예를 좋아하는 사람은 반드시 남의 원망
　도 많다. (喜名者 必多怨)
　명예를 좋아하는 사람은 남에게서 좋은 칭찬도 받지
　만 한편으로는 남의 원망도 많이 받게 된다는 뜻.

8995. 명은 먹는 것에 달렸다.
　장수를 하려면 먹는 것을 잘 먹어야 한다는 뜻.

8996. 명을 아는 사람은 하늘을 원망하지 않는다.
　(知命者不怨天)　　　　　　　　　〈説苑〉
　설혹 명이 짧아 일찍 죽더라도 이것은 타고 난 운명이
　므로 원망해서는 안 된다는 말.

8997. 명을 재촉한다.
　하는 행동이 못된 짓만 하는 사람보고 하는 말.

8998. 명인(名人) 자식에 명인 없다.
　흔히 이름난 사람의 자손에는 이름난 사람이 적다는
　말.

8999. 명 짧아 죽은 무덤은 있어도 서러워 죽은

무덤은 없다.
　아무리 서러운 일이 있어도 서러워서 죽는 사람은 없
　다는 뜻.

9000. 명 짧은 놈은 못 보고 죽겠다.
　아무리 기다려도 결말을 못 보고 있다는 뜻.

9001. 명 짧은 사람은 못 먹고 죽겠다.
　너무 오랫동안 기다려서 지쳤다는 뜻.

9002. 명주실에 쇠털 섞이듯 했다.(蠶糸牛毛)
　좋은 것에 나쁜 것이 섞였다는 말.

9003. 명주옷은 사촌까지 덥다.
　가까운 친척이 잘 되면 자기도 그 혜택을 입게 된다는
　뜻.

9004. 명주옷은 육촌까지 따습다.
　가까운 친척이 부귀하게 되면 자기까지도 그 혜택을
　받게 된다는 말.

9005. 명주옷을 입었더니 사촌까지 뜨시다고 한
　다.
　명주옷은 부드럽고 촉감도 좋고 따뜻하다는 뜻.

9006. 명주 자루에 개똥 들었다.(錦褓裏犬矢)
　　　　　　　　　　　　　　　　〈東言解〉
　⑴ 겉으로는 훌륭하지만 속은 보잘 것이 없다는 뜻.
　⑵ 옷은 잘 입었으나 사람은 형편없다는 뜻.

9007. 명주 전대(錢袋)에 개똥 들었다.
　⑴ 겉만 좋지 속은 형편없다는 뜻. ⑵ 옷은 잘 입었
　으나 사람은 못났다는 뜻.

9008. 명태(明太) 같다.
　사람의 체격이 마른 명태같이 몹시 말랐다는 뜻.

9009. 명태 껍질을 눈에 발랐나 ?
　눈에다 명태 껍질을 발랐나 멀쩡한 사람이 왜 보지를
　못하느냐는 뜻.

9010. 명태(明太)나 북어(北魚)나 마찬가지다.
　명태나 북어나 이름만 다르지 고기는 동일한 고기라
　는 뜻.

9011. 명태니 북어니 한다.
　똑같은 것을 가지고 서로 우기며 다툰다는 뜻.

9012. 명태와 여자는 두드려야 부드러워진다.
　옛날 남존 여비(男尊女卑)의 봉건 시대에 말로 안 듣는
　여자는 매질로 버릇을 들여야 한다는 뜻.

9013. 명태 한 마리 놓고 딴전 본다.
　명태를 파는 척하면서 속으로는 딴 벌이를 하듯이 겉

에 벌여 놓은 것이 목적이 아니고 속으로는 더 중한
딴 일을 한다는 뜻.

9014. 명태 한 마리 놓고 어물전(魚物廛) 본다.
형식만 차렸지 실속은 전혀 없는 짓을 한다는 뜻.

9015. 명태 한 마리 부조하고 젯상 부신다.
남을 도와 준 것보다 남에게 피해를 준 것이 더 많다
는 뜻.

9016. 명필(名筆)은 붓을 가리지 않는다.
글씨를 잘 쓰는 사람은 붓을 탓하는 일이 없이 아무
붓으로나 잘 쓴다는 말.

9017. 명함(名啣)도 못 드린다.
자기로서는 도저히 상대할 수 없는 지위에 있다는 뜻.

9018. 몇 마리의 고기가 물을 흐린다. (數魚混水)
못된 사람 몇이 온 사회를 어지럽힌다는 뜻.

9019. 몇 푼짜리나 될까 ?
얼마나 되는 존재이냐는 뜻.

9020. 모가지가 몇 개냐 ?
목이 떨어질 위험성이 농후하다는 뜻.

9021. 모가지가 열개라도 모자란다.
나쁜 버릇을 고치지 않고서는 그 지위에서 일을 할 수
가 없게 된다는 뜻.

9022. 모가 지면 구르지 않는다.
성격에 모가 지면 원만하게 일을 하지 못한다는 뜻.

9023. 모골(毛骨)이 송연하다.
뼈가 자릿자릿하고 몸이 으쓱하다는 뜻.

9024. 모과가 배를 흉본다.
못난 사람이 잘난 사람을 도리어 흉을 본다는 뜻.

9025. 모과나무 심사(心思)다.
심술이 많고 마음씨가 좋지 못하다는 뜻.

9026. 모과도 기침에는 약이다.
아무리 못난 사람이라도 어딘가는 쓸모가 있다는 뜻.

9027. 모과를 주고 옥을 받는다. (木瓜得瓊)〈詩經〉
변변치 않은 것을 주고 귀한 것을 얻는다는 뜻.

9028. 모과 얘기만 해도 신침이 난다.
이야기만 들어도 실감이 난다는 말.

9029. 모기가 소를 쫓는다. (蚊走牛:蚊虻走牛羊)
〈說苑〉
약한 사람이 강한 사람을 제어(制御)한다는 뜻.

9030. 모기가 하늘에 떼지어 모이면 비가 온다.
흔히 저녁 때 모기가 공중에 떼를 지어 날으면 그 다
음날 비가 온다는 말.

9031. 모기 눈물만하다.
양적(量的)으로 너무나 적어서 있는지 없는지 알 수
없을 정도라는 뜻.

9032. 모기 다리의 피를 뺀다.
아무것도 없는 데서 헛수고만 한다는 뜻.

9033. 모기 대가리의 골을 내겠다.
모기 대가리에서 골을 빼려고 하듯이 되지도 않을 짓
을 한다는 뜻.

9034. 모기도 낯짝이 있다.
모기와 같은 미물도 낯이 있는데 하물며 사람이 체면
을 지키지 않아서야 되겠느냐는 뜻.

9035. 모기도 많이 모이면 우뢰소리를 낸다.
(聚蚊成雷)　　　　　　　　　　　〈漢書〉
작은 힘도 합하면 큰 힘으로 변한다는 뜻.

9036. 모기도 여름이 한때다.
(1) 무슨 일이나 시기(時期)를 놓쳐서는 안 된다는 뜻.
(2) 모든 것의 전성기(全盛期)는 매우 짧다는 뜻.

9037. 모기도 오뉴월이 한철이다.
(1) 전성기(全盛期)는 매우 짧다는 말. (2) 제 세상을
만났다고 너무 날뛴다는 말.

9038. 모기도 처서(處暑)가 지나면 입이 삐뚤어
진다.
처서(양력 8월 22일 경)가 지나면 더위도 고비를 넘게
되므로 극성을 부리던 모기도 점점 덜하게 된다는 뜻.

9039. 모기 보고 칼을 뺀다. (見蚊拔劍)〈松南雜識〉
대단치 않은 일에 크게 화를 내는 옹졸한 사람을 이
름.

9040. 모기 소리만 하다.
사람 소리가 몹시 작다는 뜻.

9041. 모기에게 산을 지운다. (使蚊負山) 〈莊子〉
상대방의 실력도 모르고 무리한 일을 시킨다는 뜻.

9042. 모난 구슬이다. (圭角)
구슬이 모가 지면 구르지 못하듯이 사람도 모가 지면
융화되지 않는다는 뜻.

9043. 모난 돌은 박히고 둥근 돌은 구른다.
모난 돌이라야 박히듯이 사람도 성미가 있어야 무슨
일을 성사한다는 뜻.

9044. 모난 돌이 정 맞는다. (纍纍者石銛者多觸) 〈耳談續纂〉

(1) 성질이 원만하지 못하면 남에게 미움을 받게 된다는 뜻. (2) 사람이 너무 잘나도 남에게 미움을 받게 된다는 뜻.

9045. 모녀간에 두부 하듯 한다.

무슨 일을 매우 화목하게 잘 한다는 뜻.

9046. 모 농사가 반 농사다.

(1) 모만 심어 놓으면 농사 반은 하였다는 뜻. (2) 모를 잘 길러서 좋은 모를 만들어 심어야 한다는 뜻.

9047. 모두 시작은 있지만 끝마치기는 드물다. (靡不有初 鮮克有終) 〈詩經〉

무슨 일이든지 시작하기는 쉽지만 이것을 끝까지 마무리하기는 어렵다는 뜻.

9048. 모든 것이 능해도 하나는 서투른 것이 있다. (未達一間)

사람은 아무리 모든 것에 익숙하여도 어느 하나는 서투른 것이 있다는 뜻.

9049. 모든 냇물은 바다로 돌아간다. (百川歸海) 〈淮南子〉

사람이 가는 길은 다르나 그 귀착점(歸着點)은 한가지라는 말.

9050. 모든 말은 반드시 충실하고 미더워야한다. (凡語必忠信)

어떤 말이든지 거짓이 없이 믿음성이 있어야 한다는 말.

9051. 모든 물건은 제 성품을 잃지 않는다. (百物不失) 〈禮記〉

무슨 물건이나 다 제 성품은 지니고 있다는 뜻.

9052. 모든 사람들을 동일하게 보고 사랑한다. (一視同仁) 〈禮記〉

모든 사람들을 차별하지 않고 다같이 사랑한다는 뜻.

9053. 모든 사람은 스스로 죄를 짓는다. (凡人自得罪) 〈書經〉

누구든지 죄를 짓고 안 짓는 것은 자기 자신에게 달려 있다는 뜻.

9054. 모든 사람의 말이 다 같다. (異口同聲) 〈宋書〉

군중들의 말이 다 같다는 말.

9055. 모든 사물은 장성(壯盛)하면 쇠퇴하게 된다. (物壯則老) 〈老子〉

만물은 한번 성하면 반드시 쇠퇴하게 된다는 뜻.

9056. 모든 연회에는 술이 없어서는 안 된다. (百禮之會 非酒不行) 〈漢書〉

모든 예식에 있어서는 술이 있어야 이루어진다는 뜻.

9057. 모든 일에 근심 걱정이 없다. (萬事泰平)

무슨 일을 하든지 걱정하는 일이 없이 편안하게 한다는 뜻.

9058. 모든 일에는 절약해야 한다. (每事約儉) 〈漢書〉

무슨 일에서나 절약하도록 해야 한다는 뜻.

9059. 모든 일에 인정을 담아 두면 뒷날에 좋은 낯으로 서로 만나 보게 된다. (凡事留人情 後來好相見) 〈景行錄〉

무슨 일이나 다정스럽게 하면 그 다음부터는 서로 친해지게 된다는 뜻.

9060. 모든 일은 가르쳐 타이르면 마침내 서로 친목하게 된다. (每事訓喩 遂相親睦) 〈魏志〉

무슨 일이나 모르는 것이 있으면 친절하게 가르쳐 주면 서로 화목하게 된다는 뜻.

9061. 모든 일은 끝장이 났다. (萬事休矣) 〈宋史〉

모든 일은 다 끝이 나 버렸다는 뜻.

9062. 모든 일은 마땅히 여유 있게 처리해야 한다. (凡事當有餘地) 〈松隱遺稿〉

무슨 일이나 조급하게 하지 말고 여유 있게 해야 한다는 뜻.

9063. 모든 일은 미리 준비하면 성공하고 준비하지 않으면 실패한다. (凡事豫則立 不豫則廢) 〈中庸〉

모든 일의 성패(成敗)는 그 일에 대한 준비가 있었느냐 없었느냐에 따라서 결정된다는 뜻.

9064. 모든 일은 미리 준비하면 성공한다. (凡事豫則立) 〈中庸〉

무슨 일이나 시작하기 전에 미리 만반의 준비를 하고 착수하면 성공한다는 뜻.

9065. 모든 일은 반드시 바로 잡아진다. (事必歸正)

무슨 일이나 설령 잘못된 것이 있더라도 이것은 반드시 바로 잡혀진다는 뜻.

9066. 모든 일은 비밀히 해야 한다. (密衆欲)

무슨 일이나 성사(成事)가 될 때까지는 비밀로 해야 된다는 뜻.

9067. 모든 일은 시작이 반이다.
무슨 일이나 처음 시작하기가 매우 어렵다는 뜻.

9068. 모든 일은 시작이 어렵다. (百事頭難)
무슨 일이나 착수하기가 어렵지 한번 시작하면 점점 쉬워진다는 뜻.

9069. 모든 일을 너그럽게 처리하면 그 복이 저절로 두터워진다. (萬事從寬 其福自厚) 〈孔子〉
무슨 일이나 관대하게 처사를 하면 그로 인하여 복이 저절로 커진다는 뜻.

9070. 모든 일을 다 제쳐 놓는다. (破除萬事)
모든 일을 다 제쳐 버리고 한 가지 일에만 전력한다는 뜻.

9071. 모든 일이 바람이 귓전을 지나가듯 한다. (萬事風吹過耳輪) 〈王建〉
모든 일이 마음에 없어 귀담아 들리지 않는다는 뜻.

9072. 모든 일이 다 무너지게 되었다. (萬事瓦解)
어느 하나도 성사(成事)되는 것이 없고 다 실패하게 되었다는 말.

9073. 모든 일이 뜻과 같이 된다. (萬事亨通)
무슨 일이나 다 순조롭게 진행된다는 뜻.

9074. 모든 행실은 착실하고 공경스러워야 한다. (凡行必篤敬) 〈張思叔〉
사람은 누구나 그 행실이 얌전하고 공손해야 한다는 뜻.

9075. 모든 혈기 있는 사람들은 반드시 다투는 마음이 있다. (凡有血氣 必有爭心) 〈春秋左傳〉
젊은 사람들은 누구나 투쟁심(鬪爭心)이 많다는 뜻.

9076. 모든 형벌을 제정할 때는 가벼운 죄라도 용서해서는 안 된다. (凡作刑罰 輕無敍) 〈禮記〉
법을 집행함에 있어서는 아무리 가벼운 죄라도 용서해서는 질서가 문란해지기 때문에 안 된다는 뜻.

9077. 모래가 싹 나겠다.
모래 알에서 싹이 날 리 없듯이 도저히 있을 수 없는 일이라는 뜻.

9078. 모래로 방천(防川)하기다.
모래로 냇물을 막듯이 수고만 했지 아무 보람이 없다는 뜻.

9079. 모래로 성(城) 쌓기다.
무슨 일을 단단히 처리하지 못하고 흐지부지하게 한다는 뜻.

9080. 모래 바닥에 혀를 박고 죽을 일이다.
너무나 억울하여 어느 누구에게도 호소할 데가 없다는 뜻.

9081. 모래밭에 물 붓기다.
아무리 애를 써서 일을 해도 아무 성과도 없다는 말.

9082. 모래밭에서 바늘 찾기다.
모래밭에서 잃어 버린 바늘을 찾듯이 거의 불가능한 일이라는 뜻.

9083. 모래밭에 오줌 누기다.
무슨 일을 했어도 아무 흔적도 없다는 뜻.

9084. 모래에 물 붓기다.
아무리 수고를 해도 아무 흔적도 없다는 뜻.

9085. 모래 위에 물 쏟는 격이다. (砂上投水)
아무리 애써 수고를 해도 아무 흔적도 없이 헛일만 한다는 뜻.

9086. 모래 위에 쌓은 성이다. (砂上城)
기초가 튼튼하지 못한 위에 쌓은 성과 같이 바탕이 약하여 오래 가지 못한다는 뜻.

9087. 모래 위에 세운 누각이다. (砂上樓閣)
기초가 튼튼하지 못한 집마냥 바탕이 약하다는 뜻.

9088. 모로 가나 기어가나 서울 남대문만 가면 그만이다.
수단과 방법을 가리지 않고 목적만 달성하면 된다는 뜻.

9089. 모로 가나 뒤로 가나 기어가나 서울만 가면 된다.
어떤 수단과 방법으로서도 목적만 달성하면 된다는 뜻.

9090. 모로 가도 서울만 가면 된다. (橫步行好去京) 〈靑莊舘全書〉
수단은 어떻든 간에 목적만 달성하면 된다는 뜻.

9091. 모로 던져 마름쇠다. (投亦菱鐵), (投亦蒺藜鐵) 〈東言解〉, 〈旬五志〉
마름쇠는 아무렇게 던져도 뾰죽한 끝이 위로 서듯이 아무렇게 하여도 실패가 없다는 뜻.

9092. 모르고 한 번 알고 한 번이다.
사람의 과오(過誤)는 모르고 한 번 범할 수 있고 알고도 어쩔 수 없이 한 번 범할 수 있다는 뜻.

9093. 모르는 것 빼놓고 다 안다.
누구든지 모르는 것을 제외하면 다 알듯이 모르는 것이 없다는 뜻.

359

9094. 모르는 것은 물어야 한다.
모르는 것이 있을 때에는 아는 이에게 물어서 알도록 하라는 말.

9095. 모르는 것은 손에 쥐어줘도 모른다.
전혀 모르는 것은 보여 주고 만져 주어도 모른다는 뜻.

9096. 모르는 것은 아랫 사람에게 물어도 부끄러운 일이 아니다. (不恥下問)
모르는 것을 묻는 것은 수치가 아니기 때문에 아랫 사람에게도 물어야 한다는 뜻.

9097. 모르는 것을 묻기 좋아하면 아는 것이 많아진다. (好問則裕)　　　〈書經〉
모르는 것을 물어서 많이 알게 되면 속이 넓어져서 여유가 있게 된다는 뜻.

9098. 모르는 것이 부처다. (不知而佛)
어설피 아는 것보다는 차라리 모르는 편이 더 낫다는 말.

9099. 모르는 것이 비밀이다.
비밀이란 아무도 몰라야 하기 때문에 알아서도 안 되고 알려서도 안 된다는 뜻.

9100. 모르는 것이 상팔자다. (無知覺上八字)
모르면 걱정할 일도 없기 때문에 팔자가 가장 편하다는 뜻.

9101. 모르는 것이 속 편하다.
모르면 걱정할 것이 없어서 편안하다는 뜻.

9102. 모르는 것이 약이다.
알면 근심 걱정이 되기 때문에 모르는 것이 약이라는 뜻.

9103. 모르는 것이 없다. (無所不知)
모르는 것이 없이 널리 알고 있다는 뜻.

9104. 모르는 놈이 아는 체 못난 놈이 잘난 체 없는 놈이 있는 체한다.
진실하지 못하고 허세만 부리는 사람을 보고 하는 말.

9105. 모르는 데 큰 이득이 숨어 있다.
남이 모르는 일을 해야 큰 이득을 얻을 수 있다는 말.

9106. 모르는 사람이 없다. (無人不知)
안면(顔面)이 매우 넓다는 말.

9107. 모르는 절에 시주(施主)하다.
생색 없는 돈을 썼다는 말.

9108. 모르면 길 가는 사람에게도 물으랬다.
모르는 것은 부끄러워 말고 누구에게나 물어서 배우

라는 뜻.

9109. 모르면서도 묻지 않는다. (不知不問)
모르는 것이 있으면서도 알기 위해 누구에게 물을 생각을 않는다는 뜻.

9110. 모르면서 아는 척한다.
모르는 사람이 아는 척하면 망신을 당한다는 뜻.

9111. 모르면 약이고 알면 병이다.
차라리 모르는 것이 좋지 섣불리 아는 것은 화가 된다는 뜻.

9112. 모르면 죄가 아니다.
알고서 저지른 일은 죄가 되지만 모르고 잘못한 것은 죄가 아니라는 말.

9113. 모르면 화가 없다. (無知無禍)
모르면 무슨 일을 하지 못하기 때문에 화도 당하는 일이 없다는 뜻.

9114. 모리꾼에 앉은뱅이 튀어나오듯 한다.
자기 체질(體質)에 맞지 않는 짓을 한다는 뜻.

9115. 모범 농민은 수해나 한재가 있어도 농사 일을 버리지 않는다. (良農不爲水旱不耕)　　　〈荀子〉
독농가(篤農家)는 수해나 한재가 있어도 이를 참고 견디어 나간다는 말.

9116. 모범 상인은 물건이 잘 안 팔려도 상점을 버리지 않는다. (良賈不爲折閱不市)　〈荀子〉
장사를 잘하는 사람은 불경기를 잘 참고 이겨 낸다는 말.

9117. 모사는 사람에게 있고 성사는 하늘에 있다. (謀事在人 成事在天)　　　〈諸葛亮〉
사람은 일을 만들 수는 있지만 그것이 되고 안 되는 것은 하늘에 달렸다는 말.

9118. 모시 고르다가 삼베 차지한다.
물건을 너무 좋은 것만 고르려다가 도리어 나쁜 것을 고르게 되었다는 말.

9119. 모아서 싸 두면 저절로 많아진다. (蓄積自多)　　　〈管子〉
물자는 모아서 저축하면 저절로 많아지게 된다는 뜻.

9120. 모으기보다 쓰기가 더 어렵다.
재산을 모으기도 어렵지만 잘 쓰기가 더 어렵다는 말.

9121. 모의는 깊이 해야 하고 계책은 비밀히 해야 한다. (深謀秘策)　　　〈晉書〉

모의는 세밀히 꾀해야 하며 계책은 누설(漏洩)되지 않도록 해야 성사된다는 뜻.

9122. 모자라는 것보다는 남는 것이 낫다.
부족한 것보다는 넉넉한 것이 좋다는 뜻.

9123. 모자라는 것이 남는 것이고 남는 것이 모자라는 것이다.
셈을 하는 데는 모자란다고 보태 넣으면 남게 되고 남는다고 없애 버리면 모자라게 되므로 아예 셈을 잘 해야 한다는 뜻.

9124. 모자를 발에 신는 사람은 없다. (冠首)
모자와 신발은 누구든지 바꾸어 쓰거나 신는 일은 없듯이 일을 혼동하지 않는다는 뜻.

9125. 모주 먹은 돼지 껄때청이다.
모주를 먹은 돼지 목청과 같이 컬컬하게 쉰 목소리라는 뜻.

9126. 모주 장사 열바가지 두르듯 한다.
술장수가 술이 많은 것같이 떠내듯이 내용이 부실한 것을 많은 척 꾸미어 낸다는 말. ※ 모주 : 재강에 물 부어 만든 막걸리.

9127. 모진 구멍에 둥근 자루 맞추기다. (圓柄方鑿) 〈史記〉
네모진 구멍에 둥근 자루를 꽂을 수 없듯이 서로 맞지 않는다는 뜻. → 모진 자루를 둥근 구멍에 맞추기다.

9128. 모진 그릇에 둥근 뚜껑을 덮는다. (方底圓蓋) 〈顏氏家訓〉
네모진 밑바탕에 둥근 뚜껑을 덮는 것같이 서로 맞지 않는다는 말.

9129. 모진 년의 시어머니는 밥 내 맡고 들어온다.
시집살이를 심하게 시키는 시어머니가 밥 때만 되면 돌아오듯이 미운 사람은 미운 짓만 한다는 뜻.

9130. 모진 놈의 옆에 있다가 벼락 맞는다. (惡傍逢雷)
나쁜 사람과 가까이하다가는 그 화를 대신 입게 된다는 말.

9131. 모진 자루를 둥근 구멍에 맞추기다. (方柄圓鑿) 〈史記〉
네모진 자루를 둥근 구멍에 꽂을 수 없듯이 서로 맞지 않는다는 뜻. → 모진 구멍에 둥근 자루 맞추기다.

9132. 모처럼 능참봉(陵參奉)을 하니까 한 달에 거둥(擧動)이 스물 아홉 번이다.

좋은 줄만 알고 한 일이 괴롭기만 하고 아무 소득이 없다는 뜻. ※ 능참봉 : 옛날 왕릉을 지키던 관리.
※ 거둥 : 임금의 나들이.

9133. 모처럼 벼슬을 하니까 난리(亂離)가 난다.
복이 없는 사람은 하는 일마다 결과가 좋지 못하게 된다는 뜻.

9134. 모처럼 태수가 되니 턱이 떨어진다.
(太守爲脫頷頤) 〈冽上方言〉
모처럼 지방장관이 되어 많이 먹으려고 하였으나 턱이 떨어져 못 먹게 되듯이 복이 없는 사람은 소망했던 일이 이루어지지 않는다는 뜻.

9135. 모화관(慕華館) 동냥아치 떼 쓰듯 한다.
거지가 떼 쓰듯이 경우도 없이 떼를 쓴다는 말.
※ 모화관 : 옛날 중국 사신(使臣)을 영접하던 곳.

9136. 목 가는 부자 없다.
부자들은 잘 먹기 때문에 목이 굵고 뚱뚱한 사람들이 많은 데서 나온 말.

9137. 목구멍에 거미줄은 치지 않는다.
아무리 가난하여도 굶어서 죽지는 않는다는 말.

9138. 목구멍의 때를 벗긴다.
⑴ 오랫동안 굶주린 끝에 음식을 먹는다는 뜻.
⑵ 한 번 잘 먹게 되었다는 뜻.

9139. 목구멍에 약한다.
굶던 끝에 식량이 조금 생겼다는 뜻.

9140. 목구멍에 풀칠도 못한다.
목구멍에 풀칠도 못할 정도로 굶고만 견딘다는 뜻.

9141. 목구멍에 풀칠하기도 바쁘다.
제대로 죽만 먹고 살기도 어렵다는 말.

9142. 목구멍의 때도 못 벗겼다.
굶주린 창자를 제대로 채워 보지도 못하였다는 뜻.

9143. 목구멍의 때 좀 벗겼다.
굶주렸던 차에 음식을 조금 먹었다는 뜻.

9144. 목구멍이 원수다.
먹고 사는 것만 아니면 아무 걱정이 없다는 뜻.

9145. 목구멍이 포도청(捕盜廳)이니 주는 것 안 먹을 수 없다.
수치스러운 줄은 알지만 먹지 않으면 죽을 처지라 하는 수 없이 받아 먹었다는 뜻.

9146. 목구멍이 포도청(捕盜廳)이다.
굶어죽게 되면 하는 수 없이 범죄도 하게 된다는 뜻.

9147. 목 따는 소리를 한다.
돼지 목 따는 소리와 같이 듣기 싫은 소리를 한다는
뜻.

9148. 목단꽃은 고와도 향기가 없다. (牧丹無香)
목단꽃은 곱기는 하지만 향기가 없듯이 여자가 얼굴
만 곱고 부덕(婦德)이 없다는 뜻.

9149. 목단꽃이 곱다 해도 벌 나비가 찾지 않
는다.
꽃이 아무리 고와도 꿀이 없으면 벌 나비가 찾지 않
듯이 사람도 얼굴만 곱고 마음이 아름답지 못하면 사
람들이 가까이하지 않는다는 뜻.

9150. 목덜미를 잡혔다.
상대방에게 약점을 잡혀 꼼짝도 못하게 되었다는 뜻.

9151. 목덜미와 등이 서로 바라보듯 한다.
(項背相望)   〈後漢書〉
이웃에서 언제든지 서로 바라보는 사이라는 뜻.

9152. 목 마르게 돼서야 우물 파는 일은 하지 말
라. (勿臨渴而掘井)   〈松隱遺稿〉
다급하게 돼서야 일을 착수해서는 안 된다는 뜻.

9153. 목 마르면 못 먹는 샘물 없다.
굶주린 사람은 무슨 음식이나 가리지 않고 잘 먹는다
는 뜻.

9154. 목 마른 놈이 우물 판다. (渴者穿井)
〈説苑〉
급한 사람이 먼저 서둘러서 일을 하게 된다는 뜻.

9155. 목 마른 말이 물 보고 거저 지날까 ?
굶주린 사람은 먹을 것을 보면 참기가 어렵다는 뜻.

9156. 목 마른 말이 샘물 보고 달리듯 한다.
(渴驥奔泉)   〈唐書〉
목 마른 말이 물을 보고 달리듯이 어떤 일에 몹시 열
중(熱中)한다는 뜻.

9157. 목 마른 사람에게는 물 한 모금 주는 것도
공덕이다. (汲水功德)
흘러가는 물도 목 마른 사람에게 떠 주는 것이 공덕
이 되듯이 사소한 일이라도 남을 도와 주는 것은 공
덕이라는 뜻.

9158. 목 마른 사람은 달게 마신다. (渴者甘飮)
〈孟子〉
가장 곤란하던 것이 원만히 해결되었다는 뜻.

9159. 목 마른 사람은 아무 물이라도 마신다.
(渴者易飮)   〈孟子〉

굶주린 사람은 아무 음식이나 가리지 않고 먹는다는
뜻.

9160. 목 마른 사람이 물 소리만 듣고 갈증을 면
할까 ?
목 마른 사람이 물 소리만 듣고서는 갈증을 면할 수
없듯이 보거나 듣기만 해서는 아무 실속이 없다는 말.

9161. 목 마른 사람이 물을 얻은 것 같다.
(如渴得飮)   〈史記〉
곤란하던 문제가 흡족하게 해결되었다는 뜻.

9162. 목 마른 송아지 우물 들여다보듯 한다.
목 마른 송아지가 아무리 우물을 들여다보아도 아무
소용이 없듯이 되지도 않는 일에 애만 태운다는 뜻.

9163. 목 마른 용이 물을 얻은 격이다. (渴龍得
水)
가장 어려운 문제가 해결되었다는 뜻.

9164. 목 매단 사람을 구한다면서 그 발을 잡아
당긴다. (救經而引其足也)   〈荀子〉
남을 도와 준다는 것이 도리어 해를 끼쳤다는 뜻.

9165. 목 매 죽는 놈이 높은 나무만 고를까 ?
(憤欲其死 木不擇高)   〈東言解〉
죽는 놈이 이것 저것 가리지 않듯이 막된 사람은 가
리는 것이 없다는 뜻.

9166. 목 맨 송아지 같다.
목 맨 송아지마냥 자유를 구속당하였다는 뜻.

9167. 목 메어 울면서 말을 못한다. (哽咽不能
言)   〈劉琨〉
너무 슬퍼서 목이 메어 말도 못한다는 뜻.

9168. 목 멘 개가 겨 탐내듯 한다.
목이 메어 먹지도 못하는 개가 먹이를 탐내듯이 자기
처지도 모르고 분에 겨운 짓을 한다는 뜻.

9169. 목 멘 개가 뼈다귀 탓한다.
자기 자신의 잘못은 모르고 남을 원망한다는 말.

9170. 목 벤 놈 허리 베고 허리 벤 놈 목밖에 더
벨까 ?
목숨을 내걸고 대항(對抗)하겠다는 뜻.

9171. 목석 같은 사람이다. (木石人)
도무지 의리도 없고 눈물도 없는 사람이라는 뜻.

9172. 목수가 많으면 집을 무너뜨린다.
여러 사람의 의견이 저마다 다르게 되면 일이 이루어
지지 않고 도리어 탈이 난다는 말.

9173. 목수가 여럿이면 집이 기울어진다.
무슨 일이나 참견하는 사람이 많으면 오히려 일이 잘 안 된다는 뜻.

9174. 목수가 일을 잘하려면 먼저 좋은 연장을 갖춰야 한다. (工欲善其事 必先利其器)
〈論語〉
무슨 노동이나 일을 잘하려면 먼저 노동 도구가 좋아야 한다는 말.

9175. 목수는 깎아 못 산다.
목수는 나무를 깎아 큰 것을 작게만 만드는 버릇이 있어서 재산도 키우지를 못한다는 뜻.

9176. 목수는 굽은 나무도 바로 잡는다.
굽은 나무도 바로 잡을 수 있는데 항차 사람의 잘못을 바로 잡지 못해서야 되겠느냐는 뜻.

9177. 목수는 쇠를 깎지 못한다. (良匠不能斲金)
〈淮南子〉
사람은 각자 맡은 일이 다 따로 있다는 뜻.

9178. 목수는 저 살려고 집 짓는 것이 아니다.
남을 위하여 하는 일이 곧 자신을 위한 일이라는 뜻.

9179. 목수 많은 집이 기울어진다.
한가지 일을 하는 데 여러 사람의 의견이 다르게 되면 일이 잘 안 된다는 말.

9180. 목수 잘사는 사람 없다.
목수는 나무를 깎고 끊고 하여 나무를 작게만 만드는 버릇이 있어서 재산도 키우지는 못하고 줄이기만 한다는 뜻.

9181. 목수집이 오막살이다. (匠人處狹廬)
〈淮南子〉
응당 좋은 것을 가져야 할 사람이 오히려 나쁜 것을 가진 경우가 많다는 뜻.

9182. 목숨과 바꾼다.
목숨을 걸고 무슨 일을 한다는 뜻.

9183. 목숨은 버려도 재물은 버리지 않는다. (捨命不捨財)
재물을 자기 생명보다도 더 소중하게 여긴다는 말.

9184. 목숨은 버려도 정의는 지킨다. (捨生取義)
정의를 자기 생명보다도 더 귀중하게 여긴다는 뜻.

9185. 목숨을 걸고 결단한다. (限死決斷)
목숨을 걸고 일을 작정(作定)한다는 뜻.

9186. 목숨을 내걸고 한다.
어떤 일을 위하여 목숨을 바치고 한다는 뜻.

9187. 목숨을 내맡긴다.
어떤 일을 위해서 생명을 걸고 한다는 뜻.

9188. 목숨을 아끼지 않고 재물을 탐낸다. (徇財)
재물에 탐이 나서 죽을지도 모르고 덤빈다는 뜻.

9189. 목숨이 경각에 있다. (命在頃刻)
죽고 사는 것이 눈 깜박할 동안에 결정된다는 말.

9190. 목숨이 기러기 털보다 더 가볍다. (命輕於鴻毛)
〈燕丹子〉
언제 죽을지 모르는 목숨이라는 뜻.

9191. 목숨이 바람 앞의 등불과 같다. (壽命猶如風前燈燭)
〈俱舍論疏〉
생명이 얼마 가지 않아 죽게 되었다는 말.

9192. 목숨이 파리 목숨이다.
파리 목숨과 같이 언제 죽을지 모르는 목숨이라는 뜻.

9193. 목숨이 하루살이 목숨이다.
(1) 오늘 죽을지 내일 죽을지 모르는 목숨이라는 뜻.
(2) 매우 짧게 타고 난 운명이라는 뜻.

9194. 목에 칼을 쓰면 귀도 들리지 않는다. (何校滅耳)
큰 일이 잘못되면 작은 일도 따라서 잘못하게 된다는 뜻.

9195. 목욕한 사람은 옷도 털어 입는다. (新沐者必振衣)
〈史記〉
한 가지를 깨끗하게 하는 사람은 다른 것도 따라서 깨끗하게 한다는 뜻.

9196. 목을 놓고 크게 운다. (放聲大哭)
몹시 서러워 큰 소리를 내어 가면서 운다는 뜻.

9197. 목을 빼고 뒤꿈치를 돋우고 본다. (延頭企踵)
앞이 가리워 잘 보이지 않으므로 목을 빼고 뒤꿈치를 들고 본다는 말.

9198. 목을 움츠리고 식은 땀만 흘린다. (縮頸駭汗)
몹시 위축(萎縮)되어 기를 못 펴고 진땀만 흘리고 있다는 뜻.

9199. 목을 찔러도 한이 없을 만큼 친한 친구다. (刎頸之友)
〈史記〉
생사(生死)를 같이할 만한 친한 친구라는 뜻.

9200. 목이 가늘면 호색이다.
대개 색을 좋아하는 사람은 뚱뚱한 사람보다 마른 사람이 좋아한다는 뜻.

9201. 목이 끊어져도 후회하지 않는다. (折首而
不悔)　　　　　　　　　　　　〈李覯〉
자기가 한 일이 정당하였기 때문에 죽는 일이 있을지
라도 후회하지 않는다는 뜻.

9202. 목이 마를 때는 한 방울의 물이 감로수와
같다. (渴時一滴如甘露)　　　　〈康節邵〉
간고(艱苦)할 때에 받는 도움은 비록 작은 것이라도
대단히 고맙다는 뜻.

9203. 목이 말라도 도천 물은 먹지 않는다.
(渴不飮盜泉水)　　　　　　　　〈陵機〉
아무리 곤란해도 불명예스러운 짓은 않는다는 뜻.
※도천 : 도둑 샘이라는 이름을 가진 샘물.

9204. 목이 말라야 우물을 판다. (臨渴掘井 : 渴
而穿井)　　　　　　　　　　　　〈說苑〉
무슨 일을 미리 준비하지 않았다가 임박해서 허둥지
둥하면서 헛애만 쓴다는 뜻.

9205. 목이 메어 밥도 못 먹는다. (因噎廢食)
　　　　　　　　　　　　　　　〈淮南子〉
(1) 슬퍼서 목이 메어 음식을 먹지 못하고 있다는 뜻.
(2) 사소한 일로 인하여 큰 일을 그만둔다는 뜻.

9206. 목자(牧者)는 백성을 위하여 존재한다.
(牧爲民有也)　　　　　　　　　〈牧民心書〉
일선 관리들은 민중을 위하여 존재하는 것이기 때문
에 민중을 위하여 봉사(奉仕)해야 한다는 뜻.

9207. 목자의 직분은 민중을 교화하는 데 있다.
(民牧之職敎民)　　　　　　　　〈牧民心書〉
지방관리는 민중을 가르쳐 선도(善導)해야 한다는 뜻.

9208. 목 짧은 강아지 겻섬 넘어다보듯 한다.
키가 작은 사람이 앞이 가리어 잘 보이지 않기 때문
에 목을 빼고 발돋움을 하고 본다는 말.

9209. 목 짧은 강아지 부엌 문턱 넘어다보듯 한
다.
키 작은 사람이 목을 빼고 발돋움을 하고 애써 보려
고 한다는 뜻.

9210. 목젖이 떨어지겠다.
음식을 목젖이 떨어지도록 기다리듯이 몹시 기다렸다
는 뜻.

9211. 목젖이 빠지겠다.
음식을 목젖이 빠지도록 기다리듯이 몹시 기다렸다는
뜻.

9212. 목탁구가 밝아야 한다.

귀가 어두우면 먹을 것도 못 얻어 먹는다는 뜻.

9213. 목탁(木鐸)노 귀가 밝아야 한다.
절에서 밥 먹으라는 목탁 신호를 잘 들어야 하듯이 눈
치가 빨라야 한다는 뜻.

9214. 목화밭 배추다.
목화밭에 심은 배추는 잘 클 뿐 아니라 맛도 좋다는
말.

9215. 목화밭 부시다.
옛날 어떤 농부가 목화밭 김을 매다가 담배를 피우기
위하여 부시를 치기 시작한 것이 그 목화가 다 커서
다래가 필 때까지 부시를 치고 있었다는 이야기에서
나온 말로서 가능성이 없는 일을 오래 하고 있다는 말.

9216. 목화(木靴) 신고 발등 긁는다.
신을 신고 그 신 위를 긁듯이 무슨 일을 옳게 하지 못
한다는 뜻. ※목화 : 장화형으로 생긴 옛날 신.

9217. 몰라서 못산다.
미리 알기만 한다면 남보다 먼저 착수하여 돈을 잘 벌
수 있다는 뜻.

9218. 몸가짐은 공손하고 검소해야 한다.
(持身恭儉)　　　　　　　　　　〈松堂集〉
몸가짐은 공손스러워야 하고 사치하지 말아야 한다는
뜻.

9219. 몸가짐을 경계하고 나쁜 벗을 따르지 말라.
(戒身莫隨惡伴)　　　　　　　　〈紫虛元君〉
항상 몸가짐을 조심하면서 나쁜 친구와는 사귀기를 말
라는 뜻.

9220. 몸가짐을 망령되게 하지 말라. (身不妄動)
　　　　　　　　　　　　　　　〈申師任堂〉
처신(處身)에서 언행(言行)을 함부로 해서는 안 된다
는 뜻.

9221. 몸가짐을 바르게 하라. (持身以正)
　　　　　　　　　　　　　　　〈晦齋全書〉
몸가짐을 함부로 해서는 안 된다는 뜻.

9222. 몸가짐을 삼가하라. (愼以持身)　　〈郭再祐〉
몸가짐은 언제나 조심해야 한다는 뜻.

9223. 몸가짐이 깨끗하여 조금도 더러운 티가 없
다. (純潔無垢)
모든 행동이 아주 깨끗하여 어디 하나 흠이 없다는 뜻.

9224. 몸가짐이 교만하고 난폭하면 하는 일마다
뒤집힌다. (立身則憍暴 事行則傾覆)　　〈荀子〉
몸가짐이 교만하거나 난폭하면 무슨 일이나 이루어지

는 것이 없다는 뜻.

9225. 몸가짐이 바르면 명령하지 않아도 집행된다. (身正不令而行) 〈論語〉
자신의 행동이 올바른 사람은 명령을 하지 않아도 아랫사람들이 잘 행동한다는 뜻. → 몸가짐이 바르지 못하면 명령을 해도 따르지 않는다.

9226. 몸가짐이 바르지 못하면 명령을 해도 따르지 않는다. (身不正難令不從) 〈論語〉
자신의 행동이 바르지 않은 사람의 명령은 아랫 사람들이 복종하지 않는다는 뜻. → 몸가짐이 바르면 명령하지 않아도 집행된다.

9227. 몸가짐이 어두우면 음탕한 것만 보고 부정한 것만 듣는다. (昧於自持 淫視傾聽)
〈晦齋全書〉
몸가짐이 바르지 못하면 음탕하고 부정한 것만 보고 듣는다는 말.

9228. 몸 꼴 내다 얼어죽는다.
모양을 내느라고 옷을 얇게 입다가 얼어죽는다고 비웃는 말.

9229. 몸과 마음이 편안하다. (安身安意)
몸도 편하고 마음도 편하여 편안한 생활을 한다는 뜻.

9230. 몸과 목숨을 그르친다. (誤身命)
신분도 망치고 제 명대로 살지도 못한다는 뜻.

9231. 몸과 목숨을 아끼지 않는다. (不惜身命)
〈法華經〉
몸은 물론 목숨까지 바쳐가며 일을 열성으로 하겠다는 뜻.

9232. 몸도 하나 그림자도 하나다. (形單影隻)
〈韓愈〉
혼자 몸으로 아무데도 의지할 곳이 없는 신세라는 뜻.

9233. 몸 둘 곳이 없다. (置身無地)
몸을 의지할 데가 전혀 없다는 뜻.

9234. 몸 둘 바를 모른다. (置身不知)
몸을 어디에 의지할 것인지 모른다는 말.

9235. 몸뚱이 갈무리도 못한다.
자신이 자신의 몸을 제대로 간수하지도 못하는 게으른 사람이라는 뜻.

9236. 몸뚱이 치다꺼리도 귀찮다.
자기 몸을 자기가 간수하기도 힘이 들고 고되다는 뜻.

9237. 몸만 빠져서 도망친다. (脫身逃亡 : 脫身逃走)

겨우 도망쳐서 목숨만 살았다는 말.

9238. 몸만 살았다.
정신적으로는 폐인(廢人)이 되고 다만 육체적으로만 움직이고 있다는 뜻.

9239. 몸보다 귀한 것은 없다. (身外無物)
자기 몸보다 더 소중한 것은 없다는 뜻.

9240. 몸 보신은 첫 식보(食補) 두 육보(肉補) 세 약보(藥補)다.
몸을 보신하는 데는 첫째가 정상적으로 음식을 잘 먹는 것이며 둘째가 고기를 항상 먹는 것이며 세째가 보약을 먹는 것이라는 말.

9241. 몸살을 앓는다.
(1) 진절머리가 난다는 뜻. (2) 무슨 일이 안 되어 고통을 받고 있다는 뜻.

9242. 몸살이 나겠다.
너무 고단하게 일을 하여 병이 날 정도라는 뜻.

9243. 몸살 차살 한다.
몹시 성가시게 한다는 뜻.

9244. 몸서리가 난다.
너무나 싫어져서 견딜 수가 없다는 뜻.

9245. 몸서리를 앓는다.
상대하기가 싫어서 병이 날 지경이라는 뜻.

9246. 몸서리를 친다.
상대하기가 귀찮아 싫증이 난다는 말.

9247. 몸소 삼가고 경계한다. (自肅自戒)
자기 자신이 항상 삼가고 경계하도록 하라는 말.

9248. 몸에는 이가 있고 집에는 쥐가 있다.
어디를 가나 해치는 것은 있다는 뜻.

9249. 몸에 밴 버릇은 고치기 어렵다. (熟習難防 : 熟習難當)
무슨 일이나 손에 익어서 잘하는 사람은 당해내기가 어렵다는 뜻.

9250. 몸에서 병이 떠날 날이 없다. (病不離身)
병이 몸에서 떠날 때가 없이 항상 앓고만 있다는 말.

9251. 몸에 잘못이 없기는 쉬워도 입에 잘못이 없기는 어렵다. (無身過易 無口過難) 〈邵子〉
몸은 잘못을 저지르는 일이 별로 없지만 말은 잘못을 저지르기 쉽다는 말.

9252. 몸은 가까운 데 있으면서도 뜻은 먼 데 있다. (邇身而遠志) 〈春秋左傳〉

몸은 비록 가까운 데 있지만 뜻은 원대하다는 말.

9253. 몸은 건강하게 유지해야 한다. (健康保身)
건강을 유지하기 위하여 항상 노력을 하라는 뜻.

9254. 몸은 늙어도 마음은 늙지 않는다. (身老心 不老)
몸은 나이가 먹을수록 늙지만 마음은 늙지 않고 젊은 대로 있다는 뜻.

9255. 몸은 다르나 마음은 같다. (異體同心)
몸은 서로 다르지만 마음은 같다는 말.

9256. 몸은 다르나 씨는 같다. (異體同種)
몸은 비록 다르나 같은 씨의 형제라는 말.

9257. 몸은 두 번 다시 얻지 못한다. (身不再得)
한번 죽으면 두 번 다시 살아 날 수 없다는 뜻.

9258. 몸은 비록 작으나 마음은 독살스럽다. (短小精悍)
체격은 작아도 마음은 대단히 독살스럽고 사납다는 뜻.

9259. 몸은 수고로와도 마음이 편하면 그것은 해야 한다. (身勞而心安爲之) 〈荀子〉
몸은 다소 괴롭더라도 마음이 편한 일은 해야 한다는 뜻.

9260. 몸은 죽고 나라는 망한다. (身死國亡) 〈荀子〉
개인적으로나 국가적으로나 다 멸망되었다는 뜻.

9261. 몸은 죽을망정 이름은 영원히 남는다. (死且不朽) 〈君爲戮〉
살아 있을 때 많은 공로를 남겼기 때문에 죽은 뒤에도 그 이름은 영원히 남게 된다는 뜻.

9262. 몸은 팔아도 마음은 팔지 않는다.
화류계의 여자가 몸은 팔지라도 마음은 팔지 않는다는 말.

9263. 몸을 경계하며 나쁜 벗을 따르지 말라. (戒身莫隨惡伴) 〈紫虛元君〉
몸가짐에 항상 경계하면서 나쁜 벗을 가까이해서는 안 된다는 뜻.

9264. 몸을 구부리는 자벌레는 장차 곧게 펴려는 것이다. (枉則直) 〈老子〉
무슨 일이든지 성공하자면 노력이 있어야 한다는 뜻.

9265. 몸을 나라에 바친다는 생각을 항상 간직하라. (殉國一意己) 〈諸葛亮心書〉
국민은 누구나 몸을 나라에 바칠 각오를 항상 가지고 있어야 한다는 말.

9266. 몸을 닦고 말을 실천하는 것을 선행이라고 한다. (修身踐言 謂之善行) 〈禮記〉
선행이라 함은 몸을 잘 닦고 말한 것을 실천하는 데 있다는 뜻.

9267. 몸을 닦는 것은 그 마음을 바로 잡는 데 있다. (修身在正心) 〈大學〉
몸을 잘 닦으려면 먼저 마음을 바로 잡아야 이루어진다는 뜻.

9268. 몸을 세우고 이름을 날린다. (立身揚名) 〈孝經〉
출세(出世)를 하여 그 이름을 세상에 날린다는 말.

9269. 몸을 씻는 사람은 그 옷도 털어 입는다. (新浴者 振其衣) 〈荀子〉
몸을 깨끗이 간직하는 사람은 옷도 깨끗이 입는다는 뜻.

9270. 몸을 의지할 곳이 없다. (無依無托)
몸을 의지하고 살 곳이 전혀 없다는 뜻.

9271. 몸을 잘 닦으려는 사람은 먼저 그 마음을 바로 잡아야 한다. (欲修其身者 先正其心) 〈大學〉
몸을 잘 닦으려면 먼저 마음을 바로 잡아야 행동도 바르게 된다는 뜻.

9272. 몸을 잘 보전하는 사람은 명예를 피한다. (保身者避名) 〈景行錄〉
명예를 탐내다가는 몸을 잘 보전하기가 어렵다는 뜻.

9273. 몸을 흔들며 아양을 떨면서 웃는다. (脅肩諂笑) 〈孟子〉
몸짓을 하면서 애교를 떤다는 뜻.

9274. 몸이 나이를 말해 준다.
행동하는 모습만 보아도 그 사람의 나이를 짐작할 수 있다는 뜻.

9275. 몸이 단다.
몹시 애만 태우고 있다는 뜻.

9276. 몸이 되면 입도 되다.
몸을 아끼지 않고 애써 벌면 먹는 것도 잘 먹게 된다는 뜻.

9277. 몸이 마른 나무와 같다. (身如槁木) 〈菜根譚〉
마른 나무와 몸이 같이 몹시 말랐다는 뜻.

9278. 몸이 말을 안 듣는다.
마음으로는 할 것 같으나 몸이 늙어서 감당할 수가 없

다는 뜻.

9279. 몸이 매지 않은 배와 같다. (身如不繫之舟)
〈蘇軾〉

정처(定處)없이 떠돌아다니는 신세라는 뜻.

9280. 몸이 목석이 아니다. (身非木石)

몸이 나무나 돌이 아니기 때문에 잘 활동한다는 뜻.

9281. 몸이 부서지고 뼈가 가루가 되도록 일한다.
(碎身粉骨：碎骨粉身)

몸을 아끼지 않고 힘을 다하여 일을 한다는 뜻.

9282. 몸이 비록 죽더라도 원망하거나 후회하지
않는다. (身雖死憾悔)
〈戰國策〉

자신이 비록 죽을지라도 누구를 원망하거나 자기가 한
일에 대하여 뉘우치지 않는다는 뜻.

9283. 몸이 수고롭지 않으면 게을러져 못 쓰게
된다. (形不勞 則怠易蔽)
〈景行錄〉

몸이 항상 활동하지 않으면 사람은 게을러진다는 말.

9284. 몸이 죽을 때까지 위태롭지 않다. (没身不
殆)
〈老子〉

몸이 죽기 전까지는 위태로운 일이 없다는 뜻.

9285. 몸이 천근이나 된다.

몸을 간직하기가 어려울 정도로 무겁다는 뜻.

9286. 몸이 팔을 놀리듯 한다. (如身之使臂)
〈漢書〉

시키지 않아도 모든 일을 알아서 잘한다는 뜻.

9287. 몸이 편안한 건 원님 덕이요 배가 부른 건
하늘 덕이다.

남의 은덕(恩德)을 입었을 때는 크거나 작거나 다 감
사할 줄을 알아야 한다는 뜻.

9288. 몸이 흔들리면 그림자도 흔들린다.

근본(根本)이 약하면 지엽(枝葉)도 따라서 약하다는
뜻.

9289. 몸 편한 것이 마음 편한 것만 못하다.
(身閑不如心閑)
〈句五志〉

몸 편한 것보다 마음 편한 것이 낫다는 말.

9290. 몹시 가난하고 의지할 데가 없다. (至貧無
依)

몹시 가난한 데다가 어느 누구에게도 의지할 데가 없
다는 뜻.

9291. 몹시 가난해도 굴하지 않는다. (貧窮而不
約)
〈荀子〉

경제적으로 매우 곤란한 처지에 있어도 돈에 굴복되

지 않는다는 말.

9292. 몹시 게을러 빠졌다. (靡有解怠) 〈漢書〉

몹시 게을러서 쓸모가 없는 존재라는 뜻.

9293. 몹시 고마와 거듭 사례한다. (百拜謝禮)

너무나 고마와서 몇번이나 절을 하면서 사례를 한다
는 뜻.

9294. 몹시 골이 나서 눈을 부릅뜨고 흘겨본다.
(怒發裂眥)
〈吳社編〉

화를 내며 눈을 부릅뜨면서 흘겨보고 있다는 말.

9295. 몹시 괴롭고 어려운 일이 많다. (艱難多事)

괴롭고 어려운 일이 많아서 일하기가 곤란하다는 뜻.

9296. 몹시 군색하다. (窘迫：窘急)

대단히 곤란하다는 뜻.

9297. 몹시 급하게 독촉한다. (星火督促)

어떤 일을 몹시 다급하게 독촉을 한다는 말.

9298. 몹시 기뻐하면 반드시 몹시 근심하게 된
다. (甚喜必甚憂)
〈景行錄〉

대단히 기쁜 일이 있으면 반드시 근심스러운 일도 생
긴다는 뜻.

9299. 몹시 낙담하여 넋을 잃었다. (落膽喪魂)

몹시 놀라서 넋을 잃어 버렸다는 뜻.

9300. 몹시 놀라서 얼굴 색이 질린다. (大驚失色)

크게 놀라서 얼굴 색이 파랗게 변했다는 뜻.

9301. 몹시 덴 사람은 회(膾)도 불어 먹는다.

한번 몹시 덴 사람은 찬 회를 먹을 때도 불어 먹듯이
한번 놀랐던 사람은 항상 조심하게 된다는 뜻.

9302. 몹시 두려워서 숨도 못 쉰다. (脅息)
〈楚辭〉

너무나 두려워서 숨도 제대로 쉬지 못한다는 뜻.

9303. 몹시 부끄러워 아무 말도 없다. (負負無可
言者)
〈後漢書〉

너무나 부끄러워서 아무 말도 못한다는 뜻.

9304. 몹시 싫어서 이마를 찡그린다. (疾首蹙頞)
〈孟子〉

몹시 싫어서 이맛살을 찌푸리고 있다는 말.

9305. 몹시 아름다우면 반드시 몹시 나쁜 일이 있
게 된다. (甚美必有甚惡) 〈春秋左傳〉

좋은 일이 있게 되면 반드시 나쁜 일도 있게 마련이
라는 뜻.

9306. 몹시 애태우며 갖은 정성을 다한다.

(苦心血誠)

몹시 속을 태워 가면서 있는 정성을 다 바친다는 말.

9307. 몹시 애태우며 근심 걱정을 한다.

(苦心慘憺)

몹시 속을 태워 가면서 근심 걱정을 한다는 말.

9308. 몹시 어렵고 고생스럽다. (艱艱辛苦)

몹시 가난하여 고생스럽다는 뜻.

9309. 몹시 어려운 일이다. (極難事)

대단히 힘들고 어려운 일이라는 말.

9310. 몹시 어리석은 것은 고쳐지지 않는다.

(下愚不移)　　　　　〈論語〉

되게 어리석은 사람은 아무리 가르쳐도 고칠 수가 없

다는 뜻.

9311. 몹시 칭찬하면 반드시 많이 헐뜯게 된다.

(甚譽必甚毁)　　　　〈景行錄〉

칭찬을 많이 하는 사람은 반드시 헐뜯기도 많이 한다

는 뜻.

9312. 몹시 헐뜯고 욕한다. (痛毁極詆)

남을 몹시 헐뜯으면서 욕을 한다는 말.

9313. 못가에서 고기만 부러워하는 것보다는 돌

아가 그물을 뜨는 것이 낫다. (臨淵羨魚 不

如退而結網)　　　　〈漢書, 淮南子〉

무슨 일이나 보고만 있다고 이루어지는 것이 아니기

때문에 실제 행동으로 옮겨야 이루어진다는 말.

9314. 못난 년이 꼴값한다.

못난 사람이 못난 짓만 한다는 말.

9315. 못난 년이 분 바르면 서방질 한다.

못난 사람은 남이 조금만 칭찬하여 주어도 교만하고

못된 짓을 하게 된다는 뜻.

9316. 못난 놈이 잘난 사람을 부린다. (使愚詔知)

　　　　　　　　　　〈荀子〉

잘난 사람은 못난 사람을 가르쳐 주기도 하고 써 주

기도 하기 때문에 못난 사람의 부림을 당한다는 뜻.

9317. 못난 놈이 잘난 체 모르는 놈이 아는 체

없는 놈이 있는 체한다.

진실성(眞實性)이 없고 허세(虛勢)만 부리는 사람을

보고 하는 말.

9318. 못난 놈 잡아 들이라면 없는 놈 잡아간다.

아무리 잘난 사람이라도 돈이 없으면 못난 사람 대접

을 받게 된다는 뜻.

9319. 못난 말이 입 벌려도 이빨 못 세게 한다.

못난 주제에 자기의 의무조차 집행하지 않는다는 말.

9320. 못난 사람이 용맹하려서 정의를 무시하면

도둑이 된다. (小人有勇而無義爲盜)　〈論語〉

못난 사람이 용맹하면서 정의를 모르게 되면 도둑으

로 된다는 뜻.

9321. 못난 사람이 한가하게 되면 못되게 된다.

(小人閑忍不善)　　　　　〈大學〉

소견이 못난 사람은 한가하게 되면 못된 짓만 하게 된

다는 뜻.

9322. 못난 삼촌이 조카 장짐만 지고 다닌다.

못난 사람은 자기 위치도 지키지 못한다는 뜻.

9323. 못난 색시 달밤에 삿갓 쓰고 나선다.

(醜女月夜戴笠奚泟)　　　〈耳談續纂〉

보기 싫은 사람이 점점 더 보기 싫은 짓만 한다는 뜻.

9324. 못난 아재비 조카 길짐만 진다.

못난 사람은 못난 짓만 한다는 뜻.

9325. 못난 여자는 거울만 나무란다. (明鏡爲醜

婦之冤)　　　　　　　〈二程全書〉

맑은 거울은 못생긴 여자가 싫어하듯이 나쁜 사람은

올바른 사람을 미워하고 원망한다는 뜻.

9326. 못난 여편네 남의 초상집에 가 콩나물만

씻고 못난 자식 부고장만 돌린다.

못난 사람은 어디를 가든지 못난 짓만 한다는 뜻.

9327. 못난 자식이 조상 탓한다.

가난한 것을 제 탓으로 생각하지 않고 조상 탓으로 여

긴다는 뜻.

9328. 못났어도 내 님이 좋다.

아무리 못났어도 자기 남편이 가장 좋다는 말.

9329. 못다 먹고 남은 밥이다.

별로 필요가 없는 존재라는 뜻.

9330. 못되게 자란 나무는 그늘도 없다. (惡木不

蔭)　　　　　　　　　〈管子〉

나쁜 나무에는 그늘도 없듯이 못된 사람에게는 바랄

것이 하나도 없다는 뜻.

9331. 못되고 무지막지하다. (大惡無道)

몹시 못되어 언행(言行)이 험악하다는 뜻.

9332. 못 되는 것은 조상 탓이다.

잘못된 책임을 자신이 지려고 하지 않고 모두 조상의

책임으로 돌린다는 뜻.

9333. 못된 고양이 잡으라는 쥐는 안 잡고 씨암

탉만 잡는다.
사람도 못된 것은 하라는 일은 하지 않고 히지 말라
는 짓만 하여 손해를 끼친다는 뜻.

9334. 못된 나무에 열매는 많이 연다. (惡木多實)
못된 집에 자식은 많다는 뜻.

9335. 못된 당나귀가 샌님만 업신여긴다.
못된 놈은 점잖은 사람도 몰라본다는 뜻.

9336. 못된 말은 수레를 결딴 내고 못된 아내는 집안을 결단 낸다.
못된 짐승이나 사람은 다 해만 끼친다는 뜻.

9337. 못된 말은 하기 쉽다. (惡語易施)
말을 함부로 하기는 쉽다는 말.

9338. 못된 바람은 동대문(東大門)으로 들어온다.
모든 잘못을 자기에게만 돌린다는 뜻.

9339. 못된 바람은 수구문(水口門) 구멍으로 들어온다.
옛날 수구문에서는 송장 썩은 냄새만 들어오듯이 잘못한 것은 모두 자기에게만 돌린다는 뜻.
※ 수구문 : 현 광희문(光熙門).

9340. 못된 벌레가 쏜다.
못된 놈은 못된 짓만 가려 가면서 한다는 뜻.

9341. 못된 벌레가 장판 방에서 모로 긴다.
미운 사람은 미운 짓만 한다는 뜻.

9342. 못된 소나무에 솔방울만 많다.
많은 경우에 못된 것은 성하고 좋은 것은 적다는 말.

9343. 못된 송아지 엉덩이에 뿔 난다.
되지 못한 녀석이 건방지고 못된 짓만 한다는 뜻.

9344. 못된 아내가 효자보다 낫다. (孝子不如惡妻)
아무리 못된 아내라도 효자보다는 낫다는 말.

9345. 못된 아내는 일생을 두고 고질(痼疾)이다.
아내를 잘못 얻으면 한평생 고질이라는 뜻.

9346. 못 된 음식이 뜨겁기만 하다.
못된 주제에 교만하고 포악하다는 뜻.

9347. 못 된 일가가 항렬(行列)만 높다.
못 된 것일수록 거추장스럽기만 하다는 뜻.

9348. 못 먹는 감나무는 쳐다보지도 말라.
아무 소득도 없는 일은 아예 시작도 하지 말라는 뜻.

9349. 못 먹는 감 찔러나 본다.
이왕 안 되는 일은 훼방이나 한다는 뜻.

9350. 못 먹는 고기 찔러나 본다.
이왕 내 것이 안 될 바에야 훼방이나 놓겠다는 뜻.

9351. 못 먹는 떡에 침이나 뱉는다.
이왕 내 것이 안 될 바에야 심술이나 부리겠다는 뜻.

9352. 못 먹는 떡 찔러나 본다.
이왕 안 되는 일은 심술이나 부린다는 뜻.

9353. 못 먹는 밥에 재나 뿌린다.
자기 것이 안 될 바에야 심술이나 부린다는 뜻.

9354. 못 먹는 버섯이 곱기는 하다.
못된 여편네가 얼굴은 곱다는 말.

9355. 못 먹는 버섯이 삼월부터 난다.
못된 놈이 일찍부터 싸다닌다는 뜻.

9356. 못 먹는 버섯이 탐스럽다.
못된 사람이 얼굴은 잘생겼다는 뜻.

9357. 못 먹는 씨아가 소리만 난다.
못난 사람이 큰소리를 치면서 잘난 체한다는 뜻.

9358. 못 먹는 열매가 많이는 열린다. (不食木多着實)
소용도 없는 것이 많기만 하다는 뜻.

9359. 못 먹는 잔치에 갓만 부순다.
아무 소득도 없는 일에 도리어 손해만 본다는 뜻.

9360. 못 먹는 잔치에 부조(扶助)만 한다.
아무 소득도 없는 일에 도리어 손해만 당한다는 뜻.

9361. 못 먹는 죽에 재나 집어 넣는다.
자기에게 이해가 없는 일에는 심술을 부린다는 뜻.

9362. 못물에 가랑비 오기다.
무슨 일을 하였어도 아무런 흔적도 없다는 말.

9363. 못 사는 것도 제 복이요 잘사는 것도 제 복이다.
잘 살고 못사는 것은 다 타고난 복에 따라 결정된다는 뜻.

9364. 못사는 부부가 싸움만 잦다.
몹시 가난하면 부부간에도 싸움이 많아진다는 뜻.

9365. 못살겠다 갈아 보자 !
못살겠으니 정권을 갈아 보자는 말로서 이것은 이승만 정권 말기에 나온 선거 구호에서 나온 말.

9366. 못살면 일가도 오지 않는다.

369

몹시 가난하면 일가 친척들도 찾아오지 않게 된다는
말.

9367. 못살면 조상(祖上) 탓 한다.
자신의 결함을 자신에게서 찾지 않고 남에게서 찾는
다는 말.

9368. 못살면 터 탓 한다.
못살게 된 원인을 자신에게서 찾지 않고 남에게서 찾
는다는 뜻.

9369. 못살아도 제 팔자요 잘살아도 제 팔자다.
잘살고 못사는 것은 다 자기 팔자이기 때문에 어쩔
도리가 없다는 뜻.

9370. 못생긴 년이 꼴값만 한다.
미운 사람이 미운 짓만 가려서 한다는 뜻.

9371. 못생긴 데다가 용기마저 없다. (惡而無勇)
〈春秋左傳〉
못난 사람이 용기마저 없으니 쓸모가 없다는 뜻.

9372. 못생긴 며느리가 삿갓 쓰고 으스름 달밤에
나선다.
미운 사람은 점점 미운 짓만 가려 가면서 한다는 뜻.

9373. 못생긴 며느리 제사날 병난다.
(1) 미운 사람이 미운 짓을 더 한다는 뜻. (2) 미운 사
람도 부려먹으려니까 마음대로 안 된다는 뜻.

9374. 못생긴 여자가 거울만 본다.
미운 사람이 쓸데없는 미운 짓만 한다는 뜻.

9375. 못 속에 든 암고래다. (尺澤之鯢) 〈宋玉〉
작은 못에 든 암고래마냥 식견(識見)이 몹시 좁은 사
람을 두고 하는 말.

9376. 못 속의 고기는 끝까지 살 계략이 없다.
(池中之魚 終無活計)
갇힌 몸은 꼭 살아날 수 있는 계략이 없다는 뜻.

9377. 못 속의 용도 언젠가는 하늘에 오를 때가
있다. (飛池中龍)
고생을 참고 견디면 언젠가는 성공할 때가 있다는 뜻.

9378. 못 쓰는 것도 삼 년 되면 쓰인다.
무슨 물건이든지 잘 보관하여 두면 언젠가는 긴요하
게 쓰일 때가 있다는 뜻.

9379. 못 쓸 나무는 어려서 뽑아야지 크면 도끼
로 베게 된다. (毫毛斧柯) 〈戰國策〉
화(禍)는 작을 때 없애 버리지 않으면 뒷날에 큰 화
를 당하게 된다는 말.

9380. 못 쓸 풀은 뿌리채 뽑아야 한다. (斬草除
根)
못된 행동은 근본적으로 없애 버려야 한다는 뜻.

9381. 못에 갇힌 고기는 옛날 놀던 물을 그리워
한다. (池魚思故淵) 〈陶潛〉
객지(客地)에서 외로운 생활을 하는 사람은 고향을
몹시 생각하게 된다는 뜻.

9382. 못에 갇힌 고기다. (池魚) 〈潘岳〉
자유를 구속당한 몸이라는 뜻.

9383. 못에 갇힌 고기요 새장에 갇힌 새다.
(池魚籠鳥) 〈潘岳〉
자유를 구속당하여 활동을 못하는 신세라는 뜻.

9384. 못 오를 나무는 쳐다보지도 말라. (難上之
木 勿仰) 〈旬五志〉
아예 되지 않을 일은 생각하지도 말라는 뜻.

9385. 못 올라가는 감나무는 쳐다보지 말라.
아예 안 될 일은 시작도 하지 말라는 말.

9386. 못이 게를 기르지 못한다. (池不養蟹)
국토가 국민을 살리는 것이 아니라 국민이 이를 이용
하여 산다는 뜻.

9387. 못이 깊고 얕은 것은 들어가 봐야 안다.
무슨 일이든지 실제로 해 봐야 잘 알게 된다는 뜻.

9388. 못이 마르면 고기도 궁하게 된다. (枯池窮
魚)
못 물이 마르면 고기도 죽게 되듯이 사람도 직장을 잃
게 되면 곤란을 받게 된다는 뜻.

9389. 못이 커야 용도 난다. (大澤生龍)
사람도 포부가 커야 출세도 할 수 있다는 뜻.

9390. 못 입고 못 먹는다. (惡衣惡食)
가난하여 입는 것도 제대로 못 입고 먹는 것도 제대
로 못 먹는다는 뜻.

9391. 못 입어 잘난 놈 없고 잘 입어 못난 놈 없
다.
잘난 사람도 옷을 잘못 입으면 못나 보이고 못난 사
람도 옷을 잘 입으면 잘나 보인다는 말.

9392. 못자리가 반 농사다.
벼농사를 잘 하려면 먼저 못자리를 잘 하여 좋은 모
를 가꿔야 한다는 뜻.

9393. 못자리 거름이나 해야겠다.
쓸모없는 사람은 못자리 거름으로밖에 쓸 데가 없다
는 뜻.

9394. 못자리판에 돌 집어 넣는다.
　　못자리에 돌을 던져 모를 상하게 하는 심술궂은 짓만
　　한다는 뜻.

9395. 못 참을 것을 참는 것이 참는 것이다.
　　참는다는 것은 남들이 못참는 것을 참고 이겨야 비로
　　소 참은 것이 된다는 뜻.

9396. 못 하게 금하지 않아도 스스로 아니한다.
　　(不禁而自禁)
　　하지 말라고 금하지 않아도 자발적으로 하지 않는다
　　는 말.

9397. 못 하는 것이 없다. (無所不能)
　　무엇이든지 다 잘 한다는 뜻.

9398. 못 할 말 하면 제 손자에 앙얼 간다.
　　비도덕적인 악담을 남에게 하면 손자 대까지 신(神)
　　의 벌을 받게 된다는 말. ※앙얼 : 불신(佛神)의 벌.

9399. 몽글게 먹고 가늘게 싼다.
　　욕심을 내지 않고 자기 분수에 알맞게 행동한다는 뜻.

9400. 몽당비가 우쭐댄다.
　　남들이 알아 주지도 않는 못난 사람이 잘난 체한다는
　　뜻.

9401. 몽당비도 섣달 그믐이면 제 집을 찾아온
　　다.
　　섣달 그믐이 되면 집 나간 물건까지도 다 제 집으로
　　돌아온다는 뜻.

9402. 몽 때린다.
　　알고 있으면서도 시침을 떼고 모르는 척한다는 뜻.

9403. 몽둥이 깎다가 도둑 놓친다.
　　준비만 하다가 기회를 놓치게 되었다는 말.

9404. 몽둥이는 주인을 미워한다.
　　하인(下人)들이 자기 상전(上典)을 미워한다는 뜻.

9405. 몽둥이 뜸질에 앉은뱅이도 도망친다.
　　매에 견디는 사람은 하나도 없다는 뜻.

9406. 몽둥이 들고 포도청(捕盜廳) 담에 오른다.
　　(荷杖上捕盜廳)　　　　　　　　　　〈東言解〉
　　죄진 놈이 제 죄를 숨기려고 남 먼저 나서서 잘하는
　　척한다는 뜻.

9407. 몽둥이 맛을 봐야겠다.
　　매를 맞아야 사람이 되겠다는 말.

9408. 몽둥이 세 대 맞아 담 안 뛰어넘는 놈 없
　　다.

　　누구든지 매에는 견디지 못하여 도망치게 된다는 뜻.

9409. 몽둥이 장만하자 도둑 든다.
　　대비(對備)한 것이 제때에 긴요하게 쓰인다는 뜻.

9410. 묘년(卯年)에 낳은 계집 아이는 예쁘다.
　　토끼 띠를 가진 여자들은 토끼가 예쁘듯이 미인이 많
　　다는 말.

9411. 묘신일(卯辰日) 시작한 비는 많이 온다.
　　일진(日辰)이 묘신이 든 날 비가 오기 시작하면 많이
　　온다는 말.

9412. 묘에도 꽃 필 때가 있다.
　　죽은 뒤에 이름이 날 수 있다는 뜻.

9413. 묘한 약도 원수년의 병은 고치기 어렵다.
　　(妙藥難醫冤債病)　　　　　　　　〈梓潼帝君〉
　　아무리 좋은 약이라도 병을 고치지 못한다는 뜻.

9414. 무게가 없으면 위엄도 없다. (不重則不威)
　　　　　　　　　　　　　　　　　　　〈論語〉
　　무게가 없이 경솔한 사람은 위엄이 없으므로 무게 있
　　는 몸가짐을 하라는 말.

9415. 무게가 천 근이나 된다.
　　무엇이 몹시 무겁다는 뜻.

9416. 무고를 당한 사람은 구제해야 한다.
　　(誣柱濟之)　　　　　　　　　　　〈鄕約章程〉
　　애매하게 무고를 당한 사람은 이것을 구제해 주어야
　　한다.

9417. 무관은 목숨을 아끼지 않는다. (武臣不惜
　　死)　　　　　　　　　　　　　　　　〈宋史〉
　　군인은 죽음을 각오하고 있기 때문에 죽음을 무서워
　　하지 않는다는 말.

9418. 무궁화꽃 핀 지 백 일이면 서리가 온다.
　　무궁화꽃이 핀 지 석 달 열흘이 되면 서리가 온다는 말.

9419. 무궁화와 같은 하루 영화다. (槿花一日榮)
　　　　　　　　　　　　　　　　　　〈白樂天〉
　　무궁화꽃이 아침에 피었다가 저녁에 지듯이 몹시 짧
　　은 영화라는 뜻.

9420. 무너진 성(城)도 보수하면 쓴다.
　　무너진 성도 보수하면 쓰듯이 못 쓰게 된 것도 보수
　　하면 쓰게 된다는 뜻.

9421. 무녀리마냥 작기도 하다.
　　체격이 몹시 작은 사람을 가리키는 말.
　　※ 무녀리 : 짐승이 맨 먼저 낳은 새끼.

9422. 무는 개는 이빨을 보이지 않는다. (噬犬不見其齒) 〈新論〉
남을 해치려는 사람은 사전에 그 표시를 나타내지 않는다는 말.

9423. 무는 개는 짖지 않는다.
무서운 사람일수록 말을 하지 않는다는 뜻.

9424. 무는 개를 돌아 본다.
성미가 사나운 사람을 더 조심하게 된다는 뜻.

9425. 무는 개를 무서워한다.
사람도 성미가 사나운 사람을 무서워한다는 뜻.

9426. 무는 말 아가리가 깨진 독 서슬 같다.
몹시 사납고 독살스러워서 상대할 수 없다는 뜻.

9427. 무는 말은 죽어야 고친다.
한번 든 버릇은 죽기 전에는 고치기가 어렵다는 뜻.

9428. 무는 말 있는 데 차는 말 있다. (噬馬厩踶馬入) 〈東言解〉
나쁜 사람이 있는 곳에는 같은 무리들이 모이게 된다는 뜻.

9429. 무는 호랑이는 뿔이 없다. (噬虎無角) 〈東言解〉
범은 물기는 해도 뜨지는 못하듯이 사람도 여러 가지 재주를 다 갖출 수는 없다는 말.

9430. 무능하면서 유능한 체한다. (無能而云能者也) 〈荀子〉
무슨 일을 하지도 못하면서 잘 하는 체한다는 말.

9431. 무당 남 빌어 굿한다.
제가 제 일은 못 하기 때문에 남의 도움을 받아서 해야 한다는 뜻.

9432. 무당보고 춤 잘 춘다니까 발 아픈 줄도 모르고 춘다.
잘한다고 추어주면 점점 더 잘한다는 말.

9433. 무당서방처럼 남의 것만 바란다.
남의 것을 공으로 얻기 좋아하는 사람보고 하는 말.

9434. 무당은 병이 생기라고 빌고 관 짜는 목수는 사람 죽기만 기다린다. (巫匠亦然) 〈孟子〉
남이야 어떻게 되든지 사람들은 자기의 이해에서 행동한다는 뜻.

9435. 무당은 장구소리만 나도 춤춘다.
흥겨운 소리만 들으면 저절로 즐거워진다는 뜻.

9436. 무당은 젊어야 하고 의사는 늙어야 한다.
굿 하는 데는 힘이 들기 때문에 무당은 젊어야 하고 의사는 경험이 많아야 병을 잘 고칠 수 있기 때문에 늙은 의사가 좋다는 말.

9437. 무당이 빌기는 잘해도 제 굿은 못한다. (巫咸雖善祝 不能自祓也) 〈韓非子〉
말로는 하기 쉬워도 실제 제가 제 일을 하기는 어렵다는 말.

9438. 무당이 제 굿 못 하고 소경이 저 죽는 날 모른다. (巫不自祈 瞽昧終期) 〈耳談續纂〉
남의 일은 해줄 수 있지만 자기 일은 잘 못 한다는 뜻.

9439. 무당이 제 굿 못 하고 의원이 제 병 못 고친다.
남의 일은 도와 줄 수 있어도 자기 일은 제가 못한다는 뜻.

9440. 무당이 제 굿 못 한다. (巫不能渠神事) 〈東言解〉
남의 일은 잘 해 주면서 정작 제 일은 못 한다는 말.

9441. 무당질 삼 년을 해도 목두기란 귀신은 못 보았다.
오랫동안 많은 사람과 접촉을 해보았으나 이와 같이 무식한 사람은 처음 보았다는 뜻.

9442. 무던한 외며느리 없다.
외며느리는 여간 잘 해서는 좋다는 말을 듣기 어렵다는 뜻.

9443. 무덤 속의 마른 뼈와 같다. (塚中枯骨)
핏기가 없이 뼈만 남다시피 마른 사람을 두고 하는 말.

9444. 무덤 앞에 가서야 말을 다 한다. (到墓前言方盡) 〈旬五志〉
사람이 죽기 전에는 큰소리를 못 친다는 뜻.

9445. 무덤에 가서야 팔자가 피한다.
사람 팔자는 죽기 전에는 피할 도리가 없다는 뜻.

9446. 무딘 도끼는 벼려 쓰지만 사람 무딘 것은 쓸모가 없다.
도끼가 무딘 것은 다시 벼려서 쓸 수 있지만 사람이 투미한 것은 고칠 수가 없기 때문에 쓸모가 없다는 말.

9447. 무딘 칼은 숫돌에 갈아야 한다. (刀鈍石上磨)
사람도 무식하면 배우고 수양해야 한다는 뜻.

9448. 무력에 의존하면 대중을 잃게 된다. (阻兵無衆) 〈春秋左傳〉
전쟁을 일삼으면 대중들은 따르지 않게 된다는 뜻.

9449. 무력한 탓이다. (無力所致)
　　힘이 없는 탓으로 생긴 일이라는 뜻.

9450. 무례하게 이웃을 업신여긴다. (無禮而悔大鄰)　　〈韓非子〉
　　함부로 이웃을 업신여겨서는 안 된다는 뜻.

9451. 무례한 짓을 많이 하면 반드시 무례한 짓을 당하게 마련이다. (多行無禮 必自及也)
　　　　　　〈春秋左傳〉
　　자신이 남에게 무례한 짓을 하게 되면 자신도 남으로부터 무례한 짓을 당하게 된다는 뜻.

9452. 무른 감도 쉬어 가면서 먹으랬다.
　　아무리 하기 쉬운 일이라도 잘 생각해 가면서 조심해서 하라는 뜻.

9453. 무른 땅에 말뚝 박기다. (軟地揷木：軟地揷抹)　　〈旬五志〉
　　(1) 일할 조건이 매우 좋다는 뜻. (2) 일하기가 대단히 쉽다는 뜻.

9454. 무른 메주 밟듯 한다.
　　자기 마음대로 짓밟고 다닌다는 말.

9455. 무른 방죽에 말뚝 박는다. (軟堤揷杙)
　　(1) 일하기가 대단히 쉽다는 뜻. (2) 약한 자는 침해를 당하게 된다는 뜻.

9456. 무릇인지 닭의 똥인지.
　　무엇을 구별하기가 어렵다는 뜻.
　　※ 무릇 : 들나물의 일종.

9457. 무릎으로 가도 서울만 가면 된다.
　　어떤 수단을 써서라도 성사(成事)만 하면 된다는 말.

9458. 무릎으로 기어가도 서울은 가야 한다.
　　어떤 수단과 방법으로든지 목적만 달성하면 된다는 뜻.

9459. 무릎을 치면서 탄복하고 칭찬한다.
(擊節嘆賞：擊節稱賞)
　　몹시 탄복하여 무릎을 쳐 가면서 칭찬을 한다는 뜻.

9460. 무릎이 가려운데 등을 긁는다. (膝癢搔背)
　　　　　　〈鹽鐵論〉
　　일 머리를 모르고 엉뚱한 짓을 한다는 뜻.

9461. 무리(無理)는 무례(無禮)다.
　　무리한 행동을 하는 것은 남에게 예의가 없는 행동이라는 말.

9462. 무모(無謀)한 숫양이 울타리를 받은 격이다. (羝羊觸藩)
　　미련한 숫양이 울타리를 받고 뿔이 걸려 꼼짝도 못 하

듯이 미련한 짓을 하면 자기만 손해를 당하게 된다는 뜻.

9463. 무우 배추가 흉년이면 김장은 일찍 하고 풍년이면 김장을 늦게 해야 한다.
　　무우 배추가 흉년이면 김장 값이 점점 오르게 되므로 김장을 일찍 해야 하고 김장이 풍년일 때는 김장 값이 점점 떨어지게 되므로 늦게 김장하는 것이 유리하다는 뜻.

9464. 무병(無病)이 보배다.
　　앓는 일이 없이 건강한 것이 제일 좋다는 말.

9465. 무병이 장자(長者)다.
　　앓게 되면 돈을 벌지는 못하고 쓰기만 하게 되므로 앓지 않고 사는 것이 부자로 사는 것이라는 말.

9466. 무서워서 감히 말도 못 한다. (不敢出聲)
　　너무나 무서워서 차마 말도 못 했다는 뜻.

9467. 무서워서 감히 머리도 못 든다. (不敢出頭)
　　몹시 무서워서 머리도 못 든 채 있었다는 말.

9468. 무서워서 감히 생각도 못 한다. (不敢生心)
　　몹시 무서워서 생각조차 못 하였다는 말.

9469. 무서워서 감히 쳐다도 못 본다. (不敢仰視)
　　몹시 무서워서 차마 쳐다보지도 못했다는 뜻.

9470. 무서워서 행방을 감춘다. (恐有霉跡)
　　　　　　〈福惠全書〉
　　자신에게 해가 미칠까 두려워서 행방을 감춘다는 말.

9471. 무섭다니까 더 바스락거린다.
　　남이 싫어하는 것을 더 하여 곤란스럽게 한다는 뜻.

9472. 무섭다니까 불 끄고 「아웅」한다.
　　남이 싫어하는 일을 점점 더 한다는 뜻.

9473. 무섭지는 않아도 똥은 쌌다는 격이다.
　　명백한 사실에 대하여 구구하게 부인(否認)한다는 뜻.

9474. 무소식이 희소식이다. (無消息而喜消息)
　　아무 소식도 없는 것이 기쁜 소식이라는 뜻.

9475. 무쇠공이도 갈면 바늘 된다.
　　아무리 힘드는 일이라도 꾸준히 하면 이루어진다는 뜻.

9476. 무쇠 두멍을 쓰고 소(沼)에 가 빠졌다.
(蒙此鐵錡 入干潭入)　　〈耳談續纂〉
　　무거운 큰 가마솥을 쓰고 물에 빠지듯이 죄진 사람은 자신도 모르게 화를 당하게 된다는 뜻.
　　※ 두멍 : 큰 솥.

9477. 무슨 뾰족한 수라도 있나?
어떤 좋은 계책이라도 있느냐는 말.

9478. 무슨 생각인지 그 마음을 알 수 없다.
(押何心性:押何心腸)
무엇을 생각하고 있는지 그 속을 도무지 알 수가 없
다는 말.

9479. 무슨 일이나 과단성 있게 해나가면 귀신
도 막지 못하고 피한다.(斷而敢行 鬼神避之)
〈史記〉
무슨 일을 하든지 용감하게 하면 방해물이 있을 수
없다는 말.

9480. 무슨 일이나 비밀을 지켜야 성공한다.
(事而密成)　　　　　　　〈韓非子〉
어떤 일이든지 성공하기 전에 비밀이 새게 되면 실패
하기 쉽다는 말.

9481. 무슨 일이나 비밀이 새면 일을 방해한다.
(幾事不密則害成)　　　　〈易經〉
무슨 일이나 성사가 되기 전에 그 비밀이 새게 되면
방해가 된다는 말.

9482. 무슨 일이나 시작이 어렵다.(每事起頭難)
어떤 일이든지 시작하기가 어렵지 시작한 뒤에는 점
점 쉬워진다는 뜻.

9483. 무슨 일이나 이루어지는 것이 없다.
(每事不成)
일마다 어느 하나도 이루어지는 것이 없다는 말.

9484. 무슨 일이든지 감당 못 할 것이 없다.
(無處不當)
어떤 일이든지 다 감당할 수 있다는 말.

9485. 무슨 일이든지 다 안다.(無所不知:無不
通知)
모르는 것 없이 다 알고 있다는 뜻.

9486. 무식하고 돈 없는 놈 술집 담벼락에 술
값 긋듯 한다.
계산(計算)이 서투른 사람을 두고 이르는 말.

9487. 무식하고 막 돼먹었다.(無知莫知)
무식하고 언행(言行)을 함부로 한다는 뜻.

9488. 무식하고 망령된 짓만 한다.(無知妄作)
무식하면서 언행도 불순하다는 뜻.

9489. 무식하고 지각이 없다.(無知没覺)
무식하여 아무것도 아는 것이 없다는 뜻.

9490. 무식하면 농사나 지으랬다.

옛날에는 공부를 못 한 사람은 다 농사를 짓고 산 데
서 나온 말.

9491. 무식하면 아는 척이나 말랬다.
무식하면 아무 말도 하지 말고 있어야 무식이 탄로
(綻露)나지 않는다는 뜻.

9492. 무식하면 팔자는 편하다.(無知覺上八字)
아무것도 모르면 걱정이 없기 때문에 오히려 팔자가
편하다는 뜻.

9493. 무식한 관리가 불기로 위세(威勢)를 부린
다.
무식한 사람은 설득력(説得力)이 없기 때문에 폭력을
사용하게 된다는 뜻.

9494. 무식한 놈에게는 주먹 다짐이 약이다.
무식한 사람에게는 말로 통하지 않기 때문에 강제로
시켜야 한다는 뜻.

9495. 무식한 놈이 먼저 나선다.
무식한 사람은 모르기 때문에 겁이 없이 남 먼저 나
선다는 뜻.

9496. 무식한 도깨비 부적(符籍)도 모른다.
무식한 사람은 자기에게 가장 중요한 것도 모른다는
뜻. ※부적:귀신을 쫓는다는 글자 쓴 종이.

9497. 무식한 도깨비 진언(眞言)을 알랴?
무식한 사람은 무엇이 무엇인 줄을 모른다는 말.
※진언:불경 속에 있는 주문(呪文).

9498. 무식한 주제에 아는 척만 한다.
알지도 못하면서 아는 척하고 떠든다는 말.

9499. 무안한 기색이 얼굴에 나타난다.(有靦面
目)
얼굴에 무안한 표정이 가득하다는 뜻.

9500. 무우 껍질이 두꺼우면 겨울이 춥다.
무우는 다가오는 추위를 미리 알기 때문에 껍질을 두
껍게 만든다는 뜻.

9501. 무우 밑둥 같다.
도움을 받을 사람이 없어 외로움을 비유하는 말.

9502. 무우 뽑다 들킨 것 같다.
남의 무우를 뽑아 먹다 들킨 것같이 조그마한 잘못으
로 무안을 당한다는 뜻.

9503. 무우 뿌리가 길면 겨울이 춥다.
옛말에 무우는 다가오는 추위를 미리 알고 뿌리를 땅
속에 깊이 박는다는 데서 나온 말.

9504. 무우 뿌리같이 날씬하다.
다리가 날씬하여 각선미(脚線美)가 있다는 뜻.

9505. 무익한 일을 하여 유익한 일을 해친다.
(不作無益 害有益)　　　　　　〈書經〉
나쁜 일을 하면 좋은 일은 해롭게 된다는 뜻.

9506. 무자식이 상팔자다. (無子息上八字)
자식 키우느라고 고생하는 것보다 차라리 자식이 없는 것이 팔자가 편하다는 뜻.

9507. 무정한 책망이다. (無情之責)
인정 사정 없이 혹독하게 책망한다는 뜻.

9508. 무죄한 놈 뺨 친다.
아무것도 잘못하지 않은 사람의 뺨을 치듯이 포악한 짓을 한다는 뜻.

9509. 무죄한 사람을 엄벌하면 원수가 된다.
(難罰加無罪者怨)　　　　　〈諸葛亮心書〉
죄가 없는 사람을 처벌하게 되면 원망을 받게 된다는 뜻.

9510. 무지개가 서쪽에 서면 강 건너 맨 소를 들여 매랬다.
무지개가 서쪽에 서면 비가 많이 온다는 말.

9511. 무진년(戊辰年) 팥 방아 찧듯 한다.
무진년에 벼는 흉년이었으나 팥만은 풍년이 들어 집집마다 팥 방아만 찧듯이 무슨 일을 분주히 한다는 말.

9512. 무책이 상책이다. (無策上策)
아무 대책도 없이 내버려 두는 것이 오히려 낫다는 말.

9513. 무턱대고 쏜 화살에도 따오기가 맞는다.
(射空中鵠)　　　　　　　〈旬五志〉
무턱대고 한 일도 성공할 때가 있다는 뜻.

9514. 묵 그릇에 묵 항아리를 얹는다. (木麥兩缶)　　　　　　　〈旬五志〉
묵 담은 그릇 위에 무거운 항아리를 얹으면 묵을 버리듯이 약한 것 위에 무거운 것을 얹어 약한 것을 못쓰게 만든다는 뜻.

9515. 묵 사발이 되었다.
묵사발이 땅에 떨어져 못 먹게 되듯이 박살이 났다는 뜻.

9516. 묶어 놓은 듯이 군색하다. (窘束)
용납할 수 없을 정도로 군색하다는 뜻.

9517. 묵은 거지보다 햇거지가 더 어렵다.
무슨 일이든지 오래 된 일은 틀이 잡혀서 쉽지만 새로 시작한 일은 자리가 잡히지 않아서 더 어렵다는 뜻.

9518. 묵은 낙지 꿰듯 한다.
일이·대단히 하기 쉽다는 뜻.

9519. 묵은 낙지 캐듯 한다.
일을 단번에 해치우지 않고 두고 두고 조금씩 한다는 뜻.

9520. 묵은 원수 갚으려다가 새 원수 만든다.
(欲報舊讎 新讎出)
오랜 원수를 갚으려다가 다시 새로운 원수를 만들었다는 뜻.

9521. 묵은 장 쓰듯 하다.
대단치 않은 것 같지만 두고 두고 긴요하게 쓴다는 뜻.

9522. 묵은 조개에서 진주 난다. (老蚌出珠)
　　　　　　　　　　　　〈三輔決錄〉
오래 묵은 조개에서 진주가 나오듯이 늙은이가 뛰어난 자식을 낳은 것에 비유한 말.

9523. 묵은 집 기둥마냥 버티고 있다.
아무 소용도 없는 일을 버티고만 있다는 뜻.

9524. 묵은 책력(冊曆) 보기다.
(1) 시기(時期)를 놓치면 쓸모가 없다는 뜻. (2) 헛수고만 한다는 뜻.

9525. 묵은 치부책(置簿冊)이다.
이미 소용이 없게 된 것이라는 뜻.

9526. 묵재에서도 불 붙는다. (死灰復燃)　　〈漢書〉
다 탄 재에 다시 불이 붙듯이 곤경에 빠졌던 사람이 다시 부귀를 누리게 되었다는 뜻.

9527. 묵 주머니를 만든다.
자기가 하고 싶은 대로 만든다는 뜻.

9528. 문경(聞慶) 새재 박달나무는 홍두깨 방망이로 다 나간다.
많은 물건이 어떤 용도(用途)로 다 쓰임을 이름.
※ 새재─조령 문경과 괴산 사이에 있는 재 이름.

9529. 문경이 충청도가 되었다 경상도가 되었다 하듯 한다.
무슨 일을 이랬다 저랬다 변덕스럽게 한다는 말.

9530. 문관(文官)은 돈을 사랑하지 않는다.
(文臣不愛錢)　　　　　　　〈宋史〉
정치인이 돈을 탐내서는 신의(信義)를 잃게 된다는 말.

9531. 문 돌쩌귀에 불이 난다.
문 돌쩌귀에 불이 날 정도로 출입이 심하다는 뜻.

9532. 문둥이는 문둥이 친구를 좋아한다.
　　같은 무리끼리는 유대 관계(紐帶關係)가 깊으므로 친
　　하게 될 수 있다는 뜻.

9533. 문둥이 떼쓰듯 한다.
　　문둥이가 동냥 안 준다고 떼를 쓰듯이 몹시 떼를 쓴
　　다는 뜻.

9534. 문둥이 죽이고 살인(殺人) 낸다.
　　사람도 사람 같지 않은 사람을 죽이고 벌만 많이 받
　　듯이 일도 일 같지 않은 것을 하고 욕만 많이 보았
　　다는 뜻.

9535. 문득 나타났다가 문득 사라진다. (忽顯忽
　　沒)
　　홀연히 나타났다가 홀연히 없어진다는 뜻.

9536. 문 바른 집은 써도 입 바른 집은 못 쓴다.
　　문이 바로 달린 것은 좋아도 바른 말을 잘 하는 집은
　　시비를 많이 하기 때문에 못 쓴다는 뜻.

9537. 문밖에 나가지 않아도 세상 일을 다 안다.
　　(不出戶 知天下)　　　　　　　　　〈老子〉
　　앉아서도 세상 일을 다 잘 안다는 뜻.

9538. 문밖에 나서면 군중들을 큰 손님같이 보
　　라. (出門如見大賓)　　　　　　　〈曾子〉
　　군중들을 대할 때는 큰 손님을 대하듯이 대해야 한다
　　는 뜻.

9539. 문밖이 바로 저승이다.
　　(1) 사람은 언제 죽을지 모른다는 뜻. (2) 죽음이란 먼
　　데 있는 것이 아니라 가까운 데 있다는 뜻.

9540. 문비(門裨) 거꾸로 붙이고 환장이만 나무
　　란다.
　　자기가 잘못하고도 남이 잘못했다고 나무란다는 뜻.
　　※ 문비 : 대문에 붙이는 신장(神將)의 화상.

9541. 문서 없는 종이다.
　　(1) 까닭없이 남의 일을 보수도 없이 많이 했다는 뜻.
　　(2) 노비 문서(奴婢文書)에 없는 종 아닌 종인 며느리
　　라는 뜻.

9542. 문서 있는 소리다.
　　체계 있게 배운, 잘하는 노래라는 뜻.

9543. 문선왕(文宣王) 끼고 송사한다.
　　남들이 대항할 수 없는 사람을 배경으로 하고 일을
　　한다는 뜻. ※ 문선왕 : 공자(孔子).

9544. 문어 제 다리 끊어 먹기다.
　　자신이 자멸 행동(自滅行動)을 한다는 뜻.

9545. 문 연 놈이 문 닫는다.
　　시작한 사람이 끝 마무리도 해야 한다는 뜻.

9546. 문 열고 도둑을 불러들인다. (開門納盜 :
　　開門揖盜)
　　자신이 스스로 화를 만든다는 뜻.

9547. 문으로는 춘하추동에 들어오는 복을 맞아
　　들인다. (門迎春夏秋冬福)
　　일년 내내 복이 계속 문으로 들어온다는 뜻.

9548. 문을 열고 보나 닫고 보나 보기는 일반이
　　다.
　　많거나 적거나 질적으로는 동일하다는 말.

9549. 문을 열고 보나 틈으로 보나 마찬가지다.
　　양적(量的)으로는 차이가 있으나 질적(質的)으로는
　　같다는 뜻.

9550. 문을 잘 닫으면 빗장을 걸지 않아도 열리
　　지 않는다. (善閉無關鍵而不可開)　　〈老子〉
　　작은 일을 다 잘하면 큰 일을 따로 하지 않아도 된다
　　는 뜻.

9551. 문이 많은 방은 외풍이 세다.
　　문이 많은 방은 여름에는 시원해도 겨울에는 춥다는
　　뜻.

9552. 문전 나그네 얻어먹듯 한다.
　　무엇을 남에게 사정하여 얻는다는 뜻.

9553. 문전 나그네 흔연 대접하랬다.
　　집에 찾아오는 나그네는 잘 대접해야 한다는 말.

9554. 문전 옥답(門前沃畓)은 신작로로 다 들어
　　간다.
　　일제 강점 시기에 처음으로 큰 도로를 닦을 때 농토
　　가 도로로 많이 들어갔다는 말.

9555. 문전 옥답은 왜채(倭債)에 다 빼앗긴다.
　　일제 강점 시기에 농민들이 농토를 일본인들의 고리
　　채(高利債)에 다 빼앗긴다는 말.

9556. 문제도 삼지 않고 내버려 둔다. (度外置之)
　　대단치 않기 때문에 문제도 삼지 않고 내버려 둔다는
　　말.

9557. 문 지도리에 불이 난다.
　　문 지도리에 마찰열(摩擦熱)이 생길 정도로 문을 여
　　닫으며 출입한다는 뜻.

9558. 문지방에 불이 난다.
　　문턱에서 마찰열(摩擦熱)이 생길 정도로 자주 드나든
　　다는 말.

9559. 문지방을 넘어야 다 간 것이다.

　무슨 일이나 끝 마무리까지 해야 다 한 것이라는 뜻.

9560. 문지방이 닳겠다.

　문턱이 닳을 정도로 자주 출입한다는 뜻.

9561. 문턱 높은 집에 정강이 긴 며느리 들어온다.

　일이 저절로 척척 맞아서 잘 되어 간다는 뜻.

9562. 문턱 밑이 저승이다.

　사람은 허무하게 죽는다는 뜻.

9563. 문턱에 턱걸이 하겠다.

　문턱에 턱걸이를 할 정도로 어리다는 뜻.

9564. 문턱에 턱걸이 할 적이 귀엽다.

　어린 아이가 기어다닐 때가 귀엽다는 말.

9565. 문턱을 넘고 큰소리를 하랬다.

　무슨 일이나 끝을 맺고 난 다음에 장담을 하라는 말.

9566. 문턱을 넘어 봐야 안다.

　최종적인 결과를 보고 난 다음에 평가를 해야 한다는 뜻.

9567. 문턱을 넘어야 다 간 것이다.

　무슨 일이나 끝까지 마무리를 다해야 끝이 난 것이라는 말.

9568. 문턱이 닳도록 드나든다.

　문턱이 닳을 정도로 출입이 몹시 심하다는 뜻.

9569. 문틈 바람이 더 차다.

　작고 사나운 것이 더 무섭다는 뜻.

9570. 문틈에 손 끼었다.

　문틈에 낀 손은 그대로 둘 수도 없고 문을 열고 뺄 수도 없듯이 무슨 일을 이러지도 못하고 저러지도 못하고 망설이기만 한다는 뜻.

9571. 문틈으로 달아나는 말 구경하듯 한다. (白駒過隙)　〈莊子〉

　흰 망아지가 빨리 달아나는 것을 문틈으로 보는 것과 같이 인생이 덧없이 짧음을 뜻함.

9572. 문틈으로 보나 열고 보나 일반이다.

　남이 보는 데서 하나 안 보는 데서 숨어서 하나 하기는 마찬가지라는 뜻.

9573. 문틈으로 황소 바람이 들어온다.

　작은 틈으로 큰 바람이 들어오듯이 작은 것이라고 업신여기다가는 크게 실패한다는 말.

9574. 문풍지(門風紙) 떨어지자 풀비 생긴다.

　문풍지가 떨어져 풀칠을 해야 할 때에 마침 풀비가 생기듯이 필요할 때에 필요한 물건이 생겨 긴요하게 쓰인다는 뜻.

9575. 묻고 의논해서 일을 하면 궁해도 근심이 없다. (設議之行 窮而不憂)　〈戰國策〉

　여러 사람이 서로 상의해서 하는 일은 궁해도 안심이 된다는 뜻.

9576. 묻기는 쉬워도 대답은 어렵다.

　대화(對話)에서 모르는 것을 묻기는 쉬워도 질문을 받았을 때 대답해 주기는 어렵다는 뜻.

9577. 묻기를 좋아하면 넉넉하다. (好問則裕)　〈書經〉

　모르는 것을 잘 묻는 사람은 아는 것이 풍부하다는 뜻.

9578. 묻는 것은 일시의 수치요 모르는 것은 일생의 수치다.

　모르는 것을 묻는 것은 그 당시의 수치이지만 안 묻고 두면 평생 수치로 된다는 뜻.

9579. 묻는 대로 척척 대답한다. (隨問隨答)

　무슨 말이든지 묻는 대로 서슴지 않고 대답한다는 뜻.

9580. 묻은 불도 다시 살아난다. (起埋火)　〈東言解〉

　(1) 후환(後患)이 없다고 안심한 일이 악화(惡化)된다는 뜻. (2) 지나간 일을 공연히 들추어 낸다는 뜻.

9581. 묻지도 않는데 말하는 것은 잔소리다. (不問而告 謂之傲)　〈荀子〉

　묻지도 않는 말을 하는 것은 쓸데없는 잔소리가 된다는 뜻.

9582. 묻지 말라 갑자생(甲子生)이다.

　묻지 않아도 누구나 다 안다는 뜻.

9583. 묻지 않는 대답이다.

　묻지 않는 말을 혼자서 자꾸 한다는 뜻.

9584. 묻지 않아도 가히 알 만하다. (不問可知)

　묻지 않아도 다 알고 있는 것이라는 뜻.

9585. 물가(物價)가 다락같이 오른다.

　악성(惡性) 인플레에 의하여 물가가 계속 상승 일로(上昇一路)에 있다는 말.

9586. 물가에 두면 젖고 불가에 두면 마른다. (水流濕 火就燥)　〈易經〉

　사람도 그가 처하여 있는 환경에 따라 그 영향을 받아 변하게 된다는 말.

9587. 물거미 뒷다리 같다.

물거미 뒷다리마냥 다리가 길고 말랐다는 뜻.

9588. 물거미 지나간 흔적이다.

물 위에 물거미가 지나간 것처럼 아무 흔적도 없다는 뜻.

9589. 물거품 사라지듯 한다.

허무(虛無)하게 사라져 버린다는 뜻.

9590. 물건 간직을 소홀히 하는 것은 도둑에게 알려 주는 것이다. (慢藏誨盜) 〈周易〉

물건을 허술하게 간직하는 것은 도둑에게 가져가라는 것과 같기 때문에 물건은 도둑을 맞지 않도록 잘 간수해야 한다는 말.

9591. 물건 값은 에누리하지 않는다. (言無二價)

물건을 사고 팔 때는 파는 사람은 정당한 값을 호가(呼價)하고 사는 사람은 에누리를 하지 말고 사도록 하라는 뜻.

9592. 물 건너 물 있고 산 넘어 산 있다.

하나만 있는 것이 아니라 또 있고 또 있고 하다는 뜻.

9593. 물 건너 물 있다.

물을 건너가면 또 물이 있듯이 하나만 있는 것이 아니라 여러 개가 있다는 뜻.

9594. 물 건너 범 보듯 한다.

자기와는 아무 관계도 없는 일이라는 뜻.

9595. 물 건너 손자 죽은 사람 같다.

어쩔 줄을 모르고 바라보고만 있다는 뜻.

9596. 물 건너 화재다.

나와는 아무 걱정이 없는 일이라는 뜻.

9597. 물건에는 제각각 임자가 있다. (物各有主) 〈前赤壁賦〉

무엇이나 그 주인이 없는 것은 없다는 말.

9598. 물건은 그것을 좋아하는 사람에게 모여 든다. (物常聚於所好) 〈歐陽修〉

물건은 그것을 좋아하는 사람이 수집(蒐集)하게 되기 때문에 그 사람이 많이 가지게 된다는 뜻.

9599. 물건은 남의 것이 좋아 보이고 아들은 제 자식이 잘나 보인다.

물건은 가져 보지 않은 남의 것이 더 좋아 보이고 아들은 귀여운 제 자식이 더 잘나 보인다는 뜻.

9600. 물건은 사이좋게 팔고 사야 한다. (兩相和賣)

물건을 사고 팔 때는 서로 사이좋게 매매하라는 뜻.

9601. 물건은 새 것을 쓰고 사람은 옛 사람을 쓰랬다.

물건은 새 것이 좋지만 사람은 오랫동안 사귀어 믿을 수 있는 사람을 써야 한다는 말.

9602. 물건은 새 것이 좋고 사람은 구면(舊面)이 좋다.

사람은 오랫동안 정든 사람이 좋다는 말.

9603. 물건은 생산지를 떠나면 비싸지고 사람은 고향을 떠나면 천해진다. (物離鄕貴 人離鄕賤)

물건은 생산지에서는 천하던 것이 일단 생산지를 떠나면 귀해지고 사람은 이와 반대로 고향을 떠나면 천대를 받게 된다는 뜻.

9604. 물건은 오래 되면 나빠지고 사람은 오래 사귄 사람이 좋다. (器非求舊 人惟求舊)〈旬五志〉

물건은 새 것이 좋으나 사람은 오래 사귀어 정든 사람이 좋다는 말.

9605. 물건을 모르거든 값을 더 주랬다.

좋은 물건을 알아보지 못하거든 값을 많이 주고 비싼 것을 사라는 뜻.

9606. 물건을 모르거든 돈을 많이 주랬다.

물건을 알지 못하거든 값 비싼 것을 사면 좋은 것을 얻게 된다는 뜻.

9607. 물건을 모르면 값을 많이 주랬다.

좋은 물건을 사려거든 값 비싼 물건을 사라는 말.

9608. 물건을 모르면 값을 보고 사랬다.

물건을 볼 줄 모르거든 그 물건 값을 보고 사면 된다는 말.

9609. 물건을 보면 욕심도 난다. (見物生心)

물건을 보면 그것을 가지고 싶은 욕심도 생기게 된다는 뜻.

9610. 물건을 함부로 쓰면서 아까운 줄을 모른다. (暴殄天物) 〈書經〉

물건을 함부로 취급하거나 없애 버린다는 뜻.

9611. 물건이 많으면 천해지고 적으면 귀해진다. (多賤寡貴) 〈管子〉

무슨 물건이나 많으면 천하고 얻기 어려워야 귀하게 된다는 말.

9612. 물건이 없으면 아무 일도 안 된다. (無物不成)

물질이 없이는 사물은 이루어질 수 없다는 뜻.

9613. 물건이 오래면 귀신 되고 사람이 오래면

지혜 된다.

늙은 사람은 경험이 풍부하여 지혜롭기 때문에 늙은 이의 말을 들으면 유리하다는 뜻.

9614. 물건이 옳지 않은 것은 가지지 말아야 한 다. (物不義不取), (物非義不取)
〈康節邵〉, 〈朴剛生〉

부정한 물건은 가져서는 안 된다는 뜻.

9615. 물건이 좋아야 임자도 많다.

물건이 좋으면 살 사람이 많아 잘 팔릴 수 있다는 뜻.

9616. 물건이 좋아야 제 값도 받는다.

물건이 좋아야 받을 값을 다 받게 된다는 뜻.

9617. 물건이 좋아야 팔리기도 잘한다.

물건이 좋아야 값이 비싸도 잘 팔린다는 말.

9618. 물건 잃고 병신 된다.

도둑을 맞으면 물건은 물건대로 잃고 사람은 병신 구 실을 하게 된다는 뜻.

9619. 물결 치는 대로 바람 부는 대로 간다.

주의(主義) 주장(主張)이 없이 되는 대로 일을 한다 는 뜻.

9620. 물고기가 미끼를 먹으면 낚시에 걸린다. (魚食其餌 乃牽於緡)
〈六韜〉

먹기를 좋아 하다가는 큰 실패를 하게 된다는 뜻.

9621. 물고기가 솥 안에서 노는 격이다. (魚遊於 鼎)
〈諸葛亮心書〉

멀지 않아 죽을 것도 모르고 있다는 뜻.

9622. 물고기가 숨듯 쥐가 도망치듯 한다. (魚伏鼠遁)
〈游宦紀聞〉

숨기도 잘 하고 도망도 잘 친다는 말.

9623. 물고기 그물에 기러기가 걸린다. (魚網鴻離)
〈詩經〉

고기를 잡으려고 친 그물에 기러기가 잡히듯이 구하 려는 것은 못 구하고 구하지 않는 것을 구하게 되 었다는 말.

9624. 물고기는 그물을 두려워하지 않고 사다 새를 두려워한다. (魚不畏網而畏鵜鶘)〈莊子〉

물고기는 저를 쫓아서 잡아 먹는 사다새는 무서워해 도 눈에 잘 보이지 않는 그물은 무서워하지 않듯이 사람도 눈앞에 보이는 적은 무서워하지만 보이지 않 는 적은 무서워하지 않는다는 뜻.

9625. 물고기는 그물을 두려워하지 않는다. (魚不畏網)
〈莊子〉

물고기는 눈에 보이는 사다새는 무서워해도 눈에 잘 보이지 않는 그물은 무서워하지 않듯이 사람도 보이 지 않는 적은 두려워하지 않는다는 뜻.

9626. 물고기는 대가리 쪽이 맛이 좋고 짐승은 꼬리 쪽이 맛이 좋다. (魚頭肉尾 : 魚頭鳳尾)

물고기는 대가리께가 맛이 좋고 짐승 고기는 꼬리께 가 맛이 좋다는 말.

9627. 물고기는 말라야 벌레가 생긴다. (魚枯生 虫)
〈荀子〉

무슨 일이든지 그 근본이 잘못돼야 폐단이 생기게 된 다는 말.

9628. 물고기는 물에서 산다. (魚之有水) 〈蜀志〉

물고기가 물을 떠나 못살듯이 사람도 인간 사회를 떠 나서는 못산다는 뜻.

9629. 물고기는 물을 얻으면 살고 물을 잃으면 죽는다. (得水而生 失水而死)
〈三略〉

고기는 물을 얻으면 살고 물을 잃으면 죽듯이 정치가 는 민중을 얻으면 성공하고 민중을 잃으면 패망한다 는 뜻.

9630. 물고기는 썩으면 못 먹게 된다. (魚鯪而肉 敗)
〈論語〉

아무리 맛이 좋은 것이라도 썩으면 먹지 못하게 된다 는 뜻.

9631. 물고기 떼와 같이 헤어지고 새 떼처럼 흩 어진다. (魚潰鳥散)

물고기 떼나 새 떼처럼 단결력이 없다는 뜻.

9632. 물고기도 묵으면 용이 된다. (魚變成龍)
〈松南雜識〉

물고기가 변하여 용이 되듯이 어릴 적에는 못 생겼던 사람이 자라서는 훌륭하게 되었다는 말.

9633. 물고기를 깊은 물로 몰아넣는다. (爲淵歐 魚)
〈孟子〉

폭군(暴君)이 백성을 몰아 내어 어진 사람에게 돌아 가게 한다는 말.

9634. 물고기를 버리고 곰의 발바닥을 가진다. (舍魚而取熊掌)

물고기를 버리고 맛이 더 좋은 곰 발을 먹듯이 나쁜 것을 버리고 좋은 것을 가진다는 뜻.

9635. 물고기를 잡고 나면 가리를 잊는다. (得魚忘筌)
〈莊子〉

필요하게 쓴 물건에 대하여 고마운 줄도 모르고 쓰고 나면 버린다는 뜻.

9636. 물고기를 잡고 나면 가리를 잊어 버리고 토끼를 잡고 나면 올무를 잊는다. (得魚忘筌 得兎忘蹄) 〈莊子〉
긴요하게 쓴 물건도 다 쓴 다음에는 그 고마움도 모르고 간수를 잘하지 않는다는 뜻.

9637. 물고기를 하늘에서 구한다. (射魚指天) 〈呂氏春秋〉
절대로 되지 않을 짓을 하려고 한다는 뜻.

9638. 물고기 밥이 되었다.
물에 빠져 죽어 물고기 밥이 된다는 말.

9639. 물고기의 눈알과 구슬이 섞여 있다. (魚目混珠)
진짜와 가짜가 서로 섞여 구별하기 어렵다는 뜻.

9640. 물고기 잡아꿰듯 한다. (貫魚) 〈星湖雜著〉
하나 하나를 잘 정리한다는 뜻.

9641. 물고기 한 마리가 온 냇물을 다 흐려 놓는다. (一魚渾全川) 〈旬五志〉
못된 사람 하나가 온 사회를 어지럽게 한다는 뜻.

9642. 물고 놓은 범이다.
굶주린 범이 먹이를 물었다가 놓치듯이 잊어 버리지 못하고 있다는 뜻.

9643. 물고 늘어진다.
손에 들어 온 것은 빼앗기지 않으려고 악을 쓴다는 뜻.

9644. 물고 뜯고 한다.
(1) 남을 모략(謀略)하고 중상(中傷)한다는 뜻. (2) 서로 싸움질을 한다는 뜻.

9645. 물고에 송사리 모이듯 한다.
물고에 송사리 모이듯이 좁은 곳에 가득히 모인다는 뜻.

9646. 물고 차는 상사말이다.
몹시 사나운 사람을 비유하는 말.

9647. 물과 고기와의 친분이다. (水魚之交), (水魚之親) 〈三國志〉,〈蜀志〉
물과 고기와의 친분과 같이 매우 친한 관계라는 뜻.

9648. 물과 기름은 섞이지 않는다. (水油不合)
물과 기름은 서로 섞여지지 않듯이 서로 융합이 안 된다는 뜻.

9649. 물과 기름이다.
물과 기름은 서로 융화되지 않듯이 융화될 수 없는 사이라는 뜻.

9650. 물과 불같이 성을 낸다. (怒如水火) 〈三國志〉
물이 넘치고 불이 타는 듯한 분노(忿怒)라는 뜻.

9651. 물과 불과 악처(惡妻)는 삼대 재액(三大災厄)이다.
아내를 잘못 얻으면 큰 재액의 하나라는 뜻.

9652. 물과 불은 서로 사귀지 않는다. (水火無交) 〈漢書〉
물과 불이 상극(相剋)이듯이 서로 전혀 사귀지 않는 사이라는 뜻.

9653. 물과 불은 서로 통하지 않는다. (水火不通) 〈漢書〉
물과 불은 상극(相剋)이듯이 서로 사이가 몹시 나쁘다는 뜻.

9654. 물과 젖은 서로 융합된다. (水乳相融)
물과 젖은 서로 융합이 잘 되듯 사이가 대단히 좋다는 뜻.

9655. 물구나무를 서도 이승이 좋다.
아무리 고생스러워도 죽는 것보다는 사는 것이 낫다는 뜻.

9656. 물귀신 노릇을 한다.
자기가 손해 본 것을 남에게서 빼앗는다는 뜻.

9657. 물귀신마냥 끌고 들어간다.
혼자서 책임을 지려고 하지 않고 남을 끌고 들어간다는 뜻.

9658. 물귀신이 간지러워 웃는 소리를 한다.
몹시 요란스럽게 웃는 것을 비유한 말.

9659. 물귀신이 대신 잡아넣듯 한다.
자기가 잘되기 위하여 남을 대신 고통스럽게 만든다는 뜻.

9660. 물 끓듯 국 끓듯 한다. (如沸如羹) 〈詩經〉
물이나 국이 끓듯이 변덕이 많다는 뜻.

9661. 물때 썰때를 안다.
권세(權勢)가 오르고 내릴 때를 잘 알아서 처세를 해야 한다는 뜻. ※ 물때 썰때: 밀물 때와 썰물 때.

9662. 물 떠 놓고 제사 지낸다.
가난한 사람은 성의(誠意)를 표시하면 된다는 뜻.
→ 물 떠 놓고 혼례한다.

9663. 물 떠 놓고 혼례(婚禮)를 해도 제 복만 있으면 잘산다.
결혼식을 호화롭게 한다고 잘사는 것이 아니기 때문

에 간소히 하라는 뜻.

9664. 물 떠 놓고 혼례한다.
가난하면 결혼식을 무리하게 하지 말고 간소히 하라는 뜻. → 물 떠 놓고 제사 지낸다.

9665. 물 덤벙 술 덤벙 한다.
일정한 주견이 없이 이해(利害)도 따지지 않고 이 일도 해보다 저 일도 해보다 한다는 뜻.

9666. 물도 건수(乾水)되면 놀던 고기도 되돌아 간다.
패가(敗家)를 하게 되면 가까이 지내던 사람도 찾아 오지 않는다는 말.

9667. 물도 고인 물이 썩는다.
운동하지 않는 사람은 병들기 쉽다는 뜻.

9668. 물도 모이면 못이 된다.(積水成淵)
적은 것도 모이면 많아진다는 뜻.

9669. 물도 모이면 바다를 이룬다.(積水爲海)
〈荀子〉
작은 것도 모이면 큰 것으로 된다는 말.

9670. 물도 새지 않는 사이다.
두 사람 사이에 친분이 매우 두텁다는 뜻.

9671. 물도 쓰면 준다.
밤낮 흐르는 물도 쓰면 줄듯이 아무리 많은 재산도 쓰기만 하면 자꾸 준다는 뜻.

9672. 물도 아껴 쓰면 용왕(龍王)이 좋아한다.
무슨 물자(物資)나 아껴 쓰는 습성(習性)을 가져야 한다는 뜻.

9673. 물도 얼음이 되면 부러진다.(冬氷可折)
〈文子〉
(1) 사람의 성질도 때에 따라 변한다는 뜻. (2) 성질이 강하기만 하면 실패한다는 뜻.

9674. 물도 좋고 정자(亭子)도 좋다.
무엇이나 다 격에 맞도록 좋다는 말.

9675. 물독 뒤에서 자라났다.
물독 뒤에서 자란 콩나물마냥 물을 먹어서 키가 컸느냐는 뜻.

9676. 물독에 빠진 생쥐 같다.
비에 옷이 흠뻑 젖어 초라한 모습을 보고 하는 말.

9677. 물동이 이고 강변으로 물 팔러 간다.
(擔水向河頭賣)
물건을 귀한 곳에서 팔지 않고 흔한 곳에서 팔듯이

물정(物情)도 모른다는 뜻.

9678. 물동이 이고 하늘 보기다.(戴盆觀天)
동이를 머리에 이고 하늘을 보면 동이에 가리어 하늘이 보일 리 없듯이 어리석은 짓을 한다는 뜻.

9679. 물라는 쥐는 안 물고 씨암탉만 문다.
제가 맡은 일은 하지 않고 하지 말라는 짓만 한다는 뜻.

9680. 물러날 수도 없고 나갈 수도 없다.
(不能退 不能逐) 〈易經〉
뒤로 물러서지도 못하고 앞으로 나가지도 못하는 어려운 사정에 있다는 뜻.

9681. 물러도 준치요 썩어도 생치(生雉)다.
값어치가 있는 물건은 다소 상했다 하더라도 본시의 값어치는 지니고 있다는 뜻.

9682. 물레는 괴머리에서 고장난다.
나쁜 짓은 항상 하는 사람만 한다는 뜻.

9683. 물레방아도 쉬면 물이 언다.
사람도 활동을 중지하면 건강이 나쁘게 된다는 뜻.

9684. 물려받은 재산은 지키기가 더 어렵다.
치부(致富)하기도 어렵지만 유산을 지키기도 어렵다는 뜻.

9685. 물로 물을 막고 불로 불을 끈다. (以水救水 以火救火) 〈莊子〉
일을 잘 한다는 것이 도리어 악화(惡化)시켰다는 뜻.

9686. 물로 물을 막는다. (以水救水) 〈莊子〉
일을 잘 한다고 하다가 더 못 되게 하였다는 뜻.

9687. 물로 씻은 듯이 가난하다. (赤貧如洗)
물로 씻은 듯이 세간살이도 하나 없는 가난뱅이라는 뜻.

9688. 물리고도 아프다는 소리도 못 한다.
무슨 일을 하고도 발표할 수 없는 딱한 사정이라는 뜻.

9689. 물린 황새와 문 조개와의 싸움이다.
(蚌鷸之爭)
조금도 서로 양보하지 않고 싸우다가 다 망해 버린다는 뜻.

9690. 물 만 밥에 목 멘다.
(1) 물에 만 밥이라 잘 넘어간다고 막 먹다가 목이 메인다는 뜻. (2) 서럽고 답답하여 물 만 밥도 목이 멘다는 뜻.

9691. 물 많이 먹은 소가 오줌 많이 눈다.
　(1) 죄진 사람이 벌도 받게 된다는 뜻. (2) 빚진 사람이 반드시 갚게 된다는 뜻.

9692. 물 먹은 배만 튀긴다.
　맹물만 먹고도 잘 먹은 체하고 배만 튀기듯이 속으로는 가난하면서도 겉으로는 부자인 척한다는 뜻.

9693. 물 먹을 사이도 없다.
　잠깐이면 물을 먹을 수 있지만 이것도 먹을 사이가 없을 정도로 바쁘다는 뜻.

9694. 물 묻은 바지에 깨 엉겨붙듯 한다.
　물 묻은 바지에 깨가 들어붙이듯이 무엇이 가득히 붙어 떨어지지 않는다는 뜻.

9695. 물 묻은 손에 좁쌀 들어붙듯 한다.
　물 묻은 손에 좁쌀 들어붙듯이 무엇이 잔뜩 붙어서 떨어지지 않는다는 뜻.

9696. 물 묻은 치마에 땀 묻는 걸 꺼리랴.
　기왕 나쁘게 된 것은 조금 더 나쁘게 되어도 싫어하지 않는다는 뜻.

9697. 물 밖에 난 고기다.
　물 밖에 튀어나온 고기와 같이 죽을 운명이라는 뜻.

9698. 물방아가 커야 물도 많다.
　시작한 것이 커야 결과도 크게 된다는 뜻.

9699. 물방앗간에서 고추장 찾는다.
　있지도 않은 곳에서 당치 않은 것을 찾는다는 뜻.

9700. 물방아 물도 서면 언다.
　물방아가 돌지 않고 서게 되면 그 물도 얼듯이 사람도 운동을 않으면 건강이 나빠진다는 뜻.

9701. 물방울이 돌을 뚫는다. (水滴石穿), (山溜穿石) 〈鶴林玉露〉, 〈劉向説苑〉
　무슨 일이나 꾸준하게 오랫동안 계속하면 성공하게 된다는 뜻.

9702. 물배만 채운다.
　배는 고프고 먹을 것은 없어서 물만 먹는다는 뜻.

9703. 물 본 기러기가 그저 지나갈까?
　그리운 사람을 보고 그대로 지나갈 수는 없다는 뜻.

9704. 물 본 기러기가 산을 넘어갈까?
　그리던 사람을 보고서 그저 지나갈 수는 없다는 뜻.

9705. 물 본 기러기가 어부를 두려워할까?
　그리운 사람을 만나기 위하여서는 위험한 짓도 한다는 뜻.

9706. 물 본 기러기다. (水見雁)
　그리던 사람을 본 듯이 반갑다는 뜻.

9707. 물 본 기러기요 꽃 본 나비다. (水見雁 花見蝶)
　사랑하는 애인을 만나 몹시 반갑다는 뜻.

9708. 물 본 기러기요 약 본 전중이다.
　그리운 사람을 만난 것처럼 반갑다는 뜻.

9709. 물볼기를 맞을 놈이다.
　단단히 혼이 나야 정신을 차릴 사람이라는 뜻.

9710. 물 불과 같은 세력이다. (勢如水火)
　물이 넘치고 불이 타는 듯한 센 세력이라는 뜻.

9711. 물 불과 같이 긴요하게 쓴다. (用如水火)
　일상 생활에서 물이나 불을 쓰듯이 대단히 긴요하게 쓴다는 뜻.

9712. 물 불 속에 뛰어드는 격이다. (若赴水火)
〈荀子〉
　목숨을 내놓고 덤빈다는 말.

9713. 물 불을 가리지 않는다. (赴湯蹈火 : 蹈水火)
〈韓愈〉
　어떠한 위험이라도 상관하지 않고 감행한다는 뜻.

9714. 물 불의 위험을 피한다. (避水火) 〈孟子〉
　몹시 위험한 것은 피해야 한다는 뜻.

9715. 물 빌려 배 띄운다. (借水行舟)
　남의 힘을 빌려서 일을 한다는 뜻.

9716. 물색(物色)도 모른다.
　일의 경위(經緯)도 모르고 옳고 그른 것도 모른다는 뜻.

9717. 물 샐 틈 없다. (盛水不漏)
　무슨 일을 치밀하고 철저하게 한다는 뜻.

9718. 물 썬 때는 나비잠 자고 물 들면 조개 잡는다.
　좋은 시기는 놓치고 나쁜 시기에 일을 하는 어리석음을 이름.

9719. 물 쏟듯 총 쏘듯 한다.
　말이 되거나 말거나 아무 말이나 마구 떠든다는 뜻.

9720. 물 쏟듯 한다.
　말이 되거나 말거나 마구 지껄인다는 뜻.

9721. 물 속에는 서도 사람 속에는 서지 말랬다.
　남의 시비(是非)에는 참견하지 말라는 말.

9722. 물 속에서 바늘 찾기다.
(1) 아무리 찾아도 찾을 도리가 없다는 뜻. (2) 애를 써서 일을 해도 성과가 없다는 뜻.

9723. 물 속에 숨은 용이다.
때를 기다리고 숨어 있는 영웅이라는 뜻.

9724. 물 속은 건너 봐야 알고 사람 속은 사귀어 봐야 안다.
사람의 속은 겉으로 봐서는 모르기 때문에 오래 사귀어 봐야 알게 된다는 뜻.

9725. 물 속은 알 수 있어도 사람 속은 알기 어렵다. (水深可知 人心難知), (測水深 昧人心)
〈松南雜識〉,〈洌上方言〉
깊은 물 속 깊이는 알 수 있어도 사람의 마음은 알아내기가 어렵다는 말.

9726. 물손에 좁쌀 붙듯 한다.
무엇이 가득히 들어붙어 성가스럽다는 뜻.

9727. 물 쓰듯 한다.
돈을 물 쓰듯이 흔하게 쓴다는 뜻.

9728. 물어서 사리를 가린다. (問以辨之)
모르는 것은 아는 사람에게 물어서 사리를 판단한다는 뜻.

9729. 물 얻은 고기다. (魚之得水)
굶주렸던 사람이 양식을 마냥 얻었다는 뜻.

9730. 물 얻은 이무기다. (蛟龍得水)
성공할 수 있는 기회를 얻었다는 뜻.

9731. 물 없는 데 배가 간다. (罔水行舟)〈書經〉
사리(事理)에 어긋나는 짓을 한다는 뜻.

9732. 물 없는 못이다.
이름만 있고 아무 실속도 없다는 뜻.

9733. 물 없는 우물에는 물결도 없다. (古井無波)
일을 할 수 있는 조건이 마련되지 않았다는 뜻.

9734. 물에 가야 고기도 잡는다.
일은 할 만한 장소에 가서 해야 한다는 뜻.

9735. 물에 기름 돌듯 한다.
물과 기름과 같이 서로 융화되지 않는다는 뜻.

9736. 물에 기름 뜨듯 한다. (水上油浮)〈東言解〉
물과 기름이 혼합되지 않듯이 함께 있으면서 행동은 각각 한다는 뜻.

9737. 물에 기름 탄 것 같다.
서로 화합하지 못한다는 뜻.

9738. 물에 기름 탄 듯 기름에 물 탄 듯하다.
서로 친해야 할 처지에 화목하지 못하다는 뜻.

9739. 물에도 눈이 있고 바람에도 귀가 있다. (水目風耳)
세상에는 비밀이라는 것이 있기 어렵다는 뜻.

9740. 물에도 체한다.
방심(放心)하다가는 실수할 수 있으므로 사소한 일에도 조심하라는 뜻.

9741. 물에 들어가도 빠져죽지 않는다. (入水不溺)
불사조(不死鳥)와 같은 존재라는 뜻.

9742. 물에 물 탄 것 같다. (如水投水)
(1) 무슨 일을 한 둥 만 둥 하게 하였다는 뜻. (2) 몹시 싱겁다는 뜻.

9743. 물에 물 탄 듯 술에 술 탄 듯하다. (如水投水 如酒投酒)
무슨 일을 했어도 아무 흔적도 없다는 말.

9744. 물에 빠져도 빈 주머니밖에 뜰 것이 없다.
몹시 가난하여 재산이라고는 아무것도 없다는 말.

9745. 물에 빠져도 정신을 잃지 말아야 산다.
아무리 곤란한 환경에서도 정신만 차리면 극복해 나갈 수 있다는 말.

9746. 물에 빠져죽는 사람보다도 술에 빠져죽는 사람이 많다.
세상에는 술 때문에 패가망신하는 사람이 많다는 뜻.

9747. 물에 빠져죽을 사람은 접시 물에도 죽는다.
(1) 물에 빠져죽는 것도 팔자라는 뜻. (2) 얕은 물에도 빠져죽을 수 있다는 뜻.

9748. 물에 빠져죽을 팔자는 오줌 독에도 빠져죽는다.
팔자에 타고 난 일은 피하지 못한다는 뜻.

9749. 물에 빠진 건 건져도 계집에게 빠진 건 못 건진다.
한번 여자에게 반한 사람은 떼기가 어렵다는 뜻.

9750. 물에 빠진 놈 건져 내니까 노잣돈 달란다.
남에게 은혜를 받고도 그 은공을 모르고 도리어 원망한다는 뜻.

9751. 물에 빠진 놈 건져 주니까 망건(網巾) 값 내란다.

죽게 된 놈을 구제해 주니까 그 은공은 모르고 도리어 원망한다는 뜻.

9752. 물에 빠진 놈 건져 주면 보따리 내놓으란다.

애써 죽을 놈 살려 주니까 그 은공은 모르고 도리어 원망한다는 뜻.

9753. 물에 빠진 놈 건져 주면 약 값 달란다.

남에게 은혜를 베풀고도 도리어 그 사람에게서 원망을 듣게 되었다는 말.

9754. 물에 빠진 놈이 배 부른다. (及溺呼船)
〈三國志〉

이미 때가 늦었을 때 대책을 수립하였다는 말.

9755. 물에 빠진 사람 건지려다가 저도 빠진다.

남을 도와 주려다가 자신이 희생된다는 뜻.

9756. 물에 빠진 사람은 지푸라기도 잡는다.

위급한 처지를 당하면 아무것이나 닥치는 대로 해본다는 뜻.

9757. 물에 빠진 생쥐 같다.

비를 흠씬 맞은 사람의 초라한 모습을 이름.

9758. 물에 빠진 중 같다. (溺僧)   〈慵齋叢書〉

초라하고 불쌍한 사람의 모습을 가리키는 말.

9759. 물에 있는 고기 금 친다.

일을 너무 성급하게 서두른다는 뜻.

9760. 물에 죽을 팔자면 접시 물에도 빠져죽는다.

자기가 타고 난 팔자는 뜯어고칠 수 없다는 뜻.

9761. 물 오른 송기 때 벗기듯 한다.

물 오른 소나무 껍질을 싹 벗기듯이 입고 있는 옷을 다 벗겨 알몸으로 만든다는 뜻.

9762. 물오리가 물에 빠져죽을까 걱정한다.

물오리가 물에 빠져죽을까 걱정하듯이 쓸데없는 걱정을 한다는 뜻.

9763. 물오리 발이 짧다고 이어 낼 걱정한다.
(鳧脛雖短續之則憂)

남의 사정도 모르고 주관적(主觀的)으로 일을 처리하려고 한다는 뜻.

9764. 물욕이 많고 행실이 나쁜 관리다. (貪官汚吏)

국민에게 봉사해야 할 관리들이 국민들을 괴롭히는 관리 노릇을 한다는 뜻.

9765. 물욕이 많으면 의리도 모른다. (嚮利忘義)

재물을 탐하게 되면 의리도 잊어 버리게 된다는 뜻.

9766. 물 위에 눈 오기다.

어떤 일을 아무리 해도 아무 흔적이 없다는 뜻.

9767. 물 위에 수결(手決)하기다.

아무 흔적도 없고 효과도 없는 짓을 한다는 뜻.

※수결 : 옛날 사인의 일종.

9768. 물은 꺼꾸로 흐르지 않는다.

정의(正義)는 굽히지 않고 승리한다는 뜻.

9769. 물은 건너 봐야 알고 사람은 겪어 봐야 알게 된다는 뜻.

사람의 속은 겉으로 봐서는 모르기 때문에 겪어 봐야 알게 된다는 뜻.

9770. 물은 건너 봐야 안다.

물 깊이도 건너 봐야 알듯이 사람 속도 겪어 봐야 안다는 말.

9771. 물은 깊어야 고기가 모인다. (川淵深而魚鱉歸之)   〈荀子〉

사람은 덕이 많아야 사람들이 따르게 된다는 말.

9772. 물은 깊은 것을 싫어하지 않는다. (水不厭深)   〈短歌行〉

(1) 덕은 쌓으면 쌓을수록 좋다는 뜻. (2) 재물은 모으면 더 모으려고 한다는 뜻.

9773. 물은 깊을수록 소리가 없다.

사람도 많이 아는 사람일수록 말이 없다는 뜻.

9774. 물은 담은 그릇에 따라 변한다. (水隨方圓器)   〈韓非子〉

물은 담는 그릇 모양에 따라 변하듯이 민중은 위정자에 따라 변한다는 뜻.

9775. 물은 둠벙이 차기 전에는 뛰어 건너지 못한다.

물과 같이 질서가 정연하게 행동한다는 뜻.

9776. 물은 만물을 즐기게 하면서도 저는 늘 낮은 곳에 있기를 즐긴다.

위정자는 물과 같이 민중들을 즐겁게 하면서도 자신은 겸손해야 한다는 뜻.

9777. 물은 먹을 탓이요 거짓말은 할 탓이다.

일이나 말은 하기에 따라 큰 차이가 있게 된다는 뜻.

9778. 물은 모든 생물에 이로움을 주면서도 다투지 않는다. (水善利萬物而不爭)   〈老子〉

물은 모든 생물에게 은혜를 베풀면서도 다투는 일은 없다는 뜻.

9779. 물은 모진 그릇에 담으면 모지고 둥근 그릇에 담으면 둥글게 된다.
사람은 웃사람이 하는 대로 아랫 사람들은 움직인다는 뜻.

9780. 물은 물길을 트는 데로 흐른다.
사람도 가르치는 대로 변한다는 뜻.

9781. 물은 반드시 제방으로 제어해야 하며 상품은 반드시 예법으로 제어해야 한다. (制水者 必以堤防 制性者 必以禮法) 〈景行錄〉
사람의 성질은 예법에 어긋나는 일이 없도록 교양해야 한다는 말.

9782. 물은 배를 띄우기도 하고 배를 뒤엎기도 한다. (水則載舟 水則覆舟) 〈荀子〉
국민들은 정부를 받들기도 하지만 전복(顚覆)시키기도 한다는 말.

9783. 물은 석 자만 흘러가도 맑아진다.
남의 소문은 얼마 가지 않아서 사라진다는 뜻.

9784. 물은 스스로 흘러간다.
웃사람이 잘 하면 아랫 사람도 스스로 잘 하게 된다는 뜻.

9785. 물은 아래로 흐르고 불은 위로 올라간다.
자신을 낮추는 겸손한 사람이 있는가 하면 자신을 높이기만 하는 거만한 사람도 있다는 뜻.

9786. 물은 얼면 차갑게 된다. (凝水其寒) 〈松齋公家訓〉
사람도 사랑이 식으면 차갑게 된다는 뜻.

9787. 물은 오목한 데 고인다.
돈은 쓰지 않는 사람에게 모여진다는 말.

9788. 물은 장애물을 피해 가면서 바다에 이른다. (水避礙則通于海) 〈揚子法言〉
사람도 갖은 고난을 극복해야 성공할 수 있다는 뜻.

9789. 물은 젖은 땅에 흐르고 불은 마른 나무에 붙는다. (水流濕 火就燥) 〈易經〉
사람도 이해 관계가 깊은 데로 가까와진다는 뜻.

9790. 물은 젖은 땅에 흐른다. (水流濕) 〈易經〉
사람도 이해 관계가 깊은 쪽으로 친해진다는 뜻.

9791. 물은 차면 넘친다. (水滿則溢)
물이 가득히 차면 넘치듯이 사람도 전성기(全盛期)가

지나면 쇠퇴하게 된다는 뜻.

9792. 물은 트는 대로 흐른다.
물은 물고를 트는 대로 흐르듯이 어린 아이들은 가르치기에 달렸다는 뜻.

9793. 물은 한번 쏟으면 다시 담을 수 없다. (水一傾則不可復) 〈景行錄〉
한번 쏟은 물은 다시 못 담듯이 사람도 한번 실수한 것은 없앨 수 없다는 뜻.

9794. 물은 흐르는 곳을 따라 흐른다. (遡游從之) 〈詩蒹葭〉
물은 일정한 곳을 흐르듯이 사람도 이랬다 저랬다 해서는 안 된다는 뜻.

9795. 물은 흐르지 않으면 썩는다.
물도 흐르지 않으면 썩듯이 사람도 활동하지 않으면 쇠퇴한다는 뜻.

9796. 물은 흘러도 여울은 여울대로 있다.
(1) 세상 만사가 다 변한다고 하지만 그중에는 변하지 않는 것도 있다는 뜻.
(2) 어떤 일이 있더라도 본심은 변하지 않는다는 뜻.

9797. 물을 건너면 지팡이를 버린다.
긴요하게 쓴 물건도 쓰고 난 다음에는 함부로 한다는 뜻.

9798. 물을 건널 때 배를 다투지 말라. (濟水莫爭船)
물을 건널 때 배에서 다투면 배가 엎어질 위험성이 있기 때문에 다투어서는 안 된다는 뜻.

9799. 물을 구덩이에 채우지 않으면 넘쳐흐르지 않는다. (不盈科不行) 〈孟子〉
무슨 일이나 물과 같이 질서를 잘 지켜야 한다는 뜻.

9800. 물을 담 안으로 댄다. (引水入壇)
담 밖으로 뺄 물을 담 안으로 대서 화를 당하듯이 제 잘못으로 화를 당하게 한다는 뜻.

9801. 물을 만난 오리 같다. (鳧藻)
가장 좋아하는 것을 얻어 즐긴다는 뜻.

9802. 물을 아껴 쓰면 용왕(龍王)이 돕는다.
아무리 흔하고 하찮은 것이라도 아껴 써야 한다는 말.

9803. 물의 성질은 맑기를 바란다. (水之性欲淸) 〈文子〉
물의 성질은 맑은 것을 욕구(欲求)하듯이 사람도 깨

곳한 성질을 가져야 한다는 뜻.

9804. 물이 가야 배도 온다.
먼저 이루어질 일이 이루어져야 목적하는 일이 이루어진다는 뜻.

9805. 물이 깊고 얕은 것은 건너 봐야 안다.
사람도 좋고 나쁜 것은 사귀어 봐야 안다는 뜻.

9806. 물이 깊어야 고기도 모인다. (水積而魚聚)
(1) 덕망이 있어야 사람들이 따르게 된다는 뜻. (2) 분위기가 조성되어야 일이 이루어진다는 뜻.

9807. 물이 깊어야 용도 놀고 고기도 모인다.
덕(德)이 커야 따르는 사람도 많다는 뜻.

9808. 물이 깊어야 용도 생긴다. (水致其深 蛟龍生) 〈説苑〉
재물을 많이 모으게 되면 세력도 생기게 된다는 뜻.

9809. 물이 깊어야 큰 고기도 모인다. (水深大魚) 〈貞觀政要〉
(1) 나라가 커야 인물도 난다는 뜻. (2) 덕이 커야 큰 인물이 따른다는 뜻.

9810. 물이 깊어야 큰 배도 띄운다.
배운 것이 많아야 큰 일도 할 수 있다는 뜻.

9811. 물이 깊지 않으면 큰 배를 띄울 수 없다. (水之積也不厚 則其負大舟也無力) 〈莊子〉
사람도 역량(力量)이 크지 못하면 큰 일을 못 하게 된다는 뜻.

9812. 물이 넓고 깊어야 큰 고기도 산다. (水廣者魚大) 〈淮南子〉
사람도 포부(抱負)가 커야 크게 발전할 수 있다는 뜻.

9813. 물이 넓어야 큰 고기가 논다. (水廣魚游) 〈貞觀政要〉
무대(舞臺)가 커야 활동도 크게 할 수 있다는 뜻.

9814. 물이 단번에 천리를 흐르듯 한다. (一瀉千里)
거침없이 단번에 일이 죽 진행된다는 뜻.

9815. 물이 더러우면 고기가 물 위로 입을 벌린다. (水濁則魚噞),(水濁者魚噞)〈淮南子〉,〈文子〉
고기도 물이 더러우면 입을 물 밖으로 벌리듯이 정치도 가혹하면 군중들은 봉기(蜂起)하게 된다는 뜻.

9816. 물이 더러우면 꼬리 치고 노는 고기가 없다. (水濁則無掉尾之魚) 〈鄧析子〉

정치적으로 불안한 사회에서는 안일하게 즐기는 사람이 없다는 뜻.

9817. 물이 맑으면 큰 고기가 없다. (水清則無大魚) 〈淮南子, 後漢書〉
물이 아주 맑으면 고기가 숨을 곳이 없어 살지 않듯이 사람도 너무 명찰(明察)하면 남들이 싫어하여 벗이 없다는 뜻.

9818. 물이 모여 깊어지면 고기도 모인다. (水積而魚聚) 〈淮南子〉
덕이 많으면 사람들이 저절로 따르게 된다는 뜻.

9819. 물이 모여 깊은 못이 되면 용도 생긴다. (積水成淵 蛟龍生焉) 〈荀子〉
덕을 많이 닦으면 어진 인물이 따르게 된다는 뜻.

9820. 물이 모이면 내가 된다. (水積成川) 〈説苑〉
작은 것도 모이면 크게 된다는 뜻.

9821. 물이 모이면 못이 된다. (積水成淵)
작은 것도 많이 모이면 커진다는 뜻.

9822. 물이 썬 뒤에야 게 구멍도 보인다.
일을 그르쳐 놓고서야 그 잘못을 알게 된다는 뜻.

9823. 물이 아니면 건너지 말고 인정이 아니면 사귀지 말라.
친구를 사귈 때에는 인정으로 사귈 것이지 딴 조건으로 친해서는 안 된다는 뜻.

9824. 물이 얕으면 돌이 보인다. (水淺石出)
경솔한 행동을 하는 사람은 그 속이 보인다는 뜻.

9825. 물이 얕은 곳에서 큰 고기가 놀지 않는다. (水淺者大魚不遊) 〈黃石公素書〉
사람도 소견(所見)이 좁으면 크게 성공할 수 없다는 뜻.

9826. 물이 없어지면 기러기도 오지 않는다. (水盡則雁不來)
권세(權勢)가 없어지면 오던 사람도 오지 않는다는 뜻.

9827. 물이 와야 배도 온다.
선행 조건(先行條件)이 이루어져야 일이 성사된다는 뜻.

9828. 물이 움직이면 그림자도 흔들린다. (水動而景搖) 〈荀子〉
근본이 움직이는 대로 다 따라 움직인다는 뜻.

9829. 물이 있어야 고기도 생긴다.

환경이 먼저 조성되어야 일이 이루어진다는 뜻.

9830. 물이 있으면 고기는 저절로 모여든다.
환경이 조성되면 일은 저절로 이루어진다는 뜻.

9831. 물이 줄어들면 고기는 깊은 물로 돌아간다. (涸魚返淸源)　　　　〈白居易〉
권세가 없어지면 오던 사람들도 권세 있는 사람에게 따라 가게 된다는 뜻.

9832. 물이 증발되면 구름이 되고 뱀이 묵으면 용이 된다. (雲蒸龍變)
어려서는 변변치 못하던 사람이 자라서 훌륭하게 된다는 뜻.

9833. 물이 흐르는 곳에는 고기가 모인다.
(水到魚行)
조건이 조성되면 일은 저절로 된다는 뜻.

9834. 물이 흐르는 데서 고기도 생긴다. (水流而生魚也)　　　　〈六韜〉
환경이 조성되면 일이 이루어진다는 뜻.

9835. 물이 흐르듯이 거침없이 잘하는 말이다.
(懸河口辯：懸河之辯)
물이 흐르듯이 언변(言辯) 좋게 말을 잘한다는 뜻.

9836. 물이 흐르면 저절로 도랑이 된다. (水到渠成)　　　　〈苑成大〉
어떤 일을 하면 부수적(附隨的)으로 이로운 일이 생긴다는 뜻.

9837. 물이 흘러가면 고기도 간다. (水到魚行)
〈餘冬序錄〉
무슨 일이나 분위기(雰圍氣)가 조성되면 이루어진다는 뜻.

9838. 물인지 불인지도 모른다.
무서운 줄도 모르고 함부로 행동한다는 뜻.

9839. 물 잃은 고기다.
(1) 꼼짝달싹도 못 하게 되어 죽게 되었다는 뜻. (2) 의지할 곳이 없게 되었다는 뜻.

9840. 물 잃은 기러기다.
물 잃은 기러기와 같이 치명적인 타격을 받았다는 뜻.

9841. 물자가 적으면 반드시 싸우게 마련이다.
(寡則必爭)　　　　〈荀子〉
경제적으로 넉넉하지 못하면 반드시 싸우게 된다는 뜻.

9842. 물자를 아껴 쓰고 사람은 사랑해야 한다.
(節用愛人)　　　　〈論語〉
윗자리에 앉은 사람은 물자를 절약하는 동시에 아랫사람을 사랑해야 한다는 뜻.

9843. 물자를 절약하여 국민들을 윤택하게 하라.
(節用裕民)　　　　〈荀子〉
정부에서 절약하여 국민의 부담을 적게 하라는 뜻.

9844. 물장수는 돈장수다.
장사 중에서 술장사가 가장 이득이 많다는 말.

9845. 물장수 삼 년에 엉덩이짓만 남았다.
오랫동안 애써 일했으나 아무 보람이 없다는 뜻.

9846. 물장수 삼 년에 동이만 남았다.
오랫동안 애써 일한 보람이 없어서 소득이 변변치 않다는 뜻.

9847. 물장수 상이다.
밥상에 아무것도 남기지 않게 먹고 빈 그릇만 남았다는 뜻.

9848. 물장수 십 년에 술국자만 남았다.
오랫동안 애를 썼으나 아무 소득이 없었다는 뜻.

9849. 물장수 십 년에 엉덩이짓만 남았다.
오랫동안 노력을 했으나 아무 소득도 없이 허송 세월만 하였다는 뜻.

9850. 물장수 집 우물은 물도 돈이다.
막걸리에는 물만 타면 돈이 된다는 뜻.

9851. 물정(物情)도 모르고 값 놓는다.
시세도 모르면서 값을 정한다는 말.

9852. 물정도 모르고 싸다고 한다.
시세도 모르는 주제에 값이 싸다고 한다는 말.

9853. 물정 모르기는 꼭 성문 밖에 마실 온 남산골 샌님 같다.
옛날 남산골 샌님마냥 물정을 전혀 모른다는 뜻.

9854. 물정 모르며 답답하기는 남산골 샌님 같다.
아무것도 모르기 때문에 말 상대가 되지 않는다는 뜻.

9855. 물질의 욕망은 충족시키지 못한다.
(物苦不知足)
물질에 대한 인간의 욕망은 도저히 충족시키지 못한다는 뜻.

9856. 물체가 썩은 다음에 벌레가 생긴다.
(物先腐 後虫生)　　　　〈蘇軾〉
원인(原因)이 있어야 결과(結果)도 있다는 뜻.

9857. 물 탄 꾀가 전 꾀를 속이려고 한다.
어리석은 사람이 영리한 사람을 속이려고 한다는 뜻.

9858. 물 퍼런 것도 잘 보면 여러 가지다.
언뜻 보기에는 같아 보이지만 자세히 보면 다 다르다는 말.

9859. 물 퍼붓듯 한다.
비가 몹시 쏟아져 마치 물을 퍼붓듯 한다는 말.

9860. 물 한 모금도 마시지 못한다. (勺水不入)
병이 점점 악화되어 물 한 모금도 먹지 못한다는 뜻.

9861. 물 한 모금 마실 사이가 없다. (勺水無暇)
매우 바빠서 물 한 모금도 마실 틈이 없다는 뜻.

9862. 뭇닭 속에는 한 마리의 학이 있다.
(衆雞一鶴)
사람이 많으면 그 중에는 뛰어난 사람이 있게 마련이라는 뜻.

9863. 뭇 사람들의 공론이다. (大同之論)
군중들의 정당한 공론이라는 뜻.

9864. 뭇 양을 몰아서 사나운 범을 친다.
(驅群羊 攻猛虎)
약한 자가 강한 자를 공격하면 희생만 많이 생긴다는 뜻.

9865. 뭇 소경이 코끼리 더듬어 본 이야기 하듯 한다. (群盲象評)
모든 사물을 자신의 좁은 주관으로만 잘못 판단하고 있다는 뜻.

9866. 뭍에서 배를 띄운다.
도저히 되지도 않을 짓을 억지로 한다는 뜻.

9867. 뭐니뭐니 해도 구관(舊官)이 명관(名官) 이다.
누가 뭐라고 해도 먼저 있던 사람이 현재 있는 사람보다 낫다는 말.

9868. 뭣 모르는 중이다.
중이 속세(俗世)의 일을 모르듯이 아무것도 모르는 사람이라는 뜻.

9869. 뭣 주고 뺨 맞는다.
제것을 주고도 도리어 망신까지 당하게 되었다는 뜻.

9870. 미꾸라지가 모래를 쑤신다.
아무리 애를 써도 아무런 효과가 나지 않는다는 뜻.

9871. 미꾸라지가 백사장에 나온 격이다.
꼭 죽을 신세가 되었다는 뜻.

9872. 미꾸라지가 뱀장어 사이를 빠져나가듯 한다.
힘 하나 안 들이고 수월하게 한다는 뜻.

9873. 미꾸라지가 온 물을 흐린다.
나쁜 사람 하나가 온 집안이나 온 세상을 어지럽게 한다는 말.

9874. 미꾸라지가 용 됐다.
변변치 못하던 사람이 훌륭하게 되었다는 말.

9875. 미꾸라지 국 먹고 용트림한다. (羹啜泥鰍 噫發騰虬)   〈耳談續纂〉
하잘 것 없는 사람이 허세(虛勢)를 부리며 아니꼽게 논다는 말.

9876. 미꾸라지도 빠지는 재주는 있다.
아무리 못난 사람이라도 한 가지 재주는 다 가지고 있다는 말.

9877. 미꾸라지 먹고 용트림한다.
실속은 없으면서도 겉치장만 그럴듯하게 꾸미는 사람을 보고 하는 말.

9878. 미꾸라지 빠지듯 한다.
무슨 일이나 하지 않고 잘 빠진다는 뜻.

9879. 미꾸라지 속에도 부레풀은 있다.
아무리 못난 사람이라도 속에 오기(傲氣)는 있다는 뜻. ※ 부레풀 : 물고기 뱃속에 있는 공기 주머니.

9880. 미꾸라지 재주를 잘 한다.
무슨 일에 이 핑계 저 핑계 하면서 잘 빠져나가는 재주가 있다는 말.

9881. 미꾸라지 천년에 용 된다.
어려서 못났던 사람이 커서는 훌륭하게 되었다는 뜻.

9882. 미꾸라지 한 마리가 온 강물을 흐려 놓는다.
한 사람의 잘못으로 온 세상을 소란스럽게 한다는 뜻.

9883. 미꾸라지 한 마리가 온 샘물을 흐려 놓는다.
못된 놈 하나가 온 세상을 요란스럽게 한다는 뜻.

9884. 미꾸라지 한 마리가 온 웅덩이를 흐린다.
못된 놈 하나가 온 세상을 어지럽게 한다는 뜻.

9885. 미국 갔다와서 박사 못 된 건 병신이요 중국 갔다와서 장군 못 된 건 병신이다.
건국 초창기에 미국 유학 갔다온 사람 중에는 박사가 된 사람이 많고 중국에서 돌아온 광복군 출신 중에는 장군된 사람이 많았다는 말.

9886. 미끈 유월(六月)이다.

388

음력 유월은 일하다 보니까 저도 모르게 지나가 버렸다는 뜻.

9887. 미끼로써 물고기를 잡으면 물고기는 죽게 된다. (以餌取魚 魚可殺) 〈六韜〉

뇌물을 관리가 받으면 신분이 위태롭게 된다는 뜻.

9888. 미끼 없는 낚시다.

겉모양은 갖추어졌으나 실속이 없어 쓸모가 없다는 뜻.

9889. 미끼 없이 낚는 고기 없고 낚은 고기 미끼 주는 법 없다.

자기 사람을 만들기 전에는 굉장히 대접을 잘 하였지만 일단 자기 사람이 된 뒤에는 박대한다는 뜻.

9890. 미눌이 없는 낚시로서는 고기를 잡지 못한다. (無鐵之鉤 不可以得魚) 〈集韻〉

사람도 강한 의지가 없이는 성공하지 못한다는 뜻.
※ 미눌 : 낚시의 갈고리.

9891. 미더우면 남들이 신임하게 된다. (信則人任之) 〈孔子家訓〉

미덥게 되면 저절로 사람들이 무엇을 맡기게 된다는 뜻.

9892. 미더운 말은 아름답지 않고 아름다운 말은 미덥지 않다. (信言不美 美言不信) 〈老子〉

믿음성 있는 말에는 듣기 좋은 말이 없고 듣기 좋은 말에는 믿음성 있는 말이 없다는 뜻.

9893. 미더운 사람은 남을 속이지 않는다. (信者不欺人) 〈松齋公家訓〉

믿는 사람은 남을 속이는 일이 없다는 뜻.

9894. 미더운 사람은 덕이 있다.

덕이 있는 사람은 믿음직하다는 말.

9895. 미련이 담벼락을 뚫는다.

곰같이 미련한 사람을 보고 하는 말.

9896. 미련이 뚝뚝 듣는다.

얼굴에 미련이 가득하다는 말.

9897. 미련이 먼저 나고 꾀가 나중에 난다.

일을 잘못한 뒤에야 좋은 궁리가 난다는 뜻.

9898. 미련이 먼저 나고 소견이 나중에 난다.

일을 저지른 뒤에야 좋은 궁리가 생각이 난다는 뜻.

9899. 미련이 먼저 나고 슬기가 뒤에 난다.

무슨 일을 할 때 좋은 꾀보다 미련한 생각이 먼저 난다는 말.

9900. 미련하기는 곰이다.

곰같이 미련한 사람이라는 뜻.

9901. 미련한 놈 가슴에는 고드름도 안 녹는다.

미련한 놈은 한번 앙심을 가지면 풀지 않고 두고 두고 해치려고 한다는 뜻.

9902. 미련한 놈 똥구멍에는 불송곳도 안 들어간다.

미련한 사람은 고집도 매우 세다는 뜻.

9903. 미련한 놈에게는 몽둥이 찜질이 약이다.

말로 해서는 듣지 않는 미련한 사람은 몽둥이로 버릇을 고쳐야 한다는 뜻.

9904. 미련한 놈이 곰도 잡는다.

저 죽을지도 모르는 미련한 놈이라야 곰이 무서운 줄도 모르고 덤벼서 잡는다는 뜻.

9905. 미련한 놈이 밥 많이 먹는다.

미련하게 밥을 많이 먹는다는 뜻.

9906. 미련한 놈이 범도 잡는다.

우둔(愚鈍)한 사람이 죽을 줄도 모르고 만용(蠻勇)을 낸다는 뜻.

9907. 미련한 놈 잡아들이라면 가난한 놈 잡아들인다.

돈이 없으면 잘난 사람도 못난 사람 대접을 받게 된다는 뜻.

9908. 미련한 놈치고 꾀 있는 놈 없다.

미련한 사람은 영리하지 못하다는 뜻.

9909. 미루기만 하고 결정은 못 짓는다. (猶豫未決)

질질 끌면서 일을 결정 짓지 못하고 있다는 뜻.

9910. 미리 상의하지 않았으나 의견은 같다. (不謀而同)

어떤 일을 미리 상의한 바는 없으나 의견이 합치되었다는 뜻.

9911. 미세한 것은 흩어지기 쉽다. (其微易散) 〈老子〉

큰 것은 흩어지지 않지만 작은 것은 흩어지기가 쉽기 때문에 조심하라는 뜻.

9912. 미세한 일까지 환히 안다. (無微不燭)

세밀한 일까지 모두 밝게 살핀다는 뜻.

9913. 미역국 먹었다.

어떤 직장에서 해임(解任)을 당했다는 뜻.

9914. 미우면 반드시 싸우게 된다.(惡之則必鬪)
〈荀子〉

서로 미워하는 처지는 반드시 싸우게 된다는 뜻.

9915. 미운 강아지가 부뚜막에 똥 싼다.
미운 사람이 미운 짓만 가려 가면서 한다는 뜻.

9916. 미운 강아지가 우쭐거리며 똥 싼다.
미운 놈이 더욱더 미운 짓만 한다는 뜻.

9917. 미운 강아지 보리 멍석에 똥 싼다.
미운 놈은 미운 짓만 가려 가면서 한다는 말.

9918. 미운 개가 주걱 물고 부뚜막에 오른다.
미운 놈이 미운 짓만 가려 가면서 한다는 뜻.

9919. 미운 고양이가 씨암탉만 물어 죽인다.
언제나 미운 놈은 미운 짓만 한다는 뜻.

9920. 미운 고양이가 조기 물고 부뚜막으로 올라간다.
미운 놈은 미운 짓만 가려서 한다는 뜻.

9921. 미운 년이 분 바르고 이래도 미우냐고 한다.
미운 사람이 얄미운 짓만 한다는 뜻.

9922. 미운 년이 쌀 팔아 살구만 사 먹는다.
미운 사람은 미운 짓만 가려 가면서 한다는 뜻.

9923. 미운 년이 「예쁘냐」고 묻는다.
미운 사람이 점점 미운 짓만 한다는 말.

9924. 미운 년치고 이쁜 짓 하는 것 못 보고 이쁜 년치고 미운 짓 하는 것 못 보았다.
한번 미워진 사람은 이쁜 짓을 해도 밉게 보이며 한번 이뻐진 사람은 미운 짓을 해도 이뻐만 보인다는 뜻.

9925. 미운 놈 떡 하나 더 주고 예쁜 놈 매 하나 더 주랬다.
미운 아이는 귀여워해 주고 예쁜 아이는 엄하게 키워야 한다는 뜻.

9926. 미운 놈 떡 하나 더 주고 우는 놈 한번 더 때리랬다.
미운 놈보다도 우는 놈이 더 보기 싫다는 뜻.

9927. 미운 놈 떡 하나 더 주랬다.
보기 싫은 사람에게 너그럽게 대해 주라는 뜻.

9928. 미운 놈 보려면 길 나는 밭을 사면 안다.
길이 나는 밭을 사게 되면 지나가는 사람들이 곡식을 짓밟게 되므로 미운 사람을 많이 보게 된다는 뜻.

9929. 미운 놈 보려면 딸 많이 낳아라.

사위가 많으면 보기 싫은 것도 많이 보게 된다는 뜻.

9930. 미운 놈 보려면 술장사를 하랬다.
술장사를 하면 보기 싫은 사람을 많이 볼 수 있다는 뜻.

9931. 미운 놈이 떡 목판에 넘어진다.
미운 사람은 미운 짓만 가려 가며 한다는 뜻.

9932. 미운 놈이 오래는 산다.
빨리 죽기를 바라는 미운 놈이 오래 산다는 뜻.

9933. 미운 놈이 한 술 더 뜬다.
미운 놈은 점점 더 미운 짓만 한다는 말.

9934. 미운 마누라 죽젓광이에 이 죽인다.
미운 사람은 미운 짓만 가려 가면서 한다는 뜻.
※ 죽젓광이 : 죽을 쑬 때에 휘젓는 나무 방망이.

9935. 미운 며느리가 금실은 좋다.
며느리가 미운데 저희 부부간에는 정이 좋기 때문에 아들도 미워진다는 뜻.

9936. 미운 며느리가 낳아도 손자는 귀엽다.
며느리는 미울지라도 며느리가 낳은 손자는 귀엽다는 말.

9937. 미운 며느리가 이쁜 손자를 낳는다.
며느리는 미워도 손자는 귀엽다는 뜻.

9938. 미운 벌레가 모로 간다.
미운 사람은 미운 짓만 한다는 뜻.

9939. 미운 사람 고운 데 없고 고운 사람 미운 데 없다.
미운 사람은 고운 짓을 해도 미워 보이고 고운 사람은 미운 짓을 해도 고와 보인다는 뜻.

9940. 미운 사람 고운 데 없다.
미운 사람은 설령 잘하는 일이 있어도 밉게만 보인다는 말.

9941. 미운 사람도 가까이하면 정든다.
아무리 미운 사람도 가까이 지내게 되면 정이 들게 된다는 뜻.

9942. 미운 사람에게는 쫓아가서 인사 하랬다.
미운 사람에게 친절을 베풀어 그의 감정이 없도록 하라는 뜻.

9943. 미운 사람에게 먼저 인사하랬다.
미운 사람을 해치려고 말고 아량(雅量)을 베풀어 주라는 뜻.

9944. 미운 사람은 보태 줘도 밉고 고운 사람은

가져가도 곱다.

미운 사람은 이롭게 해줘도 고마운 줄을 모르게 되고 고운 사람은 손해를 주어도 미운 마음이 안 든다는 말.

9945. 미운 사람은 앞을 봐도 밉고 고운 사람은 뒤를 봐도 곱다.

미운 사람은 잘하는 일이 있어도 밉지만 예쁜 사람은 잘못하는 일이 있어도 예쁘게 보인다는 뜻.

9946. 미운 사람은 웃어도 밉고 고운 사람은 울어도 곱다.

미운 사람은 애교를 떨어도 밉지만 예쁜 사람은 울어도 예쁘게 보인다는 뜻.

9947. 미운 사람이라도 공이 있으면 반드시 상을 주어야 한다. (所憎者 有功必賞) 〈六韜〉

상벌을 주는 데 있어서는 사정을 두어서는 안 된다는 뜻.

9948. 미운 아내라도 홀아비로 있는 것보다는 낫다. (醜婦勝空房) 〈東坡居士集〉

못난 아내라도 홀로 사는 것보다는 낫다는 뜻.

9949. 미운 아이 먼저 안아 주라. (予所憎兒 先抱之懷) 〈耳談續纂〉

미운 사람일수록 너그럽게 대하여 상대방의 마음을 누그러지게 하라는 뜻.

9950. 미운 아이 밥 많이 주라. (憎兒多與食) 〈姜太公〉

(1) 미운 사람일수록 겉으로는 대접을 잘해 주어야 한다는 뜻. (2) 어린 아이들에게는 밥을 많이 주어서는 안 된다는 뜻.

9951. 미운 아이 업어 주랬다.

미운 사람에게 아량(雅量)을 베풀라는 뜻.

9952. 미운 아이 품에 안아 주랬다.

미운 사람일수록 겉으로는 잘 대접하라는 뜻.

9953. 미운 열 사위 없고 고운 외며느리 없다.

사위는 많아도 다 귀엽지만 며느리는 하나라도 밉다는 뜻.

9954. 미운 오리가 한번 더 「꺼득」한다.

미운 사람이 미운 짓만 가려 가며 한다는 뜻.

9955. 미운 오리새끼 놀듯 한다.

미운 사람이 미운 짓만 가려 가면서 한다는 뜻.

9956. 미운 외사위 없고 고운 외며느리 없다.

하나밖에 없는 사위는 귀엽지만 하나밖에 없는 며느리는 밉다는 뜻.

9957. 미운 일곱 살이다.

가장 말썽꾸러기 노릇을 할 때라는 뜻.

9958. 미운 자식 떡 하나 더 주랬다.

미운 사람일수록 흔연히 대접하라는 뜻.

9959. 미운 자식 밥 더 준다.

미운 사람일수록 겉으로는 대접을 잘해 주어야 한다는 뜻.

9960. 미운 자식 밥 많이 먹이랬다.

미운 사람에게는 겉으로나마 대접을 잘 해서 감정이 나지 않도록 하라는 뜻.

9961. 미운 자식 밥으로 키운다.

(1) 미운 사람일수록 겉으로는 잘 대접하라는 뜻.
(2) 어린 아이에게는 밥을 많이 먹여서는 안 된다는 뜻.

9962. 미운 정이 있으면 고운 정도 있다.

미운 사람에게도 고운 데가 있고 고운 사람에게도 미운 데가 있다는 뜻.

9963. 미운 중이 고깔 모로 쓰고 「이래도 밉소」한다.

미운 놈은 미운 짓만 가려 가면서 한다는 뜻.

9964. 미운 중이 아이 잠 깨운다니까 목탁을 더 두드린다.

미운 사람이 하지 말라는 짓을 점점 더 한다는 뜻.

9965. 미운 중이 하루에 동냥을 열 두 번 온다.

미운 사람이 미운 짓만 가려 가며 한다는 말.

9966. 미운 쥐도 품에 품는다. (憎鼠抱內懷) 〈東言解〉

미워도 화(禍)를 방지하기 위하여 잘 대접한다는 뜻.

9967. 미운 털이 박혔나?

미움을 맡아 놓고 당한다는 뜻.

9968. 미운 파리 잡으려다가 고운 파리 잡는다.

못된 놈을 처벌할 때 착한 사람이 애매하게 해를 받게 되었다는 뜻.

9969. 미운 파리 치려다가 고운 파리 상한다. (打憎蠅 傷美蠅) 〈旬五志, 東言解, 松南雜識〉

나쁜 사람을 처치하려다가 도리어 좋은 사람을 해치게 되었다는 뜻.

9970. 미운 풀 베다가는 고운 풀도 벤다.

나쁜 사람을 처벌하려다가 도리어 착한 사람까지 벌을 받게 된다는 말.

9971. 미운 풀이 죽으면 고운 풀도 죽는다.

나쁜 것을 없애 버릴 때는 좋은 것도 다소 희생된다는 뜻.

9972. 미워서 화를 낸다. (嫌怒) 〈禮記〉
미운 사람에게 화를 낸다는 뜻.

9973. 미워하고 비방한다. (嫌謗)
미워하면서 비방한다는 뜻.

9974. 미워하고 시기한다. (嫌猜)
미워하면서 시기를 한다는 뜻.

9975. 미워하고 싫어한다. (嫌厭)
미운 사람을 싫어한다는 뜻.

9976. 미워하고 원망한다. (嫌怨) 〈晉書〉
미워하면서 원망하고 있다는 뜻.

9977. 미워하는 사람이 많으면 위험하다. (惡之者 衆則危) 〈荀子〉
군중들에게 미움을 받는 사람의 신분은 항상 위험하다는 뜻.

9978. 미워하면 그 사람이 죽기를 바란다. (惡之欲其死) 〈論語〉
미워하면 그가 죽기를 바라게 된다는 뜻.

9979. 미워하면서 닮는다.
처음에는 싫어하던 것도 늘 접촉하게 되면 자신도 물들게 된다는 뜻.

9980. 미워할지라도 그 사람의 아름다운 것은 알아야 한다. (惡而知其美) 〈大學〉
아무리 미운 사람이라도 그의 아름다운 점은 알아 주어야 한다는 뜻.

9981. 미워할지라도 그의 착한 것은 알아야 한다. (憎而知其善) 〈禮記〉
아무리 미운 사람이라도 그가 착하고 착하지 못한 것은 명백히 알아야 한다는 뜻.

9982. 미인(美人) 끝은 여우 된다.
미인이 잘못하면 요부(妖婦)가 되기 쉽다는 말.

9983. 미인끼리는 서로 투기한다. (同美相妬) 〈素書〉
(1) 미인끼리는 서로 시기하여 사이가 나쁘다는 뜻.
(2) 이해가 같은 사람끼리는 서로 비방한다는 뜻.

9984. 미인 소박은 있어도 박색 소박은 없다.
미인이 이혼을 당하는 일은 있어도 박색이 이혼당하는 일은 없듯이 흔히 미인은 마음이 너그럽지 못하나 박색은 마음씨가 좋다는 뜻.

9985. 미인 싫다는 사람 없고 돈 마다는 사람 없다.
누구나 아내는 미인을 얻고 싶고 돈도 많이 가지고 싶은 것이 인간의 상정(常情)이라는 뜻.

9986. 미인에게는 나이가 없다.
미인은 나이가 많아도 예쁘게 보인다는 말.

9987. 미인은 누구든지 욕심을 내게 된다. (美色衆所嗜也) 〈廣文者傳〉
남자는 누구든지 미인을 보면 욕심을 내게 된다는 뜻.

9988. 미인은 눈물이 많다. (美人多淚) 〈馬駟傳〉
얼굴이 아름다운 여자는 마음이 약하기 때문에 눈물이 많다는 뜻.

9989. 미인은 추녀(醜女)의 원수이다. (美女醜婦之仇), (美女入室 惡女之仇) 〈説苑〉,〈史記〉
얼굴이 못난 여자는 얼굴이 예쁜 여자를 원수로 여긴다는 뜻.

9990. 미인은 팔자가 사납다.
많은 경우에 미인에게는 불행한 일이 있기 쉽다는 뜻.

9991. 미인을 보고도 음탕한 마음을 가지지 않는다. (見美不淫)
아름다운 여자를 보아도 음탕한 생각을 하지 않는다는 말.

9992. 미인을 보고서 음란한 마음을 일으키면 그 앙보는 아내나 딸에게 미치게 된다. (見色而起淫心 報在妻女) 〈朱子〉
처자가 있는 사나이가 미인을 보고서 음란한 생각을 가지게 되면 그 영향이 처자에게 미치게 된다는 말.

9993. 미인의 얼굴도 다 같지 않다. (美人不同面) 〈淮南子〉
(1) 미인의 얼굴은 다 다르지만 예쁘다는 뜻.
(2) 좋은 것에는 다 각기 특징이 있다는 뜻.

9994. 미인의 얼굴은 못난 여자의 질투를 받게 된다. (好女之色 惡者之孼也) 〈荀子〉
남보다 뛰어나게 이쁘거나 일을 잘하게 되면 사람이 질투를 하게 된다는 뜻.

9995. 미인의 운명은 기박하다. (美人薄命) 〈蘇軾〉
미인에게는 뭇사나이가 따르게 되기 때문에 잘못하면 불행하게도 되기 쉽다는 뜻.

9996. 미인이 방에 들어오면 못난 여자의 원수가 된다. (美女入室 惡女之仇) 〈史記〉
잘난 사람은 못난 사람에게 미움을 받게 된다는 뜻.

9997. 미장이에게 호미 있으나 마나다.
남에게는 소중해도 자신에게는 아무 소용이 없다는 뜻.

9998. 미장이의 비비송곳 같다.
무슨 생각을 깊이 하면서 고민만 한다는 뜻.

9999. 미장이 잘 사는 사람은 있어도 목수 잘사는 사람은 없다.
미장이는 벽을 바를수록 벽이 두꺼워지는데 목수는 나무를 끊고 깎아서 적게 만들게 되므로 이와 마찬가지로 미장이는 돈을 모을 수 있지만 목수는 돈을 쓰기만 하고 모으지는 못한다는 뜻.

10000. 미장이 집에 흙손이 없다.
마땅히 있어야 할 곳에 오히려 없는 경우가 있다는 말.

10001. 미주알 고주알 다 캔다.
무슨 일을 속속들이 다 조사한다는 말.

10002. 미주알 고주알 밑두리 콧두리 다 캔다.
별의 별 것을 다 조사하여 캐 본다는 뜻.

10003. 미주알 고주알 한다.
별의 별 것을 다 말한다는 뜻.

10004. 미지근해도 흥정은 잘한다.
시원스럽지는 않아도 일은 잘한다는 뜻.

10005. 미쳐 날뛰며 소란스럽게 떠든다. (狂叫亂攘)
미친놈이 세상을 소란스럽게 하고 있다는 뜻.

10006. 미쳐 날뛴다. (躁狂)
정신없이 미쳐 나돌아다닌다는 뜻.

10007. 미쳐도 고이 미치랬다.
나쁜 짓을 하더라도 욕먹을 짓은 말아야 한다는 뜻.

10008. 미치면 마음도 바르지 못하다. (狂而不直)
〈論語〉
올바른 행동을 하지 않는 사람은 그 마음도 올바르지 못하다는 뜻.

10009. 미친개가 주인을 안다더냐.
못된 놈은 은인(恩人)도 몰라 보고 행패를 한다는 뜻.

10010. 미친개가 천연한 체한다.
평소의 못된 행동을 숨기고 점잖은 척한다는 뜻.

10011. 미친개가 호랑이를 잡는다.
사람도 정신 없이 날뛰는 사람이라야 아무리 무서운 일이라도 하게 된다는 뜻.

10012. 미친개 눈에는 몽둥이만 보인다.
항상 신경을 쓰는 일이 있으면 모두 그것 같이 보인다는 뜻.

10013. 미친개는 모든 사람들이 쫓아 버린다.
(國人逐瘦狗)
〈春秋左傳〉
올바른 행동을 잃는 사람은 남들이 다 상대하지 않는다는 뜻.

10014. 미친개는 몽둥이가 약이다.
말해서 안 듣는 사람은 주먹으로 버릇을 고쳐야 한다는 뜻.

10015. 미친개는 주인도 문다.
못된 놈은 저를 도와 준 은인도 해친다는 말.

10016. 미친개 다리 틀리듯 한다.
어떤 일이 틀어져서 실패하게 되었다는 말.

10017. 미친개 범 물어간 것만이나 시원하다.
미운 놈이 없어져서 속이 매우 시원하다는 뜻.

10018. 미친개에 물린 셈 친다.
못된 놈에게 망신 당한 것은 미친 개에게 물린 폭 친다는 뜻.

10019. 미친개 잡아 나눠먹듯 한다.
주인 없는 개 잡아 나누어 먹듯이 공것이 생겨서 잘 먹었다는 뜻.

10020. 미친개 잡은 몽둥이 삼 년 우려 먹는다.
별로 신통치가 않은 일을 두고 두고 되풀이한다는 말.

10021. 미친개 풀 먹듯 한다.
이것 저것 먹기 싫은 것 먹듯 한다는 뜻.

10022. 미친개 호랑이 물려간 것 같다.
보기 싫은 사람이 없어져 속이 시원하다는 뜻.

10023. 미친년 널 뛰듯 한다.
아무 재미도 없이 함부로 한다는 뜻.

10024. 미친년 달래 캐듯 한다.
무슨 일을 침착하게 하지 않고 거칠게 한다는 뜻.

10025. 미친년 상치 뜯듯 한다.
무슨 일을 미친년마냥 함부로 한다는 뜻.

10026. 미친년 속곳 가랑이 같다.
단정하지 못하고 너무 지저분해 보인다는 뜻.

10027. 미친년 속차리면 행주로 요강 닦는다.
태만한 사람이 속을 차리고 일을 잘하겠다고 하지만 별 것이 아니라는 말.

10028. 미친년 아이 달래듯 한다.
침착하게 일을 하지 못하고 함부로 한다는 뜻.

10029. 미친년 아이 씻어서 죽인다.
좋은 짓도 지나치게 여러 번 되풀이하면 도리어 해
롭게 된다는 뜻.

10030. 미친년 아이 주물러 죽이듯 한다.
무슨 물건을 자꾸 주물러서 못 쓰게 만든다는 뜻.

10031. 미친년 오줌 싸듯 한다.
무슨 일을 하다 말다 하기만 한다는 뜻.

10032. 미친년이 달밤에 널 뛰듯 한다.
행동이 몹시 경솔한 사람을 가리키는 말.

10033. 미친년 춤추듯 한다.
미친년이 아무렇게나 춤을 추듯이 일하는 것이 거칠
다는 뜻.

10034. 미친년 풋나물 캐듯 한다.
미친 년이 일하듯이 하는 일을 함부로 한다는 뜻.

10035. 미친놈도 침(鍼)이라면 무서워한다.
미친놈도 무서워하는 것은 있다는 뜻.

10036. 미친놈도 혼자서는 미친 짓 않는다.
봐주는 상대가 없으면 일하는 데 신이 나지 않는다
는 뜻.

10037. 미친놈 바지 가랑이 같다.
단정하지 못하고 지저분하게 보인다는 뜻.

10038. 미친놈에게는 침이 약이다.
미친 병은 침으로 고치는 것이 잘 낫는다는 뜻.

10039. 미친놈에게 칼을 준 격이다.
미친놈에게 칼을 주면 피해가 더 커지듯이 사태가 더
악화되었다는 말.

10040. 미친놈의 말에도 쓸 말이 있다.
미친 사람의 말 속에도 쓸 말이 있듯이 누구의 말에
나 쓸 말은 다 있기 때문에 잘 들어야 한다는 뜻.

10041. 미친놈이 뛰면 성한 놈도 뛴다.
나쁜 짓을 하는 사람이 있으면 착한 사람도 따라 하
게 된다는 말.

10042. 미친 놈이 미친 짓 한다. (狂童之狂也且)
〈詩經〉
미친놈이 더 미친 짓을 하듯이 미운 놈이 더 미운 짓
만 한다는 뜻.

10043. 미친 듯이 취한 듯이 날뛴다. (如狂如醉)
마치 미친 사람이나 술 취한 사람의 행동과 같다는
뜻.

10044. 미친 사람도 함부로 덤비지 않는다.

(狂夫瞿瞿) 〈詩經〉
아무리 정신이 없는 사람이라도 기억하고 있는 것은
있다는 뜻.

10045. 미친 사람 말도 성인(聖人)은 가려 쓴다.
어떤 사람의 말에나 쓸 말이 있기 때문에 남의 말을
잘 듣고 쓸 말은 받아들여야 한다는 뜻.

10046. 미친 중놈 집 헐듯 한다. (狂憎撤家事)
〈東言解〉
당치도 않은 일을 부산하게 만든다는 뜻.

10047. 미친 중 목탁 치듯 한다.
무슨 일을 생각도 없이 함부로 한다는 뜻.

10048. 미친 체하고 떡판에 넘어진다.
일부러 모르는 체하고 제 욕심을 채우려고 한다는 뜻.

10049. 미투리 신고 눈에 다닌다. (葛履步雪)
마른 신을 신고 눈에 다니듯이 격에 맞지 않는 짓을
한다는 뜻.

10050. 민둥산에는 고라니가 놀지 않는다.
(禿山不遊麋鹿) 〈淮南子〉
산에 초목이 없으면 산짐승이 없듯이 무슨 일이나 조
건이 조성되지 않으면 이루어지지 않는다는 뜻.

10051. 민성(民聲)이 천성(天聲)이다.
민중(民衆)들의 여론은 정당하다는 뜻.

10052. 민심에 순종한다. (順民心)
군중들의 여론에 복종해야 한다는 뜻.

10053. 민심을 얻는 사람은 편안하다. (取民者安)
〈荀子〉
군중들의 지지를 받는 사람은 안정된 생활을 할 수 있
다는 뜻.

10054. 민심이 천심이다. (民心而天心)
군중들이 생각하고 있는 것이 가장 옳다는 말.

10055. 민중들과는 친해야 하고 일에는 순서가
있어야 한다. (民親而事有序) 〈春秋左傳〉
위정자는 국민들과 친밀해야 하며 모든 일은 질서 정
연히 처리해야 한다는 말.

10056. 민중들과 바라는 것이 같으면 그 일은 이
루어진다. (與衆同欲 是以濟事) 〈春秋左傳〉
대중들이 원하는 일을 같이 하면 군중들의 성원을 얻
기 때문에 성사된다는 말.

10057. 민중들과 위정자는 친밀해야 한다.
(親其民人) 〈春秋左傳〉
국민들과 위정자는 친밀하여 굳게 단결되어야 한다는

말.

10058. 민중들에게 덕의에 어긋나는 짓을 하면 폭동을 일으킨다. (民反德爲亂) 〈春秋左傳〉

위정자가 군중들에게 반도의적(反道義的)인 행동을 하게 되면 폭동을 일으킨다는 뜻.

10059. 민중들에게 베푸는 은혜에는 재물을 아끼지 말아야 한다. (惠施於民 必無愛財) 〈六韜〉

국민들을 구제하는 일에는 재정을 아끼지 말고 넉넉하게 해 주라는 말.

10060. 민중들에게 좋은 무기가 보급되면 국가는 혼란하게 된다. (民多利器 國家滋昏) 〈老子〉

국민들이 좋은 무기를 많이 소유하고 있으면 보안상 혼란을 야기시키게 된다는 말.

10061. 민중들은 관리를 미워한다. (民惡其上) 〈春秋左傳〉

민중들은 자기를 해롭게 하는 탐관 오리(貪官汚吏)를 미워한다는 뜻.

10062. 민중들은 권세에 복종한다. (民者 固服於勢) 〈韓非子〉

국민들은 권력과 세력이 있는 사람에게는 잘 복종한다는 말.

10063. 민중들은 모두 재물을 탐내고 먹기를 좋아 한다. (衆皆貪婪) 〈楚辭〉

사람들은 누구나 재물과 먹는 것을 탐내고 좋아한다는 뜻.

10064. 민중들은 소나 말 같다. (民如牛馬) 〈六韜〉

국민들은 소나 말과 같이 근면하게 일을 한다는 뜻.

10065. 민중들은 위정자를 우뢰같이 두려워한다. (畏之如雷霆) 〈春秋左傳〉

국민들은 위정자를 매우 두려워한다는 말.

10066. 민중들은 위정자를 해나 달과 같이 우러러본다. (仰之如日月) 〈春秋左傳〉

국민들은 위정자를 해나 달과 같이 존경한다는 말.

10067. 민중들을 가르쳐 서로 사랑하게 한다. (教民相愛) 〈禮記〉

위정자는 국민들을 교양시켜 서로 사랑하고 협력하도록 해야 한다는 말.

10068. 민중들을 가르쳐 풍속을 바로 잡아야 한다. (教訓正俗) 〈禮記〉

국민들을 도덕적으로 교양하여 좋은 풍속을 유지, 발전시켜야 한다는 말.

10069. 민중들을 구제하는 것을 은덕이라고 한다. (恤民爲德) 〈春秋左傳〉

위정자가 국민의 재난을 구제하는 것을 은덕이라고 한다는 뜻.

10070. 민중들을 구제하는 데 게으르지 말아야 한다. (恤民不倦) 〈春秋左傳〉

위정자는 국민들의 재난을 구제하는 데 전력을 다 하라는 말.

10071. 민중들을 너그럽게 다스리면 편안하게 된다. (生民寬而安) 〈荀子〉

관대한 정치를 하면 국민들이 편안하게 생활할 수 있다는 말.

10072. 민중들을 다스리기가 어려운 것은 그들에게 영리한 지혜가 많기 때문이다. (民之難治 以其智多) 〈老子〉

국민들을 다스리기가 어려운 것은 국민들이 모두 영리하기 때문에 이를 설득시키기가 어렵다는 말.

10073. 민중들을 다스리는 데는 평등해야 한다. (治民使平) 〈三略〉

국민들을 모두 평등하게 다스려야만 불평이 없게 된다는 말.

10074. 민중들을 덕으로 교화시켜야 한다. (民教之以德) 〈孔子〉

위정자는 국민들을 도덕적으로 교양시켜야 한다는 말.

10075. 민중들을 수탈하기 좋아하는 사람은 위태롭게 된다. (好取侵奪 如是者危殆) 〈荀子〉

국민들의 재물을 수탈하는 위정자는 그 지위가 위태롭게 된다는 말.

10076. 민중들을 원수같이 여긴다. (視民如讎) 〈春秋左傳〉

폭군은 국민들을 원수같이 여긴다는 말.

10077. 민중들을 이롭도록 다스려야 한다. (利以平民) 〈春秋左傳〉

정치는 국민들이 번영하도록 해야 한다는 말.

10078. 민중들을 자식과 같이 돌봐야 한다. (視民如子) 〈春秋左傳〉

위정자는 국민을 자기 자식같이 잘 보살펴 주어야 한다는 말.

10079. 민중들을 착취하여 재력이 고갈되게 한다. (固民是盡) 〈禮記〉

위정자가 국민을 착취하면 국민들은 경제적으로 파탄된다는 뜻.

10080. 민중들의 근심이 많으면 망하게 된다.
(民憂則流亡)　　　　　　　　〈六韜〉
국민들의 근심이 많은 나라는 망하게 된다는 말.

10081. 민중들의 논의(論議)는 들어야 한다.
(聽衆議)　　　　　　　　　　〈漢書〉
군중들의 여론은 그대로 받아들여야 한다는 뜻.

10082. 민중들의 논의는 한결같지 않다. (衆議不
一)
군중들의 여론이 한결같지 못하고 서로 다르다는 뜻.

10083. 민중들의 마음은 하나가 아니다. (民心不
一)　　　　　　　　　　　　〈春秋左傳〉
군중들이 생각하고 있는 것은 여러 가지라는 뜻.

10084. 민중들의 마음을 잡지 못하면 신용을 얻
지 못하게 된다. (不媚不信)　　〈春秋左傳〉
군중들의 심리를 파악하지 못하면 국민들의 신임을 받
지 못한다는 뜻.

10085. 민중들의 많은 입은 빼앗지 못한다.
(不奪衆多之口)　　　　　　　〈漢書〉
군중들의 여론은 막을 수가 없다는 뜻.

10086. 민중들의 분노가 쌓이면 모반하게 된다.
(蘊蓄民)　　　　　　　　　　〈春秋左傳〉
군중들의 분노가 쌓이고 쌓이게 되면 폭발하여 봉기
(蜂起)하게 된다는 말.

10087. 민중들의 분노는 침범할 수 없다. (衆怒不
可犯也)　　　　　　　　　　〈春秋左傳〉
군중들이 분노하여 궐기(蹶起)하였을 때는 이것을 막
을 수 없다는 뜻.

10088. 민중들의 비난은 쇠도 녹이며 흉보는 일
이 많으면 뼈도 녹인다. (衆口鑠金 毁積銷骨)
　　　　　　　　　　　　　　〈鄒陽〉
군중의 여론에 거슬리거나 비난을 받고서는 살 수 없
다는 뜻.

10089. 민중들의 비난은 쇠도 녹인다. (衆口鑠金)
　　　　　　　　　　　　　　〈鄒陽〉
군중들의 여론은 쇠라도 녹일 정도로 무섭다는 뜻.

10090. 민중들의 생활이 거꾸로 달아 매인 듯하
다. (民生之倒懸)　　　　　　〈茶山論叢〉
국민들의 생활이 도탄(塗炭)에 빠져 있다는 말.

10091. 민중들의 여론에서 의문 되는 것은 이해
시켜야 한다. (解衆論之疑)　　〈後漢書〉
군중의 여론에서 의심스러운 것이 있을 때는 이것을
잘 이해시켜야 한다는 뜻.

10092. 민중들의 원망은 쌓여지기 어렵다.
(衆怨難積)　　　　　　　　　〈魏志〉
군중들의 원망은 쌓이기 전에 폭발되기 때문에 축적
되기 어렵다는 뜻.

10093. 민중들이 위에 있어도 무겁다고 하지 않
아야 한다. (處上而民不重)　　〈老子〉
위정자는 국민들의 부담을 가볍게 해야 한다는 말.

10094. 민중들의 입을 막기는 냇물을 막기보다도
어렵다. (防民之口 甚於防川)　〈十八史略〉
군중의 여론을 막을 수 없다는 말.

10095. 민중들이 굶주리게 되는 것은 위정자가 세
금을 많이 거두기 때문이다. (民之難治 以其
上之有爲)　　　　　　　　　　〈老子〉
국민 경제가 파탄되는 중요한 원인은 위정자들이 세
금을 지나치게 부담시키는 데 있다는 뜻.

10096. 민중들이 굶주린 빛을 띠고 있다. (衆有饑
色)　　　　　　　　　　　　　〈管子〉
흉년이 들어 군중들이 굶주리고 있다는 뜻.

10097. 민중들이 다 알고 있는 바이다. (衆人共
知 : 衆所共知)
군중들이 다 알고 있기 때문에 그대로 해야 한다는 뜻.

10098. 민중들이 다 싫어하는 바이다. (衆人所惡)
　　　　　　　　　　　　　　〈老子〉
군중들이 모두 싫어하는 것이기 때문에 그대로 따라
야 한다는 뜻.

10099. 민중들이 도탄에 빠졌다. (民墜塗炭)
　　　　　　　　　　　　　　〈書經〉
국민들의 생활이 매우 곤궁하다는 말.

10100. 민중들이 바라는 바는 하늘도 반드시 따
른다. (民之所慾 天必從之)　　〈春秋左傳〉
군중들이 소망하는 것은 하늘도 이를 받아 들여 성공
하도록 한다는 말.

10101. 민중들이 수고로우면 이들을 좀 편안하게
해야 한다. (民亦勞止 汔可小康)　〈詩經〉
위정자는 국민들의 애로를 해결하여 그들을 되도록
편안하게 해주어야 한다는 말.

10102. 민중들이 의심하게 되면 안정되는 나라가
없다. (衆疑無定國)　　　　　〈三略〉
국민들이 국가를 의심하게 되면 그 국가는 반드시 불
안정하게 된다는 뜻.

10103. 민중들이 의지할 데가 없다. (民無所依)
　　　　　　　　　　　　　　〈春秋左傳〉

국민들이 위정자를 믿을 수가 없어 의지할 데가 없다는 말.

10104. 민중들이 지켜본다. (衆人所視 : 衆人環視)

군중들이 감시하는 것이기 때문에 꼼짝달싹 할 수 없다는 뜻.

10105. 민중들이 하는 일은 어길 수 없다.
(衆之所爲 不可奸也) 〈春秋左傳〉

민중들이 하는 일은 방해할 수 없다는 뜻.

10106. 민중들이 합심하면 산도 움직일 수 있다.
(衆煦漂山) 〈漢書〉

군중들이 단결되면 못할 일이 없다는 뜻.

10107. 민중들이 합심하면 산도 움직일 수 있으며 모기도 많이 모이면 우뢰소리를 낸다.
(衆煦漂山 聚蚊成雷) 〈漢書〉

약한 힘도 합치면 강한 힘으로 되어 못할 일이 없다는 뜻.

10108. 민중들이 협력하여 주는 사람은 강하다.
(民齊者彊) 〈荀子〉

국민들의 지지를 받는 정권은 강하다는 말. → 민중들이 협력하여 주지 않는 사람은 약하다.

10109. 민중들이 협력하여 주지 않는 사람은 약하다. (民不齊者弱) 〈荀子〉

대중들의 지지를 받지 못하는 위정자는 약하다는 말. → 민중들이 협력하여 주는 사람은 강하다.

10110. 민중은 깨우쳐서 동원시켜야 한다.
(驚動衆人) 〈禮記〉

군중을 동원시킴에 있어서는 먼저 이해시켜서 동원시켜야 한다는 뜻.

10111. 민중을 동원시킬 때는 시기를 봐서 해야 한다. (使民以時) 〈孔子〉

국민들을 동원시킬 때는 시기를 보아 적절한 시기에 집행해야 한다는 뜻.

10112. 민중을 위하여 좋은 일을 많이 하라.
(能爲衆集事) 〈鄕約章程〉

민중을 위하여 자기 역량이 있는 대로 봉사(奉仕)하라는 뜻.

10113. 민중을 잃으면 나라도 잃는다. (失衆失國)
〈大學〉

위정자가 민중들의 지지를 못 받게 되면 국가도 망하게 된다는 뜻.

10114. 민중을 중하게 여기고 국법을 준수해야

한다. (以重民生 以尊國法) 〈牧民心書〉

관리는 민중을 소중히 여기는 동시에 법을 잘 지켜야 한다는 뜻.

10115. 민중의 감정이 극도에 이르면 폭발된다.
(衆情欝怫)

민중의 분노가 극도에 이르면 폭동을 일으키게 된다는 뜻.

10116. 민중의 노여움은 뼈 속까지 스며든다.
(衆怒入骨) 〈虎叱〉

민중들의 노여움은 오래 간다는 뜻.

10117. 민중의 마음을 얻는 사람은 하늘도 감동시킨다. (得衆動天) 〈荀子〉

민중들에게 지지를 받는 사람은 하늘도 감탄하게 된다는 말.

10118. 민중의 마음이 합치면 성을 이룬다.
(衆心成城)

민중들이 단결하게 되면 당할 수 없는 큰 힘으로 된다는 뜻.

10119. 민중의 말들이 다 같다. (衆口同聲)

민중의 여론이 일치(一致)한다는 뜻.

10120. 민중의 분노는 막기 어렵다. (衆怒難防)

민중들이 한번 분노하게 되면 이것을 막기 어렵다는 뜻.

10121. 민중의 분노는 침범할 수 없다. (衆怒難犯) 〈春秋左傳〉

민중들이 분노하여 일어난 것은 탄압해서는 안 된다는 뜻.

10122. 민중의 소망은 이루어진다. (衆望所歸)

민중들이 원하는 일은 이루어진다는 말.

10123. 민중의 신망이 있는 사람은 승리한다.
(衆望者必勝)

민중들에게 신망을 얻은 사람은 성공한다는 뜻.

10124. 민중의 웃사람이 되려면 반드시 겸손한 말로 상대에게 낮추어야 한다. (是以欲上民 必以言下之) 〈老子〉

위정자는 국민들에게 겸손하게 상대해야 한다는 뜻.

10125. 민중의 의견으로 결정한다. (對衆發落)

민중들의 의견에 의하여 결정된다는 뜻.

10126. 민중의 의견을 널리 들어 채택한다.
(博採衆議)

민중의 의견을 널리 들어서 민주주의적으로 결정하

라는 뜻.

10127. 민중의 의사를 거역한다. (午其衆) 〈禮記〉
민중의 뜻과 소원을 듣지 않는다는 말.

10128. 민중의 입으로 세워진 비다. (萬口成碑)
민중의 여론에 의하여 이루어진 업적(業績)이라는 뜻.

10129. 민중의 입은 막기 어렵다. (衆口難防)
대중들의 여론은 막기 어렵다는 뜻.

10130. 민중의 입은 뺏지 못한다. (不奪衆多之口)
〈漢書〉
군중의 여론은 꺾을 수 없다는 뜻.

10131. 민중의 피해는 제거해 주어야 한다.
(除民之害) 〈六韜〉
위정자는 국민들의 피해가 없도록 해야 한다는 말.

10132. 민중의 힘으로 도움을 받는다. (衆力扶身)
군중의 힘을 얻어 일어서게 되었다는 말.

10133. 민중의 힘은 하늘도 이긴다. (人衆勝天)
세상에서 가장 센 힘은 단결된 민중의 힘이라는 뜻.

10134. 민첩하면 공을 세울 수 있다. (敏則有功)
〈論語〉
무슨 일을 민첩하게 하는 사람은 성공할 수 있다는 뜻.

10135. 믿는 데가 있으면 두렵지 않다. (恃而不恐)
든든히 믿을 수 있는 배경만 있으면 두려울 것이 없다는 뜻.

10136. 믿는 마음이 있으면 바로 집행한다.
(信心直行)
믿는 일이라고 생각되는 것은 바로 실행해야 한다는 뜻.

10137. 믿어야 옳을지 믿지 말아야 옳을지를 모른다.
믿을 수도 없고 믿지 않을 수도 없는 난처(難處)한 처지에 있다는 뜻.

10138. 믿어지기도 하고 의심스럽기도 하다.
(半信半疑)
한편으로는 믿어지기도 하고 한편으로는 의심도 난다는 뜻.

10139. 믿었던 나무를 곰이 차지했다. (信木浮熊)
〈旬五志〉
옛날 어떤 사람이 좋은 나무를 보아 놓고 베러 갔더니 곰이 앉아 있어 못 베고 오듯이 꼭 믿고 있던 일이 허사가 되었다는 뜻.

10140. 믿었던 나무에 좀이 난다.
믿고 있던 사람에게 배신을 당했다는 뜻.

10141. 믿었던 돌에 발부리 채인다.
(1) 믿었던 사람에게 배신을 당했다는 뜻. (2) 믿었던 일이 실패되었다는 뜻.

10142. 믿으면 속이지 않는다. (信則不欺) 〈六韜〉
믿는 처지에는 속이는 일이 없어야 한다는 뜻.

10143. 믿으면 의심하지 말라. (信之勿疑)
믿던 사람도 의심하게 되면 서로 불신하기 때문에 의심해서는 안 된다는 뜻.

10144. 믿는 나무에 좀난다.
믿었던 사람이 엉뚱한 짓을 하였을 때 하는 말.

10145. 믿는 도끼에 발등 찍힌다.
믿고 있던 사람에게 배신(背信)을 당했다는 뜻.

10146. 믿을 수 없는 것은 귀다. (不可信者耳也)
여러 사람들의 말에는 거짓말이 많으므로 듣는 말은 믿기가 어렵다는 뜻.

10147. 믿을 수 없는 행동이다. (不信行爲)
도저히 믿을 수 없는 행동을 한다는 뜻.

10148. 믿을 수 있는 것은 눈이다. (可信者 目也)
무슨 일이나 자신이 직접 본 것이 아니면 믿을 수 없다는 말.

10149. 믿음성은 있어도 덕이 없다. (有信無德)
믿음성은 비록 있을지라도 덕이 없기 때문에 진실한 믿음은 되지 못한다는 뜻.

10150. 믿음성이 없으면 출세하지 못한다.
(無信不立) 〈蓉洲文集〉
믿음성이 없는 사람은 아무도 상대하지 않기 때문에 출세할 수가 없다는 뜻.

10151. 믿음성이 있는 말은 아름답지 않다.
(信言不美) 〈老子〉
미더운 말은 가식(假飾)이 없는 사실 그대로의 말이기 때문에 아름답지 못하다는 뜻.

10152. 믿음성이 있는 말은 아름답지 않으며 아름다운 말은 믿음성이 없다. (信言不美 美言不信) 〈老子〉
믿음성이 있는 말은 가식(假飾)이 없기 때문에 아름답지 않으며 아름다운 말에는 가식이 있기 때문에 믿음성이 없다는 뜻.

10153. 믿음성이 있으면 일거리도 맡긴다.
(信則人任焉) 〈論語〉

믿을 수 있는 사람에게는 일자리를 맡기게 된다는 뜻.

10154. 믿음으로 맺으면 국민들이 배반하지 않는다. (信以結之 則民不倍)　　　〈禮記〉

신의(信義)로 상대하면 민중들은 배반하지 않는다는 뜻.

10155. 믿음으로써 예의를 지킨다. (信以守禮)　　　〈春秋左傳〉

믿을 수 있도록 예의를 지켜야 한다는 뜻.

10156. 믿음으로써 의를 행한다. (信以行義)　　　〈春秋左傳〉

서로 믿을 수 있도록. 의리를 지켜야 한다는 뜻.

10157. 믿음은 나라의 보배이다. (信 國之寶也)　　　〈春秋左傳〉

모든 국민들이 신의(信義)를 지키게 되면 국가의 큰 보배로 된다는 뜻.

10158. 믿음을 받은 후에 충고해야 한다. (信而後諫)　　　〈論語〉

충고를 할 때는 먼저 믿을 수 있게 만든 다음에 충고를 해야 한다는 뜻.

10159. 믿음을 받지 못하는 데 충고하면 자기를 헐뜯는다고 생각한다. (未信則 以爲謗之)　　　〈論語〉

서로 믿는 자리가 아닌 사람에게 충고를 하게 되면 자기를 비방하는 것으로 오해하기 쉽다는 뜻.

10160. 믿음이 모자라면 믿지 않게 된다. (信不足焉 有不信焉)　　　〈老子〉

믿음이 부족하면 남이 믿지 않게 된다는 뜻.

10161. 믿음직한 뜻을 세워야 한다. (信以立志)　　　〈春秋左傳〉

확고하게 의지(意志)를 세워야 한다는 뜻.

10162. 믿음직한 말이다. (言有所依)

믿음성이 있는 말이라는 뜻.

10163. 믿지 않는 마음이다. (不信之心)

미덥지 못한 마음씨라는 뜻.

10164. 믿지 않으면 국민들은 따르지 않는다. (不信民弗從)　　　〈中庸〉

민중들은 위정자를 믿지 못하면 따르지 않는다는 뜻.

10165. 믿지 않으면 속지도 않는다.

믿지 않는 일은 속을 것도 없다는 뜻.

10166. 믿지 않으면 자기를 비방한다고 여긴다.

(未信則以爲謗己)　　　〈論語〉

남을 믿어 주지 않으면 그는 자기를 비방하는 것으로 안다는 뜻.

10167. 밀가루 장사를 하면 바람이 불고 소금 장사를 하면 비가 온다.

운수가 나빠서 무슨 일이든지 하기만 하면 안 된다는 뜻.

10168. 밀기름 새옹에 밥을 지어 귀이개로 퍼서 먹겠다.

괴상망측한 짓만 한다는 뜻. ※밀기름 : 머리 기름의 일종.

10169. 밀밭만 지나도 크게 취한다. (過麥田大醉)

술 원료만 보아도 취할 정도로 술을 못 먹는다는 뜻.

10170. 밀밭에서 술 찾는다.

매우 성미가 급해서 참을성이 없다는 뜻.

10171. 밀밭 지나 오더니 주정한다.

술이라고는 조금도 못 먹는다는 뜻.

10172. 밀 씹는 맛이다. (味如嚼蠟)

꿀 밀을 씹는 것같이 아무 맛도 없다는 뜻.

10173. 밀양 싸움하듯 한다. (密陽戰) 〈松南雜識〉

승부가 없이 싸움을. 오래 끈다는 뜻.

10174. 밀치락 달치락거리기만 한다.

서로 밀었다 당겼다 시비만 하다가 만다는 뜻.

10175. 밉고 악한 아내라도 혼자 사는 것보다는 낫다. (醜妻惡妾勝空房)　　　〈蘇軾〉

못나고 악한 아내라도 없는 것보다는 낫다는 말.

10176. 밉다고 차니까 떡 고리에 자빠진다.

미운 놈을 해친다는 것이 그놈에게는 더 유리하게 되어 더욱 분하게 되었다는 뜻.

10177. 밉다니까 떡 사 먹고 서방질 한다.

미운 년이 점점 미운 짓만 골라 가면서 한다는 뜻.

10178. 밉다니까 업어 달란다.

미운 사람은 눈치도 없이 점점 미운 짓만 한다는 말.

10179. 밑거름이 된다.

남의 번영을 위하여 자신은 희생한다는 뜻.

10180. 밑구멍으로 새끼 꼰다.

겉으로는 점잖은 척하면서도 속으로는 엉뚱한 짓을 한다는 뜻.

10181. 밑구멍으로 숨쉰다.

겉으로는 얌전한 체하지만 속으로는 엉뚱한 짓을 한

다는 뜻.

10182. 밑구멍으로 호박씨 깐다.
겉으로 보기는 모자라는 사람 같지만 속으로는 생각지도 못할 짓을 한다는 뜻.

10183. 밑구멍을 들출수록 구린내만 난다.
숨기고 있는 비밀을 캐면 점점 악화된다는 뜻.

10184. 밑도 끝도 없다. (無頭無尾 : 没頭没尾)
시작도 없고 마무리 짓는 것도 없다는 뜻.

10185. 밑 돌 빼서 윗돌 고인다. (下石上臺)
기본적으로 고치지 않고 부분적으로 고쳐서는 임시적인 효과밖에 없다는 뜻.

10186. 밑두리 콧두리 캔다.
죄인을 취조하듯이 이것 저것 캐묻는다는 말.

10187. 밑 빠진 가마에 물 붓기다. (無底釜盛水)
〈東言解〉
아무리 애를 써도 아무 보람이 없다는 뜻.

10188. 밑 빠진 독에 물 붓기다.
애는 무던히 쓰지만 헛수고를 한다는 뜻.

10189. 밑 빠진 독은 막아도 코 아래 입은 못 막는다.
말 많은 사람에게 말을 못 하도록 막기는 매우 어렵다는 말.

10190. 밑 빠진 독이다.
(1) 아무리 애를 써서 일을 해도 소용이 없다는 뜻.
(2) 쓸모가 없게 되었다는 뜻.

10191. 밑 빠진 솥에 물 퍼 붓기다.
애만 죽도록 써도 성과는 얻지 못하게 된다는 뜻.

10192. 밑 빠진 항아리에 물 담기다.
아무리 애를 써도 헛수고만 한다는 뜻.

10193 밑알도 안 두고 다 먹는다.
무슨 일을 하는 데 밑천도 안 들이고 한다는 뜻.

10194. 밑알을 넣어야 알도 내먹는다.
무슨 일이나 밑천을 들여야 수확을 얻게 된다는 뜻.

10195. 밑 없는 구덩이는 막을 수 있지만 코 아래 가로뚫린 입은 막기 어렵다. (寧塞無底坑 難塞鼻下橫)
〈王參政〉
남의 말을 못 하도록 막기는 어렵다는 말.

10196. 밑의 놈은 입이 있어도 말을 못 한다.
권력이 없는 하부 사람들은 자기의 권리를 주장하지 못한다는 뜻.

10197. 밑이 가볍다.
(1) 어디 가서 오래 앉아 있지 못한다는 뜻. (2) 부지런하다는 뜻.

10198. 밑이 구리다.
잘못을 숨기고 있기 때문에 떳떳하지 못하다는 뜻.

10199. 밑이라도 닦아 주겠다.
지나치게 상부에 아첨한다는 뜻.

10200. 밑져야 본전이다.
아무렇게 해도 손해가는 일이 아니기 때문에 무리한 짓을 해도 좋다는 뜻.

10201. 밑천 없는 큰 장사다. (無本大商)
남의 물건을 도둑질 한다는 말.

10202. 밑천이 드러났다.
자기 속을 남에게 다 보이게 되었다는 뜻.

10203. 밑천이라고는 맨주먹뿐이다.
밑천이라고는 아무것도 없고 다만 빈 주먹만 가지고 있다는 뜻.

10204. 밑천이라고는 알몸 뿐이다.
밑천이라고는 아무것도 없고 다만 알몸만 있다는 말.

10205. 밑천이 많아야 장사도 잘한다. (多錢善賈)
〈韓非子〉
밑천이 많아야 장사를 크게 해서 돈도 많이 벌게 된다는 뜻.

10206. 밑천이 많아야 큰 장사도 한다. (富商大賈)
밑천이 풍부해야 큰 장사를 하여 돈을 많이 벌게 된다는 뜻.

10207. 밑천이 많으면 일하기가 쉽다. (多資之易爲工也)
〈韓非子〉
자본이 넉넉하면 무슨 일이든지 하기가 쉽다는 뜻.

10208. 밑천이 보인다.
(1) 재력(財力)을 알게 되었다는 뜻. (2) 실력(實力)이 드러났다는 뜻.

ㅂ

10209. 바가지가 종굴박 부려 먹듯 한다.
같은 처지에 있으면서 힘센 사람이 약한 사람을 부려 먹는다는 뜻.

10210. 바가지는 깨진 데서 샌다.
사람도 나쁜 버릇이 있으면 그 버릇에서 나쁜 행동이 노출된다는 뜻.

10211. 바가지도 없는 거지 노릇 한다.
사전에 준비하지 않은 일은 잘 될 수가 없다는 말.

10212. 바가지로 물을 먹으면 수염이 안 난다.
아무리 바쁘더라도 바가지로 물을 떠서 먹지 말고 그릇으로 떠서 먹으라는 데서 나온 말.

10213. 바가지로 바닷물을 된다. (以瓢測海)
양(量)도 모르고 되지도 않을 어리석은 짓을 한다는 뜻.

10214. 바가지를 긁는다.
아내가 여러 가지 불평을 하면서 남편을 볶는다는 뜻.

10215. 바가지를 썼다.
남에게 속아서 손해를 보게 되었다는 뜻.

10216. 바가지를 찬다.
바가지를 차고 얻어먹는 신세가 되었다는 뜻.

10217. 바가지 밥 보고 여편네 내쫓는다.
손이 큰 여자는 살림을 못하여 소박을 당한다는 말.

10218. 바가지 싸움만 시킨다.
여자는 남편에 대한 불평을 남편과는 직접 싸우지 못하고 밥하면서 바가지에다 분풀이를 한다는 뜻.

10219. 바가지 없는 거지다.
(1) 연장도 없이 일을 하려고 하는 사람을 두고 하는 말. (2) 일할 준비도 없이 일을 한다는 말.

10220. 바가지 차고 바람을 잡는다. (佩瓢捉風)
바가지에다 바람을 다 잡아 넣으려고 하듯이 터무니 없는 허황한 일을 한다는 뜻.

10221. 바구니에 물 담기다.
아무리 애를 써서 일을 해도 아무 보람이 없다는 말.

10222. 바느질 못하는 년이 바늘은 먼저 들고 나선다.
일 못하는 사람일수록 잘하는 척하고 먼저 나선다는 뜻.

10223. 바느질 못하는 년이 실은 길게 꿴다.
일을 못하는 사람일수록 연장 치장은 잘 한다는 뜻.

10224. 바느질에는 한 오리를 다툰다.
바느질에는 한 오리의 크기로 옷이 맞고 안 맞는 것이 결정되기 때문에 조심해야 한다는 뜻.

10225. 바늘 가는 데 실도 간다.
서로 밀접한 관계가 있기 때문에 항상 붙어 다녀야 한다는 뜻.

10226. 바늘 가진 놈이 도끼 든 놈을 이긴다.
(1) 무슨 일에나 알맞은 도구를 써야 성공할 수 있다는 뜻. (2) 필요 이상 욕심을 내도 안 된다는 뜻.

10227. 바늘같이 작은 것을 막대같이 키운다. (針小棒大)
조그마한 일을 크게 과장해서 말한다는 말.

10228. 바늘 꽂을 땅도 없다.
농민이면서도 땅은 조금도 소유하지 못하고 있다는 뜻.

10229. 바늘과 몽둥이가 맞선다. (針棒相對)
바늘과 몽둥이가 대적(對敵)하듯이 도저히 상대가 되지 않는다는 뜻.

10230. 바늘 구멍 같은 소견이다.
소견머리가 없어서 답답한 사람보고 하는 말.

10231. 바늘 구멍으로 하늘 보기다. (針孔望天)
　견문(見聞)이 몹시 좁은 사람이라는 뜻.

10232. 바늘 구멍으로 황소 바람이 들어온다.
　(1) 추울 때는 조그마한 구멍으로 들어오는 바람도 차
다는 뜻. (2) 작은 잘못으로 인하여 큰 재앙을 받게 된
다는 뜻.

10233. 바늘 끝만한 일을 보면 쇠공이만큼 늘어
놓는다.
　조그마한 일을 크게 과장하여 말한다는 뜻.

10234. 바늘 끝에 달걀을 올려 놓겠다.
　될 듯하지만 도저히 되지 않을 일이라는 뜻.

10235. 바늘 끝이 몽둥이 같다고 한다.
　무슨 말을 매우 과장(誇張)해서 한다는 뜻.

10236. 바늘 도둑 따로 있고 소 도둑 따로 있다.
　도둑질도 좀도둑은 좀도둑질만 하고 큰 도둑은 큰 도
둑질만 한다는 뜻.

10237. 바늘 도둑이 소 도둑 된다. (針賊大牛賊),
(鍼子偸賊大牛)　　　　〈東言解〉,〈洌上方言〉
　도둑질은 대단치 않은 것을 훔치기 시작하다가 나중
에는 점점 큰 것을 훔치게 된다는 뜻.

10238. 바늘로 도끼를 나꾼다.
　작은 자본을 들여서 큰 재산을 벌게 되었다는 뜻.

10239. 바늘로 몽둥이를 막는 격이다.
　바늘로 몽둥이를 막듯이 도저히 감당하지 못할 짓을
한다는 뜻.

10240. 바늘만 있고 실이 없다. (有針無絲)
　두 가지 중에 한 가지만 없어도 못 쓰게 된다는 말.

10241. 바늘 방석에 앉은 것 같다. (如坐針席)
　몹시 불안한 상태에 처해 있다는 뜻.

10242. 바늘 뼈에 두부 살이다.
　몸집이 매우 가냘프고 살결이 부드러운 사람을 두고
하는 말.

10243. 바늘보다 실이 굵다.
　(1) 일이 사리(事理)에 어긋난다는 뜻. (2) 주객(主客)
이 거꾸로 되었다는 뜻.

10244. 바늘 쌈지에서 도둑이 난다.
　도둑질은 대단치 않은 작은 것에서 시작하여 점점 큰
것을 훔치게 된다는 뜻.

10245. 바늘 상자에서 도둑이 난다.
　나쁜 행실은 대단치 않은 작은 일에서 시작하여 점점

심해진다는 뜻.

10246. 바늘에 실 가듯 한다.
　서로 떨어지지 않고 항상 같이 다닌다는 뜻.

10247. 바늘에 실 따라다니듯 한다.
　항상 두 사람이 떨어지지 않고 함께 다니는 사람을 보
고 하는 말.

10248. 바늘은 작아도 못 삼킨다.
　체격이 작은 사람이라고 만만히 봐서는 안 된다는 말.

10249. 바늘이 가면 실도 따라간다.
　서로 떨어져서는 안 되는 처지라는 뜻.

10250. 바늘이 아니면 실을 꿰지 못한다.
　(1) 서로 단짝이라는 뜻. (2) 서로 이해 관계가 깊다는
뜻.

10251. 바늘 잃고 도끼 얻는다.
　작은 것을 잃고 큰 것을 얻어 크게 이롭다는 뜻.

10252. 바늘 주고 도끼 얻는다.
　작은 밑천을 들여서 큰 이득을 얻게 되었다는 뜻.

10253. 바다는 메워도 사람의 욕심은 못 메운다.
　사람의 욕심보다 더 큰 것은 없다는 뜻.

10254. 바다로 고기 팔러 간다.
　(1) 상품은 생산지에서는 잘 안 팔린다는 뜻. (2) 물정
을 모르고 일을 한다는 뜻.

10255. 바다에 가서 토끼 찾기다.
　무슨 일을 내용도 모르고 엉뚱하게 한다는 뜻.

10256. 바다에 가야 큰 고기도 잡는다.
　바탕이 커야 큰 일도 할 수 있다는 뜻.

10257. 바다에 물 한 방울 떨어진 셈이다.
(大海一滴)
　바다에 물 한 방울 떨어지듯이 아무런 흔적도 없다는
뜻.

10258. 바다에 빠진 바늘 찾기다. (大海尋針)
　아무리 애를 써도 될 가망성(可望性)이 없는 일이라
는 뜻.

10259. 바다에 배 지나간 흔적이다.
　무슨 일을 했는지 아무 흔적도 없다는 뜻.

10260. 바다에 오줌 누기다.
　일한 흔적을 도무지 찾아볼 수가 없다는 뜻.

10261. 바닥도 있고 뚜껑도 있다.
　바닥과 뚜껑이 있으면 중간도 있듯이 모두가 다 구비

되었다는 뜻.

10262. 바닥에 구멍이 났다.
(1) 본성(本性)이 완전히 드러났다는 뜻. (2) 밑천이 바닥났다는 뜻.

10263. 바닥을 봤다.
속속들이 다 봐서 세밀히 알게 되었다는 뜻.

10264. 바닥이 났다.
(1) 끝장이 났다는 뜻. (2) 일이 망해 버렸다는 뜻.

10265. 바닥이 단단해야 기둥도 든든하다.
기초가 견고해야 상층 구조물(構造物)도 안전하다는 뜻.

10266. 바닷가 강아지는 호랑이도 몰라본다.
바닷가 강아지는 호랑이를 보지 못하여 모르듯이 아무리 무서운 것도 모르면 무서운 줄을 모른다는 뜻.

10267. 바닷가 개는 호랑이 무서운 줄을 모른다.
아무리 무서운 것이라도 모르면 무서운 줄을 모른다는 뜻.

10268. 바닷가에서 짠 물만 먹고 자란 놈이다.
인심이 사납고 매정스러운 사람을 가리키는 말.

10269. 바닷물은 마르고 나면 그 바닥을 볼 수 있지만 사람은 죽어도 그 마음을 알 수 없다. (海枯終見底 人死不知心)　〈諷諫〉
사람의 마음은 살아서는 물론 죽은 뒤에도 알지 못한다는 뜻.

10270. 바닷물은 막아도 사람 입은 못 막는다.
사람의 말은 도저히 막을 도리가 없다는 뜻.

10271. 바닷물을 다 마셔도 싱겁다고 할 심보다.
욕심이 매우 많은 사람을 보고 하는 말.

10272. 바닷물을 말로 된다. (海水斗量)
바닷물을 말로 되서는 다 되지 못하듯이 무슨 일을 시답잖게 한다는 뜻.

10273. 바닷 속에서 보석 찾기다.
바닷 속에 잃은 보석을 찾듯이 헛수고만 한다는 뜻.

10274. 바둑 돌을 쌓은 듯이 위험하다. (危於累碁)
매끄러운 바둑 돌을 겨우 쌓은 것처럼 매우 위태롭다는 뜻.

10275. 바둑에서 대마는 죽이지 않는다. (大馬不殺)
바둑에서 대마는 잡기도 어렵지만 죽여서는 안 된다는 말.

10276. 바둑 잘 두는 사람은 장기도 잘 둔다.
유사(類似)한 일은 응용할 수 있으므로 한 가지를 잘하게 되면 다른 한 가지도 따라서 잘하게 된다는 말.

10277. 바람과 그림자를 잡으려고 한다. (捕風捉影)
사리(事理)에 맞지도 않는 허망한 짓을 한다는 뜻.

10278. 바람기가 있다.
(1) 거짓말을 하는 사람이라는 뜻. (2) 오입질을 하는 사람이라는 뜻.

10279. 바람 따라 돛도 단다.
무슨 일이나 환경에 알맞게 해야 한다는 뜻.

10280. 바람 따라 뱃머리도 돌린다. (轉風駛舵)
일은 분위기(雰圍氣)에 맞추어 해야 순조롭게 이루어진다는 뜻.

10281. 바람도 올 바람이 낫다.
이왕 당할 바에야 남이 하는 것을 본 다음에 당하는 것이 낫다는 뜻. ↔ 바람도 지난 바람이 낫다.

10282. 바람도 지난 바람이 낫다.
이왕 겪어야 할 고생이라면 닥쳐오는 고생보다는 지나간 고생이 낫다는 뜻. ↔ 바람도 올 바람이 낫다.

10283. 바람만 불어도 넘어갈 것 같다.
체격이 매우 허약하여 걸어다니는 것이 넘어질까봐 불안하다는 뜻.

10284. 바람 맞은 병신 같다.
중풍(中風) 걸린 사람마냥 힘이 하나도 없다는 뜻.

10285. 바람벽에 돌 붙이기다. (壁石接不得) 〈東言解〉
되지도 않을 일을 가지고 헛수고만 한다는 뜻.

10286. 바람 보고 침도 뱉으랬다.
상대방을 잘 보고서 일을 하지 않다가는 실패할 수가 있다는 뜻.

10287. 바람 부는 날 가루 팔러 간다.
무슨 일을 할 때 기회를 잘 선택하지 못하였다는 뜻.

10288. 바람 부는 대로 물결 치는 대로 떠돈다. (風打浪打)
주체성(主體性)을 잃고 무슨 일을 돼가는 대로 맡겨 버린다는 뜻.

10289. 바람 빌어 배 달린다. (借風駛船)
남의 힘을 빌어서 쉽게 이익을 본다는 말.

10290. 바람 안 부는 곳 없다.
바람 안 부는 곳이 없듯이 어디를 가나 다 마찬가지

라는 뜻.

10291. 바람 앞의 등불이다. (風前燈火)
  바람 앞에 놓인 등불과 같이 매우 위태로운 처지에 있다는 뜻.

10292. 바람 앞의 촛불이다. (風前燭火)
  바람 앞에 놓인 촛불과 같이 매우 위급한 처지에 있다는 뜻.

10293. 바람 앞의 티끌이다.
  강자 앞에 약자는 견디지 못한다는 뜻.

10294. 바람에 날려 왔나 구름에 싸여 왔나?
  별안간 먼 데 있던 반가운 사람이 왔을 때 하는 말.

10295. 바람에 잘 견디는 나무는 뿌리가 튼튼하다.
  무슨 일이나 기반이 튼튼해야 안전하다는 뜻.

10296. 바람은 바위를 흔들지 못한다.
  기반이 든든하면 어떤 고난을 당하더라도 잘 견디어 낸다는 뜻.

10297. 바람을 동여매려고 한다.
  되지도 않을 어리석은 짓을 한다는 뜻.

10298. 바람을 잡아매고 그림자를 잡는다. (繫風捕影)
  현실을 무시하고 망상(妄想)된 짓만 한다는 뜻.

10299. 바람이 들었다.
  (1) 사람이 성실하지 못하고 거짓말을 잘한다는 뜻.
  (2) 제 정신이 아니라는 뜻.

10300. 바람이 불면 나무 뿌리는 깊어진다.
  탄압을 하면 탄압을 받는 사람도 점점 더 저항하게 된다는 뜻.

10301. 바람이 붊면 엎드려야 한다.
  바람이 불면 엎드려 피하듯이 재앙이 있으면 온갖 수단을 다해서 피해야 한다는 뜻.

10302. 바람이 불어야 배도 간다.
  환경이 좋아야 일이 이루어진다는 뜻.

10303. 바람이 불지 않으면 나무도 흔들리지 않는다. (風不刮 樹不搖)
  난폭한 사람이 없으면 세상도 어지럽지 않다는 뜻.

10304. 바람이 산 마루에 불면 골짜기에도 분다.
  어떤 일이 일어나는 그 영향은 널리 퍼진다는 뜻.

10305. 바람이 세차게 불어야 억센 풀도 알 수 있다. (疾風知勁草)
  사람도 고난을 겪는 과정에서 굳센 사람을 알게 된다는 뜻.

10306. 바람이 없으면 파도도 일지 않는다.
  잘못을 저지른 사람이 없으면 소란스러운 일이 발생하지 않는다는 말.

10307. 바람 잘 날 없는 나무는 지엽(枝葉)만 고달프다.
  국가가 불안하면 국민들만 고달프다는 뜻.

10308. 바람 잡기다.
  도무지 되지도 않을 어리석은 행동을 한다는 말.

10309. 바람 타고 달리듯 한다.
  남이 모르는 동안에 왔다갔다한다는 뜻.

10310. 빠른 걸음은 넘어지기 쉽다.
  무슨 일을 급히 서두르게 되면 실패하기 쉽다는 뜻.

10311. 빠른 것이 보배다.
  무슨 일이나 남보다 빨리 해야 승리하는 것이라는 뜻.

10312. 바른 말을 하고서는 동정을 못 받는다.
  재판을 받는 피고가 바른 말을 하면 판사가 동정하고 싶어도 못 하게 된다는 뜻.

10313. 바른 말 잘하는 사람은 귀염을 못 받는다.
  남의 결함을 폭로하는 사람은 대인 관계에서 호평을 못 받는다는 뜻.

10314. 바른 말 하다가는 뺨 맞는다.
  바른 말을 잘하는 사람은 흔히 봉변(逢變)을 당하게 된다는 뜻.

10315. 바른손으로 받아 왼손으로 준다. (右受左捧)
  자기의 소유물로 만들지 못하고 중간에서 중계(中繼)하는 일밖에 못한다는 뜻.

10316. 바른쪽을 밟으면 왼쪽은 올라온다.
  한 사람을 좋게 해 주면 다른 한 사람은 싫어하게 된다는 뜻.

10317. 바른쪽이라면 왼쪽이라고 우긴다.
  (1) 뻔히 알면서도 아니라고 우겨 댄다는 말. (2) 남의 말이라면 무엇이나 반대한다는 말.

10318. 바보가 욕심은 많다.
  어리석은 사람일수록 욕심은 많다는 뜻.

10319. 바보 고치는 약 없다.
  아무리 좋은 약이라도 바보는 고칠 수 없다는 말.

10320. 바보는 가르쳐도 모른다.
  바보는 아무리 가르쳐도 소용이 없다는 뜻.

10321. 바보는 약으로도 못 고친다.
  바보는 아무리 좋은 약으로도 못 고친다는 뜻.

10322. 바보는 제 버릇 못 고친다.
  바보는 자신의 나쁜 버릇을 고치지 못한다는 뜻.

10323. 바보는 죽어야 고친다.
  바보는 아무리 가르쳐도 고칠 수 없기 때문에 죽어야
  고친다는 말.

10324. 바보도 가만히 있으면 여느 사람과 같다.
  말을 많이 하는 것보다도 말을 않고 있는 것이 더 유
  리하다는 뜻.

10325. 바보도 의뭉은 있다.
  바보는 의뭉하기 때문에 깔봐서는 안 된다는 뜻.

10326. 바보도 잠자코 있으면 똑똑해 보인다.
  바보도 말을 않고 있으면 바보인 줄 모르게 되듯이 말
  을 많이 하는 것보다는 침묵을 지키는 것이 낫다는 뜻.

10327. 바보가 천 가지를 궁리하면 한 가지는 얻
  는다. (愚者千慮有一得)
  아무리 우둔한 사람이라도 여러 가지를 궁리하면 그
  중에서 쓸 것도 있다는 뜻.

10328. 바보를 말로는 못 고친다.
  선천적으로 어리석은 사람은 말로 가르쳐서는 고칠 수
  가 없다는 말.

10329. 바보와 칼은 쓰기에 달렸다.
  어리석은 사람도 잘 쓰게 되면 성실하게 일을 한다는
  말.

10330. 바쁘게 찧는 방아에도 손 놀 틈은 있다.
  아무리 바쁜 일이라도 쉴 사이는 있다는 뜻.

10331. 바쁘면 먹을 것도 있다.
  사람은 바쁘게 일을 하면 먹고 살 수 있게 된다는 뜻.

10332. 바쁜 중에도 한가한 틈이 있다. (忙中有閑)
  아무리 바쁘더라도 한가한 틈은 있다는 뜻.

10333. 바쁠수록 조심하랬다.
  일이 바쁠수록 냉정하게 처리해야 한다는 뜻.

10334. 바삐 찧는 방아가 거칠다.
  무슨 일이나 빨리 하는 일은 거칠게 된다는 뜻.

10335. 바삐 찧는 쌀에 뉘가 많다.
  일을 서둘러서 바삐 하게 되면 거칠게 된다는 뜻.

10336. 바위를 차면 제 발부리만 아프다.
  분을 못 참고 일을 저지르면 자기만 손해 된다는 뜻.

10337. 바위에 개 지나간 흔적이다.
  흔적이라고는 도무지 찾아볼 수가 없다는 뜻.

10338. 바위 위에서 말을 달린다. (巖上走馬)
  대단히 위험한 곳에서 위험한 행동을 한다는 뜻.

10339. 바지랑대로 하늘 재기다.
  하늘 너비를 막대기로 재듯이 되지도 않을 어리석은
  짓을 한다는 뜻.

10340. 바지랑대로 하늘 찌르기다.
  아무 성과도 없는 헛일을 한다는 뜻.

10341. 바지 저고리 값도 못한다.
  사람 값은 고사하고 옷 값도 못 한다는 뜻.

10342. 바지 저고리만 걸어다닌다.
  정신은 나가고 몸뚱이만 걸어다닌다는 뜻.

10343. 바지 저고리만 앉았다.
  정신 빠진 사람이 앉아 있다는 뜻.

10344. 바지 저고린 줄 아나?
  허수아비마냥 정신이 없는 사람으로 대접하느냐는 뜻.

10345. 빠진 이가 다시 난다. (落齒復生)
  늙어서 빠진 이가 다시 날 정도로 건강이 좋다는 뜻.

10346. 바퀴 빠진 차다. (輿脫輹)
  바퀴 빠진 수레마냥 쓸모가 없다는 뜻.

10347. 박(朴)가 하고 석(石)가 하고 면장을 하면
  성(姓)도 바꾼다.
  박 면장(朴面長)은 「방면장」으로, 석 면장은 「성면장」
  으로 발음될 수 있다는 데서 나온 말.

10348. 박달나무에도 좀이 난다.
  아무리 똑똑한 사람이라도 실수할 때가 있다는 뜻.

10349. 박복(薄福)한 과부는 재가를 가도 고자를
  만난다.
  복이 없는 사람은 무슨 일을 하나 실패만 한다는 말.

10350. 박복한 놈은 떡목판에 넘어져도 이만 다
  친다.
  복이 없는 사람은 좋은 기회를 만나도 이것을 유리하
  게 이용하지 못하고 도리어 손해만 보게 된다는 뜻.

10351. 박복한 놈은 돼지를 키워도 들치만 된다.
  복이 없는 사람은 무슨 일을 해도 손해만 본다는 뜻.
  ※ 들치 : 새끼를 못 배는 암컷.

10352. 박복한 사람은 달걀에도 뼈가 있다.
복이 없는 사람은 하는 일마다 잘 안 된다는 뜻.

10353. 박색 소박은 없어도 일색 소박은 있다.
대체로 박색은 마음씨가 좋기 때문에 소박이 없고 일
색은 마음씨가 좋지 못하기 때문에 소박을 당한다는
뜻.

10354. 박서방이 아픈 데 이서방을 침 준다.
아픈 사람에게 침을 주지 않고 딴 사람에게 침을 주
듯이 엉뚱한 짓을 한다는 뜻.

10355. 박씨 같은 이다. (齒如瓠犀)   〈詩經〉
이가 박씨와 같이 모양도 얌전하고 색도 희고 보기 좋
게 나란히 났다는 뜻.

10356. 박쥐 같은 짓만 한다.
제 편리한 대로 이랬다 저랬다 한다는 뜻. ※ 옛날 박
쥐가 봉황새 잔치 초청에는 자신은 길짐승이지 날짐
승이 아니라고 거절을 하였고 그후 기린 잔치 초청에
는 자신은 날짐승이지 길짐승이 아니라고 거절하듯이
요리조리 자기에게 유리한 대로 행동하였다는 우화에
서 나온 말.

10357. 박쥐 구실은 한다. (蝙蝠之役)
〈旬五志, 松南雜識〉
(1) 요리조리 자기의 책임을 회피한다는 뜻.
(2) 자기에게 유리하도록 이랬다 저랬다 한다는 뜻.

10358. 박쥐 꿀 주기다.
많이 모이게 하기 위하여서는 수단을 써야 한다는 뜻.

10359. 박쥐 오입장이다.
박쥐마냥 낮에는 들어 앉았고 밤이 되면 나가는 사람
을 비웃는 말.

10360. 박쥐의 두 마음이다.
자기가 유리한 대로 이랬다 저랬다 한다는 뜻.

10361. 박토(薄土) 팔아 옥토(沃土) 산다.
나쁜 것을 주고 좋은 것을 얻어 큰 이익을 보았다는
뜻.

10362. 반가운 손님도 사흘이다.
아무리 반가운 손님이라도 오래 있게 되면 반가움을
모르게 된다는 말.

10363. 반가운 손님도 사흘이 되면 짐이 된다.
아무리 반가운 손님이라도 여러 날 묵게 되면 짐스럽
게 된다는 말.

10364. 반갑던 손님도 사흘이 지나면 가기를 바
란다.

반가운 손님이라도 여러 날 묵게 되면 짐스러워진다
는 말.

10365. 반갑잖은 손님은 떠날 때가 반갑다.
만났을 때 반갑지 않은 손님은 떠날 때가 반갑다는 말.

10366. 반겨 줄 사람이 없어도 고향은 그립다.
고향 떠나 오래라 아는 사람도 없어졌지만 고향만은
항상 그립다는 뜻.

10367. 반 귀신이다.
(1) 알기를 귀신같이 잘 안다는 뜻. (2) 다 죽어 간다
는 뜻.

10368. 반달 같은 딸이 있으면 온달 같은 사위감
도 있다.
(1) 잘난 딸이 있어야 잘난 사위도 고를 수 있다는 뜻.
(2) 내가 가진 것이 좋아야 받는 것도 좋다는 뜻.

10369. 반드럽기는 기름 집 방아공이다.
반지 빠르고 얄미운 사람을 가리키는 말.

10370. 반드럽기는 뱀장어 새끼다.
몹시 인색하고 믿음성이 없는 사람을 가리키는 말.

10371. 반드럽기는 삼 년 묵은 물박달 방망이 같
다.
남의 말은 절대로 안 듣고 매끄러운 짓만 하는 사람
을 가리키는 말.

10372. 반드럽기는 신첨지 신꼴 방망이 같다.
남의 말을 몹시 안 듣고 매끄러운 짓만 하는 사람을
두고 하는 말.

10373. 반딧불에 콩 볶아먹겠다.
매우 동작이 빠른 사람을 두고 비유하는 말.

10374. 반딧불을 별에 대본다.
도무지 상대도 되지 않는 것과 비유한다는 뜻.

10375. 반딧불이 별과 견준다.
어린 아이가 어른도 모르고 덤빈다는 뜻.

10376. 반 병신이다.
사지(四肢)를 다 못 쓰는 반 병신이라는 뜻.

10377. 반석은 굴러가지 않는다. (盤石無轉移)
〈古詩〉
땅 속에 깊숙이 박힌 바위는 구르지 않듯이 기반이 튼
튼하면 흔들리지 않는다는 뜻.

10378. 반은 믿어지고 반은 의심 난다. (半信半
疑)
절반은 미덥고 절반은 의심스럽다는 뜻.

10379. 반은 사람이고 반은 귀신이다. (人鬼相半)
모양이 험상궂어 사람 같기도 하고 귀신 같기도 하다는 뜻.

10380. 반은 살고 반은 죽었다. (半生半死)
절반은 살고 절반은 죽은 신세라는 뜻.

10381. 반은 설고 반은 익었다. (半生半熟)
〈拊掌錄〉
(1) 반은 잘못되고 반은 잘 되었다는 뜻. (2) 음식이 반은 설고 반은 익었다는 뜻.

10382. 반은 푸르고 반은 누르다.
곡식이 아직 다 익지 않았다는 뜻.

10383. 반 잔 술에 눈물 나고 한 잔 술에 웃음 난다.
이왕 남에게 주려면 흡족하게 주어 인심을 잃지 말도록 하라는 뜻.

10384. 반지빠르기는 제일이다.
몹시 교만스러워 얄밉게 논다는 뜻.

10385. 반지빠르기로 유명하다.
되지도 못한 것이 교만해서 얄밉다는 뜻.

10386. 반찬 단지에 고양이 발 드나들듯 한다.
고양이가 반찬 단지의 고기를 내먹듯이 자주 드나든다는 뜻.

10387. 반찬 먹은 강아지 나무라듯 한다.
반찬을 먹은 강아지 나무라듯이 잘못한 사람을 야단친다는 뜻.

10388. 반찬 먹은 고양이 잡아들이듯 한다.
반찬을 먹은 고양이를 족치듯이 잘못한 사람을 잡아다 야단을 친다는 뜻.

10389. 반찬 항아리가 열 둘이라도 서방님 비우는 못 맞추겠다.
성미가 대단히 까다로와 비위를 맞추기가 어렵다는 뜻.

10390. 반통으로 생긴 놈이 자식 자랑하고 온통으로 생긴 놈이 계집 자랑한다.
누구나 자식이 귀엽고 아내가 사랑스럽기는 하지만 남들 앞에서 자랑해서는 안 된다는 말.

10391. 반편을 못 쓰는 병신이다. (半身不隨)
온몸에서 절반을 쓰지 못하는 병신이라는 뜻.

10392. 반편이다.
온 사람이 못 되고 반쪽 인간밖에 못 된다는 말.

10393. 반편이 명산 폐묘(名山廢墓) 한다.
알지도 못하면서 아는 체하다가 명산을 모르고 묘를 폐묘한다는 뜻.

10394. 반풍수(半風水) 집안 망치고 선 무당이 아이 잡는다.
잘 알지도 못하면서 잘 아는 척하다가는 큰 실수를 하게 된다는 뜻.

10395. 반풍수 집안 망친다.
무슨 일에 능숙하지도 못하고 잘 알지도 못하면서 아는 체하다가는 크게 실패한다는 뜻.

10396. 반한 눈에는 미인이 따로 없다.
이성간에는 반하게 되면 얼굴이 미인으로 보이게 된다는 뜻.

10397. 반한 데는 고치는 약도 없다.
이성간(異性間)에 정열적으로 반한 것은 고칠 도리가 없다는 뜻.

10398. 받는 정이 있어야 가는 정도 있다.
오는 정이 먼저 있으면 가는 정도 생긴다는 뜻.

10399. 받아 논 당상(堂上)이다.
이미 확정된 일이기 때문에 변하거나 틀어지는 일이 없다는 뜻.

10400. 받아 논 밥상이다.
이미 결정된 일이기 때문에 피하려고 해도 피할 수 없다는 뜻.

10401. 발가락보다 티눈이 더 크다.
(1) 주되는 것보다 그 부분이 더 크다는 뜻.
(2) 일이 사리(事理)에 맞지 않는다는 뜻.

10402. 발가락의 때만큼도 못 여긴다.
사람 대접을 발가락의 때만큼도 아니 한다는 말.

10403. 발가락의 티눈만큼도 안 여긴다.
사람 대접을 발가락의 티눈만큼도 않는다는 뜻.

10404. 빨가 벗겨 놓아도 하루 식전에 삼십 리는 가겠다.
몹시 독하고 인색(吝嗇)한 사람을 가리키는 말.

10405. 빨간 거짓말이다.
말하는 것이 하나도 믿을 수 없는 말이라는 뜻.

10406. 빨간 불상놈이다.
모든 것을 드러내 놓고 마구 사는 상놈이라는 뜻.

10407. 빨간 상놈이요 푸른 양반이다.
상놈은 드러내 놓고 살고 양반은 서슬이 퍼렇게 산다는 말.

10408. 발꿈치를 잘라서 신에 맞춘다. (刖趾適屨)
〈魏志〉

신을 발에 맞추지 않고 발을 신에 맞추듯이 일을 두서도 모르고 한다는 뜻.

10409. 발 너머로 꽃구경 하기다.

무슨 일을 직접 하지못하고 간접적으로 하게 되면 좋은 성과를 거둘 수 없다는 뜻.

10410. 발뒤꿈치가 땅에 닿을 여가가 없다.

발뒤꿈치가 땅에 닿을 사이가 없이 빨리 돌아다닌다는 뜻.

10411. 발뒤축이 달걀 같다고 한다.

며느리가 미우면 발뒤축이 달걀 같다고 흠을 잡는다는 뜻.

10412. 발등에 떨어진 불이다.

우선 당장 생긴 급한 일이라는 말.

10413. 발등에 불이 떨어져야 안다.

일이 다급하게 된 뒤에야 정신을 차린다는 뜻.

10414. 발등에 불이 떨어졌다.

어떤 일이 다급하게 되었다는 뜻.

10415. 발등의 불을 먼저 꺼야 한다.

우선 자기의 급한 일을 먼저 한 다음에야 남을 돌보게 된다는 뜻.

10416. 빨래도 하고 발도 씻고 한다.

남의 빨래도 해줄 겸 발도 씻을 겸 두 가지가 좋다는 뜻.

10417. 빨래해 주어 좋고 발 희어져 좋다.
(洗踏足白)

상전집 빨래를 해주니 주인도 좋고 빨래하느라고 발이 희게 되었으니 자신도 좋듯이 서로 이해관계가 상통된다는 뜻.

10418. 발로 밟아 문지른다.

조금도 소중히 여기지 않고 없애 버린다는 뜻.

10419. 발로 차면서 주면 거지도 받으려고 하지 않는다. (蹴爾而與之 乞人不屑) 〈孟子〉

아무리 귀중한 물건을 주더라도 그 주는 방법이 예의에 어긋나면 받는 사람이 고마움을 느끼지 않는다는 뜻.

10420. 빨리 듣고 천천히 말하랬다.

남의 말을 빨리 들어야 하고 말은 천천히 생각해 가면서 하라는 뜻.

10421. 빨리 먹는 밥에 목 메인다.

무슨 일이든지 급히 서둘러 하는 일은 탈이 나게 마련이라는 뜻.

10422. 빨리 먹은 콩밥 똥 눌 때 봐야 안다.

무슨 일이든지 급히 하는 일에 좋은 성과가 없다는 뜻.

10423. 빨리 서두는 일은 안 된다. (欲速不達)
〈論語〉

무슨 일을 너무 서둘러하다가는 오히려 실패하게 된다는 뜻.

10424. 빨리 외는 것이 빨리 잊는다.

무슨 일이나 쉽게 하는 일이 쉽게 사라진다는 뜻.

10425. 빨리 익는 과일이 빨리 썩는다.

빨리 하는 일은 거칠기 때문에 튼튼하지 못하다는 뜻.

10426. 빨리 피는 꽃이 빨리 진다.

(1) 쉽게 하는 일이 오래 가지못한다는 뜻. (2) 조달(早達)하는 사람이 쉬 늙는다는 뜻.

10427. 빨리 하는 일에 잘 되는 일 없다.

무슨 일을 너무 서두르면 오히려 잘 되지않는다는 뜻.

10428. 빨리 하는 일이 거칠다.

무슨 일이나 너무 빨리 하는 일은 잘 될 수가 없다는 뜻.

10429. 빨리 한다고 다 잘하는 것은 아니다.

무슨 일이나 빨리 하는 것이 좋기는 하지만 그 중에는 일이 잘못된 것이 있을 수 있다는 뜻.

10430. 발만 봐도 무엇까지 봤다고 한다.

남의 말을 보태서 소문을 낸다는 뜻.

10431. 발명(發明)이 대책이다.

자신의 잘못을 변명하는 것만이 상책(上策)이라는 뜻.

10432. 발목을 잡혔다.

꼭 잡혀 꼼짝 못하게 되었다는 말.

10433. 발바닥에 구멍이 나겠다.

발바닥이 닳아서 구멍이 날 정도로 걸음을 많이 걸었다는 뜻.

10434. 발바닥에 불이 난다.

몹시 분주하게 돌아다니기 때문에 발바닥에서 불이 날 정도라는 뜻.

10435. 발바닥에 종기(腫氣)나 나지 말라는 격이다.

노동해서 먹고 사는 처지이기 때문에 몸이나 건강해야 한다는 뜻.

10436. 발바닥 핥고 사는 곰인 줄 안다더냐.

일을 시키고도 아무런 보수를 주지 않았을 때 하는 말.

10437. 발버둥이를 친다.
몸부림을 치면서 악을 쓴다는 뜻.

10438. 발 벗고 나서도 못 따라간다.
아무리 애를 써도 따라갈 수가 없을 정도로 차이가 많다는 뜻.

10439. 발 벗고 나선다.
남의 앞장을 서기 위하여 신을 벗고 나선다는 뜻.

10440. 발 벗고 따라가야 한다.
앞에 가는 사람을 따라 잡기 위해서는 신을 벗고 부지런히 따라가야 한다는 뜻.

10441. 발보다 발가락이 더 크다.
이치(理致)에 맞지 않는 일이라는 뜻.

10442. 발보다 발바닥이 더 크다.
사리(事理)에 맞지 않는 일이라는 뜻.

10443. 발 부러진 장수가 성 안에서만 큰소리친다.
못난 사람이 집 안에서만 큰소리친다는 뜻.

10444. 발 붙일 곳이 없다. (着足無處)
발을 붙이고 의지할 곳이 없다는 뜻.

10445. 발 샅의 때꼽자기다.
발가락 사이에 낀 때꼽재기 같은 하찮은 존재라는 뜻.

10446. 발 샅 때꼽재기만도 못 여긴다.
사람 대접을 발가락 사이 때만큼도 못하게 취급한다는 뜻.

10447. 발 샅 티눈만치도 못 여긴다.
사람 대접을 발에 티눈만큼도 못하게 여긴다는 뜻.

10448. 빨아 다린 체 말고 진솔로 있거라.
빨래를 빨아서 다렸더라 그런 티를 내지 말고 진솔로 있듯이 항상 본성을 지니고 생색을 내지 말라는 뜻. ※ 진솔 : 한 번도 빨지 않은 새옷.

10449. 발 없는 돈이 돌아다닌다.
돈은 발이 없어도 사람들 손에서 손으로 잘 돌아다닌다는 말.

10450. 발 없는 말이 눈 깜짝할 동안에 십 리를 간다.
말을 하기만 하면 순식간에 멀리 퍼진다는 뜻.

10451. 발 없는 말이 천 리 간다. (無足言 飛千里 : 言飛千里)

한번 한 말은 순식간에 먼 곳까지 퍼진다는 뜻.

10452. 발은 땅 위에 있어도 뜻은 구름 위에 있다.
신분은 낮을지라도 포부(抱負)는 크다는 뜻.

10453. 발을 깎아 신에 맞추는 격이다. (削足合履) 〈淮南子〉
일의 두서를 모르고 근본을 부분에 복종시킨다는 뜻.

10454. 발을 모르고도 짚신은 삼는다. (不知足而 爲履) 〈龍子〉
어떤 일이나 부분에 치중할 것이 아니라 전체에 치중해야 한다는 뜻.

10455. 발을 뻗고 자겠다.
마음을 놓고 편안히 지낼 수 있다는 뜻.

10456. 발이 많은 벌레는 넘어지지 않는다.
자손이 많으면 그 집안은 망하지 않는다는 뜻.

10457. 발이 바르면 신이 비틀어지지 않는다. (脚正不怕靴歪)
본바탕이 바르면 행동도 그릇되는 일이 없다는 뜻.

10458. 발이 손이 되도록 빈다.
잘못된 일에 대해 사과(謝過)를 한다는 말.

10459. 발이야 손이야 빈다.
발이 손이 되도록 손이 발이 되도록 잘못을 자꾸 빌고 빈다는 뜻.

10460. 발이 의붓자식보다 낫다.
발로 걸어다니며 먹기도 하고 구경도 할 수 있으므로 의붓자식보다 훨씬 낫다는 뜻.

10461. 발이 자식보다 낫다.
늙어서 건강한 것이 자식의 도움을 받는 것보다 낫다는 말.

10462. 발이 편하려면 버선을 크게 신어야 한다.
집안이 편하려면 첩을 얻지 말아야 한다는 말.

10463. 발이 효도 자식보다 낫다.
발로 걸어다니며 먹을 것도 먹고 구경도 할 수 있기 때문에 효자보다 낫다는 뜻.

10464. 발 장구만 친다.
누워서 발로 장구만 치면서 편안히 지낸다는 뜻.

10465. 발 큰 것이 득이다.
무슨 일을 하든지 걸음이 빠른 것이 유리하다는 뜻.

10466. 발 큰 놈이 더 먹는다.
부지런히 돌아다니는 사람이 더 얻어 먹게 된다는 뜻.

10467. 발 큰 도둑놈이다. (足大曰賊)
발이 크면 걸음이 빠르기 때문에 도둑질도 잘한다는 뜻.

10468. 발탄 강아지 같다.
일 없이 분주하게 돌아다니는 사람을 비웃는 말.
※ 발탄 강아지 : 걸음을 걷기 시작한 강아지.

10469. 밝은 달밤이 흐린 낮만 못하다.
작은 사람이 아무리 세다 해도 큰 사람을 못 당한다는 뜻.

10470. 밝은 지혜는 어렵고 위태로운 일을 잘 넘긴다. (明智可以涉難危) 〈益智書〉
명철(明哲)한 지혜는 어려운 일이나 위험한 일이라도 잘 해결할 수 있다는 뜻.

10471. 밝은 지혜에 따르는 것보다 나은 것은 없다. (莫若以明) 〈莊子〉
무슨 일이나 명철(明哲)한 지혜에 의하여 하는 것이 가장 좋다는 뜻.

10472. 밟고 찬다.
남을 해쳐 불행하게 하고도 또 다시 해쳐 더욱 불행하게 한다는 뜻.

10473. 밤 까마귀 우는 소리다.
낮에 우는 까마귀소리도 듣기 싫은데 더구나 밤에 우는 까마귀소리마냥 우는 소리가 몹시 듣기 싫다는 뜻.

10474. 밤 간 원수 없고 날 샌 은혜 없다.
(經夜無怨 曆日無恩)
원수나 은혜는 세월이 가면 다 잊어 버리게 된다는 뜻.

10475. 밤 간 원수 없다. (經夜無怨)
자고 나면 미웠던 사람도 미움이 잊혀지게 된다는 뜻.

10476. 밤 계집 보기다.
밤에 여자를 보면 더욱 아름답게 보인다는 뜻.

10477. 밤꽃 피면 장마진다.
밤꽃이 피는 6월 하순이 되면 장마가 시작된다는 말.

10478. 밤 구덩이에 쥐 드나들듯 한다.
밤을 묻어 둔 구덩이에 쥐가 드나들듯이 몹시 자주 드나든다는 말.

10479. 밤길에는 짐승보다 사람이 더 무섭다.
밤길을 가다가 짐승을 만나는 것보다 도둑을 만날까 봐 사람 만나는 것이 더 무섭다는 뜻.

10480. 밤길에 짐승을 만나면 더운 땀이 나고 사람을 만나면 식은 땀이 난다.
후미진 곳에서 밤에 사람을 만나면 도둑일 수 있기 때문에 반갑지 않고 무서워진다는 말.

10481. 밤길에 흰 것은 물이니 밟지 말아야 한다.
(夜不踏白)
밤길 갈 때 희게 보이는 것은 물이기 때문에 밟아서는 안 된다는 뜻.

10482. 밤길에 흰 것은 물이다. (夜白水)
밤길 갈 때 희게 보이는 것은 물이기 때문에 밟지 말라는 말.

10483. 밤길이 붓는다.
밤에 가는 길이 더 빨리 가게 된다는 뜻.

10484. 밤 나방이가 밝은 등불에 덤비듯 한다.
(宵虫之赴明燭) 〈抱朴子〉
자신이 자신을 해치는 자살 행위(自殺行爲)를 한다는 뜻.

10485. 밤낮 사흘을 안 자면 통 잠이 온다.
잠을 안 자면 잠이 밀렸다가 한꺼번에 곤하게 자게 된다는 뜻.

10486. 밤낮 안고만 넘어진다.
언제나 손해보는 짓만 한다는 뜻.

10487. 밤낮 없이 나쁜 행동만 일삼는다.
(俾晝作夜) 〈詩經〉
나쁜 행동으로 세월을 보낸다는 뜻.

10488. 밤낮으로 골몰한다. (晝夜汨沒)
밤이나 낮이나 일에 몰두하고 있다는 뜻.

10489. 밤낮으로 부지런히 일한다. (罔晝夜)
밤이나 낮이나 부지런히 일만 한다는 뜻.

10490. 밤낮으로 생각한다. (夙夜念之) 〈六韜〉
밤이나 낮이나 늘 골몰하게 생각한다는 뜻.

10491. 밤낮으로 속을 태운다. (夙夜焦思)
〈栗谷全集〉
자나 깨나 마음이 초조하다는 뜻.

10492. 밤낮으로 쉬지 못한다. (晝夜不息)
밤에도 쉬지 못하고 분주하다는 뜻.

10493. 밤낮으로 여드레를 자면 참잠이 온다.
잠은 잘수록 더 많이 자게 된다는 뜻.

10494. 밤낮으로 원망한다. (日夜怨望)
낮이나 밤이나 항상 원망을 한다는 뜻.

10495. 밤낮으로 이를 갈며 속을 태운다. (日夜切齒腐心) 〈史記〉
분노를 참을 수가 없어 보복하기 위하여 속을 썩이고

10496. 밤낮을 가리지 않고 일한다. (晝夜兼行)
밤이나 낮이나 일밖에 하지 않는다는 뜻.

10497. 밤낮을 가리지 않는다. (不分晝夜：不徹晝夜)
밤낮을 구별하지 않고 일한다는 뜻.

10498. 밤낮을 가릴 줄 모른다. (不能辰夜)〈詩經〉
밤과 낮을 분별하지 못한다는 뜻.

10499. 밤낮을 모른다.
매우 부지런하여 밤을 낮삼아 일을 한다는 뜻.

10500. 밤 놀이는 추석이고 낮 놀이는 단오다.
(月惟中秋 日在端午)
일년 명절 중에서 밤 놀이는 추석이 제일 좋고 낮 놀이는 단오가 제일 좋다는 뜻.

10501. 밤 놀이는 추석이다. (月惟中秋)
밤놀이는 달 밝은 추석이 제일 좋다는 뜻.

10502. 밤마다 만리성(萬里城)만 쌓는다.
밤마다 고난의 현실을 탈피하기 위한 공상(空想)만 한다는 뜻.

10503. 밤 말은 쥐가 듣고 낮 말은 새가 듣는다.
(夜言鼠聽 晝言雀聽)
아무도 듣는 사람이 없다고 비밀히 하는 말도 누설되어 세상 사람들이 다 알게 되므로 말 조심을 하라는 뜻.

10504. 밤 말은 쥐가 듣는다. (夜言鼠聽)〈旬五志〉
듣는 사람이 없다고 함부로 말을 하다가 누설이 되어 화를 당하게 되므로 말을 조심하라는 뜻.

10505. 밤 말이 십 리를 간다.
사람이 없다고 한 말이 누설되듯이 세상에는 비밀이란 있을 수 없다는 뜻.

10506. 밤 무지개가 서면 석달 비가 온다.
밤에 무지개가 서면 큰 장마가 진다는 옛말.

10507. 밤 밥을 먹고 자랐나 ?
어두운 밤에만 자라서 어리석다는 뜻.

10508. 밤 벌레 같다.
살 빛이 뿌유스름하고 토실토실한 사람을 가리키는 말.

10509. 밤 비를 맞으며 길가는 나그네이다.
(夜雨行人)
밤 비를 맞아 가면서도 가지 않으면 안 되는 나그네라는 뜻.

10510. 밤 비에 자란 사람 같다.
어두운 곳에서만 자란 듯한 어리석은 사람이라는 뜻.

10511. 밤 쌀 보기다.
밤에 쌀을 보면 더욱 돋보이듯이 밤에 더 잘 보인다는 뜻.

10512. 밤 새는 지도 모르고 물레질만 한다.
밤이 새는 줄도 모르고 일을 골몰하여 한다는 뜻.

10513. 밤 새도록 간 것이 문 안을 못 들어갔다.
(達曙走不及門)　　　　〈旬五志, 松南雜識〉
밤 새도록 한 일이 헛수고만 하였다는 뜻.

10514. 밤 새도록 기와집만 짓는다.
가난한 사람은 가난을 탈피하기 위하여 밤이면 쓸데없는 공상만 많이 하게 된다는 뜻.

10515. 밤 새도록 도망친다. (罔夜逃走)
사람들이 모르도록 밤에 도망을 친다는 뜻.

10516. 밤 새도록 생각해 낸 꾀가 겨우 죽을 꾀다.
오랫동안 애써 궁리했으나 좋은 꾀는 나지 않았다는 뜻.

10517. 밤 새도록 소금만 구웠다.
잠자리가 몹시 추워 잠 한 숨 못 자고 떨었다는 뜻.

10518. 밤 새도록 와서 문턱을 못 넘는다.
무슨 일 다 해놓고 끝 마무리를 못 한다는 말.

10519. 밤 새도록 울고 나서 누가 죽었느냐고 묻는다. (旣終夜哭 問誰不祿)　〈耳談續纂〉
무슨 영문인지도 모르고 어리석게 일을 한다는 뜻.

10520. 밤 새도록 잠을 이루지 못한다. (通夜不寢)
　　　　〈晉書〉
정신적으로 괴로와 밤이 새도록 잠을 자지 못한다는 뜻.

10521. 밤 새도록 통곡하고 어느 마누라 초상이냐고 묻는다.
무슨 일인지 내용도 모르고 어리석게 일을 한다는 뜻.

10522. 밤 새 평안한가 ? (俄煩間門平安)
　　　　〈靑莊舘全書〉
하룻밤 사이에 별 일이 없었느냐는 뜻.

10523. 밤 섬에 생쥐 드나들듯 한다.
이권을 둘러싸고 모리배(謀利輩)들이 몰려든다는 뜻.

10524. 밤송이나 우엉송이나 다 찔려 보았다.
온갖 고생이라는 고생은 다 겪어 보았다는 뜻.

10525. 밤송이 엄송이 다 밟았다.
고생이라는 고생은 있는 대로 다 겪었다는 말.

10526. 밤송이와 사돈 식구는 까끄럽기만 하다.
사돈 식구는 접촉하기가 매우 어렵다는 뜻.

10527. 밤에 까마귀 잡기다.
일할 조건이 매우 나빠서 일하기가 어렵다는 말.

10528. 밤에 나서 밤에 자랐나 ?
어둔 밤에 나서 밤에만 자란 사람같이 바보라는 뜻.

10529. 밤에는 그 날의 잘못을 생각하라.
(夜以思過)   〈晦齋全集〉
밤에 잠들기 전에 반드시 그 날 일을 총화하면서 잘
못이 있으면 반성하도록 해야 한다는 뜻.

10530. 밤에 도망가는 놈 보따리만하다.
가지고 있는 짐짝이 제법 크다는 뜻.

10531. 밤에 보아도 낮자루요 낮에 보아도 밤나
무다.
사물의 본질은 어떤 상황에서나 변하지 않고 그대로
있다는 뜻.

10532. 밤에 쌀 보기 여자 보기다.
여자는 밤에 보면 더 아름답게 보인다는 말.

10533. 밤에 세수를 하면 곰보를 얻는다.
옛날 밤 화장하는 것을 못 하게 하기 위하여 한 말.

10534. 밤에 자랐나 ?
밝은 빛을 못 보고 자라서 어리석다는 뜻.

10535. 밤에 패랭이 쓴 놈이 보이겠다.
저녁밥을 너무 일찍 먹어 밤중에 허기가 져서 헛것
이 보이게 된다는 뜻. ※ 패랭이 : 상제나 천한 사람
이 쓰던 갓.

10536. 밤에 휘파람을 불면 도둑이 온다.
옛날 화적(火賊)들이 휘파람으로 신호를 하였기 때문
에 휘파람을 불면 도둑이 온다고 밤에 휘파람을 금한
데서 나온 말.

10537. 밤은 비에 익고 감은 볕에 익는다.
밤은 익을 때 비가 와야 좋고 감은 익을 때 볕이 나
야 잘 익는다는 말.

10538. 밤은 짧고 할 말은 길다.(夜短語長)
〈許生〉
할 말은 많은데 밤이 짧아 이야기를 다 못 하게 되어
안타깝다는 뜻.

10539. 밤을 낮 삼는다.(夜以繼日)、(夜而繼晝)

〈孟子〉,〈莊子〉
할 일이 많아서 낮에 다 못하게 되므로 밤에도 자지
않고 일을 한다는 말.

10540. 밤을 연일 새운다.(通宵連日)
매일 밤을 새워 가면서 일한다는 뜻.

10541. 밤 음식은 적게 먹도록 하라.(少食中夜飯)
〈夷堅志〉
잘 자리에 밤 음식은 많이 먹으면 도리어 해롭다는 말.

10542. 밤이 길어야 꿈도 길게 꾼다.(夜長夢長)
환경이 좋아야 일도 잘 할 수 있다는 뜻.

10543. 밤이 길어야 꿈도 많이 꾼다.
환경이 좋아야 일을 해도 성과가 크다는 뜻.

10544. 밤이 낮같이 밝다.
(1) 밤에 등불이 많아서 낮같이 밝다는 뜻. (2) 세상이
옛날과 같지 않고 매우 발전되었다는 뜻.

10545. 밤이 되면 새끼 고양이도 집으로 돌아온
다.(夜猫子進宅)
밤이 되면 고양이 새끼도 집으로 돌아 가는데 항차
사람이야 두말할 것이 없다는 뜻.

10546. 밤이 어두워 알 수 없다.(暮夜不知)
밤이 어두워서 분간을 할 수 없다는 뜻.

10547. 밤이 흉년 들면 곡식은 풍년 든다.
밤하고 곡식하고는 풍흉이 서로 다르게 된다는 말.

10548. 밤 자고 나서 문안한다.
지나간 일을 가지고 새삼스럽게 이야기한다는 뜻.

10549. 밤 잔 원수 없고 날 샌 은혜 없다.
(經夜無怨 曆日無恩)   〈耳談續纂〉
원수도 세월이 지나면 잊어 버리게 되고 은혜도 세월
이 지나면 잊어 버리게 된다는 뜻.

10550. 밤 잔 원수 없다.
원수도 세월이 가면 잊어 버리게 된다는 뜻.

10551. 밤중인지 아나 ?
잠을 늦게까지 자는 사람에게 하는 말.

10552. 밤 흉년 드는 해 굶어죽는 사람 없다.
많은 경우에 밤이 흉년 드는 해는 곡식 풍년이 든
다는 데서 나온 말.

10553. 밥 군 것이 떡 군 것만 못하다.
물건을 바꾸는 것은 좋지 않다는 뜻. ※ 밥 군은 바꾼
과 발음이 비슷한 데서 나온 말.

10554. 밥그릇도 없이 거지 노릇 한다.

무슨 일이나 사전에 준비가 없으면 성과가 없다는 뜻.

10555. 밥 그릇이 높으니까 생일인지 안다.
대접을 좀 잘해 주니까 큰 영광으로 생각한다는 뜻.

10556. 밥도 부지런해야 얻어먹는다.
밥을 얻어 먹는 거지도 제 시간에 부지런히 다녀야 얻어 먹듯이 부지런하지 못하면 무슨 일이나 성공하지 못한다는 뜻.

10557. 밥도 아니고 죽도 아니다.
이것도 아니고 저것도 아닌 얼간이라는 뜻.

10558. 밥 두 사발 먹는 사람은 있어도 신 두 켤레 신는 사람은 없다.
무슨 일이나 일에는 그 한도(限度)가 있다는 뜻.

10559. 밥맛 떨어진다.
기분이 몹시 불쾌하여 밥맛도 없다는 뜻.

10560. 밥맛 없는 소리는 하지도 말랬다.
남이 들어서 기분 나쁜 말은 아예 하지도 말라는 뜻.

10561. 밥맛 없다.
비위(脾胃)에 거슬리는 것을 보아 밥맛이 없다는 뜻.

10562. 밥맛이 없을 때는 입맛으로 먹고 입맛이 없을 때는 밥맛으로 먹는다.
음식을 못 먹을 때는 밥맛이나 입맛을 다 동원해서 먹으라는 말.

10563. 밥맛이 없을 때는 입맛으로 먹는다.
밥맛이 없어 먹지 못할 때는 무리해서라도 먹어야 한다는 뜻.

10564. 밥 먹고 바로 자면 소 된다.
어린 아이들이 밥 먹고 바로 자지 못 하도록하게 하기 위하여 하는 말.

10565. 밥 먹는 개도 때리지 않는다.
아무리 잘못이 있더라도 식사 중에는 때리거나 꾸짖지 않는다는 뜻.

10566. 밥 먹는 것도 아깝다.
(1) 놀고 먹는 사람보고 하는 말. (2) 얄미운 사람을 두고 하는 말.

10567. 밥 먹을 때는 말하지 않는다.(食不言)

〈論語〉
음식을 먹을 때는 말해 가면서 먹지 말라는 뜻.

10568. 밥 벌레다.(食虫)
아무 일도 않고 밥만 소비하는 인간이라는 뜻.

10569. 밥 부대다.(飯袋)
밥만 먹고 아무 일도 않는 사람을 가리키는 말.

10570. 밥 빌어 먹기는 장타령이 제일이다.
체면만 차리지 않으면 못 할 것이 없다는 뜻.

10571. 밥사발은 눈물이요 죽사발은 웃음이다.
잘 먹고 불행한 것보다는 못 먹고 행복한 것이 낫다는 뜻.

10572. 밥상보에 붙은 밥풀이다.
상보에 붙은 몇 알의 밥풀마냥 아무 도움도 되지 않는 존재라는 뜻.

10573. 밥 속에 떡 들었다.
(1) 재수가 매우 좋다는 뜻. (2) 좋은 일이 겹쳐서 있다는 뜻.

10574. 밥 숟가락을 놓았다.
숟가락질을 못하게 되었다 함은 죽었다는 뜻.

10575. 밥숟갈에 떡 얹어 준다.
밥을 주고 또 떡까지 주듯이 고마운 데다가 또 고맙게 해 준다는 뜻.

10576. 밥술이나 두고 먹으니까 수염 치장만 한다.
가난하게 살다가 돈을 벌면 거만하게 된다는 말.

10577. 밥술이나 먹게 되니까 눈에 보이는 것이 없나보다.
없던 사람이 돈을 조금 버니까 교만해졌다는 뜻.

10578. 밥술이나 먹게 되니까 두 계집도 모자란다고 한다.
고생하다가 돈을 벌게 되면 첩을 여럿 얻어 들인다는 뜻.

10579. 밥술이나 먹게 되니까 콧대만 높아진다.
가난하던 사람이 부자가 되면 매우 교만하게 된다는 뜻.

10580. 밥술이나 먹게 되었다.
가난하던 사람이 알뜰하게 해서 돈을 약간 저축하게 되었다는 뜻.

10581. 밥 아니 먹어도 배부르겠다.
너무도 기쁘기 때문에 밥을 안 먹어도 배가 부를 것이라는 뜻.

10582. 밥알 하나가 귀신 열을 쫓는다.
병 들었을 때 굿을 하지 말고 음식을 잘 먹는 것이 낫다는 뜻.

10583. 밥 얻어 먹을 짬은 있어도 추수하는 데 갈 짬은 없다.

놀고 먹으면서도 농번기에도 일을 하지 않는 게으름
장이라는 뜻.

10584. 밥 없는 상이다.
반드시 있어야 할 가장 중요한 것이 없다는 뜻.

10585. 밥 없는 아침상이다.
실속은 없고 겉치장만 하였다는 뜻.

10586. 밥에 쌀보다 돌이 적기는 적다.
옛날 벼 타작을 흙과 모래가 있는 마당에서 하였고 쌀
에서 돌을 선별(選別)하지 않고 도정(搗精)도 하였기
때문에 쌀에 돌이 많았을 시절에 쌀 함박으로 쌀을 잘
일지 않으면 밥에 돌이 많았을 때 나온 말.

10587. 밥 위에 떡이다.
좋은 데다가 더 좋은 것을 주니 더 바랄 것이 없다는
뜻.

10588. 밥은 굶어도 속이 편해야 산다.
사람은 마음이 편한 것이 가장 좋다는 뜻.

10589. 밥은 굶어도 집안이 편해야 한다.
가난하게 살더라도 집안이 화목해야 행복한 가정이라
는 뜻.

**10590. 밥은 굶주린 사람이 더 먹고 고기는 먹어
본 사람이 많이 먹는다.**
밥은 가난한 사람들이 많이 먹고, 고기는 부자 집 사
람들이 많이 먹는다는 뜻.

10591. 밥은 때가 지나면 쉰다.
남은 밥은 쉬기 전에 굶주린 사람에게 주라는 뜻.

**10592. 밥은 동쪽 집에서 먹고 잠은 서쪽 집에서
잔다.(東家食 西家宿)**　　　　　〈事文類聚〉
(1) 두 가지 일을 한꺼번에 하려고 한다는 뜻. (2) 정처
없이 떠다니는 신세라는 뜻.

10593. 밥은 빨리 먹고 똥은 늦게 누랬다.
밥은 먹기 싫은 밥 먹듯이 느리게 먹지 말고 맛있게
먹어야 하고 똥은 천천히 다 배설하라는 뜻.

**10594. 밥은 열 곳에 가 먹어도 잠은 한 곳에서
자랬다.**
밥은 일정한 곳에서 안 먹더라도 거처는 일정한 곳에
서 해야 한다는 뜻.

**10595. 밥은 주는 대로 먹고 일은 하라는 대로 하
랬다.**
옛날 머슴살이를 잘하려면 음식은 주는 대로 말 없이
먹고 일은 시키는 대로 순종해야 한다는 뜻.

10596. 밥은 주는 대로 먹고 잠은 가려 자랬다.
음식은 가려서 먹지 말아야 하지만 잠자리는 가려서
자라는 말.

10597. 밥을 남겨 줄 양반은 강 건너서 봐도 안다.
사람이 후하고 박한 것은 보기만 해도 알 수 있다는
말.

**10598. 밥을 먹고도 그 맛을 알지 못한다.
(食而不知其味)**
늘 밥을 먹어도 그 맛을 모르듯이 늘 하는 일의 본질
을 모르고 있다는 뜻.

10599. 밥을 먹어도 밥맛이 없다.(饋不食)
　　　　　　　　　　　　　　　〈春秋左傳〉
마음이 불안하면 밥을 먹어도 밥맛이 없다는 뜻.

10600. 밥을 먹지 않아도 배가 부르다.
기분이 매우 좋아서 밥을 먹지 않아도 배가 고픈 줄
을 모른다는 뜻.

10601. 밥을 빌어다 죽을 쑤어 먹겠다.
(1) 게을러서 아무 일도 못할 사람이라는 뜻. (2) 하는
짓이 소견 없는 짓만 한다는 뜻.

**10602. 밥을 함부로 먹고 국을 소리내면서 마신
다.(放飯流歠)**　　　　　　　　　〈孟子〉
음식을 먹는 예절이 없다는 뜻.

10603. 밥이 끓는지 국이 끓는지 안다.
남의 집 부엌에서 밥이 끓는지 국이 끓는지 다 알
정도로 그 집 사정을 잘 안다는 뜻.

10604. 밥이 될지 죽이 될지 모른다.
앞으로 일이 어떻게 될는지 예상(豫想)도 못한다는 뜻.

10605. 밥이 분(粉)이다.
먹기를 잘 먹어야 얼굴이 살찌고 화기가 있게 된다는
말.

10606. 밥이 분이요 옷이 날개다.
먹기를 잘해야 얼굴에 화기가 있고 옷을 잘 입어야 풍
채가 있다는 뜻.

10607. 밥이 얼굴에 더적더적 붙었다.
얼굴이 복 있게 생겼기 때문에 잘살 수 있는 상(相)
이라는 뜻.

**10608. 밥이 없으면 얻어먹고 숟갈이 없으면 손
으로 먹고 집이 없으면 정자나무 밑에서 자도
부부간에 정만 있으면 산다.**
부부간에는 정만 두터우면 의식주(衣食住)가 곤란해
도 견디고 살 수 있다는 뜻.

10609. 밥 주고 떡 준다.
남에게 여러 가지로 은덕을 베푼다는 말.

10610. 밥 주머니다.(飯囊)
밥이나 먹을 줄 알지 아무 일도 못하는 사람이라는 뜻.

10611. 밥 주머니에 술 부대다.(飯囊酒岱)
밥과 술만 먹고 일은 않고 노는 사람이라는 뜻.

10612. 밥티 두 낱 붙은 데 없이 까분다.
너무 경솔하여 아무 일도 못하고 굶어죽을 팔자라는 뜻.

10613. 밥티 한 낱 붙은 데 없다.
얼굴 생김새가 매우 가난한 상(相)이라는 뜻.

10614. 밥 팔아 똥 사 먹겠다.
무슨 일을 하는 것이 못 쓰게만 한다는 뜻.

10615. 밥 푸다 말고 주걱을 남 빌려 주겠다.
무슨 일을 한참 하다가 중단하고 만다는 뜻.

10616. 밥풀로 새 잡겠다.
얕은 꾀로 일을 한다는 뜻.

10617. 밥풀로 잉어 낚는다.
하찮은 밑천을 가지고 큰 이득을 얻었다는 뜻.

10618. 밥풀 물고 새 새끼 부른다.
일 하기가 매우 쉽다는 뜻.

10619. 밥 한 끼를 주어도 은덕이다.(一飯之德)
조그마한 은덕도 은덕은 은덕이라는 뜻.

10620. 빳빳이 굶었다.
먹을 것이 없거나 또는 입맛이 없어서 전혀 먹지 못했다는 뜻.

10621. 방귀가 길면 똥 나온다.(放庇長還爲還)
〈旬五志〉
무슨 일이나 소문이 잦으면 그대로 실현된다는 뜻.

10622. 방귀가 잦으면 똥 싸기 쉽다.
무슨 일이나 소문이 자주 나게 되면 그대로 실현된다는 말.

10623. 방귀 뀐 놈이 도리어 성을 낸다.
잘못한 놈이 도리어 성을 낸다는 뜻.

10624. 방귀 길나자 보리 양식 떨어진다.
한참 재미를 보고 있던 중에 중간에서 못하게 되었다는 뜻.

10625. 방귀 자라 똥 된다.
처음에는 대단치 않던 것이 심해지면 큰 말썽거리로 된다는 뜻.

10626. 방둥이 부러진 소 사돈이 아니면 못 팔아 먹는다.
흠 있는 물건은, 산 뒤에도 물러 달라지 못할 사람에게 팔아야 한다는 뜻.

10627. 방립(方笠)에 솔질한다.
할 필요도 없는 짓을 한다는 뜻.

10628. 방망이가 가벼우면 주름이 잡힌다.
통솔력이 약하면 하부 사람들의 반발이 생기게 된다는 뜻.

10629. 방망이로 때리고 홍두깨로 맞는다.
섣불리 남을 때리다가는 크게 맞는다는 뜻.↔ 방망이로 맞고 홍두깨로 때린다.

10630. 방망이로 맞고 홍두깨로 때린다.
앙갚음은 자기가 맞은 것보다 더 크게 한다는 뜻.↔ 방망이로 때리고 홍두깨로 맞는다.

10631. 방바닥에 똥을 싸도 할 말은 있다.
아무리 잘못된 행동을 했어도 그 나름대로의 잘못할 만한 사정이 다 있다는 뜻.

10632. 방바닥에서 낙상한다.
방심(放心)하다가는 실수를 하게 되니 조심하라는 뜻.

10633. 방법은 다르나 결과는 같다.(異曲同工)
방법적인 문제만 다르지 결과적으로는 같게 된다는 뜻.

10634. 방 보아 똥도 싼다.
상대방을 봐서 대우가 달라지게 된다는 뜻.

10635. 방비가 있으면 걱정이 없다.(有備無患)
방어 태세(防禦態勢)가 잘 되어 있으면 아무 걱정도 없다는 뜻.

10636. 방비는 일에 맞게 해야 한다.(備適於事)
〈韓非子〉
방어 태세(防禦態勢)는 실정에 알맞게 해야 한다는 뜻.

10637. 방 안에서 범 잡듯 한다.
좁은 곳에서 큰 소란을 일으킨다는 말.

10638. 방앗간 본 참새가 그냥 지나갈까?
좋아하는 것을 보고서는 참을 수가 없다는 뜻.

10639. 방앗간에서 울었어도 그 집 조상(弔喪)이다.
문밖에 있는 방앗간에서 울어도 그 집 조상이듯이 장소가 문제가 아니라 그 마음이 문제라는 뜻.

10640. 방앗공이는 제 산 밑에서 팔아 먹으랬다.

무슨 물건이든지 생산지에서 파는 것이 유리하다는 뜻.

10641. 방앗공이 틈에 보리 알 끼듯 한다.
좁은 곳에 여러 사람이 가득히 앉아 있다는 뜻.

10642. 방에 가면 방 말이 옳고 부엌에 가면 부엌 말이 옳다.
송사(訟事)는 한 편 말만 듣고 하면 공평하지 못하게 된다는 뜻.

10643. 방에 가면 시어머니 말이 옳고 부엌에 가면 며느리 말이 옳다.
송사는 양편 말을 잘 듣고 해야지 한 편 말만 듣고 해서는 안 된다는 뜻.

10644. 방에 들어가려면 마루를 지나가야 한다. (升堂入室)　〈論語〉
무슨 일이든지 일을 하는 데는 순서가 있다는 뜻.

10645. 방에서 더 먹는가 부엌에서 더 먹는가 한다.
서로 믿지 못하고 서로 의심한다는 뜻.

10646. 방에서 화 내고 장에 가서 화풀이한다. (怒室色市)　〈戰國策〉
자기 노여움을 엉뚱한 사람에게 화풀이한다는 뜻.

10647. 방에서 화 낸 놈이 장에 가서 얼굴 붉힌다.
화풀이를 할 데 하지 않고 딴 곳에서 한다는 뜻.

10648. 방위(方位) 보아 똥도 눈다.
(1) 무슨 일이나 경우에 맞게 처사한다는 뜻. (2) 사람을 보아서 알맞게 대접한다는 뜻.

10649. 방정맞거든 성미나 급하지 말아야지. (輕躁)
두 가지 중에 한 가지라도 좋은 점이 있어야지 두 가지가 다 나쁘다는 뜻.

10650. 방정맞기는 원숭이 같다.
원숭이마냥 행동이 경망스럽다는 뜻.

10651. 방죽도 조그마한 개미 구멍 때문에 무너진다. (堤隤蟻穴)　〈陳忠〉
큰 일도 조그마한 일로 인하여 실패하게 된다는 뜻.

10652. 방죽에 줄남생이 늘어 앉듯 했다.
여러 사람들이 줄을 지어 죽 앉아 있다는 뜻.

10653. 방죽을 파야 머구리도 뛰어든다.
어떤 목적을 달성하기 위해서는 그에 대한 준비 작업이 필요하다는 뜻.

10654. 방죽 터진 물 같다. (缺河之勢)

방죽이 갑자기 터졌을 때의 물과 같은 세찬 세력이라는 뜻.

10655. 방 중에는 서방이 제일이요 집 중에는 계집이 제일이다.
여자에게는 남편이 제일 좋고 남자에게는 아내가 제일 좋다는 말.

10656. 방탕하고 난폭한 사람은 언제나 위태롭고 해롭기만 하다. (蕩悍者 常危害)　〈荀子〉
행실이 방탕하고 난폭한 사람은 군중들과 융화될 수 없기 때문에 위태로울 뿐만 아니라 불리한 일만 생긴다는 뜻.

10657. 방탕한 소리나 음란한 짓을 멀리하라. (放聲遠色)　〈鄕約章程〉
방탕한 놀이와 음탕한 행동은 삼가해야 한다는 뜻.

10658. 방 판수 떡 자루 잡듯 장님 북 자루 잡듯 한다.
옛날 방 판수라는 사람이 무슨 물건이나 한번 잡으면 놓지 않았듯이 변통성이 전혀 없다는 뜻.

10659. 방 판수 떡 자루 잡듯 한다. (方判事 餠橐執)　〈東言解〉
무슨 물건을 한번 잡으면 놓을 줄을 모르고 붙들고만 있듯이 융통성이 있게 할 줄을 모른다는 뜻.

10660. 방패연(防牌鳶)의 갈개 같다.
무엇이 연 꼬리마냥 길게 매달려 있다는 뜻.
※ 갈개 : 연 꼬리.

10661. 밭 갈고 김매기를 게을리하면 곡식은 못 거둔다. (楛耕傷稼)　〈荀子〉
농사는 손질을 많이 할수록 수확을 많이 하게 된다는 뜻.

10662. 밭갈이도 않으며 먹는다. (不耕而食)　〈莊子〉
일하지 않고 놀고 먹는다는 뜻.

10663. 밭갈이를 말하는 사람은 많은데 쟁기를 잡는 사람은 적다. (言耕者衆 執未者寡)　〈韓非子〉
말로 걱정하는 사람은 많아도 실제 일을 하려는 사람은 적다는 뜻.

10664. 밭도랑을 베개 삼아 죽을 놈이다.
죽을 때 객사(客死)나 하라는 악담(惡談).

10665. 밭에 김을 매지 않으니 강아지 풀만 무성하다. (無田甫田 維莠驕驕)　〈詩經〉
밭에 김을 매지 않아서 곡식은 보이지 않고 풀만 무

성하다는 뜻.

10666. 밭에서 청개구리가 울면 조상 무덤이 떠내려간다.
나무 위에서 청개구리가 울어도 비가 오는데 더구나 밭에서 울게 되면 큰 장마가 진다는 말.

10667. 밭으로 가나 둑으로 가나 가기는 마찬가지다.
무슨 일을 이렇게 하나 저렇게 하나 방법적으로만 다르지 결과적으로는 동일하다는 말.

10668. 밭을 갈라면 개울까지 낼 줄 알아야 한다.
무슨 일을 하려거든 치밀하고 완전하게 하라는 뜻.

10669. 밭을 사려면 변두리를 보고 사랬다.
토지를 살 때는 그 주변의 경계를 분명히 보고 사라는 뜻.

10670. 밭이 좋아야 곡식도 잘 된다.
(1) 토지가 좋아야 곡식이 잘 된다는 뜻. (2) 아내가 건강해야 자식도 건강하다는 뜻.

10671. 밭 일궈 먹는 두더지다.
농사 일만 하는 농민이라는 뜻.

10672. 밭 장자(長者)는 있어도 논 장자는 없다.
논을 많이 가진 부자는 흉년을 타도 밭을 많이 가진 부자는 흉년을 타지 않듯이 논 수입보다 밭 수입이 낫다는 뜻.

10673. 밭 팔아 논 사면 좋아도 논 팔아 밭 사면 안 된다.
살림은 점점 불어야지 줄어서는 안 된다는 뜻.

10674. 밭 팔아 논 살 때는 이밥이나 먹자는 것이다. (賣田買畓 欲喫稻飯) 〈旬五志〉
이제까지 하던 일을 버리고 다른 일을 새로 시작한 것은 이익을 위한 것이었는데 처음 뜻대로 되지 않았다는 뜻.

10675. 배가 가라앉으려면 쥐가 도망친다.
배가 물 속에 가라앉으려면 쥐는 미리 알고 도망친다는 뜻.

10676. 배가 강 중간에 갔을 때는 물 새는 구멍을 막기 어렵다. (船到江心 補漏遲)
어떤 잘못이 있으면 제때에 고쳐야지 늦으면 고칠 수 없게 된다는 뜻.

10677. 배가 고파야 곡식을 구한다. (饑而求黍稷) 〈說苑〉
미리 준비하지 않고 있다가 일을 당해서야 뒤늦게 준

비한다는 말.

10678. 배가 고프면 만사가 귀찮다.
배가 고프면 세상 일이 다 귀찮게 되어 일 할 의욕이 없어진다는 뜻.

10679. 배가 고프면 붙고 배가 부르면 떨어진다. (餓則附 飽則颺) 〈菜根譚〉
아쉬운 때는 알랑거리다가도 아쉽지 않으면 모르는 척하는 의리 없는 짓을 한다는 뜻.

10680. 배가 고프면 아무 음식이나 잘 먹는다. (飢信粗) 〈陸宣公〉
굶주린 사람은 음식을 가리지 않고 아무 거나 먹는다는 뜻.

10681. 배가 고프면 잠도 안 온다.
몹시 굶주린 사람은 잠도 제대로 잘 수 없다는 말.

10682. 배가 남산만하다.
음식을 잘 먹어서 배에 기름기가 많아 배가 부르다는 뜻.

10683. 배가 뒤집히면 물에 빠지지 않는 것이 없다. (一舟之覆 無一物而不沈) 〈孔叢子〉
나라가 망하게 되면 국민들도 모두 다 불행해진다는 뜻.

10684. 배가 물을 거슬러 올라가면 수고롭기만 하고 공은 없다. (逆水行舟勞而無功)
배가 물을 거슬러 올라가면 애는 많이 써도 성과가 적듯이 무슨 일이나 순리로 하지 않고 억지로 하면 애만 쓰고 성과는 적다는 뜻.

10685. 배가 부르니까 제 세상인 줄만 안다.
가난하던 사람이 돈을 벌게 되면 거만하게 되기 쉽다는 뜻.

10686. 배가 불러야 마음도 포근하다.
굶주린 사람들은 항상 마음이 편안하지가 못하다는 뜻.

10687. 배가 불러야 잠도 온다.
굶주리게 되면 잠도 잘 오지 않는다는 뜻.

10688. 배가 불러지면 사람도 눈에 보이지 않는다.
가난하던 사람이 돈을 벌게 되면 교만하게 된다는 뜻.

10689. 배가 차야 예절도 안다.
살림이 넉넉해야만 남들에 대한 예절도 차릴 수가 있다는 뜻.

10690. 배가 크면 물도 깊어야 한다.
　　포부(抱負)가 커야 큰 일도 할 수 있다는 뜻.

10691. 배가 터지도록 먹는다. (撐腸拉腹)
　　지나치게 음식을 많이 먹는다는 뜻. ↔ 사흘에 죽 한
　　끼도 못 먹는다.

10692. 배 고프고 춥다. (飢寒)
　　못 먹어 배 고프고 못 입어 춥다는 말로서 즉 매우 가
　　난한 생활을 한다는 뜻. ↔ 배부르고 등 뜨시다.

10693. 배 고프면 하품이 나고 추우면 오줌이 나
　　온다.
　　배가 고플 때는 하품이 나게 되고, 추울 때는 오줌이
　　자주 마렵다는 말.

10694. 배 고프면 화도 난다.
　　사람이 굶주리게 되면 화도 저절로 나게 된다는 뜻.

10695. 배 고픈 놈더러 요기 시키란다.
　　받아야 할 사람에게 도리어 달라고 한다는 뜻.

10696. 배 고픈 놈 역정(逆情) 내듯 한다.
　　굶주린 사람은 세상이 귀찮아서 신경질을 잘 낸다는
　　뜻.

10697. 배 고픈 놈은 염치도 없다.
　　굶주린 사람은 예절이나 체면을 차릴 수가 없다는
　　뜻.

10698. 배 고픈 놈이 모는 잘 심는다.
　　모심기에는 허리를 꾸부리게 되므로 배가 부르면 거
　　북하다는 뜻.

10699. 배 고픈 때에는 침만 삼켜도 낫다.
　　굶주렸을 때는 조금만 먹어도 허기를 면한다는 뜻.

10700. 배 고픈 사람에게 밥 먹이듯 한다.
　　(若食餒人)　　　　　　　　　〈荀子〉
　　굶주린 사람에게 밥을 주듯 자선(慈善)을 한다는 뜻.

10701. 배 고픈 사람은 먹는 꿈만 꾼다.
　　굶주린 사람은 자나 깨나 먹을 것만 생각하고 있다는
　　말.

10702. 배 고픈 사람은 삼 사월 긴긴 날이 더 길
　　다.
　　고생스러울 때는 시간 보내는 것이 더 지루하다는 말.

10703. 배 고픈 양반이 장 맛 보자는 격이다.
　　하고 싶은 말을 솔직하게 말하지 않는다는 뜻.

10704. 배 고픈 호랑이가 원님을 알까?
　　가난한 사람은 체면을 차릴 겨를도 없다는 뜻.

10705. 배 굶아 본 사람이라야 배 고픈 사정을 안
　　다.
　　고생해 본 사람이라야 고생해 본 사람의 사정을 안다
　　는 뜻.

10706. 배꼽 딴 질괭이다.
　　보기에도 작지만 실상 먹을 것이 없다는 뜻.
　　※ 질괭이 : 아가위의 사투리.

10707. 배꼽 대중만 한다.
　　배 고픈 것으로써 시간 대중을 한다는 뜻. ↔ 오줌 대
　　중하다가 제사에 닭 울린다.

10708. 배꼽 시계다.
　　배 고픈 것으로써 시간을 잘 맞춘다는 뜻.

10709. 배꼽에 거울을 대고 들여다보는 것 같다.
　　남의 속을 들여다보는 것같이 환하게 알 수 있다는
　　말.

10710. 배꼽에 노송(老松)이 날 때까지 기다려
　　라.
　　죽어 땅에 묻힌 뒤 그 배꼽에서 큰 소나무가 날 때까
　　지 기다리라 함이니 도저히 기약할 수 없는 일이라는
　　뜻.

10711. 배꼽에 어루쇠를 댄 것같이 환히 안다.
　　배꼽에 거울을 대고 보듯이 남의 속을 잘 안다는 뜻.
　　※ 어루쇠 : 구리 거울.

10712. 배꼽에 장을 지지겠다.
　　배꼽에 장을 지져도 좋다는 맹세를 할 정도로 보증을
　　한다는 뜻.

10713. 배꼽을 뺐다.
　　배꼽이 빠질 정도로 몹시 우습다는 뜻. ↔ 닭의 똥 같
　　은 눈물이 난다.

10714. 배꼽이 떨어지겠다.
　　배꼽이 떨어질 정도로 매우 우습다는 뜻.

10715. 배꼽이 빠지겠다.
　　몹시 우스운 꼴을 보았다는 말.

10716. 배꼽이 배보다 크다.
　　마땅히 커야 할 것이 작고 작아야 할 것이 크다는
　　뜻.

10717. 배꼽이 웃을 일이다.
　　남에게 조소를 받을 짓을 한다는 뜻.

10718. 배꽃이 두 번 피면 풍년이 든다.
　　배꽃 피는 것을 보고 풍년이 들 것을 미리 알 수 있
　　다는 말.

10719. 배냇니도 갈지 않았다.

아직 배냇니도 갈지 않은 어린 아이라는 뜻.

10720. 배냇니와 배냇머리가 미처 길지도 않았다. (齒髮不長 : 齒髮不及)

아직 배냇니와 배냇머리도 제대로 자라지 않은 어린 아이라는 뜻.

10721. 배냇머리도 길지 않았다.

배냇머리도 길지 않은 어린 사람이라는 뜻.

10722. 배냇머리의 물도 채 마르지 않았다. (生髮未燥)   〈宋書〉

배냇머리의 물도 채 마르지 않은 어린 아이라는 뜻.

10723. 배냇자식도 알아 듣겠다.

몹시 큰 소리를 치기 때문에 뱃속에 든 아이도 알아 듣겠다는 말.

10724. 배는 먹고 뱃속은 이 닦는다.

한 가지 일로 두 가지 이득을 얻는다는 말.

10725. 배는 물보다도 불을 무서워한다.

아무리 용감한 사람이라도 무서워하는 상대가 있다는 뜻.

10726. 배는 물이 없으면 가지 못한다. (舟非水不行)

물이 없으면 배는 갈 수 없듯이 조건이 조성되지 않으면 일이 안 된다는 뜻.

10727. 배 때가 벗었다.

가난하던 사람이 좀 넉넉하게 되었다는 뜻.

10728. 배때기가 원수다.

가난한 데로부터 잘못을 저지르게 되었다는 뜻.

10729. 배때기에 기름이 찌면 눈에 보이는 것이 없다.

겸손했던 사람도 부유하게 되면 거만한 마음이 들게 된다는 말.

10730. 배도 물이 있을 때 띄워야 한다.

무슨 일이나 조건이 조성되어야 이루어진다는 뜻.

10731. 배를 같이 타고 물을 건너듯 하라. (若同舟而濟)   〈六韜〉

이해 관계를 결부시켜서 단결하도록 하라는 뜻.

10732. 배를 안고 넘어질 정도로 우습다. (捧腹絶倒)

배를 거머쥐고 뒤로 넘어질 정도로 매우 우습다는 뜻.

10733. 배를 채운다.

(1) 음식을 많이 먹었다는 뜻. (2) 욕심을 채웠다는 뜻.

10734. 배만 나오면 제일이냐?

돈만 있으면 무슨 짓을 해도 관계 없느냐는 뜻.

10735. 배만 부르면 제 세상인 줄 안다.

돈만 있으면 제 세상인 줄 알고 제멋대로 함부로 행동한다는 뜻.

10736. 배 먹고 이 닦기다. (啖梨之美 兼以濯齒)   〈耳談續纂〉

한 가지 일로 두 가지가 이롭게 되었다는 뜻.

10737. 배보다 배꼽이 더 크다.

커야 할 것이 작게 되고 작아야 할 것이 크게 되었다는 뜻.

10738. 배부르게 되면 누구나 점잔을 차릴 줄 안다.

누구나 돈을 모으게 되면 저절로 점잖게 된다는 말.

10739. 배부르게 되고 따뜻하게 입는다. (飽食暖衣)

잘 먹고 잘 입고 살 수 있을 정도 넉넉한 생활을 한다는 말.

10740. 배부르고 등 따시다.

배부르게 먹고 등이 뜨시게 옷을 입고 잘산다는 뜻. ↔ 배고프고 춥다.

10741. 배부르고 등 뜨시면 음란한 마음이 생기고 춥고 배고프면 도둑질할 마음이 생긴다. (飽煖思淫慾 飢寒起盜心)   〈明心寶鑑〉

부유한 사람은 음란한 행동을 하고 싶고 굶주린 사람은 도둑질을 하고 싶은 생각이 나게 되므로 이런 마음을 억제해야 한다는 말.

10742. 배부르고 등 뜨시면 음란한 마음이 생긴다. (飽煖思淫慾)   〈明心寶鑑〉

경제적으로 부유하게 되면 음란한 생각이 나기 쉬우므로 이를 억제해야 한다는 뜻.

10743. 배부르니까 평양 감사도 부럽지 않다.

굶주렸던 사람이 배가 부르도록 먹으면 그로 만족하게 된다는 뜻.

10744. 배부른 고양이는 쥐를 잡지 않는다.

가난한 사람은 부지런하지만 돈 있는 사람은 게으르다는 뜻.

10745. 배부른 고양이 새끼 냄새 알아 보듯 한다.

마음에 흡족하여 아까운 듯이 냄새를 맡는다는 뜻.

10746. 배부른 놈이 잠도 많이 잔다.

배가 고프면 잠도 잘 안 온다는 말로서 배가 불러야
사람은 모든 게 잘 된다는 말.

10747. 배부른 데 선떡 준다.
배가 부를 때 선떡을 주면 아무 고마움을 못 느끼듯,
생색이 나지 않는 짓을 한다는 말.

10748. 배부른 매는 사냥을 않는다.
사람도 넉넉하게 되면 게으르게 된다는 뜻.

10749. 배부른 사람은 배고픈 사람 사정을 모
른다.
고생을 해보지 않은 사람은 고생하는 사람의 사정을
모른다는 말. → 배 곯아 본 사람이라야 배 고픈 사
정을 안다.

10750. 배부른 상전(上典)이 배고픈 하인 사정
모른다.
배부른 사람은 배고픈 사람의 사정을 모른다는 뜻.
→ 배 곯아 본 사람이라야 배고픈 사정을 안다.

10751. 배부른 상전이 하인 밥 못 하게 한다.
배부른 사람은 배고픈 사람의 사정을 모른다는 뜻.
→ 배 곯아 본 사람이라야 배 고픈 사정을 안다.

10752. 배부른 흥정이다.
팔아도 좋고 안 팔아도 좋은 입장에서 흥정을 한다는
뜻.

10753. 배 썩은 것은 딸 주고 밤 썩은 것은 며느
리 준다. (梨腐子女 栗朽子婦)   〈耳談續纂〉
딸과 며느리는 같은 자식이지만 자기가 낳은 딸을 더
위한다는 뜻.

10754. 배 안 바보는 고칠 수 없다.
선천적인 바보는 고칠 수가 없다는 뜻.

10755. 배 안 벙어리는 반드시 귀가 먹는다.
(生而啞者必聾)   〈申啞傳〉
배 속에서 날 때부터의 벙어리는 반드시 귀가 먹는다
는 말.

10756. 배 안에서 늙은 쥐는 곡식만 찾는다.
(船中老鼠 倉內摸食)
습성(習性)은 뜯어 고치기가 몹시 어렵다는 뜻.
→뒷간 쥐는 쌀 먹을 줄을 모른다.

10757. 배 안에 적이 있다. (舟中敵國) 〈史記〉
대열(隊列) 안에 이적 분자(利敵分子)가 있다는 뜻.

10758. 배 안 할아버지는 있어도 배 안 형은 없
다.
항렬(行列)로 나이가 적은 할아버지는 있어도 나이가

적은 형은 없다는 뜻.

10759. 배알이 꼬인다.
속이 몹시 상한다는 뜻.

10760. 배알이 선다.
뱃속의 창자가 뒤집힐 정도로 화가 난다는 뜻.

10761. 배에 발 기름이 꼈다.
없던 사람이 잘살게 되니까 교만을 부리며 산다는
뜻.

10762. 배우는 것이 익히는 것만 못하다.
(事學不如慣)
배우는 것도 중요하지만 한번 배운 것을 실천하는 것
이 더 중요하다는 말.

10763. 배우면 잘난 사람 되고 못 배우면 못난 사
람 된다. (學則乃爲君子 不學則爲小人)
사람이 잘나고 못난 것은 배우고 못 배운 데서 결정
된다는 뜻.

10764. 배우지 못 했으니 땅이나 파 먹어야겠다.
공부를 하지 못하여 관리 노릇은 못 할 처지이니 농사
나 지어 먹고 살아야 한다는 뜻.

10765. 배우지 않은 것은 모른다.
배우지 않으면 모르기 때문에 부지런히 배우라는 뜻.
→ 배워야 안다.

10766. 배운 도둑질 못 버린다.
사람은 한번 든 버릇은 고치기가 매우 어렵다는 뜻.

10767. 배운 도둑질이다.
도둑질도 한번 배우고 나면 버리기가 어렵듯이 한번
든 버릇은 버리기가 매우 어렵다는 뜻.

10768. 배움 길에는 지름길이 없다.
학문은 하나하나 체계적으로 배워야 한다는 뜻.

10769. 배움은 일생의 보배다.
한번 배운 것은 일평생을 두고 귀중히 쓰인다는 뜻.

10770. 배워서 남 주나 ?
남을 위하여 배우는 것이 아니라 자신을 위하여 배우
는 것이라는 뜻.

10771. 배워야 안다. (學而知之)
모르는 것은 배우면 알게 된다는 뜻. → 배우지 않은
것은 모른다.

10772. 배짱만 내민다.
일을 순리(順理)로 해결하려고 하지 않고 고집만 세운
다는 뜻.

10773. 배짱만 부린다.
　일을 원만하게 해결할 생각은 않고 고집만 부린다는 뜻.

10774. 배짱은 커야 하고 마음은 세심해야 한다.
　(膽大心小)　　　　　　　　　　　　〈唐書〉
　사나이의 배짱은 커야 하고 마음은 치밀해야 한다는 뜻.

10775. 배짱이 맞는다.
　서로 두 사람의 성미가 잘 맞는다는 뜻.

10776. 배 째고 구슬을 감춘다. (剖腹藏珠)
　　　　　　　　　　　　　　　　　〈通鑑綱目〉
　이익을 위하여 자기 몸을 해친다는 뜻.

10777. 배 째고 소금 칠까?
　남의 요구를 거절하면서 최악의 경우를 두고 하는 말.

10778. 배 주고 뱃속 빌어 먹는다.
　자기의 큰 이권(利權)은 남에게 빼앗기고 그에게서 적은 것을 얻어 가진다는 뜻.

10779. 배 지나간 자리다.
　물 위에 배 지나간 자리마냥 아무 흔적도 없다는 뜻.

10780. 배지도 않은 아이를 낳으란다. (不孕兒強産)　　　　　　　　　　　　　　　　〈東言解〉
　되지도 않을 일을 무리하게 요구한다는 뜻.

10781. 배지도 않은 아이 포대기 장만한다.
　너무 지나치게 성급한 행동을 한다는 뜻.

10782. 배추가 풍년이면 김장을 늦게 하고 흉년이면 김장은 일찍 해야 한다.
　김장을 값 싸게 하려면 풍년 든 해에는 김장 시기가 지나면 김장 값이 폭락하게 되므로 늦게 하는 것이 유리하며 흉년 든 해는 김장 값이 오르기 전에 일찍 하는 것이 유리하다는 말.

10783. 배추 밑에 바람 들었다.
　배추는 무우같이 바람 드는 일이 없는 것인데 배추에 바람이 들듯이 절대로 그럴 사람이 아닌 사람이 좋지 않은 짓을 했다는 뜻.

10784. 배추밭 개똥처럼 내던진다.
　싫어하는 것을 마구 내던져 버린다는 뜻. ↔ 돌도 쓸 것은 울 너머로 버리지 않는다.

10785. 배코 자리가 넓다.
　언행(言行)이 얌전하지 못하고 뻔뻔스럽다는 뜻.
　※ 배코 : 상투 밑의 머리를 둥글게 깎은 자리.

10786. 배 타기 좋아하는 사람은 빠져죽고 말 타기를 좋아하는 사람은 떨어져 죽는다.
　(好船者溺 好騎者墮)　　　　　　　〈越絶書〉
　무슨 일이나 지나치게 탐혹(耽惑)하다가는 실패할 수 있기 때문에 조심하라는 뜻.

10787. 배 타기 좋아하는 사람은 빠져죽는다.
　(好船者溺)　　　　　　　　　　　　〈越絶書〉
　무슨 일을 너무 좋아하다가는 실패할 수 있기 때문에 조심하라는 뜻.

10788. 배 터져 죽는 놈 있고 배 곯아 죽는 놈 있다.
　세상에는 큰 부자도 있고 가난한 사람도 있다는 뜻.

10789. 백 가지 꾀에 하나도 쓸 꾀가 없다.
　(百計無策)
　여러 가지 꾀가 있기는 하나 그 중에서 쓸 꾀는 하나도 없다는 뜻.

10790. 백 가지에서 하나도 버릴 것이 없다.
　여러 가지 중에서 어느 하나도 버릴 것이 없이 다 좋다는 뜻. ↔ 백 가지에서 하나도 쓸 것이 없다.

10791. 백 가지에서 하나도 쓸 것이 없다.
　(百無一取)
　여러 가지가 있으나 그 중에서 어느 하나도 필요한 것이 없다는 뜻. ↔ 백 가지에서 하나도 버릴 것이 없다.

10792. 백 가지에서 하나도 이루어진 것이 없다.
　(百無所成 : 百無一成)
　무슨 일이고 해서 성공되는 것이 없다는 뜻.

10793. 백 가지에서 하나도 틀림이 없다. (百無一違)
　무슨 일이나 틀림 없이, 신용 있게 잘한다는 뜻.

10794. 백 가지 해는 있어도 한 가지 이로운 것은 없다. (百害無益 : 百害無一益)
　모두가 해로운 것뿐이지 하나도 이로운 것은 없다는 뜻.

10795. 백 개의 별이 한 개의 달 밝기만 못하다.
　(百星之明 不如一月之光)　　　　　〈文子〉
　여러 못난 사람이 잘난 사람 하나만 못하다는 뜻.

10796. 백과사전이다. (百科事典)
　모르는 것 없이 다 잘 알고 있다는 뜻.

10797. 백 날 가뭄은 싫다안 해도 하루 장마는 싫다 한다.
　농가에서는 가뭄의 피해도 크지만 그보다도 장마의 피해가 더욱 크다는 뜻.

10798. 백 년을 다 살아도 삼만 육천 일이다.
인간 일생이란 긴 것 같지만 매우 짧다는 뜻.

10799. 백 년을 두고 맑아지기를 기다리는 냇물이
다. (百年河淸)
도저히 되지도 않을 일을 가지고 기다린다는 뜻.

10800. 백 년을 살아야 삼만 육천 일이다. (百年
三萬六千日)　　　　　　〈李白, 杜牧〉
사람이 아무리 오래 산다 해도 헤아려 보면 짧다는 뜻.

10801. 백 년이 하루 같다.
세월이 매우 빠르다는 말. ↔ 일각이 삼 년 같다.

10802. 백두산(白頭山)이 무너지나 동해수(東海
水)가 메워지나 ?
싸우려면 승부가 날 때까지 계속 싸워야 한다는 뜻.

10803. 백두산 호랑이다.
백두산 호랑이마냥 몹시 무서운 존재라는 뜻.

10804. 백로(白鷺)가 희다고 속까지 흴까 ?
겉으로 보기에 얌전하다고 하여 속까지 얌전하다고는
보장하지 못한다는 뜻.

10805. 백로와 까마귀다.
누가 잘하고 누가 잘못한 것이 뚜렷하다는 뜻.

10806. 백로(白露) 전 미발(未發)은 못 먹는다.
백로(9월 7일경)가 되도록 벼 이삭이 패지 않는 것은
결실(結實)되지 않는다는 말.

10807. 백 리 길에는 구십 리가 반이다. (行百里者
半於九十)　　　　　　〈戰國策〉
무슨 일이나 끝이 나기 전까지는 반밖에 되지 않는
다는 말. ↔ 시작이 반이다.

10808. 백 리를 걸어온 노고가 하루의 즐거움이다.
(百里之勞 一日之樂)　　　〈孔子家語〉
오랫동안 고생하여 하루의 즐거움을 얻는다는 뜻.

10809. 백 리 안 바닷물을 혼자서는 다 마시지 못
한다. (百里之海 不能飮一夫)　〈尉繚子〉
(1) 도저히 되지 않을 짓을 한다는 뜻. (2) 무슨 일이
나 한도(限度)가 있다는 뜻.

10810. 백 리 안에서도 풍속은 다를 수 있다.
(百里異俗)　　　　　　〈晏子春秋〉
풍속은 그 지방마다 다를 수도 있다는 뜻.

10811. 백만 냥 주고 집 사거든 천만 냥 주고 이웃
을 사라. (百萬買宅 千萬買鄰)　〈南史〉
주거지는 이웃이 좋은 곳을 선택해야 한다는 뜻.

10812. 백만 무덤에도 저마다 핑계는 있다.
어떤 무덤에 가서 물어 보아도 저마다 죽은 이유는
있듯이 무슨 일이나 잘못되었을 때 그 이유는 다 있
다는 뜻.

10813. 백만 무덤이 다 핑계는 있다.
죽은 사람이 죽은 이유는 누구나 있듯이 무슨 일이나
다 핑계는 댈 수 있다는 뜻.

10814. 백 명선(白命善) 가문서(假文書)다.
옛날 유명한 사기군인 백명선의 가짜 서류마냥 믿을
수 없는 서류라는 뜻.

10815. 백 모래 밭에 금자라 걸음이다.
맵시를 낸 여자가 아장아장 걸어가는 모습을 비유한
말.

10816. 백미에 뉘 섞이듯 했다.
많은 중에서 가려 내기가 매우 어려울 정도로 적다는
뜻.

10817. 백미에도 뉘가 있고 옥에도 티가 있다.
아무리 훌륭한 사람도 실수할 때가 있다는 뜻.

10818. 백미에도 뉘가 있다.
착한 사람에게도 사소한 흠은 있다는 뜻.

10819. 백발(白髮) 막을 장사(壯士) 없다.
힘이 아무리 센 사람이라도 늙는 것은 당할 수가 없
다는 뜻.

10820. 백발백중(百發百中)의 명사수(名射手)다.
쏠 적마다 실수 없이 맞추는 유명한 사수라는 뜻.

10821. 백발이 내일 모레다.
멀지 않아 육십 늙은이가 되게 되었다는 뜻.

10822. 백 번 꺾어도 굽히지 않는다. (百折不撓)
〈蔡邕〉
어떤 고난이 아무리 여러 번 있더라도 잘 견딜 수 있
다는 말.

10823. 백 번 듣는 것이 한 번 보는 것만 못하다.
(百聞不如一見)　　　　　〈漢書〉
간접적으로 여러 번 듣는 것보다는 직접 보는 것이 확
실하다는 뜻.

10824. 백 번 싸운 노병이다. (百戰老卒)
전쟁을 많이 하여 풍부한 경험을 가진 믿음직한 병사
라는 뜻.

10825. 백 번 싸운 노장이다. (百戰老將)
전쟁을 많이 하여 풍부한 경험을 가진 지휘관이라는 뜻.

10826. 백 번 싸워 백 번 이긴다. (百戰百勝)
　　　　　　　　　　　　　　　　〈孫子〉
　싸움을 하기만 하면 언제든지 이긴다는 뜻. ↔ 백번
　싸워 백 번 패한다.

10827. 백 번 싸워 백 번 패한다. (百戰百敗)
　싸움을 할 적마다 이기지는 못하고 지기만 한다는 말.
　↔ 백번 싸워 백 번 이긴다.

10828. 백 번 죽고 한 번 살아난다. (百死一生)
　여러 번 죽을 고비를 넘기고 겨우 살아났다는 뜻.

10829. 백 번 죽어도 죄가 남는다.
　백 번 사형(死刑)을 시켜도 부족할 정도로 죄가 크다
　는 말.

10830. 백 번 죽어 마땅하다.
　죄가 너무 크기 때문에 백번 죽여도 죄가 남는다는 뜻.

10831. 백 번 죽어 싸다.
　백번 죽여도 부족할 정도의 죄를 지었다는 말.

10832. 백 번 죽었다 깨나 봐라.
　너의 힘으로는 도저히 못한다는 뜻.

10833. 백 번 찍어 안 넘어가는 나무 없다.
　(1) 계속적으로 여러 번 하게 되면 반드시 뜻대로 이루
　어진다는 뜻. (2) 아무리 굳은 결심을 가진 사람이라
　도 여러 번 달래고 꾀면 변심시킬 수 있다는 뜻.

10834. 백 번 참는다. (百忍)
　화가 나는 일을 여러 번이나 너그럽게 참았다는 뜻.

10835. 백비탕(白沸湯) 수본(手本)이다.
　돌연히 이유 없이 관직을 해임시킨다는 뜻. ※ 백비탕
　: 냉수를 끓인 물. 수본 : 상관에게 보고하던 서류.

10836. 백사장 모래알이다.
　백사장의 모래알마냥 수가 무진장하다는 뜻.

10837. 백사장에도 눈 찌르는 가시가 있다.
　(1) 친한 사람이 많아도 그 중에는 원수가 있다는 뜻.
　(2) 믿고 방심(放心)하다가는 봉변(逢變)을 당하게 된
　다는 뜻.

10838. 백사장에 물 붓기다.
　백사장에 물을 부어도 흔적이 없듯이 무슨 일을 해도
　아무 성과가 없다는 말.

10839. 백사장에 오줌 누기다.
　무슨 일을 해도 아무 흔적이 없다는 말.

10840. 백사장에 혀를 꽂고 죽을 일이다.
　하도 억울하여 죽어도 시원치 않겠다는 말.

10841. 백사지에 무엇이 있나 ?
　토박(土薄)한 땅에 무슨 곡식이 잘 되겠느냐는 뜻.

10842. 백성들에게 원망을 사는 일이 없도록 해
　야 한다. (無懲怨于百姓)　　　〈春秋左傳〉
　위정자는 국민들이 원망하는 일은 하지 말아야 한다
　는 말.

10843. 백성들을 괴롭히고 무고한 사람을 살육하
　면 망한다. (勞苦百姓 殺戮不辜者 可亡也)
　　　　　　　　　　　　　　　　〈韓非子〉
　국민들에게 포악한 학정(虐政)을 하는 위정자는 망한
　다는 뜻.

10844. 백성들을 못 살게 하고 재물을 낭비하면
　망한다. (罷露百姓 煎靡貨財者 可亡也)〈韓非子〉
　국민들을 못 살게 하면서 국가 재산을 낭비하는 정치
　는 망하게 된다는 뜻.

10845. 백성들을 처자같이 사랑하라. (愛百姓如妻
　子)　　　　　　　　　　　　　〈童蒙訓〉
　위정자는 국민들을 자기 처자와 같이 사랑해야 한다
　는 말.

10846. 백성들의 마음을 자신의 마음으로 삼아야
　한다. (以百姓心爲心)　　　　　〈老子〉
　위정자는 국민들의 욕구를 따라야 한다는 뜻.

10847. 백성들의 죽음을 얻는 위정자는 강하게 된
　다. (得百姓之死者彊)　　　　　〈荀子〉
　국민들이 목숨을 바쳐 가며 충성하게 되면 국가는 강
　해지게 된다는 뜻.

10848. 백성들의 힘을 얻는 위정자는 부강하다.
　(得百姓之力者富)　　　　　　　〈荀子〉
　국민들의 지지를 받는 위정자는 부유하게 된다는 말.

10849. 백성들이 길에 떨어진 물건 줍는 것을 부
　끄러워한다. (百姓羞拾遺)　　　〈荀子〉
　국민들의 물질 문화 수준이 향상되었다는 말.

10850. 백성들이 모두 눈과 귀를 기울인다.
　(百姓皆注其耳目)　　　　　　　〈老子〉
　온 국민들이 정부 시책을 주시(注視)하고 있다는 말.

10851. 백성은 두더지다.
　봉건 사회(封建社會)에서는 농업이 대본이므로 국민
　들이 모두 농업에 종사한다는 뜻.

10852. 백성을 괴롭히는 자는 죽여야 한다.
　(誅其亂百姓者也)　　　　　　　〈荀子〉
　국민들을 괴롭히는 위정자는 숙청해야 한다는 뜻.

10853. 백성을 하늘같이 여겨야 한다. (以民爲天)
위정자는 국민을 가장 소중히 여겨야 한다는 말.

10854. 백성의 소리는 하늘의 소리다.
국민들의 여론은 정당하다는 뜻.

10855. 백성의 적을 도와 주는 자가 있으면 그도 또한 백성의 적이다. (百姓有捍其賊　則是亦賊也) 〈荀子〉
적(敵)을 도와 주는 자도 역시 적이라는 말.

10856. 백송골이 생치 차듯 한다.
무슨 일을 날쌔게 해치운다는 뜻.

10857. 백수건달(白手乾達)이다.
돈 한푼 없는 멀쩡한 건달이라는 뜻.

10858. 백약(百藥)이 무효다.
아무리 좋은 약이라도 살아나게 할 수는 없다는 뜻.

10859. 백에 하나도 잃은 것이 없다. (百無一失)
여러 가지 일에서 하나도 실패한 것이 없다는 뜻.

10860. 백옥도 떨어뜨리면 흠이 생긴다. (白玉落點)
옥도 떨어뜨리면 흠이 지듯이 사람도 한번 실수하면 고칠 수가 없다는 뜻.

10861. 백옥이 진토(塵土)에 묻혀 있다.
훌륭한 인재도 세상에서 버림을 당할 때가 있다는 뜻.

10862. 백 일 붉은 꽃 없고 천 일 좋은 사람 없다. (花無百日紅　人無千日好)
꽃도 오랫동안 피는 것이 없듯이 사람의 행복도 오랫동안 계속되지 않는다는 말.

10863. 백일 붉은 꽃 없다.
백 일 붉은 꽃이 없듯이 젊은 시절이 길지 못하니 젊은 시절을 허송 세월 하지 말라는 뜻.

10864. 백 일 장마에도 하루만 더 비 왔으면 한다.
남들이 다 싫어하는 일도 자기 본위로 말한다는 뜻.

10865. 백정년이 가마 타고 모퉁이 돈다.
실상이 못된 것을 모르고 남의 앞에서는 잘난 체한다는 뜻.

10866. 백정도 돈만 있으면 해라 소리를 안 듣는다.
천대받는 사람도 돈만 많으면 사회적으로 존경을 받게 된다는 뜻.

10867. 백정도 올가미가 있어야 개를 잡는다.
무슨 일이나 밑천이 있어야 시작한다는 뜻.

10868. 백정은 나물국을 좋아한다. (屠者羹藜) 〈淮南子〉
맛있는 음식도 늘 먹으면 맛이 없게 되기 때문에 딴 음식을 좋아하게 된다는 뜻.

10869. 백정은 버들만 보면 저 버들 저 버들 한다.
자기에게 이로운 것만 보면 욕심을 내게 된다는 뜻.

10870. 백정은 버들잎을 물고 죽는다.
사람은 죽을 때까지 자기의 직업적 근성(根性)을 못 버린다는 뜻.

10871. 백정은 죽을 때도 버들잎을 물고 죽는다.
평소에 하던 버릇은 죽을 때도 버리지 못한다는 뜻.

10872. 백정이 양반 노릇을 하면 개가 짖는다.
백정은 양반같이 꾸며도 고기 냄새가 나서 개가 짖듯이 겉모양을 잘 꾸며도 본성은 드러난다는 뜻.

10873. 백정이 양반 노릇을 해도 저 버들 저 버들 한다.
겉모양을 잘 치장하더라도 그 본성을 수시로 나타낸다는 뜻.

10874. 백정 자식은 버들을 좋아한다.
(1) 즐겨하는 것만 봐도 그 사람의 신분을 알 수 있다는 뜻. (2) 늘 취급하는 물건은 정이 들게 된다는 뜻.

10875. 백쥐가 나와서 춤을 추고 초상 상제가 나와 웃을 노릇이다.
세상에 별별 망측스러운 일이 다 있다는 뜻.

10876. 백지 한 장 차이다.
서로 차이가 별로 크지 않다는 뜻.

10877. 백짓장도 마주 들면 가볍다. (紙丈對擧輕) 〈東言解〉
아무리 쉬운 일이라도 혼자서 하는 것보다 여러 사람이 협력하는 것이 낫다는 뜻.

10878. 백짓장도 마주 들면 낫고 말도 바꿔 타면 낫다.
무슨 일이나 서로 협조하고 나누어 하면 수월하다는 뜻.

10879. 백짓장도 맞들랬다.
아무리 쉬운 일이라도 서로 협조하면 더욱 수월하게 할 수 있다는 뜻.

10880. 백짓장에 물 한 방울 떨어진 것 같다.
매우 사소한 것이라도 그 흔적은 남게 된다는 뜻.

10881. 백 척의 장대 끝에서 또 한 발을 내어 디딘다. (百尺竿頭進一步) 〈傳燈錄〉

연구를 많이 쌓은 위에 더한층 연구를 한다는 뜻.

10882. 밴댕이 소갈머리다.

소갈머리가 용렬하고 답답한 사람을 두고 하는 말.

10883. 밴댕이 콧구멍 같다.

밴댕이 콧구멍마냥 몹시 소견이 없다는 뜻.

10884. 밴 아이 사내 아니면 계집애겠지.

두 가지 중의 어느 하나에 해당된다는 뜻.

10885. 밴 아이 아들 아니면 딸이겠지.

두 가지 중에서 어느 하나에 해당된다는 뜻.

10886. 뺄 때 궂긴 아이는 날 때에도 궂긴다.
(孕時患 難於産)

처음 시작이 나쁘면 끝도 좋지 않다는 뜻.

10887. 뱀 댓진 먹은 상이다.

댓진을 먹은 뱀 상마냥 보기 흉한 얼굴을 하고 있다는 말.

10888. 뱀도 천 년 묵으면 용 된다.

오래 살게 되면 지혜가 점점 늘어 훌륭하게 된다는 뜻.

10889. 뱀 본 새 짖어 대듯 한다.

뱀을 본 새가 짖어 대듯이 몹시 소란스럽게 떠든다는 뜻.

10890. 뱀 소가지 같다. (蛇心)

몹시 간악하고도 질투가 많다는 뜻.

10891. 뱀에 놀란 사람은 새끼만 봐도 놀란다.

무엇에 한번 놀란 사람은 그와 비슷한 것만 보아도 놀랜다는 뜻.

10892. 뱀은 꿈틀거리는 버릇을 못 버린다.

한번 든 버릇은 고치기가 매우 어렵다는 뜻.

10893. 뱀은 대가리만 봐도 그 길이를 알 수 있다. (見蛇首 知長短) 〈淮南子〉

한 부분만 봐도 전체를 짐작할 수 있다는 뜻.

10894. 뱀은 발이 없어도 걷는다. (蛇無足行)
〈淮南子〉

불구자(不具者)라도 할 수 있는 일은 한다는 뜻.

10895. 뱀은 용이 되어도 본바탕은 변하지 않는다. (蛇化爲龍 不變其文) 〈史記〉

본바탕이 못된 사람은 설혹 훌륭하게 되어도 그 본성은 변하지 않는다는 뜻.

10896. 뱀은 제 꼬리로 제 몸을 때리고 문다.

자기 자신이 자신을 해롭게 한다는 말.

10897. 뱀의 마음에 부처의 말이다. (蛇心佛口)

마음은 간악(奸惡)한데 말은 성인(聖人) 같은 말만 한다는 뜻.

10898. 뱀의 발까지 그린다. (畵蛇添足), (爲蛇添足)
〈戰國策〉, 〈黃庭堅〉

(1) 잘한다고 한 것이 역효과(逆効果)를 냈다는 뜻.

(2) 쓸데없는 짓을 하였다는 뜻.

10899. 뱀이 모기에게 물린 폭도 안 된다.

아무리 해를 끼쳐도 꿈쩍하지 않는다는 뜻.

10900. 뱀이 용 되어 큰 소리친다.

고생하던 사람이 출세하게 되니까 더 교만하게 된다는 뜻.

10901. 뱀이 용의 굴에 들어간다. (蛇入龍窟)

오막살이 하던 사람이 큰 기와집에 살게 되었다는 뜻.

10902. 뱀장어가 눈은 작아도 저 먹을 것은 다 본다.

아무리 못난 사람이라도 자기에게 이로운 것은 잘 알고 있다는 뜻.

10903. 뱀장어가 메기 등 넘어가듯 한다.

무슨 일이 매우 수월하게 이루어진다는 뜻.

10904. 뱀장어 꼬리 잡은 것 같다.

아무리 애를 써도 일이 실패할 것만 같다는 뜻.

10905. 뱁새가 수리를 낳는다.

못난 사람 집 안에서도 훌륭한 아들을 낳게 된다는 뜻.

10906. 뱁새가 작아도 알만 낳는다.

아무리 작은 사람이라도 저 할 일은 다 한다는 뜻.

10907. 뱁새가 황새 걸음을 따르면 가랑이가 찢어진다. (鷦學鸛脛欲斷), (鷦効鸛步載厥胯)
〈洌上方言〉, 〈耳談續纂〉

제 힘도 생각 않고 남이 하는 일을 무리하게 따라하다가는 큰 손해를 보게 된다는 뜻.

10908. 뱁새 걸음이다.

걸음걸이가 뱁새마냥 매우 느리다는 말.

10909. 뱁새 집에 필요한 나무는 가지 하나에 불과하다. (鷦鷯巢林 不過一枝)

사람이 살아가는 데는 생활비만 필요한 것이지 거액의 돈이 필요한 것은 아니라는 뜻.

10910. 뱃가죽 안에 똥 없는 놈이다.

잘난 사람이나 못난 사람이나 신체 구조는 다 같다는 말.

10911. 뱃가죽이 늘면 눈가죽은 주름진다.
밥을 많이 먹으면 졸음이 오게 된다는 말.

10912. 뱃가죽이 땅 두께 같다.
배짱이 몹시 좋고 뻔뻔스러운 사람이라는 뜻.

10913. 뱃놈 뭣은 다 같다.
같은 처지에 있는 사람의 행동은 다 같다는 말.

10914. 뱃놈 배 둘러 대듯 한다.
뱃사공이 배를 잘 둘러 대듯이 무슨 일을 능숙하게 잘
한다는 뜻.

10915. 뱃놈은 하루 천기를 봐야 한다.
자기가 하고 있는 일과 관련이 있는 일까지도 잘 알
아야 한다는 뜻.

10916. 뱃놈의 개다.
배 안에서는 도둑이 없기 때문에 개가 놀고만 먹듯이
일 않고 놀고 먹는 사람이라는 뜻.

10917. 뱃대기에 기름이 끼는 모양이다.
전에는 공손하던 사람이 점점 거만해진다는 뜻.

10918. 뺐던 칼은 도로 꽂지 않는다.
남자가 무슨 일을 한번 시작했으면 중간에서 중지할
수는 없다는 뜻.

10919. 뱃사공 닻줄 감듯 한다.
무엇을 닻줄 감듯이 휘휘 감는다는 뜻.

10920. 뱃사공 뱃머리 돌리듯 한다.
뱃사공이 뱃머리를 돌려 대듯이 일하는 것이 능숙하
다는 뜻.

10921. 뱃삯 없는 놈이 배에 먼저 오른다.
남에게 신세를 지는 사람이 얄밉게 염치 없는 짓만
한다는 뜻.

10922. 뱃속 벌레가 놀라겠다.
맛 있는 음식을 모처럼 많이 먹었다는 뜻.

10923. 뱃속 아이도 달이 차야 나온다.
(1) 무슨 일이나 때가 돼야 이루어진다는 뜻. (2) 일은
서두른다고 되는 것이 아니라는 뜻.

10924. 뱃속에 거지가 들었다더냐?
음식을 많이 먹는 사람을 보고 하는 말.

10925. 뱃속에 기별도 않는다.
굶주린 끝에 먹은 음식이 너무 적어 먹은둥 만 둥 하
다는 뜻.

10926. 뱃속에 늙은이가 들어앉았다.
겉으로는 어리지만 속은 늙은이와 같은 지혜가 있다
는 뜻.

10927. 뱃속에 똥만 가득하다.
배운 것이 아무 것도 없고 행실이 나쁘다는 뜻.

10928. 뱃속에 든 아이 사내 아니면 계집 아이가
뻔하다.
두 가지 중에서 어느 하나에 해당된다는 뜻.

10929. 뱃속에 들어가 본 것같이 잘 안다.
(入于左腹)
남의 뱃속을 들어가 본 것처럼 그 사람의 마음을 잘
안다는 뜻.

10930. 뱃속에서 나올 때 울지 않는 아이 없다.
뱃속에서 나올 때는 첫호흡하느라고 다 울듯이 같
은 사정에서는 누구나 다 같다는 뜻.

10931. 뱃속에서 부귀를 가지고 나온 것은 아니
다.
부귀는 선천적으로 이루어지는 것이 아니라 후천적으
로 노력하여 얻는 것이라는 말.

10932. 뱃속에서 은 숟가락 물고 나온 사람 없
다.
돈을 뱃속에서 가지고 나오는 사람은 없다는 뜻.

10933. 뱃속에서 쪼르륵 소리가 난다.
배 속에서 쪼르륵 소리가 나도록 굶주렸다는 뜻.

10934. 뱃속에 심술만 가득하다.
심술이 몹시 많은 사람이라는 뜻.

10935. 뱃속에 아무 것도 들어 있지 않다.
(腹中無一物) 〈儲光義〉
뱃속에 배운 것이라고는 아무 것도 없다는 뜻.

10936. 뱃속에 욕심만 가득하다.
의리라고는 조금도 없고 욕심만 있는 사람이라는 뜻.

10937. 뱃속에 의송(議訟)이 들었다.
속에는 야심을 품고 있다는 뜻.

10938. 뱃속에 칼이 들었다.(腹中有劍)
겉으로는 친절한 척하면서도 속에는 야심을 품고 있
다는 뜻.

10939. 뱃속은 밥으로 채우지 말로는 못 채운다.
무슨 일이나 행동으로 해야지 말로 하는 것은 아무 소
용도 없다는 뜻.

10940. 뱃속을 들여다본다.
상대방의 속을 낱낱이 들여다볼 수가 있다는 말.

10941. 뱃심이 좋다.

염치가 없이 제 욕심만 부리는 성질이 많다는 뜻.

10942. 뺑대 쑥밭이 되었다.
살던 집은 없어지고 쑥 밭이 되었다 함이니 즉 집안
이 망했다는 뜻.

10943. 뺑덕 어미 같다.
살림살이는 않고 놀러만 다니는 부인을 두고 하는 말.
※ 뺑덕 어미 : 심청전에서 심봉사의 후취(後娶)로 나
오는 여자.

10944. 뺑덕 어미 살구값이 쉰 냥이다.
심봉사 부인 뺑덕 어미는 살림할 돈으로 살구를 잘 사
먹어 살림을 못 하듯이 살림을 못한다는 뜻.

10945. 뺑덕 어미 엿 값이 서른 냥이다.
뺑덕 어미는 살림할 돈으로 엿을 잘 사 먹듯이 살림
을 아주 못한다는 뜻.

10946. 뺑덕 어미 죽 끓듯 한다.
죽 끓듯 날뛰는 뺑덕 어미마냥 방정맞다는 뜻.

10947. 뱉으면 다 말인가 ?
말이라고 하면 다 말이 아니라는 뜻.

10948. 뱉은 침은 못 먹는다.
한번 한 말은 취소를 시킬 수 없다는 말.

10949. 뺨 맞는 놈이 여기 때려라 저기 때려라 한
다.
죄진 놈이 도리어 큰소리를 한다는 뜻.

10950. 뺨 맞는 데는 구레나룻도 한 부조(扶助)
다.
평소에는 아무 소용 없는 것도 쓰일 때가 있다는 뜻.

10951. 뺨 맞아 가며 장기 훈수한다.
곁에서 장기 두는 것을 보고 있는 사람이 장기 훈수를
하지 않고서는 못 견딘다는 뜻.

10952. 뺨을 맞아도 왜 맞는지나 알고 맞아야 한
다.
벌을 받아도 무엇 때문에 벌을 받는지 까닭이나 알아
야 한다는 뜻.

10953. 뺨을 맞아도 은 가락지 낀 손에 맞는 것
이 낫다.
가난한 사람보다 돈 있는 사람과 인연을 맺는 것이 낫
다는 뜻.

10954. 뺨 잘 때리기는 나막신 신은 각정이다.
되지도 못한 자가 도리어 잘난 체하면서 남을 학대
한다는 뜻.

10955. 뻐꾸기도 오뉴월이 한철이다.
무엇이든지 한 때의 전성기(全盛期)는 있다는 뜻.

10956. 뻐꾸기 제 이름 부르듯 한다.
자기 자랑을 자기가 입 버릇처럼 한다는 말.

10957. 뻐꾸기 쳐다보듯 한다.
뻐꾸기마냥 멀거니 무엇을 쳐다보고 있는 사람에게
하는 말.

10958. 버드나무 밑이라고 늘 미꾸라지가 있는 것
은 아니다.
늘 있던 것도 없을 때가 있으니 꼭 믿어서는 안 된다
는 뜻.

10959. 뻐드렁니 수박 먹기는 좋다.
보기 흉한 뻐드렁니도 쓰일 데가 있듯이 나쁜 것도
요긴하게 쓰일 때가 있다는 뜻.

10960. 뻐드렁니 얼음 깨물듯 한다.
뻐드렁니로 얼음을 깨물지 못하여 애를 쓰듯이 무슨
일이 잘 되지 않고 애만 쓰게 된다는 뜻.

10961. 버들가지가 바람에 꺾일까 ?
부드러워서 곧 바람에 꺾일 것 같지만 버들가지가 꺾
이지 않듯이 부드러운 것이 단단한 것보다 더 강하다
는 뜻.

10962. 버들가지마냥 바람 부는 대로 흔들린다.
자의(自意)에 의하여 행동하지 못하고 타의(他意)에
의하여 행동하기 때문에 이랬다 저랬다 한다는 뜻.

10963. 버릇없기는 과부 딸이다.
아버지의 교육이 없이 어머니 교육만으로는 가정 교육
이 부족하다는 뜻.

10964. 버릇없는 행동은 하지 말라. (不旁狎)
〈禮記〉
버릇없는 짓을 하지 말고 예절을 지키라는 뜻.

10965. 버릇을 고치라니까 과붓집 문고리 빼어 들
고 엿장수 부른다.
행동을 잘하라고 이르니까 오히려 더 못된 짓만 한다
는 뜻.

10966 버릇이 이미 고질화된 것은 갑자기 고칠
수 없다. (習俗己痼 猝無以矯之也) 〈茶山論叢〉
한번 든 버릇은 쉽게 고쳐지지 않는다는 뜻.

10967. 버릇이 적어야 예순 가지다.
나쁜 버릇은 한없이 많기 때문에 항상 조심하라는 뜻.

10968. 버리댁이 효자 노릇 한다.

하도 못생겨서 버리려고 했던 자식이 커서 효자가 되듯이 어려서 어수룩한 아이가 효자된다는 뜻.

10969. 버린 것도 제 것이 좋다.(弊掃自珍)
못 쓰게 되어 버린 물건도 제 것이 좋듯이 무슨 물건이든지 자기가 가진 것이 남의 것보다 좋게 생각된다는 뜻.

10970. 버린 자식이다.
(1) 버릇없이 자랐다는 뜻. (2) 자식 노릇을 못 하는 사람이라는 뜻.

10971. 버릴 것이라고는 똥밖에 없다.
사람이 매우 얌전하여 하는 짓마다 다 잘하기 때문에 버릴 것은 그의 똥밖에 없을 정도로 착한 사람이라는 뜻.

10972. 버릴 그릇 없고 버릴 사람 없다.
아무리 못난 사람이라도 다 쓸 데가 있다는 뜻.

10973. 버림을 받아도 원망하지 않는다.(遺佚而不怨) 〈孟子〉
버림을 받아도 남을 원망하지 않고 자신에서 결함을 찾는다는 뜻.

10974. 버마재비가 수레를 가로막는 격이다.(螳螂拒轍) 〈淮南子〉
버마재비가 제 죽을지도 모르고 수레를 가로막듯이 자신의 분수도 모르고 함부로 덤빈다는 뜻.

10975. 버마재비도 성이 나면 앞발로 수레를 막는다.(螳螂怒臂以當車轍) 〈莊子〉
성이 나게 되면 번연히 죽을 줄 알면서도 덤벼들게 된다는 뜻.

10976. 버마재비의 힘이다.(螳螂之力)
버마재비가 함부로 덤비기는 하지만 그 힘은 형편 없는 힘이듯이 지극히 미약한 힘이라는 뜻.

10977. 버선 목의 이 잡듯 한다.
버선 목에 이를 잡듯이 있는 대로 모조리 다 잡는다는 뜻.

10978. 버선 목의 이 잡을 때 봐야 안다.
현재는 모르지만 장차 거지가 되어 버선 목에서 이를 잡게 될 때가 돼봐야 알듯이 현재 잘산다고 너무 교만하지 말라는 뜻.

10979. 버선 목이 아니라 뒤집어 보이지도 못한다.
버선 목은 뒤집어 보일 수도 있지만 사람 속은 뒤집어 보일 수가 없어 답답하다는 뜻.

10980. 버선이라면 뒤집어나 보이지.
버선이 아니라 뒤집어 보일 수도 없기 때문에 상대방의 의심을 풀어 줄 수가 없어서 답답하다는 뜻.

10981. 버섯마냥 의지해서 산다.
여러 사람이 한 데 의지하여 친하게 산다는 뜻.

10982. 버스는 떠났다.
타려고 했던 버스가 이미 떠나갔듯이 시기를 놓쳤다는 뜻.

10983. 버스 떠난 뒤에 손 쳐든다.
이미 때가 지나서 헛수고만 한다는 뜻.

10984. 번개가 끌고 가듯 한다.
번개같이 빨리 달아난다는 뜻.

10985. 번개가 잦으면 벼락을 친다.(電光索索 : 霹靂之兆)
나쁜 행동이 잦으면 일을 저지르게 된다는 뜻.

10986. 번개가 잦으면 천둥이 울린다.
무슨 일이나 뜬 말이 잦으면 실현이 되기 쉽다는 뜻.

10987. 번개 같다.
동작이 번쩍하는 번개와 같이 빠르다는 뜻.

10988. 번개같이 공격하고 우뢰같이 요란친다.(電擊雷震) 〈漢書〉
적을 번개같이 공격하고 그 기세가 우뢰같아 요란하다는 뜻.

10989. 번개같이 공격한다.(擊如震霆) 〈楊雄〉
적을 공격할 때는 번개같이 빠르게 습격해야 한다는 말.

10990. 번개같이 망한다.(電滅)
번영했던 것이 순식간에 망하게 되었다는 뜻.

10991. 번개같이 빠르다.
번개와 같이 동작이 매우 빠르다는 뜻.

10992. 번개를 따라가겠다.(遂電)
번개와 같이 동작이 매우 빠르다는 뜻.

10993. 번개 번쩍한다.
행동이 번개와 같이 매우 빠르다는 뜻.

10994. 번개처럼 달린다.(電馳)
달음박질하는 것이 매우 빠르다는 뜻.

10995. 번갯불에 담뱃불 붙이겠다.
(1) 동작이 매우 빠르다는 뜻. (2) 성미가 몹시 급하다는 뜻.

10996. 번갯불에 솜 구워 먹겠다.
(1) 거짓말을 부실부실 잘 한다는 뜻. (2) 동작이 몹시 빠르다는 뜻.

10997. 번갯불에 콩 볶아먹겠다.
(1) 행동이 몹시 재빠르다는 뜻. (2) 성미가 매우 조급하다는 뜻.

10998. 번갯불을 팔아 먹겠다.
번갯불을 잡아서 팔 수 있도록 매우 동작이 빠르다는 뜻.

10999. 번갯불이 틈서리로 지나가듯 한다.
(電火過隙)　　　　　　　〈淮南子〉
틈으로 번갯불이 지나듯이 순간적으로 사라졌다는 뜻.

11000. 번거로운 일을 처리하는 데는 너그러운 마음으로 하라.(處煩以裕)　　〈程明道〉
복잡한 일을 처리하려면 너그러운 마음으로 처리해야 한다는 뜻.

11001. 뻔뻔스럽기는 낮도둑이다.
대낮에 도둑질을 할 정도로 낮이 뻔뻔스럽다는 뜻.

11002. 뻔뻔스럽기는 양푼 밑 같다.
양푼 밑마냥 뻔뻔스럽기가 짝이 없다는 뜻.

11003. 번번이 시끄럽게 웃으면 미친 사람이 된다.(輒譁笑之 以爲狂人)　〈柳宗元〉
웃는 것을 늘 난잡하게 웃으면 남들이 미친 사람으로 취급하게 된다는 뜻.

11004. 번성하기도 하고 쇠퇴하기도 한다.
(一盛一衰)
한번 번성하기도 하였다가 한번 쇠퇴하기도 한다는 뜻.

11005. 번성한 것은 반드시 쇠퇴하게 된다.
(盛者必衰)　　　　　　　〈仁王經〉
한번 번성한 것은 반드시 쇠퇴하여 성쇠는 윤회(輪廻)한다는 뜻.

11006. 번연히 알면서도 새 바지에 똥 싼다.
사리 판단을 할 줄 아는 사람이 실수하였다는 뜻.

11007. 번영했다 몰락했다 한다.(一榮一落)
한번 번영하면 한번 몰락될 때가 있다는 뜻.

11008. 번쩍하는 번개는 눈 감을 겨를이 없다.
(迅電不及瞑目)　　　　　〈六韜〉
적의 공격이 너무 빠르면 방어하기도 대단히 어렵다는 뜻.

11009. 번지가 틀린다.
사물(事物)이 근본적으로 다르다는 뜻.

11010. 뻔한 일이다.
보나 마나 뻔히 다 아는 일이라는 뜻.

11011. 뻔할 뻔자다.
보나 마나 뻔한 일이라는 뜻.

11012. 뻗어·가는 칡도 한이 있다.(葛之覃兮 必有限兮)　　　　　　　　　〈耳談續纂〉
칡이 한창 자랄 때는 무한히 자랄 것같지만 자라는 한도가 있듯이 사람의 번영도 한도가 있다는 뜻.

11013. 뻗어 나가는 풀은 제거하기 어렵다.
(蔓草猶不可除)　　　　　〈春秋左傳〉
풀도 뻗어 나가는 것은 제거하기가 어려운데 항차 사람도 번영하는 사람을 제거하기는 매우 어렵다는 뜻.

11014. 뻗장 다리 서나 마나다.
무슨 일을 하나 마나 하다는 뜻.

11015. 벌같이 작은 벌레에도 독이 있다.
(蜂蠆有毒)
사람도 작다고 깔보다가는 봉변(逢變)을 당하게 된다는 뜻.

11016. 벌거벗고 전통(箭筒) 찬다.(赤裸之驅 難佩繡箭)　　　　　　　　　〈耳談續纂〉
어울리지 않는 어색한 짓을 한다는 뜻. ※ 전통:화살을 넣는 통.

11017. 벌거벗고 환도(環刀) 찬다.(赤脫佩劍)
　　　　　　　　　　　　　〈東言解〉
격에 맞지 않는 짓을 한다는 뜻. ※ 환도 : 군도(軍刀).

11018. 벌거벗은 손님이 더 어렵다.
벌거벗은 어린이 손님을 대접하기가 어른보다 더 어렵다는 뜻.

11019. 벌거숭이는 누구나 다 마찬가지다.
인간이 사회적으로 빈부 귀천(貧富貴賤)의 차별은 있지만 근본적으로는 다 동일하다는 뜻.

11020. 벌거숭이 산에는 고라니와 사슴이 놀지 않는다.(禿山不游麋鹿)　〈淮南子〉
무슨 일이나 원인이 있어야 결과도 있다는 뜻.

11021. 벌기는 함부로 벌어도 먹기는 깨끗이 먹으랬다.
고생스럽게 번 돈이라도 먹는 데는 깨끗하게 먹도록 쓰라는 뜻.

11022. 벌기는 함부로 벌어도 쓰기를 얌전히 쓰랬다.
어떤 수단으로 벌든 돈은 쓸 때 잘 쓰면 된다는 뜻.

11023. 벌 나비가 꽃을 탐낸다.(蜂蝶之貪花)
〈沈生傳〉
벌 나비가 꽃을 탐하듯이 남자가 여자에게 반해서 찾
아 다닌다는 뜻.

11024. 벌 나비가 꽃을 희롱한다.(蜂蝶花戲)
남자가 화류계(花柳界)의 여자를 데리고 논다는 뜻.

11025. 벌 나비가 꽃 찾아다닌다.(貪花蜂蝶)
벌이나 나비가 꽃을 찾듯이 남자가 여자를 찾아다닌
다는 뜻.

11026. 벌 나비가 꽃 향기를 탐낸다.(蜂蝶探香)
사나이가 아름다운 여자에게 반해서 찾아다닌다는 뜻.

11027. 벌 떼 덤비듯 한다.
한꺼번에 떼를 지어 벌 떼같이 덤빈다는 뜻.

11028. 벌(罰)도 덤이 있다.
벌을 받을 때도 덤으로 더 받게 되는데 하물며 물건
사는 데 더 받아야 하지 않겠느냐는 뜻. ※덤:우수.

11029. 벌레는 쓴 맛도 모른다.(虫不知苦)
가난하여 굶주린 사람은 음식 맛도 모르고 먹는다는
뜻.

11030. 벌레는 용보다 지혜로울 수 없다.(虫莫知
於龍)
〈春秋左傳〉
못난 사람이 훌륭한 사람을 당할 수가 없다는 뜻.

11031. 벌레도 못 죽인다.
마음이 너무 약한 사람을 가리키는 말.

11032. 벌레 먹은 배추 잎 같다.
얼굴에 기미, 검버섯, 죽은깨 등이 가득히 낀 사람을
두고 하는 말.

11033. 벌레 먹은 삼 잎 같다.
얼굴에 기미, 검버섯, 죽은깨가 끼어 흉하게 된 사람
을 이름.

11034. 벌레 먹은 콩은 콩이 아닌가 ?
비록 벌레를 먹은 콩도 콩은 콩이듯이 못난 사람도 사
람은 사람이기 때문에 차별을 해서는 안 된다는 뜻.

11035. 벌레와 짐승도 저 살던 곳은 그리워한다.
(虫獸徒居則懷)
짐승들도 저 살던 곳을 그리워하는데 하물며 사람이
정든 곳을 그리워하지 않을 수가 없다는 말.

11036. 벌레의 발이나 쥐 간만하다.(虫臂鼠肝)
〈莊子〉
벌레의 발이나 쥐 간과 같이 조그마하다는 뜻.

11037. 벌려 놓은 굿이다.
이왕 시작한 일이기 때문에 중간에서는 그만둘 수는
없는 처지라는 뜻.

11038. 벌려 놓은 차례다.
이왕 차려 놓은 차례는 지내야 하듯이 시작한 일을 중
간에서 그만둘 수 없다는 뜻.

11039. 벌리나 오무리나 일반이다.
이렇게 하나 저렇게 하나 결과는 마찬가지라는 뜻.

11040. 벌린 춤이다.
이왕 추기 시작한 춤과 같이 기왕 시작한 일은 중간
에서 중단할 수 없다는 뜻.

11041. 벌물 켜듯 한다.
술이나 물을 많이 들이킨다는 뜻.

11042. 벌 받을 일이 없으면 상 받을 일도 없다.
(無賞無罰)
벌 받는 사람이 없으면 상 받는 사람도 없듯이 상벌
은 따라다닌다는 뜻.

11043. 벌 쐰 사람 같다.
말도 않고 허둥지둥 도망치는 사람을 두고 하는 말.

11044. 벌에도 독이 있다.(蜂蠆有毒)　〈春秋左傳〉
벌같이 작은 벌레도 독이 있는데 하물며 사람이 성
이 나면 얼마나 무섭겠느냐는 뜻.

11045. 벌에 쏘였나 ?
말도 없이 허둥거리며 도망가는 사람을 이름.

11046. 벌에 쐰 미친놈 뛰듯 한다.
어쩔 줄을 모르고 뛰어다니는 사람을 보고 하는 말.

11047. 벌은 굶어 가며 꿀을 쳐서 사람 좋은 일만
한다.(蜂飢蜜熟屬他人)　〈白香山〉
벌은 봄에서 가을까지 죽도록 일해서 인간에게 약탈
당한다는 뜻.

11048. 벌은 엄하고 정확히 집행해서 국민들이 두
렵게 해야 한다.(罰莫如重而必使民畏之)
〈韓非子〉
형벌은 엄하고 공평하게 집행해야 국민들이 법을 잘
준수하게 된다는 뜻.

11049. 벌은 함부로 주어서는 안 된다.(刑不欲濫)
〈荀子〉
벌을 줄 때는 신중히 집행해야지 경솔히 해서는 안
된다는 뜻.

11050. 벌을 용서받을 수는 없다.(刑不赦)
〈春秋左傳〉

죄에 대한 벌을 용서 받을 수 없을 정도로 무겁다는 뜻.

11051. 벌을 함부로 주면 어진 사람도 걸리게 된다. (刑濫則害及君子)　　　　　〈荀子〉
벌은 나쁜 자만 가려서 처벌해야지 함부로 하게 되면 애매한 사람도 걸리게 된다는 뜻.

11052. 벌을 행하지 않으면 나쁜 놈이 없어지지 않는다. (罰不行則不肖者不可得而退也)〈荀子〉
나쁜 놈에게 벌을 주는 일이 없으면 나쁜 놈은 없어지지 않는다는 뜻.

11053. 벌이에도 일가가 제일이다.
벌어 먹도록 도와 주는 데도 친척이 제일 좋다는 뜻.

11054. 벌 잡아먹은 두꺼비 상이다.
벌에게 입 속을 쏘인 두꺼비의 상과 같이 몹시 아픈 상을 한다는 뜻.

11055. 벌집 구멍에 까치 알은 넣을 수 없다. (蜂房不容鵲卵)　　　　　〈淮南子〉
작은 것은 큰 것을 포용(抱擁)하지 못한다는 뜻.

11056. 벌집 쑤신 것 같다. (打蜂巢)
벌집을 쑤셨을 때 벌 떼들이 덤비듯이 가만히 있는 것을 건드려 큰 소동을 일으켰다는 뜻.

11057. 벌집에 벌 모여들듯 소용돌이에 물 모여들듯 한다. (蜂房水渦)　　　　〈阿房宮賦〉
사람들이 한 곳으로 꾸역꾸역 모여든다는 뜻.

11058. 벌초(伐草) 자리는 좁아지고 백호(白虎) 자리는 넓어진다.
주 되는 것은 줄어들고 부차적(副次的)인 것은 넓어진다는 뜻. ※ 백호:주산(主山)에서 갈려 나온 오른쪽 산맥.

11059. 벌 타령이다.
음률(音律)이 바르지 못한 속된 노래와 같이 사물에 규율이 없이 무질서하다는 뜻.

11060. 벌판에 불 타듯 한다. (若火之燎原： 燎原之火)　　　　　〈書經〉
악한 것이 성하면 가까이할 수 없다는 뜻.

11061. 범 가는 데 바람 간다. (風從虎)　〈易經〉
언제나 떨어지지 않고 같이 따라다닌다는 뜻.

11062. 범 가죽은 무늬가 좋아 벗기게 된다. (其紋好者身必剝)　　　　〈晏子春秋〉
남보다 잘난 것이 도리어 화가 되어 죽게 된다는 뜻.

11063. 범강(范彊) 장달(張達)이 같다.

범강 장달이는 삼국지(三國志)에 나오는 인물로 장비를 죽였으니 힘 세고 악찬 장수 같다는 말.

11064. 범과 같고 비휴와 같다. (如虎如貔)〈書經〉
범이나 비휴같이 용맹이 있다는 뜻.

11065. 범과 사슴은 같이 놀지 않는다. (虎鹿不同遊)　　　　　〈淮南子〉
원수간에는 서로 가까와질 수 없다는 뜻.

11066. 범과 이리의 마음이다. (虎狼之心)
범이나 이리 같은 사나운 탐욕을 가지고 있다는 말.

11067. 범 굴에 들어가야 범 새끼도 잡는다. (不入虎穴焉得虎子)　　　　〈後漢書〉
목적을 달성하기 위해서는 위험과 고난을 극복해야 성취할 수 있다는 뜻.

11068. 범 굴에 들어가야 범을 잡는다.
목적을 달성하기 위하여서는 난관을 극복해야 성공할 수 있다는 뜻.

11069. 범끼리 싸우면 다 같이 죽는다. (兩虎共鬪不得生)　　　　　〈史記〉
범 같은 두 영웅이 서로 싸우다가는 승부도 없이 다 같이 망하게 된다는 뜻.

11070. 범 길러 후환(後患) 입는다. (養虎遺患)　　　　　〈史記〉

스스로 만들어서 화를 당한다는 뜻.

11071. 범 날고기 먹는 줄 모르나 ?
범이 날고기 먹는 줄은 다 아는 사실이듯이 다 아는 일을 숨어서 할 필요는 없다는 뜻.

11072. 범 날고기 먹듯 한다.
범이 날고기를 먹듯이 무슨 음식을 매우 잘 먹는다는 뜻.

11073. 범 대가리 이 잡아 주는 것이다. (虎頭捉虱)
공연한 짓을 하다가 화를 당하게 되었다는 뜻.

11074. 범도 개에게 물릴 날이 있다.
권세를 가진 사람도 몰락할 때가 있다는 뜻.

11075. 범도 고슴도치는 못 잡아먹는다.
범이 아무리 사나와도 조그마한 고슴도치는 못 잡아먹듯이 힘 센 자가 약한 자라고 다 굴복시키지는 못한다는 뜻.

11076. 범도 곤하면 잔다.
아무리 용감한 사람도 피곤할 때는 쉬어야 한다는 말.

11077. 범도 과부 외아들이라면 물어가다가도 놓는다.
아무리 포악한 사람이라도 남의 딱한 사정은 들어 준다는 뜻.

11078. 범도 굶주리면 고자 대감도 잡아먹는다.
굶주리게 되면 도덕이나 예의를 지키지 않게 된다는 말.

11079. 범도 대호(大虎)라면 좋아한다.
상대방을 칭찬해서 말을 하면 좋아한다는 말.

11080. 범도 먹이 뒤만 따라다닌다.
아무리 잘난 사람이라도 돈 앞에는 굴복한다는 말.

11081. 범도 삼대 독자라면 잡아먹지 않는다.
포악(暴惡)스러운 사람도 눈물은 있다는 말. ↔ 범이 고자대감을 안다더냐?

11082. 범도 새끼 둔 곳에는 두남 둔다.
비록 악한 사람이라도 제 자식 일에는 관심이 크다는 말. ↔ 범이 삼대 독자를 알아본다더냐?

11083. 범도 새끼를 둔 곳은 돌본다. (養雛之谷 虎亦顧)　　〈旬五志〉
비록 악한 사람이라도 제 자식은 돌본다는 뜻.

11084. 범도 새끼를 둔 곳은 아낀다.
비록 악한 사람일지라도 자기 자식이 있는 집은 돌보게 된다는 뜻.

11085. 범도 시장하면 가재를 잡아먹는다.
배가 고프면 먹는 음식을 가려서 먹지 않는다는 말.

11086. 범도 시장하면 나비를 잡아먹는다.
점잖은 사람도 배가 고프면 아무 음식이나 먹게 된다는 뜻.

11087. 범도 시장하면 왕개미를 먹는다.
굶주린 범은 개미도 먹듯이 굶주린 사람은 하찮은 것도 먹게 된다는 뜻.

11088. 범도 아니고 고양이도 아니다.
범도 아니고 고양이도 아닌 얼간이라는 뜻.

11089. 범도 위엄을 잃으면 쥐로 된다. (虎變鼠：猛虎爲鼠)　　〈李白〉
권력을 가졌던 사람도 그 권력을 잃으면 비겁한 사람으로 된다는 뜻.

11090. 범도 있고 개도 있다.
잘난 사람도 있고 못난 사람도 있다는 뜻.

11091. 범도 있고 용도 있다. (一虎一龍)
용맹스러운 영웅들이 많다는 뜻.

11092. 범도 잡고 나면 불쌍하다.
평소 미웠던 사람도 죽으면 불쌍한 생각이 난다는 말.

11093. 범도 저 자란 고장은 떠나지 않는다.
누구나 정든 고향은 떠나기가 싫다는 말.

11094. 범도 제 굴에 들어온 토끼는 안 잡아먹는다.
아무리 미운 사람이라도 굴복하는 경우에는 관대하게 접대해야 한다는 뜻.

11095. 범도 제 말 하면 오고 사람도 제 말 하면 온다. (談虎虎至 談人人至)　　〈耳談續纂〉
마침 남의 말을 하고 있던 차에 본인이 그 자리에 나타났을 때 하는 말.

11096. 범도 제 말 하면 온다. (談虎虎至)
　　〈耳談續纂〉
남의 말을 하고 있는 참에 마침 그가 그 자리에 나타났을 때 하는 말.

11097. 범도 제 새끼는 귀여워한다.
포악한 사람이라도 자기 자식에게는 부드럽게 대한다는 뜻.

11098. 범도 제 새끼는 안 잡아먹는다.
사나운 범도 제 새끼는 잡아먹지 않듯이 자기 식구나 자기가 데리고 있는 사람은 해치지 않는다는 뜻.

11099. 범도 죽은 고기는 먹지 않는다.
아무리 배가 고파도 먹는 데 체면은 지켜야 한다는 말.

11100. 범도 죽을 때는 제 굴에 가서 죽는다.
범도 죽을 때는 제 굴에서 죽는데 항차 사람이 객사(客死)해서야 되겠느냐는 뜻.

11101. 범도 죽을 때는 제 집을 찾는다.
범도 죽을 때는 제 굴로 가는데 항차 사람이 제 집에서 못 죽고 객사(客死)해서야 되겠느냐는 뜻.

11102. 범 두 마리가 서로 싸운다. (兩虎相鬪)
　　〈史記〉
(1) 양대 강국(兩大強國)이 싸운다는 뜻. (2) 두 영웅이 싸운다는 뜻.

11103. 범 모르는 하룻 강아지 촐랑대듯 한다.
무시운 줄도 모르고 함부로 까불며 덤빈다는 뜻.

11104. 범 무서워 산에 못 갈까?
기분 나쁜 일이 있더라도 해야 할 일은 한다는 뜻.

11105. 범 물려 갈 줄 알면 누가 산에 가랴?

불행하게 될 줄 미리 알았다면 피하지않을 사람이 있겠느냐는 뜻.

11106. 범 바지락 조개 먹은 것 같다.
음식을 먹기는 먹었으나 먹으나 마나 하다는 말.

11107. 범벅에 꽂은 수저다.
범벅에 꽂은 수저가 든든한 것 같으나 쓰러질 수도 있듯이 튼튼하다고 믿었던 것이 실제로는 그렇지 못하다는 뜻.

11108. 범벅을 먹어도 아비 아들간에 금 긋고 먹으랬다.
부자간에도 금전 관계(金錢關係)는 분명히 해야 한다는 뜻.

11109. 범벅이나 죽도 제대로 먹지 못한다 (饘粥不足) 〈荀子〉
몹시 가난하여 죽도 때마다 먹지 못한다는 말.

11110. 범 본 놈 문구멍 막듯 한다.
(1) 음식을 급히 먹는 사람을 가리키는 말.(2) 급한 일을 당하여 일시적으로 피하려고 한다는 뜻.

11111. 범 본 놈 창구멍 틀어막듯 한다.
(1) 밥을 빨리 먹는 꼴을 보고 하는 말. (2) 급한 일을 당하여 일시적으로 모면한다는 말.

11112. 범 본 여편네 창구멍 틀어막듯 한다.
(1) 밥을 빨리 먹는 꼴을 보고 하는 말. (2) 급한 일을 당하여 임시로 모면한다는 뜻.

11113. 범 사냥 갔다가 토끼만 잡는다.
크게 계획했던 일을 실패하고 겨우 지엽적(枝葉的)인 일만 성사하였다는 뜻.

11114. 범 아가리에 개를 넣어 준 셈이다.
포악하고 욕심 많은 사람에게 그가 좋아하는 것을 주면 도로 찾을 수 없게 된다는 뜻.

11115. 범 아가리에 날고기 넣는 셈이다.
탐욕이 많은 사람 손에 한번 들어간 물건은 도로 찾아내지 못한다는 뜻.

11116. 범 아가리에 떨어진 것 같다.
매우 위험한 환경에 처하여 있다는 뜻.

11117. 범 안 잡았다는 옛 늙은이 없다.
누구나 다 자기의 젊은 시절은 화려하였다는 뜻.

11118. 범 앞의 개다.
상대방이 너무 무서워 꼼짝도 못하고 있다는 뜻.

11119. 범 없는 골에서는 토끼가 선생 노릇을 한다. (谷無虎先生兎) 〈洌上方言〉
잘난 사람이 없는 곳에서는 못난 사람이 잘난 사람의 구실을 하게 된다는 뜻.

11120. 범 없는 산에서는 삵괭이가 범 노릇 한다. (無虎洞中 狸作虎) 〈東言解〉
잘난 사람이 없는 데서는 못난 사람이 잘난 사람의 행세를 하게 된다는 뜻.

11121. 범 없는 산에서는 토끼가 왕 노릇 한다.
잘난 사람이 없는 곳에서는 못난 사람이 잘난 사람의 행세를 하게 된다는 말.

11122. 범에게 개를 빌려 준 격이다.
포악하고 욕심 많은 사람에게 빌려 준 것은 다시 찾지 못한다는 뜻.

11123. 범에게 고기를 달라는 격이다. (虎前乞肉) 〈旬五志〉
포악하고 욕심 많은 사람에게 돈을 달라면 줄 리가 없다는 뜻.

11124. 범에게 날개를 붙여 준다. (爲虎傳翼) 〈韓非子〉
흉악한 놈에게 권력을 주어 더욱 난폭하게 한다는 뜻.

11125. 범에게 물려가도 살 길은 있다. (虎口餘生)
아무리 위태로운 환경에서도 모면할 길은 있다는 뜻.

11126. 범에게 물려가도 정신만 차리면 산다.
위험한 처지에 있더라도 정신만 차리고 있으면 살아날 도리가 생기게 된다는 뜻.

11127. 범에게 물려갈망정 정신만 잃지 않으면 산다.
아무리 어려운 환경에서도 정신을 잃지 않고 노력하면 이겨 낸다는 말.

11128. 범에게 물려갈 줄 알면 누가 산에 간다더냐.
무슨 일이나 미리 예견할 수 있다면 실패는 하지 않는다는 말.

11129. 범에게 열 두 번 물려가도 정신만 차리면 산다.
아무리 위험한 처지에 있더라도 정신만 잃지 않고 있으면 살 길이 생긴다는 뜻.

11130. 범은 가죽을 아낀다. (虎豹愛皮)
범은 가죽을 아끼듯이 사람은 명예를 아낀다는 뜻.

11131. 범은 감히 맨손으로는 잡지 못한다.

(不敢暴虎)　　　　　　　　　　　〈詩經〉

범을 맨손으로 잡으려고 하듯이 매우 무모(無謀)하고 위태로운 짓을 한다는 뜻.

11132. 범은 꼬리만 봐도 무섭다.

무서운 사람은 말소리만 들어도 무섭다는 뜻.

11133. 범은 꼬리만 봐도 삵괭이보다 큰 것을 안다. (見虎之尾而知其大於狸)　　　〈説苑〉

일부분만 봐도 전체를 짐작할 수 있다는 뜻.

11134. 범은 그려도 뼈는 못 그리고 사람은 사귀어도 속은 모른다.

범은 겉밖에 못 그리듯이 사람도 겉으로만 사귀지 속은 알지 못한다는 뜻.

11135. 범은 그려도 뼈다귀는 못 그린다. (畵虎難畵骨)　　　　　　　　　　　　〈諷諫〉

사람의 외양은 볼 수 있으나 그 마음은 볼 수 없다는 뜻.

11136. 범은 깊은 산중에 있다. (猛虎在深山)

범도 깊은 산에 의지하고 있듯이 영웅도 안전한 기반이 있어야 한다는 뜻.

11137. 범은 더러운 것을 먹지 않는다.

잘난 사람은 더러운 재물은 탐내지 않는다는 말.

11138. 범은 뒷걸음질을 하지 않는다.

용감한 군대는 후퇴하는 일이 없다는 말.

11139. 범은 미워도 가죽은 아름답다.

사람은 누구나 잘 못 하는 것도 있고 잘 하는 것도 있다는 말.

11140. 범은 발톱을 아낀다.

(1) 자기가 가진 무기는 소중히 간직해야 한다는 뜻.
(2) 적에게 대한 경각성을 높이라는 뜻.

11141. 범은 병든 것 같이 걷는다. (虎行以病)
　　　　　　　　　　　　　　　　〈菜根譚〉

용맹스러운 범도 겉보기에는 힘 없이 걷듯이 겉보기로서는 그 용맹을 모른다는 뜻.

11142. 범은 산중의 왕이다.

호랑이는 산짐승 중에서 가장 무서운 짐승이라는 말.

11143. 범은 썩은 고기는 먹지 않는다.

용맹한 사람은 아무리 고생스러워도 부정한 방법으로 생활은 하지 않는다는 뜻.

11144. 범은 소리를 치면 바람이 인다. (虎嘯風止)　　　　　　　　　　　　　　〈北史〉

용감한 사람은 위세(威勢)가 있다는 뜻.

11145. 범은 죽어서 가죽을 남기고 사람은 죽어서 이름을 남긴다. (虎死留皮 人死留名),(豹死留皮 人死留名)　　　　　〈五代史記〉,〈歐陽修〉

범은 죽어서 가죽을 남기듯이 사람은 죽어서 영예로운 이름을 남기도록 해야 한다는 뜻.

11146. 범은 죽어서 가죽을 남긴다. (虎死留皮)
　　　　　　　　　　　　　　　　〈歐陽修〉

범은 죽어서 가죽을 남기듯이 사람은 죽어서 이름을 남겨야 한다는 뜻.

11147. 범은 평소에 발톱을 감춘다.

범은 평소에 발톱을 보이지 않고 있듯이 자기의 계책은 노출시키지 말아야 한다는 뜻.

11148. 범은 포악한 짐승이지만 배가 부르면 사슴이나 멧돼지가 지나가도 돌아보지 않는다. (虎惡獸也 方其飽也 鹿豕過之而不顧)
　　　　　　　　　　　　　　　　〈茶山論叢〉

포악한 범도 제 배만 차면 욕심을 내지 않는 데 더구나 사람이 필요 이상의 물욕을 내서야 되겠느냐는 뜻.

11149. 범은 풀 속에 숨어 있다. (猛虎伏草)
　　　　　　　　　　　　　　　　〈李白〉

사나운 범도 평소에는 숨어 있듯이 권세가 있는 사람도 그 권세를 부려서는 안 된다는 뜻.

11150. 범은 함부로 발톱을 보이지 않는다.

범이 함부로 발톱을 보이지 않듯이 사람도 함부로 용맹을 부려서는 안 된다는 뜻.

11151. 범을 그린다는 것이 도리어 개처럼 되었다. (畵虎不成 反類狗)　　〈小學, 後漢書〉

범을 그린다는 것이 범은 안 되고 개처럼 되듯이 분수에 넘치는 욕심을 부리다가는 실패한다는 뜻.

11152. 범을 기른 셈이다. (如養虎)　〈後漢書〉

애써서 원수를 길러 화를 당하게 되었다는 뜻.

11153. 범을 길러 화를 받는다. (養虎後患)
　　　　　　　　　　　　　　　　〈史記〉

자기가 은혜를 베풀어 주고서도 그 자로부터 도리어 화를 입게 되었다는 뜻.

11154. 범을 산에 놓아 준 셈이다. (放虎歸山)

잡았던 범을 놓아 산으로 돌려 보내듯이 자유롭게 해방시켜 주었다는 뜻.

11155. 범을 업신여기는 것은 위험한 짓이다. (狎虎則危)　　　　　　　　　　　〈荀子〉

포악한 사람을 업신여기는 것은 위험하니 조심하라는 뜻.

11156. 범을 탄 기세다. (騎虎之勢) 〈隋書〉
(1) 매우 용감한 위세(威勢)라는 뜻. (2) 범 등에서 내릴 수도 없고 타고 있을 수도 없는 절박한 처지에 있다는 뜻.

11157. 범의 꼬리는 놓기도 어렵다. (虎尾難放)
(1) 이럴 수도 없고 저럴 수도 없다는 뜻. (2) 무슨 일을 그만두기도 위험스럽다는 뜻.

11158. 범의 꼬리를 밟은 것 같다. (若蹈虎尾)
 〈書經〉
자는 범의 꼬리를 밟고 화를 당하듯이 공연한 짓을 하고 화를 당한다는 뜻.

11159. 범의 꼬리를 잡은 것 같다. (如捉虎尾)
범의 꼬리를 잡았으니 놓을 수도 없고 쥐고 있을 수도 없듯이 이러지도 못하고 저러지도 못한다는 뜻.

11160. 범의 꼬리를 잡은 듯 봄 어름을 디딘 듯하다. (虎尾春氷) 〈書經〉
매우 위태로운 짓만 가려서 한다는 뜻.

11161. 범의 대가리에 이를 잡아 주겠다. (虎頭捉虱)
대단치 않은 일에 모험(冒險)을 한다는 뜻.

11162. 범의 뒤를 따라가는 여우의 위세다. (狐假虎威) 〈戰國策〉
여우가 범의 뒤를 따라가면서 위세를 부리듯이 남의 권세를 이용하여 위세를 부린다는 뜻.

11163. 범의 머리를 쓰다듬고 범의 수염을 꼬다가는 범의 밥을 면하지 못하게 된다. (料虎頭 編虎須 幾不免虎口哉) 〈莊子〉
포악한 자와 가까이하게 되면 종말에는 그에게 화를 당하게 된다는 뜻.

11164. 범의 새끼가 열이면 스라소니도 있다.
(1) 잘난 사람도 여럿이 모이면 그 중에 못난 사람이 있다는 뜻. (2) 아들이 여럿이면 못난 아들도 있다는 뜻. ※ 스라소니 : 고양이과에 딸린 짐승.

11165. 범의 새끼는 길러도 자라면 주인을 문다.
성질이 못된 사람은 도와 주어도 도리어 해친다는 말.

11166. 범의 새끼는 산에서 커야 하고 사람 새끼는 글방에서 커야 한다.
아들을 낳거든 학교에 보내서 공부를 시켜야 한다는 말.

11167. 범의 새끼를 기른 셈이다.
장차 화입을 지을 스스로 저질렀다는 뜻.

11168. 범의 새끼에는 개 새끼가 없다. (虎父無犬子)
범의 새끼에는 개 새끼가 없듯이 씨 도둑은 못한다는 뜻. ↔ 범의 새끼에도 개 새끼가 있다. 범의 새끼에도 스라소니가 있다.

11169. 범의 새끼에도 개가 있다. (虎父犬子)
잘난 집안에도 못난 자식이 있을 수 있다는 뜻.↔ 범의 새끼에는 개 새끼가 없다.

11170. 범의 새끼에도 스라소니가 있다.
훌륭한 사람의 자식에도 못난 자식이 있다는 말. ↔ 범의 새끼에는 개 새끼가 없다. 범이 범의 새끼를 낳는다. 용이 용을 낳고 범이 범을 낳는다.

11171. 범의 새끼와 이리의 새끼를 기른다. (養虎蓄狼) 〈易林〉
장래 화를 당할 짓을 스스로 한다는 뜻.

11172. 범의 식사다.
먹을 때는 많이 먹고 굶을 때는 굶기만 한다는 뜻.

11173. 범의 아가리가 셋이라도 두려워하지 말고 다만 사람의 두 가지 마음을 두려워하라. (不怕虎生三箇口 只恐人情兩棣心) 〈君平〉
세상에서 가장 두려운 것은 표리(表裏)가 다른 마음을 가진 사람이라는 뜻.

11174. 범의 아가리다. (虎口)
대단히 위태로운 곳이라는 뜻.

11175. 범의 아가리 더듬기다. (探虎口) 〈史記〉
매우 위태로운 짓을 한다는 뜻.

11176. 범의 아가리를 벗어나 어머니의 품안으로 돌아온다. (去虎口 歸慈母) 〈後漢書〉
매우 위험한 곳을 벗어나 안락한 생활을 하게 되었다는 뜻. ↔ 범의 아가리를 벗어나지 못한다.

11177. 범의 아가리를 벗어나지 못한다. (不免虎口) 〈莊子〉
위험한 처지를 벗어나지 못하고 있다는 말. ↔ 범의 아가리를 벗어나 어머니의 품안으로 돌아온다. 범의 아가리를 벗어난 셈이다.

11178. 범의 아가리를 벗어난 셈이다. (脫虎口)
매우 위험스러웠던 처지에서 벗어나게 되었다는 뜻.

11179. 범의 아가리에 개를 넣어라.
찾아 내지 못할 데 맡겨 놓았다는 뜻.

11180. 범의 아가리에 날고기를 넣어 준 셈이다.
한다는 일이 남의 좋은 일만 시키고 헛수고만 하였다는 뜻.

11181. 범의 입보다 사람 입이 더 무섭다.
힘으로 해치는 것보다 말로 해치는 것이 더 무섭다는 말.

11182. 범의 차반이다. (虎茶飯)　〈東言解〉
범이 먹을 때는 마냥 먹고 없을 때는 굶듯이 없는 살림을 생기면 있는 대로 해먹고, 없으면 판판 굶는다는 뜻.

11183. 범의 코빼기에 붙은 고기를 떼어 먹겠다.
목숨이 위험한 행동을 한다는 뜻.

11184. 범의 탐욕이다. (虎貪)
범과 같이 매우 탐욕이 많다는 말.

11185. 범이 개 놀리듯 한다.
강한 자가 약한 자를 제 마음대로 놀린다는 말.

11186. 범이 개를 굴복시키는 것은 발톱과 어금니 때문이다. (大虎之所以能服狗者爪牙也)　〈韓非子〉
강국이 되려면 좋은 무기로 무장되어야 한다는 뜻.

11187. 범이 개 물어 간 것만하다.
보기 싫었던 사람이 없어져서 기분이 좋다는 말.

11188. 범이 개 어르듯 한다.
강자(強者)가 약자(弱者)를 제 마음대로 다룬다는 뜻.

11189. 범이 고슴도치를 놓고 하품하는 격이다.
상대가 만만하기는 하나 마음대로 되지 않는다는 뜻.

11190. 범이 고자 대감을 안다더냐?
사나운 사람은 상대방의 사정을 알아 주지 않는다는 뜻. ↔ 범도 삼대독자라면 잡아먹지 않는다.

11191. 범이 관을 썼다. (虎而冠)　〈史記〉
겉은 매우 점잖은 것 같으면서도 마음은 범과 같이 포악하다는 뜻.

11192. 범이 나비 잡아먹은 격이다.
굶주린 범이 나비를 잡아먹듯이 먹은 것이 양에 차지 않는다는 뜻.

11193. 범이 날개를 얻은 격이다. (爲虎添翼)
범이 날개를 얻으면 더욱 포악하게 되듯이 악한 사람이 권세를 얻어 더욱 악하게 될 수 있게 되었다는 뜻.

11194. 범이 담배 먹던 시절이다.
호랑이가 담배를 피웠다는 옛날 옛적이었다는 뜻.

11195. 범이 담배 먹던 이야기다.
전설(傳説)과 같은 이야기라는 말.

11196. 범이 덮치듯 한다.
범이 덮치듯이 별안간에 덤벼든다는 말.

11197. 범이 도둑개 물어 간 폭이나 된다.
보기 싫은 사람이 없어져서 시원하다는 뜻.

11198. 범이 됐다 이리가 됐다 한다. (爲虎作狼)　〈易林〉
이리 저리 못된 짓만 가려 가면서 한다는 말.

11199. 범이 먹이를 노리듯 한다. (虎視耽耽)　〈易經〉
날카로운 눈으로 고요히 형세를 노려보고 있다는 뜻.

11200. 범이 무서우면 산에는 못 간다.
무슨 일을 시작할 때 엄두를 못 내면 그 일을 못 하게 된다는 뜻.

11201. 범이 미친 개 물어간 것 같다.
밉살스러운 사람이 없어져서 기분이 좋다는 말.

11202. 범이 범의 새끼를 낳고 용이 용의 새끼를 낳는다.
부모가 훌륭해야 자식도 훌륭하게 된다는 뜻. ↔ 나쁜 소도 좋은 송아지를 낳는다. 미꾸라지가 용 된다.

11203. 범이 범의 새끼를 낳는다.
부모가 잘나야 자식도 부모를 닮아 잘나게 된다는 뜻. ↔ 개천에서 용 난다. 나쁜 소도 좋은 송아지를 낳는다. 미꾸라지가 용 된다.

11204. 범이 삼대 독자(三代獨子)를 알아본다더냐?
포악한 사람이 남의 사정을 알 리가 있느냐는 뜻. ↔ 범도 삼대 독자라면 잡아먹지 않는다.

11205. 범이 새끼를 치겠다.
논 밭에 풀이 무성해서 범이 새끼를 치게 되겠다는 말.

11206. 범이 세 마리면 표범도 있다. (三虎出一豹)
범도 여러 마리면 그 중에 표범도 있듯이 사람도 여럿이 있으면 그 중에 훌륭한 사람도 있다는 말.

11207. 범이 원님을 안다더냐?
포악하고 무식한 사람은 남의 사정을 돌봐 주지 않는다는 뜻.

11208. 범이 토끼를 잡아도 뛰어야 한다.
무슨 일이나 노력을 하지 않고 되는 일은 없다는 뜻.

11209. 범 잡는 칼로 개 잡는다.

실정(實情)에 맞도록 일을 하지 못한다는 뜻.

11210. 범 잡는 포수가 따로 있다.
포수라고 다 범을 잡는 것이 아니고 범 잡는 포수가 따로 있듯이 사람도 큰 일을 하는 사람은 따로 있다는 뜻.

11211. 범 잡는 포수는 범만 잡고 꿩 잡는 포수는 꿩만 잡는다.
사람은 자기가 하던 일만 하게 된다는 뜻.

11212. 범 잡아 관가(官家) 좋은 일만 한다.
죽도록 수고하여 남의 좋은 일만 했다는 뜻.

11213. 범 잡아먹는 담비가 있다.
짐승의 왕이라는 범을 잡아먹는 담비가 있듯이 힘 센 사람 위에 또 더 센 사람이 있다는 뜻.

11214. 범 잡으려다가 겨우 꼬리만 잡았다. (捉虎僅捉尾) 〈松南雜識〉
큰 일이나 할 것같이 하더니 겨우 조그마한 일밖에 못 하였다는 뜻.

11215. 범 잡으려다가 토끼도 못 잡는다.
큰 일을 하려다가 작은 일까지도 낭패가 되었다는 뜻.

11216. 범죄에 대해서는 호랑이처럼 용서하지 않는다. (其於罪也 無赦如虎) 〈莊子〉
일단 죄를 범한 자에게는 가차없이 엄벌을 가해야 한다는 뜻.

11217. 범 탄 기세다. (騎虎之勢) 〈隋書〉
(1) 이럴 수도 없고 저럴 수도 없는 형편이라는 뜻.
(2) 위엄이 매우 있는 처지에 있다는 뜻.

11218. 범 탄 장수다. (騎虎將)
어느 누구도 대적할 장수가 없을 정도로 용감한 장수라는 뜻.

11219. 범 턱의 고기도 떼어 먹겠다.
돈이라면 위험을 무릅쓰고 덤빈다는 뜻.

11220. 법당(法堂) 뒤로 돈다.
중이 옳지 못한 짓을 하기 위하여 법당 뒤로 가듯이 나쁜 짓을 하려고 숨는다는 뜻.

11221. 법대로만 일을 한다. (以法從事)
성실히 법대로 진행한다는 뜻.

11222. 법도에 맞지 않는 짓만 한다. (肆行非度) 〈春秋左傳〉
법률과 제도에 맞지 않는 짓만 가려 가면서 한다는 뜻.

11223. 법도에 어긋나는 말은 하지 말라. (匪由勿語) 〈詩經〉
법률이나 제도에 어긋나는 말을 해서는 안 된다는 뜻.

11224. 법도 오래 되면 폐단이 생긴다. (法久弊生)
사회가 발전함에 따라 법도 개정하지 않으면 폐단이 생긴다는 뜻.

11225. 법도 있고 벌도 있다. (有法有罰)
법이 있으면 마땅히 벌도 있게 마련이라는 뜻.

11226. 법령은 두려워해야 한다. (能畏法令)
법에 대한 존엄성을 가져야 한다는 뜻.

11227. 법령은 많아질수록 도둑은 자꾸 늘어 간다. (法令滋彰 盜賊多有) 〈老子〉
법령이 너무 많으면 잘 집행이 되지 않기 때문에 오히려 도둑이 더 생기게 된다는 뜻.

11228. 법령이 가혹하면 국민들은 폭동을 일으킨다. (令苛則民亂) 〈韓詩外傳〉
가혹한 법으로 폭정을 하게 되면 국민들이 폭동을 일으키게 된다는 뜻.

11229. 법 모르는 관리가 매로 세 쓴다.
무식한 사람은 말로 해결하지 않고 주먹으로 해결한다는 뜻.

11230. 법 모르는 사도(使道) 볼기로 위세(威勢)를 부린다.
실력이 없어서 잘 모르는 관리는 큰소리만 치면서 위세를 부린다는 뜻.

11231. 법무부(法務部) 자식이다.
누범자(累犯者)가 되어 항상 법무부 산하 교도소에서만 사는 사람이라는 뜻.

11232. 법 밑에서 법 모른다.
법을 잘 지켜야 할 사람들이 도리어 법을 지키지 않는다는 뜻.

11233. 법 없는 세상이다. (無法天地)
법이 정확히 집행되지 못하여 사회가 무질서하다는 뜻.

11234. 법 없어도 살 사람이다.
법이 없더라도 나쁜 짓을 하지 않을 착한 사람이라는 뜻.

11235. 법에는 구멍이 뚫려 있다.
법에는 헛점이 있기 때문에 범죄자는 이것을 교묘히 피할 수 있게 된다는 뜻.

11236. 법에는 눈물도 없다.
법을 집행함에 있어서는 개인의 사정을 받아들일 수 없다는 말.

11237. 법에서 벗어난 자는 죄를 받아야 한다.
(離法者罪)　　　　　　　　　〈韓非子〉
법을 어기는 자는 죄를 받아야 한다는 뜻.

11238. 법에 위반되는 일이 없도록 하라.(欲法之
無違焉)　　　　　　　　　〈茶山論叢〉
국민으로서 법에 위반되는 행동을 해서는 안 된다는
뜻.

11239. 법에 폐단이 생기면 고치는 것이 추세이
다.(法弊而更張勢也)　　　　　〈星湖雜著〉
사회 발전에 따라 낡은 법은 현 실정에 맞도록 개정
하는 것이 당연하다는 뜻.

11240. 법으로 형을 집행한다.(以法行刑)〈韓非子〉
형은 법에 의하여 엄하게 집행해야 한다는 뜻.

11241. 법은 그물 눈같이 잘기 때문에 죄인을 놓
치지 않는다.(網密)
법망(法網)이 쳐 있기 때문에 죄인이 이 그물을 벗어
나지 못한다는 뜻.

11242. 법은 나라의 명령이다.(法者君命也)
　　　　　　　　　　　　　〈牧民心書〉
법은 곧 국가의 존엄한 명령이라는 뜻.

11243. 법은 멀고 주먹은 가깝다.(法遠拳近)
말로 옳고 그른 것을 따지지 않고 주먹질을 먼저 한다
는 뜻.

11244. 법은 바르게 잘 다스려야 한다.(正善治)
　　　　　　　　　　　　　　〈老子〉
법은 공평하고 바르게 시행해야 효과를 발휘할 수 있
게 된다는 뜻.

11245. 법의 집행은 엄중해야 하지만 죄인은 불
쌍히 여겨야 한다.(執法宜嚴咬 慮囚宜哀矜)
　　　　　　　　　　　　　〈牧民心書〉
법은 엄중히 시행하되, 죄인은 인간 대우를 해주어야
한다는 뜻.

11246. 법은 피라미만 잡는다.
법망에는 권력이 없는 사람만 걸리지 권력이 있는 사
람은 걸리지 않는다는 말.

11247. 법을 굽히게 하는 일이 없게 해야 한다.
(毋或枉橈)　　　　　　　　　〈禮記〉
법을 집행하는 사람은 법을 악용해서는 안 된다는 뜻.

11248. 법을 두려워하면 날마다 즐거워진다.
(懼法朝朝樂)　　　　　　　　〈松隱遺稿〉
준법 정신(遵法精神)을 가지고 일을 하면 바른 일만

하게 되기 때문에 즐겁다는 뜻.

11249. 법을 부딪게 시행하면 도리어 그 재앙
을 받게 된다.(枉橈不當 反受其殃)　〈禮記〉
법을 바르게 시행하지 않으면 역효과를 낳게 된다는
뜻.

11250. 법을 어겨 가며 재물을 탐낸다.(貪饕不法)
물욕에 눈이 어두워 법을 위반해 가면서 탐낸다는 뜻.

11251. 법을 어기기를 밥 먹듯 한다.(犯刑憲如飮
食)　　　　　　　　　　　　〈康節部〉
도무지 법을 조금도 지키지 않는다는 뜻.

11252. 법을 잘 지키는 사람은 상을 주고 법을 어
기는 사람은 벌을 주어야 한다.(中程者賞 弗
中程者誅)　　　　　　　　　〈韓非子〉
법을 잘 시행하기 위해서는 상벌을 바르게 하라는 뜻.

11253. 법을 함부로 남용한다.(敗法亂刑) 〈六韜〉
법을 함부로 쓰게 되면 법의 존엄성이 없어진다는
뜻.

11254. 법이 성기면 죄인이 빠져나간다.(法疎則
罪漏)　　　　　　　　　　　〈鹽鐵論〉
법이 허술하면 범죄자들이 빠져 나갈 수 있기 때문에
법은 치밀해야 한다는 뜻.

11255. 법이 시행되지 않는 것은 웃사람이 먼저
범하기 때문이다.(法之不行 自上征之)〈商鞅〉
법이 잘 시행되지 않는 것은 솔선해서 지켜야 할 웃
사람이 안 지키기 때문에 아랫 사람들도 안 지키게 된
다는 말.

11256. 법 조문(法條文)도 해석할 나름이다.
법 조문도 해석하기에 따라 다르게 된다는 뜻.

11257. 벗과는 비록 친하더라도 말은 반드시 삼
가해야 한다.(朋友雖親狎 言語必謹)
　　　　　　　　　　　　　〈永嘉家訓〉
아무리 친한 친구간에도 말은 항상 예의에 벗어나게
해서는 안 된다는 뜻.

11258. 벗과 사귀는 데는 먼저 신의를 베푸는 것
보다 귀한 것은 없다.(朋友之道 莫貴乎先施)
친구를 사귀는 데는 무엇보다도 신의로 친하는 것이
가장 중요하다는 뜻.

11259. 벗과 사귀는 데는 신의를 지켜야 한다.
(與友交而守信)
벗을 사귀는 데는 서로 신의로 사귀어야 한다는 뜻.

11260. 벗과 사귀어 놀 때 희롱을 하지 말라.

친구와 담화 과정에 지나친 농담은 삼가해야 한다는 뜻.

11261. 벗끼리는 참아야 한다. (朋友忍之)

〈夫子〉

친구간에는 무슨 일이 있더라도 서로 참아 가며 사귀어야 한다는 뜻.

11262. 벗끼리 참지 않으면 정이 떨어지게 된다. (朋友不忍 情意疎) 〈夫子〉

친구 사이에 섭섭한 일이 있더라도 참지 않으면 정이 떨어지게 된다는 뜻.

11263. 벗 따라 강남 간다. (追友江南) 〈東言解〉

자기가 하기 싫은 것도 남이 권유(勸誘)하게 되면 마지 못해서 따라하게 된다는 뜻.

11264. 뻣뻣하기는 말뚝을 삶아먹었나?

태도가 공손하지 못하고 몹시 거만하다는 뜻.

11265. 뻣뻣하기는 벗나무 막대기다.

행실이 공손하지 못하고 거만하고 매우 무뚝뚝하다는 뜻.

11266. 벗에게는 미덥게 해야 한다. (朋友信之)

〈論語〉

친구간에는 서로 미덥게 지내야 한다는 뜻.

11267. 벗에게 자주 충고하면 사이가 벌어지게 된다. (朋友數斯疎矣) 〈論語〉

친한 친구간에도 충고를 너무 자주 하게 되면 틈이 벌어지기 때문에 알맞게 해야 한다는 뜻.

11268. 벗은 정직(正直) 의리(義理) 지식(知識) 이 있는 사람과 친해야 한다. (益者三友)

〈論語〉

벗을 사귀는 데는 정직하고 의리 있고 지식이 있는 사람을 친해야 유익하다는 말.

11269. 벗은 같은 또래의 사람이다. (朋友同類之人)

벗은 의지가 서로 같은 또래의 사람이라는 뜻.

11270. 벗은 거지는 못 얻어먹는다.

알몸으로 다니는 거지는 망측하여 밥도 안 주듯이 사람에게는 옷이 중요하다는 뜻.

11271. 벗은 마땅히 신의가 있어야 한다. (爲朋友 當有信) 〈擊蒙要訣〉

벗은 서로 신의로 친해져야 한다는 뜻.

11272. 벗은 반드시 가려서 사귀어야 한다. (交必擇友)

벗은 함부로 사귀지 말고 반드시 가려서 사귀어야 한

다는 뜻.

11273. 벗은 반드시 자기보다 나은 사람을 선택해야 한다. (擇友必勝己)

벗을 사귀는 데는 자기보다 나은 사람을 가려서 사귀어야 한다는 뜻.

11274. 벗은 서로 도와야 한다. (朋友相衛)

〈公羊傳〉

벗은 서로 서로 도와 가며 살아야 한다는 뜻.

11275. 벗은 주제에 은장도(銀裝刀) 찬다.

격에 맞지 않는 행동을 한다는 말.

11276. 벗을 가리는 데는 어진 마음으로 가까이 하라. (擇友親仁) 〈鄕約章程〉

벗을 선택해서 사귈 때는 어진 마음으로 대해야 한다는 뜻.

11277. 벗을 사귀는 데는 서로 마음을 알아 주는 것보다 더 고귀한 것은 없다. (交莫貴乎相知)

〈馬駟傳〉

친구간에는 서로 그 마음을 잘 이해하는 것이 가장 중요하다는 뜻.

11278. 벗을 사귀는 데는 신의를 귀히 하라. (交朋友 貴乎 信也) 〈朱子家訓〉

벗과 가까이하는 데는 신의가 가장 중요하다는 뜻.

11279. 벗 줄 것은 없어도 도둑이 가져갈 것은 있다. (給友之物無 賊持之物有) 〈東言解〉

살림이 아무리 가난해도 도둑 맞을 것은 있다는 뜻.

11280. 벙거지 시울을 만진다.

말을 못하고 어쩔 줄 모르면서 무안해한다는 뜻.

11281. 벙거지 조각에 콩가루 묻혀 먹겠다.

갖은 못된 짓을 하면서 남의 재물을 탐낸다는 뜻.

11282. 벙어리가 되고 귀머거리가 되면 성공하는 것을 볼 수 없다. (舌敵耳聾 不見成功)

〈戰國策〉

사람이 보고 듣는 것도 없고 말 재주도 없으면 성공할 수 없다는 뜻.

11283. 벙어리가 말은 못 해도 날짜 가는 줄은 안다.

비록 배운 것은 없어서 아는 것은 없어도 눈치로 아는 것은 있다는 뜻.

11284. 벙어리가 말은 못 해도 눈치는 빠르다.

무식하여 의사 표시는 못 해도 눈치는 있다는 뜻.

11285. 벙어리가 말은 못 해도 서방질은 한다.

아무리 못난 사람이라도 저 할 짓은 다 한다는 뜻.

11286. 벙어리가 말을 하겠다.
너무나 어처구니 없는 일을 당하였을 때 하는 말.

11287. 벙어리가 서방질을 해도 제 속은 있다.
말은 못 하고 있어도 저 나름대로의 이유와 뜻이 있어서 하였다는 뜻.

11288. 벙어리가 전갈(傳喝)한다.
말 못 하는 벙어리도 안부는 전하듯이 바보라도 저 할 말은 한다는 뜻.

11289. 벙어리가 증문(證文) 가지고 있는 격이다.
말 못 하는 벙어리이지만 증서가 있으니 말대꾸를 못 하듯이 아무리 바보라도 증거가 있으면 꼼짝 못 한다는 뜻.

11290. 벙어리 꿈꾸듯 한다.(啞子得夢)
벙어리가 꿈을 꾸었어도 남에게 말을 못 하고 혼자만 알고 있듯이 무슨 일을 혼자만 알고 있다는 뜻.

11291. 벙어리 냉가슴 앓듯 한다.
남에게 말 못 할 고민으로 혼자서 속만 태운다는 뜻.

11292. 벙어리도 속이 있어 웃는다.
무슨 일이나 하는 사람은 뜻이 있어 한다는 뜻.

11293. 벙어리도 아이 어미가 되면 말을 한다.
어린 아이를 키우려면 어머니의 노고가 매우 크다는 뜻.

11294. 벙어리 두 몫 떠든다.
무슨 말인 줄도 모르는 말로 몹시 떠든다는 뜻.

11295. 벙어리로 삼 년 지낸다.
여자는 시집 가서 삼 년은 말 없이 살아야 한다는 뜻.

11296. 벙어리 마주 앉은 격이다.
두 사람이 서로 마주 앉아서 아무 말도 않고 있다는 뜻.

11297. 벙어리 문답(問答)이다.
서로 대화(對話)가 잘 통하지 못하고 답답하다는 뜻.

11298. 벙어리 발등 앓는 소리를 한다.
노래 부르는 소리나 책 읽는 소리가 분명하지 못하고 벙어리 앓는 소리와 같다는 뜻.

11299. 벙어리 서방질하듯 한다.
말 없이 무슨 짓을 슬쩍한다는 뜻.

11300. 벙어리 소 몰고 가듯 한다.
아무 말도 없이 두 사람이 걸어가기만 한다는 뜻.

11301. 벙어리 소지(所志) 정하듯 한다.
아무 말도 하지 않고 자기 혼자서 결정하였다는 뜻.

11302. 벙어리 속은 그 어머니도 모른다.
말하지 않으면 아무리 가까운 사람도 모른다는 뜻.

11303. 벙어리 손짓하듯 한다.
벙어리 손짓을 하듯이 말은 않고 손짓만 한다는 뜻.

11304. 벙어리 심부름하듯 한다.
말 없이 눈치만 보고 행동한다는 뜻.

11305. 벙어리에 귀머거리다.
남의 말을 하지도 않고 남의 말을 듣지도 않는다는 뜻.

11306. 벙어리 예장(禮狀) 받은 듯이 싱글벙글한다.
말 없이 싱글벙글 웃기만 하는 사람을 가리키는 말.
※ 예장 : 혼서(婚書)

11307. 벙어리 웃는 뜻은 양반 욕하자는 것이다.
무슨 뜻인 줄은 몰라도 눈치로 짐작한다는 뜻.

11308. 벙어리 입에 깻묵장 처넣듯 한다.
함부로 먹을 것을 입에 처넣는다는 뜻.

11309. 벙어리 자식은 두어도 가납산이 자식은 두지 말랬다.
벙어리 자식은 집안이나 조용하지만 말 다툼 잘 하는 자식을 두면 집안이 소란하다는 뜻.
※ 가납산이 : 말다툼을 잘 하는 사람.

11310. 벙어리 장닭이다.(啞雞)
닭은 시간을 알려 주기 위해서 밤에 울어야 하는데 벙어리라 못 울듯이 자기의 임무를 수행하지 못하는 쓸모 없는 존재라는 뜻.

11311. 벙어리 재주를 잘해야 한다.
(1) 말을 조심해서 처신(處身)을 하라는 뜻. (2)입장이 곤란할 때는 말을 않는 것이 상책이라는 뜻.

11312. 벙어리 재판이다.
벙어리 재판은 판결을 짓기 어렵듯이 판단을 내리기가 대단히 곤란하다는 뜻.

11313. 벙어리 차첩(差帖)을 맡았다.
흑백(黑白)을 가려야 할 일이 있어도 감히 말을 하지 못한다는 뜻. ※ 차첩 : 옛날 낮은 관리의 사령장.

11314. 벙어리치고 마음 고운 놈 없다.
흔히 벙어리로서 마음씨가 고운 사람이 드물다는 뜻.

11315. 벙어리하고 말하는 격이다.
상대방이 입을 다물고 말을 하지 않아 답답하다는 뜻.

11316. 베개가 높으면 깊은 잠을 못 잔다.
(高枕短眠)
베개가 지나치게 높으면 편한 잠을 못 잔다는 뜻.
↔ 베개를 높이 베고 편안히 잔다.

11317. 베개를 높이 베고 자면 오래 못산다.
(高枕短命)
지나치게 베개를 높이 하고 자면 위생에 해롭다는 뜻.

11318. 베개를 높이 베고 편안히 잔다.(高枕安眠)
아무 근심 걱정없이 편안히 잔다는 뜻.↔ 베개가 높
으면 깊은 잠을 못 잔다.

11319. 베갯머리 송사(訟事)다.
아내가 밤에 자면서 남편의 마음을 자기의 뜻대로 돌
린다는 뜻.

11320. 베 고의에 방귀 나가듯 한다.
일 하기가 매우 쉽게 될 수 있다는 뜻.

11321. 베는 석 자라도 베틀은 틀대로 차려야 한
다.
사소한 일을 하더라도 있어야 할 것은 다 있어야 한
다는 뜻.

11322. 베돌던 닭도 때가 되면 홰 찾아든다.
밖에로만 돌던 닭도 때가 되면 제 집에 오듯이 나간
식구도 언젠가는 돌아올 때가 있다는 뜻.

11323. 베어도 움돋이 한다.
아무리 없애려고 해도 없앨 수 없다는 뜻.

11324. 베옷도 안 입은 것보다는 낫다.
아무리 나쁜 것도 없는 것보다는 낫다는 뜻.

11325. 베옷도 없는 것보다는 낫다.
아무리 나쁜 것이라도 없는 것보다는 낫기 때문에 소
중히 여기라는 말.

11326. 베옷 입고 옥을 품고 있다.(被褐懷玉)
〈老子〉
성인(聖人)은 겉치장을 하지 않는다는 말.

11327. 베 짜는 기술이 정교하면 원료는 적게 들
어도 제품은 많이 난다.(織之技精則其費物少
而得絲多)
〈茶山論叢〉
무슨 기술이든지 기술이 발전될수록 원료는 절약될 수
있다는 뜻.

11328. 베 주머니에 의송(議送) 들었다.
허술한 베 주머니에 중요한 기밀 서류가 있듯이 겉모
양은 허술하나 속은 훌륭한 재질을 지니고 있다는 뜻.
※ 의송 : 옛날 백성이 고을 원에게 패소(敗訴)하고 관

찰사에게 상소(上訴)하는 것.

11329. 뼈가 가루가 되고 몸도 가루가 된다.
(粉骨粉身)
〈五代史〉
뼈와 살이 가루가 되도록 악착같이 일하겠다는 뜻.

11330. 뼈가 가루가 되고 몸이 부스러지도록 일
한다.(粉骨碎身)
〈禪林類纂〉
뼈나 몸이 부스러지도록 힘을 다하여 일을 한다는 뜻.

11331. 뼈가 가루가 될망정 은혜는 갚겠다.
(粉骨報恩)
〈蘇徹〉
죽어서 뼈가 가루가 되더라도 은혜는 꼭 갚고 말겠다
는 말.

11332. 뼈가 부러지는 것 같은 아픔이다.(折骨之
痛)
뼈가 부러지듯이 몹시 아프다는 뜻.

11333. 뼈가 부서지도록 일한다.
매우 고된 육체 노동으로 먹고 산다는 뜻.

11334. 벼가 피에게 쫓겨난다.
주인이 더부살이에게 쫓겨난다는 뜻.

11335. 뼈는 묻어도 이름은 못 묻는다.(埋骨不埋
名)
사람이 죽으면 육체는 썩어 없어지지만 그 이름은 남
게 된다는 뜻.

11336. 벼는 익을수록 고개를 숙인다.
사람은 배울수록 겸손해진다는 뜻.

11337. 벼도 익으면 이삭이 숙는다.
배운 사람은 행동이 겸손하다는 뜻.

11338. 뼈똥을 쌀 일이다.
하도 기가 막혀 어쩔줄 모르는 일이라는 뜻.

11339. 벼락 감투다.
돈 주고 사거나 빽으로 갑자기 높은 관직에 취임하였
다는 뜻.

11340. 벼락 맞은 쇠고기 가져가듯 한다.
여러 사람이 달려들어 순식간에 남기지 않고 다 가져
간다는 뜻.

11341. 벼락 부귀는 상서롭지 못하다.(猝富貴不祥)
벼락 부자가 되거나 벼락 감투를 쓰는 것은 도리어 좋
지 못한 결과를 초래한다는 뜻.

11342. 벼락 부자는 오래 가지 못한다.
부정 축재(不正蓄財)로 갑자기 번 돈은 오래 가지 못
하고 패망된다는 뜻.

11343. 벼락 부자다. (一朝致富)
갑자기 돈을 벌어 부자가 되었다는 뜻.

11344. 벼락 부자 잘 사는 것 못 봤다.
부정으로 번 돈은 오래 가지 못한다는 뜻.

11345. 벼락을 맞겠다.
몹시 못된 짓을 하여 천벌(天罰)을 받겠다는 뜻.

11346. 벼락을 바가지 쓰고 피하는 격이다.
(霹靂猶可着瓠兔)　　　　　　　　　〈東言解〉
되지도 않을 짓을 소견머리없이 한다는 뜻.

11347. 벼락 치는 하늘도 속인다.
벼락을 치는 무서운 하늘도 속이는데 사람 속이는 것
은 보통이라는 뜻.

11348. 벼락 치는 하늘도 욕한다.
벼락을 치는 하늘도 욕하는데 사람을 욕하는 것은 예
사라는 뜻.

11349. 벼락 친 뒤에 귀를 가리는 데 지나지 않는
다. (疾雷不及掩耳)　　　　　　　　　〈六韜〉
이미 시기를 놓친 뒤에 대책을 세운다는 뜻.

11350. 벼락 피하는 사람 없다.
천벌(天罰)은 피할 수가 없다는 말.

11351. 별안간에 일어난 풍파다. (猝地風波)
돌연히 발생된 큰 사건이라는 뜻.

11352. 벼랑 가는 걸음이다.
매우 조심스러운 행동을 한다는 뜻.

11353. 벼룩 간을 내어 먹겠다. (蚤肝出食)
　　　　　　　　　　　　　　　　　〈東言解〉
변변치 않은 이익을 다라운 수단으로 착취한다는 뜻.

11354. 벼룩 껍데기를 벗기겠다.
사람의 성격이 매우 잘다는 뜻.

11355. 벼룩 꿇어앉을 땅도 없다.
벼룩이 앉을 만한 좁은 땅도 가지고 있지 않다는 뜻.

11356. 벼룩 눈만하다.
매우 작은 물체(物體)를 비유하는 말.

11357. 벼룩 눈에는 사람 손가락이 하나밖에는
안 보인다.
보는 사람에 따라 사물(事物)이 다르게 보일 수 있다
는 말.

11358. 벼룩도 낯짝이 있다.
뻔뻔스럽고 염치가 전연 없는 사람을 두고 하는 말.

11359. 벼룩도 못 죽인다.
마음씨가 너무나 약하여 조금도 측은한 꼴은 못 본다
는 뜻.

11360. 벼룩 뛰듯 한다.
무슨 일을 벼룩 뛰듯이 몹시 경솔하게 한다는 뜻.

11361. 벼룩 등에 육간 대청(六間大廳)을 짓겠다.
마음이 옹졸하여 하는 짓이 답답하게 한다는 뜻.

11362. 벼룩 부부다.
여자가 남자보다 더 큰 부부를 보고 하는 말.

11363. 벼룩 선지를 내어 먹겠다.
하찮고 변변치 않은 것을 염치없이 착취한다는 뜻.

11364. 벼룩 오줌만하다.
벼룩 오줌만큼이나 양적(量的)으로 적다는 뜻.

11365. 벼룩 잠자듯 한다.
깊은 잠을 못 자고 자다 깨고 자다 깨고 한다는 뜻.

11366. 벼룩 잡는 놈 설치듯 한다.
벼룩을 잡을 때처럼 몹시 설친다는 말.

11367. 벼룩 잡다가 초가집 태운다.
작은 원수를 갚으려다가 도리어 큰 손해만 보게 되었
다는 뜻.

11368. 벼룩 창자를 내어 먹겠다. (蚤腸出食)
　　　　　　　　　　　　　　　　　〈東言解〉
조그마한 이익을 다랍게 착취한다는 뜻.

11369. 벼르던 애기가 눈이 먼다.
별러 가면서 했던 일이 도리어 실수를 하게 되었다는
뜻.

11370. 벼르던 자식이 눈이 먼다.
벼르고 잘하려던 일이, 실수하여 도리어 잘못되었다
는 뜻.

11371. 벼르던 제사에 물도 못 떠 놓는다.
별러 가면서 잘해 보겠다던 일이 도리어 더 잘못되었
다는 뜻.

11372. 뼈를 바꿔 넣고 탈을 달리 썼다. (換骨奪
胎)　　　　　　　　　　　　　　　〈冷齊夜語〉

몸과 얼굴이 전연 몰라볼 정도로 좋아졌다는 뜻.

11373. 벼리를 당기면 그물 코도 딸려온다.
(網擧目張)
무슨 일이나 주 된 부분을 하게 되면 부분적인 일은 저
절로 같이 된다는 뜻.

11374. 버린 도끼가 이 빠진다.
애써 잘 만들어 놓은 것이 더 빨리 결단난다는 뜻.

11375. 뼈만 앙상하게 남았다. (毁瘠骨立)
몹시 파리하여 살은 없고 뼈만 남아 있다는 뜻.

11376. 뼈 속에 스며든 가난이다. (貧寒到骨)
오랫동안 가난한 생활만 하였다는 뜻.

11377. 벼슬도 하기 전에 일산(日傘) 걱정한다.
일의 순서도 모르고 성급하게 덤빈다는 말.

11378. 벼슬아치가 게으르면 죄가 된다. (仕而廢
其事 罪也)   〈春秋左傳〉
국가 공무원이 자기 사업에 태만한 것은 죄로 된다는
뜻.

11379. 벼슬은 높이고 마음은 낮추라. (位思其崇
志思其恭)   〈耳談續纂〉
관직이 높아질수록 태도는 점점 겸손해야 한다는 뜻.

11380. 벼슬을 좋아하는 것은 돈 많이 벌기 위한
것이다.(好官不過多得錢)
옛날 벼슬아치들은 거의가 권력을 이용하여 재물을 축
적한 데서 나온 말.

11381. 벼슬이 높아질수록 재산은 는다. (升官發
財)
벼슬이 높아질수록 음성 수입(陰性收入)이 많아서 부
자가 될 수 있다는 뜻.

11382. 벼슬하기 전에 일산(日傘) 준비한다.
결과가 어떻게 될지도 모르면서 미리 준비를 한다는
뜻. ※ 일산 : 옛날 감사(監司)나 수령(守令)이 부임
할 때 받는 큰 양산.

11383. 벼씨 뿌리고 피 거둔다.
값 비싼 밑천을 들이고도 아무 성과가 없다는 뜻.

11384. 뼈 없이 좋다.
무슨 일이나 요구하는 대로 들어 준다는 뜻.

11385. 뼈 없이 좋은 사람이다. (無骨好人)
무슨 짓을 해도 화를 내지 않는 좋은 사람이라는 뜻.

11386. 뼈에 붙은 고기가 맛있다.
고기는 갈비와 같이 뼈에 붙은 것이 맛좋다는 뜻.

11387. 뼈에 사무친 원한으로 고통스럽다.
(刻骨痛恨)
죽어서도 잊지 못할 원한으로 몹시 고통스럽다는 뜻.

11388. 뼈에 새겨 잊지 않는다. (刻骨難忘)
뼈에 새겨 두고 길이길이 은혜를 잊지 않겠다는 뜻.

11389. 뼈에 새기고 마음에 명심한다. (刻骨銘心)
                        〈後漢書〉
죽어서도 잊지 않고 기억해 두겠다는 말.

11390. 뼈와 살로 이루어진 정이다. (骨肉之情)
뼈와 살을 같이한 부모, 형제간의 정다운 정이라는
뜻.

11391. 뼈와 살은 서로 통한다. (骨肉相通)
뼈와 살을 같이한 부모, 형제간에는 서로 잘 통한다
는 뜻.

11392. 벼이삭 끝을 보고는 죽어도 보리이삭 끝
을 보고는 죽지 않는다.
벼는 패서 40일이 지나야 먹을 수 있지만 보리는 패
서 30일이면 먹을 수 있다는 뜻.

11393. 뼈 있는 말이다.
무엇인가 내용이 있는 말이라는 뜻.

11394. 벼 한 섬 못 지는 남자 없다.
남자의 힘은 대체로 벼 한 섬은 질 수 있는 힘을 가
지고 있다는 뜻.

11395. 벽돌 대학생이다.
일제 식민지 시대의 감옥은 전부 벽돌로 건축하였기
때문에 감옥살이를 하는 사람을 두고 하는 말.

11396. 벽 보고 말하는 것이 낫겠다.
말귀를 못 알아들어 몹시 답답하다는 말.

11397. 벽에 더럽게 그림을 그리지 말라.(壞壁毋
玷畵)   〈金正國〉
벽에 더럽게 그림이나 글씨로 낙서해서는 안 된다는
뜻.

11398. 벽에도 귀가 있다. (壁有耳)   〈詩經〉
말에는 비밀이 없기 때문에 경솔하게 말하지 말라는
뜻.

11399. 벽에 돌 붙이기다. (壁石接不得)
흙벽에 돌이 붙을 리 없듯이 도저히 될 수 없는 일이
라는 뜻.

11400. 벽에 부딪쳤다.
(1) 큰 장애물이 앞을 가로막았다는 뜻. (2) 실패하게
되었다는 뜻.

11401. 벽을 치면 대들보가 울린다.
먼 말로 슬쩍 귀띔만 해도 바로 눈치를 채고 안다는
뜻.

11402. 벽창호(壁窓戶)다.
담벼락과 말하는 것같이 몹시 답답하다는 뜻.

11403. 벽하고 말하는 셈이다.
벽하고 말하면 대답이 없듯이 대화(對話)에서 몹시 답답하다는 뜻.

11404. 변고(變故)가 뜻밖에 생긴다. (變出不意)
생각지도 않았던 변이 생겼다는 뜻.

11405. 변덕(變德)이 죽 끓듯 한다.
몹시 변덕이 많아 믿을 수 없다는 뜻.

11406. 변동할 도리가 없다. (變動無路)
어떤 방법으로도 변동시킬 수 없다는 말.

11407. 변론은 해도 다투지는 않는다. (辯而不爭)
〈荀子〉
서로 말로 시비는 해도 싸우지는 않는다는 뜻.

11408. 변리에 변리가 붙는다. (邊上加邊)
빚은 이자에 이자가 붙어 점점 많아진다는 뜻.

11409. 변명하느니 잠자코 있는 것이 낫다.
무슨 일을 잘못했을 때 변명을 하는 것보다는 잠자코 있는 편이 낫다는 뜻.

11410. 변명하는 사람은 착하지 않다. (辯者不善)
〈老子〉
잘못했을 때 사과(謝過)를 않고 변명하는 것은 옳지 못하다는 뜻.

11411. 변명하다 뺨 맞는다.
잘못된 것은 변명하지 말고 사과(謝過)해야 한다는 뜻.

11412. 변명할 길이 없다. (辨明無路 : 發明無路)
어떤 방법으로도 변명할 도리가 없다는 뜻.

11413. 변명할 여지가 없다. (辨明不能)
아무리 말을 잘한다 해도 변명할 도리가 없다는 뜻.

11414. 변변치 못한 며느리가 고추장 한 단지를 다 먹는다.
보기 싫은 사람이 못 마땅한 짓만 한다는 뜻.

11415. 변죽을 치면 복판이 울린다.
슬며시 귀띔만 해주어도 곧 눈치를 채고 알아 듣는다는 뜻.

11416. 변죽이 울린다.
어떤 문제가 여론화되기 시작한다는 뜻.

11417. 변통할 길이 없다. (變通無路)
어떤 방법으로도 변통할 도리가 없다는 뜻.

11418. 변하고 변하는 세상이다. (滄桑世界)
사회가 발전됨에 따라 세상은 부단히 변한다는 뜻.

11419. 변하기 쉬운 것은 사람의 마음이다.
사람의 마음은 환경의 변화에 따라 수시로 변하기 쉽다는 말.

11420. 변호사(辯護士)는 나라가 낸 ○○놈이다.
변호사는 몇 마디 말을 않고도 많은 변호료(辯護料)를 받는다는 뜻.

11421. 변호사와 의사는 허가난 ○○놈이다.
변호사의 변호료와 의사의 치료비가 비싸다는 뜻.

11422. 변화가 이루 헤아릴 수 없다. (變化不測 : 變化無雙)
변화가 계속 일어나서 짐작도 할 수 없다는 뜻.

11423. 변화가 한이 없다. (變化無窮)
변화가 끝이 없이 일어난다는 뜻.

11424. 별 놈 다 봤다.
되지도 못한 놈을 다 보겠다는 뜻.

11425. 별대 마병(馬兵) 편구 치듯 한다.
마병들이 편을 짜서 타구(打毬)하듯이 날쌘 동작으로 친다는 말.

11426. 별 똥같이 번개같이 빠르다. (星行電征)
유성(流星)이나 번개같이 동작이 몹시 날쌔다는 말.

11427. 별로 관심이 없다. (別無關心)
무슨 일에 관심을 가지고 있지 않다는 말.

11428. 별로 신기할 것이 없다. (便不神奇)
별로 신기한 것이 아니라 흔히 있는 일이라는 뜻.

11429. 별 보고 나갔다가 별 보고 돌아온다.
새벽에 일찌기 일터에 나갔다가 밤이 돼야 집으로 돌아오게 된다는 말.

11430. 별 뾰족한 수도 없다.
어떤 교묘한 수가 있는 것이 아니라는 뜻.

11431. 별성 마마(別星媽媽) 배송 내듯 한다.
마음에는 달갑지 않으나 후환(後患)이 있을까 두려워서 잘 대접해 보낸다는 뜻. ※ 별성 마마 : 천연두(天然痘)를 맡은 귀신.

11432. 별 세기다.
하늘의 별은 어느 정도는 셀 수 있지만 그 이상은 도무지 셀 수가 없듯이 수효가 많고 복잡한 것은 세기가 어렵다는 뜻.

11433. 별수없는 것이 여자다.
남자가 잘못하고 여자가 잘한 일이라도 여자가 참고 살아야 한다는 뜻.

11434. 별은 낮에 보이지 않고 해는 밤에 비치지 않는다.

맡은 일이 각각 다르고 때가 각각 다르다는 말.

11435. 별처럼 흩어지고 바둑 돌마냥 퍼져 있다. (星羅碁布)

무슨 물건이 고루 널리 퍼졌다는 뜻.

11436. 별 하나 나 하나. (星一我一)   〈東言解〉

무슨 물건이든 상대적으로 생겨난다는 뜻.

11437. 볏모가 좋아야 벼 이삭도 크다. (禾苗秀實)   〈書經〉

볏모가 좋아야 벼 농사를 잘할 수 있듯이 시작이 좋아야 끝도 좋게 된다는 말.

11438. 볏모에 강아지 풀이 섞이듯 했다. (若苗之有莠)   〈書經〉

곡식에 잡초가 섞이듯이 대내(隊內)에 불순 분자(不純分子)가 섞여 있다는 뜻.

11439. 병 고치는 약은 있어도 장수하게 하는 약은 없다.

약으로 죽을 것을 고치기는 하지만 타고 난 수(壽)를 오래 살도록 연장시킬 수는 없다는 뜻.

11440. 병 나꾸는 것이 약이다.

말로 좋다는 약보다는 실제 병을 고치는 것이 약이라는 뜻.

11441. 병든 까마귀 어물전(魚物廛) 돌듯 한다.

마음에 생각나는 것이 있어 그 주위를 돌아다닌다는 뜻.

11442. 병든 놈 두고 약 지으러 가니 약국도 두건(頭巾)을 썼더라고 한다.

일을 해도 별 소용이 없으니 아예 하지를 말라는 뜻.

11443. 병든 뒤에야 건강이 보배라는 것을 생각하게 된다. (遇病而後 思强之爲寶)   〈菜根譚〉

누구나 건강해서는 건강에 대한 고마움을 느끼지 못하나 병이 들게 되면 건강이 가장 좋은 보배라는 것을 알게 된다는 뜻.

11444. 병든 솔개 돌듯 한다.

잠시도 쉬지 않고 빙빙 돌아다니며 살핀다는 뜻.

11445. 병든 유세하고 개 잡아먹고 늙은 유세하고 사람 친다.

핑계만 있으면 자기에게 유리한 행동만 한다는 뜻.

11446. 병든 유세하고 개 잡아먹는다.

핑계를 대고 남의 것을 욕심낸다는 뜻.

11447. 병들어 봐야 아픈 사람 사정도 안다.

고생해 본 사람이라야 고생하는 사람의 사정을 알게 된다는 뜻.

11448. 병들어야 설움을 안다.

중병을 앓아 본 사람이라야 병 설움을 알듯이 고생해 본 사람이라야 고생을 안다는 뜻.

11449. 병마개 막듯 하라. (守口如甁)   〈癸辛雜識〉

입을 병마개 막듯이 하고 말을 삼가라는 뜻.

11450. 병명(病名)만 알아도 반은 고친 것이다.

무슨 일이나 원인만 알게 되면 반 일은 하였다는 뜻.

11451. 병 무서워하지 않는 사람 없다.

사람은 누구나 병들어 죽는 것을 무서워한다는 말.

11452. 병 속에 담긴 물이 어는 것을 보면 겨울이 온 것을 알 수 있다. (見甁水凍 知天下之寒), (暮晴甁中之氷而知天下之寒)   〈北史〉, 〈淮南子〉

사소한 일을 보고서도 큰 일을 추리(推理)해서 알 수 있다는 뜻.

11453. 병신 고운 데 없다.

못난 사람치고 얌전한 사람이 없다는 뜻.

11454. 병신 고치는 약 없다.

큰 병신은 죽기 전에는 고칠 수 없다는 뜻.

11455. 병신 다른 데 없고 지주 다른 데 없다.

못난 사람 못난 짓 하는 것이나 지주 욕심 많은 것은 공통된 사실이라는 뜻.

11456. 병신도 궁그는 재주는 한다.

못난 사람도 한 가지 재주는 있다는 뜻.

11457. 병신도 쓸 데 있다.

못난 사람도 쓸 데가 있다는 뜻.

11458. 병신 보고 병신이라면 노여워한다.

누구든지 바른 말을 하면 듣기 싫어한다는 뜻.

11459. 병신 앞에서 병신 말한다.

남이 싫어하는 말을 그 앞에서 한다는 뜻.

11460. 병신이 꼴값한다.

못난 사람이 못난 짓만 한다는 말.

11461. 병신이 달밤에 재주한다.

못난 사람이 못난 짓만 가려 가면서 한다는 뜻.

11462. 병신이 살인(殺人) 낸다.

못난 놈이 못된 짓까지 한다는 뜻.

11463. 병신이 양 장구친다.
  못난 사람이 하지도 못할 일을 하겠다고 나선다는 뜻.

11464. 병신이 육갑(六甲)한다.
  못난 사람이 엉뚱한 짓까지 한다는 뜻.

11465. 병신이 의뭉은 있다.
  아무리 못난 사람이라도 제 실속은 다 차린다는 뜻.

11466. 병신이 재주한다.
  못난 사람에게도 재주는 있다는 뜻.

11467. 병신이 지랄한다.
  못난 사람이 한 술 더 뜨느라고 못난 짓만 한다는 뜻.

11468. 병신이 호미 훔친다.
  못난 주제에 못된 짓까지 한다는 뜻.

11469. 병신 자식이 더 귀엽다.
  병신 자식이 애처로와서 더 귀여워진다는 말.

11470. 병신 자식이 효도한다. (彼眇者子乃孝厥姚) 〈耳談續纂〉
  병신 자식이라고 아무 기대도 않았던 자식이 효도하듯이 멸시(蔑視)했던 일이 도리어 잘 되었다는 뜻.

11471. 병신치고 마음 고운 사람 없다.
  못난 사람은 그 마음도 좋지 못하다는 말.

11472. 병신치고 오줌 안 싸는 병신 없다.
  못난 사람이 꼴값하느라고 엉뚱한 짓을 한다는 뜻.

11473. 병신치고 육갑 못하는 병신 없다.
  못난 주제에 엉뚱한 짓을 한다는 뜻.

11474. 병신치고 한 가지 재주 없는 사람 없다.
  불구의 몸이기는 하지만 한 가지 재주는 다 있다는 말.

11475. 병아리가 첫 울려면 날을 가린다.
  병아리가 처음으로 홰를 친다는 뜻.

11476. 병아리도 키워서 잡아먹는다.
  무슨 일이나 목적을 달성시켜야 한다는 말.

11477. 병아리 부부다.
  신랑 신부가 조혼(早婚)을 한 어린 부부라는 뜻.

11478. 병 앞에 장사(壯士) 없다.
  중병(重病)을 이겨 내는 사람은 없다는 말.

11479. 병 없고 빚 없으면 산다.
  아무리 가난한 사람이라도 건강하고 빚만 없으면 살 수 있다는 뜻.

11480. 병에 걸려 고치지 못한다. (有病不治)
  (1) 고칠 수 없는 병이라는 뜻. (2) 돈이 없어서 병을 고치지 못한다는 뜻.

11481. 병에 따라 약도 짓는다. (應病與藥)
  약은 병에 알맞도록 처방해야 한다는 뜻.

11482. 병에 장사 없다.
  중병(重病)을 앓게 되면 용감한 사람도 별 수가 없다는 뜻.

11483. 병에 채운 물은 저어도 소리가 안 난다.
  사람도 학식이 많으면 겸손하게 된다는 뜻.

11484. 병원과 경찰서에는 가지를 말아야 한다.
  건강하고 성실하게 생활을 하면 병원과 경찰서에는 가지 않게 된다는 뜻.

11485. 병으로 본성을 잃는다. (病風喪性)
  병에 시달려 본성을 유지 못 하게 되었다는 뜻.

11486. 병은 들기는 쉬워도 낫기는 어렵다.
  (1) 병은 걸리기는 쉬워도 낫우기는 어렵다는 뜻.
  (2) 무슨 일이나 저지르기는 쉬워도 수습하기는 어렵다는 뜻.

11487. 병은 마음에서 생긴다.
  명랑한 기분으로 항상 생활하는 사람은 마음이 괴롭지 않으나 침울한 생각에 잠겨 있는 사람은 병이 나기 쉽다는 말.

11488. 병은 무서워하면 못 고친다.
  환자가 병을 이겨야지 병에게 환자가 지면 못 고친다는 말.

11489. 병은 바로 다스려야 한다. (訊疾以雅) 〈禮記〉
  병은 더 심하여지기 전에 바로 고치도록 해야 한다는 뜻.

11490. 병은 생기기도 하고 낫기도 한다. (患得患失)
  병은 들기도 하고 낫기도 한다는 뜻.

11491. 병은 숨기면 못 고친다.
  병은 숨기지 말고 여러 사람에게 문의해야 고친다는 뜻.

11492. 병은 입으로 들어가고 화는 입에서 나온다. (病從口入 禍從口出) 〈太平御賢〉
  병은 먹는 음식에서 발생되고 화는 말하는 데서 생긴다는 뜻.

11493. 병은 입으로 들어간다. (病從口入) 〈太平御賢〉
  병은 거의가 음식을 잘못 먹는 데서 발생한다는 뜻.

11494. 병은 자랑을 해야 고친다.
　　병은 숨기지 말고 여러 사람에게 문의해야 좋은 약을
　　구해 병을 고치게 된다는 뜻.

11495. 병을 고치려면 먼저 마음이 병을 이겨야
　　한다.
　　병을 고치려면 약을 먹기 전에 먼저 병을 고칠 수 있
　　다는 확고한 자신감(自信感)을 가져야 한다는 뜻.

11496. 병을 고친 뒤에는 의사의 고마움도 잊는
　　다.
　　남에게서 받은 은혜를 잊고 갚지 않는다는 말.

11497. 병을 나꾸는 것은 약이고 굶주림을 고치
　　는 것은 밥이다. (効疾爲藥 療饑爲食)
　　　　　　　　　　　　　　　　　〈閔翁傳〉
　　병에는 약이 있어야 하고 굶주린 사람에게는 양식을
　　주어야 한다는 뜻.

11498. 병을 나꾸는 것은 약이다. (効疾爲藥)
　　　　　　　　　　　　　　　　　〈閔翁傳〉
　　병은 약을 먹어야 낫는다는 말.

11499. 병을 병으로 알아야 병으로 되지 않는다.
　　(夫唯病病 是以不病)　　　　　〈老子〉
　　잘못을 잘못으로 알기만 한다면 그 잘못은 고칠 수
　　있기 때문에 잘못이 될 수 없다는 뜻.

11500. 병을 싸고 있다.
　　항상 몸에서 병이 떠날 때가 없다는 뜻.

11501. 병을 앓고 난 사람은 의원이 된다.
　　(先病者醫)
　　한번 경험이 있는 일은 할 수 있다는 뜻.

11502. 병을 앓아 봐야 아픈 것도 안다.
　　자신이 직접 고생을 해본 사람이라야 남의 고생도 알
　　아 준다는 뜻.

11503. 병을 원수같이 미워하라. (疾惡如讐)
　　　　　　　　　　　　　　　　　〈唐書〉
　　병을 원수같이 증오하는 마음으로 추방하라는 뜻.

11504. 병 이기는 장사 없다.
　　영웅 호걸이라도 병 앞에서는 장담을 못 한다는 뜻.

11505. 병이 나으면 의사의 고마움을 잊는다.
　　남의 은덕은 오래 가지 않아서 잊어 버리게 된다는 뜻.

11506. 병이 도둑이다.
　　병이 들면 일 못 해서 돈 못 벌고 약 값이 들고 해서
　　도둑을 맞은 것같이 된다는 뜻.

11507. 병이 든 뒤에 약을 먹는 것은 병이 들기

전에 예방하는 것만 못하다. (與其病後能服藥
不若病前能自防)　　　　　　　〈康節邵〉
　　병이 난 뒤에 약을 먹는 것보다는 병이 나기 전에 미
　　리 예방하는 것이 좋다는 뜻.

11508. 병이 들면 건강에 더욱 조심하게 된다.
　　(病可以保身)　　　　　　　　〈菜根譚〉
　　누구든지 병들기 전보다도 병든 뒤에 건강에 대한
　　관심을 가지게 된다는 뜻.

11509. 병이 들면 서로 도와 준다. (疾病相扶持)
　　　　　　　　　　　　　　　　　〈孟子〉
　　병이 든 환자가 있으면 물심 양면으로 도와 주어야 한
　　다는 뜻.

11510. 병이 들면 약을 믿어야 한다. (病信藥)
　　　　　　　　　　　　　　　　　〈陸宣公〉
　　환자는 약에 대한 신념이 있어야 고칠 수 있다는 말.

11511. 병이 몸에서 떠날 날이 없다. (病不離身)
　　항상 병이 몸을 떠나지 않고 있다는 말.

11512. 병이 뼈 속까지 스며들었다. (病入骨髓)
　　병이 극도로 악화되어 고치지 못하도록 되었다는 뜻.

11513. 병이 양식(糧食)이다.
　　병들어 먹지 않으면 그만큼 양식이 남게 된다는 뜻.

11514. 병이 위독하면 마음도 산란하다. (疾病則
　　亂)　　　　　　　　　　　　　〈春秋左傳〉
　　병이 중하면 마음이 안정되지 못한다는 뜻.

11515. 병이 있으면서도 의사에게 진찰받기를 꺼
　　린다. (護疾而忌醫)
　　해결할 수 있는 방법이 있어도 해결하려고 하지 않는
　　다는 뜻.

11516. 병이 있으면 알아차려야 한다. (解悟悽
　　疾)　　　　　　　　　　　　　〈北史〉
　　병이 있으면 알아서 고치도록 해야 한다는 뜻.

11517. 병자년(丙子年) 까마귀 빈 뒷간 들여다보
　　듯 한다.
　　병자년인 1876년에 흉년이 들어 까마귀도 먹이를 뒷
　　간에서 찾듯이 행여나 무슨 일이 될까 하고 기다린다
　　는 뜻.

11518. 병자년 방죽이다.
　　건방지다는 뜻으로서 병자년인 1876년에 몹시 가물어
　　서 방죽들이 말라「건(乾)방죽」이 되었다는 데서 나
　　온 말.

11519. 병 자랑은 하랬다.

병은 여러 사람에게 알려 줌으로써 낫게 할 수 있는 약을 구할 수 있다는 뜻.

11520. 병조(兵曹) 적간(摘奸)이냐?
옛날 병조에서 무슨 난잡한 일이 있나 없나를 철저히 조사하듯이 무슨 일을 세밀히 조사한다는 뜻.
※ 적간 : 범죄자를 조사하는 것.

11521. 병 주고 약 준다.
무슨 일을 방해도 놓고 도와 주기도 한다는 뜻.

11522. 병 주머니가 죽지는 않는다.
잔병으로 늘 앓는 사람이 죽을 것만 같아도 죽지는 않는다는 뜻.

11523. 병 주머니다.
항상 병이 몸에서 떠나지 않고 있다는 뜻.

11524. 병 증세에 따라 약 처방도 한다. (對證之藥) 〈唐宋八家文讀本〉
약은 병 증세에 알맞게 하듯이 무슨 일이나 실정에 알맞게 해야 한다는 뜻.

11525. 병풍과 사람은 바로 서지 못한다.
사람은 누구나 바른 행동만 하고는 못 산다는 뜻.

11526. 병풍에 그린 닭이 「꼬꼬」하거든.
그림으로 그린 닭이 살아날 수 없듯이 도저히 되지 않을 일이라는 뜻.

11527. 병풍에 그린 닭이 홰를 칠까?
그림의 닭이 울 수 없듯이 도저히 불가능한 일이라는 뜻.

11528. 병 한 가지에 약은 백 가지다.
한 가지 병에 약은 여러 가지가 있다는 뜻.

11529. 병 한 가지에 약은 천 가지다.
한 가지 병에 약은 여러 가지가 있다는 뜻.

11530. 병환에 까마귀소리다.
환자가 위독한데 흉조(凶鳥)인 까마귀가 울듯이 걱정스러운 일에 어떤 흉조(凶兆)가 있다는 뜻.

11531. 보고 놀라고 듣고 놀란다.
잘났다는 소문을 듣고 만나 보았더니 너무 못생겨서 놀랐고, 못생긴 사람이라고 깔보았더니 그가 유명한 사람이었기에 두 번 놀랐다는 말.

11532. 보고도 먹지 못한다. (見而不食)
굶주린 사람이 음식을 보고도 못 먹듯이 애만 탄다는 뜻.

11533. 보고도 못 먹는 것은 그림의 떡이다.

(見而不食 畫中之餅)
뻔히 보는 것이지만 자기 소유물로 안 된다는 뜻.

11534. 보고도 못 먹는 떡이다.
(1) 그림의 떡과 같이 보고도 못 먹는 것은 아무 소용도 없다는 뜻. (2) 헛되이 애만 태운다는 뜻.

11535. 보고도 못 본 척하고 듣고도 못 들은 척하랬다.
남의 일에는 보고 들은 것이 있어도 모르는 척하고 아예 간섭하지 말라는 뜻.

11536. 보고도 못 본 척한다. (視若不見)
본 것도 못 본 척하고 눈 감아 둔다는 뜻.

11537. 보고 있는 동안에 서로 아는 사이같이 된다. (看看似相識) 〈孟浩然〉
늘 보는 사이는 가까워질 수 있다는 뜻.

11538. 보기만 하고 알지 못하면 아무리 많이 보아도 반드시 그릇된 것이 있다. (見之而不知雖識必妄) 〈荀子〉
보아도 모르는 것이 있으면 아무리 보아도 오판(誤判)하는 것이 있을 수 있다는 뜻.

11539. 보기만 해도 배가 부르다.
맛있는 음식이 너무도 많아서 보기만 해도 기분이 좋다는 뜻.

11540. 보기만 해도 속이 상한다. (觸目傷心)
눈에 뜨이기만 하면 속이 상한다는 뜻.

11541. 보기보다는 딴 판이다.
보기에는 대단치 않은 것 같은 데 실제 해 보면 아주 다르다는 뜻.

11542. 보기 싫은 년이 더 덤빈다.
보기 싫은 사람이 성가시게 접근한다는 뜻.

11543. 보기 싫은 반찬이 끼마다 오른다.
보기 싫은 사람을 늘 만나게 된다는 뜻.

11544. 보기 싫은 사돈이 장날마다 나타난다.
보기 싫은 사람이 더 잘 만나게 된다는 뜻.

11545. 보기에는 허술하지만 속은 찼다. (虛則實)
배워서 빈 속을 가득히 채웠다는 뜻.

11546. 보기에만 그럴 듯하다. (似是而非)
겉으로는 좋아 보여도 실속은 좋지 못하다는 뜻.

11547. 보기 좋은 떡이 맛도 있다.
물건은 외모가 보기 좋은 것이 쓸모도 좋다는 것.

11548. 보기 좋은 떡이 먹기도 좋다. (觀美之餅 啗

之亦美)　　　　　　　　　〈耳談續纂〉

외면이 좋은 것은 내용도 좋다는 뜻.

11549. 보기 좋은 음식도 별수없다.

겉모양이 좋아서 속도 좋을 줄 알았는데 기대했던 것과는 달리 변변치 못하다는 뜻.

11550. 보나 마나 들으나 마나다.

직접 보지도 않고 내용을 듣지 않아도 다 안다는 뜻.

11551. 보는 것과 듣는 것은 다르다.

(1) 듣던 말과 직접 보는 것과는 차이가 많다는 뜻.

(2) 소문은 언제나 확대되어 퍼진다는 뜻.

11552. 보는 것이 아는 것만 못하다. (見之不若知之)　　　　　　　　〈荀子〉

보는 것 중에는 모르는 것도 있기 때문에 보는 것이 아는 것만 못하다는 말.

11553. 보는 데서 꼬리 치던 개가 뒤에서 발꿈치 문다.

눈앞에서 아첨하는 사람은 속으로 야심을 가지고 있다는 뜻.

11554. 보는 데서는 순종하고 안 보는 데서는 뒷말 한다. (面從後言)　　　　〈書經〉

눈앞에서는 잘 순종하는 척하면서도 돌아서서는 비방을 한다는 뜻.

11555. 보따리 내주며 자고 가란다.

속으로는 싫어하면서도 겉으로는 좋은 척한다는 말.

11556. 보답 없는 덕은 없다. (無德不報)　〈詩經〉

덕을 베풀게 되면 반드시 그 보답이 있게 된다는 뜻.

11557. 보라색을 미워하는 것은 그것이 붉은색을 혼란시킬까 두렵기 때문이다. (惡紫恐其亂朱)　　　　　　　　　　〈孔子〉

변절자를 미워하는 것은 지조를 지키는 사람에게 지장을 주기 때문이라는 뜻.

11558. 보름 굶어 안 죽는 사람 없다.

사람은 굶고는 못 산다는 말.

11559. 보름달 밝아 구황(救荒) 타러 가기 좋다.

무슨 일을 하는 데 조건이 잘 갖추어졌다는 뜻.

※ 구황 : 기근 때의 빈민 구조함.

11560. 보름달은 둥글지만 다시 이지러지게 된다. (望月圓滿 更有虧時)

극도(極度)로 번영하게 되면 쇠퇴하게 된다는 뜻.

11561. 보름에 죽 한 끼도 못 먹은 사람 같다.

다 죽어 가는 사람같이 힘이 하나도 없어 보인다는 뜻.

11562. 보름이 지난 달이다.

꽃다운 시절이 지난 여자라는 뜻.

11563. 보름 지나서 더위 팔기다.

무슨 일이나 시기를 놓치면 아무런 성과가 없다는 뜻.

11564. 보리 가뭄은 꿔다 해도 한다.

보리 이삭이 팰 때가 되면 가뭄이 꼭 든다는 뜻.

11565. 보리 가시랭이보다도 더 까랍다.

보리의 까끄라기보다도 성미가 더 까다롭다는 뜻.

11566. 보리 갈아 이태 만에 못 먹으랴?

으례 저절로 될 것을 걱정할 필요가 없다는 뜻.

11567. 보리 누름 가뭄은 꿔다 해도 한다.

보리 팰 무렵에는 대개 가뭄이 있다는 뜻.

11568. 보리 누름에 설 늙은이 얼어죽는다.

보리가 누렇게 익을 무렵에 차가운 날씨로 된다는 뜻.

11569. 보리 누름에 세배(歲拜) 간다.

처가집 세배는 앵도 따먹는 보리 누름에 간다는 말.

11570. 보리떡도 떡은 떡이다.

아무리 나쁜 물건이라도 물건은 물건이라는 뜻.

11571. 보리떡도 떡이라 할까 의붓 아비도 아비라 할까?

보리떡은 떡답지 못하고 의붓 아비는 아비답지 못하듯이 만족할 수 없는 존재라는 뜻.

11572. 보리로 담근 술 보리 냄새 안 빠진다.

자기 본성은 없어지지 않는다는 뜻.

11573. 보리 밥알로 잉어 낚는다.

적은 자본으로 큰 이익을 얻게 되었다는 뜻.

11574. 보리밥에는 고추장이 제 격이다.

무엇이나 서로 격이 맞지 않으면 어울리지 않는다는 뜻.

11575. 보리밥이 제·티 한다.

못난 사람이 못난 짓만 가려 가면서 한다는 뜻.

11576. 보리방아에 물 부어 놓으니 시어머니 생각 난다.

몹시 밉던 사람도 아쉬울 때가 있다는 뜻.

11577. 보리밭은 밟을수록 좋다.

해동(解冬)할 때 보리밭은 밟아 주는 것이 좋다는 말.

11578. 보리 범벅 같다.

사람이 흐리멍덩하고 못났다는 뜻.

11579. 보리 술은 보리내가 나게 마련이다.
　　못난 놈은 못난 짓을 하게 마련이라는 뜻.

11580. 보리 술은 보리 술 맛이 있다.
　　아무리 못난 사람일지라도 그 나름대로의 장점(長點)을 지니고 있다는 뜻.

11581. 보리 술이 술이냐 남의 계집이 계집이냐?
　　보리술은 술이랄 것이 없고 남의 계집은 아무리 친해도 소용이 없다는 뜻.

11582. 보리 숭늉에 살 찐다.
　　보리 숭늉은 맛도 구수해서 좋지만 영양가도 좋다는 말.

11583. 보리 안 패는 삼월 없고 벼 안 패는 유월 없다.
　　음력 삼월에는 보리가 패고 음력 유월에는 벼가 패기 시작한다는 뜻.

11584. 보리 주면 오이 안 주랴?
　　받는 것이 있으면 주는 것도 으레 있다는 뜻.

11585. 보리 죽에 물 탄 것 같다.
　　(1) 사람이 몹시 싱겁다는 뜻. (2) 일을 해도 아무 재미가 없다는 뜻.

11586. 보리 타작하듯이 맞는다.
　　보릿단을 두드려서 타작하듯이 매를 몹시 맞는다는 뜻.

11587. 보리 팰 무렵에 설 늙은이 얼어죽는다.
　　보리가 누렇게 되는 초여름에 찬 기운이 있는 바람이 불어 날씨가 차다는 뜻.

11588. 보리 한 대에 이삭이 둘이다. (麥秀兩岐)
　　　　　　　　　　　　　　　　　　　〈漢書〉
　　보리 한 줄기에 이삭이 두 개가 생기듯이 보리 풍년이 들었다는 뜻.

11589. 보릿고개가 태산같이 높다.
　　옛날 햇보리가 나기 직전인 춘궁기(春窮期)를 지내기가 매우 어려웠다는 뜻.

11590. 보릿고개 때에는 딸네 집에도 가지 말랬다.
　　옛날 춘궁기(春窮期)에는 누구나 식량 때문에 곤란을 받게 되므로 아무리 가까운 사람이라도 찾아가지 말라는 말.

11591. 보릿고개를 못 넘고 죽는다.
　　춘궁기(春窮期)에 굶어죽었다는 뜻.

11592. 보릿고개에도 안 죽은 놈이 벼 고개에 죽는다.
　　큰 고난도 견디고 지냈는데 하물며 조그마한 고난이야 못 견디겠느냐는 뜻.

11593. 보릿고개에 죽는다.
　　햇보리가 나기 직전인 춘궁기(春窮期)에 굶어죽는다는 뜻.

11594. 보면 밉고 안 보면 보고 싶다.
　　싸움이 잦은 부부간에서 흔히 볼 수 있듯이 밉기도 하고 좋기도 한 사이라는 뜻.

11595. 보면 병이고 안 보면 약이다.
　　안 보면 모르고 넘어가기 때문에 속이 편하지만 보면 간섭하게 된다는 뜻.

11596. 보면 생각나고 안 보면 잊어 버린다.
　　서로 접촉이 잦으면 친해지고 서로 접촉이 없게 되면 소원(疎遠)해진다는 뜻.

11597. 보물(寶物) 들고 밤길 가기다.
　　보물을 들고 밤길을 가듯이 위험한 짓을 한다는 뜻.

11598. 보물산에 갔다가도 빈손으로 돌아온다.
　　(入寶山 空手歸)　　　　　　　　　〈正法念經〉
　　좋은 위치에 있으면서도 그 이득을 얻지 못하였다는 말.

11599. 보물은 값이 비싸므로 쉽게 팔리지 않는다. (寶貨難售)　　　　　　　　　　　　〈論衡〉
　　훌륭한 사람은 남에게 쉽게 등용되지 않는다는 뜻.

11600. 보물을 가지고 있으면 죄를 받게 된다.
　　(懷璧有罪)　　　　　　　　　　　〈春秋左傳〉
　　보물을 가지고 있으면 죄가 없어도 죄를 받게 된다는 말.

11601. 보물을 지니고 있으면 화를 입게 된다.
　　(懷玉有禍)
　　돈이 없었더라면 화를 당하지 않을 것을 돈 때문에 화를 당하게 되었다는 뜻.

11602. 보살도 첩 노릇 하면 변한다.
　　아무리 착한 사람이라도 첩 노릇을 하게 되면 질투와 시기를 하게 된다는 뜻. ※ 보살 : 부처의 다음 가는 성인.

11603. 보쌈에 들었다.
　　남의 꾐에 빠져들었다는 말.

11604. 보아도 다 보지 못한다. (視之不足見)
　　　　　　　　　　　　　　　　　　　〈孝經〉
　　보기는 했으나 다 볼 수가 없었다는 뜻.

11605. 보아도 보이지 않는다. (視而不見 : 視而不

視) 〈禮記〉

(1) 정신을 차리지 않고 보면 보이지 않는다는 뜻.

(2) 겉만 보고 속은 못 보았다는 뜻.

11606. 보아도 알지 못한다. (視而不知)

정신을 차리지 않고 보는 것은 보아도 알지 못하게 된다는 뜻.

11607. 보약(補藥)은 건강할 때 먹어야 하고 사약(死藥)은 앓을 때 먹어야 한다.

보약은 건강할 때 먹어야 건강도 더 좋아지고 병도 예방하게 되며 오래 앓을 때는 차라리 사약을 먹고 죽는 것이 낫다는 뜻.

11608. 보은(報恩) 사람은 벗겨 놓아도 삼십 리를 간다.

충청북도 보은 사람 중에는 성격이 모진 사람들이 많다는 뜻.

11609. 보은 사람이 아니면 청주 감옥소(淸州 監獄所)가 빈다.

왜정 시대 충청북도 보은에 애국적 인사들이 감옥에 많이 잡혀갔다는 뜻.

11610. 보은 아가씨 추석 비에 운다.

추석 때 비가 오면 대추가 흉년이 들게 되기 때문에 대추 산지인 보은 아가씨들은 시집 밑천을 걱정하여 운다는 뜻.

11611. 보이지 않는 것이 귀신이다.

추태(醜態)를 남에게 보여서는 안 된다는 말.

11612. 보자는 눈이요 듣자는 귀다.

보는 것과 듣는 것을 정확히 보고 들으라는 뜻.

11613. 보자 보자 하니까 얻어온 장(醬) 한 번 더 뜬다.

나쁜 짓을 보고 있자니까 점점 더 한다는 뜻.

11614. 보증 서는 자식은 낳지도 말랬다.

남의 돈 보증은 아예 서서는 안 된다는 뜻.

11615. 보지도 못하는 소에 멍에가 아홉이다.

능력이 없는 사람에게 지나친 책임을 지운다는 말.

11616. 보지도 못한 용은 잘 그린다.

본 호랑이는 잘 못 그리면서 못 본 용은 잘 그리듯이 하지 말라는 일은 잘한다는 뜻.

11617. 보지 못할 것을 보려고 한다. (視乎不可見) 〈荀子〉

봐서는 안 될 것을 보려고 한다는 뜻.

11618. 보지 않아도 알 수 있다. (不視是圖)

〈孟子〉

보지 않더라도 다 알 수 있다는 뜻.

11619. 보지 않으면 마음도 괴롭지 않다. (眼不見心不煩)

괴로운 일을 보지 않는다면 마음도 괴로울 것이 없다는 뜻.

11620. 보지 않은 일은 말하지 말라. (事非見莫説)

보지 않아 잘 모르는 일은 아예 말하지 말라는 뜻.

11621. 보지 않은 장사는 못 한다.

물정(物情)을 모르고는 장사를 못 한다는 뜻.

11622. 보채는 아이 밥 한 술 더 주랬다.

무슨 일에나 조르는 사람을 더 잘해 주게 된다는 뜻.

11623. 보채는 아이 젖 더 준다.

무슨 일이나 조르고 서두르는 사람에게는 더 잘 해 주게 된다는 뜻.

11624. 보호하기가 어려울 지경이다. (難保之境)

도저히 보호할 수 없는 처지라는 뜻.

11625. 보화는 마구 쓰면 없어진다. (寶貨 用之有盡) 〈景行錄〉

(1) 보화는 쓸수록 줄지만 충효(忠孝)는 이와 반대로 아무리 바쳐도 줄지 않는다는 뜻. (2) 돈은 쓰기만 하고 벌지 않으면 줄어 없어진다는 뜻.

11626. 복과 녹으로 편안히 생활한다. (福祿緩之) 〈詩經〉

복도 받고 국록(國祿)도 받아 편안한 생활을 한다는 뜻.

11627. 복과 화가 다니는 문은 따로 있는 것이 아니다. (禍福無門) 〈春秋左傳〉

화와 복이 드나드는 문은 따로 있는 것이 아니라 사람이 악한 일을 하면 화가 오고 착한 일을 하면 복이 온다는 말.

11628. 복과 화는 한문으로 드나든다. (禍福同門) 〈文子〉

복과 화는 모두 자기 자신이 불러들인다는 뜻.

11629. 복날 개 맞듯 한다.

여름 복날 잡는 개가 맞듯이 매를 몹시 맞는다는 뜻.

11630. 복날 개 잡듯 한다.

개를 두들겨 잡듯이 사람을 함부로 때린다는 말.

11631. 복날 개 패듯 한다.

여름 복날 개 잡을 때 개 패듯이 모지게 매질을 한다는 뜻.

11632. 복도 많고 아들도 많다. (多福多男)
행복하고 자손도 많은 집안이라는 뜻.

11633. 복 된 일을 하면 복 된 결과를 얻는다. (福因福果)
원인이 좋으면 결과도 좋게 된다는 말.

11634. 복 들어오는 날 문 닫는 격이다.
오랫동안 기다렸던 좋은 기회를 경솔하게 하여 놓쳤다는 뜻.

11635. 복 불복이다. (福不福)
사람들이 잘살고 못사는 것은 각자가 타고 난 복이 있느냐 없느냐에 달렸다는 뜻.

11636. 복숭아나무 심어 삼 년 오얏나무 심어 사 년이면 따먹는다. (桃三李四)
복숭아나무는 심어서 삼 년이면 따 먹고 오얏나무는 심어서 사 년이면 따먹는다는 말.

11637. 복숭아나무와 오얏나무는 말이 없어도 그 밑으로 길이 절로 난다. (桃李不言 下自成蹊) 〈史記〉
이해 관계(利害關係)가 있으면 저절로 인연(因緣)이 맺어지게 된다는 뜻.

11638. 복숭아는 밤에 먹고 배는 낮에 먹으랬다.
복숭아 벌레는 먹어도 관계 없지만 배 벌레는 먹지 말라는 데서 나온 말.

11639. 복숭아는 삼 년이요 감은 팔 년이다.
복숭아나무는 심어서 삼 년이면 열고 감나무는 심어서 팔 년이면 연다는 말.

11640. 복숭아를 주고 보물을 얻는다. (投桃報瓊) 〈詩經〉
조그마한 물건을 선사하고 답례(答禮)로 귀중한 것을 받았다는 뜻.

11641. 복숭아 몽둥이로 미친 놈 때리듯 한다.
미친 병을 고친다고 복숭아 몽둥이로 미친 사람을 때리듯이 마구 사람을 때린다는 뜻.

11642. 복숭아 벌레를 먹으면 미인 된다.
옛말에 복숭아 벌레를 먹으면 살결이 고와진다는 데서 나온 말.

11643. 복숭아 씨나 살구 씨나. (桃杏腸) 〈松南雜識〉
복숭아 씨나 살구 씨나 크기가 비슷하듯이 별 차이가

없다는 뜻.

11644. 복숭아 주고 오얏 받는다. (投桃報李)
선사한 물건이나 답례(答禮)로 받은 물건이나 서로 비슷하다는 뜻.

11645. 복어 이 갈듯 한다.
원한이 있어서 이를 바드득바드득 간다는 뜻.

11646. 복 없는 가시나는 봉놋방에서 자도 고자 곁에서 자게 된다.
복이 없는 사람은 무슨 일을 하든지 되는 일이 없다는 뜻.

11647. 복 없는 놈은 곰을 잡아도 웅담(熊膽)이 없다.
재복(財福)이 없는 사람은 무슨 일을 해도 재물이 안 생긴다는 말.

11648. 복 없는 놈은 달걀에도 뼈가 있다.
복이 없는 사람은 무슨 일을 하든지 방해되는 일만 생긴다는 뜻.

11649. 복 없는 무당은 경(經)을 배웠어도 굿하는 집이 없다.
복 없는 사람은 무슨 일을 하든지 잘 안 된다는 뜻.

11650. 복 없는 장님 괘문(卦文)을 배워 놓아도 점 치러 오는 사람이 없다.
복 없는 사람은 무슨 일을 하나 잘 안 된다는 뜻.

11651. 복 온 끝에 화가 온다.
복이 왔다가 갈 무렵에는 반드시 화가 오게 된다는 뜻.

11652. 복은 거푸 오지 않고 화는 홀로 오지 않는다. (福無雙至 禍無單至)
복은 여러 개가 짝지어 오지 않고 화는 하나가 오지 않고 여러 개가 함께 온다는 뜻.

11653. 복은 거푸 오지 않는다. (福無雙至)
복은 한꺼번에 짝을 지어 오는 것이 아니라 하나씩 온다는 뜻.

11654. 복은 기회를 놓치지 않는 데 있다. (福有愼機) 〈崔琦〉
좋은 기회를 놓치지 않는 것이 행복을 얻는 수단이라는 말.

11655. 복은 깃털보다도 가벼운데 이것을 들 줄 아는 사람은 없다. (福輕乎羽 莫之知載) 〈莊子〉
복을 얻는 것은 매우 쉬운 일인데 이것을 아는 사람은 드물다는 뜻.

11656. 복은 반복이 좋고 술은 반취가 좋다.
　　무슨 일이든지 앞이 있고 여유가 있는 것이 낫다는 말.

11657. 복은 부질없이 오는 것이 아니고 화는 망령되게 오는 것은 아니다.（福不徒來　禍不妄至）
　　복은 함부로 오는 것이 아니라 착한 일을 해야 오는 것이고 화는 아무렇게나 오는 것이 아니고 악한 짓을 해야 온다는 뜻.

11658. 복은 불러들이고 화는 멀리 쫓아야 한다.（遠禍召福）
　　있는 힘을 다하여 화는 쫓아 내야 하고 복은 끌어들여야 한다는 뜻.

11659. 복은 새털보다 가볍다.（福輕乎羽）〈莊子〉
　　복은 새털보다도 가벼운데 사람들은 이것을 가져 갈 줄을 모른다는 뜻.

11660. 복은 조그마한 일에서부터 생긴다.（福生於微）〈説苑〉
　　복은 큰 일에서부터 생기는 것이 아니라 작은 일에서부터 생긴다는 말.

11661. 복은 착하고 경사스러운 데 인연 된다.（福緣善慶）
　　복은 착한 일을 하고 경사스러운 짓을 해야만 받게 된다는 뜻.

11662. 복은 찾아오지 않아도 화는 찾아온다.（有福不及 禍來連我）〈韓非子〉
　　복은 찾아올 것이 찾아오지 않는 경우도 있지만 화는 꼭 찾아오게 된다는 뜻.

11663. 복은 청렴하고 검소한 데서 생긴다.（福生於清儉）〈紫虚元君〉
　　청백하고 검소한 생활을 하는 사람에게는 복이 온다는 뜻.

11664. 볶은 콩과 계집은 곁에 두지 말랬다.
　　여자와 단 둘이 있게 되면 넘어서는 안 될 선도 넘게 될 수 있다는 뜻.

11665. 볶은 콩과 기생첩은 옆에 두고 못 견딘다.
　　예쁜 첩과는 떨어져 살지 못한다는 뜻.

11666. 볶은 콩과 젊은 여자는 곁에 있으면 그저 안 둔다.
　　젊은 남녀가 한 방에 있게 되면 정을 통하게 된다는 뜻.

11667. 볶은 콩도 골라 먹는다.
　　볶은 콩 중에도 생콩이 있는가 싶어 골라 먹듯이 밑

는 일도 다시 한번 살펴보라는 뜻.

11668. 볶은 콩에서 싹 날까 ?
　　볶은 콩에서 싹이 날 리가 없듯이 도저히 불가능한 일이라는 뜻.

11669. 볶은 콩에서 잎이 피랴 ?
　　볶은 콩에서 싹과 꽃이 필 수 없듯이 도저히 불가능한 일이라는 뜻.

11670. 복은 함부로 오는 것은 아니다.
　　복은 함부로 오는 것이 아니라 착한 일을 해야 온다는 말.

11671. 복은 화가 숨어 있는 곳에 있다.（福兮禍之所伏）〈老子〉
　　복과 화는 따로 있는 것이 아니라 한곳에 같이 있다는 뜻.

11672. 복은 화가 없도록 하는 것보다 더 좋은 것은 없다.（福莫長於無禍）〈荀子〉
　　재화(災禍)가 없도록 하는 것이 가장 좋은 복이라는 뜻.

11673. 복을 누워서 기다린다.
　　복은 오도록 노력을 해야지 누워서 저절로 기다려서는 안 온다는 뜻.

11674. 복을 만들기도 하고 재앙을 만들기도 한다.（作福作災）〈書經〉
　　착한 일을 하면 스스로 복을 만드는 것이며, 악한 짓을 하면 스스로 재앙을 만든다는 뜻.

11675. 복을 받고 싶거든 덕을 쌓으랬다.
　　잘 살고 싶거든 남에게 착한 일을 많이 해야 한다는 말.

11676. 복을 받고 싶거든 마음씨를 고치랬다.
　　잘 살고 싶거든 먼저 지금까지 해온 나쁜 행동을 고치고 앞으로는 착한 일만 하라는 뜻.

11677. 복을 받았거든 항상 스스로 아껴야 한다.（福兮常自惜）〈擊壤詩〉
　　복을 받게 되면 함부로 낭비하지 말고 아껴야 한다는 뜻.

11678. 복을 버리고 죽음을 얻는다.（將以爲福 乃得死亡焉）〈荀子〉
　　복을 스스로 버리고 죽음을 택하는 어리석은 짓을 한다는 뜻.

11679. 복을 빌지 말고 식구를 줄이랬다.
　　수입을 늘리려고 말고 지출을 줄이라는 뜻.

11680. 복이 다 되면 가난하고 궁하게 된다.
(福盡身貧窮)　〈擊壤詩〉
복이 다 지나가면 가난해지고 궁해지기 때문에 고생스럽게 된다는 뜻.

11681. 복이 바다에 물이 모여들듯 한다.
(福聚海无量)　〈法華經〉
남에게 자선(慈善)을 많이 하면 복이 바다에 물이 모이듯이 온다는 뜻.

11682. 복이 생기는 것은 그 터전이 있다.
(福生有基)　〈鍊吳王書〉
복은 함부로 오는 것이 아니라 복이 올 수 있는 터전이 있어야 온다는 뜻.

11683. 복이야 명이야 한다.
좋은 일이 생겨서 흥겨웠을 때 하는 말.

11684. 복 있는 과부는 앉아도 요강 꼭지에만 앉는다.
복 있는 사람은 무슨 일을 하나 다 잘 된다는 뜻.

11685. 복이 와도 너무 기뻐하지 말라.(福至不喜)
행복했을 때 자만(自慢)하지 말고 지키기에 노력하라는 뜻.

11686. 복이 지나가면 재앙이 온다.(福過禍生)
　〈宋書〉
복이 지나간 뒤에는 반드시 재앙이 와서 고생을 하게 된다는 뜻.

11687. 복 있는 사람은 나무하다가도 산삼(山蔘)을 캔다.
재복(財福)이 있는 사람은 무슨 짓을 하나 재물이 생긴다는 뜻.

11688. 복 있는 사람은 첫딸을 낳는다.
첫딸은 살림 밑천이라 하여 복 있는 사람이라야 첫딸을 낳는다는 뜻.

11689. 복장을 치고 죽을 노릇이다.
가슴을 치고 죽어야 할 일이라는 뜻.
※ 복장(腹臟) : 가슴 한복판.

11690. 복장이 뜨뜻하니까 생시가 꿈인 줄 안다.
못살던 사람이 잘살게 되니까 제 세상인 줄만 안다는 뜻.

11691. 복장이 터진다.
몹시 분해서 가슴이 터질 것 같다는 뜻.

11692. 복종하는 자는 그 은덕을 생각한다.
(服者懷德)　〈春秋左傳〉
복종하는 사람은 자기를 후대해 준 윗사람의 은덕을 항상 지니고 있다는 뜻.

11693. 복종하는 자는 살려 줘야 한다.(服者活之)
　〈三略〉
항복하는 사람은 죽이지 않고 살려야 한다는 뜻.

11694. 복종하는 자는 편안하게 해주어야 한다.
(柔服而伐貳)　〈春秋左傳〉
자기에게 항복한 사람은 잘 대우하여 편안한 생활을 할 수 있도록 보장해 주어야 한다는 뜻.

11695. 복종하는 자를 회유하는 것은 덕이다.
(柔服德)　〈春秋左傳〉
항복하는 사람에게 부드럽게 대하여 주는 것은 덕이라는 뜻.

11696. 복 중에는 건강 복이 제일이다.
인간 오복(人間五福) 중에서 건강이 가장 으뜸이라는 뜻.

11697. 복징어 이 갈듯 한다.
복징어 이 갈듯이 몹시 분해서 이만 갈고 있다는 뜻.

11698. 본 개나 말은 잘못 그려도 보지 못한 도깨비는 잘 그린다.(惡畵見狗馬 好畵未見鬼魅)
눈으로 직접 본 것은 못 그리면서 보지도 못한 것은 잘 그리듯이 배운 것은 모르는 주제에 배우지도 않은 것은 아는 체 한다는 뜻.

11699. 본 건 한 때요 말한 건 백 년이다.
본 것은 바로 없어질 수 있지만 말한 것은 들은 사람이 많기 때문에 오랫동안 남게 된다는 뜻.

11700. 본 것도 버리고 들은 것도 버리랬다.
자기와 직접 관계가 없는 일은 보고 들은 것이 있어도 모르는 척하라는 뜻.

11701. 본 것은 눈으로 흘리고 들은 것은 귀로 흘리랬다.
남의 일은 보고 들은 것이 있어도 모르는 척하고 간섭하지 말라는 뜻.

11702. 본 놈이 도둑질도 한다.
도둑질도 미리 보지 않고서는 하지 못한다는 뜻.

11703. 본 범은 잘 못 그려도 보지 못한 용은 잘 그린다.(惡畵見而虎 好畵未見龍)
배운 것은 모르면서도 배우지 않은 것은 아는 체한다는 뜻.

11704. 본분을 잃지 않는다.(不失其本)
어떤 일이 있더라도 자기의 직분을 잃지 않는다는 뜻.

11705. 본 사람과 못 본 사람이 다투면 본 사람이 진다.
우김질에는 아는 사람보다 모르는 사람이 더 우긴다는 뜻.

11706. 본색을 잃지 않는다. (不失本色)
아무리 어려운 환경 속에서도 자신의 본바탕은 잃지 않는다는 뜻.

11707. 본시는 서울 사람이다.
본시는 서울 사람이었는데 중간에 촌 사람이 되듯이 중간에서 잘못되었다는 뜻.

11708. 본전도 이자도 다 떼었다.
남에게 빚을 주었다가 몽땅 떼어 손해를 보았다는 말.

11709. 본전 생각난다.
노름을 하여 돈을 다 잃은 뒤에는 본전이 몹시 생각난다는 뜻. ※ 본전 : 밑천.

11710. 볼 꼴이 사납다.
남들이 보기에 매우 언짢다는 뜻.

11711. 볼기도 벗었다가 안 맞으면 섭섭하다.
설혹 손해가 되는 일이라 할지라도 시작하려다가 그만두게 되면 섭섭하다는 뜻.

11712. 볼기짝만 보아도 뭣 보았다고 하겠다.
몹시 허풍(虛風)을 떨어서 말한다는 뜻.

11713. 볼만이 장만이다.
일을 가만히 보고만 있고 남의 일에는 전혀 손을 안 댄다는 뜻.

11714. 볼 만한 것이 하나도 없다. (無一可觀)
볼 것이라고는 아무것도 없다는 뜻.

11715. 볼모로 앉았다.
볼모로 잡혀간 사람마냥 아무 일도 않고 앉아만 있다는 뜻. ※ 볼모 : 인질(人質).

11716. 볼장 다 봤다.
(1) 하려던 일이 다 틀려 버렸다는 뜻. (2) 일은 이미 끝장이 났다는 뜻.

11717. 봄 가뭄은 꿔다 해도 한다.
봄에는 정기적(定期的)으로 가뭄이 온다는 말.

11718. 봄 꽃도 한때다.
아무리 아름다운 꽃이라도 때만 지나면 지듯이 무엇이나 때가 있다는 뜻.

11719. 봄 꽃은 햇볕에서 웃는 것 같다. (春葩含日似笑) 〈新論〉
따뜻한 봄에 피는 꽃은 웃으며 피는 것 같다는 뜻.

11720. 봄 꿩은 스스로 운다. (春雉自鳴) 〈東言解〉
남이 시키지 않아도 스스로 한다는 뜻.

11721. 봄 꿩은 제 바람에 놀랜다.
제가 한 일에 제가 놀란다는 말.

11722. 봄 꿩은 제 울음에 죽는다. (春雉以鳴死), (春山雉以鳴死) 〈青莊舘全書〉,〈洌上方言〉
남이 모르는 것을 자기 자신이 발설(發說)해서 화를 당한다는 뜻.

11723. 봄 난초와 가을 국화는 버릴 수가 없다. (春蘭秋菊 俱不可廢) 〈太平廣記〉
봄 난초와 가을 국화는 각각 특색이 있기 때문에 어느 것도 버릴 수 없다는 뜻.

11724. 봄날은 해가 길다. (春日遲遲) 〈詩經〉
봄에는 밤이 짧고 낮이 길다는 뜻.

11725. 봄눈 녹듯 한다. (春雪)
봄에 내린 눈은 쉽게 녹는다는 뜻.

11726. 봄 떡은 꿈에만 봐도 살찐다.
봄에는 식량이 없어 굶주리고 있을 때라 꿈에 떡만 봐도 살찔 것 같다는 말로서 봄 떡은 대단히 귀하다는 뜻.

11727. 봄 떡은 들어앉은 샌님도 먹는다.
봄에는 해가 길어 배 고픈 때라 점잔을 빼는 샌님도 떡을 잘 먹는다는 뜻.

11728. 봄 떡은 보기만 해도 살찐다.
봄에는 양식도 모자라는 때라 떡이 매우 귀하다는 뜻.

11729. 봄 떡은 장리곡(長利穀) 주고도 사 먹는다.
봄 떡은 귀하기 때문에 하도 먹고 싶어서 장리곡을 얻어서 사 먹게 된다는 뜻.

11730. 봄 물에 방게 기어나오듯 한다.
어디서 나오는 줄도 모르게 여기저기서 나온다는 뜻.

11731. 봄 바람에 늙은이 죽는다.
봄철이 되면 늙은이들이 많이 죽게 된다는 뜻.

11732. 봄 바람은 소를 넘어뜨린다.
소를 넘어뜨릴 정도로 봄 바람이 세다는 뜻.

11733. 봄 바람은 처녀 바람이다.
따뜻한 봄 바람은 처녀마냥 품안으로 기어든다는 뜻.

11734. 봄 바람은 품안으로 기어드는 처녀 바람

이다.

처녀가 품안으로 기어들듯 봄 바람은 품안으로 들어온다는 뜻.

11735. 봄 밤을 지루하게 새운다. (遙春長夜)

짧은 봄 밤을 기분이 나빠 지루하게 새운다는 뜻.

11736. 봄 밤의 일각은 천 냥 값이 있다. (春宵一刻值千金) 〈蘇東波〉

봄은 낮이 길고 밤이 짧기 때문에 봄 밤의 일각은 대단히 소중하다는 뜻.

11737. 봄 배추는 도리깨소리가 나면 못 먹는다.

봄 배추는 보리 수확기가 되면 못 먹게 된다는 말.

11738. 봄 볕에 그슬리면 보던 님도 몰라본다.

봄 볕에는 잘 그을러져서 몰라볼 정도로 검어진다는 뜻.

11739. 봄보리는 크거나 작거나 때만 되면 벤다.

곡식은 때만 되면 익게 되듯이 무슨 일이나 때가 되면 이루어진다는 뜻.

11740. 봄 불은 여우 불이다.

봄에는 건조하여 불이 잘 붙는다는 뜻.

11741. 봄비가 많이 오면 아낙네 손이 커진다.

봄비가 많이 와서 풍년이 되면 여자들의 인심이 좋아진다는 뜻.

11742. 봄비가 잦으면 가을에 부인네 손이 커진다.

봄에 비가 잦아 풍년이 들면 인심들이 좋아진다는 뜻.

11743. 봄비가 잦으면 마누라 손이 커진다. (春雨頻室妻手大) 〈東言解〉

봄비가 잦아 풍년이 들면 인심이 후하게 된다는 뜻.

11744. 봄비가 잦으면 시어머니 손이 커진다.

봄비가 잦아서 풍년이 들면 인심이 좋아진다는 뜻.

11745. 봄비는 기름과 같이 귀하지만 길 가는 나그네는 그 진창을 싫어한다. (春雨如膏 行人惡其泥濘) 〈許敬宗〉

봄비는 사람들이 다 바란 것이지만 그중에는 싫어하는 사람도 있듯이 무슨 일이나 세상 사람을 다 좋게는 할 수 없다는 뜻.

11746. 봄비는 기름이다.

봄비는 번질번질하고 매끄럽다는 뜻.

11747. 봄비에 얼음 녹듯 한다.

봄비에 얼음이 녹듯이 무엇이 쉽게 없어져 버린다는 뜻.

11748. 봄비 잦듯 한다. (春雨數來) 〈稗官雜記〉

아무 소용도 없는 봄비가 자주 오듯이 아무 소용이 없이 도리어 귀찮기만 하다는 뜻.

11749. 봄 사돈은 꿈에 볼까 무섭다.

식량이 떨어진 봄에 가장 잘 해야 할 사돈이 오는 것을 꺼려서 하는 말.

11750. 봄 사돈은 호랑이보다도 더 무섭다.

끼니도 못 먹는 춘궁(春窮)에 손님이 오면 큰 일이라는 뜻.

11751. 봄 산은 웃는 듯하다. (春山如笑) 〈郭熙 山水訓〉

봄 산이 부드럽게 보이기 때문에 웃는 것 같다고 하였음.

11752. 봄 얼음을 건너가는 것 같다. (涉于春氷) 〈書經〉

봄 얼음 위를 가는 것같이 매우 위험하다는 뜻.

11753. 봄 얼음 풀리듯 한다. (渙然氷釋) 〈老子, 春秋左傳〉

봄 얼음이 녹듯이 무슨 일이 쉽게 없어져 버린다는 뜻.

11754. 봄에 깐 병아리를 가을에 와서 세어 본다.

무슨 일이든지 시기를 놓치면 아무 성과도 없게 된다는 뜻.

11755. 봄에 꽃이 피지 않으면 가을에 열매가 열리지 않는다.

젊어서 배우지 않으면 커서 출세를 못하게 된다는 뜻.

11756. 봄에 꽃 피고 가을에 열매 연다. (春花秋實)

사람도 젊어서 배워야 장래 출세할 수 있게 된다는 뜻.

11757. 봄에 만일 씨를 뿌리지 않으면 가을이 되어도 거둘 것이 없다. (春若不耕 秋無所收) 〈孔子〉

사람도 젊어서 공부를 하지 않으면 장래 출세할 수가 없다는 뜻.

11758. 봄에 물이 논에 저절로 괴면 풍년 든다.

봄에 모자리를 하는 데 흡족한 물이 있으면 풍년이 든다는 뜻.

11759. 봄에 밭을 갈지 않으면 가을에 바랄 것이 없다. (春若不耕 秋無所望) 〈孔子〉

사람도 젊어서 공부를 하지 않으면 장래성이 없다는 뜻.

11760. 봄에 씨앗을 갈지 않으면 가을이 된 뒤에

뉘우치게 된다. (春不耕 秋後悔) 〈朱子十悔〉
젊어서 공부를 하지 않으면 나중에 후회하게 된다는 뜻.

11761. 봄에 의붓 아비 제사 지낼까 ?
저도 먹을 것이 없는데 체면을 위해서 무리한 행동은 할 수 없다는 뜻.

11762. 봄은 일 년에 두 번 오지 않는다.
사람도 젊음이 두번 다시 오지 않기 때문에 젊어서 부지런히 공부를 해야 한다는 뜻.

11763. 봄은 천지에 가득하고 복은 집안에 가득하다. (春滿乾坤福滿家)
봄 기운이 천지에 가득하듯이 집안에는 복이 가득하게 되라는 뜻.

11764. 봄이 되니 문 앞에는 부귀가 더해진다. (春到門前增富貴)
새해에는 부귀를 더 많이 받게 될 것이라는 뜻.

11765. 봄이 온다고 죽은 나무에도 잎이 필까 ?
사람도 한번 죽으면 아무리 해도 되살아날 수는 없다는 뜻.

11766. 봄이 와도 봄 같지 않다. (春來不似春) 〈唐音〉
꽃이 안 피는 곳에는 봄이 와도 봄이 온 것 같지 않다는 뜻.

11767. 봄 제비는 옛집으로 돌아온다. (春燕歸巢)
제비가 옛집을 찾아가듯이 타향에 갔던 사람이 고향으로 간다는 뜻.

11768. 봄 조개 가을 낙지다.
무엇이나 제 철이 되어야 제 구실을 한다는 뜻.

11769. 봄 처녀는 사나이를 그리워한다. (春女悲) 〈詩經〉
봄이 되면 처녀들이 애인을 그리워한다는 뜻.

11770. 봄철에 얼음 녹듯 한다.
무엇이 속히 사라져 버린다는 뜻.

11771. 봄철의 졸음은 새벽이 되어도 깨지 않는다. (春眠不覺曉) 〈孟浩然〉
봄 밤은 짧기 때문에 날이 새도록 곤하게 잔다는 뜻.

11772. 봄 추위가 장독 깬다.
봄 늦추위가 장독을 깰 정도의 혹한이라는 뜻.

11773. 봄 추위와 늙은이의 근력은 오래 가지 못한다. (春寒老健) 〈旬五志〉

봄 추위는 멀지 않아 따뜻해지고 근력 좋은 늙은이도 멀지 않아 죽게 된다는 뜻.

11774. 봄 풀은 비가 오지 않아도 스스로 자란다. (春草不雨自生)
봄 풀은 비가 오지 않아도 눈 녹은 수분으로 자란다는 뜻.

11775. 봇짐을 내어 주며 앉으란다.
속은 딴판이면서도 빈 인사만 한다는 뜻.

11776. 봇짐을 내어 주며 하룻밤 더 묵으라고 한다.
속 다르고 겉 다르게 행동한다는 뜻.

11777. 봇짐을 내주면서 하룻밤만 더 자고 가란다.
속으로는 가기를 바라면서 겉으로는 붙잡듯이 속 생각과 행동이 전혀 다르다는 뜻.

11778. 봉(鳳) 가는 데 황(凰)도 간다.
봉과 황이 짝지어 다니듯이 반드시 서로 같이 다닌다는 뜻.

11779. 뽕나무는 옷감의 근본이다. (桑者衣之本) 〈牧民心書〉
잠업(蠶業)은 비단 옷감의 자원으로 중요하다는 뜻.

11780. 뽕나무를 가리키면서 느트나무란다. (指桑罵槐)
내용도 모르고 엉뚱한 짓을 한다는 뜻.

11781. 뽕나무에 좀이 성하면 뽕나무도 죽는다. (蝎盛則木朽) 〈養生論〉
사람도 병이 잦으면 죽게 된다는 뜻.

11782. 뽕 내 맡은 누에 같다.
뽕내 맡은 누에가 뽕을 찾느라고 몸을 움직이듯이 음식을 먹으려고 몹시 애를 쓴다는 뜻.

11783. 봉당(封堂)을 빌려 주니까 안방마저 빌리란다.
뜰을 빌려 주면 안방까지 빌리자고 하듯이 잘해 주면 점점 염치없는 짓만 한다는 뜻.

11784. 봉도 갈가마귀를 따른다. (彩鳳隨鴉)
위정자도 국민들의 요구는 들어야 한다는 뜻.

11785. 뽕도 따고 임도 본다.
두 가지 일을 겸해서 잘할 수 있다는 뜻.

11786. 봉사가 개천 나무란다.
잘못을 자기에게서 찾지 않고 남에게서 찾는다는 뜻.

11787. 봉사가 그르니 개천이 그르니 한다.
사건이 발생된 원인을 어디서 찾아야 할 것인가를 시
비한다는 뜻.

**11788. 봉사가 기름 값을 물어 주나 중이 고기 값
을 물어 주나 일반이다.**
애매하게 손해만 당하고도 아무 말도 못 하게 되었다
는 뜻.

11789. 봉사가 기름 값을 물어 주는 격이다.
애매하게 손해를 보고도 하소연도 못 한다는 뜻.

**11790. 봉사가 넘어지면 개천 탓 아니면 지팡이
탓 한다.**
실패하였을 때는 이런 핑계 저런 핑계를 댄다는 뜻.

11791. 봉사가 넘어지면 지팡이 탓한다.
잘못을 저질렀을 때 그 원인을 자기 자신에서 찾지 않
고 남에게서 찾는다는 뜻.

**11792. 봉사가 눈치 보아 무엇하나 점을 잘 쳐야
지.**
안 될 짓은 아예 하지 말고 가능한 일을 하라는 뜻.

11793. 봉사가 더듬어 봐도 알겠다.
보지 않아도 뻔히 알 수 있다는 뜻.

11794. 봉사가 보지는 못해도 꿈은 꾼다.
비록 보지는 않은 것이라도 상상(想像)해 볼 수는 있
다는 뜻.

11795. 봉사가 봉사를 데리고 간다.
하는 짓이 모두 위험한 짓만 한다는 뜻.

**11796. 봉사가 봉사를 인도하면 둘이 다 개천에
빠진다.**
어리석은 사람끼리 일을 하게 되면 다 같이 실패하게
된다는 뜻.

11797. 봉사가 아니거나 개천이 아니거나.
두 가지 중에 하나가 잘못이 없었다면 사고(事故)가
나지 않았다는 뜻.

**11798. 봉사가 애꾸 말을 타고 어둔 밤에 못가로
간다. (盲人騎瞎馬 夜半臨深池)** 〈世說〉
모든 일이 다 위태롭기만 하다는 뜻.

11799. 봉사가 지팡이 잃은 격이다. (盲者失杖)
〈陳同甫集〉
봉사가 지팡이 잃은 것처럼 믿고 의지했던 것을 잃었
다는 뜻.

11800. 봉사 갓난 아이 더듬듯 한다.
무엇을 어떻게 할 줄도 모르면서 그저 만지작거리기

만 한다는 뜻.

**11801. 봉사같이 자신을 반성하고 귀머거리같이
남을 탓하지 말라. (内視若盲 反聽若聾)**
〈趙絶書〉
잘못은 자기 자신에서 찾아야지 남을 원망해서는 안
된다는 뜻.

11802. 봉사 거울 보기다.
소경이 거울 보나 마나 하듯이 무슨 일을 하나 마나 한
짓만 한다는 뜻.

11803. 봉사 관등놀이 구경하기다. (盲者觀燈)
아무것도 모르면서 그저 무슨 일을 한다는 뜻.

**11804. 봉사 구실은 말아도 벙어리 구실은 하랬
다.**
보는 것은 많이 보아 식견을 넓히지만 말은 되도록 적
게 하라는 뜻.

11805. 봉사 굿 보기다.
장님이 굿하는 구경을 보나 마나 하듯이 무슨 일을 하
나 마나 한 일을 한다는 뜻.

11806. 봉사네 집 초하룻날 같다.
초하룻날에는 그 달 신수를 보느라고 장님 집이 만원
이 되어 수입이 매우 많다는 뜻.

11807. 봉사 눈 뜬 것 같다.
답답하던 일이 갑자기 시원스럽게 해결되었다는 뜻.

11808. 봉사 눈병 앓는 격이다.
장님은 눈병을 앓아도 못 보기는 일반이듯이 무슨 일
을 하나 마나 하다는 뜻.

11809. 봉사 눈으로 보나 손으로 더듬어 보지.
눈으로 직접 보지 않아도 짐작으로써 알 수 있다는
뜻.

11810. 봉사 눈치 배우지 말고 점 배우랬다.
사람은 자기 실력에 알맞는 일을 해야 한다는 뜻.

11811. 봉사는 더듬어 보아도 안다.
무슨 일을 보지 않고 짐작해서도 알 수 있다는 뜻.

**11812. 봉사는 색깔을 볼 수 없고 귀머거리는 북
소리를 들을 수 없다. (瞽者無之與乎文章之
觀 聾者無以與乎鍾鼓之聲)** 〈莊子〉
소경과 같이 보지도 못하고 귀머거리와 같이 듣지도
못한다는 뜻.

**11813. 봉사는 색깔을 볼 수 없다. (瞽者無之與乎
文章之觀)** 〈莊子〉

장님과 같이 사물을 보지 못한다는 뜻.

11814. 봉사는 애꾸를 부러워한다.
부러워하는 것도 상대적이라는 뜻.

11815. 봉사는 열인데 지팡이는 하나뿐이다.
(十瞽一杖) 〈旬五志〉
(1) 대단히 중요한 존재라는 뜻. (2) 수요(需要)는 많은 데 공급(供給)이 부족하다는 뜻.

11816. 봉사는 점을 잘 쳐야 한다.
사람은 자기의 할 일을 옳게 파악해야 한다는 뜻.

11817. 봉사님 마누라는 하느님이 점지한다.
결혼이 이루어지는 것은 우연히 이루어지는 것이 아니라는 뜻.

11818. 봉사 단청 구경하는 격이다. (盲玩丹靑) 〈旬五志〉
장님이 봐도 모르는 짓을 하듯이 무슨 일을 하나 마나 한 짓을 한다는 뜻.

11819. 봉사 달 구경하기다.
소경이 달 구경하나 마나 하듯이 무슨 일을 하나 마나 하게 한다는 뜻.

11820. 봉사 담 너머 보듯 한다.
하나 마나 한 헛수고만 한다는 뜻.

11821. 봉사 대궐 가듯 한다.
소경이 대궐인 줄도 모르고 가듯이 무서운 줄도 모르고 함부로 행동한다는 뜻.

11822. 봉사도 보는 것은 잊어 버리지 않는다.
(盲者不忘視) 〈史記〉
보지도 못하는 소경이 보려고 애를 쓰듯이 몹시 안타까와한다는 뜻.

11823. 봉사도 장님이라면 좋아한다.
존대해서 말을 하면 상대방이 매우 좋아한다는 뜻.

11824. 봉사도 제 집 골목은 틀리지 않는다.
아무리 어리석은 사람이라도 저에게 이로운 것은 안다는 뜻.

11825. 봉사도 제 집은 찾아간다.
늘 하는 짓은 보지 않고 짐작으로도 할 수 있게 된다는 뜻.

11826. 봉사도 쳐다보기는 한다.
(1) 갖춰야 할 형식은 갖춰야 한다는 뜻. (2) 버릇은 고치기가 매우 어렵다는 뜻.

11827. 봉사 둠벙 들여다보듯 한다.

빠지면 위험한 웅덩이를 장님이 들여다보듯이 겁 없이 위험한 짓을 한다는 뜻.

11828. 봉사들이 코끼리 더듬어 보기다. (群盲撫象)
사물을 객관적으로 판단하지 않고 주관적으로 옳게 판단하지 못한다는 뜻.

11829. 봉사 등불 들기다.
소경이 필요없는 등불을 들고 다니듯이 불필요한 것을 소지하고 있다는 뜻.

11830. 봉사 등불 쳐다보듯 한다.
장님이 등불을 보나 마나 하듯이 무슨 일을 하나 마나 하다는 뜻.

11831. 봉사 매질하듯 한다.
옳게 알지도 못하면서 일을 함부로 한다는 뜻.

11832. 봉사 맴돌이 시켜 놓은 것 같다.
너무 복잡하여 정신이 없어 도무지 알 수가 없다는 뜻.

11833. 봉사 머루 먹듯 한다.
소경이 머루가 무엇인 줄도 모르고 먹듯이 무슨 일을 내용도 모르고 기계적으로 한다는 뜻.

11834. 봉사 문고리 잡기다.
장님이 요행히 문고리를 바로 잡듯이 무턱대고 한 일이 요행히 잘 되었다는 뜻.

11835. 봉사 문 바로 찾기다. (盲人直門) 〈旬五志〉
장님이 요행히 집을 바로 찾듯이 무턱대고 한 일이 요행히 잘 되었다는 뜻.

11836. 봉사 뱀 무서운 줄 모른다.
모르게 되면 만용(蠻勇)이 있게 된다는 뜻.

11837. 봉사보고 눈 멀었다고 하면 싫어한다.
사람은 누구나 자기 결함을 말하면 싫어한다는 뜻.

11838. 봉사보고 봉사라면 성낸다.
바른 말은 누구나 듣기 싫어한다는 뜻.

11839. 봉사 북 자루 쥐듯 한다.
소경이 북 자루를 잡듯이 무엇을 꼭 쥐고 놓지 않는다는 뜻.

11840. 봉사 새 사돈 쳐다보기다.
소경이 새 사돈이 반가와 쳐다보지만 아무 소용도 없듯이 아무 성과도 없는 짓을 한다는 뜻.

11841. 봉사 손(客) 보듯 한다.

소경이 손님 얼굴을 보나 마나 하듯이 무슨 일을 하나 마나 한 짓만 한다는 뜻.

11842. 봉사 씨나락 까먹듯 한다.
장님이 보지는 못해도 씨나락은 잘 까먹듯이 보기보다는 잘한다는 뜻.

11843. 봉사 씨름 구경하기다.
봉사가 씨름 구경 하나 마나 하듯이 무슨 일을 하나 마나 하다는 뜻.

11844. 봉사 색깔 보고 옷감 고르는 격이다.
장님이 옷감을 색 보고 고르듯이 무턱대고 무슨 일을 한다는 뜻.

11845. 봉사 시집 가듯 한다.
보지도 못하는 소경이 낯선 시집에 가서 조심되듯이 몹시 조심쩍다는 뜻.

11846. 봉사 시집 다녀오듯 한다.
갈 데를 옳게 가지 못하고 헛일을 하였다는 뜻.

11847. 봉사 아이 낳아 만지듯 한다.
무슨 일을 알지도 못하고 만지작거리기만 한다는 뜻.

11848. 봉사 안경 쓰기다.
봉사가 안경을 쓰나 마나 못 보기는 마찬가지이듯이 무슨 일을 하나 마나 하다는 뜻.

11849. 봉사 안질 난 격이다. (盲人眼疾)〈旬五志〉
장님은 안질 나거나 말거나 보지 못하기는 일반이듯이 무슨 일을 하나 마나 하다는 뜻.

11850. 봉사 언덕 내려가듯 한다.
위험스러운 짓을 조심스럽게 한다는 뜻.

11851. 봉사에게 거울 주기다.
남에게 아무 소용도 없는 것을 선사한다는 뜻.

11852. 봉사에게 길 묻기다. (問道於盲)
장님에게 길을 묻듯이 아무것도 모르는 사람에게 무엇을 묻는다는 뜻.

11853. 봉사에게 눈짓하고 벙어리에게 귓속말 하기다.
상대방의 사정을 잘 파악하지 못하고 헛수고만 한다는 뜻.

11854. 봉사에게 눈짓하기다.
봉사에게 눈짓을 해도 상대는 모르듯이 헛일만 한다는 뜻.

11855. 봉사에게는 거울을 주지 않는다. (毋貽盲者鏡)〈淮南子〉

남에게 물건을 줄 때에는 그에게 필요한 것을 주어야 한다는 뜻.

11856. 봉사에게 등불 주기다. (給盲掌燈)
앞 못 보는 장님에게 등불을 주어도 소용이 없듯이 아무 효과도 없는 짓을 한다는 뜻.

11857. 봉사에게 손짓 하기다.
소경에게는 손짓을 해도 모르듯이 아무 효과도 없는 일을 한다는 뜻.

11858. 봉사 열 명에 길잡이는 하나다. (十瞽一相)
〈松南雜識〉
소경 열 명을 한 사람이 인도하듯이 매우 중요하다는 뜻.

11859. 봉사 월수를 내서라도 갚겠다. (於盲人出月利) 〈東言解〉
어떤 돈이라도 돌려서 급한 돈을 갚겠다는 뜻.

11860. 봉사 은 보듯 한다. (盲人看銀)
보기는 하지만 아무것도 모른다는 뜻.

11861. 봉사 잠 자나 마나다.
무슨 일을 하나 마나 하다는 뜻.

11862. 봉사 장 떠먹듯 한다.
눈으로 보지를 못하기 때문에 많이 먹었다 적게 먹었다 하듯이 대중을 못 한다는 뜻.

11863. 봉사 저 죽을 날 모른다. (盲人不知死日)
〈東言解〉
소경이 남의 점은 잘 치면서도 자기 죽을 날을 모르듯이 자기의 앞일은 모른다는 뜻.

11864. 봉사 제 닭 잡아먹는 격이다. (瞽者嗜鶊自攘厥雞) 〈耳談續纂〉
어리석은 사람이 이득을 보았다고 좋아했으나 알고 보니 자신이 손해를 보았다는 뜻.

11865. 봉사 제 점 못 친다.
자기 일을 자기가 못 하는 것이 있다는 뜻.

11866. 봉사 제 집 찾듯 한다.
장님이 제 집도 잘 못 찾듯이 제 것도 잘 모른다는 뜻.

11867. 봉사 제 호박 따먹기다.
어리석은 사람이 이득을 본 줄 안 것이 알고 보니 도리어 손해를 당했다는 뜻.

11868. 봉사 죽이고 살인 낸다. (殺盲殺人)
일도 변변히 못하고 화만 당한다는 뜻.

11869. 봉사 죽이고 살인 빚 갚는다. (殺盲償殺

債)   〈旬五志〉

일도 변변히 못 하고 화만 톡톡히 당했다는 뜻.

11870. 봉사 지팡이 잃은 격이다. (盲者失杖)
                                                    〈陳同甫集〉

믿고 의지했던 사람을 잃어 버렸다는 뜻.

11871. 봉사 지팡이 찾듯 한다.

소경이 의지하고 있던 지팡이를 찾듯이 가장 소중한
것을 잃고 찾느라고 부산하다는 뜻.

11872. 봉사 집 골목 찾듯 한다.

무슨 일을 매우 조심스럽게 한다는 뜻.

11873. 봉사 집 지키기다.

무슨 일을 시키나 마나 하다는 뜻.

11874. 봉사 집 찾듯 한다.

무슨 일을 매우 조심스럽게 한다는 뜻.

11875. 봉사 책 보듯 한다.

아무 실속도 없는 헛수고만 한다는 뜻.

11876. 봉사 코끼리 본 이야기하듯 한다.

부분만 알고 전체는 모른다는 뜻.

11877. 봉사 파밭 두드리듯 한다.

무엇인지 모르는 일을 하게 되면 일을 망치게 된다는
뜻.

11878. 봉사 파밭 들어가듯 한다.

아무것도 모르고 하는 일은 망치게 된다는 뜻.

11879. 봉사 파밭 매듯 한다.

무턱대고 하는 일은 실패하게 된다는 뜻.

11880. 봉사 팔매질하듯 한다.

무슨 일을 목표도 없이 맹목적으로 한다는 뜻.

11881. 봉사 팔양경(八陽經) 외듯 한다.

장님이 경문을 외우듯이 줄줄 외운다는 뜻.

11882. 봉사 하나가 뭇봉사를 이끈다. (一盲引
衆盲)

장님 하나가 여러 장님을 안내하면 모두가 위험하듯
이 지도자 한 사람이 잘못하면 그 밑의 사람들도 다
잘못을 저지르게 된다는 뜻.

11883. 봉사 하늘 쳐다보기다. (瞽者仰視)

별도 못 보는 소경이 하늘을 쳐다보듯이 아무 성과
도 없는 일을 한다는 뜻.

11884. 봉사 헌 맹과니 만났다.

장님이 장님을 만나듯이 같은 끼리끼리 만나서 좋아
한다는 뜻.

11885. 봉사 활 쏘기다.

되지도 않을 무모(無謀)한 짓을 한다는 뜻.

11886. 봉산(鳳山) 수숫대 같다.

황해도 봉산의 유명한 수숫대마냥 키만 멀쑥하게 크
다는 뜻.

11887. 봉산 참배는 물이나 있지.

황해도 봉산의 참배는 물이나 있지만 너는 하나도 쓸
모가 없다는 뜻.

11888. 봉은 굶주려도 좁쌀은 먹지 않는다.
(鳳饑不啄粟)   〈李白〉

훌륭한 사람은 아무리 고생스러워도 굳은 절개는 굽
히지 않는다는 뜻.

11889. 봉은 먹이를 탐내지 않는다. (鳳不貪餒)
                                                    〈楚辭〉

훌륭한 사람은 재물을 탐내지 않는다는 뜻.

11890. 봉은 썩은 고기를 먹지 않는다. (靈鳳不
啄羶)

사나이는 아무리 어려운 환경에서도 비굴한 짓은 않
는다는 뜻.

11891. 봉이 김 선달(鳳伊 金先達) 대동강 물 팔아
먹듯 한다.

엉터리없는 짓으로 감쪽같이 사기한다는 뜻.

11892. 봉이 나면 황도 난다.

수봉이 나면 암봉도 나듯이 좋은 짝이 생겼다는 뜻.

11893. 봉이 봉 새끼를 낳는다. (鳳生鳳子)
                                                    〈指月錄〉

부모가 훌륭해야 자식도 훌륭하게 된다는 뜻.

11894. 봉채(封采)에 포도 군사(捕盜軍士)가 무슨
상관 있나?

결혼 때 보내는 봉치에 포도 군사가 상관할 것이 없듯
이 당치도 않은 간섭이라는 뜻. ※ 포도 군사 : 옛날 포
도청의 군졸.

11895. 봉천답(奉天畓)이 소나기 마다할까?

항상 물이 모자라는 논이 소나기 마다할 리 없듯이 틀
림없이 좋아할 것이라는 뜻.

11896. 봉충 다리 울력 걸음 가듯 한다.

남보다 부족한 사람도 공동 작업에서는 도움을 받아
같이 한몫을 할 수 있다는 뜻. ※ 봉충 다리 : 한쪽이
짧은 다리.

11897. 봉홧(烽火)불 받듯 한다.

봉홧불은 보는 즉시 받아서 다시 불을 올리듯이 지

체없이 신속히 주고 받는다는 뜻. ※ 봉홧불 : 옛날 국가의 사변을 신호하던 산 위의 횃불.

11898. 봉홧불에 김 구워먹겠다.
휠휠 타는 불에 김을 구우면 타 버리듯이 무슨 일을 함부로 하여 실패한다는 뜻.

11899. 봉홧불에 산적 구워먹는다.
무슨 일을 되는 대로 해치운다는 뜻.

11900. 봉황(鳳凰)은 새 중의 왕이다.
전설 상의 동물로 전해지는 봉황은 새 중의 왕이라는 말.

11901. 봉황이 닭장에서 산다. (雞栖鳳凰食)
〈文天祥〉
봉황이 닭장에서 살듯이 훌륭한 사람이 낮은 지위에서 복무한다는 뜻.

11902. 뾰족하기는 대추씨 같다.
생김새가 대추씨 끝과 같이 뾰족하다는 말.

11903. 뾰족하기는 청보은(靑報恩) 색시 입 같다.
청산(靑山) 보은 지방은 대추 산지이기 때문에 대추를 많이 먹고 자라난 처녀들의 입이 뾰족하다는 말.

11904. 뾰족한 수라도 있나 ?
해결할 수 있는 묘한 수라도 있느냐는 뜻.

11905. 뾰족한 이가 방석 이가 되도록 간다.
이를 갈아 가면서 두고두고 원망한다는 뜻.

11906. 부과(復科) 삼 년에 말라죽는다.
오래 두고 몹시 애를 태운다는 뜻. ※ 부과 : 초시(初試)에 급제한 사람이 응시하는 과거.

11907. 부귀는 뜬 구름과 같다. (富貴如浮雲)
〈論語〉
부귀는 한 곳에만 머물러 있는 것이 아니라 떠돌아다닌다는 뜻.

11908. 부귀는 사람마다 다 같이 원하는 바이다.
(富貴者 人之所同願也) 〈穢德先生傳〉
부귀는 누구나 다 원하는 것이라는 뜻.

11909. 부귀는 사람이 힘써 일하면 다가오게 된다. (富貴逼人來) 〈北史〉
사람이 전심 전력(全心全力)을 다하게 되면 부귀를 누리게 된다는 뜻.

11910. 부귀는 풀잎에 맺힌 이슬과 같다. (富貴草頭露) 〈杜甫〉
돈과 지위는 풀잎의 이슬과 같이 오래 가지 못한다는 뜻.

11911. 부귀는 하늘에 있다. (富貴在天) 〈論語〉
부귀는 자력으로 얻는 것이 아니라 하늘에서 낸다는 뜻.

11912. 부귀로도 마음을 어지럽히지 못한다.
(富貴不能淫) 〈孟子〉
재물과 지위로도 마음을 어지럽게 할 수 없도록 견고하다는 뜻.

11913. 부귀로 해서 마음이 움직이지 않는다.
(不以富貴動心) 〈海東續小學〉
부귀 때문에 마음이 동요되어서는 안 된다는 뜻.

11914. 부귀를 개탄하거나 부러워하지 말라.
(富貴毋歎羨) 〈金正國〉
부귀를 누리지 못한다고 한탄하거나 부러워 말고 자기의 분수를 지키라는 뜻.

11915. 부귀를 그칠 줄 모르면 죽음을 당한다.
(富貴不知止 殺身) 〈旬五志〉
부귀는 자신의 분수에 맞게 해야지 지나치게 탐을 내다가는 죽게 된다는 뜻.

11916. 부귀를 누려도 음탕하지 않는다. (富貴不能淫) 〈孟子〉
부유하고 귀하게 되어도 음탕한 짓을 하지 않는다는 말.

11917. 부귀를 누리면 교만병에 걸린다. (富貴盛則致驕疾) 〈潛夫論〉
돈이 많고 지위도 높아지면 교만하게 된다는 말.
↔ 부귀하여도 교만하지 않는다.

11918. 부귀에 급급하지 말고 빈천에 근심하지 말라. (勿汲汲於富貴 勿戚戚於貧賤)
〈海東續小學〉
부귀를 누리려고 애태우지 말고 빈천하다고 너무 근심하지 말고 현실에 충실하라는 뜻.

11919. 부귀에 눈이 멀게 되면 서로 덕으로 도우지 않게 된다. (固顯冥乎 富貴之地 非相助以德) 〈莊子〉
돈과 명예에 눈이 멀게 되면 도덕과 의리도 모르게 된다는 말.

11920. 부귀에 눈이 어두우면 부끄러움을 모른다.
부귀를 탐내는 사람은 부끄러움을 모른다는 뜻.

11921. 부귀에도 마음이 움직이지 않는다.
(富貴不動) 〈晦齋全書〉
부귀를 탐내서 마음이 동요되어서는 안 된다는 뜻.

11922. 부귀 영화(富貴榮華)는 물레방아 돌듯 한

다.

부귀와 영화는 한 곳에 고착(固着)되어 있는 것이 아니라 떠돌아다니고 있다는 뜻.

11923. 부귀와 빈천은 돌고 돈다.

부귀와 빈천은 한곳에 영원히 고정되어 있는 것이 아니라 항상 움직이고 있다는 뜻.

11924. 부귀하면 교만과 사치를 낳게 된다.
(富貴生驕奢) 〈寶鑑〉

부귀하게 되면 반드시 교만과 사치가 따르게 되기 때문에 조심하라는 뜻. ↔ 부귀하여도 교만하지 않는다.

11925. 부귀하면 남들도 모여들지만 빈천하면 친척도 떠나간다.(富貴他人合 貧賤親戚離)〈曹攄〉

잘사는 집에는 딴 남들도 많이 모여드는데 가난한 집에는 있는 친척도 찾아오지 않는다는 말.

11926. 부귀하면 예의가 없어진다. (富貴無禮)
〈鹽鐵論〉

돈이 많고 지위가 높아지면 예의가 없어지기 쉽다는 뜻.

11927. 부귀하여 교만하면 스스로 재앙을 입게 된다. (富貴而驕 自遺其咎) 〈老子〉

부귀한 사람이 교만하게 되면 인심을 잃게 되어 망하게 된다는 뜻. ↔ 부귀하여도 교만하지 않는다.

11928. 부귀하여도 교만하지 않는다. (富貴而不驕) 〈荀子〉

돈이 많고 지위가 높아도 교만하지 않다는 뜻. ↔ 부귀를 누리면 교만병에 걸린다. 부귀하면 교만과 사치를 낳게 된다. 부귀하여 교만하면 스스로 재앙을 입게 된다.

11929. 부귀한 집에 재난이 많다.

빈천(貧賤)한 집에는 이미 재난을 겪었거나 겪고 있기 때문에 별로 재난이 많지 않으나, 부귀를 누리는 집에는 다가올 재난이 많다는 뜻.

11930. 부귀한 집은 마땅히 너그럽고 후해야 한다. (富貴家宜寬厚) 〈菜根譚〉

부귀를 누리게 되면 사람들에게 관대하고 후대하여 인심을 얻도록 해야 한다는 뜻.

11931. 부귀한 처지에 있으면 빈천한 처지의 고통을 알아야 한다. (處富貴之地 要知貧賤的痛癢) 〈陸梭山〉

부귀를 누리고 있더라도 빈천한 사람들의 사정을 잘 알고서 이를 도와 주어야 한다는 뜻.

11932. 부귀해도 고향에 돌아가지 않는다.

(富貴不歸故鄉) 〈史記〉

부귀해도 고향에 가서 살지 않고 타향에서 산다는 뜻.

11933. 부귀해지면 그 친척들도 무서워하고 두려워한다. (富貴則親戚畏懼) 〈戰國策〉

부귀해지면 권세를 부리게 되기 때문에 그 친척들까지도 무서워한다는 뜻.

11934. 부끄러운 짓을 하고도 부끄러워하지 않는다. (恬不爲愧)

부끄러운 행동을 하고도 그것이 부끄러운 줄을 모르고 뻔뻔스럽게 있다는 뜻.

11935. 부끄러움을 알아야 바른 행동을 하게 된다. (有恥且格)

부끄러운 줄을 아는 사람은 바르지 않은 짓은 하지 않는다는 뜻.

11936. 부끄러움이 있어도 잘 참을 줄 알아야 한다. (忍善含恥也) 〈諸葛亮心書〉

어떤 부끄러움을 당할지라도 이를 극복해야 한다는 뜻.

11937. 부끄러워 물끄러미 보고만 있다. (有靦曹容) 〈左思〉

부끄러워 말을 못하고 물끄러미 보고만 있다는 뜻.

11938. 부끄러워서 주저하기만 한다. (羞澁疑阻)

몹시 부끄러워서 어쩔 줄을 모르고 있다는 뜻.

11939. 부끄러워하는 마음이 없으면 사람이 아니다. (無羞惡之心非人) 〈孟子〉

부끄러움을 알지 못하면 행동도 함부로 하게 되기 때문에 사람 노릇을 못 하게 된다는 뜻.

11940. 부나비가 등불에 덤비듯 한다.

저 죽을 줄도 모르고 함부로 덤빈다는 뜻.

11941. 부나비가 불 무서운 줄 모른다.

우매한 사람은 만용(蠻勇)을 범할 수 있다는 뜻.

11942. 부뚜막 땜질도 못하는 며느리가 이마 털만 뽑는다.

일은 못하는 주제에 모양만 낸다는 뜻.

11943. 부뚜막 똥도 올라가는 강아지가 싼다.

못된 짓도 하는 놈이 늘 하게 된다는 뜻.

11944. 부뚜막의 소금도 집어 넣어야 짜다.
(在灶之鹽 攪之乃鹹), (竈上鹽執入後鹹)
〈耳談續纂〉, 〈東言解〉

아무리 가까이 있는 것이라도 자기 손에 들어와야 비로소 제 이익이 된다는 뜻.

11945. 부뚜막에 한번 똥 눈 강아지는 늘 저 강아

지 저 강아지 한다.

한번 과오를 범하게 되면 그런 일이 있을 적마다 지목(指目) 받게 된다는 뜻.

11946. 부뚜막이 큰 도둑놈이다.

살림하는 데는 먹는 것이 돈이 가장 많이 든다는 뜻.

11947. 뿌드득뿌드득 이만 갈고 있다.

몹시 격분(激憤)하여 말도 못 하고 이만 갈고 있다는 뜻.

11948. 부드러우면 말리고 굳으면 부러진다.
(柔則綣 堅則折) 〈呂氏春秋〉

무슨 일이나 너무 유해도 안 되고 너무 강해도 안 된다는 말.

11949. 부드러우면서도 휘말리지 않아야 한다.
(其柔不可卷) 〈諸葛亮心書〉

겉으로는 부드러우면서도 속으로는 강해야 상대에게 말려들지 않는다는 뜻.

11950. 부드러운 것은 먹고 딱딱한 것은 뱉는다.
(柔則茹之 剛則吐之) 〈詩經〉

약한 사람은 업신여기고 강한 사람은 피한다는 뜻.

11951. 부드러운 것은 주물러 만들 수 있으나 굳은 것은 깨진다. (柔則坏 剛則甁)

부드러운 것이 굳은 것을 이긴다는 뜻.

11952. 부드러운 것이 굳은 것을 이긴다. (柔勝剛)
〈老子〉

강한 것이 유한 것을 이길 것 같지만 사실은 이와 반대로 사람도 부드러운 성격을 가진 사람이 사나운 성격을 가진 사람을 이긴다는 뜻.

11953. 부드러운 것이 덕이다. (柔者德也) 〈三略〉

대인 관계(對人關係)를 부드럽게 하는 것이 곧 덕행(德行)이라는 뜻.

11954. 부드러운 것이 도리어 굳센 것을 누른다.
(柔能制剛) 〈三略〉

(1) 억압보다는 사람의 힘이 강하다는 뜻. (2) 부드러운 씨앗이 굳은 땅을 뚫고 솟는다는 뜻.

11955. 부드러운 물도 얼으면 부러진다. (冬氷可折) 〈文子〉

부드러운 사람은 실패하지 않으나 모진 사람은 실패하게 된다는 뜻.

11956. 부드러운 사슴 가죽 같은 대전이다.
(熟鹿皮大典) 〈旬五志〉

부드러운 사슴 가죽에 글자를 써놓고 좌우, 또는 상하에서 당기면 당기는 데 따라 글자가 변하듯이 사람이

주관이 없이 이렇게도 변하고 저렇게도 변한다는 뜻.

11957. 부드러운 오락지는 제 스스로 밧줄감이 된다. (柔自取束) 〈荀子〉

너그러운 사람은 좋은 일자리를 얻게 된다는 뜻.

11958. 부드러움을 지녀 나가는 것을 참으로 강하다고 한다. (守柔曰強) 〈老子〉

굳은 의지를 가지고 부드럽게 행동하는 것이 참으로 강한 사람이라는 뜻.

11959. 부드럽고 순한 것은 부인의 덕이다.
(柔順 婦人之德) 〈李德懋〉

부드럽고 온순한 것이 여자의 보배로운 덕이라는 뜻.

11960. 부드럽고 약한 것이 단단하고 억센 것을 이긴다. (柔弱勝剛強) 〈老子〉

부드럽고 무른 숫돌이 단단하고 강한 쇠를 갈듯이 부드러운 사람이 강한 사람을 이기게 된다는 뜻.

11961. 부드럽다 하여 먹지 말고 억세다 하여 뱉지 말라. (柔亦不茹 剛亦不吐) 〈詩經〉

약한 사람이라고 깔보지 말고 강한 사람이라고 두려워 말라는 뜻.

11962. 부라퀴 같다.

이로운 일이라면 기를 쓰고 덤빈다는 뜻.

11963. 부러지는 것보다 구부러지는 것이 낫다.

죽는 것보다 굴복하고 사는 것이 낫다는 뜻.

11964. 부러진 칼 자루에 옷칠하기다.

쓸데없는 데다가 장식을 한다는 뜻.

11965. 부러질망정 휘어지지는 말랬다.

죽을지언정 지조(志操)를 굽혀서는 안 된다는 뜻.

11966. 부레풀로 일월(日月)을 붙인다.

풀로 해와 달을 붙이려고 하듯이 어리석은 짓을 한다는 뜻.

11967. 부령(富寧) 청진(淸津) 추위에 소 대가리 빠진다.

함경북도 부령과 청진 지방 추위가 대단히 춥다는 말.

11968. 부르느니 말로 하랬다.

가까운 거리에서는 불러 오라고 하는 것보다는 직접 말로 하는 것이 빠르다는 뜻.

11969. 부르는 소리가 커야 대답도 크다.

받는 것이 많으면 주는 것도 많게 된다는 뜻.

11970. 부른 배가 고픈 배보다 더 답답하다.

미치지 못한 것이나 지나친 것은 다 일반이라는 뜻.

11971. 뿌리가 깊이 박혀야 가지도 많이 뻗는다.
(根深枝榮)
기반이 튼튼하지 못하면 번영할 수 없다는 뜻.

11972. 뿌리가 깊이 박혀야 잎도 무성하다.
(根深葉茂)
나라가 튼튼해야 국민들도 잘살게 된다는 뜻.

11973. 뿌리가 깊이 박히면 움직이지 않는다.
(深根固柢)　　　　　　　　　　〈老子〉
기반이 튼튼하면 동요(動搖)될 우려가 없다는 뜻.

11974. 뿌리가 깊이 뻗으면 나무는 커진다.
(根深而木長)　　　　　　　　　〈六韜〉
기반이 튼튼해야 발전할 수 있게 된다는 뜻.

11975. 뿌리가 서리고 마디가 서로 얽혔다.
(槃根錯節)　　　　　　　　　　〈後漢書〉
세력이 뿌리 깊이 박혀 있고 조직이 꽉 짜여 있어서
이것을 제거하기가 어렵다는 뜻.

11976. 뿌리가 약하면 나무도 약하다. (孤根弱植)
부모와 친척이 없으면 살아나가기가 어렵다는 뜻.

11977. 뿌리가 있어야 꽃도 핀다. (生根開花)
부모가 번영해야 자손도 번영한다는 뜻.

11978. 뿌리가 흔들리는 나무는 넘어진다.
기반(基盤)이 약하면 견디지 못한다는 말.

11979. 뿌리가 흔들리면 가지도 흔들린다.
상부가 흔들리면 하부도 흔들리게 된다는 뜻.

11980. 뿌리고 가꾼 대로 곡식은 거둔다.
농사는 손질하고 가꾸는 데 따라 수확이 결정된다는
뜻.

11981. 뿌리 깊은 나무는 가뭄을 안 탄다.
기반이 든든하면 약간의 애로가 있어도 잘 견딜 수 있
다는 뜻.

11982. 뿌리 깊은 나무는 바람을 타지 않는다.
기반이 튼튼하면 고난을 이겨 낸다는 말.

11983. 뿌리도 있고 나무 끝도 있다.
근본이 있으면 부분도 있게 된다는 뜻.

11984. 뿌리를 끊으면 나무도 무성해지지 못한다.
(斷根木不榮)　　　　　　　　　〈牧隱集〉
기반을 잃게 되면 발전할 수 없게 된다는 뜻.

11985. 뿌리를 끊으면 잎도 죽는다. (絶根枯葉)
근본이 망하면 부분도 따라 망한다는 뜻.

11986. 뿌리를 뽑고 근원을 막는다. (拔本塞源)

〈春秋左傳〉
무엇을 없애려면 뿌리채 뽑아야 완전히 없어진다는 뜻.

11987. 뿌리를 뽑고 순을 잘라 버린다. (鋤愛斬
斷)
뿌리를 뽑고 순도 잘라 버리듯이 완전히 없애 버린다
는 뜻.

11988. 뿌리를 뽑아야 한다.
잘못된 것은 근본적으로 시정해야 한다는 뜻.

11989. 뿌리를 뻗는 나무는 가지도 뻗는다.
(1) 국가가 번영하면 국민들도 잘살게 된다는 뜻.
(2) 집안이 번성하면 자손도 번영하게 된다는 뜻.

11990. 뿌리 없는 나무는 없다.
무엇이나 다 근본은 반드시 있다는 뜻. ↔ 뿌리 없는
나무다.

11991. 뿌리 없는 나무다. (無根木)
뿌리 없는 나무는 있을 수 없듯이 근본이 없는 사물
은 없다는 뜻.
↔ 뿌리 없는 나무는 없다.

11992. 뿌리 없는 나무에 잎이 필까?
근본이 없이 부분이 있을 수 없다는 말.

11993. 뿌리에는 물을 주지 않고 가지에만 주는
격이다. (釋根灌枝)
일을 실속 있게 하지 못하고 형식적으로만 한다는 뜻.

11994. 뿌리와 가지가 무성하면 길이 번영한다.
(本枝百世)　　　　　　　　　　〈詩經〉
웃사람이나 아랫 사람이 다 덕이 있어 길이 길이 번영
한다는 뜻.

11995. 부모가 미워하면 두렵더라도 원망은 않는
다. (父母惡之 懼而無怨)　　　　〈禮記〉
부모가 설혹 미워할지라도 자식으로서는 부모를 원망
해서는 안 된다는 뜻.

11996. 부모가 반(半) 팔자다.
자식의 운명은 타고난 부모에 의하여 절반은 결정된
다는 말.

11997. 부모가 부리던 종도 제 종만 못하다.
남이 쓰던 사람보다는 자기가 쓰고 있는 사람이 미덥
고 쓰기가 좋다는 뜻.

11998. 부모가 사랑하면 기쁘고 잊혀지지 않는다.
(父母愛之 嘉而不忘)　　　　　　〈禮記〉
부모가 사랑하면 자식은 대단히 기쁘고 그것이 잊혀
지지 않는다는 뜻.

11999. 부모가 안 계시면 효도를 못 한다.
(非孝無親)　　　　　　　　　〈孝經〉
　부모가 죽으면 효도를 하고 싶어도 못하기 때문에 생
존해 계실 때 마냥 효도를 하라는 뜻.

12000. 부모가 온 효자 되어야 자식이 반 효자 된
다.
　효자 부모에서 효자가 난다는 뜻.

12001. 부모가 자식을 겉 낳았지 속 낳았나?
　자식의 잘못은 부모의 책임이 아니라는 뜻.

12002. 부모가 자식을 제일 잘 안다.
　자식의 성격은 그를 낳아서 기른 부모가 가장 잘 안
다는 뜻.

12003. 부모가 착해야 효자도 난다.(父慈子孝 兄
良弟悌 夫義婦德)　　　　　　　〈禮記〉
　착한 부모에서 효자가 난다는 뜻.

12004. 부모같이 반가와한다.(歡如父母)〈荀子〉
　남인데도 불구하고 매우 반가와한다는 말.

12005. 부모같이 사랑한다.(愛之如父母)
　　　　　　　　　　　　　　〈春秋左傳〉
　윗사람이 아랫 사람들을 부모가 자식을 사랑하듯이 사
랑한다는 뜻.

12006. 부모는 먹지 않고 자식을 주고 자식은 먹
고 남아야 부모를 준다.
　부모는 자식을 제 몸보다도 소중히 여기지만 자식은
부모를 제 몸처럼 소중히 여기지 않는다는 뜻.

12007. 부모는 문서 없는 종이다.
　부모는 자식을 위하여 일생을 희생한다는 뜻.

12008. 부모는 반 팔자다.
　부모를 잘 만나고 못 만나는 데 따라 팔자의 절반은
좌우된다는 뜻.

12009. 부모는 아들 잘 되기만 바란다.(望子成
人)
　어느 부모나 자기 자식 잘 되기를 바라지 않는 사람
은 없다는 뜻.

12010. 부모는 이리 같은 자식을 낳아도 연약할
까 봐 두려워한다.(生男如狼 猶恐其尩)
　　　　　　　　　　　　　　〈班照〉
　부모의 자식에 대한 욕구(慾求)는 매우 크다는 말.

12011. 부모는 인자하고 자식은 효성스러워야 한
다.(父慈子孝)　　　　　　　　〈春秋左傳〉
　부모는 자식에게 인자해야 하며 자식은 부모에게 효
성스러워야 한다는 뜻.

12012. 부모는 자식 걱정을 해도 자식은 부모 걱
정을 않는다.
　자식이 부모 걱정하는 것보다 부모가 자식 걱정하는
것이 더 크다는 말.

12013. 부모는 자식을 주고 남는 돈을 쓰고 자식
은 쓰고 남는 돈이 있어야 부모를 준다.
　부모는 제 몸보다도 자식을 더 소중히 여기지만 자식
은 제 몸만큼 부모를 소중히 여기지 않는다는 뜻.

12014. 부모는 자식이 한 자만 하면 두 자로 보
이고 두 자만 하면 석 자로 보인다.
　어느 부모나 다 자기 자식은 좋게만 보인다는 뜻.

12015. 부모는 차례 걸음이다.
　친상(親喪)을 당한 사람에게 나이 많은 부모가 으레
먼저 돌아가시는 것이라고 위로하는 말.

12016. 부모도 자식 촌수보다 돈 촌수가 가깝고
자식도 부모 촌수보다 돈 촌수가 가깝다.
　부모와 자식간이 비록 가깝기는 하지만 경우에 따라
서는 돈이 더 필요한 때가 있다는 뜻.

12017. 부모를 공경하는 사람은 남에게 거만하지
않는다.(敬親者不敢慢於人)　　〈古文孝經〉
　자기 부모를 공경하는 사람은 남에게도 공손하다는
말.

12018. 부모를 부끄럽게 하지 않는다.(不羞其親)
　　　　　　　　　　　　　　〈禮記〉
　부모를 욕되게 하는 것은 자식의 도리가 아니라는 뜻.

12019. 부모를 위하는 사람은 남을 미워하지 않
는다.(愛親者不敢惡於人)　　　〈古文孝經〉
　자기 부모에게 효도하는 사람은 남에게도 잘 한다는
뜻.

12020. 부모를 잘 섬기는 것을 효도라고 한다.
(能以事親 謂之孝)　　　　　　　〈荀子〉
　효도라는 것은 곧 부모를 잘 모시는 것이라는 뜻.

12021. 부모 말은 문서다.
　(1) 부모 말은 틀림이 없다는 뜻. (2) 부모 말은 잊지
말아야 한다는 뜻.

12022. 부모 속에는 부처가 들어 있고 자식 속에
는 앙칼이 들어 있다.
　부모는 부처와 같은 자비심으로 자식을 사랑하지만 자
식은 부모에게 불효를 한다는 뜻.

12023. 부모 속이지 않는 자식 없다.
누구나 부모에게는 거짓말을 한다는 뜻.

12024. 부모 수치가 자식 수치다.
남의 자식 노릇을 하려면 부모의 부끄러움이 없도록
모셔야 한다는 뜻.

12025. 부모 없는 자식도 큰다.
외롭고 힘이 약한 사람도 자력으로 성공할 수 있다는
뜻.

12026. 부모 없는 후레 자식이다.
부모의 가정 교육을 받지 못한 버릇없는 놈이라는 말.

12027. 부모에게 효도는 제 자식을 위한 것이다.
나 자신이 부모에게 효도를 하게 되면 자식들이 본을
따서 나에게 효도하게 된다는 뜻.

12028. 부모 웃기기는 쉬워도 자식 웃기기는 어
렵다.
부모의 사랑이 자식의 사랑보다 크다는 뜻.

12029. 부모의 덕과 하늘의 덕은 모른다.
부모가 길러 준 덕과 하늘이 도와 준 덕은 너무 위대
하기 때문에 다 알지 못한다는 뜻.

12030. 부모의 덕은 자식에게 물려 준다.
부모가 세상에 남긴 은덕은 유산으로 남아 자손들이
혜택을 받게 된다는 뜻.

12031. 부모의 마음을 십분의 일만 알아 줘도 효
자다.
자식으로서 부모의 마음을 조금이라도 알기만 해도 효
자라는 뜻.

12032. 부모의 은덕도 춥고 배고프면 생각할 겨
를이 없다.
세상에서 가장 큰 부모의 은덕도 굶주리게 되면 생각
할 겨를이 없다는 뜻.

12033. 부모의 은덕은 산보다도 높고 바다보다도
깊다.
부모의 은덕은 세상에서 가장 큰 은덕이라는 뜻.

12034. 부모의 잘못이 있으면 간하고 거역하지 않
는다. (父母有過 諫而不逆)   〈禮記〉
설령 부모의 잘못이 있을 때라도 충고의 말씀을 드려
야지 거역해서는 안 된다는 뜻.

12035. 부모의 정은 자식에게 약이다.
자식은 부모의 정에 감동(感動)되어 잘못을 뉘우치게
된다는 뜻.

12036. 부모 촌수보다 돈 촌수가 가깝다.

부모가 가장 좋지만 경우에 따라서는 돈이 더 필요할
때도 있다는 뜻.

12037. 부모치고 자식이 효도하기를 바라지 않
는 사람은 없다. (人親莫不欲 其子之孝)
                                〈莊子〉
어떤 부모든지 자기 자식이 효자되기를 안 바라는 사
람은 없다는 뜻.

12038. 부모 형제도 돌보지 않는다. (不顧父母兄
弟)   〈莊子〉
부모 형제도 돌보지 않는 불효하고 우애가 없는 놈이
라는 뜻.

12039. 부부가 있은 후에야 아버지와 아들이 있
다. (有夫婦以後有父子)   〈顏氏家訓〉
부부가 있어야 자손이 번식하게 된다는 뜻.

12040. 부부가 좋다고 하는 것은 죽을 때까지 떨
어지지 않고 살기 때문이다. (夫婦之好 終身
不離)   〈班照〉
부부는 죽을 때까지 함께 고락을 나누는 다정한 사이
이기 때문에 좋다는 뜻.

12041. 부부가 참으면 일생을 잘 마치게 된다.
(夫婦忍之終其世)   〈夫子〉
부부간에 서로 참으면 일생을 정답게 살 수 있게 된
다는 뜻.

12042. 부부가 참지 않으면 자식들을 외롭게 만
든다. (夫婦不忍 令子孤)   〈夫子〉
부부간에 서로 참지 않고 싸우고 불화하게 되면 자
식들이 외롭게 된다는 뜻.

12043. 부부간도 돌아누우면 남의 살이다.
다정하던 부부도 떨어지면 남이 된다는 뜻.

12044. 부부간도 돌아누우면 남이 된다.
아무리 정답던 부부도 떨어지면 남이 된다는 뜻.

12045. 부부간 싸움은 칼로 물 치기다.
칼로 물을 치면 그 순간만 갈라질 뿐 다시 괜찮아지듯,
부부간 싸움은 오래 가지 않고 바로 풀린다는 말.

12046. 부부간에도 담은 있어야 한다.
부부간에도 예의는 서로 지켜야 한다는 뜻.

12047. 부부간의 싸움은 개 싸움이다.
부부간의 싸움은 개가 싸우고 바로 풀어지듯이 바로
화해가 된다는 뜻.

12048. 부부는 고락(苦樂)을 같이 한다.
부부는 고생스러운 일이나 즐거운 일을 함께 하는 운

명 공동체(運命共同體)라는 뜻.

12049. 부부는 닮는다.
결혼을 하게 되면 아내는 남편을 닮고 남편은 아내를 닮아간다는 말.

12050. 부부는 등지면 남 된다.
다정하던 부부도 떨어지게 되면 정이 식는다는 말.

12051. 부부는 무촌(無寸)이다.
부부간에는 촌수가 없기 때문에 가장 가깝지만 떨어지면 가장 멀어진다는 말.

12052. 부부는 옷과 같기 때문에 옷이 찢어지면 다시 새것으로 갈아 입을 수 있다. (夫婦爲衣服 衣服破時更得新) 〈莊子〉
부부는 서로 이혼하거나 하나가 죽게 되면 재혼하게 된다는 뜻.

12053. 부부는 일신 동체(一身同體)다.
남남끼리 결합된 부부는 한 몸뚱아리와 같이 굳게 결합되었다는 말.

12054. 부부는 한 몸이다. (夫婦一身)
부부는 남녀의 결합으로 이루어진 것이기 때문에 한 몸이라는 뜻.

12055. 부부는 형제보다도 가깝다.
남남끼리 결합된 부부는 친혈육(親血肉)보다도 더 친근하다는 뜻.

12056. 부부도 처음에는 남이다.
남이라도 정만 들면 혈육(血肉)보다도 다정하게 되는 뜻.

12057. 부부 싸움과 초생달은 밤마다 둥글어진다.
부부간의 싸움은 날이 갈수록 원만하게 된다는 뜻.

12058. 부부 싸움은 말리지도 못한다.
부부가 싸우는 것은 제3자가 말리기도 난처하다는 뜻.

12059. 부부 싸움은 밤 자면 풀린다.
부부간의 싸움은 잠자리를 같이하게 되면 저절로 풀리게 된다는 뜻.

12060. 부부 싸움은 칼로 물 베기다. (夫婦戰 水割刀) 〈東言解〉
칼로 물을 치면 바로 흔적이 없어지듯이 부부 싸움도 바로 화합된다는 뜻.

12061. 부부 싸움은 해가 지면 그친다.
부부간 싸움은 밤이 되면 저절로 풀리게 된다는 뜻.

12062. 부부 싸움 잦은 집 잘 되는 것 못 봤다.
부부로 이루어진 가정이 불화해서는 가정이 잘 될 리가 없다는 뜻.

12063. 부서진 갓모자가 되었다.
부서진 갓모자는 쓸모가 없듯이 남에게 사람 노릇을 못 하도록 망신을 당했다는 뜻.

12064. 부스럼은 긁을수록 커진다.
필요없는 짓을 하면 점점 악화된다는 뜻.

12065. 부스럼이 살 될까?
일단 잘못된 것은 다시 좋아질 수는 없다는 뜻.

12066. 부스럼이 커야 고름도 많다.
(1) 체격이 커야 힘도 쓴다는 뜻. (2) 근원이 커야 그 발생물도 많게 된다는 뜻.

12067. 부스럼이 크면 고약도 크게 발라야 한다.
무슨 일이나 실정에 알맞게 해야 한다는 뜻.

12068. 부시통에 연풍대(宴豐臺) 하겠다.
사람이 옹졸하면 무슨 일이나 잘 처리하지 못한다는 뜻. ※ 연풍대 : 노래 부르며 돌아다니는 대.

12069. 부아가 슬그머니 난다.
생각을 하니까 화가 슬그머니 난다는 뜻.
※ 부아 : 폐(肺)로서 마음 속에 일어나는 성깔을 말함.

12070. 부아 돋는 날 의붓 아비 온다.
화가 나는 참에 미운 사람이 찾아와 더욱 화를 돋운다는 뜻.

12071. 부안댁 가라말 같다. (扶安宅 加羅馬) 〈東言解〉
보기만 좋고 실속은 하나도 없다는 뜻.
※ 가라말 : 검은 말.

12072. 부앗김에 서방질한다.
홧김에는 큰 일도 저지르게 된다는 뜻.

12073. 부엉이 곳간(庫間) 같다.
무슨 물건이나 많이 가지고 있다는 뜻.

12074. 부엉이는 낮눈은 어두워도 밤눈은 잘 본다. (鵂鶹晝目無所見 夜則明至) 〈博物志〉
한 가지 잘하는 것이 있으면 한 가지 못하는 것도 있다는 뜻.

12075. 부엉이는 세 방귀에 놀란다. (鵂放氣) 〈東言解〉
제가 제 바람에 잘 놀란다는 뜻.

12076. 부엉이도 제 소리는 듣기 좋다고 한다.
자기의 단점은 자신이 모르기 때문에 자기가 한 일은

다 잘 한 것으로 안다는 뜻.

12077. 부엉이마냥 하나 둘밖에 모른다.
셈을 하는데 지극히 간단한 것도 잘 못 한다는 뜻.

12078. 부엉이 살림이다.
없는 것 없이 모두 풍족하다는 뜻.

12079. 부엉이 셈수다. (鵂鶹計數)　　　〈旬五志〉
부엉이 셈은 하나 둘밖에 모르듯이 셈하는 것이 분
명하지 못하다는 뜻.

12080. 부엉이 욕심이다.
부엉이마냥 욕심이 많은 사람을 두고 하는 말.

12081. 부엉이의 밤눈은 털 끝에 붙은 벼룩도 본
다. (鵂鶹夜撮蚤毫末)　　　〈莊子〉
부엉이는 밤눈을 잘 보기 때문에 사소한 것까지 본다
는 뜻.

12082. 부엉이 집을 놓쳤다.
횡재(橫財)할 수 있었던 것을 놓쳐 버렸다는 뜻.
↔부엉이 집을 만났다. 부엉이 집을 얻었다.

12083. 부엉이 집을 만났다.
(1) 횡재(橫財)를 하였다는 뜻. (2) 먹을 것이 많이 생
겼다는 뜻.↔ 부엉이 집을 놓쳤다.

12084. 부엉이 집을 얻었다. (得鵂鶹家者)
　　　〈松南雜識〉
우연히 많은 재물을 얻었다는 뜻.↔ 부엉이 집을 놓쳤
다.

12085. 부엌 방석 같다.
머리털이 부엌 방석처럼 지저분하다는 뜻.

12086. 부엌에 가면 며느리 말이 옳고 안방에 가
면 시어머니 말이 옳다.
(1) 송사(訟事)에는 양쪽 말을 다 들어 봐야 한다는 뜻.
(2) 싸움에는 양편에 다 잘 잘못이 있다는 뜻.

12087. 부엌에서 더 먹나 방에서 더 먹나 한다.
서로 못 믿고 서로 의심한다는 뜻.

12088. 부엌에서 숟가락을 줍는다. (饌厨之下得匙
何者)　　　〈耳談續纂〉
(1) 당연히 있을 곳에 있는 것을 줍듯이 어리석은 짓
을 한다는 뜻. (2) 하잘것없는 일을 성공이나 한 듯
이 자랑한다는 뜻.

12089. 부엌이 살찌면 주머니가 마른다.
생활비에서 식사비(食事費)에 과용하면 다른 지출이
곤란하게 된다는 뜻.

2090. 부역(賦役) 가서 땀 내 나는 사람 없다.
부역 일 가서는 땀 내면서 일하는 사람이 없다는 뜻.

12091. 부역에서는 땀 내는 사람만 땀 낸다.
부역 일에서는 노는 사람은 늘 놀고 일하는 사람만 일
을 한다는 뜻.

12092. 부원군(府院君) 팔자다.
잘 먹고 한가히 팔자 좋은 생활을 하는 사람을 가리
키는 말. ※ 부원군 : 왕비의 친아버지나 정일품의 공
신의 칭호.

12093. 부유하게 되면 교만하게 되고 교만하게 되
면 게을러지게 된다. (有餘則驕 驕則緩怠)
　　　〈管子〉
많은 경우에 잘살게 되면 교만하게 되고 교만하게 되
면 게을러지게 되므로 부유해도 교만하지 않도록 삼
가해야 한다는 뜻.

12094. 부유하게 되면 교만하지 않기는 어렵다.
(富而無驕難)　　　〈老子〉
돈을 벌게 되면 누구나 교만해진다는 뜻.

12095. 부유하게 되면 어질지 않다. (爲富不仁)
　　　〈孟子〉
부유하게 되면 교만하게 되고 탐욕이 많아져서 어질
지 않다는 뜻.

12096. 부유하게 되면 예의가 생긴다. (禮義生富
足)　　　〈潛夫論〉
넉넉하게 되면 저절로 예의를 지키게 된다는 뜻.

12097. 부유하게 되면 일이 많다. (富則多事)
　　　〈莊子〉
돈이 많으면 재산을 관리해야 하기 때문에 일이 많게
된다는 뜻.

12098. 부유하게 되면 집이 윤택하게 되고 덕이
있으면 몸이 윤택하게 된다. (富潤屋 德潤身)
　　　〈大學〉
돈이 있으면 집안 살림이 윤택해지고 덕망이 있는 사
람은 신분이 윤택해진다는 뜻.

12099. 부유하고도 교만하지 않은 사람은 드물다.
(富而不驕者鮮)　　　〈春秋左傳〉
돈 많은 사람으로서 교만하지 않고 겸손한 사람은 드
물다는 뜻. ↔ 부유하면서도 교만하지 않기는 쉽다.

12100. 부유하다가 패가한 집 딸은 세상 사정을
모른다. (先富後貧家女 多迂潤)　　　〈李德懋〉
부잣집 딸은 남의 사정을 모르고 자랐기 때문에 패가
한 뒤에도 여전하다는 뜻.

12101. 부유하더라도 사양하기를 좋아하라.
(富好禮讓)　　　　　　　〈鄕約章程〉
부유하더라도 거만하지 말고 사양하기를 잘 할 줄 알
아야 한다는 뜻.

12102. 부유하면 나누어 쓰는 것이 있어야 한다.
(富有所分)　　　　　　　〈旅軒文集〉
돈을 많이 모으게 되면 가난한 사람들을 도와 주어야
한다는 뜻.

12103. 부유하면서도 교만하지 않기는 쉽다.
(富而無驕易)　　　　　　　〈論語〉
돈이 있어도 수양한 사람은 교만하지 않게 될 수도 있
다는 뜻. ↔ 부유하고도 교만하지 않은 사람은 드물
다.

12104. 부유하면 어질지 못하고 어질면 부유하지
못한다.(爲富不仁 爲仁不富)　　〈孟子, 楊虎〉
부자는 도덕과 의리가 없으며 도덕과 의리를 지키는
사람은 부자가 될 수 없다는 뜻.

12105. 부유한 것에만 의존하지 말라.(無怙富)
〈春秋左傳〉
부유한 사람에게만 의존하지 말라는 뜻.

12106. 부유한 사람과 친하게 지내지 말고 가난
한 사람과 소원하게 지내지 말라.(富不親兮
貧不疎)　　　　　　　〈蘇東波〉
부자에게 아부하지 말고 없는 사람이라고 업신여기지
말고 모든 사람들과 공평하게 사귀도록 하라는 뜻.

12107. 부유한 사람이 가난한 사람을 삼키지 말
라.(毋以富呑貧)
돈 있는 사람이 돈 없는 사람을 착취하지 말라는 뜻.

12108. 부유할 때 아끼지 않으면 가난할 때 뉘우
치게 된다.(富不儉用 貧時悔), (富時不儉 貧
時悔)　　　　　　〈寇萊公〉,〈修身要訣〉
돈이 많았을 때 절약하지 않으면 패가(敗家)하여 뉘
우치게 된다는 뜻.

12109. 부유함이 온 세상에 알려졌더라도 몸가짐
은 겸손해야 한다.(富有四海 守之以謙)
〈孔子〉
아무리 부유한 사람이라도 교만하지 말고 겸손해야 한
다는 뜻.

12110. 부유해도 교만하지 않는다.(富而無驕)
〈論語〉
부유하여져도 교만한 행동은 않는다는 뜻. ↔ 부귀를
누리면 교만병에 걸린다. 부귀하면 교만과 사치를
낳게 된다.

12111. 부인들과 모사(謀事)하면 누설된다.
(謀及婦人)　　　　　　　〈春秋左傳〉
모사는 남자끼리 해야지 부인과 상의하게 되면 누설
되어 실패한다는 뜻.

12112. 부인들은 자녀들을 사랑할 줄만 알고 가
르칠 줄은 모른다.(婦人知愛 而不知敎)
〈芝峯集〉
여자들은 아들 딸을 귀여워하기만 하고 교육은 잘 시
키지 못한다는 말.

12113. 부인의 예절은 말이 반드시 작아야 한다.
(婦人之禮 語必細)　　　　　〈姜太公〉
여자는 대화(對話)에서 언성(言聲)이 너무 크면 실례
가 된다는 뜻.

12114. 부자가 돈은 더 안 쓴다.
돈 있는 사람이 돈은 더 아껴 쓴다는 말.

12115. 부자가 되고 싶은 것은 모든 사람들이
다 바라는 바이다. (富人之所欲也)
〈春秋左傳〉
사람은 누구나 부자가 되고 싶어한다는 뜻.

12116. 부자가 되면 아는 친척보다 모르는 친척
이 많다.
부자가 되면 평소에 모르고 지내던 친척들이 많이 찾
아온다는 뜻.

12117. 부자가 되면 일가도 많아진다.
부자가 되면 그 덕을 보려고 찾아오는 친척이 많다
는 뜻.

12118. 부자가 되면 일도 많다.(富則多事)〈莊子〉
재산이 많게 되면 그를 관리하는 일이 많게 되면 그
를 관리하는 일이 많게 된다는 뜻.

12119. 부자가 되면 친구도 많아진다.
돈을 벌게 되면 찾아오는 친구도 많다는 뜻.

12120. 부자가 되자면 사람 노릇을 못한다.
(爲富不仁矣)　　　　　　　〈陽虎〉
돈을 모으자면 어진 짓을 해서는 못 모은다는 뜻.

12121. 부자가 될수록 물욕은 커진다.
돈은 벌면 벌수록 더 많이 벌고 싶어진다는 뜻.

12122. 부자가 돼도 지난 가난은 못 잊는다.
가난의 쓰라림은 환경이 바뀌어도 잊혀지지 않는다는
뜻.

12123. 부자가 많이 먹으면 식복이 있어 잘산다
고 하고 없는 놈이 많이 먹으면 먹어서 못산

다고 한다.

사람들은 그 환경에 적당하게 말을 지어서 한다는 뜻.

12124. 부자가 망해도 삼 년 간다.

부자는 패가(敗家)를 해도 숨은 재산이 있기 때문에 몇 해 동안은 잘 지낼 수 있다는 뜻.

12125. 부자가 망해도 삼 년 먹을 것은 남는다.

부자가 망해도 숨은 재산이 있기 때문에 몇 년은 걱정 없이 먹고 살 수가 있다는 뜻.

12126. 부자가 없는 놈보고 왜 고기 안 먹느냐고 한다. (何不食肉糜)

돈 있는 사람은 가난한 사람의 사정을 모른다는 뜻.

12127. 부자(父子)간에도 돈에는 남이다.

부자간에도 돈은 따로 두고 써야 한다는 뜻.

12128. 부자간에 범벅을 먹어도 금 그어 놓고 먹으랬다.

부자간에도 돈에 대해서는 분명하게 거래를 해야 한다는 뜻.

12129. 부자간에 서로 의심한다. (父子相疑) 〈荀子〉

아비와 자식 사이에 서로 의심할 정도로 불화하다는 뜻.

12130. 부자는 더욱 부자가 되고 가난한 사람은 더욱 가난해진다. (富益富 貧益貧) 〈星湖雜著〉

사회적으로 빈부의 차이가 점점 격심해진다는 뜻.

12131. 부자는 마을 사람 밥상이다.

한 마을에 부자가 있으면 마을 사람들은 그 덕으로 먹고 산다는 말.

12132. 부자는 반드시 더 큰 부자로 된다. (必富益富) 〈許生傳〉

부자가 되면 밑천이 많기 때문에 점점 더 큰 부자로 된다는 뜻.

12133. 부자는 어질 수 없고 어진 사람은 부자가 될 수 없다. (富者不仁 仁者不富) 〈鶴林玉露〉

부자가 어질게 되면 재산을 유지할 수 없게 되며 어진 사람은 물욕이 없기 때문에 부자가 될 수 없다는 뜻.

12134. 부자는 언제나 속세를 그리워하고 가난한 사람은 언제나 속세를 싫어한다. (富者常戀世 貧者常厭世) 〈閔翁傳〉

돈 있는 사람은 늘 삶을 그리워하지만 돈 없는 사람은 늘 삶을 싫어한다는 뜻.

12135. 부자는 여러 사람의 밥상이다.

부자가 여러 사람을 먹여 살린다는 뜻.

12136. 부자는 음탕하기 짝이 없다. (富者荒淫) 〈漢書〉

돈 있는 사람은 음탕한 행동을 잘 한다는 뜻.

12137. 부자는 재물을 원하지 않는다. (富而不願財) 〈荀子〉

큰 부자는 재물을 탐내려고 하지 않는다는 뜻.

12138. 부자도 한이 있다.

부자가 되는 것도 그 한계가 있는 것이지 무제한으로 되는 것은 아니라는 뜻.

12139. 부자 되는 집 머슴은 배 고프고 망하는 집 머슴은 배부르다.

치부(致富)하는 집은 살림을 영악하게 하고 망하는 집은 살림을 헤프게 한다는 뜻.

12140. 부자 되려고 애쓰지 말고 심사(心思)를 고쳤다.

무슨 일을 하려면 먼저 마음부터 바르게 가져야 한다는 말.

12141. 부자라야 더 부자 된다.

밑천이 많아야 돈을 많이 벌 수 있다는 뜻.

12142. 부자 삼대 못 가고 가난 삼대 안 간다. (富不三世 貧不三世)

빈부는 돌고 도는 것이기 때문에 부자도 오래 유지하지 못하며 가난한 사람도 오래 안 가서 부자가 될 수 있다는 뜻.

12143. 부자와 재떨이는 모일수록 더러워진다.

돈에 맛을 들이면 사람이 점점 인색해진다는 뜻.

12144. 부자 욕하는 것은 없는 놈이다.

이해 관계(利害關係)가 상반되는 경우에는 사이가 나쁘게 된다는 뜻.

12145. 부자의 땅은 온 들에 연달아 있지만 가난한 사람은 송곳 꽂을 땅도 없다. (富者田連阡陌而貧無立錐之土) 〈星湖雜著〉

농민들의 토지가 지주에게 독점되어 빈부의 차이가 극심하다는 뜻.

12146. 부자이면서도 더욱더 검약한다. (家富而愈儉) 〈孔子〉

부자로서 검소한 생활을 한다는 뜻.

12147. 부자 저승보다 거지 이승이 낫다.

아무리 못살아도 죽는 것보다는 낫다는 뜻.

12148. 부자 조상 안 둔 가난뱅이 없고 가난뱅이 조상 안 둔 부자 없다.
부귀(富貴)와 빈천(貧賤)은 어느 한집에만 오래 머물러 있는 것이 아니라 돌아다닌다는 뜻.

12149. 부자 천 냥보다 과부 두 푼의 정성이 더 크다.
부자가 많은 돈을 희사하는 것보다는 없는 사람이 내는 적은 돈에 더 정성이 담겼다는 말.

12150. 부자치고 인정 있는 사람 없다.
돈에 맛을 들이면 냉정하게 된다는 뜻.

12151. 부자 하나 나면 세 동네가 망한다.
부자가 하나가 생기자면 몇 동네 재산을 긁어 모아야 되기 때문에 동네는 망한다는 뜻.

12152. 부자 한 집이 있으면 천 집이 이를 미워한다. (一家富貴 千家怨)　　　〈草木子〉
모두 가난한 집만 사는 곳에 홀로 부자가 살면 미움을 받게 된다는 뜻.

12153. 부자집 가운데 자식 같다.
부자집 가운데 자식은 일도 않고 놀고 먹듯이 일도 않고 빈들 빈들 놀고 산다는 뜻.

12154. 부자집 딸은 교만하고 사치스럽다. (富家女驕侈)　　　〈李德懋〉
부자집 딸은 호화스럽게 자랐기 때문에 거만하고 사치를 좋아한다는 뜻.

12155. 부자집 떡개는 작다.
부자집은 누구나 다 인색하다는 뜻.

12156. 부자집도 거지 집에서 얻어 오는 것이 있다.
아무리 부자라도 모든 것을 다 구비할 수는 없다는 뜻.

12157. 부자집 맏며느리 같다.
얼굴이 복스럽게 생기고 마음씨가 너그러운 처녀라는 뜻.

12158. 부자집 문턱은 닳아 없어진다.
부자집에는 사람이 많이 드나든다는 뜻.

12159. 부자집 업 나가듯 과부 시집 가듯 한다.
아무도 모르게 슬그머니 자취를 감추었다는 말.

12160. 부자집 업 나가듯 한다.
부자집 업 구렁이 나가듯이 까닭없이 슬그머니 나간다는 뜻.

12161. 부자집에 마른 개 없고 가난한 집에 살찐 닭 없다.
부자집에는 짐승까지도 잘 먹어 살이 쪘지만 가난한 집에는 짐승까지도 먹지 못하여 말랐다는 뜻.

12162. 부자집에 마른 개 없다.
가난한 사람이 부자집 개만큼도 못 먹는다는 뜻.

12163. 부자집 외상보다 거지 맞돈이 낫다.
장사에는 많이 팔아 주는 외상보다 조금 팔아 주어도 현금이 낫다는 뜻.

12164. 부자집 자식 공물방(貢物房)에 출입하듯 한다.
자기가 맡은 일을 침착하게 하지 못하고 부산하게 한다는 뜻. ※공물방 : 옛날 국가에 필요한 물건을 납품하던 곳.

12165. 부자집 잔치떡 나누어 먹듯 한다.
부자집 잔치에 떡을 나누어 먹듯이 무슨 물건을 흔하게 나누어 쓴다는 뜻.

12166. 부전 조개 이 맞듯 한다.
무슨 물건이 빈틈없이 서로 꼭 맞는다는 뜻.
※ 부전조개 : 조개 껍질을 고운 헝겊으로 싸서 가지는 장난감.

12167. 부정(不淨) 물리듯 한다.
(1) 오는 사람을 인정사정없이 못 오게 한다는 뜻.
(2) 주는 물건을 받지 않고 돌려 보낸다는 뜻.

12168. 부정으로 얻은 부귀는 뜬 구름과 같다. (不義而富且貴於我如浮雲)　　　〈論語〉
부정하게 모은 재산은 뜬 구름과 같이 언제 없어질는지 모른다는 뜻.

12169. 부정이 들었다.
지금까지 잘 되어 나가던 일이 부정이 들어 일이 잘 안 되게 되었다는 뜻.

12170. 부정하게 모은 재산은 부정하게 나가게 된다. (貨悖而入者 亦悖而出)　　　〈大學〉
부정한 수단으로 모은 재산은 역시 부정하게 없어진다는 뜻.

12171. 부정한 재물은 삼 대(三代)를 못간다.
부정하게 번 재산은 오래 가지 못한다는 뜻.

12172. 부조는 못 하나마 젯상은 부수지 말랬다.
남을 도와 주지는 못·할망정 손해를 끼쳐서는 안 된다는 뜻.

12173. 부조는 않더라도 젯상이나 치지 마랬다.

남을 도와 주지는 못해도 손해를 끼쳐서는 안 된다는 뜻.

12174. 부조도 말고 젯상 다리도 치지 말랬다.
남을 도와 주려고 하지도 말고 손해도 끼치지 말라는 뜻.

12175. 부조도 안 한 나그네가 젯상만 부순다.
남을 도와 주지는 않으면서 피해만 끼친다는 뜻.

12176. 부지깽이를 거꾸로 꽂아도 산다.
초봄에는 아무 나무나 심기만 하면 산다는 뜻.

12177. 부지러진 활이다. (折弓)
부러진 활은 쓸 수 없듯이 아무 쓸모가 없다는 뜻.

12178. 부지러질망정 휘지는 말랬다.
사람은 죽을지라도 지조(志操)를 굽혀서는 안 된다는 뜻.

12179. 부지런하고 검소하면 부귀를 낳는다.
(勤儉生富貴) 〈旬五志〉
부지런히 일하고 검소한 생활을 하게 되면 부자가 된다는 뜻. → 부지런하고 검소하지 않으면 굶주림과 추위를 면하기 어렵다.

12180. 부지런하고 검소하지 않으면 굶주림과 추위를 면하기 어렵다. (非勤儉 難免饑寒)
〈懷梅丁公〉
부지런히 일해서 수입을 늘리고 검소한 생활을 하지 않으면 가난을 면치 못하게 된다는 뜻. → 부지런하고 검소하면 부귀를 낳는다. 부지런하고 밥 굶는 사람 없다.

12181. 부지런하고 검소한 것은 부인의 복이다.
(勤儉 婦人之福) 〈李德懋〉
부지런하고 검소한 생활을 하는 것은 여자의 복이라는 뜻.

12182. 부지런하고 검소한 것은 집안 살림하는 근본이다. (勤儉 治家之本)
〈景行錄〉
부지런히 일하고 검소한 생활을 하는 것을 생활의 바탕으로 삼아야 한다는 뜻.

12183. 부지런하고 밥 굶는 사람 없다.
부지런하면 큰 부자는 못 되더라도 먹고 사는 데는 걱정이 없다는 뜻. → 부지런하고 검소하지 않으면 굶주림과 추위를 면하기 어렵다.

12184. 부지런하고 아껴서 저축하라. (勤儉貯蓄)
〈松堂集〉
부지런히 일하고 쓰는 것은 절약하여 저축하도록 하

라는 말.

12185. 부지런하면 밥은 굶지 않는다.
부지런하면 큰 부자는 못 되지만 밥은 굶지 않을 정도는 된다는 뜻. → 부지런하고 검소하지 않으면 굶주림과 추위를 면하기 어렵다.

12186. 부지런하면 일을 잘 만들 수 있다.
(勤能創業)
부지런한 사람은 무슨 일이든지 잘 만들 수 있다는 뜻.

12187. 부지런하면 일이 뜻대로 이루어지고 삼가하면 잘못이 적어지게 된다.
(勤則事立 謹則寡過) 〈明齋言行錄〉
무슨 일이든지 부지런히 하면 성공하게 되며 또 조심스럽게 일을 하면 잘못되는 일이 적어진다는 뜻.

12188. 부지런하면 큰 일도 할 수 있다. (勤能業)
부지런한 사람은 못하는 일이 없다는 뜻.

12189. 부지런한 것은 온갖 성행의 으뜸으로 된다. (勤百善之長)
부지런하면 무슨 일이든지 할 수 있기 때문에 온갖 성행의 으뜸이라는 뜻.

12190. 부지런한 것은 한없이 값있는 보배이다.
(勤爲無價之寶) 〈明心寶鑑〉
근면(勤勉)은 사람에게 가장 값진 보배라는 뜻.

12191. 부지런한 물방아는 얼 새가 없다.
부지런히 일하는 사람에게는 실패가 없다는 뜻.

12192. 부지런한 벌은 먹을 걱정을 않는다.
사람도 부지런히 일하면 잘살게 된다는 뜻.

12193. 부지런한 부자는 하늘도 못 막는다.
부지런해서 버는 돈은 어떤 힘으로도 막을 수 없다는 뜻.

12194. 부지런한 사람에게는 가난이 따르지 못한다.
부지런히 일하는 사람은 가난하지 않다는 말.

12195. 부지런한 사람은 남는 것이 있어도 게으른 사람은 먹을 것도 없다.
부지런하면 잘살게 되고 게으르면 못살게 된다는 뜻.

12196. 부지런한 사람은 돌에서도 불을 얻는다.
부지런한 사람은 남이 못하는 것도 해서 성공한다는 뜻.

12197. 부지런한 사람은 앓을 여가도 없다.
부지런한 사람은 건강이 좋아서 앓지도 않지만 앓을 시간도 없다는 뜻.

12198. 부지런한 새가 벌레 더 먹는다.
부지런하게 일하는 사람은 생활이 넉넉하다는 뜻.

12199. 부지런히 일하고 아껴 쓰도록 하라.
(克勤克儉)　　　　　　　　　　〈茶山論叢〉
부지런히 일해서 수입은 증대시키고 쓰는 것은 절약
하여 저축하도록 하라는 뜻.

12200. 부채가 태산 같다. (負債如山)
빚을 많이 져서 패가(敗家)하게 되었다는 뜻.

12201. 부처님 가운데 토막 같다.
성질이 매우 온순하고 행동이 어질다는 뜻.

12202. 부처님 공양 말고 배 고픈 사람에게 구민
주랬다.
부처님에게 공양하여 자기의 복을 받으려 말고 그 돈
으로 남에게 덕을 베푸는 것이 낫다는 뜻.

12203. 부처님 궐(闕)이 나면 대(代)를 서겠다.
마음씨가 나쁘면서도 부처님의 대를 계승하겠다고 비
꼬는 말.

12204. 부처님도 돈이 있어야 영험(靈驗)도 있다.
무슨 일에서나 경제적 뒷받침이 있어야 한다는 뜻.

12205. 부처님도 화낼 때가 있다.
아무리 착한 사람이라도 지나친 행동을 하게 되면 화
를 내게 된다는 뜻.

12206. 부처님 믿다가 지옥 간다.
남에게 의지만 하고 있다가 크게 낭패를 당하게 되었
다는 뜻.

12207. 부처님보고 고기 추렴하자는 격이다.
되지도 않을 일을 헛수고한다는 뜻.

12208. 부처님보고 생선 토막 먹었다고 하겠다.
당치도 않은 누명(陋名)을 남에게 씌운다는 뜻.

12209. 부처님보고 푸줏간에 가자고 한다.
도저히 불가능한 일인 것을 헛수고를 한다는 뜻.

12210. 부처님에게 고기 값 받겠다.
고기를 먹지 않는 부처님에게 고기 값을 받듯이 생떼
를 잘 쓴다는 뜻.

12211. 부처님 위해서 불공하나 저 위해서 불공
하지.
겉으로는 남을 위해서 일하는 것 같지만 실속은 저를
위해서 한다는 뜻.

12212. 부처님이 살찌고 안 찌는 것은 석수(石
手) 손에 달렸다.
무슨 일이든지 그 성과가 좋고 나쁜 것은 그 일을 집
행하는 사람에게 달려 있다는 뜻.

12213. 부처도 남의 집 첩 노릇을 하면 변한다.
아무리 마음이 너그러워도 첩 노릇을 하면 마음이 간
사스럽게 된다는 뜻.

12214. 부처도 다급하면 거짓말한다.
잘난 사람이라도 다급한 사정이 있을 경우에는 거짓
말을 하게 된다는 뜻.

12215. 부처도 되고 마귀도 된다.
부부간은 다정하면 부부가 되지만 불화하면 원수가
된다는 뜻.

12216. 부처도 하루 밥 세 끼다.
아무리 훌륭한 사람도 하루 밥 세 끼밖에 안 먹는데 하
물며 서민들은 굶지 않고 먹고 살면 이것으로 만족해
야 한다는 뜻.

12217. 부처 머리에 똥칠한다. (佛頭着糞：佛頭放
糞)　　　　　　　　　　　　　〈傳燈錄〉
(1) 남을 망신시킨다는 뜻. (2) 잘 된 일을 망쳐 놓는
다는 뜻.

12218. 부처 밑을 들추면 삼거웃이 드러난다.
(刮佛本麻滓出), (佛底刮麻毛發)
　　　　　　　　　　　　〈旬五志〉,〈洌上方言〉
점잖은 사람도 그 이면(裏面)을 들추어 보면 지저분
한 일이 있다는 뜻.

12219. 부처 앞에 불공 말고 배 고픈 사람에게 밥
을 주랬다.
부처님에게 불공을 드려 복을 받으려 하지 말고 그것
으로 덕을 쌓는 것이 낫다는 뜻.

12220. 부처 얼굴에 똥칠한다. (佛面塗糞：佛面
着糞)　　　　　　　　　　　　〈典籍便覽〉
(1) 남을 망신시킨다는 뜻. (2) 잘 된 일을 망쳐 놓는
다는 뜻.

12221. 부처 얼굴이 잘생기고 못생기는 것은 환
쟁이 붓 놀리는 데 달렸다.
무슨 일이나 그 성과는 실제로 일을 담당한 사람에게
달려 있다는 뜻.

12222. 부처 없는 불당(佛堂)이다.
내용은 없고 형식만 갖추고 있다는 뜻.

12223. 부처 없는 절에서 불공하기다.
내용은 없고 형식만 있는 짓을 하는 것은 아무 성과
가 없다는 뜻.

12224. 부처에도 팔 다리 떨어진 것이 있다.
아무리 훌륭한 사람에게도 결함이 있다는 뜻.

12225. 부처 위해 불공한다더냐
불공은 부처를 위해서 하는 것이 아니라 자신을 위해서 하듯이 겉보기에는 남을 위하는 것 같지만 내용은 자신을 위한 짓이라는 뜻.

12226. 부처의 얼굴에 마귀의 마음씨다. (佛面鬼心)
겉으로는 착한 척하지만 속은 마귀와 같이 악독하다는 뜻.

12227. 부처 흉은 내도 부자 흉은 못 낸다.
점잖은 척은 할 수 있어도 돈 있는 척은 못한다는 뜻.

12228. 부초 같은 양반이다.
부초와 같이 연약한 양반이라는 뜻.

12229. 부평초(浮萍草) 떠다니듯 한다. (萍蹤靡定)
〈後漢書〉
부평초마냥 정처(定處)없이 분주히 떠돌아다닌다는 뜻.

12230. 부하를 사랑하는 아들같이 여겨라.
(視卒如愛子)
〈孫子〉
지휘관은 부하를 아들과 같이 사랑해야 한다는 뜻.

12231. 부호집에는 곡식과 고기가 썩는데 가난한 집에는 쌀겨를 구할 걱정을 한다. (豪門腐粱肉 窮巷思秕糠)
〈黃滔〉
빈부의 차이가 격심한 사회라는 뜻.

12232. 부황(浮黃) 난 놈보고 요기시키란다.
상대방의 사정도 전혀 모르면서 부탁을 한다는 뜻.

12233. 부황 난 놈은 보리 이삭만 봐도 낫다.
춘궁(春窮)에 굶주린 사람은 보리 이삭만 보아도 용기가 난다는 뜻.

12234. 부황 난 집에 가 구걸(求乞)한다.
자기보다 더 어려운 사람에게 도와 달란다는 뜻.

12235. 북과 아이는 칠수록 큰 소리만 난다.
어린 아이는 때리지 말고 달래야 한다는 말.

12236. 북두칠성(北斗七星)이 앵도라졌다.
북두칠성이 제자리를 떠나 버리듯이 일이 낭패가 되었다는 뜻.

12237. 북망산(北邙山) 안 가는 약 없다.
약이 제 아무리 좋아도 죽는 병 고치는 것은 없다는 뜻. ※ 북망산 : 사람이 죽어서 가는 곳을 일컬음.

12238. 북새통을 놓는다.
(1) 여러 사람이 법석을 친다는 뜻. (2) 남의 일을 방해한다는 뜻.

12239. 북악(北岳)이 평지(平地)되기를 바래라.
도저히 되지도 않을 짓을 바랜다는 뜻.

12240. 북어 값을 받으러 왔나 ?
남의 집에서 낮잠을 자고 있는 사람보고 하는 말.

12241. 북어 껍질 오그라지듯 한다.
집안 살림이 북어 껍질 오그라지듯이 점점 줄어든다는 뜻.

12242. 북어나 명태나.
북어와 명태는 이름만 다르듯이 똑같은 것이 이름만 다르다는 뜻.

12243. 북어 뜯고 손가락 빤다.
아무 소득이 없어 애만 탄다는 뜻.

12244. 북어와 여자는 두드려야 부드러워진다.
남존 여비(男尊女卑)의 봉건 시대 말로서 말로 해서 안 듣는 여자는 때려서 버릇을 고쳐야 한다는 말.

12245. 북어 한 마리 놓고 어물전(魚物廛) 본다.
형식도 제대로 갖추지 못하고 무슨 일을 하려고 한다는 뜻.

12246. 북어 한 마리 부조한 놈이 젯상 엎는다.
대단치 않은 것을 주고는 큰 손해를 끼친다는 뜻.

12247. 북은 칠수록 소리가 난다.
나쁜 사람과는 상대하면 상대할수록 손해만 늘게 된다는 뜻.

12248. 북은 칠수록 흥이 난다.
무슨 일이나 하면 할수록 잘 된다는 뜻.

12249. 북을 지울 놈이다.
본보기로 나쁜 짓을 한 놈은 망신을 시켜야 한다는 뜻.
※ 북지움 : 옛날에는 나쁜 짓을 한 사람에게 북을 지우고 북을 치고 다니며 그의 죄상을 폭로하면서 징계(懲戒)한 데서 나온 말.

12250. 북 치고 장구 치고 한다.
(1) 혼자서 여러 가지 일을 맡아서 한다는 뜻.
(2) 몹시 바쁜 생활을 한다는 뜻.

12251. 북 치듯 한다.
북을 치듯이 무엇을 함부로 두드린다는 뜻.

12252. 분다 분다 하니까 하루 식전에 왕겨 한 섬을 분다.

잘한다고 추어 주니까 죽을지 모르고 일을 한다는 뜻.

12253. 분별없이 쫓아 따른다. (偸合苟從) 〈漢書〉
맹목적(盲目的)으로 남을 쫓아 따른다는 뜻.

12254. 분별은 똑똑히 해야 한다. (明辨之)
사물의 분별은 분명히 해야 한다는 뜻.

12255. 분수를 잘 지키면 귀신도 대들지 못한다.
(能守分則鬼神無權) 〈刻骨難忘記〉
분수를 잘 지키는 사람한테는 귀신도 덤비지 못한다는 뜻.

12256. 분수를 지켜 욕됨이 없게 하라. (守分無辱)
〈簧答集〉
자기 분수를 잘 지키면 욕을 당하는 일이 없다는 뜻.

12257. 분수를 지키면 가난해도 마음은 편하다.
(守分安貧) 〈松隱遺稿〉
자기 분수를 아는 사람은 비록 가난해도 속은 편하다는 뜻.

12258. 분수를 지키면 욕을 당하는 일이 없다.
(守分身無辱) 〈擊壤詩〉
자기의 분수를 지키게 되면 욕을 당하지 않는다는 뜻.

12259. 분수없이 함부로 덤빈다. (冒濫)
상대방을 분별하지 않고 무모(無謀)하게 덤빈다는 뜻.

12260. 분수에 넘치면 도리가 아니다. (僭越無道)
자기 분수에 맞지 않는 짓을 하는 것은 도리가 아니라는 뜻.

12261. 분수에 넘치면 예의가 아니다. (非禮僭越)
자기 분수에 맞지 않는 짓을 하는 것은 예의가 아니라는 뜻.

12262. 분에 못 이겨 이를 갈면서 속을 썩인다.
(切齒腐心) 〈史記〉
이를 갈면서 분을 참지 못하여 속만 썩이고 있다는 뜻.

12263. 분(盆)에 심어 놓으면 못된 풀도 화초 된다.
못난 사람이라도 좋은 지위에 앉혀 놓으면 잘나 보인다는 뜻.

12264. 분을 바르는 것은 얼굴만 예쁘게 하는 것이 아니라 마음도 청신하게 하는 것이다.
(加粉則思其心之鮮) 〈蔡邕〉
외모를 깨끗이 하면 마음도 청신해진다는 뜻.

12265. 분이 머리 끝까지 치민다. (忿情之頭:忿爭之頭)

화가 머리 끝까지 치밀도록 난다는 뜻.

12266. 분이 터질 것만 같다. (忿莫甚焉)
분이 폭발하여 일을 저지를 것만 같다는 뜻.

12267. 분통이 터져 먹는 것도 잊고 있다.
(發憤忘食) 〈論語〉
몹시 분해서 식사 때가 되어도 먹는 것도 잊어 버리고 있다는 뜻.

12268. 분하면 딴 생각이 안 난다.
화가 많이 나면 다른 생각은 하나도 나지 않고 분한 생각만 난다는 뜻.

12269. 분한 마음을 벽에다 대고 꾸짖어 푼다.
(阿壁) 〈楚辭〉
분한 마음을 풀기 위하여 벽을 보고 꾸짖으며 푼다는 뜻.

12270. 분한 마음을 징계하고 욕심을 막아야 한다. (懲忿窒慾) 〈俛宇文集〉
분한 마음이 생기는 것은 고쳐야 하고 욕심을 없애도록 노력하라는 뜻.

12271. 분한 마음을 품고 원통한 마음을 가진다.
(含憤蓄怨)
분하고 원통한 마음이 쌓인다는 뜻.

12272. 분한 마음이 하늘까지 치민다. (憤氣撑天)
분한 마음이 하늘까지 치밀 정도로 매우 분하다는 뜻.

12273. 분한 말은 앞뒤를 돌보지 않는다. (忿發之言 不顧先後) 〈簧答集〉
분이 나서 하는 말은 앞뒤도 가리지 않고 함부로 한다는 뜻.

12274. 분해서 먹는 것조차 잊는다. (發憤忘食)
〈論語〉
너무나 분하여 먹을 것도 잊어 버리고 참지 못하고 있다는 뜻.

12275. 분해서 성을 낸 사람은 마음이 풀어지지 않는다. (恚恨者未釋) 〈茶山論叢〉
몹시 분해서 성이 나게 되면 그 마음이 풀어지지 않는다는 뜻.

12276. 분해서 이를 갈면서 꾸짖는다. (切齒憤叱)
〈南史〉
몹시 분해서 이를 갈면서 나무란다는 뜻.

12277. 불가능한 것도 가능하게 한다. (方不可方可) 〈莊子〉
무슨 일이 불가능한 것도 연구하고 노력하면 가능하

게 될 수 있다는 뜻.

12278. 불가사리 쇠 먹듯 한다.
매우 잘 먹는다는 뜻. ※불가사리 : 쇠를 잘 먹는다는 전설적인 동물.

12279. 불 가진 놈이 선선하기를 바라는 격이다. (抱炭希凉)
환경에 어긋나는 짓을 하려고 한다는 뜻.

12280. 불감청(不敢請)이언정 깨소금이다.
감히 청할 수는 없으나 좋은 것으로 달라는 뜻.

12281. 불 같은 성미다.
성미가 불과 같이 몹시 급하다는 뜻.

12282. 불 같은 욕심이다. (慾火)
욕심이 불과 같이 치솟는다는 뜻.

12283. 불고 쓴 듯 하다.
몹시 가난하여 집안에 아무것도 없이 텅 비어 있다는 뜻.

12284. 불공도 돈이 있어야 한다.
무슨 일이나 돈이 있어야 한다는 뜻.

12285. 불공에도 돈이 많아야 영험(靈驗)도 많다.
무슨 일이나 돈이 많아야 일이 잘 된다는 뜻.

12286. 불공은 잘 지냈어도 불덕(佛德)은 없다.
할 짓은 잘했으나 아무 보답이 없다는 뜻.

12287. 불과 계집은 쑤석거리면 탈 난다.
여자는 남의 꾀임에 잘 빠져서 실패하는 경우가 많다는 뜻.

12288. 불과 시집 간 새댁은 쑤시면 못 산다.
시집 간 여자는 자꾸 남자들이 접촉하게 되면 시집살이를 못 하게 된다는 뜻.

12289. 불 구경과 싸움 구경은 양반도 한다.
불 구경과 싸움 구경은 볼 만하다는 뜻.

12290. 불구 대천(不俱戴天)의 원수다.
한 하늘 아래서는 도저히 함께 살 수 없는 원수라는 뜻.

12291. 불 끈다고 섶 가지고 덤빈다. (救火投薪)
〈鄧析子〉
일을 근본적으로 해결하지 않고 급하다고 하여 함부로 하다가는 더욱 악화된다는 뜻.

12292. 불길한 징조이다. (不吉之兆)
길(吉)하지 못한 징조가 나타난다는 뜻.

12293. 불나방이가 불쌍하여 등불을 켜지 않는다.

(憐蛾不點燈)
〈蘇軾〉
하찮은 것을 위하여 큰 일을 희생(犧牲)한다는 뜻.

12294. 불나방이 불 무서운 줄 모른다.
저 죽을지도 모르고 함부로 덤빈다는 말.

12295. 불나방이 불에 덤비듯 한다. (飛蛾赴火)
자신이 자신을 망치는 행동을 한다는 말.

12296. 불난 것 보고 우물 판다.
일을 예견성(豫見性) 없이 하면 아무 성과가 없다는 뜻.

12297. 불난 끝엔 재수 있다.
불난 집에 가서 위안(慰安)해 주는 말.

12298. 불난 끝은 있어도 질투 끝은 없다.
질투의 피해는 화재의 피해보다도 더 크다는 뜻.

12299. 불난 데 고유(告諭)하다가 신주(神主) 불 태운다.
무슨 일을 그때 그 환경에 알맞게 하지 않고 기계적으로 하면 큰 손해를 본다는 뜻. ※고유 : 신주에게 사유를 고하는 식.

12300. 불난 데 기름 붓기다.
(1) 화난 사람의 화를 더 돋구어 준다는 뜻. (2) 남의 액운에 더 잘못 되게 방해를 놓는다는 뜻.

12301. 불난 데 도둑 맞는다.
불 난 끝에 흔히 도둑까지 맞게 되기 때문에 주의하라는 뜻.

12302. 불난 데 부채질한다.
(1) 남의 안 되는 일을 더욱 안 되게 방해한다는 뜻.
(2) 화 난 사람의 화를 더 돋구워 준다는 뜻.

12303. 불난 데 침 뱉기다.
졸렬(拙劣)한 방법으로 일을 처리한다는 뜻.

12304. 불난 데 키질한다.
(1) 남의 불행한 일을 더욱 불행하게 만든다는 뜻.
(2) 화 난 사람을 더욱 화나게 한다는 뜻.

12305. 불난 데 풀무질한다.
(1) 남의 잘 안 되는 일을 방해 한다는 뜻. (2) 화난 사람에게 화를 더 나게 한다는 뜻.

12306. 불난 데 풍석(風席)질한다.
곤경에 빠져 있는 사람을 도와 주지는 않고 더 괴롭힌다는 뜻.

12307. 불난 뒤에 못 줍기다.
큰 것을 잃고 작은 것을 아낀다는 뜻.

12308. 불난 뒤에 불조심하기다.
　　일이 이미 잘못된 뒤에 잘할 준비를 한다는 뜻.

12309. 불 난 며느리 싸대듯 한다.
　　공연히 허둥지둥하면서 분주하게 왔다갔다하기만 한
　　다는 뜻.

12310. 불 낸 집에서 불이야 한다.
　　제가 잘못하고도 제가 않은 척한다는 뜻.

12311. 불 난 집에 섶 지고 간다.
　　남의 액운(厄運)에 더 못 되게 방해를 놓는다는 뜻.

12312. 불 난 집에 장작 지고 간다.
　　남의 안 되는 일을 점점 안 되도록 방해를 놓는다는
　　뜻.

12313. 불 난 집에 키 들고 간다.
　　(1) 성 난 사람을 더 성내게 한다는 뜻. (2) 일이 더 안
　　되게 방해를 놓는다는 뜻.

12314. 불 난 집에 키 들고 덤빈다.
　　(1) 화 난 사람에게 화를 더 나게 한다는 뜻.
　　(2) 안 되는 일을 더 안 되게 방해한다는 뜻.

12315. 불 난 집이 재수있다.
　　불 났던 집에 살면 재산이 불 일듯이 일어난다는 데서
　　나온 말.

12316. 불 떨어지면 구워먹겠다.
　　고기를 몹시 먹고 싶어하는 사람을 야유하는 말.
　　※ 불 : 불알의 준말.

12317. 불도(佛道)가 성하면 마귀도 성하게 된다.
　　아군(我軍)이 강하게 되면 적군도 강하게 된다는 뜻.

12318. 불도 제 발등에 안 떨어진 것은 뜨거운 줄
　　모른다.
　　고생을 해보지 않은 사람은 남의 고생을 모른다는 뜻.

12319. 불도 켤 데 켜야 아들도 낳고 딸도 낳는
　　다.
　　무슨 일이나 될 수 있는 일을 해야 목적을 달성할 수
　　있다는 뜻.

12320. 불똥이 집을 태운다.
　　사소한 일이 큰 재해(災害)를 일으키게 된다는 뜻.

12321. 불뚝성이 살인(殺人) 낸다.
　　불뚝이 성질을 쓰다가는 좋지 못한 일을 저지르게 된
　　다는 뜻.

12322. 불로 불을 끈다. (以火救火)　　　〈莊子〉
　　(1) 남의 폐해(弊害)를 구해 준다는 것이 도리어 폐해

를 크게 하여 주었다는 뜻. (2) 세력 있는 사람에게
세력을 주어 더욱 강하게 한다는 뜻.

12323. 불로초(不老草)를 먹었나 ?
　　(1) 특별히 장수(長壽)한 노인을 가리키는 말. (2) 연
　　령에 비하여 매우 젊어 보이는 사람을 이르는 말.

12324. 뿔만 보아도 소는 알 수 있다. (見角知牛)
　　소는 뿔만 보아도 알 수 있듯이 사람도 외모를 보면
　　그 성격을 알 수 있다는 뜻.

12325. 불면 날까 쥐면 꺼질까 한다. (吹之恐飛
　　執之恐陷), (吹恐飛 執恐虧)
　　　　　　　　　　　〈旬五志〉, 〈冽上方言〉
　　귀여운 어린 아이를 두고 하는 말.

12326. 불면 날아갈 듯 쥐면 터질 듯하다.
　　몸이 몹시 허약한 사람을 가리키는 말.

12327. 뿔 빠진 소다. (拔角之牛)
　　유일한 무기를 잃고 위세(威勢)가 없어진 신세라는
　　뜻.

12328. 뿔 빠진 소요 며느리 발톱 빠진 닭이다.
　　(拔角脱距)　　　　　　　　　　　　〈韓愈〉
　　(1) 적의 이기(利器)를 뺏는다는 뜻. (2) 자기의 유일
　　한 무기를 잃었다는 뜻.

12329. 뿔 빠진 쇠 상이다.
　　(1) 자기에게 가장 중요한 것을 잃고 몹시 당황한다는
　　뜻. (2) 지위는 있어도 세력이 없다는 뜻.

12330. 뿔뿔이 흩어져 달아난다. (四散奔走)
　　사방으로 분주하게 흩어진다는 뜻.

12331. 불붙은 개 대가리다.
　　불에 그을린 개 대가리마냥 보기가 흉하다는 뜻.

12332. 불상놈 같다.
　　못된 놈 중에서도 가장 못된 놈이라는 뜻.

12333. 불상(佛像)만 그리고 점안(點眼)은　하지
　　않는다. (彩繪已畢但缺點眼耳)　　〈續傳燈錄〉
　　마지막에 가장 중요한 일을 하지 않아서 아무 성과도
　　없게 되었다는 뜻.

12334. 불쌍할 지경으로 가난하다. (可憐勝境當窮
　　寒)　　　　　　　　　　　　　　　〈歐陽修〉
　　보기가 불쌍할 정도로 몹시 가난하다는 뜻.

12235. 불 속에서 밤 줍기다. (入火拾栗)
　　조그마한 이익을 위하여 큰 모험을 한다는 뜻.

12336. 불손한 것을 용맹하다고 하는 사람은 미

움을 받는다. (惡不遜以爲勇者)　　〈論語〉
웃사람에게 불손한 행동을 용맹한 것으로 보는 사람
은 미움을 받는다는 뜻.

12337. 불씨가 되었다.
　조그마한 것이 큰 화근(禍根)이 되었다는 말.

12338. 불아귀 같다.
　제 욕심만 내고 남의 생각은 조금도 하지 않는 사람
을 가리키는 말.

12339. 불 안 때도 절로 익는 솥이다.
　가장 이상적(理想的)이고 바라는 것이라는 뜻.

12340. 불 안 땐 굴뚝에 연기 날까? (不燃之堗 煙
不生), (不燃堗 烟何生)　〈旬五志〉,〈東言解〉
　어떤 소문이 날 때는 반드시 이유가 있다는 뜻.

12341. 불안하여 한 자리에 오래 앉아 있지를 못
한다. (坐不安席)
　한 곳에 편안하게 오래 앉아 있지를 못한다는 뜻.

12342. 불알 값도 못한다.
　사나이답지 못한 짓을 하였다는 말.

12343. 불알 떼어 개나 주라.
　사나이가 사내답지 못한 짓을 했을 때 하는 말.

12344. 불알 두 쪽만 남았다.
　재산을 다 없애고 알몸밖에 안 남았다는 뜻.

12345. 불알 두쪽만 대그럭거린다.
　집안에 아무 것도 없고 다만 알몸뚱이밖에 없다는 뜻.

12346. 불알 두 쪽밖에는 없다.
　재산이라고는 아무것도 없고 다만 알몸밖에 없다는
뜻.

12347. 불알을 잘 긁어 준다.
　남의 비위를 잘 맞추어 준다는 뜻.

12348. 불알쪽이 오르내린다.
　공포(恐怖)에 떨고 있다는 뜻.

12349. 불 없는 곳에는 연기도 없다. (無火無煙)
　근본이 없으면 부분도 있을 수 없다는 뜻.

12350. 불 없는 화로다.
　가장 중요한 것은 없고 달갑잖은 것만 있다는 뜻.

12351. 불 없는 화로요 딸 없는 사위집이다.
　있어야 할 것은 없고 쓸데없는 것만 있다는 뜻.

12352. 불에 놀란 놈은 부지깽이만 봐도 놀란다.
　한번 몹시 놀라게 되면 그와 비슷한 것만 보아도 놀

란다는 뜻.

12353. 불에 놀란 놈은 화젓가락만 보아도 놀란
다.
　한번 몹시 놀란 사람은 그와 비슷한 것만 보아도 겁
을 낸다는 뜻.

12354. 불에 눈썹 태운다. (火燒眉毛)〈五燈會元〉
　스스로 위급한 일을 당하게 되었다는 뜻.

12355. 불에 덴 아이 보채듯 한다.
　불에 덴 아이가 보채는 것처럼 몹시 조른다는 뜻.

12356. 불에 덴 아이 불 무서워하듯 한다.
　어린 아이라도 한번 놀란 뒤에는 그것을 보면 무서워
한다는 뜻.

12357. 불에 타는 사람 구한다면서 끓는 물을 퍼
붓는다. (救火揚沸)　　　　　　〈史記〉
　(1) 남을 도와 준다는 것이 도리어 해가 되게 한다는
　뜻. (2) 불리한 처지를 더욱 불리하게 만든다는 뜻.

12358. 불에 타는 사람을 구하고 물에 빠진 사람
을 건져 준다. (救焚拯溺)
　위험을 무릅쓰고 남을 구제하여 준다는 뜻.

12359. 불에 탄 개 가죽 오그라지듯 한다.
　(1) 무슨 일이 펴나가지 못하고 점점 망한다는 뜻.
　(2) 재산이 점점 줄어든다는 뜻.

12360. 불여우 같다.
　간사하기가 여우 중에서도 가장 못된 불여우 같다는 뜻.

12361. 불운이 극도에 달하면 행운이 온다.
　(否極泰來)
　불행한 운수도 극에 도달하면 행운이 온다는 뜻.

12362. 불은 건조한 곳에 붙는다.
　불은 건조한 땔감에 붙듯이 화도 기분이 나빠야 난다
는 뜻.

12363. 불은 나무에 일어나서 그 나무를 이긴다.
　(火生木 火勝木)　　　　　　　　〈擇里誌〉
　부분적(部分的)인 것이 근본적(根本的)인 것을 이긴
다는 뜻.

12364. 불은 바람따라 번진다. (因風從火)
　불은 바람이 부는 방향으로 번지며 탄다는 말.

12365. 불은 번지기 전에 꺼야 한다.
　무슨 일이나 확대되기 전에 빨리 막아야 한다는 뜻.

12366. 불은 불씨 적에 꺼야 한다.
　잘못된 짓은 커지기 전에 고쳐야 한다는 뜻.

12367. 불은 타기 시작할 때 꺼야지 활활 타게 되면 끄기 어렵다. (燄燄不滅 若炎炎何)
나쁜 일은 커지기 전에 없애 버려야지 만일 커지게 되면 없앨 수가 없게 된다는 뜻.

12368. 불을 끈다면서 장작을 던진다. (救火投薪)
〈鄧析子〉
당황하게 일을 하다가는 더욱 일을 악화시키게 된다는 뜻.

12369. 뿔을 바로 잡으려다가 소를 죽인다. (矯角殺牛)
조그마한 이익을 위하여 큰 손해를 보게 되었다는 뜻.

12370. 불을 보는 듯하다. (明若觀火)
불을 보듯이 똑똑히 알 수 있다는 뜻.

12371. 불을 탐내는 불나방은 불에 타 죽는다.
허영(虛榮)에 날뛰다가는 신세를 망치게 된다는 뜻.

12372. 불을 피하다가 물에 빠진다.
화를 피하다가 다른 화를 입게 되었다는 뜻.

12373. 불의는 덮어 두어서는 안 된다. (不蓄不義)
〈孔子〉
불의는 덮어 두지 말고 시정하도록 해야 한다는 뜻.

12374. 불의는 정의를 침범하지 못한다. (邪不犯正)
간사스러운 것은 바르고 정당한 것을 범하지 못한다는 뜻.

12375. 불의는 징계해야 한다. (以懲不義)
〈春秋左傳〉
불의는 용서하지 말고 징계해야 한다는 말.

12376. 불의로 모은 재산은 오래 가지 못한다. (不義之財 不能久守)
〈茶山全書〉
부정하게 모은 재산은 오래 유지하지 못하고 망한다는 뜻.

12377. 불의에는 군중들이 붙지 않는다. (不義不昵)
〈春秋左傳〉
군중들은 불의의 정권은 지지하지 않게 된다는 뜻.

12378. 불이 눈썹에 붙은 듯이 위급하다. (焦眉之急)
눈썹에 불이 붙은 듯이 매우 위급하다는 뜻.

12379. 불이 들보에까지 타면 제비와 참새도 편하게 지낼 수 없다. (火及棟樑 燕雀安仕)
국가가 망하게 되면 국민들도 편하게 살 수 없게 된다는 뜻.

12380. 불이 물을 이기지 못한다.
성미가 급한 사람이 성미가 너그러운 사람을 못 당한다는 뜻.

12381. 불이 발등에 떨어졌다.
급한 일이 눈앞에 닥쳐왔다는 뜻.

12382. 불이 벌판에 타오르듯 한다. (燎原之火)
〈書經〉
벌판에 불이 퍼지듯이 세력이 급속히 퍼져서 당할 수가 없다는 뜻.

12383. 불인지 물인지도 모른다.
위험한 줄도 모르고 함부로 행동한다는 말.

12384. 불 일듯 한다.
재산이 불 일듯이 얼마 안 가서 부자가 된다는 뜻.

12385. 뿔 있는 짐승은 이가 없다. (角者無齒)
뿔 있는 짐승은 물지를 못하듯이 사람에게도 한 가지 잘하는 것이 있는가 하면 못하는 것도 있다는 뜻.

12386. 불장난을 치면 밤에 오줌 싼다.
어린 아이들이 위험한 불장난을 못하게 하기 위하여 하는 말.

12387. 불장난을 친다.
대단히 위험한 행동을 한다는 뜻.

12388. 불 질러 놓고 끄느라고 욕본다.
일을 스스로 잘못하고 그것을 뒤처리하느라고 큰 고생을 한다는 뜻.

12389. 불집을 건드렸다.
위험한 짓을 하여 화를 당하게 되었다는 뜻.

12390. 불집을 낸다.
공연히 위험한 짓을 스스로 한다는 뜻.

12391. 불쾌한 낯으로 서로 대한다. (惡顔相對)
서로 부드러운 얼굴로 상대하지 않는다는 뜻.

12392. 불 타는 강변에 덴 소 날뛰듯 한다. (火燒江邊爛牛奔)
〈東言解〉
어쩔 줄을 모르고 날뛴다는 뜻.

12393. 불 타는 강변에 송아지 날뛰듯 한다.
불에 놀란 송아지마냥 당황해서 날뛴다는 뜻.

12394. 불 타는 데 키질한다.
일이 안 되는 것을 더욱 안 되게 방해를 한다는 뜻.

12395. 불 탄 강아지 앓는 소리를 한다.
몹시 지쳐서 신음하는 소리를 한다는 뜻.

12396. 불 탄 개 가죽 같다.
재산이 모르는 사이에 점점 줄어든다는 뜻.

12397. 불 탄 끝은 있어도 물 간 끝은 없다.
화재(火災)의 피해보다 수해의 피해가 더욱 크다는 뜻.

12398. 불 탄 쇠가죽 오그라지듯 한다.
(1) 재산이 점점 줄어 없어진다는 뜻. (2) 무슨 일이 퍼지지 않고 실패만 거듭된다는 뜻.

12399. 불 탄 조기 껍질 같다.
집안 살림이 점점 줄어든다는 뜻.

12400. 불한당(不汗黨) 다녀간 집 같다.
집안에 살림살이가 아무것도 없다는 말.

12401. 불행하기는 하나 그래도 그만하기가 다행이다. (不幸中多幸)
불행하다고는 하지만 그래도 그만한 정도의 재앙만 당한 것이 다행이라는 뜻.

12402. 불호령을 내린다.
정신을 못 차리게 계속 호령을 한다는 뜻.

12403. 불화하면 패한다. (不和而敗) 〈春秋左傳〉
내부의 분열(分裂)이 있으면 망한다는 뜻.

12404. 불효하면 부모가 죽은 뒤에 뉘우치게 된다. (不孝父母死後悔) 〈朱子十悔〉
부모님이 생존하셨을 때 효자 노릇을 못 하면 부모님이 돌아가신 후에는 뉘우치게 된다는 뜻.

12405. 붉고 쓴 장이다. (紅不甘醬) 〈東言解〉
겉모양은 그럴 듯하나 실속은 좋지 못하다는 뜻.

12406. 붉기는 원숭이 낯짝이다.
사람 얼굴이 몹시 붉다는 뜻.

12407. 붉으락 푸르락 한다.
몹시 화가 나서 얼굴 빛이 붉었다 푸르렀다 한다는 뜻.

12408. 붉은 간장은 달지 않다. (紅不甘醬) 〈東言解〉
겉으로는 빛깔이 붉어 맛있게 보이나 쓰듯이 겉으로는 좋아도 속은 신통치 않다는 뜻.

12409. 붉은 것을 가까이하면 붉어지고 검은 것을 가까이하면 검어진다. (近朱近黑) 〈傅休奕〉
사람은 착한 친구를 사귀면 착해지고 악한 친구를 사귀면 악해진다는 뜻.

12410. 붉은 곳에 두면 붉어진다. (丹之所藏者赤) 〈孔子家語〉
사람은 선하고 악한 벗에 따라 착하게도 되고 악하게

도 된다는 뜻.

12411. 붉은 꽃 한 송이다. (紅一點) 〈王莉公 石榴詩〉
여러 남자들 중에 여자 한 사람이 끼어 있다는 뜻.

12412. 붉은 물감을 가까이하면 붉어진다. (近朱必赤), (麗朱者丹) 〈傅休奕〉, 〈負荅者傳〉
착한 사람과 사귀면 착해지고 악한 사람과 사귀면 악해진다는 뜻.

12413. 붓 끝에 혀가 있다. (筆有舌) 〈虞裳傳〉
글로 써서 할 말을 다 한다는 뜻.

12414. 붓으로 간단히 쓰기가 어렵다. (一筆難記)
사연이 많아서 붓으로는 간단히 쓸 수 없다는 뜻.

12415. 붕어마냥 물만 먹고는 못 산다.
사람은 음료(飮料)만 먹고는 못 산다는 뜻.

12416. 붕어 밥알 받아먹듯 한다.
붕어가 밥알을 먹듯이 조금씩 잘 먹는다는 뜻.

12417. 붕어인 줄 아나 ?
붕어와 같이 물만 먹고는 살 수 없다는 뜻.

12418. 붙들 언치 걸 언치.
남의 덕을 보기 위해서는 먼저 그를 받들어 주어야 한다는 뜻.

12419. 붙은 불은 꺼도 넘는 물은 막기 어렵다.
화재(火災)보다 수재(水災)가 더 무섭다는 뜻.

12420. 붙지도 않고 떨어지지도 않는다. (不卽不離)
가까이하지도 않고 멀리하지도 않는다는 뜻.

12421. 비가 개이면 우산을 잊는다.
긴요하게 사용하였던 것도 사용한 뒤에는 잊어 버리게 된다는 뜻.

12422. 비가 오려면 개미가 둑을 쌓는다.
농촌에서 개미의 동향을 보고 비 올 것을 알 수 있다는 말.

12423. 비가 오려면 주춧돌과 기둥이 축축해진다. (礎柱潤) 〈易經〉
주춧돌이나 기둥이 축축한 것은 비가 올 징조(徵兆)라는 뜻.

12424. 비가 오면 모종하듯 조상 산소는 면례(緬禮)해야 한다.
조상 산소는 좋은 명당(明堂)을 찾아서 면례를 해야 한다는 뜻. ※ 면례 : 무덤을 옮기고 다시 장사 지냄.

12425. 비가 와도 양반 걸음이다.
몹시 바쁜 일이 있어도 게으름을 떤다는 뜻.

12426. 비계 덩어리만 굴러다닌다.
아무 데도 쓸모가 없는 인간이라는 뜻.

12427. 비 그친 데 나막신 보낸다. (雨後送雨靴)
시기(時期)가 지나간 뒤에 헛일만 한다는 뜻.

12428. 비 그친 데 비옷을 보낸다. (雨後送雨衣)
어떤 일이든지 시기를 놓치면 아무 소용이 없게 된다는 뜻.

12429. 비 그친 데 우산을 보낸다. (雨後送雨傘)
비가 그친 뒤에는 우산이 소용없듯이 무슨 일이나 시기를 놓치면 헛일로 된다는 뜻.

12430. 비근한 말 속에도 깊은 뜻이 담겨 있다.
(言近旨遠)　　　　　　　　　　　　〈孟子〉
말은 비근(卑近)한 것 같지만 그 말 속에는 깊은 뜻이 들어 있다는 말.

12431. 비난을 하려고 해도 비난할 것이 없다.
(非之無擧)　　　　　　　　　　　　〈孟子〉
아무리 비난하고 싶어도 비난할 것이 하나도 없다는 뜻.

12432. 비는 구름 따라 내린다. (雨雲行施雨)
구름 가는 데 비가 내리듯이 서로 연관성이 있다는 뜻.

12433. 비는 놈 못 당한다.
잘못한 사람이 자꾸 빌면 용서해 주지 않을 수 없다는 뜻.

12434. 비는 놈한테는 용 빼는 재주 없다.
잘못을 뉘우치고 사과(謝過)하는 사람은 용서해 줄 수밖에 없다는 뜻.

12435. 비는 놈한테는 칼도 소용 없다.
잘못을 비는 사람에게는 보복을 할 수 없다는 뜻.

12436. 비는 놈한테는 지게 마련이다.
자기의 잘못을 뉘우치고 비는 사람과는 더 싸울 수가 없다는 뜻.

12437. 비는 데는 귀신도 물러간다.
자기의 잘못을 뉘우치고 빌면 사람은 물론이고 귀신도 용서해 주게 된다는 뜻.

12438. 비는 데는 무쇠도 녹는다.
잘못하였을 때는 사과(謝過)하는 것이 제일 좋은 방법이라는 뜻.

12439. 비는 올수록 좋고 손님은 갈수록 좋다.

반가운 손님도 너무 여러 날 묵으면 속으로 가기를 바란다는 뜻.

12440. 비단결 같다.
성미나 살결이 곱고 부드럽다는 뜻.

12441. 비단결 같은 마음씨다. (錦繡之腸)
　　　　　　　　　　　　　　　　〈圓機話法〉
마음씨가 비단과 같이 곱고도 부드럽다는 뜻.

12442. 비단결 같은 말에도 잘못이 없지 않다.
(不無綺語之過)　　　　　　　　　　〈韓愈〉
아름다운 말 중에도 잘못이 담겨 있다는 뜻.

12443. 비단(緋緞) 대단(大緞) 곱다 해도 말같이 고운 것은 없다.
말을 부드럽게 하면 상대방의 환심을 살 수도 있고 노여움도 풀어 줄 수 있다는 뜻.

12444. 비단 바지에 똥 싼다.
너무나 염치(廉恥)없는 짓을 한다는 뜻.

12445. 비단 보에 개똥 들었다. (錦褓裏犬矢)
　　　　　　　　　　　　　　　　〈東言解〉
겉모양은 훌륭한 것 같으나 속은 더럽다는 뜻.

12446. 비단에도 얼이 있고 옥에도 흠이 있다.
아무리 훌륭한 사람이라도 조그마한 결함은 있다는 뜻.

12447. 비단에도 얼이 있다.
아무리 좋은 물건에도 흠이 있고 착한 사람에게도 약간의 결함은 있다는 뜻.

12448. 비단에 수결(手決)이라.
색깔도 좋고 모양도 좋다는 뜻. ※ 수결 : 옛날 이름 밑에 쓰는 일종의 싸인.

12449. 비단에 수 놓은 격이다. (錦上添花)
　　　　　　　　　　　　　　　　〈王安石〉
좋은 데다가 더욱 좋게 하였다는 뜻.

12450. 비단올이 춤추니 베올도 춤춘다.
남이 한다고 멋도 모르고 따라한다는 뜻.

12451. 비단옷도 한 끼다. (錦繡衣喫一時)
　　　　　　　　　　　　　　　　〈洌上方言〉
굶주리게 되면 값 비싼 비단옷도 한 그릇의 밥과 바꾸어 먹게 된다는 뜻.

12452. 비단옷 안 입어 본 놈 있다더냐?
그만한 일은 누구나 다 해봤다는 뜻.

12453. 비단옷에 쌀밥이다. (錦衣玉食)　　〈宋史〉
잘 입고 잘 먹고 잘 산다는 뜻.

12454. 비단옷은 겹쳐 입지 않는다. (衣不重帛)
〈尹文子〉

비단옷을 껴입듯이 사치한 짓을 하지 말라는 뜻.

12455. 비단옷은 사돈까지 뜨시다.

비단옷은 보드라울 뿐 아니라 매우 따뜻하다는 뜻.

12456. 비단옷은 속에 입고 헌 옷은 겉에 입는다. (錦衣尚褧)

돈이 많다는 것을 자랑해서는 안 된다는 뜻.
↔ 겉 부자 속 가난이다.

12457. 비단옷을 입었더니 사촌까지 뜨시다고 한다.

비단옷은 촉감(觸感)도 좋을 뿐 아니라 매우 따뜻하다는 뜻.

12458. 비단옷을 입으면 어깨가 올라간다.

없이 살던 사람이 돈을 벌게 되면 우쭐대게 된다는 뜻.

12459. 비단옷 입고 낮길 간다. (錦衣晝行)
〈三國志〉

애써 한 일이 보람있게 되었다는 뜻.

12460. 비단옷 입고 밤길 가기다. (錦衣夜行),(夜行被繡)
〈漢書〉,〈史記〉

(1) 이름이 세상에 알려지지 않는다는 뜻. (2) 일을 하였어도 아무 효과가 없다는 뜻.

12461. 비단옷 입고서는 구걸(求乞) 못 한다.

구걸을 해도 격에 맞아야 하듯이 무슨 일이나 격에 맞게 해야 한다는 뜻.

12462. 비단옷 차림으로 고향 간다. (錦衣還鄉)
〈歐陽修, 南史〉

출세(出世)해서 고향에 간다는 뜻.

12463. 비단 위에 꽃무늬를 놓았다. (錦上添花)
〈王安石〉

(1) 좋은 일에 더 좋은 일이 생겼다는 말. (2) 기쁜 일에 또 기쁜 일이 생겼다는 뜻.

12464. 비단 전대에 개똥 들었다.

겉은 멀쩡한데 속은 썩었다는 뜻.

12465. 비단 한 필 더 짜려 말고 식구 한 사람 줄이랬다.

살림에는 수입만 늘리려고 말고 지출을 줄이는 것이 낫다는 말.

12466. 비단 한 필을 하루에 짜려 말고 한 식구를 줄이랬다.

돈을 많이 벌려고 애를 쓰지 말고 절약하는 것이 낫

다는 뜻.

12467. 비둘기가 까치 집 차지하듯 한다. (鵲巢鳩居)

남이 애써 일해 놓은 것을 힘 안 들이고 뺏는다는 뜻.

12468. 비둘기가 모여서 뜻을 같이한다. (鳩合同志)
〈陸機〉

비둘기와 같이 약한 자들이 모여서 뜻은 같이 하였지만 큰 기대는 할 수 없다는 뜻.

12469. 비둘기가 봉새를 비웃는다. (鶯鳩笑鵬)

조그마한 비둘기가 큰 봉새를 비웃듯이 약한 자가 강한 자를 비웃는다는 뜻.

12470. 비둘기가 집 지어 놓으면 까치가 알을 낳는다.

남이 애써서 만든 것을 약탈한다는 뜻.

12471. 비둘기는 꿈을 꾸어도 콩 꿈만 꾼다.

몹시 좋아하는 것은 생시나 꿈에나 그리워하게 된다는 말.

12472. 비둘기는 나무에 있어도 마음은 콩밭에 있다.

일에는 마음이 없고 언제나 딴 생각만 한다는 뜻.

12473. 비둘기는 언제나 콩밭에 마음을 쓴다.

자기가 좋아하는 것은 항상 생각하게 된다는 뜻.

12474. 비둘기는 자면서도 콩 생각만 한다.

매우 좋아하는 것이 있으면 자나 깨나 그것을 생각하게 된다는 뜻.

12475. 비둘기는 콩밭에만 마음이 있다.

하는 일에는 마음이 없고 언제나 딴 생각만 한다는 뜻.

12476. 비렁 박토를 소작(小作)으로 얻은 격이다.

곡식이 되지도 않는 박토를 얻었으니 거절할 수도 없고 그렇다고 농사를 지을 수도 없는 난처한 일이라는 뜻.

12477. 비렁뱅이가 비단옷을 얻은 것 같다. (乞兒得錦)
〈東言解〉

거지 아이가 비단 옷을 입으면 얻어 먹지도 못하게 되기 때문에 좋기도 하고 나쁘기도 하다는 뜻.

12478. 비렁뱅이가 하늘을 불쌍히 여긴다. (乞人憐天)
〈旬五志, 松南雜識〉

거지가 하늘을 걱정하듯이 쓸데없는 걱정을 한다는 뜻.

12479. 비렁이끼리 자루 찢는 격이다.

서로 친해야 할 사람들이 서로 싸움질만 한다는 뜻.

12480. 비렁이 김칫국 홀리듯 한다.
　　음식을 먹을 때 홀리면서 먹는 사람에게 이르는 말.

12481. 비루 먹은 강아지가 호랑이를 건드린다.
　　겁도 없이 함부로 덤빈다는 뜻.

12482. 비루 먹은 겨울 강아지 떨듯 한다.
　　병든 겨울 강아지가 떨듯이 몹시 떤다는 뜻.

12483. 비루 먹은 당나귀가 집만 탐낸다.
　　못난 주제에 욕심은 많다는 뜻.

12484. 비루 먹은 당나귀 같다.
　　비루 먹은 당나귀마냥 몹시 마르고 꼴이 흉악하다는
　　뜻.

12485. 비루 먹은 말에 짐 많이 싣는다. (瘦馬重
　　駄)
　　남의 사정도 모르고 무리한 짓을 한다는 말.

12486. 비루 먹은 망아지 같다.
　　(1) 지지리 못생겼다는 뜻. (2) 몹시 여위었다는 뜻.

12487. 비를 드니까 마당 쓸라고 한다.
　　일을 시작하고 있는데 일을 하라고 하듯이 쓸데없는
　　짓을 한다는 뜻.

12488. 비 많이 오는 해는 흉년 들고 눈 많이 오
　　는 해는 풍년 든다.
　　비가 많이 오면 장마로 흉년이 되지만 눈은 많이 오
　　면 보리 풍년이 든다는 뜻.

12489. 비 맞으며 부추 장만 한다. (冒雨剪韭)
　　반가운 손님이 왔기 때문에 비를 맞으면서 부추를 뜯
　　는다는 뜻으로서 반가운 손님이 왔다는 뜻.

12490. 비 맞은 김에 머리 감는다.
　　기회가 좋은 때 일은 해야 한다는 뜻.

12491. 비 맞은 뒤의 우산이다.
　　이미 일이 잘못된 뒤에 때 늦은 일을 한다는 뜻.

12492. 비 맞은 생쥐 같다.
　　비를 맞아 몸 꼴이 보기 흉하게 되었다는 뜻.

12493. 비 맞은 쇠똥 같다.
　　원래 지저분했던 것이 더욱 지저분하게 되었다는 뜻.

12494. 비 맞은 용대기(龍大旗) 같다.
　　의기 양양(意氣揚揚)하던 사람이 풀이 죽었다는 뜻.

12495. 비 맞은 장닭 같다.
　　비 맞은 수탉마냥 꼴이 추레하다는 뜻.

12496. 비 맞은 중놈 중얼거리듯 한다.

남이 알아 듣지 못하는 소리로 중얼거린다는 뜻.

12497. 비명(非命)에 간다.
　　제 목숨대로 다 살지 못하고 죽는다는 뜻.

12498. 비밀에 붙여 두고 일체 말을 내지 않는다.
　　(祕不發說)
　　비밀이 누설(漏泄)되지 않도록 한다는 뜻.

12499. 비밀은 모르게 샌다.
　　남 모르게 하는 비밀은 남이 모르도록 누설이 된다는
　　뜻.

12500. 비밀리에 하는 일도 누설된다. (神機漏泄)
　　비밀은 유지되기가 매우 어렵다는 뜻.

12501. 비바람도 피하지 않는다. (不避風雨)
　　비바람을 무릅쓰고 일을 하듯이 갖은 고난을 겪어 가
　　면서 일을 한다는 뜻.

12502. 비바리는 말똥만 보아도 웃는다.
　　처녀들은 대단치 않은 일을 보아도 잘 웃는다는 뜻.
　　※ 비바리 : 처녀의 사투리.

12503. 비방하는 것을 두려워하지 않는다.
　　(不恐於誹)　　　　　　　　　　　　　　〈荀子〉
　　남이 어떠한 비방을 할지라도 두려워하지 않고 자기
　　의 소신(所信)대로 일을 한다는 뜻.

12504. 비싼 것이 싼 것이고 싼 것이 비싼 것이
　　다.
　　물건은 비싼 것이 결국은 싼 것으로 되고 싼 것이 비
　　싼 것으로 된다는 뜻.

12505. 비싼 것이 싼 것이다.
　　값을 많이 주고 산 것이 결과적으로는 싼 것으로 된
　　다는 뜻.

12506. 비싼 놈의 떡은 안 사 먹으면 그만이다.
　　제가 싫으면 하지 않으면 된다는 뜻.

12507. 비싼 밥 먹고 헐한 걱정한다.
　　쓸데없는 걱정을 하지 말라는 뜻.

12508. 비싼 밥 먹고 헛소리만 한다.
　　쓸데없는 헛소리만 하는 사람을 보고 핀잔하는 말.

12509. 비상을 먹고 죽을래야 돈이 없어 비상을
　　못 산다.
　　죽는 사람에게도 돈이 필요하다는 말.

12510. 비상전에 가서도 입맛은 본다.
　　먹는 데 가면 어디를 가나 얻어 먹을 수 있다는 뜻.

12511. 비상한 일이 있어야 비상한 공도 세울 수

있다. (有非常之事後立非常之功)
어려운 일을 해야 큰 공로를 세울 수 있다는 뜻.

2512. 비슷하면 가려 내기 어렵다. (疑似)
같은 것이 많으면 찾아 내기가 어렵다는 뜻.

12513. 비슷한 것끼리는 서로 따른다. (類類相從)
(1) 서로 비슷해야 상대가 된다는 뜻. (2) 서로 같은 사람끼리는 한패가 된다는 뜻.

12514. 비 오거든 산소 모종을 내어라.
산소를 잘못 써서 못난 자식이 생겼으니 산소를 면례하라는 말로서 즉 못났다고 비웃는 말.

12515. 비 오기 전에 마땅히 우비를 갖추도록 하라. (宜未雨而綢繆)　　〈松隱遺稿〉
무슨 일이든지 항상 미리 준비를 해야 한다는 뜻.

12516. 비 오는 것은 밥 짓는 부엌에서 먼저 안다.
저기압(低氣壓)일 때는 부엌의 연기가 땅바닥에 깔리기 때문에 쉽게 알 수 있다는 말.

12517. 비 오는 날 개 사귄 격이다.
달갑지 않은 사람이 귀찮게 따라다닌다는 뜻.

12518. 비 오는 날 나막신 찾듯 한다.
평소에는 돌아보지도 않다가 아쉬울 때는 몹시 찾는다는 뜻.

12519. 비 오는 날 마른 신이다. (雨太史靴)
비 오는 날에는 마른 신은 소용없고 나막신이 필요하듯이 아무 가치가 없는 존재라는 뜻.

12520. 비 오는 날 쇠꼬리처럼 붙는다.
비에 젖은 쇠꼬리가 착 붙듯이 유리한 편으로 붙는다는 뜻.

12521. 비 오는 날 어디 비 왔느냐고 한다.
비 온 날 비 온 줄도 모르듯이 얼빠진 짓을 잘 한다는 뜻.

12522. 비 오는 날 우산 찾듯 한다.
매우 긴요(緊要)하게 찾는다는 뜻.

12523. 비 오는 데 물 주기다. (時雨降矣 而猶浸灌)　　〈莊子〉
하지 않아도 될 일을 공연히 한다는 뜻.

12524. 비 오는 데 장독을 덮었다는 사람은 있어도 열어 놓았다는 사람은 없다.
잘한 일은 자기가 하였다고 하지만 잘못한 일은 자기가 하였다고 하지 않는다는 뜻.

12525. 비 온 끝에 오이 자라듯 한다.
오이 자라듯이 어린 아이가 잘 자란다는 뜻.

12526. 비 온 끝에 죽순 솟듯 한다. (雨後竹筍)
무슨 일이 한꺼번에 많이 일어난다는 뜻.

12527. 비 온 뒤에 땅은 굳는다.
사람도 한번 시련(試鍊)을 겪어야 한다는 뜻.

12528. 비 온 뒤에 버섯 돋듯 한다.
무슨 일을 여러 사람들이 한꺼번에 시작한다는 뜻.

12529. 비 온 뒤에 죽순 돋듯 한다. (雨後竹筍)
어떤 일이 한때에 많이 일어난다는 뜻.

12530. 비 올 것은 밥하는 아내가 먼저 안다.
부엌에서 불때는 주부는 연기 나는 것을 보고도 비 올 것을 알 수 있다는 뜻.

12531. 비옷 입고 제사를 지내도 제 정성이다.
남들이야 무엇이라고 하든지 자기만 정성스럽게 하면 된다는 뜻.

12532. 비 와서 모심듯이 선산 면례(緬禮)를 하랬다.
산소를 잘못 써서 못난 자식이 생겼으니 선산 면례를 하라는 말로서 즉 못났다고 조롱하는 말.

12533. 비용을 절약하지 않는 것은 창고의 좀이다. (用費不節 府庫之蠹也)　　〈陸梭山〉
경비를 절약하지 않는 것은 재정을 좀먹는 행위라는 뜻.

12534. 비웃고 업신여긴다. (嗤侮)
사람을 비웃고 무시(無視)한다는 뜻.

12535. 비웃고 희롱한다. (嘲謔: 嘲戱)
사람을 비웃으면서 조롱한다는 말.

12536. 비웃 두름 엮듯 한다.
비웃 생선을 엮듯이 한 줄에 잇달아서 길게 묶는다는 뜻. ※ 비웃: 청어.

12537. 비위가 노래기 회도 먹겠다.
비위가 매우 좋은 사람이라는 뜻.

12538. 비위가 떡판에 가 넘어지겠다.
비위가 매우 좋아서 아무 것이나 할 수 있다는 뜻.

12539. 비위가 떡 함지에 자빠지겠다.
비위가 좋아서 무슨 짓이라도 할 수 있다는 뜻.

12540. 비위가 뒤집혀 가라앉지 않는다. (脾胃難定)

몹시 눈꼴 틀리는 일을 당하여 비위를 가라앉히기 어렵다는 뜻.

12541. 비위가 상한다.
몹시 보기가 싫어 비위가 상한다는 뜻.

12542. 비위짝이 좋다.
낯짝이 몹시 뻔뻔하다는 뜻.

12543. 비위 치레는 했다.
도무지 부끄러운 줄을 모른다는 뜻.

12544. 비지국 먹고 용트림한다.
실속은 없으면서도 겉모양은 몹시 치장하려고 한다는 뜻.

12545. 비지땀을 흘린다.
땀을 많이 흘려 가며 수고를 하였다는 뜻.

12546. 비지떡도 끼 에워 먹는다.
비록 좋지 못한 음식이나마 때 에워 먹는다는 뜻.

12547. 비지로 채운 배는 고량진미(膏粱珍味)도 마다한다.
반드시 맛있는 음식이 아니더라도 배불리 먹으면 된다는 뜻.

12548. 비지 먹고 이 쑤신다.
거짓으로 위세(威勢)를 부린다는 뜻.

12549. 비지 먹던 배가 약과를 마다할까?
맛없는 음식만 먹던 사람이 맛좋은 음식을 싫다고 할 리가 없다는 뜻. ↔ 비지 먹은 배는 약과도 마다한다.

12550. 비지 먹은 배는 약과도 마다한다.(腹飽豆粕粔籹厭嚼) 〈耳談續纂〉
좋지 않은 음식도 배부르게 먹고 나면 좋은 음식도 먹지 못하게 된다는 뜻. ↔ 비지 먹던 배가 약과를 마다할까?

12551. 비지에 부른 배는 연약과(軟藥果)도 마다한다.
맛없는 음식이나마 배부르게 먹으면 아무리 좋은 음식도 못 먹게 된다는 뜻.

12552. 비참하게 패배하여 슬프고 분하다.(悲憤慘敗)
너무나 비참하게 져서 몹시 슬프고 분하다는 말.

12553. 비취새(翡翠鳥)는 그 아름다운 날개 때문에 잡혀 죽는다.(翠以羽自殘) 〈劉子新論〉
너무 똑똑해도 해를 당하게 된다는 뜻.

12554. 비탈에서 둥근 돌이 구르듯이 한다.

(坂上走丸) 〈漢書〉
기세(氣勢)에 편승(便乘)하여 일을 한다는 뜻.

12555. 비탈에 지나간 돼지 발자국 같다.
남의 말을 비꼬아 잘 한다는 뜻.

12556. 비통하게 노래 부르며 세상을 한탄한다.
(悲歌忼慨) 〈史記〉
슬픈 노래를 불러 가면서 세상을 탄식한다는 뜻.

12557. 비통하고 두려워 불안하다.(怛惕不安)
몹시 슬프고 두려워서 불안스럽다는 뜻.

12558. 비 틈으로 빠져 나가겠다.
비 오는 틈을 빠질 정도 몹시 동작이 빠르다는 뜻.

12559. 비파 멘 놈이 손뼉 치자 칼 쓴 놈도 손뼉 친다.(荷琵琶者抃 荷枷梏者亦抃) 〈旬五志〉
남이 한다고 자기의 처지도 돌보지 않고 따라 한다는 뜻.

12560. 비파 소리가 나도록 갈팡질팡한다.
어쩔 줄을 모르고 쩔쩔 맨다는 뜻.

12561. 비하고 임하고는 와야 좋다.
사랑하는 사람이 오는 것은 매우 반갑다는 뜻.

12562. 비할 데 없이 아름다운 여자다.(絶世美人 : 絶世佳人 : 絶代佳人)
세상에서 보기 드문 미인이라는 뜻.

12563. 비행기를 태운다.
지나치게 추켜 세워 준다는 뜻.

12564. 비호(飛虎) 같다.
동작(動作)이 매우 빠르다는 뜻.

12565. 빈 갑을 얻고 구슬을 돌려 준다.(得匣還珠) 〈韓非子〉
쓸데없는 일에 현혹(眩惑)하여 긴요(緊要)한 일을 잊는다는 뜻.

12566. 빈 것으로 가서 알차서 온다.(虛以往 實以歸) 〈莊子〉
갈 때에는 빈 것으로 갔지만 배우고 돌아올 때는 속이 가득히 알차게 되었다는 뜻.

12567. 빈궁하면 도둑질도 하게 된다.(盜竊起於貧窮) 〈潛夫論〉
굶어죽게 되면 도둑질도 하지 않을 수 없게 된다는 뜻.

12568. 빈 그릇이 소리는 더 크다.
(1) 모르는 사람일수록 아는 체하고 더 떠든다는 뜻.

(2) 없는 사람일수록 있는 척하고 자랑한다는 뜻.

12569. 빈 그릇이 소리만 요란하다.
(1) 모르는 사람이 더 아는 체하고 떠든다는 뜻.
(2) 가난한 사람이 더 부유한 체한다는 뜻.

12570. 빈대도 낯짝이 있다.
염치없는 사람을 나무라는 말.

12571. 빈대 미워 집에 불 놓는다.
조그마한 감정 끝에 큰 손해보는 짓을 한다는 뜻.

12572. 빈대 죽는 맛에 초가 삼간(草家三間) 다 태운다.
사소한 일에 분풀이를 하다가 큰 손해를 본다는 뜻.

12573. 빈들빈들 놀면서 잡된 놀음을 하지 말라.
(勿浪遊雜戲也) 〈貞簡公家訓〉
직업도 없이 못된 놀음만 하고 다니지 말라는 뜻.

12574. 빈말 공부만 한다.
믿을 수 없는 말만 생각하고 있다는 뜻.

12575. 빈말만 하고 실행은 없다. (空言空施 : 空言無施)
말로만 하고 실제 집행은 않는다는 뜻.

12576. 빈말뿐이다.
하는 말이 모두 믿을 수 없는 말이라는 뜻.

12577. 빈말은 듣지 않는다. (款言不聽), (竅言不聽) 〈漢書〉,〈史記〉
이해관계가 없는 빈말은 누구나 들으려고 하지 않는다는 뜻.

12578. 빈 방이 밝다. (空虛室生白)
잡념(雜念)이 없어야 마음이 맑게 된다는 뜻.

12579. 빈부와 귀천은 수레바퀴 돌듯 한다.
가난하고 부유하고 귀하고 천한 것은 수레바퀴가 돌듯이 돌고 있다는 뜻.

12580. 빈 수레가 더 요란하다.
(1) 모르는 사람이 더 아는 체하고 떠든다는 뜻.
(2) 없는 사람이 있는 체하고 자랑한다는 뜻.

12581. 빈 숟갈질에 배부르지 않다.
실속이 없이 형식만 갖추어서는 성사(成事)하지 못한다는 뜻.

12582. 빈 양철통은 굴릴수록 요란하다.
(1) 모르는 사람일수록 아는 체 하느라고 더 떠든다는 뜻. (2) 없는 사람이 있는 척하느라고 더 자랑한다는 뜻.

12583. 빈 외양간에 소 들어간다.
가난한 집이 잘살게 되었다는 뜻.

12584. 빈 인사는 하나마나다.
성의가 담기지 않은 헛인사는 오히려 아니하는 것이 낫다는 뜻.

12585. 빈 자루는 곧게 서지 못한다.
배우지 못한 사람은 의지가 강할 수 없다는 뜻.

12586. 빈 절에 구렁이 모이듯 한다.
여기저기서 슬슬 모여든다는 뜻.

12587. 빈 주머니다. (空囊)
속에 든 것이 없는 사람이라는 뜻.

12588. 빈 주머니에는 근심만 가득하다.
배우지 못한 사람에게는 근심과 불안만 가득하다는 뜻.

12589. 빈 집에 사람 넣다.
노름을 해서 돈 없는 사람에게 다 털렸다는 뜻.

12590. 빈 집에 소 맸다.
가난한 집이 잘살게 되었다는 뜻.

12591. 빈 집은 오래 가지 못한다.
집은 비워 두면 오래 가지 못한다는 말.

12592. 빈천하면 부지런하고 검소하게 된다.
(貧賤生勤儉) 〈寶鑑〉
가난하고 천대받는 사람들은 부지런하고 검소한 생활을 한다는 뜻.

12593. 빈천한 시절에 사귄 벗이다. (貧賤之交)
출세하기 이전 고생할 때에 사귄 친한 벗이라는 뜻.

12594. 빈천했을 때 사귄 친구는 잊혀지지 않는다. (貧賤之交 不可忘) 〈後漢書〉
가난하고 천대받던 시절에 사귄 친구는 잊을 수가 없다는 뜻.

12595. 빈 총도 겨누면 싫다.
실제로 해는 끼치지 않을지라도 말로 공갈쳐도 듣기 싫다는 뜻.

12596. 빈 총도 대면 무섭다.
공갈만 쳐도 무섭게 된다는 뜻.

12597. 빈 총도 안 맞느니만 못하다.
형식적으로나마 기분 나쁜 짓은 해서는 안 된다는 뜻.

12598. 빈 터에 강아지 모이듯 한다.
여러 사람들이 함께 모여 있다는 뜻.

12599. 빈털터리가 되었다.

돈 한푼 없는 신세가 되었다는 뜻.

12600. 빈털터리다.
패가(敗家)하여 돈 한푼 없게 되었다는 말.

12601. 빈 통은 구를수록 요란하다.
무식한 사람일수록 아는 체하고 더 떠든다는 뜻.

12602. 빈 통이 소리는 더 요란하다.
배우지 않아 모르는 사람이 아는 척은 더한다는 뜻.

12603. 빈 통이 소리는 더 크다.
모르는 사람이 아는 척은 더한다는 뜻.

12604. 빈틈에 바람이 난다.
사이가 벌어질수록 정은 멀어진다는 뜻.

12605. 빌려 온 고양이 같다.
여러 사람 중에서 혼자 쓸쓸히 있는 사람을 보고 비웃는 말.

12606. 빌려 준 사람은 안 잊어도 빌린 사람은 잊는다.
남의 돈이나 물건을 빌려 준 사람은 잊어 버리는 일이 없어도 빌린 사람은 잊는 경우가 많다는 뜻.

12607. 빌릴 때는 보살(菩薩)이고 갚을 때는 염라(閻羅)다.
빚을 얻을 때는 웃으면서 얻었지만 빚을 제 때에 못 갚게 되면 얼굴을 붉히며 갚게 된다는 뜻.

12608. 빌어는 먹어도 다리 아래 소리 하기는 싫다.(雖則乞勾猶然恥拜) 〈耳談續纂〉
비록 궁하여 빌어 먹기는 하지만 비굴하게 아첨하고 빌기는 싫다는 뜻.

12609. 빌어는 먹어도 이승이 낫다.
아무리 고생스러워도 죽는 것보다 사는 것이 낫다는 뜻.

12610. 빌어 먹는 놈이 이 밥 조 밥을 가릴까 ?
얻어 먹는 사람이 맛있는 음식만 가려서 먹을 수 없다는 말.

12611. 빌어 먹는 놈이 좋고 나쁜 것을 가리랴 ?
없는 사람은 좋고 나쁜 것을 가려서 쓰지 않는다는 뜻.

12612. 빌어 먹는 놈이 콩밥 마다할까 ?
얻어 먹는 사람은 아무 음식이나 다 잘 먹는다는 뜻.

12613. 빌어 먹던 놈은 천지 돈지를 해도 남의 집 울타리 밑만 엿본다.
한번 든 버릇은 쉽게 없어지지 않는다는 뜻.

12614. 빌어 먹어도 절하고 싶지는 않다.(雖乞食厭拜謁) 〈洌上方言〉
아무리 가난하게 살아도 아첨하지는 않는다는 뜻.

12615. 빌어 먹어도 타향에 가 빌어 먹으랬다.
빌어서 먹더라도 체면은 지켜야 한다는 뜻.

12616. 빌어 온 놈한테 얻어먹는다.
구차한 사람에게 염치없는 짓을 한다는 뜻.

12617. 빌어 온 말이 삼경(三更)이 되었다.
남에게 잠깐 쓴다고 빌린 것이 오래 되었다는 뜻.

12618. 빗나간 화살이다.
목적을 달성할 수 없게 되었다는 뜻.

12619. 빗대 놓고 말한다.
노골적(露骨的)으로 말하지 않고 간접적으로 말을 한다는 뜻.

12620. 빗물도 모이면 못이 된다.(積水成淵)
조그마한 것도 모이면 크게 된다는 뜻.

12621. 빗물로 머리를 감고 바람으로 빗질한다.(櫛風沐雨) 〈唐書〉
가산(家産)이라고는 아무것도 없는 가난한 살림을 한다는 뜻.

12622. 빗물에 거품이 일면 풍년이 든다.
농촌에서는 비 올 때 빗물에 거품이 생기면 풍년의 징조라고 함.

12623. 빗발 퍼붓듯 한다.
빗발이 퍼붓듯이 수없이 덤빈다는 뜻.

12624. 빗자루 든 놈보고 마당 쓸라고 한다.
남이 일하는데 잔소리를 한다는 뜻.

12625. 빗자루로는 개도 안 때린다.
빗자루로 흔히 사람을 때리는데 이래서는 안 된다는 뜻.

12626. 빚 값에 계집 뺏는다.
인정 없고 심술궂으며 무도한 짓을 이르는 말.

12627. 빚만 없어도 산다.
빚이 많으면 이자로 나가는 돈도 많지만 빚장이에게 졸려서 못산다는 뜻.

12628. 빚 많이 지고는 못산다.
빚이 많으면 빚장이에게 졸려서 못산다는 말.

12629. 빚 물어 달라는 자식은 낳지도 말랬다.
빚 갚아 달라는 자식은 집안을 망하게 할 자식이기 때문에 아예 낳지도 말아야 한다는 뜻.

12630. 빚 받듯 한다.
큰소리를 쳐 가면서 당당하게 받는다는 말.

12631. 빚 보인(保人)하는 자식은 낳지도 말랬다.
남의 빚에 보증 서 주는 자식은 아예 낳지도 말아야
한다는 뜻.

12632. 빚 얻기는 근심 얻기다.
빚을 지면 빚에 대한 근심을 하게 되므로 빚과 근심
은 따라다니게 된다는 뜻.

12633. 빚 얻어 굿하니 맏며느리 춤춘다.
주인공이 되어서 일을 할 사람이 도리어 딴 짓만 한
다는 뜻.

12634. 빚 없고 자식만 있으면 산다.
아무리 가난해도 남에게 빚이 없고 자식만 있으면 집
안 살림은 꾸려 나간다는 뜻.

12635. 빚 없으면 부자다.
(1) 빚 지고는 못산다는 뜻. (2) 빚 진 사람이 하는 말.

12636. 빚은 걱정거리다.
빚 진 사람은 자나 깨나 항상 빚 걱정을 하게 된다는
뜻.

12637. 빚은 얻는 날부터 걱정이다.
남의 돈을 쓰면 걱정이 되기 때문에 남의 돈은 되도
록 쓰지 말라는 뜻.

12638. 빚은 웃고 얻고 성나 갚는다.
친한 자리 돈 거래를 하면 처음에는 웃으며 빚을 썼
지만 갚을 때는 의(誼)가 상하게 된다는 뜻.

12639. 빚은 이자도 늘고 걱정도 는다.
빚을 얻으면 이자도 늘고 걱정도 늘기 때문에 얻어 쓰
지 말아야 한다는 말.

12640. 빚은 점점 늘고 가난은 더욱 심하다.
(債則漸廣而貧則益甚)　　　　　〈星湖雜著〉
빚을 지게 되면 없는 사람은 점점 더 가난하게 된다
는 뜻.

12641. 빚을 얻을 때는 웃고 갚을 때는 찡그린다.
빚을 얻었을 때는 기분이 좋지만 갚을 때는 속이 아
프다는 뜻.

12642. 빚을 줄 때는 부처님이요 받을 때는 염라
대왕이다.
채무자 입장에서 채권자를 볼 때, 돈을 줄 때는 부
처님같이 보였으나 돈을 독촉하고 받을 때는 염라대
왕같이 무섭다는 말.

12643. 빚이 많으면 뼈도 녹는다.
빚을 많이 지면 사람이 말라죽을 지경으로 된다는 뜻.

12644. 빚이 범보다도 무섭다.
빚에 쪼들리는 사람은 빚장이만 보아도 걱정이 되고
무서워진다는 뜻.

12645. 빚이 산더미 같다.(負債如山)
채무(債務)를 지나치게 많이 졌다는 말.

12646. 빚이 태산이다.
남에게 빚을 과다하게 써서 갚을 도리가 없게 되었다
는 뜻.

12647. 빚 졸리는 것보다는 굶고 안 졸리는 것이
낫다.
빚 지고 졸리는 것보다는 차라리 굶어도 빚에 안 졸
리는 것이 낫다는 뜻.

12648. 빚 주고 뺨 맞는다.(給債逢批頰), (給債逢
頰), (債旣給逢批頰)〈東言解〉,〈旬五志〉,〈洌上方言〉
남에게 후하게 하고도 도리어 봉변을 당한다는 뜻.

12649. 빚 주고 원한 사지 말랬다.
자기 돈을 주었다가 받는 것은 떳떳한 일 같지만 돈
놀이를 하게 되면 남에게 원한을 사게 된다는 뜻.

12650. 빚 주고 친구 잃는다.
친한 사이에 빚을 주면 그 친구와 사이가　나빠지게
된다는 뜻.

12651. 빚 준 상전이다.
채권자는 자연히 채무자의 상전 노릇을 하게 된다는 뜻.

12652. 빚 지고 거짓말 않는 놈 없다.
빚을 지고 약속한 날에 못 갚으면 자연 거짓말을　하
게 된다는 뜻.

12653. 빚 지면 문서 없는 종 된다.
빚을 지면 채권자에게 굽신거리게 된다는 뜻.

12654. 빚 지면 잠도 제대로 못 잔다.
빚을 많이 지면 걱정이 많아서 잠도 못자게 된다는 뜻.

12655. 빚 진 놈이 죄 진 놈이다.
남에게 빚을 지면 채권자에게 죄라도 진 것 같이 굽
신거리게 된다는 뜻.

12656. 빚 진 놈치고 거짓말 않는 놈 없다.
남에게 빚을 지고 제 때에 못 갚게 되면 자연히 거짓
말을 하게 된다는 뜻.

12657. 빚 진 종이다.

남에게 빚을 지면 자연히 채권자에게 굽신거리게 된
다는 뜻.

12658. 빚 진 죄인이다.

남에게 빚을 지면 채권자에게 죄라도 진 것같이 굽

신거리게 된다는 뜻.

12659. 빚 좋은 개살구다.

겉모양은 좋아도 실속은 나쁘다는 뜻.

12660. 사건이 끝난 후에 제갈량의 꾀가 난다.
(事後諸葛亮)
이미 시기(時期)를 잃었기 때문에 좋은 대책이 있어
도 소용이 없게 되었다는 뜻.

12661. 싸고 싼 사향(麝香)도 냄새 난다.
(1) 아무리 숨겨도 언젠가는 탄로(綻露)된다는 뜻.
(2) 좋은 재주를 가진 사람은 저절로 세상에 알려지게
된다는 뜻.

12662. 싸고 싼 향(香)도 냄새 난다.
아무리 남 모르게 숨겨도 반드시 드러나게 된다는 뜻.

12663. 사고 파는 것을 익히고 쌓으면 상인이 된
다.(積反貨而商賈)   〈荀子〉
사고 파는 짓을 잘하게 되면 장삿군이 된다는 뜻.

12664. 사공 없는 배를 탄 것 같다.
몹시 불안하거나 위험하다는 뜻.

12665. 사공이 둘이면 배가 가라앉는다.
일은 한 사람이 시켜야지 여러 사람이 시키면 일이 안
된다는 뜻.

12666. 사공이 많으면 배가 산으로 올라간다.
주간(主幹)하는 사람이 많으면 일이 잘 되지 않는다
는 뜻.

12667. 사공이 배는 더 타게 마련이다.
무슨 일을 책임지게 되면 남보다 일을 더 많이 하게
된다는 뜻.

12668. 사공이 없는 배다.
(1) 아랫 사람만 있고 지도할 사람이 없다는 뜻.
(2) 사태가 매우 불안하다는 뜻.

12669. 사공이 여럿이면 배가 뒤집힌다.
시키는 사람이 많으면 일이 잘 되지 않는다는 말.

12670. 사공이 여럿이면 배가 산으로 올라간다.
일을 시키는 사람이 많으면 도리어 일이 엉망으로 된

다는 뜻.

12671. 사귀어 알기는 쉬우나 친해지기는 어렵다.
(易知而難狎)   〈荀子〉
사람은 사귄다고 다 친해지는 것은 아니라는 뜻.

12672. 사귀어야 절교도 한다.(本不結交 安有絶
交)   〈耳談續纂〉
서로 관계가 없으면 절교할 필요도 없다는 뜻.

12673. 사귈 만한 벗이 아니면 사귀지 않는다.
(非其友不友)   〈孟子〉
벗은 함부로 사귀지 말고 잘 선택해서 사귀어야 한다
는 뜻.

12674. 사그라진 재도 다시 살아난다.(死灰復燃)
                                    〈史記〉
(1) 권력을 잃었던 사람이 다시 권력을 잡게 되었다는
뜻.(2) 곤경(困境)에 빠졌던 사람이 다시 헤어나게 되
었다는 뜻.

12675. 사근내(沙斤乃) 장승(長丞)만하다.
키가 크고 흉하게 생긴 사람을 가리키는 말.
※사근내 : 서울에서 수원으로 가는 도중에 있는 지명.

12676. 사기가 하늘을 찌른다.(意氣衝天)
사기가 하늘을 찌를 것 같이 앙양(昂揚)된다는 뜻.

12677. 사기 장수는 사 곱 옹기 장수는 오 곱
칠기 장수는 칠 곱 남는다.
사기 장수의 이익은 사 배이고 옹기 장수의 이익은 오 배
이고 칠기 장수의 이익은 칠 배나 되도록 이익이 많은
장사라는 뜻.

12678. 사기 장수 사 곱이고 옹기 장수 오곱이다.
사기 장수의 이익은 사 배나 남고 옹기 장수의 이익은
오 배나 남는다는 뜻.

12679. 사기 장수 사 곱이다.
사기 장수의 이익은 사 배나 되도록 이익이 많다는 뜻.

12680. 사기전(沙器廛)에 종지 굽 맞추듯 한다.
사기 그릇 파는 상점에 진열한 종지의 굽을 맞추듯이
들락날락하지 않고 잘 맞추어졌다는 뜻.

12681. 사나운 개도 사귀면 안 짖는다.
사납고 못된 사람도 친해지면 해를 끼치지 않는다는
뜻.

12682. 사나운 개 입 성한 날 없다.
남을 해치는 사나운 사람은 자기도 항상 온전할 때가
없다는 뜻.

12683. 사나운 개 콧등 아물 새 없다.(憎犬鼻 無
完時) 〈東言解〉
남과 잘 싸우는 사람은 자기도 항상 상처를 입게 된
다는 뜻.

12684. 사나운 말 길들이는데 고삐도 없고 채찍
도 없다.(無轡策御駻馬) 〈韓非子〉
사납고 못된 짓을 하는 사람을 가르치기 위한 아무런
준비도 없다는 뜻.

12685. 사나운 말도 고삐 하나로 다룬다.(以羈而
御駻突) 〈漢書〉
간악한 사람도 가벼운 형벌(刑罰)로써 제지(制止)시
킬 수 있다는 뜻.

12686. 사나운 말에 지우는 길마는 따로 있다.
행실이 사나운 사람에게는 강한 제재(制裁)를 해야 한
다는 뜻.

12687. 사나운 말이 말뚝에 상한다.
사납게 행동하는 사람은 자신도 피해를 받게 된다는
뜻.

12688. 사나운 말이 천 리 간다.(奔蹄而千里)
〈漢書〉
사람도 성깔이 있는 사람이 힘드는 일을 잘한다는 뜻.

12689. 사나운 범이 산중에 있으면 모든 짐승은
두려워 떤다.(猛虎在深山 百獸震恐)〈司馬遷〉
폭군(暴君)이 나면 온 백성들은 다 두려워한다는 뜻.

12690. 사나운 범이 숲 밖으로 나온 격이다.
(猛虎出林)
범이 그 안식처(安息處)인 숲속을 나오듯이 무대 밖
으로 나왔다는 뜻.

12691. 사나운 사람의 원망을 풀어 주는 데는 울
음보다 더 빠른 것은 없다.(佷者平其怨 莫疾
乎泣) 〈馬驅傳〉
사나운 사람의 분노(忿怒)도 눈물로써 풀어 줄 수 있

다는 뜻.

12692. 사나운 새가 장차 치려할 때는 낮게 날으
면서 날개를 감춘다.(鷙鳥將擊 卑飛斂翼)
〈六韜〉
강한 나라라도 침략을 하려면 그 침략성을 나타내지
않는다는 뜻.

12693. 사나운 새는 떼를 짓지 않는다.(鷙鳥之不
群兮) 〈楚辭〉
사람도 사나우면 여러 사람들과 화목하게 지내지·못
한다는 뜻.

12694. 사나운 새는 울지 않는다.
사나운 사람은 눈물이 없이 냉정하다는 뜻.

12695. 사나운 새는 함께 모이지 않는다.
싸움을 좋아하는 사람은 함께 평화스럽게 살지 못한
다는 뜻.

12696. 사나운 새도 집에서는 쉰다.(鷙鳥休巢)
〈李華〉
아무리 사나운 사람이라도 가정에서는 조용히 쉰다는
뜻.

12697. 사나운 암캐같이 앙앙댄다.
여자가 사나이에게 앙칼을 떨면서 덤벼든다는 뜻.

12698. 사나운 짐승도 실수하여 함정에 빠지면 어
린 아이들이 창으로 잡으려고 한다.(猛獸失
儉 童子持戟以追之) 〈諸葛亮心書〉
용감한 군대도 실수하여 궁지에 몰리게 되면 약한 적
군도 만만히 보고 덤벼든다는 뜻.

12699. 사나운 짐승도 장차 덮치려면 귀를 드리
우고 엎드려 숨어있다.(猛獸將捕 弭耳俯伏)
〈六韜〉
강한 군대도 적군을 공격하려고 할 때는 침공할 눈치
를 보이지 않는다는 뜻.

12700. 사나운 짐승은 길들이기 쉬워도 사람의 마
음은 항복받기 어렵다.(猛獸易伏 人心難降)
〈菜根譚〉
아무리 사나운 짐승이라도 길은 들이기 쉽지만 사람
의 마음은 굴복시키기 어렵다는 뜻.

12701. 사나운 짐승은 뛰지 않고 그 발톱을 숨기
고 있다.(猛獸不躍 必匿其爪) 〈新論〉
사나운 짐승도 자신의 용맹을 숨기듯이 유능한 사람
은 자기의 재능을 숨긴다는 뜻.

12702. 사나운 짐승은 선량한 양민도 잡아먹는

다. (猛獸食顓民)　　　　　　　　〈淮南子〉

폭정자(暴政者)는 선량한 국민도 탄압한다는 뜻.

12703. 사나운 호랑이도 굴을 잃으면 창 든 어린
아이에게도 쫓기게 된다. (猛虎失窟 童子能持
戟 而隨逐)　　　　　　　　〈刻骨難忘記〉

강자라도 자기의 근거지를 잃으면 약자도 감당할 수
없게 된다는 뜻.

12704. 사나이가 부뚜막 맛을 알면 계집을 못 거
느린다.

남자가 아내의 일을 너무 간섭하면 불화(不和)를 초
래하게 된다는 말.

12705. 사나이는 의리(義理)에 산다.

남자는 의리에 어긋나는 행동을 해서는 안 된다는 뜻.

12706. 사나이라야 사나이를 알아본다. (好漢識
好漢)　　　　　　　　　　　〈水滸傳〉

같은 끼리라야 서로 이해가 빠르고 잘 통하게 된다는
뜻.

12707. 사나이 말은 천 냥보다 무겁다. (男兒一言
重千金)

사나이의 말은 한 마디의 말이라도 책임을 져야 하기
때문에 함부로 해서는 안 된다는 뜻.

12708. 사나이 말은 한 마디로 끝낸다. (好漢一
言)

사나이에게는 여러 말을 하지 않아도 책임을 수행한
다는 뜻.

12709. 사나이의 뜻은 뺏지 못한다. (匹夫不可奪
志也)　　　　　　　　　　　〈論語〉

남자의 의지(意志)는 어떠한 수단으로도 꺾을 수 없
다는 말.

12710. 사납게 울던 범이 함정에 빠진다. (咆虎陷
浦)　　　　　　　　　　　　〈旬五志〉

큰소리를 치던 사람도 실수를 하여 용납할 수 없게
되었다는 뜻.

12711. 사납고 굳세면 불화하다. (狠剛而不和)
　　　　　　　　　　　　　　〈韓非子〉

포용성이 없이 사납고 굳세기만 하면 화목하지 못하
게 된다는 뜻.

12712. 사납기는 새끼 가진 범이다. (乳虎)

새끼 가진 범마냥 몹시 사납다는 뜻.

12713. 사내가 부엌 일을 하면 불알이 떨어진다.

남자가 여자가 하는 일을 하면 성미가 여자와 같이 된
다는 뜻.

12714. 사내는 거짓말과 우비는 가지고 다녀야 한
다.

거짓말을 함부로 해서는 안 되지만 때에 따라서는 필
요하게 된다는 뜻.

12715. 사내는 날 때 울고 부모 복 입었을 때 운
다.

부모의 상(喪)을 당했을 때보다 더 서러운 일은 없다
는 뜻.

12716. 사내는 배짱으로 산다.

남자는 의지(意志)가 강해야 큰 일도 할 수 있다는 뜻.

12717. 사내는 신언서판(身言書判)에서 풍채가 으
뜸이다.

남자가 갖추어야 할 네 가지(체신, 말, 글, 판단) 중에
서 풍채 좋은 것이 첫째라는 뜻.

12718. 사내는 아무리 가난해도 계집과 탕반은 있
고 여자는 아무리 가난해도 사내와 신발은 있
다.

남녀는 아무리 가난해도 결혼 생활을 하게 된다는 뜻.

12719. 사내는 아무리 가난해도 계집과 탕반은 있
다.

남자는 아무리 가난해도 결혼을 하게 된다는 뜻.

12720. 사내는 열 계집 마다 않는다.

남자는 바람기가 있기 때문에 첩을 얻거나 바람을 피
울 소지가 있다는 뜻.

12721. 사내는 자기가 한 말에 책임을 져야 한다.
(好漢當)

남자는 자기의 말에 책임을 져야 하기 때문에 함부로
말해서는 안 된다는 뜻.

12722. 사내는 좁쌀만큼 벌어 오고 아내는 말똥
만큼 먹는다.

남자의 수입은 적은데 여자가 쓰는 돈이 이보다 초과
되어 살림이 파탄된다는 뜻.

12723. 사내는 책이요 여자는 거울이다.

남자는 공부하는 것을 즐기고 여자는 화장하는 것을
즐긴다는 말.

12724. 사내 대장부가 세상에 나면 나라를 위하여
보람있게 일하다 죽어야 한다. (丈夫出世 用
則效死)　　　　　　　　　　〈李舜臣〉

남자는 국가를 위하여 일하다 죽는 것이 가장 영광스
럽다는 뜻.

12725. 사내 등골을 빼먹는다.

아내가 살림을 못 해서 남편 고생만 시킨다는 뜻.

12726. 사내 못난 놈은 여편네만도 못하다.
못난 사나이는 자기 할 일을 못하기 때문에 여자만도
못하다는 뜻.

12727. 사내 아이는 아비 편 들고 계집 아이는 어
미 편 든다.
어린 아이들도 성별(性別)로 부모 편을 든다는 뜻.

12728. 사내 아이 열 여섯이면 호패(號牌)를 찬
다.
남자는 열 여섯이면 철이 나서 사내 구실을 하게 된
다는 뜻. ※ 호패 : 옛날 십 육세 이상 남자에게 성명
과 생년 간지(生年干支)를 쓰고 관인(官印)을 찍어 차
고 다닌 패.

12729. 사내 자식 입은 하나다.
사내가 한번 말한 것은 번복하지 않고 집행해야 한다
는 뜻.

12730. 사내 잘못 만나면 백 년 원수다.
여자는 남편을 잘못 만나면 평생을 두고 불행하다는
뜻.

12731. 사내 종의 얼굴에 계집 종의 몸이다.
(奴顔婢身)
사내이면서도 사내답지 못하고 계집마냥 간사하다는
뜻.

12732. 사내 팔자는 장가를 들어 봐야 안다.
남자의 팔자를 좌우하는 가장 중요한 것은 결혼에 달
렸다는 뜻.

12733. 사냥 가는 놈이 총도 안 가지고 간다.
아둔하여 가장 중요한 것을 잊거나 잃었을 때 하는 말.

12734. 사냥 가는 포수가 총 두고 간다.
일하는 사람이 가장 중요한 도구를 잃어 할 일을 못
하게 되었다는 뜻.

12735. 사냥개마냥 냄새는 잘 맡는다.
후각이 발달되어 냄새를 잘 맡는다는 뜻.

12736. 사냥개 언 똥 먹듯 한다.
음식을 남이 먹을 사이가 없이 먹어 치운다는 뜻.

12737. 사냥에는 내일이 따로 없다.
사냥을 할 때에는 짐승을 계속 추격하여야 하기 때문
에 하루 작업이 아니라는 뜻.

12738. 사냥이 끝난 뒤에는 활도 치운다. (鳥盡弓
藏)
긴요(緊要)하게 사용했던 것도 소용이 없게 되면 간직
하여 둔다는 뜻.

12739. 사느냐 죽느냐가 당장에 달렸다. (生死立
判)
당장 죽고 사는 것이 판가름나게 된다는 뜻.

12740. 사느냐 죽느냐 하는 판이다. (生死存亡 :
生死存没)
사느냐 죽느냐 하는 문제가 결정될 판이라는 뜻.

12741. 사느니 죽는 것이 낫다.
고생을 하고 사느니 차라리 죽는 것이 낫다는 뜻.

12742. 사는 것이 얻는 것보다 낫다.
남의 도움을 받는 것보다 자신이 노력하여 구하는 것
이 낫다는 말.

12743. 사는 것이 죽는 것만 못하다. (生不如死)
고생하고 살려면 차라리 죽는 것이 낫다는 뜻.

12744. 사는 곳이 서울이다.
촌 사람이 아니라 서울 사람이라는 뜻.

12745. 사는 사람이 있어야 파는 사람도 있다.
물건을 사는 사람이 있어야 상인도 팔게 되므로 고객
에게 친절해야 한다는 뜻.

12746. 사닥다리를 버리고 하늘에 오른다.
(釋階而登天) 〈楚辭〉
사닥다리를 버리고 공중에 오르듯이 일을 되도록 하
지 않고 되지 않을 짓을 한다는 뜻.

12747. 사당(祠堂) 당직은 타도 빈대 당직이 타
서 시원하다.
자신이 손해를 보더라도 미운 것이 없어지는 것이 매
우 기분이 좋다는 뜻.

12748. 사당 쥐 싸대듯 한다. (祠鼠) 〈晏子春秋〉
사당(祠堂) 쥐는 신주(神主) 때문에 잡을 수가 없듯
이 사람도 그 배경 때문에 내버려 두면 제가 잘나서
그런 줄 알고 까분다는 뜻. ※사당 : 신주를 모시는 방.

12749. 사당 치레만 하고 맹물 제사 지낸다.
(1) 시작은 푸짐하게 하고 나중은 나쁘게 하였다는 뜻.
(2) 계획성이 없게 일을 한다는 뜻.

12750. 사당 치레하다가 신주(神主) 개 물려 간다.
형식만 너무 차리다가 정작 소중한 내용을 잃어 버리
게 되었다는 뜻.

12751. 사당 치장하다가 신주 개 물려 보낸다.
무슨 일을 머뭇머뭇하다가 필경에는 망쳤다는 뜻.

12752. 사당 치장하다가 제사 못 지낸다.
부분적인 일에 치중하다가 기본적인 일을 못 하게 되었
다는 뜻.

12753. 사당 타는 것은 죄송스럽지만 빈대 타는
것이 시원하다.
작은 이득을 위하여 큰 것을 손해본다는 뜻.

12754. 사대붓집(士大夫家) 자식 잘못되면 범 된
다.
양반 집 자식 패가(敗家)하게 되면 데리고 있던 종을
팔아 먹는다는 말.

12755. 사대붓집 자식 잘못되면 송충이 된다.
양반 집 자식 패가하게 되면 자기 선산(先山)도 팔아
먹는다는 뜻.

12756. 사또(使道) 떠난 뒤에 나팔 분다.
일을 당했을 때 알맞게 하지 못하고 그 일이 지나간
뒤에야 무엇을 하는 척한다는 뜻.

12757. 사또 덕분에 나팔 분다.
남의 힘을 빌어서 자기 일을 한다는 뜻.

12758. 사또 덕분에 비장(裨將) 나리가 호강한다.
남의 힘을 빌어서 자신의 이익을 얻게 되었다는 뜻.

12759. 사또 말씀이야 다 옳다는 격이다.
마음 속으로는 찬동(贊同)할 수 없으나 어쩔 수 없이
건성으로 찬동한다는 말.

12760. 사또 밥상의 지령 종지다.
(1) 한가운데 자리 잡고 앉은 사람을 가리키는 말.
(2) 요직(要職)에 있음을 이름.

12761. 사또 방석에 기름 종지 나앉는다.
여럿이 모인 자리에 불쑥 끼어든다는 뜻.

12762. 사또 상의 꿀 종지다.
한가운데 자리에 앉은 사람을 가리키는 말.

12763. 사또 상의 장 종지다.
(1) 한가운데 자리를 차지하고 있는 사람을 가리키는
말. (2) 중요한 직위에 있다는 말.

12764. 사돈 남 나무란다.
제 일도 잘 못하는 주제에 남의 일에 참견한다는 뜻.

12765. 사돈네 가을 마당에 씨암탉 넘보듯 한다.
속으로 욕심 나는 물건을 보고 눈독을 들인다는 뜻.

12766. 사돈네 남의 말한다.
제 일을 젖혀 두고 남의 일에 참견한다는 뜻.

12767. 사돈네 논 산다.
저도 같은 처지에 있으면서 남의 일에 참견한다는 뜻.

12768. 사돈네 봉송(封送)은 저울로 달아야 한다.
사돈집에서 보내 오는 선물은 받은 것만큼 갚아야 한

다는 뜻. ※ 봉송 : 물건을 싸서 선물하는 것.

12769. 사돈네 산태미만도 못하다.
(1) 나에게는 아무 소용이 없다는 뜻. (2) 아무런 이해
관계가 없다는 뜻. ※ 산태미 : 옛날 농촌에서 짚으로
엮어 만든 것으로서 쓰레기나 거름을 담는 데 쓰는 것.

12770. 사돈네 식구는 풍년에 피죽이요 제 자식
은 흉년에 팥죽이다.
사돈네 덕은 못 보아도 자식의 덕은 많이 볼 수 있다
는 뜻.

12771. 사돈네 안방 같다.
분위기가 몹시 자유롭지 못하다는 뜻.

12772. 사돈네 외 먹는 풍도 다르다.
가풍(家風)은 집집마다 다를 수 있다는 뜻.

12773. 사돈네 음식은 저울로 단다.
사돈 집에서 받은 음식은 다음에 그만큼 보내 주어야
한다는 뜻.

12774. 사돈네 집과 뒷간은 멀어야 한다.
사돈네 집이 가까이 있으면 시집 간 딸에 대한 귀에
거슬리는 소문을 자주 듣게 되기 때문에 차라리 멀리
떨어져 있는 것이 낫다는 뜻.

12775. 사돈네 집에 가도 부엌부터 들여다본다.
사람은 언제든지 먹는 데 관심을 많이 가지게 된다는
뜻.

12776. 사돈도 이럴 사돈 다르고 저럴 사돈 다르
다.
같은 일이라도 상대방에 따라 태도를 달리 할 수 있다
는 뜻.

12777. 사돈도 이럴 사돈 있고 저럴 사돈 있다.
같은 경우라도 상대방에 따라서 대하는 태도가 달라
질 수 있다는 뜻.

12778. 사돈 모시듯 한다.
사돈을 대접하듯이 극진한 대우를 한다는 뜻.

12779. 사돈 서로가 밤 바래다 주듯 한다.
밤이 늦다 하여 사돈끼리 서로 바래다 주다가 밤을 새
웠다는 뜻.

12780. 사돈을 하려면 근본을 보랬다.
사돈을 삼으려거든 먼저 상대방의 가문(家門)을 잘
알아 보아야 한다는 뜻.

12781. 사돈의 팔촌이다. (査頓八寸)　　〈東言解〉
아무 관계도 없는 남이라는 뜻.

12782. 사돈이 말하는 데 싸라기 엎지른 것까지 들춘다.

남의 흥허물을 다 찾아 내어 폭로(暴露)한다는 뜻.

12783. 사돈이 왔을 때 밥풀 흘린 이야기까지 한다.

(1) 말을 삼가지 못하고 분수없이 함부로 한다는 뜻.

(2) 남의 잘못을 있는 대로 다 털어 놓는다는 뜻.

12784. 사돈 집과 뒷간은 멀수록 좋다. (厠間査家 遠愈好) 〈東言解〉

사돈 집이 가까우면 말이 많게 되고 뒷간이 가까우면 냄새가 나기 때문에 둘 다 멀어야 한다는 뜻.

12785. 사돈 집과 짐 바리는 골라야 좋다.

소나 말에 싣는 짐 바리는 양쪽 짐 무게가 균형이 잡혀야 하듯이 사돈끼리도 가문이나 재산 등이 서로 비슷해야 한다는 뜻.

12786. 사돈 집 잔치에 감 놓아라 배 놓아라 한다. (姻家宴 柿梨擅) 〈靑莊館全書〉

주책없이 남의 일에 쓸데없는 간섭을 한다는 뜻.

12787. 사돈 집 잔치에 중이 참여한다. (査頓宴僧 客) 〈旬五志〉

남의 일에 아무 상관도 없는 사람이 참여한다는 뜻.

12788. 사두 마차도 길을 들이지 않으면 마부도 다룰 수 없다. (駟馬不調 造父不能以取道) 〈孔叢子〉

집권자도 하부 사람들과 화목하지 않으면 정치가 잘 될 수 없다는 뜻.

12789. 사두 마차도 소문을 따르지 못한다. (駟不及舌) 〈論語〉

말 네 마리가 끄는 마차도 소문이 퍼지는 것을 따르지 못한다는 말.

12790. 싸라기밥으로 자랐나?

존대할 사람에게 존댓말을 하지 않고 반말을 하는 버릇이 없는 사람을 보고 하는 말.

12791. 싸라기밥을 먹어도 말 잘하는 판수라.

겉으로 보기에는 초라하지만 말은 잘한다는 뜻.

12792. 싸라기밥을 먹었나?

반말을 잘하는 사람을 보고 하는 말.

12793. 싸라기 한 말에 칠 푼 오리를 해도 오리가 없으면 못 산다.

적은 돈도 소중하게 쓰일 수 있기 때문에 푼돈이라도 아껴 써야 한다는 뜻.

12794. 사람 값도 돈이 있어야 값이 나간다.

사람이 잘나고 못난 것은 인격에도 있지만 재력(財力)에 따라서도 평가된다는 뜻.

12795. 사람과 그릇은 있는 대로 쓰인다.

사람은 적재 적소(適材適所)에 쓴다면 누구나 다 쓰인다는 뜻.

12796. 사람과 산은 멀리서 보는 것이 낫다.

아무리 훌륭한 사람이라도 가까이 지내 보면 한두 가지의 결함이 발견된다는 말.

12797. 사람과 쪽박은 있는 대로 쓰인다.

살림을 하자면 쪽박도 있는 대로 쓰이듯이 사람도 있으면 있는 대로 쓰인다는 뜻.

12798. 사람 굶어죽으라는 법 없다.

아무리 가난해도 굶어서 죽는 일은 없다는 뜻.

12799. 사람 기다리기는 힘들다. (待人難)

사람을 기다리기란 대단히 지루하다는 뜻.

12800. 사람 기다리는 것보다 더 지루한 건 없다.

약속한 시간에 오지 않는 사람을 기다리는 것은 몹시 지루하다는 뜻.

12801. 사람 나고 돈 났다.

돈이 귀중하다고 해도 돈보다 사람이 더 귀중하다는 뜻.

12802. 사람다운 도리가 없어지면 짐승과 같이 된다. (人理滅 而入於禽獸矣) 〈柳成龍〉

사람이 사람다운 짓을 못하면 짐승과 다를 것이 없다는 뜻.

12803. 사람도 궁하게 되면 속이게 된다. (人窮則 詐) 〈荀子〉

사람은 누구나 궁지에 몰리면 거기서 벗어나기 위하여 거짓말을 하게 된다는 뜻.

12804. 사람들과 멀어지면 군중들이 반기를 들게 된다. (人離則衆叛) 〈諸葛亮心書〉

위정자가 군중들과 멀어지게 되면 군중들이 폭동을 일으키게 된다는 뜻.

12805. 사람들과 잘 사귀면 실패하지 않는다. (出門交有効 不失也)

사교술(社交術)이 좋은 사람은 실패하는 일이 없다는 뜻.

12806. 사람 들어오는 건 몰라도 나가는 건 안다.

가족이 늘어서 도움받는 것은 알 수 없어도 식구가 줄어서 일손이 모자라는 것은 알 수 있게 된다는 뜻.

12807. 사람들에게 부드럽고 공손한 것은 덕의 근본이다. (温温恭人 維德之基) 〈詩經〉
사람들을 따뜻하게 대하고 공손하게 대하는 것이 곧 덕의 근본이라는 뜻.

12808. 사람들에게 실례되는 행동은 하지 않아야 한다. (不失足於人) 〈禮記〉
남에게 실수(失手)하는 일이 없도록 해야 한다는 뜻.

12809. 사람들에게 실언을 하지 말아야 한다. (不失口於人) 〈禮記〉
사람들에게 실례되는 말은 하지 말아야 한다는 뜻.

12810. 사람들은 그 업을 즐겁게 여긴다. (人樂其業) 〈三略〉
국민들이 모두 자기의 직업에 영예감(榮譽感)을 가지고 즐거워한다는 뜻.

12811. 사람들은 그 자식을 사랑한다. (人之愛其子也) 〈春秋左傳〉
사람들은 누구나 자기 자식은 사랑한다는 뜻.

12812. 사람들은 내 마음을 몰라 준다. (不諒人只) 〈詩經〉
사람들이 내 마음을 이해(理解)하여 주지 못한다는 뜻.

12813. 사람들은 다 젊은이를 사랑하고 늙은이를 싫어한다. (人皆愛少而惡老) 〈新論〉
사람들은 누구나 세대의 주인공인 젊은이를 사랑하지 세대의 낙오자(落伍者)인 늙은이를 좋아하지 않는다는 뜻.

12814. 사람들은 자기 문 앞의 눈은 자기가 쓸게 된다. (各人自掃門前雪) 〈事林廣記〉
자기가 할 일은 자기가 하고 남의 일에는 관계하지 말라는 뜻.

12815. 사람들을 공손하고 삼가히 대우해야 한다. (遇人恭謹) 〈漢書〉
사람을 대할 때는 공손하고 삼가히 대접해야 한다는 뜻.

12816. 사람들을 즐겁게 하는 사람은 오래 가고 길이 간다. (樂人者 久而長) 〈三略〉
모든 사람들을 즐겁게 하는 위정자(爲政者)는 길이 번영한다는 뜻.

12817. 사람들의 기교가 발달될수록 신기한 물건이 생산된다. (人多技巧 奇物滋起) 〈老子〉
기술이 발전하면 발전할수록 더욱 좋은 제품이 생산된다는 뜻.

12818. 사람들의 마음이 흉흉하다. (人心洶洶)
사회적으로 불안정하여 모든 사람들의 마음이 떠들썩하다는 뜻.

12819. 사람들이 가지거든 나는 버려야 한다. (人取我棄)
남들이 취하거든 나는 반대로 버려야 이익을 본다는 뜻.

12820. 사람들이 가지려고 하거든 나는 줘야 한다. (人取我與)
남들이 하는 대로 하지 말고 그 반대로 해야 이롭게 된다는 뜻.

12821. 사람들이 다 손가락질을 한다. (人皆指爲) 〈漢陰集〉
온 세상 사람들이 다 손가락질을 하면서 흉을 본다는 뜻.

12822. 사람들이 다 참지 못하는 것을 참아 가면서 하는 것이 인(仁)이다. (人皆有所不忍 達之於其所忍仁) 〈孟子〉
인이란 사람들이 참기 어려운 것을 참고 이겨 나가는 데 있다는 뜻.

12823. 사람들이 많은 기교를 가지고 있으면 진기(珍奇)한 물품을 많이 생산한다. (人多技巧 奇物滋起) 〈老子〉
기술을 가진 사람들이 많으면 진기한 물건을 많이 생산하게 된다는 뜻.

12824. 사람들이 모두 놀라고 두려워한다. (人人駭慄) 〈唐書〉
세상 사람들이 모두 놀라고 무서워한다는 뜻.

12825. 사람들이 버리거든 나는 가져야 한다. (人棄我取)
남들이 버리는 것이 있으면 나는 이것을 모은다는 뜻.

12826. 사람들이 보지 않는 암실에서도 행동은 삼가해야 한다. (不侮闇室 : 不欺闇室) 〈程子〉
사람들이 보지 않는 곳에서도 행동은 잘해야 한다는 뜻.

12827. 사람마다 기뻐한다. (每人悦之)
세상 사람들이 모두 다 기뻐한다는 뜻.

12828. 사람마다 얼굴과 마음은 다르다.
사람들은 얼굴이 다 다르듯이 마음도 다 다르다는 뜻.

12829. 사람마다 저 잘난 멋에 산다.

　사람은 누구나 자존심(自尊心)을 가지고 있다는 뜻.

12830. 사람마다 제 나름대로 좋아하는 것이 있다. (人皆有己所自善)　〈穢德先生傳〉

　사람은 누구나 다 자신이 좋아하는 것이 있다는 뜻.

12831. 사람마다 제 자미로 산다.

　사람은 누구나 자기 나름대로의 재미가 있기 때문에 산다는 뜻.

12832. 사람마다 한 가지 버릇은 있다. (人皆有一癖)

　사람은 누구나 한두 가지의 좋지 못한 버릇이 있다는 뜻.

12833. 사람마다 한 가지 재주는 있다. (各有一能)

　사람은 누구에게나 한 가지 재주가 있으므로 이것을 잘 활용해야 한다는 뜻.

12834. 사람 마음이 흩어지면 온갖 일이 다 그릇된다. (人心散則萬事皆非)　〈海東續小學〉

　사람의 마음이 통일되지 않으면 무슨 일이나 성사시킬 수 없다는 뜻.

12835. 사람 버릴 것 없고 물건 버릴 것 없다.

　잘난 사람이나 못난 사람이나 좋은 물건이나 나쁜 물건이나 있는 대로 다 쓰인다는 말.

12836. 사람 사는 집은 문지방이 반들반들 닳아야 한다.

　사람 사는 집에는 왕래하는 사람이 많아야 번영한다는 뜻.

12837. 사람 살 곳은 가는 곳마다 있다.

　아무리 메마른 세상이라고 할지라도 도와 주는 사람이 있다는 뜻.

12838. 사람 살 곳은 골골이 있다. (活人之佛 洞洞有之)　〈旬五志〉

　아무리 야박한 세상이라고 해도 어디를 가나 도와 주는 풍속은 있다는 뜻.

12839. 사람 새끼는 서울로 보내고 마소 새끼는 시골로 보내랬다.

　사람의 아들은 서울로 보내서 공부를 시켜 출세하도록 해야 하고 말이나 소는 시골로 보내서 길을 들여야 한다는 뜻.

12840. 사람 새끼는 서울로 보내고 망아지는 제주로 보내라.

　사람의 아들은 서울로 보내서 공부를 시켜 출세시키도록 해야 하고 망아지는 제주 목장으로 보내서 길을 들여야 한다는 뜻.

12841. 사람 셋만 모여도 김씨는 끼인다.

　우리 나라에는 김씨가 매우 많다는 뜻.

12842. 사람 속이기가 하늘 속이기보다 어렵다.

　거짓말로 남을 속이기가 매우 어렵다는 뜻. ↔ 사람은 속여도 하늘은 못 속인다.

12843. 사람 안 죽은 아랫목 없다.

　사람이 사는 집에는 사람 안 죽은 집이 거의 없다는 뜻.

12844. 사람 얼굴에 짐승 심보다. (人面獸心)　〈漢書〉

　사람의 탈은 썼으나 그 마음은 짐승과 같다는 뜻.

12845. 사람에게는 세 번 때가 있다.

　사람은 일생에 좋은 기회가 세 번 있으므로 이 기회를 놓치지 말라는 뜻.

12846. 사람에게는 아침 저녁으로 재앙과 복이 있다. (人有朝夕禍福)　〈景行錄〉

　사람에게는 항상 재앙과 복이 같이 따라다니기 때문에 어느 것을 선택하느냐 하는 것은 본인에게 달렸다는 뜻.

12847. 사람에게는 제각기 잘하는 것과 잘 못하는 것이 있다. (人各有能有不能)　〈春秋左傳〉

　사람에게는 누구나 다 능숙하게 하는 일과 서투르게 하는 일이 있다는 뜻.

12848. 사람에게는 저마다 짝이 있다. (人各有耦)　〈春秋左傳〉

　사람에게는 누구나 다 짝이 있게 마련이라는 뜻.

12849. 사람에게도 나쁜 버릇 있고 말에게도 나쁜 버릇 있다.

　사람은 누구에게나 나쁜 버릇이 있으므로 시정하도록 노력하라는 뜻.

12850. 사람에게 친척이 있는 것은 마치 벌레에 발이 많이 달린 것과 같다. (人之有宗族 譬之若虫之有百足)　〈蓉洲文集〉

　친척이 많은 집안은 서로 도움을 받을 수 있게 된다는 뜻.

12851. 사람에게 홀리면 덕을 잃고 물건에게 홀리면 본심을 잃는다. (玩人喪德 玩物喪志)　〈書經〉

　사람이나 물건에 홀리게 되면 이성(理性)을 잃게 되기 때문에 이에 삼가라는 뜻.

12852. 사람에게 화를 미치게 하는 자에게는 반드시 그 화가 돌아온다.(菑人者 人必反菑之)
〈莊子〉
남을 해롭게 하는 사람은 자신도 화를 당하게 된다는 뜻.

12853. 사람에 버릴 사람 없고 물건에 버릴 물건 없다.
사람이나 물건은 다 쓰일 데가 있다는 뜻.

12854. 사람에 의해 사람을 알게 된다.(因人以知人)
〈韓非子〉
세상을 살자면 사람에 의하여 기하학적(幾何學的)으로 사람을 사귀게 된다는 뜻.

12855. 사람 위에 사람 없고 사람 아래 사람 없다.
사람은 다 같은 자유와 권리를 향유(享有)할 수 있기 때문에 평등하다는 뜻.

12856. 사람으로 산을 이루고 사람으로 바다를 이룬다.(人山人海)
사람들이 많이 모여 산을 이루고 바다를 이루었다는 뜻.

12857. 사람으로서는 감당할 수 없다.(人所不堪)
인간으로서는 도저히 감당할 수 없는 일이라는 말.

12858. 사람으로서 올바르지 못하다.(人之無良)
〈詩經〉
사람이 사람답지 못한 행동만 한다는 뜻.

12859. 사람으로 인하여 매사는 이루어진다.(因人成事)
〈史記〉
세상 만사는 모두 사람으로 인하여 이루어진다는 뜻.

12860. 사람으로 콩나물을 기른다.
사람들이 한곳에 콩나물 시루의 콩나물마냥 모여 있다는 뜻.

12861. 사람은 가난하면 무식하고 말은 마르면 털이 길어진다.
가난하면 공부를 할 수 없기 때문에 무식을 면하지 못하게 된다는 뜻.

12862. 사람은 가난하면 무식해진다.
가난한 사람은 공부를 할 수 없으므로 무식을 면할 도리가 없다는 뜻.

12863. 사람은 가난하면 지혜도 적다.(人貧智短)
〈唐語纂要〉
가난한 사람은 공부를 할 수 없기 때문에 무식하게 된다는 뜻.

12864. 사람은 같은 처지가 되면 다같은 행실을 하게 된다.(易地皆然)
사람은 그 처지가 같으면 같은 행동을 하게 된다는 뜻.

12865. 사람은 건강이 첫째다.
사람은 건강해야 무슨 일이든지 할 수 있기 때문에 건강이 으뜸이라는 뜻.

12866. 사람은 겉만 보고는 모른다.
사람은 외면만 보고서는 그 마음을 모른다는 뜻.

12867. 사람은 겪어 봐야 알고 물은 건너 봐야 안다.
사람은 오래 사귀어 봐야 그 속 마음까지 알 수 있고 물은 건너 봐야 깊이를 알 수 있다는 뜻.

12868. 사람은 경우에 막히고 귀신은 경문(經文)에 막힌다.
사람은 시비(是非)가 분명해야 하기 때문에 잘못하게 되면 용납할 수 없게 된다는 뜻.

12869. 사람은 경우에 막힌다.
행동을 잘못하게 되면 발언권(發言權)이 없다는 뜻.

12870. 사람은 경우에 빠지면 못 산다.
경우에 어긋나는 행동을 해서는 안 된다는 뜻.

12871. 사람은 경우에 빠지면 못 살고 귀신은 경문(經文)에 빠지면 못 산다.
사람은 경우에 어긋나는 행동을 해서는 세상에서 용납되지 못한다는 뜻.

12872. 사람은 꼭 식견을 먼저 넓혀야 한다.(人須以識爲先)
〈宋尤庵〉
사람은 무엇보다도 먼저 학식과 견문을 넓혀야 한다는 뜻.

12873. 사람은 관 뚜껑을 덮고 나서야 안다.(人事蓋棺定)
〈書言故事〉
사람의 일은 그가 죽고 난 뒤에 보아야 안다는 뜻.

12874. 사람은 관상으로 길흉(吉凶)을 논하는 것보다는 마음씨로 선악을 논하는 것이 낫다.(相形不如論心)
〈荀子〉
사람은 그 관상을 가지고 평가할 것이 아니라 그 마음씨를 가지고 평가해야 한다는 뜻.

12875. 사람은 구제하면 앙문을 하고 짐승은 구제하면 은혜를 한다.
사람은 흔히 남의 은혜를 잊는 수가 있는데 이런 사람은 짐승만도 못하다는 뜻.

12876. 사람은 궁한 때 행동을 봐야 안다.

사람이 궁지에 몰리면 바른 행동을 하기가 어렵기 때문에 이런 때의 행동을 봐야 그를 옳게 알 수 있다는 뜻.

12877. 사람은 권세를 따라다니며 개는 구린내를 따라다닌다. (人跟勢走 狗跟屁走)
사람들은 거의가 현실적으로 유리한 곳을 따르게 된다는 뜻.

12878. 사람은 권세를 따라다닌다. (人跟勢走)
사람은 권력과 세력을 가진 자에게 모여든다는 뜻.

12879. 사람은 그 몸 둘 곳을 알아야 한다. (知其所止) 〈大學〉
사람은 자기 처지를 잘 알아서 행동해야 한다는 뜻.

12880. 사람은 그 하나만 알고 그 밖의 것은 알지 못한다. (人知其一 莫知其他) 〈詩經〉
부분적으로만 알고 전체적으로는 모른다는 뜻.

12881. 사람은 그 허물을 보면 그 사람됨을 알 수 있다. (觀過 斯知仁矣) 〈論語〉
누구나 그 허물을 보면 그 사람의 인격을 알 수 있게 된다는 뜻.

12882. 사람은 급하게 되면 꾀도 생긴다. (人急智生 : 人急計生)
사람은 급하게 되면 그에 대한 대책을 마련하게 된다는 뜻.

12883. 사람은 급하게 되면 변절하게 된다. (人急造反)
사람은 급하게 되면 살기 위하여 변절을 하게 된다는 뜻.

12884. 사람은 급하면 변절하고 개는 급하면 담을 뛰어 넘는다. (人急造反 狗急跳壇)
사람은 급하면 살기 위하여 변절을 하지만 개는 급하면 담을 뛰어넘지 굴복은 않는다는 뜻으로서, 즉 변절하는 사람은 개만도 못하다는 말.

12885. 사람은 나면서부터 근심과 고통을 타고 난다. (人之生也與憂俱生) 〈莊子〉
사람의 근심과 고통은 타고 난 팔자이기 때문에 참고 견뎌야 한다는 뜻.

12886. 사람은 나면서부터 욕망을 가지게 된다. (人生而有欲) 〈荀子〉
사람은 선천적으로 욕망을 가지게 된다는 뜻.

12887. 사람은 나면서부터 집단 생활을 하지 않을 수 없다. (人生不能無群) 〈荀子〉
사람은 사회적인 집단 생활에서 이탈하여 존재할 수는 없다는 뜻.

12888. 사람은 날 때의 소리는 같으나 커 가면서 습관은 달라진다. (同聲異俗)
사람은 날 때의 울음소리는 같았으나 교육에 따라 또는 환경에 따라 달라지게 된다는 뜻.

12889. 사람은 남 어울림에 산다.
사람은 여러 사람들과 함께 생활을 하게 된다는 뜻.

12890. 사람은 높은 지위에 앉으면 범같이 되고 아무 지위도 없으면 쥐같이 된다. (用之則爲虎 不用則爲鼠) 〈東方朔〉
사람은 권력을 잡으면 범과 같은 위엄(威嚴) 있는 사람으로 되지만 아무 권력도 없으면 쥐와 같이 숨어 사는 사람으로 된다는 뜻.

12891. 사람은 누구나 굶주리면 먹을 줄은 알지만 자신의 어리석음을 배워서 고칠 줄은 모른다. (人皆知食以愈飢 不知學以愈愚) 〈荀子〉
사람은 누구나 배가 고프면 먹을 줄은 알지만 자신의 무식을 배우려고는 않는다는 뜻.

12892. 사람은 누구나 부귀를 욕구하는 마음은 같다. (欲貴者 人知同心)
부귀를 욕구하는 마음은 누구나 다 같다는 뜻.

12893. 사람은 누구나 잘 잘못이 있다.
사람은 누구나 다 잘할 수는 없다는 뜻.

12894. 사람은 누구나 저 잘난 멋에 산다.
사람은 누구나 긍지감(矜持感)을 가지고 산다는 뜻.

12895. 사람은 누구나 제 복으로 산다.
잘살고 못사는 것은 모두 자기가 타고 난 복으로 산다는 뜻.

12896. 사람은 누구나 한때는 있다.
사람은 누구나 일생 동안 자기 나름대로 행복스러운 한때가 있다는 말.

12897. 사람은 늙는 것을 싫어한다. (人之惡老) 〈却老先生傳〉
사람은 누구나 자신이 늙어지는 것을 싫어한다는 뜻.

12898. 사람은 늙어지고 시집살이는 젊어진다.
시집 가서 오래될수록 시집살이가 심해진다는 뜻.

12899. 사람은 늙어지면 쓸모가 없어지고 구슬은 퇴색되면 가치가 없어진다. (人老珠黃不値錢)
사람이나 구슬이나 늙어지면 쓸모가 없어지게 된다는 뜻.

12900. 사람은 늘그막을 봐야 안다.
사람은 늙팔자를 본 뒤에 평가해야 한다는 뜻.

12901. 사람은 늦팔자가 좋아야 한다.
젊어서 고생을 한 사람이라도 늦게 잘살게 되면 팔자가 좋은 편이라는 뜻.

12902. 사람은 다 쓸모가 있다. (人生各有爲)
〈李白〉
사람은 누구나 다 사회적으로 유효하게 쓸모가 있다는 뜻.

12903. 사람은 다 저 잘난 멋에 산다.
사람은 누구나 자부심을 소유하고 있다는 말.

12904. 사람은 대담하고 세심해야 한다. (膽大心小)
〈唐書〉
사람은 담대하고도 세심한 마음 가짐이 있어야 한다는 뜻.

12905. 사람은 덕으로써 사랑하라. (愛人以德)
〈禮記〉
사람에게는 은덕(恩德)을 베풀어 사랑하라는 뜻.

12906. 사람은 돈 거래를 해봐야 안다. (人用財交)
〈明心寶鑑〉
돈 거래를 해보면 그 사람의 물욕도 알 수 있고 신용도 알 수 있다는 뜻.

12907. 사람은 돈 거래를 해봐야 알고 쇠는 불에 달궈 봐야 안다. (人用財交 金用火試)
〈明心寶鑑〉
돈 거래를 해보면 그 사람의 신용과 심리까지 다 알게 된다는 말.

12908. 사람은 마땅히 검소를 숭상하고 사치를 경계해야 한다. (人當尚儉素 而戒侈靡也)
〈顧庵家訓〉
검소한 생활을 하는 동시에 사치는 경계해야 한다는 뜻.

12909. 사람은 마시고 먹지 않는 이가 없지만 그 맛을 옳게 아는 사람은 드물다. (人莫不飮食也 鮮能知味也)
〈中庸〉
사람은 항상 먹는 음식의 참맛을 잘 모르듯이 무슨 일이나 겉만 알고 속은 모른다는 뜻.

12910. 사람은 마음으로 굴복케 해야 감히 거역하지 않는다. (使人乃以心服 而不敢蘁) 〈莊子〉
사람은 억압으로 굴복시킨 것은 반역하지만 마음으로 굴복시킨 것은 반역하지 않는다는 뜻.

12911. 사람은 만물의 영장(靈長)이다.
사람은 만물 중에서 가장 존귀한 존재라는 뜻.

12912. 사람은 만족하지 못한 것을 괴롭게 여긴다. (人苦不知足)
〈後漢書〉
사람은 부족하게 되면 괴롭게 된다는 뜻.

12913. 사람은 말을 많이 한다고 착한 것은 아니다. (人不以多言爲善)
〈寶鑑〉
말로만 잘한다고 해서 착한 것이 아니라 실천을 해야 착하다는 뜻.

12914. 사람은 말을 잘한다고 어진 사람이 아니다. (人不以善言爲賢)
〈莊子〉
말만 잘한다고 어진 사람이 아니라 행동을 잘해야 어진 사람이라는 뜻.

12915. 사람은 먹고 살게 마련이다.
사람은 아무리 가난하게 살아도 굶어죽지는 않는다는 뜻.

12916. 사람은 먹는 것이 가장 귀중하다. (以食爲天)
〈史記〉
음식은 사람이 살아가는 데 근본이 된다는 뜻.

12917. 사람은 목석이 아니다. (人非木石) 〈史記〉
사람은 목석이 아니기 때문에 눈물도 있고 피도 있다는 뜻.

12918. 사람은 목숨이 가장 중하다. (人命至重)
사람은 자기의 목숨이 가장 중요하다는 뜻.

12919. 사람은 못 속여도 하늘은 속인다.
같은 동료(同僚)는 속이지 못하지만 웃사람은 속일 수가 있다는 뜻. ↔ 사람은 속여도 하늘은 못 속인다.

12920. 사람은 반드시 짐승과 같은 마음이 없어야 한다. (人必無獸心)
〈列子〉
사람의 마음은 짐승과는 달리 어질어야 한다는 뜻.

12921. 사람은 발이 따뜻해야 자고 개는 입이 따뜻해야 잔다.
사람은 잘 때 발을 따뜻하게 해야 잠이 잘 온다는 뜻.

12922. 사람은 배부른 짓을 하는 사람을 미워하고 겸손한 사람을 좋아한다. (人道惡盈而好謙)
〈易經〉
부유하고 교만한 사람은 미움을 받게 되고 겸손한 사람은 존경을 받게 된다는 뜻.

12923. 사람은 배우지 않으면 도리를 모른다. (人不學不知道)
〈禮記〉
사람은 배워야 사람으로서 할 도리를 알게 된다는 뜻.

12924. 사람은 배우지 않으면 마치 어둔 밤길을 다니는 것과 같다. (人生不學 如冥夜行)
〈姜太公〉

사람은 배우지 않으면 자기의 할 일도 잘 모르게 된다는 뜻.

12925. 사람은 백 살 사는 사람도 없는데 부질없이 천 년의 계교를 마련한다. (人無百歲人 枉作 千年計)
〈朱文公〉

사람은 자기의 현실에 맞도록 일을 계획해야 한다는 뜻.

12926. 사람은 백 살을 사는 수명도 없다. (人無百歲之壽)
〈荀子〉

사람은 백 살을 사는 사람이 없다는 말.

12927. 사람은 백 살을 살아 봤자 삼만 육천 일이다.

사람이 오래 산다 해도 백 살밖에 못사는데 그 동안 허송세월을 하지 말고 참된 삶을 해야 한다는 뜻.

12928. 사람은 버려도 그 말은 버리지 말랬다.

비록 미운 사람의 말이라도 옳은 말은 들어야 한다는 뜻.

12929. 사람은 부지런해야 한다. (人生在勤)

사람은 무슨 일에나 부지런해야 한다는 뜻.

12930. 사람은 빈손으로 왔다가 빈손으로 간다. (空手來 空手去)

사람이 이 세상에 빈손으로 왔다가 빈손으로 가는데 물욕을 낼 필요가 없다는 뜻.

12931. 사람은 사귀어 봐야 안다.

사람의 속은 겉으로 보아서는 모르기 때문에 오래 사귀어 봐야 비로소 알게 된다는 뜻.

12932. 사람은 사람 구실을 해야 사람 대접을 받는다.

사람은 행동을 잘해야 남에게 대접을 받게 된다는 뜻.

12933. 사람은 사람 노릇을 해야 사람이다.

사람은 행실을 잘못하면 사람 대접을 못 받게 된다는 뜻.

12934. 사람은 살아서 백 년을 넘기기 어렵고 죽어서 백 년 동안 그 무덤을 지키기 어렵다.

사람은 백 년 살기가 어렵고 죽은 뒤에도 그 자손이 백 년을 잘 지내기가 어렵다는 뜻.

12935. 사람은 생명보다 귀한 것은 없다. (人莫貴乎生)
〈荀子〉

사람은 자기 생명보다 더 고귀한 것은 없다는 말.

12936. 사람은 속아서 산다.

사람이 살자면 속는 일이 많다는 뜻.

12937. 사람은 속여도 하늘은 못 속인다. (人欺不天欺)

사람이 사람을 속일 수 있지만 하늘은 내려다보고 있기 때문에 못 속인다는 뜻. ↔ 사람은 못 속여도 하늘은 속인다. 벼락치는 하늘도 속인다. 사람 속이기가 하늘 속이기보다 어렵다.

12938. 사람은 술자리를 같이해 봐야 안다.

술 먹고 행동하는 것을 보면 그 사람을 잘 알게 된다는 뜻.

12939. 사람은 스스로 복을 구해야 한다. (自求多福)
〈詩經, 春秋左傳〉

행복은 저절로 오는 것이 아니라 자신이 노력해야 얻을 수 있다는 뜻.

12940. 사람은 아는 것이 우환의 시초이다. (人生識字憂患始)
〈蘇軾〉

사람은 학식이 있으면 도리어 근심거리가 늘게 되기 때문에 차라리 아무 것도 모르는 것이 편하다는 뜻.

12941. 사람은 아무리 총명해도 자기를 용서하는 데는 어둡다. (雖有聰明 恕己則昏)
〈宋名臣言錄〉

아무리 영리한 사람이라도 자기 자신을 용서하는 데는 현명하지 못하다는 뜻.

12942. 사람은 안락한 것보다 즐거운 것이 없다. (莫樂乎安)
〈荀子〉

안락한 생활을 하는 것이 가장 즐겁다는 뜻.

12943. 사람은 알게 되면 명철하게 된다. (知人則哲)
〈書經〉

사람은 배워서 알게 되면 저절로 현명하게 된다는 뜻.

12944. 사람은 알몸뚱이로 나서 알몸뚱이로 간다.

사람은 빈손으로 왔다가 빈손으로 가게 마련이므로 너무 물욕(物慾)을 내지 말고 살라는 뜻.

12945. 사람은 어진 마을에 사는 것이 좋다. (里仁爲好)
〈孔子〉

사람은 어진 사람이 많이 사는 곳에서 사는 것이 좋다는 뜻.

12946. 사람은 언제나 잘못을 저지른 뒤에라야 고칠 수 있게 된다. (人恒過然後 能改)
〈孟子〉

무슨 일이나 미리 예방하기는 어려운 것이고 잘못을 저지른 다음에야 시정하게 된다는 뜻.

12947. 사람은 여러 가지 관직을 겸할 수는 없다. (人不能兼官) 〈荀子〉

한몸에 여러 가지의 직책을 겸무하기는 어렵다는 뜻.

12948. 사람은 열 살이 지나야 알고 나무는 한 길이 자라야 안다.

사람은 십여 세(十餘歲)가 돼야 그 사람의 성격이나 장래성을 짐작하게 된다는 뜻.

12949. 사람은 옛부터 누구나 죽지 않는 사람은 없다. (人生自古誰無死) 〈文天祥〉

사람은 옛날부터 지금까지 세상에 태어나서 죽지 않는 사람은 없다는 말.

12950. 사람은 옛사람을 구하지만 그릇은 옛그릇을 구하지 않는다. (人惟求舊 器非求舊)

〈書經〉

사람은 정든 옛사람이 좋고 그릇은 새 그릇이 좋다는 뜻.

12951. 사람은 오래 사귀어야 그 마음을 알게 된다. (日久見人心)

사람의 속은 오랫동안 사귀어 보지 않고는 모른다는 뜻.

12952. 사람은 오랫동안 좋을 수는 없다. (人無千日好)

사람이 살자면 좋은 일도 있고 나쁜 일도 있게 마련이라는 뜻.

12953. 사람은 오십 전에 성공을 못하면 부끄러운 일이다. (人生五十愧無功)

사람은 오십 전에는 반드시 성공해야 한다는 뜻.

12954. 사람은 옷이 날개다.

못난 사람도 옷을 잘 입으면 잘나 보인다는 뜻.

12955. 사람은 인정에 막힌다.

사람은 인정이 있기 때문에 사정하는 사람에게는 거절하기가 어렵다는 뜻.

12956. 사람은 일을 무서워하지만 일은 사람하는 대로 응한다. (人怕事 事怕協)

사람들은 일하기를 무서워하는 경향이 있는데 사실은 일은 사람하는 대로 따르기 때문에 무서워할 것이 없다는 뜻.

12957. 사람은 잘 알고 써야 한다. (知人善用)

사용할 사람은 미리 잘 알고 써야 후회하는 일이 생기지 않는다는 뜻.

12958. 사람은 잡기(雜技)를 해봐야 그 마음을 안다.

사람의 마음은 바둑, 장기, 노름 등을 해봐야 잘 알 수 있게 된다는 말.

12959. 사람은 재물을 탐내다 죽고 새는 먹이를 탐내다 죽는다. (人爲財死 鳥爲食亡)

많은 경우에 사람은 돈을 탐내다 죽게 되고 새는 먹이를 탐내다 죽게 된다는 뜻.

12960. 사람은 저마다 생각이 다르다.

사람들은 자기 본위로 생각하기 때문에 서로 생각이 다르게 된다는 뜻.

12961. 사람은 저마다 잘난 체한다. (各者以爲大將)

사람은 누구나 저 잘난 멋에 산다는 뜻.

12962. 사람은 저마다 잘하는 일도 있고 못하는 일도 있다. (人各有能有不能) 〈左傳〉

사람은 누구나 잘하는 일과 잘못하는 일이 있다는 뜻.

12963. 사람은 저 잘난 멋에 산다.

사람은 누구나 제가 남보다 잘났다는 기분을 가지고 산다는 뜻.

12964. 사람은 저절로 착해지는 것이 아니고 반드시 가르친 뒤에야 착해지게 된다. (人不能自然而善 必敎而後善) 〈茶山論叢〉

사람은 저절로 착해지는 것이 아니라 착한 것을 배우고 이를 실천하는 데서 착해진다는 뜻.

12965. 사람은 정으로 사귀고 귀신은 떡으로 사귄다.

사람은 인정으로 사귀어야 친해지고 귀신은 음식을 주어야 친해진다는 뜻.

12966. 사람은 저 나름대로의 배우자가 있다. (人各有耦)

사람은 잘나나 못나나 다 짝은 있게 된다는 말.

12967. 사람은 제 복으로 산다.

사람은 누구나 자기가 타고 난 복으로 사는 것이지 남의 덕으로 사는 것이 아니라는 말.

12968. 사람은 제 자식 나쁜 것은 알지 못한다. (人莫知其子之惡) 〈大學〉

제 자식은 귀엽게만 보이기 때문에 그 결점을 발견하기가 어렵다는 뜻.

12969. 사람은 좋아해야 할 사람을 미워하기도 한다. (能好人 能惡人) 〈論語〉

좋게 대할 사람을 미워하는 잘못을 범할 수도 있으니 대인 관계에서 신중을 기해야 한다는 뜻.

12970. 사람은 죽고 집안은 결단난다. (人亡家廢)
가장(家長)이 죽게 되면 집안이 망한다는 뜻.

12971. 사람은 죽어 귀신이 돼도 먹을 것을 찾는
다. (鬼猶求食)　　　　　　　　〈春秋左傳〉
사람은 사나 죽으나 먹어야 한다는 뜻.

12972. 사람은 죽어서 이름을 남긴다.
사람은 죽어서 이름을 남길 수 있도록 살아서 착한 일
을 많이 해야 한다는 뜻.

12973. 사람은 죽으면 이름을 남기고 범은 죽으
면 가죽을 남긴다. (人死留名 虎死留皮 : 豹死
留皮 人死留名)　　　　　　　　　〈五代史記〉
범은 죽어 가죽을 남기듯이 사람은 죽어 그 이름을 후
세(後世)까지 남기도록 착한 일을 하라는 뜻.

12974. 사람은 죽음을 싫어하고 삶을 즐거워한다.
(人惡死而樂生)　　　　　　　　　　〈六韜〉
사람은 누구나 자기가 죽는 것을 싫어하고 삶을 좋아
한다는 뜻.

12975. 사람은 지내 봐야 안다.
사람은 서로 사귀어 보아야 그 속을 알게 된다는 뜻.

12976. 사람은 지켜야 할 법을 문란하게 하지 말
아야 한다. (毋亂人之紀)　　　　　　〈禮記〉
사람은 자기가 지켜야 할 도리를 잘 지켜 남에게 피
해를 끼치지 말아야 한다는 뜻.

12977. 사람은 착하지 않거든 사귀지 말고 물건
은 옳지 않거든 취하지 말라. (人非善不交 物
非義不取)　　　　　　　　　　　〈朴剛生〉
나쁜 사람과는 가까이하지 말고 나쁜 물건은 가지지
말도록 하라는 뜻.

12978. 사람은 착하지 않거든 사귀지 말라.
(人非善不交)　　　　　　　　　　〈朴剛生〉
사람이 착하지 않거든 처음부터 사귀지를 말라는 뜻.

12979. 사람은 천 날을 좋게만 지낼 수 없고 꽃은
백 날을 붉을 수 없다. (人無千日好 花無百日紅)
사람이 살자면 항상 좋은 일만 있는 것이 아니며 꽃
도 오랫동안 곱게만 피어 있을 수는 없다는 뜻.

12980. 사람은 철들자 죽는다.
사람은 철이 나서 한참 일하다 보면 늙어 죽게 된다
는 말.

12981. 사람은 치켜보지 말고 내려다보고 살랬다.
자기보다 잘사는 사람을 보고 살면 불평과 불만이 생
기게 되기 때문에 자기보다 못사는 사람을 보고 자위
(自慰)하면서 살라는 뜻.

12982. 사람은 충고를 받아들이면 거룩하게 된다.
(人受諫則聖)　　　　　　　　　　　〈孔子〉
남의 충고를 잘 받아들이게 되면 성스럽게 된다는 뜻.

12983. 사람은 취해야 본성이 나고 용은 자야 체
신을 나타낸다.
술에 취하면 평소에 나타내지 않던 본성을 나타내게
된다는 뜻.

12984. 사람은 취해야 본성이 난다.
술에 취하게 되면 본성을 나타내게 된다는 뜻.

12985. 사람은 친해 봐야 알고 말은 타 봐야 안
다.
사람은 오랫동안 친하게 지내 봐야 그 사람의 본성까
지 알게 된다는 뜻.

12986. 사람은 칠십을 넘겨 살기는 옛부터 드물
다. (人生七十古來稀)　　　　　　　　〈杜甫〉
사람은 옛날이나 지금이나 칠십을 넘겨 사는 사람은
흔하지 않다는 뜻.

12987. 사람은 큰 사람 덕을 봐도 나무는 큰 나
무 덕을 못 본다.
나무는 큰 나무의 피해를 받게 되지만 사람은 아랫 사
람이 웃사람의 덕을 보게 된다는 뜻.

12988. 사람은 키 큰 덕을 입어도 나무는 키 큰
덕을 못 입는다.
사람은 잘난 사람의 덕을 보지만 나무는 큰 나무 덕
을 못 보고 피해만 당한다는 뜻.

12989. 사람은 타고 난 운명을 거스를 수 없다.
(凡人不可逆相)　　　　　　　　　　〈姜太公〉
사람은 자기가 타고 난 운명대로 살다 죽는다는 뜻.

12990. 사람은 하루 죽을 것은 모르고 열흘 살 것
만 안다.
사람들은 오래 살 것만 생각하지 죽을 것은 생각하지
않는다는 뜻.

12991. 사람은 한 번 죽지 두 번 죽지 않는다.
사람은 누구나 한 번은 죽게 마련이기 때문에 죽음을
무서워해서는 안 된다는 뜻.

12992. 사람은 헌 사람이 좋고 옷은 새옷이 좋
다.
옷은 새옷이 좋지만 사람은 반대로 정이 든 친구가
좋다는 뜻.

12993. 사람은 혼자 못 산다.
인간은 사회적 존재이기 때문에 혼자서는 살 수 없다

는 뜻.

12994. 사람은 환경에 적응되지만 나무는 옮겨 심으면 죽기 쉽다. (人挪活樹挪死)
나무는 자주 옮겨 심으면 죽게 되지만 사람은 환경이 변해도 이에 적응된다는 뜻.

12995. 사람을 꺼리면 원망받는 일이 많다. (忌則多怨) 〈春秋左傳〉
사람 대하는 것을 꺼리면 미움을 받게 된다는 뜻.

12996. 사람을 대할 때는 귀한 손님을 대하듯 하라. (如見大賓) 〈論語〉
어떤 사람을 대하든지 귀한 손님같이 대하라는 뜻.

12997. 사람을 덕행으로 깨우치는 사람에게는 천하가 다 따르게 된다. (有桔德行 四國順之) 〈禮記〉
사람들을 덕으로 지도하는 사람에게는 온 국민들이 다 따르게 된다는 뜻.

12998. 사람을 많이 살려서 덕을 쌓는다. (活人積善)
죽게 된 사람들을 많이 구제하여 선행(善行)을 많이 하였다는 뜻.

12999. 사람을 사람답게 하는 것이 예의이다. (凡人之所以爲人者 禮義也) 〈禮記〉
예의란 사람을 사람답게 만드는 것이라는 뜻.

13000. 사람을 사람으로 여기지 않는다.
사람을 인간으로 취급하지 않고 함부로 대한다는 뜻.

13001. 사람을 살린 공덕이다. (活人功德)
죽게 된 사람을 구제한 공덕이라는 뜻.

13002. 사람을 소경으로 여긴다.
사람을 과소 평가(過小評價)한다는 뜻.

13003. 사람을 쏘려거든 먼저 말을 쏘라. (射人先射馬) 〈杜甫〉
말 탄 사람을 쏘려거든 먼저 말을 쏘아 달아나지 못하게 한 다음에 사람을 쏘면 실패가 없듯이 일에는 순서를 가려서 해야 한다는 뜻.

13004. 사람을 속여서 재물을 뺏는다. (欺人騙財 : 欺人取物)
사기 행위로 남의 재물을 사취(詐取)한다는 뜻.

13005. 사람을 쓰는 법은 벼슬을 높여 주고 재물을 넉넉히 주면 인재는 저절로 오게 된다. (用人之道 尊以爵 瞻以財 則士自來) 〈三略〉
유능한 인재를 얻으려면 그 지위를 높여 주고 보수

(報酬)를 많이 주면 저절로 해결된다는 뜻.

13006. 사람을 쓰되 제 몸과 같이 하라. (用人惟己) 〈書經〉
손 아래 쓰는 사람들을 자기 몸과 같이 사랑하라는 뜻.

13007. 사람을 안다는 것은 얼굴을 아는 것이지 마음을 아는 것은 아니다. (知人 知面不知心) 〈諷諫〉
사람의 얼굴은 알기 쉽지만 그 마음은 알기가 매우 어렵다는 뜻.

13008. 사람을 엿 먹인다.
사람을 골탕 먹여 피해를 끼친다는 뜻.

13009. 사람을 오랬다 가랬다 한다. (呼來斥去)
사람을 오라고 하였다가 금새 가라고 쫓는다는 뜻.

13010. 사람을 이롭게 하는 말은 솜과 같이 따뜻하다. (利人之語 暖如綿絮) 〈寶鑑〉
남을 이롭게 하는 말은 따뜻한 애정이 담겨 있다는 뜻.

13011. 사람을 잘 쓰는 사람은 내 몸을 낮춘다. (善用人者爲之下) 〈老子〉
대인 관계에 능숙한 사람은 자신을 낮춘다는 뜻.

13012. 사람을 죽여 봐야 명의(名醫)가 된다.
큰 실패를 해본 뒤라야 큰 성공도 할 수 있기 때문에 실패했을 때 실망을 해서는 안 된다는 뜻.

13013. 사람을 죽인 사람은 죽여야 한다. (殺人者死)
살인한 사람은 사형(死刑)에 처해야 한다는 뜻.

13014. 사람을 탓하지 않는다. (不尤人) 〈論語〉
남을 탓하지 않고 자신을 탓한다는 뜻.

13015. 사람을 해치는 말은 가시같이 날카롭다. (傷人之語 利如荆棘) 〈寶鑑〉
남을 해치는 말에는 가시와 같은 독이 있다는 뜻.

13016. 사람의 꾀는 알기 어렵다. (人謀難測)
사람의 꾀는 무궁 무진(無窮無盡)하기 때문에 알기가 어렵다는 말.

13017. 사람의 나쁜 성질은 반드시 스승이 있어야 바로 잡을 수 있다. (今人之性惡 必將待師法然後正) 〈荀子〉
나쁜 성질을 고치는 데는 그것을 깨우쳐 주는 스승이 있어야 고칠 수 있다는 말.

13018. 사람의 도리는 잠시나마 떨어져서는 안 된

다.(道也者 不可須臾離)　　　　　〈中庸〉
사람이 지켜야 할 도리는 잠시라도 지키지 않아서는
안 된다는 뜻.

13019. 사람의 도리에 어긋나면 미움을 받게 된
다.(惡人之亂之也)　　　　　　　〈荀子〉
사람의 도리를 지키지 않게 되면 사람들에게 미움을
받게 된다는 뜻.

13020. 사람의 됨됨은 어려운 때에 알아본다.
사람의 인격은 어려운 환경에서 행동하는 것을 보면
쉽게 알 수 있다는 뜻.

13021. 사람의 마음은 굴복시킬 수 없다.(不能服
人之心)　　　　　　　　　　　　〈莊子〉
사람의 마음은 어떤 수단으로도 이를 강제로 굴복시
킬 수는 없다는 뜻.

13022. 사람의 마음은 그 얼굴과 같다.(人心如
面)　　　　　　　　　　　　〈春秋左傳〉
(1) 사람의 마음은 그 얼굴에 나타난다는 뜻. (2) 사람
의 마음은 그 얼굴이 다르듯이 다 다르다는 뜻.

13023. 사람의 마음은 다 각기 다르다.(萬人異心)
　　　　　　　　　　　　　　　　〈淮南子〉
사람의 마음은 저마다 다 다르다는 말.

13024. 사람의 마음은 다 같지 않다.(人心之不同
也)　　　　　　　　　　　　〈春秋左傳〉
사람들의 마음은 제각기 다르다는 뜻.

13025. 사람의 마음은 방탕하기 쉽다.(惟心易蕩)
　　　　　　　　　　　　　　　〈松齋公家訓〉
사람의 마음은 방탕하기 쉽기 때문에 항상 삼가해야
한다는 뜻.

13026. 사람의 마음은 알기 어렵다.(人心難測)
　　　　　　　　　　　　　　　　〈史記〉
사람의 마음은 각각 다 다르기 때문에 알기가 어렵다
는 뜻.

13027. 사람의 마음은 오래 두고 봐야 안다.
(日久見人心)　　　　　　　　　　〈孔子〉
사람의 마음은 잠시 사귀어서는 알 수 없다는 뜻.

13028. 사람의 마음은 조석으로 변한다.(人心朝
夕變)
사람은 환경에 따라 아침 저녁으로 그 마음이 변하기
쉽다는 뜻.

13029. 사람의 마음은 하루에도 열 두 번 변한다.
사람의 마음은 변하기 쉽기 때문에 믿을 수가 없다는
뜻.

13030. 사람의 마음을 살피는 데는 눈동자보다도
더 좋은 것은 없다.(存乎人者 莫良於眸子)
　　　　　　　　　　　　　　　　〈孟子〉
사람의 속은 들여다볼 수 없기 때문에 그의 눈동자
를 살펴보는 것이 가장 좋은 수단이라는 뜻.

13031. 사람의 목숨은 지극히 귀중하다.(人命至
重)
사람은 그 목숨이 가장 귀중하다는 뜻.

13032. 사람의 목숨이란 경우에 따라서는 기러기
털보다도 가볍다.(死或輕於鴻毛)〈報任安書〉
사람이 함부로 죽는 것은 그 가치가 기러기 털보다도
가볍다는 뜻. ↔ 사람의 목숨이란 경우에 따라서는 태
산보다도 무겁다.

13033. 사람의 목숨이란 경우에 따라서는 태산보
다도 무겁다.(死或重於泰山)　　　〈報任安書〉
사람이 값진 죽음을 하게 되면 태산보다도 무게가 있
는 죽음이라는 뜻. ↔ 사람의 목숨이란 경우에 따라서
는 기러기 털보다도 가볍다.

13034. 사람의 병폐는 남의 스승이 되는 것을 좋
아하는 데 있다.(人之患在好爲人師)　〈孟子〉
사람은 아는 체하는 것이 가장 큰 병이라는 뜻.

13035. 사람의 병폐는 자기 밭은 제쳐 놓고 남의
밭 김을 매려는 데 있다.(人病舍其田而芸人之
田)　　　　　　　　　　　　　　　〈孟子〉
사람의 큰 병폐는 하라는 제 일은 하지 않고 남의 일
을 간섭하려는 데 있다는 뜻.

13036. 사람의 병폐는 항상 자기가 옳다고 하는
데 있다.(人之病 常在於自是也)　〈姜宗說〉
사람의 병폐는 문제를 객관적으로 고찰하지 않고 주
관적으로 옳다고 고집하는 데 있다는 뜻.

13037. 사람의 선악은 친구에 달렸다.
사람이 착하게 되고 악하게 되는 것은 그 친구들에게
달려 있기 때문에 좋은 친구를 선택하라는 뜻.

13038. 사람의 성질은 편안하기를 바란다.
(人之性欲平)　　　　　　　　　　〈文子〉
사람은 누구나 편안한 것을 바란다는 뜻.

13039. 사람의 성품은 물과 같다.(人性如水)
　　　　　　　　　　　　　　　　〈景行錄〉
사람의 성품은 물과 같이 그 환경에 따라 결정된다는
뜻.

13040. 사람의 얼굴은 열 두 번 변한다.
사람의 얼굴은 어릴 때부터 늙을 때까지 여러 번 변

하게 된다는 뜻.

13041. 사람의 욕심은 많은 것을 바라고 적은 것은 바라지 않는다. (爲欲多而不欲寡) 〈荀子〉
사람의 욕심은 많은 것을 바라지 누구나 적은 것은 바라지 않는다는 뜻.

13042. 사람의 운수는 돌고 돈다.
사람의 운수는 고정된 것이 아니라 항상 돌고 있기 때문에 기쁘고 슬프고 즐겁고 괴로운 것을 당하게 된다는 뜻.

13043. 사람의 의리는 다 가난한 데서 끊어진다. (人義 盡從貧處斷) 〈王參政〉
생활이 몹시 가난하게 되면 의리도 지키지 못하게 된다는 뜻.

13044. 사람의 일은 미리 헤아릴 수 없다. (人事不可量) 〈古詩〉
사람의 일은 미리 짐작할 수가 없기 때문에 신중을 기해야 한다는 뜻.

13045. 사람의 입은 불행과 행복이 드나드는 문턱이다. (人之有口 禍福樞紐) 〈箴答集〉
사람은 말을 잘하면 행복하게 될 수도 있지만 말을 잘못하게 되면 불행하게 될 수 있기 때문에 말을 조심하라는 뜻.

13046. 사람의 입은 이길 수 있으나 사람의 마음은 복종시킬 수 없다. (能勝人之口 不能服人之心) 〈莊子〉
남을 말로써 이길 수 있으나 그 마음을 굴복시킬 수는 없다는 뜻.

13047. 사람의 제일 큰 욕망은 삶이요 제일 싫어하는 것은 죽음이다. (人之所欲生甚矣 人之所惡死甚矣) 〈荀子〉
사람은 누구나 살기를 좋아하고 죽기를 가장 싫어한다는 뜻.

13048. 사람의 행실은 믿음을 으뜸으로 해야 한다. (人之行 以信爲主) 〈蓉洲文集〉
사람의 행동은 믿음성이 있어야 한다는 뜻.

13049. 사람의 힘으로는 감당할 수 없다. (人所不堪)
사람의 힘으로는 도저히 이겨낼 수 없을 정도로 힘겹다는 뜻.

13050. 사람의 힘으로는 저항할 수가 없다. (不可抗力)
사람의 힘으로는 도저히 당해 낼 수가 없다는 뜻.

13051. 사람이 가난하면 아는 것이 적어진다. (人貧智短) 〈疎廣〉
가난하면 배우지 못하여 무식하게 된다는 뜻.

13052. 사람이 가장 싫어하는 것은 죽음이다. (人之所惡死甚矣) 〈荀子〉
사람은 누구나 살기를 좋아하고 죽기를 가장 싫어한다는 뜻.

13053. 사람이 교만해지면 게을러진다. (驕則緩怠) 〈管子〉
사람이 교만하게 되면 남만 부리려고 하고 자신은 일을 하지 않게 되기 때문에 게으르게 된다는 뜻.

13054. 사람이 늙으면 아는 것이 많고 물건이 오래 묵으면 귀신이 붙는다.
사람은 나이 먹을수록 경험이 많기 때문에 아는 것이 많다는 뜻. ↔ 사람이 늙으면 흐리멍텅하게 된다.

13055. 사람이 늙으면 흐리멍텅하게 된다. (壽者惛惛) 〈莊子〉
사람은 누구나 늙으면 정신이 흐리멍텅하게 된다는 뜻. ↔ 사람이 늙으면 아는 것이 많고 물건이 오래 묵으면 귀신이 붙는다.

13056. 사람이 담을 쌓는 것은 나쁜 것을 가리기 위한 것이다. (人之有牆以蔽惡也) 〈春秋左傳〉
집 주위에 담을 쌓는 것은 나쁜 것을 보이지 않게 가리기 위한 것이라는 뜻.

13057. 사람이 돈을 따를 것이 아니라 돈이 사람을 따라야 한다.
부자는 억지로 되는 것이 아니라 재복(財福)을 타고 난 사람이라야 부자가 될 수 있다는 말.

13058. 사람이란 백 살을 못다 산다. (人生不滿百)
백 살을 못다 사는 인생에 사는 동안이나 편안하니 살지 않고 죽은 뒤의 걱정까지 하다가 죽는다는 뜻.

13059. 사람이란 부끄러워하는 마음이 없어서는 안 된다. (人不可以無恥) 〈孟子〉
사람은 부끄러워할 줄 알아야 한다는 뜻.

13060. 사람이 많으면 비밀도 없다. (人多嘴雜)
여러 사람이 하는 일에는 비밀이 유지될 수가 없다는 뜻.

13061. 사람이 많으면 임금마냥 강해진다. (人多爲王)
군중들이 단결되면 임금과 같이 강해진다는 뜻.

13062. 사람이 많으면 하늘도 이긴다. (人衆勝天)

단결된 사람의 힘은 세상에서 당할 것이 없다는 뜻.

13063. 사람이 많으면 한신이 같은 사람도 난다.
(人多出韓信)
사람이 많으면 그 중에는 훌륭한 사람도 있게 된다는 말. ※ 한신 : 옛날 중국 한(漢)나라 때 명장(名將).

13064. 사람이 많으면 혼란이 생기고 용이 많으면 가뭄이 든다. (人多就亂 龍多就旱)
무슨 일을 할 때 사람이 너무 많아도 혼란을 일으키게 되어 일이 안 된다는 뜻.

13065. 사람이 말을 많이 한다고 잘하는 것이 아니다. (人不以多言爲善) 〈寶鑑〉
말을 많이 하는 것보다는 간단 명료하게 하는 것이 낫다는 말.

13066. 사람이 말을 쉽게 하는 것은 책임이 없기 때문이다. (人之易其言無責耳) 〈孟子〉
말을 함부로 하는 것은 책임이 없다는 뜻.

13067. 사람이 말을 않으면 귀신도 모른다.
(人不言 鬼不知)
말을 하지 않으면 비밀이 누설(漏泄)되지 않는다는 뜻.

13068. 사람이 망하려면 머리부터 망한다.
사람이 망하려면 정신 상태부터 퇴폐(頹廢)되기 시작한다는 뜻.

13069. 사람이 먼 염려가 없으면 반드시 가까운 근심이 있게 된다. (人無遠慮 必有近憂)
〈論語〉
예견성(豫見性)이 있는 대책을 마련하지 않으면 곧 근심되는 일이 생기게 된다는 뜻.

13070. 사람이면 다 사람인가?
사람의 탈만 썼다고 해서 사람이 아니라 사람다운 행동을 해야 사람이라는 뜻.

13071. 사람이면 다 사람인가 사람 노릇을 해야 사람이지.
사람이 사람다운 행동을 하지 않으면 사람 대접을 못 받는다는 뜻.

13072. 사람이면서 사람이 아니다. (人非人)
탈은 사람이지만 행동은 사람 노릇을 못 한다는 뜻.

13073. 사람이 목석(木石) 아닌 바에야 눈물이 없을까?
사람이라면 불쌍한 사람을 보면 동정하게 된다는 뜻.

13074. 사람이 못났거든 돈이나 있거나 돈이 없

거든 사람이나 잘나야지.
사람이 똑똑하지 못하면 돈이라도 있어야 하고 돈이 없으면 똑똑하기라도 해야 살아갈 수 있다는 뜻.

13075. 사람이 묵으면 지혜(智慧)가 되고 물건이 묵으면 귀신 된다.
사람은 나이를 먹을수록 지혜가 늘어 가게 된다는 뜻.

13076. 사람이 백 년을 산다는 것은 바람 앞의 등불과 같은 것이다. (人生百年 有如風燭)
〈茅亭客語〉
인생이 일생을 산다는 것은 항상 불안정한 상태에서 살다가 죽는다는 뜻.

13077. 사람이 비록 총명하더라도 자기를 용서하는 데는 어둡다. (雖有聰明 恕己則昏)
〈苑忠宣公〉
아무리 영리한 사람이라도 자신의 과오(過誤)는 잘 모른다는 뜻.

13078. 사람이 사는 것도 알쏭달쏭하다.
사람의 생활 양식은 너무나도 다양하다는 뜻.

13079. 사람이 사람 구실을 못 한다고 지나치게 미워하면 난리를 일으킨다. (人而不仁 疾之已甚 亂也) 〈論語〉
아무리 잘못한 사람이라도 그를 너무 미워하면 잘못을 뉘우치지 않고 반항하게 된다는 뜻.

13080. 사람이 사람답다는 것은 두 발로 걷고 털이 없다는 데 있는 것이 아니다. (人之所以爲人者 非特以二足而無毛也) 〈荀子〉
사람이 짐승과 다른 점은 두 발로 걷고 털이 없기 때문이 아니라 사람다운 행동을 해야 한다는 뜻.

13081. 사람이 사람을 다스린다. (以人治人)
〈中庸〉
사람은 사람이 잘 지도해야 한다는 뜻.

13082. 사람이 살아가는 길은 험한 것이다.
(人間行路難) 〈蘇軾〉
사람이 일생을 살아가자면 많은 어려움을 겪어야 한다는 뜻.

13083. 사람이 살아가는 데는 입고 먹는 것보다 더 큰 것은 없다. (生人之計 莫大於衣食)
〈陸梭山〉
사람이 사는 데는 의식주가 기본 문제라는 뜻.

13084. 사람이 새만 못하면 부끄러운 일이다.
(可以人而不如鳥乎) 〈大學〉
까마귀도 어미에게 효도를 하는데 하물며 사람이 까

마귀만 못하다면 사람으로서 큰 수치(羞恥)라는 뜻.

13085. 사람이 서로 맞대고 말을 해도 그 마음 속에는 천 리가 가로막혀 있다. (對面共語 心隔千里)　　〈諷諫〉
사람이 서로 사귀더라도 그 마음 속에는 서로 이해하지 못하는 것이 많다는 뜻.

13086. 사람이 세상에 태어나서 공부를 하지 않으면 사람다운 사람이 될 수 없다. (人生斯世非學問 無以爲人)　　〈擊蒙要訣〉
사람은 배워야 사람다운 사람 노릇을 하게 된다는 뜻.

13087. 사람이 숨기고 있는 마음은 추측할 수 없다. (人藏其心 不可測度)　　〈禮記〉
남이 간직하고 있는 비밀은 알기 어렵다는 뜻.

13088. 사람이 숨기는 일은 귀신도 누설하는 것을 기뻐하지 않는다. (人之陰事 鬼神不喜漏洩)　　〈貞簡公〉
지켜야 할 비밀을 누설하는 것을 좋아하는 사람은 없다는 뜻.

13089. 사람이 아니면 참지 못하고 참지 못하면 사람이 아니다. (非人不忍 不忍非人) 〈子張〉
아무리 어려운 일이라도 사람이라면 참고 이겨야 한다는 뜻.

13090. 사람이야 죽든 말든 팥죽 생각만 한다.
남이야 고통을 받든 말든 간에 자기의 욕심만 차린다는 뜻.

13091. 사람이 어질지 않거든 사귀지 말라. (人非賢莫友)
친구를 사귀는 데는 어진 사람을 가려서 사귀라는 뜻.

13092. 사람이 없는 곳에서도 삼가해야 한다. (愼獨)
비록 사람이 안 보는 곳에서도 행동은 삼가해야 한다는 뜻.

13093. 사람이 없으면 국토를 지키지 못한다. (無人則土不守)　　〈荀子〉
국민이 있어야 국토도 수호할 수 있다는 말.

13094. 사람이 예의가 있으면 편안하고 예의가 없으면 위태롭다. (人有禮則安 無禮則危)　　〈禮記〉
예의를 지키는 사람은 인심을 얻었기 때문에 편하게 살 수 있으나 예의를 지키지 않는 사람은 사람들에게 미움을 받기 때문에 불안한 생활을 하게 된다는 뜻.

13095. 사람이 오래면 지혜가 되고 물건이 오래면 귀신이 된다.
사람은 나이가 먹을수록 지혜가 는다는 말.

13096. 사람이 죽고 사는 것은 그 명에 있다. (死生有命)　　〈論語〉
죽고 사는 것은 인위적(人爲的)으로 할 수 없다는 뜻.

13097. 사람이 죽으면 집도 황폐된다. (人亡家廢)
사람이 죽고 없으면 살던 집도 폐허가 된다는 뜻.

13098. 사람이 죽을 때면 옳은 말을 하고 죽는다. (人之將死 其言也善)　　〈論語〉
아무리 악한 사람이라도 죽을 때는 과거를 뉘우치고 착한 말을 남기고 죽는다는 말.

13099. 사람이 착하지 않으면 사귀지 않아야 한다. (人非善不交)　　〈康節邵〉
악한 사람하고는 사귀어서는 안 된다는 뜻.

13100. 사람이 편안하려면 마음이 편안해야 한다. (人之所以平者 心平也)　　〈子華子〉
사람이 안락(安樂)한 생활을 하려면 첫째 마음이 편해야 한다는 말.

13101. 사람이 한 번 죽지 두 번 죽지 않는다.
죽는 것이 무섭기는 하지만 한 번 죽는 것이기 때문에 한 번만 각오하고 하고 싶은 일을 하라는 뜻.

13102. 사람 일은 알 수 없다. (不知人事)
사람 앞에 다가오는 일은 추측할 수가 없다는 뜻.

13103. 사람 잘못 만나면 대들보가 부러진다.
배우자(配偶者)를 잘못 만나면 집안이 망하게 된다는 뜻.

13104. 사람 죽는지는 모르고 팥죽 생각만 한다.
큰 이해(利害)는 모르고 조그마한 이해만 찾는다는 뜻.

13105. 사람 죽이고 초상 치른다.
공연히 자기가 일을 저지르고 자기가 처리하느라고 수고를 한다는 뜻.

13106. 사람 죽인 놈이 아홉 번 조상 간다.
죄진 사람은 자신의 죄를 감추기 위하여 착한 척한다는 뜻.

13107. 사람 중에 가장 못된 놈이다. (人中之末)
이 세상에서 쓸모가 없는 나쁜 사람이라는 뜻.

13108. 사람처럼 간사한 것 없다.
사람의 마음이 간사스럽기 때문에 항상 삼가해야 한다는 뜻.

13109. 사람 천 날 좋은 일 없고 꽃 열흘 붉은 날 없다.

사람의 운은 항상 좋기만 한 것이 아니라 화도 있게 마련이므로 화가 있을 때는 이를 극복하도록 노력하라는 뜻.

13110. 사람치고 잘못 없는 사람 없다.

사람은 크고 작은 차이가 있으나 다 잘못이 있다는 뜻.

13111. 사람 탈만 썼다.

얼굴만 사람이지 속은 짐승과 같다는 말.

13112. 사람 팔자는 관 뚜껑을 덮고 나서 말하랬다.

사람은 죽은 뒤에야 그 사람을 옳게 평가할 수 있다는 말.

13113. 사람 팔자는 알 수 없다.

사람의 팔자는 어떻게 될 것인지 아무도 모른다는 뜻.

13114. 사람 팔자 두레박 팔자다.

사람 팔자는 두레박마냥 오르내린다는 뜻.

13115. 사람 팔자 시간 문제다.

사람 팔자는 시간이 가는 대로 변해지기 때문에 그 앞날은 모른다는 뜻.

13116. 사람하고 중하고 간다.

옛날 이조(李朝) 때 중을 인간으로 취급하지 않고 멸시해서 하는 말.

13117. 사람에는 귀천이 없다.

사람의 신분이 높고 낮은 것을 가리지 않게 된다는 뜻.

13118. 사랑 싸움에 정 붙는다.

악의 없는 부부간 싸움 끝에는 정이 더 붙게 된다는 뜻.

13119. 사랑은 내리 사랑이다.

자식들의 사랑은 큰 아이보다 어린 아이가 더 귀엽게 된다는 뜻.

13120. 사랑을 받고 못 받는 것은 제게 달렸다.

사랑은 상대방이 무조건 해주는 것이 아니라 자신이 먼저 사랑을 받을 수 있도록 노력을 해야 상대방에게 사랑을 받게 된다는 뜻.

13121. 사랑이 많으면 법이 서지 못한다. (愛多者 則法不立) 〈韓非子〉

인정이 많으면 법을 강력히 집행하지 못한다는 뜻.

13122. 사랑하게 되면 그가 살기를 바라게 되고 미워하게 되면 그가 죽기를 바란다. (愛之欲其生 惡之欲其死) 〈論語〉

사람은 누구나 자기가 사랑하는 사람은 잘 되기를 바라고 미운 사람은 망하기를 바라게 된다는 뜻.

13123. 사랑하게 되면 그가 잘살기를 바라게 된다. (愛之欲富) 〈孟子〉

사랑하는 사람은 그가 잘 되기를 바란다는 뜻.

13124. 사랑하고 소중하게 여긴다. (愛之重之)

사랑하면서 대단히 귀중하게 여긴다는 뜻.

13125. 사랑하는 계집이 있으면 아내는 질투하게 된다. (房之有嬖 閨則嫉之) 〈牧民心書〉

아내 있는 사내가 딴 여자를 사랑하게 되면 아내가 질투하게 되기 때문에 삼가해야 한다는 뜻.

13126. 사랑하는 데는 수고를 아끼지 말아야 한다. (愛而能勿勞) 〈論語〉

사랑하는 사람을 위해서는 희생을 해야 한다는 말.

13127. 사랑하는 마음을 가지고 싸우면 승리한다. (夫慈以戰則勝) 〈老子〉

인자(仁慈)한 사람이 싸움에서는 결국 승리하게 된다는 뜻.

13128. 사랑하는 마음이 있으면 용감하게 된다. (慈故能勇) 〈老子〉

국가와 민족을 사랑하는 마음이 있으면 용감성도 발휘하게 된다는 뜻.

13129. 사랑하는 마음이 지극하면 근심하는 마음도 깊다. (愛之至 有憂之深) 〈貞簡公〉

사랑하는 마음이 크면 한편으로 근심하는 마음도 커지게 된다는 뜻.

13130. 사랑하는 사람과의 이별은 고통스럽다. (愛別離苦) 〈析玄記〉

사랑하는 사람과의 이별은 몹시 괴롭다는 말.

13131. 사랑하는 사람이라도 죄가 있으면 반드시 벌을 주어야 한다. (所愛者 有罪必罰) 〈六韜〉

아무리 사랑하는 사람이라도 법을 위반하면 처벌을 해야한다는 뜻.

13132. 사랑하는 사람이 있으면 그 지붕에 앉은 까마귀도 귀엽다. (愛其人者 愛兼屋上之鳥) 〈説苑〉

사랑하는 애인의 지붕에 앉은 까마귀도 귀엽듯이 애인의 것은 무조건 사랑스럽게 된다는 뜻.

13133. 사랑하는 아이에게는 매를 많이 때려야 한다. (憐兒多與棒) 〈姜太公〉

귀여운 아이에게는 때려 가면서 교육을 잘 시켜야 한다는 뜻.

13134. 사랑하면서도 그의 나쁜 것은 알아야 하고
미워하면서도 그의 착한 것은 알아야 한다.
(愛而知其惡 惡而知其善)　　　〈禮記〉
사랑하는 사람이라도 그의 결함은 알아야 하고 미운
사람이라도 그의 장점은 알아야 일을 옳게 처리할 수
있다는 뜻.

13135. 사랑하면서도 그의 나쁜 것을 알아야 한
다. (愛而知其惡)　　　　　　　〈禮記〉
아무리 사랑하는 사람이라도 그의 나쁜 것은 알고 있
어야 한다는 뜻.

13136. 사랑하면 친하고 사랑하지 않으면 멀어진
다. (愛則親 不愛則疏)　　　　　〈韓非子〉
사랑하게 되면 누구나 친해지게 마련이고 미워하게 되
면 사이가 멀어지게 된다는 뜻.

13137. 사령(使令) 파리다.
말 버릇이 고약하고 경망한 소리를 잘하는 사람을 가
리키는 말.

13138. 사리가 분명한 말은 잘 통한다. (辨理明
暢)
사리가 분명한 말은 누구에게나 잘 납득(納得)이 된
다는 뜻.

13139. 싸리 그늘에 눈 개 팔자다.
놀고 먹을 팔자가 아닌 사람이 놀고 먹으며 편하게
지낸다는 뜻.

13140. 싸리말을 태워라.
내보내는 사람은 기분 좋게 내보내야 한다는 뜻.
※ 싸리말 : 옛날 천연두에 걸리면 두역신을 태워 쫓
는 데 쓰는 싸리로 만든 말.

13141. 싸리 밭의 개 팔자다.
여름 싸리가 무성할 때 싸리밭에 누워 있는 개 팔자
마냥 편하다는 뜻.

13142. 사리사욕이 많은 사람은 의롭지 않다.
(多私者不義)　　　　　　　　　〈逸周書〉
자기 욕심만 부리는 사람은 의롭지 못하다는 말.

13143. 사리사욕이 많은 사람은 착하지 않다.
(多私者不善)　　　　　　　　　〈逸周書〉
사리사욕이 많은 사람은 남에게 피해를 많이 끼치게
되기 때문에 악한 사람이라는 뜻.

13144. 사리에 맞는 말로는 속일 수 있어도 사리
에 맞지 않는 말로는 속일 수 없다. (可欺也
不可罔也)　　　　　　　　　　　〈論語〉
거짓말도 사리에 맞는 말로는 속일 수 있어도 사리에

맞지 않는 말로는 못 속인다는 뜻.

13145. 사리에 맞는 말에는 답변할 말이 없다.
(無辭可答)
사리에 맞는 말에는 반박(反駁)할 말이 없다는 뜻.

13146. 사리에 맞는 충고는 받아들이는 것이 어진
것이다. (受規諫仁)　　　　　　　〈新序〉
정당한 충고를 받아들이는 것이 현명한 짓이라는 뜻.

13147. 사리에 맞지 않는 것을 억지로 맞춘다.
(牽强附會)
사리에 어긋나는 짓을 억지로 꾸며 댄다는 뜻.

13148. 사리에 맞지 않는 말로는 속일 수 없다.
(不可罔)　　　　　　　　　　　〈論語〉
거짓말도 사리에 맞아야 속일 수 있다는 뜻.

13149. 사리에 밝고 도리에 맞게 처신한다.
(明哲保身)
사리에 밝기 때문에 처신도 잘한다는 뜻.

13150. 사리에 순응하고 관용을 베풀 줄 알아야
한다. (順事恕施)　　　　　　　　〈夏書〉
무슨 일이나 사리(事理)에 따라야 하고 관대하게 처
리해야 한다는 뜻.

13151. 사리에 어둡고 성질이 거칠다. (昏暴)
무식하여 사리를 모르고 포악하기만 하다는 뜻.

13152. 사리에 통달하면 사물을 올바르게 본다.
(達人大觀)
사리를 판단하게 되면 무슨 일이나 올바르게 볼 수 있
다는 뜻.

13153. 싸리울 뚫어진 데 개 주둥이 내밀듯 한다.
싸리 울타리 뚫어진 구멍으로 개 주둥이를 내밀듯이
무엇이 조금 내보인다는 뜻.

13154. 사면발이다.
사면발이 벌레마냥 여러 군데를 돌아다니며 아첨을 한
다는 뜻.

13155. 사명당(泗溟堂) 사첫방이다.
임진왜란(壬辰倭亂) 때 사명당이 일본과 강화하러 갔
을 때 그가 거처한 방이 몹시 추웠다는 데서 나온 말
로서 매우 추운 방이라는 뜻.

13156. 사명당이 월참(越站)하겠다.
추운 방에 잘 견디는 사명당도 길을 가다가 쉬지도
않고 지나갈 정도로 추운 방이라는 뜻.

13157. 사모 바람에 거드럭거린다.
권력을 가지고 못된 짓을 하면서도 큰소리를 친다는

뜻. ※ 사모 : 옛날 벼슬아치가 쓰는 모자.

13158. 사모 쓴 도둑놈이다.
권력을 이용하여 도둑질을 한다는 뜻.

13159. 사모에 갓끈이다.
서로 격에 맞지 않는다는 뜻.

13160. 사모에 영자(纓子)다.
서로 격에 맞지 않아 어울리지 않는다는 뜻.
※ 영자 : 금이나 은으로 만들어 갓에 달고 갓끈을 다는
물건.

13161. 사모하며 잊지 못한다. (思慕不忘)
그리워서 도저히 잊기를 못한다는 뜻.

13162. 사물은 근본과 말단이 있고 일에는 끝과
시작이 있다. (物有本末 事有終始)   〈大學〉
사물은 근본과 가지가 있고 일에는 시작과 끝이 있다
는 말.

13163. 사물의 이치가 정밀하다. (究理精密)
〈唐書〉
사물에는 그의 이치가 정밀하게 있다는 뜻.

13164. 사물의 이치는 분명히 분별해야 한다.
(事物明辨)
사물의 이치를 분명히 모르면 처리하지 못한다는 뜻.

13165. 사발 농사다.
변변치 못한 농사를 한다는 뜻.

13166. 사발에 담은 고기도 놓아 주겠다.
사발 안의 고기도 놓칠 정도로 어리석다는 뜻.

13167. 사발에 든 고기나 잡겠다.
무능하여 갖다 주는 밥이나 겨우 먹을 사람이라는 뜻.

13168. 사발이 둥글면 담긴 물도 둥글게 된다.
(盂圓水圓)   〈韓非子〉
물은 담는 그릇에 따라 변하듯이 사람도 그 환경에 따
라 변하게 된다는 뜻.

13169. 사발이 모진 것이면 담긴 물도 모질게 된
다. (盂方水方)   〈韓非子〉
(1) 사람은 그 환경에 따라서 변화된다는 뜻. (2) 위정
자에 따라서 국민들의 경향도 결정된다는 뜻.

13170. 사발 이 빠진 격이다. (沙鉢缺耳)
〈旬五志〉
이가 빠진 사발은 쓸모가 없듯이 쓸모가 없게 되었다
는 뜻.

13171. 사방에 그물을 치고 짐승을 잡듯 한다.

(四網羅之)   〈三略〉
어디로도 도망을 못 가게 하고 잡는다는 뜻.

13172. 사방으로 뿔뿔이 흩어져 달아난다.
(四散奔走)
사방으로 다 달아나고 하나도 없다는 뜻.

13173. 사방을 돌아 보아도 가까운 사람은 없다.
(四顧無親)
세상에 사람은 많아도 의지할 사람은 하나도 없다는
뜻.

13174. 사복(司僕) 물 어미냐 지절거리기도 한다.
사복사(司僕寺)의 물 긷는 어미마냥 말을 잘 지껄인
다는 뜻. ※ 사복사 : 옛날 궁중에서 쓰는 말과 수레
를 관리하던 관청.

13175. 사사건건(事事件件) 고주알 미주알 한다.
무슨 일이나 참견하지 않는 것이 없이 다 캐고 덤빈
다는 뜻.

13176. 사사건건 콩이냐 팥이냐 한다.
무슨 일이나 다 참견하여 이러니 저러니 한다는 뜻.

13177. 사사로운 노고에는 상을 주지 않는다.
(不賞私勞)   〈春秋左傳〉
상은 공무에 공로가 있는 사람에게 해당되지 사사로
운 일에 공로가 있는 사람에게는 해당되지 않는다는
말.

13178. 사사로운 일로 공무(公務)를 방해하는 것
은 직무에 충실한 것이 아니다. (以私公害 非
忠也)   〈春秋左傳〉
사사로운 일이 공무에 복종되지 않으면 공무가 잘 집
행되지 않는다는 뜻.

13179. 사사로운 일에 대해서는 벌을 주지 않는
다. (不罰私怨)   〈春秋左傳〉
공무를 집행하는 과정에서 사적(私的) 일은 관여하지
않는다는 뜻.

13180. 사서 고생한다.
없던 일을 자신이 만들어 가지고 고생을 한다는 뜻.

13181. 사서 매 맞는다.
매를 안 맞아도 될 일을 자신이 만들어서 맞는다는
뜻.

13182. 사서 뺨 맞는다.
제가 사서 뺨을 맞게 되었다는 뜻.

13183. 사서 삼경(四書三經)을 읽었어도 쭐쭐이
란 문자는 처음 본다.

사서인 대학(大學), 논어(論語), 맹자(孟子), 중용(中庸)과 삼경인 시경(詩經), 서경(書經), 역경(易經)에도 없는 문자로서 이 세상에서 처음 듣는 문자라는 뜻.

13184. 사서 욕 본다.
고생하지 않아도 될 것을 스스로 사서 고생을 한다는 뜻.

13185. 사소한 것이라도 선행은 거행하지 않으면 안 된다. (善無細而不擧) 〈春秋繁露〉
착한 일은 아무리 작은 것이라도 다 실행해야 한다는 뜻.

13186. 사소한 것이라도 악행은 제거하지 않으면 안 된다. (惡無細而不去) 〈春秋繁露〉
악한 짓은 아무리 작은 것이라도 없애 버려야 한다는 뜻.

13187. 사소한 이해라도 셈은 밝혀야 한다. (利析秋毫)
아무리 작은 셈이라도 주고 받는 것은 명백히 해야 한다는 뜻.

13188. 사슴도 죽을 때는 소리를 가리지 않는다. (鹿死不擇音) 〈春秋左傳〉
사슴도 죽을 때에는 아름다운 소리를 내지 못하듯이 사람도 위급할 때에는 나쁜 말이 나오게 된다는 말.

13189. 사슴은 사향(麝香) 때문에 죽고 사람은 입 때문에 망한다.
입을 잘못 놀리게 되면 몸을 망치게 된다는 뜻.

※ 사향 : 사향노루 수컷의 배꼽과 불두덩을 싸고 있는 향낭(香囊)을 쪼개서 말린 향료(香料).

13190. 사슴을 가리키면서 말이라고 한다. (指鹿爲馬) 〈史記〉
웃사람을 속이고 권력을 함부로 쓴다는 뜻. ※ 옛날 중국 진(秦)나라 조고(趙高)가 임금에게 사슴을 가리키면서 말이라고 하였다는 데서 나온 말.

13191. 사슴을 쫓는 사냥군에게는 산이 보이지 않는다. (逐鹿者 不見山) 〈虛堂錄〉
일을 열심히 하는 사람에게는 옆에 있는 것도 보이지 않는다는 뜻.

13192. 사슴을 쫓는 사냥군은 토끼 같은 것은 돌아보지 않는다. (逐鹿者 不顧兎) 〈淮南子〉
큰 일을 하는 사람은 작은 일을 돌보지 않는다는 뜻.

13193. 사슴이 오래 된다고 기린(麒麟)이 될까?
본바탕이 나쁜 것은 오래 된다고 해서 좋은 것으로 될 수는 없다는 뜻.

13194. 사시나무 떨듯 한다.
나무가 떨듯이 몸을 벌벌 떤다는 뜻.

13195. 사시에 걸쳐 춘풍이다. (四時春風)
언제나 평화스러운 분위기라는 뜻.

13196. 사실을 그대로 말한다. (以實告之 : 以實直告)
조금도 보태지 않고 사실 그대로만 말한다는 뜻.

13197. 사실을 보지 않은 것은 말하지 말라. (事非見莫說)
자신이 직접 보지 않아 잘 모르는 일은 말하지 말라는 뜻.

13198. 사실이 없는 악한 누명만 쓰게 된다. (無其實而被惡名也) 〈沈生傳〉
사실이 없는 허무맹랑(虛無孟浪)한 누명을 억울하게 쓰게 되었다는 뜻.

13199. 사십 고개는 가풀막 고개다.
사람은 사십이 넘게 되면 기력(氣力)이 점점 약하게 된다는 뜻.

13200. 사십에 첫 버선이다. (四十初襪)
나이 사십에 처음으로 버선을 얻어 신듯이 늦게야 비로소 일이 이루어졌다는 뜻.

13201. 사십이면 장승도 안 돌아본다.
여자 나이 사십이 되면 사람은 말할 것도 없고 장승도 안 돌아볼 정도로 된다는 뜻.

13202. 사십 전 바람은 고쳐도 사십 후 바람은 못 고친다.
남자가 철 모를 때 방탕하는 것은 고치고 살 수 있지만 철 난 뒤에 방탕하는 것은 패가하게 된다는 말.

13203. 사십 전 재물이다.
남자는 경제적인 기반은 사십 전에 닦아 놓아야 한다는 뜻.

13204. 사악한 마음을 막고 성실한 마음을 가지라. (閑邪存誠) 〈閔翁傳〉
나쁜 마음은 버리고 성실한 마음만 가져야 한다는 뜻.

13205. 사양은 덕의 근본이다. (讓德之主也) 〈春秋左傳〉
남에게 사양하는 것은 덕의 기본이라는 뜻.

13206. 사양은 예의의 주인이다. (讓禮之主也)

〈春秋左傳〉

사양하는 것은 예의의 근본이라는 뜻.

13207. 사양하는 것을 착한 덕이라고 한다.
(讓之謂懿德) 〈春秋左傳〉
사양하는 것은 미덕(美德)이라는 뜻.

13208. 사양하는 마음은 예의의 시초이다.
(辭讓之心 禮之端也) 〈孟子〉
사양할 줄 아는 마음은 예의의 시초라는 뜻.

13209. 사업을 시작하기는 쉬워도 이것을 지켜 나
가기는 어렵다. (創業易 守成難) 〈貞觀政要〉
무슨 일이나 시작하기는 쉬워도 이것을 끝까지 지켜
나가기는 매우 어렵다는 말.

13210. 사연이 긴 편지다. (滿紙長書)
사연을 많이 쓴 편지라는 뜻.

13211. 싸우기 전에 먼저 적의 강약을 알아야 한
다. (未戰先知敵人之強弱) 〈六韜〉
적의 역량(力量)을 파악한 다음에 싸워야 한다는 뜻.

13212. 싸우는 개는 주인 말도 안 듣는다.
악이 나게 되면 이성(理性)을 잃게 되기 쉽다는 뜻.

13213. 싸우는 닭이 사람 무서운 줄도 모른다.
악이 나면 아무리 무서운 것도 무서운 줄을 모르게 된
다는 뜻.

13214. 싸우면 다치게 마련이다.
싸우게 되면 지는 사람은 말할 것도 없지만 이기는 사
람도 다치게 되므로 아예 싸움은 하지 말라는 뜻.

13215. 싸우면 혼란하게 된다. (爭則亂) 〈荀子〉
싸우면 혼란하게 되기 때문에 싸우지 않는 것이 좋다
는 뜻.

13216. 싸울 때는 악돌이요 먹을 때는 감돌이다.
싸울 때는 악착같이 싸우다가도 먹을 것이 있으면 아
첨하고 덤빈다는 말.

13217. 싸울 적마다 연달아 승리한다. (連戰連勝)
언제든지 싸우기만 하면 계속적으로 승리한다는 뜻.
↔ 싸울 적마다 연달아 패한다.

13218. 싸울 적마다 연달아 패한다. (連戰連敗)
싸울 때마다 패하기만 한다는 뜻.↔ 싸울 적마다 연달
아 승리한다.

13219. 싸움 구경과 불 구경은 양반도 한다.
싸움하는 것과 불 난 것은 구경할 만하다는 뜻.

13220. 싸움 끝난 뒤에 허세 부리기다.
싸울 때는 비겁했던 사람도 싸움이 끝난 뒤에는 용감
한 척한다는 뜻.

13221. 싸움 끝에 정든다.
싸운 다음에 화해하게 되면 더 정답게 된다는 뜻.

13222. 싸움 끝에 친해진다. (爭後近近)
싸운 다음에 화해하게 되면 더 친해진다는 뜻.

13223. 싸움에는 반드시 적을 이기는 것보다 더
큰 것은 없다. (事莫於必克) 〈六韜〉
전쟁의 종국적(終局的) 목적은 승리하는 데 있다는 뜻.

13224. 싸움에는 이겨 놓고 봐야 한다.
무슨 싸움에서나 싸움에는 수단과 방법을 가리지 말
고 이겨야 발언권이 있게 된다는 뜻.

13225. 싸움에서 패한 장수는 용감성을 자랑하지
못한다. (敗軍之將不言勇) 〈史記〉
전쟁에서 승리한 사람이 아니고서는 자기의 용감성을
자랑할 자격이 없다는 뜻.

13226. 싸움은 말려야 한다.
싸우는 사람이 있으면 말려서 화해할 수 있도록 해야
한다는 뜻.

13227. 싸움은 말리고 불은 끄랬다.
싸움하는 사람이 있으면 말려야 하고 불은 보거든 꺼
야 한다는 뜻.

13228. 싸움은 말리고 중매는 붙이랬다.
나쁜 짓은 못 하게 하고 결혼은 성사되도록 도와 주어
야 한다는 뜻.

13229. 싸움은 말리고 흥정은 붙이랬다. (勸賣買
鬪則解) 〈洌上方言〉
나쁜 일은 하지 말도록 말려야 하고 좋은 일은 하도
록 권해야 한다는 뜻.

13230. 싸움은 말릴 때 그만두랬다.
어려운 일은 계제(階梯)가 좋은 때 잘 해결지어야 한
다는 뜻.

13231. 싸움은 한편만 나빠서 되는 것이 아니다.
싸움을 하게 되는 것은 한편만 나빠서 하는 것이 아
니라 양편이 다 나쁘기 때문에 한다는 뜻.

13232. 싸움은 혼자서는 못 한다.
싸움은 혼자서는 못 하는 것이므로 양자에게 다 책임
이 있다는 뜻.

13233. 싸움은 화해시켜야 한다. (能解鬪爭)
〈鄕約章程〉
싸움은 말린 다음에 화해를 시키도록 하는 것이 좋다

는 뜻.

13234. 싸움을 잘하는 사람은 화를 내지 않는다.
(善戰者不怒)　　　　　　　　　〈老子〉
싸울 때는 화를 내지 말고 냉정히 해야 승리할 수 있다는 뜻.

13235. 싸움이 없으면 스스로 편안하다. (無爭自安)
싸움을 하지 않으면 자신도 편안하다는 뜻.

13236. 싸움 잘하는 개 콧등 성할 날 없다.
싸움 잘하는 사람은 항상 부상을 당하게 된다는 뜻.

13237. 싸움 잘하는 놈치고 골병 안 든 놈 없다.
싸움을 자주 하게 되면 맞을 기회도 많기 때문에 겉으로는 나타나지 않으나 속으로 상처를 입게 되어 삭신을 못 쓰게 되므로 싸움을 해서는 안 된다는 뜻.

13238. 싸움 좋아하는 개 주둥이 성할 날 없다.
싸움을 좋아하는 사람은 항상 피해를 입게 된다는 뜻.

13239. 싸움 좋아하는 놈은 맞아죽는다.
남에게 해를 많이 끼친 사람은 필경은 자기도 망치게 된다는 뜻.

13240. 싸워서 이로운 데 없고 굿해서 해로운 데 없다.
굿은 해도 좋지만 싸움은 해서 이로울 것이 하나도 없다는 뜻.

13241. 싸워서 이로운 데 없고 약 먹어 해로운 데 없다.
싸움은 이겨도 손해고 져도 손해이기 때문에 싸워서는 안 된다는 뜻.

13242. 싸워서 이로운 데 없다.
싸우면 이겨도 손해를 보게 되고 지면 더욱 큰 손해를 보게 된다는 뜻.

13243. 사월 눈은 흉년 든다.
봄 늦게 눈이 오는 것은 보리 흉년이 들 징조라는 뜻.

13244. 사월 무지개에 곡가(穀價) 오른다.
사월 무지개는 흉년이 들 징조라는 뜻.

13245. 사월 초파일날 조기 대가리 다지듯 한다.
조기 대가리를 다지듯이 나른하게 다진다는 뜻.

13246. 사월 파일 등(燈) 대 감듯 한다.
무엇을 휘휘칭칭 감아맨다는 뜻.

13247. 사월 파일 등 올라가듯 한다.
초파일에 등불마냥 여러 개가 조롱조롱 매달렸다는 뜻.

13248. 사위가 고우면 요강 분지를 쓴다.
사위는 처갓집에 가면 극진한 대접을 받는다는 뜻.

13249. 사위가 무던하면 개 구유를 씻는다.
처갓집에서는 사위를 극진하게 대접한다는 뜻.

13250. 사위는 글방에서 얻고 며느리는 부엌에서 얻으랬다.
사위는 공부한 사람을 얻어야 하고 며느리는 살림을 잘할 사람을 얻어야 한다는 뜻.

13251. 사위는 반 자식이다.
사위는 딸과 같이 살기 때문에 반 아들 노릇을 한다는 뜻.

13252. 사위는 백 년 손이다. (壻百年之客)
처갓집에서 사위 대접은 언제나 잘한다는 뜻.

13253. 사위는 백 년 손이요 며느리는 종신 식구다.
사위와 며느리는 다같이 남의 자식으로서 자식뻘이 되었으나 사위는 남의 집에서 살고 며느리는 한집 식구라는 뜻.

13254. 사위 사랑은 장모라.
처갓집에서 사위를 가장 사랑하는 것은 장모라는 뜻.

13255. 사위 사랑은 장모요 며느리 사랑은 시아버지다.
사위는 장모가 귀여워하고 며느리는 시아버지가 귀여워한다는 뜻.

13256. 사위 선을 보려면 그 아버지를 먼저 보랬다.
사윗감 선을 보려면 그 아버지를 먼저 보면 사윗감도 인품을 짐작할 수 있다는 뜻.

13257. 사위 자식 개 자식이다.
사위는 장인 장모에게 효성스럽지 않다는 데서 하는 말.

13258. 사이가 먼 사람이 친한 사람의 사이를 이간시키지는 못한다. (疎不間親)
친하지 못한 사람은 친한 사람의 이간을 못 시킨다는 말.

13259. 사일(巳日)에 오는 비는 오일(午日)에도 온다.
일진(日辰)에 사자(巳字)가 든 날에 비가 오면 그 다음 날인 오자(午字)가 든 날까지 비가 온다는 뜻.

13260. 사자(使者) 눈깔이 멀었다.
저승의 사자가 왜 나쁜 놈을 잡아가지 않느냐는 뜻.

13261. 사자(獅子)도 조그만 일에는 화를 내지 않는다.
사나운 사자도 조그마한 일에는 성을 내지 않는데 하물며 사람이 조그만 일에 화를 내서야 되겠느냐는 뜻.

13262. 사자 몸에는 사자를 좀 먹는 벌레가 있다. (獅子身中虫)　〈梵綱經〉
국가나 집안이 망하게 되는 것은 자체 내에 좀 먹는 자가 있기 때문이라는 뜻.

13263. 사자 없는 산에 토끼가 왕 노릇한다.
잘난 사람이 없을 때는 못난 사람이 대신 뽐내게 된다는 뜻.

13264. 싸잡혀 넘어간다.
독자성이 무시된 채 한꺼번에 넘어간다는 뜻.

13265. 사잣밥 싸 가지고 다닌다.
언제 어디서 죽을지 모른다는 말. ※ 사잣밥: 초상집에서 초혼을 부를 때 저승에서 온 사자(使者)를 먹인다는 밥.

13266. 사잣밥을 목에 매달고 다닌다.
언제 어떻게 죽을지 모르는 위험한 일을 한다는 말.

13267. 사잣밥을 이마에 붙이고 다닌다.
언제 어떻게 죽을지 모르는 위태로운 일을 한다는 뜻.

13268. 싸전 병아리 같다.
사람이 많은 싸전에서 쌀을 집어먹는 병아리마냥 매우 약삭빠르다는 뜻.

13269. 싸전에 가서 밥 달란다.
성미가 몹시 급한 사람을 가리키는 말.

13270. 싸전에 숭늉 찾는다.
성미가 불같이 급한 사람을 두고 하는 말.

13271. 싸전집 강아지가 굶어죽는다.
넉넉히 두고도 주변이 없어서 쓰지 못하고 고생한다는 뜻.

13272. 사정 봐주다 보니 한 동네 시아버지가 아홉이다.
남의 사정을 너무 봐주다 보면 자기는 희생을 당하게 된다는 뜻.

13273. 사정이 같으면 서로 화목하게 된다. (同情相成)　〈史記〉
서로 같은 환경에 있는 사람끼리는 가까이 사귀게 된다는 말.

13274. 사주(四柱)에 없는 관(冠)을 쓰면 이마가 벗어진다.
과분한 일을 억지로 하면 도리어 해롭다는 뜻.

13275. 사주 팔자(四柱八字)는 독 속에 숨어도 못 속인다.
사람이 타고 난 자기의 운명은 어떤 수단과 방법으로도 뜯어고칠 수가 없다는 뜻. ※ 사주 팔자: 운수를 점치는 자료로 되는 생, 년, 월, 일, 시의 간지(干支)가 되는 여덟 글자.

13276. 사주 팔자는 못 속인다.
타고 난 자기 운명은 고칠 수가 없다는 뜻.

13277. 사주 팔자를 잘못 타고 난 죄밖에 없다.
자기 자신은 온갖 정성을 다하여 노력하였지만 일이 뜻대로 되지 않는 것은 자기의 책임이 아니라는 뜻.

13278. 사주 팔자에도 없는 일이다.
자기와는 아무 상관도 없는 일이라는 뜻.

13279. 사지가 떨린다.
너무 분하여 전신이 떨린다는 뜻.

13280. 사지가 멀쩡하다.
팔 다리가 멀쩡하면서 일을 않는다는 뜻.

13281. 사지가 멀쩡한 놈이 빌어먹는다.
팔 다리가 성한 사람이 일하지 않고 얻어먹는다는 말.

13282. 사지가 멀쩡한 병신이다.
팔 다리가 온전하면서도 일을 아니하니 병신과 다를 데가 없다는 뜻.

13283. 사지가 움직이지 않는다. (四體不動)　〈論語〉
온몸이 제대로 움직이지 않는다는 뜻.

13284. 사지는 편안한 것을 좋아한다. (四肢之於安佚)　〈孟子〉
몸뚱이는 편안한 것을 바란다는 뜻.

13285. 사지를 못 쓴다.
(1) 팔 다리를 제대로 못 쓴다는 뜻. (2) 무엇에 반해서 꼼짝도 못한다는 뜻.

13286. 사지 삭신 육천 마디가 다 쑤신다.
전신의 뼈마디가 다 쑤시고 아프다는 뜻.

13287. 사촌네 집에 가도 부엌부터 들여다본다.
아무리 친한 사이라도 주기만 바란다는 뜻.

13288. 사촌 영장(永葬)도 부엌부터 들여다본다.
경황(景況)이 없는 때라도 먹을 것부터 궁리한다는 뜻.

13289. 사촌이 논 사면 배가 아프다.
남이 잘 되는 것을 보고 시기한다는 뜻.

13290. 사촌이 땅을 사면 배가 아프다.

남이 잘 되는 것을 보고 공연히 질투한다는 뜻.

13291. 사치는 버리고 검소하게 살아야 한다.
(由奢入儉)

사치를 그만두고 검소한 생활을 해야 한다는 뜻.

13292. 사치는 커다란 악이다. (侈惡之大也)
〈春秋左傳〉

사치를 하는 것은 국가와 가정을 망치는 커다란 악이
라는 뜻.

13293. 사치를 마냥 한다. (窮奢極侈)

분에 넘치는 심한 사치를 한다는 뜻.

13294. 사치스러운 마음을 조금이라도 버리면 그
만큼 죄가 감해진다. (去一分奢侈 便少一分罪
過)   〈從政遺規〉

사치심을 버리면 버린 것만큼 죄가 가벼워진다는 뜻.

13295. 사치스러운 의복은 민중들도 싫어하고 귀
신들도 질투한다. (衣服之奢 衆之所忌 鬼之所
嫉)   〈牧民心書〉

의복을 지나치게 사치를 하면 온 세상 사람들이 다 싫
어한다는 뜻.

13296. 사치와 영화는 마땅히 경계해야 한다.
(宜戒奢華)

사치하고 호화로운 생활은 반드시 없애도록 해야 한
다는 뜻.

13297. 사치하는 것을 뽐내고 자랑한다. (驕揚奢
侈)   〈漢書〉

사치하는 것을 부끄럽게 여기지 않고 오히려 뽐내면
서 자랑한다는 뜻.

13298. 사치하는 사람은 돌아다니기를 좋아하고
검약하는 사람은 가만히 있기를 좋아한다.
(奢者好動 儉者好靜)   〈陸梭山〉

사치하는 사람은 자랑하기 위하여 돌아다니는 것을
좋아하지만 검소한 사람은 절약하기 위하여 가만히 있
기를 좋아한다는 뜻.

13299. 사치하는 사람은 서로 이기려고 하고 주
색에 빠진 사람은 서로 더 하려고 한다.
(奢侈相勝 荒淫相越)   〈司馬相如〉

사치하는 사람끼리는 서로 경쟁을 하게 되며 주색에
빠진 사람은 더 음탕한 짓을 하려고 한다는 뜻.

13300. 사치하는 사람은 서로 이기려고 한다.
(奢侈相勝)   〈司馬相如〉

사치하는 사람들끼리는 서로 더 사치하려고 경쟁을

한다는 뜻.

13301. 사치하는 사람은 아무리 넉넉해도 모자란
다. (奢者富不足)   〈譚子化書〉

아무리 재산이 많아도 사치를 하면 쓰기에 모자란다
는 뜻.

13302. 사치하는 사람의 마음은 항상 가난하다.
(奢者心常貧)   〈陸梭山〉

사치하는 사람은 점점 더 사치를 하려고 하기 때문에
그 마음은 언제나 가난하게 된다는 뜻.

13303. 사치하면 불손해지고 검소하면 딱딱해진
다. (奢則不遜 儉則固)   〈論語〉

사치하는 사람은 겸손하지 못하고 검소한 사람은 딱
딱하게 된다는 뜻.

13304. 사치하면 불손해진다. (奢則不遜) 〈論語〉

사치하는 사람은 겸손하지 못하다는 뜻.

13305. 사치하면 장차 자신을 망치게 된다.
(侈將以其力斃)   〈春秋左傳〉

사치한 생활을 하게 되면 패가하게 된다는 말.

13306. 사치하지도 않고 검소하지도 않는다.
(不侈不儉)

지나치게 사치하지도 않고 지나치게 검소하지도 않고
알맞게 생활한다는 뜻.

13307. 사침에도 용수 있다.

아무리 바쁘더라도 틈을 짜내면 된다는 뜻.

※ 사침 : 베틀에 달린 부속품의 일종인 사침대.

13308. 사탕 발림을 한다.

얕은 속임수로 발라 맞춘다는 말.

13309. 사탕은 먹을 때만 달다.

달콤한 말은 들을 때만 좋지 실속은 하나도 없다는 뜻.

13310. 사해를 집으로 삼는다. (四海爲家)〈後漢書〉

온 세상을 한집과 같이 평화롭게 한다는 말.

13311. 사향 노루가 배꼽을 물어뜯는다. (噬臍)
〈書言故事〉

사향 노루가 배꼽 때문에 죽게 되었다고 그 배꼽을 물
어뜯어도 아무 소용이 없듯이 한 번 저지른 일은 후
회하여도 소용없다는 뜻.

13312. 사향 노루는 배꼽 때문에 죽는다.

돈 있는 사람은 그 돈 때문에 화를 당하게 된다는 뜻.

13313. 사향(麝香)은 싸도 냄새가 난다.

좋은 일이나 나쁜 일은 숨겨도 탄로가 난다는 뜻.

13314. 사향이 있으면 저절로 향기롭게 된다.
(有麝自然香) 〈擊壤詩〉
훌륭한 사람이 있으면 저절로 그 덕이 풍긴다는 뜻.

13315. 사형은 큰 인물에게 해야 효과가 있다.
(殺貴大) 〈六韜〉
사형 대상자는 거물급 인물을 해야 군중에게 주는 자극이 크다는 뜻.

13316. 사형을 해도 용납되지 않는 죄다. (罪不容
於死) 〈孟子〉
사형을 시켜 죽여 없앤다 해도 그가 지은 죄는 용서될 수 없을 정도로 크다는 뜻.

13317. 사회(社會)의 탓이다.
어느 개인의 탓이 아니라 사회의 탓이라는 뜻.

13318. 사후(死後)의 석 잔 술보다 생전(生前)
한 잔 술이 낫다.
죽은 뒤에 잘해 주는 것보다 살았을 때 적은 대접이라도 하는 것이 낫다는 뜻.

13319. 사후의 약방문(藥方文)이다.
일이 지나간 뒤에 대책을 마련하는 것은 아무 소용도 없다는 뜻.

13320. 사후의 청심환(淸心丸)이다.
일이 지나간 뒤에 대책을 마련하는 것은 소용이 없다는 뜻.

13321. 사흘 굶어서 담 아니 넘는 놈 없다.
아무리 착한 사람이라도 굶주려 죽게 되면 나쁜 짓도 하게 된다는 뜻.

13322. 사흘 굶어서 도둑질 않는 놈 없다.
아무리 착한 사람이라도 굶어죽게 되면 나쁜 짓을 하게 된다는 뜻.

13323. 사흘 굶어 아니 나는 꾀 없다. (人飢三日
無計不出) 〈耳談續纂〉
굶어죽게 되면 나쁜 생각도 떠오르게 된다는 뜻.

13324. 사흘 굶어 아니 나는 생각 없다.
굶어죽게 되면 갖은 못된 생각도 나게 된다는 뜻.

13325. 사흘 굶으면 쌀자루 든 놈이 들어온다.
사람이 굶어죽는 일은 없다는 뜻.

13326. 사흘 굶으면 양식을 지고 오는 놈이 있다.
사람은 아무리 가난하여도 굶어죽는 일은 없다는 뜻.

13327. 사흘 굶은 개는 몽둥이도 무서워하지 않는다.
굶주린 사람은 무서운 것이 없다는 뜻.

13328. 사흘 굶은 것은 생전 못 잊는다.
가난에 시달린 고생은 일생을 두고 못 잊는다는 뜻.

13329. 사흘 굶은 범이 원님을 안다더냐?
굶주린 사람은 아무 체면도 없다는 뜻.

13330. 사흘 길을 하루 가고 열흘 묵는다. (三日程
一日往 十日臥) 〈旬五志, 松南雜識〉
무슨 일을 너무 서두르다가는 도리어 더디게 된다는 뜻.

13331. 사흘 길을 하루에 간다. (三日之程 一日行
之)
무슨 일을 예상 외로 빠르게 하였다는 뜻.

13332. 사흘 묵어 반가운 손님 없다.
아무리 친한 손이라도 오래 묵으면 반갑지 않게 된다는 뜻.

13333. 사흘에 미음 한 그릇도 못 먹었나?
굶주린 사람마냥 힘이 없어 보이는 사람을 두고 하는 말.

13334. 사흘에 비지죽 한 끼도 못 먹었나?
굶주린 사람마냥 제 몸도 잘 가누지 못하는 사람을 두고 하는 말.

13335. 사흘에 죽 한 끼도 못 먹은 놈 같다.
여러 날 굶은 사람마냥 힘이 하나도 없는 사람을 보고 하는 말.

13336. 사흘에 피죽 한 그릇도 못 먹었나?
굶주린 사람같이 힘을 못 쓰는 사람에게 하는 말.

13337. 사흘에 한 끼도 못 먹었나?
굶주린 사람같이 힘이 없어 보이는 사람에게 하는 말.

13338. 사흘을 굶고 누웠으면 쌀 지고 오는 놈이있다.
사람은 아무리 가난해도 굶어죽는 일은 없다는 뜻.

13339. 사흘 책을 안 보면 머리에 곰팡이 쓴다.
독서는 계속해야 성과가 있다는 뜻.

13340. 삭단(朔單)에 떡 맛보듯 한다.
음식을 조금 먹었을 때 하는 말. ※ 삭단 : 매월 초하룻날 사당에 지내는 제사.

13341. 싹도 움도 없다.
사람이나 물건이 간 곳이 없게 되었다는 뜻.

13342. 싹수가 노랗다.
처음 나오는 싹부터 노랗게 마르듯이 일이 처음부터 될 성 싶지가 않다는 뜻.

13343. 싹수가 없다.
　(1) 장래성이 없다는 뜻. (2) 처음부터 시작이 나쁘다는 뜻.

13344. 삭으랑 주머니다.
　삭아서 푹석푹석한 주머니와 같이 모양은 그대로 있으나 속은 썩어서 못쓰게 되었다는 뜻.

13345. 삭은 바자 울타리 구멍에 노란 개 주둥이 내밀듯 한다.
　썩은 바자 울타리 구멍에 개 주둥이 내밀듯이 남의 말에 쓸데없이 참견하는 사람을 두고 하는 말.

13346. 삭은 울타리 구멍에 개 주둥이 내밀듯 한다.
　썩은 울타리 구멍에 개가 주둥이를 내밀듯이 남이 말하는 데 참견한다는 뜻.

13347. 삯 매 모으듯 한다.
　삯을 주고 남의 매를 모으듯이 마음에 없는 일을 마지 못해서 한다는 뜻.

13348. 싹이 노랗다.
　일이 될 성 싶지 않다는 뜻.

13349. 산까마귀가 염불(念佛)한다.
　절 부근에 있는 산까마귀는 염불소리를 늘 들었기 때문에 염불을 하듯이 무식한 사람도 오랫동안 보고 들으면 알게 된다는 뜻.

13350. 싼 값으로 사서 비싼 값으로 판다.
　(貿賤賣貴)　　　　　　　　　　　　　〈史記〉
　싼 값으로 사서 비싸게 팔아 돈을 많이 남겼다는 뜻.

13351. 산같이 오래 살고 바다같이 재산이 많다.
　(壽如山 富如海)
　사람의 장수(長壽)와 다복(多福)을 축하하는 말.

13352. 산 개가 죽은 범보다 낫다.
　잘살다가 죽은 사람보다 못살아도 산 사람이 낫다는 뜻.

13353. 산 개가 죽은 정승(政丞)보다 낫다.
　(活狗子 勝於死政丞)　　　　　　　　〈旬五志〉
　(1) 아무리 천한 몸이라도 죽는 것보다는 사는 것이 낫다는 뜻. (2) 살아서 귀했던 몸도 죽으면 세상 사람들이 돌보지 않는다는 뜻.

13354. 싼 것이 망운(亡運)이다.
　싼 물건이 있으면 꼭 필요한 것도 아닌 것을 사게 되어 낭비한다는 뜻.

13355. 싼 것이 비싼 것이다.

싼 물건이 비싼 물건보다 결과적으로는 손해라는 뜻.

13356. 싼 것이 비지떡이다.
　값이 싼 물건은 당연히 품질이 나쁘다는 뜻.

13357. 싼 것 좋아하는 사람이 썩은 고기 산다.
　싼 것을 좋아하다가는 쓰지도 못 할 나쁜 물건을 사게 된다는 뜻.

13358. 싼 것 좋아하다가는 나쁜 것만 사게 된다.
　싼 물건만 찾다가는 결국 나쁜 물건밖에 못 산다는 뜻.

13359. 산골 개 게 먹으려다가 혀 찝힌다.
　사소한 이득을 욕심내다가 큰 실수를 하게 된다는 뜻.

13360. 산골 개 게 무서운 줄을 모른다.
　작다고 너무 얕보다가는 큰 손해를 본다는 뜻.

13361. 산골 메기가 쏜다.
　촌사람이 더 무섭다는 말.

13362. 산골 물은 얕아도 물살은 세다.
　산골 물이 물은 적어도 물살이 세듯 체격은 작아도 성미는 있다는 뜻.

13363. 산골 물이 거세다.
　촌 사람이 도시 사람보다 더 무섭다는 뜻.

13364. 산골 물이 바위를 뚫는다. (山溜穿石)
　물이 바위에 구멍을 뚫듯이 꾸준히 노력하면 안 되는 것이 없다는 뜻.

13365. 산골 부자가 바닷가 개만 못하다.
　산골에 사는 부자는 고기를 늘 먹을 수 없지만 바닷가 개는 고기를 늘 먹듯이 산골보다 바닷가가 살기가 더 좋다는 뜻.

13366. 산골이 깊어야 물도 많다.
　사람됨이 커야 그가 가지는 포부(抱負)도 크다는 말.

13367. 산과 숲은 짐승이나 새가 사는 곳이다.
　(山林者 鳥獸之居也)　　　　　　　　〈荀子〉
　새나 짐승도 의지할 곳이 있듯이 사람도 의지할 곳이 있어야 한다는 뜻.

13368. 산 굿에 메뚜기 덤비듯 한다.
　바쁘게 일하는 데 귀찮게 덤벼든다는 뜻.

13369. 산길도 많은 사람이 다니면 큰 길이 된다.
　(小徑之蹊間 介然用之而成路)　　　　〈孟子〉
　못난 사람도 배우고 노력하면 훌륭한 인물로 될 수 있다는 뜻.

13370. 산 김(金)가가 죽은 강(姜)가를 못 당한

다.

강씨 성을 가진 사람이 비교적 매섭다는 뜻.

13371. 산 김가 셋이 죽은 최(崔)가 하나를 못
당한다.

최씨 성을 가진 사람이 매우 매섭다는 뜻.

13372. 산 넘어 산 있고 물 건너 물 있다.

(1) 살아갈수록 고생이 점점 더 심해 간다는 뜻.

(2) 기회 놓친 것을 실망하지 말고 다음 기회를 기다
리라는 뜻.

13373. 산 넘어 산 있다.

(1) 고생이 점점 더 심해진다는 뜻. (2) 다음에도 또 좋
은 기회가 있으니 실망하지 말라는 뜻.

13374. 산 놈 계집은 범도 안 물어간다.

산중에서 버릇없이 자란 여자는 사납고 억세기 때문
에 범도 못 물어간다는 뜻.

13375. 산다는 것이 죽기보다 어렵고 죽는 것이
살기보다 더 어렵다.

살아갈 수도 없고 죽을 수도 없는 난처한 처지에 있
다는 뜻.

13376. 산 닭 길들이기는 사람마다 어렵다.

꿩을 길들이기가 어렵듯이 버릇없는 사람을 가르치
기가 어렵다는 뜻.

13377. 산 닭 길들이기다.

버릇없이 자란 사람은 길들이기가 매우 어렵다는
뜻.

13378. 산 닭 주고 죽은 닭 바꾸기도 어렵다.
(給生雜 換死雜亦難) 〈東言解〉

자기가 아쉬워서 구하는 것은 좋은 것을 가지고 나쁜
것을 구하기도 어렵다는 뜻.

13379. 산더미 같은 고기요 숲 같은 포다.
(肉山脯林)

요리상에 맛있는 음식이 가득하다는 뜻.

13380. 산더미 같이 쌓였다. (積如丘山)

무슨 물건이 매우 많이 쌓여 있다는 뜻.

13381. 산도 높아야 비 구름이 생긴다.(山致其高
雲雨起) 〈説苑〉

재물을 많이 모으면 세력도 생기게 된다는 뜻.

13382. 산돼지 잡으려다가 집 돼지 잃는다.

딴 것을 욕심내다가 가지고 있던 것까지 잃어 버린다
는 뜻.

13383. 산 등에 바람이 불면 골에도 분다.

어떤 일이 발생했을 때 그 영향은 다같이 받게 된다
는 뜻.

13384. 산 모양도 보는 곳에 따라 다르다.

같은 물건이라도 보는 사람에 따라 다르게 된다는 뜻.

13385. 산 밑 집에 방아공이가 귀하다. (山底杵
貴) 〈東言解, 旬五志〉

(1) 물건은 그 생산지가 오히려 더 귀하다는 뜻.

(2) 마땅히 있어야 할 곳에 도리어 없을 때 하는 말.

13386. 산 밖에 난 범이요 물 밖에 난 고기다.

몸을 용납할 수 없이 죽게 되었다는 뜻.

13387. 산보다 골이 크다.

(1) 부분이 주체(主體)보다 크다는 뜻. (2) 사리(事理)
에 어긋난다는 뜻.

13388. 산보다 바위가 더 크다.

(1) 주(主) 되는 것보다 그 부분이 더 크다는 뜻.

(2) 이치(理致)에 어긋난다는 뜻.

13389. 산보다 호랑이가 더 크다.

(1) 주체보다 그 부분이 더 크다는 뜻. (2) 이치에 어
긋난다는 뜻.

13390. 산 사람과는 날이 갈수록 친해진다.
(生者日親) 〈文選〉

산 사람끼리는 접촉하여 점점 친해질 수 있다는 뜻.

13391. 산 사람 목구멍에 거미줄 칠까? (活人之
啜 蛛不布網)

아무리 가난하여도 굶어죽지는 않는다는 뜻.

13392. 산 사람의 얼굴 같지 않다. (色若死灰)
〈莊子〉

안색(顔色)이 죽은 사람 같다는 뜻.

13393. 산 사람 입에 거미줄 칠까? (生口不網)

아무리 가난해도 굶어죽지는 않는다는 뜻.

13394. 산소(山所) 등에 꽃이 핀다.

산소에 꽃이 피면 그 자손이 번영한다는 뜻.

13395. 산 속에 있는 열 놈의 도둑은 잡아도 마음
속에 있는 한 놈의 도둑은 못 잡는다.

사람은 자기 마음 속의 나쁜 생각은 고치기가 대단히
어렵다는 뜻.

13396. 산 송장이다.

목숨은 살았지만 자유롭게 활동을 못 한다는 뜻.

13397. 산 송장이요 걸어다니는 고기덩이다.
(行尸走肉) 〈拾遺記〉

배운 것이 없어서 아무 쓸모가 없다는 뜻.

13398. 산신 제물(山神祭物)에 메뚜기 뛰어들듯 한다.

산 제사 지내는 데 메뚜기가 뛰어들듯이 당치도 않은 일에 참견한다는 뜻

13399. 산에 가서도 산을 보지 못한다. (入山不見山)

자기가 자신의 처지를 모르고 있다는 뜻.

13400. 산에 가서 물고기를 잡는다.

되지도 않을 짓을 어리석게 한다는 뜻.

13401. 산에 가서 범 잡기는 쉬워도 입을 열고 남에게 바른 말을 하기는 어렵다. (入山擒虎易 開口告難)   〈益智書〉

남에게 바른 말로 충고하기는 매우 어려운 일이라는 뜻.

13402. 산에 가서 호랑이 얘기를 하면 호랑이가 나온다.

그 자리에 본인이 없다고 하여 흉을 함부로 봐서는 안 된다는 뜻.

13403. 산에 가서 범 잡기를 피한다. (入山忌虎)   〈旬五志〉

자기가 꼭 해야 할 일을 기피하려고 한다는 뜻.

13404. 산에 가야 꿩도 잡는다.

무슨 일이든지 할 수 있는 조건이 갖춰져야 한다는 뜻.

13405. 산에 가야 꿩도 잡고 바다에 가야 고기를 잡는다.

무슨 일이든지 할 수 있는 조건이 먼저 갖추어져야 한다는 뜻.

13406. 산에 가야 범도 잡는다.

어떤 일이든지 할 수 있는 조건을 마련해야 이루어진다는 뜻.

13407. 산에 가야 범을 잡고 물에 가야 고기를 잡는다.

무슨 일을 성공하려면 그 선행 조건(先行條件)이 구비돼야 한다는 뜻.

13408. 산에 간 놈이 범을 무서워한다.

이미 각오를 하고도 겁을 낸다는 뜻.

13409. 산에 나무가 많으면 목수는 용도에 따라 나무를 골라서 쓴다. (山有木工則度之)   〈春秋左傳〉

사람이 많으면 적재 적소(適材適所)에 쓸 수 있다는 뜻.

13410. 산에는 산삼이요 물에는 해삼이다.

산삼과 해삼은 사람을 보하는 데 가장 좋다는 말.

13411. 산에서 구르는 돌은 구를 대로 굴러야 멈춘다.

무슨 일이나 할 것은 다 해야 결말을 짓게 된다는 뜻.

13412. 산에 숲이 없으면 날짐승이나 길짐승들도 없어진다. (山林險則鳥獸去之)   〈荀子〉

사람도 의지할 곳이 없으면 살 수가 없다는 뜻.

13413. 산에 있는 꿩보다 손 안에 든 참새가 낫다.

남의 재산 많은 것보다도 적지만 제 재산이 낫다는 뜻.

13414. 산에 초목이 없으면 고라니와 사슴도 놀러 오지 않는다. (禿山不遊麋鹿)   〈淮南子〉

사람도 활동할 수 있는 무대가 없으면 활동을 못 하게 된다는 뜻.

13415. 산으로 고기를 잡으러 간다. (山上求魚)

되지도 않을 어리석은 짓을 한다는 뜻.

13416. 산으로 낚시질 간다. (操釣山上)

도저히 되지도 않을 짓을 한다는 뜻.

13417. 산은 높은 것을 싫어하지 않는다. (山不厭高)   〈短歌行〉

산은 높을수록 좋듯이 덕은 쌓을수록 좋다는 뜻.

13418. 산은 오를수록 높고 물은 건널수록 깊다.

어려운 일을 당하면 점점 어렵고 힘이 든다는 뜻.

13419. 산은 점점 쌓여져 높아진다. (山以陵遲故能高)   〈説苑〉

무슨 일이나 익히면 점점 능숙해진다는 뜻.

13420. 산을 무서워하면 범을 만난다.

무서워하면 점점 더 무서워진다는 뜻.

13421. 산이 꿩을 길들이지 못하고 못이 게를 기르지 못한다. (山不馴雉 池不養蟹)〈耳談續纂〉

산이 꿩을 잡아 두지 못하고 못이 게를 잡아 두지 못하듯이 결국은 도망가고 말 것이라는 뜻.

13422. 산이 꿩을 길들이지 못한다. (山不馴雉)   〈耳談續纂〉

산이 꿩을 잡아 두지 못하듯이 도망갈 놈은 기어이 도망가고 만다는 뜻.

13423. 산이 깊어야 범도 있다. (深山有虎)
포용력(包容力)이 있어야 사람들도 따르게 된다는 뜻

13424. 산이 높아야 골도 깊다. (山高谷深)
사람됨이 커야 그가 생각하는 것도 크다는 뜻.

13425. 산이 높아야 나무도 크게 자란다.
(山高者木修)　　　　　　　　　　〈淮南子〉
사람도 환경이 좋아야 잘 배울 수 있다는 뜻.

13426. 산이 무너져 달걀을 누른 격이다.(排山壓
卵)　　　　　　　　　　　　　　　〈晉書〉
일이 아주 쉽다는 말.

13427. 산이 무서우냐 범이 무섭지.
자기가 할 일을 정확히 파악하라는 뜻.

13428. 산이 울면 돌도 운다.
남이 하는 대로 그저 따라만 한다는 뜻.

13429. 산이 울면 들이 웃고 들이 울면 산이 웃
는다.
산에 나무가 없어 비가 오면 사태가 나서 산은 나쁘
고, 들은 농사를 짓게 되어 좋으며, 비가 아니 오면 산
은 사태가 안나서 좋으나 들은 흉년이 들어 나쁘다는
말.

13430. 산이 울면 산돼지도 운다.
작은 것은 큰 것이 하는 대로 따라서 행동한다는 뜻.

13431. 산이 웃으면 들이 울고 들이 웃으면 산이
운다.
장마가 지면 산은 수해를 입지만 들은 아무 수해가 없
게 되며 가뭄에는 들은 피해가 있어도 산에는 피해가
없다는 뜻.

13432. 산이 있으면 골도 있다.
남자 있는 곳에는 여자도 있다는 뜻.

13433. 산이 좋으면 물도 맑다.
웃사람이 좋으면 아랫 사람도 좋다는 뜻.

13434. 산이 커야 골도 크다.
(1) 담(膽)이 커야 생각하는 것도 크다는 뜻. (2) 체격
이 커야 힘도 세다는 뜻.

13435. 산이 커야 굴도 크다.
(1) 배짱이 커야 그가 생각하는 것도 크다는 말.
(2) 체격이 커야 힘도 세다는 말.

13436. 산이 커야 그늘도 크다.
(1) 틀이 커야 힘도 세다는 말. (2) 배짱이 커야 생각
하는 것도 크다는 말.

13437. 산 입에는 먹을 것이 들어가게 마련이다.
산 사람이 굶어죽는 일은 좀처럼 없다는 말.

13438. 산 있는 데 그늘 있고 용 있는 데 소(沼)
있다.
서로 떨어질 수 없는 관계를 가지고 있다는 뜻.

13439. 산적 도둑이다. (散炙盜賊)
(1) 맛있는 음식만 골라 먹는 사람을 가리키는 말.
(2) 시집간 딸을 조롱하는 말.

13440. 산전 수전(山戰水戰) 다 겪었다.
이 세상에서 해볼 일은 다 해보았다는 뜻.

13441. 산중 놈 도끼질하듯 들 놈 괭이질하듯 한
다.
(1) 무슨 일이 매우 능숙하다는 뜻. (2) 사람은 환경에
따라 하는 일이 다르게 된다는 뜻.

13442. 산중 놈 도끼질하듯 한다.
산 사람 도끼질하듯이 일에 능숙하다는 뜻.

13443. 산중(山僧) 농사 지어 고라니 좋은 일만 한
다.
애써 일한 것을 남의 좋은 일만 시키고 말았다는 뜻.

13444. 산중 벌이하여 고라니 좋은 일만 한다.
애써 일했던 것이 남만 잘 되게 하고 말았다는 뜻.

13445. 산중에서만 나는 귀물이다. (山中貴物)
변변치는 못하지만 산중에서만 귀하게 여기는 물건이
라는 뜻.

13446. 산중에 있는 재상이다. (山中宰相)〈南史〉
(1) 실권(實權)이 없는 존재라는 뜻. (2) 불필요한 존
재라는 뜻.

13447. 산중의 거문고다.
격에 맞지도 않는 일을 한다는 뜻.

13448. 산중의 도둑은 잡기 쉬워도 마음 속의 도
둑은 잡기 어렵다. (破山中賊易 破心中賊難)
　　　　　　　　　　　　　　　　〈王陽明〉
사람 마음이 나쁜 것은 고치기가 매우 어렵다는 뜻.

13449. 산지기가 놀고 중이 추렴을 낸다.
남의 일로 억울하게 돈을 쓴다는 뜻.

13450. 산지기 눈치 보니 도끼 밥 남 줄 것 같지
않다.
아무리 상대방의 눈치를 보아도 그로부터 이득을 얻
지는 못한다는 뜻.

13451. 산지기 대접하듯 한다.

손님 대접을 아주 박하게 한다는 뜻.

13452. 산지기 상 보니 지게 뺏을 상이다.
눈치를 보니 상대방이 나를 틀림없이 해치려고 한다는 뜻.

13453. 산지기 상을 보니 도끼 뺏을 상이다.
아무리 상대방의 눈치를 보아도 해롭기만 하겠다는 뜻.

13454. 산 진 거북이다.
거북이 산을 배경으로 가지듯이 큰 세력을 배경으로 하고 있다는 뜻.

13455. 산 진 거북이요 돌 진 가재다.
산을 배경으로 한 거북이나 바위를 배경으로 한 가재와 같이 큰 배경을 가지고 버틴다는 뜻.

13456. 산천 초목(山川草木)도 떤다.
세력이 커서 사람은 말할 것도 없고 산천 초목까지도 무서워 떤다는 뜻.

13457. 산초꽃이 피면 장마도 간다.
산초나무 꽃이 필 무렵에는 장마철도 지났다는 말.

13458. 산통(算筒)이 깨졌다.
돈벌이의 유일한 도구가 부서졌다는 뜻.

13459. 산호(珊瑚) 기둥에 호박(琥珀) 주추다.
집을 몹시 호화롭게 치장하였다는 뜻.

13460. 산 호랑이 눈썹도 그리울 게 없다.
얻기 어려운 산 호랑이 눈썹도 있을 정도로 모든 물자가 풍부하다는 뜻.

13461. 산 호랑이 눈썹을 구하는 것이다.
도저히 얻을 수가 없는 것을 구한다는 말.

13462. 산호 서 말 진주 서 말에 싹이 나거든 오라.
언제라고 도저히 약속할 수 없다는 뜻.

13463. 살가죽과 뼈가 맞붙었다. (皮骨相接 : 皮骨相連)
사람이 몹시 말라서 가죽과 뼈만 남았다는 뜻.

13464. 살갑기는 평양(平壤) 나막신 같다.
매우 사근사근하고 미더운 사람을 두고 하는 말.

13465. 살강 밑에서 숟가락을 주웠다는 격이다. (饌厨之下 得匙何者)   〈耳談續纂〉
(1) 쉬운 일을 하고서 생색을 낸다는 뜻. (2) 헛 좋아한다는 뜻.

13466. 쌀 건지는 조리는 있어도 임 건지는 조리는 없다.
사랑이 식어 한번 떨어지면 다시 붙기는 어렵다는 뜻.

13467. 살결은 닭의 가죽처럼 되고 머리털은 학처럼 희어졌다. (雞皮鶴髮)   〈唐玄宗〉
늙어서 가죽은 거칠게 되고 머리는 희게 되었다는 말.

13468. 살결이 눈같이 희다. (肌膚若冰雪)   〈莊子〉
살결이 눈같이 희고 아름답다는 뜻.

13469. 살결이 엉긴 기름 같다. (膚如凝脂)   〈詩經〉
살결이 고기 기름이 엉긴 것처럼 희다는 뜻.

13470. 쌀 고리의 닭이다.
쌀 고리에 든 닭과 같이 양식이 풍부하다는 뜻.

13471. 살고 죽는 것은 명이 있다. (死生有命)   〈論語〉
사람의 목숨은 마음대로 할 수 없다는 뜻.

13472. 살고 죽는 것을 판단하기가 어렵다. (生死難辨 : 生死未辨)
살고 죽는 것을 알 수 없는 싸움이라는 뜻. ↔ 살고 죽는 것이 판단된다.

13473. 살고 죽는 것이 당장에 달렸다. (生死立判)
생사를 판가름하는 중요한 시기라는 뜻.

13474. 살고 죽는 것이 판단된다. (生死可判)
살고 죽는 것이 결정된다는 뜻. ↔ 살고 죽는 것을 판단하기가 어렵다.

13475. 쌀과 여자는 밤에 봐야 곱다.
여자의 미(美)는 밤에 보면 더 아름답게 보인다는 뜻.

13476. 쌀 광에서 인심(人心) 난다.
물자가 흔해야 인심도 얻을 수가 있다는 뜻.

13477. 쌀 광이 차면 감옥이 빈다.(倉廩實而囹圄空)   〈管子〉
먹을 것이 넉넉하면 도둑질하는 사람이 없어져 감옥이 빈다는 뜻.

13478. 쌀 광이 차면 예절을 안다. (倉廩實則知禮節)   〈管子〉
생활이 풍족하면 예절도 차리게 된다는 말.

13479. 쌀 광 쥐는 쌀 고마운 줄 모르고 물고기는 물 고마운 줄을 모른다.
항상 받는 혜택(惠澤)은 고마운 줄을 모르게 된다는 뜻.

13480. 살구나무 심는 사람 따로 있고 살구 따먹는 사람 따로 있다.

돈을 모으는 사람이 있으면 그 돈을 쓰는 사람이 따로 있다는 뜻.

13481. 살기가 죽기보다 어렵고 죽기가 살기보다 어렵다.
　사람은 죽고 사는 것을 마음대로 할 수가 없다는 뜻.

13482. 살기가 하늘을 찌른다. (殺氣衝天)
　살벌한 기운이 하늘까지 솟는다는 뜻.

13483. 살기는 어렵고 죽기는 쉽다.
　살아가는 것이 죽는 것보다 더 어렵다는 뜻.

13484. 살기를 좋아하고 죽기는 싫어한다.
　(好生惡死)
　사람은 누구나 죽기를 싫어하고 살기를 좋아한다는 뜻.

13485. 쌀 농사는 여든 여덟번 땀을 흘려야 한다.
　곡식 중에서 벼농사가 품이 가장 많이 든다는 말.

13486. 쌀 농사 짓는 놈 따로 있고 쌀밥 먹는 놈 따로 있다.
　옛날 빈농(貧農)들은 쌀 농사를 짓고도 쌀밥을 먹지 못한 데서 나온 말.

13487. 살던 서방 버리고 개가(改嫁)갈 때는 호강이라도 하겠던 것이다.
　현재의 남편을 버리고 새로 시집을 갈 때는 호화롭게 살아 보겠다는 욕망에서 한 짓이라는 말.

13488. 쌀독 속과 마음 속은 남에게 보이지 말랬다.
　자기 재산이나 마음 속은 비밀을 지켜야 한다는 뜻.

13489. 쌀독에 거미줄 치겠다.
　너무 가난하여 굶을 때가 많다는 뜻.

13490. 쌀독에 든 쥐다.
　식량이 풍족한 생활을 한다는 뜻.

13491. 쌀독에서 인심 난다.
　재물이 많아야 인심도 얻을 수 있다는 뜻.

13492. 쌀독이 바닥나면 밥 맛은 더 난다.
　가난할수록 밥을 더 많이 먹는다는 뜻.

13493. 쌀 두 되만 있어도 처가살이할 사람 없다.
　세상에서 처가살이는 못 할 짓이라는 말.

13494. 쌀로 밥을 지었다고 해도 못 믿겠다.
　사실을 사실대로 말해도 믿을 수가 없는 불신자(不信者)라는 뜻.

13495. 살리고 죽이고 한다. (生之殺之)

권세(權勢)가 사람을 임의로 죽이고 살리고 한다는 뜻.

13496. 살리고 죽이는 것을 마음대로 한다.
　(活殺自在)
　권세가 있는 사람이 사람을 임의로 죽이고 살리고 한다는 뜻.

13497. 살리고 죽이는 권력이다. (生殺之權)
　사람을 살리고 죽일 수 있는 권력을 가지고 있다는 뜻.

13498. 살리기는 하되 죽이지는 말라. (生而勿殺)
　　　　　　　　　　　　　　　　　　　〈六韜〉
　위정자(爲政者)는 국민들을 학살하는 일이 없도록 하라는 뜻.

13499. 살림 못하는 년이 거울만 본다.
　게으른 사람이 몸치장은 잘한다는 뜻.

13500. 살림살이하면 부부의 낙이 있게 마련이다.
　(居有室妻之樂)　　　　　　　　　　　〈許生傳〉
　신혼 생활을 하게 되면 서로 정답게 살게 된다는 뜻.

13501. 살림에는 눈이 보배다.
　살림살이를 잘하려면 눈으로 잘 보살펴야 한다는 뜻.

13502. 살림은 오장(五臟) 같다.
　배 안에 오장 육부가 가득하듯이 살림에는 필요한 물건이 다 있어야 한다는 뜻.

13503. 살 맛이 난다.
　기분이 좋아서 생에 대한 의욕이 난다는 뜻.
　↔ 살 맛이 없다.

13504. 살 맛이 없다.
　너무나 고생스러워서 살고 싶은 의욕이 없다는 뜻.
　↔ 살 맛이 난다.

13505. 살 맞은 뱀장어 도망가듯 한다.
　다급하게 도망치는 사람을 보고 하는 말.

13506. 쌀 먹은 개는 안 들키고 겨 먹은 개가 들킨다.
　죄진 사람은 용케도 들키지 않고 엉뚱한 사람이 대신 벌을 받게 된다는 뜻.

13507. 쌀 먹은 개는 안 맞고 겨 먹은 개가 맞는다.
　죄진 사람은 모면하고 애매한 사람이 벌을 받게 된다는 말.

13508. 쌀 먹은 개 울대기듯 한다.
　쌀 먹은 개를 꾸짖듯이 몹시 꾸짖는다는 뜻.

13509. 쌀밥과 여자는 흴수록 좋다.
여자의 살결은 흴수록 아름답다는 뜻.

13510. 쌀밥에 뉘 섞이듯 했다.
(1) 가끔 하나씩 섞여 있다는 뜻. (2) 사소한 것이지만 귀찮은 존재라는 뜻. ※ 뉘 : 겨가 벗겨지지 않은 벼 알갱이.

13511. 쌀밥의 콩이나 보리밥의 콩이나 콩은 마찬가지다.
쌀밥에 든 콩이나 보리밥에 든 콩이나 콩의 질이 변하지 않듯이 본질은 어디를 가나 변하지 않는다는 뜻.

13512. 쌀벌레다. (米食虫)
식량만 소비하는 비생산적인 존재라는 뜻.

13513. 살살이다.
남에게 아양을 잘 떠는 사람이라는 뜻.

13514. 쌀쌀하기는 동지 섣달 설한풍(雪寒風) 같다.
사람을 상대할 때 몹시 냉대(冷待)한다는 말.

13515. 쌀 서 말 먹고 시집 가는 처녀 없다.
두메 산골에 사는 사람은 쌀밥 먹기가 매우 어렵다는 말.

13516. 살 수도 있는데 죽을 곳으로 뛰어든다. (出生入死)　〈老子〉
살 수 있는 것을 알지 못하고 죽는다는 뜻.

13517. 살아가면 고향이다.
객지(客地)라도 오래 살아 정이 들면 고향같이 된다는 뜻.

13518. 살아 계집이 있나 자식이 있나 상투가 있나 죽어 묘가 있나 제사가 있나.
(1) 중이 세상을 비관하고 한탄(恨歎)하는 말. (2) 세상 사람들이 중을 보고 하는 말.

13519. 살아나갈 방책이 없다. (生計無策)
아무리 생각해 봐도 살 길이 없다는 뜻.

13520. 살아도 한편이고 죽어도 한편이다.
살았을 때나 죽었을 때나 항상 같이 산다는 뜻.

13521. 살아도 함께 살고 죽어도 함께 죽는다. (生則同室 死則同穴)
부부는 살았을 때 한방에서 같이 살고 죽었을 때는 한 묘에 같이 묻힌다는 뜻.

13522. 살아 상투가 있나 죽어 묘가 있나.
(1) 중이 세상을 비관하고 탄식(歎息)하면서 하는 말. (2) 중을 보고 하는 말.

13523. 살아 생이별(生離別)은 산천초목(山川草木)에 불 붙인다.
부부 생이별하는 것은 죽는 것같이 비참하다는 뜻.

13524. 살아 생전에는 부귀가 좋고 죽은 뒤에는 문장을 남기는 것이 좋다. (生前富貴 死後文章)　〈蘇軾〉
살아서는 부귀를 누리는 것이 좋고 죽어서는 문장을 후세(後世)까지 남기는 것이 좋다는 뜻.

13525. 살아서는 남에게 유익하도록 하여야 한다. (生有益於人)　〈禮記〉
사람은 사회적으로 유익한 행동만 하여야 한다는 뜻.

13526. 살아서는 떨어져 있고 죽어서는 이별한다. (生離死別)
살아서나 죽어서나 같이 살지 못했다는 뜻.

13527. 살아서는 뜻을 빼앗을 수 없고 죽어서는 이름을 빼앗을 수 없다. (生則不可奪志 死則不可奪名)　〈孔子〉
사람의 의지(意志)와 명예는 어떤 권력으로도 빼앗을 수 없다는 뜻.

13528. 살아서는 부귀(富貴)요 죽어서는 이름이다.
살아서는 부귀를 누리는 것이 좋고 죽은 뒤에는 이름을 남기는 것이 좋다는 뜻.

13529. 살아서 돌아오겠다는 각오로 싸우면 포로가 될 수 있다. (必生可虜)　〈孫子〉
전쟁에서 살려고 우물우물하다가는 적에게 포로가 된다는 뜻.

13530. 살아서 보고만 있는 것은 죽은 것과 같다. (視生如死)
보고도 행동을 하지 못하는 것은 죽은 것과 다름이 없다는 뜻.

13531. 살아서 불쌍하지 죽으면 잊는다.
살아서 고생하는 참상(慘狀)을 보아야 불쌍한 것을 알고 도와 주지 죽으면 불쌍한 것을 모르므로 도와 주지 않는다는 뜻.

13532. 살아서 불효도 죽고 나면 슬퍼한다.
부모가 살았을 때 불효 노릇을 한 사람도 부모가 죽고 나면 뉘우치고 슬퍼한다는 뜻.

13533. 살아서 한 날 죽어서 한 날 얻기가 어렵다.
살아서 결혼하는 날과 죽어서 장례날을 좋은 날로 얻기가 어려운 것이라는 뜻.

13534. 살아 있는 것은 반드시 죽게 마련이다.
(有生者 必有死)　　　　〈揚子法言〉
　모든 생물(生物)은 반드시 죽게 된다는 뜻.

13535. 살아 있는 것이 죽는 것만 못하다.
(生不如死)
　너무 고생스러워서 살아 있는 것이 죽는 것만 못하다
는 뜻.

13536. 살아 정들면 서울이다.
　타향이라도 정들고 살면 낙원(樂園)으로 될 수 있다
는 뜻.

13537. 쌀알을 세어 밥한다.
　사람 성격이 매우 좀스럽다는 뜻.

13538. 살얼음을 밟은 것 같다. (薄氷如臨)〈詩經〉
　살얼음을 밟은 것마냥 매우 불안하다는 뜻.

13539. 살얼음 판이다. (如薄氷)
　하는 일이 매우 불안하다는 뜻.

13540. 살 없는 활이다. (無矢弓)
　화살이 없는 활은 쓸모가 없듯이 쓸모가 없다는 뜻.

13541. 쌀에 뉘 섞이듯 하였다.
　간혹 하나씩 섞였다는 뜻.

13542. 쌀에도 뉘가 있다.
　쌀에는 뉘가 섞인 것이 흠이듯이 아무리 좋은 물건에
도 조그만 흠은 있다는 뜻.

13543. 살에 새기고 뼈에 새긴다. (銘肌鏤骨)
　　　　　　　　　　　　　　〈顏氏家訓〉
　감사한 은혜를 몸에 새겨 길이길이 잊지 않겠다는 뜻.

13544. 쌀은 백곡(百穀) 중에서 왕이다.
　쌀은 동양인(東洋人)의 주식으로 으뜸가는 곡식이라
는 뜻.

13545. 쌀은 쏟고도 줍지만 말은 하고 못 줍는다.
　말은 한번 잘못하면 고칠 수가 없기 때문에 조심하라
는 뜻.

13546. 쌀은 쏟고 주워 담치만 말은 한번 하면 못
줍는다.
　한번 한 말은 고칠 수가 없기 때문에 삼가해야 한다
는 뜻.

13547. 살은 없고 뼈만 남았다. (肉脱骨立)
　몹시 말라서 가죽과 뼈만 남았다는 뜻.

13548. 쌀은 오곡(五穀)의 왕이다.
　쌀은 곡식 중에서 가장 중요한 존재라는 뜻.

13549. 살을 깎고 기름을 짠다.
　가혹(苛酷)한 고문(拷問)을 한다는 뜻.

13550. 쌀을 세어 씻는다.
　몹시 인색한 사람이라는 뜻.

13551. 살이 살을 먹고 쇠가 쇠를 먹는다.
　집안 사람끼리 서로 이해 다툼을 한다는 뜻.

13552. 살인한 사람은 죽여야 한다. (殺人者死)
　사람을 죽인 사람은 사형(死刑)에 처해야 한다는 뜻.

13553. 살점을 베어 주고 싶다.
　사람에게 반하게 되면 무엇이나 다 주어도 아깝지 않
다는 뜻.

13554. 살점을 베어 줘도 아깝지 않겠다.
　정다운 사람에게는 아무 것을 주어도 아까운 생각이
없다는 뜻.

13555. 살점을 씹어먹고 싶다. (欲食其肉)
　뼈에 사무친 원수는 살을 베어 씹고 싶을 정도로 증
오하게 된다는 뜻.

13556. 살점을 오려 내는 것 같다.
　(1) 살점을 깎아 내듯이 아프다는 뜻. (2) 추위가 몹시
심하다는 뜻.

13557. 살찐 놈 따라 붙는다. (効彼肥壯倩人膨脹)
　　　　　　　　　　　　　　〈耳談續纂〉
　남이 하는 짓을 억지로 따라하는 것을 보고 비웃는 말.

13558. 살(煞) 풀이를 해야겠다.
　못된 살로 인하여 일이 그르게 되므로 어떤 방법으로
그 살을 풀어야 한다는 뜻. ※ 살 : 악귀(惡鬼)의 하나.

13559. 쌀 한 알 보고 뜨물 한 동이 다 마신다.
　조그마한 이익을 위하여 많은 노력을 낭비한다는 뜻.

13560. 쌀 한 알이 땀 한 방울이다.
　한 알의 쌀도 농민들의 피땀으로 생산된 것이므로 농
민들에게 감사할 줄 알아야 한다는 뜻.

13561. 삵괭이가 있는 곳에는 쥐들이 없다.
(狸處場而衆鼠散)　　　　〈呂氏春秋〉
　폭정(暴政)을 하는 곳에는 국민들이 살 수가 없다는
뜻.

13562. 삶아먹으나 구워먹으나 먹기는 일반이
다.
　이렇게 하나 저렇게 하나 방법이야 다르지만 목적은
같다는 말.

13563. 삶은 개고기 뜯어먹듯 한다.

삶은 개고기 뜯어먹듯이 고기를 많이 먹는다는 뜻.

13564. 삶은 개다리 뻐드러지듯 한다.
(1) 다리를 죽은 개다리마냥 쭉 뻗는다는 뜻.
(2) 뻣뻣한 것을 비유하는 말.

13565. 삶은 게다리도 떼고 먹으랬다.
무슨 일이나 경각성(警覺性)을 가지고 조심스럽게 하라는 뜻.

13566. 삶은 노루 가죽 같다.
푹 삶은 노루 가죽마냥 흐늘흐늘하다는 뜻.

13567. 삶은 닭이 울겠다.
죽은 닭이 울 수 없듯이 도저히 불가능하다는 뜻.

13568. 삶은 무우에 이도 안 들어갈 소리다.
삶은 무우에 이가 안 들어갈 리가 없듯이 이치에 맞지 않는 말이라는 뜻.

13569. 삶은 밤에서 싹이 나거든.
(1) 도저히 불가능하다는 뜻. (2) 아주 희망이 없다는 뜻.

13570. 삶은 소가 웃겠다.
너무나 어처구니가 없는 일이라는 뜻.

13571. 삶은 팥이 싹 나겠다.
이치에 어긋나는 터무니없는 일이라는 뜻.

13572. 삶은 호박에 이도 안 들어갈 소리다.
사리에 맞지 않아 그 말을 조금도 수긍할 수 없다는 뜻.

13573. 삶을 버리고 정의를 취한다. (舍生取義)
〈孟子〉
정의를 위하여서는 목숨도 버린다는 뜻.

13574. 삶을 잘 보전하는 것은 욕심이 적어야 한다. (保生者寡慾) 〈景行錄〉
생명을 잘 유지하는 유일한 방법은 탐욕을 삼가하는데 있다는 뜻.

13575. 삶의 보람을 느낀다. (生世之榮)
이 세상에 태어난 보람을 느낀다는 뜻.

13576. 삶의 끝은 있어도 앎의 끝은 없다.
(生也有涯 而知也無涯) 〈莊子〉
인생의 수명(壽命)은 끝이 있으나 지식은 아무리 배워도 끝이 없다는 뜻.

13577. 삼가하여 남의 단점을 말하지 말라.
(愼勿談人之短) 〈朱子家訓〉
남의 단점을 함부로 말해서는 안 된다는 뜻.

13578. 삼가함으로써 화를 피하게 된다. (愼以辟禍) 〈禮記〉
매사(每事)에 항상 조심하면 화를 면할 수 있다는 뜻.

13579. 삼각산(三角山) 밑에서 짠 물만 먹고 자란 놈이다.
인심이 나쁜 서울에서 자랐기 때문에 만만치 않은 존재라는 뜻.

13580. 삼각산 바람이 오르락내리락한다.
(三角山風流 或上或下) 〈東言解〉
자주 들락날락하는 사람을 두고 하는 말.

13581. 삼간(三間) 집이 다 타도 빈대 죽는 것이 시원하다.
큰 손해를 당하더라도 미운 놈의 원수를 갚은 것이 시원하다는 뜻.

13582. 삼간 초당(三間草堂)이 다 탔어도 빈대 설치(雪恥)는 했다.
비록 큰 손해는 봤어도 미운 놈 원수는 갚았다는 뜻.

13583. 삼경에 만난 액이다. (三更厄) 〈東言解〉
무사히 지냈다고 안심하고 있을 때 뜻밖에 당하는 화라는 뜻.

13584. 삼남(三南)이 풍년이면 굶어죽는 놈 없다.
충청도, 전라도, 경상도에 풍년이 들면 우리 나라에서는 식량이 부족되지 않는다는 뜻.

13585. 삼 년 가는 흉 없고 석 달 가는 칭찬 없다.
남의 흉이나 남의 칭찬은 오래 두고 전해지는 것이 아니라는 뜻.

13586. 삼 년 가뭄에는 살아도 석 달 장마에는 못 산다.
가뭄보다 장마가 더 무섭다는 말.

13587. 삼 년 가뭄에 하루 쓸 날 없다.
오랫동안 날씨가 좋던 끝에 무슨 일을 하려고 하자 비가 와서 방해를 한다는 뜻.

13588. 삼 년 결은 노망태기다.
오랜 기간을 두고 공을 들여 만든 것이라는 뜻.

13589. 삼 년 구병에 불효 난다. (三年救病 呈不孝狀) 〈東言解〉
부모가 오래 병환으로 있으면 자식들의 병 구환(病救患)이 처음보다 점점 못하게 된다는 뜻.

13590. 삼 년 남의 집 살고 주인 성(姓) 묻는다.
사람이 무슨 일에 무심(無心)하다는 뜻.

13591. 삼 년 농사를 지으면 구 년 먹을 것이 남
는다.(三年耕 餘九年之食) 〈茶山論叢〉
알뜰히 농사를 지으면 식량은 먹고도 많이 저축된다
는 뜻.

13592. 삼 년 농사 짓던 논밭도 살 때는 다시 돌
아 보고 사랬다.
다 아는 일이라도 할 때는 다시 살펴보고 하라는 뜻.

13593. 삼 년 두고 고른 색시가 깨곰보다.
무슨 일을 너무 잘하려고 고르다가는 도리어 잘못하
게 될 수가 있다는 뜻.

13594. 삼 년 먹여 기른 개가 주인 발등 문다.
오랫동안 은혜를 입은 사람이 도리어 그 은인을 해친
다는 뜻.

13595. 삼 년 묵은 말가죽도 오롱조롱 소리 한다.
봄이 되면 죽은 나무가 되살아나듯이 봄이 되면 만물
이 되살아난다는 뜻.

13596. 삼 년 묵은 장은 변해도 임의 정은 안 변
한다.
자기가 사랑하는 애인의 마음은 어떤 일이 있더라도
변하지 않는다는 말.

13597. 삼 년 묵은 장이 변하겠다.
절대로 변하지 않는다는 것을 비유하는 말.

13598. 삼 년 물장수에 물통과 물지게만 남는다.
아무리 애를 써도 돈을 못 벌게 되었다는 뜻.

13599. 삼 년 벌던 전답(田畓)도 다시 돌아 보고
산다.
삼 년 동안 농사를 한 땅도 살 때는 다시 한번 돌아보
고 사듯이 아는 일도 더 자세히 조사를 하여 안전하
게 하라는 뜻.

13600. 삼 년 안에 못 낳은 자식은 두기 어렵다.
여자가 시집와서 삼 년 안에 아이를 못 낳으면 아이를
낳기가 어렵다는 말.

13601. 삼 년은 감수(減壽)했다.
호되게 놀라서 수명까지 감수하게 되었다는 뜻.

13602. 삼 년을 두고 만든 노망태기다.
오랫동안 공을 들여 만든 것이라는 뜻.

13603. 삼 년을 배우려고 스승을 삼 년 고르랬다.
공부는 훌륭한 스승 밑에서 배워야 한다는 말.

13604. 삼 년 장마가 볕 안 난 날 없다.
불행한 일이 있더라도 간간이 즐거운 일도 있다는 뜻.

13605. 삼단 같은 머리다.
숱이 많고 길게 자란 머리라는 뜻.

13606. 삼 대(三代)가는 부자 없고 삼 대 가는 가
난뱅이 없다.(富不三世 貧不三世)
부자라고 하여 언제까지나 잘사는 것이 아니고 가난
하다고 하여 언제까지나 가난하게 사는 것이 아니라
빈부는 돌고 돈다는 뜻.

13607. 삼 대 가는 부자 없다.
부자라고 대대 손손(代代孫孫)이 부자 노릇을 하는 것
이 아니고 가난한 사람이라고 대대손손이 가난한 것
이 아니라 빈부는 돌고 돈다는 뜻.

13608. 삼대 같다.
몸집이 가늘고 키만 큰 허약한 사람을 가리키는 말.

13609. 삼 대 구 년(三代 九年) 만이다.
매우 오랜만에 일어난 일이라는 뜻.

13610. 삼대 독자(三代獨子)가 병골(病骨) 된다.
소중히 여기는 사람이 흔히 잘 잃는다는 뜻.

13611. 삼대 독자 귀염둥이다.
삼대를 두고 외아들로 내려오는, 귀여운 아들이라는
뜻.

13612. 삼대 독자 홀며느리 유복자(遺腹子) 밴
유세 쓰듯 한다.
어떤 권리를 이용하여 유세를 쓴다는 뜻.
※ 유복자: 어미 뱃속에 있을 때 아비가 죽은 자식.

13613. 삼대 들어서듯 한다.
삼밭에 삼대가 들어서듯이 무슨 물건이 빽빽하게 모
여 있다는 말.

13614. 삼대에 눈 박아 놓은 것 같다.
체신이 가늘고 키만 큰 허약한 사람보고 하는 말.

13615. 삼 대 장군 노릇을 하면 반드시 패배하게
된다.(爲將三世必敗) 〈史記〉
선조 되는 장군이 사람을 많이 죽였기 때문에 그 재
앙으로 자손되는 장군은 전쟁에서 패전한다는 뜻.

13616. 삼 대 적선(積善)을 해야 동네 혼사(婚事)
를 한다.
오랫동안 착한 일을 많이 한 사람이 내용을 잘 알고
혼사를 하듯이 혼사는 매우 어려운 일이라는 뜻.

13617. 삼 대 주린 걸신(乞神) 같다.
오랫동안 굶주린 사람이 음식을 먹듯이 먹는다는 뜻.

13618. 삼 대 천치(大癡)가 나면 사 대째는 영웅

난다.
　어느 집안이나 흥망 성쇠(興亡盛衰)는 따라다니게 된
다는 뜻.

13619. 삼 동서(三同壻) 김 한 장 먹듯 한다.
　음식을 눈 깜짝할 동안에 먹어 치운다는 뜻.

13620. 삼 동업(三同業)은 해도 두 동업은 말랬다.
　동업을 할 때는 세 사람이 하는 것은 좋아도 두 사람
이 하는 것은 나쁘다는 뜻.

13621. 삼밭에 난 쑥대다. (麻中之蓬)　〈荀子〉
　꾸부러진 쑥대도 삼밭에서 자라면 삼을 따라 꼿꼿하
게 되듯이 환경에 따라 악(惡)도 선(善)으로 고쳐진
다는 뜻.

13622. 삼밭의 쑥대는 바로 잡아 주지 않아도 스
　스로 곧아진다. (麻中蓬生 不扶而自直)〈荀子〉
　꾸부러진 쑥대도 삼밭에서 자라면 저절로 곧게 되듯
이 나쁜 사람도 착한 사람 속에 두면 자연히 착하게
된다는 뜻.

13623. 삼밭의 쑥은 저절로 곧아진다.
　꾸불꾸불 자라는 쑥대도 삼밭에서는 곧게 자라듯이 악
한 사람도 착한 사람들과 사귀게 되면 착한 사람으로
될 수 있다는 뜻.

13624. 삼밭에 한 번 똥 눈 개는 늘 누는 줄로 안
　다.
　한 번 잘못하면 남들에게 늘 의심을 받게 된다는 뜻.

13625. 삼베 주머니에 성냥 들었다.
　허술한 것 속에 긴요(緊要)한 것이 들었다는 뜻.

13626. 삼베 중의에 방귀 나가듯 한다.
　조건이 좋아서 일하기가 매우 수월하다는 뜻.

13627. 삼 부리를 조심하랬다.
　남자는 입부리(말조심), 좃부리(색에 조심), 발부리
(행동에 조심) 등 세 가지를 삼가하라는 뜻.

13628. 삼 붕어(三鮒魚)을 그린다.
　흥정을 한 물건이라 다른 사람에게도 못 팔고 기다리
지만 사 가지도 않으므로 세 사람이 다 손을 못 대고
있다는 뜻.

13629. 삼 사월 긴긴 날 점심 굶고는 살아도 동
　지 섣달 긴긴 밤에 임 없이는 못 산다.
　가난하게 살더라도 부부가 함께 살아야 한다는 뜻.

13630. 삼 사월에 낳은 애기는 저녁에 인사한다.
　삼 사월은 하루 해가 몹시 길다는 말.

13631. 삼수 갑산(三水甲山)도 정 붙일 탓이다.

아무리 살기 나쁜 곳도 정만 들이면 살기가 좋게 된
다는 뜻.

13632. 삼수 갑산을 가도 임 따라가랬다.
　부부간에는 아무리 큰 고생이라도 함께 받아야 한다
는 뜻.

13633. 삼수 갑산을 가도 할 말이 있다.
　죽을 때 죽을망정 할 말은 해야 한다는 뜻.

13634. 삼수 갑산을 가서 산전(山田)을 파 먹고
　사는 게 낫겠다.
　아무리 처지가 곤란하더라도 이보다는 낫겠다는 뜻.

13635. 삼수 갑산을 갈지라도 할 말은 하랬다.
　죽을 때 죽더라도 하고 싶은 말은 해야 한다는 뜻.

13636. 삼십 넘은 계집이다.
　여자로서 꽃다운 시절이 지난 여자라는 뜻.

13637. 삼십 리 강짜를 한다.
　강짜가 몹시 심한 여자를 두고 하는 말.

13638. 삼십육계에 줄행랑이 상책이다. (三十六計
　走爲上策), (三十六策 走爲上計)
　　　　　　　　　　　　　〈資治通鑑〉, 〈齊書〉
　몹시 비겁한 사람을 비웃는 말.

13639. 삼십은 사내 꽃이다.
　남자는 삼십대가 한창 활동할 좋은 시기라는 뜻.

13640. 삼십 전 자식이요 사십 전 재산이다.
　자식은 삼십 전에 낳아야 하고 재산은 사십 전에 벌
어 두어야 한다는 뜻.

13641. 삼십 전 치부(致富)요 이십 전 자식이다.
　돈은 삼십 전에 벌어야 하고 자식은 이십 전에 두어
야 한다는 뜻.

13642. 삼월달에 명주실 선돈 쓴다. (三月賣新糸)
　　　　　　　　　　　　　　　　　　〈聶夷中〉
　매우 곤궁하여 오월에 생산되는 명주실 선돈을 삼월
에 쓰듯이 없으면 선돈을 쓰게 된다는 뜻.

13643. 삼월 바람에 설늙은이 얼어죽는다.
　삼월 봄 바람이 매우 차다는 뜻.

13644. 삼월 비바람이 겨울 눈바람을 오히려 쫓
　는다.
　봄바람이 오히려 겨울바람보다 차다는 말.

13645. 삼일 안 새색시도 웃을 일이다.
　얌전을 빼는 새색시도 웃을 정도로 몹시 우습다는 뜻.

13646. 삼정승(三政丞) 부러워 말고 내 한 몸 잘 가지랬다.
세력 있는 사람의 도움을 받으려고 말고 자신의 처신을 잘 하라는 뜻.

13647. 삼정승 사귀지 말고 행동을 얌전히 하랬다.
남의 도움을 받으려고 애쓰지 말고 자신의 행동을 착실히 하라는 뜻.

13648. 삼정승을 사귀지 말고 내 한 몸을 조심하라.(莫交三公 愼吾身) 〈旬五志〉
권력 있는 사람의 도움을 받으려고 애쓰지 말고 자신의 행동을 조심하는 것이 낫다는 뜻.

13649. 삼정승 사귀지 말고 만 백성을 사귀랬다.
권력 있는 사람에게 아부하는 것보다 민중들과 가까이 친하는 것이 낫다는 뜻.

13650. 쌈지 것이 주머니 것이고 주머니 것이 쌈지 것이다.
쌈지에 있는 것이나 주머니에 있는 것이나 다 한사람의 소유이기 때문에 구태여 구별할 필요가 없다는 뜻. ※ 쌈지 : 담배 쌈지.

13651. 쌈지는 열어 두면 헤프다.
돈은 써 버릇하면 헤프기 때문에 쓰지 않도록 해야 한다는 뜻.

13652. 쌈지 돈이 주머니 돈이고 주머니 돈이 쌈지 돈이다.
쌈지에 든 돈이나 주머니에 든 돈이나 다 자기의 것이기 때문에 구별할 필요가 없다는 뜻.

13653. 쌈지에 두나 주머니에 두나.
다같이 한사람의 것이기 때문에 어디에 두나 다 마찬가지라는 뜻.

13654. 삼천 갑자 동방삭(三千甲子東方朔)도 저 죽는 날은 몰랐다.
사람은 누구나 자기의 운명은 모른다는 뜻.
※ 동방삭 : 중국 전한(前漢) 때 사람으로서 장수(長壽)를 하였다고 함.

13655. 삼천 갑자를 살아도 숯 씻는 것은 처음 보았다.
아무리 오래 살면서 보아도 검은 숯을 씻어 희게 하겠다는 사람은 없듯이 그런 사실은 절대 없다는 뜻.

13656. 삼청 냉돌(三廳冷突) 같다.
매우 방이 춥고 차다는 뜻인데 옛날 금군(禁軍)의 삼청은 방에 불을 안 땐 데서 유래된 말.

13657. 삼촌 못난 것이 조카 짐만 지고 다닌다.
덩치는 크면서 못난 짓만 한다는 뜻.

13658. 삼촌을 메치고 힘이 보배란다.
못난 놈은 못난 짓을 하고도 잘난 체한다는 뜻.

13659. 삼춘 대한(三春 大旱) 가문 날에 단비 내리듯 한다.
오랜 가뭄 끝에 단비가 오듯이 매우 즐거운 일이라는 뜻.

13660. 삼현 육각(三絃 六角) 잡히고 시집 간 사람치고 잘산 데 없다.
결혼 잔치를 호화롭게 하고 시집 간 사람이 많은 경우에 불행하다는 뜻.

13661. 삽살개 뒷다리 같다.
털이 많고 앙상하여 볼품이 없다는 뜻.

13662. 삿갓 밑에서도 정만 있으면 산다.
비록 집이 없더라도 부부간에 정만 있으면 살 수 있다는 뜻.

13663. 삿갓에 솔질하기다.(蒯笠刷子) 〈稗官雜記〉
쓸데없는 헛수고만 한다는 뜻.

13664. 삿갓 위에 삿갓 쓴다.(笠上頂笠)
필요없는 일을 거듭한다는 뜻.

13665. 쌍가마 속에도 설움 있다.
호화롭게 사는 사람에게도 불행한 일은 있다는 뜻.

13666. 상가(喪家) 술로 벗 사귄다.
남의 것을 가지고 제가 생색(生色)을 낸다는 뜻.

13667. 상감님도 늙은이 대접은 한다.
늙은이는 누구나 다 존대하여 준다는 뜻.

13668. 상감님 망건 값도 쓸 판이다.
돈에 궁하게 되면 손에 들어오는 돈은 어떤 돈이라도 쓰게 된다는 뜻.

13669. 상감님이 약 없어 죽는다더냐?
약으로 병을 고치기도 하지만 죽을 사람을 살리지는 못한다는 뜻.

13670. 상감 망건(網巾) 사러 가는 돈도 써놓고 본다.
돈이 급하면 아무 돈이라도 써야 한다는 뜻.

13671. 상감 욕도 안 듣는 데서는 한다.
누구나 본인이 안 듣는 곳에서는 욕을 하게 된다는 뜻.

13672. 상갓집 개다.(喪家之狗) 〈孔子家語〉

주인을 잃은 개마냥 초라한 모양으로 먹을 것만 찾고
다니는 사람을 두고 하는 말.

13673. 상갓집 개처럼 어릿어릿하기만 한다.
(纍纍如喪家之狗)　　　　　　　　　〈史記〉
주인을 잃어 얻어먹지 못한 개마냥 기웃거리며 먹을
것만 찾는다는 뜻.

13674. 상갓집에 가야 눈물도 난다. (不見喪 不悼
淚)
사람은 슬픈 일을 당하지 않으면 눈물도 안 난다는 뜻.

13675. 상계(喪契) 돈에도 가평 뗀다.
아무리 급한 돈이라도 가평은 뗄 수 있다는 뜻.
※ 가평 : 노름판에서 공으로 떼는 돈.

13676. 상과 벌은 반드시 믿음성이 있어야 한다.
(賞罰必信)　　　　　　　　　　　〈三略〉
상 줄 사람은 상 주고 벌 줄 사람은 반드시 벌을 주
어 믿음성 있게 집행해야 한다는 뜻.

13677. 상관 섬기기를 형 섬기듯 하라. (事官長如
事兄)　　　　　　　　　　　　　〈童蒙訓〉
상관 모시기를 자기 형과 같이 모시라는 뜻.

13678. 상관없는 일이다. (不關之事)
나와는 아무 관계가 없는 일이라는 뜻.

13679. 상 귀에 뿔이 나면 돈도 안 붙는다.
상에서 밥 먹는 식구가 많아지면 돈 모으기가 어렵게
된다는 뜻.

13680. 상납(上納) 돈도 잘라 먹는다.
국가에 바치는 국고금(國庫金)도 잘라 먹듯이 뻔뻔스
럽고 염치도 없는 짓을 한다는 뜻.

13681. 상놈 눈은 양반 티눈만도 못하다.
옛날 양반이 상놈을 무시해서 하던 말.

13682. 상놈 딸은 양반 집으로 시집가도 살지만
양반 딸은 상놈집으로 시집가면 못 산다.
가난한 집 딸은 부자집으로 시집을 가도 살지만 호화
스러운 집 딸은 가난한 집으로 시집을 가면 견디지 못
한다는 뜻.

13683. 상놈도 꿈에는 양반 볼기를 친다.
비록 억압을 당하는 사람이라도 속으로는 복수심을 가
지게 된다는 말.

13684. 상놈은 구레나룻이 나도 말썽이다.
만만한 놈은 제 것을 가져도 말썽이 된다는 뜻.

13685. 상놈은 발 덕으로 살고 양반은 문벌(門閥)

덕으로 산다.
상놈을 일을 잘해야 하고 양반은 가문(家門)이 좋아
야 한다는 뜻.

13686. 상놈은 발 덕을 보고 양반은 글 덕을 본
다.
가난한 사람은 노동을 해야 살고 잘 사는 사람은 공
부를 하여 관공리가 되어 산다는 뜻.

13687. 상놈은 발로 살고 양반은 글로 산다.
옛날 상놈(농민)은 일을 잘 해야 하고 양반은 글을
잘 해야 한다는 말.

13688. 상놈은 양반 노릇을 해도 양반은 상놈 노
릇을 못한다.
웃사람 노릇 하기보다 아랫 사람 노릇 하기가 더 어렵
다는 뜻.

13689. 상놈의 구레나룻은 뺨맞는 데 부조다.
없는 사람에게는 사소한 물질이라도 큰 도움이 된다
는 뜻.

13690. 상놈의 구레나룻은 뺨맞을 적에나 쓰인다.
만만한 놈은 제 것을 가지고도 제대로 쓰지 못한다는
말.

13691. 상놈의 살림이 양반의 양식이다.
옛날 상놈이 양반의 식량을 담당했던 데서 나온 말.

13692. 상놈의 새끼는 돼지 새끼고 양반의 새끼
는 고양이 새끼다.
옛날 상놈은 가난하였기 때문에 그 아들 모습이 더러
웠고 양반은 잘살았기 때문에 그 아들이 깨끗한 데서
나온 말.

13693. 상놈이 관 값 밀릴까?
옛날 상놈은 관을 못 쓰게 하였기에 관 값이 실제로
는 안 밀리듯이 절약을 해도 돈이 밀리지 않는다는
뜻.

13694. 상대 없는 싸움 없다.
싸움은 혼자서는 못 하는 것이므로 싸우게 되는 것은
양자가 다 나쁘다는 뜻.

13695. 상대 없는 송사(訟事) 없다.
자신에게도 잘못이 있기 때문에 남과 시비를 하게 되
는 것이므로 참아야 한다는 뜻.

13696. 쌍동이 동서(同壻) 남편 찾듯 한다.
서로 비슷한 것은 찾아 내기가 어렵다는 뜻.

13697. 쌍동이 중매하듯 같이 다닌다.
두 사람이 함께 다니는 것을 야유하는 말.

13698. 상둣군은 연포(軟泡) 국에 반한다.

　상여 메는 사람은 연포 국 먹는 재미로 하듯이　어떤 직업이든지 재미나는 일은 있다는 뜻.

13699. 상두 복색(服色)이다.

　겉옷만 좋고 속옷은 누추하게 입었다는 뜻.

13700. 상두 쌀로 낯 낸다.

　남의 것을 가지고 제 생색을 낸다는 뜻.

13701. 상두 술로 낯 낸다.

　남의 물건을 가지고 제 체면을 낸다는 뜻.

13702. 상두 술로 벗 사귄다.

　남의 술로 제 벗을 사귄다는 말.

13703. 상(床) 머리에 뿔 나기 전에 재산은 모으랬다.

　재산은 식구가 늘기 전에 모아야 한다는 말.

13704. 상 밑에서 숟갈 줍기다.

　(1) 하찮은 일을 하고 자랑한다는 뜻. (2) 헛 좋아한다는 뜻.

13705. 상벌은 공평무사(公平無私)하게 시행해야 한다. (平賞罰均也)　　〈諸葛亮心書〉

　상과 벌은 공평하게 집행하지 않으면 역효과(逆效果)를 낸다는 뜻.

13706. 상부에서 하부에 이르기까지 목적을 잘 아는 자는 승리한다. (上下同欲者勝)　〈孫子〉

　전쟁의 목적을 알고 싸워야 승리를 할 수 있다는 뜻.

13707. 상사병(相思病)엔 약도 없다.

　상사병은 아파서 생긴 병이 아니고 정신적으로 고민하여 생긴 병이므로 정신적으로 수양해야 한다는 뜻.

13708. 상서롭지 못한 징조이다. (不祥之兆)

　앞으로 좋지 못할 징조라는 뜻.

13709. 상시(常時)에 먹은 마음이 꿈에도 있다.

　평소에 생각하고 있던 것이 꿈에도 보인다는 뜻.

13710. 상시에 먹은 마음이 취중(醉中)에도 난다.

　평소에 생각하고 있던 것이 취중에도 말하게 된다는 뜻.

13711. 쌍심지를 돋군다.

　두 눈에 불을 켜고 덤빈다는 뜻.

13712. 쌍언청이가 외언청이를 흉본다.

　제 흉 많은 줄은 모르고 남의 적은 흉을 본다는 뜻.

13713. 상여(喪輿) 나갈 때 귀청 후벼 달란다.

　바쁘게 일할 때 엉뚱한 짓을 한다는 뜻.

13714. 상여는 양반도 메지만 가마는 상놈만　멘다.

　옛날 상여는 반상간(班常間)에 메지만 가마는 반드시 상인이 메었다는 말.

13715. 상여 뒤에 약방문(藥方文)이다.

　이미 일이 끝났기 때문에 무슨 짓을 해도 소용이 없다는 뜻.

13716. 상여 메고 가다가 귀청 후빈다.

　무슨 일을 한참 하다가 엉뚱한 일을 한다는 뜻.

13717. 상여 목을 거들어 주어도 죽은 사람은 되살아나지 않는다.

　한번 죽은 사람은 무슨 짓을 하여도 되살아나지 않는다는 뜻.

13718. 상원(上元) 개 같다.

　정월 보름날 개 굶듯이 아무것도 못 먹었다는 뜻.

　※상원 : 음력 정월 대보름날.

13719. 상은 때를 넘기지 말고 주어야 한다. (賞不逾時)　　　　　〈諸葛亮心書〉

　상을 줄 때는 제때를 넘겨서는 효과가 없거나 적게 된다는 뜻.

13720. 상은 많고 후하게 주고 벌은 감하여 적게 주어야 한다. (賞以富厚 而罰以殺損也)
　　　　　　　　　　　　　　　　〈荀子〉

　상은 푸짐하게 주고 벌은 적게 주어야 효과가 크다는 뜻.

13721. 상은 작은 일을 한 사람에게 주어야 한다. (賞貴小)　　　　　　　　〈六韜〉

　상은 작은 일을 잘한 사람에게 주어야 효과가 크다는 뜻.

13722. 상은 후하게 주고 벌은 가볍게 줘야 한다. (賞從重 罰從輕)　　　　〈説苑〉

　상은 되도록 후하게 주고 벌은 되도록 가볍게 줘야 효과가 있다는 뜻.

13723. 상을 박하게 주는 사람은 약하다. (賞輕者弱)　　　　　　　　　　　〈荀子〉

　상을 적게 주면 아무 효과가 없기 때문에 하부 사람들이 잘 움직이지 않아 약하게 된다는 뜻.

13724. 상을 분별없이 주면 안 받을 사람도 받게 된다. (賞僭則利及小人)　　〈荀子〉

　상을 함부로 주게 되면 상을 받을 사람이나 안 받을 사람이나 받게 되므로 아무 효과도 없게 된다는 뜻.

13725. 상을 주지 않게 되면 명령이 잘 집행되지

않는다. (賞不行則仕不致命)　　　　〈諸葛亮心書〉

하부 사람들에게는 상을 주어야 명령을 잘 지키게 된다는 뜻.

13726. 상을 주지 않으면 어진 사람이 나오지 않는다. (賞不行則賢者不可得而進也)　　〈荀子〉

상을 후하게 주면 큰 인물을 얻을 수 있다는 뜻.

13727. 상을 줄 때는 공로가 있는 사람을 잊지 않아야 한다. (賞不失勞)　　　　〈春秋左傳〉

상을 줄 때는 공로가 있는 사람은 빼지 말고 다 주어야 한다는 뜻.

13728. 상을 후하게 주면 반드시 용감한 사람이 나오게 된다. (重賞不必勇夫)　　　　〈三略〉

장병들에게 후한 상을 주게 되면 목숨을 바치고 싸우는 용감한 사람이 나오게 된다는 뜻.

13729. 상이라는 것은 사병들을 죽도록 하는 것이다. (賞者 士之所死)　　　　〈三略〉

사병들에게 상을 후하게 주면 목숨도 아끼지 않고 싸우게 된다는 뜻.

13730. 상자와 뚜껑이 맞듯 한다. (函蓋相應)　　　　〈大日經一疏〉

서로 마음이나 행동이 잘 맞아 동일체가 된다는 뜻.

13731. 상전(上典)과 병은 못 당한다.

권력 있는 사람과 싸우면 이기지 못한다는 말.

13732. 상전 모시듯 한다.

상전을 모시듯이 잘 모신다는 뜻.

13733. 상전 빨래에 좋은 발뒤축이 희여진다. (洗踏足白)　　　　〈旬五志〉

남에게 잘하는 사람은 복을 받게 된다는 뜻.

13734. 상전 시정(床廛 市井) 연줄 감듯 한다.

무엇을 잘 감는다는 뜻. ※ 상전 : 여러 가지 잡화를 파는 상점.

13735. 상전 앞의 종이다.

어려워서 어쩔 줄을 모르는 사람을 두고 하는 말.

13736. 상전에게는 미움을 받고도 살지만 종들에게 미움을 받고는 못 산다.

웃사람 하나의 미움을 받는 것은 대단치 않으나 군중들에게 미움을 받고는 못 산다는 뜻.

13737. 상전은 말(馬)은 믿고 살아도 종은 믿고 못 산다.

말과 같은 동물은 믿을 수 있으나 사람은 믿을 수 없다는 뜻.

13738. 상전은 틀리고 살아도 좋은 틀리고 못 산다.

웃사람 하나와 사이가 나쁜 것은 대단치 않으나 동료들과 사이가 나쁘면 견딜 수 없다는 뜻.

13739. 상전이 배부르면 종이 배 고픈 줄을 모른다.

배부른 사람은 남의 사정을 도무지 모른다는 말.

13740. 상전(桑田)이 벽해(碧海)가 되어도 비켜설 곳은 있다.

아무리 어려운 환경 속에서도 벗어날 길은 있다는 뜻.

13741. 상전 잘못 만나면 곤장을 맞게 된다.

웃사람을 잘못 만나면 아랫 사람들이 일하기가 매우 어렵고 수고스럽다는 뜻.

13742. 상제가 곡은 해도 팥죽 담 넘어오는 것까지 안다.

상제는 접대하면서 한편으로는 부조(扶助) 들어오는 것까지 관여해야 하기 때문에 바쁘다는 말.

13743. 상제는 소리로 울고 손님은 속으로 운다.

상제는 큰 소리로 곡을 하고 손님은 속으로 고인을 추모한다는 뜻.

13744. 상제는 울어도 젯상에 가자미 물어 가는 것도 알고 있다.

어떤 일을 하든지 이해 관계가 있는 일에는 관심을 가지게 된다는 뜻.

13745. 상제보다 곡비(哭婢)가 더 섧게 운다.

직접 일을 당한 장본인보다 남이 더 걱정을 한다는 뜻.
※ 곡비 : 옛날 장례 때 상제와 함께 곡을 하던 계집종.

13746. 상제보다 복재기가 더 서러워한다.

직접 일을 당한 장본인보다 남들이 더 걱정을 한다는 뜻.

13747. 상제하고 제사날 다툰다.

직접 당사자(當事者)와 제게는 아무 상관도 없는 일을 가지고 시비를 한다는 뜻.

13748. 상좌(上佐)가 많으면 가마를 깨뜨린다. (上佐多則破釜)　　　　〈東言解〉

무슨 일을 간섭하는 사람이 많으면 도리어 해롭다는 뜻. ※ 상좌 : 스님의 제자.

13749. 상좌 중 고기 먹듯 한다.

남이 안 보게 무슨 일을 한다는 뜻.

13750. 상좌 중이 법고(法鼓) 치듯 한다.

젊은 중이 신나게 법고를 치듯이 무엇을 빨리 두드린다는 뜻.

13751. 상주보다 조객이 더 서럽게 운다.
직접 일을 당한 사람보다도 남이 더 걱정한다는 뜻.

13752. 쌍지팡이 짚고 나선다.
악착같이 못 하도록 말린다는 뜻.

13753. 상처(喪妻)가 망처(亡妻)다.
아내가 죽으면 집안이 망하게 된다는 말.
※ 상처 : 아내의 죽음을 당함.

13754. 상처가 크면 아픈 것도 오래 간다. (創巨者
其日久) 〈荀子〉
큰 일을 하자면 오랫동안 수고를 해야 성사를 하게 된다는 뜻. ※ 상처 : 몸을 다친 곳.

13755. 상처가 크면 통증도 크다. (瘡巨痛深)
큰 일을 하는 데는 노고도 크다는 뜻.

13756. 상처는 나아도 흉은 남는다.
한번 저지른 일은 수습(收拾)해도 피해는 면치 못한다는 뜻.

13757. 상처에 소금 치기다.
괴로운 사람을 더욱 괴롭힌다는 말.

13758. 상치 밭에 한번 똥 싼 개는 늘 저 개 저 개
한다. (萵苣田一遺矢之犬 疑其每遺)〈旬五志〉
한번 잘못한 사람은 남들이 늘 의심하게 된다는 뜻.

13759. 상치 쌈에 고추장이 빠질까?
상치 쌈에는 고추장이 꼭 있어야 하듯이 빠져서는 안
된다는 뜻.

13760. 쌍태(雙胎) 낳은 호랑이가 하루살이 하나
를 먹은 셈이다.
양은 큰데 먹을 것이 적어서 흡족하지 못하다는 뜻.

13761. 상투가 국수 버섯 솟듯 하였다.
잘나지도 못한 주제에 난 체하면서 남을 함부로 시키
는 사람을 가리키는 말.

13762. 상판대기가 꽹과리 같다.
염치가 몹시 없는 사람을 두고 하는 말.

13763. 상판대기가 담뱃진 먹은 고양이 상이다.
얼굴 표정이 매우 고통스러운 상을 하고 있다는 뜻.

13764. 상판대기 보니 볼에 밥풀 하나 안 붙었다.
관상(觀相)을 보니까 가난하게 살 팔자라는 뜻.

13765. 상팔십(上八十)이 내 팔자다.
옛날 중국 강태공(姜太公)이가 팔십까지 고생하다가

팔십이 지나서 출세하였다는 고사(故事)에서 나온 말
로서 강태공의 전팔십(前八十) 같이 오랫동안 고생할
팔자라는 뜻.

13766. 상품은 이를 적게 남기고 많이 팔아야 한
다. (薄利多賣)
장사는 이익을 적게 보고 물건을 많이 팔아야 손님이
많이 오게 된다는 뜻.

13767. 상피 붙고 담양(潭陽)을 가겠다.
상피를 붙고 전라도 담양으로 귀양을 갈 놈이라고 악
담(惡談)하는 말. ※ 상피 : 가까운 친족의 남녀가 간
통하는 짓.

13768. 상하가 모두 원망한다. (上下怨疾)
〈春秋左傳〉
모든 사람들이 다 원망을 한다는 뜻.

13769. 상하가 모두 화목하다. (上下和睦)
〈春秋左傳〉
윗사람에서 아랫 사람에 이르기까지 모두 화목하게 지
낸다는 뜻.

13770. 상하지 않은 곳이 없다. (無處不傷)
온몸에 성한 곳이 없을 정도로 부상을 당했다는 뜻.

13771. 샅샅이 다 알고 있다.
사소한 것까지 다 알고 있다는 뜻.

13772. 샅샅이 살피지 않는 것이 없다. (無微不
燭)
모든 것을 다 조사하여 알고 있다는 뜻.

13773. 샅 짬에 똥 싼다.
가뜩이나 미운 놈이 더욱 미운 짓을 한다는 뜻.

13774. 쌓이고 쌓인 근심이다. (疊疊愁心)
근심 걱정이 대단히 많다는 뜻.

13775. 쌓이고 쌓인 원한이다. (疊疊之怨)
오래 전부터 쌓인 원한이라는 뜻.

13776. 새가 날아가듯 고기가 달아나듯 한다.
(鳥散魚潰)
모여 있던 사람들이 순식간에 다 도망치고 없다는 뜻.

13777. 새가 눈앞을 지나가듯 한다. (如鳥過目)
무엇이 순식간에 없어졌다는 뜻.

13778. 새가 도망치듯 쥐가 숨듯 한다. (鳥竄鼠
伏) 〈漢書〉
사람들이 어느 새 다 없어지고 보이지 않는다는 뜻.

13779. 새 까먹는 소리를 한다.

아무 근거도 없는 말을 퍼뜨린다는 뜻.

13780. 새가 변하여 학이 된다. (鳥變成鶴)
　못난 사람이 훌륭하게 되었다는 뜻.

13781. 새가 보고 싶거든 나무를 심으랬다.
　무슨 일을 하려면 먼저 그 일을 조성(造成)할 수 있
는 분위기를 만들어야 한다는 뜻.

13782. 새가 사람을 따르면 사람도 스스로 사랑
하게 된다. (飛鳥依人 自加憐愛) 〈舊唐書〉
　미운 사람도 자꾸 따르게 되면 정이 들게 된다는 뜻.

13783. 새가 죽어도 짹하고 죽는다.
　죽을망정, 하고 싶은 짓은 하고 죽어야 한다는 뜻.

13784. 새가 지저귀는 말과 사람의 말은 통하지
않는다. (鳥語人言無不通) 〈白居易〉
　나쁜 행동과 착한 행동은 서로 통하지 않는다는 뜻.

13785. 새 것 만들지 말고 옛 것 버리지 말랬다.
　새것만 탐내지 말고 옛 것을 아끼라는 뜻.

13786. 새 것은 들어오고 묵은 것은 나간다.
(新入舊出)
　새로 들어오는 사람이 있으면 먼저 있던 사람은 물러
나가야 한다는 뜻.

13787. 새 꽤기에 손 베었다.
　변변치 않은 사람에게 손해를 보게 되었다는 뜻.

13788. 새그물에 꿩이 걸린다.
　(1) 작은 밑천으로 큰 이득을 얻었다는 뜻. (2) 의외에
큰 횡재를 하였다는 뜻.

13789. 새끼가 새끼 친다.
　빚을 지면 이자가 이자를 새끼 치기 때문에 갚기가 어
려워진다는 뜻.

13790. 새끼 낳은 암캐같이 앙앙댄다.
　몹시 앙칼을 부리며 덤빈다는 뜻.

13791. 새끼로 범을 묶는다. (稿索捕虎) 〈東言解〉
　무슨 일이나 경각성 없이 허술하게 하면 반드시 실패
하게 된다는 뜻.

13792. 새끼를 기르던 곳은 범도 돌아다본다.
(養雛之谷虎亦顧) 〈旬五志〉
　인연이 있는 곳은 돌보아 주게 된다는 뜻.

13793. 새끼 많은 거지다.
　자식이 많으면 가난하게 된다는 뜻.

13794. 새끼 많은 거지요 말 많은 부자다.

자식이 많으면 생활이 곤란하게 되고 말(馬)이 많으
면 넉넉하게 된다는 뜻.

13795. 새끼 많은 어미 소 길마 벗을 새 없다.
　자식을 많이 둔 부모는 편한 날이 없다는 뜻.

13796. 새끼 많이 둔 소 길마 벗을 날이 없다.
　자식이 많은 부모는 항상 바쁘고 짐이 무겁다는 뜻.

13797. 새끼 망으로 범을 잡는다. (藁網捉虎)
〈旬五志〉
　(1) 어리석은 짓으로 의외에 큰 성과를 얻었다는 뜻.
　(2) 모험(冒險)을 한다는 뜻.

13798. 새끼에 맨 돌 같다.
　새끼로 맨 돌을 끌고 다니듯 서로 같이 다닌다는 뜻.

13799. 새깃도 많이 실으면 배가 가라앉는다.
(積羽沈舟) 〈史記〉
　양(量)이 많으면 질적(質的) 변화를 일으킬 수 있다
는 뜻.

13800. 새나 짐승도 제 짝은 잃지 않는다.
(鳥獸猶不失儷) 〈春秋左傳〉
　부부간에는 서로 떨어져서는 안 된다는 뜻.

13801. 새나 짐승이 하는 짓이다. (禽獸之行)
　짐승이나 할 짓이지 사람이 할 짓은 아니라는 뜻.

13802. 새남터를 나가도 먹어야 한다.
　죽을 때까지 먹어야 한다는 뜻. ※ 새남터 : 옛날 한
강 백사장에 있었던 사형장.

13803. 새는 나는 재주를 잊지 않는다.
　사람도 자기가 살아가는 데 필요한 재능은 잊어 버리
지 않는다는 뜻.

13804. 새는 먹이를 탐내다가 죽는다. (鳥爲食死)
　사람도 재물에 대한 욕심을 내다가는 목숨을 잃게 된
다는 뜻.

13805. 새는 숲속에서 잔다. (宿鳥投林)
　새는 숲이 안식처(安息處)이듯이 사람의 안식처는 가
정이라는 뜻.

13806. 새는 앉는 곳마다 깃이 떨어진다.
　이사를 할 적마다 세간살이가 줄어든다는 뜻.

13807. 새는 앉는 쪽쪽 깃을 떨어뜨린다.
(禽之止 羽必墜), (鳥之所止 有羽其委)
〈洌上方言〉, 〈耳談續纂〉
　살림살이는 이사를 자주 다닐수록 줄어들기만 한다는
뜻.

13808. 새는 죽을 때가 되면 그 울음소리가 슬퍼진다. (鳥之將死 其鳴也哀) 〈論語〉

새는 죽을 때가 되면 슬프게 울듯이 사람도 죽을 때는 착한 말을 하게 된다는 뜻.

13809. 새는 죽을 때 슬피 울고 사람은 죽을 때 바른 말을 한다. (鳥之將死 其鳴也哀 人之將死 其言也善) 〈論語〉

사람은 죽을 때 자기 과거의 잘못을 뉘우치고 착한 말을 하게 된다는 뜻.

13810. 새도 고향을 지날 때는 그리워한다. (飛鳥過故鄕) 〈舊唐書〉

새도 고향을 그리워하는데 항차 감정이 풍부한 사람이 고향을 어찌 그리워하지 않겠느냐는 뜻.

13811. 새도 궁지에 몰리면 쪼려고 덤빈다. (鳥窮則啄) 〈荀子, 韓詩外傳〉

사람도 막다른 골목에 이르면 발악적으로 대항하게 된다는 뜻.

13812. 새도 나는 곳에는 깃이 떨어진다.

사람도 그가 다니는 곳에는 흔적을 남긴다는 뜻.

13813. 새도 나무를 가려 앉는다. (鳥則擇木) 〈春秋左傳〉

사람도 자기가 살 곳을 선택한다는 뜻.

13814. 새도 날아다니다가 피로하면 보금자리로 돌아온다. (鳥倦飛而知還) 〈歸去來辭〉

사람도 날이 저물면 집으로 돌아온다는 뜻.

13815. 새도 날으려면 움츠린다.

어떤 일이든지 사전(事前)에 준비가 있어야 한다는 뜻.

13816. 새도 높이 날아 화살을 피한다. (鳥高飛以避矰弋害) 〈莊子〉

새도 활을 피할 줄 아는데 항차 사람이 자신의 재화를 피하지 못해서야 되느냐는 뜻.

13817. 새도 다급하면 사람 품안으로 날아든다. (窮鳥入懷) 〈顏氏家訓〉

가난한 사람은 아무에게나 의지하려고 한다는 뜻.

13818. 새도 두 날개로 날아야 한다.

혼자 못 하는 일도 두 사람이 협조하면 할 수 있다는 뜻.

13819. 새도 뜻이 있어야 난다.

무슨 일이나 목적이 있어야 한다는 뜻.

13820. 새도 모이 있는 곳에 모인다.

사람도 재물이 있는 곳에 모이게 된다는 뜻.

13821. 새도 발악하면 수레가 넘어진다. (禽因覆車)

비록 약한 자라도 발악하게 되면 큰 일을 저지르게 된다는 뜻.

13822. 새도 암수컷은 의좋게 지저귄다. (雄唱雌和)

이성(異性)간에는 다정하게 사귈 수 있다는 뜻.

13823. 새도 염불(念佛)하고 쥐도 방귀를 뀐다.

새나 쥐도 사람이 하는 일을 하려고 하는데 항차 사람이 못하는 일이 있을 수 있느냐는 뜻.

13824. 새도 저물면 제 집으로 간다.

새도 밤이면 제 집에서 편히 쉬는데 하물며 사람으로서 집이 없이 방랑 생활을 한다는 뜻.

13825. 새도 제 집이 좋다.

사람도 자기 집이 가장 좋다는 뜻.

13826. 새도 한 가지에 오래 앉아 있으면 살 맞는다. (鳥久坐 必帶矢)

약간 유리하다고 한 자리에 오래 있다가는 실수를 하게 된다는 뜻.

13827. 새로 난 귀한 물건이다. (新出貴物)

새로 만들어 낸 좋은 신제품이라는 뜻.

13828. 새를 다 잡고 나면 활도 간직해 둔다. (高鳥盡 良弓藏) 〈史記〉

긴요하게 썼던 물건도 쓰고 난 다음에는 소용이 없게 된다는 뜻.

13829. 새를 숲속으로 쫓는다. (爲叢驅雀) 〈孟子〉

자기를 위하여 일을 하지 않고 남을 위하여 일을 하였다는 뜻.

13830. 새 망에 기러기 걸리듯 한다.

목적한 일이 이루어지지 않고 엉뚱한 일이 이루어졌다는 뜻.

13831. 새매가 새를 잡으려고 할 때는 먼저 제 날개를 감춘다. (鷙鳥將擊 卑飛斂翼) 〈六韜〉

적이 침공할 때는 침공할 자세(姿勢)를 보이지 않기 때문에 경각성을 지니고 있어야 한다는 뜻.

13832. 새매가 참새 쫓듯 한다. (鷹鸇之逐鳥雀) 〈春秋左傳〉

새매가 새를 쫓듯이 호되게 쫓는다는 뜻.

13833. 새매를 품안에 감추고 있다. (藏鷂懷中) 〈唐書〉

속으로는 야심(野心)을 품고 있다는 뜻.

13834. 새매 수백 마리가 독수리 한 마리만 못
하다. (鷙鳥累百 不如一鶚)　　　〈漢書〉
무능한 사람은 아무리 많아도 똑똑한 한 사람을 못 당
한다는 뜻.

13835. 새 며느리 와서 삼 년 무사하기 어렵다.
옛날 시집살이 시킬 때 안 되는 것은 다 며느리 탓을
한 데서 나온 말.

13836. 새 며느리 친정 나들이 벼르듯 한다.
무슨 일을 벼르기만 하고 집행은 못한다는 말.

13837. 새 며느리 친정 못 잊듯 한다.
처음 시집 온 신부가 친정을 그리워하듯이 잊을래야
잊을 수가 없다는 뜻.

13838. 새 바지에 똥 싼다.
염치없는 행동을 하였다는 뜻.

13839. 새빨간 거짓말이다.
어처구니없는 거짓말이라는 뜻.

13840. 새빨간 불상놈이다.
(1) 상놈 중에서도 가장 못 배운 상놈이라는 말.
(2)가정 교육을 받지 못한 버릇없는 사람이라는 뜻.

13841. 새발의 피다. (鳥足之血)
새발에서 피가 나듯이 매우 분량이 적다는 뜻.

13842. 새벽 까마귀소리다.
새벽부터 불길한 까마귀소리가 들려오듯이 처음부터
불길한 일만 생긴다는 뜻.

13843. 새벽달보다는 초저녁별이 낫다.
나중에 좋은 것보다는 우선 나쁜 것이 오히려 낫다는
뜻.

13844. 새벽달 보려고 으스름달 안 보랴.
장래의 큰 이익보다는 당장에 얻을 수 있는 작은 이
익을 차지하는 것이 현명하다는 뜻.

13845. 새벽달 보자고 초저녁부터 기다린다.
(曉月之購 豈自昏候), (看晨月 坐自夕)
　　　　　　　　　〈耳談續纂〉, 〈洌上方言〉
무슨 일을 너무 일찍부터 서두른다는 뜻.

13846. 새벽 바람 사초롱이다.
매우 소중하고 사랑스럽다는 말. ※ 사초롱 : 비단으
로 바른 등불.

13847. 새벽 별 보면서 나갔다가 밤 늦게 돌아온
다. (星行夜歸)
새벽 일찍이 나가 일을 하고 밤 늦게 돌아온다는 뜻.

13848. 새벽에 갔더니 초저녁에 온 사람이 있더
라.
남보다 일찍기 한다고 한 것이 남은 더 일찍기 하였
다는 뜻.

13849. 새벽에 날으는 새가 벌레도 더 잡는다.
부지런한 사람은 생활이 넉넉하다는 뜻.

13850. 새벽에는 일찍 일어나고 밤에는 늦게 잔
다. (夙興夜寐)　　　　　　　　〈詩經〉
새벽부터 밤 늦게까지 부지런히 일한다는 뜻.

13851. 새벽에도 울지 않는 닭이다. (啞雞)
닭은 새벽 시간을 알려 줄 의무가 있는데 시간을 알
리지 않듯이 자기 의무를 집행하지 않는다는 뜻.

13852. 새벽에 봉창 두들긴다.
갑자기 엉뚱한 짓을 한다는 뜻.

13853. 새벽에 성내는 것을 무엇보다도 경계해야
한다. (第一戒晨嗔)　　　　　　〈孫眞人〉
무슨 일이나 처음 시작할 때부터 불쾌하면 일이 성사
되기 어렵기 때문에 삼가해야 한다는 뜻.

13854. 새벽에 암탉이 운다. (牝雞晨鳴 : 牝雞司
晨)　　　　　　　　　　　　　　〈書經〉
남자가 하는 일에 여자가 처음부터 간섭하면 일이 잘
안 된다는 뜻.

13855. 새벽에 일어나서 아침에 할 일을 생각하
라. (曉起思朝之所爲之事)　　　〈栗谷全集〉
그 날 할 일은 새벽에 계획을 세워서 하라는 뜻.

13856. 새벽 잠이 많으면 가난하다.
게으른 사람은 가난을 면하지 못한다는 뜻.

13857. 새벽 차에 내렸나 ?
새벽 차에서 내린 촌사람마냥 어쩔 줄을 모르고 있는
사람을 두고 하는 말.

13858. 새벽 호랑이가 개나 쥐나 모기나 하루살
이나 하는 판이다.
굶주린 새벽 호랑이는 작은 것이라도 먹으려고 하듯
이 굶주린 사람은 아무 것이라도 먹는다는 뜻.

13859. 새벽 호랑이가 고자 대감을 가릴까 ?
급하고 아쉬울 때에는 좋고 나쁜 것을 가리지 않는다
는 뜻.

13860. 새벽 호랑이가 사정 봐서 안 잡아먹을까 ?
극도로 굶주린 사람은 체면도 사정도 없다는 뜻.

13861. 새벽 호랑이가 원님을 안다더냐 ?
굶주린 사람은 예의와 도덕도 모르게 된다는 뜻.

13862. 새벽 호랑이는 모기도 잡아먹는다.
　굶주린 사람은 아무 맛도 없고 적은 양의 음식도 가
리지 않고 먹는다는 뜻.

13863. 새벽 호랑이는 중이나 개를 가리지 않는
다. (曉虎不擇僧狗)　　　　　　　〈東言解〉
　굶주린 사람은 어떤 음식이나 다행스럽게여긴다는 뜻.

13864. 새벽 호랑이다.
　새벽이 되면 호랑이는 활동할 수 없게 되듯이 세력이
쇠퇴된다는 뜻.

13865. 새벽 호랑이 싸대듯 한다.
　날이 다 밝기 전에 하나라도 더 잡아먹으려고 싸대
는 범마냥 몹시 부산하게 다닌다는 뜻.

13866. 새 사돈 모시듯 한다.
　새 사돈같이 극진히 대우한다는 말.

13867. 새 사돈집 안방 같다.
　분위기(雰圍氣)가 자유롭지 못하고 매우 거북스럽다
는 뜻.

13868. 새 사돈집에 같이 가면 좋겠다.
　분수없는 짓만 하는 사람을 두고 하는 말.

13869. 새 사람 들어 삼 년은 마음 못 놓는다.
　새 며느리 보게 되면 그로 인하여 재화가 있을까 삼
년 동안은 불안하다는 뜻.

13870. 새 사람 들어와서 삼 년 나기 어렵다.
　새 며느리 보고 재화가 없이 삼 년을 지내기 어렵다는
뜻.

13871. 새 사랑 삼 년에는 개도 한다.
　시집 가서 새 사랑이 듬뿍 들었을 때는 신부의 흠이 드
러나지 않는다는 말.

13872. 새 사랑 삼 년이다.
　신혼 부부가 정다운 것도 삼 년이 지나면 점점 식게 된
다는 말.

13873. 새 시집 삼 년은 개도 한다.
　시집 가서 삼 년은 누구나 시집살이를 할 수 있다는 뜻.

13874. 새알 꼽재기만하다.
　새알처럼 몹시 작다는 뜻.

13875. 새알 멜빵해서 지겠다.
　(1) 사람이 몹시 약하다는 뜻. (2) 사람이 몹시 약삭빠
르다는 뜻.

13876. 새앙쥐가 고양이한테 덤비는 격이다.
　저 죽을지도 모르고 함부로 덤빈다는 뜻.

13877. 새앙쥐 발싸개 같다.
　쥐 중에서도 가장 작은 새앙쥐의 발싸개마냥 매우 작
다는 뜻.

13878. 새앙쥐 새끼 같다.
　(1) 몹시 반드러운 사람이라는 뜻. (2) 생김새가 몹시
작다는 뜻.

13879. 새앙쥐 소금 먹듯 한다.
　음식을 맛있게 퍼 먹지 않고 맛을 보듯이 조금씩 먹
다가 그만둔다는 뜻.

13880. 새앙쥐 입가심할 것도 없다.
　새앙쥐가 입맛 볼 것도 없을 정도로 몹시 가난하다는
뜻.

13881. 새 없는 곳에서는 박쥐가 새 노릇한다.
　진짜가 없는 곳에서는 가짜가 진짜 노릇을 하게 된다
는 말.

13882. 새 오리가 장가가면 헌 오리도 간다.
　남이 하는 대로 무턱대고 따라한다는 뜻.

13883. 새옷도 두드리면 먼지난다.
　아무리 청백한 사람이라도 속속들이 파 보면 부정이
있다는 뜻.

13884. 새와 짐승은 함께 떼지어 살 수 없다.
(鳥獸不可與同群)　　　　　　　〈論語〉
　짐승과 같은 사람과는 같이 사귀지 말라는 뜻.

13885. 새우가 벼락 맞은 폭이나 된다.
　약한 사람을 힘 센 사람이 사정없이 마구 때렸다는 뜻.

13886. 새우 그물에 잉어가 걸렸다.
　(1) 작은 밑천으로 큰 이득을 얻었다는 뜻. (2) 의외에
큰 횡재를 얻었다는 뜻.

13887. 새우로 도미를 낚는다.
　작은 자본을 가지고 큰 이익을 얻게 된다는 뜻.

13888. 새우로 잉어 낚는다. (以蝦釣鯉)
　　　　　　　　　　　　　〈旬五志, 松南雜識〉
　작은 자본을 가지고 큰 이익을 얻게 되었다는 뜻.

13889. 새우로 자라를 낚는다. (以蝦釣鼈)〈王金至〉
　작은 밑천을 가지고 큰 이득을 얻었다는 뜻.

13890. 새우 벼락 맞던 얘기를 한다.
　아득한 옛일을 새삼스럽게 이야기한다는 뜻.

13891. 새우 싸움에 고래 등 터진다.
　관계없는 남의 싸움으로 피해를 입게 된다는 뜻.

13892. 새우젓을 먹게 되면 달걀 생각이 난다.

(食蝦醢 思雞子) 　　　　　　　〈穢德先生傳〉

달걀에 새우젓을 넣어 쩌먹으면 맛이 있듯이 서로 연관성이 있는 것은 하나만 있어서는 안 된다는 뜻.

13893. 새 원망으로 해서 옛 은혜를 잊지 말라.
(勿以新怨而忘舊恩)

섭섭한 일이 있다고 하여 옛 은혜를 잊어버려서는 안 된다는 뜻.

13894. 새 잡아 잔치할 것을 소 잡아 잔치한다.
(殺雀宴反宰牛) 　　　　　　　　〈旬五志〉

(1) 돈을 적게 들이고 할 일을 잘못하여 큰 손해를 보게 되었다는 뜻. (2) 손쉽게 할 수 있는 일을 잘못하여 힘을 들여서 하게 되었다는 뜻.

13895. 새장에 갇혔던 새가 하늘로 날아간다.
(籠中囚鳥 放出飛天)

자유를 구속당했던 사람이 해방되었다는 뜻.

13896. 새장에 갇힌 꾀꼬리다. (籠鶯)

자유를 구속당한 여자라는 뜻.

13897. 새장에 갇힌 새가 구름을 그리워하듯 한다. (籠鳥戀雲)

자유를 구속당한 사람이 자유로왔던 과거를 그리워한다는 뜻.

13898. 새장에 갇힌 새는 나는 것을 잊지 않고 있다. (鳥囚不忘飛) 　　　　　　　〈蘇軾〉

비록 자유를 박탈당했더라도 그 자유롭게 지내던 것은 잊지 않고 있다는 뜻.

13899. 새장에 갇힌 새는 어미 품으로 가고파 한다.
(籠禽羨歸翼) 　　　　　　　　〈韋應物〉

자유를 박탈당하고 구속된 사람은 가정으로 가고 싶어하는 마음이 간절하다는 뜻.

13900. 새장에 갇힌 새는 옛날 놀던 숲을 그리워한다. (羈鳥戀舊林) 　　　　　　〈陶潛〉

자유를 구속당한 사람은 과거에 놀던 곳이 몹시 그립게 된다는 뜻.

13901. 새장에 갇힌 새는 하늘만 쳐다보며 나가지 못하는 것을 안타까와 한다. (籠中之鳥　空窺不出) 　　　　　　　　　　　〈鶡冠子〉

자유를 박탈당한 사람은 항상 자유만을 회구한다는 뜻.

13902. 새장에 갇힌 새다. (籠中囚鳥 : 籠中之鳥 : 籠鳥) 　　　　　　　　　　　〈鶡冠子〉

자유를 구속당한 사람이라는 뜻.

13903. 새장에 갇힌 새요 우리에 갇힌 짐승이다.

(籠禽檻獸) 　　　　　　　　　　〈中論〉

자유를 박탈당하고 구속된 몸이라는 뜻.

13904. 새 중에는 먹새가 제일 무섭다.

사람은 먹는 문제가 가장 크다는 뜻.

13905. 새 중에는 먹새가 제일 크다.

사람은 먹고 사는 문제가 가장 크다는 뜻.

13906. 새 집 짓고 삼 년 나기 어렵다.

무리하게 새 집을 장만하면 그로 인하여 삼 년을 무사히 나기가 어렵다는 뜻.

13907. 새 짚신 사기 전에는 헌 짚신을 버리지 말랬다.

새 물건을 장만하기 전에는 헌 물건을 아껴 쓰라는 뜻.

13908. 새치도 많으면 흰 머리 된다.

양이 많게 되면 질이 변하게 된다는 뜻.

※ 새치 : 젊은 사람 머리에 섞여 난 흰 털.

13909. 새 친구 사귀지 말고 옛 친구 버리지 말랬다.

새로 사람을 사귀는 일보다도 이미 사귄 사람과 친교를 유지하는 일이 더 중요하다는 뜻.

13910. 새침데기 골로 빠지고 시시덕이 재를 넘는다.

겉으로 얌전한 사람이 실상은 난잡하고 겉으로 난잡한 사람이 실상은 얌전하다는 뜻.

13911. 새침데기 골로 빠진다.

겉으로 얌전한 체하는 사람이 오히려 난잡하다는 뜻.

13912. 새침데기 과부가 남 모르게 시집간다.

많은 경우에 새침데기가 보기보다는 의지가 약하다는 뜻.

13913. 새 한마리로 동네 잔치한다.

적은 것을 가지고 의좋게 여러 사람이 나누어 먹는다는 뜻.

13914. 새 한 마리도 백 명이 갈라 먹는다.

의만 좋으면 적은 음식도 여러 사람이 나누어 먹을 수 있다는 뜻.

13915. 새해 못 할 제사 있으랴 ?

잘못하고 나서 잘하겠다는 사람에게 하는 말.

13916. 새 힘은 새 힘이고 쇠 힘은 쇠 힘이다.

사람은 자기의 힘에 맞는 일을 해야 한다는 뜻.

13917. 색깔이 다르면 모양도 달라 보인다.

(異彩多姿)

색깔이 다르게 되면 모양도 달라 보이게 된다는 뜻.

13918. 색시 가마에 강아지 따라가듯 한다.

색시 가마에 강아지마냥 서로 격에 맞는다는 뜻.

13919. 색시 버릇은 다홍치마 적에 들여야 한다.
(欲制細君須及紅裙), (紅裳教妻)
〈耳談續纂〉,〈松南雜識〉

아내의 버릇은 새색시 때에 길을 들여야 한다는 뜻.

13920. 색시 짚신에 구슬 감는다.

분에 넘치는 사치는 어울리지 않는다는 뜻.

13921. 색실은 물들일 탓이다. (悲練絲)

실은 물감에 따라 색깔을 다르게 할 수 있듯이 사람
은 가르치기에 달렸다는 뜻.

13922. 색안경으로 본다.

사람을 올바르게 보지 않고 의심스럽게 본다는 뜻.

13923. 색(色)에 귀천(貴賤) 없다.

이성 관계(異性關係)에서는 신분의 구애(拘礙)를 받
게 되지 않는다는 뜻.

13924. 색에 상하(上下) 없다.

성관계에 있어서는 신분의 고하가 없다는 뜻.

13925. 색은 나이를 좀 먹어야 안다.

성생활(性生活)은 익숙해진 뒤라야 잘 알게 된다는
뜻.

13926. 색은 원수를 피하듯 하라. (避色如避讎)
〈夷堅志〉

여색(女色)을 원수같이 여기고 삼가하라는 뜻.

13927. 색을 삼가하지 않으면 병이 난 뒤에 뉘우
치게 된다. (色不謹慎病後悔)　　〈朱子十悔〉

여색(女色)을 삼가하지 않고 좋아하다가는 병에 걸린
뒤에 후회하게 된다는 뜻.

13928. 색이 사람을 홀리는 것이 아니라 사람이
색에게 홀린다.

색 자체가 사람을 유인하는 것이 아니라 사람 자신
이 색에게 유혹을 당한다는 뜻.

13929. 샘가에서 기갈 든다.

(1) 아무리 가까이 있는 것이라도 힘을 들여야 제 것
으로 된다는 말. (2) 남의 재산은 아무리 많아도 소용
이 없다는 말.

13930. 샘 고누의 첫 구멍 막기다.

처음 시작할 때부터 막고 못 하게 한다는 뜻.

　　※ 샘 고누 : 우물 고누의 사투리.

13931. 샘물도 가물 때가 있다.

흔한 물건도 귀해질 때가 있다는 말.

13932. 샘에 든 고기다.

용납할 수 없는 환경에 처해 있다는 뜻.

13933. 샘에서 불이 나겠다.

도저히 있을 수 없는 허무맹랑(虛無孟浪)한 말이라는
뜻.

13934. 샘을 보고 하늘을 본다.

넓은 하늘을 먼저 보지 못하고 샘에 비친 하늘을 보
고서 그제야 하늘이라는 것을 알듯이 뒤늦게 어떤 힌
트를 받아서 인식하게 되었다는 뜻.

13935. 샘이 깊으면 가뭄을 타지 않는다. (深井不渴)

원천이 풍부하면 고갈(枯渴)되지 않는다는 뜻.

13936. 샘이 더러우면 물도 더럽다.

사람도 환경이 나쁘면 나빠지게 된다는 뜻.

13937. 샘이 불 같다.

시기(猜忌)하는 마음이 몹시 심하다는 뜻.

　　※ 샘 : (1) 투기하는 마음. (2) 시기하는 마음. (3) 남이
잘하는 것을 미워하는 마음.

13938. 샛바람에 게 눈 감듯 한다.

몹시 졸려서 눈을 뜨지 못하고 감고만 있다는 뜻.

13939. 샛바람에 원두한이 탄식한다.

샛바람이 불면 참외 잎이 말라 참외가 흉작이 된다는
뜻.

13940. 샛바리가 짚바리를 나무란다.

새를 묶은 샛단이 짚을 묶은 짚단을 나무라듯이 별로
더 잘나지도 못한 주제에 잘난 체한다는 뜻.

13941. 샛서방 모르는 건 본서방뿐이다.

남들이 다 아는 일도 당사자는 모르고 있다는 뜻.

13942. 생 가시아비 묶듯 한다. (如縛生婦翁)
〈東言解〉

살아 있는 가시아비, 즉 장인을 묶듯이 자기의 상관
이 부드럽다고 하여 버릇없이 군다는 뜻.

13943. 생각나는 날이 길일(吉日)이다.

길일이 따로 있는 것이 아니라 생각나서 집행하는 날
이 길일이라는 뜻.

13944. 생각나는 대로 지껄인다. (縱談)

말을 삼가하지 않고 함부로 한다는 뜻.

13945. 생각나는 대로 큰소리를 친다. (縱誕)

버릇없이 함부로 소리를 친다는 뜻.

13946. 생각도 안 나고 말도 못 한다. (箝口枯腸)
아무 생각도 나지 않고 말도 안 나온다는 뜻.

13947. 생각만으로는 아무 소용이 없으므로 배우는 것만 못하다. (思無益 不如學)
생각만 하는 것은 아무 도움이 되지 않으므로 실제로 배워야 한다는 뜻.

13948. 생각은 그 지위를 벗어나지 못한다. (思不出其位) 〈論語〉
사람이 생각하는 범위는 그 환경을 벗어나지 못한다는 뜻.

13949. 생각은 삼가히 해야 한다. (愼思之)
무슨 생각이나 신중하게 해야 한다는 말.

13950. 생각은 하기 나름이다.
한 가지 문제를 가지고 여러 가지로 생각하게 된다는 뜻.

13951. 생각은 할 탓이다.
생각은 입장을 바꾸어 하기에 따라 다르게 된다는 뜻.

13952. 생각이 딴 데 미치지 못한다. (念不及他)
다른 것을 생각할 여지(餘地)가 없다는 뜻.

13953. 생각이 미치지 않는 데가 없다. (慮不所不到)
생각할 대로 다 해보았다는 뜻.

13954. 생각이 반이다.
해결이 안 되는 일도 그것을 생각하게 되면 그 일의 반은 성사하게 된 것이라는 뜻.

13955. 생각이 쌓이면 잊혀지지 않는다. (處心積慮)
생각하고 또 생각한 것은 잊혀지지 않는다는 뜻.

13956. 생각이 옳으면 행동으로 옮겨야 한다. (慮善以動) 〈書經〉
생각한 것이 정당하였다고 생각할 때는 바로 실천해야 한다는 뜻.

13957. 생각이 팔자다.
생각을 잘하고 못하는 데 따라서 운명이 결정된다는 뜻.

13958. 생각지도 않던 기쁜 일이다. (喜出望外)
바라지도 않았던 기쁜 일이 발생되었다는 뜻.
↔ 생각지도 않았던 화를 입는다.

13959. 생각지도 않았던 화를 입는다. (毋望之禍)
돌연히 발생된 화를 입게 되었다는 뜻. ↔ 생각지도 않던 기쁜 일이다.

13960. 생각하는 것이 많으면 정신을 크게 손상시킨다. (思多大損神) 〈孫眞人〉
생각하는 것이 많으면 정신적 소모가 많다는 뜻.

13961. 생각하는 것이 한결같다. (思而不貳) 〈春秋左傳〉
생각하는 것이 체계가 서 있다는 뜻.

13962. 생각하면 생각해진다.
해결이 안 되는 일은 두고두고 생각하면 해결할 수 있는 방법이 생각난다는 뜻.

13963. 생각하면 얻게 되고 생각하지 않으면 얻지 못하게 된다. (思則得之 不思則不得) 〈孟子〉
무슨 일이나 잘 생각하고 하면 성공할 수 있고 생각을 하지 않고 하면 실패한다는 뜻.

13964. 생각한 것과는 딴판이다. (大違所料)
생각한 것과 실지(實地)와는 전혀 다르다는 뜻.

13965. 생각한 것과 말과는 다르다. (心與口違)
자신이 생각한 것과 듣는 말과는 딴판이라는 뜻.

13966. 생각한 언행에는 탓이 없다. (考之言行 無瑕尤) 〈韓愈〉
깊이 생각하고 하는 말과 행동에는 잘못이 없다는 뜻.

13967. 생각할수록 잊혀지지 않는다. (念念不忘)
무슨 일이나 생각을 하면 할수록 잊혀지지 않는다는 뜻.

13968. 생감도 떨어지고 익은 감도 떨어진다.
죽음에 있어서는 늙은 사람만 죽는 것이 아니라 젊은 사람도 죽는다는 뜻.

13969. 생강과 계피는 오래 될수록 매워진다. (薑桂之性)
생강과 계피는 묵을수록 매워지듯이 사람은 나이가 많아질수록 지혜가 는다는 뜻.

13970. 생나무에 불 붙는다. (生木燃火)
생나무에 불이 붙듯이 돌연히 화를 입게 된다는 뜻.

13971. 생나무에 좀이 날까?
생나무에는 좀이 나지 못하듯이 건실하면 내부가 부패되지 않는다는 뜻.

13972. 생나무 휘어 잡듯 한다.
안 될 일을 무리하게 한다는 뜻.

13973. 생눈 빼겠다.

(1) 어처구니없는 짓을 한다는 뜻. (2) 억지를 잘 쓴다는 뜻.

13974. 생니 빼고 금니 박는다.
멀쩡한 일을 도리어 그르쳐 놓는다는 뜻.

13975. 생마(生馬) 갈기가 외로 질지 바로 질지는 봐야 안다. (駒之方齪左右難點) 〈耳談續纂〉
어린 말 갈기가 어느 쪽으로 넘어갈지 모르듯이 어린 아이가 자라서 어떻게 될 것인지는 모른다는 뜻.

13976. 생마 잡아 길들이기다.
버릇없이 자란 사람은 가르쳐 길들이기가 힘든다는 뜻.

13977. 생매(生鷹) 길들이기다.
버릇없이 자란 사람은 버릇을 들이기가 매우 어렵다는 뜻.

13978. 생명을 버리며 정의를 취한다. (舍生取義) 〈孟子〉
정의를 위해서는 목숨도 아끼지 않는다는 뜻.

13979. 생명을 아끼지 않는다. (不惜身命)
정의를 위해서는 생명도 아끼지 않는다는 뜻.

13980. 생명을 해치는 버릇은 하지 말라. (勿爲傷生習) 〈貞簡公家訓〉
남의 생명을 해치는 행동을 해서는 안 된다는 뜻.

13981. 생명체는 반드시 죽게 된다. (生者必滅) 〈大般若經〉
생물은 언젠가 반드시 죽게 된다는 뜻.

13982. 생벼락을 맞는다.
뜻밖에 큰 변을 당하게 되었다는 뜻.

13983. 생불을 받는다.
애매하게 큰 재해를 받게 된다는 뜻.

13984. 생불이 틀리면 자식을 못 기르고 남을 못 살게 하면 집안이 망한다.
불공을 들여 난 아들은 부처님을 잘 받들어야 잘 자라게 되고 남에게 악한 일을 하지 않아야 집안도 번영한다는 뜻. ※ 생불(生佛): 덕행이 높은 늙은 중.

13985. 생사람 잡는다.
아무 허물도 없는 사람에게 누명(陋名)을 씌워서 해친다는 뜻.

13986. 생산하는 사람은 많고 먹는 사람이 적으면 재물은 항상 넉넉하게 된다. (生之者衆 食之者寡 則財恒足矣) 〈大學〉

생산량이 소비량보다 많게 되면 항상 물자가 풍부하게 된다는 뜻.

13987. 생쌀은 익혀도 익힌 쌀은 생쌀로 못 만든다.
한번 시집 간 처녀는 다시 처녀로 될 수 없다는 뜻.

13988. 생색 없는 돈이다.
생색이 나지 않는 음달 돈을 쓴다는 말.

13989. 생색은 나그네가 내고 술은 주인이 낸다.
돈 낸 사람이 생색을 내지 않고 엉뚱한 사람이 생색을 낸다는 뜻.

13990. 생선 가게를 고양이보고 지키라는 격이다.
소중한 물건을 염치도 없고 믿음성도 없는 사람에게 맡긴다는 뜻.

13991. 생선 가시 놓고 네 것 내 것 따진다.
아무것도 아닌 것을 가지고 이해를 따진다는 뜻.

13992. 생선도 마르면 좀이 생긴다. (魚枯生蠹) 〈荀子〉
사람도 건실하지 못하면 부화(浮華)하게 된다는 뜻.

13993. 생선 망신은 꼴두기가 시킨다.
못난 사람은 여러 사람에게 폐를 끼치게 된다는 뜻.

13994. 생선으로 파리를 쫓으면 파리는 더욱 날아든다. (以魚驅 蠅愈至) 〈韓非子〉
폐해(弊害)를 없애 준다는 것이 도리어 폐해를 조장(助長)한다는 뜻.

13995. 생선은 대가리쪽이 맛이 있고 짐승은 꼬리쪽이 맛이 있다. (魚頭肉尾)
생선은 대가리게가 맛이 있고 짐승은 반대로 꼬리게가 맛이 있다는 뜻.

13996. 생선은 썩으면 못 쓰게 된다. (魚爛而亡) 〈公羊傳〉
사람도 부화(浮華)하게 되면 쓸모가 없게 된다는 뜻.

13997. 생시(生時)의 마음이 꿈에도 있다.
평소에 생각하고 있던 것이 꿈에도 보인다는 뜻.

13998. 생시의 마음이 취중에도 난다.
취중에 하는 말은 평소에 간직하였던 감정에서 발로(發露)되는 말이라는 뜻.

13999. 생시의 생각이 꿈에도 보인다.
평소에 생각하고 있던 것이 꿈에도 보인다는 뜻.

14000. 생시인지 꿈인지 모르겠다.
정신이 없어서 어떻게 되었는지 분간을 못 한다는 뜻.

14001. 생아자(生我者)도 부모요 양아자(養我者)
도 부모다.
나를 낳아 주신 분도 부모이고 나를 키워 주신 분도
부모라는 말.

14002 생원님 말년에 씨가시 장사한다.
패가한 생원님이 늙어서 할 것이 없어서 씨앗 장사
를 하듯이 늙어서 고생을 한다는 뜻.

14003. 생원님은 만만한 종만 업신여긴다.
무능한 사람은 만만한 아랫 사람만 업신여긴다는 뜻.

14004. 생이 벼락 맞던 이야기를 한다.
흘러간 옛일을 새삼스럽게 이야기한다는 뜻.
※ 생이 : 민물 새우.

14005. 생이별은 산천초목(山川草木)도 불탄다.
부부가 이혼을 하게 되면 집안이 망하게 된다는 뜻.

14006. 생이별은 오뉴월 서리다.
여자가 이혼을 당하는 것은 큰 타격을 받게 되는 것
이라는 뜻.

14007 생일날 잘 먹으려고 이레를 굶는다.
나중에 잘 먹기 위하여 그동안 굶주리듯이 불투명한
장래를 위하여 현재를 소홀히 할 수 없다는 뜻.

14008. 생일날 잘 먹으려다가 굶어죽는다.
어떻게 될지도 모르는 앞일만 믿고 현재 일을 소홀히
하다가 곤경(困境)에 빠지게 되었다는 뜻.

14009. 생일날 잘 먹자고 열흘을 굶는다.
어떻게 될지도 모르는 앞일에만 치중하고 현재 일을
소홀히 해서는 안 된다는 뜻.

14010. 생일이 추석날이다.
생일이 마침 추석이라 돈 안 들이고 생일 잔치 하듯
이 계제(階梯)가 매우 좋다는 뜻.

14011. 생일 잔치에 개고기 부조하고 뺨맞는다.
자기 물건을 남에게 주고도 욕 얻어먹는다는 뜻.

14012. 생쥐가 쇠뿔을 갉아먹는다.
(鼷鼠食郊牛角)　　　　　　　〈春秋左傳〉
힘에 겨운 짓을 무리하게 한다는 뜻.

14013. 생쥐 볼가심할 것도 없다.
생쥐가 입맛 다실 것도 없을 정도로 매우 가난하다
는 뜻.

14014. 생초목(生草木)에 불이 붙는다.
(1) 돌연히 변을 당한다는 뜻. (2) 젊은 사람이　요절
(夭折)을 한다는 뜻.

14015. 생초상(生初喪)이 나겠다.
제 명대로 못 살고 죽게 된다는 뜻.

14016. 생침만 삼킨다.
몹시 먹고 싶어서 생침을 삼킨다는 뜻.

14017. 생침 맞는 소리를 한다.
아픔을 참지 못하고 큰소리를 치는 사람을 보고 하
는 말.

14018. 생파리 같다.(生蠅)　　　　　　〈東言解〉
가까이할 수 없는 까다로운 사람을 가리키는 말.

14019. 생파리 꾀듯 한다.
이권을 보고 다투며 모여든다는 뜻.

14020 생파리 떼듯 한다.
몰인정(沒人情)하게 잡아뗀다는 뜻.

14021. 생핀잔이 더 무섭다.
까닭없이 하는 핀잔이 까닭이 있어 하는 핀잔보다 더
무섭다는 뜻.

14022. 생호령을 내린다.(生號令)
아무 까닭도 없는 호령을 한다는 뜻.

14023. 생활은 검소하게 하고 덕행은 잘　길러야
한다.(儉以養德)　　　　　　　　〈諸葛亮〉
생활은 검소하게 하고 덕행은 많이 쌓도록 하라는 뜻.

14024. 생활이 넉넉해야 영예와 치욕도 알게 된다.
(衣食足 知榮辱)　　　　　　　　〈管子〉
생활이 넉넉해야 영예와 치욕을 분별하게 된다는 뜻.

14025. 서까래 감인지 도리 감인지도 모르고 길다
짧다 한다.
내용도 전혀 모르면서 아는 체하는 사람을 보고 하는
말.

14026. 서남풍(西南風) 지나가듯 한다.
서남풍에는 비가 아니 오기 때문에 지나가도 아무 소
용이 없듯이 무슨 일이 있으나 마나 하다는 뜻.

14027. 서낭당에 가 말하듯 한다.
서낭당에 가서 빌듯이 빈다는 뜻.

14028. 서낭에 가 절만 한다.
영문도 모르고 남이 하는 대로 따라한다는 뜻.

14029. 서낭에 난 물건이냐?
물건 값을 너무 많이 에누리를 하였을 때 하는 말.

14030. 서낭에 났다.
물건 값이 지나치게 쌀 때 하는 말.

14031. 서낭제를 서낭 위해 지낸다더냐?
　남을 위하여 하는 것 같지만 사실은 자신을 위하여 하는 것이라는 뜻.

14032. 서낭 할민 줄 아나 절만 하게.
　절을 여러 번 하거나 또는 여러 번 절을 받을 때 하는 말.

14033. 서당 개가 공자왈 맹자왈 한다.
　어떤 일이나 보고 듣기만 해도 흉내는 낼 수 있다는 뜻.

14034. 서당 개 삼 년에 공자왈 맹자왈 한다.
　(堂狗三年 孔子曰 孟子曰)
　무식한 사람도 유식한 사람과 오랫동안 함께 지내면 저절로 문견이 생긴다는 뜻.

14035. 서당 개 삼 년에 풍월을 한다.
　(堂狗三年 吠風月)
　모르는 사람도 아는 사람과 같이 있으면 자연히 견문이 생긴다는 뜻.

14036. 서당 마을은 책씻이 얻어 먹는 재미다.
　놀러 다니는 것도 잇속이 있어야 다닌다는 뜻.
　※ 책씻이 : 옛날 서당에서 생도가 책을 다 떼고 나서 한턱 내는 일.

14037. 서당 선생 똥은 개도 안 먹는다.
　서당 선생은 속이 썩을 정도로 노고를 한다는 뜻.

14038. 서당 아이들은 초달(楚撻)에 매여 산다.
　서당 아이들은 선생님의 종아리 때리는 것을 무서워하듯이 무엇에 얽매여 어쩔 수 없이 행동한다는 뜻.
　※ 초달 : 종아리를 때리는 것.

14039. 서둘다가는 오히려 늦어진다. (欲速不達)
　무슨 일이나 빨리 하려고 서둘다가는 도리어 이루지 못하게 된다는 뜻.

14040. 서로 다른 것 중에도 닮은 것이 있다.
　(異中有同)　　　　　　　　　　〈黃庭堅〉
　서로 다른 것이 여러 가지가 있으면 그 중에는 서로 같은 것도 있게 마련이라는 뜻.

14041. 서로 다투어 가면서 얻으려는 것은 영예와 이권이다. (所共謀者 名與利也)　〈馬駔傳〉
　세상 사람들이 서로 다투는 것은 명예와 이권이라는 뜻.

14042. 서로 뜻이 맞고 마음이 통하면 쇠도 끊는다. (挹蘭言於斷金)　　　　　　　〈駱賓王〉
　여러 사람이 단결되면 못 하는 일이 없다는 뜻.

14043. 서로 미워하고 질투한다. (反目嫉視)
　두 사람이 서로 시기하면서 미워한다는 뜻.

14044. 서로 불쾌한 낯으로 대한다. (惡顔相對)
　두 사람이 서로 기분 나쁜 얼굴로 대한다는 뜻.

14045. 서로 애처롭게 여기는 심정이다.
　(相憐之情)
　서로 불쌍히 여겨 동정하는 애정이라는 뜻.

14046. 서로 옥신각신한다. (説往説來)
　서로 옳으니 그르니 하면서 시비를 한다는 뜻.

14047. 서로 원수가 된다. (相爲敵讎)　　〈書經〉
　서로 사이가 나빠져 원수로 되었다는 뜻.

14048. 서로 의견이 맞지 않는다. (意不合)
　서로 의견이 대립된 채 합의되지 않는다는 뜻.

14049. 서로 이겼다 졌다 한다. (相勝相負)
　서로 실력이 비등하여 이기기도 하고 지기도 한다는 뜻.

14050. 서로 헐뜯고 비난한다. (互相譏評)〈舊唐書〉
　서로 비방하고 나쁘게 선전한다는 뜻.

14051. 서른 날에 아홉 끼만 먹는다. (三旬九食)
　한 달 동안에 사흘밖에 못 먹을 정도로 가난하다는 뜻.

14052. 서른 세 해 만에 꿈 얘기한다.
　오랫동안 숨겼던 이야기를 한다는 말.

14053. 서리가 내리기 시작하면 얼음이 얼게 된다. (履霜堅氷至)　　　　　　　　〈易經〉
　(1) 늦가을에 서리가 오기 시작하면 얼마 안 가 얼음이 얼게 된다는 뜻. (2) 무슨 일이든지 사소할 때 조심해야 한다는 뜻.

14054. 서리가 와야 절개 있는 나무를 안다.
　(嚴霜識貞木)
　서리가 와야 추위에도 잘 견디는 송죽(松竹)의 절개를 알 수 있듯이 사람도 어려운 환경을 당해 봐야 그의 참모습을 알 수 있다는 뜻.

14055. 서리를 맞았다.
　초목(草木)이 서리를 맞듯이 큰 화를 당했다는 뜻.

14056. 서리 맞은 개구리다.
　(1) 힘이 없어 다 죽어가는 사람을 가리키는 말.
　(2) 세력을 잃은 사람을 이르는 말.

14057. 서리 맞은 고추 잎이다.
　돌연히 화를 입어 되살아날 수 없게 되었다는 뜻.

14058. 서리 맞은 구렁이다.

(1) 힘이 없이 느른해 보이는 사람을 가리키는 말.

(2) 세력이 몰락된 사람을 가리키는 말.

14059. 서리 맞은 쑥이다. (霜蓬)

큰 화를 당하여 죽게 되었다는 뜻.

14060. 서리 맞은 호박잎이다.

돌연히 화를 당하여 죽게 되었다는 뜻.

14061. 서리 오는 것을 보면 곧 얼음이 언다는 것
도 알게 된다. (見霜而知冰) 〈淮南子〉

훌륭한 사람은 마치 서리가 오면 얼음이 언다는 것을
알듯이 앞일을 내다본다는 뜻.

14062. 서린 뿌리와 얽힌 마디다. (盤根錯節)
〈後漢書〉

일이 이리저리 꼬여서 어렵게 되었다는 뜻.

14063. 서 말짜리 춧석이듯 한다.

가만히 두지 않고 춧석댄다는 뜻.

14064. 서민은 순박하고 인정이 두텁다.
(黎民醇厚) 〈漢書〉

일반 농민들은 순박하고도 인정이 많다는 뜻.

14065. 서 발 가시가 목에 걸리지도 않는다.

(1) 산모(産母)의 먹성이 좋다는 뜻. (2) 굶주린 사람
이 음식을 마구 먹는다는 뜻.

14066. 서 발 곱새 좌우 반 팔썩 늘어진다.

몹시 가난하여 사는 집이 매우 작다는 뜻.

14067. 서 발 막대 거침없다.

긴 막대를 휘둘러도 거칠 것이 없듯이 외로운 몸이라
아무것도 거리낄 것이 없다는 뜻.

14068. 서 발 장대 거칠 것 없다.

긴 장대를 휘둘러도 거칠 것이 없듯이 아무것도 거
리낄 것이 없는 몸이라는 뜻.

14069. 서방인지 남방인지 모르겠다.

흐리터분한 남편을 두고 하는 말.

14070. 서방인지 이웃집 영감인지 모른다.

가정을 돌보지 않고 떠돌아다니는 남편을 보고 하는
말.

14071. 서방질도 하는 년이 한다.

무슨 일이나 해본 사람이 하게 된다는 뜻.

14072. 서삼촌 묘에 성묘(省墓) 하듯 한다.

무슨 일을 정성들여 하지 않고 건성으로 한다는 뜻.

14073. 서슬이 퍼렇다.

칼날이 푸르듯이 기세가 당당하다는 뜻.

14074. 서외삼촌(庶外三寸)이 상처한 생질 장가
걱정하는 격이다.

도저히 걱정해 줄 처지가 못 된다는 뜻.

14075. 서울 가는 과객(過客) 편에 남편 옷 보낸
다.

믿음성이 없는 사람에게 중요한 부탁을 한다는 뜻.

14076. 서울 가는 길이라고 다 대로(大路)는 아
니다.

소문이 났다고 다 좋은 것은 아니라는 뜻.

14077. 서울 가는 놈이 눈썹 빼고 간다.

길 가는 사람은 아무리 작은 짐이라도 거추장스러워
서 될 수 있는 대로 버리고 간다는 뜻.

14078. 서울 가면 눈 뜨고 코 베간다.

서울 인심이 나빠서 번연히 아는 것도 속게 된다는
뜻.

14079. 서울 가 본 놈이나 안 가 본 놈이나.

직접 본 사람이나 못 본 사람이나 모르기는 일반이라
는 뜻.

14080. 서울 가 본 놈하고 안 가 본 놈이 싸우면
서울 안 가 본 놈이 이긴다.

서로 우김질을 하면 아는 사람보다 모르는 사람이 더
우김성이 세다는 뜻.

14081. 서울 가서 김 서방 집도 찾아간다.

막연한 일을 무턱대고 해도 성공할 때가 있다는 뜻.

14082. 서울 가서 김 서방 찾기다.

막연한 일을 무턱대고 한다는 뜻.

14083. 서울 가서 아주머니 찾기다.

막연한 것을 무턱대고 찾아다닌다는 말.

14084. 서울 까투리가 시골 의뭉이에게 속는다.

서울 사람이 시골 사람을 깔보다가 속는다는 뜻.

14085. 서울 까투리다. (京畿雌雉) 〈東言解〉

매우 약삭빠른 사람을 가리키는 말.

14086. 서울 갈 신날도 안 꼬았다.

어떤 일을 하려고 생각조차 하지 않고 있다는 뜻.

14087. 서울 겉에 시골내기다.

겉은 서울 사람이고 속은 시골 사람이듯이 겉은 멀쑥
한데 가끔 촌티를 낸다는 뜻.

14088. 서울 남대문 입납이다. (南大門入納)

성명도 주소도 쓰지 않고 서울 남대문 안으로 보내는
편지와 같이, 하는 일이 매우 막연하다는 뜻.

14089. 서울 놈은 비만 오면 풍년인 줄 안다.
어떤 일을 전혀 모른다는 뜻.

14090. 서울 놈의 글 꼭질 모른다고 말 꼭지야 모르랴.
글을 안다고 글 모르는 사람을 너무 무시하지 말라는 뜻.

14091. 서울 무당 도시락 긁듯 한다.
옛날 서울 무당은 장구대신 도시락을 긁으며 굿을 하듯이 도시락 긁는 소리를 낼 때 하는 말.

14092. 서울 사람은 비만 오면 풍년 든다고 한다.
내용을 모르는 사람은 딴 소리만 한다는 뜻.

14093. 서울 사람을 못 속이면 보름 동안 똥을 못 눈다.
서울 사람이 약아도 시골 사람에게 속는다는 뜻.

14094. 서울서 매 맞고 개성(開城) 가서 주먹질 한다.
약한 사람은 억울한 일을 당해도 그 자리에서 대항하지 못한다는 뜻.

14095. 서울 소식은 시골 가서 들으랬다.
자기 일은 자신보다도 남들이 더 잘 안다는 뜻.

14096. 서울 아침이다.
옛날 서울 양반집 아침마냥 아침이 매우 늦다는 뜻.

14097. 서울 양반은 쌀나무에서 쌀이 연다고 한다.
(1) 서울 사람은 자기가 먹고 사는 쌀 농사에 대해서도 잘 모른다는 말. (2) 자기와 연관성이 깊은 일도 잘 모른다는 말.

14098. 서울에 가야 과거(科擧)도 본다.
무슨 일을 하려면 그 목적지에 가야 성사할 수 있다는 뜻.

14099. 서울에도 시골내기가 산다.
서울에도 서울 출신 이외에 시골 사람이 살고 있듯이 어디나 불순물(不純物)이 섞여 있다는 뜻.

14100. 서울에서 뺨 맞고 한강에 가서 눈 흘긴다.
(1) 노염을 할 데는 못 하고 딴 데다가 한다는 뜻.
(2) 용기가 없어 억울한 일을 당하고도 그 자리에서는 대항을 못 한다는 뜻.

14101. 서울역 지겟군도 선후가 있다.
무슨 일이나 질서를 지켜야 한다는 뜻.

14102. 서울을 가야 과거를 보지.
목적지를 가지 않고서는 할 일을 못 한다는 뜻.

14103. 서울이 낭이라.
서울 인심이 매우 나쁘다는 뜻.
※ 낭 : 낭떠러지.

14104. 서울이 낭이라니까 과천(果川)서 긴다.
서울이 무섭다니까 미리 겁을 먹듯이 무슨 일에 미리부터 겁을 먹고 있다는 뜻.

14105. 서울이 낭이라니까 과천서부터 무서워한다.
어떤 일을 당하기도 전에 말만 듣고 미리부터 지나치게 겁을 낸다는 뜻.

14106. 서울이 낭이라니까 삼십 리 밖에서부터 긴다.
무슨 일을 당하기도 전에 미리부터 겁을 먹고 당황한다는 뜻.

14107. 서울이 무섭다니까 과천(果川)서 긴다.
무슨 일을 당해 보지도 않고 미리 겁을 먹고 어쩔 줄을 모른다는 뜻.

14108. 서울이 무섭다니까 남대문서 긴다.
무슨 일을 해보지도 않고 미리부터 겁을 낸다는 뜻.

14109. 서울이 무섭다니까 남태령(南太嶺)서 긴다.
무슨 일을 당해 보기도 전에 말만 듣고 미리 겁을 먹는다는 뜻.

14110. 서울이 무섭다니까 새재서부터 긴다.
어떤 일을 해보기도 전에 말만 듣고 미리부터 겁을 먹는다는 뜻.

14111. 서울이 시골에도 있다.
시골에서도 정들고 잘살게 되면 서울이 부럽지 않다는 뜻.

14112. 서울 인심이다.
서울 인심은 매우 사납다는 말.

14113. 서울 자랑은 남대문 자랑이다.
옛날 서울의 자랑거리는 남대문이 으뜸이었다는 말.

14114. 서쪽에 무지개가 뜨면 강 건너 맨 소 몰고 오랬다.
서쪽에 무지개가 서면 비가 많이 온다는 말.

14115. 서쪽에 무지개가 뜨면 들에서 소를 몰아 오랬다.
여름에 무지개가 서쪽에 뜨면 장마가 질 징조라는 뜻.

14116. 서쪽에 무지개가 뜨면 장마가 진다.
　여름에 무지개가 서쪽에 뜨는 것은 장마의 징조라는
　뜻.

14117. 서쪽에 무지개가 서면 냇가에 소를 매지
말랬다.
　서쪽에 무지개가 뜨면 비가 많이 온다는 말.

14118. 서쪽에서 해가 뜨겠다.
　(1) 이제까지 못 보던 일이 발생하였다는 뜻.
　(2) 너무도 뜻밖의 일을 당했을 때 하는 말.

14119. 서쪽하면 동쪽인 줄도 알아야 한다.
　(1) 사람의 마음에는 표리(表裏)가 있다는 뜻.
　(2) 남의 말은 알아듣기를 잘해야 한다는 뜻.

14120. 서지도 못하는 놈이 뜀질 배운다.
　자신의 실력도 모르고 무리한 일을 하려고 한다는 뜻.

14121. 서지도 못하는 주제에 뛰기부터 배운다.
　(1) 일을 순서도 모르고 한다는 뜻. (2) 되지도 않을 일
　을 서두른다는 뜻.

14122. 서천(西天)에 경(經) 가지러 가는 사람은
가고 장가 드는 사람은 장가 든다.
　함께 가던 사람도 저 할 일을 위하여 뿔뿔이 헤어지
　게 된다는 뜻.
　※ 서천 : 지금의 인도(印度)

14123. 서천에서 해가 뜨겠다.
　지금까지 못 보던 일을 뜻밖에 보았다는 뜻.

14124. 서캐나 이나.
　서캐나 이나 크기가 별로 차이가 없듯이 서로 큰 차
　이가 없다는 뜻.

14125. 서캐 훑듯 한다.
　무슨 일을 모조리 조사한다는 뜻.

14126. 서투른 과방(果房)이 안반만 타박한다.
　자기의 결함을 자신에게서 찾지 않고 남에게서 찾으
　려고 한다는 뜻.

14127. 서투른 도둑이 날 새는 줄 모른다.
　서투른 일은 성공하기가 어렵다는 뜻.

14128. 서투른 도둑이 자는 주인 얼굴 밟는다.
　무슨 일이나 서투르게 하면 실패를 하게 된다는 뜻.

14129. 서투른 도둑이 첫날밤에 들킨다.
　무슨 일이나 서투르면 성공할 수 없다는 뜻.

14130. 서투른 목수가 손가락 끊는다.
　일에 서투른 사람은 일을 하다가 다치기가 쉽다는 뜻.

14131. 서투른 목수가 연장만 갈고 있다.
　일이 서투른 사람일수록 핑계가 많다는 뜻.

14132. 서투른 목수가 연장만 나무란다.
　일이 서투른 사람일수록 결함을 자기에게서 찾지 않
　고 핑계만 한다는 뜻.

14133. 서투른 목수가 연장만 탓한다.
　일이 서투른 사람이 자기의 솜씨 없는 것을 감추기
　위하여 핑계를 댄다는 말.

14134. 서투른 목수가 연장 치장만 한다.
　일에 서투른 사람은 핑계 댈 구실만 마련한다는 뜻.

14135. 서투른 무당이 마당 탓만 한다.
　서투른 사람은 자기 탓은 않고 남의 탓만 한다는 뜻.

14136. 서투른 무당이 장구만 나무란다.
　서투른 사람일수록 자기 솜씨 없는 줄은 모르고 핑계
　만 댄다는 뜻.

14137. 서투른 사람이 있어야 잘하는 사람을 알
게 된다.
　잘하고 못하는 것은 서로 대비(對比)해 봐야 알게
　된다는 뜻.

14138. 서투른 숙수(熟手)가 안반만 나무란다.
(手生庖人 貶擇安板)　　〈旬五志, 松南雜識〉
　솜씨 없는 사람은 일이 안 되는 것을 자신의 탓인 줄
　모르고 연장이 나빠서 안 되는 줄로 안다는 뜻.
　※ 숙수 : 잔치 때 음식 만드는 사람.

14139. 서투른 숙수가 안반 탓만 한다.
　자기 솜씨가 없는 사람은 딴 핑계를 잘 댄다는 뜻.

14140. 서투른 숙수가 피나무 안반만 나무란다.
　솜씨 없는 사람은 자기의 솜씨가 없는 줄은 모르고
　도구가 나빠서 안 되는 줄로 안다는 말.

14141. 서투른 시객(詩客)이 평측(平仄)을 가리
랴?
　일이 서투른 사람은 까다로운 일까지 알아서 할 수는
　없다는 뜻.
　※ 평측 : 한자 자음(字音)의 높낮이.

14142. 서투른 의사가 병만 더친다.
　일이 서투른 사람은 오히려 일을 그르칠 수 있다는
　뜻.

14143. 서투른 의원(醫員)이 사람 죽인다.
　서투르게 하는 일은 언제나 실패하게 된다는 뜻.

14144. 서투른 팔매질도 자꾸 하면 맞을 날이 있

다.

무슨 일이나 자꾸 하면 익숙하게 된다는 뜻.

14145. 서투른 풍수(風水)가 집안 망운다.

일이 서투른 사람은 일을 망쳐 버린다는 뜻.

14146. 서 푼 밥 먹는 놈이 심부름은 잦다.

조그마한 이득이 수고는 더 많다는 뜻.

14147. 서 푼짜리 집에 천 냥짜리 문호(門戶)다.

값을 들일 데는 안 들이고 안 들일 데는 값을 들인다는 말.

14148. 서풍(西風)에도 비가 오고 양반도 거짓말 한다.

점잖은 양반도 거짓말을 할 때가 있듯이 예외적(例外的)인 일이 있을 수 있다는 뜻.

14149. 서풍에도 비 올 날이 있다.

어떤 일에나 예외적인 일이 있을 수 있다는 뜻.

14150. 서 홉(三合)에도 참여하고 닷 홉(五合)에도 참여한다.

큰 일이고 작은 일이고 다 참견한다는 뜻.

14151. 석 달 가뭄도 하루에 장마진다.

오랫동안 끌고 오던 일이 갑자기 반대로 변해졌다는 뜻.

14152. 석 달 가뭄은 싫다 안해도 하루 장마는 싫다 한다.

가뭄의 피해보다도 장마의 피해가 더 크기 때문에 장마를 싫어한다는 뜻.

14153. 석 달 가뭄은 참아도 사흘 장마는 못 참는다.

가뭄도 싫지만 장마는 가뭄보다도 더 싫다는 뜻.

14154. 석돌에 불 난다.

푸석푸석한 석돌에 불이 붙을 리 없듯이 절대로 불가능한 일이라는 뜻.

14155. 석류(石榴)는 떨어져도 안 떨어지는 유자(柚子)를 부러워하지 않는다.

누구나 사람은 저 잘난 멋에 산다는 뜻.

14156. 석 새 베에 씨도 안 든다.

솜씨가 없어서 매우 거칠게 만들었다는 뜻.

14157. 석 새 베에 열 새 바느질이다.

(1) 재료에 비하여 솜씨가 아깝다는 뜻. (2) 솜씨만 좋으면 나쁜 것도 좋게 만들 수 있다는 뜻.

14158. 석 새에서 한 새 빠진 소리를 한다.

되지도 않을 실없는 소리를 한다는 뜻.

14159. 석 새 짚신에 구슬 치장하듯 한다. (眂此藁屨安有菊絢) 〈耳談續纂〉

바탕이 나쁜 것에 호화로운 치장을 하여 격에 맞지 않는다는 뜻.

14160. 석수장이는 눈 깜작이부터 배운다.

일을 배우는 데는 순서가 있다는 뜻.

14161. 썩어도 준치다.

(1) 못 쓰게는 되었지만 본바탕은 좋은 것이라는 뜻.
(2) 체면 때문에 할 수 있는 일도 하지 않는다는 뜻.

14162. 썩어야 벌레도 생긴다. (先腐後虫生)

사회가 부패하게 되면 탐관오리(貪官汚吏)가 나타나게 된다는 말.

14163. 썩으면 망한다.

개인 집이나 국가나 그 내부가 썩으면 반드시 망한다는 말.

14164. 썩은 감자 하나가 섬 감자를 썩힌다.

악은 빠른 속도로 번지게 된다는 뜻.

14165. 썩은 것 부수듯 한다. (拉朽) 〈晉書〉

어떤 일이 힘들지 않고 대단히 하기가 쉽다는 뜻.

14166. 썩은 고기로 파리를 쫓는다. (茹魚驅蠅) 〈呂氏春秋〉

폐단(弊端)을 제거한다는 것이 더 확대시켰다는 뜻.

14167. 썩은 고기에 개미 떼 모이듯 한다. (群蟻附腥羶)

이권(利權)을 보고서 개미 떼같이 모리배(謀利輩)들이 모인다는 뜻.

14168. 썩은 고기에서 구더기 난다. (肉腐出虫) 〈荀子〉

모든 일은 근본(根本)이 잘못되면 폐단이 발생된다는 뜻.

14169. 썩은 고기에 파리 떼 모이듯 한다. (臭肉來蠅)

이권(利權)을 보고 모리배(謀利輩)들이 파리 떼마냥 덤빈다는 뜻.

14170. 썩은 고지박 넘어지듯 한다.

썩은 고지박마냥 힘없이 넘어진다는 뜻.

14171. 썩은 고지박 패듯 한다.

패기 쉬운 고지박을 패듯이 무슨 일을 쉽게 해치운다는 뜻.

14172. 썩은 공물(貢物)이요 성한 간색(看色)이

다.

견본(見本)은 좋았는데 실물은 나쁘다는 말.

※ 공물 : 옛날 국가에 상납하는 물건.

14173. 썩은 끈과 썩은 새끼다.(朽條腐索)〈易林〉
썩은 끈이나 새끼는 동여매도 감당하지 못하듯이 무슨 일을 감당하지 못한다는 뜻.

14174. 썩은 나무는 기둥으로 못 쓴다.
(腐木不可爲柱)〈漢書〉
못난 사람은 요직(要職)을 맡을 수 없다는 뜻.

14175. 썩은 나무로 기둥 하기다.
가장이 타락하게 되면 집안이 망하게 된다는 뜻.

14176. 썩은 나무에는 새김질을 못 한다.
(朽木不刻)〈論語〉
의지가 건전하지 못한 사람에게는 가르칠 수 없다는 뜻.

14177. 썩은 나무에 새김질하기다.(彫朽)
〈駱賓王〉
의지가 약한 사람은 아무리 가르쳐도 소용이 없다는 뜻.

14178. 썩은 나무엔 조각할 수 없고 곯은 담에는 맥질을 못한다.(朽木糞墻)〈漢書〉
배우려는 의지가 없는 사람은 가르칠 수 없다는 뜻.

14179. 썩은 데서 구더기도 생긴다.
사회가 부패하면 탐관오리가 나타나게 된다는 뜻.

14180. 썩은 새끼도 쓸 데가 있다.
세상에는 버릴 것이 하나도 없다는 뜻.

14181. 썩은 새끼도 잡아당겨야 끊어진다.
아무리 쉬운 일이라도 하지 않고 있으면 이루어지지 않는다는 뜻.

14182. 썩은 새끼로 범 묶기다.
(1) 무슨 일을 위험한 줄도 모르고 한다는 뜻.
(2) 실패할 짓을 한다는 뜻.

14183. 썩은 생선이라면서 파는 생선 장수는 없다.
세상에 정직한 장삿군은 없다는 뜻.

14184. 석자 베를 짜도 베틀 차리기는 일반이다.
많은 일이나 적은 일이나 일을 벌이기는 마찬가지라는 뜻.

14185. 석쥐는 다섯 가지 재주가 있어도 하나도 쓸모가 없다.(鼫鼠五技而窮)〈荀子〉
여러 가지 재주가 있는 사람은 그 중 한 가지 재주도 써먹지 못한다는 뜻. ※ 석쥐 : 날다람쥐.

14186. 선가(船價) 없는 놈이 배에는 먼저 오른다.
실력 없는 사람이 실력 있는 사람보다 앞장서서 한다는 뜻.

14187. 선감도 떨어지고 익은 감도 떨어진다.
선감이나 익은 감이나 떨어지는 날짜가 별로 차이가 없듯이 서로 큰 차이가 없다는 뜻.

14188. 선경(仙境)에 온 것 같다.
신선이 노는 곳과 같이 경치가 매우 아름답다는 말.

14189. 선공(善供)이 무덕(無德)하랴?
정성을 들인 불공(佛供)이 헛될 리 없듯이 정성 들인 일은 헛되지 않는다는 뜻.

14190. 선과 악은 공존하지 않는다.(善惡不同器)
어떤 일이나 선하면 선하고 악하면 악하지 선하기도 하고 악하기도 한 일은 없다는 뜻.

14191. 선과 악을 알거든 가릴 것을 생각하라.
(善惡思揀擇)〈金正國〉
선악을 알거든 악을 버리고 선을 택할 것을 생각해야 한다는 말.

14192. 선과 악이 반반이다.(善惡半半 : 善惡相半)
선하고 악한 것이 서로 반반씩이라는 뜻.

14193. 선떡 가지고 친정 간다.
남의 집에 보내는 선물에 나쁜 것을 보낼 때 이르는 말.

14194. 선떡 먹고 못 볼 것을 봤나?
우습지도 않은 일을 보고 웃는 사람을 보고 하는 말.

14195. 선떡 먹고 체했나?
대단치도 않은 것을 보고 히죽히죽 웃는 사람을 보고 핀잔하는 말.

14196. 선떡 받은 것 같다.
고맙기도 하고 밉기도 하다는 뜻.

14197. 선떡 부스러기다.(生餠碎)〈東言解〉
선떡 부스러기가 뭉쳐지지 않듯이 단결이 되지 않는 무리라는 뜻.

14198. 선량한 사람은 착하지 못한 사람의 스승이다.(善人者 不善人之師)〈老子〉
착한 사람은 착하지 못한 사람의 본보기가 된다는 뜻.

14199. 선 머슴애 같다.
처녀가 얌전하지 못하고 말괄량이와 같다는 뜻.

14200. 선 무당이 마당 기울다고 한다.
　제 솜씨가 없다고는 않고 다른 데다 핑계를 댄다는 뜻.

14201. 선 무당이 사람 속인다. (不馴之巫 嚇人虛無)　　　　　　　　　　　　　　　〈耳談續纂〉
　일이 서투른 사람은 남에게 실수를 하게 된다는 뜻.

14202. 선 무당이 사람 죽인다. (生巫殺人)
　　　　　　　　　　　　　　　　〈東言解〉
　일이 서투른 사람은 일을 그르칠 수가 있다는 뜻.

14203. 선 무당이 아이 잡는다.
　일이 서투른 사람은 일을 아주 못 쓰게 만들 수가 있다는 뜻.

14204. 선 무당이 장구 탓한다.
　일이 서투른 사람은 제 솜씨가 부족한 줄은 모르고 도구 핑계만 댄다는 뜻.

14205. 선 무식 늦꾀다.
　무슨 일을 돌연히 당하게 되면 이에 대한 대책이 생각나지 않았다가 일이 잘못된 뒤에야 생각이 난다는 뜻.

14206. 선물 퇴박은 않는다.
　남이 성의 있게 주는 선물을 받지 않고 되돌려 보내서는 안 된다는 말.

14207. 선 미련 후 슬기다.
　어떤 일이 잘못되었을 때 생각해 보면 미련스러웠던 것이 먼저고 꾀가 나중에 난다는 말.

14208. 선반에서 떨어진 떡이다.
　힘도 안 들이고 손쉽게 이득을 보았다는 뜻.

14209. 선 방망이 후 홍두깨다.
　먼저 조금 때리고 나중에 많이 맞는다는 말.

14210. 선 보고 가자 강아지 장만한다.
　매우 성미가 급하고 일을 서두른다는 뜻.

14211. 선 불 맞는다.
　어설피 잘못 건드려 놓고 손해를 본다는 뜻.

14212. 선 불 맞은 날짐승이다.
　어설피 총알을 맞은 새가 날아 도망치듯이 놀라서 멀리 달아났다는 뜻.

14213. 선 불 맞은 노루 뛰듯 한다.
　빗나간 총알을 맞은 노루마냥 죽을 힘을 다하여 도망친다는 뜻.

14214. 선 불 맞은 호랑이 날뛰듯 한다.
　빗나간 총알을 맞은 호랑이마냥 온갖 발악을 다한다는 뜻.

14215. 선비 논 데 용 나고 학이 논 데 비늘 떨어진다.
　훌륭한 사람은 그의 업적을 반드시 남긴다는 뜻.

14216. 선비는 가난하다.
　교육계에 종사하는 사람의 생활은 넉넉하지 못하다는 뜻.

14217. 선생님 앞에서 책장만 넘긴다.
　해야 할 일은 않고 겉으로 하는 척하면서 남의 눈만 속인다는 뜻.

14218. 선생님의 그림자는 밟지 않는다.
　웃어른을 모시고 뒤따라갈 때는 어른 그림자도 밟아서는 안 된다는 말.

14219. 선생 똥은 개도 안 먹는다.
　생도를 가르치는 데 속을 끓여서 선생님 똥은 개도 안 먹는다는 뜻.

14220. 선생 없이 혼자서 배웠다. (無師自通)
　선생님에게서 배우지 않고 혼자 독학하여 배웠다는 뜻.

14221. 선생은 바담 풍(風) 해도 생도는 바람 풍 하라는 격이다.
　선생이 시범을 보이지 않는 교육은 실효를 거두기 어렵다는 뜻.

14222. 선(先) 손질 후(後) 방망이다.
　먼저 남을 해치다가는 후에 큰 해를 입게 된다는 뜻.

14223. 선수를 써야 남을 누르게 된다. (先則制人)　　　　　　　　　　　　　　〈史記〉
　남보다 선수를 써야 남을 억제할 수 있다는 뜻.

14224. 선 술에 배 굳히고 아랑 설사한다.
　나쁜 술을 먹고 배탈이 나듯이 나쁜 사람의 말을 좇다가 봉변을 당했다는 뜻. ※ 아랑 : 소주 곤 찌끼.

14225. 선악은 친구에게 달렸다.
　착하게 되고 악하게 되는 것은 착한 친구를 사귀느냐 악한 친구를 사귀느냐에 달렸다는 뜻.

14226. 선에는 선으로 갚고 악에는 악으로 갚는다.
　선하게 대하는 사람에게는 선으로 상대해야 하고 악으로 대하는 사람에게는 악으로 상대해야 한다는 뜻.

14227. 선에 밝지 못하면 자신이 성실해질 수 없다. (不明乎善 不誠其身)　　　　　〈孟子〉
　착한 것을 잘 알아야 자신도 성실해질 수 있다는 뜻.

14228. 선영 명당(先塋明堂) 바람이 난다.
조상(祖上)의 산소 터가 좋아서 후손들이 번영한다는 말.

14229. 선왕재(善往齋)하고 지벌 입었다.
(善往之願 反受雷震)　〈耳談續纂〉
잘 되라고 한 일이 오히려 화를 입게 되었다는 말.
※ 선왕재 : 죽은 뒤 천도하기 위하여 죽을 임시에드리는 불공.

14230. 선은 높여야 하고 악은 눌러야 한다
(竦善抑惡)　〈國語〉
선은 추커 세워야 하고 악은 제거해야 한다는 말.

14231. 선은 일어나지만 악은 망한다.(善起惡亡)
선한 사람은 흥하고 악한 사람은 망하게 된다는 말.

14232. 선은 작아도 안 해서는 안 되고 악은 작아도 해서는 안 된다.
착한 일은 작은 것도 해야 하지만 악한 일은 작은 것도 해서는 안 된다는 말.

14233. 선은 표창하고 악은 물리쳐야 한다.
(彰善癉惡)　〈書經〉
착한 일을 한 사람은 표창을 하고 악한 일을 한 사람은 고쳐 줘야 한다는 말.

14234. 선을 따르는 것은 높은 산에 오르는 것 같다.(從善如登)　〈國語〉
선행(善行)을 하기는 마치 험한 산에 오르는 것같이 힘든다는 말. ↔ 선을 따르면 물이 흐르듯이 이루어진다.

14235. 선을 따르면 물이 흐르듯이 이루어진다.
(從善如流)　〈春秋左傳〉
착한 일을 하게 되면 물이 흐르듯이 힘들지 않고 쉽게 이루어진다는 뜻. ↔ 선을 따르는 것은 높은 산에 오르는 것 같다.

14236. 선을 많이 하지 않으면 이름을 낼 수 없다.(善不積不足以成名)　〈易經〉
착한 일을 많이 하게 되면 명성(名聲)이 높게 된다는 뜻.

14237. 선을 악으로 갚는다.
착한 일을 그르쳐 놓는다는 뜻.

14238. 선을 잃어서는 안 되고 악을 길러서는 안 된다.(善不可失 惡不可長)　〈春秋左傳〉
착한 일은 잃어 버리지 말고 해야 하며 악한 일은 사소한 것이라도 해서는 안 된다는 뜻.

14239. 선 의원(醫員)이 사람 죽이고 선 무당이 사람 살린다.
서투른 무당은 상관 없어도 서투른 의사는 피혜를 끼친다는 뜻.

14240. 선(善)이 강하면 악(惡)도 강하다.
(1) 아군이 강하게 되면 적군도 강하게 된다는 뜻.
(2) 치열한 경쟁은 발전을 낳게 된다는 뜻.

14241. 선전 시정(縇廛市井) 통비단 감듯 한다.
비단 장수가 비단을 감듯이 빨리 감는다는 뜻.
※ 선전 : 이조 때 서울에 있었던 비단 가게.

14242. 선짓국 먹고 발등거리를 하였다.
술에 취하여 얼굴이 선지같이 붉다는 뜻.

14243. 선한 것을 보고도 게을리 한다.
(見善而怠)　〈六韜〉
착한 것을 보고도 실천하지 않으려고 한다는 뜻.

14244. 선한 것을 잊으면 나쁜 마음이 생긴다.
(善忘則 惡心生)
착한 것을 잊어 버리게 되면 악한 것만 남게 된다는 말.

14245. 선한 끝은 있어도 악한 끝은 없다.
착한 일을 한 사람의 장래성은 있어도 악한 일을 한 사람의 장래성은 없다는 뜻.

14246. 선한 마음으로 사람을 접대한다.
(善氣迎人)　〈管子〉
대인 관계에 있어서는 착한 마음으로 친절히 대해야 한다는 뜻.

14247. 선한 사람은 변명하지 않고 변명하는 사람은 선하지 않다.(善者不辯 辯者不善)
〈老子〉
착한 일만 한 사람은 변명할 필요가 없지만 착하지 못한 일을 한 사람은 변명을 하게 된다는 뜻.

14248. 선한 사람은 변명하지 않는다.(善者不辯)
〈老子〉
착한 일만 한 사람은 변명을 할 필요가 없어 변명을 하지 않는다는 뜻.

14249. 선한 사람은 복을 받고 악한 사람은 벌을 받는다.(善者得祐 惡者受誅)　〈三略〉
착한 사람은 흥하게 되고 악한 사람은 망하게 된다는 뜻.

14250. 선한 사람은 복을 얻는다.(善者得祐)
〈三略〉
착한 사람은 복을 받아 잘살게 된다는 말.

14251. 선한 일은 밖으로 나타나기를 꺼린다.
（善忌陽）
착한 일을 한 사람은 자랑하지 않는다는 말.

14252. 선행은 흔적이 없다. (善行無轍迹) 〈老子〉
착한 일을 한 것은 그 흔적이 없다는 말.

14253. 선후를 뒤바꾼다. (先後倒錯)
앞뒤의 순서를 뒤바꾸어 질서를 어지럽게 한다는 뜻.

14254. 섣달 그믐날 개밥 퍼주듯 한다.
섣달 그믐날은 먹을 것이 많아서 개밥도 후하게 주듯
이 남에게 음식을 후하게 준다는 뜻.

14255. 섣달 그믐날 밤에 잠을 자면 눈썹이 센다.
(1) 불을 켜고 잡귀(雜鬼)의 출입을 막기 위하여 자
지 않는다는 뜻. (2) 설 준비를 밤 새워 가며 한다는
뜻.

14256. 섣달 그믐날 시루 얻으러 다니듯 한다.
무슨 일을 미리 준비하지 않고 임박해서 당황한다는
뜻.

14257. 섣달 그믐날은 부지깽이도 꿈틀거린다.
섣달 그믐날은 설 맞이를 하기 위하여 일손이 모자라
서 몹시 바쁘다는 뜻.

14258. 섣달 그믐날 장가 간 놈이 정월 초하룻날
아이 안 낳는다고 한다.
성미가 매우 조급하고 참을성이 없는 사람을 가리키
는 말.

14259. 섣달 그믐날 흰떡 맞듯 한다.
떡메로 흰떡을 치는 것 마냥 매를 매우 많이 맞는다
는 뜻.

14260. 섣달 그믐에 놓친 방귀 찾듯 한다.
찾을 수 없는 것을 찾으려고 헛수고만 한다는 뜻.

14261. 섣달 그믐에 들어온 머슴이 주인 마누라
속곳 걱정한다.
아무 상관도 없는 일에 지나친 간섭을 한다는 뜻.

14262. 섣달 그믐이면 나갔던 빗자루도 집 찾아
온다.
섣달 그믐이 되면 남의 집에 빌려 주었던 물건을 다
찾아들인다는 말.

14263. 섣달 그믐이면 모지랑비도 제 집 찾아온
다.
섣달 그믐이면 사소한 것이라도 빌려 준 것은 다 찾
아와야 한다는 뜻.
※ 모지랑비 : 끝이 다 닳은 비

14264. 섣달 눈은 보리 풍년이 들고 봄 눈은 보리
흉년이 든다.
겨울 눈은 보리를 덮어 주어 풍년이 들지만 봄 눈은 녹
아 보리를 얼리기 때문에 흉년이 든다는 뜻.

14265. 섣달이 둘이라도 모자란다.
아무리 시간을 많이 주어도 소용이 없다는 뜻.

14266. 섣달이 둘이라도 시원치 않다.
아무리 날짜를 연기하더라도 성공되기 어렵다는 뜻.

14267. 섣달이 열 아홉이라도 시원치 않다.
아무리 시일을 연장하더라도 아무 소용이 없다는 뜻.

14268. 섣불리 아는 것이 병이다. (半識者憂患)
어설피 아는 것은 차라리 모르는 것이 낫다는 뜻.

14269. 섣불리 혹을 떼러 갔다가 도리어 붙여 온
다.
섣불리 욕심을 내다가는 도리어 손해를 보게 된다는
뜻.

14270. 설날이 좋으면 벼 농사가 올된다.
음력 설날이 청명하면 벼 농사가 올된다고 농촌에서
전해 오는 말.

14271. 설 때 궂긴 아이는 날 때도 궂긴다.
(孕時患 難於産)   〈洌上方言〉
처음 시작이 좋지 못한 일은 마무리도 좋지 못하게
된다는 뜻.

14272. 설 떡국 먹는 데만 찾아다녔나 ?
외양보다 나이가 많은 사람에게 하는 말.

14273. 설레방아를 찧는다.
조용하지 못하고 소란을 피운다는 말.

14274. 설마가 사람 속인다.
설마 그럴 리야 없겠지 하고 믿었던 일에 속았다는
말.

14275. 설마가 사람 잡는다.
설마 그럴 리야 없겠지 하고 믿고 있던 일이 낭패가
되었다는 뜻.

14276. 설마가 사람 죽인다.
설마 그 일이야 틀림없겠지 하고 믿었던 일이 낭패
가 되었다는 뜻.

14277. 설마가 아이 잡는다.
설마설마하던 일이 낭패가 되었다는 뜻.

14278. 썰물이 있으면 밀물도 있다.
가는 것이 있으면 오는 것도 있다는 뜻.

14279. 설 삶은 말대가리다. (馬頭生烹)
고집이 세고 남의 말을 잘 듣지 않는 사람을 이르는
말.

14280. 설 쇠는 데만 찾아다녔나 ?
보기보다 나이가 많은 사람을 가리키는 말.

14281. 설 쇤 무우 같다.
속이 빈 봄 무우마냥 사람이 몹시 싱겁다는 뜻.

14282. 설움 중에는 집 없는 설움이 제일 크다.
의식주(衣食住) 중에서 집 없는 설움이 가장 크다는
뜻.

14283. 설은 고향에서 쇤다.
부모 있는 사람은 반드시 고향에 가서 설을 쇠야 한
다는 뜻.

14284. 설을 꺼꾸로 쇠었나 보다.
설 전보다 설이 지난 뒤가 더 춥다는 말.

14285. 섬 곡식을 되로 된다. (以升量石) 〈淮南子〉
못난 사람이 훌륭한 사람을 이렇다 저렇다 평할 수
없다는 말.

14286. 섬 속에서 소 잡듯 한다.
소견이 몹시 옹졸하여 하는 짓이 답답하다는 뜻.

14287. 섬 진 놈이나 멱 진 놈이나.
이것이나 저것이나 더하고 덜하지도 않다는 뜻.

14288. 섬 틈에 오쟁이 끼겠다.
섬을 쌓은 틈에 오쟁이도 끼워 쌓듯이 돈 있는 사람
이 재물을 더 탐낸다는 뜻.
※ 오쟁이 : 짚으로 만든 작은 섬.

14289. 섭산적이 되도록 맞았다.
피부가 터져 피가 나도록 몹시 맞았다는 뜻.
※ 섭산적 : 쇠고기를 난도질하여 구운 산적.

14290. 썼다 벗었다 한다.
물자가 풍부하여 쓰고 싶은 대로 쓸 수 있다는 뜻.

14291. 성깔 나쁜 아내는 평생 원수다.
성미가 나쁜 아내를 얻으면 죽을 때까지 속을 썩이고
살아야 한다는 뜻.

14292. 성깔 있는 놈이 일은 잘한다.
성격이 느린 사람보다 성격이 팔팔한 사람이 일을 잘
한다는 말.

14293. 성공은 쉬지 않고 노력하는 데 있다.
(功不不舍) 〈荀子〉
성공은 한 가지 일에 꾸준히 노력해야 이루어진다는

뜻.

14294. 성공은 하나 반드시 실패한다. (成必敗)
〈三略〉
처음에는 성공하지만 나중에는 실패한다는 뜻.

14295. 성공은 해도 실패는 하지 말라.
(成而勿敗) 〈六韜〉
한번 성공하거든 실패하지 않도록 해야 한다는 뜻.

14296. 성공하고 실패하는 것은 결단하기에 달렸
다. (成敗在於決斷) 〈史記〉
중요한 시기에 결단을 내리고 못 내리는 데서 성패
가 결정된다는 뜻.

14297. 성공하기는 어렵고 실패하기는 쉽다.
(難成易敗)
무슨 일이나 성공하기는 매우 어렵지만 실패하기는
쉽다는 말.

14298. 성공하면 왕이 되고 실패하면 역적이 된
다. (成則君王 敗則逆賊)
쿠데타를 하여 성공하면 집권자가 되고 실패하면 반
역자가 된다는 말.

14299. 성공한 곳에 오래 사는 것은 좋지 않다.
(成功之下 不可久處) 〈史記〉
성공한 곳에서 오래 있으면 남의 원한을 받아 화를
당할 수 있다는 뜻.

14300. 성균관(成均館) 개구리다.
밤낮으로 글만 읽는 사람을 조롱하는 말.

14301. 성급하면 저만 손해다.
성미가 급한 사람이 하는 짓은 저만 손해된다는 뜻.

14302. 성급한 놈이 술 값 먼저 내고 간다.
성미가 급한 사람이 하는 짓은 손해만 본다는 뜻.

14303. 성난 고슴도치 털 일어나듯 한다.
(反者如蝟毛而起) 〈漢書〉
(1) 성미가 불 같아서 고슴도치 털 일어나듯이 화를
낸다는 뜻. (2) 군중들이 일시에 봉기한다는 뜻.

14304. 성난 군중은 못 당한다. (衆怒難犯)
〈史記, 春秋左傳〉
군중들이 분노(憤怒)했을 때는 막을 수가 없다는
뜻.

14305. 성난 김에 서방질한다.
이성(理性)을 잃고 하는 짓은 손해만 보게 된다는 뜻.

14306. 성난 년 밥 굶기다.
화가 나서 밥을 안 먹으면 자신만 해롭듯이 화났을

때 이성을 잃고 하는 일은 손해만 본다는 뜻.

14307. 성난 눈으로 본다. (怒目視之)
화가 나서 눈을 부릅뜨고 본다는 뜻.

14308. 성난다고 바위를 차면 내 발만 아프다.
(怒蹴巖 吾足痛) 〈東言解〉
화난다고 화풀이를 하는 것은 자신만 해롭다는 뜻.

14309. 성난다고 바위 차다. (怒蹴巖) 〈旬五志〉
분을 못 참는 사람은 자기 몸만 해칠 수 있다는 뜻.

14310. 성난 사람은 바로 보지 못한다.
화가 난 사람은 사물을 올바로 보지 못한다는 말.

14311. 성난 사람은 어긋난 짓을 하게 된다.
(怒者逆德) 〈漢書〉
홧김에 하는 짓은 잘못을 저지르게 된다는 뜻.

14312. 성난 황소 바위 받기다.
성이 났을 때 하는 행동은 자기만 해롭게 된다는 뜻.

14313. 성난 황소 영각하듯 한다.
성이 난 황소가 고함을 치며 용쓰듯 한다는 뜻.
※ 영각 : 소가 우는 것.

14314. 성내고 바위 차면 제 발만 아프다.
화가 난다고 함부로 화풀이를 하면 자신만 해롭다는
뜻.

14315. 성내서 삼 년 못 간다. (三年不惛怒)
〈吳越春秋〉
성낸 것이 아무리 오래 가도 삼 년을 못 가고 풀어
진다는 말.

14316. 성내서 한 일치고 후회 안 되는 일 없다.
화가 나서 한 일은 모두 후회되는 일만 한다는 뜻.

14317. 성내지 않아도 남들이 어려워한다.
(不怒而威) 〈荀子〉
위엄(威嚴)이 있는 사람은 성을 내지 않아도 사람들
이 어려워한다는 뜻.

14318. 성낸 개구리가 길에서 만난 수레를 받는
다. (路逢怒蛙而軾之) 〈尹文子〉
성이 나면 이성(理性)을 잃게 되기 때문에 무모(無
謀)한 짓을 하게 된다는 뜻.

14319. 성낸 개구리 바위 받기다.
화가 났을 때 함부로 화풀이를 하다가는 자살 행위
(自殺行爲)를 하게 된다는 말.

14320. 성낸 범이 고함치듯 한다. (闞如虓虎)
〈詩經〉

성낸 범이 고함을 치며 덤비듯이 매우 무섭다는 말.

14321. 성 다른 형제다. (姓不同兄弟)
남남 사이지만 친형제같이 친한 처지라는 뜻.

14322. 성도 모르고 이름도 모른다.
(姓不知 名不知)
성도 이름도 알지 못하는 전혀 모르는 사람이라는 뜻.

14323. 성문에 불이 나니 못 고기만 애매하게 죽
는다. (城門失火 殃及池魚) 〈檄梁文, 廣韻〉
옛날 중국 초(楚)나라 때 성문에 불이 나 못 물을 다
퍼서 불을 껐기 때문에 못 고기가 죽듯이 애매하게
화를 당한다는 뜻.

14324. 성미 급한 감 장수가 유월 감 판다.
성미 급한 사람이 서둘러 하는 일은 성사가 되지 않
는다는 말.

14325. 성미 급한 놈이 술 값 먼저 낸다.
성미가 급한 사람이 하는 일은 손해를 보는 일이 많
는 뜻.

14326. 성미 급한 사람이 오래 못 산다.
성미가 조급한 사람은 쓸데없이 신경을 많이 쓰게 되
므로 장수하기 어렵다는 뜻.

14327. 성복 뒤에 약방문이다. (成服後 薬方文)
초상이 난 사흘 후 성복해서 약방문을 가져오듯이 이
미 때가 늦어서 아무 소용이 없다는 뜻.

14328. 성복제(成服祭) 지내는 데 약 공론(薬公
論) 한다.
초상 난 나흘 만에 성복제를 치른 뒤에 약 공론을 하
듯이 이미 때가 늦어 아무 소용이 없다는 뜻.

14329. 성복 후에 약 공론한다.
이미 때가 늦어 아무 소용이 없게 되었다는 뜻.

14330. 성사된 일을 지키는 것도 쉬운 일은 아니
다. (守成不易)
성공하기도 어렵지만 성공한 것을 수호하기도 어렵
다는 말.

14331. 성(城) 쌓고 남은 돌이다.
세상에서 쓸모 없는 존재라는 뜻.

14332. 성성이는 말은 하지만 역시 짐승을 벗어
나지 못한다. (猩猩能言 不離禽獸) 〈禮記〉
말만 잘한다고 사람 대접을 받는 것이 아니고 행동을
잘해야 사람 대접을 받는다는 뜻.

14333. 성스럽게 되고 어리석게 되는 것은 다 나
에게 달렸다. (爲聖爲愚 在我而已) 〈晦齋全書〉

잘나고 못나는 것은 다 자신에게 달렸다는 뜻.

14334. 성스럽지 않은 책은 읽지 말라.
(非聖之書勿讀) 〈栗谷全集〉
책은 좋은 책을 가려서 읽어야 한다는 뜻.

14335. 성실하지 못하면서 남을 움직인 사람은 아
직까지 없다. (不誠未有能動者) 〈孟子〉
성실하지 못하면 남들이 믿어 주지를 않기 때문에 남
을 움직일 수 없다는 뜻.

14336. 성실한 사람은 언제나 편안하고 이롭다.
(材慤者常安利) 〈荀子〉
성실한 사람은 군중들과 잘 융화가 되기 때문에 항상
편안하게 살 수가 있으며 이로운 일들만 생긴다는
뜻.

14337. 성실해야 할 것은 일의 시작과 마무리이다.
(誠者 物之終始) 〈子思〉
무슨 일이나 특히 시작과 끝을 잘해야 한다는 뜻.

14338. 성 안에 사는 여우요 사당에 사는 쥐다.
(城狐社鼠) 〈韓非子〉
큰 세력에 의지하여 나쁜 짓을 하는 사람을 비유하
는 말.

14339. 성은 나지만 감히 말을 못 한다.
(發怒不敢言)
화는 나도 차마 상대방에게 말을 못 하고 참는다는 말.

14340. 성(姓)은 피가(皮哥)라도 동지(同知) 맛
에 산다.
근본은 좋지 못한 사람이 외양이 잘났다고 뽐내는 사
람을 두고 하는 말. ※ 동지 : 옛날의 동지 중추 부사
(同知中樞府使)의 준말.

14341. 성은 피가지만 옥관자(玉貫子) 맛에 산다.
근본은 좋지 못한 사람이 외양이 잘났다고 뽐내는
사람을 두고 하는 말. ※ 옥관자 : 옛날 종일품(從一
品) 이상의 벼슬아치가 달던 관자.

14342. 성을 갈겠다.
두번 다시 하지 않겠다고 다짐하는 말.

14343. 성이 달라 남이다. (姓不同他)
성만 달라서 남이지 실제는 한집안 식구마냥 다정하
게 지내는 처지라는 뜻.

14344. 성이 몹시 나서 머리카락이 관을 추켜든
다. (怒髮衝冠) 〈史記〉
머리카락이 곤두설 정도로 화가 났다는 말.

14345. 성이 잔뜩 났다. (怒發大發)
참지 못할 정도로 화가 몹시 났다는 뜻.

14346. 성이 하늘까지 치민다. (怒氣衝天)
하늘까지 치솟을 정도로 화가 났다는 뜻.

14347. 성인 군자(聖人君子)도 가난 좋아하는 사
람 없다.
사람이라면 누구나 다 가난은 싫어한다는 뜻.

14348. 성인 군자도 남의 첩이 되면 변한다.
아무리 본바탕이 좋은 사람도 첩살이를 하게 되면 변
하듯이 사람은 환경에 따라 간악하게도 된다는 뜻.

14349. 성인 군자도 먹어야 성인 군자다.
아무리 훌륭한 사람이라도 굶주리게 되면 착한 행동
만을 하지 못하게 된다는 뜻.

14350. 성인도 시속을 따른다. (聖人從時俗)
아무리 훌륭한 사람이라도 그 시대의 풍속을 따라야
한다는 말.

14351. 성인도 하루에 죽을 말을 세 번 한다.
아무리 훌륭한 사람도 실수를 할 수 있다는 말.

14352. 성인은 꿈을 꾸지 않는다. (聖人無夢)
〈大惠語錄〉
훌륭한 사람은 걱정이 없기 때문에 꿈을 꾸지 않고
잠을 편히 잘 수 있다는 뜻.

14353. 성인은 두 마음이 없다. (聖人無兩心)
〈荀子〉
성인은 한 가지 마음 외에 딴 마음은 없다는 뜻.

14354. 성인은 잡스럽지 않다. (聖人不雜)
〈揚子法言〉
성인의 마음은 순결(純潔)하기 때문에 잡스러움이 없
다는 뜻.

14355. 성인이라야 성인을 알아본다.
(聖人能知聖人)
성인이라야 참된 성인을 알 수 있다는 말.

14356. 성인이 벼락 맞는다.
성인도 애매하게 벼락을 맞듯이 세상에는 착한 사람
이 억울하게 화를 당한다는 뜻.

14357. 성주(城主)에 놓고 조왕(竈王)에 놓고 터
주에 놓으니까 남는 것이 없다.
여러 사람에게 뜯기면 자신이 차지할 것이 없게 된
다는 뜻. ※ 성주 : 집터를 맡은 지신(地神). 조왕 :
부엌을 맡은 신.

14358. 성주에 뜯기고 조왕에 뜯기고 터주에 뜯기

니 먹을 것이 없다.

여러 군데에 뜯기게 되면 본인이 차지할 것이 없게 된다는 뜻.

14359. 성질은 강약이 겸해야 한다. (質性有強弱)
〈齊氏要術〉

성질은 강하고도 부드러워야 한다는 뜻.

14360. 성품은 한번 방종해지면 다시 돌이킬 수 없다. (性一縱 則不可反) 〈景行錄〉

성품은 한번 나쁘게 되면 바로 잡을 수 없게 되므로 처음부터 잘 수양하도록 해야 한다는 뜻.

14361. 성품이 조급하고 마음이 거칠다.
(性躁心粗)

성격이 급하고 치밀하지 못한 사람은 무슨 일이나 성공하지 못한다는 뜻.

14362. 성한 발에 침 놓기다.

하지 않아야 할 일을 하고서 쓸데없이 그 후환을 받게 된다는 뜻.

14363. 성황(城隍) 위해 성황제 지내나 저 위해 지내지.

무슨 일이나 남 위해서 하는 것이 아니라 다 자기 위해서 한다는 뜻.

14364. 성황 고와서 절하나 저 위해 절하지.

무슨 일이나 남을 위해서 하는 것이 아니라 자신을 위해서 하는 것이라는 뜻.

14365. 섶을 안고 불을 끈다. (抱薪救火) 〈淮南子〉
(1) 재해를 없애려다가 자멸(自滅)한다는 뜻.
(2) 재해를 없앤다는 것이 도리어 확대된다는 뜻.

14366. 섶을 지고 불로 들어간다. (負薪入火)

스스로 사서 고생을 한다는 뜻.
※ 섶 : 섶나무의 준말.

14367. 세금 부과는 가볍게 해야 한다. (薄賦斂)
〈春秋左傳〉

국민들에게 세금을 가볍게 부과해야 국민의 지지를 받는다는 뜻.

14368. 세금을 과중하게 거두면 망하게 된다.
(聚斂者亡) 〈荀子〉

국민에게 과중한 세금을 부과하면 국민들이 폭동을 일으켜 망하게 된다는 뜻.

14369. 세 끼를 굶으면 쌀 지고 오는 놈이 있다.

사람은 아무리 곤궁하더라도 굶어죽게 되지는 않는다는 뜻.

14370. 세 난 장사 말랬다.

혼자서만 많이 파는 장사는 남의 원한을 사기 때문에 하지 말라는 뜻.

14371. 세 날 짚신에도 제 날이 좋다.

결혼은 서로 정도가 같은 사람끼리 해야 좋다는 뜻.

14372. 세단풍도 구시월이 한철이다.

단풍은 구시월이 가장 아름답듯이 무슨 일이나 다 때가 있다는 뜻.

14373. 세도(勢道) 적에 인심 내랬다.

세도가 있을 때 군중에게 인심을 얻어야 세도가 몰락된 뒤에도 잘살 수 있다는 뜻.

14374. 세력 쓸 때 인심 사랬다.

세력이 있을 때 민중에게 인심을 얻어야 세력이 몰락된 뒤에도 존경을 받게 된다는 뜻.

14375. 세력으로 맺어진 인연은 세력이 없어지면 그 인연은 끊어진다. (以勢交者 勢傾則絶)
〈文中子, 中説〉

권세로써 맺어진 인연은 그 권세가 쇠퇴해지면 인연도 끊어지게 되고 만다는 뜻.

14376. 세력은 세력 따라 커진다. (因勢乘勢)

세력은 세력을 배경으로 삼아 점점 강대해진다는 뜻.

14377. 세력은 십 년 못 간다. (勢不十年)

세력은 대개 십 년 정도밖에 유지 못한다는 뜻.

14378. 세력은 양립될 수 없다. (勢不兩立)
〈史記, 三國吳志〉

두 개의 세력은 대립될 수 없다는 뜻.

14379. 세력을 믿고서 외로운 사람들을 업신여기지 말라. (毋恃勢力而凌逼孤寡) 〈朱子〉

세력이 있다고 세력 없는 사람을 업신여겨서는 안 된다는 말.

14380. 세력이 있는 사람에게는 빼앗기는 것뿐이다. (勢家所奪)

세력이 없는 사람은 세력이 있는 사람에게 빼앗기는 것밖에 없다는 말.

14381. 세물전(貰物廛) 영감 알듯 한다.

무엇이나 모르는 것이 없이 다 잘 안다는 뜻.
※ 세물전 : 옛날 관혼상제(冠婚喪祭)때 쓰는 물건을 세 놓는 가게.

14382. 세 번만 참으면 살인도 면한다.

세 번만 참으면 아무리 분한 일이라도 참을 수 있게 된다는 뜻.

14383. 세 번 싸워 세 번 달아난다. (三戰三走)
〈史記〉

싸울 적마다 패배(敗北)한다는 뜻.

14384. 세 번 생각한 다음에 말을 하라.
(三思一言)

무슨 말을 할 때에는 잘 생각한 다음에 하라는 뜻.

14385. 세 번 생각한 다음에 집행하라.
(三思而後行) 〈論語〉

무슨 일을 하려면 먼저 여러 번 생각한 다음에 하라는 말.

14386. 세부 측량(稅附測量)에 땅 날리듯 한다.

일제(日帝)가 농민들의 토지를 약탈할 때 토지 빼앗기듯이 제 것을 하잘 것 없이 빼앗긴다는 뜻.

14387. 세 사람만 우겨대면 없는 호랑이도 만들어 낸다. (三人成虎) 〈戰國策〉

세 사람만 같은 말을 하게 되면 거짓말도 믿게 된다는 뜻.

14388. 세 사람의 모사(謀事)는 같지 않다.
(六耳不同謀) 〈碧巖集〉

여러 사람의 의견은 합의(合意)되기가 어렵다는 뜻.

14389. 세 사람이 가는 곳에는 반드시 나의 스승이 있다. (三人行 必有我師) 〈論語〉

여러 사람이 있으면 그 중에는 잘 아는 사람도 있다는 뜻.

14390. 세 사람이 같이 일하면 반드시 한 사람의 슬기 있는 사람이 있다. (三人同行 必有一智)

여러 사람이 모이면 그 중에는 반드시 지혜로운 사람이 있다는 말.

14391. 세 사람이 길동무를 하면 하나가 떨어지게 된다.

여러 사람이 함께 일을 하게 되면 그 중에는 뒤떨어지는 사람이 있게 된다는 뜻.

14392. 세 사람이 길을 가면 길잡이가 있게 마련이다.

여러 사람이 협력하게 되면 무슨 일이나 다 잘 할수 있다는 뜻.

14393. 세 사람이 노름을 하면 하나는 거지가 된다.

여러 사람이 노름을 하게 되면 반드시 돈을 많이 잃는 사람이 있다는 뜻.

14394. 세 사람이면 망설이는 일이 없다.
(莫三人而迷) 〈晏子春秋〉

세 사람이 상의를 하면 어려운 일도 해결할 수 있다는 뜻.

14395. 세 사람이 모사하면 제갈량(諸葛亮) 보다 낫다.

여러 사람이 짜낸 지혜는 어느 훌륭한 사람이 짜낸 지혜보다도 낫다는 뜻.

14396. 세 사람이 알면 세상이 다 알게 된다.

소문은 나기 시작하면 순식간에 온 세상에 다 퍼지게 된다는 뜻.

14397. 세 사람이 점을 치면 두 사람의 점을 따라야 한다. (三人占 從二人) 〈商書〉

여러 사람이 논의(論議)할 때는 다수가결(多數可決)로 해야 한다는 말.

14398. 세 사람이 합심하면 흙으로도 금을 만든다. (三人一條心 黃土變成金)

여러 사람이 합심하면 무슨 일이든지 다 할 수 있다는 뜻.

14399. 세 살 난 아이가 물가에서 노는 것 같다.

어린 아이를 물가에 놓은 것마냥 위태하여 마음이 불안하다는 뜻.

14400. 세 살 때 먹은 오려 송편까지 넘어온다.

몹시 눈꼴이 틀리고 아니꼬와 비위가 뒤집혀서 토할 것만 같다는 뜻.

14401. 세 살 때 못 만난 것이 한이다.

정다운 부부가 좀더 일찍부터 만났더라면 하는 데서 하는 말.

14402. 세 살 때 버릇이 여든까지 간다.
(三歲之習 至于八十) 〈耳談續纂〉

한번 든 버릇은 고치기가 매우 어렵다는 뜻.

14403. 세 살 먹은 아이도 제 손의 것은 안 내놓는다.

사람은 욕심이 있기 때문에 제 것은 남을 주려고 하지 않는다는 뜻.

14404. 세 살에 경풍(驚風)으로 죽으나 여든에 상한(傷寒)으로 죽으나 죽기는 마찬가지다.

일찍 죽으나 늦게 죽으나 죽기는 일반이기 때문에 할 일을 하고 죽겠다는 뜻.

14405. 세 살에 죽으나 여든에 죽으나 죽기는 일반이다.

언제 죽으나 죽기는 마찬가지기 때문에 몸을 아껴 가며 일을 해서는 안 된다는 뜻.

14406. 세 살이면 도리질한다.
　어린애가 도리질을 하는 것은 보통 팔, 구 개월이면
하는데 이것을 세 살에 하듯이 재능이 남보다 늦다는
뜻.

14407. 세 살 적 마음이 여든까지 간다.
　(三歲志 八十至)　　　　　　　〈洌上方言〉
　어렸을 때 마음씨가 늙을 때까지 변하지 않는다는 말.

14408. 세 살 적부터 무당질을 해도 목두기라는
귀신은 처음 듣는다.
　오랫동안 여러 사람들과 접촉해 보았으나 이 같은 사
람은 처음 보았다는 뜻.

14409. 세상과 더불어 상관이 없다. (與世無涉)
　이 세상과 상관없이 조용히 산다는 뜻.

14410. 세상도 변하고 풍속도 달라진다.
　(世變風移)　　　　　　　　　　〈書經〉
　사회가 발전됨에 따라 사회가 변하면 풍속도 따라서
변하게 된다는 뜻.

14411. 세상 모르고 약은 것은 세상이 넓은 못난
이만 못하다.
　사람은 많이 보고 듣고 해서 많이 알아야 한다는 뜻.

14412. 세상 물정(物情)도 모르고 날뛴다.
　세상이 어떻게 돌아가는지도 모르고 함부로 날뛴다는
뜻.

14413. 세상 물정도 모르고 철없는 어린 아이다.
　(蒙幼未知)
　세상이 어떻게 돌아가는지도 모르는 어린 아이 같은
사람이라는 뜻.

14414. 세상 벙어리가 다 말해도 너만은 가만히
있거라.
　세상 사람들이 무슨 소리를 하더라도 너만은 아무 말
도 못할 처지에 있다는 뜻.

14415. 세상 사람들과 함께 행동해야 한다.
　(與世俯仰)
　세상에서 혼자는 못 살기 때문에 세상 사람들과 행동
을 함께 해야 한다는 뜻.

14416. 세상 사람들은 이로운 일만 있으면 다 즐
겨 온다. (天下熙熙 皆爲利來)　　　〈史記〉
　누구나 이로운 일만 보면 좋아서 모여든다는 말.

14417. 세상 사람들의 마음으로 세상을 보라.
　(以天下觀天下)　　　　　　　　　〈老子〉
　위정자는 문제를 주관적으로 보지 말고 군중적인 입
장에서 객관적으로 보라는 뜻.

14418. 세상 사람들의 입맛은 서로 비슷하다.
　(天下之口相似)　　　　　　　　　〈孟子〉
　사람들이 하고 싶은 일은 서로 비슷하다는 뜻.

14419. 세상 사람들의 입을 막는다. (鉗天下之口)
　　　　　　　　　　　　　　　　　〈漢書〉
　국민들의 언론 자유를 박탈한다는 뜻. ↔ 군중들의
입을 막기는 어렵다.

14420. 세상 사람들이 받는 화는 하늘에서 내려온
것은 아니다. (下民之孼 匪降自天)　〈詩經〉
　사람들이 화를 받게 되는 것은 하늘에서 주는 것이
아니라 자신이 지는 대가(代價)라는 말.

14421. 세상에는 공것이 없다.
　세상에는 거저 주고받는 것이 없다는 뜻.

14422. 세상에는 길이 있으므로 질서를 잃어서는
안 된다. (天下有道則不失紀序)　　〈史記〉
　세상에는 그 세상에 알맞는 질서가 없이는 유지될 수
없다는 말.

14423. 세상에는 독불장군(獨不將軍) 없다.
　세상을 등지고 혼자서 고립된 채 잘살 수는 없다는
뜻.

14424. 세상에는 말 다하고 죽은 귀신은 없다.
　세상에 살다 보면 하고 싶은 말도 많지만 참고 살다가
죽듯이 할 말이 있어도 참아야 할 말은 참아야 한다
는 뜻. ↔ 세상에 말 못 하고 죽은 귀신 없다.

14425. 세상에는 버릴 것이 없다. (天下無棄物)
　세상에는 버릴 것이 아무것도 없다는 말.

14426. 세상에는 팔아먹지 못하는 것이 없다.
　(天下無不賣物)　　　　　　　　〈柳光億傳〉
　세상에는 못 쓸 것이 없기 때문에 다 팔아먹을 수
있다는 뜻.

14427. 세상에 드문 인재다. (不世之材)
　세상에서 보기 드문 인재라는 뜻.

14428. 세상에 마상(馬上)에 별 일 다 보겠다.
　세상에서 보다보다 별별 일을 다 보았다는 뜻.

14429. 세상에 말 못 하고 죽은 귀신 없다.
　사람은 누구나 자기 할 말은 다 한다는 뜻. ↔ 세상
에는 말 다하고 죽은 귀신은 없다.

14430. 세상에 보기 드문 영웅이다. (曠世英雄)
　세상에서 매우 드문 영웅이라는 뜻.

14431. 세상에 보기 드문 재줏군이다.
　(曠世之才：稀世之才)

세상에서 매우 드문 천재라는 뜻.

14432. 세상에 살아가기가 개미 떼같이 바쁘다.
(浮世忙忙蟻子群)　　　　　　〈高騈〉
사람이 살아간다는 것은 개미와 같이 부지런히 일을
해야 한다는 뜻.

14433. 세상에 살아가면서 말 많이 하는 것을 경
계하라.(處世戒多言)　　　　　〈朱子〉
말 많은 사람은 믿을 사람이 못 되기 때문에 경계해
야 한다는 말.

14434. 세상에서 가장 강한 사람은 자기 자신을
이기는 사람이다.(自勝者強)　　〈老子〉
남을 이기는 사람보다도 자신을 이기는 사람이 가장
강한 사람이라는 뜻.

14435. 세상에서 남자의 원수는 술과 계집이다.
남자가 주색에 빠지면 집안을 망치게 되므로 삼가해
야 한다는 뜻.

14436. 세상에서 뛰어난 호걸이다.(超世之豪)
　　　　　　　　　　　　　　　〈魏志〉
세상에서 보기 드문 호걸이라는 말.

14437. 세상에서 드문 공로이다.(不世之功)
이 세상에서 매우 드문 큰 공로라는 뜻.

14438. 세상에서 악의 근원은 그 근본이 다 음식
과 여자에 대한 욕심에서 생긴다.
(天下之惡源 其本則皆出於食色之慾)
　　　　　　　　　　　　　　〈永嘉家訓〉
죄악의 근원은 음식과 여자에 대한 욕심에서 발생된
다는 뜻.

14439. 세상에서 원형이정(元亨利貞)이 제일이다.
세상을 잘 살려면 만물의 근본 이치를 알고 이에 순
응해야 한다는 뜻. ※ 원형이정 : 역학(易學)에서 말
하는 봄, 여름, 가을, 겨울이라는 말.

14440. 세상에 악한 부모는 없다.
(天下無是底父母)　　　　　　〈小學〉
어느 부모나 다 자식을 사랑하고 훌륭한 사람이 되도
록 힘쓴다는 뜻.

14441. 세상에 어려운 일은 언제나 쉬운 데서 일
어난다.(天下難事 必作於易)　〈老子〉
큰 일이 되는 것도 작은 일에서 발생된다는 말.

14442. 세상에 지붕 새는 것보다 더 더러운 것 없
다.
초가집이 새게 되면 짚 썩은 물이 방에 새기 때문에
방안 살림을 다 버리게 된다는 뜻.

14443. 세상에 큰 일은 언제나 작은 데서 시작된
다.(天下大事 必作於細)　　　〈老子〉
큰 일이라고 해서 큰 데서 시작되는 것이 아니고 작
은 데서 시작된다는 뜻.

14444. 세상에 헐한 것은 없다.
장삿군이 물건을 밑져 가면서 팔지는 않기 때문에 헐
한 물건은 없다는 말.

14445. 세상은 내가 네 것 사고 네가 내 것 사며
산다.
세상 사람들은 서로 이해 관계가 있어 서로 돕고 산다
는 뜻.

14446. 세상은 넓고도 좁다.
세상이 어떤 면에서는 매우 넓기도 하지만 어떤 면에
서는 매우 좁기도 하다는 뜻.

14447. 세상은 돌고 돈다.
세상의 부귀 공명(富貴功名)은 어느 한 사람에게만
오래 있는 것이 아니라 돌아다니고 있다는 말.

14448. 세상은 세상 사람의 세상이다.
(天下之天下)　　　　　　　　〈六韜〉
세상은 집권자 한 사람의 세상이 아니라 만민의 세상
이라는 뜻.

14449. 세상은 요지경(瑤池鏡) 속이다.
세상이 어떻게 돌아가는지 한 치 앞도 모른다는 뜻.
※ 요지경 : 확대경을 통하여 통 속의 그림을 들여다
볼 수 있도록 만든 장난감.

14450. 세상은 좁고도 넓다.
세상이 어떤 때는 매우 좁은 것 같지만 어떤 때는 매
우 넓기도 하다는 뜻.

14451. 세상은 한 사람의 세상이 아니다.
(天下非一人之天下)　　　　　〈六韜〉
세상은 집권자 한 사람의 세상이 아니기 때문에 국민
을 위한 정치를 해야 한다는 뜻.

14452. 세상을 곤궁하게 하는 사람에게는 세상이
그를 원수로 여긴다.(窮天下之者 天下仇之)
　　　　　　　　　　　　　　　〈六韜〉
세상 사람을 괴롭게 하는 사람은 세상 사람들이 다
증오(憎惡)한다는 뜻.

14453. 세상을 따르는 사람은 안전하고 따르지 않
는 사람은 위태롭게 된다.
(從之者安 不從者危)　　　　　〈荀子〉
군중과 호흡을 같이 하는 사람은 흥하고 군중과 호흡
을 같이 않는 사람은 망한다는 뜻.

14454. 세상을 따르는 사람은 존립하고 따르지 않
는 사람은 멸망한다. (從之者存 不從者亡)
〈荀子〉

대중과 호흡을 같이 하는 사람은 성공하고 호흡을 같
이 않는 사람은 망한다는 뜻.

14455. 세상을 따르는 사람은 평화롭고 따르지 않
는 사람은 어지럽게 된다.
(天下從之者治 不從者亂)　　　〈荀子〉

민중들과 호흡을 같이 하는 사람은 평화롭게 살 수
있지만 호흡을 같이 하지 않는 사람은 불안하게 된다
는 뜻.

14456. 세상을 다스리고 만민을 구제한다.
(經世濟民)

나라를 잘 다스리고 국민을 잘살 수 있게 한다는 뜻.

14457. 세상을 멀리하고 숨어 지낸다. (棄世隱遁)

소문이 나지 않게 조용한 곳에서 숨어 산다는 말.

14458. 세상을 모른다. (不知世上)

세상이 어떻게 돌아가는지 세상 일을 모른다는 말.

14459. 세상을 버리고 홀로 산다. (絶世而獨立)
〈漢書〉

세상 사람들이 많이 사는 곳을 떠나 조용한 곳에서
홀로 산다는 말.

14460. 세상을 법석대는 것은 모두 이익을 위해
서 오가는 사람들 때문이다.
(天下攘攘 利來利往), (天下攘攘 皆爲利往)
〈柳光億傳〉, 〈史記〉

세상 사람들은 모두 이권(利權)을 위하여 분주하게
다닌다는 뜻.

14461. 세상을 비방하는 소리가 높아지면 군중들
은 탄압을 받게 된다. (天下嗸嗸然 陷刑者衆)
〈漢書〉

군중들이 국가를 비방하는 것이 확대되면 탄압을 받
게 된다는 말.

14462. 세상을 싹 소제해야겠다. (掃除天下)
〈後漢書〉

세상이 부패(腐敗)하였기 때문에 깨끗하게 고쳐야겠
다는 말.

14463. 세상을 살리는 사람에게는 세상은 덕으로
그를 대한다. (生天下之者 天下之德) 〈六韜〉

세상 사람들을 잘살게 한 사람은 세상 사람들이 그를
도와 준다는 뜻.

14464. 세상을 살아가는 데는 반드시 성공만 있는

것은 아니다. (處世不必邀功)　　　〈菜根譚〉

세상을 살아가자면 성공만 있는 것이 아니라 실패도
있기 때문에 전자를 위하여 노력하라는 뜻.

14465. 세상을 새장으로 만들면 새가 도망칠 곳이
없다. (以天下爲之籠 則雀無所逃)　　〈莊子〉

나라를 하나의 감옥으로 만들면 국민들은 꼼짝 못하
고 갇혀 산다는 뜻.

14466. 세상을 속이는 도둑놈으로 유명하다.
(欺世盜名)

세상을 기만(欺瞞)하는 사람으로 유명하다는 뜻.

14467. 세상을 위태롭게 하는 사람에게는 세상이
그에게 재앙을 준다. (危天下之者 天下災之)
〈六韜〉

세상 사람들을 위태롭게 하는 사람은 세상 사람들이 다
증오하기 때문에 재앙을 받게 된다는 말.

14468. 세상을 위하여 이로운 일을 늘리고 해로운
일은 제거해야 한다. (爲天下興利除害)
〈史記〉

국가를 발전시키기 위하여서는 이로운 일은 널리 보
급시키고 해로운 일은 가능한 한 제거하도록 해야 한
다는 뜻.

14469. 세상을 이롭게 하는 사람에게는 세상이 그
의 길을 열어 준다. (利天下者 天下啓之)
〈六韜〉

세상을 이롭게 하여 세상 사람들을 잘 살게 해 주는
사람은 그도 역시 세상 사람들로부터 도움을 받게 되
어 이롭게 된다는 뜻.

14470. 세상을 태평하게 한 공로는 한 사람의 힘
이 아니다. (太平之功 非一人之力也)　〈王良〉

국가를 태평하게 한 공로는 한 사람으로 이루어진 것
이 아니라 온 국민의 힘이 합해져서 이루어진 것이라
는 말.

14471. 세상을 편안하게 하는 사람에게는 세상이
그를 믿어 준다. (安天下之者 天下信之)
〈六韜〉

세상을 편안하게 해준 사람은 세상 사람이 다 그를
믿고 의지한다는 뜻.

14472. 세상을 평화롭게 다스린다. (天下艾安)
〈漢書〉

국가를 평화스럽게 정치한다는 뜻.

14473. 세상을 해롭게 하는 사람에게는 세상 사
람들이 그 앞길을 막는다.
(害天下者 天下閉之)　　　　　〈六韜〉

세상을 해롭게 한 사람은 세상 사람들이 그를 제거한
다는 뜻.

14474. 세상을 해치는 사람은 세상이 그를 해친
다.(殺天下之者 天下賊之)　　　〈六韜〉
세상을 망군 사람은 세상 사람들이 그를 해치게 된다
는 말.

14475. 세상을 현혹시키고 국민들을 기만한다.
(惑世誣民)　　　〈大學〉
세상 사람들을 꾀어 세상을 미혹(迷惑)하게 한다는
뜻.

14476. 세상의 화는 사람을 죽이는 것보다 더 심
한 것은 없다.(天下之禍 莫甚於殺人)
〈避暑錄話〉
(1) 세상에서 제일 큰 화는 사람을 죽여 민심을 소란
시키는 것이라는 뜻.
(2) 사람을 죽여서는 안 된다는 뜻.

14477. 세상이 고통스러워 바로 잡고 싶은 마음
이 생긴다.(怖苦發心)
고통스러운 세상에 사는 사람들은 살기 좋은 세상으
로 만들고 싶은 마음이 생긴다는 뜻.

14478. 세상이 돈짝만하다.
세상에 무서운 것이 있어 보이지 않는다는 뜻.

14479. 세상이 돌아가는 대로 따라가야 한다.
(與世推移)
사람은 세상이 변화되어 가는 대로, 따라가야 한다는
말.

14480. 세상이 맑으면 맑게 살고 흐리면 흐리도
록 내가 따라 살아야 한다.(淸濁自適)
세상이 좋든 말든 아무런 불평을 하지 말고 순리대로
살라는 뜻.

14481. 세상이 무서워 벌벌 떤다.(天下震慴)
〈漢書〉
세상이 무서워 불안하다는 뜻.

14482. 세상이 바뀌면 일도 달라진다.
(世異則事異)　　　〈韓非子〉
세상이 변천하면 하는 일도 달라지게 된다는 뜻.

14483. 세상이 변하는 대로 따라 변한다.
(與世浮浮)
세상이 변천하는 대로 이에 동화(同化)하라는 뜻.

14484. 세상이 불탄 자리같이 되었다.
(天下敎然若燒若焦)　　　〈荀子〉

세상이 불탄 자리같이 폐허(廢墟)가 되었다는 뜻.

14485. 세상이 어지러우면 궁하게 된다.(亂則窮)
〈荀子〉
세상이 혼란하게 되면 경제도 파탄되어 곤궁하게 된
다는 뜻.

14486. 세상이 어지러워야 호걸(豪傑)도 난다.
세상이 어지럽게 되면 이를 수습(收拾)하는 호걸이
나타나게 된다는 뜻.

14487. 세상이 어지럽고 흐려 분간을 못 한다.
(世溷濁而不分)　　　〈楚辭〉
세상이 극도로 혼란되어 바로 잡을 바를 모른다는 뜻.

14488. 세상이 태평하려면 정치가 공평해야 한다.
(天下之所以平者 政平也)　　　〈子華子〉
세상이 평화스럽게 되려면 정치를 공평하게 하지 않
으면 안 된다는 뜻.

14489. 세상 인정은 돈 있는 집으로 향하게 된다.
(世情 便向有錢家)　　　〈王參政〉
세상 인정이 돈 많은 사람에게로 쏠린다는 뜻.

14490. 세상 인정은 차고도 따뜻하다.(世情冷暖)
세상 인정은 차고도 따뜻하기 때문에 자신의 행동에
따라 선정된다는 뜻.

14491. 세상 일은 마치 기러기 발자국처럼 그 행
로가 분명하지 않다.(世事已如鴻印爪)〈戴良〉
세상 일이 어떻게 돌아가는가 앞날을 분명히 알 수 없
다는 뜻.

14492. 세상 일은 예측하기가 어렵다.(世事難測)
세상의 모든 일은 미리 짐작할 수가 없다는 뜻.

14493. 세상 일을 모르고 산다.(忘世間之甲子)
(1) 일에 골몰하여 세상 일을 모르고 산다는 말.
(2) 항상 술에 취하여 세상 일을 모르고 산다는 말.

14494. 세상 일이란 바둑 두는 것과 같다.
(世事如碁)
세상 일은 바둑과 같이 잘하면 성공하고 못하면 실
패한다는 뜻.

14495. 세 어미 딸 두부 앗듯 한다.
혼자서 해도 될 일을 어머니와 딸 셋이 두부를 만드
느라고 수선스럽기만 하듯이 수선스럽고 시끄럽기만
하고 일이 잘 안 된다는 뜻.

14496. 세우 찧는 절구에 손 들어갈 때 있다.
(數舂之臼 尙或納手)　　　〈耳談續纂〉
아무리 바쁜 일이라도 틈을 낼 수 있다는 뜻.

※ 세우:「자주」의 사투리.

14497. 세월만 유유히 보낸다. (悠悠度日 : 消磨歲月)
하는 일 없이 세월만 보낸다는 말.

14498. 세월은 가면 돌아오지 않는다. (往而不來者年也)
세월은 한번 지나가면 다시 못 돌아오기 때문에 아껴야 한다는 뜻.

14499. 세월은 길고 인생은 짧다.
인생 일생이 매우 짧기 때문에 그 귀중한 세월을 유효하게 소비해야 한다는 뜻.

14500. 세월은 나를 공부하라고 늦춰 주지는 않는다. (明逝矣歲不我延)　〈朱子〉
세월이 나에게 공부하라고 시간을 늦춰 주지 않기 때문에 내가 시간을 아껴서 공부해야 한다는 뜻.

14501. 세월은 나를 기다려 주지 않는다.
(歲不我與)　〈論語〉
세월은 나를 위하여 기다려 주지 않기 때문에 내가 시간을 아껴 써야 한다는 뜻.

14502. 세월은 말없이 지나가도 사연(事緣)은 남겨 준다.
세월은 말없이 흘러도 여기에는 잊을 수 없는 사연들이 담겨 있다는 뜻.

14503. 세월은 문 틈으로 보는 말처럼 달린다.
(隙駒光陰)
문 틈으로 보는 말처럼 세월이 몹시 빨리 지나간다는 뜻.

14504. 세월은 물과 같이 흐른다. (日月如水 : 光陰逝水 : 歲月如流)
세월은 쉬지 않고 빠르게 흐른다는 뜻.

14505. 세월은 빠르기 때문에 아껴야 한다.
(流光可惜)　〈漢陰集〉
세월은 빠르고 인생은 짧기 때문에 시간을 낭비하지 말라는 뜻.

14506. 세월은 사람을 기다리지 않는다.
(歲月不待人)　〈陶潛〉
세월은 사정없이 흐르기 때문에 아껴 써야 한다는 뜻.

14507. 세월은 잡지 못한다.
세월을 잡아 늦게 가게 할 수는 없다는 뜻.

14508. 세월은 화살 같다. (光陰如箭)　〈李益〉
(1) 세월이 매우 빠르다는 뜻. (2) 세월은 한 번 가면 다시 못 돌아온다는 뜻.

14509. 세월은 흐르는 물 같다.
(光陰如流水 : 光陰似逝水)
(1) 세월이 몹시 빠르다는 말. (2) 세월은 한번 가면 다시 못 돌아온다는 뜻.

14510. 세월을 어름어름 보낸다. (氷氷過去)
아무것도 하는 일 없이 세월을 보낸다는 뜻.

14511. 세월을 헛되이 보낸다.
(虛送歲月 : 消遣歲月)
아무것도 하는 것이 없이 세월을 보낸다는 말.

14512. 세월이 가는 것도 모른다. (不知歲月)
일에 골몰하여 세월이 가는 것도 모른다는 뜻.

14513. 세월이 말한다.
세월이 지나가면 저절로 알게 된다는 뜻.

14514. 세월이 변하고 바뀌어진다. (歲月遷訛)
　〈宋書〉
세월이 변하고 변하여 오래 되었다는 말.

14515. 세월이 아깝다.
젊은 시절을 헛되게 보낸 것이 늙어서 후회가 된다는 뜻.

14516. 세월이 약이다.
속이 상하는 일이 있어도 시일이 지나면 잊혀지게 된다는 뜻.

14517. 세월이 원수다.
세월이 지나갈수록 늙어만 진다는 뜻.

14518. 세월이 좀 먹을까?
세월은 좀이 먹지 않으므로 흐를 대로 흐른다는 뜻.

14519. 세월이 지나면 비밀도 없다.
일시적인 비밀은 있어도 영구한 비밀이란 있을 수 없다는 말.

14520. 세월이 해결한다.
해결이 못 된 것도 세월만 지나가면 저절로 해결된다는 뜻.

14521. 세월이 흐르면 사물도 변한다. (時移事往)
세월이 흐르면 만물도 변한다는 뜻.

14522. 세인의 이목을 속인다. (掩人耳目)
사람들의 이목을 속인다는 뜻.

14523. 세 잎 주고 집 사고 천 냥 주고 이웃 산다.
좋은 이웃을 찾아서 살아야 한다는 뜻.

14524. 세째 딸은 선도 보지 말랬다.
세째 딸은 손 위 두 언니의 본을 떠 행실이 얌전하기 때문에 선을 안 보아도 된다는 말.

14525. 세전(歲前) 토끼다.
토끼가 늘 다니는 길만 다니듯, 변통성이 없다는 뜻.

14526. 세 치의 짧은 혀가 만 리를 뻗친다.
(短舌延萬里)
짧은 혀로 지껄인 말이 만 리 밖에까지 퍼진다는 뜻.

14527. 세 치의 혀가 백만의 군대보다 더 강하다.
(三寸之舌 彊於百萬之師) 〈史記〉
잘하는 말은 군대보다도 무섭다는 뜻.

14528. 세 치의 혀가 칼보다 더 날카롭다.
(三寸之舌 芒于劍) 〈黃憲〉
말이 칼보다도 더 무섭다는 뜻.

14529. 세 치의 혀가 칼보다도 날카롭다.
(三寸之舌 芒于劍) 〈天祿閣外史〉
무기보다도 말이 사람을 해치는 위력이 크다는 뜻.

14530. 세 치 혀가 다섯 자 몸을 망친다.
입을 잘못 놀리게 되면 신세를 망치게 된다는 뜻.

14531. 세코 짚신도 제 날이 좋다.
(扉旣草緯亦願草經) 〈耳談續纂〉
빈천(貧賤)한 사람이 부귀(富貴)한 집에서 배우자를 구하는 것은 좋지 못하다는 뜻.

14532. 세 판에서 두 번 이긴다. (三板兩勝)
세 판에서 두 번 이기면 승리한다는 뜻.

14533. 센 개꼬리 시궁창에 삼 년 묻었다 보아도 센 개꼬리다.
본질이 나쁜 것은 고칠 수 없다는 뜻.

14534. 센 놈에게는 먹히고 긴 놈에게는 감긴다.
약한 자는 강한 자에게 손해를 보게 된다는 뜻.

14535. 센둥이가 검둥이고 검둥이가 센둥이다.
흰 개든지 검은 개든지 개는 개이듯이 사람만 바꾼다고 해결이 되는 것은 아니라는 뜻.

14536. 센 말 볼기짝 같다.
센 말 궁둥이마냥 얼굴이 허여멀쑥하다는 뜻.

14537. 센 바람이 불어야 굳센 풀을 알아본다.
(疾風知勁草) 〈後漢書〉
센 바람이 불어야 바람에 잘 견디는 풀을 알아볼 수 있듯이 간고한 때에 지조(志操)가 굳은 사람을 알 수 있다는 말.

14538. 셈은 셈이다.
셈은 많고 적고 간에 제 때에 정확하게 해야 한다는 뜻.

14539. 셋방살이 면할 날 없다.
일생을 두고 제 집 한칸 못 지니고 셋방살이만 하고 있다는 뜻.

14540. 셋방에서 불 낸다.
평소에 밉던 사람이 사고를 내서 더욱 밉다는 뜻.

14541. 션찮은 국에 입만 덴다.
변변치 못한 국에 입만 데듯이 변변치 않은 사람에게 망신을 당했다는 뜻.

14542. 소가 개 보듯 한다.
무관심(無關心)하게 본 둥 만 둥 대한다는 뜻.

14543. 소가 뒷걸음질하다가 쥐 잡은 격이다.
생각지도 않은 일이 요행으로 잘 이루어졌다는 뜻.

14544. 소가 밟아도 꿈쩍 없다. (牛踏不破)
(1) 물건이 튼튼하다는 뜻. (2) 사람의 성격이 굳고 튼튼하다는 뜻.

14545. 소가 여우보다 낫다.
간사스러운 사람보다는 미련한 사람이 낫다는 뜻.

14546. 소가 웃다가 꾸러미 째지겠다.
소가 웃을 정도로 매우 우습다는 말.

14547. 소가 제 덕석 뜯어먹기다.
자신이 자신을 좀먹는다는 말.
※ 덕석 : 추울 때 소 등을 덮어 주는 멍석.

14548. 소가 짖겠다.
너무나 어처구니가 없다는 뜻.

14549. 소가 크다고 왕 노릇할까?
지혜가 없이 힘만 가지고서는 지도자 위치에 설 수 없다는 뜻.

14550. 소가 힘세다고 왕 노릇할까?
힘만 가지고는 세상에서 지도자가 될 수 없다는 뜻.

14551. 소 갈 데 말 갈 데 다 다녔다. (牛往馬往)
갈 수 있을 만한 곳은 다 다녔다는 뜻.

14552. 소갈머리가 못 돼먹었다.
소견 쓰는 것이 못되게만 쓰는 나쁜 사람이라는 뜻.

14553. 소갈머리가 없다.
소견이 전혀 없는 용렬한 사람이라는 뜻.

14554. 소갈머리가 한푼어치도 없다.

소견이 매우 좁은 사람을 가리키는 말.

14555. 소 같고 곰 같다.
　　소나 곰같이 미련한 사람이라는 뜻.

14556. 소같이 마시고 말같이 먹는다. (牛飮馬食)
　　음식을 매우 많이 먹는다는 말.

14557. 소같이 먹는다.
　　음식을 매우 많이 먹는다는 뜻.

14558. 소같이 벌어서 쥐같이 먹으랬다.
　　벌기는 많이 벌고 쓰기는 조금 쓰라는 뜻.

14559. 소같이 일하고 쥐같이 먹으랬다.
　　벌기는 많이 벌고 쓰는 것은 아껴 쓰라는 뜻.

14560. 소같이 일한다.
　　소와 같이 일을 꾸준히 한다는 뜻.

14561. 소 걸음이다. (牛步)
　　(1) 걸음걸이가 느리다는 뜻. (2) 걸음이 느리기는 하
　　나 꾸준하다는 뜻.

14562. 소견이 메인 담배 꼭지 같다.
　　메인 담배 꼭지마냥 소견이 꼭 막혀 답답하다는 뜻.

14563. 소견이 바늘 구멍만하다.
　　소견이 바늘 구멍마냥 몹시 좁다는 뜻.

14564. 소견이 좁거든 간악(奸惡) 하지나 말거나.
　　소견이 없는 데다가 간악하여 아무 데도 쓸모가 없다
　　는 뜻.

14565. 소견하고는 담을 쌓았다.
　　소견이 좁고 용렬한 사람을 가리키는 말.

14566. 소경 갓난아이 주무르듯 한다.
　　무슨 일을 알지도 못하고 어물어물하고만 있다는 뜻.

14567. 소경 거울 보기다.
　　수고는 해도 아무 소득도 없다는 뜻.

14568. 소경 관등(觀燈) 구경하듯 한다.
　　장님이 사월 초파일 관등 놀이를 구경하듯 봐도 모르
　　는 것을 구경한다는 말.

14569. 소경 굿 보기다.
　　장님이 굿하는 구경을 하듯이 봐도 모르는 일을 참견
　　한다는 말.

14570. 소경 눈 뜬 것 같다.
　　몹시 황홀(恍惚) 하고도 매우 기쁘다는 뜻.

14571. 소경 눈병 앓기다. (盲人眼疾)　　〈旬五志〉
　　있거나 말거나 아무 상관이 없다는 뜻.

14572. 소경 눈치 보아 무엇하나 점을 잘 쳐야
　　지.
　　헛수고만 하지 말고 자신이 맡은 일이나 충실히 하라
　　는 뜻.

14573. 소경 담 너머 보기다.
　　아무 성과도 없는 어리석은 짓을 한다는 뜻.

14574. 소경 도가(都家) 다.
　　여러 사람들이 모여서 쓸데없는 이야기들만 하고 있
　　다는 뜻.

14575. 소경도 제 집은 찾아간다.
　　아무리 어리석은 사람이라도 늘 하는 일은 하게 된다
　　는 뜻.

14576. 소경된 내 탓이지 개천 나무라 무엇 하나.
　　잘못은 내 잘못인데 남을 탓해서는 안 된다는 뜻.

14577. 소경 둠벙 들여다보듯 한다.
　　위험한 것도 모르고 참견한다는 뜻.

14578. 소경들이 코끼리 더듬어 보듯 한다.
　　(群盲撫象)
　　사물(事物)을 주관적으로 잘못 판단한다는 뜻.

14579. 소경 등불 들고 다니듯 한다.
　　아무 소용도 없는 짓을 한다는 뜻.

14580. 소경 등불 쳐다보듯 한다.
　　보나 마나 한 짓을 한다는 뜻.

14581. 소경 마누라는 하느님이 점지한다.
　　장님에게는 하느님이 점지하지 않고서는 시집가는 여
　　자가 없다는 뜻.

14582. 소경 매질하듯 한다.
　　소경 매질하듯이 정확하게 맞히지 못한다는 뜻.

14583. 소경 맴돌이 시켜 놓은 것 같다.
　　정신이 없어 무엇이 무엇인지도 모른다는 뜻.

14584. 소경 머루 먹듯 한다.
　　무엇인지 분간을 잘 못한다는 뜻.

14585. 소경 문고리 잡기다.
　　무슨 일이 요행히 들어맞았다는 뜻.

14586. 소경 문 바로 가기다. (盲者直門) 〈旬五志〉
　　짐작으로 한 일이 요행히 잘 들어맞았다는 말.

14587. 소경 뱀 무서운 줄 모른다.
　　모르면 무서운 줄을 모른다는 뜻.

14588. 소경 범 무서운 줄 모른다.

무식한 사람이 용감하다는 뜻.

14589. 소경보고 눈 멀었다고 하면 노여워한다.
누구나 자기의 결함을 지적하면 싫어한다는 뜻.

14590. 소경보고도 장님이라면 좋아한다.
존대해 주면 누구나 다 좋아하게 된다는 말.

14591. 소경보고 소경이라면 성낸다.
사람은 누구나 바른 말을 하면 듣기 싫어한다는 뜻.

14592. 소경 북자루 쥐듯 한다.
무엇을 한번 쥐면 놓지 않는다는 뜻.

14593. 소경 새 사돈 쳐다보듯 한다.
보나 마나 한 소용없는 짓을 한다는 말.

14594. 소경 손 보듯 한다.
하나 마나 한 소용없는 짓을 한다는 뜻.

14595. 소경 씨나락 까먹듯 한다.
소경이 보지는 못해도 씨나락은 잘 까먹듯이 꼴보다
는 손재주가 있다는 뜻.

14596. 소경 씨름 구경하기다.
하나 마나 한 소용이 없는 짓을 한다는 뜻.

14597. 소경 시집가듯 한다.
무슨 일을 시키는 대로만 한다는 뜻.

14598. 소경 시집 다녀오듯 한다.
심부름 보낸 것이 헛일이 되었다는 뜻.

14599. 소경 아이 낳아 만지듯 한다.
무엇이 무엇인 줄을 모르고 만지작거리기만 한다는
뜻.

14600. 소경 안경 쓰기다.
아무 성과도 없는 헛수고만 한다는 뜻.

14601. 소경 안경 쓰나 마나다.
장님이 안경 쓰듯이 아무 성과도 없는 짓을 한다는
뜻.

14602. 소경 안질 앓으나 마나 하다. (盲者眼疾)
〈旬五志〉
있으나 마나 아무 상관이 없다는 뜻.

14603. 소경 언덕 내려가듯 한다.
더듬적거리며 걸음을 도무지 걷지 못한다는 뜻.

14604. 소경에게 거울 주기다.
상대방에게 쓸모없는 물건을 선물한다는 뜻.

14605. 소경에게 길 묻기다. (問道於盲)

아무것도 모르는 사람에게 묻는다는 뜻.

14606. 소경에게 눈짓하고 귀머거리에게 귓속말
한다.
하는 일마다 헛일만 한다는 뜻.

14607. 소경에게 눈짓한다.
앞 못 보는 소경에게 눈짓을 하듯이 헛일만 한다는
뜻.

14608. 소경에게 등불 들려 주기다. (給盲掌燈)
하나 마나 한 소용없는 짓을 한다는 뜻.

14609. 소경에게 손짓 하기다.
아무 성과도 없는 일을 한다는 뜻.

14610. 소경 열 명에 길잡이는 한 명이다.
(十盲一相) 〈松南雜識〉
한 사람이 소경 열 명을 인도하듯이 매우 중요한 존
재라는 뜻.

14611. 소경 열 명에 지팡이는 하나다. (十盲一杖)
〈旬五志〉
(1) 매우 소중한 존재라는 뜻. (2) 여러 사람이 다 같이
소중하게 쓴다는 뜻.

14612. 소경 열이 지팡이 하나 가지고 싸운다.
여러 사람이 이권을 가지고 서로 싸운다는 뜻.

14613. 소경 월수를 내서라도 갚겠다.
(於盲人出月利) 〈東言解〉
돈이 정 없으면 소경 돈이라도 변통하여 갚겠다는 말.

14614. 소경 은(銀) 보듯 한다. (盲人看銀)
보나 마나 한 짓을 한다는 뜻.

14615. 소경은 아름다운 무늬를 보지 못한다.
(瞽者無以與乎 文章之觀) 〈莊子〉
무식한 사람은 아름다운 것을 잘 분별하지 못한다는
뜻.

14616. 소경은 애꾸를 부러워한다.
남을 부러워하는 것도 상대적이라는 뜻.

14617. 소경이 개천을 나무란다.
(咎在我瞽 溝汝何怒) 〈耳談續纂〉
자기 잘못은 생각지 않고 남을 원망한다는 뜻.

14618. 소경이 개천 탓한다.
자기 잘못은 생각지 못하고 남만 원망한다는 뜻.

14619. 소경이 거울 보듯 한다.
하나 마나 한 헛일을 한다는 뜻.

14620. 소경이 그르냐 개천이 그르냐 한다.
　자신의 잘못을 남에게 전가(轉嫁)시키려고 한다는
　뜻.

14621. 소경이 기름 값 낸다.
　자기와 아무 상관이 없는 일에 추렴을 낸다는 뜻.

14622. 소경이 기름 값을 물어 주나 중이 고기 값
　을 물어 주나 일반이다.
　하는 일마다 억울한 손해만 당한다는 뜻.

14623. 소경이 넘어지면 개천 탓 아니면 지팡이 탓
　한다.
　잘못을 자신에게서 찾지 않고 남에게 전가(轉嫁)한
　다는 뜻.

14624. 소경이 넘어지면 지팡이 탓만 한다.
　자기가 잘못하고서 남을 탓한다는 뜻.

14625. 소경이 단청 구경하듯 한다.(盲者丹青)
　　　　　　　　　　　　　　　　　〈旬五志〉
　보나 마나 한 소용없는 짓을 한다는 뜻.

14626. 소경이 더듬어 봐도 알겠다.
　눈으로 똑똑히 보지 않아도 다 알 수 있는 일이라는
　뜻.

14627. 소경이 보지는 못해도 꿈은 꾼다.
　무식한 사람이 말은 못해도 속으로 짐작은 한다는 뜻.

14628. 소경이 소경을 인도하면 둘이 다 개천에
　빠진다.
　모르는 사람이 모르는 사람을 가르치면 두 사람이 다
　실수하게 된다는 뜻.

14629. 소경이 애꾸눈 말을 타고 밤중에 못가에
　가는 것 같다.(盲人騎瞎馬 夜半臨深池)
　　　　　　　　　　　　　　　　　〈世説〉
　하는 일마다 위태로운 짓만 한다는 뜻.

14630. 소경이 아니거나 개천이 아니거나.
　어느 하나라도 좋았더라면 실수가 되지 않는다는 뜻.

14631. 소경이 아이 낳아서 더듬듯 한다.
　일을 잘 분간하지 못하고 우물쭈물하기만 한다는 뜻.

14632. 소경이 장 떠먹듯 한다.(盲人食醬)〈東言解〉
　눈 대중을 할 수 없기 때문에 많이 먹었다 적게 먹었
　다 하듯이 무슨 일을 알맞게 하지 못한다는 뜻.

14633. 소경이 저 죽을 날 모른다.(瞽昧終期),(盲
　人不知死日)　　　　　　　〈耳談續纂〉,〈東言解〉
　소경이 남의 점은 잘 쳐도 자기 죽는 날은 모르듯이

누구나 자기 앞날은 모른다는 뜻.

14634. 소경이 제 점 못 치고 무당이 제 굿 못 한
　다.
　아무리 똑똑한 사람이라도 자기 일은 자기가 잘 모른
　다는 말.

14635. 소경이 제 점 못 친다.
　자기 일은 자기가 못 한다는 뜻.

14636. 소경이 하늘 쳐다보기다.(瞽者仰視)
　별도 못 보는 소경이 하늘을 쳐다보듯이 실력도 없는
　사람이 헛수고만 한다는 뜻.

14637. 소경 잠 자나 마나 하다.(盲睡覺),(盲人
　之睡如寤如寐)　　　　　　〈東言解〉,〈耳談續纂〉
　무슨 일을 하나 마나 마찬가지라는 뜻.

14638. 소경 제 닭 잡아먹기다.
　(瞽者嗜鷄 自攘厭鷄)　　　　　　〈耳談續纂〉
　이득을 본 줄 알았다가 손해를 당했다는 뜻.

14639. 소경 제 호박 따먹는 격이다.
　이득을 얻으려다가 손해를 보았다는 뜻.

14640. 소경 죽이고 살인 낸다.(殺盲殺人)
　변변치 않은 짓을 하고 큰 손해를 당한다는 뜻.

14641. 소경 죽이고 살인 빚 갚는다.
　(殺盲償殺債)　　　　　　　　　　〈旬五志〉
　변변치 못한 짓을 하고 큰 손해만 보게 되었다는 뜻.

14642. 소경 지팡이 잃은 격이다.(盲者失杖)
　　　　　　　　　　　　　　　　　〈陳同甫集〉
　의지할 데를 잃어 버렸다는 뜻.

14643. 소경 집 골목 찾듯 한다.
　무슨 일인지도 잘 분간하지 못하고 어물어물하고만
　있다는 뜻.

14644. 소경 집 지키기다.
　능력이 없는 사람에게 책임을 지운다는 뜻.

14645. 소경 집 초하룻날 같다.
　소경 집 초하룻날은 점을 치러 오는 사람이 많듯이 사
　람들이 많이 모인다는 뜻.

14646. 소경 책 보기다.
　아무 소득도 없는 헛수고만 한다는 말.

14647. 소경 코끼리 본 이야기하듯 한다.
　사람들이 자기 주관만 주장한다는 뜻.

14648. 소경 파밭 두드리듯 한다.
　아무것도 모르고 일을 함부로 한다는 뜻.

14649. 소경 팔매질 하기다.
아무 대중도 없이 일을 함부로 한다는 뜻.

14650. 소경 팔양경(八陽經) 외듯 한다.
뜻은 모르지만 외우기는 잘한다는 뜻.
※ 팔양경 : 불경(佛經)의 하나.

14651. 소경 하나가 여러 소경을 데리고 가듯 한다. (一盲引衆盲)
장님이 장님을 인도하듯이 매우 위태로운 짓을 한다는 뜻.

14652. 소경 하늘 쳐다보기다.
아무 소득이 없는 짓을 한다는 말.

14653. 소경 활 쏘기다.
자기 적성(適性)에 맞지 않는 짓을 한다는 뜻.

14654. 소고(小鼓) 치나 북 치나.
거기나 거기나 큰 차이가 없다는 뜻.

14655. 소곤거리는 말로 수다를 떤다. (小言詹詹) 〈莊子〉
작은 소리로 여러 말을 지껄인다는 뜻.

14656. 소 과줄 먹는 격이다.
(1) 분에 넘치는 짓을 한다는 뜻. (2) 격에 맞지 않는 짓을 한다는 뜻.

14657. 소 궁둥이에 꼴 던지기다. (牛後投芻) 〈旬五志〉
일 머리를 모르고 일을 하면 헛수고만 하게 된다는 뜻.

14658. 소금도 맛 보고 사렸다.
물건을 살 때에는 잘 살펴보고 사야 한다는 말.

14659. 소금도 먹은 놈이 물 킨다.
(1) 벌은 죄를 지은 사람이 받게 된다는 뜻.
(2) 빚은 돈 쓴 사람이 갚게 된다는 뜻.

14660. 소금 먹은 고양이 상이다.
상판대기를 보기 흉한 꼴로 하고 있다는 뜻.

14661. 소금 먹은 소 굴우물 들여다보듯 한다.
보기만 하고 못하는 일은 안타깝기만 하다는 뜻.

14662. 소금 먹은 소 물 키듯 한다.
소금 먹은 소가 물 먹듯이 물이나 술을 많이 먹는다는 뜻.

14663. 소금밥에 정 붙는다.
가난한 집에서 성의껏 해주는 음식이 매우 고마와 더 친해진다는 뜻.

14664. 소금밥이라도 먹고 가라.
반찬이 없는 맛없는 밥이나마 먹고 가라는 뜻.

14665. 소금섬을 물로 끌어라 해도 끌겠다.
손해되는 일이 있더라도 하라는 대로 순종하겠다는 뜻.

14666. 소금섬을 물에 넣으라면 넣는다.
손해보는 일이라도 시키는 대로 순종한다는 뜻.

14667. 소금섬을 지고 물로 들어간다.
손해보는 어리석은 짓을 한다는 뜻.

14668. 소금 실은 배 만하다.
짠 소금을 실은 배도 간이 배서 조금은 짜듯이 먼 일가 관계가 된다는 뜻.

14669. 소금에 곰팡이 나겠다.
절대로 그렇지 않다고 장담할 수 있다는 뜻.

14670. 소금에 아니 전 놈이 장에 절까? (鹽所不醃 豈畏豉鹹) 〈耳談續纂〉
큰 꾀에도 안 넘어간 사람이 얕은 꾀에 넘어갈 리가 없다는 뜻.

14671. 소금에 절인 파김치가 되었다.
사람이 맥을 못 쓰도록 까부러졌다는 뜻.

14672. 소금으로도 열 두 가지 반찬을 만든다.
솜씨좋은 사람은 좋지 않은 재료로도 여러 가지 맛있는 반찬을 만든다는 뜻.

14673. 소금으로 바다 메우기다.
아무리 애를 써도 아무 성과가 없는 짓을 한다는 뜻.

14674. 소금으로 장을 담근다 해도 곧이 안 듣는다.
신용이 없기 때문에 믿을 수 없다는 뜻.

14675. 소금은 반찬 중에서 으뜸이다. (夫鹽飮肴之將) 〈漢書〉
소금은 반찬의 근원이 된다는 말.

14676. 소금을 지고 물로 들어가도 제멋이다.
손해보는 짓을 하더라도 제 재미로 한다는 뜻.

14677. 소금이 썩을 일이다.
절대로 그렇지 않다고 단언할 수 있다는 뜻.

14678. 소금이 쉴 때까지 기다려라.
무슨 일을 오래 기다려 보라는 말.

14679. 소금이 쉴 일이다.
절대로 그럴 리가 없다는 뜻.

14680. 소금이 짜다고 해도 곧이 듣지 않겠다.

아무 말을 해도 믿을 수 없다는 뜻.

14681. 소금 장수다.

인정 사정도 없고 체면도 모르는 인색한 사람이라는 뜻.

14682. 소금 장수보다도 더 짜다.

세상 사람들 중에서 가장 인색한 사람이라는 뜻.

14683. 소금 좀 먹어야겠다.

너무 싱거운 짓만 하는 사람 보고 하는 말.

14684. 소금 짐을 지고 물로 가고 화약 짐을 지고 불로 간다.

하는 짓마다 손해볼 짓만 골라서 한다는 뜻.

14685. 소금 짐을 지고 물로 들어가도 제 재미다.

손해야 가든 말든 자기 하고 싶은 대로 한다는 뜻.

14686. 소금 팔러 가니까 비가 온다. (賣鹽逢雨)
〈松南雜識〉

무슨 일을 하려고 하면 방해되는 일이 생긴다는 뜻.

14687. 소나기는 삼형제다. (驟雨三兄弟)

소나기는 한 줄기만 오는 것이 아니라 대개 세 줄기가 온다는 말.

14688. 소나기는 오고 똥은 마렵고 괴타리는 옹치고 꼴짐은 넘어지고 소는 뛰어간다.

일이 바쁘면서도 잘 되는 것이 하나도 없어서 어쩔 줄을 모르고 당황하기만 한다는 뜻.

14689. 소나기는 잠깐 오지만 가는 비는 오래 온다.

(1) 소낙비는 잠깐 오지만 가랑비는 오래 온다는 뜻.
(2) 힘드는 일은 오래 못 해도 힘들지 않는 일은 오래 할 수 있다는 뜻.

14690. 소나기 맞은 장닭 같다.

소나기 맞은 닭마냥 꼴이 볼품없다는 뜻.

14691. 소나기 맞은 중 상이다.

몹시 불쾌한 상을 하고 있는 사람을 두고 하는 말.

14692. 소나기 맞은 쥐다.

소낙비를 맞은 쥐마냥 꼴이 몹시 흉하다는 뜻.

14693. 소나기 술에 저 곯는 줄 모른다.

술을 폭음(暴飮)하는 것은 건강에 매우 해롭다는 뜻.

14694. 소나 말 새끼는 시골로 보내고 사람 새끼는 서울로 보내랬다.

사람은 어려서 서울로 보내 공부시켜야 한다는 뜻.

14695. 소나무가 무성하면 잣나무가 기뻐한다.

(松茂柏悅)

친구가 잘 되는 것을 기뻐한다는 뜻.

14696. 소나무는 깨끗한 땅에서 자란다. (淨松)

환경이 좋아야 훌륭한 사람도 난다는 말.

14697. 소나무는 정월에 대나무는 오월에 심어야 잘 산다. (正松五竹)

소나무는 정월에 식목해야 잘 살고 대나무는 오월에 식목해야 잘 산다는 뜻.

14698. 소나무는 홀로 그 절개를 지킨다.
(松獨守其貞)
〈白居易〉

겨울이 되면 다른 나무들은 다 푸른색을 잃지만 소나무는 추위를 견디며 푸른색을 홀로 지니듯이 남들은 변절을 해도 혼자만이 지조를 지킨다는 뜻.

14699. 소나무와 잣나무는 눈과 서리에 잘 견딘다. (松柏可以耐雪霜)
〈益智書〉

소나무와 잣나무는 모진 추위를 견디면서 지조를 지키듯이 사람들도 이를 본받으라는 뜻.

14700. 소나무와 잣나무 밑에는 풀이 자라지 못한다. (松柏之下 其草不殖)
〈春秋左傳〉

지조(志操)를 지키는 사람들 밑에는 변절자(變節者)가 생겨나지 못한다는 뜻.

14701. 소나무의 절개는 겨울이라야 안다.
(勁松彰於歲寒)
〈西征賦〉

국가가 위태로울 때에 충신은 알 수 있다는 뜻.

14702. 소낙비는 오고 황소는 도망치고 똥은 마렵다.

다급한 일이 연속적으로 발생되어 어쩔 줄을 모른다는 뜻.

14703. 소낙비는 종일 오지 않는다. (驟雨不終日)

소나기는 잠깐 오지 온종일 오지 않는다는 뜻.

14704. 소녀의 정은 오래 간다. (兒女情長)

소녀가 총각을 사랑하는 정은 오래 가도록 잊지 않는다는 뜻.

14705. 소년은 쉽게 늙고 학문은 어렵게 이루어진다. (少年易老學難成)
〈朱子〉

젊은 시절에 부지런히 공부를 하지 않으면 공부할 기회를 놓치게 된다는 뜻.

14706. 소는 농가에서 땅 다음 가는 재산이다.

농가의 재산 목록 중에선 소가 땅 다음 가는 소중한 재산이라는 뜻.

14707. 소는 농가의 밑천이다.

소는 농가에서 토지 다음 가는 밑천이라는 뜻.

14708. 소는 농가의 조상이다.
소는 농가에서 소중하기 때문에 조상과 같이 대하라는 말.

14709. 소는 눕는 것을 좋아하고 말은 서는 것을 좋아한다. (寢牛起馬)
소는 늘 누워 있고 말은 항상 서 있다는 뜻.

14710. 소는 믿고 살아도 좋은 믿고 못 산다.
동물은 거짓이 없기 때문에 믿어도 사람은 거짓이 있어서 못 믿는다는 뜻.

14711. 소는 믿어도 사람은 못 믿는다.
소는 믿을 수 있어도 사람은 믿을 수 없다는 말.

14712. 소는 뿔을 아낀다.
누구나 자기에게 필요한 것은 소중히 여긴다는 뜻.

14713. 소 닭 보듯 닭 소 보듯 한다.
서로 무관심(無關心) 하게 대한다는 말.

14714. 소 닭 보듯 한다.
상대방에게 무관심하게 대한다는 뜻.

14715. 소대성(蘇大成)이마냥 잠만 잔다.
잠을 잘 자는 사람을 가리키는 말.

14716. 소대성이 이마빡 쳤나?
잠 잘 자는 사람에게 왜 잠만 자느냐고 깨우는 말.

14717. 소대한(小大寒)에 객사(客死)한 사람은 제사도 안 지낸다.
소대한이 추운 줄 알면서 집 나가서 죽은 사람은 자진(自進)해서 죽었기 때문에 제사도 안 지낸다는 뜻.

14718. 소대한에 얼어죽지 않은 놈이 우수 경칩(雨水 驚蟄)에 얼어죽을까?
큰 고생도 참고 견딘 사람이 작은 고생을 못 참을 리가 있겠느냐는 뜻.

14719. 소대한 지나면 얼어죽을 잡놈이 없다.
연중 가장 추운 소대한에 얼어 죽지 않으면 얼어죽을 추위는 없다는 뜻.

14720. 소댕으로 자라 잡듯 한다.
비슷한 것을 가지고 와서 딴 소리를 한다는 뜻.
※ 소댕 : 솥 뚜껑.

14721. 소도 대우(大牛)라면 좋아한다.
천대받는 사람이라도 존대를 해주면 좋아한다는 뜻.

14722. 소도둑 같다.

생김새가 우락부락하게 생긴 사람 보고 하는 말.

14723. 소도 성낼 때가 있다.
아무리 마음씨가 넓은 사람이라도 화를 낼 때가 있다는 뜻.

14724. 소도 아니고 말도 아니다.
이것도 저것도 아닌 아무것도 아니라는 뜻.

14725. 소도 언덕이 있어야 비빈다.
의지할 데가 있어야 성공을 할 수 있다는 뜻.

14726. 소 뒷걸음으로 쥐 잡는다.
어쩌다가 요행으로 성사(成事) 되는 수도 있다는 뜻.

14727. 소 뜨물 먹듯 한다.
술이나 물을 많이 먹는다는 말.

14728. 소라가 똥 누러 가니 거드래기 기어든다.
잠깐 빈 틈을 타 남의 자리를 차지하는 얌체 행동을 이름. ※ 거드래기 : 제주도 사투리로 남의 집에 들어사는 게.

14729. 소라 껍질로 바닷물을 된다. (以蠡測海)
〈漢書〉
되지도 않을 어리석은 짓을 한다는 뜻.

14730. 소라 껍질은 까먹어도 한 바구니고 안 까먹어도 한 바구니다.

무슨 일을 했어도 표가 안 날 때 하는 말.

14731. 소란스러우면 위정자는 그 지위를 잃게 된다. (躁則失君)
〈老子〉
국내가 어지럽게 되면 집권자는 물러나게 된다는 말.

14732. 소를 못 본 사람은 송아지 보고도 크다고 한다.
문견(聞見)이 없으면 사물을 옳게 평가하지 못한다는 뜻.

14733. 소를 잡아 부모 제사에 쓰는 것보다는 생전에 닭고기나 돼지고기로 봉양하는 것이 낫다. (椎牛而祭墓 不如雞豚逮親存)
〈韓詩外傳〉
부모가 죽은 뒤에 제사를 잘 지내는 것보다는 생존했을 때 성의껏 모시는 것이 낫다는 말.

14734. 소름이 끼친다.
소름이 날 정도로 몹시 놀랐다는 말.

14735. 소리 나는 독은 깨진다. (鳴聲破甕)
화를 스스로 불러들인다는 것을 비유하는 말.

14736. 소리는 외모의 그림이다. (聲畵形)

〈揚子法言〉

말소리는 그 사람의 외모를 나타낸다는 말.

14737. 소리만 들어도 속을 알 수 있다.
(聲入心通)
말만 들어도 그 사람 속을 짐작할 수 있다는 뜻.
↔ 거머리가 아니라 속을 뒤집어 보이지도 못한다.

14738. 소리 없는 고양이가 쥐 잡는다.
말이 없는 사람이 일을 해치운다는 뜻.

14739. 소리 없는 똥내는 캐싱캐싱 더 무섭다.
말없이 얌전한 사람이 화가 나면 더 무섭다는 뜻.

14740. 소리 없는 방귀가 더 구리다.
말없이 가만히 하고 있는 사람이 더 무섭다는 뜻.

14741. 소리 없는 벌레가 벽을 뚫는다.
말없이 일하는 사람이 일을 성사한다는 뜻.

14742. 소리 없는 총이 있으면 쏘겠다.
죽이고 싶어도 남이 알까 봐 못 죽인다는 뜻.

14743. 소리 큰 놈이 이긴다.
싸울 때는 큰소리 치는 사람이 이기게 된다는 뜻.

14744. 소리 큰 사람이 성미가 급하다.
성깔 급한 사람이 말도 미처 하기 전에 성이 나서 큰
소리를 치게 된다는 뜻.

14745. 소매가 길면 춤추기 좋고 밑천이 많으면
장사가 잘 된다.(長袖善舞 多錢善賈)〈韓非子〉
물자가 풍부해야 무슨 일이나 잘할 수 있다는 말.

14746. 소매가 길면 춤추기 좋다.(長袖善舞)
〈韓非子〉
물자가 넉넉해야 일하기가 좋다는 뜻.

14747. 소매 긴 김에 춤이나 춘다.
일할 조건이 잘 갖추어진 김에 일을 한다는 뜻.

14748. 소매를 적신다.
하도 서러워서 눈물이 옷소매를 다 적신다는 뜻.

14749. 소 먹이기도 힘들지만 괭이질하기는 더 힘
든다.
옛날 가난한 양반이 일은 해야 먹고 살겠는데 이 일
을 해도 힘들고 저 일을 해도 힘들어 일을 못하겠다
는 뜻.

14750. 소문 난 물건이 보잘것없다.
소문 난 것이 소문 안 난 것보다 오히려 못하다는 뜻.

14751. 소문 난 사냥개 이가 빠졌다.
소문 난 것이 다른 것만 오히려 못하다는 뜻.

14752. 소문 난 잔치가 먹잘 것 없다.
소문 난 것이 오히려 다른 것만 못하다는 뜻.

14753. 소문 난 잔치가 비지떡이 두레반이다.
소문 난 것이 실제는 보잘 것이 없다는 뜻.

14754. 소문 난 잔치에 비지떡도 모자란다.
소문은 언제나 사실보다 확대(擴大)되어서 퍼지게 된
다는 말.

14755. 소문 난 호랑이가 잔등이 부러졌다.
소문이 너무 나면 액운(厄運)이 들기 쉽다는 뜻.

14756. 소문은 날개가 없어도 퍼진다.
(眾口所移 毋翼而飛)   〈戰國策〉
소문은 발이나 날개가 없어도 멀리 퍼진다는 말.

14757. 소문은 반이 거짓말이다.
소문은 언제나 사실보다 과장(誇張)되어 퍼진다는
말.

14758. 소문을 들어 가면서 찾는다.(搜所聞)
어디 있는가 소문을 들어 가면서 찾는다는 말.

14759. 소문이 크면 실속은 없다.(名過無實)
소문이 많이 난 것일수록 실제는 대단치 않다는 뜻.

14760. 소 발자국 물에는 큰 잉어가 없다.
(牛蹄之涔 無尺之鯉)   〈淮南子〉
활동 무대가 크지 못하면 큰 인물이 없다는 말.

14761. 소 사정 본다는 놈이 짐 지고 소등에 탄다.
남을 도와 준다는 것이 오히려 해를 끼쳤다는 뜻.

14762. 소식은 장수한다.(小食長壽)
폭음 폭식(暴飲暴食)을 하는 사람은 장수를 못 하게 된
다는 뜻.

14763. 소식이 전혀 없다.(消息不通)
소식이 없어서 알 수가 없다는 뜻.

14764. 소식이 캄캄 무소식이다.
소식이 도무지 없어서 알 수가 없다는 뜻.

14765. 소에게 거문고소리 들리기다.(對牛彈琴)
〈莊子〉
(1) 둔한 사람에게는 아무리 가르쳐도 소용이 없다는
뜻. (2) 성과 없는 짓만 한다는 뜻.

14766. 소에게 물리고 말에게 뜨였다.
도무지 곧이 듣지 않을 소리만 한다는 뜻.

14767. 소에게 물린 것 같다.
할 말은 있어도 남이 곧이 듣지 않을 소리라 말을 못
한다.

14768. 소에게 염불하기다.
　미련한 사람은 아무리 가르치고 일러 주어도 알아듣
지 못한다는 말.

14769. 소에게 한 말은 안 나도 아내에게 한 말은
난다. (語牛則滅 語妻則洩)　〈耳談續纂〉
　(1) 사람은 누구나 비밀을 지키지 못한다는 뜻.
　(2) 여자의 입은 가볍다는 뜻.

14770. 소에 붙은 진드기는 잡아도 숨은　서캐는
못 잡는다. (捕牛之蝨 不可以破蟣蝨)
　보이는 도둑은 잡을 수 있지만 마음 속에 숨은 도둑
은 잡을 수가 없다는 뜻.

14771. 소여(小輿) 대여(大輿)에 죽어 가는 것이
못 입고 양지쪽에 앉은 것만 못하다.
　죽어서 호강하는 것이 고생스러워도 살아 있는 것만
못하다는 뜻. ※ 소여 : 작은 상여. 대여 : 큰 상여.

14772. 소 우는 데 소 간다. (牛鳴牛應)
　같은 무리끼리는 서로 잘 통하게 된다는 뜻.

14773. 소원이 이루어진다. (所願成就)
　소망하던 일이 뜻대로 이루어졌다는 말.

14774. 소 잃고 양 얻는다. (亡牛得羊)
　큰 것을 잃고 작은 것을 얻어 많은 손해를 당했다는
뜻.

14775. 소 잃고 외양간 고친다. (失牛治廐)
　　　　　　　　　　　　　　〈旬五志, 松南雜識〉
　일을 실패한 다음에야 뒤늦게 대책을 수립한다는 뜻.

14776. 소 잃은 놈은 소 찾고 말 잃은 놈은 말 찾
는다.
　사람은 누구나 자기가 필요한 일만 하게 된다는 뜻.

14777. 소 잡는 칼로 닭 잡는다. (牛刀割鷄)
　　　　　　　　　　　　　　　　　〈論語〉
　작은 일을 하는 데 지나친 큰 기구를 쓴다는 뜻.

14778. 소 잡아 대접할 손님 있고 닭 잡아 대접할
손님 있다.
　대인 관계(對人關係)에 있어서는 상대방에 따라서 접
대를 해야 한다는 뜻.

14779. 소 잡아먹고 동네 인심 잃는다.
　혼자서 욕심을 내게 되면 여러 사람에게 인심을 잃게
된다는 뜻.

14780. 소 잡아먹은 흔적은 없어도 게 잡아먹은
흔적은 있다.
　게는 먹고 나면 껍질이 많아서 게 먹은 흔적이 남게

된다는 뜻.

14781. 소 잡아 잔치할 데 닭 잡아 잔치한다.
　돈을 많이 쓸 일도 잘 생각하면 비용을 많이 절약할
수 있다는 뜻. ↔ 닭 잡아 잔치할 데 소 잡아　잔치
한다.

14782. 소 잡아 제사 지내려고 말고 살아서 닭 잡
아 봉양하랬다.
　죽은 뒤에 잘해 주려고 하지 말고 살아 있을 때　불
효 노릇이나 하지 말라는 뜻.

14783. 소 잡은 마당에 개 어리듯 한다.
　먹을 상을 좋아하는 사람을 보고 조롱하는 말.

14784. 소 잡은 자리는 없어도 게 잡은 자리는 있
다.
　게를 잡아 먹은 자리에는 껍질이 많이 남아 있다는
뜻.

14785. 소 잡은 터는 없어도 밤 벗긴 터는 있다.
　(宰牛無贓 剝栗難藏)　　　　　　〈耳談續纂〉
　큰 일은 잘 드러나지 않는데 악한 일은 작은 일도 잘
드러난다는 뜻.

14786. 소전은 노름전이다.
　소전에는 돈이 많이 거래되는 곳이므로 노름이 성했
다는 말.

14787. 소 제 새끼 핥아 주듯 한다.
　(老牛舐犢之愛)　　　　　　　　　〈後漢書〉
　부모는 누구나 자식을 지극히 사랑한다는 뜻.

14788. 소 죽은 귀신이다.
　매우 미련하고 고집이 센 사람이라는 말.

14789. 소 죽은 넋이다.
　소같이 미련한 사람을 보고 하는 말.

14790. 소중한 목숨도 정의를 위해서는 아끼지 않
는다. (命緣義輕)
　정의를 위해서는 목숨도 아끼지 않는다는 뜻.

14791. 소증(素症)에는 병아리만 봐도 낫다.
　생각이 간절하던 것은 조금만 해결하여도 마음이 풀
린다는 뜻. ※ 소증 : 고기가 먹고 싶은 증세.

14792. 소증에는 참새만 봐도 낫다.
　마음에 골독(汨篤)하였던 것은 조금만 해결하여도 훨
씬 낫다는 뜻.

14793. 소진(蘇秦)이도 실언할 때가 있다.
　아무리 말 잘하는 사람이라도 말에 실언할 때가 있
다는 뜻. ※ 소진 : 옛날 중국 전국 시대(戰國時代)의

응변가.

14794. 소처럼 마시고 말처럼 먹는다. (牛飮馬食)
음식을 소나 말과 같이 많이 먹는다는 뜻.

14795. 소 타고 소 찾는다. (騎牛覓牛) 〈傳燈錄〉
자신이 가지고 있는 것도 모르고 찾는다는 뜻.

14796. 소 탄 양반 끄덕끄덕 말 탄 양반 끄덕끄
덕.
(1) 소나 말을 탄 양반이 끄덕거리며 으시대듯이 잘난
척하면서 으시댄다는 뜻. (2) 어린 아이를 누여서 배
위에 앉히고 추석거리며 하는 말.

14797. 소 탄 양반 송사하듯 한다. (騎官決訟)
〈東言解〉
일의 결판(決判)이 나지 않는다는 말.

14798. 소하고 남자는 집어 줘야 먹는다.
남자는 여자가 음식을 해주는 대로 먹기 때문에 남
자가 잘 먹고 못 먹는 것은 여자 손에 달렸다는 뜻.

14799. 소한(小寒) 얼음이 대한(大寒)에 녹는다.
이름으로 봐서는 소한보다 대한이 더 추워야 하지만
실제는 대한보다 소한이 더 춥다는 뜻.

14800. 소한에 얼어 죽은 사람은 있어도 대한에
얼어 죽은 사람은 없다.
이름으로 봐서는 대한이 더 추울 것 같지만 소한이 대
한보다 더 춥다는 말.

14801. 소한 추위는 꿔다 해도 한다.
해마다 소한 추위는 빼놓지 않고 한다는 뜻.

14802. 소한 추위는 있어도 대한 추위는 없다.
소한 추위는 호되게 해도 대한 추위는 별로 하지 않
는다는 뜻.

14803. 소한테 물렸다.
남들이 믿지 않을 일에 손해를 보았다는 뜻.

14804. 소 힘은 소 힘이고 새 힘은 새 힘이다.
능력(能力)은 사람에 따라 다 다르다는 뜻.

14805. 속 가난 겉 부자다. (內貧外富)
실속은 없으면서도 겉으로는 부자인 척한다는 뜻.
↔ 겉 가난 속 부자다. 속 부자 겉 가난이다.

14806. 속 각각 말 각각이다.
생각하고 있는 것과 말하는 것이 다르다는 뜻.

14807. 속곳 벗고 함지박에 들었다.
몹시 다급하여 실수를 하게 되었다는 뜻.

14808. 속곳 벗은 년이 은가락지 낀다.

격에 맞지도 않는 겉치레만 한다는 뜻.

14809. 속곳 열 두 벌을 입어도 밑구멍은 나온
다.
변변치 못한 것은 아무리 많아도 소용이 없다는 뜻.

14810. 속눈썹이 길면 잠이 많다.
속눈썹이 긴 사람은 눈을 감으면 졸려 보이기 때문에
잠이 많다고 하게 된 말.

14811. 속는 것도 모르고 한 번이다.
남에게 속는것도모르고 한 번 속지 두 번은 다시 속지
않는다는 뜻.

14812. 속는 것도 몰라 속고 알고 속고 두 번이다.
남에게 속는 것도 몰라서 한 번 속고 알면서도 속고
두 번은 속지만 더는 속지 않겠다는 뜻.

14813. 속 다르고 겉 다르다.
속으로 생각하고 있는 것과 행동하는 것이 다르다는
뜻.

14814. 속도 위반이다. (速度違反)
(1) 차의 제한속도(制限速度)를 위반하였다는 뜻.
(2) 순서를 바꾸어 일을 했다는 뜻.

14815. 속 마음은 불한당이다. (裏面不汗黨)
겉으로는 점잖게 보이지만 속은 도둑놈이라는 뜻.

14816. 속병에는 약도 없다.
속이 상해서 생긴 병은 약으로 치료해도 고치지 못한
다는 뜻.

14817. 속병은 고약으로 못 고친다.
정신적 타격을 받고 생긴 병은 정신적으로 수양해야
고치지 약으로는 못 고친다는 뜻.

14818. 속 부자 겉 가난이다. (內富外貧)
속은 알찬 부자이면서도 겉으로는 가난하게 차리고
있다는 뜻. ↔ 겉 부자 속 가난이다. 속 가난 겉 부
자다.

14819. 속 빈 강정이다.
(1) 겉은 그럴듯한데 속은 텅 비었다는 뜻.
(2) 빚이 많이 있다는 뜻.

14820. 속 상하는 김에 서방질한다.
화난 끝에 분풀이를 한다는 뜻.

14821. 속에 늙은이가 들어앉았다.
겉으로는 어리숙하지만 속은 똑똑하다는 뜻.

14822. 속에 서린 것이 있으면 병 된다.
정신적으로 맺힌 것이 있으면 병이 된다는 말.

14823. 속에서 쪼르르 소리가 난다.
몹시 굶주려 창자 속에서 쪼르르 소리가 난다는 뜻.

14824. 속에 숨은 말은 술이 몰아 낸다.
술을 먹게 되면 속에 간직한 비밀도 누설(漏泄)시키게 된다는 뜻.

14825. 속에 옥을 지닌 사람은 허술한 옷을 입는다.(被褐懷玉) 〈老子〉
훌륭한 사람은 세상에 알려지려고 하지 않는다.

14826. 속에 육조판서(六曹判書)가 들었으면 무엇 한다더냐?
배운 것이 아무리 많아도 그 행동이 못되면 쓸모없는 인간이라는 뜻.

14827. 속에 있는 것은 반드시 겉으로 나타나게 마련이다.(有諸內 必形諸外) 〈孟子〉
속에 숨긴 비밀도 언젠가는 반드시 알게 된다는 뜻.

14828. 속으로 기역자를 긋는다.
겉으로는 나타내지 않아도 속으로는 결정을 지었다는 뜻.

14829. 속으로는 멀리하면서 겉으로는 친한 척한다.(内疎外親)
속으로는 친하지 않으면서도 겉으로만 친한 척한다는 뜻.

14830. 속으로 반성하여도 부끄럽지 않다.(内省不疚) 〈論語〉
양심적으로 생각해 봐도 부끄러울 것이 없다는 뜻.

14831. 속으로 자신을 속이지 않으면 밖으로도 남을 속이지 않는다.(内不欺己 外不欺人) 〈刻骨難忘記〉
자신을 속이지 않는 사람은 남도 속이지 않는 정직한 사람이라는 뜻.

14832. 속으로 탐내면서도 겉으로는 청렴한 체한다.(内貪外廉) 〈三略〉
외면으로는 청렴한 척하면서도 내면으로는 남의 재물을 약탈(掠奪)한다는 뜻. ↔ 속이 바르면 겉도 바르지 않을 수가 없다.

14833. 속은 강하고 겉은 부드러워야 한다.(剛中柔外) 〈易經〉
의지(意志)는 강하고 행동은 부드럽다는 뜻.
↔ 속은 양이고 겉은 호랑이다.

14834. 속은 비고 겉치레만 한다.(内虛外飾)
속은 텅 빈 데다가 겉치장만 잘한다는 말.
↔ 겉 가난 속 부자다. 속 부자 겉 가난이다.

14835. 속은 양이고 겉은 호랑이다.(羊質虎皮)
속은 나약하면서도 겉은 강한 척한다는 뜻.

14836. 속은 욕심꾸러기면서도 겉으로는 인의를 베푸는 척한다.(内多欲而外施仁義) 〈史記〉
물욕(物慾)이 많은 사람이 겉으로는 착한 척한다는 말.

14837. 속은 탐욕으로 차 있으면서도 겉으로는 청빈한 체한다.(内實貪污 外示清寒) 〈永嘉家訓〉
속에는 탐욕이 가득하면서도 겉으로는 깨끗한 척한다는 뜻.

14838. 속은 텅 빈 것이 가득한 척한다.(虛而爲盈) 〈論語〉
속에는 아는 것이 없으면서도 아는 척한다는 뜻.

14839. 속을 태워 가며 근심한다.(焦心苦慮)
속을 몹시 태우며 근심만 한다는 뜻.

14840. 속이 갈구리를 삼킨 것 같다.(心如吞鉤) 〈大寶積經〉
(1) 양심의 가책을 받아 몹시 괴롭다는 뜻. (2) 속이 몹시 아프다는 뜻.

14841. 속이 바르면 겉도 바르지 않을 수가 없다.(内正則外無不正也) 〈程子〉
마음이 바른 사람은 행동도 바르게 한다는 뜻. ↔ 속으로 탐내면서도 겉으로는 청렴한 체한다. 속은 욕심꾸러기면서도 겉으로는 인의를 베푸는 척한다. 속은 탐욕으로 차 있으면서도 겉으로는 청빈한 체한다.

14842. 속이 뻔히 들여다보인다.
다 알고 있는데 뻔뻔스러운 짓을 한다는 뜻.

14843. 속이 빈 놈이다.
(1) 정신이 나간 사람이라는 뜻. (2) 하는 짓이 못되게만 한다는 뜻.

14844. 속이 시꺼멓다.
겉은 멀쩡한데 마음씨는 고약하다는 뜻.

14845. 속이 시원하겠다.
속을 썩이던 일이 잘 되어 기분이 좋게 되었다는 뜻.

14846. 속이 편해야 오래 산다.
사람이 장수하는 데는 건강과 함께 마음이 편안해야 한다는 뜻.

14847. 속임수만 많고 바르지 않다.(譎而不正) 〈論語〉
속이기만 하고 정직하지 못하다는 말.

14848. 속임수 중에 또 속임수다.
(罔之中 又罔也)　〈茶山論叢〉
가장 교활(狡猾)한 속임수라는 뜻.

14849. 속임질을 일삼으면 피하는 짓도 공부하게
된다.(務爲欺謾 以避其課)　〈漢書〉
속임질을 잘하는 사람은 피하는 구멍도 마련한다는
뜻.

14850. 속임질을 하면 얼굴을 빼앗긴다.
(謾欺以取容)　〈史記〉
속임질을 잘하는 사람은 체면도 지키지 못한다는 뜻.

14851. 속저고리 벗고 은가락지 낀다.
예의도 모르고 몸치장만 한다는 뜻.

14852. 속 좋은 놈이 생선 장수한다.
생선은 썩기도 쉽지만 파는 데도 에누리가 많아 속
상하는 꼴을 많이 보게 된다는 뜻.

14853. 속히 더운 방이 쉬 식는다.
속히 하는 일은 잘 되더라도 오래 가지 못한다는 뜻.

14854. 속히 오르려다가는 엎어지기 쉽다.
(速登者易顚)　〈唐書〉
빨리 오르려다가는 엎어지듯이 너무 재주를 피우다
가는 화를 입기 쉽다는 뜻.

14855. 손가락 깨물어 아니 아픈 손가락 없다.
부모는 어느 자식이나 다 소중하다는 뜻.

14856. 손가락만 빨아먹고 사는 줄 아나 ?
일을 시키고도 보수를 주지 않을 때 하는 말.

14857. 손가락에 불을 켜겠다.
절대로 그렇지 않다는 것을 강조하는 말.

14858. 손가락에 불을 켜고 하늘에 오르겠다.
절대로 그런 일이 없다고 부정(否定)하는 말.

14859. 손가락으로 끓는 물을 젓는다.(以指撓沸)
〈荀子〉
(1) 도저히 되지 않을 일이라는 뜻. (2) 매우 어리석은
짓을 한다는 뜻.

14860. 손가락으로 냇물을 잰다.(以指測河)
〈荀子〉
도저히 가망 없는 어리석은 짓을 한다는 뜻.

14861. 손가락으로 눈을 가리면 천하를 못 보게
된다.
사소한 것이라도 방해를 하면 그 피해는 매우 크다는
뜻.

14862. 손가락으로 바다 깊이를 재기다.
(以指測海)　〈抱朴子〉
되지도 않을 어리석은 짓을 한다는 말.

14863. 손가락으로 하늘 찌르기다.
아무 소용도 없는 어리석은 짓을 한다는 뜻.

14864. 손가락질한다.
뒤에서 남들이 흉을 본다는 뜻.

14865. 손가락 하나 까딱 않는다.
몹시 게을러서 일이라고는 조금도 하지 않는다는 뜻.

14866. 손가락 하나 꼼짝하지 않고 논다.
아무 일도 하지 않고 놀고 먹는다는 뜻.

14867. 손가락 하나도 꼼짝하지 않는다.
(一指不動)　〈茶山論叢〉
할 일을 보고도 손가락 하나도 꼼짝 않고 보고만 있
다는 말.

14868. 손 꼽아 셀 수가 없다.(指不勝屈)
수효가 너무 많아서 손 꼽아 가면서는 도저히 계산할
수가 없다는 뜻.

14869. 손금 보듯 안다.
대단히 하기 쉬운 일이라는 뜻.

14870. 손 끝에 돈은 사마귀다.
조그마한 것이 지장을 준다는 뜻.

14871. 손 끝으로 물만 튀긴다.
손가락 하나 까딱 않고 놀고만 있다는 말.

14872. 손 끝 하나 까딱 않는다.
손가락 하나도 움직이기를 싫어하는 게으른 사람이
라는 뜻.

14873. 손 내밀었다가 얼굴만 화끈하였다.
무엇을 부탁하였다가 거절만 당하였다는 말.

14874. 손님과 백로(白鷺)는 일어서야 예쁘다.
반가운 손님도 여러 날 되면 가는 것이 좋다는 뜻.

14875. 손님 대접은 넉넉하게 하지 않으면 안 된
다.(待客不得不豐)　〈司馬溫公〉
찾아오는 손님 대접은 잘해야 한다는 말.

14876. 손님들이 문 안에 가득하다.(賓客闐門)
〈史記〉
찾아오는 손님이 많다는 뜻.

14877. 손님 모르는 술 값 없다.
본인이 한 일은 본인이 잘 안다는 뜻.

14878. 손님 봐서 바가지로 대접하고 주인 봐서 손
으로 먹는다. (見客容以瓢饋飯 見主容以手喫
飯) 〈旬五志〉
사람 접대는 상대방의 정도에 알맞게 해야 한다는 뜻.

14879. 손님 안 오는 집은 비루해진다.
(賓客不來門戶俗) 〈景行錄〉
손님이 안 오는 집은 번영할 수 없다는 말.

14880. 손님 앞에서는 개도 꾸짖지 않는다.
(尊客之前不叱狗) 〈禮記〉
손님 앞에서 개를 꾸짖는 것은 손님에게 실례가 된다
는 뜻.

14881. 손님에게 첫인사는 담배다.
손님이 오면 맨 먼저 담배를 권하게 된다는 뜻.

14882. 손님(天然痘)에 아이가 죽어도 동무가 있
으니 낫다.
슬픈 일을 당해도 혼자 당하지 않고 여러 사람이 함
께 당하면 위안이 된다는 말.

14883. 손님은 예의로써 대접해야 한다.
(禮待賓客) 〈權重顯〉
손님의 접대는 예의를 다하여 대하라는 말.

14884. 손님은 왕이다.
상인(商人)에게는 손님이 가장 존귀한 존재라는 뜻.

14885. 손님이 없으면 망한다. (無客則亡)
사람 집에 찾아오는 손님이 없으면 그 집은 망하게
된다는 말.

14886. 손님 접대를 하지 않으면 손이 간 뒤에 뉘
우치게 된다. (不接賓客去後悔) 〈朱子十悔〉
찾아온 손님 대접을 소홀히 하면 손님이 간 뒤에 후
회가 되므로 손님 대접은 잘해야 나중 후회가 없다는
뜻.

14887. 손 댈 틈이 없다. (措手不及)
도무지 손 댈 틈이 없을 정도로 바쁘다는 뜻.

14888. 손도 못 대고 보고만 있다. (袖手傍觀)
(1) 가만히 보기만 했지 별 수가 없었다는 뜻.
(2) 옆에서 보기만 하고 도와 주지 못했다는 뜻.

14889. 손도 안 대고 코 풀려고 한다.
수고는 조금도 않고 큰 소득만 얻으려고 한다는 뜻.

14890. 손돌(孫乭)이 죽은 날이다.
음력 시월 스무날 손돌이 죽은 날은 춥다는 뜻.
※ 손돌 : 고려 때 중으로서 억울하게 죽었으므로 그
원한이 맺혀 죽은 날은 춥다는 전설의 주인공임.

14891. 손돌이 추위다.
음력 시월 스무날은 손돌이가 죽은 날로서 그의 원한
으로 춥다는 추위임.

14892. 손 뒤집듯 한다. (由反手) 〈孟子〉
손을 뒤집듯이 매우 쉬운 일이라는 뜻.

14893. 손목을 잡고 마음으로 맹세한다.
(握手證心) 〈馬駟傳〉
손을 꽉 잡고 단단히 맹세한다는 뜻.

14894. 손목을 잡고 말린다.
한사(限死)코 못 하도록 말린다는 뜻.

14895. 손바닥과 손등이다.
서로 비교해 봐도 별로 큰 차이가 없다는 말.

14896. 손바닥 뒤집듯 한다. (易如反掌) 〈杜甫〉
손바닥을 뒤집듯이 매우 쉽다는 뜻.

14897. 손바닥만한 땅도 없다.
농민으로서 가져야 할 땅이 조금도 없다는 뜻.

14898. 손바닥 안에 다 있다. (盡在掌中)
모든 권리를 다 장악(掌握)하고 있다는 뜻.

14899. 손바닥에 장을 지지겠다. (掌上煎醬)
〈東言解〉
절대로 그렇지 않다는 것을 강조하는 말.

14900. 손바닥 위에다 놓고 움직이듯 한다.
(運之掌上) 〈孟子〉
자기가 하고 싶은 대로 한다는 뜻.

14901. 손바닥으로 눈을 가리면 큰 산도 못 보게
된다.
사소한 것이 방해를 해도 그 영향은 크다는 뜻.

14902. 손바닥으로 하늘 가리기다.
되지도 않는 어리석은 짓을 한다는 뜻.

14903. 손바닥을 가리키는 것처럼 쉽다. (指諸掌)
〈禮記〉
손가락으로 손바닥을 가리키듯이 쉽다는 뜻.

14904. 손바닥을 엎쳤다 뒤쳤다 한다. (運掌)
〈孟子〉
무슨 일을 이랬다 저랬다 한다는 뜻.

14905. 손바닥을 치면서 큰 소리로 웃는다.
(拍掌大笑)
몹시 우스워서 손바닥을 쳐 가면서 큰 소리로 웃는
다는 말.

14906. 손바닥 하나로써는 소리를 내지 못한다.

(孤掌難鳴)　　　　　　　　　　　〈傳燈錄〉
무슨 일이나 협조를 받지 않고 단독으로 하기는 어렵
다는 말.

14907. 손발을 간수하기도 어렵다. (難置手足)
　　몹시 가난하여 손발 두기도 어렵다는 뜻.

14908. 손발을 어쩔 줄 모르고 당황한다.
　　(手脚慌忙)
　　몹시 당황하여 손발을 어쩔 줄 모르고 있다는 뜻.

14909. 손발을 잘린 것 같다. (如斷手足)
　　손발을 두고도 못 쓰고 가만히 놀고만 있다는 뜻.

14910. 손발이 맞아야 도둑질도 한다.
　　서로 호흡이 잘 맞아야 일을 잘할 수 있다는 뜻.

14911. 손발이 맞지 않는다.
　　서로 행동의 통일을 기하지 못한다는 뜻.

14912. 손 버릇이 못됐다.
　　남의 것을 훔치는 버릇이 있다는 뜻.

14913. 손뼉도 마주 쳐야 운다.
　　서로가 다 나쁘기 때문에 싸움이 된다는 말.

14914. 손뼉도 손이 맞아야 한다.
　　맞서는 사람이 있기 때문에 싸움을 하게 된다는 뜻.

14915. 쏜살이다. (以發之矢)
　　이제는 때가 늦어 어쩔 도리가 없다는 뜻.

14916. 손수 술을 따라 마신다. (自酌自飮)
　　자신이 술을 따뤄 가면서 마신다는 뜻.

14917. 손아귀에서 땀이 난다. (手握汗)
　　몹시 흥분(興奮)하여 손에서 땀이 난다는 뜻.

14918. 손아랫 사람들은 할 말이 있어도 말을 못
　　한다. (在下者 有口無言)
　　아랫 사람은 어른에게 정당한 말이라도 논쟁(論爭)하
　　지 못한다는 뜻.

14919. 손 안 대고 코 푼다.
　　수고는 조금도 않고 거저 얻었다는 뜻.

14920. 손 안에 돈 한푼 없다.
　　돈을 가진 것이 한푼도 없다는 말.

14921. 손 안에 든 것을 빼앗겼다.
　　(1) 안 빼앗길 것을 빼앗겼다는 뜻. (2) 억울하게 손해
　　를 당했다는 뜻.

14922. 손 안에 든 과실이다. (掌中果)
　　애써서 얻은 귀중한 과실이라는 뜻.

14923. 손 안에 든 구슬을 빼앗겼다.
　　(1) 안 빼앗길 것을 빼앗겼다는 뜻. (2) 억울한 손해를
　　당했다는 뜻.

14924. 손 안에 든 보물이다. (掌中之寶)
　　애써서 얻은 귀중한 보물이라는 뜻.

14925. 손 안에 든 옥이다. (掌中之玉 : 掌中之珠)
　　애써서 얻은 귀중한 보배라는 뜻.

14926. 손 안에 쥐고 주무른다.
　　마음대로 일을 처리할 수 있다는 뜻.

14927. 손에 땀을 쥔다.
　　몹시 흥분하여 손에 땀이 난다는 뜻.

14928. 손에 묻은 밥풀이다.
　　언제 어떻게 될지 모르는 운명이라는 뜻.

14929. 손에서 책을 놓지 않는다. (手不釋卷)
　　쉬지 않고 열심히 공부를 한다는 뜻.

14930. 손에 쥐어 줘도 모른다.
　　아주 무식하면 손에 쥐어 주고 가르쳐 주어도 모른다
　　는 말.

14931. 손에 침 칠할 것도 없이 얻을 수 있다.
　　(唾手可得)
　　일하기가 매우 쉽다는 뜻.

14932. 손오공(孫悟空)의 금봉(金棒)이다.
　　손오공의 금봉마냥 하고 싶은 것은 다 할 수 있다는
　　뜻. ※ 손오공 : 중국 소설 서유기(西遊記)의 주인공.

14933. 손으로 가지고 논다. (把弄)
　　자기가 하고 싶은 대로 가지고 논다는 뜻.

14934. 손으로 눈을 가리고 하나를 보면 둘로 보
　　인다. (厭目而視者 視一以爲兩)　　〈荀子〉
　　눈으로 보는 것도 보기에 따라 다르다는 뜻.

14935. 손으로는 줍고 키에서는 흘린다.
　　애써서 번 돈을 한편으로는 헤프게 쓴다는 뜻.

14936. 손으로 살 막듯 한다.
　　되지도 않을 어리석은 짓을 한다는 뜻.

14937. 손으로 잡으려 해도 잡히지 않는다.
　　(搏之不得)　　　　　　　　　　　〈老子〉
　　아무리 해도 잡히지 않는다는 뜻.

14938. 손으로 주무른다.
　　사람 다루는 솜씨가 매우 능숙하다는 뜻.

14939. 손으로 천금을 희롱한다. (手弄千金)

재물이 매우 많은 사람이라는 뜻.

14940. 손으로 흙을 날라 산을 옮긴다.
（撮土移山）
도무지 되지도 않을 어리석은 짓을 한다는 뜻.

14941. 손은 가야 좋고 비는 와야 좋다.
손님은 바로 가는 것이 좋고 비는 흡족하게 오는 것이 좋다는 뜻.

14942. 손은 들이 굽지 내 굽지는 않는다.
자기에게 가까운 사람에게 마음이 더 가게 된다는 뜻.

14943. 손은 마음 키는 대로 움직인다.
（心手相應）
손은 마음이 하자는 대로 움직이듯이 시키는 대로 순종한다는 뜻.

14944. 손은 손으로 갚고 발은 발로 갚으랬다.
상대방이 하는 대로 보복（報復）을 한다는 뜻.

14945. 손은 주인 자리에 앉지 않는다.
（不奪主人席）
나그네는 주인 앉는 자리에 앉으면 실례가 된다는 뜻.

14946. 손을 까불면 복이 나간다.
손을 보기 흉하게 까불거리는 버릇을 해서는 안 된다는 말.

14947. 손을 들었다.
두 손을 들고 굴복（屈伏）하였다는 뜻.

14948. 손을 휘두르며 발을 구른다.（揮手頓足）
〈歐陽修〉
몹시 화가 나서 손을 휘두르고 발을 구른다는 뜻.

14949. 손이 많으면 일도 쉽다.
사람이 많으면 무슨 일이나 하기가 쉽다는 말.

14950. 손이 발이 되도록 빈다.
잘못한 것을 용서해 달라고 빈다는 뜻.

14951. 손이 작아 못 받을까.
주지를 않아서 못 받을 뿐이지 아무리 많이 주어도 받을 수는 있다는 뜻.

14952. 손이 주인 노릇을 한다.
（主客顚倒：客反爲主）
나그네가 주인 행세를 하듯이 일이 거꾸로 되었다는 뜻.

14953. 손이 커야 잘산다.
노동하는 사람의 손은 커야 일을 잘하게 된다는 뜻.

14954. 손자가 자식보다 귀엽다.
자식보다도 오히려 손자가 더 귀엽다는 말.

14955. 손자는 눈에 넣어도 아픈 줄을 모른다.
재롱을 부리는 손자가 매우 귀엽다는 뜻. ↔ 손자를 키우느니 개를 키우랬다.

14956. 손자 떡 뺏아 먹는 격이다.
체면도 없고 염치없는 짓을 한다는 뜻.

14957. 손자를 귀여워하면 코 묻은 밥을 먹는다.
철없는 사람들과 놀면 이로울 것이 없다는 뜻.

14958. 손자를 귀여워하면 할아비 뺨을 친다.
철없는 사람들과 친하게 지내다가는 망신만 당한다는 뜻.

14959. 손자를 귀여워하면 할아비 상투를 끄른다.
철없는 사람들을 가까이하면 망신만 한다는 뜻.

14960. 손자를 귀여워하면 할아비 수염을 끄든다.
철없는 사람들과 친하게 지내면 이로울 것이 없다는 뜻.

14961. 손자를 귀여워하면 할아비 수염이 안 남는다.
철없는 사람과 가까이하면 손해만 본다는 말.

14962. 손자를 키우느니 개를 키우랬다.
（1）자식이 미우면 손자도 밉다는 뜻. （2）손자의 덕은 못 본다는 뜻. ↔손자는 눈에 넣어도 아픈줄을 모른다.

14963. 손자 밥 떠본다.
염치없는 짓을 하고서 외면한다는 뜻.

14964. 손자 뺨에 붙은 밥풀을 떼어 먹는다.
낯간지러운 처신（處身）을 한다는 뜻.

14965. 손자 소경 매질에 할아비 죽는다.
약한 사람이 때리는 매라도 많이 맞으면 죽게 된다는 뜻.

14966. 손자 잃은 영감이다.
정들은 손자를 잃은 영감처럼 멍하니 있는 사람을 가리키는 말.

14967. 손자 자지에 붙은 밥풀을 떼어 먹는다.
염치를 무릅쓰고 낯간지러운 짓을 한다는 뜻.

14968. 손자 턱에 흰 수염 나겠다.
너무나 오래 기다려 지루하다는 뜻.

14969. 손자 환갑（還甲）이 닥치겠다.
너무 오랫동안 기다려 지루하다는 뜻.

14970. 손자 환갑 잔치 얻어 먹겠다.
　　손자 환갑 잔치를 얻어 먹을 수 있을 정도로 장수 한다는 뜻.

14971. 손 잰 중 비질하듯 한다.
　　무슨 일을 되는 대로 해치운다는 뜻.

14972. 손 큰 지어미다. (家母手巨)　　〈慵齋叢話〉
　　손이 커서 살림을 잘 못하는 주부(主婦)라는 말.

14973. 손톱도 안 들어간다.
　　어떤 말을 하여도 통하지 않는다는 뜻.

14974. 손톱만치도 없다.
　　(1) 어떤 물건이 조금도 없다는 뜻. (2) 어떤 생각을 추호도 하지 않는다는 뜻.

14975. 손톱 밑 곪는지는 알아도 염통 곪는지는 모른다.
　　눈에 보이는 작은 손해는 잘 보지만 눈에 보이지 않는 큰 손해는 모른다는 뜻.

14976. 손톱 밑에 가시 드는 줄은 알아도 염통 밑에 쉬 쓰는 줄은 모른다.
　　(爪芒思擢 心蛆罔覺)　　〈耳談續纂〉
　　눈에 보이는 작은 것은 잘 보면서 눈에 보이지 않는 큰 손해는 모른다는 뜻.

14977. 손톱 밑에 가시 든지는 알아도 염통 곪는지는 모른다.
　　눈으로 보는 작은 일은 알면서 눈에 보이지 않는 큰 손해는 모르고 있다는 뜻.

14978. 손톱 밑에 때만큼도 안 여긴다.
　　사람을 사람으로 취급하지 않고 몹시 무시한다는 뜻.

14979. 손톱 밑에 장을 지지겠다.
　　절대로 그럴 리가 없다고 부인하는 말.

14980. 손톱 발톱 다 닳았다.
　　일을 너무 많이 하여 손톱과 발톱이 다 닳았다는 뜻.

14981. 손톱 발톱이 제쳐지도록 벌어 먹인다.
　　죽도록 일을 하여 가족들을 먹여 살린다는 뜻.

14982. 손톱으로 여물을 썬다.
　　몹시 인색하여 음식을 줄 때 조금씩 놓았다 덜었다 한다는 뜻.

14983. 손톱은 슬플 때마다 돋고 발톱은 기쁠 때마다 돋는다.
　　손톱이 발톱보다 더 돋는 것은 기쁜 일보다 슬픈 일이 더 많다는 뜻.

14984. 손톱의 때만치도 안 여긴다.
　　사람을 너무 깔보고 업신여긴다는 뜻.

14985. 손톱의 때보다도 적다.
　　어떤 물질이 매우 적다는 것을 비유하는 말.

14986. 손톱이 닳도록 일한다.
　　손톱이 다 닳도록 일을 많이 했다는 뜻.

14987. 손해는 백 가지고 이득은 한 가지도 없다. (百害無一利 : 百害無益)
　　해로운 것만 있고 이로운 것은 하나도 없다는 말.

14988. 손해도 없고 이득도 없다. (無害無得)
　　손해 난 것도 없고 이익을 본 것도 없다는 뜻.

14989. 손해보는 일이 있거든 반드시 혐의(嫌疑) 진 사람을 살펴라. (有所害 必反察之)〈韓非子〉
　　손해본 일이 있을 때는 그 이면(裏面)에 혐의 진 사람의 소행인가 조사해 보라는 말.

14990. 손해볼 때가 있으면 이익 볼 때도 있다.
　　서로 거래하는 과정에서는 손해볼 때도 있고 이익 볼 때도 있으므로 손해만 보는 일은 없다는 뜻.

14991. 쏜 화살이요 엎지른 물이다.
　　한번 저지른 일은 바로 잡을 수 없다는 말.

14992. 쏟아진 물이요 깨진 그릇이다.
　　한번 실수한 것은 다시 바로 잡을 수가 없다는 뜻.

14993. 솔개가 까치집 뺏듯 한다.
　　거침없이 남의 것을 제 것처럼 뺏는다는 뜻.

14994. 솔개가 높이 날으면 날씨가 좋다.
　　솔개가 공중에 높이 날으면 그날 날씨는 매우 좋다는 뜻.

14995. 솔개가 병아리 나꿔채듯 한다.
　　남의 것을 쉽게 약탈한다는 말.

14996. 솔개가 울면 바람이 분다. (鳶鳴則將風)
　　솔개가 우는 날에는 바람이 세게 분다는 말.

14997. 솔개 그늘도 없는 것보다는 낫다.
　　아무리 작은 것이라도 없는 것보다 있는 것이 낫다는 말.

14998. 솔개 눈같이 잘 보고 토끼 귀같이 잘 듣는다. (鳶目兎耳)
　　보고 듣는 것이 민첩하다는 뜻.

14999. 솔개는 날아갔다.
　　(1) 일은 이미 끝났다는 뜻. (2) 때는 이미 늦었다는 뜻.

15000. 솔개는 매 편이다.
서로 유사(類似)한 것끼리는 한편이 된다는 뜻.

15001. 솔개도 오래 되면 꿩을 잡는다.
(鳶生三千年獲一雌雉)　　　　　〈東言解〉
경험과 교훈이 많게 되면 못 하던 것도 하게 된다는
뜻.

15002. 솔개를 매로 보았다. (鳶以鷹視)　〈東言解〉
못난 사람을 잘난 사람으로 잘못 보았다는 뜻.

15003. 솔개 병아리 채가듯 한다.
갑자기 남의 것을 빼앗아 간다는 말.

15004. 솔개 새끼가 매는 못 된다.
사람 됨됨이 현저하게 다르다는 뜻.

15005. 솔개 어물전(魚物廛) 돌듯 한다.
소리개가 생선을 채 가려고 어물전을 돌듯이 어떤 미
련(未練)을 가지고 떠나지 않는다는 뜻.

15006. 솔방울이 울겠다.
솔방울에서 방울소리가 날 리 없듯이 절대로 그럴
리가 없다는 뜻.

15007. 솔 벤 그루다.
소나무는 한번 베면 그 움이 다시 나지 않듯이 한번
그르치면 그만이라는 뜻.

15008. 솔 심어 정자라고 얼마 살 인생인가 ?
(植松求亭 人壽幾齡)　　　　　〈耳談續纂〉
솔을 심어 그 솔로 정자를 짓는다는 것은 짧은 인생
으로서는 불가능하듯이 자신이 영화를 못 볼 짓은 하
지 말라는 뜻.

15009. 솔 심어 정자 짓는다. (養松見亭子)
　　　　　〈東言解〉
원대한 계획을 세워서 일을 한다는 뜻.

15010. 솔잎이 버썩 하니 가랑잎이 할 말이 없다.
큰 걱정이 있는 사람 앞에서 작은 걱정을 가지고 야
단을 치는 바람에 하도 어이가 없어서 할 말이 없다
는 뜻.

15011. 솔잎이 파라니까 오뉴월로 안다.
온 집안이 근심에 싸여 있는데 어떤 작은 일 하나가
좋다고 속 없이 날뛴다는 뜻.

15012. 솜 뭉치로 가슴을 칠 일이다.
몹시 원통하고 분하여 가슴을 치겠다는 뜻.

15013. 솜 뭉치로 치기다.
남을 상하지 않도록 곯려 준다는 뜻.

15014. 솜 방망이로 허구리를 찌른다.
남을 다치지 않게 곯려 준다는 뜻.

15015. 솜 속에서 바늘 찾기다.
아무리 찾아도 찾을 도리가 없다는 뜻.

15016. 솜씨가 좋은 사람은 넉넉하고 솜씨가 서
투른 사람은 부족하다. (巧者有餘 拙者不足)
　　　　　〈史記〉
기술이 좋은 사람은 만드는 것도 많고 생활도 넉넉하
지만 기술이 서투른 사람은 만드는 것도 적고 생활도
넉넉하지 못하다는 뜻.

15017. 솜씨는 관(棺) 밖에 내놓고 죽어야 한다.
솜씨 좋은 사람은 죽어도 그 손은 남겨 두라는 뜻.

15018. 솜씨는 두고 죽어야겠다.
솜씨가 매우 좋은 사람보고 솜씨를 칭찬하는 말.

15019. 솜씨 없는 목수가 연장 탓만 한다.
일 못하는 사람이 자기 솜씨 없다는 말은 않고 연장
핑계만 댄다는 뜻.

15020. 솜씨 좋은 목수는 나무를 깎아 보지 않아
도 굽고 곧은 것을 안다. (大匠不斲)
　　　　　〈呂氏春秋〉
잘 아는 사람은 일을 하기 전에 미리 그 득실(得失)
을 안다는 뜻.

15021. 솜씨 좋은 사람치고 팔자 드세지 않은 사
람 없다.
솜씨 좋은 사람은 남의 밑에서 일만 많이 하게 된다
는 뜻.

15022. 솜씨 좋은 여자는 소금으로도 열 두 가지
반찬을 만든다.
음식 솜씨가 뛰어나게 좋은 여자를 두고 하는 말.

15023. 솜씨 좋은 여자와 재주 있는 사람은 박명
하다. (巧婦才人常薄命)　　　　〈白居易〉
솜씨가 좋은 여자와 천재의 남자는 대개 오래 살지
못한다는 말.

15024. 솜 씹는 맛이다.
솜을 씹는 것같이 아무런 맛도 없다는 뜻.

15025. 솜옷은 기다리지 않아도 때가 되면　입게
된다. (不待繪績而衣)　　　　　〈列子〉
모든 일은 때가 되면 이루어 지게 된다는 뜻.

15026. 솜으로 싸 키웠나 ?
추위를 몹시 타는 사람을 두고 하는 말.

15027. 솟은 땀은 되들어가지 않고 뱉은 말은 지

울 수 없다.

말은 한번 잘못하면 고칠 수가 없다는 뜻.

15028. 송곳 같은 싹도 자라면 아름드리 나무로 된다.

(1) 작은 것도 키우면 커질 수 있다는 말. (2) 적은 것도 모으면 많아질 수 있다는 말.

15029. 송곳 거꾸로 꽂고 발 끝으로 차는 격이다.

자신이 자신을 해치는 어리석은 짓을 한다는 뜻.

15030. 송곳 꽂을 땅도 없는 가난뱅이다.

농사를 지을 농토라고는 조금도 없는 빈농이라는 뜻.

15031. 송곳 꽂을 땅도 없다. (立錐無地)

농민으로서 농사 지을 땅이 조금도 없다는 뜻.

15032. 송곳 끝으로 재 끌어 내듯 한다.
(以錐出烈灰)　　　　　〈東言解〉

하는 짓이 매우 졸렬하다는 뜻.

15033. 송곳니가 방석니가 되도록 간다.

뾰족한 송곳니가 달아서 넓죽하게 되도록 분에 못 이겨 이를 갈면서 원망한다는 뜻.

15034. 송곳 모로 꽂을 땅도 없다.

땅이라고는 송곳을 꽂을 만한 땅조차 없다는 뜻.

15035. 송곳 삐져나오듯 한다. (脫潁錐)

주머니에서 송곳이 삐져나오듯이 슬그머니 나타난다는 뜻.

15036. 송곳으로 병 속에 든 것을 찍어 먹는다.
(以錐飡壺)　　　　　〈荀子〉

몹시 옹졸(壅拙)하게 무슨 일을 한다는 뜻.

15037. 송곳으로 태산을 무너뜨린다.
(以錐刀墮太山也)　　　〈荀子〉

되지도 않을 짓을 소견 없이 한다는 뜻.

15038. 송곳은 끝부터 들어간다.

일의 순서는 작은 것에서 시작하여 점점 큰 것으로 해 나가야 한다는 뜻.

15039. 송곳은 뾰족한 데서 먼저 들어간다.

무슨 일이나 작은 데서 먼저 시작해야 한다는 뜻.

15040. 송곳이나 칼 끝만한 것을 가지고 다툰다.
(錐刀之末 將盡爭之)　　〈春秋左傳〉

큰 것을 가지고 다투는 것이 아니라 사소한 것을 가지고 다툰다는 말.

15041. 송곳이 들어 있는 주머니에서 송곳 끝이 삐져나오듯 한다. (如錐之處 囊中乃潁脫而出)

〈史記〉

숨어 있던 것이 슬그머니 나타난다는 뜻.

15042. 송곳 하나 꽂을 땅도 없다.

농사를 하고 싶어도 땅이 전혀 없다는 말.

15043. 송곳 하나 꽂을 만한 땅이다. (立錐之地)

〈史記〉

매우 면적이 작은 땅이라는 뜻.

15044. 송도 말년의 불가사리다. (松都末 不可殺)

〈松南雜識〉

온갖 못된 짓을 해도 아무도 그것을 못 하도록 제지(制止)시키지 못할 때 하는 말. ※ 불사리 : 쇠를 먹고 악몽(惡夢)과 사기(邪氣)를 쫓는다는 상상의 짐승.

15045. 송도 부담짝이다.

무슨 물건이 잔뜩 들어 있는 짐짝을 가리키는 말. ※ 송도 : 현(現) 개성.

15046. 송도 사람은 벗겨 놓아도 하루 아침에 삼십 리는 달아난다.

옛날 개성 지방 인심이 모질었다는 데서 유래된 말.

15047. 송도 사람은 오줌도 맛보고 산다.

옛날 개성 상인들은 재물에 인색하였다는 뜻.

15048. 송도 외장수다. (松都瓜商)

물건 값을 더 받으려고 가지고 다니기만 하다가 손해를 보았다는 뜻.

15049. 송백과 같은 절개다. (松柏之操)

지조(志操)가 매우 강한 사람이라는 뜻.

15050. 송사(訟事)는 늦을수록 좋다.

송사가 늦게 되면 서로 화해할 수 있는 기회가 있다는 뜻.

15051. 송사는 이기나 지나 망한다.

송사를 자주 하게 되면 소송 비용도 많을 뿐 아니라 인심도 잃게 되어 패가하게 된다는 뜻.

15052. 송사는 졌어도 명관(名官)은 명관이다.

공정하게 처사를 하게 되면 누구에게나 존경을 받을 수 있다는 뜻.

15053. 송사는 졌어도 재판은 잘한다.

재판은 비록 졌으나 판결이 공평하여 억울할 것이 없다는 뜻.

15054. 송사리만 잡힌다.

정작 잡아야 할 큰 범죄자는 잡지 않고 만만한 작은 범죄자만 잡는다는 뜻.

15055. 송사리 중에서는 송사리가 왕 노릇한다.
　　약한 사람들 중에서는 약한 사람도 두목이 될 수 있
　　다는 뜻.

15056. 송사 좋아하는 사람치고 잘사는 것 못 봤
　　다.
　　송사를 좋아하는 사람은 송사 비용으로 패가(敗家)한
　　다는 뜻.

15057. 송아지 간 발자국만 있고 온 발자국은 없
　　다.
　　한번 가면 돌아오지 않는다는 뜻.

15058. 송아지 못된 것은 엉덩이에 뿔 난다.
　　사람 못된 것은 말썽만 부리고 다닌다는 뜻.

15059. 송아지 물 건너갔다.
　　시기(時機)가 이미 지나가서 일은 다 틀려 버렸다는
　　뜻.

15060. 송아지 천자(千字) 가르치듯 한다.
　　재주 없고 미련한 사람은 가르치기가 매우 힘든다는
　　뜻.

15061. 송장만 걸어다닌다. (走尸行肉)
　　아무런 생각도 없이 송장처럼 몸뚱이만 꿈틀거린다는
　　뜻.

15062. 송장 매질하는 격이다.
　　상대할 대상(對象)이 못 된다는 뜻.

15063. 송장 메뚜기 같다.
　　쓸데없이 잘난 체하면서 뽐낸다는 뜻.

15064. 송장 빼놓고 장사(葬事) 지낸다.
　　어떤 일을 할 때 가장 중요한 부분을 빼놓고 한다는
　　뜻.

15065. 송장 뺨 치기다.
　　아무 반응이 없는 사람과 상대한다는 뜻.

15066. 송장 씻은 물만도 못하다.
　　고깃국이 너무 묽어서 기름기조차도 없다는 말.

15067. 송장 없는 묘다.
　　가장 중요한 것이 빠진 헛것이라는 뜻.

15068. 송장 없는 초상이다.
　　가장 중요한 것을 빼놓고 일을 치른다는 말.

15069. 송장은 땅 위에 있으면 까마귀와 솔개의
　　밥이 되고 땅 속에 묻히면 땅강아지와 개미의
　　밥이 된다. (在上爲烏鳶食 在下爲螻蟻食)

〈莊子〉

　　사람이 죽어 송장이 되면 아무리 잘 간수해도 짐승
　　이나 벌레의 밥이 된다는 뜻.

15070. 송장이 돼서도 욕먹는다.
　　살아서는 말할 것도 없고 죽은 뒤에도 욕을 먹게 된
　　다는 말.

15071. 송장 이마 씻은 물만도 못하다.
　　고깃국이 묽어서 송장 이마 씻은 물 정도의 기름기도
　　없다는 뜻.

15072. 송장 치고 살인 낸다.
　　벌받을 짓도 않고 억울하게 큰 벌을 받게 되었다는
　　뜻.

15073. 송충(松虫)이가 갈잎을 먹으면 죽는다.
　　자기 분수에 넘치는 짓을 하면 화를 당하게 된다는
　　뜻.

15074. 송충이가 오죽 답답해야 갈밭에 내려갈까 ?
　　몹시 굶주린 사람은 번연히 먹지 못하는 것인 줄 알
　　면서도 먹어 보려고 한다는 뜻.

15075. 송충이가 오죽해야 갈잎을 먹을까 ?
　　오죽 답답해야 번연히 안 될 줄 아는 일을 하겠느냐
　　는 뜻.

15076. 송충이는 가랑잎 먹고는 못 산다.
　　자기 분수에 맞지 않는 행동을 하게 되면 실패를 하
　　게 된다는 뜻.

15077. 송충이는 솔잎을 먹어야 산다.
　　사람은 자기 분수에 알맞는 행동을 해야 한다는 말.

15078. 송편으로 목을 따 죽을 일이다.
　　같잖은 일로 분을 못 참는 사람을 조롱하는 말.

15079. 송편 이쁘게 빚으면 예쁜 딸 낳는다.
　　송편을 이쁘게 만들라는 데서 전해 오는 말.

15080. 솥 떼어 놓고 삼 년 만에 이사한다.
　　무슨 일을 시작해 놓고 끝마무리는 오래 있다가 한
　　다는 말.

15081. 솥 떼어 놓고 삼 년이다.
　　준비한 지가 오래 되었으나 실행을 않는다는 말.

15082. 솥 뚜껑에 엿을 놓았나 ?
　　왔다가 바로 가는 손님을 붙들면서 하는 말.

15083. 솥 뚜껑 운전수(運轉手)다.
　　매일 부엌에서 솥 뚜껑을 열었다 닫았다 하는 아내
　　라는 뜻.

15084. 솥 발 같다.
　솥 발마냥 세 사람이 사이좋게 지낸다는 뜻.

15085. 솥 속에서 노는 고기다.(魚遊釜中)〈通鑑〉
　멀지 않아 죽을 목숨이라는 뜻.

15086. 솥 씻어 놓고 기다린다.
　준비를 다 해놓고 기다린다는 말.

15087. 솥 씻어 놓고 삼 년 난다.
　시작해 놓고도 시간을 많이 끈다는 뜻.

15088. 솥 안에 든 고기다.(釜中之魚)　　〈通鑑〉
　솥 안의 고기와 같이 멀지 않아 죽을 목숨이라는 뜻.

15089. 솥 안에서 물고기가 생긴다.(釜中生魚)
　　　　　　　　　　　　　　　〈後漢書〉
　식량이 떨어져서 밥을 못 한 지가 오래 되었다는 뜻.

15090. 솥 안의 콩도 삶아야 익는다.
　재료가 있더라도 노력을 가하지 않으면 먹을 수 없게
　된다는 뜻.

15091. 솥 안의 팥도 익어야 먹는다.
　재료가 있더라도 노력을 가하지 않으면 먹을 수 없다
　는 뜻.

15092. 솥에 개 누웠다.
　식량이 없어서 밥을 못 하고 있다는 말. ↔ 솥에 개
　드러누울까.

15093. 솥에 개 드러누울까.
　아무러면 사람이 굶어죽을 리야 있느냐는 뜻. ↔ 솥
　에 개 누웠다.

15094. 솥에 넣은 소금이 어디 간다더냐?
　그 안에 있는 것은 다른 데로 갈 데가 없으므로 염려
　할 필요가 없다는 뜻.

15095. 솥은 검어도 밥은 희다.(釜黑飯白)
　겉모양은 더러워도 속은 깨끗하다는 뜻.

15096. 솥은 부엌에 걸고 절구는 헛간에 두랬다.
　누구나 다 알고 있는 일을 저만 아는 것처럼 남을 가
　르친다는 뜻.

15097. 솥이 검기로 밥도 검으랴?
　겉모양은 못생겼어도 마음씨는 얌전하다는 뜻.

15098. 솥 전에 엿을 붙여 놓고 왔나?
　왔다가 바로 가려는 손님을 붙들며 하는 말.

15099. 쇠가 쇠를 먹고·살이 살을 먹는다.
　같은 집안 사람끼리 서로 다툰다는 말.

15100. 쇠가 원망을 하여도 강철이 될 수 없다.
　(恨鐵不成鋼)
　못난 사람이 원망한다고 잘난 사람이 될 수는 없다는
　뜻.

15101. 쇠가죽을 무릅쓴다.
　부끄러운 것도 모르고 뻔뻔스럽다는 뜻.

15102. 쇠고기 열 점보다 새고기 한 점이 낫다.
　새고기의 맛이 쇠고기의 맛보다 훨씬 낫다는 말.

15103. 쇠꼬리가 되는 것보다는 닭주둥이가 되
　는 것이 낫다.(雞口牛後)　　　　〈史記〉
　큰 단체(團體)의 말석(末席)을 차지하는 것보다는 작
　은 단체의 수석(首席)이 되는 것이 낫다는 말.

15104. 쇠 고집이다.
　소와 같이 매우 고집이 세다는 뜻.

15105. 쇠귀를 잡는다.(執牛耳)　　　〈春秋左傳〉
　여러 사람이 하는 일에 주도권을 장악한다는 뜻.

15106. 쇠귀신이다.
　몹시 미련하고 고집이 센 사람이라는 뜻.

15107. 쇠귀에 경 읽기다. (牛耳誦經 何能諦聽),
　(牛耳誦經)　　　　　　〈耳談續纂〉,〈東言解〉
　우둔한 사람에게는 아무리 가르쳐 주어도 알아듣지
　못한다는 뜻.

15108. 쇠귀에 북소리와 피리소리를 들려 준
　다.(對牛鼓簧耳),(面牛鼓簧)〈莊子〉,〈續博物志〉
　어리석은 사람에게는 아무리 유익한 말을 해주어도
　아무 소용이 없다는 뜻.

15109. 쇠는 달구고 아이는 때리랬다.
　어린 아이는 너무 귀엽게만 하지 말고 엄하게도 하라
　는 뜻.

15110. 쇠는 달굴수록 뜨겁다.
　화는 낼수록 이성(理性)을 잃게 된다는 뜻.

15111. 쇠는 달궈 봐야 알고 사람은 친해 봐야 안
　다.
　사람의 됨됨은 겉만 보고는 알 수 없기 때문에 오랫
　동안 사귀면서 그의 언행(言行)을 살펴봐야 알 수 있
　다는 뜻.

15112. 쇠는 달았을 때 때려야 한다.(趁熱打鐵)
　사람도 어릴 때 가르쳐야 한다는 뜻.

15113. 쇠는 불릴수록 좋아진다.(金百鍊然精)
　　　　　　　　　　　　　　　〈皇極經世〉

사람은 단련될수록 굳세진다는 뜻.

15114. 쇠대가리를 걸어 놓고 말고기를 판다.
(懸牛首 賣馬肉 : 牛頭馬肉) 〈晏子春秋〉
(1) 국민들에게는 금하고 위정자만 그 짓을 한다는 뜻.
(2) 모순된다는 뜻. (3) 기만한다는 뜻.

15115. 쇠도 맞부딪쳐야 소리가 난다.
두 사람이 다 같아야 다투게 된다는 말.

15116. 쇠도 숫돌에 갈아야 날카로와진다.
(金就礪則利) 〈荀子〉
굳은 쇠가 숫돌에 갈리듯이 강한 것이 약한 것을 이
기지 못한다는 뜻.

15117. 쇠도 잘 단련시키지 않으면 좋은 칼을 만
들지 못한다. (金不鍊 不鑄) 〈姜希孟〉
솜씨가 좋아야 좋은 물건을 만들 수 있다는 말.

15118. 쇠똥 벌레 떠밀듯 한다.
책임을 남에게 잘 전가한다는 뜻.

15119. 쇠똥에 미끄러져 개똥에 코 방아 찧는다.
실수를 하려면 대단치 않은 일로 하게 된다는 뜻.

15120. 쇠똥이 지짐떡 같으냐?
먹지 못하는 것이 먹을 것으로 보인다는 말.

15121. 쇠말뚝도 꾸미기 탓이다.
사람도 잘 꾸미고 못 꾸미는 데 달렸다는 말.

15122. 쇠 먹는 줄이다.
돈이 한없이 들어간다는 뜻. ※돈 : 쇠

15123. 쇠 먹은 똥은 삭지도 않는다.
(1) 돈을 잘못 먹으면 삭이지를 못한다는 말.
(2) 나쁜 일은 저절로 알게 된다는 말.

15124. 쇠 멱미레 같다.
남의 말을 도무지 듣지 않는 고집장이라는 뜻.
※ 쇠멱미레 : 쇠목 아래 달린 고기.

15125. 쇠 모시 키우는 놈하고 자식 키우는 놈은
막말 못한다.
누구든지 자식에 대해서는 장담을 못한다는 뜻.

15126. 쇠목에 방울 달기다.
격에 맞지 않는 치장을 한다는 뜻.

15127. 쇠뼈다귀 두고두고 우려 먹듯 한다.
오랜 시일을 두고 한 일을 하고 또 하고 한다는 말.

15128. 쇠뼈다귀 삼 년 우려 먹는다.
무슨 일을 오래 두고 한다는 말.

15129. 쇠뼈다귀 우려 먹듯 한다.
한 가지를 가지고 두고두고 여러 번 이용한다는 뜻.

15130. 쇠붙이를 불려서 금을 얻는다. (鍊鐵成金)
매우 솜씨가 좋다는 말.

15131. 쇠 불알 떨어지기만 기다린다.
가망성이 없는 일을 헛 기다리고 있다는 뜻.

15132. 쇠 불알 떨어질까 봐 숯불 장만하고 기다
린다.
되지도 않을 일을 탐내며 헛되이 기다린다는 뜻.

15133. 쇠 불알 떨어질까 봐 치마자락 대고 기다
린다.
가망이 없는 일을 탐내어 헛수고만 한다는 뜻.

15134. 쇠 불알 떨어질까 봐 화롯불 들고 따라다
닌다.
가망성이 없는 것을 기다리며 벼르고 있다는 뜻.

15135. 쇠 불알 보고 화롯불 마련한다.
도저히 되지도 않을 짓을 욕심내어 헛수고만 한다는
뜻.

15136. 쇠뿔도 각각이요 염주도 몫몫이다.
무엇이나 다 제각각 맡은 몫이 따로 있다는 뜻.

15137. 쇠뿔도 단 김에 빼랬다.
무슨 일이나 열이 났을 때 당장 해치워야 한다는 뜻.

15138. 쇠뿔도 손 댄 김에 빼랬다.
무슨 일이나 열이 난 김에 당장 해치워야 한다는 뜻.

15139. 쇠뿔만 뿔이냐 달팽이 뿔도 뿔이다.
큰 것만 물건이 아니라 작은 것도 물건이라는 뜻.

15140. 쇠뿔에 달걀 올려 놓겠다.
되지도 않을 짓을 소견 없이 한다는 뜻.

15141. 쇠뿔을 바로 잡다 소 죽인다. (矯角殺牛)
조그마한 일을 잘하려다가 큰 손해를 본다는 뜻.

15142. 쇠 살에 말 뼈다.
격에 맞지 않는 말을 한다는 뜻.

15143. 쇠새끼 죽은 넋이다.
쇠새끼마냥 몹시 미련한 사람이라는 뜻.

15144. 쇠스랑 발은 세 개라도 입은 한 치다.
남의 결함을 잘 꼬집어 내는 사람에게 하는 말.

15145. 쇠양배양 한다.
(1) 분수가 없다는 뜻. (2) 일을 하는 데 요령이 없다
는 뜻.

15146. 쇠 옹두리뼈 우리듯 한다.
　쇠 옹두리뼈 우리듯이 두고두고 한 가지를 우려 먹는
다는 뜻.

15147. 쇠 절구공이를 갈아 바늘 만든다. (磨鐵杵
爲針)　　　　　　　　　　　　　　　　〈唐書〉
　무슨 일이나 끈기 있게 해야 성공한다는 뜻.

15148. 쇠 절구로 바늘 만들기다.
　쇠로 만든 절구를 갈아서 바늘을 만들자면 무한한 인
내가 있어야 하듯이 목적을 달성하기 위해서는　참고
이겨가야 한다는 뜻.

15149. 쇠죽 끓이는 데 풋콩 삶아먹기다.
　밑천 안 들이고 쉽게 할 수 있다는 뜻.

15150. 쇠죽 솥에 달걀 삶아먹기다.
　밑천 안 들이고 쉽게 할 수 있다는 뜻.

15151. 쇠 중에도 맑은 소리를 내는 것이 있다.
(鐵中錚錚)　　　　　　　　　　　　　　〈後漢書〉
　사람들 중에도 특별히 뛰어난 사람이 있다는 뜻.

15152. 쇠천 뒷 글자 같다.
　쇠천에 새겨진 글자가 불분명하듯이 무슨 일인지 잘
알 수 없다는 뜻. ※쇠천 : 작은 엽전(葉錢).

15153. 쇠천 한 푼도 없다.
　돈이라고는 한 푼도 없다는 뜻.

15154. 쇠코에 경(經) 읽기다.
　무식한 사람은 아무리 가르쳐 주어도 모른다는 뜻.

15155. 쇠털같이 많다.
　무엇이 쇠털과 같이 대단히 많다는 말.

15156. 쇠털같이 많은 날이다.
　날짜가 많으므로 일을 서두를 필요가 없다는 뜻.

15157. 쇠털 뽑아 제 구멍에 박는 격이다.
　소견이 옹졸(壅拙)하여 하는 짓이 못난 짓만 한다는
뜻.

15158. 쇠파리 쇠꼬리에 붙듯 한다.
　쇠파리를 쫓는 쇠꼬리에 쇠파리가 붙듯이 죽을지도
모르고 악착스럽게 달라붙는다는 뜻.

15159. 쇠 힘도 힘이요 새 힘도 힘이다.
　큰 것도 쓰이지만 작은 것도 쓰일 데가 있다는 뜻.

15160. 쇠 힘줄 같다.
　(1) 몹시 질기다는 말. (2) 떨어질 줄 모르고 덤벼든다
는 말.

15161. 쐐기도 오뉴월이 한철이다.

　(1) 제때를 만난 듯이 날뛰는 사람을 가리키는 말.
　(2) 전성기(全盛期)는 매우 짧다는 뜻.

15162. 쐐기 집 짓듯 한다.
　처음에는 크게 계획했던 일을 나중에는　조그마하게
한다는 뜻.

15163. 쇤네를 내붙인다.
　하인이 상전에게 아부하듯이 비굴하게 아첨한다는 말
　※쇤네 : 옛날 종이 자신을 낮추어 부르는 칭호

15164. 수가 낮은 사람이 먼저 둔다. (弱者先手)
　장기나 바둑은 수가 약한 사람이 먼저 둔다는 뜻.

15165. 수가 많아서 셀 수가 없다. (不可勝數)
　수가 매우 많아서 도저히 셀 수가 없다는 말.

15166. 수가 많으면 어느 것이 좋은가 의혹이 생
긴다. (多則惑)　　　　　　　　　　　　〈老子〉
　너무 여러 가지가 있으면 어떤 것이 좋은지 분별하기
가 어렵다는 뜻.

15167. 수가 적으면 어느 것이 좋은가 찾을 수 있
다. (少則得)　　　　　　　　　　　　　〈老子〉
　몇 가지가 안 되는 것은 어떤 것이 좋은지 바로 알 수
가 있다는 뜻.

15168. 수건 쓴 놈은 벌고 갓 쓴 놈은 먹는다.
　부모가 고생해서 번 재산으로 아들은 호의 호식(好衣
好食)을 한다는 뜻.

15169. 수고를 했어도 원망하지 않는다. (勞而不
怨)　　　　　　　　　　　　　　　　　　〈論語〉
　수고한 데 대해서 남을 원망하지 않는다는 뜻.

15170. 수고만 하고 아무 이익도 없다. (徒勞無
益)
　고생만 하고 소득은 하나도 없다는 말.

15171. 수고하기를 싫어하지 않는다. (勞而不厭)
　　　　　　　　　　　　　　　　　　　　〈論語〉
　수고스러운 일이 있어도 그것을 싫어하지 않고 잘한
다는 뜻.

15172. 수구문(水口門) 차례다.
　술잔은 나이가 많은 사람부터 차례로 든다는 뜻.

15173. 수(繡) 놓은 비단옷 입고 밤길 가기다.
(夜行被繡)
　비단옷 입고 밤 길을 가면 아무도 몰라 주듯이 애를
쓰고도 아무 보람이 없다는 뜻.

15174. 수다스럽게 지껄인다. (諧諧多言)
　쓸데없는 말을 수다스럽게 지껄인다는 뜻.

15175. 수단이 보배다.

수단이 좋으면 일을 잘할 수 있기 때문에 보배라는 뜻.

15176. 수달이가 아니라 발바닥도 못 핥는다.

수달이는 발바닥만 핥아먹어도 살지만 사람은 밥 안 먹고는 못 산다는 뜻.

15177. 수달이마냥 발바닥 핥아먹고 사는 줄 안 다더냐?

수달이는 먹지 않아도 발바닥만 핥고도 살 수 있지만 사람은 먹지 않고 굶고는 못 산다는 뜻.

15178. 수달이 많은 곳에는 물고기들이 소란스럽 다. (獺多則魚擾) 〈抱朴子〉

탐관 오리 (貪官汚吏)가 많으면 국민들이 편안히 살 수 가 없다는 말.

15179. 수달이 물고기 늘어 놓듯 한다.

(1) 시(詩)를 지을 때 책을 늘어 놓고 있다는 뜻.

(2) 무슨 물건을 죽 늘어 놓고 있다는 뜻.

15180. 수달이 제사 지내듯 한다. (獺祭) 〈禮記〉

수달이가 물고기를 늘어 놓듯이 무엇을 어수선하게 늘 어 놓았다는 말.

15181. 수달피 남바위가 둘이다.

남은 하나도 없는 것을 두 개씩이나 가지고 있다는 뜻.

15182. 수돌이 소 팔러 간 것 같다.

믿음성이 없는 사람에게 일을 시켜 매우 불안하다는 뜻.

15183. 수돌이 영변(寧邊) 다녀오듯 한다.

아무 영문도 모르고 휙 다녀온다는 뜻.

※ 영변 : 평안북도에 있는 지명(地名).

15184. 수돌이 영변 보낸 것 같다.

일을 시켰으나 아무런 성과도 없이 흐지부지하게 하 였다는 뜻.

15185. 수라장(修羅場)이 되었다.

전쟁터마냥 어지럽고 비참하게 되었다는 말.

15186. 수렁에 빠진 호랑이 으르렁거리듯 한다.

꼼짝도 못하는 주제에 큰소리만 친다는 뜻.

15187. 수렁에서 뛰면 발이 빠지고 흙투성이가 된 다. (蹴泥則沒足滅跗) 〈莊子〉

어려운 환경에서 함부로 날뛰다가는 점점 일이 악화 된다는 뜻.

15188. 수레도 두 바퀴로 구른다.

여러 사람이 서로 협동하면 일하기가 수월하다는 뜻.

15189. 수레를 끄는 말이 놀라 뛰면 수레에 탄 사 람도 편안할 수 없다. (馬駭輿 則君子不安輿) 〈荀子〉

군중들이 동요(動搖)하게 되면 위정자(爲政者)도 편 안할 수 없다는 뜻.

15190. 수레를 끄는 말이 놀라면 이를 안정시키 도록 해야 한다. (馬駭輿 則莫若靜之) 〈荀子〉

군중들이 동요(動搖)하면 이를 진정시켜야 한다는 뜻.

15191. 수레 만드는 사람은 사람들이 부귀되기만 바란다. (輿人成輿 則欲人之富貴) 〈韓非子〉

누구나 자기 이해(利害)에 따라 행동하게 된다는 뜻.

15192. 수레 모는 사람이 걸어간다. (車者步行) 〈淮南子〉

마땅히 해야 할 사람이 오히려 못 하는 경우가 많다 는 뜻.

15193. 수레바퀴 자국에 괸 물에서 노는 고기다. (涸轍鮒魚) 〈莊子〉

멀지 않아 죽을 불쌍한 목숨이라는 뜻.

15194. 수레바퀴처럼 서로 의지한다. (輔車相依) 〈蓉洲文集, 春秋左傳〉

(1) 두 나라가 서로 도와야 한다는 뜻. (2) 사람은 서 로 돕고 살아야 한다는 뜻.

15195. 수레에 실어 놓고 말질을 한다. (車載斗量) 〈吳志〉

일의 순서를 뒤바꾸어 한다는 뜻.

15196. 수레의 양 바퀴다.

두 사람이 다 중요한 역할을 하고 있다는 뜻.

15197. 수레 타고 나서 이를 간다.

이미 때가 지난 뒤에 원망하는 것은 아무 소용도 없 다는 뜻.

15198. 수박 겉핥기다. (西瓜皮舐) 〈東言解〉

내용은 알지도 못하면서 겉만 보고 일하는 것을 비유 하는 말.

15199. 수박 먹다 이 빠진다.

운이 나쁘면 대단치 않은 일을 하다가도 큰 해를 당 한다는 뜻.

15200. 수박 열 개를 쪼개도 씨 없는 수박 없다.

있어야 할 것은 어디를 가나 있다는 뜻.

15201. 수비하면 견고하다. (以守則固) 〈荀子〉

역량이 적보다 약할 때는 수비를 하는 것이 안전하다

는 뜻.

15202. 수소문(搜所聞)해서 찾는다.
소문을 들어가면서 이리저리 찾아다닌다는 뜻.

15203. 수수떡을 해먹어야 하겠다.
두 사람 사이를 친하게 하기 위하여 수수떡을 해먹어
야 하겠다는 말.

15204. 수수 팥떡이 안팎이 없다.
(1) 안팎의 구별이 없다는 뜻. (2) 어른 아이도 모른다
는 뜻.

15205. 수숫대도 아래 위가 있다.
사람도 다 같아 보이지만 아래 위의 지체가 있다는 뜻.

15206. 수숫대에 눈 박아 놓은 것 같다.
수숫대같이 체격이 호리호리하다는 뜻.

15207. 수심이 가득하다.
걱정과 근심이 너무나 많아서 풀이 죽었다는 뜻.

15208. 수심이 많으면 병도 많게 된다.(多愁多病)
수심이 많으면 병이 되기 때문에 수심이 많으면 병도
중하게 된다는 뜻.

15209. 수심이 풀리지 않는다.(愁心不解)
수심이 풀릴 기쁜 일이 생기지 않는다는 뜻.

15210. 수양딸로 며느리 삼기다.
자기 마음대로 쉽게 할 수 있는 일이라는 뜻.

15211. 수양산(首陽山) 그늘이 강동(江東) 팔십
리 간다.
권세(權勢)있는 사람의 친척이나 친구가 그 덕을 본다
는 뜻.

15212. 수양이 새끼 낳아서 젖 먹인다.(羝乳)
도저히 있을 수 없는 일이라는 뜻.

15213. 수양이 새끼를 낳는다.(翔羊)
도저히 있을 수 없는 일이라는 뜻.

15214. 수양이 울타리에 뿔이 걸려 꼼짝도 못한
다.(羝羊觸藩)   〈易經〉
함부로 아무 데나 덤비다가는 화를 당한다는 뜻.

15215. 수없이 사례한다.(無數謝禮)
너무도 감격하여 연거푸 사례를 한다는 뜻.

15216. 수염 난 어린 아이다.
겉보기로는 어려 보여도 속은 철이 들었다는 뜻.

15217. 수염 많이 난 사람은 다 제 할아버지 줄
안다.

비슷한 것만 보면 모두 제 것이라고 떼를 쓴다는 뜻.

15218. 수염에 먼지도 털어 주겠다.(拂鬚)
수염 먼지까지 털어 줄 정도로 아부한다는 뜻.

15219. 수염에 붙은 불 끄듯 한다.
몹시 다급하게 후다닥거리며 허둥댄다는 뜻.

15220. 수염은 고생할 때 길고 손톱은 편할 때 긴
다.(苦鬚樂爪)
고생을 하면 야위어서 수염이 더 잘 긴 것같이 보이
며 손톱은 일을 하면 닳지만 일을 하지 않으면 쉬 길
게 된다는 뜻.

15221. 수염이 대자라도 먹어야 양반이다.
뭐니뭐니 해도 먹는 것이 가장 중요하다는 말.

15222. 수염이 석 자라도 먹어야 영감이다.
(三尺鬚 食令監)   〈靑莊舘全書〉
사람은 먹는 것이 가장 중요하다는 뜻.

15223. 수원(水原) 구두쇠다.
옛날 수원 사람들은 마음이 굳고 돈에 인색하였다는
데서 나온 말로서 돈에 인색한 사람을 가리키는 말.

15224. 수원 사람은 발가락 벗겨도 삼 십리를 간
다.
옛날 수원 지방의 인심이 모질었다는 데서 나온 말.

15225. 수원(水源)이 풍부한 물은 가뭄을 타지 않
는다.(源遠之水 旱亦不渴)
(1) 수원이 풍부해야 가뭄을 타지 않고 풍년이 든다는
뜻. (2) 물자가 풍부해야 생활도 윤택하다는 뜻.

15226. 수은 엉기듯 한다.
무엇이 한 데 엉겨 붙는다는 말.

15227. 수입에 알맞게 지출은 조절해야 한다.
(量入爲出)
수입과 지출에 대한 밸런스를 잘 맞추어야 한다는 말.

15228. 수제비 잘하는 사람은 국수도 잘한다.
한 가지 일을 잘하면 그와 비슷한 일도 잘하게 된다는
말.

15229. 수줍어서 보기만 하고 말은 못한다.
(脈脈不得語)   〈孟浩然〉
몹시 수줍어서 보고도 말을 못 한다는 뜻.

15230. 수줍은 입에는 들어가는 것이 없다.
욕망이 없는 사람은 수확도 없다는 뜻.

15231. 수중(手中)에 돈 한 푼 없다.(手無分錢)
가지고 있는 돈이라고는 한 푼도 없다는 말.

15232. 수진 상전(壽進床廛)에 지팡이를 짚기 쉽 겠다.
멀지 않아 죽겠다는 말. ※ 수진 상전 : 초상에 필요한 물품을 파는 가게.

15233. 수치를 수치로 알아야 고친다.
자신의 잘못을 자신이 수치로 모르고서는 고치지 못 한다는 뜻.

15234. 수캐가 암캐 따라다니듯 한다.
여자라면 사죽을 못 쓰는 사나이보고 하는 말.

15235. 수캐 배가 되었다.
홀쭉한 수캐 배같이 먹지 못하여 배가 들어갔다는 말.

15236. 수캐 오줌 누듯 한다.
아무 곳에다 오줌 누는 사람을 보고 하는 말.

15237. 수컷이 암컷을 따르듯 한다. (牡馳牝逐)
수컷이 암컷 따라다니듯이 몹시 성가시게 따라다닌다 는 뜻.

15238. 수탉도 홰에서 운다.
닭도 홰에서 울듯이 사람도 살던 곳이 좋다는 뜻.
※ 홰 : 닭장 속에 닭이 앉도록 가로지른 나무 막대.

15239. 수탉 울어서 날 안 새는 일 없고 암탉 울 어서 날 새는 일 없다.
여자가 남자 일에 너무 간섭하면 집안이 안 된다는 뜻.

15240. 수탉이 알을 낳으면 집안이 망한다.
남자가 여자 일을 간여하면 집안이 안 된다는 뜻.

15241. 수파련(水波蓮)에 밀동자다.
체격이 가냘프고 얼굴이 고운 사람을 두고 하는 말.
※ 수파련 : 잔치 때 쓰는 종이로 만든 장식용 연꽃.

15242. 수판(數板)으로는 남고 실제로는 밑진다.
계산상(計算上)으로는 이익이 많이 남는데 결산하고 보면 밑졌다는 말.

15243. 수펑이 대가리 같다.
머리털이 덥수룩하고 헝클어졌다는 말.
※ 수펑이 : 수풀의 사투리.

15244. 수풀에 있는 꿩은 개가 내몰고 오장(五臟) 에 있는 말은 술이 내몬다.
술을 먹게 되면 속에 있는 것을 다 말하게 된다는 뜻.

15245. 수풀이 깊어야 도깨비도 모인다.
살기 좋은 곳이라야 사람들도 모인다는 뜻.

15246. 수해와 가뭄의 걱정을 모른다. (水旱不識)
〈虎叱〉

수리(水利)가 잘 되어 흉년을 모르고 사는 지방이라 는 뜻.

15247. 쑥구렁이 꿩 잡아먹듯 한다.
못난 구렁이도 꿩을 잡을 때가 있듯이 못난 사람도 때 로는 놀랄 짓을 한다는 뜻. ※ 쑥구렁이 : 지지리 못 난 구렁이.

15248. 쑥대강이처럼 머리가 흐트러졌다.
(蓬頭亂髮 : 蓬頭突鬢)
머리가 더벙하고 머리털이 헝크러졌다는 말.

15249. 쑥대 밭에 쑥대 나고 왕대 밭에 왕대 난다.
사람은 그가 처하고 있는 환경에 따라 잘 될 수도 있 고 못 될 수도 있다는 뜻.

15250. 쑥대 밭이 되었다.
곡식 밭에 곡식은 없고 쑥대 밭이 되듯이 완전히 폐 허(廢墟)가 되었다는 뜻.

15251. 쑥떡 같은 소리를 해도 찰떡같이 알아들 어야 한다.
상대방이 설혹 말을 잘못하더라도 내가 잘 이해하면 된다는 뜻.

15252. 쑥덕 공론(公論)이다.
이러니 저러니 뒤로 말들이 있다는 뜻.

15253. 쑥떡 먹고 쓴 소리만 한다.
듣기 싫은 소리만 할 때 핀잔하는 말.

15254. 쑥떡이나 먹어라.
쑥떡이나 먹고 화를 풀라는 뜻.

15255. 쑥도 삼 밭에서는 저절로 곧아진다.
(蓬生麻中 不扶而直)
아무리 바탕이 나쁜 사람이라도 착한 사람들과 사귀 게 되면 착해지게 된다는 뜻.

15256. 숙수가 많으면 국수가 수제비 된다.
일에 참견하는 사람이 많으면 오히려 일이 잘 안 된 다는 뜻. ※ 숙수 : 잔치 때 음식 만드는 일을 업으로 삼는 사람.

15257. 숙수가 많으면 국수를 못 먹는다.
일에 간섭하는 사람이 많으면 도리어 일이 안 된다는 뜻.

15258. 숙수가 여럿이면 국 맛이 짜다.
여러 사람이 관여하는 일은 도리어 일이 잘 안 된다 는 뜻.

15259. 순금에는 도금하지 않는다. (眞金不鍍)

〈李紳〉

진실한 재주를 가지고 있는 사람은 꾸밀 필요가 없
다는 뜻.

15260. 순금이 아닌 금속에는 순금으로 도금할 수
있다. (假金只用眞金鍍)　　　〈李紳〉
잘난 사람은 못난 사람을 가르쳐서 교양시킬 수 있다
는 뜻.

15261. 순라동(巡邏洞) 까막종이라.
모르는 것 없이 무엇이나 다 잘 안다는 뜻.

15262. 순박한데 거짓도 있다. (天眞挾詐)
순박하면 믿게 되고 믿게 되면 사기(詐欺)도 치게 된
다는 말.

15263. 순산(順産)이나 하였으니 다행이다.
딸을 낳고 서운해 하는 사람을 보고 위안해 주는 말.

15264. 순서에 따르지 않는 예의는 없다.(禮無不
順)　　　〈春秋左傳〉
사회 질서를 방해하는 예의는 없다는 말.

15265. 순식간에 얻고 잃는다. (得失瞬間)〈杜甫〉
얻는 것도 빠르고 잃는 것도 빠르다는 뜻.

15266. 순을 누르고 싹을 꺾는다. (能壓其筍 折其
萌也)　　　〈茶山論叢〉
남의 전도(前途)를 유린(蹂躪)한다는 뜻.

15267. 순(舜) 임금도 독 장수를 하였다.
(1) 훌륭한 사람도 천한 직업에 종사하였다는 뜻.
(2) 장사는 정직해서는 되지 않는다는 뜻.

15268. 순종하는 사람은 덕으로써 맡기라.
(順者 任之以德)　　　〈六韜〉
자기에게 순종하는 사람에게는 너그럽게 믿고 맡겨야
한다는 말.

15269. 쑨 죽이 밥 될까?
이미 그릇된 일은 바로 잡을 수 없다는 뜻.

15270. 순풍에 돛 단 격이다. (順風駕帆)
일이 순조롭게 잘 진행된다는 뜻.

15271. 순풍에 돛 단 배다.
하는 일이 순조롭게 잘 이루어진다는 뜻.

15272. 숟갈 한 단 못 세는 년이 살림은 잘한다.
비록 배우지 못한 여자라도 살림살이는 잘한다는 말.

15273. 술 값보다 안주 값이 더 비싸다.
마땅히 많아야 할 것이 적고 적어야 할 것이 많다는
말.

15274. 술 값 천 년이요 약 값 만 년이다.
술 값이나 약 값은 이익이 많으니까 그 외상 값도
오래 있다가 주어도 된다는 뜻.

15275. 술 깨는 데는 해장술이 약이다.
저녁에 먹은 술을 깨게 하는 데는 해장술로 푸는 것
이 좋다는 뜻.

15276. 술과 계집과 노름은 사나이 삼도락(三道
樂)이다.
주색(酒色)과 도박(賭博)에 취미를 가진 사람들의 말.
↔ 술과 계집과 노름은 패가 장본이다.

15277. 술과 계집과 노름은 패가 장본이다.
주색과 노름에 빠진 사람은 패가를 하게 된다는 뜻.
↔ 술과 계집과 노름은 사나이의 삼도락이다.

15278. 술과 늦잠은 가난이다.
술을 즐기고 잠을 많이 자는 사람은 게으르기 때문에
가난을 면할 수가 없다는 뜻.

15279. 술과 안주만 보면 맹세도 잊는다.
술 끊겠다고 맹세한 사람도 술과 안주만 보면 다시 먹
게 된다는 말.

15280. 술과 친구는 오래 될수록 좋다.
술은 오래 된 것이 맛있고 친구는 오래 사귄 사람이
더 친하다는 뜻.

15281. 술 괴자 임 오신다.
하는 일이 척척 잘 풀려 나간다는 뜻.

15282. 술 괴자 체 장수 온다.
무슨 일이 순조롭게 잘 풀린다는 뜻.

15283. 술군은 청탁(淸濁)을 가리지 않는다.
술을 좋아하는 사람은 술을 가리지 않고 먹는다는 뜻.

15284. 술군은 해장국에 속 푼다.
전날 밤에 취한 술기는 이튿날 아침 해장국으로 속을
시원하게 푼다는 뜻.

15285. 술군은 해장술에 살찐다.
술 좋아하는 사람은 해장국에 해장술 맛이 좋다는 뜻.

15286. 술군치고 외상 술 안 먹는 술군 없고 오
입장이치고 오입 않는 오입장이 없다.
술군은 으레 외상 술을 먹게 되고 오입장이는 으레 오
입질을 하게 된다는 뜻.

15287. 술 끊고 누룩 흥정한다.
한번 맹세한 일을 철저히 집행 못한다는 뜻.

15288. 술김에 사촌 땅 사 준다.

술에 취하면 술김에 실수하는 일이 많다는 뜻.

15289. 술김에 사촌 집 사 준다.

취중에 하는 일은 실수가 많다는 뜻.

15290. 술 담배 참아 소 샀더니 호랑이가 물어갔다.

(1) 돈은 억지로 모아지지 않는다는 뜻. (2) 돈은 모으기만 하지 말고 쓸 데는 써야 한다는 뜻.

15291. 술 덤벙 물 덤벙 한다.

무슨 일을 몹시 경솔하게 한다는 뜻.

15292. 술도 먹은 놈이 취한다.

(1) 원인이 있으면 결과도 있게 된다는 뜻. (2) 죄를 지으면 탄로가 나게 된다는 뜻.

15293. 술 독 속에 든 초파리다. (甕裏醯雞) 〈莊子〉

세상 형편이 어떻게 돌아가는가 잘 모르는 사람을 비유한 말.

15294. 술 독에 밥 주머니다. (酒甕食囊) 〈金樓子〉

술도 많이 먹고 밥도 많이 먹는다는 뜻.

15295. 술 독(毒)은 해장술로 풀어야 한다.

술이 아직 덜 깼을 때는 해장술을 조금 먹는 것이 낫다는 말.

15296. 술로 못을 만들고 고기로 숲을 이룬다. (酒以爲池 懸肉爲林 : 酒池肉林) 〈史記〉

술도 많고 고기 안주도 많다는 뜻.

15297. 술 마실 때 함부로 말하지 않는 사람은 참된 군자다. (酒中不語眞君子) 〈孔子〉

술 자리에서 말을 함부로 하지 않는 사람이 진실로 교양 있는 사람이라는 뜻.

15298. 술 먹여 놓고 해장 가자고 부른다.

일을 망쳐 놓고서 도와 주는 체한다는 뜻.

15299. 술 먹은 개다.

술 취한 사람은 사람 구실을 못한다는 말.

15300. 술 먹은 사람보고 술 먹었다면 성내고 병신보고 병신이라면 노여워한다.

누구나 자기의 잘못을 말하면 싫어한다는 말.

15301. 술 먹은 사람보고 술 먹었다고 하면 성낸다.

자기의 결함을 말하는 것을 싫어한다는 말.

15302. 술 받아 주고 뺨 맞는다.

남을 도와 주고도 봉변(逢變)을 당한다는 뜻.

15303. 술 배우려면 술 버릇부터 배워야 한다.

술에 취하면 좋은 버릇보다도 나쁜 버릇이 더 많게 되므로 술을 배울 때는 나쁜 술 버릇이 들지 않도록 삼가하라는 뜻.

15304. 술 본 김에 제사 지낸다.

무슨 일이나 기회가 좋을 때 그 기회를 놓치지 말고 하는 것이 유리하다는 말.

15305. 술 빚자 임이 온다.

무슨 일이 순조롭게 이루어진다는 뜻.

15306. 술 속은 해장국으로 풀어야 한다.

술 끝이 개운하지 못할 때는 해장국과 해장술을 먹으면 풀린다는 말.

15307. 술술 넘어가는 술이다.

술 좋아하는 사람은 술을 입에만 대면 기분 좋게 넘어간다는 뜻.

15308. 술 안 먹는다고 술 값이 밀릴까?

돈은 있으면 쓰고 없으면 못 쓰게 된다는 뜻.

15309. 술 안 먹어서는 거짓말하던 사람도 술 먹으면 바른 말한다.

평소에는 거짓말만 하던 사람도 술에 취하면 속에 있는 말을 참지 못하고 다 말을 하게 된다는 뜻.

15310. 술 안 먹은 사람이 취할까?

원인이 없으면 결과도 없다는 말.

15311. 술 안주만 보면 끊은 술 생각이 난다.

잊어 버렸던 것도 그와 관련이 있는 것을 보면 되살아난다는 뜻.

15312. 술에 과취되면 난동을 부리게 된다. (酒極則亂) 〈史記〉

술을 지나치게 먹으면 난폭한 행동을 하게 된다는 말.

15313. 술에는 삼 껄이 있다.

술 좌석에는 취할 껄, 과할 껄, 안 될 껄 등의 삼 껄이 있다는 뜻.

15314. 술에는 장사 없다.

술을 많이 먹으면 누구나 실수를 하게 된다는 뜻.

15315. 술에도 공술은 없다.

공술을 얻어 먹으면 다음에 갚아야 하기 때문에 술에도 공것은 없다는 말.

15316. 술에 술 탄듯 물에 물 탄 듯하다.

무슨 일을 했어도 흔적이 없어 하나 마나 하다는 뜻.

15317. 술에 술 탄 듯하다.

무슨 일을 했어도 한 흔적이 없다는 뜻.

15318. 술에 일의 성패가 달려 있다. (酒有成敗)
〈史記〉

술은 안 될 일도 되게 하고 될 일도 안 되게 한다는 말.

15319. 술에 취하면 그의 태도를 볼 수 있다.
(醉之以酒 以觀其態) 〈六韜〉

술 취했을 때 보면 그 사람의 태도도 다 알게 된다는 뜻.

15320. 술에 취하면 본성이 나타난다.

술에 취하게 되면 그가 지니고 있는 본성이 나타나게 된다는 말.

15321. 술에 취하여 함부로 말하면 술이 깬 뒤에 뉘우치게 된다. (醉發狂言 醒時悔) 〈六悔銘〉

취중에 실언하게 되면 술이 깬 뒤에 후회하게 되기 때문에 취중에 말하는 것을 삼가라는 뜻.

15322. 술은 괼 때 걸러야 하고 종기는 곪았을 때 짜야 한다.

무슨 일이나 적당한 시기에, 기회를 놓치지 말고 해야 한다는 뜻.

15323. 술은 괼 때 걸러야 한다.

무슨 일이나 기회를 놓쳐서는 안 된다는 뜻.

15324. 술은 권하는 자미로 마신다.

술을 마실 때는 서로 주거니 받거니 하면서 마시는 데 흥이 난다는 뜻. ↔ 술은 권하지 않고 마시는 것이 즐거운 것이다.

15325. 술은 권하지 않고 마시는 것이 즐거운 것이다. (酒以不勸爲歡) 〈菜根譚〉

술은 권하지 않고 자신이 알맞도록 먹어야 좋다는 뜻. ↔ 술은 권하는 자미로 마신다.

15326. 술은 근심을 잊게 한다. (惟酒可以忘憂)

술에 취하면 모든 근심을 잊게 된다는 뜻.

15327. 술은 끊어도 담배는 못 끊는다.

담배 끊기가 술 끊기보다도 더 어렵다는 말.

15328. 술은 김가(金哥)가 먹고 주정은 이가(李哥)가 한다.

(1) 인과 관계(因果關係)에 모순이 있다는 뜻.
(2) 엉뚱한 짓을 한다는 뜻.

15329. 술은 남촌 술이 좋고 떡은 북촌 떡이 좋다. (南酒北餅)

옛날 이조 때 장안에서 술은 남촌 술이 좋았고 떡은 북촌 떡이 좋았다는 말.

15330. 술은 다정한 친구를 만나면 천 잔이라도 적다. (酒逢知己千鍾少) 〈尹平〉

다정한 친구와 정담(情談)을 하면서 술을 먹으면 많이 먹게 된다는 뜻.

15331. 술은 마실수록 말이 는다.

술에 취하게 되면 말이 많아진다는 뜻.

15332. 술은 맛물에 취하고 사람은 홋물에 취한다.

술은 처음 먹은 것에 취하고 사람은 한참 사귀어 봐야 친해지게 된다는 뜻.

15333. 술은 맛으로 먹는 것이 아니라 멋으로 먹는다.

술은 맛이 좋아 먹는 것이 아니라 취하는 멋으로 먹는다는 말.

15334. 술은 맛으로 먹는 것이 아니라 취하라고 먹는다.

술은 맛이 좋아서 먹는 것이 아니라 취하는 재미로 먹는다는 뜻.

15335. 술은 먹어도 술에 먹히지는 말랬다.

술을 먹어도 술에 취해서 정신을 못 차릴 정도로 먹어서는 안 된다는 뜻.

15336. 술은 몸을 돌보지 않는다. (酒不顧身)
〈修身要訣〉

술은 사람 몸을 돌보지 않기 때문에 자신이 몸을 생각해 가며 먹어야 한다는 뜻.

15337. 술은 묵은 술이 좋고 옷은 새옷이 좋다.

술과 친구는 오래 될수록 좋고 옷은 이와 반대로 새 옷이 좋다는 뜻.

15338. 술은 묵을수록 좋고 의사는 늙을수록 용하다.

의사는 나이가 많을수록 경험이 많기 때문에 의술(醫術)이 좋다는 말.

15339. 술은 미치광이 되는 약이다.

술을 지나치게 좋아하다가는 주정군이 되어 사람 노릇을 못 하게 되므로 술을 삼가해야 한다는 뜻.
↔ 술은 백약 중의 으뜸이다.

15340. 술은 반만 취해야 좋고 꽃은 반만 펴야 곱다.

술은 만취(滿醉)되는 것보다 반취가 돼야 취흥을 느끼게 되고 꽃은 만개한 것보다 반만 핀 것이 아름답다는 뜻.

15341. 술은 반취(半醉)가 좋고 꽃은 반개(半開)가 좋고 복은 반복(半福)이 좋다.
무슨 일이나 완성되었을 때보다 절반 정도 진행했을 때가 가장 좋다는 뜻.

15342. 술은 반취가 좋다.
술은 정신을 잃도록 된 만취보다 반쯤 취한 것이 낫다는 말.

15343. 술은 백약 중에서 으뜸이다. (酒百藥之長)
〈漢書〉
술을 알맞게 먹으면 보약보다도 낫다는 말. ↔ 술은 미치광이 되는 약이다.

15344. 술은 술술 넘어간다고 술이다.
술 좋아하는 사람은 술을 입에만 대면 저절로 넘어간다는 뜻.

15345. 술은 안주가 좋아야 한다.
술은 좋은 안주와 먹어야 술맛도 있을 뿐 아니라 취하기도 덜 취한다는 뜻.

15346. 술은 얼굴을 붉게 하고 돈은 마음을 검게 한다.
술은 많이 먹지 말아야 하고 돈에 대한 욕심은 너무 내지 말아야 한다는 뜻.

15347. 술은 예절로 시작하여 소란으로 끝난다.
술 자리에서 술을 마실 때 처음에는 서로 예의를 지키며 술을 먹지만 나중에는 술에 취해서 추태를 부리게 된다는 뜻.

15348. 술은 인일(寅日)에는 담지 않는다.
일진(日辰)에 인자(寅字)가 든 날 술을 담으면 술맛이 나쁘게 된다고 전해오는 말.

15349. 술은 자신을 알고 먹어야 한다. (酒逢知己飲)
술을 마실 때는 자기의 주량(酒量)을 알고 과취(過醉)되는 일이 없도록 삼가해야 한다는 뜻.

15350. 술은 잘 먹으면 약이다.
술을 적당하게 잘 먹으면 몸에 이롭다는 뜻.

15351. 술은 잘 먹으면 약주요 못 먹으면 망주다.
술은 적당하게 먹으면 좋지만 과음하게 되면 패가하게 된다는 뜻.

15352. 술은 적게 먹으면 약이요 많이 먹으면 망주(亡酒)다.
술은 조금 먹으면 약이 되지만 많이 먹으면 신세를 망치게 된다는 말.

15353. 술은 정신을 어지럽게 한다. (酒亂其神也)
〈荀子〉
술에 취하면 정신을 바로 가질 수 없게 된다는 뜻.

15354. 술은 제 어머니가 따라도 맛이 난다.
(1) 술은 자작(自酌)하면 맛이 없다는 뜻. (2) 술은 여자가 따라야 맛이 있다는 뜻.

15355. 술은 조금 먹으면 약주요 많이 먹으면 독주다.
술은 조금 먹으면 몸에 이롭지만 많이 먹으면 몸에 크게 해롭다는 말.

15356. 술은 조금 취하도록 마셔야 한다. (酒飮微醺)
술은 약간 취할 정도로 알맞게 먹어야 한다는 말. ↔ 술은 취하자는 술이다. 술은 취하는 맛에 먹는다.

15357. 술은 첫물에 취하고 사람은 훗물에 취한다.
술은 처음 마실 때부터 취하기 시작하고 사람은 오래 사귀고 나서야 친해지게 된다는 뜻.

15358. 술은 취하는 맛에 먹는다.
술은 취하는 재미로 먹는다는 뜻. ↔ 술은 조금 취하도록 마셔야 한다.

15359. 술은 취하도록 줘야 하고 밥은 배부르게 줘야 한다. (醉且飽)
손님 접대를 할 때에는 술과 밥을 만족할 수 있도록 대접하라는 뜻.

15360. 술은 취하라고 먹고 매는 아프라고 때린다.
술은 취하도록 먹어야 하고 매는 아프도록 때려야 한다는 뜻.

15361. 술은 취하라고 먹는다.
술은 취하도록 먹어야 한다는 말.

15362. 술은 취하자는 술이다.
술은 마신 다음에 얼큰히 취하도록 돼야 취흥(醉興)을 느끼게 된다는 뜻. ↔ 술은 조금 취하도록 마셔야 한다.

15363. 술을 고래 물 마시듯 한다.
술을 폭주(暴酒)로 마신다는 뜻.

15364. 술을 마셔도 즐겁지 않다. (飮酒不樂)
〈春秋左傳〉
근심이 많아서 술을 먹어도 흥이 나지 않는다는 뜻.

15365. 술을 보거든 간장같이 대하라. (視酒如醬)　〈漢書〉

술을 봐도 간장과 같이 여기고 먹지 말라는 뜻.

15366. 술을 보거든 간장같이 여기고 고기를 보거든 콩잎같이 여기라. (醬酒藿肉)　〈漢書〉

술을 삼가고 식생활도 절약하라는 뜻.

15367. 술을 싫어한다면서 술을 많이 마신다. (惡酒而強酒)

말과 행동이 일치하지 않는다는 말.

15368. 술을 정도에 지나치도록 마시지 말라. (勿飮過量之酒)　〈松隱遺稿〉

술을 지나치게 취하도록 마시지 말라는 말.

15369. 술이 나쁠지라도 차보다는 낫다. (薄薄酒勝茶湯)　〈東坡居士集〉

손님 접대에 있어서는 술로 대접하는 것이 좋다는 뜻.

15370. 술이 사람을 먹는다. (酒呑人)　〈法華經抄〉

사람이 술에 취하게 된 뒤에는 술이 사람을 먹게 된다는 뜻.

15371. 술이 사람을 취하게 하는 것이 아니라 사람 스스로가 취하는 것이다. (酒不醉人人自醉)　〈明心寶鑑〉

술에는 취기(醉氣)가 있지만 취하고 취하지 않는 것은 사람이 마시기에 따라 결정된다는 뜻.

15372. 술이 술을 먹는다. (酒呑酒)　〈法華經抄〉

술은 취할수록 더 먹게 된다는 뜻.

15373. 술이 아무리 독해도 먹지 않으면 취하지 않는다.

술이 독해서 취하는 것이 아니라 사람이 먹었기 때문에 취하는 것이라는 뜻.

15374. 술 자리에 늦게 온 사람은 석 잔을 마셔야 한다. (後來三杯)

술 좌석에 늦게 오는 사람은 먼저 석 잔을 먹은 다음에 서로 대작(對酌)을 하라는 말.

15375. 술잔은 나이 먹은 차례로 든다. (水口門次例)

술 좌석이 벌어졌을 때 첫잔은 나이 순서로 잔을 든다는 말.

15376. 술잔은 짝수로 들지 않는다. (酒不雙杯)

술잔을 주고받고 권할 때 짝수로 주고받지 않는다는 말.

15377. 술 좋아하면 계집도 좋아하게 된다.

술을 가까이하다 보면 화류계 여자와도 친해지게 된다는 뜻.

15378. 술 좋아하면 주정군 되고 놀기 좋아하면 건달 된다.

술을 너무 좋아하다가 주정군이 되어 사람 구실을 못하게 되고 놀기를 좋아하는 사람은 실업자가 되어 경제적으로 몰락하게 된다는 뜻.

15379. 술 좋아하면 주정군 된다.

술을 너무 좋아하다가 주정군이 되어 사람 구실을 못하게 된다는 말.

15380. 술 주머니에 밥 푸대다. (酒囊飯袋)　〈荊湖近事〉

음식만 많이 먹고 허송 세월을 하는 사람이라는 뜻.

15381. 술 주정은 하지 말아야 한다. (不爲酒困)　〈論語〉

술을 먹고 취하더라도 주정을 해서는 안 된다는 뜻.

15382. 술 찌끼 먹고 주정한다.

술 주정이 버릇이 되면 기분으로도 주정을 하게 된다는 뜻.

15383. 술 찌끼와 쌀겨도 배부르게 먹지 못한다. (糟糠不飽)　〈韓非子〉

몹시 가난하여 술 찌끼와 쌀겨마저도 제대로 먹지 못한다는 말.

15384. 술집 개가 사나우면 술이 시도록 팔리지 않는다. (狗猛則酒酸不售)　〈韓非子〉

간신이 많으면 어진 사람들이 국사에 관여하지 않기 때문에 나라가 쇠퇴하게 된다는 말.

15385. 술집에 가서 떡 달란다.

물정도 모르고 엉뚱한 짓만 한다는 뜻.

15386. 술집에 가야 외상술도 먹는다.

술군은 돈이 없으면 외상으로 먹어야 한다는 뜻.

15387. 술 취하는 것을 싫어하면서 억지로 술을 마신다. (惡醉強酒)　〈孟子〉

술 먹고 주정하는 것을 싫어하면서도 어쩔 수 없는 사정으로 먹게 된다는 뜻.

15388. 술 취하면 임금도 없다. (醉中無天子)

술에 취하면 정신을 잃게 되므로 웃사람도 몰라보게 된다는 뜻.

15389. 술 취한 개다.

술에 취하면 사람 노릇을 못하게 된다는 말.

15390. 술 취한 놈 달걀 팔듯 한다.

물건 취급도 함부로 하고 팔기도 함부로 판다는 뜻.

15391. 술 취한 놈이 외나무 다리를 잘 건너간다.
술 취한 사람도 본 정신을 가지고 있다는 뜻.

15392. 술 취한 뒤 더 마시는 것은 안 먹는 것만 못하다. (醉後添杯不如無) 〈康節邵〉
술에 취한 뒤에 먹는 것은 하나도 이로울 것이 없다는 뜻.

15393. 술 취한 듯이 살고 꿈같이 죽는다. (醉生夢死) 〈程子語錄〉
사람이 세상에 났다가 죽는 것이 허무하다는 뜻.

15394. 술 취한 미치광이다.
술에 취하여 정신을 차리지 못한 사람을 이름.

15395. 술 취한 사람 속은 알 수 있다.
술 취한 사람은 생시에 먹었던 말을 하게 되기 때문에 그 속을 알 수 있다는 뜻.

15396. 술 취한 사람은 넓은 개천도 좁은 줄 알고 건너뛴다. (醉者 越百步之溝 以爲蹞步之澮也) 〈荀子〉
술에 취하게 되면 사물의 판단도 잘못하게 된다는 뜻.

15397. 술 취한 사람은 만나는 것을 겁내지 않는다. (醉者遻物而不慴) 〈莊子〉
술에 취하면 무서운 것이 없게 된다는 뜻.

15398. 술 취한 사람이 사촌 땅 사 준다.
술에 취하게 되면 실수하는 일이 많다는 뜻.

15399. 술 취한 사람이 사촌 집 사 준다.
술에 취하면 본 정신을 잃고 실수를 하게 된다는 뜻.

15400. 술 취한 중놈 목탁 치듯 한다.
술 취한 중이 목탁을 치듯이 무엇을 함부로 두드린다는 뜻.

15401. 술 취한 중이다. (僧人醉酒) 〈旬五志〉
술에 취하면 자기 체면도 못 지키게 된다는 뜻.

15402. 술 친구는 친구가 아니다.
술 자리에서 친한 친구는 고락(苦樂)을 같이 할 친구로 될 수 없다는 말.

15403. 술통 보고는 술맛을 모른다.
무엇이나 겉만 보고는 속을 알 수 없다는 말.

15404. 숨겨진 것이 있어야 나타난다.
무엇인가 숨겨진 근본이 있어야 나타나듯이 사실이 있어야 소문도 난다는 뜻.

15405. 숨기는 일치고 좋은 일 없다.
남의 눈을 속여 가며 하는 일은 거의가 좋은 일이 아니라는 뜻.

15406. 숨긴 일이 천 리 간다.
남 모르게 하는 일이 소문은 먼저 나게 된다는 뜻.

15407. 숨길수록 잘 드러난다.
숨길 일은 남들이 관심을 더 가지게 되기 때문에 잘 드러난다는 뜻.

15408. 숨길수록 탄로난다.
숨겨서 하는 일은 남들이 더 관심을 가지고 지켜보게 되므로 발각이 된다는 뜻.

15409. 숨 넘어가는 소리를 한다.
다 죽어 가는 엄살을 하며 말을 한다는 뜻.

15410. 숨다 보니 포도청(捕盜廳)이다.
피해서 숨는다는 것이 도리어 제 발로 잡는 데로 찾아가듯이 자신이 잘못하여 낭패를 당하게 되었다는 뜻.

15411. 숨 쉴 사이도 없다. (呼不給吸 : 間不容息)
몹시 바빠서 숨도 제대로 쉴 여가가 없다는 말.

15412. 숨어서 덕을 베푼 사람은 반드시 남이 알게 되어 보답을 하게 된다. (有陰德者 必有陽報) 〈淮南子〉
남들 모르게 덕을 베푼 것도 남들이 알고 이것을 보답을 하게 된다는 뜻.

15413. 숨어서 산다.
남들과 떳떳하게 살지 못하고 숨어서 산다는 뜻.

15414. 숨어서 착한 일을 한 사람은 반드시 남이 알게 되어 이름이 나게 된다. (有陰行者 必有照名) 〈淮南子〉
남들 모르게 착한 일을 한 것도 소문이 나서 그 이름이 널리 퍼지게 된다는 뜻.

15415. 숨어서 활 쏜다.
사람들 모르게 남을 해친다는 뜻.

15416. 숨었다 나타났다 한다. (一虛一實)
변화가 많아서 그 본체를 알 수 없다는 뜻.

15417. 숨었던 용이 여의주(如意珠)를 얻은 격이다. (潛龍得珠)
오랫동안 고생한 끝에 소망이 이루어졌다는 뜻. ※ 여의주 : 용이 마음대로 조화를 부릴 수 있다는 구슬.

15418. 숨은 내쉬어도 말은 내뱉지 말랬다.
숨은 내쉴지라도 말은 함부로 내뱉지 말라는 뜻.

15419. 숨은 내쉬고 말은 들여 하랬다.

숨은 내쉬더라도 말은 참아야 한다는 뜻.

15420. 숨은 덕도 알게 갚는다. (陰德陽報) 〈説苑〉
남들 모르게 베푼 덕도 남들이 다 알고 갚는다는 말.

15421. 숨은 덕은 반드시 밝혀진다. (陰德必陽)
남들 모르게 베푼 덕도 반드시 세상 사람들이 다 알게 된다는 뜻.

15422. 숨은 도둑이 바로 옆에 있다. (伏寇有側)
〈古詩源, 管子〉
도둑이 멀리 있지 않고 옆에 있으니 항상 경각성을 높여야 한다는 뜻.

15423. 숨은 용 자는 범이다. (藏龍臥虎)
소문만 난 무서운 존재라는 뜻.

15424. 숨을 쉬니 송장은 아니다.
숨만 쉬고 있을 뿐이지 몸은 완전히 폐인(廢人)이 되어 쓸모없는 인간이 되었다는 뜻.

15425. 숨이 막혀 죽겠다. (氣寒昏絶)
몹시 답답하여 숨을 못 쉬어서 죽겠다는 말.

15426. 숨통이 막힌다.
숨이 막힐 정도로 상대하기가 답답하다는 말.

15427. 숫돌이 저 닳는 줄 모른다.
자신의 운명이 조금씩 점점 줄어 가는 것을 의식하지 못한다는 말.

15428. 숭어가 뛰니까 망둥이도 덩달아 뛰는 격이다.
남이 한다고 자신의 실력도 모르고 분에 넘치는 행동을 한다는 뜻.

15429. 숭어가 뛰니까 망둥이도 뛴다.
남이 한다고 해서 할 줄도 모르면서 덤벼든다는 뜻.

15430. 숭어가 뛰니까 복쟁이도 뛴다.
남이 한다고 하지도 못하는 주제에 덤빈다는 뜻.

15431. 숯 만진 손이다.
숯을 만진 것같이 몹시 더럽다는 뜻.

15432. 숯불도 한 덩이는 쉬 죽는다.
숯불 여러 덩이로 피워야 잘 피듯이 사람도 여러 사람들이 협동하면 일이 잘 된다는 뜻.

15433. 숯불을 안고서 시원하기를 바란다. (抱炭希涼) 〈魏志〉
불을 가지고 있으면서 시원해지기를 기다리듯이 원하는 일과 행동하는 일이 모순된다는 뜻.

15434. 숯불하고 계집은 쑤석거리면 탈 난다.

여자는 자꾸 꾀이는 사람이 있으면 타락하게 된다는 말.

15435. 숯을 검정 나무라고 한다.
옛날 서울 사람들이 숯보고 검정 나무라고 하듯이 물정(物情)을 전연 모른다는 뜻.

15436. 숯을 달아서 피운다.
숯을 저울로 달아서 쓰듯이 몹시 인색하다는 말.

15437. 숯을 달아서 피우고 쌀을 세어서 밥한다.
하는 짓이 모두 인색하다는 말.

15438. 숲속 꿩은 개가 몰아 내고 마음 속 말은 술이 몰아낸다.
술에 취하게 되면 비밀도 못 지키게 되므로 술을 삼가라는 뜻.

15439. 숲속 꿩은 개가 몰아 낸다.
속에 간직하고 있는 비밀은 술에 취하면 탄로된다는 뜻.

15440. 숲속에서는 장작이 팔리지 않는다.
(林中不賣薪) 〈淮南子〉
장작이 많은 산에서는 장작이 안 팔리듯이 물건이 흔한 곳에서는 팔리지 않는다는 뜻.

15441. 숲속의 호박은 잘 자란다.
늘 보는 것은 자라는 줄을 모르는 데 오랜 만에 보는 것은 잘 자란다는 뜻.

15442. 숲으로 새 떼를 몰아 주는 것은 새매다.
(爲叢敺爵者 鸇也) 〈孟子〉
자기 욕심을 부리다가 남만 좋게 만들어 주었다는 말.

15443. 숲이 깊어야 도깨비도 모인다.
(1) 자신의 덕망이 커야 사람들도 따르게 된다는 말.
(2) 살기 좋은 곳이라야 사람들도 모이게 된다는 뜻.

15444. 숲이 우거져야 새도 모이고 물이 깊어야 큰 고기도 모인다. (林深鳥棲 水深大魚)
〈貞觀政要〉
사람은 포용력(包容力)이 커야 사람들이 따르게 된다는 뜻.

15445. 숲이 우거져야 새도 모인다. (林深鳥棲)
〈貞觀政要〉
(1) 사람은 덕이 많아야 다른 사람들이 가까이하게 된다는 뜻. (2) 살기 좋은 곳에는 사람이 모이게 된다는 뜻.

15446. 숲이 우거져야 짐승도 모인다. (山林茂而
禽獸歸之) 〈荀子〉

(1) 훌륭한 사람 주위에는 사람이 많이 모이게 된다는 뜻. (2) 살기 좋은 곳에서는 사람들이 모이게 된다는 뜻.

15447. 숲이 있어야 도깨비도 모인다.
(1) 사람도 의지할 곳이 있어야 활동을 한다는 뜻. (2) 바탕이 있어야 무슨 일을 할 수 있다는 뜻.

15448. 쉬는 입에 염불하기다.
시간을 잘 이용하여 유효하게 쓰라는 뜻.

15449. 쉬 더운 구들이 쉬 식는다.
무슨 일이나 급히 이루어진 일은 오래 가지 못한다는 뜻.

15450. 쉬 더운 방이 쉬 식는다.
급히 서둘러서 한 일은 오래 가지 못한다는 말.

15451. 쉬쉬하는 말이 천 리 간다.
숨기는 말이 오히려 소문이 더 잘 난다는 뜻.

15452. 쉬운 것이 많으면 어려운 것도 많다. (多易多難) 〈老子〉
쉬운 일이 있으면 어려운 일도 있고 어려운 일이 있으면 쉬운 일도 있다는 뜻.

15453. 쉬파리는 천리마 꼬리에 붙어 천 리를 간다. (託驥尾)
세도(勢道) 있는 사람에게 의존하여 산다는 뜻.

15454. 쉬파리는 흰 것을 더럽힌다. (靑蠅染白)
악한 사람은 선한 사람을 더럽힌다는 뜻.

15455. 쉬파리도 오뉴월이 제철이다.
누구나 한번씩 전성기(全盛期)는 있다는 뜻.

15456. 쉬파리 무서워 장 못 담글까?
사소한 장해물(障害物)이 있다고 할 일을 못 할 리가 있느냐는 뜻.

15457. 쉰 길 나무도 베면 끝이 있다.
무슨 일이나 하면 끝날 때가 있다는 뜻.

15458. 쉰 길 물 속은 알아도 한 길 사람 속은 모른다.
사람의 마음 속은 매우 알기 어렵다는 말.

15459. 쉰 떡 사돈 준다.
주고도 치사(致辭) 못 받을 짓을 한다는 말.

15460. 쉰 밥도 개 주기는 아깝다.
저는 먹지 않으면서도 남 주는 데는 인색하다는 뜻.

15461. 쉰 밥도 고양이 주기는 아깝다.
저는 먹지 않으면서도 남 주기를 아까와 한다는 말.

15462. 쉽게 단 쇠가 쉽게 식는다.
빨리 한 일은 오래 가기가 어렵다는 말.

15463. 쉽게 번 돈 쉬 나가고 어렵게 번 돈 어렵게 나간다.
부정으로 번 돈은 오래 유지하지 못하지만 노력해서 번 돈은 오래 지닐 수 있다는 뜻.

15464. 쉽게 번 돈은 쉽게 쓰인다.
돈은 힘들게 벌어 모은 돈이라야 오래 지닐 수 있다는 말.

15465. 쉽게 승낙하는 사람은 반드시 믿음성이 적다. (輕諾者 必寡信) 〈尹和靖〉
승낙을 함부로 하는 사람은 실행성이 없다는 뜻.

15466. 쉽게 얻을 수 없다. (移易不得)
구하기가 대단히 어렵다는 말.

15467. 쓰고 남을 만큼 넉넉하다. (餘裕綽綽)
재물이 많아서 쓰고도 여유가 있다는 말.

15468. 쓰고 단 맛도 모른다. (不知甘苦)
세상 인심이 좋고 나쁜 것도 모른다는 뜻. ↔ 쓴 맛 단 맛 다 보았다.

15469. 쓰기가 소태 같다.
소태와 같이 맛이 몹시 쓰다는 뜻. ※ 소태 : 소태나무 열매.

15470. 쓰다가 만 글자다. (半字不成)
무슨 일을 하다가 말면 아니한 것과 마찬가지라는 뜻.

15471. 쓰다 달다 말이 없다.
도무지 자기 의견을 말하지 않는다는 뜻.

15472. 쓰러져 가는 나무는 아주 쓰러뜨려야 한다.
가망성이 없는 일은 일찍 중단하라는 뜻.

15473. 쓰레기와 돈은 쌓일수록 더럽다.
재산을 모으게 되면 교만하게 되기 쉽고 인색하게 될 수 있다는 데서 나온 말.

15474. 쓰레기 줍듯 쉬운 일이다. (如俛拾地芥)
매우 하기 쉬운 일이라는 뜻.

15475. 쓰르라미는 봄 가을을 모른다. (蟪蛄不知 春秋) 〈莊子〉
쓰르라미는 여름에만 있는 것이라 봄 가을을 모르듯이 보고 듣지 않은 것은 모른다는 뜻.

15476. 쓰면 뱉고 달면 삼킨다.

자기에게 유리하면 취하고 불리하면 버린다는 말.

15477. 스무 사흘 달 뜨도록 안 자는 년은 상 도둑 계집이다.
일 없이 밤 늦게까지 자지 않고 있는 여자보고 하는 말.

15478. 스무 이레 만에 든 윤달이다.
오랜만에 모처럼 얻은 기회(機會)라는 뜻.

15479. 스무 이레에 오는 비는 다음 달 보름날까지 그치지 않는다.
스무 이렛날부터 오는 비는 많이 온다고 전해지는 말.

15480. 스스로 깨달아 낸 묘리(妙理)이다.
(自得之妙)
자신이 생각해 낸 묘한 이치(理致)라는 뜻.

15481. 스스로 많은 복을 불러들인다. (自求多福)
〈詩經〉
자신이 덕을 쌓아 많은 복을 받게 된다는 뜻.

15482. 스스로 뿌린 씨앗은 그 자신이 거둔다.
자기가 한 일에 대한 대가(代價)는 자기가 그대로 받게 되므로 악한 일을 하지 말고 착한 일을 하여 복을 많이 받도록 하라는 뜻.

15483. 스스로 삼가하고 경계한다. (自肅自戒)
자신이 삼가하고 자신을 경계한다는 뜻.

15484. 스스로 칭찬하는 사람은 공이 없다.
(自伐者無功)
〈老子〉
자신이 자신을 자랑하는 사람은 공을 세우지 못한 사람이라는 뜻.

15485. 스스로 큰 화를 밟는다. (自蹈大禍)〈魏志〉
자신이 저지른 일로 큰 화를 당하게 된다는 뜻.

15486. 스스로 힘써 쉬지 않는다. (自強不息)〈易經〉
자기의 힘을 다하여 쉬지 않고 노력한다는 뜻.

15487. 스승의 그림자는 밟지 않는다.
선생님을 모시고 갈 때는 비록 그림자라도 밟아서는 안 된다는 뜻.

15488. 스승이 그르면 이것은 스승이 없는 것이다. (非師是無師也)
〈荀子〉
스승이 올바르지 않으면 차라리 없는 것이 낫다는 뜻.

15489. 스승이란 몸소 모범이 되어야 한다.
(師以身爲正儀)
〈荀子〉
스승은 행동으로 제자에게 모범을 보여야 한다.

15490. 쓰지 못하는 손발은 있으나 마나 하다.
(無所措手足)
사지(四肢)가 멀쩡히 놀고 있는 사람은 그 수족이 있으나 마나하다는 말.

15491. 쓰지 않는 무기는 없는 것과 같다.
(執無兵)
〈老子〉
무기를 두고도 안 쓰는 것은 있으나 마나 하다는 말.

15492. 쓴 말은 약이요 단 말은 병이다. (苦言藥
甘言疾)
〈戰國策〉
듣기 싫은 말로 충고해 주는 것은 약이 되고 듣기 좋은 말로 아부하는 말은 병이 된다는 말.

15493. 쓴 맛 단 맛 다 보았다.
세상의 괴로움과 즐거움을 다 맛보았다는 말.↔쓰고 단 맛도 모른다.

15494. 쓴 맛을 모르는 사람은 단 맛도 모른다.
고생을 안 해본 사람은 참된 즐거움도 모른다는 말.

15495. 쓴 배도 맛들일 탓이다. (彼苦者梨 尚或味
之)
〈耳談續纂〉
하기 싫은 일도 재미를 붙이면 정이 든다는 말.

15496. 쓴 약이 병도 고친다.
듣기 싫더라도 바른 말을 해주는 것이 도움이 된다는 뜻.

15497. 쓴 약이 약 되고 쓴 말이 이롭다.
약과 말은 써야 약이 된다는 말.

15498. 쓴 오얏은 길가에 있어도 따먹지 않는다.
(路邊苦李皆不食)
물건이 나쁘면 아무도 사가지 않는다는 뜻.

15499. 쓴 외도 맛 들일 탓이다.
처음에 싫은 일도 재미를 붙이면 정이 든다는 뜻.

15500. 슬갑 도둑이다. (膝甲盜賊)
〈旬五志〉
옛날 슬갑을 훔쳐간 도둑이 이것을 어디 쓰는지를 몰라서 머리에 쓰고 나갔다가 망신을 당했다는 이야기에서 나온 말로서 남의 것을 뜻도 모르고 모방하는 것을 비유하는 말.
※ 슬갑: 추위를 막기 위하여 무릎까지 내려오게 입는 옷. 바지 위에 껴입으며 앞쪽에 끈을 달아 허리띠에 걸쳐 맴.

15501. 쓸개가 빠졌다.
소갈머리가 없는 사람을 가리키는 말.

15502. 쓸개도 간도 없다.
소견머리도 속도 없다는 말.

15503. 쓸개 없는 놈이다.

소견머리가 없는 사람이라는 말.

15504. 쓸개에 붙었다 간에 붙었다 한다.
지조(志操)가 없이 여기 가 붙었다 저기 가 붙었다 한다는 말.

15505. 쓸개 자루가 크다.
담(膽)이 커서 겁이 없다는 말.

15506. 쓸 것은 취하고 못 쓸 것은 버려 가며 고른다. (取捨選擇)
못 쓸 것은 버리고 쓸 것만 고른다는 뜻.

15507. 쓸데없는 것이 거치적거리기만 한다. (無用長物)
소용없는 것은 있는 것이 없는 것만 못하다는 말.

15508. 쓸데없는 말이다. (無用之言)
필요없는 말이라는 뜻.

15509. 쓸데없는 생각만 한다. (虛想積慮)
쓸데없는 생각을 하지 말고 필요한 생각만 하라는 말.

15510. 쓸데없는 이야기로 날을 보낸다. (虛談度日) 〈海東續小學〉
공연히 쓸데없는 말로 세월을 보낸다는 말.

15511. 쓸데없는 질투에 애매한 자식만 울린다.
남편에 대한 쓸데없는 질투로 인하여 가정을 불화하게 하는 경우가 있으므로 관용을 베풀도록 하라는 뜻.

15512. 쓸데없는 혹이다.
혹과 같이 쓸데없는 존재라는 뜻.

15513. 쓸 돌은 울 너머로 버리지 않는다.
변변치 않은 물건이라도 소용 되는 것은 버리지 않는다는 말.

15514. 쓸 모가 열 모 중에 한 모도 없다.
하는 행동이 어느 하나도 잘하는 행동이 없는 쓸모 없는 인간이라는 뜻.

15515. 쓸모없는 것도 쓰일 때가 있다. (無用之用)
쓸모 없던 것도 용도가 생기면 쓸 수 있게 된다는 뜻.

15516. 쓸모없는 나뭇가지는 그늘도 안 진다. (不陰惡木枝) 〈管子〉
사람도 못된 것은 쓸모가 하나도 없다는 뜻.

15517. 쓸모없는 물건이다. (無用之物)
아무 데도 소용이 없는 물건이라는 뜻.

15518. 슬인 춤에 지게 지고 엉덩 춤춘다. (瑟人蹲蹲 荷校隨欣) 〈耳談續纂〉

있는 사람이 술 먹고 춤추며 논다고 없는 사람이 덩달아 따라한다는 뜻.

15519. 슬퍼서 눈물이 비오듯 한다. (悲則雨淚) 〈譚子〉
몹시 서러워서 눈물을 많이 흘리면서 운다는 말.

15520. 슬퍼서 탄식하며 노래 부른다. (悲歌忼慨) 〈史記〉
슬퍼 탄식하면서 노래로 자위(自慰)를 한다는 뜻.

15521. 슬프고 부끄러워 목이 메인다. (悲慚哽結) 〈陸機〉
슬프기도 하고 부끄럽기도 하여 숨이 막힌다는 말.

15522. 슬프기도 하고 기쁘기도 하다. (一悲一喜)
한번은 슬프기도 하였다가 한번은 기쁘기도 하였다는 말.

15523. 슬픈 노래를 하여 마음을 더욱 분개시킨다. (悲歌忼慨)
슬픈 노래를 불러가며 분개한 마음을 더욱 부채질한다는 뜻.

15524. 슬픈 사람은 지껄이지 않는다. (嗟人無嘩) 〈書經〉
슬퍼지면 말문도 막히게 된다는 뜻.

15525. 슬픈 일각이 즐거운 하루보다 길다.
즐거운 것은 시간 가는 줄을 모르지만 고생스러운 것은 한없이 지루하다는 뜻.

15526. 슬픈 일이 없는 데 슬퍼하면 반드시 슬픈 일이 생긴다. (無喪而慼 憂必讎焉) 〈春秋左傳〉
비관할 일도 아닌 것을 비관하게 되면 비관할 일이 생기게 되기 때문에 항상 낙관적(樂觀的)인 마음 자세를 가지라는 뜻.

15527. 슬플 때는 이복 형도 찾아간다.
사람이 궁지에 빠지게 되면 현실을 도피하기 위해서 염치를 돌보지 않고 남에게 의지하려고 한다는 뜻.

15528. 슬픔과 기쁨이 한꺼번에 닥친다. (悲喜交至)
슬픈 일과 기쁜 일이 동시에 발생되었다는 말.

15529. 슬픔과 기쁨이 한 데 엇걸린다. (悲喜交集)
슬프기도 하고 기쁘기도 하여 어쩔 줄을 모르겠다는 뜻.

15530. 슬픔도 나누면 가볍다.
슬플 때는 친한 사람이 위안하여 주면 덜 슬프게 된다는 말.

15531. 슬픔은 나누면 반으로 줄고 기쁨은 나누면 배로 는다.
슬픈 일을 당한 사람은 서로 위로하여 그 슬픔을 풀어 주어야 하고 기쁜 일을 당한 사람은 그 기쁨을 돋우어 주어야 한다는 뜻.

15532. 슬픔은 나눌수록 줄고 기쁨은 나눌수록 커진다.
슬픈 일은 여러 사람이 위로해 주어야 하고 기쁜 일은 여러 사람이 축하해 주어야 한다는 말.

15533. 슬픔을 나누면 줄고 기쁨을 나누면 커진다.
슬픈 사람은 위안을 해주고 기쁜 사람은 축하를 해주라는 뜻.

15534. 씀바귀에 냉이 섞이듯 했다.
서로 가까이해서는 이로울 것이 없다는 뜻.

15535. 습관이 배면 성질도 변한다. (習與性成)
습관이 성질까지 변하게 하기 때문에 좋은 습관을 들여야 한다는 말.

15536. 습한 것을 싫어하면서도 낮은 지대에 산다. (惡濕居下) 〈孟子〉
자신이 싫어하면서도 싫어하는 짓을 한다는 말.

15537. 승낙을 가볍게 하는 사람은 믿음성이 적다. (輕諾寡信) 〈老子〉
뒷 생각도 하지 않고 승낙하는 사람은 믿음성이 적다는 말.

15538. 승낙하는 것은 반드시 삼가해야 한다. (諾必愼) 〈永嘉家訓〉
승낙할 때는 반드시 자신이 책임질 수 있는가 생각해 본 다음에 조심하여 결정하라는 뜻.

15539. 승낙할 때에는 반드시 신중하게 대답하라. (諾必重應)
승낙할 때는 자신이 책임을 질 수 있는가 없는가를 잘 생각한 다음에 대답하라는 뜻.

15540. 승냥이 똥이라.
승냥이 똥마냥 지저분하다는 말.

15541. 승냥이와 이리 같은 놈이 권력을 잡았다. (豺狼當路)
매우 간악한 사람이 권력을 잡았다는 말.

15542. 승리는 보장할 수 없다. (勝之不可保) 〈春秋左傳〉
반드시 승리한다고 보장할 수 없다는 뜻.

15543. 승리를 얻은 사람은 반드시 사람의 마음을 얻은 사람이다. (得勝者 必與人也) 〈荀子〉
민중의 지지를 받지 못하고서는 정치적 승리는 할 수 없다는 말.

15544. 승리를 잘하는 사람은 적과 싸우지 않고서 이긴다. (善勝敵者不與) 〈老子〉
참된 승리는 전쟁의 수단보다도 외교적 수단으로 적을 굴복시키는 데 있다는 뜻.

15545. 승리하면 충신(忠臣)이요 실패하면 역적(逆賊)이다.
정치에서는 승리하면 공신(功臣)이 되고 패배하면 역적으로 된다는 뜻.

15546. 승방(僧房)에 가서 상투 찾는다.
없는 것을 찾아 내라고 할 때 하는 말.

15547. 승부가 나지 않는다. (不分勝負)
서로 역량(力量)이 비슷하여 승부가 결정되지 않는다는 말.

15548. 승부에서는 화를 내면 진다.
싸움할 때 화를 내면 지게 된다는 말.

15549. 승부의 징조는 먼저 그 정신 상태에서 볼 수 있다. (勝負之徵 精神先見) 〈六韜〉
싸움에 앞서 승부는 그 정신 상태에서 엿볼 수 있다는 뜻.

15550. 승부의 징조는 미리 볼 수 있다. (豫見勝負之徵) 〈六韜〉
승부의 징조는 쌍방의 제반 조건을 살펴보면 미리 짐작할 수 있다는 뜻.

15551. 승산이 보이면 싸우고 승산이 없으면 기다려야 한다. (見勝則起 不勝則止) 〈六韜〉
싸움은 승산이 있으면 하고 승산이 없으면 힘을 양성한 다음에 싸워야 한다는 뜻.

15552. 승산이 많으면 승리하며 승산이 적으면 승리하지 못한다. (多算勝 少算不勝) 〈孫子〉
싸움은 승산이 많을 때는 하고 승산이 적을 때는 하지 말아야 한다는 뜻.

15553. 시거든 떫지나 말거나 떫거든 시지나 말아야지.
이리 보나 저리 보나 사람 됨됨이가 어느 한 군데도 쓸모가 없다는 뜻.

15554. 시거든 떫지나 말고 얽거든 검지나 말지.
어느 모로 보아도 쓸모라고는 하나도 없다는 뜻.

15555. 시거든 떫지나 말아야 한다.

어느 것이나 하나는 쓸모가 있어야 한다는 뜻.

15556. 시꺼먼 도둑놈이다.

겉은 깨끗해 보여도 속은 꺼먼 도둑놈이라는 말.

15557. 시계 불알마냥 왔다갔다만 한다.

별로 하는 일도 없이 왔다갔다 하고만 있다는 뜻.

15558. 시골 가면 시골 살고 싶고 서울 가면 서울 살고 싶다.

(1) 환경이 변하면 마음도 변하게 된다는 뜻.(2)사람의 마음은 남이 하는 것이 더 좋아 보인다는 뜻.

15559. 시골 가면 시골 풍속을 따라야 한다. (入鄕循俗)

시골을 가면 시골 풍속에 따라서 시골 사람들과 호흡을 같이 해야 한다는 뜻.

15560. 시골 깍정이가 서울 곰만 못하다.

시골에서 아무리 똑똑한 사람도 서울 못난 사람을 당하지 못한다는 뜻.

15561. 시골 놈 서울에 온 것 같다.

어디가 어딘 줄도 모르고 어리둥절하여 갈피를 못 잡는다는 뜻.

15562. 시골 놈이 서울 놈 못 속이면 배를 앓는다.

어수룩한 시골 사람이 약삭빠른 서울 사람을 잘 속여 먹는다는 뜻.

15563. 시골 놈이 서울 놈을 못 속이면 보름씩 배를 앓는다.

어수룩한 시골 사람이 약은 서울 사람을 잘 속여 먹는다는 뜻.

15564. 시골 놈 제 말하면 온다.

본인이 없다고 흉을 봐서는 안 된다는 말.

15565. 시골 한 되는 서울 가도 한 되다.

어디를 가나 똑같은 대우를 받는다는 뜻.

15566. 시궁창에서 용(龍) 난다.

신분이 낮은 집 아들이 출세하였다는 말.

15567. 시금털털한 개살구다.

시큼한 개살구 맛과 같이 음식 맛이 나쁘다는 뜻.

15568. 시기는 개미 똥구멍이다.

(1) 음식 맛이 몹시 시다는 뜻. (2) 사람 행동이 매우 건방지다는 뜻.

15569. 시기는 모과 잔등이다.

(1) 음식 맛이 몹시 시다는 뜻. (2) 사람 행동이 몹시 시건방지다는 뜻.

15570. 시기는 왕개미 밑구멍이다.

(1) 음식 맛이 매우 시다는 말. (2) 행동이 몹시 싱겁고 건방지다는 뜻.

15571. 시기는 촛병 마개다.

초맛과 같이 매우 시다는 뜻.

15572. 시기를 잃고 백발이 되었다. (蹉跎白髮年) 〈張九齡〉

젊은 시절을 헛되이 보내고 늙었다는 말.

15573. 씨나락까지 먹을 판이다.

춘궁(春窮)으로 굶주리게 되어 농사를 못 짓더라도 씨나락을 먹지 않으면 안 되게 되었다는 뜻. ※ 춘궁: 봄에 농가에서 양식이 떨어져 궁하게 지낼 때. ↔굶어도 씨나락 오쟁이는 베고 죽는다. 씨나락 오쟁이는 베고 죽는다.

15574. 씨나락 오쟁이는 베고 죽는다.

농가에서 춘궁(春窮)으로 양식이 떨어져 굶어죽게 되어도 씨나락은 먹지 말고 소중히 간수한다는 뜻. ↔ 씨나락까지 먹을 판이다.

15575. 시누 뒤에는 앙큼한 시고모가 있다.

시집살이하는 집에는 시누이도 밉지만 시고모도 겉으로는 잘해 주는 척하지만 뒤로는 시집살이를 시킨다는 뜻.

15576. 시누 올케 춤추는데 올케 못 출까?

다 같은 처지에 다 같은 권리가 있다는 말.

15577. 시누이는 친정 조카를 키워도 올케는 시누이 자식을 못 키운다.

옛날 흔히 시누이가 올케를 시집살이시켰기 때문에 올케가 시누이를 몹시 미워한다는 뜻.

15578. 시누 하나에 넷 쌈지다.

흔히 시누이가 올케를 심한 시집살이를 시킨다는 뜻.

15579. 시대가 변하면 풍속도 달라진다.(時殊風流)

사회가 발전하면 풍속도 따라서 변하게 된다는 뜻.

15580. 시대가 인물을 낸다.(代不乏人)

그 세대는 그 세대에 필요한 인물을 배출한다는 뜻.

15581. 시대와 사물은 변한다.(物換星移)

시대와 사물도 발전되기 때문에 변한다는 말.

15582. 시대의 풍조(風潮)에 따라야 한다. (與時俯仰)

시대가 변함에 따라 그 시대에 알맞는 행동을 해야 한

다는 뜻.

15583. 씨 도둑은 못한다.
자식은 부모를 닮기 때문에 혈통을 속일 수는 없다는 뜻.

15584. 씨 도둑은 하지 말랬다.
혈통(血統)을 잇지 못할지라도 남의 씨를 훔쳐서 이어서는 안 된다는 뜻.

15585. 씨도 안 뿌리고 거두려고 한다.
밑천도 안 들이고 돈을 벌려고 한다는 뜻.

15586. 시들 방귀로 여긴다.
무슨 일을 시들하게 여긴다는 뜻.

15587. 시들은 배추 잎 같다.
사람이 맥이 빠져 늘어졌다는 뜻.

15588. 시래기 꽁지에 지푸래기 매달리듯 한다.
떨어지지 않고 끈질기게 따라다닌다는 뜻.

15589. 시러베 장단에 호박죽 끓여먹는다.
실없는 짓을 하고 엉뚱한 일을 저질렀다는 뜻.

15590. 시렁 눈 부채 손이다.
눈만 부유하고 손은 가난하여 실속이 없다는 말.

15591. 시렁에 걸린 바가지다. (匏繫)
부엌에 있어야 할 바가지가 시렁에 있듯이 긴요하게 쓰일 것이 버림을 당하고 있다는 뜻.

15592. 시렁에서 숟가락을 줍는다.
시렁에 둔 숟가락을 주웠다고 하듯이 되지도 않을 때를 쓴다는 뜻.

15593. 시루 안 떡도 먹어야 먹는 것이다.
아무리 쉬운 일이라도 노력을 하지 않으면 제 것이 되지 않는다는 말.

15594. 시루에 먼지가 쌓이고 솥에 물고기가 생긴다. (甑塵釜魚) 〈後漢書〉
식량이 떨어져서 오랫동안 밥을 못하고 있다는 말.

15595. 시루에 먼지가 쌓인다. (甑中生塵)〈後漢書〉
식량이 떨어져 오랫동안 밥을 못 짓고 있다는 말.

15596. 시루에 물은 채워도 사람의 욕심은 못 채운다.
세상에서 안 된다는 일은 다 할 수 있지만 욕심만은 만족시킬 수 없다는 뜻.

15597. 시루에 물 퍼붓기다.
아무리 애를 써도 이루어지지 않는다는 말.

15598. 시르 죽은 이다.
시르 죽은 이마냥 수족도 못 놀리고 다 죽어 간다는 뜻.

15599. 씨를 뿌리면 거두게 마련이다.
힘써 일하면 반드시 일한 보람이 있게 된다는 뜻.

15600. 씨름 끝에 싸움 나고 노름 끝에 도둑 난다.
씨름한 끝에는 흔히 승부에 대한 문제로 싸움이 발생되기 쉬우며 노름 끝에는 돈 잃은 사람은 도둑질이라도 해서 밑천을 찾으려고 한다는 뜻.

15601. 시름도 나누면 가볍다.
근심도 위안해 주는 사람이 있으면 가벼워진다는 뜻.

15602. 씨름 잘하는 놈 등에 흙 떨어질 날 없다.
제 자랑하는 사람치고 일 잘하는 사람이 없다는 뜻.

15603. 씨름 잘한다고 장담하는 놈 등에 흙 떨어질 날 없다.
장담하는 사람이 하는 일치고 잘하는 일이 없다는 뜻.

15604. 씨름하기 전에 눌 자리부터 본다.
싸워서 이기려고 하지 않고 미리부터 질 궁리를 하고 덤벼든다는 뜻.

15605. 씨 못 받을 놈이다.
인간으로서 가장 못된 놈이라는 말.

15606. 씨 바른 고양이다.
눈치가 빨라 이(利) 속을 잘 차린다는 뜻.

15607. 씨 보고 춤춘다.
오동나무 씨만 보고도 그 씨가 자라 큰 나무가 되면 가야금을 만들 것을 생각하고 춤을 추듯이 몹시 성급하게 서두른다는 말.

15608. 씨 뿌리고 걸구는 대로 곡식은 거둔다.
농사는 잘 거두어야 소출(所出)이 많다는 뜻.

15609. 씨 불 하나로 여러 산 태운다.
조그마한 것이 큰 일을 저지르게 된다는 말.

15610. 시비가 분분하여 말썽 중이다. (是非叢中)
시비를 가리지 못하고 말썽거리가 되고 있다는 뜻.

15611. 시비는 엇갈린다.
옳고 그른 것을 서로 다르게 주장한다는 뜻.

15612. 시세(時勢) 난 장에는 가지 말랬다.
시세가 오른 곳에 가서는 물건을 사면 비싸기 때문에 시세가 오르지 않은 곳을 찾아서 물건을 사라는 뜻.

15613. 시세도 모르고 값 놓는다.
물건 시세도 알지 못하고 값을 정한다는 말.

15614. 시세도 모르고 쌀 자루부터 댄다.
일을 알지도 못하고 데면데면하게 행동한다는 뜻.

15615. 시세도 모르는 주제에 흥정 붙인다.
물건 내용도 모르면서 흥정을 붙이듯이 자격도 없으면서 껍적댄다는 뜻.

15616. 시숙(媤叔)과 계수(季嫂)는 백년 손이다.
시숙과 계수는 한 집에 오래 살아도 사이가 친해지지 않고 서먹서먹하다는 뜻.

15617. 시시덕이는 재를 넘어도 새침데기는 골로 빠진다.
겉으로 시시덕거리던 사람은 일을 제대로 하고 새침하고 얌전 떨던 사람은 일을 못 하고 만다는 말.

15618. 시시덕이는 재를 넘어도 새침데기는 재를 못 넘는다.
시시덕거리던 여자는 재를 넘어도 새침하고 얌전 떨던 여자는 연애하느라고 재를 못 넘듯이 새침한 사람이 잘못은 더 잘 저지른다는 뜻.

15619. 시아버지 죽어 좋아했더니 왕굴 자리 떨어지니 생각난다.
미워하던 사람도 막상 죽고 나면 아쉬운 것이 있어서 생각난다는 뜻.

15620. 시아버지 죽으라고 축수했더니 동지 섣달 맨발 벗고 물 길을 때 생각 난다.
밉고 싫어했던 사람도 막상 죽고 나니 아쉬운 것이 있어서 생각이 난다는 말.

15621. 시아버지 화난 데는 술로 풀어 주고 시어머니 골난 데는 이 잡아 주어 풀어 준다.
화가 난 사람은 그 사람의 비위를 맞춰서 풀어 주어야 한다는 말.

15622. 씨아와 사위는 먹어도 안 먹는다.
목화 씨를 앗는 씨아는 목화를 아무리 먹어도 싫지 않듯이 사위도 처가에 와서 아무리 먹어도 아깝지 않다는 뜻.

15623. 시 아주버니와 제수는 백년 손이다.
시숙과 계수 사이는 아무리 함께 오래 살아도 두 사이가 서먹서먹하다는 뜻.

15624. 씨아 틈에 불알을 넣고 견디는 것이 낫겠다.
몹시 괴로와서 참고 견디기가 어렵다는 말.

15625. 씨알머리(種頭)가 없다.
못된 종자의 사람이라는 뜻.

15626. 씨암탉 걸음이다.
살찐 씨암탉 걸음마냥 아장아장 걸어간다는 뜻.

15627. 씨암탉 잡아 대접할 손님이다.
아끼고 아끼는 씨암탉을 잡아 대접할 정도로 친한 손님이라는 뜻.

15628. 씨암탉 잡은 것 같다.
씨암탉을 잡아 집안 식구들이 즐겨 먹듯이 매우 즐거운 분위기라는 뜻.

15629. 시앗끼리는 하품도 옮지 않는다.
하품은 옮아 가는 것이지만 시앗끼리는 옮지 않듯이 시앗끼리는 화합되지 않는다는 뜻.

15630. 시앗 싸움에는 돌 부처도 돌아 앉는다.
(妻妾之戰 石佛反面)　　　　〈耳談續纂〉
아무리 부덕(婦德)이 있는 여자라도 시앗간에는 싸움을 하게 된다는 뜻.

15631. 시앗 싸움에 요강 장수만 덕본다.
시앗 싸움에 요강을 깨니 요강 장수는 요강을 팔게 되듯이 싸움 바람에 덕보는 사람도 있다는 뜻.

15632. 씨앗은 훔쳐도 사람 씨는 못 훔친다.
사람의 씨는 훔쳐도 세상 사람들이 다 알게 되므로 훔칠 수가 없다는 뜻.

15633. 씨앗은 훔쳐도 사람 씨는 훔치지 말랬다.
사람 씨는 훔쳐도 세상 사람들이 다 알게 되므로 아예 훔치지를 말라는 뜻.

15634. 씨앗을 베고 죽는다.
농민들은 굶어죽을 지경이 되어도 씨앗은 먹지 않고 간직한다는 뜻.

15635. 시앗을 보면 길가의 돌부처도 돌아 앉는다.
아무리 점잖은 여자라도 시앗간에는 시기와 질투를 하게 된다는 뜻.

15636. 시앗을 보면 돌부처도 돌아 앉는다.
시앗으로 인한 질투는 차마 눈으로 볼 수가 없다는 뜻.

15637. 시앗이 시앗 꼴은 못 본다.
시앗이 새 시앗은 보고 못 견딘다는 말.

15638. 시앗이 한 마당에 사는 집에는 까마귀도 앉지 않는다.
처첩이 한 집안에 사는 집은 항상 불화(不和)하다는

뜻.

15639. 시앗 죽은 눈물만하다.
　　시앗 죽은 데 눈물이 나지도 않지만 설령 난다고 해
　　도 난둥 만둥 나듯이 몹시 적은 양이라는 뜻.

15640. 시앗 죽은 눈물이 눈 가쟁이 젖히랴?
　　(哭妾之淚 豈有需目)　　　　　〈耳談續纂〉
　　시앗 죽은 데 눈물이 나도 얼마 나지 않듯이 매우 적
　　은 양이라는 뜻.

15641. 시앗 죽은 데 흘린 눈물만이나 하다.
　　시앗 죽은 데 눈물 흘리는 사람은 없듯이 무엇이　말
　　로는 있다고 하지만 실지는 거의 없을 정도로 양이 매
　　우 적다는 뜻.

15642. 시어머니가 미우면 남편도 밉다.
　　여자는 시어머니에 대한 분풀이를 남편에게 하기도 한
　　다는 뜻.

15643. 시어머니가 죽으니까 아랫목이 내 차지다.
　　시어머니가 되면 아랫목을 차지하게 되듯이 권력은
　　차례로 잡게 된다는 뜻.

15644. 시어머니는 며느리적 생각을 못한다.
　　누구나 지나간 고생은 잊어 버리기 쉽다는 뜻.

15645. 시어머니는 사랑하고 며느리는 순종한다.
　　(姑慈婦聽)　　　　　　　　〈春秋左傳〉
　　시어머니는 며느리를 딸같이 사랑하고 며느리는 시어
　　머니에게 순종하면 집안이 화목하게 된다는 뜻.

15646. 시어머니 드센 집 강아지 꼴이다.
　　시어머니가 드센 집에는 며느리가 강아지에게 분풀이
　　를 하여 강아지가 마르듯이 꼴이 사납게 되었다는 뜻.

15647. 시어머니 미워 뚝배기 내붙인다.
　　시어머니한테 할 분풀이를 그릇한테 한다는 뜻.

15648. 시어머니 생긴 조왕에서 며느리도 생긴다.
　　(1) 시어머니가 쓰던 부엌을 며느리가 쓰게 된다는 뜻.
　　(2) 시어머니는 자기의 과거를 생각하여 며느리　사정
　　을 봐주라는 뜻.

15649. 시어머니 앞에서도 아이 젖 핑계하고　눕
　　는다.
　　며느리가 아이만 낳게 되면 아이 젖 먹이는 핑계로 시
　　어머니 앞에서도 눕게 된다는 뜻.

15650. 시어머니와 며느리는 사이가 좋아도 역시
　　시어머니와 며느리다.
　　시어머니와 며느리 사이는 아무리 좋아도 틈이 있다
　　는 뜻.

15651. 시어머니 웃음은 두고 봐야 안다.
　　시어머니의 웃음은 진정으로 좋아서 웃는지 건성으로
　　웃는지 잘 봐야 안다는 뜻.

15652. 시어머니 죽기를 기다렸더니 죽고 나니 생
　　각 난다.
　　살아서 밉던 시어머니도 죽고 나니까 아쉬운 것이 있
　　어 생각난다는 뜻.

15653. 시어머니 죽었다고 춤추었더니 보리 방아
　　물 붓고 나니 생각난다.
　　미웠던 시어머니가 죽어 좋아했더니 힘드는 보리 방
　　아 찧을 때는 생각난다는 말.

15654. 시어미가 오래 살면 며느리 환갑(還甲)날
　　국수 양푼에 빠져 죽는다.
　　남에게 모질게 하면 복을 못 받게 된다는 뜻.

15655. 시어미가 오래 살면 손자 며느리 잔치 떡
　　을 얻어 먹는다.
　　사람은 오래 살다 보면 좋은 일도 있게 된다는 뜻.

15656. 시어미가 오래 살자면 개숫물 통에　빠져
　　죽는다.
　　사람이 오래 살다 보면 뜻밖의 화를 당하기도 한다는
　　뜻.

15657. 시어미가 오래 살자면 며느리가 방아　동
　　티에 죽는 꼴을 본다.
　　사람이 오래 살다 보면 별별 일을 다 보게 된다는 뜻.

15658. 시어미가 죽으면 며느리가 시어미 노릇을
　　한다.
　　권력은 다음 차례로 물려 주게 된다는 뜻.

15659. 시어미 미워서 개 배때기만 찬다.
　　화풀이를 애매한 사람에게 한다는 뜻.

15660. 시어미 부를 노래를 며느리가 먼저　부른
　　다.
　　제가 하고 싶은 말을 남이 먼저 하였다는 뜻.

15661. 시어미 역정(逆情)에 개 밥그릇만 찬다.
　　화풀이를 애매한 사람에게 한다는 뜻.

15662. 시어미 역정에 개 옆구리만 찬다.
　　화풀이를 애매한 사람에게 한다는 말.

15663. 시어미 좋아하는 며느리 없다.
　　아무리 어진 며느리라도 시어머니는 좋아하지 않는다
　　는 말.

15664. 시어미 죽고 처음이다.

오랜만에 처음으로 기분이 좋았다는 뜻.

15665. 시어미 죽을 날도 있다.
오랜 시일이 지나게 되면 좋은 일이 올 때가 있다는 뜻.

15666. 시원찮은 귀신이 사람 잡아 간다.
변변치 못한 사람같이 보이는 사람도 큰 일을 한다는 뜻.

15667. 시작도 없고 끝도 없다. (無始無終)
무슨 일이 밑도 끝도 없이 미미하다는 뜻. ↔ 시작도 있고 끝도 있다. 시작도 잘하고 마무리도 잘한다. 시작부터 끝까지 한결같이 잘한다.

15668. 시작도 있고 끝도 있다. (有始有終)
시작과 끝이 분명하게 처리를 잘 한다는 뜻. ↔ 시작은 있고 끝이 없다. 시작도 없고 끝도 없다.

15669. 시작도 잘 하고 마무리도 잘한다. (善始善終)
무슨 일에 시작도 철저히 하고 끝도 철저히 하여 일을 시종 일관(始終一貫)하게 잘하였다는 말. ↔ 시작도 없고 끝도 없다. 시작은 있고 끝이 없다.

15670. 시작부터 끝까지 한결같이 잘한다. (始終一貫)
무슨 일을 처음부터 끝까지 빈틈 없이 잘하였다는 말. ↔ 시작도 없고 끝도 없다.

15671. 시작은 같으나 끝이 다르다. (同始異終)
〈春秋左傳〉
처음 시작은 같으나 결과는 다르게 되었다는 뜻.

15672. 시작은 용 머리고 마무리는 뱀 꼬리다. (龍頭蛇尾)
(1) 처음은 좋았으나 나중이 언짢게 되었다는 말.
(2) 처음은 성하고 나중은 쇠퇴하였다는 말.

15673. 시작은 있고 끝이 없다. (有始無終)
〈晉書〉
무슨 일을 시작만 하고 마무리는 하지 않았다는 뜻. ↔ 시작도 있고 끝도 있다. 시작도 잘하고 마무리도 잘한다.

15674. 시작은 처녀같이 살짝 하고 나중에는 비호같이 쳐야 한다. (始如處女 後如飛虎) 〈孫子〉
공격전(攻擊戰)의 시작은 적이 모르도록 살짝하여 적이 당황할 때 날쌔게 공격하면 대파(大破)하게 된다는 뜻.

15675. 시작이 나쁘면 끝도 나쁘다.
시작을 잘하지 못하면 좋은 성과를 거둘 수 없기 때문에 시작부터 잘해야 된다는 말.

15676. 시작이 반이다.
무슨 일이나 시작만 하면 성공할 수 있는 전망이 반쯤은 된다는 뜻.

15677. 시작이 없으면 끝도 없다.
무슨 일이나 시작을 한 것이 없으면 끝 마무리할 것도 없다는 말.

15678. 시작이 있지 않는 것은 없지만 끝을 마무리하는 것은 드물다. (靡不有初 鮮克有終)
〈詩經〉
무슨 일을 시작하기는 쉬워도 마무리하기는 어렵다는 뜻.

15679. 시작이 좋아야 끝도 좋다.
처음 시작할 때 잘하게 되면 마무리도 아울러 잘 된다는 뜻.

15680. 시작이 좋으면 반은 더한 것이다.
시작이 반이기 때문에 시작이 좋으면 반 일은 한 것으로 된다는 뜻.

15681. 시작이 중요하다.
무슨 일이나 처음에 시작을 신중히 고려해서 착수하지 않으면 성사하기가 어렵다는 뜻.

15682. 시작하면 끝이 온다. (始則終) 〈荀子〉
무슨 일이든지 시작만 하게 되면 마무리를 하게 된다는 말.

15683. 시장에 범이 났다고 세 사람이 전하면 다 믿게 된다. (三傳市虎皆人信) 〈戰國策〉
거짓말도 여러 사람이 하게 되면 다 믿게 된다는 말.

15684. 시장이 감식이다. (飢者甘食)
시장했을 때는 무슨 음식이나 가리지 않고 다 맛있게 먹는다는 말.

15685. 시장이 고기보다 낫다. (晩食當肉)
〈隱逸傳〉
시장할 때 먹는 음식은 매우 맛이 있다는 말.

15686. 시장이 반찬이다.
시장할 때 먹는 음식은 맛이 좋다는 뜻.

15687. 시장이 팥죽이다.
시장할 때 먹는 음식은 팥죽 맛과 같이 좋다는 뜻.

15688. 시장한 사람보고 요기시키란다.
제 일도 힘에 부치는데 다른 일까지 맡긴다는 뜻.

15689. 시장할 때는 찬물도 요기다.

굶주렸을 때는 조금만 먹어도 낫다는 말.

15690. 시장할 때는 침만 삼켜도 낫다.
굶주렸을 때는 무엇을 먹은 척만 해도 조금 낫다는 뜻.

15691. 시장할 적에는 맛없는 것이 없다.
굶주렸을 때는 무슨 음식이든지 다 맛이 있다는 뜻.

15692. 시장했을 때 밥 생각하듯 한다. (怒如調飢) 〈詩經〉
배 고팠을 때 밥이 생각 나듯이 무슨 일이 몹시 생각 난다는 말.

15693. 시조(時調)를 하라니까 발축이 아프다고 핑계 댄다.
일을 시키니까 엉뚱한 핑계를 댄다는 뜻.

15694. 시조를 한다.
되지도 않는 말을 지껄인다는 뜻.

15695. 시주님(施主任)이 잡수셔야 잡수었나 한다.
일을 끝내고 봐야 알 수 있다는 말.

15696. 시지도 않고 군둥내부터 난다.
철도 안 난 주제에 벌써부터 늙은이 행세를 하려고 한다는 뜻.

15697. 시집 가는 날 등창 난다.
가장 즐거워야 할 때에 공교롭게 일이 낭패가 되었다는 말.

15698. 시집 가는 데 강아지 따라가듯 한다.
일이 격에 맞도록 잘 어울린다는 뜻.

15699. 시집 가면 귀머거리 삼 년 벙어리 삼 년 노릇을 해야 한다.
시집 가서는 아는 척도 하지 말고 말도 삼가고 시집에 순종하라는 뜻.

15700. 시집 가면 남 된다. (出嫁外人)
여자는 시집 가면 남이 된다는 말.

15701. 시집 가면 친정 부모도 잊는다.
여자는 시집을 가면 시집 식구가 되기 때문에 친정과는 멀어지게 된다는 뜻.

15702. 시집 가서 석 달 장가 가서 석 달 같으면 살림 못할 사람 없다.
결혼한 지 석 달 동안처럼 사랑한다면 시집살이 못하고 쫓겨 오는 사람이 없다는 말.

15703. 시집 가자 과부 된다. (同牢宴寡婦)
시집가자 과부가 되듯이 몹시 불행하다는 뜻.

15704. 시집 가자 단산한다. (出嫁斷産)
무슨 일을 시작하자마자 성사(成事)도 되기 전에 끝이 난다는 말.

15705. 시집 간 딸년치고 도둑년 아닌 년 없다.
여자는 시집을 가면 친정에 와서 가져가기만 한다는 뜻.

15706. 시집도 가기 전에 강아지 먼저 장만한다.
무슨 일을 너무 일찍부터 조급하게 서둔다는 말.

15707. 시집도 가기 전에 기저귀 마련한다.
무슨 일을 너무 미리서부터 서둘러서 준비한다는 뜻.

15708. 시집도 아니 가고 포대기 장만한다.
일을 지나치게 미리서부터 서둘러 준비한다는 뜻.

15709. 시집 밥은 겉살이 찌고 친정 밥은 뼈살이 찐다.
여자는 시집살이보다는 친정에서 사는 것이 마음이 편안하다는 뜻.

15710. 시집 밥은 겉살이 찌고 친정 밥은 속살이 찐다.
시집살이하는 것보다는 친정살이하는 것이 편안하다는 말.

15711. 시집 밥은 피밥이고 친정 밥은 쌀밥이다.
시집살이하는 사람은 항상 불안하기 때문에 밥맛이 없다는 뜻.

15712. 시집 방은 바늘 방석이고 친정 방은 솜 방석이다.
옛날 시집살이를 하는 여자는 잠시도 편안할 때가 없다는 뜻.

15713. 시집 사랑은 시아버지 사랑이요 처갓집 사랑은 장모 사랑이다.
며느리는 시아버지가 사랑해 주고 사위는 장모가 사랑해 준다는 뜻.

15714. 시집살이 고추같이 맵다.
옛날에는 많은 경우에 시어머니와 시누이로부터 심한 시집살이를 하였다는 말.

15715. 시집살이는 늙어 가고 사람은 늙어 간다.
옛날 늙을 때까지 시집살이를 하던 며느리가 한탄하는 말.

15716. 시집살이는 젊어지고 몸은 늙어진다.
시집살이가 갈수록 점점 심해진다는 말.

15717. 시집살이는 해도 친정살이는 못 한다.

여자가 시집 가서는 살아도 한번 시집 갔던 여자가 친정에 와서 살기는 매우 어렵다는 뜻. ↔시집살이를 못하면 친정살이를 하면 된다.

15718. 시집살이도 해본 사람이 더 시킨다.
무슨 일이나 경험이 있는 사람이 더 잘한다는 뜻.

15719. 시집살이를 못 하면 친정살이를 하면 된다.
시집살이를 참다 참다 못하면 친정으로 갈 수 밖에 없다는 뜻. ↔시집살이는 해도 친정살이는 못한다.

15720. 시집살이 못 하면 동네 개들도 업신여긴다.
여자는 아무리 시집살이가 어려워도 참고 견뎌야 한다는 말.

15721. 시집살이 삼 년에 열 두 폭 치마자락이 다 썩는다.
시집살이가 몹시 고되어 눈물만 난다는 뜻.

15722. 시집살이 삼 년은 개도 한다.
시집 가서 삼 년은 부부간에 첫사랑으로 다정할 시기이므로 시어머니의 시집살이가 심해도 참을 수가 있다는 뜻.

15723. 시집살이 한 해 못 하는 여자 없고 벼 한 섬 못 지는 남자 없다.
사람이라면 누구나 다 할 수 있는 일이라는 뜻.

15724. 시집 열 두 번 가봐야 시어머니 다른 데 없다.
낫고 못한 차이는 있으나 본질적으로는 같다는 말.

15725. 시집 온 새 색시도 웃을 노릇이다.
너무나 우스워서 어느 누구라도 웃지 않을 수가 없다는 뜻.

15726. 시집을 가야 효녀도 된다.
시집을 가서 아이를 길러 봐야 부모의 은공을 알게 되어 효녀가 된다는 뜻.

15727. 시집을 대(代)로 가겠다.
딸이 하도 시원치 않아서 시집을 대신 가듯이 미덥지 못하여 일을 시킬 수 없다는 뜻.

15728. 시집을 열 두 번 갔더니 요강 시울에 선 두른다.
어떤 일이든지 여러 번 하다 보면 좋은 수가 생기게 된다는 뜻.

15729. 시청(侍廳)하는 도승지(都承旨)가 여름 북창(北窓) 밑에서 자는 사람만 못하다.
매일 입궐(入闕)하는 고관(高官) 팔자보다 제 집에서 편히 지내는 서민이 더 낫다는 뜻.

15730. 시큰둥하여 지레 꿰어졌다.
처녀가 일찍부터 탈이 났다는 뜻.

15731. 식견이 뱃속에 가득하다.(滿腹都是識見)
〈梁溪漫志〉
학문(學問)이 풍부한 학자라는 말.

15732. 식구는 주인 양미간만 쳐다본다.
어려운 살림살이를 하자면 가족들은 가장의 눈치만 보게 된다는 뜻.

15733. 식구 망나니는 시숙(媤叔)과 계수(季嫂)다.
식구 중에서는 시숙과 계수 사이는 대하기가 어렵다는 뜻.

15734. 식구 못된 건 계수다.
식구 중에서 접촉하기가 가장 거북한 것이 시숙과 계수 사이라는 뜻.

15735. 식구증(食口症)이 난다.
(1) 배가 고파서 음식이 먹고 싶다는 뜻. (2) 없는 사람이 돈을 보니까 돈 욕심이 난다는 뜻.
※ 식구증 : 굶주렸을 때 먹고 싶은 증세.

15736. 식년(式年) 동당(東堂) 가는 데 바라듯 한다.
애를 태워 가며 몹시 바란다는 뜻. ※ 식년 : 과거 보는 해. 동당 : 식년과(式年科)의 과거.

15737. 식량은 떨어졌다가도 다시 생길 수 있다. (粟盡則有生)
〈管子〉
물질은 없어졌다 생겼다 한다는 뜻.

15738. 식보(食補)가 약보(藥補)보다 낫다.
음식을 잘 먹어 영양을 섭취하는 것이 보약을 먹는 것보다 더 낫다는 뜻.

15739. 식복(食福)이 있는 놈은 자다가도 제사밥을 얻어 먹는다.
먹을 복이 있는 사람은 어디를 가나 먹을 것이 저절로 생긴다는 뜻.

15740. 식사 중에 이야기를 하면 가난해진다.
음식을 먹을 때는 조용한 분위기 속에서 먹어야 한다는 말.

15741. 식사 중에 큰 소리로 말하면 가난하다.
음식을 먹을 때는 조용히 먹어야 한다는 데서 나온 말.

15742. 씩씩한 사람은 일도 시원스럽게 한다.

(快人快事)
성격이 쾌활한 사람은 일도 시원스럽게 한다는 뜻.

15743. 식은 국도 맛보고 먹으랬다.
무슨 일이나 한 번 더 확인한 다음에 하는 것이 안전
하다는 뜻.

15744. 식은 국도 불고 먹는다.
뜨거운 국에 한 번 덴 사람은 식은 국도 불어 가면서 먹
듯이 한 번 놀란 것이 있으면 조심을 하게 된다는 뜻.

15745. 식은 땀이 등을 적신다. (汗出沾背)
몹시 무서워서 등에서 식은 땀이 난다는 뜻.

15746. 식은 밥이 밥인가 명태 반찬이 반찬인가?
음식을 푸대접하는 것을 허물하는 말.

15747. 식은 죽 가 둘러 먹기다.
(1) 무슨 일이나 차례로 해야 한다는 뜻. (2) 하기 쉬운
일이 더욱 쉽다는 뜻.

15748. 식은 죽도 불어 가며 먹으랬다.
아는 일도 다시 한번 확인한 다음에 하라는 뜻.

15749. 식은 죽 먹고 냉방에 앉은 것 같다.
몹시 추운 것같이 떨고 있는 사람을 가리키는 말.

15750. 식은 죽 먹기다.
식은 죽 먹듯이 대단히 하기가 쉽다는 말.

15751. 식은 콩죽 먹기다.
식은 콩죽 먹듯이 아주 하기가 쉽다는 뜻.

15752. 식전(食前) 개가 똥을 보고 지나가겠다.
(1) 굶주린 사람이 음식을 보고 어떻게 참겠느냐는 뜻.
(2) 맹세하고도 지키지 못하는 사람을 보고 하는 말.

15753. 식전 개가 똥을 참겠다.
맹세한 것을 지키지 못하는 사람을 조롱하는 말.

15754. 식전 노래는 가난이다.
아침부터 노래하며 노는 것을 방지하기 위하여 하는
말.

15755. 식전 노래는 저녁 곡만 못하다.
식전부터 노래를 부르고 노는 집은 망할 징조라는 뜻.

15756. 식전 마수다.
식전에 처음으로 파는 물건이기 때문에 서로 좋은 기
분으로 사고 팔자는 뜻. ※ 마수 : 첫번에 팔리는 것.

15757. 식전 마수에 까마귀 운다.
식전부터 재수가 없을 징조가 있다는 말.

15758. 식전 마수에 외상 하잔다.
남의 사정은 안 보고 제 욕심만 차린다는 뜻.

15759. 식전에 까치가 울면 반가운 소식이 온다.
까치는 길조(吉鳥)이기 때문에 까치가 아침부터 울면
그 날에는 반가운 소식이 있을 징조라는 뜻.

15760. 식전에 노래를 부르면 삼 대가 가난하다.
옛날 사람들은 식전에 노래하는 것을 꺼린 데서 나온
말.

15761. 식전에 노래를 부르면 삼 대가 빌어 먹는
다.
식전부터 노래를 부르고 노는 집은 망하게 된다는 말.

15762. 식전에 뺨을 맞으면 재수가 없다.
식전부터 기분 나쁜 일이 있으면 온종일 일이 안 된
다는 뜻.

15763. 식전 일거리다.
식전에 넉넉히 다 할 수 있는 듯이 간단히 할 수 있
는 일이라는 뜻.

15764. 식전 조양(朝陽)이라.
이미 때가 늦었다는 뜻. ※ 조양 : 아침에 동하는 양
기.

15765. 식전 해장감이다.
아침을 먹기 전에 간단히 할 수 있는 일이라는 뜻.

15766. 식전 해장에 팔십 리 간다.
아침 먹기 전에 팔십 리를 가야 하듯이 처음부터 힘드
는 일을 한다는 말.

15767. 식지(食指)가 동한다. (動食指) 〈呂氏春秋〉
(1) 입맛이 대단히 당긴다는 뜻. (2) 야심을 품고 있다
는 뜻. ※ 식지 : 집게 손가락.

15768. 식지(食紙)에 붙은 밥풀이다.
밥상 덮는 종이에 붙은 밥풀마냥 대수롭지 않다는 뜻.

15769. 식충(食虫)이다.
일도 않고 밥만 많이 먹고 노는 사람을 조롱하는 말.

15770. 식칼이 제 자루 못 깎는다.
제 일은 제가 못 한다는 말.

15771. 식혜를 먹든지 김칫국을 먹든지 그야 임
자 마음이다.
무슨 일이든지 일할 사람의 자유라는 말.

15772. 식혜 먹은 고양이 속이다. (食食醢猫裏)
〈東言解〉
잘못을 저지르고 탄로(綻露)날까 봐 속을 태운다는 말.

15773. 식후 일미(食後一味)는 담배다.
식사한 후에 피우는 담배 맛은 유난히 맛이 좋다는 뜻.

15774. 신경질적으로 앞뒤를 분별할 줄 모르면 망한다.(發心惽忿 而不譬前後者 可亡也) 〈韓非子〉
무슨 일이든지 침착하게 선후를 가려서 처리하지 않으면 실패한다는 말.

15775. 신꼴 망태기다.
신꼴 망태기 속에 크고 작은 신꼴이 담겨 있듯이 어른과 아이가 한 방에 가득히 들어앉았다는 뜻.

15776. 신 난다.
(1) 매우 좋다는 뜻.(2) 흥이 난다는 뜻.

15777. 신날 짚에 물도 안 추겨 놓았다.
아직 일을 할 준비조차 않고 있다는 뜻.

15778. 신 매실 이야기를 들으면 입에서 침이 생긴다.(説梅口出水) 〈楞嚴經〉
말만 들어도 직접 영향을 받게 된다는 뜻.

15779. 신 모과(木瓜)도 맛들일 탓이다.
처음에는 싫던 것도 차차 재미를 붙이면 좋아진다는 뜻.

15780. 신물이 난다.
지긋지긋하고 진절머리가 나서 견딜 수가 없다는 뜻.

15781. 신 바닥에 흙은 묻게 마련이다.
착한 사람도 악한 사람과 사귀게 되면 악하게 될 수 있다는 뜻.

15782. 신발 두 켤레 벗어 놓았을 때 돈은 벌어야 한다.
자식들이 생겨나기 전에 돈은 벌어야 한다는 뜻.

15783. 신발을 꺼꾸로 신는다.
여자가 친정으로 발길을 돌렸다는 말로서 즉 남편과 이혼한다는 뜻.

15784. 신발을 단단히 매고 따라가야 하겠다.
남보다 많이 뒤떨어졌기 때문에 정신을 바짝 차리고 따라 잡아야 한다는 뜻.

15785. 신발을 들고 따라가도 못 따라가겠다.
너무 뒤떨어졌기 때문에 아무리 악을 쓰고 따라가도 따라 잡기가 어렵다는 뜻.

15786. 신방(新房) 촛불은 입으로 끄지 않는다.
옛날 첫날밤 신방에 컨 촛불은 입으로 끄면 불길(不吉)하다고 하여 손으로 껐다는 데서 유래된 말.

15787. 신 배도 맛들일 탓이다.
처음에 싫던 일도 재미를 붙이면 정이 든다는 말.

15788. 신 벗고 가도 못 따라가겠다.
있는 힘을 다해도 못 따라가겠다는 말.

15789. 신부(新婦) 없는 혼례(婚禮)다.
신부가 없는 결혼식마냥 가장 소중한 것이 없이 헛일만 한다는 뜻.

15790. 신선(神仙) 놀음에 도끼 자루 썩는 줄 모른다.
옛날 중국 진(晉)나라 왕질(王質)이라는 농부가 석보산(石寶山)에 나무하러 갔다가 신선이 바둑 두는 것을 보고 있는 동안에 도끼 자루가 썩었다는 설화(説話)에서 나온 말로서 일하는 사람이 놀음에 반해서는 안 된다는 뜻.

15791. 신선 마냥 감로(甘露)만 먹고 사는 줄 아나?
이슬만 먹고 사는 신선처럼 농촌에서 농사를 안 짓고 살 수 있느냐는 뜻. ※ 감로 : 나무 잎에 맺힌 단 이슬.

15792. 신세(身勢)가 따분하다.
팔자가 기괴(奇怪)하게 되었다는 뜻.

15793. 신세 생각해서 후살이 간다.
자신이 자신의 장래를 생각해서 일을 하라는 말.

15794. 신 속에 똥을 담고 다니나 크기도 잘 큰다.
키가 큰 사람을 놀리는 말.

15795. 신수가 불길하면 엎어져도 허리가 부러진다.
운수가 나쁜 사람은 무슨 일을 하나 일이 안 된다는 뜻.

15796. 신 신고 발바닥 긁기다.(隔靴搔癢) 〈續傳燈録〉
초점(焦點)을 맞추지 못한 채 일을 한다는 뜻.

15797. 신에 붙지 않는다.
만족하지 못하여 즐겁지가 않다는 뜻.

15798. 신용 없는 짓을 하면 반드시 성공하지 못한다.(以爲不信 必不捷矣) 〈春秋左傳〉
신용이 없으면 남들이 상대를 하지 않기 때문에 성공할 수가 없다는 뜻.

15799. 신용을 얻지 못하면 국민들이 복종하지 않는다.(不信 民不從也) 〈春秋左傳〉
위정자(爲政者)가 신용을 잃으면 국민들이 복종을 않

는다는 뜻.

15800. 신용을 위주로 하면 패자가 될 수 있다.
(信立而覇)　　　　　　　　　〈荀子〉
국민들에게서 신용을 얻는 사람은 패권(覇權)을 잡게
된다는 뜻.

15801. 신용을 잃으면 살 수가 없다. (失信不立)
　　　　　　　　　　　　　　　〈春秋左傳〉
신용과 의리가 없는 사람은 성공할 수 없다는 말.

15802. 신용이 없으면 성공하지 못한다. (無信不
立)
사람은 무슨 일을 하든지 신용을 얻지 못하면 출세할
수가 없다는 뜻.

**15803. 신용이 없이는 혹 성공한다고 해도 두 번
은 성공하지 못한다.** (不信以幸 不可再也)
　　　　　　　　　　　　　　　〈春秋左傳〉
신용이 없는 사람은 요행히 성공하더라도 그 다음에
는 성공할 수 없다는 뜻.

15804. 신용이 있으면 남들이 일을 맡긴다.
(信則人任焉)　　　　　　　　　〈論語〉
신용이 있는 사람은 남들이 믿기 때문에 일을 맡겨 출
세할 수 있도록 한다는 뜻.

**15805. 신용이 있으면 싼 이자 쓰고 신용이 없으
면 비싼 이자 쓴다.**
신용이 있는 사람은 믿는 처지라 이자도 헐하게 해주
지만 신용이 없는 사람에게는 결손도 예견하여 비싼
이자로 준다는 말.

**15806. 신용 있는 행동만 하면 남의 밑에 있게 되
지 않는다.** (能信不爲人下)　　〈春秋左傳〉
남에게 신임을 받게 되면 등용되기 때문에 말단 지위
는 면한다는 말.

15807. 신원 이방(新院吏房) 자리다. (新院 院主)
　　　　　　　　　　　　　　　〈鄭澈〉
대단히 분주하고 일이 많은 일 자리라는 뜻.

**15808. 신은 아무리 고와도 베개로는 쓰지 않는
다.** (履雖鮮不可於枕)　　　　　〈新序〉
매개의 상품은 그 용도가 다르다는 말.

15809. 신의(信義)가 없으면 재난이 생긴다.
(無信患作)　　　　　　　　　　〈春秋左傳〉
신의가 없는 행동을 하면 재난을 당하게 된다는 뜻.

15810. 신의로써 예의를 지킨다. (信以守禮)
　　　　　　　　　　　　　　　〈春秋左傳〉

신용과 의리로써 예의를 지킨다는 말.

15811. 신의로써 재물을 지킨다. (信以守物)
　　　　　　　　　　　　　　　〈春秋左傳〉
신용과 의리를 가지고 재물을 지킨다는 말.

15812. 신의를 굳게 지킨다. (信之守之)〈春秋左傳〉
신용이 두텁고 의리를 잘 지킨다는 뜻.

15813. 신의를 지키는 사람은 배반하지 않는다.
(信不叛君)　　　　　　　　　　〈春秋左傳〉
믿음성이 있고 의리가 있는 사람은 반역(反逆)하는
일도 없다는 말.

15814. 신(腎)이 늘었다.
고생을 매우 많이 하였다는 뜻. ※ 신 : 신장(腎臟).

15815. 신이야 넋이야 한다.
하고 싶던 일을 신이 나게 한다는 뜻.

15816. 신이 이그러지다.
마음씨가 나빠서 나쁜 짓만 한다는 뜻.

15817. 신작로(新作路) 같다.
신작로가 환히 보이듯이 보나 마나 뻔한 일이라는 뜻.

**15818. 신작로 닦아 놓으니까 문둥이가 먼저 지
나간다.**
애써 한 일에 마수거리를 잘못하였다는 말.

15819. 신장수 내일 모레 미루듯 한다.
약속을 지키지 않고 하루 이틀 미루기만 한다는 뜻.

**15820. 신정(新情)도 좋지만 구정(舊情)은 더 좋
다.**
새 사랑도 좋지만 옛 사랑이 나중에 가서는 더 좋다
는 뜻.

15821. 신정보다 구정이 낫다.
새로 사귄 정보다는 이미 사귀어 오래 된 구정이 낫
다는 말.

15822. 신정이 구정만 못하다.
정은 새로 든 정보다는 오래 된 정이 더 낫다는 말.

15823. 신주(神主) 개 물려 간다.
존귀한 신주를 어느 틈에 개가 물어 가듯이 소중한 것
을 모르는 사이에 남에게 빼앗겼다는 말.

15824. 신주 모시듯 한다.
대단히 소중하게 취급한다는 말.

15825. 신주 밑구멍이 들먹한다.
조상까지 시끄러운 일이 생겼다는 말.

15826. 신주 싸움에는 팥죽으로 말린다.
　싸우는 사람에게는 음식을 놓고서 화해를 시켜야 한다는 말.

15827. 신주에 똥칠했다.
　자식으로서 죽은 부모에게 불명예스러운 행동을 하였다는 말.

15828. 신주 치레하다가 제사도 못 지낸다.
　겉치장하다가 꼭 해야 할 일을 못하였다는 말.

15829. 신주 치장하다가 개 물려 보낸다.
　겉모양을 내다가 소중한 것을 잃게 되었다는 말.

15830. 신중 비녀다.
　(1) 다른 사람에게는 필요한 것이지만 자기에게는 소용이 없다는 뜻.(2) 매우 구하기가 어려운 것이라는 뜻.
　※ 신중 : 여승(女僧).

15831. 신중 빗이다.
　(1) 다른 사람에게는 소중하지만 자기에게는 아무 소용이 없다는 뜻. (2) 매우 구하기 어려운 물건이라는 뜻.

15832. 신 첨지(申僉知) 신 꼴 깎듯 한다.
　무엇을 자꾸 깎아서 못 쓰게 만든다는 뜻.

15833. 신 첨지 신 꼴 같다.
　아니꼬와서 차마 그 꼴을 볼 수 없다는 말.

15834. 신축년(辛丑年)에 남편 찾듯 한다.
　큰 흉년이 들었던 신축년에 흩어진 가족을 찾듯이 무엇을 정신없이 찾는다는 말.

15835. 신하(臣下)는 하나인데 임군은 둘이다.
　(臣一君二)
　둘 될 것이 하나가 되고 하나가 될 것이 둘이 되듯이 일이 뒤바뀌어졌다는 뜻.

15836. 신흥사(新興寺) 지푸라기다.
　지푸라기마냥 맥이 없는 중이라는 뜻.

15837. 실 가는 데 바늘 간다.
　둘이 서로 떨어져서는 안 되는 사이라는 뜻.

15838. 실과 망신은 모과가 시킨다.
　못난 자식이 집안 망신을 시킨다는 뜻.

15839. 실낱 같은 목숨이다.
　언제 죽을지 모르는 목숨이라는 뜻.

15840. 실뱀 한 마리가 온 바다를 흐린다.
　(一條魚渾全渠)　　　　　〈洌上方言〉
　한 사람이 여러 사람에게 나쁜 영향을 끼친다는 뜻.

15841. 실성(失性)한 영감이 죽은 딸네 집에 간다.
　정신이 올바른 사람은 딸 죽은 사위 집에는 안 간다는 말.

15842. 실속 없는 교묘한 말이다. (花言巧語)
　　　　　　　　　　　　　〈朱子讀類〉
　말로만 꽃이 피지 실속은 없는 말이라는 뜻.

15843. 실속 없는 잔치가 소문만 멀리 난다.
　먹잘 것 없는 허울 좋은 잔치가 소문만 멀리 나듯이 대개 소문 난 것이 실속은 없다는 뜻.

15844. 실속이 없다.
　겉으로는 소득이 많을 것 같지만 직접 해보면 아무 실속이 없다는 말.

15845. 실업의 장단에 호박국 끓여먹는다.
　실없는 사람들과 함께 쓸데없는 짓만 한다는 뜻.

15846. 실 없는 바늘이다. (有針無絲)
　바늘만 있고 실이 없어 못 쓰듯이 둘 중에 하나만 없어도 못 쓴다는 말.

15847. 실없는 부채 손이다.
　눈은 높은데 손이 말을 듣지 않아 이루어지지 않는다는 뜻.

15848. 실없는 낫 도깨비다.
　매우 실없는 사람을 보고 하는 말.

15849. 실없는 말 끝에 살인(殺人) 난다.
　무심코 한 말이 큰 변을 일으켰다는 뜻.

15850. 실없는 말에 송사(訟事)한다.
　무심코 한 말이 큰 말썽을 일으키게 되었다는 말.

15851. 실 엉킨 것은 풀어도 노 엉킨 것은 못 푼다. (絲棼或解　繩亂弗解)　　〈耳談續纂〉
　작은 일은 해결할 수 있지만 큰 일은 해결하기 어렵다는 말.

15852. 실을 잘 추리자고 하면서 헝클게 하고 있다. (猶治絲而棼之也)　　　〈春秋左傳〉
　말로는 잘하자고 하면서 행동으로는 방해한다는 뜻.

15853. 실을 칼로 끊어 푼다. (刀迎縷解)
　실을 끊지 말고 풀어야 할 것을 끊어서 못 쓰게 하듯이 일을 못 쓰게 만들었다는 뜻.

15854. 실이 얽히고 얽혔다. (絲來線去)
　실이 얽히듯이 일이 풀리지 않고 꼬이기만 한다는 뜻.

15855. 실이 와야 바늘도 간다.

주는 것이 있어야 받는 것도 있게 된다는 말.

15856. 실패를 해봐야 성공을 한다. (因敗爲成)
실패한 경험과 교훈이 밑천이 되어 성공을 하게 된다
는 뜻.

15857. 실패하여 넘어지는 것은 털이 타듯이 쉬
운 것이다. (覆墜之易如燎毛) 〈柳玭〉
성공하기는 매우 어렵지만 실패하기는 매우 쉽다는 말.

15858. 실패한 끝에 성공한다. (先敗後成)
실패한 경험과 교훈을 얻은 다음에 성공한다는 말.

15859. 실한 과객(過客) 편에 옷 부친다.
지나가는 사람을 믿고 옷을 부치듯이 미덥지 못한 사
람에게 중요한 일을 맡긴다는 말.

15860. 실행하기 어려운 일은 남에게 요구하지 말
라. (難行之事 勿以令人)
내가 하기 어려운 일은 남도 하기 어려우니 남을 시
켜서는 안 된다는 뜻.

15861. 실행할 때는 말한 것을 살펴보고 하라.
(行顧言) 〈自警銘〉
일을 집행할 때는 남에게 약속한 것은 없는가 살펴보
고 하라는 뜻.

15862. 싫다면서 손 내민다.
겉으로는 싫다고 하지만 속으로는 좋아한다는 말.

15863. 싫어서 피한다. (嫌避)
상대하기가 싫어서 피해 버린다는 뜻.

15864. 싫어 싫어 하면서도 손 내민다.
겉으로는 싫은 척하면서 속으로는 당긴다는 뜻.

15865. 싫은데 선 떡 준다.
(1) 싫은 것이 더욱 싫어진다는 뜻. (2) 거절할 구실이
좋듯이 하기 쉽다는 뜻.

15866. 싫은 매는 맞아도 싫은 음식은 못 먹는다.
먹기 싫은 음식은 아무리 해도 먹지 못한다는 뜻.

15867. 싫증이 나도록 먹는다. (饜飽)
음식을 마냥 먹어 더 먹을 수 없게 되었다는 뜻.

15868. 싫증이 없는 욕심이다. (無厭之慾)
싫증이 안 날 정도로 한없는 욕심이라는 말.

15869. 심보 나쁜 놈치고 잘 되는 놈 못 봤다.
남에게 악한 짓을 하는 사람은 잘 살게 되지 못한다
는 뜻.

15870. 심봉사가 개천을 나무란다.
자기에게 결함이 있었다는 것을 모르고 남만 탓한다

는 뜻. ※심봉사 : 심청(沈淸)이의 아버지 되는 봉사.

15871. 심사(心思)가 꽁지 벌레다.
꽁지 벌레가 장독에 들어가 심술 놓듯이 남의 일에 심
술 놓기를 좋아한다는 뜻.

15872. 심사가 놀부다.
놀부마냥 심술이 매우 많다는 말.

15873. 심사가 놀부 뺨 치겠다.
심술 많기로 유명한 놀부보다도 더 심술이 많은 사람
이라는 뜻.

15874. 심사 나쁜 놈치고 잘 되는 놈 못 봤다.
심사가 못된 사람은 남들이 미워하기 때문에 잘 되지
못한다는 뜻.

15875. 심사는 없어도 이웃집 불난 데 키 들고 나
선다.
심술이 매우 나빠서 남을 못 되게만 한다는 뜻.

15876. 심사는 좋아도 남 안 되는 것을 좋아한다.
심사가 겉으로는 좋은 척하지만 속으로는 남이 못 되
는 것을 좋아한다는 말.

15877. 심사는 좋아도 이웃집 불 붙는 것 보고 좋
아한다.
심사가 겉으로는 좋은 척하지만 속으로는 남이 망하
는 것을 좋아한다는 말.

15878. 심사 사나운 놈치고 잘 되는 놈 못 봤다.
심사가 사나운 사람은 인심을 잃고 살기 때문에 잘 될
수가 없다는 뜻.

15879. 심술(心術)꾸러기다.
심술이 매우 많은 사람이라는 말.

15880. 심술궂은 만을보(萬乙甫)다.
심술 사납기로 이름 난 만을보와 같다는 뜻.

15881. 심술만 먹어도 삼 년은 살겠다.
심술이 많은 사람을 보고 야유하는 말.

15882. 심술만 해도 삼 년은 더 살겠다.
심술이 몹시 많아서 죽더라도 심술 힘으로 더 살 정
도로 심술이 많다는 뜻.

15883. 심술 많고 복받는 것 못 봤다.
남을 못 되도록 심술을 부리는 사람은 자기도 잘 될
수 없다는 뜻.

15884. 심술 보니 여든 가도 꼽사등이 하나도 못
낳겠다.
심술이 사나운 사람은 복을 받지 못한다는 뜻.

15885. 심술은 복을 쫓는다. (心術去福)
심술이 많은 사람은 복을 못 받는다는 뜻.

15886. 심술을 떼놓으면 뒤로 넘어지겠다.
심술이 매우 많은 사람이라는 말.

15887. 심술을 빼놓으면 앞으로 쓰러지겠다.
심술이 대단히 많은 사람을 가리키는 말.

15888. 심술이 구렁이다.
구렁이마냥 심술궂다는 말.

15889. 심술이 왕골(王骨) 장골(張骨) 떼라.
무슨 일에나 고약한 심술을 부리고 행패가 심한 사람
을 두고 이름. ※ 왕골 장골 떼는 속설(俗説)에 옛날
심술이 나빴던 사람이라 함.

15890. 심술이 놀부다.
심술이 사납기로 유명한 놀부와 같다는 말.

15891. 심술이 복을 까분다.
심술이 많으면 복을 쫓아 보낸다는 말.

15892. 심술이 용 못 된 이무기다.
용이 되지 못한 이무기마냥 심술이 몹시 많다는 말.

15893. 심술이 이무기다.
이무기처럼 심술이 매우 많다는 말.

15894. 심심 산천(深深山川)의 머루 다래는 산중
귀물(山中貴物)이다.
하찮은 물건이라도 장소와 수요자에 따라 귀하게 취
급한다는 뜻.

15895. 심심하거든 베나 짜랬다.
일이 없어 심심할 때는 아무 일이라도 만들어서 하라
는 뜻.

15896. 심심하거든 오금이나 긁어라.
오금은 긁으면 종기가 생긴다는 말.

15897. 심심하면 낮잠이나 자랬다.
심심하다고 일을 하다가 사고를 내는 것보다는 차라
리 잠을 자는 것이 낫다는 말.

15898. 심심하면 좌수(座首) 볼기 친다.
목적이 없이 심심풀이로 만만한 사람에게 피해를 끼
쳐서는 안 된다는 말.

15899. 심은 나무가 꺾인다.
오랫동안 공들여 놓은 것이 허사로 되었다는 뜻.

15900. 심치(心治)가 약치(藥治)보다 낫다.
병을 치료하는 데는 약으로 치료하는 것도 중요하지

만 이보다도 먼저 환자로서의 마음 가짐이 더 중요하
다는 뜻.

15901. 심통 사나운 놈치고 잘 되는 놈 못 봤다.
심사가 나쁜 사람은 남을 못살게 하기 때문에 자기도
잘 되는 일이 없다는 뜻.

15902. 십 년 가는 거짓말 없다.
거짓말은 오래 가지 못하고 탄로(綻露)난다는 말.

15903. 십 년 갈보 노릇에 눈치밖에 안 남았다.
오랫동안 한 일이 몸만 더럽히고 나쁜 버릇만 들었다
는 뜻.

15904. 십 년 계획이다. (十年之計)
오랫동안에 걸쳐 치밀하게 세운 계획이라는 말.

15905. 십 년 공부 나무아미타불(南無阿彌陀佛)이
다.
오랫동안 정성을 들인 일이 갑자기 허사로 되었다는
말.

15906. 십 년 공부 도래미타불이다.
오랫동안 정성을 들인 일이 허사가 되었다는 말.

15907. 십 년 과부도 시집 갈 마음은 못 버린다.
뼈에 사무친 마음은 잊어 버리기가 어렵다는 뜻.

15908. 십 년 과부에 독사 되지 않는 년 없다.
과부로 오래 살게 되면 성질이 사나와진다는 뜻.

15909. 십 년 과수가 고자 대감 만난다.
오랫동안 공 들인 일이 복이 없어 허사로 되었다는 말.

15910. 십 년 대한(十年大旱)에 비 온 날 없었
다.
(1) 십 년을 두고 가문 해도 매일 비가 올듯 올듯 하
면서도 오지 않았다는 말. (2) 무슨 일이 될 듯 될 듯
하면서도 되자 않고 있다는 뜻.

15911. 십 년 모신 시어머니 성도 모른다.
눈 앞의 일에 무심하여 알아야 할 것도 모른다는 뜻.

15912. 십 년 묵은 빚은 본전만 받아도 반갑다.
떼이게 되었던 돈은 이자 없이 본전만 받아도 고맙게
생각된다는 말.

15913. 십 년 묵은 장 맛도 변한다.
세상에는 꼭 믿었던 일도 낭패가 될 수 있다는 뜻.

15914. 십 년 묵은 체증도 내려가겠다.
오래 된 병이 나을 정도로 매우 기쁘다는 뜻.

15915. 십 년 묵은 환자(還子)라도 갖다 주면 그

만이다.

아무리 오래 된 빚이라도 갖다 주면 그것으로 끝난다는 뜻.

15916. 십 년 살 것을 감수했다. (十年減壽)

너무나 놀라고 겁에 질려 오래 못 살겠다는 뜻.

15917. 십 년 세도(勢道) 없고 십 년 권문(權門) 없다. (勢不十年 權不十年)

세도나 권력은 십 년을 넘어가지 않는다는 말.

15918. 십 년 세도 없고 열흘 붉은 꽃 없다. (勢不十年 花無十日紅)

세도도 꽃과 같이 오래 가지 못한다는 말.

15919. 십 년 세도 없고 오 년 권문 없다. (勢不十年 權不五年)

십 년 가는 세도 없고 오년 가는 권문 없듯이 세도와 권력은 오래가지 못한다는 뜻. ※권문 : 권문 세가.

15920. 십 년에 한 번 먹는 논이다. (十年一得)

관개(灌漑) 시설이 없는 논으로서 십 년에 한번 정도 벼 심어 먹는 논이라는 말.

15921. 십 년을 같이 산 시어머니 성을 모른다.

(1) 응당 알아야 할 것을 모르고 있다는 말. (2) 흔히 가까운 것에 무관심하다는 뜻.

15922. 십 년을 두고 갈아서 만든 칼이다. (十年磨一劍) 〈賈島〉

(1) 어떤 목적을 위하여 때를 기다리고 있다는 뜻.
(2) 위대한 계획과 끈질긴 노력을 하였다는 뜻.

15923. 십 년을 두고도 못 가린다. (十年不得調) 〈漢書〉

무슨 일이 진척(進陟)이 잘 안 된다는 뜻.

15924. 십 년이면 강산(江山)도 변한다.

세월이 오래 되면 변하지 않는 것이 없다는 뜻.

15925. 십 년이 하루 같다.

너무나 즐거워서 시간 가는 줄도 모르고 있다는 뜻.
↔ 일각이 삼추 같다.

15926. 십 리가 모래 바닥이라도 눈 찌를 가시나무가 있다.

친한 사람 중에도 원수가 있다는 말.

15927. 십 리 갈 길손과 천 리 갈 길손은 첫걸음부터 다르다.

큰 일하는 사람과 작은 일하는 사람과는 첫번 출발할 때부터 다르다는 뜻.

15928. 십 리 강변에 빨래 길 갔느냐?

얼굴이 검게 그을린 사람을 두고 하는 말.

15929. 십 리 길에도 신들메는 하랬다.

무슨 일이나 미리 준비를 단단히 한 뒤에 시작하라는 뜻.

15930. 십 리 길에도 점심 싼다.

큰 일이나 작은 일이나 미리 준비하는 것은 같다는 뜻.

15931. 십 리도 못 가서 발병 난다.

남에게 못할 짓을 하면 탈이 생긴다는 뜻.

15932. 십 리 밖에 있어도 오리나무다.

오리나무는 십 리를 가나 오 리를 가나 오리나무듯이 무슨 일을 하나 마나 마찬가지라는 말.

15933. 십 리 반찬을 한다.

맛좋은 오리 고기 두 마리면 십 리 반찬이 되듯이 맛이 매우 좋은 반찬이라는 뜻.

15934. 십 리 사장(十里砂場) 세모래도 정 맞겠다.

도저히 있을 수 없는 일이라는 뜻.

15935. 십 리 앞의 것은 귀에 들리지 않는다. (里之前 耳不聞也) 〈荀子〉

먼 데 소문은 잘 모르게 된다는 뜻.

15936. 십 리에 장승 섰듯 한다.

항상 우두커니 서 있기만 한다는 말.

15937. 십상이다.

물건이 매우 좋아 마음에 든다는 말.

15938. 십장(什長) 십 년 한 놈은 호랑이도 안 먹는다.

일제 통치(日帝統治) 때 일본놈 밑의 십장은 모진 악행을 했기 때문에 호랑이도 맛이 없어 안 잡아먹는다는 뜻.

15939. 씻어 놓은 흰 죽사발 같다.

살결이 사발마냥 매우 희다는 뜻.

15940. 씻은 듯 부신 듯하다.

집안에 살림살이가 하나도 없을 정도로 가난하다는 뜻.

15941. 씻은 듯이 가난하다. (赤貧如洗)

물로 씻은 듯이 집안에 아무것도 없을 정도로 가난하다는 말.

15942. 씻은 배추 줄기 같다.

피부 색이 희고 키가 큰 사람을 가리키는 말.

15943. 씻은 쌀알 같다.

살결이 쌀과 같이 희다는 뜻.

15944. 씻은 팥알 같다.
겉모양이 말쑥하고 똑똑해 보인다는 뜻.

15945. 싱겁기는 고드름 장아찌다.
매우 싱거운 사람이라는 말.

15946. 싱겁기는 늑대 불알이다.
매우 싱거워 맹숭맹숭한 사람이라는 뜻.

15947. 싱겁기는 돌 삶은 국이다.
돌 삶은 국마냥 몹시 싱거운 사람이라는 뜻.

15948. 싱겁기는 맹물이다.
남이 좋아하는지 싫어하는지도 모르고 싱겁게 행동하

는 사람보고 하는 말.

15949. 싱겁기는 바다도 못 본 놈이다.
소금 구경도 못 했는지 매우 싱겁다는 말.

15950. 싱겁기는 얼음 장아찌다.
몹시 싱거운 사람이라는 말.

15951. 싱겁기는 오뉴월 무우다.
여름 무우마냥 몹시 싱거운 사람이라는 뜻.

15952. 싱겁기는 홍 동지(洪同知) 네 세 벌 장물이다.
세 번 우려 낸 장물마냥 몹시 싱거운 사람이라는 말.

15953. 싱겁기는 황새 똥구멍이다.
황새마냥 희멀쑥하고 싱거운 사람이라는 뜻.

15954. 아가리가 개 아가리보다 더 더럽다.
말 끝마다 욕지거리를 하는 사람을 두고 하는 말.

15955. 아가리가 광우리만해도 말을 못 한다.
아무리 말을 하고 싶어도 염치가 없어서 말할 도리
가 없다는 뜻.

15956. 아가리가 원수다.
(1) 말을 잘못해서 큰 화를 당했다는 뜻. (2) 먹고 사
는 것이 고생스럽다는 뜻.

15957. 아가리가 함박만해도 말을 못 한다.
도무지 말할 도리가 없는 처지에 있다는 뜻.

15958. 아가리 놀리는 데는 주먹이 약이다.
말을 함부로 하는 사람은 따끔하게 혼을 내주어야
한다는 뜻.

15959. 아가리를 놀린다.
말을 나오는 대로 함부로 한다는 뜻.

15960. 아가리를 벌린다.
듣기 싫은 말을 하기 시작한다는 뜻.

15961. 아가리만 벌리면 욕이요 주먹만 쥐면 싸
움이다.
욕 잘 하고 싸움 잘 하는 사람을 가리키는 말.

15962. 아가리에 자시오 할 때는 마다더니 처먹
으라니까 먹는다.
좋은 말로 할 때는 듣지 않다가, 나중에 나쁜 말로
하니까 듣는다는 말.

15963. 아갈잡이를 시켰다.
하기 싫어하는 것을 강제로 시켰다는 뜻.

15964. 아껴 쓰는 것은 곧 국민을 사랑하는 근본
이다. (節用即愛民之本)   〈御製祖訓〉
국민들이 생산한 곡식이나 물건을 쓸 때 그들의 노고
에 감사하면서 아껴 쓰는 것은 곧 국민을 사랑하는
근본으로 된다는 뜻.

15965. 아교와 칠과의 친분이다. (膠漆之交)
우정이 두터운 친한 사이라는 뜻.

15966. 아군에게는 오직 승리만 있고 적에게는 오
직 멸망만 있다. (兵有全勝 敵有全困)
                               〈三略〉
어떻게 해서라도 아군은 이겨야 하고 적은 멸망시켜
야 국가가 안전하고 국민들이 편안하게 살 수 있는
길이라는 뜻.

15967. 아군을 낚으려는 낚시에 걸리지 말라.
(餌兵勿食)   〈孫子〉
적의 간교(奸巧)한 작전에 말려들어서는 위험하기
때문에 조심하라는 뜻.

15968. 아귀(餓鬼)같이 먹고 굼벵이같이 일한다.
먹을 상은 밝히면서도 일하는 데는 게으르다는 뜻.
※아귀:늘 굶주리는 귀신.

15969. 아귀 다툼만 한다.
언제나 말다툼을 일삼고 있다는 뜻.

15970. 아귀 먹듯 한다.
음식을 미련하게 많이 먹는다는 뜻.

15971. 아그배도 맛들일 탓이다.
처음에 싫던 일도 재미를 붙이게 되면 좋아진다는 뜻.

15972. 아그배도 먹어 봐야 한다.
(1) 듣기 싫은 말도 들어 봐야 한다는 뜻. (2) 궂은 일
도 당해 봐야 한다는 뜻.

15973. 아끼는 것은 온갖 행복의 근원이다.
(儉爲萬福之源)   〈張顯光〉
물자를 아껴 쓰는 것은 부유하게 살 수 있는 근본이
라는 말.

15974. 아끼는 그릇이 쉬 깨진다.
물건은 쓸 때는 써야지 아끼기만 해서는 안 된다는
뜻.

15975. 아끼다가 개 좋은 일만 한다.
음식을 아끼다가 썩어서 개 좋은 일만 하듯이 아낄 것을 아껴야지 함부로 아껴서는 안 된다는 말.

15976. 아끼다가 똥 된다.
물건을 쓸 데도 쓰지 않고 아끼기만 하다가는 필경에는 못 쓰게 되고 만다는 뜻.

15977. 아끼다가 썩힌다.
무슨 물건을 쓸 데가 있어도 쓰지 않고 아끼다가 필경에는 못 쓰게 되어 버린다는 뜻.

15978. 아끼던 것이 찌로 간다.
너무 아끼다가는 저도 못 쓰고 남도 못 쓰게 된다는 뜻. ※찌:똥의 사투리.

15979. 아끼면 있고 사치하면 없어진다.
(儉則存 奢則亡) 〈御製祖訓〉
적은 것도 아껴 쓰면 넉넉하여 남게 되고 많은 것도 사치하면 모자라게 된다는 뜻.

15980. 아낀 것이 똥 된다. (我所珍虔 竟歸人屎)
〈耳談續纂〉
물건을 쓰지 않고 두기만 하다가는 도리어 못 쓰게 되는 수가 있다는 뜻.

15981. 아낀 물건에 좀 난다.
쓰지 않고 아끼던 것이 못 쓰게 되는 수가 있다는 뜻.

15982. 아낀 옷에 좀 먹는다.
아끼기만 하고 두었다가 못 쓰게 되어 손해만 당했다는 뜻.

15983. 아낙 군수 노릇만 한다.
늘 집안에만 들어 있는 사람을 보고 하는 말.
※아낙: 여자가 거처하는 곳.

15984. 아낙 군수에게 자 볼기 맞겠다.
아내에게 쥐어사는 사람 보고 농으로 하는 말.
※아낙 군수: 여기서는 아내를 말함.

15985. 아내가 귀여우면 처가집 문설주도 귀엽다.
(1) 아내가 귀여우면 처가 것이 다 귀엽다는 말.
(2) 한 가지에 반하면 판단력을 잃게 된다는 뜻.

15986. 아내가 귀여우면 처가집 쇠말뚝 보고도 절한다. (婦家情篤 拜厥馬杖)
(1) 아내가 귀여우면 그에게 딸린 것은 다 좋아 보인다는 뜻. (2) 무엇에 혹하게 되면 사리의 판단력을 잃게 된다는 뜻.

15987. 아내가 귀여우면 처가집 지붕에 앉은 까마귀도 귀엽다.

아내가 귀여우면 처가 식구들도 다 귀여워진다는 뜻.

15988. 아내가 남편보다 너무 똑똑해도 집안이 안 된다.
아내가 지나친 내주장을 하면 집안이 안 된다는 뜻.

15989. 아내가 비록 어질지라도 바깥 일에 참여해서는 안 된다. (妻雖賢不可使與外事)
아내가 남편 일에 직접 간여해서는 안 된다는 뜻.

15990. 아내가 여럿이면 늙어서 생 호라비 된다.
젊어서 아내가 많은 사람은 늙어서 잘해 주는 아내가 하나도 없다는 뜻.

15991. 아내가 예쁘면 개죽을 쒀줘도 맛있다고 한다.
아내가 귀여우면 사소한 잘못이 있더라도 허물로 생각하지 않는다는 말.

15992. 아내가 예쁘면 처가집 울타리까지도 예쁘다.
아내한테 반하면 그에게 딸린 것은 다 좋게 보인다는 뜻.

15993. 아내가 예쁘면 처가집 호박꽃도 곱다고 한다.
아내에게 반하면 그에게 따른 것이 다 좋아 보인다는 뜻.

15994. 아내가 있나 자식이 있나 죽으니 묘가 있나.
중이 세상을 비관하면서 신세 한탄을 하는 말.

15995. 아내가 착해야 남편도 착하게 된다.
좋은 아내를 만나면 남자도 아내의 영향을 받아 착한 사람으로 된다는 뜻.

15996. 아내는 남편 사랑 먹고 산다.
남편은 아내를 마냥 사랑해야 한다는 말.

15997. 아내는 남편 손에 달렸다.
아내의 버릇은 남편에게 달렸다는 말.

15998. 아내는 남편을 따라야 한다. (女必從夫)
여자는 출가하면 남편에게 복종해야 한다는 뜻.

15999. 아내는 눈으로 고르지 말고 귀로 고르랬다.
아내는 얼굴 예쁜 것만 고르지 말고 행동이 얌전하다는 소문이 있는 여자를 얻어야 한다는 뜻.

16000. 아내는 다홍치마 때 길들여야 하고 자식은 열 살 안에 길들여야 한다.
아내의 버릇은 새색시 적에 잘 가르쳐야 하고 자식

버릇은 어려서 잘 가르쳐야 한다는 뜻.

16001. 아내는 다홍치마 적에 가르치랬다.
（紅裳敎妻）　　　　　　　　　　〈松南雜識〉
아내의 버릇은 시집와서 바로 가르쳐야 한다는 뜻.

16002. 아내는 부엌에서 얻고 남편은 글방에서 얻으랬다.
아내감은 부엌에서 살림을 많이 해본 처녀를 얻어야 하고 남편감은 글방에서 공부를 많이 한 총각을 얻어야 한다는 뜻.

16003. 아내는 부엌에서 얻으랬다.
아내는 부엌에서 살림살이를 잘 배운 처녀를 얻어야 살림을 잘하게 된다는 말.

16004. 아내는 성이요 자식은 감옥이다.
（妻城子獄）
아내는 성과 같이 튼튼히 가정을 지키지만 자식은 불안하고 고생스럽기만 하다는 뜻.

16005. 아내는 장님이래야 하고 남편은 귀머거리래야 한다.
여자는 시집 와서 눈치만 봐서는 안 되고, 남편은 아내의 말만 들어서는 안 된다는 뜻.

16006. 아내는 처음 시집 와서 잘 가르쳐야 한다.
（敎婦初來）　　　　　　　　　　〈尤庵文集〉
아내의 버릇은 시집 왔을 때 잘 가르쳐야 한다는 뜻.

16007. 아내로서 귀한 것은 유순이다. （婦之所貴者 柔也）
　　　　　　　　　　　　　　　　〈朱子家訓〉
여자로서의 가장 큰 미덕（美德）은 유순（柔順）한 것이라는 뜻.

16008. 아내를 고르려면 그 어머니를 보고 고르랬다.
딸은 그 어머니의 행실을 본받기 때문에 아내 감을 고르려면 장모감을 보라는 뜻.

16009. 아내를 잘못 얻으면 대들보가 부러진다.
아내를 잘못 얻으면 그 집안이 망한다는 뜻.

16010. 아내 말을 안 들으면 망신하고 잘 들으면 남을 도둑 만든다.
아내의 말을 너무 안 들어주면 부부 싸움으로 망신을 당하게 되고, 너무 잘 들어 주면 대인 관계에서 좋지 못한 일이 생길 수 있기 때문에 적당하게 들어주어야 한다는 말.

16011. 아내 말을 잘 들으면 패가하고 안 들으면 망신한다.
아내 말을 너무 잘 듣다가는 집안 살림이 안 되고, 아내 말을 너무 안 듣다가는 부부간에 싸우게 되므로 망신을 당하게 된다는 뜻.

16012. 아내 못된 건 백 년 원수요 장 신 건 일 년 원수라.
아내를 잘못 얻으면 한평생 불행하다는 뜻.

16013. 아내 없는 처가집 가기다.
만날 상대자가 없어진 곳에는 더 이상 갈 필요가 없다는 뜻.

16014. 아내와 가마솥은 옛 것이 좋다.
가마솥도 길 들은 것이 좋듯이 아내도 오래되어 정이 많이 든 아내가 좋다는 뜻.↔여자와 옷은 새 것이 좋다. 여자와 자리는 새 것이 좋다.

16015. 아내와 술은 묵을수록 좋다.
술도 묵은 술이 맛이 좋듯이 아내도 정이 담뿍 든 오래된 아내가 미덥고 좋다는 뜻.↔여자와 옷은 새 것이 좋다. 여자와 자리는 새 것이 좋다.

16016. 아내와 자식도 돌아보지 않는다.
（不顧妻子）
아내와 자식도 돌보지 않는 무책임한 가장（家長）이라는 뜻.

16017. 아내와 장은 묵을수록 좋아진다.
아내는 살아갈수록 정이 두터워지고 아이들도 생기게 되어 점점 행복하게 된다는 뜻.↔여자와 옷은 새 것이 좋다. 여자와 자리는 새 것이 좋다.

16018. 아내와 집은 가꿀 탓이다.
아내는 남편이 버릇을 들이기에 달렸다는 뜻.

16019. 아내의 말도 들어야 할 말은 들어야 한다.
아내의 충고도 받아 들일 줄 알아야 한다는 뜻.

16020. 아내의 행실이 어질면 남편의 화가 적어진다. （妻賢夫禍少）
　　　　　　　　　　　　　　　　〈壯元詩〉
아내가 남편을 잘 받들어 주게 되면 남편은 아무 걱정도 없게 된다는 뜻.

16021. 아내 자랑은 반 놈이나 한다.
자기 아내를 남들 앞에서 자랑하는 사람은 온 사람이 못 되고 반 사람밖에 안 되는 모자라는 사람이라는 뜻.

16022. 아내 자랑하는 놈은 팔불출（八不出）의 하나다.
아내를 남들 앞에서 자랑하는 것은 여덟 가지 못난 짓 중의 하나라는 뜻.

16023. 아내 자랑하는 놈치고 변변한 놈 없다.
일반적으로 똑똑한 사람들은 아내 자랑을 하지 않는 다는 말.

16024. 아내 잘 만나는 것도 큰 복이다.
좋은 아내를 만나면 한 평생을 행복하게 잘 산다는 말.

16025. 아내 잘 만나면 평생 복이다.
남자에게 있어서 아내를 잘 만나는 것보다 더 큰 복은 없다는 말.

16026. 아내 잘못 얻으면 평생 원수다.
남자는 한번 아내를 잘못 들이면 죽을 때까지 큰 고생을 하게 된다는 뜻.

16027. 아내 잘못 얻으면 평생 원수요 된장 신 것은 일년 원수다.
된장 맛 나쁜 것은 일년만 참고 견디면 되지만 아내 잘못 얻은 것은 죽을 때까지 원수이므로 아내는 신중하게 선택해야 한다는 말.

16028. 아내 죽은 홀아비요 딸 죽은 사위다.
세상에서 의지할 데라고는 아무 데도 없는 외로운 사나이라는 말.

16029. 아내한테 한 말은 나도 소한테 한 말은 나지 않는다.
아내에게도 할 말이 있고 해서는 안 될 말이 있으니 말 조심을 하라는 뜻.

16030. 아는 것과 행동은 하나로 합쳐져야 한다.
(知行合一) 〈王陽明〉
알고 있는 것은 반드시 집행해야 한다는 뜻.

16031. 아는 것도 있으나 겁이 나서 못 한다.
(智而心怯) 〈六韜〉
겁이 나면 아는 것까지도 못 하게 된다는 뜻.

16032. 아는 것도 적고 정확하지도 못하다.
(一知半解) 〈滄浪詩話〉
아는 것도 별로 없으면서 그것 마저 섣불리 알고 있다는 뜻.

16033. 아는 것은 안다 하고 모르는 것은 모른다고 해야 한다. (知之曰知之 不知曰不知)
〈荀子〉
아는 것과 모르는 것은 명백하게 구분해야 한다는 뜻.

16034. 아는 것은 있으나 마음이 느려서 과단성이 없다. (智而心緩) 〈六韜〉
아는 것도 과단성 있게 처리하지 못하고, 우물쭈물한다는 뜻.

16035. 아는 것은 행하는 것만 못하다. (知之不若行之) 〈荀子〉
알고만 있는 것보다는 이를 집행하는 것이 더욱 좋다는 뜻.

16036. 아는 것을 안다고 하고 모르는 것을 모른다고 하는 것이 참으로 아는 것이다.
(知之爲知之 不知爲不知 是知也) 〈論語〉
아는 것과 모르는 것을 분명히 하는 것이 참으로 아는 것이라는 말.

16037. 아는 것을 확실히 함으로써 사물을 터득하는 지혜가 더 자라게 된다.
(以致知爲窮理之漸) 〈漢陰集〉
사물을 정확히 알아야 사리를 터득하는 데 도움이 된다는 뜻.

16038. 아는 것이 많은 것 보니까 먹고 싶은 것도 많겠다.
너무 많이 아는 척하는 것은 오히려 해롭다는 뜻.

16039. 아는 것이 병이다. (識字憂患) 〈三國志〉
(1) 아는 것도 신중히 처사하라는 뜻. (2) 섣불리 아는 것은 일을 망치게 된다는 뜻.
↔ 아는 것이 힘이다.

16040. 아는 것이 병이요 모르는 것이 약이다.
똑바르게 알지 못하는 것은 오히려 걱정거리가 되며, 모르면 간여하지 않으므로 편안하다는 뜻.

16041. 아는 것이 어려운 것이 아니라 아는 것을 쓰는 것이 어렵다. (非知之難也 處知則難也)
〈韓非子〉
모르는 것을 아는 것이 어려운 것이 아니라 아는 것을 집행하는 것이 어렵다는 말.

16042. 아는 것이 위험하다. (知而險) 〈荀子〉
모르고 있는 것이 편안하지, 알고 있으면 위험스럽다는 뜻. ↔ 아는 것이 힘이다.

16043. 아는 것이 힘이다.
무슨 일이든지 알아야 하기 때문에 부지런히 배워야 한다는 뜻. ↔ 아는 것이 병이다. 아는 것이 위험하다.

16044. 아는 게 도리어 골치다.
몰랐으면 편할 것을 섣불리 아는 것이 화가 되었다는 뜻. ↔ 아는 것이 힘이다.

16045. 아는 길도 물어서 가랬다.
무슨 일이나 틀림없이 하기 위해서는 잘 알아서 해야 한다는 뜻.

16046. 아는 놈 동이듯 한다.

무엇을 묶을 때 허술하게 묶는 것을 가리키는 말.

16047. 아는 놈 묶듯 한다.
무엇을 묶을 때 허술하게 묶는다는 말.

16048. 아는 놈이 고자질도 한다.
고자질도, 모르는 사람은 못한다는 뜻.

16049. 아는 놈이 도둑놈이다.
(1) 친한 사람에게 속았을 때 하는 말. (2) 아는 사람에게 더 비싸게 샀을 때 하는 말.

16050. 아는 놈이 도둑질도 한다.
모르고서는 도둑질도 못 한다는 말.

16051. 아는 떡에도 살 박아 먹으랬다.
친한 처지라도 허술하게 대접해서는 안 된다는 뜻.
※살 : 떡살.

16052. 아는 도끼에 발등 찍힌다.
(知斧斫足), (知斧足斫)　　〈旬五志〉〈東言解〉
믿었던 사람에게서 도리어 해를 입었다는 뜻.

16053. 아는 도둑놈 다루듯 한다.
마구 다룰 사람에게 사정을 봐준다는 뜻.

16054. 아는 도둑놈 묶듯 한다.
무슨 물건을 너무 허술하게 묶는다는 뜻.

16055. 아는 법이 모진 바람 벽 뚫고 나온 중방 밑 귀뚜라미라.
모르는 것이 없이 다 잘 알고 있는 사람을 두고 하는 말.

16056. 아는 사람도 한번 실수는 있다.
(智者一失)
사람은 한두 번 실수할 때가 있다는 뜻.

16057. 아는 사람 욕하는 것은 무식한 사람이고 양반 욕하는 것은 상놈이다.
자기와 같은 처지에 있는 사람을 욕하지 않는다는 뜻.

16058. 아는 사람은 말하지 않고 말하는 사람은 모르는 사람이다. (知者不言 言者不知)
〈莊子〉
아는 사람은 아는 척을 하지 않고 아는 척하는 사람은 모르는 사람이라는 뜻.

16059. 아는 사람은 모르는 사람을 속인다.
(知者詐愚)　　〈禮記〉
모르는 사람은 아는 사람에게 속게 된다는 뜻.

16060. 아는 사람은 모르는 사람의 종이다.
(識者 拙者之奴)

아는 사람은 모르는 사람이 가르쳐 달라면 그가 말하는 대로 가르쳐 주게 되므로 종과 같다는 뜻.

16061. 아는 사람은 이기고 알지 못하는 사람은 이기지 못한다. (知者勝 不知者不勝) 〈孫子〉
알고 싸우는 사람은 이기게 되고, 모르고 싸우는 사람은 지게 된다는 뜻.

16062. 아는 사람은 전진하고 모르는 사람은 후퇴한다. (知進不知退)
아는 사람은 점점 전진하여 발전하게 되고 모르는 사람은 점점 후퇴하여 쇠퇴하게 된다는 뜻.

16063. 아는 사람은 지나치게 되고 무식한 사람은 미치지 못하게 된다. (知者過之 不肖者不及)　　〈中庸〉
아는 사람은 너무 지나치게 되기 쉽고, 무식한 사람은 미처 미치지 못하는 경우가 많다는 뜻.

16064. 아는 사람은 현혹되지 않는다.
(知者不惑)　　〈論語〉
잘 알고 있는 사람은 현혹당하는 일이 없다는 뜻.

16065. 아는 사람을 푸대접한다. (顔面薄待)
잘 대접해야 할 안면 있는 사람을 박대한다는 뜻.

16066. 아는 사람 집을 들르지 않고 지나간다.
(過門不入)
꼭 들르야 할 친한 사람의 집 앞을 지나면서도 들리지 못한다는 뜻.

16067. 아는 체하는 사람은 남의 스승되기를 좋아한다. (好爲人師)
아는 체 잘하는 사람이 남을 가르쳐 주기를 좋아한다는 뜻.

16068. 아니 구린 뒷간 없다.
(1) 자기 본색은 감출 수 없다는 뜻. (2) 사람은 누구나 허물이 있다는 뜻.

16069. 아니 다행이다.
모르고 잘못한 것이 아니고, 알면서 잘못을 저지른 사람에게 하는 말.

16070. 아니 때린 장구에서 소리 날까?
원인이 없는 결과는 있을 수 없다는 뜻.

16071. 아니 땐 굴뚝에 연기 날까? (不燃之埃 煙不生), (埃不燃 不生烟)
〈旬五志, 松南雜識〉, 〈洌上方言〉
원인이 없으면 결과도 있을 수 없다는 뜻.

16072. 아니 무너진 하늘을 작대기로 받치잔다.

공연히 쓸데없는 짓을 하자고 한다는 뜻.

16073. 아니 밴 아이를 나라는 격이다.
되지도 않을 일을 무리하게 독촉한다는 뜻.

16074. 아닌 밤중에 때도 모르고 우는 닭이다.
(中夜聞荒鷄鳴) 〈晋書〉
시간을 정확하게 알려 주어야 할 닭이 함부로 울듯이
무슨 일을 무책임하게 집행한다는 뜻.

16075. 아닌 밤중에 웬 국수냐?
꿈에도 생각하지 않았던 행운을 만났다는 뜻.

16076. 아닌 밤중에 웬 떡이냐?
뜻 밖에 좋은 일이 생겼다는 말.

16077. 아닌 밤중에 웬 찰시루떡이냐?
뜻 밖에 좋은 일을 당했다는 뜻.

16078. 아닌 밤중에 홍두깨다.
별안간에 불쑥 내놓는다는 말.

16079. 아 다르고 어 다르다.
(1) 말은 분명히 해야 한다는 뜻. (2) 말 조심을 하라
는 뜻.

16080. 아동 판수 육갑(六甲) 외우듯 한다.
어린 점장이 장님이 육갑 외우듯이 무엇을 술술 잘
외운다는 뜻.

**16081. 아들과 같이 사랑하면 민중들과 친하게 된
다. (子以愛之 則民親之)** 〈春秋左傳〉
위정자는 민중을 자기 아들과 같이 사랑하게 되면 민
중들과 친하게 된다는 뜻.

**16082. 아들네 집에 가 밥 먹고 딸네 집에 가 물
마신다.**
아들 재산보다 딸 재산을 더 아껴 준다는 뜻.

**16083. 아들로서 귀한 것은 효도이다. (子之所貴
者 孝也)** 〈朱子家訓〉
아들로서 부모를 모시는 데 가장 귀한 것은 효성이라
는 뜻.

**16084. 아들 못난 건 제 집만 망우지만 딸 못난
건 양갓집을 망운다.**
여자가 못되면 친정과 시집을 다 망쳐 버린다는 말.

**16085. 아들 밥은 앉아 먹고 딸 밥은 서서 먹고
남편 밥은 누워 먹는다.**
여자는 남편이 벌어다 주는 돈이 제일 좋다는 말.

16086. 아들 셋 기르면 눈알이 변한다.
자식을 여럿 기르자면 감시를 잘해야 한다는 뜻.

**16087. 아들에게 금을 한 상자 물려 주는 것보다
는 책을 한 권 물려 주는 것이 낫다.**
(遺子黃金滿籝 不如一經) 〈漢書〉
자식에게 재산을 물려 주는 것보다는 공부를 시키는
것이 낫다는 뜻.

16088. 아들은 바꾸어 가르쳐야 한다.
(易子而敎之) 〈孟子〉
자기 자식은 자기가 가르치기 어렵기 때문에 서로 아
들을 바꾸어 가르치는 것이 좋다는 말.

16089. 아들은 속으로 사랑하랬다.
자식은 겉으로는 엄하게 하고, 속으로 사랑하라는 뜻.

16090. 아들은 아버지의 잘못을 말하지 않는다.
(子不談 父之過) 〈曾子〉
아들은 설혹 아버지의 잘못이 있어도 직접 말하지 말
아야 한다는 뜻.

**16091. 아들은 아비를 닮게 마련이고 송아지는 이
웃 황소를 닮게 마련이다.**
아들은 그 아버지를 많이 닮게 된다는 뜻.

16092. 아들은 아비를 닮고 딸은 어미를 닮는다.
(父傳子傳 母傳女傳)
남자 아이는 그 아버지를 본받게 되고, 딸은 그 어
머니를 본받게 된다는 뜻.

**16093. 아들은 외아들을 두어야 귀한 것을 알고
며느리는 여럿을 두어야 좋은 며느리를 안다.**
며느리는 여럿이 있어야 그 중에 효부가 있다는 뜻.

**16094. 아들은 장가를 가면 반 남이 되고 딸은 시
집을 가면 온 남이 된다.**
아들은 장가를 가면 부모보다 아내를 더 위하고, 딸
은 시집을 가면 시집 사람이 된다는 말.

**16095. 아들을 잘 두면 한 집이 잘 되고 딸을 잘
두면 두 집이 잘 된다.**
아들도 잘 두어야 하지만 특히 딸을 더 잘 두어야 한
다는 뜻.

**16096. 아들을 잘못 두면 한 집이 망하고 딸을 잘
못 두면 두 집이 망한다.**
아들 잘못 두는 것보다 딸 잘못 두는 것이 더 큰 일
이라는 뜻.

16097. 아들의 잘못을 덮어 준다. (子盧過詑)
〈史記〉
부모는 자식의 잘못이 있어도 그냥 모르는 척 덮어
준다는 뜻.

16098. 아들이 더 잘났다면 아버지는 좋아하지만

아우가 더 잘났다면 형은 싫어한다.
부자간 촌수가 형제간 촌수보다도 더 가깝다는 말.

16099. 아들이 많으면 걱정도 많다.
자식 많은 부모는 항상 자식 걱정을 하게 된다는 뜻.

16100. 아들이 많으면 두려운 일도 많다.
(多男子則多懼)   〈莊子〉
자식이 많으면 많을수록 자식으로 인한 두려움이 많게 된다는 뜻.

16101. 아들이 봉양하고 싶어도 부모가 기다려 주지 않는다. (子欲養而親不待)   〈韓詩外傳〉
부모가 늙으면 아들이 봉양하고 싶어도 죽게 되므로 생존했을 때 잘 모셔야 한다는 뜻.

16102. 아들이 아무리 똑똑해도 가르치지 않으면 총명해질 수 없다. (子雖賢 不敎不明)
                                    〈孔子〉
영리하고 똑똑한 아들이라도 가르치지 않으면 무식하게 되므로 자식은 가르쳐야 한다는 뜻.

16103. 아들 자랑과 남편 자랑은 팔불출(八不出)의 하나다.
여자는 아들과 남편 자랑을 해서는 안 된다는 말.

16104. 아들 자랑은 말아도 병 자랑은 하랬다.
병을 고치려면 자기 병 이야기를 자꾸 해야 좋은 약을 구할 수 있다는 뜻.

16105. 아들 자랑은 반 미친 놈이 하고 계집 자랑은 온 미친 놈이 한다.
남에게 아들 자랑이나 아내 자랑을 해서는 안 된다는 뜻.

16106. 아들 자랑은 반 병신이 한다.
아들 자랑하는 것은 못난 사람이나 한다는 뜻.

16107. 아들 자랑은 팔불출의 하나이다.
아들을 자랑하는 것은 못난 짓의 하나라는 뜻.

16108. 아라사 병정 장화(長靴) 속 같다.
몹시 더럽고 지저분하다는 뜻. ※아라사: 제정(帝政) 러시아.

16109. 아래 사랑은 있어도 위의 사랑은 없다.
윗사람이 아랫 사람은 사랑하지만 아랫 사람이 윗사람을 사랑하지 않는다는 뜻.

16110. 아래 웃니도 마주 섞어야 섞힌다. (噬嗑)
무슨 일이나 서로 협조하면 쉽게 이루어진다는 뜻.

16111. 아래 웃절 다 못 믿는다. (上下寺不及)

어느 하나가 책임을 지지 않으면 서로 미루게 된다는 뜻.

16112. 아래 위도 모른다.
어른도 모르고 아이들도 몰라보는 교양 없는 사람이라는 뜻.

16113. 아래 윗 돌만 괴다 만다.
아랫 돌로 윗 돌을 괴었다가 다시 윗 돌로 아랫 돌을 괴듯이 무슨 일을 이랬다 저랬다 하기만 한다는 뜻.

16114. 아래 큰 년의 살림이다.
벌어다 주는 것보다 쓰기를 더 쓰는 살림을 한다는 뜻.

16115. 아랫 길로도 못 가고 윗 길로도 못간다.
이것도 못 믿고 저것도 못 믿어 어쩔 줄을 모른다는 뜻.

16116. 아랫녘 장수다.
몸을 파는 갈보라는 뜻.

16117. 아랫 놈이 더 무섭다.
권세를 가진 사람보다도 그 아랫 사람이 더 못된 짓을 한다는 뜻.

16118. 아랫돌 빼서 웃돌 괴고 웃돌 빼서 아랫돌 괸다. (下石上臺 上石下臺)
항상 같은 짓만 되풀이하기 때문에 조금도 일의 진전 (進展)이 없다는 뜻.

16119. 아랫 돌 빼서 웃돌 괴기다.
무슨 일을 임시 변통으로 한다는 뜻.

16120. 아랫 마을 개똥이 취급하듯 한다.
사람 대접을 너무 소홀히 한다는 뜻.

16121. 아랫목만 더워도 면례(緬禮)는 않는다.
집을 지니고 있을 정도만 되어도 면례는 하지 말라는 뜻. ※면례 : 무덤을 옮기고 다시 장사 지냄.

16122. 아랫목 웃목 찾을 처지가 못 된다.
편안한 생활을 하려고 할 처지가 못 된다는 뜻.

16123. 아랫 사람들과 웃사람이 친하면 웃 사람은 편안하게 된다. (下親上則上安)   〈荀子〉
국민들과 위정자가 친하여 단합하게 되면 위정자는 편안하게 된다는 뜻.

16124. 아랫 사람들을 사랑하지 않는 사람은 약하게 된다. (不愛民者弱)   〈荀子〉
위정자가 국민을 사랑하지 않게 되면 국민들의 지지를 받지 못하게 되므로 정부는 자연적으로 약하게 된다는 뜻.

16125. 아랫 사람들이 웃사람을 두려워하게 되면 웃사람은 위태롭게 된다. (下畏上則上危)
〈荀子〉

국민들이 위정자를 두려워하게 되면 국민들이 반기 (反旗)를 들게 되므로 정부는 위태롭게 된다는 뜻.

16126. 아랫 사람들이 원망하게 되면 망한다. (下怨者 可亡也)
〈韓非子〉

국민들의 원망을 받는 정부는 유지하지 못하고 망하게 된다는 뜻.

16127. 아랫 사람들이 위태로우면 웃사람을 미워하게 된다. (下危則賤上)
〈荀子〉

국민들이 위정자로부터 탄압을 받고 그들의 생활이 위태로와지면 그들은 위정자를 증오하고 미워하게 된다는 말.

16128. 아랫 사람들이 편안하면 웃사람을 높이 받들게 된다. (下安則貴上)
〈荀子〉

국민들이 잘살게 되어 생활이 편안해지면 국민들은 위정자 주위에 굳게 단결하여 그를 높이 받들게 된다는 말.

16129. 아랫 사람에게 너그러우면 순종하지 않는 사람이 없다. (御下以寬民罔不順) 〈牧民心書〉

국민들을 너그럽게 다스리면 국민들은 위정자 주위에 굳게 단결하게 된다는 뜻.

16130. 아랫 사람에게는 해롭게 하고 웃사람에게는 이롭게 한다. (損下益上)

관리들이 국민들에게는 해롭게 하면서도 상부에는 아첨하면서 이롭게 한다는 뜻.

16131. 아랫 사람에게 묻기를 부끄러워하지 않는다. (不恥下問)
〈論語〉

모르는 것이 있으면 아랫 사람에게도 떳떳하게 물어야 한다는 뜻.

16132. 아랫 사람으로서 웃사람 비난하기를 좋아한다. (爲下則好非其上)
〈荀子〉

웃사람의 잘못이 있으면 충고할 수는 있지만 비난하는 것은 삼가해야 한다는 뜻.

16133. 아랫 사람은 웃사람을 본본다.

아랫 사람은 웃사람의 행동을 본따게 되므로 웃사람이 아랫 사람에게 항상 시범을 보여야 한다는 뜻.

16134. 아랫 사람은 입이 있어도 말을 못 한다. (在下者有口無言)

손 아랫 사람은 손 위 사람에게 하고 싶은 말이 있어도 말을 못 하는 것이 많다는 뜻.

16135. 아랫 사람을 사랑하는 사람은 강하게 된다. (愛民者彊)
〈荀子〉

위정자가 국민을 아들과 같이 사랑하게 되면 국민들의 지지를 받게 되므로 아울러 정부도 강하게 된다는 뜻.

16136. 아랫 사람을 어루만지며 극진히 사랑하라. (撫下極其慈)
〈漢陰集〉

국민들을 잘 무마(撫摩)하면서 그들을 아들과 같이 극진히 사랑하라는 뜻.

16137. 아랫 사람을 후하게 하고 웃사람을 박하게 해야 한다. (下厚上薄)

일반 서민들을 더 후하게 하고 특권층에 있는 사람은 이보다 박하게 한다는 말.

16138. 아랫 사람의 괴로움을 잘 보살펴 주어야 한다. (下人體恤難苦)
〈權重顯〉

아랫 사람들은 어려움과 고통스러운 일이 많으므로 이러한 점들을 잘 보살펴서 해결해 주도록 힘써야 한다는 말.

16139. 아랫 사람이 가난하면 웃사람도 가난하게 된다. (下貧則上貧)
〈荀子〉

국민들이 못살게 되면 높은 자리에 있는 사람들도 가난하게 산다는 뜻.

16140. 아랫 사람이 부유하면 웃사람도 부유하게 된다. (下富則上富)
〈荀子〉

국민들이 넉넉하고 부유해져서 잘살게 되면 높은 자리에 있는 사람들도 따라서 부유하게 잘살게 된다는 말.

16141. 아랫 사람이 웃사람을 공경하는 것은 높으게 대접하는 것이다. (用下敬上謂之貴)
〈孟子〉

아랫 사람들이 웃사람을 존경하는 것은 웃사람을 지극히 존대하는 행위라는 뜻.

16142. 아랫 사람이 웃사람을 하늘처럼 여기지 않는다면 어지러워진다. (下不天上施則亂也)
〈禮記〉

아랫 사람은 웃사람을 하늘처럼 믿고 그 주위에 굳게 단결하지 않으면 혼란하게 된다는 뜻.

16143. 아랫 사랑은 있어도 웃 사랑은 없다.

아랫 사람이 웃사람의 덕을 보아도 웃사람이 아랫 사람 덕은 못 본다는 뜻.

16144. 아랫 자리에 있으면서 웃사람의 신임을 얻지 못하면 백성을 다스릴 수 없다. (居下位而不獲於上 民不可得而治)
〈孟子〉

관리들이 자기 상부로부터 신임을 못 받게 되면 국민들을 다스릴 자격이 없다는 뜻.

16145. 아랫 턱이 웃턱에 올라붙을까?
아랫 사람이 마음대로 웃사람 자리에 앉을 수가 있겠느냐는 뜻.

16146. 아름다운 것은 사람의 마음을 움직이게 마련이다. (有尤物 足以移人) 〈春秋左傳〉
아름다운 것은 사람의 마음을 홀리게 하는 힘이 있다는 뜻.

16147. 아름다운 구슬에도 티가 있다.
(瑾瑜匿瑕) 〈春秋左傳〉
아무리 훌륭한 사람이라도 사소한 결함은 있다는 뜻.

16148. 아름다운 나무는 그늘도 짙다.
(佳木秀而繁陰) 〈歐陽修〉
외모가 얌전한 사람은 행동도 얌전하다는 뜻.

16149. 아름다운 말은 그로 인해 높은 지위도 얻게 된다. (美言可以市尊) 〈老子〉
아름다운 말을 하는 사람은 사람들에게 존경을 받게 되며 출세도 하게 된다는 뜻.

16150. 아름다운 말은 믿음성이 없다. (美言不信)
〈老子〉
말만 번드르르하게 하고 실행을 하지 않는 사람은 신용이 없다는 말.

16151. 아름다운 여자가 있으면 못난 여자들은 이를 미워한다. (美女入室 惡女之仇) 〈史記〉
자기보다 더 잘난 사람이나 더 많이 아는 사람이 있으면 흔히 이를 질투하고 미워한다는 뜻.

16152. 아름다운 여자는 누구나 바라는 바이다.
(好色人之所欲) 〈孟子〉
여자 얼굴이 이쁜 사람은 어느 남자나 다 좋아한다는 뜻.

16153. 아름다운 여자는 못생긴 여자의 원수이다.
(美女者醜婦之仇) 〈說苑〉
(1) 어진 신하는 간신(奸臣)의 원수라는 것을 비유한 말. (2) 잘난 사람은 못난 사람의 미움을 받는다는 말.

16154. 아름다운 여자는 자신이 아름답다고 하지만 자신의 아름다움은 알지 못한다.
(美者自美 吾不知其美也) 〈莊子〉
아름다운 여자는 자기의 미모(美貌)를 자랑하지만 자신이 얼마나 어떻게 아름다운 줄을 모르듯이 자기의 장점은 자기가 알기 어렵다는 뜻.

16155. 아름다운 여자를 보고 음란한 마음을 일으키면 그 보복은 아내에게로 가게 된다. (見色而起淫心 報在妻妾) 〈松隱遺稿〉
아름다운 남의 여자와 음란한 관계를 하게 되면 이로 인하여 가정의 불화가 일어나게 되므로 삼가해야 한다는 뜻.

16156. 아름다운 여자를 좋아하듯이 선을 좋아하라. (如好好色) 〈大學〉
예쁜 여자를 좋아하듯이 착한 행동을 좋아하라는 뜻.

16157. 아름다운 여자의 얼굴도 다 같지는 않다.
(美人不同面) 〈淮南子〉
무엇이나 좋은 것에도 여러 가지가 있다는 뜻.

16158. 아름다운 옷을 입고 맛 있는 음식을 먹는다. (美衣甘食:美衣美食:好衣好食:靡衣婾食)
잘 입고 잘 먹으며 호화스러운 생활을 한다는 뜻.

16159. 아름다운 음악도 촌 사람의 귀로는 알지 못한다. (大聲不入里耳)
아무리 좋은 것이라도 그것을 모르면 그것이 좋은 줄을 모르게 된다는 뜻.

16160. 아름다운 행동은 그것이 남에게도 혜택을 준다. (行可以可加入) 〈老子〉
착한 행동을 하게 되면 그 행동이 다른 사람에게도 좋은 영향을 끼치게 된다는 뜻.

16161. 아름다움을 다하고 착한 짓을 다한다.
(盡善盡美) 〈論語〉
아름답고 착한 일은 온갖 힘을 다하여 한다는 뜻.

16162. 아름드리 나무도 작은 순이 자란 것이다.
(合抱之木 生於毫末) 〈老子〉
큰 나무도 처음에는 작은 순이 자라서 되듯이 작은 것도 잘 자라면 크게 될 수 있다는 뜻.

16163. 아망위(阿望尉)에 턱을 걸었나?
남의 권력을 믿고 교만을 부릴 때 하는 말.

16164. 아무거나 간섭 않는 것이 없다.
(無不干涉)
아무 상관도 없는 일까지 다 간섭한다는 뜻.

16165. 아무것도 꺼릴 것이 없다. (無所忌憚)
아무것도 꺼릴 필요가 없이 할 말은 다하라는 뜻.

16166. 아무것도 모르고 함부로 행동한다.
(無知忘作)
아무것도 모르게 되면 제멋대로 행동한다는 뜻.

16167. 아무것도 못하는 놈이 문벌(門閥)만 높다.

무능하고 못난 사람이 배경 덕분으로 높은 자리에 앉아 아니꼽게 군다는 뜻.

16168. 아무것도 얻은 것이 없다. (無所得)
소득이라고는 한 가지도 없다는 뜻.

16169. 아무 때나 거리낌이 없이 다닌다.
(無常往來)
아무 때나 마음대로 왔다갔다 한다는 뜻.

16170. 아무 때나 거리낌이 없이 드나든다.
(無常出入)
아무 때나 마음대로 들어왔다 나갔다 한다는 뜻.

16171. 아무 때 먹어도 김 서방이 먹을 것이다.
내버려 두더라도 자기에게 돌아올 이득이라는 뜻.

16172. 아무 데도 의지할 데 없는 홀몸이다.
(孑孑單身)
어느 누구에게도 의지하여 살 곳이 없는 외로운 몸이라는 뜻.

16173. 아무도 감히 건드리지 못한다. (莫敢誰何)
세력이 매우 커서 아무도 건드리지 못 한다는 뜻.

16174. 아무도 도와 줄 사람이 없는 외로운 존재이다. (無援孤立)
어느 누구도 도와 줄 사람이라고는 없는 외로운 신세라는 뜻.

16175. 아무런 재능도 없다. (無才無能)
아무 재주도 없는 무능한 사람이라는 뜻.

16176. 아무렇지도 않은 다리에 침 놓기다.
내버려 두었으면 아무 일 없을 것을 공연히 건드려서 탈을 냈다는 뜻.

16177. 아무리 가난하고 천해도 지조는 바꾸지 않는다. (貧賤不能移) 〈孟子〉
아무리 가난하고 어떤 천대를 받아도 사람으로서 그 지조는 지켜야 한다는 뜻.

16178. 아무리 꾀를 내도 대책이 없다. (百計無策)
여러 가지로 대책을 강구해 봤으나 좋은 수가 없다는 뜻.

16179. 아무리 궁할지라도 정의는 잃지 않는다.
(窮不失義) 〈孟子〉
아무리 고생스럽더라도 정의는 지켜야 한다는 뜻.

16180. 아무리 급해도 말대가리를 엉덩이에 꽂을 수는 없다.
아무리 급해도 순리(順理)대로 해야지 무리하게 억지로 할 수는 없다는 뜻.

16181. 아무리 더워도 부채질을 않는다.
(天不操扇) 〈諸葛亮心書〉
지휘관은 많은 부하들 앞에서 아무리 더워도 더워하는 눈치를 보이지 말아야지 부하들도 더위를 잘 참게 된다는 뜻.

16182. 아무리 먼 길도 한 걸음에서 시작한다.
먼 길도 한 발로 단번에 가는 것이 아니라 한 발자국 두 발자국 가야 한다는 뜻.

16183. 아무리 바빠도 바늘 허리에 실 동여매고는 못 쓴다. (雖有忙心 綿不繫鍼) 〈耳談續纂〉
아무리 급해도 일의 순서를 어겨서는 안 된다는 뜻.

16184. 아무리 사당(祠堂)을 잘 지었기로 제사를 못 지내면 무엇하나?
아무리 겉모양만 좋게 갖추어도 제 구실을 못하면 소용 없다는 말.

16185. 아무리 써도 고갈되지 않는다. (用之不渴)
아무리 쓰더라도 쓰는 것보다 남아 있는 것이 줄지 않고 있다는 뜻.

16186. 아무리 악처(惡妻)라도 효자보다 낫다.
아내가 아들보다 낫다는 뜻.

16187. 아무리 이로운 일이라도 불의의 것은 취하지 않는다. (不爲利撓) 〈諸葛亮心書〉
비록 이로운 일이라 할지라도 그것이 정당한 것이 아니면 취하지 말라는 뜻.

16188. 아무리 작은 것도 쌓이고 쌓이면 커진다.
큰 것도 작은 것이 모여서 이루어진 것이라는 뜻.

16189. 아무리 좋은 칼이라도 쓰기를 잘 써야 한다.
아무리 좋은 기구(機具)라도 그것을 잘 쓰지 못하면 소기의 성과를 거둘 수 없다는 뜻.

16190. 아무리 쫓겨도 신발 벗고 가랴 ?
아무리 급하더라도 체면을 지킬 것은 지켜야 한다는 뜻.

16191. 아무리 지혜가 있는 사람이라도 천 가지를 생각하다 보면 한 가지의 실수는 있다.
(知者千慮 必有一失) 〈史記〉
아무리 잘 아는 사람이 여러 번 생각하여 한 일이라도 한두 가지 실수는 있을 수 있다는 뜻.

16192. 아무리 채찍이 길어도 말 배에는 미치지 못한다. (雖鞭之長 不及馬腹) 〈春秋左傳〉
권세(權勢)가 아무리 강해다 해도 그 테두리는 벗어나지 못한다는 뜻.

16193. 아무리 총기(聰氣)가 좋아도 둔한 기록만 못하다. (聰明不如鈍筆)

총기가 아무리 좋아도 기억해 두는 것보다는 서투른 글씨로 적어 두는 것이 낫다는 뜻.

16194. 아무리 추워도 털옷을 입지 않는다. (冬不服裘) 〈諸葛亮心書〉

지휘관은 많은 부하들 앞에서 아무리 추워도 추운 눈치를 보이지 말아야지 부하들도 추위를 잘 참게 된다는 뜻.

16195. 아무리 큰 고기라도 물에서 나오면 작은 개미에게 먹힌다. (吞船之魚 失水制於螻蟻) 〈韓詩外傳〉

권력자(權力者)도 그 자리를 물러나면 사람들이 가소롭게 본다는 뜻.

16196. 아무 말 없이 실행한다. (不言實行)

아무런 말도 없이 조용히 할 일만 한다는 뜻.

16197. 아무 말이 없어도 가히 생각할 수 있다. (不言可想)

말을 도무지 하지 않고 있어도 지레 짐작으로 충분히 생각할 수 있다는 뜻.

16198. 아무 말이 없어도 가히 알 수 있다. (不言可知)

말 한 마디 하지 않고 있어도 눈치로써 충분히 짐작할 수 있다는 뜻.

16199. 아무 발에나 맞는 나막신은 없다.

(1) 아무에게나 다 좋은 물건은 없다는 뜻. (2) 세상 사람이 다 좋아하는 사람은 없다는 뜻.

16200. 아무 발에나 맞는 신은 없다.

마음에 드는 물건이나 일은 흔하지 않다는 뜻.

16201. 아무 생각이 없다. (無想無念：無思無慮)

(1) 아무 미련(未練)도 없다는 뜻. (2) 아무 근심 걱정도 없다는 뜻.

16202. 아무 소용이 없다. (無所用)

아무 데도 쓸모가 없는 존재라는 뜻.

16203. 아무 일도 없이 분주하기만 하다. (無事奔走)

별로 하는 일도 없으면서 매우 분주하기만 하다는 뜻.

16204. 아무 일도 없이 편안하게 지낸다. (無事泰平)

아무런 일도 없이 조용하고 평안하게 생활한다는 뜻.

16205. 아무 일 없이 순조롭게 된다. (順且無事)

아무런 장애물도 없이 순조롭게 일이 잘 진행된다는 뜻.

16206. 아무 짝에도 쓸모가 없는 물건이다. (無用之物)

어디 하나 쓸모가 없는 존재라는 뜻.

16207. 아무 잘못도 없는 책망이다. (無情之責)

잘못한 것도 없는데 생판 책망을 받게 된다는 뜻.

16208. 아무 하는 일도 없이 놀고 먹는다. (無爲徒食)

아무것도 하는 일 없이 먹고 놀면서 세월을 보낸다는 뜻.

16209. 아무 하는 일 없이 세월만 보낸다. (悠悠度日)

하는 일도 없이 헛되이 세월만 보내고 있다는 뜻.

16210. 아문에는 존장이 없다. (無尊丈衙門)

관청에서는 나이 많은 순으로 대접하는 것이 아니라 직위(職位)에 따라 대접한다는 뜻.

16211. 아버지가 비록 아버지 노릇을 못하더라도 아들은 아들 노릇을 해야 한다. (父雖不父子 不可以不子)

아버지가 설혹 아비답지 못한 짓을 했더라도 아들은 아비에게 아들다운 행동을 해야 한다는 뜻.

16212. 아버지는 똑똑한 자식을 더 사랑하고 어머니는 못난 자식을 더 사랑한다.

아버지는 자식에 대한 욕망이 크고 어머니는 자식에 대하여 자비(慈悲)롭다는 뜻.

16213. 아버지는 아들이 잘났다고 하면 좋아하고 형은 아우가 더 잘났다고 하면 싫어한다.

부모는 자기보다 자식이 낫다고 하면 기쁘지만 형제 간에는 그렇지 않다는 말.

16214. 아버지는 아들 잘못을 숨겨 준다. (父爲子隱)

아버지는 자식의 잘못을 남에게 보여 주지 않으려고 한다는 뜻.

16215. 아버지는 인자하고 아들은 효도한다. (父慈子孝) 〈春秋左傳〉

아버지는 아들에게 인자해야 하고 아들은 아버지에게 효성을 다해야 한다는 말.

16216. 아버지는 잘난 자식을 더 귀여워하고 어머니는 병신 자식을 더 귀여워한다.

아버지는 가문(家門)을 위하여 출세하는 자식을 더 사랑하게 되며 어머니는 병신 자식이 있으면 그 야

들을 불쌍히 여기어 더 사랑하게 된다는 뜻.

16217. 아버지로서 귀한 것은 인자함이다.
(父之所貴者 慈也)　　　　　　〈朱子家訓〉
아버지로서는 자녀에게 인자하게 대하는 것보다 더 귀중한 것은 없다는 뜻.

16218. 아버지 없이는 농사를 지어도 소 없이는 농사 못 짓는다.
농촌에는 농우(農牛)의 역할이 크다는 뜻.

16219. 아버지에게 근심이 없는 것은 아들이 효도하기 때문이다. (父不憂心 因子孝)　〈景行錄〉
아들이 효성스러우면 부모는 근심이 없게 된다는 뜻.

16220. 아버지와 아들이 있은 다음에 형제가 있다. (有父子而後 有兄弟)　〈顔氏家訓〉
부자간이 형제간보다도 더 가깝다는 말.

16221. 아버지와 할아버지의 친구 보기를 나의 아버지와 할아버지를 보듯 하라.
(視父祖之執友　若視我父祖)　〈姜德俊〉
아버지의 친구나 할아버지의 친구되는 존장을 대할 때는 아버지나 할아버지를 대하듯이 접대해야 한다는 뜻.

16222. 아버지 종도 내 종만 못하다.
남의 것이 아무리 좋아도 내 것만은 못하다는 말.

16223. 아버지 하인(下人)도 제 하인만 못하다.
부자간의 소유물에도 자기 소유물이 더 만만하여 쓰기가 편리하다는 뜻.

16224. 아비가 고생하여 모으면 아들은 배부르게 먹고 손자는 거지가 된다. (父甘糟糠 子飽膏粱 孫拾遺糟)
아비 되는 사람이 고생해 가면서 재산을 모으면 그 아들은 방탕하여 패가하게 되므로 손자들은 고생을 하게 된다는 뜻.

16225. 아비는 범인데 자식은 개다. (虎父犬子)
아비는 훌륭한데 자식은 못났다는 말. ↔ 범의 새끼에 개 새끼 없다. 왕대 밭에 왕대 나고 쑥대 밭에 쑥대 난다. 왕대 밭에 왕대 난다. 용이 용 낳고 범이 범 낳는다.

16226. 아비는 아비요 자식은 자식이다.
아무리 부자간이라도 아비 할 일이 따로 있고 자식 할 일이 따로 있다는 뜻.

16227. 아비는 엄격하게 가르치고 자식은 효도로 섬긴다. (父慈而敎 子孝而箴)　〈春秋左傳〉

아버지는 자식을 엄하게 가르쳐야 하고 아들은 부모에게 효성을 다해야 한다는 뜻.

16228. 아비 닮는 올챙이다.
올챙이가 아비 개구리와 생김새는 다르지만 다 자라게 되면 아비 개구리와 같게 되듯이 사람 자식도 아비를 많이 닮게 된다는 뜻.

16229. 아비된 사람은 반드시 그 자식을 타일러야 한다. (爲人父者 必能詔其子)　〈莊子〉
부모는 아들의 잘못을 꾸짖지 말고 잘 타일러서 시정시켜야 한다는 말.

16230. 아비만큼 그 아들을 잘 아는 사람은 없다.
(知子莫若父)
자식에 대한 것은 부모가 가장 잘 알고 있다는 뜻.

16231. 아비만한 자식 없고 형만한 아우가 없다.
손 아랫 사람보다 손 위 사람이 일 처리하는 것이 낫다는 뜻.

16232. 아비만한 자식 없다.
아무리 훌륭한 자식이라도 그 아버지만 못한 데가 있다는 뜻.

16233. 아비 미칠 아들 없다.
아무리 훌륭한 자식이라도 아비만 못한 데가 있다는 뜻.

16234. 아비 빚은 자식이 갚는다.
부모가 빚을 지고 죽게 되면 아들이 그 빚을 갚아 주어야 한다는 뜻.

16235. 아비 아들이 범벅을 먹어도 금 그어 놓고 먹으랬다.
부자간에도 재산에 대한 한계는 명확히 해야 한다는 말.

16236. 아비 안 속이는 자식 없다.
자식은 잘못을 저질렀을 때 부모에게 거짓말을 하는 경우가 많다는 말.

16237. 아비 얼굴에 똥 칠만 한다.
자식이 부모 명예(名譽)를 더럽힌다는 뜻.

16238. 아비 없는 집에는 형이 아버지 구실을 한다.
아버지가 없는 집에는 큰 형이 아버지를 대신하여 살림을 꾸려 나가야 한다는 말.

16239. 아비 없는 후래 자식이다.
아비 없는 가정에서 가정 교육을 받지 못한 버릇없는 사람이라는 뜻.

16240. 아비 없이 자란 놈이다.

아비 없는 집에서 가정 교육을 받지 못한 버릇없는 놈이라는 뜻.

16241. 아비 없이 자란 호로 자식(胡奴子息)이다.

가정 교육을 받지 못한 못된 놈이라는 뜻.

16242. 아비 잡아먹는 파경(破鏡)이요 어미 잡아 먹는 올빼미다.

부모도 몰라보는 아주 불효 자식이라는 말.

16243. 아비 죽은 데 춤추기다.

(1) 어리석은 짓을 한다는 뜻. (2) 불효한 짓을 한다는 뜻.

16244. 아비 죽은 사흘 만에 약 구해 온다.

매우 동작(動作)이 느리다는 말.

16245. 아비 죽인 원수다. (殺父之仇)

도저히 용납될 수 없는 처지라는 뜻.

16246. 아산(牙山)이 깨지나 평택(平澤)이 무너지나 한다.

청일전쟁(淸日戰爭) 때 청군과 일군이 아산과 평택에서 격전(激戰)을 하였을 때 나온 말로서 결판이 날 때까지 싸우라는 뜻.

16247. 아삼륙(亞三六)이다.

(1) 정분이 매우 좋다는 뜻. (2) 서로 성미가 꼭 맞는다는 뜻. ※아삼륙:골패(骨牌)의 쌍진아, 쌍장삼, 쌍준륙의 세 쌍.

16248. 아쉬우면 엄나무 말뚝이다.

무당이 귀신을 쫓을 때 귀신이 안 나가면 마지막으로 엄나무 말뚝을 박겠다고 위협하듯이 최종적으로 위협한다는 뜻.

16249. 아쉬우면 엄나무 방석이다.

하고 싶어 하는 것이 아니라 어쩔 수 없이 하게 되는 일을 이름.

16250. 아쉬운 감 장수 유월부터 한다.

돈이 몹시 아쉬워서 물건도 물건답지 않은 것을 미리 판다는 말.

16251. 아쉰 것이 엄나무다.

마지막으로 어쩔 수 없이 필요한 것이라는 뜻.

16252. 아시 팔자 그른 년은 두 번 팔자도 그르다.

첫 팔자가 좋아야 나중 팔자도 좋다는 뜻.

※아시: 애벌.

16253. 아야 소리도 못 한다.

몹시 괴로운 사정이면서도 괴롭다는 말 한 마디를 못

한다는 뜻.

16254. 아우가 더 잘났다면 형은 싫어해도 아들이 더 잘났다면 아버지는 좋아한다.

형이 아우를 사랑하는 마음보다도 아비가 자식을 사랑하는 마음이 더 크다는 뜻.

16255. 아우가 형의 덕은 봐도 형이 아우 덕은 못 본다.

형은 아우를 많이 도와 주어도 아우는 형을 많이 도와 주지 않는다는 뜻.

16256. 아욱국 삼 년을 먹으면 문을 키워야 한다.

아욱국은 맛도 좋지만 영양 가치도 좋다는 말.

16257. 아욱국 삼 년 먹으면 외짝 문으로는 못 드나든다.

아욱국이 영양분이 매우 많다는 뜻.

16258. 아욱 장아찌다.

담담하니 아무런 맛도 없다는 뜻.

16259. 아이가 자라서 어른된다.

처음부터 어른이 된 것이 아니라 아이가 자라서 어른이 되듯이 작은 것이 자라면 커진다는 뜻.

16260. 아이 가진 떡이다.

어린 아이가 가진 떡을 뺏듯이 아주 쉽게 빼앗을 수 있다는 뜻.

16261. 아이 귀여워하는 사람이 자식 없다.

자기 자식이 없는 사람은 어린 아이가 부럽기 때문에 남의 아이를 유난히 귀여워하게 된다는 뜻.

16262. 아이 난 데 개 잡는다.

경사스러운 일에 불길한 짓만 한다는 뜻.

16263. 아이 낳는 데 속곳 벗어 달란다.

남은 바쁘고 힘든 일을 하는데 소견머리 없는 부탁을 한다는 뜻.

16264. 아이는 때릴수록 더 운다.

어린 아이가 잘못했을 때는 때리지 말고 잘 타일러야 한다는 뜻.

16265. 아이는 버리고 태만 키웠다.

어리석은 사람을 보고 조롱하는 말.

16266. 아이는 사랑하는 데로 붙는다.

어린 아이는 귀여워해 주는 사람에게 따른다는 뜻.

16267. 아이는 싸워야 큰다.

철없는 어린 아이들은 으레 싸울 수 있는 일이라는 뜻.

16268. 아이는 시골 년이 낳고 미역국은 서울 년이 먹는다.
애써 가며 수고한 사람은 아무런 보수도 받지 못하고 애도 쓰지 않는 엉뚱한 사람이 이익을 독차지한다는 뜻.

16269. 아이는 일곱 번 죽을 고비를 넘겨야 한다.
어린 아이가 다 자라게 되자면 죽을 뻔한 병이나 재난을 여러 번 넘기게 된다는 말.

16270. 아이는 죽어도 자래 설치(雪恥)는 했다.
큰 손해는 보았어도 분풀이는 했다는 말.

16271. 아이는 칠수록 운다.
우는 아이는 때리지 말고 달래라는 뜻.

16272. 아이는 흉년이 없다.
흉년이 들어 굶게 되어도 부모 된 자신들은 굶어도 아이들만은 어떻게든지 먹인다는 말.

16273. 아이 다른 데 없고 뒷간 다른 데 없다.
뒷간은 어느 것이나 다 구리듯이 어린 아이는 어느 누구나 다 부모의 속을 썩이게 된다는 뜻.

16274. 아이대신 태를 길렀나?
정신없는 사람을 보고 조롱하는 말.

16275. 아이도 낳기 전에 강아지 부탁한다.
무슨 일을 너무 일찍부터 서둔다는 말.

16276. 아이도 낳기 전에 걸레감 장만한다.
무슨 일을 너무 일찍부터 준비하며 서둔다는 말.

16277. 아이도 낳기 전에 기저귀감 장만한다.
일이 어떻게 될지도 모르면서 몹시 성급하게 서둔다는 말.

16278. 아이도 낳기 전에 독 선생 구한다.
무슨 일을 몹시 성급하게 서둔다는 말.

16279. 아이도 낳기 전에 포대기 장만한다.
무슨 일을 미리부터 지나치게 서둔다는 뜻.

16280. 아이도 배기 전에 강아지 걱정한다.
너무 일찍부터 준비하고 서둔다는 뜻.

16281. 아이도 배기 전에 포대기 걱정한다.
너무 일찍부터 성급하게 준비한다는 뜻.

16282. 아이도 사랑하는 사람에게 따른다.
누구나 정답게 대해 주는 사람에게 따르게 된다는 뜻.

16283. 아이 두 번에 어른 한 번 먹는다.
음식은 열 살 넘은 어린 아이들이 어른보다 더 먹는다는 말.

16284. 아이 둘만 기르면 반 의사가 된다.
부모가 자식 병에 대하여 관심이 크다는 뜻.

16285. 아이들 보는 데는 찬물도 못 먹는다.
아이들은 보는 대로 따라한다는 뜻.

16286. 아이들 싸움이 어른 싸움되고 며느리 싸움이 형제 싸움된다.
아이들 싸움에 어른이 간섭해서는 안 되고 동서간에 싸워서는 안 된다는 뜻.

16287. 아이들 얼굴은 열 두 번 변한다.
어린 아이들은 커가면서 얼굴이 잘 변한다는 말.

16288. 아이들은 사발을 깨도 말이 있지만 어른은 독을 깨도 말이 없다.
아랫 사람은 조금만 잘못해도 문제가 되지만 웃사람은 큰 잘못이 있어도 문제가 되지 않는다는 뜻.

16289. 아이들은 열 두 번 변한다.
자라는 어린 아이의 모습은 커가면서 변한다는 뜻.

16290. 아이들이 아니면 웃을 일이 없다.
가정에서는 아이들 때문에 웃고 산다는 뜻.

16291. 아이를 기르려면 반 무당 반 의사가 돼야 한다.
자식을 기르려면 육아(育兒)에 대한 지식을 갖춰야 한다는 뜻.

16292. 아이를 예뻐하면 옷에 똥 칠한다.
이롭지 못한 사람을 가까이하면 손해만 본다는 뜻.

16293. 아이를 키우려면 반 무당 반 의사가 돼야 한다.
어린 아이들은 잘 앓기가 쉬우므로 어머니는 무당 노릇도 해야 하고, 의사 노릇도 해야 한다는 뜻.

16294. 아이를 태우고 태를 길렀나?
정신없는 사람을 보고 조롱하는 말.

16295. 아이 말도 귀 담아 들으랬다.
옳은 말은 아랫 사람 말이라도 받아들여야 한다는 뜻.

16296. 아이 말 듣고 배 딴다.
소견 없는 사람의 말을 듣다가는 큰 낭패를 보게 된다는 뜻.

16297. 아이 말에 거짓말 없고 어른 말에 그른 말 없다.
아이들은 순진하기 때문에 거짓말을 하지 않으며, 어른은 아이들에게 그른 말을 하지 않고 옳은 말만 한다는 뜻.

16298. 아이 말에 거짓말 없다.
어린 아이들은 순진하기 때문에 거짓말을 하지 않는
다는 뜻.

**16299. 아이 못 낳는 년이 밤마다 태몽(胎夢) 꾼
다.**
하지도 못하는 주제에 쓸데없이 환상(幻想)만 한다
는 뜻.

16300. 아이 못 낳는 년이 태몽만 꾼다.
애타는 사람은 항상 환상(幻想)만 한다는 뜻.

16301. 아이 밴 년 유세(有勢) 쓰듯 한다.
믿는 데가 있어서 배짱을 부린다는 뜻.

16302. 아이 밴 사람이 무서워 피하나 ?
잘못하다가는 살인 낼까 봐 어쩔 수 없이 참고 피한다
는 뜻.

16303. 아이 밴 여자 배 차기다.
심술이 사납고 포악한 짓을 한다는 뜻.

**16304. 아이 버릴 덤불은 있어도 나 버릴 덤불은
없다.**
자식에게 대한 애정도 크지만 자기 자신에 대한 애정
이 더 크다는 뜻.

16305. 아이 병은 쇠 병이다.
어린 아이는 말을 못 하기 때문에 어디가 어떻게 아픈
지를 몰라 답답하다는 뜻.

16306. 아이 보는 사람은 속 밥을 주랬다.
어린 아이 보는 일이 매우 힘든다는 뜻.

16307. 아이보다 배꼽이 더 크다.
(1) 주체(主體)보다 부분이 더 크다는 뜻. (2) 사리에
어긋난다는 뜻.

16308. 아이 보채듯 한다.
어린 아이마냥 몹시 졸라 댄다는 말.

16309. 아이 본 공(功)과 새 본 공은 없다.
남의 아이는 아무리 잘 보아 주어도 치사를 받기 어
렵다는 뜻.

16310. 아이 싸움에는 간여하지 말랬다.
철없이 싸우는 어린 아이 싸움에 어른들이 말려들
어서는 안 된다는 뜻.

16311. 아이 싸움이 어른 싸움된다.
아이들 싸움이 잘못하면 부모들 싸움으로 확대된다
는 뜻.

16312. 아이 싸움이 어미 싸움된다.
어린 아이들 싸움에 어느 한쪽 부모가 공정하게 말리
지 않고 자기 아들 편만 들다가는 양쪽 부모끼리도
싸우게 된다는 뜻.

16313. 아이 새끼도 아홉 껍질은 입는다.
가난한 집에서는 아이들 옷 해입히기도 매우 어렵
다는 말.

16314. 아이 셋 난 어미는 석 자 가시도 안 걸린다.
아이를 여럿 둔 어머니는 자식 때문에 먹지 못하여
굶주리고 있다는 뜻.

16315. 아이 손님이 더 어렵다.
어른보다도 어린 아이 대접하기가 더 어렵다는 뜻.

16316. 아이 어미가 돼야 부모 은덕도 알게 된다.
자기 자신이 부모 노릇을 해봐야 비로소 부모의 은
덕을 깨닫게 된다는 말.

16317. 아이 어미는 대자 가시도 삼킨다.
젖먹이 아이 어머니는 입맛이 당겨서 아무 음식이나
많이 먹게 된다는 뜻.

16318. 아이 어미는 하루 거짓말 다섯 번 한다.
무럭무럭 자라는 아이들은 변화가 많기 때문에 아이
어미의 말에는 맞는 말도 있고 맞지 않는 말도 있다
는 말.

16319. 아이 어미 말 먹듯 한다.
젖먹이 아이 어머니는 특별히 많이 먹어야 한다는 뜻.

16320. 아이 어미 먹듯 한다.
젖먹이 아이를 가진 어머니마냥 많이 먹는다는 뜻.

16321. 아이 어미 밥 두 그릇 먹는다.
젖먹이 아이를 가진 어머니는 식사를 많이 하게 된다
는 뜻.

16322. 아이와 개는 귀여워하는 데로 따른다.
어린 아이는 사랑하고 돌보아 주는 사람에게 따른다
는 뜻.

16323. 아이와 늙은이는 괴는 데로 간다.
사랑하고 돌보아 주는 사람에게 특히 어린 아이와 늙
은이는 더 따른다는 뜻.

16324. 아이와 북은 때릴수록 큰 소리를 낸다.
어린 아이는 때리지 말고 잘 달래야 한다는 뜻.

16325. 아이와 북은 칠수록 소리난다.
어린 아이는 때리지 말고 잘 달래야 한다는 뜻.

16326. 아이와 장독은 얼지 않는다.
어린 아이들은 추위를 모른다는 뜻.

16327. 아이 울음은 칠대 독자라도 듣기 싫다.
아무리 소중한 아이라도 울음소리는 듣기 싫다는 뜻.

16328. 아이 자라 어른 된다.
어린 아이라고 너무 구박해서는 안 된다는 뜻.

16329. 아이 좋다니까 씨암닭 잡는다.
누구나 추켜 주면 다 좋아한다는 뜻.

16330. 아이 치레는 송장 치레다.
어린 아이는 좋은 옷을 입혀도 아무 소용이 없다는 뜻.

16331. 아이 핑계하고 남의 감 딴다.
교묘한 핑계를 대고 나쁜 짓을 한다는 뜻.

16332. 아자비 못난 것이 조카 장짐만 지고 다닌다.
제가 못나면 남에게서 제대로 대우를 받지 못한다는 뜻.

16333. 아자비 못난 것이 항열(行列)만 높다.
자신이 못나면 자신의 위치도 찾지 못한다는 뜻.

16334. 아저씨 못난 건 조카 길짐만 진다.
(1) 자신이 못나면 남에게서 대우를 받지 못한다는 뜻.
(2) 되지 못한 사람이 사람을 마구 부려먹는다는 뜻.

16335. 아저씨 못된 것이 촌수(寸數)만 높다.
자신이 못나면 자신의 위치도 지키지 못한다는 뜻.

16336. 아저씨 아니라도 망건(網巾)이 독 난다.
(1) 남의 신세를 지지 않아도 된다는 뜻. (2) 남이 가지고 있는 것이 자신도 탐난다는 뜻.

16337. 아저씨 아저씨 하면서 길짐만 지운다.
겉으로는 대접을 잘해 주는 척하면서 사람을 부려먹는다는 뜻.

16338. 아저씨 아저씨 하면서 떡짐만 지운다.
겉으로는 존경하는 척하면서 부려 먹는다는 뜻.

16339. 아전의 술 한잔이 환자(還子)가 석 섬 이다.
관리로부터 약간의 신세만져도 몇곱으로 갚게 된다는 뜻. ※환자 : 옛날 봄에 백성들에게 꾸어 주었다가 가을에 받는 곡식.

16340. 아주 가까운 친구다. (强近之友)
매우 다정하게 지내는 친구라는 말.

16341. 아주 가난하여 의지할 데가 없다.
(赤貧無依)
어느 누구에게도 의지할 데가 없는 가난한 처지에 있다는 뜻.

16342. 아주까릿대에 개똥 참외 달리듯 했다.
(1) 가난한 남자가 계집을 여럿 데리고 산다는 뜻.
(2) 과부에게 자식이 많다는 뜻.

16343. 아주까릿대에 쥐참외 달리듯 했다.
(1) 못난 사나이가 계집은 많이 데리고 산다는 뜻.
(2) 과부에게 자식이 많다는 뜻.

16344. 아주 돌보지 않는다. (頓不顧見)
돌보지 않고 내버려 둔다는 뜻.

16345. 아주머니 떡도 커야 사 먹는다.
가까운 사이라도 이해 관계는 따진다는 말.

16346. 아주머니 술도 싸야 사 먹는다.
아무리 친한 사이라도 이해 타산은 한다는 뜻.

16347. 아주머니 아주머니 하면서 외상 술 달란다.
친절하게 달라붙는 사람에게는 야심이 있다는 뜻.

16348. 아주 멀쩡하다.
(1) 병신이 아니고 건강한 신체라는 뜻. (2) 매우 염치가 없다는 뜻.

16349. 아주 명백하다. (明明白白)
(1) 조금도 의심이 없이 분명하다는 뜻. (2) 아주 똑똑하다는 뜻.

16350. 아주미 때리는 몽둥이는 있어도 시앗 때리는 몽둥이는 없다.
아주머니에게 대한 잘못은 용서받을 수 있지만 시앗에 대한 잘못은 용서받을 수 없다는 뜻.

16351. 아주미 뭣은 덮어 줘도 공이 없다.
쓸데없이 남에게 의심받을 짓은 아예 않는 것이 낫다는 말.

16352. 아주미 속곳은 덮어줘도 공이 없다.
무슨 일을 해주고도 치사를 받지 못한다는 뜻.

16353. 아주미 술도 헐해야 받아 먹는다.
아무리 친한 사이라도 이해는 따지게 된다는 뜻.

16354. 아주미 아랫도리는 덮어 주고도 치사 못 듣는다.
무슨 일을 하고도 치사를 못 듣는다는 뜻.

16355. 아주 뽕 빠졌다.
크게 일이 낭패가 되었다는 말.

16356. 아주 송화색(松花色)이다.
인색하기가 짝이 없는 노랑이라는 뜻.

16357. 아주 어리석은 사람은 고치지 못한다.

(下愚不移)

조금 어리석은 것은 고칠 수 있지만 원체 어리석은 것은 도저히 고칠 도리가 없다는 뜻.

16358. 아주 용감한 사람은 겁장이 같다.
(大勇如怯)　　　　　　　　〈蘇軾〉

아주 용감한 사람은 함부로 용감성을 보이지 않기 때문에 얼른 보기에는 겁장이처럼 보인다는 말.

16359. 아주 이치에 맞지 않는다. (萬不近理)

도저히 이치에 맞지 않는 일이라는 뜻.

16360. 아직 국 뜨거운 줄을 모른다.

한 번도 혼나 본 적이 없어서 무서운 줄을 모르고 날뛴다는 뜻.

16361. 아직도 꿈을 깨지 못하였다. (尚不醒夢)

아직도 정신을 못 차리고 그대로 있다는 뜻.

16362. 아직도 시기가 이르다. (時機尚早)

아직도 적당한 시기가 되지 않아 더 기다려야 한다는 뜻.

16363. 아직도 약과다.

이런 정도면 아직도 좋은 편이라는 뜻.

16364. 아직도 양심은 있다. (尚有良心)

아직도 양심은 그대로 남아 있다는 뜻.

16365. 아직도 입에서 젖내가 난다.

아직도 철이 나지 않았다는 말.

16366. 아직도 잠을 깨지 못하였다. (尚不覺寐)
　　　　　　　　　　　　　　〈史記〉

아직도 옳은 제 정신을 못차리고 있다는 뜻.

16367. 아직도 젖 비린내가 난다.

아직도 철이 나지 않은 어린 사람이라는 뜻.

16368. 아직 신날도 안 꼬았다.

아직 시작조차 하지 않았다는 말.

16369. 아직 신짚에 물도 안 축였다.

무슨 일을 아직 시작할 준비조차 않고 있다는 말.

16370. 아직 이도 나기 전에 갈비 뜯는다.

자신의 실력도 모르고 힘에 겨운 짓을 한다는 뜻.

16371. 아직 이도 안 났다.

아직도 어린 사람이라는 뜻.

16372. 아첨 잘하는 사람은 충성스럽지 않다.
(善諛者 不忠)　　　　　　　〈牧民心書〉

아첨 잘하는 사람은 겉으로는 충성스러운 것 같지만

알고 보면 충성스럽지 못한 사람이라는 뜻.

16373. 아첨하는 말이 많을수록 부귀한다.
(富貴多諛言)　　　　　　　〈鹽鐵論〉

웃사람에게 아첨을 잘하는 사람이 비록 한때이기는 하나 출세를 쉽게 한다는 뜻.

16374. 아첨하는 사람은 쓰지 말라. (毋從詭随)
　　　　　　　　　　　　　　〈詩經〉

아첨하는 사람은 믿음성이 없기 때문에 등용(登用)해서는 안 된다는 뜻.

16375. 아첨하는 사람은 위태롭다. (佞人殆)
　　　　　　　　　　　　　　〈論語〉

아첨하는 사람은 진실이 없으므로 위태로운 사람이라는 뜻.

16376. 아첨하는 사람을 가까이하고 충고하는 사람을 멀리한다. (諂諛者親 諫諍者疎)　〈荀子〉

아첨하는 사람과는 친하면서 충고하는 사람과는 멀리하게 되면 망하게 된다는 뜻.

16377. 아첨해서 사귀는 것은 오래 가지 못한다.
(以諂則不久)　　　　　　　〈穢德先生傳〉

아첨하는 사람은 그 정체(正體)가 바로 노출되므로 오래 사귀지 못한다는 뜻.

16378. 아침 거미는 돈이요 저녁 거미는 근심이다.

아침에 거미를 보면 그 날 재수(財數)가 있고, 저녁에 거미를 보면 근심이 있을 징조라는 뜻.

16379. 아침 굶은 시어머니 상이다.

얼굴을 잔뜩 찌푸리고 있는 상을 보고 하는 말.

16380. 아침 노래는 가난 부름이다.

아침에는 그 날 일을 시작해야 하는데 노래를 하면서 놀게 되면 게으르게 되므로 가난하게 된다는 뜻.

16381. 아침 노래는 저녁 곡 (哭)만도 못하다.

아침에는 노래를 부르지 말고 조용한 분위기로 지내야 한다는 뜻.

16382. 아침 놀에는 며느리를 김 매러 보내고 저녁 놀에는 딸을 김 매러 보낸다.

아침 놀에는 비가 오고, 저녁 놀에는 비가 오지 않는다는 말.

16383. 아침 놀에는 문밖에 나가지 말고 저녁 놀에는 먼 길 가랬다. (朝霞不出門 暮霞行千里)
　　　　　　　　　　　　　　〈吳農諺〉

아침 놀에는 비가 오고 저녁 놀에는 비가 오지 않는다는 말.

16384. 아침 놀에는 비가 오고 저녁 놀에는 가문
다.
놀이 아침에 있으면 비가 오고, 놀이 저녁에 있으면
가물 징조라는 뜻.

16385. 아침 놀에는 저녁 비 오고 저녁 놀에는 아
침 비 온다.
아침에 놀이 서면 저녁 때 비가 오고, 저녁에 놀이
서면 아침에 비가 온다는 뜻.

16386. 아침 뇌성(雷聲)에는 강 건너 소를 매지 말
랬다.
아침에 뇌성이 심하면 그날 소낙비가 많이 올 징조
라는 뜻.

16387. 아침 뇌성에는 비를 건너지 말랬다.
아침에 뇌성이 있으면 그 날 비가 많이 올 징조이니
외출을 하지 말라는 뜻.

16388. 아침 늦잠은 가난 잠이다.
아침에 일찍 일어나지 않고 늦게까지 잠자는 버릇이
있으면, 게을러서 가난하게 된다는 말.

16389. 아침도 못 먹고 저녁도 못 먹는다.
(朝不食 夕不食)　　　　　　　〈孟子〉
아침 저녁을 못 먹을 정도로 매우 가난하다는 뜻.

16390. 아침 먹고는 낮에 할 일을 생각하라.
(食後 思晝之所爲之事)　　　　〈栗谷全書〉
하루 할 일은 아침에 생각하여 계획을 세워서 하라는
뜻.

16391. 아침 무지개에는 내를 건너지 말고 저녁
무지개에는 가지고 가던 우산도 두고 가랬다.
무지개가 아침에 설 때는 그날 비가 많이 오고, 무
지개가 저녁에 설 때는 비가 아니 온다는 말.

16392. 아침 무지개에는 밭에 며느리를 보내고 저
녁 무지개에는 딸을 보낸다.
(1) 아침 무지개에는 비가 많이 오고, 저녁 무지개에
는 비가 아니 온다는 뜻. (2) 며느리에게는 힘드는 일
을 시키고, 딸에게는 쉬운 일을 시킨다는 뜻.

16393. 아침 무지개에는 소낙비가 오고 저녁 무지
개에는 가뭄이 온다.
아침에 무지개가 서면 그 날 소낙비가 많이 오고, 저
녁에 무지개가 서면 가물 징조라는 뜻.

16394. 아침 비는 많이 오지 않는다.
오후부터 시작하는 비는 많이 와도 아침부터 시작하
는 비는 많이 오지 않는다는 말.

16395. 아침 비에는 가졌던 우산도 두고 간다.

아침에 내리기 시작하는 비는 많이 오지 않으므로 우
비도 가지고 갈 필요가 없다는 말.

16396. 아침 샘물은 약이다.
아침에 일찍 일어나 산책을 하고 약수를 한 그릇 먹
는 것은 건강에 좋다는 뜻.

16397. 아침 아저씨 저녁 쇠새끼다.
아침에는 머슴 대접을 잘하고 저녁에는 머슴 대접을
함부로 한다는 뜻.

16398. 아침 안개는 중 대가리 깬다.
아침에 안개가 끼면 낮에는 햇빛이 따갑게 쪼인다는
뜻.

16399. 아침 안개에 대머리 벗어진다.
안개가 아침에 끼는 날은, 안개가 걷히면 햇볕이 세
게 내려 쪼인다는 뜻.

16400. 아침 안개에 중 이마 벗어진다.
안개가 아침에 끼는 날은 이마가 벗어질 정도로
햇볕이 세게 내려쪼인다는 뜻.

16401. 아침에 까치가 울면 기쁜 소식이 온다.
아침에 까치가 울면 그날 반가운 손님이나 기쁜 소식
이 있다는 말.

16402. 아침에 까치가 울면 길하고 밤에 까마귀가
울면 흉하다.
아침에 까치가 울면 기쁜 일이 있고 밤에 까마귀가
울면 불길한 일이 있다는 뜻.

16403. 아침에 까치가 울면 반가운 손님이 오고
밤에 까마귀가 울면 초상이 난다.
아침에 우는 까치소리는 길조(吉兆)이지만, 밤에 우
는 까마귀소리는 흉조(凶兆)라는 뜻.

16404. 아침에 까치가 울면 반가운 손님이 온다.
까치는 길조(吉鳥)이기 때문에 아침에 까치소리를
들으면 그날 반가운 소식을 듣게 된다는 말.

16405. 아침에 갔다가 저녁에 돌아온다.
(朝往暮歸)
아침에 일찍 일하러 갔다가 저녁 늦게 돌아온다는
뜻.

16406. 아침에 고치고 저녁에 바꾼다.
(朝變夕改)　　　　　　　　　〈漢書〉
무슨 일을 자주 뜯어고친다는 뜻.

16407. 아침에 난 아이가 저녁에 인사한다.
오뉴월에는 낮이 길어서 아침에 난 아이가 저녁이
되면 말을 할 수 있을 정도로 큰다는 뜻.

16408. 아침에 났다가 저녁에 시드는 버섯이다.
　　　　　　　　　　　　　　　　　　　　〈朝菌〉

아침에 났다가 저녁에 죽는 버섯과 같이 사람의 일생
도 짧다는 뜻.

16409. 아침에 내린 명령을 저녁에 고친다.
(朝令暮改)　　　　　　　　　　　　　　〈史記〉

무슨 일을 오래 계속하지 않고 너무 자주 뜯어고친
다는 뜻.

16410. 아침에는 동에 가고 저녁에는 서에 간다.
(朝東暮西)

동에 번쩍, 서에 번쩍 돌아다니는 분주한 생활을 한
다는 뜻.

16411. 아침에는 밥 먹고 저녁에는 죽 먹는다.
(朝飯夕粥)

옛날, 농촌에서 비교적 잘산다는 뜻.

16412. 아침에는 온화하다가도 저녁에는 냉정해진
다. (朝溫暮冷)　　　　　　　　　　　〈茶山全書〉

(1) 자주 변한다는 뜻. (2) 친해졌다 멀어졌다 한다는
뜻.

16413. 아침에는 일찍 일어나고 저녁에는 일찍 잔
다. (夙興夜寐)

아침에는 일찍 일어나 종일 일하고, 저녁에는 일찌
감치 잠을 잔다는 뜻.

16414. 아침에 동쪽 놀이 서면 비가 온다.

아침에 동쪽이 붉게 놀이 서면 오후에 비가 온다는
말.

16415. 아침에 듣고서 저녁에 고친다. (朝聞夕改)

무슨 일을 자주 뜯어고친다는 말.

16416. 아침에 비둘기가 울면 비가 오고 저녁에
비둘기가 울면 날씨가 좋다.

비둘기가 우는 것을 보고 비가 오고 안 오는 것을 알
수 있다는 말.

16417. 아침에 서쪽 무지개가 서면 비가 온다.

아침에 서쪽에 무지개가 서면 그날 비가 올 징조라
는 뜻.

16418. 아침에 세 개 주고 저녁에 네 개 준다.
(朝三暮四)　　　　　　　　　　　　　　〈列子〉

옛날 중국 송(宋)나라 저공(狙公)이 원숭이에게 상
수리를 아침에 세 개, 저녁에 네 개를 주었더니 원숭
이가 성을 내기에 아침에 네 개, 저녁에 세 개를 주
었더니 좋아했다는 설화에서 나온 말로서 결과적으로
는 일반인 것을 간사한 말로써 속인다는 뜻.

16419. 아침에 시작하는 비는 많이 오지 않는다.

흔히 오전에 오기 시작하는 비는 많이 오지 않는다
는 말.

16420. 아침에 안개가 끼면 이마가 벗어진다.

아침에 안개가 끼는 날은 낮에 햇빛이 세게 쪼인다는
말.

16421. 아침에 안개 낀 날은 빨래가 잘 마른다.

아침에 안개 끼는 날은 햇빛이 강하여 빨래가 잘 마
른다는 말.

16422. 아침에 얻은 것을 저녁에 잃는다.
(朝得暮失)

무엇을 얻었다가 바로 잃어 버렸다는 뜻.

16423. 아침에 없었다고 저녁에도 없으라는 법은
없다.

돈 없는 사람이라고 항상 없이만 살라는 법은 없기
때문에 없고 가난한 사람도 언젠가는 잘살 날이 있다
는 뜻.

16424. 아침에 여자와 다투면 재수가 없다.

아침에 여자에게 욕을 먹으면 기분이 나빠 그 날 일
이 잘 안 된다는 말.

16425. 아침에 여자의 욕을 먹으면 재수가 없다.

욕을 먹는 것은 기분 나쁜 일이지만 특히 아침에 더
구나 여자에게 욕을 먹으면 그날 기분이 나빠서 될
일도 안 되게 된다는 뜻.

16426. 아침에 얘기 책을 보면 가난이 온다.

아침부터 심심풀이로 얘기 책만 보고 일을 않는 사람
은 게을러서 잘살 수 없게 된다는 뜻.

16427. 아침에 외상을 주면 그 날 재수가 없다.

장사하는 사람이 아침 첫마수에 외상을 주면 그 날
기분이 나빠서 재수가 없다는 뜻.

16428. 아침에 일찍 일어나지 않으면 하루 일을
다 못한다. (寅若不起 日無所辦)　　　〈孔子〉

아침 늦게 일을 시작하면 그날 일을 다 못 하게 되
므로 아침 일찍부터 일을 해야 한다는 뜻.

16429. 아침에 있었다고 저녁에도 있으라는 법은
없다.

부자는 항상 부자로만 있으라는 법은 없기 때문에 재
산이란 있다가도 없어지고 없다가도 있게 마련이라는
뜻.

16430. 아침에 저녁 일을 생각할 여유가 없다.
(朝不謀夕)　　　　　　　　　　　　　〈春秋左傳〉

아침에 저녁 일을 미리 생각할 여유가 없을 정도로

바쁘다는 뜻.

16431. 아침에 진리를 깨달으면 저녁에 죽어도 좋다. (朝聞道 夕死可)　〈論語〉
사람은 진리를 깨닫게 되는 것보다 더 바랄 것은 없다는 뜻.

16432. 아침에 한 짓을 뉘우치고도 저녁에 다시 되풀이한다. (朝悔其行 暮已復然)　〈擊蒙要訣〉
자신의 잘못을 뉘우치면서도 의지가 약해서 고치지를 못한다는 말.

16433. 아침에 할 일을 저녁으로 늦추지 말라. (朝辰可爲 勿遲晚間)　〈茶山論叢〉
일은 무엇이나 제때에 꼭꼭 하고 다음으로 미루는 일이 없도록 해야 한다는 뜻.

16434. 아침에 홍안이 저녁에 백골이 된다. (朝紅顏 夕白骨)
사람 일생이라는 것이 매우 짧다는 말.

16435. 아침엔 꿈 얘기를 않는다.
꿈 이야기는 오전에는 하지 않고 오후에 해야 한다는 뜻.

16436. 아침 외상을 주면 재수가 없다.
장사하는 사람은 아침에 외상을 주지 않는다는 말.

16437. 아침 잠 많은 놈이 밤 새운다.
아침에 늦잠을 자게 되는 것은 일찍 자지 않고 늦게 자기 때문에 늦잠을 자게 되는 것이므로 일찍 자고 일찍 일어나라는 뜻.

16438. 아침 저녁으로 변하는 것이 사람의 마음이다.
사람의 마음은 환경에 따라 변하기가 쉽다는 말.

16439. 아침 파리 덤비듯 저녁 모기 덤비듯 한다. (朝蠅夕蚊)
몹시 귀찮게 덤벼든다는 뜻.

16440. 아파 봐야 아픔을 알게 된다. (痛定思痛)
자신이 체험해 본 사람이라야 그에 대한 사정을 알게 된다는 뜻.

16441. 아파야 약도 먹는다. (因病下藥)
무슨 일이 생겨야 그에 대한 대책도 수립하게 된다는 뜻.

16442. 아프지도 않고 가렵지도 않다.
나와는 아무 이해 관계가 없다는 뜻.

16443. 아프지도 않은 다리에 침 주기다.
남의 사정도 모르고 반갑지 않은 일만 한다는 뜻.

16444. 아프지도 않은데 뜸질한다. (無病而白灸)
공연히 쓸데없는 짓을 헛되이 한다는 뜻.

16445. 아픈 것과 가려운 것은 상관된다. (痛瘁相關)
(1) 이해 관계(利害關係)가 깊다는 뜻. (2) 매우 친밀한 관계가 있다는 뜻.

16446. 아픈 것은 참아도 가려운 것은 못 참는다. (忍痛易 忍癢難)
가려운 것이 아픈 것보다 참기가 쉬울 것 같지만 가려운 것이 참기가 더 어렵다는 말.

16447. 아픈 것이 골수에 스며든다. (痛入骨髓)
아픈 것이 뼈 속까지 스며들 정도로 몹시 아프다는 뜻.

16448. 아픈 다리에 종기 난다.
(1) 신수(身數)가 나쁠 때는 점점 나빠지게만 된다는 뜻. (2) 고생스러울 때는 고생스러운 일만 생긴다는 뜻.

16449. 아픈 데를 찌른다.
잘못된 점을 찾아서 꼬집어 낸다는 뜻.

16450. 아픈 상처에 소금 치는 격이다.
남의 고통을 더욱 고통스럽게 하여 괴롭힌다는 뜻.

16451. 아해 다르고 어해 다르다.
언뜻 보기에는 비슷하나 내용은 아주 다르다는 뜻.

16452. 아홉 길 산을 쌓는 데는 마지막 한 삼태기가 모자라도 완성되지 못한다. (爲山九仞 功虧一簣)　〈書經, 論語〉
오랫동안 공들인 일도 마지막에 한 번 실수하면 실패하게 된다는 말.

16453. 아홉 마리 소에서 털 하나 뽑기다. (九牛一毛)　〈漢書, 報任安書〉
수많은 것 중에서 겨우 한 개에 지나지 않을 정도로 적다는 뜻.

16454. 아홉 번 생각한 다음에 한 번 말한다. (九思一言)　〈管子〉
자기 말에는 책임을 져야 하기 때문에 충분히 생각해서 말을 하라는 뜻.

16455. 아홉 번 죽었다 열 번 살아났다. (十生九死)
여러 번 위험한 지경에서 겨우 벗어났다는 뜻.

16456. 아홉 번 죽었다 한 번 살아났다. (九死一生)
몹시 위험한 지경에서 요행히 빠져났다는 뜻.

16457. 아홉 살까지는 아홉 동네에서 미워한다.

아홉 살까지는 장난이 몹시 심하기 때문에 동네 사람들 에게서 미움을 받는다는 뜻.

16458. 아홉 살 일곱 살적에는 아홉 동네에서 미워 한다.
일곱 살에서 아홉 살 될 때까지는 장난이 몹시 심하여 동네 사람이 미워한다는 뜻.

16459. 아홉 섬 추수한 사람이 한 섬 추수한 사람더러 그 한섬 채워 열섬으로 만들자고 한다.
재물은 모으면 모을수록 욕심이 커진다는 뜻.

16460. 아흔 아홉 살에 죽어도 한 살 더 살았으면 한다.
사람의 자기 생명에 대한 욕망은 매우 크다는 말.

16461. 아흔 아홉 섬 하는 놈이 한 섬 하는 놈보고 백 석으로 채우게 한 섬을 달라고 한다.
돈은 모으면 모을수록 점점 욕심만 늘고 남의 사정은 모르게 된다는 뜻.

16462. 아흔 아홉 칸이라도 자는 방은 하나다.
주택은 생활하기에 알맞는 것을 택해야지 지나치게 크고 화려한 것을 택해서는 안 된다는 뜻.

16463. 악담(惡談) 끝은 없어도 덕담(德談) 끝은 있다.
악담해서 잘 되는 일은 없지만 덕담해서 잘 되는 일은 있다는 뜻.

16464. 악담이 덕담된다.
남을 악담하면 그 사람은 더 잘 된다는 뜻.

16465. 악머구리 끓듯 한다.
여러 사람들이 시끄럽게 떠들어 댄다는 뜻.
※악머구리：참개구리.

16466. 악머구리 울듯 한다.
여러 사람들이 몹시 시끄럽게 떠들어 댄다는 뜻.

16467. 악바리 악도리 악 쓰듯 한다.
제 고집만 세워 가며 악착같이 악을 쓰며 덤벼든다는 뜻.

16468. 악바리 악 쓰듯 한다.
죽을 줄도 모르고 악착같이 악을 쓰며 덤벼든다는 말.

16469. 악박골 호랑이 선 불 맞은 소리를 한다.
큰 소리를 치면서 사납게 덤벼든다는 뜻.

16470. 악부는 집안을 망친다. (惡婦破家)
악한 아내를 얻게 되면 집안이 망하게 된다는 뜻.

16471. 악양루(岳陽樓)도 먹고 난 후에 구경 간다.

(食後岳陽樓)
아무리 좋은 구경이라도 먹는 것만 못하다는 뜻.
※악양루：중국 호남성 악주(湖南省 岳州)에 있는 유명한 성루.

16472. 악으로 모은 살림은 악으로 망한다.
나쁜 짓을 해서 모은 재산은 오래 지탱하지 못할 뿐만 아니라 재산으로 인하여 화까지 당한다는 뜻.

16473. 악으로 모은 재산은 오래 가지 못한다.
악으로 모은 돈은 오래 못 가서 패가하게 된다는 뜻.

16474. 악은 그늘에 있기를 꺼려하고 선은 겉에 나타나기를 꺼려한다. (惡忌陰 善忌陽)
〈菜根譚〉
악한 일은 숨어 있기를 싫어하고 선한 일은 겉으로 나타나기를 싫어한다는 뜻.

16475. 악을 기르며 고치지 않으면 그 화가 자신에게 미치게 된다. (長惡不悛 從自反也)
〈春秋左傳〉
악을 키우며 고치지 않으면 그 화가 자신을 해치게 된다는 뜻.

16476. 악을 다스리는 데는 너그럽게 해야 한다. (治惡以寬)
〈程明道〉
악한 짓을 다스릴 때는 관대한 마음으로 처리하라는 뜻.

16477. 악을 미워하고 선을 좋아한다. (嫉惡好善)
〈舊唐書〉
악한 것은 증오해야 하고 선은 권장해야 한다는 뜻.

16478. 악을 미워하면서도 물리치지 않는다. (惡惡不退)
〈三略〉
악을 미워할 줄 알면서도 악을 쫓아 버리지 않으면 후환을 당하게 된다는 뜻.

16479. 악을 좋아하는 것은 어긋나는 짓이다. (好惡乖迕)
〈漢書〉
미워해야 할 악을 좋아하는 것은 도리에 어긋나는 행동이라는 뜻.

16480. 악을 징계하고 선을 권장한다. (懲惡勸善)
〈春秋左傳〉
악한 짓을 하는 사람은 징계해야 하고 착한 짓을 하는 사람은 권장해야 한다는 뜻.

16481. 악이 멀리 퍼진 뒤에야 사람들은 이것을 버리게 된다. (遠惡而後棄)
〈春秋左傳〉
악을 미리 예방하는 사람은 없고 이것이 커진 뒤에 피해를 보고야 버리게 된다는 뜻.

16482. 악이 목까지 차면 화를 입는다.
　　악한 짓을 많이 하면 나중에는 반드시 화를 당하게 된다는 뜻.

16483. 악인(惡人) 갖다 성인(聖人)도 만들고 성인 갖다 악인도 만든다.
　　사람은 본시 악하고 선한 사람이 있는 것이 아니라 가르치기에 달렸다는 뜻.

16484. 악지를 쓴다.
　　되지도 않을 짓을 고집한다는 뜻. ※ 악지:무리한 고집.

16485. 악지만 부린다.
　　되지도 않을 짓만 고집 부린다는 뜻.

16486. 악처는 남편을 천하게 만든다.
　　(惡婦令夫賤)　　　　　　　　　〈姜太公〉
　　모질고 악한 아내는 남편의 신세를 망치게 한다는 뜻.

16487. 악처는 패가망신(敗家亡身)의 장본이다.
　　악한 아내를 얻게 되면 집안을 망치게 될 뿐만 아니라 망신까지 하게 된다는 뜻.

16488. 악처는 패가(敗家)한다.
　　아내를 잘못 얻으면 집안을 망치게 된다는 뜻.

16489. 악처도 독수공방(獨守空房)보다는 낫다.
　　아무리 나쁜 아내라도 없는 것보다는 낫다는 뜻.

16490. 악처도 효자보다 낫다. (孝子不如惡妻)
　　비록 악독한 아내일지라도 효자보다 낫다는 말.

16491. 악처 하나가 열 두 효자보다 낫다.
　　홀아비에게는 효자 아들이 아무리 많아도 악한 아내 하나만 못하다는 말.

16492. 악하고 무례한 것을 꾸짖는다.
　　(數惡無禮)　　　　　　　　　〈春秋左傳〉
　　악하고 무례한 행동은 마땅히 꾸짖어야 한다는 뜻.

16493. 악한 것은 그 싹을 끊어 버려야 한다.
　　(惡則絶其萌芽)　　　　　　　　〈栗谷全書〉
　　악한 것은 그 시초에 없애 버려야 한다는 뜻.

16494. 악한 것은 막아야 하고 선한 것은 높여야 한다. (過惡揚善)　　　　　　〈易經〉
　　악한 짓은 못하도록 해야 하고, 착한 짓은 많이 하도록 추켜 주어야 한다는 뜻.

16495. 악한 것을 보면 소경이 되고 악한 말을 들으면 귀머거리가 돼야 한다.
　　악한 일은 아예 보지도 말고 악한 말은 아예 듣지도

말라는 뜻.

16496. 악한 끝은 없어도 선한 끝은 있다.
　　악한 짓을 한 사람은 망하고, 선한 짓을 한 사람은 흥한다는 뜻.

16497. 악한 말을 들으면 귀머거리처럼 하라.
　　(聞惡如聾)　　　　　　　　　〈姜太公〉
　　남이 나쁜 말을 하거든 듣지를 말라는 뜻.

16498. 악한 말을 하면 천 리 밖에서도 거역한다.
　　(出言之惡 千里違之)　　　　　〈新論〉
　　악한 말은 세상 사람들이 다 증오한다는 뜻.

16499. 악한 사람과는 함께 말하지도 말라.
　　(不與惡人言)　　　　　　　　〈孟子〉
　　악한 사람과는 말도 함께 하지 말고 서로 사귀지도 말라는 뜻.

16500. 악한 사람은 악한 일을 서로 돕는다.
　　(同惡相助)　　　　　　　　　〈史記〉
　　악한 사람끼리는 악한 짓을 서로 도와서 키운다는 뜻.

16501. 악한 사람 피하기를 독사나 전갈을 두려워하듯 하라. (避惡如畏蛇蝎)　　　〈康節邵〉
　　악한 사람을 보거든 독사나 전갈을 두려워하듯이 피하고 상대를 하지 말라는 뜻.

16502. 악한 아내는 집안을 망친다. (惡婦破家)
　　아내를 잘못 얻으면 집안이 망하게 된다는 뜻.

16503. 악한 아내라도 홀아비로 사는 것보다는 낫다.
　　아무리 악한 아내라도 없는 것보다는 낫다는 뜻.

16504. 악한 일은 작은 것도 해서는 안 되고 착한 일은 작은 것도 안 해서는 안 된다.
　　(勿以惡小而爲之 勿以善小而不爲) 〈漢昭烈〉
　　악한 일은 아무리 작은 것이라도 해서는 안 되고 착한 일은 아무리 작은 것이라도 버리지 말고 해야 한다는 뜻.

16505. 악한 일은 작은 것도 해서는 안 된다.
　　(勿以惡小而不爲)　　　　　　〈朱子家訓〉
　　악한 일은 아무리 작은 것이라도 행하여서는 안 된다는 말.

16506. 악한 일은 하기 쉽고 선한 일은 하기 어렵다. (爲惡則易 爲善則難)　　　〈朱子〉
　　악한 짓은 하기가 쉽지만 착한 짓은 하기가 매우 어렵다는 뜻.

16507. 악한 일을 가까이하지 말라. (不近惡事)

악한 일을 가까이하게 되면 벌을 받게 되므로 멀리하라는 뜻.

16508. 악한 일을 늘 해온 집에는 훗날 반드시 재앙이 있게 마련이다. (積惡之家 必有餘殃)
〈易經, 説苑〉
악한 짓을 많이 한 집은 반드시 큰 재앙을 받아 망하게 된다는 뜻.

16509. 악한 일을 보거든 자기 병과 같이 생각하라. (見惡如己病)　　　　〈張思叔〉
악한 일을 보거든 마치 자기 병과 같이 생각하고 멀리하라는 뜻.

16510. 악한 일을 즐기지 말라. (惡事莫樂)
〈姜太公〉
악한 일을 즐기게 되면 벌을 받게 되므로 삼가하라는 뜻.

16511. 악한 일을 하는 사람은 칼가는 숫돌과 같다. (行惡之人 如磨刀之石)　〈東岳聖帝〉
악한 일을 하는 사람의 신세는 숫돌이 닳는지 모르게 닳아 없어지듯이 자신도 모르게 망하게 된다는 말.

16512. 악한 일을 하면 남이 알까 봐 두려워하게 된다. (惡恐人知)
악한 일을 하는 사람은 남에게 들킬까 봐 두려워하면서 한다는 뜻.

16513. 악한 짓은 하기 쉽다. (惡之易也)
〈春秋左傳〉
선한 짓은 하기가 어렵지만 악한 짓은 하기가 쉽다는 말.

16514. 악해야 돈은 모은다.
자비한 마음을 가진 사람은 돈을 모으지 못한다는 뜻.

16515. 안개 속에서 꽃 구경하기다. (霧中看花)
아무 성과도 없는 헛수고만 한다는 뜻.

16516. 안개 속에서 길 찾기다.
되지도 않을 일을 가지고 헛수고만 한다는 말.

16517. 안개 속에서 산 구경하기다. (霧中看山)
아무 효과도 없는 짓을 한다는 말.

16518. 안고 진다.
남을 해치려다가 도리어 자신이 해를 입는다는 뜻.

16519. 안 구린 뒷간 없다.
질적으로 나쁘면 반드시 나쁜 행동을 한다는 뜻.

16520. 안는 암탉 잡아먹기다.
생각도 없이 염치없는 짓을 한다는 뜻.

16521. 안다니 똥파리다.
알지도 못하면서 아는 척하는 사람을 보고 놀리는 말.

16522. 안동(安洞) 상전(床廛) 홍정이다.
옛날 안동 상전에서 여자들이 말없이 상을 사가듯이 말없이 행동으로 한다는 뜻.

16523. 안 동서 모임은 독사 모임이다.
많은 경우에 안 동서끼리는 의가 좋지 못하므로 서로 헐뜯기만 한다는 데서 나온 말.

16524. 안 동서 우애가 좋아야 바깥 형제 우애도 좋다.
안 동서간에 우애가 있어야 형제간에도 다정하게 지내게 된다는 뜻.

16525. 안 되는 건 남의 탓이요 잘 되는 건 자기 탓이다.
잘못되는 원인을 자기에게서 찾지 않고 남에게서만 찾고 잘 되는 원인은 남에게서 찾지 않고 자신에게서만 찾는다는 말.

16526. 안 되는 놈은 넘어져도 똥밭에 넘어진다.
운수가 나쁜 사람은 무슨 일을 해도 손해만 보게 된다는 뜻.

16527. 안 되는 놈은 넘어져도 허리가 부러진다.
운이 나쁜 사람은 하는 짓마다 낭패만 된다는 뜻.

16528. 안 되는 놈은 달걀에도 뼈 있는 것만 산다.
운수가 나쁜 사람은 될 일도 안 된다는 뜻.

16529. 안 되는 놈은 두부에도 뼈가 있다.
운수가 나쁜 사람은 일마다 방해물이 생긴다는 뜻.

16530. 안 되는 놈은 자빠져도 코가 깨진다.
운이 나쁜 사람은 무슨 일을 하든지 잘 되는 일이 없다는 뜻.

16531. 안 되는 놈은 집을 지어도 기둥이 부러진다.
운이 나쁜 사람은 하는 일마다 잘 되는 것이 없다는 뜻.

16532. 안 되는 사람은 뒤로 넘어져도 코가 깨진다.
일이 안 되려면 생각지도 않던 재난까지 받게 된다는 뜻.

16533. 안 되면 산소(山所) 탓한다.
일이 안 되면 남만 탓한다는 말.

16534. 안 되면 세상 탓한다.
안 되는 일이 있으면 안 된 원인을 자신에게서 찾지 않고 세상을 원망하며 탓한다는 뜻.

16535. 안 되면 조상(祖上) 탓하고 잘 되면 제 탓한다.
안 되는 일은 남 때문에 안 된다고 하고 잘 되는 것은 저 때문에 잘 된다고 한다는 뜻.

16536. 안 되면 조상 탓한다.
안 되는 일은 남만 탓하고 자기는 탓하지 않는다는 뜻.

16537. 안 돼도 좋고 되면 더 좋다.
어떤 일이 안 돼도 낭패될 것은 없다는 뜻.

16538. 안 뒷간에서 똥 누고 아가씨보고 밑 씻겨 달란다.
염치라고는 조금도 없는 사람이라는 뜻.

16539. 안 듣는 데서는 원님 욕도 한다.
본인이 안 듣는 곳에서는 그의 잘 잘못을 말하게 된다는 뜻.

16540. 안락은 고통의 근본이다. (樂足苦因)
안락한 생활만 하게 되면 패가하여 고생을 하게 될 장본이라는 뜻.

16541. 안 마님 인심이 좋아야 바깥 영감 이름도 난다.
아내의 내조(內助)가 커야 남편도 출세를 하게 된다는 뜻.

16542. 안 먹겠다고 침 뱉은 물 돌아서서 다시 먹는다.
앞일을 생각지 않고 경솔한 짓을 하지 말라는 뜻.

16543. 안 먹는 씨아가 소리만 난다.
(1) 일을 못하는 사람이 말은 많다는 뜻. (2) 되지 못한 사람이 큰소리만 친다는 뜻.

16544. 안 먹어도 먹어지는 것이 나이다.
나이는 먹지 않으려고 해도 어쩔 수 없이 먹게 된다는 뜻.

16545. 안 먹어도 배가 부르다.
(1) 음식 구경을 많이 했을 때 하는 말. (2) 일을 골몰하게 하였을 때 하는 말.

16546. 안면 몰수다. (顔面沒收)
도무지 아는 척도 않는다는 뜻.

16547. 안면은 있어도 가까이 지내는 처지는 아니다. (半面之分)
서로 안면은 있지만 친하게 지낸 처지는 아니라는 뜻.

16548. 안면을 박대한다. (顔面薄待)
아는 처지에 너무 섭섭하게 대접한다는 뜻.

16549. 안면 있는 손님이다.
전부터 잘 알고 지내는 나그네라는 뜻.

16550. 안반 이고 보 마르려 가겠다.
네모진 안반에 대고 보를 만들려고 하듯이 바느질 솜씨가 몹시 없다는 뜻.

16551. 안방 가면 시어머니 말이 옳고 부엌 가면 며느리 말이 옳다.
(1) 시비는 어느 한 사람 말만 듣고서는 판단하기 어렵다는 뜻. (2) 누구나 자기 잘못했다는 사람은 없다는 뜻.

16552. 안방 대장부다.
안방에서만 큰소리 치는 사나이라는 말.

16553. 안방 사나이다.
일 없이 늘 안방에만 있는 사나이라는 말.

16554. 안방 샌님이다.
안방만 늘 지키고 있는 영감님이라는 말.

16555. 안방 장담이다.
안방에서만 큰소리를 치지 사람들이 있는 데서는 큰소리를 못 치는 비겁한 사람이라는 뜻.

16556. 안 벽 붙이고 바깥 벽 붙인다.
이쪽저쪽 다니면서 말 전주만 한다는 뜻.

16557. 안 벽을 치면 바깥 벽도 울린다.
한 가지 일을 하면 그 반응이 다른 데도 나타나게 된다는 뜻.

16558. 안 벽 치고 겉 벽 친다.
이쪽저쪽 왔다갔다하면서 이간질만 한다는 뜻.

16559. 안 보고 안 듣는 것이 약이다.
남의 일에 참견 않는 것이 가장 좋다는 뜻.

16560. 안 보는 것이 뱃속 편하다.
남의 일에 참견 않는 것이 가장 편하다는 뜻.

16561. 안 보는 것이 약이다.
안 보고 모르는 것이 편하다는 뜻.

16562. 안 보는 곳에선 임금 보고도 눈 흘긴다.
아무도 없는 곳에서는 아무리 무서운 사람에게도 분풀이를 할 수 있다는 뜻.

16563. 안 보는 데서는 임금 흉도 본다.
(1) 말이 안 날 장소에서는 말을 삼가하지 않게 된다는 뜻. (2) 본인 안 듣는 데서는 욕도 하게 된다는 뜻.

16564. 안 본 용은 잘 그려도 본 뱀은 못 그린다.
(好畵未見龍 惡畵已見之蛇)　　〈松南雜識〉
본 것이라도 그것을 그대로 표현하기는 매우 어렵다
는 말.

16565. 안 본 용은 잘 그려도 본 호랑이는 잘 못
그린다.　(好畵龍 惡圖虎)
본 사실을 그대로 다 알기가 매우 어렵다는 뜻.

16566. 안 살이 내 살이면 천 리라도 찾아가고 밭
살이 내 살이면 십 리라도 가지 않는다.
여자는 자기 친정 친족들에게는 대접을 잘해도 시집
친족들에게는 대접을 잘하지 않는다는 뜻.

16567. 안색이 풀리면서 웃는다.　(解顔而笑)
　　　　　　　　　　　　　　　　　〈列子〉
침울했던 안색이 풀리면서 웃음을 웃는다는 뜻.

16568. 안성(安城) 맞춤이다.
무엇이 맞추어 만든 것같이 잘 맞는다는 뜻.

16569. 안성 맞춤이요 안장(鞍裝) 맞춤이다.
안성에서 유기 그릇을 맞춘 것같이 무엇이 꼭 들어
맞는다는 뜻.

16570. 안성장(安城場) 풋송아지 놀듯 한다.
제 몸을 제대로 가누지 못하고 비실거리며 다닌다는
뜻.

16571. 안 속는 것이 상책이다.
남에게 속아넘어가지 않는 것이 제일 좋다는 뜻.

16572. 안악(安岳) 사는 과부다.
밤낮도 모르고 사는 사람을 가리키는 말.
※안악 : 황해도에 있는 지명.

16573. 안으로 자신을 속이지 않고 밖으로 남을
속이지 않는다.　(內不自以誣 外不自以欺)
　　　　　　　　　　　　　　　　　〈荀子〉
자신도 속이지 않고 남도 속이지 않는 정직한 마음씨
라는 뜻.

16574. 안 인심이 좋아야 바깥 양반 출입도 넓다.
내 집에 찾아오는 손님 대접을 잘해야 나도 남의 집
에 가서 대접을 잘 받게 된다는 뜻.

16575. 안 인심이 좋아야 바깥 인심도 좋다.
아내가 인심을 얻으면 남편도 저절로 인심을 얻게 된
다는 뜻.

16576. 안일은 수고한 데서 나온다.　(逸出於勞)
　　　　　　　　　　　　　　　　〈明心寶鑑〉
편안한 생활을 하게 된 것은 오랫동안 수고를 한 덕

분이라는 뜻.

16577. 안일을 좋아한다고 편안함이 구해지는 것
은 아니다.　(好逸非所以求安也)　　〈修身要訣〉
편안한 것을 좋아한다고 편안한 것이 저절로 오는 것
이 아니라 이를 위하여 많은 수고를 한 데서 이루어
진 것이라는 뜻.

16578. 안절부절 못 한다.
마음이 불안하여 초조하게 지낸다는 뜻.

16579. 안주 안 먹으면 사위 덕 못 본다.
술은 안주 없이 먹으면 더 취하기 때문에 안주를 먹
으라는 말.

16580. 안 주어 못 먹고 없어 못 먹는다.
주는 사람이 없어서 못 먹고 없어서 못 먹지, 있기만
있으면 먹는다는 뜻.

16581. 안 주어 못 받지 손 작아 못 받을까?
무엇이나 주기만 하면 다 받는다는 말.

16582. 안주 없이 좋아한다.
보는 것은 아무것이나 다 가지려고 덤벼든다는 뜻.

16583. 안주와 술이 아무리 좋아도 그것을 먹어
보지 않으면 맛을 모른다.　(雖有旨酒嘉殽 不
嘗不知其旨)　　　　　　　　　　　　〈韓詩外傳〉
아무리 좋은 학문이 있어도 이것을 배우지 않으면 모
르게 된다는 뜻.

16584. 안 줘서 못 먹는다.
먹고는 싶어도 주는 사람이 없어서 못 얻어 먹는다는
말.

16585. 안질에 고춧가루 넣는다.
일을 잘하려고 하는 것이 아니라 도리어 나쁘게 만든
다는 뜻.

16586. 안질에 노랑 수건이다.
매우 긴요하게 쓰는 물건이라는 뜻.

16587. 안 춘 소한(小寒) 없고 안 따신 대한(大
寒) 없다.
흔히 소한은 몹시 춥고 반대로 대한은 춥지 않다는
말.

16588. 안 친 북이 소리 날까?
원인이 없는 결과는 있을 수 없다는 말.

16589. 안팎 꼽사등이다.　(龜胸龜背)
(1) 이러지도 못하고 저러지도 못하는 안타까운 처지
에 있다는 뜻. (2) 앞 뒤로 손해를 보게 되었다는 뜻.

16590. 안팎이 다르다.　(表裏不同)

(1) 생각하고 있는 것과 행동이 다르다는 뜻. (2) 말과 행동이 다르다는 뜻.

16591. 안팎이 서로 맞는다. (表裏相應)
저것과 이것이 서로 잘 맞는다는 뜻.

16592. 안팎이 텅 비었다. (內外空虛)
속이나 겉이나 다 비어 실속이 없다는 뜻.

16593. 안협(安峽) 교생이다. (安峽校生) 〈東言解〉
사람이 없어서 여러 가지 일을 혼자서 맡는다는 뜻.
※안협 : 강원도에 있는 지명.

16594. 앉아 똥 누기는 발 허리나 시다.
앉아서 똥 누기보다도 더 편하고 쉽다는 뜻.

16595. 앉아서 죽기만 기다린다. (坐而待死)
살아 날 방도가 없어서 죽기만 기다린다는 뜻.

16596. 앉아서 죽기보다 일어나서 도망을 치렀다.
가만히 앉아 있지를 말고 활동을 하면 고생을 면할 수 있다는 뜻.

16597. 앉아서 천 리를 본다. (坐視千里)
가만히 앉아서 세상이 돌아가는 것을 다 알 수 있다는 뜻.

16598. 앉아 주고 서서 받는다.
돈은 앉아서 주고 서서 받으러 다닌다는 뜻.

16599. 앉아 준 돈 서서도 못 받는다.
돈을 주고 받지 못하여 손해를 보게 되었다는 뜻.

16600. 앉아 천 리 보고 서서 만 리 본다.
세상 물정(物情)을 잘 알고 있는 사람을 두고 하는 말.

16601. 앉으면 일어 날 줄을 모른다.
동작(動作)이 느린 사람을 보고 하는 말.

16602. 앉은뱅이가 기어서라도 가야 한다.
어떠한 곤란과 애로가 있더라도 꼭 집행하지 않으면 안 될 일이라는 뜻.

16603. 앉은뱅이가 선다고 천 리 갈까?
아무리 발악을 쓰더라도 별 수가 없다는 뜻.

16604. 앉은뱅이가 설 줄 몰라 못 서나.
알고 있는 일도 조건이 조성되어야 이루어지게 된다는 뜻.

16605. 앉은뱅이가 쟁반에 물을 떠가면 다 흘린다. (躄老槃散 行汲) 〈史記〉
실력이 없는 사람이 하는 일은 실패만 하게 된다는

뜻.

16606. 앉은뱅이도 서는 것은 잊어 버리지 않는다. (躄人不忘起) 〈前漢書〉
자기에게 유리한 일은 잊어 버리지 않고 간직하고 있으면서 기회만 기다리고 있다는 뜻.

16607. 앉은뱅이 무엇 자랑하듯 한다.
못난 주제에 큰소리만 한다는 뜻.

16608. 앉은뱅이 산 말리기다.
당치도 않은 일을 맡아서 한다는 뜻.

16609. 앉은뱅이 신 치장하기다.
필요하지도 않은 것에 사치를 한다는 뜻.

16610. 앉은뱅이 앉으나 마나다.
이러나 저러나 다 마찬가지라는 뜻.

16611. 앉은뱅이에게는 신을 주지 않는다. (毋予躄者履) 〈淮南子〉
상대편에게 소용이 되지 않을 물건은 줄 필요가 없다는 뜻.

16612. 앉은뱅이에게 신 주기다.
앉은뱅이에게 신을 사용할 수 없듯이 상대방에 필요 없는 물건을 준다는 뜻.

16613. 앉은뱅이 용쓰듯 한다.
하지도 못할 일을 억지 쓴다는 뜻.

16614. 앉은뱅이 잇수(里數) 대듯 한다.
하지도 못할 일을 계획 세운다는 뜻.

16615. 앉은뱅이 잇수 몰라 못 간다더냐?
무슨 일이나 몰라서 못하는 것이 아니고 못해서 못한다는 뜻.

16616. 앉은뱅이 천 리 대참하듯 한다.
실력은 없으면서 힘에 겨운 짓을 꾀한다는 뜻.

16617. 앉은 자리가 더워질 사이가 없다. (席不暇暖) 〈韓愈〉
(1) 한 자리에 오래 앉아 있지 못하고 바쁘게 다닌다는 뜻. (2) 이사를 자주 다닌다는 말.

16618. 앉은 자리를 조심하랬다.
자기의 가까운 주위 사람들에 대한 경각성을 가지고 대하라는 뜻.

16619. 앉은 자리에 풀도 안 나겠다.
(1) 사람이 몹시 냉정하다는 뜻. (2) 몹시 인색하다는 뜻.

16620. 앉은 장사 선 동무다.

보고 듣는 것이 없어서 세상 물정을 몰라 손해만 본
다는 뜻.

16621. 앉은 채 꼼짝도 않는다. (坐之不遷)

꼼짝도 않고 앉아 있기만 한다는 뜻.

16622. 알 까기 전에 병아리 먼저 센다.

마음만 조급하여도 아무 소용이 없다는 말.

16623. 알 깍정이다.

매우 인색한 사람을 욕하는 말.

16624. 알거지가 되었다.

집안이 망해서 돈 한 푼 없는 거지 신세가 되었다는
뜻.

16625. 알고도 모르는 체한다. (知而不知)

알면서도 모르는 척하고 시치미를 뗀다는 뜻.

16626. 알고도 모를 일이다. (知與不知)

그만큼 아는 것 가지고서는 모른다는 뜻.

16627. 알고도 실행하지 않는다. (知而不行)

〈荀子〉

알면서도 집행하지 않는 것은 차라리 몰라서 집행하
지 못하는 것보다도 못하다는 뜻.

16628. 알고도 죽는 해소병이다.

좋지 않을 줄 알면서도 어쩔 수 없이 일을 당한다는
뜻.

16629. 알고도 행하지 않으면 그것은 모르는 것이
다. (知而不行 是謂不知)　　　〈王陽明〉

알면서도 실행하지 않는 것은 모르고 실행하지 않는
것과 마찬가지라는 뜻.

16630. 알고 보니 수원 나그네다. (水原旅)

〈松南雜識〉

누군가 하고 보았더니 안면이 있는 사람이라는 뜻.

16631. 알고 있는 것과 행동이 일치하다.
(知行一致)

알고 있는 것은 반드시 행동으로 옮긴다는 뜻.

16632. 알기는 박물 군자(博物君子) 다.

모르는 것 없이 다 잘 아는 사람이라는 뜻.

16633. 알기는 백과사전(百科事典) 이다.

무엇이든지 다 잘 아는 유능한 사람이라는 뜻.

16634. 알기는 복덕방(福德房) 영감이다.

지방 물정을 잘 아는 사람이라는 뜻.

16635. 알기는 세물전(貰物廛) 영감이다.

물정을 상세하게 잘 아는 사람이라는 뜻.

16636. 알기는 쉬워도 실행하기는 어렵다.
(難行易知)

말로 하기는 쉬워도 그것을 집행하기는 어렵다는 뜻.

16637. 알기는 오뉴월 똥파리다.

알지도 못하면서 아는 척하는 사람을 가리키는 말.

16638. 알기는 칠팔월 귀뚜라미다.

무엇이나 잘 아는 것같이 자랑하는 사람을 놀리는 말.

16639. 알기는 태주(胎主) 다.

대단히 총명한 사람이라는 뜻. ※태주: 마마로 죽은
소녀 귀신.

16640. 알다가도 모를 일이다.

알 것 같다가도 도무지 알 수 없는 일이라는 뜻.

16641. 알던 정 모르던 정 없다.

공무(公務)에는 사정이 있을 수 없다는 뜻.

16642. 알려 주지도 않고 죽이는 것은 잔악한 짓
이다. (不教而殺 謂之虐)　　　〈論語〉

비록 죽을 죄를 진 사람이라도 죽일 때에는 그의 죄
상을 본인에게 알려 주고 죽여야지 만일 그냥 죽인다
면 이것은 잔악한 처형이라는 뜻.

16643. 알로 깠느냐?

알로 까서 난 놈마냥 어리버리하다는 뜻.

16644. 알리지 않은 것이 없다. (無不通知)

알려야 할 것은 다 알려 주었다는 뜻.

16645. 알 먹고 꿩 먹고 둥지는 불 땐다.

한꺼번에 여러 가지를 횡재(橫財) 하여 재수(財數) 가
좋다는 뜻.

16646. 알 먹고 꿩 먹는다.

한꺼번에 두 가지 이득을 얻게 되어서 운이 좋다는
뜻.

16647. 알면서도 모르는 척하는 것이 상책이다.
(知不知上)　　　〈老子〉

말해서 불리한 것은 차라리 모르는 척하고 있는 것이
가장 좋은 방책(方策) 이라는 뜻.

16648. 알면서도 모르는 척한다. (知而不知 : 佯
若不知)

다 알고 있으면서도 겉으로는 모르는 척, 시치미를
떼고 있다는 뜻.

16649. 알면 장난이요 모르면 그만이다.

남의 물건을 장난지는 것같이 하면서 도둑질한다는
뜻.

16650. 알몸뚱이가 되었다.
있는 재산 다 없애고 알 거지가 되었다는 뜻.

16651. 알몸뚱이는 벗길 옷도 없다.
원체 가난한 사람에게선 빚을 받을 도리가 없다는 뜻.

16652. 알몸뚱이만 남았다.
있는 재산은 다 잃고 알몸밖에 남은 것이 없다는 뜻.

16653. 알 못 낳는 암탉이 먼저 죽는다.
저 할 짓을 못 하면 대우를 받지 못한다는 뜻.

16654. 알밤 줍기다.
여러 사람 중에서 이득은 보는 사람만 본다는 뜻.

16655. 알쏭달쏭하다.
생각이 자꾸 섞바뀌어 분간할 것 같으면서도 얼른 분간이 안 된다는 뜻.

16656. 알쏭알쏭하다.
생각이 자꾸 엇갈리어 알 듯 알 듯하면서도 알아지지 않는다는 뜻.

16657. 알아도 아는 척 말랬다.
아는 것이 있더라도 아는 척하며 자랑하여 뽐내지 말고, 마치 모르는 것처럼 겸손한 자세로 있어야 한다는 뜻.

16658. 알아야 도둑질도 한다.
남의 사정을 모르고서는 도둑질도 못 한다는 뜻.

16659. 알아야 면장(面長)도 한다.
무슨 일이나 알지 못하면 못 한다는 뜻.

16660. 알에 털이 났다. (卵有毛)　　〈莊子〉
알에 털이 날 수가 없듯이 있을 수 없는 일이라는 뜻.

16661. 알을 두고 온 새의 마음이다.
걱정이 되어 불안하게 있다는 뜻.

16662. 알을 쌓아올린 것같이 위험하다.
(危於累卵)　　〈史記〉
달걀을 쌓아올린 것마냥 매우 위험스럽다는 뜻.

16663. 알지도 못하면서 아는 척한다.
(無知而云知者也)　　〈荀子〉
알지도 못하는 주제에 아는 척하고 뽐낸다는 뜻.

16664. 알지 못하고 망동하면 불행하게 된다.
(不知常妄作凶)　　〈老子〉
알지도 못하면서 아는 척하고 함부로 행동하다가는 끝이 좋지 않다는 뜻.

16665. 알지 못하는 것은 묻고 잘하지 못하는 것은 배워야 한다. (不知則問 不能則學)〈荀子〉

모르는 것은 아는 사람에게 묻고 서투른 것은 잘 아는 사람에게 배우도록 하라는 뜻.

16666. 알지 못하는 것을 아는 척하는 것이 병이다. (不知知病)　　〈老子〉
모르는 것을 아는 척하고 배우지 않는 것은 어리석게 되는 병이라는 뜻.

16667. 알지 못하는 것을 알려고 하지 않는다.
(不識不知)
모르는 것이 있어도 알려고 노력하지 않는다는 뜻.

16668. 알지 못하면 실천하기 어렵다. (弗知實難)
〈春秋左傳〉
무슨 일이든지 모르고서는 못한다는 뜻.

16669. 알토란 같다.
알차고 아무 걱정 없는 살림이라는 뜻.

16670. 알을 품듯 한다. (卵而翼之)　　〈春秋左傳〉
새가 날개로 알을 품듯이 두 팔로 꼭 껴안고 있다는 뜻.

16671. 앓고 나더니 사람이 달라졌다.
앓고 나서는 사람이 변해졌다는 뜻.

16672. 앓느니 죽는 것이 낫다.
고생하고 사는 것보다는 차라리 죽는 것이 낫다는 뜻.

16673. 앓는 데 딴 병이 또 덮친다. (病上添病)
병이 겹쳐서 죽어라 죽어라 한다는 뜻.

16674. 앓는 사람은 장례 구경을 말랬다.
앓는 환자가 죽은 사람 구경을 하게 되면 정신적인 타격을 받을 수 있으므로 아예 구경을 않는 것이 좋다는 뜻.

16675. 앓는 아이 보채듯 한다.
앓는 아이마냥 몹시 보채며 덤빈다는 뜻.

16676. 앓던 이 빠진 것 같다. (如拔痛齒)
〈東言解〉
고통스럽던 것이 없어져 시원하다는 뜻.

16677. 앓던 이 빠진 것같이 시원 섭섭하다.
고통스럽던 것이 없어져 시원하기도 하지만 쓸 데 못 써 섭섭하다는 뜻.

16678. 앓아 봐야 아픈 것도 안다.
직접 체험(體驗)을 해봐야 사정을 알게 된다는 뜻.

16679. 앓아야 약도 쓴다. (因病下藥)
약은 앓는 사람에게만 필요하다는 뜻.

16680. 앓을 때 까마귀소리 같다.

기분 나쁠 때 불길한 말을 한다는 뜻.

16681. 앓지 않고 죽는 것도 복이다.
건강하게 살다가 죽는 것도 하나의 복이라는 말.

16682. 암까마귀인지 수까마귀인지 누가 안다더냐? (誰知烏之雌雄) 〈詩經〉
어느 것이 옳고 그른지 분별을 할 수 없다는 뜻.

16683. 암소 곤달음이다.
조금도 융통성이 없고 제 고집만 부린다는 뜻.

16684. 암치 뼈다귀에 불개미 덤비듯 한다.
이권(利權)을 보고 모리배(謀利輩)가 모인다는 뜻.

16685. 암컷 하나에 숫컷 둘은 함께 못 산다. (一雌不兩雄) 〈文子〉
한 여자에 두 남자가 동거 생활(同居生活)은 할 수 없다는 뜻.

16686. 암탉 무녀리다.
무녀리마냥 몸매가 작은 사람을 조롱하는 말.

16687. 암탉 울어 날 샌 일 없다.
여자가 나서서 어떤 일이든지 되는 일이 없다는 뜻.

16688. 암탉이 운다.
여자가 집안에서 큰소리 치며 남편 일을 간섭한다는 뜻.

16689. 암탉이 운다고 날이 샌다더냐?
되지도 않을 일을 한다고 될 리가 없다는 뜻.

16690. 암탉이 울면 집안이 망한다.
여자가 내주장이 되어 남자 일을 간섭하면 집안이 안 된다는 뜻.

16691. 암탉이 울어서 날 새는 일 없고 장탉이 울어서 날 안 새는 일 없다.
여자가 남자 일을 간섭해서 잘 되는 일이 별로 없고 남자가 해서 안 되는 일 없다는 뜻.

16692. 앙아리 보살이 내릴 일이다.
천벌(天罰)을 받아야 할 일이라는 뜻.

16693. 앙칼맞기는 고양이 새끼 같다.
고양이마냥 매우 앙칼스러운 사람을 두고 하는 말.

16694. 앙칼맞기는 양반 새끼다.
양반 자식마냥 매우 앙칼스럽다는 뜻.

16695. 앙칼 없는 양반 새끼 없고 할키잖는 고양이 새끼 없다.
옛날 양반 아들들은 자기 부모 세력만 믿고 몹시 앙칼을 부렸다는 말.

16696. 앙칼이 다닥다닥하다.
보기만 하여도 얼굴에 앙칼이 가득하다는 뜻.

16697. 앞 길이 구만 리다. (前程九萬里)
앞 길이 요원(遙遠)하여 할 일이 많다는 뜻.

16698. 앞 길이 만리 같다. (前程萬里)
전도(前途)가 매우 유망한 젊은 사람이라는 뜻.

16699. 앞 길이 아득하다. (前途遼遠)
(1) 젊은 사람의 앞 날이 막막하다는 뜻. (2) 무슨 일을 어떻게 할 것인가 앞으로 해나갈 일이 막연하다는 뜻.

16700. 앞 길이 험악하다. (前路迷荒)
앞 길이 평탄하지 못하고 험악하여 불안하다는 뜻.

16701. 앞 남산 호랑이가 뭘 먹고 산다더냐?
호랑이가 꼭 잡아먹어야 할 놈을 잡아먹지 않고 있다는 뜻.

16702. 앞 뒤가 꼭 막혔다.
아무것도 모르는 답답한 사람이라는 뜻.

16703. 앞 뒤가 삼만 리다.
가까이 있으면서도 전혀 왕래가 없다는 뜻.

16704. 앞 뒤가 서로 틀린다. (前後相違)
앞 뒤가 서로 맞아야 할 것이 틀린다는 말.

16705. 앞 뒤를 가리지 않는다.
무슨 일이나 순서대로 하지 않고 일을 되는 대로 한다는 뜻.

16706. 앞 뒷집에 살아도 너 그런 줄은 몰랐다.
친하게 지냈어도 그런 비밀이 있었다는 것을 처음으로 알게 되었다면서 놀라는 말.

16707. 앞 못 보는 새양쥐다.
정신이 흐려서 무엇을 잘 보지 못하는 사람을 가리키는 말.

16708. 앞문의 범을 막으니까 뒷문으로 이리가 들어온다. (前門拒虎 後門進狼) 〈成語考〉
겨우 화를 피하니까 또 다른 화가 닥쳐온다는 뜻.

16709. 앞 방석을 차지한다.
가장 중요한 지위를 차지하였다는 뜻.

16710. 앞산에서 여우가 울면 부음이 오고 뒷산에서 여우가 울면 사람이 죽는다.
앞산에서 여우가 울면 먼 데 사람이 죽고, 뒷산에서 울면 가까운 곳 사람이 죽는다는 옛부터 전해지는 말.

16711. 앞에는 태산(泰山)이요 뒤에는 승산(升山)
이다.
앞으로 갈 수도 없고 뒤로 물러설 수도 없어서 당황
하고만 있다는 뜻.

16712. 앞에서 꼬리치던 개가 뒷 발꿈치를 문다.
아첨하는 사람은 필경 해치게 된다는 뜻.

16713. 앞에서는 말 못 하고 돌아서서 뒷말한다.
(面從後言)
앞에서는 무서워서 말을 못 하고 있다가 돌아서면 이
러쿵 저러쿵 뒷말을 한다는 뜻.

16714. 앞에서는 목줄기를 잡고 뒤에서는 등을 밀
어 꼼짝도 못하게 한다. (扼喉撫背)
사람을 꼼짝도 못하게 구속을 하였다는 뜻.

16715. 앞에 할 말을 뒤에 하고 뒤에 할 말을 앞
에 한다.
말을 두서(頭緒)가 없이 함부로 하여 알아들을 수가
없다는 뜻.

16716. 앞으로 나갈 줄만 알고 뒤로 물러설 줄은
모른다. (知進而不知退)
전진(前進)만 할 줄 알고 후퇴(後退)를 할 줄 몰라
서 능동적인 싸움을 못한다는 뜻.

16717. 앞으로는 남고 뒤로는 밑진다.
겉으로 봐서는 이익이 많은 것 같으나 결산을 하고
보면 손해가 난다는 뜻.

16718. 앞으로는 벌고 뒤로는 나간다.
아무리 버는 사람이 있어도 쓰는 사람이 있으면 돈은
모이지 않는다는 뜻.

16719. 앞으로도 못 나가고 뒤로도 못 물러선다.
(進退兩難 : 進退維谷)   〈詩經〉
궁지에 빠져 꼼짝도 못하고 있다는 말.

16720. 앞을 못 본다.
앞을 못 보고 하는 일은 매우 위험하다는 뜻.

16721. 앞을 보지 못하는 쥐다. (不見前之鼠)
〈旬五志〉
항상 위험하고 불안한 생활을 한다는 뜻.

16722. 앞을 환히 내다본다. (先見之明)
식견이 많아서 앞일을 내다볼 수 있다는 뜻.

16723. 앞일을 알려거든 먼저 지나간 일을 잘 살
펴보라. (欲知未來 先察已然)   〈荀子〉
다가올 앞일을 알려거든 먼저 지나간 일을 잘 분석
하여 보면 짐작할 수 있게 된다는 뜻.

16724. 앞자락이 열 두 폭이냐?
남의 일에 공연히 참견하고 나선다는 뜻.

16725. 앞 짧은 소리는 죽어서나 하랬다.
사람 팔자는 알 수 없기 때문에 앞 짧은 소리는 함부
로 해서는 안된다는 뜻.

16726. 앞장 서서 일하고 애쓴다. (先之勞之)
〈論語〉
남보다 앞장 서서 수고를 많이 한다는 뜻.

16727. 앞 집 처녀 믿다가 장가 못 간다.
남은 생각지도 않는데 저 혼자 믿고 있다가 낭패를
보게 된다는 뜻.

16728. 앞차가 넘어진 것을 보면 뒤차는 경계해야
한다. (前車之覆 後車之戒)   〈漢書〉
남의 잘못을 보거든 나는 그 잘못에 대한 경계를 하
여 두번 다시 없도록 하라는 뜻.

16729. 앞치장은 뒤에서 보이지 않는다.
부분적으로 잘하는 것은 큰 효과가 없다는 뜻.

16730. 애 간장만 태운다.
속이 썩어서 견딜 수가 없다는 뜻.

16731. 애교 떠는 것은 진정이 아니다.
(飾貌不情)   〈大戴禮〉
애교는 진정에서 나오는 것이 아니라 건성으로 하는
짓이라는 뜻.

16732. 애꾸가 환히 보려고 하고 절름발이가 먼
길을 가려고 한다. (眇視跛履)   〈易經〉
남보다 실력이 부족한 사람이 분에 넘치는 짓을 하려
고 하는 것은 무모하다는 뜻.

16733. 애꾸눈이 남보다 더 잘 본다는 격이다.
실력도 없으면서 장담만 한다는 뜻.

16734. 애꾸눈이 두 눈을 흉본다.
흉이 많은 사람이 흉이 없는 사람을 도리어 흉 본다
는 뜻.

16735. 애그러지게 나가며 어그러지게 들어온다.
미운 놈은 하는 짓마다 미운 짓만 한다는 뜻.

16736. 애기 버릇 임의 버릇이다.
여자는 자식 뒤를 잘 거두어 주어야 하듯이 남편 비
위도 잘 맞추어 주어야 한다는 뜻.

16737. 애기 엄마 똥 칠한다.
자식을 기르는 엄마의 옷은 깨끗할 날이 없다는 뜻.

16738. 애기의 말도 귀담아 들으랬다.

어린 아이 말도 옳은 말은 잘 들어 두어야 한다는 뜻.

16739. 애는 많이 썼으나 보람이 없다.
(徒費心力)
애만 많이 쓰고 성과는 별로 없다는 말.

16740. 애는 썼으나 공은 없다. (苦心而無功),(勞而無功) 〈淮南子〉,〈管子〉
애는 많이 썼으나 아무런 공로도 세우지 못하였다는 뜻.

16741. 애 늙은이다.
비록 어린 아이기는 하지만 어른다운 짓을 하는 아이라는 뜻.

16742. 애동 호박 삼 년을 삶아도 이도 안 들어간다.
사리에 맞지도 않은 말은 아예 듣기도 싫다는 뜻.

16743. 애동 호박에 말뚝 치기다.
매우 심술궂은 짓을 한다는 뜻.

16744. 애만 쓰고 속만 태운다. (勞心焦思)
애만 쓰고 일은 뜻대로 되지 않아 속만 상한다는 뜻.

16745. 애매한 가재만 돌에 치어 죽는다.
애매하게 남의 일에 화를 당하게 된다는 뜻.

16746. 애매한 두꺼비가 돌에 치인다.
(1) 아무 이유도 없이 벌을 받게 되었다는 뜻.
(2) 애매하게 남의 원망을 듣게 되었다는 뜻.

16747. 애면 글면한다.
가난한 사람은 쉬지도 않고 일을 한다는 뜻.

16748. 애 삼신(三身)은 같은 삼신이다.
아이들은 어느 아이나 다 같다는 뜻.

16749. 애써 구하면 얻을 것이며 내버려 두면 잃을 것이다. (求則得之 舍則失之) 〈孟子〉
애써서 구하면 못 구하는 것이 없고, 내버려 두면 될 것도 안 된다는 뜻.

16750. 애써 세운 공이 아깝다. (前功可惜)
애를 써가며 하던 일을 중도에 그만두는 것이 아깝다는 뜻.

16751. 애 어미는 삼 사월에 돌이라도 없어서 못 먹는다.
아이 낳은 여자는 평소에도 많이 먹지만 해가 긴 삼사월에는 닥치는 대로 다 먹는다는 뜻.

16752. 애옥살이에도 웃을 날이 있다.
아무리 고생스럽더라도 웃을 때가 있다는 뜻.

16753. 애정(愛情)이 헛벌이한다.
애정은 아무리 쏟아 주어도 보수도 없고 한도 없다는 뜻.

16754. 액 땜을 했다.
닥쳐올 액을 대신 때웠다는 뜻.

16755. 액(厄) 막이를 한다.
앞으로 다가올 액을 미리 예방하듯이 다가올 화를 미리 막는다는 뜻.

16756. 앵두 장수다.
잘못을 저지르고 행방을 감추었다는 뜻.

16757. 앵무새가 말은 잘하지만 봉황을 닮기는 어렵다. (鸚鵡能言 難似鳳) 〈宋名臣言行錄〉
말만 잘한다고 해서 훌륭한 사람으로 될 수는 없다는 뜻.

16758. 앵무새는 말은 잘하지만 날짐승을 벗어나지는 못한다. (鸚鵡能言 不離飛鳥) 〈禮記〉
말만 잘한다고 해서 남에게서 존경을 받는 것은 아니라는 말.

16759. 앵무새는 말은 잘해도 새는 새다.
사람은 행동을 잘해야지 말로 지껄이기만 하고 실행을 하지 않으면 사람 구실을 못 한다는 뜻.

16760. 앵무새 흉내내듯 한다.
앵무새마냥 남의 흉내만 낸다는 뜻.

16761. 야광주(夜光珠)를 어둔 밤에 던져 준다.
(明珠暗投) 〈史記〉
(1) 귀한 선물도 주는 때와 장소가 나쁘면 주고도 원망을 받는다는 뜻. (2) 재능이 있는 사람이 옳은 사람을 못 만난다는 뜻.

16762. 야단났다.
(1) 여러 사람이 한 곳에서 떠들고 법석거린다는 뜻.
(2) 큰소리로 마구 꾸짖는다는 뜻.

16763. 야문 나무는 좀도 못 먹는다.
의지가 강하면 나쁜 일에 말려들지 않는다는 뜻.

16764. 야물기는 대추 방망이다.
몹시 야무지게 생긴 사람보고 하는 말.

16765. 야박스럽게 행동하지 말라. (勿行薄惡事) 〈貞簡公家訓〉
야박스러운 행동을 하게 되면 남들에게 미움을 받게 되므로 삼가하라는 뜻.

16766. 야윈 말이 짐 탐낸다.
실력은 없으면서 일 탐만 한다는 뜻.

16767. 야하게 화장하면 음탕한 짓을 하게 된다.
(治容誨淫)　　　　　　　　　　　〈易經〉
너무 야하게 치장을 하게 되면 음란한 행동을 하게
된다는 뜻.

16768. 약 값은 만 년이고 술 값은 천 년이다.
약과 술은 이익이 많기 때문에 외상 값을 오래 있다가
갚아도 된다는 뜻.

16769. 약과(藥果) 맛을 보겠다.
제사에 쓰는 약과를 먹는다는 말은 곧 죽을 때가 되
었다는 뜻.

16770. 약과 말은 써야 한다.
듣기 싫은 말이 자신에게 이롭다는 뜻.

16771. 약과 먹기다.
맛좋은 약과를 먹는 것은 즐겁듯이 일하기가 쉽고도
즐겁다는 뜻.

16772. 약과에 꿀 찍은 맛이다.
약과만 먹어도 맛이 좋은데 더구나 꿀을 찍어 먹게
되어 더 맛이 좋듯이 즐거운 데다가 더 즐거운 일이
생겨 매우 즐겁다는 뜻.

16773. 약국집 맷돌인가 ?
아무 데나 되는 대로 쓰인다는 뜻.

16774. 약기는 꿩의 병아리다.
꿩의 병아리마냥 몹시 꾀가 많다는 뜻.

16775. 약기는 묘구(墓丘)같다.
눈치가 빠르고 약고 얄미운 사람을 보고 하는 말.
※ 묘구:무덤 도둑.

16776. 약기는 생쥐 새끼다.
생쥐 새끼마냥 작으면서도 몹시 약게 논다는 뜻.

16777. 약기는 참새 굴레라도 씌우겠다.
약 삭빠르고 꾀가 많은 사람을 가리키는 말.

16778. 약기는 참새다.
꾀가 많고 약삭빠르게 노는 사람을 이름.

16779. 약도 지나치면 해롭다.
아무리 좋은 것이라도 정도가 지나치게 되면 도리어
해롭게 된다는 뜻.

16780. 약롱 속의 약이다. (藥籠中物)　　〈唐書〉
약롱 속에 있는 약과 같이 꼭 필요하다는 뜻.

16781. 약 먹어 해로운 데 없고 굿해서 해로운 데

없다.
병 든 사람은 약도 먹고 굿도 해서 병을 고쳐야 한
다는 뜻.

16782. 약 먹어 해로운 데 없고 싸워서 이로운 데
없다.
환자는 약을 먹어야 낫고, 싸움은 하면 손해만 되므
로 삼가해야 한다는 뜻.

16783. 약빠른 고양이가 밤 눈 못 본다.
(伶俐猫 夜眼不見)　　　　　　　　〈東言解〉
영리하여 실수가 없을 듯한 사람도 자세히 보면 헛점
이 있다는 뜻.

16784. 약빠른 고양이가 상 못 탄다.
너무 약게 돌아다니다가 아무것도 얻지 못하였다는
뜻.

16785. 약빠른 고양이가 앞을 못 본다.
지나치게 약빠르게 놀다 도리어 좋은 기회를 놓친다
는 뜻.

16786. 약빠른 고양이도 쥐를 놓칠 때가 있다.
매우 영리한 사람도 실수할 때가 있다는 뜻.

16787. 약빠른 원숭이가 나무에서 떨어진다.
약빠른 짓을 잘 하다가는 마침내 실수를 하게 된다는
뜻.

16788. 약방에 감초가 떨어지겠다.
꼭 있어야 할 것이 없게 되었다는 뜻.

16789. 약방에 전다리 모이듯 한다.
보기 흉한 사람들이 많이 모여든다는 뜻.

16790. 약방의 감초. (藥房甘草)
어떤 일에나 빠지지 않고 참석하는 사람을 두고 하
는 말.

16791. 약방의 게젓이다. (藥房蟹醢)
어물전에 있어야 할 게젓이 약방에 있듯이 아무 소용
도 없는 물건이라는 뜻.

16792. 약보(藥補)보다 식보(食補)가 낫다.
보약을 먹는 것보다 영양식을 먹는 것이 몸에 낫다
는 뜻.

16793. 약 본 전중이요 물 본 기러기다.
교도소에는 약이 귀하기 때문에 죄수들은 약만 보면
환장을 한다는 뜻. ※ 전중이:교도소 수감자(收監者).

16794. 약쑥에 봉퉁이다.
자기 일은 자기가 못 한다는 뜻.

16795. 약으로 되는 말이다. (藥石之言)

매우 유익하고 도움이 되는 충고(忠告)라는 뜻.

16796. 약으로 보하는 것이 먹어서 보하는 것만 못하다. (藥補不如食補)　　　　〈旬五志〉

보약을 먹는 것보다는 영양식을 먹는 것이 몸에 보신이 더 된다는 뜻.

16797. 약으로 쓸래도 없다.

(1) 아무리 찾아 봐도 조금도 없다는 뜻. (2) 매우 귀중하다는 뜻.

16798. 약은 나누어 먹지 않는다.

보약은 둘이 나누어 먹으면 약효가 적다는 데서 나온 말.

16799. 약은 사람을 고치기도 하지만 죽이기도 한다.

(1) 약을 잘 쓰면 병을 고치고 잘못 쓰면 죽기도 한다는 뜻. (2) 술도 적당히 먹으면 좋지만 많이 먹으면 해롭다는 말.

16800. 약은 살리고 죽이고 한다.

약을 제대로 잘 쓰면 죽을 사람을 살리지만 잘못 쓰면 살 사람도 죽는다는 뜻.

16801. 약은 죽지 않을 병만 고친다. (藥醫不死病)　　　　〈明心寶鑑〉

아무리 좋은 약이라도 죽을 병은 고치지 못하고 죽지 않을 병만 고친다는 말.

16802. 약이 사람을 죽이나 의사가 사람을 죽이지.

물건이 죄가 있는 것이 아니라 사람에게 죄가 있다는 말.

16803. 약재(藥材)에 감초(甘草)다.

무슨 일에나 빠지지 않고 참견한다는 뜻.

16804. 약 주려고 말고 병을 주지 말랬다.

남을 도와 주려고 하지를 말고 애초에 남을 해치지 않는 것이 낫다는 뜻.

16805. 약 지러 갔더니 의원(醫員)도 두건을 썼다.

죽을 병에는 아무리 좋은 약도 소용이 없다는 뜻.

16806. 약질 목통에 장골(壯骨) 셋이 떨어진다.

약해 보이는 사람이 먹기는 더 먹는다는 뜻.

※장골 : 뼈대가 좋은 골격.

16807. 약질이 도끼로 살인 낸다.

힘이 약한 사람은 싸울 때 무기를 사용하게 된다는 뜻.

16808. 약질이 살인 낸다. (弱者殺人)

약한 사람이 암기가 있기 때문에 살인을 내기 쉽다는 뜻.

16809. 약질이 선수 친다.

싸움 할 때 약한 사람이 먼저 때리고 덤빈다는 뜻.

16810. 약탕기는 바꿔도 약은 못 바꾼다. (換湯不換藥)

형식은 바꿀 수 있어도 본성(本性)은 바꿀 수 없다는 뜻.

16811. 약하면 남을 이기지 못한다. (弱則不能勝物)　　　　〈荀子〉

약한 사람은 싸워서 이기지 못하므로 힘을 배양해야 한다는 뜻.

16812. 약하면서 강한 자를 이기는 것은 민중이다. (以弱勝强者 民也)　　　　〈三略〉

민중들을 한 사람 한 사람 보면 약해 보이지만 그들이 단결되면 민중보다 더 강한 것은 없다는 뜻.

16813. 약한 것을 잘 지키는 것을 강하다고 한다. (守柔曰强)　　　　〈老子〉

약한 것을 그대로 고수(固守)하게 되면 이것은 강하다는 뜻.

16814. 약한 것이 강한 것을 이긴다. (弱能勝强), (弱之勝强)　　　　〈三略〉, 〈老子〉

(1) 약한 숫돌이 강한 쇠를 간다는 말. (2) 약한 여자가 강한 남자를 달랠 수 있다는 말.

16815. 약한 말에 짐 많이 싣는다. (弱馬卜重)

실력이 약한 사람에게 무리한 일을 시킨다는 뜻.

16816. 약한 바람은 불을 붙이고 강한 바람은 불을 끈다.

강하기만 한 사람은 실패하고 부드럽고 약한 사람이 성공한다는 뜻.

16817. 약한 사람도 그를 능멸하지 않고 강한 사람도 그를 두려워하지 않는다. (柔亦不茹 剛亦不吐)　　　　〈詩經〉

약한 사람이라고 업신여겨서는 안 되고 강한 사람이라고 겁을 먹어서는 안 된다는 뜻.

16818. 약한 사람은 강한 사람과 대적할 수 없다. (强弱不同)

약한 사람은 강한 사람과 싸워서 이길 수 없다는 말.

16819. 약한 사람은 남의 도움을 받는다. (弱者人之所助)　　　　〈三略〉

약하게 되면 남의 도움을 받지 않으면 배겨나기가

어렵다는 뜻.

16820. 약한 사람은 돕고 강한 사람은 눌러야 한다. (扶弱挫強)
　약한 사람은 도와서 추켜세워 주어야 하고, 강한 사람은 눌러서 사납지 못하게 한다는 뜻.

16821. 약한 사람을 깔보는 사람은 강한 사람에게는 비굴하다.
　강자에게 비굴한 사람이 약자에게는 강한 척한다는 뜻.

16822. 약한 사람이 먼저 둔다. (弱者先手)
　장기나 바둑은 약한 사람이 선수를 한다는 뜻.

16823. 약한 사람이 약한 사람 사정을 안다.
　같은 처지에 있는 사람끼리는 서로 사정을 잘 안다는 뜻.

16824. 약한 자는 강한 자에게 먹힌다. (弱肉強食)
　강한 자는 약한 자를 힘으로 정복한다는 뜻.

16825. 약한 자는 강한 자와 대적할 수 없다. (強弱不同)
　약한 자는 강한 자와 싸울 수가 없다는 뜻.

16826. 얄미운 강아지가 부뚜막에 똥 싼다.
　얄미운 사람은 미운 짓만 한다는 뜻.

16827. 얄미운 강아지가 생선 물고 마루 밑으로 들어간다.
　얄미운 사람은 얄미운 짓만 점점한다는 뜻.

16828. 얄미운 강아지가 조기 대가리 물고 조왕에 올라간다.
　얄미운 사람은 미운 짓만 골라서 한다는 뜻.

16829. 얄미운 강아지가 주걱 물고 부뚜막에 가 똥 싼다.
　미운 놈은 하는 짓마다 미운 짓만 한다는 뜻.

16830. 얄미운 고양이가 아랫목 이불 속에 똥 싼다.
　얄미운 사람은 얄미운 짓을 가려 가면서 얄밉게 한다는 말.

16831. 얄미운 고양이가 조기 물고 조왕에 오른다.
　얄미운 사람은 무엇을 하나 얄미운 짓만 한다는 뜻.

16832. 얄미운 고양이가 주걱 물고 부뚜막에 오른다.

얄미운 놈은 얄미운 짓만 한다는 뜻.

16833. 얄미운 년이 분 바르고 예쁘냐고 묻는다.
　얄미운 사람은 얄미운 짓만 가려 가면서 한다는 뜻.

16834. 얄미운 년이 분 바르고 이래도 미우냐고 한다.
　얄미운 사람은 하는 짓마다 얄미운 짓만 한다는 뜻.

16835. 얄미운 놈이 고기 안주가 없다고 한다.
　얄미운 사람은 하는 짓이 미운 짓만 한다는 뜻.

16836. 얄미운 며느리가 사흘만에 고추장 한 단지를 다 먹는다.
　얄미운 사람은 하는 짓마다 눈 밖에 나는 행동만 한다는 뜻.

16837. 얇으면 두꺼워지고 싶어한다. (薄願厚)
〈荀子〉
　(1) 약하면 강해지고 싶어한다는 뜻. (2) 적으면 많이 가지고 싶어한다는 뜻.

16838. 얌전한 개가 부뚜막에 먼저 올라간다.
　겉으로는 얌전한 척하는 사람이 뒤로는 나쁜 짓을 한다는 뜻.

16839. 얌치 없기는 쥐새끼 같다.
　매우 얌치가 없는 사람을 두고 하는 말.

16840. 얌치 없는 조발막(趙發莫)이다.
　몹시 얌치가 없는 사람을 두고 하는 말.

16841. 양가문(兩家門)한 집에는 까마귀도 앉지 않는다.
　처첩(妻妾) 두 집 살림하는 집과는 왕래도 하지 말라는 뜻.

16842. 양가죽을 쓴 이리다. (狼披羊皮)
　가면(假面)을 쓴, 야심 가진 사람이라는 뜻.

16843. 양가죽 천 개가 여우 가죽 한 개만 못하다. (千羊之皮 不如狐之腋)
〈史記〉
　바보 여러 사람이 똑똑한 사람 하나를 못 당한다는 뜻.

16844. 양고기국이 비록 맛이 있으나 여러 사람 입맛을 다 맞추기는 어렵다. (羊羹雖美 衆口難調)
〈説苑〉
　아무리 잘하는 정치라도 온 국민들을 다 좋게 해줄 수는 없다는 뜻.

16845. 양 고랑에 든 소다.
　먹을 복이 많은 사람을 가리키는 말.

16846. 양국 대장의 병부(兵符) 차듯 한다.

무엇을 몸에 주렁주렁 찬 모습을 가리키는 말.

※병부: 옛날 군사를 내는 데 쓰는 표.

16847. 양귀비(楊貴妃)는 내일 아침이다.

옛날 동양의 미인인 양귀비보다도 더 아름다운 미인

이라는 뜻. ※양귀비: 중국 당나라(唐朝) 때의 뛰어

난 미인.

16848. 양귀비 뺨 치겠다.

옛날 뛰어난 미인 양귀비보다도 더 아름다운 미인이

라는 뜻.

16849. 양귀에 딱지가 앉겠다.

수다스럽게 한 말을 여러 번 한다는 뜻.

16850. 양기는 원기다.

남자는 양기가 좋아야 원기도 좋아서 건강하다는 뜻.

16851. 양녀(養女)로 며느리 삼기다.

남의 딸을 데려다가 제 딸처럼 기른 수양녀로 며느리

를 삼듯이 매우 손쉬운 일이라는 뜻.

16852. 양념 많이 친 음식 맛 버린다.

아무리 좋은 것도 정도가 지나치면 도리어 나쁘게 된

다는 뜻.

16853. 양념 맛이다.

전보다 달라지게 좋아지도록 하였다는 뜻.

16854. 양달 토끼는 굶어죽어도 음달 토끼는 산

다.

불리한 곳에 있는 사람이 오히려 이롭게 되었다는 뜻.

※양달: 양지(陽地).

16855. 양대가리를 걸어 놓고 개고기를 판다.

(懸羊頭 賣狗肉: 羊頭狗肉)   〈恒言錄〉

(1) 좋은 상품을 걸어 놓고 나쁜 상품을 판다는 뜻.

(2) 명령과 상반되는 행동을 한다는 뜻.

16856. 양대가리를 걸어 놓고 말대가리를 판다.

(懸羊頭 賣馬肉)   〈漢書〉

좋은 상품을 진열해 놓고 나쁜 상품을 판다는 뜻.

16857. 양도 무릎을 꿇고 어미의 은혜를 안다.

(羊有跪 乳之恩)

양도 어미의 은덕을 아는데 하물며 사람이 부모의

은덕을 몰라서야 되느냐는 뜻.

16858. 양 둑에 든 소다.

매우 먹을 복이 많은 사람을 보고 하는 말.

16859. 양미간(兩眉間)이 좁으면 소견도 좁다.

두 눈썹 사이가 좁으면 관상학적으로 소견도 좁다는

말.

16860. 양미간 좁은 사람과는 말도 말랬다.

양미간이 좁은 사람은 소견이 좁다는 데서 나온 말로

서 소견이 없는 사람과는 상대를 하지 말라는 뜻.

16861. 양반 걸음이다.

점잔을 피우며 느릿느릿 걷는 걸음을 이름.

16862. 양반 김칫국 떠먹듯 한다.

매우 점잖은 척하고 아니꼽게 구는 사람보고 하는

말.

16863. 양반 노릇을 잘하려면 하인을 잘 두랬다.

윗사람이 대접을 잘 받으려면 수단이 좋은 사람을

써야 한다는 뜻.

16864. 양반도 거짓말하고 서풍에도 비가 온다.

무슨 일이나 예외적인 일이 있다는 뜻.

16865. 양반도 거짓말한다.

점잖은 사람도 난처한 때는 어쩔 수 없이 거짓말을

한다는 뜻.

16866. 양반도 관 쓰고 똥 눌 때 있다.

점잖은 사람도 실수할 때가 있다는 뜻.

16867. 양반도 두 말한다.

양반과 같이 점잖은 사람이 약속을 어긴다는 뜻.

↔ 양반은 두 말하지 않는다.

16868. 양반도 먹어야 양반이다.

생활이 넉넉해야 예절을 차릴 수 있다는 뜻.

16869. 양반도 사흘 굶으면 도둑질한다.

아무리 점잖은 사람도 굶어죽게 되면 나쁜 짓도 서

슴지 않고 하게 된다는 뜻.

16870. 양반 돈은 상놈 주머니에 들었다.

옛날 양반들이 상놈들의 재산을 약탈한 데서 나온 말.

16871. 양반 못된 것이 장에 가 호령 친다.

못난 사람이 만만한 데 가서 잘난 체하면서 큰소리

친다는 말.

16872. 양반 밤 지게 지듯 한다.

남이 안 보는 데서 슬금슬금 무엇을 하는 모양을 비

유하는 말.

16873. 양반 새끼는 고양이 새끼요 상놈 새끼는

돼지 새끼다.

옛날 양반 자식은 앙칼스럽고 상놈 자식은 많이 먹는

다는 데서 나온 말.

16874. 양반 씨가 따로 있나?

　계급(階級)은 씨가 따로 있는 것이 아니라는 말.

16875. 양반(兩半) 양반(兩班) 두 양반이다.

　지체가 높은 양반을 돈 양반에 비유하여 경멸하는 말.

16876. 양반 욕하는 건 상놈이고 부자 욕하는 건 가난한 놈이다.

　이해 관계가 엇갈리는 처지에 있는 사람끼리는 욕을 서로 할 수 있게 된다는 뜻.

16877. 양반 욕하는 것은 상놈이다.

　자기가 자기를 욕하지 않는다는 뜻.

16878. 양반 욕한 놈 떨듯 한다.

　옛날 양반을 욕한 것이 발각되었을 때 보복당할 것을 생각하고 무서워 떨듯이 몹시 무서워서 떠는 사람을 보고 하는 말.

16879. 양반은 가는 데마다 상이요 상놈은 가는 데마다 일이다.

　권력 쓰는 사람은 가는 곳마다 먹을 것이 생기고 없는 사람은 가는 곳마다 일을 해야 한다는 뜻.

16880. 양반은 글 덕을 보고 상놈은 일 덕을 본다.

　배운 사람은 배운 덕을 보고, 못 배운 사람은 일을 잘해서 일 덕을 봐야 한다는 뜻.

16881. 양반은 글 덕이요 상놈은 발 덕이다.

　배운 사람은 배운 덕을 보고 못 배운 사람은 일을 잘해서 일 덕을 봐야 한다는 뜻.

16882. 양반은 글로 살고 상놈은 발로 산다.

　옛날 양반은 공부를 잘해야 출세를 하지만 상놈은 일을 잘해야 잘살게 된다는 뜻.

16883. 양반은 대추 세 개로 점심을 에운다.

　옛날 양반은 배가 고파도 체면을 차리느라고 배 고픈 티를 내지 않고 함부로 많이 먹지 않는다는 뜻.

16884. 양반은 대추 하나로 아침 해장한다.

　옛날 양반은 아침 해장을 간단히 한다는 뜻.

16885. 양반은 두 말하지 않는다.

　점잖은 사람은 한 번 한 말을 두 번 다시 번복하는 일이 없다는 뜻.

　↔ 양반도 두 말한다.

16886. 양반은 들판에 옷을 벗어 놓아도 안다.

　옛날 양반은 알몸만 봐도 바로 알 수 있듯이 어느 부분만 봐도 전체를 짐작할 수 있다는 뜻.

16887. 양반은 먹는 것으로 세월을 보내고 상놈은 일하는 것으로 세월을 보낸다.

　옛날 양반은 먹기를 잘 했고 상 사람은 일을 많이 했다는 데서 나온 말로서 있는 사람은 잘 먹고 없는 사람은 일을 많이 한다는 뜻.

16888. 양반은 문벌(門閥) 덕에 살고 상놈은 발 덕에 산다.

　옛날 양반은 문벌이 좋아야 벼슬을 하고 상놈은 일을 잘해야 잘살게 되었다는 뜻.

16889. 양반은 문자 쓰다 저녁 굶는다.

　옛날 어떤 양반이 너무 똑똑한 척하다가 낭패를 당했다는 데서 나온 말로서 무식한 사람에게는 유식한 말을 써서는 안된다는 뜻.

16890. 양반은 물에 빠져도 개 헤엄은 치지 않는다.

　아무리 다급해도 추태(醜態)는 보이지 않는다는 뜻.

16891. 양반은 배가 고파도 말을 않는다.

　점잖은 사람은 아무리 배가 고파도 배 고프다는 말을 하지 않는다는 뜻.

16892. 양반은 배 고파도 밥 먹자고 않고 장맛 보자면서 먹는다.

　억지로 점잖을 빼며 헛체면을 차린다는 뜻.

16893. 양반은 비가 와도 빨리 가지 않는다.

　아무리 다급해도 점잔은 차려야 한다는 뜻.

16894. 양반은 상놈 노릇을 못 해도 상놈은 양반 노릇을 한다.

　양반은 고생스러운 상놈 노릇은 못하지만 상놈은 편안한 양반 노릇을 할 수 있듯이 잘살던 사람이 패가하면 고생이 심하지만 못살던 사람은 잘살게 되면 즐기게 된다는 뜻.

16895. 양반은 샛길로 가지 않는다.

　옛날 양반은 시간이 걸려도 점잖게 행동해야 한다는 데서 나온 말로서 점잖은 짓을 하자면 손해 보는 일이 있다는 뜻.

16896. 양반은 세 끼를 굶어도 밥 먹는다고 않고 된장 맛 좀 보자고 한다.

　점잖은 사람도 굶주리게 되면 체면도 없이 먹는 데 덤벼든다는 뜻.

16897. 양반은 아무리 추워도 짚불은 쬐지 않는다.

　옛날 양반은 고생스러워도 체면을 차렸다는 데서 나온 말로서 점잖은 사람은 체면을 지켜야 한다는 뜻.

16898. 양반은 얼어죽어도 겻불은 안 쬔다.

옛날 양반은 고생스러워도 체면을 지키듯이 점잖은 사람은 고생스러워도 체면을 지켜야 한다는 뜻.

16899. 양반은 이무기다.
옛날 양반은 능글능글하고 의뭉하고 심술이 많았다는 뜻.

16900. 양반은 조상 덕이요 상놈은 일 덕이다.
옛날 양반은 조상을 잘 두어야 하고 상놈은 일을 잘 해야 한다는 뜻.

16901. 양반은 죽어도 문자를 쓴다.
옛날 양반 행세를 하려면 문자를 잘 써야 한다는 뜻.

16902. 양반은 추워도 떨린다고 않고 흔들린다고 한다.
옛날 양반은 점잔을 빼고 체면을 지켜야 한다는 뜻.

16903. 양반은 큰 길만 다녀야 한다.
옛날 양반은 큰 길로 점잖게 다녔다는 뜻.

16904. 양반은 하인을 잘 두어야 양반 노릇을 잘 한다.
아랫 사람이 잘해 줘야 웃사람 노릇도 잘하게 된다는 뜻.

16905. 양반은 하인이 시킨다.
아랫 사람을 잘 두어야 웃사람 노릇을 잘하게 된다는 뜻.

16906. 양반은 헌갓 쓰고도 똥 누지 않는다.
옛날 양반들은 형식적인 체면을 잘 지켰다는 뜻.

16907. 양반은 호랑이보다 무섭다.
권력을 가진 사람이 세상에서 가장 무섭다는 뜻.

16908. 양반을 보려거든 서울 가서 우리 오라버니를 보랬다.
좋은 것을 보려거든 이것을 보라는 말.

16909. 양반이 갑오년(甲午年)에 닷 돈 경술년(庚戌年)에 닷 돈 기미년(己未年)에 닷 돈석 다 떨어졌다.
갑오경장(甲午更張)에서 반상(班常)의 차별을 폐지하였고 경술년 한일합방(韓日合邦)으로 이조 봉건 사회가 무너지고 기미년 3·1 운동에는 전민족이 단결하여 항일 투쟁을 하는 과정에서 이조 봉건 사회의 유물인 양반과 상민(常民)의 차별 제도는 완전히 없어졌다는 데서 나온 말.

16910. 양반이 밥 먹자고는 못 하고 장 맛 좀 보자는 격이다.
옛날 굶주린 양반이 상놈 집에 와서 차마 밥을 먹어 보자는 소리는 못 하고 장맛이 어떠냐고 하면서 밥을 먹었다는 데서 나온 말로서 양반은 굶어도 체통(体統)은 차려야 한다는 뜻.

16911. 양반인가 두 냥 반(二兩半)인가.
양반보다 더 많은 것이 두 냥 반이 아니냐고 하며 조롱하는 말.

16912. 양반 자식은 열 두 살이면 호패(號牌)를 찬다.
옛날 양반 자식은 어려서부터 월등하게 잘생겼다는 뜻. ※호패: 옛날 십 육 세 이상 남자가 차던 성명과 생년 간지(生年干支)를 쓰고 관(官)의 낙인(烙印)을 찍은 패.

16913. 양반 자제를 보려거든 댁네 자제를 보랬다.
진짜를 보려거든 여기 와서 보라는 뜻.

16914. 양반 짧은 것과 글 짧은 것은 내놓지 말랬다.
대단치 않은 양반과 많이 배운 것이 없는 사람은 남의 앞에서 자랑을 하지 말라는 뜻.

16915. 양반 조상 자랑하듯 한다.
양반이 양반 자랑하기 위하여 조상을 자랑하듯이 자랑을 많이 한다는 뜻.

16916. 양반 조종(祖宗)은 은연 대감(隱然大監)이다.
가장 훌륭한 양반은 남들이 모르고 있는 대감이라는 뜻.

16917. 양반 지게 진 것 같다.
몹시 서투르고 어색한 모양을 이름.

16918. 양반 집 망하려면 상피(相避) 난다.
집안이 망하려면 음란해진다는 뜻. ※상피: 가까운 친척 사이의 남녀가 정을 통하는 일.

16919. 양반 집이 망하려면 초라니 새끼를 낳는다.
집안이 안 되려면 해괴한 일이 생긴다는 뜻.

16920. 양반 티눈만도 못하다.
상놈은 무식하여 무엇을 봐도 모르기 때문에 양반 티눈만도 못하다는 말.

16921. 양반 파립(破笠) 쓰고 똥 한 번 누기는 예사다.
권력 있고 돈 있는 사람이 염치없는 짓을 하는 것은 예사라는 뜻.

16922. 양반 호랑이 이무기는 천하의 삼환(三患)이다. (兩班 虎 螭 天下三患)

옛날 양반이 가장 무서웠다는 데서 나온 말로서 권세를 가진 사람이 세상에서 가장 무섭다는 뜻.

16923. 양보하지 않으면 불화하게 된다.
(不讓則不和) 〈春秋左傳〉
서로 양보하지 않는 데서 불화가 생기지, 사양하게 되면 불화하게 되는 일이 없다는 뜻.

16924. 양 손뼉이 맞아야 소리도 난다.
손바닥도 두 손바닥이 서로 마주쳐야 소리가 나듯이 싸움도 두 사람이 꼭같기 때문에 일어나게 된다는 뜻.

16925. 양 손뼉이 울어야 소리도 난다.
두 사람이 서로 같아야 싸움도 하게 된다는 뜻.

16926. 양 손에 꽃이다.
두 여자와 한꺼번에 친하게 되었다는 뜻.

16927. 양 손에 땀을 쥔다. (握兩把汗)
양 손바닥에 땀이 날 정도로 힘드는 일을 한다는 뜻.

16928. 양 손에 든 떡이다. (兩手執餠) 〈旬五志〉
너무 좋아서 어느 것을 먼저 할 지 모른다는 뜻.

16929. 양손을 잘린 것 같다. (如失左右手)
활동력을 잃어 버렸다는 뜻.

16930. 양손 털고 나선 빈털터리다.
양손에 돈 한 푼 없는 알거지라는 뜻.

16931. 양시조(洋時調)를 하느냐?
무슨 소리를 하는지 모르게 혼자서 중얼거리는 사람 보고 하는 말.

16932. 양식 떨어지자 입맛 난다.
무엇을 좋아하게 되자 낭패가 된다는 뜻.

16933. 양식 없는 동자는 며느리 시키고 나무 없는 동자는 딸 시킨다.
시집살이시키는 시어머니가 며느리는 힘 드는 일을 시키고, 딸은 쉬운 일을 시킨다는 말.
※동자: 밥을 짓는 일.

16934. 양심에 때가 꼈다.
양심이 조금도 없는 사람이라는 뜻.

16935. 양약(良藥)은 쓰다. (良藥苦於口)
〈孔子家語〉
이로운 충고는 듣기에는 거북하다는 뜻.

16936. 양 어깨가 묵직하다.
양 어깨가 무거울 정도로 큰 책임을 졌다는 뜻.

16937. 양 어깨에 동자 보살(童子菩薩)이 있다.

자기의 선악은 자신이 모르지만 보살이 지켜보고 있다는 뜻.

16938. 양 어깨에 부처님을 모시고 있다.
(1) 성실한 불교 신도라는 뜻. (2) 나쁜 행동은 하지 못할 처지에 있다는 뜻.

16939. 양 열 마리에 목자가 아홉이다.
(十羊九牧) 〈隋書〉
국민들 수보다 관리가 더 많다는 뜻.

16940. 양으로 소를 바꾼다. (以羊易牛) 〈孟子〉
작은 것을 가지고 큰 이득을 얻는다는 뜻.

16941. 양으로 이리를 부리게 한다. (使羊將狼)
〈史記〉
약한 지휘관에게 강한 사병(士兵)을 통솔하게 한다는 뜻.

16942. 양(胖)을 보째 낳는 암소다.
바라는 것과는 사실이 다르다는 뜻.

16943. 양의 창자다. (九折羊腸)
(1) 꼬불꼬불한 산길을 가리키는 말. (2) 험한 세상을 살아가기가 어렵다는 말.

16944. 양의 탈을 쓴 이리다.
악한 사람이 착한 사람으로 가장하고 악한 짓을 한다는 뜻.

16945. 양 잃고 소 얻는다. (亡羊得牛)
작은 것을 잃고 큰 것을 얻는다는 뜻.

16946. 양자(養子)도 한 대만 지나면 그만이다.
양자도 한 대만 친 자식 같지 않지만 두 대부터서는 친손과 다를 데가 없다는 뜻.

16947. 양자한 아들은 반 아들이요 손자는 온 손자다.
양아들은 친아들만 못하지만 손자 대에 가서는 친손자와 같아진다는 뜻.

16948. 양쪽이 좋아하면 하나로 합쳐도 좋다.
(兩好合一好)
서로가 좋아하게 되면 하나로 합치게 된다는 말.

16949. 양주 밥 먹고 고양 일한다.
(楊州食 高陽役) 〈東言解〉
품삯은 김서방에게서 받고 일은 이서방 일을 하듯이 엉뚱한 짓을 한다는 뜻.

16950. 양주(楊州) 사는 홀아비다.
초라하고 피로한 사람을 가리키는 말.

16951. 양주(兩主) 싸움은 칼로 물 베기다.
부부간의 싸움은 바로 화합하게 된다는 뜻.

16952. 양주 현감(楊州縣監) 죽은 말 지키듯 한다.
조선조 효종(孝宗)의 애마(愛馬)를 강화도로 보내는
도중 양주에서 갑자기 죽었기 때문에 양주 현감은 이
를 보고하고, 왕명을 기다리며 말을 지키고 있었다는
데서 나온 말로서 겁을 먹고 어쩔 줄을 모르고 오
랫동안 지켜보고만 있다는 말.

16953. 양지(陽地)가 음지(陰地)되고 음지가 양지
된다. (陰地轉陽地變)   〈冽上方言〉
부귀(富貴)와 빈천(貧賤)은 불변한 것이 아니고 부단
히 돌고 돈다는 뜻.

16954. 양지가 있으면 음지도 있다.
부자가 있으면 가난한 사람도 있다는 말.

16955. 양지도 음지될 날이 있다.
잘사는 사람도 몰락될 때가 있다는 뜻.

16956. 양지 마당에 씨암탉 걸음이다.
아장아장 걸어가는 얌전한 여자의 맵시를 이름.

16957. 양지쪽 얼음이다.
양지쪽 얼음마냥 오래 갈 운명이 아니라는 뜻.

16958. 양처(兩妻)한 놈이 때 굶는다.
두 집 살림에는 돈이 많이 든다는 뜻.

16959. 양초를 씹는 맛이다. (味如嚼蠟)
무미 담담(無味淡淡)한 싱거운 맛이라는 뜻.

16960. 양편 말을 듣고 송사하랬다.
시비는 양쪽 말을 다 듣고 가려야 한다는 뜻.

16961. 양화도(楊花渡) 색시 선유봉(仙遊峰)으로
돈다.
아름다운 여자가 남자를 유혹한다는 뜻.

16962. 얕본 가지에 눈 찔린다.
만만히 보다가 화를 당한다는 뜻.

16963. 얕본 나무에 눈 찔린다.
사람을 얕보다가는 실수를 하게 된다는 뜻.

16964. 얕은 내도 깊게 건너라.
무슨 일이나 깔 보지 말고 조심하라는 뜻.

16965. 얕은 물에는 큰 고기가 모이지 않는다.
나라가 커야 큰 인물도 난다는 뜻.

16966. 얕은 물에 배가 간다. (淺水行舟)
얕은 물에 배가 가듯이 매우 위태로운 짓을 한다는
뜻.

16967. 얕은 물에서 고기 잡기다. (淺水求魚)
일이 힘이 들지 않고 매우 수월하게 할 수 있다는 뜻.

16968. 얕은 여울이 소리나고 깊은 물이 고요하
다.
모르는 사람은 아는 척하고 아는 사람은 모르는 척한
다는 뜻.

16969. 어깨가 귀를 넘어가도록 산다.
등이 굽어 귀가 어깨 아래로 내려갈 때까지 오래 오
래 산다는 뜻.

16970. 어깨 너머로 배운다.
남이 공부하는 옆에서 간접적으로 얻어들어서 배운
다는 뜻.

16971. 어깨 너멋 글이다.
남이 배우는 옆에서 얻어들어서 배운 글이라는 말.

16972. 어깨는 밖으로 굽지 않는다.
자기와 가까운 사람에게 정이 더 쏠리게 된다는 말.

16973. 어깨를 스쳐도 연분이다.
조그마한 연분도 인연이라는 뜻.

16974. 어꾸수하다.
(1) 음식 맛이 순하고 구수하다는 뜻. (2) 하는 말이
비위에 맞는다는 뜻.

16975. 어느 개가 짖느냐 한다.
남의 말을 들은 척도 하지 않고 있다는 뜻.

16976. 어느 구름에 눈이 들고 어느 구름에 비가
들었나 한다.
무슨 일이 어떻게 되어 가는 줄을 도무지 모른다는 뜻.

16977. 어느 구름에 비가 올지는 알지 못한다.
(不知何雲 終雨其云)   〈耳談續纂〉
언제 어디서 무슨 일이 생길 줄 아무도 모른다는 뜻.

16978. 어느 귀신이 잡아 가는 줄도 모른다.
아무도 모르게 감쪽같이 잡아간다는 뜻.

16979. 어느 놈은 날 때부터 은숟가락 물고 나왔
다더냐?
부자집 자식이라고 뱃속에서 나올 때 돈을 가지고 나
온 것은 아니라는 뜻.

16980. 어느 놈은 얼어죽고 어느 놈은 데어 죽는
다.
(1) 세상에는 잘사는 사람도 있고 못사는 사람도 있
다는 뜻. (2) 일이 공평하지 못하다는 뜻.

16981. 어느 말은 물 마다하고 여물 마다할까?

652

말은 차마 하지 않지만 누구나 다 제 욕심은 있다는
뜻.

16982. 어느 모로 보든지 미인이다. (八方美人)
누구에게나 호감을 사는 사람을 가리키는 말.

16983. 어느 모로 봐도 알 수 없다. (八面不知)
아무리 보아도 안면이 없는 모르는 사람이라는 뜻.

16984. 어느 바람이 들이불까? (何風吹入)
〈東言解〉
조금도 염려할 것이 없다고 장담하는 태도를 이름.

16985. 어느 바람이 부느냐 한다.
어느 누가 지껄이든지 관여하지 않고 있다는 뜻.

16986. 어느 세월에 될지 모른다. (不知何歲月)
언제 될 것인지 종잡을 수도 없다는 뜻.

16987. 어느 손가락을 물어도 다 아프다.
어느 것이나 사정이 다 같다는 말.

16988. 어느 시대나 인재가 없는 것은 아니다.
(代不乏人)
인재가 없는 것이 아니라 적재 적소(適材適所)에 등용
해서 쓰지 않아서 없다는 뜻.

16989. 어느 장단에 춤을 출지 모르겠다.
간섭하는 사람이 많아서 누구의 말을 듣고 어떻게 해
야 할지 모르겠다는 뜻.

16990. 어느 집 개가 짖느냐 한다.
누가 무슨 소리를 해도 못 들은 척한다는 뜻.

16991. 어떤 것은 맞기도 하고 어떤 것은 맞지 않
기도 한다. (或中或不中)
여러 가지 중에서 맞는 것도 있고 맞지 않는 것도 있
다는 뜻.

16992. 어떤 것은 빠르고 어떤 것은 느리다.
(或速或遲)
(1) 많은 것 중에는 빠른 것도 있고 느린 것도 있다는
뜻. (2) 빠르기도 하였다 느리기도 하였다 한다는 뜻.

16993. 어떤 것은 옳고 어떤 것은 옳지 않기도 하
다. (或可或不可)
혹은 옳은 것도 있고 혹은 옳지 못한 것도 있다는 뜻.

16994. 어떤 병이나 다 나꾸는 약이다.
(萬病通治藥)
여러 가지 병에 다 잘 듣는 약이라는 뜻.

16995. 어떤 사람인지 모른다. (不知何許人)
어떤 사람인지 도무지 알 수가 없다는 뜻.

16996. 어떤 습관이든지 몸에 배면 천성처럼   된
다. (習與性成)
어떤 버릇이 한번 들면 마치 타고 난 천성같이 되
어 고치기가 어렵게 된다는 뜻.

16997. 어떤 일이든지 비밀이 새면 성사되기 어렵
다. (幾事不密害成)
일이 성사(成事)되기 전에 그에 대한 비밀이 새게 되
면 방해가 될 수 있다는 뜻.

16998. 어떤 자리에서나 말은 한 마디라도 경술히
하지 말라. (莫向坐中輕一語) 〈牧隱集〉
말은 어떤 좌석에서나 단 한 마디도 경술하게 해서
는 안된다는 뜻.

16999. 어둔 데서 더듬어 찾듯 한다. (暗中摸索)
〈世説〉
무슨 일을 시원스럽게 하지 못하고 더듬더듬하면서
답답하게 한다는 뜻.

17000. 어둔 밤에 눈 끔적이다. (暗中瞬目)
아무 성과도 없는 짓을 헛수고한다는 뜻.

17001. 어둔 밤에 눈짓하기다.
아무도 알아주지 않는 짓을 한다는 뜻.

17002. 어둔 밤에 비단옷 입기다. (錦衣夜行)
〈漢書〉
애써 한 일을 아무도 알아 주는 사람이 없어서 헛수고
만 하였다는 뜻.

17003. 어둔 밤에 손짓하기다.
남이 보지 않는 데서 한 일은 아무 보람이 없다는 뜻.

17004. 어둔 밤에 주먹질하기다.
상대방이 보지 않는 데서 화를 내는 것은 아무 소용
이 없다는 뜻.

17005. 어둔 밤에 홍두깨 내밀기다. (暗隅方杖出)
〈東言解〉
돌연히 생각지도 않은 일을 제시한다는 뜻.

17006. 어둔 밤에 활 쏘기다. (暗夜放矢)
목적을 달성할 수 없는 일을 애써 가며 한다는 뜻.

17007. 어둔 밤의 등불이다. (暗夜之燈)
군중의 지도자(指導者)라는 뜻.

17008. 어둘수록 길로 가야 한다.
위험할수록 안전한 방법을 택해야 한다는 뜻.

17009. 어둠 속에서 날뛴다. (暗中飛躍)
세상이 어떤 줄도 모르고 함부로 날뛴다는 뜻.

17010. 어둠침침한 눈으로 길을 가는 사람은 바위를 보고도 엎드린 범인 줄 안다.
(冥冥而行者 見寢石 以爲伏虎也)　〈荀子〉
무식한 사람은 사물(事物)을 옳게 판단하지 못하고 잘못 판단하기가 쉽다는 뜻.

17011. 어득시니는 볼수록 커만 간다.
모르는 동안에 점점 커진다는 뜻.

17012. 어득시니는 올려다볼수록 크다.
처음에는 얼마 들지 않을 줄 알고 시작한 것이 점점 많이 들어간다는 뜻.

17013. 어득시니 커가듯 한다.
별안간에 점점 커 보인다는 뜻.

17014. 어디 개가 짖느냐 한다.
남의 말을 들은 척도 하지 않는다는 뜻.

17015. 어디나 정들면 서울이다.
어떤 곳에 가서 살거나 정만 들게 되면 살기가 좋게 된다는 뜻.

17016. 어디나 후레아들은 하나 둘 있다.
사람이 사는 곳에는 어디나 못된 사람도 있게 마련이라는 뜻.

17017. 어디로 간지도 모른다. (不知去處)
어디로 갔는지 그 종적을 알 수가 없다는 뜻.

17018. 어디를 가나 다 있다. (皆有處處) 〈史記〉
가는 곳 마다 어디나 다 있다는 뜻.

17019. 어디를 가나 뼈 묻을 산은 있다.
(到處靑山骨可埋)　〈顧英〉
반드시 고향 땅에다 뼈를 묻지 않아도 좋다는 말.

17020. 어디를 가나 오사리 잡놈 하나 둘은 있다.
사람 사는 곳에는 어디나 못된 사람이 몇씩 있게 마련이라는 뜻.

17021. 어디를 가든지 대적할 사람이 없다.
(所向無敵)
이 세상에서는 대적할 상대가 없을 정도로 강하다는 뜻.

17022. 어디를 보아도 의지할 데가 없다.
(四顧無親)
사방을 돌아 보아도 도와 줄 사람이라고는 한 사람도 없다는 뜻.

17023. 어디 소경은 본다더냐?

사리에 맞지 않는 말을 할 때 하는 말.

17024. 어디인지 분간을 못하겠다. (方向不知)
어디인지 방향을 분간할 수 없다는 뜻.

17025. 어려서 고생도 해본 사람이라야 남의 사정도 안다.
고생을 해본 사람이라야 없는 사람의 사정도 알아 준다는 말.

17026. 어려서 고생은 은 주고도 못 산다.
어려서 고생해 본 사람이라야 나중에 출세할 수 있다는 뜻.

17027. 어려서 고생은 품 사서 구한다.
장래 훌륭한 사람이 되려면 어려서 꼭 고생을 해봐야 한다는 뜻.

17028. 어려서 고생하면 부귀다남(富貴多男)한다.
어려서 고생을 많이 한 사람은 장래 행복하게 된다는 뜻.

17029. 어려서 굽은 나무는 쇠길마가지로 쓰인다.
못난 사람도 쓰일 데가 있다는 뜻.

17030. 어려서 굽은 나무는 길마감밖에 안 된다.
어려서 교육을 잘못 시키면 장래성(將來性)이 없다는 뜻.

17031. 어려서 굽은 나무는 커도 굽는다.
어려서 나쁜 짓을 한 사람은 커서도 나쁜 짓을 하게 된다는 뜻.

17032. 어려서 굽은 나무는 커도 안장감으로 쓰인다.
어려서 못 배운 사람도 크면 다 쓰일 데가 있다는 뜻.

17033. 어려서 배우지 않으면 늙어서 아는 것이 없다. (幼而不學 老無所知) 〈孔子〉
어려서 열심히 공부하지 않으면 늙어서 무식을 면하지 못한다는 뜻.

17034. 어려서 배우지 않으면 커서 무능하게 된다. (少而不學 長無能也)
젊어서 부지런히 공부하지 않으면 커서 똑똑하지 못하고 무능하게 된다는 뜻.

17035. 어려서 안 운 아이 없다.
어느 누구나 반드시 한번은 거쳐야 하는 과정이라는 뜻.

17036. 어려운 일과 쉬운 일은 서로 이루어진다.

(難易相成)　　　　　　　　　　〈老子〉

어려운 일과 쉬운 일이 서로 혼합되어 이루어졌다는
뜻.

17037. 어려운 일은 서로 구해 주어야 한다.
(患難相救)

어려운 일이 있으면 너 나 할 것 없이 서로 구해 주
어야 한다는 뜻.

17038. 어려운 일은 쉬운 데서 해나가야 한다.
(圖難於其易)　　　　　　　　　〈老子〉

어려운 일을 하려면 쉬운 것부터 해나가면　해결할
수 있다는 뜻.

17039. 어려운 일을 당하면 몸을 바친다.
(臨難忘身)　　　　　　　　　　〈金庾信〉

아무리 어려운 일이라도 사람이 하는 일이라면 희생
할 각오로 하면 이루어진다는 뜻.

17040. 어려운 일을 용감하게 이겨 나가야 한다.
(服難以勇)

아무리 어려운 일이라도 용기를 내서 극복해야 한다
는 뜻.

17041. 어려운 중에서도 더욱 어렵다.

어렵다고 해도 이보다도 더 어려운 일은 없다는 뜻.

**17042. 어려움을 당해도 구차하게 모면하려고 하
지 말라. (臨難毋苟免)**　　　　　〈禮記〉

어려운 일을 당해도 비겁하게 피하려고 말고 과감하
게 해치우라는 말.

17043. 어려움을 알면 물러나야 한다. (知難而退)
　　　　　　　　　　　　　　　〈春秋左傳〉

도저히 감당할 수 없음을 알면 후퇴하는 것이 현명하
다는 뜻.

17044. 어르고 등골 뺀다.

겉으로는 잘해 주는 척하면서도 속으로는　오히려 해
친다는 뜻.

17045. 어르고 뺨 친다.

그럴 듯한 말로 은근히 남을 해롭게 한다는 뜻.

**17046. 어른과 갈 때는 어깨를 나란히 하지 않는
다. (肩而不倂)**　　　　　　　　〈禮記〉

어른을 모시고 갈 때는 나란히 가지 말고 뒤에 따라
가야 한다는 말.

17047. 어른과 같이 갈 때는 뒤에 따라가야 한다.
(不錯則隨)　　　　　　　　　　〈禮記〉

어른을 모시고 갈 때는 어른의 앞에서 가거나　또는
함께 나란히 가지 말고 반듯이 뒤에 따라 가야 한다는

17048. 어른 구경을 못 하고 자란 놈이다.

어른을 모셔 보기는커녕 어른 구경도 못 한 놈이라 버
릇이 하나도 없다는 뜻.

17049. 어른 그림자는 밟지 않는다.

아랫 사람이 어른을 모시고 갈 때 어른 그림자를 밟
아서는 안 된다는 뜻.

17050. 어른도 한 그릇 아이도 한 그릇이다.

흉년에 죽그릇은 어른이나 아이나 다같이 한 그릇석
준다는 뜻.

**17051. 어른 말에 그른 말 없고 아이 말에 거짓말
없다.**

어른 말은 그른 데가 없이 다 옳은 말이고　어린 아
이 말에는 거짓말이 없이 순진한 말이라는 뜻.

17052. 어른 말에 그른 말 없다.

어른 말에는 그른 말이 없이 모두 다 옳은 말뿐이라
는 뜻.

17053. 어른 말을 들으면 자다가도 떡이 생긴다.

어른 말을 들어서 이롭지 않은 것이 없다는 뜻.

17054. 어른 앞에서는 개도 나무라지 않는다.

어른 앞에서는 큰 소리를 해서는 안 된다는 뜻.

17055. 어른 앞에서도 아이 젖 핑계하고 눕는다.

(1) 며느리가 아이를 나면 아이 핑계로 좀　편해진다
는 뜻. (2) 아랫 사람은 웃사람을 핑계 대면서 속인
다는 뜻.

17056. 어른어른해서 분명히 헤아리기가 어렵다.
(恍惚難測)　　　　　　　　　　〈史記〉

황홀하고 어른어른해서 사물을 분명히 헤아릴　수가
없다는 뜻.

17057. 어른 없는 데서 자란 놈이다.

어른에게 아주 버릇이 없는 사람을 두고 하는 말.

17058. 어른에게는 바른 말도 말대꾸다.

어른 말씀에는 근청(謹聽)만 하고 바른 말이라도 반
대 의견을 말해서는 안 된다는 뜻.

17059. 어른에게는 입이 있어도 말을 못한다.
(在下者 有口無言)

어른 앞에서는 하고 싶은 말을 마음대로　못한다는
뜻.

**17060. 어른을 공경하고 덕망이 있는 사람을　받
들라. (敬尊長 奉有德)**　　　　　〈紫虛元君〉

나이 많은 어른은 공경할 줄 알아야 하고 덕망이 높

은 사람은 받을 줄 알아야 한다는 뜻.

17061. 어름어름 세월만 보낸다. (氷氷過去)
아무 하는 일도 없이 세월만 보내고 늙었다는 뜻.

17062. 어리석고 겁이 많다. (愚而善畏) 〈荀子〉
어리석은 데다가 겁까지 많아서 아무 일도 못한다는
뜻.

17063. 어리석고 게으르다. (昏惰)
어리석으면서도 게을러서 아무 일도 못한다는 말.

17064. 어리석고 경솔하다. (愚佻短慮) 〈後漢書〉
어리석기도 하고 경솔하기도 하여 쓸모가 없는 사람
이라는 뜻.

**17065. 어리석고 어진 것은 원래 어릴 때 가르쳐
기르기에 달렸다. (愚賢元在養蒙中)** 〈牧隱集〉
선천적(先天的)으로 어리석고 똑똑한 아이가 있더라
도 어려서 가르치기에 따라 달라지게 된다는 뜻.

17066. 어리석고 의뭉하지 않은 놈 없다.
어리석은 사람은 어리석은 척하면서 의뭉한 짓을 한
다는 뜻.

**17067. 어리석은 놈도 잠자코 있으면 똑똑해 보인
다.**
말을 않고 있으면 어리석은 사람도 어리석은 줄을 남
들이 모르게 된다는 뜻.

17068. 어리석은 사내가 똑똑한 여자보다 낫다.
농사 일을 해나가는 데는 어리석더라도 남자가 여자
보다 낫다는 뜻.

**17069. 어리석은 사람도 말이 수다스러우면 성을
낸다. (愚者之者 譆譆然而沸)** 〈荀子〉
비록 어리석은 사람이라도 수다스럽게 지껄이는 사
람이 있으면 성을 내게 된다는 뜻.

17070. 어리석은 사람도 옳은 말을 할 때가 있다.
아무리 못난 사람이라도 옳은 말을 할 때가 있다는
뜻.

**17071. 어리석은 사람도 지혜롭게 만들 수 있다.
(變愚爲智)** 〈擊蒙要訣〉
어리석은 사람도 잘 가르치면 똑똑하게 될 수 있다
는 뜻.

**17072. 어리석은 사람도 천 번 생각하면 반드시 하
나는 얻는 것이 있다. (愚者千慮 必有一得)**
〈史記〉
아무리 어리석은 사람이라도 여러 번 거듭해서 생각
을 하게 되면 그 중의 하나는 옳은 생각을 하게 된다

는 뜻.

**17073. 어리석은 사람에게 꿈 이야기하기다.
(癡人説夢)** 〈冷齊夜話〉
바보에게는 아무리 알아듣기 쉬운 말을 하더라도 이
해하기가 어려운데 하물며 듣기 어려운 말을 한다는
뜻.

**17074. 어리석은 사람에게는 지혜로운 꾀를 알려
줘도 소용없다. (愚不足與謀知)** 〈荀子〉
원체 어리석은 사람에게는 좋은 꾀를 알려 줘도 써
먹지를 못한다는 뜻.

**17075. 어리석은 사람에게도 신기한 데가 있다.
(至愚而神)**
못난 사람이라고 다 못난 짓만 하는 것이 아니라 때
로는 신기한 짓도 한다는 뜻.

**17076. 어리석은 사람은 그가 보는 것만 믿는다.
(愚者恃其所見)** 〈莊子〉
어리석은 사람은 소견이 없기 때문에 자기가 직접 본
것밖에 믿지 않는다는 뜻.

17077. 어리석은 사람은 늘 편안하다. (拙者逸)
〈濂溪〉
어리석은 사람은 근심 걱정이 없기 때문에 항상 편
안하게 지낸다는 말.

17078. 어리석은 사람은 따라 웃기를 잘 한다.
어리석은 사람은 영문도 없이 남이 웃으면 따라 웃
기를 좋아한다는 말.

**17079. 어리석은 사람은 더욱 어리석게 된다.
(愚益愚)**
어리석은 사람은 갈수록 점점 어리석은 짓만 하게
된다는 뜻.

17080. 어리석은 사람은 말이 많다.
못난 사람이 아는 체하고 말이 많다는 뜻. ↔ 어리석
은 사람은 말이 적다.

17081. 어리석은 사람은 말이 적다. (拙者黙)
〈濂溪〉
어리석은 사람은 아는 것도 적기 때문에 말할 것도
별로 없다는 뜻. ↔ 어리석은 사람은 말이 많다.

**17082. 어리석은 사람은 바르게 하지를 못한다.
(愚人不能正)** 〈六韜〉
너무 어리석은 사람은 아무리 가르쳐도 똑똑하게 바
로 잡지를 못하게 된다는 뜻.

**17083. 어리석은 사람은 아내를 두려워한다.
(癡人畏婦)** 〈姜太公〉

남편이 아내보다 어리석으면 아내를 두려워하게 된다는 뜻.

17084. 어리석은 사람은 자신이 자신을 묶는다.
(愚者自縛)　　　　　　　　〈信心銘〉
어리석은 사람은 자신에게 불리한 짓을 한다는 뜻.

17085. 어리석은 사람은 웃기를 잘한다.
(癡者多笑)
못난 사람은 웃을 일도 아닌 것 보고도 잘 웃는다는 뜻.

17086. 어리석은 사람은 함부로 웃는다.
어리석은 사람은 웃을 일도 아닌 것 보고도 잘 웃는다는 말.

17087. 어리석은 사람이 재물이 많으면 그 허물을 더하게 된다. (愚人多財 益其過)　〈疎廣〉
어리석은 사람이 돈이 많게 되면 그에 대한 흉이 더욱 많게 된다는 뜻.

17088. 어리석은 새가 먼저 난다. (笨鳥先飛)
어리석은 사람은 경솔한 짓을 잘 한다는 뜻.

17089. 어리석은 질문에 어리석은 대답이다.
(愚問愚答)
질문하는 사람이나 대답하는 사람이나 다 같이 어리석다는 말.

17090. 어리친 개새끼 하나 없다.
아무도 왕래하는 사람이 없다는 뜻.

17091. 어린 마음이 아직도 남아 있다.
(穉心尙存)
나이는 많아도 마음은 아직도 어린 마음이 남아 있다는 뜻.

17092. 어린 사람은 경험이 부족하여 큰 일을 같이 할 수 없다. (竪子不足與謀)　〈史記〉
큰일을 하는 데는 경험이 많은 노련한 사람끼리 조직해야 한다는 뜻.

17093. 어린 아들이 굿 간 어미 기다리듯 한다.
어린 아이가 어머니를 기다리듯이 몹시 기다리고 있다는 뜻.

17094. 어린 아이가 투레질하면 비가 온다.
젖먹이 아이가 투레질을 하면 비가 온다는 말.

17095. 어린 아이 꾀어서 엿 뺏아 먹는다.
제 욕심만 채우려고 어리석은 사람을 속인다는 뜻.

17096. 어린 아이 기르듯 한다. (若養赤子)〈荀子〉
어린 아이 다루듯이 정성껏 조심해서 잘한다는 뜻.

17097. 어린 아이 눈에는 어린 아이밖에 안 보인다.
남을 평가할 때는 자기가 아는 범위에서 평가한다는 뜻.

17098. 어린 아이는 괴는 데로 간다.
(孩雖向背 趨其所愛)　　　〈耳談續纂〉
누구든지 자기에게 잘해 주는 데로 쏠리게 된다는 뜻.

17099. 어린 아이는 기를 탓이다.
어린 아이는 가르치기에 달렸다는 뜻.

17100. 어린 아이는 남에게 맡기면 여윈다.
(寄人龍種瘦)　　　　　　　〈李商隱〉
자기 자식을 자기가 기르지 않고 남에게 맡기면 여위게 된다는 뜻.

17101. 어린 아이는 버릇들이기에 달렸다.
어린 아이는 길들이기에 따라 버릇이 착하게도 되고 나쁘게도 된다는 뜻.

17102. 어린 아이는 열 번 변한다.
어린 아이의 모습은 크는 과정에서 자꾸 변한다는 뜻.

17103. 어린 아이 떡을 뺏아 먹는다.
(誘彼幼子 竊其庹餠)　　　〈耳談續纂〉
염치없이 제 욕심만 채우는 사람을 두고 하는 말.

17104. 어린 아이도 속이 있어 운다.
남이 하는 말에는 사정이 담겨 있기 때문에 새겨들으라는 뜻.

17105. 어린 아이들 보는 데는 찬물도 못 먹는다.
어린 아이들은 보는 대로 따라하기 때문에 좋은 본보기를 보여주어야 한다는 뜻.

17106. 어린 아이를 귀여워하면 옷에 똥칠 떠날 날 없다.
어린 아이를 가까이해서 이로운 것은 없다는 뜻.

17107. 어린 아이 말도 귀담아 들으랬다.
(兒孩云言宜納耳聞)　　　〈耳談續纂〉
어린 아이에게서도 배울 점이 있다는 뜻.

17108. 어린 아이 매도 많이 맞으면 아프다.
조그만 것도 여러 번 당하면 큰 손해로 된다는 뜻.

17109. 어린 아이 뺨에 붙은 밥풀도 떼어 먹겠다.
몹시 염치 없는 짓만 한다는 뜻.

17110. 어린 아이에게 불 준 격이다.
매우 위험스러운 짓을 하였다는 뜻.

17111. 어린 아이에게 칼을 맡긴 격이다.

남에게 위험한 짓을 시켰다는 뜻.

17112. 어린 아이 예뻐 말고 겨드랑 밑이나 잡아 주렸다.
어린 아이를 진심으로 사랑하거든 겉으로 예뻐만 할 것이 아니라 잘 가르쳐 주라는 뜻.

17113. 어린 아이와 개는 괴는 데로 간다.
누구나 자기를 사랑하는 사람에게로 정이 쏠린다는 뜻.

17114. 어린 아이와 개는 귀여워하는 데로 따른다.
누구나 자기를 잘해 주는 사람에게로 따른다는 뜻.

17115. 어린 아이와 북은 칠수록 소리가 난다.
어린 아이가 울 때는 달래야지 때려서는 안 된다는 뜻.

17116. 어린 아이와 술 취한 사람은 바른 말만 한다.
술이 취하게 되면 평소에 숨겨 둔 비밀까지 다 말하게 된다는 뜻.

17117. 어린 아이 우물가에 둔 것 같다.
매우 위험한 생각이 든다는 뜻.

17118. 어린 아이 자지가 크면 얼마나 크랴?
크지도 않은 것을 크다고 하는 사람에게 하는 말.

17119. 어린 아이 자지에 붙은 밥알도 뜯어먹겠다.
염치가 매우 없는 사람에게 하는 말.

17120. 어린 아이 젖 조르듯 한다
무엇을 몹시 조르며 떼쓴다는 뜻.

17121. 어린 아이 주먹으로도 여러 번 맞으면 아프다.
대수롭지 않은 것으로도 여러 번 당하게 되면 큰 손해를 보게 된다는 뜻.

17122. 어린 아이 친하면 코 묻은 밥 먹는다.
못된 사람과 가까이 지내서 이로울 것이 하나도 없다는 뜻.

17123. 어린 아이 팔 꺾는 격이다.
(1) 매우 잔인한 짓을 한다는 뜻. (2) 매우 쉬운 일이라는 뜻.

17124. 어린이는 어른의 씨앗이다.
(子弟者 大人之胚胎) 〈菜根譚〉
어린 아이가 자라면 어른이 되므로 어린 아이는 어른의 씨앗이라는 뜻.

17125. 어린이는 죽이지 않고 늙은이는 잡아들이지 않는다. (不斬黃口 不獲二毛) 〈淮南子〉
옛날 어린 아이와 늙은이는 아무리 잘못이 있어도 처벌하지 않았다는 말.

17126. 어린 중 젓국 먹이듯 한다.
똑똑한 사람이 어리석은 사람을 속여서 나쁜 짓을 한다는 뜻.

17127. 어린 판수 육갑(六甲) 외듯 한다.
거침없이 무엇을 잘 외운다는 뜻.

17128. 어릴 때 대막대기 말 타면서 자란 친구이다. (竹馬故友:竹馬之友) 〈晋書〉
어려서부터 친하게 지내 온 다정한 친구라는 뜻.

17129. 어림도 없다.
(1) 생각이 조금도 없다는 뜻. (2) 조금도 양보할 수 없다는 뜻.

17130. 어림 반 닥급 없는 소리를 한다.
도무지 당치도 않은 소리를 한다는 뜻.

17131. 어림 칠푼 없다.
당치도 않은 소리는 하지도 말라는 뜻.

17132. 어림 한푼도 없다.
조금이라도 받아들일 수 없다는 뜻.

17133. 어머니가 반 뚜장이가 돼야 딸을 에운다.
딸 시집을 보내려면 어머니가 신랑감을 수소문(搜所聞)하여야 한다는 뜻.

17134. 어머니가 반 중매장이가 돼야 딸을 시집 보낸다.
시집 갈 딸이 있는 어머니는 딸 결혼 때문에 애를 많이 쓴다는 뜻.

17135. 어머니가 부지런하면 딸은 게을러진다.
어머니가 집안 일을 다하면 딸은 할일이 없다는 뜻.
↔ 웃사람이 바르면 아랫 사람도 바르다.

17136. 어머니가 의붓 어머니면 친아버지도 의붓 아버지된다.
의붓 어머니 밑에서는 친아버지 한테서도 따뜻한 사랑을 받을 수 없다는 뜻.

17137. 어머니 뱃속에서 은숟가락 물고 나온 사람 없다.
뱃속에서 재산을 가지고 나온 사람은 없다는 말.

17138. 어머니 사랑도 지나치면 버릇없는 자식이 생긴다. (慈母有敗子) 〈史記〉
자식을 너무 귀엽게만 기르면 버릇없는 불효 자식으로 되기 쉽다는 뜻.

17139. 어머니 선을 보면 딸을 알 수 있다.
　딸은 어머니를 닮는다는 데서 나온 말.

17140. 어머니 손은 약손이다.
　어려서 어지간한 병은 어머니의 간호로 낫는다는
뜻.

17141. 어머니의 마음은 자식만 따라다닌다.
　어머니는 항상 자식 걱정을 하고 있다는 뜻.

17142. 어머니 젖도 울어야 준다.
　세상 인심은 달래도 잘 안 주는 판인데 하물며 자
청해서 주는 사람은 없다는 뜻.

17143. 어물어물하다 해 넘긴다.
　어물쩍어물쩍거리다가 시간을 다 보내고 아무 일도
못했다는 뜻.

17144. 어물어물하면서 결단을 내리지 못한다.
（優柔不斷）
　우물쭈물하면서 결단을 못 내리고 일을 질질 끌기만
한다는 뜻.

17145. 어물전 망신은 꼴뚜기가 시키고 대통 장수
망신은 고불통이가 시킨다.
　못난 사람은 제 망신만 하는 것이 아니라 자기 동료
（同僚）들까지 망신을 시킨다는 뜻. ※대통장수: 담뱃
대 장수. 고불통이:담뱃대 꼭지의 꼬부라진 부분.

17146. 어물전 망신은 꼴뚜기가 시키고 실과 망신
은 모과가 시킨다.
　못난 사람일수록 자기 친구 망신까지 시킨다는 뜻.

17147. 어물전 망신은 꼴뚜기가 시킨다.
　못난 자식이 집안 망신만 시킨다는 뜻.

17148. 어물전에 명태가 떨어졌다.
　반드시 있어야 할 것이 없다는 뜻.

17149. 어물전에 있으면 비린내가 몸에 밴다.
　악한 사람들과 사귀면 마음이 악하게 된다는 뜻.

17150. 어물전에 중이다.
　있어야 아무 소용이 없는 존재라는 뜻.

17151. 어물전에 으례 꼴뚜기가 끼는 법이다.
　사람이 많으면 으례 못난 사람도 끼게 된다는 말.

17152. 어물전 위에 굶주린 까마귀 돌듯 한다.
　배 고픈 사람이 음식을 보고 몹시 먹고 싶어한다는
뜻.

17153. 어물전 치우고 꼴뚜기 장사한다.
　큰 장사를 하다가 실패하고 조그만 장사를 한다는 뜻.

17154. 어머가 남의 어미면 아비도 남의 아비 된다.
　어머니가 계모면 아버지의 사랑도 식는다는 뜻.

17155. 어미가 미우면 자식도 밉다.
　아내가 미우면 자식도 귀여운 줄을 모르게 된다는 말.

17156. 어미는 반 무당 반 의원이 돼야 한다.
　어머니가 자식을 기르자면 아동 위생과 소아병에 대한
상식도 배워야 한다는 뜻.

17157. 어미는 병신 자식을 더 귀여워한다.
　인자（仁慈）한 어머니는 성한 자식보다 병신 자식을
불쌍하게 여기는 동시에 더 귀여워한다는 뜻.

17158. 어미는 좁쌀만큼 벌어 오고 자식은 말똥
만큼 먹는다.
　부모가 근근히 모은 재산을 자식들이 함부로 써서 재
산을 없앤다는 뜻.

17159. 어미 떨어진 송아지 젖 찾듯 한다.
（孤犢觸乳）
　어린 아이가 어머니 젖을 몹시 찾는 모습을 이름.

17160. 어미 뗀 송아지다.
　어머니 떨어진 어린 아이가 어머니를 찾는 모습을
가리키는 말.

17161. 어미 매는 아프지 않다.
　어머니가 때리는 매는 아프게 때리지 않는다는 말.

17162. 어미 모르는 병 열 두 가지를 앓는다.
　어머니도 자식 속은 다 알지 못한다는 말.

17163. 어미 본 아기요 물 본 기러기다.
　언제 만나도 반가운 사람을 보고 기뻐함을 이름.

17164. 어미 본 아이 덤비듯 한다.
　떨어졌던 어미를 보고 반가와하듯이 언제 만나도 반
가운 사이라는 뜻.

17165. 어미새는 집을 나갈 때도 알을 뺏길까 봐
걱정한다. （探卵之患）
　어머니는 항상 아들에 대한 걱정을 한다는 뜻.

17166. 어미 소가 송아지 핥아 주듯 한다.
（舐犢之愛）　　　　　　　　　　〈後漢書〉
　부모는 자식을 지극히 사랑한다는 뜻.

17167. 어미 속 알아주는 자식 없다.
　어머니가 자식을 위하여 얼마나 고생하는가는 자식들
은 전연 모르고 있다는 뜻.

17168. 어미와 정이 있어야 자식도 귀여워한다.
　남자는 아내와 정이 있어야 자식도 사랑하게 된다는

뜻.

17169. 어미의 마음은 자식이 모른다.
자식에 대한 모성애(母性愛)는 자식들이 알지를 못한
다는 뜻.

17170. 어미 잃은 송아지다.
의지할 곳이 없는 외로운 사람을 두고 하는 말.

17171. 어미 잡아먹는 올빼미다.
부모에게 불효한 사람을 멸시해서 하는 말.

17172. 어미 팔아 동무 산다.
친한 친구는 매우 다정하고 소중하다는 뜻.

17173. 어미한테 한 말은 나도 소한테 한 말은 안
난다.
여자는 입이 가벼워 비밀을 지키지 못한다는 뜻.

17174. 어버이가 생각하듯 어버이를 생각하는 자
식 없다.
아무리 효자라도 자식의 마음이 부모의 마음을 당할
수 없다는 뜻.

17175. 어버이는 어버이답게 섬겨야 하고 어른은
어른답게 섬겨야 한다. (親其親 長其長)
　　　　　　　　　　　　　　　　　　〈孟子〉
부모는 효성스럽게 섬겨야 하고 어른들은 공경해야
한다는 뜻.

17176. 어버이를 공경하는 사람은 감히 남을 업신
여기지 않는다. (敬親者 不敢慢於人) 〈論語〉
자기 부모를 공경하는 사람은 남을 업신여기지 않고
존경한다는 뜻.

17177. 어버이를 사랑하고 어른을 공경하라.
　(愛親敬長)　　　　　　　　　　　　〈小學〉
부모에게는 효도하고 어른들에게는 존경한다는 뜻.

17178. 어버이를 사랑하는 사람은 감히 남을 악하
게 하지 않는다. (愛親者 不敢惡於人) 〈孔子〉
자기 부모에게 효도하는 사람은 남에게 악한 짓을 하
지 않게 된다는 뜻.

17179. 어버이를 섬기는 데는 효도로써 섬겨야 한
다. (事親以孝)　　　　　　　　　　〈三國史記〉
부모에게는 효성을 다해서 섬겨야 한다는 뜻.

17180. 어버이의 명령을 어기는 것은 불효이다.
　(違命不孝)　　　　　　　　　　　〈春秋左傳〉
부모의 명령을 거역하고 집행하지 않는 것은 불효라
는 뜻.

17181. 어버이의 허물은 잊고 그 아름다운 덕은

공경하라. (弛其親之過 而敬其美)　　〈禮記〉
부모의 잘못이 있거든 잊어 버리고 부모의 미덕만 공
경하도록 하라는 뜻.

17182. 어버이 죽는데 춤추기다.
만고에 없는 불효 자식이라는 뜻.

17183. 어벌쩡하고 손 내민다.
시침을 뚝 떼고 남을 속이려고 한다는 뜻.

17184. 어벌쩡한다.
허황한 말로 남을 유혹한다는 말.

17185. 어부만 좋은 일 시켜 주었다. (漁夫之利)
　　　　　　　　　　　　　　　　　　〈戰國策〉
자신을 희생해 가면서 남만 이롭게 하였다는 뜻.

17186. 어부의 횡재(橫財)다.
힘 안 들이고 쉽게 큰 이득을 얻었다는 뜻.

17187. 어사(御使)보다 가어사(假御使)가 더 무섭
다.
권력을 가진 사람보다도 그 권력을 배경으로 유세 쓰
는 사람이 더 가혹한 짓을 한다는 뜻.

17188. 어설픈 약국이 사람 죽인다.
섣불리 무슨 일을 하다가 큰 손해를 당했다는 뜻.

17189. 어설피 아는 것이 병이다. (半識者憂患)
무엇을 알려면 구체적으로 알아야지 어설피 알게 되
면 일을 망치게 된다는 말.

17190. 어안이 벙벙하다.
기가 막히고 하도 어이가 없어 말이 나오지 않는다는
뜻.

17191. 어이가 없어 웃으니까 제가 좋아 웃는 줄
안다.
남의 눈치도 모르고 주책없는 짓만 한다는 뜻.

17192. 어이 딸이 두부 앗듯 한다.
어머니와 딸이 두부를 만들듯이 서로 손발이 잘 맞는
다는 뜻. ※어이:어버이의 옛말.

17193. 어이 딸이 쌍 절구질하듯 한다.
무슨 일을 하는 데 서로 손발이 잘 맞는다는 뜻.

17194. 어장(漁場)이 안 되려니까 해파리만 끓는
다.
일이 안 되려면 되지 못한 것들만 모여든다는 뜻.

17195. 어쩌고 저쩌고 한다.
이래야 하느니 저래야 하느니 하면서 뒷말을 한다는
뜻.

17196. 어쩌다가 한 번 잘못한다. (擧措一誤)
　　고의(故意)가 아니고 어쩌다가 한 번 실수를 하게 되었다는 뜻.

17197. 어쩌면 옳기도 하고 어쩌면 그르기도 하다. (或是或非)
　　어떻게 보면 옳은 것 같기도 하고, 어떻게 보면 그른 것 같기도 하다는 뜻.

17198. 어쩔 줄 모르고 날뛴다. (手舞足蹈)
　　너무 좋아서 어쩌할 줄을 모른다는 말.

17199. 어정뜨기는 칠팔월 개구리다.
　　할 일은 안 하고 엉뚱한 일만 하면서 다니는 사람을 가리키는 말.

17200. 어정 칠월이요 동동 팔월이다.
　　농가에서 칠월은 별로 할 일이 없어서 어정어정 보내고 팔월은 추수 때문에 바빠서 동동거리며 지낸다는 뜻.

17201. 어제가 옛날이다.
　　(1) 세상이 갑자기 몰라 보게 발전되었다는 뜻.
　　(2) 사물이 갑자기 변하였다는 뜻.

17202. 어제 그저께가 옛날이다.
　　세상이 어느 사이에 갑자기 변하여졌다는 뜻.

17203. 어제 먹은 술이 아직까지 깨어나지 않는다. (昨醉未醒)
　　(1) 아직도 술 기운이 남아 있다는 뜻. (2) 정신을 아직도 똑똑히 차리지 못하고 있다는 뜻.

17204. 어제 보던 손님이다. (昨日見之旅客)
　　　　　　　　　　　　　　　　　　〈東言解〉
　　초면이기는 하지만 구면(舊面)같이 친해지는 사람을 두고 하는 말.

17205. 어제 색시가 오늘 시어머니다.
　　세월이 빨라서 시집 온 것이 어제 같은데 벌써 시어머니 노릇을 하게 되었다는 말.

17206. 어제의 부귀가 한 바탕의 봄꿈이다. (昔日富貴 一場春夢)　　〈候鯖錄〉
　　인생살이에서 부귀 영화(富貴榮華)도 봄꿈과 같이 허무하다는 뜻.

17207. 어제 잘못이 오늘엔 바른 것으로 된다. (昨非今是)　　〈陶潛〉
　　(1) 어제까지 그르다고 생각한 것이 오늘에 와서 옳다고 여겨진다는 뜻. (2) 환경이 갑자기 바뀌어졌다는 뜻.

17208. 어제 죽은 놈 서럽게 되었다.
　　이런 좋은 꼴을 못 보고 어제 죽은 사람은 서러웠을 것이라는 뜻.

17209. 어제 청춘이 오늘 백발이다.
　　세월이 빨라서 인생 일생(人生一生)이 잠깐이라는 말.

17210. 어중떤 상처(喪妻)는 집안 망한다.
　　중년에 상처하게 되는 것은 매우 불행하다는 뜻.

17211. 어중이 떠중이 다 모였다.
　　별의 별놈이 다 모여들었다는 뜻.

17212. 어지간(魚池間)하면 그만 두랬다.
　　어씨와 지씨는 성은 비록 다르나 한 자손이기 때문에 웬만한 일이라면 시비를 하지 말고 그만 두라는 뜻.

17213. 어지간해야 벗도 한다.
　　나이로 보나 지체로 보나 도저히 벗할 상대가 안 된다는 뜻.

17214. 어지간해야 생원님하고 벗도 한다.
　　나이로 보나 지체로 보나 도저히 벗을 할 수 있는 처지가 못 된다는 뜻.

17215. 어지간해야 한 나절 벗도 한다.
　　어떤 점으로 보나 도저히 상대할 만한 사람이 못 된다는 뜻.

17216. 어지러운 일은 조용히 처리해야 한다. (閑於理亂)　　〈諸葛亮心書〉
　　어지럽고 복잡한 일일수록 조용하고 침착하게 처리해야 한다는 말.

17217. 어쩌할 도리가 없다. (何嗟及矣)　　〈詩經〉
　　여러 가지로 생각해 봤어도 별 도리가 없다는 뜻.

17218. 어쩌할 바를 모른다. (罔知所措)
　　일이 너무나 벅차서 허둥지둥하면서 엄두를 못 낸다는 뜻.

17219. 어쩌할 수가 없다. (莫可莫何)
　　자기로서는 아무리 생각해 봐도 별 수가 없다는 뜻.

17220. 어진 것은 어질지 못한 것을 이긴다. (仁之勝不仁)　　〈孟子〉
　　바른 것이 그른 것을 이기게 된다는 말.

17221. 어진 것을 가까이하는 것은 한없이 좋은 일이다. (能親仁 無限好)　　〈李子潛〉
　　어진 것은 가까이하고 그른 것은 멀리하는 것보다 더 좋은 일은 없다는 뜻.

17222. 어진 것을 가까이하지 않으면 한없이 해

로와진다. (不親仁 無限害)　　　〈李子潛〉

어진 것은 가까이하지 않고 그른 것만 가까이하게 되면 이 보다 더 큰 손해는 없다는 뜻.

17223. 어진 것을 구하면 어진 것을 얻는다.
(求仁得仁)

어진 일을 하고 싶으면 어진 일을 얼마든지 할 수 있다는 뜻.

17224. 어진 마음으로 말을 하라. (以仁心説)

어진 마음을 가지면 말도 어질게 된다는 뜻.

17225. 어진 말은 널리 이익을 미친다.
(仁言利博)

어진 말은 군중에게 널리 좋은 영향을 주게 된다는 뜻.

17226. 어진 벗과는 즐길수록 유익하다.
(樂多賢友益矣)　　　〈論語〉

어진 친구와는 교제할수록 유익하기 때문에 가까이 지내야 한다는 뜻.

17227. 어진 사람과는 가까이하기를 향기로운 난초밭에 가듯 하라. (親賢如就芝蘭)　〈康節邵〉

어진 사람과는 친하게 지내고 자주 만나라는 뜻.

17228. 어진 사람과는 친해야 하며 이웃끼리는 좋게 지내야 한다. (親仁善隣)　〈春秋左傳〉

어진 사람과는 친하게 지내야 하고 이웃 사람들과는 의좋게 지내야 한다는 뜻.

17229. 어진 사람 말에는 이로운 말이 많다.
(仁人之言 其利博)　　　〈春秋左傳〉

바탕이 착한 사람이 하는 말은 듣는 이를 이롭게 되도록 하는 경우가 많다는 뜻.

17230. 어진 사람에게는 적이 없다. (仁者無敵)
　　　〈孟子〉

어진 행동만 하는 어진 사람에게는 적이 있을 수 없다는 뜻.

17231. 어진 사람으로서 아직까지 부모를 버린 사람은 없다. (未有仁而遺其親者)　〈孟子〉

자고로 어진 사람은 부모에게 효성을 하였다는 말.

17232. 어진 사람은 근심하지 않는다. (仁者不憂)
　　　〈論語〉

어진 일만 하는 사람은 근심할 일이 없다는 뜻.

17233. 어진 사람은 남을 사랑한다. (仁者愛人)
　　　〈孟子〉

어진 사람은 모든 사람들을 다 사랑한다는 말.

17234. 어진 사람은 바르게 하는 데 힘 쓴다.
(賢人務正之)　　　〈六韜〉

어진 사람은 잘못을 바로 잡는 데 온갖 힘을 다한다는 말.

17235. 어진 사람은 부자가 못 된다. (爲仁不富)
　　　〈陽虎〉

모진 사람이 아니고서는 부자가 되기 어려우므로 인자한 어진 사람은 부자가 될 수 없다는 말.

17236. 어진 사람은 사람을 공경한다.
(仁者敬人)　　　〈荀子〉

어진 사람은 모든 사람들을 다 공경한다는 말.

17237. 어진 사람은 사랑하지 않는 것이 없다.
(仁者無不愛)　　　〈孟子〉

어진 사람은 만물(萬物)을 다 사랑한다는 뜻.

17238. 어진 사람은 생각하는 것도 자기 신분에서 벗어나지 않는다. (君子思不出其位)

어진 사람은 생각하는 것도 자기 신분에 알맞도록 분수를 잘 지킨다는 뜻.

17239. 어진 사람은 세 부리를 조심한다.
(君子避三端)

어진 사람은 말을 조심(입부리)하고, 행동을 조심(발부리)하고, 여색을 조심(좃부리)한다는 말.

17240. 어진 사람은 옛 교훈을 스승으로 삼는다.
(賢者師古)　　　〈三略〉

어진 사람은 옛날 교훈을 스승으로 삼아 수양한다는 뜻.

17241. 어진 사람은 용감하다. (仁者有勇)
　　　〈論語〉

어진 사람은 인의(仁義)를 수호(守護)하는 데 용감하다는 뜻.

17242. 어진 사람은 절교한 뒤에도 그를 악평하지 않는다. (君子絶交 不出惡聲)

어진 사람은 설혹 절교하는 일이 있어도 그를 나쁘게 헐뜯는 일이 없다는 뜻.

17243. 어진 사람은 정신을 쓰고 도량이 좁은 사람은 힘을 쓴다. (君子勞心 小人勞力)
　　　〈春秋左傳〉

현명한 사람은 머리를 써서 쉽게 일을 하고 도량이 좁은 사람은 힘을 써서 힘들게 일을 한다는 뜻.

17244. 어진 사람은 천하에 적이 없다.
(仁人 無敵於天下)　　　〈孟子〉

어진 사람은 어진 일만 하기 때문에 세상에 적이 있을 수 없다는 뜻.

17245. 어진 사람은 행실을 잘해야 하며 덕을 길러야 한다. (君子以果行育德) 〈易經〉
어진 사람은 행동도 모범이 되도록 할 뿐만 아니라 남에게 은덕(恩德)을 베풀어야 한다는 뜻.

17246. 어진 사람을 공경하지 않으면 이것은 짐승이다. (人賢而不敬 則是禽獸也) 〈荀子〉
어진 사람을 공경하고 본받으려 하지 않는 사람은 짐승같이 무식한 사람이라는 뜻.

17247. 어진 사람을 보면 자신도 어질게 되고 싶다. (見賢思齊)
어진 사람을 보면 부럽게 되므로 어진 사람과 가까이하여 본을 받아야 한다는 뜻.

17248. 어진 사람을 존경하고 법을 두려워해야 한다. (尊賢畏法) 〈荀子〉
어진 사람은 존경하는 동시에 가까이해야 하고 법은 두려워하는 동시에 잘 준수해야 한다는 뜻.

17249. 어진 사람의 교제는 물과 같이 맑다. (君子之交淡若水)
어진 사람끼리는 물과 같이 깨끗하게 교제를 한다는 뜻.

17250. 어진 사람이 재물을 많이 가지게 되면 그 뜻을 손상시킨다. (賢人多財損其志) 〈疎廣〉
재물을 많이 가지게 되면 어진 사람도 그의 고상한 뜻을 더럽히게 된다는 뜻.

17251. 어진 아내는 어리석은 남편을 만나기 쉽다. (巧妻常伴拙夫眠) 〈五雜俎〉
어진 아내는 흔히 어리석은 남편을 만나지만 내조(內助)를 잘한다는 뜻.

17252. 어진 아내는 온 가족을 화목하게 만들고 간사한 아내는 온 가족의 화목을 깨뜨린다. (賢婦和六親 佞婦破六親) 〈姜太公〉
어진 아내를 얻게 되면 집안이 화목하게 되고 간사한 아내를 얻게 되면 집안이 화목하지 못하게 된다는 말.

17253. 어진 아내는 일생의 복이요 못된 아내는 삼 대 흉년이다.
아내를 잘 얻으면 일생을 행복하게 지내고 잘못 얻으면 아들대 손자 대까지 집안에 영향이 크다는 뜻.

17254. 어진 어머니면서도 또한 착한 아내다. (賢母良妻)
자식들에게는 훌륭한 어머니이며 남편에게는 좋은 아내라는 뜻.

17255. 어진 여자는 남편을 공경한다.

(賢女敬夫) 〈姜太公〉
어진 아내는 남편을 공경하면서 내조를 잘한다는 뜻.

17256. 어진 임금도 공 없는 신하는 사랑하지 않는다. (賢君不愛無功之臣) 〈墨子〉
공로(功勞)를 세우지 못하는 사람은 웃사람에게 사랑을 받을 수 없다는 말.

17257. 어진 정치를 하는 곳에는 반드시 어진 백성들이 있다. (垂仁之下 必有良民) 〈高麗史〉
어진 정치를 하게 되면 국민들도 감동하여 어진 국민으로 된다는 뜻.

17258. 어진 짓을 하면 번영하고 나쁜 짓을 하면 욕을 먹는다. (仁則榮 不仁則辱) 〈孟子〉
어진 일을 많이 하면 복을 받아 번영하게 되고, 악한 짓을 하게 되면 남들에게 욕을 먹게 된다는 뜻.

17259. 어질고 유능한 사람은 질투를 당한다. (妬賢嫉能)
어질고 유능한 사람은 나쁜 사람과 무능한 사람에게 질투를 받게 된다는 뜻.

17260. 어질다는 것은 사람이 지닌 마음이다. (仁人心也) 〈孟子〉
사람은 마음이 어질어야 행동도 어질게 된다는 뜻.

17261. 어질병이 지랄병 된다.
처음에는 대단치 않던 병집이 나중에는 큰 병집으로 된다는 뜻.

17262. 어질지 못한 것도 어질게 만들 수 있다. (變不肖爲賢) 〈擊蒙要訣〉
어질고 어질지 못한 것은 선천적(先天的)인 것이 아니고, 후천적(後天的)인 것이기 때문에 수양하면 누구든지 다 어질게 될 수 있다는 뜻.

17263. 어질지 못한 사람과 싸워서 이기지 못하는 일은 없다. (與不仁人爭 明無不勝) 〈春秋左傳〉
어질고 바른 사람과 어질지 못하고 나쁜 사람과 싸우게 되면 어진 사람이 승리한다는 것은 뻔한 사실이라는 뜻.

17264. 어질지 않아야 치부를 한다. (爲富不仁)
돈을 벌자면 모질지 않고서는 돈을 제대로 벌지 못한다는 뜻.

17265. 어질지 않으면 남을 해치게 된다. (不仁則害人) 〈莊子〉
어진 사람은 남을 도와주지만 어질지 않은 사람은 남을 해치게 된다는 뜻.

17266. 어항(魚缸)에 금붕어 놀듯 한다.

663

젊은 남녀들이 즐겁게 노는 모습을 이름.

17267. 어혈진 도깨비 개창 물 마시듯 한다.
술맛도 모르면서 마구 마시는 모습을 가리키는 말.

17268. 억지가 논 닷 마지기보다 낫다.
무슨 일을 할 때 어설피 돈을 쓰고 하는 것보다 고집을 써가며 하는 것이 더 낫다는 뜻.

17269. 억지가 사촌보다 낫다.
남이 돌봐 주는 것보다 고집을 부리며 일을 하는 것이 더 효과가 있다는 뜻.

17270. 억지도 쓸 데는 써야 한다.
억지를 써서 될 일은 억지를 써야 한다는 뜻.

17271. 억지로 일을 만들어 낸다. (無中生有)
남을 모함하기 위하여 없는 일을 있었던 것같이 거짓으로 꾸며 낸다는 말.

17272. 억지로 잡은 사람은 잃어 버리게 된다.
(執者失之) 〈老子〉
마음으로 복종시키는 사람은 얻을 수 있지만 강제로 복종시키는 사람은 떠나게 된다는 뜻.

17273. 억지로 절 받기다.
남이 대접해 주지 않는 것을 강요하여 대접을 받는다는 뜻.

17274. 억지로 참으면서 조심한다. (隱忍自重)
억지로 참아 가면서 신중히 대처(對處)한다는 뜻.

17275. 억지로 친한 것은 화목할 수 없다.
(同而不和)
정으로 친한 사람은 화목할 수 있지만 억압적으로 친한 사람과는 화목할 수 없다는 뜻.

17276. 억지로 편해도 편한 것이 낫다.
어떤 수단을 써서라도 편하게 사는 것이 상책이라는 뜻.

17277. 억지에는 무경우(無境遇)가 약이다.
억지 쓰는 사람에게는 순리(順理)로 말해서는 듣지 않기 때문에 경우없이 마구 다루어야 한다는 뜻.

17278. 억지 웃음이다. (憨笑)
웃기 싫은 웃음을 마지 못해 웃는다는 뜻.

17279. 억지 춘향(春香)이다.
될 듯 싶지도 않은 것을 억지로 한다는 뜻.

17280. 억척 보두다.
매우 거세고 억척스러운 사람을 보고 하는 말.

17281. 언기 번기하다.

(1) 너무 수다스럽다는 뜻. (2) 소문이 자자하게 퍼졌다는 뜻.

17282. 언 다리에 빠진다.
물이 언 다리 밑에 빠져도 크게 위험하지 않듯이 어쩌다가 실수를 해도 큰 손해는 없다는 뜻.

17283. 언덕 너머 집은 말 않고 보이는 집만 말한다.
눈에 보이지 않는 일은 말하지 않고 눈에 보이는 일만 가지고 말한다는 뜻.

17284. 언덕에 자빠진 돼지가 평지에 자빠진 돼지를 나무란다.
제 흉이 더 많으면서 남의 흉만 탓한다는 뜻.

17285. 언덕 위에서 둥근 돌이 구르듯 한다.
(阪上走丸)
언덕에서 돌이 구르듯이 세력이 왕성하다는 뜻.

17286. 언덕이 골 되고 골이 언덕 된다.(陵谷之變)
(1) 인간 사회에서 부귀와 빈천은 뒤바뀌게 된다는 뜻.
(2) 큰 변이 일어났다는 뜻.

17287. 언덕이 있어야 소도 비빈다.
사람도 어디 의지할 데가 있어야 일을 할 수 있다는 뜻.

17288. 언문 풍월(諺文 風月)에 염(簾)이 있으랴?
실력이 약한 사람이 어떻게 제대로 일을 다 할 수 있느냐는 뜻.

17289. 언 발에 오줌 누기다. (凍足放溺) 〈旬五志〉
무슨 일을 완고하게 하지 않고 일시적인 효과만 노리고 한다는 뜻.

17290. 언 사람은 봄이 돼도 옷을 껴입는다.
(凍者假衣於春) 〈莊子〉
한번 속아 본 사람은 다른 사람까지도 의심하게 된다는 뜻.

17291. 언 소반 받들듯 한다.
무슨 일을 매우 조심스럽게 다룬다는 말.

17292. 언 수탉 같다.
기진 맥진(氣盡脈盡)하여 쭈그리고 앉은 모습을 이름.

17293. 언어를 삼가하고 덕을 기르라.
(愼言語 以養其德) 〈伊川程〉
헛된 말을 하지 않도록 말 조심을 하고 덕은 길러 베풀도록 하라는 뜻.

17294. 언제까지나 근본은 잊지 말아야 한다.
(永不忘本)

사람은 언제나 자기 근본을 잊어서는 안 된다는 뜻.

17295. 언제나 거의 이루어질 무렵에 실패하게 된다. (常於幾成而敗之) 〈老子〉
무슨 일이나 실패는 초기에 발생되는 것이 아니라 거의 다 되어갈 무렵에 실패하게 된다는 말.

17296. 언제나 잊지 않는다. (念念不忘)
두고두고 생각하면서 잊지 않고 있다는 뜻.

17297. 언제나 정월 초하룻날이다.
언제 만나도 정월 초하룻날 인사하듯이 인사를 친절히 한다는 뜻.

17298. 언제 내 떡 먹었느냐 한다.
신세를 지고도 모르는 척하고 앉았기만 한다는 뜻.

17299. 언제는 외갓집 콩죽 먹고 컸나?
남의 덕으로 살아온 것이 아닌데 이제 와서 새삼스럽게 남의 덕을 바라겠느냐는 뜻.

17300. 언제는 외할머니 콩죽 먹고 살았나?
(古豈食外祖母 太粥活乎) 〈東言解〉
지금까지 남의 덕으로 살아오지 않았는데 이제 와서 남의 덕을 바랄 리가 있느냐는 뜻.

17301. 언제는 이태백(李太白)이가 돈 가지고 술 먹었다더냐?
술군은 돈이 없으면 외상술도 먹게 된다는 뜻.

17302. 언제 먹어도 김서방이 먹을 것이다.
(1) 언제 해도 책임진 사람이 할 것이니 이왕이면 속히 하자는 뜻. (2) 제게 돌아 올 이문은 그냥 두어도 제게로 돌아온다는 뜻.

17303. 언제 쓰자는 하눌타리냐?
(天圓子將焉用哉) 〈旬五志〉
아무리 좋은 것이라도 필요한 때 쓰지 않고 두기만 하면 아무 소용이 없다는 뜻.

17304. 언청이가 아니면 누가 병신이라고 하나?
어떤 결함만 없으면 좋았을 것이라고 칭찬하는 척하면서도 한편으로는 나쁘게 하는 말.

17305. 언청이가 아니면 천하 일색이다.
좋은 것이 꼭 될 수 있는 것인데 흠이 있어서 못 되었다는 뜻.

17306. 언청이 굴 회(膾) 마시듯 한다.
무엇을 단숨에 급히 마시는 모습을 이름.

17307. 언청이는 이가 드러난다. (齒脣歷齒) 〈宋玉〉
입술이 없으면 언청이가 되어 이가 나오듯이 서로 밀접한 관계가 있는 사이는 하나가 망하면 다른 하나도 타격을 받게 된다는 뜻.

17308. 언청이만 아니면 일색이다.
어떤 결점만 없더라면 좋았을 건데 하고 칭찬하는 척하면서도 사실은 나쁘게 비웃는 말.

17309. 언청이 밥 흘리듯 한다.
무엇을 먹을 때 흘려 가며 먹는 사람보고 하는 말.

17310. 언청이 아가리 토란 삐지듯 한다.
잘못된 일을 숨기려고 해도 숨겨지지 않을 경우를 이름.

17311. 언청이 콩가루 쥐어 먹듯 한다.
무슨 일을 감추려고 애를 써도 드러나고 만다는 뜻.

17312. 언청이 콩고물 먹듯 한다.
아무리 감추려고 애를 써도 저절로 드러난다는 말.

17313. 언청이 퉁소 대듯 한다.
사리(事理)에 맞지 않는 말을 함부로 한다는 뜻.

17314. 언행의 조심은 몸을 보호하는 부적이다.
(愼是護身符)
말과 행동을 조심하는 것이 몸을 안전하게 하는 데는 가장 좋은 방법이라는 뜻. ※부적:불가(佛家), 도가(道家)에서 기도할 때 악귀(惡鬼)를 물리치기 위하여 이상한 글자를 쓴 종이.

17315. 얻기를 탐내는 사람은 금을 주면 옥을 얻지 못한 것을 한탄한다. (貪得者 分金恨不得 玉) 〈菜根譚〉
탐욕이 많은 사람의 욕구는 도저히 만족시켜 줄 수가 없다는 뜻.

17316. 얻기 쉬운 것은 잃기도 쉽다.
쉽게 얻을 수 있는 것은 그것을 소중하게 여기지 않기 때문에 잃어 버리기도 쉽다는 뜻.

17317. 얻기 쉬운 계집이 버리기도 쉽다.
무엇이나 쉽게 얻을 수 있는 것이 버리기도 쉽다는 말.

17318. 얻기 전에는 얻을 것을 걱정하고 얻은 다음에는 그것을 잃을까 봐 걱정한다.
(患得患失) 〈論語〉
재물이 없을 때는 재물을 벌기 위하여 걱정하게 되고 재물을 번 다음에는 재물을 잃을까 봐 걱정을 하듯이 재물은 있으나 없으나 걱정거리가 된다는 뜻.

17319. 얻어들은 문자이다.
체계적으로 배운 것이 아니라 들어서 아는 지식이라는 뜻.

17320. 얻어들은 풍월(風月)이다.
　정식으로 배운 것이 아니고 들어서 아는 지식이라는
　뜻.

17321. 얻어맞은 묵 사발이다.
　박살(撲殺)이 나서 볼 품이 없게 되었다는 뜻.

17322. 얻어먹는 놈은 부엌 먼저 쳐다본다.
　누구나 자기와 이해 관계가 있는 것에 관심을 가지게
　된다는 뜻.

17323. 얻어먹는 놈이 이 밥 조 밥 찾는다.
　남에게 신세를 진 사람이 고맙다는 인사는 않고 뒷
　소리만 한다는 뜻.

17324. 얻어먹는 놈이 큰 떡 먼저 든다.
　남에게 신세지는 사람이 염치없는 짓만 한다는 뜻.

17325. 얻어먹는 데서 빌어 먹는다.
　곤궁한 중에서도 더욱 곤궁한 처지에 있다는 뜻.

17326. 얻어먹는 사람에게도 밥을 떠주는 사람 있
　고 상 차려 주는 사람있다.
　세상에는 박한 사람도 있고 후한 사람도 있다는 뜻.

17327. 얻어먹는 술이 시니 다니한다.
　남의 신세를 지는 사람이 고마운 줄은 모르고 오히려
　비방을 한다는 뜻.

17328. 얻어먹을 것도 사돈집 노랑 강아지 때문
　에 못 얻어먹는다.
　무슨 일을 할래야 방해 놓는 사람이 있어서 못한다는
　뜻.

17329. 얻어먹을 것도 이웃집 노랑 강아지 때문
　에 못 얻어먹는다.
　무슨 일을 하고 싶어도 방해 놓는 사람이 있어서 못
　한다는 뜻.

17330. 얻어먹을망정 절하고 보기는 싫다.
　(雖乞食 厭拜謁)
　굶어죽을 망정 비위를 맞춰 가며 굽실거리기는 싫다
　는 뜻.

17331. 얻어먹지 못하는 제사에 갓 망건만 부순
　다.
　아무 소득도 없는 일에 손해만 당했다는 뜻.

17332. 얻어먹지 못하는 제사에 절만 한다.
　아무 소득도 없는 일에 헛수고만 하였다는 뜻.

17333. 얻어온 강아지 떨듯 한다.
　몹시 추워서 떨고 있는 사람을 가리키는 말.

17334. 얻어 온 고추장이 더 헤프다.
　있는 집 살림보다 없는 집 살림이 더 헤프다는 말.

17335. 얻어 온 놈에게서 빌어 먹는다.
　소견도 없고 염치도 없는 사람을 두고 하는 말.

17336. 얻으니 타령이냐?
　서로 짝을 지어 놀며 다니는 것을 이름.

17337. 얻은 가래로 식전 보 막기다.
　매우 급히 해야 할 일이라는 뜻.

17338. 얻은 것도 없고 잃은 것도 없다.
　(無得無失)
　이익 된 것도 없고 손해본 것도 없다는 뜻.

17339. 얻은 것은 남에게 있고 잃은 것은 자신에
　게 있었다는 것을 모른다.
　(不知得爲在人 失爲在己)　〈姜宗説〉
　얻는 것은 남이 주는 것이고 잃는 것은 자신의 잘못
　으로 잃는다는 것을 알아야 한다는 뜻.

17340. 얻은 것은 적고 잃은 것은 많다.
　(得少失多)
　이득을 보는 것은 적고 손해를 보는 것은 많다는 뜻.

17341. 얻은 것이나 잃은 것이나 반반이다.
　(得失相半)
　얻은 것이나 잃은 것이나 서로 같기 때문에 이득도
　없고 손해도 없다는 뜻.

17342. 얻은 것이 잃은 것을 못 메꾼다.
　(得不補失)
　얻은 것은 적고 잃은 것은 많기 때문에 이득된 것으
　로 손해본 것을 메꿀 수가 없다는 뜻.

17343. 얻은 것이 있으면 잃은 것도 있다.
　(有得有失)
　세상을 살아가다 보면 이득을 볼 때도 있고 손해를
　볼 때도 있다는 뜻.

17344. 얻은 궤나 잃은 궤나.
　새로 얻은 것이나 잃은 것이나 똑같아서 이해가 없
　다는 뜻.

17345. 얻은 떡이 두레 반이다.
　여기저기서 조금씩 얻은 것이 의외로 많다는 뜻.

17346. 얻은 도끼나 잃은 도끼나.
　(得斧喪斧)　〈松南雜識〉
　새로 생긴 것이나 잃어 버린 것이나 마찬가지라 이해
　가 없다는 뜻.

17347. 얻은 잠방이다.

남에게서 얻은 것이 별로 좋지 않다는 뜻.

17348. 얻은 장 한번 더 떠먹는다.
(1) 모자라는 것은 더 가지고 싶다는 뜻. (2) 남의 집 음식은 더 맛이 있다는 뜻.

17349. 얻은 죽에 머리가 아프다.
사소한 것이나마 남에게서 신세를 지면 마음에 부담 이 된다는 뜻.

17350. 얻은 타령이나 동냥 타령이나.
이것이나 저것이나 다를 것이 없다는 뜻.

17351. 얻을 것이 하나도 없다. (無一所得)
하나도 이득될 것이 없다는 뜻.

17352. 얼간 망둥이다.
(1) 흐리멍덩한 사람을 조롱하는 말. (2) 언행이 주 착 없는 사람을 가리키는 말.

17353. 얼간이다.
(1) 이것도 아니고 저것도 아니라는 뜻. (2) 흐리멍덩 한 사람을 가리키는 말.

17354. 얼굴 값도 못한다.
생김새는 그렇지 않은데 행동이 못된 사람을 가리키 는 말.

17355. 얼굴 값이나 하랬다.
얼굴은 미끈하게 생긴 사람이 언행(言行)은 못되게 한 다는 뜻.

17356. 얼굴 다르듯 속도 다르다.
사람이 많아도 얼굴은 다 다르듯이 사람의 마음도 다 다르다는 뜻.

17357. 얼굴로 사귀는 것은 아첨이다.
(面交以諂) 〈穢德先生傳〉
정으로 사귀지 않고 겉으로 사귀는 것은 이것도 아첨 이라는 뜻.

17358. 얼굴만 가리고 엉덩이는 내놓는다.
숨길 것은 안 숨기고 안 숨겨도 될 것을 숨겨서 더 잘 탄로(綻露)나게 하였다는 뜻.

17359. 얼굴만 서로 쳐다보고 있다. (面面相顧)
아무 말도 없이 서로 얼굴만 멍하니 쳐다보고 있다 는 뜻.

17360. 얼굴 모양은 단정해야 한다. (容貌端正)
얼굴 가짐은 언제나 깨끗하고 얌전하게 가져야 한다 는 뜻.

17361. 얼굴 못난 년이 거울만 탓한다.

결함을 자신에게서 찾지 않고 남에게서 찾는다는 뜻.

17362. 얼굴 보고 사귄 사람은 얼굴이 미워지면 사랑도 변하게 된다. (以色交者 華落而愛渝)
〈戰國策〉
사람은 얼굴 보고 사귀지 말고 마음을 보고 사귀라는 뜻.

17363. 얼굴보다 코가 더 크다. (顏小鼻大)
(1) 커야 할 것이 작고 작아야 할 것이 크다는 뜻.
(2) 많아야 할 것이 많지 않고 적어야 할 것이 많다 는 뜻.

17364. 얼굴 색도 변하지 않는다. (顏色不變)
〈閔翁傳〉
자극(刺戟)을 줄 수 있는 것을 보거나 들어도 얼굴 색이 변하지 않고 있다는 뜻.

17365. 얼굴 색이 잿빛과 같다. (色如死灰)〈莊子〉
얼굴색이 병 들어서 다 죽어 가는 잿빛색이 난다는 뜻.

17366. 얼굴에 기쁜 빛이 나타난다. (喜動顏色)
기쁜 일이 생겨서 얼굴에도 기쁨이 가득하다는 뜻.

17367. 얼굴에 기쁨이 가득하다. (滿面喜色)
얼굴에 기쁜 표정(表情)이 가득하다는 말.

17368. 얼굴에 똥칠만 한다.
얼굴을 들고 다닐 수 없는 짓만 한다는 뜻.

17369. 얼굴에 먹칠한다.
얼굴을 들고 다닐 수 없도록 망신을 당했다는 말.

17370. 얼굴에 모닥불을 담아 붓듯 하다.
몹시 부끄러운 일을 당하여 얼굴이 화끈화끈하다는 뜻.

17371. 얼굴에 밥티 하나 안 붙었다.
얼굴을 보니 매우 가난할 상(相)이라는 뜻.

17372. 얼굴에 부끄러움이 가득하다. (滿面羞慚)
몹시 부끄러운 표정을 하고 있다는 뜻.↔얼굴에 부끄 러움이 없다.

17373. 얼굴에 부끄러움이 없다. (無覿面目)
〈詩經〉
착한 사람은 잘못한 것이 없으므로 부끄러워 할 일이 없다는 뜻.↔얼굴에 부끄러움이 가득하다. 얼굴에 부 끄러움이 있다.

17374. 얼굴에 부끄러움이 있다. (有覿面目)
〈詩經〉
잘못을 저지르게 되면 얼굴에 부끄러움이 나타나게 된다는 뜻.↔얼굴에 부끄러움이 없다.

17375. 얼굴에 생쥐가 오르락내리락한다.
　　인색하고 잔꾀가 많게 생긴 사람을 가리키는 말.

17376. 얼굴에 쇠가죽을 발랐다. (面張牛皮)
　　도무지 염치라고는 조금도 없는 사람을 가리키는 말.

17377. 얼굴에 수심이 가득하다. (滿面愁心)
　　매우 걱정스러운 표정을 하고 있다는 뜻.

17378. 얼굴에 앙칼만 다닥다닥하다.
　　매우 앙칼스럽게 생긴 사람을 보고 하는 말.

17379. 얼굴에 주근깨 많고 팔자 안 센 사람 없다.
　　얼굴에 주근깨가 약간 있는 것은 대단치 않으나 지나치게 많은 것은 관상학적으로 좋지 않다는 말.

17380. 얼굴에 철판을 깔았다. (鐵面皮)
　　염치가 전연 없는 사람을 두고 하는 말.

17381. 얼굴에 침 뱉는다.
　　모욕적인 행동을 한다는 뜻. ↔ 웃는 얼굴에 침 못 뱉는다.

17382. 얼굴은 가리고 꽁지만 내놓았다.
　　(掩面露尾)
　　무슨 일을 섣불리 하다가 들키게 되었다는 뜻.

17383. 얼굴은 남자 종이고 몸은 여자 종이다.
　　(奴顏婢身)
　　남에게 몹시 비굴하게 아첨한다는 뜻.

17384. 얼굴은 도깨비같이 추하나 마음은 물같이
　　깨끗하다. (貌醜如鬼 心淸如水) 〈櫟翁稗説〉
　　얼굴은 비록 추하지만 마음씨는 매우 아름답다는 말.

17385. 얼굴은 마음의 거울이다.
　　얼굴을 보면 그 사람의 마음도 짐작할 수 있다는 말.

17386. 얼굴은 사람이나 마음은 짐승이다.
　　(人面獸心)
　　얼굴만 사람 탈을 썼지 마음이나 행동은 짐승만도 못하다는 뜻.

17387. 얼굴은 웃고 뱃속은 운다.
　　겉으로는 좋은 척하지만 속으로는 걱정되는 일이 많다는 뜻.

17388. 얼굴을 뚫어지게 본다.
　　상대방의 얼굴을 잔뜩 노려보고 있다는 말.

17389. 얼굴을 보고 나이를 짐작한다.
　　(面上六甲)
　　얼굴을 보면 그 사람의 나이를 대략 짐작할 수 있다는 뜻.

17390. 얼굴을 보면 마음도 알 수 있다.
　　(以貌取人)
　　얼굴을 보면 그 사람의 속도 대략 짐작할 수 있다는 말.

17391. 얼굴을 야하게 화장하는 것은 음란한 짓을
　　알리는 것이다. (治容誨淫) 〈易經〉
　　화장을 수수하게 하지 않고 야하게 하는 여자는 음란하다는 말.

17392. 얼굴을 찡그렸다 웃었다 한다.
　　(一顰一笑)
　　얼굴 표정이 언짢았다 좋았다 한다는 뜻.

17393. 얼굴이 거울이다.
　　얼굴을 보면 그 사람의 성격을 알 수 있다는 뜻.

17394. 얼굴이 꽹가리 같다.
　　염치가 없어 부끄러움을 모르는 사람을 이르는 말.

17395. 얼굴이 모검뢰공(毛臉雷公)같다.
　　얼굴 모습이 아주 기괴(奇怪)하게 생겼다는 뜻.

17396. 얼굴이 백짓장 같다.
　　큰 충격을 받아 얼굴 색이 하얗게 되었다는 뜻.

17397. 얼굴이 뻔뻔하다.
　　잘못을 저지르고도 조금도 뉘우치는 기색이 없다는 뜻.

17398. 얼굴이 오만상이다.
　　얼굴을 보기 흉하게 찌푸리고 있다는 뜻.

17399. 얼굴이 요패(腰牌)다.
　　(1) 얼굴이 널리 알려져서 모르는 사람이 없다는 뜻.
　　(2) 얼굴은 그 사람의 간판이라는 뜻. ※요패: 옛날 군졸(軍卒)과 관청 하인들이 차던 나무패.

17400. 얼굴이 팔린다.
　　아는 사람이 점점 늘어나 안면이 넓어진다는 뜻.

17401. 얼굴이 푸르락 붉으락 한다.
　　화가 몹시 나서 얼굴 색이 퍼래졌다 붉어졌다 한다는 뜻.

17402. 얼굴이 화끈하다.
　　몹시 부끄러운 일을 당하여 얼굴이 화끈화끈한다는 뜻.

17403. 얼굴 일색(一色)이 마음 일색만 못하다.
　　여자는 얼굴이 예쁜 것보다는 마음씨가 고와야 한다는 뜻.

17404. 얼굴 팔아 먹고 산다더냐?
　　일을 부지런히 해야 먹고 살지 모양만 내고 앉았으면

살 수 없다는 말.

17405. 얼기설기 수양딸 맏며느리 삼는다.
우물쭈물하다가 일을 슬쩍 해치운다는 뜻.

17406. 얼김덜김에 임 만난다.
(1) 아무리 바빠도 만날 사람은 만나야 한다는 뜻.
(2) 뜻밖에 반가운 사람을 만났다는 뜻.

17407. 얼떨결에 털어 놓는다.
붐벼서 정신을 못 차리고 하지 말아야 할 말까지 다했다는 뜻.

17408. 얼뜬 봉변이다.
남의 일에 말려들어 고생한다는 뜻.

17409. 얼러 맞추다.
거짓말로 남을 속인다는 뜻.

17410. 얼러 키운 호로자식이다.
가정 교육이 없이 자란 버릇이 없는 못된 사람이라는 뜻.

17411. 얼러 키운 효자 없다.
자식을 얼러서 키우면 버릇이 없어 불효로 되기 쉽다는 말.

17412. 얼레빗 참빗 품에 품고 가도 제 복만 있으면 잘산다.
시집갈 때 빈손으로 가도 제 복만 있으면 잘살 수 있다는 뜻.

17413. 얼렛 살 풀었다.
집안에 난봉이 나 패가(敗家)하기 시작한다는 뜻.

17414. 얼르고 등골 뺀다.
겉으로는 잘해 주는 척하면서도 속으로는 해친다는 뜻.

17415. 얼르고 뺨 친다.
겉으로는 대단히 잘해 주는 척하면서도 사실은 해친다는 뜻.

17416. 얼바람 맞은 놈이다.
(1) 말과 행동이 믿을 수 없는 사람을 가리키는 말.
(2) 사람이 좀 모자란다는 뜻.

17417. 얼빠진 놈이다.
정신이 나간 사람이라는 뜻. ※얼: 정신, 혼.

17418. 얼 뺨 붙인다.
얼떨결에 뺨을 때린다는 뜻.

17419. 얼어죽고 데어 죽고 한다.
이래 고생, 저래 고생, 고생만 한다는 뜻.

17420. 얼어죽은 귀신이 홑이불이 당한 거냐?
추위를 잘 타는 사람이 얇은 옷을 입고 어떻게 지내느냐는 뜻.

17421. 얼음과 숯불은 말을 하지 않아도 차고 더운 것을 저절로 알게 된다. (冰炭不言 冷熱自明) 〈晋書〉
잘나고 못난 것을 말하지 않아도 남들이 저절로 알게 된다는 말.

17422. 얼음과 숯불은 서로 용납되지 않는다. (氷炭不相容) 〈楚辭〉
(1) 누가 누구를 죽이느냐 하는 원수끼리는 도저히 서로 친해질 수가 없다는 뜻. (2) 잘난 사람과 못난 사람은 서로 화합이 되지 않는다는 뜻.
↔ 얼음과 숯불이 서로 화합한다.

17423. 얼음과 숯불은 한 그릇에 담을 수 없다. (冰炭不同器) 〈韓非子〉
잘난 사람과 못난 사람은 서로 화합되지 않는다는 뜻.
↔ 얼음과 숯불이 서로 화합한다.

17424. 얼음과 숯불이 서로 화합한다. (冰炭相愛) 〈淮南子〉
(1) 원수끼리 억지로 화합한다는 뜻. (2) 잘난 사람과 못난 사람이 친한다는 뜻. ↔얼음과 숯불은 서로 용납되지 않는다. 얼음과 숯불은 한 그릇에 담을 수 없다.

17425. 얼음국 먹고 냉방에 누운 것 같다.
냉방이라 잠을 잘 수가 없다는 말.

17426. 얼음 녹듯 한다. (氷釋)
걱정과 근심이 얼음 녹듯이 풀어진다는 뜻.

17427. 얼음 말을 탔다.
지망(志望)하였던 일이 안 되었다는 뜻.

17428. 얼음 먹는 토끼 있고 눈 먹는 토끼 있다.
사람의 취미는 모두 각각이라는 말.

17429. 얼음에 새김질하기다. (鏤氷)
일을 해봤자 아무 성과도 없고 헛수고만 한다는 뜻.

17430. 얼음에 자빠진 쇠눈깔이다.
겁이 나서 눈을 크게 뜨고 두리번거린다는 말.

17431. 얼음은 물에서 생겨도 물보다 차다. (氷水爲之而寒於水) 〈荀子〉
선생에게 배운 제자가 그 선생보다 더 잘 될 수 있다는 말.

17432. 얼음은 여름에 먹자는 얼음이다.
무슨 물건이나 필요한 때 써야 한다는 뜻.

17433. 얼음을 얻으려면 불에서 찾아서는 얻지 못한다. (未見鑽火得冰) 〈法苑珠林〉
목적을 달성하려면 올바른 계획을 수립해야 한다는 뜻.

17434. 얼음판에 넘어진 황소 눈깔이다.
큰 눈을 두리번거리는 사람을 조롱하는 말.

17435. 얼음판에 바가지를 민 것 같다. (如冰瓢) 〈兩班傳〉
힘 안 들이고 매우 수월하게 한다는 뜻.

17436. 얼치기다.
(1) 이것도 아니고 저것도 아닌 중간치기라는 뜻.
(2) 탐탁하지 아니한 사람이라는 뜻.

17437. 얼크러진 그물이요 쏟아진 쌀이다.
이미 일은 그릇되어 바로 잡을 수 없게 되었다는 뜻.

17438. 얼토당토 않다.
(1) 가당(可當)하지 않다는 뜻. (2) 아무 관계가 없다는 뜻.

17439. 얽었으면 검지나 말고 검거든 얽지나 말아야지.
이리 보나 저리 보나 어느 한 가지도 쓸모가 없는 인간이라는 뜻.

17440. 얽은 구멍에 슬기 든다.
얽은 사람의 마음씨는 슬기롭다는 뜻.

17441. 얽은 구멍에 정이 담겼다.
(1) 얽은 사람은 인정이 많다는 뜻. (2) 곰보도 정이 들면 얽은 것도 곱게 보인다는 뜻.

17442. 얽은 사람 쳐놓고 마음 나쁜 사람 없다.
얽은 사람의 마음은 대개 착한 사람이 많다는 뜻.

17443. 얽지를 않으면 누가 곰보라고 할까?
물적 증거가 없으면 어느 누구 말할 사람이 있겠느냐는 뜻.

17444. 얽히고 설켰다.
아무리 하여도 해결할 수가 없다는 뜻.

17445. 얽히고 설킨 사연이 있다.
두 사람 사이에는 매우 복잡한 사정과 까닭이 있다는 뜻.

17446. 엄동 설한(嚴冬雪寒)에는 따신 아랫목 생각밖에 없다.
곤란한 환경에 있을 때는 그 곤란을 해결할 수 있는 문제만을 생각하게 된다는 뜻.

17447. 엄마 손은 약손이다.
어지간한 병은 어머니의 손으로 문질러 주면 낫는다는 데서 나온 말.

17448. 엄모 밑에서 효녀 난다. (嚴母出孝女) 〈明心寶鑑〉
어머니가 딸을 너무 귀여워만 하지 말고 엄하게 키워야 효녀가 된다는 뜻.

17449. 엄벙덤벙하다가 물에 빠진다.
무슨 일을 조심하지 않고 함부로 하다가 낭패를 당한다는 뜻.

17450. 엄벙덤벙하다가 세월만 보낸다.
쓸데없이 날뛰다가 젊은 세월만 다 보내고 늙었다는 뜻.

17451. 엄벙덤벙한다.
언행(言行)이 침착하지 못하다는 말.

17452. 엄벙뚱땅한다.
터무니없는 말로 풍치는 모양을 이름.

17453. 엄부 밑에서 효자 난다. (嚴父出孝子) 〈明心寶鑑〉
아버지가 엄격하게 키운 자식이라야 효자가 된다는 뜻.

17454. 엄부에서 효자 나고 엄모에서 효녀 난다. (嚴父出孝子 嚴母出孝女) 〈明心寶鑑〉
아비는 자식을 엄하게 가르쳐야 효자가 나고, 어미는 엄하게 딸을 교육시켜야 효녀가 난다는 뜻.

17455. 엄살을 떤다.
조금 아픈 것도 다 죽어 가는 척하며 떼를 쓴다는 뜻.

17456. 엄송이 밤송이 다 밟았다.
이 세상에서 고생이라는 고생은 다 해보았다는 뜻.
※엄송이 : 엄나무 가시.

17457. 엄지머리 총각이다.
한 평생을 장가도 못 가고 총각으로 지내는 사람을 가리키는 말.

17458. 엄처(嚴妻) 시하(侍下)에 산다.
내주장(內主張)의 집주인을 놀리는 말.

17459. 엄천득(嚴千得)이 가게 벌리듯 한다.
무엇을 지저분하게 늘어놓는 것을 가리키는 말.
※엄천득 : 옛날 상인의 이름.

17460. 엄한 집에는 주인을 거역하는 종이 없다. (嚴家無悍虜) 〈韓非子〉
집안이나 국가나 엄하게 다스려야 거역하는 사람이

670

없게 된다는 뜻.

17461. 업 구렁이 나가듯 한다.
언제 나간지도 모르게 슬그머니 나갔다는 뜻.
※업 구렁이 : 그 집을 잘살도록 도와 주는 구렁이.

17462. 업신여김을 당해도 욕된 줄을 모른다.
(見侮不辱) 〈荀子〉
남에게 모욕을 당해도 부끄러운 줄을 모르는 염치없는 사람이라는 뜻.

17463. 업어다 난장(亂杖) 맞힌다.
애써 한 일이 도리어 큰 손해만 보았다는 뜻.
※난장 : 장형(杖刑)에 있어 마구 치는 매.

17464. 업어 온 중이다. (負來僧焉往) 〈東言解〉
도루 업어다 줄 수도 없고 그렇다고 그냥 둘 수도 없는 난처한 처지에 있다는 뜻.

17465. 업어 온 처녀다.
(1) 싫어도 남이 시키는대로 따라 하지 않을 수 없는 처지에 있는 사람을 두고 하는 말. (2) 남이 시키는대로만 하는 사람을 보고 하는 말.

17466. 업으나 지나다.
이렇게 하나 저렇게 하나 매일반이라는 뜻.

17467. 업은 아이도 제 자식이요 안은 아이도 제 자식이다.
어떤 지위에서 어떤 일을 하고 있든 간에 다 같은 자식이기 때문에 차별을 두지 않는다는 뜻. ↔업은 아이보다 안은 아이가 더 귀엽다. 업은 아이보다 안은 아이가 더 소중하다. 업은 자식보다 안은 자식을 더 여긴다.

17468. 업은 아이를 이레 찾는다.
곁에 있는 것도 모르고 찾아다니기만 한다는 뜻.

17469. 업은 아이를 찾는다.
무슨 일을 침착하게 하지 못하고 설치기만 한다는 뜻.

17470. 업은 아이를 찾아 달란다.
자기 잘못을 남에게 책임지우려고 한다는 뜻.

17471. 업은 아이를 하루종일 찾는다.
곁에 있는 것을 모르고 엉뚱한 곳에 가서 찾는다는 뜻.

17472. 업은 아이보다 안은 아이가 더 귀엽다.
같은 자식이라도 더 귀여운 자식은 더 사랑하게 된다는 뜻. ↔업은 아이도 제 자식이요 안은 아이도 제 자식이다.

17473. 업은 아이보다 안은 아이가 더 소중하다.

자식은 다 소중하지만 그 중에도 더 소중한 자식은 더 사랑하게 된다는 뜻. ↔업은 아이도 제 자식이요 안은 아이도 제 자식이다.

17474. 업은 아이 삼간(三間) 찾는다.
가까운 곳에 있는 것을 모르고 엉뚱한 곳에 가서 찾아 다닌다는 뜻.

17475. 업은 아이 삼 년 찾는다. (兒在負 三年搜) 〈洌上方言〉
곁에 있는 것을 모르고 다른 데 가서 찾아다닌다는 뜻.

17476. 업은 아이 삼면 이웃 찾는다. (負兒三面覓) 〈東言解〉
자기 몸에 간직한 것도 모르고 딴 데 가서 찾아다닌다는 뜻.

17477. 업은 아이에게 길 묻는다.
상대방의 실력도 모르고 무슨 일을 한다는 뜻.

17478. 업은 자식보다 안은 자식을 더 여긴다.
자식 중에도 더 귀여운 자식을 더 사랑하게 된다는 뜻. ↔업은 아이도 제 자식이요 안은 아이도 제 자식이다.

17479. 업은 자식에게도 배운다.
어린 아이에게도 배울 것이 있으면 배워야 한다는 뜻.

17480. 업족제비 나가듯 한다.
언제 나간지도 모르게 슬그머니 나갔다는 뜻.
※업족제비 : 그 집 재운을 담당한 족제비.

17481. 업혀가는 돼지 눈 같다.
잠이 와서 눈이 게슴츠레한 사람을 놀리는 말.

17482. 업히나 안기나 마찬가지다.
이렇게 하나 저렇게 하나 매일반이라는 뜻.

17483. 없는 것 같으면서도 있는 것이 빚이다.
(1) 남 줄 돈은 생각하고 있는 것보다도 많다는 뜻.
(2) 받을 돈에는 관심이 많지만 줄 돈에 대해선 관심이 적다는 뜻.

17484. 없는 것이 없이 다 있다. (無物不存)
무슨 물건이나 없는 것이 없이 다 구비되었다는 뜻.

17485. 없는 것이 있는 것보다 많다.
너무 구차하여 살림살이가 아무것도 없다는 뜻.

17486. 없는 꼬리를 흔들까?
물적(物的) 증거를 대는 데는 어쩔 도리가 없다는 뜻.

17487. 없는 놈도 세 끼요 있는 놈도 세 끼다.

(1) 잘사나 못사나 한 평생 살기는 마찬 가지라는 뜻.
(2) 잘사는 사람을 부러워하지 말라는 뜻.

17488. 없는 놈 돈이 더 헤프다.
구차한 살림을 하려면 없는 것이 많기 때문에 돈이
더 헤프게 쓰여진다는 뜻.

17489. 없는 놈만 죽는다.
언제나 만만한 사람만 손해본다는 뜻.

17490. 없는 놈 사정은 없는 놈이 안다.
같은 처지에 있는 사람이라야 서로 사정을 잘 알게
된다는 뜻.↔없는 놈이 돈을 벌면 없는 놈 사정 더 모
른다. 없는 놈이 밥술이나 먹게 되면 과객 밥 한 술
안 준다. 없는 놈이 잘살게 되면 거지 쪽박을 깬다.

17491. 없는 놈에겐 작은 도움도 큰 부조다.
아주 가난한 사람에게는 조그마한 도움도 큰 도움이
된다는 뜻.

17492. 없는 놈은 남의 돈 만져도 못 본다.
구차한 사람은 남에게서 빚을 얻으려고 해도 얻을 수
가 없다는 뜻.

17493. 없는 놈은 똥배가 제일이다.
없는 사람이 먹는 음식은 배가 부른 것이 제일 좋다
는 뜻.

17494. 없는 놈은 못 먹어 병 나고 있는 놈은 너무
먹어 병 난다.
못 먹어도 영양 부족으로 병이 생기고 너무 과식을
해도 위장병이 생긴다는 말.

17495. 없는 놈은 밤에 기와집 짓는다.
가난한 사람은 밤이 되면 공상(空想)으로 괴로운 마
음을 달랜다는 뜻.

17496. 없는 놈은 배부른 것이 성찬(盛饌)이다.
없는 사람은 맛보다는 양(量)이 많아서 배부른 것이
낫다는 뜻.

17497. 없는 놈은 보리 숭늉에 살찐다.
(1) 굶주린 사람은 아무 음식을 먹어도 건강하다는 뜻.
(2) 보리 숭늉이 영양가가 있다는 뜻.

17498. 없는 놈은 비단도 한 끼다. (錦繡衣喫一時)
〈洌上方言〉
군색(窘塞)하게 되면 비단옷을 주고 한 끼라도 먹어
야 한다는 뜻.

17499. 없는 놈은 빚이 밑천이다.
가난한 사람은 빚을 얻어야 무슨 일을 하게 된다는
뜻.

17500. 없는 놈은 소금밥 대접도 못 한다.
구차한 사람은 반가운 손님이 와도 밥도 제대로 대
접하지 못한다는 뜻.

17501. 없는 놈은 식색(食色)으로 산다.
가난한 사람의 낙(樂)은 밥 먹는 것과 밤이면 아내와
자는 것밖에 없다는 뜻.

17502. 없는 놈은 앓을 여가도 없다.
가난한 사람은 밤낮 없이 일을 해야 하기 때문에 여
가가 도무지 없다는 뜻.

17503. 없는 놈은 여수(與受)가 밑천이다.
없는 사람은 빚을 졌다 갚았다 하는 것이 한 밑천이
라는 뜻.

17504. 없는 놈은 외상도 밑천이다.
가난한 사람은 돈 없을 때 외상이라도 얻어야 먹고
산다는 뜻.

17505. 없는 놈은 입 두고도 말을 못 한다.
가난한 사람은 억눌려 살기 때문에 하고 싶은 말이
많아도 못하게 된다는 말.

17506. 없는 놈은 자는 재미밖에 없다.
구차한 사람은 밤이 되면 고된 피로를 풀면서 아내
와 자는 즐거움밖에 없다는 뜻.

17507. 없는 놈은 친구도 없다.
구차한 사람은 경제력도 없고 여가(餘暇)도 없기 때
문에 친구와 사귈 기회가 없어서 친구도 별로 없다
는 뜻.

17508. 없는 놈이 남의 것 먹자면 말이 많다.
없는 사람이 남의 밑에서 일을 하자면 아니꼬운 말도
많이 듣게 된다는 뜻.

17509. 없는 놈이 돈을 벌면 없는 놈 사정 더 모
른다.
구차했던 사람이 돈을 벌게 되면 구두쇠가 되기 때문
에 구차한 사람을 동정하지 않는다는 말. ↔ 없는 사
정은 없는 놈이 안다. 없는 놈이라야 없는 놈 딱한
줄도 안다.

17510. 없는 놈이라야 없는 놈 딱한 줄도 안다.
가난한 사정은 가난한 사람이라야 안다는 뜻.↔없는
놈이 돈을 벌면 없는 놈 사정 더 모른다. 없는 놈이
밥술이나 먹게 되면 과객 밥 한 술 안 준다. 없는 놈
이 잘 살게 되면 거지 쪽박을 깬다.

17511. 없는 놈이 밥술이나 먹게 되면 과객(過客)
밥 한 술 안 준다.
못살던 사람이 돈을 벌면 구두쇠가 되어 없는 사람

사정을 몰라 준다는 뜻. ↔ 없는 놈 사정은 없는 놈이 안다. 없는 놈이라야 없는 놈 딱한 줄도 안다.

17512. 없는 놈이 있는 척은 더한다.
있는 사람은 있는 척을 하지 않는데 없는 사람은 반대로 있는 척한다는 뜻.

17513. 없는 놈이 있는 체 못난 놈이 잘난 체 모르는 놈이 아는 체한다.
많은 경우에 실속없는 사람이 허세 부리기를 좋아한다는 뜻.

17514. 없는 놈이 자두치 떡을 즐긴다.
(升粟之貢　嗜此尺餅)　　　〈耳談續纂〉
실력도 없는 사람이 자기 분수에 지나친 행동을 한다는 뜻.

17515. 없는 놈이 잘살게 되면 거지 쪽박을 깬다.
구차했던 사람이 잘살게 되면 없는 사람 사정을 더 몰라 준다는 뜻. ↔ 없는 놈 사정은 없는 놈이 안다. 없는 놈이라야 없는 놈의 사정도 안다.

17516. 없는 놈이 찬 밥 더운 밥 가리랴?
아쉬울 때는 좋고 나쁜 것을 가리지 않게 된다는 말.

17517. 없는 사람은 없는 걱정이 있고 있는 사람은 있는 걱정이 있다.
없는 사람이나 있는 사람이나 다 자기 나름대로의 걱정은 있다는 뜻.

17518. 없는 사람은·여름이 좋고 있는 사람은 겨울이 좋다.
가난한 사람은 생활비가 적게 드는 여름이 좋고, 돈 있는 사람은 생활비는 더 들어도 겨울이 낫다는 뜻.

17519. 없는 손자 환갑(還甲) 닥치겠다.
더 참을 수가 없도록 오래 기다렸다는 뜻.

17520. 없는 죄다.
남에게 천대를 받게 되는 것은 돈이 없는 죄밖에 없다는 뜻.

17521. 없는 지혜는 나오지 않는다.
무식한 사람에게선 좋은 지혜가 나올 수 없다는 뜻.

17522. 없는 집 딸은 있는 집에 가서도 살지만 있는 집 딸은 없는 집에 가서 못 산다.
고생해 본 사람은 부잣집에 가서도 살지만 호강으로 자란 사람은 구차한 집에 가서 살지를 못한다는 뜻.

17523. 없는 집 밥 굶듯 한다.
무슨 일이 자주 발생된다는 뜻.

17524. 없는 집에는 싸움이 일이다.
몹시 가난하게 되면 부부간의 싸움도 잦다는 뜻.

17525. 없는 집일수록 장은 담아야 한다.
구차한 살림일수록 장을 담아야 생활비가 절감된다는 말.

17526. 없는 집 자식은 신꼴 망태의 신꼴 같다.
가난한 집일수록 아이들이 많다는 뜻.

17527. 없는 집 제사 돌아오듯 한다.
무슨 일이 너무 자주 돌아온다는 뜻.

17528. 없는 집 제사엔 귀신도 굶는다.
가난하면 효성은 있어도 조상(祖上)을 잘 모실 도리가 없다는 뜻.

17529. 없는 처지에 비단옷이다.
안 입자니 옷이 없고 입자니 남의 조소를 받게 되지만 하는 수 없어서 비단옷을 입는다는 뜻.

17530. 없다 없다 해도 있는 것은 빚이다.
(1) 남 줄 돈은 관심이 적다는 뜻. (2) 남 줄 빚은 생각하고 있는 것보다 많다는 뜻.

17531. 없다 없다 해도 있는 것은 빚이요 있다 있다 해도 없는 것은 돈이다.
빚은 없는 것 같으면서도 많고, 돈은 많은 것 같으면서도 적다는 말.

17532. 없어도 비단 치마만 입는다.
분수에 넘치는 사치를 한다는 뜻.

17533. 없어 비단이다.
(1) 구차한 사람이 아끼던 물건을 할 수 없이 쓰게 되었다는 뜻. (2) 구차한 사람이 사치품을 가졌을 때 남의 조롱을 피하려고 쓰는 말.

17534. 없어서는 안 된다. (不可無)
꼭 있어야 할 매우 소중한 존재라는 뜻.

17535. 없어서 못 먹고 안 주어 못 먹고 못 봐 못 뺏아 먹는다.
아무리 먹고 싶어도 먹을 도리가 없다는 뜻.

17536. 없어야 열 가지 흉이다.
(1) 사람은 누구에게나 흉은 있다는 뜻. (2) 흉은 있는 것이 흉이 아니라 고치지 못하는 것이 흉이라는 뜻.

17537. 없으면 맹물 놓고 제사 지낸다.
제물(祭物)이 없다고 제사를 안 지낼 수는 없으므로 어쩔 수 없이 맹물만 떠 놓고 제사를 지낸다는 말.

17538. 없으면 염치만 는다.
군색한 처지에 있으면 염치를 차릴 수 없게 된다는

뜻.

17539. 없으면 제 아비 제사도 못 지낸다.
가난하면 아무리 소중한 일이라도 못하게 될 때가 있
다는 뜻.

**17540. 없을 때는 참아야 하고 있을 때는 아껴야
한다.**
없는 살림은 참아 가며 해야 하고 있는 살림은 절약
해가며 해야 한다는 뜻.

17541. 없을수록 마음을 바로 먹으랬다.
구차한 사람일수록 마음이 정직해야 남이 믿어 주게
되고 동정을 받게 된다는 뜻.

17542. 엉거능측한 놈이다.
남을 잘 속이는 능청스러운 사람이라는 뜻.

17543. 엉거 주춤하고 있다.
(1) 가부를 작정 못하고 머뭇거린다는 뜻. (2) 몸을 반
쯤 굽히고 있는 모양을 이름.

17544. 엉덩이가 떡판만하다.
엉덩이가 떡판같이 넓은 여자를 보고 하는 말.

17545. 엉덩이에 뿔이 났다.
남의 말을 듣지 않고 빗나가는 짓을 한다는 뜻.

17546. 엉이야 벙이야 한다.
일을 어름어름 꾸며 대는 모습을 가리키는 말.

17547. 엉청 못난 내 팔자야 한다.
못난 사람은 언제나 못난 짓만 한다는 뜻.

17548. 엉큼 대왕이다.
욕심이 많고 배짱이 큰 사람을 가리키는 말.

17549. 엉터리없는 말이다. (荒唐之言)
아무 근거(根據)도 없는 말이라는 뜻.

17550. 엎더져 가는 놈 꼭뒤 친다. (落者壓髻)
〈旬五志〉
곤란한 처지에 있는 사람을 더욱 괴롭힌다는 뜻.

17551. 엎더지며 곱더지며 한다.
달아나다 넘어지다 하면서 달아난다는 뜻.

17552. 엎드러진 김에 쉬어 간다.
의외에 좋은 기회를 이용하여 하고 싶던 일을 한다는
뜻.

17553. 엎어 논 중이다.
과부와 중이 한 방에서 자다가 인기척이 있어서 어
쩔 줄을 모르고 있듯이 이럴 수도 없고 저럴 수도 없

는 난처한 처지에 있다는 뜻.

17554. 엎어지고 넘어지고 한다. (顚之倒之)
엎어졌다 다시 일어나기도 하고 넘어졌다 다시 일어
나기도 하면서 참고 견딘다는 뜻.

17555. 엎어지면 코 닿겠다.
엎어지면 코가 닿을 정도로 가까운 거리라는 뜻.

17556. 엎어진 기왓장도 젖혀질 때가 있다.
(瓦有翻身日)
고생만 하던 사람도 행복할 날이 있다는 뜻.

17557. 엎어진 새집 속의 알은 온전한 것이 없다.
(覆巢無完卵) 〈世説〉
국가가 망하면 국민들은 다 불행하게 된다는 뜻.

17558. 엎어치나 둘러치나 매일반이다.
무슨 일을 이렇게 하나 저렇게 하나 마찬가지라는
뜻.

17559. 엎지른 물 쓸어 담기다.
엎지른 물을 쓸어 담으려 해도 아무 소용이 없듯이
무슨 일이든 한번 실수하여 그르쳐진 뒤에는 바로 잡
기가 힘들다는 말.

17560. 엎지른 물은 다시 못 담는다.
(覆水不返盆) 〈拾遺記〉
일단 잘못하여 실수한 일은 다시 수습할 도리가 없다
는 말.

17561. 엎지른 물이다. (覆盃之水) 〈松南雜識〉
엎질러져 버린 물처럼 일이 수습할 도리 없이 난감
하게 되었다는 뜻.

17562. 엎지른 물이요 깨진 독이다.
한번 저지른 잘못은 원상태처럼 다시 바로 수습할
수 없다는 뜻.

17563. 엎지른 물이요 쏜 화살이다.
일이 잘못되어 버린 뒤라 더 이상 어떻게 손을 써볼
도리가 없다는 뜻.

17564. 엎치락뒤치락한다.
(1) 서로 승부(勝負)가 없이 엎쳤다 뒤쳤다 하기
만 한다는 뜻. (2) 잠이 오지 않아서 몸을 엎치락 뒤
치락한다는 뜻.

17565. 엎친 놈 꼭뒤 친다.
궁지에 빠진 사람을 더욱 괴롭힌다는 뜻.

17566. 엎친 놈 위에 덮친다.
일이 잘못되어 괴로운 사람을 더 어렵게 하여 아주
재기(再起)하지 못하게 한다는 뜻.

17567. 엎친 데 덮친다. (顚之而覆之) 〈東言解〉
(1) 불행한 사람을 더욱 불행하게 한다는 뜻.
(2) 어려운 일이 한꺼번에 닥친다는 뜻.

17568. 에 해 다르고 애 해 다르다.
말씨의 사소한 차이도 상대방에게 주는 어감(語感)은 크게 다르다는 뜻.

17569. 여각(旅閣)이 망하려니까 나귀만 든다.
일이 잘 안 되려면 아무 소득 없는 일만 생긴다는 뜻.

17570. 여뀌 먹은 고기다.
정신을 잃고 몸을 비틀거리는 사람을 가리키는 말.
※ 여뀌: 경상도 사투리로서 여우라는 말.

17571. 여기서 나서 여기서 자랐다.
(生於斯 長於斯: 生於長於)
출생지(出生地)에서 나서 거기서 자란 토박이라는 뜻.

17572. 여기저기서 빚만 진다. (東推西貸: 東取西貸)
이 사람 저 사람에게서 빚을 많이 졌다는 뜻.

17573. 여기저기에 청탁을 한다. (左右請囑: 左請右囑)
여기저기 아는 사람에게나 줄 닿는 사람에게는 다 청탁을 한다는 뜻.

17574. 여닫는 문지도리는 좀이 안 난다.
(戶樞不蠹)
늘 운동하여 건강한 사람에게는 병이 침범하지 못한다는 뜻.

17575. 여덟 가지 못난 짓이다. (八不出)
못난 짓 중에서 가장 큰 여덟 가지의 못난 짓이라는 뜻.

17576. 여덟 갈래 큰 문어마냥 희멀끔하다.
신수가 매우 깨끗하고 멀쑥하게 생긴 사람을 두고 하는 말.

17577. 여덟 달 반이다.
제 달 수를 채우지 못하고 난 모자라는 사람이라는 뜻.

17578. 여덟 달에 난 아이다. (八朔童)
달 수를 덜 채우고 나서 사람이 모자란다는 뜻.

17579. 여덟 살부터 무당질을 해도 목두기 귀신은 못 봤다.
오랫동안 여러 사람을 겪어 보아도 너 같은 사람은 처음 보았다는 뜻.

17580. 여덟 자를 곧게 하기 위해 한 자를 굽힌다.
(枉尺而直尋)

큰 것을 위해서는 어쩔 수 없이 작은 것을 희생해야 한다는 뜻.

17581. 여덟 팔자 걸음이다.
배를 내밀고 거드름을 피우며 걷는 걸음걸이를 이름.

17582. 여드레 병풍 친다.
날짜가 지나가 헛일을 하게 되었다는 뜻.

17583. 여드레 삶은 무우에 이도 안 들어갈 소리를 한다.
말이 사리(事理)에 전혀 맞지 않는다는 뜻.

17584. 여드레 삶은 호박에 도래 송곳도 안 들어갈 말을 한다.
도무지 이치에 맞지 않는 소리를 한다는 뜻.

17585. 여드레 삶은 호박에 이도 안 들어갈 소리를 한다.
말하는 것이 조금도 이치에 맞지 않는다는 뜻.

17586. 여드레에 팔십 리 걸음이다.
여드레에 팔십 리밖에 못 가는 느린 걸음이라는 뜻.

17587. 여드레에 팔십 리다.
(1) 하루에 십 리밖에 못 갈 정도의 느린 걸음이라는 뜻. (2) 행동이 매우 느리다는 뜻.

17588. 여드레에 피죽 한 그릇도 못 먹은 놈 같다.
일하는 동작(動作)이 너무도 힘이 없어 보이는 사람을 보고 하는 말.

17589. 여드름 짜 종기 만든다.
공연한 짓을 하여 자기가 스스로 자신을 해롭게 하였다는 뜻.

17590. 여든 난 늙은이도 세 살 먹은 아이에게 물으랬다.
모르는 것이 있으면 아무에게나 부끄러워 말고 배우라는 뜻.

17591. 여든 뒷닷새 나도 사람질하기는 글렀다.
나이가 아무리 많아도 사람다운 사람은 못 된다는 뜻.

17592. 여든 먹은 노인도 세 살 먹은 아이에게 배우랬다.
(1) 손 아랫 사람에게도 배울 것은 배우라는 말.
(2) 사람은 죽을 때까지 배워야 한다는 뜻.

17593. 여든 살 난 큰 아기가 시집 가랬더니 차일(遮日)이 없다고 한다.
오래 두고 벼르던 일을 하려고 하니까 장애물(障礙物)이 있어서 못하게 된다는 뜻.

675

17594. 여든 살이라도 마음은 젊다.

몸은 늙어도 마음은 안 늙었다는 말.

17595. 여든에 난 노인 자제다.

(1) 매우 소중하고 귀여운 아이라는 뜻. (2) 단단하지 못한 아이를 가리키는 말.

17596. 여든에 능참봉(陵參奉)을 하니 한달에 거동이 스물 아홉 번이다.

고대하던 일이 이루어져 좋아했더니 수고스럽기만 하고 아무 실속이 없다는 뜻.

17597. 여든에 둥둥이다.

일이 몸에 맞지 않아 행동이 자유롭지 못하다는 뜻.

17598. 여든에 이가 나겠다.

도무지 사리에 맞지 않는 일이라는 뜻.

17599. 여든에 이 앓는 소리를 한다.

무엇이라고 말을 하지만 도무지 이해할 수 없는 말이라는 뜻.

17600. 여든에 죽어도 구들 동티에 죽었다고 한다.

멀쩡한 일에도 무언가 핑계를 댄다는 말.

17601. 여든에 죽어도 방아 동티에 죽었다고 한다.

당연한 일이라도 무엇인가 핑계를 댄다는 뜻.

17602. 여든에 죽어도 핑계는 있다.

핑계를 대자면 무슨 일에나 다 댈 수 있다는 뜻.

17603. 여든에 첫 아이 밴다.

무슨 일이 뒤늦게 이루어질 때 이르는 말.

17604. 여러 가지가 다 영리하다. (百怜百俐)

무슨 일을 하든지 영리하게 다 잘한다는 뜻.

17605. 여러 가지 꾀는 있어도 하나도 쓸 꾀는 없다. (百計無策)

아무리 여러 가지로 대책을 강구해 봐도 좋은 방안이 하나도 없다는 뜻.

17606. 여러 가지로 위협을 받는다. (威之脅之)

이것저것 할 것 없이 다 위협을 받게 되어 불안하다는 뜻.

17607. 여러 가지로 인심을 듬뿍 잃었다. (積失人心)

하는 짓마다 모든 사람들에게 인심 잃을 짓만 하여 미움을 받는다는 뜻.

17608. 여러 가지 죄가 한꺼번에 드러난다. (數罪俱發)

그 동안 쌓이고 쌓였던 죄가 한꺼번에 다 알려지게

되었다는 뜻.

17609. 여러 갈래로 된 길을 가는 사람은 목적지를 못 간다. (行衢道者不至)

(1) 여러 가지 일을 한꺼번에 하는 사람은 한 가지 일도 성공하지 못한다는 뜻. (2) 무슨 일을 외길로 굳건히 하지 않고 이랬다 저랬다 하게 되면 성공하지 못한다는 뜻.

17610. 여러 갈랫길로 도망친 양은 찾지 못한다. (多岐亡羊) 〈列子〉

배움의 길이 너무도 많기 때문에 그 진리를 찾기가 어려움을 비유한 말.

17611. 여러 마리 닭이 한 마리의 학만 못하다. (群雞不如一鶴)

어리석은 여러 사람이 잘난 사람 하나만 못하다는 뜻.

17612. 여러 말로 변명한다. (呶呶發明)

잘못을 저지르고도 솔직히 사과할 생각은 않고 이러니 저러니 구실을 대면서 변명한다는 뜻.

17613. 여러 말을 하면서 자세히 본다. (詳覽群言)

이러니 저러니 말을 많이 하면서 눈치를 자세히 본다는 뜻.

17614. 여러 말할 것이 없다. (不在多言)

다 알고 있는 일이라 여러 말할 것이 없다는 뜻.

17615. 여러 번 싸우게 되면 저절로 강하게 된다. (用兵自强) 〈管子〉

싸움은 싸울수록 단련될 뿐 아니라 많은 경험과 교훈을 얻게 되므로 강하게 된다는 뜻.

17616. 여러 사람들이 다 칭찬한다. (萬口稱頌)

뭇사람들이 한 입같이 다 칭찬을 한다는 말.

17617. 여러 사람 말이 일치하다. (萬口一談) 〈胡銓〉

군중들의 말이 한 입으로 말을 하듯이 똑같은 소리로 한다는 뜻.

17618. 여러 사람 말이 한 입에서 나오는 것 같다. (如出一口) 〈戰國策〉

민중들의 여론이 한 입으로 나온 말과 같다는 뜻.

17619. 여러 사람에게 손가락질을 당하면 저절로 죽는다. (千人所指 無病自死), (千人所指 無病而死) 〈舊唐書〉, 〈漢書〉

남에게 실인심(失人心)을 당한 사람은 천벌을 받게 된다는 뜻.

17620. 여러 사람의 의논이 다 같다. (僉議詢同)
　　여러 사람들이 상의한 결과 의견이 일치하였다는 뜻.

17621. 여러 사람의 칭찬이나 비방에 움직이지 않
　　는다. (不動乎 衆人之非譽)　　　　〈荀子〉
　　남들이 칭찬을 하거나 비방을 하거나 아랑곳없이 자
　　기 할 대로 한다는 뜻.

17622. 여러 사람이 일을 꾀하면 말이 누설된다.
　　(謀衆則泄)　　　　　　　　　　〈尹和靖〉
　　무슨 일을 여러 사람이 모의(謀議)하게 되면 그 비밀
　　이 누설되기 쉽다는 뜻.

17623. 여러 사람 입으로 퍼진다. (萬口傳播)
　　소문은 여러 사람들 입에서 입으로 옮겨지면서 널리
　　퍼지게 된다는 뜻.

17624. 여러 입에서 같은 소리만 한다.
　　(異口同聲)
　　여러 사람들이 떠드는 소리가 한 입에서 나오듯이 다
　　같은 말을 한다는 뜻.

17625. 여러 장의 양가죽이 한 장의 여우 가죽만
　　못하다. (千羊之皮 不如一狐之腋)　〈史記〉
　　나쁜 것 여러 개가 좋은 것 하나만 못하다는 뜻.

17626. 여럿이 가면 발 아픈 사람도 끌려간다.
　　일이 서투른 사람도 잘하는 사람과 같이하면 보고 따
　　라한다는 말.

17627. 여론은 날개가 없어도 퍼진다.
　　(衆口所移 毋翼而飛)　　　　　　〈戰國策〉
　　군중들의 여론은 날개가 없어도 먼 곳까지 퍼지게 된
　　다는 말.

17628. 여론을 모아 판단을 공평히 하면 국민들은
　　의혹하지 않는다. (纂論公察 則民不疑)〈荀子〉
　　군중들의 여론을 수집하여 잘 분석한 다음에 이를 처
　　리하면 군중들은 의심하는 일이 없게 된다는 뜻.

17629. 여름 갈포옷이다. (夏日葛衣)　　〈韓非子〉
　　적당한 시기에 아주 쓸모있는 소중한 물건이라는 뜻.
　　겨울 갈포옷이다. ↔ 여름 화로요 겨울 부채다.

17630. 여름 감주(甘酒) 맛 변하듯 한다.
　　여름 단술 맛이 쉬 변하듯이 잘 변한다는 뜻.

17631. 여름 남바위다.
　　여름 방한구(防寒具)마냥 아무 쓸모가 없는 존재라는
　　뜻. ※남바위:옛날 노인들이 머리에 쓰는 방한모.

17632. 여름 돼지고기는 잘 먹어야 본전이다.
　　여름에 돼지고기를 많이 먹다가는 배탈이 나기 쉬

우니 조심하라는 뜻.

17633. 여름 모닥불도 쬐다 나면 섭섭하다.
　　좋으나 나쁘나 자기가 가졌던 것을 버리기는 섭섭하
　　다는 뜻.

17634. 여름 밤 불 나방이 불에 덤비듯 한다.
　　(飛蛾赴火)
　　자신이 스스로 자신을 망치는 행동을 한다는 말.

17635. 여름 벌레는 물 어는 것을 의심한다.
　　(夏虫疑水)
　　무슨 일이나 모르게 되면 의심하게 된다는 뜻.

17636. 여름 벌레는 얼음 이야기를 못한다.
　　(夏虫不可以語于氷)　　　　　　　〈莊子〉
　　얼음을 보지 못한 여름 벌레마냥 사람도 식견(識見)
　　이 좁다는 말.

17637. 여름 벌레 불 무서운 줄 모른다.
　　철을 모르면 아무에게나 무서운 줄 모르고 함부로 덤
　　빈다는 뜻.

17638. 여름 부채다. (夏扇)
　　꼭 필요한 시기에 쓰이는 소중한 물건이라는 뜻.
　　↔여름 화로요 겨울 부채다.

17639. 여름 부채요 겨울 새 달력이다.
　　(夏扇冬曆)
　　꼭 필요한 때 긴요하게 쓰일 물건을 이름. ↔ 여름
　　화로요 겨울 부채다.

17640. 여름 불도 쬐다 나면 섭섭하다.
　　별로 필요하지 않던 것도 없어지게 되면 서운하다는
　　말.

17641. 여름 불은 며느리가 때게 하고 겨울 불은
　　딸이 때게 한다.
　　시어머니는 며느리보다 딸을 더 소중히 여긴다는 뜻.

17642. 여름비는 무더워야 오고 가을 비는 추워야
　　온다.
　　계절에 따라 비 오는 기온(氣溫)이 다르다는 뜻.

17643. 여름비는 소 등을 다투고 가을 바람은 노
　　새 귀를 뚫는다. (夏雨分牛脊 秋風貫驢耳)
　　　　　　　　　　　　　　　　　〈通俗編〉
　　여름 소나기는 소 등을 두고 한쪽에는 오고 다른 한
　　쪽에는 아니 오게 되며 가을 바람은 노새 귀를 뚫을
　　정도로 세게 분다는 말.

17644. 여름비는 잠 비요 가을비는 떡 비다.
　　여름에 비가 오는 날은 잠자기가 좋고, 가을에 비가

오는 날은 잘 먹게 된다는 말.

17645. 여름 사돈은 범보다도 무섭다.
여름에는 손님에게 대접할 음식이 마땅한 것이 없다는 데서 나온 말.

17646. 여름 살은 풋살이다.
여름철에는 더위에 시달려 살이 빠지기 쉽다 하여 이르는 말.

17647. 여름 쌀밥은 인삼이다.
옛날 농촌에서 여름에 쌀밥 먹기가 매우 어려웠다는 말.

17648. 여름 새 사돈이다.
대접을 잘해야 할 사람에게 대접할 것이 없다는 말.

17649. 여름 소나기는 말 등을 두고 다툰다.
여름 소나기는 고루 오는 것이 아니라 오는 곳에만 온다는 뜻.

17650. 여름 소나기는 밭이랑을 두고 다툰다.
여름 소나기는 오고 안 오는 경계가 근소하면서도 분명하다는 뜻.

17651. 여름 소나기는 쇠등을 두고 다툰다.
여름 소낙비는 넓은 지역에 고루 오는 것이 아니라 오는 곳도 있고 안 오는 곳도 있다는 뜻.

17652. 여름 소나기는 콧등을 두고 다툰다.
여름 소나기는 고루 오지 않고 오는 데는 오고 아니 오는 데는 오지 않는다는 뜻.

17653. 여름 소는 파는 사람이 이롭고 겨울 소는 잡는 사람이 이롭다.
여름 소는 값이 비싸기 때문에 파는 것이 낫고, 겨울 소는 값이 싸기 때문에 잡아서 고기로 파는 것이 이롭다는 뜻.

17654. 여름 솜바지 저고리 생각하듯 한다.
마음에 조금도 달갑게 생각하지 않는다는 뜻.

17655. 여름 송장 썩는 것도 이보다 낫겠다.
냄새가 매우 고약할 때 하는 말.

17656. 여름 쇠불알 늘어지듯 한다.
무엇이 매우 늘어졌을 때 하는 말.

17657. 여름 쇠불알 떨어지기만 기다린다.
가능성(可能性)도 없는 일을 몹시 기다린다는 뜻.

17658. 여름 쉬파리 꾀듯 한다.
이권(利權)을 보고 모리배(謀利輩)들이 많이 꾀인다는 뜻.

17659. 여름에는 뱃 양반이요 겨울에는 뱃놈이다.
뱃사공은 여름에는 좋지만 겨울에는 매우 고생스럽다는 뜻.

17660. 여름에 먹자는 얼음이다.
앞으로 필요한 것을 미리 준비해야 한다는 뜻.

17661. 여름에 하루를 놀면 겨울에 열흘을 굶는다.
농번기(農繁期)에는 하루라도 놀면 그만큼 농사에 피해가 있다는 뜻.

17662. 여름은 낮이 길고 겨울은 밤이 길다. (夏之日 冬之日) 〈詩經〉
여름에는 낮이 길고 밤이 짧으며, 겨울에는 밤이 길고 낮이 짧다는 말.

17663. 여름 이밥은 보기만 해도 살이 찐다.
옛날 농촌에서 여름이 되면 쌀밥 구경도 하기 어렵던 시절에 나온 말.

17664. 여름 이밥은 산삼이다.
옛날 농촌에서 여름에 쌀밥은 구경도 못할 정도로 귀했다는 뜻.

17665. 여름 하루 노는 것이 겨울 열흘 노는 것보다 지루하다.
오뉴월 긴긴 해의 하루는 매우 지루하다는 말.

17666. 여름 화로요 겨울 부채다. (夏爐冬扇) 〈論衡〉
시기를 잃은 물건마냥 아무 쓸모가 없다는 뜻. ↔ 여름 갈포옷이다. 여름 부채다. 여름 부채요 겨울 새 달력이다. 여름 부채요 겨울 화로다.

17667. 여물 마다는 말 없고 물 마다는 소 없다.
누구나 다 좋아하는 것은 하나씩 있다는 뜻.

17668. 여물 많이 먹은 소는 똥 눌 때 알아본다.
저지른 죄는 반드시 드러나게 된다는 말.

17669. 여물 먹은 말이 똥도 싼다.
(1) 원인(原因)이 있어야 결과(結果)도 있다는 뜻.
(2) 죄를 지은 사람이 벌도 받게 된다는 뜻.
(3) 빚을 진 사람이 빚을 갚게 된다는 뜻.

17670. 여물 안 먹고 잘 걷는 말이다.
가장 이상적(理想的)인 일이라는 뜻.

17671. 여복(女福)은 있어도 처복(妻福)은 없다.
얼굴은 예쁘고 행동도 얌전하기는 하나 아내로서는 만족할 수 없다는 뜻.

17672. 여복(女卜)이 바늘 귀 꿰듯 한다.
무슨 일이 우연히 잘 들어맞았다는 뜻.

※여복:여자 장님.

17673. 여복이 아이 낳아 더듬듯 한다.
　무슨 일을 우물쭈물하고만 있다는 뜻.

17674. 여북해야 낮도깨비가 날까?
　오죽 못나서야 그런 짓을 하겠느냐는 뜻.

17675. 여북해야 눈이 멀겠나?
　몹시 고생하여 죽을 지경이 되었다는 뜻.

17676. 여북해야 오뉴월 닭이 지붕에 오를까?
　오죽 답답해야 별 수가 없는 줄을 알면서도 하겠느냐는 뜻.

17677. 여산(廬山) 중놈 쓸 것이다.
　당사자와는 아무 관계도 없는 딴 사람이 쓸 것이라는 뜻. ※ 여산:중국 강서성 북부에 있는 산.

17678. 여산 칠십 리나 들어갔다.
　눈이 쑥 들어간 사람을 조롱하는 말.

17679. 여색(女色)과 욕심은 죽어야 떨어진다.
　남자가 여자를 탐내고 재물에 대한 욕심은 죽기 전에는 없어지지 않는다는 뜻.

17680. 여색은 병을 돌아보지 않는다.
（色不顧病）　　　　　　　〈修耳要訣〉
　남자가 여자에게 미치면 자신의 몸도 돌보지 않는다는 뜻.

17681. 여색을 탐내면 음탕해진다. （貪色爲淫）
　　　　　　　　　　　　　　〈春秋左傳〉
　남자가 여자를 좋아하게 되면 방탕(放蕩)하게 된다는 뜻.

17682. 여섯 자의 당당한 몸으로 세 치의 혀 놀림을 듣지 말라. （堂堂六尺軀 莫聽三寸舌）
　사나이는 자기 주관(主觀)으로 일을 해야지 남의 말을 너무 잘 들어서는 안 된다는 말.

17683. 여수(與受)가 밑천이다.
　없는 사람은 빚을 얻어 이것을 밑천삼아 살아간다는 뜻. ※여수:주고받음.

17684. 여수는 밝아야 한다.
　빚은 약속된 기일에 본전과 이자를 반드시 갚아야 한다는 뜻.

17685. 여식(女息)을 낳거든 웅천(熊川)으로 보내랬다.
　옛날 경상남도 웅천 여자들은 덕행(德行)이 있고, 정숙하였다는 데서 나온 말.

17686. 여우가 길을 건너가면 재수가 없다.
　산길을 갈 때 여우가 길 앞을 건너가면 여우는 방정맞은 짐승이기 때문에 그날 재수가 없다는 뜻.

17687. 여우가 늙으면 꾀만 남는다.
　사람도 늙을수록 경험과 교훈이 많아지게 되기 때문에 꾀만 늘게 된다는 뜻.

17688. 여우가 두레박 쓰고 삼밭에 든 것 같다.
　어쩔 줄을 모르고 갈팡질팡하며 헤매 다닌다는 뜻.

17689. 여우가 마을에 대고 울면 초상 난다.
　여우가 밤에 마을을 향하여 울면 그 마을에 초상이 난다는 옛 말.

17690. 여우가 묵으면 도술(道術)을 한다.
　늙은이는 경험이 풍부하여 좋은 재능을 지니고 있다는 뜻.

17691. 여우가 물을 잘 뛰어 건너도 꼬리는 젖는다. （狐濡尾）
　아무리 잘하는 사람이라도 실수는 있다는 뜻.

17692. 여우가 범에게 가죽을 빌리란다.
（向虎謀皮）
　가당(可當)치도 않은 짓을 무모하게 한다는 뜻.

17693. 여우가 범의 위엄을 빌어 위세를 부린다.
（狐假虎威）　　　　　　　〈戰國策〉
　권력자의 앞잡이 노릇을 하면서 권력을 부리는 사람을 비유하는 말.

17694. 여우 가죽옷에다 양 가죽 소매를 달았다.
（狐裘而羔袖）　　　　　　〈春秋左傳〉
　좋은 여우 가죽으로 만든 옷에다 나쁜 양 가죽으로 소매를 달듯이 착한 사람에게도 조그마한 흠이 있음을 비유하는 말.

17695. 여우 가죽은 피물전(皮物廛)으로 가게 마련이다.
　(1) 무슨 물건이나 연관성(聯關性) 있는 곳으로 몰리게 된다는 뜻. (2) 사람은 죽으면 무덤 속으로 가게 된다는 뜻.

17696. 여우 같은 시누다.
　흔히 시누이가 시어머니에게 말전주를 하기 때문에 시집살이를 더하게 된다는 데서 나온 말.

17697. 여우 겨드랑 털이다. （一狐之腋）
　여우 가죽 중에서 가장 좋은 부분이듯이 매우 소중한 것이라는 뜻.

17698. 여우 꼬리를 잡아야 잡은 것이다.

무슨 일이나 다 한 다음에야 안심하라는 뜻.

17699. 여우 굴도 문은 둘이다.
무슨 일이나 예비적 대책(豫備的對策)이 있어야 안전하다는 뜻.

17700. 여우는 같은 덫에 두 번 치지 않는다.
한번 속으면 두번 다시 속지 않는다는 뜻.

17701. 여우는 꼬리가 크고 여자는 혀가 크다.
여자는 말이 많아서 실언하는 일이 많기 때문에 삼가하라는 뜻.

17702. 여우는 꿈에도 닭만 보인다.
자나 깨나 항상 한 가지만 생각하고 있다는 뜻.

17703. 여우는 비오기 전에 굴을 막는다.
여우 굴 문 막는 것을 보고 장마 지는 것을 미리 알 수 있다는 뜻.

17704. 여우는 썩은 고기를 좋아한다.
못된 놈은 남이 좋아하지 않는 것을 좋아한다는 뜻.

17705. 여우는 오줌 때문에 사냥개에게 죽는다.
범죄자는 증거물을 남기기 때문에 잡힌다는 뜻.

17706. 여우는 의심이 많아 묻은 것도 다시 파 본다. (狐埋之而狐猾之)　　　〈吳語〉
의심이 너무 많아도 무슨 일을 성공하지 못한다는 뜻.

17707. 여우는 일곱 번 둔갑한다.
여우가 둔갑을 잘하듯이 여자의 마음도 변하기가 쉽다는 뜻.

17708. 여우는 자면서도 닭 생각만 한다.
자기가 좋아하는 것은 잊어 버리지 못한다는 뜻.

17709. 여우는 한번 놀란 길은 가지 않는다.
한번 실패한 전철(前轍)을 밟아서는 안 된다는 뜻.

17710. 여우 다 됐다.
간사스럽고 거짓말이 많은 여자를 보고 하는 말.

17711. 여우도 봉사는 못 속인다.
사람은 눈이 있기 때문에 여러 가지 사물에 유혹을 당하게 된다는 말.

17712. 여우도 죽을 때는 머리를 언덕 쪽으로 돌린다. (狐死首丘)　　　〈禮記〉
여우도 근본은 잊지 않는데 항차 사람이 근본을 잊어서야 되겠느냐는 뜻.

17713. 여우를 삵괭이라고 한다. (以狐爲狸)　　　〈意林〉

여우와 삵괭이를 모르듯이 사물을 분별하지 못한다는 뜻.

17714. 여우보다는 소가 낫다.
요사스러운 사람보다는 미련한 사람이 믿을 수는 있기 때문에 낫다는 뜻. ↔ 곰하고는 못 살아도 여우하고는 산다. 여우하고는 살아도 곰하고는 못 산다.

17715. 여우에게 닭장을 맡긴 격이다.
믿을 수 없는 사람에게 중요한 일을 맡겼다는 뜻.

17716. 여우에게 여우 가죽을 사자고 한다.
(與狐謀皮)
당사자와 직접 맞붙어서 일을 해서는 안 되는 것이 있다는 뜻.

17717. 여우 오줌 싸듯 한다.
여우가 오줌을 질금질금 싸듯이 무슨 일을 하다 말다 해가며 한다는 뜻.

17718. 여우 죽은 데 토끼가 눈물 흘린다.
(狐死兎泣)　　　　　　　〈宋史〉
화가 장차 자신에게 미칠 것을 걱정하여 서러워한다는 말.

17719. 여우하고는 살아도 곰하고는 못 산다.
미련한 사람보다는 차라리 간사스러운 사람하고 상대하는 것이 낫다는 뜻. ↔여우보다는 소가 낫다.

17720. 여울로 소금 섬을 끌래도 끌겠다.
무슨 일이나 지시하는 대로 순종한다는 말.

17721. 여울에 큰 고기 없다.
얕은 물에는 큰 고기가 없듯이 사람도 의지(意志)가 약하면 크게 될 수가 없다는 뜻.

17722. 여윈 강아지 똥 탐내듯 한다.
먹을 것을 몹시 밝히는 사람을 조롱하는 말.

17723. 여윈 개도 제 집 앞에서는 크게 짖는다.
믿는 데가 있으면 약한 사람도 용기가 난다는 말.

17724. 여윈 당나귀 귀 치레하듯 한다.
전체에 비하여 어느 부분이 두드러지게 발달되었다는 뜻.

17725. 여윈 돼지 두부 앗는 날 먹듯 한다.
오래 굶주렸던 사람이 먹을 복이 있어서 포식(飽食)을 하게 되었다는 뜻.

17726. 여윈 말에 짐 많이 싣는다. (瘦馬重馱)
인정사정없이 일을 시킨다는 뜻.

17727. 여윈 말이 꼬리는 길다.

현재는 가난하여 고생을 하지만 말년에는 잘살게 될 상(相)이라는 뜻.

17728. 여윈 소나무는 곁가지가 없다. (瘦松無橫枝) 〈陸游〉

가난한 집에 자식마저 없다는 뜻.

17729. 여유가 있게 되면 교만해진다. (有餘則驕) 〈管子〉

구차한 사람이 돈을 벌게 되면 교만해진다는 뜻.

17730. 여의주(如意珠)를 얻은 용이다.

염원(念願)한 대로 소원이 이루어졌다는 뜻.   ※여의주:용이 이것을 가지게 되면 갖은 조화를 마음대로 부릴 수 있다는 구슬.   ↔ 여의주를 잃은 용이다.

17731. 여의주를 잃은 용이다.

권세(權勢)를 잃고 몰락되었다는 뜻.   ↔ 여의주를 얻은 용이다.

17732. 여의주 없는 용이다.

겉으로만 위엄(威嚴)이 있을 뿐이지 아무 권력(權力)도 없는 존재라는 뜻.

17733. 여자가 고집이 세면 팔자도 세다.

여자의 성격은 부드러운 것을 미덕(美德)으로 삼기 때문에 너무 고집이 세다가는 잘못을 저지르게 되어 팔자를 그르칠 수 있다는 뜻.

17734. 여자가 그릇 잘 깨면 팔자가 세다.

데면데면하여 그릇을 잘 깨는 여자는 가정적으로도 불행하다는 뜻.

17735. 여자가 날뛰면 집안이 망한다.

여자가 온 집안 일을 다 하면 일이 안 된다는 뜻.

17736. 여자가 너무 알아도 팔자가 세다.

옛날 여자가 섣불리 아는 것이 많으면 잘 복종하지 않으므로 가정이 화목하지 못하다는 데서 나온 말.

17737. 여자가 대머리면 늦 결혼한다.

처녀의 이마가 넓어 대머리가 지면 늦 결혼을 하게 된다는 말.

17738. 여자가 말이 많으면 과부가 된다.

말 많은 여자들에게 말 조심하라는 데서 나온 말.

17739. 여자가 바르면 남자도 바르게 된다. (女正則男正) 〈程子〉

아내가 정직하면 남편도 정직하게 된다는 뜻.

17740. 여자가 셋이면 나무 접시가 드논다.

여자가 여럿이 모이면 별별 짓을 다 한다는 뜻.

17741. 여자가 아무리 가난해도 사내와 신발은 있고 남자가 아무리 가난해도 계집과 탕반은 있다.

아무리 구차하게 살아도 처녀는 시집을 가게 되고 총각은 장가를 가게 마련이라는 뜻.

17742. 여자가 아무리 가난해도 사내와 신발은 있다.

아무리 구차한 집 처녀라도 돈 없어서 시집 못 가는 일은 없다는 뜻.

17743. 여자가 유난히 말이 많으면 과부 된다.

여자가 지나치게 말이 많으면 신세가 좋지 못하게 되므로 말을 삼가하라는 뜻.

17744. 여자가 잔소리 많으면 집안이 망한다.

여자가 집안 일에 사사건건 수다스럽게 잔소리를 하면 집안이 망하게 되므로 잔소리를 삼가하라는 뜻.

17745. 여자가 한숨 쉬면 될 일도 안 된다.

여자가 명랑하지 못하고 수심이 가득하여 한숨만 쉬게 되면 집안이 망하게 된다는 뜻.

17746. 여자가 한 집에 아홉이면 집안이 망한다.

(1) 여자가 한 집에 여럿이면 화목하지 못하다는 뜻.
(2) 한 집안에 과부가 많으면 집안이 망한다는 뜻.

17747. 여자 광대뼈가 나오면 팔자가 세다.

여자 광대뼈가 나오면 보기도 흉하지만 관상학적으로 팔자가 세다는 데서 나온 말.

17748. 여자 나이 사십이면 장승도 돌아보지 않는다.

여자는 사십이 지나면 늙기 시작한다는 뜻.

17749. 여자 나이 삼십이면 눈 먼 새도 돌아보지 않는다.

문화 생활이 향상된 현대와는 달리 옛날에는 여자가 일찌기 시집가서 아이들을 많이 낳게 되고 구차하여 제대로 먹지도 못하였기 때문에 나이 삼십만 되면 젊은 아름다움이 없어지게 된 데서 나온 말.

17750. 여자 날뛰고 안 망하는 집안 없다.

여자가 남자 할 일까지 간섭하고 나돌아다니면 집안이 망하게 된다는 뜻.

17751. 여자는 가까이하면 불손해지고 멀리하면 원망한다. (近之則不遜 遠之則怨)

여자와 너무 가까이하면 버릇이 없어지게 되고 너무 멀리하면 원망을 받게 되므로 적당히 잘 대해 주어야 한다는 뜻.

17752. 여자는 강짜를 빼면 서 근도 안 된다.

681

여자는 흔히 질투심(嫉妬心)이 많다는 데서 나온 말.

17753. **여자는 겨울 날씨와 같이 변덕스럽다.**
여자는 남자에 비하여 변덕스럽기 때문에 삼가해야 한다는 뜻.

17754. **여자는 고추로도 때리지 않는다.**
남자가 아내의 잘못이 있어도 절대로 때려서는 안 된다는 말. ↔여자는 사흘만 매를 안 맞아도 여우가 된다. 여자는 사흘에 한번씩 맞아야 사람이 된다. 여자와 명태는 맞아야 부드러워진다.

17755. **여자는 남자 손에 묻은 밥풀이다.**
여자 팔자는 남자 손에 매여 있다는 뜻.

17756. **여자는 남편 떨어져서는 살아도 어린 자식 떨어져서는 못 산다.**
여자는 아이를 낳기 전에는 이성애(異性愛)가 크지만 아이를 낳으면 모성애(母性愛)가 더 크다는 뜻.

17757. **여자는 남편 사랑 먹고 산다.**
여자는 남편이 사랑만 해주면 어떤 고생도 참고 견딘다는 뜻.

17758. **여자는 높이 놀고 낮이 논다.**
여자는 남편에 따라 귀해질 수도 있고 천해질 수도 있다는 뜻.

17759. **여자는 눈이 잘생겨야 아들을 잘 둔다.**
관상학적(觀相學的)으로 여자는 눈이 잘 생겨야 아들을 잘 두게 된다는 말.

17760. **여자는 눈이 잘생겨야 자식 복이 있다.**
여자는 눈이 아름답게 잘 생겨야 아들 복을 받게 된다는 뜻.

17761. **여자는 늙으면 독사가 된다.**
여자는 흔히 젊어서는 남편에게 온순하다가도 늙게 되면 내주장이 되어 남편을 꼼짝도 못하게 한다는 뜻.

17762. **여자는 늙으면 호랑이 된다.**
여자는 젊어서는 내주장이 아니다가도 늙으면 흔히 내주장이 되기 쉽다는 뜻.

17763. **여자는 덕이 있어야 한다. (女子有德)**
여자는 부드럽고 너그러운 부덕(婦德)이 있어야 한다는 말.

17764. **여자는 돌면 버리고 그릇은 돌면 깨진다.**
여자는 외출이 심하면 바람이 나게 된다는 뜻.

17765. **여자는 두번 태어난다.**
여자는 친정에서 한번 태어나고 시집에서 또 한번 태어난다는 뜻.

17766. **여자는 문지방 넘으면 열 두 가지 생각한**
다.
여자의 마음은 항상 변하기가 쉬우므로 믿기가 어렵다는 뜻.

17767. **여자는 밥상 들고 문지방 넘어오면서도 열 두 번 변한다.**
여자의 마음은 변하기를 잘한다는 뜻.

17768. **여자는 백 살을 먹어도 수염이 안 난다.**
여자는 아무리 나이가 먹어도 삼종(三從)에 따라야 한다는 뜻.

17769. **여자는 사흘만 매를 안 맞아도 여우가 된다.**
여자는 요사스러운 짓을 잘한다는 데서 나온 말. ↔여자는 고추로도 때리지 않는다.

17770. **여자는 사흘에 한번씩 맞아야 사람이 된다.**
요사스러운 여자는 남자가 강력히 교양을 시켜야 한다는 뜻. ↔ 여자는 고추로도 때리지 않는다.

17771. **여자는 샘 뽀와 아 뽀를 빼면서 근도 안 된다.**
여자는 남자보다 소견이 없다는 것을 야유하는 말로서 남자에게 없는 샘 뽀(질투심을 싼 보)와 아 뽀(아이를 배는 보)가 생기느라고 신체 구조가 잘못되어 소견이 없다는 뜻.

17772. **여자는 서 발 앞도 못 본다.**
여자는 흔히 근시안적(近視眼的)으로 일을 한다는 뜻.

17773. **여자는 손에 묻은 밥풀이다.**
여자의 팔자는 남편 손에 매여 있다는 뜻.

17774. **여자는 시집가면 남이 된다. (出嫁外人)**
여자는 시집을 가면 시집 식구가 된다는 뜻.

17775. **여자는 시집가면 부모 형제와는 멀어진다. (女子有行 遠父母兄弟)**　　〈詩經〉
여자는 출가하면 시집 식구가 되기 때문에 친정 식구와는 멀어지게 된다는 뜻.

17776. **여자는 아무리 가난해도 서방과 신 한 컬레는 있다.**
아무리 가난한 여자라도 시집은 가게 된다는 뜻.

17777. **여자는 아 뽀 때문에 소견 보가 적다.**
소견 없는 여자를 보고 조롱하는 말.
※아 뽀:아이를 밴 보.

17778. **여자는 아이 낳을 때가 한창이다.**
여자는 이십대에서 사십대가 가장 아름다운 시절이라는 뜻.

17779. 여자는 아침 상 들고 오면서도 열 두번 변한다.
여자의 마음은 항상 변하기가 쉽다는 뜻.

17780. 여자는 알밤 줍기다.
아내를 잘 얻고 못 얻는 것은 알밤을 줍듯이 그 사람 복에 달렸다는 말.

17781. 여자는 애인을 위하여 화장한다.
(女爲説己者容)
여자는 자신을 위하여 화장을 하는 것이 아니라 애인을 기쁘게 하기 위하여 화장한다는 뜻.

17782. 여자는 양념이다.
여자가 끼이면 분위기가 더 부드럽고 즐거워진다는 뜻.

17783. 여자는 예뻐도 욕먹고 미워도 욕먹는다.
남자는 예쁜 여자를 봐도 욕을 하고 못생긴 여자를 봐도 욕을 한다는 말.

17784. 여자는 외곬이다.
여자의 소견은 사물을 널리 생각하지 않고 한 가지로만 지나치게 깊숙이 생각하는 경우가 많아서 오해하기가 쉽다는 뜻.

17785. 여자는 웃기도 잘하지만 울기도 잘한다.
여자는 웃는 재주와 우는 재주가 있다는 뜻.

17786. 여자는 자기를 기쁘게 해주는 사람에게는 애교를 아끼지 않는다. (女爲悦己者容)〈史記〉
여자는 깊은 생각이 없이 다만 자기를 기쁘게 해주는 사람에게는 애교를 부린다는 뜻.

17787. 여자는 젊어 보인다고 해야 좋아하고 남자는 늙어 보인다고 해야 좋아한다.
여자는 자기 나이보다 젊어 보인다면 예쁘게 되기 때문에 좋아하게 되고 젊은 남자는 자기 나이보다 늙어 보인다면 사회적으로 신임을 더 받을 수 있기 때문에 좋아한다는 뜻.

17788. 여자는 젊어서는 여우가 되고 늙어서는 호랑이가 된다.
여자 젊었을 때는 간사스럽게 되기가 쉽고 늙으면 내 주장이 되기가 쉽다는 뜻.

17789. 여자는 제 고장 장날을 몰라야 팔자가 좋다.
옛날 여자는 세상 일은 모르고 가정에서 살림만 잘해야 행복하다는 뜻.

17790. 여자는 질투를 빼면 서근 반밖에 안 된다.
여자는 누구나 질투심이 많다는 뜻.

17791. 여자는 첫아이 날 때까지 큰다.
옛날 조혼(早婚)하던 시절에는 여자가 대개 이십 전에 첫아이를 낳게 되므로 이때까지 발육하게 된다는 말.

17792. 여자는 첫째가 머리요 둘째가 화장이요 세째가 옷이다.
여자의 맵시는 첫째 머리를 얼굴 모습에 맞게 해야 하고 두 번째는 얼굴 화장을 곱게 해야 하고 세째는 옷을 어울리게 해입어야 한다는 뜻.

17793. 여자는 첫째가 인물이고 둘째가 마음씨다.
여자가 결혼하는 데는 첫째로 인물이 좋아야 하고 그 다음이 마음씨가 얌전해야 한다는 뜻. ↔ 일색 소박은 있어도 박색 소박은 없다.

17794. 여자는 첫째가 인물이다.
여자는 마음씨보다 인물이 고와야 시집을 잘 가게 된다는 뜻.

17795. 여자는 코가 잘생겨야 남편 복이 있다.
관상학적(觀相學的)으로 여자는 코가 잘생겨야 좋은 남편을 얻게 된다는 말.

17796. 여자는 하루 아침에도 열 두 번 변한다.
여자의 마음은 변하기가 매우 쉽다는 뜻.

17797. 여자는 혀가 길고 남자는 손이 길다.
여자는 말이 많고 남자는 일을 많이 한다는 뜻.

17798. 여자를 데려오기는 쉬워도 길들이기는 어렵다.
여자를 길들이기는 매우 어렵다는 뜻.

17799. 여자 살림 못하면 남자 등골 빠진다.
여자는 살림을 잘못하게 되면 남자는 한 평생 고생만 죽도록 하게 된다는 뜻.

17800. 여자 삼십에는 꽃이 지고 남자 삼십에는 꽃이 핀다.
여자는 삼십을 고비로 하여 여성의 미가 시들게 되지만 남자는 삼십이 지나도 남성의 미가 지속된다는 뜻.

17801. 여자 서른이면 눈 먼 새도 찾아오지 않는다.
옛날에는 여자들이 이십 전에 시집을 가서 아이들을 많이 낳게 될 뿐만 아니라 화장도 하지 않았기 때문에 삼십만 되면 젊은 여성의 미를 잃게 된 데서 나온 말.

17802. 여자 셋만 모이면 놋양푼도 남아나지 않는다.
여자들은 모이면 말이 많고 떠들고 소란을 피운다는 뜻.

17803. 여자 셋만 모이면 사발도 말을 한다.

여자가 여럿 모이면 매우 수다스럽게 지껄인다는 뜻.

17804. 여자 셋만 모이면 새 접시를 뒤집어 놓는다.

여자가 여럿 모이면 몹시 수다스럽게 떠든다는 뜻.

17805. 여자 셋만 모이면 접시가 엎치락뒤치락한다.

여자들이 모이게 되면 말도 많고 떠들어 소란스럽다는 뜻.

17806. 여자 셋만 모이면 종지가 논다.

여자들은 여럿이 모이면 떠들며 소란을 피운다는 말.

17807. 여자 소리가 울 넘어가면 집안이 망한다.

여자가 집안에서 큰소리를 치는 일이 있으면 집안이 잘 되지 못한다는 뜻.

17808. 여자 속은 뱅뱅이 속이다.

여자의 소견은 흔히 제자리에서만 뱅뱅 돌면서 외곬으로만 생각하고 널리 생각하지는 못한다는 뜻.

17809. 여자 악담에는 무쇠도 녹는다.

여자에게 악담을 들을 짓은 하지 말아야 한다는 뜻.

17810. 여자 안 낀 살인(殺人) 없다.

큰 사건에는 여자가 반드시 끼게 된다는 뜻.

17811. 여자에게는 긴 혀가 있다. (婦有長舌)
〈詩經〉

여자는 말이 많다는 뜻.

17812. 여자에게 빠진 사람은 구하기 어렵다.
(溺於人不可救也) 〈武王寶銘〉

여자에게 빠진 사람은 어떤 수단으로도 바로 잡을 수 없다는 뜻.

17813. 여자 열만 모이면 쇠도 녹는다.

여자가 여럿이 모이면 말이 많고 떠들썩하다는 뜻.

17814. 여자와 가재는 가는 방향을 모른다.

여자의 행동은 믿을 수가 없다는 뜻.

17815. 여자와 가지는 젊어야 좋다.

남자의 마음은 자기 아내가 자기보다 젊어 보이는 것이 좋다는 뜻.

17816. 여자와 겨울 날씨는 믿을 수 없다.

여자의 마음은 믿을 수가 없다는 뜻.

17817. 여자와 명태는 맞아야 부드러워진다.

요사스러운 여자는 말로는 고칠 수가 없으므로 매로 때려서 버릇을 고쳐야 한다는 뜻. ↔ 여자는 고추로도 때리지 않는다.

17818. 여자와 바가지는 내돌리면 깨진다.

가정 주부의 외출이 지나치게 잦으면 바람이 들기 쉽다는 말.

17819. 여자와 볶은 콩은 곁에 있으면 먹는다.

남자와 여자가 한 자리에 있게 되면 가까와지게 된다는 뜻.

17820. 여자와 옷은 새 것이 좋다.

자기 아내에게 만족을 못 느끼는 남자는 새로 사귀는 여자가 자기 아내보다 낫다는 뜻. ↔ 아내와 가마솥은 옛 것이 좋다. 아내와 술은 묵을수록 좋다. 아내와 장은 묵을수록 좋다.

17821. 여자와 음악에 빠지면 정치도 돌보지 않게 된다. (耽於女樂 不顧國政) 〈韓非子〉

정치가(政治家)가 여자와 음악에 몰두(沒頭)하게 되면 정치를 망치게 된다는 뜻.

17822. 여자와 자리는 새 것이 좋다.

바람기가 있는 남자는 새로 사귀는 여자가 자기 아내보다 낫다는 뜻. ↔ 아내와 가마솥은 옛 것이 좋다. 아내와 술은 묵을수록 좋다. 아내와 장은 묵을수록 좋다.

17823. 여자와 접시는 밟으면 깨진다.

여자는 남의 남자와 접촉하게 되면 버리게 된다는 뜻.

17824. 여자와 집은 손질하기에 달렸다.

여자는 남자의 교양에 따라 착한 아내가 될 수도 있고 악한 아내가 될 수도 있다는 뜻.

17825. 여자와 집은 임자 만날 탓이다.

여자 팔자는 남편 만나기에 달렸다는 뜻.

17826. 여자 음성이 크면 과부 된다.

음성이 조용해야 할 여자가 음성이 너무 크면 팔자가 좋지 않다는 뜻.

17827. 여자의 마음은 문지방 넘어설 때마다 변한다.

여자의 마음은 변하기가 쉽기 때문에 믿을 수가 없다는 뜻.

17828. 여자의 마음은 하루에도 열 두 번 변한다.

옛날 여자는 배우지를 못하였기 때문에 주관이 없이 변덕스러운 데서 나온 말.

17829. 여자의 말은 잘 들으면 패가(敗家)하고 안 들으면 망신(亡身)한다.

여자의 말은 잘 들어도 안 되고, 안 들어도 안 되기 때문에 적당하게 잘 들어야 한다는 뜻.

17830. 여자의 소매는 마를 새가 없다.

여자는 잘 울기 때문에 눈물이 마를 사이가 없다는 뜻.

17831. 여자의 속은 뱀 창자다.
여자는 사물을 곧이 곧대로 생각하는 경우가 많다는 뜻.

17832. 여자의 악담은 오뉴월에도 서리가 온다.
여자의 악담은 재수가 없으니까 듣지 말도록 해야 한다는 뜻.

17833. 여자의 웃음은 주머니의 눈물이다.
(1) 울고 싶어도 울 처지가 못 되기 때문에 차라리 억지 웃음을 웃는다는 뜻. (2) 여자를 기쁘게 하자면 재산을 탕진해야 한다는 뜻.

17834. 여자의 원한은 그칠 줄을 모른다.
(婦怨無終)   〈春秋左傳〉
여자가 남자를 한번 원망하게 되면 죽을 때까지 풀지 않는다는 뜻.

17835. 여자 판수 아이 낳아 더듬듯 한다.
무슨 일을 우물쭈물하고만 있다는 뜻.

17836. 여자 팔자는 남자 손 끝에 달렸다.
여자 팔자는 남편을 잘 얻고 못 얻는 데 달려 있다는 뜻.

17837. 여자 팔자는 두레박 팔자다.
두레박이 끈에 달려 있듯이 여자의 팔자도 남편에게 매여 있다는 뜻.

17838. 여자 팔자는 뒤웅박 팔자다.
여자의 팔자는 남편에게 달렸다는 뜻.

17839. 여자 팔자는 시집을 가봐야 안다.
여자 팔자는 시집을 잘 가느냐 못 가느냐에 달려 있다는 뜻.

17840. 여자 팔자는 알밤 줍기다.
여자 팔자는 시집을 잘 가느냐 잘못 가느냐에 달려 있기 때문에 알밤 줍기와 같다는 뜻.

17841. 여자 팔자는 자식을 낳아 봐야 안다.
여자의 팔자는 남편도 잘 만나야 하지만 자식도 잘 낳아야 좋게 된다는 뜻.

17842. 여자하고 쌀은 흴수록 좋다.
여자의 살결은 흴수록 아름다와 보인다는 뜻.

17843. 여편네가 귀여우면 개죽을 쒀줘도 맛있다.
아내가 귀여우면 음식 솜씨가 없이 만든 음식도 맛이 난다는 뜻.

17844. 여편네가 활수면 벌어들여도 시루에 물

붓기다. (妻迂財入 譬彼甀汲)   〈耳談續纂〉
여자가 돈을 잘 쓰면 집안 살림이 안 된다는 뜻.

17845. 여편네는 돌아다니면 버리고 그릇은 빌려주면 깨진다.
가정 주부가 외출이 잦으면 잘못하다가 바람이 들 수 있다는 뜻.

17846. 여편네 말 안 듣다가는 망신하고 잘 듣다가는 남을 도둑 만든다.
남자가 아내의 말을 안 들어도 안되고 너무 잘 들어도 안 되므로 적당하게 들어야 한다는 뜻.

17847. 여편네 말 잘못 듣다가는 남의 여편네 도둑년 만든다.
여자의 말은 신중하게 분석하면서 들어야 실수하는 일이 없다는 뜻.

17848. 여편네 벌이는 쥐 벌이다.
여자가 버는 돈은 쓰는 줄도 모르게 없어진다는 뜻.

17849. 여편네 셋만 모이면 접시 구멍도 뚫는다.
여자들이 모이면 말이 많고 좋지 못한 일을 하게 된다는 뜻.

17850. 여편네 소리가 지붕을 넘으면 집안이 망한다.
여자의 싸움소리가 자주 나면 그 집안은 망한다는 뜻.

17851. 여편네 잘못 만나면 백 년 원수다.
남자는 아내를 잘못 만나면 평생 고생을 한다는 말.

17852. 여편네 잘못 얻으면 등골 빠진다.
남자는 살림 잘못하는 아내를 얻게 되면 한 평생 고생만 하게 된다는 말.

17853. 여편네 팔자는 두른덕 팔자다.
여자는 팔자를 고쳐 개가(改嫁)를 잘하면 잘살 수 있다는 뜻.

17854. 여편네 잘못 얻으면 대들보가 부러진다.
아내를 잘못 얻으면 집안이 망한다는 뜻.

17855. 여편네 팔자는 옹 가락과 같다.
여자 팔자는 남편 만나기에 따라 잘살 수도 있고 못 살 수도 있다는 뜻.

17856. 역경을 당해 보지 않으면 평상시에 편안한 것을 알지 못하게 된다. (不到極逆之境 不知平日之安)   〈刻骨難忘記〉
고생을 많이 해본 사람이라야 평상시의 편안한 것을 행복스럽게 여긴다는 뜻.

17857. 역놈 새끼마냥 대답은 잘한다.
말이 떨어지기도 전에 대답을 잘한다는 뜻.
※역(驛) : 옛날 공문을 전달하거나 공무자에게 말을 태워 주는 곳.

17858. 역마(驛馬)도 갈아 타면 낫다. (馬好替乘)
〈東言解〉
다 같은 것이라도 낡은 것보다는 새 것이 낫다는 뜻.

17859. 역(逆)으로 모은 재물은 역으로 나간다.
부정으로 모은 재산은 오래 못 간다는 뜻.

17860. 역적과는 화합할 수 없다. (内寇不與)
〈戰國策〉
반역자(叛逆者)와는 어떤 일이 있어도 융화(融和)해서는 안 된다는 뜻.

17861. 역적(逆賊) 대가리 같다.
사람됨이 우악스럽고 모략을 잘 꾸미는 사람을 두고 하는 말.

17862. 역적 모의(謀議)하듯 한다.
무슨 일을 남이 알까 봐 숨어서 슬금슬금한다는 뜻.

17863. 역적의 기물(器物)이다.
사람이 몹시 우락부락하고 모략을 잘하는 사람을 보고 하는 말.

17864. 연거퍼 당부한다. (申申當付 : 申申付託)
당부한 것을 잊지 않게 하기 위하여 여러 번 당부한다는 뜻.

17865. 연고 없이 얻은 천금은 반드시 화를 입게 된다. (無故而得千金 必有大禍) 〈蘇軾〉
아무 까닭도 없이 큰 돈을 얻은 것은 이로 인하여 훗날 큰 화를 입게 된다는 뜻.

17866. 연꽃은 더러운 못에서 핀다. (蓮花在淵)
빈천(貧賤)한 집안에서도 훌륭한 사람이 나올 수 있다는 뜻.

17867. 연꽃은 흙탕물에서 핀다.
천한 집안에서 태어나도 저만 잘하면 출세할 수 있다는 말.

17868. 연기가 있으면 불도 있다.
서로 떨어질 수가 없는 깊은 연관성(聯關性)이 있다는 뜻.

17869. 연기만 보아도 그 불을 짐작할 수 있다. (見煙知火)
어느 한 부분만 봐도 그 전체를 짐작할 수 있다는 뜻.

17870. 연기 먹은 고양이 상이다.
연기 먹은 고양이마냥 상을 찡그리고 있는 꼴을 이름.

17871. 연당지(蓮堂池)에 줄 남생이 모이듯 한다.
사람들이 줄 지어 있는 것을 가리키는 말.

17872. 연못 고기요 새 장의 새다. (池魚籠鳥)
갇혀서 자유롭게 활동할 수 없는 처지에 있다는 뜻.

17873. 연못골 나막신을 신긴다.
사람을 앞에 놓고 칭찬하여 준다는 뜻.
※연못골 : 서울 연지동(蓮池洞).

17874. 연못 안에 있는 물이다.
갇혀서 꼼짝도 못하는 신세라는 뜻.

17875. 연 뿌리는 끊어져도 그 속의 실은 안 끊어진다. (藕斷糸連) 〈孟郊〉
겉으로는 끊어졌으나 속으로는 연결되어 있다는 뜻.

17876. 연분만 있으면 곰보도 일색으로 보인다.
인연만 있으면 박색(薄色)이라도 정답게 살 수 있다는 뜻.

17877. 연분만 있으면 언청이도 고와 보인다.
연분만 있으면 얼굴은 미워도 정답게 살 수 있다는 뜻.

17878. 연분은 따로 있다.
부부간의 인연은 억지로는 맺을 수 없다는 뜻.

17879. 연분은 억지로 안 된다.
부부간의 연분은 인연이 있어야지 억지로는 맺을 수 없다는 뜻.

17880. 연분이 없으면 맺어지지 않는다.
부부간의 인연은 연분이 없이는 이루어지지 않는다는 말.

17881. 연분이 있어야 성혼(成婚)도 된다.
부부가 될 수 있는 연분이 있어야지 억지로는 결혼을 하지 못한다는 뜻.

17882. 연산 김씨(連山金氏) 묘 치장하듯 한다.
묘 치장을 일로 삼는 사람을 두고 하는 말.

17883. 연산(連山) 닭 노성(魯城) 게다.
닭은 연산 닭이 맛이 좋고 게는 노성 게가 맛이 좋다는 뜻. ※연산 : 충청남도 논산에 있는 지명. 노성 : 논산에 있는 지명.

17884. 연안 남대지(延安南大池)도 팔아먹겠다.
남의 재산을 함부로 탐내는 협삽(挾雜)군을 두고 하는 말.

17885. 연일 밤을 새운다. (通宵連日)
무슨 일에 골몰하여 매일 밤을 자지도 못하고 새운다
는 뜻.

17886. 연잎에 물 끼었기다.
착한 사람에게는 악이 침범하지 못한다는 뜻.

17887. 연잎은 흙탕물에 더러워지지 않는다.
어진 사람은 더러운 곳에 있어도 더러워지지 않는다
는 뜻.

17888. 연주창(連注瘡) 앓는 놈 갓끈을 핥겠다.
인색하고 다라운 짓만 하는 사람을 두고 하는 말.

17889. 연지 적은 범이다. (臙脂虎)
포악한 사람이 가면(假面)을 쓰고 있다는 뜻.

17890. 연한 땅에 말뚝 박기다. (軟地揷株)
무른 땅에 말뚝을 박듯이 매우 하기 쉬운 일이라는
뜻.

17891. 연희궁(延禧宮) 까마귀 골수박 파먹듯 한
다.
무슨 일에만 골몰(汨没)하여 여념(餘念)이 없다는 뜻.

17892. 열고 보나 닫고 보나 마찬가지다.
이렇게 하나 저렇게 하나 결과는 매일반이라는 뜻.

17893. 열 골 물이 한 골로 모인다.
(十洞之水 會一洞), (十谷水 一谷萃)
〈旬五志〉, 〈洌上方言〉
죄는 여러 사람이 짓고 벌은 한 사람이 받는다는 뜻.

17894. 열 골 화냥이 한 골의 지어미 된다.
난봉을 부리고 다니다가 마음을 바로 잡고 성실하게
생활한다는 뜻.

17895. 열 길 물 속은 알아도 한 길 사람 속은 모
른다. (寧測十丈水深 難測一丈人心), (水深雖
知 人心難知) 〈耳談續纂, 松南雜識〉
사람의 마음은 알아 내기가 매우 어렵다는 뜻.

17896. 열 냥 주고 집 사고 백 냥 주고 이웃 샀다.
거주지(居住地)는 이웃이 좋은 곳을 택해야 한다는 뜻.

17897. 열녀는 두 남편을 섬기지 않는다.
(烈女不更二夫) 〈王蠋〉
열녀가 한번 시집 간 남편만 섬긴다는 뜻.

17898. 열녀전(烈女傳) 끼고 서방질한다.
겉으로는 깨끗한 척하면서도 속으로는 추잡스러운 짓
을 한다는 뜻.

17899. 열 놈이 백 말을 해도 듣는 이의 짐작에 달
렸다.
누가 아무리 무슨 말을 해도 듣는 사람의 판단에 달
렸다는 뜻.

17900. 열 놈이 부는 폭도 안 된다.
방 안이 여러 사람이 입김을 분 것만도 못하도록
춥다는 말.

17901. 열 놈이 죽 한 사발이다.
여러 사람이 먹을 음식이 너무도 적다는 뜻.

17902. 열 놈이 지켜도 도둑 한 놈 못 지킨다.
(十人守敵難一寇) 〈旬五志〉
여러 사람이 지켜봐도 한 사람의 나쁜 짓을 막기 어
렵다는 뜻.

17903. 열 눈으로 보고 있다. (十目所視) 〈大學〉
세상 사람들의 눈으로 지켜보고 있다는 뜻.

17904. 열 달 만에 아이 낳을 줄 몰랐더냐?
응당 알고 있어야 할 것을 모르고 있는 사람에게 책
망하는 말.

17905. 열 도깨비 날뛰듯 한다.
여러 사람들이 당황하게 날뛰며 야단스럽게 군다는
뜻.

17906. 열 두 가지 반찬에 입에 맞는 것이 없다.
식성(食性)이 매우 까다로운 사람을 두고 하는 말.

17907. 열 두 가지 반찬으로도 서방님 비위는 못
맞추겠다.
(1) 식성(食性)이 매우 까다로와서 입에 맞는 반찬을
장만하기가 어렵다는 뜻. (2) 성미가 까다로와서 비위
맞추기가 매우 어렵다는 뜻.

17908. 열 두 가지 설움 중에서 배 고픈 설움이
으뜸이다.
없는 사람의 설움은 많지만 그 중에서 배 고픈 것이
가장 서럽다는 뜻.

17909. 열 두 가지 설움 중에 집 없는 설움이 제
일 크다.
여러 가지 설움 중에서도 집 없이 사는 사람이 가장
서럽다는 뜻.

17910. 열 두 가지 재주 가진 놈이 저녁거리가 없
다. (十二技之匠人 夕供去無處) 〈東言解〉
여러 가지 재주를 가진 사람이 한 가지 재주 가진 사
람보다 성공하기가 어렵다는 뜻.

17911. 열 두 가지 재주 있는 놈이 저녁 굶는다.
너무 여러 가지를 믿고 있다가는 하나도 얻는 것이

없어서 낭패를 당하게 된다는 뜻.

17912. 열 두 번 죽었다 깨나도 못한다.
아무리 죽을 힘을 다해도 도저히 할 수 없는 일이라는 뜻.

17913. 열 두 효자가 악처(惡妻) 하나만 못하다.
아들이 아비에게 아무리 잘해 주어도 아내가 해주는 것만 못하다는 뜻.

17914. 열린 문이다.
(1) 운이 좋다는 뜻. (2) 일이 순조롭게 된다는 뜻.

17915. 열매 될 꽃은 첫 삼월부터 안다.
장래성이 있는 사람은 어렸을 때부터 알아볼 수 있다는 뜻.

17916. 열매를 보면 나무도 안다.
열매를 보면 그 나무도 알 수 있듯이 사람도 그 자식을 보면 그 부모를 짐작할 수 있다는 뜻.

17917. 열매 많은 나뭇가지가 꺾인다.
(木實繁者披其枝)　　　　　〈史記〉
강한 부하가 많은 사람은 그 지위가 위태롭다는 뜻.

17918. 열매 많은 나뭇가지가 늘어진다.
자식 많이 둔 부모는 고달프다는 뜻.

17919. 열매 맺을 나무는 꽃 필 때부터 알아본다.
장래성(將來性)이 있는 사람은 어렸을 때부터 알아볼 수 있다는 뜻.

17920. 열 며느리는 밉지 않아도 한 시앗은 밉다.
아들이 첩을 여럿 얻는 것은 밉지 않아도 자기와 직접 관계가 있는 시앗이 있을 경우에는 미워서 못 견딘다는 뜻.

17921. 열무 김치가 맛도 들기 전에 군둥내부터 난다.
장성하기도 전에 벌써부터 나쁜 짓을 하여 버리게 되었다는 뜻.

17922. 열 발 성한 방게 같다.
어린 아이가 잠시도 가만히 있지 않고 뛰어다닌다는 뜻. ※방게 : 몸이 작고 껍질이 단단하지 않은 게.

17923. 열 번 넘어지고 아홉 번 꺼꾸러진다.
(十顚九倒)
온갖 고생을 다 겪었다는 뜻.

17924. 열 번 듣는 것이 한 번 보는 것만 못하다.
듣기만 하는 것보다는 직접 보는 것이 낫다는 뜻.

17925. 열 번 잃는 것이 한 번 쓰는 것만 못하다.
(十讀不如一寫)
공부는 읽으면서 하는 것보다 쓰면서 하는 것이 더 낫다는 뜻.

17926. 열 번 잘하고 한 번 실수도 말아야 한다.
한 번 실수하면 전에 잘한 것까지 공이 없어지게 되므로 항상 조심해야 한다는 뜻.

17927. 열 번 잘하고 한 번 잘못해도 욕한다.
잘한 것은 칭찬을 안 해도 잘못한 것은 반드시 욕하게 된다는 뜻.

17928. 열 번 죽어 마땅하다.
열 번 죽어도 마땅할 정도로 엄청나게 큰 죄를 지었다는 말.

17929. 열 번 죽었다 살아나 보아라.
고생을 해봐야 고생 맛을 알게 된다는 뜻.

17930. 열 번 찍어 안 넘어가는 나무 없다.
(十斫木無不顚)　　　　〈許筠集, 松南雜識〉
아무리 의지가 굳은 사람이라도 여러 번 권유하면 마음이 움직이게 된다는 말.

17931. 열 번 평양 기생을 얻어도 정은 들 수 있다.
신분이야 어떻든 간에 여자와 가까이하면 정은 들게 된다는 뜻.

17932. 열 벙어리가 말을 해도 가만히 있거라.
누가 무슨 소리를 해도 할 일이나 하고 가만히 있으라는 뜻.

17933. 열 사람 다 좋게는 못 한다.
사람들은 이해 관계가 다 다르기 때문에 어떤 일을 여러 사람이 다 좋게는 할 수 없다는 뜻.

17934. 열 사람의 죄인을 놓치더라도 한 사람의 억울한 죄인을 만들지 말랬다.
억울하게 벌을 받는 사람이 없도록 현명한 재판을 해야 한다는 뜻.

17935. 열 사람의 형리(刑吏) 사귀지 말고 한 가지 죄도 범하지 말라.
법망(法網)에서 빠져나오려고 말고 애당초 죄를 짓지 말아야 한다는 뜻.

17936. 열 사람이 말해도 듣는 사람에게 달렸다.
남들이 무슨 소리를 하든지, 듣는 사람이 잘 알아서 처리만 잘하면 된다는 뜻.

17937. 열 사람이 백 말을 해도 듣는 이의 짐작에 달렸다.
어느 누가 무슨 소리를 해도 듣는 사람이 자기 나름

대로 판단하기에 달렸다는 뜻.

17938. 열 사람이 저마다 다르다. (十人十色)
여러 사람의 의견이 저마다 다르다는 뜻.

17939. 열 사위는 밉지 않아도 한 며느리는 밉다.
옛날 시집살이를 시키는 시어머니는 사위만 사랑하고 며느리는 미워하였다는 뜻.

17940. 열 사흘 부스럼을 앓느냐?
허튼 소리만 하는 사람을 조롱하는 말. ※열 사흘 부스럼: 천연두(天然痘).

17941. 열 서방 사귀지 말고 한 서방만 사귀랬다.
여러 사람을 사귀는 것보다는 한 사람과 깊이 사귀는 것이 낫다는 뜻.

17942. 열 세 살부터 무당질을 했어도 목두기라는 귀신은 처음 보았다.
오랫동안 종사해 왔지만 이런 꼴은 처음 보았다는 뜻.

17943. 열 소경에 지팡이는 하나다. (一瞽一杖),
(十瞽一相) 〈東言解〉, 〈旬五志, 松南雜識〉
매우 긴요하게 쓰이는 물건이라는 뜻.

17944. 열 소경에 지팡이는 하나요 팔대군(八大君)의 일옹주(一翁主)라.
여러 사람이 다 소중하게 여기는 존재라는 뜻.

17945. 열 소경이 풀어도 안 듣는다.
여러 장님이 경을 읽어도 안 듣듯이, 고집이 세어 남의 말은 조금도 듣지 않는 사람을 이름.

17946. 열 손가락 까닥 않는다. (十指不動)
몹시 게으른 사람을 가리키는 말.

17947. 열 손가락 깨물어서 안 아픈 손가락 없다.
(十指偏齰 疇不予惑) 〈耳談續纂〉
아무리 자식이 많아도 부모에게는 다 같이 소중하다는 뜻.

17948. 열 손가락 물어서 안 아프다는 손가락 없다.
아무리 자식이 많아도 안 귀여운 자식이 없다는 뜻.

17949. 열 손가락 중에 어느 건 물면 아프고 어느 건 물면 안 아플까.
자식이 아무리 많아도 부모에게는 다 같이 소중한 자식이라는 뜻.

17950. 열 손으로 손가락질을 한다. (十手所指)
〈大學〉
혼자 숨어서 하는 일도 세상 사람들이 알고 손가락질을 한다는 뜻.

17951. 열 손 한 지레다.
여러 사람이 할 일을 한 사람이 해치운다는 뜻.

17952. 열 숟가락 모으면 사발 밥이 된다.
(十匙一飯)
여러 사람이 조금씩 모으면 그 양이 많아진다는 뜻.

17953. 열 시앗보다 한 시누가 더 밉다.
옛날 시집살이하는 며느리는 시누이가 가장 미웠다는 뜻.

17954. 열 식구 벌지 말고 한 입을 덜랬다.
많이 벌려고 애를 쓰지 말고, 쓰는 것을 절약하라는 뜻.

17955. 열 아들 부럽지 않은 딸이다.
부모에 대한 효성이라든가 사람 됨됨이 아들보다 낫기 때문에 비록 아들은 없으나, 아들이 부럽지 않을 정도로 소중한 딸이라는 뜻.

17956. 열 없는 색시 달밤에 삿갓 쓴다.
무슨 일을 정신없이 망동(妄動)한다는 말.

17957. 열을 듣고 하나도 모른다.
어리석고 재주가 없는 사람을 보고 하는 말.

17958. 열이 머리 끝까지 올랐다.
참을 수 없을 정도로 화가 났다는 뜻.

17959. 열이 먹다가 아홉이 죽어도 모르겠다.
음식 맛이 너무도 좋아서 먹는 데만 정신이 팔릴 정도로 맛이 좋은 음식이라는 뜻.

17960. 열이 벌지 말고 한 식구 줄이랬다.
살림에는 돈을 많이 벌어들이는 것도 중요하지만 쓰는 것을 절약하는 것도 중요하다는 뜻.

17961. 열이 상투 끝까지 올랐다.
참을 수 없을 정도로 화가 치솟는다는 뜻.

17962. 열이 어울러 밥 한 그릇이다.
여러 사람이 조금씩만 거두면 없는 사람 하나는 구제할 수 있다는 뜻.

17963. 열 자식이 악처 하나만 못하다.
자식이 아무리 많아도 아내만 못하다는 뜻.

17964. 열 자식이 한 부모 못 모신다.
자식 많은 사람이 흔히 늙어서 올 데 갈 데가 없다는 뜻.

17965. 열 중에 여덟 아홉이다. (十常八九)
80~90%를 차지하고 있다는 뜻.

17966. 열 집 사위 열 집 며느리 안 돼본 사람

없다.
혼사 말은 대개 여러 곳에서 말이 있게 된다는 뜻.

17967. 열 판수 모여도 눈 뜬 놈 없다.
(1) 수만 많지 한 사람도 쓸 사람은 없다는 뜻.
(2) 여러 사람이라도 다 같다는 뜻.

17968. 열 형리(刑吏) 친하지 말고 죄를 짓지 말랬다.
범죄를 하고 빼내 줄 사람을 친하지 말고 나쁜 짓을 않는 것이 낫다는 뜻.

17969. 열 효자가 하나의 악처(惡妻)만 못하다.
효자보다도 나쁜 아내가 오히려 낫다는 뜻.

17970. 열흘 굶어 군자(君子) 없다.
굶주리게 되면 점잔도 부릴 수 없고 착한 짓도 할 수 없게 된다는 뜻.

17971. 열흘 굶어 안 죽는 놈 없다.
아무리 잘난 사람도 굶으면 별수없이 죽게 된다는 뜻.

17972. 열흘 길 하루도 아니 간다.
오래 두고 할 일을 조금도 하지 않는다는 뜻.

17973. 열흘 나그네 하루 길을 바빠한다.
오래 두고 할 일을 미루지 말고 바쁘게 서둘러 해야 한다는 뜻.

17974. 열흘 날 국화다. (十日之菊)
9월 9일날 쓸 국화를 열흘 날 가져오듯이 시기가 지나가 소용이 없게 되었다는 뜻.

17975. 열흘 날 잔치에 열 하룻날 병풍 친다.
때가 지나 아무 소용도 없는 짓을 한다는 뜻.

17976. 열흘 붉은 꽃 없고 십 년 가는 권세 없다. (花無十日紅 權不十年)
권세나 영화는 오래 계속되지 않는다는 뜻.

17977. 열흘 붉은 꽃 없다. (花無十日紅)
(1) 청춘은 길지 않다는 뜻. (2) 권세나 영화는 오래 가지 않는다는 뜻.

17978. 열흘에 하나를 봐도 보는 것이 눈이다.
무엇을 볼 때에는 건성으로 많이만 보려고 하지 말고 하나라도 정확하게 봐야 한다는 뜻.

17979. 염라 대왕(閻羅大王) 문서에서 빠졌다.
죽을 나이가 되었어도 죽지 않고 오래 산다는 뜻.

17980. 염라 대왕이 문밖에서 기다린다.
늙어서 죽을 때가 멀지 않다는 뜻.

17981. 염라 대왕이 외조부(外祖父)라도 별 수 없

다.
어떤 방법으로도 죽음을 면할 수 없다는 뜻.

17982. 염라 대왕이 제 할아비라도 별 수 없다.
어떤 수단으로도 죽음을 피할 수 없다는 말.

17983. 염병 삼 년에 땀 한 번 못 내겠다.
꼭 죽어야 할 놈이라고 악담(惡談)하는 말.

17984. 염병에 까마귀소리다.
불안한 분위기 속에서 불길한 소리를 한다는 뜻.

17985. 염병에는 개도 들려 보내지 말랬다.
염병은 무서운 전염병이기 때문에 염병 앓는 집과는 왕래를 하지 말아야 한다는 뜻.

17986. 염병에 땀을 못 낼 놈이다.
죽어야 할 놈이라고 악담하는 말.

17987. 염병에 보리죽을 먹어야 오히려 낫겠다.
사리(事理)에 어긋나는 어처구니없는 말이라는 뜻.

17988. 염병은 며느리도 주지 않는다.
(1) 염병은 앓고 나면 더 건강해지기 때문에 남을 안 준다는 뜻. (2) 좋으나 나쁘나 며느리에게는 주기 싫다는 뜻.

17989. 염병 치른 놈 대가리 같다.
머리에 머리칼이 빠져 드문드문 난 사람을 가리키는 말.

17990. 염불도 몫몫이다.
각자의 몫은 다 따로 있다는 뜻.

17991. 염불도 몫몫이요 동냥도 몫몫이다.
각자가 차지할 몫은 다 따로 있다는 뜻.

17992. 염불도 몫몫이요 쇠뿔도 각각이다.
저마다 받아야 할 몫은 따로 있다는 뜻.

17993. 염불 못하는 중이 아궁에 불 땐다.
무능한 사람은 사람 구실도 제대로 못한다는 뜻.

17994. 염불 못하는 중이 취사한다.
무능한 사람은 어디서나 사람 구실을 못하고 천대를 받게 된다는 뜻.

17995. 염불 빠진 년 걷듯 한다.
어기적거리며 걷는 사람을 조롱하는 말.

17996. 염불 법사(念佛法師) 염주(念珠) 매듯 한다.
무엇을 보기 흉하게 치렁치렁하게 매단다는 뜻.

17997. 염불에는 마음이 없고 젯밥에만 마음이 있다. (念佛無心 齋食有心) 〈松南雜識〉

690

자신이 맡은 일에는 마음이 없고 딴 데만 마음을 쓴다는 뜻.

17998. 염불 외듯 한다.
알아듣지도 못하는 소리로 중얼거린다는 뜻.

17999. 염불한다고 극락 가나 마음이 착해야 극락 가지.
형식을 갖춘다고 잘 되는 것이 아니라 마음씨를 고쳐야 착한 사람이 된다는 뜻.

18000. 염소가 물똥 누는 것 봤나?
있을 수가 없는 일을 말하는 사람에게 하는 말.

18001. 염소가 울타리를 받고 뿔이 걸려 꼼짝도 못한다. (羝羊觸藩)　　　〈易經〉
염소가 울타리에 걸려 꼼짝도 못 하듯이 앞뒤로 오가지도 못한다는 뜻.

18002. 염소 고집이다. (羊很)
염소마냥 고집이 몹시 센 사람에게 하는 말.

18003. 염소는 물도 안 먹고 물똥도 안 싼다.
나쁜 짓을 하지 않으면 나쁜 결과를 당하지 않는다는 뜻.

18004. 염소 새끼가 나이 먹어 수염이 났다더냐?
수염 많이 난 젊은 사람이 늙은이 행세를 하는 사람 보고 하는 말.

18005. 염소 새끼 어미 따라다니듯 한다.
염소 새끼가 어미를 따라다니듯이 떨어지지 않고 따라 다닌다는 뜻.

18006. 염소 잃고 외양간 고친다. (亡羊補牢)　　　〈戰國策〉
(1) 평소에 대비하지 않았다가 실패한 다음에야 대비한다는 뜻. (2) 일이 그릇된 뒤에는 뉘우쳐도 아무 소용이 없다는 뜻.

18007. 염주(念珠)도 몫몫이요 쇠뿔도 각각이다.
아무리 친한 사이라도 분배되는 몫은 따로 있다는 말.

18008. 염천교(鹽川橋) 밑에서 돼지 흘레 붙이는 것이 낫겠다.
천한 일을 강제로 하라고 할 때 못마땅하여 하는 말.

18009. 염초청(焰硝廳) 굴뚝 같다.
굴뚝마냥 마음이 검고 음흉하다는 뜻. ※염초청:옛날 화약을 만들던 곳.

18010. 염치가 뭔지도 모른다.
염치가 하나도 없는 사람을 보고 하는 말.

18011. 염치를 돌보지 않는다. (不顧廉恥)
염치가 없이 뻔뻔스럽게 행동한다는 뜻.

18012. 염치와 담을 싼 놈이다.
염치라고는 조금도 없는 사람이라는 뜻.

18013. 염통 구멍이 막혔다. (一竅不通)
몹시 미련하고 답답한 사람이라는 뜻.

18014. 염통에 고름 든 줄은 모르고 손톱 밑에 가시 든 줄만 안다.
눈에 보이는 하찮은 것은 잘 알면서도 눈에 보이지 않는 큰 것은 모른다는 뜻.

18015. 염할 때 솜씨는 내놓아야 하겠다.
손 재주가 좋은 사람은 죽은 뒤에도 그 손은 남겨 두어야 하겠다는 뜻. ※염:죽은 사람의 몸을 씻기고 옷을 입히는 일.

18016. 엽자금(葉字金)이요 동자삼(童子蔘)이다.
월등하게 우수한 물건이라는 뜻. ※엽자금:정련한 금. 동자삼:어린 아이같이 생긴 산삼.

18017. 엽전(葉錢) 뒤 글자 같다.
알아보기 쉽게 분명히 쓰지 않은 글씨를 가리키는 말.

18018. 엽전 한 푼 없다.
주머니에 돈이라고는 한 푼도 없다는 뜻.

18019. 엿가락처럼 늘린다.
짧은 것을 길게 늘려서 만든다는 뜻.

18020. 엿기름을 넣는다.
남의 것을 제 것마냥 감춘다는 뜻.

18021. 엿 물고 개잘량에 엎드러진 놈 같다.
수염이 많이 난 텁석부리 영감을 놀리는 말.
※개잘량:개가죽 방석.

18022. 엿 물을 흘렸다.
갖은 곤란을 다 당했다는 뜻.

18023. 엿이나 먹어라.
엿은 주지 않으면서 상대방의 부아를 내게 할 때 쓰는 말.

18024. 엿이 크고 작은 것은 엿장수에게 달렸다.
무슨 일을 자유 자재로 하는 것은 실력자(實力者)에게 달렸다는 뜻.

18025. 엿장수 마음대로다.
권력을 가진 사람의 마음대로 한다는 뜻.

18026. 엿장수 마음대로지 댓꼭지 임자 마음대로

냐?

무슨 일을 이랬다 저랬다 마음대로 하는 것은 권력을 가진 사람에게 달렸다는 뜻.

18027. 엿 치를 쓰랴오 닷 치를 쓰랴오.

여섯 치짜리도 있고 다섯 치짜리도 있듯이 물건이 고루 갖추어져 있다는 뜻.

18028. 영감님 상투가 커야 맛이냐?

비록 작아도 제 구실만 하면 된다는 뜻.

18029. 영감 밥은 누워 먹고 아들 밥은 앉아 먹고 딸 밥은 서서 먹는다.

여자는 남편이 벌어다 주는 돈이라야 아무 부담감 없이 쓰기가 만만하다는 뜻.

18030. 영감 밥은 아랫목에서 먹고 아들 밥은 웃목에서 먹고 딸 밥은 부엌에서 먹는다.

여자는 남편이 주는 돈은 자기 돈 쓰듯 해도 마음이 편하지만 아들이 주는 돈은 약간 편하지 못하며, 딸이 주는 돈은 눈치가 보인다는 뜻.

18031. 영감 상투가 굵어 무엇하나 당줄만 동이면 그만이지.

쓰기에 알맞으면 그만이지 필요 이상 큰 것은 소용없다는 뜻.

18032. 영감 상투가 커야만 멋이냐?

크다고만 좋은 것이 아니라 작아도 제 구실만 하면 된다는 뜻.

18033. 영감 상투 크나 마나다.

크기에 따라 값이 좌우되는 것이 아니라면 구태여 큰 것을 택할 필요가 없다는 뜻.

18034. 영감 주머니는 작아도 손이 들어가지만 아들 주머니는 커도 손이 안 들어간다.

여자는 남편이 주는 돈은 아무 부담감이 없이 쓸 수 있지만 자식이 주는 돈은 부담감을 가지게 된다는 뜻.

18035. 영감 주머니 돈은 내 돈이요 아들 주머니 돈은 사돈네 돈이다.

아들이 주는 돈은 만만치 않으나 남편이 주는 돈은 만만하다는 뜻.

18036. 영감 죽고 처음이다.

오랜만에 흡족한 일을 맛보게 되었다는 뜻.

18037. 영계 울고 장다리 꽃 피면 밤이 좀 길어진다.

7~8월경이 되면 밤이 제법 길어진다는 뜻.

※영계:병아리와 큰 닭과의 중간 닭.

18038. 영리한 고양이가 밤 눈 못 본다.

(伶俐猫 夜眼不見)　　　　〈東言解〉

무슨 일이나 다 잘할 수 있는 영리한 사람도 역시 맹점(盲點)이 있다는 뜻.

18039. 영소 보전 북극천문에 턱 걸었다.

희망이 매우 크고 높다는 뜻. ※영소(靈所):절의 사무소. 보전(寶典):소중한 법전. 북극천문(北極天門):북쪽 하늘에 있는 문.

18040. 영악이 못난만 못하다.

세상에서는 영악한 체하는 것보다는 못난 체하는 것이 이롭다는 뜻.

18041. 영악한 체하는 것이 못난 체하는 것만 못하다.

세상을 살아나가는 경우에는 영악한 체하는 것보다는 못난 체 사는 것이 편하고 또한 유리하기도 하다는 뜻.

18042. 영양분을 잘 섭취하고 알맞게 운동하면 하늘도 병들게 하지 못한다.

(養備而動時 則天不能病)　　　　〈荀子〉

영양분이 있는 음식을 먹고 적당한 운동을 하게 되면 건강이 좋아져서 병도 들지 않는 튼튼한 몸으로 된다는 뜻.

18043. 영양분을 잘 섭취하지 못하고 운동을 제대로 못 하면 하늘도 건강하게 할 수 없다.

(養略而動罕 則天不能使之全)　　　　〈荀子〉

먹는 것도 제대로 못 먹고 운동도 부족하게 되면 건강이 나빠지게 된다는 뜻.

18044. 영(營)에서 뺨 맞고 집에 와서 계집 친다.

엉뚱한 사람에게 화풀이를 한다는 뜻.

※ 영:영문(營門)의 준말.

18045. 영예가 있는 사람은 항상 형통하고 치욕을 받는 사람은 항상 곤궁하다.

(榮者常通 辱者常窮)　　　　〈荀子〉

영예를 가진 사람은 행복하게 살게 되며 치욕을 받는 사람은 구차한 생활을 하게 된다는 뜻.

18046. 영예를 좋아하고 치욕을 싫어한다.

(好榮惡辱)　　　　〈荀子〉

사람은 누구나 영예는 탐내지만 치욕은 언짢아한다는 뜻.

18047. 영예에 유혹되지 않는다. (不誘於譽)

〈荀子〉

영예는 누구나 바라는 것이지만 이것을 탐내지는 않는다는 뜻.

18048. 영예와 치욕에 항상 조심하라. (寵辱若驚)
〈老子〉
영예를 너무 탐내지 말고 치욕을 당하지 않도록 항상
조심하라는 뜻.

18049. 영웅도 한번 가면 호화로움도 다 간다.
(英雄一去豪華盡) 〈許渾〉
영웅의 호화로운 생애(生涯)도 죽고 난 후에는 다 그
만이라는 뜻.

18050. 영웅은 계략으로 사람을 속인다.
(英雄欺人) 〈李攀龍〉
영웅은 계책(計策)과 모략(謀略)으로 남을 잘 속인다
는 말.

18051. 영웅은 나라의 줄기다. (英雄 國之幹)
〈三略〉
영웅은 그 나라의 뼈대와 같은 존재라는 말.

18052. 영웅은 나라의 줄기이며 국민은 나라의 근
본이다. (英雄國之幹 庶民者 國之本) 〈三略〉
영웅은 나라의 뼈대와 같고 국민은 나라의 근본이므
로 다 소중한 존재라는 말.

18053. 영웅은 다른 영웅을 꺼린다. (英雄忌人)
〈三國誌〉
영웅은 자신의 공명(功名)을 위하여 다른 영웅을 시
기하게 된다는 뜻.

18054. 영웅은 잘 울어서 남의 마음을 잘 움직인
다. (英雄善泣者 所以動人) 〈馬駔傳〉
영웅은 계략적(計略的)으로 남을 움직일 때는 울 줄
도 알아야 한다는 뜻.

18055. 영웅은 죽어도 마음은 죽지 않는다.
(英雄未死心) 〈馬才子〉
영웅이 늙어서 몸은 죽어도 그 용감스러운 마음은 늙
지도 죽지도 않는다는 말.

18056. 영웅이 영웅을 안다. (好漢識好漢)〈水滸傳〉
같은 처지에 있는 사람들끼리는 그 사정을 잘 알게
된다는 뜻.

18057. 영원히 변하지 않는다
(永永不變:永世不變:永永不易)
아무리 오랜 세월이 지나도 변하지 않는다는 말.

18058. 영원히 잊지 않는다. (永世不忘:萬世不忘)
아무리 오랜 세월이 지나도 잊을 수가 없다는 말.

18059. 영화로우면 반드시 욕된 것이 있다.
(榮則必有辱) 〈姜戴敏〉
(1) 영화로운 일에도 욕된 일이 따라다닌다는 뜻.

(2) 좋은 일에도 나쁜 일이 따라다닌다는 뜻.

18060. 영화롭고 욕되게 하는 것은 꼭 입술을 놀
리는 데 달려 있다. (樞機榮辱在要脣)
〈牧隱集〉
영화롭게 되는 것도 치욕을 받게 되는 것도 다 말을
잘하고 못하는 데 달려 있다는 뜻.

18061. 영화를 누렸던 사람도 반드시 고생으로 근
심하게 된다. (有榮華者 必有愁悴) 〈文子〉
부귀와 영화는 성쇠(盛衰)하기 때문에 한번 성하면 한
번은 망하게 된다는 뜻.

18062. 옆구리에 섬 찼나?
음식을 많이 먹는 사람을 놀리는 말.

18063. 옆구리 찔러 절 받기다.
억지로 남을 굴복시킨다는 말.

18064. 옆집 처녀만 믿다가 노총각 된다.
무턱대고 믿다가는 큰 낭패를 하게 된다는 뜻.

18065. 예능자끼리는 서로 질투한다. (同藝相嫉)
〈素書〉
기술을 가진 사람끼리는 서로 새암하면서 미워한다는
뜻.

18066. 예쁘지 않은 고양이가 주걱 물고 주왕에
올라간다.
미운 놈이 더 미운 짓만 한다는 뜻.

18067. 예쁘지 않은 며느리가 으스름 달밤에 삿갓
쓰고 나선다.
얄미운 사람이 미운 짓만 한다는 뜻.

18068. 예쁜 것은 부러워하고 귀한 것은 소중히
여긴다. (艶羨貴重)
사람은 누구나 아름다운 것을 좋아하게 되고 귀한 것
은 소중하게 여긴다는 뜻.

18069. 예쁜 세 살 미운 일곱 살이다.
세 살 때는 귀여운 짓을 마냥하지만 일곱 살 때는 말
을 안 들어 밉다는 말.

18070. 예쁜 아내의 남편은 거의가 못생긴 사내
들이다. (巧妻常伴拙夫眠) 〈五雜組〉
흔히 아름다운 여자는 미남이 아닌 남자와 결혼을 하
게 된다는 말.

18071. 예쁜 자식 매로 키우랬다.
자식은 너무 귀여워만 하면 버릇이 없게 되므로 엄하
게 키워야 한다는 뜻.

18072. 예쁜 자식 매 하나 더 때리랬다.

자식은 속으로 귀여워하고 겉으로는 엄하게 키워야 한다는 뜻.

18073. 예산(豫算)이 파산(破産)이다.

집행하지도 못할 예산만 세웠다가 헛일만 하였다는 말.

18074. 예수나 믿었으면 천당에나 갔지.

믿지 못할 사람을 믿었다가 손해만 당했다는 뜻.

18075. 예수만 믿는다고 천당 가나 마음을 고쳐야 천당 가지.

형식만 갖춘다고 되는 것이 아니라 마음부터 착하게 고쳐야 한다는 뜻.

18076. 예순에 아이 된다.

사람이 늙으면 어린 아이가 된다는 말.

18077. 예순이면 한 해가 다르고 일흔이면 한 달이 다르고 여든이면 하루가 다르다.

환갑이 지나서부터는 나이가 먹을수록 더 빨리 늙는다는 뜻.

18078. 예순 한 살부터는 남의 나이다.

예순 살을 넘겨 사는 사람은 보통 사람 두 배로 오래 산다는 뜻.

18079. 예순 한 살부터는 덧으로 산다.

예순을 넘겨 사는 것은 두 사람 몫으로 산다는 뜻.

18080. 예식은 사치스러운 것보다 검소한 것이 좋다. (禮與其奢也 寧儉)　〈論語〉

예식은 호화스럽게 하는 것보다 깨끗하고 간소하게 하는 것이 좋다는 말.

18081. 예의가 너무 까다로우면 도리어 난잡하게 된다. (禮煩則亂)

예의는 복잡하게 되면 난잡하게 될 수 있으므로 간소해야 한다는 뜻.

18082. 예의가 아니면 보지도 말라. (非禮勿見)　〈論語〉

예의가 아닌 것은 보지도 말고 간여하지도 말라는 뜻.

18083. 예의가 아니면 세상은 어둡다. (非禮昏世也)　〈荀子〉

예의가 없는 세상은 혼란하게 된다는 말.

18084. 예의가 아니면 행하지 않는다. (非禮無行)　〈孟子〉

예의가 아닌 행동은 해서는 안 된다는 말.

18085. 예의가 아닌 것은 흉거리다. (非禮訾之)　〈禮記〉

예의가 아닌 행동을 하게 되면 남들이 흉을 보게 된다는 뜻.

18086. 예의가 아닌 말은 하지를 말라. (不談非禮)　〈益智書〉

말도 예의가 아닌 말은 아예 하지를 말라는 뜻.

18087. 예의가 아닌 말을 하는 것은 자신을 해치는 것이다. (誹禮義 謂之自暴)　〈孟子〉

예의가 아닌 말을 하게 되면 자기 위신을 떨어뜨리게 된다는 뜻.

18088. 예의가 아닌 예의이다. (非禮之禮)　〈孟子〉

참된 예의가 아니라 사이비(似而非)한 예의라는 말.

18089. 예의가 아닌 짓은 범하지 않아야 한다. (不犯非禮)　〈春秋左傳〉

예의가 아닌 행동은 해서는 안 된다는 말.

18090. 예의가 없는 사람은 반드시 망한다. (無禮必亡)　〈春秋左傳〉

예의를 지키지 않는 사람은 사람 구실을 못하게 된다는 뜻.

18091. 예의가 없으면 상하의 질서가 어지러워진다. (無禮義 則上下亂)　〈孟子〉

예의가 없으면 위 아래의 질서도 없어져 세상은 혼란하게 된다는 뜻.

18092. 예의가 없으면 즐겁지 않다. (無禮不樂)　〈春秋左傳〉

예의가 없으면 세상이 혼란하게 되므로 즐거운 생활도 할 수 없게 된다는 뜻.

18093. 예의가 없으면 탈선한다. (無禮則脫)　〈春秋左傳〉

예의를 지키지 않으면 탈선된 행동을 하게 된다는 뜻.

18094. 예의가 있는 사람과 친해야 한다. (親有禮)　〈春秋左傳〉

예의가 있는 사람은 교양이 있는 사람이므로 친하는 것이 좋다는 뜻.

18095. 예의가 있는 사람은 남을 공경한다. (有禮者敬人)　〈孟子〉

예의가 있는 사람은 모든 사람들을 공경하게 된다는 뜻.

18096. 예의가 있으면 패하지 않는다. (有禮無敗)　〈春秋左傳〉

예의가 있는 사람은 모든 사람의 지지를 받게 되므로 실패하는 일이 없다는 뜻.

18097. 예의가 지나치면 도리어 사이가 멀어진다.

(禮勝則離)　　　　　　　　　　〈禮記〉
예의도 정도가 지나치게 되면 오히려 사이가 나쁘게 된다는 뜻. ↔ 예의는 지나쳐도 사람의 기분을 상하지는 않는다.

18098. 예의는 거역할 수 없다. (禮無所逆)
　　　　　　　　　　　　　　　〈春秋左傳〉
사람으로서 예의는 꼭 지켜야 한다는 뜻.

18099. 예의는 공손하지 않으면 안 된다.
(禮不可不恭)　　　　　　　　　〈牧民心書〉
예의는 사람들에게 공손하게 대해야 한다는 뜻.

18100. 예의는 나라의 근본이다. (禮 國之幹也)
　　　　　　　　　　　　　　　〈春秋左傳〉
예의가 없으면 나라가 혼란하게 되고 예의를 지키게 되면 나라가 평화롭게 되므로 예의는 나라를 다스리는 근본이라는 뜻.

18101. 예의는 자신을 낮추고 남을 높이는 것이다.
(夫禮者 自卑而尊人)　　　　　　〈禮記〉
예의란 자신은 낮추며 남들을 공경하는 데 있다는 뜻.

18102. 예의는 정성에서 우러나와야 한다.
(禮出於精)
예의는 건성으로 하는 것이 아니라 마음 속에서 우러나오는 정성이 담겨야 한다는 뜻.

18103. 예의는 지나쳐도 사람의 기분을 상하지는 않는다. (禮多人不怪)
예의는 설혹 지나쳐도 남들이 이를 괴상스럽게 생각하지 않는다는 뜻. ↔ 예의가 지나치면 도리어 사이가 멀어진다. 예의도 지나치면 무례가 된다.

18104. 예의도 지나치면 무례(無禮)가 된다.
예의도 정도가 지나치게 되면 오히려 실례가 된다는 뜻. ↔ 예의는 지나쳐도 기분을 상하지는 않는다.

18105. 예의를 멀리하는 것은 죽느니만 못하다.
(遠禮不如死)　　　　　　　　　〈春秋左傳〉
예의를 지키지 않는 사람은 사람 구실을 못하기 때문에 죽는 것이 낫다는 뜻.

18106. 예의를 모르면 난폭하게 된다.
(不知禮義則幸)　　　　　　　　〈荀子〉
예의를 모르는 사람은 행동이 난폭하게 된다는 뜻.

18107. 예의를 잃으면 사람들이 멀리한다.
(失禮則人離)　　　　　　　　　〈諸葛亮心書〉
예의를 지키지 않는 사람은 사람들이 싫어하게 된다는 뜻.

18108. 예의를 잃으면 혼란해진다. (禮失則昏)
　　　　　　　　　　　　　　　〈史記〉

예의가 없는 사회는 혼란하게 된다는 뜻.

18109. 예의를 지키지 않는 사람은 반드시 거짓말을 하게 된다. (無禮必食言)　　　〈春秋左傳〉
예의가 없는 사람은 수치(羞恥)도 없으므로 뻔뻔스럽게 거짓말도 한다는 뜻.

18110. 예의에 어긋나는 일은 본받지 말라.
(非禮勿遵)　　　　　　　　　　〈箚答集〉
예의가 아닌 것은 본받는 일이 없도록 하라는 뜻.

18111. 예의와 법을 존중하면 국가는 안정된다.
(隆禮至法 則國有常)　　　　　　〈荀子〉
국가를 다스리는 데는 도덕과 법으로 다스리게 되면 나라가 안정하게 된다는 말.

18112. 예측하지도 못한 변이다. (不測之變)
예측도 할 수 없었던 변을 당하게 되었다는 뜻.

18113. 예 황제(皇帝) 부러워 말고 장승 될 생각 말랬다.
놀고 먹으며 편하게 사는 것이 보람있게 사는 것이 아니라 사람이 할 일을 하면서 살아야 한다는 뜻.
※예 황제: 일 없이 편하게 지내는 임금.

18114. 예 황제(皇帝) 부럽지 않다.
이 세상에서 어느 누구도 부러울 사람이 없다는 말.

18115. 예 황제 팔자다.
아무리 좋은 팔자도 부러울 것이 없다는 뜻.

18116. 옛 것은 버리고 새 것을 낳는다.
(去舊生新)
낡은 것은 버리고 새 것을 창조(創造)하여 새롭게 발전시킨다는 말.

18117. 옛 것을 익히고 새로운 것을 알아 나간다.
(温故知新)　　　　　　　　　　〈論語〉
옛 것을 연구하여 새로운 것을 알아 낸다는 말.

18118. 옛날 갑인(甲寅) 날 콩 볶아먹던 시절이다.
옛날 옛적 이야기라는 뜻.

18119. 옛날과 지금은 달라졌다. (古今不同)
세상이 많이 변하여 옛날과는 딴판으로 달라졌다는 뜻. ↔ 옛날이나 지금이나 변함이 없다.

18120. 옛날 모습이 완연하다. (古色蒼然)
아직도 옛날 모습이 그대로 남아 있다는 뜻.

18121. 옛날부터 미인들은 불행한 사람이 많다.
(自古佳人多薄命)　　　　　　　〈蘇軾〉
옛날부터 미인들 중에는 팔자가 사나운 사람이 많다는 뜻.

18122. 옛날 옛적 이야기다.
너무 오래 된 이야기라 현실과는 부합(符合)되는 말이 아니라는 뜻.

18123. 옛날은 걷어들이기가 바빴고 지금은 받기가 바쁘다.
지금은 가만히 앉아 있기만 해도 뇌물을 갖다 주는 사람이 많다는 뜻.

18124. 옛날은 옛날이고 지금은 지금이다.
옛날과 지금과 사정이 아주 변해졌다는 뜻.

18125. 옛날이나 지금이나 변함이 없다.
(古今同然 : 古態依然)
옛날 모습이 아직까지 변하지 않고 그대로 남아 있다는 뜻. ↔ 옛날과 지금은 달라졌다.

18126. 옛날 잘살던 자랑은 하나 마나다.
과거의 일은 자랑해도 아무 소용이 없다는 뜻.

18127. 옛날 호랑이가 담배 먹던 시절이다.
아주 오랜 옛날 이야기라는 뜻.

18128. 옛날 오줌 대중하다가 제사에 닭 울린다.
무슨 일을 대중으로 하다가는 실수를 하게 된다는 뜻.

18129. 옛 늙은이 쳐놓고 똥 안 싼 늙은이 없다.
누구나 지나간 과거에는 실수가 있었다는 뜻.

18130. 옛 늙은이 쳐놓고 호랑이 안 잡은 늙은이 없다.
누구나 젊은 시절에는 어려운 일을 한 화려한 경력이 있었다는 뜻.

18131. 옛 말 그른 데 없다.
옛날부터 전해오는 명언(名言)은 다 옳은 말이라는 뜻.

18132. 옛 말 버릴 것 없다.
옛말은 다 옳기 때문에 버릴 말이 하나도 없다는 뜻.

18133. 옛 말 틀리는 데 없다.
옛말은 하나도 틀리는 것이 없이 다 옳은 말뿐이라는 뜻.

18134. 옛 법을 고치지도 말고 새 법을 만들지도 말랬다.
옛날 법을 그대로 쓰면서 새 법은 만들지 말고 옛날대로 살아가자는 뜻.

18135. 옛 원수 갚다가 새 원수 만든다.
(欲報舊讎 新讎出)   〈旬五志〉
(1) 무슨 일을 편벽(偏僻)지게 하다가는 낭패를 당하게 된다는 뜻. (2) 무슨 일에 보복을 하면 그 뒤가 더 좋지 못하게 된다는 뜻.

18136. 옛 천 리가 지금 십 리보다 가깝다.
젊어서 천 리가 늙어서 십 리보다 힘이 들지 않는다는 말.

18137. 오가도 못한다.
서로 오지도 못하고 가지도 못하고 막혔다는 뜻.

18138. 오강 사공(五江沙工) 닻줄 감듯 한다.
줄을 재빠르게 감아 동인다는 뜻.

18139. 오곡은 기다리지 않아도 때가 되면 먹게 된다. (不待五穀而食)   〈列子〉
무슨 일을 조급하게 한다고 되는 것이 아니라 때가 되면 저절로 이루어지게 된다는 뜻.

18140. 오곡을 분별하지 못한다. (不辨五穀)
오곡도 분별하지 못하는 쑥맥이라는 말.

18141. 오곡이 풍성하게 익으니 집안에 곡식이 가득하다. (五穀蕃熟 穰穰滿家)   〈史記〉
(1) 풍년이 들면 농가에 곡식이 가득하게 된다는 뜻.
(2) 나라가 부유하면 국민들도 잘 살게 된다는 뜻.

18142. 오그라진 개꼬리 대봉통(竹封筒)에 삼 년 두어도 안 펴진다.
한번 고질(痼疾)이 된 것은 다시 고치기 어렵다는 뜻.

18143. 오그랑 장사다.
손해나는 장사를 하였다는 뜻.

18144. 오금 뜬다.
마음이 들떠서 돌아다닌다는 뜻.

18145. 오금아 날 살려라 한다
있는 힘을 다하여 도망친다는 뜻.

18146. 오금을 못 쓴다.
(1) 어쩔 줄을 모르고 좋아한다는 뜻. (2) 침착하지 못하고 마음이 들떠 있다는 뜻.

18147. 오금을 박는다.
평상시에 큰소리하던 것과 모순되는 것을 논박한다는 뜻.

18148. 오금이 떨린다.
너무도 두려워서 오금이 덜덜 떨린다는 말.

18149. 오금이 떨어지지 않는다.
기가 눌려서 일어서려고 해도 오금이 떨어지지 않아서 일어서지를 못한다는 말.

18150. 오금이 쑤신다.
무엇이 하고 싶어 못 견딘다는 뜻.

18151. 오기(傲氣)가 있지.
남에게 져서야 되겠느냐는 뜻.

18152. 오기로 망한다.

남에게 쓸데없는 오기를 부리다가 낭패를 당한다는 뜻.

18153. 오기로 서방질한다.
쓸데없는 오기를 부리다가 자신을 망친다는 뜻.

18154. 오기에 쥐 잡는다.
오기를 부리다가는 손해만 본다는 뜻.

18155. 오냐 오냐 해주면 할아비 상투 끄든다.
아이들은 귀여워해 주면 버릇이 없어지게 된다는 뜻.

18156. 오 년 가는 권력 없고 십 년 가는 세력 없다. (權不五年 勢不十年)
권력이나 세력은 오래 가지 못한다는 뜻.

18157. 오뉴월 감기는 개도 아니 앓는다.
여름 감기는 매우 고약하다는 뜻.

18158. 오뉴월 감기도 남 주기는 싫다.
자기 소유물은 나쁜 것이라도 남 주기가 싫다는 뜻.

18159. 오뉴월 감주(甘酒) 맛 변하듯 한다.
여름 단술 맛 변하듯이 마음이 쉬 변한다는 뜻.

18160. 오뉴월 개가죽 문인가?
추운 날 방문을 열어 놓고 다니는 사람에게 핀잔하는 말.

18161. 오뉴월 개 팔자다.
여름 개가 그늘에서 낮잠만 자듯이 여름에 일 없이 잠만 자는 사람을 가리키는 말.

18162. 오뉴월 거적문인 줄 아나?
겨울에 문을 열고 다니는 사람에게 핀잔 주는 말.

18163. 오뉴월 겻불도 쬐다 나면 섭섭하다.
좋으나 나쁘나 하던 일을 손 떼게 되면 섭섭하다는 뜻.

18164. 오뉴월 고뿔은 개도 안 앓는다.
여름 감기는 매우 고약하다는 뜻.

18165. 오뉴월 긴긴 날도 끝이 있다.
아무리 시간이 많이 걸리는 일이라도 끝나는 날은 있다는 뜻.

18166. 오뉴월 긴긴 날에 점심 안 먹고는 살아도 동지 섣달 긴긴 밤에 임 없이는 못 산다.
남편 없이 혼자 사는 여자의 고통은 이만저만하지 않다는 뜻.

18167. 오뉴월 남바위다.
더운 여름에 남바위마냥 반갑지 않은 존재라는 뜻.
※남바위:옛날 노인들이 머리에 쓰는 방한구(防寒具).

18168. 오뉴월 녹두 깝대기 같다.

화가 나서 누가 건드리기만 해도 가만 두지 않겠다는 뜻.

18169. 오뉴월 닭이 여북해야 지붕을 허빌까?
번연히 헛일 할 줄은 알지만 하도 답답하여 하는 데까지 해봤다는 뜻.

18170. 오뉴월 닭이 오죽해야 지붕을 오를까?
답답한 사람은 잘 되고 못 되는 것을 가리지 않고 무작정하게 일을 한다는 뜻.

18171. 오뉴월 댑싸리 밑에 누운 개 팔자다.
먹고 할 일 없이 편하게 지내는 사람을 두고 하는 말.

18172. 오뉴월 더위에는 암소 뿔도 물러 빠진다.
오뉴월 더위는 몹시 덥다는 뜻.

18173. 오뉴월 더위에 쇠뿔 빠진다.
쇠뿔이 더위에 녹아서 빠질 정도로 여름은 덥다는 뜻.

18174. 오뉴월 똥파리 꾀듯 한다.
(1) 어디든지 먹을 것이라면 잘 찾아다니는 사람을 두고 하는 말. (2) 몹시 귀찮게 덤빈다는 뜻.

18175. 오뉴월 뙤약볕이다. (五六月炎天)
음력 오월에서 유월까지 가장 더위가 심할 때라는 뜻.

18176. 오뉴월 두룽다리다.
(1) 겨울에 쓰는 두룽다리를 여름에 쓰듯이 쓸데없는 물건이라는 뜻. (2) 늦게까지 겨울 옷을 입은 사람을 비웃는 말. ※ 두룽다리:모자의 한 가지.

18177. 오뉴월 뒷간에 구더기 대하듯 한다.
사람을 너무 멸시(蔑視)한다는 뜻.

18178. 오뉴월 무우같이 싱겁다.
오뉴월 무우마냥 사람이 몹시 싱겁다는 뜻.

18179. 오뉴월 바람도 불면 차갑다.
아무리 약한 것이라도 계속되면 강해진다는 뜻.

18180. 오뉴월 병아리는 하루 볕이 새롭다.
오뉴월 하루는 대단히 길다는 뜻.

18181. 오뉴월 볕은 솔개만 지나가도 낫다.
오뉴월 뙤약볕은 하찮은 그늘에서 잠시 피해도 낫다는 뜻.

18182. 오뉴월 볕은 아침 저녁 푸나무가 두 짐이다.
오뉴월 하루는 매우 길다는 뜻.

18183. 오뉴월 볕은 하루가 무섭다.
오뉴월 하루는 다른 때의 하루보다 매우 길다는 뜻.

18184. 오뉴월 볕은 하루만 더 쬐도 낫다.
오뉴월 볕에는 곡식이 하루하루 달라지도록 잘 자란

다는 뜻.

18185. 오뉴월 불도 쬐다 나면 섭섭하다.
(五月炙火 猶惜退坐), (五六月火亦退悵)
〈耳談續纂〉, 〈東言解〉
변변치 않던 것도 없어지면 서운하게 된다는 뜻.

18186. 오뉴월 사돈은 범보다도 무섭다.
음력 오뉴월에는 농가에서 쌀이 떨어지고 겨우 보리
만 먹는 때라 사돈이 오면 쌀밥도 못 해줄 처지이므
로 반가운 사돈이기는 하지만 올까 봐 무섭다는 말.

18187. 오뉴월 새 사돈이다.
오뉴월에는 손님을 대접하기가 매우 어려운 시기라
새 사돈이 오면 큰 걱정이 된다는 뜻.

18188. 오뉴월 써레 발이다.
써레가 늦모 심기 쉴 새 없이 쓰이듯이 몹시 바쁘다
는 뜻.

18189. 오뉴월 소나기는 말 등을 두고 다툰다.
여름 소낙비는 말 등 하나를 경계로 한쪽은 오고 다
른 한쪽은 오지 않는다는 뜻.

18190. 오뉴월 소나기는 말 한 귀는 젖고 한 귀는
안 젖는다.
여름 소나기는 지척(咫尺)을 두고 오는 데가 있고 오
지 않는 데가 있다는 뜻.

18191. 오뉴월 소나기는 밭 둑 하나를 두고 다툰
다.
여름 소낙비는 밭 둑 하나를 경계로 한쪽은 오고 다
른 한쪽은 오지 않는다는 뜻.

18192. 오뉴월 소나기는 밭 이랑을 두고 다툰다.
여름 소나기는 밭 이랑 하나를 경계로 이쪽에는 내
리고 저쪽에는 내리지 않는다는 뜻.

18193. 오뉴월 소나기는 쇠등을 두고 다툰다.
여름 소나기는 쇠등을 경계로 한쪽에는 오고 다른 한
쪽에는 오지 않는다는 뜻.

18194. 오뉴월 소나기는 지척(咫尺)이 천 리다.
오뉴월 소나기는 지척을 두고 오는 데가 있고 아니
오는 데가 있어서 지척이라도 생판 다르다는 뜻.

18195. 오뉴월 소나기는 콧등을 두고 다툰다.
여름 소나기는 근소한 차로 오는 곳과 오지 않는 곳
이 있다는 뜻.

18196. 오뉴월 손님은 호랑이보다 무섭다.
여름에는 나그네를 대접할 음식이 마땅치 않다는 뜻.

18197. 오뉴월 송장 썩는 내가 난다.
썩는 냄새가 지독히 난다는 말.

18198. 오뉴월 쇠불알 늘어지듯 한다.
(1) 무엇이 축 늘어졌다는 뜻. (2) 동작이 몹시 느리다
는 뜻.

18199. 오뉴월 쇠불알 떨어지기만 기다린다.
가망 없는 일을 애써 가며 헛되이 기다린다는 뜻.

18200. 오뉴월 쉬파리다.
(1) 먹을 것을 보고 용하게 잘 찾아온다는 뜻.
(2) 몹시 귀찮게 군다는 뜻.

18201. 오뉴월 식혜 변하듯 한다.
마음이 몹시 변덕스럽게 변한다는 뜻.

18202. 오뉴월 아그배도 맛들일 탓이다.
좋고 나쁜 것은 버릇 들이기에 달렸다는 뜻.

18203. 오뉴월 아침에 난 아이가 저녁에 인사한다.
아침에 난 아이가 커서 저녁에 인사를 할 정도로 오
뉴월 낮은 길고 길다는 것을 비유하는 말.

18204. 오뉴월 아침에 난 아이는 저녁에 걷는다.
오뉴월 낮이 매우 길다는 것을 비유하는 말.

18205. 오뉴월에는 뱃양반이요 동지 섣달에는 뱃
놈이다.
뱃사공은 여름이 되면 배에서 시원하게 지내기 때문
에 뱃양반이 되고 겨울에는 몹시 춥기 때문에 뱃놈이
된다는 뜻.

18206. 오뉴월에는 똥 도둑도 못 해먹겠다.
사람됨됨이 어리석고 동작이 매우 느린 사람을 두고
하는 말.

18207. 오뉴월에 뜸질을 해도 제멋이다.
제가 좋아서 제멋대로 하는 일은 남이 시비할 것이
못 된다는 뜻.

18208. 오뉴월에 얼어죽겠다.
(1) 여름 날씨가 돌연히 시원해졌을 때 하는 말.
(2) 추위를 못 참는 사람을 보고 놀리는 말.

18209. 오뉴월 염병에 땀 한 방울 못 낼 놈이다.
장질부사에는 땀을 내야 사는데 땀을 못 내고 죽듯이
죽어야 할 사람이라는 뜻.

18210. 오뉴월 염천(炎天)에 솜바지 저고리 생각
하듯 한다.
도와 줘야 할 사람을 조금도 생각하지 않는다는 뜻.

18211. 오뉴월 자주 감투도 팔아먹는다.
집 안에 있는 것은 아무것이나 다 팔아먹는다는 뜻.

18212. 오뉴월 장마 끝물 오이 꼭지 씹는 상이다.
장마 끝물 오이 꼭지의 쓴 맛에 찌푸린 상마냥 얼굴

을 보기 흉하게 찌푸렸다는 뜻.

18213. 오뉴월 저녁에 모기 덤비듯 한다.
오뉴월 밤에 모기가 덤비듯이 사람을 몹시 괴롭힌다는 뜻.

18214. 오뉴월 존장 모시듯 한다. (五六月尊丈)
〈東言解〉
더운 여름에 웃 어른 대접하기가 매우 어렵다는 뜻.

18215. 오뉴월 털 감투다.
여름에 방한구(防寒具)마냥 귀찮은 존재라는 뜻.

18216. 오뉴월 털 토수다.
고통스러운 때 고통스러운 일만 생긴다는 뜻.

18217. 오뉴월 품앗이는 논둑 밑에 있다.
오뉴월 품앗이가 시작되어 끝날 때까지는 오래 걸린다는 뜻.

18218. 오뉴월 품앗이도 먼저 갚으랬다.
남에게 갚을 것은 끌지 말고 일찍 갚아야 한다는 뜻.

18219. 오뉴월 품앗이도 순서가 있다.
아무리 바쁜 일이라도 순서를 지켜야 한다는 뜻.

18220. 오뉴월 품앗이도 제때에 갚으랬다.
남의 빚은 사소한 것이라도 제때에 갚아야 한다는 뜻.

18221. 오뉴월 하루 볕이 무섭다.
오뉴월은 해가 길기 때문에 하루 차이도 크다는 뜻.

18222. 오뉴월 합바지 생각하듯 한다.
싫어하는 것을 요구할 리가 없다는 뜻.

18223. 오뉴월 호박 자라듯 한다.
어린 아이가 잘 자란다는 뜻.

18224. 오뉴월 황소 불알 보고 숯불 장만한다.
가망 없는 일을 하려고 서두른다는 뜻.

18225. 오는 님은 막지 말고 가는 님은 잡지 말랬다.
오는 사람은 맞아들여야 하고 가는 사람은 보내야 한다는 뜻.

18226. 오는 떡이 두터워야 가는 떡도 두텁다.
보내오는 것이 후하면 갚는 것도 후하게 된다는 뜻.

18227. 오는 떡이 커야 가는 떡도 크다.
보내오는 것이 후하면 이것을 갚는 것도 저절로 후하게 된다는 뜻.

18228. 오는 말이 거칠면 가는 말도 거칠다.
남에게 하는 말이 불친절하면 상대방도 불친절하게 대해 준다는 뜻.

18229. 오는 말이 고와야 가는 말도 곱다.
남에게 친절하게 하면 상대방도 친절하게 대해 준다는 뜻.

18230. 오는 말이 미우면 가는 말도 밉다.
먼저 불친절하게 말을 하면 상대방도 불친절하게 대답한다는 뜻.

18231. 오는 배가 순풍(順風)이면 가는 배는 역풍(逆風)이다.
(1) 한 사람이 좋으면 다른 한 사람은 나쁘게 된다는 말. (2) 즐거울 때가 있으면 고생스러울 때도 있다는 뜻.

18232. 오는 배가 있으면 가는 배도 있다.
(1) 오는 사람이 있으면 가는 사람도 있게 된다는 뜻.
(2) 받는 것이 있으면 주는 것도 있게 된다는 뜻.

18233. 오는 복은 기어 오고 나가는 복은 날아간다.
부자가 되기는 힘이 들지만 패가(敗家) 하기는 쉽다는 말.

18234. 오는 복은 몰라도 가는 복은 안다.
차차 잘살게 되는 것은 느껴지지 않아도 점점 못살게 되는 것은 바로 알 수 있다는 뜻.

18235. 오는 복을 까분다.
자기에게 오는 복을 자신이 경솔한 짓을 하여 쫓아 보낸다는 뜻.

18236. 오는 복을 쫓는다.
자기에게 오는 행복을 자신이 잘못해서 그 행복을 쫓아 보낸다는 뜻.

18237. 오는 봉송(封送)이 크면 가는 봉송도 크다.
받는 것이 크면 주는 것도 커야 한다는 뜻.
※봉송 : 싸서 보내는 선물.

18238. 오는 사람 막지 말고 가는 사람 쫓지 말라. (來者不拒 去者不追)
〈公羊傳〉
오는 사람은 맞이해야 하고 가는 사람은 잡지 말라는 뜻.

18239. 오는 세상은 기대할 수 없고 지나간 세상은 돌이킬 수 없다. (來世不可待 往世不可道也)
〈莊子〉
다가오는 앞 일은 어떻게 될 지 모르기 때문에 기대를 못 하게 되고 한번 지나간 일은 어떻게 할 도리가 없다는 뜻.

18240. 오는 임은 고운 임이요 가는 임은 미운 임이다.
자기를 좋아해 오는 사람은 고마운 사람이고 자기를 싫다고 가는 사람은 미운 사람이라는 뜻.

18241. 오는 정이 있어야 가는 정도 있다.
이쪽에서 잘해 주면 저쪽에서도 잘해 주게 된다는 뜻.

18242. 오늘 낼 한다.
무슨 일이 오늘이나 내일 안으로 될 것만 같다는 뜻.

18243. 오늘 바람 다르고 내일 바람 다르다.
세월이 흐름에 따라 세상 만사가 다 변한다는 뜻.

18244. 오늘 살아도 내일은 모른다.
닥쳐오는 운명(運命)은 하루 앞도 알 수 없다는 뜻.

18245. 오늘에는 오늘 바람이 불고 내일에는 내일 바람이 분다.
오늘에는 오늘 할 일이 있고 내일에는 내일 할 일이 있다는 뜻.

18246. 오늘은 충청도(忠淸道)요 내일은 경상도 (慶尙道)다.
일정한 거주지가 없이 방랑(放浪) 생활을 한다는 뜻.

18247. 오늘 은혜가 내일 원수로 된다.
세상 인심은 항상 변하기 때문에 오늘 좋았던 것도 내일에는 나쁘게 될 수도 있고 오늘 나빴던 것도 내일에는 좋아질 수가 있다는 뜻.

18248. 오늘의 실패는 내일의 성공으로 된다. (今敗明成)
오늘의 실패를 참고 견디면 내일에는 성공할 수 있다는 말.

18249. 오늘이 옳고 어제가 글렀다. (今是昨非)
〈陶潛〉
과거의 잘못을 이제 와서야 깨달았다는 말.

18250. 오늘 할 일을 내일로 늦추지 **말라.** (今日可爲 勿遲明日)
〈茶山全集〉
일은 미루지 말고 그날 할 일은 그날에 반드시 해야 한다는 뜻.

18251. 오달지기는 사돈네 가을 닭이다.
아무리 사돈네 가을 닭이 살쪘기로 자기에게는 아무 상관이 없다는 뜻.

18252. 오대산(五臺山)에 가서 밥을 먹지 못하면 사흘을 앓는다.
옛날 강원도 강릉(江陵) 사람들이 월정사(月精寺)에 가서 밥 못 먹으면 한이 된다는 데서 나온 말.

18253. 오던 날이 장날이다.
생각지도 않던 일을 공교롭게 만난 경우를 이름.

18254. 오던 복도 달아나겠다.
오던 복도 하는 짓이 얄미워서 도로 나간다는 뜻.

18255. 오동나무만 봐도 춤춘다.
성미가 매우 조급하여 일을 너무 서둔다는 뜻.

18256. 오동(烏銅) 숟가락으로 가물치 국을 먹었나?
살색이 검은 사람을 보고 조롱하는 말. ※오동 : 검은 색이 나는 산화동(酸化銅).

18257. 오동 씨만 봐도 춤춘다.
성미가 매우 급하여 일을 서둔다는 뜻.

18258. 오동 열매만 봐도 춤추고 나선다.
성미가 매우 조급하여 미리부터 서둔다는 말.

18259. 오동잎에 청개구리 뛰듯 한다.
오동잎에 청개구리마냥 잘 뛰어다닌다는 뜻.

18260. 오동잎 하나만 떨어져도 온 세상에 가을이 온 줄로 안다. (梧桐一葉 天下盡知秋)
〈群芳譜〉
어느 한 부분만 봐도 전체를 짐작할 수 있다는 뜻.

18261. 오라는 딸은 안 오고 보기 싫은 며느리만 온다.
기다리는 사람은 안 오고 기다리지 않는 사람만 온다는 뜻.

18262. 오라는 데는 없어도 갈 데는 많다.
거지는 어느 누가 오라는 데는 없지만 갈 곳은 많다는 말.

18263. 오랄 때는 언제고 가랄 때는 언제냐? (呼來斥去)
사람을 박대(薄待)해서 보낸다는 뜻.

18264. 오래 가는 거짓말 없다.
거짓말은 잠시는 속일 수 있어도 오래는 속이지 못한다는 뜻.

18265. 오래 된 약속이라도 그 말은 평생 두고 잊지 말아야 한다. (久要不忘 平生之言) 〈論語〉
한번 약속한 것은 죽을 때까지 잊지 말고 집행해야 한다는 뜻.

18266. 오래 된 친구는 잊혀지지 않는다. (故舊不遺)
〈論語〉
오래 된 친한 친구는 항상 생각이 나며 잊혀지지를 않는다는 말.

18267. 오래 두고 쌓인 울분이다. (積鬱)
오랫동안 두고 두고 쌓인 잊지 못할 울분이라는 뜻.

18268. 오래 두고 쌓인 원한이다. (積忿)
오랫동안 쌓이고 쌓인 잊지 못할 원한이라는 뜻.

18269. 오래 묵은 솔에 관솔도 많다.

늙은이에게 지혜(知慧)가 많다는 뜻.

18270. 오래 사는 것은 죄다.
늙어 오래 사는 것은 고생스럽다는 뜻.

18271. 오래 살다 보면 손자 며느리 환갑 잔치를 본다.
사람이 오래 살다 보면 별별 일을 다 당하게 된다는 뜻.

18272. 오래 살면 궂은 일만 본다.
너무 장수를 하게 되면 아내나 남편이 죽는 것을 보게 되고 심지어는 자식들이 죽는 꼴까지 보게 되는 경우가 있다는 뜻.

18273. 오래 살면 또랑 새우 뭣하는 것을 본다.
오래 살다 보면 별별 일을 다 보게 된다는 뜻.

18274. 오래 살면 시어미 죽는 날이 있다.
오래 참고 견디면 편하게 사는 날이 온다는 뜻.

18275. 오래 살면 아랫목이 내 차지된다.
오래 참고 견디면 행복한 날이 오게 된다는 뜻.

18276. 오래 살면 욕됨이 많다. (壽則多辱)
늙어 오래 살게 되면 좋지 않은 꼴을 많이 당하게 된다는 뜻.

18277. 오래 살면 험한 꼴을 많이 보게 된다.
늙어 오래 살게 되면 자식이 먼저 죽는 꼴도 보게 된다는 뜻.

18278. 오래 살자니까 손자 턱에 흰 수염을 보겠다.
늙어 오래 살다 보면 별별 일을 다 보게 된다는 뜻.

18279. 오래 살자니까 손자 환갑(還甲) 잔치를 얻어 먹겠다.
오래 살게 되면 자손들의 번영하는 꼴도 보게 된다는 뜻.

18280. 오래 앉아 있는 새는 살을 맞는다.
(久坐之鳥 帶箭),(久坐雀帶鏃)〈旬五志〉,〈東言解〉
좋은 자리라고 오래 버티고 있다가는 화를 당하게 된다는 뜻.

18281. 오래 엎드린 새가 높이 난다.
오랫동안 준비하고 노력한 사람은 크게 성공한다는 뜻.

18282. 오래 편안할 것을 믿지 말라. (毋恃久安)
편안한 끝에는 불안이 따르게 마련이므로 오랫동안 편안하기를 바라서는 안 된다는 뜻.

18283. 오래 해먹은 면주인(面主人)이다.
이 사람 저 사람에게 다니며 좋은 소리로 잘 발라 맞추는 사람을 가리키는 말. ※면주인: 옛날 주(州) 부(府) 군(郡)과 면과의 사이를 왕래하던 사령(使令).

18284. 오랜 가뭄 끝에 단비 온다. (久旱逢甘雨)
〈容齋隨筆〉
(1) 오랜 가뭄 끝에 비가 와서 농민들이 매우 좋아한다는 뜻. (2) 오래 기다렸던 일이 성사되어 기쁘다는 뜻.

18285. 오랜 가뭄에 단비 기다리듯 한다.
(大旱之望雨)　　　　〈孟子〉
오랜 가뭄 때 농민들이 비를 바라듯이 몹시 바란다는 뜻.

18286. 오랜 옛적부터 변하지 않는다.
(萬古不變)
아무리 오랜 세월이 지나도 변하지 않는다는 뜻.

18287. 오랜 옛적부터 볼 수 없던 명창이다.
(萬古名唱)
이 세상에서는 볼 수 없는 뛰어난 가수(歌手)라는 뜻.

18288. 오랜 옛적부터 볼 수 없던 미인이다.
(萬古絶色)
이 세상에서는 볼 수 없는 뛰어난 미인이라는 말.

18289. 오랜 옛적부터 없어지지 않는다.
(萬古不滅)
오랜 세월을 두고도 영영 없어지지 않고 남아 있다는 뜻.

18290. 오랜 원수를 갚으려다가 새 원수 만든다.
무슨 일에나 보복을 하게 되면 도리어 더 좋지 못한 결과가 오게 된다는 뜻.

18291. 오랫동안 겪어 온 바람 서리 같은 쓰라린 고생이다. (萬古風霜)
이 세상에서 겪어 온 온갖 쓰라린 고생이라는 말.

18292. 오랫동안 사귀어 온 친한 벗이다.
(舊年親舊)
오랫동안 친하게 지내 온 다정한 친구라는 뜻.

18293. 오랫동안 서로 보지 못했다. (久不相見)
〈禮記〉
자주 만나야 할 처지인데 서로 오랫동안 만나지 못하고 있다는 뜻.

18294. 오려 논에 물 터 놓기다.
남의 일에 심술 사나운 짓만 한다는 뜻.

18295. 오르막이 높으면 내리막도 깊다.
애를 많이 써서 한 일은 성과도 애쓴 만큼 크다는 뜻.

18296. 오르막이 있으면 내리막도 있다.

(1) 한번 성하게 되면 다시 쇠퇴하게 된다는 뜻.

(2) 고통스러운 끝에는 즐거움이 있다는 뜻.

18297. 오르지 못할 나무는 쳐다보지도 말랬다.
(難上之木勿仰),(木難上不可仰),(難上之木勿
仰),(難升之木 無然仰矚)

〈旬五志〉,〈洌上方言〉,〈松南雜識〉,〈耳談續纂〉

될 수 없는 일이라면 아예 생각지도 말라는 뜻.

18298. 오른손으로는 동그라미를 그리고 외손으로
는 모진 것을 그린다. (右手畫圓 左手畫方)

〈韓非子〉

한 사람이 한꺼번에 두 가지 일을 하기가 어렵다는
뜻.

18299. 오른손으로 받아 왼손으로 준다.

(1) 중계자(中繼者)의 노릇을 한다는 뜻. (2) 오래 지
니는 것이 없다는 뜻.

18300. 오른손이 하는 일은 왼 손도 몰라야 한다.

무슨 일을 하든지 일이 성사가 될 때까지는 절대 비
밀이 유지되어야 한다는 뜻.

18301. 오른쪽 다리가 부러진 데다가 왼쪽 눈마저
먼다. (右脚已折 左目亦盲)

어느 한 군데도 성한 데가 없다는 뜻.

18302. 오리는 십 리를 가도 오리다.

무슨 일을 더 해도 더 한 보람이 없다는 뜻.

18303. 오리 다리가 짧다고 길게 이어 준다면 오
히려 불행하게 된다. (鳧脛雖短 續之則憂)

〈莊子〉

남의 사정을 모르고 잘못 도와 주다가는 오히려 불행
하게 만든다는 뜻.

18304. 오리 등에 물 끼얹기다.

(1) 선한 사람에게는 범죄가 침범 못 한다는 뜻.

(2) 아무리 하여도 흔적이 없다는 뜻.

18305. 오리(五厘)를 보고 십 리(十里)를 간다.

장사하는 사람은 조그마한 이익을 위해서도 몸을 아
끼지 않는다는 뜻.

18306. 오 리 물 길어 오고 십 리 방아 찧어 온다.

옛날 시집살이는 일거리가 많아서 신역(身役)이 매우
고되다는 뜻.

18307. 오리 발 내민다.

자기가 한 사실을 부인(否認)한다는 뜻.

18308. 오리 알에 제 똥 묻는 줄 모른다.

별로 두드러지게 나타나 보이지 않는다는 뜻.

18309. 오리 알에 제 똥 묻은 격이다.

흔히 있을 수 있는 일이라는 뜻.

18310. 오리 홰 탄 격이다. (鴨乘塒)　　　〈東言解〉

자기가 있을 위치가 아닌 높은 자리에 있는 것은 위
태롭다는 뜻.

18311. 오만하고 남을 업신여기는 말을 하지 말라.
(勿談傲慢侮人之言)　　　　　　　　〈慕齋集〉

거만스러운 말과 남을 무시하는 말은 해서는 안된다
는 뜻.

18312. 오만하지 않고 모함하지 않아야 한다.
(不傲不陷)

대인 관계에서 거만해서도 안 되고 남을 모함해서는
안 된다는 뜻.

18313. 오만한 버릇은 길러서 안 된다.
(傲不可長)　　　　　　　　　　　　〈禮記〉

거만한 버릇은 아예 없도록 해야 한다는 뜻.

18314. 오만한 사람은 오래 가지 못한다.
(傲者不長)　　　　　　　　　　　　〈老子〉

부귀를 누린 사람이라도 거만하게 되면 그 부귀는 오
래 가지 못하게 된다는 뜻.

18315. 오목 장이 암만 분주해도 제 볼 장만 본다.

아무리 사람이 많이 모여 북적거려도 저마다 생각도
다르고 하는 일도 다르다는 뜻. ※오목 장:큰 장.

18316. 오목 장 총 감투 다 꿰쳐도 사람질하기는
글렀다.

아무리 나이를 먹어도 나이 값을 못하고 못된 짓만
하는 사람을 가리키는 말.

18317. 오목천(梧木川) 떡갈이 크다.

다른 곳 물가보다 월등 싸다는 뜻.

18318. 오미자(五味子) 국에 달걀 풀듯 한다.

본 모습이 완전히 없어져 버렸다는 뜻.

18319. 오복 간신(諫臣)이 농우(農牛) 소 팔아먹
는다.

관직에 있으면서 청백한 척하는 사람이 뒤로는 나쁜
짓만 한다는 뜻.

18320. 오복(五福)보다 더 큰 복은 처복(妻福)이다.

아내를 잘 얻어야 행복하게 살 수 있다는 말.

18321. 오복이 나팔 불듯 한다.

음식을 아무 때나 먹고 또 먹고 한다는 뜻.

18322. 오소리 감투가 둘이다.

한 가지 일에 책임진 사람은 두 사람이 있어서 서로

다툰다는 뜻.

18323. 오십 보 도망간 놈이 백 보 도망간 놈을
비웃는다. (五十步 笑百步)　　　〈孟子〉
자기도 흠이 있으면서 남의 흠이 조금 더 크다고 흉
을 본다는 뜻.

18324. 오십 보(五十步) 백 보(百步)다.
이것이나 그것이나 별로 차이가 없다는 뜻.

18325. 오십에 마흔 아홉의 잘못을 깨닫는다.
(五十而知四十九非)　　　〈論語, 淮南子〉
올해에 비로소 작년의 잘못을 깨달았다는 뜻.

18326. 오얏나무 아래에서 갓을 고쳐 쓰지 말라.
(李下不整冠)　　　〈文選, 列女傳〉
남의 의심을 살 짓은 아예 하지 말라는 뜻.

18327. 오얏을 주고 옥을 얻는다. (投李報瓊)
　　　〈詩經〉
하찮은 것을 주고 큰 이득을 얻었다는 말.

18328. 오월 가뭄에는 풍년 든다.
모심기가 끝난 음력 오월에 드는 가뭄은 도리어 벼가
잘 자라게 되므로 풍년이 든다는 뜻.

18329. 오월 놀에는 장마 진다.
음력 오월(양력 유월)은 장마기로서 이때 놀이 있으
면 장마가 질 징조라는 뜻.

18330. 오월 농부가 팔월 신선(神仙) 된다.
농민은 음력 오월에는 모심기와 김매기로 고되게 농
사 일을 하지만 팔월에는 농한기(農閑期)일 뿐 아니
라 추석도 있어서 신선같이 놀게 된다는 뜻.

18331. 오월 단오(端午)에 비가 오면 풍년이 든다.
단오에 비가 오는 해는 대개 풍년이 든다고 전해 오
는 말.

18332. 오월에 햇 곡식 선돈 쓴다. (五月糴先穀)
　　　〈聶夷中〉
(1) 매우 구차한 농가를 이름. (2) 무슨 일을 몹시 서
두른다는 뜻.

18333. 오이는 씨가 있어도 도둑은 씨가 없다.
도둑놈 자손이라고 반드시 도둑질을 하는 것은 아니
라는 뜻.

18334. 오이를 거꾸로 먹어도 제멋이다.
남이야 무슨 짓을 하든지 관여하지 말라는 뜻.

18335. 오이를 거꾸로 먹어도 제 소청이다.
남이야 무엇을 하든지 저 좋아하는 것이니 내버려 두
라는 뜻.

18336. 오이 먹기도 제각각이다.
무슨 일이나 자기 성격에 맞도록 제각각 한다는 뜻.

18337. 오이 씨 같다.
여자의 발이 오이 씨 모양으로 예쁘다는 뜻.

18338. 오이 씨 같은 발이다.
버선 신은 여자의 발 모양이 매우 맵시가 있음을 이
름.

18339. 오이 씨는 있어도 도둑 씨는 없다.
도둑의 씨는 따로 없기 때문에 도둑의 자손은 학대해
서는 안 된다는 뜻.

18340. 오입장이는 죽어도 기생집 울타리 밑에서
죽는다.
평소에 하던 행동은 죽을 때도 못 버리고 죽는다는
뜻.

18341. 오입장이 제 욕심 채우듯 한다.
남의 처지는 조금도 생각지 않고 자기 욕심만 채운다
는 뜻.

18342. 오입장이 헌 갓 쓰고 똥 누기는 예사다.
되지 못한 사람이 못된 짓을 하는 것은 이상할 것이
없다는 뜻.

18343. 오장(五臟)까지 뒤집어 보인다.
마음에 있는 것은 다 털어 놓는다는 뜻.

18344. 오장 육부(五臟六腑)가 다 썩는다.
속상하는 일이 너무 많아서 속이 다 썩어 버린다는
뜻.

18345. 오장 육부가 아니라 오장 칠부다.
남보다 한 가지가 더 있어서 비위가 매우 좋다는 뜻.

18346. 오장 육부가 없는 놈이라야 처가살이도 한
다.
처가살이를 하려면 아니꼬운 일이 많기 때문에 속(오
장 육부)이 없는 사람만이 할 수 있다는 말.

18347. 오장 육부에 바람이 들었나?
언행이 몹시 싱거운 사람을 보고 하는 말.

18348. 오장이 뒤집힌다.
오장이 뒤집힐 정도로 속이 몹시 상한다는 뜻.

18349. 오쟁이를 졌다.
남에게 자기 계집을 빼앗겼다는 말.

18350. 오죽 급해야 횃대 뒤에 숨을까?
되게 급하게 되면 번연히 안 될 줄 아는 일도 행여
나 하고 한다는 뜻.

18351. 오죽 답답해야 오뉴월 닭이 지붕엘 올라갈
까.
되게 답답하게 되면 헛일이라는 것을 알면서도 하게
된다는 뜻.

18352. 오죽하면 엄나무를 애비라고 쥐랴.
다급할 때는 아무에게나 구원을 청하게 된다는 뜻.

18353. 오죽한 도깨비가 낮에 날까.
오죽 못나서야 그런 어리석은 짓을 하겠느냐는 뜻.

18354. 오죽해야 거지보고 사정할까.
사정이 몹시 답답하면 안 될 짓도 해본다는 뜻.

18355. 오죽해야 송충이가 갈잎을 먹을까.
되게 굶주린 사람은 아무것이나 먹으려고 한다는 뜻.

18356. 오죽해야 오뉴월 닭이 지붕에 오를까.
답답한 처지에 있으면 가망성(可望性)이 없는 짓도 하
게 된다는 뜻.

18357. 오줌 그릇은 땅 속에 천 년을 묻어 두어도
골동품이 되지 않는다.
(溺器入地千年 不能爲古薑)
바탕이 나쁜 것은 아무리 오래 묵어도 값진 것으로
될 수 없다는 뜻.

18358. 오줌 누는 사이에 십 리 간다.
무슨 일을 할 때 조금 쉬는 것과 쉬지 않는 것은 큰
차이가 생기게 된다는 뜻.

18359. 오줌 대중하다가 제사에 닭 울린다.
무슨 일을 할 때 대중으로 하다가는 실패하는 수가
있다는 뜻.

18360. 오줌 안 싸는 병신 없다.
못난 놈치고 못난 짓 않는 놈이 없다는 뜻.

18361. 오줌에 데겠다. (瀾於小便者)   〈東言解〉
몹시 허약한 사람을 가리키는 말.

18362. 오줌에 씻겨 나왔나?
정상적으로 포태(胞胎)되지 않은 모자라는 사람이라는
뜻.

18363. 오지도 가지도 않는다. (莫往莫來) 〈詩經〉
오지도 못하고 가지도 못하고 꼼짝 못한다는 뜻.

18364. 오지랖이 넓다.
주제넘게 남의 일에 간섭하는 사람을 보고 하는 말.

18365. 오지랖이 몇 폭이냐?
건방지게 남의 일에 나서서 간섭하는 사람에게 하는
말.

18366. 오지랖이 열 두 폭이냐?
간섭할 필요가 없는 남의 일에 왜 간섭하느냐는 뜻.

18367. 오직 먹을 때는 근심도 잊혀진다.
(唯食忘憂)   〈春秋左傳〉
굶주린 끝에 음식을 먹게 될 때는 아무 근심과 걱정
도 잊어 버리게 된다는 뜻.

18368. 오직 하나만 있고 둘은 없다. (唯一無二)
이 세상에서 다만 하나밖에 없는, 몹시 소중한 것이라
는 뜻.

18369. 오추(五騶)에 다리를 든다. (五騶斜立)
                                    〈東言解〉
서로 힘을 합해야 할 사람들이 단합되지 않을 때 하
는 말.

18370. 오 푼 밥 먹는 놈이 심부름은 잦다.
남을 이롭게는 못 하면서 피해만 끼친다는 뜻.

18371. 오 칠을 뽑는 놈은 아내까지 잃는다.
노름에서 5나 7을 뽑게 되면 반드시 손해를 본다는
뜻.

18372. 오 푼 쓰고 한 냥 갚는다.
조그마한 이득을 얻으려다가 큰 손해를 보게 되었
다는 말.

18373. 오후 한량(閑良) 쓴 것이 없다.
시장했을 때는 무슨 음식이나 다 맛있게 먹는다는 뜻.

18374. 옥과 돌을 분별하지 못한다. (玉石不辨)
선악(善惡)을 가려 내지 못한다는 뜻.

18375. 옥과 돌이 섞여 있다. (玉石混淆)〈抱朴子〉
선한 것과 악한 것이 서로 섞여 있다는 뜻.

18376. 옥과 돌이 함께 부서진다. (玉石俱碎)
                                    〈任昉〉
착한 사람이나 악한 사람이 다 함께 죽게 되었다는
뜻.

18377. 옥과 돌이 함께 탄다. (玉石俱焚)
                               〈書經, 晉書〉
착한 사람이나 악한 사람이 다 같이 화를 당한다는
뜻.

18378. 옥니박이 곱슬머리와는 말도 말랬다.
옥니인 사람과 곱슬머리인 사람은 흔히 매섭고 암기
가 많다는 데서 나온 말.

18379. 옥도 다듬지 않으면 그릇을 이루지 못한다.
(玉不琢 不成器)   〈禮記〉

사람도 배우지 않으면 의리를 모르게 된다는 뜻.

18380. 옥도 닦아야 제 빛을 낸다.

사람은 배우지 않으면 자기의 뜻을 이루지 못한다는 뜻.

18381. 옥도 닦지 않으면 광채가 나지 않는다. (玉不磨不光)

사람도 배우지 않으면 지혜를 발휘할 수가 없다는 뜻.

18382. 옥돌로 새 잡는다. (以玉抵鳥)

큰 손해 나는 짓만 한다는 뜻.

18383. 옥반(玉盤)에 진주(眞珠) 구르듯 한다.

(1) 아름다운 목소리를 비유하는 말. (2) 아름다운 눈동자를 비유하는 말.

18384. 옥석(玉石)을 가리지 못한다.

선악(善惡)을 분별하지 못한다는 뜻. ↔옥석을 가린다.

18385. 옥석을 가린다.

좋고 나쁜 것을 가려서 분리한다는 뜻. ↔옥석을 가리지 못한다.

18386. 옥신각신한다.

옳으니 그르니 서로 시비(是非)한다는 뜻.

18387. 옥에도 티가 있다. (瑾瑜匿瑕) 〈左傳〉

옥에도 조그마한 흠이 있을 수 있듯이 훌륭한 사람에게도 사소한 결함은 있을 수 있다는 뜻.

18388. 옥에도 흠이 있고 비단에도 얼이 있다.

아무리 좋은 것에도 한 가지 흠은 있다는 뜻.

18389. 옥에도 흠이 있다.

아무리 훌륭한 사람이나 좋은 물건에도 흠은 있다는 뜻.

18390. 옥에도 흠이 있으면 보물로 되지 못한다. (白璧有考 不得爲寶) 〈淮南子〉

아무리 배운 사람이라도 결함이 있어서는 어진 사람이 될 수 없다는 말.

18391. 옥에 티가 있다고 버려서는 안 된다. (瑕不揜瑜)

잘못이 있다고 해서 가르치지도 않고 버려 두어서는 안 된다는 뜻.

18392. 옥은 돌로 간다. (攻玉以石) 〈後漢書〉

천한 물건으로 귀한 물건을 손질한다는 뜻.

18393. 옥은 돌에서 나온다. (玉從石生)

비천(卑賤)한 가정에서도 훌륭한 사람이 나온다는 뜻.

18394. 옥은 모가 있어도 망가지지 않는다.

훌륭한 사람은 역경(逆境)도 이겨 나간다는 뜻.

18395. 옥은 진흙 속에 던져도 그 빛이 더러워지지 않는다. (白玉投於泥 不能汚穢其色) 〈益智書〉

어진 사람은 나쁜 사람들 중에 섞여 있어도 물들게 되지 않는다는 뜻.

18396. 옥을 모르는 사람은 옥도 돌로 안다.

무식한 사람은 사리(事理)를 판단하지 못한다는 뜻.

18397. 옥을 지닌 사람은 허술한 옷을 입는다. (被褐懷玉) 〈老子〉

마음 속에 큰 덕을 가진 사람의 외모(外貌)는 허술하다는 뜻.

18398. 옥의 흠은 갈아서 없앨 수 있지만 말의 흠은 고칠 수 없다. (白珪之玷 尙可摩也 斯言之玷 不可爲也) 〈詩經〉

옥에 흠이 있는 것은 갈면 없어지게 되지만 한번 한 말은 고칠 수가 없으므로 말 조심을 하라는 뜻.

18399. 옥자동(玉子童)아 금자동(金子童)아 한다.

매우 소중스럽게 키우는 아들이라는 뜻.

18400. 옥잔이라도 밑이 없으면 쓸모가 없다. (玉巵無當) 〈韓非子〉

아무리 바탕이 좋은 것이라도 갖출 것은 갖추어야 쓸모가 있게 된다는 뜻.

18401. 온갖 못된 짓을 다 갖추고 있다. (百惡且備)

나쁜 것이라고는 다 갖추고 있는 쓸모없는 존재라는 뜻.

18402. 온갖 병을 다 고친다. (萬病通治)

무슨 병이든지 다 고칠 수 있는 좋은 약이라는 뜻.

18403. 온갖 복이 다 모여든다. (萬福來求) 〈詩經〉

복이라는 복은 모두 갖추고 있는 행운아(幸運兒)라는 뜻.

18404. 온갖 사정을 들어 애걸한다. (萬端哀乞)

온갖 사정을 다 하면서 애걸을 한다는 말.

18405. 온갖 생각을 다 해본다. (百爾思之)

이렇게도 생각하고 저렇게도 생각해 본다는 뜻.

18406. 온갖 약을 다 써도 효력이 없다. (百藥無効)

좋다는 약이라고는 다 써봐도 아무 효력을 보지 못하였다는 말.

18407. 온갖 요사와 간악을 다 떤다. (千妖萬惡)
여러 가지로 아첨을 하고 있다는 뜻.

18408. 온갖 일에 다 영리하다. (百怜百悧)
〈六韜〉
하는 일마다 다 영리하게 한다는 뜻.

18409. 온갖 일을 다 감당할 수 있다 (百執事可堪)
무슨 일이든지 맡기면 못 할 일이 없이 다 감당할 수
있는 유능한 인재라는 뜻.

18410. 온갖 일이 다 잘 된다. (萬事亨通)
운수가 좋아서 모든 일이 다 수월하게 잘 된다는 뜻.
↔ 온갖 일이 다 틀렸다. 온갖 일이 다 헛되게 되
·었다.

18411. 온갖 일이 다 틀렸다. (萬事瓦斯)
지금까지 해오던 일이 모두 실패하게 되었다는 뜻.
↔ 온갖 일이 다 잘 된다. 온갖 일이 뜻대로 된다.

18412. 온갖 일이 다 헛되게 되었다. (萬事休矣)
지금까지 애를 써 가며 하던 일이 다 허사로 되었다
는 뜻. ↔ 온갖 일이 다 잘 된다. 온갖 일이 뜻대로
된다.

18413. 온갖 일이 뜻대로 된다. (萬事如意)
모든 일이 생각한 대로 수월하게 잘 된다는 뜻. ↔
온갖 일이 다 틀렸다. 온갖 일이 다 헛되게 되었다.

18414. 온갖 일이 마음에 없다. (萬事無心)
마음이 불안하여 모든 일이 다 하고 싶은 생각이 없
다는 뜻.

18415. 온갖 잡귀는 밤에 나타난다. (百鬼夜行)
괴이한 짓을 하는 사람이 덤벙대고 다닌다는 뜻.

18416. 온갖 폐단이 다 있다. (百弊俱存)
여러 가지 폐단이 있어서 피해가 많다는 뜻.

18417. 온갖 행실의 근본은 참는 것이 상책이다.
(百行之本 忍之爲上)
〈夫子〉
무슨 일을 하든지 어려움을 참고 넘기는 것이 가장
좋은 방책(方策)이라는 뜻.

18418. 온갖 힘을 다해도 보람이 없다. (徒費心力)
있는 힘을 다해서 노력을 하였으나 아무 소용이 없게
되었다는 뜻.

18419. 온 곡식들이 단비를 바라듯 한다.
(如百穀之仰膏雨焉)
〈春秋左傳〉
가뭄에 곡식들이 비를 바라듯이 애태워 가며 기다린
다는 뜻.

18420. 온 국민들이 다 미워하지 않는 사람이 없

다. (凡民罔不諓)
〈書經〉
전 국민들로부터 미움을 받는 존재라는 뜻.

18421. 온 국민들이 부유하고 즐거워한다.
(萬民富樂)
〈六韜〉
나라가 부강하고 태평하여 국민들이 넉넉하고 즐거운
생활을 한다는 뜻.

18422. 온 국민들이 집권자 바라보기를 사랑하는
부모 바라보듯 한다. (國人望君 如望慈父母焉)
〈禮記〉
전 국민들이 집권자를 부모처럼 여기고 그 주위에 철
석같이 뭉쳤다는 뜻.

18423. 온 마음과 온 힘을 다한다. (專心全力)
온 마음과 있는 힘을 다하여 노력을 한다는 뜻.

18424. 온면 먹을 제부터 그르다.
결혼하던 날부터 글러 버리듯이 일이 시작할 때부터
끌렸다는 뜻.

18425. 온몸에 소름이 오싹한다. (毛骨竦然)
공포(恐怖)에 질려 소름이 나면서 전신이 오싹한다는
뜻.

18426. 온몸의 힘줄이 용대기(龍大旗) 뒷줄이 되
었다.
흥분의 도가니에 빠졌다는 뜻.

18427. 온몸이 다 아프다. (百骸俱痛)
전신이 아프지 않은 곳이 없다는 뜻.

18428. 온몸이 입이라도 말 못 하겠다.
이유야 어찌됐든 간에 말할 여지가 없다는 뜻.

18429. 온몸이 흠집 투성이다.
모든 것이 다 결함 투성이라는 뜻.

18430. 온 바닷물을 다 먹어도 짜다고 않겠다.
욕심이 많고 배짱이 매우 크다는 뜻.

18431. 온 백성들이 믿지 않는다. (庶民弗信)
〈詩經〉
전국민들이 집권자를 믿지 않고 있다는 뜻.

18432. 온 쌀밥은 못 먹고 싸라기밥만 먹고 자랐나?
반말을 잘하는 사람에게 핀잔하는 말.

18433. 온 세상 사람들이 다 칭찬한다. (萬口稱頌)
세상 사람들이 다 입을 모아 칭찬을 한다는 뜻.

18434. 온 세상은 속이지 못한다. (一世不可誣)
〈星湖雜著〉
몇 사람은 속일 수 있지만 온 세상 사람들을 다 속

일 수는 없다는 뜻.

18435. 온양 온천(溫陽溫泉)에 헌 다리 모이듯 한다.

충청남도 온양 온천에 다리가 헌 병자들이 모이듯이 사람들이 많이 모여든다는 뜻.

18436. 온 얼굴에 부끄러움이 가득하다.
(滿面羞慚)

부끄러움이 얼굴에 가득히 담겨 있다는 뜻.

18437. 온 얼굴에 수심이 가득하다. (滿面愁心)

걱정과 근심이 많아서 얼굴에도 근심이 가득하다는 뜻.

18438. 온종일 생각하는 것이 잠시 동안 배우는 것만 못하다. (終日而思矣 不如須臾所學也)
〈荀子〉

모르는 것을 혼자서 생각하는 것보다는 아는 사람에게 배우는 것이 빠르다는 말.

18439. 온 천치는 계집 자랑하고 반 천치는 자식 자랑한다. (全癡誇妻 半癡誇兒)   〈耳談續纂〉

자기 계집 자랑하는 놈은 큰 천치이고 자기 자식 자랑하는 놈은 반 천치라는 뜻.

18440. 온 천하 벙어리가 다 말해도 너만은 가만히 있거라.

세상 사람들이 다 할 말이 있어도 너만은 말할 면목(面目)이 없다는 뜻.

18441. 온통으로 생긴 놈 계집 자랑하고 반통으로 생긴 놈 자식 자랑한다.

계집 자랑하는 사람은 큰 천치고 자식 자랑하는 사람은 반 천치라는 뜻.

18442. 온통으로 생긴 놈 계집 자랑한다.

남 앞에서 아내 자랑하는 사람은 천치 중에서도 가장 큰 천치라는 뜻.

18443. 온화하고 순종하는 것은 집안을 다스리는 근본이다. (和順 齊家之本)   〈景行錄〉

집안을 다스리는 데는 온화하고 순종하는 것이 근본이라는 말.

18444. 올가미가 있어야 개도 잡는다.

장사도 밑천이 없이는 못 한다는 뜻.

18445. 올가미 없는 개 장수다.

밑천 없이 시작하는 장사라는 뜻.

18446. 올 데 갈 데가 없다.

어느 누구에게도 의지할 데가 없다는 뜻.

18447. 올라가는 놈이 떨어지기도 한다.

일을 하는 사람이라야 실패도 하지 아무 일도 않는 사람은 성공이나 실패가 없다는 뜻.

18448. 올림대 놓았다.

밥 숟가락을 놓았다는 말로서 즉, 죽었다는 뜻.

18449. 올바르지 못한 말은 폭행을 일으키게 한다. (邪説暴行有作)   〈孟子〉

올바르지 못한 말을 하게 되면 싸움을 하게 된다는 뜻.

18450. 올바르지 못한 말인 줄 알면 그 곳을 떠나야 한다. (邪辭知其所離)   〈孟子〉

올바르지 못한 말을 하는 사람과는 상대를 하지도 말라는 뜻.

18451. 올바르지 못한 짓을 하고도 부끄러운 줄을 모른다. (恬不爲愧)

나쁜 행동을 하고도 부끄러운 줄을 모르고 뻔뻔스럽게 있다는 뜻.

18452. 올바른 일을 위해서는 목숨도 바친다.
(殺身成仁)   〈論語〉

인의(仁義)로운 일을 하기 위해서는 목숨을 아끼지 않고 바친다는 뜻.

18453. 올바른 행실은 용감하게 실행하라.
(勇於徙義)   〈漢陰集〉

의로운 일은 용감하게 집행하라는 말.

18454. 올빼미 눈이다.

(1) 낮에 잘 보지 못한다는 뜻. (2) 밤눈이 매우 밝다는 뜻.

18455. 올챙이가 개구리 된다.

(1) 소년이 크면 성년으로 된다는 뜻. (2) 서투르던 일이 능숙하게 된다는 뜻.

18456. 올챙이 적 생각은 못하고 개구리 적 생각만 한다.

성공한 사람이 자기 과거의 못살던 생각은 못 한다는 뜻.

18457. 올챙이 적 생각을 못 한다.

성공한 사람은 흔히 자기의 고생스러웠던 시절의 일을 잊고 있다는 뜻.

18458. 올챙이 적 일이다. (蝌蚪時事)

(1) 성공하기 이전의 곤궁한 시절에 있었던 일이라는 뜻. (2) 어린 시절의 일이라는 뜻.

18459. 올챙이 정신이다.

개구리가 올챙이 적 생각을 잊어 버리듯이 잘 잊어

버린다는 말.

18460. 옳게 알고 정확히 본다. (明知的見)
사물을 옳게 알고 정확하게 봤기 때문에 하는 일도
잘 될 수 있다는 뜻.

18461. 옳고 그른 마음은 사람마다 다 가지고 있다. (是非之心 人皆有之) 〈孟子〉
사람은 누구나 양심과 비양심 두 가지를 다 가지고
있다는 말.

18462. 옳고 그른 점은 해결해 주어야 한다.
(能決是非) 〈鄕約章程〉
옳고 그른 것이 있을 때는 이것을 명백히 해결해 주
어야 한다는 말.

18463. 옳고 그름을 묻지 않는다. (不問曲直)
옳은지 그른지 물어 보지도 않고, 덮어놓고 덤빈다
는 뜻.

18464. 옳고 그름을 분별하는 마음이 없으면 사람
이 아니다. (無是非之心 非人也) 〈孟子〉
옳고 그른 것을 모르는 사람은 사람 구실을 할 수 없
으므로 인간이 아니라는 뜻.

18465. 옳고 그름을 아는 마음은 지혜의 시초이다.
(是非之心 智之端也) 〈孟子〉
옳고 그른 것을 알게 되면 이것은 지혜가 싹트는 것
이라는 뜻.

18466. 옳다고도 하고 그르다고도 한다.
(曰是曰非: 曰可曰否)
옳다거니 그르다거니 서로 시비(是非)를 한다는 뜻.

18467. 옳은 것은 받고 그른 것은 물리친다.
(是之則受 非之則辭) 〈荀子〉
옳은 것은 받아들여야 하고 그른 것은 받아들이지 말
아야 한다는 뜻.

18468. 옳은 것을 그르다고 하고 그른 것을 옳다
고 하는 것을 어리석다고 한다.
(非是是非 謂之愚) 〈荀子〉
옳고 그른 것을 분별할 줄 모르는 사람은 매우 어리
석은 사람이라는 말.

18469. 옳은 것을 옳다 하고 그릇된 것을 그르다
고 하는 것을 지혜롭다고 한다.
(是是非非 謂之智) 〈荀子〉
옳고 그른 것을 분별할 줄 알게 되면 이것은 지혜로
운 사람이라는 뜻.

18470. 옳은 귀신 노릇을 하려면 마음부터 고쳐야
한다.
죽어서 잘 되고 싶거든 마음을 고쳐 착한 사람이 되라
는 뜻.

18471. 옳은 귀신이 되려면 마음을 고치랬다.

죽어서 욕을 얻어 먹지 않으려면 마음씨를 고쳐서 착
한 사람이 되라는 뜻.

18472. 옳은 일을 해야 죽어도 옳은 귀신 된다.
살았을 때 행동을 잘해야 죽어서도 오명(汚名)을 남
기지 않는다는 뜻.

18473. 옳은 줄 알면서도 하지 않는 것은 용기가
없는 것이다. (見義不爲 無勇氣)
옳은 일은 용감한 사람만이 할 수 있다는 뜻.

18474. 옳지 못할 말은 하지 말라. (匪言勿言)
〈詩經〉
올바른 말이 아닌 말은 하지 말아야 한다는 뜻.

18475. 옳지 않은 수단으로 번 재물이다.
(不義之財)
의롭지 않은 방법으로 남들에게 욕을 먹어 가며 모은
돈이라는 뜻.

18476. 옴 딱지 떼고 비상(砒霜) 칠한다.
일을 빨리 하려고 무리한 짓을 하다가는 도리어 큰 손
해를 보게 된다는 뜻.

18477. 옴 딱지 떼듯 한다.
사정을 두지 않고 무엇을 자꾸 떼버린다는 뜻.

18478. 옴에는 안 죽어도 옻에는 죽는다.
옴이 옻보다도 더 무서운 병 같지만 사실은 옻이 더
무서운 병이라는 뜻.

18479. 옴짝달싹도 못한다.
몸을 조금도 꼼짝할 수도 없게 되었다는 뜻.

18480. 옴파리 같다.
오목하고 얌전하게 생겼다는 말. ※옴파리: 사기로
만든 오목한 바리.

18481. 옷감과 여자는 밤에 봐야 곱다.
여자는 밤에 보면 낮에 보는 것보다 더 예뻐 보인다
는 말.

18482. 옷걸이와 밥 주머니다. (衣架飯囊)
옷이나 소비하고 밥이나 먹고 노는 산 송장과 같은
존재라는 뜻.

18483. 옷은 깨끗한 것을 귀하게 여길 것이지 화
려한 것을 귀하게 여기지 말라.
(衣貴潔 不貴華) 〈李子潛〉
옷은 화려하게 입는 것보다는 깨끗하게 손질해서 입
는 것을 더 귀하게 여겨야 한다는 말.

18484. 옷은 나이로 입는다.
옷은 나이가 먹을수록 크게 입게 된다는 뜻.

18485. 옷은 만들 줄 몰라도 제 몸에 맞고 안 맞는
것은 안다.

무식해도 자기의 것은 자기가 가장 잘 안다는 뜻.

18486. 옷은 몸에 맞도록 만들어야 한다.
(稱體裁衣)
옷이라는 것은 자기 몸에 맞게 지어야 한다는 뜻.

18487. 옷은 몸을 가리는 데 지나지 않는 것이다.
(衣不過被體)　　　　　　　　〈陸棱山〉
옷은 화려하게 입는 데 목적이 있는 것이 아니라 몸을 가리는 데 목적이 있다는 뜻.

18488. 옷은 몸을 가리면 되고 밥은 생명을 부지하면 된다. (衣取掩體 食取延生)　　〈茶山全書〉
입고 먹는 데 사치하지 말고 검소한 생활을 하라는 뜻.

18489. 옷은 새옷이 좋고 사람은 옛 사람이 좋다.
(衣以新爲好 人以舊爲好)　　　〈旬五志〉
사람은 오랫 동안 사귀어 정든 사람이 좋다는 말.

18490. 옷은 새옷이 좋고 임은 옛님이 좋다.
사람은 오랫 동안 사귀어 정이 두텁게 든 사람이 좋다는 뜻.

18491. 옷은 새옷이 좋고 정은 옛정이 좋다.
정은 오랫 동안 사귄 구정(舊情)이 신정(新情)보다 좋다는 말.

18492. 옷은 시집 갈 때같이 입고 먹기는 한가위 때같이 먹어야 한다.
옷은 시집 갈 때 입는 것같이 항상 입으면 좋고 음식은 추석 때같이 항상 먹는 것이 소원이라는 뜻.

18493. 옷은 시집 올 때처럼 입고 음식은 추석 때처럼 먹는다.
누구나 옷은 잘 입고 싶고 먹는 것은 잘 먹고 싶다는 뜻.

18494. 옷은 앞뒤가 단정하게 입어야 한다.
(衣前後 襜如也)　　　　　　　〈論語〉
옷은 앞에서 보나 뒤에서 보나 단정하게 입어야 한다는 뜻.

18495. 옷은 해질 때까지 싫어하지 말라.
(服之無射)　　　　　　　　　〈葛覃〉
옷은 다 떨어질 때까지 손질해서 입어야 한다는 뜻.

18496. 옷이 날개다.
옷을 잘 입으면 인물이 훨씬 돋보이게 된다는 뜻.

18497. 옷이 날개요 밥이 분이다.
사람은 잘 입고 잘 먹어야 맵시도 나고 인물도 좋아진다는 뜻.

18498. 옷 입고 관 쓴 짐승이다. (衣冠禽獸)
겉모양만 사람이지 하는 행동은 짐승과 같다는 뜻.

18499. 옷 입은 채 가려운 데를 긁는다.
직접 일을 하지 않고 간접적으로 하여 시원스럽지 못하다는 뜻.

18500. 옷 잘 입고 미운 사람 없고 옷 헐벗고 이쁜 사람 없다.
옷을 잘 입으면 못난 사람도 잘나 보이고 옷을 못 입으면 잘난 사람도 못나 보인다는 뜻.

18501. 옷 잘 입고 미운 사람 없다.
옷을 잘 입어야 인물도 난다는 뜻.

18502. 옷 헐벗고 이쁜 사람 없다.
옷을 남루(襤褸)하게 입으면 잘난 사람도 못나 보인다는 말.

18503. 옹고집과는 통하지 않는다. (固執不通)
고집이 센 사람과는 상대할 수가 없다는 뜻.

18504. 옹고집에 변통이 없다. (固執不變)
남의 말은 조금도 듣지 않는 옹고집장이라는 뜻.

18505. 옹기 장수는 깨진 그릇만 쓴다.
(陶者用缺盆)　　　　　　　　〈淮南子〉
옹기 장수 집에 옹기 그릇이 없듯이 마땅히 있음직한 곳에 오히려 없는 경우가 많다는 뜻.

18506. 옹기 장수 오곱이다.
옹기 장수의 이익이 대단히 많다는 말.

18507. 옹기 짐 발로 차기다.
옹기 짐을 발로 차서 깨듯이 매우 위험스러운 짓을 한다는 뜻.

18508. 옹이에 마디다.
옹이에 마디가 생기듯이 곤란한 일이 겹쳐서 생긴다는 뜻.

18509. 옻나무 궤다. (櫨木櫃)　　　　〈旬五志〉
옛날 한 늙은이가 사위를 고르는데 옻나무 궤 속에 쌀을 담아 놓고 이것을 알아맞히는 사람에게 딸을 주겠다고 하였더니 그 딸이 바보인 자기 애인에게 이 것을 귀띔하여 사위가 되었으나 아는 것이 옻나무 궤밖에 없듯이 하나만 알고 변통할 줄 모르는 사람을 두고 하는 말.

18510. 옻을 타면 꿈에 옻나무만 봐도 옮는다.
옻을 잘 타는 사람은 걸핏만 해도 옻을 탄다는 뜻.

18511. 옻을 타면 꿈에 중만 봐도 옮는다.
옻을 잘 타는 사람은 중이 가지고 다니는 옻칠한 그릇만 봐도 옮듯이 옻 잘 타는 사람은 걸핏해도 옻이 옮는다는 뜻.

18512. 옻을 타면 은행(銀杏)만 보아도 옮는다.
저항력이 약한 사람은 걸핏해도 병에 걸린다는 뜻.

18513. 옻칠 속에 묻어 두면 검어진다.
(漆之所藏者黑)　　　　　　　〈孔子家訓〉
아무리 본성이 착한 사람이라도 악 속에서 자라면 악
하게 된다는 뜻.

18514. 옻칠을 기왓장에 한다.
기왓장에 비싼 옻칠을 하듯이 지나치게 사치를 한다
는 뜻.

18515. 완고하고 어리석은 사람은 벗으로 삼지 말
라. (頑愚不友)　　　　　　　〈春秋左傳〉
완고하고 어리석은 사람과는 가까이해서 이로울 것이
하나도 없으므로 사귀지 말라는 뜻.

18516. 완물에 홀리면 본 뜻을 잃는다.
(玩物喪志)　　　　　　　　〈書經〉
장난감에 반하면 자기가 할 임무마저 잊어 버리게 된
다는 뜻.

18517. 완성된 사람은 말이 없다. (口無完人)
어진 사람은 꼭 필요한 말 외에는 말을 하지 않는다
는 뜻.

18518. 왈짜가 망해도 왼 다리질 하나는 남는다.
(1) 어떤 것이 망해도 그 중에 남는 것은 있다는 말.
(2) 한번 든 버릇은 버리지 못한다는 말.
※왈짜: 성질이 괄괄한 사람.

18519. 왔던 길은 잊지 않는다.
한번 경험한 것은 잊지 않게 된다는 뜻.

18520. 왕개미가 정자(亭子) 나무를 흔든다.
악을 쓰고 건드려도 꿈쩍도 않는다는 뜻.

18521. 왕개미가 큰 나무를 흔든다. (蚍蜉撼大樹)
　　　　　　　　　　　　　〈韓愈〉
아무리 건드려도 꿈쩍도 않는다는 뜻.

18522. 왕거미도 한 해요 집거미도 한 해다.
잘살아도 한 평생이요 못살아도 한 평생인데 잘살
려고 애를 쓸 필요가 없다는 뜻.

18523. 왕거미 똥구멍에서 거미줄 나오듯 한다.
왕거미 똥구멍에서 나오는 거미줄마냥 무엇이 술술 나
온다는 뜻.

18524. 왕공(王公)도 망국(亡國)하고 학사(學士)도
망신한다.
아무리 부귀를 누린 사람도 망할 수 있으며 훌륭한
사람도 실수할 때가 있다는 뜻.

18525. 왕대 밭에 왕대 나고 쑥대 밭에 쑥대 난다.
(1) 원인에 의하여 결과는 결정된다는 뜻. (2) 자식은
부모를 닮게 된다는 뜻.

18526. 왕대 밭에 왕대 나고 조리대 밭에 조리대

난다.
(1) 원인에 따라 결과가 생긴다는 뜻. (2) 자식은 부모
를 닮는다는 뜻.

18527. 왕대 밭에 왕대 난다.
(1) 원인에 따라 결과는 결정된다는 뜻. (2) 자식은 부
모를 닮는다는 뜻.

18528. 왕래가 끊어지지 않는다. (終繹不絶)
서로 끊어지지 않고 오간다는 뜻.

18529. 왕방울로 솥 가시듯 한다.
몹시 소란(騷亂)을 피운다는 뜻.

18530. 왕배야 덕배야 한다.
어디를 가나 일만 저질러서 매우 고통스럽다는 뜻.

18531. 왕성하면 반드시 쇠퇴하게 된다.
(盛者必衰)　　　　　　　　〈仁王經〉
한번 성한 사람은 반드시 쇠망(衰亡)하게 된다는 말.

18532. 왕십리(往十里) 어멈 풋나물 주무르듯 한
다.
무엇을 되는 대로 함부로 주무른다는 뜻.

18533. 왕지네 마당에 씨암탉 걸음이다.
뚱뚱한 사람이 아기작빠기작 걸어가는 모습을 비유하
는 말.

18534. 왕후장상의 씨가 따로 있나?
(王候將相 何有種乎)　　　　　〈史記〉
고위층(高位層)에 있는 사람의 혈통이 따로 있는 것
이 아니라 아무라도 노력하면 될 수 있다는 뜻.

18535. 왜가리가 형님이라고 하겠다.
왜가리소리마냥 목청이 나쁜 사람을 보고 하는 말.

18536. 왜가리도 제 소리는 듣기 좋다고 한다.
누구나 다 자기의 것은 좋다고 한다는 뜻.

18537. 왜가리 목 따는 소리를 한다.
목소리가 쌔지는 소리로 크게 떠든다는 말.

18538. 왜가리소리는 내일 아침이다.
왜가리소리보다도 더 목청이 나쁜 사람을 보고 조롱
하는 말.

18539. 왜가리 여울 목 넘겨다보듯 한다.
어디 먹을 것이 없나 하고 기웃이 넘겨다본다는 뜻.

18540. 왜 감중련(坎中連)을 하였나?
부처가 꼼짝도 않고 앉아 있듯이 여러 사람들과 어울
리게 행동하지 않고 저 혼자 점잔을 빼고 앉았다는
뜻.

18541. 왜놈이 온다.

20세기 초 일제 식민지 시대 왜놈의 횡포(橫暴)가 심하던 시절에 나온 말로서 들키기 전에 하던 짓을 감추라는 뜻.

18542. 왜놈 온다 우지 마라.
일제 식민지 시대 왜놈의 만행(蠻行)으로 공포(恐怖) 속에서 살던 시절에 우는 어린아이를 못 울게 할 때 쓰던 말.

18543. 왜놈이 잡아간다.
일제 통치 시대 상대방에게 공포심(恐怖心)을 줄 때 쓰던 말.

18544. 왜 알(卵) 적에 아니 곯았던가?
낳기 전에 차라리 죽었으면 좋았을 것이라는 뜻으로서 얼굴이 못생긴 사람이나 언행이 못된 사람을 두고 하는 말.

18545. 왜장녀 같다.
옷 맵시가 단정하지 못한 사람을 보고 하는 말.
※왜장녀 : 산대극(山臺劇)에 나오는 여자.

18546. 왜장은 병들수록 좋다. (倭將病癒好)
〈東言解〉
임진왜란(壬辰倭亂) 때 왜병을 저주(詛呪)하던 말로서 미운 놈의 불행을 기뻐한다는 뜻. ※왜장 : 일본군의 장수.

18547. 왜채(倭債)라도 내서 갚겠다.
일제 통치 시대 왜놈의 고리채(高利債)라도 내서 꼭 갚아 주겠다는 뜻.

18548. 왜채에 문전 옥답(門前沃畓) 날리듯 한다.
일제 시대 좋은 논밭은 왜놈 고리채 바람에 왜놈에게 다 빼앗긴다는 뜻.

18549. 왜채에 소 몰아가듯 한다.
일제 시대 왜놈이 고리채를 미처 못 갚으면 소를 몰아가듯이 남의 것을 제 것처럼 가져간다는 뜻.

18550. 외가닥 실은 실로 못 쓴다.
(單絲不成絲)
〈水滸傳〉
외 가닥으로 실을 못 만들듯이 외따로 떨어져서는 소용이 없다는 뜻.

18551. 외가집 들어가듯 한다.
아무 거리낌이 없이 들어간다는 말.

18552. 외가집 콩죽 먹고 살았나?
지금까지 남의 덕에 살아오지 않았는데 이제 와서 새삼스럽게 남의 덕을 바라지는 않는다는 뜻.

18553. 외가집 콩죽에 잔뼈가 자랐나?
남의 덕에 살아온 것이 아니니 이제 새삼스럽게 남

의 호의를 바라지는 않겠다는 뜻.

18554. 외기러기 짝사랑하듯 한다.
짝사랑하는 사람을 조롱하는 말.

18555. 외나무 다리 건너듯 한다.
외나무 다리를 건너듯이 매우 조심스럽게 행동을 한다는 뜻.

18556. 외나무 다리에서 만날 날이 있다.
(獨木橋冤家遭)
〈松南雜識〉
원수진 사람과는 피하기 어려운 곳에서 반드시 만나게 된다는 뜻.

18557. 외 넝쿨에 가지 열린다.
(1) 원인과 결과가 다르다는 뜻. (2) 자식이 부모를 전연 닮지 않았다는 뜻.

18558. 외눈도 깜짝 않는다.
누가 무슨 소리를 해도 눈 하나도 깜짝 않고 있다는 뜻.

18559. 외눈박이가 두눈박이를 나무란다.
큰 흉이 있는 사람이 흉 없는 사람을 오히려 흉본다는 뜻.

18560. 외눈 부처다.
눈이 하나밖에 없듯이 매우 중요하다는 뜻.

18561. 외눈통이 쇠뿔에 받힌다.
하나밖에 없는 눈통을 다쳐서는 안 되듯이 소중히 여기고 조심하라는 뜻.

18562. 외딴나무는 숲이 되지 않는다.
(獨木不成林)
혼자서는 아무리 애를 써도 이루어지지 않는다는 뜻.

18563. 외 덩굴과 칡 덩굴이 얽히듯 한다.
(瓜葛之親)
〈蔡邕〉
인척간(姻戚間)에 결연(結緣)이 매우 굳다는 뜻.

18564. 외 덩굴에서 가지는 열지 않는다.
(1) 인과 관계(因果關係)는 어길 수 없다는 뜻.
(2) 자식은 부모를 닮는다는 뜻.

18565. 외도 너무 고르다가는 호박을 고른다.
무슨 일이나 너무 끌다가는 좋지 못한 결과를 초래하게 된다는 뜻.

18566. 외도토리가 되었다.
의지할 데가 없는 외로운 몸이 되었다는 말.

18567. 외로운 나그네는 그림자와 동행한다.
(孤身双影)
벗이 없는 외로운 길손은 언제나 자기 그림자와 동행을 하게 된다는 말.

18568. 외로와도 도와 줄 사람이 없다.
(孤立無援)
외로운 신세이지만 도와 줄 사람이 한 사람도 없다는
뜻.

18569. 외로와도 의지할 데가 없다. (孤立無依)
외로운 신세이지만 어느 누구에게도 의지할 곳이 없
다는 말.

18570. 외로 지나 바로 지나다.
이렇게 하나 저렇게 하나 마찬가지라는 뜻.

18571. 외를 거꾸로 먹어도 제멋이다.
남이야 무엇이라고 해도 저 좋은 짓만 하면 된다는
뜻.

18572. 외를 거꾸로 먹어도 제 재미다.
자기만 좋으면 무슨 짓을 해도 좋다는 뜻.

18573. 외 며느리 고운 데 없다.
흔히 외 며느리와 시어머니의 사이가 나쁜 데서 나온
말.

18574. 외모는 거울로 보고 마음은 술로 보랬다.
술을 먹으면 속에 있는 말을 하게 된다는 뜻.

18575. 외모는 공경스러우나 마음은 오만하다.
(貌恭敬而心慢)   〈六韜〉
겉으로는 공경하는 척하면서도 속으로는 거만하다는
뜻.

18576. 외모는 보살 같고 속마음은 야차 같다.
(外面似菩薩 內心如夜叉)   〈唯識論〉
겉으로 보기에는 착해 보이지만 속은 악마와 같은 악
한 사람이라는 뜻. ※야차 : 잔인한 귀신.

18577. 외모로는 후한 체하고 본심은 감춘다.
겉으로는 후한 체하면서도 본심은 박하다는 뜻.

18578. 외모만 용 같은 물고기다. (魚質龍文)
용의 탈을 쓴 물고기마냥 겉모양은 훌륭하나 속은 용
렬하다는 뜻.

18579. 외바늘이 귀 터지기 쉽다.
아끼는 것이 도리어 쉬 상한다는 뜻.

18580. 외밭 가에서 신을 신지 말고 오얏나무 아래
에서 갓을 바로 쓰지 말라. (瓜田不納履 李下
不正冠)   〈文選〉,〈列女傳〉
남에게 의심받을 짓은 아예 하지 말라는 뜻.

18581. 외밭 원수는 고슴도치요 너하고 나하고 원
수는 중매장이다.
부부가 서로 잘못 만나게 된 것은 중매장이가 중매
를 잘못하여 만나게 된 죄밖에 없다는 뜻.

18582. 외밭 허수아비는 아무것도 못 지킨다.
적재 적소(適材適所)에 배치하지 않으면 일이 안 된다
는 뜻.

18583. 외보살(外菩薩) 내야차(內夜叉)다.
겉으로는 착한 것 같으면서도 속은 악하다는 뜻.

18584. 외불덩이는 죽는다.
무슨 일이나 남의 협조가 없이는 이루어지지 않는다
는 뜻.

18585. 외 붓듯 가지 붓듯 한다.
어린 아이가 잘 자란다는 뜻.

18586. 외삼촌 사는 골에 가지도 말랬다.
외삼촌과 생질 사이는 매우 가까운 것 같으면서도 멀
다는 뜻.

18587. 외삼촌 산소에 벌초하듯 한다.
아무 성의도 없이 무슨 일을 함부로 한다는 뜻.

18588. 외삼촌이 물에 빠졌나?
남의 고난을 보고 푸실대며 웃는 사람을 두고 하는
말.

18589. 외상 반찬은 모자라도 겸상 반찬은 남는
다.
혼자서 손해보던 일도 두 사람이 하면 이득을 보게
된다는 뜻.

18590. 외상 술을 먹지 말라. (勿貫酒)
돈이 없을 때는 술을 먹지 말라는 뜻.

18591. 외상을 주면 사람도 잃고 돈도 잃는다.
외상 거래(外上去來)를 하면 돈만 떼이는 것이 아니라
사람도 못 만나게 된다는 뜻.

18592. 외상이 망운다.
장사에는 외상을 많이 주면 망하게 된다는 뜻.

18593. 외상이면 검정 소도 잡아먹는다.
외상이면 안 살 것도 사들인다는 뜻.

18594. 외상이면 양잿물도 먹는다.
외상이라면 좋으나 나쁘나 마구 사들인다는 뜻.

18595. 외상제가 곡을 해도 팥죽 담 넘어가는 것
까지 안다.
(1) 외상제는 살림을 돌봐 줄 사람이 없으므로 곡을
하면서도 재산 관리를 하게 된다는 뜻. (2) 아무리 바
빠도 돈에는 신경을 쓰게 된다는 뜻.

18596. 외상진 놈 훗장 훗장 미루듯 한다.
외상 값을 약속한 날에 주는 일이 없다는 뜻.

18597. 외손뼉은 울지 못하고 외다리는 걷지 못한

다. (獨掌難鳴 一股難行) 〈耳談續纂〉
서로 협조해서 해야 할 일은 혼자서는 할 수가 없다
는 뜻.

18598. 외손뼉은 울지 못한다. (獨掌難鳴), (獨掌不鳴), (孤掌難鳴)
〈水滸傳〉, 〈旬五志〉, 〈東言解〉
(1) 상대가 없는 싸움은 성립이 되지 않는다는 뜻.
(2) 둘이 할 일을 혼자서는 못 한다는 뜻.

18599. 외손자는 업고 친손자는 걸리면서 업은 놈
발 시리다 빨리 가자고 한다.
흔히 친손자보다 외손자를 더 귀여워한다는 뜻.

18600. 외손자는 절구만도 못하다. (外孫齏臼)
외손자는 애써 키워도 덕은 못 본다는 뜻.

18601. 외손자는 제물 도둑이다.
외손자에게는 덕 보는 것은 없어도 손해보는 것은
있다는 뜻.

18602. 외손자를 귀여워하느니 방아공이를 귀여
워하랬다. (愛外孫 寧愛杵) 〈東言解〉
외손자는 아무리 귀엽게 키워도 그 덕은 못 본다는
뜻.

18603. 외손자를 귀여워하느니 절구공이를 귀여워
하랬다.
외손자는 귀엽기는 하지만 그 덕은 보지 못한다는 말.

18604. 외손자를 봐주느니 파밭이나 매랬다.
외손자는 아무리 귀여워해줘도 소용이 없는 일이라는
뜻.

18605. 외손자를 안느니 방아공이를 안아 주랬다.
흔히 외손자는 귀여워하지만 외손자의 덕은 못 본다
는 뜻.

18606. 외씨는 훔쳐도 사람 씨는 못 훔친다.
외씨는 훔쳐 심어도 표가 나지 않으나 사람 씨는 훔
쳐서 나면 어딘가 닮아도 닮게 되므로 세상 사람이
다 알게 되기 때문에 훔칠 수가 없다는 뜻.

18607. 외 심은 데 외 나고 콩 심은 데 콩 난다.
(種瓜得瓜 種豆得豆) 〈莊子〉
인과(因果)의 법칙은 어길 수 없다는 뜻.

18608. 외 심은 데 외 난다. (種瓜得瓜) 〈莊子〉
원인이 있으면 반드시 그에 따른 결과가 있다는 뜻.

18609. 외아들에 효자 없다.
흔히 외아들은 너무 귀엽게만 키우기 때문에 효자가
드물다는 뜻.

18610. 외아들 울음소리라도 듣기 좋은 울음소리
는 없다.

울음소리치고 듣기 좋은 울음소리는 없다는 뜻.

18611. 외아들 잡아먹은 할미 상이다.
처참하고 흉상스러운 표정을 한 사람을 가리키는 말.

18612. 외양간 하나에 암소는 두 마리다.
(兩牝牛同廐) 〈旬五志〉
(1) 한 집안에 주인이 둘이면 일이 안 된다는 뜻.
(2) 욕심내다가는 이것저것도 다 안 된다는 뜻.

18613. 외 장수는 사촌도 모른다.
장사하는 사람은 매우 인색하다는 뜻.

18614. 외 주고 옥 받는다. (投瓜得瓊)
헐한 것을 주고 매우 비싼 것을 얻었다는 뜻.

18615. 외주둥이가 굶는다.
독신 생활을 하는 사람은 흔히 끼니를 굶는다는 뜻.

18616. 외톨 밤이 벌레 먹는다.
흔히 외아들이 못생긴다는 뜻.

18617. 외할머니 콩죽 먹고 산 줄 아나?
남의 덕에 산 것이 아니라 내 힘으로 자랐기 때문에
남의 덕을 바라지 않는다는 뜻.

18618. 왼발 구르며 침 뱉는다.
무슨 일을 할 때 처음에는 앞장 섰다가 나중에는 꼴
찌를 한다는 뜻.

18619. 왼 새끼 내던지듯 한다.
두번 다시 상관하지 않을 작정으로 내버린다는 뜻.

18620. 왼 새끼를 꼰다.
무슨 일을 일부러 거역한다는 뜻.

18621. 왼손으로 주고 바른손으로 받는다.
(左授右捧)
얻는 것을 자기 소유로 삼지 못하고 바로 버린다는
뜻.

18622. 왼쪽으로 끌고 오른쪽으로 이끈다.
(左提右挈) 〈史記〉
서로 의지하고 서로 도와 가며 산다는 말.

18623. 왼쪽을 돌아보았다 바른쪽을 보았다 한다.
(左顧右視)
여기 저기를 골고루 살펴본다는 뜻.

18624. 왼쪽을 쳤다 오른쪽을 받았다 한다.
(左衝右突)
여기저기서 막 쳐들어 간다는 뜻.

18625. 왼쪽이 새는데 오른쪽을 막는다.
(左漏右塞)
무슨 일을 엉뚱하게 처리하여 아무 성과도 없다는 뜻.

18626. 요강 뚜껑으로 물 떠먹은 셈이다.
큰 일은 아니나 기분이 다소 나빴을 때 자위(自慰)하는 말.

18627. 요령(搖鈴) 도둑놈이다.
사납고 늘 눈을 부라리고 있는 사람을 두고 하는 말.

18628. 요령을 얻을 수가 없다. (不得要領) 〈漢書〉
일이 까다로와서 요령을 얻을 도리가 없다는 뜻.

18629. 요사스러운 말은 입에서 내지 말라.
(妖辭不出) 〈荀子〉
요망스럽고 간사한 말은 해서는 안 된다는 말.

18630. 요사스러운 사람은 두려운 존재이다.
(人妖則 可畏也) 〈荀子〉
요사스러운 사람은 야심을 가지고 있으므로 가까이 해서는 안 될 요시(要視) 인물이라는 뜻.

18631. 요사스러운 사람이 덕 있는 사람을 이기지 못한다. (妖不勝德) 〈史記〉
부정의(不正義)가 정의(正義)를 이기지 못한다는 뜻.

18632. 요순(堯舜) 아들이라고 반드시 요순 되는 것은 아니다.
부모가 훌륭하다고 그 아들이 다 부모를 닮는 것은 아니라는 뜻.

18633. 요지경(瑤池鏡) 속이다.
내용이 복잡하여 알 도리가 없다는 말.
※요지경 : 속의 그림을 밖에서 보도록 만든 감.

18634. 요지부동이다. (搖之不動)
(1) 꼼짝달싹할 수도 없다는 뜻. (2) 어떻게 할 도리가 없다는 뜻.

18635. 요행을 노린다. (射倖)
무슨 일을 할 때 요행만 바라고 한다는 뜻.

18636. 욕감태기 자식은 낳지를 말랬다.
남에게 욕만 얻어 먹는 자식은 아예 낳지를 말아야 한다는 뜻. ※욕감태기 : 여러 사람에게 욕을 먹는 사람의 별명.

18637. 욕되지 않는 것을 영광으로 삼는다.
(以無辱爲榮) 〈旬五志〉
부끄럼과 욕됨이 없이 사는 것을 영광으로 알고 산다는 뜻.

18638. 욕 많이 먹는 사람이 오래는 산다.
남에게 미움을 받는 악한 사람은 죽기를 기다려도 죽지도 않고 산다는 뜻.

18639. 욕먹는 놈은 죽지도 않는다.
남에게 미움을 받는 악한 사람은 남들이 죽기를 기다

려도 죽지도 않는다는 뜻.

18640. 욕심 구멍은 열고 욕심 문은 막아야 한다.
(塞其兌 閉其門) 〈老子〉
사람은 욕심 때문에 한 평생을 고되게 살아야 하므로 욕심을 없애야 한다는 뜻.

18641. 욕심 끝에 화가 온다.
욕심을 부리다가는 필경에 손해밖에 당하는 것이 없다는 뜻.

18642. 욕심나는 마음을 물 막듯 하라.
(窒慾如防水) 〈近思錄〉
무슨 일에서나 욕심을 내지 말고 분수에 맞도록 일을 해야 한다는 뜻.

18643. 욕심내서 잘 되는 일 없다.
자기 분수를 지키지 않고 욕심을 내서 하는 일은 다 실패하게 된다는 뜻.

18644. 욕심내서 탐내지 않는다. (欲而不貪)
어진 사람은 욕심을 내지 않고 청렴(淸廉)하다는 말.

18645. 욕심도 많고 마음도 더럽다. (貪汚)
욕심이 많은 데다가 마음씨마저 나쁘다는 뜻.

18646. 욕심도 많고 인색하기도 하다. (貪吝)
제 일에는 욕심을 내면서도 남에게는 인색하다는 뜻.

18647. 욕심만 부리고 절제하지 않는다.
(嗜慾無節) 〈擊蒙要訣〉
욕심만 한없이 내고 이것을 절제하지 않는다는 뜻.

18648. 욕심 많은 놈은 참외 제쳐 놓고 호박 고른다.
욕심을 부리는 사람은 항상 손해만 본다는 뜻.

18649. 욕심 많은 놈이 참외 버리고 호박 고른다.
무슨 일에나 욕심을 너무 부리다가는 도리어 손해를 보게 된다는 뜻.

18650. 욕심 많은 놈 제 명에 못 죽는다.
욕심 많은 사람은 인심을 잃어 맞아죽는다는 뜻.

18651. 욕심 많은 놈 처먹듯 한다.
음식을 욕심 사납게 먹는다는 뜻.

18652. 욕심 많은 놈치고 인색하지 않은 놈 없다.
욕심 많은 사람은 남의 것은 공으로 바라면서 제 것은 남을 조금도 주지 않는다는 뜻.

18653. 욕심 많은 매는 발톱이 빠진다.
욕심을 지나치게 부리다가는 손해만 보게 된다는 뜻.

18654. 욕심 많은 사람은 재물로 죽는다.
(貪夫徇財) 〈史記〉

물욕(物慾)이 많은 사람은 재물을 탐내다가 죽게 된
다는 뜻.

18655. 욕심에 가리면 보이지 않는다.
욕심을 내게 되면 욕심에 가리어 사물(事物)을 옳게
볼 수가 없게 된다는 뜻.

18656. 욕심에는 간악한 생각이 따르게 마련이다.
(貪著邪見) 〈阿毗曇論〉
욕심 많은 사람치고 간악하지 않은 사람은 없다는 뜻.

18657. 욕심에 홀린다.
욕심이 많은 사람은 욕심이 자꾸 생겨서 점점 욕심을
부리게 된다는 말.

18658. 욕심은 까마귀다.
까마귀마냥 욕심이 많은 사람을 보고 하는 말.

18659. 욕심은 끝이 없고 불평은 한이 없다.
(貪惏無饜 忿類無期) 〈春秋左傳〉
욕심과 불평은 끝이 없고 한도 없기 때문에 욕심은
억제해야 하고 불평은 참아야 한다는 뜻.

18660. 욕심은 끝이 없다.
욕심은 아무리 만족시키려고 해도 그를 만족시킬 수
없다는 뜻.

18661. 욕심은 나도 탐내지는 않는다. (欲而不貪)
〈論語〉
욕심은 있으나 이것을 탐내려고는 않는다는 말.

18662. 욕심은 낼수록 는다.
욕심을 내 버릇하면 욕심이 점점 커진다는 말.

18663. 욕심은 눈을 멀게 한다.
욕심 많은 사람은 욕심에 눈이 어두워 물정을 바로
보지 못한다는 뜻.

18664. 욕심은 바닥 나지 않는다.
욕심은 끝도 없고 한도 없다는 말.

**18665. 욕심은 법도를 깨뜨리고 방종은 예의를 무
너뜨린다. (欲敗度 縱敗禮)** 〈書經〉
욕심은 법률과 제도를 어기게 되고 거리낌이 없이 마
구 행동하게 되면 예의가 문란하게 된다는 뜻.

18666. 욕심은 한이 없다.
사람의 욕심은 내면 낼수록 커지므로 도저히 만족시
킬 수 없다는 뜻.

18667. 욕심을 한없이 낸다. (侵欲無厭)
〈春秋左傳〉
자기 분수도 모르고 욕심을 마냥 낸다는 뜻.

18668. 욕심이 구렁이 같다.

구렁이마냥 욕심이 많은 사람을 가리키는 말.

18669. 욕심이 나면 소경이 된다.
욕심을 내게 되면 사물(事物)을 정확히 판단할 수 없
게 된다는 뜻.

18670. 욕심이 돼지 같다.
돼지처럼 욕심이 많은 사람을 보고 하는 말.

18671. 욕심이 많고 부패한 관리의 마음은 검다.
(貪以敗官爲黑) 〈春秋左傳〉
탐욕이 많고 부정 부패(不正腐敗)한 관리들의 마음은
도둑과 같다는 뜻.

18672. 욕심이 많고 사치스럽다. (侵欲崇侈)
〈春秋左傳〉
욕심도 마냥 부리고 사치스러운 생활도 마음껏 한다
는 뜻.

18673. 욕심이 많으면 식물(食物)을 거둔다.
욕심 많은 사람은 특히 먹을 것을 밝힌다는 뜻.

18674. 욕심이 많으면 싫어할 줄을 모른다.
(專利而不厭) 〈春秋左傳〉
욕심은 한이 없기 때문에 아무리 욕심을 내도 싫증이
나지 않는다는 뜻.

18675. 욕심이 부엉이다.
부엉이마냥 욕심이 많은 사람을 보고 하는 말.

18676. 욕심이 불같이 일어난다.
욕심이 속에서 치솟는다는 뜻.

18677. 욕심이 사람 죽인다.
욕심 많은 사람은 욕심으로 망한다는 뜻.

18678. 욕심이 없으면 마음이 편하다. (無慾泰平)
욕심을 부리지 않고 분수를 지키는 사람은 항상 마음
이 태평하다는 뜻.

18679. 욕심이 욕심을 낳는다.
욕심을 내 버릇하면 욕심이 점점 커지기만 한다는 뜻.

18680. 욕심이 정의를 이기면 멸망한다.
(欲勝義則亡) 〈六韜〉
정의가 욕심에게 꺾이면 멸망하게 된다는 말.

18681. 욕심이 족제비다.
족제비처럼 욕심이 매우 많은 사람이라는 뜻.

18682. 욕 얻어 먹는 놈이 오래는 산다.
여러 사람들에게 인심을 잃은 사람이 고생을 하면서
오래 산다는 뜻.

18683. 욕은 청개구리가 하고 벼락은 나무가 맞는

다.

죄 진 사람 곁에 있다가 애매하게 벌을 받는다는 뜻.

18684. 욕을 먹어도 당감투 쓴 놈한테 먹으랬다.

이왕 벌을 받게 될 때는 지체가 높은 사람에게 당하는 것이 낫다는 뜻.

18685. 욕이 뱃속으로 들어갈까?

남이 욕을 하더라도 보복(報復)을 하지 말고 참으라는 뜻.

18686. 욕하면서 서로 싸운다. (相辱相鬪)

서로 욕을 해가면서 서로 싸움을 한다는 뜻.

18687. 용가는 데 구름 간다.

서로 떨어질 수 없는 처지라는 뜻.

18688. 용가마에 삶은 개가 짖겠다.

도저히 불가능(不可能)한 일이라는 뜻.

18689. 용감도 하고 계략도 많다. (勇而多計)
　　　　　　　　　　　　　　　　　〈諸葛亮心書〉

용맹이 있고 계략도 많으면 승산(勝算)이 있다는 뜻.

18690. 용감하게 싸우면 살고 용감하지 못하면 죽는다. (勇鬪則生 不勇則死)　〈六韜〉

죽을 각오를 하고 싸우는 용감한 병사(兵士)는 살게 되고, 살겠다는 마음을 가지고 비겁하게 싸우는 병사는 죽게 된다는 말.

18691. 용감하기가 짝이 없다. (勇敢無双)

견줄 데도 없을 정도로 뛰어나게 용감하다는 뜻.

18692. 용감하면 침범하지 못한다. (勇則不可犯)
　　　　　　　　　　　　　　　　　〈六韜〉

용감한 자에게는 침범해야 패배하게 마련이기 때문에 침범하는 자가 없다는 뜻.

18693. 용감한 가난뱅이는 난동을 일으킨다.
　(好勇疾貧 亂也)　〈論語〉

빈민(貧民)들 중에서 용맹이 있는 사람은 난동을 일으킬 수 있다는 뜻. ↔ 용감한 사람은 난동을 일으키지 않는다.

18694. 용감한 사람도 문 단속은 엄중히 해야 한다.
　(勇夫重閉)　〈春秋左傳〉

아무리 용감한 사람이라도 방어 태세(防禦態勢)는 갖추어야 한다는 뜻.

18695. 용감한 사람은 겁장이 같기도 하다.
　(大勇若怯)

용감한 사람은 함부로 날뛰는 일이 없기 때문에 겉으로 얼핏 보면 겁장이처럼 보인다는 뜻.

18696. 용감한 사람은 그 뜻을 행하는 것을 좋아

한다. **(勇者好行其志)**　〈三略〉

용감한 사람은 자기 뜻대로 일하기를 좋아한다는 뜻.

18697. 용감한 사람은 난동을 일으키지 않는다.
　(勇不作亂)　〈春秋左傳〉

용감한 사람은 난동을 부리지 않아도 자기 뜻대로 이루어질 수 있으므로 구태여 난동을 일으킬 필요가 없다는 뜻. ↔ 용감한 가난뱅이는 난동을 일으킨다.

18698. 용감한 사람은 두려워하지 않는다.
　(勇者不懼)　〈論語〉

용감한 사람은 어느 누구도 어떤 일에도 두려워하는 것이 없다는 뜻.

18699. 용감한 사람은 비겁한 사람을 괴롭히지 마라. (毋以勇苦怯)

용감한 사람은 약한 사람을 상대로 하여 괴롭히지 말고 용감한 사람을 상대로 하라는 뜻.

18700. 용감한 사람은 상을 주어야 한다.
　(勇者賞之)

용감하게 싸워서 이긴 사람에게는 상을 주어 더욱 사기를 높여 주어야 한다는 뜻.

18701. 용감한 사람은 성을 잘 낸다. (勇者逆德)
　　　　　　　　　　　　　　　　　〈國語越語〉

용감한 사람 중에는 성급한 사람이 많아서 성을 잘 내는 것을 볼 수 있다는 뜻.

18702. 용감한 사람은 의로운 일을 한다.
　(勇於行義)　〈海東續小學〉

용감한 사람은 정의를 위하여 일하기를 좋아한다는 뜻.

18703. 용감한 사람은 죽을 각오를 하고 있다.
　(勇士不忌喪其元)

용감한 사람은 항상 죽을 각오를 하고 일에 임한다는 뜻.

18704. 용감한 사람은 함부로 남을 해치지 않는다.
　(大勇不忮)　〈莊子〉

용감한 사람은 의롭지 않은 일로 남을 해치는 일은 없다는 뜻.

18705. 용감한 사람이라도 무례하면 미워한다.
　(惡勇而無禮者)　〈論語〉

용감한 사람도 예의를 지키지 않으면 남에게 미움을 받게 된다는 말.

18706. 용감한 장수 밑에는 약한 사병이 없다.
　(勇將手下無弱兵)　〈蘇軾〉

웃사람이 용감하면 아랫 사람들도 다 용감하게 된다는 뜻.

18707. 용감했던 장수도 늙으면 소용 없다.
(老將無用)
아무리 젊어서 용감했던 장수도 늙으면 쇠약해지기 때문에 물러나야 한다는 뜻.

18708. 용 꼬리 되는 것보다 닭대가리 되는 것이 낫다.
큰 단체에서 꼴찌로 있는 것보다는 작은 단체에서 우두머리로 있는 것이 낫다는 뜻.

18709. 용 꼬리에 뱀 앉은 격이다.
훌륭한 사람 뒤에 간악한 사람이 숨어 있다는 뜻.

18710. 용과 범이 서로 싸운다. (龍虎相搏)
두 영웅이 용감하게 싸운다는 뜻.

18711. 용구뚜리 담배 마다할까?
담배를 좋아하는 용구뚜리가 담배를 싫다고 할 리가 없듯이 자기가 좋아하는 것을 주는데 누구든 마다고 할 리가 있느냐는 뜻.

18712. 용꿈을 꾸었다.
매우 좋은 일이 생기게 되었다는 뜻.

18713. 용대기(龍大旗) 내세우듯 한다.
어떤 자랑거리를 하나 가지고 늘 자랑한다는 뜻.
※용대기 : 용가(龍駕) 앞에 세우던 용을 그린 큰 기.

18714. 용도 개천에 나오면 개미가 뜯어먹는다.
세도가 당당하던 사람도 그 지위에서 물러나면 국민들이 무서워하지 않는다는 뜻.

18715. 용도 고기로 변한다. (龍變魚) 〈李白〉
용도 위엄을 잃으면 고기로 되듯이 아무리 훌륭하던 사람이라도 위신을 지키지 못하면 남에게 대접을 받지 못한다는 뜻.

18716. 용도 되고 뱀도 된다. (一龍一蛇) 〈莊子〉
(1) 출세하기도 하고 몰락되기도 한다는 뜻. (2) 재능이 있기도 하고 없기도 하다는 뜻.

18717. 용도 맑은 하늘에는 못 오른다.
무슨 일이든지 조건이 조성(造成)되어야 이루어진다는 뜻.

18718. 용도 물이 있어야 조화를 부린다.
환경(環境)이 조성되어야 무슨 일이든지 성공할 수 있다는 뜻.

18719. 용 될 고기는 어려서부터 안다.
장래 훌륭하게 될 사람은 어려서부터 남다른 점이 있다는 뜻.

18720. 용마가 뿔이 나거든.

전연 있을 수 없는 일이라는 뜻.

18721. 용마가 용마 낳는다. (龍馬生龍馬)
명문(名門) 집에서 훌륭한 인재가 난다는 뜻.

18722. 용마 낳고 대우 낳고 한다.
번영하는 집은 무슨 일이나 다 잘 된다는 뜻.

18723. 용맹을 믿고서 적을 가볍게 여기지 말라.
(勿以恃勇而輕敵) 〈姜太公〉
자기 용맹만 믿고서 적을 업신여기게 되면 실수를 하게 된다는 뜻.

18724. 용맹이 적을 겁나게 할 만하다.
(勇足以怯敵) 〈鄭華山文集〉
적이 무서워할 정도로 용감하다는 뜻.

18725. 용 머리에 뱀 꼬리다. (龍頭蛇尾) 〈碧巖集〉
(1) 처음 시작은 푸짐했으나 나중에는 하찮게 되었다는 뜻. (2) 처음은 성하고 나중은 쇠한다는 뜻.

18726. 용모(容貌)는 마음의 거울이다.
얼굴을 보면 그 사람의 마음도 알 수 있다는 뜻.

18727. 용 못 된 이무기다.
심술이 많고 못된 짓만 하는 사람을 비유하는 말.
※ 이무기 : 저주로 용이 못 되었다는 전설적인 동물.

18728. 용 못 된 이무기 방천만 무너뜨린다.
심술이 많고 남을 해치기만 하는 사람을 보고 하는 말.

18729. 용 못 된 이무기 심술만 남았다.
못된 짓만 하고 남을 해치는 심술 사나운 사람이라는 뜻.

18730. 용문산(龍門山) 안개 두르듯 한다.
허술한 옷으로 지저분하게 몸을 감았다는 뜻.

13731. 용문산 안개 모이듯 한다.
사방에서 사람들이 모여든다는 뜻.

18732. 용 바위를 회쳐 먹겠다.
의지가 강하고 배짱이 좋다는 뜻.

18733. 용 빼는 재주 없다.
아무리 있는 힘을 다 써도 아무 소용이 없다는 뜻.

18734. 용상(龍床)에 앉힌다.
호강을 마냥 시켜 주겠다는 말.

18735. 용 새끼는 작아도 비를 내린다.
권력을 가진 자의 앞잡이도 권력을 쓰게 된다는 뜻.

18736. 용서하는 것은 덕이다.

(恕而行之 德之則也) 〈春秋左傳〉
남의 잘못을 용서할 줄 아는 것이 덕이라는 뜻.

18737. 용서하면 허물도 없어진다. (開釋無辜)
〈書記〉

잘못을 너그럽게 용서하게 되면 그 잘못도 없어지게
된다는 말.

18738. 용수가 채반이 되도록 우긴다.
이치에 닿지도 않는 말을 가지고 우긴다는 뜻.

18739. 용수에 담은 찰밥도 엎지러지겠다.
(簞有稶飯 尚或覆之) 〈耳談續纂〉
복 없는 사람은 좋은 운이 닥쳐도 그것을 오래 지니
지 못한다는 뜻.

18740. 용 올라간다.
소원(所願)했던 일이 성취되었다는 뜻.

18741. 용은 구름 따라 날으고 범은 바람 따라 달
린다. (雲從龍 風從虎) 〈易經, 史記〉
뜻과 마음이 맞는 사람들끼리는 서로 친하게 사귀게
된다는 뜻.

18742. 용은 자야 체신이 나타나며 사람은 취해야
본성이 나타난다.
용은 하늘에 날아다니기 때문에 땅에서 잘 때라야
그 체신을 볼 수 있게 되고 사람은 술에 취해야 속
에 있는 본성을 나타내게 된다는 말.

18743. 용의 꼬리를 놓쳤다.
(1) 좋은 기회를 놓쳤다는 뜻. (2) 좋은 배경을 놓쳤
다는 뜻.

18744. 용의 날개요 범의 뿔이다.
세력을 가진 사람이 또 하나의 권력을 가지게 되었다
는 말.

18745. 용의 수염을 만지고 범의 꼬리를 밟는다.
죽을 줄도 모르고 어리석고 위태로운 짓만 한다는 뜻.

18746. 용이 구름을 얻은 격이다.
무슨 일이 자기 소원(所願)대로 이루어졌다는 뜻.

18747. 용이 날치고 범이 노려본다. (龍驤虎視)
〈蜀志〉
용맹스러운 두 영웅이 서로 겨눠 보고 있다는 뜻.

18748. 용이 되기도 하고 돼지가 되기도 한다.
(一龍一猪) 〈韓愈〉
배운 사람은 출세하고 못 배운 사람은 어리석게 된다
는뜻.

18749. 용이 많으면 가뭄이 든다. (龍多就旱)

한 가지 일에 관여하는 사람이 많으면 일이 안 된다
는 뜻.

18750. 용이 물을 얻은 격이다.
세력이 있는 사람이 또 하나의 권력을 얻게 되었다
는 뜻. ↔ 용이 물을 잃은 격이다.

18751. 용이 물을 잃은 격이다.
물에 사는 용이 물을 잃듯이 직장을 잃고 곤궁하다는
뜻. ↔ 용이 물을 얻은 격이다.

18752. 용이 여의주(如意珠)를 얻고 범이 바람을
탄 격이다.
소원하던 일이 이루어져 세상에 두려울 것이 없게 되
었다는 뜻. ↔ 용이 여의주를 잃은 격이다.

18753. 용이 여의주를 얻고 하늘에 오른다.
(得珠登龍)
평소에 소원하던 일이 이루어졌다는 뜻. ↔ 용이
여의주를 잃은 격이다.

18754. 용이 여의주를 얻은 격이다.
애타게 기다렸던 권세를 얻게 되었다는 말. ↔ 용이
여의주를 잃었다.

18755. 용이 여의주를 잃은 격이다. (龍失明珠)
권세를 누렸던 사람이 권세를 잃었다는 뜻.↔용이 여
의주를 얻고 범이 바람을 탄 격이다. 용이 여의주를
얻고 하늘에 오른다. 용이 여의주를 얻은 격이다.

18756. 용이 용 새끼를 낳는다. (龍生龍子)
〈指月錄〉

부모가 훌륭해야 자식도 훌륭하게 된다는 말.

18757. 용이 용을 낳고 범이 범을 낳는다.
(龍生龍 虎生虎)
훌륭한 부모라야 훌륭한 자식을 두게 된다는 뜻.

18758. 용이 용을 낳고 봉이 봉을 낳는다.
(龍生龍 鳳生鳳)
명문 집 자손이라야 출세하기도 쉽다는 뜻.

18759. 용 잡는 재주다. (屠龍之技)
매우 훌륭한 재주라는 뜻.

18760. 용정(舂精) 공이다.
절구통마냥 뚱뚱하고 우둔한 사람을 놀리는 말.

18761. 용천검(龍泉劍)도 쓸 줄 알아야 쓴다.
아무리 좋은 물건도 그것을 잘 써야 성과를 낼 수 있
다는 뜻.

18762. 용천배기 콧구멍에서 마늘 씨를 빼먹겠다.

남의 것을 탐욕하는 사람을 보고 조롱하는 말.

18763. 용 턱의 여의주 찾듯 한다. (探龍頷)

매우 위험한 모험(冒險)을 한다는 뜻.

18764. 우거지 상이다.

얼굴을 보기 흉하게 찌푸렸다는 뜻.

18765. 우격다짐으로 한다.

무슨 일을 순리(順理)로 하지 않고 강제로 한다는 뜻.

18766. 우기는 놈 못 당한다.

아는 사람과 모르는 사람이 우김질을 하게 되면 알고 모르는 것과는 관계없이 우김질을 잘 하는 사람이 이긴다는 뜻.

18767. 우김질에는 우기는 놈이 이긴다.

우김질할 때에는 무턱대고 우기는 사람이 이긴다는 뜻.

18768. 우는 가슴에 말뚝 친다.

마음 아픈 사람을 더욱 아프게 한다는 뜻.

18769. 우는 고양이는 쥐를 못 잡는다.

미리 소문(所聞)을 내면 일이 안 된다는 뜻.

18770. 우는 과부가 시집 가고 웃는 과부가 수절 한다.

겉으로 강한 척하는 사람보다 속으로 강한 사람이 성공한다는 뜻.

18771. 우는 놈 곁에 웃는 놈 있다.

세상에는 슬퍼하는 사람도 있고 웃는 사람도 있다는 뜻.

18772. 우는 놈도 속이 있어 운다.

어떤 일을 할 때에는 나름대로 어떤 사유(事由)가 있다는 뜻.

18773. 우는 새는 잡힌다.

(1) 말이 많으면 실패하게 된다는 뜻. (2) 비밀이 새면 성사(成事)가 안 된다는 뜻.

18774. 우는 아이가 있으면 웃는 아이도 있다.

(1) 슬퍼하는 사람 있으면 즐거워하는 사람도 있다는 뜻. (2) 세상에는 이런 사람도 있고 저런 사람도 있다는 뜻.

18775. 우는 아이도 먹을 것을 보고 운다.

떼를 쓰는 사람도 떼를 쓸 수 있는 이유가 있어서 떼를 쓴다는 말.

18776. 우는 아이도 생각이 있어 운다.

누구나 무슨 일을 할 때에는 그 나름대로의 이유가

있다는 뜻.

18777. 우는 아이도 속이 있어 운다.

무슨 일을 할 때에는 그 일을 하게 된 이유가 반드시 있다는 뜻.

18778. 우는 아이도 입에 든 엿은 뱉지 않는다.

아무리 궁지에 빠져 있어도 자기의 이권(利權)은 버리지 않는다는 뜻.

18779. 우는 아이를 젖 준다.

무슨 일이나 아무 말 않고 있으면 남들이 몰라 주기 때문에 남에게 알려 줄 말은 해야 한다는 뜻.→울지 않는 아이는 젖도 못 얻어 먹는다. 울지 않는 아이를 누가 젖 주랴. 울지 않는 아이 젖 주는 것 못 봤다.

18780. 우는 아이 뺨 친다.

마음 아픈 사람을 더욱 아프게 만든다는 뜻.

18781. 우는 아이 울음도 그치게 한다.

몹시 사납고 무서운 사람이라는 뜻.

18782. 우는 얼굴에 벌 쏘인 상이다.

얼굴 상을 보기 흉하게 찡그리고 있다는 뜻.

18783. 우둔한 놈이 범도 잡는다.

미련한 놈이 저 죽는 줄도 모르고 함부로 덤빈다는 뜻.

18784. 우렁도 두렁을 넘는다.

아무리 못난 사람이라도 한 가지 재주는 있다는 뜻.

18785. 우렁이는 까먹으나 안 까먹으나 한 바가지다.

무슨 일을 했어도 하나도 흔적이 나지 않는다는 뜻.

18786. 우렁이도 집은 있다.

미물의 우렁이도 집은 있는데 하물며 사람으로서 의지할 집이 없다는 뜻.

18787. 우렁이 속이다.

(1) 마음씨가 의뭉스러워 도무지 알 수가 없다는 뜻. (2) 내용이 복잡하여 알 수 없다는 뜻.

18788. 우뢰같이 만났다가 번개같이 헤어진다. (雷逢電別)

잠깐 만났다가 바로 작별을 하였다는 뜻.

18789. 우리 나라는 자고(自古)로 작아야 인재(人材)다.

우리 나라는 옛날부터 체격이 작은 사람 중에 훌륭한 사람이 많았다는 뜻.

18790. 우리에 갇힌 범은 어린아이도 놀라지 않는

719

다. (觀虎於檻 髫髮不驚)　　　　　　　〈庾信〉

권력을 못 쓰게 되면 아무도 그를 무서워하지 않는다는 뜻.

18791. 우마(牛馬)가 기린(麒麟)이 되랴?

바탕이 우둔한 사람은 현명한 사람이 될 수 없다는 뜻.

18792. 우물가 공론(公論)도 귀담아 들으랬다.

하찮은 여론이라도 잘 분석하여 들으라는 뜻.

18793. 우물가에서도 목마른 사람이 있다.

돈이 많은 사람도 돈 걱정을 할 때가 있다는 뜻.

18794. 우물가에서 숭늉 찾겠다.

성미가 몹시 조급한 사람을 보고 하는 말.

18795. 우물가에 어린 아이 두고 온 것 같다.

매우 불안하여 마음을 놓지 못하겠다는 뜻.

18796. 우물가에 어린애 보낸 것 같다.

무슨 일을 시켰으나 마음이 놓이지 않아 불안하다는 뜻.

18797. 우물 고기가 바다로 나간다. (井鱗出海)

시골 사람이 큰 도시로 이사를 갔다는 뜻.

18798. 우물고누는 첫수가 제일이다.

상대방을 꼼짝도 못하게 하는 방법이라는 뜻.

18799. 우물 귀신 잡아넣듯 한다.

어떤 어려운 일에 자기가 벗어나기 위하여 남을 대신 잡아 넣는다는 뜻.

18800. 우물 길에서 차반 받는다.

생각지도 않은 먹을 복이 생겼다는 뜻.

18801. 우물도 떠 먹어야 갈증(渴症)을 면한다.

아무리 가까이 있는 것도 노력을 하지 않으면 제 것이 되지 않는다는 뜻.

18802. 우물도 하나를 파랬다.

무슨 일이나 한 가지에 전력을 다해야 성공한다는 뜻.

18803. 우물도 한 우물을 파야 물이 난다.

무슨 일이나 한 가지 일에 전력을 다해야 성공을 한다는 뜻.

18804. 우물 둔덕에 아이 내논 것 같다.

매우 위험스러워서 걱정이 된다는 뜻.

18805. 우물물은 퍼내야 고인다.

무슨 물건이나 소비를 해야 생산도 하게 된다는 뜻.

18806. 우물물은 풀수록 맛이 좋아진다.

무슨 물건이나 자꾸 생산해야만 기술도 늘고 제품의 질도 좋아진다는 뜻.

18807. 우물 밑에 똥 누기다.

심술이 많고 행실이 못됐다는 뜻.

18808. 우물 속에서 불 장만하기다. (蓄火井中)

환경에 맞지 않는 짓을 억지로 한다는 뜻.

18809. 우물 속에 앉아서 하늘 보기다.
(坐井觀天)　　　　　　　　　　　　〈旬五志〉

(1) 소견이 몹시 좁다는 뜻. (2) 세상 형편을 전연 모른다는 뜻.

18810. 우물 안 개구리는 바다 큰 줄을 모른다.

문견이 좁은 사람은 세상 형편을 모른다는 말.

18811. 우물 안 개구리는 세상을 모른다.

문견이 좁은 사람은 세상 만사를 알지 못한다는 뜻.

18812. 우물 안 개구리다. (井底蛙), (坎井之蠅)
　　　　　　　　　　　　　〈後漢書〉,〈荀子〉

(1) 문견이 매우 좁다는 뜻. (2) 세상 형편을 전연 모른다는 뜻.

18813. 우물 안 개구리와는 바다의 재미나는 이야기는 말할 수 없다. (坎井之蠅 不可與語 東海之樂)　　　　　　　　　　　　　　　〈荀子〉

문견(聞見)이 없는 무식한 사람과는 세상 이야기를 말할 수가 없다는 뜻.

18814. 우물 안 고기는 바다를 모른다.

문견이 좁은 사람은 세상 형편을 모른다는 뜻.

18815. 우물 안 고기다. (井中之魚)

(1) 문견이 매우 좁다는 뜻. (2) 세상 만사를 모른다는 뜻.

18816. 우물 안 고기 잡기다. (井谷射鮒)

매우 일하기가 쉽다는 뜻.

18817. 우물 안에 갇힌 붕어는 늘 냇물을 생각하게 된다. (井鮒思及泉)　　　　　　　〈白居易〉

구속된 사람은 과거 자유롭게 놀던 곳이 그리워지게 된다는 말.

18818. 우물에 가 숭늉 찾는다.

무슨 일이나 순서를 지키지 않고 조급하게 서두른다는 뜻.

18819. 우물에 갇힌 고기다.

자유로운 활동을 할 수 없는 처지에 있다는 뜻.

18820. 우물에는 큰 고기가 없다. (井水無大魚)

(1) 나라가 작으면 인물도 큰 인물이 없다는 뜻.

(2) 뜻이 작으면 마음도 작다는 뜻.

18821. 우물에 빠진 놈 돌로 친다. (投井下石)

죽게 된 사람을 구해 주지는 못하나마 더 죽게 한다는 말.

18822. 우물 옆에서 목 말라 죽는다.

돈 많은 집 이웃에서 굶주린 사람이 있다는 뜻.

18823. 우물을 들고 마시겠다.

성미가 매우 조급한 사람을 가리키는 말.

18824. 우물을 파고 물을 구한다. (掘井求水)

남에게 의존하지 않고 자체에서 해결한다는 뜻.

18825. 우물이 깊어야 마르지 않는다. (深井不渴)

(1) 재산이 많아야 군색한 일이 없다는 뜻. (2) 배운 것이 많아야 모르는 것이 없게 된다는 뜻.

18826. 우물쭈물하다가 양녀로 며느리 삼는다.

무슨 일을 분명히 하지 않고 있다가 슬그머니 해치운다는 뜻.

18827. 우물쭈물하다가 양녀(養女) 얻겠다.

혼사비를 아끼다가는 장가를 못 가게 된다는 뜻.

18828. 우물쭈물하다 만다. (諱之秘之)

무슨 일을 속결(速決)하지 않고 질질 끌기만 한다는 뜻.

18829. 우박 맞은 배추다.

우박 맞은 배추는 제 모습이 하나도 없듯이 모습이 보기에 매우 흉하다는 뜻.

18830. 우박 맞은 잿더미 같고 활량의 사포(射布) 같다.

흉터가 무수(無數)히 남아 있듯이 얼굴이 빡빡 얽었다는 뜻. ※활량 : 한량(閑良).

18831. 우박 맞은 잿더미다.

잿더미에 우박 흔적마냥 얼굴이 많이 얽었다는 뜻.

18832. 우박 맞은 호박 잎이다.

우박 맞은 호박 잎마냥 잎이 다 찢어져 보기가 흉하듯이 모양이 매우 흉하다는 뜻.

18833. 우산 밑에서도 정만 있으면 산다.

부부간에는 정만 있으면 고생도 참고 견딜 수 있다는 뜻.

18834. 우산은 비가 그치면 잊어 버린다.

소중한 물건도 다 쓴 뒤에는 소홀히 하게 된다는 말.

18835. 우선 먹기는 곶감이 달다.

장래는 어떻게 되든 간에 당장 좋으니까 한다는 뜻.

18836. 우선 먹기는 사탕이 달다.

별 실속은 없어도 당장 좋으니까 한다는 뜻.

18837. 우선 발등의 불을 끄고 봐야 한다.

우선 급한 일부터 하고 다른 일을 한다는 뜻.

18838. 우선 제 발등 불 먼저 꺼야 남의 발등 불도 끈다.

(1) 자기가 급한 처지에 있으면 남을 구제할 수가 없다는 뜻. (2) 남의 일보다 제 일이 더 급하다는 뜻.

18839. 우수(雨水) 경칩(驚蟄)에 대동강(大同江) 풀린다.

2월 하순에서 3월 초순이 되면 대동강도 풀리기 시작한다는 말.

18840. 우수(雨水) 지나 얼음 녹듯 한다.

해동기(解冬期)에 얼음 녹듯이 근심 걱정이 녹는다는 뜻.

18841. 우스워 배를 안고 넘어진다. (抱腹絶倒)

너무도 우스워서 배를 안고 땅에 뒹굴면서 웃는다는 뜻.

18842. 우습게 보다가 큰 코 다친다.

남을 너무 얕보다가는 큰 실수를 하게 된다는 뜻.

18843. 우습게 본 나무에 눈 걸린다.

가소롭게 여겼다가 큰 봉변을 당했다는 뜻.

18844. 우습게 본 풀에 눈 찔린다.

대수롭지 않게 여겼던 것한테 큰 봉변을 당하게 되었다는 뜻.

18845. 우연히 서로 만난다. (邂逅相逢)

서로 약속도 하지 않고 우연히 만나게 되었다는 뜻.

18846. 우연히 얻었다가 우연히 잃는다. (偶得偶失)

얻는 것도 우연히 얻고 잃는 것도 우연히 잃는다는 뜻.

18847. 우연히 횡재를 한다. (偶然橫財)

생각지도 않은 횡재를 우연히 하였다는 뜻.

18848. 우왕좌왕한다. (右往左往)

방향을 잡지 못하고 이리 왔다 저리 갔다 한다는 뜻.

18849. 우이(牛耳)를 잡는다. (執牛耳)

(1) 우두머리가 되었다는 뜻. (2) 싸워서 승리를 하였

다는 뜻.

18850. 우상(雨裝)을 입고 세사를 지내도 제 징성이다.
남이야 무엇이라고 하든 간에 자기 의사대로 한다는 뜻.

18851. 우케 명석만 보란다.
남이 보기에는 쉬운 듯해도 힘든 일만 시킨다는 뜻.
※우케 : 찧기 위해서 말리는 벼.

18852. 우환(憂患)만 없어도 산다.
집안에 앓는 환자만 없어도 살아갈 수가 있다는 말.

18853. 우환이 도둑이다.
병으로 인하여 치료비를 많이 썼다는 말.

18854. 우환이 있으면 구제해야 한다.
(患則救之)　　　　　　　　　　　　〈春秋左傳〉
앓는 환자가 있으면 구제하여 주어야 한다는 뜻.

18855. 우황(牛黃) 든 소다.
분에 못 이겨 어쩔 줄 모르는 사람을 두고 하는 말.
※우황 : 소의 쓸개에 생기는 병.

18856. 운 기다리다가 죽음 기다리기다.
좋은 운이 오기를 막연히 기다리다가 늙어 죽게 되었다는 뜻.

18857. 운다고 죽은 엄마 젖이 날까?
사람은 한번 죽으면 그만이라는 뜻.

18858. 운명 앞에 약 없다.
명이 짧은 사람은 아무리 좋은 약이라도 고칠 수 없다는 뜻.

18859. 운봉(雲峰)이 내 마음을 안다.
내 마음을 아는 사람은 단 한 사람밖에 없다는 뜻.

18860. 운수가 길하지 못한다. (運數不吉)
운수가 불길하여 조심해야 할 운세(運勢)라는 말.

18861. 운수가 불행하다. (運數不幸)
운수가 나빠서 불행한 일만 생긴다는 뜻.

18862. 운은 돌고 돈다.
좋은 운과 나쁜 운은 한 곳에 오래 머물러 있는 것이 아니라 이리저리 돌아다니고 있다는 뜻.

18863. 운은 얻기는 어렵고 놓치기는 쉽다.
운수(運數)는 얻기는 어렵고 잃기는 쉬우므로 얻었을 때 잘 활용해야 한다는 뜻.

18864. 운은 자기에게 달렸다.
자기 운은 자기가 개척(開拓)하기에 달렸다는 뜻.
↔ 운은 하늘에서 준다. 운은 하늘에 있다.

18865. 운은 하늘에서 준다.
운은 자기 힘으로 개척(開拓)하는 것이 아니라 하늘에서 주는 것이므로 참고 기다려야 한다는 뜻.
↔ 운은 자기에게 달렸다.

18866. 운은 하늘에 있다.
운은 하늘에서 주는 것이므로 사람의 힘으로는 어쩔 도리가 없다는 뜻. ↔ 운은 자기에게 달렸다.

18867. 운전사(運轉士)가 자동차는 더 타게 마련이다.
무슨 일이나 담당한 사람이 일을 더 하게 된다는 뜻.

18868. 울고 먹는 씨아다.
씨아는 소리를 내면서 솜을 먹듯이 울면서도 하라는 대로 어쩔 수 없이 한다는 뜻.

18869. 울고 싶자 매 때린다. (欲哭逢打)
(1) 무슨 일을 하고 싶어도 구실이 없던 차에 마침 좋은 핑계거리가 생겼다는 뜻. (2) 불평분자에게 선동을 한다는 뜻.

18870. 울고 싶자 뺨 때린다.
(1) 하고 싶던 차에 마침 좋은 계제(階梯)를 만들어 주었다는 뜻. (2) 불평분자에게 선동을 한다는 뜻.

18871. 울기 잘하는 과부가 개가(改嫁)한다.
겉으로 강한 척하는 사람이 오히려 약하다는 뜻.

18872. 울 너머서 쿵 하면 호박 떨어지는 줄도 안다.
앉아 있어도 일이 어떻게 전개되는지 다 알고 있다는 뜻.

18873. 울려는 아이 뺨 치기다.
(兒之將啼 又批其腮)　　　　　　　　〈耳談續纂〉
일이 잘 안 되려는 것을 더욱 악화시켜 소란스럽게 한다는 뜻.

18874. 울려 할 제 치자고 한다.
잘못된 일을 바로 잡으려고 하지 않고 점점 악화시켜 소란스럽게 한다는 뜻.

18875. 울력 걸음에 절름발이 따라가듯 한다.
여러 사람이 하는 일에는 잘못하는 사람이 있어도 여러 사람의 도움으로 따라하게 된다는 뜻.

18876. 울며 겨자 먹다.
싫은 일을 억지로 하지 않을 수 없는 경우를 이름.

18877. 울면서 웃자는 격이다.

마음은 괴롭지만 억지로 기쁜 척한다는 뜻.

18878. 울면 순사(巡査)가 잡아 간다.
　일제 식민지 시대 어린 아이가 울면 당시 가장 무서
워하던 순사(경찰관)가 온다고 하여 울던 아이의 울
음을 그치게 한 말.

18879. 울 안에서 자란 종달새다. (藩籬之鷃)
　　　　　　　　　　　　　　　　　〈宋玉〉
　식견(識見)이 좁은 사람을 비유하는 말.

18880. 울어도 시원찮다.
　(1) 아무리 울어 봐도 속이 풀리지 않는다는 뜻.
　(2) 울어도 시원치 않을 일을 가지고 웃고 있는 사람
보고 하는 말.

18881. 울어 봤자다.
　아무리 울며 떼를 써도 아무 소용이 없다는 뜻.

18882. 울음 크다던 새다.
　이름만 크게 났지 실지는 보잘 것이 없다는 말.

18883. 울지 못해 웃는다. (哭不得已笑)
　괴로와도 괴로운 표시를 할 수가 없어서 억지로 기쁜
척한다는 뜻.

18884. 울지 않는 아이는 젖도 못 얻어 먹는다.
　본인이 먼저 요구를 하지 않으면 남이 먼저 도와 주
지 않는다는 뜻.

18885. 울지 않는 아이를 누가 젖 주랴?
(不啼之兒 其誰穀之)　　　　　　〈耳談續纂〉
　본인이 요구를 하지 않으면 남들이 모르기 때문에 줄
것도 주지 않는다는 뜻.

18886. 울지 않는 아이 젖 주는 것 못 봤다.
　본인이 먼저 요구를 하지 않는 것은 남이 먼저 주지
않는다는 뜻.

18887. 울지 않는 장탉이다. (啞雞)
　자기 임무를 수행할 줄 모르는 사람이라는 뜻.

18888. 울타리가 헐어지니까 이웃집 개가 드나든
다.
　세력이 쇠퇴되면 남들이 멸시(蔑視)하게 된다는 뜻.

18889. 울타리 구멍에 개주둥이 내밀듯 한다.
　남이 말하는 데 상관도 없이 끼어든다는 말.

18890. 움도 싹도 없다.
　(1) 흔적(痕跡)조차 없어졌다는 뜻. (2) 장래성이 전혀
없다는 뜻.

18891. 움막의 단 장이다.

가난한 집 장맛이 좋듯이 가난한 집 음식이　맛있을
때 하는 말.

18892. 움 안에서 떡 받는다. (坐窯內 受餠食)
　　　　　　　　　　　　　　　　〈東言解〉
　뜻밖에 좋은 물건을 얻었을 때 하는 말.

18893. 움 안의 간장이다.
　겉으로는 보잘 것이 없으나 내용은 매우 좋다는 뜻.

18894. 웃기 싫은 웃음이다. (憨笑)
　마음에 없는 웃음을 억지로 웃는다는 뜻.

18895. 웃논에 물이 있으면 아랫 논도 물 걱정 않
는다.
　웃사람이 부유하면 아랫 사람들도 넉넉하게　된다는
뜻.

18896. 웃는 낮에 침 못 뱉는다.
　(對笑顔 唾亦難)　　　　　　　〈青莊舘全書〉
　좋은 낮으로 대하는 사람에게는 미워도 괄시를 하기
어렵다는 뜻.

18897. 웃는 낮에 침 뱉으랴?
　좋은 낮으로 대하는 사람에게는 나쁜 말을 할 수 없
다는 뜻.

18898. 웃는 놈 곁에 우는 놈 있고 우는 놈　곁에
웃는 놈 있다.
　세상에는 처지가 서로 다른 사람들이 섞어 살고 있다
는 뜻.

18899. 웃는 놈 곁에 우는 놈 있다.
　세상에는 기뻐하는 사람도 있고 슬퍼하는 사람도 있
다는 뜻.

18900. 웃는 놈 뺨 못 때린다.
　친절하게 대해 주는 사람에게는 박대를 못 하게 된다
는 뜻.

18901. 웃는 범이다. (笑面虎)
　겉으로는 웃지만 속으로는 야심을 가진 사람을 두고
하는 말.

18902. 웃는 아이가 있으면 우는 아이도 있다.
　(1) 한 사람이 좋아하면 다른 한 사람은 싫어한다는
뜻. (2) 세상에는 이런 사람도 있고 저런 사람도　있
다는 뜻.

18903. 웃는 야차다. (笑面夜叉)　　　〈老學菴筆記〉
　겉으로는 웃지만 마음 속에는 악한 야심을 가지고 있
는 사람을 이름.

18904. 웃는 얼굴에 침 못 뱉는다.

친절하게 대하는 사람은 박대(薄待)를 하지 못한다는 뜻. ↔ 웃는 얼굴에 침 뱉기다.

18905. 웃는 얼굴에 침 뱉기다.
남이 친절하게 베푸는 호의(好意)를 해치며 거절한다는 뜻. ↔ 웃는 얼굴에 침 못 뱉는다.

18906. 웃는 집에 복이 온다. (笑門萬福來)
집안 사람들이 모두 명랑한 기분으로 일을 하게 되면 모든 일이 잘 된다는 뜻.

18907. 웃는 턱이 빠지겠다. (笑脫頤)
턱이 빠질 정도로 몹시 웃는다는 뜻.

18908. 웃돌도 못 믿고 아랫 돌도 못 믿는다.
이것도 믿을 수 없고 저것도 믿을 수 없다는 뜻.

18909. 웃돌 빼서 아랫 돌 괴고 아랫 돌 빼서 웃 돌 괸다. (上下撑石)
일에 진전(進展)이 없이 같은 일만 되풀이하고 있다는 뜻.

18910. 웃물이 가물면 아래로 흐를 물도 없다. (源乾流竭)
웃사람이 덕이 없으면 아랫 사람도 덕이 없게 된다는 뜻.

18911. 웃물이 마르면 아랫 물도 마른다.
웃사람이 나쁘면 아랫 사람도 따라서 나빠지게 된다는 뜻.

18912. 웃물이 맑아야 아랫 물도 맑다. (源淸則流淸) 〈韓詩外傳〉
웃사람이 청백해야 아랫 사람도 따라서 청백하게 된다는 뜻.

18913. 웃물이 흐리면 아랫 물도 흐리다. (上濁下不淨)
웃사람이 부정을 하게 되면 아랫 사람도 따라서 부정을 하게 된다는 뜻.

18914. 웃사람에게는 후하게 하고 아랫 사람에게는 박하게 한다. (上厚下薄)
웃사람에게는 아첨하고 아랫 사람에게는 박대한다는 뜻.

18915. 웃사람은 아랫 사람을 삼 년 걸려야 알고 아랫 사람은 웃사람을 사흘이면 안다.
웃사람은 아랫 사람의 사정을 잘 몰라도 아랫 사람은 웃사람의 사정을 잘 알게 된다는 뜻.

18916. 웃사람은 아랫 사람을 어린 자식과 같이 여겨야 한다. (上之於下 如保赤子) 〈荀子〉

집권자는 국민들을 어린 자식과 같이 사랑해야 한다는 뜻.

18917. 웃사람은 아랫 사람의 스승이다. (上者下者之師也) 〈荀子〉
위정자는 민중을 가르치는 스승 노릇을 해야 한다는 뜻.

18918. 웃사람은 아랫 사람의 표본이다. (上者下之儀也) 〈荀子〉
위정자는 항상 민중들의 표본이 되도록 해야 한다는 뜻.

18919. 웃사람의 행위는 민중들이 본받는 표본으로 된다. (上之所爲 民之所歸也) 〈春秋左傳〉
위정자의 행동은 민중들이 이를 그대로 본받게 된다는 뜻.

18920. 웃사람이 늙은이를 늙은이로 대우하면 백성들은 효도를 하게 된다. (上老老而民興孝) 〈大學〉
위정자가 늙은이를 공경하게 되면 국민들은 부모에게 효도를 하게 된다는 말.

18921. 웃사람이 돛대를 구하면 아랫 사람들은 배를 만들어 바친다. (上求楫 下致船) 〈淮南子〉
웃사람 지시에 아랫 사람들은 과잉충성을 하게 된다는 뜻.

18922. 웃사람이 민중들의 말을 참작하면 아랫 사람들은 웃사람을 하늘같이 여기게 된다. (上酌民言 則下天上施) 〈禮記〉
위정자가 민중의 여론을 받아들이면 민중들은 위정자를 하늘같이 모신다는 말. ↔ 웃사람이 민중들의 말을 참작하지 않으면 아랫 사람들은 침범하게 된다.

18923. 웃사람이 민중들의 말을 참작하지 않으면 아랫 사람들은 침범하게 된다. (上不酌民言 則犯也) 〈禮記〉
위정자가 민중의 여론을 받아들이지 않으면 민중들은 반기를 들게 된다는 말. ↔ 웃사람이 민중들의 말을 참작하면 아랫 사람들은 웃사람을 하늘같이 여기게 된다.

18924. 웃사람이 바르게 하면 아랫사람도 바르게 아니 할 수 없다. (子師以正 熟敢不正) 〈論語〉
웃사람이 바르게 하면 아랫 사람도 따라서 바르게 한다는 말.

18925. 웃사람이 음흉한 짓을 하면 아랫 사람들은 사기를 하게 된다. (上幽險則下漸詐矣)

〈荀子〉
윗자리에 앉은 사람이 음흉한 행동을 하게 되면 아랫
사람은 사기를 하게 되므로 윗사람이 먼저 바른 행동
을 해야 한다는 뜻.

18926. 윗사람이 이익만 탐내면 나라는 가난해진
다. (上好利則國貧) 〈荀子〉
위정자가 이권(利權)을 탐내게 되면 나라가 가난하게
되어 국민들은 굶주리게 된다는 뜻.

18927. 윗사람이 일을 게으르게 하면 아랫사람은
못 살게 된다. (上慢而殘下) 〈孟子〉
관리들이 일을 태만하게 하면 국민들은 못 살게 된
다는 뜻.

18928. 윗사람이 작은 나무를 구하면 아랫 사람들
은 큰 나무를 바친다. (上求材 下殘木)
〈淮南子〉
윗사람이 지시하면 아랫 사람들은 이에 과잉 충성을
하게 된다는 뜻.

18929. 윗사람이 재물을 모으게 되면 민중들은 반
드시 못 살게 된다. (上有積財 則民必匱乏於
下) 〈韓非子〉
위정자가 수탈(收奪)하여 재물을 모으게 되면 국민들
은 굶주리게 된다는 뜻.

18930. 윗사람이 하는 짓은 아랫 사람이 본받는다.
(上行下效)
아랫사람들은 윗사람이 하는 대로 본받게 되므로 윗
사람이 항상 시범(示範)을 보여야 한다는 뜻.

18931. 웃으며 가져가고 성내며 갚는다.
빚을 얻어 갈 때는 웃고 가지만 갚을 때는 성을 내
면서 갚는다는 뜻.

18932. 웃으며 간 내먹는다.
겉으로는 친한 척하면서도 속으로는 오히려 해친다는
뜻.

18933. 웃으며 꾸짖는다. (笑罵)
겉으로는 좋은 척하면서도 한쪽으로는 꾸짖는다는 뜻.

18934. 웃으며 등 친다.
겉으로는 친한 체하면서도 속으로는 야심을 가지고
해친다는 뜻.

18935. 웃으며 뺨 친다.
겉으로는 친한 척하면서 속으로는 해친다는 뜻.

18936. 웃으며 사람 친다.
겉으로는 좋은 척하면서도 뒤로는 해친다는 뜻.

18937. 웃으며 치는 뺨이 더 아프다.
겉으로 친한 척하면서 은근히 해치는 것이 더 무섭다
는 뜻.

18938. 웃으며 한 말에 초상 난다.
농으로 한 말이 듣는 사람에게는 큰 악영향을 주게
되었다는 뜻.

18939. 웃을 건더기도 없다.
(1) 웃고 좋아할 일이 못 된다는 뜻. (2) 아무 소득도
없는 일이라는 뜻.

18940. 웃음 끝에 눈물 난다.
즐거움이 지나가면 괴로움이 온다는 뜻.

18941. 웃음 끝에 초상 난다.
너무 좋아하고만 있다가는 변을 당하기 쉽다는 뜻.

18942. 웃음 속에 가시 있다.
겉으로는 친한 척하지만 속으로는 야심을 지니고 있
다는 뜻.

18943. 웃음 속에 칼이 있다. (笑裏有劍) 〈唐書〉
겉으로는 친한 척하지만 속에는 야심을 가지고 있다
는 뜻.

18944. 윗자리에 있어도 아랫사람들의 원망을 사
는 일이 없어야 한다.
(不以在上而慊於物) 〈禮記〉
윗자리에 있는 사람은 항상 아랫 사람들의 원망을 받
는 일이 없도록 원만하게 행세해야 한다는 뜻.

18945. 웃통 벗고 가시짐 진다.
자기에게 해로운 짓만 가려서 한다는 뜻.

18946. 웅덩이를 파면 너구리가 뛰어든다.
집을 지어 놓으면 살림할 사람도 생긴다는 뜻.

18947. 원 내고 좌수(座首) 내고 한다.
(1) 한 사람이 모든 권한을 혼자 다 쓴다는 뜻.
(2) 한 집안에서 인재들이 많이 난다는 뜻.

18948. 원님 갓 망건에도 에누리는 있어야 맛이다.
사고 파는 데는 에누리가 있어야 흥정하는 재미가 있
다는 뜻. ↔ 값은 두 번 말하지 말라.

18949. 원님과 급창(及唱)이 흥정을 해도 에누리
가 있다.
물건을 사고 팔 때에는 에누리가 있다는 뜻.

18950. 원님과 흥정을 해도 에누리는 있다.
윗사람과 사고 팔 때에도 에누리는 반드시 하게 된다
는 뜻.

18951. 원님 덕에 나팔 분다.
남의 덕으로 좋은 대접을 받게 되었다는 말.

18952. 원님도 보고 환곡(還穀)도 탄다. (我謁縣宰
兼受賑貸), (受糶亦謁守)
〈耳談續纂〉,〈東言解〉
두 가지 일을 한꺼번에 겸해서 한다는 뜻.

18953. 원님 말을 빌려도 사흘은 탄다.
제 물건이라도 남의 손에 가면 마음대로 되지 않는다
는 뜻.

18954. 원님보다 아전이 더 무섭다.
웃사람보다도 아랫 사람이 더 극성(極盛)을 부리게 된
다는 뜻.

18955. 원님에게 팔아도 에누리는 있다.
어느 누구에게 팔아도 에누리가 있어야 흥정하기가
좋다는 뜻.

18956. 원님이 올 때 울고 갈 때 운다.
옛날 충청도 회인(懷仁) 원님은 부임할 때는 산골 현
이라 서글퍼서 울고 갈 때는 떠나가기 싫어서 운다
는 말로서 산골이지만 인심이 좋아서 살기가 좋다는
뜻. ※전라북도 곡성에서도 이와 같은 옛말이 있음.

18957. 원님 자랑은 책방(冊房)에서 한다.
칭찬은 내용을 잘 아는 사람이라야 할 수 있다는 뜻.

18958. 원대신 책방이다. (太守代記官)   〈旬五志〉
웃사람 대신 아랫사람이 벌을 받는다는 말.

18959. 원두한(園頭干)은 사촌도 모른다.
장사하는 사람은 아무리 가까운 사람에게도 인심 쓰
는 일이 없다는 뜻.

18960. 원두한이 쓴 외 보듯 한다.
남을 미워서 노려보는 모습을 이름.

18961. 원망 살 일은 하지 말라. (無作怨)   〈書經〉
남에게 원망을 들을 짓은 하지 말아야 한다는 뜻.

18962. 원망스럽지만 말하지 않는다. (怨而不言)
〈春秋左傳〉
원망스러워도 꾹 참고 말을 하지 않는다는 말.

18963. 원망을 많이 사게 되면 난동을 일으키게
된다. (多怨而階亂)   〈春秋左傳〉
위정자가 민중들의 원망을 많이 사게 되면 민중들은
난동을 일으키게 된다는 뜻.

18964. 원망이 모이는 곳은 난동이 일어나는 본
고장으로 된다.
(怨之所聚 亂之本也)   〈春秋左傳〉
민중의 원망의 대상(對象)이 되는 곳은 민중들이 난
동을 일으키는 근원지(根源地)로 된다는 뜻.

18965. 원망하고 탓한다. (怨咎)
남을 원망하기도 하고 탓하기도 한다는 뜻.

18966. 원망하는 여론은 민중을 움직인다.
(怨讟動于民)   〈春秋左傳〉
위정자를 원망하는 여론이 높아지게 되면 민중들은
난동(亂動)을 일으키게 된다는 뜻.

18967. 원망하며 꾸짖는다. (怨罵)
잘못한 사람을 원망하고 꾸짖기도 한다는 뜻.

18968. 원망할 것이 아니면 원망을 하지 말라.
(非所怨勿怨)   〈春秋左傳〉
대단치 않은 일 가지고는 남을 원망해서는 안 된다
는 뜻.

18969. 원 볼 겸 송사(訟事) 볼 겸 간다.
두 가지 일을 한꺼번에 겸해서 한다는 뜻.

18970. 원살이가 고공살이다.(縣宰生活 雇工生活)
〈耳談續纂〉
관리 생활이나 고용살이의 생활이나 힘들기는 마찬가
지라는 말. ※고공:고용인.

18971. 원성이 자자하다. (怨聲藉藉)
원망하는 소리가 파다하다는 뜻.

18972. 원수가 좁은 길에서 만난다. (冤家路窄)
원수 진 사람은 언젠가 피할 수 없는 장소에서 만나
원수를 갚게 된다는 뜻.

18973. 원수가 칼을 품었다. (仇者懷劍)
원수를 갚기 위해서 칼을 준비하여 가지고 있다는
뜻.

18974. 원수가 한 배에 탔다.
피하지도 못할 장소에서 원수끼리 만나 화액(禍厄)이
생기게 된다는 뜻.

18975. 원수가 한 배 타고 건넌다. (同舟渡江)
〈孔叢子〉
원수끼리 배에서 만났으니 도망도 못치고 싸워야 할
형편이라는 뜻.

18976. 원수는 반드시 갚아야 한다. (必報讎)
〈春秋左傳〉
옛날에는 원수진 일이 있으면 원수를 꼭 갚는 것이
인간의 도리라는 뜻. ↔ 원수는 순으로 풀랬다. 원수
는 은덕으로 갚으랬다. 원수도 은인이 될 수 있다.
원수와의 관계는 옳은 도리로써 풀어야 한다.

18977. 원수는 순(順)으로 풀랬다.
　원수진 사람은 서로 원한을 풀어 후환(後患)이 없도록 하라는 뜻.↔ 원수는 반드시 갚아야 한다. 원수를 서로 갚는다.

18978. 원수는 외나무 다리에서 만난다.
　(獨木橋冤家遭)　　　　　　　〈洌上方言〉
　원수 진 사람끼리는 피하지 못할 장소에서 만나 화(禍)를 면하지 못하게 된다는 뜻.

18979. 원수는 은덕으로 갚으랬다.
　아무리 미운 원수라도 너그럽게 은덕으로 푸는 것이 현명한 처사라는 뜻. ↔ 원수는 반드시 갚아야 한다. 원수를 보면 죽이지 않을 수 없다. 원수를 서로 갚는다.

18980. 원수도 은인이 될 수 있다. (讎或化恩)
　　　　　　　　　　　　　　　〈關尹子〉
　원수진 사람끼리도 원한을 풀고 지내면 은인이 되어 친하게 지낼 수 있다는 뜻. ↔ 원수는 반드시 갚으랬다.

18981. 원수도 한 배에 타면 서로 돕게 된다.
　원수끼리도 이해 관계가 일치하게 되면 원한도 풀어지고 친하게 된다는 뜻.

18982. 원수를 만나게 된다. (冤家見面)
　찾아다니던 원수를 만나서 원수를 갚을 기회를 얻게 되었다는 뜻.

18983. 원수를 만났을 때 도망치듯 한다.
　(如逃寇讎)　　　　　　　　〈春秋左傳〉
　원수를 만나 다급하게 도망치듯이 죽자 하고 도망친다는 뜻.

18984. 원수를 무찔러 없앤다. (殄滅乃讎)　〈書經〉
　원수들을 다 잡아 죽여 원한을 푼다는 뜻.

18985. 원수를 보면 죽이지 않을 수 없다.
　(不可以見讎而不殺也)　　　　〈春秋左傳〉
　원수를 만나면 원한에 복받쳐 죽이지 않을 수 없다는 말. ↔ 원수는 순으로 풀랬다. 원수는 은덕으로 갚으랬다. 은덕으로 원수를 갚는다.

18986. 원수를 서로 갚는다. (冤冤相報)
　원수 진 사람끼리 서로 싸워서 원수를 갚는다는 말. ↔ 원수는 순으로 풀랬다. 원수는 은덕으로 갚으랬다. 원수도 은인이 될 수 있다. 은덕으로 원수를 갚으랬다.

18987. 원수와 원한을 맺지 말라. (讎怨莫結)
　　　　　　　　　　　　　　　〈景行錄〉

사람들과 원수 지는 일이 없도록 하고 원한 맺는 일이 없도록 하라는 뜻.

18988. 원수와의 관계는 옳은 도리로써 풀어야 한다. (讎者 以義解之)　　　〈朱子家訓〉
　원수 진 사람과는 옳은 도리로 풀어서 사이좋게 지내야 한다는 뜻.↔ 원수는 반드시 갚아야 한다. 원수를 보면 죽이지 않을 수 없다.

18989. 원수의 백발이다.
　사람은 늙는 것이 원수와 같이 싫어진다는 뜻.

18990. 원수의 화살은 피하기 쉬워도 은인의 창은 막기 어렵다.
　(讎人之弩易避 而恩人之戈難防)
　원수진 사람의 보복(報復)보다도 은인을 원수로 만든 보복이 더 크다는 뜻.

18991. 원수 진 것을 기록해 두고 잊지 않는다.
　(怨讎置簿)
　원수를 갚기 위하여 기록해 두고 잊지 않도록 기억하고 있다는 뜻.

18992. 원수처럼 미워한다. (疾之如讎)
　보기만 해도 소름이 끼칠 정도로 미워한다는 말.

18993. 원숭이나 말 같은 마음이다. (心猿意馬)
　　　　　　　　　　　　　　　〈安樂集〉
　마음이 사욕(私慾)에 이끌리는 것은 억제하기 어렵다는 것을 원숭이와 말에 비유한 말.

18994. 원숭이 낯짝 같다.
　술을 많이 먹어서 얼굴이 붉게 된 사람을 보고 하는 말.

18995. 원숭이는 가르치지 않아도 나무에 잘 오른다. (毋敎猱升木)　　　　　〈詩經〉
　가르칠 필요가 없는 것을 가르치듯이 헛된 일은 하지 말라는 뜻.

18996. 원숭이도 나무에서 떨어질 때가 있다.
　(蹶失木枝)
　아무리 능숙한 사람이라도 실수할 때가 있다는 뜻.

18997. 원숭이도 낯짝이 있다.
　사람이라면 체면을 지킬 줄 알아야 한다는 뜻.

18998. 원숭이 똥구멍 같다.
　술에 취하여 얼굴이 붉게 된 사람을 두고 하는 말.

18999. 원숭이 볼기짝 같다.
　얼굴이 빨간 사람을 가리키는 말.

19000. 원숭이에게 나무 오르는 법을 가르친다.

다 아는 것을 가르쳐 헛수고만 한다는 뜻.

19001. 원숭이와 개 사이다. (犬猿之間)
원숭이와 개 사이같이 서로 사이가 매우 나쁘다는 뜻.

19002. 원숭이 잔치다.
먹잘 것도 없이 부산하기만 하다는 뜻.

19003. 원숭이 흉내내듯 한다.
남의 흉내를 잘 내는 사람을 보고 하는 말.

19004. 원앙(鴛鴦) 같은 배필(配匹)이다.
정분이 매우 좋은 부부를 가리키는 말.

19005. 원앙이 녹수(綠水)를 만난 듯하다.
서로 적합하게 만난 부부를 두고 하는 말.

19006. 원을 만나거나 시주(施主)를 받거나.
어떤 특별한 도움을 받아야 일이 해결되겠다는 뜻.

19007. 원이 되자 턱-떨어진다. (太守爲脫頷頤)
〈靑莊舘全書〉
복이 없는 사람은 무슨 일이 성사되자 재난을 당하게 된다는 뜻.

19008. 원인이 나쁘면 결과도 나쁘다.
(惡因惡果)
원인이 좋지 못하면 결과도 좋을 수가 없게 된다는 뜻.

19009. 원인이 좋아야 결과도 좋다. (福因福果)
원인이 좋으면 그에 따르는 결과도 아울러 좋게 된다는 뜻.

19010. 원하고 있던 것이 이루어졌다.
(所願成就)
소원하고 있던 것이 뜻대로 이루어졌다는 뜻.

19011. 원한과 원수를 맺지 말라. (冤仇莫結)
남의 원한을 사는 일이 없도록 하고 남과 원수 지는 일이 없도록 하라는 뜻.

19012. 원한은 원한으로 갚아야 한다. (報怨以怨)
원한은 원한으로 갚듯이 악은 악으로 갚아야 한다는 뜻. ↔ 원한을 덕으로 갚는다.

19013. 원한을 덕으로 갚는다. (報怨以德) 〈老子〉
원한이 있으면 그것을 은덕(恩德)으로 갚아 그 원한을 풀어 주도록 하라는 뜻.
↔ 원한은 원한으로 갚아야 한다.

19014. 원한을 많이 받는 사람은 큰 재앙을 받게 된다. (其怨大者 其禍深) 〈淮南子〉

남에게 악한 짓을 하여 원한을 많이 받는 사람은 큰 화를 당하게 된다는 뜻.

19015. 원한을 사서 화를 맺는다. (市怨結禍)
남의 원한을 사서 그 대가(代價)로 화를 받게 된다는 뜻.

19016. 원한이 골수에 사무친다. (恨入骨髓)
〈史記〉
원통한 생각이 뼈 속까지 스며든다는 뜻.

19017. 원한이 쌓이고 쌓여 노염이 깊어진다.
(積怨深怒)
원한은 날이 갈수록 쌓이고 노여움은 점점 가슴 속에 깊이 사무치게 된다는 뜻.

19018. 원한이 쌓이고 재앙이 깃들어 있다.
(積怨宿禍) 〈漢書〉
원한이 쌓이게 되면 화를 받게 된다는 뜻.

19019. 월급 도둑놈이다.
맡은 일을 못 하면서 월급만 받는 사람을 두고 하는 말.

19020. 월천국이다.
건더기는 없고 국물만 가득한 국을 이름.

19021. 월천군(越川軍) 다리 걷듯 한다.
무슨 일을 서두르며 덤빈다는 뜻.
※월천군: 옛날 냇물을 건네 주던 사람.

19022. 월천군에 난장이 나서듯 한다.
자격도 없는 주제에 나서기는 잘 한다는 뜻.

19023. 월천군에 난장이 빠지듯 한다.
한 축에 들지 못하고 빠진다는 뜻.

19024. 월천군처럼 다리부터 걷는다.
무슨 일을 하는 데 미리부터 서둔다는 뜻.

19025. 웬 떡이냐?
뜻밖에 좋은 일이 생겼다는 뜻.

19026. 위가 밝으면 아래가 어둔 줄을 모른다.
(上明不知下暗)
높은 자리에 있는 사람은 아랫 사람들의 사정을 모른다는 말.

19027. 위로 진 물이 발등에 진다.
윗사람이 하는 일은 아랫 사람에게 영향을 주게 된다는 뜻.

19028. 위엄은 있어도 사납지는 않다.
(威而不猛) 〈論語〉

사납지 않고 공손하면 편안하다는 말.

19029. 위엄이 없으면 권세도 잃게 된다.
(無威則失權)　　　　　　　〈三略〉
권세가 있는 사람은 위엄이 있어야 한다는 말.

19030. 위엄이 없으면 나라가 약하게 된다.
(無威則國弱)　　　　　　　〈三略〉
위엄이 없는 나라는 다른 나라들이 만만하게 넘겨다
보게 된다는 뜻.

19031. 위에서는 비가 새고 밑에서는 습기가 차오
른다. (上漏下濕)　　　　　　〈莊子〉
지붕이 새서 방에 빗물이 떨어지고 땅에서는 습기가
차서 앉아 있지도 못할 형편이라는 뜻.

19032. 위정자가 경솔하면 민중을 잃게 된다.
(輕則失衆)　　　　　　　〈春秋左傳〉
위정자가 경솔한 행동을 하게 되면 민중들이 믿지 않
게 된다는 뜻.

19033. 위정자가 바르면 바르지 않은 사람이 없
다. (君正莫不正)　　　　　〈孟子〉
집권자가 바른 정치를 하게 되면 국민들은 모두 바
른 정치를 받들어 바르게 산다는 뜻.

19034. 위정자가 어질면 어질지 않은 사람이 없다.
(君仁莫不仁)　　　　　　〈孟子〉
집권자가 어진 정치를 하게 되면 국민들은 어진 정치
를 받들고 어질게 생활을 하게 된다는 뜻.

19035. 위정자가 의로우면 의롭지 않은 사람이 없
다. (君義莫不義)　　　　　〈孟子〉
집권자가 의로운 정치를 하게 되면 국민들도 따라서
의로운 일을 하게 된다는 뜻.

19036. 위정자가 한번 바로 잡으면 나라는 안정된
다. (一正君而國定)　　　　〈孟子〉
집권자가 한번 정치를 바로 잡은 뒤는 기반이 다져져
안정하게 된다는 말.

19037. 위정자는 민중과 함께 즐겨야 한다.
(與民同樂)
집권자는 민중들과 함께 숨쉬고 함께 즐길 수 있도
록 단결되어야 한다는 뜻.

19038. 위정자는 민중을 잃으면 패망하게 된다.
(失其衆則敗)　　　　　　〈六韜〉
집권자가 민중의 지지를 못 받게 되면 정권을 잃게
된다는 뜻.

19039. 위정자는 민중의 풍속을 따라야 한다.
(順其民俗)　　　　　　　〈六韜〉

집권자도 국민들이 좋아하는 풍속은 지켜야 한다는
뜻.

19040. 위정자는 백성을 아들과 같이 사랑해야
한다. (視民如子)
위정자는 국민들을 자기 아들과 같이 사랑해야 한다
는 말.

19041. 위정자는 백성을 환자와 같이 돌봐 줘야
한다. (視民如傷)
위정자는 국민들을 환자처럼 보살펴 주어야 한다는
뜻.

19042. 위정자는 세상을 보고 세상에서 들어야 한
다. (以天下之目視 以天下之耳聽)　〈淮南子〉
위정자는 자신의 이목을 믿지 말고 국내 실정을 옳게
파악하고 군중의 여론에 귀를 기울여야 한다는 말.

19043. 위정자의 상자와 창고가 가득하면 백성들
은 가난하게 된다. (筐篋已富 富庫已實 而百
姓貧)　　　　　　　　　　〈荀子〉
위정자가 이권(利權)을 독점하게 되면 국민들은 굶주
리게 된다는 뜻.

19044. 위 조금 조금 주고 아래 골고루 준다.
웃사람이나 아랫 사람에게 골고루 대접을 잘해야 한
다는 뜻.

19045. 위태로운 것을 보거든 목숨을 아끼지 말아
야 한다. (見危授命)　　　　〈論語〉
위태로운 것을 구하는 것은 의로운 일이기 때문에 목
숨을 아껴서는 안 된다는 뜻.

19046. 위태로운 것을 보면 목숨을 바친다.
(見危致命)　　　　　　　〈金庾信〉
위태로운 것을 보고 목숨을 바쳐 구하는 것은 의로
운 일이라는 뜻.

19047. 위태로워도 두려워하지 않는 것은 용감한
것이다. (危之而不恐者 勇也)　〈六韜〉
위태로운 것을 보고도 두려워하지 않고 덤벼서 하는
것은 용감한 사람이라는 뜻.

19048. 위태한 사람이 있으면 편안하게 해주어야
한다. (危者安之)　　　　　〈三略〉
위태로운 데 있는 사람은 이를 편안하게 안정시켜 주
어야 한다는 뜻.

19049. 위하는 아이 눈이 먼다.
무슨 일을 잘하려던 것이 오히려 잘못되었다는 뜻.

19050. 위험하기가 마치 아침 이슬 같다.
(危若朝露)

아침 이슬과 같이 언제 사라질지도 모르는 위험한 존재라는 뜻.

19051. 위협해도 두려워하지 않는다. (不爲威惕)
〈禮記〉

위력으로 아무리 협박을 해도 두려워하는 기색이 없다는 뜻.

19052. 유능한 사람을 등용하는 것이 국가의 이익이다. (使能國之利也)　〈春秋左傳〉

유능한 인재를 등용하여 관리로 쓰는 것이 국가 발전에 기여한다는 뜻.

19053. 유리와 처녀는 깨지기 쉽다.

처녀는 몸가짐을 잘하지 않으면 신세를 망치게 된다는 뜻.

19054. 유복(有福)한 과수는 앉아도 요강 꼭지에만 앉게 된다.

복이 많은 사람은 언제나 좋은 일만 생긴다는 뜻.

19055. 유성(流星)같이 빠르다. (疾如奔星)〈楊雄〉

동작(動作)이 유성과 같이 매우 빠르다는 뜻.

19056. 유세가 다락 같다.

유세를 몹시 부리는 사람을 두고 하는 말.

19057. 유세가 태산(泰山) 같다.

큰 덕이라도 준 듯이 유세를 부린다는 뜻.

19058. 유세통(有勢筒)을 졌나?

유세를 몹시 부리는 사람을 보고 하는 말.

19059. 유식한 말은 촌 사람이 못 알아듣는다.
(大聲不入里耳)

대화(對話)는 상대방(相對方)의 수준을 봐서 해야 한다는 뜻.

19060. 유월 감 장수다.

유월에 익지 않은 감을 팔듯이 무슨 일을 매우 서두른다는 뜻.

19061. 유월 감주(甘酒) 변하듯 한다.

유월 감주마냥 몹시 잘 변한다는 뜻.

19062. 유월 남바위다.

반갑지 않은 물건이라는 뜻.

19063. 유월 농부요 팔월 신선이다.

농부는 유월에는 고되지만 팔월이 되면 농한기(農閑期)라 편하다는 뜻.

19064. 유월 뱃사공은 신선(神仙)이요 섣달 뱃사공은 저승이다.

뱃사공은 여름에는 시원하게 잘 지내지만　겨울에는 몹시 고생스러운 생활을 한다는 뜻.

19065. 유월 서리다. (六月飛霜)

때 아닌 큰 변을 당했다는 뜻.

19066. 유월에는 예의가 없어진다. (六月無禮)

유월(음력)에는 더워서 웃옷을 벗게 되므로 예의를 차리지 못하게 된다는 뜻.

19067. 유월 장마에는 돌도 큰다.

여름 장마철에는 초목(草木)들이 잘 자란다는 뜻.

19068. 유월 저승이 지나면 팔월 신선이 온다.

농민들은 유월 농번기(農繁期)는 매우 고되지만 팔월 농한기는 편하게 보낸다는 뜻.

19069. 유정(有情) 무정(無情)은 정들 탓이다.

남녀간에 정답고 정답지 않은 것은 정들이기에 달렸다는 뜻.

19070. 유하고 강한 것을 겸한 나라는 더욱 빛나게 된다. (能柔能剛　其國彌光)　〈三略〉

국력도 강하고 외교도 잘하는 나라는 더욱　부강하게 된다는 뜻.

19071. 육갑(六甲)도 모르고 산통 흔든다.

초보적(初步的)인 것도 모르면서 잘하는 척하고 덤빈다는 뜻.

19072. 육갑도 모르는 주제에 사주 본다.

기초 지식(基礎知識)도 없는 주제에 무슨 일을 한다고 나선다는 뜻.

19073. 육두문자(肉頭文字)를 쓴다.

차마 듣지도 못할 욕지거리를 마구 한다는 뜻.

19074. 육모 얼레에 연 줄 감듯 한다.

무엇을 매우 빨리 감는다는 뜻.

19075. 육모진 모래를 팔모지게 밟는다.

발이 닳도록 같은 길을 다니듯이 끈기 있게 참고 견딘다는 뜻.

19076. 육법(六法)에 무법(無法) 불법(不法)을 합해서 팔법(八法)을 쓴다.

치안(治安)이 바로 잡히지 않고 부정 부패(不正腐敗)한 무법 천지(無法天地)라는 뜻.

19077. 육 섣달은 앉은 방석도 안 돌려 놓는다.

유월과 섣달에는 어떤 일이 있어도 이사는 않는다는 뜻.

19078. 육손 여섯째 손가락도 손가락인가?

가외(加外) 것은 아무 소용도 없다는 뜻.

19079. 육십 먹은 노인도 세 살 먹은 아이에게 배우랬다.
어른도 아이들에게 배울 것은 배워야 한다는 뜻.

19080. 육십이 되면 한 해가 다르고 칠십이 되면 한달이 다르고 팔십이 되면 하루가 다르다.
환갑이 지나서부터는 나이가 먹을수록 더 빨리 늙어진다는 말.

19081. 육장 줄로 친 듯하다.
한번도 빠지는 일이 없이 늘 한 모양이라는 뜻.

19082. 육지에서 배 띄운다. (陸地行船)
되지도 않을 일을 억지로 한다는 뜻.

19083. 육친(六親)이 불화하면 집안이 망한다.
부모, 형제, 처자간에는 서로 화목해야 한다는 말.

19084. 육친이 불화하면 하늘도 돕지 않는다. (六親不和 天神不祐)
부모, 형제, 처자 간에 화목하지 못한 집은 망하게 된다는 뜻.

19085. 육통(六通) 터지다.
무슨 일이 거의 다 되어 가다가 안 된다는 뜻.

19086. 윤달 만난 황양목(黃楊木)이다.
점점 일이 펴가지 않고 오히려 줄어든다는 뜻.

19087. 윤동짓달 초하룻날 갚겠다.
빚을 말로만 갚는다고 하지 실지는 못 갚는다는 말.

19088. 윤동짓달 초하룻날 만나자.
윤동짓달은 없는 달이기 때문에 만나자는 말이 헛말이라는 뜻.

19089. 윤섣달은 앉은 방석도 안 돌려 놓는다.
윤섣달에는 아무 행사도 않는 것이 좋다는 뜻.

19090. 윤척(倫脊) 없다.
말에 질서(秩序)가 없다는 뜻.

19091. 윷짝 가르듯 한다.
무슨 일에 대한 판단을 분명히 한다는 말.

19092. 윷짝은 떨어져 봐야 한다.
일이 잘 되고 못 되는 것은 일을 당해 봐야 안다.

19093. 으슥한 데 꿩 알도 낳는다.
재물은 어수룩한 사람에게 붙는다는 뜻.

19094. 은공은 은공으로 갚는다. (以功報功)
남에게서 받은 은공은 은공으로 보답한다는 뜻.

19095. 은 나오너라 뚝딱 금 나오너라 뚝딱 한다.
도깨비 방망이는 말하는 대로 나오듯이 무엇을 잘 구해 온다는 뜻.

19096. 은덕으로 원수를 갚는다. (以恩報讐)
원수를 원수로 갚지 않고 너그럽게 은덕으로 원수를 갚는다는 뜻. ↔원수는 반드시 갚아야 한다. 원수를 보면 죽이지 않을 수 없다. 원수를 서로 갚는다.

19097. 은덕은 반드시 갚아야 한다. (必報德)
〈春秋左傳〉
남에게서 받은 은덕은 꼭 갚아야 한다는 뜻.

19098. 은덕은 은덕으로 갚아야 한다. (以德報德)
〈論語〉
남에게서 받은 은덕을 은덕으로 갚는다는 말.

19099. 은덕을 많이 배푼 사람은 많은 보수를 얻는다. (其施厚者 其報美)
〈淮南子〉
은덕을 널리 베푼 사람은 여러 사람들로부터 많은 보수를 받게 된다는 뜻.

19100. 은덕이 도리어 원수로 된다. (恩反爲仇)
은덕을 받은 사람이 도리어 원한을 가지게 되었다는 말.

19101. 은덕이 산같이 높고 바다같이 깊다. (恩山德海)
은덕이 산이나 바다와 같이 매우 크다는 뜻.

19102. 은동곳엔 물귀신도 못 덤빈다.
꺼리는 것이 있으면 가까이 접근하지 않는다는 뜻.
※은동곳: 상투에 꽂는 은으로 만든 것.

19103. 은어 뱃바닥 같다.
(1) 색깔이 매우 희다는 뜻. (2) 흰소리를 몹시 한다는 뜻.

19104. 은(銀)에서 은 못 고르고 총각 속에서 총각 못 고른다.
무슨 물건이나 사람은 많은 속에서 고르기가 도리어 어렵다는 뜻.

19105. 은에서 은 못 고른다.
많은 것 중에서 오히려 마음에 드는 것을 고르기가 어렵다는 뜻.

19106. 은인도 원수로 될 수 있다. (恩或化讐)
〈關尹子〉
은인이라고 원수가 안 된다는 보장은 없다는 뜻.

19107. 은진(恩津)은 강경(江景)으로 꾸려 간다.
은진은 강경 덕분으로 견디어 나가듯이 남의 덕에 지

탱해 나간다는 뜻.

19108. 은행나무도 마주 봐야 연다.
은행나무도 마주 봐야 결실이 되듯이 남녀도 결합해야 집안이 번영된다는 뜻.

19109. 은행나무 심는 사람 따로 있고 따먹는 사람 따로 있다.
집안에는 돈을 고생하며 번 사람이 따로 있고 이 돈을 함부로 쓰는 사람이 따로 있다는 뜻.

19110. 은혜가 있으면 서로 사랑하게 된다. (有恩以相愛)　　　　　〈漢書〉
은혜를 주고 받은 사람끼리는 서로 사랑하게 된다는 말.

19111. 은혜가 태산 같다. (恩重泰山)
은혜가 큰 산같이 매우 크다는 뜻.

19112. 은혜는 널리 베풀어야 한다. (能廣施惠)　　　　　〈鄕約章程〉
은혜로운 일은 아끼지 말고 힘껏, 널리 베풀도록 하라는 뜻.

19113. 은혜는 은혜로 갚고 원수는 원수로 갚으랬다. (報恩報仇)
나를 도와 주는 사람에게는 그 은혜를 갚아야 하고 나를 해치는 사람에게는 같이 해쳐야 한다는 뜻.

19114. 은혜는 은혜로 갚아야 한다. (以恩報恩)
남에게서 은혜를 입었으면 잊지 말고 반드시 갚아야 한다는 뜻.

19115. 은혜는 잊지 않고 찾아온다.
남에게 베푼 은혜는 반드시 보답(報答)이 있게 된다는 뜻.

19116. 은혜로우면 사람들을 부릴 수 있다. (惠則足而使人)　　　　　〈論語〉
인자하고 은혜로운 사람은 아랫 사람들을 잘 쓸 수가 있다는 말.

19117. 은혜를 모르면 사람이 아니다.
남의 은혜에 감사할 줄 모르는 사람은 짐승과 같다는 뜻.

19118. 은혜를 배반하고 덕을 저버린다. (背恩忘德)
은덕을 잊고 배반까지 한다는 뜻.

19119. 은혜를 배반하고 약속을 어긴다. (背恩食言)　　　　　〈春秋左傳〉
은덕을 배반할 뿐 아니라 약속까지 어긴다는 말.

19120. 은혜를 배반하고 의리를 잊는다. (背恩忘義)　　　　　〈茶山論叢〉
은덕을 배반하는 동시에 의리까지 지키지 않는다는 뜻.

19121. 은혜를 배반하는 것은 친분을 없애는 것이다. (背施無親)　　　　　〈春秋左傳〉
은혜를 배반하면 그 동안 친했던 친분마저 끊어지게 된다는 뜻.

19122. 은혜를 베풀고 갚아 줄 것을 바라면 반드시 원수로 된다. (施恩望報 勢必成讐)　　　　　〈修身要訣〉
은혜를 베푼 사람이 그에 대한 보은(報恩)을 바라다가는 원한을 사서 원수로 될 수 있다는 뜻.

19123. 은혜를 베풀면 보답을 바라지 말아야 한다. (施恩勿求報)　　　　　〈素書〉
은혜를 베푸는 사람은 보은(報恩)을 바라지 말아야 한다는 뜻.

19124. 은혜를 알면 그 은혜를 갚아야 한다. (知恩報恩)
남에게서 받은 은혜가 고마운 줄을 알면 반드시 갚아야 한다는 말.

19125. 은혜를 원수로 갚는다.
남에게서 은혜를 받고 보답은 못 할망정 도리어 해친다는 뜻.

19126. 은혜보다 정분이 더 크다.
은혜 진 일도 있지만 정분이 두터운 친한 사이라는 뜻.

19127. 은혜스럽다는 것은 인자한 사랑을 베푸는 것이다. (惠者仁之施)　　　　　〈松齋家訓〉
은혜를 베푼다는 것은 곧 인자한 사랑을 베푼다는 뜻.

19128. 은혜와 의리를 널리 베풀라. (恩義廣施)　　　　　〈景行錄〉
은혜와 의로움을 널리 베풀어 어진 사람이 되라는 뜻.

19129. 음달에도 햇볕 들 날이 있다.
가난한 사람도 언젠가는 잘살 날이 있다는 뜻.

19130. 음달 토끼는 살아도 양달 토끼는 굶어죽는다.
불리한 환경에 있던 사람이 유리한 환경에 있던 사람보다도 더 잘 되었다는 뜻.

19131. 음덕이 있으면 양보도 있다. (陰德陽報)　　　　　〈淮南子〉
남 모르게 베푼 은덕은 남들이 알도록 보수를 받게

된다는 뜻.

19132. 음란하게 되면 빈천하게 된다.
(淫亂生貧賤) 〈寶鑑〉
　음란한 짓을 하게 되면 빈천이 따르게 된다는 뜻.

19133. 음란하고 추악한 말을 즐겨 말하지 말라.
(勿喜談淫藝醜悪) 〈海東續小學〉
　음탕한 말과 추악스러운 말은 삼가하라는 뜻.

19134. 음란한 여자와는 절대로 가까이하지 말라.
(邪淫之色 絶勿近之) 〈永嘉家訓〉
　음탕한 여자와의 관계는 가정을 파탄시킬 위험성이
있으므로 삼가해야 한다는 뜻.

19135. 음식 같지 않은 개떡에 입천장만 덴다.
　대수롭지 않은 것한테 큰 봉변을 당하였다는 뜻.

19136. 음식도 음식 같잖은 것이 뜨겁기만 하다.
　사람도 사람 같지 않은 것이 유세만 부린다는 뜻.

19137. 음식 든 길짐은 무거운 줄을 모른다.
　먹을 것이 든 길짐은 먹을 욕심에 짐 무거운 줄도 모
르듯이 자기와 이해 관계가 있는 것은 고된 것도 모르
게 된다는 뜻.

19138. 음식 먹을 때는 떠들지 않는다. (食不言)
　식사할 때는 조용히 먹어야 한다는 뜻.

19139. 음식 못된 것이 뜨겁기만 하다.
　사람 못된 것이 성만 내고 덤빈다는 뜻.

19140. 음식 상을 밝히면 미움을 받는다.
　먹을 상을 너무 밝히면 남에게 미움을 받게 된다는
뜻.

19141. 음식 싫은 건 개나 주지만 사람 싫은 건 어
쩔 수 없다.
　아내를 한번 잘못 얻으면 남을 줄 수도 없고 버릴 수
도 없어서 참고 산다는 뜻.

19142. 음식 싫은 건 개나 주지만 사람 싫은 건
죽어야 안 본다.
　음식 먹기 싫은 건 없애 버릴 수도 있지만 사람 보
기 싫은 건 죽을 때까지 속을 썩이게 된다는 뜻.

19143. 음식 싫은 건 억지로도 먹지만 계집 싫은
건 억지로 못 산다.
　먹기 싫은 음식은 억지로 먹을 수 있지만 보기 싫은
아내는 함께 살 수가 없다는 말.

19144. 음식은 갈수록 줄고 말은 갈수록 보태진
다. (饌傳愈減 言傳愈濫) 〈耳談續纂〉
　말은 옮겨질 적마다 보태지기 때문에 말을 조심하라

는 뜻.

19145. 음식은 둘수록 줄고 말은 할수록 많아진
다.
　말은 하면 할수록 늘게 되기 때문에 말을 삼가하라
는 뜻.

19146. 음식은 만드는 것을 보지 않아야 깨끗하
다. (不見淨食)
　음식은 만드는 현장을 보지 말아야 깨끗하고 맛이 난
다는 뜻.

19147. 음식은 반드시 절제해서 먹어야 한다.
(飲食必節) 〈栗谷全集〉
　음식은 지나치게 잘 먹으려고 말고 간소하게 먹어야
한다는 뜻.

19148. 음식은 소리를 내면서 먹지 않는다.
(毋咤食) 〈禮記〉
　음식 먹는 소리가 나지 않도록 음식은 먹어야 한다는
뜻.

19149. 음식은 혼자 먹고 일은 여러 사람이 하랬
다.
　음식은 혼자 먹어야 마음대로 먹을 수 있고 일은 여
러 사람이 해야 피로도 모르고 능률도 오른다는 뜻.

19150. 음식을 먹을 때는 가려 가며 먹거나 버려
서는 안 된다. (喫飲食 不可揀擇去取)
〈范益謙〉
　식사를 할 때는 맛있는 것만 가려 먹거나 또는 맛없
는 것을 먹다가 버려서는 안 된다는 뜻.

19151. 음식을 사치하면 살림을 망친다.
(飲食之侈 財之所靡) 〈牧民心書〉
　음식을 분수에 넘치게 사치하면 살림을 망치게 되므
로 분수에 알맞게 하라는 뜻.

19152. 음식을 전혀 먹지 못한다. (飲食全廢)
　병이 위독하여 음식을 조금도 먹지 못하고 있다는
뜻.

19153. 음식을 절제하여 몸을 가꾸도록 하라.
(節飲食 以養其身) 〈伊川程〉
　음식은 폭음(暴飲)하거나 폭식(暴食)을 하지 말고 항
상 건강에 유의해야 하다는 뜻.

19154. 음악이란 마음을 통일하여 평화롭게 하는
것이다. (樂者 審一以定和者也) 〈荀子〉
　음악은 사람의 마음을 바르게 통일시키고 평화롭게
해주는 구실을 한다는 뜻.

19155. 음악이란 즐거운 것이다. (樂者樂也)

〈荀子〉

음악이란 들으면 저절로 즐겁게 되는 것이라는 뜻.

19156. 음악이 없으면 원망하는 마음이 일어난다.
(樂亡而怨懟興)　　　　　　　〈茶山論業〉
음악은 사람의 마음을 바로 잡고 안정시키는 역할을 한다는 뜻.

19157. 음지가 양지 되고 양지가 음지 된다.
(陰地轉陽之變)　　　　　　　〈洌上方言〉
부귀 빈천(富貴貧賤)은 돌고 돌기 때문에 못사는 사람도 잘살 때가 있고 잘살던 사람도 못 살게 될 때가 있다는 뜻.

19158. 음지가 있으면 양지도 있다.
못사는 사람이 있으면 잘사는 사람도 있다는 뜻.

19159. 음지도 양지될 날이 있다.
못사는 사람도 잘살 날이 있다는 뜻.

19160. 음지 없는 양지 없다.
빈부(貧富)는 항상 따라다닌다는 뜻.

19161. 음탕하고 간악한 행동은 금지해야 한다.
(禁淫慝)　　　　　　　〈春秋左傳〉
음탕한 행동과 간악한 짓은 없도록 해야 한다는 뜻.

19162. 음탕하면 마음도 혼란하게 된다.
(淫則昏亂)　　　　　　　〈春秋左傳〉
음탕한 행동을 하게 되면 마음도 혼란하게 된다는 뜻.

19163. 음탕하면 의리도 깨뜨린다. (淫破義)
〈春秋左傳〉
음탕한 짓을 하면 의리도 지키지 못하게 된다는 뜻.

19164. 음탕한 음악은 듣지 않아야 한다.
(淫佚之樂不聽)　　　　　　　〈六韜〉
음탕한 음악을 들으면 음탕하게 되므로 아예 듣지를 말아야 한다는 뜻.

19165. 음탕한 자에게는 크게 벌을 주어야 한다.
(淫爲大罰)　　　　　　　〈春秋左傳〉
음탕한 짓을 하여 사회를 문란하게 하는 사람은 엄벌을 주어야 한다는 뜻.

19166. 음탕한 짓은 못 하게 충고 하는 것이 예의다. (禮者所而救淫)　　　　　　〈淮南子〉
음탕한 행동을 하는 사람에게는 충고를 하는 것이 예의이기 때문에 주저하지 말고 충고를 하라는 뜻.

19167. 읍(邑)에서 매 맞고 장거리에서 눈 흘긴다.
화풀이를 할 데서 하지 않고 엉뚱한 데다가 한다는 뜻.

19168. 읍에서 뺨 맞고 집에 와 분풀이한다.
억울한 일을 당하고 그 화풀이를 엉뚱한 데다가 한다는 뜻.

19169. 응달 골짜기에도 따뜻한 기운이 든다.
(陰谷暖氣)
(1) 봄이 되어 응달 골짜기도 볕이 들어 해동이 된다는 뜻. (2) 고생하던 사람에게 길운(吉運)이 닥쳐왔다는 뜻.

19170. 응달에 누운 개 팔자다.
여름에 그늘에서 잠만 자는 개마냥 일 없이 편안하게 지낸다는 뜻.

19171. 응달에도 햇볕 들 날이 있다.
고생스럽게 살던 사람도 잘살 날이 오게 된다는 뜻.

19172. 응달에서 자랐나?
음지에서 자란 나무마냥 키만 크고 무르게 생긴 사람을 이름.

19173. 응달의 승앗대다.
음지에서 자란 승앗대마냥 키만 크고 멀쑥한 사람을 가리키는 말.

19174. 응석으로 자란 자식이다.
어른에게 버릇없이 구는 사람을 이름.

19175. 응어리는 짜내야 한다.
잘못을 고치려면 부분만 고칠 것이 아니라 근본적으로 고쳐야 한다는 뜻.

19176. 의(誼)가 좋으면 금바위도 나누어 가진다.
서로 사이가 좋으면 아무리 귀중한 것이라도 나누어 가진다는 뜻.

19177. 의가 좋으면 천하도 반분(半分)한다.
사이가 좋으면 큰 이권도 나누어 가질 수 있다는 뜻.

19178. 의가 좋으면 콩도 반쪽씩 나누어 먹는다.
서로 친한 사이에는 아무리 작은 것이라도 나누어 먹는다는 뜻.

19179. 의관은 정숙하게 하라. (衣冠整肅)
갓은 바르게 쓰고, 옷은 단정히 입고, 몸 가짐은 조용히 하라는 뜻.

19180. 의(醫)는 인술(仁術)이다.
의사가 병을 고치는 일은 인덕(仁德)을 베푸는 도리(道理)라는 뜻.

19181. 의로운 사람은 도리를 따른다. (義者循理)
〈荀子〉
의로운 사람은 도리(道理)에 어긋나는 행동은 하지

않는다는 뜻.

19182. 의로운 사람은 목숨을 가볍게 여긴다.
(義士輕死) 〈三略〉
의로운 사람은 정의(正義)로운 것을 위해서는 목숨을
아끼지 않는다는 뜻. ↔ 의로운 사람은 어질지 않은
것을 위해서는 죽지 않는다.

19183. 의로운 사람은 어질지 않은 것을 위해서는
죽지 않는다. (義者 不爲不仁者死) 〈三略〉
의로운 사람은 의로운 일을 위해서는 목숨을 아끼지
않으나, 의롭지 않은 일을 위해서는 죽지 않는다는
뜻. ↔ 의로운 사람은 목숨을 가볍게 여긴다.

19184. 의로운 사람의 자손은 거지가 되지 않는
다. (義人之子不乞食)
의로운 사람은 의로운 일을 많이 하였기 때문에 그
덕을 입어 자손들도 구차하게 되지 않는다는 뜻.

19185. 의로운 정치를 하면 집권자도 될 수 있다.
(義立而王) 〈荀子〉
의로운 정치를 하게 되면 민중들의 지지를 받을 수
있으므로 집권자도 될 수 있다는 뜻.

19186. 의로운 죽음을 하지 않는 것은 용감하지
않은 것이다. (死而不義非勇也) 〈春秋左傳〉
의로운 일을 위하여 목숨을 바치지 않는 것은 용감
하지 못한 데 있다는 뜻.

19187. 의로움으로 가리면서 도둑을 숨긴다.
(掩義隱賊) 〈春秋左傳〉
겉으로는 의로운 척하면서 뒤로는 도둑질을 한다는
뜻.

19188. 의론(議論)이 맞으면 부처도 앙군다.
여러 사람의 뜻이 맞으면 무슨 일이라도 할 수 있다
는 뜻.

19189. 의론할 일이 있으면 토론하여 결정하라.
(有議事 則因講定) 〈栗谷全集〉
의론할 일이 있으면 여러 사람이 모여서 서로 토론
을 한 뒤에 군중의 의사(意思)에 의하여 결정하라는
뜻.

19190. 의롭다는 것은 사람이 갈 길이다.
(義 人路也) 〈孟子〉
의로운 일은 인간으로서 마땅히 해야 할 도리라는 뜻.

19191. 의롭지 못하고 강하면 그 멸망은 반드시
빠르게 된다. (不義而彊 其斃必速) 〈春秋左傳〉
의롭지 못하고 강한 사람은 포악하기 때문에 오래가
지 못하고 멸망된다는 뜻.

19192. 의롭지 못하면 남을 상하게 한다.
(不義則傷彼) 〈莊子〉
의롭지 못한 사람은 포악하기 때문에 남을 해치기 쉽
다는 뜻.

19193. 의롭지 못한 짓을 많이 하면 반드시 스스
로 망한다. (多行不義 必自斃) 〈春秋左傳〉
의롭지 못한 행동을 하는 사람은 군중의 미움을 받게
되므로 자멸(自滅)되고 만다는 뜻.

19194. 의롭지 않은 데 빠지지 않도록 하라.
(不陷於不義) 〈黃宗海〉
의롭지 않은 행동은 해서는 안 된다는 뜻.

19195. 의롭지 않은 재물은 보더라도 가지려고 하
지 말라. (見不義之財勿取) 〈朱子家訓〉
부정(不正)한 재물이 있더라도 가져서는 안 된다는
뜻.

19196. 의리가 끊어지고 사이가 멀어지는 것은 다
만 돈 때문이다. (義斷親疎 只爲錢) 〈景行錄〉
친한 사이에 의리가 끊어지고 사이가 나빠지게 되는
것은 모두 금전 거래에서 빚어지는 현상이라는 뜻.

19197. 의리가 없는 친구를 사귀어서는 안 된다.
(無義之朋 不可交) 〈孔子〉
의리를 모르는 사람과는 아예 사귀지를 말라는 뜻.

19198. 의리가 욕심을 이기면 번창하게 된다.
(義勝欲則昌) 〈六韜〉
의리로서 욕심을 누르는 사람은 일이 번창하게 된다
는 뜻.

19199. 의리는 결백하지 않으면 안 된다.
(義不可不潔) 〈牧民心書〉
의리에는 결백이 따르지 않으면 안 된다는 뜻.

19200. 의리도 없고 믿음성도 없다. (無義無信)
의리도 없고 믿음성도 없는 쓸모없는 인간이라는
뜻.

19201. 의리로 사귀어서 벗을 얻어야 한다.
(義而得友) 〈馬駔傳〉
벗은 반드시 의리가 있는 사람을 선택해야 한다는 뜻.

19202. 의리를 귀하게 여기고 재물을 가볍게 여긴
다. (貴義輕財) 〈顧之推〉
재물보다도 의리를 더 귀하게 여겨야 한다는 뜻.

19203. 의리를 먼저 생각하고 이익을 뒤로 하는
사람에게는 영광이 온다. (先義而後利者榮)
〈荀子〉
어떤 일이나 이익을 본위(本位)로 하지 않고, 의리를

본위로 하는 사람은 영광을 얻게 된다는 뜻.

19204. 의리를 분별하면 화목하다. (義以分則和)
　　　　　　　　　　　　　　　　　〈荀子〉

의리를 분별할 줄 아는 사람은 화목하게 지낸다는
뜻.

19205. 의리를 소중히 하고 재물을 가볍게 여긴
다. (仗義疎財)

재물보다도 의리를 소중히 여길 줄 알아야 한다는 뜻.

19206. 의리를 위해서는 나아가고 그렇지 않으면
물러서야 한다. (義則進 否則退)　　〈禮記〉

의리를 위해서는 앞으로 나아가야 하며, 의리가 아닌
일에는 뒤로 물러서야 한다는 뜻.

19207. 의리를 잊고 이익을 다투면 그 몸을 망치
게 된다. (忘義而爭利 以亡其身)　　〈禮記〉

의리를 재리(財利)에 복종(服從)시키는 사람은　인간
구실을 못하게 된다는 뜻.

19208. 의리에 부합되는 일에는 따르도록 하라.
(遇合義之事則從)　　　　　　　　〈朱子家訓〉

의리에 부합되는 일에는 다 참가해야 한다는 뜻.

19209. 의리에 살고 의리에 죽는다.

건달은 의리를 생활의 신조(信條)로 삼되　의리를 위
해서는 죽을 줄도 알아야 한다는 뜻.

19210. 의리에 어그러진다. (義理不同)

의리에 어긋나서는 안 될 일이 어그러진다는 뜻.

19211. 의만 좋으면 삼 모녀가 도토리 한 알만 먹
어도 산다.

화목한 가정은 가난도 참고 견딜 수 있다는 뜻.

19212. 의뭉하기는 구렁이다.

속으로는 다 알고 있으면서 겉으로는 모르는 척하기
를 잘하는 사람을 이름.

19213. 의뭉하기는 노전 대사다.

속으로는 알면서도 모르는 척하기를 잘하는 사람을
두고 하는 말.

19214. 의뭉하기는 음창 벌레다.

겉으로는 속는 척하면서 속으로는 실속을 차리는 사
람을 이름.

19215. 의뭉하면 잘 산단다니까 의뭉을 꾸러다닌다.

남의 잘된 이야기를 듣고 억지로 흉내만 낸다는 뜻.

19216. 의뭉한 놈이 고추 따며 똥 누는 척한다.

의뭉한 사람이 남을 잘 속인다는 말.

19217. 의뭉한 놈이 닭 잡아먹고 오리 발 내놓는
다.

의뭉한 사람이 시침을 떼고 남을 잘 속인다는 뜻.

19218. 의뭉한 놈이 더 무섭다.

겉으로는 어리숙하면서도 속으로 똑똑한 사람은 이중
성격(二重性格)이 있어서 더 무섭다는 뜻.

19219. 의뭉한 놈이 잘 산다.

겉으로는 어리석은 척하면서도 속으로 약은　사람이
실속이 있다는 말.

19220. 의뭉한 두꺼비 옛말하듯 한다.

의뭉한 사람이 옛말을 인용(引用)하여 자기 속에 있
는 말을 한다는 뜻.

19221. 의뭉한 중놈 계집질 하듯 한다.

의뭉한 사람은 잘못을 저지르고도 시침을 뚝 뗀다는
뜻.

19222. 의뭉한 중놈이다.

알면서도 모르는 척 잘하는 사람을 가리키는 말.

19223. 의복과 쓰는 물건은 견고한 것을　취하고
사치스러운 것은 사용하지 않는다.
(衣服財用 擇不取費)　　　　　　〈春秋左傳〉

의복이나 일용품은 실용적(實用的)인 것을　가지도록
하고 사치스러운 것은 가지지 말라는 뜻.

19224. 의복은 몸을 가리기 위한 것이므로 검소하
게 입는 것이 옳다.
(衣服所以蔽體也 儉素是宜)　　　〈顧庵家訓〉

의복은 몸을 치장하려고 입는 것이 아니고 다만　알
몸을 가리기 위한 것이므로 검소한 것을 입어야 한다
는 뜻.

19225. 의복이 신분에 맞지 않도록 아름다우면 반
드시 악으로 끝난다.
(服美不稱 必以惡終)　　　　　　〈春秋左傳〉

의복을 분수에 지나치게 사치하게 되면 훗날이 좋지
못하게 된다는 뜻.

19226. 의붓딸 새남하듯 한다.

진심으로 하는 것이 아니라 형식적으로 한다는 뜻.
※새남 : 지노귀새남의 준말로서 죽은 혼이 좋은 곳으
로 가도록 하는 것.

19227. 의붓 아비 떡메 뒤에는 있어도 친 아비 가
랫 장부 뒤에는 있지 말랬다.

의붓 아비 떡 치는 데 있으면 떡이나 얻어 먹지만
친 아비 가래질하는 뒤에 있다가는 장부(자루) 끝에
받혀서 다치기만 한다는 뜻.

19228. 의붓 아비 떡치는 데는 가도 친 아비 도끼
질하는 데는 가지 말랬다.
도끼질하는 앞은 위험하기 때문에 가지 말라는 뜻.

19229. 의붓 아비 떡치는 데는 아니 간다.
별 실속이 없는 일 같으면 하지 말라는 뜻.

19230. 의붓 아비도 아비라 하랴?
(匪我孤苦 豈繼父)　　　　　〈耳談續纂〉
아무리 곤궁할지라도 의리에 벗어나는 일은 할 수 없
다는 뜻.

19231. 의붓 아비 돼지 고기 썰는 데는 가도　친
아비 나무 패는 데는 가지 말랬다.
(1) 도끼질하는 데는 가지 말라는 뜻. (2) 자기에게 해
로운 곳은 가지 말라는 뜻.

19232. 의붓 아비 소 팔러 보낸 것 같다.
믿음성이 적은 사람에게 심부름을 보내고 나서 제 시
간에 돌아오지 않음을 이름.

19233. 의붓 아비 제사 지내듯 한다.
무슨 일을 하는 둥 마는 둥 슬쩍 해치운다는 뜻.

19234. 의붓 아비 제사 흥정하듯 한다.
무슨 일을 마지 못해서 겨우 하는 척한다는 뜻.

19235. 의붓 아비 제삿날 물리듯 한다.
마음에 없는 일을 마지 못해서 이날 저날　미루기만
한다는 뜻.

19236. 의붓 어미가 티를 내는 것이 아니라　의붓
자식이 티를 낸다.
계모가 전실 자식을 미워하는 것이 아니라 전실 자식
이 계모를 미워한다는 뜻.

19237. 의붓 어미 제사 지내듯 한다.
마음에 없는 짓을 마지 못해서 한다는 뜻.

19238. 의붓 자식 다루듯 한다.
사람 취급을 함부로 하거나 차별 대우를 한다는 뜻.

19239. 의붓 자식마냥 눈치만 본다.
의붓 자식이 계모 눈치를 보듯이 남의 눈치만 살살
본다는 뜻.

19240. 의붓 자식 빰 안 치면 효자다.
의붓 자식이 잘해 주기를 바라지 말라는 뜻.

19241. 의붓 자식 소 팔러 보내느니 대신 가는 것
이 낫다.
믿지 못할 사람에게는 아예 부탁을 하지 말고　자신
이 직접하는 것이 낫다는 뜻.

19242. 의붓 자식 소 팔러 보낸 것 같다.
믿음성이 없는 사람에게 일을 부탁하면 불안하다는
뜻.

19243. 의붓 자식에도 효자 난다.
나쁜 사람이라고 다 나쁜 것이 아니라 그 중에는 착
한 사람도 있다는 뜻.

19244. 의붓 자식 옷해 준 셈 친다.
마지 못해 생색 없는 일이지만 남을 위해 한다는 뜻.

19245. 의붓 자식이 삼 년 만이다.
집안이 안 되려면 집안에 별별 일이 다 생긴다는 뜻.

19246. 의붓 자식 취급하듯 한다.
사람 대접을 의붓 자식 다루듯이 마구 한다는 뜻.

19247. 의붓 자식 키우느니 개를 키우랬다.
의붓 자식은 키워도 아무 소용이 없다는 뜻.

19248. 의사가 서로 통한다. (意思相通)
서로 뜻이 잘 통하는 정다운 사이라는 뜻.

19249. 의사가 제 병 못 고친다. (醫不自醫)
자기에 관한 일은 자기가 하기 어렵다는 뜻.

19250. 의사는 늙은 의사래야 하고 무당은 젊은
무당이래야 한다. (老醫少卜)
의사는 경험이 많은 의사라야 병을 잘 고치고, 무당
은 힘 좋은 젊은 무당이라야 잘 뛴다는 뜻.

19251. 의사는 사람 병 들기만 바라고 중은 사람
죽기만 기다린다.
의사는 환자가 많아야 돈을 벌게 되고 중은 죽은 사
람이 많아야 재(齋)를 올려 돈을 벌게 되듯이 세상 인
심은 남이야 어떻게 되든 자기 이익을 위하여 자기
본위(本位)로 일한다는 뜻.

19252. 의사는 허가난 도선생(盜先生)이다.
병원의 치료비가 비싼 데서 나온 말.

19253. 의사를 믿지 않으면 병은 못 고친다.
환자는 의사를 믿고 의사의 지시대로 치료를 해야 병
을 고친다는 뜻.

19254. 의사마다 병을 고친다면 북망산(北邙山)이
왜 생겼나?
죽을 병은 의사도 고칠 수 없다는 말.

19255. 의사마다 병을 고친다면 죽을 사람 하나
없다.
죽을 병은 의사도 고칠 수 없음을 이름.

19256. 의사와 변호사는 허가 난 도선생이다.

의사의 치료비와 변호사의 변호료가 비싸다는 뜻.

19257. 의식이 족해야 영욕도 안다.
(衣食則知榮辱)　　　　　　　　〈管子〉
생활이 넉넉해야 영예(榮譽)도 알고 치욕(恥辱)의 부
끄럼도 알게 된다는 말.

19258. 의식이 풍족해야 예절도 차리게 된다.
(衣食足而知禮節)
생활이 넉넉하지 않고서는 예절도 차릴 수가 없다는
뜻.

19259. 의심나는 것이 있어야 점도 친다.
(卜以決疑)
어떤 이유가 있어야 그 해결책(解決策)도 마련한다는
뜻.

**19260. 의심나는 사람은 쓰지를 말고 쓰는 사람은
의심하지 말라. (疑人莫用 用人莫疑), (疑人勿
用 用人勿疑)** 　　　　　〈景行錄〉,〈宋史〉
의심나는 사람은 처음부터 아예 쓰지를 말고 한번 쓴
사람은 의심하지 말고 믿어야 한다는 말.

19261. 의심나는 사람은 일을 해친다.
(疑者事之害)　　　　　　　　　〈史記〉
의심나는 사람이 일을 하면 일을 해치게 되므로　일
을 시켜서는 안 된다는 말.

19262. 의심나는 일은 성공할 수 없다.
(疑事無功)　　　　　　　　　　〈戰國策〉
어떤 일이나 확신(確信)을 가지고 해야지 성사(成事)
할 수 있지 의심을 가지고 해서는 실패하게 된다는
말.

**19263. 의심나는 행동을 하는 사람은 이름을 내지
못한다. (疑行無名)** 　　　　　〈戰國策〉
의심받는 사람은 아무리 일을 잘한다고 해도　치하
(致賀)를 받지 못하므로 이름을 낼 수 없다는 뜻.

19264. 의심 많기는 여우 같다. (狐疑)
여우마냥 의심이 매우 많은 사람을 보고 하는 말.

**19265. 의심 많은 사람과는 돈 거래를 하지 말아
야 한다. (多狐疑者 不可與共財)** 〈刻骨難忘記〉
의심이 많은 사람과 돈 거래를 하게 되면 의심을 받
게 되므로, 아예 거래를 않는 것이 좋다는 뜻.

**19266. 의심스러운 것으로서 의문을 해결하려고
한다. (以疑決疑)** 　　　　　　〈荀子〉
의심스러운 일을 의심나게 해결하려고 하면 점점 더
의심스럽게만 된다는 뜻.

19267. 의심스러운 일을 하지 말아야 한다.

(疑謀勿成)　　　　　　　　　　〈書經〉
의심스러운 일은 애당초 시작을 말아야 한다는 뜻.

**19268. 의심스러운 일은 혼자서 바로 잡는 결론을
하지 말라. (疑事毋質 直而勿有)** 　〈禮記〉
의심스러운 일은 혼자서 처리하게 되면 더욱 의심을
받게 되므로 여러 사람 앞에서 처리해야 한다는 뜻.

19269. 의심은 한이 없다.
의심은 한이 없기 때문에 하면 할수록 자꾸 더 생기
게 된다는 뜻.

19270. 의심이 나서 의지할 곳이 없다.
(疑懷無所憑)　　　　　　　　　〈孟郊〉
모든 사람이 다 의심스럽기 때문에 의지할 곳이 하나
도 없다는 뜻.

19271. 의심하고 두려워한다. (疑懼)
의심을 하며 두려워서 불안해한다는 뜻.

19272. 의심하기 시작하면 한이 없다.
의심은 끝이 없는 것이므로 남을 의심하기 시작하면
한이 없이 의심을 하게 된다는 뜻.

19273. 의원(醫員)과 장은 오래될수록 좋다.
의사는 경험이 많은 늙은 의사가 용하고, 장은 묵은
장이 맛이 좋다는 뜻.

**19274. 의원은 환자의 증세에 따라 약을 써야 한
다. (醫者之對證用藥)** 　　　　〈姜德俊〉
의사는 환자의 증세에 알맞은 약을 처방하게 된다는
말.

**19275. 의원이 남의 병은 잘 고쳐도 제 침은　못
놓는다. (醫雖善除 不能自彈也)** 　〈韓非子〉
남의 일은 도와 줄 수 있지만 자기에 관한 일을 자기
가 하기는 어렵다는 뜻.

**19276. 의원이 제 병 못 고치고 무당이 제 굿 못
한다. (醫無自藥 巫不己舞)** 　〈穢德先生傳〉
자기에 관한 일은 자기가 처리하기 어렵다는 뜻.

19277. 의원이 제 진맥 못한다.
의사가 제 병 못 고치듯이 자기 일은 자기가 못한다
는 뜻.

**19278. 의원이 제 침 못 놓고 무당이 제 굿 못한
다.**
자기에 관한 일은 자기가 하기 어렵다는 뜻.

19279. 의원이 제 침 못 놓는다.
자기 일은 자기가 하기 어렵다는 뜻.

19280. 의젓잖은 며느리 사흘 만에 고추장 세 단지

를 다 먹는다.
　미운 사람은 미운 짓만 가려 가면서 한다는 뜻.

19281. 의젓하기는 시아비 뺨 치겠다.
　못난 주제에 오기(傲氣)만 부린다는 뜻.

19282. 의주(義州)를 간다면서 신 날도 안 꼬았다.
　큰 일을 한다면서 사전 준비를 하나도 하지 않았다는
　뜻. ※의주:평안북도에 있는 지명.

19283. 의주 파발(義州擺撥)도 똥 눌 때가 있다.
　아무리 바쁜 때라도 잠시 쉴 사이는 있다는 뜻.

19284. 의주 파천(義州播遷)에도 곱똥을 누고 간
　다.
　아무리 급한 일이라도 잠시는 틈을 낼 수 있다는 뜻.

19285. 의지는 바르게 가져야 한다. (意志正執)
　의지가 바르지 않으면 행동도 바르지 않게 되므로 먼
　저 의지를 바르게 가져야 한다는 뜻.

19286. 의지와 행동이 약하다. (薄志弱行)
　의지도 약할 뿐만 아니라 실천력(實踐力)마저도 약하
　다는 말.

19287. 의지할 곳이 없는 홀몸이다. (孑孑無依)
　외로운 몸이라 어느 곳 어느 누구에게도 의지할 수
　없는 신세라는 뜻.

19288. 의지할 담벽조차 없다. (牆壁無依)
　외로운 몸이기 때문에 의지할 사람은 고사하고 의지
　할 담벽조차 없는 가련한 신세라는 뜻.

19289. 의지할 데도 없고 의탁할 데도 없다.
　(無依無托)
　너무도 외로운 몸이기 때문에 어느 누구에게도 의지
　하지도 못하고 의탁도 못하는 불쌍한 신세라는 말.

19290. 의혹될 것이 없다. (無所疑惑)　〈書經〉
　의심될 것이라고는 아무것도 없다는 말.

19291. 의혹이 깊으면 통일되기 어렵다.
　(疑玄則難一)　〈荀子〉
　서로 믿는 처지가 못되고, 의혹이 많으면 통일이 될
　수 없다는 말.

19292. 의혹이 얼음 녹듯 풀린다. (渙然氷釋)
　〈杜預〉
　쌓이고 쌓인 의심도 확실한 물증(物證)으로 인하여 완
　전히 풀렸다는 말.

19293. 이가 떨린다.
　이가 떨리도록 몹시 분하다는 뜻.

19294. 이가 들어갈 틈도 없다.
　남의 말은 조금도 받아들이지 않는다는 뜻.

19295. 이가 박씨같이 고르다. (齒如瓠犀) 〈詩經〉
　하얀 이가 박씨를 나란히 꽂은 것같이 아름답다는
　말.

19296. 이가 없으면 잇몸으로 산다. (齒亡脣亦支)
　〈東言解〉
　없으면 없는 대로 살아갈 수 있다는 말.

19297. 이가 열 효자보다 낫다.
　이가 있기 때문에 맛있는 음식을 먹을 수 있다는 뜻.

19298. 이가 자식보다 낫다.
　이가 있기 때문에 맛있는 음식을 먹게 된다는 뜻.

19299. 이가 칼을 쓰겠다.
　옷감의 승새가 몹시 성글다는 말. ※승새:옷감의 올.

19300. 이것도 어렵고 저것도 어렵다.
　(此亦難 彼亦難)　〈許生傳〉
　하는 일마다 어렵지 않은 일이 없이 다 어렵다는 말.

19301. 이것은 다방골 잠이냐?
　옛날 서울 다방골(茶洞)에는 부자들이 많이 살았는데
　그들이 늦게까지 잠을 잤다는 데서 나온 말로서 늦게
　까지 잠자는 사람을 보고 하는 말.

19302. 이것은 재관 풍류(風流)냐?
　사람들의 왕래가 매우 빈번하다는 말.

19303. 이것은 형조 패두(刑曹 牌頭)냐?
　함부로 사람을 차고 때리는 행동을 이르는 말.
　※형조 패두:옛날 형조에서 죄인의 볼기를 치던 사령
　(使令).

19304. 이것 저것 보기 싫으면 눈 머는 것이 상책
　이랬다.
　세상에는 보기 싫은 것들이 너무 많다는 뜻.

19305. 이고 지고 가도 제복 없으면 못 산다.
　시집 갈 때 혼수(婚需)와 예물(禮物)을 아무리 많이 가
　지고 가도 이것만으로 반드시 잘사는 것은 아니라
　는 뜻.

19306. 이꼴 저꼴 안 보려면 눈 머는 것이 상책(上
　策)이다.
　세상에서 보기 싫은 것은 아예 안 보는 것이 좋다는
　뜻.

19307. 이 괄(李适)이 팽과리다.
　사람의 운명이 다 되면 할 수 없다는 뜻.

※이 괄：이조 인조(仁祖) 때 반역자.

19308. 이 굿에서는 춤추기도 어렵다.
(此神事難舞)　　　　　　　　　〈東言解〉
한 가지 일에 관여하는 사람이 많아 누구의 말을 듣고 할지 모를때 하는 말.

19309. 이권과 권세에서는 깨끗이 벗어나야 한다.
(脫灑於利勢)　　　　　　　　　〈海東續小學〉
이권(利權), 권력(權力), 세력(勢力) 등을 탐내지 말고 깨끗한 생활을 하라는 뜻.

19310. 이권을 보거든 의리를 생각하라.
(見利思義)
이권을 보거든 이로 인하여 의리가 희생되는 일이 없는가 생각한 뒤에 처리하라는 뜻.

19311. 이권을 보면 의리도 잊는다. (見利忘義)
물욕에 눈이 어두우면 이권을 보고 의리를 잊어 버리게 된다는 뜻.

19312. 이권을 위하여 목숨을 버린다. (以身殉利)
재물을 탐내다가 고귀한 목숨만 잃어 버리게 되었다는 뜻.

19313. 이그러진 방망이 서울 남대문에 가니 팩 한다.
시골서 똑똑하다는 사람도 서울에 가면 기가 죽는다는 뜻.

19314. 이기고 지는 것도 운이다.
싸워서 이기고 지는 것은 실력보다도 그날 운에 달렸다는 뜻.

19315. 이기고 지는 것은 그날 운수다.
싸워서 이기고 지는 것은 실력보다도 그날 운수가 좋아야 이기게 된다는 말.

19316. 이기고 지는 것은 운이다.
싸워서 이기고 지는 것은 실력에도 있지만 첫째는 운이 좋아야 한다는 뜻.

19317. 이기기를 좋아하는 사람은 반드시 적과 싸우게 된다. (好勝者 必遇敵)　　〈尹和靖〉
싸워서 이기기를 좋아하는 사람은 적만 보면 싸우게 된다는 말.

19318. 이기는 것이 장땡이다.
어떤 수단을 쓰더라도 싸움에는 이겨야 한다는 말.

19319. 이기는 것이 지는 것이고 지는 것이 이기는 것이다.

악담해 가며 꼴 사납게 싸움질하는 것보다는 지는 척하고 그만두는 것이 낫기 때문에 이기는 결과로 된다는 뜻.

19320. 이기는 것이 지는 것이다.
욕해 가며 싸우는 것이, 지고 안 싸우는 것만 못하다는 뜻.

19321. 이기는 일도 없고 지는 일도 없다.
(無勝無負)　　　　　　　　　〈六韜〉
이기지도 못하고 지지도 않고 무승부로 끝났다는 말.

19322. 이기면 원한이 생긴다. (勝則生怨)
싸워서 이긴 사람은 진 사람의 원한 대상으로 된다는 뜻.

19323. 이기면 충신이요 지면 역적이다.
정치적 싸움에서는 이기면 영웅이 되지만 지면 역적으로 된다는 뜻.

19324. 이날 저날 미루기만 한다. (此日彼日)
무슨 일을 결단을 못 짓고 자꾸 미루기만 한다는 뜻.

19325. 이날 춤추기 어렵다.
여러 사람이 간여하는 곳에서는 말이 많아 어떻게 해야 할지 모르겠다는 뜻.

19326. 이는 빠져도 혀는 남는다.
(齒亡舌存：齒敝舌存)
강한 자가 먼저 망하고, 약한 자가 남는다는 말.

19327. 이는 속곳 속에 숨어 산다. (蝨處褌中)
　　　　　　　　　　　　　　〈晋書〉
범죄자(犯罪者)는 항상 숨어서 산다는 뜻.

19328. 이는 숨길수록 많아진다.
옷에 있는 이는 없다고 하면서 잡지를 않으면 점점 늘기 때문에 숨기지 말고 제 때에 잡아야 한다는 뜻.

19329. 이달이 크면 저달이 작다.
한 번 이득이 있으면, 한 번 손해 되는 수도 있다는 뜻.

19330. 이덕 저덕 다 하늘덕이다.
사람이 살아가는 은덕(恩德) 중에는 하늘에서 주는 은덕이 가장 크다는 뜻.

19331. 이떡 먹고 말 말아라.
이익을 나누어 주면서 비밀을 발설(發說)하지 말라는 뜻.

19332. 이떡 먹고 말하지 말라는 말까지 한다.
입이 가볍고 말전주를 잘하는 사람을 두고 하는 말.

19333. 이도 게으른 놈에게 꾄다.
게으른 사람에게는 방해물이 많다는 뜻.

19334. 이도 나기 전에 갈비 뜯는다.
아직 능력도 없는 주제에 과분한 짓을 한다는 뜻.

19335. 이도령(李道令) 부르는데 방자(房子)가 대답한다.
남의 일에 주책없이 뛰어든다는 뜻.

19336. 이도 안 난 것이 뼈다귀는 즐긴다.
아직 능력도 없이 분에 넘치는 짓을 한다는 말.

19337. 이도 안 난 놈이 갈비 먼저 든다.
아직 능력도 없으면서 분에 넘치는 일을 한다는 말.

19338. 이도 안 난 놈이 알밤 깨문다.
아직 힘도 모자라면서 힘드는 일을 하려고 한다는 뜻.

19339. 이도 안 난 놈이 콩밥은 좋아한다.
아직 역량이 모자라면서 힘에 겨운 짓을 하려고 한다는 뜻.

19340. 이도 안 난 주제에 갈비는 좋아한다.
아직 아무 능력도 없는 사람이 하지도 못할 일을 한다고 덤빈다는 뜻.

19341. 이도 안 난 주제에 황밤 먹는다.
아직 역량이 부족한 자가 힘에 겨운 행동을 한다는 말.

19342. 이도 안 들어간다. (齒不入)
(1) 남의 말을 듣지 않는다는 뜻. (2) 가망성이 조금도 없다는 뜻.

19343. 이도 안 들어갈 말이다. (齒不入之言)
말을 해봐야 절대로 들어 줄 말이 아니라는 뜻.

19344. 이득은 없어도 손 보는 짓은 말랬다.
돈은 벌지는 못해도 손해 보는 짓은 하지 말라는 뜻.

19345. 이랑이 고랑 되고 고랑이 이랑 된다.
잘살던 사람이 못살게 되고, 못살던 사람이 잘살게 된다는 뜻.

19346. 이래도 일생 저래도 일생이다.
사람이 한 평생 살다가 죽기는 매일반이기 때문에 되는 대로 살아간다는 뜻.

19347. 이래도 한 세상 저래도 한 세상이다.
사람이 잘살거나 못살거나 한 평생 사는 것은 일반이라는 뜻.

19348. 이래도 한 시절 저래도 한 시절이다.
이렇게 사나 저렇게 사나 사람이 한 평생을 살기는 마찬가지라는 뜻.

19349. 이래도 한 평생 저래도 한 평생이다.
사람 한 평생은 잘사나 못사나 같은데, 악을 써가며 잘살려고 말고 편안하게만 살라는 뜻.

19350. 이래라 저래라 하는 데선 춤추기도 어렵다.
간섭하는 사람이 많은데서는 일하기가 어렵다는 뜻.

19351. 이래라 저래라 해서 이 자리에서 춤추기 어렵다. (莫仰莫俯 此筵難舞)   〈耳談續纂〉
여러 사람이 관여하는 일에는 누구의 말을 듣고 어떻게 할지 모르겠다는 뜻.

19352. 이러기도 어렵고 저러기도 어렵다.
(其勢兩難)
이럴 수도 없고 저럴 수도 없는 난처한 처지에 있다는 말.

19353. 이러지도 저러지도 못한다.
이렇게 할 수도 없고 저렇게 할 수도 없는 난처한 처지에 처해 있다는 뜻.

19354. 이럴 수도 없고 저럴 수도 없다.
이러지도 못하고 저러지도 못하는 곤란한 처지에 있다는 뜻.

19355. 이렇게 대접할 손 있고 저렇게 대접할 손이 따로 있다.
여러 사람을 접대하는 데도 상대방에 따라 차별이 있어야 한다는 뜻.

19356. 이러쿵 저러쿵 말이 많다.
이러니 저러니 떠도는 말이 많다는 뜻.

19357. 이레도 안 된 놈이 배코 친다.
아직 다 자라지도 않은 주제에 어른 하는 일을 하려고 한다는 뜻. ※배코:상투 밑에 머리 털을 둥글게 깎는 것.

19358. 이레 안에 경풍(驚風)에 죽으나 여든에 상한(傷寒)에 죽으나 죽기는 일반이다.
사람이 일찍 죽으나 오래 살다 죽으나 죽기는 마찬가지기 때문에 일찍 죽는다고 서러워하지 말라는 뜻.

19359. 이레 안에 백구 타령(白鷗打鈴)한다.
어린 아이가 매우 조숙(早熟)하게 자란다는 뜻.

19360. 이렛날 장포다. (七日之蒲)
음 유월 육일에 머리를 감아야 할 장포를 칠일에 가져오듯이 시기를 놓쳤다는 뜻.

19361. 이렛날 장포요 열흘날 국화다.
(七日之蒲 十日之菊)
음 유월 육일에 쓸 장포를 칠일에 가져오고 구월 구일에 쓸 국화를 십일에 가져오듯이 시기를 놓쳐 쓸모 없게 되었다는 뜻.

19362. 이로운 것은 남과 같이 할 것이지 혼자 차지해서는 안 된다. (利者與人共之 不可專之)
〈永嘉家訓〉
이권은 관여한 사람과 나누어 가져야지 혼자 독차지해서는 안 된다는 뜻.

19363. 이로운 것을 좋아하고 손해 가는 것을 싫어한다. (好利惡害)
〈荀子〉
사람은 누구나 이로운 일은 좋아하지만 손해 되는 일은 싫어한다는 말.

19364. 이로운 것을 탐내면서 기뻐한다.
(有貪而喜利)
〈諸葛亮心書〉
이권을 탐내면서 매우 기뻐한다는 뜻.

19365. 이로운 것이 하나도 없다. (無一益)
여러 가지 중에서 어느 하나도 이로운 것이 없다는 뜻.

19366. 이로운 말은 귀에 거슬린다.
귀에 거슬리는 말이 유익한 말이기 때문에 잘 받아들여야 한다는 뜻.

19367. 이로운 말은 따뜻하기가 비단과 같다.
(利人之語 暖如綿絮)
〈寶鑑〉
유익한 말을 해주는 사람은 매우 고마운 사람이라는 뜻.

19368. 이로운 벗이 있으면 힘써 사귀도록 하라.
(有益友則務交)
〈慕齋集〉
친해서 유익할 수 있는 벗과는 힘써 교제하라는 말.

19369. 이로운 일은 일으키고 해로운 일은 없애야 한다. (興利除害)
〈鄕約章程〉
이로운 일은 자꾸 키워야 하고, 해로운 일은 없애야 한다는 뜻.

19370. 이로운 일은 잠시라도 멈추지 말라.
(有益之事 一刻無停)
〈茶山論叢〉
이로운 일은 한시라도 멈추지 말고 계속 발전시켜 나가야 한다는 뜻.

19371. 이로운 일을 봐도 탐내서는 안 된다.
(見利不貪)
〈諸葛亮心書〉
이로운 것이 있더라도 이것을 탐내지 말고 깨끗한 마음으로 있으라는 뜻.

19372. 이로운 일이 하늘에서 저절로 떨어지는 것은 아니다. (利不從天來)
이로운 일은 하늘에서 저절로 떨어지는 것이 아니라 자신에게로 오도록 유인을 해야 한다는 말.

19373. 이로울 때가 있으면 손해볼 때도 있다.
서로 상대하자면 이로운 때도 있고, 손해 보는 때도 있으니 참고 지내야 한다는 뜻.

19374. 이로움에 팔려 의리를 배반한다.
(嗜利背義)
〈鄭華山文集〉
물욕에 눈이 어두워 의리를 배반하면서 이권을 잡게 된다는 말.

19375. 이로움이 많은 것은 해로움도 많다.
(利重害深)
〈景行錄〉
이권이 큰 것은 반대로 해로운 것도 많이 따르게 된다는 뜻.

19376. 이롭게는 해도 해롭게는 하지 말라.
(利而勿害)
〈六韜〉
남은 이롭게는 해도 해롭게는 하지 말라는 뜻.

19377. 이롭지 않은 말은 함부로 말하지 말라.
(無益之言 莫妄說)
〈紫虛元君〉
손해될 말은 하는 것이 불리하므로 하지 말아야 한다는 뜻.

19378. 이롭지 않은 일은 조금이라도 경영하지 말라. (無益之事 一毫無營)
〈茶山論叢〉
무익한 일은 털끝만큼도 하지 말아야 한다는 말.

19379. 이롭지 않은 책은 보지 말라.
(非益之書 勿觀)
〈栗谷全集〉
유익하지 않은 책은 아예 읽지를 말라는 뜻.

19380. 이루어지지 않는 것이 하나도 없다.
(無一不成)
무슨 일이든지 하기만 하면 이루어진다는 말.

19381. 이루어진 일은 간하지 말라. (遂事不諫)
이미 이루어진 일은 충고를 해도 아무 소용이 없기 때문에 충고를 하지 말라는 뜻.

19382. 이루어진 일은 뒷말을 하지 말아야 한다.
(成事不說)
성사된 일에 대해서는 이렇다 저렇다 말할 필요가 없다는 뜻.

19383. 이른 새끼가 살 안 찐다.
어린 사람이 일찍부터 어른 노릇을 하려고 하는 것은 도리어 나쁘다는 뜻.

19384. 이를 갈면서 속을 썩인다. (切齒腐心)
　　　　　　　　　　　　　　　〈史記〉
　　너무나 원통하고 분해서 이를 갈면서 속을 썩이고 있
　　다는 말.

19385. 이를 뺀 놈은 이를 빼야 한다. (以牙還牙)
　　모질게 행동하는 사람에게는 모질게 대해 주어야 한
　　다는 뜻.

19386. 이름과 사실이 서로 부합된다.
　　(名實相符)
　　듣던 말과 사실이 그대로 똑같다는 말.

19387. 이름난 것이 실속은 없다.
　　많은 경우에 소문난 것이 실속은 없다는 뜻.

19388. 이름난 사람치고 실력 없는 사람 없다.
　　(名下無虛士)
　　이름난 사람은 이름이 날 만한 실력이 다 있는 사람
　　이라는 뜻.

19389. 이름난 잔치 배만 고프다.
　　흔히 소문이 널리 난 것이 도리어 보잘 것이 없다는
　　뜻.

19390. 이름난 잔치에 굶기만 한다.
　　소문이 난 것이 오히려 실제의 것만 못하다는 뜻.

19391. 이름난 잔치에 먹잘 것 없다.
　　소문만 난 일이 오히려 보잘 것이 없다는 뜻.

19392. 이름난 잔치에 비지떡도 모자란다.
　　소문난 일이 오히려 보잘 것이 없다는 뜻.

19393. 이름난 잔치에 비지떡이 두레반이다.
　　소문이 크게 난 것이 도리어 실속이 없다는 말.

19394. 이름난 포수는 헛빵 놀 때가 없다.
　　능숙한 사람은 실수하는 일이 거의 없다는 뜻.

19395. 이름내기를 좋아하는 사람은 반드시 원망
　　을 많이 받는다. (喜名者 必多怨)
　　공명심(功名心)이 많은 사람은 이기적(利己的)이기 때
　　문에 민중들로부터 원망을 받게 된다는 뜻.

19396. 이름도 모르고 성도 모른다.
　　(名不知 姓不知)
　　전연 듣도 보도 못한 모르는 사람이라는 뜻.

19397. 이름만 듣는 것은 한 번 만나는 것만 못하
　　다. (聞名不如見面)　　　　　　〈水滸傳〉
　　여러 번 듣는 것이 한 번 만나 보는 것만 못하다는
　　말.

19398. 이름 뿐이고 실속은 없다.
　　(有名無實 : 名存實無)
　　소문만 높이 났을 뿐이고 실속은 대단치 않다는 말.

19399. 이름 없는 하찮은 인간이다. (無名小卒)
　　남들이 알 정도의 인물이 못 되는 사람이라는 뜻.

19400. 이름은 높아도 공은 없다. (有聲無功)
　　헛소문만 높이 났을 뿐이지 사실은 아무 공로가 없
　　는 사람이라는 뜻.

19401. 이름은 헛되게 전해지지 않는다.
　　(名不虛傳)
　　이름이 높이 난 사람은 다 이름이 날 만한 공로가 있
　　었기 때문에 난 것이지 헛되게 난 것이 아니라는 뜻.

19402. 이름을 천추에 전한다. (名傳千秋)
　　천년 만년을 두고 길이 이름을 남길 수 있는 훌륭한
　　인물이라는 뜻.

19403. 이름을 후세까지 남긴다. (揚名後世)
　　　　　　　　　　　　　　　〈孝經〉
　　이름을 후세까지 길이 길이 남긴다는 말.

19404. 이름이 사방에 퍼진다. (名振四海)
　　유명해짐에 따라 이름이 널리 퍼진다는 말.

19405. 이름 좋은 하눌타리다.
　　이름만 좋지 실속은 아무것도 없다는 뜻.

19406. 이리가 됐다 범이 됐다 한다. (爲狼爲虎)
　　　　　　　　　　　　　　　〈史記〉
　　세상 인심이 사납다는 것을 비유한 말.

19407. 이리 갔다 저리 갔다 한다. (左往右往)
　　어쩌할 줄을 모르고 이리 갔다 저리 갔다하기만 한다
　　는 뜻.

19408. 이리 같은 탐욕이다. (狼貪)
　　이리의 욕심과 같이 욕심이 많은 사람을 가리키는 말.

19409. 이리는 많은데 먹을 고기는 적다.
　　(狼多肉少)
　　먹을 사람만 많고 먹을 음식은 적다는 말.

19410. 이리는 잡아먹을 생각만 한다.
　　(狼子求心)　　　　　　　　　〈春秋左傳〉
　　이리마냥 남을 해치려는 궁리(窮理)만 한다는 말.

19411. 이리 떼 틀고 앉았던 수세미 자리 같다.
　　어수선하게 허트러진 자리를 가리키는 뜻.

19412. 이리를 내쫓고 양을 기른다.
　　(去狼以牧羊)　　　　　　　　〈牧民心書〉

악한 사람은 제거하고 선한 사람은 도와 준다는 뜻.

19413. 이리 새끼 길들이기다.
길들이기가 매우 어렵다는 뜻.

19414. 이리 새끼의 욕심이다. (狼子·野心)
〈春秋左傳〉
이리의 욕심마냥 욕심이 매우 많다는 뜻.

19415. 이리 생각하고 저리 생각하고 한다.
(左思右考 : 左思右量)
묘안(妙案)이 나지 않아서 이리저리 생각만 하고 있
다는 말.

19416. 이리 앞의 양이다.
무서워서 꼼짝도 못하고 있다는 뜻.

19417. 이리저리 돌아 본다.
(左右顧眄 : 左顧右眄)
여기 있을까 저기 있을까 하고 이리저리 돌아 보고
만 있다는 말.

19418. 이리저리 버티고 있다. (左支右支)
이리로 버티다가 저리로 버티다가 하면서 겨우 지탱
해나간다는 뜻.

19419. 이리저리 핑계만 댄다. (此頉彼頉)
이리 핑계 저리 핑계, 핑계만 대면서 미루고 있다는
말.

19420. 이리저리 흩어져 버렸다. (支離滅裂)
이리저리 사방으로 흩어져 갈피를 잡을 수 없다는
뜻.

**19421. 이리 핑계 저리 핑계 하며 도라지 캐러 간
다.**
이 핑계 저 핑계 대며 놀러 간다는 뜻.

19422. 이마가 넓으면 마음이 너그럽다.
이마가 넓은 사람은 보기만 해도 속이 넓어 보이듯이
소견이 넓다는 뜻.

19423. 이마가 벗어져 공것은 좋아하겠다.
이마가 벗어진 사람을 조롱하는 말.

19424. 이마를 맞댄다.
이마를 맞대 가면서 정답게 말을 주고받는다는 뜻.

19425. 이마를 찔러도 진물도 아니 나겠다.
몹시 인색한 사람을 보고 하는 말.

19426. 이마를 찔러도 피 한 방울 안 나겠다.
몹시 인색한 사람을 가리키는 말.

19427. 이마를 찡그리면서 싫어한다. (疾首蹙額)

몹시 마땅치 않아서 이마 살을 찡그리면서 싫어한다
는 말.

19428. 이마빡에 피도 안 말랐다.
아직 어리고 철이 나지 않았다는 말.

19429. 이마빡이 벗어지도록 덥다.
여름 햇빛이 매우 뜨겁고 덥다는 말.

19430. 이마에 내 천(川)자를 그린다.
이마에 주름이 지도록 얼굴을 찌푸린다는 뜻.

19431. 이마에 분 물은 발뒤꿈치까지 흐른다.
(灌項之水 必流下趾)
〈耳談續纂〉
웃사람이 하는 일은 아랫 사람이 그대로 본뜬다는
뜻.

19432. 이마에 사잣밥을 붙이고 다닌다.
죽을 짓을 하고 다닌다는 뜻.

19433. 이마에 송곳도 안 들어가겠다.
사람이 몹시 단단하게 생겼다는 말.

**19434. 이마에 송곳을 박아도 진물 한 방울 안 나
겠다.**
몹시 인색한 사람을 보고 하는 말.

19435. 이 마을 저 마을 다니며 얻어먹는다.
(村村乞食)
굶주린 사람이 마을을 찾아다니면서 밥을 얻어먹는
다는 말.

19436. 이만저만이 아니다.
잘못이 조금만 있는 것이 아니라는 뜻.

19437. 이만저만한 구두쇠가 아니다.
상대할 수 없는 무서운 구두쇠라는 뜻.

19438. 이 먹자는 장사다.
장사는 으례 이익을 붙여서 팔게 된다는 뜻.

19439. 이 먹자는 장사요 속 먹자는 만두다.
장사는 으례 이익을 붙여서 팔아야 한다는 뜻.

19440. 이 먹자는 장사요 속 먹자는 수박이다.
상업을 할 때에는 이익을 붙여서 팔아야 한다는 말.

19441. 이면 경계(裏面境界)도 모른다.
옳고 그른 것도 모른다는 말.

19442. 이면 불한당(裏面不汗黨)이다.
사리는 뻔히 알면서도 나쁜 짓을 하는 사람을 보고
하는 말.

19443. 이면수 쌈 싸먹다가 천석군이가 망했다.

옛날 강원도 동해안에 사는 부자가 비싼 임연수어 쌈만 먹다가 망했다는 이야기에서 나온 말로서 임연수어 고기 쌈이 매우 맛이 좋고 비싸다는 뜻.

19444. 이목구비(耳目口鼻)는 멀쩡하다.
겉모양은 멀쩡한 사람이 못난 짓을 한다는 뜻.

19445. 이무기 못된 것은 재변(災變)만 일으킨다.
사람 못된 것이 남에게 피해만 주고 다닌다는 뜻.

19446. 이무기보다 양반이 더 무섭다.
이무기 심술보다도 양반 심술이 더 많아 피해가 컸다는 뜻.

19447. 이무기 심술이다.
용이 못된 이무기 심술마냥 심술이 많다는 말.

19448. 이문 먹자는 장사다.
상업하는 사람은 아무리 친한 사람에게도 이문을 보고 판다는 말.

19449. 이 문 저 문 다 닫아도 저승 문은 못 닫는다.
어떤 짓을 하더라도 죽음을 막을 수는 없다는 뜻.

19450. 이미 들었으면 배울 것을 근심하라.
(旣聞之 患弗得學也) 〈禮記〉
좋은 말을 들었으면 배울 도리를 찾도록 노력을 하라는 뜻.

19451. 이미 배웠으면 실행할 것을 근심하라.
(旣學之 患弗能行也) 〈禮記〉
배워서 아는 것은 행동으로 옮기도록 노력을 하라는 말.

19452. 이미 쏜 화살이다. (已發之矢)
이미 때가 늦어 어쩔 도리가 없다는 말.

19453. 이미 씌워진 망건(網巾)이다.
한번 손댄 것은 두번 다시 손대지 않는다는 뜻.

19454. 이미 시작한 춤이다. (旣張之舞)
이왕 시작한 일은 그만둘 수도 없다는 뜻.

19455. 이미 지나간 일은 말하지 말라.
(已矣勿論)
한 번 지나간 일에 대해서는 두 번 다시 말을 하지 않는 것이 좋다는 뜻.

19456. 이미 지나간 일은 탓하지 않는다.
(旣往不咎) 〈論語〉
이왕 잘못된 일에 대해서는 본인에게 잘못을 납득(納得)은 시켜도 탓은 하지 말라는 뜻.

19457. 이미 지나간 일이다.

(已過之事:已往之事:過去之事)
좋았든 나빴든 간에 이미 지나간 일이라 지금에 와서는 어쩔 도리가 없는 일이라는 뜻.

19458. 이 빠진 강아지 언 똥 보고 덤비듯 한다.
먹지도 못할 것을 보고 욕심만 부린다는 뜻.

19459. 이 빠진 개 뒷간 만난 격이다.
공교롭게 좋은 재운을 만났다는 뜻.

19460. 이 빠진 사발이다. (沙鉢缺耳) 〈旬五志〉
조그마한 흠으로 못 쓰게 되었다는 뜻.

19461. 이 빠진 사발이요 추 없는 저울이다.
아무리 좋은 물건이라도 그 중에서 소중한 부분이 파손되면 전체를 못 쓰게 된다는 뜻.

19462. 이 빠진 일곱 살이다.
어린 아이는 이 갈 때가 말을 안 들어 가장 미울 때라는 뜻.

19463. 이 빠진 호랑이는 토끼도 무서워하지 않는다.
늙고 권세(權勢)를 잃게 되면 남들이 과거와 같이 무서워하지 않게 된다는 말.

19464. 이 빠진 호랑이다.
늙고 권세를 잃게 되면 옛날과 같이 두려워하지 않는다는 뜻.

19465. 이빨 없고 발톱 없는 범이다.
말로만 무섭지 실지는 무서울 것이 없다는 뜻.

19466. 이밥에 팟국이다. (白飯蔥湯)
음식을 잘 차리지 못하였다는 뜻.

19467. 이밥을 먹으니까 생일인 줄 안다.
한번 좋은 일이 있으면 언제나 좋은 일이 있을 줄 안다는 뜻.

19468. 이밥이면 다 잿밥인 줄 아나?
물건이 같아 보인다고 다 같은 것으로 생각해서는 안 된다는 뜻.

19469. 이 방 저 방해도 서방이 제일이다.
뭐니뭐니 해도 이 세상에서 아내에게는 남편이 가장 좋다는 말.

19470. 이 방 저 방해도 서방이 제일이요 이 집 저 집해도 계집이 제일이다.
뭐니뭐니 해도 이 세상에서는 아내에게는 남편이 가장 좋고, 남편에게는 아내가 가장 좋다는 말.

19471. 이별(離別)하느니 죽는 것이 낫다.

이혼을 당하는 것보다는 차라리 죽는 것이 낫다는
뜻.

19472. 이 보고 자기 이라는 사람 없다.
옷에 이가 있을 때는 누구나 자기 이라고 하지 않고
옮은 이라고 한다는 뜻.

19473. 이보다 더 다행한 일은 없다. (幸莫幸矣)
이보다도 더 만족하게 이루어질 수가 없는 큰 다행
이라는 뜻.

19474. 이복(異腹) 자식 둔 년 주머니 둘 찬다.
전 자식 데리고 재혼하는 여자는 경제적으로 믿을 수
없다는 뜻.

19475. 이 복 저 복 죽는 복을 잘 타야 한다.
사람은 죽을 때 고생을 하지 말다가 죽어야 한다는
뜻.

19476. 이 복 저 복해도 처복(妻福)이 제일이다.
여러 가지 복 중에서 아내 잘 얻는 복이 제일 좋다
는 뜻.

19477. 이불 깃 보고 발 뻗는다. (量衾伸足)
〈旬五志〉
무슨 일이나 자기의 환경과 역량을 보고서 일을 해
야 한다는 뜻.

19478. 이불 밑에 엿 묻어 두고 왔나 ?
나그네가 왔다가 바로 갈 때 붙잡으며 하는 말.

19479. 이불 속에서도 안다.
보지 않고서도 짐작으로 다 알 수 있다는 뜻.

19480. 이불 속에서 장담(壯談)한다.
남들 앞에서는 꼼짝도 못하면서 남이 보지 않는 데
서는 큰소리를 친다는 뜻.

19481. 이불 속에서 큰소리친다.
남이 보는 곳에서는 아무 말도 못하면서 남이 보지
않는 곳에서는 큰소리를 친다는 뜻.

19482. 이불 속에서 하는 일도 안다.
세상에는 남 모르게 하는 일도 다 알게 되므로 행동
을 조심해야 한다는 뜻.

19483. 이불 속에서 활개 친다.
남이 보지 않는 곳에서만 큰소리 치는 못난 사람이
라는 뜻.

19484. 이사 가는 놈이 계집 버리고 간다.
하는 일 중에서 가장 중요한 것을 잊어 버렸거나 잃
었다는 뜻.

19485. 이사 가면서 아내를 잊고 간다.
(徙家忘妻)
아둔하여 가장 소중한 것을 잃어 버렸을 때 하는 말.

19486. 이사 간 집구석 같다.
집안이 몹시 어수선하다는 뜻.

19487. 이사람한테 당한 노염을 저사람한테 화
풀이 한다. (怒甲移乙)
화풀이할 대상자도 모르고 함부로 화풀이를 한다는
뜻.

19488. 이 사람한테 할 말 다르고 저 사람한테
할 말 다르다.
말은 상대방에 따라 할 말이 다 다르다는 뜻.

19489. 이사할 때 강아지 따라다니듯 한다.
어디를 가나 늘 따라다닌다는 뜻.

19490. 이삭 밥에도 가난이 든다.
가을이 되어도 이삭 밥을 먹는 처지에 있는 사람은
형편이 나아질 수가 없다는 뜻.

19491. 이삭 밥이 더 먹힌다.
가난한 사람은 밥 밖에 먹는 것이 없기 때문에 밥을
더 먹게 된다는 뜻.

19492. 이삭은 익을수록 숙어진다.
사람은 많이 배울수록 겸손해진다는 뜻.

19493. 이삭 줍기다.
남들이 다 차지하고 남은 재물에서 흘린 것을 차지한
다는 뜻.

19494. 이 산에서 보면 저 산이 더 높아 보인다.
(這山望看那山高)
제 것보다 남의 것이 더 커 보인다는 뜻.

19495. 이 샘물 안 먹겠다고 똥 누고 가더니 그 물
이 맑기도 전에 다시 와서 먹는다.
두번 다시 안 볼 것같이 하더니 얼마 안 가서 다시 찾
아와 사정한다는 뜻.

19496. 이 샘물에 침 뱉고 가더니 다시 그 물 먹
는다.
다시 안 볼 것같이 욕하고 간 사람이 얼마 안 가서
다시 찾아와 부탁까지 한다는 뜻.

19497. 이 서방한테 뺨 맞고 김 서방에게 분풀이
한다.
엉뚱한 사람에게 분풀이를 한다는 뜻.

19498. 이 설움 저 설움 해도 배 고픈 설움이 제일
크다.

없는 사람에게는 여러 가지 설움이 있지만 그 중에서 배 고픈 설움이 가장 크다는 말.

19499. 이 설움 저 설움 해도 집 없는 설움만큼 큰 설움은 없다.
여러 가지 설움 중에서는 집 없는 설움이 가장 크다는 말.

19500. 이 세상에 났으면 이 세상에 맞추어 살아야 한다. (生斯世 爲斯世)　〈孟子〉
사람은 환경의 지배를 받고 살아야 하기 때문에 자기가 살고 있는 세상에 알맞게 살아야 한다는 뜻.

19501. 이 세상에서 같이 살 수 없는 원수이다. (不共戴天之讎)
도저히 이 세상에서는 함께 살 수가 없는 큰 원수라는 말.

19502. 이슬비에 옷 젖는 줄 모른다.
사소하다고 깔보다가는 큰 손해를 보게 된다는 뜻.

19503. 이승 문밖이 저승이다.
(1) 사람의 일생은 매우 짧다는 뜻. (2) 사람 목숨은 허무하게 죽는다는 뜻.

19504. 이승인지 저승인지도 모른다.
정신을 잃고 살아 있는지 죽었는지도 모르고 있다는 뜻.

19505. 이십 전 과부는 수절해도 삼십 전 과부는 수절을 못한다.
부부 생활을 미처 모르는 이십 과부는 참고 살지만 부부 생활을 잘 알게 된 삼십 과부는 재혼을 하게 된다는 말.

19506. 이십 전 상처(喪妻)는 복이다.
남자가 이십 대의 자식 두기 전에 상처하는 것은 오히려 행복하다는 뜻.

19507. 이십 전 자식이다.
자식은 이십 대에 일찍 두어야 아들 덕을 본다는 뜻.

19508. 이십 전 자식이요 삼십 전 재물이다.
자식은 이십 대에 두어야 하고 돈은 삼십 전에 벌어야 행복하다는 뜻.

19509. 이 아프자 갈비 먹잔다.
불운한 때는 오는 복도 놓쳐 버리게 된다는 뜻.

19510. 이 아픈 날 닭 잡는다.
불행한 일은 한꺼번에 겹치게 된다는 말.

19511. 이 아픈 날 콩밥 한다.
곤란한 처지가 더욱 곤란하게 되었다는 뜻.

19512. 이 알이 곤두 선다.
얄미운 짓만 하여 몹시 밉다는 뜻.

19513. 이야기를 좋아하면 가난하다.
이야기를 좋아하는 사람은 게으르게 되므로 가난하게 된다는 뜻.

19514. 이 없는 늙은이가 고기 먼저 든다.
자기 능력도 생각 않고 욕심만 부린다는 뜻.

19515. 이 없이 뼈다귀 추렴한다.
자기 능력도 모르고 경솔한 행동을 한다는 뜻.

19516. 이에서 신물이 난다.
너무 지긋지긋하게 속을 썩여서 싫증이 난다는 뜻.

19517. 이와 도둑은 숨길수록 는다.
이하고 도둑하고는 잡지 않고 숨겨 두면 점점 많아진다는 뜻.

19518. 이와 잇몸 사이다.
이와 잇몸과 같이 서로 이해 관계가 일치한 가까운 처지라는 뜻.

19519. 이왕 맞을 매라면 먼저 맞으랬다.
이왕 할 일은 미루고 하지 말고 일찌기 하는 것이 좋다는 뜻.

19520. 이왕에 버린 몸이다.
기왕 버린 몸이라 더 아낄 것이 없다는 뜻.

19521. 이왕이면 검정소를 잡아먹으랬다.
같은 조건이면 유리한 것으로 한다는 말.

19522. 이왕이면 과붓집 머슴살이를 하랬다.
같은 조건이라면 유리한 쪽을 택해야 한다는 뜻.

19523. 이왕이면 다홍치마다.
같은 값이면 색깔이 좋은 치마를 택하듯이 같은 조건이라면 좋은 것으로 한다는 뜻.

19524. 이왕이면 창덕궁(昌德宮)이라고.
같은 것 중에서는 유리한 것으로 택해야 한다는 뜻.

19525. 이왕이면 처녀 장가다.
기왕 무슨 일을 하려면 자기에게 유리한 것으로 해야 한다는 뜻.

19526. 이웃과 반목(反目)하면 외롭다.
형제같이 친하게 지내야 할 이웃간에 서로 사이가 나쁘면 외롭게 된다는 뜻.

19527. 이웃끼리는 서로 도와야 한다. (隣保相助)
이웃 사람들은 서로 도와 가며 친근하게 지내야 한다

는 뜻.

19528. 이웃끼리는 황소 가지고도 다투지 않는다.
이웃간에는 큰 피해가 있더라도 다투지 말고 좋게
해결해야 한다는 뜻.

19529. 이웃 무당보다 강 건너 무당이 더 영(靈)하다.
가까운 데 있는 것보다 먼 데 있는 것이 더 돋보이
게 된다는 말.

19530. 이웃 사촌이다.
이웃간에는 사촌과 같이 서로 친하게 지내야 한다
는 뜻.

19531. 이웃 손도 손 볼 날엔 다르다.
이웃 사람도 손으로 맞을 때는 예절을 갖추어야 한다
는 뜻.

19532. 이웃에서 공자(孔子)를 몰랐다는 격이다.
이웃에 살면서도 잘 모르고 지냈다는 뜻.

19533. 이웃 원조를 잃으면 반드시 망한다.
(失援必弊) 〈春秋左傳〉
이웃의 도움을 받지 못하고 고립되면 망하게 된다는
뜻.

19534. 이웃을 내 몸같이 사랑하라. (愛隣如己)
이웃은 사촌이기 때문에 자기 몸을 사랑하듯이 서로
친하게 지내야 한다는 뜻.

19535. 이웃을 돕고 나라의 어려움을 구한다.
(恤隣救邦)
가난한 이웃을 도와 주고 어려운 나라를 구한다는
말.

19536. 이웃을 먼저 보고 집을 사랬다.
이사할 때는 이웃이 좋은 곳을 택해야 한다는 뜻.

19537. 이웃을 반드시 가려서 살라. (居必擇隣)
주거지(住居地)를 택할 때는 반드시 이웃이 좋은 곳
을 가려서 살도록 하라는 말.

19538. 이웃을 분노하게 하는 것은 의롭지 못한 짓이다. (怒隣不義) 〈春秋左傳〉
자신에게 다소 불리한 일이 있더라도 이웃을 노엽게
하는 것은 의리에 벗어나는 일이므로 삼가하라는 뜻.

19539. 이웃을 위하여 목숨을 아끼지 않는다.
(生亡爲隣)
이웃을 위해서는 목숨이라도 바쳐 가며 희생할 수 있
는 아량(雅量)이 있어야 한다는 뜻.

19540. 이웃을 위해서는 눈물도 흘려야 한다.
(流涙爲善隣)
불쌍한 이웃은 성심으로 도와 주어야 한다는 뜻.

19541. 이웃 잘 되면 배 앓는다.
시기(猜忌)와 질투(嫉妬)가 매우 많은 사람이라는 뜻.

19542. 이웃집 개도 부르면 온다.
불러도 아무 대답을 않는 사람을 보고 하는 말.

19543. 이웃집 고사떡이 더 맛있다.
음식은 남의 집에서 한 것이 맛이 더 좋다는 말.

19544. 이웃집 곳간이 차면 배가 아프다.
남이 잘 되는 것을 시기(猜忌)한다는 뜻.

19545. 이웃집 꽃이 더 곱다.
남자 눈에는 자기 아내보다 남의 여자가 더 곱게 보
인다는 뜻.

19546. 이웃집 과부 아이 난 데 미역 걱정한다.
쓸데없이 남의 걱정을 한다는 뜻.

19547. 이웃집 나그네도 손 볼 날이 있다.
가까운 이웃 사람이라도 손님으로 정중히 대접할 때
가 따로 있다는 뜻.

19548. 이웃집 떡방아 찧는다고 입에 떡이 들어 온다더냐.
(1) 공것을 너무 바라지 말라는 뜻. (2) 무슨 일을 너
무 조급하게 생각하지 말라는 뜻.

19549. 이웃집 마당 터진 데 솔뿌리 걱정한다.
쓸데없이 남의 걱정을 한다는 뜻.

19550. 이웃집 며느리는 흉도 많다.
가까이 지내는 사람일수록 그 사람의 결점을 더 많이
알게 된다는 뜻.

19551. 이웃집 무당은 영한 줄을 모른다.
(隣巫不靈)
늘 접촉하는 사람은 그 사람의 단점을 알고 있기 때
문에 그가 훌륭한 지를 모르게 된다는 뜻.

19552. 이웃집 무당이 산 너머 무당만 못하다.
가까운 데 있는 사람의 재능은 모르고 있다는 뜻.

19553. 이웃집 색시도 내 며느리를 삼아 봐야 안다.
늘 보던 것도 직접 손 안에 넣고 봐야 올바르게 알
수 있다는 뜻.

19554. 이웃집 색시 믿고 장가 못 간다
(待隣婦 妻不娶), (待隣處女 不娶乎)
〈洌上方言〉,〈東言解〉

한 가지만 믿고 고집하다가는 실패한다는 뜻.

19555. 이웃집 씨암탉이 더 커 보인다.
남의 물건이나 짐승은 자기의 것보다 좋아 보인다는 뜻.

19556. 이웃집 암탉 알이 더 크다.
물건은 남의 것이 자기 것보다 더 좋아 보인다는 말.

19557. 이웃집에 불난 것 같다.
떠들면서 몹시 당황하게 날뛴다는 뜻.

19558. 이웃집 이밥보다 제 집 죽이 낫다.
남이 잘사는 것은 내가 못사는 것만 못하다는 말.

19559. 이웃집 처녀도 내 정지에 들여 세워 봐야 안다.
사람은 직접 겪어 보지 않고서는 그 사람을 자세히 알 수 없다는 뜻.

19560. 이웃 험담(險談)은 이웃이 한다.
(1) 남의 말도 내용을 모르고서는 말을 못 한다는 뜻.
(2) 이해 관계(利害關係)가 있어야 남의 험담도 하게 된다는 뜻.

19561. 이월 바람에 검은 소 뿔이 오그라진다.
음력 이월 바람이 매우 세다는 뜻.

19562. 이월 비바람이 눈바람보다 차다.
해동(解冬)하기 시작할 때 비바람은 매우 차다는 뜻.

19563. 이월에 김칫독 깬다.
음력 이월 달 늦추위가 몹시 춥다는 뜻.

19564. 이월에 대독 터진다.
늦추위가 몹시 추울 때가 있다는 뜻.

19565. 이월에 보리 환상(還上) 갔다 얼어죽는다.
(1) 이월 달 늦추위가 몹시 춥다는 뜻.
(2) 추위를 유난히 못 참는 사람보고 하는 말.

19566. 이익 되는 것도 그른 것은 하지 않아야 한다. (欲利而不爲所非) 〈荀子〉
아무리 이로운 것이라도 부정한 짓을 해서는 안된다는 말.

19567. 이익만을 보려는 사람은 반드시 해를 보게 된다. (苟利之爲見 若者必害) 〈荀子〉
이익만 보려고 욕심을 내는 사람은 도리어 손해를 보게 된다는 뜻.

19568. 이익만 찾으면 지혜는 어두워진다. (利令智昏) 〈史記〉
재리(財利)에만 골몰하게 되면 지혜는 어두워진다는 뜻.

19569. 이익만 채리는 마음을 가지면 도리에 어긋나게 된다. (利心專 則背道) 〈景行錄〉
돈벌이에만 정신을 쓰게 되면 사람으로서의 도리는 다하지 못하게 된다는 뜻.

19570. 이익만 취하는 행동을 하면 원한을 많이 받게 된다. (放於利而行多怨) 〈論語〉
돈에 눈이 어두운 사람은 남에게서 원한을 많이 받게 된다는 말.

19571. 이익에 철저한 사람은 흉년에도 죽지 않는다. (周于利者 凶年不能殺) 〈孟子〉
재물(財物)만 아는 사람은 넉넉한 생활을 하게 되므로 흉년에도 굶어죽지 않는다는 말.

19572. 이익으로 마음이 동요되서는 안 된다. (不爲利回) 〈春秋左傳〉
재리(財利)로 인하여 의리와 예절까지 버리는 짓은 하지 말아야 한다는 뜻.

19573. 이익으로 사귀는 벗은 오래 계속되기 어렵다. (以利則難續) 〈穢德先生傳〉
돈으로 사귄 친구는 돈 거래만 끊어지면 친분도 끊어지게 되므로 오래 가지 못한다는 말.

19574. 이익으로써만 사는 사람은 반드시 이익으로써 죽게 마련이다. (以利生者 必以利死) 〈柳光德傳〉
돈만 가지고 살려고 하는 사람은 돈 때문에 죽게 된다는 말.

19575. 이익은 없고 해만 있다. (無益有害)
이로운 것은 하나도 없고 해로운 것밖에 없다는 말.
↔ 이익은 있어도 손해는 없다.

19576. 이익은 여러 사람과 같이 먹어야 하지 혼자 먹어서는 안 된다. (利可共而不可獨) 〈尹和靖〉
재물은 관련자(關聯者)와 같이 나누어 가져야 하지 혼자 가져서는 안 된다는 말.

19577. 이익은 있어도 손해는 없다. (有益無害)
이로운 것만 있고 해로운 것은 하나도 없다는 말.
↔ 이익은 없고 해만 있다.

19578. 이익은 적어도 의로움이 많은 것을 해야 한다. (利少而義多爲之) 〈荀子〉
이익이 비록 적어도 의로운 일을 많이 하는 것이 옳은 도리라는 뜻.

19579. 이익은 혼자 먹어서는 안 된다.

(利不可獨食)
재물은 관련자들과 나누어 가져야 하지 혼자 가져서
는 안 된다는 말.

19580. 이익을 따라 행동한다. (因利乘便)
　　이해 관계(利害關係)가 있는 돈벌이만 한다는 뜻.

19581. 이익을 먼저 생각하고 의리를 뒤로 하는
사람에게는 치욕이 온다. (先利而後義者辱)
　　　　　　　　　　　　　　　　　　　〈荀子〉
　　의리를 모르고 재물만 탐내는 사람은 치욕을 면하지
　　못한다는 뜻.

19582. 이익을 무리하게 차지해서는 안 된다.
(利不可強)　　　　　　　　　　　　〈春秋左傳〉
　　재물을 무리하게 차지하게 되면 부작용(副作用)이 생
　　기므로 삼가하라는 뜻.

19583. 이익을 숭상하고 의리를 버린다.
(崇利棄義)
　　재물(財物)만 소중히 여기고 의리는 잊어 버린다는 말.

19584. 이익을 위해서 아첨하지 않는다.
(不爲利諂)　　　　　　　　　　　　〈春秋左傳〉
　　돈 때문에 남에게 아첨하는 행동을 해서는 안 된다는
　　뜻.

19585. 이익을 적게 남기고 팔기를 많이 판다.
(薄利多賣)
　　장사는 이익을 적게 남기고, 싸게 팔아야 장사가 잘
　　된다는 뜻.

19586. 이익을 좋아하여 그릇된 일을 꾸민다.
(好利惡非)　　　　　　　　　　　　〈康節邵〉
　　이권(利權)을 위하여 부정(不正)한 일을 한다는 뜻.

19587. 이익을 지나치게 탐내면 실패하게 된다.
(利過則爲敗)　　　　　　　　　　　〈春秋左傳〉
　　이익만 지나치게 추궁(追窮)하게 되면 도리어 실패하
　　게 된다는 뜻.

19588. 이익을 탐내는 다툼질은 하지 말라.
(不必貪利而爭)　　　　　　　　　　〈顧庵家訓〉
　　이권을 가지고 서로 다투다가는 서로 차지하지 못하
　　게 되므로 다투어서는 안 된다는 뜻.

19589. 이익을 탐내면 의리를 잊는다. (見利忘義)
　　　　　　　　　　　　　　　　　　　〈論語〉
　　돈에만 눈이 어두우면 의리를 잊어 버리게 된다는 뜻.

19590. 이익을 택하여 행동한다. (擇利而爲之)
　　　　　　　　　　　　　　　　　　〈春秋左傳〉

재물만 모으려고 갖은 행동을 한다는 뜻.

19591. 이익을 혼자 먹으려다가는 실패한다.
(獨利則敗)　　　　　　　　　　　　　〈尹和靖〉
　　재물을 관련자들과 나누어 가지지 않고 혼자 가지려
　　다가는 실패하게 된다는 뜻.

19592. 이익이 많은 것은 환란이 생긴다.
(薀利生孼)　　　　　　　　　　　　〈春秋左傳〉
　　한꺼번에 큰 재물을 얻게 되면 반드시 이로 인한 환
　　란이 생기게 된다는 뜻.

19593. 이익이 십배가 되기 전에는 현 직업을 바
꾸지 않는다. (利不十 不易業)　　　　〈漢書〉
　　직업은 특별히 좋은 것이 아니거든 현재 있는 직장에
　　서 계속 있는 것이 좋다는 뜻.

19594. 이 일을 미루어 다른 일도 알 수 있다.
(推此可知)
　　한 가지 일을 본다면 다른 것도 짐작해서 알　수 있
　　다는 뜻.

19595. 이 임자는 없다.
　　옷에 이가 기어다니면 아무나 자기 이라고　하는 사
　　람이 없다는 말.

19596. 이 자리에서 춤추기 어렵다. (此筵難舞)
　　　　　　　　　　　　　　　　　　〈耳談續纂〉
　　여러 사람이 시키는 곳에서는 누구의 말을 듣고 어떻
　　게 해야 좋을지를 모른다는 뜻.

19597. 이 잡듯 한다. (如殺虱)　　　　〈東言解〉
　　샅샅이 다 뒤져 찾는다는 뜻.

19598. 이 장떡이 더 큰가 훗장 떡이 더 큰가는
두고 봐야 안다.
　　어느 쪽이 유리한가는 결과를 두고 봐야 안다는 뜻.

19599. 이 장떡이 싼지 저 장떡이 싼지는　가봐야
안다.
　　무슨 일이나 남의 말을 들을 것이 아니라 직접 가봐
　　야 확실히 안다는 뜻.

19600. 이 장떡이 큰가 저 장떡이 큰가 한다.
　　이쪽이 유리한가 저쪽이 유리한가 망설이고만 있다는
　　뜻.

19601. 이전과 지금은 사정이 다르다.
　　과거와 현재는 사정이 아주 달라졌다는 말.

19602. 이 절도 못 믿고 저 절도 못 믿는다.
　　어느 하나도 믿을 것이 없다는 뜻.

19603. 이제서야 어제의 잘못을 깨닫게 된다.

(覺今是昨非)
잘못은 지나간 뒤에야 깨닫게 된다는 말.

19604. 이제야 처음 듣는다. (今時初聞)
나로서는 이제 비로소 듣는다는 뜻.

19605. 이제야 처음으로 만난다. (今時初面)
이제 방금 처음 만나게 되었다는 뜻.

19606. 이그러진 달은 다시 둥글어진다.
(缺月重圓)
몰락(沒落)되었던 사람이 다시 일어나게 되었다는 뜻.

19607. 이 집이 좋다 저 집이 좋다 해도 내 집이 제일이다.
좋지 못한 집이라도 제 집이 가장 좋다는 뜻.

19608. 이 집 저 집 해도 계집이 제일이다.
뭐니뭐니해도 이 세상에서 제일 좋은 것이 아내라는 말.

19609. 이치에 당연하다. (理所當然)
이치에 어긋나지 않는 정당한 일이라는 뜻.

19610. 이치에 맞는 것이 아니면 탐내지 말라.
(非理勿貪)
이치에 어긋나는 짓은 하지 말라는 말.

19611. 이태백(李太白)이도 술병 날 적이 있다.
술 잘 먹는 사람은 과음(過飮)하여 앓을 때가 있다는 뜻.

19612. 이태백이가 돈 가지고 다니며 술 먹었다더냐?
술군은 돈이 없으면 외상으로 먹어야 한다는 뜻.

19613. 이판 사판이다.
막다른 판에 더 생각할 여지가 없다는 뜻.

19614. 이판 저판이다.
잘 되든지 못 되든지 둘 중의 하나로 된다는 뜻.

19615. 이 팽이가 돌면 저 팽이도 돈다.
이곳 시세가 변하면 저곳 시세도 변하게 된다는 뜻.

19616. 이해가 같으면 서로 죽인다. (同利相死)
〈史記〉
큰 이해 관계가 같으면 서로 죽이게 된다는 말.

19617. 이해가 반반이다. (利害相半)
이익과 손해가 절반씩이기 때문에 손익(損益)은 없다는 뜻.

19618. 이해를 가리지 않는다. (利害不計)
이익이 되든 손해가 되든 관계하지 않고 한다는 뜻.

19619. 이해를 돌아 보지 않는다. (不顧利害)
이해를 초월(超越)해서 일을 한다는 말.

19620. 이해를 이웃과 같이 하라. (利害同隣)
〈文子〉
좋든 나쁘든 이롭든 해롭든 이웃간에는 함께 행동해야 한다는 뜻.

19621. 이 효자 저 효자 해도 늙은 홀아비 중신하는 자식이 효자다.
남자는 늙어서도 아내가 없이는 못 산다는 말.

19622. 익모초(益母草) 같은 소리다.
익모초 맛마냥 쓴 소리라는 뜻으로서 즉 듣기 싫은 말이라는 뜻.

19623. 익숙한 사람을 당해 내기 어렵다.
(熟習難當)
서투른 사람은 능숙한 사람을 당할 수 없다는 뜻.

19624. 익은 감도 떨어지고 선감도 떨어진다.
늙은이도 죽고 젊은이도 죽고 하여 사람의 명은 모른다는 뜻.

19625. 익은 감도 쉬어 가며 먹으랬다.
무슨 일이나 세심하고 조심성 있게 해야 한다는 뜻.

19626. 익은 밥 먹고 선소리한다.
공연히 쓸데없는 헛소리만 한다는 말.

19627. 익은 밥 먹기다. (若撥鬻) 〈荀子〉
굶주린 사람이 밥을 먹듯이 일이 매우 수월하다는 뜻.

19628. 익은 밥에 재 끼었는 격이다.
다 된 일을 그르쳐 놓는다는 뜻.

19629. 익은 밥이 날로 돌아갈 수 없다.
한번 결말이 난 일은 아무리 해도 소용이 없다는 뜻.

19630. 익힌 것은 되살아나지 않는다.
(熱不還生)
한번 죽으면 되살아날 수는 없다는 말.

19631. 인간 구제(人間救濟)는 지옥 늦이다.
사람을 도와 주고도 도리어 그 사람한테서 해를 당하는 수가 있다는 뜻.

19632. 인간 구제는 지옥 밑이라.
남을 구제해 주고도 피해를 입는 일이 있다는 뜻.

19633. 인간 노리개다.
사람이 사람 대접을 받지 못하고 노리개로 취급을 당한다는 뜻.

19634. 인간 만사는 꿈 속이다.

사람이 산다는 것은 마치 꿈을 꾸는 것같이 살다가 죽는다는 말.

19635. 인간 쓰레기다.
인간 사회에서 버림을 당한 사람이라는 뜻.

19636. 인간 얼간이다.
언행(言行)이 주책없는 사람을 두고 하는 말.

19637. 인간에게 지혜가 생긴 뒤로부터 큰 거짓도 있게 되었다. (知慧出有大僞) 〈老子〉
지혜로울수록 교묘한 거짓을 하게 된다는 말.

19638. 인간은 옛날부터 칠십 사는 사람이 드물다. (人間七十古來稀) 〈杜甫〉
옛날부터 사람은 칠십 고개를 넘기가 어렵다는 말.

19639. 인간이 아니면 상대를 말고 길이 아니면 가지를 말랬다.
인간다운 사람이 아니면 사귀지를 말라는 뜻.

19640. 인간 일생은 이만 날밖에 안 된다. (人間一生二萬日)
사람이 칠십 세를 산다고 가정할때 불과 이만 날밖에 안 되는 이 짧은 동안을 헛되게 보내지 말자는 뜻.

19641. 인간 일생은 춘몽(春夢)과 같다.
사람 일생이란 봄 꿈과 같이 허무(虛無)하다는 뜻.

19642. 인간 탈을 썼다.
사람 탈을 썼을 뿐이지 마음이나 행동은 짐승과 같다는 말.

19643. 인간 탈을 쓴 짐승이다. (人面獸心)
얼굴만 사람이지 하는 행동은 짐승과 같은 짓만 한다는 뜻.

19644. 인걸(人傑)은 지령(地靈)에 있다.
풍수설(風水說)에 의하면 산수가 좋아야 훌륭한 사람이 난다는 뜻.

19645. 인경 꼭지가 말랑말랑해질 때까지 기다려라.
도저히 되지 않을 일이니 애당초 기대도 하지 말라는 뜻.

19646. 인경 꼭지나 만져 봐라.
도저히 불가능한 일이니 애초부터 생각지도 말라는 뜻.

19647. 인기척이 있어야 개도 짖는다.
일을 할 수 있는 분위기(雰圍氣)가 조성(造成)되어 있지 않다는 말.

19648. 인덕을 몸에 지닌 사람은 우두머리가 될 수 있다. (體仁足以長) 〈春秋左傳〉
인자하고 덕망이 있는 사람은 웃자리에 앉게 된다는 말.

19649. 인두겁을 썼으니 사람이다.
사람 탈을 써서 사람이지 행동은 짐승과 같다는 뜻.

19650. 인력으로는 감당할 수 없다. (人所不堪)
사람의 힘으로서는 도저히 감당할 수가 없다는 뜻.

19651. 인명은 하늘에 있다. (人命在天)
사람이 죽고 사는 것은 하늘에 달려 있다는 뜻.

19652. 인사는 먼저 보는 사람이 먼저 한다.
인사는 아랫 사람이 반드시 웃사람에게 먼저 해야 한다는 것이 아니고 먼저 보는 사람이 먼저 해야 한다는 뜻.

19653. 인사를 차리지 못한다. (人事不省)
정신이 혼미(昏迷)하여 인사를 분별치 못한다는 뜻.

19654. 인사 알고 똥 싼다.
사리는 알면서도 행동은 못됐다는 뜻.

19655. 인사에 값이 드나?
인사하는 데는 돈이 드는 것도 아닌데 인사를 하지 않는다는 말.

19656. 인사에는 선후가 없다.
인사에는 높고 낮음을 가리지 않고 먼저 본 사람이 먼저 해야 한다는 뜻.

19657. 인사에 돈이 든다더냐?
인사하는 데 밑천이 드는 것이 아니기 때문에 인사성이 밝아야 한다는 뜻.

19658. 인사에 밑천 드는 것이 아니다.
인사는 돈 드는 것이 아니고 약간의 노력만 하면 되는 것이기 때문에 인사를 하도록 하라는 뜻.

19659. 인색한 부자가 손 쓰는 가난뱅이보다 그래도 낫다.
인색할지라도 돈 있는 사람이라야 남을 도와 주지 돈 없는 사람은 마음만 있지 도와 주지 못한다는 뜻.

19660. 인색한 부자는 가난한 활수(滑手)만 못하다.
활수가 돈만 있으면 인색한 부자보다 남을 더 잘 도와 준다는 뜻.

19661. 인색한 부자는 백수 건달만도 못하다.
돈을 두고 남을 도와 주지 않는 사람보다는 차라리

돈이 없어 못 도와 주는 사람이 낫다는 뜻.

19662. 인색한 사람은 욕심이 많다. (慳貪)
인색한 사람일수록 제 것은 아끼고 남의 것은 욕심을 낸다는 뜻.

19663. 인색함을 뉘우치게 되면 근심과 욕도 면하게 된다. (悔吝可以免憂辱)　〈修身要訣〉
인색한 짓을 버리면 근심도 없어지고 욕도 얻어 먹지 않게 된다는 말.

19664. 인생 오십도 꿈결이다.
사람의 일평생은 꿈결과 같이 지나간다는 뜻.

19665. 인생은 겨우 오십이다.
사람 한평생은 불과 오십 년밖에 안 된다는 뜻.

19666. 인생은 꿈과 같다.
사람 한평생은 꿈과 같이 허무하게 지나간다는 뜻.

19667. 인생은 다만 백 년이다. (人生只百年)
인생은 오래 살아야 백 년인데 이 짧은 동안을 헛되이 보내서는 안 된다는 말.

19668. 인생은 바람 앞의 등불과 같다. (人生如風燈)
인간이 살아간다는 것은 항상 불안하여 언제 어떻게 될지 모른다는 뜻.

19669. 인생은 뿌리 없는 부평초(浮萍草)다.
인생을 산다는 것은 물 위에 떠도는 부평초마냥 떠다니다가 죽는다는 뜻.

19670. 인생은 아침 이슬과 같다. (人生如草露:人生朝露)　〈漢書〉
사람이란 아침 이슬마냥 잠깐 살다가 죽게 된다는 뜻.

19671. 인생은 일장 춘몽이다.
사람이 한평생 산다는 것이 꿈 한번 꾼 것같이 짧고 허무하다는 뜻.

19672. 인생은 한번 가면 못 온다.
사람은 한번 죽으면 다시 되살아나지 못한다는 뜻.

19673. 인생이란 연극 같다. (人生如戲)
사람이 한평생 산다는 것이 자기 마음대로 살지 못하고 각본(脚本)에 의해 사는 것 같다는 뜻.

19674. 인솔자가 없는 소경이다. (猶瞽之無相與)　〈禮記〉
안내자가 없는 소경마냥 의지할 데가 없다는 뜻.

19675. 인심은 얻기는 어려워도 잃기는 쉽다.
인심은 얻기는 어려워도 잃기는 쉽기 때문에 잃지 말

도록 조심하라는 뜻.

19676. 인심을 잃지 않도록 하라. (不失人心)　〈三略〉
인심을 잃고는 살 수 없으므로 인심을 잃지 않도록 노력을 하라는 말.

19677. 인심이 후해야 출입도 넓다.
인심을 얻은 사람이라야 아는 사람도 많게 된다는 뜻.

19678. 인심 잃은 놈치고 잘 되는 놈 못 봤다.
인심을 잃게 되면 미움을 받게 되므로 군중들로부터 고립을 당해 잘 될 수가 없다는 뜻.

19679. 인연(因緣)은 한번 맺기도 어렵고 한번 끊기도 어렵다.
인연을 맺을 때와 끊을 때는 신중히 해야 한다는 뜻.

19680. 인연을 맺기는 쉬워도 끊기는 어렵다.
인연을 맺을 때는 함부로 맺어서는 안 된다는 뜻.

19681. 인왕산(仁旺山) 그늘이 강동 팔십 리(江東八十里)를 간다.
출세한 사람이 있으면 그 덕을 입어 잘 된 사람이 많다는 뜻.

19682. 인왕산 모르는 호랑이가 없다.
세상에서 모르는 사람이 없을 정도로 유명하다는 뜻.

19683. 인왕산 중 허리 같다.
옛날 인왕산 절에 있던 중마냥 배가 부르다는 뜻.

19684. 인왕산 차돌을 먹을망정 사돈 집 밥은 먹지 말랬다.
아무리 먹고 살기가 어려워도 사돈의 도움을 받기는 싫다는 뜻.

19685. 인왕산 호랑이가 뭘 먹고 사나?
보기 싫은 놈은 호랑이도 안 잡아간다는 말.

19686. 인왕산 호랑이 모르는 호랑이가 없다.
세상이 다 아는 유명한 사람이라는 뜻.

19687. 인으로써 일을 대하라. (仁以接事)　〈春秋左傳〉
무슨 일이나 인덕으로 대하면 일이 잘 풀리게 된다는 뜻.

19688. 인은 사람을 편안하게 하는 집이다. (仁人之安宅)　〈孟子〉
인덕이 있는 곳에는 사람들이 모두 편안하게 살 수 있다는 뜻.

19689. 인(仁)은 사람의 마음이요 의(義)는 사람의

길이다. (仁人心 義人路)　　　　　〈孟子〉

사람의 마음은 인자해야 하고 행동은 의로워야 한다
는 뜻.

19690. 인을 해치는 사람을 포악하다고 한다.
(賊仁者 謂之賊)　　　　　　　　〈孟子〉

인덕을 해치는 사람은 포악한 도적이라는 뜻.

19691. 인이란 사람 노릇을 하는 것이다.
(仁也者 人也)　　　　　　　　　〈孟子〉

인덕이라 함은 사람 구실을 하기 위한 짓이라는 뜻.

19692. 인이 아니면 하지를 않는다. (非仁無爲)
　　　　　　　　　　　　　　　　〈孟子〉

인덕이 아닌 짓은 하지 말아야 한다는 뜻.

19693. 인자하지 못한 곳에는 부귀도 없다.
(仁之所亡 無富貴)　　　　　　　〈荀子〉

인자하지 못하고 살벌(殺伐)한 곳에는 사람이 살 수
가 없기 때문에 부귀를 누리고 살 수가 없다는 뜻.

19694. 인자한 곳에는 빈궁이 없다.
(仁之所在無貧窮)　　　　　　　　〈荀子〉

인자한 사람이 있는 곳에는 서로 돕게 되기 때문에
가난이 있을 수 없다는 뜻.

19695. 인자한 마음으로 민중을 다스려야 한다.
(仁愛治於下)　　　　　　　　〈諸葛亮心書〉

집권자는 인자한 마음으로 국민들을 다스려야 국민들
이 따르게 된다는 뜻.

19696. 인자한 사람은 불쌍한 것을 보면 참지 못
한다. (仁而不忍)　　　　　　〈諸葛亮心書〉

인자한 사람은 불쌍한 것을 보면 참지 못하고 이를
도와 준다는 뜻.

19697. 인자한 아비도 이롭지 못한 자식은 사랑하
지 않는다. (慈父不愛無益之子)　　〈墨子〉

아무리 인자한 아비라도 아비를 해치는 자식은 미워
하게 된다는 말.

19698. 인자함이 민중들을 안심시키기에 충분해
야 한다. (仁厚足以安之)　　　　〈荀子〉

집권자가 인자하고 덕망이 높아서 국민들이 믿고 살
수 있다는 뜻.

19699. 인절미에 조청 찍은 맛이다.

좋은 것이 더 좋아졌기 때문에 마음에 든다는 뜻.

19700. 인정도 없고 야박하다. (迫切)

인정도 사정도 없이 야박스럽기만 하다는 뜻.

19701. 인정도 품앗이다.

남을 사랑하는 것도 내가 남을 사랑해야 그 사람도
나를 사랑하게 된다는 말.

19702. 인정 사정 없다.

인정도 없고 사정도 없는 차디찬 사람이라는 뜻.

19703. 인정 없는 사람과는 상대도 말랬다.

인정이 없는 사람은 인간이 아니라는 뜻.

19704. 인정에 겨워 동네 시아비가 아홉이다.

인정에 끌려 거절할 것을 거절 못 하면 큰 낭패를 당
하게 된다는 뜻.

19705. 인정에는 공것은 없다.

남을 도와 주면 반드시 보답이 있게 된다는 뜻.

19706. 인정은 다 한 가지다. (人情一也)
　　　　　　　　　　　　　　　　〈茶山論叢〉

사람의 인정은 웃사람이나 아랫사람이나 남자나 여자
나 어른이나 아이나 다 같다는 말.

19707. 인정은 두고 가랬다.

사람은 가도 정만은 남기고 가라는 뜻.

19708. 인정은 모두 군색한 가운데서 소원해진다.
(人情皆爲窘中疎)　　　　　　　〈王參政〉

군색하게 되면 인정도 메마르게 된다는 말.

19709. 인정은 바리로 싣고 진상은 꼬지로 꿴다.
(人情載馱 進上貫串)　　〈松南雜識, 旬五志〉

자기와 직접 이해 관계가 있는 일에 더 관심을 가지게
된다는 뜻.

19710. 인정이 아니면 사귀지를 말랬다.

인정 없는 사람은 아예 사귀지를 말라는 뜻.

19711. 인정이 아니면 사귀지 말고 길이 아니면
가지를 말랬다.

인정 없고 냉정한 사람은 아예 상대를 하지 말라는
말.

19712. 인정이 원수다.

정은 들고서도 부부가 못 되니 정든 것이 원망스럽다
는 뜻.

19713. 인제 보니 수원 나그네다. (更見水原客)
　　　　　　　　　　　　　　　　〈松南雜識〉

모르고 지냈더니 이제 와서 알고 보니 아는 사람이라
는 뜻.

19714. 인중이 길면 오래 산다.

인중이 긴 사람은 장수(長壽)를 한다는 말.

※인중(人中):코와 입 사이의 오목하게 파인 곳.

19715. 인중이 짧으면 명도 짧다.

　인중이 짧은 사람은 수명도 길지 못하여　일찍 죽는다는 뜻.

19716. 인천 바닷물 먹은 놈이다.

　짜고 인색한 사람을 보고 조롱하는 말.

19717. 인품이 좋으면 한 마당 귀에 시아비가 아홉이다.

　얼굴만 예쁘고 행동이 좋지 못한 여자를 두고　하는 말.

19718. 일가 못된 건 계수다.

　계수하고는 접촉하기가 어렵다는 뜻.

19719. 일가 못된 것이 촌수만 높다.

　나이 많은 사람이, 촌수만 높고 나이가 젊은 일가를 접대하기에 거북하다는 뜻.

19720. 일가 못된 것이 항렬(行列)만 높다.

　나이가 적고 촌수만 높은 일가는 접대하기가 거북하다는 뜻.

19721. 일가 싸움은 개 싸움이다.
　(宗族之鬪　不異狗鬪)　　　　〈耳談續纂〉

　일가끼리 싸우는 것은 짐승이나 하는 짓이라는 뜻.

19722. 일가에서 방자한다.

　일가의 흠을 잡고 탓하여 망신을 하게 된다는 뜻.

19723. 일가 친척 도와 준 공은 없다.

　일가 친척은 도와 주어도 으례 도와 주는　것이라고 생각하기 때문에 생색이 없다는 뜻.

19724. 일각이 삼 년 같다. (一刻如三秋)

　일각이 삼 년과 같이 지루하다는 뜻.

19725. 일각이 천금보다 무겁다. (一刻重千金)

　일각이 천금보다도 값이 무겁기 때문에 시간을　아끼라는 뜻.

19726. 일곱 번 넘어지고 여덟 번 거꾸러진다.
　(七顚八倒)　　　　〈朱子言錄〉

　온갖 고생을 무수히 하였다는 말.

19727. 일곱 살 때는 일곱 동네에서 미움받고 아홉 살 때는 아홉 동네에서 미움받는다.

　일곱 살에서 아홉 살 때까지는 미운 짓을 많이 하게 된다는 뜻.

19728. 일곱 살 아홉 살 때는 아홉 동네에서 미워한다.

　일곱 살에서 아홉 살 때는 말을 듣지 않을 때라 미

움을 많이 받게 된다는 뜻.

19729. 일군은 뱃심으로 일한다.

　노동하는 사람은 먹기를 많이 먹어야 한다는 뜻.

19730. 일기 좋은 것도 대사에는 큰 부조다.

　결혼 때 날씨 좋은 것도 큰 도움이 된다는 뜻.

19731. 일 년 계획은 봄에 있다.
　(一年之計在於春)　　　　〈孔子〉

　일년 계획은 그 해 봄에 잘 세워야 한다는 뜻.

19732. 일 년 농사를 지으면 삼 년 먹을 것이 남는다. (一年耕 餘三年之食)　〈茶山論叢〉

　일년 농사를 하면 삼 년 먹을 것이 있어야 흉년이 들어도 살아 갈 수 있다는 뜻.

19733. 일 년 시집살이 못 하는 여자 없고 일 년 머슴살이 못 하는 남자 없다.

　아무리 시집살이가 고되고 어렵다고 해도 일 년은 잠깐 지나간다는 뜻.

19734. 일 년에 음력 설 양력 설 두 개씩 먹었나?

　보기보다는 나이를 많이 먹었다는 뜻.

19735. 일 년을 잘살려면 농사를 잘해야 한다.

　농가에서는 그 해 잘살고 못사는 것이 농사에 달렸다는 말.

19736. 일 다 하고 죽은 귀신 없다.

　사람이 하는 일은 한이 없다는 뜻.

19737. 일 다 하고 죽은 무덤 없다.

　사람이 하는 일은 끝이 없어 못다 하고 죽는다는 뜻.

19738. 일도 못 하고 불알에 똥 칠만 한다.

　해야 할 일은 못 하고 망신만 당했다는 뜻.

19739. 일도 이루어지고 공도 선다. (事成功立)
　　　　　　　　　　　　　〈荀子〉

　일도 잘 이루어지고 공로(功勞)도 서게 되었다는 말.

19740. 일 되는 꼴이 어찌할 도리가 없다.
　(事勢難處)

　일 되는 꼴이 잘 풀리지 않고 어렵게만 된다는 뜻.

19741. 일로 살고 일로 죽는다.

　사람은 한평생 일만 하다가 죽는다는 뜻.

19742. 일마다 남의 말만 듣고 그대로만 한다.
　(事事言聽)

　어느 일 하나 자기 주관(主觀)으로 하지 못하고 남의 말만 듣고 그대로 한다는 뜻.

19743. 일마다 다 뜻대로 된다.

(事事如意: 每事如意)

하는 일마다 모두 순조롭게 뜻대로 이루어진다는 뜻.
↔일마다 되는 것이 없다. 일마다 뜻대로 되지 않는다.

19744. 일마다 되는 것이 없다. (每事不成)

어느 일 하나도 제대로 이루어지는 것이 없다는 말.
↔일마다 다 뜻대로 된다.

19745. 일마다 뜻대로 되지 않는다. (每事不如意)

어느 일 한 가지도 마음 먹은 대로 되는 일이 없다는 말. ↔ 일마다 뜻대로 된다.

19746. 일마다 반성한다. (事事反己)

무슨 일이나 다 끝난 뒤에는 이에 대한 반성을 한다는 뜻.

19747. 일마다 지체되는 것이 많다. (事事多滯)

일을 제때에 하지 않고 미루어 두기 때문에 일이 그대로 밀려 있다는 뜻.

19748. 일만 보면 손 바람이 난다. (見事生風)

일에 흥미가 있어 일만 보면 제때에 해치운다는 뜻.

19749. 일부러 일을 만든다. (故尋事端)

없는 일을 억지로 꾸며서 만들어 낸다는 뜻.

19750. 일산 그늘 밑에 큰 도둑은 많다.
(日傘陰中多大盜) 〈寒巖瑣話〉

고위급(高位級) 인사 중에 큰 도둑이 많다는 말.

19751. 일색 소박은 있어도 박색 소박은 없다.
(一色有疎薄 薄色無疎薄) 〈松南雜識〉

아무리 아름다운 여자라도 마음씨가 나쁘면 소박을 당하지만 이쁘지는 않아도 마음씨가 고운 여자는 소박을 당하지 않는다는 뜻.

19752. 일수가 사나우면 뒤로 넘어져도 코가 깨진다.

운수가 나쁘면 될 일도 안 된다는 뜻.

19753. 일 식보 이 약보보다. (一食補 二藥補)

보약을 먹어 보신(補身)하는 것보다 영양식을 먹어 보신하는 것이 낫다는 뜻.

19754. 일 식보(一食補) 이 육보(二肉補) 삼 약보(三藥補) 다.

보신(補身)하는 데는 첫째 밥을 잘 먹는 것이고 둘째 고기를 먹는 것이고 세째 보약을 먹는 것이 좋다는 뜻.

19755. 일 않는 놈이 밥은 두 그릇 먹는다.

일을 싫어하는 사람이 먹는 데는 더 밝힌다는 뜻.

19756. 일 없이 남의 비방만 듣는다. (無事得謗)

한가하게 있으면서 남의 비방만 하고 있다는 말.

19757. 일 없이 바쁘기만 하다. (無事奔走)

별로 하는 일이 없이 부산하기만 하다는 뜻.

19758. 일 없이 편안히 지낸다. (無事泰平)

아무 하는 일도 없이 편안히 세월만 보내고 있다는 뜻.

19759. 일에는 굼벵이요 먹는 데는 귀신이다.

일은 안하면서 먹기만 좋아하는 사람을 가리키는 말.

19760. 일에는 굼벵이요 먹는 데는 돼지다.

일은 게으르게 하면서도 먹는 것은 많이 먹는다는 뜻.

19761. 일에는 끝과 시작이 있다. (事有終始)
〈大學〉

무슨 일이나 일에는 끝과 시작을 잘 해야 한다는 뜻.

19762. 일에는 등신이요 먹는 데는 귀신이다.

일은 하기 싫어하는 사람이 먹을 상은 더 밝힌다는 말.

19763. 일에는 베돌이요 먹을 땐 감돌이다.

일할 때는 살금살금 피했다가 먹을 때는 살금살금 찾아오는 사람이라는 뜻.

19764. 일에는 옳고 그른 것이 있다. (事有曲直)
〈班昭〉

무슨 일에나 옳고 그른 것을 잘 분별해서 하라는 뜻.

19765. 일에 얽매여 헤어나지를 못한다.
(沒頭沒身)

일에 골몰하여 몸을 빠져나올 수가 없다는 뜻.

19766. 일에 쫓겨서 쉴 여가가 없다. (刺促不得休)
〈晉書〉

일거리가 너무 많아서 아무리 해도 끝이 없기 때문에 잠시라도 쉴 여가가 없다는 뜻.

19767. 일월이 크면 이월이 작다.

세상에는 좋은 일이 있으면 그 다음에는 나쁜 일도 있게 마련이라는 뜻.

19768. 일은 계획을 미리 세우고 시작해야 한다.
(作事必謀始) 〈小學〉

무슨 일이나 미리 계획을 세우고 하면 수월하게 할 수 있다는 말.

19769. 일은 남의 일을 해도 아이는 남의 아이를 못 본다.

남의 아이를 맡아 보기는 매우 어려운 일이라는 뜻.

19770. 일은 너무 서두르면 도리어 잘 안 된다.
(欲速不達)

일을 너무 빠르게 하려고 서두르다가는 도리어 일을
그르치게 된다는 뜻.

19771. 일은 능숙할수록 좋다. (事善能) 〈老子〉

무슨 일이나 능숙하게 되면 능률이 오르게 되므로 좋
다는 말.

19772. 일은 많으나 성공하는 것은 적다.
(多事而寡功) 〈荀子〉

일은 많이 하나 그 중에서 성공하는 것은 별로 없다
는 뜻.

19773. 일은 먼저 계획을 세워서 해야 한다.
(先事慮事:作事謀始)

무슨 일이나 일을 시작하기 전에 계획을 잘 세워서
하는 것이 더 성과가 크다는 뜻.

19774. 일은 민첩하게 하고 말은 신중하게 해야
한다. (敏於事 愼於言) 〈論語〉

일은 민첩하게 빨리 하는 것이 좋지만 말은 신중히
생각해서 하는 것이 좋다는 뜻.

19775. 일은 반드시 바로 잡힌다. (事必歸正)

무슨 일이든지 결국은 올바른 이치대로 바로 잡히게
된다는 뜻.

19776. 일은 반드시 실무에 맞아야 한다.
(事必當務) 〈荀子〉

무슨 일이나 현실에 맞도록 해야 한다는 뜻.

19777. 일은 반 몫도 않고 말썽은 열 몫 부린다.

일은 않는 사람이 말썽만 부려 일만 안되게 한다는
뜻.

19778. 일은 반절하고 공로는 갑절이다.
(事半功倍)

노력은 얼마 하지 않고 공로는 많다는 뜻.

19779. 일은 분명히 처리해야 한다. (奮属明決)
〈漢陰集〉

무슨 일이나 누가 보든지 다 알 수 있도록 분명하게
해야 한다는 뜻.

19780. 일은 비밀히 해야 성사된다. (事以密成)
〈韓非子〉

무슨 일이나 사전(事前)에 비밀이 새게 되면 성사가
어려우므로 비밀이 새지 않도록 해야 한다는 뜻.

19781. 일은 서두르면 반드시 실패한다.
(事欲速成 必敗也) 〈洌上方言〉

무슨 일이나 급히 서두르지 말고 차근차근 해야 이루

어진다는 뜻.

19782. 일은 소같이 하고 먹기는 쥐같이 먹으랬
다.

소득은 많아도 생활은 검소하게 하라는 뜻.

19783. 일은 송곳으로 재 긁어 내듯 하고 먹기는
돼지 소 먹듯 한다.

일은 않는 사람이 먹기는 많이 먹는다는 뜻.

19784. 일은 신속한 것이 제일이다. (事貴神速)

무슨 일이나 때를 놓치지 말고 제때에 빨리 하는 것이
가장 좋다는 뜻.

19785. 일은 않고 녹(祿)만 타 먹는다.
(尸位素餐)

맡은 일은 하지 않고 월급만 받아 먹는다는 뜻.

※녹:녹봉(祿俸)의 준말.

19786. 일은 연장이 좋아야 한다.

일을 하려면 생산 도구(生産道具)가 좋아야 일의 능률
이 오른다는 뜻.

19787. 일은 욕심이 있어야 배운다.

일에 대한 욕심이 많은 사람이라야 일을 배운다는 뜻.

19788. 일은 저질러 놓고 봐야 한다.

무슨 일이나 과감히 시작을 해야 한다는 뜻.

19789. 일은 커지기 전에 막아야 한다.
(防微杜漸)

무슨 일이든지 더 커지기 전에 막아야 수월하게 막을
수가 있다는 뜻.

19790. 일은 편하고 쉽도록 해야 한다.
(從便爲之)

무슨 일이나 편하게 할 수 있고 수월하게 하는 것이
가장 좋다는 뜻.

19791. 일은 한 가지 일에만 전념해야 한다.
(執事專一) 〈栗谷全書〉

일은 여러 가지를 한꺼번에 하지 말고 한 가지 일에
만 주력(注力)하여야 한다는 뜻.

19792. 일은 후회 없는 것보다 더 큰 것은 없다.
(事莫大乎無悔) 〈荀子〉

일은 끝난 뒤에 후회가 없도록 하는 것이 가장 잘한
일이라는 뜻.

19793. 일을 경계하고 빈틈없이 하라. (敬事無壙)
〈荀子〉

일을 할때는 경각성을 가지고 하되 빈틈이 없이 치밀
하게 해야 한다는 뜻.

19794. 일을 근본적으로 바꾸지 않고 사람만 바꾼
다. (改頭換面)
일 자체를 바꾸는 것이 아니라 일하는 사람만 바꾼다
는 뜻.

19795. 일을 다 하고도 힘이 남는다. (行有餘力)
일을 다 하고도 힘의 여유가 있는 건강한 사람이라는
뜻.

19796. 일을 만들면 일이 생기고 일을 줄이면 일
이 줄어든다. (生事事生 省事事省) 〈景行錄〉
일은 할 탓이기 때문에 일을 만들면 많아지고 줄이면
적어진다는 뜻.

19797. 일을 맡아 할 때는 제사를 지내듯 하라.
(承事如祭) 〈春秋左傳〉
일을 할 때는 제사를 지내듯이 정성을 다해서 일을
하라는 뜻.

19798. 일을 미리 준비해 두면 곤란하지 않다.
(事前定則不困) 〈中庸〉
무슨 일이든지 미리 준비해 두면 그 일을 당해도 곤
란될 것이 없다는 말.

19799. 일을 의논할 때는 자기 뜻만 고집하지 말
고 군중의 의견을 따르도록 해야 한다.
(論議毋固執 當從衆) 〈姜宗說〉
일을 의논할 때는 자기 의견만 고집하지 말고 여러
사람의 의견에 복종해야 한다는 말.

19800. 일을 자꾸 미루기만 한다. (遷延歲月)
일은 하지 않고 미루면서 세월만 보낸다는 뜻.

19801. 일을 자주 바꾸면 반드시 어려운 일이 많
아지게 된다. (多易必多難) 〈老子〉
일거리를 자주 바꾸면 일이 손에 익지 않아서 일이
잘 안 되게 된다는 뜻.

19802. 일을 질질 끌면 변이 생긴다. (事緩有變)
일을 제때에 하지 않고 미루고 있으면 사정이 달라져
서 일하기가 어렵게 된다는 뜻.

19803. 일을 처리하는 데 자기만 편리하도록 하지
말라. (處己毋便利) 〈金正國〉
무슨 일을 할 때 자기 본위(自己本位)로 하여 남에게
지장을 주어서는 안 된다는 뜻.

19804. 일을 하고도 자랑하지 않는다.
(爲而不恃) 〈老子〉
일을 하고 난 뒤에 자기 자랑을 하는 것은 좋은 일
이 아니라는 뜻.

19805. 일을 하나 하고 나면 여럿도 무섭지 않다.

일을 하나. 하고 나면 그 일에 대한 자신감(自信感)이
생겨서 그 다음 것은 많아도 두려울 것이 없다는
말.

19806. 일을 하는데 중요한 점은 그 마음을 바로
가지는 데 있다. (行事之要 在正其心)〈姜宗說〉
어떤 일을 하든지 가장 중요한 것은 바른 마음으로
임하는데 있다.

19807. 일을 하려고 해도 일 머리를 모른다.
(事不得方軌)
모르는 일은 일 머리를 몰라서 일을 못 하게 된다는
뜻.

19808. 일을 하려면 어처군이 독 바르듯 하고 삼
동서 김 한 장 쳐부수듯 메뚱이로 새알 부수
듯 한다.
무슨 일이나 할 때는 우물쭈물하지 말고 빨리 해야
한다는 뜻.

19809. 일의 끝장을 잘 하려거든 그 시초부터 잘
해야 한다. (愼厥終 惟其初) 〈書經〉
일의 끝마무리를 잘하려면 처음서부터 잘해야 한다는
뜻.

19810. 일의 매듭은 시작했을 때와 같이 삼가해야
한다. (愼終如始)
일의 마무리는 처음 시작했을 때와 같이 성의를 다해
서 끝을 매듭지어야 한다는 뜻.

19811. 일이 달라지면 대책도 바꿔져야 한다.
(事異則備變) 〈韓非子〉
하던 일이 중간에 달라지게 되면 이에 대한 대책도
다시 세워야 한다는 뜻.

19812. 일이 되면 입도 된다.
일을 많이 하면 먹는 것도 많이 생기게 된다는 뜻.

19813. 일 이등(一二等)을 다툰다.
실력이 비슷한 사람이 서로 치열(熾烈)하게 다툰다는
뜻.

19814. 일이 뜻대로 되지 않는다. (事不如意)
일이 생각했던 대로 이루어지지 않는다는 뜻.
↔ 일마다 뜻대로 된다.

19815. 일이 많아 무던히 바쁘다. (事多悾忙)
일이 쌓여서 눈코 뜰 사이가 없도록 매우 바쁘다는
뜻.

19816. 일이 많으면 걱정도 많다. (多事多患)
〈孔子家語〉
일이 많으면 그로 인한 걱정도 많게 된다는 뜻.

19817. 일이 많으면 근심도 많다. (多事多患)
〈孔子家語〉

할 일이 많으면 많을수록 근심도 따라서 많아진다는 뜻.

19818. 일이 매우 급박하여 어찌할 수가 없다.
(迫不得已:迫於不得)

일이 급박하게 몰려 어떻게 해결할 도리가 없다는 뜻.

19819. 일이 몹시 진행되지 않는다.
(遲遲不進:遲遲不振)

끝나야 할 일이 질질 끌기만 하고 진전(進展)되지 않고 있다는 뜻.

19820. 일이 바빠서 손 댈 사이가 없다.
(措手不及)

할 일이 너무 많아서 손 댈 여유가 없다는 말.

19821. 일이 바쁘면 입도 바쁘다.

일을 많이 하면 수입도 많아져 생활이 넉넉하게 된다는 뜻.

19822. 일이 아무리 작아도 하지 않으면 이루어지지 않는다. (事雖小 不作不成) 〈孔子, 莊子〉

아무리 작은 일이라도 저절로 되는 것은 없기 때문에 일을 부지런히 해야 한다는 뜻.

19823. 일이 없으면 말이 많다. (無務多談) 〈說苑〉

일이 없이 한가하게 되면 잡담(雜談)을 많이 하게 된다는 뜻.

19824. 일이 없으면 세월이 지루하다. (無事日月長)

일 없이 세월을 보내면 몹시 지루하다는 뜻.

19825. 일이 없으면 오지도 않는다. (無事不來)

볼 일이 있어야 서로 왕래도 하게 된다는 말.

19826. 일이 옳지 않은 것은 가볍게 승낙하지 말라. (事非宜 勿輕諾) 〈李子潛〉

의롭지 않은 일은 경솔하게 승낙을 하지 말아야 한다는 뜻.

19827. 일이 지나간 뒤라야 앞서 저지른 잘못을 깨닫게 된다. (事往覺前非) 〈崔湜〉

일은 지내 놓고 봐야 저지른 잘못을 알게 된다는 말.

19828. 일이 터지고 나서는 후회해도 미치지 못한다. (作而後悔 亦無及也) 〈春秋左傳〉

한번 벌어진 일은 수습을 할 수가 없으므로 후회를 해도 아무 소용이 없다는 뜻.

19829. 일이 하기 싫으면 장승이라고 써 붙여라.

일이 하기 싫으면 차라리 일을 못 하겠다고 하고 쉬는 것이 낫다는 뜻.

19830. 일자무식이다. (一字無識)

글자 한자도 모르는 무식한 사람이라는 뜻.

19831. 일 잘하는 아들 낳지 말고 말 잘하는 아들을 나랬다.

일 잘하는 사람보다도 말 잘하는 사람이 출세가 빠르다는 뜻.

19832. 일 전 오 리(一錢 五厘) 밥 먹고 한 푼 모자라 백 번 사정한다.

대단치도 않은 일에 필요 이상 굽신거린다는 뜻.

19833. 일정한 직업이 있는 사람과 벗을 삼아야 한다. (有恒業者友之) 〈永嘉家訓〉

직업이 없는 한가한 사람과는 친하지 말라는 뜻.

19834. 일찍 뿌려야 일찍 거둔다.

무슨 일이나 남보다 일찍하는 것이 유리하다는 뜻.

19835. 일찍 심은 곡식이 일찍 먹는다.

무슨 일이나 일찍 시작하는 것이 유리하다는 뜻.

19836. 일찍 일어난 새가 벌레 한 마리 더 잡아 먹는다.

부지런하게 일을 하는 사람은 생활이 넉넉하게 된다는 뜻.

19837. 일찍 자고 늦게 일어난다. (蚤寢晏起)
〈禮記〉

일찌기 자고 늦게까지 잠을 많이 잔다는 뜻.

19838. 일찍 핀 꽃이 일찍 진다.

먼저 영화를 누렸던 사람은 먼저 망하게 된다는 뜻.

19839. 일진회(一進會)의 맥고모자(麥藁帽子) 같다.

몹시 더럽고도 지저분하다는 뜻. ※일진회:1886년 매국노(賣國奴)들이 조직한 단체.

19840. 일천관 불 붙이고 동관에서 쌀알 줍는다.

큰 손해를 보고 나서 사소한 이익을 얻으려고 한다는 뜻.

19841. 일천석(一千石) 불붙는 줄 모르고 독 뒤에서 쌀알 줍는다.

남자는 밖에서 돈을 막 쓰는데 여자는 집에서 푼돈도 아낀다는 뜻.

19842. 일천석 불 붙이고 쌀알 줍는다.

큰 손해를 보고도 사소한 이익을 위하여 노력한다는

뜻.

19843. 일촌 간장(一寸肝臟) 다 녹는다.
사람의 마음을 몹시 애태우게 한다는 뜻.

19844. 일촌 간장이 봄눈 녹듯 한다.
남의 마음을 극도로 애태우게 만들었다는 뜻.

19845. 일 침(一鍼) 이 뜸(二灸) 삼 약(三藥)이
다.
치병(治病)에는 첫째가 침이고, 둘째가 뜸질이고, 세
째가 약이라는 말.

19846. 일하고 치사 못 듣는다.
일은 죽도록 하고도 치사는 한 마디도 못 들었다는
말.

19847. 일하는 것은 엿봐도 편지 쓰는 것은 엿보
지 말랬다.
남의 편지를 엿봐서는 안 된다는 말.

19848. 일하는 데는 등신이 먹는 데는 귀신이다.
일은 못 하면서 먹는 데는 밝힌다는 뜻.

19849. 일하는 아이는 호박 같은 아이가 낫다.
힘든 일을 하는데는 튼튼하게 생긴 사람이 낫다는
뜻.

19850. 일하며 배우고 배우며 일한다.
일과 배움은 죽을 때까지 해야 한다는 뜻.

19851. 일하자면 약도 써야 한다.
무슨 일을 하자면 돈도 써야 안 될 일도 된다는 뜻.

19852. 일하지 않고 놀고 먹는다. (無爲徒食)
아무 일도 하지 않고 놀고 먹는다는 뜻.

19853. 일할 땐 일하고 놀 땐 놀아야 한다.
무슨 일이나 분명하게 해야 한다는 뜻.

19854. 일흔에 세 살 먹은 아이 된다.
늙어지면 다시 어린 아이와 같이 된다는 뜻.

19855. 일흔이 되면 잠자리도 바꾼다.
일흔이 되면 한 이부자리에서 자던 부부가 서로 잠자
리를 따로 자게 된다는 뜻.

19856. 일흔 하나부터는 남의 나이다.
사람이 칠십을 넘겨 사는 것은 자기 명으로 사는 것
이 아니라 남의 명으로 산다는 말로서 즉 오래 산다
는 뜻.

19857. 일흔 하나부터는 덧으로 산다.
사람이 칠십을 넘겨 살면 오래 산다는 말로서 칠십
까지는 자기 명으로 산 것이고 칠십이 넘어서부터는

남의 명으로 산다는 뜻.

19858. 읽기를 오래 할수록 깊은 뜻을 알게 된다.
(讀之愈久 但覺意味深長)　　　　〈論語〉
책은 읽고 또 읽고 하면서 오래 읽게 되면 그 책에
담겨 있는 참뜻을 알게 된다는 말.

19859. 읽는 것보다 쓰는 것이 낫다.
여러 번 읽는 것보다 한 번 쓰는 것이 배움에 더 도
움이 된다는 뜻.

19860. 잃어 봐야 좋은 줄도 알게 된다.
늘 가지고 있는 것은 좋은 줄을 모르게 된다는 뜻.

19861. 잃은 것도 없고 얻은 것도 없다.
(無害無得)
잃은 것도 얻은 것도 없기 때문에 손익(損益)이 없다
는 뜻.

19862. 잃은 도끼나 얻은 도끼나 마찬가지다.
(失斧得斧同)　　　　〈東言解〉
남을 준 것이나 새로 얻은 것이나 별로 차이가 없다
는 말.

19863. 잃은 도끼는 쇠나 좋았다.
재취(再娶)한 아내가 죽은 아내만 못하다는 뜻.

19864. 임금님 망건(網巾) 사러 가는 돈이라도 쓸
판이다.
돈에 물리게 되면 어떤 돈이라도 쓰게 된다는 뜻.

19865. 임금도 늙은이는 대접한다.
늙은 노인은 세상 사람들이 다 대접한다는 뜻.

19866. 임금도 법 앞에서는 사정이 없다.
(王者無親)
아무리 권세가 있어도 법은 준수해야 한다는 뜻.

19867. 임금도 안 듣는 데서는 욕한다.
아무리 높은 지위에 있는 사람이라도 욕은 먹게 된다
는 뜻.

19868. 임금도 한때의 수치는 참아야 한다.
(國君含垢)　　　　〈春秋左傳〉
집권자도 수치를 당하면 참을 줄 알아야 한다는 뜻.

19869. 임금 망건(網巾) 값도 쓴다.
돈은 있기만 하면 어떤 돈이라도 쓰게 된다는 뜻.

19870. 임금 무덤에 신하(臣下) 귀신 모이듯 한
다.
서로 이해 관계가 있는 사람끼리는 어디를 가나 함께
모이게 된다는 말.

19871. 임금은 국민을 자기 몸으로 여긴다.
(君以民爲體)　　　　　　　　　〈禮記〉
집권자는 국민들을 자기 몸과 같이 아껴야　한다는 뜻.

19872. 임금은 배요 백성은 물이다.
(夫君者舟也, 庶人者水也)　　　　〈孔子家語〉
집권자는 배와 같고 국민들은 바다와 같기 때문에 바닷물이 고요하면 배도 안정되지만 바닷물이 센 물결을 일으키면 배도 뒤집히게 된다는 뜻.

19873. 임금이 약 없어 죽을까?
아무리 좋은 약이라도 죽을 사람은 못 고친다는 뜻.

19874. 임금이 착해야 충신도 난다.
웃사람이 잘해야 아랫 사람도 잘하게 된다는 뜻.

19875. 임 따라 삼수 갑산(三水甲山) 간다.
임을 위해서는 아무리 고생스러운 데라도 따라가야 한다는 뜻.

19876. 임도 보고 뽕도 딴다.
한거번에 두 가지 일을 겸해서 한다는 뜻.

19877. 임도 하나 달도 하나다.
하늘에는 달이 하나밖에 없듯이 세상에는 임도 하나밖에 없다는 뜻.

19878. 임도 하나요 사랑도 하나다.
사랑하는 사람도 하나요 사랑을 하는 것도 하나뿐이라는 말.

19879. 임무는 무겁고 갈 길은 멀다. (任而道遠)
　　　　　　　　　　　　　　　　〈論語〉
할 일은 많은데 늙어 가고 있다는 뜻.

19880. 임무는 크고 책임은 무겁다. (任大責重)
맡은 임무는 크고 담당한 책임은 무겁다는 뜻.

19881. 임신모(姙娠母)는 오리고기를 먹지　않는다.
아기 밴 어머니가 오리 고기를 먹으면 아기의 손가락이 오리 발같이 붙게 된다는 데서 나온 말.

19882. 임 없는 밥은 돌 반 뉘 반이다.
남편 없이 먹는 밥은 맛이 전연 없다는 뜻.

19883. 임 없이 혼자 먹는 밥은 돌 반 뉘 반이다.
남편 없이 먹는 음식은 맛이 없다는 말.

19884. 임은 품에 들어야 맛이고 술은 잔에　차야 맛이다.
임은 품 안에 꼭 드는 것이 좋다는 뜻.

19885. 임을 봐야 아이도 밴다.
무슨 일이나 실천을 해야 결과를 얻게 된다는 뜻.

19886. 임자 없는 것은 가져가도 금하지 않는다.
(取之無禁)
임자 없는 물건은 가져가도 아무도 말하는 사람이 없다는 뜻.

19887. 임자 없는 용마(龍馬)다.
아무리 좋은 것도 임자가 없으면 아무 소용이 없다는 뜻.

19888. 임진년(壬辰年) 원수다.
임진왜란(壬辰倭亂) 때 왜놈과 같은 원수라는 뜻.

19889. 입 가리고 고양이 흉낸다.
얕은 꾀로 남을 속이려고 한다는 뜻.

19890. 입고 먹는 걱정이다. (衣食之憂)
우선 입고 먹는 문제도 해결이 되지 못했다는 뜻.

19891. 입고 먹는 것은 검소하고 절약해야 한다.
(服食儉約)　　　　　　　　　　〈海東續小學〉
일상 생활은 사치하지 말고 검소하고 아껴 써야 한다는 뜻.

19892. 입과 곳간(庫間)은 닫아 두어야 한다.
필요한 말 이외에는 말을 하지 않는 것이 좋다는 뜻.

19893. 입과 배가 원수다.
우선 먹는 것이 큰 걱정이라는 뜻.

19894. 입과 혀는 재앙과 근심이 들어오는 문이다.
(口舌者 禍患之門)　　　　　　　〈君平〉
말 조심을 하지 않으면 재앙과 근심을 면치 못한다는 뜻.

19895. 입 길에 오르내린다.
(1) 남에게 시비를 듣는다는 뜻. (2) 남의 평판을 받는다는 뜻.

19896. 입는 것은 비단옷이고 먹는 것은　쌀밥과 고기다. (衣則衣錦 食則粱肉)　　　　〈列子〉
입는 것과 먹는 것을 마냥 사치한다는 말.

19897. 입 동냥하지 말고 귀 동냥하랬다.
남과 말을 많이 하지 말고 남의 말이나 많이 들으라는 뜻.

19898. 입동(立冬) 전 가위 보리다. (立冬前鋏麥)
보리는 입동 전에 잎이 두 잎 이상 나도록　심어야 한다는 뜻. ※입동:11월 7일 경에 있는 절기(節氣).

19899. 입동 전 송곳 보리다. (立冬前錐麥)

보리는 입동 전에 송곳 크기의 싹이 나오도록 심어야 한다는 뜻.

19900. 입 두고 말 않는 것도 벙어리다.
할 말은 반드시 해야지 말을 하지 않으면 손해를 본다는 뜻.

19901. 입만 귀양 보낸다.
말을 해봤자 들어 주지 않을 것이 뻔한데 공연히 입만 고생시킨다는 뜻. ※귀양:죄인을 먼 지방으로 보내는 형벌.

19902. 입만 살았다.
일은 하지 않고 말만 많이 한다는 뜻.

19903. 입만 쓰담고 있다.
말은 않고 무엇을 생각하면서 입만 손으로 쓰담고 있다는 뜻.

19904. 입만 씻고 만다.
이문을 응당 나누어 주어야 할 사람에게 모르는 척한다는 뜻.

19905. 입만 아프다.
말을 아무리 해도 입만 아프지 아무 소용이 없다는 말.

19906. 입만 있으면 서울 이 서방(李書方) 집도 찾는다.
말만 잘하면 아무리 힘든 일이라도 할 수 있다는 뜻.

19907. 입맛 나자 노수(路需) 떨어진다.
한창 재미나는 판에 돈이 떨어져 곤란하게 되었다는 뜻.

19908. 입맛 나자 쌀 떨어진다.
(1) 한창 좋을 때 돈이 떨어진다는 뜻.
(2) 일이 서로 빗나간다는 뜻.

19909. 입맛도 없고 잠도 못잔다. (食不甘 寢不安)
근심과 걱정이 많아서 밥맛도 없고 잠도 못 잔다는 말.

19910. 입맛만 다신다.
음식을 배부르게 먹지 못하고 겨우 맛만 보다가 말았다는 뜻.

19911. 입맛이 없으면 밥맛으로 먹고 밥맛이 없으면 입맛으로 먹는다.
입맛이 없을 때라도 밥은 정상적으로 먹도록 해야 한다는 뜻.

19912. 입맛이 없으면 밥맛으로 먹는다.

입맛이 없어도 밥은 정상적으로 먹어야 한다는 뜻.

19913. 입바른 말 잘하는 사람치고 미움 안 받는 사람 없다.
입바른 소리를 잘하는 사람은 남에게 미움과 원망을 받게 된다는 말.

19914. 입바른 말 하다가는 어느 귀신이 잡아가는 줄도 모른다.
입을 함부로 놀리다가는 큰 봉변을 당하게 된다는 뜻.

19915. 입 밖에 나온 말은 다시 삼킬 수 없다.
말은 한번 실언(失言)하면 고칠 수가 없으니 조심을 하라는 뜻.

19916. 입 밖에 나온 말은 못 잡는다.
한번 한 말은 뜯어고칠 도리가 없다는 말.

19917. 입방아만 찧는다.
이래라 저래라 잔말을 자꾸 한다는 말.

19918. 입 벌리고 돈 달라고는 못 하겠다.
아무리 굶어죽게 되었어도 차마 돈 좀 달라는 말은 못 하겠다는 말.

19919. 입빠른 놈이 손은 느리다.
말이 많은 사람이 일은 하려고 하지 않는다는 뜻.

19920. 입 쌈이 주먹 쌈 된다.
처음에는 말로 싸우다가 나중에는 때려 가며 싸우게 된다는 말.

19921. 입 성한 벙어리다.
입은 있어도 무식해서 하고 싶은 말을 못한다는 뜻.

19922. 입술과 혀만 헛수고한다. (徒費脣舌)
말을 아무리 해도 아무 소용이 없다는 뜻.

19923. 입술만 안 째졌으면 누가 언청이라고 할까?
사실을 사실대로 말하는 것이 무엇이 나쁘냐는 뜻.

19924. 입술에 침이나 바르고 말해라.
거짓말을 태연스럽게 하는 사람보고 하는 말.

19925. 입술은 째졌어도 말은 잘한다. (脣缺調談)
사람 생긴 외양보다는 말은 똑똑하게 잘한다는 뜻.

19926. 입술을 놀리며 혀를 찬다. (搖脣鼓舌)
〈莊子〉
입 속 말로 나무라면서 혀를 찬다는 뜻.

19927. 입술을 쳐다보며 얼굴 빛을 살핀다.
(仰脣吻 俟顔色)
〈馬融傳〉

아첨하면서 상대방의 눈치를 본다는 뜻.

19928. 입술이 닳도록 말했다.
　말을 한두 번 한 것이 아니라 여러 번을 하였다는 뜻.

19929. 입술이 두터운 여자는 정이 많다.
　입술이 두터운 여자는 유난히 정이 많다는 뜻.

19930. 입술이 안 째졌으면 누가 째보라고 할까?
　원인이 나쁘면 결과가 좋을 수가 없다는 뜻.

19931. 입술이 얇아 잘 지껄이겠다.
　흔히 입술이 얇은 사람이 말을 잘 지껄인다는 뜻.

19932. 입술이 없으면 이가 시리다. (脣亡則齒寒)
〈史記〉
　이해가 서로 밀착(密着)된 처지에서는 하나가 망하면
　다른 하나도 망하게 된다는 뜻.

19933. 입술이 엷으면 수다하다.
　입술이 얇은 사람들 중에는 수다한 사람이 많다는 말.

19934. 입술이 타고 혀가 마르도록 말했다.
　아무리 여러 번 말을 해도 아무 소용이 없다는 뜻.

19935. 입술이 타면 혀도 마른다. (焦脣乾舌)
〈史記〉
　이해 관계가 같은 처지에서는 하나가 고생스러우면
　다른 하나도 고생스럽게 된다는 뜻.

19936. 입 씨름만 한다.
　서로 말다툼만 하였다는 뜻.

19937. 입아귀에 거품을 낸다. (口角流沫)
　입아귀에 거품이 날 정도로 말을 많이 한다는 뜻.

19938. 입 안의 것도 나누어 먹을 처지다.
　입 안에 든 것까지 나누어 먹을 정도로 매우 다정한
　사이라는 뜻.

19939. 입언저리 누른빛 나는 어린 아이다.
　(黃口小兒)
　아직 철이 안 난 젊은 사람을 가리키는 말.

19940. 입에 거미줄 치겠다.
　너무 오랫동안 먹지를 못하였다는 뜻.

19941. 입에 겨우 풀칠만 한다. (糊口)
　겨우 굶어죽지 않을 정도로 먹고 산다는 뜻.

19942. 입에 꿀이 들었다. (口有蜜)
　달콤한 말로 남을 잘 속일 수 있다는 뜻.

19943. 입에는 꿀이 있고 뱃속에는 칼이 있다.
　(口有蜜 腹有劍)　　　　　　　　〈通鑑〉

말로는 친한 척하면서 속으로는 야심을 가지고 대한
다는 뜻.

19944. 입에 들어오는 떡이 있어야 한다.
　실속이 없고 말로만 풍년 드는 것은 아무 소용이 없
　다는 뜻.

19945. 입에 들어온 것도 삼켜야 내 것이 된다.
　무슨 일이나 끝마무리를 하기 전까지는 믿을 수 없
　다는 뜻.

19946. 입에 맞는 떡이다. (適口之餠)
　(1) 마음에 드는 사물이라는 뜻. (2) 마음에 맞는다는
　뜻. ↔ 입에 맞는 떡이 없다.

19947. 입에 맞는 떡이 없다. (適口無餠)
　무슨 일이나 마음에 꼭 드는 일은 드물다는 뜻.
　↔ 입에 맞는 떡이다.

19948. 입에 문 떡도 못 먹는다.
　다 된 일도 마지막에 가서 낭패가 되는 수가 있다는
　뜻.

19949. 입에 문 혀도 깨문다.
　사람은 누구든지 실수할 때가 있다는 말.

19950. 입에 묻은 밥풀이다.
　언제 어떻게 될지 모른다는 뜻.

19951. 입에서 나온 잘못은 만 리 밖에까지 소란하
　게 한다. (謬誤出于口 則亂及萬里之外)
〈新語〉
　한번 말을 잘못하면 온 세상을 소란스럽게 한다는 뜻.

19952. 입에서 나와서 귀로 들어간다.
　두 사람이 주고 받은 말이라 다른 사람은 아무도 모
　르는 비밀이라는 말.

19953. 입에서 신 물이 난다.
　입에서 신 물이 날 정도로 지긋지긋하다는 말.

19954. 입에서 아직 젖 비린내가 난다.
　(口尙乳臭)　　　　　　　　　　　〈史記〉
　(1) 아직 철이 안 난 사람이라는 뜻. (2) 하는 짓이 매
　우 유치하다는 뜻.

19955. 입에서 젖내 난다.
　(1) 아직도 어리다는 뜻. (2) 하는 짓이 유치하다는 뜻.

19956. 입에 쓴 약이 병도 나군다.
　듣기 싫은 충고를 받아들여야 자신에게 유리하다는
　뜻.

19957. 입에 종 노릇하기가 바쁘다.

몸뚱이가 입을 먹여살리기가 매우 바쁘고 고생스럽다는 말.

19958. 입에 침이나 바르고 말해라.
염치 좋게 거짓말을 천연스럽게 하는 사람을 보고 하는 말.

19959. 입에 풀칠하기도 바쁘다.
겨우 먹고 살아나가기도 바쁘다는 뜻.

19960. 입에 피를 물고 남에게 뿜으면 먼저 자신의 입이 더러워진다.
(含血噴人 先汚其口)   〈海東續小學〉
남을 해롭게 하자면 먼저 자기 자신이 해를 입게 된다는 말.

19961. 입에 혀 같다.
남에게 잘 보여서 대단히 가깝게 지낸다는 뜻.

19962. 입에 효자하기 바쁘다.
부지런히 벌어서 입을 먹여 살리기가 매우 바쁘다는 말.

19963. 입으로 나가고 귀로 들어온다. (出口入耳)
자기의 말은 입으로 나가고 남의 말은 귀로 들어온다는 뜻.

19964. 입으로 나쁜 말을 하지 않는다.
(口不出惡言)   〈荀子〉
입으로는 좋은 말만 하고 나쁜 말은 하지 말아야 한다는 뜻.

19965. 입으로 남의 잘못을 말해서는 안 된다.
(口不言人之過)   〈景行錄〉
남의 잘못이 있더라도 이를 말해서는 안 된다는 말.

19966. 입으로는 배를 채워도 눈으로는 배를 못 채운다.
배를 채우려면 음식을 입으로 먹어야지 눈으로는 아무리 많이 봐도 소용이 없다는 뜻.

19967. 입으로는 옳다고 하면서도 속으로는 딴 마음을 가지고 있다. (口是心非)
겉으로는 친한 척하면서도 속으로는 야심을 가지고 있다는 뜻.

19968. 입으로 말은 하나 그 마음은 말하지 않는다. (其口雖言 其心未嘗言)
말은 하지만 말을 해서는 안 될 말은 하지 않는다는 뜻.

19969. 입으로 말하는 것인지 똥구멍으로 말하는 것인지 모르겠다.
말하는 것이 너무도 아니꼽고 더러워서 상대하기가 싫다는 뜻.

19970. 입으로 망한다.
입을 함부로 놀리다가는 큰 변을 당하게 된다는 뜻.

19971. 입으로 예의가 아닌 말은 하지 않아야 한다. (口不道非禮之言)   〈康節邵〉
실례(失禮)가 되는 말은 남에게 해서는 안 된다는 뜻.

19972. 입은 거지는 얻어먹어도 벗은 거지는 못 얻어먹는다.
(1) 한두 끼 굶고는 살아도 잠시나마 벗고는 못 산다는 뜻. (2) 옷차림을 깨끗이 해야 남에게 대우를 받는다는 뜻.

19973. 입은 꼭 다물고 혀는 깊이 간직해야 한다.
(閉口深藏舌)   〈寶鑑〉
말을 함부로 해서는 안 된다는 뜻.

19974. 입은 관문이다. (口者關也)   〈説苑〉
입은 관문과 같으므로 함부로 놀려서는 안 된다는 말.

19975. 입은 다르나 말은 같다. (異口同聲)
          〈普賢經〉
여러 사람이 하는 말이 한 입으로 하듯이 다 같다는 뜻.

19976. 입은 다물고 눈은 크게 떠야 한다.
말은 적게 하고 보는 것은 널리 보라는 뜻.

19977. 입은 둔해도 행동이 민첩하다. (訥言敏行)
말은 비록 느리나 행동은 빠르다는 말.

19978. 입은 마음의 문이다. (口及心之門)
입은 마음 속에 있는 말이 나오는 문의 구실을 한다는 뜻.

19979. 입은 말하는 문이다. (口者言語之門)
          〈新論〉
말은 입을 통하여 나간다는 뜻.

19980. 입은 말하라는 입이고 눈은 보라는 눈이고 귀는 들으라는 귀다.
할 말은 해야 하고 보는 것은 똑똑이 봐야 하고 듣는 것은 정확하게 들어야 한다는 뜻.

19981. 입은 말하라는 입이고 눈은 보라는 눈이다.
할 말은 해야 하고 보는 것은 똑바로 봐야 한다는 뜻.

19982. 입은 말하라는 입이다.
할 말은 무슨 일이 있어도 해야 한다는 뜻.

19983. 입은 맛있는 것을 먹고 싶어한다.
(口欲綦味), (口欲察味)　　　　〈荀子〉,〈莊子〉
입은 항상 맛있는 음식을 먹고 싶어한다는 뜻.

19984. 입은 맛있는 것을 좋아한다. (口之於味)
〈孟子〉
입은 언제나 맛있는 음식을 주면 좋아한다는 뜻.

19985. 입은 무거워야 하고 발은 가벼워야 한다.
입은 말이 없이 무거워야 하고 몸은 부지런히 일을
해야 한다는 뜻.

19986. 입은 병마개처럼 막아 둬야 한다.
(守口如瓶)　　　　〈朱子〉
입은 꼭 필요한 말만 하고는 다물고 있어야 한다는
뜻.

19987. 입은 비뚤어져도 주라는 바로 불어라.
(口雖斜吹鑼當直), (口雖喎唱直吹螺), (口喎珠囉
直吹)　　　〈旬五志〉,〈洌上方言〉,〈東言解〉
어떤 일이 있어도 말은 바로 해야 한다는 뜻.

19988. 입은 비뚤어졌어도 말은 바로 하랬다.
무슨 일이 있더라도 말은 바르게 해야 한다는 뜻.

19989. 입은 비뚤어졌어도 퉁소는 잘 분다.
(1) 몸은 병신이라도 한 가지 재주는 있다는 뜻.
(2) 무식하기는 하지만 남보다 잘하는 것도 있다는 뜻.

19990. 입은 사람을 해치는 도끼이다. (口是傷人斧)
〈寶鑑〉
입을 함부로 놀리면 남을 해치게 된다는 뜻.

19991. 입은 스스로 먹을 것을 구한다.
(自求口食)　　　　〈易經〉
굶주리게 되면 입은 먹을 것을 찾는다는 뜻.

19992. 입은 있어도 계책이 없어 말을 못 한다.
(有口無計)
아무 계책(計策)이 없어서 말도 못 하고 있다는 뜻.

19993. 입은 있어도 말을 하기가 어렵다.
(有口難言)
입은 있어도 말하기가 매우 거북하다는 뜻.

19994. 입은 있어도 할말을 못한다.
(有口不言 : 有口無言)
할 만은 있어도 사정이 따분하여 차마 말을 못 한다
는 뜻.

19995. 입은 작아야 하고 귀는 커야 한다.
말은 되도록 적게 하고 남의 말은 되도록 많이 들으
라는 뜻.

19996. 입은 초병(醋瓶) 막듯 하랬다.
필요한 말만 하고는 언제나 입을 다물고 있어야 한
다는 뜻. ※초병 : 초를 담는 병.

19997. 입은 화가 들어오는 문이다. (口禍之門)
〈馮道, 全唐詩〉
입으로 말을 잘못하면 화를 당하게 된다는 뜻.

19998. 입은 화와 복이 드나드는 문이다.
(口者 禍福之門)　　　　〈松堂集〉
말을 실언하면 화를 받고, 말을 잘하면 복을 받게 된
다는 뜻.

19999. 입은 화의 문이요 혀는 몸을 베는 칼이다.
(口是禍之門 舌是斬身刀)　　　　〈全唐詩〉
말을 잘못하면 화를 당하게 되므로 말을 삼가하라는
뜻.

20000. 입을 경계하여 남의 단점을 말하지 말라.
(戒口莫談他短)　　　　〈紫虛元君〉
남의 잘못을 말하지 않도록 경계해야 한다는 뜻.

20001. 입을 다물고 끙끙거리기만 한다. (噤吟)
〈楊雄〉
차마 할 말을 하지 못하고 속으로만 끙끙대고 있다는
뜻.

20002. 입을 다물고 다시는 말이 없다.
(閉口毋復言)　　　　〈史記〉
말을 하다가 입을 다물고는 더 말하지 않는다는 뜻.

20003. 입을 다물고 말을 않는다.
(口閉不言 : 緘口無言 : 緘口不言)
입을 꼭 봉한 채 말을 하지 않고 있다는 뜻.

20004. 입을 다물고 백 번 피한다. (百辟鉗口)
〈後漢書〉
말을 해달라고 해도 입을 다문 채 도무지 말을 하
지 않는다는 뜻.

20005. 입을 다물고 이를 간다. (含口切齒)
너무도 원통하고 분하여 말도 못 하고 이만 갈고 있
다는 말.

20006. 입을 다물고 혀를 깊이 간직하라.
(閉口深藏舌)　　　　〈馮道詩, 君平〉
입을 꼭 다문 채 영 말을 하지 않는다는 뜻.

20007. 입을 막고 혀를 동여 두면 화 될 말이 없다.
(杜口結舌 言爲禍無)　　　　〈易林〉
입을 다물고 혀를 놀리지 않으면 화 될 말을 못 하게
된다는 뜻.

20008. 입을 싹 씻는다.
무엇을 먹고도 안 먹은 척한다는 뜻.

20009. 입을 상쾌하게 하는 음식이라도 많이 먹으
면 병이 된다. (爽口物多能作疾)　　〈康節邵〉
맛있는 음식이라도 너무 많이 먹게 되면 병이 된다는
말.

20010. 입의 잘못은 없기 쉬워도 마음의 잘못은
없기 어렵다. (無口過易 無心過難)　　〈邵子〉
말은 삼가하기 쉽지만 악한 마음을 잡기는 매우 어렵
다는 뜻.

20011. 입이 걸기가 사복(司僕) 개천 같다.
말을 상스럽게 함부로 한다는 뜻. ※사복:옛날 궁중
의 거마(車馬)를 관리하던 곳.

20012. 입이 걸다.
매우 상스럽고 함부로 지껄인다는 뜻.

20013. 입이 광주리만해도 말을 못 한다.
변명을 하고 싶어도 변명할 여지가 없다는 뜻.

20014. 입이 도끼날 같다.
입바른 말을 날카롭게 한다는 뜻.

20015. 입이 바소쿠리만하다.
입이 커서 염치 좋은 소리를 잘한다는 뜻.

20016. 입이 바소쿠리만해도 말을 못 한다.
입은 크지만 염치가 없어 말을 못 하고 있다는 뜻.

20017. 입이 밥 빌어 오지 밥이 입 빌어 올까?
무엇을 달라고 하는 사람이 가지러 오지는 않고　갖
다 주기를 바랄 때 하는 말.

20018. 입이 보배다.
행동은 개차반이면서도 말은 번드르르하게 한다는 뜻.

20019. 입이 서울이다.
뭐니뭐니 해도 먹는 것이 제일이라는 뜻.

20020. 입이 어질어도 진실하지 못하면 사람들에
게 원망을 받게 된다.
(口惠而實不至 怨藟及其身)　　〈禮記〉
말을 아무리 잘해도 진실한 말을 하지 않으면 남에게
원망을 받게 된다는 뜻.

20021. 입이 여럿이면 무쇠도 녹인다.
여러 사람이 결의한 일은 무슨 일이라도 할 수 있다
는 뜻.

20022. 입이 열 개가 있어도 말을 못 하겠다.
원체 잘못하였기 때문에 변명을 할 여지가 없다는 뜻.

20023. 입이 열 둘이라도 말을 못 한다.
너무나 큰 잘못을 저질렀기 때문에 변명할 말이 없다
는 뜻.

20024. 입이 원수다.
(1) 말을 잘못하여 큰 화를 당하게 되었을 때 하는
말. (2) 입을 벌어다 먹이느라 고생을 한다는 뜻.

20025. 입이 있는 대로 칭찬한다. (有口皆碑)
군중들이 모두 자자하게 칭찬을 한다는 말.

20026. 입이 참새마냥 싸다.
참새가 지저귀듯이 입싸게 지절거린다는 말.

20027. 입이 커서 상치쌈은 잘 먹겠다.
입이 큰 사람을 보고 조롱하는 말.

20028. 입이 커지면 목구멍도 커진다.
서로 이해 관계가 결부된 일은 하나가 좋으면 다른
하나도 좋아지게 된다는 뜻.

20029. 입이 크면 들어오는 것은 적다.
식구가 많으면 돌아가는 것이 적게 된다는 뜻.

20030. 입이 함지박만해도 말을 못 한다.
원체 잘못한 것은 변명할 도리가 없다는 뜻.

20031. 입이 화근(禍根)이다.
입을 잘못 놀리다가는 큰 화를 입게 된다는 뜻.

20032. 입 잰 아이다. (小兒接口)　　〈旬五志〉
어린 사람이 입 잰 것은 쓸모가 없다는 뜻.

20033. 입찬 말은 무덤 앞에 가서 하랬다.
(到墓前 言方盡), (到墓前 方盡言)
　　　　　　　　　　　〈旬五志〉, 〈松南雜識〉
사람이 죽기 전에는 저를 자랑하거나 흰소리로 장담
을 해서는 안 된다는 뜻.

20034. 입찬 말은 죽어서나 하랬다.
제 자랑이나 희떠운 장담은 하지 말라는 뜻.

20035. 입찬 소리는 묘 속에 가서나 하랬다.
죽기 전에는 자신을 자랑하거나 장담을 하지 말라는
뜻.

20036. 입찬 소리는 죽어서나 하랬다.
장담은 죽은 뒤에 하지 죽기 전에는 하지 말라는 뜻.

20037. 입추(立秋) 때는 벼 자라는 소리에 개가
짖는다.
8월 7일 경 입추 무렵에는 벼가 잘 자란다는 뜻.

20038. 입추(立錐)의 여지(餘地)도 없다.

빈틈이 조금도 없이 사람이 꽉 차 있다는 뜻.

20039. 입춘(立春)에 보리 뿌리가 세 치가 되면 풍년이 든다.

입춘 무렵에 보리 뿌리가 길게 내리면 보리 풍년이 든다는 말.

20040. 입춘에 오줌독 깬다.

2월 3일 경에 있는 입춘 무렵에 늦추위가 있다는 말.

20041. 입춘을 거꾸로 붙였나?

입춘이 지난 뒤에 늦추위가 있을 때 하는 말.

20042. 입춘 추위에 김칫독 얼어터진다.

대한이 지나서 입춘 무렵에도 큰 추위가 있다는 말.

20043. 입 큰 자랑 말고 귀 큰 자랑하랬다.

말 많이 하는 것을 자랑하지 말고 남의 좋은 말을 잘 듣는 자랑이나 하라는 뜻.

20044. 입하고 주머니는 동여매야 한다.

입은 말을 못 하도록 해야 하고 주머니는 돈을 쓰지 못하도록 해야 한다는 뜻.

20045. 입 하나로 두 말한다.

한번 약속한 말을 어긴다는 뜻.

20046. 입 하나에 귀는 두 개라는 것을 알아야 한다.

입은 하나이기 때문에 말은 적게 해야 하고 귀는 둘이기 때문에 듣는 것은 많이 들어야 한다는 뜻.

20047. 입 하나에 혀가 두 개다.

한 입으로 두 가지 말을 한다는 뜻.

20048. 잇수(里數)와 촌수는 가까운 데로 친다.

잇수나 촌수는 먼 데로 대지 않고 가까운 데로 댄다는 말.

20049. 있거나 없거나 상관 없다.

(1) 변변치 못한 사람은 있으나 마나 하다는 뜻.

(2) 돈이 있어도 해결될 일이 아니라는 뜻.

20050. 있고 없는 것을 서로 돕도록 하라. (有無相資) 〈慕齋集〉

있고 없는 것이 있으면 서로 나누어 돕도록 하라는 뜻.

20051. 있고 없는 것이 있으면 서로 융통된다. (有無相通)

물자가 있고 없는 것이 있으면 서로 교환하여 융통하라는 뜻.

20052. 있는 것 같으면서 없는 것이 돈이다.

돈은 언제나 생각하고 있는 것보다 적게 남아 있다

는 말.

20053. 있는 것은 모두고 없는 것은 헤프다.

많은 것은 오래 가지만 없고 보면 궁하다는 뜻.

20054. 있는 것이 없는 것만 못하다. (有不如無)

있어 가지고 오히려 불리하게 되었다는 뜻. ↔ 있는 것이 없는 것보다 낫다.

20055. 있는 것이 없는 것보다 낫다.

아무리 나쁜 것이라도 없는 것보다는 낫다는 말. ↔ 있는 것이 없는 것만 못하다.

20056. 있는 곳이나 간 곳을 알 수 없다. (蹤跡不知)

어디 있는지 어디를 갔는지 전혀 모르고 있다는 말.

20057. 있는 꾀 다 써봐도 별 수 없다. (計無所出)

꾀라는 꾀는 다 써봐도 별 도리가 없다는 말.

20058. 있는 놈이 궁상은 더 떤다.

돈 있는 사람이 겉으로는 돈이 없는 것같이 궁상을 더 부린다는 말.

20059. 있는 놈이 더 인색하다.

돈은 모으면 모을수록 인색하게 된다는 뜻.

20060. 있는 놈이 더 짜다.

돈 있는 사람이 더 짜고 인색하다는 말.

20061. 있는 놈이 많이 먹으면 식복(食福)이 있어 잘산다고 하고 없는 놈이 많이 먹어서 못산다고 한다.

세상 사람들은 겉만 보고 적당히 말을 하게 된다는 뜻.

20062. 있는 놈이 목숨은 더 아낀다.

돈 있는 사람이 돈 없는 사람보다 목숨을 더 소중히 여긴다는 뜻.

20063. 있는 놈이 욕심은 더 많다.

돈을 모으는 사람이 욕심은 없는 사람보다도 많다는 뜻.

20064. 있는 말 없는 말로 남을 비방한다. (與訛做訕 : 與訛造訕)

있는 말 없는 말을 다 해가며 함부로 비방한다는 말.

20065. 있는 사람은 겨울이 좋고 없는 사람은 여름이 좋다.

없는 사람은 겨울이 되면 월동 준비(越冬準備)를 해야 하기 때문에 여름이 낫다는 말.

20066. 있는 사람은 명년 일을 걱정하고 없는 사

람은 눈앞 일을 걱정한다.

넉넉한 사람은 여유가 있기 때문에 항상 장래 걱정을 하게 되지만 없는 사람은 당장이 급하기 때문에 목전(目前) 걱정만 하게 된다는 말.

20067. 있는 사람이 죽는 소리는 더 한다.

돈이 많은 사람이 남 보기에는 돈이 더 없는 것처럼 엄살을 떤다는 뜻.

20068. 있는 정 없는 정 다 바쳤다.

자신이 가지고 있는 정을 다 바쳐서 사랑했다는 뜻.

20069. 있다 있다 해도 없는 것이 돈이다.

있는 것 같으면서도 쓰려고 보면 없는 것이 돈이라는 말.

20070. 있다 있다 해도 없는 것이 돈이요 없다 없다 해도 있는 것이 빚이다.

있는 것 같으면서도 없는 것이 돈이요, 없는 것 같으면서도 있는 것이 빚이라는 말.

20071. 있어도 그만이고 없어도 그만이다.

있어도 별로 대단한 것이 못 되고 없어도 별로 아쉬운 것이 못 된다는 뜻.

20072. 있어서 나쁠 것 없다.

아무리 나쁜 것이라도 있어서 나쁜 것은 하나도 없다는 말.

20073. 있어서 아껴야지 없으면 아낄 것도 없다.

여유가 있을 때 절약을 해야지 없으면 절약도 못 한다는 말.

20074. 있으나 마나다.

별로 신통한 존재가 못 된다는 뜻.

20075. 있으나 마나 한 것은 없는 것이 낫다.

있어서 도움이 못 되는 것은 차라리 없는 것이 낫다는 뜻.

20076. 있으나 없으나 곤란하다. (有難無難)

있어도 곤란하고 없어도 곤란하다는 말.

20077. 있을 때는 아껴야 하고 없을 때는 참아야 한다.

물자가 흔할 때는 아껴 써야 하고 없을 때는 참고

견뎌야 한다는 뜻.

20078. 있지 않은 곳이 없다. (無所不在)

어디를 가나 없는 곳이 없이 다 있다는 뜻.

20079. 잉어가 뛰니까 망둥이도 뛴다.

못난 주제에 남이 하는 것을 보고 분에 넘치는 짓을 한다는 뜻.

20080. 잉어가 물 위로 뛰면 비가 온다.

물고기가 물 위로 뛰면 비가 올 징조(徵兆)라는 뜻.

20081. 잉어 숭어가 모이니까 물고기라고 송사리도 온다.

못난 사람이 남의 행동을 모방하여 분에 넘치는 짓을 한다는 뜻.

20082. 잉어국 먹고 용 트림한다.

없는 사람이 있는 체하고 허세를 부린다는 뜻.

20083. 잊고자 해도 잊혀지지 않는다. (欲忘難忘)

아무리 잊어 버리려고 애를 써도 잊혀지지 않는다는 말.

20084. 잊는 데는 세월이 약이다.

괴로움을 잊는데는 세월이 흘러가면 저절로 잊혀지게 된다는 뜻.

20085. 잊어 버리고 생각지도 않는다. (置之忘域)

깨끗이 잊고 더는 생각하지도 않는다는 말.

20086. 잊지 못할 은혜다. (不忘之恩 : 難忘之恩)

잊지 않고 오래 간직해야 할 큰 은혜라는 뜻.

20087. 잊지 않으면 생각 난다.

잊어 버리면 몰라도 잊지 않는 동안에는 생각하게 된다는 말.

20088. 잎이 너무 무성하면 줄기가 부러진다. (末大必折)

하부의 세력이 지나치게 커지면 상부가 망하게 된다는 뜻.

20089. 잎 진 뒤 열매 연다.

부모가 죽은 뒤에 자손이 번영한다는 뜻.

20090. 자가사리가 용을 건드린다.
철 모르고 함부로 덤비는 것을 가리키는 말.

20091. 자가사리 끓듯 한다.
여러 사람들이 한데 모여서 떠들고 법석댄다는 뜻.

20092. 자갈 밭에 앉으면 팔매 치고 싶다.
생각 않던 것도 보게 되면 하고 싶어진다는 뜻.

20093. 자고 나도 깨고 싶지 않다. (尙寐無覺)
〈詩經〉
잠을 자기는 했으나 졸려서 일어나고 싶지 않고 더 자고 싶다는 뜻.

20094. 자고 난 은혜 없다.
남에게서 받은 은혜도 세월이 지나면 잊게 된다는 뜻.

20095. 자고새는 늘 뜻이 남쪽에만 있지 북쪽에는 갈 생각이 없다. (鷓鴣志常南白 不思北徂)
〈埤雅〉
타향살이를 하는 사람은 언제나 고향에만 가고 싶고 타향살이를 하기 싫다는 뜻.

20096. 자꾸 되풀이 말만 한다. (陳談屢說)
한번 한 말을 또 하고 또 하고 되풀이한다는 뜻.

20097. 자꾸 인심만 잃는다. (積失人心)
남들에게 인심 잃을 짓만 자꾸 한다는 말.

20098. 자꾸 잊어 버리기를 잘 한다. (先忘後失)
정신이 없어서 무슨 일이나 다 잊어 버린다는 뜻.

20099. 자국 물에서는 용이 나지 못한다. (蹄窪之內 不生蛟龍)
포부(抱負)가 작으면 큰 일을 할 수 없다는 뜻.

20100. 자기가 맡은 일을 잘 시행하지 못한다. (不善擧行)
자기가 맡은 일을 제대로 감당해 내지 못한다는 말.

20101. 자기가 뿌린 씨는 자기가 거두게 마련이다.
자기가 한 일에 대해서는 자신이 책임을 지게 된다는 뜻.

20102. 자기가 서툴다고 하여 남이 잘하는 것을 시기하지 말라. (毋因己之拙 而忌人之能)
〈菜根譚〉
잘하는 사람을 시기할 것이 아니라 그에게서 배워서 자신의 서투른 것을 익숙하게 하라는 뜻.

20103. 자기가 스스로 취한 재앙이다. (自取之禍 : 自取其禍)
남이 주는 재앙이 아니라 자신이 잘못해서 생긴 재앙이라는 뜻. ↔ 제가 얻은 복이다.

20104. 자기가 어버이에게 효도를 하면 자식도 또한 자기에게 효도를 하게 된다. (孝於親 子亦孝之)
〈姜太公〉
자기가 부모에게 효도를 하면 자식들도 본받아 자기에게 효도를 하게 된다는 뜻.

20105. 자기가 자기를 존대한다. (自尊自大)
자기가 자기의 존대(尊大)를 자랑한다는 뜻.

20106. 자기가 자신을 믿는 사람은 남들도 역시 믿어 준다. (自信者 人亦信之)
〈景行錄〉
자기 자신을 믿게 될 정도면 남들도 역시 믿게 된다는 뜻.

20107. 자기가 자신을 비웃는다. (自嘲)
자기가 저지른 일에 대하여 비웃는다는 말.

20108. 자기가 자신을 업신여기면 남들도 따라서 업신여긴다. (自侮人侮人)
자신을 포기하지 말고 몸 가짐을 소중히 하라는 뜻.

20109. 자기가 자신을 의심하는 사람은 남들도 역시 그를 의심하게 된다. (自疑者 人亦疑之)
〈景行錄〉
자기 자신을 못 믿게 될 지경이면 남들도 역시 못 믿고 의심하게 된다는 뜻.

20110. 자기가 저지른 잘못은 바로 잡을 수 없다.
(自作孼 不可活)　　　　　〈孟子〉
한번 잘못을 저지른 것은 다시 바로 잡을 도리가 없
다는 뜻.

20111. 자기가 지은 것은 자기가 도로 받게 된다.
(自作還自受)　　　　　　〈史記〉
자기가 악한 일을 하게 되면 화를 받게 될 것이고 착
한 일을 하게 되면 복을 받게 된다는 뜻.

20112. 자기가 하고 싶은 대로만 한다.(從吾所吾)
자기가 하고 싶은 대로 따라하도록 한다는 뜻.

20113. 자기가 싫은 일은 남에게 시키지 말라.
(己所不欲 勿施於人)　　　〈性理書〉
자기가 싫은 일은 남도 싫어하기 때문에 남에게 시
키지 말라는 뜻.

20114. 자기가 하기 어려운 일은 남에게도 시키지
말아야 한다.(難行之事 勿以命人)
자기가 하기 어려운 일은 남도 하기 어렵기 때문에 남
에게 시키지 말라는 뜻.

20115. 자기 견해만 옳다고 하지 말라.(勿爲自足
己見)　　　　　　　　　〈永嘉家訓〉
자기 견해만 옳다고 고집을 세우지 말고 남의 의견도
듣도록 하라는 뜻.

20116. 자기 고향이 서울이다.
누구나 자기 고향이 가장 좋다고 생각한다는 뜻.

20117. 자기 대중으로 남 말 한다.
흔히 남의 말을 할 때는 자기 본위로 말을 하게 된다
는 뜻.

20118. 자기 되로 남의 곡식을 된다.
자기 표준(標準)으로 남을 생각한다는 말.

20119. 자기 뜻대로 행동한다.(有意行動)
무원칙(無原則)하게 저 하고 싶은 대로 한다는 뜻.

20120. 자기를 귀하게 여기고 남을 천하게 여기
지 말라.(勿以貴己而賤人)　　〈姜太公〉
자기가 귀하다고 하여 남을 천하게 업신여기지 말라
는 뜻.

20121. 자기를 버리고 남을 따른다.(舍己從人)
　　　　　　　　　　　　〈書經〉
자기 고집을 버리고 남의 좋은 의견을 따른다는 뜻.

20122. 자기를 용서하는 마음으로 남을 용서하면
남들과의 사귐이 완전하다.(以恕己之心 恕人
則交全)　　　　　　　　〈尹和靖〉

자기의 잘못을 용서하는 마음으로 남의 잘못을 용서
하면 남들과 잘 융화될 수 있다는 뜻.

20123. 자기를 위하여 하는 일은 모두 이(利)를
위한 행동이다. (有所爲而爲者利也)〈十八史略〉
자기를 위하여 하는 일은 모두 자기의 이익을 위하여
하는 일이라는 뜻.

20124. 자기를 위하여 하는 일이 아닌 행동은 의
다.(無所爲而爲者義也)　　　〈十八史略〉
자기를 위한 일이 아니고 남을 위한 일은 모두 의로
운 일이라는 말.

20125. 자기만 못한 사람은 벗으로 사귀지 말아
야 한다.(毋友不如己者)　　　　〈論語〉
자기가 배울 것이 없는 사람은 벗으로 삼지 말라는 뜻.

20126. 자기만 즐겁게 지내는 사람은 오래 가지 못
하고 망하게 된다.(樂身者 不久而亡)〈三略〉
자기만 잘살려고 하는 사람은 남에게 미움을 받기 때
문에 망하게 된다는 뜻.

20127. 자기 몸보다 더 귀한 것은 없다. (身外無
物)
세상에서 자기 몸이 가장 소중하다는 뜻.

20128. 자기 몸을 낮추고 남을 높인다.(卑己而尊
人)　　　　　　　　　　〈禮記〉
자신을 낮추고 남을 높이는 것이 예의라는 뜻.

20129. 자기 몸이 부귀하면 부귀한 처지에 알맞
게 행동해야 한다.(素富貴 行乎富貴)〈中庸〉
자기 처지에 알맞도록 처세를 해야 한다는 뜻. ↔ 자
기 몸이 빈천하면 빈천한 처지에 알맞게 행동해야 한
다.

20130. 자기 몸이 빈천하면 빈천한 처지에 알맞
게 행동해야 한다.(素貧賤 行乎貧賤)〈中庸〉
사람은 자기 신분에 알맞도록 처세를 해야 한다는 뜻.
↔ 자기 몸이 부귀하면 부귀한 처지에 알맞게 행동해
야 한다.

20131. 자기보다 나은 사람은 싫어하고 자기에게
아첨하는 사람은 좋아한다.(勝己者厭之 佞己
者悅之)　　　　　　　　〈柳玭〉
자기보다 잘난 사람은 싫어하고 아첨하는 사람과 가
까이 지내는 사람은 망하게 된다는 뜻.

20132. 자기 손수 집안을 일으켜 세운다.(自手成
家)
유산이 없이 가난한 사람이 자력으로 집안을 잘살게
만들었다는 뜻.

20133. 자기 약 상자 속에 든 약이다.(自家藥籠中物) 〈狄仁傑〉
자기 마음대로 쓸 수 있는 물건이라는 뜻.

20134. 자기에게 상관없는 일은 함부로 하지 말라.(不干己事 莫妄爲) 〈紫虛元君〉
자기에게 아무 상관이 없는 일에는 아예 간섭하지 말라는 뜻.

20135. 자기에게 필요한 물건은 자신이 만들어 쓴다.(自給自足)
자기가 쓸 물건은 자신이 만들어 쓴다는 뜻.

20136. 자기 오줌 먹기다.
자기가 한 일로 인하여 봉욕(逢辱)을 당하게 된다는 뜻.

20137. 자기와 의견이 같으면 옳다고 하고 자기 의견과 다르면 그르다고 한다.(同於己爲是之 異於己爲非之) 〈莊子〉
무슨 일이나 자기 본위(自己本位)로 일을 한다는 뜻.

20138. 자기 용모를 제가 자랑하는 여자는 행실이 부정하다.(衒女不貞) 〈越絶書〉
자기 인물 자랑을 잘하는 여자는 바람기가 있다는 뜻.

20139. 자기의 몸을 먹줄과 같이 바르게 잡아야 한다.(度己以繩) 〈荀子〉
자기가 하는 일은 먹줄과 같이 곧바르게 하라는 뜻.

20140. 자기의 분수에 넘치는 짓은 생각도 말아야 한다.(思不出其位) 〈易經〉
자기 분수에 넘치는 짓은 아예 생각하지도 말라는 뜻.

20141. 자기의 분수에 만족하면 마음에 여유가 있다.(知足者富) 〈老子〉
현실에 만족하는 사람은 마음의 여유가 있다는 뜻.

20142. 자기의 소유가 아닌 것을 취하는 것은 의가 아니다.(非其有而取之 非義) 〈孟子〉
남의 것을 취하는 짓은 의리에 벗어나는 짓이라는 뜻.

20143. 자기의 옷을 벗어 입히며 음식을 권한다.(解衣推食) 〈史記〉
헐벗은 사람에게 옷을 주고 밥을 주면서 자선을 베푼다는 뜻.

20144. 자기의 용모를 자랑하는 여자는 행실이 부정하다.(衒女不貞) 〈越絶書〉
자기 얼굴 예쁜 자랑을 하는 여자의 행동은 좋지 못하다는 뜻.

20145. 자기의 의견만 고집하고 남의 말을 물리치지 말라.(毋任己意而廢人言) 〈菜根譚〉
자기 주장만 고집하지 말고 남의 좋은 의견도 받아들여야 한다는 뜻.

20146. 자기의 잘못을 뉘우치고 스스로 꾸짖는다.(引過自責)
자기의 잘못을 뉘우치면서 자신을 꾸짖는다는 뜻.

20147. 자기의 잘못을 듣는 것을 즐거워해야 한다.(樂於聞過) 〈漢陰集〉
자신의 잘못에 대한 비평은 달게 듣고 즐거워해야 한다는 뜻.

20148. 자기의 잘못을 잘 용서하는 사람은 허물을 고치지 못한다.(自恕者 不改過) 〈景行錄〉
자기 잘못에 대하여 꾸짖을 줄을 모르고 다 용서하는 사람은 잘못을 고치지 못한다는 뜻.

20149. 자기의 재능을 자랑하는 사나이는 믿을 수 없다.(衒士不信) 〈越絶書〉
자기가 자기 자랑을 하는 사람의 재능은 믿을 수 없다는 말.

20150. 자기의 재주가 뛰어난 것을 자신이 자랑하지 말라.(己有能 勿自私) 〈李子潛〉
자기가 남보다 뛰어난 재주가 있다고 하여 이것을 자랑하고 뽐내지 말라는 뜻.

20151. 자기의 재주를 자랑하지 말라.(無驕能) 〈春秋左傳〉
자기의 재주가 뛰어난 것을 뽐내지 말라는 뜻.

20152. 자기의 직책을 잃어 버리는 것은 태만이다.(失官慢也) 〈春秋左傳〉
자기가 맡은 일을 잃어 버리는 것은 태만이라는 뜻.

20153. 자기의 허물은 자기가 모른다.(自過不知)
자기의 결함은 자신이 더 잘 알 것 같지만 사실은 더 모르고 있다는 말.

20154. 자기의 힘으로 살아간다.(自作自活)
남에게 의존하지 않고 자력으로 살아간다는 뜻.

20155. 자기 자식에겐 팥죽 주고 의붓 자식에겐 콩죽 준다.
의붓 자식은 귀여워하지 않는다는 뜻.

20156. 자기 자식 잘못 모르고 자기 곡식 잘 된 것 모른다.(莫知其子之惡 莫知其苗之碩) 〈曾氏傳〉
자기의 것은 편견(偏見)으로 보기 때문에 결함을 발견하지 못한다는 뜻.

20157. 자기 자신이 도리를 행하지 않으면 처자

771

에게도 행하여지지 않는다. (身不行道 不行於
妻子)　　　　　　　　　　　　　〈孟子〉
집안에서는 가장이 먼저 옳은 도리를 지켜야 아내와
자식들도 따라하게 된다는 뜻.

20158. 자기 자신이 바르면 명령하지 않아도 잘
집행된다. (其身正 不令而行)　　〈論語〉
웃사람이 곧고 바르게 행동을 하면 아랫 사람에게 명
령 같은 것을 하지 않아도 아랫 사람들은 저절로 따
라하게 된다는 뜻.

20159. 자기 자신이 바르지 못하면 명령을 해도
복종하지 않는다. (其身不正 雖令不從)
　　　　　　　　　　　　　　　　〈論語〉
웃사람이 부정하면 아무리 명령을 해도 아랫 사람들
이 따라하지 않게 된다는 뜻.

20160. 자기 잘못을 스스로 책망한다. (悔過自責)
자신의 잘못을 뉘우치고 자신을 꾸짖는다는 뜻.

20161. 자기 잘못을 용서하는 마음으로 남을 용
서해 주어야 한다. (以恕己之心恕人)〈苑純仁〉
자신의 잘못을 너그럽게 용서하듯이 남의 잘못도 너
그럽게 용서해 주어야 한다는 뜻.

20162. 자기 집 두레박 줄이 짧은 것은 한탄하지
않고 남의 집 우물 깊은 것만 한탄한다.
(不恨自家蒲繩短 只恨他家苦井深)　〈景行錄〉
자기의 결함은 모르고 남만 탓한다는 뜻.

20163. 자기 집 안방 드나들듯 한다.
출입하기 어려운 곳을 자유롭게 출입한다는 말.

20164. 자기 집에 있으면 가난해도 좋다. (在家貧
亦好)　　　　　　　　　　　　　〈戎昱詩〉
객지에서 홀로 고향을 그리워하는 말로서 만일 집에
가 있으면 가난하게 살더라도 좋겠다는 뜻.

20165. 자나 깨나 그리워한다. (寤寐求之)〈詩經〉
밤 낮으로 잊지 못하고 그리워한다는 뜻.

20166. 자나 깨나 생각난다. (寤寐思服)　〈詩經〉
밤 낮으로 한결같이 생각한다는 뜻.

20167. 자나 깨나 잊지 못한다. (寤寐不忘)
항상 잊지 못하고 고민하고 있다는 뜻.

20168. 자 눈도 모르고 조복(朝服) 마른다.
아무것도 모르는 주제에 가장 어려운 일을 한다는 뜻.

20169. 자는 것보다 더 편한 것 없다.
몸이 괴로울 때는 자면서 편히 쉬는 것이 가장 좋다

는 뜻.

20170. 자는 것이 극락이다.
자는 것보다 더 편안한 것이 없다는 뜻.

20171. 자는 놈 귀에 물 붓기다.
가만히 있는 사람을 갑자기 놀라게 한다는 뜻.

20172. 자는 놈 목 베기다.
(1) 불의(不意)의 습격을 한다는 뜻. (2) 힘들이지 않
고 일을 한다는 뜻.

20173. 자는 놈의 요(料)는 없다.
게으른 사람에게는 아무 보수(報酬)도 없다는 뜻.
※ 요 : 요미(料米).

20174. 자는 둥 마는 둥 한다. (半睡半醒)
자는 것인지 깬 것인지 모를 정도로 잤다는 뜻.

20175. 자는 벌집 쑤시기다.
건드리지 않았으면 조용할 것을 공연히 건드려서 큰
일을 일으켰다는 뜻.

20176. 자는 범은 깨우지 말랬다.
일부러 위험한 짓을 만들지 말라는 뜻.

20177. 자는 범이다. (臥虎)
앞으로 위험한 존재라는 뜻.

20178. 자는 범 코 찌르기다. (宿虎衝鼻), (宿虎衝
本)　　　　　　〈東言解, 松南雜識〉,〈旬五志〉
그대로 두었더라면 아무 일도 없었을 것을 공연히 건
드려서 큰 화를 당하게 되었다는 뜻.

20179. 자는 아이 깨우기다.
쓸데없는 짓을 하여 일거리를 만들어 주었다는 뜻.

20180. 자는 입에 콩가루 떨어넣는다.
남을 이롭게 하는 척하면서 해를 끼친다는 뜻.

20181. 자는 중도 떡이 다섯이다.
옛날 덕분에 일도 않고 자던 중까지 떡을 얻어 먹듯
이 먹을 복이 있으면 잘 먹을 기회가 있다는 뜻.

20182. 자는 호랑이 불침 놓기다.
가만히 두면 아무 일 없을 것을 건드려서 화를 당한
다는 뜻.

20183. 자다가 남의 다리 긁는다.
(1) 자기 일을 한다는 것이 남 좋은 일만 하였다는 뜻.
(2) 공연히 엉뚱한 일만 하였다는 뜻.

20184. 자다가도 웃을 노릇이다.
자다가 생각해도 웃음이 날 정도로 몹시 우습다는 말.

20185. 자다가 벼락 맞는다.
뜻하지 않은 변을 돌연히 당했을 때 하는 말.

20186. 자다가 봉창 두드린다.
별안간 엉뚱한 소리를 할 때 하는 말.

20187. 자다가 생병 앓는다.
별안간에 걱정거리가 생겼다는 말.

20188. 자다가 얻은 병이다.
별안간에 뜻하지도 않은 걱정거리가 생겼다는 뜻.

20189. 자다가 얻은 병이 이각(離却)을 못 한다.
별안간에 얻은 걱정거리는 오래 간다는 뜻.

20190. 자다가 오장이 밥 찾는다.
별안간 아무 관계도 없는 엉뚱한 소리를 한다는 뜻.

20191. 자다가 잠꼬대한다.
급작스럽게 당치도 않은 엉뚱한 짓을 한다는 뜻.

20192. 자던 아이 가지 따러 간다.
아이보다 어머니가 먼저 잠이 들었을 때 하는 말.

20193. 자던 아이도 깨겠다.
아이를 재운다면서 수다스레 지껄일 때 하는 말.

20194. 자던 중도 떡이 다섯 개란다.
한 일은 없어도 이익 분배(利益分配)를 받는다는 뜻.

20195. 자도 걱정이고 먹어도 걱정이다. (寢食不安)
비록 자기도 하고 먹기도 하지만 항상 걱정이 되어 불안하다는 뜻.

20196. 짜도 흩어진다.
자꾸 없어지기만 한다는 뜻.

20197. 자라가 알 낳고 쳐다보듯 한다.
무엇을 오랫동안 쳐다보고 있을 때 하는 말.

20198. 자라나는 아이는 열 두 번 변한다.
어린 아이는 커 가는 동안에 여러 번 변하게 된다는 뜻.

20199. 자라나는 호박에 말뚝 박기다.
(1) 어린 아이 장래를 망친다는 말. (2) 매우 심술이 많은 사람의 행실을 가리키는 말.

20200. 자라는 나무 순은 꺾지 않는다. (方長不折)
어린이의 장래를 해치는 행동은 하지 말아야 한다는 뜻.

20201. 자라 목 오무리듯 한다.
부끄러워 목을 움츠리는 사람을 두고 하는 말.

20202. 자라 목이 되었다.
무엇이 점점 오므라들은 것을 가리키는 말.

20203. 자라 보고 놀란 가슴 솥뚜껑 보고도 놀란다.
무엇에 한번 몹시 놀란 사람은 그와 유사(類似)한 것만 보아도 겁을 낸다는 뜻.

20204. 자라 보고 놀란 놈은 소댕 보고도 놀란다. (嚇于鱉者 尚驚鼎盖) 〈耳談續纂〉
무엇에 몹시 놀란 사람은 그와 비슷한 것만 봐도 겁을 먹게 된다는 뜻.

20205. 자라 알 지켜보듯 한다.
어떻게 일을 처리하려고는 않고 들여다보고만 있다는 말.

20206. 자라 집 지키듯 한다.
하는 일도 없이 집만 지킨다는 뜻.

20207. 자랄 나무는 떡잎부터 알아본다.
장래 잘 될 사람은 어렸을 때부터 알아볼 수 있다는 뜻.

20208. 자랑 끝에 불붙는다.
자랑을 너무 하다가는 필경 손해를 보게 된다는 뜻.

20209. 자랑 끝에 쉬 슨다.
너무 자랑하다가는 도리어 불행한 일이 생긴다는 뜻.

20210. 자랑하는 말은 달콤하다. (甘言詑語) 〈晉書〉
자랑하는 말은 아름답고 고운 말로 하기 때문에 달콤하다는 뜻.

20211. 자로 재본 뒤에야 길고 짧은 것을 알 수 있다. (度然後 知長短) 〈孟子〉
무엇이나 실제로 측정해 봐야 정확히 알 수 있다는 말.

20212. 자룡(子龍)이 헌 칼 쓰듯 한다.
물건을 아끼지 않고 함부로 버린다는 뜻.
※자룡 : 중국 삼국 시대의 명장, 조 자룡.

20213. 자루 빠진 도끼다.
있어도 쓰지 못하는 물건이라는 뜻.

20214. 자루 베는 칼 없다.
자기 일을 자기가 처리하지 못한다는 말.

20215. 자루 아가리를 동인 듯이 말을 않는다. (括囊不言) 〈漢書〉
입을 다물고 말을 전연 않는다는 뜻.

20216. 자루 없이 동냥한다.
일할 준비도 하지 않고 맨손으로 한다는 뜻.

20217. 자루 찢는다.

하찮은 물건을 놓고 서로 가지려고 다툰다는 뜻.

20218. 자룻속 송곳은 삐져나오게 마련이다.
아무리 감추어도 탄로(綻露)날 것은 저절로 탄로가 된다는 뜻.

20219. 자르다가 버리면 썩은 나무도 못 자르게 된다. (鍥而舍之 木朽不折) 〈荀子〉
무슨 일을 하다가 그만두는 사람은 쉬운 일도 끝을 못 낸다는 뜻.

20220. 자리에 똥 싼다.
(1) 똥을 안 싸려고 해도 싸게 된다는 뜻. (2) 무슨 일이 마음대로 되지 않는다는 뜻.

20221. 자린 고비(考妣)다.
몹시 인색한 사람을 가리키는 말. ※옛날 충주에 어떤 부자가 부모 제사에 쓰는 지방을 쓸 때마다 태우지 않고 기름에 절여서 두고두고 썼다는 데서 나온 말.

20222. 자만은 손해를 부르고 겸손은 이익을 가져온다. (滿招損 謙受益) 〈書經〉
자만하는 사람은 망하게 되고 겸손한 사람은 성공하게 된다는 뜻.

20223. 자면서 이를 갈면 가난하다.
잠잘 때 이를 가는 버릇은 나쁘므로 고쳐야 한다는 뜻.

20224. 자빠져도 코가 깨진다. (翻亦破鼻)
안 되는 사람은 불행한 일만 생긴다는 뜻.

20225. 자빠지는 놈 꼭뒤 친다.
궁지에 빠진 사람을 더욱 괴롭게 한다는 뜻.

20226. 자빠지는 놈 뺨친다. (落者壓鬢) 〈旬五志〉
궁지에 빠진 사람을 더욱 괴롭게 한다는 말.

20227. 자빠진 김에 쉬어 간다.
불행한 기회를 유효하게 이용한다는 말.

20228. 자반 뒤집기다.
누워서 엎치락뒤치락한다는 뜻.

20229. 자발 없는 귀신은 무랍도 못 얻어먹는다.
경솔한 사람은 얻어 먹을 것도 못 얻어먹는다는 뜻. ※무랍 : 굿이나 물릴 때 귀신 먹으라고 문간에 놓는 밥.

20230. 자 밥 주라는 것이 나 밥 달라는 소리다.
(1) 말을 빗대 놓고 한다는 뜻. (2) 말은 듣는 사람이 듣기를 옳게 들어야 한다는 뜻.

20231. 자벌레가 몸을 꾸부리는 것은 장차 펴기위한 짓이다. (尺蠖屈以求伸 : 尺蠖之屈) 〈易經〉
앞으로의 성공을 위하여 잠깐 몸을 굽힌다는 말.

20232. 자본이 많으면 장사를 잘한다. (多錢善賈) 〈韓非子〉
밑천이 많아야 장사를 잘할 수 있다는 말.

20233. 자 볼기를 맞겠다.
아내가 쓰는 자로 볼기를 맞을 정도로 엄처 시하(嚴妻侍下)에 산다는 뜻.

20234. 자비(慈悲)가 원수 된다.
남에게 자비를 베푸는 사람은 고생을 하게 된다는 뜻.

20235. 자비가 짚 벙거지다.
외면으로는 자비스러운 것 같으나 사실은 그렇지 않다는 뜻.

20236. 자비한 아비도 이롭지 않은 아들은 사랑하지 않는다. (雖有慈父 不愛無益之子) 〈墨子〉
아무리 인자한 아비라도 집안을 이롭게 하지 않은 자식은 사랑하지 않게 된다는 뜻.

20237. 자비한 어머니에게도 못된 자식은 있다. (慈母有敗子) 〈韓非子〉
인자한 어머니에게도 못된 아들이 있을 수 있다는 뜻.

20238. 자세히 보면서 여러 말을 한다. (詳覽群言) 〈後漢書〉
자세히 살펴보면서 구체적으로 말을 한다는 뜻.

20239. 자손은 가르치지 않으면 안 된다. (子孫不可不教) 〈朱子家訓〉
자손은 잘 가르쳐서 출세할 수 있도록 하여야 한다는 뜻.

20240. 자손의 현명은 돈으로도 사기 어렵다. (有錢難買子孫賢) 〈梓潼帝君〉
자손의 현명은 돈으로 사기는 어렵기 때문에 가르쳐야 한다는 뜻.

20241. 자손이 번족하고 자신이 장수하는 것은 늙은이의 복이다. (豊子孫之祥 致老壽之福) 〈後漢書〉
자손들이 번성하고 자신이 오래 사는 것은 늙은이로서 가장 큰 복이라는 뜻.

20242. 자수 삭발(自手削髮)은 못 한다.
아무리 긴요한 일이라도 제가 못 하는 것은 남의 손을 빌려서라도 해야 한다는 뜻. ↔제 손으로 제 머리를 깎는다.

20243. 「자시요」 할 때는 안 먹고 「처먹어라」 해야 먹는다.
(1) 좋은 말로 할 때는 안 듣고 나쁜 말로 해야 듣는다는 뜻. (2) 무슨 일에 기회를 포착(捕捉)할 줄 모른다는 말.

20244. 자식과 불알은 짐스러운 줄 모른다.
자식은 아무리 많아도 귀여운 재미로 고달픈 줄을 모른다는 뜻.

20245. 자식 귀엽게 키워 버릇 있는 놈 못 봤다.
자식을 엄하게 기르지 않고 귀엽게만 키우면 버릇없는 자식이 되기 쉽다는 말.

20246. 자식 기르는 법 배우고 시집 가는 계집 없다.
무슨 일이나 당하면 하게 된다는 뜻.

20247. 자식 낳아서 장모 준다.
장가 간 자식이 에미보다도 장모에게 더 잘한다는 뜻.

20248. 자식 떼고 돌아서는 어미는 발자국마다 피가 고인다.
자식을 떼놓는 어미의 마음은 말할 수 없이 괴롭다는 말.

20249. 자식 데리고 온 어미 주머니 둘 찬다.
자식을 데리고 재가(再嫁)하여 또 자식을 낳은 여자는 두 자식에 대하여 신경을 각각 쓰게 된다는 뜻.

20250. 자식도 며느리면 밉다.
귀여운 자식도 만일 며느리가 된다면 미워지게 된다는 뜻.

20251. 자식도 어려서 제 자식이다.
자식은 어려서 말 잘 들을 때가 자기 자식이지 커서 말을 잘 안 들을 때는 제 자식이 아니라는 뜻.

20252. 자식도 크면 상전이다.
자식이 갓난 아이 때는 아이 보는 데서 아무 짓을 해도 상관이 없지만 크게 되면 언행(言行)을 조심해야 하기 때문에 상전과 같다는 말.

20253. 자식도 품안에 들 때 내 자식이다.
자식도 자라면 부모 마음대로 할 수 없다는 말.

20254. 자식도 품안 때가 자식이다.
자식도 품안에 있을 때나 제 자식이지 커서 품 밖으로 나가게 되면 자기 마음대로 할 수가 없으므로 제 자식이 아니라는 뜻.

20255. 자식 둔 골에는 호랑이도 두남을 둔다.
짐승도 제 새끼는 돌보아 주는데 하물며 사람이야 더 말할 것도 없다는 뜻.

20256. 자식 둔 골은 범도 돌봐 준다. (養雛之谷虎亦顧) 〈松南雜識〉
사나운 짐승도 새끼를 사랑하는데 하물며 인간이야 더 말할 것도 없다는 뜻.

20257. 자식 둔 사람은 도둑놈보고도 흉보지 말랬다.
자식을 둔 사람은 자기 자식도 장래 어떻게 될지 모르기 때문에 입찬 소리는 말라는 뜻.

20258. 자식 둔 사람은 앞 짧은 소리를 말랬다.
자식을 둔 사람은 남의 자식의 장래성이 없다거나 불행하다거나 하는 말을 해서는 안 된다는 뜻.

20259. 자식 둔 사람은 입찬 소리를 못 한다.
자식을 둔 사람은 자기 자식도 어떻게 될지 모르기 때문에 입찬 소리는 삼가하라는 뜻.

20260. 자식 둔 사람은 화냥년 보고 웃지 말고 도둑놈 보고 흉보지 말랬다.
자식을 둔 사람은 남의 자식의 잘못을 봐도 입찬 소리는 하지 말라는 말.

20261. 자식 둘만 기르면 반 의사(半醫師) 된다.
부모는 자식 병에 대한 관심이 많기 때문에 자식 둘만 기르면 반 의사가 된다는 뜻.

20262. 자식 많은 사람은 입찬 소리 못한다.
자식 많은 사람은 남의 자식 못됐다는 말 못 한다는 뜻.

20263. 자식 많은 어미 허리 펼 날 없다.
자식이 많은 부모는 자식 때문에 고생이 많다는 뜻.

20264. 자식 못 낳는 여자가 살림은 잘한다.
자식을 못 낳는 여자는 어린 아이에게 빼앗기는 시간을 살림하는 데로 돌릴 수 있을 뿐만 아니라 아이들에 대한 낙(樂)대신 살림하는 낙을 가지게 되므로 살림을 잘하게 된다는 뜻.

20265. 자식 밥은 먹어도 사위 밥은 못 먹는다.
자식에게 의지하는 것은 만만하지만 사위에게 의지하는 것은 거북하다는 뜻.

20266. 자식보다 더 귀한 보배 없다.
가정에서는 자식보다 더 소중한 보배는 없다는 뜻.

20267. 자식보다 손자가 더 귀엽다.
다 큰 자식은 귀여울 때가 지났으므로 어린 손자가 더 귀엽다는 말.

20268. 자식 새끼 낳을 만한 색시는 신정(新町)
으로 다 팔려 간다.
일제 식민지 시대 빈민들의 딸이 창녀(娼女)로 팔려
간다는 뜻.

20269. 자식 셋 키우자면 눈알이 변한다.
자식을 여럿 둔 사람은 자식에 대한 감시를 잘해야 한
다는 뜻.

20270. 자식 수치가 부모 수치다.
자식이 잘못하면 부모까지 수치가 되기 때문에 자식
은 부모의 수치가 되는 일이 없도록 조심하라는 뜻.

20271. 자식 씨와 감자 씨는 못 속인다.
자식은 어디가 닮아도 부모를 닮은 데가 있어서 속일
수가 없다는 뜻.

20272. 자식 없는 것이 상팔자다.(無子息 上八字)
자식이 없으면 자식으로 인한 노고가 없기 때문에 팔
자가 편하다는 뜻.

20273. 자식 없는 사람은 부모의 은덕을 모른다.
자식을 안 키워 본 사람은 부모의 은덕을 모르게 된
다는 말.

20274. 자식에게 금 상자를 물려 주는 것이 책 한
권을 물려 주는 것만 못하다.(遺子黃金籯 不
如一經)   〈漢書〉
자식에게 재산을 물려 주는 것보다는 교육을 시켜 주는
것이 낫다는 뜻.

20275. 자식에게 땅 줄 걱정 말고 책 물려 줄 걱
정하랬다.
자식에게 재산을 물려 주는 것보다는 교육을 시켜 주는
것이 낫다는 뜻.

20276. 자식에게 천금을 물려 주는 것보다는 한
권의 경서를 가르쳐 주는 것이 낫다.(遺子千
金 敎子一經)   〈孔子〉
자식에게 재산을 많이 물려 주는 것보다는 공부를 시
켜 주는 것이 낫다는 뜻.

20277. 자식에게 천금을 주는 것이 한 가지 기술
을 가르쳐 주는 것만 못하다.(賜子千金 不如
敎子一藝)   〈漢書〉
자식에게 재산을 물려 주는 것보다는 기술을 가르쳐
주는 것이 낫다는 뜻.

20278. 자식 웃기기는 어려워도 부모 웃기기는 쉽
다.
부모가 자식을 웃기기는 어려워도 자식이 부모를 웃
기기는 쉽다는 말.

20279. 자식은 가정의 거울이다.
그 집 어린 아이들을 보면 그 집 가풍(家風)을 알 수
있다는 뜻.

20280. 자식은 겉을 낳지 속은 못 낳는다.
못된 자식을 낳은 것은 어버이의 책임이 아니라는 뜻.

20281. 자식은 난 자랑 말고 키운 자랑하랬다.
자식은 많이 난 것이 장한 것이 아니라 잘 키워서 잘
가르친 것이 장하다는 뜻.

20282. 자식은 낳기보다 기르기가 어렵다.
자식을 잘 가르치기는 매우 어려운 일이라는 뜻.

20283. 자식은 낳는 데 힘쓰지 말고 가르치는 데
힘쓰랬다.
자식을 낳는 데만 주력하지 말고 교육을 잘 시켜야 한
다는 뜻.

20284. 자식은 내 자식이 커 보이고 벼는 남의 것
이 커 보인다.
자식은 제 자식이 잘생겨 보이고 재물은 남의 것이
탐난다는 뜻.

20285. 자식은 마땅히 어버이에게 효도해야 한다.
(爲子當孝)   〈擊蒙要訣〉
자식은 부모에게 당연히 효도를 하는 것이 도리라는
뜻.

20286. 자식은 막내가 더 귀엽다.
자식은 어릴수록 귀엽기 때문에 막내 자식이 더 귀엽
다는 뜻.

20287. 자식은 미워도 손자는 귀엽다.
미운 자식이 낳은 손자는 밉지 않고 귀엽다는 뜻.

20288. 자식은 미워도 열 시앗은 밉지 않다.
방탕한 자식은 밉지만 자식이 데려온 며느리들은 밉
지 않다는 뜻.

20289. 자식은 바꾸어 가르쳐야 한다. (易子而敎
之)   〈孟子〉
제 자식은 제가 가르치기가 어렵기 때문에 남이 가르
치도록 하라는 뜻.

20290. 자식은 부부의 꺾쇠다.
자식은 금 간 부부의 정을 다시 정답게 이어 주는 구
실을 한다는 뜻.

20291. 자식은 생물(生物) 장사와 같다.
자식은 생선 장사나 과일 장사마냥 썩는 것이 있듯
이 자식이 많으면 죽는 놈도 있다는 뜻.

20292. 자식은 속으로 귀여워하랬다.

자식은 겉으로 귀여워하면 버릇이 없게 되므로 겉으로는 엄하게 하고 속으로 귀여워해야 한다는 뜻.

20293. 자식은 아비 닮게 마련이고 송아지는 이웃집 황소 닮게 마련이다.

자식은 아비를 닮기 때문에 아비 노릇을 잘해야 한다는 뜻.

20294. 자식은 아비를 닮고 딸은 어미를 닮는다.

자식은 그 부모의 영향을 받기 때문에 아들은 아버지를 닮고, 딸은 어머니를 닮게 된다는 뜻.

20295. 자식은 아비를 닮는다.

자식은 아비를 닮기 때문에 아비는 솔선수범(率先垂範)을 해야 한다는 뜻.

20296. 자식은 애물(愛物)이다.

자식은 언제나 부모의 애만 태운다는 뜻.

20297. 자식은 어렸을 때 가르쳐야 한다. (教子自孩) 〈陸宣公〉

자식은 어려서 가르쳐야지 커서는 못 가르친다는 뜻.

20298. 자식은 열 살 안에 길들여야 한다.

자식은 어렸을 때 가르쳐야 한다는 말.

20299. 자식은 오복이 아니라도 이는 오복에 든다.

이가 좋아야 잘 먹을 수 있기 때문에 큰 복이라는 뜻.

20300. 자식은 외아들이 귀엽고 며느리는 여럿이라야 귀한 며느리가 있다.

자식은 여럿 둔 자식보다 외아들이 더 귀엽고 며느리는 외며느리보다 여러 며느리가 있어야 그 중에 귀여운 며느리가 있다는 뜻.

20301. 자식은 울타리다.

자식이 있어야 부모는 안정된 生활을 할 수 있다는 뜻.

20302. 자식은 있어도 걱정이요 없어도 걱정이다.

자식은 있으면 키우는 걱정이 있고 없으면 훗날이 걱정된다는 말.

20303. 자식은 잘 두면 보배요 잘못 두면 원수다.

자식을 잘 두게 되면 그보다 더 큰 보배가 없고 만일 자식을 잘못 두게 되면 그보다 더 원수스러운 것은 없다는 뜻.

20304. 자식은 장가 들기 전까지가 제 자식이다.

자식은 장가를 가게 되면 부모도 마음대로 못하게 된다는 말.

20305. 자식은 제 부모가 키워야 한다.

남의 자식은 맡아서 키우기가 매우 어렵다는 뜻.

20306. 자식은 제 자식이 더 곱고 계집은 남의 계집이 더 곱다.

남자의 눈에는 자식은 제 자식이 더 예뻐 보이고, 아내는 남의 집 여자가 더 예뻐 보인다는 뜻.

20307. 자식은 제 자식이 좋고 곡식은 남의 곡식이 좋다.

자식은 남의 자식보다 제 자식이 잘나 보이고 재물은 남의 것이 탐난다는 뜻.

20308. 자식은 처음 낳아서부터 잘 가르쳐야 한다. (教子初生) 〈尤庵文集〉

자식은 어렸을 때부터 잘 가르쳐야 한다는 뜻.

20309. 자식은 키우는 재미다.

자식은 덕을 보려고 키우는 것보다도 자라는 과정이 귀엽다는 뜻.

20310. 자식을 길러 봐야 부모의 수고를 알게 된다. (養子息 知親力) 〈靑莊舘全書〉

제 자식을 키워 봐야 저를 키운 부모의 노고(勞苦)를 알게 된다는 뜻.

20311. 자식을 나서 키워 봐야 부모 은덕도 알게 된다.

자기가 직접 자식을 키워 보지 않고서는 부모의 은덕을 알지 못한다는 뜻.

20312. 자식을 낳기는 쉬워도 가르치기는 어렵다.

자식은 낳기보다도 잘 가르치기가 더 어렵다는 말.

20313. 자식을 두고 돌아서는 어미는 발자국마다 피가 고인다.

어미가 자식을 떼어 놓는 일은 매우 괴로운 일이라는 뜻.

20314. 자식을 두고 싶거든 불공을 말고 심보 먼저 고치랬다.

자식을 두려고 애를 쓸 것이 아니라 남 못할 짓을 하지 않으면 자식을 둘 것이라는 뜻.

20315. 자식을 뚝바리에 밤 주워담듯 한다.

좁은 방에 자식들이 많다는 말.

20316. 자식을 많이 낳으려고 애쓰지 말고 난 자식 공부시키는 데 애쓰랬다.

자식은 여럿 두고 못 가르치는 것보다는 적게 두고 잘 가르치는 것이 낫다는 뜻.

20317. 자식을 보기에 아비만한 눈 없고 제자를 보기에 선생만한 눈 없다.

자식은 키운 아비가 잘 알고 제자는 가르친 선생이 잘

안다는 말.

20318. 자식을 보는 데 아비만한 눈 없다.
자식은 키운 아비가 가장 잘 안다는 말.

20319. 자식을 아는 것은 부모다.
자식의 성격이나 행동은 그 부모가 가장 잘 알 수 있다는 뜻.

20320. 자식을 아는 것은 아비만 못하다.
자식의 잘잘못을 잘 아는 것은 아버지가 가장 잘 안다는 뜻.

20321. 자식을 잘못 두면 부모까지 욕먹는다.
(辱及父母)
못된 자식을 두면 그 부모까지 욕을 먹게 된다는 뜻.

20322. 자식을 키우려면 반 무당 반 의사가 돼야 한다.
자식을 키우는 데는 육아(育兒)에 대한 지식을 알아야 한다는 뜻.

20323. 자식을 키워 봐야 어미 속을 안다.
직접 체험(體驗)해 봐야 남의 사정을 알게 된다는 뜻.

20324. 자식의 교육은 의롭게 시켜야 한다.
(子教以義) 〈春秋左傳〉
어린 아이의 교육은 인의(仁義)로써 가르쳐야 한다는 뜻.

20325. 자식의 성품을 모르면 그 친구를 보고 안다. (不知其子視其友) 〈荀子〉
자식의 성품을 모르거든 자식 친구들을 보면 알 수 있다는 말.

20326. 자식이 귀엽거든 매 하나 더 때리랬다.
자식이 귀엽다고 응석만 하게 하지 말고 잘 가르치라는 말.

20327. 자식이 많으면 두려움도 많다. (多男子則 多畏) 〈莊子〉
자식이 많으면 항상 마음을 못 놓고 산다는 뜻.

20328. 자식이 부모 정을 이어 준다.
금 간 부부의 정은 자식으로 인하여 다정하게 되는 경우가 있다는 뜻.

20329. 자식이 비록 현명할지라도 가르치지 않으면 사리에 밝지 못하다. (子雖賢 不教不明) 〈莊子〉
아무리 타고 난 바탕이 똑똑한 자식이라도 가르치지 않으면 명철하게 되지 못한다는 뜻.

20330. 자식이 상전이다.
부모는 자식을 위하여 정성(精誠)을 다한다는 뜻.

20331. 자식이 생각하는 것보다 부모는 백 배를 생각한다.
자식이 생각하는 것보다도 부모는 몇 배나 더 생각하고 걱정한다는 말.

20332. 자식이 없으면 속은 썩지 않는다.
자식이 없으면 외롭기는 하지만 자식 때문에 속 썩을 일은 없다는 뜻.

20333. 자식이 없으면 자식 때문에 속 썩는 건 없다.
자식이 없는 사람은 외롭기는 하지만 자식 때문에 속 썩는 일은 없다는 말.

20334. 자식이 잘났다고 하면 듣기 좋아해도 동생이 잘났다고 하면 듣기 싫어한다.
형제간보다 부자간이 더 가깝다는 말.

20335. 자식이 제일 큰 보배다.
무슨 보배, 무슨 보배 해도 자식이 가장 큰 보배라는 말.

20336. 자식이 쪽박에 밤 담아 놓은 것 같다.
좁은 방에 자식들만 가득하다는 말.

20337. 자식이 죽었을 때보다 며느리 후살이 갈 때가 더 서럽다.
자식이 죽었을 때보다도 오히려 며느리가 재가할 때가 부모의 마음은 더 서럽다는 뜻.

20338. 자식이 효도를 하면 어버이의 마음은 너그러워진다. (子孝父心寬) 〈壯元詩〉
자식이 효도를 하게 되면 부모는 그보다도 더 만족스러운 것은 없다는 뜻.

20339. 자식이 효도하면 두 어버이는 즐거워한다.
(孝子雙親樂) 〈司馬溫公〉
효자 아들 둔 부모는 즐겁다는 말.

20340. 자식 있는 사람은 울어도 자식 없는 사람은 울지 않는다.
자식 있는 부모는 자식 때문에 속을 썩이지만 자식 없는 부모는 자식 때문에 속을 썩이는 일이 없다는 뜻.

20341. 자식 있는 사람치고 안 운 사람 없다.
부모는 자식이 앓거나 걱정되는 일이 있으면 울게 된다는 뜻.

20342. 자식 자랑과 남편 자랑은 팔불출의 하나다.
여자는 자식과 남편 자랑을 남에게 하지 말라는 뜻.

20343. 자식 자랑은 말아도 병 자랑은 하랬다.
병을 고치려면 병 있다는 이야기를 여러 사람에게 해야 좋은 약을 구할 수 있다는 뜻.

20344. 자식 자랑은 반 미친놈이나 한다.
자식이 잘하는 일이 있어도 자랑은 하지 말라는 뜻.

20345. 자식 자랑은 반 미친놈이 하고 계집 자랑은 온 미친놈이 한다.
자식 자랑이나 아내 자랑은 남 앞에서 아예 하지 말라는 뜻.

20346. 자식 자랑은 반 병신이 한다.
자식 자랑은 수양이 덜 된 사람이나 한다는 뜻.

20347. 자식 자랑은 욕해도 고향 자랑은 욕하지 않는다.
자기 고향 자랑은 아무리 해도 남들이 욕하지 않는다는 뜻.

20348. 자식 자랑은 팔불출의 하나요 아내 자랑은 삼불출의 하나다.
사내가 자식 자랑이나 아내 자랑을 하는 것은 못난 놈이나 하는 짓이라는 뜻.

20349. 자식 잘못 두면 한 집이 망하고 딸 잘못 두면 두 집이 망한다.
자식을 잘못 두면 한 집만 망하지만 딸은 잘못 두면 친정과 시집이 다 망한다는 뜻.

20350. 자식 죽는 것은 봐도 곡식 타는 것은 못 본다.
농민이 가뭄에 곡식이 타 죽는 꼴은 차마 볼 수 없다는 뜻.

20351. 자식 촌수보다 돈 촌수가 가깝다.
자식보다도 오히려 돈이 더 소중하다는 뜻.

20352. 자식치고 부모 속 안 썩인 자식 없다.
자식은 누구나 부모에게 걱정을 끼치지 않은 사람이 없다는 뜻.

20353. 자식치고 부모 안 속인 자식 없다.
자식은 누구나 부모에게 거짓말을 하게 된다는 말.

20354. 자식 키우는 법 배워 가지고 시집 간다는 여자 못 봤다.
일을 다 배워서만 하는 것이 아니라 그 때 형편에 따라서 하게 된다는 뜻.

20355. 자식 키우는 사람은 막말 못 한다.
자식에 대해서는 누구나 장담을 못 한다는 뜻.

20356. 자식 키우는 사람은 앞찬 소리 못 한다.
자식 키우는 사람은 제 자식은 절대 잘못하는 일이 없다고 큰소리를 못 친다는 뜻.

20357. 자신을 굽히는 사람은 중대한 일도 잘 처리할 수 있다. (屈己者 能處重)   〈修身要訣〉
자신을 굽힐 줄 아는 겸손한 사람은 큰 일이라도 잘 할 수 있다는 뜻.

20358. 자신을 깊이 반성하라. (自反深省)
〈栗谷論叢〉
자신이 한 일에 대하여 항상 반성해야 한다는 뜻.

20359. 자신을 돌아보지 않는 사랑이다. (無我愛)
자기 자신을 희생(犧牲)하면서 바치는 사랑이라는 뜻.

20360. 자신을 바르게 하고 아랫 사람을 통솔해야 한다. (整身卒屬)
자기 자신이 먼저 바르게 시범을 보이면서 아랫 사람을 통솔해야 따르게 된다는 뜻.

20361. 자신을 반성하여 성실히 처신하라. (反身而誠)   〈孟子〉
항상 자신이 한 일에 대하여 반성을 하면서 성실하게 행동하라는 뜻.

20362. 자신을 속이는 사람은 남도 속이게 된다. (自欺欺人)   〈幡軒語〉
자기를 속이는 사람은 서슴지 않고 남도 속이게 된다는 뜻.

20363. 자신을 속이지 말라. (莫欺自己)   〈宋史〉
남을 속이지 않는 것도 중요하지만 먼저 자기를 속이지 않는 것이 더욱 중요하다는 뜻.

20364. 자신을 수양하고 남을 편안하게 하라. (修己以安人)   〈論語〉
자신을 수양하면서 남이 편안하도록 도와 주어야 한다는 뜻.

20365. 자신을 아는 사람은 남을 원망하지 않는다. (知己者不怨人)   〈説苑〉
자기 자신에 대한 잘못을 아는 사람은 남을 원망하지 않고 자신의 잘못을 뉘우치게 된다는 뜻.

20366. 자신을 아는 사람은 명철한 사람이다. (自知者明)   〈老子〉
자기가 자기를 올바르게 아는 사람은 명철한 사람이라는 뜻.

20367. 자신을 아는 사람은 영민한 사람이고 자신을 이기는 사람은 뛰어난 사람이다. (自知者英 自勝者雄)   〈中説〉
자기가 자신을 올바르게 아는 사람은 매우 영민한 사

람이고, 자신을 이길 줄 아는 사람은 특히 뛰어난 사
람이라는 뜻.

20368. 자신을 아는 사람은 영민한 사람이다.
(自知者英) 〈中說〉
자기가 자신을 올바르게 아는 사람은 매우 영민한 사
람이라는 뜻.

20369. 자신을 알려거든 남에게 물으렸다.
자신을 정확하게 알려면 남에게 평가(評價)를 받아
봐야 안다는 뜻.

20370. 자신을 알지 못한다. (不知其私)
〈春秋左傳〉
자기가 자신을 올바르게 알지 못한다는 말.

20371. 자신을 위하여 땀을 흘리라. (流汗爲自己)
자기 자신의 발전을 위하여 부단히 노력하라는 뜻.

20372. 자신을 이기는 사람은 강한 사람이다.
(自勝者强) 〈老子〉
자기가 자신을 이길 줄 아는 사람은 매우 강한 사람
이라는 뜻.

20373. 자신을 이기는 사람은 뛰어난 사람이다.
(自勝者雄) 〈中說〉
자기 자신을 이기는 사람은 뛰어나게 잘난 사람이라
는 뜻.

20374. 자신을 자랑하면 남들이 반드시 나를 의
심하게 된다. (自誇則人必疑我) 〈修身要訣〉
제 자랑을 잘 하는 사람은 남들이 믿어 주지를 않는다
는 뜻.

20375. 자신을 칭찬하기도 하고 자신을 자랑하기
도 한다. (自贊自譽) 〈閔翁傳〉
자신이 자신을 칭찬하기도 하고 자랑도 하면서 뽐낸
다는 뜻.

20376. 자신을 큰 체하고 남을 업신여기지 말라.
(勿以自大而蔑他小) 〈姜太公〉
자신을 높이면서 남을 업신여기는 일이 없도록 하라
는 뜻.

20377. 자신의 나쁜 것은 공격해도 남의 나쁜 것
은 공격하지 말아야 한다. (攻其惡 無攻人之
惡) 〈論語〉
자신의 잘못은 책망을 해도 남의 잘못은 책망하지 말
아야 한다는 뜻.

20378. 자신의 안일만 찾는다. (自求安逸)〈柳珤〉
자신의 안일만 위하여 일해서는 안 된다는 뜻.

20379. 자신의 위치를 잃지 않는 사람은 오래 머
무르게 된다. (不失其所者久) 〈老子〉
자신의 위치를 알고 일하는 사람은 그 자리를 오래
지키게 된다는 뜻.

20380. 자신의 잘못을 고치는 것은 쉬운 일이 아
니다. (救過不瞻) 〈史記〉
자신의 잘못을 고치기 위해서는 굳은 의지와 꾸준한
노력을 해야 한다는 뜻.

20381. 자신의 잘못을 뉘우치면서 스스로 책망한
다. (引過自責：悔過自責)
자신의 잘못을 뼈 아프게 뉘우치고 자신을 꾸짖으며 고
친다는 뜻.

20382. 자신의 장점을 자랑하거나 남의 단점을 말
하지 말라. (勿誇己長而談人短) 〈海東續小學〉
자기가 잘한 것은 자랑하지 말아야 하고 남이 잘못한
것은 말하지 말아야 한다는 말.

20383. 자신의 책망은 엄하게 하고 남의 책망은
가볍게 하라. (躬自厚而薄責於人) 〈荀子〉
자신의 잘못은 냉혹(冷酷)하게 꾸짖어야 하고 남의
잘못은 가볍게 꾸짖어야 한다는 뜻.

20384. 자신의 행동을 닦은 뒤에 집안을 다스려
야 한다. (身修而後家齊) 〈大學〉
자신의 행동을 먼저 닦은 뒤에 자신이 시범(示範)을
보이면서 집안을 다스려야 한다는 뜻.

20385. 자신의 힘을 다하여 성심껏 일한다.
(自致其誠信) 〈禮記〉
자신의 정성을 다하여 힘껏 일한다는 뜻.

20386. 자신이 겸손하면 남들이 더욱 감복하게 된
다. (自謙則 人愈服) 〈修身要訣〉
높은 자리에 있는 사람이 겸손하면 아랫 사람들이 다
감복하게 된다는 뜻.

20387. 자신이 귀하다고 하여 남을 천하게 여기
지 말라. (勿以貴己而賤人) 〈姜太公〉
자신이 높은 자리에 있다고 아랫 사람들을 천하게 업
신여겨서는 안 된다는 뜻.

20388. 자신이 삼가하고 경계한다. (自肅自戒)
자신이 정숙해야 하고 자신이 경계를 해야 한다는
뜻.

20389. 자신이 신중하지 않으면 일을 반드시 망
치게 된다. (不自愼重 償事必矣) 〈黃喜〉
언행이 신중하지 못한 사람이 하는 일은 성사되는 것
이 없다는 뜻.

20390. 자신이 실패한 것을 남에게서 그 원인을 찾는다. (失之己 反之人) 〈荀子〉
자신의 잘못을 엉뚱하게 다른 사람에게서 찾는다는 뜻.

20391. 자신이 아는 것이 적으면 남의 학식 있는 것을 미워한다. (身旣寡知 惡人有學) 〈柳玭〉
자기보다 잘 아는 사람은 샘을 내면서 미워하게 된다는 뜻.

20392. 자신이 알아서 처리한다. (自量處之)
자기가 할 일은 자기가 알아서 처리한다는 뜻.

20393. 자신이 자신을 버리는 사람과는 함께 행동하지 말라. (自棄者 不可與有爲) 〈孟子〉
자신을 자신이 버리는 사람과는 상대하지 말라는 뜻.

20394. 자신이 자신을 학대하고 자신을 버린다. (自暴自棄) 〈孟子〉
(1) 불평을 품고 강짜를 낸다는 뜻. (2) 자신을 버리고 돌아 보지 않는다는 뜻.

20395. 자신이 잘난 체하는 것은 수양되지 않았기 때문이다. (自大而不修) 〈孔叢子〉
제가 제 자랑을 하는 것은 수양이 부족한 소치(所致)라는 뜻.

20396. 자신이 제 자랑하는 사람은 오래가지 않는다. (自矜者不長) 〈老子〉
자기가 제 자랑을 하는 사람은 몰락하게 된다는 뜻.

20397. 자신이 중이면 중 행세를 해야 한다.
사람은 자기 신분에 알맞는 행동을 해야 한다는 뜻.

20398. 자신이 참으면 화를 당하는 일이 없다. (自身忍之 無患禍) 〈夫子〉
무슨 일이나 참으면 어떠한 화라도 피할 수 있게 된다는 뜻.

20399. 자신이 참지 않으면 근심이 없어지지 않는다. (自身不忍 患不除) 〈夫子〉
무슨 일이든 참을 줄 알아야지 그렇지 못하여 근심이 사라지지 않는다는 뜻.

20400. 자신이 하고도 자랑하지 않는다. (爲而不恃) 〈老子〉
자기가 잘한 일도 자랑하지 않고 있다는 뜻.

20401. 자신이 훌륭하면 추천하는 사람도 훌륭하다. (能擧其類) 〈春秋左傳〉
훌륭한 사람의 추천은 훌륭한 사람이 하게 된다는 뜻.

20402. 자신이 흥분하면 바르게 되지 못한다. (身有所忿 則不得其正) 〈大學〉
흥분하게 되면 사물을 냉정하게 판단할 수 없게 되므로 바르게 처리할 수 없다는 뜻.

20403. 자(尺)에도 모자랄 적이 있고 치(寸)에도 넉넉할 적이 있다.
(1) 경우에 따라 많은 것도 모자랄 때가 있고, 모자라는 경우도 남을 때가 있다는 뜻. (2) 일에 따라 잘난 사람도 못하는 것이 있고, 못난 사람도 잘하는 것이 있다는 뜻.

20404. 자웅을 결단하는 싸움이다. (戰決雌雄)
싸움을 판가름하는 결전(決戰)이라는 뜻.

20405. 자웅(雌雄)을 결단한다.
두 사람이 승부(勝負)를 결정한다는 뜻.

20406. 자의(自意) 반 타의(他意) 반이다.
자기 의사 절반에 남의 의사 절반으로 이루어졌다는 뜻.

20407. 자인장(慈仁場) 바소쿠리다.
바소쿠리마냥 입이 크다는 말. ※ 자인장 : 경상북도 경산군 자인면에 있는 장.

20408. 짜잖은 놈은 짜게 먹고 맵잖은 놈은 맵게 먹는다.
야무지지 못한 놈(짜잖은 놈)이 짜게 먹고, 싱거운 놈(맵지 않은 놈)이 맵게 먹는다 하여 아이들이 너무 짜고 맵게 먹는 것을 말리는 말.

20409. 자제들의 잘못은 부형들까지 욕먹게 한다. (辱及父兄)
아들이나 동생이 잘못하게 되면 부형들까지도 욕을 얻어 먹게 된다는 뜻.

20410. 자주 꼴뚜기를 진장 발라 구운 듯하다.
피부 색이 검은 사람을 가리키는 말.

20411. 자지도 못하고 먹지도 못한다. (不得寢食)
근심이 많아서 잠도 자지 못하고, 입맛이 없어서 먹지도 못한다는 뜻.

20412. 자지도 않고 먹을 줄도 모른다. (廢寢忘食 : 廢寢忘餐)
걱정되는 일이 있거나 할 일이 많아서 자지도 못하고 먹지도 못한다는 뜻.

20413. 자지도 않고 쉬지도 않는다. (不眠不休)
할 일이 너무 많아서 잘 시간도 없고 쉴 시간도 없다는 뜻.

20414. 짜지 않거든 맵지나 말아야지.

한 가지 결함만 있어도 되겠는데 결함 투성이라는 뜻.

20415. 자칭 천자다. (自稱天子)
자기가 자기를 높이 추켜세우면서 자랑한다는 뜻.

20416. 작게 먹고 가는 똥 누렸다. (小小食 放細尿), (些些之食 可放纖矢)〈旬五志〉,〈耳談續纂〉
돈을 많이 벌어들이려 말고 쓰기를 아껴 써야 한다는 뜻.

20417. 작고 큰 것은 대봐야 안다.
어느 것이 크고 작은가를 알려면 서로 비교해 봐야 안다는 뜻.

20418. 작년 다르고 올 다르다.
불과 일 년 동안에 많은 변화가 일어났다는 뜻.

20419. 작년에 고인 눈물을 금년에 흘린다.
무슨 일을 미루고 질질 끌면서 한다는 뜻.

20420. 작년에 먹은 오려 송편이 넘어온다.
먹었던 것이 넘어올 정도로 아니꼽다는 뜻.

20421. 작년에 모인 눈물 금년에 떨어진다.
무슨 일을 한 성과가 오래 있다가 나타난다는 뜻.

20422. 작년이 옛날이다.
일 년 동안에 큰 변화가 일어났다는 뜻.

20423. 작년에 먹은 오려 송편이 다 넘어오겠다.
너무나 아니꼬와 뱃속이 다 뒤집힐 것만 같다는 뜻.

20424. 작대기로 하늘 재기다.
되지도 않을 짓을 어리석게 한다는 뜻.

20425. 작대기로 하늘 찌르기다.
아무 소용도 없는 짓을 어리석게 한다는 뜻.

20426. 작대기를 휘두르며 개를 부른다. (揮梲呼狗)〈淮南子〉
한편으로는 일을 방해하면서 한편으로는 일을 한다는 뜻.

20427. 작사도방(作舍道傍)에 삼년 불성(三年不成)이라.
어떤 일을 할 때에 남들의 구구한 의견을 일일이 다 듣다가는 끝내 일을 이루어 내지 못한다는 뜻으로 이르는 말.

20428. 짝사랑 보람 없다.
짝사랑을 해서 성공하는 일이 드물다는 뜻.

20429. 짝사랑 외 기러기다.
아무리 짝사랑을 해도 성공하지 못하고 연민(戀悶)한

다는 뜻.

20430. 짝사랑은 혼자만 좋아한다. (隻愛獨樂)〈旬五志〉
짝사랑으로 성공은 못하지만 혼자서 애태우며 즐거워한다는 말.

20431. 짝사랑이다.
그는 나를 사랑하지 않는데 나만 그를 사랑한다는 뜻.

20432. 작살 맞은 고기다.
별안간 타격을 받아 죽게 된 신세라는 뜻.

20433. 작살 맞은 뱀장어다.
큰 타격을 받아 죽게 되었다는 뜻.

20434. 작살 설 맞은 뱀장어 도망치듯 한다.
몹시 당황하게 도망치는 꼴을 가리키는 말.

20435. 짝새가 황새 걸음을 따라가면 다리가 째진다.
남이 한다고 제 힘에 겨운 일을 무리하게 하다가는 화를 당한다는 말.

20436. 작아도 고추 알이다. (雖小唯椒)〈耳談續纂〉
체격은 작아도 담이 큰 사람을 가리키는 말.

20437. 작아도 콩 싸라기요 커도 콩 싸라기다.
크나 작으나 별 차이가 없다는 말.

20438. 작아도 하동(河東) 애기다.
체격은 작아도 똑똑한 사람을 가리키는 말.
※ 하동 : 경상남도에 있는 지명.

20439. 작아도 후추알이다.
몸집은 작아도 정한(精悍)한 사람을 두고 이르는 말.

20440. 작은 것도 쌓이면 커진다. (積小成大 : 集小成大 : 積小致鉅)
작은 것이라고 해서 무시해서는 안 된다는 말.

20441. 작은 것만 보던 사람은 천지가 크다는 것을 보지 못한다. (諦毫末者 不見天地之大)〈關尹子〉
견문이 좁은 사람은 큰 일을 알지 못하게 된다는 뜻.

20442. 작은 것으로써 크게 이룬다. (以小成大)
작은 것을 가지고 크게 성공한다는 뜻.

20443. 작은 것으로써 큰 것을 바꾼다. (以小易大)
작은 것을 가지고 큰 것과 바꾼다는 뜻.

20444. 작은 것을 기르기 위하여 큰 것을 잃는다.

(養小失大)　　　　　　　　　〈孟子〉
작은 이익을 탐내다가 큰 이득을 잃게 된다는 뜻.

20445. 작은 것을 버리고 큰 것을 취한다.
(捨小取大)
작은 것은 버리고 이가 많은 큰 것만 취한다는 뜻.
↔ 작은 것을 얻으려다가 큰 것을 잃는다. 작은 것을
탐내다가 큰 것을 잃는다.

20446. 작은 것을 얻으려다가 큰 것을 잃는다.
(爲小失大)
눈앞에 있는 작은 것만 욕심내다가는 뒤로 큰 것을
잃게 된다는 말. ↔ 작은 것을 버리고 큰 것을 취한
다.

20447. 작은 것을 잘 보는 것을 밝다고 한다.
(見小曰明)　　　　　　　　　〈老子〉
보기 어려운 작은 것을 잘 보는 것을 밝다고 말한다
는 뜻.

20448. 작은 것을 탐내다가는 큰 것을 잃는다.
(貪小失大)
조그마한 것을 욕심내다가는 큰 것을 손해본다는 뜻.
↔ 작은 것을 버리고 큰 것을 취한다.

20449. 작은 것이 큰 것 된다.
작은 것도 모으면 큰 것이 되므로 작은 것도 소중히
여겨야 한다는 뜻.

20450. 작은 고을에 원 들은 것 같다.
좁은 곳에 사람이 많이 모여 혼잡을 이룬다는 뜻.

20451. 작은 고추가 더 맵다.
작은 사람이 큰 사람보다 일을 더 잘할 때 하는 말.

20452. 작은 구멍에서 큰 게 잡는다. (小窩里捕大
螃蟹)
겉으로는 보잘 것이 없어도 실속은 많다는 뜻.

20453. 작은 나무는 서까래로 쓰인다. (小者爲榱
桷)　　　　　　　　　　　　〈宋史〉
(1) 못난 사람도 다 쓸모가 있다는 말. (2) 세상에는 못
쓰는 것이 없다는 뜻.

20454. 작은 놈은 쥐나 개가 도둑질하듯 하고 큰
놈은 고래가 삼키듯 범이 채가듯 한다.
(小則鼠窃狗偸 大則鯨呑虎據)　　〈舊唐書〉
관리들이 그 지위가 낮고 높고 간에 모두 부정한 행
위를 한다는 뜻.

20455. 작은 도끼도 연달아 치면 큰 나무도 눕힌
다.
약한 힘도 여러 번 힘을 들이게 되면 큰 일을 할 수

있다는 말.

20456. 작은 돌 피하다가 큰 돌에 치인다.
작은 일에만 신경을 쓰다가는 큰 일에 실패하게 된다
는 뜻.

20457. 작은 며느리를 봐야 큰 며느리가 무던한
줄을 안다.
하나만 가지고는 좋고 나쁜 것을 모르기 때문에 둘을
비교해 봐야 안다는 뜻.

20458. 작은 못에 든 고기다. (尺澤之鯢)
활동력은 좋으나 활동 무대가 작아서 실력을 발휘할
수 없다는 뜻.

20459. 작은 물도 모이면 내가 된다. (水積成川)
작은 것도 많으면 큰 것이 된다는 말.

20460. 작은 배는 무거운 짐을 감당하기가 어렵
다. (小舡 難堪重載)　　　　　〈王參政〉
실력이 모자라는 사람에게 큰 책임을 주면 감당하지
못한다는 뜻.

20461. 작은 벌레에도 독이 있다.
몸집이 작은 사람에게는 암기가 있다는 뜻.

20462. 작은 복은 제가 만들고 큰 복은 하늘이 준
다.
큰 복은 자신이 마음대로 할 수 없지만 작은 복은 자
신에게 달려 있다는 뜻.

20463. 작은 복은 제게 달렸고 큰 복은 하늘에 달
렸다.
작은 복은 자신이 부지런하게 노력하면 얻을 수 있지
만 큰 복은 하늘에 달렸다는 뜻.

20464. 작은 비둘기가 붕새를 비웃는다. (鷦鳩笑
鵬)　　　　　　　　　　　　〈成語考〉
못난 사람이 잘난 사람을 비웃는다는 말.

20465. 작은 선행을 잘하는 사람은 큰 선행도 잘
하게 된다. (能善小 斯能善大)　　〈淮南子〉
작은 착한 일을 잘하는 사람은 큰 착한 일도 잘하게
된다는 뜻.

20466. 작은 솥이 쉬 끓는다.
소견이 작으면 용렬(庸劣)하다는 뜻.

20467. 작은 어미 제사 지내듯 한다.
어쩔 수 없이 형식만 갖추고 정성은 들이지 않는다는
말.

20468. 작은 여편네 날 보내듯 한다.

작은 여편네마냥 하는 일 없이 어물어물 세월만 보낸다는 뜻.

20469. 작은 이익을 돌보다가 큰 이익을 해친다.
(顧小利則大利之殘也)　　　　〈韓非子〉
작은 이익에 눈이 어두워 큰 이익을 못 보고 해친다는 뜻.

20470. 작은 이익을 보려다가 큰 일을 이루지 못한다. (見小利則 大事不成)　　　〈論語〉
작은 이익에 눈이 어두우면 큰 일을 못하게 된다는 뜻.

20471. 작은 일도 잘하고 큰 일도 잘한다.
(能小能大)
작은 일이나 큰 일이나 모두 다 잘한다는 뜻.

20472. 작은 일에는 망설여도 큰 일에는 망설이지 말라. (小事糊塗 大事不糊塗)　　〈宋書〉
작은 일에는 우물쭈물하는 일이 있어도 큰 일에는 자질구레한 것을 생각하지 말고 과단성 있게 단행해야 한다는 뜻.

20473. 작은 일을 못 참으면 큰 일을 그르친다.
(小不忍則亂大謀)　　　　　〈論語〉
작은 일을 참지 못하다가는 큰 일을 어지럽히게 된다는 뜻.

20474. 작은 일을 보면 큰 일도 알 수 있다.
(以微知明)
작은 일하는 것을 보면 큰 일도 짐작하여 알 수 있다는 뜻.

20475. 작은 일이 끝 못 맺는다.
작은 일은 시시하게 여기고 하지를 않기 때문에 흐지부지하게 된다는 말.

20476. 작은 절에 고양이는 두 마리나 된다.
가난한 집에 사람이 많이 모여서 먹을 것이 없다는 뜻.

20477. 작은 틈만 있어도 배는 가라앉는다.
(小隙沈舟)　　　　　　　　〈列子〉
작은 일이라고 소홀히 두었다가는 큰 손해를 본다는 뜻.

20478. 작은 혐의로 친척들과 사이가 벌어지는 일이 없도록 하라. (毋以小嫌 疎至戚)〈修身要訣〉
조그만 혐의를 가지고 친척들과 사이가 멀어지지 않도록 하라는 뜻.

20479. 작은 혐의로 해서 지극히 친한 사람을 멀리하지 말라. (勿以小嫌而 疎至親)
조그만 혐의를 가지고 친한 사람과 사이가 멀어져서는 안 된다는 뜻.

20480. 짝을 맞춰 봐야 팔자도 안다.
사람은 배우자(配偶者)를 잘 얻고 못 얻는 데 따라서 팔자가 결정된다는 말.

20481. 짝 잃은 기러기다. (寡雁)
배우자(配偶者)를 잃은 고독한 신세라는 뜻.

20482. 짝 잃은 비익조(比翼鳥)다.
눈 하나, 날개 하나인 비익조는 짝을 지어야 날아다니는 새로서 짝을 잃어 반 병신이 되었다는 뜻.

20483. 짝 잃은 원앙(鴛鴦)이다.
정다운 배우자를 잃고 몹시 서러워하는 사람을 가리키는 말.

20484. 짝자꿍이 벌어진다.
여러 사람들이 신나게 떠들어 댄다는 말.

20485. 작작 먹고 가는 똥 누랬다.
크게 욕심을 내지 말고 쓰는 것을 아껴 쓰라는 말.

20486. 작작 먹고 가늘게 싸랬다.
욕심을 크게 부리다가 낭패하지 말고 쓰는 것을 아껴 쓰라는 말.

20487. 작전에 대한 비밀은 절대로 말하지 말아야 한다. (用兵不言)　　　　　　〈六韜〉
군사 비밀은 절대로 누설(漏泄)시켜서는 안된다는 뜻.

20488. 잔 고기가 가시는 세다.
체격이 작은 사람이 단단하고 야물다는 말.

20489. 잔꾀는 여자가 많고 큰 꾀는 남자가 많다.
잔꾀 쓰는 데는 여자가 낫고, 큰 꾀 쓰는 데는 남자가 낫다는 말.

20490. 잔뜩 먹고 뱃장구만 친다. (含哺鼓腹)
배부르게 먹고 한가히 잠이나 자면서 세월을 보낸다는 뜻.

20491. 잔디밭에서 바늘 찾기다.
(1) 아무리 찾아도 찾을 도리가 없다는 뜻. (2) 헛수고만 한다는 뜻.

20492. 짠물 고기는 민물에서 놀지 않는다.
(鹹水魚 不游於江)　　　　　〈曺植〉
크게 놀던 사람은 작게 놀지 않는다는 말.

20493. 잔 바늘로 쑤시듯 한다.
무엇이나 늘 쑤시기를 좋아한다는 뜻.

20494. 잔뼈가 굵어졌다.

어려서부터 고생해 가면서 자랐다는 말.

20495. 잔병이 잦으면 명이 짧다.
항상 잔병을 앓는 사람은 장수하지 못한다는 말.

20496. 잔생이 보배라.
자신을 못난 체하는 것이 처세하는 데는 이롭다는 뜻.

20497. 잔소리는 여자한테는 약이고 남자한테는 병이다.
남자는 잔소리하는 것을 싫어한다는 말.

20498. 잔소리 많은 집안은 가난하다.
잔소리가 많으면 화목하지 못하고, 화목하지 못하면 가난을 벗어날 수 없다는 뜻.

20499. 잔 솔밭에서 바늘 찾기다.
(1) 아무리 찾아도 못 찾는다는 말. (2) 애써 봐도 헛수고만 한다는 뜻.

20500. 잔은 차야 맛이고 임은 품에 들어야 맛이다.
술잔은 가득히 부어야 하고, 임은 포옹(抱擁)할 때 품안에 들어야 기분 좋다는 말.

20501. 잔을 서로 주거니 받거니 하다가 취하게 된다. (相與酌至醉)   〈許生傳〉
술은 서로 권하는 바람에 취한다는 말.

20502. 잔인하게 사람과 재물을 해친다. (殘人害物)
잔인하게 사람이나 재물을 함부로 해친다는 뜻.

20503. 잔인하고 도리도 모른다. (殘忍無道)
잔인하기가 짝이 없고 사람의 도리를 모른다는 뜻.

20504. 잔인하고 야박한 행동이다. (殘忍薄行)   〈虎叱〉
사람들에게 잔인하고 야박한 짓만 한다는 뜻.

20505. 잔인한 범도 제 새끼는 잡아먹지 않는다.
자기 아랫 사람은 해롭게 하지 않는다는 뜻.

20506. 잔인한 짓을 하면 친한 사람도 없어진다. (殘忍無親)   〈春秋左傳〉
잔인한 짓을 하는 사람과는 친하는 사람이 없다는 뜻.

20507. 잔 잡은 팔은 안으로 굽는다.
자기와 가까운 사람에게 정은 쏠리게 된다는 뜻.

20508. 잔 잡은 팔이 밖으로는 굽어지지 않는다. (把盃之臂 不外曲),(執盞之臂 出曲乎),(把盃腕 不外卷)   〈旬五志〉,〈東言解〉,〈洌上方言〉
자기와 이해 관계가 깊은 편으로 자연히 정이 쏠린다

는 뜻.

20509. 잔치 끝에 쇠뼈다귀다.
잔치 끝에 다 먹고 난 쇠뼈다귀마냥 아무 쓸모가 없다는 뜻.

20510. 잔치는 끝났는데 병풍 지고 온다.
이미 할 일은 다 끝났는데 뒤늦게 헛수고만 한다는 뜻.

20511. 잔치 돈은 떼어먹어도 장례(葬禮) 돈은 안 떼어먹는다.
결혼용 물건 값은 떼어먹어도 장례용 물건 값은 안 떼어 먹는다는 뜻.

20512. 잔치에는 먹으러 가고 장사에는 보러 간다.
축하해야 할 잔치에 가서는 먹기만 하고 위로해야 할 장사에는 구경만 하고 있다는 뜻.

20513. 잔치 치른 집 같다.
(1) 한참 법석대다가 조용해졌다는 뜻. (2) 어수선하게 흩어져 있는 것을 비유하는 말.

20514. 잔칫날 기다리다 굶어죽는다.
어떻게 될지도 모르는 앞 일만 바라보고 가만히 있다가는 낭패를 당하게 된다는 뜻.

20515. 잔칫날 잘 먹으려고 사흘 굶는다.
장래의 희망을 가지고 현실의 고난을 참는다는 뜻.

20516. 잔칫집 손님으로 가서는 절대로 오래 머무르지 말라. (宴賓切勿留連)   〈松隱遺稿文〉
잔칫집에 가서는 축하 인사만 하고 오래 있지 말고 바로 돌아가라는 말.

20517. 잔칫집에는 같이 못 가겠다.
남의 망신을 잘 시키는 사람을 두고 하는 말.

20518. 잘 계획한 일도 뜻대로 안 되는 수가 있다. (算計失便宜)   〈紫虛元君〉
아무리 잘 세운 계획이라도 사람 일에는 뜻대로 안 되는 경우가 있다는 뜻.

20519. 잘 그린다니까 뱀 발까지 그린다.
잘한다고 칭찬을 하니까 쓸데없는 짓까지 한다는 말.

20520. 잘기는 담배 씨다.
성격이 매우 잔 사람을 가리키는 말.

20521. 잘 나가다 삼천포(三千浦)로 빠진다.
잘못하여 딴 곳으로 가서 낭패를 보게 되었다는 말.

20522. 잘나고 못난 건 가죽 한 장 차이다.

얼굴이 잘생기고 못생긴 것은 가죽 한 장 차이밖에 안
되는 것이므로 잘났다고 뽐내서는 안 된다는 뜻.

20523. 잘난 사람은 범이 되고 못난 사람은 쥐가
된다.
사람이 잘나면 호랑이같이 무섭게 되고 못나게 되면
쥐같이 약하게 된다는 뜻.

20524. 잘난 사람이 있어야 못난 사람도 있다.
잘 잘못은 상대적이기 때문에 서로 비교해 봐야 알게
된다는 뜻.

20525. 잘난 여자는 보기만 해도 예쁘지만 못난
여자는 정이 들어야 예뻐진다.
못난 여자라도 오래 접촉하면서 정이 들게 되면 사랑
하게 된다는 뜻.

20526. 잘 낳자는 자식이 눈 먼다.
잘하려고 하던 일이 도리어 낭패되는 수가 많다는 뜻.

20527. 잘 돼나가다가 끝장에 가서 폐단이 생긴
다. (末流生弊)
무슨 일을 잘해 나가다가 끝에 가서 망친다는 뜻.

20528. 잘 되면 버선이 세 켤레요 못 되면 참빗줄
이 세 개다.
결혼 중매는 잘하게 되면 버선을 세 켤레 얻어 신게
되고 잘못하게 되면 참빗줄에 묶여서 매를 맞게 된다
는 뜻.

20529. 잘 되면 술이 석 잔이요 못 되면 뺨이 세
대다.
중매(仲媒)는 잘하면 술을 얻어먹게 되고 잘못하면
매를 맞게 되므로 조심하라는 말.

20530. 잘 되면 임금이요 못 되면 역적이다.
(成則君主 敗則逆賊)
쿠테타로 성공하면 집권자가 되고 실패하면 역적이 된
다는 말.

20531. 잘 되면 제 탓이요 못 되면 조상(祖上) 탓
이다.
성공한 것은 제 공로라고 하고 실패한 것은 운명으로
돌린다는 뜻.

20532. 잘 되면 제 탓하고 못 되면 남을 탓한다.
성공한 것은 자기의 공으로 돌리고 실패한 것은 남에
게 책임을 전가한다는 말.

20533. 잘 되면 충신(忠臣)이요 못 되면 역적(逆
賊)이다.
쿠테타로 성공하면 영웅이요, 실패하면 역적이 된다

는 말.

20534. 잘 된 건 내가 잘한 덕이고 안 된 건 형님
이 잘못 시킨 탓이다.
잘한 것은 다 자신이 잘해서 된 것이고 잘못된 것은
다 남이 잘못하여 안 된 것이라고 남에게 책임을 전가
한다는 뜻.

20535. 잘 될 나무는 떡잎부터 알아본다.
장래 잘 될 사람은 어린 아이 때부터 알아볼 수 있다
는 뜻.

20536. 잘 뛰는 염소가 울타리에 뿔 걸린다.
능숙한 사람도 간혹 실수할 때가 있다는 뜻.

20537. 잘 드는 칼로 삼을 후려치듯 한다.
(快刀亂麻)
전투에서 적을 많이 살상시켰다는 말.

20538. 잘 만든다는 것이 도리어 서투르게 된다.
(欲巧反拙)   〈論語〉
무슨 일을 잘하려고 노력을 한 것이 도리어 일을 잡
치게 되었다는 뜻.

20539. 잘 먹으면 약주요 잘못 먹으면 망주다.
술은 몸에 알맞게 마시면 약술이 되고 지나치게 많이
먹으면 패가(敗家)도 하고 망신(亡身)도 하게 된다는
뜻.

20540. 잘못된 뒤에는 후회해도 어쩔 수 없다.
(後悔莫及:悔之無及)
일이 한번 잘못된 뒤에는 아무리 후회를 해도 고치지
못한다는 말. ↔ 잘못된 일도 나중에는 반드시 바로 잡
아진다.

20541. 잘못된 일도 나중에는 반드시 바로 잡아
진다. (事必歸正)
잘못된 일이라도 결국은 올바른 이치대로 밝혀지게
된다는 뜻. ↔ 잘못된 뒤에는 후회해도 어쩔 수 없다.

20542. 잘못된 일은 남에게 퍼뜨리지 말라.
(勿以過失 傳播於人)   〈黃宗海〉
남이 잘못한 일은 소문이 나게 하지 말라는 뜻.

20543. 잘못된 점은 서로 깨우쳐 주어야 한다.
(以相規警)   〈海東續小學〉
잘못된 것은 서로 감추어 주지 말고 깨우쳐 주어 고
치도록 하라는 뜻.

20544. 잘못으로써 잘못을 친다. (以短攻短)
                              〈菜根譚〉
잘못을 고쳐 주려고 하지 않고 점점 헐뜯어 확대시킨
다는 뜻.

20545. 잘못은 경솔하고 오만한 데서 생긴다.
(過生於輕慢)   〈誠諭心文〉
잘못은 경솔한 짓을 하거나 거만한 짓을 하는 데서 생
긴다는 뜻.

20546. 잘못은 서로 바로 잡도록 하라. (過失相規)
〈茶山全集〉
잘못이 있을 때는 서로 깨우쳐 주어 가면서 고치도록
해야 한다는 뜻.

20547. 잘못을 고치거든 이를 뉘우치거나 아까와
말라. (改過毋悔惜)   〈金正國〉
잘못을 한번 고친 뒤에는 이에 대한 미련(未練)을 두
지 말고 기뻐하라는 뜻.

20548. 잘못을 고치고 착하게 된다. (改過遷善:改
過自新)
잘못을 깨끗이 고치고 착하게 되었다는 말.

20549. 잘못을 고치는 데 인색하지 말아야 한다.
(改過不吝)   〈書經〉
잘못이 있을 때는 우물쭈물하면서 고치기를 꺼려 말
고 과감히 고치도록 하라는 뜻.

20550. 잘못을 고치지 않는 것도 잘못이다.
잘못을 알고도 고치지 않는 것은 두 번 잘못이 된다는
뜻.

20551. 잘못을 뉘우칠 줄 모르는 사람은 사람 구
실을 못하는 사람이다. (過而不知悔 下等人
也)   〈陳瓘〉
자기 잘못에 대하여 뉘우칠 줄을 모르는 사람은 파렴
치(破廉恥)한 사람이라는 뜻.

20552. 잘못을 따라하는 사람은 그 잘못에 동화
된다. (失者同於失)   〈老子〉
잘못을 모르고 따라하는 사람도 나중에는 그 잘못에
동화되게 된다는 뜻.

20553. 잘못을 범한 사람이 있으면 불러서 잘 타
이르도록 하라. (有犯過者 招而教之)〈尤庵文集〉
잘못한 사람이 있으면 그를 불러 놓고 잘 타일러서 고
치도록 해야 한다는 뜻.

20554. 잘못을 속이면 두 번 잘못이다.
한 번 잘못했을 때 솔직하게 말하지 않으면 두 번 속
이는 과오를 범하게 된다는 말.

20555. 잘못을 알려 주거든 반드시 고쳐야 한다.
(聞過必改)   〈鄕約章程〉
나에 대한 잘못을 알려 주는 사람이 있거든 고맙게 생
각하고 고쳐야 한다는 뜻.

20556. 잘못을 잘 고치면 잘못은 없어진다.
(有過能改 則無過矣)   〈姜德俊〉
잘못한 것을 잘 고치게 되면 잘못이 없어지게 된다는
뜻.

20557. 잘못이 있으면 간단히 잘 타일러야 한다.
(過失可微辯)   〈禮記〉
잘못이 있을 때는 가볍게 타일러서 잘 납득(納得)시
켜야 한다는 뜻.

20558. 잘못이 있으면 고쳐야 한다. (有過則改),
(過則改之)   〈易經〉,〈孟子〉
잘못된 점이 발견되면 즉시 고쳐서 바로 잡도록 해야
한다는 말.

20559. 잘못이 있으면 고치기를 꺼리지 말아야 한
다. (過則勿憚改)   〈論語〉
잘못보다도 잘못을 고치지 않는 것이 더 큰 잘못이기
때문에 잘못이 있을 때는 주저 말고 속히 고쳐야 한
다는 뜻.

20560. 잘못이 있으면 남들이 반드시 알아차리
게 된다. (苟有過 人必知之)   〈論語〉
잘못한 일은 남들이 먼저 알게 된다는 뜻.

20561. 잘못이 있으면 반드시 책망하여 착하게 만
들어야 한다. (有過則必責善)   〈慕齋集〉
잘못을 보거든 꾸짖어서 잘못을 바로 잡아 착한 사람
이 되도록 하라는 뜻.

20562. 잘못이 있을 때 고치면 잘못은 없어지게
된다. (有過能改 則無過矣)   〈程子〉
잘못이 생길 때마다 고치게 되면 잘못은 없어지고 착
하게 된다는 뜻.

20563. 잘못이 하나도 없다. (一無舛誤)   〈隋書〉
잘못이라고는 하나도 없이 깨끗하다는 말.

20564. 잘못하고도 고치려고 하지 않는 버릇은 망
할 장본이다. (過而不悛 亡之本也)〈春秋左傳〉
잘못을 고치지 않고 두면 점점 쌓여서 나중에는 망하
지 않을 수가 없게 된다는 뜻.

20565. 잘못하고도 고치지 않는다. (過而不改)
〈春秋左傳〉
자기가 잘못한 것을 알면서도 고치려고 하지를 않는
다는 뜻.

20566. 잘못하고도 마음 편안히 있으면서 부끄러
워하지 않는다. (恬不爲愧)   〈漢書〉
잘못을 저지르고도 고치려는 마음도 없고 부끄럽게 생
각도 않고 뻔뻔스럽다는 뜻.

20567. 잘못하고서도 잘 고치면 그 허물은 적어진다. (過而能改 其過斯寡) 〈晦齋全書〉
잘못한 것을 바로 고치게 되면 그 허물은 많이 감소된다는 말.

20568. 잘못하면 사람들이 다 쳐다보게 된다. (其過也 人皆見之) 〈御製祖訓〉
잘못을 저지르게 되면 이것을 본 사람들은 다 쳐다보면서 욕하게 된다는 뜻.

20569. 잘못한 것을 알고도 고치지 않는 것을 잘못이라고 한다. (過而不改 是謂過矣) 〈論語〉
잘못한 것보다도 잘못을 고치지 않는 것이 더 큰 잘못이라는 뜻.

20570. 잘사는 것도 제 복이요 못사는 것도 제 복이다.
못사는 것도 자기의 복 없는 탓이니 슬퍼하지 말라는 뜻.

20571. 잘 싸우는 사람은 군대를 배치하기 전에 이긴다. (善戰者 不待張軍) 〈六韜〉
잘 싸우는 지휘관은 적과 대전(對戰)하기 전에 이긴다는 뜻.

20572. 잘 싸우는 사람은 무력으로 싸우지 않는다. (善爲士不武) 〈老子〉
잘 싸우는 사람은 무력으로 싸워 이기지 않고 외교적으로 싸워서 이긴다는 뜻.

20573. 잘 싸우는 사람은 싸우지 않고 승리한다. (善戰者 不戰勝) 〈孫子〉
잘 싸우는 사람은 싸우지 않고 앉은 자리에서 이기는 사람이라는 뜻.

20574. 잘 싸우는 사람은 싸우지 않고 적을 굴복시킨다. (善用兵者 屈人之兵而非戰也) 〈孫子〉
잘 싸우는 사람은 싸우지 않고 위압(威壓)으로 적을 굴복시키는 사람이라는 뜻.

20575. 잘 싸우는 사람은 성을 내지 않는다. (善戰者不怒) 〈老子〉
성을 내서 흥분한 사람은 잘 싸울 수가 없다는 뜻.

20576. 잘 싸우는 사람은 쉽게 이기는 사람이다. (善戰者 勝於易勝者也) 〈孫子〉
잘 싸우는 사람은 승부를 바로 내는 사람이라는 말.

20577. 잘 싸우는 사람은 패하지 않는다. (善戰者 不敗) 〈諸葛亮心書〉
잘 싸우는 사람은 싸워서 지는 일이 없다는 뜻.

20578. 잘살고 못사는 것은 다 팔자 소관이다.
잘살고 못사는 것은 팔자이기 때문에 잘산다고 좋아하지 말고 못산다고 슬퍼하지 말라는 뜻.

20579. 잘살고 못사는 것은 다 제 탓이다.
잘살고 못사는 것은 운수(運數)에 달린 것이 아니라 자기 노력에 달렸다는 뜻.

20580. 잘살려고 애쓰지 말고 심보 먼저 고치랬다.
남을 해치는 나쁜 심보를 가진 사람은 잘 되지 못한다는 뜻.

20581. 잘살면 찾아오는 사람도 많다. (富貴他人會)
돈이 많고 높은 지위에 있는 사람에게는 찾아오는 사람이 많다는 뜻.

20582. 잘살아도 내 팔자요 못살아도 내 팔자다.
잘살고 못사는 것은 타고 난 팔자이기 때문에 어쩔 도리가 없다는 뜻.

20583. 잘 살펴도 밝혀지지 않는다. (察察不明)
아무리 잘 살펴보아도 알 수가 없다는 뜻.

20584. 잘 살펴보아도 짐작하기 어렵다. (能見難思)
보통 이치(理致)로써는 추측할 도리가 없다는 뜻.

20585. 잘 아는 사람도 한 번 실수는 있다. (智者一失) 〈晏子春秋〉
지혜로운 사람도 어쩌다 보면 한 번 실수하는 경우가 있다는 말.

20586. 잘 아는 사람은 유혹되지 않는다. (知者不惑) 〈論語〉
지혜로운 사람은 잘 알기 때문에 유혹당하는 일이 없다는 뜻.

20587. 잘 안 되는 일이 있더라도 자상하게 생각해서 처리하라. (事有不可 當詳處之) 〈童蒙訓〉
어려운 일이라도 세심하게 생각하면서 잘 처리하면 해결될 수 있다는 뜻.

20588. 잘 우는 고양이는 쥐를 잡지 못한다.
말이 많은 사람은 무슨 일을 집행하지 못한다는 뜻.

20589. 잘 울고 잘 웃는 여자는 정숙한 부인이 아니다. (善泣工笑者 非貞閒婦人也) 〈李德懋〉
툭하면 울고 툭하면 웃는 변덕스러운 여자는 정숙한 부인이 될 수 없다는 뜻.

20590. 잘 입고 잘 먹는다. (好衣好食)
잘 입고 잘 먹으며 부유한 생활을 한다는 뜻. ↔못 입고 못 먹는다.

20591. **잘 입고 잘 먹어 못난 놈 없다.**
잘 입으면 외관이 좋고 잘 먹어도 몸매가 좋아서 못
난 사람도 잘나 보인다는 말.

20592. **잘 입어 못난 놈 없고 못 입어 잘난 놈 없
다.**
옷을 잘 입으면 못난 사람도 잘나 보이고 잘못 입으
면 잘난 사람도 못나 보인다는 뜻.

20593. **잘 자라는 나무 순 치기다.**
잘 자라는 어린이의 전도(前途)를 망쳐 놓는다는 말.

20594. **잘 자랄 나무는 떡잎부터 알아본다.**
장래성이 있는 사람은 어렸을 때부터 표가 난다는 뜻.

20595. **잘잘못은 세월이 지내 봐야 안다.**
옳고 그른 것은 세월이 지나면 명백히 알게 된다는 뜻.

20596. **잘잘못은 집집마다 있다.(長短家家有)**
〈景行錄〉
세상 사람들은 누구나 다 잘잘못이 있다는 말.

20597. **잘잘못은 죽은 뒤에야 안다.**
사람을 평가하려면 본인이 죽은 뒤에라야 안다는 뜻.

20598. **잘잘못을 묻지 않는다.(不問曲直)**
잘잘못을 묻지 않고 덮어 둔다는 뜻.

20599. **잘 잘못이 반반이다.(功過半半:功過相半)**
잘한 것도 반이고 잘못한 것도 반밖에 안 된다는 말.

20600. **잘 주는 사람은 빼앗기도 잘 한다.**
(輕施好奪) 〈文中子〉
자기 것을 남에게 잘 주는 사람은 남의 것도 무턱대
고 잘 뺏는다는 말.

20601. **잘 집 많은 나그네가 저녁 굶는다.**
일을 너무 여러 가지로 벌여 놓기만 하면 실패하게 된
다는 뜻.

20602. **잘 짖는 개는 물지 않는다.**
말이 많은 사람은 성공하기가 어렵다는 말.

20603. **잘 짖는 개는 사냥을 못 한다.**
경솔한 사람은 성공하기가 어렵다는 말.

20604. **잘 참는 집안에는 화목한 기운이 저절로
생긴다.(百忍家中 和氣自生)**
서로 잘 참는 집안은 화기애애한 분위기 속에서 행복
하게 산다는 뜻.

20605. **잘 처리하는 것이 실로 사내다운 짓이다**

(善處 實爲大丈夫) 〈孔子〉
사나이는 무슨 일이나 일을 잘 처리할 줄 알아야 한
다는 뜻.

20606. **잘 춘다 잘 춘다 하니까 시아버지 앞에서
속곳 벗고 춤춘다.**
잘한다고 추어 주니까 나중에는 별 망측한 짓까지 한
다는 뜻.

20607. **잘하느니 못하느니 한다.(曰可曰非)**
잘했느니 못했느니 하면서 가부를 의논한다는 뜻.

20608. **잘하는 거짓말이 못하는 진실만 못하다.**
(巧僞不如拙誠) 〈説苑〉
거짓말은 아무리 잘해도 이로울 것이 없다는 말.

20609. **잘한다고 추어 줘 싫다는 사람 없다.**
사람은 누구나 잘했다고 칭찬해 주면 좋아한다는 뜻.

20610. **잘한다 잘한다 하니까 지게 지고 방으로
들어간다.**
잘한다고 추어 주니까 할 짓 못할 짓 다 한다는 뜻.

20611. **잘한다 잘한다 하니까 하루 아침에 왕겨
한 섬을 다 분다.**
남이 추어 주면 죽을 줄 모르고 일을 한다는 말.

20612. **잘한 일에 상을 주지 않으면 군대는 약해
진다.(慶賞不漸則兵弱)** 〈荀子〉
잘한 일이 있을때 반드시 상을 주는 제도가 없으면 군
인의 사기가 약해진다는 뜻.

20613. **잘한 일은 상 주고 잘못한 일은 바로 잡
아야 한다.(善則賞之 過則匡之)** 〈春秋左傳〉
잘한 일에 대해선 상을 주고 잘못한 일에 대해선 벌
을 주어 기강(紀綱)을 바로 잡아야 한다는 뜻.

20614. **잘해도 욕이요 못해도 욕이다.**
잘하나 못하나 욕 얻어 먹기는 일반이라는 뜻.

20615. **잘해도 한 꾸중이요 못해도 한 꾸중이다.**
잘하나 못하나 결함을 찾아 꾸중을 하려면 할 수 있다
는 말.

20616. **잘해야 본전이다.**
손해본 것이 있어서 애를 써서 일을 해도 겨우 본전
밖에 못 찾는다는 뜻.

20617. **잘 헤는 놈 빠져죽고 잘 오르는 놈 떨어
져 죽는다.**
어떤 일에 능숙한 사람도 간혹 실수하게 된다는 뜻.

20618. **잘 훈련시킨 군대라야 적과 싸워 승리한**

다.(教練而敵而勝)　　　　　〈諸葛亮心書〉

평소에 훈련을 많이 한 군내가 실전(實戰)에서 승리
하게 된다는 말.

20619. 짧은 두레박 줄로서는 깊은 우물물을 긷
지 못한다.(短綆不可以汲深井之泉)　　〈荀子〉

일을 하려면 일 할 수 있는 조건을 만들어 놓아야 한
다는 뜻.

20620. 짧은 쇠조각으로도 살인할 수 있다.
(寸鐵殺人)　　　　　〈鶴林玉露〉

짧은 말로도 사람의 마음을 아프게 찌를 수 있다는 뜻.

20621. 짧은 시간도 돈이다.(一寸光陰 一寸金)

아무리 짧은 시간도 돈이기 때문에 아껴야 한다는 뜻.

20622. 짧은 시간이라도 함부로 해서는 안 된다.
(一寸光陰不可輕)　　　　　〈朱子〉

짧은 시간이라도 아껴 가며 공부를 열심히 해야 한다
는 뜻.

20623. 「잠깐 기다려라」가 삼 년이다.

교도소에서는 잠깐 기다리라고 해도 바로 해결되는 일
이 없다는 말.

20624. 잠깐 만났다가 잠깐 만에 헤어진다.
(乍逢乍別)

잠시 만나자마자 바로 작별(作別)하게 된다는 말.

20625. 잠결에 남의 다리 긁는다.(睡餘爬錯 正領
之脚)　　　　　〈耳談續纂〉

(1) 자신을 위하여 한다는 일이 남의 일만 하였다는 뜻.
(2) 남의 일을 자기 일로 잘못 알고 한다는 뜻.

20626. 잠꾸러기 집에는 잠꾸러기만 모여든다.
(善睡家 善眠者聚)　　　　　〈旬五志〉

게으른 집에는 게으른 사람만 모여든다는 말.

20627. 잠꾸러기 집에 잠꾸러기 며느리 본다.

(1) 서로 어울리게 잘 맞는다는 뜻. (2) 일이 우연히도
잘 되었다는 뜻.

20628. 잠도 편히 못 자고 먹기도 편히 못 한다.
(寢不安 食不安)

근심이 많아서 잘 자지도 못하고 먹지도 못한다는 말.

20629. 잠 못 잔 것은 제사 지낸 폭 친다.

실패했을 때는 적당한 핑계를 대고 자위(自慰)하는
것이 좋다는 뜻.

20630. 잠방이 속에 이 숨듯 한다.(虱處褌中)
　　　　　〈大人先生傳〉

단단히 숨는다고 숨었지만 다 알고 있는 곳에 숨었다

는 뜻.

20631. 잠방이에 대님 치듯 한다.

(1) 군색한 일을 겨우 모면한다는 뜻. (2) 일이 어색하
다는 뜻.

20632. 잠시도 곁을 떠나지 않는다.(暫不離側)

잠시도 곁을 떠나지 않고 함께 있다는 말.

20633. 잠 원수는 죽어야 갚는다.

잠은 아무리 자도 한이 없는 것이기 때문에 죽기 전
에는 해결이 안 된다는 뜻.

20634. 잠은 잘수록 늘고 울음은 울수록 서러워
진다.

무슨 일이나 하면 할수록 더 늘게 된다는 뜻.

20635. 잠을 자도 꿈을 꾸지 않으면 깨도 걱정이
없다.(寢不夢 覺無憂)　　　　　〈莊子〉

잠을 자나 깨나 근심 걱정 없이 태평하게 지낸다는 뜻.

20636. 잠을 자야 꿈도 꾼다.

무슨 일이나 조건이 조성되어야 이루어질 수 있다는
뜻.

20637. 잠을 자야 꿈도 꾸고 꿈을 꿔야 임도 본
다.

(1) 무슨 일이나 순서를 밟아야 한다는 뜻. (2) 일을 할
수 있는 조건이 조성되어야 성사된다는 뜻.

20638. 잠을 청해도 잠이 오지 않는다.(寢不寐)
　　　　　〈春秋左傳〉

잠을 자려고 애를 써도 근심이 있어서 잠을 못 잔다
는 뜻.

20639. 잠이 보약보다 낫다.

사람은 잠을 충분히 자야 건강하다는 말.

20640. 잠이 보약이다.

잠을 충분히 자야 건강하다는 말.

20641. 잠자는 범 쏘기다.(臥虎射之)〈西京雜記〉

공연히 사서 화를 당하게 된다는 뜻.

20642. 잠자다 봉창문 두드린다.

조용히 있다가 별안간에 엉뚱한 짓을 한다는 뜻.

20643. 잠자다 얻은 병이다.

우연히 당하는 재앙(災殃)이라는 뜻.

20644. 잠 자리가 같은 사람 편든다.

편을 들 때는 친한 사람 편을 든다는 뜻.

20645. 잠자리 꼬리 감추기다.(蜻蜓接囊)

〈旬五志〉

어떤 일이 오래 견디어 나가지 못한다는 말.

20646. 잠자리 날개 같다.

얇고도 시원해 보이는 고운 모시옷을 가리키는 말.

20647. 잠 자리는 같은데 꿈은 다르다. (同床異夢)

한곳에서 같이 살면서도 뜻은 서로 다르다는 말. ↔잠 자리는 다른데 꿈은 같다.

20648. 잠 자리는 다른데 꿈은 같다. (異床同夢)

떨어져 있으면서도 뜻은 서로 같다는 말. ↔ 잠 자리는 같은데 꿈은 다르다.

20649. 잠 자리에 든 뒤에는 내일 일을 생각하라. (就寢時 思明日之所爲之事) 〈李子潛〉

잠을 자기 전이나 잠을 자다 깼을 때는 내일 할 일을 미리 생각하라는 말.

20650. 잠 자리에서는 말하지 않는다. (寢不言) 〈論語〉

한방에서 함께 자는 사람이 있을 때는 잘 시간이 되거든 말을 하지 말고 조용히 자라는 뜻.

20651. 잠자코 있으면 무식(無識)은 면한다.

아는 척하지 않고 가만히 있으면 무식은 탄로나지 않는다는 뜻.

20652. 잠 잘 자는 아이가 잘 자란다.

어린 아이는 잠을 잘 자는 아이가 건강하기 때문에 잘 자란다는 뜻.

20653. 잠 잘 자는 아이는 어미에게 큰 부조다.

잠 잘 안 자는 아이를 기르는 어머니는 매우 고생스럽다는 뜻.

20654. 잠잠하고 말이 없다. (黙然不説) 〈戰國策〉

아무 말도 하지 않고 조용히 있다는 뜻.

20655. 잡기도 전에 가죽 먼저 판다.

무슨 일을 성급하게 너무 서두른다는 뜻.

20656. 잡목(雜木)에도 과실나무 접을 붙인다. (接果)

혼인(婚姻)에는 신분을 초월하여 할 수 있다는 뜻.

20657. 잡아매지 않은 배다. (不繫之舟)

(1) 정처없이 방랑하는 신세라는 뜻. (2) 아무 생각도 없다는 뜻.

20658. 잡아먹고 싶다. (欲食其肉)

기어이 원수를 갚고야 말겠다는 뜻.

20659. 잡았던 범의 꼬리는 놓기도 어렵다. (虎尾難放)

이러지도 못하고 저러지도 못할 난처한 처지에 있다는 뜻.

20660. 잡으라는 쥐는 안 잡고 씨암탉만 문다.

책임 진 일은 하지 않고 엉뚱한 일만 저지른다는 뜻.

20661. 잡은 고기를 물에 놓아 준다. (投魚深淵) 〈松南雜識〉

애써 한 일을 수포(水泡)로 만든다는 뜻.

20662. 잡은 꿩 놓아 주고 나는 꿩 잡으려고 한다.

헛수고만 하게 하여 손해만 끼친다는 뜻.

20663. 잡은 새를 날려 보낸다. (放飛鳥) 〈松南雜識〉

애써 한 일을 허사로 만든다는 말.

20664. 짭짤하게 자미를 본다.

(1) 돈을 착실하게 벌게 되었다는 뜻. (2) 일이 잘 진행된다는 뜻.

20665. 짭짤하다.

(1) 알차다는 뜻. (2) 마음에 든다는 뜻.

20666. 잡지도 않고 피물(皮物) 돈 먼저 쓴다.

돈이 아쉬운 사람은 일을 성급하게 서두른다는 뜻.

20667. 잡초가 곡식을 이긴다. (草管勝穀) 〈六韜〉

악한 자가 선한 자를 이긴다는 말.

20668. 잣나비 낯짝 같다.

얼굴이 원숭이 낯짝마냥 붉다는 말.

20669. 잣나비도 나무에서 떨어질 때가 있다. (蹶失木枝)

능숙한 사람도 실수할 때가 있다는 말.

20670. 잣나비 밥 짓듯 한다.

잣나비마냥 남의 흉내를 잘 낸다는 말.

20671. 잣나비 볼기짝 같다.

(1) 술을 먹어 얼굴이 붉게 된 것을 이름. (2) 무안을 당하여 얼굴이 붉게 된 것을 이름.

20672. 잣나비와 개 사이다. (犬猿之間)

두 사람 사이가 매우 나쁘다는 말.

20673. 잣나비 잔치다. (猴猿宴) 〈東言解〉

남의 흉내만 내다가 아무 일도 못한다는 뜻.

20674. 잣나비 흉내내듯 한다.

원숭이가 흉내를 내듯이 남의 흉을 잘 낸다는 뜻.

20675. 장가 가는 놈이 불알 떼어 놓고 간다.
　무슨 일을 할 때 가장 긴요한 것을 잊고 한다는 말.

20676. 장가 가면 철도 난다.
　방탕하던 사람도 결혼을 하게 되면 마음을 잡게 된다는 말.

20677. 장과 의사는 오래 묵을수록 좋다.
　장은 묵을수록 맛이 좋아지고 의사는 경험이 많은 의사가 병을 잘 고친다는 뜻.

20678. 장구 깨진 무당이다.
　맥이 풀려 아무 일도 손에 잡히지 않는 사람을 가리키는 말.

20679. 장구를 쳐야 춤도 춘다.
　무슨 일이나 분위기가 조성되어야 일을 할 수 있다는 뜻.

20680. 장구 치는 사람 따로 있고 고개 까닥이는 사람 따로 있다.
　혼자 할 수 있는 일을 남에게 나누어 주려고 할 때 하는 말.

20681. 장구 치는 사람 따로 있고 춤추는 사람 따로 있다.
　혼자서 다 할 수 있는 일을 남에게 시킬 때 반박하는 말.

20682. 장구 치는 사람 옆에 있으면 북 치고 싶다.
　남들이 하는 일은 자기도 하고 싶게 된다는 뜻.

20683. 장군 나면 용마 난다. (將軍出 龍馬出)
　하나가 생기면 그에 부수(附隨)되는 것은 따라서 생긴다는 말.

20684. 장군 멍군에 빅수가 상수다.
　장기에는 승부가 없는 것이 상수라는 말.

20685. 장군보다 엿장수가 더 많다.
　살 사람보다 팔 사람이 더 많듯이 일이 바꾸어 되었다는 뜻.

20686. 장군보다 풍각장이(風角匠)가 더 많다.
　(1) 필요한 사람보다 필요치 않은 사람이 더 많다는 뜻. (2) 한 사람한테서 여러 사람이 돈을 받아 갈 때 하는 말. ※ 풍각장이 : 집집이 돌아다니며 문 앞에서 악기를 치고 노래하면서 돈을 구걸하는 사람.

20687. 장군 셋만 모아도 김가(金哥)는 있다.
　김씨 성 가진 사람이 대단히 많다는 말.

20688. 장군은 하나인데 풍각장이는 열 둘이다.
　필요한 사람은 적고 불필요한 사람만 많다는 뜻.

20689. 장군 중에 수염 난 건 모두 네 할아비냐?
　비슷한 것만 보면 제 것이라고 하는 사람을 보고 하는 말.

20690. 장군집에 장군 난다. (將門必有將)
　훌륭한 집안에서 훌륭한 아들이 난다는 말.

20691. 장군 하면 멍군 한다.
　장기를 둘 때 하는 말로서 승부가 어려울 때 이름.

20692. 장기 망태기다.
　한 방에 어른과 아이들이 가득히 있다는 뜻.

20693. 장기짝 맞듯 한다.
　두 개가 서로 꼭 들어맞는다는 뜻.

20694. 장기 훈수는 뺨맞아 가면서 한다.
　장기는 누구나 훈수를 하게 된다는 말.

20695. 장나무에 낫 걸이다.
　강한 상대와 대항하는 것은 헛수고만 한다는 말.

20696. 장난감에 반하면 큰 뜻을 잃는다. (玩物喪心) 〈書經〉
　장난감에 반에서 기본 업무에 지장을 주어서는 안 된다는 말.

20697. 장난 끝에 살인 난다.
　장난삼아 한 일이 큰 화를 일으키게 되었다는 말.

20698. 장난삼아 한 짓이 참으로 된다. (弄過成眞 : 弄假成眞)
　실없이 한 짓이 참으로 한 것과 같이 된다는 뜻.

20699. 장난이 아이 된다.
　장난삼아 한 일이 의외에 큰 결과를 가져오게 되었다는 말.

20700. 장난치는 과붓집 수캐다.
　근거없는 일을 가지고 말썽을 부린다는 뜻.

20701. 장날마다 꼴뚜기가 난다더냐?
　무슨 일이나 기회가 한두 번 있는 일이지 항상 있는 것은 아니라는 뜻.

20702. 장날마다 망둥이 날까?
　어쩌다 있는 일이지 언제나 있는 것이 아니라는 뜻.

20703. 장님 갓난 아이 더듬듯 한다.
　무엇을 더듬더듬 만지기만 하고 있다는 말.

20704. 장님 개천 나무라기다.
　결함을 자신에게서 찾지 않고 남에게서 찾는다는 말

20705. 장님 거울 보기다.

보기는 하나 무엇을 본지 모르는 것을 가리키는 말.

20706. 장님과 같이 자신을 반성한다. (內視若盲)

〈越絶書〉

항상 결함을 자신에게서 찾고 반성한다는 뜻.

20707. 장님 관등 구경하기다. (盲目觀燈)

무슨 일을 하나 마나 하게 한다는 뜻.

20708. 장님 굿 보듯 한다.

아무 성과도 없는 일을 한다는 말.

20709. 장님 넘어지면 돌부리 나무란다.

결함을 자기 자신에게서 찾지 않고 남에게서 찾는다는 말.

20710. 장님 노릇은 말아도 벙어리 노릇은 하랬다.

사물을 많이 보고 식견(識見)은 넓혀야 하고 말은 삼가해야 한다는 뜻.

20711. 장님 눈 가리기다.

무슨 일을 하나 마나 한 헛수고만 한다는 뜻.

20712. 장님 눈 뜬 것 같다.

별안간에 딴 세상이 된 것같이 황홀하다는 말.

20713. 장님 단청 구경하기다. (盲者丹青)

〈旬五志〉

아무 성과도 없을 일을 한다는 말.

20714. 장님 담 너머 보기다.

장님이 담 너머 것을 보나 마나 하듯이 아무 실속도 없는 짓을 한다는 뜻.

20715. 장님 대궐 가듯 한다.

무서운 줄도 모르고 마구 행동한다는 말.

20716. 장님 도가(都家)다.

여러 사람들이 모여서 떠들어 대는 곳을 가리키는 말.

20717. 장님도 제 집은 잘 찾아간다.

무슨 일이나 안 되는 일도 늘 하게 되면 숙달(熟達)이 된다는 뜻.

20718. 장님 둠벙 들여다보듯 한다.

아무것도 모르면서 무엇을 들여다보고 있다는 뜻.

20719. 장님들이 코끼리 더듬어 보기다. (群盲撫象)

전체는 모르고 어느 부분만 안다는 말.

20720. 장님 등불이다.

아무 소용도 없는 짓을 한다는 뜻.

20721. 장님 등불 쳐다보듯 한다.

아무 소용도 없는 헛수고만 한다는 뜻.

20722. 장님 마누라는 하늘에서 점지한다.

봉사에게는 시집 가는 여자가 드물다는 말.

20723. 장님 매질하듯 한다.

무엇을 두드리기만 하는 것을 가리키는 말.

20724. 장님 맴돌이 시켜 놓은 것 같다.

도무지 정신을 못 차리고 있는 꼴을 보고 하는 말.

20725. 장님 머루 먹듯 한다.

음식이 좋고 나쁜지도 모르고 함부로 먹는 것을 가리키는 말.

20726. 장님 문 고리 잡기다.

무턱대고 한 일이 요행히 들어맞았다는 뜻.

20727. 장님 문 바로 찾기다. (盲人直門)

〈旬五志〉

우연히 한 일이 잘 들어맞았다는 말.

20728. 장님 뱀 무서운 줄 모른다.

모르면 무서운 줄을 모른다는 뜻.

20729. 장님 별 구경하기다.

애써 일을 해봐도 아무 소득이 없다는 말.

20730. 장님보고 눈 멀었다고 하면 노여워한다.

누구나 자기의 결함을 말하면 싫어한다는 뜻.

20731. 장님보고 눈짓하기다.

남이 보지 않는 곳에서 하는 일은 남이 알아 주지도 않고 아무 보람도 없다는 뜻.

20732. 장님보고 장님이라면 화낸다.

바른 말을 하면 누구나 듣기 싫어한다는 뜻.

20733. 장님 북 자루 쥐듯 한다.

무엇을 단단히 쥐고 있는 것을 가리키는 말.

20734. 장님 새 사돈 보듯 한다.

(1) 하나 마나한 짓을 한다는 뜻. (2) 도무지 친절한 맛이 없다는 뜻.

20735. 장님 색깔 고르듯 한다. (以盲辨色)

〈荀子〉

아무리 수고를 해도 아무 소득이 없다는 뜻.

20736. 장님 손 보듯 한다.

(1) 친절한 데가 없다는 말. (2) 하나 마나 한 짓을 한다는 말.

20737. 장님 씨 나락 까먹듯 한다.
남이 잘 알아듣지도 못하는 말로 중얼거린다는 뜻.

20738. 장님 씨름 구경하기다.
애써 일을 해도 아무런 소득이 없는 짓을 한다는 뜻.

20739. 장님 시집 가듯 한다.
무슨 일을 시키는 대로만 한다는 뜻.

20740. 장님 시집 다녀오듯 한다.
갔다왔어도 아무것도 모른다는 말.

20741. 장님 아이 낳아 주무르듯 한다.
무엇을 빨리 하지 못하고 주무르고 있기만 한다는 뜻.

20742. 장님 안경 쓰기다.
무엇을 하나 마나 아무 성과도 없다는 뜻.

20743. 장님 안질 난 격이다. (盲人眼疾)
〈旬五志〉
무슨 일이 생겼어도 아무 지장이 없다는 뜻.

20744. 장님 언덕 내려가듯 한다.
장님이 언덕 길을 내려가듯이 더듬적거리며 동작이
느리다는 뜻.

20745. 장님에게 거울 주기다.
선물을 주는데 상대방에게 불필요한 것을 준다는 뜻.

20746. 장님에게 길 묻기다. (問道於盲)
알지 못하는 사람에게 물어 봐야 아무 소용이 없다는
뜻.

20747. 장님에게 눈짓하고 벙어리에게 귓속말한
다.
하는 짓마다 남에게 실수만 한다는 뜻.

20748. 장님에게 등불 들려 주기다. (給盲掌燈)
남을 도와 준다는 것이 도움이 되지 않는다는 뜻.

20749. 장님에게 손짓하기다.
상대가 모르는 짓을 하는 것은 아무 소용이 없다는 뜻.

20750. 장님 열에 길잡이는 하나다. (十盲一相)
대단히 소중한 것이 적다는 말.

20751. 장님 열에 지팡이는 하나다. (十瞽一杖)
〈旬五志〉
(1) 대단히 소중한 존재라는 뜻. (2) 여러 사람이 쓰는
소중한 물건이라는 뜻.

20752. 장님으로 삼 년 나고 귀머거리로 삼 년 난
다. (爲盲三年 爲聾三年)
옛날 시집살이를 하려면 장님 노릇 삼년, 귀머거리 노
릇 삼년을 해야 한다는 말.

20753. 장님은 애꾸를 부러워한다.
세상 사람들이 부러워하는 것도 다 상대적이라는 뜻.

20754. 장님은 점을 잘 쳐야지 눈치만 잘 보아 무
엇하나 ?
사람은 자기 적성(適性)에 맞는 일을 해야 한다는 뜻.

20755. 장님이 그르냐 개천이 그르냐 한다.
서로 옳으니 그르니 시비(是非)를 한다는 뜻.

20756. 장님이 기름 값 물어 주나 중이 고기 값 물
어 주나 마찬가지다.
아무 관계 없는 일에 억울하게 배상을 낸다는 말.

20757. 장님이 기름 값 물어 주는 셈이다.
아무 관계 없는 일에 억울한 추렴(出斂)을 내게 된다
는 말.

20758. 장님이 넘어지면 개천 탓 아니면 지팡이
탓한다.
잘못을 자신에게서 찾지 않고 엉뚱한 남에게서 찾는
다는 뜻.

20759. 장님이 넘어지면 개천 탓한다.
무슨 일이 잘못되었을 때는 그 결함을 자신에게서 찾
지 않고 남에게 전가(轉嫁)한다는 뜻.

20760. 장님이 넘어지면 지팡이 탓한다.
자기 잘못으로 발생된 일을 가지고 남만 탓한다는 말.

20761. 장님이 더듬어 봐도 알겠다.
보면 바로 알 수 있는 것을 모르고 있는 사람을 보고
하는 말.

20762. 장님이 보지는 못해도 꿈은 꾼다.
무식해서 쓰지는 못해도 생각할 것은 다 생각한다는
뜻.

20763. 장님이 아니거나 개천이 아니거나.
둘 중에 하나만 없어도 탈이 생기지 않았다는 말.

20764. 장님이 은 보듯 한다. (盲人看銀)
아무 성과도 거둘 수 없는 짓을 한다는 뜻.

20765. 장님이 장님을 인도하면 둘이 다 개천에
빠진다.
어리석은 사람끼리 일을 하게 되면 실패하게 된다는
뜻.

20766. 장님이 장님을 인도한다.
알지도 못하는 주제에 남을 가르친다는 뜻.

20767. 장님이 저 죽는 날 모른다. (瞽昧終期)
〈耳談續纂〉

자기 일은 자기가 못 한다는 말.

20768. 장님이 제 점 못 치고 무당이 제 굿 못 한다.
(1) 제 손으로 못 하는 일은 남의 손을 빌려야 한다는 뜻. (2) 자기 잘못은 자기가 모른다는 뜻.

20769. 장님이 제 점 못 친다.
자기 일은 자기가 못 한다는 말.

20770. 장님이 집 골목 틀리지 않는다.
무슨 일이나 능숙하게 되면 틀림없이 하게 된다는 말.

20771. 장님이 흑백을 가린다. (猶瞽之於黑白也)
〈荀子〉
실력도 없는 사람이 하지도 못할 일을 한다는 뜻.

20772. 장님 일수(日收)라도 얻어 갚겠다.
어떤 고리(高利)라도 얻어서 빚을 갚겠다는 말.

20773. 장님 잠자나 마나다. (盲睡覺)
무슨 일을 하나 마나 하게 한다는 뜻.

20774. 장님 장 떠먹듯 한다. (盲人食醬)
대중이 없이 많이 먹었다 적게 먹었다 하듯이 일을 대중 없이 함부로 한다는 뜻.

20775. 장님 제 닭 잡아먹기다.
남을 해친다는 것이 도리어 자신을 해쳤다는 말.

20776. 장님 제 호박 따기다.
남을 해치려다가 자기가 해를 입게 되었다는 말.

20777. 장님 죽이고 살인(殺人) 낸다.
조그만 피해를 입히고 배상은 많이 한다는 뜻.

20778. 장님 죽이고 살인 빚 갚는다. (殺盲償殺償)
피해는 작아도 배상(賠償)은 크다는 말.

20779. 장님 지팡이 잃은 격이다. (盲者失杖)
가장 긴요한 것을 잃어 버렸다는 말.

20780. 장님 지팡이 찾듯 한다.
무엇을 매우 부산하게 찾는다는 말.

20781. 장님 집 골목 찾듯 한다.
못할 것 같지만 틀림없이 잘한다는 뜻.

20782. 장님 집 지키기다.
아무 소용도 없는 짓을 한다는 말.

20783. 장님 집 초하룻날이다.
장님집에 초하룻날 점 치러 오듯이 많이 모여든다는 뜻.

20784. 장님 코끼리 본 이야기하듯 한다.
어느 부분을 가지고 그것이 전체인 것처럼 말한다는 뜻.

20785. 장님 파밭 두드리듯 한다.
어떻게 되는 줄도 모르고 기계적으로 일을 한다는 뜻.

20786. 장님 파밭 들어가듯 한다.
무엇인 줄도 모르고 일을 망친다는 뜻.

20787. 장님 파밭 매듯 한다.
일이 어떻게 되는 줄도 모르고 일을 한다는 뜻.

20788. 장님 팔매 치듯 한다.
되지도 않을 일을 함부로 한다는 뜻.

20789. 장님 팔양경(八陽經) 외듯 한다.
무엇을 술술 외는 것을 보고 하는 말.

20790. 장님 하나가 뭇장님을 인도한다. (一盲引衆盲)
점점 위험한 짓만 한다는 뜻.

20791. 장님 하늘 쳐다보기다. (瞽者仰視)
별도 못 보는 장님이 하늘을 쳐다보듯이 아무 성과도 없는 짓을 한다는 뜻.

20792. 장님 활 쏘기다.
목표도 없이 하는 일은 성공할 수가 없다는 뜻.

20793. 장다리도 한 철이다.
장다리가 생기는 것도 한 철이듯이 무슨 일이나 시기는 잠깐 사이라는 뜻.

20794. 장단이 있어야 춤도 춘다.
춤도 장단이 있어야 추듯이 무슨 일이나 조건이 조성(造成)되어야 일을 하게 된다는 뜻.

20795. 장(醬) 단 집에는 가도 말 단 집에는 가지 말랬다.
말로만 친절하게 하는 사람과는 가까이하지 말라는 뜻.

20796. 장 단 집에 복이 온다.
주부가 살림을 잘하는 집에는 복이 온다는 말.

20797. 장담하고도 부끄러워하지 않는다. (大言不慚)
〈論語〉
실천 못할 일을 장담하고도 부끄러운 생각조차 않는다는 뜻.

20798. 장대 끝에서 삼 년 난다. (竿頭過三年)
〈旬五志〉
몹시 어려운 환경에서 오랫동안 고생을 했다는 뜻.

20799. 장대로 별 따기다.

짧은 장대로 별을 따려고 하듯이 되지도 않을 어리석은 짓을 한다는 뜻.

20800. 장대로 하늘 받치기다.
도저히 불가능한 짓을 어리석게 한다는 말.

20801. 장대로 하늘 재기다.
되지도 않을 짓을 어리석게 한다는 뜻.

20802. 장대로 하늘 찌르기다.
하나 마나 한 헛수고만 한다는 뜻.

20803. 장독과 어린이는 얼지 않는다.
어린 아이들은 추위를 모른다는 말.

20804. 장독보다 장 맛은 좋다.
겉보다는 속이 알차다는 말.

20805. 장례식은 번거로운 것보다는 슬프게 하는 것이 좋다. (喪與其易也 寧戚) 〈論語〉
장례식은 의식(儀式)을 갖추는 것보다는 애통을 중하게 여기는 것이 낫다는 뜻.

20806. 장례 치르고 의사 부르기다.
시기를 놓친 뒤에 헛수고만 한다는 말.

20807. 장마가 지나간 끝은 있어도 멸구가 지나간 끝은 없다.
농사에서 멸구의 피해는 매우 크다는 뜻.

20808. 장마 개구리 호박잎에 뛰어오르듯 한다.
보기도 싫은 사람이 풀썩 덤벼든다는 뜻.

20809. 장마 끝에 먹을 물 없다.
많기는 많아도 쓸 것은 없다는 뜻.

20810. 장마 끝에 오이 자라듯 한다.
무엇이 매우 잘 자라는 것을 비유하는 말.

20811. 장마 끝에 호박 자라듯 한다.
무엇이 매우 잘 자라는 것을 두고 하는 말.

20812. 장마 끝은 없어도 가뭄 끝은 있다.
가뭄보다도 장마의 피해가 더 크다는 말.

20813. 장마다 노다진 줄 안다.
기회가 있을 적마다 좋은 일이 생긴다고 알아서는 안 된다는 뜻.

20814. 장마 때 지붕에서 버섯이 나면 비가 그친다.
장마 때 초가집 지붕에서 비가 그치면 버섯이 나는 것을 보고 비가 그치는 것을 알 수 있다는 말.

20815. 장마 도깨비 여울 건너가는 소리를 한다.

여러 사람들이 웅성거리며 소란스럽게 떠든다는 뜻.

20816. 장마에 논둑 터지듯 한다.
장마 때 논둑이 무너지듯이 일거리가 계속 생긴다는 뜻.

20817. 장마에 외 붓듯 한다.
어린 아이가 토실토실하게 되는 것을 보고 하는 말.

20818. 장마에 청보은(青報恩) 처녀 울듯 한다.
장마가 지게 되면 대추 고장인 충청북도 청산 보은 지방 대추가 흉년이 들어 처녀들이 시집 갈 밑천이 없어지게 되어 운다는 데서 나온 말로서 돈 걱정으로 우는 사람을 보고 하는 말.

20819. 장마에 해 나듯 한다.
지루한 장마 끝에 해가 나듯이 침울한 분위기가 명랑한 분위기로 전환되었다는 뜻.

20820. 장마 토끼 날 좋기만 기다리듯 한다.
지루하게 참으면서 몹시 기다린다는 뜻.

20821. 장맛 그른 건 일 년 원수요 계집 그른 건 백 년 원수다.
아내를 잘못 얻으면 삼대를 두고 속을 썩인다는 말.

20822. 장 맛 나쁜 건 일 년 원수요 아내 잘못 만난 건 평생 원수다.
장 맛이 나쁜 것은 일 년만 참으면 다 먹어 없앨 수 있지만 아내 잘못 만나면 죽을 때까지 속을 썩이게 된다는 뜻.

20823. 장 맛이 변하면 집안이 망한다.
소금으로 만든 짠 장이 예외적(例外的)으로 맛이 변하듯이 집안에 예외적인 변사(變事)가 생기면 길하지 않다는 뜻.

20824. 장 맛이 좋아야 집안이 잘 된다.
주부의 솜씨가 좋고 살림을 잘하는 집은 잘살게 된다는 말.

20825. 장모 눈에는 사위가 애꾸라도 예뻐 보이고 시아버지 눈에는 며느리가 곰보라도 예뻐 보인다.
장모는 사위를 지극히 사랑하고 시아버지는 며느리를 지극히 귀여워한다는 뜻.

20826. 장모는 사위가 곰보라도 예뻐하고 시아버지는 며느리가 애꾸라도 예뻐한다.
장모는 사위를 사랑하고 시아버지는 며느리를 귀여워한다는 데서 나온 말.

20827. 장모 될 여자는 사윗감 코부터 본다.

사윗감을 고르는 여자는 자기 딸이 좋아할 총각을 고르려고 애를 쓴다는 뜻.

20828. 장모 없는 집에 장가 가지 말랬다.
어머니가 없이 자란 처녀는 어머니에게서 배울 것을 못 배워서 문견도 좁고 장모 없는 처가집은 쓸쓸하다는 데서 나온 말.

20829. 장물을 도둑 맞는다. (買贓逢賊)
잘하는 놈 위에 더 잘하는 놈이 있다는 뜻.

20830. 장바닥에 조약돌 닳듯 한다.
성질이 빤들빤들한 사람을 두고 하는 말.

20831. 장 발에 치인 빈대 같다.
생김새가 납짝하고 판판하다는 뜻.

20832. 장병에 효자 없다. (久病無孝子：長病無孝子)
오랫동안 앓게 되면 병 간호에 등한(等閑)하게 된다는 말.

20833. 장부(丈夫)가 칼을 뺐었다가 도로 꽂을 수는 없다.
한번 결심한 일은 어떤 방해가 있더라도 관철해야 한다는 뜻.

20834. 장부가 한번 한 말은 천 년이 가도 변하지 않는다. (丈夫一言 千年不改)
사나이가 한번 약속한 것은 어떤 일이 있어도 변하지 않는다는 뜻.

20835. 장부의 말은 천금보다도 무겁다. (丈夫一言重千金)
남자는 자기가 한번 한 말에 대하여 책임을 져야 한다는 뜻.

20836. 장비(張飛)는 만나면 싸운다.
남과 다투기를 좋아하는 사람을 가리키는 말.
※ 장비：중국 삼국시대 촉(蜀)나라의 명장(名將).

20837. 장비 매질하듯 한다.
중국 삼국 시대 장비마냥 매질이 매우 심하다는 말.

20838. 장삿군 맹세다.
장삿군의 맹세는 몇 번을 해도 믿을 수 없다는 뜻.

20839. 장삿군은 늘 밑진다고만 한다.
장사하는 사람의 말은 믿을 수가 없다는 뜻.

20840. 장삿군은 밑진다면서도 땅 산다.
장삿군이 밑지고 판다는 소리는 거짓말이라는 뜻.

20841. 장삿군은 일가도 모른다.
장사하는 사람은 인색하다는 말.

20842. 장삿군은 친척도 없고 친구도 없다.
장사하는 사람은 대개 인색하다는 뜻.

20843. 장삿군은 친구도 없다.
장사하는 사람은 돈만 알지 의리를 모른다는 뜻.

20844. 장삿군은 친척도 없다.
장사하는 사람은 돈만 알지 친척도 모른다는 뜻.

20845. 장삿군을 사귀는 것은 촌 늙은이를 사귀는 것만 못하다. (交市人 不如友山翁) 〈菜根譚〉
믿음성이 없는 사람을 사귀지 말고 믿음성이 있는 사람을 사귀라는 뜻.

20846. 장삿군의 사귐은 이익으로 사귄다. (市交以利) 〈馬駧傳〉
장사하는 사람은 이해 관계가 있는 사람하고만 사귄다는 말.

20847. 장삿군이 남는다면서 파는 사람 없다.
장삿군은 누구나 밑지고 판다거나 본전에 판다고 하지 이익보고 판다는 사람은 없다는 뜻.

20848. 장사(壯士) 나면 용마(龍馬) 나고 문장(文章) 나면 명필(名筆) 난다.
운이 좋은 사람은 시기도 좋은 시기를 얻게 된다는 뜻.

20849. 장사 나면 용마도 난다. (將軍出 龍馬出) 〈東言解〉
일이 잘 되려면 기회도 좋은 기회를 얻게 된다는 뜻.

20850. 장사는 발로 하랬다.
상업은 부지런해야 하고 많은 노력이 필요하다는 뜻.

20851. 장사도 골 수를 알아야 한다.
무슨 일이나 내용을 잘 알아야 한다는 뜻.

20852. 장사에는 부자간에도 비밀을 지킨다.
사업에는 아무리 친한 사이에도 비밀을 지켜야 한다는 말.

20853. 장사 웃 덮기다.
상인이 좋은 물건만 위에 덮어 놓듯이 겉치레만 한다는 뜻.

20854. 장사 잘하는 사람은 물건을 감추어 놓고 판다. (良賈深藏) 〈史記〉
장사 잘하는 사람은 상품은 저장했다가 귀해졌을 때 판다는 말.

20855. 장사 지내러 가는 놈이 시체 두고 간다.
무슨 일을 할 때 가장 중요한 것을 빼놓고 한다는 뜻.

20856. 장사치 손님이다.

상인은 어떤 고객에게나 친절히 접대해야 한다는 뜻.

20857. 장 서방 관을 이 서방이 쓴다. (張冠李戴)
〈留靑日札〉

(1) 겉과 내용이 다르다는 뜻. (2) 이름과 실제가 전연 다르다는 뜻.

20858. 장 서방 세째 아들이든 이 서방 넷째 아들 이든. (張三李四) 〈傳燈錄〉

신분도 없고 이름도 없는 하찮은 존재라는 뜻.

20859. 장설간(張設間)이 비었다.

뱃속이 텅 비어 배가 고프다는 말. ※ 장설간 : 잔치 때 음식을 차리는 곳.

20860. 장성해서 공부하면 정신이 흩어져 잃어 버리기 쉽다. (長則神放而易失) 〈抱朴子〉

가정(家庭)을 가진 뒤에 공부를 하게 되면 가정 일로 하여 신경을 많이 쓰게 되므로 가정을 가지기 전에 공부를 해야 한다는 뜻.

20861. 장 속에 든 새요 우리 안에 갇힌 원숭이 다.

구속되어 용납할 수 없는 신세라는 말.

20862. 장 쏟고 발등 덴다.

한 가지 일이 잘못되면 따라서 다른 것까지도 잘못되게 된다는 뜻.

20863. 장 쏟고 허벅지 덴다.

한 가지 일을 잘못하면 연쇄적(連鎖的)으로 다른 것까지 잘못을 저지르게 된다는 뜻.

20864. 장수 없는 병졸이다. (無將之卒)

지휘관이 없는 군대와 같이 무능하다는 말.

20865. 장수 이 죽이듯 한다.

힘 하나 들이지 않고 아주 쉽게 한다는 말.

20866. 장수하게 되면 욕된 일도 많게 된다. (壽則多辱) 〈莊子〉

오래 살게 되면 흉한 꼴도 많이 당하게 된다는 말.

20867. 장수하고 부귀한다. (長壽富貴) 〈唐書〉

명도 길고 재산도 많고 높은 지위에 있는 복 많은 사람이라는 뜻.

20868. 장승만하다.

키가 크고 험상맞게 생긴 사람을 보고 하는 말.

20869. 장승박이로 끌고 가겠다.

미련하고 말을 듣지 않는 사람에게 하는 말.

20870. 장승하고 말하는 것이 낫겠다.

장승하고 차라리 말하는 것이 나을 정도로 말귀를 못 알아들어 답답하다는 뜻.

20871. 장 아까와 잡은 개도 안 먹는다.

작은 것을 아끼다가 큰 손해를 본다는 뜻.

20872. 장안(長安) 갑부(甲富)라도 삼 대(三代) 가기 어렵다.

아무리 큰 부자라도 대대손손(代代孫孫)이 오래가는 못한다는 말.

20873. 장안 김 서방 집도 찾는다.

똑똑한 사람은 서울에 가서 김 서방 집도 찾을 수 있다는 뜻.

20874. 장안에서 김 서방(金書房) 찾기다.

서울에서 김 서방을 찾듯이 매우 허망한 짓을 한다는 뜻.

20875. 장 없는 놈이 국은 더 즐긴다. (無醬嗜羹) 〈旬五志〉

없는 사람이 사치는 더 한다는 말.

20876. 장 없는 집에서 국 좋아하는 사람은 더 많다.

가난한 주제에 분에 넘치는 사치는 더 좋아한다는 말.

20877. 장에 가서 뺨 맞고 집에 와서 화풀이한다.

분풀이할 사람에게 하지 않고 애매한 사람에게 한다는 뜻.

20878. 장에 넣은 소금이 어디 갈까.

그 중에 있는 것은 어디로 갈 리가 없다는 뜻.

20879. 장에서 뺨 맞고 집에 와서 세간 부순다.

분풀이를 할 데 하지 않고 애매한 사람에게 한다는 뜻.

20880. 장옷 쓰고 엿 먹는다.

겉으로는 점잖은 체하면서도 남들이 안 보는 데서는 행실이 나쁘다는 말.

20881. 장은 묘일(卯日)에 담아야 한다.

일진(日辰)이 묘자(卯字)가 든 날에 장을 담으면 맛이 좋다는 말.

20882. 장이 끓는지 국이 끓는지 다 안다.

남의 집에 가 보지 않아도 그 사정을 잘 알고 있다는 뜻.

20883. 장이야 멍이야 한다.

장기를 둘 때 서로 승부가 없을 때 이름.

20884. 장 이튿날이다.
　일이 끝난 뒤 때가 늦었다는 뜻.

20885. 장인(丈人) 돈 따먹은 놈 같다.
　사위는 장인 장모에게 귀염을 받는다는 데서 나온 말.

20886. 장인 이마 씻은 물 같다.
　국 국물이 너무 멀겋 때 하는 말.

20887. 장인 장모는 반 부모다.
　부부는 한몸과 같으므로 아내의 부모도 자신의 부모와 같다는 말.

20888. 장자(長者) 집에서도 거지 집에서 얻어 가는 것이 있다.
　아무리 큰 부자라도 가난한 사람의 도움이 없이 혼자서는 살지 못한다는 뜻.

20889. 장작도 결을 보고 쪼개야 한다.
　무슨 일이나 순리(順理)로 해야 한다는 뜻.

20890. 장작 불과 계집은 쑤석거리면 탈난다.
　여자는 접촉하는 사람이 많으면 바람나기 쉽다는 뜻.

20891. 장점도 있고 단점도 있다. (一長一短)
　사람은 누구나 다 장단점을 가지고 있다는 뜻.

20892. 장닭 소 탄 것 같다.
　몸짓을 흔들흔들하는 사람을 보고 하는 말.

20893. 장닭이 알을 낳는다.
　(1) 도저히 있을 수 없는 일이라는 뜻. (2) 잘 되는 집에는 남이 안 되는 일도 잘 된다는 뜻.

20894. 장닭이 울어서 날 안 새는 일 없고 암탉이 울어서 날 새는 일 없다.
　여자가 남자 일을 간여해서 잘 되는 일이 없다는 뜻.

20895. 장닭이 울어야 날도 샌다.
　남자가 주장이 되어야 집안 일이 잘 된다는 뜻.

20896. 장판 방에서 자빠진다.
　마음놓고 있다가 실수하게 된다는 말.

20897. 장포에 쑥이 섞였다. (混淆蒲艾)
　선한 사람 속에 악한 사람이 섞여 있다는 말.

20898. 장항(長項) 자랑은 굴뚝 자랑이다.
　충청남도 장항의 명물은 제련소의 높은 굴뚝이었다는 말.

20899. 장황하게 말할 필요가 없다. (不必張皇)
　여러 말을 길게 할 필요가 없다는 말.

20900. 잦힌 밥에 흙 뿌리기다.

매우 심술궂은 짓을 한다는 말.

20901. 잦힌 밥이 멀랴 말탄 서방이 멀랴?
　일이 다 되어 가기 때문에 애태우며 기다리지 말라는 뜻.

20902. 재갈 물린 말이다.
　말문이 막혀서 아무 말도 못 한다는 뜻.

20903. 재갈을 물린다.
　(1) 말을 못하게 한다는 말. (2) 돈으로 남의 의사를 속박한다는 말.

20904. 재강아지 눈 감듯 한다.
　무슨 일이 발각되지 않고 잘 진행이 되었다는 말.

20905. 재 고리에 말뚝 치기다. (灰栲建椓)
　힘 안 들이고 수월하게 할 수 있다는 뜻.

20906. 재관 풍류냐?
　한 곳에서 늘 왔다갔다한다는 뜻.

20907. 재는 넘을수록 높고 내는 건널수록 깊다. (嶺踰越嶮 川涉越深)　〈耳談續纂〉
　일은 돼갈수록 점점 어려워진다는 말.

20908. 재능을 숨기고 쓰지 않는 것은 티끌과 같다. (懷卷而同其塵)　〈張舜〉
　재능을 두고도 안 쓰는 것은 티끌과 같이 못 쓰고 버리게 된다는 뜻.

20909. 재능이 있는 사람은 재능이 서투른 사람에게도 묻는다. (以能問於不能)　〈論語〉
　재능이 있는 사람은 겸손하기 때문에 모르는 것이 있으면 서투른 사람에게도 물어 가면서 배우는 데 노력한다는 뜻.

20910. 재능이 있는 사람은 재능이 없는 사람을 양성한다. (才也養不才)　〈孟子〉
　재능(才能)이 좋은 사람은 재능이 없는 사람을 가르쳐서 재능이 있는 사람으로 만든다는 뜻.

20911. 재능이 있는 사람은 직업이 있다. (能者在職)　〈孟子〉
　기능(技能)이 좋은 사람은 항상 일거리가 있다는 뜻.

20912. 재능이 있어도 여러 가지 기술을 겸할 수는 없다. (能不能兼技)　〈荀子〉
　아무리 재주가 좋아도 여러 가지 기술을 하게 되면 다 잘 수는 없게 된다는 뜻.

20913. 재떨이와 부자는 모일수록 더러워진다.
　재물은 많으면 많을수록 마음이 인색하고 교만해진다는 뜻.

20914. 재 들은 중이요 굿 들은 무당이다.
　평소에 소원하고 있던 일이 이루어져 기뻐하는 꼴을
　가리키는 말.

20915. 재를 먹어 위를 씻는다. (飮灰洗胃) 〈南史〉
　잿물을 마시어 창자 속의 더러운 것을 씻듯이 악한 마
　음을 고쳐 착하게 된다는 뜻.

20916. 재리로 맺어진 인연은 재리가 궁하게 되
　면 끊어진다. (以利交者 利窮則敗)　〈文中子〉
　돈으로 맺어진 사이는 돈 거래가 없게 되면 인연도 끊
　어지게 된다는 뜻.

20917. 재목은 먹줄을 받아야 곧아지고 사람은 충
　고를 받아야 거룩해진다. (木受繩則直 人受諫
　則聖)　〈孔子〉
　남의 충고를 잘 받아들일 줄 알아야 훌륭한 사람이
　된다는 말.

20918. 재물과 여색을 좋아한다. (好貨好色)
　탐욕이 많고 여색을 밝힌다는 뜻.

20919. 재물로써 민중을 얻는다. (財以啓衆)
　　　　　　　　　　　　　　　　　〈六韜〉
　재물을 가난한 사람들에게 나누어 주고 인심을 얻는
　다는 뜻.

20920. 재물로써 사귄 사람은 재물이 떨어지면 사
　귐도 끊어진다. (以財交者 財盡而交絶)〈戰國策〉
　돈으로 친하게 된 사람은 돈 거래가 끊어지게 되면 친
　분(親分)도 끊어지게 된다는 뜻.

20921. 재물만 좋아하고 어진 사람과는 친하지 않
　는다. (親富不親仁)　〈春秋左傳〉
　재물에만 가까이하고 어진 사람과는 가까이하려고 하
　지 않는다는 말.

20922. 재물 많기를 바라지 말고 글 많은 것을 부
　자로 삼으라. (不祈多積 多文以爲福)　〈禮記〉
　재물만 많이 모으려고 말고 글을 많이 배우는 것을 부
　자로 여겨야 한다는 뜻.

20923. 재물 쓰는 것으로써 그 청렴한 것을 볼 수
　있다. (使之以財 以觀其廉)　〈六韜〉
　돈 쓰는 것만 봐도 그 사람이 청렴한가 청렴하지 않
　은가를 알 수 있다는 뜻.

20924. 재물에 임해서는 청렴한 것만한 것이 없
　다. (臨財莫若廉)　〈忠子〉
　재물을 취급하는 데는 청렴 결백(淸廉潔白)한 것보다
　더 좋은 것은 없다는 뜻.

20925. 재물은 군중에게 흩어 주어야 한다.
　(散財於衆)　〈六韜〉
　재물이 많으면 가난한 군중들에게 나누어 주어야 한
　다는 뜻.

20926. 재물은 사람의 마음을 검게 한다. (黃金黑
　人心)
　재물을 보게 되면 사람 마음이 검게 된다는 뜻.

20927. 재물은 없어졌다가도 다시 모을 수 있다.
　(貨散則有聚)　〈管子〉
　재물이란 없다가도 있고 있다가도 없게 된다는 말.

20928. 재물은 있어도 성공하지 못한다. (有財無
　功)
　돈은 많이 있어서 썼으나 공은 세우지 못하였다는 뜻.

20929. 재물은 집을 윤택하게 하고 덕은 몸을 윤
　택하게 한다. (富潤屋 德潤身)　〈大學〉
　재물이 많으면 집안이 부유하게 되고 인덕(仁德)이 있
　으면 인품(人品)을 높여 준다는 뜻.

20930. 재물을 가볍게 여기고 남에게 잘 흩어 줘
　야 한다. (輕財重施)　〈張福先傳〉
　재물에 대한 욕심을 내지 말고 구차한 사람에게 나
　누어 주어야 한다는 뜻.

20931. 재물을 구차하게 얻으려고 하지 말라.
　(臨財毋苟得)　〈禮記〉
　재물을 지나치게 구차한 짓을 하면서까지 얻으려고 하
　게 되면 인품(人品)이 깎이게 되므로 삼가해야 한다
　는 뜻.

20932. 재물을 다 쓰고 나면 힘도 고달프다.
　(財殫力痛)
　패가(敗家)를 하게 되면 몸도 지쳐 고달프게 된다는
　뜻.

20933. 재물을 모으면 흩어 쓸 줄을 알아야 한다.
　(積而能散)　〈禮記〉
　재물은 모으기보다도 쓰기를 잘해야 한다는 뜻.

20934. 재물을 부정하게 번 것은 또한 부정하게
　나가게 된다. (貨悖而入者 亦悖而出)　〈大學〉
　재물을 온당하지 못한 수단으로 번 것은 나갈 때도 온
　당치 못하게 나간다는 뜻.

20935. 재물을 얻을 때는 의리를 생각하라.
　(見利思義)　〈論語〉
　이익 되는 것을 보거든 먼저 의리(義理)에 합당한가를
　생각한 다음에 처리해야 한다는 뜻.

20936. 재물을 위하여 목숨을 아끼지 않는다.

（以身殉財） 〈莊子〉
돈에 욕심을 내다가는 귀중한 목숨까지 잃게 된다는
뜻.

20937. 재물을 탐내고 남을 유혹한다. (物欲外誘)
〈策答集〉
재물을 보면 욕심을 내고 사람을 유혹한다는 뜻.

20938. 재물을 탐내며 즐긴다. (貪嗜於財) 〈史記〉
재물을 탐내는 것을 유일한 낙으로 삼고 산다는 뜻.

20939. 재물을 탐내며 법을 어긴다. (貪饕不法)
법을 어겨 가면서 재물에 탐욕을 낸다는 뜻.

20940. 재물을 하루 아침에 얻고 잃는다. (得失一
朝)
재물을 벌거나 또는 번 재물을 잃게 되는 것은 한때
의 잘잘못으로 이루어진다는 말.

20941. 재물을 훔치는 사람은 도둑이다. (窃賄爲
盜) 〈春秋左傳〉
남의 재물을 훔치는 사람은 도둑놈이라는 뜻.

20942. 재물이 몸에 따른다. (財貨隨身)
재복(財福)이 있어서 재물이 따르게 되어 쉽게 부자
가 된다는 뜻.

20943. 재물이 샘에서 물 솟듯 한다. (財貨渾渾如
泉源) 〈荀子〉
재물이 샘에서 물이 솟듯이 계속 생겨 큰 부자가 된
다는 뜻.

20944. 재물이 순리로 들어오는 것은 거절하지
말라. (物順來而勿拒) 〈紫虛元君〉
재물이 부정하게 들어오는 것이 아니고 정당하게 들
어 오는 것은 받아들여야 한다는 뜻. ↔ 재물이 옳지
않은 것은 갖지 말라.

20945. 재물이 옳지 않은 것은 갖지 말라.
(物非義莫取)
재물이 의리에 어긋나는 것은 가지지 말라는 뜻.
↔ 재물이 순리로 들어오는 것은 거절하지 말라.

20946. 재물이 이미 가 버린 것은 쫓지 말라.
(物既去而勿追) 〈紫虛元君〉
재물이 이미 내 손에서 일단 떠난 것은 다시 찾으려
고 하지 말라는 뜻.

20947. 재미나는 골에 범 난다.
재미난다고 나쁜 일을 하다가는 필경 화를 당하게
된다는 뜻.

20948. 재민지 중의 양식인지 ?

요사이 재미가 어떠냐고 인사할 때 별로 좋지 않다는
뜻으로 대답하는 말.

20949. 재보지 않은 물 깊이다. (不測之淵)
얼마가 되는지 도무지 알 수가 없다는 뜻.

20950. 재봤자 도토리 키요 뛰어 봤자 벼룩이다.
아무리 뽐내고 뻐겨 봤자 하찮은 존재밖에 안 된다는
뜻.

20951. 재산은 모으기보다 지키기가 어렵다.
재산은 벌기도 어렵지만 이것을 지켜 나가기도 어렵다
는 말.

20952. 재산은 사나이의 담을 키우고 옷은 사람
의 외모를 돋궈 준다. (財是英雄膽 衣是震人
毛)
돈이 많으면 사나이를 보다 대담하게 만들고 아름다
운 옷은 겉모습을 돋보이게 만든다는 말.

20953. 재산은 사나이의 담을 키운다. (財是英雄
膽)
돈이 많으면 저절로 담도 커진다는 말.

20954. 재산은 젊은 재산이 제일이다.
재산 중에는 젊은 재산보다 더 귀중한 것은 없다는 뜻.

20955. 재산은 흩어지면 없어지게 마련이다.
(散財竭産) 〈北史〉
재산은 한군데로 모아야 늘지 사방으로 흩어 놓으면
없어지게 된다는 뜻.

20956. 재산을 모으는 사람은 인색하다는 이름을
들어도 부끄러워하지 않는다. (積財者 不恥其
吝名) 〈馬駔傳〉
재산을 모으는 사람은 물욕에 눈이 어두워 자기의 명
예에는 관심이 없다는 뜻.

20957. 재산을 분명히 처리하는 것이 대장부다.
(財上分明大丈夫) 〈孔子〉
사나이는 재산을 분명하게 처리할 줄 알아야 한다는
뜻.

20958. 재산을 여유 있게 준비하여 만일의 경우에
대비하도록 하라. (嬴餘以備不慮者)〈澤堂家訓〉
사람은 언제 어떻게 될지 모르기 때문에 항상 만일에
대한 대비를 여유 있게 해두어야 한다는 뜻.

20959. 재산을 잘 운용하면 빈천에 대한 근심은
않게 된다. (能善於用財 而貧賤非所憂)
〈澤堂家訓〉
재산이 있는 사람은 재산 관리를 잘하게 되면 구차하

게 될 염려는 없게 된다는 뜻.

20960. 재산이나 직업이 없으면 착한 마음도 흔들린다. (無恒産者 無恒心) 〈孟子〉
재산도 없고 직업도 없는 사람은 굶주림에 시달려 착한 마음을 변치 않고 지니기가 어렵다는 말.

20961. 재산이 많고 지위가 높은 것은 누구나 부러워한다. (歆羨富貴) 〈擊蒙要訣〉
돈 많고 높은 자리에서 호화로운 생활을 하는 것은 누구나 부러워한다는 뜻.

20962. 재산이 많고 지위가 높은 사람은 남을 두려워한다. (大富貴之畏人) 〈梅山遺稿〉
재산이 많거나 지위가 높은 사람은 항상 자기 신변에 대한 불안을 가지게 된다는 뜻.

20963. 재산이 많은 사람은 일도 많다. (富則多事) 〈莊子〉
재산이 많으면 이것을 관리하는 일도 많게 된다는 뜻.

20964. 재산 잃고 쌀알 줍는다.
큰 부자가 패가한 뒤에 겨우 근근히 살아간다는 뜻.

20965. 재상집 개 죽은 데는 조객이 저자를 이루어도 정작 재상 죽은 데는 문전이 조용하다.
권세를 가졌던 사람이 죽게 되면 사람들이 상대를 않는다는 뜻.

20966. 재상집 당나귀 죽은 데는 조객이 많아도 재상 죽은 데는 조객이 적다.
권력을 가졌던 사람이 살았을 때는 찾아오는 사람이 많지만 그가 죽으면 찾아오는 사람이 없다는 말.

20967. 재수가 물 밀듯 한다.
재운(財運)이 터져서 계속 이로운 일만 생긴다는 말.

20968. 재수가 불붙듯 한다.
재수가 좋아서 일이 잘 된다는 말.

20969. 재수가 없으면 달걀에도 뼈가 있다.
운이 나쁘면 될 일도 아니 된다는 뜻.

20970. 재수가 옴 붙듯 한다.
재수가 없어서 손해만 보았다는 뜻.

20971. 재수가 옴 옮았다.
재수가 하나도 없다는 말.

20972. 재수 없는 놈은 넘어져도 개똥에 넘어진다.
재수가 없는 사람은 하는 일마다 다 잘 되는 일이 없다는 뜻.

20973. 재수 없는 놈은 뒤로 넘어져도 코가 깨진다.
재수가 없어 안 되는 놈이 이래도 안 되고 저래도 안 된다는 뜻.

20974. 재수 없는 놈은 뒤로 자빠져도 코가 깨진다.
재수가 없으면 아무리 잘해도 일이 안 된다는 말.

20975. 재수 없는 놈은 사냥을 해도 꼬리 없는 여우만 잡힌다.
재복이 없는 사람은 무슨 일을 해도 결과가 좋지 않다는 뜻.

20976. 재수 없는 포수는 곰을 잡아도 웅담(熊膽)이 없다.
재수가 없는 사람은 무슨 일을 하든지 일이 안 된다는 말.

20977. 재수 없는 포수는 궁노루를 잡아도 사향(麝香) 없는 궁노루만 잡는다.
재수가 없는 사람은 무슨 짓을 하여도 돈이 안 생긴다는 뜻.

20978. 재앙과 복은 다 자기 자신이 불러들이지 않는 것이 없다. (禍福無不自己求之者) 〈孟子〉
화를 당하거나 복을 받는 것은 다 자기가 끌어들인 것이라는 뜻.

20979. 재앙은 봄눈 녹듯 하고 복은 여름 구름처럼 일어난다. (災逐春雪消 福從夏雲興)
재앙을 쉽게 쫓아 버리고 복을 많이 받아들여 행복하게 산다는 뜻.

20980. 재앙은 재앙을 낳는다. (禍生禍)
재앙이 한번 생기면 자꾸 새끼를 치면서 커진다는 뜻.

20981. 재앙은 탐욕이 많은 데서 생긴다. (禍生於多貪) 〈紫虛元君〉
탐욕을 삼가하지 않다가는 재앙을 받게 된다는 뜻.

20982. 재앙이 온 뒤에는 조심해도 아무 소용이 없다. (挂於患而欲謹 則無益矣) 〈荀子〉
재앙은 미리 막아야지 한번 온 뒤에는 조심해도 이미 늦어서 아무 소용이 없다는 뜻.

20983. 재앙이 지나가면 반드시 번영이 온다. (殃盡必昌)
재앙이 지나면 반드시 복이 와서 번영이 올 것이니 재앙이 있을 때는 참으면서 내쫓도록 하라는 뜻.

20984. 재 올릴 때 중 춤추듯 한다. (僧齋胡舞)

재 올릴 때 중이 호(胡) 나라 춤을 추듯이 지나친 호 사를 하여 격에 맞지 않는다는 뜻.

20985. 재 있다는 말을 들은 중이다. (聞齋僧)
평소에 소원하던 일이 다가와서 몹시 기뻐하는 사람을 보고 하는 말.

20986. 재주가 근면만 못하다. (才不如勤)
재주 있는 사람보다 근면한 사람이 더 성공한다는 말.

20987. 재주가 덕보다 낫다. (才勝德)
재주가 있는 것이 덕이 있는 것보다 낫다는 말.

20988. 재주가 메주다.
재주가 도무지 없다는 말.

20989. 재주가 있는 데다가 학식까지 겸했다. (才學兼有)
재주도 있고 학식도 겸해 있는 훌륭한 인재라는 뜻.

20990. 재주가 자기보다 난 사람은 싫어한다. (勝己者厭)
자기보다 재주가 난 사람이 있으면 이를 시기(猜忌)하면서 싫어한다는 뜻.

20991. 재주가 홍 길동(洪吉童)이다.
무궁 무진(無窮無盡)한 재주를 가졌다는 뜻.

20992. 재주는 곰이 넘고 돈은 왕 서방(王書房)이 받는다.
수고한 사람은 보수를 받지 못하고 엉뚱한 사람이 보수를 받는다는 말.

20993. 재주도 없고 능력도 없다. (無才無能)
재주도 없을 뿐 아니라 능력도 없는 멍청한 사람이라는 뜻.

20994. 재주를 다 배우니 눈이 어둡다. (技成眼昏)
〈旬五志, 松南雜識〉
오랫동안 애써서 공부한 것이 헛되이 되었다는 말.

20995. 재주만 있고 덕이 없으면 재주를 담을 곳이 없게 된다. (有才無德 則才無所貯)
〈虞裳傳〉
재주만 있고 덕이 없으면 그 재주를 써먹을 곳이 없다는 뜻.

20996. 재주 있는 사람은 덕이 박하다. (才勝德薄)
재주 있는 사람 중에는 흔히 아깝게도 덕이 없어 출세하지 못하는 사람이 많다는 뜻.

20997. 재주 있는 사람은 병도 잦다. (多才多病: 才者多病)

재주가 많은 사람 중에는 몸이 약한 사람이 많다는 뜻.

20998. 재주 있는 사람치고 가볍지 않은 사람 드물다.
흔히 재주가 많은 사람은 경솔하다는 뜻.

20999. 재주 있는 사람치고 병 주머니 아닌 사람 없다.
재주가 많은 사람은 공부만 좋아하고 운동이 부족하기 때문에 신체가 약하다는 뜻.

21000. 재주 있는 사람치고 안 까부는 사람 없다.
재주 있는 사람 중에는 경솔한 사람이 많다는 뜻.

21001. 재주 좋은 장인(匠人)이 잘사는 것 못 봤다.
여러 가지 기술이 있는 사람은 돈에 대한 욕심이 없어서 돈을 못 모은다는 뜻.

21002. 재탕(再湯) 삼탕(三湯) 한다.
(1) 한 번 한 말을 두 번 세 번 되풀이한다는 뜻.
(2) 똑같은 일을 몇 번이고 되풀이한다는 뜻.

21003. 재판에는 졌지만 판결은 잘한다.
자신이 손해는 보았지만 일은 공정하게 처리된 것이라는 말.

21004. 재판에 진 사람은 제 잘못은 모르고 남만 원망한다. (落訟者稱冤)
재판에 진 사람은 자신을 반성하지 않고 억울하다고만 여긴다는 뜻.

21005. 재해는 미리 막지 않은 데서 생긴다. (害生於弗備)
〈淮南子〉
재해는 미리 이에 대한 대책을 세우지 않은 데서 생긴다는 뜻.

21006. 잰 놈이 뜬 놈만 못하다.
일은 빨리 하는 것보다 정성껏, 천천히 하는 것이 낫다는 뜻.

21007. 잰 말 성내 가면 뜬 말도 도그내 간다.
실력이 모자라는 사람도 부지런히 하면 실력 있는 사람을 어느 정도 따라갈 수 있다는 말. ※ 성내 : 제주도 방언으로 제주란 말. 도그내 : 제주의 지명.

21008. 잿더미가 되었다.
불에 다 타고 재만 남아 있다는 뜻.

21009. 잿더미에 말뚝 치기다.
잿더미에 말뚝을 박듯이 힘들이지 않고 쉽게 할 수 있다는 뜻.

21010. 쟁(錚)과 북은 맞아야 한다.
　　서로 손발이 맞아야 일이 잘 된다는 뜻.

21011. 쟁기질 못하는 놈이 소 탓만 한다.
　　일할 줄 모르는 놈이 제 탓은 않고 연장 탓만 한다는 말.

21012. 쟁반이 광우리같이 크고 깊다고 우긴다.
　　다 아는 사실인 데도 불구하고 그렇지 않다고 우긴다는 말.

21013. 쟁반이 둥글면 여기에 담긴 물도 둥글다. (槃圓而水圓) 〈荀子〉
　　사람은 그 환경에 따라 변하게 된다는 말.

21014. 저깔도 짝이 있다.
　　젓가락도 짝이 있는데 하물며 사람이 짝이 없어서야 되겠느냐는 뜻.

21015. 저 건너 빈터에서 잘살던 자랑하면 무슨 소용이 있나?
　　예전에 잘살았다는 이야기는 현생활에 아무 도움이 되지 않는다는 뜻.

21016. 저고리 벗은 주제에 은가락지 낀다.
　　어울리지 않게 어색한 짓을 한다는 뜻.

21017. 저 긴지 않는다고 우물에 똥 눌까?
　　자기가 안 먹는다고 남까지 못 먹게 해서는 안 된다는 뜻.

21018. 저녁 굶은 년이 떡두레 된다.
　　우연히 힘도 안 들이고 소망하던 것이 이루어지게 되었다는 말.

21019. 저녁 굶은 시어미 상이다.
　　매우 못마땅한 얼굴을 하고 있는 사람을 가리키는 말.

21020. 저녁 굶은 초서(草書)다.
　　옛날 어떤 학자가 저녁 양식 좀 꾸어 달라는 편지를 초서로 써 보냈는데 편지를 받은 사람은 그 편지를 알아보지 못해서 양식을 보내지 않아 저녁을 굶었다는 데서 나온 말로서 글씨는 남들이 모르게 써서는 안 된다는 뜻.

21021. 저녁놀과 아침 안개는 날씨가 좋다.
　　저녁에 놀이 있거나 아침에 안개가 끼는 날은 날씨가 좋다는 말.

21022. 저녁놀이 서면 날이 개인다.
　　비가 오다가도 저녁놀이 서면 비가 그친다는 말.

21023. 저녁 두 번 먹었다.
　　사람들이 모르게 밤에 살짝 도망을 쳤다는 뜻.

21024. 저녁 먹을 것은 없어도 도둑맞을 것은 있다.
　　아무리 가난한 집에도 도둑맞을 물건은 있다는 뜻.

21025. 저녁 먹을 것은 없어도 쥐 먹을 것은 있다.
　　아무리 가난하여도 도둑맞을 것은 있다는 말.

21026. 저녁 모기 덤비듯 한다.
　　여름 저녁에 모기가 덤비듯이 매우 귀찮게 군다는 뜻.

21027. 저녁 무지개는 백 일 가문다.
　　저녁 무렵에 무지개가 서면 오래 가문다는 말.

21028. 저녁 비둘기가 울면 날 좋고 아침 비둘기가 울면 비 온다.
　　저녁 비둘기의 울음에는 날이 청명하고, 아침 비둘기의 울음에는 비가 온다는 말.

21029. 저녁에 동쪽 무지개가 서면 가문다.
　　저녁때 동쪽 하늘에 무지개가 서면 가문다는 뜻.

21030. 저녁에 암탉이 울면 집안이 망한다.
　　여자가 밤에 큰소리를 내면 집안이 망한다는 뜻.

21031. 저녁 햇볕 사라지듯 한다.
　　권력도 쓰러질 때는 하잘것없이 사라진다는 뜻.

21032. 저는 거짓말을 하면서 남이 저를 믿어 주기를 바란다. (疾爲誕而欲人之信己矣) 〈荀子〉
　　자기의 잘못을 남들이 착하게 봐주기를 바라는 어리석은 짓을 한다는 뜻.

21033. 저는 잘난 백정(白丁)으로 알고 남은 헌 정승(政丞)으로 안다.
　　대단한 존재도 아니면서 남을 업신여기며 거만을 부린다는 뜻.

21034. 저도 못 믿는 판에 남 믿을까?
　　이 세상에는 믿을 사람이 하나도 없다는 뜻.

21035. 쪄도 삶아도 못 먹는다. (蒸不熟 煮不爛)
　　이러지도 못하고 저러지도 못할 것이라는 뜻.

21036. 저 돈 칠백 냥이 들어오거든.
　　확실한 기약(期約)은 할 수 없으나 참고 기다려 달라는 말.

21037. 저래도 한때요 이래도 한때다. (彼一時 此一時)
　　세월을 이렇게 보내나 저렇게 보내나 보내기는 마찬가지라는 뜻.

21038. 저런 걸 낳느니 호박이나 낳았더라면 국

이나 끓여먹지.

인간으로서 어디 하나 쓸모가 없는 사람이라는 뜻.

21039. 저렇게 급하면 할미 속으로 왜 안 나왔을까?

몹시 성미가 급한 사람에게 하는 말.

21040. 저를 알려면 남에게 물으랬다.

자신은 자신보다도 제 삼자가 더 잘 알게 된다는 말.

21041. 저마다 복은 타고 난다.

먹고 살 복은 저마다 타고 난다는 뜻.

21042. 저마다 잘난 체한다. (各者以爲大將)

세상 사람들은 누구나 제가 잘난 체한다는 말.

21043. 저마다 한 가지 재주는 있다.

사람은 잘나나 못나나 저마다 한 가지의 재주는 있다는 말.

21044. 저만 살찐다. (肥己)

세상 사람들이야 죽든 살든 관여할 바 아니고 자신만 잘살려고 노력한다는 뜻.

21045. 저만 옳은 줄로 아는 버릇이다. (自是之癖)

잘했거나 잘못했거나 자기가 한 일은 다 잘했다고 고집하는 버릇이라는 말.

21046. 저만 잘난 체하는 버릇이다. (自勝之癖)

남들은 무시하고 저만 잘난 체하면서 우쭐대는 버릇이라는 뜻.

21047. 저 먹을 것은 타고 난다.

사람은 누구나 저 먹을 복은 타고 난다는 뜻.

21048. 저 먹자니 싫고 개 주자니 아깝다.

자기가 싫어하는 것까지도 남을 주지 않는, 욕심많고 인색한 마음씨라는 뜻.

21049. 저 먹자니 싫고 남 주자니 아깝다.

자기가 싫은 것도 썩어 버릴망정 남을 주지 않는 욕심 많은 마음씨라는 뜻.

21050. 저모립(豬毛笠) 쓰고 물구나무를 서도 제 멋이다.

제가 좋아서 하는 짓은 남이 상관할 필요가 없다는 뜻.

21051. 저 못 먹는 감 찔러나 본다.

내가 하려다가 못 한 일은 남도 못하게 심술이나 놓는다는 뜻.

21052. 저문 해가 길면 얼마나 길까.

늙은이가 살면 앞으로 얼마나 더 살겠느냐는 뜻.

21053. 저미고 오려도 나올 것은 피밖에 없다.

아무리 독촉을 해도 빚을 갚을 도리가 없다는 뜻.

21054. 저보다 잘난 사람은 싫어한다. (勝己者厭之)

자기보다 잘난 사람은 존경하지 않고 시기(猜忌)한다는 말.

21055. 저 사람 떡 주라는 것이 저 떡 달라는 말이다.

무슨 말을 노골적(露骨的)으로 하지 않고 간접적으로 한다는 뜻.

21056. 저 살 구멍만 찾는다.

남이야 어떻게 되든 상관하지 않고 제 욕심대로만 일을 한다는 뜻.

21057. 저 살 구멍은 다 있다.

누구나 자기가 살아갈 수 있는 길은 다 있다는 말.

21058. 저 살기에도 바쁜 판이다.

자신도 먹고 살기가 곤란한데 남을 도와 줄 힘이 없다는 뜻.

21059. 저승 길과 뒷간은 대신 못 간다.

죽는 것은 대신 죽을 수 없다는 말.

21060. 저승 길은 대신 못 간다.

남대신 죽어 줄 수는 없다는 말.

21061. 저승 길이 구만 리다.

죽음의 길은 대단히 멀다는 말로서 죽기가 매우 어렵다는 뜻. ↔ 저승 길이 대문 밖이다. 저승 길이 멀다더니 대문 앞에 있다.

21062. 저승 길이 대문 밖이다.

죽음이란 어려운 것 같으나 실상은 하잘것없이 죽게 된다는 뜻. ↔ 저승 길이 구만 리다.

21063. 저승 길이 멀다더니 대문 앞에 있다.

죽음이란 대단히 먼 것 같지만 알고 보면 눈앞에 있다는 말. ↔ 저승 길이 구만 리다.

21064. 저승 백 년보다 이승 일 년이 낫다.

죽어서 길이길이 잘사는 것보다도 현세(現世)에서 조금이라도 더 사는 것이 낫다는 뜻.

21065. 저승에 가도 죄 값은 못 면한다.

한번 잘못을 범한 죄 값은 죽어도 못 면한다는 뜻.

21066. 저승에 가서도 갚겠다.

살아서 다 갚지 못하게 되면 죽어서라도 꼭 갚겠다는 뜻.

21067. 저승에 찾아가서도 빚을 달라겠다.
빚장이가 빚을 몹시 조른다는 말.

21068. 저 싫은 것 남 주기다.
주고 싶어서 주는 것이 아니라는 뜻.

21069. 저울로 가볍고 무거운 것을 측정하듯 한다. (猶衡之於輕重也)　〈荀子〉
저울로 무게를 달아서 정확히 측정하듯이 사물을 정확하게 판단한다는 말.

21070. 저울로 달면 가볍고 무거운 것을 속이지 못한다. (衡誠縣矣 則不可斯以輕重)
〈荀子, 禮記〉
중량(重量)을 저울에 달아 보면 속이지 못하게 된다는 뜻.

21071. 저울로 달아 봐야 가볍고 무거운 것을 안다. (權然後 知輕重)　〈孟子〉
물건이 가볍고 무거운 것은 저울에 달아 본 후에야 비로소 알게 된다는 뜻.

21072. 저자에 범이 났다고 세 사람만 전하면 모두 믿게 된다. (三傳市虎皆人信)
거짓말이라도 여러 사람이 하게 되면 믿게 된다는 뜻.

21073. 저 잘난 멋에 산다.
사람은 누구나 자존심을 가지고 산다는 뜻.

21074. 저 잘 되는 것보다 남 망하는 것을 더 좋아한다.
심술이 매우 많은 사람을 두고 하는 말.

21075. 저절로 다스려지는 일은 없다. (無爲而自治)　〈尹文子〉
정치가 저절로 잘 될 수는 절대로 없다는 말.

21076. 저 좋을 대로만 한다. (從吾所好)
자기에게 유리한 대로만 일을 한다는 뜻.

21077. 저 중 잘 달아난다니까 고깔 벗어 들고 달아난다.
남이 잘한다고 칭찬을 해주면 죽을 줄 모르고 일한다는 말.

21078. 저 중 잘 뛴다니까 장삼 벗어 들고 뛴다.
칭찬 바람에 신이 나서 일을 죽을 줄 모르고 한다는 뜻.

21079. 저 팽이가 돌면 이 팽이도 돈다.
저쪽 사정이 변하게 되면 이쪽 사정도 변하게 된다는 뜻.

21080. 적게 먹고 가는 똥 누랬다. (小小食之於細

糞)　〈旬五志〉
큰 이익을 탐내지 말고 절약해서 생활하라는 말.

21081. 적게 먹으면 약주(藥酒)요 많이 먹으면 망주(亡酒)다.
술은 알맞게 먹어야지 과음(過飮)해서는 안 된다는 뜻.

21082. 적과 싸우는 데는 사기가 왕성해야 한다. (戰欲)　〈諸葛亮心書〉
군대는 사기가 왕성하지 못하면 싸워도 승리할 수 없다는 뜻.

21083. 적다고 업신여기지 말고 많다고 두려워하지 말라. (無及寡 無畏衆)　〈禮記〉
적다고 깔보고 방심(放心)하지 말고 많다고 두려워할 것이 아니라 마음을 야무지게 가져야 한다는 뜻.

21084. 적덕(積德)은 백 년이요 앙해(殃害)는 금년이다.
재해(災害)가 있더라도 이것은 오래 가지 않으니 참아가면서 좋은 일을 하여 길이 복을 받도록 하라는 뜻.

21085. 적도 모르고 가지 딴다.
내용도 모르고 덤비기만 한다는 말.

21086. 적보다 선수를 쓰면 적의 사기를 뺏을 수 있다. (先人有奪人之心)　〈春秋左傳〉
싸움에서는 먼저 선수를 써서 적의 사기를 뺏는 것이 유리하다는 뜻.

21087. 적산 관리처(敵産管理處)에 들락날락하면서 적산 하나 못 차지한 건 병신이다.
미 군정(美軍政) 때 적산 관리처에 가서 교제만 잘하면 적산을 하나씩 얻을 수 있었다는 말.

21088. 적삼 벗고 은가락지 낀다.
격에 맞지 않는 짓을 한다는 뜻.

21089. 적선한 집에는 반드시 남은 경사가 있다. (積善之家 必有餘慶)　〈易經〉
남에게 좋은 일을 많이 한 집은 반드시 훗날 그 자손들이 보답을 받아 복을 누리게 된다는 뜻.

21090. 적선한 집 자식은 굶어죽지 않는다.
남에게 적선을 많이 한 사람의 자손은 망하지 않는다는 뜻.

21091. 적에게 이익을 주면서 유인해야 한다. (利而誘之)　〈孫子〉
적을 유인할 때는 낚싯밥을 주어 가면서 유인해야 한다는 뜻.

21092. 적에게 포위된 것같이 두렵다. (若畏四隣)

806

〈老子〉

적에게 완전히 포위되어 죽게 되었을 때마냥 매우 두렵다는 뜻.

21093. 적에 대한 대비가 있으면 패하지 않는다. (有備不敗) 〈春秋左傳〉
적에 대한 준비 태세(準備態勢)를 갖추고 있으면 싸워도 패하지 않는다는 뜻.

21094. 적으면 귀하고 많으면 천하다. (稀則貴 多則賤)
무슨 물건이든 적으면 귀하고 많으면 천해진다는 말.

21095. 적으면 얻어진다. (少則得) 〈老子〉
욕심이 적으면 얻을 수 있다는 말.

21096. 적은 것도 쌓이면 많아진다. (積少成多) 〈董仲舒〉
아무리 적은 것이라도 많이 모으면 많아지게 되므로 적은 것도 아끼라는 뜻.

21097. 적은 것도 없는 것보다는 낫다.
조금이라도 있는 것이 아주 없는 것보다는 낫다는 말.

21098. 적은 것을 걱정하지 말고 고르지 못한 것을 걱정하라. (不患寡而患不均) 〈論語〉
적은 것이 문제가 되는 것이 아니라 적은 것이라도 고르게 가지지 못한 것이 더 문제 된다는 뜻.

21099. 적은 구멍만 있어도 배는 가라앉는다.
사소한 일이 확대되어 큰 변을 일으키게 된다는 뜻.

21100. 적은 물도 모이면 냇물이 된다. (水積成川)
아무리 적은 것도 많이 모이게 되면 크게 된다는 뜻.

21101. 적은 병력으로 많은 병력을 이기지 못한다. (寡不勝衆) 〈韓非子〉
역량 대비(力量對比)에서 병력이 적을 때에는 승리할 수 없다는 뜻.

21102. 적은 불의에 습격해야 한다. (擊其不意) 〈六韜〉
습격은 적이 방심하고 있을 때 불의에 돌격해야 한다는 말.

21103. 적을 깔보면 반드시 패하게 된다. (輕敵必敗) 〈孫子〉
적을 업신여기면 싸워도 패하게 되므로 삼가라는 뜻.

21104. 적을 교란시켜 놓고 공격하라. (亂而取之) 〈孫子〉
적의 내부를 혼란시켜 놓은 뒤에 공격을 하라는 뜻.

21105. 적을 모르고 나를 모르면 백 번 싸워도 백 번 진다. (不知彼不知己 百戰百敗) 〈孫子〉
적의 역량도 모르고 자신의 역량도 모르면 싸워도 매번 지게 된다는 말.

21106. 적을 모르고 나만 알면 이기기도 하고 지기도 한다. (不知彼而知己 一勝一負) 〈孫子〉
적의 역량을 모르고 자신의 역량만 알게 되면 싸워서 이기기도 하고 지기도 한다는 말.

21107. 적을 물리치고 나서도 더욱더 경계를 해야 한다. (勝敵而愈戒) 〈孔子〉
적을 물리친 뒤에도 만일을 대비하기 위하여 경계를 강화해야 한다는 뜻.

21108. 적을 살상하는 것은 적개심을 제고시키는 것이다. (殺敵者 怒也) 〈孫子〉
적을 많이 살상하게 되면 적개심이 높아지게 된다는 말.

21109. 적을수록 적어진다. (少益少)
적으면 적을수록 점점 더 적어진다는 말.

21110. 적을 알고 나를 알면 백 번 싸워도 백 번 이긴다. (知彼知己 百戰百勝) 〈孫子〉
적의 역량을 잘 알고 자신의 역량을 잘 알게 되면 정확한 작전을 할 수 있으므로 싸울 적마다 승리하게 된다는 뜻.

21111. 적을 업신여기면 큰 화를 입게 된다. (輕敵而致禍) 〈諸葛亮心書〉
적을 깔보다가는 패하여 큰 화를 당하게 되므로 삼가하라는 뜻.

21112. 적을 용서해 주면 화가 생긴다. (縱敵患生) 〈春秋左傳〉
적을 용서해 주었다가는 훗날 화를 입게 될 수 있으니 용서해 주어서는 안 된다는 뜻.

21113. 적의 방비가 없으면 이를 공격해야 한다. (攻而無備) 〈孫子〉
적의 방비가 없는 곳이 있으면 이곳을 공격해야 한다는 말.

21114. 적의 역량을 안 뒤에 진격해야 한다. (量敵而後進) 〈孟子〉
적을 공격할 때는 그 역량을 파악한 뒤에 진격을 하라는 뜻.

21115. 적의 헛점을 보면 진격해야 한다. (見其虛則進) 〈六韜〉
적의 헛점이 발견될 때는 즉시 진격을 해야 한다는 뜻.

21116. 적이 강하면 이를 피해야 한다. (強而避
之)   〈孫子〉
　　강한 적과는 싸우지 말고 피하는 것이 유리하다는 뜻.

21117. 적이 경계하지 않는 틈을 타서 공격해야
한다. (不戒可擊)   〈六韜〉
　　적의 경계가 허술한 때가 있으면 이때 공격해야 한
　　다는 뜻.

21118. 적이 분주할 때 공격해야 한다. (奔走可
擊)   〈六韜〉
　　적이 분주하게 움직이거든 이 틈을 타서 공격하라는
　　뜻.

21119. 적이 피로했을 때 공격해야 한다.
(疲勞可擊)   〈六韜〉
　　적이 피로해 있을 때, 이 기회를 놓치지 말고 공격해
　　야 한다는 말.

21120. 적이 허하면 진격해야 하고 적이 실하면
후퇴해야 한다. (見虛則進 見實則退)
                                      〈諸葛亮心書〉
　　적에게 헛점이 있을 때는 공격해야 하고 적의 실력이
　　충실할 때는 후퇴해야 한다는 뜻.

21121. 적이 후퇴할 때 공격하면 반드시 승리한
다. (退而擊之 必獲勝焉)   〈春秋左傳〉
　　적이 후퇴할 때는 사기가 저하되었기 때문에 이때에
　　공격하면 반드시 승리하게 된다는 뜻.

21122. 적적하거든 제 불기짝이나 치렀다.
　　할 일이 없으면 아무 일이나 하게 된다는 뜻.

21123. 쩍하면 입맛이다.
　　(1) 눈치만 보아도 다 알 수 있다는 뜻. (2) 무엇을 주
　　나 하고 기다린다는 뜻.

21124. 쩍하면 입맛이요 쳐다보면 절터다.
　　듣고 보기만 하면 다 알 수 있다는 말.

21125. 전다리 온천에 모이듯 한다.
　　환자들이 많이 모여 있다는 뜻.

21126. 전당 잡은 촛대다. (典當執燭臺) 〈東言解〉
　　한쪽에 가만히 앉아 있는 사람을 보고 하는 말.

21127. 전당 잡은 촛대요 꾸어 온 보리쌀 자루다.
　　한구석에 아무 말도 없이 앉았기만 하는 사람을 가
　　리키는 말.

21128. 전라도 옥백미(玉白米) 밥이다.
　　전라도 만경 평야(萬頃平野)에서 생산된 쌀로 지은 맛
　　있는 밥이라는 뜻.

21129. 전례 없는 대풍이다. (無前大豊)
　　보기 드문 큰 풍년이라는 말.

21130. 전루고에 춤춘다. (傳漏之鼓 尚或蹲舞)
                                      〈耳談續纂〉
　　영문도 모르고 공연히 기뻐한다는 말. ※ 전루고 : 옛
　　날, 시간을 알리기 위하여 치던 북.

21131. 전송고(傳誦鼓)소리에 춤춘다.
　　아무 영문도 모르고 기뻐한다는 말. ※ 전송고 : 구호
　　(口號)대신 치는 북.

21132. 전실(前室) 자식은 길러도 의붓 자식은 못
기른다.
　　의붓 자식 기르기는 매우 어렵다는 말.

21133. 전에 없던 큰 흉년이다. (無前大凶)
　　보기 드문 큰 흉년이라는 말.

21134. 전연 꼴이 되지 않는다. (萬不成貌)
　　아주 사람 체면이 서지 않는다는 뜻.

21135. 전연 말답지 않다. (萬不成説)
　　아주 사리에 맞지 않는 이야기라는 말.

21136. 전연 이치에 맞지 않는다. (萬不近理)
　　아주 이치(理致)에 맞지도 않는 일이라는 뜻.

21137. 전쟁에서는 전진하면 적에게 죽게 되고 후
퇴하면 법으로 죽게 된다. (今爲之攻戰 進則
死於敵 退則死於誅)   〈韓非子〉
　　전쟁에서는 전진하면 적에게 죽게 되고 만일 도망치
　　게 되면 군법에 의하여 죽게 된다는 뜻.

21138. 전쟁에서 정의를 내세우는 것은 사병들을
격려하여 승리하려는 것이다. (戰必以善者 所
以勵衆勝敵也)   〈六韜〉
　　전쟁에서 정의를 내세우는 것은 사병들에게 승리의 신
　　심(信心)을 심어 주면서 격려하기 위한 수단이라는 뜻.

21139. 전쟁은 부득이한 경우에만 하는 것이다.
(果而不得已), (不得已則鬪)   〈老子〉, 〈孫子〉
　　전쟁은 어쩔 수 없는 경우에 하는 수단이라는 뜻.

21140. 전쟁은 여러 번 하면 저절로 강하게 된다.
(用兵自強)   〈管子〉
　　여러 번에 걸쳐 실전(實戰)의 경험을 가진 군대는 저
　　절로 강하게 된다는 뜻.

21141. 전쟁은 이롭게도 될 수 있고 위태롭게도
될 수 있다. (軍爭爲利 軍爭爲危)   〈孫子〉
　　전쟁에서 승리하는 나라는 유리하게 되고 패전한 나
　　라는 위태롭게 된다는 뜻.

21142. 전쟁은 일으키지 말아야 한다. (兵戎不起)
〈禮記〉
전쟁은 피해가 많기 때문에 일으키지 않는 것이 좋다는 뜻.

21143. 전쟁은 죽는 곳이다. (兵死地也)
〈孫子, 十八史略〉
전쟁은 서로 죽이는 것이 목적이기 때문에 죽음의 터라는 뜻.

21144. 전쟁을 좋아하면 반드시 망하게 된다.
(好戰必亡) 〈司馬法仁本篇〉
싸움을 좋아하면 망하게 된다는 뜻.

21145. 전정(前程)이 구만 리 같다.
젊은 사람의 앞날이 대단히 유망하다는 말.

21146. 전주곡(前奏曲)이 무섭다.
일은 시작할 때가 무섭다는 말.

21147. 전중이 손가락은 돌 절구도 뚫는다.
교도소 죄수(罪囚)들은 맨손으로도 무엇을 잘 만든다는 말.

21148. 전진은 있어도 후퇴는 없다. (有進無退)
〈三國遺事〉
전투에서 아무리 불리해도 후퇴는 않는다는 말.

21149. 전진하고 후퇴하는 것을 잘 알아야 한다.
(善知進退之道) 〈諸葛亮心書〉
어떤 때 전진하고 어떤 때 후퇴해야 하는가를 잘 알고 일을 해야 한다는 뜻.

21150. 전진할 뿐 후퇴는 하지 않는다. (能進不能退)
〈春秋左傳〉
아무리 불리하여도 전진만 하고 후퇴는 해서 안 된다는 뜻.

21151. 전진할 적에 날랜 사람은 후퇴할 적에도 재빠르다. (進銳退速) 〈孟子〉
전진할 때에 날랜 사람은 후퇴할 때에도 날래듯이 날랜 사람은 무슨 일을 해도 다 날랜 동작으로 한다는 뜻.

21152. 전체(傳遞) 송장이냐?
찾아온 손님을 냉대하여 딴 곳으로 가게 하였다는 뜻.

21153. 전하는 말은 듣기에 따라 같지 않다.
(口傳不同耳) 〈皇侃論〉
남이 전하는 말은 듣는 사람에 따라서도 다르기 때문에 남의 말만 듣고 경솔히 처리해서는 안 된다는 뜻.

21154. 전해서 듣는 것은 직접 보는 것만 못하다.

(傳聞不如親見) 〈春秋左傳〉
남에게서 간접적으로 듣는 것은 자신이 직접 보는 것만 못하다는 뜻.

21155. 전혀 돌봐 주지 않는다. (全不顧見)
조금도 돌봐 주는 것이 없다는 뜻.

21156. 절 까마귀 염불한다.
늘 보고 듣고 한 일은 따라하게 된다는 말.

21157. 절간 쥐 다.
절에서는 쥐를 잡지 않기 때문에 쥐가 마음대로 행동하듯이 무서운 줄도 모르고 제멋대로 행동한다는 뜻.

21158. 절개는 살찐 고기와 맛있는 음식이 따르는 데서 잃게 된다. (節從肥甘喪也)〈菜根譚〉
고생을 참아 가면서 절개를 지키는 사람이 잘 먹고 잘 입을 생각을 하게 되면 절개를 못 지키게 된다는 뜻.

21159. 절구 굴리는 데 애매한 개구리만 죽는다.
애매하게 억울한 일을 당하게 된다는 뜻.

21160. 절구에 옷 입혀 놓은 것 같다.
키가 작고 뚱뚱한 사람을 두고 하는 말.

21161. 절구질에도 손 넣을 틈은 있다.
아무리 바빠도 틈은 낼 수 있다는 말.

21162. 절구 천중(千重)만하다.
몸집이 뚱뚱하고 체중이 무거운 사람을 보고 하는 말.

21163. 절구통 같다.
키가 작고 몸집이 매우 뚱뚱하다는 말.

21164. 절도 모르고 시주(施主)한다.
(1) 애써 한 일을 알아 주는 사람이 없어 생색이 안 난다는 뜻. (2) 영문도 모르고 돈을 쓴다는 뜻.

21165. 절도 집도 없다.
아무 데도 의지할 곳이 없다는 말.

21166. 절도 할 데 해야 아들도 낳고 딸도 낳는다.
무슨 일이나 정확히 골수를 알아서 해야 성과도 있다는 뜻.

21167. 절룩 말이 천 리 간다.
약한 사람이라도 꾸준히 노력하면 무슨 일이라도 할 수 있다는 말.

21168. 절름발이가 남보다 더 걷는다고 장담한다.
(跛能履) 〈易經〉
아무 능력도 없는 주제에 장담만 한다는 뜻.

21169. 절름발이 원행(遠行)하기다.
자기 힘에 겨운 무리한 짓을 한다는 말.

21170. 절름발이 자라도 천 리를 간다. (跛鼈千里)
〈荀子〉

능력이 모자라도 꾸준히 노력하면 성공할 수 있다는
말.

21171. 절박한 데서 살 길을 맞는다. (絶處逢生)
몹시 궁했던 끝에 살 길이 생겼다는 뜻.

21172. 절세 미인(絶世美人)도 흠이 있다.
아무리 좋은 물건에도 흠이 있다는 말.

21173. 절 앞에 마귀 산다.
부처님 앞에 마귀가 있듯이 악과 선은 서로 멀리 떨
어져 있는 것이 아니라 함께 있다는 뜻.

21174. 절약도 있어야 절약한다.
절약도 있을 때 해야지 아주 없으면 못 한다는 뜻.

21175. 절약만 하고 쓸 줄을 모르면 친척도 배반
한다. (節而不散 親戚畔之) 〈牧民心書〉

절약만 하면서 쓸 데가 있어도 쓸 줄을 모르는 구두쇠
가 되면 친척들까지도 싫어하게 된다는 뜻.

21176. 절약하면 아무리 주머니가 비었다 해도 반
드시 차게 된다. (能節雖虛必盈) 〈陸宣公〉

가난한 살림이라도 아껴 쓰게 되면 저축을 하게 된다
는 뜻.

21177. 절약하여 쓰고 남을 사랑하라. (節用愛人)
〈論語〉

비용은 아껴 쓰고 사람은 사랑해야 한다는 뜻.

21178. 절약하지 않으면 아무리 재물이 많다 해
도 다 없어지게 된다. (不節雖盈必渴)
〈陸宣公〉

아무리 넉넉한 생활을 하는 사람이라도 절약을 하지
않고 마구 쓰면 패가하게 된다는 뜻.

21179. 절약하지 않으면 집안이 망한다. (爲不節
而亡家) 〈紫虛元君〉

살림을 아껴서 하지 않으면 넉넉한 살림이라도 패가
하게 된다는 뜻.

21180. 절에 가면 중 노릇 하고 싶다.
남이 하는 일은 하고 싶게 된다는 뜻.

21181. 절에 가면 중 되고 싶고 마을에 가면 속
한(俗漢)이 되고 싶다.
남이 하는 일은 다 좋아 보인다는 뜻.

21182. 절에 가면 중 이야기하고 촌에 가면 농
사 이야기한다.
화제(話題)는 자기와 관계가 있는 것을 가지고 말하

게 된다는 뜻.

21183. 절에 가면 중인 체하고 촌에 가면 속한인
체한다.
환경에 따라 행동을 달리한다는 말.

21184. 절에 가서 갓 망건 판다.
무슨 일이나 상대를 봐서 일을 하라는 뜻.

21185. 절에 가서 빗 장사한다.
실정도 전혀 모르고 무슨 일을 한다는 뜻.

21186. 절에 가서 색시 찾는다.
실정도 모르고 무슨 일을 한다는 말.

21187. 절에 가서 젓국 찾는다.
전혀 실정도 모르고 무슨 일을 한다는 말.

21188. 절에 간 색시는 중이 하라는 대로 한다.
하기 싫어도 시키는 대로 하지 않을 수가 없다는 말.

21189. 절에 간 색시다.
시키는 대로 하지 않을 수 없는 처지라는 뜻.

21190. 절에 간 색시짝 난다.
싫어도 어쩔 수 없이 하라는 대로 했다는 뜻.

21191. 절에는 신중단(神衆壇)이 제일이라.
벌과 복을 줄 수 있는 이의 위치가 제일 좋다는 말.
※ 신중단 : 불문(佛門)에서 복과 화를 주관하는 화엄
신장(華嚴神將)을 모신 신단(神壇).

21192. 절에 불공 말고 없는 놈 구면 주랬다.
절에 가서 불공을 해서 잘 되려고 말고 없는 사람에
게 자선(慈善)을 베풀어서 복을 받는 것이 낫다는 뜻.

21193. 절 여자를 아주머니라는 놈은 중의 조카
다.
절에 있는 여자는 어떤 여자든지 중의 아내라는 말.

21194. 절의 양식이 중의 양식이고 중의 양식이
절의 양식이다.
여기에 있는 것이나 저기에 있는 것이나 다 한 사람
의 소유라는 뜻.

21195. 절이 망할라니까 새우젓 장수만 모여든다.
운수가 나쁘면 불길한 일만 생긴다는 말.

21196. 절이 쉈다.
인사를 못한 채 오래 되어 거북하게 되었다는 뜻.

21197. 절이 싫으면 중이 떠나야 한다.
직장이 싫게 되면 자신이 물러나야 한다는 말.

21198. 절차(節次)를 찾다가 신주(神主) 떠내려

보낸다.
형식에 사로잡혀 정작 할 일은 못한다는 말.

21199. 절하고 빰맞는 일 없다.
남에게 친절하게 하는 사람은 남들이 해롭게 하지 않는다는 뜻.

21200. 젊어 게으름은 늙어 고생이다.
젊어서 부지런히 일하지 않으면 늙어서 고생을 하게 된다는 뜻.

21201. 젊어 고생은 돈 주고도 못 산다.
젊은 시절에 고생하면서 노력한 사람은 성공한다는 말.

21202. 젊어 고생은 사서도 한다.
젊었을 때 고생해 가면서 노력한 사람은 장래 잘살게 된다는 말.

21203. 젊어 고생은 은을 주고도 못 산다.
젊어서 고생을 참아 가면서 노력한 사람은 반드시 장래 잘살게 된다는 말.

21204. 젊어서 공부하면 뜻이 하나이므로 잊혀지지 않는다. (少則志一而難忘) 〈抱朴子〉
공부만 하겠다는 뜻을 가지고 있는 젊은 시절에 공부를 해야 잘 배울 수 있다는 뜻.

21205. 젊어서 노력하지 않으면 늙어서 한숨을 쉬어도 쓸데없다. (少壯不努力 老大徒傷悲)
〈古詩〉
젊어서 부지런히 배우고 일하지 않으면 늙어서 후회하여도 아무 소용이 없다는 뜻.

21206. 젊어서는 사랑으로 살고 늙어서는 정으로 산다.
부부간에는 늙어 갈수록 정이 좋아야 한다는 뜻.

21207. 젊어서는 서방이 좋고 늙어서는 고기가 좋다.
젊어서는 남편이 가장 좋지만 늙어서는 잘 먹고 오래 살아야 하기 때문에 돈이 더 좋다는 뜻.

21208. 젊어서 마누라가 여럿이면 늙어서 마누라가 하나도 없다.
젊어서 마누라를 여럿 가졌던 사람은 늙으면 어느 마누라도 함께 살려고 하지 않는다는 뜻.

21209. 젊어서 부지런히 공부하지 않으면 늙어서 뉘우치게 된다. (少不勤學老後悔)
〈朱子十悔〉
젊어서 공부할 때 공부를 잘하지 못한 사람은 늙어서 후회하게 된다는 말.

21210. 젊어서 잘 뛰던 말도 늙으면 못 뛴다.
젊어서 건강했던 사람도 늙으면 쇠약하게 된다는 뜻.
↔ 젊어서 잘 뛰던 말은 늙어도 뛰던 재간은 남아 있다.

21211. 젊어서 잘 뛰던 말은 늙어도 뛰던 재간은 남아 있다.
젊어서 일 잘하던 사람은 늙어도 그 솜씨는 남아 있다는 뜻.↔ 젊어서 잘 뛰던 말도 늙으면 못 뛴다.

21212. 젊은 과부는 단봇짐 싸고 늙은 과부는 한숨만 쉰다.
외롭게 사는 과부들에게 자극을 주었다는 뜻.

21213. 젊은 과부 울음소리는 산천 초목도 울린다.
젊어서 과부된 여자의 울음소리는 매우 애처롭다는 말.

21214. 젊은 과부 한숨 쉬듯 한다.
몹시 서러워 한숨만 쉬고 있는 사람을 가리키는 말.

21215. 젊은 과부 한숨은 땅도 꺼진다.
젊어서 과부 된 설움은 매우 크다는 말.

21216. 젊은 딸이 먼저 시집 간다.
여자는 혼기(婚期)를 놓치지 말고 젊어서 시집을 가야 한다는 말.

21217. 젊은 사람 외상이 늙은이 맞돈보다 낫다.
젊은 사람은 비록 외상이라도 앞으로 많이 팔아 줄 손님이기 때문에 맞돈 늙은이보다 낫다는 뜻.

21218. 젊은 시절은 두번 다시 오지 않는다.
(盛年不重來) 〈陶潛〉
한번밖에 없는 귀중한 젊은 시절을 헛되이 보내지 말라는 뜻.

21219. 젊은이가 늙은이를 능멸한다. (少陵長)
〈春秋左傳〉
젊은 사람이 늙은이를 공경할 줄 모르고 멸시한다는 말.

21220. 젊은이 망령(亡靈)은 몽둥이로 고친다.
젊은이의 망령은 매로 때려서 정신을 차리도록 해야 한다는 뜻.

21221. 젊은이 망령은 홍두깨로 고치고 늙은이 망령은 곰국으로 고친다.
젊은이의 망령은 매질로 정신을 차리게 해야 하고 늙은이 망령은 잘 먹여서 건강하게 해야 고쳐진다는 말.

21222. 젊은이 잘못은 철없는 것으로 고친다.

젊은이는 아직 철이 안 나서 잘못을 잘 저지를 수 있다는 뜻.

21223. 젊음보다 더 큰 재산 없다.
돈은 없어졌다가도 또 생길 수도 있지만 젊음은 일생에 한번밖에 없는 가장 즐거운 시절이라는 뜻.

21224. 점심 싸 들고 나선다.
모든 준비를 다 하고서 성의껏 남의 일을 한다는 뜻.

21225. 점은 제 집 점을 치지 말고 이웃집 점을 쳐야 한다. (非宅是卜 唯鄰是卜) 〈春秋左傳〉
(1) 자기 일이라도 자기가 못하는 일은 남의 손을 빌려서 해야 한다는 뜻. (2) 자기 허물은 자기가 모르고 남이 더 잘 알게 된다는 뜻.

21226. 점잖은 강아지가 부뚜막에 먼저 오른다.
점잖은 체하는 사람이 뒤로는 더 못된 짓을 한다는 뜻.

21227. 점잖은 개가 똥을 먹는다.
겉으로는 점잖은 체하지만 행동은 개차반이라는 말.

21228. 점잖은 개 부뚜막 위에 똥 싼다.
겉으로는 점잖은 체하면서 뒤로는 못된 짓만 한다는 뜻.

21229. 점잖은 양반이 행랑 안방에서 나온다.
겉으로는 점잖은 척하면서도 행동은 나쁘다는 뜻.

21230. 점장이가 제 점 못 치고 관상장이가 제 관상 못 본다.
누구나 자기 일은 자기가 못 한다는 뜻.

21231. 점장이가 제 점 못 친다.
누구나 제 일은 제가 못 한다는 말.

21232. 점장이도 저 죽는 날은 모른다.
제 일은 제가 모른다는 말.

21233. 점점 더 괴상해지기만 한다. (愈出愈怪 : 愈出愈奇)
더욱더 일이 괴상스럽게만 된다는 뜻.

21234. 점점 더 심해지기만 한다. (轉轉益甚) 〈漢書〉
일이 잘 펴지지 않고 점점 악화(惡化)되기만 한다는 뜻.

21235. 접시 굽에도 담을 탓이다.
무슨 일이나 하기에 달렸다는 뜻.

21236. 접시 물에도 빠져죽는다.
죽을 팔자는 아무래도 죽게 된다는 뜻.

21237. 접시 밥도 담을 탓이다. (豆中之飯 亶在盛限) 〈耳談續纂〉
무슨 일이나 잘하고 못하는 것은 그 사람의 솜씨에 달렸다는 말.

21238. 접시 밥도 담을 탓이요 말도 할 탓이다.
무슨 일이나 일은 하기 나름에 따라서 잘할 수도 있고 못할 수도 있다는 뜻.

21239. 젓 가게의 중이다. (鹽廛僧) 〈東言解〉
아무 상관도 없는 사람이라는 말.

21240. 젓가락으로 김칫국 먹는다.
소견이 없고 어처구니없는 짓을 한다는 뜻.

21241. 정 각각 흉 각각이다.
남의 장단점(長短點)을 잘 알고 상대하라는 말.

21242. 정강이가 맏아들보다 낫다.
발로 걸어다니면서 하고 싶은 구경도 하고 먹고 싶은 것도 먹을 수 있다는 뜻.

21243. 정결하다는 사람에게도 정결하지 못한 데가 있다. (潔者有不潔) 〈馬駰傳〉
아무리 깨끗하다고 하더라도 사람이 하는 일에는 다소 깨끗하지 못한 데가 있게 마련이라는 뜻.

21244. 정결하면 기분이 상쾌하다. (淨潔快豁)
주위 환경이 정결하면 기분이 저절로 상쾌하게 된다는 뜻.

21245. 정과 뜻이 서로 잘 맞는다. (情意投合 : 情意相合)
두 사람이 서로 의사(意思)가 잘 맞는다는 뜻.

21246. 정과 뜻이 서로 잘 통한다. (情意相通)
두 사람의 의사가 서로 잘 통한다는 뜻.

21247. 정 끊는 놈은 잡아먹어도 시원치 않다.
사랑하는 사이의 정을 끊는 것은 죽이고 싶도록 밉다는 뜻.

21248. 정 끊는 칼 없다.
정이 담뿍 든 사이는 끊게 만들기가 매우 어렵다는 뜻.

21249. 정다우면 믿게 된다. (情可信) 〈禮記〉
서로 정이 들게 되면 믿게 된다는 뜻.

21250. 정 떨어지면 임도 떨어진다.
정이 떨어지면 서로 헤어지게 된다는 말.

21251. 정 떨어진 부부는 원수만도 못하다.
다정하던 부부도 정이 떨어지면 서로 증오하게 된다는 말.

21252. 정든 것이 원수다.

정은 들었으나 같이 살 수도 없고 안 살 수도 없는 경우에 하는 말.

21253. 정든 곳이 서울이다.
어디나 정 들면 살기 좋은 곳으로 된다는 뜻.

21254. 정들고 못 사는 것은 화류계(花柳界)의 남녀다.
화류계에서 사귄 남녀는 정이 든다 해도 부부로 되기는 어렵다는 말.

21255. 정들면 극락이다.
타향이라 할지라도 그곳에서 정이 들면 살기가 좋다는 말.

21256. 정들면 내 고향 된다.
정든 땅이 제이의 고향이 된다는 뜻.

21257. 정들면 서울이다.
어떤 곳에서나 정이 들면 살기 좋은 곳으로 된다는 뜻.

21258. 정들었다고 정담(情談) 말고 친하다고 친담(親談) 말랬다.
정다운 사람이나 친한 친구에게도 해서는 안 될 말을 해서는 안 된다는 뜻.

21259. 정들었다고 정담(情談) 말랬다.
아무리 정이 좋다 해도 비밀은 지켜야 한다는 말.

21260. 정들자 이별한다.
만났다가 바로 이별하게 된다는 뜻.

21261. 정만 있으면 가시 방석 위에서도 산다.
부부간에는 정만 있으면 어떤 고생이라도 참고 살아 갈 수 있다는 말.

21262. 정만 있으면 먼 길도 가깝게 다닌다.
정든 사람 집은 아무리 멀어도 힘드는 줄 모르고 찾아간다는 뜻.

21263. 정만 있으면 삿갓 밑에서도 산다.
부부간에 정만 있으면 집이 없어도 살아갈 수 있다는 말.

21264. 정만 있으면 천 리 길도 멀지 않다.
정든 사람 집은 멀어도 먼 줄을 모르고 다닌다는 말.

21265. 정(釘) 밑 세 치 아래를 모른다.
정으로 돌을 깨면서 금점(金店)을 할 때 정 밑에서 금 노다지가 있을지 없을지도 모르고 하듯이 세상 일은 한 치 앞도 모른다는 뜻.

21266. 정배(定配)도 가려다 못 가면 섭섭하다.
좋지 않은 일이라도 하려다가 못하게 되면 섭섭하다

21267. 정선(旌善) 물레방아 물레바퀴 돌듯 한다.
세상 만사는 물레방아마냥 돌고 돌기 때문에 언제 어떻게 변할지 모른다는 말. ※정선 : 강원도에 있는 지명.

21268. 정성(精誠)만 있으면 앵도 따가지고 세배 간다.
처가집 세배는 앵도 따가지고 늦게 가기도 한다는 뜻.

21269. 정성만 있으면 한식(寒食) 지나서도 세배 간다.
시기는 지났더라도 정성만 있으면 잊지 않고 한다는 뜻.

21270. 정성을 들였다고 기다리기만 하면 될 줄 아나?
정성만 들이고 노력을 안 하면 아무 소용이 없다는 뜻.

21271. 정성을 들였다고 마음놓지 말랬다.
무슨 일이나 성사가 될 때까지는 정성껏 노력해야 한다는 말.

21272. 정성이 지극하면 바위에서도 풀이 난다.
정성을 다하면 안 되는 일이 없다는 말.

21273. 정성이 지극하면 하늘도 감동한다.
(至誠感天)
정성껏 하면 무슨 일이나 다 할 수 있다는 말.

21274. 정수리를 쇠뭉치로 친다.(頂門金椎 : 頂上金椎)
치명적(致命的)인 타격을 주었다는 말.

21275. 정수리에 부은 물은 발뒤꿈치까지 흐른다.(灌頂之水 必流于趾)   〈耳談續纂〉
웃사람이 한 일은 그대로 아랫 사람들이 따라하게 된다는 말.

21276. 정수리에 침 놓는다.(頂門一鍼 : 頂上一針 : 頂門一針)
흐리멍덩한 사람에게 정신을 차리도록 따끔하게 말을 한다는 뜻.

21277. 정승(政丞) 날 때 강아지 난다.
잘난 사람이나 못난 사람이나 크게 다를 것이 없다는 뜻.

21278. 정승도 저 마다면 그만이다.
아무리 좋은 것도 제가 싫다면 그만이라는 뜻.

21279. 정승 되라 했더니 장승 된다.

훌륭한 사람이 되기를 바랐더니 못난 놈이 되었다는
뜻.

21280. 정승 될 아이는 고뿔도 않는다.
장래 잘 될 아이는 어렸을 때부터 잘 자란다는 뜻.

21281. 정승 씨가 따로 없다.
권세(權勢)를 가진 사람의 씨가 따로 있는 것이 아니
라는 뜻.

**21282. 정승 죽은 데는 안 가도 정승 당나귀 죽
은 데는 간다.**
세도 쓰는 사람에게는 사람들이 그 세도가 있는 동안
만 아부한다는 뜻.

21283. 정승 집 개가 죽은 정승보다 낫다.
잘 살다가 죽은 것보다는 천대를 받아도 이승이 낫다
는 뜻.

**21284. 정승 집 송아지는 백정(白丁) 무서운 줄
모른다.**
권력을 배경으로 하고 있는 사람은 무서운 줄을 모르
고 날뛴다는 뜻.

**21285. 정승 집에 정승 나고 장군 집에 장군 난
다. (相門必有相 將門必有將)** 〈史記〉
훌륭한 집안에서 훌륭한 사람이 난다는 말.

**21286. 정신 노동하는 사람은 지배하게 되고 육
체 노동하는 사람은 지배를 받게 된다.
(勞心者治人 勞力者治於人)** 〈孟子〉
정신적으로 일하는 사람은 배운 사람이기 때문에 높
은 자리에서 일을 하게 되고 육체적으로 일하는 사람
은 배우지 못하였기 때문에 아랫 자리에서 일을 하게
된다는 뜻.

21287. 정신 없는 늙은이 죽은 딸네 집에 간다.
딴 생각을 하다가 엉뚱한 곳을 갔을 때 하는 말.

21288. 정신은 묻고 송장만 다닌다.
정신이 아주 없는 사람을 가리키는 말.

**21289. 정신은 처가집에 간다더니 외가집을 갔
다지?**
정신이 없어 잘 잊어버리는 사람을 두고 하는 말.

**21290. 정성을 다한 결과이다. (誠心所致 : 誠心所
到)**
있는 정성을 다 바쳐서 이루어진 결과라는 말.

21291. 정신을 빼서 꽁무니에 차고 다니나?
정신이 없어서 실수를 많이 하는 사람을 보고 하는 말.

21292. 정신을 빼서 엿 사 먹었나?

도무지 정신이 없는 사람을 가리키는 말.

21293. 정신을 잃고 어리둥절하다. (茫然自失)
정신이 없어서 어쩔 줄 모르고 있다는 뜻.

**21294. 정신을 잃고 인사를 가리지 못한다.
(人事不省)**
정신이 없어서 인사를 차리지 못하여 실수를 하였다
는 뜻.

**21295. 정신을 한군데 쓰면 안 되는 일 없다.
(精神一到 何事不成)** 〈朱子〉
열성만 다한다면 아무리 어려운 일이라도 못할 것이
없다는 뜻.

21296. 정신이 문둥 아비다.
흐리멍덩하니 어쩔 줄 모르는 사람을 보고 하는 말.

**21297. 정신이 아득하여 일에 두서를 가리지 못
한다. (茫無頭緖)**
정신이 망연하여 사리(事理)를 제대로 분간할 수 없
다는 뜻.

**21298. 정신이 안정되면 저절로 즐거워진다.
(安神宣悅樂)** 〈旬五志〉
마음이 안정된 생활을 하면 즐거워진다는 뜻.

21299. 정에서 노염 난다.
정다운 사이에 예의를 지키지 않으면 노엽게 된다는
뜻.

21300. 정월 개는 먹지 않는다.
음력 정월 개는 먹으면 재수가 없어서 먹지 않는다는
뜻.

21301. 정월 보름달이 누르면 대풍이 든다.
음력 정월 보름달 색이 누르면 그 해 풍년이 든다는
뜻.

**21302. 정월에 묘일(卯日)이 셋이면 보리 풍년 든
다.**
음력 정월 일진(日辰)에 묘 자(卯字)가 든 날이 삼 일
이 있으면 보리 풍년이 든다는 말.

**21303. 정월에 오일(午日)이 셋이면 큰 가뭄이 있
다.**
음력 정월 일진(日辰)에 오 자(午字)가 든 날이 삼 일
이 있으면 그 해에 큰 가뭄이 있다는 말.

21304. 정월에 옴 올랐다.
일을 시작할 때부터 재수가 없는 일이 생긴다는 뜻.

**21305. 정월에 해일(亥日)이 셋이면 큰 장마가 진
다.**

음력 정월 일진(日辰)에 해 자(亥字)가 든 날이 삼일이나 있으면 그 해에 큰 장마가 있다는 말.

21306. 정월이 크면 이월이 작다.
한번 좋은 일이 있으면 다음에는 나쁜 일도 있다는 뜻.

21307. 정월 작은 해 없고 이월 큰 해 없다.
음력 정월은 언제나 크고 이월은 언제나 작다는 말.

21308. 정월 초하룻날 구름이 약간 끼면 풍년이 든다.
음력 정월 초하룻날이 맑으면 가물고 구름이 많이 끼면 장마 들고 구름이 약간 끼면 풍년이 든다는 말.

21309. 정월 초하룻날 먹어 보더니 이월 초하룻날도 먹으려고 한다.
한번 재미를 보더니 자꾸 하려고 한다는 말.

21310. 정(情)으로는 돌도 녹인다.
진정(眞情)을 다 바쳐서 하는 일은 다 이루어진다는 뜻.

21311. 정은 구 정(舊情)이 좋고 옷은 새옷이 좋다.
옷은 새옷이 좋지만 정은 새 정보다 구 정이 낫다는 말.

21312. 정은 꾸지람에서 난다.(情出於譴) 〈馬駔傳〉
꾸지람을 들은 끝에 정이 붙는다는 말.

21313. 정은 쏟을수록 붙는다.
정은 들면 들수록 깊어진다는 뜻.

21314. 정은 품앗이다.
사랑도 품앗이처럼 서로 사랑을 주거니 받거니 해야지 한쪽에서만 사랑해서는 안 된다는 뜻.

21315. 정의가 아닌 정의이다.(非義之義) 〈孟子〉
사이비(似而非)한 정의라는 말.

21316. 정의는 불의를 죽인다.(以義誅不義)〈三略〉
정의는 부정의를 반드시 이기게 된다는 말.

21317. 정의는 예의를 낳는다.(義以禮出) 〈春秋左傳〉
정의로운 행동을 하자면 예의를 지키게 된다는 뜻.

21318. 정의를 보고 하지 않는 것은 용기가 없는 것이다.(見義不爲無勇也) 〈論語〉
마땅히 해야 할 정의로운 일을 보고도 하지 않는 것은 용기가 없어서 못하는 것이라는 뜻.

21319. 정의를 소중히 여기고 재물을 가벼이 여기라.(仗義疎財)
정의를 소중히 여기게 되면 재물은 소홀히 여기게 된다는 뜻.

21320. 정의를 위해서는 고난도 달게 받는다.(守義枯槁)
정의를 위하여 일을 하자면 갖은 고난을 받아야 한다는 뜻.

21321. 정의를 위해서는 목숨을 아끼지 않는다.(捨生取義)
정의를 위해서는 목숨도 아끼지 않고 싸운다는 뜻.

21322. 정의를 위해서는 용감해야 한다.(勇於徒義) 〈漢陰集〉
정의로운 일을 위해서는 대담하게 용기를 내서 일하라는 뜻.

21323. 정의를 지닌 사람은 얼굴에도 나타난다.(義形於色)
정의로운 사람은 그 얼굴에까지도 나타난다는 말.

21324. 정의를 해치는 것을 간악하다고 한다.(賊義者 謂之殘) 〈孟子〉
정의를 버리고 정의롭지 못한 짓을 하는 것을 간악한 짓이라고 말한다는 뜻.

21325. 정의의 정치인을 등용하면 정계에 사악이 없어진다.(正義之臣設 則朝廷不頗) 〈荀子〉
정의로운 정치인을 등용하여 정치를 하면 사악은 뿌리 뽑을 수 있게 된다는 뜻.

21326. 정이 깊고 얕은 것을 표시하는 것은 참다운 벗이 아니다.(訟情淺深 非誠友也)〈馬駔傳〉
친하니 친하지 않으니를 따질 정도의 친구는 참다운 친구가 아니라는 뜻.

21327. 정이 날로 두터워진다.(情好日篤)〈許生傳〉
날이 갈수록 정이 두터워져 친하게 된다는 말.

21328. 정이 소홀하면 겉으로 친한 체하게 된다.(情疎貌親) 〈禮記〉
진정으로 친한 사람은 겉으로 친한 체하지 않고 정이 소홀한 사람이 겉으로 친한 척하면서 가까이한다는 뜻.

21329. 정이월(正二月)에 대독 터진다.
정이월 추위가 가장 춥다는 말.

21330. 정이 있어야 꿈에도 보인다.
정이 있는 사람이라야 꿈에도 보인다는 말.

21331. 정이 지나치면 원수가 된다.
사랑도 한도(限度)가 넘으면 도리어 원한을 가지게 된다는 뜻.

21332. 정이 찰떡 같다.
두 사람 사이의 정이 대단히 좋다는 말.

21333. 정 좋은 부부는 도토리 한 알만 먹어도 산다.
부부간에는 정만 좋으면 가난도 극복하고 살 수 있다는 말.

21334. 정직만 하고 예절이 없으면 박절하게 된다.(直而無禮則絞) 〈論語〉
정직만 하고 예절이 따르지 않으면 박절하게 된다는 말.

21335. 정직은 가난이다.
고지식하게 착한 짓을 하면 돈을 벌지 못한다는 뜻.
↔ 정직한 집 자식은 굶어죽지 않는다.

21336. 정직은 일생의 보배다.
정직한 사람은 남에게 믿음을 얻게 된다는 뜻.

21337. 정직한 집 자식은 굶어죽지 않는다.
정직한 사람은 복을 받아 잘산다는 말. ↔ 정직은 가난이다.

21338. 정처없이 떠돌아다닌다.(流離漂泊)
한곳에 머물러 있지 않고 계속해서 떠돌아다닌다는 말.

21339. 정처없이 돌아다니며 얻어먹는다.(轉轉乞食)
정처없이 떠돌아다니면서 얻어먹고 산다는 뜻.

21340. 정치가 가혹하면 민중들은 난동을 일으킨다.(政苛則民亂) 〈淮南子〉
폭정(暴政)을 하게 되면 민중들은 봉기(蜂起)하게 된다는 말.

21341. 정치가 가혹하면 안일하게 즐기는 사람이 없다.(政苛則無逸樂之士) 〈鄧析子〉
가혹한 폭정을 하게 되면 그 어느 누구도 안일하게 즐기며 사는 사람이 없이 공포 속에서 살게 된다는 뜻.

21342. 정치가 너무 관대하면 민중들이 태만해진다.(政寬則民慢) 〈春秋左傳〉
정치가 지나치게 관대하면 국민들은 위정자를 어려워하지 않고 태만하게 된다는 뜻.

21343. 정치가는 기회를 보아 용감하게 물러나야 한다.(急流勇退) 〈戴復古〉
정치가는 정세(情勢)를 옳게 분석하고 자기가 물러나야 할 때가 되면 용감하게 물러날 줄 알아야 현명한 정치가라는 뜻.

21344. 정치가 번거로우면 민중들의 원망이 많게 된다.(勞政多怨民) 〈三略〉
정치가 번거롭게 되면 국민들이 민생고(民生苦)에 빠지게 되므로 원망이 많게 된다는 뜻.

21345. 정치가 소란하면 민중들은 편안하지 못하다.(政擾則民不安) 〈鄧析子〉
정치가 소란하면 민중들이 불안하게 된다는 뜻.

21346. 정치가 안정되려면 민심이 평온해야 한다.(政之所以平者 心平也) 〈子華子〉
정치가 안정되기 위해서는 국민들의 지지를 받아야 한다는 뜻.

21347. 정치가 오로지 뇌물로써 이루어진다.(政以賄成) 〈春秋左傳〉
정치가 탐관 오리(貪官汚吏)에 의하여 마냥 부패(腐敗)되었다는 말.

21348. 정치가 잘 되고 나라가 강하면 일하기가 쉽다.(治強易爲謀) 〈韓非子〉
나라가 부강하게 되면 다스리기도 수월하다는 뜻.

21349. 정치가 잘 이루어지면 민중들은 말을 잘 듣는다.(政成而民聽) 〈春秋左傳〉
정치를 잘하게 되면 국민들도 잘 순종하게 된다는 뜻.

21350. 정치가 험난하면 민심을 잃는다.(政險失民) 〈荀子〉
정치가 안정되지 못하고 험난하면 국민들의 지지를 잃게 된다는 말.

21351. 정치는 가혹하고 번거롭지 않도록 해야 한다.(爲政不苛撓) 〈五代史〉
정치를 가혹하게 하거나 번거롭게 하여 국민들을 괴롭히는 일이 없도록 해야 한다는 뜻.

21352. 정치는 국민을 다스리는 것이고 형벌은 나쁜 것을 바로 잡는 것이다.(政以治民 刑以正邪) 〈春秋左傳〉
정치는 국민들을 잘살게 하는 데 있고, 형벌은 나쁜 것을 바로 잡는 데 그 목적이 있다는 뜻.

21353. 정치는 국민을 다스리는 것이다.(政以治民) 〈春秋左傳〉
정치는 국민들을 잘살게 하기 위하여 일하는 것이라

21354. 정치는 나라를 다스리고 국민을 부양하는 데 있다. (政在養民) 〈書經〉

정치는 나라를 부강하도록 다스려야 하고 국민을 잘 살도록 해야 한다는 뜻.

21355. 정치는 바르게 다스려야 한다. (正善治) 〈老子〉

정치는 나라를 올바르게 다스려야 한다는 말.

21356. 정치는 항상 인의가 앞서야 한다. (政貴有恒) 〈書經〉

정치에는 인의가 생명이기 때문에 앞서야 한다는 뜻.

21357. 정치를 잘하면 강하게 된다. (爲政者彊)

정치를 잘하게 되면 국가는 부강하게 된다는 말.

21358. 정치를 잘하면 국민들이 재산을 얻게 된다. (善政得民財) 〈孟子〉

정치를 잘하게 되면 국민들은 부유하게 살 수 있게 된다는 뜻.

21359. 정치를 잘하면 길하고 정치를 나쁘게 하면 흉하다. (應之以治則吉 應之以亂則凶) 〈荀子〉

정치를 잘하게 되면 흥하게 되고 정치를 잘못하게 되면 망하게 된다는 뜻.

21360. 정치를 잘하면 민중들이 윗사람을 따른다. (政脩則民親其上) 〈荀子〉

정치를 잘하여 국민들이 편안하게 살면 국가 시책(國家施策)에 잘 따르게 된다는 뜻.

21361. 정치적으로 평화로우면 민중들도 편안하다. (政平民安) 〈荀子〉

정치적으로 안정되면 국민들의 생활도 편안하게 된다는 뜻.

21362. 정치하는 요결은 공명하고 청렴해야 한다. (爲政之要 曰公與清) 〈景行錄〉

정치를 잘하려면 공명 정대(公明正大)하고 청렴 결백(清廉潔白)하게 해야 한다는 뜻.

21363. 젖 떨어진 강아지 같다.

몹시 보채며 덤벼든다는 말.

21364. 젖 많이 먹이는 아이 병 자주 난다. (嬰兒常病傷于飽) 〈潛夫論〉

어린 아이를 과식(過食)시키지 말라는 뜻.

21365. 젖 먹은 힘 다 쓴다.

있는 힘을 다 쓸 정도로 힘이 든다는 말.

21366. 젖먹이 강아지가 발뒤축 문다.

어린 사람이 어른을 모르고 버릇 없는 행동을 한다는 말.

21367. 젖은 손에 좁쌀 묻듯 한다.

물 묻은 손에 좁쌀 묻듯이 한 곳에 다 모인다는 뜻.

21368. 젖을 더 먹어야겠다.

아직도 실력이 부족하기 때문에 실력을 더 양성해야 한다는 뜻.

21369. 젖 주는 어미는 있어도 물 주는 어미는 없다.

자식을 사랑하는 어미는 있어도 자식을 미워하는 어미는 없다는 뜻.

21370. 제가 남보다 낫다고 뻐기는 버릇이다. (自勝之癖)

남을 깔보고 자신을 뽐내는 나쁜 버릇이라는 뜻.

21371. 제가 거문고를 뜯고 제가 노래를 부른다. (自彈自歌)

(1) 자기 혼자서 일을 다한다는 뜻. (2) 자기가 묻고 자기가 대답한다는 뜻.

21372. 제가 그린 그림을 제가 칭찬한다. (自畫自讚)

제가 제 자랑을 한다는 말.

21373. 제가 기른 개에게 발꿈치 물린다. (蓄狗噬踵)

도와 준 사람이 도리어 해를 끼친다는 뜻.

21374. 제가 눈 똥에 제가 주저앉는다.

자기의 잘못으로 손해를 당하게 된다는 말.

21375. 제가 둔 것은 바늘도 찾지만 남이 둔 것은 소도 못 찾는다.

물건은 둔 사람이 아니면 찾기가 매우 어렵다는 뜻.

21376. 제가 만든 법에 제가 죽는다. (作法自斃) 〈史記〉

법에는 사정이 없다는 뜻.

21377. 제가 묻고 제가 대답한다. (自問自答)

혼자서 묻기도 하고 대답하기도 한다는 말.

21378. 제가 불러들인 화는 면하지 못한다.

자기 자신의 잘못으로 저지른 화는 피할 도리가 없다는 뜻.

21379. 제가 스스로 천자라고 한다. (自稱天子)

자기가 자기를 끔찍이 훌륭하다고 칭찬한다는 뜻.

21380. 제가 얻은 복이다. (自取之福)
남의 도움을 받지 않고 자신이 잘하여 얻은 복이라
는 말. ↔ 자기가 스스로 취한 재앙이다.

21381. 제가 저를 묶는다.
자신이 자신을 망친다는 뜻.

21382. 제가 저를 진단한다. (自己診斷)
자기의 실력(實力)을 자신이 진단하여 단정한다는 뜻.

21383. 제가 저지른 잘못은 피하지 못한다.
(自作孽不可逭)
누구나 자신의 잘못에 대해서는 반드시 벌을 받게 된
다는 말.

21384. 제가 제 눈을 찌른다.
자신의 잘못으로 인하여 자신을 망친다는 뜻.

21385. 제가 제 머리는 못 깎는다.
자기 일에도 자신이 못하고 남에게서 도움을 받아야
할 일이 있다는 뜻.

21386. 제가 제 목을 찌른다. (自刎)
자신이 자신을 해친다는 말.

21387. 제가 제 묘를 판다. (自墓自掘)
자기의 과오(過誤)로 인하여 자기의 운명을 망쳤다는
뜻.

21388. 제가 제 발꿈치를 찬다.
자신의 잘못으로 인하여 자신을 해친다는 말.

21389. 제가 제 뺨 친다.
자신이 자신을 망신시킨다는 말.

21390. 제가 제 자랑하면서 저를 추켜세운다.
(自誇自尊)
자기가 자신을 자랑하면서 존대하라고 한다는 뜻.

21391. 제가 제 자식은 못 가르친다.
남의 자식은 가르쳐도 제 자식은 가르치기가 어렵다
는 말.

21392. 제가 제 잘못을 꾸짖는다. (自責內訟)
자기가 자신을 반성하고 잘못을 꾸짖는다는 뜻.

21393. 제가 제 코를 쥐어박는다.
자기가 저지른 잘못으로 인하여 망신을 당하게 되었
다는 뜻.

21394. 제가 제 흉 모른다.
흔히 자기가 자기의 결함을 모른다는 말.

21395. 제 가죽에 좀난다. (自皮生蟲)

한집안에서 서로 다툰다는 뜻.

21396. 제가 춤추고 싶으니까 동서(同壻)보고 춤
추란다.
제가 먼저 하고 싶어도 입장이 거북하니까 남부터 먼
저 권한다는 말.

21397. 제가 키운 개에게 물린다.
자기에게서 은혜를 받은 사람으로부터 해를 당했다는
말.

21398. 제가 하고 싶으면 하고 말고 싶으면 만다.
(自行自止)
자기가 하고 싶은 대로, 제멋대로 한다는 뜻.

21399. 제가 한 짓에 대한 대가(代價)는 제가 받
는다. (自業自得)
자기가 한 일에 대한 대가는 그 잘 잘못에 따라서 대
가를 받게 된다는 뜻.

21400. 제 각각 마음 가짐이 다르다. (各自爲心)
사람은 자기의 처지가 다 다르므로 그 마음 가짐도 다
다르게 된다는 뜻.

21401. 제 각각 살 길만 찾는다. (各自圖生)
남의 생각은 도무지 않고 제 욕심만 차린다는 말.

21402. 제 각각 제멋대로 한다. (各心所爲)
여러 사람이 자기 하고 싶은 대로 제 각각 행동한다
는 뜻.

21403. 제 각각 흩어진다. (各散盡飛)
여럿이 함께 있다가 제 각각 따로 흩어진다는 뜻.

21404. 제 값 제가 지니고 있다.
어떤 물건이나 그 값은 개별적으로 지니고 있다는 말.

21405. 제 것 나쁘다는 놈 없고 정든 계집 밉
다는 놈 없다.
자기가 소유하고 있는 것을 남에게 나쁘다고 하는 사
람 없고, 자기가 사랑하는 사람이 못생겼다고 하는
사람은 없다는 말.

21406. 제 것도 제 마음대로 못 한다.
제 것도 제 마음대로 하지 못하고 얽매여 산다는 뜻.

21407. 제 것만 옳다고 고집하는 버릇이다.
(自是之癖)
편견(偏見)을 가지고 고집을 세우는 나쁜 버릇이라는
뜻.

21408. 제 것 버리고 남의 흉내를 내면 두 가지
를 잃는다.

남의 것을 흉내내지 말고 자기 것을 고수하라는 말.

21409. 제 것 없으면 설움이다.
돈이 없이 살자면 서러운 일도 많다는 뜻.

21410. 제 것 없이 남의 것 먹자니 말도 많다.
(1) 남의 돈 먹자면 힘이 든다는 뜻. (2) 궁상맞게 쫓아 다니며 구구히 부탁을 해야 한다는 뜻.

21411. 제 것은 똥도 좋다고 한다.
자기의 것은 무엇이나 좋다고 자랑하는 사람을 보고 하는 말.

21412. 제 것은 천하게 여기고 남의 것은 귀하게 여긴다. (自賤他貴：自賤拜他)
좋은 것을 가지고 있으면서 남의 것을 탐내기 좋아한 다는 뜻.

21413. 제 것을 남 잘 주는 사람은 남의 것도 함부로 빼앗기를 좋아한다. (輕施好奪)〈文中子〉
자기 것을 남 잘 주는 사람은 남의 마음도 자기와 같 은 줄로 알고 남의 것도 빼앗기를 좋아 한다는 뜻.

21414. 제 것이 아니면 남의 밭 머리 개똥도 안 줍는다.
남의 것은 조금도 탐내지 않는다는 말.

21415. 제 것이 아닌 것을 취하는 것을 도둑이라 고 한다. (非其有而取之 謂之盜也) 〈虎叱〉
제 것이 아닌 남의 것을 취하는 것이 곧 도둑이라는 뜻.

21416. 제 것이 있어야 큰 소리도 한다.
큰 소리를 하는 것도 제 돈이 있어야 하지 돈이 없으 면 못한다는 뜻.

21417. 제 것 잃고 남의 것 탐낸다.
제 것을 잃고 남의 것을 욕심낸다는 뜻.

21418. 제 것 잃고 뺨 맞는다.
자기의 것을 잃고 봉변(逢變)까지 당한다는 말.

21419. 제 것 잃고 병신된다.
제 것을 잃은 것도 분한데 망신까지 당한다는 말.

21420. 제 것 잃고 죄 짓는다.
제 것 잃은 것도 억울한데 벌까지 받게 된다는 뜻.

21421. 제 것 잃고 함박 깨뜨린다.
제 것을 잃은 것도 아까운 데 또 손해를 보게 되었다 는 말.

21422. 제 것 주고 뺨 맞는다.
제 것을 주어 가면서 봉변을 당한다는 뜻.

21423. 제 것 주고 병신 된다.
남을 도와 주고도 사람 노릇을 못하게 되었다는 뜻.

21424. 제 것 주고 욕먹는다.
남에게 자기의 것을 주고도 욕을 먹는 어리석은 짓을 한다는 뜻.

21425. 제게서 나온 말이 다시 제게로 돌아온다.
한번 한 말은 한없이 돌아다닌다는 뜻.

21426. 제 계집 잃고 이웃 친구 의심한다.
제 것을 잃게 되면 애매한 사람을 의심하게 된다는 말.

21427. 제 계집 잃고 제 아비를 의심한다.
의심해서는 안 될 사람까지 의심할 정도로 의심이 많 다는 뜻.

21428. 제 꾀에 제가 넘어간다.
남을 속이려다가 자기가 속아 넘어간다는 말.

21429. 제 그림자는 못 밟는다.
자기가 하고 싶은 뜻대로 행동을 할 수 없다는 뜻.

21430. 제 끈으로 저를 묶는다. (自繩自縛)
(1) 자기의 번뇌로 인하여 자기가 괴롭게 된다는 뜻.
(2) 자기의 잘못으로 인하여 용서할 수 없게 되었다는 뜻.

21431. 제 낯가죽을 제가 벗긴다.
자기가 자기를 망신시킨다는 말.

21432. 제 낯에 침 뱉기다.
자기가 자기 망신되는 짓만 한다는 뜻.

21433. 제 낯짝에 똥칠만 한다.
하는 짓이 망신당할 짓만 한다는 뜻.

21434. 제 노래를 제가 잘 불렀다고 자랑한다. (自唱自讚)
제 것을 제가 좋다고 자랑을 한다는 말.

21435. 제 논에 모가 크는 것을 모른다.
자기 농사는 자기가 잘 모른다는 뜻.

21436. 제 논에 물 대기다. (我田引水)
자기에게 유리하게만 한다는 말.

21437. 제 논에 물 먼저 대게 마련이다.
사람은 누구나 제 욕심을 먼저 내게 된다는 말.

21438. 제 놈이 제갈량(諸葛亮)이면 별 수 있나 ?
제 아무리 꾀가 많아도 별 도리가 없다는 말.

21439. 제 눈 가리고 새 잡기다. (掩目捕雀)
주관적(主觀的)으로 일하는 어리석음을 가리키는 말.

21440. 제 눈썹 보는 사람 없다.
　　(1) 자기의 잘못은 자기가 모른다는 뜻. (2) 먼 데 것
　　보다도 오히려 가까운 데 있는 것을 모른다는 뜻.

21441. 제 눈 속의 가시가 남의 염통 곪는 것보
　　다 더 괴롭다.
　　자기의 고통은 참기가 매우 어렵다는 뜻.

21442. 제 눈의 안경(眼鏡)이다.
　　남이 봐서는 변변치 않아도 제 마음에 들면 좋게 보
　　인다는 말.

21443. 제 다리 감고 넘어진다.
　　자기가 자신을 망쳐 버린다는 말.

21444. 제 딴죽에 제가 넘어진다.
　　제 일을 제가 망쳐 놓는다는 말. ※ 딴죽 : 씨름 꾀의
　　하나.

21445. 제 딸 밉다는 사람 없다.
　　부모는 자기 자식이 가장 곱게 보인다는 뜻.

21446. 제 딸이 고와야 사윗감도 고른다.
　　(1) 결혼은 서로 짝이 기울면 안 된다는 뜻. (2) 제 물
　　건이 좋아야 값도 비싸게 받는다는 뜻.

21447. 제때의 한 수는 때 지난 백 수보다 낫다.
　　무슨 일이나 시기(時期)를 잘 맞춰야 수월하게 할 수
　　있다는 말.

21448. 제 덕석 뜯어먹는 소다.
　　제가 저 손해 되는 일을 한다는 뜻.

21449. 제 도끼에 발등 찍힌다. (自斧刖足)
　　자기가 한 일에 자기가 해를 입는다는 말.

21450. 제 돈 놓고 통소(洞簫) 분다.
　　아무런 이익도 없는 짓을 애써 한다는 말.

21451. 제 돈 서 푼만 알고 남의 돈 칠 푼은 모른
　　다.
　　제 것만 소중히 여기고 남의 것은 소중히 여기지 않
　　는다는 말.

21452. 제 돈 쓰고 뺨 맞는다.
　　남을 도와 주고도 봉변을 당한다는 말.

21453. 제 돈은 주머니 만져 가며 쓰고 자식 돈은
　　자식 눈치 봐가며 쓴다.
　　제 돈은 마음대로 쓸 수 있지만 자식 돈은 조심스럽
　　게 쓴다는 뜻.

21454. 제 돈 칠 푼만 알고 남의 돈 열 네 잎은 모
　　른다.
　　대단치 않은 제 것은 소중히 여기면서 남의 것은 대
　　단한 것도 소중히 여기지 않는다는 말.

21455. 제 돈 한 푼이 남의 돈 열 냥보다 낫다.
　　남의 돈은 아무리 많아도 자기에게 아무 소용이 없
　　다는 뜻.

21456. 제 똥 구리다는 놈 없다.
　　자기가 잘못하였다는 사람은 없다는 뜻.

21457. 제 똥 구린 줄은 모르고 남 똥 구린 줄만
　　안다.
　　자기 흉은 모르고 남의 흉은 잘 안다는 뜻.

21458. 제 똥 구린 줄 모른다. (自屎不覺臭)
　　　　　　　　　　　　　　　　　　　　〈碧巖集〉
　　자기의 잘못은 자기가 깨닫지 못한다는 말.

21459. 제 똥구멍은 보지 못한다.
　　사람은 누구나 자기 잘못은 자기가 모른다는 말.

21460. 제 동네에서 호 난 놈치고 발 붙이는 놈
　　없다.
　　못됐다고 이름난 놈은 남에게 버림을 받게 된다는 뜻.

21461. 제를 제라니 샌님보고 벗하잔다.
　　못난 놈을 대접해 주면 버릇이 없어진다는 말.

21462. 제 마음으로 남의 말한다.
　　남의 말을 할 때에는 자기 본위(自己 本位)로 말을 하
　　게 된다는 말.

21463. 제멋대로 굴면 사람들이 그를 망친다.
　　(專則人實斃之)　　　　　　　　　〈春秋左傳〉
　　제 멋대로 행동을 하게 되면 세상 사람들에게 미움을
　　받아 매장(埋葬)된다는 뜻.

21464. 제멋대로 날뛴다. (跋扈)
　　저 하고 싶은 대로 행동한다는 말.

21465. 제멋대로 사치하면서 검소할 줄을 모른
　　다. (縱奢忘儉)　　　　　　　　　　〈北史〉
　　사치를 마냥 하면서 검소한 생활을 하지 않는다는 뜻.

21466. 제 명대로 오래 잘 살다 죽는 것도 오복
　　에 든다.
　　비명(非命)에 죽지 않고 장수하다 죽는 것도 하나의
　　복이라는 뜻.

21467. 제 명에 못 죽는다. (非命橫死)
　　타고난 명대로 죽지 못하고 맞아죽거나 병들어 죽
　　는다는 뜻.

21468. 제명울이다.

820

행실이 얌전치 못한 여자의 별명.

21469. 제 모가지가 도망갈망정 갚아야 할 원수
다. (貿首之讎)
꼭 갚아야 할 큰 원수라는 뜻.

21470. 제 목을 제가 조른다.
자기가 자신을 해치는 행동을 한다는 뜻.

21471. 제 몸뚱이 갈무리도 못한다.
(1) 제 일도 못다하여 남의 도움을 받는다는 뜻.
(2) 저 혼자도 먹고 살기 어렵다는 뜻.

21472. 제 몸만 아는 욕심장이다. (肥己之慾)
저 혼자만 잘살려고 욕심을 부리는 사람을 가리키는
말.

21473. 제 몸만 이롭게 한다. (肥己潤身)
자기만 유리하게 하는 이기주의자(利己主義者)라는
뜻.

21474. 제 몸밖에는 없다. (身外無物)
세상에서 가장 귀한 것은 자기 몸이라는 뜻.

21475. 제 몸보다 더 큰 보배 없다.
세상 보물 중에서는 자기 몸보다 더 소중한 보배는
없다는 뜻.

21476. 제 몸을 제가 망친다.
자기의 잘못으로 자신을 망친다는 말.

21477. 제문(祭文)도 읽기 전에 음복(飮服) 생각
부터 한다.
(1) 무슨 일을 몹시 조급(躁急)하게 서두른다는 뜻.
(2) 할 일은 않고 먹을 궁리만 한다는 뜻.

21478. 제 물건 나쁘다는 놈 없다.
누구나 자기가 가지고 있는 것은 다 좋다고 한다는 말.

21479. 제 물건 나쁘다는 장삿군 없다.
장삿군은 누구나 자기가 파는 물건은 좋으나 나쁘나
다 좋다고 하면서 팔기 때문에 믿을 수 없다는 뜻.

21480. 제 물건이 좋아야 값도 많이 받는다.
좋은 상품이라야 값도 많이 받고 팔 수 있다는 말.

21481. 제 물건이 좋아야 제 값을 받는다.
(我有良貨 乃求善價)   〈耳談續纂〉
상품이 좋아야 비싼 값으로 팔 수 있다는 뜻.

21482. 제물(祭物)에 배를 빠뜨렸다.
제사에 쓸 과일을 살 때 배를 잊듯이 가장 긴요한 것
을 잊었다는 말.

21483. 제 밑 들어 남 보인다.
자기의 잘못을 남의 앞에 내보인다는 뜻.

21484. 제 밑 핥는 개다.
자기가 한 짓은 추하고 더러운 줄을 모른다는 뜻.

21485. 제 발등에 불이 떨어져 봐야 뜨거운 줄도
안다.
자기가 고생을 해봐야지 그 쓰라림을 알 수 있다는 뜻.

21486. 제 발등에 오줌 누기다.
자기가 자신을 모욕하는 결과가 된다는 뜻.

21487. 제 발등을 제가 찍는다.
자기가 자신을 해치는 결과가 된다는 말.

21488. 제 발등의 불도 못 끈다.
자기가 할 일을 자기가 다 못 한다는 말.

21489. 제 발등의 불도 안 끈 놈이 남의 발등 불
을 끌까?
제 일도 못다하는 사람이 남의 일을 도울 수가 없다
는 뜻.

21490. 제 발등의 불을 먼저 꺼야 자식 발등 불
도 끈다. (我上之火 兒上之火)   〈旬五志〉
다급한 일을 당하면 도리를 지키지 못하고 제 몸 먼
저 생각하게 된다는 말.

21491. 제 발등의 불을 먼저 끄랬다.
남의 걱정하지 말고 제 걱정이나 먼저 해결하라는 뜻.

21492. 제 밥그릇은 제가 지고 다닌다.
자기의 먹을 복은 자기가 가지고 있다는 뜻.

21493. 제 밥 덜어 줄 샌님은 물 건너기 전부터
안다.
인정 있는 점잖은 사람은 먼 데서 봐도 알 수 있다는
뜻.

21494. 제 밥 먹고 상전(上典) 일한다.
제 돈 써가며 보수도 없는 일을 할 때 하는 말.

21495. 제 밥 먹고 큰 집 일한다.
제 돈 써가며 보수 없는 남의 일을 한다는 뜻.

21496. 제 밥 먹은 개 발꿈치 문다. (我養犬嚙踵)
〈東言解〉
자기가 도와 준 사람이 자기를 해친다는 말.

21497. 제 방귀에 제가 놀란다.
자기가 한 일에 자기가 놀란다는 말.

21498. 제방 둑이 개미 구멍으로 무너진다.

사소한 일이라고 방심하고 두었다가는 이것이 확대되
어 나중에는 큰 손해를 보게 된다는 뜻.

21499. 제 배부르니 부원군(府院君) 부럽지 않
다.
생활이 넉넉하면 잘사는 사람도 부럽지 않다는 뜻.

21500. 제 배가 부르니 평안 감사(平安監事)도 부
럽지 않다.
먹기를 배불리 먹으면 세상에 부러울 것이 없다는 말.

21501. 제 배가 부르니 평안 감사도 조카같이 보
인다.
먹고 사는 것이 넉넉하면 부러워할 것이 없다는 말.

21502. 제 배가 부르면 종 배 고픈 줄을 모른다.
남의 사정을 조금도 모르는 사람을 두고 하는 말.

21503. 제배 부르면 종의 밥 짓지 말란다.
제 욕심만 부리고 남의 사정은 조금도 모른다는 뜻.

21504. 제 배부른 놈이 남의 걱정할까?
제가 편안하면 남의 사정을 모르게 된다는 말.

21505. 제 버릇 개 못 준다.(渠所習狃 不以予狗)
〈耳談續纂〉
한번 든 버릇은 뜯어고치기가 매우 어렵다는 뜻.

21506. 제 버릇 남 못 준다.
한번 든 버릇은 고치기가 매우 어렵다는 말.

21507. 제 복 남 못 준다.
자기가 탄 복은 남을 주고 싶어도 못 준다는 말.

21508. 제 복만 있으면 빈손으로 만나도 잘 산
다.
가난하게 만난 부부라도 복만 있으면 잘 살 수 있다
는 뜻.

21509. 제 복은 제가 타고 난다.
잘살게 되는 것은 자기가 타고 난 복이라는 말.

21510. 제 복을 개 줄까? (渠福給犬乎) 〈東言解〉
자기에게 돌아오는 복을 마다할 이유가 없다는 뜻.

21511. 제 부모 나쁘다고 내버리고 남의 부모 좋
다고 제 부모 삼을까?
좋든 나쁘든 간에 인륜(人倫)은 어쩔 수 없다는 말.

21512. 제 부모를 섬길 줄 알면 남의 부모도 섬
길 줄 안다.
자기 부모를 봉양하는 도리(道理)를 알면 남의 부모
도 공경하게 된다는 말.

21513. 제 부모를 위하는 사람은 남을 미워하지
않는다. (親愛者 不敢惡於人)
자기 부모에 대한 도리를 아는 사람은 대인 관계도 원
만하다는 말.

21514. 제 부모 위할 줄 아는 사람은 남의 부모
도 위할 줄 안다.
자기 부모를 봉양하는 도리를 알면 남의 부모도 공경
한다는 말.

21515. 제비가 분주하게 먹이를 찾으면 비가 온
다.
제비가 먹이를 찾으려고 낮게 날아다니면 비가 온다
고 함.

21516. 제비가 사람을 어르면 비가 온다.
제비가 사람 머리 위로 낮게 날으면 비가 온다는 말.

21517. 제비가 새끼를 많이 치면 풍년 든다.
제비가 새끼를 많이 치는 해면 벼도 풍년이 든다는 말.

21518. 제비가 옛 집으로 돌아온다. (燕歸故巢)
강남 갔던 제비가 돌아오면 봄이 되었다는 뜻.

21519. 제비가 작아도 강남(江南) 가고 참새는 작
아도 알을 낳는다.
체격은 비록 작아도 할 일은 다 한다는 말.

21520. 제비가 작아도 강남 간다.
비록 몸집은 작아도 남 하는 일은 다 한다는 말.

21521. 제비가 작아도 알을 낳는다.
체신은 작을지라도 할 일은 다 한다는 말.

21522. 제비는 기러기 마음을 알지 못한다.
(燕雀安知鴻鵠志) 〈史記〉
못난 사람은 감히 영웅의 포부(抱負)를 알지 못한다
는 말.

21523. 제비는 봉을 낳지 못한다. (燕雀不生鳳)
〈易經〉
못난 부모는 현명한 자식을 낳을 수 없다는 말.
↔ 범의 새끼에 개새끼도 있다.

21524. 제비들이 땅을 스치며 날으면 비가 온다.
제비들이 지면에 낮게 날으며 먹이를 찾으면 비가 온
다는 말.

21525. 제비와 기러기가 서로 엇갈려 날아온다.
(燕雁代飛) 〈淮南子〉
제비가 올 때 기러기가 가고 기러기가 올 때 제비가
가듯이 좀처럼 만나기가 어렵다는 뜻.

21526. 제비와 기러기의 탄식이다. (燕雁之嘆)

서로 만나야 할 사람이 만나지 못해서 탄식한다는 뜻.

21527. 제비 집마냥 붙여 지은 집이라도 제 집이 좋다.
아무리 나쁜 집이라도 제 집에 살아야 만만하다는 뜻.

21528. 제 빚은 제가 갚는다.
자기가 저지른 잘못에 대한 벌은 자기가 받게 된다는 뜻.

21529. 제삿날 싸움이다.
싸워서는 안 될 때 싸움질이 잦듯이 무슨 일을 해서는 안 될 때 한다는 뜻.

21530. 제사 덕분에 이밥 먹는다. (祭德食米飯)
〈東言解〉
(1) 어떤 핑계를 대고서 거기서 이득을 얻는다는 말.
(2) 남의 덕분에 하고 싶던 일을 한다.

21531. 제삿밥 먹고 소 몰아간다.
도와 준 사람에게 손해까지 끼친다는 말.

21532. 제 사랑 제가 끼고 있다.
남에게서 사랑을 받고 못 받는 것도 저 하기에 달렸다는 말.

21533. 제 사랑 제가 지니고 다닌다.
부부간에 정이 좋고 나쁜 것은 자기 자신에게 달렸다는 뜻.

21534. 제사에는 풍흉이 없다.
아무리 흉년이 들어 구차하더라도 제사는 지내야 한다는 뜻.

21535. 제 살로 제 살 때우기다.
(1) 세상에는 공것이 없다는 뜻. (2) 자기 일은 자기가 한다는 뜻.

21536. 제 살 베어 제 배 채운다. (割肉充腹)
제 집안 재물을 뺏어서 제가 쓴다는 말.

21537. 제 살을 찝어 봐야 남의 아픔도 안다.
자신이 고생을 해본 사람이라야 남의 고생도 알게 된다는 말.

21538. 제 살이 아프면 남의 살도 아픈 줄 알아야 한다.
고생해 본 사람이라야 남의 사정도 알아 준다는 뜻.

21539. 제 삼자의 판단이 옳지 본인의 판단은 옳지 않다. (傍觀者審 當局者迷)
제 삼자의 판단이 정확하지 당사자의 판단은 정확하지 않다는 뜻.

21540. 제석(帝釋)이가 아저씨라도 농사를 지어야 산다.
누구나 다 벌어야 먹고 산다는 말. ※ 제석: 곡식을 맡은 신.

21541. 제석이 제 아재비라도 일을 해야 먹는다.
사람은 누구나 힘써 일을 해야 먹고 살 수가 있다는 뜻.

21542. 제 소 몰고 가도 남의 소 몰고 간다고 하겠다.
외모가 험상궂게 생긴 사람을 보고 놀리는 말.

21543. 제 속 짚어 남의 말한다.
남이 자기와 같은 줄 알고 남의 말을 한다는 뜻.

21544. 제 손으로 제 머리를 깎는다. (自手削髮)
하도 답답하여 억지 일을 한다는 뜻. ↔ 중이 제 머리 못 깎는다.

21545. 제 손으로 제 목을 조른다.
자기 잘못으로 인하여 자기 몸을 망치게 된다는 뜻.

21546. 제 손으로 제 뺨 친다.
제 잘못으로 제 일을 망쳐 버린다는 말.

21547. 제수(弟嫂) 치는 매는 없어도 형수(兄嫂) 때리는 몽둥이는 있다.
제수에게는 함부로 못해도 형수에게는 버릇없는 짓을 해도 용서받는다는 말.

21548. 제수(祭需) 홍정에 삼 색 실과다. (三色實果)
없어서는 안 될 존재라는 뜻.
※ 삼색 실과: 대추, 밤, 감 세 가지 실과.

21549. 제 신세 생각해서 후살이 간다.
자기 일은 자기가 알아서 한다는 말.

21550. 제 아비 생일은 잊어도 지주 생일은 안 잊는다.
옛날 소작인(小作人)이 지주를 자기 부모보다도 더 잘 모셔야 땅을 부쳐 먹고 살았다는 말.

21551. 제 아비 아이 적만 못하다.
못된 젊은이를 욕할 때 쓰는 말.

21552. 제 아비 제사는 못 지내도 지주 제사에 부조(扶助)는 한다.
옛날 아무리 가난해도 지주에게는 부조를 잘해야 소작을 할 수 있었다는 말.

21553. 제 아재비 저 따라간다.

제 아저씨를 제가 따라가는 것은 무방한 일이듯이 따라가도 무방하다는 뜻.

21554. 제 앞도 못 꾸리는 주제에 남의 걱정까지 한다.
제 일도 못다하는 주제에 남의 걱정까지 한다는 말.

21555. 제 앞에 안 떨어지는 불은 뜨거운 줄을 모른다.
제가 직접 당해 본 일이 아니면 그 사정을 잘 모른다는 말.

21556. 제 언치 뜯는 말이다. (齧鞴之馬)
〈旬五志〉
친척이나 동기간을 해치는 것은 결국 자신을 해치는 것이나 같다는 뜻.

21557. 제 얼굴 가죽을 제가 벗긴다.
자기가 자신을 망신시킨다는 말.

21558. 제 얼굴 못난 년이 거울 깬다.
결함을 자신에서 찾지 않고 남에게서 찾는다는 뜻.

21559. 제 얼굴 못난 줄 모르고 거울만 나무란다.
자신의 잘못은 모르고 남만 탓한다는 말.

21560. 제 얼굴에는 분 바르고 남의 얼굴에는 똥 바른다.
잘 된 일은 제 낯 내고 못 된 일은 다 남이 한 것처럼 말한다는 뜻.

21561. 제 얼굴에 침 뱉는 격이다.
자기 망신을 자기가 사서 한다는 뜻.

21562. 제 오라로 제 몸을 묶는다. (自繩自縛)
제 잘못으로 자신을 망친다는 뜻.

21563. 제 오라를 제가 졌다.
제 잘못으로 자신이 벌을 받게 된다는 뜻.

21564. 제 오줌 지린내는 모른다. (自尿不臭)
자기의 잘못은 자신이 모른다는 뜻.

21565. 제 옷 벗어 남의 발에 감발 쳐준다.
(1) 남을 위하여 좋은 일을 한다는 뜻. (2) 자기에게 긴요한 것을 남의 긴요하지 않은 데 쓰는 것을 비웃는 말.

21566. 제 옷을 제가 찢는다.
자기가 자기 손해 되는 짓을 한다는 뜻.

21567. 제일 강산(第一 江山)인 줄 안다.
잘 알지도 못하는 주제에 제일인 줄 안다는 뜻.

21568. 제일 높은 명령이다. (至上命令)

명령 중에서도 가장 높은 명령이라는 말.

21569. 세 일은 몸소 해야 한다. (身親當之)
자기가 할 일은 남에게 맡기지 말고 몸소 해야 한다는 말.

21570. 제 일은 제가 알아서 해야 한다.
무슨 일이나 자기 일은 자기가 알아서 해야 한다는 뜻.

21571. 제 일은 제가 하랬다.
자기 일은 남에게 의존하지 말고 자기가 해야 한다는 뜻.

21572. 제 일이 바빠 남의 방아 거든다.
남을 도와 주는 것도 자기와 이해 관계가 있어야 한다는 말.

21573. 제 일이 바쁘니까 주인 방아 찧어 준다.
남을 도와 주는 것도 자기와 이해가 결부돼야 도와 준다는 말.

21574. 제 입내는 모른다.
자기의 입내는 자신이 모르듯이 자기의 잘못은 자기가 잘 모르고 있다는 뜻.

21575. 제 입에 맛이 있으면 남의 입에도 맛이 있다.
자기가 좋아하는 것은 다른 사람도 좋아한다는 말.

21576. 제자가 선생 잡아먹는다.
재능에 있어서 배운 제자가 가르친 선생보다도 낫게 되는 수도 있다는 뜻.

21577. 제자가 영달하면 옛 은사를 생각하게 된다. (弟子通利 則恩師)
〈荀子〉
자기가 입신(立身)하게 되면 옛 은사의 고마움을 느끼게 된다는 뜻.

21578. 제 자랑 말랬다.
자기가 자기를 자랑하는 것은 나쁜 버릇이므로 삼가해야 한다는 뜻.

21579. 제 자랑은 남의 눈에 거슬린다.
제 자랑을 너무 하면 남들이 싫어한다는 뜻.

21580. 제 자루 깎는 칼 없다.
누구나 자기 일은 자기가 못한다는 뜻.

21581. 제자리 걸음만 한다.
발전은 못하고 항상 제자리에서 답보 상태(踏步狀態)에 있다는 뜻.

21582. 제 자식 귀엽다는 데 싫어하는 사람 없다.

남들이 자기 자식을 잘생겼다고 하면 기분이 좋다는
뜻.

21583. 제 자식 귀한 줄 모르는 부모 없다.
자기 자식은 누구나 소중히 여긴다는 말.

21584. 제 자식 나쁜 줄은 모른다.
누구나 자기 자식은 귀엽게 보는 편견(偏見)이 있기
때문에 결함을 발견하기가 어렵다는 뜻.

21585. 제 자식도 흉 각각 정 각각이다.
아무리 귀엽게만 키우는 자식이라도 그 아이에 대한
잘 잘못은 알고서 키워야 한다는 뜻.

21586. 제 자식 생일은 모르는 놈이 남의 생일은
안다.
제 앞 치다꺼리도 못하는 주제에 남의 일을 거들어
준다는 뜻.

21587. 제 자식 안 귀여운 사람 없다.
자기 자식은 누구나 다 귀여운 것인데 자기 자식만 귀
여운 것처럼 자랑하는 것은 삼가라는 뜻.

21588. 제 자식 올바로 보는 눈 없다.
자기 자식은 귀엽게만 보기 때문에 편견으로 보게 된
다는 뜻.

21589. 제 자식은 제가 키워야 한다.
자기가 난 자식은 자기가 키워야지 남이 키워서는 마
음도 불안할 뿐만 아니라 어린 아이도 외로워하게 된
다는 뜻.

21590. 제 자식은 흉년 팥죽이요 사돈네 식구는
풍년 피죽이다.
자식 덕은 볼 수 있지만 사돈 덕은 볼 수 없다는 말.

21591. 제 자식을 길러 봐야 부모의 마음도 알게
된다.
자신이 부모가 돼 봐야 부모의 은덕을 비로소 알게
된다는 뜻.

21592. 제 자식을 키워봐야 부모의 은공도 안다.
자식을 키워 본 다음에야 비로소 부모의 은공을 알게
된다는 뜻.

21593. 제 자식 자랑 않는 사람 없다.
자기 자식은 너무도 귀엽기 때문에 조금만 잘하는 것
이 있어도 자랑을 하게 된다는 뜻.

21594. 제 자식 잘못은 모른다. (莫知其子之惡)
부모는 자기 자식의 잘못을 모르게 된다는 뜻.

21595. 제 자식 흉은 모른다.
부모는 자식의 흉을 모르게 된다는 말.

21596. 제 잘못만 없으면 하늘에 대해서도 부끄
러울 것이 없다. (仰不愧天)   〈孟子〉
조금도 부정이 없기 때문에 하늘에 대해서도 부끄러
울 것이 없다는 말.

21597. 제 잘못 모르는 놈이 남의 욕은 잘한다.
자기 잘못은 모르는 주제에 남의 잘못만 보면 꾸짖는
다는 뜻.

21598. 제 잘못은 덮어 두고 남의 잘못만 밝힌다.
(責人則明)
자신의 잘못은 꾸짖지 않고 남의 잘못만 들추어낸다
는 뜻.

21599. 제 잘못은 제가 모른다. (自過不知)
자기가 저지른 잘못은 흔히 모른다는 말.

21600. 제 잘못을 발라 맞춘다. (諉之飾非)
자기의 잘못을 그럴싸하게 합리화(合理化) 시킨다는
뜻.

21601. 제 절 부처는 제가 위해야 한다.
자기 가족은 자기가 소중히 여겨야 한다는 말.

21602. 제 죄 남 못 준다.
자기가 저지른 죄는 반드시 자기가 벌을 받게 된다는
말.

21603. 제 죄는 제가 안다. (自知其罪)
자기가 저지른 잘못은 자신이 다 알고 있다는 뜻.

21604. 제 죄를 남에게 전가시킨다. (委罪) 〈晉書〉
자기의 죄를 애매한 남에게 뒤집어 씌운다는 뜻.

21605. 제주 말 갈기가 외로 질지 바로 질지 누
가 아나?
앞으로 일이 어떻게 될지 짐작조차 못한다는 말.

21606. 제주 말 갈기 제가 뜯어먹는 격이다.
잘한다고 한 일이 자신에게 불리하게 되었다는 말.

21607. 제주 말이 서로 갈기 뜯어먹듯 한다.
친한 사이에 하찮은 재물로 시비를 한다는 뜻.

21608. 제 주머니 것 내가듯 한다.
제 것과 남의 것도 모르고 남의 것을 제 것처럼 함부
로 쓴다는 뜻.

21609. 제 주머니에 든 물건이다. (囊中之物)
자기가 마음대로 할 수 있는 물건이라는 뜻.

21610. 제 주먹으로 제 코 쥐어박는다.
저 손해 가는 줄도 모르고 함부로 행동한다는 뜻.

21611. 제주 미역 머리 감듯 한다.

길게 늘어진 것을 손에 잡아 감을 때 하는 말.

21612. 제주(祭主) 없는 제사에 사돈이 참견한다.
임자 없이 하는 일에는 남이 간섭하게 된다는 뜻.

21613. 제주에 말 사 놓기다.
멀리 사 놓는 것은 아무 소용이 없다는 뜻.

21614. 제 짐 안 무겁다는 놈 없다.
자기가 하는 일은 다 힘이 드는 것 같다는 뜻.

21615. 제 집 개도 밟으면 문다.
손아랫 사람이라도 지나치게 꾸짖으면 반항하게 된
다는 말.

21616. 제 집 개에게 물린다.
친척에게도 해를 입을 수 있다는 말.

21617. 제 집 나가면 고생이다.
아무리 구차하게 살아도 자기 집을 나가게 되면 고생
을 하게 된다는 뜻.

21618. 제 집에 금 송아지가 있으면 무엇하나?
쓸 때 못 쓰는 물건은 아무 소용이 없다는 말.

21619. 제 집에서 안 짖는 개 없다.
(1) 자기 집에서는 용맹이 있다는 말. (2) 믿는 데가 있
으면 용기도 난다는 말.

21620. 제 집에서 큰소리 치지 않는 사람 없다.
남에게는 큰소리를 못 치면서도 제 집에서는 큰소리
친다는 말.

21621. 제 집 연기가 남의 집 연기보다 낫다.
대단치 않은 것이라도 손에 익은 것이 낫다는 뜻.

21622. 제 집이 극락이다.
자기 집에 있을 때가 가장 즐겁다는 뜻.

21623. 제 집이 서울이다.
비록 가난할지라도 자기 집이 가장 좋고 즐거운 곳이
라는 뜻.

21624. 제 집 제사는 모르는 놈이 남의 집 제사
는 잘 안다.
제 집 일에는 관심이 없으면서 남의 일에는 관심이 많
다는 말.

21625. 제 칼도 남의 칼집에 들어가면 찾기 어렵
다. (吾刀入 他鞘難拔)   〈旬五志〉
제 물건이라도 한번 남의 손에 들어가면 자기 마음대
로 할 수 없게 된다는 말.

21626. 제 코가 석 자나 빠졌다.

남을 도와 주기는커녕 자기도 궁지에 빠져 있다는 뜻.

21627. 제 코도 못 닦는 주제에 남의 코 닦아 주
겠다고 한다.
제 일도 못하는 사람이 남의 일에 참견한다는 뜻.

21628. 제 코를 제가 쥐어박는다.
자기가 자신을 해친다는 말.

21629. 제(祭) 터 방죽에 줄 남생이 늘어앉듯 한
다.
여러 사람들이 줄지어 앉은 것을 보고 하는 말.

21630. 제 털 뽑아 제 구멍에 박는다.
(1) 문견이 좁고 고지식한 행동을 한다는 뜻. (2) 남의 것
은 쓰지 않고 제 것만 가지고 제가 쓴다는 말.

21631. 제 팔자 개 못 준다.
타고 난 팔자는 어쩔 도리가 없다는 뜻.

21632. 제 팔자 남 못 준다.
타고 난 자기 팔자는 어쩔 도리가 없다는 뜻.

21633. 제 행세는 개 차반이면서 경계판(警戒板)
짊어진다.
제 행실은 나쁜 사람이 남의 시비를 가려서 따지려는
것을 경계하는 말.

21634. 제 허물은 제가 모른다.
자기의 잘못은 자기가 모르게 된다는 뜻.

21635. 제 허벅 살 베어 제 배 채운다. (割股啖腹)
                              〈貞觀政要〉
결국은 자신의 손해만 된다는 것을 비유하는 말.

21636. 제 흉 열 가진 놈이 남의 흉 한 가지를 흉
본다. (己有十瘡而指人一瘡)
자기는 결함이 많으면서도 남의 결함은 사소한 것도
들추어 낸다는 뜻.

21637. 제 흉은 모르고 저 잘한 것만 안다.
자기의 잘못은 고치려고 하지 않으면서 자기의 자랑
거리는 조그만 것까지 자랑한다는 뜻.

21638. 제 힘도 모르고 씨름한다.
자신의 실력도 모르고 대항한다는 말.

21639. 제 힘만 믿는 것은 위태로운 짓이다.
(有廣利己)
상대방의 힘을 모르고 자신의 힘만 믿는 것은 위험한
짓이라는 뜻.

21640. 제 힘 모르고 강(江)가 씨름 갈까?
명절(名節)날 흔히 강가에서 열리는 씨름 대회에 나

가면서 제 힘을 모르고 나갈 리가 없다는 뜻.

21641. 제 힘 보아 강 건넌다.
무슨 일을 할 때는 자신의 실력을 보고 해야 한다는
뜻.

21642. 젬병이다.
무엇이 쓸모 없게 되었다는 말. ※ 젬병 : 전병(煎餠)
의 사투리.

21643. 조각보 깁듯 한다.
떨어진 옷을 조각조각 대서 깁는다는 뜻.

21644. 조강지처는 버리지 않는다.(糟糠之妻不下
堂) 〈後漢書〉
가난할 때 고생을 함께 한 아내는 설혹 부족한 점이
있어도 버려서는 안 된다는 뜻.

21645. 조개 껍질은 녹슬지 않는다.
본성(本性)이 선한 사람은 악(惡)에 물들지 않는다는
말.

21646. 조개 부전 이 맞듯 한다.
두 개가 서로 틈새도 없이 맞는다는 말.
※ 조개부전 : 조개 껍질의 양편을 서로 맞추어서 고
운 비단으로 그것을 싸서 만든것.

21647. 조개와 도요새가 서로 버티듯 한다.(蚌鷸相
持) 〈戰國策〉
조금도 서로 양보 않고 죽을망정 버틴다는 뜻.

21648. 조개와 도요새 싸움에 어부의 이득이다.
(漁夫之利)
조개와 도요새가 싸우는데 지나가던 어부가 쉽게 조개
와 황새를 잡아 이득을 보듯이 제삼자가 힘 안 들이
고 이득을 얻는다는 뜻.

21649. 조개와 도요새의 싸움이다.(蚌鷸之爭)
제 삼자에게 이득만 주고 자멸(自滅)하는 싸움이라는
뜻.

21650. 조개젓 단지에 고양이 발 드나들듯 한다.
한번 맛보고는 참지 못하고 자주 드나든다는 뜻.

21651. 조그만 것도 많이 모이면 큰 것이 된다.
(衆少成多) 〈漢書〉
아무리 작은 것이라도 많이 있으면 큰 것으로 된다는
뜻.

21652. 조그만 것도 알기 싫어하는 사람은 크게
성공할 수 없다.(惡小知者 不能立大功)
〈史記〉
조그만 것도 배우지 않아 모르는 사람은 큰 일을 감

당할 수 없으므로 성공하지 못한다는 뜻.

21653. 조그만 골에 원님 든 폭이나 된다.
협소한 장소에 사람들이 모여 혼잡을 일으킨다는 뜻.

21654. 조그만 산비둘기가 큰 붕을 비웃는다.
(鷽鳩笑鵬) 〈莊子〉
못난 사람이 훌륭한 사람이 한 일을 비웃는다는 뜻.

21655. 조그만 실뱀이 온 강물을 다 휘젓는다.
(一箇魚渾全川) 〈松南雜識〉
못된 사람 하나가 온 집안이나 온 사회를 어지럽힌다
는 말.

21656. 조그만 실뱀이 온 바닷물을 흐린다.
못된 사람 하나가 온 집안이나 사회를 어지럽힌다는
말.

21657. 조그만 예절도 지키지 못하는 사람은 커
다란 영광을 이룰 수 없다.(規小節者 不能成
榮名) 〈史記〉
조그만 예절조차 못 지키는 사람이라면 크게 출세할
수 없다는 뜻.

21658. 조그만 은혜를 생각해서 큰 수치를 잊는
다.(思小惠而忘大恥) 〈春秋左傳〉
조그만 은혜에 감사하여 큰 잘못이 있어도 묵인(黙認)
하여 준다는 뜻.

21659. 조그만 이익을 버리지 못하면 큰 이득을
얻을 수 없다.(不去小利則大利不得)
〈呂氏春秋〉
조그만 이익이 아까와 버리지 못하면 큰 이득을 얻을
수 없게 된다는 뜻.

21660. 조그만 틈만 있어도 배는 물에 가라앉는
다.(小隙沈舟)
배에는 작은 틈만 있어도 가라앉듯이 사소한 잘못으
로 인하여 큰 일을 망치게 된다는 뜻.

21661. 조그만 혐의로 친한 사람을 멀리하지 말
라.(勿以小嫌而疎至親)
사소한 혐의를 가지고 친한 사람과 사이가 벌어지는
일이 없도록 하라는 뜻.

21662. 조금도 마음대로 되지 않는다.(少不如意)
아무리 노력을 해도 조금도 자기 뜻대로 되지 않는다
는 뜻.

21663. 조금도 마음에 걸리지 않는다.(寸絲不掛)
자기가 한 일에 대해서 조금도 마음에 걸리는 것이 없
다는 뜻.

21664. 조금도 마음이 움직이지 않는다. (少不動念)
남이 무슨 짓을 하더라도 마음이 조금도 동요되지 않는다는 뜻.

21665. 조금도 섭섭하지 않다. (少不介意 : 少不介懷)
조그만큼도 섭섭하게 여기지 않는다는 뜻.

21666. 조금도 여유가 없다. (無復餘地)
여유라고는 하나도 없다는 말.

21667. 조금도 용서하지 않는다. (斷不容貸 : 斷不饒貸)
조금도 용서해 줄 생각이 없다는 말.

21668. 조금도 의심할 여지가 없다. (保無他慮 : 十分無疑)
여러 가지 면으로 분석해 보아도 의심할 데가 없다는 뜻.

21669. 조금만 조금만 하다가 아이 죽인다.
위급한 일을 바로 처리하지 않고 미루기만 하다가 낭패를 당했다는 뜻.

21670. 조금 먹고 조금 쌌다.
많이 벌려고 하지 말고 쓰기를 아껴 써야 한다는 뜻.

21671. 조금 아는 것은 많이 아는 것에 미치지 못한다. (小知不及大知)　　〈莊子〉
조금 아는 것과 많이 아는 것과는 비교할 수도 없을 정도로 미치지 못한다는 뜻.

21672. 조급한 사람의 말이다. (躁人之辭)
성미(性味)가 급한 사람의 말은 실수하기 쉽고 말이 많다는 뜻.

21673. 조기 대가리다.
(1) 먹잘 것이 없는 음식이라는 뜻. (2) 별로 대단한 것이 못 된다는 뜻.

21674. 조기 배가 들어왔나 ?
여러 사람들이 몹시 시끄럽게 떠들어 댄다는 뜻.

21675. 조기 배가 들어온 강경장(江景場) 같다.
몹시 소란스럽다는 말. ※ 강경장 : 충청남도 논산군에 있는 시장명(市場名).

21676. 조기 배에는 못 가겠다.
조용해야 할 장소에서 너무 수다스럽게 지껄인다는 뜻.

21677. 조는 집에 자는 며느리 들어온다.

(1) 게으른 집에는 게으른 사람만 모인다는 말.
(2) 사람은 끼리끼리 모이게 된다는 말.

21678. 조는 집은 대문턱부터 존다.
게으른 집에는 모두가 게으르게 된다는 말.

21679. 조롱하고 욕질한다. (冷嘲熱罵)
남을 마구 조롱해 가면서 함부로 욕질을 한다는 뜻.

21680. 조를 세어 밥을 짓겠다. (量粟而飯)
좁쌀을 세어 밥을 할 정도로 인색하다는 말.

21681. 조를 세어 방아 찧는다. (量粟而舂)
몹시 인색한 사람을 두고 하는 말.

21682. 조리로 물 푸기다.
아무리 애를 써서 일을 해도 아무 보람이 나타나지 않는 일이라는 뜻.

21683. 조리에 옻칠하기다.
격에 맞지 않는 사치는 도리어 흉하다는 뜻.

21684. 조리 장사 매끼돈을 내서라도 갚겠다.
어떤 돈을 구해서라도 꼭 갚겠다는 말.

21685. 조마(調馬) 거둥에 격쟁(擊錚)한다.
잘못 착각(錯覺)하고 어리석은 짓을 하였다는 말.

21686. 조막손이 달걀 놓치듯 한다.
손에 든 것을 놓쳤을 때 하는 말.

21687. 조막손이 달걀 떨어뜨린 셈 친다.
무슨 일을 실수하여 손해를 당했을 때 하는 말.

21688. 조막손이 달걀 도둑질하듯 한다.
능력이 없는 사람이 일을 한다고 덤빈다는 뜻.

21689. 조막손이 달걀 만지듯 한다.
무엇을 만지작거리기만 한다는 뜻.

21690. 조막손이 빨래하듯 한다.
무슨 일을 하는 것이 매우 어색하다는 뜻.

21691. 조바심을 한다.
무슨 일을 침착하게 하지 않고 지나치게 조급하게 서두른다는 뜻.

21692. 조밥도 많이 먹으면 배부르다.
작은 것이라도 많으면 크게 된다는 뜻.

21693. 조밥에도 큰 덩이 작은 덩이가 있다.
(粟飯有母塊子塊), (脱粟飡子母團)
　　　　　　　　　　〈東言解〉,〈洌上方言〉
무엇이나 크고 작은 것이 있다는 말.

21694. 조 비비듯 한다.

걱정이 되어 마음을 몹시 줄이고 있다는 뜻.

21695. 조상(祖上)같이 여긴다.
조상을 위하듯이 매우 존경하는 처지라는 뜻.

21696. 조상 덕에 이밥 먹는다.
제사 덕분에 이밥을 먹게 되었다는 말.

21697. 조상 무서운 줄도 모른다.
조상을 욕되게 하는 짓을 한다는 뜻.

21698. 조상 신주(祖上 神主) 모시듯 한다.
정성껏 대우한다는 뜻.

21699. 조상(吊喪)에는 마음이 없고 팥죽에만 마음이 있다.
할 일은 않고 딴 데 욕심을 부린다는 뜻.

21700. 조상은 종족의 근본이다. (先祖者 類之本也) 〈荀子〉
조상은 그 종족의 근본을 이루고 있다는 뜻.

21701. 조상이 없으면 태어날 수도 없다.
(無先祖惡出) 〈荀子〉
조상이 만일 없었다면 이 세상에 태어나지 못하였을 것이니 조상에 대하여 감사하는 마음으로 공경해야 한다는 뜻.

21702. 조상 팔아먹는다.
조상의 명예를 빌려서 무슨 일을 한다는 뜻.

21703. 조석(朝夕) 싸 가지고 다니며 말리겠다.
해서는 안 될 일이기 때문에 적극적으로 말려야 하겠다는 뜻.

21704. 조선 바늘에 되놈 실 꿰듯 한다.
도저히 되지도 않을 어리석은 짓을 한다는 뜻.

21705. 조심하면 화도 면한다. (謹勝禍)
무슨 일에서나 주의를 해가면서 일을 하면 화를 면할 수 있다는 뜻.

21706. 조약돌을 피하니까 수마석을 만난다.
(避片石 遇水磨石) 〈東言解〉
어려운 일을 겨우 피하고 나니까 더 큰 어려움을 만났다는 말.

21707. 조에 배 사 먹는다.
도무지 분수에 맞지 않는 짓을 한다는 뜻.

21708. 조왕(竈王)에 놓고 터주에 놓고 나니 남는 것이 없다.
여기 뜯기고 저기 뜯기고 하니 자기가 차지할 것이 없다는 말. ※ 조왕: 부엌을 맡은 귀신.

21709. 조왕에 뜯기고 터주에 뜯기고 절구에 뜯기고 나니 먹을 것이 없다.
뜯기는 데가 많아서 자기 소득은 없다는 말.

21710. 조용한 바람이 나무를 꺾는다.
약한 자가 강한 자를 이긴다는 뜻.

21711. 조용히 말하면서 생각한다. (靜言思之)
〈詩經〉
침착하게, 조용히 생각을 해가면서 말을 한다는 뜻.

21712. 조용히 수양하며 검소하게 덕을 닦는다.
(靜以修養 儉以養德) 〈諸葛亮·心書〉
조용하게 수양하면서 검소하게 인덕(仁德)을 닦는다는 뜻.

21713. 조 이삭은 팰수록 고개를 숙인다.
사람은 배울수록 겸손해진다는 말.

21714. 쪼인 병아리 같다.
부상을 입고 기진 맥진(氣盡脈盡)하게 되었다는 뜻.

21715. 조 자룡(趙子龍)이 헌 칼 쓰듯 한다.
무슨 물건을 아끼지 않고 함부로 쓴다는 뜻.
※ 조 자룡: 중국 삼국 시대의 명장.

21716. 조잘거리기는 아침 까치 같다.
큰 말소리로 지껄이는 사람을 가리키는 말.

21717. 조정에서는 지위가 어른이고 마을에서는 나이가 어른이다. (朝廷莫如爵 鄕黨莫如齒)
〈孟子〉
공무원(公務員)은 지위에 따라 상하가 분별(分別)되며, 민간인(民間人)은 나이에 따라서 상하가 분별된다는 뜻.

21718. 조조(曺操) 군사말 팔아먹듯 한다.
무슨 물건을 함부로 팔아 치운다는 말. ※ 조조: 중국 삼국 시대의 영웅.

21719. 조조는 웃다 망한다.
너무 잘 웃는 것은 좋지 않다는 뜻.

21720. 조조 외사촌은 된다.
간사하고 꾀가 많은 사람을 보고 하는 말.

21721. 조 첨지(趙僉知) 낫 자루 깎듯 한다.
무엇을 깎은 솜씨가 매우 서투르다는 말.

21722. 조카 생각하는 것만큼 아자비 생각도 한다.
남을 생각해 주어야 남도 나를 생각해 준다는 말.

21723. 조카 일에 아자비가 나선다. (爲者伭 對者

叔)
친척간에는 서로 도와 주게 된다는 뜻.

21724. 조 한 섬 있는 놈이 시겟금만 올린다.
변변치 않은 것에 욕심내다가 남에게 피해만 끼쳤다
는 말. ※ 시겟금 : 곡식 값.

21725. 조 한 섬 있는 놈이 흉년 들기만 기다린
다.
(1) 남의 사정은 모르고 사소한 욕심을 내는 사람을 가
리키는 말. (2) 변변치 못한 것으로 큰 허욕을 낸다는
뜻.

21726. 조화(造化) 속이다.
일이 어떻게 돌아가는지 도무지 알 수가 없다는 뜻.

21727. 쪽도 못 쓴다.
서로 겨뤄도 도저히 상대가 되지 못한다는 뜻.

21728. 쪽박과 사람은 있는 대로 쓰인다.
바가지는 크거나 작거나 있는 대로 다 쓰이고 사람은
잘났거나 못났거나 있는 대로 다 쓰인다는 말.

21729. 쪽박 빌려 주니까 쌀 꾸어 달란다.
비위가 매우 좋은 사람을 가리키는 말.

21730. 쪽박 쓰고 벼락 피한다. (戴瓢子霹靂避)
〈洌上方言〉
구차한 수단으로 모면하려고 해도 모면할 수 없다는
말.

21731. 쪽박 쓰고 비를 피한다.
구차하게 피하려고 해도 피하지 못하고 당한다는 말.

21732. 쪽박을 차겠다. (佩瓢)
패가하여 동냥아치가 되겠다는 뜻.

21733. 족보(族譜)가 밥 먹여 주나 ?
가문(家門) 자랑만 한다고 잘살 수는 없다는 뜻.

21734. 족보가 있다.
사실이 좋다는 것을 증명할 수가 있다는 뜻.

21735. 족보도 없다.
아무 연관성(聯關性)도 없다는 말.

21736. 족보 뜯어먹고 산다.
문벌(門閥)이 좋다고 자랑하면서 사는 집을 보고 하
는 말. ※ 족보 : 한 족속의 세계(世系)를 적은 책.

21737. 족보에서 빠졌다.
명단(名單)에서 빠져 자격이 없다는 말.

21738. 쪽에서 짜낸 푸른 물감이 쪽보다 푸르다.
(靑出於藍而靑於藍) 〈荀子〉

제자가 스승보다 더 나을 수 있다는 말.

21739. 족제비 난장 맞고 홍문재 넘어가듯 한다.
겁에 질려 죽을지 살지 모르고 도망친다는 뜻.
※ 난장(亂杖) : 함부로 때리는 매.

21740. 족제비는 꼬리를 보고 산다.
물건을 살 때에는 필요한 것이 있어서 산다는 뜻.

21741. 족제비는 꼬리 보고 잡는다.
무슨 일이나 다 목적이 있어서 한다는 뜻.

21742. 족제비는 먹이 탐내다 치어 죽는다.
먹는 것을 너무 밝히다가는 큰 화를 당한다는 뜻.

21743. 족제비는 욕심 때문에 죽는다.
족제비는 욕심 부리다가 죽듯이 사람도 욕심을 너무
부리게 되면 낭패를 당하게 된다는 뜻.

21744. 족제비도 낯짝이 있고 미꾸라지도 배통이
있고 빈대도 콧등이 있다.
염치도 모르고 체면도 모르는 사람에게 하는 말.

21745. 족제비도 낯짝이 있다.
체면도 없고 염치도 모르는 사람에게 하는 말.

21746. 족제비도 한번 놀란 길은 다시 가지 않
는다. (鼬鼠道切)
한번 실패한 일은 두번 다시 하지 않는다는 말.

21747. 족제비 똥 누듯 한다.
(1) 눈물을 찔끔찔끔 흘린다는 뜻. (2) 무슨 일을 하
다 말고 하다 말고 한다는 뜻.

21748. 족제비보고 닭장 지키란다.
번연히 믿음성이 없는 줄 알면서 중책을 맡긴다는 뜻.

21749. 족제비 욕심 다른 데 없고 부자 욕심 다
른 데 없다.
부자의 욕심은 족제비와 같이 많다는 말.

21750. 족제비 욕심이다.
족제비와 같이 욕심이 매우 많다는 뜻.

21751. 족제비 잡아 꼬리는 남 준 셈이다.
애써 일은 했으나 큰 이득은 남에게 빼앗겼다는 말.

21752. 족제비 잡아 남 좋은 일만 했다.
애써 한 일이 남만 이롭게 하였다는 뜻.

21753. 족제비 잡으니까 꼬리 달란다.
남은 애써 일하는데 염치없는 말만 한다는 뜻.

21754. 족한 줄을 아는 사람은 부유하다.
(知足者富) 〈老子〉

현실에 만족하는 사람은 부유하다는 뜻.

21755. 족한 줄을 알면 자기 분수를 지키게 된다. (知足安分) 〈老子〉

현실에 만족할 줄 아는 사람은 분수에 넘치는 짓을 않는다는 뜻.

21756. 존귀한 높은 지위에 있어도 남에게 교만하지 말아야 한다. (高上尊貴 不以驕人) 〈荀子〉

아무리 높은 지위에 있더라도 아랫 사람들에게 교만해서는 안 된다는 뜻.

21757. 존귀한 손님 앞에서는 개도 꾸짖지 않는다. (尊客之前 不叱狗) 〈禮記〉

부모 앞에서는 물론이지만 존귀한 손님 앞에서는 개도 꾸짖는 행동을 해서는 안 된다는 뜻.

21758. 존대(尊待)하고 뺨 맞는 일 없다.

남을 대우해 주고 봉변 당하는 일은 없다는 뜻.

21759. 존망과 화복이 모두 자신에게 달렸다. (存亡禍福 皆在己)

흥망(興亡)과 화복은 다 자기의 행동에 따라 결정된다는 뜻.

21760. 쫄딱 망했다.

졸지(猝地)에 망해 버렸다는 말.

21761. 졸졸 흐르는 물도 막지 않으면 장차 강이나 바다가 된다. (涓涓不塞 將爲江海) 〈六韜〉

사소한 일이라도 일찌기 손을 안 쓰면 장차 일이 크게 되어 감당할 수 없게 된다는 뜻.

21762. 좀꾀에 매꾸러기다.

좀꾀를 쓰다가는 매만 맞게 된다는 뜻.

21763. 좀도둑 맞고는 못 산다.

좀도둑을 자주 맞으면 항상 불안해서 못 산다는 말.

21764. 좀도둑이 소 도둑 된다.

좀도둑질을 하다가 점점 큰 도둑질을 하게 된다는 뜻.

21765. 좀생원이다.

성질이 매우 옹졸한 사람을 두고 하는 말.

21766. 좀이 난다.

가만히 참고 견딜 수가 없다는 뜻.

21767. 좀이 쑤신다.

가만히 참고 있을 수가 없다는 뜻.

21768. 좁쌀만 먹었나?

남에게 반말만 하는 사람보고 하는 말.

21769. 좁쌀만큼 아끼다가 담돌만큼 해본다.

작은 것을 아끼다가 나중에는 큰 손해를 보게 된다는 뜻.

21770. 좁쌀 싸래기만 먹었나?

남에게 존대말을 쓰지 않고 반말하는 사람에게 하는 말.

21771. 좁쌀에 뒤웅 판다.

(1) 소견이 몹시 좁다는 뜻. (2) 잔소리가 심하다는 뜻.

21772. 좁쌀 여우다.

옹졸한 데다가 몹시 간사스러운 사람을 가리키는 말.

21773. 좁쌀 영감이다.

몹시 옹졸하고 잔소리가 많은 사람을 두고 하는 말.

21774. 좁쌀 친구다.

나이가 어린 친구라는 말.

21775. 좁쌀하고 맵쌀하고 섞이면 농사를 버린다.

무슨 일이나 한 가지에 전념해야 한다는 뜻.

21776. 좁쌀 한 섬 두고 흉년 오기만 기다린다.

남의 사정은 모르고 제 욕심만 채우려는 사람을 가리키는 말.

21777. 좁은 골에 개 모이듯 한다.

좁은 장소에 사람들이 많이 모여 혼잡하다는 뜻.

21778. 좁은 길에서 원수를 만난다. (狹路遇讎)

일이 안 될 때는 점점 악화(惡化)된다는 뜻.

21779. 좁은 데 장모(丈母) 낀다.

없어야 할 사람이 끼어 더욱 고생스럽다는 뜻.

21780. 좁은 입으로 한 말은 넓은 치맛자락으로도 막지 못한다.

한번 한 말은 널리 퍼지기 때문에 막을 도리가 없으니 말을 조심하라는 뜻.

21781. 좁은 틈에 장목(長木) 낀다.

일에 지장이 되기 때문에 없어졌으면 좋겠다는 뜻.

21782. 종가(宗家)가 망해도 신주보(神主褓)와 향로(香爐)는 남는다.

집안이 망해 살림이 없어진다 해도 한두 가지는 남는다는 말.

21783. 종가가 망해도 향로(香爐) 향합(香盒)은 남는다.

(1) 문벌 있는 가문(家門)은 망해도 예의(禮儀)와 범

절(凡節)은 남는다는 뜻. (2) 집안이 망해도 한두 가
지 세간은 남아 있다는 뜻.

21784. 종갓집 며느리는 틀이 있다.
사람이 덕이 있고 의젓하다는 뜻.

21785. 종갓집이 망해도 향로와 촛대는 남는다.
(1) 문벌 있는 집안은 망해도 가풍(家風)은 남아 있다
는 뜻. (2) 아무리 집안이 망해도 무엇인가는 남아 있
는 것이 있다는 뜻.

21786. 종갓집 향로 촛대 지니듯 한다.
종갓집에서 향로와 촛대를 소중히 간수하듯이 무슨 물
건을 소중히 다룬다는 뜻.

21787. 종과 상전(上典)은 한 솥밥이나 먹는다.
신분 차이가 너무 심하여 함께 어울릴 수가 없다는 말.

21788. 종굴박 부려먹듯 한다.
대단히 긴요하게 부려먹는다는 말. ※ 종굴박 : 작은
표주박.

21789. 종기(腫氣)가 커야 고름도 많다.
커야만 속에 든 것도 많다는 말.

**21790. 종기는 곪았을 때 짜야 하고 술은 괼 때
걸러야 한다.**
무슨 일이든 시기를 놓치지 말고 제때에 해야 한다
는 뜻.

21791. 종기는 곪았을 때 짜야 한다.
무슨 일이나 시기를 놓치지 말고 해야 한다는 뜻.

**21792. 종기는 굳은 살은 없애고 새 살이 나오게
해야 한다. (去惡生新)**
종기에는 굳은 살은 없애고 새 살이 나와야 종기가 낫
듯이 인간 사회도 악을 없애고 선을 선양(宣揚)해야
밝은 사회가 된다는 뜻.

**21793. 종기를 빨고 치질을 핥아 준다. (吮癰舐
痔)**
종기를 빨아 주고 치질을 핥아 주면서까지 극진하게
아첨을 한다는 뜻.

21794. 종기와 혹만 생긴다. (瘡疣百出)
몸에 종기와 혹만 생기듯이 언행(言行)에 과실(過失)
이 많다는 말.

**21795. 종년 간통은 드러누운 소 타기다. (姸婢臥
牛乘)** 〈東言解〉
권세를 가진 사람은 일하기가 쉽다는 말.

21796. 종놈 새끼마냥 대답은 잘한다.
대답만 잘하고 실천은 조금도 않는다는 뜻.

**21797. 종로에서 뺨 맞고 한강에 가서 눈 흘긴다.
(鍾樓批頰 沙平反目)** 〈旬五志〉
약자는 강자 앞에서는 대항 못해도 안 보는 데서는 반
항하게 된다는 뜻.

21798. 종로에서 뺨 맞고 행랑 뒤에서 눈 흘긴다.
약한 사람은 강한 사람에게 정면 대결을 못하고 비겁
하게 안 보는 데서 반항한다는 뜻.

21799. 종로에서 볼기 친다. (鍾路決杖)
공개적(公開的)으로 망신을 시킨다는 뜻.

**21800. 종말에 가서 조심하기를 처음 시작할 때
같이 한다면 실패하는 일은 없다. (愼終如始
則無敗事)** 〈老子〉
일 마무리를 할 때 그 일을 처음 시작할 때와 같이 조
심성을 가지고 일을 한다면 실패하는 일이 없다는 말.

**21801. 종삼촌(宗三寸)보다 민십촌(閔十寸)의 세
도가 더 크다.**
구한말(舊韓末), 민비(閔妃)가 득세하였을 때, 고종
(高宗) 삼촌의 세도보다도 민비의 십촌 세도가 더 세
다는 말로서 당시 민씨들의 세도를 풍자한 말.

21802. 종소리가 크고 작은 것은 때릴 탓이다.
일의 성과가 크고 작은 것은 일하기에 달렸다는 말.

21803. 종신하는 자식이 자식이다.
부모의 임종(臨終) 때 지켜보는 자식이라야 자식 도
리를 다한다는 뜻.

21804. 종 아니라도 망건(網巾)이 독 난다.
남이 가진 물건이 탐난다 할 때 하는 말.

21805. 종을 보면 상전 꼴을 알 수 있다.
아랫 사람을 보면 웃사람도 짐작할 수 있다는 뜻.

**21806. 종을 부릴 때는 먼저 굶주림과 추위를 염
려해 주어야 한다. (凡使奴僕 先念飢寒)**
〈司馬温公〉
아랫 사람을 쓸 때에는 먼저 그 사람의 식생활을 보
장해 주어야 한다는 뜻.

21807. 종을 잘 두어야 상전 노릇도 잘하게 된다.
아랫 사람이 똑똑해야 웃사람의 위신도 올라간다는
말.

21808. 종의 문안은 하지 말랬다.
패가(敗家)하여 아무리 고생스러워도 과거 자기의 아
랫 사람에게 사정은 하지 말라는 뜻.

**21809. 종의 자식을 귀애(貴愛)하니까 생원님 상
투 끄든다.**

아랫 사람을 지나치게 가까이하면 위신을 잃게 된다는 뜻.

21810. 종의 자식을 귀여워하니까 생원님 나룻에 꼬꼬마를 단다. (愛婢雛毳懸鬚)
〈洌上方言〉
손 아랫 사람은 사랑하면 버릇없는 짓만 한다는 뜻.

21811. 종의 자식을 귀여워하니까 생원님 수염 끄든다.
아랫 사람을 지나치게 사랑하면 버릇이 없어진다는 말.

21812. 종이 따로 있나 ?
신분은 본디부터 있는 것이 아니라는 뜻.

21813. 종이도 네 귀를 잡아야 바르다.
여러 사람이 협력하면 일하기가 쉽다는 말.

21814. 종이도 맞잡으면 가볍다.
여러 사람이 협동하면 일하기가 쉽다는 말.

21815. 종이 알랑거리듯 한다. (奴顔婢膝)
〈陸龜峰〉
몹시 알랑거리며 아첨(阿諂)을 한다는 뜻.

21816. 종이 종을 부리면 식칼로 볼기를 친다.
고생해 본 사람이 아래 사람의 고생을 더 몰라 준다는 말.

21817. 종이 종을 부리면 식칼로 정강이를 친다.
고생해 본 사람이 전 날 생각은 않고 아랫 사람에게 더 심하게 한다는 뜻.

21818. 종이 한 장이면 그만이다.
보고서 한 장으로 죽이고 살릴 수 있다는 말.

21819. 종이 한 장 차이다.
큰 차가 있는 것이 아니라 종이 한 장 정도 밖에 안 되는 근소한 차이라는 뜻. ↔ 하늘과 땅 차이다.

21820. 종이 호랑이다.
겉으로만 무섭지 실상은 아무것도 아니라는 뜻.

21821. 종일 먹지도 않고 밤새도록 자지도 않는다. (終日不食 終夜不寢) 〈論語〉
근심이 많거나 일이 매우 분주하여 낮에는 밥도 못 먹고 밤에는 자지도 못한다는 말.

21822. 종일 오는 소나기는 없다. (驟雨不終日)
〈老子〉
소나기로 오는 비는 온종일 오는 일이 없다는 뜻.

21823. 종일 일을 해도 시간이 모자란다. (日亦不足)

온종일 부지런히 일을 해도 시간이 모자라서 일을 못다하게 된다는 뜻.

21824. 종잘거리는 아침 까치다.
큰 말소리로 지껄이는 사람을 가리키는 말.

21825. 종적을 감춘다. (潛蹤秘迹)
종적을 감추고 다시는 나타나지 않는다는 말.

21826. 종적을 숨기고 말없이 산다. (匿跡消聲)
어디로 종적을 감추고 소식도 없어졌다는 말.

21827. 종종걸음 두 발자국보다 큰 걸음 한 발자국이 낫다.
조금씩 자주 하는 것보다 드문드문 해도 크게 하는 것이 낫다는 말.

21828. 종지리새 삼씨 까먹듯 한다.
잔소리가 몹시 심하다는 말.

21829. 종짓굽 떨어지다.
젖먹이 아이가 처음으로 걷기 시작한다는 말.

21830. 종짓굽아 날 살려라 한다.
있는 힘을 다하여 도망친다는 말.

21831. 쫓겨가는 놈이 경치(景致) 보랴 ?
다급할 때는 딴 생각할 겨를이 없다는 뜻.

21832. 쫓기는 놈 뒤통수 친다.
고난에 빠진 사람을 도와는 못 주나마 더욱 고난스럽게 한다는 말.

21833. 좋고 나쁜 것은 대봐야 안다.
좋으냐 나쁘냐 하는 문제는 서로 대비(對比)해 봐야 안다는 뜻.

21834. 좋고 나쁜 것은 지내 본 뒤에야 안다. (度然後知長短) 〈孟子〉
좋고 나쁜 것은 그 결과를 봐야 알게 된다는 뜻.

21835. 좋아도 내 낭군이요 나빠도 내 낭군이다.
한번 결혼하면 좋으나 그르나 해로(偕老)해야 한다는 뜻.

21836. 좋아도 한평생 나빠도 한평생이다.
잘 사나 못 사나 한평생을 사는 것은 마찬가지라는 말.

21837. 좋아하는 것도 참아야 한다. (忍嗜欲)
좋아하는 것이라고 다 해서는 안 된다는 뜻.

21838. 좋아하는 것을 같이 좋아하면서 서로 따라가야 한다. (同好相邁) 〈六韜〉

웃사람의 성격은 미리 알아서 그가 좋아하는 것은 함께 좋아하면서 비위를 맞추면서 따라야 한다는 뜻.

21839. 좋아하는 것을 보면 나쁜 점을 미처 생각하지 못하게 된다. (見其可欲也 則不慮其可惡也者)　〈荀子〉
욕심나는 것을 보면 좋아서 그에 대한 나쁜 점을 찾아 보려고도 않는다는 뜻.

21840. 좋아하는 사람끼리는 서로 머무른다. (同好相留)　〈史記〉
서로 좋아하는 사람끼리는 함께 행동하게 된다는 뜻.

21841. 좋아하면서도 그 나쁜 점은 알아야 하며 미워하면서도 그 좋은 점은 알아야 한다. (好而知其惡 惡而知其美)　〈大學〉
좋아하더라도 그의 나쁜 점도 알고 좋아해야 하며 미워하더라도 그의 좋은 점은 알고서 미워해야 한다는 뜻.

21842. 좋아하면서도 그 사람의 나쁜 것은 알아야 한다. (好而知其惡)　〈大學〉
좋아하는 사람이라도 그의 나쁜 점을 알고서 좋아해야 한다는 뜻.

21843. 좋으나 나쁘나 하는 수 없다.
한번 결정되어 뜯어고칠 수 없는 것은·좋아도 어쩔 수 없고 나빠도 어쩔 수 없다는 뜻.

21844. 좋으니 나쁘니 한다.
무슨 일을 가지고 좋다거니 나쁘다거니 시비를 한다는 뜻.

21845. 좋은 것은 취하고 나쁜 것은 버린다. (取長捨短)
좋은 것은 마냥 받아들여야 하고 나쁜 것은 다 버려야 한다는 뜻.

21846. 좋은 것이 있다고 나쁜 것을 버려서는 안 된다. (雖有絲麻 無棄管蒯)　〈春秋左傳〉
공연히 아름다운 물건만 믿고 나쁜 물건을 함부로 버려서는 안 된다는 뜻. ※ 사마(絲麻): 좋은 물건. 관괴(管蒯): 천한 물건.

21847. 좋은 것이 좋다.
무슨 일이나 원만하게 처리하는 것이 좋다는 뜻.

21848. 좋은 경치는 먼 데만 있는 것은 아니다. (會景不在遠)　〈菜根譚〉
좋은 것은 먼 곳에만 있는 것이 아니라 가까운 곳에도 있다는 뜻.

21849. 좋은 계절에 아름다운 경치를 구경한다.

(良辰美景)
봄이나 가을에 경치 좋은 곳을 찾아가 즐긴다는 뜻.

21850. 좋은 꾀는 하늘도 도와 준다. (令圖天所贊也)　〈春秋左傳〉
좋은 꾀는 하늘도 감탄하여 이를 도와 준다는 말.

21851. 좋은 꾀를 짜내면 이루어진다. (好謀而成)　〈論語〉
좋은 묘안(妙案)만 짜내면 무슨 일이나 다 할 수 있다는 뜻.

21852. 좋은 그릇은 남에게 보여서는 안 된다. (利器不可以示)　〈虞裳傳〉
귀중한 보물은 남을 보이면 빼앗길 위험성이 있으므로 보여서는 안 된다는 뜻.

21853. 좋은 기회는 놓치지 말아야 한다. (好機勿失: 時不可失)
무슨 일이나 좋은 기회를 놓치면 이루지 못한다는 뜻.

21854. 좋은 기회란 얻기는 어렵고 놓치기는 쉽다. (時者難得而易失)
좋은 기회는 얻기가 어려운 것이기 때문에 놓치지 말라는 뜻.

21855. 좋은 노래도 늘 들으면 싫어진다. (歌曲雖豊盡 恒聽斯厭)　〈耳談續纂〉
아무리 좋은 것이라도 항상 가지게 되면 싫어진다는 말.

21856. 좋은 노래도 세 번 들으면 싫어진다.
같은 말을 여러 번 하면 듣기가 싫어진다는 말.

21857. 좋은 논밭이 아무리 많아도 변변찮은 기술만 못하다. (良田萬頃 不如薄藝隨身)　〈姜太公〉
많은 재산을 자식에게 물려 주는 것보다는 차라리 한 가지 기술을 물려 주는 것이 낫다는 뜻.

21858. 좋은 논밭이 아무리 많아도 하루 먹는 양식은 두 되밖에 안 된다. (良田萬頃 日食二升)　〈康節邵〉
사람이 먹고 사는 데는 많은 돈이 필요한 것이 아니기 때문에 터무니없이 많은 재물에 욕심을 내지 말라는 뜻.

21859. 좋은 때가 있으면 나쁜 때도 있다.
세상을 살아가자면 좋은 때도 있고 나쁜 때도 있기 때문에 나쁜 때도 잘 참고 견디라는 뜻.

21860. 좋은 말도 세 번만 하면 듣기 싫다.
아무리 좋은 것도 늘 보고 들으면 싫증이 난다는 말.

21861. 좋은 말도 입에서 나오고 궂은 말도 입에서 나온다. (好言自口 莠言自口) 〈詩經〉
좋은 말이나 나쁜 말이나 다 입에서 나오는 것이므로 말에 조심을 하라는 뜻.

21862. 좋은 말은 귀에 거슬린다. (忤於耳) 〈韓非子〉
좋은 말은 듣기가 거북하다는 뜻.

21863. 좋은 말을 듣거나 나쁜 말을 듣거나 다 제 탓이다.
남에게 대우를 잘 받고 못 받는 것은 다 자기의 행실에 달렸다는 말.

21864. 좋은 말을 하여 주는 것은 옷을 주어 따뜻하게 해주는 것보다 낫다. (善言煖於布帛) 〈荀子〉
좋은 말을 남에게 해주는 것은 그의 마음을 흡족하게 해주기 때문에 옷을 주는 것보다도 더 속이 훈훈하게 된다는 뜻.

21865. 좋은 말이 마구간에서 앓고 있다. (良馬病廐)
훌륭한 인재가 때를 못 만나 신음(呻吟)하고 있다는 뜻.

21866. 좋은 말이 톱밥 쏟아지듯 한다. (吐佳言如鋸木屑) 〈晉書〉
교양이 많은 사람의 입에서는 좋은 말만 많이 나오게 된다는 뜻.

21867. 좋은 물건은 많아야만 하는 것은 아니다. (好物不在多) 〈南唐近事〉
좋은 것은 양적(量的)으로 결정되는 것이 아니라 질적(質的)으로 결정된다는 뜻.

21868. 좋은 물건이 싼 물건이다.
물건은 좋은 것을 사는 것이 결과적으로는 싸다는 뜻.

21869. 좋은 미끼가 달린 낚시에는 반드시 죽은 고기가 있다. (香餌下必有死魚) 〈三略〉
물욕(物慾)이 많은 사람은 재물을 탐내다가 죽게 된다는 뜻.

21870. 좋은 버릇은 들기 어렵고 나쁜 버릇은 버리기 어렵다.
좋은 버릇은 들이려고 하면 매우 어렵고, 나쁜 버릇은 한번 들면 버리기가 매우 어렵다는 말.

21871. 좋은 법도 오래 되면 피해가 생긴다. (法久弊生)
아무리 좋은 법도 세월이 지나 새 세대에 맞지 않으면 피해를 준다는 말.

21872. 좋은 소문은 걸어가고 나쁜 소문은 날아간다.
좋은 소문은 널리 퍼지지 않아도 나쁜 소문은 널리 퍼지게 된다는 뜻.

21873. 좋은 소문은 문밖에 나가지 않으나 나쁜 소문은 천 리 밖에까지 간다. (好事不門出 惡事行千里) 〈傳燈錄〉
좋은 소문은 퍼지지 않으나 나쁜 소문은 멀리 퍼진다는 뜻.

21874. 좋은 소문은 안 퍼져도 나쁜 소문은 멀리 퍼진다.
좋은 소문은 안 나도 나쁜 소문은 먼 곳까지 퍼진다는 뜻.

21875. 좋은 술은 첫잔에서 알아본다.
좋은 것은 첫눈에 바로 알 수 있다는 말.

21876. 좋은 씨를 심어야 좋은 열매가 열린다.
좋은 열매는 좋은 종자에서만 열린다는 뜻.

21877. 좋은 신을 신고는 개똥을 밟지 않는다. (好靴不踩臭狗糞)
좋은 것은 나쁜 것을 싫어한다는 뜻.

21878. 좋은 아내는 집안의 보배다. (好婦是一家之珍) 〈明心寶鑑〉
어진 어머니인 동시에 훌륭한 아내는 집안의 보배로운 존재라는 뜻.

21879. 좋은 안주가 있어도 먹어 보지 않으면 그 맛을 모른다. (雖有嘉肴 弗食不知其旨也) 〈禮記〉
아무리 좋은 것이라도 자신이 직접 체험(體驗)해 보지 않으면 얼마나 좋은 것인지를 모르게 된다는 뜻.

21880. 좋은 약은 입에 쓰다. (良藥苦口) 〈孔子家語〉
좋은 말은 듣기는 싫으나 유익하게 된다는 뜻.

21881. 좋은 약은 입에 써도 병을 잘 나꾼다. (良藥苦於口 而利於病) 〈孔子家語〉
좋은 말은 듣기는 싫어도 듣고 나면 이롭게 된다는 뜻.

21882. 좋은 옥은 다듬지 않는다. (良玉不彫) 〈揚子法言〉
본바탕이 좋은 옥은 가공(加工)을 하지 않아도 자연적으로 아름답다는 뜻.

21883. 좋은 우물을 먼저 먹는다.
좋은 물건이 먼저 없어진다는 뜻.

21884. 좋은 의견이 많을 때는 여러 사람의 의견을 따라야 한다. (善釣從衆)　〈春秋左傳〉

좋은 의견이 많을 때는 여러 사람이 좋다는 의견을 채택해서 결정해야 한다는 뜻.

21885. 좋은 이야기도 세 번 들으면 싫어진다.

똑같은 말을 여러 번 하면 듣기 싫다는 뜻.

21886. 좋은 일도 한번 더 생각하랬다.

좋은 일이라고 좋아서 서두르지 말고 침착하게 잘 생각한 다음에 하라는 뜻.

21887. 좋은 일에는 마가 많다. (好事多魔)　〈通俗編〉

좋은 일을 할 때에는 장해물이 많다는 뜻.

21888. 좋은 일에는 친구요 궂은 일에는 일가다.

좋은 일에는 친척 생각이 안 나지만 궂은 일에는 친척을 찾아다닌다는 말.

21889. 좋은 일은 끝이 나쁘고 나쁜 일은 끝이 좋다.

처음부터 좋은 일은 도취(陶醉)하여 태만하기 쉬우므로 끝에 가서 나쁘게 되기 쉽고, 처음부터 나쁜 일은 점점 고쳐 가며 일을 하기 때문에 갈수록 처음보다 좋게 된다는 뜻.

21890. 좋은 일은 서로 권장하고 잘못은 서로 바로 잡아야 한다. (以德業相勸 過失相規)　〈栗谷全集〉

좋은 일은 서로 권유해 가면서 널리 보급시켜야 하고 나쁜 일은 서로 바로 잡아 없애도록 하라는 뜻.

21891. 좋은 일은 서로 권유하라. (德業相勸)　〈茶山全書〉

좋은 일은 서로 권유해 가면서 널리 보급시키도록 해야 한다는 뜻.

21892. 좋은 일은 제게로 보태고 궂은 일은 남에게로 보탠다.

잘한 일은 제가 잘한 것처럼 꾸미고, 잘못한 일은 남이 한 것처럼 보태 꾸민다는 말.

21893. 좋은 일은 한 치요 나쁜 일은 한 자다. (寸善尺惡)

좋은 일보다도 나쁜 일이 훨씬 더 많다는 뜻.

21894. 좋은 일은 장님이 보고 나쁜 일은 성한 눈으로 보랬다.

잘한 일보다 잘못한 일을 더 잘 구명(究明)해야 한다는 뜻.

21895. 좋은 일이거나 나쁜 일이거나 남의 말 석 달 안 간다.

좋은 소문이거나 나쁜 소문이거나 남의 말은 오래 가지 않고 조용해진다는 뜻.

21896. 좋은 일이나 궂은 일이나 서로 돕는다. (吉凶焉必助)　〈蓉洲文集〉

이웃 간에는 좋은 일이나 궂은 일이나 다 자기 일처럼 도와 주어야 한다는 뜻.

21897. 좋은 일이 많은 사람은 나쁜 일도 많다. (有甚美者 必有甚惡)　〈升庵集〉

좋은 일과 나쁜 일은 함께 따라다니기 때문에 좋은 일이 많은 사람에게는 나쁜 일도 많게 된다는 뜻.

21898. 좋은 일이 이미 지나갔거든 생각하지 말라. (事已過而勿思)　〈紫虛元君〉

한번 지나간 일은 비록 좋은 일이라도 생각해서는 안 된다는 뜻.

21899. 좋은 일 한 흔적은 없다. (善行無轍迹)　〈老子〉

진실한 선행은 남의 눈에 띄지 않는다는 말.

21900. 좋은 점도 있고 나쁜 점도 있다. (一長一短)

좋기도 하고 나쁘기도 하여 썩 좋지도 않고 썩 나쁘지도 않다는 뜻.

21901. 좋은 천리마는 날마다 천 리를 뛴다. (逸驥逐日千里)　〈江總〉

일을 잘하는 사람은 항상 일을 잘한다는 뜻.

21902. 좋은 천리마는 늙어서 비로소 이루어진다. (良驥老始成)　〈杜甫〉

천리마도 오랜 동안의 훈련을 거친 뒤에 이루어지듯이 무슨 일이나 남보다 뛰어나게 잘하려면 오랜 동안의 노력이 있어야 한다는 뜻.

21903. 좋은 활은 힘써 당겨야 한다. (良弓雖張)　〈墨子〉

많은 노력이 없이는 큰 일을 할 수가 없다는 뜻.

21904. 좋지 못한 점이 있으면 고쳐야 한다. (其不善者而改之)　〈論語〉

좋지 못한 행동은 그것을 거울삼아 고쳐야 한다는 뜻.

21905. 좋지 못한 책은 없는 것만 못하다. (不如無書)

좋지 못한 책은 아니 보는 것이 낫다는 말.

21906. 좋지 않으면 나쁜 것이다.

좋으면 좋고 나쁘면 나쁘지 좋지도 않고 나쁘지도 않은 것은 없다는 뜻.

21907. 좌수(座首) 볼기 치기다.
심심하면 공연히 아랫 사람을 괴롭힌다는 뜻.

21908. 좌수 집 초상이다. (座首喪事) 〈東言解〉
좌수가 살았을 때 초상이 나면 조객이 많지만 정작 좌수가 죽으면 조객이 적듯이 세상 인심은 이해에서 움직인다는 뜻.

21909. 좌우를 돌아 보면서 곁눈질만 한다.
(左顧右眄)
이쪽으로 보기도 하고 저쪽으로 보기도 하면서 곁눈질만 한다는 뜻.

21910. 좌우를 돌아 본다. (左顧右視)
여기도 보고 저기도 보면서 살핀다는 뜻.

21911. 죄가 뜻밖에 미친다. (罪及念外)
생각지도 않은 일로 죄를 범하게 되었다는 뜻.

21912. 죄가 많으면 도망친다. (多罪逋逃) 〈書經〉
죄가 많은 사람은 생명이 위험하기 때문에 도망을 하게 된다는 뜻.

21913. 죄가 의심나는 것은 가볍게 처벌해야 한다. (罪疑惟輕) 〈書經〉
범죄 사실이 정확하지 않고 의심스러운 것은 가볍게 처리해야 한다는 뜻.

21914. 죄는 같은데 형벌은 다르다. (同罪異罰)
〈春秋左傳〉
같은 죄에 형벌이 각각 다른 것은 형벌이 공평하지 못하다는 뜻.

21915. 죄는 너그럽게 다스려야 한다. (宥罪戾)
〈春秋左傳〉
죄를 엄하게만 다스리면 국민들이 불안하게 되므로 관대하게 다스려야 한다는 뜻.

21916. 죄는 막동이가 짓고 벼락은 샌님이 맞는다.
죄진 사람은 따로 있는데 애매하게 다른 사람이 벌을 받게 된다는 말.

21917. 죄는 무거운 데 형벌은 가볍다. (罪重罰輕)
큰 죄를 범하여 엄한 벌을 줘야 할 사람에게 가벼운 벌을 주었다는 뜻.

21918. 죄는 미워해도 사람은 미워하지 말랬다.
죄가 밉지 사람이 미운 것이 아니라는 뜻.

21919. 죄는 삼 대를 간다.

죄 값을 씻으려면 오랜 세월이 걸린다는 뜻.

21920. 죄는 세 번 이상 범해서는 안 된다.
(罪不三過)
세 번 이상 죄를 지은 자는 용납될 수 없다는 뜻.

21921. 죄는 어질지 못한 데서 생긴다. (罪生於不仁) 〈紫虛元君〉
죄는 어떤 것이나 다 어질지 않는 데서 발생하게 된다는 뜻.

21922. 죄는 지은 데로 가고 덕은 닦은 데로 간다.
죄 지은 사람은 벌을 받고 덕을 베푼 사람은 복을 받는다는 말.

21923. 죄는 지은 데로 가고 물은 곬로 흐른다.
죄를 지은 사람은 반드시 벌을 받게 된다는 말.

21924. 죄는 지은 데로 가고 물은 트는 데로 흐른다.
죄를 지으면 응당 벌을 받게 된다는 말.

21925. 죄는 천도깨비가 짓고 벼락은 고목(古木)이 맞는다.
남의 죄를 대신해서 억울하게 벌을 받는다는 뜻.

21926. 죄는 청개구리가 짓고 벼락은 고목이 맞는다.
딴 사람 죄를 대신해서 억울하게 벌을 받는다는 말.

21927. 죄를 지은 데다가 또 죄를 짓는다.
(罪上添罪)
죄를 한 번만 지은 것이 아니라 여러 번 지은 상습범(常習犯)이라는 뜻.

21928. 죄수는 걷지 못하는 인간이다. (囚者不行之人也) 〈牧民心書〉
감옥에 갇힌 죄수는 마음대로 다닐 수 있는 자유가 없는 인간이라는 뜻.

21929. 죄수는 손가락으로 돌절구를 뚫는다.
교도소의 죄수들은 손 재주가 매우 좋다는 뜻.

21930. 죄악 끝은 자손까지 미친다. (殃及子孫)
죄를 지은 사람은 그 영향이 자손까지 미치게 된다는 말.

21931. 죄악으로 가득하다. (罪惡貫盈)
온 세상이 죄악으로 가득히 차 있다는 뜻.

21932. 죄악은 전생(前生) 것이 더 무섭다.
전생에서 지은 죄의 업보(業報)는 이승에서 더 심하

게 받는다는 말.

21933. 죄없는 가재만 돌에 치어 죽는다.
(1) 애매하게 벌을 받게 되었다는 뜻. (2) 아무 이유도 없이 남의 원망을 받게 되었다는 뜻.

21934. 죄없는 사람들을 많이 죽인다.(多殺不辜)
〈春秋左傳〉
무고한 양민(良民)들을 마구 학살(虐殺)한다는 뜻.

21935. 죄없는 사람에게 형벌의 누를 끼쳐서는 안 된다.(刑不澤貴) 〈諸葛亮心書〉
죄없는 사람들을 함부로 처형(處刑)하여 억울하게 하는 일이 없도록 해야 한다는 뜻.

21936. 죄없는 사람을 함부로 죽인다.(殺人以遄)
〈春秋左傳〉
죄없는 양민(良民)들을 무자비(無慈悲)하게 학살(虐殺)한다는 뜻.

21937. 죄에 빠지게 한 뒤에 처벌하는 것은 국민을 속이는 것이다.(及陷於罪然後 從而刑之 是罔民也) 〈孟子〉
사건을 날조(捏造)하여 죄를 뒤집어 씌우는 짓은 국민을 속이는 처사라는 뜻.

21938. 죄에 빠진 뒤에 쫓아가서 그를 처벌하는 것은 국민들을 그물질하는 것이다.(及陷於罪然後 從而刑之 是罔民) 〈孟子〉
죄를 범하는 자가 없도록 대책을 세우고 방지는 않고, 범죄자들의 뒤만 따라다니며 잡기만 하는 것은 양민을 잡는 것과 같다는 뜻.

21939. 죄인은 우연히 가도 형방을 간다.(偶然去刑房處)
죄 진 사람은 저절로 붙들리게 된다는 말.

21940. 죄인을 잡는 것도 큰 그물만 있으면 하나도 놓치지 않는다.(夫知姦亦有大羅 不失其一而已矣) 〈韓非子〉
죄인을 만들지 않도록 대책을 세우기 보다, 잡는 데만 주력(主力)하여 수사 기관(搜査機關)만 강화시키면 쉽게 해결할 수 있다는 뜻.

21941. 죄 진 놈 곁에 있다가 애매하게 뺨만 맞는다.
나쁜 친구와 사귀다가는 봉변을 당하게 된다는 뜻.

21942. 죄 진 놈 옆에 있다가 벼락 맞는다.(惡傍逢雷)
죄 진 사람과 함께 있다가는 함께 벌을 받게 된다는 말.

21943. 죄 진 놈은 서 발을 못 간다.
죄 진 사람은 도망가도 붙들리게 된다는 말.

21944. 죄 진 사람치고 벌을 받지 않는 사람은 없다.(無罪不罰) 〈荀子〉
죄를 진 사람은 언제 받아도 벌을 받게 된다는 뜻.

21945. 죄 짓고는 못 산다.
죄를 짓고는 마음이 불안하여 살 수가 없다는 뜻.

21946. 죄 짓지 않고 사는 것이 귀하게 사는 것보다 낫다.(無罪以當貴) 〈蘇軾〉
죄를 짓고 잘사는 것보다는 죄를 짓지 않고 깨끗하게 사는 것이 더 보람이 있다는 뜻.

21947. 죄 값은 해야 한다.
죄를 범한 사람은 응당 벌을 받아서 죄 값을 해야 한다는 뜻.

21948. 주객(酒客)이 청탁(淸濁)을 가릴까?
주객은 술이 좋고 나쁜 것을 가리지 않고, 아무 술이나 다 좋아한다는 말.

21949. 주거니 받거니 한다.
술잔을 주고받고 하면서 마신다는 말.

21950. 주걱 뺨 맞겠다.
아내에게 꾸지람을 당하겠다는 말.

21951. 주걱으로 뺨 맞기다.
이익이 되는 일은 모욕을 당해도 좋다는 뜻.

21952. 주고 자시고 할 것이 없다.
분량(分量)이 너무나 적어서 남을 주고 말고 할 것이 없다는 뜻.

21953. 쭈그러진 쪽박이 꼴보다 많이 담긴다.
늙은이가 비교적 밥을 많이 먹는다는 뜻.

21954. 쭈그렁 밤송이가 삼 년 간다.
보기에는 약해 보이는 사람이 오래 산다는 뜻.

21955. 쭈그리고 앉은 손님이 사흘 만에 간다.
(1) 곧 한다면서 일을 오래 끈다는 뜻. (2) 얼마 못 갈 것 같으면서도 오래 견딘다는 뜻.

21956. 주금(酒禁)에 누룩 장사한다.
물정도 모르고 소용도 없는 짓을 한다는 뜻.

21957. 주기는 하되 빼앗지는 말라.(予而勿奪)
〈六韜〉
남을 주기는 해도 남의 것을 빼앗지는 말아야 한다는 뜻.

21958. 주기도 하고 빼앗기도 한다.(一與一奪)

〈春秋左傳〉
어느 때는 주기도 하고 어느 때는 빼앗기도 한다는 뜻.

21959. 주는 것 안 먹는 놈 없다.
남이 주는 것은 누구나 좋아한다는 뜻.

21960. 주는 날이 받는 날이다.
말로만 준다는 것은 믿을 수가 없고, 돈을 주는 그 날이라야 받는 날이라고 믿을 수 있다는 뜻.

21961. 주는 놈이 없어서 못 받지 받지를 못해서 못 받나.
남의 공것만 바라고 사는 사람이라는 뜻.

21962. 주는 정이 있어야 오는 정도 있다.
내가 먼저 남에게 잘해 줘야 남도 나에게 잘해 준다는 말.

21963. 주둥이가 벼락이다.
입을 함부로 놀려서 피해를 많이 끼친다는 뜻.

21964. 주둥이가 서 발은 빠졌다.
골이 잔뜩 나서 입이 쑥 나왔다는 말.

21965. 주둥이가 화근(禍根)이다.
입을 잘못 놀리면 화를 당하게 된다는 뜻.

21966. 주둥이는 천 리를 갔는데 다리는 그대로 남아 있다.(嘴行千里 屁股在家里)
사람 걸음보다도 소문이 훨씬 빠르게 퍼진다는 뜻.

21967. 주둥이로 망한다.
말을 함부로 하다가는 몸을 망치게 된다는 뜻.

21968. 주둥이로 무덤을 판다.
입을 함부로 놀리다가는 제 명에 못 죽는다는 뜻.

21969. 주둥이만 살았다.
실행은 하지 않으면서 말로만 번드르르하게 지껄인다는 뜻.

21970. 주둥이에 누른빛도 가시지 않은 어린 아이다.(黃口小兒)
아직 철이 나지 않은 어린 아이라는 말.

21971. 주러 와도 미운 놈 있고 받으러 와도 고운 놈 있다.
(1) 정은 물질로 살 수 없다는 말. (2) 미운 사람은 무슨 짓을 해도 밉고 고운 사람은 무슨 짓을 해도 곱다는 뜻.

21972. 주름살을 펴지 못한다.
항상 상을 찌푸리고 죽어 가는 상을 하고 있다는 뜻.

21973. 주름을 잡는다.
혼자서 온갖 일을 제 마음대로 처리한다는 뜻.

21974. 주리를 튼다.
(1) 주리를 틀듯이 사지가 아프다는 뜻. (2) 물건을 성한 채로 두지 않는다는 뜻. ※ 주리 : 죄인의 양 다리를 묶고 그 사이에 두 개의 주릿대를 꽂고 비트는 형벌.

21975. 주리 참듯 한다.
견딜 수가 없는 것을 억지로 겨우 참는다는 말.

21976. 주린 까마귀 빈 통수 엿보듯 한다.
굶주린 사람이 먹을 것을 기웃거리며 찾는다는 뜻.

21977. 주린 개 뒷간 넘어다보듯 한다.
배 고픈 사람이 먹을 것을 기웃기웃 엿본다는 말.

21978. 주린 개 장바닥 싸대듯 한다.
굶주린 사람이 먹을 것 때문에 헤매 다닌다는 뜻.

21979. 주린 고양이 쥐 만난 격이다.
몹시 배 고픈 끝에 먹을 것이 생겼다는 말.

21980. 주린 놈이 체한다.
(1) 배 고픈 때 급히 먹다가는 체한다는 뜻. (2) 없는 사람이 탈이 잦다는 뜻.

21981. 주린 범은 가재도 먹는다.
배가 고프면 아무것이나 먹는다는 말.

21982. 주린 범은 하루살이도 먹는다.
굶주린 사람은 음식을 가리지 않고 먹는다는 뜻.

21983. 주린 병에는 밥이 약이다.
굶주린 사람에게는 음식을 주는 것이 제일이라는 말.

21984. 주릿대를 맞봐야 사람 되겠다.
매를 맞아 봐야 사람이 되겠다는 말.

21985. 주막 강아지 짖듯 한다.
남의 말에 툭 튀어들어 지껄인다는 말.

21986. 주막 강아지 튀어나오듯 한다.
아무 상관도 없는 남의 일에 공연히 끼어들어 참견한다는 말.

21987. 주머니가 가벼워지면 마음은 무거워진다.
돈이 떨어지면 걱정이 된다는 말.

21988. 주머니가 묵직하면 마음은 가볍다.
돈이 많으면 항상 일하는 데 걱정되는 일이 없다는 뜻.

21989. 주머니 것 꺼내듯 한다.(探囊取物)
대단히 임의(任意)로와 마음대로 할 수 있다는 말.

21990. 주머니 끈 쥔 놈 마음이다.
돈 받을 사람 마음대로 되는 것이 아니라 돈 줄 사람 마음대로 된다는 뜻.

21991. 주머니는 열어 두면 헤프다.
돈은 단단히 간수하지 않으면 낭비하게 된다는 말.

21992. 주머니 돈이 쌈지 돈이고 쌈지 돈이 주머니 돈이다.
한 집안 식구의 재산은 누구의 명의로 되었거나 마찬가지라는 뜻.

21993. 주머니 돈이 쌈지 돈이다.
이러나 저러나 결과적으로는 마찬가지라는 말.

21994. 주머니 둘을 찼다.
두 가지 마음을 가지고 있다는 뜻.

21995. 주머니를 거꾸로 든다. (倒囊)
자기의 재산을 다 내놓았다는 말.

21996. 주머니 사정을 봐야 한다.
주머니에 돈이 있나 없나를 본 다음에 결정하겠다는 뜻.

21997. 주머니 속에 든 송곳이다. (囊中之錐)
〈史記〉
(1) 실력 있는 사람은 어디서나 실력을 발휘할 수 있다는 뜻. (2) 숨긴 것도 저절로 탄로(綻露)나게 된다는 뜻.

21998. 주머니 속에 주머니 들었다. (囊中囊)
주머니 속에 주머니를 감추듯이 무엇을 깊숙이 감추었다는 뜻.

21999. 주머니에서 송곳 끝이 삐져나오듯 한다.
(囊中乃穎脫而出)
〈史記〉
아무리 감추려고 해도 저절로 드러나게 된다는 말.

22000. 주머니에 한 푼도 없다. (囊乏一錢)
돈이라고는 한 푼도 가진 것이 없다는 말.

22001. 주머니와 상의를 해봐야 한다.
주머니에 든 돈이 얼마나 되는가 본 다음에 결정한다는 뜻.

22002. 주머니와 입은 동여매야 한다.
주머니도 동여매고 안 쓰는 것이 좋듯이, 입도 막고 말을 않는 것이 좋다는 뜻.

22003. 주머니 콩 내먹듯 한다.
제 마음대로 쉽게 할 수 있다는 말.

22004. 주먹과 손바닥만 비비고 있다. (摩拳摩掌)
준비 태세를 갖추고 기회만 엿보고 있다는 뜻.

22005. 주먹 구구 식이다.
무슨 일을 치밀하게 하지 못한다는 말.

22006. 주먹 구구에 박 터진다.
무슨 일을 어림 짐작으로 하다가는 낭패를 당하게 된다는 뜻.

22007. 주먹 맞은 감투다.
아주 찌그러져 볼품이 없게 되었다는 뜻.

22008. 주먹 맞은 두부다.
(1) 박살(撲殺)이 났다는 말. (2) 우쭐거리다 남에게 혼이 났다는 말.

22009. 주먹 맞은 묵사발이다.
주먹 맞은 묵사발마냥 박살이 났다는 뜻.

22010. 주먹으로 물 치기다.
무슨 일을 해도 아무 흔적이 없다는 말.

22011. 주먹으로 이 죽이듯 한다.
무슨 일을 꾀로 않고 힘으로 미련스럽게 한다는 뜻.

22012. 주먹은 가깝고 법은 멀다. (拳近法遠)
(1) 일을 그르치기 전에 막을 수가 없었다는 뜻.
(2) 법보다 당장은 폭력이 우세하다는 말.

22013. 주먹 큰 놈이 어른이다.
힘이 센 사람이 왕 노릇을 하게 된다는 뜻.

22014. 주모(酒母) 보면 염소 똥 보고 설사한다.
술이라고는 조금도 마시지 못한다는 말.

22015. 주사 없는 곳에서는 붉은 흙도 값 나간다.
(此地無朱砂 紅土子爲貴)
진짜가 없으면 가짜가 행세하게 된다는 말.

22016. 주색(酒色)에는 선생이 없다.
주색은 선생에게 배우지 않아도 잘하게 된다는 뜻.

22017. 주색에 빠져 저 할 도리를 못한다. (荒淫無道)
음탕한 짓만 하고 사람이 지켜야 할 도리는 못한다는 뜻.

22018. 주색에 빠진 사람은 서로 더하려고 한다.
(荒淫相越)
〈司馬相如〉
주색에 한번 빠지면 헤어나기가 매우 어렵다는 뜻.

22019. 주색은 사람을 함정에 빠지게 하는 것이다. (酒色陷人坑穽)
〈永嘉家訓〉
주색은 사람을 함정에 빠뜨려 타락시키게 한다는 뜻.

22020. 주색은 패가 망신할 장본이다.
　　술 먹고 계집질하는 것은 가산을 없애고 몸을 망치게
　　된다는 뜻.

22021. 주어서 싫다는 사람 없다.
　　선물을 주면 누구나 기뻐한다는 뜻.

22022. 주었다 뺏았다 한다. (一與一奪)
　　한번은 주었다가 한번은 빼앗다가 한다는 뜻.

22023. 주옥이 기와 조각 속에 있는 것 같다.
　　(如珠玉在瓦礫)　　　　　　　　　〈晉書〉
　　여러 사람 중에 뛰어난 영재(英才)가 섞여 있는 것
　　을 비유하는 말.

22024. 주운 물건은 사돈 집 개도 안 준다.
　　길에서 주운 물건은 주운 사람의 것이 된다는 말.

22025. 주운 물건은 주운 사람도 반 임자다.
　　떨어진 물건을 줍게 되면, 주운 사람도 반 임자가 된
　　다는 말.

22026. 주운 이삭이 더 많다.
　　부업(副業)으로 번 것이 더 많다는 뜻.

22027. 주워다 놓은 보릿자루 같다.
　　한구석에 가만히 앉아 있는 사람을 이름.

22028. 주워 모아 졸가리나무다.
　　애써 손질해도 완전하게 되지 않는다는 말.

22029. 주워 온 빗자루다.
　　한구석에 말없이 앉아 있는 사람을 가리키는 말.

22030. 주인과 나그네를 분별 못한다. (主客不辨)
　　일의 두서(頭緖)를 모른다는 말.

22031. 주인 기다리는 개 먼 산 쳐다보듯 한다.
　　멍하니 무엇을 쳐다보고만 있는 사람을 가리키는 말.

22032. 주인 기다리는 개 지리산(智異山)만 쳐다
　　보듯 한다.
　　넋이 빠진 사람마냥 무엇을 바라보고 있을 때 하는
　　말.

22033. 주인 마님이 배 아프다니까 머슴까지 뒷간
　　에 가 설사한다.
　　남의 일에 공연히 헛수고만 한다는 말.

22034. 주인 많은 나그네 밥 굶는다.
　　(1) 여러 사람이 하는 일에는 서로 미루다가는 일을 망
　　친다는 뜻. (2) 무슨 일에나 주관하는 사람이 있어야
　　한다는 뜻.

22035. 주인 많은 나그네 저녁 굶는다.

(1) 여러 사람이 하는 일은 서로 미루다가 낭패하게 된
다는 말. (2) 무슨 일이나 주관하는 사람이 있어야 한
다는 말.

22036. 주인 많은 나그네 조석(朝夕)이 간 데 없
　　다.
　　(1) 여러 사람이 관여하는 일에는 흔히 서로 미루다가
　　안 된다는 말. (2) 무슨 일이나 책임자가 있어야 한다
　　는 말.

22037. 주인 모르는 공사 없다. (主人不知 公事存
　　乎)　　　　　　　　　　　　　　〈東言解〉
　　주장하는 사람이 몰라서는 안 된다는 뜻.

22038. 주인 배 아픈 데 머슴이 설사한다.
　　남의 일에 애매하게 벌이나 손해를 당하게 되었다는
　　말.

22039. 주인보다 나그네가 많다.
　　적어야 할 것이 도리어 많다는 말.

22040. 주인 보태 주는 나그네 없다. (補主人客
　　無)　　　　　　　　　　　　　　〈東言解〉
　　나그네는 주인에게 손해를 끼친다는 말.

22041. 주인 없는 물건 없다. (物各有主)
　　무슨 물건이나 다 주인이 있다는 말.

22042. 주인 없는 송장 치우듯 한다.
　　주인 없는 물건 다루듯이 되는 대로 함부로 치워 버
　　린다는 뜻.

22043. 주인 없는 제사에 나그네가 몸 단다.
　　자기 일도 아닌 남의 일에 공연히 걱정한다는 뜻.

22044. 주인 없는 집은 저마다 제 집이라고 한다.
　　공것을 보면 다 욕심을 낸다는 말.

22045. 주인은 손에게 술을 권하고 손은 주인에
　　게 밥을 권한다. (主酒客飯)
　　주인은 나그네에게 술을 권하고, 나그네는 주인에게
　　밥을 권하는 것이 예의라는 말.

22046. 주인이 도둑이면 개도 짖지 않는다.
　　웃사람이 나쁘면 아랫 사람도 나쁘게 된다는 말.

22047. 주인이 한 번 부르면 하인은 「예! 예!」
　　두 번 대답한다. (一呼再諾)
　　아랫 사람은 웃사람에게 아첨하게 된다는 뜻.

22048. 주인 자리는 뺏지 않는다. (不奪主人度)
　　남의 집에 가서 주인 앉는 자리에 앉으면 실례라는 뜻.

22049. 주인 장 없자 손 국 싫다 한다. (主人無醬

客不嗜羹)　　　　　　　　　〈松南雜識〉
일이 서로 공교롭게 잘 되었다는 말.

22050. 주인집 빨래해줘 좋고 제 발꿈치 때 씻겨
져 좋다.
한 가지 일을 하면 혼자만 이로운 것이 아니라 다른
사람까지도 이롭게 된다는 뜻.

22051. 주인 집 장 떨어지자 나그네 국 마다한다.
(主乏醬 客厭羹)　　　　　　　〈東言解〉
일이 서로 공교롭게 잘 맞아떨어졌다는 말.

22052. 주정뱅이보고 술 먹었다고 하면 성낸다.
사람은 흔히 자기의 결함을 충고하면 화를 낸다는 뜻.

22053. 주제넘기는 봉사 앞 정강이만하다.
하는 짓이 매우 건방지고 아니꼽다는 말.

22054. 주제에 수캐라고 다리 들고 오줌 눈다.
아무리 못난 남편이라도 남편 구실은 하는 척한다는
뜻.

22055. 주책 망나니다.
확실한 주관도 없으면서 뜻대로 안 될때는 망나니 짓
을 한다는 뜻.

22056. 주책 바가지다.
몹시 주책이 없는 사람을 보고 하는 말.

22057. 주책없는 여편네가 죽은 딸네 집에 간다.
죽은 딸네 집에 가는 여자처럼 주책없는 짓만 한다는
뜻.

22058. 주책없는 영감이 사돈 집으로 구걸(求乞)
간다.
남에게 아쉬운 말을 하더라도 상대를 가려서 하라는
뜻.

22059. 주책을 떤다.
주책없는 짓을 한다는 말.

22060. 주춧돌이 축축하면 비가 온다.(礎潤而雨)
　　　　　　　　　　　　　　〈蘇洵〉

주춧돌에 습기가 있는 것을 보고 비가 올 것을 미리
알 수 있다는 말.

22061. 주태백(酒太白)이다.
술을 매우 좋아하던 이 태백(李太白)보다도 더 좋아하
여 주태백이가 되었다는 뜻.

22062. 주토 광대(朱土廣大)를 그렸다.
술을 많이 먹어 얼굴이 붉게 된 사람을 가리키는 말.

22063. 주홍(朱紅) 덩이처럼 뗀다.

자기가 한 말을 딱 잡아뗀다는 뜻.

22064. 죽게 되었다가 겨우 살아난다.(幾死僅生)
매우 위태로운 처지에서 겨우 벗어나게 되었다는 뜻.

22065. 죽게 된 것을 살려 준 은혜다.(再生之恩)
죽게 된 것을 구해 준 잊지 못할 은혜라는 뜻.

22066. 죽게 된 곳에서는 싸워야 한다. (死地則
戰)　　　　　　　　　　　　　〈孫子〉
꼭 죽게 된 곳에서는 싸워서 출로(出路)를 만들어야
한다는 뜻.

22067. 죽게 된 데서 살아난다. (死中求生)
죽을 지경에 빠졌다가 겨우 살게 되었다는 말.

22068. 죽고 나면 여섯 자다.
사람이 죽으면 여섯 자밖에 안 되는 송장만 남는다는
뜻.

22069. 죽고 못 산다.
서로 떨어지면 못 살 정도로 다정하게 친하다는 뜻.

22070. 죽고 사는 것은 운명에 있고 잘살고 못
사는 건 하늘에 달려 있다. (死生有命 富貴
在天)　　　　　　　　　　　　〈論語〉
사람이 죽고 사는 것은 타고 난 운명에 있고, 부귀
(富貴)와 빈천(貧賤)은 하늘에 달려 있으므로 사람들
은 이에 순응(順應)해야 한다는 뜻.

22071. 죽고 사는 것은 명이다. (死生者命也 : 死
生有命)　　　　　　　　　　　〈論語〉
죽고 사는 것은 마음대로 되는 것이 아니라 타고 난
명이라는 뜻.

22072. 죽고 사는 것을 돌보지 않는다. (忘死生)
죽고 사는 것도 생각하지 않고 일한다는 뜻.

22073. 죽고 사는 것이 결정되는 고비이다.
(死生關頭)
죽고 사는 것이 달린 위태로운 판이라는 뜻.

22074. 죽고 사는 결단을 내린다. (死生決斷)
죽고 살 것을 판가름하는 결단을 한다는 말.

22075. 죽고 살기는 시왕(十王)께 매였다.
죽고 사는 것은 제 마음대로 하는 것이 아니라, 염라
대왕(閻羅大王)에게 달렸다는 뜻.

22076. 죽고 살기를 같이할 사람이다. (刎頸之
交)
생사(生死)를 같이하기로 맹세한 친분이라는 뜻.

22077. 죽고 싶어도 죽을 날이 없다.

눈 코 뜰 사이도 없이 몹시 바쁘다는 말.

22078. 죽고 싶어도 죽을 땅이 없다. (欲死無地)
정처없이 떠다니는 따분한 신세라는 말.

22079. 죽고 싶으면 무슨 짓을 못하나?
못된 짓만 하는 사람을 보고 하는 말.

22080. 죽과 병은 되야 한다.
병은 심하게 앓더라도 속히 앓고 일어나야 한다는 뜻.

22081. 죽 끓듯 한다. (糜沸)
변덕이 매우 심한 사람을 두고 하는 말.

22082. 죽기가 살기보다 어렵고 살기가 죽기보다 어렵다.
죽고 싶어도 못 죽는 사람은 죽는 것이 사는 것보다 더 어려운 것이고 살기가 매우 어려운 사람은 사는 것이 죽기 보다 어렵다는 말로서 죽는 것과 사는 것은 마음대로 되지 않는다는 뜻.

22083. 죽기가 서러운 것이 아니라 아픈 것이 서럽다.
죽는 것보다도 아픈 것이 더 고생스럽다는 뜻.

22084. 죽기가 정승 하기보다도 어렵다.
말로는 죽는다고 하지만 죽는 것은 매우 어렵다는 말.

22085. 죽기는 섧지 않으나 늙는 것이 더 섧다.
죽는 것보다도 늙는 것이 더 섧다는 말.

22086. 죽기는 섧지 않으나 아픈 것이 더 섧다.
죽는 것보다도 앓는 것이 더 섧다는 말.

22087. 죽기는 잘못 죽었어도 장사날은 잘 받아야 한다. (死誤發靷擇乎) 〈東言解〉
(1) 장사날은 좋아야 한다는 뜻. (2) 잘못된 일이라도 뒤처리는 잘해야 한다는 뜻.

22088. 죽기를 작정하고 악착같이 저항한다. (抵死爲限)
죽을 각오를 하고 끝까지 악을 쓰고 저항한다는 뜻.

22089. 죽기를 재촉한다. (促壽)
맞아죽을 짓만 하고 있다는 뜻.

22090. 죽기보다도 늙기가 섧다.
죽는 것보다도 늙는 것이 더 섧다는 말.

22091. 죽기 아니면 까무러치기다.
죽지 않으면 살기를 각오하고 일을 한다는 뜻.

22092. 죽기 아니면 살기다.
죽느냐 사느냐 하는 판이라는 뜻.

22093. 죽는 것을 마치 집에 돌아가는 것같이 여긴다. (視死若歸) 〈韓非子〉
저승에 가는 것을 자기 집에 가듯이 죽음을 조금도 두려워하지 않는다는 뜻.

22094. 죽는 것을 보고도 태연하다. (視死如生: 視死如歸)
정의를 위하여 죽는 사람은 죽음을 두려워하지 않는다는 뜻.

22095. 죽는 년이 뭘 감추랴?
위급한 일을 당하는 사람이 예의를 차릴 수 없다는 말.

22096. 죽는 놈만 억울하다.
일을 성공하지 못하고 실패를 하게 되면 희생된 사람만 억울하게 된다는 뜻.

22097. 죽는 놈이 탈 없으랴?
무슨 일이나 다 까닭은 있다는 말.

22098. 죽는다는 사람이 더 오래 산다.
말 버릇처럼 죽어야 하겠다는 사람이 흔히 더 오래 산다는 뜻.

22099. 죽는다 죽는다 하는 사람치고 죽는 사람 못 봤다.
말 버릇마냥 죽는다는 사람은 죽지 못하고, 말 않고 있던 사람이 더 잘 죽는다는 뜻.

22100. 죽는 데는 노소(老少)가 없다.
죽는 데는 늙은 사람만 죽는 것이 아니라 젊은 사람도 죽는다는 뜻.

22101. 죽는 소리 않는 장삿군 없다.
장삿군은 항상 밑진다고 우는 소리를 해가면서 물건을 판다는 뜻.

22102. 죽는 약 곁에 살 약도 있다.
(1) 해로운 것이 있으면 이로운 것도 있다는 뜻.
(2) 나쁜 것이 있으면 좋은 것도 있다는 뜻.

22103. 죽는 한이 있더라도 떠나서는 안 된다. (効死勿去) 〈孟子〉
고생스럽더라도 떠나지 말고 더 있으라는 뜻.

22104. 죽더라도 변하지 않는다. (至死不變) 〈中庸〉
죽는 일이 있더라도 지조(志操)는 변하지 않는다는 말.

22105. 죽 떠먹은 자리다.
무슨 일을 했으나 아무런 흔적도 없다는 뜻.

22106. 죽든 살든 애비를 따라야 한다.

어떤 고난이 있더라도 집안은 지켜야 한다는 뜻.

22107. 죽도록 일하고 치사는 못 듣는다.
애써 일하고도 치사 들을 일은 못 했다는 말.

22108. 죽도 밥도 아니다.
무슨 일을 하다 말아서 아무 데도 못 쓰게 되었다는 뜻.

22109. 죽도 죽같지 않은 것이 뜨겁기만 하다.
(1) 물건도 물건같지 않은 것이 값만 비싸다는 말.
(2) 변변치 못한 주제에 거만하기만 하다는 말.

22110. 죽마 타고 놀던 벗이다. (竹馬故友：竹馬之友)
어려서 같이 자란 친한 친구라는 뜻. ※ 죽마 : 막대기를 가랑이에 넣고 끄는 말.

22111. 죽 먹은 설겆이는 딸 시키고 비빔밥 먹은 설겆이는 며느리 시킨다.
옛날 시집살이를 시키는 시어머니는 딸은 아끼고 며느리는 일만 시킨다는 뜻.

22112. 죽 먹은 시어머니 상이다.
기분이 몹시 나쁜 표정을 하고 있는 사람을 보고 하는 말.

22113. 죽사발은 웃음이요 밥사발은 눈물이다.
가난해도 걱정없이 사는 것이, 잘살고 걱정스러운 것보다 낫다는 말.

22114. 죽 솥에 재 뿌리기다.
다 된 일을 심술궂게 방해한다는 뜻.

22115. 죽 쑤는 데도 열 두 가지 솜씨가 있다.
아무리 하찮은 일이라도 기술이 필요하다는 뜻.

22116. 죽 쑤어 개 바라지 한다.
애써 한 일이 남에게만 이롭게 되었다는 뜻.

22117. 죽 쑤어 개 좋은 일만 한다.
애써 한 일이 남에게만 이롭게 되었다는 뜻.

22118. 죽 쑨 것은 적은데 중은 많다. (粥少僧多)
먹을 것은 적은데 먹을 사람이 많다는 말.

22119. 죽어 넋두리도 한단다.
살아서 못다 한 말은 죽어서 넋두리로도 하는데, 할 말은 다 해야 한다는 뜻.

22120. 죽어 대령(待令)한다.
상대방에게 죽은 척하고 조금도 대항 않는다는 말.

22121. 죽어도 고기 값은 해야 한다.

비록 죽을망정 거저 죽어서는 안 된다는 말.

22122. 죽어도 고이 죽으랬다.
사람은 아무리 어려운 처지에 있더라도 본심은 변하지 말아야 한다는 뜻.

22123. 죽어도 눈을 감겠다. (死而可瞑)
하고 싶은 일을 하고 죽기 때문에 원한이 없다는 뜻.

22124. 죽어도 눈을 감지 못하겠다. (死不瞑目)
죽은 뒤에까지 한(恨)이 된다는 말.

22125. 죽어도 뉘우치지 않는다. (死而無悔)
〈論語〉
죽게 되어도 뉘우칠 일은 하나도 없다는 말.

22126. 죽어도 두 마음을 가져서는 안 된다. (有死無二)
〈春秋左傳〉
죽는 일이 있더라도 마음은 변하지 않는다는 뜻.

22127. 죽어도 먹고 죽는 놈이 낫다.
고생하다 죽는 것보다 잘살다 죽는 것이 낫다는 뜻.

22128. 죽어도 못 잊겠다.
너무나 원통하여 죽은 뒤에도 잊을 수 없다는 말.

22129. 죽어도 석 잔이다.
술을 한 잔만 마시고 더 안 받으려고 할 때 술잔을 권하며 하는 말.

22130. 죽어도 솜씨는 두고 가야겠다.
무엇을 만드는 솜씨가 좋은 사람에게 하는 말.

22131. 죽어도 시집 울타리 밑에서 죽으랬다.
여자는 한번 시집 가면 시집 귀신이 돼야 한다는 뜻.

22132. 죽어도 어느 귀신에게 죽는지는 알아야 한다.
죽을망정 어느 누가 왜 죽이는가는 똑똑히 알고 죽어야 한다는 뜻.

22133. 죽어도 옳은 귀신 노릇을 하랬다.
죽어서 옳은 귀신이 되고 싶거든 마음을 고쳐 나쁜 짓을 하지 말라는 뜻.

22134. 죽어도 옳은 귀신은 못 된다.
나쁜 짓만 하다가 죽으면 귀신이 돼도 옳은 귀신이 못 되기 때문에 행동을 잘하라는 뜻.

22135. 죽어도 썩지 않는다. (死而不朽)
〈春秋左傳〉
사람이 죽은 후에라도 그의 업적은 없어지지 않고 영원히 남는다는 뜻.

22136. 죽어도 이름이 없어지지 않는 것은 오래

장수하는 것이다. (死而不亡者壽) 〈老子〉

비록 몸은 죽어도 이름이 후세에 남게 되면 이것은 곧 장수하는 것과 같다는 뜻.

22137. 죽어도 한이 없다. (死無餘恨)

생전에 하고 싶은 일을 다 하여 죽어도 아무 원한이 없겠다는 뜻.

22138. 죽어라 죽어라 한다.

모든 일이 악화(惡化)되기만 한다는 뜻.

22139. 죽어 백골이 되어도 잊지 않겠다.
(白骨難忘)

은혜가 너무도 감사하여 죽은 뒤에도 잊지 못한다는 뜻.

22140. 죽어 봐야 저승도 안다.

무슨 일이나 직접 당해 봐야 알게 된다는 뜻.

22141. 죽어 부자보다 살아 가난이 낫다.

죽어서 잘 되는 것보다는 가난해도 살아서 오래 사는 것이 낫다는 뜻.

22142. 죽어서 귀신 노릇도 못 하겠다.

살아서 악한 짓만 하였기 때문에 죽어서도 천대를 받게 된다는 뜻.

22143. 죽어서는 남에게 해를 남겨서는 안 된다.
(死不害於人) 〈禮記〉

살아서는 물론이거니와 죽은 뒤에도 남에게 해가 되는 일을 남겨 놓고 죽어서는 안 된다는 뜻.

22144. 죽어서도 눈을 감지 못한다. (死亦不可眜)
〈李泓傳〉

원한이 너무도 커서 죽어도 눈을 감지 못하고 죽겠다는 말.

22145. 죽어서도 무당 빌어 말하는데 살아서 말 못할까?

죽어서 넋두리도 하는데 살아서 하고 싶은 말이 있으면 다 해야 한다는 뜻.

22146. 죽어서도 원한을 많이 듣는다. (死而多怨)
〈春秋左傳〉

살아서 악한 일을 많이 하였기 때문에 죽은 뒤에도 사람들로부터 원한을 많이 듣게 된다는 뜻. ·

22147. 죽어서도 피할 수 없다. (死且不避)

어떤 일이 있어도 피할 수 없는 처지에 있다는 뜻.

22148. 죽어서라도 명령은 성취시켜야 한다.
(死而成命) 〈春秋左傳〉

받은 명령은, 살아서 못다하면 죽어서라도 꼭 완수

(完遂)하겠다는 뜻.

22149. 죽어서 뼈는 썩어도 이름은 남는다.
(瘞骨不埋名)

죽어서 시체는 썩어 없어져도 훌륭한 사람의 이름은 영원히 남는다는 말.

22150. 죽어서 상여(喪輿) 뒤에 따라와야 자식이다.

친자식이라도 임종을 못하고 장례를 치르지 못하면 자식 노릇을 못하는 것이라는 뜻.

22151. 죽어서 술 단지가 되겠다. (死爲酒壺)
〈世說〉

술을 몹시 좋아하는 사람을 두고 하는 말.

22152. 죽어서 술 석 잔이 살아서 술 한 잔만 못하다. (死後三盃 不如生前一盃)

죽은 뒤에 잘해 주는 것보다 살아 있을 때 조금이라도 생각해 주는 것이 낫다는 말.

22153. 죽어서 옳은 귀신이 되려면 욕을 먹지 말랬다.

살아서 행동을 잘해야 죽어서도 옳은 귀신이 된다는 말.

22154. 죽어서 흙 되기는 마찬가지다.

잘살고 지낸 사람이나 못살고 지낸 사람이나 죽은 뒤에는 마찬가지라는 뜻.

22155. 죽어야 없어질 고집이다.

고집이 매우 센 사람을 두고 하는 말.

22156. 죽어야 없어질 병이다.

도저히 고칠 수 없는 병이라는 뜻.

22157. 죽어야 이름은 난다.

사람은 살았을 때보다도 죽은 뒤에 더 유명하게 된다는 뜻.

22158. 죽어 영이별(永離別)은 문 앞마다 있다.

사람은 누구나 다 한번 죽게 된다는 말.

22159. 죽어 영이별은 참고 살아도 살아 생이별은 산천 초목이 불 붙는다.

남편이 병으로 죽어 과부가 된 것은 참고 살 수 있지만 생이별을 하고는 못 산다는 말.

22160. 죽어 천 년보다 살아 일 년이 낫다.

죽어서 오래 잘 되는 것보다도 살아서 잠깐이라도 잘 되는 것이 낫다는 뜻.

22161. 죽여도 금하지는 못한다. (殺之不禁)
〈星湖雜著〉

아무리 엄벌을 주어도 금할 도리가 없다는 뜻.

22162. 죽여도 아깝시 않다. (殺之無惜)
세상 사람들에게 피해만 되는 존재라는 뜻.

22163. 죽여도 오히려 죄가 남겠다. (殺有餘辜)
죽여도 남을 정도로 큰 죄를 범했다는 말.

22164. 죽여도 죄가 용서되지 않는다. (罪不容誅)
한번 범한 죄는 설령 죽인다해도 용서될 수 없다는 뜻.

22165. 죽으라는 놈은 죽지 않는다.
여러 사람들이 죽기를 바라는 얄미운 사람일수록 죽지도 않고 더 오래 산다는 뜻.

22166. 죽으라면 죽는 시늉까지 한다.
죽으라면 죽는 시늉까지 할 정도로 복종(服從)을 잘한다는 뜻.

22167. 죽으면 다시 못 산다. (死不再生) 〈鹽鐵論〉
사람은 한번 죽으면 두번 다시 되살아날 수는 없다는 말.

22168. 죽으면 욕도 없어진다.
나쁜 짓을 하여 욕을 얻어먹던 사람도 죽으면 사람들이 그의 욕을 하지 않게 된다는 뜻.

22169. 죽은 강가(姜哥)가 산 김가(金哥)를 이긴다.
강씨 성 가진 사람이 독하다는 뜻.

22170. 죽은 게 발 놀리듯 한다.
무슨 일을 하는 동작(動作)이 매우 굼뜨다는 말.

22171. 죽은 게 발도 떼고 먹으랬다.
(1) 무슨 일이나 안전하게 해야 한다는 뜻. (2) 지나치게 조심성이 많다는 뜻.

22172. 죽은 고기 안문(按間)하기다.
죽은 고기를 심문하듯이 아무리 심한 소리를 해도 말 대답이 없다는 뜻.

22173. 죽은 고양이가 산 고양이 보고 「아옹」한다.
사리(事理)에 맞지 않는 말을 하여 답답하다는 뜻.

22174. 죽은 고양이가 「아옹」하겠다.
이치에 맞지도 않는 말을 하여 답답하다는 뜻.

22175. 죽은 고양이가 「아옹」하니까 산 고양이는 할 말이 없다.
(1) 무식한 사람이 아는 척하니까 유식한 사람은 어이가 없어 말을 못한다는 뜻. (2) 이치에 당치도 않는 말을 하여 답답하다는 뜻.

22176. 죽은 나무에 꽃이 핀다. (枯木生花 : 枯木發榮)
(1) 봄이 왔다는 뜻. (2) 고생하던 집안에 영화로운 일이 생겼다는 뜻.

22177. 죽은 나무에 잎이 핀다.
(1) 봄이 왔다는 뜻. (2) 보잘것없는 집안에 영화로운 일이 생겼다는 뜻.

22178. 죽은 놈만 불쌍하다.
일하다가 죽은 사람은 자기만 희생되었기 때문에 불쌍하다는 뜻.

22179. 죽은 놈만 서럽다.
보람없는 죽음을 당하게 되면 죽은 사람만 애통하게 된다는 뜻.

22180. 죽은 놈만 원통하다.
무슨 일을 하다가 희생된 사람이 원통하게 되었다는 말.

22181. 죽은 놈 뭣 같다.
평소에도 볼품이 없던 것이 더욱 볼품 없이 되었다는 뜻.

22182. 죽은 놈의 발바닥 같다.
방바닥이 차디차다는 말.

22183. 죽은 놈의 콧김만도 못하다.
불 기운이 도무지 없다는 말.

22184. 죽은 닭에도 호세(戸稅) 붙인다.
(1) 가혹한 세제(稅制)를 야유하는 말. (2) 몹시 각박(刻薄)스럽게 처리한다는 말.

22185. 죽은 뒤라도 해야 한다. (死而後已)
한번 시작한 일은 살아서 못다하면 죽어서라도 꼭 실행을 해야 한다는 뜻.

22186. 죽은 뒤에도 미워한다. (死又惡之)
〈春秋左傳〉
살아서 너무 미웠기 때문에 죽은 뒤까지도 미운 마음이 풀리지 않는다는 뜻.

22187. 죽은 뒤에 많은 제물상(祭物床)보다도 살아서 한 잔 술이 낫다. (死後大卓 不如生前一杯酒)
죽은 뒤에 잘해 주는 것보다는 살아 있을 때 조금 생각해 주는 것이 낫다는 뜻.

22188. 죽은 뒤에 문장 된다.
살아 있을 때 잘 되지못하고, 죽은 뒤에 잘 되는 것은 아무 소용이 없다는 뜻.

22189. 죽은 뒤 약방문이다. (死後藥方文)
이미 때가 지난 일을 하는 것은 아무 소용이 없다는 뜻.

22190. 죽은 뒤에야 죽은 줄 안다. (至死而後知死)
〈荀子〉
언제 어떻게 죽은 줄도 모르고 있다가 나중에야 알게 되었다는 뜻.

22191. 죽은 뒤에 청심환이다. (死後淸心丸)
이미 시기가 지난 일은 애써 해도 아무 소용이 없다는 뜻.

22192. 죽은 뒤에 초혼제(招魂祭) 지내기다.
한번 일을 저지른 뒤에는 무슨 짓을 해도 아무 소용이 없다는 뜻.

22193. 죽은 버들에서 꽃이 핀다. (枯楊生花)
〈易經〉
죽은 나무에서 꽃이 피듯이 한번 죽었던 사람이 다시 살아난다는 뜻.

22194. 죽은 범의 고기는 여우가 먹는다.
아무리 세도(勢道)가 있던 사람도 죽으면 남들이 무서워하지 않는다는 뜻.

22195. 죽은 부모 슬퍼하다 아들 죽는다.
일머리를 모르고 일을 하면 낭패를 보게 된다는 뜻.

22196. 죽은 사람 병과 같은 병을 앓게 되면 살지 못한다. (與死人同病不可生) 〈韓非子〉
죽은 사람 병과 똑같은 병을 앓으면 죽듯이 똑같은 환경에 처하게 되면 똑같은 행동을 하게 된다는 뜻.

22197. 죽은 사람 소원도 풀어 주는데 산 사람 소원 못 풀어 줄까?
남의 소원은 되도록 풀어 줘야 한다는 뜻.

22198. 죽은 사람 원도 풀어 준다.
남의 소원은 들어 줄 수 있는 것은 풀어 줘야 한다는 뜻.

22199. 죽은 사람은 날이 갈수록 멀어지고 산 사람은 날이 갈수록 친해진다. (去者日疎 生者日親)
〈文選〉
죽은 사람과의 정은 세월이 갈수록 멀어지게 되고, 산 사람과는 만날 적마다 더 친해지게 된다는 뜻.

22200. 죽은 사람은 날이 갈수록 멀어진다.
(去者日疎) 〈文選〉
죽은 사람에 대한 정은 세월이 지나면 점점 멀어지게 된다는 말.

22201. 죽은 사람은 다시 살아나지 못한다.
(死者不可以復生) 〈孫子〉
한번 죽은 사람은 두번 다시 살아날 수가 없다는 뜻.

22202. 죽은 사람 입은 없다.
살아서 말이 많던 사람도 죽으면 말이 없다는 뜻.

22203. 죽은 석숭(石崇)보다 산 돼지가 낫다.
아무리 고생스러워도 죽는 것보다 사는 것이 낫다는 말. ※석숭: 중국 진(晋)나라 때 큰 부호.

22204. 죽은 송장도 꿈틀거린다.
모내기 철에는 송장도 일손을 거들려고 할 정도로 인력이 모자란다는 말.

22205. 죽은 쇠가죽 팔아 송아지 산다. (去皮立本)
밑천은 줄지 않도록 항상 남겨 두어야 한다는 뜻.

22206. 죽은 쑤어 식힐 동안이 급하다.
무슨 일이 다 된 뒤에 그것이 제 차지가 될 때까지 기다리기가 조급하다는 뜻.

22207. 죽은 시어머니도 동지 섣달 맨발로 물 길을 때는 생각난다.
시집살이시키던 시어머니도 아쉬울 때는 생각나듯이 미운 사람도 아쉬울 때가 있다는 말.

22208. 죽은 시어머니도 방아 찧으려면 생각난다.
미운 사람도 아쉬울 때는 생각난다는 뜻.

22209. 죽은 아들치고 못난 아들 없다.
잃어 버린 것에 대한 애착심(愛着心)이 현재 가진 것보다 크다는 뜻.

22210. 죽은 원수 없다.
원수도 죽어지면 풀어진다는 뜻.

22211. 죽은 이별보다 생이별이 더 서럽다.
죽어서 이별하는 것보다 생이별할 때가 더 서럽다는 말.

22212. 죽은 자식 귀가 더 잘생겼다.
사람은 흔히 현재 가진 것보다 잃어 버린 것에 대한 애착심이 더 크다는 뜻.

22213. 죽은 자식 나이 세기다. (旣殀之子 胡算其齒), (亡子計齒) 〈耳談續纂〉,〈東言解〉
지나간 일은 생각하여도 아무 소용이 없다는 말.

22214. 죽은 자식 눈 열어 보기다.
이왕 잘못된 일은 아무리 생각해도 소용이 없다는 말.

22215. 죽은 자식 업고 거닐듯 한다.
　　정신없이 왔다갔다 한다는 말.

22216. 죽은 자식에 못난 자식 없다.
　　살아 있는 자식보다 죽은 자식이 더 잘생긴 것 같은
　　생각이 든다는 뜻.

22217. 죽은 자식이 더 똑똑했다.
　　잃어 버린 것에 대한 애착심이 더 크다는 말.

22218. 죽은 자식 자지 만져 보기다.
　　이왕 그릇된 일은 무슨 짓을 해도 아무 소용이 없다
　　는 뜻.

22219. 죽은 재에서도 불이 되살아난다. (死灰復
　　燃) 　　　　　　　　　　　　　〈史記〉
　　(1) 몰락된 사람도 재기(再起)할 수 있다는 뜻.
　　(2) 불조심을 하라는 뜻.

22220. 죽은 정승(政丞)보다 산 개가 낫다.
　　아무리 고생스럽게 살지라도 죽는 것보다는 낫다는 뜻.

22221. 죽은 정승이 산 개만도 못하다. (活狗子勝
　　於死政丞) 　　　　　　　　　　〈旬五志〉
　　아무리 고생스럽게 살더라도 죽는 것보다는 낫다는 말.

22222. 죽은 정승이 산 정승 집 개만 못하다.
　　(1) 아무리 못살아도 죽는 것보다는 낫다는 말.
　　(2) 죽으면 권력도 아무 소용이 없게 된다는 말.

22223. 죽은 정은 멀어진다.
　　아무리 다정한 사이라도 한 사람이 죽게 되면 죽은 사
　　람과의 정은 멀어지게 된다는 뜻.

22224. 죽은 제 갈량이 산 사마 중달(司馬仲達)
　　을 쫓는다. (死諸葛走生仲達) 　　　〈通鑑〉
　　한번 혼난 사람은 늘 무서워하게 된다는 뜻.

22225. 죽은 죽어도 못 먹고 밥은 바빠서 못 먹는
　　다.
　　이래서 못 먹고 저래서 못 먹는다는 뜻.

22226. 죽은 중놈 발바닥 같다.
　　(1) 몸이 매우 차다는 뜻. (2) 방바닥이 매우 차갑다는
　　뜻.

22227. 죽은 중 매질하기다. (遇死僧 習杖)
　　　　　　　　　　　　　　　　〈慵齋叢書〉
　　(1) 만만한 사람을 때린다는 뜻. (2) 애매한 사람에게
　　매질을 한다는 뜻.

22228. 죽은 중 볼기 치기다.
　　만만한 사람에게 공연히 심한 짓을 한다는 뜻.

22229. 죽은 최가(崔哥) 하나가 산 김가(金哥) 셋
　　을 당한다.
　　최씨 성을 가진 사람은 독하다는 뜻.

22230. 죽을 곳에 빠졌다. (陷之死地)
　　살아나지 못하고 꼭 죽게 되었다는 말.

22231. 죽을 나무 밑에 살 나무 난다.
　　고생을 참고 견디면 즐거움이 올 때가 있다는 뜻.

22232. 죽을 놈이 한배 탄다.
　　같은 운명을 가진 사람끼리 한 일을 하게 된다는 뜻.

22233. 죽을 때까지 위태롭지 않다. (沒身不殆)
　　　　　　　　　　　　　　　　　　〈老子〉
　　한평생을 위태롭지 않고 평안하게 잘 살았다는 말.

22234. 죽을 때까지 잊지 않는다. (終身不忘)
　　살아 있는 동안에는 잊을 수가 없다는 말.

22235. 죽을 때까지 자신의 의견을 고집한다.
　　(至死爲限)
　　자기의 주견(主見)을 죽을 때까지 고집하고 버틴다는
　　뜻.

22236. 죽을 때 「빽 빽」 하면서 죽는다.
　　죽는 것도 빽이 없어서 비명에 죽는다는 뜻.

22237. 죽을 때 손목은 내놓고 죽어야겠다.
　　솜씨가 매우 좋은 사람보고 하는 말.

22238. 죽을 때 손은 묻지 말아야겠다.
　　솜씨가 매우 좋은 사람에게 하는 말.

22239. 죽을 때 쓸 약이 따로 있다.
　　아무리 고생스러워도 이것을 이겨 낼 수 있는 방법이
　　있다는 뜻.

22240. 죽을 때 죽어도 먹던 것은 먹어야 한다.
　　나중에는 어떻게 되든 간에 우선 배가 고픈 사람은 먹
　　어야 하겠다는 말.

22241. 죽을 때 죽어야 한다.
　　사람은 적당하게 살다가 죽는 것이 행복한 것이지 고
　　생하면서 오래 사는 것은 행복한 것이 못 된다는 뜻.

22242. 죽을 때 편히 죽는 것도 오복(五福)의 하
　　나이다.
　　사람이 죽을 때 고통스럽지 않게 죽는 것도 하나의 복
　　이라는 뜻.

22243. 죽을라면 고기 값이나 하랬다.
　　사람이 제 명에 못 죽을 바에야 공(空)으로 죽을 수는
　　없다는 뜻.

22244. 죽을라면 무슨 짓을 못하나 ?

체면을 돌보지 않는다면 제 마음대로 아무렇게나 행동할 수 있지만, 체면을 지키기 위해서는 행동을 얌전하게 해야 된다는 뜻.

22245. 죽을망정 굴복하지는 않는다. (至死不屈) 〈詩經〉

비굴하게 굴복하는 것보다는 죽는 것이 낫다는 말.

22246. 죽을망정 부끄러운 짓은 하지 말아야 한다. (可殺而不可辱也) 〈禮記〉

죽는 일이 있더라도 부끄러운 행동은 해서는 안 된다는 뜻.

22247. 죽을망정 올바르게 죽는 것을 영광으로 여겨야 한다. (有死之榮) 〈諸葛亮心書〉

죽기는 하지만 자신이 정의를 위하여 죽는다는 것을 영광으로 간직하라는 뜻.

22248. 죽을 먹고 살아도 속이 편해야 산다.

아무리 구차하게 살아도 마음만 편하면 살 수 있다는 뜻.

22249. 죽을 병에도 나꿀 약이 있다.

어떤 고난 속에서도 헤어날 길은 있다는 말.

22250. 죽을 병에는 살 약이 있다.

어떤 역경(逆境) 속에서도 헤어날 길이 있으니 낙심하지 말라는 뜻.

22251. 죽을 사람이 다시 살아난다. (死人復生)

죽게 된 사람이 다시 살아나게 되었다는 뜻.

22252. 죽을 수가 닥쳐도 살 수가 생긴다.

어떤 어려운 처지에서도 빠져나올 길은 있다는 말.

22253. 죽을 수도 없고 살 수도 없다.

이럴 수도 없고 저럴 수도 없이 답답하기만 하다는 뜻.

22254. 죽을 수도 있고 살 수도 있다.

잘 되고 못 되는 것은 본인의 수단에 달렸다는 뜻.

22255. 죽을 죄를 벗어난다. (爲死罪解脫) 〈史記〉

죽게 된 죄를 관대히 면죄(免罪)받게 되었다는 뜻.

22256. 죽을 줄 알면서도 피하지 않는 것은 용감한 것이다. (知死不辟 勇也) 〈春秋左傳〉

죽을 줄을 번연히 알면서도 피하지 않고, 죽음을 당하는 것은 용감한 행동이라는 말.

22257. 죽을 지경에 빠져야 살 길을 찾게 된다. (陷之死地而後生) 〈史記〉

사람은 누구나 곤경에 빠지면 이를 빠져날 도리를 강구하게 된다는 뜻.

22258. 죽을 지경이다. (幾死之境)

살아 있다고는 하지만 거의 죽게 된 지경에 있다는 뜻.

22259. 죽을 힘을 다하여 싸운다. (苦戰惡鬪 : 惡戰苦鬪)

온갖 어려움을 참아 가면서 죽을 힘을 다하여 악착같이 싸운다는 뜻.

22260. 죽음과 삶은 역시 큰 일이다. (死生亦大矣) 〈莊子〉

죽음과 삶은 인간에게 한 번밖에 없는 큰 일이라는 뜻.

22261. 죽음 속에서 살 길을 구한다. (死中求活), (死中求生) 〈後漢書〉, 〈晉書〉

어려운 환경에서 이를 뚫고 나오려고 애쓴다는 말.

22262. 죽음 앞에서는 영웅 호걸(英雄豪傑)도 없다.

살아서 영웅 호걸도 있지, 죽으면 아무 소용이 없다는 뜻.

22263. 죽음에는 급살(急殺)이 제일이다.

죽을 때논 고통스럽게 앓고 죽는 것보다는 급사하는 것이 낫다는 말.

22264. 죽음에는 노소(老少)가 없다.

죽는 데는 늙은이도 죽고 젊은이도 죽고 한다는 뜻.

22265. 죽음에는 높낮이도 없다.

죽음 앞에서는 잘난 사람이나 못난 사람이나 별 수가 없다는 뜻.

22266. 죽음에는 빈부 귀천(貧富貴賤)이 없다.

염라 대왕(閻羅大王) 앞에는 돈 많은 부자도 별 수 없고 권세(權勢)가 있는 사람도 별수 없이 죽음을 당한다는 뜻.

22267. 죽음에는 편작(扁鵲)도 할 수 없다.

죽을 사람은 아무리 명의(名醫)라도 고칠 수 없다는 말. ※편작 : 중국, 춘추 전국 시대(春秋戰國時代)의 명의.

22268. 죽음은 무겁기가 태산 같기도 하고 혹은 가볍기가 기러기 털 같기도 하다. (死或重於泰山 或輕於鴻毛) 〈司馬遷〉

죽음이라는 것은 어려울 때는 매우 어렵기도 하지만 쉬울 때는 매우 쉽기도 하다는 뜻.

22269. 죽음을 무릅쓰면서 살고 있다. (蒙死而存之) 〈漢書〉

언제 죽음을 당할지도 모르는 불안속에서 살고 있다는 뜻.

22270. 죽음을 싫어하지 않는다. (死而不厭) 〈中庸〉
자기 죽음을 무서워하지 않고 있다는 뜻.

22271. 죽음이 의롭지 않으면 그것은 용감한 것이
아니다. (死而不義 非勇也)   〈春秋左傳〉
정의를 위하여 죽는 죽음이 아니면 용감한 죽음이 못
된다는 말.

22272. 죽음이 전쟁에 꼭 매여 있는 것은 아니다.
(死不在寇)   〈春秋左傳〉
전쟁에 출전(出戰)한다고 꼭 죽는 것은 아니라는 뜻.

22273. 죽이 끓는지 밥이 끓는지 다 안다.
가만히 있어도 무엇이 어떻게 되는지 다 알고 있다는
뜻. ↔ 죽이 끓는지 밥이 끓는지도 모른다.

22274. 죽이 끓는지 밥이 끓는지도 모른다.
한 집에서 있으면서도 집안 일을 전연 모른다는 뜻.
↔ 죽이 끓는지 밥이 끓는지 다 안다.

22275. 죽이 되든 밥이 되든 한다.
일이 어떻게 되어 가든 관여하지 않는다는 뜻.

22276. 죽이 밥이 될까?
한번 그릇된 것은 바로 잡지 못한다는 뜻.

22277. 죽이지도 않고 살리지도 않는다.
죽이지도 않고 살리지도 않으면서 고생만 시킨다는
뜻.

22278. 죽인지 코인지 모른다.
서로 비슷하여 구별하기가 어렵다는 뜻.

22279. 죽일 놈도 먹이고 죽이랬다.
줄 것은 다 주고 할 일은 하라는 뜻.

22280. 죽일 놈을 죽이지 않으면 큰 도적이 생긴
다. (可殺而不殺 大賊乃發)   〈六韜〉
큰 죄를 범한 사람을 극형(極刑)에 처하지 않으면 더
큰 범죄자(犯罪者)가 생기게 된다는 뜻.

22281. 죽일 놈이다.
하는 행동이 못됐기 때문에 죽여야 할 놈이라는 뜻.

22282. 죽자니 청춘이요 살자니 고생이다.
죽지도 못하고 살지도 못하겠다는 말.

22283. 죽자 해도 죽을 날이 없다.
몹시 분망(奔忙)한 생활을 한다는 말.

22284. 죽 젓개질을 한다.
일하는 도중에 자꾸 방해를 놓는다는 뜻.

22285. 죽지 못해 산다. (命頑)

살고 싶지는 않으나 어쩔 수 없이 산다는 뜻.

22286. 죽지 않는 자식이라면 하나만 나야 한다.
자식은 여럿 두고 고생하는 것보다 튼튼한 자식 하나
두는 것이 낫다는 뜻.

22287. 죽 푸다 흘려도 솥 안에 떨어진다.
일이 제대로 안 되어 손해본 것 같지만 따지고 보면
손해는 없다는 뜻.

22288. 준마는 언제나 어리석은 사람을 태우고 달
리며 어진 아내는 항상 못난 남편과 짝이 된
다. (駿馬每駄癡漢走 巧妻常伴拙夫) 〈五雜組〉
잘 달리는 좋은 말은 어리석은 사람만 태우고 다니게
되고, 어진 아내는 항상 못난 남편과 살게 되듯이, 세
상 만사는 다 중용(中庸)을 이루고 행해지게 마련이
라는 뜻.

22289. 준비가 있으면 걱정이 없다. (有備無患)
〈書經〉
무슨 일이나 예견성(豫見性) 있게 미리 준비를 하고
있으면 걱정이 없다는 말.

22290. 준치는 맛은 좋으나 가시가 많다. (鰣魚多
骨)
좋은 물건에도 흠이 있다는 뜻.

22291. 줄기보다 잎이 더 강대하다. (枝葉強大)
〈三略〉
불안정(不安定)한 상태에 있다는 뜻.

22292. 줄기에 바람 들면 뿌리에도 바람 든다.
자식이 난봉 나면 집안도 망한다는 뜻.

22293. 줄 때는 언제고 뺏을 때는 언제냐?
무엇을 주었다가 다시 뺏을 때 하는 말.

22294. 줄 떨어진 두레박이다.
쓸모없이 되었다는 말.

22295. 줄 떨어진 박 첨지다.
인형극(人形劇)의 주인공인 박 첨지에 달린 끈이 떨어
져 공연(公演)을 못 하게 되듯이 쓸모없는 존재로 되
었다는 말.

22296. 줄 듯 줄 듯 하기만 한다.
주면 주고 안 주면 안 준다고 분명히 하지 않고, 줄
듯 하기만 하고 주지는 않는다는 뜻.

22297. 줄 맞은 병정이다.
조금도 어기지 않고 하라는 대로 한다는 뜻.

22298. 줄 밥에 매다.

사소한 재물을 탐내다가 걸린다는 말. ※줄 밥: 낚시 줄에 꿴 꿈 고기.

22299. 줄세 짐작이다.
주면 줄수록 더 달라고 한다는 뜻.

22300. 줄수록 「양양」 먹을수록 「냠냠」 한다.
주면 줄수록 더 요구하게 된다는 뜻.

22301. 줄수록 「양양」 한다. (食猶量量) 〈東言解〉
주면 줄수록 더 요구하게 된다는 말.

22302. 줄 없는 거문고다.
쓸모없이 되었다는 뜻.

22303. 줄을 그은 듯 하다.
줄을 그은 듯이 뚜렷하게 구분할 수 있다는 뜻.

22304. 줄이고 또 줄인다. (減又減之)
아껴 가면서 줄일 대로 줄이고 또 줄였다는 뜻.

22305. 줄 초상이 난다.
한 집에서 계속적으로 초상이 난다는 말.

22306. 줄 타는 거미다. (隨絲蜘蛛) 〈旬五志〉
거미는 줄을 떨어져 못 살듯이 서로 떨어져서는 안 된다는 뜻.

22307. 줄행랑을 친다.
(1) 쫓기어 도망을 친다는 뜻. (2) 기미를 알고 그 자리를 피해 달아난다는 뜻.

22308. 줌 밖에 난다.
남의 손아귀서 벗어났다는 말.

22309. 줌 안에 든다.
남의 손아귀에 들어갔다는 말.

22310. 중간에서 그만둔다. (中途而廢 : 半途而廢)
무슨 일을 하다가 끝까지 참고 견디지 못하고 중간에서 그만 둔다는 말.

22311. 중국 갔다와서 장군 못 된 건 병신이요 미국 갔다와서 박사가 못 된 건 병신이요 군정청 드나들고 감투 못 쓴 건 병신이다.
8·15 해방 후 중국에서 온 사람 중에는 장군 된 사람이 많았고, 미국 유학한 사람 중에는 박사된 사람이 많았고, 미 군정청에 친분이 있는 사람은 관리 된 사람이 많은 데서 나온 말.

22312. 중년 상처(喪妻)는 대들보가 휜다.
어린 아이를 여럿 두고 상처하면 집안이 망한다는 말.

22313. 중놈 장에 가서 성내기다.

눈앞에서는 꼼짝도 못하면서 안 보는 데서는 뒷 말을 한다는 뜻.

22314. 중놈 죽으니 무덤이 있나 살으니 상투가 있나 ?
누구나 다 가질 수 있는 것조차 중은 없다면서 중을 무시하는 말.

22315. 중놈 죽이고 살인 낸다.
변변치 못한 짓을 하고서 화만 톡톡히 받는다는 뜻.

22316. 중다버지는 당기 치레나 하지.
부족한 것을 다른 것으로 보충한다는 뜻.
※ 중다버지 : 어린 아이의 더펄 머리.

22317. 중도 개도 아니다.
이것도 아니고 저것도 아니라는 말.

22318. 중 도망간 것은 절에 가서나 찾지 ?
(僧逃亡猶可尋於山寺) 〈東言解〉
간 곳을 전혀 몰라 찾지 못할 때 하는 말.

22319. 중도 속한도 아니다. (非僧非俗)
이것도 아니고 저것도 아니라는 뜻.

22320. 중매(仲媒)는 붙이고 싸움은 말리랬다.
좋은 일은 도와 주고 나쁜 일은 없애도록 하라는 뜻.

22321. 중매는 잘하면 버선이 세 컬레고 못하면 참바가 셋이다.
중매를 잘못하면 큰 봉변을 당하게 된다는 뜻.

22322. 중매는 잘하면 술이 석 잔이고 못하면 뺨이 세 대다.
중매를 잘못하면 큰 봉변을 당한다는 말.

22323. 중매를 하려면 삿귀를 뜯는다.
중매는 양가의 눈치를 잘 살펴보고 잘 생각해서 말을 해야 한다는 뜻. ※삿귀 : 삿자리 귀.

22324. 중매 보고 기저귀 장만한다.
일을 너무 조급하게 서둔다는 뜻.

22325. 중매 셋만 잘하면 극락 간다.
중매를 잘하는 것은 남에게 좋은 일을 하는 것이라는 뜻.

22326. 중 먹을 국수는 고기를 속에 넣고 담는다.
남의 사정은 잘 봐주는 것이 좋다는 뜻.

22327. 중 모인 데 가서 상투 찾듯 한다.
있는 데 가서 찾지 않고 없는 데 가서 찾는다는 말.

22328. 중 무우 상직(上直)하듯 한다.

행여나 하고 바라고 있으나 아무 소득이 없다는 말.

22329. 중 반 속한이 반이다.(半僧半俗)
이것도 아니고 저것도 아니라는 뜻.

22330. 중 법고(法鼓) 치듯 한다.
중 법고 치듯 신나게 두드린다는 뜻.

22331. 중병(重病)에는 극약(劇藥)을 써야 한다.
병이 중하면 약도 독하게 써야 한다는 말.

22332. 중병에서 살아났다.(起死回生)
죽을 병으로 오래 고생하다가 겨우 살아났다는 뜻.

22333. 중병에 약 없다.
죽을 중병에는 아무리 좋은 약을 써도 소용이 없다는 뜻.

22334. 중병에 장사 없다.
아무리 용감한 사람도 중한 병에 걸리면 꼼짝도 못한다는 뜻.

22335. 중병 치른 놈 정강이 같다.
몸매가 중병 앓고 난 사람 정강이마냥 보기에 흉할 정도로 마른 사람을 비유하는 말.

22336. 중 보고 칼 뺀다.
대단치 않은 일에 함부로 크게 분노(忿怒)하는 사람을 비유하는 말.

22337. 중복(中伏) 전에 심은 모는 먹는다.
7월 하순 이전에 심는 모는 메밀 심는 것보다는 낫다는 말. ※중복 : 삼복(三伏)의 하나. 하지(夏至) 뒤의 둘째 경일(庚日)로서 대개 7월 하순.

22338. 중상복(中上服) 다 차리고 나온다.
빨리 나오라고 했음에도 불구하고 늦게 나왔을 때 빈정대는 말.

22339. 중 술 취한 것 같다.
해서는 안 될 일을 하여 해롭게만 한다는 뜻.

22340. 중에게 벗은 자식이 있나 터벅머리 계집이 있나 ?
자식도 없고 계집도 없는 외로운 신세라는 뜻.

22341. 중에게 안방 맡긴 셈이다.
믿지 못할 사람에게 일을 맡겼다는 말.

22342. 중 염불(念佛) 외듯 한다.
무엇을 거침없이 술술 잘 외운다는 뜻.

22343. 중은 급하면 부처 뒤에 숨는다.
의지할 데가 있으면 급한 때도 든든하다는 뜻.

22344. 중은 알 중이 좋고 송낙(松蘿)은 오송낙(烏松蘿)이 좋다.
남승(男僧)은 어린 중이 좋고, 여승(女僧)은 나이 먹은 중이 좋다는 뜻. ※송낙 : 소나무 겨우살이로 만든 중의 모자.

22345. 중은 장(長)이라도 죽으니 무덤이 있나 살으니 자식이 있나 ?
중은 살아서나 죽어서나 아무 것도 가진 것이 없다는 뜻.

22346. 중은 중이라도 절 모르는 중이다.
(1) 자신의 본분(本分)도 모른다는 말. (2) 꼭 알아야 할 것을 모르고 있다는 말.

22347. 중을 보고 칼 뽑는다.
대단치 않은 일에 함부로 성을 낸다는 뜻.

22348. 중의 공사(公事)는 사흘 못 간다.
참고 견디지 못하고 자주 변한다는 뜻.

22349. 중의 관자(貫子) 구멍이다.
아무 소용이 없는 물건이라는 뜻.

22350. 중의 빗이다.(僧梳) 〈旬五志〉
아무 소용이 없는 물건이라는 말.

22351. 중의 상투다.
(1) 도저히 있을 수 없는 일이라는 뜻. (2) 희한한 일이라는 뜻.

22352. 중의 양식(糧食)이 절의 양식이고 절의 양식이 중의 양식이다.
한 집안에서는 네 것 내 것이 따로 없다는 뜻.

22353. 중의 양식이 절의 양식이다.
한 집 식구의 것은 그 집 공유물(公有物)이라는 뜻.

22354. 중의(中衣) 적삼만 걸어다닌다.
사람은 어디가고 옷만 걸어다닌다는 말로서 정신이 없는 사람이라는 뜻.

22355. 중이 갓 값 밀릴까 ?
필요없는 지출이 없다고 그 돈이 모여질 것 같지만 실제로는 안 모여진다는 뜻.

22356. 중이 고기 값 낸다.
당치도 않은 추렴을 내게 되었을 때 하는 말.

22357. 중이 고기 값 안 밀린다.
돈을 안 쓰면 그만큼 밀릴 것 같지만 실제로는 그렇지 않다는 말.

22358. 중이 고기 맛을 보면 법당(法堂)에 파리

가 안 남는다.

한번 좋은 일을 당하면 그것에 반한다는 뜻.

22359. 중이 고기 맛을 보면 절의 빈대를 안 남긴다.

한번 좋은 꼴을 보면 그것에 반해 덤빈다는 뜻.

22360. 중이 고기 맛을 알면 법당에 오른다. (僧知肉味 升法堂) 〈東言解〉

한번 좋은 일을 알게 되면 그것에 미쳐 날뛴다는 뜻.

22361. 중이 고기 맛을 알면 절의 빈대를 안 남긴다.

무슨 일에 한번 반하면 그것에 미쳐 날뛴다는 뜻.

22362. 중이 고기 맛을 알면 촌에 내려와 외양간 널판자를 핥는다.

한번 무슨 일에 반하여 정신을 못 차리고 그것에 덤빈다는 뜻.

22363. 중이 고기 추렴하기다.

억울한 추렴을 하게 된다는 뜻.

22364. 중이 동곳 값 밀릴까?

남 쓰는 돈을 안 쓴다고 그 돈이 모여지지 않는다는 말.

22365. 중이라고 다 극락 갈까?

무슨 일을 한다고 다 성공하는 것은 아니라는 뜻.

22366. 중이 마수를 하면 재수가 있다.

중이 아침에 일찍 마수를 하면 그 날 재수가 있어서 물건이 많이 팔린다는 말.

22367. 중 이마 씻은 물만도 못하다.

고기국이라도 고기도 없고 국물마저 멀겋다는 뜻.

22368. 중이 망건(網巾) 값 밀릴까?

필요없는 지출을 않는다고 그 돈이 밀리지는 않는다는 말.

22369. 중이 망건 사러 가는 돈이라도 얻어 갚겠다.

어떤 돈이라도 얻어서 꼭 갚겠다는 말.

22370. 중이 미우면 가사(袈裟)도 밉다.

그 사람이 미우면 그에게 딸린 것까지 미워진다는 뜻.

22371. 중이 비록 밉기로 가사마저 미우랴? (僧雖憎袈裟何憎) 〈旬五志〉

한 사람이 밉다고 하여 다른 사람까지 미워해서는 안 된다는 뜻.

22372. 중이 얼게 값 낸다.

억울한 돈을 쓴다는 말.

22373. 중이 얼게 값 안 밀린다.

남 쓰는 돈 안 쓴다고 그 돈이 밀리지는 않는다는 뜻.

22374. 중이 얼음을 건너갈 때는 나무아미타불 하다가도 얼음에 빠지면 하나님 한다.

사람이 죽게 되었을 때는 의지(意志)도 변하게 된다는 뜻.

22375. 중이 염불(念佛)에는 마음이 없고 잿밥에만 눈독을 들인다.

하는 일에는 신경을 쓰지 않고 돈 벌이에만 신경을 쓴다는 뜻.

22376. 중이 염불에는 정신이 없고 잿밥에만 마음이 있다.

할 일은 않고 딴 생각만 한다는 말.

22377. 중이 자식이 있나 계집이 있나?

자식도 없고 계집도 없는 고독한 신세라는 뜻.

22378. 중이 잘 달아난다니까 고깔 벗어 들고 달아난다.

잘한다고 추어 주면 죽을 줄 모르고 한다는 뜻.

22379. 중이 절 보기 싫으면 떠나야 한다.

어느 곳에 가서 그 곳이 싫어지면 싫어진 사람이 떠나야 한다는 뜻.

22380. 중이 제 머리 못 깎는다.

자기 일은 자기가 못 한다는 말.

22381. 중이 파라경 외듯 한다. (僧之婆羅經) 〈東言解〉

뜻도 모르면서 술술 잘 외운다는 뜻.

22382. 중이 회(膾) 값 문다.

억울한 돈을 쓴다는 말.

22383. 중 재 올리는 데 무당 춤춘다. (僧齋胡舞)

도무지 격에 맞지 않는 짓을 한다는 뜻.

22384. 중 죽이고 살인(殺人) 낸다.

조그만 죄를 짓고 큰 벌을 받게 되었다는 뜻.

22385. 중책을 맡으면 권세를 부리게 된다. (處重擅權) 〈荀子〉

중요한 직책을 맡게 되면 그 직책을 악용하여 권력과 세력을 함부로 부리게 된다는 뜻.

22386. 중하고 사람하고 간다.

옛날 중은 멸시(蔑視)하여 인간으로 취급하지않는 데서 나온 말로서 동행할 처지가 못된다는 뜻.

22387. 쥐도 미운 놈 있고 가져가도 예쁜 놈 있다.
물건을 거저 주는 사람이라도 미운 사람이 있고, 자기 물건을 가져가도 예쁜 사람이 있듯이 남에게 호감(好感)을 사고 못 사는 것은 본인의 행동하기에 달렸다는 말.

22388. 쥐서 싫다는 사람 없다.
누구나 주는 것은 좋아한다는 뜻.

22389. 쥐가 냇물을 다 먹어도 배가 차지 않는다.
(鼴鼠飮河 不過満腹)   〈莊子〉
물욕(物慾)이 매우 많은 사람을 가리키는 말.

22390. 쥐가 도둑질하듯 한다.
모르게 살살 도둑질을 한다는 뜻.

22391. 쥐가 볼 가심할 것도 없다.
쥐가 먹을 음식조차 없을 정도로 매우 구차하다는 뜻.

22392. 쥐가 소금 나르듯 한다.
조금씩 부지런히 물어 나른다는 뜻.

22393. 쥐가 없다고 쥐 못 잡는 고양이를 길러서는 안 된다. (不可以無鼠而養不捕之猫)
일은 없을지라도 대비(對備)할 것은 해야 한다는 뜻.

22394. 쥐가 입맛 다실 것도 없다.
몹시 가난하여 먹을 것조차 없다는 뜻.

22395. 쥐가 쥐꼬리 물듯 한다.
여러 사람이 잇달아 나오는 것을 가리키는 말.

22396. 쥐 간이다. (鼠肝)   〈謝枋得〉
아주 작은 것을 가리키는 말.

22397. 쥐 같은 계집 아이를 낳아도 범같이 사나와질까 두려워한다. (生女如鼠 猶恐其虎)
                                    〈班照〉
여자는 온순해야지 사나와서는 안 된다는 뜻.

22398. 쥐 고기를 먹었나?
몹시 정신이 없어 잘 잊어 버린다는 뜻.

22399. 쥐꼬리는 송곳집으로나 쓸까.
어디다가 쓸래야 쓸모가 없어서 못 쓴다는 뜻.

22400. 쥐꼬리를 쥐면 밥맛 떨어진다.
더러운 쥐꼬리를 쥐지 말라는 말.

22401. 쥐꼬리만하다.
매우 작은 것을 가리키는 말.

22402. 쥐꼬리 중에서도 생쥐꼬리다.
작은 것 중에서도 가장 작다는 뜻.

22403. 쥐구멍도 못 찾는다.
너무 두려워서 어쩔 줄을 모른다는 뜻.

22404. 쥐구멍에도 눈이 든다.
어느 누구도 불행을 피할 수는 없다는 뜻.

22405. 쥐구멍에도 문이 둘이다.
하찮은 짐승도 도망가는 구멍이 있듯이 사람도 비상 대책이 있어야 한다는 뜻.

22406. 쥐구멍에도 볕들 날이 있다.
고생하던 사람에게도 행복이 오는 날이 있다는 뜻.

22407. 쥐구멍에 홍살문 세우겠다.
되지도 않을 짓을 한다는 뜻. ※ 홍살문 : 능, 궁전, 관아 들의 앞에 세운 지붕 없는 홍색 문.

22408. 쥐구멍으로 소를 몰라고 한다.
도저히 되지도 않을 짓을 시킨다는 뜻.

22409. 쥐구멍으로 통영갓을 굴려 낼 놈이다.
교묘한 수단으로 남을 잘 속이는 사람이라는 뜻.

22410. 쥐구멍이라도 있으면 숨고 싶다.
너무나 무서워서 쥐구멍이라도 있으면 들어가 숨고 싶다는 뜻.

22411. 쥐는 개가 잡고 먹기는 고양이가 먹는다.
애써 일한 사람은 따로 있는데 그에 대한 보수는 엉뚱한 사람이 받는다는 뜻.

22412. 쥐대가리 내밀듯 한다. (首鼠兩端)
                                    〈史記〉
이렇게 할까, 저렇게 할까 행동을 망설인다는 뜻.

22413. 쥐도 다급하면 고양이를 물려고 덤빈다.
(窮鼠齧猫)
궁지(窮地)에 몰리면 발악하게 된다는 말.

22414. 쥐도 도망갈 구멍이 있어야 산다.
무슨 일이나 만일을 생각하고 일을 해야 안전하다는 뜻.

22415. 쥐도 독이 나면 고양이에게 덤빈다.
궁지에 몰리면 최후의 발악을 쓰게 된다는 말.

22416. 쥐도 들 구멍 날 구멍이 있다.
무슨 일이나 나중 일을 예견(豫見)해서 해야 한다는 뜻.

22417. 쥐도 먹을 것이 있어야 간다.
이해 관계가 있어야 서로 접촉하게 된다는 뜻.

22418. 쥐도 못 잡고 독만 깬다.
목적했던 일도 못하고 큰 손해만 당했다는 뜻.

22419. 쥐도 새도 모른다.
아무도 모르도록 감쪽같이 숨겼다는 뜻.

22420. 쥐도 쫓기다 못하면 고양이를 문다.
발악(發惡)을 쓰는 사람에게는 무서움이 없다는 뜻.

22421. 쥐똥 같다.
쥐똥같이 잘고 지저분한 것을 가리키는 말.

22422. 쥐 뜯어먹은 것 같다.
무엇이 바르지 못하고 들쭉날쭉하고 보기 싫게 된 것을 이름.

22423. 쥐띠가 잘산다.
쥐띠를 가진 사람으로 시(時)가 밤인 사람은 재복이 있다는 말.

22424. 쥐띠는 밤중에 나야 잘산다.
쥐띠 사주(四柱)는 시(時)가 밤이라야 길하다는 뜻.

22425. 쥐를 때려 잡고 싶어도 독 깰까 봐 못 때린다. (投鼠忌器)　　　　〈史記〉
미운 놈을 제거(除去)하고 싶어도 도리어 큰 손해를 볼까 봐 못 한다는 뜻.

22426. 쥐를 때리려고 해도 접시가 아깝다.
미운 놈을 없애고 싶어도 큰 손해를 당할까 봐 못한다는 말.

22427. 쥐 먹을 건 없어도 도둑맞을 것은 있다.
아무리 가난한 집이라도 도둑맞을 것은 있다는 뜻.

22428. 쥐면 꺼질까 불면 날까 한다.
어린 자식을 몹시 귀여워한다는 뜻.

22429. 쥐 면내듯 한다.
무엇을 남 모르게 조금씩 준다는 뜻.

22430. 쥐면 펼 줄을 모른다.
돈을 모으기만 하지 쓸 줄을 모른다는 뜻.

22431. 쥐 못 잡는 고양이다.
자기 의무(義務)를 수행하지 못하는 사람이라는 뜻.

22432. 쥐 밑도 모르고 은서피(銀鼠皮) 값을 친다.
아무것도 모르는 주제에 남의 일에 참견한다는 뜻.

22433. 쥐 밑살 같다.
보잘 것도 없고 몹시 작다는 뜻.

22434. 쥐 본 고양이다.
보기만 하면 그냥 안 둔다는 뜻.

22435. 쥐뿔 같다.
아무것도 보잘 것이 없다는 뜻.

22436. 쥐뿔나게 논다.
한다는 짓이 되지 못한 짓만 한다는 뜻.

22437. 쥐뿔도 모른다.
쥐가 뿔이 있는지 없는지도 모르듯이 아무것도 모른다는 뜻.

22438. 쥐불알 같다.
작고도 보잘것없는 것을 가리키는 말.

22439. 쥐불알도 모른다.
남이 다 아는 것도 모르는 바보라는 말.

22440. 쥐새끼가 쇠새끼를 보고 작다고 한다.
남을 과소 평가(過小評價)한다는 말.

22441. 쥐새끼같이 염치없는 놈이다.
체면도 없고 염치도 없는 사람을 두고 하는 말.

22442. 쥐새끼마냥 눈치만 남았다.
쥐새끼가 쥐구멍 속에서 대가리만 내놓고 사람 눈치만 보듯이 남의 눈치만 살살 본다는 뜻.

22443. 쥐새끼 한 마리도 없다.
집 안에 인기척이 없이 조용하다는 말.

22444. 쥐 소금 먹듯 한다.
음식을 조금씩 조금씩 먹는다는 뜻.

22445. 쥐엄나무에 도깨비 꼬이듯 한다.
몹시 인색한 사람을 두고 하는 말.

22446. 쥐 없는 집 없다.
(1) 어느 집이나 있을 것은 다 있다는 뜻. (2) 어느 집이나 쥐 먹을 것은 다 있다는 뜻.

22447. 쥐었다 폈다 한다.
(1) 무슨 일이든지 자기 마음대로 한다는 뜻. (2) 사람들을 제 마음대로 부린다는 뜻.

22448. 쥐 잡는 고양이는 발톱을 감춘다. (捕鼠之猫匿爪)
적(敵)에게는 아군의 장비를 보이지 않는다는 뜻.

22449. 쥐 잡는 데는 천리마도 고양이만 못하다.
사람이 가지고 있는 재주는 사람마다 다 각각이라는 뜻.

22450. 쥐 잡으려다가 독만 깬다.
미운 놈 때리다가 큰 손해만 보았다는 말.

22451. 쥐 잡으려다가 동네 문 부순다. (治鼠而壞里閭)

ᄆ운 놈을 때리다가 도리어 큰 손해만 당했다는 말.

22452. 쥐 잡을 고양이는 발톱을 감춘다.
(捕鼠之猫匿爪)　　　　　　　　〈説苑〉
(1) 재주 있는 사람은 그 재주를 감춘다는 뜻. (2) 적을 공격할 때는 적이 모르도록 공격해야 한다는 뜻.

22453. 쥐 정신이다.
몹시 정신이 없는 사람을 가리키는 말.

22454. 쥐 죽은 듯하다.
(1) 아무 소리도 없이 조용하다는 뜻. (2) 무서워서 숨도 크게 쉬지 못한다는 뜻.

22455. 쥐 줄 것은 없어도 도둑 줄 것은 있다.
아무리 가난한 집이라도 도둑맞을 것은 있다는 뜻.

22456. 쥐 초 먹은 상이다.
얼굴을 보기 흉하게 찌푸리고 있다는 뜻.

22457. 쥐코 조림이다.
소견이 없는 사람을 비웃는 말.

22458. 쥐 포수(捕手)다.
사소한 이득만 탐내는 사람을 가리키는 말.

22459. 쥐 포육(脯肉) 장수다.
몹시 인색한 짓만 하는 사람이라는 뜻.

22460. 쥐 한 마리가 태산을 소란하게 한다.
(泰山鳴動鼠一匹)
사소한 일로 큰 소란을 일으켰다는 뜻.

22461. 쥘 줄만 알지 펼 줄은 모른다.
돈을 모을 줄만 알지 쓸 줄은 모른다는 말.

22462. 즐거우면 발도 가볍다.
즐거운 일을 하면 힘드는 줄을 모른다는 뜻.

22463. 즐거운 마음으로 성의껏 순종한다.
(心悦誠服)
즐거운 기분으로 성의를 다하여 일한다는 뜻.

22464. 즐거운 일 년은 짧고 고생스러운 하루는 길다.
즐거울 때의 시간은 가는 줄 모르게 빨리 가고, 고생스러울 때의 시간은 매우 지루하다는 말.

22465. 즐거운 일은 남에게 사양하라. (饒樂之事則能讓)　　　　　　　　　　　〈荀子〉
즐거운 일은 혼자 하려고 말고 남에게 양보할 줄 알아야 한다는 뜻.

22466. 즐거움만 알고 재앙은 알지 못한다.
(知樂而不知殃)　　　　　　　　〈六韜〉
즐거움이 지나가면 재앙이 온다는 것을 모르고 있다는 뜻.

22467. 즐거움은 고생한 데서 나온다. (樂生於憂)
〈明心寶鑑〉
즐거움은 고생이 승화(昇華)되어 이루어진다는 뜻.

22468. 즐거움을 극도로 누려서는 안 된다.
(樂不可極)　　　　　　　　　　〈禮記〉
지나치게 즐거움을 누리게 되면 재앙을 받게 된다는 뜻.

22469. 즐거움이 다 되면 슬픔이 온다. (興盡悲來)
즐거운 일이 다되면 저절로 슬픈 일이 오듯이 흥망(興亡)과 성쇠(盛衰)는 돌고 돈다는 뜻.

22470. 즐거워서 걱정도 잊는다. (樂以忘憂)
〈論語〉
즐거운 일이 생겨서 근심과 걱정을 잊게 되었다는 뜻.

22471. 즐겁게는 하되 괴롭게는 하지 말라.
(樂而勿苦)　　　　　　　　　　〈六韜〉
남을 즐겁게는 해주어도 괴롭히는 짓을 해서는 안 된다는 뜻.

22472. 즐겁기를 잘 하는 사람은 언제나 장수하지만 걱정과 위험을 느끼는 사람은 언제나 요절하게 된다. (樂易者常壽長 憂險者常夭折)
〈荀子〉
항상 즐겁게 사는 사람은 장수를 하게 되고 항상 불안과 위험을 느끼는 사람은 명대로 못다 살고 죽는다는 말.

22473. 즐겨 배우기를 게을리하지 않는다.
(耽習不倦)
즐거운 마음으로 열심히 배운다는 뜻.

22474. 지각(知覺) 나자 망령(妄靈) 난다.
일이 잘 되기 시작하자마자 그릇된다는 뜻.

22475. 지각하고는 담 쌓다.
소견 머리가 도무지 없다는 뜻.

22476. 찌개 쏟고 손가락 빨아먹는다.
큰 것은 손해보고 작은 것은 아낀다는 뜻.

22477. 지껄이면 다 말인 줄 아나?
말을 함부로 하지 말고 조심하라는 뜻.

22478. 지게를 지고 제사(祭祀)를 지내도 제멋이다.

무슨 짓을 하든지 저 좋아서 하는 것이니 남들은 간섭하지 말라는 뜻.

22479. 지게미와 겨도 배불리 먹지 못하는 사람은 기장밥과 고기는 먹으려고 하지 않는다. (糟糠不飽者 不務粱肉) 〈韓非子〉
구차한 사람은 우선 배 채울 걱정만 하지 맛있는 음식을 먹을 것은 생각조차 않는다는 뜻.

22480. 지게미와 겨도 배불리 먹지 못한다. (糟糠不飽) 〈韓非子〉
너무도 가난하여 지게미나 겨도 먹을 것이 없어서 굶주리고 있다는 뜻.

22481. 지게 지고 남이야 제사를 지내든 말든 상관 말랬다.
무슨 짓을 하든지 남의 일에 간섭하지 말라는 뜻.

22482. 지극한 즐거움은 책 읽는 것만한 것이 없다. (至樂莫如讀書) 〈孔子〉
즐거움에 있어, 독서하는 것보다 더 즐거운 것은 없다는 뜻.

22483. 지극히 공평하고 사사로움이 없다. (至公無私)
공무에 사사로움이 전혀 없이 매우 공평하게 집행한다는 뜻.

22484. 지극히 공평하고 치우침이 없다. (至公至平)
매우 공평하고도 지극히 평등하게 일을 처리한다는 뜻.

22485. 지극히 귀한 사람은 벼슬을 바라지 않는다. (至貴不待爵) 〈淮南子〉
지극히 귀한 사람은 구태여 벼슬을 하지 않아도 그 신분이 귀하다는 뜻.

22486. 지극히 부유한 사람은 재물을 바라지 않는다. (至富不待財) 〈淮南子〉
돈이 많은 거부(巨富)는 남의 돈이 없어도 부유하다는 뜻.

22487. 지극히 성하면 망하게 된다. (極盛則敗)
한 번 성하게 되면 한 번 쇠퇴하게 된다는 말로서 흥망(興亡)과 성쇠(盛衰)는 돌고 돈다는 뜻.

22488. 지극히 어리석으면서도 귀신 같은 것이 민중이다. (至愚而神者 民也) 〈御製祖訓〉
겉보기에는 매우 어리석은 것 같으면서도 가장 현명(賢明)한 것이 민중이라는 뜻.

22489. 지극히 어리석은 사람에게도 신통한 데가 있다. (至愚而神)
어리석은 사람에게도 무엇인가 신통한 재주는 하나 있다는 뜻.

22490. 지극히 원망스럽고 고통스럽다. (至冤極痛)
매우 원망스럽고도 지극히 고통스럽다는 말.

22491. 지극히 인자하다. (至仁至慈)
지극히 인후(仁厚)하고 매우 자애(慈愛)롭다는 뜻.

22492. 지극히 착한 도리가 있어도 배우지 않으면 그 착한 것을 모른다. (雖有至道 弗學不知其善也) 〈禮記〉
아무리 착한 도리가 있어도 이것을 배우지 않으면 그 착한 내용을 알지 못하게 된다는 말.

22493. 지금까지 들어 본 적이 없다. (前代未聞)
옛적부터 지금에 이르기까지 들어 본 적이 없는 처음 듣는 말이라는 뜻.

22494. 지금 십 리가 옛 천 리 같다.
젊어서는 천 리 길도 무섭지 않았으나, 늙어서는 십 리 길도 매우 대견하다는 말.

22495. 지나가는 과객(過客) 편에 옷 붙이기다.
믿음성이 없는 사람에게 긴요한 일을 부탁한다는 뜻.

22496. 지나가는 달팽이도 밟으면 꿈틀한다.
가만히 있는 사람도 건드려야 덤벼든다는 뜻.

22497. 지나가는 불에 밥 익혀 먹기다. (過火熟食：過火炊飯) 〈東言解〉
우연한 기회를 잘 포착하여 유리하게 이용하였다는 말.

22498. 지나가다 옷깃만 스쳐도 전세(前世)에 인연이 있었다고 한다.
서로 접촉하는 사람들은 다 인연이 있는 사람이므로 친절히 대해야 한다는 뜻.

22499. 지나간 일은 뉘우쳐도 아무 소용이 없다. (追悔莫及)
한번 잘못한 것은 고칠 수가 없으니 미리 조심하여 잘못을 범하지 말도록 하라는 뜻.

22500. 지나간 일은 말하지 말라. (前事勿論)
한번 지나간 일은 새삼스럽게 끄집어 내지 말라는 뜻.

22501. 지나간 일은 밝기가 거울과 같고 앞일은 어둡기가 새까만 옻칠과 같다. (過去事如明鏡 未來事暗似漆) 〈孔子〉
지나간 일은 환하게 다 알 수 있지만 다가오는 앞일

은 조금도 알 수가 없다는 뜻.

22502. 지나간 일은 생각하지 말라. (事已過而勿思) 〈紫虛元君〉

지나간 일은 되살려 생각해도 아무 소용이 없으므로 아예 생각을 않는 것이 좋다는 뜻.

22503. 지나간 일은 잘못을 탓해도 다시 돌이킬 수 없다. (追咎往事 亦何所復及) 〈王羲之〉

한번 지나간 잘못은 아무리 탓해도 다시 바로 잡을 수 없다는 뜻.

22504. 지나간 일은 충고하지 않는다. (往者不可諫) 〈論語〉

지나간 일은 바로 잡을 수가 없기 때문에 충고하지 말라는 뜻.

22505. 지나간 일은 탓하지 말라. (既往不咎) 〈論語〉

한번 지나간 일은 잊어 버리고 탓하지 말라는 뜻.

22506. 지나간 일을 돌이켜보는 것은 현재를 알기 위한 것이다. (往者所以知今) 〈論語〉

지나간 일을 분석해 보는 것은 현재의 일을 잘하기 위한 것이라는 뜻.

22507. 지나간 일을 잊지 않고 있으면 뒷일의 스승이 된다. (前事不忘 後事之師也) 〈史記〉

지나간 일을 잘 기억하였다가 여기서 얻은 경험과 교훈으로 뒷일을 잘하도록 하라는 뜻.

22508. 지나간 잘못은 생각하지 않는다. (不念舊惡)

돌이킬 수 없는 지나간 잘못은 아예 생각하지도 말라는 뜻.

22509. 지나간 해의 책력이다. (隔年黃曆)

지나간 해의 책력은 금년에는 쓸모가 없듯이 쓸모없는 물건이라는 뜻.

22510. 지나 업으나 마찬가지다.

이렇게 하나 저렇게 하나 결과는 다 마찬가지라는 뜻.

22511. 지나치게 세밀하면 민중들이 견딜 수 없다. (其細已甚 民弗堪也) 〈春秋左傳〉

정치를 지나치게 세밀하게 하면 국민들은 견뎌 내지 못한다는 뜻.

22512. 지나치게 솜씨를 부리다가 도리어 서투르게 된다. (弄巧成拙) 〈傳燈錄〉

너무 잘하려고 솜씨를 부리다가는 도리어 잘못 만든다는 뜻.

22513. 지나치게 청렴한 사람에게는 복이 붙을 곳이 없다. (潔潔者 福無所寓) 〈虞裳傳〉

너무 청렴한 사람은 재물과는 인연이 멀다는 뜻.

22514. 지나치는 것은 모자라는 것과 같다. (過猶不及) 〈論語〉

넘고 처지는 것은 낫고 못한 것이 없다는 뜻.

22515. 지나치게 크게 평가한다. (過大評價)

평가를 옳게 하지 않고 너무 키워서 했다는 뜻.

22516. 지나친 것이나 모자라는 것이나 다 나쁘다. (過不足 皆不中)

너무 많은 것이나 모자라는 것이나 다 정확한 것이 못된다는 뜻.

22517. 지나친 공손은 예의가 아니다. (過恭非禮)

상대방에게 과분한 친절은 오히려 예의가 아니라는 말.

22518. 지난 일은 어쩔 수 없다.

한번 지나간 일은 돌이킬 수 없기 때문에 뉘우쳐도 아무 소용이 없다는 뜻.

22519. 지난 일을 들려 주면 다가오는 일도 알게 된다. (告諸往而知來者) 〈論語〉

지나간 일을 잘 분석하여 보면 앞일도 짐작할 수 있게 된다는 뜻.

22520. 지난 일 탓하기다.

지나간 일은 아무리 탓을 해도 소용이 없다는 뜻.

22521. 지남석에 날 바늘이다.

지남석에 바늘이 들어 붙듯이 한 곳에 여러 사람들이 몰려든다는 뜻. ※ 지남석(指南石) : 자석(磁石)

22522. 지남석으로 남쪽 찾기다. (指南)

힘을 들이지 않아도 술술 저절로 잘 된다는 뜻.

22523. 지네 발에 신 신긴다.

많은 자식의 뒤치다꺼리에 힘이 든다는 뜻.

22524. 지는 것이 이기는 것이고 이기는 것이 지는 것이다.

싸움에는 졌지만 이긴 사람보다 지지를 더 받기 때문에 결과적으로는 지고도 이긴 것이 된다는 말.

22525. 지는 것이 이기는 것이다.

지기는 했지만 이긴 사람보다 더 지지를 받는다는 말.

22526. 지당한 말은 귀에 거슬리고 마음에 받아들여지지 않는다. (至言忤於耳 而倒放心) 〈韓非子〉

도리에 맞는 말은 보통 사람 귀에는 거슬릴 뿐만 아

니라 받아들여지지도 않는다는 뜻.

22527. 지랄도 하면 는다.
무슨 일이나 하면 할수록 는다는 뜻.

22528. 지렁이가 무서워 피할까?
무서워서 피하는 경우도 있지만 험한 꼴을 안 보려고 피하는 경우도 있다는 뜻.

22529. 지렁이가 용을 건드린다.
무식하면 저 죽을지도 모르고 만용(蠻勇)을 부린다는 뜻.

22530. 지렁이 갈빗대다.
터무니없는 물건을 가리키는 말.

22531. 지렁이 나무 오르듯 한다.
지렁이가 나무에 오르듯이 무슨 일을 꾸물거리기만 한다는 뜻.

22532. 지렁이도 꿈틀하는 재주는 있다.
아무리 못난 사람이라도 한 가지 재주는 있다는 뜻.

22533. 지렁이도 밟으면 꿈틀한다. (相彼蚯蚓踐之則蠢) 〈耳談續纂〉
아무리 못난 사람이라도 무시하면 반응이 있다는 뜻.

22534. 지렁이로 고기를 낚는다. (以蚓投魚) 〈隋書〉
작은 밑천으로 큰 이득을 얻는다는 말.

22535. 지레짐작 매꾸러기다.
일을 잘 생각하지도 않고 짐작대로 하다가는 실패한다는 뜻.

22536. 지루한 봄날이다. (春日遲遲)
늦은 봄날은 너무 길어서 매우 지루하게 보낸다는 뜻.

22537. 지름 길은 총총 길이다.
지름 길은 가깝기도 하지만 빨리 가기도 한다는 뜻.

22538. 지름 길이 도리어 멀 때가 있다.
빨리 한다는 일이 도리어 늦게 될 때가 있다는 뜻.

22539. 지리산(智異山) 까마귀 골수박 파듯 한다.
무엇을 정신없이, 부지런히 먹는다는 뜻.

22540. 지리산 포수(砲手)다.
가는 것은 보되, 돌아오는 것은 못 본다는 뜻.

22541. 지린 것도 똥은 똥이다.
조금 잘못한 것도 잘못은 잘못이라는 뜻.

22542. 지면 스스로 비굴하게 된다. (負則自鄙)
싸워서 지게 되면 저절로 비굴하게 된다는 말.

22543. 지방에 따라 풍속도 다르다. (隔里不同風)
지방마다 풍속은 다 같지 않다는 뜻.

22544. 지배를 받는 사람은 남을 먹여 살리고 지배하는 사람은 남에 의하여 먹여진다. (治於人者食人 治人者食於人) 〈孟子〉
지배를 당하는 사람은 남을 먹여 살리는 일을 하게 되고, 지배를 하는 사람은 남들이 먹여 준다는 뜻.

22545. 지붕 밑에 지붕 얹는다. (屋下架屋) 〈世説新語〉
불필요한 일을 거듭한다는 뜻.

22546. 지붕에서 동이로 물을 쏟는 것 같다. (建瓴) 〈史記〉
(1) 비가 억수로 온다는 뜻. (2) 세력이 매우 강하다는 뜻.

22547. 지붕에 올려 놓고 사다리 뗀다. (登樓去梯), (上樓擔梯) 〈松南雜識〉, 〈世説〉
처음에는 잘해 주다가 나중에는 괴롭게 한다는 뜻.

22548. 지붕 위에 지붕 얹는다. (屋上架屋) 〈世説新語〉
아무 소용도 없는 짓을 한다는 뜻.

22549. 지붕 호박도 못 따는 주제에 하늘에 천도(天桃) 따겠단다.
쉬운 일도 못하면서 당치도 않은 어려운 일을 하겠다고 덤빈다는 뜻.

22550. 지성스러우면 귀신과 같다. (至誠如神) 〈中庸〉
정성이 지극하면 그 힘이 귀신과 같아서 무슨 일이라도 다 하게 된다는 말.

22551. 지성스러우면 귀신도 감동시킨다. (至誠感神) 〈書經〉
정성이 지극하면 귀신도 감동되어 도와 준다는 뜻.

22552. 지성스러우면 하늘도 감동시킨다. (至誠感天)
정성이 극진하면 하늘도 감동되어 소원을 들어 준다는 뜻.

22553. 지성에 움직이지 않은 것은 아직 없다. (至誠而不動者 未之有也) 〈孟子〉
정성을 갖고 사람을 감동시키지 못한 것은 아직까지 없다는 말.

22554. 지성을 다하여 남을 움직이지 못한 사람은 아직까지 없다. (至誠而不動者未之有)

〈孟子〉

지성을 다하기만 하면 어떤 사람이라도 다 움직일 수 있다는 말.

22555. 지신(地神)에 뜯기고 성주(星主)에 뜯기고 나니 남는 것이 없다.

여기저기 뜯기고 나면 남는 것이 없다는 말.

22556. 지신에 붙이고 성주에 붙인다.

여기저기 다 뜯기고 나니까 남는 것이 없다는 뜻.

22557. 지어 먹은 마음 사흘 못 간다. (作心三日)

일시적 충격으로 인하여 억지로 고친 마음은 오래 못 간다는 뜻.

22558. 지옥과 극락은 이승에 있다.

지옥과 극락은 저승에 있는 것이 아니라 이승에 있기 때문에 살았을 때 행복하게 살아야 한다는 뜻.

22559. 지옥과 극락은 제 마음 속에 있다.

지옥을 가느냐 극락을 가느냐 하는 문제는 자기 마음에 달려 있다는 뜻.

22560. 지옥도 돈만 있으면 극락 된다.

돈만 많으면 살기 나쁜 곳도 살기 좋은 곳으로 만들 수 있다는 뜻.

22561. 지옥(地獄)도 옥이라면 싫다.

땅에 금을 긋고 그 안이 감옥이라고 하면 싫어지듯이 빈 말로도 나쁜 말을 하면 싫어진다는 뜻.

22562. 지옥에도 부처가 있다.

고생스러울 때 도와 줄 사람이 있다는 뜻.

22563. 지위가 높은 사람은 비겁하다. (肉食者鄙)

〈春秋左傳〉

지위가 높은 사람은 권세에 가리어 용감할 것 같지만 속은 매우 비겁하다는 뜻.

22564. 지위가 높을수록 마음은 공손해야 한다. (位尊而志恭)

〈荀子〉

높은 지위에 있을수록 공손한 마음을 가져야 한다는 뜻.

22565. 지위는 낮고 지식이 높으면 간사하게 된다. (地卑而知崇則奸)

〈茶山論叢〉

지식이 많은 사람이 낮은 지위에 있으면 불평 만을 가지기 때문에 간사한 행동을 하게 된다는 뜻.

22566. 지위를 높이고 상을 후하게 주는 것은 명령에 잘 복종시키는 수단이다. (尊爵重賞者所以勸用命也)

〈六韜〉

공로가 있는 사람에게 지위도 높여 주고 상도 후하게

주면 목숨을 아끼지 않고 명령에 잘 복종하게 된다는 뜻.

22567. 지저분하기는 오간수(五澗水) 다리 밑이다.

매우 지저분한 꼴을 가리키는 말. ※ 오간수 : 옛날 서울 동대문 근처의 청계천.

22568. 지전 시정(紙廛市井)에 나비 쫓아가듯 한다.

나비를 보고 종이 장수가 종이인 줄 알고 따라가듯이 재산이 많으면서도 작은 것에 인색하다는 뜻.

22569. 지절대기는 똥 본 오리다.

몹시 수다스럽게 떠드는 사람을 가리키는 말.

22570. 지주(地主)나 지주 아들이나다.

그 사람이나 그 사람이나 질적으로는 다 같다는 뜻.

22571. 지주 다른 데 없고 뒷간 다른 데 없다.

옛날 지주가 소작인들에게 몹시 인색하고 다랍게 한다는 뜻.

22572. 지척도 분별 못한다. (咫尺不辨)

밤이 너무 캄캄하여 전연 분간을 못한다는 뜻.

22573. 지척의 원수가 천 리의 벗보다 낫다.

먼 곳에 사는 친한 사람보다 친하지 않아도 이웃에 있는 사람이 낫다는 뜻.

22574. 지척이 천 리다. (咫尺千里)

이웃에 있어도 서로 왕래가 없다는 뜻.

22575. 지천 꾸러기다. (至賤之物)

언제나 지천만 받는 사람이라는 뜻.

22576. 지체가 높을수록 마음은 낮추랬다.

높은 자리에 있을수록 겸손해야 한다는 뜻.

※ 지체 : 문벌.

22577. 지초(芝草)가 타는데 혜초(蕙草)가 탄식한다. (芝焚蕙嘆)

동료(同僚)가 당하는 재앙은 자기에게도 영향이 미치게 되므로 근심이 된다는 뜻.

22578. 지친 사람이 쉬지를 못한다. (勞者弗息)

〈孟子〉

매우 피로하기는 하나 쉴 틈이 없어서 쉬지를 못한다는 뜻.

22579. 지켜보는 남비는 더 안 끓는다.

지켜보고 기다리는 일은 힘이 더 든다는 뜻.

22580. 지키는 놈 열이 도둑놈 하나를 못 당한다.

(十人之守 難敵一寇) 〈耳談續纂〉

아무리 감시를 잘해도 범죄자를 막을 수 없다는 뜻.

22581. 지키는 열 사람이 도둑 하나를 못 지킨다. (十人守之 不得察一賊)

아무리 감시를 잘해도 감시만으로는 범죄를 막을 수 없다는 뜻.

22582. 지팡이를 짚었다.

일할 수 있는 기반을 얻었다는 뜻.

22583. 지팡이 잃은 장님이다. (如瞽失杖)

(1) 아들을 잃었다는 뜻. (2) 매우 긴요한 것을 잃어 버렸다는 뜻. (3) 의지할 곳을 잃었다는 뜻.

22584. 지푸라기도 쓸 데가 있다.

하찮은 것이라도 다 쓰일 데가 있다는 뜻.

22585. 지혜가 나면 큰 거짓도 하게 된다. (知慧出 有大僞) 〈老子〉

지혜가 많은 사람이 지혜를 악용하게 되면 큰 거짓도 꾸미게 된다는 뜻.

22586. 지혜가 많으면 충고하는 말도 거절한다. (智足以拒諫) 〈史記〉

지혜가 많은 사람은 남의 충고를 받아들이지 않는다는 뜻.

22587. 지혜가 얕은 사람과는 깊은 뜻을 말할 수 없다. (淺不足與測深) 〈荀子〉

지식이 얕은 사람에게는 어려운 것을 말해 주어도 이해하지 못하기 때문에 대화가 되지 않는다는 뜻.

22588. 지혜가 있는 사람도 한 번 실수는 있다. (智者一失) 〈史記〉

아무리 지혜가 있는 사람이라도 한 번의 실수는 있을 수 있다는 뜻.

22589. 지혜는 늙은이에게서 힘은 젊은이에게서 빌려야 한다. (老智壯力)

지혜는 경험이 많은 늙은이가 낫고 힘은 젊은이가 낫기 때문에 서로 협동하면 강자(強者)로 된다는 뜻.

22590. 지혜는 물과 같다. (智猶水也) 〈宋名臣言行錄〉

지혜는 물과 같기 때문에 흐르지 않는 물은 썩듯이 사람의 지식도 운용(運用)하지 않으면 쓸모가 없게 된다는 뜻.

22591. 지혜는 싸우는 무기이다. (知也者 爭之器也) 〈莊子〉

지혜를 동원하여 싸우기 때문에 지혜는 하나의 무기

로 될 수 있다는 뜻.

22592. 지혜는 투쟁에서 나온다. (知出乎爭) 〈莊子〉

서로 싸우는 과정에서 발전하게 된다는 뜻.

22593. 지혜도 궁한 데가 있고 귀신도 미치지 못하는 데가 있다. (知有所困 神有所不及也) 〈莊子〉

지혜로도 해결 못하는 것이 있고 귀신도 못하는 것이 있다는 말.

22594. 지혜로우면 혼란되지 않는다. (智則不可亂) 〈六韜〉

지혜로우면 잘 처리할 수 있기 때문에 혼란되는 일이 없다는 뜻.

22595. 지혜로운 사람은 공 세우기를 즐겨한다. (智者樂立其功) 〈三略〉

지혜로운 사람은 뛰어난 지혜를 써서 남이 하지 못하는 것을 하여 공을 세우는 것을 즐긴다는 말.

22596. 지혜로운 사람은 단점을 버리고 장점만 취하므로 성공한다. (智者棄短取長以致其功) 〈後漢書〉

지혜로운 사람은 잘 알고 있기 때문에 단점은 버리고 장점만 취하여 일을 잘 성공시킨다는 뜻.

22597. 지혜로운 사람은 더욱 지혜롭게 된다. (知益知)

지식은 운용(運用)하면 운용할수록 점점 더 알게 된다는 말.

22598. 지혜로운 사람은 민중을 해치지 않는다. (知不害民) 〈春秋左傳〉

지혜로운 사람은 의리를 잘 알고 있으므로 민중을 해치는 일은 하지 않는다는 뜻.

22599. 지혜로운 사람은 법을 만들고 어리석은 사람은 법의 제약을 받는다. (智者作法 愚者制焉) 〈星湖雜著〉

지혜가 많은 사람은 법을 만들게 되고, 어리석은 사람은 그 법의 제약을 받게 된다는 뜻.

22600. 지혜로운 사람은 사람을 잃지 않는다. (知者不失人) 〈論語〉

지혜로운 사람은 인덕(仁德)이 있기 때문에 사람을 잃는 일이 없다는 뜻.

22601. 지혜로운 사람은 싹이 자라기 전에 안다. (智者見未萌) 〈戰國策〉

지혜로운 사람은 일이 발생하기 전에 미리 안다는 뜻.

22602. 지혜로운 사람은 속이지를 않는다.
(智者不得詐欺) 〈韓非子〉
지혜로운 사람은 의리를 알기 때문에 남을 속이는 짓
은 하지 않는다는 뜻. ↔ 지혜로운 사람은 어리석은
사람을 속인다.

22603. 지혜로운 사람은 어리석은 사람을 속이지
말라. (毋以智詐愚) 〈禮記〉
지혜를 악용하여 어리석은 사람을 속이는 행동을 해
서는 안 된다는 뜻.

22604. 지혜로운 사람은 어리석은 사람을 속인다.
(知者詐愚) 〈禮記〉
지혜로운 사람이 그 지혜를 악용하게 되면 어리석은
사람을 속이게 된다는 말. ↔ 지혜로운 사람은 속이
지를 않는다.

22605. 지혜로운 사람은 유혹되지 않는다.
(知者不惑) 〈論語〉
지혜로운 사람은 식견이 넓기 때문에 남에게 유혹당
하는 일이 없다는 뜻.

22606. 지혜로운 사람은 유혹되지 않으며 용맹한
사람은 두려워하지 않는다. (知者不惑 勇者不
懼) 〈論語〉
지혜로운 사람은 아는 것이 많기 때문에 유혹되는 일
이 없으며, 용감한 사람은 겁이 없기 때문에 두려워
하는 것이 없다는 뜻.

22607. 지혜로운 사람은 일을 용감하게 결단한다.
(智者決之斷)
지혜로운 사람은 잘 알기 때문에 과단성(果斷性) 있게
결단을 내린다는 뜻.

22608. 지혜로운 힘은 갑자기 나오지 않는다.
(智力不可頓進) 〈晉書〉
지혜로운 힘은 찾아 내기가 매우 어려우므로 갑자기
나오지 못한다는 뜻.

22609. 지혜 있는 사람은 알지 못하는 것이 없다.
(智者無不知) 〈孟子〉
자혜로운 사람은 지혜가 풍부하기 때문에 모르는 것
이 없이 다 안다는 뜻.

22610. 지혜 있는 사람은 유언 비어를 믿지 않는
다. (流言止於智者) 〈荀子〉
지혜로운 사람은 유언 비어를 들어도 믿지 않는다는
뜻.

22611. 지혜 있는 사람이 여러 번 생각한 중에도
반드시 한 가지의 실수는 있다. (知者千慮 必

有一失) 〈史記〉
지혜로운 사람이 여러 번 생각한 것 중에도 한두 가
지의 실수는 있을 수 있다는 뜻.

22612. 지휘관과 사병간에 서로 신뢰가 없으면 사
병들은 명령을 지키지 않는다. (將吏相猜 士
卒不服) 〈諸葛亮心書〉
지휘관과 사병간에 서로 굳은 신뢰가 없으면 사병들
은 지휘관의 명령을 속으로는 복종하지 않는다는 뜻.

22613. 지휘관은 감정으로 전투를 해서는 안 된
다. (將不可以溫而致戰) 〈孫子〉
지휘관이 자기 감정에 의하여 전투를 하게 되면 패하
게 된다는 뜻.

22614. 지휘관은 교만하지 말아야 한다. (將不可
驕) 〈諸葛亮心書〉
지휘관이 교만하면 반드시 패하게 된다는 뜻.

22615. 지휘관은 반드시 먹는 것을 사병들과 같
이하라. (將師者 必與士卒同磁味) 〈三略〉
지휘관이 사병들과 먹는 것을 같이하여 단결을 강화
하도록 하라는 뜻.

22616. 지휘관은 사병들을 인자하게 대해야 한다.
(仁善養卒也) 〈諸葛亮心書〉
지휘관은 인자한 마음으로 사병들을 사랑하라는 뜻.

22617. 지휘관은 사병들을 자기 자식과 같이 여
겨야 한다. (養人如養己子) 〈諸葛亮心書〉
지휘관은 사병들을 자기 아들과 같이 사랑하여야 한
다는 뜻.

22618. 지휘관은 사병들이 먹기 전에 먹어서는 안
된다. (士未食而勿食) 〈六韜〉
지휘관은 굶주린 사병들이 먹기 전에 식사를 먼저 해
서는 안 된다는 뜻.

22619. 지휘관은 사병들이 쉬기 전에 쉬어서는
안 된다. (士未坐而勿坐) 〈六韜〉
지휘관은 피로한 사병들이 쉬기 전에 먼저 쉬는 일이
없도록 해야 한다는 뜻.

22620. 지휘관은 인색하지 말아야 한다. (將不可
嗇吝) 〈諸葛亮心書〉
지휘관은 사병들에게 절대로 인색한 짓을 하지 말아
야 한다는 뜻.

22621. 지휘관은 지형 파악을 잘해야 한다.
(善知山川險阻) 〈諸葛亮心書〉
지휘관은 지형을 잘 파악한 다음에 작전 계획을 세워
야 한다는 뜻.

22622. 지휘관은 추위와 더위를 반드시 사병들과 함께 해야 한다. (寒暑必同) 〈六韜〉
지휘관은 즐거운 일이나 고생되는 일이나 다 사병들과 함께 해야 한다는 뜻.

22623. 지휘관은 형벌을 엄하게 하지 않으면 사병들의 질서가 없어지게 된다. (上無刑罰 下無禮儀) 〈諸葛亮心書〉
지휘관은 형벌을 엄하게 다스리지 않으면 사병들의 질서가 문란하게 된다는 뜻.

22624. 지휘관의 명령은 돌이킬 수 없다. (將無還命) 〈三略〉
지휘관의 명령은 한번 내리면 다시는 변경할 수 없다는 뜻.

22625. 지휘관의 위엄으로 되는 것은 명령이다. (將之所以爲威者 號令也) 〈三略〉
지휘관의 명령은 위엄이 있어야 한다는 뜻.

22626. 지휘관의 작전 계획은 비밀이 보장돼야 한다. (將謀欲密) 〈三略〉
지휘관의 작전 계획은 그 비밀이 새지 않도록 잘 보장 되어야 한다는 뜻.

22627. 지휘관이 군대를 통솔하려면 반드시 심복자가 있어야 한다. (爲將者 必有腹心) 〈諸葛亮心書〉
지휘관이 군대를 통솔하려면 자기 손발이 될 수 있는 심복자가 있어야 한다는 뜻.

22628. 지휘관이 아내를 돌아보게 되면 사병들은 계집질을 하게 된다. (內顧則士卒淫) 〈三略〉
지휘관이 아내를 가까이하게 되면 사병들은 계집질을 하게 되므로 이런 점에도 신경을 써야 한다는 뜻.

22629. 지휘관이 없는 군대이다. (無將之卒)
(1) 두목이 없는 단체를 가리키는 말. (2) 단결이 되지 못한 무능한 무리라는 뜻.

22630. 지휘관이 용감하지 못하면 사병들이 두려워하게 된다. (將無勇則士卒恐) 〈三略〉
지휘관이 용감하지 못하면 사병들은 적에 대한 공포심(恐怖心)을 가지게 된다는 뜻.

22631. 지휘관이 용감하지 않으면 온 군대는 정예 부대로 될 수 없다. (將不勇則三軍不銳) 〈六韜〉
지휘관이 용감하지 않으면 군대를 정예 부대로 육성(育成)시킬 수는 없다는 뜻.

22632. 지휘관이 유능하지 못하면 군대는 약하게 된다. (將率不能則兵弱) 〈荀子〉
지휘관이 유능하지 않고서는 강한 군대로 육성할 수 없다는 뜻.

22633. 지휘관이 자기만 자랑하면 부하들의 공이 적게 된다. (自伐則下少功) 〈三略〉
지휘관이 자기 공로만 내세우면 부하들의 공로는 적어지게 된다는 뜻.

22634. 지휘관이 작전 계획에 따르지 않으면 참모들이 배반하게 된다. (策不從則謀士叛) 〈三略〉
지휘관이 작전 계획대로 작전을 하지 않으면 참모들은 배반하게 된다는 뜻.

22635. 지휘관이 재물을 탐내게 되면 사병들의 간사한 짓을 금할 수 없게 된다. (貪財則奸不禁) 〈三略〉
지휘관이 재물을 탐내게 되면 사병들의 잘못을 금하지 못하게 된다는 뜻.

22636. 지휘관이 화를 잘 내면 사병들이 다 두려워하게 된다. (將遷怒則一軍懼) 〈三略〉
지휘관이 화를 잘 내면 사병들이 두려워서 불안하게 된다는 뜻.

22637. 찍자 찍자 하여도 차마 못 찍는다.
무슨 일을 벼르기만 하다가 막상 당하면 못한다는 뜻.

22638. 진 날 개 사귄 것 같다.
귀찮은 사람이 자꾸 따라다닌다는 뜻.

22639. 진 날 나막신 찾듯 한다.
평소에는 버렸던 것을 임박해서는 몹시 찾는다는 뜻.

22640. 진 눈 가지면 파리 못 사귈까?
안질을 앓으면 파리가 꾀듯이 돈만 많으면 돈 쓸 사람은 저절로 온다는 뜻.

22641. 진 눈 위 기러기 발자국이다. (雪泥鴻爪) 〈蘇軾〉
눈 위에 기러기 발자국은 있다가도 없어지듯이 흔적이 없어져서 알지 못한다는 뜻.

22642. 진단을 해야 약도 처방한다. (按病下藥)
(1) 내용을 알아야 대책도 세울 수 있다는 뜻.
(2) 일에는 순서가 있다는 뜻.

22643. 진달래가 두 번 피면 가을날이 따뜻하다.
진달래가 일 년에 두 번 피는 해는 가을날이 늦게까지 따뜻하다는 말.

22644. 진달래 꽃잎이 여덟이면 풍년 든다.
진달래 꽃잎은 보통 다섯 장으로 되었는데 여덟 장으로 된 것이 피는 해는 풍년이 든다는 말.

22645. 진달래 지면 철쭉꽃 보랬다.
상처(喪妻)를 하면 또 결혼을 하라는 뜻.

22646. 진땀을 뺀다.
꼼짝도 못하고 부대끼며 욕을 본다는 뜻.

22647. 진땀이 등에서 흐른다. (汗出沾背)〈史記〉
(1) 진땀이 날 정도로 몹시 부끄럽다는 뜻. (2) 몹시 입장이 난처하다는 뜻.

22648. 진땅 마른 땅 다 다녔다.
세상에서 온갖 고생을 다 겪어 보았다는 뜻.

22649. 진 데가 마르고 마른 데가 질게 되면 인생은 끝장이다.
늙으면 젊어서 물기가 있던 데가 마르게 되고, 마른 데가 물기가 있게 되는데 이렇게 되면 여자는 인생을 다 산 것이라는 말.

22650. 진드기 들어붙듯 한다.
들어붙으면 떨어지려고 하지 않는다는 뜻.

22651. 진리를 깨닫게 되면 의혹이 없다. (覺悟無惑)〈楞嚴經〉
진리를 깨닫게 되면 온갖 의혹은 다 없어지게 된다는 뜻.

22652. 진 밥 섭듯 한다. (如咀濕飯)〈東言解〉
사소한 일을 가지고 잔소리를 두고두고 오래 한다는 뜻.

22653. 진 밭과 장가 처(妻)는 써먹을 때가 있다.
아내는 못나고 마음에 맞지 않아도 천대하거나 이혼해서는 안 된다는 뜻.

22654. 찐 붕어가 되었다.
풀이 죽어서 형편없이 되었다는 뜻.

22655. 진 사람은 변명이 없다.
승부(勝負)에서 진 사람은 남에게 이러니 저러니 변명을 하지 말라는 뜻.

22656. 진사 시정(眞絲市井) 연 줄 감듯 한다.
긴 것을 휘휘 잘 감는다는 뜻. ※ 진사 시정 : 옛날 명주실을 팔던 상점.

22657. 진상(進上) 가는 꿀병 동이듯 한다.
무슨 물건을 동이고 동여 단단하게 동여맨 것을 이름.

22658. 진상 가는 봉물(封物) 짐 얽듯 한다.
무슨 짐을 여러 번 얽어맨 것을 보고 하는 말.

22659. 진상 가는 송아지 배때기 차고 봉변(逢變) 당한다.
공연히 쓸데없는 짓을 하고 큰 봉변을 당한다는 뜻.

22660. 진상 봉물(進上封物)은 거적에 싸고 뇌물(賂物)은 비단에 싼다.
공무(公務)는 소홀히 하면서도 사사는 성의껏 한다는 뜻.

22661. 진상 송아지 배때기 차고 뺨 맞는다.
공연히 쓸데없는 짓을 하고 매를 맞는다는 뜻.

22662. 진상은 꼬챙이에 꿰고 뇌물은 바리에 싣는다. (貢以串輸 賂用駄驅)〈耳談續纂〉
공사(公事)는 함부로 하고, 자기와 이해가 있는 일에만 신경을 쓴다는 뜻.

22663. 진상해서 퇴물(退物)되는 일 없다.
갖다 주는 것을 싫어하는 사람은 없다는 뜻.

22664. 진시황(秦始皇) 만리 장성(萬里長城) 쌓는 줄 알겠다.
옛날 중국 진시황이 만리 장성을 쌓을 때 해를 못 넘어가게 하고 쌓듯이, 해를 넘어가지 못하게 하지 않으면 해가 지기 전에는 일을 못 끝낸다는 뜻.

22665. 진실로 덕의가 없으면 반드시 화를 당하게 된다. (苟非德義 則必有禍)〈春秋左傳〉
인덕과 의리가 없으면 화를 면할 도리가 없다는 뜻.

22666. 진실로 믿음이 계속되지 않는다면 맹세를 해도 이로울 것이 없다. (苟信不繼 盟不益也)〈春秋左傳〉
오래 두고 믿을 수 없는 사람이라면 아무리 맹세해도 이로울 것이 못 된다는 뜻.

22667. 진실하지 못한 점을 보더라도 가벼이 말하지 말라. (見未眞 勿輕言)〈李子潛〉
진실하지 못하다고 해서 함부로 말을 해서는 안 된다는 뜻.

22668. 진실한 말은 꾸밈새가 없고 꾸민 말은 믿음성이 없다. (信言不美 美言不信)〈老子〉
꾸밈새가 없는 말은 믿음성이 있는 말이며, 꾸밈새가 있는 말은 믿음성이 없는 말이라는 뜻.

22669. 진실한 선은 물과 같다. (上善若水)〈老子〉
진실로 착한 것은 물과 같이 맑고 깨끗하다는 뜻.

22670. 진잎 죽 먹고 잣죽 트림한다.

실상은 보잘것없으면서도 겉으로는 잘난 척한다는
뜻.

22671. 진짜가 가짜를 따라간다.
진짜가 오히려 가짜만 못하듯이 일이 거꾸로 되었다
는 뜻.

22672. 진짜와 가짜를 분별하지 못한다. (眞贋莫
辨)
흑백(黑白)을 가리지 못한다는 뜻.

22663. 진작 꾀하지 못한 것이 한이다.(恨不早圖)
진작 일을 못하고 시기를 잃은 것을 후회한다는 뜻.

22674. 진작 알지 못한 것이 한이다. (恨不早知)
진작부터 일을 모르고 있던 것을 후회한다는 뜻.

22675. 진저리를 낸다.
진저리가 날 정도로 싫증을 낸다는 뜻.

22676. 진정으로 우러나는 소원이다. (眞情所願)
조금도 거짓이 없이 진정에서 우러나오는 소원이라는
뜻.

22677. 진주(眞珠)가 열 되라도 꿰야 구슬이다.
아무리 좋은 솜씨라도 그 일을 다 마쳐야 솜씨 좋은
줄을 알게 된다는 뜻.

22678. 진주는 늙은 조개 속에서 나온다. (老蚌出
珠 : 老蚌生珠)
하찮은 늙은이에게도 배울 만한 점이 있다는 뜻.

22679. 진주는 하찮은 조개 속에서 나온다.
(貴珠出賤蚌)   〈抱朴子〉
하찮은 늙은이도 보배로운 지혜를 지니고 있다는 뜻.

22680. 진퇴하는 데는 때가 있다. (趨舍有時)
전진하거나 후퇴함에 있어서는 반드시 그 시기를 잘
선택해야 한다는 뜻.

22681. 질그릇 깨고 놋그릇 얻는다.
나쁜 것대신에 좋은 것을 얻어 이롭게 되었다는 뜻.

22682. 찔금찔금 오는 비 감질만 난다.
가뭄 끝에 오는 비가 계속 오지 않고 찔금찔금 오게
되면 애만 탄다는 뜻.

22683. 질기(窒氣) 난 정 거지라.
형편없는 가난한 살림을 한다는 뜻.

22684. 질동이 잃고 놋동이 얻는다.
나쁜 것을 주고서 좋은 것을 얻어 이롭게 되었다는 뜻.

22685. 질러 가는 길이 먼 길이다.

무슨 일을 빨리 하려고 서둘다가 도리어 늦게 된다는
뜻.

22686. 찔러도 피 한 방울 안 나겠다.
덕(德)이 조금도 없는 사람을 가리키는 말.

22687. 찔러 피낸다.
공연히 화근을 만들어 낸다는 뜻.

22688. 찔레꽃 가뭄은 꾸어다 해도 한다.
찔레꽃 필 무렵에는 반드시 봄 가뭄이 있다는 뜻.

22689. 질병(瓦瓶)에도 감홍로(甘紅露)다.
겉모양은 볼 것이 없으나 속은 매우 좋다는 뜻.
※ 감홍로 : 옛날 평양산(平壤産) 소주.

22690. 질탕관에 두부 장 끓듯 한다.
걱정이 있어 속을 몹시 끓인다는 말. ※ 질탕관: (瓦
湯罐) : 끓이는데 쓰는 질흙으로 만든 그릇.

22691. 질투는 제 몸을 망친다.
질투를 하게 되면 자신도 남에게 미움을 받게 되므로
해롭다는 말.

22692. 질투하는 마음이 일어나지 않도록 하라.
(嫉妬勿起於心)   〈宋一神宗〉
남을 질투하는 마음은 버려야 한다는 뜻.

22693. 짊어지나 드나 크기는 일반이다. (背着扛
着 一般大)
이렇게 하나 저렇게 하나 다 마찬가지라는 뜻.

22694. 짐 벗고 요기할 날 없다.
하도 바빠서 무엇을 먹을 틈도 없다는 뜻.

22695. 짐승 같은 행동이다.(禽獸之行)   〈管子〉
사람다운 행동은 못하고 짐승이 하는 짓을 한다는 뜻.

22696. 짐승 같은 행동이요 호랑이 같은 탐욕이
다. (禽獸行 虎狼貪)   〈荀子〉
하는 행동이 짐승과 같고 탐욕이 호랑이와 같이 많다
는 뜻.

22697. 짐승과 같은 행동을 하면서 남이 나를 착
한 사람으로 보아 주기를 바란다. (禽獸之行
而欲人之善己矣)   〈荀子〉
짐승과 같이 악한 짓만 하면서 남들이 자기를 착한 사
람으로 봐 주기를 바란다는 뜻.

22698. 짐승도 같은 것끼리 몰린다. (禽獸群焉)
〈荀子〉
같은 무리끼리는 쉽게 친해질 수 있다는 뜻.

22699. 짐승도 궁지에 빠지면 물려고 덤빈다.

(獸窮則齧) 〈韓詩外傳〉

빠져나올 수 없는 궁지에 빠지게 되면 발악을 쓰게 된다는 뜻.

22700. 짐승도 길들여 부린다.

소나 말도 길을 들여서 부리는데 하물며 사람이 시키는 대로 아니해서야 되겠느냐는 뜻.

22701. 짐승도 다급하면 덤벼든다. (困獸猶鬪)

궁지에 빠지면 발악하게 된다는 뜻.

22702. 짐승은 숲이 있어야 살고 사람은 집이 있어야 산다.

사람은 의지할 데가 있어야 잘 살 수 있다는 뜻.

22703. 짐승은 올가미를 싫어하고 민중들은 관리를 싫어한다. (獸惡其網 民惡其上)

민중들은 탐관 오리(貪官汚吏)를 싫어한다는 뜻.

22704. 짐승을 다 잡고 나면 사냥개도 잡아먹는다. (野獸已盡而獵狗烹) 〈史記〉

세상 인심은 이용 가치(利用價値)가 없어지면 차 버린다는 뜻.

22705. 짐승을 쫓는 사냥군은 산 험한 것을 가리지 않는다. (逐獸者 目不見泰山) 〈淮南子〉

이욕(利慾)에 눈이 어둔 사람은 큰 해가 앞에 있어도 모른다는 것을 비유하는 말.

22706. 짐은 무겁고 갈 길은 멀다. (任重道遠)
〈論語〉

나이를 먹어 늙었지만 할 일은 아직 많이 남았다는 뜻.

22707. 짐을 내려놓은 것 같다.

(1) 맡은 일을 다 끝냈다는 뜻. (2) 어떤 직책에서 물러났다는 뜻.

22708. 짐작으로 조복(朝服) 마른다.

귀중한 일을 소홀히 하다가는 큰 낭패를 당하게 된다는 뜻. ※ 조복 : 옛날 조회(朝會) 때 입는 예복.

22709. 짐하고 병은 가벼울수록 좋다.

병은 없는 것이 가장 좋지만 만일 걸렸을 때는 가벼울수록 좋다는 뜻.

22710. 집과 계집은 가꿀 탓이다.

집은 손질하기에 달렸고, 아내는 가르치기에 달렸다는 뜻.

22711. 집과 계집은 거느릴 탓이다.

시집 온 아내는 남편의 지도 여하에 따라 좌우된다는 뜻.

22712. 집과 계집은 임자 만날 탓이다.

집이나 여자는 주인을 잘 만나고, 못 만나는 데 달렸다는 뜻.

22713. 집구석이라고 바늘 하나 감출 데가 없다.

집안이 너무도 좁아서 무엇을 둘 데가 없다는 뜻.

22714. 집구석이 망하려면 십 년 묵은 장 맛이 변한다.

집안이 망하려면 불길한 일이 생겨 난다는 뜻.

22715. 집권자가 검소할 줄 알면 나라가 부유하게 된다. (王者知儉 則天下富) 〈陸梭山〉

집권자가 사치를 하지 않고 검소한 생활을 하게 되면 나라는 부유하게 된다는 뜻.

22716. 집권자가 국민들의 근심을 걱정한다면 또한 국민들도 집권자의 근심을 걱정하게 된다. (憂民之憂者 民亦憂其憂) 〈孟子〉

집권자가 국민들의 어려움을 걱정하여 준다면 국민들도 집권자의 근심을 걱정하게 된다는 말.

22717. 집권자가 국민을 사랑하지 않으면 군대도 약하게 된다. (上不愛民則兵弱) 〈荀子〉

집권자가 국민을 사랑하지 않게 되면 군에도 영향을 주어 군대가 약하게 된다는 뜻.

22718. 집권자가 민중에게 신의를 잃으면 유지 못한다. (民無信不立)

집권자가 국민들의 신의를 받지 못하게 되면 권좌(權座)에 못 있게 된다는 뜻.

22719. 집권자가 신의를 좋아하면 국민들은 성실하게 되지 않을 수가 없다. (上好信則民莫敢不信) 〈論語〉

집권자가 신의를 존중히 여기면 국민들은 그를 믿고 받들지 않는 사람이 없다는 뜻.

22720. 집권자가 정의를 좋아하면 국민들은 감히 복종하지 않을 수 없다. (上好義則民莫敢不服) 〈論語〉

집권자가 정의를 존중하면 국민들은 복종하지 않는 사람이 없다는 뜻.

22721. 집권자가 편안하려면 평화로운 정치로 국민을 사랑해야 한다. (君人者 欲安則 莫若平政愛民矣) 〈荀子〉

집권자가 편안하려면 평화로운 정치를 하면서 국민들을 아들과 같이 사랑해야 한다는 뜻.

22722. 집권자는 국민들의 마음을 얻기가 매우 어려운 것이다. (人君得臣民之心爲甚難) 〈高麗史〉

집권자는 국민들의 지지(支持)를 받기는 매우 어렵다

는 말.

22723. 집권자는 국민으로 해서 존재하며 또한 국민으로 해서 망하게 된다. (君以民存 亦以 民亡) 〈禮記〉
집권자가 그 자리를 지키고 못 지키는 것은 국민들에게 달려 있다는 뜻.

22724. 집권자는 국민을 몸으로 삼아야 한다. (君以民爲體) 〈禮記〉
집권자는 자신이 머리가 되고 국민을 몸으로 삼고 정치를 해야 한다는 뜻.

22725. 집권자는 국민을 부유하게 해야 한다. (王者富民) 〈荀子〉
집권자는 국민들의 생활을 부유하게 하도록 전력을 기울여야 한다는 뜻.

22726. 집권자는 국민의 어버이다. (民之父母) 〈孟子〉
집권자는 국민의 어버이가 되어 국민을 아들과 같이 사랑해야 한다는 뜻.

22727. 집권자는 배요 민중은 물이다. (君者舟也 庶人者水也) 〈荀子, 孔子家語〉
집권자를 배라면 국민들은 물과 같기 때문에 물은 배를 잘 뜨도록 받들기도 하지만 때로는 배를 뒤엎을 수도 있다는 뜻.

22728. 집권자는 용도를 절약하고 국민을 사랑해야 한다. (節用愛人) 〈論語〉
집권자가 국가의 경비를 절약하고 국민을 사랑해야 한다는 뜻.

22729. 집권자의 마음 하나까지도 온 국민들은 다 알고 있다. (人主一心 萬民咸知) 〈御製祖訓〉
집권자가 생각하고 있는 것을 국민들은 다 알고 있다는 말.

22730. 집권자의 큰 잘못이 있으면 충고해야 한다. (君有大過則諫) 〈孟子〉
집권자가 큰 잘못이 있을 때는 그 영향이 전 국민에게까지 미치게 되므로 반드시 충고해야 한다는 뜻.

22731. 집권자 혼자서는 정치를 못 한다. (人主不可以獨也) 〈荀子〉
집권자는 국민들의 지지가 없이 단독으로서는 정치를 하지 못한다는 뜻.

22732. 집 귀신이 된다.
여자는 출가하면 시집 귀신이 된다는 뜻.

22733. 집 나가면 고생이다.
아무리 자기 집이 구차해도 자기 집을 떠나 타향살이를 하게 되면 고생이 많다는 뜻.

22734. 집도 절도 없다. (無室無家 : 靡室靡家)
너무도 구차하여 살 집이 없다는 뜻.

22735. 집 안 귀신이 사람 잡아간다.
집 안 식구로 인하여 피해를 입게 된다는 뜻.

22736. 집 안 도둑은 기르지 말랬다.
집 안 식구 중에서 돈을 함부로 쓰는 사람이 있어서는 안 된다는 말.

22737. 집 안 도둑을 맞고는 못 산다.
외부 도둑은 맞고 살아도 집 안 도둑은 맞고 못 산다는 뜻.

22738. 집 안 말이 밖으로 나가서는 안 되고 바깥 말이 집 안으로 들어와서도 안 된다. (内言不出 外言不入) 〈禮記〉
집 안 말이 필요없이 밖으로 새나가도 안 되고, 남편은 공무에 대한 바깥 말을 집안에 와서 해서도 안 된다는 뜻.

22739. 집 안 말이 밖으로 나가서는 안 된다. (内言不出) 〈禮記〉
집 안의 비밀이 남에게 알려져서는 안 된다는 뜻.

22740. 집안 망신은 며느리가 시킨다.
내막을 잘 아는 사람이 손해를 끼친다는 뜻.

22741. 집안 싸움이다. (骨肉之爭)
서로 공경하고 사랑해야 할 부모 형제의 싸움이라는 뜻.

22742. 집안 살림은 검소하게 하지 않으면 안 된다. (治家不得不儉) 〈司馬温公〉
집안 살림은 사치와 낭비가 없이 검소하게 꾸려나가야 한다는 뜻.

22743. 집안 살림을 일으키는 길은 검소하고 근면해야 한다. (成家之道 曰儉與勤) 〈景行錄〉
집안을 잘살게 하는 길은 살림을 검소하게 하고 부지런히 일을 해야 한다는 뜻.

22744. 집안에는 두 가장이 없다. (家無二主) 〈禮記〉
한 집안에는 두 가장이 있을 수 없기 때문에 가장에게 복종하여야 한다는 뜻.

22745. 집안에는 벽밖에 없다. (家徒壁立)
너무도 구차하여 집안에 살림살이라고는 아무것도 없고 있다면 벽밖에 없다는 말.

22746. 집 안에서 귀염둥이는 밖에 가면 미움둥이가 된다.
집 안에서 너무 귀엽게만 키운 아이는 버릇이 없어서 밖에 나가면 남에게 미움만 받게 된다는 말.

22747. 집 안에 어진 아내가 있으면 남편은 곤란한 일을 만나지 않는다. (家有賢妻 丈夫不遭橫事)　〈通俗篇〉
집에 현명한 아내가 있으면 남편의 곤란한 일도 아내의 내조(內助)로 피할 수 있게 된다는 뜻.

22748. 집 안에 있는 닭은 버리고 들에 있는 꿩만 탐낸다. (家雞野雉)
가까이 있는 것은 싫어하고 먼 데 것만 좋아한다는 뜻.

22749. 집안에 항상 일만 있으면 굶어죽지는 않는다. (家有常業 雖飢不餓)　〈韓非子〉
집안에 일정한 가업(家業)만 있으면 비록 구차할지라도 굶어죽지는 않는다는 뜻.

22750. 집안을 다스리려면 먼저 자신을 가다듬어야 한다. (欲齊其家 先修其身)　〈大學〉
집안을 다스리려고 할 때는 먼저 자신이 수양을 하여 시범(示範)을 보여 가면서 다스려야 한다는 뜻.

22751. 집안을 다스린 다음에 나라를 다스려야 한다. (家齊而后國治)　〈大學〉
정치를 하려면 자기 집 먼저 잘 다스린 다음에 나라를 다스려야 한다는 뜻.

22752. 집안을 망칠 자식은 돈 쓰기를 똥 버리듯 한다. (敗家之兒 用金如糞)　〈荀子〉
집안을 망칠 자식은 돈을 똥 버리듯이 함부로 써버린다는 뜻.

22753. 집안을 일으킬 자식은 똥도 금같이 아낀다. (成家之兒 惜糞如金)　〈荀子〉
집안을 일으킬 자식은 살림을 아껴 하기 때문에 똥도 금과 같이 아낀다는 말.

22754. 집안이 가난하면 싸움이 잦다.
집안이 가난하게 되면 불평도 많게 되므로 싸움이 잦게 된다는 뜻.

22755. 집안이 가난하면 어진 아내를 생각하게 된다. (家貧則思良妻)　〈史記〉
곤궁한 생활을 할 때 특히 아내의 훌륭함을 깨닫게 된다는 뜻.

22756. 집안이 가난할지라도 화목한 것이 좋다. (家和貧也好)　〈景行錄〉
집안이 비록 가난할지라도 화목한 것보다 더 좋은 것은 없다는 뜻.

22757. 집안이 결단나려면 생쥐가 춤을 춘다.
집안이 망하려면 별별 일이 다 생긴다는 뜻.

22758. 집안이 망하려니까 며느리가 수염이 난다.
집안이 결단 나려니까 별별 괴이(怪異)한 일이 다 생긴다는 뜻.

22759. 집안이 망하려면 여자가 수염 난다.
집안이 안 되려면 여자가 바람을 피우게 된다는 뜻.

22760. 집안이 망하려면 울타리부터 망하고 사람이 망하려면 머리부터 망한다.
늙어 죽을 때가 되면 정신이 흐려 일을 바로 하지 못한다는 뜻.

22761. 집안이 망하려면 제석(帝釋) 항아리에 대평소가 들어간다.
집안이 망하려면 별별 괴변(怪變)이 다 생긴다는 뜻.
※ 제석 : 농사를 맡은 신(神) 대평소(大平簫) : 큰 퉁소. (악기의 하나).

22762. 집안이 망하려면 첫정월에 난장이가 사랑 앞에서 춤춘다.
가운(家運)이 기울어지려면 별별 괴상한 일이 다 생긴다는 뜻.

22763. 집안이 망하면 지관(地官)만 모여든다.
무슨 일이 잘못되었을 때는 일한 사람만 못 살게 볶는다는 뜻.

22764. 집안이 망하면 집터 잡은 사람만 탓한다.
잘못되는 일은 모두 남만 탓한다는 뜻.

22765. 집안이 안 되려면 구정물 통에서 호박꼭지가 춤을 춘다.
집안이 망하려면 별별 괴이한 일이 다 생긴다는 말.

22766. 집안이 안 되려면 손 큰 며느리가 들어온다.
집안이 안 되려면 살림살이 못하는 며느리가 시집온다는 뜻.

22767. 집안이 안 되려면 의붓자식이 삼 년 맏이다.
집안이 잘 안 되려면 가족 구성(家族構成)에서도 잘못이 있다는 뜻.

22768. 집안이 안 되려면 첫정월에 옴이 오른다.

집안이 망하려면 첫 정월부터 불길한 일만 생긴다는 뜻.

22769. 집안이 잘 되려면 남의 식구가 잘 들어와야 한다.

집안이 잘 되려면 아내를 잘 얻어들여야 한다는 뜻.

22770. 집안이 잘 되려면 용마(龍馬) 나고 대우(大牛) 난다.

잘 되는 집안에는 무엇이나 다 잘 된다는 뜻.

22771. 집안이 편하려면 남편은 귀머거리가 되고 아내는 벙어리가 돼야 한다.

남편은 아내의 소문에 신경을 쓰지 말고, 아내는 남편에게 말을 삼가하면 집안이 화목하게 된다는 말.

22772. 집안이 편하려면 베개 송사를 자주하랬다.

집안이 화목하려면 부부간에 정이 좋아야 한다는 말.

22773. 집 안이 편하려면 시어머니는 소경이 되고 며느리는 귀머거리가 돼야 한다.

시어머니는 며느리를 관대하게 대해 주고 며느리는 시어머니 말씀을 잘 이해함으로써 집안이 화목하게 된다는 뜻.

22774. 집안이 화목하면 온갖 일이 잘 이루어진다.(家和萬事成) 〈童蒙訓〉

집안이 화목해야 집 안 일이 모두 잘 이루어지게 된다는 뜻.

22775. 집안이 화목해야 재물도 붙는다.

집안이 화목해야 재물도 생기지 불화하면 망하게 된다는 뜻.

22776. 집안이 화합하려면 베개 밑 송사(訟事)를 듣지 말아야 한다.

집안이 화목하려면 여자 말만 믿고 그대로 처리해서는 안 된다는 뜻.

22777. 집안 일은 가장에게 맡겨야 한다.(家事任長)

집안의 큰 일은 다 가장에게 맡겨야 한다는 뜻.

22778. 집안 일을 돌보지 않는다.(不顧家事)

집안을 책임 진 가장이 집안을 돌보지 않고 집 안을 엉망으로 만들었다는 뜻.

22779. 집안 재력을 돌보지 않고 먹고 입는 데 사치만 해서는 안 된다.(不可不顧家力以奢侈衣食) 〈襄簡公〉

집안 살림을 분수에 맞게 하지 않고 지나치게 사치

해서는 안 된다는 뜻.

22780. 집어삼킬 것 같다.

몹시 미워서 사납게 노려본다는 뜻.

22781. 집 없는 개 다니듯 한다.

집안에는 안 있고 언제나 나가 돌아다니는 사람을 비유하는 말.

22782. 집 없는 설움보다 더 큰 설움 없다.

없는 사람의 설움은 많지만 그 중에서도 집 없는 설움이 가장 크다는 말.

22783. 집 없는 혼자 몸은 가볍다.(無家一身輕)

혼자 몸은 집안 걱정이 없기 때문에 가볍다는 뜻.

22784. 집에 금 송아지가 있으면 내게 무슨 상관이냐?

아무리 좋은 것이라도 당장 못 쓰는 것은 아무 소용이 없다는 말.

22785. 집에 금 송아지 없다는 사람 없다.

사람들은 대개 자기 집 자랑을 한다는 뜻.

22786. 집에는 호랑이가 하나 있어야 잘 산다.

집안에는 집안을 엄하게 통솔하는 사람이 있어야 집안이 잘 된다는 뜻.

22787. 집에 들어와서는 부모에게 효도하고 밖에 나가서는 남을 공경해야 한다.(入孝出恭)

젊은 사람은 집에 들어오면 부모에게 효도하고 집 밖에 나가면 남을 공경하는 것이 예절이라는 뜻.

22888. 집에서 새는 바가지는 들에 가서도 샌다.

본바탕이 나쁜 사람은 어디를 가나 그 본색이 드러난다는 뜻.

22789. 집에서 새는 쪽박 들에서도 샌다.

본바탕이 나쁜 사람은 어디를 가나 그 본성이 나온다는 뜻.

22790. 집에서 화난 것을 장에 가서 화풀이한다.(家於怒 市於色)

분풀이를 할 사람한테 못 하고 만만한 사람에게 한다는 뜻.

22791. 집에 있는 날이 없다.(在家無日)

항상 분주하여 집 안에 있는 날이 없이 외출만 한다는 뜻.

22792. 집은 망해도 쥐는 산다.

집이 망해서 없어져도 쥐는 산다는 말로서 쥐는 씨를 없앨 수 없다는 뜻.

22793. 집은 사 들고 배는 지어 탄다.
집은 짓는 것보다 사는 것이 낫고, 배는 사는 것보다 새로 만든 것을 타는 것이 안전하다는 말.

22794. 집을 백만 냥에 산다면 이웃은 천만 냥을 주고 산다. (百萬買宅 千萬買鄰)　〈南史〉
주거지를 정할 때는 집이 좋고 나쁨보다도 이웃이 좋고 나쁨을 보고 정하라는 말.

22795. 집을 사려면 이웃 먼저 보고 사랬다.
이웃 좋은 곳을 가려서 살아야 한다는 뜻.

22796. 집이 다 탄 뒤에 물 길어 온다.
이미 일이 끝난 뒤에 헛수고를 한다는 뜻.

22797. 집이 만약 가난하더라도 가난으로 인하여 공부를 그만두어서는 안 된다. (家若貧 不可因貧而廢學)　〈朱文公〉
아무리 구차하더라도 구차한 것을 구실로 공부를 그만두어서는 안 된다는 뜻.

22798. 집이 만약 부유하더라도 부유함을 믿고서 공부를 게을리해서는 안 된다. (家若富 不可特富而怠學)　〈朱文公〉
집이 부유할지라도 그 재산만 믿고 해야 할 공부까지 게을리해서는 안 된다는 뜻.

22799. 집이 없고 식량이 없으면 시어머니와 며느리의 다툼질이 잦다. (室無空虛則婦姑勃谿)　〈莊子〉
집안이 구차해서 식량까지 없으면 가뜩이나 사이가 나쁜 시어머니와 며느리간의 다툼질은 더하게 된다는 뜻.

22800. 집이 없으면 방앗간에서 자고 밥이 없으면 얻어먹어도 부부 정만 좋으면 산다.
부부간에는 정만 있으면 어떤 고생이라도 참고 산다는 뜻.

22801. 집이 크면 주춧돌도 커야 한다.
상부(上部)가 튼튼하려면 하부(下部)도 튼튼해야 한다는 뜻.

22802. 집장(執杖) 십 년이면 호랑이도 안 먹는다.
죄인을 고문(拷問)하던 집장 사령(執杖使令)은 악하고 모진 짓을 많이 하였다고 욕하는 말.

22803. 집 중에는 계집이 제일이요 방 중에는 서방이 제일이다.
남자에게는 아내가 가장 좋고, 여자에게는 남편이 가장 좋다는 뜻.

22804. 집집마다 예의는 있다. (家家禮)
어느 집이나 그 집 나름대로의 가례는 있다는 뜻.

22805. 집집마다 풍족하고 사람마다 넉넉하다. (家給人足)　〈漢書〉
어느 누구나 다 넉넉하게 잘산다는 뜻.

22806. 집 짓기를 행인에게 묻기다.
무슨 일을 여러 사람에게 물어서 하면 의견이 구구하여 결론을 못 얻는다는 뜻.

22807. 집 태우고 못 줍는다.
큰 손해를 보고 작은 것을 아낀다는 뜻.

22808. 집 태우고 바늘 줍는다.
큰 손해를 당하고 작은 이득을 얻으려고 애 쓴다는 뜻.

22809. 집행력이 강한 사람 앞에는 귀신도 피해 준다. (斷而敢行 鬼神避之)　〈史記〉
아무리 어려운 일이라도 과단성(果斷性) 있게 일을 해 나가면 귀신도 그 길을 피해 준다는 뜻.

22810. 집행해서 안 되는 것이 있으면 반성하여 그 원인을 다 자신에게서 찾아야 한다. (行有不得者 皆反求諸己)　〈孟子〉
일을 집행하다가 잘 안 되는 것이 있을 때는 반성하고, 그 원인을 남에게서 찾지 말고 다 자신에게서 찾도록 하라는 뜻.

22811. 짓 속은 꽹매기 속이다.
자기의 실속은 남 모르게 잘 차린다는 뜻.

22812. 찡그렸다 웃었다 한다. (一嚬一笑)　〈韓非子〉
어떤 때는 얼굴을 찡그리기도 하고 어떤 때는 웃기도 하면서 대한다는 뜻.

22813. 징 따버지를 주우러 다니나 허리도 끔찍이 굽었다.
허리 굽은 사람을 보고 놀리는 말.

22814. 징역(懲役) 삼 년만 살면 벙어리도 말한다.
감옥살이를 하게 되면 눈치가 빨라지고 말도 잘하게 된다는 뜻.

22815. 징역에서 땀 흘리고 일하면 삼대(三代)가 망한다.
죄수들은 자기와 이해 관계가 없기 때문에 성의 있게 일을 하지 않는다는 뜻.

22816. 징으로 밥 하나 먹고 광쇠 하나 못 이긴다.
밥은 많이 먹으면서 일은 아주 못한다는 뜻.

22817. 짖는 개는 물지 않는다.
　　짖는 개는 물지 않듯이 사람도 말을 많이 하는 사람
　　은 집행력이 없다는 뜻.

22818. 짖는 개는 사냥을 못한다.
　　말이 많은 사람은 아무 일도 못한다는 뜻.

22819. 짖는 개는 여위고 먹는 개는 살찐다.
　　사람도 늘 징징거리며 불평만 하는 사람은 살이 안
　　찐다는 뜻.

22820. 찢어졌으니 언챙이다.
　　무엇이나 증거물이 있는 것은 속일 수 없다는 뜻.

22821. 찢어지게 가난하다.
　　똥구멍이 찢어지도록 매우 구차하게 산다는 뜻.

22822. 찢어진 돛단배도 순풍을 만날 때가 있다.
　　(破帆遇順風)
　　고생하던 사람에게도 행운이 올 때가 있다는 뜻.

22823. 짖지 않는 개가 더 무섭다.
　　말 없이 일하는 사람이 말 많은 사람보다 더 무섭다
　　는 뜻.

22824. 짙은 안개가 끼면 사흘 안에 비가 온다.
　　짙은 안개가 끼면 비나 눈이 오게 된다는 말.

22825. 짙은 안개 속에서 길 찾기다.
　　어디가 어디인지 도무지 분간할 수가 없다는 뜻.

22826. 짙은 안개 속이다. (五里霧中) 〈後漢書〉
　　(1) 일이 어떻게 된 것인지 갈피를 못 찾는다는 뜻.
　　(2) 마음이 흐트러져 생각이 나지 않는다는 뜻.

22827. 짚 꾸러미 속에 단 장 들었다. (苞苴甘醬
　　入), (草苞入甘醬) 〈旬五志〉, 〈東言解〉
　　겉 모양은 변변치 않으나 속에 든 것이 매우 좋다는
　　뜻.

22828. 짚 그물로 고기 잡기다.
　　변변치 못한 것으로 큰 이득을 얻는다는 뜻.

22829. 짚불 꺼지듯 한다.
　　(1) 하잘것없이 몰락된다는 뜻. (2) 조용히 운명한다는
　　뜻.

22830. 짚불도 쬐다 말면 섭섭하다.
　　탐탁스럽지 않은 일도 하다 말면 섭섭하다는 뜻.

22831. 짚신 감발에 갓 망건 쓰기다.
　　도무지 격에 맞지 않는 짓을 한다는 뜻.

22832. 짚신도 짝이 있다.

사람은 누구나 짝이 있게 마련이라는 뜻.

22833. 짚신도 제 날이 좋다. (藁履其徑好)
　　〈旬五志〉
　　결혼은 서로 알맞은 자리를 골라서 해야 한다는 뜻.

22834. 짚신에 국화 무늬 치장하기다. (草鞋菊花
　　登), (藁鞋頭菊花毬) 〈東言解〉, 〈洌上方言〉
　　도무지 격에 맞지 않는 짓을 한다는 뜻.

22835. 짚신에 분칠하기다. (藁履丁粉) 〈旬五志〉
　　격에 맞지 않는 짓을 한다는 뜻.

22836. 짚신을 뒤엎어 신는다.
　　인색하게 할 데나 아니 할 데나 인색한 짓을 한다는
　　뜻.

22837. 짚신짝 벗어 버리듯 한다. (如脫屣)
　　〈漢書〉
　　헌 짚신짝 버리듯이 무엇을 함부로 버린다는 뜻.

22838. 짚신 장수 마누라가 맨발로 다닌다.
　　마땅히 가져야 할 사람이 가지지 못하였다는 뜻.

22839. 짚신 장수 마누라는 굽 없는 짚신만 끈다.
　　마땅히 있어야 할 곳에 그 물건이 없을 때 하는 말.

22840. 짚신 장수 죽을 때야 아들에게「털털」하며
　　죽는다.
　　옛날 짚신 장수 부자가 있는데 언제나 아버지 짚신은
　　잘 팔리고 아들 짚신은 잘 안 팔렸으나, 아버지는 그
　　비결(秘訣)을 아들에게 가르쳐 주지 않고 있다가 죽
　　을 임종에야 아들을 보고「털 털」(네 신의 털을 뜯으
　　라는 뜻.) 하면서 죽듯이 기술은 부자간에도 비밀을
　　지킨다는 데서 나온 말.

22841. 짚신장이는 뒤꿈치 없는 신만 신는다.
　　반드시 가져야 할 사람이 그것을 못 가졌을 때 하는
　　말.

22842. 짚신장이는 짝신만 신는다.
　　흔하게 가져야 할 사람이 그것을 못 가졌을 때 하는
　　말.

22843. 짚신장이는 헌 신만 신는다.
　　흔하게 가져야 할 사람이 못 가졌을 때 하는 말.

22844. 찧고 까분다.
　　되지 못한 소리로 사람을 조롱하며 경망스러운 행동
　　을 한다는 뜻.

22845. 찧는 방아도 손이 드나들어야 한다.
　　무슨 일이나 힘을 들여야 일이 잘 된다는 뜻.

22846. 차기는 돌이다.
사람을 돌보다도 더 차게 대한다는 말.

22847. 차기는 얼음이다.
인정이라고는 조금도 없이 사람을 냉대한다는 말.

22848. 차기는 차돌이다.
차돌과 같이 사람을 냉대(冷待)한다는 말.
※ 차돌 : 석영(石英).

22849. 차나무는 작아도 열매가 열린다. (茗柯有實理)
몸은 비록 작아도 제 할 일은 다 한다는 뜻.

22850. 차는 말도 타는 사람에게 달렸다.
못된 사람이라도 그를 다루는 사람에 따라서 더욱
못된 사람으로 만들 수도 있고 착한 사람으로 인도할
수도 있다는 말.

22851. 차(車) 떼고 포(包) 뗀 장기다.
장기에서 가장 중요한 것을 떼면 둘 것이 없듯이 핵
심은 없어지고 변변치 않은 것만 남아 있다는 뜻.

22852. 차라리 닭 주둥이가 될지언정 쇠꼬리는 되지 말라. (寧爲雞口 無爲牛後)
〈蘇泰傳, 史記〉
높은 사람 꽁무니를 쫓아다니는 것보다는 차라리 작
고 낮은 데서 우두머리가 되는 것이 낫다는 말.

22853. 차려 놓은 밥상 받듯 한다.
이미 준비된 일을 하듯이 힘 안 들이고 손쉽게 한다
는 뜻.

22854. 차면 넘친다. (滿則溢) 〈旬五志, 松南雜識〉
(1) 가득히 찬 상태는 오래 유지하기 어렵다는 뜻.
(2) 성(盛)하면 반드시 쇠퇴(衰退)하게 된다는 뜻.

22855. 차일 피일 미룬다. (此日彼日)
이 날, 저 날 하면서 자꾸 미루기만 한다는 뜻.

22856. 차츰차츰 누에가 뽕 먹듯 한다. (稍蠶食之)
〈戰國策〉
누에가 뽕잎을 갉아먹듯이 차츰차츰 먹어 들어온다는
뜻.

22857. 차(車) 치고 포(包) 친다.
장기(將棋) 둘 때 차도 먹고 포도 먹듯이 무슨 일을
시원스럽게 해치운다는 뜻.

22858. 착하지 못한 사람은 착한 사람의 교양 자료로 된다. (不善之者 善人之資) 〈老子〉
착한 사람은 착하지 못한 사람의 나쁜 언행(言行)을
보면 이를 고쳐 주려고 한다는 뜻.

22859. 착한 것을 보거든 목 마른 사람이 물 구하듯 하라. (見善如渴) 〈姜太公〉
착한 일을 보거든 기쁜 마음으로 지체(遲滯) 없이 실
행하라는 뜻.

22860. 착한 사람과 원수는 되어도 악한 사람과 벗은 되지 말랬다.
착한 사람끼리 원수가 되는 것은 큰 허물이 아니지만
악한 사람과 벗이 되는 것은 자신도 악하게 되므로 조
심하라는 말.

22861. 착한 사람은 상을 주고 악한 사람은 벌을 주어야 한다. (賞善罰惡) 〈公羊傳〉
착한 일을 많이 한 사람은 상을 주어 격려(激勵)시켜
야 하며 악한 짓을 하는 사람은 엄벌을 주어 바로 잡
아야 한다는 뜻.

22862. 착한 일은 작은 것도 안 해서는 안 된다. (勿以善小而不爲) 〈漢昭烈〉
아무리 착한 것이 작아도 소홀히 여기지 말고 다 집
행하라는 뜻.

22863. 착한 일을 하는 것이 가장 즐거운 일이다. (爲善最樂) 〈後漢書〉
착한 일을 하는 것을 으뜸가는 낙으로 삼고 일을 한
다는 뜻.

22864. 착한 일을 하면 복을 받고 악한 일을 하

면 화를 입는다. (福善禍惡)

좋은 일을 하는 사람은 복을 받고 나쁜 일을 하는 사람은 화를 입게 된다는 뜻.

22865. 착한 일을 하면 이름을 내지 않으려고 해도 이름이 절로 나게 된다. (行善不以善名而名從之) 〈列子〉

착한 일을 하면 남에게 자랑을 하지 않아도 저절로 이름이 나게 된다는 뜻.

22866. 착한 행동만 하면 화는 오지 않는다. (行善則禍不至)

착한 행동을 하는 사람은 군중들이 도와 주기 때문에 복을 받게 된다는 뜻.

22867. 착한 행동을 하지 않으면 복이 오지 않는다. (不爲善則福不來)

사람은 그 행동을 잘하지 않으면 복을 받지 못하게 된다는 말.

22868. 찬물도 상(賞)이라면 좋아한다.

하찮은 것도 상으로 주면 받는 사람은 좋아한다는 말.

22869. 찬물도 위아래가 있다.

하찮은 찬물을 먹는 데도 순서가 있듯이 무슨 일이나 순서가 있다는 뜻.

22870. 찬물 먹고 갈비 트림한다.

하잘것없는 사람이 잘난 체한다는 뜻.

22871. 찬물 먹고 냉돌 방에서 땀 낸다.

이치에 어긋나는 말은 하지도 말라는 뜻.

22872. 찬물 먹고 된똥 눈다.

이치에 맞지 않는 말을 한다는 뜻.

22873. 찬물 먹고 속 차려라.

실속을 못 차리는 사람에게 정신을 차리라고 하는 말.

22874. 찬물 먹고 술 주정한다.

(1) 술도 먹지 않고 공연히 취한 체하면서 주정한다는 뜻. (2) 거짓말을 몹시 한다는 뜻.

22875. 찬물 먹다가 이 부러진다.

운수가 나쁜 사람은 무슨 일을 하든지 뜻하지 않은 손해를 보게 된다는 뜻.

22876. 찬물에 기름 돌듯 한다.

화목해야 할 사람들이 화목하지 못하고 따로따로 행동한다는 뜻.

22877. 찬물에 덴다.

운수가 나쁜 사람은 남들이 다 하는 일도 안 된다는 뜻.

22878. 찬물을 끼얹는다.

(1) 좋은 분위기를 깬다는 뜻. (2) 남의 일을 방해한다는 뜻.

22879. 찬물을 떠 놓고 혼례를 치른다. (酌水成禮)

몹시 가난하여 결혼식에 찬물만 떠 놓고 결혼식을 한다는 말.

22880. 찬물을 불어 먹는다.

뜨거운 물에 덴 사람은 찬물도 불어 먹듯이 한번 무슨 일에 놀란 사람은 그와 유사한 일에도 무서워한다는 뜻.

22881. 찬물의 돌이다.

찬물 속에서 돌이 잘 견디듯이 지조를 잘 지킨다는 뜻.

22882. 찬밥 더운밥 다 먹어 봤다.

온갖 고생도 해봤고 잘살아 보기도 하였기 때문에 세상 물정을 다 안다는 뜻.

22883. 찬밥 두고 잠 못 잔다.

(1) 대단찮은 일을 남겨 두고 신경을 쓴다는 뜻. (2) 무엇을 남겨 놓고는 못 견디는 성미를 가리키는 말.

22884. 찬밥에 국 적은 줄만 안다.

전체적으로 곤란한 줄은 모르고 어느 한 가지만 곤란한 것을 안다는 뜻. ↔ 찬밥에 국 적은 줄 모른다.

22885. 찬밥에 국 적은 줄 모른다.

가난한 살림에는 무엇이나 부족한 줄을 알기 때문에 불편을 느끼지 않는다는 뜻. ↔ 찬밥에 국 적은 줄만 안다.

22886. 찬밥에 더운 국이다.

무슨 일이 서로 조화가 잘 이루어진다는 뜻.

22887. 찬밥에서 김이 난다.

(1) 사리(事理)에 맞지 않는다는 말. (2) 있을 수 없는 허무 맹랑한 일이라는 뜻.

22888. 찬소리는 무덤 앞에 가서 하랬다. (到墓前言方盡) 〈旬五志〉

입찬 말은 죽은 뒤에나 하라는 뜻.

22889. 찬 이슬을 맞은 놈이다.

밤에 도둑질을 하느라고 이슬을 맞은 도둑놈이라는 말.

22890. 찬 이슬 맞은 놈이 비 맞았다고 한다.

도둑놈은 누구나 다 도둑질을 하지 않았다고 부인한다는 뜻.

22891. 찰거머리같이 달라붙는다.
한번 들어붙으면 떨어질 줄을 모른다는 뜻.

22892. 찰거머리와 안타깨비다.
찰거머리와 같이 한번 들어붙으면 떨어질 줄을 모르고 안타깨비 쐐기마냥 해롭게만 한다는 뜻.
※ 안타깨비 : 독침을 지닌 쐐기나방의 유충.

22893. 찰거머리 정이다.
한번 정이 들면 떨어질 줄을 모르는 정이라는 뜻.

22894. 찰거머리 피 빨아먹듯 한다.
찰거머리가 피를 빨아먹듯이 남의 재산을 착취한다는 뜻.

22895. 찰떡 궁합이다.
대단히 정다운 부부가 될 수 있는 좋은 궁합이라는 뜻.

22896. 찰떡도 굴려야 고물이 묻는다.
(1) 사람은 노력을 해야 돈을 번다는 뜻. (2) 돈은 회전을 시켜야 불어난다는 뜻.

22897. 찰시루 떡 해놓고 밤낮 보름을 빌어도 이도 아니 들어가겠다.
남의 말은 도무지 듣지 않는 고집장이라는 뜻.

22898. 찰찰(察察)이 불찰찰(不察察)이다.
너무 살펴보는 것이 오히려 않는 것만 못하다는 뜻.

22899. 참깨가 길다거니 짧다거니 한다. (眞荏曰短曰長) 〈東言解〉
(1) 그만그만한 것을 가지고 크고 작은 것을 가린다는 뜻. (2) 사소한 것을 가지고 시비를 한다는 뜻.

22900. 참깨 들깨 노는 데 아주까리가 못 놀까 ?
남들이 다 하는 일에 나도 함께 끼어 하는 것은 상관이 없다는 뜻.

22901. 참견 않는 일이 없다. (無事不參 : 無不干涉)
관계할 일이나 관계하지 않을 일이나 다 참견한다는 뜻.

22902. 참고 사는 것이 인생이다.
세상 사람들은 누구나 자기 마음대로 세상을 살 수 없기 때문에 참고 살아야 한다는 뜻.

22903. 참나무에 곁낫 걸이다.
덤벼들기는 하지만 꿈쩍도 않는다는 뜻.

22904. 참는 것도 한이 있다.
참는 것도 한도가 있지 무턱대고 참을 수는 없다는 말.

22905. 참는 것은 덕이다. (忍之爲德)

참고 처리하는 것이 곧 덕이라는 말.

22906. 참는 것이 보배다.
아무리 고생스럽더라도 참고 견디면 승리할 수 있으므로 참는 것은 승리할 수 있는 보배라는 뜻.

22907. 참는 것이 이기는 것이다.
당면한 고난을 참고 견디며 승리를 위하여 끝까지 싸워 나가면 성공할 수 있다는 뜻.

22908. 참대 떨듯 한다.
참대가 흔들리듯이 몸을 몹시 떨고 있다는 뜻.

22909. 참말은 할수록 줄고 거짓말은 할수록 는다.
참말은 사람들이 옮길 적마다 줄지만 거짓말은 점점 보태져서 커진다는 뜻.

22910. 참말 절반에 거짓말 절반이다.
믿을 수도 없고 안 믿을 수도 없는 말이라는 뜻.

22911. 참빗으로 훑듯 한다.
하나도 남기지 않고 다 뒤져 낸다는 뜻.

22912. 참새가 나락 까먹는 소리를 한다.
음식을 먹으며 수다스럽게 지껄인다는 뜻.

22913. 참새가 방아에 치어죽어도「짹」하고 죽는다.
약한 사람이라도 궁지에 빠지면 반항을 하게 된다는 뜻.

22914. 참새가 방앗간을 보고 그저 지날까 ?
(眞雀豈虛過春間) 〈東言解〉
(1) 욕심이 있는 사람이 재물을 보고 그저 지나가지는 않는다는 뜻. (2) 좋아하는 것을 보고는 그대로 지나갈 수는 없다는 뜻.

22915. 참새가 섬 곡식을 탐낸다.
자신의 분수에 너무 지나치는 욕심을 낸다는 뜻.

22916. 참새가 아무리 떠들어도 구렁이는 움직이지 않는다.
약자가 아무런 짓을 하더라도 강자를 움직일 수는 없다는 뜻.

22917. 참새가 작아도 알을 낳는다.
체격은 비록 작을지라도 저 할 일은 다한다는 뜻.

22918. 참새가 죽어도「짹」하고 죽는다.
아무리 약한 사람이라도 죽게 되면 반항을 하게 된다는 뜻.

22919. 참새가 즐기며 날뛰듯 한다. (歡呼雀躍)

참새가 재재거리듯이 몹시 수다스럽게 지껄인다는 뜻.

22920. 참새가 크니 작으니 한다.
별로 큰 차이도 없는 처지에 크니 작으니 시비를 한다는 뜻.

22921. 참새가 허수아비 무서워 나락 못 먹을까?
(1) 방해물이 있더라도 할 일은 해야 한다는 뜻. (2) 큰 일을 하려면 사소한 비난은 두려워해서는 안 된다는 뜻.

22922. 참새가 황새 걸음을 배운다. (雀學鸛步)
〈東言解〉
자기 분수에 넘치는 일을 한다는 뜻.

22923. 참새같이 약기만 하다.
참새마냥 매우 약은 사람을 가리키는 말.

22924. 참새 고기 한 점이 쇠고기 천 점보다 낫다.
양적(量的)으로 많은 것보다는 질적(質的)으로 좋은 것이 낫다는 뜻.

22925. 참새 굴레를 씌우겠다.
꾀가 많고 약삭빠른 사람을 가리키는 말.

22926. 참새를 까먹었나?
참새가 재잘거리듯이 잔소리가 몹시 심하다는 뜻.

22927. 참새를 볶아먹었나?
참새가 재잘거리듯이 말이 빠르고 수다스럽게 지껄이는 사람을 가리키는 말.

22928. 참새를 숲으로 쫓는다. (爲叢驅雀)
남을 해치려고 한 것이 도리어 이롭게 하였다는 뜻.

22929. 참새를 얼려 잡겠다.
꾀가 많고 수완이 좋은 사람을 두고 하는 말.

22930. 참새 만 마리가 매 한 마리 못 당한다. (萬雀不能一鷹)
약한 사람 여러 사람이 강한 사람 하나를 못 당한다는 뜻.

22931. 참새 방앗간 반기듯 한다.
자기가 가장 좋아하는 것을 보고 반긴다는 뜻.

22932. 참새 알을 볶아먹었나?
참새가 재잘거리듯이 말이 빠르고 수다스럽게 지껄이는 사람을 가리키는 말.

22933. 참새 잡으려다가 꿩을 놓친다.
작은 것에 욕심을 내다가 큰 것을 손해보게 되었다는 말.

22934. 참새 잡을 잔치에 소 잡는다. (殺雀宴 反宰牛)
〈旬五志〉
간단히 처리할 수 있는 일을 크게 확대시켜 처리한다는 뜻.

22935. 참새 주둥이는 내일 아침이다.
참새 주둥이보다도 입이 더 싼 사람이라는 뜻.

22936. 참새 지절거리듯 한다.
참새가 지절거리듯이 무슨 말을 자꾸 지껄인다는 뜻.

22937. 참새 천 마리가 봉 한 마리만 못하다. (千雀莫如一鳳)
못난 여러 사람이 잘난 한 사람만 못하다는 뜻.

22938. 참새 한 마리로 동네 잔치한다.
작은 것으로 의(誼)좋게 고루 나누어 먹는다는 말.

22939. 참외를 버리고 호박을 고른다.
(1) 좋은 것을 버리고 나쁜 것을 가진다는 뜻. (2) 어여쁜 아내 버리고 못난 첩을 얻는다는 뜻. (3)욕심 많은 사람은 큰 것만 취한다는 뜻.

22940. 참외 버리고 물외 먹는다.
이로운 짓을 버리고 손해 되는 짓을 한다는 뜻.

22941. 참외 장사하다가 송아지 팔아먹는다.
먹는 장사에 인심쓰다가는 밑천도 날리게 된다는 뜻.

22942. 참외 장사하다가 은비녀 팔아먹는다.
먹는 장사를 잘못하다가는 본전도 날리게 된다는 뜻.

22943. 참외 장수는 사촌이 지나가도 못 본 척한다.
참외 장수는 친한 사람이 오면 외를 먹으라고 대접해야 하기 때문에 친한 사람을 보면 못 본 척한다는 말로서 장사하는 사람은 인색하다는 뜻.

22944. 참외 장수는 삼촌도 모른다.
장사하는 사람은 인색하여 친척도 모른다는 말.

22945. 참외 장수 잘못하다가는 아내 은비녀 팔아먹는다.
먹는 장사는 먹지 말고 해야지 헤프게 하다가는 장사가 망한다는 뜻.

22946. 참으면 가난도 간다.
빈곤과 싸우며 참고 견디면 이를 극복할 수 있다는 말.

22947. 참으면 평생이 편하다.
불쾌한 일이나 고생스러운 일을 항상 참을 줄 아는 사람은 평생을 편하게 살 수 있다는 말.

22948. 참을 인(忍)자를 붙이고 다니랬다.

일상 생활에서 불쾌한 일이 있더라도 참는 것이 가장 현명한 처세라는 뜻.

22949. 참을 인자 셋이면 살인도 면한다.
아무리 분한 일이라도 세 번만 참으면 원만히 해결하게 된다는 뜻.

22950. 참을 인 한 자는 모든 일을 해결하는 오묘한 문이다. (忍之一字 衆妙之門)
아무리 분한 일이라도 참고 너그럽게 대하면 원만히 해결될 수 있다는 뜻.

22951. 찻집 출입 십 년에 남의 얼굴 볼 줄만 안다.
무슨 일이나 오래 하게 되면 얻는 것도 있다는 말.

22952. 창씨(倉氏)가 고씨(庫氏)다.
창씨와 고씨는 옛날 중국에서 대대로 창고직을 맡아 온 성씨(姓氏)로서 다 같은 일을 한다는 뜻.

22953. 창애에 친 쥐 눈 같다.
쥐틀에 친 쥐 눈과 같이 툭 불거져나온 눈을 보고 하는 말. ※ 창애 : 짐승을 꾀어 잡는 틀.

22954. 창으로 파리를 잡는다.
간단히 처리할 수 있는 일에 지나친 역량(力量)을 투입한다는 뜻.

22955. 채 맞은 똥덩이 풍기듯 한다.
좋지 못한 일의 여파(餘波)가 크다는 뜻.

22956. 채 맞은 소리다.
장단에 맞는 노래와 같이 매우 체계 있게 배운 일이라는 뜻.

22957. 채반이 용수가 되도록 우긴다.
사리에 맞지 않는 일을 고집한다는 뜻.
※ 용수 : 술이나 장을 거르는 데 쓰는 싸리나 대로 만든 둥글고 긴 통.

22958. 채비 사흘에 용천관(龍川關) 다 지나가겠다.
꾸물꾸물 채비만 하다가 정작 할 일은 못했다는 뜻.
※ 용천관 : 옛날 평안북도 용천에 있었던 검문소.

22959. 채비 차리다가 닭 울린다.
준비하는 시간이 일하는 시간보다도 길어서 일이 낭패가 되었다는 말.

22960. 채비 차리다가 신주 개 물려 보낸다.
제사 준비만 하다가 신주를 잃어 버리듯이 준비만 하다가 정작 할 일은 못하게 되었다는 뜻.

22961. 채우고 더는 일은 때에 맞추어 해야 한다.
(損益盈虛 與時偕行) 〈易經〉
가득하게 채울 것은 채우고 비워야 할 것은 비워야 하는데 이것은 그 때의 상황에 맞추어 해야 한다는 뜻.

22962. 채인 발을 또 채인다.
어려운 일을 당한 사람을 더욱 곤란하게 한다는 뜻.

22963. 채찍이 길다고 해도 말 배까지는 미치지 못한다. (雖鞭之長 不及馬腹) 〈春秋左傳〉
말이 교만하다고 해서 아무리 긴 채찍으로 때려도 말 배까지는 이르지 못하듯이 사람이 할 수 있는 일에는 한도가 있다는 뜻.

22964. 책력(冊曆) 봐가면서 밥 먹는다.
가난하여 밥을 제대로 먹을 수 없기 때문에 좋은 날이나 밥을 먹듯이 끼니를 제대로 못 잇는다는 말.

22965. 책망은 몰래 하고 칭찬은 알게 하랬다.
남을 책망할 때는 다른 사람이 없는 데서 하고 칭찬할 때는 다른 사람 보는 데서 하라는 뜻.

22966. 책상 물림이다. (冊床退物)
공부만 하고 아직 사회 경험이 없는 사람이라는 뜻.

22967. 책에도 볼 책 있고 안 볼 책 있다.
책이라고 해서 다 유익한 것이 아니라는 뜻.

22968. 책 잘못 보고 미친다.
책이라고 다 봐서 유익한 것이 아니라 도리어 폐해가 되는 것도 있다는 뜻.

22969. 챈 발이 곱 챈다.
곤란을 당한 사람을 더욱 곤란하게 만든다는 뜻.

22970. 처가살이는 고용살이다.
처가살이하는 것은 남의 집에 고용살이하는 것과 마찬가지라는 뜻.

22971. 처가살이는 오장 육부(五臟六腑)를 빼놓고 하랬다.
처가살이를 하려면 아니꼬운 것을 잊고 해야 한다는 뜻.

22972. 처가살이 십 년에 등신 안 되는 놈 없다.
처가살이를 하려면 시키는 대로만 해야 하기 때문에 사람 구실을 못한다는 뜻.

22973. 처가살이 십 년 하면 아이들도 외탁한다.
(1) 처가살이는 못 할 것이라는 뜻. (2) 처가살이를 하면 내주장이 되고 아이들도 어미 편만 든다는 뜻.

22974. 처가집 말뚝에도 절하겠다. (婦家情篤 拜厭馬杖) 〈耳談續纂〉
아내가 사랑스러우면 처가집을 존중히 여긴다는 말.

22975. 처가집 밥 한 사발은 동네 사람이 다 먹고도 남는다.
처가집에 가면 장모가 밥을 많이 먹으라고 꼭꼭 눌러서 많이 담았다는 데서 나온 말로서 작아 보여도 많다는 뜻.

22976. 처가집 사랑은 장모 사랑이라.
사위는 처가집에서 장모가 가장 사랑한다는 말.

22977. 처가집 사랑은 장모 사랑이요 시집 사랑은 시아버지 사랑이다.
사위는 장모가 가장 사랑하게 되고 며느리는 시아버지가 가장 사랑하게 된다는 뜻.

22978. 처가집 세배는 보름 쇠고 간다.
처가집 세배는 좀 늦게 가도 된다는 뜻.

22979. 처가집 세배는 보리 누름에 간다.
처가집 세배는 좀 늦게 가도 허물이 아니된다는 뜻.

22980. 처가집 세배는 살구꽃 따 가지고 간다.
처가집 세배는 약간 늦어도 사랑으로 받아들이게 된다는 뜻.

22981. 처가집 세배는 살구꽃 펴서 간다.
처가집 세배는 다소 늦게 가도 섭섭하게 생각하지 않는다는 말.

22982. 처가집 세배는 앵도 따먹고 간다.
처가집 세배는 다소 늦어도 이해(理解)한다는 뜻.

22983. 처가집 세배는 한식(寒食) 지나서 간다.
처가집 세배는 약간 늦게 가도 된다는 말.

22984. 처가집에서 사위 맞듯 한다.
처가집에서 사위를 맞듯이 사람을 소중히 대해 준다는 뜻.

22985. 처가집에 송곳 차고 간다.
처가집 밥은 꼭꼭 눌러 담았기 때문에 송곳으로 파야 먹게 되듯이 처가집에서는 사위 대접을 극진히 한다는 뜻.

22986. 처남댁(妻男宅) 병 보듯 한다.
무슨 일을 성의 없이, 건성으로 한다는 뜻.

22987. 처녀가 늙어 가면 산으로 맷돌짝 지고 오른다.
처녀가 혼기를 잃으면 탈선된 행동만 한다는 뜻.

22988. 처녀가 늙으면 뒷박 쪽박이 안 남아 난다.
처녀가 혼기를 놓치면 집에서 골부림을 잘하게 된다는 뜻.

22989. 처녀가 아이를 낳고도 할 말이 있다.
잘못을 저지른 사람에게도 어떤 피치 못할 사정이 있었다는 뜻.

22990. 처녀가 아이를 배도 할 말이 있다.
잘못을 저지른 사람에게도 어떤 사정이 있었다는 뜻.

22991. 처녀가 한증을 해도 제 매련은 있다.
남이야 무슨 짓을 하든지 자기 나름대로의 사정이 있다는 말.

22992. 처녀 길 성복(成服) 떡도 먹어야 한다.
처녀 죽은 성복 떡은 없는 것이지만 그것을 구실 삼아 안 될 것도 되게 해야 한다는 뜻.

22993. 처녀는 시집 갈 때가 됐다면 좋아하고 총각은 장가 갈 때가 됐다면 좋아한다.
혼기가 다 된 처녀 총각은 혼인 이야기만 해도 좋아한다는 뜻.

22994. 처녀 늙은이는 없다.
아무리 못난 여자라도 시집 못 가는 여자는 없다는 뜻.

22995. 처녀들은 말 방귀만 뀌어도 웃는다.
처녀들은 대단치 않은 것만 봐도 잘 웃는다는 뜻.

22996. 처녀로 늙어 죽은 귀신 없다.
아무리 못난 처녀라도 시집 못 가는 처녀는 없다는 뜻.

22997. 처녀면 다 처녀인가?
(1) 겉으로는 다 같아 보여도 다르다는 뜻. (2) 다 같아 보이는 것 중에도 좋은 것은 귀하다는 뜻.

22998. 처녀 불알 빼놓고는 다 있다.
무슨 물건이든지 한 가지만 빼고는 다 구비되어 있다는 뜻.

22999. 처녀 성복전(成服奠)도 먹어야 한다.
처녀가 죽으면 상주가 없어 성복전을 지내지 못하여 먹을 것도 없지만 이것을 구실로 먹을 것을 장만하듯이 구실만 있으면 억지로 만들어야 한다는 뜻.

23000. 처녀 시집 가기보다도 과부 시집 가기가 더 어렵다.
여자는 첫 결혼보다도 재혼(再婚)하기가 더 어렵다는 말.

23001. 처녀 오장(五臟)은 깊어야 좋고 총각 오장은 얕아야 좋다.
처녀의 마음은 경솔하지 말고 깊어야 한다는 뜻.

23002. 처녀의 정은 길고 영웅의 성미는 짧다.

(兒女情長 英雄氣短)

처녀의 사랑은 깊고 영웅의 성미는 급하다는 말.

23003. 처녀 젖가슴 만지듯 한다.

주물럭거리면서 도무지 손을 떼지 않는다는 뜻.

23004. 처녀 총각이 만난 것 같다.

처녀 총각이 만난 것같이 매우 기뻐하며 다정하게 지낸다는 뜻.

23005. 처녀 총각 중매는 개 빼놓고 다 댄다.

처녀 총각 혼담은 별의 별 사람과도 혼담을 하게 된다는 뜻.

23006. 처녑에 똥 쌓였다.

할 일이 많아서 쌓이고 쌓였다는 뜻.

23007. 처마 끝에서 까치가 울면 편지가 온다.

까치는 길조(吉鳥)이므로 까치가 아침에 울면 반가운 소식이 있다는 말.

23008. 처삼촌 묘에 벌초하듯 한다.

무슨 일을 성의없이 대충대충 해치운다는 뜻.

23009. 처삼촌 묘에 성묘하듯 한다.

무슨 일을 하는 둥 마는 둥 형식적으로, 마지 못해서 한다는 뜻.

23010. 처삼촌 어미 뫼에 벌초하듯 한다.

무슨 일을 정성스럽게 하지 않고 대강 해치운다는 뜻.

23011. 처서(處暑)가 지나면 모기도 입이 삐뚤어진다.

처서(8월 22일 경)가 지나면 날씨가 신선해지기 때문에 모기도 점점 기세가 약해진다는 뜻.

23012. 처서에 비가 오면 독의 곡식도 준다.

처서(8월 22일 경)에 비가 오면 벼에 해롭기 때문에 흉년이 든다는 말.

23013. 처서에 비가 오면 십 리 안 들 곡식천 석(千石)이 감수된다.

처서에 비가 오면 큰 흉년이 든다는 말.

23014. 처서에 비가 오면 항아리 쌀도 준다.

처서에 비가 오면 그 해에 흉년이 든다는 뜻.

23015. 처서에 비가 오면 흉년이 든다.

8월 22일 경에 있는 처서에 비가 오면 흉년이 든다고 옛부터 농촌에서는 이날 비 오는 것을 걱정하여 온 농언(農諺).

23016. 처숙부(妻叔夫) 묘에 성묘하듯 한다.

무슨 일을 형식적으로만 한다는 뜻.

23017. 처음에는 사람이 술을 먹고 나중에는 술이 사람을 먹는다.

술을 먹기 시작할 때는 본 정신으로 술을 먹지만 나중에는 제 정신으로 먹지 않는다는 뜻.

23018. 처음에는 사람이 술을 먹고 다음에는 술이 술을 먹고 나중에는 술이 사람을 먹는다.
(初則人呑酒 次則酒呑酒 後則酒呑人)

〈法華經抄〉

술을 많이 먹으면 정신을 잃어서 사람 구실을 못하게 된다는 말.

23019. 처음에는 헛소문을 낸 다음에 실력을 행사한다. (先聲後實)　　　〈史記〉

적을 공격(攻擊)할 때는 처음에는 헛소문을 내서 적을 혼란시킨 다음에 공격을 해야 한다는 뜻.

23020. 처음이 나쁘면 끝도 나쁘다.

무슨 일이나 시작을 잘해야 마무리도 잘하게 된다는 뜻.

23021. 처음이 없으면 끝도 없다.

시작하지 않은 것은 결과도 있을 수 없다는 말.

23022. 처음이 있으면 끝도 있다. (有始有終)

무슨 일이나 시작이 있으면 끝도 있다는 뜻.

23023. 처음이 좋다고 끝도 좋다는 법은 없다.

시작이 잘 되었다고 끝도 잘 된다고 믿을 수는 없다는 뜻. ↔ 처음이 좋아야 끝도 좋다.

23024. 처음이 좋아야 끝도 좋다.

무슨 일이나 처음 시작을 잘해야 끝도 잘 마무리하게 된다는 뜻. ↔ 처음이 좋다고 끝도 좋다는 법은 없다.

23025. 처자도 돌보지 않는다. (不顧妻子)

가장(家長)이 아내와 자식도 돌보지 않고 방탕한 생활을 한다는 뜻.

23026. 처자식 자랑하는 사람과는 상종(相從)도 말랬다.

남에게 처 자식을 자랑하는 버릇은 나쁘다는 뜻.

23027. 처지를 바꾸어 놓으면 다 같이 된다.
(易地皆然)

나도 남과 같은 처지에 있게 되면 마찬가지로 된다는 뜻.

23028. 처지를 바꿔 생각한다. (易之思之)

남에게서 청탁을 받았을 때는 그 사람의 사정을 충분히 요해한 뒤에 처리해야 한다는 뜻.

23029. 척수(尺數) 봐서 옷 짓는다.

무슨 일이나 실정(實情)에 알맞게 처리해야 한다는 뜻.

23030. 척 하면 삼척(三陟)이다.
(1) 눈치가 매우 빠름을 비유하는 말. (2) 답답할 정도로 감각이 무딘 사람에게 하는 말.

23031. 척 하면 삼천 리다.
무슨 일이나 눈치만 보면 알아야 한다는 뜻.

23032. 척 하면 입맛이다.
무슨 일이나 재빠르게 알아서 빨리 해야 한다는 뜻.

23033. 척 하면 절 터다.
남이 한 마디만 하면 알아서 척척 해야 한다는 뜻.

23034. 척 하면 팔십 리다.
무슨 일이나 눈치로 때려 잡아서 신속히 처리해야 한다는 뜻.

23035. 천금도 아깝지 않다. (不惜千金)
돈은 아무리 들어도 아깝지 않으니 일이나 성사되도록 하라는 뜻.

23036. 천금을 얻은 기분이다. (如得千金)
재물이 많이 생긴 것과 같은 좋은 기분이라는 뜻.

23037. 천금이면 죽을 자식도 살린다. (千金之子 不死於市) 〈史記〉
돈만 많으면 죽게 된 사람도 살릴 수 있다는 뜻.

23038. 천 길 물 속은 알아도 여자 마음 속은 모른다. (千丈淵可知 美人心不知) 〈東言解〉
여자의 마음은 변하기가 쉽기 때문에 알 수가 없다는 뜻.

23039. 천 길 물 속은 알아도 한 길 사람 속은 모른다.
사람의 마음 속은 알아 내기가 매우 어렵다는 뜻.

23040. 천 길 방죽도 개미 구멍 때문에 무너진다. (千丈堤螻蟻之穴隤) 〈韓非子〉
큰 일이 실패되는 것도 조그마한 결함에서 발생되는 것이라는 뜻.

23041. 천날 가뭄은 싫지 않아도 하루 장마는 싫다. (千日晴不厭 一日雨落便厭)
가뭄의 피해보다 장마의 피해가 훨씬 크다는 뜻.

23042. 천 냥 만 냥 판이다.
노름판이 매우 큰 판이라는 말.

23043. 천 냥 부담(負擔)에 갓모 못 칠까?
천 냥 빚을 갚으면서 갓모를 못-칠 리(理) 없듯이 있

을 수 있는 일이라는 뜻.

23044. 천 냥 빚도 말로 갚는다.
말만 잘하면 천 냥 빚도 갚을 수 있듯이 처세하는 데는 말 재간(才幹)이 좋아야 한다는 뜻.

23045. 천 냥 빚도 말 한 마디로 갚는다.
세상을 살아가는 데는 언변(言辯)이 좋아야 한다는 뜻.

23046. 천 냥 빚에 말이 비단이다.
빚이 많이 있더라도 말을 잘하면 해결할 수 있다는 뜻.

23047. 천 냥 쓰면 죽을 것도 살고 백 냥 쓰면 받을 형벌도 안 받는다. (千金不死 百金不刑)
돈만 많으면 죽을 죄를 지어도 살 수 있고 형벌도 안 받게 된다는 말.

23048. 천 냥 시주(施主) 말고 애매한 소리 말랬다.
돈 많이 들여서 막으려고 말고 말조심을 하는 것이 낫다는 말.

23049. 천 냥 잃고 조리 겯기다.
노름해서 돈 다 잃고 조리 장수를 하듯이 처음부터 자기 직업에 성실해야 한다는 뜻.

23050. 천 냥짜리 물건도 귀에 대고 한 푼 받으라고 한다.
무슨 물건이나 흥정할 때는 에누리를 하게 된다는 뜻.

23051. 천 냥짜리 서 푼 본다.
물건을 흥정할 때는 에누리를 해야 한다는 뜻.

23052. 천 년 만 년 살고 지고. (千秋萬歲)
사람은 누구나 다 오래 살고 싶다는 뜻.

23053. 천 년이면 땅 임자도 팔백 번 변한다. (千年田八百主)
세월이 오래 가면 세상 만사가 자꾸 변하게 된다는 뜻.

23054. 천덕꾸러기가 오래는 산다.
천대받는 사람이 명이 길어서 오래 산다는 뜻.

23055. 천둥 번개 칠 때는 세상 사람들이 한맘 한 뜻으로 된다.
세상 사람들이 다 같이 천변이나 두려움을 당할 때는 이해가 결부되었기 때문에 한마음으로 될 수 있다는 뜻.

23056. 천둥 벌거숭이다.
두려운 줄도 모르고 날뛰는 사람을 가리키는 말.
※ 벌거숭이 : 붉은 잠자리.

23057. 천둥소리에 귀 막을 겨를 없다. (疾雷不及掩耳) 〈淮南子〉
무슨 일이나 갑작스럽게 일어나는 일은 방지할 수가 없다는 뜻.

23058. 천둥에 개 놀래듯 한다.
놀라서 어쩔 줄 모르고 날뛴다는 뜻.

23059. 천둥에 개 뛰듯 한다.
몹시 놀라서 어쩔 줄을 모르고 날뛴다는 뜻.

23060. 천둥에 떨어진 잠충(蠶虫)이 같다.
몹시 놀라서 정신을 못 차리고 있는 사람을 가리키는 말.

23061. 천둥에 호박 떨어진다.
몹시 놀라서 정신을 못 차린다는 뜻.

23062. 천둥이 잦으면 비가 오게 마련이다.
무슨 일이나 소문이 잦으면 실현된다는 뜻.

23063. 천둥이 잦으면 소나기가 내린다.
무슨 일이나 선소문(先所聞)이 잦으면 실천된다는 뜻.

23064. 천둥인지 지둥인지 모르겠다.
어떤 것이 어떤 것인지 도무지 알 수 없다는 뜻.

23065. 천둥 칠 적마다 비가 올까?
무슨 일이나 징조(徵兆)가 있다고 해서 반드시 일어나는 것은 아니라는 뜻.

23066. 천둥 칠 적마다 벼락 칠까?
어떤 징조가 있다고 해서 반드시 일이 일어나지는 않는다는 뜻.

23067. 천 득봉(千得鳳) 물색 좋아하듯 한다.
옛날 천 득봉이라는 사람이 물색 옷을 좋아하듯이 빛좋은 옷을 좋아한다는 말.

23068. 천 리가 이웃 같다. (千里比鄰)
먼 곳에 있는 친구와 매우 다정하게 지낸다는 뜻.

23069. 천 리(千里)가 지척(咫尺)이다.
(1) 마음에만 있으면 천 리도 멀지 않다는 뜻.
(2) 교통이 매우 편리하게 되었다는 뜻.

23070. 천 리 강산이다. (千里江山)
거리가 매우 멀리 떨어져 있다는 뜻.

23071. 천 리 길도 멀다 하지 않는다. (千里不遠 : 不遠千里)
친한 친구를 찾는 데는 먼 거리에 있어도 먼 줄을 모르고 찾게 된다는 뜻.

23072. 천 리 길도 문 앞에서 시작한다. (千里行始於門前)
천 리 길도 문 앞에서 출발하듯이 무슨 일이나 가까운 데서 해나가야 한다는 뜻.

23073. 천 리 길도 한 발자국에서 시작한다.
큰 일도 작은 일이 쌓이고 쌓여져서 이루어진 것이라는 뜻.

23074. 천 리 길을 십 리 가듯 한다.
힘든 일도 거침없이 해나간다는 뜻.

23075. 천리마가 마굿간에서 늙는다. (老驥伏櫪)
실력을 가진 사람이 그 실력을 발휘하지 못하고 만다는 뜻.

23076. 천리마 꼬리에 붙은 쉬파리는 천 리를 간다. (蒼蠅附驥尾而致千里)
남의 세력을 잘 이용하여 출세한다는 뜻.

23077. 천리마는 늙었어도 천 리 가던 생각만 한다.
몸은 비록 늙었어도 마음은 언제나 젊은 시절의 추억만 생각하고 있다는 말.

23078. 천리마 달리듯 한다. (如走千里馬)
천리마가 달리듯이 몹시 빠르게 행동한다는 말.

23079. 천리마도 늙으면 둔한 말만 못하다. (騏驎之衰也駑馬先之) 〈戰國策〉
용감하였던 사람도 늙으면 별 수가 없다는 뜻.

23080. 천리마도 단번에 천 리를 뛰어가지는 못한다. (騏驎一躍 不能千里) 〈荀子〉
무슨 일이나 하나하나 순서 있게 하지 않으면 성공하지 못한다는 뜻.

23081. 천리마도 병들면 둔한 말이 빠르다. (驥病駑馬逸) 〈許渾〉
사람도 늙어 병들면 아무 쓸모가 없게 된다는 뜻.

23082. 천리마로 쥐 잡힌다. (使驥捕鼠) 〈莊子〉
사람을 적재 적소(適材適所)에 쓰지 못한다는 뜻.

23083. 천리마에도 못된 버릇은 있다.
아무리 착한 사람이라도 한두 가지의 결함은 있을 수 있다는 말.

23084. 천리마의 실력은 먼 길을 달려 봐야 안다. (道遠知驥)
실력을 알려면 충분히 검토해 봐야 알게 된다는 뜻.

23085. 천 리 방죽도 개미 구멍 때문에 무너진다. (千里之堤 蟻蛭而穿敗) 〈晉書〉
큰 일도 사소한 결함으로 인하여 실패하게 된다는 뜻.

23086. 천 리 타향에서 고향 친구 만난 것처럼 반 갑다. (千里他鄕逢故人)
　타향에서 고향 친구를 만나는 것은 매우 반갑다는 말.

23087. 천 마리 새가 한 마리 봉황만 못하다.
　못난 사람 여럿이 똑똑한 사람 하나를 못 당한다는 뜻.

23088. 천 마리 양 가죽이 한 마리의 여우 가죽 만 못하다. (千羊之皮 不如一狐之腋) 〈史記〉
　양적(量的)으로 많은 것보다는 질적(質的)으로 좋아 야 한다는 뜻.

23089. 천 마리 참새가 한 마리 봉(鳳)만 못하다.
　양(量)보다 질(質)이 좋아야 한다는 뜻.

23090. 천만 뜻밖이다. (千萬意外)
　전혀 생각지도 않았던 일이라는 뜻.

23091. 천만 재산이 서투른 기술만 못하다.
　(積財千萬 不如薄藝在身) 〈顏氏家訓〉
　돈은 있다가도 없어질 수 있지만 한번 배운 기술은 죽을 때까지 소유하고 있기 때문에 생활의 안정을 기 할 수 있다는 뜻.

23092. 천방 지방이다. (天方地方) 〈東言解〉
　급한 일을 당하여 두서를 차리지 못하고 갈팡질팡하 고만 있다는 뜻.

23093. 천방 지축한다. (天方地軸)
　방향을 잡지 못하고 돌아다니기만 한다는 뜻.

23094. 천 번 당치도 않고 만 번 당치도 않다.
　(千不當 萬不當)
　부당(不當)하다는 것을 강조하는 말.

23095. 천 번 만 번 다행이다. (千萬多幸)
　어느 모로 보나 다행스러운 일이라는 뜻.

23096. 천 번 만 번 부당하다. (千萬不當)
　어느 모로 보나 정당(正當)하지 못하다는 말.

23097. 천 번 생각하고 만 번 염려한다. (千思萬 慮)
　어떤 일을 두고두고 깊이 생각한다는 뜻.

23098. 천 번 생각하고 만 번 헤아린다. (千思萬 量)
　어떤 일을 깊이 생각하면서 여러 가지로 궁리한다는 뜻.

23099. 천 번 찾고 만 번 찾는다. (千搜萬索)
　두고두고 계속 찾는다는 말.

23100. 천 사람 만 사람의 정은 한 사람의 정이 다. (千人萬人之情 一人之情是也) 〈荀子〉
　천 사람 마음이나 만 사람 마음이나 그 마음은 한 사 람의 마음과도 같으므로 정치를 하는 사람은 천만인 의 마음을 살펴서 해야 한다는 뜻.

23101. 천 사람의 손짓은 틀림이 없다.
　군중들의 여론은 매우 정확하다는 말.

23102. 천 사람이 모이면 천금(千金)이 녹고 만 사 람이 모이면 만금(萬金)이 녹는다.
　단결력(團結力)은 많으면 많을수록 강해진다는 뜻.

23103. 천 사람이 손가락질하면 병이 아니라도 죽 는다. (千人所指 無病而死) 〈漢書〉
　세상에서 미움을 받는 고립된 사람은 세상에서 살 수 가 없다는 말.

23104. 천상(天上) 바라기다.
　언제나 하늘만 쳐다보고 다니는 사람을 가리키는 말.

23105. 천생 연분(天生緣分)의 보리 개떡이다.
　아무리 못난 사람이라도 다 짝이 있어서 정답게 산다 는 뜻.

23106. 천생 연분이다. (天生緣分)
　하늘이 정해 준 좋은 배필(配匹)이라는 뜻.

23107. 천생 팔자(天生八字)가 눌은 밥이다.
　가난한 것은 타고 난 팔자라는 뜻.

23108. 천석군은 천 가지 걱정이요 만석군은 만 가지 걱정이다.
　사람은 누구에게나 다 걱정이 있게 마련이므로 이를 극복하여야 한다는 뜻.

23109. 천석군이가 되면 만석군이가 되고 싶다.
　사람의 물욕은 만족시킬 수 없다는 뜻.

23110. 천석군이가 하나 나면 삼십 리 안이 다 망 한다.
　지주(地主)들의 소작료(小作料)가 비싸다는 뜻.

23111. 천석군이는 망해도 십 년 먹을 것은 있다.
　워낙 큰 부자는 패가(敗家)를 해도 먹고 사는 데는 걱정이 없다는 뜻.

23112. 천석군이도 하루 밥 세 끼다.
　잘사나 못사나 하루 세 끼 먹기는 일반이므로 못산다 고 낙심(落心) 말고 용기를 내서 살라는 뜻.

23113. 천석군이도 하루 세 끼요 없이 살아도 하 루 세 끼다.
　잘 먹고 못 먹는 차이는 있지만 하루 세 끼씩 먹으며

살기는 일반이므로 잘사는 사람을 부러워 말고 현실
에 만족하고 살라는 뜻.

23114. 천석 노적가리 불붙이고 쌀알 줍는다.
크게 손해를 보고 조그만 이득을 취한다는 뜻.

23115. 천석 노적가리 불붙이고 튀밥 줍는다.
이해가 큰 것은 보지 못하고 이해가 사소한 것만 노
린다는 말.

23116. 천심(天心)이 인심(人心)을 당하지 못한
다.
군중(群衆)들의 힘이 가장 강하다는 말.

23117. 천심이 흑심(黑心)이다.
타고 난 본심(本心) 그 자체가 나쁘다는 말.

23118. 천안(天安)에서 자고 직산(稷山)에서 잔
다.
어떤 일에 진전(進展)이 별로 없다는 말. ※ 천안과
직산은 충청남도 천원군에 있는 지명으로서 가까운
거리에 있음.

23119. 천에 하나다.
천에서 하나가 있을까 말까 하도록 매우 귀하다는 뜻.

23120. 천왕(天王)의 지팡이다.
키가 홀쭉하고 큰 사람을 야유하는 말.

23121. 천원자는 두었다가 어디 쓰나?(天圓子 將
焉用哉)   〈旬五志〉
두고도 쓸 데다 쓰지 않는다는 말. ※ 천원자 : 담
약(膽藥).

23122. 천 입으로 천금(千金) 녹이고 만 입으로
만금(萬金) 녹인다.
군중의 힘은 많을수록 단결될수록 강하게 된다는 뜻.

23123. 천자도 못 배운 놈이 도장 위조한다.
(千字不學 印僞造)   〈東言解〉
무식하고 어리석은 사람이 남을 속이려고 한다는 뜻.

23124. 천지 개벽(天地開闢)이나 해라.
세상이 한번 뒤집혀서 새로운 세상이 되라는 뜻.

23125. 천지는 생명의 근본이다. (天地者生之本
也)   〈荀子〉
천지간에서 인간이 나왔기 때문에 천지는 생의 근본
이라는 뜻.

23126. 천진한 체하면서 사기 친다. (天眞挾詐)
겉으로는 천진스러운 것같이 가장(假裝)하고서 남을
속인다는 뜻.

23127. 천하는 천하의 천하이다. (天下 天下之天
下)   〈六韜〉
천하는 온 천하 사람들의 공유물이지 집권자 한 사람
의 점유물이 아니라는 뜻.

23128. 천하는 한 사람의 천하가 아니다.
(天下非一人之天下)   〈六韜〉
천하는 만민(萬民)의 천하이지 집권자 한 사람의 천하
가 될 수 없다는 뜻.

23129. 천하면 아는 사람도 적다.
천대받는 사람은 안면이 적기 때문에 친구도 적다는
말.

23130. 천하에는 두 가지의 도가 없다. (天下無
二道)   〈墨子〉
천하에는 도(진리)가 하나이지 결코 둘이 있을 수 없
다는 뜻.

23131. 천하의 화는 사람을 죽이는 것보다 더한
것은 없다. (天下之禍 莫甚於殺人)
                                          〈避署錄話〉
세상에서 사람의 생명보다 더 소중한 것이 없으므로
사람을 죽이는 것이 가장 큰 불행의 재앙을 초래하게
하는 것이라는 뜻.

23132. 천하 일미(天下一味) 사등식(四等食)이다.
형무소에서 굶주렸을 때 먹는 밥맛이 꿀맛같이 좋다
는 뜻. ※ 사등식 : 형무소 밥 등급 중에서 가장 작은
밥덩이.

23133. 천하 일색(天下一色) 양귀비(楊貴妃)도 못
녹인 사대가 있다.
아무리 미인이라도 남자를 다 녹일 수는 없다는 뜻.
※ 양귀비 : 중국 당(唐) 나라 때의 미인.

23134. 천한 아내에서 열녀 난다. (烈女出於賤妾)
본 아내가 아닌 첩에서 열녀가 나듯이 열녀는 본 마
누라에서만 나는 것이 아니라는 뜻.

23135. 철 그른 동남풍(東南風)이다.
격에 맞지 않는 짓을 한다는 말.

23136. 철 나자 노망 든다. (其覺始矣 老妄旋至)
                                          〈耳談續纂〉
인생이란 어물어물하다 보면 한 일도 없이 늙는다는
뜻.

23137. 철 나자 늙는다.
일을 한참 할 만하게 되니까 늙는 것이 인생이라는
뜻.

23138. 철들자 망령 난다.

철이 나서 막일을 하다 보니까 어느 사이에 늙어지게 되는 것이 인생이라는 뜻.

23139. 철 묵은 색시 가마 안에서 장옷 고름 단다.
충분한 여유가 있을 때에 준비하지 않고 있다가 일이 닥쳐서야 서두른다는 뜻.

23140. 철석 같은 간장이다. (鐵石肝腸)
쇠나 돌과 같이 굳은 마음씨라는 뜻.

23141. 철석 같은 마음을 다 녹인다.
쇠나 돌같이 굳은 마음을 그대가 다 녹인다는 말.

23142. 철석같이 믿는다.
굳은 쇠나 돌이 좀처럼 변하지 않듯이 그를 꼭 믿는다는 뜻.

23143. 철옹성(鐵甕城)으로 믿는다.
철옹성과 같이 튼튼하기 때문에 마음놓고 믿을 수 있다는 뜻.

23144. 첩은 돈 떨어지는 날이 가는 날이다.
첩은 돈 있을 때는 잘 살다가도 돈이 떨어지면 안 살고 간다는 말.

23145. 첩은 돈 있을 때 첩이다.
첩은 돈 있는 사람이 얻기 때문에 패가(敗家)하면 첩은 간다는 뜻.

23146. 첩은 살림 장만하는 재미로 산다.
첩은 살림살이를 치장하는 것으로 낙을 삼는다는 뜻.

23147. 첩은 큰 마누라 정 빼먹는 재미로 산다.
첩은 큰 마누라와 남편간의 이간(離間)을 시키고 자기가 정을 독차지하려고 한다는 뜻.

23148. 첩의 살림은 밑 빠진 독에 물 길어 붓기다.
첩은 사치를 하기 때문에 첩 살림에는 돈이 많이 든다는 뜻.

23149. 첩의 살림은 시루에 물 붓기다.
첩살이하는 사람은 호강하기 위해서 하는 것이므로 살림을 알뜰하게 하지 않는다는 뜻.

23150. 첩 정은 삼 년이요 본처 정은 백 년이다.
첩에게 빠진 사람도 오래 가지 않으므로 본처는 버리지 않게 된다는 뜻.

23151. 첫사랑 삼 년은 개도 산다.
결혼해서 삼 년간 첫사랑으로 부부 금실이 좋은 동안은 누구라도 시집살이를 할 수 있다는 말.

23152. 첫가난 늦부자다.
젊어서는 고생을 했어도 늙어서는 부유하게 되었다는 뜻. ↔ 첫부자 늦가난이다.

23153. 첫가을에는 손톱 발톱 다 먹는다.
가을로 들어서면서부터는 입맛이 나서 밥을 많이 먹게 된다는 뜻.

23154. 첫나들이를 한다.
옛날 신부가 얼굴에 연지 곤지를 찍듯이 얼굴에 무슨 칠을 하고 다닌다는 뜻.

23155. 첫날 밤에 눈이 오면 잘산다.
결혼한 첫날 밤에 눈이 오면 기분부터 흐뭇할 뿐 아니라 길조(吉兆)라는 뜻.

23156. 첫날 밤에 눈이 오면 잘살고 동짓날 눈이 오면 풍년이 든다.
첫날 밤에나 동짓날(12월 22~23일) 눈이 오는 것은 길조(吉兆)라는 뜻.

23157. 첫날 밤에 속곳 벗어 메고 신방(新房)에 들어간다.
격식(格式)에 어긋나는 짓만 한다는 뜻.

23158. 첫날 밤에 신랑 잃는다.
가장 중요한 때 주인공(主人公)을 잃어 낭패가 되었다는 뜻.

23159. 첫날 밤에 아이 낳으라는 격이다.
참을성이 없이 무슨 일을 몹시 서두른다는 뜻.

23160. 첫날 밤에 아이 낳는다.
(1) 지각(知覺)없는 짓을 한다는 뜻. (2) 몹시 과속(過速)으로 일을 한다는 뜻.

23161. 첫날 밤에 지게 지고 신방에 들어가도 제멋이다.
제가 좋아서 제멋대로 하는 일은 남이 어떻게 봐도 상관이 없다는 뜻.

23162. 첫딸은 세간 밑천이다.
(1) 맏딸은 집안 일에 도움이 된다는 뜻. (2) 첫딸을 낳을 때 위로하는 말.

23163. 첫마수를 잘해야 한다.
장사는 그날 아침 첫마수를 잘해야 재수가 있다는 뜻.

23164. 첫모 방정은 새도 안 까먹는다.
윷놀이 때 맨 처음에 모를 하는 것은 좋은 징조(徵兆)가 아니라는 뜻.

23165. 첫번에는 실패해도 세 번째는 성공한다. (初不三得)

무슨 일이나 한두 번 실패한 끝에 성공한다는 뜻.

23166. 첫봄에 흰 나비를 보면 상복 입는다.
상복이 희기 때문에 흰 나비를 보면 상복 입는다고 하는 허튼 말.

23167. 첫부자 늦가난보다는 첫가난 늦부자가 낫다.
젊어서 잘살다가 늦게 고생하는 것보다는 젊어서 고생하다가 늦게 잘살게 되는 것이 낫다는 말.

23168. 첫부자 늦가난이다.
젊어서 잘살다가 늙어서 고생한다는 말. ↔ 첫가난 늦부자다.

23169. 첫사위가 오면 장모가 신을 거꾸로 신고 나간다.
장모는 사위를 대단히 귀여워한다는 말.

23170. 첫술에 배부르랴?
무슨 일이나 단번에 만족할 수는 없다는 말.

23171. 첫아들 낳기가 정승 하기보다 어렵다.
여자는 첫아들을 낳아야 마음을 놓게 되기 때문에 첫아들 낳기에 신경을 많이 쓴다는 뜻.

23172. 첫아들을 나면 지나가던 원님도 인사한다.
첫아들을 낳기가 어려울 뿐만 아니라 첫번 경사이기 때문에 모두 축복하여 준다는 뜻.

23173. 첫아들로 단산(斷産)한다.
일생을 두고 단 한번밖에 없다는 뜻.

23174. 첫아이를 낳으면 평양 감사도 뒤돌아본다.
여자는 첫아이를 낳으면 더 예뻐진다는 뜻.

23175. 첫째가 머리요 둘째가 화장이요 세째가 옷이다.
여자는 첫째 머리를 잘 손질해야 하고, 둘째는 화장을 잘해야 하고 세째는 옷을 잘 입어야 맵시가 난다는 말.

23176. 첫정월에 나는 버섯은 먹지도 못한다.
무슨 일이나 너무 올되는 것은 도리어 좋지않다는 뜻.

23177. 첫정월에 옴 오른다.
첫번 하는 일부터 일이 잘 안 된다는 뜻.

23178. 첫정이 원수다.
첫사랑을 하고도 인연을 맺지 못하고 실연(失戀)하였을 때 하는 말.

23179. 첫해 권농(勸農)이다.
처음으로 하는 일이라 몹시 서투르다는 뜻.

23180. 청개구리 밸이다.
청개구리 심보마냥 비위가 매우 좋다는 뜻.

23181. 청개구리 용신 들렸나?
청개구리를 닮았는지 비위가 매우 좋다는 뜻.

23182. 청개구리 울면 비가 온다.
여름에 청개구리가 울면 소나기가 온다는 말.

23183. 청국장이 장이냐 거적문이 문이냐?
못된 사람은 사람이라 할 수 없고 나쁜 물건은 물건이라고 할 수 없다는 말.

23184. 청국장인지 쥐 똥인 줄도 모르고 덤빈다. (淸豉鼠矢不辨彼比) 〈耳談續纂〉
경우도 모르고 함부로 덤빈다는 뜻.

23185. 청기와 장수다. (靑瓦匠) 〈松南雜識〉
저만 알고 남에게는 알리지 않고 혼자서 독차지하려는 사람을 두고 하는 말.

23186. 청대(靑黛) 독 같다.
색깔이 몹시 검푸르다는 뜻. ※ 청대 : 쪽으로 만든 검푸른 물감.

23187. 청대콩이 여물어야 여물었나 한다.
청대콩은 다 여물어도 여문 것인지 잘 모르듯이 모든 일을 겉으로만 봐서는 잘 모른다는 뜻.

23188. 청렴(淸廉)해야 위신도 선다. (廉生威)
관리들이 청백해야 국민들에게 위신이 선다는 말.

23189. 청명(淸明) 무렵에는 비가 잦다.
청명 때는 흔히 비가 자주 오게 된다는 뜻.
※ 청명 : 4월 5일경.

23190. 청명에 죽으나 한식(寒食)에 죽으나.
이러나 저러나 별 차이가 없다는 말. ※ 청명과 한식은 한날이거나 하루가 틀리는 날.

23191. 청명하면 대마도(對馬島)를 건너다보겠다.
날씨가 좋으면 부산에서 대마도를 볼 수 있도록 시력(視力)이 좋다는 뜻.

23192. 청명한 날이면 중국(中國)도 건너다보겠다.
날씨가 좋으면 중국 대륙도 볼 수 있을 만큼 눈이 좋다는 뜻.

23193. 청백리(淸白吏) 똥구멍은 송곳 부리 같다.
청백한 관리는 재물을 모으지 못하여 매우 가난하다는 뜻.

23194. 청보(靑褓)에 개똥 들었다. (靑褓狗矢)

〈松南雜識〉
겉치레만 하고 속은 지저분하다는 뜻.

23195. 청 보은(靑報恩) 사람 대추 자랑하듯 한다.
충청북도 청산(靑山), 보은(報恩) 대추 고장 사람들
이 대추를 자랑하듯이 대단치도 않은 것을 가지고 크
게 자랑한다는 뜻.

23196. 청 보은 색시 입마냥 뾰족하다.
청산, 보은은 대추의 산지로서 처녀들이 대추를 많이
먹기 때문에 대추씨 바르느라고 입이 뾰족하게 되었
다는 데서 나온 말.

23197. 청 보은 처녀는 장마 지면 운다.
대추 산지(産地)인 충북 청산, 보은 처녀들은 장마가
지면 대추가 흉년이 들어 시집 갈 밑천이 없어질 것이
걱정되어 운다는 말.

23198. 청산(靑山)에 매 띄워 놓기다.
허황한 일을 하고 기다리고 있다는 뜻.

23199. 청산 유수(靑山流水) 같다.
말을 흐르는 물같이 거침없이 잘한다는 뜻.

23200. 청산 읍내(靑山邑內) 물레방아 돌듯 한다.
충북 옥천군 청산에 있던 물레방아마냥 돌기를 잘 돈
다는 뜻.

23201. 청상 과부(靑孀寡婦) 울음소리는 하늘도 울
린다.
젊은 여자가 과부가 되어 우는 울음소리는 듣는 사
람도 울음이 난다는 뜻.

23202. 청상 과부 한숨 쉬듯 한다.
시름이 가득하여 한숨만 쉬는 사람을 두고 하는 말.

23203. 청성개비 벼락 따라다니듯 한다.
두 사람이 떨어지지 않고 짝을 지어 다닌다는 뜻.
※ 청성개비 : 죄진 사람을 벼락에게 알려 주는 귀신.

23204. 청승은 늘어가고 팔자는 오그라진다.
젊어서 좋은 세월 다 보내고 늙어서 가련한 신세가 되
었다는 뜻.

23205. 청실 홍실을 매야만 연분(緣分)인가 ?
정식 결혼식을 하지 않고 동거 생활을 하여도 부부는
부부라는 뜻.

23206. 청어(鯖魚) 가시 같다.
몸이 몹시 마른 사람을 두고 하는 말.

23207. 청어 굽는 데 된장 칠하듯 한다.
겉만 살짝 바르지 않고 보기 흉하게 더덕더덕 칠하였

다는 뜻.

23208. 청어로 고래를 잡는다.
조그마한 밑천으로 큰 이득을 얻게 되었다는 뜻.

23209. 청천 백일(靑天白日)에 날벼락 치겠다.
너무나 어처구니없는 큰 일을 당했다는 뜻.

23210. 청천 백일은 소경이라도 밝게 안다.
소경도 밝은 날은 알 수 있듯이 누구나 다 알 수 있는
사실이라는 뜻.

23211. 청천(靑天)에 구름 모이듯 한다.
여기저기서 한곳으로 다 모여든다는 뜻.

23212. 청춘 과부(靑春寡婦) 한숨에 땅 꺼진다.
수심(愁心)에 싸여서 한숨만 쉬고 있다는 뜻.

23213. 청춘 과수가 유복자(遺腹子) 병 날까 걱정
하듯 한다.
어떤 일에 대하여 몹시 걱정을 한다는 뜻.

23214. 청춘은 두번 다시 오지 않는다.(盛年不重
來)
젊음은 두번 있는 것이 아니기 때문에 젊은 시절에 배
워야 한다는 뜻.

23215. 청파리 싸대듯 한다. (營營靑蠅) 〈詩經〉
(1) 왕래(往來)가 빈번하다는 뜻. (2)악착같이 일을 한
다는 뜻.

23216. 청하니까 매 한 대 더 때린다.
사정(事情)하였다가 도리어 피해를 당했다는 뜻.

23217. 청하지도 않은 나그네다. (不請客自來 :
不請之客)
반갑게 대할 사람이 아니라는 뜻.

23218. 청하지 않은 잔치에 묻지 않은 대답하듯
한다.
남이 요구하지 않는 짓만 가려 가며 한다는 뜻.

23219. 청한 손님은 만났을 때가 반갑고 청하지
않은 손님은 갈 때가 반갑다.
친한 사람은 접촉하는 것이 좋고 친하지 않은 사람은
접촉하지 않는 것이 좋다는 뜻.

23220. 체곗돈 내서 장가 들여 놓으니까 동네 머
슴 좋은 일만 시킨다.
고생하고 애써 가면서 한 일이 남의 좋은 일만 시켜
주었다는 뜻. ※ 체곗돈 : 고리대금의 하나.

23221. 체력(體力) 봐가며 밥 먹인다.
상대방을 봐서 그에게 알맞도록 일을 시켜야 한다는

뜻.

23222. 체로 물 긷는다.
아무 성과(成果)도 없는 일을 한다는 뜻.

23223. 체면에 몰렸다.
체면을 봐주다가 사람에게 몹시 졸리게 되었다는 뜻.

23224. 체면을 돌보지 않는다. (不顧體面)
체면도 없이 함부로 행동한다는 뜻.

23225. 체면하고는 담을 쌓았다.
도무지 남의 체면은 생각지 않고 행동하는 사람을 가리키는 말.

23226. 체 보고 옷 짓고 꼴 보고 이름 짓는다.
(衣視其體 名視其貌) 〈耳談續纂〉
무슨 일이나 다 각자의 격에 맞도록 일을 해야 한다는 뜻.

23227. 체 보고 옷 짓는다. (衣視其體)
〈耳談續纂〉
무슨 일이나 다 저에게 알맞는 일을 해야 한다는 뜻.

23228. 체수(體數) 맞춰 옷 마른다.
무슨 일이나 상대방에게 알맞도록 일을 시켜야 한다는 뜻.

23229. 체수에 맞춰 옷 지으랬더니 기둥에 맞춰 옷 짓는다.
시키는 대로 하지 않고 엉뚱한 짓을 하여 일을 낭패시켰다는 뜻.

23230. 체신(體身) 머리가 반의 반도 없다.
눈치라고는 조금도 없어서 하는 짓마다 얄미운 짓만 한다는 뜻.

23231. 체신 보고는 모른다. (體身不明)
체격이 작다고 깔봐서는 안 된다는 말.

23232. 체신이 사납다.
염치(廉恥)도 없이 못난 짓만 한다는 뜻.

23233. 체신 작고 둔한 사람 없다.
체격이 작은 사람은 동작이 매우 빠르다는 뜻.

23234. 체신 작고 안 까부는 사람 없고 체신 크고 안 싱거운 사람 없다.
(1) 체신이 작은 사람 중에는 경솔한 사람이 많고 키 큰 사람 중에는 싱거운 사람이 많다는 뜻. (2) 무엇이나 너무 작아도 못 쓰고 너무 커도 못 쓴다는 뜻.

23235. 체신 작고 안 까부는 사람 없다.
흔히 체격이 작은 사람 중에는 경솔한 사람이 많다는

뜻.

23236. 체에 물 붓기다.
아무리 하여도 한이 없고 일한 보람이 없을 때 하는 말.

23237. 체 장수 말 죽기 기다리듯 한다.
자신의 이익을 위해서 남이 망하는 것을 고대하고 있다는 뜻.

23238. 체 장수 오자 술 익는다.
일이 순조롭게 척척 잘 이루어진다는 뜻.

23239. 쳐다만 보지 말고 내려다보기도 하랬다.
자기보다 잘사는 사람만 보고 낙심(落心)하지 말고 자기보다 못사는 사람을 보고 만족할 줄도 알아야 한다는 뜻.

23240. 쳐다보고만 살지도 말고 내려다보고만 살지도 말랬다.
자기보다 잘사는 사람만 보고 살아도 안 되고 자기보다 못사는 사람만 보고 살아도 안 된다는 뜻.

23241. 쳐다보고 살지 말고 내려다보고 살랬다.
자기보다 잘사는 사람만 보고 살지 말고 자기보다 못사는 사람을 보고 살면 자위(自慰)할 수 있다는 뜻.

23242. 초가 삼간(草家三間)이 다 타도 빈대 죽는 것이 시원하다.
큰 손해를 볼지언정 원수를 갚아서 좋다는 뜻.

23243. 초가에도 양반 살고 와가(瓦家)에도 상놈 산다.
겉만 보고서는 그 내용을 알 수 없다는 뜻.

23244. 초가집 대교(待教)가 없고 물 건너 대교가 없고 얽은 대교가 없다.
모든 조건이 다 갖추어지기가 매우 어렵다는 뜻.
※ 대교: 이조(李朝) 때 규장각(奎章閣) 벼슬.

23245. 초남태(初男胎)만도 못하다.
못나고 어리석은 사람을 두고 하는 말.
※ 초남태: 첫 아들의 태.

23246. 초년 고생(初年苦生)은 돈을 주고도 못 산다.
젊어서 고생을 한 사람이라야 늙어서 잘살게 된다는 뜻.

23247. 초년 고생은 사서라도 하랬다.
젊어서 고생을 해본 사람이라야 늙어서 잘살게 된다는 뜻.

23248. 초년 고생은 양식을 지고 다니며 한다.

젊어서 고생을 한 사람이라야 성공할 수 있다는 뜻.

23249. 초년 고생은 은을 주고도 못 사고 금을 주고도 못 산다.
젊어서 고생을 많이 한 사람이라야 나중에 성공을 할 수 있다는 뜻.

23250. 초년이 좋아야 말년도 좋다.
젊어서 팔자가 좋은 사람은 대개 늙어서도 팔자가 좋다는 뜻.

23251. 초년 팔자가 좋아야 늦팔자도 좋다.
젊어서 팔자 좋은 사람이 대개 늙어서도 팔자가 좋다는 뜻.

23252. 초라니 놋다갈 박듯 한다.
듬성듬성하게 하지 않고 너무 총총하게 하였다는 뜻.
※ 초라니 : 까불고 경솔한 사람의 별명.

23253. 초라니 대상(大祥) 물리듯 한다.
언제 해도 할 일을 자꾸 미루기만 한다는 뜻.
※ 대상 : 죽은 지 두 돌 만에 지내는 제사.

23254. 초라니 방정 떨듯 한다.
행동이 신중하지 못하고 몹시 방정맞다는 뜻.

23255. 초라니 수고 채 메듯 한다.
행동이 몹시 경솔하고 까불거린다는 뜻.
※ 수고(手鼓) 채 : 손에 드는 북을 치는 채.

23256. 초라니 심부름 보낸 것 같다.
경솔한 사람을 심부름 보내고 불안하다는 말.

23257. 초라니 열은 보아도 능구렁이 하나는 못 본다.
⑴ 경솔한 사람이 그래도 의뭉한 사람보다는 낫다는 뜻. ⑵ 의뭉하고 느린 사람보다 까불고 경솔한 사람이 더 많다는 뜻.

23258. 초록은 같은 색이다. (草綠同色)
서로 닮은 데가 있으면 잘 어울리게 된다는 뜻.

23259. 초록은 제 빛이 좋다.
자기와 비슷한 처지에 있는 사람들끼리는 더 정다와진다는 뜻.

23260. 초를 땔나무대신 땐다. (以蠟代薪)
땔나무대신 밀을 땐다는 뜻이니 사치스러운 짓을 한다는 말.

23261. 초립동(草笠童)이 장님을 보았다.
장님을 아침에 만나면 재수가 없다는 미신에서 나온 말로서 재수가 매우 없겠다는 뜻.

※ 초립동이 : 초립(누런 풀로 만든 갓)을 쓴 어린 남자.

23262. 초립(草笠)에 솔질하기다. (蒯笠刷子)
〈旬五志〉
보람도 없는 일을 가지고 헛수고만 한다는 뜻.

23263. 초면이 구면 같다. (一面如舊 : 傾蓋如舊)
비록 처음 만났지만 구면같이 정다와진다는 뜻.

23264. 초복(初伏)에 비가 오면 중복(中伏) 말복(末伏)에도 온다.
초복에 비가 오면 삼복(三伏)에 다 온다고 하여 농촌에서는 초복 비를 기원하면서 전해지는 말.

23265. 초사흘 달은 부지런한 며느리만 본다. (初三月慧婦覩) 〈洌上方言〉
부지런한 사람이 아니고서는 사소한 것까지 살필 수 없다는 뜻.

23266. 초상(初喪) 난 데 노래 부르기다.
⑴ 격에 맞지 않는 행동을 한다는 뜻. ⑵ 남의 사정을 모른다는 뜻.

23267. 초상 난 데 춤춘다.
⑴ 남의 사정도 몰라 준다는 뜻. ⑵ 격에 맞지 않는 행동을 한다는 뜻.

23268. 초상 난 집에 사람 죽은 것은 안 치고 팥죽 들어오는 것만 친다.
자기가 맡은 일은 않고 제 욕심만 채우려고 한다는 뜻.

23269. 초상 빚도 떼어먹을 놈이다.
부모 장례 때 쓴 빚도 갚지 않아 작고한 부모 욕까지 먹도록 하는 불효 자식이라는 뜻.

23270. 초상 빚은 삼 대를 두고 갚는다.
초상 때 쓴 빚은 당대(當代)에 못다 갚으면 삼 대를 두고서라도 갚아야 한다는 뜻.

23271. 초상 빚이 삼 대 간다.
장례식은 많은 경우에 호화스럽게 하는 경향이 있다는 뜻.

23272. 초상 상제도 웃을 노릇이다.
⑴ 별 망측스러운 일이 다 있다는 뜻. ⑵ 매우 우스운 일이라는 뜻.

23273. 초상술에 권주가(勸酒歌) 부른다.
때와 장소를 가리지 않고 남이 싫어하는 행동을 한다는 뜻.

23274. 초상 안에 신주(神主) 마르듯 한다.

초상 안에는 제사를 안 지내기 때문에 얻어먹을 것이
없듯이 일만 하고 얻어 먹지는 못한다는 뜻.

23275. 초상에 가서는 웃지 않는다. (臨喪不笑)
〈禮記〉

초상을 당해서 슬퍼하고 있는 곳에 가서 함께 슬픔을
나누지 않고 웃는 것은 큰 실례로 된다는 뜻.

23276. 초상이 나려면 까마귀가 먼저 짖는다.
까마귀가 울면 초상이 난다는 미신에서 나온 말.

23277. 초상집 개다. (喪家之狗)
〈史記, 孔子家語〉

얻어먹을 것을 얻어먹지 못하고 여기저기 기웃거리고
다닌다는 뜻.

23278. 초생달과 쌈한 부부는 밤마다 둥글어진
다.
부부간의 싸움은 밤이 되면 풀어지게 된다는 뜻.

23279. 초생달만 반달인가 스무남게 달도 반달이
다.
비슷한 환경에 있는 사람은 같은 처우를 받아야 한다
는 뜻.

23280. 초생달은 잰 며느리가 아니면 못 본다.
부지런한 사람이 아니면 사소한 것까지 살피지 못한
다는 뜻.

23281. 초시(初試)가 잦으면 급제(及第)가 난다.
무슨 일이나 징조가 잦으면 그 일은 이루어진다는 뜻.

23282. 초장(初場) 술에 취한다.
무슨 일이 처음부터 잘못되기 시작한다는 뜻.

23283. 초장에 뺨 맞는다.
운수(運數)가 나쁘려면 무슨 일을 시작할 때부터 마
(魔)가 생긴다는 뜻.

23284. 초저녁 구들이 따뜻해야 새벽 구들도 따
뜻하다.
처음부터 잘 되는 일이라야 뒷일도 잘 된다는 뜻.

23285. 초저녁부터 더운 방이래야 새벽에도 덥다.
처음 시작이 좋아야 결과도 좋게 된다는 뜻.

23286. 초저녁에 닭이 울면 집안이 망한다.
새벽에 울어야 할 닭이 초저녁에 우는 것은 불길한 징
조라는 데서 나온 말.

23287. 초중장(初中章)에도 빼어 놓겠다.
처음부터 끝까지 미워하고 꺼린다는 뜻.

23288. 초지장(草紙張)도 맞들면 가볍다.

아무리 작은 일이라도 여러 사람이 협력하면 훨씬 수
월하다는 뜻.

23289. 초 판 쌀이다.
돈이나 물건이 없어지는 줄도 모르게 줄 때 쓰는 말.

23290. 초하룻날 먹어 보면 열 하룻날도 먹을 줄
안다.
한번 재미를 보면 계속 재미를 보려고 한다는 뜻.

23291. 초학 훈장(初學訓長)의 똥은 개도 안 먹
는다.
어린 아이를 가르치는 일은 매우 힘들고 어렵다는 말.

23292. 초헌(軺軒)에 채찍질하기다. (軺軒馬鞭)
〈稗官雜記〉

부당(不當)한 짓을 하여 웃음거리가 되었다는 뜻.
※ 초헌 : 옛날 종이품(從二品) 이상의 관원이 타던 외
바퀴가 달린 가마.

23293. 축새가 황새를 따라가면 가랑이가 찢어진
다.
분수에 넘치는 짓을 하다가는 화(禍)를 당하게 된다
는 뜻.

23294. 촌 개가 사납다.
무식한 사람은 말로 시비를 가리지 않고 싸워서 해결
하려고 한다는 뜻.

23295. 촌년이 늦바람 나면 속곳 밑에 단추 단다.
촌 사람이 한번 어떤 일에 반하게 되면 심하게 된다는
뜻.

23296. 촌년이 서방질을 하면 날 새는 줄도 모른
다.
무식한 사람이 어떤 일에 반하면 죽을지도 모르고 미
치게 된다는 뜻.

23297. 촌년이 아전(衙前) 서방을 하면 갈짓자
(之) 걸음으로 길을 쓴다.
촌 사람이 사소한 권력이라도 가지게 되면 아니꼬울
정도로 뽐낸다는 말.

23298. 촌년이 아전 서방을 하면 갈지자 걸음을
걷고 육계장이 아니면 밥을 안 먹는다.
촌 사람이 조그마한 권력이라도 가지게 되면 거만하
여 그 꼴을 볼 수가 없게 된다는 뜻.

23299. 촌년이 아전 서방을 하면 날 새는 줄도 모
르고 논다.
되지 못한 사람이 조그마한 권력이라도 가지게 되면
아니꼽게 논다는 뜻.

23300. 촌년이 아전 서방을 하면 눈에 보이는 것이 없다.
되지 못한 놈이 조그마한 권세라도 가지게 되면 제 세상인 체한다는 뜻.

23301. 촌년이 아전 서방을 하면 중의 꼬리에 단추를 붙인다.
되지 못한 사람이 모처럼 권력을 잡으면 너무나 거만하여 눈꼴이 틀리게 된다는 뜻.

23302. 촌놈은 똥배 부른 것만 안다.
없는 사람은 먹는 것밖에 모른다는 뜻.

23303. 촌놈은 등 따습고 배부르면 그만이다.
농촌 사람은 뜨뜻하게 입고 배부르게 먹으면 이것으로 ·만족한다는 뜻.

23304. 촌놈은 밥그릇 높은 것만 안다.
없는 사람은 질(質)보다도 양(量)이 많은 것을 좋아한다는 뜻.

23305. 촌놈은 밥그릇 큰 것만 찾는다.
무식한 사람은 질(質)은 무시하고 양적(量的)으로 많은 것만 요구한다는 뜻.

23306. 촌놈이 땅마지기나 사면 눈에 보이는 것이 없다.
되지 못한 놈은 돈을 조금만 벌어도 거만해진다는 뜻.

23307. 촌놈 촌수는 사돈의 팔촌까지도 사돈이라고 한다.
무식한 사람의 말은 정확하지 못하므로 적당히 받아들여야 한다는 뜻.

23308. 촌닭 관청에 간 격이다. (村鷄入縣 厥目先眩) 〈耳談續纂〉
촌 사람이 처음으로 도회지에 와서 어리둥절하고 있는 것을 가리키는 말.

23309. 촌닭 관청에 잡아다 놓은 것 같다.
시골에서 처음으로 번화한 도시에 와서 어리둥절하고 있는 사람을 가리키는 말.

23310. 촌닭이 관청 닭 눈 빼먹는다.
어리숙한 촌 사람이 약삭빠른 도시 사람을 속여먹는다는 뜻.

23311. 촌닭 장에 간 것 같다.
어쩔 줄 모르고 어리둥절하고 있는 사람을 보고 하는 말.

23312. 촌 사람 선물은 미나리도 한몫이다.
가난한 사람은 하찮은 물건도 선물로 쓴다는 뜻.

23313. 촌수(寸數)와 잇수(里數)는 가까운 데로 댄다.
계산은 유리한 쪽으로 해야 한다는 뜻.

23314. 촌 처녀 자란 것은 모른다.
촌 처녀는 어린 것 같다가도 곧 자라서 시집을 간다는 뜻.

23315. 출랑이 수염 같다.
몹시 까불고 수다스러운 사람을 두고 하는 말.

23316. 촛병을 흔들어 뺐었나?
소문이 나도록 음란(淫亂)한 짓을 한 사람을 두고 하는 말.

23317. 총각(總角) 늙은이는 있어도 처녀 늙은이는 없다.
남자는 장가 못 가는 사람이 있지만 여자는 시집 못 가는 사람이 없다는 말.

23318. 총각으로 늙어 죽은 귀신은 있어도 처녀로 늙어 죽은 귀신은 없다.
남자가 결혼 못 하고 죽는 사람은 있어도 여자는 그런 사람이 없다는 말.

23319. 총각은 장가 갈 때가 됐다면 좋아하고 처녀는 시집 갈 때가 됐다면 좋아한다.
혼기(婚期)가 된 처녀 총각은 결혼 이야기만 해도 좋아한다는 말.

23320. 총독부(總督府) 말뚝이다.
일정 시대 총독부에서는 아무 토지에나 말뚝을 박고 제 것처럼 사용하듯이 아무 여자하고나 계집질을 잘한다는 뜻.

23321. 총명(聰明)이 둔필(鈍筆)만 못하다.
아무리 기억력이 좋아도 서투른 글씨로 적어 두는 것만 못하다는 말.

23322. 총부리를 댄다.
뭇사람의 목표가 한 사람에게로 집중된다는 뜻.

23323. 총총들이 반 병이다. (總總入半瓶) 〈東言解〉
병에다 빨리 붓다가는 반 병밖에 못 채우듯이 빨리 하는 일은 잘 이루어지지 않는다는 뜻.

23324. 최가(崔哥) 성 앉은 자리에는 풀도 안 난다.
최씨는 독하기 때문에 최씨가 앉았던 자리에는 풀도 안 난다는 뜻.

23325. 최 동학(崔東學) 관보(官報) 보듯 한다.

최 동학이라는 사람이 무식하여 관보를 봐도 모르듯이 글을 보고도 모르는 사람을 비유하는 말.

23326. 최 동학이 기별(寄別) 보듯 한다.
최 동학이가 무식하여 기별을 보고도 모르듯이 글을 보고도 뜻을 모른다는 뜻.

23327. 최 생원(崔生員)집 신주(神主) 굶듯 한다.
옛날 어떤 최생원이 몹시 인색하여 제사도 지내지 않아 신주도 얻어 먹지 못하듯이 도무지 얻어 먹지를 못한다는 뜻.

23328. 최씨(崔氏) 앉았던 자리는 귀신도 피해 앉는다.
최씨들은 성미가 독하기 때문에 귀신도 상대하지 않는다는 뜻.

23329. 추켜올릴 때는 곡절이 있다.
사람을 등용(登用)할 때는 등용할 만한 이유가 있다는 뜻.

23330. 추녀 물은 항상 제자리에만 떨어진다.
추녀 물은 언제나 떨어지는 곳에만 떨어지듯이 언제나 오는 데만 온다는 뜻.

23331. 추렴(出斂)에 공 먹은 놈이 수저는 먼저 든다.
얻어먹는 놈이 도의(道義)도 모른다는 뜻.

23332. 추석에 비가 오면 보리 흉년 든다.
농가에서 비 오는 것으로써 보리 흉년을 짐작하는 말.

23333. 추수 때에는 부지깽이도 한몫 한다.
가을 추수 때에는 매우 바쁘다는 뜻.

23334. 추어주어 싫다는 사람 없다.
누구나 잘한다고 칭찬하여 주면 좋아한다는 뜻.

23335. 추운 대한(大寒) 없고 안 추운 소한(小寒) 없다.
추워야 할 대한은 춥지 않고 소한이 더 춥다는 말.

23336. 추운 사람은 누더기 갈옷도 입는다. (寒者利短褐) 〈史書〉
(1) 옷이 없어 떨고 있는 사람은 아무 옷이나 입게 된다는 뜻. (2) 굶주린 사람은 아무 음식이나 맛있게 먹는다는 말.

23337. 추운 사람은 옷을 가리지 않는다. (寒不擇衣)
(1) 고생스러운 사람은 좋고 나쁜 것을 가리지 않는다는 말. (2) 굶주린 사람은 음식을 가리지 않는다는 말.

23338. 추운 소한(小寒)은 있어도 추운 대한(大寒)은 없다.
이름은 소한이라도 소한이 언제나 대한보다도 추운 것이 상례라는 뜻.

23339. 추자(楸子) 호도(胡桃)나.
다 같고 이름만 다른 것을 가지고 시비를 한다는 뜻.

23340. 추자 속 같다.
내부(內部)가 대단히 복잡하다는 뜻.

23341. 추파(秋波)를 던진다.
은근하게 정을 표시하는 눈짓을 한다는 뜻.

23342. 축신년(丑申年)에는 흉년 들고 사년(巳年)에는 풍년 든다.
십이지(十二支) 중에서 축(丑)자와 신(申)자가 드는 해는 흉년이 들고 사(巳)자가 든 해는 풍년이 든다는 말.

23343. 축은 축대로 붙는다.
서로 비슷한 처지에 있는 사람들끼리 모인다는 뜻.

23344. 춘포 창옥 단벌 호사다.
단벌밖에 없어서 호사한 것같이 보인다는 뜻.

23345. 춘향(春香)이가 인도 환생(人道還生)을 했다.
춘향이가 죽어서 다시 태어난 열녀(烈女)라는 뜻.

23346. 춘향이 집 가는 길 같다.
집을 찾아가기가 매우 어렵다는 뜻.

23347. 춘향이 집 찾아가기다.
집을 찾아가는 길이 매우 복잡하다는 말.

23348. 출가하면 남이 된다. (出嫁外人)
여자는 한번 출가하면 친정과는 남이 된다는 뜻.

23349. 춤추는 사람 따로 있고 장구 치는 사람 따로 있다.
혼자서 할 수 있는 일을 여러 사람이 나누어 한다는 뜻.

23350. 춥고 배고프다. (飢寒)
헐벗고 굶주렸다는 말.

23351. 춥고 배고프면 도둑질할 마음 안 생기는 사람 없다.
굶주리게 되면 도둑질이라도 해서 배를 채우고 싶은 생각이 든다는 뜻.

23352. 춥기는 사명당(四溟堂) 사첫방이다.
몹시 찬 방을 가리키는 말. ※ 사명당: 선조(宣祖)때 명승으로 임진 왜란에서는 승장(僧將)이었음.

23353. 춥기는 삼청(三廳) 냉돌이다.

　　방이 대단히 춥다는 뜻. ※ 삼청 : 금군(禁軍)의 내금, 겸사복, 우림(內禁, 兼司僕, 羽林)의 삼청.

23354. 춥지도 덥지도 않다. (不寒不熱)

　　(1) 기온이 춥지도 않고 덥지도 않게 알맞다는 뜻.

　　(2) 무슨 일이 적당하게 이루어졌다는 뜻.

23355. 춥지 않은 소한(小寒) 없고 추운 대한(大寒) 없다.

　　이름으로 볼 때는 소한보다 대한이 더 추워야 하지만 실제로는 대한보다 소한이 더 춥다는 뜻.

23356. 충고는 귀에 거슬리지만 실행하면 이롭다. (忠言逆於耳利於行)　　〈史記〉

　　충고하여 주는 말은 듣기는 싫어도 이것을 실행하면 자신에게 유리하게 되므로 달게 받아들여야 한다는 뜻.

23357. 충고하는 말은 귀에 거슬린다. (忠言逆於耳)　　〈史記〉

　　바른 말을 하는 것은 듣기 싫어한다는 뜻.

23358. 충신(忠臣)도 천명(天命)이요 역적(逆賊)도 천명이다.

　　잘 되고 못 되는 것은 사람의 뜻대로 되는 것이 아니라 운명에 정해진 대로 된다는 뜻.

23359. 충신을 구하려면 반드시 효자 문중에서 골라야 한다. (求忠臣 必於孝子之門)
　　　　　　　　　　　　　　　　　　〈十八史略〉

　　부모에게 효성스러운 사람은 국가에도 충성을 다하기 때문에 충신을 구하려면 효자 집안에서 구해야 한다는 뜻.

23360. 충신을 찾으려면 효자문으로 가랬다.

　　충효(忠孝)의 근본은 같다는 뜻.

23361. 충주(忠州) 자리끔재기다.

　　옛날 충주의 이모(李某)라는 인색한 사람마냥 매우 인색하다는 뜻.

23362. 충충하기는 노송(老松) 밑 같다.

　　(1) 집안이 밝지 않고 충충하다는 뜻. (2) 사람 마음이 의뭉하다는 뜻.

23363. 충충한 자주색이 붉은색을 더럽힌다. (惡紫奪朱)

　　악한 사람이 선한 사람까지 악하게 만든다는 뜻.

23364. 충효의 도는 한집안에 모인다. (忠孝之道 萃於一門)　　〈晉書〉

　　충신과 효자는 아무 집에서나 나는 것이 아니고 나는 집안에서만 많이 난다는 뜻.

23365. 취객(醉客)이 외나무 다리를 잘 건너간다.

　　술에 취한 사람도 위험한 곳은 조심한다는 뜻.

23366. 취미나 마음이 서로 맞는다. (氣味相適 : 氣味相合)

　　하는 일이나 의지가 서로 맞는다는 말.

23367. 취중에는 임금도 없다. (醉中無天子)

　　술 취한 사람은 웃사람도 몰라본다는 뜻.

23368. 취중에 이웃집 땅 사 준다.

　　술에 취하면 남의 부탁을 잘 받아들이게 된다는 뜻.

23369. 취중에 진담(眞談) 나온다. (醉中眞情發)

　　취중에 하는 말이 함부로 지껄이는 것 같지만 실은 진심을 털어 놓는 말이라는 뜻.

23370. 취하는 것이 싫다면서 술은 차꾸 마신다. (惡醉強酒)　　〈孟子〉

　　말과 행동이 다른 것을 비유하는 말.

23371. 취하면 본성이 나타난다.

　　술에 취하면 평소에 지니고 있던 본성이 노출된다는 말.

23372. 취한 놈 달걀 팔듯 한다.

　　일을 아무렇게나 함부로 한다는 뜻.

23373. 취한 듯 미친 듯하다. (如醉如狂)

　　취한 것도 같고 미친 것도 같이 정신없는 짓만 한다는 뜻.

23374. 취한 사람은 깨우지 말랬다.

　　취해서 자는 사람은 술이 깰 때까지 잠자게 두라는 말.

23375. 취할 것은 취하고 버릴 것은 버려야 한다. (取捨選擇)

　　무슨 일이든지 할 것과 아니할 것을 분명히 처리해야 한다는 뜻.

23376. 취할 만한 것이 하나도 없다. (無一可取)

　　못 쓸 것뿐이고 쓸 것은 하나도 없다는 뜻.

23377. 층암상(層巖上)에 묵은 팥 심어 싹 날 때만 기다리랬다.

　　도저히 가능성이 없는 것을 이름.

23378. 치(齒)가 떨린다.

　　이가 떨리도록 몹시 분(忿)하다는 말.

23379. 치 감고 내려 감고 한다.

　　아래 위를 비단옷으로 마냥 사치하였다는 뜻.

23380. 치고 보니 삼촌이라.

　　무슨 일을 하고 나서 보니 실수를 하였다는 뜻.

23381. 치도(治道)하여 놓으니까 거지가 먼저 지
나간다.
정성껏 일한 보람이 없다는 뜻.

23382. 치도하여 놓으니까 문둥이가 먼저 지나간
다.
무슨 일을 정성껏 하였으나 그 보람이 없게 되었다는
뜻.

23383. 치러 갔다가 맞기도 예사다.
(1) 얻으려다가 잃는 것은 흔히 있을 수 있는 일이라
는 뜻. (2) 남에게 요구를 하려다가 도리어 요구를 당
하는 것도 있을 수 있는 일이라는 뜻.

23384. 치러 갔다 맞고 온다.
(1) 이득을 보려고 한 일이 손해를 보았다는 뜻.
(2) 남에게 요구 하려다가 도리어 요구를 당했다는 뜻.

23385. 치마가 열 두 폭인가 ?
남의 일에 공연히 참견하여 수다를 떠는 사람에게 하
는 말.

23386. 치마에서 비파(琵琶)소리가 난다.
부지런히 돌아다니는 사람을 가리키는 말.

23387. 치마짜리가 똑똑하면 승전(承傳)막이 갈
까 ?
여자가 아무리 똑똑하여도 남자 할 일을 해서는 안
된다는 뜻. ※ 승전 : 임금 명령을 전달하는 관직.

23388. 치마 폭이 넓다. (裳幅廣)   〈東言解〉
남의 일에 공연히 참견하여 수다를 떤다는 뜻.

23389. 치마 폭이 몇 폭인가 ?
남의 일에 왜 참견하느냐는 뜻.

23390. 치마 폭이 스물 네 폭은 된다더냐?
남의 일에 쓸데없이 간섭하지 말라는 뜻.

23391. 치마 폭이 열 두 폭이냐 ?
남의 일에 참견이 많은 사람에게 하는 말.

23392. 치부(致富)한 사람은 돈 못 쓰고 죽는다.
돈을 번 사람은 죽을 때까지 돈을 아껴 쓰다가 죽는
다는 말.

23393. 치아(齒牙) 좋은 것도 복이다.
이가 좋아야 음식을 잘 먹을 수 있으므로 이것도 하
나의 복이라는 뜻.

23394. 치 위에 치가 있다.
장사치 위에 장사치가 있다 함이니 잘난 사람이 있으
면 또 더 잘난 사람이 있다는 뜻.

23395. 치장하다 신주(神主) 개 물려 보낸다.
무슨 일을 늦장 부리다가 낭패를 당했다는 뜻.

23396. 치지 않은 우물은 먹지 말랬다.
식수(食水)는 깨끗한 것을 먹어야 한다는 뜻.

23397. 치지 않은 장구에서 소리 날까 ?
원인이 없으면 결과도 없다는 말.

23398. 치질 앓는 고양이 상이다. (痔疾猫狀)
매우 고통스러워한다는 뜻.

23399. 칙사(勅使) 대접하듯 한다.
접대(接待)를 잘한다는 뜻. ※ 칙사 : 칙명(勅命)을
받은 사신(使臣).

23400. 친구가 다정하면 천 리 길도 멀지 않다.
친한 친구의 집은 아무리 멀어도 찾아가는 데 힘드는
줄을 모른다는 뜻.

23401. 친구가 일가보다 낫다.
친한 친구가 오히려 일가보다도 더 가깝다는 말.

23402. 친구간에는 거래를 말랬다.
친한 친구 사이에 금전 거래를 잘못하다가는 의가 끊
어지게 되므로 아예 거래를 말라는 뜻.

23403. 친구 권에 방갓 산다.
친한 친구의 권유는 잘 듣게 된다는 뜻.

23404. 친구 권에 방립(方笠) 쓴다.
자기는 하기가 싫은 것도 남의 권에 마지 못해 따라
하게 된다는 뜻.

23405. 친구 나쁘다는 사람 없고 원수 좋다는 사
람 없다.
친구같이 좋은 것이 없고 원수같이 미운 것이 없다는
뜻.

23406. 친구는 곤란할 때 알아본다.
곤궁할 때 도와 주는 친구라야 참된 친구라는 뜻.

23407. 친구는 옛친구가 좋고 옷은 새옷이 좋다.
친구는 오래 사귈수록 친해진다는 뜻.

23408. 친구는 육친(六親)과 진배 없다.
친구는 한 가족과 같이 매우 다정하다는 말.

23409. 친구 따라 강남 간다. (隨友江南)
친구가 하자는 대로 따라간다는 뜻.

23410. 친구란 사귀기는 어렵고 잃기는 쉽다.
아무리 친한 친구라도 잘못하다 보면 잃기 쉬우므로
항상 실수하는 일이 없도록 조심해야 한다는 뜻.

23411. 친구란 잃기는 쉬워도 얻기는 어렵다.
친구를 잘 만나기는 대단히 어렵다는 뜻.

23412. 친구 망신 곱사등이가 시킨다.
못난 친구가 동료 친구의 망신만 시키고 다닌다는 뜻.

23413. 친구와 술은 묵을수록 좋다.
친구는 오래 사귀는 과정에서 점점 미더워지고 친하게 된다는 말.

23414. 친구 잃고 돈 잃는다.
친구간에는 금전 거래를 하지 말라는 뜻.

23415. 친구 줄 것은 없어도 도둑맞을 것은 있다.
아무리 살림이 없는 가난한 집에도 도둑맞을 것은 있다는 말.

23416. 친 사돈이 못된 형제보다 낫다.
사돈은 어려운 사이기는 하지만 매우 가깝다는 뜻.

23419. 친 사람은 다리를 오그리고 자고 맞은 사람은 다리를 펴고 잔다.
가해자의 마음은 불안해도 피해자의 마음은 편하다는 뜻.

23418. 친 손자는 걸리고 외손자는 업고 가면서업은 아기 춥다 빨리 걸으라고 한다.
친손자보다 외손자가 더 귀엽다는 뜻.

23419. 친 손자는 걸리고 외손자는 업고 다닌다.
친손자보다 외손자를 더 귀엽게 여긴다는 뜻.

23420. 친 아비 도끼 머리에는 서지 말아도 의붓아비 떡메 머리에는 서렸다.
도끼 머리에는 위험하기 때문에 서지 말라는 뜻.

23421. 친정 길은 참대 갈대 엇 벤 길도 신 벗어들고 새 날듯이 간다.
옛날 시집살이하던 여자가 친정 가는 것이 가장 기뻤다는 뜻.

23422. 친정살이가 시집살이보다 맵다.
시집살이를 못하고 친정살이를 하는 여자가 더 서럽다는 뜻.

23423. 친정 일가 같다.
남이기는 하지만 매우 친하게 지낸다는 뜻.

23424. 친척간의 싸움은 개 싸움이다.
친척간의 싸움은 집안의 망신일 뿐 아니라 집안이 망하게 되므로 삼가해야 한다는 뜻.

23425. 친척은 울려고 모이고 남들은 먹으려고 모인다.
장례 때 친척들은 슬픔을 나누기 위하여 오는 것이고 남들은 조문(弔問) 겸 먹기 위하여 온다는 뜻.

23426. 친하다고 하는 귓속 말에 넘어간다.
친절하게 대해 주는 사람에게 속아넘어간다는 뜻.

23427. 친한 사이에도 담은 쌓으랬다.
아무리 친한 사이라도 예절은 지켜야 한다는 뜻.

23428. 친 형제 못 두면 친사돈 둔다.
친형제가 없으면 사돈과 의좋게 지내면 된다는 뜻.

23429. 칠궁(七窮)이 춘궁(春窮)보다 무섭다.
농가에서는 햅쌀 나기 전인 칠월이 보리 나기 전인 봄보다 식량 곤란을 더 받게 된다는 뜻. ※ 칠궁：음력 7월 농가에서 묵은 곡식은 떨어지고 햇곡식은 아직 나지 않아 식량에 곤란을 받는 시기.

23430. 칠기(漆器) 장수 칠 곱이다.
칠기 장사의 이익은 본전의 칠 배나 된다는 뜻.

23431. 칠 년 가뭄에는 살아도 석 달 장마에는 못 산다.
가뭄은 견딜 수 있어도 장마는 견디기가 어렵다는 뜻.

23432. 칠 년 가뭄에 비 바라듯 한다.
가뭄에 비 바라듯이 몹시 바랜다는 뜻.

23433. 칠 년 가뭄에 비 아니 오는 날 없고 구 년 장마에 볕 안 나는 날 없다.
(1) 가뭄이 계속되는 중에도 간간이 비가 온다는 뜻.
(2) 장마가 계속되는 중에도 간간이 해가 난다는 뜻.
(3) 지루한 고생이 있기는 하나 간간이 즐거움이 있다는 말.

23434. 칠 년 가뭄에 비 아니 오는 날 없었다.
(1) 가뭄이 계속되는 중에도 간간이 약간의 비는 온다는 뜻. (2) 지루한 고생이 있기는 하지만 간간이 즐거움도 있다는 뜻.

23435. 칠 년 가뭄에 큰비 오듯 한다.
가뭄 끝에 기다리던 비가 오듯이 매우 기쁘다는 뜻.

23436. 칠 년 과부 묏 주무르듯 한다.
무엇을 오래 주무르고 있는 사람보고 조롱하는 말.

23437. 칠 년 끄는 병에 삼 년 묵은 쑥을 구한다.
(七年之病 求三年之艾)　　　　　〈孟子〉
평소에 준비 않고 있다가 급한 일이 생겨서야 급하게 구한다는 말.

23438. 칠 년 대한에 하루 쓸 날 없다.
날마다 날이 좋다가도 모처럼 무엇을 하려면 비가 온

다는 뜻.

23439. 칠 년 대한 왕가뭄에 빗발같이 보고 싶다.
(1) 가뭄에 비 오는 것을 기다린다는 뜻. (2) 보고 싶은 사람을 기다린다는 뜻.

23440. 칠 년 왕가뭄에 팔아먹은 아낙 찾듯 한다.
무엇을 찾고 또 찾고 한다는 뜻.

23441. 칠득(七得)이 같다.
열 달을 채우지 못하고 일곱 달 만에 난 사람 같이 모자란다는 뜻.

23442. 칠삭동(七朔童)이다.
일곱 달 만에 난 모자라는 사람 같다는 뜻.

23443. 칠색 팔색(七色八色)을 한다.
얼굴 색이 변하며 몹시 놀란다는 뜻.

23444. 칠성판(七星板)에서 뛰어났다.
죽게 되었다가 살아났다는 말. ※ 칠성판 : 관(棺) 속에 까는 널판.

23445. 칠성판을 멘다.
죽어서 관(棺)에 들어간다는 뜻.

23446. 칠십 노인이 구대 독자(九代獨子)를 낳고 즐기듯 한다.
대단히 즐거운 경사(慶事)라는 뜻.

23447. 칠십에 능참봉(陵參奉)을 하니 하루에 거둥이 열 아홉 번 한다.
모처럼 일이 잘 돼 기뻐했더니 까다로운 일만 생겨 괴롭다는 뜻.

23448. 칠십에 능참봉을 하니 한 달에 거둥이 스물 아홉 번이다.
오랫동안 기다리고 바라던 일이 겨우 이루어져서 좋아했더니 어렵고 까다로운 일만 생겨 괴롭다는 뜻.

23449. 칠십이 되면 방이 달라진다.
칠십이 되면 부부가 한방을 쓰지 않아도 된다는 뜻.

23450. 칠월 개우랑 해에 황소 뿔이 녹는다.
선선해야 할 음력 칠월 저녁이지만 늦더위가 심하다는 뜻.

23451. 칠월 귀뚜라미가 가을 알듯 한다.
때를 어기지 않고 정확하게 알린다는 뜻.

23452. 칠월 더부살이가 주인 마님 속곳 걱정한다.
상관없는 일에 주제넘게 걱정을 한다는 뜻.

23453. 칠월 머슴이 주인 마님 속곳 걱정한다.
아무 상관도 없는 일에 주제넘게 간섭한다는 말.

23454. 칠월 사돈은 꿈에 볼까 무섭다.
농촌에서 식량이 가장 곤란을 받는 7월(음력)에는 대접을 잘해야 할 사돈이 올까봐 무섭다는 말로서 칠월에는 식량이 귀해서 곤란을 당한다는 뜻.

23455. 칠월 손님은 범보다도 더 무섭다.
농촌에서 식량에 곤란받는 칠월에는 손님 올까 걱정이 된다는 뜻.

23456. 칠월 송아지다.
칠월 송아지마냥 잠시도 가만히 있지 않고 뛰고 논다는 뜻.

23457. 칠월 열쭝이 모양이다.
어린 새 새끼마냥 많이 지껄인다는 뜻. ※ 열쭝이 : 겨우 나는 새 새끼.

23458. 칠일 장포요 열흘 국화다. (七日之蒲 十日之菊)
6월 6일에 필요한 장포를 7일에 가져오고 9월 9일에 필요한 국화를 10일에 가져오듯이 때가 지나간 것은 소용이 없다는 뜻.

23459. 칠장이는 그림을 못 그린다. (漆者不畵)
칠장이와 화공(畵工)은 다르듯이 비슷한 것 같지만 서로 하는 일이 다르다는 뜻.

23460. 칠팔월 건들 바람이다.
초가을에 건들건들 부는 바람을 이름.

23461. 칠팔월 건들 장마다.
첫가을에 오다 마다 하는 장마를 이름.

23462. 칠팔월 수숫잎 마르듯 한다.
변덕(變德)이 많은 사람을 가리키는 말.

23463. 칠팔월 수숫잎 흔들리듯 한다.
성미가 경솔한 사람을 가리키는 말.

23464. 칠팔월에는 손톱 발톱도 다 먹는다.
초가을이 되면 입맛이 난다는 뜻.

23465. 칠팔월 은어(銀魚) 끓듯 한다.
졸지에 수입이 줄어서 생활이 곤란하게 되었다는 뜻.

23466. 칠 푼짜리 돼지꼬리만하다.
무엇이 대단히 작다는 뜻.

23467. 칠 푼 푸념에 열 네 푼 든다.
주되는 일보다도 이것을 하기 위한 부분적인 일에 든 비용이 더 크다는 뜻.

23468. 칠흡 송장이다.

　　정신 나간 사람마냥 행동하는 사람을 가리키는 말.

23469. 침대가 넘어지면 그 위에 누운 사람도 다 친다. (剝牀以膚)

　　아랫 사람이 못살게 되면 웃사람도 못살게 된다는 뜻.

23470. 침도 바람 보고 뱉으랬다.

　　무슨 일을 할 때는 분위기를 본 다음에 하라는 뜻.

23471. 침 먹은 지네다.

　　기운을 못 쓰고 있는 사람을 가리키는 말.

23472. 침 뱉고 밑 씻겠다.

　　정신이 없어서 일의 두서를 찾지 못한다는 뜻.

23473. 침 뱉은 우물 다시 먹는다.

　　다시는 안 볼 것 같더니 아쉬우니까 다시 찾아온다는 뜻.

23474. 침 뱉은 우물이다.

　　다시는 안 볼 것으로 괄시하였다는 뜻.

23475. 침식이 불안하다. (寢食不安)

　　근심이 많아서 먹고 자는 것이 불안하다는 뜻.

23476. 칫수 맞춰 옷 마른다.

　　잘 보고 난 다음에 틀림없게 일을 한다는 뜻.

23477. 칫수 보아 옷 짓는다.

　　잘 알아 가지고 알맞게 일을 한다는 뜻.

23478. 칭찬에 배부르지 않다.

　　말로 칭찬만 하는 것은 아무 소용이 없다는 뜻.

23479. 칭찬은 백 사람이 하고 험담은 천 사람이 한다.

　　남을 칭찬하는 사람보다도 남을 헐뜯는 사람이 더 많다는 말.

23480. 칭찬해서 싫다는 사람 없다.

　　칭찬을 받고 기분 나쁘다는 사람은 없으므로 되도록 남을 칭찬하여 주라는 말.

23481. 칼 귀치고 팔자 좋은 사람 없다.
　관상학적으로 칼 귀를 가진 사람은 팔자가 세다는 뜻.

23482. 칼날 위에 섰다.
　매우 위험한 환경에 처해 있다는 말.

23483. 칼날은 제 몸에서 녹이 난다.
　권력과 세력을 가진 사람도 그 자신의 잘못으로 인하
　여 몰락하게 된다는 말.

23484. 칼날을 간다.
　전쟁에 쓸 칼날을 갈듯이 싸울 준비를 한다는 뜻.

23485. 칼날을 밟는다. (白刃可蹈)　　　〈中庸〉
　(1) 매우 위험스러운 행동을 한다는 뜻. (2) 매우 용감
　하다는 뜻.

23486. 칼날이 비록 예리하더라도 죄없는 사람
　은 베지 못한다. (刀刃雖快 不斬無罪以人)
　　　　　　　　　　　　　　　　　〈姜太公〉
　양심적인 사람은 어떤 환경에서도 남에게 피해를 당
　하지 않는다는 말.

23487. 칼날 잡은 놈이 자루 잡은 놈 당할까 ?
　권력 없는 사람이 권력 있는 사람을 당할 수 없다는
　뜻.

23488. 칼날 흠은 고쳐도 말 흠은 못 고친다.
　한번 잘못한 말은 고치기가 어렵기 때문에 말에 조심
　을 하라는 뜻.

23489. 칼도 날이 서야 쓴다.
　제 구실을 하려면 실력이 있어야 한다는 뜻.

23490. 칼 든 놈은 칼로 망한다.
　싸움을 좋아하는 사람은 망하게 된다는 뜻.

23491. 칼 든 놈이 먼저 죽는다.
　남을 해치려고 하다가는 먼저 해를 입게 된다는 뜻.

23492. 칼 든 놈은 칼로 치렸다.

악한 사람에게는 다 같이 악으로 대항하라는 뜻.
　↔ 원수를 은덕으로 갚으라.

23493. 칼로 물 베기다.
　칼로 물을 베듯이 아무런 성과도 없다는 뜻.

23494. 칼로 베고 소금 치기다.
　남을 강압적(強壓的)으로 큰 해를 준다는 말.

23495. 칼로 실을 끊어서 푼다. (刃迎縷解)
　　　　　　　　　　　　　　　　　〈韓愈〉
　도리(道理)를 쉽게 풀어 낸다는 말.

23496. 칼로 입은 상처는 나아도 입으로 입은 상
　처는 낫기 어렵다.
　매로 맞은 상처보다도 말로 받은 상처가 훨씬 더 크
　다는 말.

23497. 칼로 째고 소금 친 폭이나 된다.
　생살을 째고 소금을 친 것같이 입은 상처가 매우 아
　프다는 뜻.

23498. 칼만 들면 강도다.
　형식을 갖추지 않았을 뿐이지 본질적으로는 같다는 말.

23499. 칼 물고 뜀뛰기다.
　(1) 매우 위태로운 행동을 한다는 말. (2) 목숨을 걸고
　마지막 승패를 결정한다는 말.

23500. 칼부림이 나겠다.
　두 사람이 칼을 가지고 싸울 정도로 분위기(雰圍氣)
　가 험악하다는 뜻.

23501. 칼에 찔린 상처는 쉽게 나아도 말에 찔린
　상처는 낫기 어렵다. (刀瘡易好 惡語難消)
　　　　　　　　　　　　　　　　　〈寶鑑〉
　말로 해치는 것이 칼로 해치는 것보다 더 무섭다는 뜻.

23502. 칼은 뽑았다 그대로 칼집에 꽂지 않는다.
　한번 결심한 일은 반드시 집행해야 한다는 말.

23503. 칼은 부러지고 화살은 다 쏘고 없다.

（刀折矢盡）

모든 조건이 다 불리하게 되었다는 말.

23504. 칼은 제 자루를 베지 못한다.

자기의 일은 자신이 할 수 없다는 말.

23505. 칼을 목에 대도 꼼짝 않는다. （以劍不動）

〈春秋左傳〉

(1) 매우 대담하다는 말. (2) 죽음도 무서워하지 않는다는 말.

23506. 칼을 물고 피를 토할 일이다.

너무나 억울하여 죽어도 설치（雪恥）가 안 된다는 말.

23507. 칼을 뺏다가 그저 꽂는 일은 없다.

한번 하려고 결심한 일은 끝까지 하지 않으면 안 된다는 말.

23508. 칼을 보고 도망치는 사람은 산다.
（順刃者生） 〈荀子〉

위험한 때는 대항하지 말고 피해야 살 수 있다는 말.

23509. 칼을 보고 맞서는 사람은 죽는다.
（蘇刃者死） 〈荀子〉

위험한 것을 피하지 않고 대항하다가는 피해를 입게 된다는 말.

23510. 칼을 어루만지면서 서로 흘겨본다.
（按劍嫉視） 〈孟子〉

무장을 하고서 서로 싸울 태세를 하고 있다는 말.

23511. 칼을 잡고 베지 않으면 좋은 기회를 잃는다. （操刀不割 失利之期） 〈六韜〉

승리할 수 있는 기회를 놓쳐서는 안 된다는 말.

23512. 칼을 잡으면 반드시 베야 한다. （操刀必割） 〈六韜〉

한번 얻은 기회를 놓쳐서는 안 된다는 뜻.

23513. 칼자루 빼앗기다. （按劍）

서로 승리를 쟁취（爭取）하기 위한 싸움이라는 뜻.

23514. 칼자루 잡기에 달렸다.

이기고 못 이기는 것은 누가 더 잘 싸우느냐에 달렸다는 뜻.

23515. 칼자루 잡은 놈 못 이긴다.

권력이 없는 사람은 권력을 가진 사람을 못 당한다는 뜻.

23516. 칼 잡을 줄 모르는 사람에게 요리를 시킨다. （猶未能操刀而使割也） 〈春秋左傳〉

아무것도 모르는 사람에게 중요한 임무를 맡긴다는 말.

23517. 칼 좋아하는 놈은 칼에 죽는다.

싸움을 좋아하다가는 싸우다 망한다는 말.

23518. 칼 팔아 소 산다. （賣劍買牛） 〈漢書〉

전쟁이 끝나고 평화로운 시대가 도래하였다는 말.

23519. 캄캄 소식이다.

소식을 전혀 모르고 있다는 뜻.

23520. 커도 한 그릇 작아도 한 그릇이다.

흉년이 들면 어른이나 아이나 다 같이 한 그릇씩 먹게 된다는 뜻.

23521. 코가 깎인다.

위신（威信）이 떨어진다는 뜻.

23522. 코가 땅에 닿도록 빈다.

자신의 잘못을 상대방에게 진심으로 사과한다는 뜻.

23523. 코가 땅에 닿도록 절을 한다.

코가 땅에 닿을 정도로 정성스럽게 절을 한다는 뜻.

23524. 코가 석 자（三尺）나 빠졌다.

궁지（窮地）에 빠져서 헤어나지 못하고 있다는 뜻.

23525. 코가 석 자 빠져도 그만하기가 다행이다.

불행스럽기는 하지만 그만하기가 다행하다는 뜻.

23526. 코가 쉰 댓 자（五十五尺）나 빠졌다.

근심 걱정에 쌓여서 헤어나지 못하고 있다는 말.

23527. 코가 어디 붙은 줄도 모른다.

그 사람이 어떻게 생긴 줄도 모른다는 말.

23528. 코가 얼굴보다 크다.

(1) 코가 매우 크다는 말. (2) 일이 뒤바뀌어져서 잘못되었다는 뜻.

23529. 코가 우뚝하다.

잘난 체하고 거만을 부린다는 뜻.

23530. 코가 커서 비가 와도 입에 물 안 들어가 좋겠다.

코가 큰 사람을 조롱하는 말.

23531. 코가 큰 것은 작게 할 수 있지만 작은 것은 크게 할 수 없다. （鼻大可小 小不可大也）

〈韓非子〉

큰 것은 작게 만들 수 있지만 작은 것은 크게 만들지 못한다는 말.

23532. 코고는 소리가 천둥소리 같다. （鼻聲如雷）

〈南庭堅〉

잠잘 때 코를 몹시 크게 곤다는 말.

23533. 코 끝에서 불이 난다. (鼻頭出火) 〈南史〉
기세(氣勢)가 매우 왕성하다는 말.

23534. 코 끝에서 쇠똥 내가 난다.
코에서 쇠똥 내가 날 정도로 과로(過勞)를 하였다는 말.

23535. 코끼리가 비스킷 하나 먹은 격이다.
무엇을 먹었어도 먹으나 마나 하다는 뜻.

23536. 코끼리는 이로 인하여 죽게 된다.
(象有齒以焚其身) 〈左傳〉
재물이 많은 사람은 재물 때문에 화를 당하게 된다는 뜻.

23537. 코끼리는 이만 봐도 소보다 크다는 것을 안다. (見象之牙而知其大於牛) 〈說苑〉
일부분만 봐도 그 전체를 짐작할 수 있다는 말.

23538. 코는 향기로운 냄새만 맡으려고 한다.
(鼻欲綦臭), (鼻之於臭) 〈荀子〉,〈孟子〉
사람은 누구나 좋은 것을 하고 싶어한다는 말.

23539. 코딱지 둔다고 살이 될까?
(1) 이질적(異質的)인 것은 동화(同化)될 수 없다는 뜻.
(2) 이미 잘못된 것은 바로 잡을 수 없다는 뜻.

23540. 코딱지만하다.
코딱지마냥 매우 적다는 뜻.

23541. 코 떼어 주머니에 넣었다.
너무 무안을 당하여 부끄러워 견딜 수 없다는 뜻.

23542. 코똥만 뀐다.
남의 말을 들은 척도 않는다는 뜻.

23543. 코를 꿰었다.
어떤 약점으로 인하여 상대방에게 복종하게 되었다는 뜻.

23544. 코를 땅에 대고 무릎으로 긴다. (曳鼻膝行) 〈兩班傳〉
너무 두려워서 얼굴을 들지도 못하고 엎드려서 무릎으로 긴다는 뜻.

23545. 코를 떼었다.
무슨 일을 하다가 크게 무안을 당했다는 뜻.

23546. 코를 맞댄다.
두 사람 사이가 가까와졌다는 뜻.

23547. 코를 베어 가도 모르겠다.
잠 귀가 어두워 사람들이 떠드는 것도 모르고 자는 사람을 보고 하는 말.

23548. 코를 입으로 쓰랬다.
말 못 하는 코와 같이 말은 되도록 참고 않는 것이 좋다는 뜻.

23549. 코를 잡아도 모르겠다.
코를 잡아도 모를 정도로 매우 캄캄하다는 뜻.

23550. 코를 쥐고 냄새를 피한다. (掩鼻過之) 〈孟子〉
부정한 것을 보고서 피한다는 뜻.

23551. 코 막고 답답하다는 격이다.
자신이 방해하면서 일이 안 된다고 설친다는 뜻.

23552. 코 맞은 개 싸대듯 한다.
몹시 당황하면서 어쩔 줄을 모른다는 뜻.

23553. 코 묻은 떡 뺏아 먹는다.
몹시 염치 없는 행동을 한다는 뜻.

23554. 코 묻은 돈 뺏는다.
어린 아이들을 상대로 하는 장사를 한다는 뜻.

23555. 코 밑 진상(進上)이다.
먹고 살기 위하여 하는 일이라는 뜻.

23556. 코 밑 치다꺼리를 하는 정치다. (鼻下政事)
겨우 먹고 살기 위해서 하는 일이라는 뜻.

23557. 코방귀도 안 뀐다.
남의 말을 들은 척도 않는다는 말.

23558. 코방귀만 뀐다.
(1) 사람을 멸시한다는 뜻. (2) 남의 말을 우습게 여긴다는 뜻.

23559. 코 방아를 찧는다.
코가 땅에 닿도록 넘어졌다는 뜻.

23560. 코 베어 가겠다.
감쪽같이 남의 것을 모르게 가져갈 수 있다는 뜻.

23561. 코 베이고 발꿈치 베인다. (劓刖)
이리저리 손해만 당한다는 뜻.

23562. 코 아래 입이다.
서로 거리가 매우 가깝다는 말.

23563. 코 아래 제상(祭床)도 먹는 것이 제일이다.
아무리 좋은 것이 앞에 있더라도 먹어야 제 것이 된다는 말.

23564. 코 아래 진상이 제일이다.

뭐니뭐니 해도 먹는 것이 제일 좋다는 뜻.

23565. 코 안 흘리고 유복(有福)하랴. (鼻涕不流其福自優) 〈耳談續纂〉
부지런히 일을 하지 않고서는 부유하게 살 수 없다는 뜻.

23566. 코에 걸면 코걸이 귀에 걸면 귀걸이다.
이렇기도 하고 저렇기도 하여 말하기에 달렸다는 뜻.

23567. 코에서 단 내가 난다.
너무 애를 많이 써서 심신이 몹시 피로하다는 뜻.

23568. 코에서 말똥 내가 난다.
너무 애를 써서 심신이 몹시 피로하다는 뜻.

23569. 코웃음 친다.
남은 신중하게 말하는데 상대는 비웃으며 대한다는 뜻.

23570. 코 잘생긴 거지는 있어도 귀 잘생긴 거지는 없다.
관상학적(觀相學的)으로 코 잘생긴 것보다 귀 잘생긴 것이 재복(財福)이 많다는 뜻.

23571. 코 큰 소리만 한다.
거만을 부리면서 제 자랑만 한다는 뜻.

23572. 코 큰 총각 실속 없다.
겉모양은 매우 좋으면서도 내용은 좋은 데가 없다는 뜻.

23573. 코 큰 총각 엿 사 준다.
잘생긴 남자는 여자에게 인기를 끈다는 말.

23574. 코 털이 센다.
코 털이 셀 정도로 애를 태우고 속을 썩인다는 말.

23575. 코 풀어 주머니에 넣기다.
(1) 정한 척하면서도 더러운 짓을 한다는 뜻. (2) 시작은 잘하고도 결말을 잘못한다는 뜻.

23576. 코 허리가 시큰하다.
불쌍하고 서러워서 눈물이 흐를 것만 같다는 뜻.

23577. 코 허리가 저리다.
몹시 서러워서 눈물이 나올 것만 같다는 말.

23578. 코 흘리지 않고 복 받은 사람 없다.
사람은 고생을 한 끝에 복을 받게 된다는 뜻.

23579. 콧구멍 같은 집에 밑구멍 같은 나그네 온다.
가난한 집에 반갑지 않은 손님이 온다는 말.

23580. 콧구멍 두 개를 하느님이 잘 마련했다.
만일 콧구멍이 둘이 아니고 하나였다면 벌써 숨 막혀 죽을 것인데 콧구멍이 두 개라 살았다는 말로서 소견 없이 답답한 사람을 보고 하는 말.

23581. 콧구멍 두 개 잘 마련했다.
(1) 기가 막힐 일이라는 뜻. (2) 몹시 답답하다는 말.

23582. 콧구멍에 낀 대추씨다.
콧구멍에도 들어갈 수 있는 작고도 변변치 못한 물건이라는 뜻.

23583. 콧구멍이 둘이기에 숨을 쉰다.
(1) 매우 답답하다는 말. (2) 융통성(融通性)이 몹시 없다는 말.

23584. 콧김 입김 다 쏘인 여자다.
이 남자, 저 남자와 다 사귄 여자라는 뜻.

23585. 콧대가 높다.
매우 거만하고 잘난 척하는 사람을 비유하는 말.

23586. 콧대가 부러졌다. (折頞) 〈漢書〉
권세를 부리다가 그 권세를 잃게 되었다는 뜻.

23587. 콧대가 세다.
남의 말을 조금도 안 듣고 제 고집대로만 한다는 뜻.

23588. 콧대를 꺾는다.
거만한 사람의 행동을 꺾어 본때를 보인다는 말.

23589. 콧대에 바늘 세울 만큼 골이 진다.
콧대에 바늘을 세울 정도로 눈살을 찌푸린다는 말.

23590. 콧등이 부었다.
혼자 속으로 성이 나서 앙앙댄다는 뜻.

23591. 콧등이 저릿하다.
남의 딱한 사정을 목격했을 때 콧등이 저릿하다는 뜻.

23592. 콧병 든 병아리 같다.
기운 없이 꼬박꼬박 조는 것을 비유하는 말.

23593. 콧잔등이가 시큰하다.
몹시 서러워서 눈물이 날 정도라는 뜻.

23594. 콧집이 앵글어졌다.
처음부터 일이 안 되기 시작했다는 뜻.

23595. 콩 가르듯 외 나누듯 한다. (豆割瓜分)
무엇을 서로 공평하게 나눈다는 말.

23596. 콩 가르듯 한다.
두 개로 똑같이 가른다는 말.

23597. 콩깍지를 태워서 콩을 삶는다. (煮豆燃萁) 〈曹植〉

옛날 중국 위(魏)나라 조비(曹丕)가 그 아우 조식(曹植)을 죽이려고 할 때 조식이가 지은 시로서 형제간에 죽인다는 말.

23598. **콩과 보리를 분별 못한다.** (不辨菽麥)
〈春秋左傳〉

콩과 보리를 모르듯이 바보라는 뜻.

23599. **콩나물도 물을 먹어야 큰다.**

사람도 음식을 먹어야 산다는 뜻.

23600. **콩나물 시루다.**

협소한 장소에 사람이 콩나물같이 들어섰다는 말.

23601. **콩 났네 팥 났네 한다.**

대수롭지 않은 일을 가지고 서로 시비를 한다는 뜻.

23602. **콩도 닷 말 팥도 닷 말이다.**

(1) 이것저것 다 공평하게 준다는 말. (2) 어디를 가나 다 마찬가지라는 말.

23603. **콩도 쪼개서 나누어 먹는다.**

서로 친해서 조그마한 음식도 나누어 먹는다는 말.

23604. **콩 마당에 넘어졌나?**

얼굴이 얽은 곰보를 보고 놀리는 말.

23605. **콩 멍석에 넘어졌나?**

얼굴이 얽은 사람을 보고 조롱하는 말.

23606. **콩 멍석이 되었다.**

온몸에 부스럼이 많이 생겼다는 말.

23607. **콩 반 쪽만한 것도 남의 몫에 지어 있다.**
(半菽孔碩 他人所獲) 〈耳談續纂〉

아무리 사소한 물건이라도 남의 것은 탐내지 말라는 말.

23608. **콩 반 쪽에 정 붙는다.**

조그마한 것도 나누어 먹는 데서 정이 든다는 말.

23609. **콩 반 쪽이라도 남의 것은 손을 대지 말랬다.**

아무리 사소한 물건이라도 남의 것을 탐내서는 안 된다는 말.

23610. **콩 반쪽이라도 남의 것이라면 손 내민다.**

무엇이나 남의 것이라면 욕심을 낸다는 말.

23611. **콩밥 급히 먹는 놈은 뒷간에 가봐야 안다.**

무슨 일이나 빨리 하는 일에는 흠이 있다는 말.

23612. **콩밥 맛이 어떠냐?**

감옥살이를 하느라고 고생이 어떻했느냐는 뜻.

23613. **콩 밭에 가서 두부 찾는다.**

성미가 매우 급한 사람을 두고 하는 말.

23614. **콩 밭에다 간수 치겠다.**

일의 순서도 무시하고 서두르기만 한다는 말.

23615. **콩 밭에 든 꿩이다.**

먹을 복이 많은 사람이라는 뜻.

23616. **콩 볶듯 한다.**

총 쏘는 소리가 요란하다는 말.

23617. **콩 볶아먹다가 가마솥 깨뜨린다.**

사소한 이득을 탐내다가 큰 손해를 보았다는 말.

23618. **콩 볶아 재미낸다.**

사소한 일로써 재미를 본다는 말.

23619. **콩 볶은 것과 기생첩(妓生妾)은 옆에 두고는 못 견딘다.**

없으면 참을 것도 옆에 있으면 참기 어렵다는 뜻.

23620. **콩 본 당나귀마냥 홍홍댄다.**

먹을 것을 보고 몹시 좋아하는 꼴을 이름.

23621. **콩 본 비둘기다.**

먹을 것을 보고 못 참는 사람을 두고 비유하는 말.

23622. **콩 세 개도 못 센다.**

무식하여 셈수가 매우 어두운 사람을 가리키는 말.

23623. **콩 세 알 못 세는 부모도 부모는 부모다.**

부모가 아무리 무식하고 못났어도 아들은 부모를 공경해야 한다는 뜻.

23624. **콩 심고 팥 거두지는 못한다.**

발생된 원인과 이로 인하여 이루어진 결과는 다를 수가 없다는 말.

23625. **콩 심고 팥 타작 못한다.**

무슨 일이나 원인에 따라 결과가 맺어진다는 뜻.

23626. **콩 심어라 팥 심어라 한다.**

사소한 일을 가지고 이래라 저래라 간섭한다는 뜻.

23627. **콩 심어서 콩 거두고 팥 심어서 팥 거둔다.**

무슨 일이나 원인에 따라 결과도 생긴다는 뜻.

23628. **콩 심은 데 콩 나고 팥 심은 데 팥 난다.**

무슨 일이나 원인에 따라 결과는 맺어진다는 말.

23629. **콩 심은 데 콩 난다.** (種豆得豆) 〈莊子〉

무슨 일이나 원인에 따라 결과가 생긴다는 말.

23630. 콩알로 귀 막아도 천둥소리가 안 들린다.
(兩豆塞耳 不自雷霆) 〈鶡冠子〉
　작은 것도 잘 활용하면 큰 도움을 얻을 수 있다는 뜻.

23631. 콩에서 콩 난다.
　무슨 일이나 원인에 의하여 결과가 맺어진다는 말.

23632. 콩으로 두부를 만든대도 곧이 안 듣겠다.
　신용이 없기 때문에 사실을 말해도 믿을 수가 없다는
　말. ↔ 콩을 팥이라 해도 곧이 듣는다.

23633. 콩으로 메주를 쑤고 소금으로 장을 담근
다고 해도 곧이 들리지 않는다.
　믿음성이 없기 때문에 무슨 말을 해도 믿을 수가 없
　다는 뜻. ↔ 콩을 팥이라 해도 곧이 듣는다.

23634. 콩으로 메주를 쑨다 해도 믿지 못한다.
　너무나 신용이 없어서 바른 말을 해도 믿을 수가 없
　다는 뜻. ↔ 콩을 팥이라고 해도 곧이 듣는다. 팥으
　로 메주를 쑨대도 곧이 듣는다.

23635. 콩은 밭 고기다.
　콩은 영양가(營養價)가 많은 곡물이라는 말.

23636. 콩을 팥이라고 해도 곧이 듣는다.
　평소에 신용이 있었기 때문에 무슨 말을 해도 믿을 수
　있다는 말. ↔ 콩으로 두부를 만든대도 곧이 안 듣겠
　다. 콩으로 메주를 쑨다 해도 믿지 못한다. 콩으로
　메주를 쑤고 소금으로 장을 담근다고 해도 곧이 들
　리지 않는다.

23637. 콩이니 팥이니 한다.
　이러니 저러니 간섭을 한다는 뜻.

23638. 콩이야 팥이야 한다.
　사소한 일을 가지고 시비를 따진다는 말.

23639. 콩 쪽 맞듯 한다.
　영락없이 서로 꼭 들어맞는다는 말.

23640. 콩 쪽처럼 닮았다.
　콩 쪽마냥 서로 똑같이 닮았다는 말.

23641. 콩 주워먹듯 한다.
　무엇을 쉴 사이 없이 계속 먹는다는 말.

23642. 콩죽 먹은 놈 따로 있고 똥 싸는 놈 따로
있다.
　죄 진 놈 따로 있고 벌받는 놈 따로 있다는 뜻.

23643. 콩죽은 내가 먹고 배는 남이 앓는다.
　죄진 사람 따로 있고 벌 받는 사람 따로 있다는 말.

23644. 콩죽은 주인이 먹고 배는 머슴이 앓는다.

나쁜 짓은 제가 하고 벌은 남이 받는다는 뜻.

23645. 콩죽이나 먹고 물이나 마신다고 어리석은
것은 아니다. (啜菽飮水 非愚也) 〈荀子〉
　가난한 사람이라고 해서 어리석은 것은 아니라는 말.

23646. 콩 칠팔 새 삼육 한다.
　두서를 잡지 못하고 혼동을 하고 있다는 뜻.

23647. 콩 켜 팥 켜다.
　시루떡 고물에 콩고물도 놓고 팥고물도 놓듯이 무질
　서하다는 뜻.

23648. 콩 튀듯 팥 튀듯 한다.
　화가 나서 어쩔 줄 모르고 팔팔 뛰고만 있다는 뜻.

23649. 콩 튀듯 한다.
　(1) 흥분이 돼서 날뛴다는 뜻. (2) 총알이 많이 날아온
　다는 뜻.

23650. 콩 팔러 갔다.
　사람이 죽었다는 말.

23651. 콩팔 칠팔 한다.
　정신을 못 차리고 알지도 못할 말을 지껄인다는 뜻.

23652. 콩 한 쪽도 나누어 먹는다.
　정분(情分)이 좋아서 사소한 것까지도 서로 나누어 먹
　는다는 뜻.

23653. 쾌활하게 이야기하며 술을 마신다.
(劇談豪飮) 〈金史〉
　술 마시면서 흥겹게 취담(醉談)을 한다는 말.

23654. 「쿵그렁」하면 굿인 줄 알고 선산(善山)
무당 춤춘다.
　조금만 눈치가 달라도 좋아서 날뛴다는 뜻.

23655. 「쿵」하면 울 너머 호박이 떨어지는지도 안
다.
　가만히 앉아 있어도 분위기를 다 파악한다는 뜻.

23656. 크게 간사한 사람은 충성스러운 것 같다.
(大姦似忠) 〈宋史〉
　간사한 사람은 교묘한 짓을 잘하기 때문에 언뜻 보기
　에는 충신과 같다는 말.

23657. 크게 강하게 되면 반드시 꺾이게 된다.
(太强必折) 〈六韜〉
　너무 강하기만 하면 실패하게 된다는 말.

23658. 크게 나무랄 일도 화내지 않는다.
(大責不怒) 〈馬馹傳〉
　큰 잘못이 있어도 화를 내지 않고 너그럽게 대한다는

말.

23659. 크게도 하고 작게도 한다. (能大能小)
무슨 일이나 마음대로 다 잘한다는 뜻.

23660. 크게 어리석은 사람은 죽을 때까지 똑똑
하게 되지 못한다. (大愚者終身不靈) 〈莊子〉
크게 어리석은 사람은 가르쳐도 똑똑하게 될 수 없다
는 말.

23661. 크게 유혹된 사람은 죽을 때까지 진리를
해득하지 못한다. (大惑者終身不解) 〈莊子〉
한번 크게 유혹되면 죽을 때까지 바로 잡을 수 없다
는 뜻.

23662. 크게 이름이 나게 되면 오래 있기 어렵다.
(大名之下難久居) 〈史記〉
널리 이름이 나게 되면 시기하고 질투하는 사람이 있
어 오래 유지하기 어렵다는 말.

23663. 크고 단 참외다.
질적으로나 양적으로나 다 좋다는 말.

23664. 크고 싱겁지 않은 사람 없다.
키가 큰 사람 중에는 싱거운 사람이 많다는 뜻.

23665. 크고 작은 것은 대봐야 안다.
어떤 것이 크고 어떤 것이 작은가는 서로 비교해 봐
야 안다는 말.

23666. 크기도 전에 망령부터 난다.
어렸을 때부터 장래성이 없는 아이로 되어 버렸다는
뜻.

23667. 크는 나무 순 꺾기다.
젊은 사람의 장래를 망치게 한다는 말.

23668. 크는 나무의 순은 안 친다. (方長不折)
젊은 사람의 장래성을 망쳐서는 안 된다는 말.

23669. 크는 아이 얼굴은 열 두 번 변한다.
어린 아이는 자라는 동안에 얼굴이 계속 변한다는 뜻.

23670. 크도 작도 않다. (不大不小)
크지도 않고 작지도 않고 알맞다는 뜻.

23671. 큰 가뭄에 비 바라듯 한다. (大旱之望雲
霓) 〈孟子〉
큰 가뭄에 비 바라듯이 몹시 바란다는 말.

23672. 큰 거짓말은 해도 작은 거짓말은 말랬다.
큰 일에 거짓말하는 것은 있을 수 있는 일이라고 이
해할 수 있지만 시시한 일에 거짓말을 하면 사람 구
실을 못 하게 된다는 말.

23673. 큰 고기가 작은 고기를 삼킨다. (大魚之
呑小魚) 〈説苑〉
큰 나라가 작은 나라를 정복(征服)한다는 말.

23674. 큰 고기 놓치고 새우 잡는다. (大魚跑了
撈蝦)
손해는 크고 이득은 적다는 말.

23675. 큰 고기는 그물을 뛰어넘고 작은 고기만
잡힌다.
권세가 있는 사람은 법망(法網)을 뚫어도 일반 사람
은 법망에 걸리게 된다는 말.

23676. 큰 고기는 그물을 뛰어넘는다.
권세가 있는 사람은 법을 어겨도 법망에 걸리지 않는
다는 뜻.

23677. 큰 고기는 그물을 찢는다.
권력이 있는 사람은 법망을 뚫는다는 말.

23678. 큰 고기는 깊은 물에 있다.
(1) 큰 인물은 겉으로는 잘 드러나지 않는다는 뜻.
(2) 땅 덩이도 커야 큰 인물이 난다는 뜻.

23679. 큰 고기는 다 놓치고 송사리만 잡힌다.
이득이 많은 것은 다 잃고 이득이 적은 것만 얻는다
는 말.

23680. 큰 고기는 작은 고기를 잡아먹는다.
(大魚小魚食)
(1) 강국은 약한 나라를 침략한다는 말. (2) 강자가 약
자를 착취한다는 뜻.

23681. 큰 고거는 작은 냇물에서는 놀지 않는다.
(呑舟之魚 不游枝流) 〈列子〉
어진 사람은 항상 고상한 뜻을 가지고 있다는 것을 비
유하는 말.

23682. 큰 고기는 큰 그물로 잡아야 한다.
(大網撈大魚)
상대방을 보고 그에 알맞는 방법을 써야 한다는 뜻.

23683. 큰 고기도 놓치고 송사리도 놓친다.
이것저것 다 놓쳐 손해만 보았다는 뜻.

23684. 큰 고기도 물 밖에 나오면 개미에게 먹힌
다.
권력과 세력을 가졌던 사람도 몰락하면 남들이 무서
워하지 않는다는 말.

23685. 큰 고기도 물을 떠나면 개미에게 제어당
한다. (呑舟魚失水制於螻蟻) 〈韓詩外傳〉
권세(權勢)를 가졌던 사람도 그 권세에서 물러나게 되

면 남들이 만만하게 본다는 뜻.

23686. 큰 과실은 못다 먹는다. (碩果不食)
〈易經〉
못난 사람은 많고 어진 사람은 불과 몇 명이 안 됨을 비유하는 말.

23687. 큰 꾀는 사람들이 그 꾀를 알지 못한다. (大謀不謀)
〈六韜〉
큰 계책(計策)은 의미가 심장(深長)하여 사람들이 알지 못한다는 뜻.

23688. 큰 굿 한 집에 저녁거리 없다.
돈을 아끼지 않으면 고생을 하게 된다는 뜻.

23689. 큰 그릇은 더디 이루어진다. (大器晚成)
〈老子〉
큰 그릇은 빨리 이루어질 수 없듯이 크게 될 사람은 만년(晩年)에 이르러 비로소 대성(大成)한다는 뜻.

23690. 큰 그릇을 작은 데 쓴다. (大器小用)
〈後漢書〉
큰 인물(人物)에게 작은 직책(職責)을 맡겼다는 뜻.

23691. 큰 근심은 몸과 같이 소중히 다루어야 한다. (貴大患若身)
〈老子〉
큰 근심을 해결함에 있어서는 신중히 처리해야 한다는 뜻.

23692. 큰 길이 매우 평탄하여도 민중들은 지름 길을 좋아한다. (大道甚夷而民好徑)
〈老子〉
민중들은 앞 날의 큰 편안한 일보다도 당장의 작은 안일을 좋아한다는 뜻.

23693. 큰 나무가 넘어질 때는 마구 다친다. (長木之斃無木標)
〈春秋左傳〉
큰 나라가 멸망할 때는 함부로 딴 나라를 침범한다는 뜻.

23694. 큰 나무가 바람은 더 탄다.
자식이 많으면 고생을 더하게 된다는 뜻.

23695. 큰 나무가 쓰러지는 것은 밧줄 한 가닥으로 지탱할 수 없다. (大木將顚非一繩所維)
〈後漢書〉
나라가 망하게 될 때는 한 사람의 힘으로는 구제(救濟)할 수 없다는 뜻.

23696. 큰 나무는 기둥과 들보로 쓰인다. (大者爲棟樑)
〈宋史〉
큰 인물은 그 능력에 따라 중요한 자리에서 일하게 된다는 뜻.

23697. 큰 나무를 도끼로 찍으면 조그만 나무가 되었더라면 한다.
밑천을 많이 들였다가 실패하게 되면 밑천 들인 것을 후회하게 된다는 뜻.

23698. 큰 나무 밑에서 아름다운 풀이 없다. (大樹下 無美草)
〈說苑〉
(1) 아랫 사람은 웃사람에게 칭찬을 받기 어렵다는 뜻.
(2) 약한 사람은 강한 사람 밑에서는 강해지기가 어렵다는 뜻.

23699. 큰 내에 큰 고기 논다. (大川滔漭虬蝼遊)
〈抱朴子〉
사람이 많이 살아서 견문(見聞)이 넓은 곳이라야 큰 인재도 날 수 있다는 말.

23700. 큰 냇물 가에 있는 전답(田畓)은 사지도 말랬다.
옛날 제방 공사가 되지 않은 큰 강은 홍수로 인한 피해가 컸기 때문에 강가에 있는 전답은 사지 말라고 한 말.

23701. 큰 냇물은 마르지 않는다. (大河不渴)
근원(根源)이 풍부하면 없어지지 않는다는 뜻.

23702. 큰 덕은 작은 원한을 없애게 한다. (大德減小怨)
〈春秋左傳〉
큰 덕으로 너그럽게 작은 원한을 무마(撫摩)하여 없앤다는 뜻.

23703. 큰 덕이 있는 사람은 장수를 누리게 된다. (大德之人 必得其壽)
〈中庸〉
크게 덕을 베푸는 사람은 신명(神明)의 도움을 받아 장수를 하게 된다는 말.

23704. 큰 도둑놈이 작은 도둑놈을 잡는다.
동류(同類)끼리 다툰다는 뜻.

23705. 큰 도둑 맞고는 살아도 좀도둑 맞고는 못 산다.
자주 맞는 작은 피해가 어쩌다가 맞는 큰 피해보다 더 크다는 뜻.

23706. 큰 도둑을 없애지 않으면 민중들은 죽게 된다. (大盜不去 民劉)
〈茶山論叢〉
민중을 해치는 큰 도둑을 없애지 않으면 민중들은 살 수 없게 된다는 뜻.

23707. 큰 독 사이에 낀 뚝배기다.
(1) 두 세력 틈에 끼인 사람이라는 뜻. (2) 부부 싸움에 어린 아이만 골탕 먹는다는 뜻.

23708. 큰 말이 나가면 작은 말이 큰 말 노릇한

다.

옷 사람이 없으면 아랫 사람이 대신 한다는 뜻.

23709. 큰 며느리가 무던한 것은 작은 며느리를 얻어 봐야 안다.

잘하고 못하는 것은 서로 대봐야 알 수 있다는 뜻.

23710. 큰 며느리가 없으면 둘째 며느리가 큰 며느리 노릇을 한다.

한 사람이 없어지면 그 다음 사람이 일을 맡아 하게 된다는 뜻.

23711. 큰 무당이 있으면 작은 무당은 춤을 못 춘다.

자기보다 기술이 나은 사람이 있으면 일하기를 꺼린다는 뜻.

23712. 큰 무우가 싱겁다.

사람도 체격이 큰 사람 중에는 싱거운 사람이 많다는 뜻.

23713. 큰 무우에는 오줌을 안 준다.

자식이 장성하면 부모도 도와 주지 않는다는 뜻.

23714. 큰 물에 먹을 물 없다.

큰 부자하고 상대해 봐도 아무 실속이 없다는 뜻.

23715. 큰 미혹(迷惑)은 풀리지 않는다. (大惑不解) 〈莊子〉

일반 사람들은 일생 동안 진리(眞理)를 해득(解得)하지 못한다는 뜻.

23716. 큰 바다를 보지 않고서는 어찌 풍랑의 무서움을 알 수 있으랴? (不觀巨海 何以知風波之患) 〈孔子〉

실지(實地)로 보지 못한 것은 그 내용을 알 도리가 없다는 뜻.

23717. 큰 바다에 좁쌀 한 알 던진 셈이다. (渺滄海之一粟) 〈蘇軾〉

지극히 많은 것에 비하여 매우 적은 수(數)라는 뜻.

23718. 큰 바퀴가 상하면 작은 바퀴도 못 돈다.

남편이 죽으면 아내는 고생을 한다는 뜻.

23719. 큰 방죽도 개미 구멍으로 무너진다. (千里之隄 以螻蟻之穴漏) 〈淮南子〉

(1) 약한 힘으로도 큰 일을 할 수 있다는 뜻. (2) 작다고 깔보다가는 큰 손해를 보게 된다는 뜻.

23720. 큰 벙거지도 귀 짐작으로 안다. (大帽子斟斟耳) 〈洌上方言〉

어떤 일을 짐작으로 할 수 있다는 뜻.

23721. 큰 복은 두 번 다시 오지 않는다. (大福不再) 〈春秋左傳〉

큰 복은 한 번 오기도 매우 어려운 일인데 두 번 오리라고 생각하는 것은 도리어 부끄러운 일이라는 뜻.

23722. 큰 부자는 망해도 십 년은 간다.

부자가 겉으로는 망한 것 같지만 다소 남은 재산은 있다는 뜻.

23723. 큰 부자는 하늘에서 내고 작은 부자는 부지런하면 된다. (大富由天 小富由勤) 〈荀子〉

큰 부자는 아무리 노력을 해도 될 수 없고 재복(財福)을 타고 난 사람이나 될 수 있지만 작은 부자는 누구나 부지런히 노력만 하면 될 수 있다는 말.

23724. 큰 북이라야 큰 소리가 난다.

바탕이 커야 크게 발전할 수 있다는 뜻.

23725. 큰 사기군은 믿음성이 있는 것 같다. (大詐似信) 〈王安石〉

사기하는 사람일수록 신용있는 사람으로 가장(假裝)하지 않고서는 사기를 하지 못한다는 뜻.

23726. 큰 싸움에 여자 안 끼는 싸움 없다.

(1) 싸움이 크게 되면 남자뿐만 아니라 여자도 참가하게 된다는 뜻. (2) 큰 싸움의 시초는 여자 때문에 발생하게 된다는 뜻.

23727. 큰 새는 작은 날개를 쓰지 않는다.

배짱이 큰 사람은 작은 일에는 신경을 안 쓴다는 말.

23728. 큰 소가 없으면 작은 소가 큰 소 노릇을 한다.

옷 사람이 없으면 아랫 사람이 대신 한다는 뜻.

23729. 큰 소도 잃고 송아지도 잃었다.

이것저것 모두 손해를 보게 되었다는 말.

23730. 큰소리는 다 가서 하랬다.

장담은 하던 일을 다 마치고 그 결과가 좋았을 때나 하라는 뜻.

23731. 큰소리는 문턱을 넘고 난 다음에 하랬다.

잘한다는 장담은 일을 하기 전에 하지 말고 일을 다 한 다음에 하라는 말.

23732. 큰 소리로 꾸짖는다. (大聲叱呼)

목청을 높여서 남을 꾸짖는다는 뜻.

23733. 큰 소리로 목 놓아 운다. (大聲痛哭：放聲大哭)

큰 소리를 내가면서 서럽게 운다는 뜻.

23734. 큰 소리로 부르짖는다. (高聲大叫)

크게 외치는 목소리로 부르짖는다는 말.

23735. 큰 소리로 부른다. (高聲大呼)
크게 외치는 목소리로 부른다는 뜻.

23736. 큰소리로 장담한다. (大言壯語)
자신이 책임지겠다고 장담한다는 말.

23737. 큰 소리로 책을 읽는다. (高聲大讀)
조용히 책을 읽지 않고 큰 소리로 읽는다는 말.

23738. 큰소리로 허세만 부린다. (虛張聲勢)
흰소리를 하면서 허세를 부린다는 뜻.

23739. 큰 소리로 호통친다. (高聲大言)
대단히 노하여 큰 목소리로 호령을 한다는 말.

23740. 큰 소만큼 벌면 큰 소만큼 쓰게 된다.
돈을 많이 벌면 많이 쓰게 마련이라는 뜻.

23741. 큰 소 큰 소 하면서 꼴 아니 준다.
어린 아이들에게만 먹을 것을 주고 어른에게는 주지 않는다는 뜻.

23742. 큰 솔 밑에서 작은 솔이 자란다.
훌륭한 사람의 은덕은 여러 사람이 받게 된다는 뜻.

23743. 큰 수레에는 짐 많이 싣는다. (大車以載)
체격이 큰 사람은 힘도 세다는 말.

23744. 큰 어머니 죽으면 풍년이 든다.
첩의 아들은 큰 어머니 밑에서 잘 얻어 먹지 못하다가 큰 어머니가 죽으면 잘 먹게 되듯이 첩의 아들은 큰 집에서 박대를 받는다는 뜻.

23745. 큰 어미 제사에 작은 어미 배탈 난다.
남의 슬픈 일에 저는 포식만 한다는 뜻.

23746. 큰 어미 제삿날 작은 어미 떡 먹듯 한다.
자기에게 못마땅한 일이 있으면 실속이나 차리게 된다는 뜻.

23747. 큰 옥보다도 한 치의 시간이 더 중요하다. (不貴尺璧而重寸陰) 〈文中子〉
돈은 있다가도 없고 없다가도 있지만 시간은 한번 가면 다시 돌아오지 않으므로 돈보다도 시간이 더 귀하다는 뜻.

23748. 큰 용맹은 사람들이 그 용맹을 알지 못한다. (大勇不勇) 〈六韜〉
큰 용맹을 가진 사람은 용맹한 것같이 행동을 하지 않으므로 남들이 용맹한 것을 알지 못하고 있다는 뜻.

23749. 큰 용맹을 가진 사람은 남을 해치지 않는다. (大勇不忮) 〈莊子〉

큰 용맹을 가진 사람은 말로 해도 다 해결할 수 있기 때문에 남을 해치지 않는다는 뜻.

23750. 큰 원한은 풀어도 반드시 원한이 남게 된다. (和大怨 必有餘怨) 〈老子〉
큰 원한은 설령 푼다고 해도 그 뿌리는 다 뽑혀지지 않고 남게 된다는 말.

23751. 큰 이익은 그 이익을 차지하지 못한다. (大利不利) 〈六韜〉
큰 이익은 권세를 가진 사람들이 서로 차지하려고 싸우게 되므로 어느 누구도 차지하지 못하게 된다는 뜻.

23752. 큰 일도 세심한 계획을 세워야 한다. (大事心作細) 〈老子〉
큰 일을 하려면 먼저 구체적인 계획을 수립하고 해야 한다는 뜻.

23753. 큰 일도 작은 일에서 시작된다.
작은 일이 모여서 큰 일이 된다는 뜻.

23754. 큰 일 앞에 작은 일 있다.
큰 일과 작은 일은 따라 다닌다는 말.

23755. 큰 일은 반드시 작은 일에서부터 시작된다. (大事必作小) 〈老子〉
큰 일은 한꺼번에 하는 것이 아니고 작은 일에서부터 차차 해나가면 큰 일이 이루어진다는 뜻.

23756. 큰 일은 웃사람을 따르고 작은 일은 임의로 처리한다. (大事從長 小事專達) 〈周禮〉
큰 일은 웃사람의 지시에 따라 해야 하고 자기가 맡은 작은 일은 자기 마음대로 하라는 뜻.

23757. 큰 일은 풀칠하듯 해서는 안 된다. (大事不糊塗) 〈宋書〉
큰 일은 과단성 있고 안전하게 해야 한다는 말.

23758. 큰 일을 계획하는 사람은 작은 일에 구애되지 않는다. (成大功者不成小) 〈列子〉
큰 일을 하는 사람은 그 일 이외의 작은 일은 생각하지 말라는 뜻.

23759. 큰 일을 하는 데 의리를 범하면 반드시 큰 재난이 있게 된다. (大事奸義 必有大咎) 〈春秋左傳〉
큰 일을 함에 있어서 의리에 어긋나는 짓을 하게 되면 큰 화를 당하게 된다는 뜻.

23760. 큰 일을 하려면 자질구레한 일에 구애되지 말아야 한다. (大行不顧細謹) 〈史記〉
큰 일을 위해서는 작은 일은 큰 일에 복종시켜야 한

다는 뜻.

23761. 큰 일을 할 때는 반드시 끝과 시작을 한 결같이 신중히 해야 한다. (擧大事必愼其終始) 〈禮記〉

큰 일을 하려면 처음에서 끝까지 전심 전력(專心專力)을 다하여 신중하게 하라는 뜻.

23762. 큰 일이면 작은 일로 두 번 치르랬다.

무슨 일이나 한꺼번에 하는 것보다는 여러 번으로 나누어 하는 것이 쉽다는 뜻.

23763. 큰 일 치른 집에는 저녁거리가 있지만 큰 굿한 집에는 저녁거리가 없다.

굿 한 번 하자면 재물이 많이 든다는 뜻.

23764. 큰 일 하는 데 신용이 없으면 되는 일이 없다. (作大事不以信 未嘗可也) 〈春秋左傳〉

작은 일에도 신용이 중요하지만 특히 큰 일을 하는 데 있어서 신용이 없으면 이루어지지 않는다는 뜻.

23765. 큰 자라가 울면 작은 자라도 따라 운다.

아랫 사람은 윗사람이 하는 대로 따라한다는 뜻.

23766. 큰 재앙도 잠시 참지 못한 데서 생긴다. (莫大之禍 起於須臾不忍) 〈尹和靖〉

큰 재앙은 많은 경우에 감정을 억제하지 못하여 발생되므로 감정을 잠시만 참으면 피하게 된다는 뜻.

23767. 큰 전쟁 끝에는 반드시 흉년이 든다. (大軍之後 必有凶年) 〈老子〉

큰 전쟁이 발생하였을 때는 많은 농민들이 전쟁에 동원되므로 농사는 노력 부족으로 흉년이 들게 된다는 뜻.

23768. 큰 정의를 위해서는 사사로운 짓을 버려야 한다. (大義滅親) 〈春秋左傳〉

대의를 위해서는 부자(父子)의 사정(私情)도 끊어야 한다는 말.

23769. 큰 지혜는 사람들이 그 지혜를 보지 못한다. (大智不智) 〈六韜〉

큰 지혜는 소견이 좁은 사람들로서는 알아보지 못한다는 뜻.

23770. 큰 집을 지으면 제비와 참새도 좋아한다. (大廈成燕雀相賀) 〈淮南子〉

밝은 정치를 하게 되면 평화롭게 살게 되는 국민들이 즐거워함을 비유하는 말.

23771. 큰 집이 기울어져도 삼 년은 간다.

부자가 망하더라도 얼마 동안은 살아나갈 수 있다는 뜻.

23772. 큰 집이 넘어지는 것을 버팀목 하나로는 버틸 수 없다. (大廈將顚 非一木所支) 〈文中子〉

나라가 망하게 될 때에는 어느 한 사람의 힘으로서는 지탱할 수가 없다는 말.

23773. 큰 집이 망해도 삼 년 먹을 것은 있다.

부자가 패가했다고 해도 얼마 동안은 먹고 산다는 뜻.

23774. 큰 집이 천 칸이라도 밤에 자는 자리는 여덟 자밖에 안 된다. (大廈千間 夜臥八尺) 〈康節邵〉

큰 부자라도 자기가 생활하는 데는 그 재산이 다 필요한 것은 아니라는 뜻.

23775. 큰 집 잔치에 작은 집 돼지만 죽는다.

남의 일에 돈을 지나치게 썼다는 뜻.

23776. 큰 창고에 쌓인 곡식 속의 한 알의 돌피다. (太倉稊米)

지극히 많은 것 중에서 단 하나의 적은 수(數)에 지나지 않는다는 뜻.

23777. 큰 코 다친다.

큰 낭패를 당하게 되었다는 말.

23778. 큰 코를 떼었다.

크게 욕을 보았다는 말.

23779. 큰 효는 한 평생 부모를 사모하는 것이다. (大孝終身慕父母) 〈孟子〉

보통 사람은 어려서만 부모를 사모하다가 크면 처자를 사랑하게 되고 공직에 있으면 그 장과 가까이하게 되므로 부모를 사모하는 것이 희박하지만 옛날 효성이 지극한 사람은 한 평생을 두고 부모를 사모하였으므로 이를 본받아야 한다는 뜻.

23780. 키가 크나 작으나 하늘에 안 닿기는 일반이다.

(1) 크고 작은 차이가 별로 없다는 뜻. (2) 키가 작은 사람이 키 큰 사람에게 하는 말.

23781. 키는 작아도 담(膽)은 크다.

체신은 비록 작지만 보기만 해도 겁 하나 없이 대담하다는 뜻.

23782. 키도 크고 걸음도 빠르다. (高材疾足) 〈史記〉

키도 크고 걸음도 빠르듯이 지혜도 있고 용맹도 겸비(兼備)하고 있다는 뜻.

23783. 키 작고 안 까부는 놈 없다.

혼히 키가 작으면 경솔하다는 말.

23784. 키 작고 안 까불면 재주 있다.

체격이 작은 사람이 경솔하거나 재주가 많다는 뜻.

23785. 키 작고 앙큼하지 않으면 담 크다.

체격이 작은 사람 중에는 앙큼하거나 대담한 사람이 많다는 뜻.

23786. 키 작은 놈 쳐 놓고 안 까부는 놈 없고 키 큰 놈 쳐 놓고 안 싱거운 놈 없다.

키가 작은 사람 중에는 경솔한 사람이 많고 키가 큰 사람 중에는 싱거운 사람이 많다는 말.

23787. 키 장수 집에 헌 키 쓴다.

마땅히 흔해야 할 곳에 정작 귀하다는 뜻.

23788. 키 크고 묽지 않는 놈 없다.

키 큰 사람 중에는 싱거운 사람이 많다는 뜻.

23789. 키 크고 속 못 차린다.

키는 크면서도 치밀하지 못하다는 말.

23790. 키 크고 속 없다.

키는 크면서도 속을 못 차려 실수가 많다는 말.

23791. 키 크고 싱겁지 않으면 점잖다.

키 큰 사람 중에는 싱겁거나 점잖은 사람이거나 둘 중의 하나라는 뜻.

23792. 키 크고 안 싱거우면 점잖고 키 작고 안 까불면 재주 있다.

키 큰 사람 중에는 싱겁거나 점잖거나 둘 중의 하나고 키 작은 사람 중에는 까불거나 재주가 있거나 둘 중의 하나라는 말.

23793. 키 크고 안 싱거운 놈 없다.

키가 큰 사람 중에는 싱거운 사람이 많다는 뜻.

23794. 키 크면 걸음이 빠르다. (高材疾走)

조건이 갖추어지면 일을 잘할 수 있다는 뜻.

23795. 키 크면 속 없고 키 작으면 자발 없다.

키 큰 사람 중에는 실없는 사람이 많고 키 작은 사람 중에는 참을성이 없는 사람이 많다는 뜻.

23796. 키 큰 나무가 바람 더 탄다.

가족 많은 가정이 더 고생스럽다는 말.

23797. 키 큰 놈 집에 내려 먹을 것 없다.

키 큰 것이 살림에 유리할 건 없다는 뜻.

23798. 키 큰 사람도 키 작은 사람도 하늘에 굽하지 않는 것은 매일반이다.

키 작은 사람이 키가 작으나 크나 마찬가지라고 변명하는 말.

23799. 키 큰 염소 똥 누듯 한다.

무슨 일을 힘들이지 않고 쉽게 한다는 뜻.

23800. 타고 난 복이다.
　　잘 되고 잘사는 것은 자신이 타고 난 복이라는 뜻.

23801. 타고 난 성품은 고칠 수 없다. (禀性不可
　　改)　　　　　　　　　　　　　　〈後漢書〉
　　선천적(先天的)으로 타고 난 성품은 고치기가　매우
　　어렵다는 뜻.

23802. 타고 난 팔자는 관 속에 들어가도 못 속
　　인다.
　　자기가 타고 난 팔자는 인위적(人爲的)으로 못 고친
　　다는 뜻.

23803. 타관 도방(道傍)에서는 구면(舊面)이 내
　　식구다.
　　타향에서는 아는 사람만 만나도 다정해진다는 말.
　　※ 도방 : 길가.

23804. 타관 양반이 누가 허좌수인 줄 아나 ?
　　(他官兩班誰許座首), (他官兩班座首許乎)
　　　　　　　　　　〈旬五志, 松南雜識〉, 〈東言解〉
　　상관 없는 사람이 그 일의 내막을 알 까닭이 없다는
　　뜻.

23805. 타관에서 고향 그리듯 한다.
　　타향살이하는 사람은 고향을 몹시 그리워한다는 뜻.

23806. 타관에 있어도 고향나무다.
　　고향나무는 타관에 있으나 고향에 있으나 고향나무라
　　는 뜻으로서 어희(語戱)로 쓰임.

23807. 타는 닭이「꼬꼬」하고 그슬린 돌이 달아날
　　까 ?
　　방심하고 있던 일에서 흔히 낭패를 보게 된다는 뜻.

23808. 타는 불에 부채질한다. (趨炎附熱)
　　⑴ 화난 사람의 화를 더욱 돋운다는 뜻. ⑵ 남의 고
　　난을 더욱 악화시킨다는 뜻.

23809. 타향에서 만난 고향 친구다.
　　친구 중에서도 가장 반가운 친구는 고향 친구라는 뜻.

23810. 타향 친구는 십 년 맞도 벗한다.
　　타향에서 사귄 친구는 나이가 십 년이 많아도 벗을 한
　　다는 뜻.

23811. 타향 친구는 십 년이요 노름 친구는 삼십
　　년이다.
　　타향에서 사귄 친구는 십 년이 많아도 벗을 하고 노
　　름판에서는 아무리 나이가 많아도 벗을 하게 된다는
　　뜻.

23812. 탁상에서 헛공론만 한다. (卓上空論)
　　실천성이 없는 허황한 이론이라는 뜻.

23813. 탄환 없는 총이다.
　　반드시 있어야 할 것이 없어서 쓸모가 없게 되었다는
　　뜻.

23814. 탈바꿈을 한다.
　　예전 모습이 완전히 없어지고 새로운 모습으로 변하
　　였다는 뜻.

23815. 탈이 자배기만큼 났다.
　　일이 걷잡을 수 없도록 크게 벌어졌다는 말.

23816. 탐관 오리는 매같이 먹고 이리같이 먹는다.
　　(貪夫汚吏 鷹鸞狼食)　　　　　　　〈蘇軾〉
　　탐관 오리는 양민(良民)들의 재산을 함부로 약탈한다
　　는 뜻. ※ 탐관 오리 : 부정하게 재물을 탐내는 관리와
　　청렴하지 못한 관리.

23817. 탐관의 밑은 안반 같고 염관의 밑은 송곳
　　같다. (貪官本安盤 廉官本銳錐)　　〈東言解〉
　　탐욕이 많은 관리는 부자가 되고 청렴한 관리는 가난
　　하게 산다는 뜻.

23818. 탐욕(貪慾) 많은 놈 재물(財物) 때문에 죽
　　는다.
　　욕심이 많은 사람은 재물에 욕심을 내다가 제 명에
　　못 죽는 일까지 있다는 뜻.

23819. 탐욕스러우면 친척도 잊게 된다. (貪得忘

親）　　　　　　　　　　　〈莊子〉
탐욕이 많은 사람은 친척도 돌보지 않는다는 말.

23820. 탐욕은 한이 없다. (貪而無厭)
　　　　　　　　　　　〈諸葛亮心書〉
탐욕은 내면 낼수록 커지는 것이므로 만족시킬 수 없
다는 뜻.

23821. 탐욕이 많으면 신용이 없다. (貪而無信)
　　　　　　　　　　　〈春秋左傳〉
탐욕이 많은 사람은 남들이 믿어 주지 않는다는 뜻.

23822. 탐욕이 많으면 친함도 없다. (貪而無親)
　　　　　　　　　　　〈春秋左傳〉
탐욕이 많은 사람은 가까이하는 사람이 없기 때문에
친한 사람도 없다는 뜻.

23823. 탐욕이 신세를 망친다.
지나치게 욕심을 내다가는 신세까지 망치게 된다는 말.

23824. 탕건(宕巾)을 쓰고 세수한다.
무슨 일을 순서도 모르고 한다는 뜻.

23825. 탕게도 데면 터지고 쇠도 강하면 부러진
다.
무슨 일이나 정도가 지나치면 파탄(破綻)이 된다는
뜻.

23826. 탕국 내가 난다.
늙어서 죽을 때가 가까와졌다는 뜻.

23827. 탕약(湯藥)에 감초(甘草)가 빠질까?
무슨 일에나 참견하는 것을 조롱하는 말.

23828. 탕약에 감초다.
무슨 일에나 빠지는 일이 없다는 뜻.

23829. 태(胎)만 키웠나?
어리석고 못난 사람을 가리키는 말.

23830. 태백산(太白山) 갈가마귀 게발 물어 던지
듯 한다.
버림을 받고 매우 외로운 처지에 있다는 뜻.

23831. 태산같이 안전하다. (安如泰山)　〈漢書〉
큰 산이 움직이지 않듯이 마음을 안심할 수 있다는 뜻.

23832. 태산과 새털과의 견주기다. (泰山鴻毛)
도저히 서로 견줄 상대가 못 된다는 뜻.

23833. 태산 넘어 태산 있다.
(1) 그것 말고도 또 있으니 실망하지 말라는 뜻.
(2) 고난을 치렀으나 또 고난을 당하게 되었다는 뜻.

23834. 태산도 평지 된다.

홍망(興亡)과 성쇠(盛衰)는 항상 바뀌게 된다는 뜻.

23835. 태산에 올라가면 천하가 조그맣게 보인다.
(登泰山而小天下)
사람은 그가 있는 위치에 따라 보는 눈이 달라진다는
뜻.

23836. 태산으로 달걀을 누른다. (泰山壓卵)
　　　　　　　　　　　〈晉書〉
(1) 권력으로 군중을 압박한다는 뜻. (2) 하잘 것없이
쉽다는 뜻.

23837. 태산을 넘으면 평지를 본다.
고생 끝에는 반드시 즐거움이 온다는 말.

23838. 태산이 광풍(狂風)에 쓰러질까?
도저히 되지도 않을 어리석은 짓을 한다는 뜻.

23839. 태산이 눈앞에서 무너져도 얼굴 색 하나
변하지 않는다. (泰山崩於前色不變)　〈蘇洵〉
눈앞에서 어떤 큰 일이 일어나더라도 조금도 두려워
하지 않는 대담한 사람을 두고 하는 말.

23840. 태수(太守) 덕에 나팔소리 듣는다.
남의 덕분에 하고 싶던 일을 하게 되었다는 뜻.

23841. 태수 되자 턱 떨어진다. (太守爲脫頷頤)
　　　　　　　　　　　〈洌上方言〉
오랫동안 노력한 일이 허사로 되고 말았다는 뜻.
※ 태수 : 지방관(地方官).

23842. 태와 아이를 바꿔 키웠나?
어리석고 못난 사람을 보고 하는 말.

23843. 태장(笞杖)에 바늘 바가지다.
매를 몹시 맞았다는 말. ※ 태장 : 옛날 볼기 치는 형
구(刑具).

23844. 태화탕(太和湯)이다.
무미(無味)하고 덤덤한 사람이라는 뜻.

23845. 탯줄 잡듯 한다.
갓난 아이의 태를 자를 때 탯줄을 조심스럽게 잡듯이
무엇을 조심스럽고도 힘주어 잡는다는 뜻.

23846. 탱자나무 울타리는 귀신도 못 들어온다.
탱자나무로 울타리를 하면 도둑을 맞지 않는다는 뜻.

23847. 터럭 하나를 들었다고 힘이 센 것은 아니
다. (擧秋毫不爲多力)　　　　　　　〈孫子〉
조그마한 일을 하고서 큰 일이라도 한 것처럼 뽐내는
사람에게 하는 말. ※ 터럭 : 사람이나 길짐승의 몸에
난 길고 굵은 털.

23848. 터를 닦아야 집도 짓는다.
(1) 일에는 순서가 있다는 뜻. (2) 기초 작업을 한 다음에야 일을 본격적으로 하게 된다는 뜻.

23849. 터무니없는 말이다. (無根之説)
아무 근거도 없는 허망한 말이라는 뜻.

23850. 터무니없는 짓이다. (虛無孟浪)
사실이 허망하여 실상이 없다는 뜻.

23851. 터서구니 사나운 집은 까마귀도 앉지 않는다.
집안이 시끄러운 집에는 찾아오는 사람도 없다는 뜻.
※ 터서구니 사납다 : 평안도 사투리로 가품(家品)이 좋지 못하고 불화한 집안을 이름.

23852. 터주 대감(大監)이다.
이미부터 권력을 잡고 있는 사람이라는 뜻.
※ 터주 : 집터를 지키는 지신(地神).

23853. 터주에 놓고 조왕에 놓고 하면 남는 것도 없다.
많지도 않은 것을 여기저기 주고 나면 남는 것이 없다는 말.

23854. 터주에 뜯기고 조왕에 뜯기고 나니 아무것도 먹을 것이 없다.
넉넉치 못한 것을 여기저기 주고 나니 남는 것이 없다는 말. ※ 조왕 : 부엌을 맡은 신(神).

23855. 터주에 붙이고 조왕에 붙인다.
넉넉치 못한 것을 여기 주고 저기 주고 한다는 뜻.

23856. 터진 방앗공이에 보리알 끼듯 한다.
방해물이 많이 모여 있다는 뜻.

23857. 터진 꽈리다.
터진 꽈리마냥 아무도 소중히 여기지 않는다는 뜻.

23858. 터진 꽈리 번지듯 한다.
터진 꽈리마냥 번식이 잘 된다는 말.

23859. 터진 꽈리 보듯 한다.
어느 누구도 탐탁스럽게 여기지 않는다는 뜻.

23860. 턱 떨어진 개 지리산(智異山) 쳐다보듯 한다.
일에 낭패를 본 사람은 먼 산만 보고 있다는 뜻.

23861. 턱 떨어진 광대다. (絶纓優面)〈松南雜識〉
꼼짝도 못하고 가만히 있다는 뜻.

23862. 턱이 빠지도록 웃는다.
턱이 빠질 정도로 우습다는 말.

23863. 털 끝도 못 건드리게 한다.
조금도 손을 못 대게 한다는 뜻.

23864. 털 끝만 보던 사람은 천지가 큰 것을 보지 못한다. (諦毫末者 不見天地之大)〈關尹子〉
문견이 좁은 사람은 큰 일을 감당할 수가 없다는 뜻.

23865. 털 끝만큼도 없다.
(1) 그런 사실이 전혀 없다는 뜻. (2) 양적으로 조금도 없다는 뜻.

23866. 털 끝만큼도 움직이지 않는다. (毫髮不動)
전혀 움직이지 않고 있다는 말.

23867. 털 끝만한 이익이다. (毫末之利)
이득을 얻은 것이 매우 적다는 뜻.

23868. 털 끝만한 차도 없다. (無一毫差 : 毫釐不差)
조그마한 차이도 없다는 말.

23869. 털 끝만한 차이다. (毫釐之差)
별로 표도 나지 않을 정도의 근소한 차이라는 뜻.

23870. 털 끝 하나 꼼짝 않는다.
몸을 조금도 움직이지 않고 가만히 있다는 뜻.

23871. 털도 아니 난 것이 날기부터 배운다.
어리석은 사람이 제 분수도 모르고 엄청난 짓을 한다는 뜻.

23872. 털도 안 뜯고 먹으려고 한다.
(1) 지나치게 성급하게 덤빈다는 뜻. (2) 노력도 않고 그저 차지하려고 한다는 뜻.

23873. 털도 없이 부얼부얼한 체한다.
귀엽지도 않은 주제에 남의 귀염을 받으려고 한다는 뜻.

23874. 털 뜯다 둔 닭 같다.
꼭 있어야 할 것이 없어서 보기가 흉하다는 말.

23875. 털 뜯은 꿩이다. (拔尾雉)〈東言解〉
꼭 있어야 할 것이 없어서 보기가 흉하다는 말.

23876. 털 뜯은 새다. (摘毛雀)〈東言解〉
볼품이 대단히 흉하고 괴상스럽다는 말.

23877. 털만 보고는 말 좋은 줄을 모른다.
(1) 겉만 보고는 좋고 나쁜 줄을 모른다는 말.
(2) 겉만 보고는 속 마음은 모른다는 뜻.

23878. 털 많은 사람이 호색이다.
몸에 털이 많은 남자가 색을 좋아한다는 뜻.

23879. 털 벗은 솔개미다.
몸이 앙상하여 볼품이 흉하다는 뜻.

23880. 털 색만 보고 말을 고른다. (以毛相毛)
겉으로 보기 좋은 것만 고른다는 뜻.

23881. 털어서 먼지 안 나는 사람 없다.
사람은 누구나 허물 없는 사람은 없다는 뜻.

23882. 털을 뽑아 신 삼는다.
남의 은혜를 꼭 갚겠다고 맹세하는 말.

23883. 털을 불어 가면서 흠을 찾는다. (吹毛覓疵) 〈韓非子〉
(1) 남의 결함을 꼬치꼬치 캐낸다는 뜻. (2) 억지로 남의 잘못을 찾아 낸다는 뜻.

23884. 털토시를 끼고 게구멍을 쑤셔도 제 재미다.
아무리 해괴한 짓을 해도 제가 좋아서 하는 것은 어쩔 수 없다는 뜻.

23885. 털토시를 끼고 게구멍을 파도 제멋이다.
제가 좋아서 제멋대로 하는 것은 남이 간섭할 일이 아니라는 뜻.

23886. 털 하나도 안 뽑는다. (一毛不拔)
몹시 인색한 구두쇠를 빈정대는 말.

23887. 털 하나 들어갈 틈도 없다. (間不容髮)
조그만 빈틈 하나도 없이 치밀하다는 뜻.

23888. 텁석부리 사람 된 데 없다.
수염이 많이 난 사람을 두고 조롱하는 말.

23889. 텁석부리 수염은 모두 네 시아비냐?
외양이 같다고 다 같은 사람으로 알아서는 안 된다는 뜻.

23890. 텃세를 탄다.
새로 왔다고 본 고장 사람에게 업신여김을 당한다는 뜻.

23891. 토끼가 제 방귀에 놀란다.
제가 먼저 겁을 먹고 있는 사람을 가리키는 말.

23892. 토끼 꼬리만하다.
무엇이 토끼 꼬리마냥 매우 작다는 뜻.

23893. 토끼는 잠자다 잡힌다.
잠이 많은 사람에게 경고하는 말.

23894. 토끼 덫에 여우 걸린다.
계획하였던 것보다 의외로 큰 이득을 얻게 되었다는 뜻.

23895. 토끼 도망가듯 한다. (脫兔之勢)
몸은 작아도 매우 빠르게 달아난다는 뜻.

23896. 토끼 두 마리를 잡으려다가 한 마리도 못 잡는다.
한꺼번에 여러 가지 일을 하다가는 한 가지도 성취하지 못한다는 뜻.

23897. 토끼를 바다에서 잡고 물고기를 산에서 구한다. (捕兔于海 求魚于山)
일 머리를 거꾸로 하면 성사될 수 없다는 뜻.

23898. 토끼를 보고 매를 날려도 늦지 않다. (見兔放鷹) 〈五燈會元〉
일을 서두르지 말고 제때에 하면 된다는 말.

23899. 토끼를 잡고 나면 덫도 잊고 간다.
쓰고 난 물건은 간수를 않게 된다는 말.

23900. 토끼를 잡고 나면 사냥개도 잡아먹는다. (狡兔死而走狗烹) 〈史記〉
필요할 때는 소중하던 것도 필요 없게 되면 없애 버리게 된다는 뜻.

23901. 토끼를 잡고 나면 올무를 버린다. (得兔而忘蹄) 〈莊子〉
긴요하게 쓰던 것도 소용이 없게 되면 버린다는 뜻.

23902. 토끼 새끼가 나이 먹어 희다더냐?
(1) 머리가 남보다 흰 것을 가지고 나이 자랑을 하는 사람에게 하는 말. (2) 후천적(後天的)으로 된 것이 아니라 선천적(先天的)으로 된 것이라는 뜻.

23903. 토끼의 뿔 거북의 털이다. (兔角龜毛) 〈楞嚴經〉
도저히 믿을 수 없는 말이라는 뜻.

23904. 토끼 잠이다.
잠을 오래 자지 않고 잠깐씩 자다 깨다 한다는 뜻.

23905. 토끼 잠자듯 한다.
(1) 눈을 뜨고 자는 사람을 보고 하는 말. (2) 잠을 잠깐 자고 나서 또 자는 사람을 보고 하는 말.

23906. 토끼 죽은 데 여우가 슬퍼하듯 한다. (兔死狐悲) 〈宋史〉
장차 당할 자신의 설움을 생각해서 슬퍼한다는 뜻.

23907. 토끼 콩가루 먹은 입 같다.
무엇을 먹은 흔적이 입 가에 있다는 뜻.

23908. 토막 강아지 같다.
똥똥한 어린 아이보고 하는 말.

23909. 토막나무 끈 자국 같다.
　　나쁜 짓을 하고 도망친 사람은 자취를 감추기 어렵다
　　는 뜻.

23910. 토막나무에 낫걸이라.
　　약자가 강자에게 힘겨운 대항을 한다는 뜻.

23911. 토막 반찬에 이팝은 한두 식구나 먹는다.
　　가난해도 맛있는 음식은 가장(家長)이나 먹게 된다는
　　뜻.

23912. 토막 보고 목수 안다.
　　일하는 것을 보면 그 사람의 실력을 알게 된다는 말.

23913. 토하고 싶어도 토하지 못한다. (欲吐未吐)
　　말을 할 듯 할 듯 하면서도 하지 않고 있다는 뜻.

23914. 통박만 잰다.
　　남 모르게 저 할 일만 생각하고 있다는 뜻.

23915. 통박은 잘 잰다.
　　(1) 사업 계획을 잘 세운다는 뜻. (2) 계산을 잘한다는
　　뜻.

23916. 통뼈냐?
　　(1) 권력이나 재력이 얼마나 좋으냐는 뜻. (2) 얼마나 잘
　　참고 견디느냐는 뜻.

23917. 통사정한다. (通事情)
　　애걸 복걸(哀乞伏乞)하면서 사정한다는 뜻.

23918. 통째로 먹는 놈은 맛도 모른다.
　　일을 거칠게 하는 사람은 내용이나 참 뜻도 모르고 한
　　다는 말.

23919. 틀리는 것 중에도 같은 것이 있다.
　　(異中有同)
　　서로 틀리는 것이 많으면 그 중에는 같은 것도 있다

는 말.

23920. 틀에 박은 듯하다.
　　틀에 찍어 낸 것같이 **똑**같다는 뜻.

23921. 틈 난 돌이 갈라지고 소리 난 독이 깨진
　　다. (驚紋裂石 鳴聲破甕)　　　〈耳談續纂〉
　　어떤 징조가 있게 되면 반드시 그대로 되고 만다는
　　뜻.

23922. 틈으로 무늬를 보듯 한다. (以郤視文)
　　무엇을 자세히 볼 틈이 없어 슬쩍 보았다는 뜻.

23923. 틈으로 보나 열고 보나 일반이다.
　　조금 보나 많이 보나 보기는 마찬가지라는 뜻.

23924. 틈으로 보는 흰 말 지나가듯 한다.
　　(白駒過隙)　　　　　　　　　　　〈莊子〉
　　(1) 사람 한 평생이 덧없이 짧다는 뜻. (2) 눈 깜짝할
　　사이라는 뜻.

23925. 틈으로 엿본다. (窺窬)
　　남의 비밀을 몰래 엿본다는 뜻.

23926. 틈이 난다.
　　정답던 사람 사이가 정이 식기 시작한다는 뜻.

23927. 티끌 모아 태산 된다. (塵合泰山)
　　아무리 작은 것이라도 많이 모으면 크게 된다는 뜻.

23928. 티끌이 눈에 들어가면 태산도 보이지 않
　　는다.
　　사소한 것이 방해하여 큰 일을 낭패되게 하였다는 뜻.

23929. 티끌 중의 티끌이다. (塵中之塵)
　　작은 것 중에서도 아주 작은 것이라는 뜻.

23930. 티끌만큼도 안 여긴다.
　　사람을 몹시 업신여긴다는 뜻.

23931. 파고 세운 장나무냐?

깊이 파고 세운 장나무마냥 든든하고도 믿음직스럽다는 뜻.

23932. 파김치가 되었다.

맥이 빠지고 나른하게 되었다는 뜻.

23933. 파는 사람이 있어야 사는 사람도 있다.

장삿군이 있으면 사는 사람도 생긴다는 뜻.

23934. 파리가 앞발로 빌듯 한다.

자신의 잘못을 뉘우치고 상대방에게 여러 차례 빈다는 뜻.

23935. 파리 경주인(京主人)이다.

파리가 많이 꼬여든 것을 두고 하는 말.

23936. 파리 대가리만한 이익이다. (蠅頭之利)

얼마 되지 않는 사소한 이익에 불과하다는 뜻.

23937. 파리 대가리에 구더기 쓸겠다.

더러운 것에 더욱 더러운 것이 누적(累積)된다는 뜻.

23938. 파리 떼 덤비듯 한다. (蠅集)

이권을 보고 모리배(謀利輩)가 파리 꾀듯 모여든다는 뜻.

23939. 파리도 여윈 말에 더 덤빈다.

부정한 곳에 모리배는 더 모여든다는 뜻.

23940. 파리 똥 눈 천장 같다.

얼굴에 주근깨가 파리똥같이 가득하다는 말.

23941. 파리 똥도 똥이다.

양적(量的)으로는 비록 적을지라도 본질적(本質的)으로는 다를 바가 없다는 뜻.

23942. 파리를 한 섬 먹으라고 해도 먹지 않으면 그만이다.

아무리 부당한 요구를 하더라도 본인이 않으면 그만이라는 뜻.

23943. 파리만 날린다.

일거리가 없이 한가하게 시간을 보낸다는 뜻.

23944. 파리만한 힘도 없다.

파리만한 힘도 없는 매우 약한 사람이라는 뜻.

23945. 파리 목숨이다.

언제 죽을지 모르는 목숨이라는 뜻.

23946. 파리 보고 칼 뺀다. (怒蠅拔劍)

화를 내지 않아도 될 일에 지나치게 화를 낸다는 뜻.

23947. 파리 수보다 기생이 셋 더 많다.

옛날 진주(晉州)에 기생이 대단히 많았다는 뜻.

23948. 파리 앞발 비비듯 한다.

손을 비비며 애걸 복걸(哀乞伏乞)한다는 뜻.

23949. 파리 위에 날나리가 있다.

그 위에 그 위가 또 있다는 뜻.

23950. 파리 족통만하다.

파리 발만한 매우 작은 것이라는 뜻.

23951. 파리한 강아지 꽁지 치례하듯 한다.

본 바탕은 못생겼는데 어느 부분만이 잘생긴 것은 오히려 더 흉하다는 뜻.

23952. 파리한 당나귀 귀 치례하듯 한다.

본 바탕은 좋지 못한데 한 부분만이 좋은 것은 오히려 흉해 보인다는 뜻.

23953. 파리한 돼지 두부 앗은 날 먹듯 한다.

염치없이 음식을 먹는다는 뜻.

23954. 파리 한 섬을 다 먹고도 안 먹었다면 그만이다.

무슨 일을 했더라도 잡아떼면 그만이라는 뜻.

23955. 파리한 소에 쇠파리 꼬이듯 한다.

이권을 보고 모리배가 많이 모여든다는 뜻.

23956. 파린 강아지에 물 것 꼬이듯 한다.

부정한 곳에는 모리배가 더 모여든다는 말.

23957. 파린 개에 물 것 덤비듯 한다.

부정한 곳에 모리배가 덤비듯 한다는 뜻.

23958. 파방(罷榜)에 수수엿 장수다.

일이 이미 잘못되어 볼 것도 없다는 뜻.

23959. 파장(罷場) 수수엿 장수 팔듯 한다.

물건을 되는 대로 싸게 판다는 말.

23960. 파장 엿이다.

파장에 파는 엿 값마냥 물건 값이 매우 싸다는 뜻.

23961. 파장 장군보다 엿장수가 더 많다.

정작 중요한 사람보다 불필요한 사람이 더 많다는 뜻.

23962. 파주 미륵 같다. (坡州彌勒)

몸체가 크고도 뚱뚱한 사람을 두고 하는 말.

〈松南雜識〉

23963. 파총(把摠) 벼슬에 감투 걱정하듯 한다.

걱정을 하지 않아도 될 일을 걱정한다는 뜻.

※ 파총 : 옛날 각 군영의 종사품(從四品) 벼슬.

23964. 파하고 싶어도 파하지 못한다. (欲罷不能)

(1) 다 하고 싶어도 다 할 수가 없다는 뜻. (2) 헤어지고 싶어도 헤어질 수가 없다는 뜻.

23965. 판관 사령(判官使令)이다.

아내의 말을 잘 듣는 사람을 조롱하는 말.

23966. 판돈 일곱 잎에 노름군은 아홉이다.

하찮은 일에 사람만 많이 모인다는 뜻.

23967. 판 밖엣 사람이다.

참견해야 할 사람이 아니라는 뜻.

23968. 판수는 죽는 날 없다더냐?

장님에게 가서 점치는 것은 허망한 일이라는 뜻.

23969. 판(版)에 박은 듯하다.

판에 박은 듯이 여러 개가 꼭 같다는 뜻.

23970. 판장이 된다.

늙고 병들어 다 죽어 간다는 뜻.

23971. 팔 고쳐 주니까 다리 부러졌다고 한다.

병을 자주 앓는 사람을 가리키는 말.

23972. 팔과 어깨는 안으로 굽지 밖으로 굽지 않는다. (臂膊不向外曲)

사람은 자기와 가까운 사람에게 정이 쏠린다는 말.

23973. 팔난봉에 묘 썼나?

묘를 잘못 써서 집안이 안 된다는 뜻.

23974. 팔대 독자 외아들이라도 울음소리는 듣기 싫다.

귀여운 아이라도 울음소리는 듣기 싫다는 뜻.

23975. 팔도(八道)를 무른 메주 밟듯 했다.

팔도 강산을 자주 돌아다녔다는 뜻.

23976. 팔려고 해도 팔리지 않는다. (賈用不售)

〈書經〉

팔고 싶어도 사는 사람이 없어서 팔리지 않는다는 뜻.

23977. 팔백 냥(八百兩)으로 집 사고 천 냥(千兩)으로 이웃 사랬다.

집을 살 때는 이웃이 좋은 곳을 선택해야 한다는 뜻.

23978. 팔삭동(八朔童)이다.

열 달을 채우지 못하고 여덟 달 만에 난 모자라는 사람이라는 뜻.

23979. 팔 선녀(八仙女) 속에서 논다.

예쁜 젊은 여자들 속에서 논다는 말.

23980. 팔십 노인 같다.

나이에 비하여 외모가 너무 늙어 보이는 사람을 보고 하는 말.

23981. 팔십 노인도 세 살 먹은 아이한테 배울 것이 있다.

어린 아이에게서도 배울 것은 배워야 한다는 뜻.

23982. 팔십 리 강짜를 한다.

의심할 것이나 아니할 것이나 함부로 강짜하는 여자 보고 하는 말.

23983. 팔십에 아들 둔다.

팔십 노인이 늦아들을 두게 되었다는 뜻.

23984. 팔십에 이가 난다.

팔십에 이가 날 정도로 건강이 좋다는 말.

23985. 팔아먹어도 내 땅 팔아먹는다.

(1) 남의 노름에 간섭하지 말라는 뜻. (2) 남이야 잘 되거나 못 되거나 관여하지 말라는 뜻.

23986. 팔아먹을 것이라고는 부싯돌밖에 없다.

집안에 세간이라고는 아무것도 없고 다만 담배 피울 때 쓰는 부싯돌밖에 없을 정도로 매우 가난하다는 말.

23987. 팔월 그믐에 마지막 쉰다.

(1) 음력 팔월인데도 음식이 쉴 정도로 덥다는 뜻.
(2) 날씨가 선선한데도 음식이 쉰다는 뜻.

23988. 팔은 내굽지 않는다. (臂不外曲)

〈旬五志, 松南雜識, 碧巖集〉
자기와 가까운 사람에게 정이 더 쏠린다는 말.

23989. 팔은 안으로 굽게 마련이다.
　자기와 가까운 사람에게 정이 더 쏠리는 것은 당연하다는 뜻.

23990. 팔이 들이굽지 내굽지는 않는다.
　자기에게 가까운 사람에게 더 마음이 쏠리게 된다는 뜻.

23991. 팔이 세 번 부러져 본 사람은 훌륭한 의사임을 안다. (三折肱知爲良醫)　〈春秋左傳〉
　훌륭한 의사가 되려면 쓰라린 경험을 많이 겪어 봐야 한다는 뜻.

23992. 팔이 손가락을 부리듯 한다. (如臂之使脂)
　　　　　　　　　　　　　　　　　〈漢書〉
　아랫 사람을 잘 부린다는 말.

23993. 팔자가 사나우면 시아비가 삼간(三間) 마루로 하나다.
　여자가 한 남편을 못 섬기는 것은 팔자가 가장 나쁘다는 뜻.

23994. 팔자가 사나우면 나이 적은 시아버지가 아홉이다.
　팔자가 사나우면 망측한 일만 생긴다는 뜻.

23995. 팔자가 사나우니까 의붓 자식이 삼 년 맏이다.
　거북스러운 일을 당했을 때 하는 말.

23996. 팔자가 좋으면 동이 장수 맏며느리 됐으랴?
　팔자 좋다는 말을 들었을 때 무엇이 좋으냐고 반문하는 말.

23997. 팔자는 독에 들어가서도 못 피한다.
　자기 팔자는 억지로 바꿀 수 없다는 말.

23998. 팔자는 못 속인다.
　사람마다 타고 난 팔자는 어떤 수단으로도 못 고친다는 말. ↔ 팔자도 길들일 탓이다.

23999. 팔자는 무덤 앞에서 말하랬다.
　팔자가 좋고 나쁜 것을 평가(評價)할 때는 죽은 뒤에 해야 한다는 뜻.

24000. 팔자는 무덤에 가기 전에는 못 피한다.
　타고 난 팔자는 뜯어고칠 수 없다는 뜻.

24001. 팔자도 길들일 탓이다.
　타고 난 팔자도 뜯어고칠 수 있다는 말.
　↔ 팔자는 못 속인다.

24002. 팔자 도망은 독 안에 들어도 못한다.
　타고 난 팔자는 억지로 변경시킬 수 없다는 뜻.

24003. 팔자를 고친다.
　(1) 과부가 재혼을 한다는 뜻. (2) 고생하던 사람이 잘 살게 되었다는 뜻.

24004. 팔자 사나운 년은 총각 시아비가 대청(大廳) 마루로 가득하다.
　팔자가 사나우면 망측스러운 일만 생긴다는 뜻.

24005. 팔자 소관이다.
　타고 난 팔자라 어쩔 수 없다는 뜻.

24006. 팔자에 없는 감투를 쓰면 대가리가 쪼개진다.
　분수에 넘치는 짓을 하다가는 큰 변을 당하게 된다는 뜻.

24007. 팔장을 끼고 우두커니 보고만 있다.
　(袖手傍觀)
　자신이 해야 할 일을 우두커니 서서 보고만 있다는 뜻.

24008. 팥으로 메주를 쑤겠다.
　도저히 되지도 않을 짓을 한다는 뜻.

24009. 팥으로 메주를 쑨대도 곧이 듣는다.
　남의 말을 무조건 믿는다는 뜻. ↔ 콩으로 메주를 쑨다 해도 믿지 못한다.

24010. 팥을 콩이래도 곧이 듣는다.
　남의 말을 액면(額面) 그대로 듣는다는 뜻.

24011. 팥이 떨어져도 솥 안에 떨어진다.
　손해를 볼 것 같지만 손해 되는 일은 없다는 뜻.

24012. 팥이 풀어져도 솥 안에 있다.
　손해를 본 것 같지만 별 손해는 없었다는 뜻.

24013. 팥죽 내가 난다.
　늙어서 죽을 날이 가까와온다는 뜻.

24014. 팥죽 단지에 새앙쥐 달랑거리듯 한다.
　무엇에 미련(未練)이 있어서 자주 들락날락한다는 말.

24015. 패가하고 망신하지 않으면 다행이다.
　부자가 패가를 하게 되면 망신도 하게 되는 것인데 망신을 하지 않았다는 것은 어려운 일이라는 뜻.

24016. 패가하고 망신한다. (敗家亡身)
　집안을 망치고 남에게 욕을 먹게 된다는 뜻.

24017. 패는 곡식 이삭 뽑기다.
　못되게 심술 사나운 짓을 한다는 뜻.

24018. 패독산에 신검초다.

반드시 있어야 할 물건이라는 뜻.

24019. 패(覇)를 쓴다.
바둑을 둘 때 미리 패를 마련했다가 자기에게 유리하
도록 유도한다는 뜻.

24020. 패랭이에 숟가락 꽂고 산다.
몹시 가난하여 세간도 변변치 않다는 뜻.

24021. 패에 졌다.
남의 속임수에 넘어갔다는 말.

24022. 패장은 말이 없다. (敗將無言)
잘한 사람은 자랑할 말이 있지만 잘못을 범한 사람은
자랑할 말이 없다는 뜻.

24023. 패전한 장수는 용맹을 말하지 않는다.
(敗軍之將 不可以言勇)   〈史記〉
전쟁에서 진 장수는 자랑할 말이 없듯이 잘못을 저지
른 사람은 자랑할 말이 없다는 뜻.

24024. 팽기(蟛蜞) 다리에 물 들어서듯·한다.
사람들이 모여서 쭉 둘러섰다는 뜻. ※팽기 : 방게(게
의 일종).

24025. 팽이와 아이는 때려야 한다.
어린 아이는 너무 귀여워하지만 말고 엄하게 가르쳐
야 한다는 말.

24026. 펴락 쥐락 한다.
무엇이나 자기가 하고 싶은 대로 한다는 뜻.

24027. 편보다 떡이 낫다.
같은 것 중에서도 이것보다 저것이 낫다는 뜻.

24028. 편삿놈 널머리 들먹거리듯 한다.
당치도 않은 것을 가지고 말썽을 부린다는 뜻.

24029. 편안하고 즐거운 것은 돈 많은 것과 맞먹
는다. (安樂直錢多)   〈王參政〉
비록 가난할지라도 편안하게 사는 즐거움은 부자의 즐
거움에 못지 않는다는 뜻.

24030. 편안하기가 반석 같다. (安如盤石)
길이길이 변함없이 편안하다는 뜻.

24031. 편안하기가 태산 같다. (安如泰山)
편안하기가 큰 산과 같이 클 뿐 아니라 산과 같이 영
원히 변함이 없다는 뜻.

24032. 편지의 문안(問安) 격이다.
언제든지 빠지지 않는 것을 이름.

24033. 편하게 살고 싶거든 관 속으로 가랬다.

일을 하기 싫거든 죽으라는 뜻.

24034. 편한 개 팔자 부럽지 않다.
편한 것만 탐내지 말고 인간답게 살아야 한다는 뜻.

24035. 편히 자리에 앉아 있지를 못한다.
(坐不安席)
잠시나마 편안하게 자리에 앉아 있을 여가가 없이 바
쁘다는 뜻.

24036. 편히 죽는 것도 오복(五福)의 하나다.
죽을 때 심한 고통이나 또는 오래 앓지 않고 죽는 것
은 큰 복이라는 뜻.

24037. 평등하게 하려면 청백해야 한다. (致平以
清)   〈三略〉
나라를 평등하게 다스리려면 위정자(爲政者)가 청백
해야 한다는 말.

24038. 평반(平盤)에 물 담은 듯하다.
한가하고 안온한 상태에 있다는 뜻.

24039. 평생 소원이 눌은밥이다.
소원치고는 하찮은 소원이라는 말.

24040. 평생 소원이 콩고물 인절미다.
소원을 보니까 대단히 옹졸하고 못났다는 뜻.

24041. 평생 신수가 편할라면 두 집을 거느리지
말랬다.
두 집 살림을 하게 되면 집안이 항상 편하지 못하다
는 뜻.

24042. 평생을 고생만 한다. (終身役役) 〈莊子〉
한 평생을 두고 편안한 생활은 한번도 못하고 고생만
한다는 뜻.

24043. 평생을 잘살라면 아내를 잘 얻으랬다.
아내를 잘 얻어야 일생을 행복하게 살 수 있다는 뜻.

24044. 평소 먹은 마음이 취중에 난다. (醉中眞
情發)
취중에 하는 말도 평소에 간직했던 말이라는 뜻.

24045. 평소에 먹은 것이 꿈에도 보인다.
평상시에 마음 속에 간직한 것이 꿈에도 보인다는 말.

24046. 평안 감사(平安監司)도 저 싫으면 그만이
다.
아무리 좋은 것이라도 본인이 싫다면 억지로 시키지
는 못한다는 말.

24047. 평양 병정(平壤兵丁) 발싸개 같다.
무엇이 지저분하고 더럽다는 뜻.

24048. 평양(平壤) 황고집(黃固執)이다.
옛날 평양 황고집과 같이 고집이 센 사람을 가리키는
말.

24049. 평지에서 낙상(落傷)하고 장판방에서 넘어진다.
위험성이 없는 안전한 곳에서 실수한다는 뜻.

24050. 평지에서 낙상한다. (平地落傷) 〈東言解〉
(1) 안전하다고 믿었던 곳에서 실수한다는 뜻.
(2) 뜻밖의 불행을 당했다는 뜻.

24051. 평택(平澤)이 무너지나 아산(牙山)이 깨어지나.
1894~1895년 청일전쟁(淸日戰爭) 때 청군(淸軍)과 일
군(日軍)이 평택과 아산에 진을 치고 싸울 때 어느 쪽
이 이기고 지느냐를 지키고 보듯이 어느 쪽이 이기나
싸워 보라는 뜻.

24052. 폐단(弊端)은 크기 전에 막아야 한다.
(漸不可長)
나쁜 것은 커지기 전에 일찌기 없애야 피해가 적다는
뜻.

24053. 폐단을 없애려다가 도리어 폐단을 더 만
든다. (去弊生弊 : 抹弊生弊)
폐해를 고치려다가 도리어 폐해를 더 키웠다는 말.

24054. 폐리(弊履)같이 버린다.
조금도 아까울 것이 없이 내버린다는 말.

24055. 폐부(肺腑)를 찌른다.
가슴을 찌른 듯이 매우 감명이 깊다는 말.

24056. 포도 군사(捕盜軍士)은 동곳도 물어뽑는다.
도둑질을 하는 사람이 포도청에 근무하는 군사의 은
동곳을 홈치듯이 한번 배운 도둑질은 못 고친다는 말.
※ 포도군사 : 옛날 도적 및 기타 범죄자를 잡던 병사.

24057. 포도청(捕盜廳)과 뒷간은 멀수록 좋다.
경찰서와 뒷간은 가까와서 좋은 것이 없다는 뜻.
※ 포도청 : 옛날 도적 및 기타 범죄자를 잡는 사무를
관장한 관서.

24058. 포도청 뒷문에도 그렇게 싸지 않겠다.
도둑을 잡는 포도청 뒷문에서 거래되는 장물(贓物) 값
보다도 싸다는 말.

24059. 포도청 문고리도 빼겠다.
겁없이 대담한 짓을 한다는 뜻.

24060. 포로는 죽이지 않는다. (得而勿戮)〈六韜〉
전쟁에서 생포(生捕)한 포로는 죽여서는 안 된다는
뜻.

24061. 포선(布扇) 뒤에서 엿 먹는다.
겉으로는 점잖은 체하면서도 남이 보지 않는 데선 행
실이 바르지 않다는 뜻.

24062. 포수(砲手)라고 다 범 잡나?
큰일하는 사람은 따로 있다는 말.

24063. 포수 불알만하다.
포수가 잡은 짐승이 제 불알만한 것을 잡듯이 무슨
물건이 매우 작다는 뜻.

24064. 폭력은 폭력으로 쳐야 한다. (以暴易暴)
힘으로 덤비는 사람에게는 다 같이 힘으로 대항하여
야 한다는 뜻.

24065. 폭만 잘 치면 산다.
무슨 일이나 폭만 잘 치면 자위(自慰)할 수 있다는 뜻.

24066. 표리가 다르다. (表裏不同)
속으로 생각하고 있는 것과 행동하는 것이 다르다는
뜻.

24067. 표범은 죽어도 가죽을 남긴다.(豹死留皮)
〈新五代史〉
표범은 죽어서 가죽을 남기지만 사람은 죽어서 이름
을 남겨야 한다는 말.

24068. 표주박으로 바닷물을 된다. (以蠡測海)
〈漢書〉
바가지로 바닷물을 되듯이 양(量)을 모르는 어리석음
을 말하는 말.

24069. 표주박을 차고 바람을 잡는다.(佩瓢捉風)
표주박 속에다가 바람을 잡아 넣으려고 하듯이 매우
어리석은 짓을 한다는 뜻.

24070. 푸닥거리했다고 마음 놓을까?
무슨 일이나 마음으로 기원한다고 되는 것이 아니라
행동으로 실천을 해야 된다는 뜻.

24071. 푸대에 든 원숭이다. (胡孫入袋)
몸을 구속당하여 꼼짝달싹할 수도 없는 신세가 되었
다는 뜻.

24072. 푸둥지도 안 난 것이 날으려고 한다.
(無翼而飛)
힘에 겨운 일을 하면 성사가 이루어지지 않는다는 뜻.

24073. 푸둥지도 안 났다. (毛羽未成)
아직 날개의 털도 나지 않은 새 새끼마냥 어린 아이
라는 뜻.

24074. 푸른색과 누른색을 분간하지 못한다.
(靑黃不可得也)　　　　〈諸葛亮心書〉
색을 분별하지 못하듯이 사물(事物)을 옳게 분별하지
못한다는 뜻.

24075. 푸른색은 쪽에서 나온 것이지만 쪽보다 더
푸르다. (靑出於藍 而靑於藍)　　〈荀子〉
제자가 선생보다도 학문, 기예(技藝) 등이 오히려 더
낫다는 말.

24076. 푸른 양반이다.
권력과 세력이 대단한 사람이라는 뜻.

24077. 푸른 풀도 자세히 보면 다 다르다.
전체적으로는 공통성(共通性)이 있는 것도 개별적(個
別的)으로는 개성(個性)이 다 다르다는 말.

24078. 푸른 하늘에서 벽력이 내린다. (靑天霹靂)
날이 좋은 날 벼락이 치듯이 난데없이 생각지도 않은
큰 변을 당한다는 뜻.

24079. 푸성귀는 떡잎부터 알고 사람은 어려서부
터 안다.
사람이 커서 잘 되고 못 되는 것은 어려서부터 알 수
있다는 뜻.

24080. 푸성귀는 떡잎부터 알아본다.
사람이 잘 되고 못 되는 것은 자랄 때 봐도 안다는
뜻.

24081. 푸성귀에 더운물 끼얹기다.
(1) 순식간에 시들게 된다는 뜻. (2) 더운물로 인하여
푸성귀가 순식간에 시들듯이 갑자기 큰 변을 일으킨
다는 뜻.

24082. 푸성귀에 소금 치기다.
치명적(致命的)인 타격을 받게 되었다는 뜻.

24083. 푸줏간 누린 내만 맡아도 낫다.
좋아하는 것은 생각만 해도 즐겁다는 말.

24084. 푸줏간 앞에서 고기 먹는 시늉만 해도 낫
다. (屠門大嚼)　　　　〈曹植〉
좋아하는 것은 실현하지 못하더라도 생각만으로도 즐
겁다는 말.

24085. 푸줏간에 끌려가는 소 상이다.
공포(恐怖)에 싸여 떨고 있는 모습을 이름.

24086. 푸줏간에 들어가는 소 걸음이다.
가지 않으려고 악을 쓰지만 강제로 끌려간다는 뜻.

24087. 푸줏간에 있으면 누린 내가 몸에 밴다.

악한 사람과 사귀면 악에 물들게 된다는 말.

24088. 푸줏간엣 중이다. (屠所之僧)
아무 이해 관계가 없는 존재라는 말.

24089. 푸줏간은 지나만 가도 누린 내가 난다.
(過屠家覺羶)
더러운 곳은 가까이만 가도 알 수 있다는 뜻.

24090. 푼돈 모아 목돈 된다.
푼돈을 아껴서 모아야 돈이 저축된다는 뜻.

24091. 푼돈에는 영악해야 한다.
푼돈을 아낄 줄 모르는 사람은 돈을 모으지 못한다는
뜻.

24092. 푼돈에 살인(殺人) 난다.
사소한 일로 큰 시비(是非)를 한다는 뜻.

24093. 풀과 나뭇잎은 다 같은 색이다. (草綠同
色)
(1) 다 같은 처지라는 뜻. (2) 서로 유사(類似)하다는
뜻.

24094. 풀 끝에 앉은 새다.
매우 불안한 처지에 있다는 뜻.

24095. 풀 끝에 맺은 이슬이다. (草頭露)
풀 끝의 이슬과 같이 덧없는 인생이라는 뜻.

24096. 풀기 빠진 모시 적삼이다.
특성(特性)이 없어져서 가치가 없다는 뜻.

24097. 풀 먹은 개 나무라듯 한다.
잘못한 사람을 인정사정없이 나무란다는 뜻.

24098. 풀 못 베는 놈이 단수만 센다.
일하기 싫은 사람은 해놓은 일만 계산하고 일은 하려
고 않는다는 뜻.

24099. 풀 방구리에 쥐 드나들듯 한다.
쥐가 드나들듯 자주 드나든다는 말.

24100. 풀밭에서 바늘 찾기다.
찾기가 매우 어렵다는 말.

24101. 풀 베기 싫은 놈이 풀단만 센다.
일하기 싫어하는 사람은 일은 않고 해놓은 성과만
헤아린다는 뜻.

24102. 풀섶을 치면 뱀이 놀란다. (打草驚蛇)
〈開元遺事〉
(1) 애매하게 피해를 입었다는 말. (2) 갑(甲)을 징벌
하여 을(乙)을 경계하게 한다는 말.

24103. 풀솜에 싸 길렀나 ?
추위를 몹시 타는 사람을 보고 하는 말.

24104. 풀쐐기도 오뉴월이 한철이다.
(1) 전성기(全盛期)는 매우 짧다는 뜻. (2) 때를 만나 날뛰는 사람을 비유하는 말.

24105. 풀쐐기 집 짓듯 한다.
처음 계획은 컸으나 나중 결과는 보잘 것이 없다는 뜻.

24106. 풀 쑤어 개 좋은 일만 한다.
애써 일 해가지고 남의 좋은 일만 시켰다는 뜻.

24107. 풀 없는 밭 없다.
밭에는 반드시 풀이 있듯이 어느 곳이나 나쁜 놈은 있다는 말.

24108. 풀은 뿌리째 뽑아야 한다.
풀을 없애 버리려면 뿌리째 뽑아 없애야 하듯이 나쁜 버릇도 근본적으로 고쳐야 한다는 말.

24109. 풀을 맺어 은혜를 갚는다. (結草報恩)
〈東國列國志, 春秋左傳〉
중국 춘추 시대 진 나라 위과(魏顆)가 서모인 조희 (祖姬)를 순장하지 않고 살려 주었기 때문에 조희의 죽은 아버지의 혼이 위과와 적장이 싸울 때 풀을 맺어 적장을 넘어지게 하여 생포하게 한 은혜라는 말로서 죽어서라도 은혜를 꼭 갚겠다는 말.

24110. 풀을 베고 뿌리도 뽑는다. (翦草除根 : 斬草除根)
풀을 뽑아 다시 소생하지 못하게 하듯이 근본(根本)을 아주 없애 버린다는 뜻.

24111. 풀을 없애려면 뿌리까지 뽑아야 한다.
(1) 나쁜 일은 뿌리를 뽑아야 한다는 뜻. (2) 일은 철저히 해야 한다는 뜻.

24112. 풀이 죽었다.
으시대며 뻐기고 살던 사람이 몰락되어 기가 죽어 지낸다는 뜻.

24113. 품속에 들어온 새는 잡지 않는다.
적(敵)도 항복하는 사람은 죽이지 않는다는 뜻.

24114. 품안에 들었을 때 자식이다.
자식도 장성하면 부모도 자식을 마음대로 할 수 없다는 말.

24115. 품안에서 자식이다.
(1) 자식도 어릴 때 부모에게 따르지 크면 멀어진다는 뜻. (2) 자식도 어려서 부모 말을 듣지 크면 말을 안

듣게 된다는 뜻.

24116. 풋고추 절이김치다.
언제나 어울려 다니는 친한 사이라는 말.

24117. 풋나물 먹듯 한다.
음식을 아끼지 않고 많이 먹는다는 뜻.

24118. 풋내기 흥정이다.
얼마 되지 않는 작은 흥정이라는 뜻.

24119. 풋비둘기가 재를 못 넘는다.
어린 사람은 힘 드는 큰 일을 못한다는 뜻.

24120. 풍년 개 팔자다.
아무 걱정 없이 잘 먹고 지낸다는 뜻.

24121. 풍년 거지가 더 섧다. (豐年乞人尤悲)
〈東言解〉
남들은 다 잘사는데 혼자만 못살면 더 섧다는 뜻.

24122. 풍년 거지다. (豊年化子)　　　〈旬五志〉
남들은 다 잘사는데 혼자만 못산다는 뜻.

24123. 풍년 거지 쪽박 깬다.
남들은 다 유복하게 사는데 자기만 곤궁한 처지에 있다는 뜻.

24124. 풍년 거지 팔자다.
(1) 남들이 잘사는데 혼자만 못사는 것이 섧다는 뜻. (2) 조건이 좋아졌다는 뜻.

24125. 풍년 곡식은 모자라고 흉년 곡식은 남아 돈다.
풍년에는 곡식을 헤프게 먹고 흉년에는 아껴 먹는다는 뜻.

24126. 풍년 두부 같다.
뿌옇게 살이 많이 찐 사람을 조롱하는 말.

24127. 풍년 드는 겨울에는 눈이 많이 쌓인다. (豊年之冬 必有積雪)　　　〈毛傳〉
겨울에 눈이 많이 오는 해에는 보리 풍년이 든다는 말.

24128. 풍년에 굶주린다. (豐年飢饉)
남들은 다 잘사는데 혼자만 궁하다는 말.

24129. 풍년에 농민 즐기듯 한다. (年豐民樂)
풍년을 맞이한 농민들이 즐기듯이 마냥 즐긴다는 뜻.

24130. 풍년에 팔 것 없고 흉년에 살 것 없다.
풍년이 돼도 남과 같이 팔 곡식이 없고 흉년이 돼도 남과 같이 살 수가 없을 정도로 가난하다는 뜻.

24131. 풍년이 들어야 인심도 좋아진다.

옛날에는 흉년이 들면 굶어죽는 사람도 있기 때문에 인심이 악화되는 것이 상례(常例)이므로 인심 좋고 평화롭게 살기 위해서는 매년 풍년이 들어야 한다는 말.

24132. 풍년이 흉년이요 흉년이 풍년이다.
넉넉한 것도 소비를 많이 하면 남는 것이 없고 적은 것도 아껴 쓰면 여유가 있게 된다는 말.

24133. 풍년 풀덩이다.
매우 탐스러운 물건을 가리키는 말.

24134. 풍속은 각 고을마다 다르다. (邑各不同)
(1) 지방마다 풍습(風習)이 다 다르다는 뜻. (2) 서로 의사가 다 다르다는 뜻.

24135. 풍수가 제 부모 묘 명당에 못 쓰고 상장이가 제 자식 관상 못 본다.
사람은 자기 일을 자기가 직접하기는 어렵다는 뜻.

24136. 풍월을 한다.
일 없이 한담(閑談)이나 하고 있다는 뜻.

24137. 풍을 떤다.
무슨 말을 할 때 허황하게 과장한다는 말.

24138. 풍파(風波)에 놀란 사공 배 팔아 말 산다.
무슨 일에 한번 놀라면 그 일을 않게 된다는 뜻.

24139. 풍흉을 모른다. (豐凶不知)
(1) 수리(水利)가 좋은 지방을 가리키는 말.
(2) 밭이 많은 지방을 가리키는 말.

24140. 피가 되고 살이 된다.
먹은 것이 다 영양제(營養劑)로 된다는 뜻.

24141. 피가 벼를 이긴다.
이겨야 할 벼가 피에게 지듯이 일이 뒤집힌다는 뜻.

24142. 피가 켕긴다.
(1) 자기와 가까운 사람의 잘못을 비호하지 말라는 뜻.
(2) 자녀의 잘못은 눈 감아 두면 이것이 화가 된다는 뜻.

24143. 피나무 껍질 벗기듯 한다.
무슨 일이 하나도 남지 않고 다 이루어진다는 뜻.

24144. 피는 짚신 삼으면서 잡아야 다 잡는다.
피를 없애려면 어릴 때부터 뽑기 시작하여 익을 때까지 뽑아야 한다는 뜻.

24145. 피 다 잡은 논 없고 도둑 다 잡은 나라 없다.
피 없는 논 없듯이 어느 나라나 도둑은 다 있다는 말.

24146. 피동전 한푼 없다.

돈이라고는 주머니에 한푼짜리 동전 하나도 없다는 말.

24147. 피로 피를 씻는다. (以血洗血) 〈唐書〉
(1) 악을 악으로 다스리면 더욱 악을 범하게 된다는 뜻.
(2) 혈족끼리 서로 다툰다는 뜻.

24148. 피로한 말은 채찍질도 두려워하지 않는다. (疲馬不畏鞭箠)
사람도 극도에 이르면 무서워하는 것이 없게 된다는 뜻.

24149. 피를 나누다.
혈육(血肉)의 관계가 있다는 뜻.

24150. 피를 마신다.
옛날 생사(生死)를 같이할 것을 맹세할 때 짐승 피를 마신다는 데서 나온 말로 굳게 맹세한다는 뜻.

24151. 피를 섞는다.
서로 한몸이 되어 부부 관계를 맺는다는 뜻.

24152. 피를 입에 물고 남에게 품으면 제 입 먼저 더러워진다.
남을 해치려면 자기 자신이 먼저 해를 입게 된다는 말.

24153. 피를 토하고 죽을 일이다.
너무도 억울하고 분하여 견딜 수가 없어서 죽고 싶은 생각밖에 없다는 뜻.

24154. 피 맛본 호랑이다.
사람을 잡아먹은 범은 또 사람을 잡아먹을 수 있듯이 악한 짓을 한번 한 사람은 또 악한 짓을 하게 된다는 뜻.

24155. 피 맛을 본 귀신 달라들듯 한다.
(1) 악한 짓을 하면 점점 더 악해진다는 뜻.
(2) 악을 쓰고 덤빈다는 뜻.

24156. 피사리는 뿌리째 뽑아야 한다.
무슨 일이나 철두 철미(徹頭徹尾)하게 해야 한다는 말.

24157. 피아말 궁둥이 둘러대듯 한다.
말을 이리저리 잘 둘러 댄다는 말. ※ 피아말 : 암말.

24158. 피 없는 논 없고 도둑 없는 나라 없다.
논에 피가 있듯이 어느 나라나 도둑은 다 있다는 말.

24159. 피에는 피로 갚는다.
힘으로 덤비는 놈에게는 힘으로 싸워야 한다는 말.

24160. 피에 운다.
몹시 슬퍼하면서 운다는 뜻.

24161. 피장이(皮匠)이 내일 모레 미루듯 한다. (皮匠再日) 〈東言解〉

약속한 날짜를 하루 이틀씩 미루기만 한다는 뜻.

24162. 피장 파장이다.

누가 낫고 못한 것이 없고 두 사람이 다 매일반이라는 뜻.

24163. 피차가 일반이다. (彼此一般)

양쪽이 서로 낫고 못한 데가 없이 다 같다는 말.

24164. 피천 대푼 없다.

가지고 있는 돈이 한푼도 없다는 뜻.

24165. 피천 한잎 없다.

가지고 있는 돈이 한푼도 없다는 뜻.

24166. 피하려고 해도 피할 수 없다. (回避不得)

피하려고 해도 피할 도리가 없이 일을 당하게 되었다는 뜻.

24167. 핏겨 죽에 탕구(湯口)다.

도저히 격에 맞지가 않는다는 말.

24168. 핏줄은 못 속인다.

혈통(血統)은 유전성(遺傳性)이 있어서 속이기 어렵다는 뜻.

24169. 핑계가 좋아서 사돈네 집에 간다.

무슨 일에 핑계를 잘 댄다는 말.

24170. 핑계 김에 떡 함지에 넘어진다.

핑계를 대고 잇속을 차린다는 뜻.

24171. 핑계 김에 서방질한다.

핑계를 묘하게 대고 나쁜 짓을 한다는 뜻.

24172. 핑계 없는 무덤 없다.

무슨 일이나 다 핑계는 댈 수 있다는 뜻.

24173. 핑계 핑계 도라지 캐러 간다.

이 핑계 저 핑계 대면서 하고 싶은 일을 한다는 뜻.

24174. 하고 싶은 말은 내일 하랬다.
　하고 싶은 말이 있으면 충분히 생각한 다음에 하라는
　뜻.

24175. 하관 상제 쳐다보듯 한다.
　무엇을 조심스럽게 쳐다보는 것을 가리키는 말.

24176. 하구 많은 날에 비바람 치는 날을 택한
　다.
　무슨 행사를 하려고 날을 받은 것이 하필이면 날씨가
　나쁘다는 뜻.

24177. 하구 많은 생선에 복생선이 맛이냐?
　좋은 것이 많은데 하필이면 나쁜 것을 골라 가지느
　냐는 뜻.

24178. 하나가 백을 당한다. (一當百)
　하나로 백을 당할 수 있는 존재라는 뜻.

24179. 하나가 좋으면 하나가 나쁘다.
　무엇이나 다 장단점을 지니고 있다는 뜻.

24180. 하나는 열을 꾸려도 열은 하나를 못 꾸린
　다.
　한 사람이 잘 되면 여러 사람을 잘살릴 수 있으나,
　못사는 여러 사람은 한 사람을 잘살게 못 한다는 뜻.

24181. 하나는 용이 되고 하나는 뱀이 된다.
　(一龍一蛇)　　　　　　　　　　　　〈管子〉
　한 사람은 때를 만나 출세를 하고 한 사람은 때를 만
　나지 못하여 출세를 못 하고 있다는 뜻.

24182. 하나를 가르치면 둘을 안다.
　재주가 있어 하나를 가르치면 둘을 알게 된다는 뜻.

24183. 하나를 가지고 백을 경계한다. (以一警百)
　　　　　　　　　　　　　　　　　　　〈漢書〉
　사소한 일을 거울삼아 큰 일을 경계한다는 말.

24184. 하나를 들으면 열을 안다. (聞一知十)
　매우 영리한 사람이라는 뜻.

24185. 하나를 보면 열을 안다. (見一知十)
　매우 영리한 사람을 가리키는 말.

24186. 하나만 알고 둘은 모른다. (知其一 未知
　其二)　　　　　　　　　　　　　　　〈史記〉
　소견이 좁아 작은 것만 알고 큰 것은 모른다는 뜻.

24187. 하나부터 열까지다.
　가지가지 못된 짓만 한다는 뜻.

24188. 하는 것도 없이 바쁘다.
　하는 일도 별로 없으면서 공연히 바쁘다는 뜻.

24189. 하는 놈 못 당한다.
　실천력(實踐力)이 강한 사람은 당할 수가 없다는 말.

24190. 하늘 같은 가장(家長)이다.
　집안에서는 가장이 절대적인 존재라는 뜻.

24191. 하늘과 땅과의 차이다. (天壤之差 : 天壤
　之判)
　서로 비교가 안 될 정도로 큰 차이가 있다는 뜻.

24192. 하늘과 땅이 맷돌질이나 해라.
　세상이 개벽(開闢)이나 하라는 뜻.

24193. 하늘과 해가 내려다본다. (天日照臨)
　밝은 하늘과 해가 보고 있는데 나쁜 짓을 해서 되겠
　느냐는 뜻.

24194. 하늘 높은 줄만 알고 땅 넓은 줄은 모른
　다.
　몸체가 가늘고 크기만 하지 뚱뚱하지는 않다는 뜻.
　↔하늘 높은 줄은 모르고 땅 넓은 줄만 안다.

24195. 하늘 높은 줄은 모르고 땅 넓은 줄만 안
　다.
　뚱뚱하기만 하고 키가 작다는 뜻. ↔ 하늘 높은 줄만
　알고 땅 넓은 줄은 모른다.

24196. 하늘도 끝 날이 있다.
　아무리 크고 많은 것이라도 끝은 있다는 뜻.

24197. 하늘도 놀라게 하고 땅도 들썩하게 한다.
(驚天動地)
온 세상이 들썩하도록 소란을 일으킨 대사건이라는 뜻.

24198. 하늘도 두렵지 않고 땅도 무섭지 않다.
(不怕天 不畏地)
잘못한 일이 없기 때문에 세상에서 무서울 것이 하나
도 없다는 뜻.

24199. 하늘도 무심하다. (天道無心)
하늘도 불쌍한 사람을 도와 주지 않는다는 뜻. ↔ 하
늘은 무심하지 않다.

24200. 하늘도 알고 땅도 안다.
혼자 하는 일이라고 남이 모르는 것 같으나 하늘과 땅
이 알고 있다는 뜻.

24201. 하늘 뜻은 거역 못 한다.
무슨 일이나 순리(順理)로 해야지 억지로 해서는 안
된다는 뜻.

24202. 하늘로 범 잡기다. (以天捉虎)   〈旬五志〉
하늘과 같이 위대한 것으로 범을 잡듯이 매우 쉬운 일
이라는 뜻.

24203. 하늘로 올라가랴 땅 속으로 들어가랴 ?
하늘이나 땅 속으로나 숨을까 이 세상에서는 숨을 곳
이 하나도 없다는 뜻.

24204. 하늘로 올라갔나 땅으로 들어갔나 ?
이 세상에서는 아무리 찾아 보아도 있는 곳이 없다는
뜻.

24205. 하늘로 올라만 가고 내려올 줄 모르는 용
은 후회할 때가 있다. (亢龍有悔)   〈易經〉
높은 지위에 있는 사람은 항상 조심하지 않으면 실패
할 수 있다는 뜻.

24206. 하늘만 보고 다니는 사람은 개천에 빠진다.
큰 욕심만 내고 작은 일은 않는 사람은 실패하게 된
다는 말.

24207. 하늘 무서운 말이다.
천벌(天罰)을 받아야 할 불경(不敬)스러운 말이라는
뜻.

24208. 하늘 밑의 벌레다.
사람도 하늘 밑에서는 하나의 벌레에 지나지 않는다
는 뜻.

24209. 하늘 밥 도둑이다.
큼직하게 생긴 코를 가리키는 말.

24210. 하늘 보고 손가락질하기다.

아무 소용도 없는 어리석은 짓을 한다는 뜻.

24211. 하늘 보고 주먹질하기다.
아무 소용도 없는 못된 짓을 한다는 뜻.

24212. 하늘 보고 침 뱉기다.
하늘 보고 침 뱉으면 자기 얼굴에 떨어지듯이 자기가
자신을 해롭게 한다는 뜻.

24213. 하늘 아래 첫동네다.
이 세상에서 가장 높은 지대에 있는 마을이라는 뜻.

24214. 하늘 아래 첫집이다.
높은 산에 있는 집을 가리키는 말.

24215. 하늘에 나는 새도 떨어뜨린다.
세상 사람들이 다 무서워하는 세력 가진 사람을 가리
키는 말.

24216. 하늘에 달까 땅이 꺼질까 조심한다.
(踏天蹐地)   〈詩經〉
(1) 쓸데없는 걱정을 한다는 말. (2) 황송하여 몸을 굽
힌다는 말.

24217. 하늘에 떠 있는 누각이다. (空中樓閣)
〈程明道〉
공중에 누각이 떠 있듯이 근거 없는 가공(架空)의 사
물이라는 뜻.

24218. 하늘에 돌 던지기다. (仰天投石)
자기 자신이 화를 입을 짓을 한다는 뜻.

24219. 하늘에 두 해 없고 한 나라에 두 임금 없
다. (天無二日 土無二王)   〈禮記〉
한 나라에 임금이 둘은 있을 수 없기 때문에 반역해
서는 안 된다는 말.

24220. 하늘에 방망이를 달겠다.
도저히 되지도 않을 일을 어리석게도 하려고 한다는
뜻.

24221. 하늘에서 떨어졌나 땅에서 솟았나 ?
꿈에도 생각지 않던 것이 돌연히 나타났을 때 하는 말.

24222. 하늘에서 별 따기다.
도저히 불가능한 일이라는 뜻.

24223. 하늘에 순응하고 사람에게 순종하라.
(應天順人)   〈班彪〉
하늘의 뜻에 따르고 인심에 순종하는 것이 인간이 취
해야 할 도리라는 뜻.

24224. 하늘에 작대기를 매달겠다.
도무지 되지도 않을 짓을 하려고 한다는 뜻.

24225. 하늘에 주먹질 해봤자다.
　권력과 세력을 가진 사람에게 섣불리 덤벼 봤자 아무
　소득도 없다는 뜻.

24226. 하늘에 침 뱉기다. (仰天而唾)
　제가 저를 해롭게 한다는 뜻.

24227. 하늘에 침 뱉으면 제 얼굴에 떨어진다.
　하는 짓이 저 손해만 볼 짓을 한다는 뜻.

24228. 하늘 울 때마다 벼락 칠까?
　하늘이 울면 벼락을 치는 것이 보통이지만 때로는 벼
　락을 안 칠 때도 있듯이 예외적인 경우도 있다는 뜻.

24229. 하늘은 무심하지 않다.
　역시 하늘은 불쌍한 사람을 돌보아 주고 있다는 뜻.
　↔ 하늘도 무심하다.

24230. 하늘은 부지런히 농사하는 사람은 굶어죽
게 하지 않는다.
　게으르지 않고 부지런한 사람은 가난하지 않다는 뜻.

24231. 하늘은 사흘 계속 맑지 않다. (天無三日
晴)
　세상에는 좋은 일만 계속되지 않는다는 뜻.

24232. 하늘은 스스로 돕는 자를 돕는다.
(天助自助)　　　　　　　　　　　　〈孟子〉
　부지런히 일하는 사람은 하늘도 기특히 여겨 도와 준
　다는 뜻.

24233. 하늘을 도리질 친다.
　세상 무서운 줄을 모르고 행동한다는 뜻.

24234. 하늘을 두고 맹세한다.
　한번 맹세한 것은 절대로 어기지 않겠다는 말.

24235. 하늘을 봐도 무섭지 않고 사람을 봐도 부
끄럽지 않다. (仰不愧於天 俯下作於人)
　　　　　　　　　　　　　　　　　　〈孟子〉
　조금도 부정(不正)이 없어서 어느 누구 앞에서도 부
　끄러울 것이 없다는 말.

24236. 하늘을 봐야 별도 딴다.
　무슨 일을 하려면 조건이 조성되어야 한다는 뜻.

24237. 하늘을 쓰고 도리질한다.
　세상이 무서운 줄을 모르는 권력을 가지고 행동한다
　는 뜻.

24238. 하늘을 원망하고 사람을 탓한다. (怨天尤
人)　　　　　　　　　　　　　　　〈論語〉
　잘못을 자신에게서 찾지 않고 하늘과 남을 원망하거

나 탓한다는 뜻. ↔ 하늘을 원망하지 않고 사람들을
탓하지 않는다.

24239. 하늘을 원망하지 않고 사람을 탓하지 않
는다. (不怨天 不尤人)　　　　　　　〈論語〉
　일이 자신의 뜻과 틀릴지라도 하늘을 원망하거나 남
　을 탓하지 않는다는 말. ↔ 하늘을 원망하고 사람을
　탓한다.

24240. 하늘을 이고 살아도 하늘 높이는 모른다.
　늘 보는 것도 모르는 것이 이 세상에는 많다는 뜻.

24241. 하늘을 이불로 삼고 땅을 자리로 삼는다.
(衾天席地)
　정처없이 떠돌아다니는 불쌍하고 외로운 신세라는
　뜻.

24242. 하늘을 지붕삼아 산다.
　집 없이 노숙(露宿)하면서 산다는 뜻.

24243. 하늘이 꺼져도 꼼짝도 않는다.
　아무리 어렵고 무서운 일을 당해도 조금도 두려워하
　지 않고 태연하게 있다는 뜻.

24244. 하늘이 꺼져도 솟아날 구멍은 있다.
　어떠한 역경(逆境)이라도 이것을 극복할 수 있는 길
　은 있다는 말.

24245. 하늘이나 나를 알아줄까 알 사람이 없다.
　자신의 억울함을 세상에서는 알아주는 사람이 없다는
　뜻.

24246. 하늘이 남대문 구멍만하다.
　정신이 어지러워서 사물을 판단할 수 없는 상태에 있
　다는 뜻.

24247. 하늘이 내려다보고 있다.
　(1) 하늘이 내려다보고 있는데 잘못을 숨기고 견딜
　수가 있느냐는 뜻. (2) 하늘이 지켜보고 있으니 일을
　바르게 하라는 뜻.

24248. 하늘이 돈짝만하다.
　정신을 차릴 수가 없어 사물을 판단할 수 없는 형편
　이라는 뜻.

24249. 하늘이 두 조각이 나고 땅이 꺼질지라도
안 된다.
　어떤 역경(逆境)에서도 결심한 것은 관철하겠다는 뜻.

24250. 하늘이 두 조각이 나도 안 된다.
　어떤 일이 있더라도 결심한 것은 관철하겠다는 뜻.

24251. 하늘이 마련해 준 연분이다. (天生緣分:
天生因緣)

행복한 가정을 이룰 수 있는 좋은 연분이라는 뜻.

24252. 하늘이 만든 화(禍)는 피해도 제가 만든 화는 못 피한다.
자신이 지은 잘못은 반드시 그 대가를 받게 된다는 뜻.

24253. 하늘이 무너져도 눈도 깜짝 않는다.
아무리 큰 일이 있더라도 대담하게 처리한다는 뜻.

24254. 하늘이 무너져도 솟아날 구멍은 있다.
(天雖崩牛出有穴) 〈東言解〉
어떤 난관에 봉착하더라도 그것을 벗어날 수 있는 길은 있다는 뜻.

24255. 하늘이 무섭다.
하늘이 내려다보는 데서 나쁜 짓을 하면 벌을 받는다는 뜻.

24256. 하늘이 빙빙 돈다.
정신을 차릴 수 없도록 어쩔어쩔하다는 뜻.

24257. 하늘이 알고 땅이 알고 그대가 알고 내가 안다. (天知地知予知我知)
단 둘이밖에 모르는 비밀이라고 하지만 사자(四者)가 알고 있듯이 세상에는 비밀이 없다는 뜻.

24258. 하늘이 주는 얼(孽)은 피해도 제가 지은 얼은 어쩔 도리가 없다.
자기가 저지른 잘못으로 인한 화는 반드시 받게 된다는 뜻.

24259. 하늘이 주는 화(禍)는 빌면 피해도 제가 만든 화는 빌어도 못 피한다.
자신이 만든 화는 모면(謀免)할 도리가 없기 때문에 미리 조심을 하라는 뜻.

24260. 하늘이 콩 쪽만하다.
술에 취해서 사물을 잘 구별하지 못한다는 뜻.

24261. 하늬바람에 곡식이 모질어진다.
서풍이 불면 곡식이 여물어진다는 뜻.

24262. 하던 일은 반드시 끝을 내야 한다.
(行必果) 〈論語〉
자기가 한번 시작한 일은 끝까지 마무리를 잘 해야 한다는 뜻.

24263. 하던 지랄도 멍석 펴놓으면 안 한다.
(常爲之癎網席不爲) 〈東言解〉
하던 일도 하라고 하면 안 한다는 뜻.

24264. 하도 심심하여 길 군악(軍樂)이나 한다.
심심할 때는 아무 일이라도 장만해야 한다는 뜻.

24265. 하라는 파총(把摠)에 감투 걱정한다.
대수롭지 않은 일을 하면서 지나친 걱정만 한다는 뜻.

24266. 하루 가다 보면 소도 보고 말도 본다.
세상을 살아 가자면 이런 꼴 저런 꼴 다 보게 된다는 뜻.

24267. 하루가 삼 년 맞잡이다. (一日三秋) 〈詩經〉
(1) 기다리기가 몹시 지루하다는 뜻. (2) 세월을 보내기가 몹시 지루하다는 뜻.

24268. 하루가 천 년 같다. (一日千秋)
세월이 가지를 않아 지루하기만 하다는 뜻.

24269. 하루를 살아도 천 년 살 마음으로 살랬다.
단 하루를 살다 죽더라도 장기적인 안목을 가지고 살아야 한다는 뜻.

24270. 하루를 자도 만리 장성(萬里長城)을 쌓랬다.
잠시 만난 사람이라도 친분(親分)을 두터이 가지도록 하라는 뜻.

24271. 하루를 잘살라면 장사를 잘해야 하고 일 년을 잘살라면 농사를 잘해야 하고 평생을 잘살라면 아내를 잘 얻어야 한다.
편하게 먹고 사는 것은 부지런히 일만 하면 되지만 평생을 행복하게 살려면 아내를 잘 얻어야 한다는 뜻.

24272. 하루를 잘살라면 장사를 잘해야 하고 일 년을 잘살라면 농사를 잘해야 한다.
부지런히 일을 하면 먹고 사는 것은 잘 먹고 살 수 있다는 뜻.

24273. 하루 물림이 열흘 물림 된다.
일은 제때에 하지 않고 하루라도 미루게 되면 날이 늦어지게 된다는 뜻.

24274. 하루 밥 세 끼 먹기는 일반이다.
아무 일을 하거나 먹고 살기는 마찬가지라는 뜻.

24275. 하루살이 같은 생애다. (蜉蝣一期)
사람의 일생이 몹시 짧다는 뜻.

24276. 하루살이다.
하루하루를 이럭저럭 살아간다는 뜻.

24277. 하루살이 떼가 날으면 바람이 분다.
하루살이 떼가 공중에 날으는 것을 보고 바람이 불 것을 미리 알 수 있다는 말.

24278. 하루살이 목숨이다.
오늘 죽을지 내일 죽을지 모르는 목숨이라는 뜻.

24279. 하루살이 불 보고 덤비듯 한다.
저 죽을 줄도 모르고 덤벼든다는 뜻.

24280. 하루살이 신세다.
큰 포부(抱負)를 가지고 사는 것이 아니라 그날 그날 살아가는 신세라는 뜻.

24281. 하루살이 인생(人生)이다.
삶에 대한 의욕도 없이 그날 그날 헛되이 살아가는 사람이라는 뜻.

24282. 하루 세 끼 밥 먹듯 한다.
하루 밥 세 끼는 으례 먹듯이 무슨 일을 예사로 알고 한다는 뜻.

24283. 하루 신수가 편하려면 술을 들지 말고 평생 신수가 편하려면 두 집을 거느리지 말랬다.
편안한 생활을 하려면 술과 계집을 멀리해야 한다는 뜻.

24284. 하루 아침 걱정거리다. (一朝之患)
크게 걱정할 것이 아니라는 말.

24285. 하루 아침에 아기가 세 번 울면 시어머니를 나무랜다.
시집살이를 시키는 시어머니는 남에게 욕을 먹게 된다는 뜻.

24286. 하루 아침에 화를 당한다. (一朝禍至)
〈永嘉家訓〉
별안간에 화를 입어 망하게 되었다는 뜻.

24287. 하루 죽을 줄은 모르고 열흘 살 것만 생각한다.
남에게 욕을 얻어 먹어 가면서 악착같이 혼자만 잘살려는 사람을 두고 하는 말.

24288. 하루 한 자석만 배워도 일 년이면 삼백 육십 자다.
무슨 일이나 매일 조금석 꾸준히 하면 그 성과는 크게 된다는 뜻.

24289. 하룻강아지다.
철 모르고 함부로 덤비는 사람을 보고 하는 말.

24290. 하룻강아지 범 무서운 줄 모른다.
(一日之狗 不知畏虎)
〈耳談續纂〉
철 모르고 아무에게나 덤비는 사람을 두고 하는 말.

24291. 하룻강아지 재 못 넘는다.
단련되고 경험이 많은 사람이 아니고서는 큰 일을 못한다는 뜻.

24292. 하룻길을 가다 보면 소 탄 놈도 보고 말 탄 놈도 본다.
세상을 살다 보면 별의 별 것을 다 보게 된다는 뜻.

24293. 하룻망아지 서울 다녀오듯 한다.
(一日駒 往京還)
〈東言解〉
철 모르는 사람은 좋은 것을 봤어도 아무 소용이 없다는 뜻.

24294. 하룻밤에 단속곳 열 두 벌 짓는 년이 속곳 없이 산다.
일 잘하는 사람이 대개 가난하게 산다는 뜻.

24295. 하룻밤에도 기와집을 몇 채석 짓는다.
밤이 되면 공상(空想)을 많이 하게 된다는 뜻.

24296. 하룻밤을 자도 만리 장성을 쌓는다.
(一夜之宿 長城或築), (一夜萬里城)
〈耳談續纂〉, 〈松南雜識〉
잠시 동안에 깊은 정의를 맺게 되었다는 말.

24297. 하룻밤을 자도 아내는 아내다.
잠시 동안에 맺은 것도 연분이라는 뜻.

24298. 하룻밤을 자도 연분이다.
잠시 만난 사이라도 남녀가 정을 통하게 된 것은 하나의 연분이라는 말.

24299. 하룻밤을 자도 헌 색시는 헌 색시다.
조그마한 흠이 있어도 흠은 흠이라는 뜻.

24300. 하룻밤 잔 원수 없고 하루 지난 은혜 없다.
감정이나 은덕은 세월이 가면 다 잊어 버리게 된다는 뜻.

24301. 하룻비둘기가 재를 못 넘는다.
실력이 없이 말만 가지고는 일을 성사(成事)하지 못한다는 뜻.

24302. 하룻저녁에 단속곳 셋 하는 여편네가 속곳 벗고 산다.
일 잘하는 사람이 가난하게 사는 경우가 많다는 뜻.

24303. 하인은 저보다 똑똑한 놈은 쓰지 말랬다.
부리는 사람이 자기보다 똑똑하면 부리기가 힘든다는 말.

24304. 하인은 주인을 닮는다.
아랫 사람들은 웃사람을 닮게 된다는 말.

24305. 하인을 잘 두어야 양반 노릇도 잘한다.
아랫 사람들이 일을 잘해야 웃사람도 위신이 선다는 뜻.

24306. 하지(夏至)가 지나면 밭을 물꼬에 담그고
산다.
하지가 지나면 논에 물 대는 것이 농가의 일이라는 뜻.

24307. 하지 말라는 짓은 더 하고 싶다.
못 하게 하는 일은 더 하고 싶은 것이 사람의 심정이
라는 뜻.

24308. 하지 않는 말이 없다.
모든 비밀까지 다 말했다는 뜻.

24309. 하지 전 중 심기다.
하지 전에 심는 모는 이르지도 않고 늦지도 않은 중
간이라는 뜻.

24310. 하투불에 하루살이 달려들듯 한다.
자신이 죽을지도 모르고 덤빈다는 뜻.

24311. 하품에 딸꾹질이다.
(1) 일이 겹치고 겹친다는 뜻. (2) 일이 안 될 때는 궂
은 일만 생긴다는 뜻.

24312. 하품에 폐기다.
고통스러운 일이 거듭 겹쳤다는 뜻.

24313. 하품은 옮는다.
하품은 한 사람이 하면 다 따르게 된다는 뜻.

24314. 하찮은 거짓말이 엄청난 거짓말로 된다.
사소한 거짓말이 그 결과는 큰 피해를 주게 되었다는
뜻.

24315. 학 다리가 길다고 끊어 준다면 학은 슬퍼
하게 된다.(鶴脛雖長斷之則悲)   〈莊子〉
남의 사정도 모르고 남의 일에 잘못 간여하다가는 남
을 낭패시키게 된다는 뜻.

24316. 학 다리 구멍을 들여다보듯 한다.
무엇을 골몰하게 들여다보는 것을 가리킴.

24317. 학도 아니고 봉도 아니다.
이것도 아니고 저것도 아닌 얼간이라는 뜻.

24318. 학은 거북 나이를 부러워한다.
사람의 욕심은 한이 없기 때문에 부자가 되어도 더
큰 부자가 되려고 한다는 뜻.

24319. 학은 굶주려도 곡식을 먹지 않는다.
아무리 구차해도 나쁜 짓은 하지 않는다는 뜻.

24320. 학은 천 년 산다.(鶴壽千歲)   〈陸機〉
학이 천 년을 산다 하여 학과 같이 오래 살기를 바라는
말.

24321. 학이 꼭꼭 하고 우니까 황새도 꼭꼭 하고
운다.
자기 주견(主見)이 없이 남이 하는 대로만 따라한다
는 뜻.

24322. 학질(瘧疾)을 뗀다.
매우 힘들고 어려운 고역(苦役)을 치르게 되었다는
뜻.

24323. 한 가닥으로는 합사(合絲)를 못 꼰다.
혼자서 못 하는 일은 여러 사람이 서로 협조하면 이루
어진다는 뜻.

24324. 한 가랑이 두 다리 넣는다.
당황하게 하는 일은 잘 되지 않는다는 뜻.

24325. 한 가지가 열 가지다.
한 가지를 보면 열 가지를 알 수 있다는 뜻.

24326. 한 가지로써 만 가지를 알게 된다.
(以一知萬)   〈荀子〉
한 가지 이치(理致)로써 만 가지 이치를 미루어 알 수
있다는 뜻.

24327. 한 가지로 열 가지를 안다.
한 가지 행동을 보면 그 사람의 모든 행동을 짐작할
수 있다는 뜻.

24328. 한 가지 물건이라도 알지 못하는 것은 군
자의 수치이다.(一物不知 君子之恥)   〈晉書〉
사람은 모르는 것을 알기 위하여 학문과 지식을 부지
런히 배워야 한다는 뜻.

24329. 한 가지 병에 백 가지 약이다.(一病百藥)
같은 병에 쓰는 약은 여러 가지가 있다는 뜻.

24330. 한 가지 병에 천 가지 약이다.(一病千藥)
한 가지 병에 고칠 수 있는 약은 많다는 뜻.

24331. 한 가지의 악을 지녔다고 하여 여러 가지
의 선한 것을 잊지 말라.(不以一惡忘衆善)
〈帝範〉
사람을 쓸 때 그가 한 가지의 나쁜 점을 지녔다고 하
여 그 밖의 다른 좋은 점이 많은 것까지 부정하는 일
이 있어서는 안 된다는 뜻.

24332. 한 가지 이치로써 만 가지 이치를 알게 된
다.(以一知萬)   〈荀子〉
한 가지 이치를 알게 되면 이를 응용(應用)하여 점점
더 많이 알게 된다는 뜻.

24333. 한 가지 일도 이루어진 것이 없다.
(一事無成)   〈白居易〉

여러 가지 일 중에서 어느 하나도 성사된 것이 없다는 뜻.

24334. 한 가지 일로 백 가지 일을 안다.
한 가지 일만 봐도 그 사람의 모든 행동을 짐작할 수 있다는 뜻.

24335. 한 가지 일로써 두 가지 이득을 얻는다.
(一擧兩得)   〈齊書〉
한 가지 일을 하고서 두 가지나 이득을 얻어 매우 유리하게 되었다는 뜻.

24336. 한 가지 재주는 다 있다.
어느 누구나 한 가지 기능은 다 가지고 있다는 말.

24337. 한강 가서 목욕하기다. (漢江沐浴)〈東言解〉
가까운 냇물에서 목욕을 하지 않고, 먼 한강에 가서 하듯이 수고만 했지 별 소득이 없다는 뜻.

24338. 한강 모래사장에 혀를 박고 죽을 일이다.
너무나 억울하여 말도 못 하겠다는 뜻.

24339. 한강 물은 제 곬으로 흐른다.
죄는 지은 사람이 그 벌을 받게 된다는 뜻.

24340. 한강 물을 다 먹어야 아나 ?
무슨 일을 처음부터 조금씩 하지 않고 미련하게 한다는 뜻.

24341. 한강에 그물 놓기다.
언제 이루어질지도 모르는 일을 막연하게 기다린다는 뜻.

24342. 한강에 돌 던지기다. (漢江投石)
무슨 일을 해도 흔적도 없다는 뜻.

24343. 한강에 배 지나간 흔적이다.
무슨 일을 했는지 아무 흔적도 찾아볼 수 없다는 뜻.

24344. 한강에서 뺨 맞고 종로 와서 눈 흘긴다.
(1) 분풀이를 딴 사람에게 한다는 뜻. (2) 봉욕을 당한 현장에서는 말도 못 하고 딴 데 가서 발노(發怒)한다는 뜻.

24345. 한강이 녹두죽이라도 쪽박이 없으면 못 먹는다.
게으른 사람은 곁에 있는 것도 못 먹는다는 말.

24346. 한강이 팥죽이라도 그릇 없이는 못 먹는다.
아무리 먹을 것이 많아도 게으른 사람 입에는 들어가지 않는다는 말.

24347. 한 개 새끼가 알롱달롱하다.

한 어미가 난 자식도 못나고 잘나고 한다는 뜻.

24348. 한 갯물이 열 갯불 흐린다.
악(惡)은 조그마한 것도 널리 퍼진다는 뜻.

24349. 한 걸음도 양보할 수 없다. (一步不讓)
조금도 양보는 할 수 없다는 말.

24350. 한 구멍에서 사는 쥐는 바로 잡힌다.
범죄자는 한 곳에 오래 있으면 잡히게 된다는 뜻.

24351. 한 굴에 든 여우다.
같은 처지에 있는 친한 사이라는 뜻.

24352. 한 귀로 듣고 한 귀로 흘린다.
남의 말을 귀담아 듣지 않는다는 뜻.

24353. 한 그늘에서 쉬는 것도 인연이다.
사소한 일로 대면하는 것도 하나의 연분이라는 뜻.

24354. 한 그루 나무로는 숲이 못 된다.
단체는 여러 사람으로 이루어진다는 뜻.

24355. 한 그물로 다 잡는다. (一網打盡) 〈宋史〉
한꺼번에 여러 사람을 다 잡는다는 뜻.

24356. 한 글방에서는 문장이 없다. (同接無文章)
〈藫庭叢書〉
늘 같이 있는 사람끼리는 서로 그 장점을 모르게 된다는 뜻.

24357. 한 끼 얻어 먹은 은덕도 갚는다. (一飯之報)   〈史記〉
남에게 진 은덕은 사소한 것도 갚아야 한다는 뜻.

24358. 한 끼 잘 얻어 먹는 것도 재수다.
큰 이득만 바라지 말고 작은 이득에도 고마와할 줄 알아야 한다는 뜻.

24359. 한 길 사람 속은 모른다.
깊은 물 속은 알 수 있어도 사람 속은 알 길이 없다는 뜻.

24360. 한 나라에 임금이 셋이다. (一國三公)
한 나라에 하나만 있어야 할 임금이 셋이면 혼란하게 되듯이 책임자가 많으면 혼란하게 된다는 뜻.

24361. 한날 난 손가락도 길고 짧은 것이 있다.
세상의 모든 것은 다 똑같을 수 없다는 말.

24362. 한날 한시에 난 손가락도 길고 짧다.
세상의 모든 것은 서로 차별이 있는 것이 당연하다는 뜻.

24363. 한 남자가 여러 아내와 산다. (一夫多妻)

남자 하나가 여러 처첩(妻妾)을 데리고 산다는 뜻.
↔ 한 남자는 한 아내와 산다.

24364. 한 남자가 열 계집 마다 않는다.
남자는 아내를 여럿이라도 얻고 싶다는 뜻.

24365. 한 남자는 한 아내와 산다. (一夫一妻：一夫一婦)
한 남자는 여러 아내를 얻지 못하고 반드시 한 여자와 살아야 한다는 뜻. ↔ 한 남자가 여러 아내와 산다.

24366. 한 남편의 처첩(妻妾)이 몇이라도 한 줄의 생물이다.
한 남자에게 마누라가 여럿 있어도 모두 남편의 성질을 닮게 된다는 뜻.

24367. 한 냥 굿에 열 냥 빚진다.
본질적(本質的)인 문제보다 지엽적(枝葉的)인 문제가 더 크다는 뜻.

24368. 한 냥짜리 굿하다가 백 냥짜리 징 깨뜨린다.
쓸데없는 짓을 하다가 큰 손해만 당했다는 뜻.

24369. 한 냥 장설(帳設)에 고추장이 아홉 돈어치 든다.
전체에 비하여 그 중 한 가지에 너무나 비용을 많이 낭비하였다는 뜻. ※ 장설 : 잔치나 놀이로 여러 사람이 모인 자리에 내어 가는 음식.

24370. 한 냥 추렴에 닷 돈(五錢) 낸다.
마땅히 내야 할 돈을 인색하게 다 내지 않는다는 뜻.

24371. 한 노래로 긴 밤 새운다. (一歌達詠夜), (一歌長達夜乎), (一歌達永夜)
〈旬五志〉, 〈東言解〉, 〈松南雜識〉
한 가지 일만 가지고 세월을 보낸다는 뜻.

24372. 한 놈의 계집은 한 덩굴에 열린다.
한 남자에게 아내가 여럿이라도 그 남편의 성질을 다 닮게 된다는 뜻.

24373. 한 눈으로 봐도 환하게 알 수 있다. (一目瞭然)
한 눈으로 보기만 해도 환하게 다 알 수 있도록 잘 정리되었다는 뜻.

24374. 한 다리가 천 리(千里)다.
촌수가 가까울수록 친하게 되고, 촌수가 멀수록 소원해진다는 뜻.

24375. 한 다리로는 못 걷는다.
협력을 받지 않고 혼자서는 어떤 일을 하기가 매우

어렵다는 뜻.

24376. 한 달을 봐도 보름 보기다.
애꾸눈 가진 사람을 조롱하는 말.

24377. 한 달이 크면 한 달이 작다.
세상에는 큰 것도 있고 작은 것도 있다는 뜻.

24378. 한 달 잡고 보름은 못 본다.
(1) 애꾸눈 가진 사람을 놀리는 말. (2) 큰 것만 알고 작은 것은 모른다는 뜻.

24379. 한때의 부끄러움을 참지 못하면 평생을 부끄럽게 산다. (一憨不忍終身憨) 〈春秋左傳〉
조그마한 부끄러움을 참지 못하다가는 한 평생을 두고 부끄럽게 살아야 하기 때문에 참는 것이 현명하다는 뜻.

24380. 한때의 분함을 참으면 백 날의 근심을 면하게 된다. (忍一時之氣 免百日之憂) 〈景行錄〉
한번 분한 것을 참으면 백 날을 편히 살 수 있기 때문에 항상 참는 것이 상책이라는 뜻.

24381. 한더위에 털 감투다.
방한구(防寒具)를 여름에 쓰듯이 철 따라 쓰는 물건은 제 철 아닌 때 쓰면 오히려 고통스럽다는 뜻.

24382. 한덩어리로 뭉친다. (一致團結)
여러 사람들이 한덩어리로 굳게 결합(結合)한다는 뜻.

24383. 한 데 앉아서 음지(陰地) 걱정한다.
제 일도 못 꾸려 나가면서 남을 걱정한다는 뜻.

24384. 한도 끝도 없다.
무슨 일이 밑도 끝도 없다는 뜻.

24385. 한 동네서 시집을 가도 혼례식을 하랬다.
(1) 결혼은 반드시 혼례를 해야 한다는 뜻. (2) 격식을 차려야 할 것은 반드시 갖추어야 한다는 뜻.

24386. 한 동네에서는 명창이 없다. (洞内無名唱)
〈薄庭叢書〉
늘 같이 있는 사람들끼리는 장점을 모르게 된다는 뜻.

24387. 한 되 떡에도 고물은 든다.
많으나 적으나 있을 것은 다 있어야 한다는 뜻.

24388. 한 되 떡에 한 말 고물이다.
마땅히 적어야 할 것이 많았을 때 이르는 말.

24389. 한 되 병에 두 되는 들지 않는다.
사람도 각각 역량(力量)에는 한도(限度)가 있다는 뜻.

24390. 한 되 주고 한 섬 받는다.
주는 것은 조금 주고, 받는 것은 많이 받는다는 뜻.
↔ 한 말 주고 한 되 받는다.

24391. 한두 번이 아니다.
한두 번이 아니고 여러 번이라는 뜻.

24392. 한라산(漢挐山)이 금덩이라도 쓸 놈 없으면 못 쓴다.
아무리 좋은 물건이라도 그것을 쓸 줄 아는 사람이 아니면 못 쓴다는 뜻.

24393. 한량(閑良)이 죽어도 기생집 울타리 밑에서 죽는다.
사람은 죽을 때까지 자기의 본색은 감추지 못한다는 뜻.

24394. 한 마디로 망한다. (一言而亡之) 〈春秋左傳〉
(1) 말 한 마디로 흥망을 좌우할 수 있다는 뜻.
(2) 발언권(發言權)이 매우 크다는 뜻.

24395. 한 마디로 뭇사람을 놀라게 한다.
(一鳴驚人)
단 한 마디로 군중을 놀라게 한다는 뜻.

24396. 한 마디로 잘라 말한다. (一言斷破:一言可破)
한 마디로 가부(可否)를 잘라 말한다는 뜻.

24397. 한 마디 말로 송사(訟事)를 가린다.
여러 말할 필요도 없이 단 한 마디로 결판을 내린다는 뜻.

24398. 한 마디 말이 천금보다도 무겁다. (一言半句 重値千金) 〈寶鑑〉
중요한 일에 말 한 마디는 천금보다도 무게가 있다는 뜻.

24399. 한 마디 말이 천 냥짜리다. (一言千金)
매우 귀중한 말 한 마디라는 뜻.

24400. 한 마리 개가 짖으면 뭇개가 따라 짖는다. (一犬吠形 百犬吠聲) 〈潛夫論〉
한 사람의 선동은 군중에게 큰 영향을 주게 된다는 뜻.

24401. 한 마리 개가 짖으면 온 동넷개가 다 짖는다.
한 사람의 말이 여러 사람에게 미치는 영향은 크다는 뜻.

24402. 한 마리 말고기 다 먹고 나더니 말 내 난다고 한다.
배고플 때는 좋다고 하더니 배가 부르게 되니까 탓한다는 뜻.

24403. 한 마리 말등에 두 개의 안장은 얹지 못한다. (一馬不被兩鞍) 〈元史 列女傳〉
한 마리 말등에 안장 두 개는 얹지 못하듯이 한 여자가 두 남자를 섬길 수 없다는 것을 비유하는 말.

24404. 한 마리의 고기가 온 냇물을 흐린다.
(一箇魚渾全川), (一個魚渾全川), (一魚混全川), (一條魚渾全渠)
〈旬五志〉, 〈松南雜識〉, 〈東言解〉, 〈洌上方言〉
한 사람이 사회에 큰 해독을 끼친다는 뜻.

24405. 한 마리의 말이 뛰면 전신의 털이 움직이지 않는 것이 없다. (一馬之奔 無一毛而不動) 〈孔叢子〉
말이 뛰면 온몸의 털도 흔들리듯이 웃사람이 움직이면 아랫 사람들도 다 움직이게 된다는 뜻.

24406. 한 마을 공사(公事)다.
한 마을 공사마냥 하는 일이 언제나 변함 없이 한결 같다는 뜻.

24407. 한 마음 한 몸으로 뭉친다. (一心同體)
여러 사람들이 한 뜻 한 몸으로 똘똘 뭉친다는 뜻.

24408. 한 말 등에 두 안장 못 지운다. (一馬之背 兩鞍難載) 〈耳談續纂〉
(1) 한 사람이 한꺼번에 두 가지 일은 못 한다는 뜻.
(2) 한 여자가 두 남자를 섬길 수 없다는 뜻.

24409. 한 말로써는 다 설명할 수 없다. (一口難說)
간단한 말로써는 도저히 다 설명할 도리가 없다는 뜻.

24410. 한 말만 되풀이한다. (重言復言 : 重言附言)
한번 한 말을 되하고 되한다는 말.

24411. 한 말은 사흘 가고 들은 말은 삼 년 간다.
남에게 듣기 싫은 말은 삼가해야 한다는 뜻.

24412. 한 말은 일 년이요 들은 말은 삼 년이다.
말 한 사람은 잊어 버리기가 쉽지만 들은 사람은 잊어 버리지 않는다는 뜻.

24413. 한 말은 삼 년 가고 들은 말은 백 년 간다.
남에게 거슬리는 말을 해서 원한을 가지게 해서는 안 된다는 뜻.

24414. 한 말을 또 하고 또 하고 한다. (陳談屢說)
한번 한 말을 또 하고 또 하면서 수다스럽게 지껄인

다는 뜻.

24415. 한 말 주고 한 되 받는다.
주기는 한 말을 주고 받기는 한 되만 받듯이 손해보는 짓만 한다는 뜻. ↔ 한 되 주고 한 섬 받는다.

24416. 한 말 풀로 속곳 하나 풀 먹여도 모자란다.
살림살이를 못하는 여자를 가리키는 말.

24417. 한 말 했다가 본전도 못 찾는다.
말을 했다가 목적을 달성하지 못했다는 뜻.

24418. 한 며느리는 미워도 열 딸은 곱다.
옛날 시어머니들이 딸만 귀여워하고, 며느리는 미워한 데서 나온 말.

24419. 한 몸에 두 지게 못 진다.
한 사람이 한꺼번에 두 일은 하기 어렵다는 말.

24420. 한 몸으로 두 가지 일을 한다. (一身兩役)
한 사람이 두 가지 일을 맡아서 한다는 뜻.

24421. 한 몸으로 백 가지 일을 해낸다. (身服百役) 〈春秋左傳〉
혼자서 여러 가지 일을 다 처리한다는 뜻.

24422. 한 몸을 편안히 지낸다. (一身安過)
혼자서 편안하게 세월을 보낸다는 뜻.

24423. 한 몸이 천금 맞잡이다. (一身千金)
한 몸뚱이가 천금과 같은 귀중한 존재라는 뜻.

24424. 한 못에는 두 교룡이 살지 못한다. (一淵不兩蛟) 〈文子〉
세력이 같은 사람끼리는 한곳에서 함께 살 수가 없다는 것을 비유하는 말.

24425. 한물 갔다.
화려했던 시절은 지나갔다는 뜻.

24426. 한 물결이 움직이면 온 물결이 다 따라 움직인다. (一波纔 萬波隨)
한 사람이 시범(示範)을 보이면 여러 사람이 이를 따라하게 된다는 뜻.

24427. 한물 고기다.
이것이나 그것이나 다 같은 것이라는 뜻.

24428. 한 바늘로 꿰맬 것을 열 바늘로 꿰맨다.
일이 커지기 전에 간단히 막을 수 있는 것을 내버려 두었다가 큰 손해를 보게 되었다는 뜻.

24429. 한 바리 실었으면 꼭 맞겠다.

두 사람이 하는 짓이 낫지도 않고 못하지도 않고 똑같다는 말.

24430. 한바탕 부는 폭풍이다. (一陣狂風)
세상을 한바탕 발끈 뒤집었다는 뜻.

24431. 한바탕의 봄 꿈이다. (一場春夢) 〈侯鯖錄〉
인생의 영화는 봄 꿈과 같이 허무하다는 뜻.

24432. 한바탕의 이야기다. (一場說話)
한때 화제(話題)가 되었던 이야기였다는 뜻.

24433. 한바탕의 풍파다. (一場風波)
세상에 한바탕 크게 소동을 일으켰다는 뜻.

24434. 한 발 쏘아 돼지 다섯 마리를 잡는다. (一發五豝) 〈詩經〉
(1) 활 쏘는 사술(射術)이 매우 능숙하다는 뜻.
(2) 한꺼번에 많은 이득을 얻었다는 뜻.

24435. 한 발 쏘아 수리 두 마리를 잡는다. (一發貫二鵰) 〈唐書〉
(1) 활이나 총 쏘는 사술(射術)이 매우 능숙하다는 뜻.
(2) 한꺼번에 두 가지 이득을 얻었다는 뜻.

24436. 한 발에 두 신을 신는다.
무슨 일이든지 자기 능력 이외에는 더 하지를 못한다는 뜻.

24437. 한 밥 그릇에 두 술은 없다.
한 남자에게는 두 아내가 있을 수 없다는 뜻.

24438. 한 밥 먹는다.
생각지도 않았던 좋은 음식을 먹게 되었다는 말.

24439. 한 밥에 오르고 한 밥에 내린다.
잘 먹고 못 먹는 데 따라 살이 오르고 내리고 한다는 뜻.

24440. 한 방에 잡는 포수다. (一放砲手 : 一字砲手)
한 방으로 짐승을 잡는 명포수마냥 무슨 일을 단번에 해치우는 솜씨를 가진 사람이라는 뜻.

24441. 한 배를 타봐야 속을 안다.
사람의 속은 함께 고생을 해봐야 알게 된다는 뜻.

24442. 한 배 새끼도 알롱달롱하다.
한 부모가 낳은 자식 중에도 잘나고 못난 놈이 있다는 뜻.

24443. 한 배 새끼에도 흰둥이 검둥이가 있다.
한 부모가 낳은 자식 중에도 똑똑한 놈이 있고 못난

놈이 있다는 말.

24444. 한 배 안에 적이 있다. (舟中敵國)
〈孫子, 史記〉
나라 안에 숨어 있는 적이 있다는 말.

24445. 한 배에 같이 타는 것도 연분이다.
잠시나마 서로 대화를 함께 하게 된 것도 하나의 연분이라는 말.

24446. 한 배에서 난 자식도 제각각이다.
한 어머니가 낳은 아들이라도 그 성격과 행동이 다 다르다는 말.

24447. 한번 가난해 보고 한번 부자가 돼봐야 그 태도를 알게 된다. (一貧一富乃知交態)
〈史記〉
친구간의 정분은 가난도 해보고, 부자도 돼봐야 그 과정에서 대하는 것을 보고 옳게 알게 된다는 뜻.

24448. 한 번 가도 화냥년 두 번 가도 화냥년이다.
한 번 잘못하나 두 번 잘못하나 남에게 욕 얻어 먹기는 일반이라는 뜻.

24449. 한번 간 뒤에는 아무 소식도 없다. (一去無消息)
서로 작별한 후에는 아무 소식도 없다는 뜻.

24450. 한번 간 세월은 다시 돌아오지 않는다. (時不再來)
세월은 한번 가면 되돌아오지 않으므로 헛되이 보내서는 안 된다는 뜻.

24451. 한번 걸어 챈 돌에는 두번 다시 채이지 않는다.
한 번은 실수할 수 있지만 두 번은 실수하지 않는다는 뜻.

24452. 한번 검으면 흴 줄 모른다.
한번 좋지 못한 버릇이 들면 고치기가 어렵다는 뜻.

24453. 한 번 골 내면 한 번 늙고 한 번 웃으면 한 번 젊어진다. (一怒一老 一笑一少)
항상 명랑하게 웃으며 살아야 한다는 말.

24454. 한번 귀해 보기도 하고 한번 천해 보기도 해야 그 정분을 볼 수 있다. (一貴一賤乃交情交見)
〈史記〉
친구간의 정분은 한번 부귀해 봤다 한번 빈천해 봤다 하는 과정에서 그의 진심을 알게 된다는 뜻.

24455. 한 번 나물밭에 똥 눈 개는 늘 눈다고 의

심한다. (一汚萬圃 終疑此狗) 〈耳談續纂〉
한 번 어쩌다 실수를 해도 남들은 항상 의심하게 된다는 뜻.

24456. 한번 난 땀은 도로 들어가지 못한다. (汗出不反) 〈晉書〉
한번 내린 명령은 도로 철수(撤收)할 수는 없다는 뜻.

24457. 한번 난 땀은 되들어가지 않고 한번 뱉은 말은 지울 수 없다.
한번 실수한 말은 지울 수 없으니 늘 말조심을 하라는 뜻.

24458. 한번 더러운 이름을 얻으면 종신토록 불행하게 된다. (一得汚穢之名 非但軻軻終身)
〈永嘉家訓〉
한 번 잘못으로 더러운 이름을 얻게 되면 죽을 때까지 불행하게 된다는 뜻.

24459. 한번 만난 사람은 헤어지게 마련이다. (會者定離) 〈大般若經〉
사람은 한번 만나면 반드시 이별하게 된다는 뜻.

24460. 한 번 만났어도 구면 같다. (一面如舊)
〈晉書〉
처음 만났어도 오래 사귄 사람처럼 친밀하다는 뜻.

24461. 한번 뱉은 말은 사두 마차도 못 따라간다. (一言非駟馬不能追)
한번 입 밖에 나간 말은 마차로도 따를 수 없을 정도로 빨리 퍼지게 되므로 말조심을 하라는 뜻.

24462. 한번 번성하기도 하고 한번 쇠퇴하기도 한다. (一盛一衰)
흥망(興亡)과 성쇠(盛衰)는 돌고 도는 것이기 때문에 한번 번성하는 때가 있으면 한번 쇠퇴하는 때가 있게 마련이라는 뜻.

24463. 한번 번영하면 한번 몰락한다. (一榮一落)
인간 사회에서, 번영과 몰락은 부단히 되풀이된다는 뜻.

24464. 한번 보기만 하면 외운다. (過目成誦)
〈晉書〉
재주가 뛰어난 사람이라 한번 보기만 하면 술술 외우게 된다는 뜻.

24465. 한번 본 것은 잊지 않는다. (過目不忘)
〈晉書〉
매우 총명(聰明)하여 한번 보기만 하면 잊어 버리는 일이 없다는 뜻.

24466. 한 번 속지 두 번은 속지 않는다.
　　　한 번은 모르고 속지만 두 번은 속지 않는다는 뜻.

24467. 한 번 쏜 살로 두 마리 새를 잡는다.
　　　(一箭雙鳥)
　　　한꺼번에 두 가지 이득을 얻었다는 말.

24468. 한번 쏟은 물은 다시 그릇에 담지 못한
　　　다. (一覆之水 不復盛器：覆水不返盆)
　　　　　　　　　　　　　　　　　　〈拾遺記〉
　　　한번 저지른 일은 다시는 어쩔 수 없다는 뜻.

24469. 한번 승낙한 말은 천금같이 무겁다.
　　　(一諾千金)
　　　한번 승낙한 일은 꼭 집행해야 한다는 뜻.

24470. 한 번 식사에 만 돈이 든다. (一食萬錢)
　　　　　　　　　　　　　　　　　　〈晉書〉
　　　한 번 식사하는 데 천 냥을 쓰듯이 먹는 데 지나치게
　　　사치한다는 뜻.

24471. 한 번 실수는 있어도 두 번 실수는 없다.
　　　한 번은 모르고 실수할 수 있지만 두 번은 실수하지
　　　않는다는 뜻.

24472. 한 번 앓고 나면 의사가 된다. (先病者醫)
　　　경험은 기술을 낳게 된다는 뜻.

24473. 한번 약속한 말은 신망을 잃지 말라.
　　　(勿失信於期約言語之際)　　　〈慕齋集〉
　　　한번 약속한 일은 어떤 일이 있어도 준수하여 신용을
　　　잃지 말도록 하라는 뜻.

24474. 한번 엎지른 물은 다시 못 담는다.
　　　한번 잘못을 저지르면 다시는 어쩌할 도리가 없다는
　　　뜻.

24475. 한 번은 귀해지기도 하고 한 번은 천해지
　　　기도 한다. (一貴一賤)
　　　한 번은 귀해졌다가 한 번은 천해지는 흥망이 있었다
　　　는 뜻.

24476. 한 번 이기고 지는 것은 병가의 상사다.
　　　(一勝一敗 兵家常事)　　　　　〈孫子〉
　　　한 번 실수는 누구나 있을 수 있는 것이기 때문에 크
　　　게 탓할 것이 못 된다는 뜻.

24477. 한번 입 밖에 나온 말은 엎지른 물과 같
　　　다.
　　　한번 실수한 말은 다시는 어쩔 도리가 없다는 뜻.

24478. 한 번 죽고 한 번 살아 봐야 그 정분을 알
　　　게 된다. (一死一生乃知交情)
　　　　　　　　　　　　　　　　　　〈史記〉

친구간의 정분은 한 번 죽고 한 번 살아봐야 그 과
정에서 그의 행동과 마음을 옳게 알 수 있게 된다는
뜻.

24479. 한 번 죽지 두 번 죽지 않는다.
　　　죽음을 각오한 이상 조금도 무서울 것이 없다는 뜻.

24480. 한번 쥐면 펼 줄을 모른다.
　　　돈이 한번 들어가면 다시는 안 나온다는 뜻.

24481. 한번 진 꽃은 다시 피지 못한다. (落花難
　　　上枝)　　　　　　　　　〈五燈會元, 洞山語錄〉
　　　⑴ 늙으면 다시 젊어지지 않는다는 뜻. ⑵ 한번 죽으
　　　면 되살아나지 못한다는 뜻.

24482. 한 번 채인 돌에는 두 번 다시 채이지 않
　　　는다.
　　　한 번 속지 두 번은 속지 않는다는 뜻.

24483. 한 번 체한 사람은 그것을 다시는 먹지 않
　　　는다. (因噎廢食)
　　　한 번 봉변을 당한 일은 무서워서 다시는 하지 않는다
　　　는 말.

24484. 한번 한 말은 널리 퍼진다.
　　　일단 한 말은 사방으로 널리 소문난다는 뜻.

24485. 한 부모는 열 자식을 거느려도 열 자식은
　　　한 부모를 못 거느린다.
　　　자식 많은 부모가 올 데 갈 데 없는 신세가 된다는 뜻.

24486. 한 불당에서 내 사당 네 사당 하느냐.
　　　(一佛堂 我舍堂爾舍堂乎)　　　〈東言解〉
　　　한 집안에서 네 것, 내 것을 가리며 시비할 것이 있
　　　느냐는 뜻.

24487. 한 불당에 앉아서 내 사당 네 사당 한다.
　　　한 집안에서 이권을 가지고 시비해서는 안 된다는 뜻.

24488. 한 사람을 상 줌으로써 여러 사람에게 착
　　　한 일을 권장한다. (賞一以勸百), (賞一人而
　　　萬人勸)　　　　　　　〈六韜〉, 〈御製祖訓〉
　　　한 사람에게 상을 주면 그 영향을 받아 여러 사람들
　　　이 착한 일을 하게 된다는 뜻.

24489. 한 사람의 거짓말은 만 사람이 곧이 듣게
　　　된다. (一人虛傳 萬人傳實)
　　　한 사람의 거짓말로 세상 사람들을 속일 수 있게 되
　　　듯이 거짓말에 대한 피해가 매우 크다는 뜻.

24490. 한 사람의 덕은 열 사람이 본다.
　　　한 사람이 잘 되면 그 덕을 여러 사람이 입게 된다는
　　　뜻.

24491. 한 사람의 마음이 천 사람의 마음이다.
한 사람이 생각하고 있는 것이나 여러 사람이 생각하고 있는 것이나 다 같다는 뜻.

24492. 한 사람의 말로는 군중을 당하지 못한다.
(衆楚人咻之)
한 사람의 힘으로는 군중을 당할 수가 없다는 뜻.

24493. 한 사람의 말에 여러 사람이 승낙한다.
(一呼百諾)
한 사람이 한 말에 여러 사람들이 따른다는 뜻.

24494. 한 사람의 생각은 두 사람의 생각만 못하다. (一人不過二人志)
아무리 영리한 사람이라도 두 사람이 짜낸 지혜만은 못하다는 말.

24495. 한 사람의 손으로 세상 사람의 눈을 가리지는 못한다. (難將一人手 掩得千下目)
〈曺鄴〉
자기의 잘못을 숨기려고 해도 세상 사람들을 속이지 못한다는 뜻.

24496. 한 사람의 지혜는 두 사람이 협의한 것만 못하다. (一人智不如兩人議)
아무리 똑똑한 사람의 지혜라도 여러 사람이 짜낸 지혜만은 못하다는 뜻.

24497. 한 사람의 징계로 뭇사람을 격려한다.
(懲一勵百)
한 사람의 잘못을 본보기로 징계하여 여러 사람의 경각성(警覺性)을 높여 준다는 뜻.

24498. 한 사람의 피해가 만 사람에게 미친다.
(一人之害 及於萬人)
한 사람의 피해는 연쇄 반응(連鎖反應)을 일으켜서 여러 사람에게 미치게 된다는 뜻.

24499. 한 사람의 호소에 뭇사람이 호응한다.
(一呼百應)
한 사람이 호소하게 되면 군중들이 이에 호응한다는 말.

24500. 한 사람의 힘으로 나라를 안정시킨다.
(一人定國)   〈大學〉
한 사람의 위대한 정치가(政治家)가 혼란된 나라를 바로 잡아 안정시켰다는 말.

24501. 한 사람이 농사 지어 백 사람을 먹인다.
(一夫耕而百人食之)   〈茶山論叢〉
농민 한 사람이 여러 사람의 식량을 생산한다는 뜻.

24502. 한 사람이라도 죄없는 사람을 죽이는 것은 인이 아니다. (殺一無罪 非仁)   〈孟子〉
죄없는 사람을 한 사람이라도 억울하게 죽이는 것은 인의(仁義)에 어긋나는 행동이라는 뜻.

24503. 한 사람이면 한 가지 뜻이고 두 사람이면 두 가지 뜻이 있다. (一人則一義 二人則二義)
〈墨子〉
한 사람이면 한 가지 주장이 있게 되고, 두 사람이면 두 가지 의견이 있게 되므로 국민들의 많은 의견을 통합하기 위해서는 훌륭한 지도자가 있어야 한다는 뜻.

24504. 한 사람이 백 사람의 뜻을 알기 어렵다.
(一人難稱百人意)
한 사람의 힘으로써는 여러 사람의 뜻을 알 수 없다는 뜻.

24505. 한 사람이 자기 이익만 탐내면 온 나라가 혼란된다. (一人貪戾 一國作亂)   〈大學〉
국민들이 자기 본위로 이익만 탐낸다면 국가는 혼란하게 된다는 뜻.

24506. 한 사람이 절약할 줄 알면 한 가정이 부유하게 된다. (一人知儉 則一家富)〈陸梭山〉
집안에 한 사람이라도 절약하는 사람이 있으면 집안은 부유하게 된다는 뜻.

24507. 한 사람이 죽기를 다하면 백 사람도 당할 수 있다. (一人致死當百人)   〈金庾信〉
죽음을 각오한 사람은 백 배의 용기를 내게 된다는 뜻.

24508. 한 사람이 천 사람을 당한다. (一騎當千),
(一人當千)   〈北齊書〉, 〈北史〉
한 사람이 천 사람을 당할 수 있을 정도로 용감한 사람이라는 뜻.

24509. 한 살 더 먹고 똥 싼다.
나이를 더 먹어 가면서 철없는 짓을 한다는 뜻.

24510. 한 석봉(韓石峰) 어머니 떡 썰듯 한다.
매우 능숙한 솜씨를 가리키는 말. ※ 한 석봉: 이조 중기의 명필(名筆).

24511. 한 섬 뺏아 백 섬 채운다.
돈 있는 사람이 욕심은 더 많다는 뜻.

24512. 한성부(漢城府)에 대가리 터진 놈 달겨들듯 한다.
몹시 다급하게 덤벼든다는 뜻. ※ 한성부 : 이조때 서울의 일반 행정을 맡아 보던 관청.

24513. 한 소경이 여러 소경을 인도한다.
(一盲引衆盲)

매우 위험한 행동을 한다는 뜻.

24514. 한 소 등에 두 길마 못 지운다.
(1) 한 사람이 한꺼번에 두 가지 일은 못 한다는 뜻.
(2) 한 여자는 두 남편을 섬길 수 없다는 뜻.

24515. 한 손가락도 꿈적하지 않는다. (一指不動)
〈茶山論叢〉
일 하나 않고 조용히 놀고 있다는 뜻.

24516. 한 손바닥으로는 소리를 내지 못한다.
(孤掌難鳴), (獨掌不鳴) 〈傳燈錄〉, 〈旬五志〉
상대가 없으면 싸움이 되지 않는다는 말.

24517. 한 손으로 눈을 가려도 천하를 못 본다.
사소한 방해가 전체 일을 그르치게 된다는 뜻.

24518. 한 손으로는 세게 쳐도 소리가 안 난다.
(一手獨拍雖疾無聲) 〈韓非子〉
상대가 없으면 싸움이 일어나지 않는다는 뜻.

24519. 한 손으로는 손벽을 못 친다.
상대가 없이 혼자서는 싸움이 되지 않는다는 뜻.

24520. 한 손으로 두 가지 일은 못 한다.
한 사람이 한꺼번에 여러 가지 일은 하지 못한다는 뜻.

24521. 한 손으로 치면 소리가 나지 않으나 두 손으로 치면 소리가 난다. (一手拍之無聲 二手拍則有聲) 〈三國遺事〉
혼자서는 싸움이 되지 않으나 상대가 있으면 싸우게 된다는 뜻.

24522. 한 손은 놓고 한 손으로는 잡는다.
이중 성격(二重性格)을 가진 사람이 겉과 속이 다른 행동을 한다는 뜻.

24523. 한 솜씨로 만든 연장이다.
어느 것이나 그 생김새가 다 같다는 뜻.

24524. 한 송이 꽃도 꽃은 꽃이다.
많으나 적으나 질적(質的)으로는 같다는 뜻.

24525. 한 송이 꽃만 펴도 봄이 온 줄을 안다.
(一花開 天下春)
부분만 보아도 전체를 짐작할 수 있다는 뜻.

24526. 한 솥 밥 먹고 송사한다. (一衙食赴訟)
〈東言解〉
친한 사이에도 사소한 일로 소송까지 한다는 뜻.

24527. 한 솥 밥을 먹는 처지다. (同鼎食)
한 솥 밥을 같이 먹고 사는 친한 사이라는 뜻.

24528. 한 솥에서 두 가지 밥 못 한다.
한꺼번에 두 가지 일은 못 한다는 뜻.

24529. 한 수렁에 두 바퀴 끼듯 한다.
좁은 데서 서로 밀쳐 가며 다툰다는 뜻.

24530. 한수 북산(漢水北山)에 썩은 양초(糧草) 쌓이듯 한다.
물자가 산더미마냥 많이 쌓였다는 말.

24531. 한 술 더 뜬다.
하지 말라고 하였더니 점점 더 한다는 뜻.

24532. 한 술 밥에 배부를까 ?
무슨 일이나 처음에는 큰 성과를 얻을 수 없다는 뜻.

24533. 한 술 밥으로는 주린 배를 채우지 못한다.
(纔食一匙 不救腹飢) 〈耳談續纂〉
무슨 일이나 처음에는 큰 효과를 얻을 수 없다는 뜻.

24534. 한 술에 살찌고 한 술에 빠진다.
젊은 사람은 밥 먹는 것에 따라 살이 찌고 빠진다는 뜻.

24535. 한숨을 쉬면 삼십 리 안 걱정이 들어온다.
한숨을 쉬면 근심 걱정이 더 많이 생긴다는 뜻으로서 한숨 쉬는 사람에게 경고하는 말.

24536. 한숨을 자주 쉬면 팔자가 세다.
한숨을 자주 쉬는 버릇은 고쳐야 한다는 말.

24537. 한숨이 절로 난다.
몹시 슬퍼서 한숨을 쉬지 않으려고 해도 저절로 난다는 뜻.

24538. 한숨 잘 쉬는 과부가 개가(改嫁)한다.
세상을 비관하고 의지가 약한 사람은 성공할 수 없다는 뜻.

24539. 한 시각이 일 년 같다. (寸陰若歲)
(1) 지루하게 세월을 보낸다는 뜻. (2) 기다릴 때는 시간이 몹시 안 간다는 뜻.

24540. 한 시를 참으면 백 날이 편하다.
처세(處世)에는 참는 것이 제일 좋다는 뜻.

24541. 한식(寒食)에 죽으나 청명(淸明)에 죽으나.
한식과 청명은 하루 차이이기 때문에 별로 큰 차이가 없다는 뜻.

24542. 한 신꼴 씌운 신도 다르다.
한 부모가 낳은 형제도 성격이나 행동이 다 다를 수도 있다는 뜻.

24543. 한심스러워 속이 터지겠다. (心寒膽破)
〈栗谷全書〉
하는 꼴을 보니 너무도 한심하여 가슴이 터질 것만
같다는 뜻.

24544. 한 아들에게만 전한다. (一子相傳)
여러 아들 중에서 한 아들에게만 전할 정도로 귀중한
세전물(世傳物)이라는 뜻.

24545. 한 아들에 열 며느리다.
부모는 자식이 첩을 여럿 얻어도 그 며느리가 밉지
않다는 데서 나온 말.

24546. 한 악처(惡妻)가 열 효자보다 낫다.
아무리 악한 아내라도 자식보다 낫다는 뜻.

24547. 한 알 까먹은 새도 날린다.
곡식은 한 알이라도 소중히 해야 한다는 뜻.

24548. 한 알을 심어 만 알을 얻는다. (一粒萬倍)
(1) 농사가 매우 잘 되었다는 뜻. (2) 아주 적은 것으로
써 많은 이익을 보았다는 뜻.

24549. 한 알 한 알이 다 농민의 피땀으로 이루
어진 것이다. (粒粒皆辛苦)   〈古文眞寶〉
한 알의 곡식도 저절로 된 것이 아니라 농민의 피땀
의 결정이기 때문에 소중히 여겨야 한다는 뜻.

24550. 한양(漢陽) 가서 김 서방(金書房) 찾기다.
서울 가서 김 서방 찾듯이 막연한 일이라는 뜻.

24551. 한양 소식은 시골 가야 잘 듣는다.
소문은 가까운 데보다도 먼 데서 더 잘 듣는다는 뜻.

24552. 한양이 좋다 해도 임이 있어야 한양이다.
서울이 아무리 좋아도 임이 있어야 좋지 임이 없는 서
울은 좋을 것이 없다는 뜻.

24553. 한 어깨에 두 지게 질까?
한꺼번에 한 사람이 두 일은 하지 못한다는 뜻.

24554. 한 어미가 열 자식은 길러도 열 자식이 한
어미는 못 모신다.
자식 정이 어머니 정만 못하다는 뜻.

24555. 한 어미 자식도 아롱이 다롱이가 있다.
한 어머니가 낳은 자식도 다 다르듯이 세상에는 꼭 같
은 것이 없다는 뜻.

24556. 한 어미의 자식도 오롱이 조롱이가 있다.
(一母子迁儂)
세상에는 무엇이나 똑같은 것은 없다는 말.

24557. 한 언덕에 사는 오소리다. (一丘之貓)

한 고장에 사는 매우 가까운 사이라는 뜻.

24558. 한없이 큰 복이다. (無量大福)
이 세상에서 보기 드문 한없이 큰 복이라는 뜻.

24559. 한여름에 부채를 얻는다. (三夏逢扇)
때를 맞추어 요긴한 물건을 얻었다는 뜻.

24560. 한 올도 흐트러지지 않는다. (一絲不亂)
제도가 확립되고 질서가 바로 잡혀 조금도 혼란이 없
다는 뜻.

24561. 한 올의 머리칼도 끼울 틈이 없다.
(間不容髮)   〈枚乘〉
(1) 주의가 면밀하여 조금도 빈틈이 없다는 뜻.
(2) 일이 조급하여 이해를 조금도 돌아볼 여지가 없
다는 뜻.

24562. 한 외양간에 암소가 두 마리다. (兩牝牛
同厩), (一厩二雌牛)
〈旬五志, 松南雜識〉, 〈東言解〉
미련한 것끼리는 서로 같이 있어도 이익 되는 것이 없
다는 뜻.

24563. 한 우물 먹고 사는 이웃 사촌이다.
이웃끼리는 친하게 지내야 한다는 말.

24564. 한 우물을 깊이 파야 물도 난다.
무슨 일이나 한 가지를 끝장 볼 때까지 한다는 뜻.

24565. 한 이삭에 두 이삭씩 달린다.
풍년이 들어 곡식 이삭 하나가 두 이삭 폭이나 되도
록 크다는 말.

24566. 한이 없고 끝이 없다. (無窮無盡)
한이 없고 다함이 없는 것이라는 말.

24567. 한이 없는 욕심이다. (無厭之慾 : 谿壑之
慾)
욕심은 내면 낼수록 커지는 것이기 때문에 한이 없다
는 말.

24568. 한 일을 보면 다 알 수 있다. (推一事可
知)
한 가지 일을 하는 것만 봐도 그 사람의 실력을 알 수
있다는 뜻.

24569. 한 일을 보면 열 일을 안다.
한 가지 하는 일을 보면 그 사람의 실력을 짐작할 수
있다는 말.

24570. 한일 합방(韓日合邦)에 조인(調印)하듯 한
다.
무슨 일을 남이 아는 듯 모르는 듯이 어물어물 해치

운다는 뜻.

24571. 한 입으로 두 말 하는 놈은 아비가 둘이다.
언약(言約)을 지키지 않는 사람은 부모까지 욕을 얻어 먹게 된다는 뜻.

24572. 한 입으로 두 말 하는 놈은 아비가 삼천 여섯이다.
약속을 어기는 사람은 그 부모까지 욕을 얻어 먹게 된다는 뜻.

24573. 한 입으로 두 말 한다. (一口二言:一口 兩舌)
한번 한 말을 다시 이랬다 저랬다 한다는 뜻.

24574. 한 입으로 말하는 것 같다. (如出一口)
여러 사람이 하는 말이 다 같다는 뜻.

24575. 한 입으로 온 까마귀질한다.
무슨 말을 이랬다 저랬다 하는 사람을 두고 하는 말.

24576. 한 잎도 없는 놈이 두 돈 오 푼 바란다.
없는 놈이 바라기는 많이 바란다는 뜻.

24577. 한 잎으로 눈을 가려도 태산이 보이지 않는다. (一葉蔽目 不見泰山) 〈鶡冠子〉
조그만 욕심으로 인하여 공명(公明)한 마음을 덮는다는 뜻.

24578. 한 잎 주고 보라면 두 잎 주고 막겠다.
아무리 보라고 해도 눈 가지고는 그 꼴을 볼 수가 없다는 뜻.

24579. 한 자도 모자랄 때가 있고 한 치도 남을 때가 있다. (尺有所短 寸有所長) 〈史記〉
잘난 사람도 못 하는 것을 못난 사람이 하는 수도 있다는 말.

24580. 한 자도 알지 못한다. (一字無識:一字不識)
글자 한 자도 모르는 무식이라는 뜻.

24581. 한 자 되는 구슬을 보배로 여길 것이 아니라 짧은 시간을 보배로 여겨야 한다. (尺璧非寶 寸陰是競) 〈説苑〉
재물보다도 오히려 시간이 더 귀중한 보배라는 뜻.

24582. 한 자락 깔고 말한다.
한편으로 구실을 미리 만들어 놓고 말을 한다는 뜻.

24583. 한 자루에서 산 콩도 남이 산 콩은 더 커 보인다.
남의 물건이 제 것보다 좋아 보인다는 뜻.

24584. 한 자루에 양식을 넣어도 송사(訟事)한다.
매우 친한 사이에도 송사가 일어날 수 있다는 뜻.

24585. 한 자를 가르쳐도 선생은 선생이다.
자기보다 조금이라도 더 아는 사람은 선생이라는 뜻.

24586. 한 자를 더 알아도 선생이다.
조금만 더 알아도 선생이라고 생각하고 배우라는 뜻.

24587. 한 자를 써도 지필묵(紙筆墨)은 있어야 한다.
일이 많거나 적거나 준비 작업은 마찬가지라는 뜻.

24588. 한 자를 짜도 베틀은 차려야 한다.
일을 많이 하나 적게 하나 준비 작업을 하기는 일반이라는 뜻.

24589. 한 자만 더 알아도 선생이다. (一字之師) 〈五代史補〉
조금만 더 알아도 자기의 선생이라는 뜻.

24590. 한 잔 먹은 김에 노래한다.
좋은 계제를 유효하게 이용한다는 말.

24591. 한 잔 술에 눈물 난다. (由酒一盞或淚厥眼) 〈耳談續纂〉
사람 접대에는 차별을 두지 말라는 뜻.

24592. 한 잔 술에 정이 든다.
사소한 것을 줄 때도 성의가 있으면 고맙게 여긴다는 뜻.

24593. 한 잔 술이 웃고 울린다.
사소한 물질을 가지고 사람의 기분을 좋게 할 수도 있고, 나쁘게 할 수도 있다는 뜻.

24594. 한 잠자리에서 꿈은 다르다. (同床異夢)
같은 처지에 있으면서도 뜻은 서로 다르다는 말.

24595. 한 장수가 공을 세우자면 만 명의 사병들이 죽어야 한다. (一將功成萬骨枯) 〈曹植〉
전쟁에서 세운 공로는 많은 사병들의 죽음의 대가(代價)라는 뜻.

24596. 한 점의 고기 맛으로 솥 안의 국 맛을 안다.
일부분만 보아도 전체를 짐작하게 된다는 뜻.

24597. 한 정자나무 밑에서 같이 쉬는 것도 인연이다.
한 자리에 앉아서 한마디를 주고받는 것도 하나의 연분이라는 뜻.

24598. 한쪽 발로도 쉬지 않고 가면 천 리를 간다.

(踣步不休) 〈荀子〉

둔한 사람이라도 쉬지 않고 꾸준히 노력하면 무슨 일
이라도 성공할 수 있다는 말.

24599. 한쪽은 사랑하고 한쪽은 미워한다.
(偏愛偏憎)

사랑을 고루하지 않고 사랑하는 사람만 사랑하고 미
워하는 사람은 미워만 한다는 뜻.

24600. 한쪽을 좋게 하면 한쪽이 싫어한다.

무슨 일이나 여러 사람을 다 좋도록 할 수는 없다는
뜻.

24601. 한 줄기에서 아홉 이삭이 달린다. (一莖九
穗) 〈後漢書〉

한 줄기에 아홉 이삭이나 달릴 정도로 큰 풍년이 들
었다는 뜻.

24602. 한 짐 덜었다.

지금까지 지고 있던 무거운 책임을 벗게 되었다는 뜻.

24603. 한 집 닭이 울면 온 동네 닭이 운다.

한 사람이 거짓말을 하게 되면 이것이 온 세상에 퍼
지게 된다는 뜻.

24604. 한 집 살아 보고 한 배 타봐야 속을 안
다.

사람의 마음은 오래 지내며 고난을 같이 치러 봐야
알 수 있다는 뜻.

24605. 한 집안 사람같이 의리가 좋다. (義同一室)

한 집 식구마냥 의리가 매우 좋은 사이라는 뜻.

24606. 한 집안에 두 권력자가 있으면 무슨 일을
해도 공이 없다. (一家二貴 事乃無功)〈韓非子〉

한 집안에 권력을 가진 사람이 둘이 있으면 서로 싸
움만 하게 되므로 무슨 일을 해도 성사되는 일이 없
다는 말.

24607. 한 집안에서 김 별감(金別監) 성도 모른다.

한 집에 함께 사는 사람의 성도 모르듯이 자기 주변
것에 대하여 너무 무심하고 모른다는 뜻.

24608. 한 집안이 화목하면 반드시 복이 생기고
번성하게 된다. (一家和睦 則生福必盛)
〈海東續小學〉

집안이 화목하지 않고서는 복도 받을 수 없고 집안
이 번성할 수도 없다는 말.

24609. 한 집에 감투장이 셋이 변이다.

한 집에 주장하는 사람이 여럿이면 도리어 일이 안 된
다는 뜻.

24610. 한 집에 과부가 셋이면 집안이 망한다.

한 집에 젊은 남자가 세 사람이나 죽으면 집안이 망
하게 된다는 말.

24611. 한 집에 늙은이가 둘이면 서로 죽기를 바
란다.

한 집에 주장이 둘이면 서로 죽기를 기다린다는 뜻.

24612. 한 집에 살아도 너 그런 줄은 몰랐다.

서로 함께 있었어도 자세한 내용을 모르고 있다가 비
로소 알게 되었다는 뜻.

24613. 한 집에 살아 봐야 속을 안다.

사람의 속은 함께 살아 봐야 비로소 알 수 있다는 뜻.

24614. 한 집에서 김 대감(金大監)도 모른다.

가까이 지내는 사람을 잘 알아야 할 처지인데 모르
고 있다는 뜻.

24615. 한 집에서 삼 년을 살고도 성명을 모른다.
(家有名士 三年不知)

가까운 사람에 대해서는 등한히 하고 있다는 뜻.

24616. 한 집에서 시어머니 성도 모른다.

잘 알아야 할 사람을 등한히 하여 모르고 있다는 뜻.

24617. 한 집에 여자 아홉이 있으면 집안이 망
한다.

한 집에서 젊은 남자가 여럿 죽으면 집안이 망한다
는 뜻.

24618. 한 집의 질서가 혼란하면 가장이 그 죄를
책임지는 법이다. (一家亂家長任其罪法也)
〈茶山論叢〉

집안이 문란하게 되는 책임은 전적으로 가장에게 있
다는 뜻.

24619. 한 집이 부귀해지면 여러 집에서 원망하
게 된다. (一家富貴千家怨) 〈草木子〉

한 사람이 부귀를 누리게 되면 그렇지 못한 사람들은
그것을 못마땅하게 생각하고 이를 질투하고 미워하게
된다는 뜻.

24620. 한 집이 어질면 온 나라에 어진 기풍을 일
어나게 한다. (一家仁 一國興仁) 〈大學〉

한 집 한 집이 어질게 되면 그 어진 기풍이 전국으로
퍼지게 된다는 뜻.

24621. 한 청(廳)에 있으면서 김 수항(金壽恒)의
성도 모른다.

(1) 가까운 사람과 너무 무심하게 지냈다는 뜻.

(2) 한 청사(廳舍) 안에서도 자기의 기관장(機關長)

의 성조차 모르듯이 가까운 사람과 너무 무심하게 지
낸다는 뜻.

※ 김 수항(1629~1689) : 숙종(肅宗) 때의 영의정.

24622. 한 치가 한 자보다 길게 쓰일 데가 있다.
(寸有所長)
물건은 쓰기에 따라 유효하게 쓰인다는 뜻.

24623. 한 치 건너 두 치다.
촌수는 멀어질수록 소원(疎遠)하게 된다는 뜻.

24624. 한 치도 없는 놈이 두 치 닷분 바란다.
없는 놈이 바라기는 크게 바란다는 뜻.

24625. 한 치를 못 내다본다.
앞일을 전혀 못 내다보고 일을 한다는 뜻.

24626. 한 치만 보지 두 치도 못 본다.
한 가지만 알고 두 가지는 모르는 암둔한 사람을 보
고 하는 말.

24627. 한 치 받고 한 자 준다.
(1) 손해보는 짓만 한다는 뜻. (2) 남에게 후하다는 뜻.

24628. 한 치 벌레에도 오분 걸기는 있다.
아무리 못난 사람이라도 심한 멸시를 당하게 된다면
대항하게 된다는 뜻.

24629. 한 치 앞도 모른다.
식견이 얕아서 앞일을 내다보지 못한다는 뜻.

24630. 한 치 앞도 안 보인다.
(1) 캄캄하여 앞이 보이지 않는다는 뜻. (2) 안개나 연
기 때문에 앞이 안 보인다는 뜻.

24631. 한 치 앞이 지옥이다.
죽음이 먼 데 있는 것이 아니라 바로 눈앞에 있다는
뜻.

24632. 한 치의 기쁨에는 한 자의 걱정이 따른다.
기쁜 일보다 걱정되는 일이 더 많다는 뜻.

24633. 한 치의 쇠조각이 사람을 죽인다.(一寸鐵
便可殺人) 〈鶴林玉露〉
한 마디의 말로 사람의 급소(急所)를 친다는 뜻.

24634. 한 칼로 두 동강이를 낸다. (一刀兩斷)
〈朱子語類〉
어떤 일을 서슴지 않고 처단한다는 말.

24635. 한 판에 찍어 낸 것 같다. (如印一板)
여러 개가 똑같은 모양으로 되었다는 뜻.

24636. 한 팔매로 다섯 마리 새를 잡는다.
(一石五鳥)

24637. 한 팔매로 두 마리 새를 잡는다.(一石二
鳥)
한꺼번에 적지 않은 소득을 얻었다는 말.

24638. 한편 말만 듣고서는 송사 못한다.
송사는 한 사람의 말만 듣고서는 공정한 판단을 못하
게 된다는 뜻.

24639. 한편으로는 놀라고 한편으로는 기뻐한다.
(且驚且喜)
한편으로는 놀라는 일이 생겨 나쁘기도 하지만 다른
한편으로는 기쁜 일이 생겨 좋다는 뜻.

24640. 한편으로는 묻고 한편으로는 대답한다.
(且問且答)
묻기도 하고 대답도 해가면서 담화(談話)를 한다는
뜻.

24641. 한편으로는 믿음직하고 한편으로는 의심
스럽다.(且信且疑)
어떤 면에서는 미덥기도 하고 어떤 면에서는 의심스
럽기도 하다는 뜻.

24642. 한 평생 같이 살 것을 언약한다. (百年佳
約)
처녀 총각이 결혼할 것을 언약한다는 뜻.

24643. 한 평생 계획은 어릴 때에 있다. (一生之
計在於幼) 〈孔子〉
일생에 대한 계획은 어려서 수립해야 한다는 뜻.

24644. 한 평생 넉넉히 지낼 만하다.(足過平生)
일생을 두고 써도 넉넉할 정도로 여유가 있다는 뜻.

24645. 한 평생 두고 써도 부족함이 없다.
(一生不盡) 〈曾子〉
한 평생 쓰고도 모자라지 않을 정도로 넉넉하다는 뜻.

24646. 한 평생 몸이 괴롭다. (一生身苦)
어려서부터 늙을 때까지 고생만 하고 조금도 편안하
게 살아 보지 못했다는 뜻.

24647. 한 평생 화락하게 부부가 함께 늙는다.
(百年偕老)
부부가 늙을 때까지 행복하게 지낸다는 뜻.

24648. 한 푼 값도 없다.
무슨 물건이 좋치 못하여 한 푼 가치도 없다는 말.

24649. 한 푼 돈에 살인 난다.
사소한 이해로 큰 변을 당하게 된다는 뜻.

24650. 한 푼 모아 두 푼 된다.
　　푼돈 모아 목돈이 된다는 뜻.

24651. 한 푼 아끼다가 백 냥 잃는다.
　　푼돈을 아끼다가 큰 손해를 본다는 뜻.

24652. 한 푼 아끼다가 열 냥 잃는다.
　　푼돈을 아끼다가 큰 손해를 당한다는 말.

24653. 한 푼어치도 안 된다.
　　어떤 물건이 한 푼 가치도 없다는 뜻.

24654. 한 푼어치를 팔아도 팔아야 장사다.
　　장사는 팔지 않으면 장사가 안 된다는 뜻.

24655. 한 푼에 살인 난다.
　　사소한 이해로 큰 화를 입게 된다는 뜻.

24656. 한 푼을 아끼면 한 푼이 모인다.
　　돈은 아껴 써야 모이게 된다는 말.

24657. 한 푼을 쪼개 쓰겠다.
　　돈을 함부로 쓰지 않고 매우 아껴 쓴다는 뜻.

24658. 한 푼짜리 팔고 두 푼 밑져도 팔아야 장사다.
　　장사는 밑지고 팔 것은 밑지고도 팔아야 한다는 뜻.

24659. 한 푼짜리 푸닥거리에 두부 값만 오 푼이다.
　　본 일보다 지엽적(枝葉的)인 일에 비용이 더 들었다는 말.

24660. 한 푼 장사에 두 푼이 밑져도 팔아야 장사다.
　　장사는 남거나 밑지거나 많이 팔아야 한다는 뜻.

24661. 한 푼 주고 보라니까 칠 분 주고 달아난다.
　　하는 짓이 몹시 보기가 싫다는 뜻.

24662. 한 품에 든 임의 마음도 모른다.
　　친한 사람의 마음도 알 수가 없다는 뜻.

24663. 한 하늘 밑에서 같이 살 수 없는 원수다. (不共戴天之讎)　　〈禮記〉
　　도저히 용납될 수 없는 원수라는 뜻.

24664. 한 해의 계획은 봄에 있다. (一年之計在於春)　　〈孔子〉
　　그 해 할 일은 봄에 계획을 세워야 한다는 뜻.

24665. 할 뜻만 있으면 무엇이든지 할 수 있다. (有志者 事竟成)　　〈後漢書〉
　　뜻한 바를 이루고자 하는 사람은 어떠한 곤란에 부딪쳐도 반드시 성공하게 된다는 뜻.

24666. 할말은 있어도 말을 못 한다. (有口無言: 有口不言)
　　할말은 있지만 사정이 따분하여 말을 못 한다는 말.

24667. 할말은 해야 하고 참을 말은 참아야 한다.
　　말은 할말과 해서는 안 될 말을 분간해서 하라는 뜻.

24668. 할말이 없으면 날 잡아잡수 한다.
　　할말이 없을 때는 미련만 부리고 있다는 뜻.

24669. 할머니 뱃가죽 같다.
　　할머니 뱃가죽마냥 쭈굴쭈굴하다는 뜻.

24670. 할머니 손은 약손이다.
　　배 아플 때 할머니가 손으로 문대 주면 낫는다는 뜻.

24671. 할머니 젖통 같다.
　　할머니 젖통마냥 쭈굴쭈굴하다는 뜻.

24672. 할 뻔 댁(宅)이다.
　　옛날 평안도나 함경도에는 벼슬한 사람이 귀하기 때문에 벼슬을 할 뻔했던 사람은 「할 뻔 댁」으로 존칭하듯이 벼슬을 할 뻔하다 못 한 사람을 가리키는 말.

24673. 할아버지도 손자에게 배울 것이 있다.
　　아무리 늙은 사람이라도 젊은이에게 배울 것은 배워야 한다는 뜻.

24674. 할아버지 뺨은 어린 손자가 때린다.
　　할아버지가 손자를 귀여워하면 손자는 버릇이 없게 된다는 뜻.

24675. 할아비 감투를 손자가 쓴 것 같다. (祖帽孫着)　　〈東言解〉
　　크기가 맞지 않아 어울리지가 않고 보기가 흉하다는 뜻.

24676. 할 일이 많아 여가가 없다. (日不暇給)　　〈漢書〉
　　할 일이 너무 많아서 다른 일을 할 여가가 조금도 없다는 뜻.

24677. 할 일이 없으면 낮잠이나 자랬다.
　　할 일이 없어 심심하게 되면 일을 저지르게 된다는 뜻.

24678. 할 일이 없으면 매 품팔이라도 하랬다.
　　일이 없을 때는 아무 일이라도 장만하라는 뜻.

24679. 할 일이 없으면 오금이나 긁으랬다.
　　보드라운 오금을 긁으면 덧나게 되므로 일이 생긴다

는 뜻.

24680. 할퀴고 찢기고 한다.
서로 사이가 나빠 다투고 싸움을 한다는 뜻.

24681. 할퀴려는 짐승은 발톱을 감춘다. (將噬者爪縮)
해치려는 사람은 그 눈치를 보이지 않고 기회를 노리고 있다는 뜻.

24682. 할퀴지 않는 고양이 없고 앙칼 없는 양반 없다.
옛날 양반은 상민을 학대했다는 데서 나온 말.

24683. 함께 미워하고 서로 도와 준다. (同惡相助) 〈六韜〉
행동을 같이하고 서로 돕는 친한 사이라는 말.

24684. 함박눈이 많이 오면 풍년 든다.
겨울에 눈이 많이 와야 보리 풍년이 든다는 뜻.

24685. 함박 시키면 바가지 시키고 바가지 시키면 쪽박 시킨다.
웃사람이 아랫 사람에게 시키면 아랫 사람은 또 자기 아랫 사람에게 시킨다는 뜻.

24686. 함부로 날으는 새가 그물에 걸린다.
무슨 일이나 조심하지 않고 함부로 하다가는 변을 당하게 된다는 뜻.

24687. 함부로 남의 일을 간섭한다. (無不干涉)
아무 상관도 없으면서 남의 일에 함부로 간섭한다는 뜻.

24688. 함부로 말하지 말라. (無易由言) 〈詩經〉
말은 함부로 하지 말고 신중히 생각한 후에 해야 한다는 뜻.

24689. 함부로 무죄한 사람을 처벌한다. (亂罰無罪) 〈書經〉
죄도 없는 사람을 함부로 처벌하여 법을 문란케 한다는 뜻.

24690. 함부로 벌 주고 함부로 상 준다. (濫罰濫賞)
함부로 상벌을 주어 상벌의 권위(權威)가 없어지게 한다는 뜻.

24691. 함부로 입을 놀린다. (率口而發)
말을 조심하지 않고 함부로 말을 한다는 뜻.

24692. 함부로 저 잘난 체한다. (妄自尊大) 〈後漢書〉
자기만 잘났다고 뻠내면서 자신을 높이고 남을 업신

여긴다는 뜻.

24693. 함부로 큰소리만 친다. (豪語壯談)
큰소리를 치면서 장담을 한다는 뜻.

24694. 함부로 하는 이야기는 듣지 말아야 한다. (無稽之言勿聽) 〈書經〉
함부로 하는 말은 하나도 쓸 말이 없는 말이기 때문에 듣거든 흘려 버리라는 뜻.

24695. 함정에 빠져서는 안 된다. (陷穽不入) 〈詩經〉
남의 모략(謀略)에 빠져서는 안 된다는 말.

24696. 함정에 빠졌다.
다시 소생(蘇生)할 길이 없게 되었다는 뜻.

24697. 함정에 빠진 놈 돌로 친다. (落穽下石) 〈韓愈〉
곤경에 빠진 사람을 더욱 고난을 준다는 뜻.

24698. 함정에 빠진 범이요 그물에 걸린 고기다.
궁지에 빠져 이를 벗어나지 못하고 절망 상태에 있다는 뜻.

24699. 함정에 빠진 호랑이는 토끼도 깔본다.
권력을 가졌던 사람도 몰락되면 아무나 그를 멸시하게 된다는 뜻.

24700. 함정에 빠진 호랑이가 용쓰듯 한다. (陷穽虎勢)
(1) 있는 힘을 다하여 궁지를 벗어나려고 한다는 뜻.
(2) 몰락된 권력자의 호통은 무섭지 않다는 뜻.

24701. 함정에 빠진 호랑이다. (陷穽之虎)
(1) 죽기만 기다리는 신세라는 뜻. (2) 권세를 가졌던 사람이 극도로 몰락되었다는 뜻.

24702. 함정에서 뛰어나온 범이다.
권력을 잃었던 사람이 다시 권력을 잡게 되었다는 뜻.

24703. 함정을 보고도 빠진다.
위태롭다는 것을 알면서도 방심하다가 실수하게 된다는 뜻.

24704. 함정 파고 그 함정에 빠진다.
자기가 만든 것에 피해를 입게 된다는 뜻.

24705. 함지밥 보고 마누라 내쫓는다.
여자가 살림을 헤프게 하면 쫓겨난다는 뜻.

24706. 함흥 차사(咸興嗟使)다.
심부름 보낸 사람이 오지 않을 때 하는 말. ※ 함흥 차사 : 이태조(李太祖)가 함흥 있을 때 태종(太宗)이 보낸 사자(使者).

24707. 합덕(合德) 방죽에 줄남생이 늘어앉듯 한
다.
여러 사람이 줄 지어 앉은 모양을 이름. ※합덕: 충청
남도 당진군에 있는 읍 이름.

24708. 합천 해인사(陜川 海印寺) 밥이냐?
절에서 재(齋)를 올리느라고 식사가 늦어진 데서 나
온 말로서 밥이 늦었을 때 하는 말.

24709. 핫바지에 똥 싼 비위다.
비위가 매우 좋은 사람을 보고 하는 말.

24710. 핫바지 저고리만 다닌다.
사람은 없고 바지 저고리만 다니듯이 정신이 없는 사
람을 보고 조롱하는 말.

24711. 항문(肛門)이 더럽다고 도려낼까?
아무리 더러워도 있을 것은 있어야 한다는 뜻.

24712. 항복하고 도망가는 사람은 잡지 않는다.
(服者不禽)   〈荀子〉
항복한 사람이 도망가는 것은 잡지 않는다는 말.

24713. 항복하는 사람은 놓아 주어야 한다.
(降者脫之)   〈三略〉
전쟁에서 투항(投降)한 사람은 석방해야 한다는 말.

24714. 항복하는 사람은 죽이지 않는다. (降者不
斬：降者不斬：降者勿殺)
적(敵)이라도 항복하는 사람은 죽이지 않고 살려 보
내 주어야 한다는 뜻.

24715. 항복하면 용서해 주어야 한다. (服而舍之)
〈春秋左傳〉
항복한 사람의 죄는 용서해 주어야 한다는 말.

24716. 항상 검소하면 얻게 되고 사치하면 잃게
된다. (常以儉得之 以奢失之)   〈韓非子〉
검소한 사람은 넉넉하게 되고 사치하는 사람은 부족
하게 된다는 뜻.

24717. 항상 경계하면 재앙도 막을 수 있다.
(戒勝災)
항상 경각성을 가지고 조심하면 재앙도 이겨낼 수 있
다는 말.

24718. 항상 남을 돕고 만물을 이롭게 하는 마음
을 가져야 한다. (常懷濟人利物之心)
〈栗谷全集〉
남을 돕고 만물을 아끼는 어진 마음을 항상 가져야 한
다는 뜻.

24719. 항상 눈으로 보고 귀로 들으며 배워야 한
다. (目濡耳染)
언제나 보고 들으면서 배워야 한다는 뜻.

24720. 항상 마음 속에 잊지 않는다. (眷眷不忘)
언제나 마음 속에 깊이 간직하고 잊지 않는다는 뜻.

24721. 항상 선으로 사람을 구한다. (常善救人)
〈老子〉
항상 착한 일을 하여 남을 구제하도록 하라는 뜻.

24722. 항상 일찍 일어나고 늦게 자도록 하라.
(常須夙興夜寐)   〈擊蒙要訣〉
일찍 일어나서 늦게까지 부지런히 일을 하라는 뜻.

24723. 항상 지나간 일을 돌이켜보며 생각한다.
(眷眷懷顧)   〈詩經〉
항상 지나간 일을 못 잊고 돌이켜 생각한다는 말.

24724. 항상 지나간 잘못을 반성하라. (常思已往
之非)   〈宋一神宗〉
지나간 잘못을 항상 반성하면서 앞으로의 잘못이 없
도록 하라는 뜻.

24725. 항아리 속에 든 자라 잡기다. (瓮中捉鼈)
〈元曲, 黃庭堅〉
힘 안 들이고 할 수 있는 일이라는 뜻.

24726. 항아리 쓰고 하늘 보기다. (戴壺望天)
조건을 안 되도록 만들고 일을 한다는 뜻.

24727. 항우(項羽)도 낙상(落傷)할 때가 있다.
자신 있는 사람도 실수할 때가 있다는 뜻.
※항우: 중국 진말(秦末)의 명장.

24728. 항우도 댕댕이 덩굴에 넘어진다.
조그만 일이라도 얕보다가는 실수하게 된다는 뜻.

24729. 항우도 호박 넝쿨에 걸려 넘어진다.
무슨 일이나 깔보다가는 실수를 하게 된다는 뜻.

24730. 항우면 별 수 있나?
아무리 힘 센 사람이라도 별 도리가 없다는 뜻.

24731. 해가 똥구멍까지 솟았다.
아침에 해가 많이 솟았다는 말.

24732. 해가 뜨면 일하고 해가 지면 쉰다.
(日出而作 日入而息)   〈逸士傳〉
농부가 낮에는 일하고 밤이 되면 쉰다는 말.

24733. 해가 밑구멍까지 뜨도록 잔다.
아침에 해가 많이 솟을 때까지 늦잠을 잔다는 뜻.

24734. 해가 서 발이나 떴다. (日高三丈)

사이 때가 거의 되도록 해가 솟았다는 말.

24735. 해가 서산에 기울어진다. (日落西山)
(1) 해가 저물어 서산으로 넘어가는 저녁이 되었다는 말. (2) 늙어서 죽을 때가 되었다는 말.

24736. 해가 서쪽에서 뜨겠다.
(1) 세상이 변할 징조가 생겼다는 뜻. (2) 나쁜 짓만 하던 사람이 착한 짓을 했을 때 하는 말.

24737. 해가 지릅 뜨면 비가 온다.
농가에서 해를 보고 비 오는 것을 짐작하는 말.

24738. 해가 집을 지어 넘으면 비가 온다.
농가에서 햇무리가 있는 것을 보고 비 오는 것을 알아 내는 말.

24739. 해남(海南) 원님 참게 자랑하듯 한다.
전라남도 해남 참게는 옛날부터 유명하였다는 뜻.

24740. 해는 저물고 갈 길은 멀다. (日暮道遠)
〈史記〉
나이는 비록 늙었지만 앞으로 할 일은 대단히 많다는 것을 비유한 말.

24741. 해는 중천에 뜨면 기울고 달은 차면 이지러진다. (日中則昃 月盈則食)
〈易經〉
왕성한 것도 극도(極度)에 다다르면 곧 쇠퇴(衰退)하게 된다는 말.

24742. 해도 하나 달도 하나 임도 하나다.
임은 해나 달과 같이 하나뿐이라는 뜻.

24743. 해동청(海東靑) 보라매다.
영악스럽고 날랜 사람을 보고 하는 말.

24744. 해 되는 것도 없고 이 되는 것도 없다.
(無害無利)
해롭지도 않고 이롭지도 않게 되었다는 뜻.

24745. 해롭기만 하고 이로움은 없다. (有害無益)
손해만 보고 이익은 하나도 못 봤다는 말.

24746. 해마다 사람은 같지 않다. (年年歲歲人不同)
〈劉廷之〉
해마다 세상 인심은 그대로 있지 않고 변한다는 말.

24747. 해마다 풍년이 든다. (歲歲豊穰)
〈漢書〉
해마다 풍년이 계속 들어 풍족하게 되었다는 뜻.

24748. 해마다 하는 것은 계절마다 하는 것만 못하다. (歲不勝時)
〈荀子〉
무슨 일이나 미루어 두었다가 하는 것보다 제때에 하는 일이 낫다는 뜻.

24749. 해바라기 해 따라 보듯 한다. (傾陽葵)
아무 말도 없이 지켜보고만 있다는 뜻.

24750. 해변 까마귀 골수박 파듯 한다.
무슨 일에 열중한다는 뜻.

24751. 해변 강아지 범 무서운 줄 모른다.
철 모르고 함부로 덤빈다는 뜻.

24752. 해변 개가 산골 부자보다 낫다.
산골 부자가 먹고 사는 것은 형편없다는 뜻.

24753. 해산(解産) 구멍에 바람 들라.
산부(産婦)는 바람을 쏘이고 다니지 말고 방 안에 누워서 안정하라는 뜻.

24754. 해산 미역 같다.
허리가 몹시 굽은 사람을 보고 하는 말.

24755. 해산 어미 같다.
얼굴이 부은 사람을 보고 하는 말.

24756. 해산 어미 먹듯 한다.
산부가 먹듯이 음식을 많이 먹는다는 말.

24757. 해산은 생사(生死)를 건다.
여자가 해산한다는 것은 생명을 건 위험한 일이라는 뜻.

24758. 해산한 데 개 잡는다.
심술 궂은 사람을 두고 하는 말.

24759. 해산 할미 같다.
얼굴이 부은 사람을 보고 하는 말.

24760. 해오리 나이 여든이라 흰 줄 아나.
(1) 후천적(後天的)으로 된 것이 아니라 선천적(先天的)으로 된 것이라는 뜻. (2) 흰 머리를 가지고 나이 자랑을 하는 사람에게 하는 말.

24761. 해와 달은 고루 비춰 준다. (日月無私照)
〈禮記〉
은혜를 베푸는 데는 차별이 없이 고루 베풀어야 한다는 뜻.

24762. 해와 달은 밝게 비추려고 해도 구름이 가리게 된다. (日月欲明 浮雲蔽之)
〈文子〉
사람의 본성은 본시 어질고 착하지만 욕심 때문에 악하게 된다는 뜻.

24763. 해와 달은 하나를 위해서 어둡거나 밝게 비추지 않는다. (日月不爲一物晦其明)
〈古文孝經〉
해와 달은 어느 것에도 차별이 없이 고루 비추듯이

은혜도 고루 베풀어야 한다는 뜻.

24764. 해와 달이 비록 밝지만 그릇 밑은 비추시 못한다. (日月雖明 不照覆盆之下) 〈益智書〉
아무리 어진 정치를 해도 미치지 못하는 곳이 있다는 뜻.

24765. 해우 장수 김 떨어졌다.
팔 물건이 없어서 장사를 못 하게 되었다는 뜻.

24766. 해장거리다.
일거리가 매우 간단하다는 뜻.

24767. 해장거리도 안 된다.
식전(食前) 일거리도 되지 않는 간단한 일이라는 뜻.

24768. 해장술은 땅 판 돈으로 먹어도 아깝지 않다.
해장술 맛이 매우 좋다는 뜻.

24769. 해장술은 빚 내서 사 먹는다.
애주가(愛酒家)에게는 해장술이 가장 맛이 좋다는 뜻.

24770. 해진 옷에 부서진 관이다. (敝袍破笠 : 敝衣破冠)
매우 구차한 생활을 하는 모습을 가리키는 말.

24771. 햇무리가 있으면 비가 온다.
햇무리를 보고 비 올 것을 알아 내는 말.

24772. 햇볕 구경을 못 하고 자랐나?
사람이 똑똑하지 못하고 어리숙한 사람을 보고 하는 말.

24773. 햇볕에도 그늘이 있다.
(1) 아무리 잘하는 사람이 하는 일에도 결함은 있게 마련이라는 뜻. (2) 좋은 일에도 궂은 일이 따라 다닌다는 뜻.

24774. 햇비둘기 재를 못 넘는다. (一日鳩未踰嶺), (鳩生一年 飛不踰嶺) 〈東言解〉,〈耳談續纂〉
나이 어린 사람은 큰 일을 하지 못한다는 뜻.

24775. 행담 짜는 놈은 죽을 때도 버들잎 물고 죽는다.
사람은 죽을 때까지 제 본색을 지니고 있다는 뜻.

24776. 행동은 때를 알맞게 해야 한다. (動善時) 〈老子〉
무슨 일이나 때 맞추어 일을 해야 성과가 크다는 뜻.

24777. 행동은 말보다 미덥다.
말로 하는 것은 믿음성이 적지만 행동으로 하는 것은 믿는다는 뜻.

24778. 행동은 바르게 하고 말은 도리에 맞게 하는 것이 예의의 근본이다. (行脩言道 禮之質也) 〈禮記〉
행동은 바른 행동만 하고 말은 바른 말만 하는 것이 예의의 근본이라는 뜻.

24779. 행동은 반드시 바르게 해야 한다. (行必中正) 〈禮記〉
일상 행동은 바르게 가지도록 하라는 뜻.

24780. 행동은 반드시 세 번 돌이켜보고 해야 한다. (動必三省) 〈白居易〉
무슨 일을 할 때에는 먼저 세 번 반성을 한 다음에 하라는 뜻.

24781. 행동은 삼가고 말은 겸손해야 한다. (愼行謙言)
대인 관계(對人關係)에서 행동은 삼가해야 하고 말은 겸손하게 하라는 뜻.

24782. 행동은 인정이 많은 것을 귀하게 여긴다. (行貴於敦厚) 〈鄭述〉
남을 이롭게 하는 행동이라야 귀하게 대접을 받는다는 뜻.

24783. 행동이 개차반이다.
하는 짓이 개차반마냥 더러워 가리지도 못할 짓만 한다는 뜻.

24784. 행동이 걸레다.
남에게 욕 얻어 먹을 짓만 하는 사람의 행동을 가리키는 말.

24785. 행동이 고상한 사람은 저절로 이름이 높아지게 된다. (行高者 名自高) 〈李子潛〉
행동을 고상스럽게 하는 사람은 남들이 다 존경하게 된다는 말.

24786. 행동이 바르지 못하다. (行爲不正)
행동이 바르지 못하고 나쁘다는 뜻.

24787. 행동 하나로 욕을 보게 된다. (行有招辱也) 〈荀子〉
행실을 잘못하게 되면 욕을 당하게 된다는 뜻.

24788. 행동할 것을 미리 정해 두면 탈이 나지 않는다. (行前定則不疚) 〈中庸〉
할 일을 미리 준비하여 두면 일이 낭패되는 일이 없게 된다는 뜻.

24789. 행동할 때는 예의를 생각해야 한다. (動則思禮) 〈春秋左傳〉
무슨 일을 할 때는 예의에 어긋나는 일이 없도록 하

라는 뜻.

24790. 행동할 때는 의리를 생각해야 한다.
(行則思義)　〈春秋左傳〉
무슨 일을 할 때는 의리에 어긋나는 일이 없도록 하라는 뜻.

24791. 행랑 빌려 주었더니 안방 빌리란다.
(借閭借廳), (旣借堂 又借房)
〈松南雜識〉, 〈洌上方言〉
처음에 사정을 봐주면 여기에 재미를 붙여서 정도에 넘치는 짓을 한다는 뜻.

24792. 행랑 어미 아이 핑계 대듯 한다.
적당한 구실을 만들어 가지고 핑계를 댄다는 뜻.

24793. 행랑에서 불 낸다.
아무 도움도 주지 않는 사람이 손해만 끼친다는 뜻.

24794. 행랑이 몸채 노릇한다.
당치도 않은 사람이 주인 노릇을 한다는 뜻.

24795. 행방이 분명하지 않다. (行方不明)
어디에 가 있는지 도무지 알 수가 없다는 뜻.

24796. 행복은 깨끗하고 검소한 데서 생긴다.
(福生於淸儉)　〈誡諭心文〉
행복은 청렴하고 검소한 데서 이루어진다는 뜻.

24797. 행사(行事)하는 것은 엿봐도 편지는 엿보지 말랬다.
남의 사연이 담겨 있는 편지는 봐서 안 된다는 뜻.

24798. 행사 후에 비녀 빼어 간다.
도덕과 의리가 없는 사람을 가리키는 말.

24799. 행수(行首)라고 부르면서 짐 지운다.
(稱行首 使擔負)　〈洌上方言〉
겉으로는 존경하는 척하면서 실상은 부려먹는다는 뜻.

24800. 행실은 독실하고 공경스러워야 한다.
(行篤敬)
진실하고 공경스러운 태도를 가지고 행동해야 한다는 뜻.

24801. 행실을 배우라니까 포도청(捕盜廳) 문고리를 뺀다.
행동을 잘하라니까 도리어 못된 짓만 한다는 뜻.

24802. 행실이 바르지 못하고 말이 미덥지 못하다. (身不正 言不信)　〈禮記〉
몸가짐이 바르지 못하고 말에 진실성이 없다는 뜻.

24803. 행실이 바르지 않다. (行實不正)

품행(品行)이 단정하지 못하다는 말.

24804. 행주치마 입에 물고 입만 빵끗한다.
옛날 색시들은 자기 남편을 보고도 말을 못 하고 미소만 한다는 데서 나온 말.

24805. 행차(行次) 뒤의 나팔이다.
일이 끝난 뒤에 쓸데없는 짓을 한다는 뜻.

24806. 행한다고 반드시 완수되는 것은 아니다.
(行不必果)　〈孟子〉
무슨 일을 한다고 다 완수되는 것이 아니라 그 중에는 실패되는 것도 있다는 뜻.

24807. 향기도 악취도 모른다. (不知香臭)
좋은 냄새와 나쁜 냄새도 모르듯이 사물에 대한 좋고 나쁨을 분별하지 못한다는 뜻.

24808. 향기로운 미끼에는 반드시 물린 고기가 있다. (香餌之下 必有死魚)　〈三略〉
고기는 미끼를 먹으려다가 죽듯이 탐욕을 내는 사람은 몸까지 망치게 된다는 뜻.

24809. 향기 없는 꽃이다.
외모만 얌전하고 마음씨는 얌전하지 못한 여자를 두고 하는 말.

24810. 향불 없는 젯상(祭床)이다.
먹을 것을 갖다 놓고 먹지 않고 있을 때 하는 말.

24811. 향(香)은 싸도 냄새는 난다.
착한 일은 모르게 해도 남들이 절로 알게 된다는 뜻.

24812. 향청(鄕廳)에서 개폐문(開閉門) 하겠다.
자기가 할 일도 아닌 권한 밖의 일을 한다는 뜻.

24813. 향풀과 구린 풀은 십 년을 두어도 냄새는 그대로 난다.(一薰一蕕 十年尙有臭)〈春秋左傳〉
착한 일이거나 나쁜 일이거나 오래 가도록 없어지지 않고 남게 된다는 뜻.

24814. 향풀과 구린 풀은 한 곳에서 자라지 않는다. (薰蕕不同器)　〈春秋左傳, 世說〉
착한 사람과 악한 사람은 같은 곳에 함께 있을 수가 없다는 뜻.

24815. 향풀은 향기를 지니고 있기 때문에 연소되게 된다. (薰以香自燒)　〈漢書〉
재주있는 사람은 그 재주 때문에 스스로 몸을 망치게 된다는 것을 비유하는 말.

24816. 허공만 쏘아도 알관만 맞힌다.
능숙한 사람은 아무렇게나 하는 것 같지만 성사한다는 뜻.

24817. 허공 보고 가다가 개천에 빠진다.
　　목표를 향하여 똑바로 가지 않으면 성공하지 못한다
　　는 뜻.

24818. 허공에 뜬 누각이다. (空中樓閣)
　　　　　　　　　　　　　　　　〈夢溪筆談〉
　　근거 없는 사물(事物)을 가리키는 말.

24819. 허공을 쏘아도 따오기만 잡는다. (射空中
　　鵠)　　　　　　　　　　　　　　〈旬五志〉
　　(1) 일이 매우 능숙하다는 뜻. (2) 요행스럽게 이루어
　　진 일이라는 뜻.

24820. 허기져서 입을 벌리고 있다. (虛腹張口)
　　　　　　　　　　　　　　　　　　〈荀子〉
　　굶주린 사람이 몹시 먹고 싶어한다는 뜻.

24821. 허기진 강아지 물찌똥에 덤빈다.
　　굶주린 사람은 아무 음식이나 덤벼들어 먹는다는 말.

24822. 허기진 놈보고 요기시키란다.
　　(1) 되지도 않을 처지에 있는 사람에게 사정한다는 뜻.
　　(2) 상대방의 처지도 모르고 상대한다는 뜻.

24823. 허기진 사람은 아무 음식이나 맛있게 먹
　　는다. (飢者甘食)
　　굶주린 사람은 음식을 가리지 않고 먹는다는 뜻.

24824. 허기진 사람은 음식을 가려 먹지 않는다.
　　(飢不擇食)
　　굶주린 사람은 아무 음식이나 잘 먹는다는 뜻.

24825. 허기진 사람 짜증 내듯 한다.
　　신경질적으로 짜증을 내는 사람을 가리키는 말.

24826. 허기진 소는 풀을 가리지 않는다.
　　굶주린 사람은 음식을 가리지 않고 먹는다는 뜻.

24827. 허락은 반드시 신중하게 응낙해야 한다.
　　(然諾必重應)　　　　　　　　　〈張思叔〉
　　남에게 무엇을 승낙(承諾)할 때는 신중하게 생각한 뒤
　　에 승낙해야 한다는 뜻.

24828. 허리띠 속에 상고장(上告狀) 들었다.
　　(1) 겉보기에는 변변치 않으나 귀중한 것을 가지고 있
　　다는 뜻. (2) 얼굴은 못생겼어도 비상한 재주가 있다
　　는 뜻.

24829. 허리 부러진 호랑이다.
　　권력을 쓰던 사람도 몰락되면 두려울 게 없다는 뜻.

24830. 허리 아픈 절은 반갑지 않다.
　　괴롭혀 가며 도와 주는 것은 고맙지 않다는 뜻.

24831. 허리 아픈 절은 안 받는 것이 낫다.
　　(1) 맞절을 해야 할 절은 받지 않는 것이 낫다는 뜻.
　　(2) 이익이 되지 않는 일은 하지 않는다는 뜻.

24832. 허리에 돈 차고 학 타고 양주(楊州)에 올
　　라갈까 ?
　　평생 소원이 한꺼번에 이루어질 수 있겠느냐는 뜻.

24833. 허리춤에서 뱀 집어던지듯 한다.
　　다시는 보지 않을 것처럼 내버린다는 뜻.

24834. 허무하고 터무니가 없다. (虛無孟浪)
　　사실이 허망하여 실상(實像)이 없다는 뜻.

24835. 허물 없는 친한 벗이다. (莫逆之友)
　　아무 허물 없이 형제간처럼 친하게 지내는 친구라는
　　뜻.

24836. 허물은 경솔하고 거만한 데서 생긴다.
　　(過生於輕慢)　　　　　　　　　〈紫虛元君〉
　　잘못을 저지르게 되는 원인은 경솔하고 거만한 데서
　　생긴다는 뜻.

24837. 허물을 고쳐 스스로 새로와진다. (改過自
　　新)
　　잘못을 시정하면서 자기 자신이 새로운 출발을 한다
　　는 뜻.

24838. 허물을 고치고 착하게 된다. (改過遷善)
　　지나간 잘못을 깨끗이 고치고 착한 생활을 한다는 뜻.

24839. 허물을 고치는 데 인색해서는 안 된다.
　　(改過不吝)　　　　　　　　　　〈書經〉
　　잘못을 알게 되면 주저하지 말고 과감히 시정하라는
　　말.

24840. 허물을 벗었다.
　　억울하게 썼던 누명(陋名)을 벗게 되었다는 말.

24841. 허물을 부끄럽게 여겨 고치지 않으면 잘
　　못을 범하게 된다. (恥過作非) 〈晦齋全集〉
　　잘못을 부끄럽게 생각하지 않는 사람은 다시 잘못을
　　범하게 된다는 뜻.

24842. 허물을 숨기고 뉘우치지 않는다. (文過遂
　　非)
　　잘못을 어물어물 숨기면서 조금도 뉘우치는 기색이 없
　　다는 뜻.

24843. 허물을 잘 고치면 천지도 노여워하지 않
　　는다. (能改過則天地不怒)
　　잘못을 잘 고치는 사람은 세상 사람들이 너그럽게 용
　　서해 준다는 뜻.

24844. 허물이 없으면 성스러운 사람이고 허물이 많으면 어리석은 사람이다. (無過曰聖 多過曰愚) 〈晦齋全書〉

잘못이 없는 사람은 성스러운 사람이고, 잘못이 많은 사람은 어리석은 사람이라는 뜻.

24845. 허물이 오래 되면 악한 짓을 이루게 된다. (過久成惡) 〈晦齋全集〉

잘못을 고치지 않고 오래 두면 악한 짓도 하게 된다는 뜻.

24846. 허벅지를 보면 배꼽 밑까지 봤다고 한다.

남의 말은 자꾸 키워서 소문을 낸다는 뜻.

24847. 허벅지만 봐도 뭣 봤다고 한다.

남의 말을 할 때는 사실대로 하지 않고 거짓말을 보태서 크게 확대한다는 뜻.

24848. 허벅지 살로 배 채우기다. (割股啖腹) 〈貞觀政要〉

자신의 살을 베어 먹듯이 자신의 손해되는 짓만 한다는 뜻.

24849. 허영청(虛影廳)에 단자(單子) 걸기다.

뚜렷한 목표도 없이 무턱대고 하는 짓은 어리석다는 뜻.

24850. 허욕(虛慾)이 패가(敗家)라.

헛되게 욕심만 부리다가는 집안만 망친다는 뜻.

24851. 허울 값도 못 한다.

얼굴 생긴 것은 매우 점잖게 생겼는데 하는 행동은 못되게 한다는 뜻.

24852. 허울 좋은 과부가 밤 마을 다닌다.

겉으로는 얌전한 사람이 뒤로 나쁜 짓을 한다는 뜻.

24853. 허울 좋은 과부다.

겉보기만 좋았지 아무런 실속이 없다는 뜻.

24854. 허울 좋은 도둑놈이다.

말로는 경우 바른 척하면서 행동은 흉악하게 하는 사람을 두고 하는 말.

24855. 허울 좋은 똥 항아리다.

겉으로는 멀쩡하지만 마음씨는 못되었다는 뜻.

24856. 허울 좋은 하눌타리다.

보기만 좋았지 아무 실속이 없다는 뜻.

24857. 허청 기둥이 측간(厠間) 기둥 흉본다.

제 잘못은 모르는 주제에 남의 잘못만 찾아 낸다는 뜻.

24858. 허튼 계집도 마음잡을 때가 있다.

과오(過誤)가 있던 사람도 잘못을 뉘우치고 새 사람이 될 수 있다는 뜻.

24859. 허파에 바람이 들었나?

실없이 웃어 가면서 허튼 수작만 한다는 뜻.

24860. 허파에 쉬슨 놈이다.

아무 주관(主觀)도 없는 멍청한 사람이라는 뜻.

24861. 허파 줄이 끊어졌나?

실없이 비실비실 웃기만 하는 사람을 두고 하는 말.

24862. 허풍만 떤다.

거짓말을 매우 잘한다는 뜻.

24863. 허풍에 넘어진다.

남의 거짓말에 하잘것없이 속아넘어간다는 뜻.

24864. 허허 해도 달지리 장변(長邊)이 쉰 냥이다.

겉으로는 좋은 척해도 속으로는 걱정이 많다는 뜻.

※ 달지리 장변 : 다달이 갚는 이자 비싼 빚.

24865. 허허 해도 똥이 두 자루다.

겉으로는 기분이 좋은 척하지만 속으로는 걱정되는 일이 많다는 뜻.

24866. 허허해도 무당집 빚이 열 냥이다.

겉으로는 태연한 척하지만 속으로는 근심 걱정이 많다는 뜻.

24867. 허황하고 미덥지 않은 말이다. (虛妄之說)

거짓이 많아서 믿을 수 없는 말이라는 뜻.

24868. 허황하여 믿을 수가 없다. (荒唐無稽 : 荒誕無稽)

언행(言行)이 거칠고 주책이 없어 믿을 수가 없다는 뜻.

24869. 헌 갓도 발에는 신지 않는다.

아무리 낡았어도 그 용도는 변하지 않는다는 뜻.

24870. 헌 갓 쓰고 똥 누기다.

조금 실례되는 일이 있더라도 상관이 없다는 뜻.

24871. 헌 갓장이 타박하듯 한다.

헌 갓장이는 고칠 것이 많아야 돈벌이가 많이 되기 때문에 헌 갓 타박만 하듯이 남의 흠만 찾아 낸다는 뜻.

24872. 헌 갓장이 터 뜯듯 한다.

헌 갓장이가 헌 갓 고칠 곳만 찾아 내듯이 남의 결함만 찾아낸다는 뜻.

24873. 헌 고리도 짝이 있다.

아무리 못난 사람이라도 결혼은 할 수 있다는 뜻.

24874. 헌 누더기 속에 쌍동자 섰다.
겉으로 보기는 허술하지만 속은 의뭉스럽다는 뜻.

24875. 헌 머리에 이 꾀듯 한다. (瘡頭聚虱)
〈東言解〉
먹을 것이 있는 곳에는 사람들이 떼지어 모여든다는 뜻.

24876. 헌 머리에 이 잡듯 한다.
헝클어진 머리칼을 헤집어 가며 이를 잡듯이 조심해 가면서 숨어 있는 것을 다 찾아 내서 없앤다는 뜻.

24877. 헌 바지에 개 대가리 나오듯 한다.
무엇이 보기 흉하게 불쑥 내다 보인다는 뜻.

24878. 헌 방아공이에 보리알 끼듯 한다.
무엇이 한 곳에 가득하게 모여 있다는 뜻.

24879. 헌 배에 물 푸기다.
무슨 일을 해도 표가 나타나지 않는다는 뜻.

24880. 헌 분지 깨고 새 요강 물어 준다.
조그만 실수로 큰 손해를 보게 되었다는 뜻.

24881. 헌 섬에 곡식 많이 든다.
늙은이가 젊은 사람보다 밥을 더 많이 먹는다는 뜻.

24882. 헌 솥장이 흠집 찾아 내듯 한다.
헌 솥장이가 고칠 흠집을 찾아 내듯이 남의 결함만 샅샅이 찾아 낸다는 뜻.

24883. 헌 신도 짝이 있다.
아무리 못난 사람이라도 결혼은 할 수 있다는 뜻.

24884. 헌 신짝 버리듯 한다. (棄敝蹝) 〈孟子〉
조금도 아까울 것이 없이 서슴지 않고 버린다는 뜻.

24885. 헌 옷도 없는 것보다는 낫다.
아무리 나쁜 것이라도 없는 것보다는 있는 것이 낫다는 뜻.

24886. 헌 옷 속에 옥 들었다. (敝衣裏玉)
〈太玄經〉
(1) 외양은 허술해도 속에는 귀중한 것을 지니고 있다는 뜻. (2) 얼굴은 못생겼어도 재주는 비상하다는 뜻.

24887. 헌 옷이 있어야 새 옷도 있다.
낡은 것이 있어야 새 것을 만들게 된다는 뜻.

24888. 헌 정승(政丞)만큼도 못 여긴다.
사람을 무시하여 모임에 참석하지 못하게 한다는 뜻.

24889. 헌 집 고치기다.
돈만 많이 들고 아무 표적(表迹)도 없다는 뜻.

24890. 헌 짚신도 짝이 있다.
아무리 못난 사람도 시집 장가는 갈 수 있다는 말.

24891. 헌 짚신짝 동댕이치듯 한다.
하나도 아까울 것이 없이 함부로 버린다는 뜻.

24892. 헌 치마도 없는 것보다는 낫다. (粗之布勝無裳)
나쁜 물건이라도 없는 것보다는 있는 것이 낫다는 뜻.

24893. 헐뜯는 말이 쌓이면 뼈도 녹는다. (積毁銷骨)
〈鄒陽〉
헐뜯는 말은 뼈도 녹일 수 있을 정도로 무서운 힘을 가지고 있다는 뜻.

24894. 헐뜯는 사람이 있으면 다시 못 하도록 해야 한다. (毁者復之)
〈三略〉
남을 헐뜯는 사람을 보거든 다시는 헐뜯는 일이 없도록 해야 한다는 뜻.

24895. 헐뜯어도 노여워하지 않는다. (毁之而不怒)
〈海東續小學〉
남을 헐뜯어도 노여워하지 않고 너그럽게 받아 들인다는 뜻.

24896. 헐복한 놈은 계란에도 뼈가 있다.
운이 나쁜 사람은 무엇이나 잘되는 것이 없다는 뜻.

24897. 헐복한 놈은 떡 목판에 넘어져도 이가 빠진다.
안 되는 놈은 좋은 기회가 있어도 손해만 보게 된다는 뜻.

24898. 헐복한 놈은 떡도 못 받아 먹는다.
복이 없는 사람은 손에 든 것도 빼앗긴다는 뜻.

24899. 헐 수 할 수 없다.
(1) 이리도 저리도 어떻게 할 수 없다는 뜻. (2) 몹시 가난하여 살 길이 막연하다는 뜻.

24900. 험한 밥을 먹고 물 마시고 팔베개를 베고 살아도 그 중에도 낙이 있다. (飯疏食飮水 曲肱而枕之 樂亦在其中矣)
〈論語〉
아무리 가난한 생활을 하더라도 마음이 편안하면 즐거운 일도 생길 수 있다는 말.

24901. 헛간에 솥을 걸어 놓고 살아도 속이 편해야 산다.
구차하게 살아도 집안이 화목하면 즐기고 살 수 있다는 뜻.

24902. 헛 늙었다. (虛老 : 空老)
(1) 사람으로서 할 일을 못 하고 늙었다는 뜻. (2) 늙은

948

이가 늙은이 값을 못한다는 뜻.

24903. 헛다리만 긁는다.
아무 실속도 없이 헛수고만 한다는 뜻.

24904. 헛되게 갔다가 헛되게 온다. (虛往虛來)
헛되게 왔다갔다 하기만 하고 아무 소득은 없다는 뜻.

24905. 헛되게 낭비하지 않고 쓴다. (無靡費之用)
〈荀子〉
조금도 낭비하지 않고 아껴 쓴다는 뜻.

24906. 헛된 말은 듣지 말고 간악한 짓은 하지 말
아야 한다. (竅言不聽 姦乃不生) 〈史記〉
쓸 데 없는 말은 아예 듣지를 말아야 하고 간악한 짓
은 절대하지 말아야 한다는 뜻.

24907. 헛된 선은 악만 못하다. (縱善不如惡)
진정한 선(善)이 아니고 위선(僞善)은 차라리 악만도
못하다는 뜻.

24908. 헛된 염불이다. (空念佛)
아무 소용도 없는 짓을 한다는 뜻.

24909. 헛된 이야기뿐이다. (空論空談)
하나도 쓸 말은 없는 이야기뿐이라는 뜻.

24910. 헛된 이름이다. (虛名：空名)
이름이 날만 한 업적도 없는 사람의 이름이 과장(誇
張)되어 잘못 난 이름이라는 뜻.

24911. 헛말도 나면 그대로 퍼진다. (以訛傳訛)
거짓말에서 거짓말이 꼬리를 물고 전파된다는 뜻.

24912. 헛물만 켠다.
되지도 않을 것을 기대하면서 헛수고만 한다는 뜻.

24913. 헛 배만 부르다.
겉으로는 풍부한 듯하지만 아무 실속이 없다는 뜻.

24914. 헛소문만 내고 허세만 부린다. (虛張聲
勢)
실력은 없으면서 소문만 크게 내면서 세력이 큰 것같
이 가장한다는 뜻.

24915. 헛소문이 빨리 난다.
거짓 소문이 더 빨리 퍼진다는 뜻.

24916. 헛소문이 자자하다. (浪説藉藉)
헛소문이 잘못 나서 널리 퍼지고 있다는 뜻.

24917. 헛 수고만 하고 아무 보람은 없다. (徒勞無
功)
수고만 헛되게 하고 아무 공로는 없다는 뜻.

24918. 헛수고만 하고 아무런 이익은 없다.
(徒勞無利：徒勞無益)
수고만 죽도록 하고도 아무 소득은 얻지 못하였다는
뜻.

24919. 헛이름만 높고 실속은 없다. (虛名無實)
이름만 널리 소문이 났지 아무 실속은 없다는 뜻.

24920. 헛 짖는 개소리가 크다.
진실보다도 헛소문이 더 크게 난다는 뜻.

24921. 헛탕만 친다.
아무 성과도 없이 헛수고만 하였다는 뜻.

24922. 헤아릴 수 없이 해괴하다. (駭怪罔測)
해괴하기가 이루 헤아릴 수가 없다는 뜻.

24923. 헤엄을 잘 치는 사람은 물에 빠져죽는다.
(善游者溺) 〈淮南子〉
능숙한 사람도 실수할 때가 있다는 뜻.

24924. 헤엄 잘 치는 놈 물에 빠져죽고 나무에
잘 오르는 놈 나무에서 떨어져 죽는다.
아무리 능한 재주가 있어도 실수할 때가 있다는 뜻.

24925. 헤엄 잘 치는 사람은 빠져죽고 말 잘 타
는 사람은 떨어져 죽는다. (善游者溺 善騎者
墮) 〈淮南子〉
능숙한 사람도 실수할 때가 있으니 조심해야 한다는
뜻.

24926. 혀가 깊어도 마음 속까지는 닿지 않는다.
아무리 말을 잘해도 남의 마음은 알 수 없다는 뜻.

24927. 혀가 나온다.
크게 놀랄 일이 생겼다는 뜻.

24928. 혀가 닳도록 지껄인다.
혀가 닳도록 여러 번 말을 하였으나 아무 소용이 없다
는 뜻.

24929. 혀가 마르고 입술이 타도록 지껄인다.
(舌乾脣焦：焦脣乾舌)
혀에 침이 마르고 입술이 탈 정도로 많이 지껄였다는
뜻.

24930. 혀가 마르도록 말한다.
혀의 침이 마르도록 많이 지껄였다는 뜻.

24931. 혀가 빠지도록 일한다.
신체를 돌보지 않고 죽을 힘을 다하여 일한다는 뜻.

24932. 혀가 부지런하면 손발이 느리다.
말이 많은 사람은 실천력(實踐力)이 약하다는 뜻.

24933. 혀가 칼보다도 날카롭다.(舌芒于劍),(舌芒於劍)　　〈黃憲〉,〈天祿閣外史〉
말로 해치는 것이 칼로 해치는 것보다 더 무섭다는 뜻.

24934. 혀 끝을 조심하랬다.
화는 거의가 말 잘못한 데서 발생하는 것이므로 항상 말을 조심하라는 뜻.

24935. 혀 놀리듯 한다.
무슨 일을 매우 쉽게 한다는 뜻.

24936. 혀는 몸을 베는 칼이다.(舌斬身刀)
말로도 칼마냥 사람을 죽일 수도 있다는 뜻.

24937. 혀는 무기이다.(舌者兵也)　　〈説苑〉
혀는 무기와 같기 때문에 잘못하다가는 사람을 해칠 수도 있다는 뜻.

24938. 혀는 짧아도 침은 길게 뱉는다.
분수에 지나칠 정도로 있는 척한다는 뜻.

24939. 혀를 놀린다.
어른에게 함부로 말대꾸를 한다는 뜻.

24940. 혀를 빼물었다.
혀를 빼물 정도로 일이 매우 힘들다는 뜻.

24941. 혀를 차며 탄식해도 별 도리가 없다.(咄嘆莫及)
아무리 탄식한다고 안 될 일이 될 수는 없다는 뜻.

24942. 혀만 나불거리며 놀고 먹는다.(舌耕遊食)　　〈茶山論叢〉
노는 데만 찾아다니며 이야기만 하면서 세월을 보내는 사람이라는 뜻.

24943. 혀 밑에 도끼 들었다.(舌底有斧),(舌下藏斧),(舌下斧入)　〈松南雜識〉,〈閱翁傳〉,〈東言解〉
말을 잘못했다가는 큰 화를 입게 된다는 말.

23944. 혀 밑에 죽을 말도 있다.
말을 잘못했다가는 큰 화를 입게 된다는 뜻.

24945. 혀바닥은 짧아도 침빨은 길다.
자기 분수에 지나치게 있는 척한다는 뜻.

24946. 혀뿌리가 아직 마르지도 않았다.(舌根未乾)
말한 시간이 아직도 얼마 되지 않았다는 말.

24947. 혀에 굳은 살이 박히겠다.
입이 아프도록 수다하게 말을 많이 한다는 뜻.

24948. 혀 짧은 말을 하는 사람은 장수를 못 한다.
혀 짧은 말투로 말에 힘이 없는 사람은 장수형(長壽型)이 아니라는 말.

24949. 혁명의 여론은 무르익을 적에 일으켜야 한다.(革言三就)
혁명은 민중들의 여론이 고조(高潮)되었을 때라야 민중들의 지지와 성원을 받아 성공하게 된다는 말.

24950. 현감(縣監)이라고 다 과천 현감(果川縣監)이라더냐.
같은 벼슬이라도 좋은 자리가 있고, 나쁜 자리가 있듯이 무슨 일이나 겉보기는 같지만 내용은 다 다르다는 뜻.

24951. 현명한 사람은 그에게 좋은 말을 해주면 그것을 따라 미덕을 행한다.(其惟哲人 告知話言 順德之行)　　〈詩經〉
현명한 사람은 좋은 말을 들으면 그 말대로 집행한다는 뜻.

24952. 현명한 사람은 자기 심복같이 믿어야 한다.(信賢如腹心)　　〈三略〉
현명한 간부는 자기 심복자와 같이 믿고 써야 한다는 뜻.

24953. 현명한 사람이 가는 곳에는 그 앞에 적이 없다.(賢者所適 其前無敵)　　〈三略〉
어진 사람은 민중들에게 존경을 받고 있기 때문에 그에게는 적이 있을 수 없다는 뜻.

24954. 현악기(絃樂器)는 관악기(管樂器)만 못하고 관악기는 성악(聲樂)만 못하다.(絲不如竹 竹不如肉)　　〈世説〉
음악(音樂)은 기악(器樂)보다 자연스러운 성악이 낫다는 말. ※사(絲):거문고 종류. 죽(竹):피리 종류. 육(肉):노래.

24955. 현왕재(現王齋) 지내고 지벌 입는다.
(1) 남에게 은덕을 베풀고 도리어 해를 입었다는 뜻.
(2) 뇌물을 쓰고도 역효과를 냈다는 뜻. ※ 현왕재:불교에서 죽은 사람을 극락으로 인도하는 기도. 지벌: 신불(神佛)이 주는 벌.

24956. 현인(賢人)은 복을 만나고 악인(惡人)은 재앙을 만난다.
착한 일을 많이 한 사람은 복을 받고, 악한 일을 많이 한 사람은 화를 받게 된다는 뜻.

24957. 현재 안정하다고 장차 혼란될 것을 잊어서는 안 된다.(居治而不忘亂)

현재 치안(治安)이 잘 되었다고 해서 장차 혼란이 올 것을 잊어서는 안 된다는 뜻.

24958. 현처는 남편을 귀하게 만든다. (賢婦令夫貴) 〈姜太公〉
어진 아내는 남편이 출세(出世)할 수 있도록 내조(內助)를 아끼지 않는다는 뜻.

24959. 현철한 사람은 말이 없고 못난 사람은 말이 많다. (賢哲鉗口 小人鼓舌) 〈周書〉
현명한 사람일수록 말이 없고, 못난 사람일수록 말이 많다는 뜻.

24960. 혈기가 왕성하다. (血氣方壯) 〈論語〉
혈기가 왕성하여 신체도 건장(健壯)하고 의지도 강하다는 뜻.

24961. 협박에 굴하지 말아야 한다. (不爲威屈) 〈牧民心書〉
협박을 당해도 굴복해서는 안 된다는 뜻.

24962. 혓바닥에 침이나 묻혀라.
거짓말을 잘하는 사람에게 하는 말.

24963. 혓바닥째 넘어간다.
혓바닥이 넘어 가도 모를 정도로 음식 맛이 좋다는 뜻.

24964. 형과 아우는 손과 발 같다. (兄弟爲手足) 〈莊子〉
형제는 마치 손발과 같은 관계를 가지고 있다는 뜻.

24965. 형 된 사람은 반드시 그 아우를 가르쳐야 한다. (爲人兄者 必能教其弟) 〈莊子〉
형은 아우에게 가르쳐야 하고 아우는 형에게 배워야 한다는 뜻.

24966. 형만한 동생 없다.
(1) 무슨 일 처리하는 데는 아우보다 형이 낫다는 뜻.
(2) 아우가 형을 생각하는 정보다 형이 아우를 생각하는 정이 크다는 뜻.

24967. 형만한 아우 없다.
(1) 일을 처리하는 데 아우보다 형이 낫다는 뜻. (2)아우가 형을 생각하는 것보다 형이 아우를 생각하는 것이 낫다는 뜻.

24968. 형무소(刑務所) 규칙 사흘 못 간다.
형무소의 규칙은 수시로 바뀌기 때문에 시행이 잘 안 된다는 뜻.

24969. 형 미칠 아우 없고 아비 미칠 아들 없다.
손아랫 사람보다 손윗 사람이 일 처리하는 것이 낫다는 뜻.

24970. 형방 서리(刑房胥吏)집이다.
피한다는 것이 잡힐 집으로 갔다는 뜻.

24971. 형벌로써 음탕한 짓을 방지해야 한다. (刑以坊淫) 〈禮記〉
음탕한 짓을 엄하게 다스려서 근절(根絕)시켜야 한다는 뜻.

24972. 형벌로써 잘못을 바로잡아야 한다. (刑以正邪) 〈春秋左傳〉
부정(不正)과 간악(邪惡)한 짓은 엄한 형벌로써 뿌리를 뽑아야 한다는 뜻.

24973. 형벌을 남용하면 착한 사람도 두려워한다. (刑濫則懼及善人) 〈春秋左傳〉
형벌을 함부로 하면 착한 사람도 걸릴까봐 두려워한다는 말.

24974. 형벌을 남용한다면 죄에 걸리지 않는 사람이 없다. (淫刑以逞誰則無罪) 〈春秋左傳〉
형벌을 함부로 쓰게 되면 세상 사람이 다 죄에 걸리게 된다는 뜻.

24975. 형벌을 남용해서는 안 된다. (刑之不濫) 〈春秋左傳〉
형벌을 남용하여 무고한 민중을 괴롭혀서는 안 된다는 뜻.

24976. 형벌을 무기로 삼아 민중들에게 시위해서는 안 된다. (用之利器 不可以示人) 〈老子〉
형벌을 남용하여 민중들을 탄압해서는 안 된다는 뜻.

24977. 형벌을 어김없이 내리지 않으면 명령이 집행되지 않는다. (刑罰不必 則禁令不行) 〈韓非子〉
형벌을 정확하게 집행하지 않으면 질서가 문란하게 된다는 뜻.

24978. 형벌을 함부로 쓰면 민중들은 두려워하며 꺼린다. (爲刑罰成獄 使民畏忌) 〈春秋左傳〉
형벌을 남용하게 되면 민중들은 공포(恐怖)에 떨면서 꺼리게 된다는 뜻.

24979. 형벌이란 죄에 적당하면 위엄이 서고 적당하지 못하면 경멸된다. (刑當罪則威 不當罪則侮) 〈荀子〉
형벌이 죄에 적당하면 위엄이 서지만 만일 적당하지 못하게 되면 멸시하게 된다는 뜻.

24980. 형벌이 번잡하면 민중들은 근심하게 된다. (刑繁則民憂) 〈六韜〉
형벌을 남용하게 되면 민중들은 불안하게 된다는 뜻.

24981. 형벌이 적중하지 않으면 민중들은 손발 둘
곳도 없다. (刑罰不中則 民無所措手足)
〈論語〉
형벌을 남용하게 되면 민중들은 의지할 곳이 없게 된
다는 뜻.

24982. 형벌이 죄보다 지나쳐서는 안 된다.
(刑不過罪)
〈荀子〉
형벌이 죄에 비하여 지나치게 과중(過重)해서는　안
된다는 뜻.

24983. 형 보니 아우도 알 만하다.
형의 행동을 보면 그 아우도 짐작할 수 있다는 뜻.

24984. 형산(荊山)의 백옥(白玉)도 흙 속에 묻혔
다.
좋은 옥이 보물 노릇을 못 하고 진흙 속에 묻혀 있듯
이 훌륭한 인재가 아깝게도 숨어 지낸다는 말.

24985. 형상도 없고 소리도 없다. (無形無聲)
아무리 찾아 보아도 형상도 볼 수 없고 소리도 들어
볼 수 없다는 뜻.

24986. 형으로서 귀한 것은 사랑이다. (兄之所貴
者 愛也)
〈朱子家訓〉
형은 아우를 사랑하는 것보다 더 귀한 것은 없다는 뜻

24987. 형은 내놓고 형수는 감춘다.
형은 아우에게 후하게 하지만 형수는 후하게 하지 않
는다는 뜻.

24988. 형은 먹으라거니 형수는 먹지 말라거니 한
다.
형수는 흔히 시동생을 달갑지 않게 대한다는 뜻.

24989. 형은 아우를 사랑하고 아우는 형을 공경
해야 한다. (兄愛弟恭)
〈春秋左傳〉
형은 아우를 사랑하고, 아우는 형을 공경하는 것이
형제간의 도리라는 뜻.

24990. 형이니 아우이니 한다. (曰兄曰弟)
형이니 아우이니 하면서 매우 다정하게 지내는 친구
간이라는 뜻.

24991. 형이라고 하기도 어렵고 아우라고 하기도
어렵다. (難兄難弟)
사물의 우열(優劣)을 가리기가 매우 어렵다는 뜻.

24992. 형제간에는 마땅히 서로 우애가 있어야 한
다. (爲兄弟當友)
〈擊蒙要訣〉
형제간에는 우애가 반드시 좋아야 한다는 뜻.

24993. 형제간에는 싸우다가도 남이 덤비면 같이

막는다.
정의(情誼)가 좋지 못한 형제간이라도 남보다는 가깝
게 지낸다는 뜻.

24994. 형제간에는 어려울 적에 급히 구해 준다.
(兄弟急難)
〈詩經〉
형제간에는 어려운 일이 있으면 서로 서둘러서 도와
준다는 뜻.

24995. 형제간에는 있으면 나누어 먹고 없으면 도
와 주어야 한다. (有酒則渭之 無酒則沽之)
〈朴剛生〉
형제간에는 넉넉하면 나누어 먹고 구차하면 도와 주
게 된다는 뜻.

24996. 형제간에는 콩도 반 쪽씩 나누어 먹는다.
형제간에는 우애가 좋아야 한다는 뜻.

24997. 형제간에도 담이 있다.
아무리 가까운 형제간에도 할 말이 있고 못할　말이
있다는 뜻.

24998. 형제간에도 주머니는 다르다.
형제간에도 금전 거래는 분명히 해야 한다는 뜻.

24999. 형제간에도 큰 고기는 제 망태에 담는다.
형제간에도 이해 관계에 있어서는 손해보려고 하지 않
는다는 뜻.

25000. 형제간에 비록 조그만 분노가 있더라도 그
친한 우애를 잊어서는 안 된다. (兄弟雖有小
忿 不廢懿親)
〈春秋左傳〉
형제간에는 설혹 노여운 일이 있더라도 우애를 생각
해서 참아야 한다는 뜻.

25001. 형제간에 참고 살면 집안이 부귀하게 된
다. (兄弟忍之家富貴)
〈夫子〉
형제간에는 서로 참고 화목하게 살면 부귀를 누리며
살게 된다는 뜻.

25002. 형제간에 참고 살지 않으면 각각 흩어져
살게 된다. (兄弟不忍各分居)
〈夫子〉
형제간에 서로 참고 화목하게 살지 못하면 각각 흩어
져 살게 된다는 뜻.

25003. 형제 같은 친구다. (兄弟之誼)
형제와 같이 매우 다정한 사이라는 뜻.

25004. 형제는 남이 되는 시초다.
형제간에 갈라질수록 촌수가 점점 멀어진다는 뜻.

25005. 형제는 손발과 같다. (兄弟爲手足)
형제간에는 한 수족과 같이 지내야 한다는 뜻.

25006. 형제는 양손이다. (兄弟左右手也)
〈後漢書〉
형제는 한 몸에 달린 양손과 같이 가까운 처지에 있다는 뜻.

25007. 형제는 우애가 좋아야 아름다와진다. (兄弟致美)
〈春秋左傳〉
형제간에는 우애가 좋아야 집안이 화목하고 번영하게 된다는 뜻.

25008. 형제는 잘 두면 보배요 못 두면 원수다.
형제간에 의가 좋으면 서로 도와 가며 정답게 지내지만 의가 나쁘면 남만도 못하다는 뜻.

25009. 형제는 편안하게 살 때는 친구만 못하다. (兄弟不如友生)
〈詩經〉
형제가 서로 편안하게 살 때는 친구만큼 접촉이 없다는 뜻.

25010. 형제만한 것이 없다. (莫如兄弟)
〈春秋左傳〉
형제간에는 서로 돕고 의지할 수 있으므로 형제간이 좋다는 뜻.

25011. 형제 없이는 살아도 친구 없이는 못 산다.
형제에 못지않게 친구가 좋다는 뜻.

25012. 형제 없이 살 수는 있어도 이웃 없이는 못 산다.
형제간의 도움보다 이웃 도움이 더 크다는 뜻.

25013. 형제 자매가 없는 외로운 몸이다. (無妹獨身)
형제 자매가 하나도 없는 고독한 신세라는 뜻.

25014. 형조 옥졸(刑曹獄卒)의 버릇이냐?
사람을 함부로 치고 때리고 하며 마구 다룬다는 뜻.

25015. 형조 패두(刑曹牌頭)의 버릇이냐?
사람을 함부로 치고 때리며 마구 취급한다는 뜻.

25016. 형체(形體)가 없으면 그림자도 없다.
근본이 없으면 이에 따르는 부수물도 없다는 뜻.

25017. 형체가 있는지 없는지 분명하지 않다. (有形無形)
형체가 있는 것도 같고 없는 것도 같다는 뜻.

25018. 형체가 하나이므로 그림자와 짝이 된다. (形單影雙)
〈韓愈〉
몸을 의지할 데가 없어서 외로와 그림자와 짝이 되어 논다는 뜻.

25019. 형체도 그림자도 없다.
흔적을 찾아 볼래야 아무 흔적도 없다는 뜻.

25020. 형체와 그림자가 서로 불쌍하게 여긴다. (形影相弔)
〈李密〉
외로운 몸이라 의지할 데는 그림자밖에 없다는 뜻.

25021. 형체와 그림자는 서로 같다. (形影相同)
〈列子〉
마음먹은 것이 그대로 행동으로 나타난다는 뜻.

25022. 형태도 없고 흔적도 없다. (無形無迹)
아무리 찾아 보아도 아무 형태도 없고 흔적마저도 없다는 뜻.

25023. 형틀 들고 와서 볼기 맞는다. (負刑板受)
〈東言解〉
자신이 긁어서 고생을 사서 만든다는 뜻.

25024. 호구(虎口)를 벗어났다.
매우 위험한 고비를 겨우 넘겼다는 말.

25025. 호기(豪氣)가 오패부장(五牌部長) 같다.
호기를 부리는 사람을 두고 하는 말.

25026. 호도(胡桃) 속 같다.
일이 몹시 복잡하여 분별할 수 없을 때 하는 말.

25027. 호두각 대청이다. (虎頭閣大廳)
분위기가 살벌하고 마음이 음흉함을 말함.
※ 호두각 : 옛날 죄인을 심문하던 곳.

25028. 호랑이가 개 놀리듯 한다.
강한 사람이 약한 사람을 겉으로는 달래면서 속으로는 해치려고 한다는 뜻.

25029. 호랑이가 개 물어간 이만하다.
밉던 사람이 없어져서 속이 시원하다는 뜻.

25030. 호랑이가 고슴도치를 놓고 하품만 한다.
만만하기는 하지만 죽일 수도 없고 살릴 수도 없어서 보고만 있다는 뜻.

25031. 호랑이가 굶으면 고자대감도 잡아먹는다. (虎飢困不擇官)
〈洌上方言〉
굶주린 사람에게는 좋고 나쁜 음식이 없다는 뜻.

25032. 호랑이가 날개를 얻은 격이다. (爲虎添翼)
권력을 가진 사람이 더욱 권력을 쓰게 되었다는 뜻.

25033. 호랑이가 덮치듯 한다.
강한 자가 약한 자를 하잘것없이 덮치는 것을 두고 하는 말.

25034. 호랑이가 도둑개 물어간 폭이나 된다.
미운 사람이 없어져서 매우 시원하다는 뜻.

25035. 호랑이가 먹이를 노리듯 한다. (虎視耽耽)
〈易經〉
날카로운 눈으로 조용히 형세를 노리고 있다는 뜻.

25036. 호랑이가 뭐 먹고 사나 ?
미운 놈이 없어지지 않고 있을 때 하는 말.

25037. 호랑이가 삼대 독자를 안다더냐 ?
사납고 모진 사람이 불쌍한 사람의 사정을 봐줄 리가
없다는 뜻. ↔ 호랑이도 삼대 독자라면 잡아먹지 않는
다.

25038. 호랑이가 새끼를 치겠다.
밭이 묵어서 풀이 무성한 것을 보고 하는 말.

25039. 호랑이가 소리를 치면 바람이 인다.
(虎嘯風生)   〈北史〉
출세를 하여 높은 자리에 있으면 권세가 생긴다는 말.

25040. 호랑이가 여러 마리 있으면 그 중에는 표
범도 있다. (衆虎有豹)
사람이 많으면 그 중에 잘난 사람도 있다는 뜻.

25041. 호랑이 가죽에 흠 없이 잡기는 어렵다.
(皮不毁 虎難制)
잘한 일에도 약간의 잘못은 있을 수 있다는 뜻.

25042. 호랑이 개 어르듯 한다.
겉으로는 달래는 척하면서 속으로는 야심을 가지고 있
다는 뜻.

25043. 호랑이 겉은 그려도 뼈는 그리기 어렵다.
(畵虎畵皮難畵骨)   〈諷諫〉
사람의 겉모양은 볼 수 있으나 그 속 마음은 알기가
매우 어렵다는 뜻.

25044. 호랑이 꼬리를 밟은 격이다. (履虎尾)
〈易經〉
자는 호랑이 꼬리를 밟아 호랑이를 깨워 놓듯이 사태
가 매우 위험하게 되었다는 뜻.

25045. 호랑이 꼬리를 잡은 듯 봄 얼음을 디딘 듯
하다. (虎尾春氷)   〈書經〉
호랑이 꼬리를 잡은 것같이 불안하고 살얼음을 디딘
것같이.매우 불안하다는 뜻.

25046. 호랑이 굴에 들어가야 호랑이 새끼를 잡
는다. (不入虎穴焉得虎子)   〈後漢書〉
큰 일을 하려면 모험(冒險)도 극복해야 한다는 뜻.

25047. 호랑이끼리 싸우면 다같이 살지 못한다.
(兩虎共鬪不得生)
(1) 두 영웅이 서로 싸우면 다 살기 어렵다는 뜻.
(2) 두 강국이 싸우게 되면 다같이 망하게 된다는 뜻.

25048. 호랑이 길러 후환을 입는다. (養虎後患)
〈史記〉
자기가 믿고 쓰던 사람에게 배신(背信)을 당하고 해
까지 입게 되었다는 뜻.

25049. 호랑이 날고기 먹는 줄 모르나 ?
다 아는 사실로서 묵인(黙認)받을 수 있는 일이라는
뜻.

25050. 호랑이 날고기 먹듯 한다.
호랑이가 날고기를 먹듯이 음식을 매우 맛있게 먹는
다는 뜻.

25051. 호랑이는 가죽을 아낀다. (虎豹愛皮)
호랑이는 가죽을 아끼듯이 사람은 자기 명예를 귀중
히 여긴다는 뜻.

25052. 호랑이는 감히 맨손으로는 잡지 못한다.
(不敢暴虎)   〈詩經〉
호랑이를 맨손으로 잡으려고 하는 모험은 해서는 안
되듯이 모험을 하지 않는다는 뜻.

25053. 호랑이는 그려도 뼈는 못 그리고 사람은
사귀어도 속은 모른다.
사람 용모는 알 수 있지만 그 마음은 알지 못한다는
뜻.

25054. 호랑이는 그려도 뼈는 못 그린다.
사람 겉모양은 알 수 있지만 그 마음은 알지 못한다
는 뜻.

25055. 호랑이는 뒷걸음질을 하지 않는다.
용감한 사람은 싸울 때 후퇴하는 일이 없다는 뜻.

25056. 호랑이는 미워도 가죽은 아름답다.
미운 사람에게도 고운 데가 있다는 뜻.

25057. 호랑이는 발톱을 아낀다.
호랑이가 발톱을 아끼듯이 누구나 자기의 소중한 무
기는 아낀다는 말.

25058. 호랑이는 산중 왕이다.
산짐승 중에서 호랑이를 당할 짐승이 없다는 말.

25059. 호랑이는 썩은 고기를 먹지 않는다.
어진 사람은 아무리 구차해도 부정(不正)한 짓으로 살
지 않는다는 뜻.

25060. 호랑이는 죽어서 가죽을 남기고 사람은 죽
으면 이름을 남긴다. (虎死留皮 人死留名)

〈歐陽修〉

사람은 좋은 일을 많이 해서 죽은 뒤에도 빛나는 이름을 남기도록 해야 한다는 뜻.

25061. 호랑이가 죽으면 가죽을 남긴다. (虎死留皮) 〈歐陽修〉
사람은 죽은 뒤에 빛나는 이름을 남기도록 해야 한다는 뜻.

25062. 호랑이는 평소에 발톱을 감춘다.
자신의 무장(武裝)을 적에게 보여서는 안 된다는 뜻.

25063. 호랑이는 풀 속에 숨어 있다. (猛虎伏草)
적에게 자신의 정체(正體)를 보여서는 안 된다는 뜻.

25064. 호랑이 담배 먹던 시절이다.
지금과는 아주 달랐던 옛날 옛적이었다는 뜻.

25065. 호랑이 담배 먹던 얘기다.
현재 형편과는 아주 달랐던 아득한 옛날 옛적 이야기라는 뜻.

25066. 호랑이 대가리의 이를 잡아 주었다. (虎頭捉虱)
쓸데없이 남의 일에 무모하고 위험한 짓을 한다는 뜻.

25067. 호랑이더러 날고기를 봐달란다.
귀중한 물건을 믿을 수 없는 사람에게 맡긴다는 뜻.

25068. 호랑이도 고슴도치는 못 잡아먹는다.
약자도 무장을 잘하고 있으면 강자도 공격하지 못한다는 뜻.

25069. 호랑이도 곤하면 잔다.
곤할 때는 쉬어서 피로를 풀어야 한다는 뜻.

25070. 호랑이도 먹이 뒤를 따라다닌다.
아무리 권력이 있어도 돈 앞에는 굴복한다는 뜻.

25071. 호랑이도 삼대 독자라면 잡아먹지 않는다.
아무리 포악(暴惡)한 사람이라도 남의 딱한 사정을 보면 동정하게 된다는 뜻. ↔ 호랑이가 삼대 독자를 안다더냐?

25072. 호랑이도 새끼가 열이면 스라소니를 낳는다.
자식이 여럿이면 그 중에 못난 자식도 있게 마련이라는 뜻.

25073. 호랑이도 시장하면 가재를 잡아먹는다.
부유한 사람도 굶주리게 되면 아무것이나 먹는다는 뜻.

25074. 호랑이도 시장하면 나비를 잡아먹는다.

잘 먹고 지내던 사람도 굶주리게 되면 아무 음식이나 먹는다는 뜻.

25075. 호랑이도 시장하면 왕개미도 먹는다.
호의호식(好衣好食)하던 사람도 굶주리면 가리지 않고 먹는다는 뜻.

25076. 호랑이도 아니고 고양이도 아니다.
이것도 아니고 저것도 아니라는 뜻.

25077. 호랑이도 오백 년 묵으면 백호(白虎)가 된다.
사람도 늙으면 지혜롭게 된다는 말.

25078. 호랑이도 있고 개도 있다. (一虎一狗)
세상에는 강한 사람도 있고 약한 사람도 있다는 뜻.

25079. 호랑이도 자식 난 골에는 두남둔다.
짐승도 제 새끼를 사랑하는데 하물며 사람이야 더 말할 것도 없다는 말. ※ 두남두다: 편역을 들다.

25080. 호랑이도 잡아죽이고 나면 불쌍하다.
밉던 사람도 죽고 나면 불쌍한 마음이 든다는 뜻.

25081. 호랑이도 제 자란 고장은 떠나지 않는다.
누구나 정든 자기의 고향은 그리워한다는 뜻.

25082. 호랑이도 제 굴에 들어온 토끼는 안 잡아·먹는다.
자기를 찾아온 사람을 해쳐서는 안 된다는 뜻.

25083. 호랑이도 제 말하면 오고 사람도 제 말하면 온다. (談虎虎至 談人人至) 〈耳談續纂〉
(1) 이야기를 하자 마침 그 주인공이 온다는 뜻.
(2) 본인이 없다고 남의 흉을 봐서는 안 된다는 뜻.

25084. 호랑이도 제 말하면 온다. (談虎虎至) 〈耳談續纂〉
(1) 본인이 없다고 남의 말을 해서는 안 된다는 뜻.
(2) 남의 말을 하자 당사자가 온다는 뜻.

25085. 호랑이도 제 새끼 난 골을 돌본다. (養雛之谷 虎亦顧)
짐승도 제 새끼는 사랑하는데 항차 사람이야 말할 것도 없다는 말.

25086. 호랑이도 제 새끼는 귀여워한다.
자기 자식은 사랑하고 소중히 여겨야 한다는 뜻.

25087. 호랑이도 제 새끼는 안 잡아먹는다.
자기가 데리고 있는 아랫 사람은 도와 주는 일은 있어도 해롭게 하는 일은 없다는 뜻.

25088. 호랑이도 제 새끼 둔 곳은 아낀다.

누구나 자기 자식은 사랑하고 소중히 여긴다는 뜻.

25089. 호랑이도 죽은 고기는 먹지 않는다.
아무리 구차해도 음식은 함부로 먹어서는 안 된다는 뜻.

25090. 호랑이도 죽을 때는 제 굴에 가 죽는다.
사람도 죽을 때는 자기 고향 땅에 묻히고 싶어한다는 뜻.

25091. 호랑이도 죽을 때는 제 집을 찾는다.
사람도 제 집에서 죽어야지 객사(客死)해서는 안 된다는 뜻.

25092. 호랑이도 토끼를 잡으려면 뛰어야 한다.
힘써 일을 해야 먹고 살 수가 있다는 뜻.

25093. 호랑이 두 마리가 서로 싸운다.(兩虎相鬪)
〈史記〉
(1) 두 영웅이 서로 싸운다는 뜻.(2) 강한 두 나라가 싸운다는 뜻.

25094. 호랑이 뒤를 따라다니는 여우의 위세이다.
(狐假虎威) 〈戰國策〉
남의 권력을 배경으로 하여 유세를 쓴다는 뜻.

25095. 호랑이를 그린 것이 개처럼 되었다.
(畵虎類狗) 〈後漢書, 小學〉
너무 큰 것을 욕심내다가 실패하면 도리어 망신만 당하게 된다는 말.

25096. 호랑이를 기른 셈이다.(養虎)
장래 자기를 해칠 사람을 키웠다는 뜻.

25097. 호랑이를 산에 놓아 준 셈이다.(放虎歸山)
적을 더욱 유리하게 만들어 주었다는 뜻.

25098. 호랑이를 탄 기세다.(騎虎之勢) 〈隋書〉
무서운 범을 타고 다닐 정도로 기세가 당당하다는 뜻.

25099. 호랑이 모르는 하룻 강아지 촐랑대듯 한다.
자신이 불리하게 되는지도 모르고 함부로 날뛴다는 뜻.

25100. 호랑이 무서워 산에 못 갈까?
무슨 일을 할 때 거추장스러운 것 때문에 못 하겠느냐는 뜻.

25101. 호랑이 본 년 창 구멍 틀어막듯 한다.
급한 일을 당했을 때 당황해서 함부로 처리한다는 뜻.

25102. 호랑이 본 놈 문 구멍 막듯 한다.
위험한 일을 당했을 때 미봉책으로 일 처리를 한다는 뜻.

25103. 호랑이 새끼는 산에서 커야 하고 사람 새끼는 글방에서 커야 한다.
자식은 어떻게 해서라도 공부를 시켜야 훌륭하게 될 수 있다는 말.

25104. 호랑이 새끼를 길러 후환을 당한다.
(養虎之患)
자기 밑에서 자란 사람에게 피해를 입었다는 뜻.

25105. 호랑이 새끼에는 개새끼가 없다.(虎父無犬子)
부모가 훌륭하면 자식도 훌륭하게 된다는 뜻.↔호랑이 새끼에도 개새끼가 있다. 호랑이 새끼에도 스라소니가 있다.

25106. 호랑이 새끼에도 개새끼가 있다.(虎父犬子)
잘난 사람 자식에도 못난 자식이 있다는 뜻.↔호랑이 새끼에는 개새끼가 없다.

25107. 호랑이 새끼에도 스라소니가 있다.
잘난 부모의 자식에도 못난 사람이 있다는 뜻.↔호랑이 새끼에는 개새끼가 없다.

25108. 호랑이 세 마리만 있으면 그중에는 표범도 있다.(三虎一豹)
사람이 많으면 그 중에는 뛰어나게 잘난 사람도 있다는 뜻.

25109. 호랑이 식사(食事)다.
식사를 고르게 하지 않고 잘 먹을 때는 잘 먹고 없을 때는 굶는다는 뜻.

25110. 호랑이 아가리다.(虎口)
범의 아가리에 들어가면 죽듯이 죽을 곳에 들어갔다는 말.

25111. 호랑이 아가리를 벗어나지 못한다.
(不免虎口) 〈莊子〉
죽을 고비를 넘기지 못하였다는 뜻.↔호랑이 아가리를 벗어 난 셈이다.

25112. 호랑이 아가리를 벗어난 셈이다.
죽게 되었다가 되살아나게 되었다는 뜻.↔호랑이 아가리를 벗어나지 못한다.

25113. 호랑이 아가리에 개를 넣어라.
밑천도 못 건질 일을 한다는 뜻.

25114. 호랑이 아가리에 날고기를 넣어 준 셈이다.
밑천을 그대로 손해보게 되었다는 뜻.

25115. 호랑이 안 잡았다는 옛 늙은이 없다.
　누구나 젊어서는 제가 제일 힘이 센 것같이 생각한
　다는 뜻.

25116. 호랑이 앞의 개다.
　호랑이 앞의 개처럼 무서워서 꼼짝도 못한다는 뜻.

25117. 호랑이 없는 골에서는 토끼가 선생 노릇
　을 한다. (谷無虎先生兎)　　　　〈洌上方言〉
　잘난 사람이 없는 곳에서는 못난 사람이 잘난 체한다
　는 뜻.

25118. 호랑이 없는 산에서는 삵괭이가 호랑이 노
　릇을 한다. (無虎洞中狸作虎)　　　〈東言解〉
　잘난 사람이 없는 곳에선 못난 사람이 대신 잘난 체
　한다는 뜻.

25119. 호랑이에게 개를 꾸어 준 셈이다. (莫持狗
　貸與虎)　　　　　　　　　　　〈洌上方言〉
　번연히 떼어먹을 사람에게 돈이나 곡식을 꾸어 준다
　는 뜻.

25120. 호랑이에게 고기를 구걸한다. (虎前乞肉)
　　　　　　　　　　　　〈旬五志, 松南雜識〉
　도무지 되지도 않을 일을 한다는 뜻.

25121. 호랑이에게 날고기를 맡긴 셈이다.
　번연히 떼어먹을 사람에게 주었다는 뜻.

25122. 호랑이에게 물려가도 살아 온다. (虎口餘
　生)
　아무리 죽을 지경에 있어도 살아날 길은 있다는 뜻.

25123. 호랑이에게 물려갈망정 정신만 잃지 않으
　면 산다.
　아무리 위험한 지경에서도 침착하게 행동하면 빠져나
　올 수 있다는 뜻.

25124. 호랑이에게 물려갈 줄 알면 누가 산에 가
　나 ?
　화를 당할 줄 알면 어느 누가 그런 일을 할 리가 있
　느냐는 뜻.

25125. 호랑이와 사슴은 같이 놀지 않는다.
　(虎鹿不同遊)　　　　　　　　　〈淮南子〉
　강한 자와 약한 자는 가까이 지내지 않는다는 뜻.

25126. 호랑이와 이리의 마음씨다. (虎狼之心)
　호랑이나 이리와 같은 악한 마음씨라는 뜻.

25127. 호랑이의 탐욕이다. (虎狼貪)　　〈荀子〉
　호랑이마냥 몹시 욕심이 많다는 뜻.

25128. 호랑이 입보다도 사람 입이 더 무섭다.

　사람이 먹고 산다는 것이 매우 어렵다는 뜻.

25129. 호랑이 입을 더듬는 격이다. (探虎口)
　매우 위험스러운 행동을 한다는 뜻.

25130. 호랑이 잡고 볼기 맞는다.
　큰 일을 하고도 도리어 벌을 받게 되었다는 뜻.

25131. 호랑이 잡는 칼로 개 잡는다.
　대단치 않은 일에 지나치게 큰 계획을 세운다는 뜻.

25132. 호랑이 잡는 포수가 따로 있다.
　같은 사람이라도 큰 일 하는 사람이 따로 있다는 뜻.

25133. 호랑이 잡는 포수는 호랑이만 잡고 꿩 잡
　는 포수는 꿩만 잡는다.
　사람은 자기가 늘 하던 일밖에 못한다는 뜻.

25134. 호랑이 잡아 관가(官家) 좋은 일만 한다.
　모험(冒險)을 해가면서 한 일이 남만 좋게 하였다는
　뜻.

25135. 호랑이 잡아먹는 담비가 있다.
　강한 사람보다 더 강한 사람이 있다는 뜻.

25136. 호랑이 잡으려다가 겨우 꼬리만 잡았다.
　(捉虎僅捉尾)
　큰 포부(抱負)를 가지고 한 일이 겨우 조그만한 성과
　밖에 못 얻게 되었다는 뜻.

25137. 호랑이 잡으려다가 토끼도 못 잡는다.
　계획만 크게 세우고 수확은 하나도 거두지 못한다는
　뜻.

25138. 호랑이 차반이다.
　호랑이가 먹을 때는 많이 먹듯이 음식을 많이 먹었을
　적에 하는 말.

25139. 호랑이 코빼기에 붙은 고기를 떼어 먹겠
　다.
　조그만 이익을 위하여 모험을 한다는 뜻.

25140. 호랑이 턱에 붙은 고기도 떼어 먹겠다.
　돈이라면 위험도 무릅쓰고 덤빈다는 뜻.

25141. 호랑이한테 물려가도 열 두 번 정신만 차
　리면 산다.
　아무리 무서운 일을 당해도 정신만 똑바로 차리면 해
　결할 길을 찾을 수 있다는 말.

25142. 호령은 땀과 같다. (號令如汗)
　땀은 한번 나면 도로 들어가지 못하듯이 명령도 한번
　내리면 취소할 수는 없다는 뜻.

25143. 호로자식 마음잡았자 사흘이다.

근본적으로 못된 놈은 아무리 맹세해도 헛맹세가 되고 만다는 뜻.

25144. 호로자식은 동네마다 있다.
　어디를 가나 못된 놈은 '있다는 뜻.

25145. 호마는 북풍을 그리워한다. (胡馬依北風),
　(代馬依北風)　　　　　　　　〈古詩〉,〈鹽鐵論〉
　호마는 제 고향에서 불어오는 바람을 그리워하듯이 타향살이하는 사람은 누구나 고향은 못 잊고 그리워한다는 뜻.

25146. 호미 끝이 거름이다.
　호미로 김을 여러 번 매주면 곡식이 잘 자란다는 뜻.

25147. 호미로 막을 것을 가래로 막는다.
　일이 커지기 전에 처리하지 않고 있다가 커진 뒤에 수고를 한다는 뜻.

25148. 호박꽃도 꽃이란다.
　아무리 못난 여자라도 여자는 여자라는 뜻.

25149. 호박꽃에도 벌 나비는 온다.
　아무리 못난 여자라도 시집은 가게 된다는 뜻.

25150. 호박꽃을 꽃이라니까 오는 나비 괄세한다.
　못난 여자에게 구애(求愛)를 하였다가 거절을 당하였다는 뜻.

25151. 호박 나물에 힘쓴다.
　(1) 하찮은 것을 먹고 힘을 쓴다는 뜻. (2) 가벼운 것도 못 든다는 뜻.

25152. 호박 넌출 뻗을 적 같아선 강계(江界) 초산(楚山)도 뒤덮을 것 같았다.
　세력이 번성할 때 같아선 온 세상을 다 차지할 것 같지만 그렇게는 되지 않는다는 뜻.
　※ 강계·초산 : 평안북도에 있는 지명.

25153. 호박떡도 더워서 먹어야 한다.
　무슨 일이나 시기를 놓쳐서는 안 된다는 뜻.

25154. 호박 덩굴 뻗듯 한다.
　(1) 세력이 급속히 퍼진다는 뜻. (2) 무엇이 매우 잘 자란다는 뜻.

25155. 호박 덩굴이 큰다 큰다 해도 한이 있다.
　세력이 커지는 것도 한도(限度)가 있다는 뜻.

25156. 호박씨 까서 한입에 다 털어넣는다.
　(1) 애써 가면서 조금씩 모은 돈을 단번에 다 써버렸다는 뜻. (2) 애써 모은 돈을 남에게 다 떼었다는 뜻.

25157. 호박씨를 까는지 수박씨를 까는지 ?

무슨 일을 어떻게 하는지 도무지 알 수 없다는 뜻.

25158. 호박에 말뚝 박기다.
　잘 되어 가는 일에 방해를 놓는다는 뜻.

25159. 호박에 침 주기다.
　(1) 잘 되어 가는 일을 못 되게 방해한다는 말.
　(2) 매우 하기 쉬운 일이라는 뜻.

25160. 호박(琥珀)은 더러운 먼지를 빨아들이지 않는다. (琥珀不取腐芥)
　선한 사람은 나쁜 행동을 하지 않는다는 뜻.
　※ 호박 : 장식용으로 쓰이는 광물.

25161. 호박은 덩굴 속에서 큰다.
　(1) 일은 남이 모르게 해야 한다는 말.
　(2) 주인도 모르게 무슨 일을 하였다는 말.

25162. 호박을 통째로 삼키겠다.
　(1) 매우 미련한 짓을 한다는 뜻. (2) 먹을 것을 몹시 밝히는 사람보고 하는 말.

25163. 호박이 굴렀다.
　뜻밖에 좋은 수가 생겼을 때 하는 말.

25164. 호박이 넝굴째로 굴러떨어졌다.
　뜻밖에, 크게 좋은 일이 생겼을 때 하는 말.

25165. 호박이 떨어졌다.
　의외에 좋은 수가 생겼다는 말.

25166. 호박 잎에 청개구리 뛰어오르듯 한다.
　어린 사람이 어른에게 버릇없는 짓을 할 때 하는 말.

25167. 호소할 곳이 없다. (呼所無處)
　어느 누구에게도 호소할 사람이 없다는 뜻.

25168. 호장(戶長) 마누라 죽은 데는 가도 호장이 죽은 데는 가지 않는다.
　세력 쓰던 사람이 살았을 때는 사람들이 잘 대하지만 그가 몰락되면 사람들이 냉대하는 것이 세상 인심이라는 뜻.

25169. 호적(戶籍)에서 빠졌다.
　꼭 있어야 할 사람이 명단에서 빠졌다는 뜻.

25170. 호조(戶曹) 담을 뚫겠다.
　물욕(物慾)이 많아 도둑질이라도 할 사람이라는 뜻.
　※ 호조 : 옛날 호구(戶口), 공부(貢賦), 전량(錢糧), 식화(食貨)에 관한 사무를 맡았던 육조(六曹)의 하나.

25171. 호조 돈이나 공조(工曹) 돈이나.
　이것이나 그것이나 다 같은 것이라는 뜻. ※공조: 옛

날 공업에 관한 일을 맡았던 육조(六曺)의 하나.

25172. 호주머니 사정에 달렸다.
　자신이 하고 못 하는 것은 경제적 사정에 따라 결정된
　다는 뜻.

25173. 호주머니에 돈이 두둑하면 세상이 내 것
　같다.
　돈이 있으면 저절로 용기가 난다는 뜻.

25174. 호주머니에 돈이 있으면 웃음도 절로　난
　다.
　돈이 넉넉하면 저절로 즐거워진다는 뜻.

25175. 호주머니한테 상의해 봐야 안다.
　자기의 재력(財力)이 얼마인가는 계산해 봐야 안다는
　뜻.

25176. 호화로운 집을 지으려고 애쓰지 말라.
　(勿營華屋)　　　　　　　　〈松隱遺稿〉
　분수에 넘치는 호화로운 집은 삼가라는 뜻.

25177. 호환(虎患)당했던 놈은 애꿎은 고양이 밥
　그릇만 찬다.
　분풀이는 만만한 놈에게 한다는 뜻.

25178. 호환을 미리 안다면 누가 산에 갈까?
　화를 당할 줄 미리 안다면 일을 그르칠 사람이 없다
　는 뜻.

25179. 혹 떼러 갔다가 혹을 붙여 온다.
　이득(利得)을 보려고 갔다가 도리어 손해만 보았다는
　뜻.

25180. 혹은 맞기도 하고 혹은 맞지 않기도 한다.
　(或中或不中)
　어떤 것은 혹 맞지 않는 것도 있다는 말.

25181. 혹은 빠르기도 하고 혹은 느리기도 하다.
　(或速或遲)
　어떤 것은 빠른 것도 있고 어떤 것은 느린 면도 있다
　는 말.

25182. 혹은 사랑하기도 하고 혹은 미워하기도 한
　다. (或愛或憎)
　어떤 사람은 사랑하기도 하고 어떤 사람은 미워하기
　도 한다는 뜻.

25183. 혹은 옳다고도 하고 혹은 그르다고도　한
　다. (或可或不可: 或是或非)
　어떤 것은 옳다고 하는 것도 있고 어떤 것은 그르다
　는 것도 있다는 뜻.

25184. 혹을 붙이고 등창을 마련한다. (結爲瘤贅

陷爲癰疽)　　　　　　　　　〈唐書〉
　일을 잘한다는 것이 점점 못 되게만 만든다는 뜻.

25185. 혹을 붙인다. (結爲瘤贅)　　　〈唐書〉
　이익을 보려다가 도리어 손해만 당하였다는 뜻.

25186. 혹이 나고 무사마귀가 달리듯 한다.
　(附贅縣疣)　　　　　　　　　〈莊子〉
　일이 점점 악화(惡化)되기만 한다는 뜻.

25187. 혹한이 닥쳐서야 털옷을 찾는다. (大寒索
　裘)
　무슨 일에 미리 준비를 못 했다는 뜻.

25188. 혼(魂)났다.
　너무 놀라서 넋을 잃었다는 뜻.

25189. 혼란이 일어나면 반드시 망하게 된다.
　(亂生必滅)　　　　　　　　〈春秋左傳〉
　집안이나 국가나 혼란이 일어나면 망하게 된다는 뜻.

25190. 혼란하면 흩어지게 마련이다. (亂則離)
　　　　　　　　　　　　　　　〈荀子〉
　혼란이 일어나게 되면 서로 흩어지게 된다는 뜻.

25191. 혼란한 나라는 뒤집어엎어야 한다.
　(覆昏亂)　　　　　　　　　〈春秋左傳〉
　혼란한 나라는 뒤집어엎고 다시 세워야 한다는 뜻.

25192. 혼례는 인간 대사다.
　결혼은 인간생활의 새 장(場)을 여는 계기로 되기 때
　문에 가장 큰 경사라는 뜻.

25193. 혼례날 비가 오면 불길하다.
　비 온 날 결혼한 사람 중에서 불행하게 된 사람이 자
　기를 두고 한 말.

25194. 혼백(魂魄)이 상처했다.
　정신을 잃고 어리둥절하다는 뜻.

25195. 혼백이 흩어졌다. (魂飛魄散)
　몹시 놀라서 정신을 잃게 되었다는 뜻.

25196. 혼사가 깨진 색시는 절름발이가 된다.
　옛날에는 혼담을 하다가 성혼이 못 되면 규수에게 어
　떤 흠이 있어 성혼이 못 되었다는 소문이 나서 규수
　혼인에 큰 지장이 있었다는 말.

25197. 혼사 끝난 뒤에 병풍 지고 온다.
　사전(事前)에 해야 할 일을 때 늦은 사후(事後)에 한
　다는 뜻.

25198. 혼사는 붙이고 싸움은 말리랬다.
　결혼은 도와 주어야 하고 싸움은 못 하게 말려야 한다

는 뜻.

25199. 혼사를 방해하는 놈은 만장 가운데서 때려죽이랬다.
남의 결혼을 방해하는 것은 큰 죄라는 뜻.

25200. 혼사 말하니까 장사 말한다.
(1) 화제(話題)를 엉뚱하게 바꾼다는 뜻. (2) 경사스러운 말을 하는데 불길한 말을 할 적에 하는 말.

25201. 혼사 빚은 떼먹어도 초상 빚은 안 떼먹는다.
초상 빚은 자기가 못 갚으면 아들이라도 갚아야 한다는 뜻.

25202. 혼사 훼방 놓는 놈은 때려죽여도 죄가 없다.
남의 결혼을 방해하다가는 큰 봉변을 당해도 어디 호소도 못 한다는 뜻.

25203. 혼(魂)이 나갔다.
혼이 나간 송장마냥 정신이 하나도 없다는 말.

25204. 혼이 빠졌다.
실신 상태(失神狀態)에 빠져 있다는 뜻.

25205. 혼인 끝난 뒤에 병풍 친다.
혼인 때 쓸 병풍을 혼인이 끝난 뒤에 치듯이 이미 때가 지나서 일을 한다는 뜻.

25206. 혼인 날 똥 싼다. (方婚姻矢遺) 〈東言解〉
경사스러운 날 망신을 당한다는 뜻.

25207. 혼인 날 신부 굶듯 한다.
혼인 잔치에 먹을 것은 많지만 굶게 되듯이 먹을 것을 두고도 못 먹는다는 뜻.

25208. 혼인에 가난 든다.
가장 경사스러운 날 재앙이 든다는 뜻.

25209. 혼인에 반간(反間) 놓는 놈은 만장 가운데서 죽이랬다.
혼사(婚事)를 방해하는 짓은 매우 나쁘다는 뜻.

25210. 혼인에 트레바리다.
경사스러운 일까지도 무턱대고 반대한다는 뜻.
※ 트레바리: 까닭없이 남의 말에 반대하기를 좋아하는 성격.

25211. 혼인 집에서 신랑 잃는다.
가장 소중한 것을 잃어 버렸을 때 쓰는 말.

25212. 혼인 치레하지 말고 팔자(八字) 치레하랬다.

혼인 잔치는 간소하게 하고 살기를 잘살아야 한다는 뜻.

25213. 혼자 사는 동네에서 면장(面長) 구장(區長) 다 한다.
무슨 일을 혼자서 다 맡아 한다는 뜻.

25214. 혼자서는 용 빼는 재주 없다.
남의 협조 없이 혼자서 하려면 일이 잘 안 된다는 뜻.

25215. 혼자서는 장군이 못 된다. (獨不將軍)
(1) 모든 일을 혼자서 하려는 사람을 비유하는 말.
(2) 고립된 사람을 비유하는 말.

25216. 혼자서 마음대로 쥐고 흔든다. (獨擅)
〈戰國策〉
무슨 일이든지 혼자서 제 마음대로 한다는 뜻.

25217. 혼자서 북치고 장구친다.
혼자서 모든 일을 맡아서 한다는 뜻.

25218. 혼자서 온 나라 사람들과 싸우면 이겨 낼 수 없다. (以一口與一國爭 其數不勝也) 〈韓非子〉
아무리 강한 사람이라도 혼자서 여러 사람들과 싸우면 이길 수가 없다는 뜻.

25219. 혼자서 천리를 떠돌아다니는 나그네다. (隻身千里客) 〈眞山民〉
외롭고 매우 고달픈 신세(身勢)라는 뜻.

25220. 혼자 입은 못 먹고 살아도 두 입은 먹고 산다.
독신 생활을 하는 것보다 결혼 생활을 하는 것이 오히려 돈이 덜 든다는 말.

25221. 혼(魂)줄 나갔다.
너무 놀라서 정신을 못 차린다는 뜻.

25222. 홀로서는 아이를 낳을 수 없다. (獨陽不生) 〈穀梁傳〉
혼자서는 아이를 못 낳듯이 반드시 상대가 있어야 한다는 뜻.

25223. 홀몸으로 의지할 곳이 없다. (孑孑無依)
어느 누구 하나도 의지할 데가 없는 외로운 몸이라는 뜻.

25224. 홀시어머니 거느리기가 벽에 오르기보다도 어렵다.
시어머니 중에서도 홀시어머니는 더욱 모시기가 어렵다는 말.

25225. 홀아비 굿날 물리듯 한다.
무슨 일을 자꾸 연기(延期)만 한다는 뜻.

25226. 홀아비 농사에 씨앗 각시 품삯도 모자란다.

홀아비가 농사를 하면 오히려 손해만 간다는 뜻.

25227. 홀아비는 이가 서 말이다.

남자는 혼자서 살림을 할 수 없다는 말.

25228. 홀아비는 이가 서 말이요 과부는 은이 서 말이다.

여자는 혼자 살아갈 수 있어도 남자는 혼자 살림을 못 한다는 뜻.

25229. 홀아비 법사(法事) 끌듯 한다.

일하기가 싫어서 자꾸 미뤄 나가기만 한다는 뜻.

25230. 홀아비 부자 없고 과부 가난뱅이 없다.

홀아비는 잘사는 사람이 별로 없어도 과부는 대개 잘 산다는 말.

25231. 홀아비 사정 보다가 과부 아이 밴다.

남의 사정만 보다가 자기는 실수를 하게 된다는 뜻.

25232. 홀아비 사정은 과부가 알아 준다.

남의 어려운 사정은 같은 환경에 있는 사람이라야 안다는 뜻.

25233. 홀아비 사정은 홀아비가 안다.

어려운 사정은 같은 사람끼리만 알 수 있다는 뜻.

25234. 홀아비 사정은 홀아비가 알고 과부 사정은 과부가 안다.

같은 환경에 있는 사람끼리만 자기네의 사정을 잘 이해할 수 있다는 뜻.

25235. 홀아비 삼 년에는 이가 서 말이다.

남자가 혼자 살면 살림이 안 된다는 뜻.

25236. 홀아비 삼 년에는 이가 서 말이요 과부 삼 년에는 은이 서 말이다.

여자는 혼자 살 수 있지만 남자는 혼자서 살림을 못 한다는 뜻.

25237. 홀아비 서삼촌(庶三寸)이 조카 장가 걱정하듯 한다.

제 일도 못 하는 사람이 남의 걱정을 한다는 뜻.

25238. 홀아비와 과부를 업신여기지 말아야 한다. (不侮鰥寡)　〈詩經〉

홀아비와 과부를 업신여기지 말고 불쌍하게 여기라는 뜻.

25239. 홀아비와 과부 만나듯 한다.

서로 마땅한 사람끼리 만나게 되었다는 뜻.

25240. 홀아비 장가 간다. (鰥者得配)

홀아비가 장가를 가듯이 살림살이가 잘 되게 되었다는 뜻.

25241. 홀어머니 사는 집도 팔아 먹겠다.

고생을 많이 한 홀어머니에게 불효 짓을 한다는 뜻.

25242. 홀어미 아이 낳듯 한다.

과부가 아이를 낳듯이 몹시 부끄러운 일을 당했다는 뜻.

25243. 홀연히 나타났다가 홀연히 사라진다. (忽顯忽没 : 忽顯忽失)

별안간에 나타났다가 별안간에 사라지고 만다는 뜻.

25244. 홈통은 썩지 않는다.

항상 활동하는 물건은 썩는 일이 없다는 뜻.

25245. 홍길동(洪吉童)이 합천 해인사(陜川 海印寺) 털어먹듯 한다.

(1) 남의 것을 힘도 들이지 않고 다 털어먹는다는 뜻.

(2) 음식을 남기지 않고 다 먹어 치운다는 뜻.

25246. 홍동지(洪同知) 낯짝 같다.

술을 많이 먹어 얼굴이 붉게 되었다는 말.

25247. 홍두깨로 소 몬다.

매우 미련스러운 짓을 한다는 뜻.

25248. 홍두깨로 주고 바늘로 받는다.

주는 것은 많이 주고 받는 것은 조금 받아 손해가 많다는 뜻.

25249. 홍두깨에 꽃이 피겠다.

(1) 도저히 안 될 일을 바란다는 뜻. (2) 뜻밖에 좋은 수를 만난다는 뜻.

25250. 홍 생원(洪生員) 네 흙칠하듯 한다.

무슨 일을 되는 대로 함부로 한다는 뜻.

25251. 홍시(紅柿) 떨어지면 먹으려고 감나무 밑에서 입 벌리고 누웠다.

힘써 일하지 않고 우연히 잘 되기만 바란다는 뜻.

25252. 홍시 먹다가 이 빠진다.

조심하지 않다가 실수를 하게 되었다는 뜻.

25253. 홍 시 빨아먹듯 한다.

남의 재산을 착취하는 데 맛을 들였다는 뜻.

25254. 홍어(洪魚)는 썩어야 제 맛이 난다.

홍어는 싱싱한 것보다 약간 썩여서 먹어야 맛이 있다는 뜻.

25255. 홍역을 치렀다.

홍역을 앓듯이 몹시 고난을 치렀다는 뜻.

25256. 홍제원(弘濟院) 나무 장수 잔디 뿌리 뜯 듯 한다.

　무엇을 있는 대로 다 쥐어뜯는다는 뜻.

25257. 홑중의에 겹말이다.

　격에 맞지 않는 짓을 한다는 뜻. ※ 겹말 : 겹으로 된 옷 허리.

25258. 화가 가고 나니까 또 화가 닥쳐온다. (禍去禍又至)　〈成語考〉

　화가 왔다가 가니까 또 화가 닥쳐와서 화가 떠나지를 않는다는 뜻.

25259. 화가 닥쳐도 두려워하지 않는다. (禍至不懼)

　화가 닥쳐도 두려워하지 말고 몰아 내도록 하라는 뜻.

25260. 화가 닥쳐오는 것은 자기 자신이 오게 한 것이다. (惡之來也 己則取之)　〈春秋左傳〉

　화가 오고 아니 오는 것은 자기 자신에게 달려 있다는 말.

25261. 화가 머리 끝까지 치밀었다.

　이성(理性)을 잃을 정도로 화가 났다는 뜻.

25262. 화가 없는 것을 복으로 여겨야 한다. (以無禍爲福)　〈旬五志〉

　화가 없이 무사한 것을 복으로 여기고 살라는 말.

25263. 화가 홀아비 동심(動心)하듯 한다.

　화가 나서 어쩔 줄을 모른다는 뜻.

25264. 화 곁에 복이 기대섰고 복 속에 화가 숨어 있다. (禍兮福之所倚 福兮禍之所伏)　〈老子〉

　화와 복은 항상 같이 다니기 때문에 화가 온다고 실망하지 말고 복이 온다고 즐겨만 해서는 안 된다는 뜻.

25265. 화난 년 보리 방아 찧듯 한다.

　일을 조심성 있게 하지 않고 되는 대로 함부로 해치운다는 뜻.

25266. 화난다고 돌을 차면 제 발부리만 아프다. (發怒蹴石 我足其圻)

　감정을 가지고 하는 일은 손해만 보기 때문에 이성을 가지고 일을 하라는 뜻.

25267. 화난 사람은 바로 보지 못한다.

　사람이 흥분하였을 때는 사물을 옳게 판단하지 못하게 된다는 뜻.

25268. 화낸 놈 바위 차기다. (怒蹴巖)　〈旬五志〉

화난 끝에 하는 일은 손해만 본다는 뜻.

25269. 화냥년 서방질은 하늘도 안다.

　화냥년의 행동은 세상 사람들이 다 알고 있다는 뜻.

25270. 화냥년에 순결(純潔) 없고 달걀에 모난 것 없다.

　화냥년에게는 순결이 있을 수 없다는 뜻.

25271. 화는 교만한 데서 생긴다. (禍生於驕)

　화는 교만한 데서 생기므로 방자한 언행을 삼가고 겸손해야 한다는 뜻.

25272. 화는 덕이 없는 데서 생긴다. (禍生不德)　〈崔琦〉

　인덕(仁德)이 있는 곳에서는 화가 생기지 못하고 인덕이 없는 곳에서 생긴다는 뜻.

25273. 화는 멀리 쫓고 복은 불러들여야 한다. (遠禍召福)

　화는 다시 못 오도록 멀리 쫓아 버리고 복은 들어오도록 불러들이라는 말.

25274. 화는 멀리하고 복은 가까이한다. (遠禍近福)

　화는 멀리 쫓아 버리고 복은 함께 있도록 하라는 뜻.

25275. 화는 미리 짐작할 수 없다. (禍不可預度)　〈晉書〉

　화는 미리 온다고 알리고 오는 것이 아니므로 오는 것을 미리 알 수는 없다는 뜻.

25276. 화는 반드시 연거푸 온다. (禍必重來)

　화는 하나만 오는 것이 아니라 이중(二重), 삼중(三重)으로 오게 된다는 뜻.

25277. 화는 복의 이웃에 있다. (禍與福鄰)　〈荀子〉

　화와 복은 따로 있는 것이 아니라 이웃에 의지하고 있다는 말.

25278. 화는 복이 있는 곳에 의지하고 있다. (禍兮 福之所倚)　〈老子〉

　화와 복은 따로 있는 것이 아니라 함께 서로 의지하고 있다는 뜻.

25279. 화는 악한 일을 하는 데서 기인되는 것이다. (禍由於爲惡)

　화는 악한 일을 하기 때문에 생긴다는 뜻.

25280. 화는 언제 닥쳐올지 모른다. (禍至之無日)　〈春秋左傳〉

　화가 닥쳐오는 것은 언제 올지 모른다는 말.

25281. 화는 없는 집에서 난다.
　　안 되는 집에는 불길한 일만 생긴다는 뜻.

25282. 화는 입을 따라 나오고 병은 입을 따라 들
　　어간다. (禍從口出 病從口入)　　〈太平御覽〉
　　재난(災難)은 말을 잘못한 데서 생기고 병은 음식을
　　잘못 먹은 데서 생긴다는 말.

25283. 화는 입을 따라 나온다. (禍從口出)
　　　　　　　　　　　　　　　　　　　〈太平御覽〉
　　재화(災禍)는 흔히 입을 잘못 놀린 데서 생긴다는 뜻.

25284. 화는 재물을 탐내는 데서 생긴다.
　　(禍生於多貪)　　　　　　　　　　〈誡諭心文〉
　　화는 재물을 탐내는 데서 생기므로 탐욕을 삼가라
　　는 뜻.

25285. 화는 적을 깔보는 데서 오는 것보다 더
　　큰 것은 없다. (禍莫大於輕敵)　　〈老子〉
　　전쟁으로 인한 화는 적을 업신여기다가 패전(敗戰)하
　　여 당하게 된다는 뜻.

25286. 화는 조그만 데서부터 생긴다. (禍生於微)
　　　　　　　　　　　　　　　　　　　〈說苑〉
　　화는 사소한 것에서 생기게 되므로 사소한 일에 조심
　　을 하라는 뜻.

25287. 화는 태만한 데서 생긴다. (禍生懈惰)
　　　　　　　　　　　　　　　　　　　〈韓詩外傳〉
　　화는 일을 게으르게 하는 데서 생기기 때문에 태만하
　　지 않도록 하라는 뜻.

25288. 화는 한 번에 끝나지 않는다.
　　화를 당할 때는 거듭 당하게 된다는 뜻.

25289. 화는 혼자서 다니지 않는다. (禍不單行)
　　　　　　　　　　　　　　　　　　　〈傳燈錄〉
　　화는 화끼리 같이 다니기 때문에 화를 당하게 될 때
　　는 조심하라는 뜻.

25290. 화도 삼 년 두면 복이 된다.
　　화도 오래 두고 참고 견디면 점점 복으로 전환된다는
　　뜻.

25291. 화려하기만 하고 충실하지 않다. (華而不
　　實)　　　　　　　　　　　　　　　〈春秋左傳〉
　　겉만 화려하고 속은 텅 비었다는 뜻.

25292. 화로 가에 어린 아이 둔 것 같다.
　　화로 가에 아이를 둔 것같이 불안하다는 말.

25293. 화로 가에 엿을 붙여 놓았나?
　　손님이 왔다가 바로 가려고 할 때에 하는 말.

25294. 화로 들고 쇠불알 떨어지기만 기다린다.
　　힘들여 일은 하지 않고 요행만 기다린다는 뜻.

25295. 화로 불 쬐던 사람은 요강만 봐도 쬔다.
　　버릇은 한번 들면 고치기가 매우 어렵다는 말.

25296. 화로 인하여 복을 얻는다. (因禍得福)
　　화를 당한 것이 원인이 되어 복을 얻게 되었다는 뜻.

25297. 화로 전에 엿을 붙여 놓고 왔나?
　　손님이 왔다가 바로 돌아가려고 할 때 쓰는 말.

25298. 화를 당해도 근심을 잊는다. (臨禍忘憂)
　　　　　　　　　　　　　　　　　　　〈春秋左傳〉
　　어떤 재화(災禍)를 당해도 근심을 하지 않는다는 뜻.

25299. 화를 물리치고 복을 구한다. (攘禍求福)
　　화를 몰아 내면서 복을 얻기 위하여 노력한다는 뜻.

25300. 화를 바꾸어 복을 만든다. (轉禍爲福)
　　화를 바꾸어 복으로 유리하게 만든다는 말.

25301. 화를 일으키는 일이 없어야 한다.
　　(無始禍)　　　　　　　　　　　　　〈春秋左傳〉
　　화가 될 수 있는 일은 하지 말아야 한다는 뜻.

25302. 화목은 계수나무같이 비싸고 쌀은 구슬같
　　이 비싸다. (薪桂米珠)
　　땔나무 값은 계수나무 값과 같이 비싸고 쌀 값은 구
　　슬 값과 같이 비싸다는 말로서 즉 물가(物價)가 매우
　　비싸다는 말.

25303. 화목한 집에 복이 온다.
　　단란하고 화기애애한 집안은 번영하게 된다는 말.

25304. 화발 허통(虛通)이다.
　　막혀져야 할 데가 막혀지지 않아 허전하다는 뜻.

25305. 화복(禍福)은 제게 달렸다.
　　잘살고 못사는 것은 자기 자신에게 달렸다는 말.

25306. 화살만 봐도 새적을 찾는다. (見彈而求鴞
　　炙)　　　　　　　　　　　　　　　〈莊子〉
　　몹시 성급하게 서두른다는 뜻.

25307. 화살 없는 활이다. (無矢弓)
　　있어야 할 것이 없어서 쓸모가 없다는 뜻.

25308. 화살은 쏘고도 줍지만 말한 것은 못 줍는
　　다.
　　한번 한 말은 다시 고칠 수 없으니 말 조심을 하라는
　　뜻.

25309. 화수분을 얻었나.

돈을 함부로 쓰는 사람에게 탓하는 말.

25310. 화약을 지고 불로 들어간다.
자기 자신이 스스로 위험한 짓을 한다는 뜻.

25311. 화양동(華陽洞)을 먼저 보지 말고 속리산
(俗離山)을 먼저 봐야 한다.
화양동 경치가 비록 규모는 작지만 속리산 경치보다
아름답기 때문에 화양동을 먼저 보면 속리산의 아름
다움을 모르게 된다는 말.

25312. 화와 복은 자기나름대로 오게 한다.
(禍福由己)　　　　　　　　　　〈孟子〉
악한 짓을 하면 화가 오고 착한 짓을 하면 복이 오게
마련이므로 어느 것을 선택하느냐 하는 것은 본인에
게 달렸다는 뜻.

25313. 화와 복은 한 문으로 드나든다. (禍福同
門)　　　　　　　　　　　　　　〈文子〉
화와 복은 함께 있기 때문에 드나드는 문도 함께 쓴다
는 뜻.

25314. 화와 복이 드나드는 문은 따로 없다.
(禍福無門)　　　　　　　　　　〈春秋左傳〉
화와 복은 함께 있기 때문에 드나드는 문도 따로 있
는 것이 아니라 한 문을 쓴다는 뜻.

25315. 화 잘 내는 놈이 속은 없다.
신경질적으로 화를 내는 사람은 풀리기도 쉽게 풀린
다는 뜻.

25316. 화 잘 내는 사람은 오래 못 산다.
마음이 너그러운 사람이라야 장수를 한다는 뜻.

25317. 화재가 나려면 쥐가 도망간다.
쥐는 화재가 날 것을 미리 알고 피한다는 말.

25318. 화재 끝에 못 줍기다.
큰 손해를 당한 뒤에 사소한 이득만 찾는다는 뜻.

25319. 화재 난 것 보고 우물 판다.
무슨 일이 닥친 뒤에야 준비를 시작한다는 뜻.

25320. 화재 난 데 도둑질한다.
남의 불행을 도와 주지는 못하면서 도리어 손해만 끼
친다는 뜻.

25321. 화재 난 데 부채질한다.
남이 불행할 때 그 불행을 도와 주지 않고 점점 불행
하게 만들어 준다는 뜻.

25322. 화재 난 데 풍석(風席)질하기다.
남의 불행을 더욱 불행하게 만들어 준다는 뜻.

25323. 화재와 싸움은 클수록 볼 만하다.
큰 화재나 큰 싸움은 구경할 만하다는 뜻.

25324. 화적(火賊) 봇짐 털어먹는다.
나쁜 짓을 더 잘한다는 뜻.

25325. 화초 밭에 말 맨다.
남에게 심술을 부리어 손해를 끼친다는 뜻.

25326. 화초 밭에 불 놓기다.
남에게 심술을 부려 손해를 끼친다는 말.

25327. 화초(花草) 밭의 괴석(怪石)이다.
얼른 보기에는 대단한 것 같지 않으나 소중한 존재라
는 뜻.

25328. 확 깊은 집에 주둥이 긴 개가 들어온다.
모든 일이 다 조화(調和)가 잘 맞는다는 뜻.
※ 확 : 절구의 아가리로부터 밑바닥까지의 구멍.

25329. 환장하면 눈이 뒤집힌다.
본심(本心)이 아니면 사물을 옳게 보지 못하게 된다
는 뜻.

25330. 활과 과녁이 서로 맞는다. (弓的相適)
　　　　　　　　　　　　　　　〈旬五志〉
때와 장소가 잘 맞았다는 뜻. ※ 과녁 : 활이나 총을
쏠 때의 목표.

25331. 활 당긴 김에 콧물 씻는다.
핑계가 없어 못 하던 차에 좋은 기회가 와서 그 일을
하게 되었다는 뜻.

25332. 활 맞았던 새는 굽은 나무만 봐도 놀랜다.
(傷弓之鳥驚曲木)　　　　　　　〈唐書〉
한번 놀란 것이 있으면 그와 비슷한 것만 봐도 놀라
게 된다는 말.

25333. 활 쏘며 눈물 닦는다.
무슨 일을 하는 김에 겸해서 할 수 있다는 뜻.

25334. 활에 놀란 새는 굽은 나뭇가지만 봐도 앉
지 않는다.
한번 놀란 것이 있으면 그에 대한 경각심을 가지게 된
다는 뜻.

25335. 활을 들고서 새를 부른다. (執彈而招鳥)
　　　　　　　　　　　　　　　〈淮南子〉
해치려고 하는 자에게는 가까이하지 않는다는 뜻.

25336. 활이야 살이야 한다.
죽이느니 살리느니 하면서 야단을 친다는 뜻.

25337. 활인불은 골마다 있다. (活人之佛 洞洞有

之), (活人佛 洞洞出) 〈旬五志〉, 〈洌上方言〉
어디를 가나 급한 일을 당했을 때 도와 주는 사람은
있다는 뜻.

25338. 활장이 아들은 반드시 키 만드는 일을 배
운다. (良弓之子 必學爲箕) 〈禮記〉
직업은 대대로 이어받게 된다는 뜻.

25339. 활줌통 내밀듯 한다.
팔을 쑥 내밀면서 받으라는 모양을 이름.

25340. 홧김에 서방질 간다.
화가 났을 때는 잘못을 저지르기 쉽다는 뜻.

25341. 홧김에 화냥질한다.
이성을 잃은 홧김에는 잘못을 저지르기 쉽다는 뜻.

25342. 황금비가 내린다.
오랜 가뭄 끝에 오는 비는 곡식 비이기 때문에 물 비
가 아니라 돈 비라는 말.

25343. 황금 천 냥(千兩)이 자식 교육만 못하다.
부모는 자식에게 재산을 물려 주는 것보다는 공부를
시켜 주는 것이 낫다는 뜻.

25344. 황달병 환자는 세상이 노랗다 한다.
사물을 객관적(客觀的)으로 보지 않고 주관적(主觀的)
으로 보아서는 안 된다는 뜻.

25345. 황새가 개미 두둑에서 운다.
권력을 가진 사람도 군중을 당할 수 없게 된다는
뜻.

25346. 황새가 울었다.
이미 때가 늦어 모든 일이 다 끝장났다는 뜻.

25347. 황새가 조알 까먹는 것 같다. (如鸛啄食
粟粒) 〈東言解〉
체신은 큰 사람이 너무 적게 먹어서 먹으나 마나 하
다는 뜻.

25348. 황새가 황새보고 멀쑥하다고 한다.
남의 흉은 알아도 자기 흉은 모른다는 뜻.

25349. 황새 걸음이다.
천천히 걸어도 빠르게 간다는 말.

25350. 황새 논두렁 넘어보듯 한다.
무엇을 찾느라고 기웃거리는 사람을 보고 하는 말.

25351. 황새 늦새끼 같다.
팔 다리가 길쭉하고 늘씬하게 생겼다는 뜻.

25352. 황새도 앉는 곳에 깃이 빠진다.
다닌 데는 흔적을 남기게 된다는 말.

25353. 황새와 조개 싸움에 어부만 이득 본다.
(鷸蚌之爭 漁夫之利) 〈戰國策〉
양자가 싸우다가 제 삼자만 유리하게 한다는 뜻.

25354. 황소가 제 덕석 뜯어먹는다.
자신에게 유리하게 한다는 것이 결과적으로 불리하게
되었다는 뜻.

25355. 황소도 호박넝쿨에 걸려 넘어질 때가 있
다.
작은 것이라고 만만히 보다가는 실수를 하게 된다는
뜻.

25356. 황소 뒷걸음질하다 쥐 잡기다.
미련하고 느린 사람도 요행히 일을 잘할 때가 있다는
뜻.

23357. 황소 불알 떨어지기만 기다린다.
요행수만 바라고 막연히 기다린다는 뜻.

25358. 황소 불알 떨어지면 구워 먹으려고 다리
미에 불 담아 다닌다.
요행수만 바라고 막연한 행동만 한다는 뜻.

25359. 황소 한 마리 가지고는 이웃끼리 다투지
않는다.
이웃간에는 설령 큰 이해가 있더라도 싸워서는 안 된
다는 뜻.

25360. 황아 장수 망신은 고불통이 시킨다.
못난 것이 못난 짓을 하여 전체를 망신시킨다는 뜻.
※ 황아 장수 : 옛날 잡화를 등에 지고 다니며 팔던
상인.

25361. 황아 장수 봇짐 옮기듯 한다.
한곳에 오래 있지 못하고 늘 돌아다니기만 한다는
뜻.

25362. 황아 장수 잠자리 옮기듯 한다.
한곳에 오래 있지 못하고 자주 옮긴다는 뜻.

25363. 황제(皇帝) 무덤에 신하(臣下) 귀신 모여
들듯 한다.
친한 사람끼리는 어디를 가나 한곳에 모이게 된다는
뜻.

25364. 황천객(黃泉客)이 되었다.
죽어서 저승 길을 가는 나그네가 되었다는 말.

25365. 황천 길이 멀다 해도 대문 밖이다.
사람이 죽으려면 허망하게 죽는다는 뜻.

25366. 황해도 입납이다. (黃海道 入納)
(1) 해도 아무 소용이 없는 일이라는 뜻. (2) 허황(虛

荒)한 일이라는 뜻.

25367. 황해도 처녀다. (黃海道 處女)
밤낮을 분간하지 못하는 사람을 가리키는 말.

25368. 황해도 판수 가야고 따르듯 한다.
무턱대고 뒤만 따라다니는 것을 이름. ※ 가야고 : 악기의 일종.

25369. 황해(黃海) 바다 고기는 동해(東海) 바다 물 맑은 줄 모른다.
자신이 보지 않은 것은 모르게 된다는 뜻.

25370. 황희 정승(黃喜政丞) 네 치마 하나 가지고 세 어미 딸이 입듯 한다.
옷 하나를 가지고 여러 식구가 입는다는 뜻.

25371. 횃대 밑 안방 사나이다.
남자가 밖에서 일하지 않고 안방에서만 산다는 뜻.

25372. 횃대 밑에 더벅머리가 셋이면 날고 뛰는 놈도 별 수 없다.
어린 아이가 여럿이면 그 뒷바라지 때문에 꼼짝도 못한다는 뜻.

25373. 횃대 밑에서 호랑이 잡는 놈이 고양이 보고 놀란다.
하는 행동이 매우 옹졸하고 답답하다는 뜻.

25374. 횃대 밑에서 호랑이 잡는 놈이 나가서는 쥐구멍을 먼저 찾는다.
하는 짓이 몹시 옹졸하고 답답하다는 뜻.

25375. 횃대 밑에서 호랑이 잡는다.
소견 없는 놈은 하는 짓마다 답답한 짓만 한다는 뜻.

25376. 횃대 밑의 장담이다.
안방에서만 하는 헛장담이라는 뜻.

25377. 횃대에 동저고리 넘어가듯 한다.
무엇이 걸리지도 않고 한쪽 너머로 슬쩍 넘어간다는 뜻.

25378. 회(蛔)가 동한다.
마음이 몹시 끌린다는 뜻.

25379. 회(膾)나 군 고기는 아무 입에나 맞는다. (膾炙人口)
좋은 일은 누구에게나 환영을 받는다는 뜻.

25380. 회오리 바람은 하루 아침을 못 간다.
회오리 바람은 오래 두고 불지 않는다는 뜻.

25381. 회오리밤 벗듯 한다.
회오리밤 벗듯이 세속(世俗)에서 벗어난다는 뜻.

※ 회오리밤 : 밤송이 속에 한 톨만 든 밤.

25382. 회인현(懷仁縣)에 감사 든 것 같다.
좁은 회인골에 감사가 든 것같이 사람들이 박신거리며 소란스럽다는 뜻. ※ 회인 : 충청북도 회인.

25383. 회초리도 다발로 묶으면 꺾어지지 않는다.
약한 사람도 단결되면 강해진다는 뜻.

25384. 회초리 한 개는 꺾어도 열 개는 못 꺾는다.
한 사람의 힘은 약해도 여러 사람이 힘을 합하여 단결하면 강하게 된다는 말.

25385. 획지옥(劃地獄)도 옥(獄)이라면 싫다.
나쁜 것은 말만 들어도 싫어진다는 뜻. ※ 획지옥 : 땅에 금을 긋고 그 금 안에서 나오지 못하게 구금하는 감옥.

25386. 횡재한 것이 도리어 흉하게 되었다. (橫財反凶)
횡재한 재물은 그로 인하여 오히려 화를 입게 된다는 뜻.

25387. 효는 만선(萬善)의 근본이다. (孝萬善之本)
모든 선행(善行)은 효에서 출발되는 것이라는 뜻.

25388. 효는 백행의 근본이다. (孝百行之本) 〈後漢書〉
효도(孝道)는 모든 행동의 근본으로 된다는 말.

25389. 효는 부모를 섬기는 일로 시작해서 임금을 섬기고 입신하는 데서 끝난다. (孝 始於事親 中於事君 終於立身) 〈小學〉
효행은 부모를 섬기는 것이 최초의 시작이고 같은 마음으로 임금을 섬기는 것이 두 번째이며 출세하는 것으로서 효는 끝나는 것이라는 뜻.

25390. 효는 세 가지로 구분되는데 가장 큰 효도는 부모를 존경하는 것이며 그 다음은 치욕되지 않게 하는 것이며 끝으로는 봉양하는 것이다. (孝有三 大孝尊親 其次弗辱 其下能養) 〈禮記〉
효에는 가장 큰 효가 부모를 정성껏 존경하는 것이며 그 다음은 부모에게 치욕되는 일이 없도록 하는 것이며 끝으로는 부모를 잘 봉양하라는 뜻.

25391. 효로써 임금을 섬기면 그것이 충이 된다. (以孝事君則忠) 〈孝經〉
부모에게 효도하는 마음으로 임금을 섬기면 이것이 곧 충이 된다는 뜻.

25392. 효성이 못 효성이다. (以孝傷孝)
효도를 한다는 것이 도리어 걱정을 끼쳤다는 뜻.

25393. 효성이 지극하면 돌 위에서도 풀이 난다.
효성이 지극하면 기적적인 일도 생긴다는 뜻.

25394. 효자가 악처만 못하다. (孝子不如惡妻)
아무리 나쁜 아내라도 효자 아들보다 낫다는 말.

25395. 효자가 있어야 효부도 있다.
아들이 효자라야 며느리도 효부가 된다는 말.

25396. 효자 끝에 불효 나고 불효 끝에 효자 난다.
어느 집안이나 대대로 효자만 나거나 불효만 나는 것이 아니라 효자도 나고 불효도 난다는 뜻.

25397. 효자 끝에 효자 난다.
부모가 효자면 아들도 효자가 된다는 뜻.

25398. 효자는 아버지의 좋은 점을 높이 찬양하고 아버지의 나쁜 점은 찬양하지 않는다. (孝子揚父之美 不揚父之惡) 〈穀梁傳〉
효자는 아버지의 좋은 점을 널리 퍼뜨리도록 하고 나쁜 점은 말하지 말라는 뜻.

25399. 효자 집에 효자 난다.
부모가 효자면 자식들도 효자가 된다는 말.

25400. 효자 효녀가 나면 집안이 망한다.
옛날 효자 효녀 노릇을 하려면 삼 년간 상제 노릇만 하게 되니까 집안 살림이 안 된다는 뜻.

25401. 후문(後門)에서 인심 난다.
곡식이 드나드는 뒷문에서 후하게 해줘야 인심이 난다는 뜻.

25402. 후살이할 때는 이밥 먹자는 속셈이라고.
남에게 욕 먹어 가면서 일을 할 바에야 돈이라도 생기는 짓을 해야 한다는 뜻.

25403. 후생각이 우뚝하다. (後生角 高何特) 〈洌上方言〉
후배(後輩)가 선배(先輩)보다 낫게 되었다는 말.

25404. 후에 난 자가 더 무섭다. (後生可畏) 〈論語〉
젊은 사람은 뒤에 큰 일을 할지 모르기 때문에 무섭다는 뜻.

25405. 후에 보자는 놈 무섭지 않다.
당장 화풀이를 않고 공갈만 하는 사람은 무서울 것이 없다는 말.

25406. 후처(後妻)에 감투 벗어지는 줄 모른다.
남자들이 재혼을 하게 되면 젊은 아내에게 빠진다는 뜻.

25407. 후추가 작아도 맵다.
작은 사람이 똑똑하고 잘났다는 뜻.

25408. 후추는 작아도 진상(進上)에만 간다.
흔히 작은 사람이 재주 있고 훌륭하게 된다는 뜻.

25409. 후추 열매를 통째로 삼킨다.
속 내용은 모르고 겉만 보고 일을 한다는 뜻.

25410. 후(厚)한 끝은 있어도 박(薄)한 끝은 없다.
남에게 후하게 하면 인심을 얻어 잘 되지만 박하게 하면 인심을 잃게 된다는 뜻.

25411. 후한 상을 주게 되면 반드시 용감한 사람이 나오게 된다. (重賞之下 必有勇夫) 〈三略〉
후한 상을 주게 되면 목숨도 바치는 용감한 사람도 나오게 된다는 말.

25412. 훈장(訓長) 똥은 개도 안 먹는다.
어린 아이를 가르치는 선생님은 속을 썩여 똥도 썩게 된다는 뜻.

25413. 훈장은 바담 풍(風)하면서 애들더러는 바람 풍(風) 하란다.
어린이 교육에 있어서는 어른이 시범(示範)을 보여 주지 않으면 성과가 없다는 뜻.

25414. 훌쩍 갔다 훌쩍 돌아온다. (忽然往來)
쉬지도 않고 바로 갔다가 바로 온다는 뜻.

25415. 훔쳐 낳은 자식이 닮는다.
불의(不義)의 정을 통하여 낳은 자식이 유별나게 닮듯이 모르게 하는 일이 표가 난다는 말.

25416. 훔쳐 온 강아지 지키듯 한다.
무엇을 조심스럽게 지키고 있다는 뜻.

25417. 훔친 놈보다 잃은 놈이 죄가 더 크다.
문 단속과 물건 보관을 잘하면 도둑을 맞지 않는다는 뜻.

25418. 훔친 장물을 감추어 준 사람도 도둑놈과 같이 처벌해야 한다. (盜所隱器 與盜同罪) 〈春秋左傳〉
훔친 장물을 숨겨 준 사람도 도둑질을 방조한 것으로 되기 때문에 도둑놈과 똑같이 처벌해야 한다는 말.

25419. 훔칠 줄만 알지 감출 줄은 모른다.
한 가지만 알고 두 가지는 모른다는 말.

25420. 홋장 떡이 클지 작을지 누가 아나 ?
장래 일은 어느 누구도 예측할 수 없다는 뜻.

25421. 홋장 쇠다리보다 이 장 돼지 다리가 낫다.
없는 사람은 장래의 큰 이득보다도 당장의 적은 이문
이 오히려 낫다는 뜻.

25422. 홋장에 쇠다리 먹자고 이 장에 개다리 안
먹을까 ?
막연한 앞날의 큰 이득을 바라는 것보다는 작은 이득
이라도 현재의 것을 택하는 것이 낫다는 뜻.

25423. 휑 빈 집에 서발 막대 거칠 것 없다.
(枵然穴室丈木無室)   〈耳談續纂〉
몹시 가난하여 집안에 아무것도 없어서 거칠 것이 하
나도 없다는 뜻.

25424. 휘는 나무는 꺾이지 않는다.
성품이 부드러운 사람은 실패하지 않는다는 뜻.

25425. 휘는 버들가지는 부러지지 않는다.
부드러운 성격을 가진 사람은 참고 견디는 힘이 있어
서 실패하지 않는다는 뜻.

25426. 휘어지는 나무는 꺾이지 않기 때문에 안
전하다. (曲則全)   〈老子〉
부드러운 성격을 가진 사람이 승리한다는 뜻.

25427. 휘지 비지하다. (諱之秘之)
남을 꺼리어 몰래 얼버무려 넘긴다는 뜻.

25428. 흰 가락은 가락 집에만 갔다와도 조금 낫
다.
아플 때는 약을 좀 먹거나 병원에만 갔다와도 낫는다
는 뜻.

25429. 흉가(凶家) 집도 지닐 탓이다.
나쁜 물건도 손질을 잘하면 쓸 수 있게 된다는 뜻.

25430. 흉 각각 정 각각이다.
(1) 흉과 정과는 상관이 없다는 뜻. (2) 잘잘못은 구분
되어야 한다는 뜻.

25431. 흉년(凶年) 거지가 더 무섭다.
환경이 나쁘면 노력을 해도 성과가 적다는 뜻.

25432. 흉년 곡식은 남아 돌고 풍년 곡식은 모자
란다.
흉년에는 곡식을 아껴 먹게 되고, 풍년에는 곡식을 낭
비하게 된다는 뜻.

25433. 흉년 곡식이다.
물자가 부족할 때는 아끼고 절약해야 한다는 뜻.

25434. 흉년 떡도 많이 나면 싸다.
귀한 물건이라도 많으면 값이 내려간다는 뜻.

25435. 흉년 떡은 보기만 해도 살찐다.
굶주린 사람은 조금만 먹어도 살이 찐다는 말.

25436. 흉년 메뚜기다.
흉년에는 벼를 못 심어 메뚜기마저도 굶어죽어 가듯
이 다 죽어 가는 꼴이라는 뜻.

25437. 흉년 문둥이 떼쓰듯 한다.
몹시 떼를 쓰는 사람을 가리키는 말.

25438. 흉년 밥은 커도 한 그릇 작아도 한 그릇이
다.
굶주린 사람은 크나 작으나 다같이 한 그릇씩 먹는다
는 뜻.

25439. 흉년에는 고기도 송사리밖에 없다.
흉년에는 곡식만 흉년지는 것이 아니라 다른 것까지
도 귀하여진다는 뜻.

25440. 흉년에는 메밀 농사도 한 몫이다.
(1) 흉년이 드는 해는 메밀 종자가 비싸다는 뜻.
(2) 흉년에는 메밀도 중요한 식량 구실을 한다는 뜻.

25441. 흉년에 떡 맛 보기다.
흉년에는 떡 맛보기가 어렵듯이 대단히 얻기가 어렵
다는 뜻.

25442. 흉년에 떡 얻어 먹기다.
(1) 먹을 복이 있어서 귀한 음식을 얻어 먹었다는 뜻.
(2) 매우 어려운 일에 도움을 받았다는 뜻.

25443. 흉년에 밥 빌어 먹겠다.
힘들어서 일을 못하거나 할 줄 모르는 사람을 나무라
며 하는 말.

25444. 흉년에 배운 장기(長技)다.
없는 살림에 놀고 먹기만 한다는 뜻.

25445. 흉년에 어미는 굶어죽고 아이는 배 터져
죽는다.
부모는 굶주려도 자식은 먹인다인 뜻.

25446. 흉년에 윤달 든다.
어려운 일을 당해 고생하고 있는 터에 겹쳐서 좋지
못한 일이 생겼다는 말.

25447. 흉년에 한 농토(農土) 늘리려 말고 한 입
덜랬다.
어려운 살림에는 수입을 늘리려 말고 지출을 줄여야
한다는 뜻.

25448. 흉년이 들면 센 놈은 도둑 되고 약한 놈은 거지 된다.

혼란한 시기에는 선한 사람은 굶주리게 되고 악한 사람은 잘 먹고 산다는 뜻.

25449. 흉년이 들면 젊은이들이 많이 사나와지게 된다.(凶歲子弟多暴) 〈孟子〉

흉년이 들어 사람들이 모두 굶주리게 되면 젊은 사람들이 약탈을 하게 된다는 뜻.

25450. 흉년 죽그릇 담듯 한다.

용기(容器)에 무엇을 무리하게 많이 담으려고 할 때 하는 말.

25451. 흉년 죽은 어른도 한 그릇 아이도 한 그릇이다.

없는 집에는 어른이나 아이나 다 같이 먹는다는 뜻.

25452. 흉 보며 배운다.

(1) 미운 사람에게도 아쉬우면 굴복한다는 뜻. (2) 배우는 사람의 태도가 나쁘다는 뜻.

25453. 흉상맞게 모으려고 말고 함부로 탐내지 말라.(不僭不貪) 〈春秋左傳〉

꼴 사납게 모으려고 하지 말고 탐욕을 내지 말라는 뜻.

25454. 흉악 망측하다.(匈惡罔測)

겉모양이 너무도 험상맞고 흉측하다는 뜻.

25455. 흉은 없어야 열 가지고 있으면 백 가지다

사람은 누구나 많든 적든 간에 흉이 있다는 뜻.

25456. 흉은 없어야 일곱이다.

사람은 누구나 다 흉이 있다는 뜻.

25457. 흉이 없으면 며느리 다리가 희다고 한다.

(1) 일부러 남의 없는 흠을 만들어 낸다는 뜻. (2) 옛날 시어머니는 며느리 시집살이를 시켰다는 뜻.

25458. 흉조(凶兆)가 들라면 장 맛부터 변한다.

집안에 화가 있으려면 먼저 변이 생긴다는 뜻.

25459. 흉한 것이 변하여 길하게 된다.(凶化爲吉)

흉한 일이 변하여 도리어 길한 일로 되어 다행스럽다는 뜻.

25460. 흉한 꿈이 길하다.

꿈은 흉한 것이 오히려 길하다는 말.

25461. 흉한 끝에 길하다.(逢凶化吉)

고생 끝에 낙(樂)이 온다는 뜻.

25462. 흉한 데는 피하고 길한 데로 나간다.

(避凶趨吉)

흉한 것은 피하여 멀리해야 하고 길한 것은 가까이 해야 한다는 뜻.

25463. 흉한 벌레가 모로 간다.

보기 싫은 사람이 더 미운 짓을 한다는 뜻.

25464. 흉한 벌레가 미운 짓은 더 한다.(凶蟲反凶)

보기 싫은 사람이 미운 짓만 가려 가면서 한다는 뜻.

25465. 흉허물 없이 가깝다.

아무 허물이 없이 서로 친하게 지낸다는 뜻.

25466. 흐느끼면서 말을 못 한다.(哽咽不能言) 〈劉琨〉

너무나 서러워서 말을 못 한다는 뜻.

25467. 흐르는 물도 떠주면 공덕이다.

하찮은 일이라도 남을 도와 주는 것은 하나의 공덕으로 된다는 뜻.

25468. 흐르는 물도 아껴 쓰면 용왕(龍王)이 복을 준다.

하찮은 물건까지도 아껴 쓰면 복을 받게 된다는 뜻.

25469. 흐르는 물도 얼면 부러진다.(冬氷可折)

(1) 모든 일은 때에 따라 변한다는 말. (2) 너무 강하면 망하게 된다는 뜻.

25470. 흐르는 물은 썩지 않는다.(流水不腐)

항상 운동하는 사람은 병에 걸리는 일이 별로 없다는 뜻.

25471. 흐르는 물은 얼지 않는다.

항상 활동하는 사람은 건강이 나빠지는 일이 없다는 뜻.

25472. 흐린 물도 석 자만 흐르면 맑아진다.

악한 짓을 했어도 뉘우치고 잘못을 고치면 착한 사람으로 될 수 있다는 뜻.

25473. 흐린 물을 보느라고 맑은 못을 잊는다.
(觀於濁水 迷於淸淵) 〈莊子〉

악한 일에 골몰(汨沒)하게 되면 착한 것을 잊게 된다는 뜻.

25474. 흑각(黑角) 가로 보기다.

어느 쪽이 이로울까 하며 이리저리 두리번거린다는 뜻.

※ 흑각 : 물소 뿔.

25475. 흑백을 가린다.(黑白之辨)

잘잘못을 분명히 가린다는 뜻. ↔ 흑백을 못 가린다.

25476. 흑백을 못 가린다.
잘잘못을 분별하지 못하는 어리석은 사람을 두고 하
는 말. ↔ 흑백을 가린다. 흑백이 분명하다.

25477. 흑백이 분명하다. (黑白分明)　　　〈春秋左傳〉
착하고 악한 것이 분명하게 나타났다는 말. ↔ 흑백을
못 가린다.

25478. 흑백이 앞에 있어도 눈에 보이지 않는다.
(黑白在前 而目不見)　　　　　　　〈荀子〉
착하고 악한 것을 보고도 이것을 분별하지 못하고 있
다는 뜻.

25479. 흑싸리 홑끝이다.
화투의 흑싸리 홑끝마냥 아무 가치가 없다는 뜻.

25480. 흔들리는 나뭇잎이 먼저 떨어진다.
(掉枝之葉 先落)
경솔한 사람이 낙오(落伍)되기 쉽다는 뜻.

25481. 흔들어도 꿈쩍 않는다. (搖之不動)
어떤 일이 있어도 동요(動搖)되지 않는다는 뜻.

25482. 홀렛개다.
계집 상을 밝히는 사나이를 보고 조롱하는 말.

25483. 흘러가는 물 퍼주기다.
(1) 밑천이 풍부하다는 뜻. (2) 힘들지 않는 일이라는
뜻.

25484. 흘린 물건 줍듯 한다. (如拾遺)
일해 가며 할 수 있는 쉬운 일이라는 뜻.

25485. 흘린 밥알은 집어먹는 사람이 임자다.
(落食空食)
버린 물건은 줍는 사람이 차지하게 된다는 뜻.

25486. 흘린 이삭이 더 많다.
본수입(本收入)보다 부수입(副收入)이 더 많다는 뜻.

25487. 흙내가 고소하다.
어서 죽어서 땅 속에 묻히고 싶은 생각이 난다는 뜻.

25488. 흙담에 그림 그리기다. (土牆施繪)
　　　　　　　　　　　　　　　〈茶山全書〉
본 바탕이 나쁜 것으로서는 좋은 성과를 거둘 수가 없
다는 뜻.

25489. 흙 속에 묻힌 옥이다.
숨어 있는 훌륭한 인재(人材)라는 뜻.

25490. 흙으로 만든 부처가 냇물을 건너간다.
(泥佛渡川)　　　　　　　　　　〈旬五志〉
자신의 처지도 모르고 자멸(自滅) 행동을 한다는 뜻.

25491. 흙을 먹는 지렁이도 흙을 아낀다.
아무리 흔한 물건이라도 아껴 써야 한다는 뜻.

25492. 흙이 쌓이면 산이 되고 물이 모이면 내가
된다. (土積成山 水積成川)　　　〈荀子〉
미세한 것이라도 많아지면 큰 것으로 된다는 뜻.

25493. 흙이 쌓이면 산이 된다. (土積成山) 〈荀子〉
작은 것도 많이 쌓이게 되면 큰 것이 된다는 뜻.

25494. 흙 파 만든 줄 아나 ?
밑천이 들지 않고 공으로 생긴 물건으로 생각하지 말
라는 뜻.

25495. 흙 파먹고 사는 줄 아나 ?
노임(勞賃)을 너무 헐하게 주려고 할 때 쓰는 말.

25496. 흙 파서 장사하는 줄 아나 ?
손님이 무리한 요구를 하였을 때 상인들이 하는 말.

25497. 흠 없는 옥이다. (白玉無瑕)　　　〈完璧〉
(1) 흠 하나 찾아볼 수 없는 훌륭한 사람이라는 뜻.
(2) 대단히 좋은 물건이라는 뜻.

25498. 흥겨움이 다 되면 슬픔이 온다. (興盡悲來)
흥겨움이 다 지나가게 되면 다음에는 슬픔이 오게 된
다는 뜻.

25499. 홍글방망이 노릇을 한다.
남의 일을 방해하면서 떼만 쓴다는 뜻.

25500. 흥덩흥덩 물 쓰듯 한다.
돈을 아끼지 않고 함부로 쓴다는 뜻.

25501. 흥망 성쇠(興亡盛衰)와 부귀 빈천(富貴貧
賤)은 물레바퀴 돌듯 한다.
사람의 팔자는 고정된 것이 아니라 잘 살다가도 못살
게 되고, 못살다가도 잘 살게 된다는 뜻.

25502. 흥부 살림이다.
살림살이가 매우 구차하다는 뜻.

25503. 흥부 자식들 섬 밥 먹어 치우듯 해야 복
을 받는다.
음식은 무슨 음식이나 맛있게 먹어야 복을 받는다는
뜻.

25504. 흥부 자식 밥 먹듯 한다.
굶주린 사람이 음식 먹듯이 한다는 뜻.

25505. 흥이야 항이야 한다. (興伊恒伊)〈松南雜識〉
아무 상관도 없는 남의 일에 이래라 저래라 간섭한다
는 뜻.

25506. 흥정은 깎는 재미로 한다.

홍정할 때 사는 사람은 값을 깎아 사야 기분이 좋다는 뜻.

25507. 홍정은 붙이고 싸움은 말리랬다. (勸賣買 鬪則解) 〈洌上方言〉
좋은 일은 권장(勸獎)하고, 나쁜 일은 말려야 한다는 뜻.

25508. 홍정을 잘했다는 말을 들으려면 제 돈을 보태야 한다.
남의 물건을 사다 줄 때는 값을 싸게 사다 주어야 한다는 뜻.

25509. 홍하는 놈 있으면 망하는 놈 있다.
세상에는 언제나 홍하는 사람도 있고, 망하는 사람도 있다는 뜻.

25510. 흩어지면 모이기가 어렵다. (落落難合)
한번 흩어지게 되면 모이기는 매우 어렵다는 뜻.

25511. 흩어지면 약하게 된다. (離則弱) 〈荀子〉
뭉치면 강하게 되지만 흩어지면 힘이 분산되기 때문에 약하게 된다는 뜻.

25512. 희고 검은 것을 가린다. (白黑之辨)
착하고 악한 것을 분별(分別)해 낸다는 뜻.

25513. 희고 곰팡이 슨 소리만 한다.
희떱고 고리타분한 소리만 한다는 뜻.

25514. 희고도 곰팡이 슨 놈이다.
겉모양은 멀끔하면서도 속은 고리타분하고 답답한 사람이라는 뜻.

25515. 희기는 까치 뱃바닥 같다.
흰소리를 잘 치는 사람을 두고 하는 말.

25516. 희어야 미인(美人)이다.
여자의 살결이 희면 돋보일 뿐만 아니라 사소한 흠은 감추어진다는 뜻.

25517. 흰 개가 고기는 먹고 검은 개가 매는 맞는다. (白狗吃肉 黑狗當災)
애매(曖昧)하게 누명(陋名)을 쓰거나 형벌(刑罰)을 받았다는 말.

25518. 흰 개꼬리 굴뚝에 삼 년 두어도 검은 꼬리 안 된다.
아무리 고치려고 해도 본바탕은 못 고친다는 뜻.

25519. 흰 개꼬리 시궁창에 삼 년을 묻었다 봐도 흰 개꼬리다.
본질(本質)은 아무리 해도 변하지 않는다는 뜻.

25520. 흰 개꼬리 일 년을 묻어 두어도 마찬가지다.
본성이 나쁜 사람은 나쁜 버릇을 고치지 못한다는 말.

25521. 흰 개는 검어진다. (白狗黑) 〈莊子〉
착한 사람도 환경에 따라 악해질 수 있다는 뜻.

25522. 흰떡도 고물 든다.
아무리 사소한 일이라도 밑천이 있어야 한다는 뜻.

25523. 흰떡 집에 산병 맞추듯 한다.
산병은 흰떡 재료로 반달 모양으로 만들어 셋, 혹은 다섯 개를 맞추어 만들듯이 꼭 맞는다는 뜻.

25524. 흰둥이가 검둥이고 검둥이가 흰둥이다.
옳고 그른 사람이 따로 없다는 뜻.

25525. 흰 말 불알 같다.
얼굴이 희고 기름기가 있는 사람을 두고 하는 말.

25526. 흰 머리가 서리 내린 풀 같다. (白髮如霜草) 〈李白〉
늙어서 머리가 서리 맞은 풀과 같다는 말.

25527. 흰 모래는 진흙 속에서도 검어지지 않는다. (白沙在泥 不染自黑) 〈孟子〉
굳은 지조(志操)는 어떠한 고난 속에서도 굽히지 않는다는 뜻.

25528. 흰 모래도 진흙에 섞이면 검어진다. (白沙在泥 與之皆黑), (白沙在涅 與之俱黑) 〈史記〉,〈荀子〉
선한 사람도 악한 무리들과 접촉하게 되면 악해진다는 뜻.

25529. 흰 술은 얼굴을 붉게 하고 황금은 마음을 검게 한다.
술을 마시면 얼굴 색을 변하게 하고, 돈을 모으면 의리(義理)를 모르게 된다는 뜻.

25530. 흰 앙금은 물감을 들여도 검어지지 않는다. (涅而不緇)
어진 사람은 악한 곳에 있어도 악에 물들지 않는다는 뜻.

25531. 흰 이도 머리에 있으면 검어진다. (虱處頭 而黑)
사람은 환경에 따라 변하게 된다는 뜻.

25532. 흰 죽 먹다 사발 깬다.
하찮은 이득을 탐내다가 큰 손해를 보았다는 뜻.

25533. 흰 죽에 코다.
좋은 것인지 나쁜 것인지 모르게 되었다는 뜻.

25534. 힘껏 일하여 땅에서 재물을 불어나게 하는 것을 농사라고 한다. (飭力以長地財 謂之農) 〈茶山論叢〉
농민들이 땅을 갈아서 부(富)를 쌓는 것을 농사라고 한다는 말.

25535. 힘도 빠지고 맥도 빠졌다. (氣盡脈盡)
기력과 정력이 죄다 없어져 기동(起動)을 못하게 되었다는 뜻.

25536. 힘보다 꾀가 낫다.
미련하게 힘으로만 하는 것보다는 꾀를 쓰는 것이 낫다는 말.

25537. 힘써 가르친다. (教之以務) 〈春秋左傳〉
성의(誠意)를 다하여 가르친다는 말.

25538. 힘써 일하면 가난도 이길 수 있다. (力勝貧)
부지런히 일하면 가난은 면할 수 있다는 말.

25539. 힘 센 놈의 집에 져다 놓은 것 없다.
육체 노동만 해서는 잘 살 수 없다는 뜻.

25540. 힘 센 소가 왕 노릇할까 ?
꾀로 일을 해야지 힘만 가지고 일을 해서는 성공하기 어렵다는 뜻.

25541. 힘 센 아이 낳지 말고 말 잘하는 아이 낳랬다.
세상을 살아가는 데는 말을 잘해야 유리하다는 뜻.

25542. 힘 쓰느니 꾀 쓰는 것이 낫다.
일하는 데는 꾀로 해야 잘 되고 힘이 들지 않는다는 뜻.

25543. 힘 안 들이고 얻는다. (不勞所得 : 無勞而得).
힘 하나 들이지 않고 쉽게 얻었다는 말.

25544. 힘은 분산시키면 약해진다. (力分者弱) 〈尉繚子〉
힘은 결합을 시켜야 강하게 되지 분산시키면 약하게 된다는 뜻.

25545. 힘을 가지고 어진 정치라고 가장하는 것은 패도이다. (以力假者霸) 〈孟子〉
독재(獨裁)를 어진 정치라고 자랑하는 것은 패도라는 뜻.

25546. 힘을 다하는 것은 정성을 다하는 것만 못하다. (盡力莫如敦篤) 〈春秋左傳〉
힘을 써서 하는 것보다는 정성을 다하는 것이 낫다는 말.

25547. 힘을 다하면 하늘도 이긴다. (人定勝天)
힘을 다하여 하는 일은 하늘도 막지를 못한다.

25548. 힘을 합하고 마음을 하나로 가진다. (戮力一心) 〈春秋左傳〉
힘과 마음을 다하여 노력한다는 뜻.

25549. 힘을 헤아려서 일을 한다. (量力而行之) 〈春秋左傳〉
자신의 힘을 알아서 알맞게 일을 한다는 뜻.

25550. 힘의 정치는 망하고 도의적 정치는 이루어진다. (力術止 義術行) 〈荀子〉
힘으로 하는 폭정(暴政)은 망하게 마련이고 덕의(德義)로 하는 어진 정치는 흥하게 된다는 뜻.

25551. 힘이 들지만 원망하지 않는다. (勞而不怨) 〈論語〉
수고는 많이 했으나 원망은 하지 않는다는 말.

25552. 힘이 많아지면 강하게 된다. (多力則彊) 〈荀子〉
힘이 점점 축적(蓄積)되면 강하게 된다는 뜻.

25553. 힘이 모자라는 사람은 중도에서 그만두게 마련이다. (力不足者 中途而廢) 〈論語〉
무슨 일이나 하다가 힘이 모자라면 중도에서 일을 중단하게 된다는 뜻.

25554. 힘이 새 새끼 한 마리도 못 이기겠다. (力不能勝一匹雛) 〈孟子〉
새 새끼 힘만도 못할 정도로 힘이 매우 약하다는 뜻.

25555. 힘이 세고 약한 것이 비교가 안 된다. (強弱不縠力) 〈韓非子〉
힘이 비교가 안 될 정도로 한쪽이 월등(越等)하게 세다는 뜻.

25556. 힘이 약하면서 무거운 것을 든다. (猶力之少而任重也) 〈荀子〉
자기 힘에 겨운 일을 무리하게 한다는 뜻.

25557. 힘이 약해도 강한 자를 두려워하지 않는다. (力少而不畏強) 〈韓非子〉
비록 힘은 약해도 힘 센 사람을 두려워하지 않는 대담성이 있다는 뜻.

찾아보기 ①

● 한문

フ

978

982

萬死無心 18414
萬死不願一生 7956
萬事如意 18413
萬事瓦解 9072
萬事有理 7969
萬事從寬 其福自厚 9069
萬事風吹過耳輪 9071
萬事泰平 9057
萬事亨通 9073, 18410
萬事互斯 18411
萬事休矣 9061, 18412
萬世不忘 7928, 18058
萬世不變 6043, 7926
萬世不易 6043
萬世不朽 7922
萬世不毀 7923
萬世永賴 7927
萬世有辭 7925
萬世之富 6042
晚時生光 5500
晚時之歡 7405
晚食當肉 2617, 15685
滿心歡喜 7825
萬牛難回 7935
萬戮猶餘 7958
萬人仰視 7978
萬人異心 7965, 13023
萬雀不能一鷹 22930
慢藏誨盜 9590
萬戰必勝 7954
萬卒得易 一將得難 7959
滿則慮嗛 7982
滿則溢 150, 22854
滿紙長書 13210
滿招損 謙受益 149, 2298,
    20222
蔓草猶不可除 11013
末大必折 3279, 20088
末大必折 尾大不悼 3692
末流生弊 20527
網舉目張 11373
亡國大夫 8501
亡國富筐篋 實府庫 8498
亡國之民 3653
亡國之本 3644
亡國之恨 3654
魍魎量稅 6440
網利 3067
茫無頭緒 21297
網目不疎 3085
網密 11241
佞婦破六親 459
忘死生 22072
望山跑死馬 8841
忘世間之甲子 14493
網疎則獸失 3086
罔水行舟 9731
忙食噎喉 3263

罔夜逃走 10515
亡羊得牢 16945
亡羊補牛 18006
茫然自失 8891, 21293
亡牛得羊 14774
望月圓滿 更有虧時 11560
忘義而爭利 以亡其身 19207
亡子計齒 22213
亡者侮之 8503
望子成人 12009
妄者稔禍 457
芒刺在背 315
妄自尊大 24692
罔晝夜 10489
忙中有閑 10332
望之不似 4395
罔知所措 17218
罔之中 又罔也 14848
亡徵敗兆 8505
亡僉於死 6637
忘寢與食 8710
罔兮不樂 7771
賣劍買牛 23518
埋骨不埋名 11335
賣國賊 3643
每念未來之咎 5350
買馬看母 8269
每事可堪 8566
每事起頭難 7963, 9482
買死馬骨 8130
每事不成 9483, 19744
每事不如意 19745
每事約儉 9058
每事如意 19743
每事訓喩 遂相親睦 9060
賣屑逢風 178
賣屑逢風 賣鹽逢雨 177
賣勢 4237
昧於自持 淫視傾聽 9227
呆然自失 8891
賣鹽逢雨 14686
賣牛納稅 折屋炊 4981
每人悅之 12827
買臟逢賊 6595, 20829
賣田買畓 欲喫稻飯 10674
脈脈不得語 15229
麥秀兩岐 11588
脈盡 8596
盲龜浮木 5115
盲龜遇木 5115
盲目觀燈 20707
盲睡覺 14637, 20773
猛獸不躍 必匿其爪 12701
猛獸食顓民 12702
猛獸失儔 童子持戟以追之 12698
猛獸易伏 人心難降 12700
猛獸將擊 弭耳帖伏 8624
猛獸將捕 弭耳俯伏 12699

盲玩丹青 11818
盲人看銀 11860, 14614, 20764
盲人騎瞎馬 夜半臨深池 11798,
    14629
盲人不知死日 11863, 14633
盲人食醬 14632, 20774
盲人眼疾 11849, 14571, 14602,
    20743
盲人之睡如寤如寐 14637
盲人直門 11835, 20727
盲者觀燈 11803
盲者丹青 14625, 20713
盲者不忘視 11822
盲者失杖 11799, 11870, 14642
    20779
盲者直門 14586
盲子孝道 5132
猛虎伏草 11149, 25063
猛虎失窟 童子能持戟 而隨逐 12703
猛虎爲鼠 11089
猛虎在深山 11136
猛虎在深山 百獸震恐 12689
猛虎出林 12690
面交以諂 17357
面面相顧 17359
面上六甲 17389
面譽不忠 5179
面譽者 必背非 4143
面牛鼓簧 15108
面張牛皮 4508, 17376
面爭其短 8961
面從腹背 1310, 5177
面從後言 1306, 5176, 11554
面叱 8508
滅國殺身 3637
茗柯有實理 22849
明見萬里 7933
命輕於鴻毛 9190
明鏡爲醜婦之寃 9325
名過無實 14759
銘肌鏤骨 13543
明德愼罰 6333
明明白白 16349
冥冥而行者 見寢石 以爲伏虎也
    17010
明辨之 12254
名不知 姓不知 19396
名不可廢 8992
名下無虛士 19388
名不虛傳 8990, 19401
明逝矣歲不我延 14500
名聲藉甚 8981
鳴聲破盆 14735
明視距離 6673
名視其貌 1903
名實相符 19386
銘心鏤骨 7761
銘心不肝 7749

988

不見喪 不悼涙　13674
不見浄食　19146
不見學者無成　2007
不耕而食　4968, 10662
不敬 則禮不行　1990
不敬之説　1982
不戒可撃　21117
不繋之舟　8544, 20657
不顧家事　22778
不顧廉恥　18011
不顧體面　23224
不顧利害　19619
不顧父母兄弟　12038
不顧而去　7406
不告而走　447
不顧妻子　16016, 23025
不顧行遯　6973
不共戴天之讐　19501, 24663
不恐於誹　12503
不恭之説　1982
不觀巨海 何以知風波之患　23716
不觀顔色而言謂之瞽　4147
不關之事　2188, 13678
不教而殺 謂之虐　16642
佛口蛇心　8214
不貴尺璧而重寸陰　23747
不窺密　4269
不近惡事　16507
不禁而自禁　3236, 9396
弗及而憂 與可憂而樂　3139
不祈多積 多文以爲福　20922
不欺闇室　12826
不期而會　3390
不緊之事　3421
不吉之兆　12292
弗納於邪　3741
不念舊惡　22508
不念人舊惡　4317
不念人萬惡　4317
不怒而威　1894, 14327
不農不商　4967
不能服人之心　13021
不能分馬鹿　8037
不能捨餘習　4051
不能辰夜　10498
不能以辟馬毀輿致遠　5579
不能者 敗　5497
不能退 不能逐　9680
佛頭放糞　12217
佛頭着糞　12217
不諒人只　12812
不慮之變　7608
不慮之患　7605
不勞所得　25543
不賂貴者之權勢　4998
不滿底意　7777
不忘之恩　20086
佛面鬼心　12226

佛面塗糞　12220
不眠不休　20413
佛面獸心　1314
佛面着糞　12220
不免虎口　11177, 25111
不明乎善 不誠其身　14227
不侮闇室　12826
不慕往 不閔來　2134
才謀而同　9910
不侮鰥寡　25238
不目避　5263
不無綺語之過　12442
不問可知　9584
不問曲直　18463, 20598
不聞不若聞之　7550
不問而告 謂之傲　9581
不媚不信　10084
不發人陰私　4221
不旁狎　10964
不罰私怨　13179
不犯非禮　18089
不辨馬鹿　8037
不辨菽麥　23598
不辨五穀　18140
不逢不若　7916
不分東西　7160
不分勝負　15547
不分晝夜　10497
不思謗讟　4215
不殺老弱　4879
不賞私勞　13177
不相中　7619
不祥之兆　13708
不惜身命　9231, 13979
不惜千金　7998
不善擧行　20100
不善在身 蕾然必以自惡也　3738
不善之者 善人之資　22858
不成模様　1916
不誠未有能動者　14335
不成人之惡　4255
不世之功　14437
不世之材　14427
拂鬚　15218
不受苦中苦 難爲人上人　1680
不惟厥終 終以困窮　3825
不羞其親　12018
不馴之巫 嚇人虚無　14201
不習爲吏 視已成事　2196
不勝衆　2529, 6145
不視是圖　11618
不食姦　458
不食奴 不妬妻　8815
不食木 多着實　8808, 9358
不識不知　16667
不食涮餘　6226
不信 民弗從　10164
不信 民不從也　15799

不信以幸 不可再也　15803
不信之心　10163
不信行爲　10147
不失口於人　12809
不失基本　3120
不失其本　11704
不失其所者久　20379
不失本色　11706
不失人心　19676
不失足於人　12808
不甚相關　3021
不甚相違　3022, 3023
不愛民者弱　16124
不讓則不和　16923
不言可想　8414, 16197
不言可知　8413, 16198
不言實行　8411, 16196
不言而躬行　8157
不言而信　8286
不言之化　8154
不如無書　21905
不如食以糠糟 而錯之牢筴之中　7201
不與惡人言　16499
不燃埃 烟何生　12340
不燃之埃 煙不生　12340, 16071
不染汚濁　6228
不傲不詔　18312
不畏地　5945
不欲人之加諸我 吾亦欲無加諸人　4378
不憂不懼　3138
不尤人　13014
不原旅　16330
不遠千里　23071
不怨天 不尤人　24239
不違農時　4979
不爲利撓　16187
不爲利誘　6796
不爲利詔　19584
不爲利固　19572
不爲不利　4030
不爲善則福不來　22867
不爲威屈　24961
不爲威惕　19051
不爲酒困　15381
不誘於譽　18047
不陰惡木枝　15516
不義不呢　12377
不義而彊 其斃必速　19191
不義而富且貴於我如浮雲　12168
不義而富且貴 如浮雲　5982
不義則傷彼　19192
不意之變　7608
不意之事　7606
不義之財　18475
不義之財 不能久守　12376
不二過　6663

993

996

997

1006

1009

1011

人主不可以獨也　22731
人主一心　萬民咸知　22729
人衆勝天　6155,10133,13062
人衆者勝天　2542
人中之末　13107
仁則榮　不仁則辱　17258
人之過誤宜恕　4290
人知其一　莫知其他　12880
人之短處　要曲爲彌縫　4292
人之無良　12858
人之病　常在於自是也　13036
人之生也與憂俱生　12885
人之性欲平　13038
仁之所亡　無富貴　19693
人之所惡死甚矣　13052
人之所惡者　吾亦惡之　4399
人之所畏　不可不畏　4386
人之所欲生甚矣　人之所惡死甚矣
　　13047
人之所以爲人者　非特以二足而無
　　毛也　13080
人之所以平者　心平也　13100
仁之所在無貧窮　19694
仁之勝不仁　17220
人之惡老　12897
人之愛其子也　12811
忍之爲德　22905
人之有口　禍福樞紐　13045
人之有牆以蔽惡也　13056
人之有宗族　譬之若蟲之有百足
　　12850
人之陰事　鬼神不喜漏洩　13088
人之易其言無責耳　13066
忍之一字　衆妙之門　22950
人之將死　其言也善　13098

人之行　以信爲主　13048
人之患在好爲人師　13034
人取我棄　12819
人取我與　12820
人親莫不欲　其子之孝　12037
忍痛易　忍癢難　16446
因敗爲成　15856
因風從火　12364
人必無獸心　12920
人恒過然後　能改　12946
人賢而不敬　貝是禽獸也　17246
人禍得福　25296
一歌達永夜　4846,24371
一歌達詠夜　24371
一家亂家長任其罪法也　24618
一家富貴　千家怨　12152,24619
日加月增　3912
一家二貴　事乃無功　24606
一家仁　一國興仁　24620
一歌長達夜乎　24371
一家和睦　則生福必盛　24608
一刻如三秋　19724
一刻重千金　19725

一簡魚渾全川　1592,21655,24404
一去無消息　24449
一擧兩得　24335
一去一來　589
一犬吠虛　萬犬傳實　988
一犬吠形　百犬吠聲　24400
一莖九穗　24601
日高三丈　24734
一孔之見　2384
日久見人心　12951,13027
一口難説　24409
一口兩舌　24573
一口二言　24573
一厩二雌牛　24562
一丘之貉　24557
一國三公　3658,24360
一貴一賤　24475
一貴一賤乃知交情交見
　　24454
一竅不通　18013
一騎當千　24508
日氣不調　3927
日氣不順　3927
逸驥逐日千里　21901
一諾千金　24469
日煖風和　3928
一年耕　餘三年之食　19732
一年之計在於春　19731 ,24664
一怒一老　一笑一少　24453
一當百　24178
一刀兩斷　5674,24634
一得汚穢之名非但輒輒軻終身　24458
日落西山　24735
一龍一蛇　18716,24181
一龍一猪　18748
一粒萬倍　24548
一馬不被兩鞍　24408
一馬之背　兩鞍難載　24408
一馬之奔　無一毛而不動
　　8310,24405
一網打盡　24355
一盲引衆盲
　　11882,14651,20790,24513
一面如舊　23263,24460
一鳴驚人　24395
日暮道遠　24740
一毛不拔　23886
一母子迁儂　24556
一木難支　3728
一目瞭然　24373
一無萬觀　7905
一無舛誤　20563
一文不知　3180
一物不知　君子之恥　24328
一飯之德　10619
一飯之報　24357
一發貫二鵰　24435
一發五秕　24434

一髮千釣　8678
一發必中　5659
一放砲手　24440
一病百藥　24329
一病千藥　24330
一步不讓　24349
一覆之水　不復盛器　24468
一夫耕而百人食之　24501
一夫多妻　24363
一夫一婦　24365
一夫一妻　24365
日不暇給　24676
一佛堂　我舍堂爾舍堂乎　24486
一貧一富　105
一貧一富乃知交態　24447
一嚬一笑　22812
一顰一笑　17392
一事無成　24333
一絲不亂　24560
一死一生乃知交情　24478
一瀉千里　9814
日傘陰中多大盜　19750
一色有疎薄　薄色無疎薄　19751
一生不盡　24645
一生身苦　24646
一生之計在於幼　24643
一石二鳥　6997,24636
一石五鳥　24635
一盛一衰　11004,24462
一世不可誣　18434
一手拍之無聲　二手拍則有聲
　　24521
一手獨拍雖疾無聲　24518
一勝一敗　兵家常事　24476
一視同仁　9052
一食萬錢　24470
一 食補 二 藥補　19753
一身安過　24422
一身兩役　24420
一身都是膽　5907
一伸一縮　5354
一身千金　24423
一心同體　24407
一衙食赴訟　24526
一夜萬里城　24296
日夜怨望　10494
日夜切齒腐心　10495
一夜之宿　長城或築　24296
一魚濁水　1591
一魚混全川　24404
一魚渾全川　9641
一言可破　24396
一言斷破　24396
一言半句　重値千金　8417,24398
一言債事　8418
一言非駟馬不能追　24461
一言而亡之　24394
一言之下　8419

1012

1017

ㅊ

1025

찾아보기 ②

● 한글

1034

1043

1044

1047

1053

1054

☆ 문공부 선정도서 ☆

우리말 속담 큰 사전

값 78,000원

재판 1쇄 인쇄 / 2006년 5월 1일
재판 1쇄 발행 / 2006년 5월 5일
엮은이 / 송 재 선
펴낸이 / 최 석 로
펴낸곳 / 서 문 당

주소 / 경기도 고양시 일산서구 덕산로 99번길 85
전화 / 031-923-8258 팩스 031-923-8259
등록일자 / 2001. 1. 10
등록번호 / 제 406-313-2001-000005호
창업일자 / 1968. 12. 24

초판 발행일 1983년 7월 3일   ※ 잘못된 책은 바꾸어 드립니다
ISBN 89-7243-619-4